镇海作家文丛·第三辑

叶喆斐 著

蛟川风情

浙江工商大学出版社
ZHEJIANG GONGSHANG UNIVERSITY PRESS

总　序

　　适逢宁波市镇海区第四次文代会召开之际，"镇海作家文丛"（第三辑）带着清新的墨香，和大家见面了。

　　镇海底蕴深厚、人文渊薮，为文学艺术提供了丰厚的创作土壤，文学人才辈出。进入新时代，文学氛围更加浓厚，创作成果不断涌现，有一定影响的一批创作人才脱颖而出。自镇海区第三次文代会召开5年来，已出版各类文学作品70余部。其中，3部作品获宁波市"五个一工程"奖、1部作品获浙江省"五个一工程"奖、1部作品获冰心儿童文学新作奖、1部作品获"宁波文艺奖"。

　　为迎接镇海区第四次文代会召开，进一步展示近年来镇海作家的创作成果，鼓励和扶持文学新人，镇海区文联于2021年启动了"镇海作家文丛"（第三辑）组稿工作，从20部申报作品中选取9部形成本辑。丛书以小说、散文体裁为主，其中有对镇海山水的细腻描述，对日常生活细节的敏锐捕捉，充分展现了镇海作家着眼时代、扎根生活、锐意创新的精神风貌。丛书的面世，有力推动了镇海文学事业的繁荣发展，也为镇海高质量发展建设共同富裕先行区提供了精神动力，为满足人民对美好生活的追求提供了智力支持。

　　2022年下半年，党的二十大即将胜利召开，我们将朝着全面建成社会主义现代化强国的第二个百年奋斗目标迈进。伟大复兴呼唤伟大作品，我们期待和相信每一位镇海作家，都能牢记文艺使命担当，勇立时代潮头，自觉承担起启迪思想、传播理念、凝聚共识的重任，与人民同呼吸、共命运，通过文学作品描绘新时代、新图景，讴歌真善美，传递正能量，充分开掘深厚而独特的镇海文化底蕴，彰显艰苦奋斗、勇于进取的镇海精神，讲好精彩动人的镇海故事，让更多人看到壮阔美好的镇海新气象。

　　是为序。

本书编委会

2022年仲夏

目 录

一

故乡胎记 …………………………………………………… 002

怀念一种声音 ……………………………………………… 007

故乡三味 …………………………………………………… 010

蛟川风情 …………………………………………………… 014

年夜饭 ……………………………………………………… 018

成器之地 …………………………………………………… 021

乡村喜宴 …………………………………………………… 024

堂姐的嫁衣 ………………………………………………… 027

"黑眼"唱新闻 ……………………………………………… 030

二

石浦渔港 …………………………………………………… 034

山村行走小札 ……………………………………………… 037

古　道 ……………………………………………………… 042

包玉刚故里行 ……………………………………………… 044

又见小山村 ………………………………………………… 046

采石大松所 ………………………………………………… 049

故乡影子 …………………………………………………… 051

河南忆 ……………………………………………………… 053

鹭岛印象 …………………………………………………… 059

三

史老师 ……………………………………………………… 064

"袁氏香袋"传承人 ………………………………………… 069

上海阿爷 …………………………………………………… 071

穿珠阿姨···074

老董嫂···077

生命探底···080

动力火车···083

沉醉翰墨中·······································086

保姆小齐···089

福　珍···092

亚　萍···095

遛公园的老人·····································098

三楼外婆···101

相识二十年·······································104

异样芬芳···107

遗忘的院落·······································110

代课老师···112

四

花事花语···116

家园随想···120

尽人力　随天意···································124

流着泪的感动·····································126

养一方美玉细细盘·································128

天空的云朵·······································130

一粥一饭的恩情···································133

物　语···136

心　语···141

杂　章···145

五

阿耐的时代书·····································150

爱衍生美···152

"潮人"混搭······································154

书情悠远···156

余华的生命解读···································159

王小波热···161

故乡胎记

威远城

记不清有多少次爬上这座山，走进这座城。石阶、石墙、石狮，一石遮目。古人曾以为石头是世上最坚固的东西，用它筑城，坚不可摧。三国孙吴用石壁筑城，戍守长江险要。石头城里，石头库，石头仓，储军粮，放兵械。依山为城，以江为池，南京"石城虎踞"，确曾显赫一时。

威远城渊源似乎与它同出一辙。威远城以招宝山天然峭壁为城基，环山顶筑建，似雄狮，盘踞东海门户，甬江之滨。想当年，城内青山石壁，旌旗蔽日，涌现多少英豪。

威远城是它的翻版，还是借鉴？

南京石头城后来多少沾了些秦淮河歌舞升平的胭脂气，被废弃后的荒芜落泊样子也令人沮丧。相比之下，我更喜欢威远城亘古未变的英雄气概，大义凛然。"威远城"仨大字，悬挂招宝山巅，苍劲有力，掷地有声。于这座城，它是标签，贴签者，镇海知县郭淳章。这位"七品芝麻官"不仅写得一手好字，还能关心民间疾苦，颇多善政。他虽不是威远城始创者，但集资修葺，挥毫泼墨，留下重要一笔。字，随心；人，随性。如今，隔着千年百年，阴阳两重天，见字如见人。不谙书法的我，竟也有所懂得。

从城墙雉堞外射进来的光线，已穿越了四百年光景，空气中弥漫着火药气味，斑斑青砖上似乎还残留着守军日夜巡视的身影。在威远城正门与东门之间穿梭，时光仿佛凝固在这个古战场上，刀光剑影，炮火连天的日子就在不远处。官兵屯戍之所的气息尚存，只是倭寇已经远去，英军舰炮已经远去，气贯长虹的英气却被驻留城内，经久不衰。

绕过雄踞左右的双狮，穿过月洞门，我每次都有穿越时光之恍惚。门洞外，宝陀禅寺香火道场深，人们礼佛朝拜、游览观光，络绎不绝。门外的这个世界是我们所熟知的，闹热的，人人可加入，人人可参与，是属于我们凡夫俗子的。门洞内的天地却有了另一番神圣，抗倭抗英抗法抗日，硝烟弥漫，战火不断。一砖一石，一草一木，一炮一弹，浸染过仁人志士的血，是我们常人的敬仰之地。从童年到成年，我曾无数次被家长或老师牵引着，或三五好友结伴来此，以参观的名义接受过一场又一场爱国主义教育。

这确实是块宝地，宝陀禅寺香火不断，有神灵保佑；威远城炮火相接，有英灵庇护。阴阳两路力量汇集于此，难怪"海不扬波千古定，地无爱宝一山招"。

前些日，又重回此地，见石城内道路两侧，九方碑刻一字排开。虽经过几百年的风雨侵蚀，但碑文依然清晰可见，笔力雄健浑厚，书体气势磅礴。每块石碑背后都站立着一位名人，他们是谁？他们是守城的将士。天启五年镇浙都督何斌臣、天启七年镇守浙江太保左都督郭钦、清道光十五年宁绍台道周彦……队列中先人们的肉身早已消逝，但他们的手迹与名字，思想与主见都被保留在这一方方石头上。"撑半壁天""擎天鳌柱""海天雄镇"，方方锦绣，字字珠玑。相隔几个世纪，睹物思人。石在，字在，名在，我们与他们交流的平台就在，我们对他们的敬重也在。

原来他们从未走远过。

鼓　楼

读小学时，途经鼓楼，碰上拍电影。一个汉奸模样的人斜躺在鼓楼门洞里，地面阴暗潮湿，他侧靠在一堆草包上，宽大的褐色香云纱长衫泛着古老的光，举手投足间"沙沙"作响。一支木壳枪拖着一根长绳斜跨腰间，目光空洞。可能是片场休息，角色正在小憩。

朦胧的童年，好像也知晓一些电影场景的事，但眼前的真实一幕，还是令小城孩子们格外兴奋。平日再熟悉不过的鼓楼要被拍到电影里去，到底会放在哪部电影里呢？

当年人们就有多种猜测。电影《难忘的战斗》曾到故乡取景，当年街头巷尾就有一个民谣被快速流传开来，说的正是有关这部电影拍摄地和剧情的："鄞江桥头，火炬带头；账房先生，秤砣敲头；狗急叛徒，爬跳墙头；革命军人，冲在前头。"明明在讲鄞江桥，为什么偏要联想鼓楼呢？现在想来，只能说大家爱乡心切吧。

遗憾的是至今也不晓得家乡的鼓楼究竟做了哪个故事的背景，但这又有什么关系呢。有空去登登鼓楼，看一看楼前车流人流，听一听檐下风声雨声，坐在石台屋宇下静思，你会觉得，一直沉默的她，早就是个大背景。在她面前，家乡父老每天都上演着一部原汁原味的生活电影。

原来她一直在我们的剧情里，讲述了六百多年光阴故事。

故事可上溯到南宋，一阵急促的马蹄声打断古城的寂寞，穷途末路的皇帝赵构，被金兵逼到东海边，逗留三天，也没忘记上朝，于是"登是楼以朝"被街谈巷说。

有关皇帝曾光临故乡的故事还不止鼓楼一个。传说赵构逃到城外一个叫张监契的晒谷场，正在晒谷的村姑急中生智翻转稻谷箩，将赵构倒扣在里面，骗过追兵。赵构得救，曾答应来日一定派人接她进京，接头暗号为村姑围在腰间的布襟，到时把它挂在门上，以便记认。后来赵构果真派人来找村姑。有趣的是，这个接头暗号被泄露，一时间，村里家家户户门前都扯起了布襟，使者无法辩认，回去报告，赵构大笔一挥，为报答村姑救命之恩，凡是浙江女子出嫁都可戴凤冠，披霞帔，乘花轿。浙江女子好不荣耀，"张监契，布襟扯大旗"的美谈也被流传了下来。

这些闾巷风情，遗闻轶事，虽未经人工雕饰，略显粗鄙，但却是原始史料，很真实、有趣。故事只是换了一种样式来讲，"当年明月"就是按这个套路来讲述《明朝那些事儿》的吧。

鼓楼还藏匿着另一个故事。我亲眼看见鼓楼屋脊北面有"东南屏翰"四个砖雕大字，就再没对这些故事的真实性产生过一丝怀疑。仿佛能看到，1396年，一个叫刘澄的人，登上了城楼。作为军事总指挥，每遇倭寇进犯之时，他都会在此召集文武官员，观望军情，商讨御敌之策。平日报时用的"樵楼"就这样变成了军事指挥中心。

鼓楼有功于民，民就会呵护备至。

读中学时，听说又有港胞出资修葺鼓楼。那时，路经于此，看着她日日更新，红了屋檐，绿了筒瓦，黑底金字大匾额上，"镇海楼"呼之欲出，心生欢喜。

转眼，一个时髦的苏州园林式广场已伴在其后，说不出有哪里不搭调。瞥见月洞门后那座石牌坊还在，上面虽有近期维修过的痕迹，但石质坚细，浮雕生动，历经百年仍凹凸有致。相比之下，现代广场只是一个背景，一个当年小学生眼里的另一个电影背景。

一座楼连接起童年与成年的记忆。

梓荫山

一所校园大门里头关着一座山，足见校园之大气磅礴。重要的是那座山，浸染在书声与墨香中，该积聚成怎样一种气韵！

山不高，谈不上海拔。面积不大，半个时辰可玩转。但在那，可以听小鸟啁啾，小雨呢喃；在那，可以看亭榭楼阁，摩崖石刻。那里，四季树木茂盛，百花争艳。那是一幅画，山水画，清新、幽静，永远都不会褪色。

让她保鲜的是她的底气，众多人文景观和历史遗迹厚了她的底，重要的还是人。山顶有座"梓荫阁"，由"文昌阁"改名而来。相传宋代理学大师朱熹曾在此讲经授课，民族英雄林则徐曾在阁内研制大炮，与戚继光齐名的抗倭名将俞大猷，他的业绩就记载在山东南面那座碑廊里，与中法战争中痛击敌舰的杰出爱国将领吴杰纪公碑亭仅几步之遥。

穿行于此，我常常被她高度浓缩的历史气息所折服。那么一座不起眼的小山，竟引来众多精兵强将，文人墨客，仿佛都被挤满了，但他们一点都不嫌弃，带着使命，带着正气，长风浩荡。

有朱熹行迹的名山很多，此山可能是最微型的。由于年代久远，留下的蛛丝马迹少得可怜。但他是真切来过的，在此受聘讲学，师儒讨论。沉浸山中日久，桃李满天下，"修身、齐家、治国、平天下"的理学思想及治学之道牢牢印记在这方土地上。

林则徐是被发配来的，在此只逗留三十四天却留下明显痕迹，日记、诗句、手书石刻、奏折、四轮磨盘炮车模型等，像电影一样一幕幕回放：山麓之顶，昏暗的油灯彻夜未灭。"梓荫阁"成了兵工厂，在这里，他与同仁一起研制了四千公斤大铁炮，独创的四轮磨盘炮车也诞生在此。"苟利国家生死以，岂因祸福避趋之"的爱国情怀，岂是常人所有。他最后的离去是强抑悲愤的，是背负屈辱的。流放伊犁时，他脚下的这座小城正面临灭顶之灾，英雄一步三回头，几多不舍。

小山上的楼亭毁了又建，多少朝代翻滚而过。走到刻着"惩忿窒欲"四个大字的石壁边，曾经肃穆被演变成风景，但"戒止愤怒，杜塞情欲"的戒意还在，存活在理学家口口相传的理念上，定格在英雄含泪转身的瞬间里，制约在现代人们的行为举止中。

我喜欢这座山，还有她的书卷气。山的北麓，乾隆年间曾有过一个很大的书院，她有一个气概的名字——蛟川书院。想象泛着墨香的书院，厚重大气，似一个渊博的学究，上知天文，下知地理。

书院在故乡教育史上曾有过显赫地位。它传道济世、兼容并蓄、自由讲学、气象万千。但"新政"之后，书院被改制成学堂。这个曾代表辉煌与骄傲的名字就这样逐渐淹没于历史的滚滚尘烟之中。但是，书院历经千年而蕴积的教育思想精华并没有随之终结而是影响至今。

前些天，那所由书院演变而来的省重点中学，正围绕着这座山，欢天喜地过完了喜庆的百年华诞。

这座山取名于《周易·梓材篇》中"梓材荫泽，荫庇学子，源远流长"的祥瑞之句。

她就是梓荫山。

后海塘

我第一次落泥涂就是翻过这道石塘，顺着其背面斜坡缓缓而下时。

旧时，塘里面是密集的江南宅群，青砖黑瓦，马头墙高耸，牌门庄重，天井开阔。塘外面是浩渺的东海汪洋，连绵滩涂，海鸟低盘桓，浊浪排空，狂怒高吼。塘不固，城不立。这样的地理布局，先人不得不考虑家园的安危。城墙用来抵御外侮，也要抵御风潮，于是城墙海塘合二为一的建筑理念应运而生。

这是小城的一件盛事，关系到百姓的切身利益。全城老少总动员，有力出力，有钱出钱，改土塘为石塘。老天爷也是想成全好事的，更何况，筑石塘这样顺乎民心的事。宋人林栗在《后塘记》中记录了建塘盛况：参加修筑海塘的"役夫匠民"开山采石，无一人伤亡。用船只搬运巨石，海面风平浪静，舟车出入平安。数十万民工，没有一个不出力的。春夏农忙季节，百姓舍田趋役，甚至带病出工。天人齐心合力，一道仿照钱塘江塘样式的石塘一气呵成了。

毫无疑问，海塘是小城百姓筑就的一条生命保护线，但他也有脆弱的时候。

清乾隆年间，飓风来袭，浊浪无际。经不起潮水凶猛冲击，涨潮时石塘崩溃，潮水涌进小城，江水与海水连接在一起，民屋、官所、军营都被冲垮，死伤无数。县令王梦弼再也坐不住了，连夜写好折子，十万火急上报朝廷，请求重建海塘。后来他还大胆提出了在重点险要地段改建"夹层石塘"的建筑方案。自塘脚到塘顶，他们用长方条石合实摒紧，环环相扣，贯成如带。塘面则用五道条石组成路基，条石之上再铺石板。一座上窄下宽，呈梯形状，蜿蜒数公里的长龙，在数代人的手里越变越长。

加固后的石砌巨龙威武雄壮，小城从此度过安稳四季。

安稳真好。夜里有打更声，清晨有杀猪声，白天街道上车来人往，熙熙攘攘。市井气息，土俗方言都被揉进小日子里，充裕，富足，闹热。可是这样的好日子紧接着又被"身材小一号"的东倭强盗打乱了。

昔日搏击洪水的海塘再次成为小城百姓的护身符。

为抗击倭寇，军民在海塘上筑建了望海楼和雉堞，抗倭名将戚继光在这里率戚家军，浴血奋战，阻击倭寇入侵。抗战时期，守军在海塘上与登陆的日军展开激战。留在塘上的碉堡遗迹就是凭证。

如今迈步后海塘，登临望海楼，触摸古碉堡，我都会放缓脚步，屏息聆听，似乎想听见数场战争的厮杀声。只是眼前的古海塘已是灯笼高挂，水廊曲折。水面、池岸、亭榭、花树缤纷呈现。沾了现代气息是闹热的，是悠闲的，但"孤臣一旅捍危城，巾子山前白浪盈"的肃穆古意呢？

完成了昔日捍城防汛使命的他会有几分失落吗？

我敬重他的长度与高度，更敬重他的厚度。

（原载 2011 年第 5 期《文学港》）

怀念一种声音

有一个声音让我久久不能忘怀，它非常古老，来自我出生和成长的故乡。那时，每当夜深人静，人们熟睡之时，街头巷尾就会传来"笃！笃！笃！关灯关门，小心火烛！"的打梆子喊话声，随着夜风，在宁静、闲适但又狭窄封闭的老城上空飘忽穿行，由远及近，又由近及远，直到听不见。

更夫已经走远了，更谣的余味却很悠长。漆黑夜晚，每当这个声音在屋檐下若隐若现，从窗棂前渐行渐远，小小的心灵就会被一股暖意包裹起来，尤其是碰到刮大风落大雨的夜里，还时常会衍生出一份感动。虽说当年少不更事，但从这既熟悉又神秘的声音里，能感知我居住的小镇，每一条小巷、每一个庭院都是安全的。黑漆漆的房屋，独自静卧的每个人都是受保护的，是不寂寞的，是可以踏踏实实地闭上眼睛睡个安稳觉的。所以一直以来对这个声音充满了好感。

了解这个声音的来龙去脉，还是稍大一些，跟着大人去看了越剧《状元打更》之后的事。戏中状元郎因遗弃患难之妻而被贬为更夫，此人白胡须，白鼻子，弯腰迈着缓慢的步伐，艰难地拿着木梆子，边打边走，乞讨生活。舞台人物一招一式、一唱一和及时地给我补习了一个常识：很久以来，弥漫在我记忆深处，那个有温度有情感的声音来自一个习俗——打更。

打更是我国古代的一种夜间报时制度，后又演变出防火防盗的功能，由此也产生了一个巡夜的职业——更夫。打更习俗在故乡一直延续到 20 世纪 70 年代，那时每当暮色深沉时分，更夫们便手提木梆和铜锣，出没在街坊角角落落，他们走街串巷，按更次报时辰并伴有温馨提示："一更打响，敬告街坊，水缸挑满，火种严防……"

第一更又叫初更，大约是晚上七八点钟光景，劳作了一天的人们吃过夜饭都在家里歇息着呢。20 世纪 70 年代初，普通老百姓家里都没有电视，更谈不上其他文化娱乐活动，大人忙着做家务，小孩忙着做作业。听一更打响，家长们便开始催促孩子，赶紧做完作业洗洗上床。第二更大概要相隔两小时，也就是晚上九十点钟光景。这时天已漆黑，四下寂静无声，很少再有人家点着灯，人们都已上床躺下了。遇到秋冬，风高气燥的日子，更夫们便更换了打更口诀，在瑟瑟寒风中高喊"风高干燥，提防火烛"，让各家各户提高警惕。警觉的主妇听到打更声，便会披衣而起，哆嗦着再去灶房、大门摸一遍，看看有无尚未泯灭的火种，顺带巡视一下插上栓的大门，待一一检查完毕，才又放心地钻回热被窝。过年时节，故乡的父老乡亲，都在忙着杀鸡宰鹅、磨豆腐、打年糕，灶屋炉火生得通红，小孩子们的鞭炮也是放个不停。正月夜一家人围坐在八仙桌旁喝老酒吃年饭，传统过年的气氛与味道从浓浓的酒香、菜香中飘溢出来了，此时窗外又传来更夫们包含浓浓年味的更谣："寒冬腊月——正月忙月——火烛——小心！"

通常打第三更已是深夜十一二点了，儿时的我几乎从未听到过三更以后更夫的笃笃声，不知那会故乡的更夫就只打头三更，还是因自己年少贪睡而从未察觉。不过听老人讲，古时打更是有很严格的时间规定的，凌晨一时至二时，是四更，木梆在铜锣上要分别敲四响。三时至四时，是五更，木梆敲打铜锣五响。到了五点钟，更夫就不再敲打，天亮了，人们要准备起床出门劳动了。俗话说得好，一日之计在于晨，旧时皇帝老子五更天也准备上朝了，更何况平头百姓呢。过去老一辈经常念叨的，读书人读到"半夜二更半"才能熄灯就宿，商贾挑夫"半夜三更"就要出门，讲的都是打更记时的故事。

打更是个苦差，晚上更夫是没法睡觉的，天黑前他们就守着滴漏等上工。滴漏是古时的一种计时工具，在还没有时钟的年代里，人们对时间的把握，用的都是一些简单的工具，根据流沙或水滴从一个容器滴漏到另一个容器的数量来计量时间。人们还利用点燃的香，分出了"一炷香""两炷香"时间间距来计时，都充分体现了先辈的智慧。到了20世纪70年代，更夫们虽然早已不用这种古老办法计时了，但更夫巡夜习俗还是以打更的方式从千百年前得以延续了下来，更夫们尽心尽力地担负起保卫一方家园安宁的职责，就像如今夜间巡逻的人民警察，深受百姓的敬重。在故乡小镇，就流传着这样一首歌谣："摇啊摇，摇过外婆桥，桥头碰着打更公，打更阿公真辛劳，不贪财帛为大家，春夏秋冬功德高。"可见当年打更者的艰辛与威望。

记得唐山地震那年夏天，由于当时信息不畅，恐慌中，人们盲目地选择了露天夜宿，这却让我和弄堂里的小朋友有了一次伴随打更阿公夜游的机会。

大概是夜里八点钟光景，家家户户在自家院子里吃完冰在井水里的西瓜，打着饱嗝，拖着竹躺椅，聚集到弄堂口去乘风凉。正当大人们咯吱咯吱摇着大蒲扇，啪嗒、啪嗒拍打蚊蝇之际，打更阿公手提煤油灯笼，头戴斗笠，身披蓑衣，通体玄色，神秘地出现在巷口。随着"镗"的一声锣鸣，打更阿公起锣："鸣锣通告，关好门窗，防火防盗啦！"在一旁结集已久的孩子们，一哄而上。打更阿公雄赳赳气昂昂、大摇大摆走在最前头，尾随其后的小尾巴拖得很长，还时不时地同声高呼"小心火烛！"绕过两条长弄堂，夜有点深了，这时打更阿公已悄然放下铜锣，"笃！笃！笃！"地改敲起木梆，一慢一快，连打三次。快到闹热的街市口，突然又是"镗"的一声，打更阿公要收锣了，整个过程历时近一个小时。小孩们着急起哄："怎么停了？"阿公嘿嘿干笑几声，清了清嗓门自语道："亥时打头更，每个更次打一更，卯时共五更。"小朋友们听了一头雾水，个个都傻眼了。

四十多年过去了，鸣锣、敲梆打更早已成为一段历史，但在我的心灵空间始终更声不断。我明白，在未来的日子里，我将永恒地怀念它，以凭吊儿时的无尽情愫。

（原载 2008 年 7 月 20 日《宁波晚报》）

故乡三味

泥　螺

饭就着菜肴落入肚皮，老祖宗在观察到这一现象后，便给菜肴取了一个生动的本地名叫"下饭"，仔细琢磨十分生动形象。宁波经典"下饭"以"压饭榔头"著称，最有名的是泥螺、蟹酱和龙头烤，其中泥螺在"下饭"家族，甚至在三大"压饭榔头"中都数首位。

它做老大的资格有二：其一，肉质鲜嫩，"土非土，铁非铁，肥如泽，鲜如屑"；其二，好食者群体庞大，素有"年年梅雨后，万瓮人姑胥"之说。

我的老家原先是个渔港小镇，两面临海，一面临江，只有西南角一条狭长的公路与城市相连，独特的家乡地貌，被我的小学地理老师形象地比作汤匙。"汤匙"北边是海涂，每当退潮时分，海涂便突然辽阔起来，时有超低空盘旋的海鸟叽叽喳喳，小鱼小虾在下面跳跃回应。这时眼力好的，就能看到远处有一片黑压压、蚕豆般大小的群体在泥潭上集体蠕动，赶海人看到后总有些按捺不住，恨不得立马翻卷起裤脚管，一头扎进去，"颗粒归仓"。

当年，我的邻里就有好几个以赶海为生的"老泥涂"，他们多数是支边后返城又找不到行生的后生。印象最深的一个，他在兄弟姐妹中排行老四，左邻右舍男女老少都习惯性叫他"四哥"。一日，碰见四哥正巧赶海归来，肩上扛着一只小泥船——"海马"，双手拎着两只沉甸甸滴着泥水的木桶，浑身被泥浆包裹着，只露出两只乌溜溜转动的眼珠，酷似两粒大泥螺。那天晚饭，我家餐桌上便多了一碗生猛海鲜——葱油泥螺，满满一碗，据说这些量，四哥半小时内就可搞定。

跟四哥跋泥涂、拾泥螺，是我平生第一次"出海"。一脚踏上软绵绵的泥涂，泥水就没过了膝盖，当我再想拔出来往前挪动时，人像被水泥浇住了，一使劲人一下子失去了平衡，便"手舞足蹈"倾倒在泥滩上，顷刻间变成一泥猴。四哥料我也走不了多远，索性让我就地"作业"。他指着脚边一粒粒正在缓慢爬行，有一个透明半圆外壳，类似虫子的小可爱说："挑大的捡。"说完他左脚踩在"海马"上，右脚顺着滩涂轻轻一蹬，"嗖"的一声，一下没了踪影。

"海马"看上去很像当下时尚青年玩耍的滑板，当年是赶海人的主要交通工具。

听"老泥涂"们讲，颗粒大一点的泥螺一般都出没在远处海涂上，肉质丰满的上品泥螺产地跟潮水方向有关。发现哪一片海涂泥螺多，就要蹚"海马"过去。当成片的大泥螺呈现在眼前时，"老泥涂"会双手出击，这一操作法被业内人士戏称为"双枪老太婆"。他们出手快，抓得准，收获大。近海滩涂，是没有什么上好泥螺的，即使有，也早被成群结队像我这样凑闹热的拾海人捡了个底朝天。就像那天，我捡到的都是些品质较差的硬壳泥螺，肉质薄、脆性差，与四哥捡回的不是一个档次。

"老泥涂"们出一趟海，一个潮时能拾回很多泥螺。拿到菜市场也能卖个好价钱，靠海吃海嘛。不过当时人们除了部分出售外，大多背回家，用来当"下饭"，吃法就有好几种。

新鲜泥螺烹饪前，先要在清水里把粘液筛掉，然后在烧沸的开水锅中氽一下，沥水装盆；起油锅，放入适量盐和葱姜蒜爆炒后，浇淋在上面，这种吃法叫"葱油煮"。浸在油汪汪汤汁里的泥螺光润可爱，四周点缀着几点青绿的葱花，吃在嘴里既有泥螺的软嫩又有小葱的清香，味道"交关"好。

传统的泥螺吃法多为酒渍腌食。新捕捞的泥螺用水洗净，放入玻璃罐等容器，加盐后快速搅拌，静置些许，去掉水分，调入精盐、绍兴老酒等佐料，再将瓶口封住，一周后即可食用。不过这种吃法不是所有人都吃得消的，特别是外地人得有一定胆识才敢吃。我有一个早年在四川成家立业的舅舅，前几年返乡探亲。临走时，好客的母亲特地请人腌制了几瓶泥螺，让哥哥捎上，一心想让哥嫂侄女尝尝家乡特产。几日后，舅舅来信说，侄女们看到这几个瓶子后非常惊讶，询问其父："宁波姑姑为什么要送我们几瓶小虫子呢？"

金　团

为庆贺母亲七十大寿，我在忙碌地筹备中猛然想起了我家老房子边上的那个做金团的糕点铺，想起了那个像变戏法似地会做金团的胖阿姨。

当地有做寿分金团的习俗。小时候，左邻右舍的长辈逢十做寿，无论家境殷实富足还是清贫拮据，既然要做寿，分金团是省不了的。做寿人家总要事先到点心店预订或自己动手做好上百个金团，到时挨家挨户地去分。亲朋好友也非常看重这份形圆似月、色黄似金之礼，觉得吃了它们，就会沾点做寿者的福分。

在一个天高云淡的晌午，我回到曾居住过的小街头。凭着记忆，找到了那个做金团的店铺，可是从原先那个门里出来的却是一个头裹彩巾、满脸憨笑的回族大妈——原来糕点铺早已改成兰州拉面店了。

我从店铺中退出来，看看四周，肯德基、永和豆浆等招牌此起彼伏，这些外乡口味的小吃店，在不知不觉中早已替代了当地传统小吃，像金团这样地地道道的手工制作的家乡点心已悄然隐退。

　　小时候，印象最深的是每个清晨早起赶路上学的场景。我单肩挎包，空着肚子急急地往学校赶，远远地，就能看到小街一隅，透过来些许光亮并伴随着阵阵热气。上学的孩子都知道，这是糕点铺里透出来的光与热，里面有无数个热呼呼、黄澄澄的金团正散发出一股股甜甜的、淡淡的松花清香。那时候，店堂里做金团的是一个胖阿姨，即使在大冷天，她也总是把两个袖管卷得高高的，忙着把倒挂在洋粉袋里沥干了水分的糯米粉挖出来，搁到一大蒸笼里蒸熟，然后铺在一个长方形的案板上用力揉搓。一会儿功夫，糯米团经阿姨的胖手左右拿捏，乖巧地变成了一个个饼，随即嵌入事先炒好的豆馅，封口，再在松花粉中来回翻滚几回，最后被送进印模双向轻轻一合，门面上印有龙凤吉祥、状元及第、麻姑献寿等图案的金团就被压制出来了，图案精美似一件件工艺品。当胖阿姨麻利地抹去脸上的汗水，舒心地欣赏她的劳动成果时，在围观的孩子们心里，便掀起了一浪高过一浪、无法抗拒的食欲。

　　在乡下，我有一个嬷嬷也会做金团。每年冬至节前后，嬷嬷把糯米浸泡在缸内，三四天后磨成粉，装在一个长形的布袋中自然沥干水分，再将糯米粉掰成一小块一小块，在阳光下铺开晒干，收藏进一个饼干桶里。晒干的糯米粉，本地人叫作"冬粉"。每年去她家过年，嬷嬷总是拿出"冬粉"给我们做金团吃。

　　如今，乡下的嬷嬷早已过世，会做金团的胖阿姨也随着糕点铺一并消失在茫茫人海中。金团这种精致古老、洋溢着浓郁乡土气息的本土小吃也似乎正在渐渐离我们远去。

臭冬瓜

　　老蒋在南京餐桌上瞧见一盘菜，心里猛地一怔，不由得想起前妻毛氏。在奉化老家，几乎家家户户都能腌制此菜，而毛氏的手艺更是了得。她在腌缸里还要放进一些老苋菜梗，等它们一起慢慢变霉，直到散发出不同的霉香。缸内"臭味相投"、鲜味相融的食物便是老蒋所好。远离家乡，每每嘴馋时，忠厚老实的毛氏夫人总会腌制好后千里迢迢派人送来。

　　蒋在"逐臭"之时，不由感叹："我好这一口，也只有她记得。"

　　蒋好的这口，便是宁波风味菜肴中的一道名菜——臭冬瓜。"臭名远扬"的臭冬瓜之"臭"，可算是本地菜肴中最鲜明最有特色也是最绝的。绝就绝在臭冬瓜闻起来有点臭，吃起来有点香，是那种经过发酵的丁点清香，多数老家人都喜欢吃，就像海南人喜嚼槟榔，宝岛人爱吃榴莲。起先，那种异味会让人"望而却步"，但是，自从吃上一口后，就会被它那种特殊的口味和质感所吸引，甚至产生"流连忘返"的境界。周作人曾说"名臭而实香，生熟都好吃……是一点没有富贵气味的"。

　　冬瓜全国各地都有，但只有宁波人喜欢把它弄到"酸臭"才罢手。他们把冬瓜切块，煮熟凉透，抹上盐，浇上卤水置于甏中，密封放阴凉处待上数日后食用。这种加工方式着实有点麻烦，但形似软玉、滋味悠长的江南名菜由此脱颖而出，全国独一无二。

臭冬瓜有两种口味，一种偏臭，一种偏酸。按喜好不同，腌制时，冬瓜生熟，卤水浓淡，密封长短都有讲究。臭的奇香味美，酸的健脾开胃。

船王包玉刚先生对这道家乡菜也情有独钟。据说，有一次船王返乡省亲，忆及此菜，便向东道主"索要"，想讨个口福。当年，对各家高档宾馆来说，这么土气的民间小菜是上不了台面的。难怪主人听后心里就有点犯怵，连忙派出一位名厨，先上街抱回一只大冬瓜，又找来当地一老妇做现场指导，历经数日才做成臭冬瓜。包先生如愿以偿，连声叫好。

当年，臭冬瓜不能登大雅之堂实在有点憋屈。相传，清末有一位禅僧，湖南人，姓黄，俗称八指头陀寄禅和尚，曾担任天童寺主持。这位高僧在饮食上别无它好，独好臭冬瓜，也是位出了名的"逐臭之徒"，他经常坐在寺院膳堂内，一边有滋有味地品尝臭味美食，一边吟诗作文。早年就留下诗文：四明风俗异长沙，爱吃咸齑与豆渣。归到湖南清味别，有钱难买臭冬瓜。

有关臭冬瓜来历，民间就有好几个版本。我认为，渔民出海，无意间发现此物独具一味之说比较合乎情理。因为过去渔民出海打鱼，一个来回就得数月甚至一整年。出海前，船上必定要贮存足量的蔬菜，冬瓜装在坛坛罐罐里经风吹日晒，发酵变臭是在所难免的。只是勤俭的渔民舍不得倒掉，他们拌了点老酒麻油来遮挡臭味，却意外地发现臭中有香，出奇好吃。"麻油老酒腌冬瓜"，如此看来，臭冬瓜诞生并风靡，纯属歪打正着。

小时候，我住在一个大杂院里。每年夏至一过，院落里的各家主人便开始从旮旯堆里清理出几只大小不一的瓦甏坛子来，男女老少自己动手腌制臭冬瓜。有一天放学回家，见一个邻居正把一块块切得方方正正的熟冬瓜盘到一只瓦甏里，干活的是个老阿娘，盘一层冬瓜撒一层盐，一层一层活像垒瓦爿墙。盘到最后一层，叫来一旁做作业的大孙子，从隔壁屋里床铺底下搬出一块大石头，洗得油光锃亮，四平八稳压到最上层。围观的小伙伴望着还冒着热气的瓦甏都有点等不及了，纷纷嚷嚷："阿娘,啥辰光好吃了？"弯腰干活的老阿娘从甏沿里探过脑袋来："每日放学都来嗅嗅，有点臭兮兮就好吃了。"

（原载 2010 年第 4 期《青海湖》）

蛟川风情

九龙湖：黛眉才知情万种

在钢筋水泥的城市里蜗居，久了难免气憋，总想找个透气的地，一定要有山有水，有新鲜瓜蔬，鸡犬相闻，还要出行方便。找到后便想住下来，看看绿草树，红果实，灰瓦房，白炊烟，累了打个盹，发发呆，思想开个小差。

九龙湖满足所有要求。

我初到九龙湖，被它的清新明朗吸引。那是二十年前的一个冬天，拍摄一个MTV《慢慢陪你走》，奔九龙湖取外景。事先选定MTV的拍摄地点，也让摄制组成员劳心费神。从高楼大厦之巅寻觅到浊浪拍岸的海涂地，甚至把假山盆景的公园也惦记了一遍，大家讨论了好几天，最后，一致决定应去初冬时节最为干净的九龙湖。

辽阔水面，微光粼粼，细细密密涟漪，烟雨中，碧漾。镜头里，女主角驼色长大衣裹着她纤细身材，一头飘逸长发在空中飞扬，拂过年轻饱满的脸庞。不经意间一个回眸，似一泓湖，让人心动不已，思绪绽放。多年后，我已记不起她的名字，但这个瞬间定格至今。看来一个细节是可以记一辈子的。

清澈冷峻的湖水，能把人的五脏六腑都洗干净，还会遗漏生活杂尘？最终拍出的MTV效果，的确让所有人都感叹不虚此行。导演说，干净的空气，再以湖光山色作底，画面本身所具现的色温，与爱情歌曲纯美主题十分吻合。

九龙湖，对我居住的城市来说，犹如佳人，在水一方，一双秀目牵人眼啊。第一次从刘郎编导的专题片《西湖》里，听到那句著名解说词：湖泊是城市的眼睛。着实惊住了，觉得没有比它更妥帖的比喻了。一泓碧，映着心呢，这句话点了湖的穴，风生水起，湖便有了风骨。我想到了家门口的九龙湖，一抹笑靥，眉宇间，赢得视觉美感，拓展乐水情趣，呵护身心健康，举手抬足间都折射出城市气质。若没有她，城市万般气韵总难呈现。怪不得都说杭州有了西湖才有诗意，无锡有了太湖才有仙气，看来家乡有九龙湖才透气。

在象形文字中，九为人首蛇身；龙是传说中的虚拟动物；湖从水从胡，"水"与"胡"联合，直意"水面长满胡子般水草"。九龙湖三个字，排列在一道，不也独蕴灵智，引来无限遐想吗？

虽说她原本只是个人工水库，但依山临水、幽秘清雅、交通便捷的环境吸引了众多度假村、山庄、酒家、高档别墅群前来落户。如果说二十年前，她还是个素面村姑，如今已俨然出落成一位摩登的城市女郎了。自然风貌与人工景观，交相辉映，历史遗存与现代文明，相得益彰。她以恢宏气势、充满灵气和文化底蕴的城市"会客厅"身份，迎接我的重访。

清明时节，有朋友从远方来，老友叙旧，自然想到了这个"会客厅"。拉开车门，一股凉爽的山风劈头盖面而来。她张开双臂，想把风揽进怀抱。她说冷嗖嗖湿漉漉的风，只有家乡才会有。

聚餐安排在湖畔的开元酒店，新开的。山水环绕着。刚进大堂，礼宾小伙子主动引路，服务员一式微笑，安静没有喧哗。开元选了一个非常好的视角，坐在餐厅可以看到最美的九龙湖。放眼望去，悦目花卉，百态绿篱，修整成各种形状的树木，形态各异的小桥流水，曲折回廊，疏疏密密，延伸着，一直伸进到湖里去。

这就是传说中的"浙东香格里拉"吗？

朋友们都坐不住了，不约而同跨出门去。此时已近黄昏，天幕低垂，水天相接，城市之眼朦胧中。"野旷天低树，江清月近人。"老友说这几年来来往往，看过多少秋月风，唯有家乡景家乡人，看不够也最难忘。于是举起相机，眯缝起眼，咔嚓、咔嚓，留住时光与笑容。

人真是一种情感化、意绪化、心灵化的动物啊，庞大丰盛的内心时常会翻江倒海地想表达一种心境，一种心情。

就像我想说，我对九龙湖的好感还来自一桌饭菜。

这桌饭菜是摆在湖西的横溪村农家的。那里有条平日非常安静的山道，两侧排列一座座农家院落，外形大同小异。一条小溪与山道平行，从连绵的家门门口淙淙流过，匆匆走下山去。家家院门都是敞开的，门前有老人与黄狗默默对视。只要你随意走近，便会有主妇笑脸相迎。你可在院子或厅堂，任选一张圆台面落座。没有菜谱，甚至还没得及点菜，一碗又一碗的农家菜已经搬上桌来，带壳花生、爆炒螺蛳、蚕豆煮糯米饭，中意的留下，不中意的立刻撤走，主随客便。倘若还不满意，直接到厨房去，现点现炒。

每次来，我都会点上一盆葱烤溪坑鱼，一碟烧酒杨梅。鱼是门口小溪上网的，杨梅是从屋后山坡上的杨梅树上摘的，用便宜的"枪毙烧"浸泡着，年份起码有十年了。端着盆，再拖一把竹椅子，在院子找一个角落，坐下来，吹吹风，听听流水声。想坐多久就多久。

身边有一汪湖，惬意！

十七房：黑白胶卷更适合

喜欢去看水墨画似的江南旧宅。

携水墨意韵于建筑上，便留了清淡闲雅在心田了。接近她，似接近一位有着古雅气质的女子，没有丁点的脂粉气，没有水嫩颜色，更不会像猫一样慵懒、随意、处处透着甜味。她一袭素色，静静地站在那里不说话，近了才能看到她通透明亮的眼眸，如同沾了星辉，皎月般光彩熠熠。白皙瘦削的脸颊，高昂头颅，恬静刚毅高贵。这种气度很适合这座深宅大院，她还有那个男人气十足的名字，十七房。

本来就是个古代男子的名字，主人有着高贵血统和王者霸气。然而，他的祖宗春秋郑国国君郑恒公，在一阵气宇轩昂之后，他的后裔终究没能逃脱被金兵追击的命运，不得不选择了逃亡。他们从河南荥阳出发，拖家带口，千里迢迢，一路南下，最后躲进东海边一个叫蟹浦的小镇，默默地繁衍生息。这事发生在南宋初年，国君的第六代，一个叫郑铨的后人身上，这位郑公子排行十七，人称十七公。是他最早选地察形，在江南小镇落脚，打造出这片建筑群落，十七房也以此得名。

时光匆匆，朝代转换，十七公是颗种子，落地发芽了。子孙越来越多，庭院也越扩越大。走进院落，郑氏祖堂、中央房、大祖堂、恒祥房、新房、立房、恒德房、鼎丰房、后堂楼、典当房、全盛房。一进进，南北相连；一幢幢，东西贯通。刮风落雨天，行走于此都不用撑伞，重要的是每房门户步步相连，生活在一起就少了许多隔阂，大家庭成员就这样过着"天高皇帝远"、粗茶淡饭的安稳日子。

我是因朋友在里面拍电影再次走近她的。

她拍的是清朝戏。弄堂里的石板地被自来水管喷得"答答滴"，大晴天里营造落雨天湿漉漉场景。江南女子的万种风情似乎只有从湿漉漉的江南烟雨画境中才能飘得出来。淡淡的水墨韵，淡淡的云水心，轻描淡写地从容着，恣意着。

她说她喜欢庭院的静，那种细雨洒落在溪流田野上若有若无的清静。喜欢庭院的古，那种青砖石雕笔墨纸砚青花瓷里的古老。喜欢庭院的缓，那种小桥流水琴棋书画碗茗炉烟的缓慢。甚至喜欢庭院的失落感，"良辰美景奈何天，赏心乐事谁家院？"曾经的姹紫嫣红如花美眷，都会随似水流年，付之断井颓垣。这也是我喜欢的啊，竟然都是些不食烟火，残缺凌乱的东西。其实只是想用简单心境来拒绝繁华诱惑，以淡定心志来恪守一份自我清高。

朋友说，庭院花巨资修葺了，也有来拍电影的，规格高了，门票涨了，赏画成本就提高了。

记得自己第一次来，刚刚开放，冷冷清清的。河埠头上倒有几个妇女在洗衣裳，用力敲打着棒槌，捣衣声在空旷中回荡，从中还夹杂着女人们没完没了的悄悄话，还有间隙传出的放浪形骸的笑骂声。

循着声音望去，宅群四周都有濠河相连，数个河埠头，数座石板桥，星星点点，洒落其间。当年航船就停泊在宅院主人自家门口的河埠头上，像如今出门可坐公交车，朝发夕归，载客带货，出入十分便当。

这种便捷可不是普通老宅都能享用的，瞧瞧头顶成群结队的马头墙，就会明白。别人家的马头墙只有二节、三节，而十七房的马头墙，都是四节、五节的。节数越多主人地位越高，不是平头百姓任意构筑的，标志着门第的高贵与霸气。

霸气的还有门和窗，周身都散发着淡淡知性清新的美。斗拱曲轩、门楣窗钵，浮雕、圆雕、透雕和线刻都是天才手笔。奇禽异兽、祥花瑞云、木雕石雕，大气磅礴，宫殿、庙宇才有的飞龙也大胆地出现在她的容颜上。岁月的霜刀雪剑刻画着她的沧桑，也不着痕迹地为她保留了一份自尊与自恋。

我穿行于石鼓石窗石牌楼，触摸照壁门罩漏窗，似游转于一本本书画读本之中，里面密密麻麻都是民间故事、神话传说，历史风俗、戏曲人物。"三狮戏球""麻姑献寿""麒麟送子""八仙过海"，一个个滚瓜烂熟的故事情节，流露出主人顺应自然，顺应天道的生活态度。"梅、兰、竹、菊、荷花、牡丹"等花卉图案，"福、禄、寿、喜"等吉祥文字，寄寓了对家族子孙昌盛，兴旺发达的渴望。这是人们记忆与想象的物化与延伸。

我从过往记忆中退出，已是正午辰光。和朋友走在清凛凛的河道边，绿树浓荫，楼台倒影，墨色清雅，气韵悠远。我是带了数码相机的，朋友说浪费了，黑白胶卷更适合。

这又何妨？我说回去 PS 一下，过滤生活杂尘，只留淡淡清澈。

朋友衣着朴素，姿容娴雅。频频点头。

（原载 2013 年 12 月号总 181 期《文学港》）

年夜饭

　　腊八节刚过，左邻右舍在北窗的西北风中吊出一根根鳗鲞，一串串酱肉，熟悉的场景，熟悉的况味越过窗子，漾到了心里。我知道一年到头，分量最重的那顿年夜饭又将开席。这些年，我们的饮食习惯改变了，年味也淡了，但年三十夜里，一家人团团圆圆吃年夜饭的习俗却从未改变，留在舌尖上的年夜饭，它的味道熟悉而顽固。

　　当年，我老家在一条陋巷里，一幢火柴盒状的楼房里住着十几户人家。对门邻居的男人是司机，平日进进出出，大包小包的往里拎。年前，带货入室越发频繁，相比之下，我家就略显冷清。

　　每次回家过年，一上楼道，就能闻到对门呛鼻的烟火味，溜烟的门缝中，瞥见司机老婆正围着围裙炒年货。南瓜子、花生、葵花籽、年糕片在热锅里炸得"噼啪"作响，整个楼道都弥漫着炒货的烟气与香味。这个时候，我家也不甘示弱。年前，老爸的主要任务是去菜场和年货展销会"扫货"，为的就是要置办年三十那顿饭。在老爸心里，这可不是一顿普通的夜饭，他知道，平日里子女们再忙，走得再远，那顿饭前他们定会自觉赶来，在经过了一年的漫长等待之后，一家人在固定的时间、固定的地点，围着一桌几乎也是固定的菜肴，其乐融融地解乡愁。

　　黄泥螺、红膏炝蟹、新风鳗鲞、咸齑黄鱼、荠菜春卷、猪油汤圆、虾蛄炒年糕、三鲜汤。老爸置办得也豪气，平日省吃俭用，那时就放开成批地买。年三十至初七，我们几个围着圆桌"扫货"。有一回，吃着吃着，发现八仙桌的一只脚没垫平，此时大家都有点吃撑了，大伙试了好几次才勉强弯下腰去。年前备下的，除临走时各自拎走些，其余都得逐一消灭。那会一只凤凰单门冰箱是塞不进太多货的，馊了又可惜。现在看来，连续几天的暴饮暴食实在是太不科学了，换成现在，非得吃出个"三高"来。但那会儿，大家肚里都没啥油水，胃口尤其大，稍微吃撑点也不妨事。

　　老爸是全家人中最会煮"下饭"的人。每年年夜饭他都要拼出十只冷盆，十只热炒。菜单早早拟定，冷拌海蜇皮、白斩三黄鸡是数十年不变的传统保留"节目"。冷拌的海蜇皮要事先用淡盐水浸泡数日，为什么要用淡盐水而不是清水浸泡呢？老爸说，淡盐水就像药引子，起着"向导"作用，只有这样才能把渗透在海蜇皮里的咸苦味全给"吊"出来。泡淡后，海蜇皮切丝，用酱、醋、糖凉拌，再淋上麻油，咀嚼起来，又脆又鲜。煮白斩鸡的关键是生鸡入锅氽水时间的把控。关火后，先用要一根筷子戳进去，拔出来需细细观察，看到筷子的中间段是干的，表明鸡肉已经煮熟了，这时，筷子的尖头部分最好要带出一点血水来，这个火候煮出来的鸡肉皮黄肉白，刚熟不烂，是最鲜嫩的，否则就煮过头老得啃不动了。出锅冷却后，用手轻轻一扯，便骨肉分离，夹上一块，蘸点撒有姜丝的酱油入口，滑嫩又有弹性，瞬间把那年春晚上，王景愚吃鸡时又硬又难啃的尴尬，抛到了九霄云外。

有了这两道王牌冷菜，要是椒盐腰果、白切皮蛋也能凑个数，备齐冷菜不算难。头痛的是热菜，像韭菜炒蛋这样的家常"下饭"，那时还上不了台面。过年"下饭"有讲究，萝卜羊肉也只能算中档货。清蒸河鳗算得上年夜饭上的一道大菜，还有鳝丝羹，但这些活物都是要现买现杀的，要去腥，又要趁热吃，制作工序烦琐，选购时更有讲究，呆头呆脑的都活不到年前，必须一一甄别，把活蹦乱跳的带回家。好在当年都是野生的，不像现在养殖的，吃了避孕药又肥又大还养不长，尽管后来吃避孕药的说法也被辟谣了，但撒把海水晶总是难免的，多吃肯定有顾虑。在物质还不是很丰沛的年代，不得不佩服我老爸当年的"扫货"水平，能在小菜场里兜兜转转，转出七八桌过年"下饭"那才是真本事。

年夜饭，老爸是总指挥兼总后厨、总采购、总掌勺，其实也是一场全家总动员的合奏曲。等父亲列好菜单，买好配菜，头天晚上，我们几个便开始为老三鲜汤的备料做准备了。

这道菜虽是大众食材，但里面配置的鱼丸、肉丸、蛋饺都是手工制作的，没有现成的可买。做肉丸，剁肉是个体力活，自然由我们年轻人分担。买来的瘦肉要用冷水冲洗干净，去皮切成丁，再剁成肉馅。肉丸的馅要比我们平常包饺子的馅剁得大一点，吃起来才有嚼劲。等我们把剁好的肉馅放在碗中，主厨老爸出手了，他先往碗里打入一颗鸡蛋，加入盐、白糖、料酒，再用一点红方腐乳汁提色。调好咸淡，接下来搅拌的活又回到年轻人手中，我们用筷子朝着一个方向不停搅拌，直至搅拌均匀，再把碗递给帮厨老妈，她用一只小勺子，一勺一勺地舀入尚未烧开的锅水中，肉丸完整不散架的诀窍就在于温水下锅，煮至肉丸漂浮起来，方可捞出待用。

老三鲜的"三"其实是虚数，我的理解是若干食材加在一起，比如除了鱼丸、肉丸、蛋饺之外，还可以加点滑皮虾、熏鱼、蔬菜、粉丝等，放入砂锅一起熬煮，这样熬出来的三鲜汤，汤汁鲜美，营养丰富，大冬天吃着还暖身。

除了老三鲜，我家年夜饭的菜单上还有一道硬菜，也是老爸的一道拿手菜，虽是一道家常的素什锦，但味道和外面饭店不差上下，十足的美味"下饭"。木耳爽口细腻，就连里面的黄花菜也是凉了好吃，尤其是渗入在烤麸里浓郁的汤汁，鲜辣甜咸，浑然一体，融合巧妙，或是浇在米饭上，或是裹着馒头吃，都会让人食量倍增。每年过年前，老爸必会做上这道经典的家常"下饭"，满满一大砂锅，盖上盖，密封好后放置北窗外，窗外天寒地冻的，如同放进了一只天然大冰箱，每次都能吃出年而不变质。

　　不过，说到我们家过年特色菜，还是要数"红膏炝蟹"——炝蟹是过年必不可少的年货。西风一起，老爸就开始跑市场挑蟹腌蟹，因为之前他常在菜场转悠，自然知道哪家蟹肥，哪家价格公道。炝蟹的好坏全在那一抹红色里，红膏红膏，她的鲜美与品相都取决于膏的颜色与硬度。我家用盐水泡制的红膏炝蟹只只双角挑红，咸淡得体叫人吃着就上瘾。当年，切上一只红膏炝蟹，就能吃下三大碗米饭呢。

　　转眼又要过年了，写下这些，好像自己已经站在老家的楼道口，闻到十足的年味，对门司机家的小车满载年货向我驰来……只是，爹妈年迈，早已经不是能置办年货、操办年夜饭的强劳力了，去饭店吃年夜饭也有年头。此时此刻，看着邻居家提前置办的鳗鲞酱肉，甚是想念，想念曾经最最熟悉的家的味道，想念饱含老爸辛勤与智慧的年夜饭……

成器之地

我长年蜗居斗室，所以一直思慕宽敞新居。

受益于供职单位的一个爱民举措，我才得以搬迁到庄市，好像冥冥之中的安排，人生走到了一个站点，路旁出现了一个家园，我顺道拐了进来，机缘巧合，天遂人愿。

之前，我已然与她有过无数次交集，虽说都分散在我人生的各个阶段，但每一次的境遇不同，每一次的心境也大异其趣。

初次与她相逢是在三十年前。由包玉刚等旅居海外的宁波同乡捐资复建的中兴中学落成，受任职该校的一位朋友邀请，我挑了一个艳阳高照的日子，前去参观新校舍。

从当时我居住的单位宿舍到中兴中学，骑自行车也不过大半个小时，不甚远。

朋友在一幢洁白的教学主楼门口迎接我。阳光下的校园，绿草茵茵，白楼成群，我不由心动神迷，倏然想起美国诗人哈特·克兰的《白色楼群》：真实垂入寂静，如同一面镜子……他们正踏着自己年轻的传奇，一步步走进日午。以至于后来，当我读到吴芝兰的小说《远郊的白色楼群》，不禁又联想到中兴中学那清一色的净白：白色的教学楼，白色的实验楼，白色的教师公寓。可以想见，在当时周边还是一片绿色田野的庄市，这组洁白楼宇该有多显眼。

绕着校园，我们走了一圈，然后在操场上拣一块高地坐下，敞开心扉，畅谈感受。忽见一群当地村民模样的男女走近我们身旁时站住了，其中一个年长者看起来有些激动，举着手臂，指着校园，慨然叹道："真是乡贤造福子孙啊！"另一村民环顾四周，大声地辨别起方位来："右边那条小河浜再过去一点，就是中兴学堂原址，后面就是钟包村了。"其言未尽，便有一个戴着眼镜的年轻人志得意满地补充说："这回参加中兴中学重建捐款的，除了'世界船王'包玉刚，还有'影视巨头'邵逸夫、'纺织大王'包从兴。我听说学校落成那天，赵安中还特意派他的小儿子赵亨文，跟着包玉刚夫妇一起来参加了呢。"

我无限崇拜地望着这个眼镜男青年，因为从他口里第一次听到了一连串商贾英才之名，他们都从庄市的这个学堂起步，走向了世界。发迹致富之后，须发垂白之时，他们又不约而同地回到家乡，慷慨捐赠，兴办学校，发展家乡的教育事业。在他们心里，故乡是具体的，具体到一条小河浜、一张长书桌、一个旧学堂。他们不说理由也不向自己追问理由，匆匆来了又匆匆走了，双目湿润又须发飘飘地走向远方。正像余秋雨先生追问的，这是一种什么"风"、什么"流"呢？我非常认可他所说的，那是一种神秘的人格传递，而这种传递是融入进了他们故乡的山水大地、风土人情的，无形而悠长。

现在回想起来，当年那个村民口中提到的中兴学堂，就是现在中兴中学的前身，最早叫"叶氏义庄"，由"五金大王"叶澄衷创办。包玉刚、邵逸夫、包从兴、赵安中等都曾在那里就读。日后，这些同门学友都成了"宁波帮"的富豪殷商。

"叶氏义庄"被后人誉为"江南第一学堂"，政府出资修葺后被列入浙江省文保单位，如今静卧在庄市最热闹的万科城一隅。一百年前，"叶氏义庄"开设了"国文教育"，一百年后，即将迈入小学门槛的萌娃，穿上汉服端坐位前，在这里接受"开笔礼"。

最令我心动的镜头是去年5月，江南第一学堂开笔礼直播，我敬爱的师友、镇海区资深语文教师、作家桂维诚为孩子们点朱砂。他曾是恢复高考后，获得语文满分的第一届考生。自江南第一学堂举办开笔礼以来，桂老师一直担任蒙童的启智人。镜头里，桂老师身穿深灰色长衫，挥毫在孩子的额头正中点上红痣，这又叫"开天眼"，寓意这孩子从此眼明心明，好读书，读好书。当记者举着话筒采访他时，桂老师颤动欲泪，他昂起头对记者说，开笔礼是孩子成长生涯中的第一个大礼。今年恰逢新中国七十华诞，作为共和国的同龄人，参与今年的开笔礼，意义非凡。

我在江南第一学堂的院落里穿行，在这座江南民居不大的空间里，一百年漫长的时光仿佛被浓缩在一起，也把洋洋洒洒永远说不完道不尽的文化传承深深地烙在了学堂的一砖一瓦之间。

我第二次来到庄市，是十二年前的国庆节，正值中兴中学百年校庆前夕。去年底，我又得知"世界船王"包玉刚故居修缮一新，免费向公众开放，怀揣敬仰之情，再次走进了故居。

村口那条狭窄的水泥路早已被一条气派的四车道沥青大马路替代，屋前屋后的菜地、稻田也没了踪影，取而代之的是整齐划一的新楼盘环绕四周，唯有故居前方的那条小河水依旧潺潺不息。

"小姐回家喽……"一楼影视厅，正在回放故居修缮启用开馆仪式的电视录像，我坐到影视厅朱红色的长条凳上观看，银幕上，锣鼓声声，舞龙舞狮，一片吉祥。此时，故居大门被缓缓打开，包玉刚女儿——长女包陪庆女士等在包家人的簇拥下，站在门外的红地毯上，包家乡亲齐声高呼"小姐回家"，随后她们为故居掌灯。恭候在履安堂大门外的众人陆续跟进，拜谒祖先。

今日故居又为客放，再展红颜，我想这不仅仅为庄市再添一处人文景点，更多的是寄托了故乡人对包玉刚先生的崇敬和怀念之情。因为我们守护好游子对故乡浓浓的眷恋，也就留住了老一代的根及新一代的乡愁。

庄市是座小城镇，在我的新居，推开东窗，举头隐约可见"江南第一学堂"、包玉刚故居，不远处便是著名的宁波帮博物馆。

宁波帮博物馆从何时开始筹建，何时竣工，历时几年，我对这几个时间节点都记得一清二楚，因为其间，我先生因一次意外，住进了医院。当时病情危急，身边的朋友接力抚慰，陪我度过人生最消沉、最无助的时光。宁波帮博物馆的王馆长就是众好友中的一位。当年他的家就在医院边上，白天抽不出时间，他就在晚上加完班，回家前过来探望。来时，手里时常拎一顶沾满泥沙的安全帽，脚下套着的雨靴同样沾满泥沙，这跟我平时眼中儒雅俊朗又爱干净的王馆长形象大相径庭。我跟他说："工程紧，你又忙，别跑来跑去的了。"每次他都会说："要从方方面面体现宁波帮的精髓所在确实很难。"

博物馆竣工投运后，我决定和已痊愈的先生一起去看望这位老朋友，同时也急切地想参观一下倾注了他多年心血的博物馆。

沿着庄市大道，绕过同心湖，从密集的住宅区拐进了一条树木茂盛的大马路。没用导航仪，也没有熟人带路，只寻着一座宏大的建筑群而去。忽然，万绿丛中有了那一抹淡淡的灰，走近，便看到了钢构杆栏、玻璃廊道、水街长庭，隐约还有河埠头、戏台，浑身起一种莫名的激动，以至于今天都回想不起来，我是从哪个大门进入的。就这样，陡然一惊中，我已站在"甬"字型结构的主楼下，眼前的"时光甬道"里，鱼儿戏水，微波涟涟。

即便是站在水陆迭合的轴线上，隔着一层玻璃，我也会有一种想去亲近水的欲望。眼前的这汪浅水，在这里算是出足了风头，做足了文章，"宁波帮"具有开放的海洋性格特色，而有海的地方必定要有水，有水才能让每一位游客感受到宁波的"海洋"经济、"海洋"文化和"海洋"的生活方式。

我跟王馆长说，你们完成了一个了不起的工程，也注定会稳稳当当地造福千年。我这么说绝非恭维，有了它，我们了解了首家火柴厂"燮昌火柴公司"、首家味精企业"天厨味精厂"、首家化妆品企业"中国化学工业社"……再说得近一点，有了它，我们知道了影视界的邵逸夫、毛纺界的曹光彪、贸易界的王宽诚、大中集团的应行久……

一连串响当当的名字背后，都树着一方方顶呱呱的金字招牌，经百年锤打，浸润延伸出集商道、才智、家国情怀于一体的"宁波帮"文化。

离开时，我被立在展厅出口那块主题板上的文字所吸引，正是艾青的那句名言："为什么我的眼里常含泪水，因为我对这土地爱得深沉。"

是的，我也爱庄市这块土地。区区一邑，硕儒辈出，学风泽被全省乃至全国；它汇集多个地标性建筑，也成了人们的情感地标和精神家园。

庄市是福地，是成器之地，我来对了。

（原载 2020 年第 12 期《文学港》）

乡村喜宴

堂弟结婚，我们全家应邀回老家喝喜酒。

拐进熟悉村落，穿行在院落与院落之间留出的狭小走道上，踏着潮湿的青石板路，伴着吱嘎吱嘎的脚步声，沿着曲曲折折的村河，我们向着以西河口为中心的老宅走去。

童年的西河口是辽阔的，远处有座拱桥横跨在两个村庄之间。桥上，邻村农人担着箩筐往河两岸的自留地赶。桥下，过往船只扑哧作响，泛起层层浪花。若是盛夏季节，附近村庄的孩子们都会从四面八方冒出来，一头扎入河水中，从早泡到晚。孩子们野游时是不讲究泳姿的，也不懂啥叫泳姿，他们穿着一条土布小内裤，赤膊上阵，本能地、恣意地在河中上下扑腾，任性无比。

城镇化的脚步早已踏入我的老家，好在沿大道两旁矗立起来的高楼大厦，并没有彻底覆盖老宅，也没有掩埋我童年的西河口。河水从上游那条渐渐变宽的河道中持续涌来，带着滔滔不绝的潺湲声汇入老宅所在的城中村，飘来阵阵湿润与清新，它的存在好比给这个城市及掩隐在城市背后的村庄留出了一个活口，不停地供气供氧。我的祖先们一直依存着这条河流哺育生命，经历死亡，一代又一代。

终于，在西河口南岸的斜坡上，在一片枝叶残存的杨柳树后，我们瞧见了一个熟悉的院落，它便是我们的祖屋。屋外大门口有一块方方正正的水泥地小操场，冬日的阳光正照着这块清凉的地面上，泛着银色的光。与往日不同的是，此时清凉的水泥地已密密匝匝站满了前来喝喜酒的人。走到人群跟前，我们不停地与熟悉或不熟悉的老家人打着招呼，几乎在他们的注目礼中进入了祖屋。

祖屋明堂一侧，早已搭起一间临时厨房，颇具单位小食堂规模。几张大门板拼接在一起，门板上，冷菜热炒一字排开，光是盛酱油米醋的小碟子就放了满满两大板。帮厨们正埋头案板，挥舞菜刀，咔嚓、咔嚓，各式食材在飞刀下变着"戏法"。变"戏法"时，弥漫着各色食材的各种气味，盘中待命的美食荤蔬搭配有序，正等待大厨下锅翻炒。

抛在临时厨房中央的四台液化气炉灶，各自拖挂一只煤气瓶，四个大厨齐刷刷排列其中，左手握锅柄，右手颠大勺，锅大，锅铲、勺子也跟着大，厨师搅锅，像少林武僧耍木棒，凭的全是功夫和力气。放调料、添老汤、调火候，大冬天的，一个个却忙得满头大汗，大伙不停地往外剥衣裳，有的师傅身上只剩下一件套头棉毛衫了，仍不停冒汗，棉毛衫湿漉漉粘在身上，可能袖口太窄，怎么也拉不上去，只能任其紧紧箍住粗壮手臂。师傅将作料下锅时，蹿出数尺高的火苗，夹杂着从西河口刮来的弄堂风，升起股股油烟，热气腾腾的，场面十分火爆。

天井中央，原先纵横交错的晾衣杆已被腾空，搭出一个半米高的台子，用一块大红布扯起一个舞台背景，上书"结婚典礼"四个红底黄边的综艺体大字。当时还不兴婚庆公司，更没有煽情的主持人，纯粹的乡村露天流水席。每一张大圆桌上放着几个大号塑料瓶，装着各种颜色的饮料，旁边散落着一大把筷子。桌边围了一圈五颜六色的塑料方凳，一桌至少可坐十个人。

老家人讲究热闹，婚礼人多，才能烘托喜庆气氛。自家院子加上门口的水泥地操场，可稳稳当当坐上几百号人。以前谁家要办喜事，可谓全村总动员，除了大厨是需出钱请的，帮工们是清一色的邻里，都是自行免费来帮衬的，男人搭棚搬物，女人摘菜洗碗，省钱又省事。现在乡村办家宴有固定的酒席班子，除了买菜要自家人跟着去市场结账外，其余一应俱全，一步到位，就连餐具也是酒席班子自带的。

开席前，堂弟领着一班人马去接新娘子了。叔叔婶婶在院子里外忙碌，不停地给客人端水倒茶，敬烟递糖，微笑着招呼一波接一波从远近赶来喝喜酒的亲戚朋友。只有那帮爱起哄的青年男女及小孩子们，搬出长凳，坐在大门口，准备拦新人，本地又叫"敲竹杠"。以前只听说新郎去接新娘时，会被娘家人堵在门外，俗称"拦门"。我也是头回听说，新郎接上新娘回来拜堂，还得过眼前这一关。

一位族里长辈模样的人，嘱咐正在设卡的年轻人道："新郎新娘都是自家人，等会大家意思一下算了，留下一些糖果铜钿，热闹热闹，不要太过分了。"拦门的年轻人一听顿时没了压力，精神头更足了，便开始分工合作。带头的先大声点名，点到名字的都站到院子大门两侧去。他又瞄了几眼剩下的，发令道："你们都各自去准备一到两道考题，越难越好。"大家便开始动脑筋，打腹稿，琢磨题目，推敲答案。一个个像高考官，煞有介事。

进门处设有一长桌，坐着两位族里长老，是特地请来收钱和记账的。与往日我们在电影里看到一脸凝重穿着长衫的账房先生不同，他们满脸堆笑，喜气洋洋地收着、记着。份子钱都是事先用大红纸包好的，从里到外冒着喜气。来喝酒的远亲近邻，凡是被邀请到的都得送红包。红包大小不限，但也是有一定行情的。关系越近，辈分越大，数额越高。这几年红包行情看涨，来宾私下埋怨，红包一再提高"身价"，有点吃不消了。不过所有红包里的数目都是被主人一一记下的，来是人情去是债嘛，将来人家孩子结婚时要悉数还回去的。

叔叔是土生土长的本地人，人头熟，朋友多，以前肯定送出去过许多只红包，今天是回礼的日子，自然收回了不少。送来送去，看上去似乎谁也没占谁的便宜，但结婚凑份子钱是老祖宗留下的习俗，有它存在的意义，再过多少年都不会被废除。叔叔婶婶更是觉得贺喜的人越多越有脸面。家乡人礼尚往来，其实更在意的就是一个面子，外加一个口碑。

被分配在大门口守候的我，趁机与两个小青年拉话，话题很散，什么结婚，生孩子，成家立业等。聊天中我才知道他俩是堂弟中学同学，一个性格外向，一个内敛。

外向的肯定是学工科的，话题绕来绕去只有一个中心：搞工科的在国外怎么吃香，在国内只有搞金融才能混得出头。性格内向的那位，时不时用手肘提醒同学，让他在外人面前别太慷慨激昂了。外向的有些不耐烦，好像也在责怪：你自己不说还不兴许别人说啊！内向的脸憋得通红，很难为情的样子走开了。外向的将我拽到一旁，说不要介意，他说这个同学就是这样，整天忧国忧民的，喜欢探讨国内制造业的出路问题。

此时我的内心倒是生出许多感触来。上天给我们一个脑袋，真不是让我们整天琢磨，谁不干活可以多拿钱，或者谁为什么比我有钱。一个年轻人爱思考，有担当是何等难能可贵。现实中，有多少人只看重眼前，没有远见。

一个远房侄子高中毕业就去新西兰自费读大学，本想混个洋文凭，海归赚大钱。没想到了那里，方方面面都不适应，终因吃不了各种苦，读了一半就回来了。几十万元打了水漂。今天他也来喝喜酒了，穿着一件黑色羽绒服，理了一个清爽的小平头，打扮已不是原先的那种不土不洋，看着别扭的嘻哈风。他见我时，先毕恭毕敬喊了一声姑，比以往懂礼数了，毕竟在海外闯摸爬滚过了，吃了些苦头，反倒成熟不少。我问他有什么打算，他说先找一份工作。

我本还想再找些话与他来聊，突然操场外，响起一连串鞭炮的噼啪声，一股淡淡的火药气随着屋外西河口的风从南大门窜进来，裹杂着屋内的酒肉味，人体味，热热闹闹地交织着，缭绕着。接新娘的车终于出现在家门口，大家的瞳仁突然齐刷刷被放亮，"嗡"的一声，朝大门口蜂拥而去，瞬间把新郎新娘里三层外三层团团围住。无论是新郎新娘，肯定是头回遭此大场面，一出场便晕头转向，还没等各路"门将"开出各种条件，便纷纷败下阵来，无奈新郎频频举手"投降"，乖乖地与设卡的智囊团商议起来："你们说吧，开什么条件！"

"两条软壳大中华，十八盒德芙巧克力。"看来"敲竹杠"时谁都不含糊啊。

最后，热闹的堵门游戏，以新郎无条件接受众亲友提出的若干条"不平等条约"而告终。而作为新郎身边的"贴身保镖"——伴郎们，在这场斗智斗勇的游戏中，还没来得及承担起攻克重重难关的重任，便败下阵来，顺顺溜溜地完成了攻坚任务。

婚礼在主婚人的大嗓门中开启。主桌酒席一开，来宾们便埋头苦干了。每桌都是按辈分编排座位的，相互之间多为熟人，熟不拘礼，也顾不上吃相了，菜盆一落桌，一会儿，底盘就朝天了。传菜的又上来一批，七碗八碟、鸡鸭鱼肉摆了一桌。大家填饱肚子后，婚宴上，说话的，抽烟的，来回走动的人才多起来。

老家有"新婚三天无大小"的习俗。结婚头三天，新郎新娘是没大没小的，哪管辈分高低，亲疏有间，均可逾越礼法。放开了喝，该敬的敬，该回的回，该罚的罚，该醉的醉，主客不分。家乡人实诚，图的就是一个爽快。

堂姐的嫁衣

四十多年来，一个如何炮制"上海产"嫁衣的故事，一直在我父亲的大家族里流传，也是我们大家庭聚会时的一个亘古话题，可谓妇孺皆知。事情还得从1975年讲起。

那年春节，我堂姐阿萍要出嫁了。在我们老家，当时流行的嫁妆由四大件组成，俗称"三转一响"。"三转"即"永久牌"自行车、"蝴蝶牌"缝纫机、"三五牌"台钟；"一响"即木头壳子的上海产"红旗牌"台式收音机。

作为"三转一响"年代成长起来的我们，这些物件也曾凝固了我童年的记忆，也留住了我年少时对物的欲望与情感。一直到我工作那年，我的第一个交通工具也是一辆"永久牌"女式自行车，骑着它，往返于单位与家之间，风雨无阻。从它身上，我体验到了以车代步的便捷，当时的那种喜悦一点不亚于现在开车出行的快乐。屈指算来，从表姐结婚备嫁妆到我工作，其间应该有十来年，可见"三转一响"的霸主地位也至少持续了十多年。

记得那年年前，乡下伯伯给在县城工作的胞弟——我父亲来信说，双方亲戚朋友凑钱凑票，忙乎了大半年，目前四大件总算有了眉目，只是新娘子拜堂时穿的出嫁衣——当下流行的"上海产"暗红格子呢大衣还没着落，可谓万事俱备，独缺东风，不晓得弟弟能否想办法借到东风。

接此来信，父亲着急起来。他知道，出嫁是女人一生中的头等大事。那天，新娘子穿上新嫁衣，把自己打扮得漂漂亮亮，再带上"三转一响"等嫁妆，浩浩荡荡从夫家的街坊四邻面前走过，一定会在羡慕的眼光中换来几声啧啧赞叹，从而大大抬高了新娘子在夫家的地位。作为娘家叔叔脸上自然有光有面子，再说操办婚礼是大事情，亲戚们都是有钱出钱，有力出力的。

随着婚期临近，替侄女物色一件中意的嫁衣，成了父亲的当务之急。可那时，我们居住的小镇，连个像样的百货商店都没有。店铺较集中的横街头，唯一的一家布店兼百杂店里，除了挂着几件汗衫背心之外，琉璃柜台内，摆放着的是一些内裤、袜子等棉制品，还有搪瓷杯、灯泡、铅笔盒等生活百货，哪有什么成衣可买。当年，柜台与收银台上方，横七竖八地布满铁丝，铁丝上悬挂着一只只夹子，在风中碰撞得哗哗作响。给顾客扯好布后，售货员把小票和钱一起夹在夹子上，用力一推，沿着铁丝滑到了收款员那头。收款员取下结账，找回的零钱与收据，再次被铁丝上的夹子传递过来，交到顾客手中，省得售货员或者顾客来回跑。平时我们一家老少做外套的面料也出自这家布店，记忆中只有蓝灰两色，扯上几尺还得凭布票。这都是当年物资短缺惹的祸，最时髦姑娘小伙的打扮，也只是蓝色或灰色的背带工装裤里加一件白衬衫。

正当父亲犯难之际，机会来了——单位让他去上海出趟差。临走，父亲拍着胸脯跟我母亲打包票："这回去大上海，一定能买到阿萍的新娘子衣裳。"

父亲抵达上海办完公事，专门抽出半天时间去搜街。在父亲的记忆里，上海南京路除了有当年霓虹灯下的哨兵——南京路上好八连之外，在他心目中几乎是我国商品购物的代名词，要是在中华第一街都买不上嫁衣，还能指望上哪里去购得呢。

他信心满满地从南京东路一直溜达到南京西路，又从淮海西路绕回西藏北路，在这个当年被全国人民视为购物天堂的十里洋场，整整兜了一大圈，"功夫不负有心人"，终于，隔着马路，他在第一百货商店的落地玻璃橱窗里，看到正好挂着一件类似他想要找的上衣。顿时，父亲两眼放光，快速地穿过车来车往，人潮汹涌的马路，奋力跑到跟前，走近一看却不免令他失望，原来暗红格子底上偏偏泛着绿色的条纹，这细细密密的绿色，让父亲发了愁，新娘子的嫁衣怎么可以带有绿色呢？在我们老家，婚礼上是最忌讳出现绿色的，正像红色萃取了红火喜庆之意，绿色即预示着不吉利，夫妻不能携老，大概与我们平时说的男人戴绿帽子有相通之意吧。父亲觉得，即使买不上也断不可买件带绿色的回去，乱了婚事的习俗不说，还会被街坊邻居当作笑话传一辈子的。

父亲急切地挤进商场，直奔那个柜台而去，他向售货员阐述起他的购衣用途，以及红中带绿的顾忌，期待着她们能发发善心帮个忙，从柜台里面，或到仓库间再能找出一件能满足他要求的红色上衣来。据父亲回忆，当时他特地收起常用的"灵桥牌"普通话，而改讲一口正宗的"阿拉阿拉"宁波话，目的是想与这些满口上海话的售货员套点近乎。凭父亲以往的经验，与上海人聊天，总可以弯弯曲曲、千丝万缕地找到祖籍宁波的老乡。可这回，父亲这个"老宁波"唠叨了半天也没起到丁点作用，反而从对方脸上露出的些许不耐烦，理会到这会自己很不遭人待见，她们也一定觉得眼前这个急吼吼，一口一个宁波话的乡下人实在有点拎不清市面。要知道，当年新娘子穿的红格子呢大衣可是件紧俏货，上海本地的新娘子都抢购不到，怎么可能轮到外地人呢？

父亲又急又恼的样子，被上海客户单位的一个会计大姐看在眼里，她倒是个热心肠，急中生智，给父亲出了一个主意，先由她出面，从上海同事那儿购得几张黑市布票，黑市布票就是当年民间私下交易的富余的票。当时全国人民的日子普遍过得紧巴巴的，物资短缺，人口又多，买什么都得靠计划。计划具体体现在各类票证上，买粮要粮票，买肉要肉票，买布自然要布票，人们普遍穿的棉布衣服不耐穿，供应的布票一年到头做一套新衣都抠抠搜搜没富余的，谁还能省出几张布票来呢？所谓的富余是自己舍不得用，硬生生省下来换几个钱留作它用而已。

　　"新三年，旧三年，缝缝补补又三年。"这句顺口溜，正是我们经历的那段艰苦岁月穿衣凭票的真实写照。我的同学，家有三兄弟，他排行老三，记忆中，他的袖口像小姑娘似的，总是带着"袖套笼"，仅有的两条裤子，膝盖上还覆有两方手帕大小而且不同色的大补丁。他说他家老大的衣服都是父母穿旧后改裁的，老大穿不下时得先让老二穿，好不容易轮到他老三，能接着穿已经很不错了，这还得归功于上面两位哥哥对衣服的小心使用。

　　那天，经上海那位会计大姐的多方努力，父亲出了四分之一的工资，方才拿到黑市布票，再由她陪同父亲到第一百货扯布柜台，扯上二尺五的暗红色格子呢面料和同色系锦锻革里，并叮嘱父亲带回老家后，一定要找一位手艺好一点的裁缝缝制，要不真埋汰了小半月的工资。放不出其他大招的父亲，在千恩万谢之后都一一照办了。

　　第二天，父亲带着两捆面料，坐夜航船回了家。母亲接过接力棒似的，张罗开了，她先通知乡下的堂姐进城，又领着她去了镇上的裁缝店。店主抚摸着这两块平日里难得一见的料子，连声叫好，边给堂姐量身，边答应一定拿出看家本领，静下心来，缝制出一件拿得出手的嫁衣。店主还对堂姐说，大老远从上海寻来的好料子，她是要做样板，创牌子的。为了达到以假乱真的效果，母亲在和裁缝商议后，把自己结婚时穿过的那件上海产大衣上的商标小心取下，经裁缝的巧手严丝合缝移到了红格子呢外套的衣领里面，一件"上海产"的嫁衣总算如期炮制出来了。

　　结婚那天，阿萍姐扎着两条长辫子，穿着"上海产"的红格子呢嫁衣，越发温婉秀气，身上和脸上，都映衬出红红火火的喜庆之气，她被伴娘们前呼后拥着，走进了拜堂现场。站在一旁的新郎穿着一件雪白的确良衬衫，脚下的皮鞋擦得锃亮。一对新人吸引着左邻右舍的"眼球"，看着侄女在路人和乡亲众目注视下，风风光光地走入人生新阶段，对我父亲来说，既苦涩又欣慰。

　　三十年后，阿萍姐的独养囡也出嫁了。在酒楼的结婚典礼上，侄孙女像走马灯似地换着事先准备好的婚礼服。上半场穿着洁白的婚纱，酒敬时已套上红艳的中式旗袍，一圈酒敬下来，又换上雍容华贵的晚礼服，看得老父亲眼花缭乱。但无论如何，老父亲都认为眼前这五光十色、琳琅满目的婚纱比不上当年那件联手炮制的红格子呢嫁衣，那可是承载了他老人家的独家记忆的。

　　回首往事，父亲有点忍不住又想"话说当年"，身旁笑得合不拢嘴，满脸红光的阿萍姐抢先开口了："阿叔啊，肯定是一代比一代好啊！今天我嫁囡，嫁妆是一辆名牌轿车，实打实地由我娘家出钱，哪像我当年'三转一响'还是婆家出钱买的，提前送到娘家来，出嫁时再作为'嫁妆'带过去。搬来搬去，现在看起来真有点'死要面子活受罪'的味道啊！"

　　老父亲听后哈哈大笑："阿萍，现在日子过得好不好，比比你和你囡的结婚衣裳就晓得了。"讲得堂姐的脸更红了。

"黑眼"唱新闻

　　我赶到演出场地时，场子早已被听众里三层外三层围了个水泄不通。挤进去一看，场子正中央坐着一位老先生，一袭浅灰色长卦，一副墨镜。他右手挟一根鼓槌外加几块打锣木片，左手提一面小锣，膝盖上摆有一只小鼓，鼓槌和打锣木片在他手中来回翻滚，咚哒咚哒，细细密密雨点似地落在锣和鼓上。紧接着，只听到"啪"的一声，惊堂木一响，喧闹的场地一下子静了下来。"从来未曾离亲娘。"老先生一亮嗓子，便引来阵阵掌声。看这阵势，老先生气场不小。

　　书画协会的朋友告诉我，这位"唱新闻"的老先生就是顾华荣，大碶共同村人。他说，你别看他戴着墨镜，其实是个亮眼人。在他十一二岁的时候，就跟随"唱新闻"的老艺人，拿着火熜盖头，敲敲打打学着哼调子。可能打小在音乐方面有天赋，他很快就入了门，先是农闲时在村子里唱来乐乐，久而久之，有了"唱新闻"艺人的明星范儿，近些年，经常在乡镇社区巡回演出，在当地引起不小反响呢。一段当家书《借珠花》刚落，观众立马鼓起掌来。朋友说："你听这唱腔，确实经典，《三县并审》《拆鸳鸯》《钉鞋记》《借珠花》《双兰英》，锣鼓一响，唱上三天三夜都唱不完的。"

　　"唱新闻"是新中国成立前后，流行于北仑一带一个专唱社会新闻的民间曲种，由于它扎根群众，泥土气息浓郁，深受民众欢迎。北仑是我祖籍，小时候经常从老一辈口中听到"唱新闻"三个字。在老家，谁要是能说会道，别人就会说"你讲话像'唱新闻'一样好听"。虽然引用在此有些贬义，但足见"唱新闻"在老家人心目中的熟知程度，就像家常便饭，张口就来。

　　小时候，农村没啥文娱活动，每年夏天，夜幕降临，吃好晚饭后，大人小孩各自带上竹椅板凳，摇着蒲扇子，约好了似的，很自觉地齐集操场、村头，这时就会有一个盲人——宁波土话叫"黑眼"，由一位小朋友或同伴——宁波人叫"当弯"，用竹竿牵着，来到操场，村民早已在操场当中放好一张小桌子，桌子上面再是一把竹椅子。"黑眼"由"当弯"搀扶着坐上去，演员登台开演了。

　　俗话"瞎眼唱新闻"，的确，以前"唱新闻"艺人多数是瞎子，他们身患残疾又没有其他谋生之道，为了讨生活，父母把他们送到"唱新闻"的师傅家里，拜师学艺。"唱新闻"内容几乎都是口口相授的，因为都是盲人，即使有唱本，大家也看不见，只能由师傅用嘴一遍遍地教。记性好，口齿清晰的，要学会这门技艺不是太难，但想出名就不容易了。就像现在大家学唱歌，学会容易，成名难。要成为一个有名气的"唱新闻"艺人，同样不是一朝一夕的事，正像老辈讲的，学手艺是要吃大苦受大罪的。再说盲人本来就少，学"唱新闻"的盲人就更少了，再加上"文化大革命"期间，"唱新闻"被当作"四旧"扫掉了，这门技艺曾一度失传，现在我们看到的"唱新闻"人，其实都是亮眼人，只不过是模仿"黑眼先生"，当作一个曲种来表演的。

追溯历史，"唱新闻"诞生在同治光绪年间，当时封建王朝闭关自守，信息闭塞，渠道不畅，此时，由唱"朝报"的官方新闻演化而来的专唱社会新闻的曲种也就应运而生。旧时北仑"唱新闻"艺人多为流浪街头巷尾的盲人，没有固定的报酬，唱好后，听众随便给点什么作为报酬。当时大家都穷，很少有给钱的，多数会给点生米，有的给几个地瓜，还有给几件粗布衣裳的，反正杂七杂八的什么都有。因乞讨求食，"瞎眼先生"演唱时多带有哭腔，故称"讨饭腔"，后经几代艺人传承改革，加唱一些古今故事和流行小调。

早期的"唱新闻"仅一人演唱，没有乐器伴奏，只有一副竹板和一只毛竹根筒敲打节拍，更无后场和唱，曲调也十分简单。后来，逐渐演变成为一唱一和，两人对唱的形式，并开始用小鼓、小锣等伴奏。演唱前先打击几番，俗称"闹场"。农闲时，几个人临时凑成一个草台班子，到晒谷场、堂前演唱，或逢年过节被大户包上几场，兜几个钱，赚一些"外快"。

北仑"唱新闻"的表演形式经历了五个发展阶段：最初几人自拉自唱，沿门乞讨，俗称唱门头；后有了简单伴奏，艺人坐在天井、明堂之中，乐队坐在横旁演出，称为锣便场；北仑临海，水网广阔，来往船只频繁，艺人们带上乐队登上日夜航船演唱，被称为唱航船；后来，凡逢庙会、佛诞、集市、小儿对周、老人做寿等节庆，都要请"唱新闻"的艺人们去唱灯头；到最后，能唱大书而且水平较高的艺人，索性进书场去唱场子了。不过，"唱新闻"的艺人多半是半农半艺的，农忙时耕作，农闲时演唱，仅有少数人进场子专靠演唱为生。

"唱新闻"常用的曲调有词调、哭调、慈调、赋调和地方小调。艺人们凭着自己的才华，搜奇掠怪，编出的唱词通俗押韵，浅显易懂，朗朗上口，具有很强的地域特色和艺术欣赏价值。比如"唱新闻"开头往往会先唱一个"书帽子"，俗称四句头："天上星多月不明，地上人多出新闻，新闻出在何方地？某某乡里某某村。""书帽子"也有六句头的："天上星多月不明，地上山高路不平。海里浪大船不稳，河里鱼多水要浑。朝中官多出奸臣，世上人多出新闻。"又如："犯关犯关真犯关，宣统皇帝坐牢监。正宫娘娘担监饭，红皮老鼠拖小猫。世上新闻交交关，且听我来说一番。""书帽子"说得顺溜利索，正书表演得更是惟妙惟肖。

正书大多取材于古文史籍和民间流传的言情、公案、侠义、争战故事，以弘扬真、善、美，惩治假、丑、恶为主要内容。"唱新闻"书目可分两类，一类是小书目，也叫开场书，有光棍调、打养生、劝赌、癞头抬老婆等，用小调唱小段社会新闻，这些曲目多半短小精干，几个小时就能唱完。另一类是大书目，也叫当家书，有《双兰英》《邬玉林》《日月琴》《钉鞋记》《石门冤》《三冤并审》《杨乃武与小白菜》等。这些是长篇大书，可连唱一两个月。相传，北仑"唱新闻"的"祖师爷"顾阿火，技艺高超，一部《石门冤》唱了半个月还未结束，若要听到大团圆，还得唱上半个月。

旧社会，艺人社会地位低下，大多数艺人过着漂泊不定、半饥不饱的流浪生活，受到社会的歧视。艺人中流传一句话："新闻唱到老，不及一根草。"正是他们从心底里发出的痛苦、愤怒和对旧社会愤慨不平之声。新社会，"唱新闻"艺人社会地位大大提高，受到人们的尊重。北仑涌现一批思维敏捷、出口成章的业余"唱新闻"艺人，盲人顾阿火名声最响亮，他十二岁开始"唱新闻"。20世纪60年代，由他自编自唱的《红色娘子军》《野火春风斗古城》等现代书目，至今还被老听众啧啧称道。据说在他九十多岁高龄时，还经常在亲属搀扶下出来亮嗓。如今这位北仑"唱新闻"祖师爷虽已过世，但他的传承人顾华荣等仍旧活跃在北仑，广招弟子传授技艺。

有了这些传承人，"唱新闻"这个古老曲种才得以老树吐新芽，焕发青春，重放异彩。如今，它与宁波走书、宁波滩簧和宁波评话等相提并论，被誉为宁波地方曲艺"百花苑"中的一朵奇葩，已被列入了浙江省非物质文化遗产名录。

二

石浦渔港

　　象山石浦是一个色泽浓烈的渔港小镇。船头桅杆上悬挂着红色国旗、国际信号旗、七彩旗，多以大红或深蓝作底，有着明晃晃的艳。道路两侧挂满黄色三角威风旗，黄澄澄的，艳得也很彻底，红色裙边随风翻转，霸气的龙凤图案嵌在其中，在猎猎风中八面威武。

　　见到渔港的第一眼，让我想到张艺谋的电影《英雄》——漫天的黄叶中，红衣女子张曼玉与章子怡在翻卷打斗；碧绿如镜的湖面上，梁朝伟与甄子丹在水面上像鸟和蜻蜓一样飘忽。还有红高粱里的红棉袄、陈家大院高挂的大红灯笼。张大导演惯用大块凝重色彩来装饰他的画面，尤其是浓烈的中国红成了他电影的主色调，展现着人类最原始最蓬勃旺盛的生命力。不同的色彩给人以不同的感受，往往电影的情节早已忘记，但强烈的色彩刺激过我们的感官，色彩印记连带思维印记牢牢扎根脑海，这就是他的高妙之处。眼前的渔港即景有着电影里采用极度单纯色彩后高调勾勒出来的效果，只是电影的色彩是老谋子刻意营造的，而渔港的凝重艳丽大气壮观则散发着生活气息，是人们受地理环境、乡土习俗、宗教信仰等因素影响下折射出的一种情感表达及生活态度。

　　初到石浦刚好遇上一场台风。台风来袭，渔船都归航了。船只密密麻麻停泊进港湾，铺满海面，与陆地连成一片。对岸，青山绿黛，薄雾似纱。岸边，百舸争流，扬帆万里——一道靓丽的渔港风景线，让人满心欢喜。赏心悦目之时不禁要感叹生命的恩典。一路走来，看过的最美好的景致往往不是用浓墨重彩刻意描绘的，它也许只是一个极普通的生活场景，平日里是深藏在我们心底最柔软的肌理中的，一旦触动，便将潮水般涌起，浸泡你，感动你。真实的生活本身是极具美感的。

　　台风天，平日静寂的单一的港口一下热闹、丰富起来。鸣笛声、叫卖声和着海风呼叫声，混杂一片。返航了，靠岸了，渔民们撑着小船，叼着烟，悠闲地坐在船头。小船徐徐靠上岸来。他们还是出海时三伏天的那身打扮，皱巴巴短袖棉汗衫，宽松的沙滩裤衩，踢踏作响的海绵拖鞋。他们从远海来，踏上港湾的那一刻，正赶上天气骤凉，单衣到底是抵挡不住冷空气的，船舱里一时又找不出几件厚衣来添加，渔民们索性拿上一瓶老白干，像旅行者手里捏着的那瓶矿泉水，时不时喝上几口，用来抵御风寒。

上岸后，男人们先去他们熟悉的店家，扯上几百米碗口粗的黄色尼龙绳，蹲在店门口做起缆绳。女人们则在一旁席地而坐，把头埋进绿网线里绕梭子、拉网衣。岸边船舱里，还有一群女人，也拿着网刀、竹梭忙着修补鱼网，她们隔着船舱大声拉话。这时，岸上的行人也多了起来，五颜六色的观光客都挤到岸边看渔船返航。打扮入时的女游客从身边走过，整理缆绳的男人停下手头上的活，端起酒瓶，慢悠悠抿上一口，眯缝起双眼，肆无忌惮地盯着看，引来岸上、船只上各家女人们的白眼、唾骂以及不相干女人们的哄笑。

中午，岸边的大排档撑起蓝白相间的大帐篷。"吃饭喽，吃饭喽。"老板娘不停地招揽过路游客。立式冰柜冒出冷气，玻璃水箱中透出各式海鲜：金色银色的鱼，形状不一的螺，活蹦乱跳的虾，张牙舞爪的蟹。一圈圈白色塑料椅子围住一张张圆台面。一旁是浊浪翻滚的大海，海风夹杂着淡淡咸味，硕大的海鸟惊叫着掠过头顶。鲜美的饭菜搬上桌来，大家拥坐岸边，面对大海纷纷举起筷箸，碰杯声、说话声、电视声裹着圆台面上的海鲜味、啤酒和大米香从一顶顶大帐篷中飘出，这是渔港最具烟火气的时辰。

与火爆气氛相对比的，要算沿山拾级而上古镇里的清静了。"蜃雨腥风骇浪前，高低曲折一城圆。人家住在潮烟里，万里涛声到枕边。"我想象着清人陈秉元《石浦竹枝词》里的渔港古镇，是怎样一个充满渔贾文化气息的小城堡。有钱庄当铺，也有锦缎丝绸，昔日古镇似一个温良敦厚的南方男人，养家糊口是他的责任。为了妻儿老小过上安稳富足日子，他是不惜力气的，隐匿于市，很能吃苦。但在生意经上，他绝对是不含糊的，条理清晰，脑子灵光，精明算计，讲情分也讲信誉。守着一个小巷子，稳稳当当过着小日子。

这样的小日子自然是得了天佑的。渔港古镇沿山而筑，山脉蜿蜒连贯富有生气，藏得住风。小镇又面朝大海，开门见水，见水即吉。《古本葬经》中说："风水之法，得水为上，藏风次之。"我想一个有着六百年历史的渔港古镇，它的形成发达并能完好保留至今，不光只有人为因素，一定还有其自然磨合和天道的成分。所以多数打渔人都信奉菩萨，他们相信万物有灵，神在万物。沿途我见到多个路庙、村庙，香火不断。每年休渔期结束，按传统的祭海仪式，渔民们会在庙里，或在船头虔诚地摆上"三牲"及生果，然后点上三炷清香或燃上一挂炮仗，祈求开渔节之后，下半年风调雨顺、人安鱼丰。

隆重的祭海仪式延续至今便是举世闻名的开渔节。在一个海风微凉的初秋九月，我第二次来石浦，有幸目睹了开渔盛典。古老的渔港码头张灯结彩，鼓乐齐鸣。护航船龙旗猎猎，它的身后千帆竞发，号声、歌声、欢呼声、鞭炮声在古渔港上空激荡，伴随着咸腥味的海风强烈地吹入人的每个细胞，使人为之神情大振。

石浦人一年中最隆重的节日盛典开始了。年轻壮实的渔民身着红白两色的短褂，脑门上和腰间齐刷刷扎一根红色绸带，耀眼夺目，威风凛凛。在激昂的号角声中，主祭人登台。他捧起一只倒满黄酒陶瓷大海碗，单膝下跪，双手举过头顶，与身后的渔民齐声高呼："一敬酒：出入平安。二敬酒：波平浪静。三敬酒：鱼蟹满仓。"此时船老大们抬来装有大黄鱼、蟹、虾、海龟等海洋动物的箱子，和海碗里的酒一起撒入大海。开渔了！这是渔民们又一年的憧憬，憧憬出入平安，憧憬大海赐予，憧憬满仓收获。

这不光是渔民的节日，也是观光者的盛典。俄罗斯姑娘披着授带深情款款走在队伍的最前列，舞狮队与舞鱼灯队和着阵阵涛声与四方游客激情共舞，尽情地唱着，跳着，不分彼此，精彩互动。

夜幕悄然降临，石浦港岸边灯火通明，节日的渔港之夜注定是热闹迷人的。华灯初上之际，置身于渔港的怀抱，人影，船影，焰火，星星，好似天上人间。对渔民来说，真正的天上人间便是平安富足的生活，这也是世代渔民所期盼的。

渔港人在祈祷神灵的同时，也从来没有忘记过还要靠自己后天的勤奋与努力，柯受良就是这样一位后天勤奋之人。他是从渔港走出去的，以超人的胆魄、飞人的姿态给了世人一个惊喜。渔港是他的故乡，他在这里出生。尽管少小离家，随父母走天涯，但他的外形与性格都深深烙有渔民的印记：黝黑肤色，胆大心细，"小黑""柯大胆"恐怕是他此生最贴切的雅号。他耿直率性，爱憎分明。能吃苦，爱冒险，不服输。凭本事吃饭，凭良心做人。做事豪爽、侠胆柔肠、不拘小节。就连他最后的离世，也带着渔民的几分豪爽与莽撞。是夜他接二连三赶赴了三场酒宴，喝了过量的酒，醉到彻底"挂机"。

这位"飞车硬汉"骨子里就是个渔民。无论走到哪里，他都以渔港人自居。故乡人也一直把他当作远足的儿子。现在他飞不了了，停止了跨越的脚步，故乡人热情地邀请他们的儿子回家，在百年渔港古镇为他建立了亚洲飞人馆。我在他飞越黄河天堑壶口瀑布的巨幅照片前留影。耳边，由他翻唱的刘德华的《笨小孩》，一直在回响："哦／宁静的小村外／有一个笨小孩／出生在六〇年代／十来岁到城市／不怕那太阳晒……"

（原载 2013 年第 1 期《文学港》）

山村行走小札

村主任老汪

　　村主任姓汪，从村办退下来那会正赶上古村旅游热。他家后山腰上修筑了步行道，大批背包客慕名而来，成群结队地徒步上山，转一圈回来，天已擦黑，没过足瘾的就想住下来，次日继续爬行进山。头脑活络的村主任老汪，在游客一进一出间看到了无限商机。他办完退休手续，就直奔镇上，报名参加了农家乐经营管理高级研修班。等他拿了证走出研修班走回熟悉的村庄时，精神抖擞得像出征的将士。整个春天，他都专注于他的农家乐休闲旅店，信心百倍意志坚定地在他自家的灶口上重新上岗，当上"火头军"总司令。

　　村主任老汪捏过锄头拨过算盘珠的手，也就从那个春天起，操起了菜刀抡起了大勺。他麻利地在灶台前挥舞着，所过之处，色香味一一呈现。青菜叶绿油油的，菜梗子白白胖胖的，都是刚从自家菜地里拔出来的，带着"活灵"。村主任老汪左一刀右一刀下去，绿白相间的小青菜顷刻之间四分五裂，从案板上轻轻一划，"吱"的一声全部倒入热油锅，旋即蹿出一尺多高的火苗，映红了半间灶房。此时村主任老汪的心比这油锅还热火，比火苗还亮堂。这年头，城里人大老远赶来，除了看看山里洗过一样的天，看看桃红柳绿、油菜花开，闻闻四季气息、泥土芬芳，不就是冲着农家乐里鲜绿的叶，拖泥带水的根还有那份没打过农药的踏实来的吗？

　　一大早，村主任老汪便站在自家一楼客厅的旋转楼梯口，用他十分热情十分洋溢的眼光扫视了正在洗漱的、打包的、绕到灶房吃早饭的客人，又抬头，透过旋梯扶手扫视了楼上楼下整个空间，大概了解到客人基本都起床了，便清了清嗓门，开口问道："中午回来吃饭吗？想吃什么菜？"大家起床后，进进出出打他身边过，十分忙碌。有说白天去爬山，中午自行解决，但晚上想吃土鸡的。村主任老汪听了忙解释道："禽流感来了，土鸡没得吃了。"对方在唉声叹气中少不了几分遗憾。实际情况确实如此，去年秋天，我和一帮驴友第一次来，也都点着名要吃土鸡。屋前屋后苍翠欲滴的浓绿，千回百转越岭而来打门前过的溪流，在这样优美环境里，小鸡小鸭吃着五谷和小虫子，都是天然、无污染的食料，长出来的不是细皮嫩肉才怪呢。村主任老汪说："不吃土鸡是暂时的,现在可以吃毛笋啊,还有透骨新鲜的阿豆煲。"客人一听来了食欲,七嘴八舌地点开了,村主任老汪一一应答着,我不知道他有没有记全。不过我想象得出,那股认真劲与当年在村委会开会,解答村民这个那个问题时的神态是一样的。

记下所需菜单,村主任老汪直奔停放在门外操场上的三轮摩托,插上钥匙,突突突发动起来。他跨上去,摸了摸衣兜。先去哪里呢?猛然想起前两天邻村大阿妹来过电话,她的地瓜粉丝晒干了,让他去取。正好,路过山头顺便再掏上几棵毛笋,那是刚才我们点的。

村主任老汪的三轮摩托沿着村道,麻利地拐过一个溪坑桥,一支烟工夫,停在了一排老屋群前的空地上。这组老屋由坐西朝东的三间老屋与坐北朝南的五间屋构成,明堂和明堂相接。村主任老汪的大阿妹家就在这组群屋里。老屋大门朝东,围墙是用旧瓦爿和碎石头垒起来的,墙头隔档放了几只小瓦罐,里面横七竖八种了一些大蒜和小葱,在山风中摇摆。厚重的两扇木门,被岁月蚀成褐色,坑坑洼洼露出一根根木筋。村主任老汪一脚跨进石头门槛,迎面是一只长方形天井,天井中央摆着几只圆型竹编筛子,上面铺陈一盘盘地瓜粉丝。

地瓜粉丝,是我最喜欢吃的食品之一,超市里有,但做工完全不一样。临时摊贩叫卖的粉丝是无胆尝试的,有人说吃它等于吃编织袋。眼下有些食品真不是做给人吃的。相比之下,山里人家自己做的粉丝就相当稀罕了,地瓜都是去了皮的,切出芯子那一块,轧碎打浆,滤去水分沉淀成粉,是不加任何添加剂的。土灰色的地瓜粉被倒入加工厂的和面机里,便拉出一根根土灰色半透明的丝,灰扑扑的,卖相不堪好,但绝对是绿色环保产品,久煮不烂,一口吃下去筋道滑爽,口感柔软。

村主任老汪大阿妹家的粉丝是不外卖的,都自己留着食用,之余再送些亲朋好友,尤其是那帮上海远亲,特别喜欢地瓜粉丝之类的土特产,越天然的越好,越绿色的越好。村主任老汪是她阿哥,阿哥开门做生意,打的都是天然的绿色牌子,粉丝、淀粉、青菜、萝卜、芋芳头、毛竹、笋,甚至大蒜、小葱,都由大阿妹特供。

从大阿妹家出来,村主任老汪的三轮摩托后翻斗箱里多出两大包粉丝,村主任老汪捋捋裤脚管,又上路了。绕过弯弯曲曲蛇形山路,在一个干涸的山沟边停下,前面有个沙堆,对面有一条狭长的山谷,不是很宽但很长,绵延几公里。村主任老汪想跨过山沟,到山谷上方的自家竹林挖几棵毛笋,可又放心不下车兜里的两大包宝贝,情急之下,他从山道杂树丛中揪下一大把杂草,盖在上面。有了杂草做掩护,村主任老汪放心大胆地向毛竹林走去。

老汪老婆

我正在村主任老汪家灶房间吃早饭,一股呛人的煤烟味从门边飘了进来,这股怪味很难闻,但却是久违了的。

这种味儿是和我儿时记忆连接在一起的。那时老家没有煤气，烧菜煮饭全靠一只煤球炉。放学回家，第一件事就是生煤球炉子。将炉内隔夜的煤灰清空，用废纸点燃，倒些碎木块进去，木块燃着后盖上煤球。这时呛鼻的烟味就会从炉内冒上来，呛得两眼通红，泪水直流，不得已只好"请"它去了弄堂口。遇到刮风落雨，木柴受潮不易点燃，就给炉子戴一顶"高帽子"——铁皮烟囱，弄堂口摆摊的老铁匠定做的。小喇叭似的烟囱能拔风，能让火苗蹿高些，能让生炉子的速度快些，罩在炉口也不用担心炉火被雨淋灭了。那时候，每当傍晚，弄堂里的煤球炉子便排起了长队，整个弄堂到处飘散着炉烟。虽说呛人，但那时煤球炉是与吃饭连在一道的，对我来说就有了几分诱惑。

现在城市都用上了液化气天然气，这味儿也只有偶尔在卖羊肉串摊位前能闻得到。在山区，多数人家还是习惯烧煤炉，柴禾是现成的，出门就有。比起液化气，点火生炉子，是有些不方便，但成本低，节俭的山里人家用液化气炒菜，用煤炉烧水做饭，冬天取暖。

门外生炉子的是老汪老婆。入住他们家，很少听到她开口讲过话。入住第一天，我们在里屋吃饭，村主任老汪就在灶房喊老婆去端菜，她应声而出，客人不禁一怔，大伙嘻嘻哈哈地与灶房里的"火头军"总司令开起了玩笑。老汪老婆让人立即联想到传说中的贤妻良母。她低头出，低头进，一直在餐桌与灶头之间悄无声息地来回跑动。有性子急的，不停催她快上菜，热乎乎的农家菜，都有点等不及了。老汪老婆勤快地应答着，小碎步迈得更紧密了，但还是没有发出什么声响。

平时，她说话的声音很小，很柔和。一直是笑眯眯的，笑眯眯地端菜送饭，笑眯眯地讲话，笑眯眯地扫地。走路也是笑眯眯地低着头，轻手轻脚地，只有和我们客人打招呼时，才会礼节性地抬下头，还没等看清她的脸，又低了回去。和陌生人打招呼，还有点怕难为情，温顺害羞的样子，让人觉得她不是一个老妇而是一个羞涩的小姑娘。

晚上，客人打麻将，三缺一，村主任老汪被叫去补位，留她一人在厨房打扫"战场"。整个拾掇过程都是按她每晚原定的程序有条理地进行着，一个小时后，灶房又恢复原样，干净整洁，一扫刚才村主任老汪大刀阔斧辗转于此的混乱场面。村主任老汪是个牌迷，上手就刹不住车，一圈接一圈，快到半夜了。她拿着扫帚与畚箕，从厨房到客厅，来来回回有好几个回合了。我瞌睡得不行了，上楼回房前劝她先去睡觉，她照例笑笑，没吱声。我上楼洗刷完毕，顺楼道瞄了一眼，看到楼下麻将桌边，她依旧安静地坐着等。

薄雾笼罩了整个山村，夜间气温较低，空气中的水蒸气在田野里结成霜。初春，山村的早晨依然有几分严冬的寒冽。老汪老婆点着了煤球炉，在院子里扑打身上的灰尘，拎着炉子回屋，炉膛火红，映着她红彤彤的脸。她给客人悉数倒水沏茶，顺手灌了一壶热水给我，一起递过来的还有一小包茶叶，装在一个透明的塑料袋里。"这是野生茶叶，很香的。"软软绵绵的声音充满疼爱。真是一个细心的女人，知道我好这一口就特意留着。昨晚也不知道她几点睡下的，反正一大早，她又在扫屋扫院、洗衣拆被、生炉做饭，里里外外支应，勤劳如蚁。

老人们的村庄

沿着盘山公路，一直走到路尽头。迎面是一个大山坳，坐北朝南，像一把巨型太师椅，四平八稳，横放在我们面前。

七零八落的小村庄都安放在这把"太师椅"里。村子依山而筑，村道从山脚一直伸展到山腰，阡陌交错。抬头仰望，"太师椅"后背险峰层叠，绿林尽染，与这美景不相宜的是灰暗衰老的小村子掩映在绿荫中，显得破败没落。村子很小，没有店铺，没有学校，却有一个20世纪50年代建起来的老式大礼堂，一个破败不堪的轧米厂，灰扑扑地夹在民屋群里，外墙上还隐约可见"文化大革命"时期的标语。轧米厂已经废弃多年了，屋顶漏洞百出，不知怎么也没拆。礼堂偶尔还办个丧事，但也年久失修。

小村子几乎没有一幢新房子。老房子的外墙多半都已坍塌，长出了大量杂草，阳光穿过断墙，满目疮痍。倒掉的部分还是马头墙，以前都是大户人家，老房子屋檐木刻，马头墙特有的青砖依稀可辨。大户人家曾给村子增添过旺盛。人气最旺时村子有数百人，炊烟缭绕，童声喧闹。现在村子静极了，静得有点残忍。年轻一点的男人、女人、孩子连同他们的家，都去了山外面的城市。

通往村庄的公路，只有阴历逢三或逢七，才有班车来。山下来串门的亲戚，城里探望父母的子女，会乘车上山，逗留不到一天，又走了。老人们也会搭坐班车下山，买回一些油盐。

村口，挂在老树上的广播喇叭每天响着，准点播报。树下那间村办活动室，里外坐着几个老人，大的近百岁，小点的也过花甲。房子是砖瓦结构的平房，有了年份，昏暗的屋里摆着两张牌桌和一些板凳。从早到晚，老人们几乎都聚到这里，打牌，聊天，打瞌睡。

我们徒步进村，村外遇见一位老人。我们跟随他在村道上前行，沿途遇到几个熟人，他都开心地告诉人家，我们是从山脚下走上来的游客，那种兴奋的心情，就像过节一样。

山村太孤寂了，老人们太渴望有人进山来，讲讲话，听听声音，有点人气。

一个老太太拎着两只热水瓶，给我们的水杯倒满水，看到我们拍照，一直怯怯地冲我们笑。我们提出和她合影，她像孩子一样兴奋，不停拍打衣裳上的尘土。我不知道她的家庭情况，或许她有很多子女，或许她的子女在城里富甲一方，只是她的眼里充满了落寞的神情。只有拍照的那一刻，她是开心快乐的。

离开时，老人们在村口站成一排与我们挥手，一口一个再会。

这些老人，我们还会再会吗？这个地方，我还会再来吗？

再来，他们还会在这里吗？这么一想，心里就有了酸楚。人就是一个过客吧。多数人与我们擦肩而过，就永远不再相见了。前行中，自己又何尝不是别人生命中的过客呢。

（原载 2013 年 10 月号总 179 期《文学港》）

古　道

　　古道，是先人留给后人的一串沉重脚印，渗透着他们的血汗，沉载着他们的辛劳，也折射着他们的智慧。它是一首古老的歌谣，千百年来默默传唱着历史的沧桑。

　　今天要说的不是丝绸之路，不是茶马古道，也不是"古道西风瘦马"里马致远家门前的那条"王平古道"，驼队铃响，拉煤运货，马帮来往，为生计奔波，命途多舛，多少透着苍凉，透着肃杀。我说的这个古道通常是隐藏在高山深谷之中，有如一位隐居老人，深居简出，不张扬，不攀缘。只有走近他，才能有幸触摸到他那段鲜为人知的传奇历史，瞻读到他的厚重、谦逊与坚韧品格，感悟到他滚烫的古道热肠。仿佛又依稀听见了商贾、学子、农夫在这条盘根错节的崎岖山道上日夜奔波劳作的足音。早年间的喧嚣从青山碧水间，从翠竹摇影里，从枯藤老树上悠悠传来，又渐渐远去，只有这条人踩畜踏而成的老路静静地躺着，饱经千年风霜，它让人又望见了李叔同《送别》中"长亭外，古道边，芳草碧连天"的那条黄尘古道，野草丛生，苍凉寂寥。远处笛声悠扬，幽怨，悲凉，伤感，一如离别的惆怅。

　　这些古道，远离了曾经的繁华，沉睡在深山老林里。远足者的脚步叩响千年沉寂。人们背起行囊，怀揣探秘之心，摸索着拨开杂草，惊奇地发现，满山坡苍翠的幕帐下，裸露出一条白花花的石蛋子路。蜿蜒而上，翻山越岭，连接起一座座山头，一个个村落以及昔日的一个个集市。一颗颗小石蛋子之间挤满了不知名的草，一圈又一圈连绵不断。白的石子，绿的野草，黄的泥土，三色相间，显得格外扎眼。极目远望，动人心魄。遥想当年，畜蹄声声，步履重重。光脚的，穿鞋的打上面走过，每一个坑，每一道辙，每一块石，隐藏多少遥远的岁月故事。

　　道两旁人工劈凿过的悬崖峭壁，再往前一步就是万丈深渊，惊叹于大自然的鬼斧神工，更感慨先人开山辟道的艰苦卓绝，以及往来跋涉的辛劳。路边一个个石砌的歇脚凉亭，虽简单到仅用四根石柱顶起一块石质凉亭盖，但仍不失简约古朴风格，一如古道的坚实与粗犷。随处可见的摩崖石刻，留下历代名人笔迹，他们涉足其间，在奇峰秀石上刻文记事，古道文化得以遗存。最让人惊奇的是古道边一眼眼明可见底的泉水，在经历了千百年的流淌后，依旧好喝，还能喝出当今农夫山泉的味道。时代车轮轰隆碾过，它们都幸运地"活"了下来，活成了古代交通基础建设的一个标本，一块化石。

当古道掀开神秘的红盖头，荒芜的老林重新透出生机。重见天日后的它，蜿蜒于丛丛碧草之中，微风拂来，芳草摇曳。重新踏上老态龙钟的古道，人们想竭力捕捉时光的痕迹，品赏洒落的遗韵，感悟昔日的行路之难。古道是活着的历史，是沧桑变幻的缩影，是连接昨天与今天的纽带。一次远足或者一次跋涉，人们是在用脚，用眼，用心近距离地触摸一段旧时光，开启一个尘封已久的记忆。

喜欢古道，除了它的古意还有它的清闲与诗意。山林溪水过滤掉都市的杂尘，清晨的风卷起秋的凉爽，笃悠悠地漫了过来，撩动行人的头发。薄暮晨光将远近山峦都点亮了，放眼望去，淡雅得像一幅水墨晕染的山水画。在画里穿行，心情就会像林中的鸟儿，一路欢唱，那是一种发自内心的愉悦。无忧无虑，自在逍遥。

越来越多的人卸下肩上的"担子"来寻访古道。人们套上合脚的鞋，挎上双肩包，戴上遮阳帽，挂上手杖，甚至牵上爱犬，闲暇徒步，健身游乐。大口大口地呼吸天然氧吧免费提供的新鲜空气，清润心肺啊。呼哧呼哧地爬上一段陡坡，冒出一身大汗，舒筋活血，顺便还能给身体做一次大扫除呢。白发苍苍的长者，在家人的搀扶下，重访古道，寻根溯源忆少年时光，那是怎样一种沉积久远而勃发的思绪。花枝招展的少女，找个山明水秀的角落，忙乎着对镜理容妆，那是一种怎样的青春恣意从心所欲。

古道，躲开了车来人往的城市洪流，躲开了你卖我买的商业运作，给蜗居在钢筋水泥里，吸着尾气的城市人提供了一个洗涤肺腑、吐故纳新的通风口，一个畅想自然、健身强体的生态园。

空闲时来寻访古道吧，丢掉城市所有的烦恼，卸下假惺惺的面具，悠长而厚重的古道就在下一个路口等着你。

（原载 2013 年第 1 期《文学港》）

二

包玉刚故里行

　　"世界船王"包玉刚故里——钟包村与我原先的居住地只有四五公里距离，驱车大约十分钟。通往钟包村的道路叫兆龙路，是包玉刚先生投资兴建，并以其父包兆龙名字命名的。国庆节外出，途经钟包村，惊喜地发现村口水泥路又加宽了，那座上书"钟包村"三字的石头牌坊旁新增一块精巧雅致的石碑，与门楼交相辉映，颇具江南园林风格，把我的视线引向深入，终于忍不住跳下车去探个究竟。与路边设摊的村人聊天得知，在包玉刚先生母校——镇海中兴学校百年校庆来临之际，著名老学长赵安中等"宁波帮"杰出人士将回乡庆贺。钟包村自然被修缮一新。

　　怀揣敬仰之情我走进这个村落。早在20世纪80年代，《人民日报》就发布了一条消息：中国著名藏书楼宁波天一阁珍藏的《镇海横河堰包氏宗谱》中，确知香港环球航运集团主席、有"世界船王"之称的包玉刚先生乃中国宋朝名臣包拯的第二十九代嫡系子孙。宁波城东北的钟包村，原来是包公后代居住的地方。驻足于此，古老神圣之情油然而生。

　　村前那条流淌了千年的横河堰之水一如岁月流过，给这里留下了丰厚的积淀。我穿行在田野河浜之间，有一种莫名的兴奋，如今这儿是闻名海内外的"宁波帮"发源地，举手投足间，仿佛能触摸到"宁波帮"富豪殷商们的痕迹。

　　沿着村口那条平整的水泥路一直朝东走，一幢修葺一新的二层木结构砖瓦楼映入我眼帘。这是一座普通的江南古民居，屋前屋后被菜地、稻田、小河围绕，一派郊区乡野景色。然而就在这个貌似平常的院落里却诞生了一位世界奇人。

　　20世纪初，镇海包家的包兆龙，也就是包玉刚的父亲，当年在湖北汉口开了一家鞋铺。1918年农历十月十三日，包家又迎来了一个大胖小子。父亲包兆龙为次子起名"起然"，意为永不停顿，兴旺发达。当时兴取表字，又赐包起然表字"玉刚"，希望他长大成人后洁身自爱，刚直不阿。

　　到了上学年龄，父亲把包玉刚三兄弟送进了由镇海巨商叶澄衷创办的叶氏中心小学。上海"五金大王"叶澄衷是"宁波帮"名人，当年在他创办的这所新式学堂里读书的，还有邵逸夫、叶庚年、叶谋彰、包从兴和赵安中等。日后，他们都成了"宁波帮"的富豪殷商。

　　放眼四顾，田野碧波流浪，民宅高楼尽收。钟包村其实只是一个几十户人家的小村落，而闻名遐迩的包家也只是伫立在一条小河浜边上的一大户，"作始也简，将毕也巨"。真没想到世界船王的生命之舟竟来自这条小小的河浜。

1913年，宁波人士虞洽卿创办了我国第一家民族轮船企业——三北轮埠公司，不久壮大成国内最大的民营船队。公司轮船行驶在上海、宁波、余姚、镇海之间，还远涉南北洋。港口的汽笛，甬江口的船队，都感染着少年包玉刚，他向往长大后当一名船长，周游世界。

半个多世纪后，包玉刚实现了自己的梦想。

到1978年，包玉刚的海上王国到达了顶峰。他拥有两百多条船和两千多万吨位的庞大船队。根据吉普逊船只经纪公司记录，当年世界十大船王排座次，包玉刚稳坐第一把交椅。美国畅销的《新闻周刊》曾评说他"是一个谦虚的东方人。1955年，三十七岁投身于航运业时，甚至分不清船只的左舷、右舷，但是精力充沛，勤奋工作，迎头赶上，而且后来者居上"。

我绕着人字形山墙，走到东面马头墙，从东正门步入故居三合院。虽是平常建筑，依旧透着一种曾经富盛繁华的历史痕迹。这座院子由包玉刚先祖包奎祉在清乾隆年间建造。入大门便是一个长方形的天井，青石铺地，花团锦簇。天井中央矗立着包玉刚父亲包兆龙的仿真铜像，老先生面目凝重，栩栩如生。铜像后立有汉白玉碑，镌刻着《包兆龙先生铜像记》。故居主体厅堂正中板壁上，高悬着"履安堂"匾额，两侧堂联是：虎踞龙盘称雄世界光前裕后道履绥和，凤翔燕舞慈范懿德人杰地灵居安纳福。大堂两侧紧挨着正房及厢房。屋内陈列了许多包玉刚生前使用过的旧物及历史照片。一路看过来，不由感叹，岁月如白马过隙，先生离开我们也有十几年了。

村人说，当年包玉刚结婚时的洞房就设在履安堂楼上。与他们攀谈，我听到了一个其他书刊上见不到的关于包先生的故事，煞是有趣温馨：

1984年10月28日，阔别四十年后，包玉刚第一次踏上了故乡的土地。陪同他回乡的，有妻子黄秀英，大哥包玉书和夫人，妹妹丽泰、素菊，妹夫李伯忠及好友等十多人。

他先到履安堂，向祖先祈祷纳福，又与夫人黄秀英上楼，进入昔日的洞房。

还是四十年前的摆设，一桌一凳完好无损，漆金的七弯凉床等结婚用品一件件原封不动地摆放着。这对花甲老人仿佛又回到了新婚的那一天。黄秀英坐到梳妆台前，包玉刚走过去，双手揽住妻子的肩头，两人含情脉脉。

如今我们睹物思故人，似有阵阵熟悉的吴侬细语仍在耳畔回响……

（原载2007年12月14日《中国石化报》）

二

又见小山村

老家附近，有一个叫网岙的小山村，因村东叠峰连冈，奇峰挺九，由此得名九峰山，现是著名的旅游景区。

我姼娘妹妹的婆家是九峰山下城东村人。听我姼娘说，当年她娘家穷得叮当响，娘家小妹因吃不饱饭，被山里人家用地瓜干换亲进了山。好在妹夫一家人老实规矩，又肯吃苦，岙里头，乡风纯朴，娘家妹妹嫁过去后，日子虽过得紧巴，但还算顺心，小两口山上刨食，粗茶淡饭养育了一双儿女。

记得第一次上九峰山时，我只是个五岁孩童，不会爬山路，是坐在一只稻谷箩筐里，被我姼娘挑进山去的，担子的一头是我，另一头应该是供品。那年，我奶奶过世，她的棺木要抬上山，与早些年躺在马岙祖坟里的爷爷合葬。祖坟就建在网岙的一个小山坡上，沿途，都是低矮、破败得像猪圈似的茅草房。荒山野岭中，只有村口有一小段羊肠小道，再往里走都是一滩滩乱石沟，坑坑洼洼没有路。杠夫们抬着棺木翻山越岭、跌跌撞撞行进在荆棘丛中。我也在箩筐里颠来倒去的，双手紧紧揪住箩筐的边沿，两眼直直地凝视着头顶的那一片蓝天，不记得走了多久。年幼的我是无法体验大人们的艰辛的，但行路难的记忆留至今日。

第二次进山，已经上小学了。放暑假，我是跟着堂姐去的。我俩先坐长途汽车到网岙的清水桥车站，下车后沿着弯弯曲曲的网岙溪，朝着九峰山的方向走了大约三四里地。盛夏时节，骄阳似火，走到山脚下的阿姨家时，已是中午时分，我们又饿又乏，加之烈日暴晒，口渴难忍。

阿姨一早就上山摘了一篮杨梅，等我们来。她家大锅烤出来的地瓜、芋艿摆在院里的小桌上，冒着腾腾热气。

"这些地作货是要摆凉了再吃的，天热，先吃些杨梅，我刚用溪水冲过的，冰着呢。"阿姨递过来一大碗乌黑的杨梅，让我接着，"快吃吧，带活灵的，新鲜着呢。"

我一口一个往嘴里塞，满口流汁。阿姨吃吃笑了："这孩子，头回走山路，是饿了吧，莫急莫急，屋后头的山上有的是。"

的确，推开阿姨家的北窗，就能望见满山坡的杨梅树。我奶奶墓穴上空也恰好被一棵杨梅树覆盖着。每年春天，灰褐色的枝干上，就会冒出一树嫩叶。顶部散开的树冠，比边上的另一棵树的树冠高出一个头，远远望去像一位士兵，忠实地驻守在祖坟前。每年清明上山，父亲总会望着杨梅树感慨："你奶奶不怕酸，爱吃杨梅，她在这里是不愁没杨梅吃的。"说完又仰头，再次环视上空的那棵杨梅树说："这棵树比你的年龄还大，做祖坟时，它已经在了。"

在阿姨家住下后，我跟着堂姐来到网岙溪里捉溪坑鱼，玩渴了，我们就爬到屋后杨梅山上摘杨梅吃，然后跟着阿姨到山脚下的竹林里去挖横扁笋。以前只知有春笋、冬笋，却不知夏天也有笋，它长在地下，要挖很深才能看见。阿姨把挖回来的横扁笋切成薄片，加点切碎的雪菜，倒入锅中做汤吃。咸菜横扁笋汤鲜美，但挖它不容易。夏季深山的竹林蚊子多，每次去，我都会被蚊子叮咬，双腿上留下的红疱，等离开山岙时还没褪尽。山岙里的生活对我来说都很新鲜有趣，或许我的祖辈就来自农村，我打小对农村的一切都会有一种与生俱来的亲切感。

网岙出名是近十年的事。当地政府利用得天独厚的自然资源，大力开发集休闲、娱乐为一体的综合性生态旅游景区。转眼间，昔日穷山沟一下子吸引了众多城里人的眼球，在钢筋混凝土缝隙里疲于奔走的城里人，背起行囊纷至沓来，寻求一个有别于城市的，静谧、安逸、健康的休闲地。

山乡出名了，小山村变富了。当年漫山遍野的杨梅树，成了山民致富奔小康的一棵棵摇钱树。碧波荡漾的竹海，为村民描绘了一张张鲜活的山水图。生态旅游、招商引资等项目，犹如给闭塞落后的小山村装上了腾飞的引擎，山窝窝里真的飞出了一只金凤凰。

家家户户开始翻新祖屋，有些头脑活络的人家，赚了钱干脆另找一块地盖起了小洋楼。村前，那条歪歪扭扭的机耕路，也早被宽敞笔直的柏油马路所替代。用我姆娘的话来讲就是：网岙龙潭的龙公公显"灵"了。

有一年春天，去九峰山景区游玩，又顺路拐进网岙阿姨家。她家也搬进了小洋楼，小洋楼就盖在通往景区那条数千米长的网岙溪旁。正值春雨盈盛时节，道旁小溪流水潺潺，哗哗冲刷着裸露的、形状各异的岩石。不远处，山坡上隐现出一片片桃红来，与一旁的奇峰峻石、修竹茂林交相辉映，红红绿绿，深深浅浅，层层叠叠，煞是好看。通往景区的主干道上车水马龙，游人如织。我对迎候在大门口的阿姨说："你们像住在画里一样，溪水好，空气好，前景更好。"

姨夫听后腼腆地笑答："当年你叔伯们来这儿给你爷爷奶奶做坟时，我家穷得连顿饭都招待不起，真是难为情啊，现在日子好过了，我要扛开八仙桌，请你们吃农家菜，土鸡土鸭都有，千万别客气啊。"言语间充满了自豪。

今年我们一家人又去山乡踏青祭祖，车可以直接开到阿姨家大门口了，她家大门紧闭，向邻里打听方知，他们全家都去九峰山景区干活了。邻里说，现在九峰山名声在外，游客都来自五湖四海，生意越做越大，景区就雇用了很多本地人，有去做保洁的，有去食堂烧饭的，也有去管停车场的，反正都有活干。这几年，村里原先南下打工的年轻人也纷纷返乡，家门口就有钱赚啊！

二

攀谈间，从景区那边走来一对男女，男的肩上扛着一只装满空瓶罐的编织袋，女的左手持扫帚，右手握钳子，有说有笑从我们身边走过，热情地与邻里打着招呼。望着他们远去的背影，邻里感慨道："要是再年轻几岁就好了，我也上山当劳务工去，靠山吃山嘛！"

采石大松所

从小我对奇形怪石就有相当好感，尤其对那些被誉为"山川之精英，人文之精美"的各类玉器玉雕更是喜爱有加，但终因囊中羞涩，与这些精美的石头有缘无分。至于有关石头的学问也是贫乏无知，所以一直以来对这些既金贵又玄乎的东西不敢轻易触碰。

某日，从一位爱好篆刻的朋友口中得知，宁波有一个叫大松（嵩）所的地方可捡得大松印石。半信半疑中点开百度搜索引擎，当输入"宁波大松石"几个关键词之后，居然跳出数百条相关内容，其中还配有许多精美图片，多为已剖制好的印石照片，看上去其质类玉，间有洒墨黑斑。查找相关资料后方知，大松石常见品种有紫绀色或蓝色斑点的冻地，有纯白色不透明的鸡骨白，更有近似昌化产微透明的"藕粉冻"。

在众多相关条目中要数宁波籍作家谢武稼先生撰写的《大松石》一文内容最为详尽。文中记载：早在清乾隆五十一年即1786年，浙江海宁人陈目耕就在《篆刻针度》第八卷《造石》中介绍了十六种印石，将大松石排在第三位，仅次于青田封门冻石。乾隆时中进士的鄞县人全祖望的诗作《大松石》中有"吾乡用私印，大松亦擅名"之句，可见大松石的名望。

如此有名望的印石至今居然还能捡得，于我就是件天上掉馅儿饼的好事。好不容易挨到双休日，尽管是个雨夹雪的烂天气，但还是没能阻挡住我急于拾宝的脚步。约上几位朋友，在家里那台轰隆作响的旧吉普驱动下，我们几个义无反顾地朝着大松石产地——大嵩球山进发了。

车过招宝山跨海大桥，朝着宁波千年古刹天童方向急驶七十公里，在穿越了四个长隧道之后，终于见到了心仪已久的球山。与其说它是座山，还不如用小土包来形容她的尊容更为合适。此土包孤立于田间，光秃秃的，既无茅草更无竹树，开膛破肚的样子都是现代人围海造田、炸山采石的杰作。据史料记载，这里曾是东海滩涂，球山即是海山。前几年，周边农民建房基石需求陡增，为此当地政府在山的四面办起了采石场。如今此山几乎被夷为平地，两幢灰蒙蒙的厂房也在周边拔地而起。询问正在施工的工人，被告知当年采石业爆破时对玉石带并未做特殊保护，多受伤破碎。近几年，有众多玩石者从各地闻风而至，寻寻觅觅难得大块材料，幸运的也只是捡些边角料而已。

既然还有边角料可捡就不枉此行了。开捡没多久，同去的一个朋友惊呼，在一个原先挖掘过的坑里居然露出一块夹在顽石中的玉石，形如头盖骨，我们几个连忙拿起事先带来的镐头锤子，正准备认真开掘一番，没料惊动了工地上包工头老婆，她急吼吼地冲过来，边嚷边用周边的土石快速地填埋那个惊现玉石的坑。说她早发现这块石头了，还在坑周边做了记号，只是留着没挖出来而已，再说此地在他们造厂房时已买下，外人不得随意采掘，弄得我们进退两难。与她斡旋期间快磨破了嘴皮子，最终也未得此坑的开采权，也只好作罢。

想来也是，既然是好东西，谁舍得白给呢。

接下来我们只有在附近找边角料的份了。寻找了个把小时，没有朋友特满意的石头。我倒是饶有兴趣，手捏一个编织袋沿坡而索，时不时地还寻问挑选石头的门道，什么"瘦、透、漏、皱"，只可惜懂行的朋友那会都在忙自己的活，而疏漏了对我的业务指导。不得已，最后精选了几个我自认为像玉的石头放在车上，总想第一次不能空手而归。没想到最后在行家清理检验石质时，我所拾石块质量得到了大伙的一致肯定，当然我心里很清楚里面有不少是友情奖励。

我们即将返回时遇到一个安徽民工，当时他正从工地上下来回工棚吃中饭。看到我们正大块小块地往车上搬运石头，就笑嘻嘻靠到我们跟前，询问要不要买些石头回去，说他那儿有好石料。于是跟着他钻入那个破败的工棚，发现简易的床铺边果然滚落着几块球似的大石块，显然是他平日施工时发现后偷偷带回并藏匿于此的。懂行的朋友一看便知是些普通石料，不值什么钱。但看到纯朴而厚道的民工面对石块所露出的那份神秘与欣喜，实在不忍心道破真相。在这么个荒芜寂寥的工棚间里，珍藏着这么几块所谓的玉石，幸许还能给这位贫困的外乡人留个念想呢。不过离开工棚时我心里还是酸酸的。

午后雨雪骤紧，我们装载着沉甸甸的几麻袋石块，怀揣不可名状复杂之情作别即将消失的球山，作别工棚里的民工兄弟。一路上，我不断地把玩着拾得的几个小石头，虽无采石之遗憾，但心是沉重的，今后扬名古今的宁波大松石很可能只保留在史料及我们的记忆中了。

（原载 2008 年 2 月 26 日《宁波晚报》）

故乡影子

多年来我常常在脑海里勾勒着周庄那古老而又素雅的面容，或许这源于"小桥、流水、人家"引发的一种思绪，或许起因于电视散文中的那句"上有天堂，下有苏杭，中间还有一个九百岁的周庄"的解说，于是便有了我对周庄的挂念和神往。

终于来到了深藏于烟波浩渺的淀山湖畔的周庄，当双脚真真切切地敲打在乌亮的青石板上，心里强烈地感受到了一股不可名状的颤动。青瓦粉墙下，绿水长流处，蕴藏着一种难以割舍的亲情，让人想到自己的故乡，想到远古的祖先，想到大树的根系以及我们的归宿。

周庄备受现代人青睐始于镇上那座闻名遐迩的双桥，而双桥出名又得益于一位画家，他就是陈逸飞，他是我的同乡。当年这位旅美画家在云游了世界之后第一次踏上这块土地，他的目光就被牢牢地吸引了，仿佛又回到了童年生活过的地方。在周庄，先生找回了对故乡的回忆：周庄与我的家乡很像，也是小桥、流水、人家的江南水乡。于是先生把浓浓的乡情倾注于笔端，流淌于线条，融化于色彩，于是就有了后来闻名遐迩《故乡的回忆》。这幅画当年被美国石油大王阿曼德·哈默买下，之后访华时，作为礼物赠送给邓小平。

当我在一本画册上看到这幅题为《故乡的回忆》油画时，心中闪过一种莫名的兴奋与喜悦。作为画家的同乡，我应该更能读懂这幅画，因为在画里我找到了昔日故乡的影子：弯弯曲曲碎石铺砌的弄堂，依河而筑绵延起伏的民居，远近高低街坊相连的拱桥。在这个古朴、自然、纯静的江南小镇，我度过了美好的童年与少年时期，她是我故乡的全部概念。如今，高楼大厦替代了故乡有年头的老屋，留给我寻觅的也只有异乡清静庭院里的那份静谧和不再重来的故人了。

行走在悠远、静谧、古朴的街巷，满眼尽是拱桥、水巷、古宅，故乡的气象、故人的触觉，带着思乡之情扑面而来，我便有了如沐甘露的心情，在似曾相识的意境之中流连忘返。

让我最迷恋的是雨夜的周庄，我见到她时瞬间感觉有点虚幻。波光粼粼的河道在雨中涨了，汩汩地流淌，曲径通幽的石板路被雨点敲打后，光滑圆润，点亮的灯笼连同柳枝一块儿在风雨中摇曳。远处不时传来悠悠的二胡声，还有人在轻轻哼唱。我微醉，感觉自己正朝一个梦境坠去。

　　周庄对我的诱惑是多样的，除了景还有那古老的歌。

　　船在水上走，人在画中游，悠然自得、婉约有致的曲调便从水的中央荡漾开来。无论是蚬江渔唱的旋律，还是船娘的吴歌小唱，简单的曲调，被当地人反复吟唱，经久不衰。水乡人为什么会如此钟爱这种曲调，对我这个外乡人来说也许永远是一个深邃的迷。不过我想吴歌小唱形成的先决条件大概是必须要有船有橹的。水乡河流交错，人们咫尺往来，皆须舟楫。这些傍水而居的渔夫船娘们橹桨欸乃，悠悠荡荡于自家门前屋后，就有了一串又一串长吁短叹般的音符。生活本是一首唱不完的歌。

　　行走周庄，仿佛又一次触摸到了故乡的影子。这里的每一道风景，不矫揉不造作，古朴自然，不经意间皆成风俗。行走周庄，循着故人的足迹感悟周庄的凝重，睹物思人，仿佛音容宛在。然而时光不可逆转，故人早已走远，在练达的人性之中留给我们更多的只是感慨与感怀。

河南忆

河南是什么？河南是千年古董，贵重古雅；是豪放宋词，恢宏雄放；是二十四道水席，一桌不散的盛筵；是老碗烩面，踏踏实实的居家日子。

——题记

开 封

开封是厚重的。厚实得像黄河河床，层层叠叠，连绵起伏。回来很久了，一直想为它写点什么，可能还是厚重的缘故，怕自己的小笔头挖掘不深，触及不到，有内涵的东西唯恐小文章里装不下，所以迟迟未动笔。就像面对一位渊博的学者，敬畏到不敢开口，但内心还是仰慕得不行，踮着脚尖想去靠近，想了解，想表达，渴望对话，就是找不到由头，一时语迟。

到底有多厚重，多广博呢？开封人说，他们的脚底下埋葬了一个又一个朝代，覆盖着一层又一层的华夏文明。在河床底下躺得越久，附属在身上的历史文化价值就越发厚重。地有多厚，历史就有多厚。追溯上去，能追溯到清明上河图的盛况，几千年的文化沉淀都呈现在那张图上。昔日京都繁华，街市风情，泛着陈旧的光，化成了时光的碎片。

在开封人眼里，仿佛这个城市任意一个角落，一脚伸下去，全是古董。果真如此？肯定不是。夸一个地方好，都是融入了个人情感的。想当年黄河改道，掩埋多少生灵，掠走多少财宝。滔滔黄河，对生于此长于此的开封人来说是又爱又恨的。但这里是他们的故里，像所有人都会说自己的家乡好一样，眷恋父老乡亲，熟稔风土人情，哪个不挑好的说，自豪或自夸，都是人之常情嘛。

作为这个城市的一个过客，我认同开封的厚实感，这是一个有质感的城市。有质感的东西往往是深入骨髓的，是文化底蕴浓稠度的一种展现。

我是下午走进清明上河园的。以清明上河图为蓝本建造的仿古主题公园，一定是有水的。果然迎面就是一汪湖，园内的各式建筑都绕着湖展开。雕梁画栋的城楼修葺一新，矗立在湖畔，雄浑苍古。虹桥的"虹"字，特别形象。相传，北宋张择端在画《清明上河图》时，见横跨汴河上的木质拱桥形态优美，宛如飞虹，故以虹命名。现在不少名胜古迹，只要有拱桥，都叫虹桥。就像好听的名字重复着起，用着，不怕重名。

导游带我们去逛店铺。新造的店铺刻意仿效汴京古建筑，斗拱梁枋上绘满各式神话传说，柱子用丹红刷成暖色调，如同京剧舞台上的戏装，艳而不俗。酒楼进门立着黑漆漆高大柜台，后面站着笑眯眯店堂掌柜，一袭长褂……茶肆、当铺，但字号都是老的。道两旁的空地上张着大伞，有卖茶水的，有看相算命的，有吹糖人的，有剪纸扎风筝的。人行道上，熙熙攘攘的人流中，驶过一辆彩绘马车，车轮车栏车门车伞都是大红色的，是国人最爱的中国红，人们坐在马车上悠闲晃荡着双腿，喜庆、热闹。这里时古时今，确有"一朝步入画卷，一日梦回千年"的时光倒流之感。

皮影摊子前扯起一块白色幕布，幕布后有一男一女正忙着操纵影人。导游说，男的是主角，他要分别扮演不同的角色，要讲故事，要吟唱，还要插科打诨，调动观众情绪。当时正在表演的是民间寓言故事《东郭先生》，皮影大师开始即兴发挥。当狼蹿到他的面前，哀求说："先生，我正被猎人追赶，求求您把我藏在您的口袋里，将来我会好好报答您的。"接着又念："你的口袋是人造革的吧，好闷啊……"东郭先生赶紧接词："错了错了，我的口袋是布的，装书的。"这句临时想出来的台词，顿时引来围观的一片哄笑。

园内，真人雕塑星星点点的，很多。远看像静物，走近仔细品察，个个形神毕备，极富情趣。我向拱桥边的一位账房先生走去，他满身上下涂成古铜色，连手上的算盘也是古铜色的。我走上去仔细端详很久，他竟然一动不动，连眼睛都不眨一下。我佩服他的功夫，轻声说："能合个影吗？"他似乎点了一下头，马上又一动不动了。一个同行的朋友告诉我，他们有的是艺校学生，在这里扮塑像除了挣钱，还有自己的喜好。一个姿势持续几小时，很辛苦。我理解这些漂在城市的年轻人，他们心里揣着理想，手里只有一叠薄薄的钞票，他们为了讨生活，在这里发挥着无穷的创造力，充满智慧，是一种别样的生活方式。

《大宋东京梦华》水上实景演出是晚上八点后开始的。"看！好大的莲花。"观众台上一阵喧哗，一朵硕大的莲花从湖面上飘移过来。瞬间，湖面烟云散去，华灯普照。莲台上佳人歌舞弹唱。轻风朗月，歌声飘扬。导演真是了得，开场就是一首宋词："蛾儿雪柳黄金缕，笑语盈盈暗香去。众里寻他千百度，蓦然回首，那人却在，灯火阑珊处。"

我第一次看演出，惊讶了。一阕宋词至多上百字，少则寥寥几十字，导演却要把诗词中的每个意境一一转化为一幕幕生动、华丽、宏大、开阔的实景，除了有无边的想象力之外，还要有大的才情啊。此时，一身戏装的穆桂英手持绣绒宝刀，骑一匹烈马，从我跟前狂奔而过，卷起一股尘烟。紧接着数匹烈马前蹄腾起，昂首嘶鸣，其声震耳欲聋，回荡在观景台上空，久久不绝。奔马就在自己眼前，不足尺寸之地，我本能地收起双脚，甚怕阻挡了杨门女将冲锋陷阵的步伐。

岳飞出场时壮怀激烈。他身披铠甲，气宇轩昂，威武凛然，眉宇间展露对卖国求荣，苟且偷生，残害忠良的"莫须有"之辈的横眉冷对，形神中折射出坚贞不屈的爱国气节。这位妇孺皆知的英雄是有过争议的，在各主流媒介中也曾失踪过多年。今天在此我与他相遇，历史的凝重感和肃穆感再次漫上心头。想起英雄临刑前伏案疾书，写下的八个大字：天日昭昭！天日昭昭！我想说，历史昭昭！历史昭昭！在后人心里，岳飞与杨家将一样都是不可动摇不容玷污的英雄。

七百名演员，七十分钟默契表演，一阕一幕，满场惊艳。大宋辉煌已逝，但往事并不如烟。

开封有东京梦华，真好！

洛　阳

去洛阳之前，和父亲通了电话，他对洛阳是有别样情感的。二十几岁时，他在那当兵。那个年代当兵是件荣耀的事，保家卫国也得层层政审，根正苗红才够资格。全国百姓节衣缩食，保障部队供给。军营有白米馒头、猪肉饺子，有黄色军棉帽、三斤重的军棉被。训练场上，拉练路上，劳动途中，放开嗓子唱《解放军是所革命大学校》。最让老父亲引以为傲的是军营就在伊河岸边，与龙门石窟仅一水之隔。

我在景区入口处，看到刻在巨石上"龙门石窟"四字，心就咚咚跳。半个世纪以来，这是我在父亲口中听了多少遍的四个字啊。

伊河边，我问导游，对面有军营吗？导游说，香山里面好像有。我隔河远眺，河床宽阔，微波荡漾。两岸青山相对，幽谷森严。肉眼是望不到军营的，即使有，那会是父亲的军营吗？转眼又想，又有什么关系呢，伊河在，石窟在，军营就在。它在我父亲一生的记忆里，在我成长的岁月中。于是，举起相机，面朝对岸，一阵扫拍。对年事已高的父亲来说，军营已变成一个符号，囊括在一山一水诸多元素里；变成了一个念想，遗落在岁月中，飘落在年轮里。我要记录下来，带回去。

怀着虔诚的寻访之心，踏着父亲的脚印来仰慕世界遗产，就有了故地重游之感。此时，初阳正映射在西山密如蜂房的神龛石窟上，窟隆内，大大小小的雕像影影绰绰，轮廓或清晰或模糊，千姿百态。到底是举过皇家之力的，几个朝代的发愿造像，打造了中国龛窟之最。

在最大的卢舍那大佛前，导游说佛像有武则天的影子。哪儿呢？是圆润面部，丰颐秀目，还是微翘嘴角？卢舍那静静地端坐着，眉稍嘴角含着浅笑，头微低，俯视的目光正好与我仰视的目光交汇在一起，显得那样的温柔、睿智、典雅、优美。这眼神，武则天她有吗？她是谁？是皇后，是皇帝，是暴君，唯我独尊，会菩萨低眉？不过武则天是见过卢舍那的，曾资助脂粉钱两万贯，"开光"那天她也到了场。

我随着人流缓步而行，药方洞、古阳洞、火烧洞、极南洞，沿途，有些佛像石龛都有被毁坏或盗凿的痕迹，有些被风化了，留下一道道裂缝，像要劈裂下来似的，满身斑驳与沧桑。想到了父亲，当年二十出头的他，也是沿着这条线路走过吗？他当时又是一种怎样的心情呢？是不是也震撼过，感叹过，惋惜过。

但我知道父亲看到龙门魏碑，一定是喜悦的。

父亲从小习书法，后成了终身习惯，得空便会铺开宣纸蘸墨书写。他一辈子也不曾有过正规书房，卧室阳台是他书写的主阵地。一张写字台，抽屉里，台面上，到处是笔墨纸砚。退休后，眼底出现黄斑，眼力不济。悬腕书法，手有发抖，仍独守阳台一角，不离不弃。

他临摹草书、行书、楷书，也临摹魏碑，《龙门二十品》是他最钟爱的法帖之一。父亲在龙门见过其中的几方真迹，刻着北魏造像题记。那时佛龛石窟还没设置太多栏杆，人是可以自由出入的，父亲有幸得以近距离观摩。

我对洛阳的最初记忆除了石还有水。石有石窟，水有伊河，有水席。

新城的那家水席店比较正宗，门面不大，装修得喜庆，盛唐风格，服务员清一色的宫廷仕女打扮。大堂内乐手也是一袭古装，有龙鼓相伴，与宫廷宴氛围十分相称，做出来的二十四道菜也正宗。朋友说连汤肉片汤、燕菜汤、水氽丸子汤、酥肉汤是必须要点的，水席嘛，以汤见长。

每上一道菜，堂内鼓乐齐奏，喊过菜名后，一旁的服务员会详细讲解菜肴的由来。听下来，"真命天子假燕窝"最生动，普通的萝卜粉条，在水席上走一圈，便脱胎换骨了。赵丽蓉与巩汉林演的小品《打工奇遇》有一组经典台词。巩汉林："我不跟您说了吗？在这不能叫萝卜，就得叫群英荟萃！"赵丽蓉："还群英荟萃，我看就是萝卜开会，哈哈……""真命天子假燕窝"可不是萝卜开会，它凝结了洛阳人的大智慧，素菜荤做，以假代真。假得明明白白，假出一桌千年不散的筵席。

流水一样的宫廷宴，父亲是没有吃过的，他对洛阳有关吃的印象是相当贫乏的，可能仅停留在填饱肚子上。

我小时候熟悉一个吃的故事来自父亲在洛阳的亲身经历。那年在父亲军营旁，有一个独居老妇，她的外形与我祖母有几分相似，父亲腿脚便勤快起来，时常独自上门挑水扫院。每次离开，大娘会守在大门边，悄悄塞过来一块馍，白馍馍正中央小山包似的尖尖头上顶着一颗大枣，红得耀眼。父亲知道，困难时期，这是大娘待客的最好东西了。她自己刨点观音土和一小撮面充饥，常年便秘。每次提及洛阳大娘，父亲都是泪光盈盈的，一生挥之不去。

当我用舌尖畅游在一道道汤水之间，自然又想到了老父亲，什么时候他也来亲身体验一次呢。

郑　州

十年前，我第一次到郑州，要拜访的是夫家的一位叔叔。头次登门怕我不认路，之前，叔叔用短信发来他家住址。百度地图里搜寻，发现位于闹市区。印象中所有城市的闹市区，高楼林立，钢筋水泥，玻璃帷幕，都像影楼里化妆出来的新娘，千篇一律的面孔。而走进郑州街头，竟意外发现闹市区的建筑外观，色彩好像从来就没有被刻意规范过、粉饰过。繁华但不是浮华，不像有些城市装扮得像浓妆艳抹的模特儿，急于讨好国际上的眼光。老楼更是保持了20世纪五六十年代建造初期各自模样，尽管外表有些土气，但结实，管用，不矫情，一如朴实的中原人。

叔叔家的四层老楼，用最便宜的石灰涂成暗红，虽深陷四周的高楼中，但洋气的铁锈红在灰褐色的楼群中很显眼。叔叔说，这是他们公司的家属楼，20世纪60年代结婚时单位分的，现退休了，他还一直住着没挪窝。我看了一楼的门牌，"文化路××号"，是我喜欢的带着旧时记忆和象征性的路名。

走进叔叔家。水泥地，三分之二的白墙刷着绿色涂料，木匠打的实木写字台，用花布、钢丝弹簧、海绵包裹的单人沙发，棕色小茶几上的收音机放着豫剧，婶婶在厨房里炸毛豆腐。突然有种归家的感觉，这是我飞机落地以来第一次感到踏实稳妥。

我去的第一站是河南博物院，坐落在农业路上，主楼似金字塔。在中原楚系青铜艺术馆，看到一件云纹铜禁的铸器，五层镂空透雕，二十四只龙形怪兽攀缘伏撑，古人精湛手工艺，绝不亚于当代数控技术。很想用相机拍下，但有禁止拍照的规矩，只能叹为观止。靠近"王孙诰编钟"时，馆内正播着《高山流水》，恰到好处。琴箫悠悠中，我随人流穿梭在沉寂千年的惊世之作中，云纹方壶、克黄升鼎，有王者归来的喜悦，贵重但一点都不高傲，带人们回归久远的岁月。

博物院里听华夏古乐，太震撼了。现在忆起，钟磬鼓瑟、管箫琴笙，仍在耳际。华夏古乐团是个纯粹的复古乐队，最逼真的复古服饰，最考究的复古乐器，最到位的复古演奏。演员们清一色广袖深衣，姑娘挽着孟姬夫人的头饰，小伙高束玄冠。他们手捧土鼓陶埙，发出"金、石、土、革、丝、木、匏、竹"八音。懂行的说，那里回旋的是三代庙堂雅乐，飞扬的是两周陌野风情。我是外行看热闹，但笛声，钟声，鼓声，人声，清远、神秘，也觉稀罕。郑州人擅古乐，跟地下埋着编钟有关吗？

带我去逛街的是婶婶，她是湖南人，嫁到郑州也算半个河南人了。出门时，她总是揣着一张老人免费公交卡。她说平日有事没事，都会搭公交出去转悠，最多是去超市买菜，还有去城东的公园参加大合唱，一唱就半天。婶婶带着很重的湘音对我说：哟得，我们去二七广场。

二七广场的二七纪念塔，是为了纪念1923年那次铁路工人大罢工。塔顶钟楼整点报时，《东方红》乐曲会准点回响在广场上空，给城市渲染上一层英雄主义色彩。令我难忘的，还有广场步行街的各式小吃：老烩面、老鸭粉丝汤、瓦罐肉。

羊肉炖汤，将羊肉汤和面，细的豆腐皮，粉丝，香菜，装在一只脸盆似的瓷碗里，端上桌，我都懵了，连连摆手，直呼吃不了就浪费了。端盘的小姑娘捂着嘴在一旁咯咯笑：谁像你们南方的小笼包子，一口一个都嫌小。我承认，南方的小盘小碟，怎敌北方的海碗老盘。上次在上海豫园排队吃早点，有人要了二两馄饨，一根油条，队列中有个男人，肯定是北方的，瓮声瓮气笑：咱们北方论斤卖呢。曾在北京一个食堂打饭，我对窗口的师傅说要十个饺子，师傅以为自己听错了：啥？身后有人提醒：论斤卖，至少半斤！

眼前这一大碗，端在手上，沉得手腕发酸。婶婶说这家合记烩面馆，老碗笨重，愣头愣脑的像河南人。但料足，味正。于是埋头苦干，咕噜噜，喝得我大汗淋漓。吃到撑。

瓦罐肉店铺内，一只只宜兴紫陶罐挨个排在炉子上，油光锃亮。店里师傅戴着棉手套来回翻掀罐盖，香味冒出来，口水就聚拢了。陶罐里的五花肉外加五种大料，陈皮茴香丁香姜蒜味，铺天盖地，慢火焖炖两三小时方可上桌。我平时不爱吃肉，但香焖瓦罐肉，肥而不腻，入口即化。若不尝一口，还真对不住师傅下得这番功夫。旁桌一群本地人，围着几只热气腾腾的陶罐，一阵吸溜溜，呼噜噜。罐大，量足，饱食后说话声音也大，底气足。跷着二郎腿晒太阳，天南地北闲扯。那个悠闲自在，羡煞人。抬头，招牌上一个大大的"炖"字前还有俩字——秦朝，骨子里透出一股秦风秦韵。

郑州人能说会道，大大咧咧，但正直，朴实，热情，火车站的老周就是这么个人。没订上返程的卧铺票，我坐公交去火车站等退票。老周是车站的管理员，坐在售票大厅的一把高脚凳上眼观八方。他看上去应该有五十多了，浓眉大眼，腰板笔挺，一口一个"中"，浓重的河南腔。我向他询问票子问题，他满脸无奈：窗口都在售站票了，卧铺票谁会退呢。

火车站人头攒动，南来北往的旅客步履匆忙。我正四处张望，一个抱小孩的妇女凑上来：有卧铺票，但要加五十元。真假难辨，谁敢要呢。见我面露疑色，妇女连忙解释说：真票，你可以去检票口验票后再付钱。我被"黄牛"纠缠上了，正想找个借口脱身。老周朝我走来了，妇女像老鼠见猫，转眼消失。

老周说：这些票贩子，我天天盯着呢，就等他们出手抓个现形呢。

老周带我去退票窗口，退票的与等票的人都排着长队。他说你得吆喝，要不人家咋知道你要哪个票呢。几百号人呢，怎么好意思张口喊话呢。老周见我迟疑，索性两掌合拢，贴在嘴边帮我喊开了。

他一喊，震撼到了我。

一个城市之所以迷人，除了这个城市有好景，好吃，还有好人。叔叔家简易的老屋，是不紧不慢的居家日子。烩面馆的笨重老碗，有"岗尖岗尖"捞不到底的实诚。老周的仗义朴实，似泥土一样接着地气。我跟叔叔说，下次再来，一定多住上几天，听听豫剧，喝喝茶，吃吃小吃，和叔叔婶婶，还有老周这样的郑州人聊聊天。

（原载 2015 年 11 月 5 日《中国石化报》）

鹭岛印象

骑　楼

从气派宽绰的集美学村一路南下，驶过跨海大桥，我乘坐的旅行社小巴士七拐八拐钻进了厦门岛内的一条窄巷。曲折蜿蜒的小巷子呈放射型四面伸展，每条巷子两侧是一溜二至三层高的楼房，一幢紧挨一幢。房子的年龄可从深深浅浅的颜色中依稀分辨出来。巷子的尾部还在不断地延伸着，像是一个永远玩不完的接龙游戏。

我喜欢城市隐秘的那部分，她是华丽客厅后隐藏的那个后花园，绚丽但不妖娆，暗香流动。那种安逸富足是修炼后的沉淀，人静而后安，安而后定，定而后慧，慧而后悟，悟而能后得。城市的小巷子就有这种沉得下去安耐得住的恬适美。

余晖下，巷子里小商铺透出五颜六色的光。被门口悬挂的万国旗似的丝巾吸引，我走进小店，四壁都是流行色。一方玫瑰红的丝绸，撒落深红的玫瑰花瓣，绿枝上有蝴蝶，都是织上去的，却活龙活现，能呼之欲出。她来自苏杭还是异域？静静的一方软缎，随意放置着，隔着落地玻璃窗，与窗外的那抹夕阳十分应景，透着红，喜庆亮堂，是生意人想要的那种旺盛颜色。前些年与朋友喝茶闲聊，席间，一个老家在厦门思明老城区的朋友和我聊到骑楼，他面呈喜色，两眼发光，嗓门音量也提高了八度，言谈中屡次将骑楼称为"五脚气"。当时就觉得这个比喻极为生动，感性而洋气。此次厦门之行，置身于"五脚气"的汪洋，连廊连柱，拱门拱窗，穹顶凉亭，行人在盖顶的廊道中穿行，凉爽通风，"五脚气"一说，果然妥切。

下榻的旅馆也在"五脚气"骑楼里。精明的店家在大堂外的连廊道口，摆出一个茶桌，树墩型的雕刻木艺功夫茶几。男主人邀上几个好友正围坐在案上的红泥小炭炉旁，捅茶，装茶，烫杯，热罐，高冲，低斟，盖沫。杯盏交错，喝茶品茗，悠闲地守着店。女主人围着一个大竹筛，一颗一颗地挑拣着茶叶粒，将颗粒饱满、色泽乌黑发亮的视为上品，归置在一起。她神情专注而淡定。那茶也像人，安逸朴实而温和。我们在她的大竹筛前驻足，女人顺手用小茶漏舀了一小勺铁观音茶叶，递给我们——回屋可泡水喝，铁观音是温性的，喝了不伤胃。

夜幕下，四通八达的"骑楼街"似一幅原汁原味的生活长卷，徐徐展开，纷杂中倒透出浓浓生活况味。店铺正中央的神龛，看店人小方桌上的饭菜，家居墙上的全家福；忙着在电磁炉上炒菜的主妇，三三两两围着小酒盏贪杯的男人，排除一切干扰埋头写作业的小学生：芸芸众生都在为生活奔波忙碌。

闽南人民是明显偏爱夜市的，夜深了，但通往"骑楼街"夜市的公交车依然无比拥挤，小摩托虎虎生风，光膀子的小哥载着小妹直奔"骑楼街"而来，更多的人选择了步行。在饱食台湾烤鲍鱼、竹筒饭、牛肉煲后，我裹挟在逛夜市的人流里，一路向前。路边小店挨家挨户地逛，一个也不想错过。

第一次见骑楼是在上海的金陵东路。那年我十八岁，独自乘夜航船，从十六铺码头上岸，到达繁华的金陵东路，为的只是配一副当地稀缺的隐形眼镜。女人天性爱美，且难免爱得盲目，年少时就一度固执地认为戴眼镜有碍观瞻。认知美是有过程的，一如我们成长也需要一个过程。那年时值盛夏，年少的我戴着刚配好的隐形眼镜，从金陵东路逛到外滩，骑楼遮挡着外面烈日，在阴凉无比的弄堂风吹拂下，咬着石骨铁硬的白糖棒冰，惬意极了。

多年来，我也和那个老家在厦门的朋友一样，时常挂念骑楼。还记得翻阅某晚报时看到一篇题为《金陵东路骑楼南粤风韵犹存》的报道，何等宽慰。以往总是担心老房子有朝一日会被摩天大楼蚕食掉，逃脱不了拆字命运，不曾想它还未被繁闹彻底沾染。遥想在繁华城市的一个隅，依旧顽强存活着，一片有故事的老房子，守着自己的一份清寂、独特与风情。

有一首诗说，骑楼总有一盏不灭的灯，总有一扇向晚的门，开着脚步溅起月的透明……不管时光怎样流失，人怎样变化，总有一些事一些人留下印记，总有一些过往的细节触动人心，譬如对"五脚气"骑楼的印象与挂念。多少年不见了，于是在厦门的骑楼街前流连，追忆旧时岁月，昔日繁华，和着尘世的热闹，把记忆一一唤醒。

炮弹树

厦门人把狐尾椰子树称为"炮弹树"，形象又生动。此树高大威猛，一略通直向上十几米，茎干膨大呈弧线，两头窄，中间鼓，最鼓处直径也有数米。树身包裹着层层叠叠灰白色棕榈皮，一圈一圈螺旋向上，似浑圆生了锈的古代炮弹垂立在道两旁，与这座海滨城市十分映衬。

每个沿海城市，几乎都有一段抗击外辱的英雄史。铁蹄破，春梦惊，华夏遍地立旌旗，让人联想到家乡的招宝山海防遗迹、糯米饭炮台、后海塘上的望海楼和雉堞。厦门的胡里山炮台至今也萦绕着这种气节，一种从不放弃，从不低头的气节，浸润我，启发我。台基，两旁相向而立的清兵营房，老而不腐，固立逾百年，彰显出一种精气神，神气来自老房子的底蕴。当年用乌樟树汁、石灰、糯米与泥沙搅拌构筑，据说这种民间配制的土方汁黏性超强，与沙土混合后异常牢固。类似现代混凝土的建造方法是先民的独创，凝结了大智慧，在明代被广泛应用，就连南京明城墙也采用这种土方构筑。

胡里炮台，有当今世界上最大和最小两门炮，有无数个从海底捞上来，锈迹斑斑的古代炮弹。站在无比坚固的炮台上，单手擎住大炮炮筒，面朝大海冲着镜头，露齿微笑着。时光若能穿越，那一定要回到光绪年间。就是这门巨炮，清政府花了五万两白银，从德国克虏伯兵工厂买回，安放在"八闽门户、天南锁钥"的城东南。大炮来自西洋，安置于要塞，带着硝烟，带着使命，虽然相隔百年，我在此拍照留念，但总想让自己沾点遗物的光，总想找回旧日的那一点点信息。战地变成了旅游胜地，清兵换成了一班表演队，清一色的小伙，驻扎在里面，每个正点都要为游客表演一场戏，还原的是当年清兵操演开炮情景。长枪、盾牌、旌旗，我从震耳的战鼓声，从铿锵的音乐节奏里找回那段光鲜的历史时光。

因为身世好，又立过功，大炮被完好保存下来，现在还能三百六十度旋转。两岸关系紧张时，轰过金门，当然现在炮筒早加了水泥盖子尘封了，也不再朝金门开炮，金门海域已是厦门游玩的一个自费景点了。这样的炮台以前有俩，东西各一个，西炮没能沿袭好运，大炼钢铁时拆了，花了几万两白银购买的大炮被当成废铜烂铁炼了小钢炉，太荒唐。但毕竟是历史，谁能改写？

胡里山炮台上的荣光宝藏博物院是世上最小的火炮藏匿之地，这个小火炮是葡萄牙人在千年前制造的，一掌长，半斤重，炮筒直径仅有一元硬币大小，玩具似的。当年洋人为何要造这么个玩意儿，观赏还是模型？不得知。见其真容，仍忍不住大呼：真小，传世秀珍品啊！

想想吧，胡里山炮台与"炮弹树"，在同一个城市，机缘巧合地出现在一起，有着内藏天机之玄妙，让人止不住有奇想。

厦门地处华南亚热带雨林，有着茂密的湿润空气，适合"炮弹树"这样的常绿乔木类植物生长，即便五月至八月，狐尾状的羽叶簇生枝端，还会从枝端叶间开出活色生香的花朵，妖媚悬垂树冠，与一字排开，一枚枚垂直嵌入地面的炮弹似的阵势相比，怎么也掩不住炮弹树身的威武雄壮。

道两旁，先是厦门的市花三角梅、老茎生花等争奇斗艳，后是绞杀植物开始附生，以侵占的方式争夺阳光和养分，在植物界演绎弱肉强食的争斗场面。等三角梅"独傲红颜长不逝，春风来去总怀情"之后，当绞杀植物优胜劣汰以竞争的胜利者而告终时，夏天风风火火地来了，充满热带雨林风情的"炮弹树"泼辣地从老茎树干上抖露出娇艳来，花瓣有粉的红的，蝴蝶似的，俏立枝头，引来游人驻足观赏。

旅行团中有一对年近八旬的老夫妇，年轻时曾游历南洋，熟知热带植物中与厦门"炮弹树"同名的还有一种棕榈树，产于南美洲。他们告诉我，那种棕榈树长着又长又密又粗的气须，高大的树干顶端也会开花结果，花朵鲜艳，香气袭人，果实如蜜瓜般大小，如椰子壳坚硬，硬梆梆的，从树下走过，一不小心落在头上，真会把人砸晕砸死的。它的果实才是真正的"炮弹"。

我仰望头顶的"炮弹树"，拿他与老夫妇口中的南美洲的"炮弹"做了一番对比，头顶上的他，强悍不野蛮，英武不鲁莽。于是在心里，我把他唤作"英雄树"。

（原载 2013 年 3 月 21 日《中国石化报》）

三

史老师

  史老师是我父母的朋友，已作古多年，然而我对她却一直念念不忘，尤其是我父母步入老年后，他们日渐迟缓的身影及思维，正如我记忆中史老师最后的模样。而如今，年过半百的我，也已过了我父母与史老师往来甚密时的年龄。细想，日子真是不经过，一晃就是几辈子的事。

  我对史老师人生经历的了解都是从我父母口中得知的，很有限，仅听说她与我母亲同乡，都是北仑新碶人。她曾是一个童养媳，后逃婚到宁波，遇见了地下党，参加了革命，改名史晚霞。新中国成立前夕到了北京，后又成为一名北京大学的图书管理员，直到1975年退休返乡。终身未婚。

  北京大学图书馆我曾参观过一回。旧楼和新楼相连，方正严谨，是中国传统与现代艺术相结合的产物。我久慕其名得幸相见之时，内心闪现频率最高的是史老师，古老葱郁的树木，斑驳脱落的亭栏，都很快被她的气息淹没。这里的一切都在提示我，她曾在此工作生活了三十年。三十年时光，堆积起来该有多重？凝结在一个人身上，该有多沉？就像眼前的这座建筑，中正踏实，根基牢固。

  大约1975年夏天，我住在镇海西长营弄，还在读小学。我家北窗外，连着一个小院子，院子的主人是一个小脚老太，左邻右舍都叫她金家阿婆。她身着黑色大襟衫，挂着一根竹拐杖，身形佝偻，须发皆白，八十开外，无儿无女，倒有一个侄子每月会按时来一趟，送些粮油。早些年，她侄子在院落一角，开垦出一块小菜地，用旧木棍、旧扫帚棒圈起来，金家阿婆在上面歪歪扭扭地种些四季轮回的时令瓜蔬。每日放学，我与同为小学生的弟弟，抬一只大木桶，扁担夹在臂弯里，兜兜转转，把我家院里的井水搬运到阿婆院子的水缸里，阿婆用葫芦瓢舀水淘米煮饭，喂鸡浇菜。我俩也有了写"学雷锋，做好事"日记的素材。

  一日，我刚跨进阿婆家门槛，迎面走来一位烫着卷发戴着金丝边框眼镜，一身斜纹卡其布两用衫，穿着讲究的老太。她向我们招手，问我：你是金家阿婆家的什么人？毫无疑问，在金家阿婆的小院里碰到两个抬水的小朋友，一定引起了她的好奇。

  同样好奇的还有我，眼前这位身材匀称、头发斑白的老人，边问边把双手绕至后颈，上下左右不停地搓动。我反问：你是谁？

她说我是新搬来住的房客呀！一口半官方南方普通话，露出一排整洁的陶瓷牙。

我好奇极了。对于当年像我这样没出过远门，没见过几个外乡人的小城镇小学生来说，哪见过云般舒卷的发髻，像极了"老刀"牌香烟壳上走下来的人物。我只是偶尔在黑白老电影里，或是在连环画上见过。那会儿，谁见真人谁算是开了眼界了。

等她迈出大门离开很久，在旁一直没声响的弟弟，突然问我：她会不会是个坏人？

此话正好被金家阿婆听见，她乐得直敲拐杖，重重地击打在泥地上，啪啪作响：好人，大好人，人家可是从大北京来的教书先生。

回家后，跟母亲汇报。母亲不停地追问：真是北京来的老师？退休后不留北京来下乡做啥呢，还租房子住，她不是本地人？

我摇摇头回答：我知道的也就这些了，要不你去问问？

史老师住在金家阿婆的东屋，一间灰不溜秋的瓦片房里，房梁三角架已分辨不出原木颜色。当年老房子用得最多的应该是松木，烟熏火燎的，早已通体漆黑。她开门见到我们两个不速之客，有点意外。

我母亲指着院子外那堵高墙说：我们就住在隔壁。听孩子们说，您是北大退休的，今天休息，带俩孩子过来看看。史老师听后，向我母亲鞠躬道谢，转身拍拍我的肩，露出两排洁白的假牙：这个小姑娘前两天碰到过的。随即把我们请进了屋。

她住的屋子有十来平方米，与房主金家阿婆仅一板之隔，有一道小木门相连，不过常年被关死，各自成了独立单间。屋子没厨房，更无厕所。垂下的床单边隐约露出一只搪瓷高脚痰盂，红花白底，牡丹花开得正艳。进门处，有一个木板搭建的架子，放着一只军绿色铁皮方形煤油炉，当年叫"经济炉"，用火柴棍或打火机点火煮食。不过当时多数人家是烧煤饼炉的，我家也不例外。不用时可用一块铁板封口，只留火星，称作"封煤饼"。用时打开炉门，进氧后炉火重燃，省去了每次点火生炉的麻烦。"经济炉"当年单身人士用得比较多。

屋里挺黑——我们三人围着窗口边那张"房前桌"坐下，史老师就急切地问我母亲，离家最近的公共厕所在哪个位置。我们熟悉整条弄堂的地形，熟知每个点到家的距离，热情告之。史老师不但认真听，还掏出一个小本，在上面认真标注。

话题一旦落到生活的最基本点上，语境就变了，大家都随和起来。初次见面时的客套没了，生分没了，起先刻意拼凑起来的宁波官话也自觉收起，石骨铁硬的北仑话随口而出。

举着搪瓷杯喝水的史老师，指着母亲大呼：你也是北仑人？哪个村的？啥时来镇海的？现在做啥工作？她肯定是个急性子，一连串的问号，以至于我母亲不知先回答她哪个好。是的，我是北仑高潮头袁家人，母亲回答道，之前一直在北仑教书，三年前家属部队转业到镇海，我才调过来。

我也是北仑人，是下史村的，和你贴隔壁。袁家大屋我去过的，河边上，高桥头，冲落就是。史老师喜出望外。对于当年她们这一代人，家乡观念很重，同乡观念更盛。他乡遇故知，犹如见到亲人一般，有说不出的欣喜。母亲也很激动，急切地告诉她，自己刚工作时就在下史教书，又一把拉过我，推到她面前说：阿囡就是下史出生的。

我转向母亲问：我怎么没有印象？

母亲哈哈大笑：那时你还在吃奶，断奶后一直寄养在你奶奶家，怎么会有印象！

后来史老师成了我家常客。每逢父母下班回家或者礼拜天，她经常过来串门。她称我父亲"叶师傅"，称我母亲"袁老师"。我们全家则叫她"史老师"，其实按辈分，我和弟弟起码得叫她嬷嬷或者奶奶，但她更喜欢我俩也叫她"史老师"。

再后来，她经常上我家来吃饭，不过每次来绝不会空手，总会带一些小礼物。一天，她塞给我一只牛皮纸包，沉甸甸的，压低声音说：正版《词源》，阿囡读书用得着，扫"四旧"那会，我从北大图书馆的火堆里给抢出来的。这是一部纸张发黄的旧书，共四本，每本都有砖头厚。那天，她与我父母在里屋嘀咕了很久，我虽然听不太懂他们的谈论话题，但肯定不是上次诸如公厕那样的日常琐事，主要内容是"政治"。

离开时她感激父母能接待她的来访，嘱咐我们不可对外人道，怕我们因而受牵连。

父母都说不怕那些。还请她放心，保证以后对她的谈话内容列为"保密"级别。

这句话打入了她的心坎里，她笑了，说那你们一家以后就是我的亲人了。

既然成亲人了，后边的日子里，史老师也不再背着我们骂娘了。不过她骂的都不是身边的人，骂的好像都是当年有头有脸的人物。有一次，她听别人说她的发型像江青，她大怒，顺手操起我的课本猛拍桌面，在随即扬起的缕缕尘雾中破口大骂：她是什么东西，祸国殃民，不得有好下场……

1976年，粉碎"四人帮"后，父亲每每忆起此事，都会由衷地说：史老师有政治眼光，到底是从首都来的，见识就是广啊！

粉碎"四人帮"那年，史老师搬到父亲所在的工厂图书室，在一排排图书架背后支起一张小床，做起了义务图书管理员。当然这都是按她的请求，我父亲帮忙介绍的。记得第一回上我家，她就说过，北仑老家是回不去了，上无片瓦，下无寸土，也无其他亲人，唯一的一个哥还远在南京，但已过世，只留下一个精神有点异常的侄女，由她嫂子照顾。史老师说她今生最大的愿望是将来有一天，她嫂子过世了，她就把侄女接过来。其实那会她连自己的住宿问题都没着落。

当时我刚上初中，还迷上了文学。对罗曼·罗兰、傅雷，《约翰·克利斯朵夫》《傅雷家书》，五迷三道的，于是借着爱好文学的名义，隔三岔五地往她的图书室跑，还时不时地带几个同学同去。我自用过她送的《词源》后，在我心目中她就是一个有学问的人，我很高兴有机会认识一位北大来的老师，尽管只是一位北大的图书管理员。同往的同学也很兴奋，对于当年我们那个时代小城镇的初中生来说，谁从北京来了，谁就是心目中的大人物。

她见了我们格外亲切，还把我搂在怀里，这一亲昵举动令我的同学们暗觉惊讶，那时我们很不习惯与别人有身体上的接触，与自己的父母都不常有。她从一只带彩绘的铁皮桶里掏出一大袋动物图案的饼干，又给我们每人倒了一杯红茶菌，喝一口酸酸甜甜的，此茶菌是我这辈子头回见也是头回喝。同去的一位同学见识广，她马上告诉我，这种菌叫海宝，据说非常有营养，可防癌治斑秃。她奶奶家的瓶瓶罐罐里就养了好多，准备世代养下去，反正她奶奶把它当成包治百病的灵丹妙药了。

在她的图书室兼卧室的屋子里，我们吃饼干、喝菌茶、蹭书看，愉快地度过了一个下午。

她问我，你长大后想不想离开小城镇，到外面的大城市看看。还说当年要是由其父母安排，与同乡订婚，无毅然决然之决心，逃离旧家庭，解除旧婚约，投身革命洪流，现在她就是下史村一个在家带带孙子，嗑嗑瓜子，晒晒日头，唠唠家常的农村老太。

当年的我，一个初中生，虽然还没有多少判别生活状态好坏的能力，不过若把一个农村老太与眼前的革命老太史老师放在一起，后者宛如一颗流星，划过我生命的天际星空，点燃我内心多少追求理想的星火。

关于老家下史村，她也跟我们说了几句。刚退休那年，曾借住在她的一个远房亲戚家。爱打太极拳的她，每天早晨，穿上那套从北京带来的，柔软飘逸的灯笼袖、灯笼裤贡缎太极服，在晨雾迷蒙的村口小河边伸手抬腿。在北京几十年，每天早晨她都这样穿着去地坛公园练习太极拳。在公园一角，史老师和几十个太极拳爱好者伴着音乐起转，动作流畅，如行云流水，常引来爱好者和路人驻足赞许，她还义务教授过好几位太极拳爱好者。

而20世纪70年代的下史村，还处在日出而作、日落而息的半封闭时期，那时有个小收音机听听新闻已经很了不起了，谁见过大清早的，天还没亮，一位穿得仙女般白纱衣的老太太，在云里雾里装扮得如仙人一般，在河塘边缓缓移动，朦朦胧胧，神神秘秘的样子。村里的老人孩子们都认为只有吃饱饭没事干的疯子才会这样，真当自己是仙女下凡了。

看得出她在回忆往事时是如此的焦虑，甚至带点愤恨。我不断以眼神安慰她，然而她还是激动亢奋，无济于事。

那日，她的神态证明了一点——她有救国济世之宏志，有投身革命义无反顾之决心，却受不了老家人因无知给她带来的丁点曲解。她太在意老家人对她这个游子的看法了。爱之愈深则恨之愈切吧。

1982年，我念高中。某日我放学回家，有人在我身后大声叫我。我听到了史老师的声音，回头，见她手提两只香槟绿的塑壳暖水瓶，腋下夹着一卷篾席，

三

说正要去我家道别。

我急切地问：你要去哪？

她低声说：我要去南京陪我侄女，我嫂子过世了。

我怔住了，一时不知说什么好，只听她深叹了口气说：我倒是羡慕我嫂子的，一了百了了。我那傻侄女也够她受的，现在她交班了，轮到我接班。

那年她离开了工厂图书室，离开我们一家，去了南京。临走时还把她的暖水瓶、篾席等紧俏日常生活用品留给了我们。

再次有她消息，我已经工作了。周末我回家看望父母。母亲急切地告诉我：史老师回来了。我问：她还回厂里吗？父亲说：怎么可能，带着她的傻侄女去阿育王寺做义工了。

母亲喃喃地说：她是个很识相的人，按理她也算老革命了，完全有资格进养老院去养老，正因身边带着个傻侄女，不想揩国家的油，为难政府，自己找出路去了。那晚母亲一直在唉叹：老来苦真叫苦啊。

那年春天，单位组织去天童寺春游，我趁机去了隔壁的阿育王寺。在大殿后面的寮房门口，放着游客止步的牌子。寺庙是金刚地，规矩多，我知道不能再往里走了。刚下了一场春雨，寺里人少，偶有居士和香客出入，很清净。我打着伞站在门口等。只有出家人，方可住在寺庙里，收留的也皆是"无家"之人，想到这些，心里不禁泛起酸楚。

"阿囡你咋会找到这里来的？"史老师从长长的走廊那端蹒跚而来，身后的天光勾勒出些许佝偻的轮廓。她的外形有了很大变化，背弓，腿拖，熟悉中夹杂着些许的陌生。她哆嗦着用手攥着我的袖口，嘴里喃喃自语：长大了，长大了！熟悉的声音，虽没了当年的中气，但依然坚定从容。我着实流下眼泪来，老实说我不曾想过她会有如此大的变化，她正在寂寞地老去。

这是我最后一次见到史老师。这之后的十多年里，常常听父母、朋友讲起她，讲起他们与她那些难以忘怀的交往故事。我多数都在倾听，其间的一些细节，一些场景，都是我追忆或者我想象的，包括她洁白的假牙，慈祥的笑容，云般舒卷的发髻，甚至是衰老的皱纹，阿育王寺的寂寞。那时她还活着，但没有电话，没有书信，随着时间的推延，关于她的印象似乎停滞了，但我们并不陌生，知道她在那个地方存在，只要闭起眼就能忆起她的那张脸，她说话的神情，还有她易亢奋的脾气。

我想，今生我是忘不掉她的，就像岁月中每一个日子，哪怕你不伸手，不触碰，她还是在那里一天一天地延续着，被一季又一季的年轮覆盖着。"史老师"这个称谓连着我的少年盛气，我的家园情思，是我心中永远的寂寞风景，会时不时地显现出来，萦绕着我敏感而脆弱的心，尤其是在我渐长的岁数里。

（原载 2008 年 12 月 17 日《宁波日报》）

"袁氏香袋"传承人

都说人生复杂，而她说她的人生是最简单的那种，着一物，于一处，择一事，便到老。

袁壁如作为宁波非物质文化遗产香袋传承人，和一只小小的香袋相伴了一生。

六十多年前，一个平常的夏日午后，伴随柔和的微风和阵阵蝉鸣，十二岁的袁壁如和外婆端坐于大书院巷 34 号袁宅内，安静地做着端午香袋。这一做，便是一辈子。

也许是从小受祖上几代经营中药材生意环境的影响，她自幼就喜欢传统文化，跟着外婆学做香袋、虎头鞋等手工艺品。起初是喜爱，后来是痴迷，再后来，则是骨子里的"非如此不可"。时光流逝，袁壁如渐渐从当年豆蔻少女变成了现如今不少人口中的"袁阿姨""袁奶奶"。身为国人，对传统文化的认同与追随也早已成了她毕生的努力。

也正是这份认同，使得她的手工香袋流淌出的，都是中国数千年中医香文化和中医药文化的底蕴与魅力。

"轻汗微微透碧纨，明朝端午浴芳兰。流香涨腻满晴川。彩线轻缠红玉臂，小符斜挂绿云鬟。佳人相见一年。"我们宁波人提起端午，总是忘不了那一枚枚做工精细、色泽艳丽、芬芳扑鼻的手工香袋。安神美容的薰衣草、疏肝理气的玫瑰花、驱虫避蚊的苍术、芳香醒神的白芷……她们在美艳的绸布包裹下，依次苏醒，绽放一场岁月悠长。

香袋萌芽于远古祭祀之礼，起始于春秋佩香之德，成型于汉代和香之贵，成熟于盛唐用香之华，普及于两宋燃香之广，完善于明清品香之势，衰败于乱世征战之忧，回春于安定和谐之世。

明代李时珍的《本草纲目》中就有"闻香治病"的记载。如对艾草的记载："艾以叶入药，性温、味苦、无毒、纯阳之性、通十二经、具回阳、理气血、逐湿寒。"

而宁波中医药的历史，也可谓久远。宁波自古以来商贸发达，医药繁荣。唐代鄞县人陈藏器著《本草拾遗》，后有四明道士日华子著《日华子本草》，慈溪王伦著《本草集要》，等等。从唐代起明州港就有中药材出口，至清代，宁波药帮名声大噪数百年，药皇殿和药行街便是其最好的见证。

由此可见，作为香文化中重要的组成部分——香袋文化，一经传承，便是数千年。她不仅承载着大量的文化信息，更体现了中国纺织及精细制造的成就。

当千年香文化遇见千年中医药文化，便成就了袁阿姨这样的非物质文化传承人手中一件件精美的作品。

袁阿姨手工作品《童子戏凤绣球》，荣获浙江省香囊大赛二等奖，恰如一曲情意绵绵的《蝶恋花·庭院深深深几许》。她在设计上做了凤翎、流苏，好似有云雾藏在里面，氤氲流转，在深深浅浅的颜色中透出优雅与灵动。

从香袋形状的设计，到药材、布料、丝线的选用、采购，再到成品的制作，袁阿姨总是亲力亲为。各种各样制作香袋的中药材被摆成六宫格或九宫格，自上而下堆放的中药材都有不同的功效，制作出来的香袋也有不同的名字和寓意。

除了各式各样的香袋，袁阿姨的巧手，还能制作虎头鞋、零钱包、卡包等纯手工制品。制作一双纯手工的虎头鞋，往往需要花费三到四天的时间。她从几千年的传统文化中汲取灵感，将花鸟鱼虫等题材绘于画稿，一花一叶、一针一线，最是她手心的温度，眼中最珍贵的奢侈品。袁阿姨说，每一件手工作品都凝结了他们手艺人的专注与专业，是他们用眼用手用心描绘出的和谐与静美。

也许真正扎根到自己深爱的这片文化的土壤里，吸收它的养分，才能做出饱含生命力的东西。

一颗匠心，手作香包。数十年的坚持，使得袁阿姨成为了远近闻名的"宁波红人"，每年端午节前除了周围的邻居外，总有不少人慕名前来讨要她做的"袁氏香袋"。也是这数十年的坚持，越来越多人关注到了袁阿姨和她的"非遗文化传承之路"，也更加坚定了她传承"非物质文化遗产"的信念。

令袁阿姨最高兴的事是给一群五六年级的孩子上手工课，在课堂上，袁阿姨总觉得在这些孩子身上看到了自己十二三岁时跟外婆学做手工的影子，更看到了未来，非物质文化技艺，由这些孩子传承并发扬光大的美好画面。

袁阿姨每次从家里走到车站，再坐公交车去学校给孩子们上公益课，从海曙到江北，再从江北返回海曙家中，每次往返需两个多小时。这条熟悉的路，袁阿姨一走，就是十来年，成了七十多岁袁阿姨每周一次的必修课。现如今，袁阿姨虽然不再每周去学校授课，但仍经常在家带着慕名前来的学生制作香袋等手工艺品。

五月初五端阳时，香袋味正浓。又到一年端午时节，书藏古今，港通天下的甬城，又迎来了"端棕飘香，兰芝为佩"的好日子。每每看到小朋友拎着香袋奔跑，姑娘们美包上挂香闻香，老人举着香袋欢笑，不禁又想起了袁阿姨，艾草菖蒲挂起来了，粽子蒸起来，袁阿姨，也该开始新一轮的忙碌了。

上海阿爷

　　我和亚芳虽然不住在同一个院子里，但应该算邻居，因为两家的院子就隔着几堵弯弯曲曲的瓦爿墙。从我家走到她家，用不了两分钟。

　　每天早上去上学，我都会先去她家约她。远远地，我从瓦爿墙那端，就能看到她的脸正朝着我走去的方向，站在大门口等我。偶尔有那么一天，没见着她的身影，我就知道她一定是起晚了，正在赶着吃早饭呢。于是我就跑到她家明堂里去等，前脚刚跨进石头门槛，便听到亚芳妈的大嗓门：来了？吃了吗？我家有泡饭。

　　她家明堂的东厢房，住着一对从上海返乡的老年夫妇，我跟着亚芳，也叫他们上海阿爷、上海阿娘。亚芳妈妈告诉我们，东厢房是上海阿爷家的祖屋，他们年轻时一直在上海工作，退休后，不愿意再与儿子一家同挤一个小房子，索性把上海的小房子腾出来留给了小儿子，老两口回到老家，住进了祖屋，和他们的上一辈们一样，又与亚芳家做起了邻居。上海阿爷乐呵呵称此举为"叶落归根"，此言一出，经常被上海阿娘毫不留情地驳回去：唉，子孙靠不上，只好来投靠祖宗了。

　　阿爷七十多岁了，脸颊红彤彤的，虽很瘦，但气色很好，见人都会露出招财猫式的笑脸，这时一对微微下陷的眼窝周边，叠加起扇子骨般放射形皱纹。可能是镶了假牙的缘故，他的嘴巴有点瘪，开口漏风，听他说话有些许费劲。

　　平时他喜欢穿西式背带裤，米黄色的衬衣或者灰白羊毛衫，整整齐齐地束在咖啡色裤子里，裤子中缝压得刮挺。据说每天晚上睡觉时，阿爷都要把裤子沿着中缝捋直，然后压到枕头底下，第二天起来，脑袋的重量正好把裤子压得笔挺，根本用不着烫斗熨。一副与裤子同一色系的咖色背带，系着一对锃亮的黄铜葫芦扣，在后背十字交叉，每天也被上海阿爷拉得平平直直。大概在上海生活久了，习惯了，即使在家闲着，阿爷也穿得一本正经，一看就是个上海老头的作派，不像上海阿娘和明堂里的阿婆们几乎一样，常年一套居家服，到乡下落户后早已入乡随俗了。

　　阿爷家有南北两个房间，北面还有一个小天井，连着厨房与卫生间，靠南临窗的是卧室。透过窗口，我看到进门贴墙立着一个木架，有一人多高，类似现在敞开式货架，上面放满各式酒瓶子。那时我很少有机会接触到酒瓶，更不知道酒的质地好坏，但酒瓶子上的字还是认识的，有西凤酒、竹叶青、绍兴加饭酒等字样，只是好奇这些酒瓶子的上面都落了一层薄薄的灰。

架子最上面，放着一排泡着杨梅的大瓶子，这是我熟悉的杨梅酒，我家也有。杨梅上市时节，新鲜杨梅通常来不及吃，又不能留过夜，这时老妈就把剩余的杨梅浸泡在高度白酒里。平时遇到个中暑肚痛，伤风感冒，头痛脑热的，她总是会用一个匙子掏出几颗来，强迫我当药似地吃下。没几分钟，酒劲就上来了，憋得我满脸通红，头晕乎乎的，于是便倒在床上，裹一床厚被，蒙头呼呼睡上一觉，醒来真的百病消散，特别管用。

上海阿爷家的货架上，摆得最多的当数一排无牌无字的酒瓶，远看透明的像装满了水。他一日三顿酒，喝的正是那种无牌无字透明酒，阿爷叫它"枪毙烧"，其实就是一种酒精含量较高的低档次白酒，当年，我们弄堂口小店就有卖，三角钱可零烤（零烤是指将整坛酿的酒零售）一斤，又便宜又过瘾。它的名字很特别，小时候，我一直以为这种酒是给枪毙的人临刑前喝的，后来才知"枪毙烧"是用地瓜酿制的，酒精含量高，又呛又辣，意思是喝高了跟找死差不多。当时"枪毙烧"都是装在一个小口大肚的酒瓦缸里，散装零卖，平头百姓多数是贪便宜才喝它的。但上海阿爷却不同，他有劳保，收入不低，他就好这一口，无它不欢。

有一回，我们一进门，就听到上海阿爷在使唤阿娘：老太婆，烧酒瓶空了，快点跑到小店拎一些些回来哦。正在井沿旁水斗洗菜的上海阿娘，"哦哦"连声应答，连忙放下手中洗了一半的青菜，在围裙上胡乱地擦了擦湿漉漉的双手，接过阿爷递过来的两只空酒瓶，又从口袋里摸出一只塑料钱夹，边数着零钱，边三步并作两步出了门。

印象中，上海阿爷一天到晚都在喝酒。通常，我们早上背着书包出门，上午三节课上完，回来一看，阿爷早上那顿酒还没喝完，已经和中午这顿连在一块了。夏天，阿爷喜欢把小方桌搬到明堂中央，靠在一把太师椅上，穿着刮挺的西式背带裤，右手揣着一只小酒盅，左手摇着大蒲扇，嘴里还时不时哼上几句：九妹心事无人懂，山伯十八里路相送。哼得最多的是越剧《梁山伯与祝英台》的草桥结拜。上海阿娘讲，年轻时，上海阿爷也算得上是个赶时髦的人，当时他们住在老式的上海弄堂房子里，好不容易攒下些零用钱，都被阿爷拿去买了唱机和薄膜唱片，为的就是能听刚解禁的越剧。王文娟、徐玉兰，委婉动人的唱腔总是让上海阿爷心绪难平，成了戏迷。尤其是一喝上酒，心情大好，反串"黛玉焚稿"，吊着假嗓子念白，引来弄堂的小朋友捂着耳朵装鬼脸。阿娘不喜欢男人唱越剧，总让人觉得怪怪的，还有些娘娘腔，一度她甚至都不想和阿爷在弄堂口一起吃饭了。阿爷却不以为然，"痴"在其中。

阿爷喝酒不太讲究下酒菜，有一盆花生米再加上几只咸蟹脚就足够了。喝酒时间虽长，但菜吃得却很少。咸蟹脚又咸又硬，他的牙口不好，是咬不动的，阿爷喝一口酒，便嘬一口蟹脚，可能浊酒呛加上蟹咸的缘故，每喝一口，阿爷喉咙里都会发出老鼠般的"吱吱"叫声，动静不小。借着蟹脚的七分咸味，三分鲜气，竟然能喝掉半瓶"枪毙烧"。最后，一瓶酒喝光了，被他嗑了大半天的那只蟹脚居然还在，而且是完整的。

说来也奇，"枪毙烧"尽管劣质，但却香得出奇。每次，奇香从阿爷的小酒盅里飘出，在一旁边做作业的我们，闻着闻着，都流下了口水。阿爷像能看到我们肚子里爬出来的小馋虫似的，便招手让我们过去，走到跟前，他举起酒瓶，递到我俩鼻子底下，晃了几晃问：香吧？

我和亚萍齐刷刷地点头。

阿爷又笑眯眯地，把他手中的筷子倒了个头，用筷子尾巴蘸上几滴放在我们同时伸出的舌尖上。瞬间，一股辣气直冲喉舌，呛得眼泪都出来了。我俩不停地呸呸乱吐，在旁的阿娘见了，咂咂着嘴，冲着上海阿爷发火：你这死老头子真是十三点，小姑娘哪能喝酒啊。

转眼间，几十年时光攸忽而逝，上海阿爷、阿娘都离世很多年了，亚芳家的老屋及她家的明堂也拆得无影无踪。当年的"枪毙烧"更是老酒换了新瓶，装在了茅台式的豪华瓶子里，广告语同样打得奇特——让你一次喝个够。诚意满满令人心动，也唤醒了我年少时的记忆。"枪毙烧"那股奇香与辛辣，连同上海阿爷嗑着咸蟹脚摇着大蒲扇哼越剧的身影，时隔多年仍记忆犹新。

三

穿珠阿姨

第一次见她是在公园，正领着她的傻弟弟坐在半山腰的亭子里，跟公园的一帮老姐妹一起，给工艺包穿塑料珠子，穿一粒能赚四厘。周边的人都叫她"穿珠阿姨"。

老阿姨六十几岁，看起来有七十了。脸色泛黄，缺营养的那种。她坐在一条小板凳上穿着珠儿，可能是珠儿的眼开得太小的缘故，老阿姨手里的珠子快贴近她的眼珠了。她的膝盖上搁着一个小托盘，里面铺着一条毛巾，有一些散珠在上面，毛巾是防止珠子滚落的，虽都是些不值钱的塑料珠，但老阿姨从街道领来时，都是称了分量的，弄丢了要计入工本费的。

傻弟弟长得又矮又小，圆圆的脑袋上没几根毛，小和尚似的。眯眯眼，混浊无光。当他咧着嘴傻笑，从眼角堆起的无数褶子里，我意识到，他其实也上了年纪，应该出五十了吧，但光看他的神态，如同一个孩童。

这会儿，他们坐在半山腰的亭子里，尽管亭子被树荫笼罩着，但是大太阳底下依旧很闷热。夏日苦重火热的空气没有风，毒辣辣地逼人的脸。傻弟弟正紧挨着"穿珠阿姨"，手里捏着一张旧报纸，高高举起，对着蓝得发暗的天空，呆呆地盯着，有汗珠滴落在报纸上，慢慢地化出一个个小洞，他全然不知，依旧一动不动地坐着，保持着同一个姿势，一副认真看报的样子，仿佛炎热在他身上是停滞的，甚至是与他无关的。忽然我发现他手里的报纸却是拿倒了的，报头朝下。我很想过去提醒一下，坐在一旁看报的他，突然咧嘴冲他老姐嚷嚷开了，咿咿呀呀的，不知在嚷些什么，我一句都听不懂。老阿姨笑着朝我捂捂嘴说："他高兴着呢。我这傻瓜弟弟前世一定是位读书人，什么都不懂，就喜欢翻报纸。"说着又顺手从脚边的一个布袋子里抽出一张旧报纸，塞给他。

老阿姨带着笑讲着她傻弟弟，仿佛讲着一件特别荣耀的事，可是我分明看到，她那双打满褶子的大眼睛里噙有泪水，说话时嘴角也是强行往上拉的。

傻弟弟接过报纸，木讷的眯眯眼顿时睁大了，从里面发出几丝光亮，手舞足蹈地又咿呀开了，扭动着双手，夸张地撕起报纸，横一条，竖一条，悉悉索索，一会儿工夫，他的脚下堆起一大堆被撕成长条状的旧报纸。老阿姨无奈地耸耸肩，摊摊手，舒了口长气道："命中注定我要服侍他一辈子喽。"说话时，瘦削的身子微微颤动，她停顿了一会，便不再说下去，又埋头去做手里的活计。

午后的阳光照在老阿姨头顶上，花白头发闪着光，一如岁月染的霜。整个下午，老阿姨一直在不停地看表，可能是担心过了回家买菜做饭的时间。她手腕上戴着的是一块老式"梅花"牌手表，这大概是她身上唯一值点钱的东西了。攀谈中我了解到，这块表及她天天领在身边的傻弟弟，都是爹娘离世前留给她的。她原来在棉纺厂工作，为了照顾弟弟，很早就办了病退手续。至今她没成家，更没有子女，只有这个傻弟弟。她的父亲是先于母亲离世的，当年，留下一双未成家的儿女，老母亲死前肯定是合不拢眼的，老阿姨见状，"扑通"跪下，一字一句地向老母亲保证：只要我活着，有口饭吃，绝不会饿着傻弟弟。

年轻时，老阿姨长得并不难看，自然就有主动来提亲的，其中有一个，她也是动了心的，人长得高高大大的不说，还有工作，腿勤脑子活络，每次来她家，手里总会拎几包小点心，从不空手。一来二去的，双方都有了感觉，于是到了谈婚论嫁的地步，这时，傻弟弟的安置问题实打实地横在两个年轻人的面前。带着傻弟弟嫁过去，男人倒没说什么，可男方家的母亲瞟了他俩一眼问："一间屋，傻弟弟住哪儿？"男人含糊地说："要不还留在他自己家吧。"老阿姨立马站起身说："要是我肯丢下他，我的儿子早会打酱油了。"

日子还得接着过，只是老阿姨再没有奢望把自己给嫁出去，她总是叹气道：家家户户日子都过得紧巴巴的，拖着一张光会吃饭，不会干活的废人出嫁，真不是多双筷子的事。

那些年，别人家是过日子，她和傻弟弟是在熬日子。当年她的病退工资勉强糊口，弟弟的生活费只能靠她一分一厘地去挣。眼下手头的零活还是街道照顾她的，给工艺包订塑料珠子，虽说一粒只有四厘，好在公园的那帮老姐妹都在义务帮她，一天下来，到手也有十来元，能顶姐弟俩一天的菜钱。

一日三餐，他们吃得很简单。早上，泡饭就霉豆腐，中午米饭青菜，晚上泡饭咸菜。有时一周也会割上一斤肥肉，将肉上的猪板油切下来，搁进锅里，加点水，熬出猪油，冷却后灌到一个空瓶子里留存下来，平时拿来烧菜吃。留在锅底的猪油渣，金黄酥脆香喷喷的，成了傻弟弟独揽的零嘴。不过老阿姨总是在厨柜里偷偷藏了一些，偶尔来个客人，可以拿出来炒菜或过节包饺子时拌在菜当中，借点油腥味。

公园里帮忙串珠子的老阿姨们都夸她能干，说她家每天就泡饭的霉豆腐也是自己动手做的。做霉豆腐那天，阿姨会故意拖到上午九十点光景才去菜场，不紧不慢走到那家她常去的豆腐摊前，这时豆腐架上，只剩下几块破碎的豆腐了，见她来了，摊主一般都会抢先开口：老规矩，付两块钱，你都拿走吧。老阿姨难为情地点点头，知道人家是在同情她，才半送半卖的。谢过之后，她在摊位前放下两个硬币，碎豆腐连同那些边角料都被她一起装进了塑料袋带回家。到家后，老阿姨先把碎豆腐洗净，切成小方块，放在竹篾上晾干。再从她家的床底下，拖出一只小瓿，里里外外擦洗干净后，小心翼翼地把豆腐一块块放进去，最后放入一些辣椒粉、胡椒粉、盐、白酒。用一个木塞包上沙布，盖上密封。阿姨说，腌制一个月就可以取出来吃了。

我有时也会带一些旧报纸去公园里找她，她总是很过意不去的样子。我告诉她,这些都是家里订阅的,看过就没用了。她略微沉默了一会之后,对我摇摇头说："怎么会没用了呢？留着擦擦玻璃窗也是好的，再说还可以拿到废品站换几元钱呢。"她是在心疼弟弟每天撕掉的那些旧报纸呢。

她的一生没花过几笔大钱，但她却花费了一生中最美好的年华践行对老母亲的承诺，从青春到暮年，她用了大半辈子的时间，去陪伴一个傻弟弟，终身未嫁，然而，这些又都被她视为是命中注定的。傻弟弟做无厘头傻事时，她哭过、骂过，也怨恨过，但始终没有放弃过，就算是放弃了自己一生的幸福，也没想过要放弃弟弟。年复一年，她喝着泡饭，吃着霉豆腐，静静地坐在公园的小亭子里，穿着珠子，看弟弟撕报纸。

老董嫂

老董嫂是我和弟弟的养娘。我五岁那年，奶奶去世，我还未到上学年龄，老家乡下又没有幼儿园，只能寄养在别人家里。弟弟是真正寄养，当时我已有点自理能力，属旁带。按规定每月母亲付给老董嫂十五元工钱，因加了个我，就象征性地多付七元，我算作二分之一。

她老公姓董，母亲叫她老董嫂。老董长年挑着工具箱外出补鞋，后来小镇人口聚集起来，就把补鞋摊固定在小镇街上。生意时好时坏，补一只鞋几分钱，多数是给磨穿底的解放鞋摊个橡胶底，或给断了搭瓣的塑料鞋烫个搭链。若替一双手工纳的布鞋底，粘上一副橡胶底就能多赚一毛。家里除了几分口粮地，其余全靠摊位贴补家用。

老董嫂家在村最西边独立的七角屋里。院落成四方形，当中有一个明堂。屋檐下围满一圈水缸，大大小小，横七竖八，接天落水，淘米、烧水或直接饮用。落雨天，雨水从毛竹做的水檐里引下来，滴滴答答落到水缸里，最大的七石缸，几分钟就能盈满，水不断地从缸沿里溢出来，水花溅了一地。天井被水缸围了一圈，中央空地上青石板铺面，树着一排排篱笆状的晒衣柱，上面搁着的密密麻麻的晾衣杆，像是拉起了一道道篱笆。晴天，家家户户把棉花被头、青布蚊帐、棕榈床垫、换洗衣裳都挂在上面晾晒，满满的一院子。东家到西家去串门，想抄近路就得从晾晒物下钻来钻去。那里自然成了我们孩童捉迷藏的最佳去处。

村子很小。每天早上，老董嫂肩背弟弟手牵我，出门。除非路遇熟人，扯点咸淡，否则从村东慢吞吞逛到村西也用不着半小时，剩余时间我们常打发在去鞋摊的路上。这是一条用小石子铺成的乡村公路，一头通向镇街头最后通往大海，一头连着我当年从未去过的陌生城市。出老董嫂家后门，绕过一个碧绿小池塘，就上公路了。道两旁有几个零星村落。多年前各姓氏祖宗祖居或迁移至此，叶家、陈家、王家，几间屋面便是一个族姓，盘根错节，繁衍生息，血脉相承，我的叶家就在其中。沿途要经过一所小学，屋顶露出旗杆，经常是光着的，布纺旗面经不住风吹雨打，只在举行重大仪式时才挂出来。汶川地震那阵，从电视画面里看到崩塌的校舍前，唯有旗杆孤独耸立，红旗招展，心口生疼，旗杆是我小时候对学校的全部记忆。

村口有一爿小店，是村里唯一一家商店。木头柜台上摆着几只大号玻璃瓶，里面盛满花花绿绿的小糖和长的圆的饼干。小糖一分钱一粒，糕饼两三分一块，都是镇食品厂加工的，模样有点粗糙，但对乡村孩童来讲已是奢侈品。有个同族长辈，从上海退休返乡，整天坐在小店门口打发时光，我每每经过，都"阿爷、阿爷"叫个不停。他便笑眯眯从口袋里摸出几张毛票，从柜台里换出一大把糖果塞到我的小手中，顺手摸摸我梳着两个小辫的小脑门说：老董嫂养侬是福气啊，她是个热心肠。

走到装有两扇铁门的地方，弟弟的小拳头开始咚咚地敲打老董嫂背脊，嚷嚷着要看"嘟嘟"。这是小镇汽车站，整天只有一个班车从外面的城镇开来，摇晃到站时，车厢多半已空了。小镇是终点站，除了几个办公事串亲戚的，很少有人无故流动。据说过世的奶奶搭这班车，到连着的那个城市，一生只去过两回，分别送她的两个儿子去当兵。

街市一面是河浜，一面是店铺，总长不出二十米，那时却觉得很长。老董的鞋摊设在街中央，一个礼堂大门边上。按现在市场管理，肯定属违章设摊，一没营业执照，二没固定摊位。当时老董可不懂这些道道，只是挑担累了，在此歇脚，顺便补几双鞋。没人较真。

在混合着脚汗味和胶水味的摊前，我们一般要待上大半天。我和弟弟绕着摊位跑来跑去，自由活动。老董嫂坐在一小矮凳上向老董嘀咕：老大挣了几个工分，阿二替人家抱小孩不小心把脚崴了，幺儿的书学费又要交了。老董闷声不响，只顾低头涂着胶水，用嘴呵气。老董生性内向，苦生活过惯了，些许琐碎事很难触动他。

每次从街上转回，已是中午。此时，煨在火缸里的中饭已飘出米香，早上出门前，老董嫂淘净米加足水，灌进一只长形的瓦缸里封上口，煨在火缸里。火缸灰是从烧早饭的大灶里簸出来的，纯草木灰，米饭煨得喷喷香。瓦缸里还炖了一个蛋汤，吃饭时，老董嫂浇上几滴麻油让我们吃，她和幺儿只吃青菜。说家常菜最养人，她一直很强壮。

老董嫂家里养了一只黄狗，时常从菜市场捡回一些骨头碎屑，用纸包着回家喂它。养狗的主人喜欢的是狗的忠心。她共有六个子女，四男二女，都是她一手带大的，生活过得很苦，但孩子们都很懂事。我们喝带去的奶粉，馋得幺儿直流口水。老董嫂每次都把他赶到外屋去，顺手塞给他一朵向日葵，幺儿挖下一粒粒生瓜籽放进嘴里咀嚼。我们也吵着要啃，老董嫂变戏法似地不知从哪里捧出一大把炒熟的葵花子，装进我的衣兜里哄道：生吃要生蛔虫。

幺儿长我两岁，放暑假带我们去守瓜地。瓜的品种很多，有西瓜、冬瓜、脆瓜还有黄金瓜。瓜果成熟怕别人偷，老董在瓜地上搭一草棚，里搁一张门板，又当床又当椅，一家人白天晚上轮流值班。白天通常轮到幺儿上岗，我们三个在门板上打虎跳，瓜藤上翻滚，一天下来，浑身是土。渴了，敲开一只带活灵的西瓜，把肚皮撑得滚圆。热了，爬到河滩里，幺儿识水，青蛙似地跳上跳下，我俩趴在岸边摸螺蛳。老董嫂看到这场景，迎头把幺儿一顿臭骂，她骂幺儿是猴子投胎，不得安生。对我俩只是一个劲地吓唬道：河里有怪兽，千万不能去碰水。

　　她不识字，生在农村长在农村，窘迫的生活现状没法让她有精细的心境，得体的话语，但内心的善是天生纯朴的，不受任何污染。她对我们的爱，表象很粗糙，实际胜过自己骨肉。

三

生命探底

丘吉尔说，成功根本没有秘诀，如果一定要有的话，那就是坚持到底，永不言弃。这句话似乎在小东身上得到了应验。

他是我的远房亲戚，一个在深圳打拼的外乡人。和大多数人一样，上天非但没让他"含着金钥匙出生"，而且还给他出了一副烂牌：家境贫困，父母早亡，初中辍学，未成年便离开家乡，南下讨生活。

这些年，几经沉浮，他硬是把一副倒霉牌玩出了新运势：在深圳开了店，买了房，入了户，成了新深圳人。

那年的冬天，我们全家像候鸟一样去深圳过年，小东接待了我们。

红树林是外地人看这个城市的一个窗口。海湾地势平坦、开阔，浅滩上绵延数里的红树林与蔚蓝色的海水簇拥着，在波光中微微荡漾，鹭、鸥、雁等候鸟盘旋在上空，营造出"落霞与孤鹜齐飞，秋水共长天一色"的美景。小东说每年都会有一百多种候鸟成群地来到这里，在这红色的树林里歇脚栖息。

初来乍到的我们，歇坐在海滨草坪上，眼前的碧海蓝天、红树绿叶、海边阳光下奔跑的孩子以及周边的楼盘、餐饮、购物、停车、娱乐，甚至近在咫尺的香港、澳门都成了我们猎奇的景象，围绕这个被称作"世纪老人画了一个圈"的城市，还有眼前这个小小的国家自然保护区，大家七嘴八舌的，总想发表一些看法，谈些感想。陪同我们的小东除了抢着去买水、买冷饮外，很少插话，一直默默地在一旁含笑看着远方。

循着他的目光，我们看到不远处，有一个保洁工老头推着清洁车，正拿起扫帚在公园的人行道上扫地。老人身穿宽大的灰色工作服，松垮宽大的衣服把身材矮小的老人衬得越发瘦小。衣服外面套着红色的马甲，戴着口罩和帽子，可能是上了年纪的缘故，蹲下去捡树枝时，显得很费劲，烈日下只见他一刻不停地忙碌着。小东若有所思地说："来这个城市的人，都像鸟似的，也是想觅食歇脚的，开始很苦，结果还好，但有的就没那么好运气了。"

我们知道小东说的是他和他的弟弟。

第一次来深圳，也是小东接待的我们。飞机落地，打开手机，小东的短信就滴答响个不停：我在广场停车场出口处等。他提早半小时就到了，那辆红色小车是借他弟弟的。弟弟比他活络，先于他来闯深圳。有一年，深圳电视台举办了一场美发秀，"最佳造型奖"爆出冷门，由小东的弟弟获得。

其实他弟不是造型师，也不是美发师，而是数十年如一日，坚持在街头小店理发的"剃头匠"。

他弟的剃头史，就是一部深圳美容业的发展史，更是众多打工仔的发迹史。

他弟最辉煌时，有车有房有店铺。小东和老婆都是由弟弟引荐来深圳的，一直在他的美发店打工。

上了车，他直接拉我去了他们的临时住所，一幢老楼，租的。墙皮脱落了。楼道转弯角落堆满杂物，灰蒙蒙的。台级露出钢筋。

"这个房子是当地渔民造的，比这个城市岁数还要大。"小东边说边引我上楼。

半夜，我被一阵哗啦啦的流水声惊醒，女人在低声埋怨："你轻点，家里有客人呢！"小东在冲澡。一看表，快二点了，小两口才收工。

那年的小东处在人生低位。他出来讨生活，不知道下一秒会发生什么，只知道自己已经到了最低处，低也低不到哪里去了，只要学着去接受，不逃跑，一心想往上走，他想也许会走上上升通道的。即使真上不去，他认为坏也坏不到哪里去了，如果能坚持，不至于出局。

然而，把简单的事情做到极致，功到自然成。他果真经历了这么个起伏。

离开红树林，他说要带我们去关外的弟弟家转转。

"他家女儿很聪明，'00后'漂亮宝贝。"看得出，夸他侄女时，心里满是愉悦。可能这也是他目前唯一能替他弟感到欣慰的一件事。

车在一个窄小的弄堂口停下，小东弟妹一家三口已经迎在那里。漂亮宝贝老远扯着嗓门喊她大伯。小东夸张地展开双臂拥她入怀，胡子不停地蹭着小嫩脸蛋，小姑娘咯咯笑着与大伯打闹。

"这间店面是我刚租下的，很小。"他弟面露羞涩。小东也红了脸，搓着手。小姑娘冲着我们大声说话："我爸爸说了，过两年，我们还要开小汽车，还要住大房子，还要有一个像大伯家一样的大理发店。"

我们都不知道该说些什么，还是小东弟妹反应快，接了话题："前两年我们被传销害惨了。还好店铺盘给大哥了，没给外人。"

小东红着脸笑了，缓缓地对他弟说："你出道比我早，手艺比我好，东山再起没问题。"

返程途中，小东对我们讲："理发店是我弟一手打拼出来的，关内关外都小有名气，算得上老字号了。当年我卖了祖屋贷了款，咬牙盘下这个店也是基于这一点。辛辛苦苦几十年，不能就这样打了水漂。"

我们知道，这几年小东吃了很多苦，很顽强，也很幸运地把握了机遇。不但兄弟打拼了十几年的店铺没丢，还扩大了规模，赚了钱，在市中心买了住宅房，留在老家的儿子也被接到这个城市读书。他弟现在经营的小店铺将成为他的第一个连锁店。兄弟俩商量好了，计划在关内关外连续发展多家连锁店，建立会员制管理模式。

小东讲："这几年兄弟俩走过的路，直线少，曲线多，一直在振荡。几近探底。"

当生命中幸福美好来临时，点位就上升至一个高度，但不会持续，又渐渐回落至一个点位；当不如意来临时，会下探，探至一个想象不到的点位，甚至可能想出局。如果能坚持住的话，总有一个时刻会再次冲高，出现"牛市"曙光，东山再起，如此这般，年复一年。

有这样一个规律，所以他不轻言放弃。

动力火车

　　她说读书与结婚并不矛盾。结婚后，她上学，老公上班。一个住校，一个住单位宿舍，除了两个假期住在一起外，双休日她也会买上一张火车票，坐几个小时火车，从学校跑来看老公。这天便成了她老公的节日，向单位请一天假，到火车站接上她，寄存好行李，带她到"金汤匙"煲饭馆吃饭。通常，他俩会要一份手抓饼，一份鸡宫煲，一碗豆豉鲜蚵、蛤蜊冬瓜汤。台湾"金汤匙"私房菜价格虽有点贵，但味很正，餐厅古铜烘漆玻璃、鳄鱼亮黑皮也很独特。因为喜欢便常去。

　　我印象中的独生子女，难免有些自私、自信、高冷、莫名的优越感。他俩虽都是独生子，但性格直爽、自控力强，最大的优势是能接纳包容对方，敏感却不腻味，尤其在两个独立个体组成一个小团体后，都给彼此留足了独立空间。

　　她是读完本科工作两年后再去考研的，和她一起毕业的本科同学，工作后都开始攒钱买房了，她却动起了辞职的念头。她把这个打算告诉我时，不能说一点反应也没有，毕竟女生找到一份相对稳定、收入也不算太低的工作不容易。还没等我想好怎么开口，她却说，求学于她就是件幸福美满的事。大学毕业那年，父母内退，她不能再自顾自了，先得考虑养家。先后找了好几份工作，跳来跳去，总嫌赚钱少。最后固定下来，有了些积蓄，加上男友收入有保障，辞掉工作重返校园的念头也随之而来。

　　人就是这样，一旦有了念想，就不能轻意抹去，而且积压越久，欲念越强。就像爱上一个人，一颗种子落入心里，总会千方百计往外钻，拦不住。我认同她的想法与做法，多说无益，于是，我就随手送了她一锅烂俗的心灵鸡汤，不外乎什么凡事要抱最大的期望，尽最大的努力，做最坏的打算，持最好的心态，等等。她听后爽朗地笑了：以后我的生活开销、读研学费都得从老公那份微薄工资里开支了，生活肯定不如两人工作时宽裕，我有心理准备，到时他不埋怨我就行了。

　　跟她相识相知也很有时代特征。那会我们都热衷绣十字绣，经常跑到一家义乌人开的店铺，采购一些类似针头线脑的小配件，裱裱十字绣，一来二去的，自然热络起来。那会儿交友，不像现在有各类群、各式圈，价值观、理念等和你不合拍，还可在圈内找，多加几个群，混混圈子，聊得多了自然能找到说得来的人。我和她算是茫茫人海恰巧碰撞上的那种，在大家最好的年纪巧遇，彼此心意相通，也算是个幸事。

考完研，她闲得无聊，跟一帮同学炒股，想赚几个小钱贴补家用，谁知却赔进去好几万。那段时间，她比较心疼钱，整天心神不宁的，起先老公以为她考研失利了，后来才发现这件事，也没指责她，反而像早预料到了似的说：你是一个爱折腾的人，不去折腾几下是不会甘心的。付点学费不要紧，如果真有经济头脑，以后还可以再赚回来的。

一番平实的话，让她幡然悔悟，"痛改前非"。

读研时，她租住在一个筒子楼里，离我的居住地不远。我经常跑到她的出租房里看十字绣样品。她喜欢素描，十字绣是另一爱好。头次去她那，着实吃一惊，房间没做任何装饰，全套家电却都是高档新款的。一套家庭影院占去半壁江山，另一半被一张精致的铁艺大床占据着。中间只留出一个窄窄的小过道，地上铺了一块酒红色羊毛毯，上面横七竖八扔着几个大垫子。她盘了一个大大的发髻，套了一件宽大浅灰色线衫，坐在上面与不同买家视频聊天。

这几年，她吸收炒股失利的教训，在某宝上注册了一个卖化妆品的店，开起网店，做起了网店主，边读书边赚外快。她的网店累积了很高的信誉指数，粉丝量过万了，一直在卖一些小而美的产品，都是她自己先看中再试用的，考察了市场行情及厂家生产成本，预估出销售利润后，低价包邮。只是她从来没说是从哪进的货，可能这属于她的商业机密吧。

这一路，她不断试错，不断改进，不断摸索，生意也越做越顺。那会还没有网红一说，换今天，她一定是个具有惊人带货能力的网络达人，她的热度一不小心就会烫着人。挂在她嘴边的一句话是：人家为什么要粉你，首先你得满足粉丝的需求，生意好，销量高，那就要比谁都努力。

的确，她很努力，努力活出自己的精彩，活出自己幸福的模样。

她的出租屋内，有一个椭圆茶几，放在屋中央，上面放了一套蓝底白花纹瓷茶具。每次去，她都让我自己取电茶壶烧水泡普洱茶。我在靠墙书架找到成排的茶饼，方的圆的，有生茶也有熟茶，都是贮存多年的上品。泡了一壶松洋第一沱，一口一口地饮，一句一句地聊，她的手和眼很少游离出搁在双腿上的笔记本电脑。我想每个人都有各自的生存方式，家境平平的她能提前步入小康，与她坚韧、独立、思变的个性是分不开的。

茶过三巡，她直起身，光着脚丫走到我身边，搓着手，歉意地说，下午做了五单买卖，进账两千。又问我饿不饿，她中午可什么也没吃。

下午四点，我们一起跑到楼下大排档吃河虾炒螺蛳。我把存在手机里几张十字绣照片用蓝牙发到她手机上，她一张一张翻看，咧着嘴笑，不时叫好。她高兴时语速极快，旁人根本插不上嘴。沉闷时不说话，也不太顾及别人。她就是这样，不能说的不说，能说的说真话，万不得已也说假话。有回她正睡懒觉，一老友打电话约见，她觉得电话来得太不是时候了，正犯困不说，即使强打起精神来也得梳洗打扮一番才能出去见人，实在太麻烦，就谎称正外出办事，继续蒙头睡觉。但一旦遇上生意上的事，她却从不怠慢，如果有人要取货，三更半夜她都候着。对自己感兴趣的事，她从不含糊；幸福快乐的事，她更不会让它轻易错过。

　　接到她乔迁新居的电话，我正躺在闷热的火车硬卧上铺，晃荡着去庐山短疗。在直不起身的低矮空间里，电话那端传来她高频率的滔滔不绝声。顺着视线，透过一米见方的窗口，我望见快速掠过的陌生田野与村庄。火车头有着无尽动力正挟带列车呼啸着奋勇向前，把旧景一律甩在脑后。她就是这列铆足了劲的动力火车，一直在路上。

沉醉翰墨中

林霄红在宁波乃至整个收藏界都小有名气。

他的"出名"最早起源于他收集的八十余枚世界各国元首、政府首脑亲笔题签的专用信封,被当地媒体誉为"与外国元首交朋友的人"。现在他专门收藏中国当代书画名家手绘封,再度名声鹊起。他收藏的书画名家手绘封数量已超过千枚。在最近举办的"林霄红收藏漫画名家手绘封展"上,展出了华君武、方成、江有生、李滨声、韦启美、缪印堂、王复羊、王宇、苗地、于化鲤等漫画大师、名家亲笔绘制的数百枚漫画手绘封。他们中有年逾九旬的漫坛泰斗、有中国漫画创作最高奖——金猴奖的获得者、中国美协漫画艺术委员会委员、报刊的漫画美编,也有像傅红革、王山甲、张晓东、许力等中国当代漫画的新兴力量。留在信封上的漫画形式风格多样,有简笔写意的,也有工笔线描的。既有追求大块黑白处理的,又有民间装饰情调的。他们笔下绽彩,风格迥异,令人会心一笑的同时,更能收获一份难得的对身边美好生活的细节解读与真谛感悟。让观众大饱眼福,流连忘返。

采访林霄红是一件非常快乐的事,会时刻被他所表露出的真诚而又朴素的情感所感染。

林霄红告诉我,收藏中国当代书画名家手绘封,并非偶然。他从小就喜欢集邮,1991年从抚顺石油学院毕业工作后,开始热衷于收集手绘封题材邮品,以至于后来走上了专门收藏中国当代书画名家手绘封的道路。回首收藏经历,林霄红有快乐也有艰辛。

20世纪90年代初,文化艺术百花园百花争艳、百家争鸣、群星灿烂。当代书画艺术作为中华民族文化奇葩,更是涌现出一大批孜孜不倦、具有很高艺术造诣的书画名家。把书画名家的真迹保留在信封上,他觉得这是一件非常有意义的事情,于是萌发了专门收藏中国当代书画名家手绘封的念头。通过藏友的引荐,他很快有了一些收获,尽管当时收藏的都是一些没有什么名气的书画艺术工作者的题签实寄封,但丰富的内容、精美的创作同样意蕴深厚,激发了林霄红更大的收藏热情。为此他把业余时间都花在追踪书画家足迹上,以邮会友,广结艺缘。凭着真诚和执着,赢得了不少名家的好感与关爱。

2000 年以后，林霄红收藏品有了一个质的飞跃：中国美术家协会杨力舟副主席为林霄红的信封题签"沉醉翰墨中，放怀天地外"，还为他编写的《中国当代书画名家题签封图录》题写书名。版画泰斗王琦，当代工笔人物画的领军人物何家英，著名美术家孙其峰，美术史论泰斗王伯敏，连环画泰斗贺友直，油画大师全山石，广电总局电视剧管理司副司长、中央电视台电视剧中心主任张子扬等当代书画界重量级人物纷纷为林霄红在信封上留下了书画精品，大师们的帮助与认可给了林霄红极大的鼓舞。

十七年来，林霄红在中国当代书画名家题签封收藏中，按内容主要分人物、水彩、花鸟、山水、动物、漫画六个系列。这些手绘封经过书画家题字作画，加印落款，通过邮局盖戳而投递。它既是一枚枚集邮品，又是一帧帧微型书画作，集诗、书、画、印和邮品于一体，具有鉴赏、珍藏的双重价值。因此，他的藏品，以具有丰富的内涵和鲜明的特色而深受集邮者的钟爱。

为收藏书画家手绘封，林霄红不辞辛劳，广泛地查阅资料，耐心地与名家沟通，真诚地与他们交友，甚至三番五次地登门拜访，每一个具体环节，都倾注了大量的心血。说起收集藏品，里面还有不少感人的故事呢。

我国著名的书画楹联艺术家沈左尧是傅抱石和徐悲鸿大师的弟子，原江西省新余市人大主任熊世俊的知交。熊世俊是我国顶级的手绘封藏家，也是沈左尧把所有藏品和作品捐赠给湖州师范学院的牵线人。熊世俊曾经送给林霄红一枚沈老1987 年绘制的手绘封精品，并请沈老为林霄红题词"九霄红霞飞"。2007 年，林霄红得知湖州师范学院举办沈左尧楹联艺术馆开馆仪式，开馆仪式前一天，他专程赶往湖州拜会二老。是夜，他在湖州香溢大酒店和熊老畅谈一夜，并拜会了沈左尧、傅二石、叶宗镐等画坛名家。4 月，沈老去西安参加国际道德经大会，回来时在新余小停，林霄红请熊老转请沈老为其新居书写一横幅，沈老答应得极为认真，说回湖州后好好写，还分别送熊老和林霄红一本他用隶书书写的《道德经》，在书上用毛笔题签。遗憾的是五一过后，沈老胸部被查出阴影，得回北京治病。离开湖州前，沈老还在电话中告诉熊老，我要去北京治病，你那位朋友的字要等一等了。不料竟一去不复返，9 月在北京大学附属医院逝世。《道德经》长卷竟成了书坛绝唱，《道德经》书上的题签也成为绝笔。至今林霄红提及此事感慨万端：还没来得及说声感谢，沈老就离开我们了。我和沈老真是有缘又无缘啊。

采访中，林霄红还谈起了另一件令他记忆深刻的事。

漫画名家常铁钧是《光明日报》的美编。他的老戏新画，把传统戏剧艺术和漫画艺术融合在一起，形成了自己的漫画特色，并获漫画最高奖"金猴奖"。怀着对先生的崇敬，早在 2004 年 6 月，林霄红就写信求绘一张漫画手绘封，一年过去了，没有回音。正当他备感失落之时竟意外收到常老师寄来的自漫像手绘封，上题"人生如戏，戏如人生"。赶紧打电话道谢，原来，这一年常老师夫妻双方父母相继去世，因而拖延了画封回复的时间，这令林霄红十分感动。此后在

2005 年宁波市江北区政府廉政文化活动中，林霄红拜会了常铁钧、叶春阳等漫画名家，并请他们欣赏自己收藏的手绘封。常铁钧看了他收藏的手绘封集非常感动，陆续为他引见了不少漫坛名家，使他的漫画手绘封收藏增添了许多重量级藏品。2005 年 6 月，林霄红出差到北京，特地带了一筐刚上市的杨梅，想请常老师尝尝鲜。原本早上 9 点起飞的飞机，因雷雨竟然延误至晚上，到北京已经是次日凌晨。在亚运村宾馆小睡片刻，林霄红一早就打的直奔住在丰台区西马场的常老师家。常老师说，这哪是杨梅，一颗杨梅一颗心哪。

　　林霄红信奉"做事先做人"的原则，他说"藏品有价而友情无价"。这些年来，带着艺术家们的厚望和一种责任感，他在邮坛上辛勤耕耘，取得了令人瞩目的成就。2001 年他的藏品首批入选《中国收藏》个人资料库。2006 年，全国百种重点期刊《集邮》杂志用一个半版面的篇幅介绍了林霄红的"封情万种——手绘封欣赏"，并选用十二枚手绘封作为杂志封底。中国收藏界旗舰杂志《收藏》也介绍了他的手绘封收藏文章"翰墨淋漓的手绘封"。另外在《中国集邮报》《大众收藏》《浙江集邮》等报刊上也有大量介绍他收藏手绘封的文章，他汇编的《中国当代书画名家题签封图录》也已出版。

（原载 2008 年 8 月 26 日《宁波晚报》）

保姆小齐

　　早些年，我居住的小镇，还没有家政超市这样的专业机构，可以在那里找到职业保姆。急着想给小年夜摔断了髋骨，刚做了人工全髋关节置换术的母亲找一个帮手，我硬着头皮跑到私人保姆介绍所，心里难免有些担忧。这年头，坑蒙拐骗的保姆确实不少。

　　一早，天就下起了雪，天空灰蒙蒙的，路面上积了薄薄的一层，脚板踩上去咯吱作响。小雪粒肆无忌惮地打在脸上，感觉有点痛，此时我心里更是空荡荡白茫茫一片，揪心难熬的事总是记忆深刻。快过年了，母亲要到柜子上方去取一床被子，踩着方凳上去，没站稳，连人带凳一块摔倒在地，就站不起来了。接下来，住院开刀，春节长假我们一家子都是在医院度过的。母亲出院时还打着石膏，大夫说康复还需三个月。年迈的老父亲买菜做饭之余，实在帮不上什么了。做子女的，都要上班养家。眼前的这仨月，我们必须得找一个护工来帮忙。

　　雪花越来越大，越来越稠密。我在一位介绍人的引领下，深一脚浅一脚走进那座老房子。这是位于医院后门边上的一个临时保姆介绍点，屋内长板凳上坐着十来个女人，有年长也有年轻的。介绍人告诉我，这些女人大都是外地来的，"亲帮亲，邻帮邻，老乡带老乡"，连带着从乡下出来找活干。我们进去时，女人们的脸齐刷刷地朝向我俩，一个个仰起脖子，睁大了眼睛，她们眼神仿佛都在询问同一个问题：能雇用我吗？我当然也想尽快敲定一个领回家，无奈家里没有多余的卧室让她们住下。于是我跟介绍人说，想找一个专做白天，晚上不留宿的。

　　"她们多数从乡下来，不住主人家你让她们住哪啊？"可能我的特殊要求让介绍人有点儿犯难。

　　"我有地住。"一个脸颊通红，生了冻疮似的女人在一旁小声说。她看上去四十岁出头，身材高大结实。

　　介绍人悄声告诉我，她叫齐玉凤，安徽人，她老公就在附近建筑工地上干活，她也住工地。人还勤快，之前做过两家了，反映不错。我便说，试用三天吧。这个叫齐玉凤的女人欢快地答应着，顺手拿起一把折叠雨伞，跟着我冲进了雨雪中。就这样当天我就把齐玉凤带回父母家。

　　第二天一大早，父亲就打来电话说他俩已决定留用她了，理由是她的勤快超出了老两口的想象。来家第一天，家中大小几间屋子都被她来了个彻底的大扫除，父亲长期堆在写字台上练毛笔的废纸也被清理干净了。母亲刀口疼痛，轻揉数小时也没见她有丝毫不耐烦之意。买菜做饭，更是手脚利落。老父亲说，样样都好，就是人长得又黑又粗，真有点难以相信她是20世纪70年代的人。不过父亲一再强调，穷地方出来的孩子，人实诚，这年头找到一个称心的保姆实属不易。

留下后，我们都叫她小齐。

小齐夫妻是典型的农民工，夫妻俩都是背井离乡来陌生城市打拼的农民，没有固定工作。白天，小齐出来当保姆，晚上则在灯下锁扣眼打零工。她丈夫在建筑工地打工，什么活儿都干，开翻斗车、挖下水道，泥工、架子工，全是体力活儿。有一次，跟小齐去她的临时住处，碰巧是个雨天，男人歇工在家，我见过一面，瘦高个。小齐说，她和老公都没有什么技能，只剩下出苦力来养家糊口。他们在老家还有一双儿女，女儿十岁，儿子六岁。公婆都已过世了，他俩出来打工时，孩子们被寄养了老公的哥嫂家。老大上四年级，小儿子明年也可上学。小齐说他俩之所以出来赚辛苦钱，就是想为孩子们挣足每学期的学费，让他们读得起书。

说起孩子，小齐时常会红眼圈。她说小儿子很乖，每次打电话回家，儿子总会告诉她，现在天天跟着小姐姐学写字，背数字，还时常提醒妈妈，明年别忘了送他去上学。这让小齐既心酸又欣慰，她说，家里穷，没能力让孩子们和他们在一块过上好日子，可小孩子有志气，当爹娘的在外面再辛苦也是有盼头的，是值得的，所以她一定要尽量多挣些钱寄回家。

说实在，从小齐进我家门，开始我们大家都觉得她仅仅是一个从外乡来城市谋生的保姆而已，没想到她怀里还揣着一个朴实而执着的愿望和志向。

一个月做下来，父母决定给她加工资，还把弟弟留在家里不穿的衣物全给了她老公，把我淘汰的衣服给了小齐，甚至把我儿子小时候穿过的衣服统统打包让小齐寄回了老家，可能他俩想用行动帮她一把。小齐在一旁乐着傻笑，说我们一家人对她可真好。她还告诉我，之前做过的那两家对她也很好，同样给了她大包小包的衣物，现在她身上穿的都是他们送的，神情中带着骄傲和满足。我笑着反问她，你有没有想过彻底改变你的生活处境呢？小齐一脸愕然，她大概不怎么明白我问话的用意，因而也无从回答我的提问，只是笑笑，又去忙她的活了。

此番话让一旁的母亲听了去，便引来一通数落。身为退休教师的母亲，极敏感也极富善心，她用责备的眼光看了我一眼，嗔怪道："你这个人就是天真，她这么一个没有多少文化的农村妇女，来城市除了当保姆，你还能期望她干些什么呢？"我天真吗？可能是吧，没有经历多少艰难坎坷，衣食无忧的，凭什么苛求别人呢？再说小齐的内心我又了解多少呢？母亲的话还是触动了我，很快意识到自己的浅薄，虽说没什么坏心，但心里还是觉得挺对不住小齐的。

小齐依然像没事人似的，每天脚不落地忙着家务，只在偶尔空闲时会一个人呆望着窗外出神，她在思忖什么呢？日子就这样一天天地过去了，在为我父母做好一日三餐的同时，小齐也为她的儿女们一分一厘地攒下了上学的费用。三个月后，母亲终于可以下地自由行走，小齐也就很自然地告别了我家去另谋生路。

大概过了个把月，父亲来电，像发现新大陆似的兴奋。原来他们在菜市场附近再次遇见小齐了，那天她正在路边贩卖蔬菜。

"她学会做小生意了，脑子真是开窍了。收入可能会多一些，儿女就有书读了。"父亲不停地唠叨。

大概又过了两星期，母亲心事重重跑来告诉我，路边违章设摊，小齐被城管罚了。好多天都没见着她，会不会跑回安徽老家了。

小日子在父母一惊一乍的絮叨中又过去了小半年。琐屑的生活淹没了人的许多思绪与情感，包括小齐还有她卑微的家，渐渐地被我淡忘了。一日回家看望父母，习惯性拐进附近菜市场，想买点菜尽尽孝道。正当我沿着摊位逐个询价时，一只粗壮的手猛然拽住我的胳膊肘儿，回头看，正是齐玉凤那张黑里透红的脸，她咧着嘴冲我喊："叫你好半天了，怎么没听见啊？"

"你不是回老家了吗？"

"是啊，前几天我刚把儿子接到这儿上学了。"我有点反应不过来。这时小齐把一大袋新鲜蔬菜塞到我手里说："带回去给阿爸阿妈尝个鲜。现在我和老公都跟着老乡在菜市场卖蔬菜呢，大伙合租的摊位，还合租了一套房子，总算有了一个落脚点，儿女都从老家带出来了，在这里上学呢。"小齐的话语像机关枪似的，一通狂扫，简直就是在爆芝麻。我惊讶地张着嘴巴，始终想找个空档，插上几句，可丝毫没有下嘴的机会。只能全神贯注地听着，一个劲地点头，不知用什么方式来表达我心中的那份惊喜。

小齐摊位前人多了起来，几个买菜的蹲在菜摊旁一棵棵地挑选着，把原本上好的菜叶硬生生掰了下来。抠门的城里人，我真想上去阻止，这时小齐满脸堆笑，精明地吆喝着："小本生意，小本生意。"声音很悦耳。掰菜叶的也都停了下来。我朝小齐竖起大拇指，敦厚善良的她冲着我笑了笑。

在菜市场熙攘的人流中告别齐玉凤，我加快了回家的步伐。我急着回家，是想和父母再聊聊小齐，聊聊那个曾在我家当过保姆的小齐。

（原载 2008 年 3 月 7 日《中国石化报》）

福　珍

　　我和福珍是发小。孩提时，我俩住在同一条弄堂里，上同一所学校同一个班，形影不离。

　　每天早上我们一起上学，放学后，先去她家做作业，然后在庭院里一起跳皮筋，玩布娃娃。晚饭后，福珍又早早来我家，一起坐在黑白电视机前，看日本连续剧《排球女将》。没有什么节目可看时，我俩就出去漫无目的地溜达，循着昏暗路灯，从弄堂的这一头逛到另一头，也总有说不完的悄悄话。

　　我生日在三月，她在正月，只大我几个月，遇事却明显比我有主见。我那会胆小怕事，她却勇敢泼辣，两人性格反差大。有人说性格反差大的人在一起，不是互补就是忍受，现在回头看，我俩应属前者。因为借着她的大胆，我也做过一桩挑战自我的事。

　　那次，我们在学校教室里磨蹭，忘了时间，出来时发现学校的大铁门已上锁。门卫大概吃饭去了，黑灯瞎火的，急得我在门卫小屋前直打转。

　　"我们怎么出去啊？"我带着哭腔。

　　"从铁门上爬出去！"说完她已经攀了上去。铁门开始剧烈地晃动起来，"咣啷咣啷"地响个不停。

　　"这很危险的。"我站在大门下一个劲地朝她喊话，想阻止她的这种危险举动，可她根本没理会我，手脚并用，迅速地蹿了上去，转眼已经骑在铁门的顶尖，然后冲我扮了一个鬼脸，一个大转身，敏捷地翻了过去。

　　我因胆怯仍留在原地，望着黑漆漆的夜色及高耸的大铁门，心里充满了沮丧，我缺乏的正是她那股子勇气。此刻已经稳稳地站在大门外的她，隔着铁栅栏冲着我招手，大声嚷嚷："你快爬上去啊。"接着，她双手紧紧扶住两扇摇摆的门框，严厉地看着我喊："再不上去你就一个人留在里面过夜吧。"

　　一阵寒风伴着她亦真亦假的恐吓，我不禁打起了冷颤，此刻我真怕她丢下我不管了，讥讽也好，鼓励也罢，她给我发出了最后的通谍，我已经没有退路了，迟疑片刻，硬着头皮颤抖着爬了上去。是夜，我一直辗转反侧，要是没有福珍的胆量，着实要在里面蹲过夜了。

　　初中毕业，因家境困难，福珍就去食品厂做临时工，之后又招工进了棉纺厂。

我则顺利地考上省重点高中。那段时间，我俩只是偶尔在弄堂口碰见。每次相遇，总让我眼前一亮。她依然是乐呵呵的，看上去很快乐，充满活力。似乎对现状也没太多抱怨。

有一天，她跑来告诉我，她开始跑供销了，可经常去内蒙、北京出差。那段时间，我不断收到她从全国各地寄来的明信片。相比之下，那时我最远才到过上海。

流年似水，一晃我也工作了。那段时间，我一直没去找她，她也没和我联系，彼此都忙着各自的事。在一次同学会上我又见到了她，衣着光鲜，笑容可掬。她告诉我，跑供销业绩不错，被提升负责营销的副厂长了。她就这样快速地奔跑着，以骄傲的姿势跑成了她自己想要的模样。我心里涌起一股说不清的感觉，但绝不是嫉妒。福珍有能力去追求自己的理想生活，我是替她高兴的。我羡慕的是她做事的果敢、坚毅及身处逆境时的那份从容。

若干年前，在社会大熔炉里摸爬滚打了十几年后，她又毅然辞去公职下海了。先创办了自己的服装专卖店，而后又做起了钢铁生意，她用自己的双手开创了更阔朗、更宽广的事业空间。捷报频传，一次次撞击着我的心灵，我并不感到十分吃惊，但每次内心都有一个声音在大声回荡：她又一次启程远航了。我感觉自己再一次被远远地甩在后面，就像当年她利索地翻越学校的铁门，而我却被孤单地留在里面一样。

参加工作后我一直没挪窝。工作自然也是兢兢业业，勤奋刻苦，努力做好自己的那一份事，但和福珍相比就没有什么曲折的工作经历，也没什么辉煌的工作业绩。成家后，柴米油盐酱醋茶，相夫教子，敬奉父母，日子过得琐碎而平常。生活虽无大求而非无小欲，安然恬静地过着自己小日子的同时，内心深处总隐匿着些许不甘心、不安分、不知足。而常人如我，既无大才亦无大智，也只能一心一意过寻常日子了。

一天晌午，我的手机急促响起。

"我要被儿子气死了！"电话那端传来福珍沙哑的声音。

"怎么了？"我问。

"离家出走了。前几天在学校惹事，老师上门告状，我和他爸多数落了几句，这下可好，就地蒸发了。"她显得很惊慌。

其实她儿子的教育状况前两年就出现了问题。始于她生意繁忙，疏于沟通，儿子和她很生分。终因儿子顽劣，她大为不满，继而激怒对方，经常恶语相向。眼下小孩进入青春期，逆反心理作怪，气焰更加嚣张，时常故意找茬，跟她对着干，惹得倔强的福珍也执拗起来，互不退让互不妥协，经常吵得鸡犬不宁。

"我太失败了！"电话里她竟然失声痛哭起来。

这是我第一次听到她哭。我知道此刻她的内心一定充满了挫败和哀伤。一直以来，她在我心目中是一个多么坚硬好强的人，可是这次竟然让她的儿子给击垮了。

那天下午，当福珍的苦痛触动我内心时，我终于明白，其实生活对每个人都是公平的，你向往的未必如你看到的那么好，而你拥有的也并非如你认为的那么差，可能正是别人渴望的。

我们凡俗中的人生大概都是一样的，起伏才是常态，跌荡才是生活。福珍在亲友们的劝慰帮助下度过了艰难的几个月。儿子回家后，她也开始理性地反省自己的教育方法。生活的重心也发生了一些变化。

如今我俩有空仍经常聚在一块。好朋友嘛，互相帮衬，彼此鼓励。明白了一些事理后，接下来的日子，我们各自都少了一点浮躁，而多了一份恬静。

（原载 2007 年 11 月 9 日《中国石化报》）

亚 萍

正月初三凌晨，亚萍起夜，本能地拿起床头边的手机，快速浏览起疫情信息，看到社区网格微信群昨晚发的"封闭小区"的消息，一下子坐了起来，再无睡意，她没想到远在武汉的国家一级疫情响应瞬间就到跟前了。

套上毛衣，亚萍来到厨房，把冰箱里的食物都翻了一遍，找出两包玉米面，一包燕麦片，又把三只洋葱、半只南瓜和一小袋香菇一并装进了超市袋，塑料袋的悉悉索索声把老刘给吵醒了："家里的储备粮够我俩吃上一个星期的了，一大早的，你在忙啥呢？"老刘是这个家的"运输大队长"，年货都是他逐样采购的，他很纳闷平日里做惯了"甩手掌柜"的老婆，今天是怎么了，一大早就翻箱倒柜找东西。

"小区封了，想一次性多送一些东西，省得一趟趟跑。"

"家里适合糖尿病人吃的食物也不多了，要不等会儿我再去趟超市？"

"你再帮我拿点水果，这些差不多够了。"亚萍边说边套羽绒服，"别慌里慌张的，先戴上口罩！"老刘见亚萍着急出门，在旁一再叮嘱。

赵老师，八十二岁，是亚萍的小学老师。十年前，老伴病逝后赵老师一直独居，年迈加糖尿病，平日的生活都由儿子倪冬冬料理。不巧的是节前，冬冬摔倒骨折住进了医院，正好被亚萍碰到："你住院，赵教师的吃饭问题怎么解决的呢？"

亚萍与赵老师住得不远，平时也隔三岔五地给老师送些菜，陪着聊聊天，一来二去的，和冬冬也很熟。

"嗯，这几天社区食堂都有送餐的。不过春节七天，社区食堂停了，到时我让老婆在医院食堂多订一份，或者去外面的小吃店买一点，送过去就行了。"

接着又说："眼看要过年了，可是我这一住院，身边又离不开人，老婆要护理我，过年没法陪妈妈了。她一个人在家确实很孤单，您有时间能不能多去我家转转，陪她说说话，真不好意思啊。"

他的声音很低，可能是觉得这个要求有点过了，他知道过年过节的，谁家都有一点事要忙。毕竟，人家只是母亲曾经的一个学生，但他一时也找不到更合适的人可托付的了。

亚萍爽朗地笑了："这有什么不好意思的，我上小学那会儿，没钱吃早饭，赵老师还经常给我买大饼油条吃呢。你放心住院吧，我会照顾好赵老师的。"

对面"嗯"了一声，接着又说："有空去看看就行了，不用送饭送菜的。"他一再强调。

自从媒体报道了新型冠状病毒会"人传人"的消息之后，亚萍也开始紧张了起来。听说武汉那边被这种新冠病毒感染的都是像赵老师这样的老年人，传染性比当年的SARS病毒还要强。

1月23号，武汉封城了，电视网络上各专家都在呼吁："不要外出，不要串门，待在家里。"年三十那天，媒体上的呼吁更加密集了，特别强调老年人要加强自我保护意识，吃好，睡好，增强抵抗力。这让原本不打算再去送菜串门的亚萍犯起了嘀咕："天天去老师家，确实会增加交叉感染的风险，但是现在这个特殊时期，大街上的吃食店都关门了，外卖小哥也回家了，冬冬老婆上哪给老师找吃的去？再说这些天他俩一直在医院里待着，目前医院住院部也宵禁了，哪能随意进出的？"

就在这会，亚萍的手机铃声响了起来。接起来，果然是冬冬急促的声音："亚萍姐，我一直在联系外卖，刚才好不容易联系上一家，可人家说年三十人手少，要等很晚才能送。我实在没辙了，您再帮帮我，不然我妈……"

倪冬冬带哭腔的无助声音让亚萍鼻子发酸，她连忙说："你千万别担心，汤圆我已经包好了，马上送去。这些天你也别叫外卖了，自己做的饭菜既营养又安全呢。"

电话那端沉默许久，才传来倪冬冬支支吾吾的道谢声。

"大姐，您也来给老师送菜啦。"

小区门卫是个二十出头的年轻人，这些天，常来常往的，亚萍也与小伙子热络起来。他老远迎了出来，指着立在大门中央的一块提示牌说："今天我们小区实行封闭式管理了，外来人员先登记再量体温，要不然您的菜还是先放我们门卫吧。"

"我知道，我们小区也建议打电话给业主，让他们自己来取的，可你知道我的老师多大岁数了吗？她腿脚不灵便，下不了楼的。"

"我当然知道了，今天我已经跑上去好几趟了。"

"好几趟？"小伙"嗯"了一声，接着说，"一大早，来的是原学校的一位领导和一位同事，他们拎了好多慰问品呢。我还跟他们说了，咋不早点来呢，早几天来还可见个面聊个天。"

亚萍笑了，这疫情来得太快太猛了，谁又能预料得到呢？

"还有谁来过呢？"亚萍好奇地问。

"就刚才来了一个男的，也带着菜，我还以为是你们商量好了，轮着来送的，没想到您又来了。"

这又会是谁呢？门卫是认识倪冬冬的，再说即使他叫了外卖，事先也肯定会跟她说的。

"喂，是赵老师吗？"小区门外，亚萍拨通了老师家的固定电话，还没等她说话，电话里就传来赵老师急切的声音："亚萍，刚才给你家打电话，老刘说你已经出了门。你的手机号码我又没记住，我跟你说啊，今天起你不用再送菜了，像我这样有特殊情况的老人，社区接管了。"

　　"老师，我来都来了，还是送上来吧，一会儿你开一下门，我看一眼就走。"

　　赵老师笑眯眯地站在门口，亚萍从楼道口望上去，老师的脸圆圆的，胖嘟嘟的，气色很不错。她掏出手机咔嚓咔嚓连拍了好几张，边上楼边点开了倪冬冬的微信，传了上去……

遛公园的老人

遛公园的老人多半是把公园当作了他们的第二个家。

每天清早，城市从嘈杂声中醒来，鱼肚白的天空，薄雾冥冥，遛公园的老人动身了，他们走出家门，成群结队走过微亮的街道，走进林木繁茂的公园。有的找块空旷地，打打太极。有的在健身步道上，结伴快走。还有一些老年人，自带一些健身器械，挥舞着汗珠做各种摆动。树下，老人们用背使劲地敲击大树，发出"啪啪"的撞击声。

这样的情景，对我们上班族来说是难得一见的，通常这个点不是赖在床上，就是在去上班的路上。

一个双休日，我和朋友约好，早饭后也去公园遛遛。工作日大家都在伏案工作，休息日理应动动筋骨，于是公园成了朋友间说事聊天健身的首选地。在公园的山山水水里，有生活的美意，有世事的安稳，我们绕着公园走了好几圈，便找了树下环型椅的一角坐下闲聊起来。好友说，前两天西湖边有人落水，好些人看热闹，只有一个老外女子下去救人。

"丢人啊！"突然从大树背面的座位上，传过来一个低沉的声音，我俩齐刷刷扭过头去，只见一位老先生正从大树后探出脑袋冲我们说话呢，"当年小日本杀中国人，很多中国人照样看热闹。鲁迅写的药，说的就是这种麻木、呆痴、封建统治的遗风。"

搭话的老先生，身材不高，穿着一身藏青色运动衣，戴着一顶米色便帽，应该是哪个旅行公司免费发放的那种，面孔慈祥而瘦削，目光泼辣而兴奋。

这是条被微博热议的新闻，刚刚刷新出来的。一个七十多岁的老人，掌握新闻的速度也忒快了，难道他也开了微博？好友是个急性子，她早就按捺不住，劈头盖脸地问开了："老先生，平日您读报纸看电视还是听广播？"我也好奇地凑过去听。

"这些我都在做的啊，但主要靠这个。"老人从衣袋里掏了一只手机，哇，果真是只老网虫，还是手机上网，那叫一个潮，我俩大惊小呼起来。电脑打字、收发电子邮件、浏览网页、上网看电影……这些所谓的网络生活方式，二十年前可是年轻人的专利啊。那会儿，手机上网也是我们职场人士刚刚上手的事，却被眼前这个老人争了先。

即使在二十年后的今天，还有两亿多老人，因不会使用智能手机，从而无法使用微信二维码，无法上网购物买票，无法网上预约医院呢。高速运转的信息社会不留情面地将这部分老人边缘化，限制了他们的衣食住行，时代抛弃一群人时，连一声再见都不会说。

然而眼前的这位老人非但没有被这个时代淘汰，反而学着去适应环境，与社会潮流同步，并在信息时代享受高科技的乐趣与便捷，在"优胜劣汰"中成为强者，是何等可贵。

老人像明白我俩的心思似的，主动解释说，他是参加了街道的"老网虫"培训班才学会上网的。他对网络一直好奇，起先自己琢磨半天也只会看看网页，培训班让他走上了正轨，手机上网更让他长了见识。这几年，五花八门的网络世界把他的退休生活填得满满的，现在早已是"一网情深"了。只是上网时间长了眼睛很吃力，平时得戴老花镜操作，老先生边说边笑，得意得合不拢嘴。

告别老先生，我俩往公园的小山走去。

江南的天说变就变，走着走着，飘起了小雨，淅淅沥沥，顷刻天潮潮地湿湿，我们加快了脚步走向半山腰的亭子里躲雨，来到亭子跟前，看到一个老阿姨戴着老花镜正在给亭子披"雨衣"，其实就是绕着几个亭柱子用塑料布围上一圈再系上几根带子加以固定，以防风挡雨。见我俩停住了脚步，她便停下手头上的活，热情地朝我们打招呼："亭子是我家，欢迎你们来玩！"

亭子是她家？我们被老阿姨的话逗乐了，这亭子是人民公园的一部分，分明是公共场所，怎么变成她的家了呢？她哈哈大笑起来："打个比方的。我天天在这儿和一帮老哥老姐们拉琴唱歌，和自己家里一样，还有茶水喝哟。"

好奇心推动着我们走进了这个已经穿上塑料布衣裳的亭子。这是个公园常见的八角凉亭。公园嘛，无园不亭，无亭不园，建于半山腰的亭子自然也是应景而成的。亭外群木荟蔚，亭内欢声笑语，只见里面石条凳上坐着好几个老头老太，有的在调二胡，有的在试话筒，还有一个大妈把一只"热得快"从热水瓶里拔出来，给大伙挨个倒开水。见我们进来，一位大爷麻利地把手里的麦克风递过来："想唱哪首歌随意点。"显然，他们把我们当作来唱歌的了。这场景可是头回见，我们决定先坐下来看个热闹。真是一个不错的娱乐场所，在石椅上坐下，瞬间便有了一种公园亭子人人有份的主人翁自豪感，也让人联想到小时候经常说的国家财产人人有份的年代，最有趣的是小孩子们打坏商场玻璃时都会说："打坏的是我的那份儿，别让我赔了。"

"全国的卡拉OK厅，都没我们的好，这里有树有山，空气又新鲜，还是免费的呢。"老阿姨又开始在我们面前打起"广告"。

老阿姨已经七十二岁了，说话声音响亮，中气十足，这可能与她天天在此K歌有关，肺活量大。她是这个八角凉亭的"主人"，也是"领导"。每天早上，她用一只小行李车将自己花钱买的小音箱、麦克风、储电瓶拉到亭子里。晚上，唱完了，别人先行散去，她则落在后面慢慢收拾。热水瓶、"热得快"、塑料雨布装了满满一车。我问她天天这么做累不累。老阿姨说，一个人在家闷得慌，跑出来和大家唱唱歌，说说话，一天过得快着呢，开心是不会觉得累的。

原来老人们唱的是寂寞！

蛟川风情

三楼外婆

我父母退休在家已多年。平日里子女都忙于生计，亲朋好友又疏于走动，老两口住在顶楼，眼看着与外界接触的机会越来越少了。好在老爸琴棋书画都沾点边，性格也外向，终于忍不住寂寞，主动开拓了一条社交之路，时常出没于老年活动中心一带，打太极、下象棋、练书法，把空余时间填得满满的，无奈把不善交际性格又内向的老妈独自留在了家中。

每次进家门，细心的老爸就发觉，老妈总是坐在一个固定的位置上翻阅一些固定的书报。他出门时啥样进门还是啥样，同一姿势竟能保持大半天。老爸愕然，决意改变现状。第二天便从楼上搬下几个闲置的桌椅板凳，摆在我家楼下河塘边一块空地上。这条狭长的河塘打我家门前过，前些年，街道对河塘进行了清淤清杂整治，重新砌了扶梯，栽了花草，铺了绿地，新河塘水清岸绿，给蜗居在钢筋水泥里的小区居民提供了一个亲水亲自然的透气口。老爸在这块空地边设了一个棋摊，邀来棋友对弈，请老妈下楼观战，直到傍晚时分才收拾起桌椅，存放到自家一楼自行车车棚内。第二天吃过中饭，老两口又准时下楼，再把它们一件件地搬出来，每天好像设摊做生意似的，除刮风下雨从不间断。日子久了，竟引来了一大批住在附近和我父母一样寂寥的"空巢"老人。

第一个落座我家竹椅的是个七十来岁的老太。斑白的头发梳得一丝不苟，通常穿一件深蓝色夹袄，天凉时外套一件同色驼绒棉背心。午后等她外孙囡吃过中饭上学去了，她收拾完碗筷就来了。来时左手通常拎一只布兜，右手握着一卷好像永远也卷不完的毛线团，和老妈打过招呼后笑眯眯地坐到第一天她来时坐过的那把椅子上。她不常说话，坐在那儿，只是偶尔能听到竹椅被转动或挤压时发出的吱呀声和她那几嗓子干咳声。她家住三楼，大伙都叫她三楼外婆。

双休日，我回家探望父母，按惯例没上楼而直接去了河塘边。远远地，就在树荫下捕捉到了老妈熟悉的影子，心想电话里老妈时常提到的那位三楼外婆一定也在其中。果然，河塘边空地上早已围聚了一大帮老人，倚坐在柳树下说笑。这群老人都在同一个小区住着，他们的子女也多半都不在身边。老妈说过去他们是寂寞加寂寞，无奈加无奈，有了河塘边这块聚集点，大伙来得都很勤快，聚在一起谈天说地，时间过得特别快，现在他们帮衬加帮衬，宽慰加宽慰，大家都没有什么利益冲突，少了很多功利，关系相处得很纯粹。大家都觉得比以往活得有劲了，不闷了。

见我来到，老妈显得特别开心，起身顺手拽过一把椅子让我入座，说来也巧，这把椅子刚好紧挨三楼外婆。老人看上去有些苍老，双眼憔悴而抑郁，身形晃荡了几下站起身来，偻起有点驼的背。我赶紧请她坐下，紧挨着她，看她埋头缠手中的毛线。老妈及其他几个老人围着我嘘寒问暖的，好像我是主角似的。三楼外婆似乎意识到了对我的冷落，可能是出于礼貌吧，她摘下架在鼻梁上的老花镜冲我咧了咧嘴，低声问："来看你妈了？"在我应答之间，她又迅速地低下头去一圈接一圈地缠她的毛线团了，这时，我惊奇地发现她微微张开着的嘴会随着手中毛线团的转动一张一合打着节拍呢。

初次见面，三楼外婆并没给我给留下特别印象，倒是她的沉默寡言让我对老妈又有了几分担忧，内向的老妈怎么又结识了这么一个比她还内向的聊友呢。

有一个长假，我和老妈在杭城弟家小住。去西湖边游玩时看到黄金周游人如织，老妈坐在湖边石凳上突发感叹："这儿人真多啊，这两天三楼外婆肯定又是一个人在家，外孙囡放假回自己家去了，她那两个不争气的儿子是不会去看她的。"我在一旁打趣地问："妈您来这儿是不是没来得及向她请假啊？"老妈没搭腔，半天才从嘴缝里蹦出三个字："罪过啊！"

以前我曾向老妈问起过三楼外婆的身世。老妈说，她是个苦命人。在她三十岁那年，远在上海轮船上做二副的男人猝死在航海途中。接到电报，她拖儿带女前去奔丧，捎回的是只装着骨灰的盒子。男人死了，原来每月能从上海定时汇来的那份薪水也就没了。当年为了年幼的儿女们，她狠心断了再嫁念想，靠着她在老家纺织厂当挡车工的微薄工资，硬把两儿一女拉扯大。20世纪60年代物质极其匮乏，一个弱女子外拖三个小的，日子苦得赛黄连。现如今总算熬到了头，儿女们一个个出道了，各自成了家，又添了小的。她老了，却被他们渐渐冷落了。

前些天，三楼外婆家出了一桩怪事。一直压在樟木箱底的一千元钞票突然不见了。想到平日里省吃俭用抠下来的一千元钱说丢就丢了，三楼外婆一把鼻涕一把眼泪的。平时聚在一起闲聊的老人们得知后都让她去报警，一听要报警三楼外婆就不吱声了，她说家里的门窗都关得好好的，箱锁也没被撬，报警是没用的。接着又讲前两天她的大儿子来过了，听说厂里效益也不好。此后她就一直没再说话。

从老妈那儿得知此事，我总觉得特别憋屈，三楼外婆也太懦弱了，太溺爱老大了，甚至在纵容他的恶习。老妈对此却有不同看法，她说三楼外婆其实蛮坚强的，就像前两年她那三十出头的小女儿下岗了，哭哭啼啼回到娘家，当时三楼外婆只问小囡一个问题："你现在几岁？当年死你爹时我几岁？我一个人都能养活你们三个，现在你和你老公，两个养一个还愁什么？"三楼外婆说话时语调不高，却有一股不可抗拒的力量。在她的鼓动下小女儿考了驾照，还拿到了会计上岗证，没多久就找了一份较为稳定的工作，三楼外婆又自告奋勇把外孙囡接到身边上学，明年就要上初中了。

　　有一次我回家，老妈兴冲冲拿出一瓶酒说："尝尝，这是三楼外婆自酿的葡萄酒。"我好奇地问："她还会自制葡萄酒？"老妈笑眯眯地点头："手艺还不错呢，味道不比市场上买的差，你尝尝。"说着往两只透明的玻璃杯中倒出一些红色液体来，果然一股醇香也随之弥漫开来，喝一口涩涩的，回味却有点甜。

　　老妈说："今年夏天葡萄特别便宜，三楼外婆买的又是水果摊每日的落市货。买回来洗干净也不用去皮，存放在一只小口颈坛里，密封好，葡萄会自动发酵，残渣也会自然沉淀，不过要做成葡萄酒还有好几道工序，我一时也说不清。"老妈紧接着又说："今年冬天三楼外婆就不愁没酒喝了。"说话时我意外发现老妈脸上的褶子是舒展开的，不由地让我想起了台湾流行歌手苏芮的那两句著名歌词："痛苦着你的痛苦，快乐着你的快乐。"

　　　　　　　　　　　　　（原载 2007 年 11 月 23 日《中国石化报》）

三

相识二十年

我喜欢文字，尤其是表达内心关怀的文字，那种厚重的善意，不受拘束的畅快，安静深入地直抵心灵，是其他事物不可替代的。喜欢文字中隐藏的内涵，或悲悯或仁慈，或颂扬或鞭挞，忠实记录，记录感悟，记录人生。可只专属于自己，也可分享大众。

"幸福是个哑巴。""优等的心，不必华丽，但必须坚固。""阅读是一种精神的按摩。当合上书的时候，你一下子苍老又顿时年轻。菲薄的纸页和人所共知的文字只是由于排列的不同，就使人的灵魂和它发生共振，为精神增添了新的钙质。"这就是毕淑敏的文字，真切自然，如一汪水，清澈平静，淡泊悠远。有人说，三毛随性，张爱玲深刻，萧红诗性，毕淑敏则亲民，与她名字一样偏大众化，但字里行间不乏睿智。

记得第一次看她的平民化文字是如何地惊着了，以至于在她的文字前停留了很久。

二十年前的夏天，我在北广参加培训，见到了多位屏幕上的真人。那天的主讲人是薛飞，他说电视人是杂家，电视是一门综合性艺术，电视人是这门艺术的灵魂，不但要有一支生花妙笔，更需要一个智慧头脑。做一个出色的杂家要多读书，读好书。那天他提到了贾平凹、张贤亮等许多文坛大家，其中就有毕淑敏。第一次听到这个名字，有点陌生，但并无距离感，可能正应了王蒙说的那句话："这名字普通得如——对不起——任何一个街道妇女。"

从西单图书大厦捧回她的《素面朝天》，一阵喜悦。

书名是那样的直接：我相信不化妆的微笑更纯洁而美好，我相信不化妆的目光更坦率而真诚，我相信不化妆的女人更有勇气直面人生。这声音仿佛来自我的内心，或许它在我这儿已蕴藏许久，但总没能说出口来。现在她站在我浮动思绪前直言不讳，她的自言自语像她的一只手，直率地伸向了我，强烈的认同感是我阅后与她的用力一握，从此我们在文字中相识了。

有关她的长吁短叹，只言片语都成了我关注的内容。

长篇小说《红处方》《血玲珑》《拯救乳房》《女心理师》，中短篇小说集《女人之约》，散文集《婚姻鞋》，短篇集《白杨木鼻子》等接踵而来。如此的丰盛庞大，一个女人怎么都可以装得下，我曾经在一个读书笔记里找到了答案："高原金戈铁马军旅生涯让她拥有西藏高原的粗犷与豪迈，医生职业使她的作品更逼近生命本质，更淋漓尽致，更大气磅礴。"

今年5月的一天，朋友打电话告知，毕淑敏要来开讲座了。兴许是期待太久，我坚定地说："一定去。"

第一时间我给文友打了电话，她不无忧虑地说："得提前去拿入场券，到时来的人太多，进不去。"

果真让她说准了，那天下午，三楼报告厅爆棚了。门口挤满了人，都在踮脚张望。工作人员守在入口两侧，大声提醒："有票的先进。"我急切地拨通了文友电话，她说，提前去取过票，可惜早没了。

我是怀着必见毕作家的愿望而来的，一定要等。开讲前十分钟，终于放行了。拥挤的人流，把我簇拥至讲台左侧的加座前。一位老者与一个小青年几乎同时给我挪出一个空位。怎样的惊喜与感激啊，我说："想见她的人可真多。"

"真人来了。"循着邻座的叫唤声，我向讲台的边门望去。

"大家下午好。"她的语调和缓悠长，典型的女中音，浑厚亲切。果真是"素面朝天"，不施粉黛。着雪白衬衣，黑色长裤。齐耳短发。飘在胸前艳丽的花色真丝围巾映衬着她圆圆的没有皱褶的始终微笑的脸。或许是她心理咨询师及作家身份，让看上去一个极普通的女人，有了一种特别的气场，产生了一种魔力，吸引着人们靠近再靠近。

素面的她已经六十岁了，她出场的瞬间还是让我心生疑虑，我不相信她已到花甲之年。六十岁，还是那么圆润，那么温暖，仁者和颜吧。

她走到台中央，深深地鞠躬，满场寂静，大家愣了一会儿才爆以热烈掌声。身边的小伙举着相机，咔嚓、咔嚓，不停按快门："真有大家风范啊，毕老师天生有一种亲和力。"

5月的甬城，虽有了几分夏意，但报告厅是打了空调的，我们都穿了薄衫，还是热。肯定是人气太旺了。台上台下可以加座的地都加了座，还是不够。过道上也站满了。显然厅内已无法立足，众多慕名而来的听众自觉选择了报告厅外边的长椅。毕老师说："我要向大家表示深深的歉意，要让那么多人站着听我的讲座。"台下再次爆发雷鸣般的掌声。

"救赎这两个字有点沉重，就是说我们心理已经有一种扭曲了，而救赎就要看我们能否保持自己内心的稳定。"她说这句话的时候，声音有些涩涩的——多年写作经历和开心理诊所时遇到的心灵创伤、事业受挫、适应障碍、心理失衡等鲜活事例，让她谙熟现代人的各类心理问题。"先厘清自己的价值观。""永远不要做违背自己价值观的事情。"

我之前也听过一些心理辅导课，特别是主讲者，脸上多少写上了一些神神叨叨的怪气。而内科主治医师、注册心理咨询师、作家毕淑敏，她说的每一句话，每一个浅显的道理都映照着她那颗清澈如水的医者仁心。"她有一种把对于人的关怀、热情和悲悯化为冷静的处方，集道德、文学、科学于一体的思维方式、写作方式与行为方式呈现出来的能力。"所以冷静理智，有一种庄严的凛然之气。

那天，她讲了在豪华外轮上为汶川地震义捐的故事。说到她收到一张五十元的人民币，是甲板下华工捐赠的，她哽咽了。我在她的泪水中再次读到了"温暖"，打着毕淑敏烙印式的"温暖"。这是一种心灵相通的感动。

她说她曾经去看望过一个临终老人，老人的六个子女都站在门外，没有一个有勇气面对母亲咽气。她进去了，送完老人最后一程。"我们每个人实际拥有的，只有一样东西，那就是我们的生命。""死亡是人生成长的最后阶段。"她边抹眼泪边爽朗地笑了。她笑起来真干净，优雅极了。世上最大的慈悲，她身上有。

讲座结束了，我对自己说："真好，真好。"台下有一群小姑娘，追着她狂喊："毕老师，给签个名吧！"我的眼睛湿润了。她们真年轻，真性情。我的内心也有冲动，但不可能再有行动了。

换作二十年前，我一定也和她们一样。

如果有机会，我一定还会再来"看看真人"，因为有"相识"二十年的缘分。

异样芬芳

文友来电话说:"周六,蒋方舟要来天一讲堂。"乍一听,以为来的是打假斗士方舟子。电话里,朋友哄笑不止:"他俩名字确实容易听岔,总共仨字,居然有两字相同,更巧的是他们还在某个节点上死嗑过,十分有缘。"

比起打假斗士方舟子,我对蒋方舟了解更少,只知道曾是位少年作家,很小出了名,之前在网络上热议过一阵,负面消息占了上风,什么只会掉书袋子,哗众取宠不招人待见了,甚至有说她缺乏作家天赋等等的闲话。我很纳闷,缺乏作家天赋为什么偏偏是她成名?最近又有消息传来,说她去《新周刊》当副主编了,然后她又再次被热议。

不知道是哪种心理作梗,我们对有争议的人物,尤其对有争议的名人都会有莫名的关注兴趣,这回她都来到家门口了,理应近距离目睹一下这位美女作家的芳容,百闻不如一见嘛。下午一点半,我准点到达市图书馆,走进讲堂,我却有些后悔了,乌泱泱慕名而来的都是二十来岁的年轻人。少年天才,美女作家,清华骄子,一毕业就副主编的幸运儿,颜值又高,理所当然是一代青少年的偶像。像我这样来凑热闹的中年妇女,整个大厅寥寥无几。

但见她登台,我心头还是一热。年轻的确是资本。乌黑直发,饱满脸庞,红色毛衫,高腰短裙。在讲台边坐下,她悄然抬眼扫视听众,眨巴着大眼睛,老到中略显稚嫩,文静中透露出些许不安分,顷刻赢得我好感。她七岁出书,十二岁写专栏,做过少年作协主席,算是一位功成名就老作家。可她一脸的青春稚气,再怎么修炼也没用,就是她这个年龄本该有的气息:似初春花朵,娇艳;似炎夏知了,悦耳。

"我只准备了一个小时讲话内容,多出半小时,只有你们问,我来答了。"开口她就讲了一句大实话,随性不做作。她是有准备,但没能达到组织方要求。她是有诚意,不想让听众失望,她想尽量弥补,但需要大家配合。她的话音刚落,掌声响起,热烈的、痴迷的,心里一怔:"这个小姑娘不简单。"

她就有一种气度,一种气场,能打动人,这是她文字之外的东西。她说过,说实话是效率最高的沟通方式。可能正是她的这种追求高效率的沟通方式,在一部分人眼里便成了哗众取宠发表观点的缺点了。

她说，生活中，我们多半是懒惰的，不愿意琢磨的，但在人事处理上，具体行事时又想得异常复杂，往往搞得事与愿违，焦头烂额。她的原则很简单：用最大的善意去预设他人。不想偏，不想歪。就像认真对待每一篇文章，不潦草，不敷衍，不做"行活儿"一样。

听她说话，有同龄人交流所不能达到的痛快淋漓——怎么可以有这样的率真。"毕业了，离开清华，不会再给学校惹事了。"她好歹是位名人，名人最在意什么？名誉。但她不介意，光这点我还是挺佩服她的。她说话没有市侩气，话里话外都可以听出她超凡的灵气。她说，作家，有表达的愿望，有表达的责任，希望能影响到别人。高考结束，她独自去了汶川，为躲余震，露宿街头。没人知道她是谁，也没按惯例加入志愿者队列，她始终独行。她说她只是一个记录者，记录自己的经历，记录自己的看法，用自己的眼睛告诉别人，那里发生了什么，现实与主流媒体所反映的到底有多大出入。她说要在自己精力最好的时候去最值得去的地方，干最值得干的事，哪怕那里有危险，会很苦。

跟着她的思路走，我有人生倒置的错觉。一个小年轻居然可以轻易左右我们所谓成熟的思想。她信手拈来的一个观点，一语道破天机，足以让成年人汗颜：我们每天摄入太多的信息垃圾，我们要学会拒绝，我们有知情权，我们也要捍卫不知情权。她的话语映衬着一个场景，这个场景里有我自己的影子。每天我们打开一个链接，紧接着另一个链接，没完没了。鼠标点开的，视频映入的，音频灌输的，到底有多少是有价值的，我们的大脑空间有多少被那些废话和空谈充斥着。过度的信息对一个有限的人生来说，是不是一种不必要的负担，一种极大的浪费？

我始终相信思想的深度与阅历有关。二十刚出头，含苞待放的年龄，人生爬坡初期，怎样学会洞察人事？靠什么积累经验，提升思想深度，成为一个睿智的人？在她身上，我找了答案——阅读。文学作品的灵感来自于作家的生活经历，通过大批量阅读，博览众家，借用作品中的人事，丰富自己的阅历。加上早期规划，早期引导，加上多年实施，多年坚持，再加上她的功利——不能变成素材的生活都是白费。最终塑造了她的内涵与深度。阅历简单而充实努力的人也同样能写出长篇大论，惊世之作，这些人里就有蒋方舟。

少年成才的人，大都刻意改写过他们的人生轨迹，注定要承受超乎常人的艰辛。质疑、困惑、脆弱、绝望，这些随之而来的烦恼，如影随形，躲不开，她都经历了，面对了。蒋方舟戏言：一生下来就紧张地筹备写书，写作念书一直没有停过。别人过一天她得掰成两天过。写作念书，实在顾不了两头，一度休学。大学毕业论文评语里，老师写了一句话"你大学时间里做了别人两倍时间都做不完的事"。当时她就泪奔了，真觉得累，好在还有人懂她。这些年，打假事件伤她不轻，身心疲惫。这些伤痛，她不会轻易拿出来给别人看。打小没走常规路，磕磕碰碰就难免。她还很要强，她想用尽心思拿作品，拿成绩出来，但再怎么挣扎，还是疼痛。慢慢地，她学会了放下。三十岁前，她想把所有错都试完。希望自己有两年时间去荒废，不写作，也不出书。但计划不如变化快，她还是去了杂志社工作。这些都是光环的魔力，有梭有角的，能悦人也能伤人。

光环下，有她的纠结。码字为生的她，不会轻易满足于幸福。现在去《新周刊》当副主编，有了谋生的另一饭碗，我想如果感觉累，码字的活是完全可以当作业余爱好来做的。我们所熟知的大作家们，起初写作对他们多数人来说几乎也都是业余职业，鲁迅、王小波、冯骥才，他们所学专业都是五花八门的，最后九九归一，成了名作家。同样，我也相信现在的她，是有能力捕捉自己幸福的，有能力选择她想要的生活，而非网评的所谓成名靠运作，卖点就在于少年作家这个名头，什么"九岁是天才，十五岁是才女，二十五岁就是普通人了"。对此，我更欣赏她的大度，她说："如释重负的感觉，用我书里曾经说过的话，我觉得所有天才儿童都是对于成人世界的一场献媚，我一直要逃避的事情就是这个。"

再抬头看她，讲坛中央，温暖的聚光灯下，她流畅，不间断，说着尖锐的话，语速极快，好像看到她苹果似的娃娃脸与老道的文字重印在一个疲惫的身影上，拖着一只行李箱，等待着下一个前行。我想即使当下真缺了那么点写作天赋又能怎样，那么年轻，可以努力努力再努力的。我真希望她从此柴米炊烟，从此山高水长。

早熟的苹果，异样的芬芳。

三

遗忘的院落

那条弄堂突然曲折幽暗起来，转来转去像进入迷宫。我开始担忧起来，明明知道它在那里，再转个弯就到了，怎么没见着呢？

来之前，心里曾无数次默念过这条弄堂，老街尽头，正好有一条小河，小河上有一座小桥，桥的那头就是我现在站立的弄堂口。这几年，老街像一支快燃尽的香烟，高档楼盘、繁华商业街一地开花，一夜间哗啦啦全都"燃"起来了，把原先狭窄的街道店面、杂乱的长途汽车站、破败的小旅馆一"烧"而光。

所幸那只烟蒂还在，烟灰燃烧的痕迹还在，有了脉络，我开始执着地追寻着。细节是如此清晰，每次我都能在心里，把它的来龙去脉完整默念一遍，清清楚楚的，不会有半点差池。这样的盘点或默想已追随我多年，烂熟于心的东西，今天怎么会突然迷茫起来。恍惚中，自己的双脚好像又被什么东西牵绊住了，怎么使劲也迈不开步子，日思夜想的场景眼看着触手可及了，可我怎么就突然够不着它们了呢。

多年来，我经常做类似的梦。梦里我去上课，突然找不着熟悉的课堂了，我跟旁人说，你能带我去吗？那人问，真有这么个学堂吗？我惊愕极了，明明都听到上课的铃声响了，环绕四周，就是没有课堂的影子，怎么找不着呢，没有人知道。于是着急起来，竭力起身去找，可双脚不是被钉子钉住了，就是被胶水粘住了，站在原地，怎么也挪不动。脑子里还一直盘旋一个疑问：怎么会找不着呢？那种求助无门，力不从心的凄惶使我从梦中惊醒。梦醒后，仍有几秒钟停留在梦境中，惶恐失落，深深的无力感。片刻，才回过神来，再一想，幸好是个梦，这才又踏实一些。

有人给我释梦，说是我在现实生活中对自己的角色定位不确定所致。日有所思，夜有所梦嘛。我反驳说白天并没想啊，他说在你的潜意识里肯定有所想的，只是你自己没察觉到。我开始反观我的生活，他说的不是没一点道理，现实生活中，人难免被种种琐碎羁绊感到无奈，在心神不定中陷入浮躁，在忠于自己还是迎合别人的决择中纠结，我想人生的恐慌就在于自己都不知道该如何出演何种角色。因此，有时我们连自己都不怎么喜欢自己。

真是自己多年的顾虑牵制了前行的脚步吗？这条小弄堂，以往我经常来。周末晚上或周日下午，独自或结伴进出，拎几只苹果，一把青菜，装满零碎的生活情意，也有一本杂志，一份报纸，甚至一张电影票，怀揣一个晚辈对长辈的一片孝心。那时的弄堂口经常坐满了人，家家户户的大门是敞开的，老师就住在弄堂中央的一个院落里。如今，院落周边被高楼围住了，老院子像是盆中的一棵孤草，蔫头耷脑在低洼地里随风摇晃。院落一半围墙没了，像人掉了门牙，破了相，一脸的衰败样。我的双脚再一次沉重起来，在这样一个晌午，在无数次说服自己之后，鼓足勇气来到这里，执意地想找回些什么呢？

嘭嘭的碰撞声从院落里传出来，那是轮胎撞击门槛发出的声音，我探出身子去看，一个坐在轮椅上的老人，正被一个小后生推出门来。院子的一个角落，刚好有几缕阳光透过高楼的间隙洒落下来，小伙子把轮椅摆放在太阳底下，锁住了轮胎刹车。可能是屋内外光线反差大的缘故，老人紧闭双眼，稀落的日光照在老人同样稀落的发际上，他像是睡着了。这场景我是熟悉的，略有不同的是，当年老师是坐在柳藤椅上而非铁轮椅，也在那个地方晒着太阳，光照中，也是闭着眼，一动不动，似静物。

一直觉得这个院子我是不陌生的，因为常来，而且以为会一直都来，可后来事实却不是这样的。记得那时院子摆了一地的瓶瓶罐罐，从中长出各式各样的花草来。有花草的院子再破旧也不会没落，有了花草就有了阳光雨露，有了生命的浇灌就有了生命的延续。每年春天来，看到瓦片墙的缝隙里钻出一抹新绿，老师说这种植物的根会分泌出一些酸性物质从而腐蚀瓦片，必须得清除掉。得了指令，我们会循着木梯抢着爬上去，狠狠地拔除，嘴上还会不停哼哼："拔的就是你们这些墙头草！"可没几日，一层新绿又冒了出来，老师又气又恼，直呼"野火烧不尽，春风吹又生"。

如今，院子里的那堵瓦片墙早就不见了，旧日那层恼人的绿也就不会再有了，恼它的人更无处可寻。眼前曾经熟悉的院落也就变得生分了。院子里那位晒太阳的老人，他是谁呢？他怎么会在这里？这个院落的新旧主人间，有过怎样的交接？他们之间又有着什么样的关联呢？我一概不知。看了良久，也想了良久，这才明白，人和这花草一样，也是一茬茬地开，一茬茬地败，败了还会再开，只是花已不是那个花，人也不是那个人。

从什么时候开始，我将这个院落遗忘了呢？每有这个疑虑闪现，就觉得心里堵得慌，除了失落，遗憾，更多是内疚。那年我成家了，整个人完全被琐碎的生活洪流淹没了。尽管醒着梦着时，有过种种惦记。花开花落时，有过种种念想，却始终没能转换为一个行动，总以为日子还长着呢，以后相见的机会还多着呢。谁能料到，机会就这样永远地错过了，像逝去的日子，一页页翻过去，就不会再回来了。

风从寂静的院落吹来，我终于在坍塌的围墙外止住了挪动的脚步。留存心底的那段曾经搁浅的记忆已被悄然唤醒，既然人去楼空已是不可改变的事实，就不要再去刨根问底，再去扰乱院落的宁静了。唯愿老师在天之灵安息，这样想着，心里便有了片刻的安宁。

三

代课老师

高一那年，我有幸当了一回代课老师。

从小到大，我从来没想过会去当代课老师，我很不待见前面"代课"两字，心想将来要当就要当正规的，况且在我心目中老师是有模式的。他们通常戴副金边眼镜，一边说话一边往鼻梁上一推一推的，鼻翼两侧时不时露出两点深凹的坑。女老师不能太瘦，齐耳短发，肌肤白晰，"妈妈型"的女老师最具亲和力，被学生称为张妈、刘妈的那种最成功。在我的小学作文里，"一张和蔼可亲的面庞，总是那么慈祥"，这些词句是专门用来描述"妈妈型"老师的，反复用多少遍都不生厌倦。

我心目中的男老师则不能太胖，他们腮帮胡须永远刮得发青，镜片后的目光永远是沉稳而深邃的。走起路来不紧不慢的样子，让人觉得不是在酝酿大作就是在解答数学难题，反正通常处于思考状。开口第一句经常会说："我认为……有可能……客观地分析……"显得特谦逊，特有定力，特有分寸，到底是受过正规教育的，尽显斯文儒雅风范。我也曾设想着有朝一日，以这样的姿态站到三尺讲台上。

做梦也想不到，高一那年，本身还是个学生的我却在毫无心理准备的状态下，糊里糊涂地做了一回老师，而且是真正意义上的代课老师。教龄拢共只有两天，恐怕是我代课的学校有史以来最"短命"的代课老师了。

我是怎么当上代课老师的呢？这里要提一下我老妈，她老人家可是正经八百的人民教师，从教三十五年。用现代媒体人的语言来评述，应该是这样的：她与寂寞和艰苦为伴，三十五年如一日，像燃烧着的"红烛"，照亮了孩子的心！我在此只是借题发挥一下，绝没有任何揶揄的意思。反正老妈在我心里是称职的，当老师比当老妈更称职。

高一下半学期，我考完期末考，回家碰上从医院回来的她，那颗老蛀牙又疼开了，肿着半个脸，连呵气都痛。张校长打来电话，老妈拿着听筒，疼得张不开嘴。我接过电话帮她转达。电话那头还以为是我妈，一个劲地说："那怎么办？周老师也请假了，一下少两个，明天上午二年级的语文课没人上了。"

老妈当时执教的小学虽说是所完小，但真是只"小麻雀"，连烧饭的阿婆算在内，总共也只有八位老师。校长照样带班，平时少一个老师，已经很紧张了，一下少俩，"小麻雀"就蔫了。老妈红肿的脸，严重影响了嘴巴开合，没两三天是消不下去的。临近期末，到哪去找一位只代两三天课的老师呢。

晚上张校长来探望老妈，进门就瞄我半天，离开时拍着我的肩膀，用商量的口吻对我说："高中生，救救急怎么样啊？代二年级的语文，两天。"我转过头想去征求老妈意见，瞥见老妈正用无奈的眼神瞅着我呢，我还有其他选择吗？那晚在老妈指导下，我备了一晚上的课。

我就这样稀里糊涂地当上了代课老师，如此神奇不规范的操作，也只有发生在当时那个年代吧。

学校我本来就很熟，我在那读过一年书，小学二年级才转到离家较近的学校。我走进办公室时，全校五位在岗教师全到齐了，张校长、陈老师、应老师、桂老师、范老师，他们笑着围拢过来，让我临时坐在老妈的办公桌。桌位对面正好是范老师，她可是我一年级入学时的班主任。记得她上课，讲着讲着，口角就会泛起层层白沫，当时坐第一排的我老担心有那么一天，挂在她老人家嘴角上的唾液会一不小心飞溅出来，落到我身上。于是我用课本挡着脸，只露一双乌溜的眼睛，凝视着范老师，挡着脸的书正是我手中的"盾牌"，防御着随时袭来的"口水弹"。我的古怪举止很快就被反映到老妈那，一场暴风骤雨般的数落比我预估的还要猛烈些，最后不得不以我低头认错才宣告结束。小学生的我觉得出了大丑，心里恨死那个告密者，心想，除了范老师还会是谁？

今天，我就坐在她对面，尽管是临时的，但身份却发生了变化，好歹也算是同事关系吧，尽管只有短暂的一两天，但那种感觉还是很微妙的。我刚坐下，她笑吟吟朝我推过来一盒粉笔，一瓶插着蘸笔的红墨水，看来是她事先替我准备的。她的细心让我突然有了几分自责，都过去多少年了，谁还会为这点破事记仇呢，何况当年自己不礼貌在先，还有必要在意吗？我恭恭敬敬地站起来，说了声"谢谢"。范老师冲着办公室其他同事爽朗地笑道："你们看这孩子，真有礼貌。"说得我浑身不自在。

一阵急促的电铃声响过，张校长陪我走进二年级课堂。她打算利用上课前几分钟先把我隆重推出去。我心里直打鼓，要是学生知道我是高一学生，而且是他们老师的女儿，那会是一个什么样的场景，说不定还会有一些意料不到的古怪闹剧呢。

校长毕竟是校长，她往讲台一站，下面一个讲空话的都没有了，教室静极了，此时一种从未有过的紧张情绪突然向我围拢，我听到了自己的心跳。张校长开口说话，我的耳朵却像丧失了功能，一句话都没听进去。"哗啦啦"一阵掌声把我拉回到现实，意识到自己此时正站在二年级教室，和学生第一次见面呢。张校长给了我一个恭敬的友请手势，我朝讲台走去，内心有一个声音强烈地在提醒着自己：别慌，你一定行！很灵光，一下子镇定许多，我勇敢地抬起头，定下神来注视着学生，我发现他们也正期待地看着我，眼神清澈透明，充满信任，那一刻，"砰砰"心头撞鹿的声音轻了下去了，我听到了熟悉的翻书声，心渐渐平静下来。张校长满意地朝我点了点头，离开教室。

开始上课，第一节是语文。课文《小蝌蚪找妈妈》配有四张教学图片，我让同学们看图说话，比一比谁的故事讲得最好。瞬间，眼前伸出无数只小手，孩子们急切地晃动着，眼里满是渴望。一个个稚嫩的声音在教室里回荡，充满童年气息的声音让我有些激动，仿佛自己的童年就在不远处散发出熟稔的气息，而岁月已经轻轻地把它送走了。现在，又突然触摸到了自己的童年，这让我兴奋，让我开心，觉得这是上苍给的一个机会。一堂课很快过去了，第一次登讲台，由于没什么经验，嗓门扯得过大，喉咙也都有点哑了，我却感觉轻松，没有一丝倦意。孩子们的笑容，让我很安心，很满足。人是要有点外压的，这么一逼，果真赶鸭子上桥了。

下午，有两节自修课，学生们开始期末复习。没有人要求我怎么教，我只是凭着一个高一学生对复习的理解向小学生们提出来一些复习要求。那些课文后标注有背诵的文章、诗词必须背诵到能默写。我先抽查，然后让同桌的同学互相督促检查，如果谁不会，我会有些小小的惩罚，譬如抄写几遍，当然做得好的，是有奖励的。我的奖励是物质型的，离家前，我在书包里悄悄塞进一大包话梅糖，这是亲戚家孩子结婚时得来的喜糖。我很乐意把这些糖果分出去，但是我是有要求的，上课绝对不能吃零食，这是我这个代课老师的权力。孩子们显然被我的物质奖励镇住了。

班里有一个学生叫陈益君。她是个用功型的女生，据她同桌反映，她已经可以把所有要求背诵的一字不落背一遍，我抽查几篇得出同样结论，按照奖励条件，她分到了一把话梅糖。女孩开心地笑着，班上同学投去羡慕眼光，此时坐她后排的男生伸出手去，想抢夺摊在课桌上的糖粒，我一个箭步蹿上前去，一把抓住他的手臂，唬着脸对他呵斥："有本事，你也背出来。抢别人东西算什么本事！"全班一阵哄笑，他被唬住了，乖乖地坐回自己椅子上。整整两节课，他一直在低头复习，没再出声。

老妈康复后去上班，回来就跟我谈了一个非常严重的问题：身为老师，怎么可以随随便便带糖果到教室。据其他老师反映，那几天整个教室都有一股酸溜溜的话梅味道，让各任课老师都很难堪。我听后浑身在冒汗，不过她又说除此之外，其他表现还算满意，是块当老师的料，听到这儿，我感觉更热了，又冒了一身汗。

四

花事花语

花事总是与季节有关。

初夏，大地的肤色是多彩的，树是绿的，草是青的，花儿们红黄挨着蓝绿，高矮揽着胖瘦，怕错过最后一季似的，争相开得斑斓。来自高原的格桑花在江南的田野也开得不着边际，灼灼地直逼人的眼。远望，海般广阔；风过，花浪起伏，波涛翻滚。我与友人披红戴绿相约而至，沉醉到眼前这片花海清淡宁神的香气里，享受静谧的悠闲时光。

我是骑自行车来的，自己也记不清有多少年没骑单车郊游了。双脚踩上踏脚板的那刻起，城市就越来越远了。郊外的风吹过来，闻到了花香，听见了鸟叫，久违的感觉就上来了。

十八岁那年夏天，高考结束，也是推着一辆单车四处游荡。那时的头脑是简单的，日子是朴素的。斑驳的老墙门，四方青石板地，木板床上支着白色旧蚊帐，煤饼炉上铝水壶烧得滋滋作响，"华生"牌台式电扇不知疲倦地摇着头，满房子飘起小饭桌上的饭菜香。不用再心急火燎边吃边赶路上学了，不用再硬着头皮去解魔鬼方程式了，也不用再担心抬头会看到老师板起的脸孔了。日子就这样突然美好起来。说真的，当年大家好像都不那么在意考了多少分，最后能考上什么样的学校。那时北大清华也很著名，但离我们也很遥远。那时还没有高考状元一说，农村孩子只想跳出农门，我的同学就连考三年，最后如愿去了复旦。城里的孩子想得最多的是如何借助高考让自己走得更远一些，离开过得有些腻味的小镇，有的仅仅想摆脱父母的唠叨，一心向往心仪而陌生的城市。

那时我们的父母也当得大大咧咧，让孩子吃饱穿暖有书读还能送去参加高考，已相当称职了。他们多数在国营企业上班，每月拿几十元工资。一星期只休一天，忙着拖地扫院，洗衣做饭，缝补鞋袜。街上没有公交车，出远门坐车要去很远的郊外公交总站，平日大家都骑自行车上下班。那会同学家起码都有两三个孩子，放学回家，老大带着老二，老三当跟屁虫，一阵风似地撒腿就跑，出家门找乐子的劲头一个比一个大，滚铁环、踢毽子、跳皮筋，甚至打群架，晃荡到天黑，泥猴般带着一身伤痕回家。只要老师不上门告状，家长们是很少会去过问孩子学习的，以至于将来能不能考上大学全凭他们自己造化。

那时大家都不用上补习班，有一技之长的孩子拜个师，拉个琴，习习武。特别突出的会被推荐去艺校或少体校，拉拉小提琴，打打乒乓球和羽毛球，出个武术冠军。那时还不兴学奥数、奥语、奥英，绝顶聪明的孩子就直接跳级。高中班里就来了一个小男孩，精瘦精瘦的，从小学六年级直接跳级到高一，坐在最前排，老师时常瞥见他上课偷吃豆酥糖。有一回，一包豆酥糖刚被送入嘴，被老师看见了，故意让他站起来回答问题，他低着头，紧抿双唇，不敢说话，他知道一开口，嘴里的豆酥便会喷撒一地。

那时，计划经济正试探着走向市场经济，正处转型期。刚刚扔了粮票布票的父母们，最荣耀最显能耐的事，便是给家里添置一台黑白电视机。我们围着电视看山口百惠的《血凝》，看中国女排，看得眼泪汪汪，看得热血沸腾。这时画面突然消失了，急得我们直跺脚，父母们不停地转动矗立在房顶上的天线，再怎么卖力，屏幕上的"雪花"伴着"滋滋"声就是不肯消停，我们也不知哪来的耐心，死盯着黑屏幕，眼巴巴地等，就是舍不得离开。

那时的日子像学生时代的灰色记忆，没有什么特别亮丽色彩。说来也怪，也没感到特别的沉闷乏味，相反平淡日子还有些许小惊喜。家里的物件开始不断翻新——彩色电视机，窗式空调以及瓶装煤气。市场放开，人心开始思变，有头脑，有勇气的人陆续离开工厂，下海经商。安分守己的，胆小怕事的，表面平静，内心却暗潮汹涌。也许这正是那个新旧交替时刻的写照吧。

就这样，不知不觉我们从一个半农业化社会过渡到了准信息化社会。日子也从看电视过到了上网聊天，从考大学过到了考"托福"，从"王朔年"过到了"张艺谋年"。一部《渴望》让全国的老少爷们直抹眼泪，一部《编辑部的故事》把单相思明目张胆地带上舞台。《亚洲雄风》《血染的风采》《爱的奉献》响彻各个角落，有好几回，我站在川流不息、人头游荡的大街上，用忐忑不安的眼神打量着满街跑着的青年，他们的 T 恤衫上全是"一无所有""别烦我"的字样，连我这个当年的青年妇女都感到崔健的《一无所有》正在击中自己的痛处。此时，启航的汽笛声呼啸而起，无论你听没听到，适不适应，都无可选择地一脚跨入高速飞旋的多元化时代。

可以这么说，那时几乎每一样井喷般涌现的新东西都是尝试性的，甚至我们当时不会明白当下的这一切将对未来意味着什么。不过这里的"当下"，已经是三十年前的过去了，这里的"将来"正是我们已经历或正在经历的现在。当我把发生过或暗涌过的一一回望一遍，却发现原来是如此的风波诡谲。

细细回味，风波也许正是变革激起的浪花，映照了变革之困，变革之痛。当变革真的发生了，眼下情形并没有"想象中的美"的时候，原先所有的愿望与期待都会在瞬间噤声不语，只有一个苛刻的问题凸显在我们面前：有没有"遇见更好的自己"？如果现在让我再回答这个问题，我还是会毫不犹豫地为自己也为那个年代送上祝福，不历经挫败，不付出代价，不承受切肤之痛的变革，不足以证明是真正的变革。为了"遇见更好的自己",我们与那个年代一起见证了"壮士断腕"的决绝,也领略了"虽千万人吾往矣"的魄力。

如今,新一轮启航的汽笛声再次响起,时代的列车自顾自一路向前狂奔。正像张爱玲所说,时代的车轮轰轰地往前开,我们生存在车子上……然而我们每个人都是孤独的。

对于一个以"致富"为生存准则的时代,"致富"二字好像突然逼着我们必须不停地往"成功"的方向赶赴,以至于我们开始抱怨生活,抱怨工作压力,抱怨急功近利,忘记了生活原本的意义。我们每天疲于刷微博,刷微信,说废话闲话,发廉价的"鸡汤"。疲于吃快餐点外卖,图省事省力,图填饱肚子。疲于写快餐式的文字,装腔作势,胡诌乱侃。我们在快节奏的都市里假装享受生活,为了那颗不甘寂寞的虚荣心,又忙着赶赴一场又一场的旅途。我们去过很多地方,但仅仅是"到此一游",与休闲无关,与情感无关,更与心灵无关。蓦然回首,却发现自己平日生活中的种种不良习惯,引起的颈椎、眼睛、掉头发等问题,正在折磨着我们。我们恐惧,恐惧在忙碌中遗失了自己,远离了幸福,于是我们开始向往"慢生活"。

"从前的日色变得慢,车,马,邮件都慢,一生只够爱一个人。"我是冲着木心先生的一首《从前慢》,买了《云雀叫了一整天》的整本集子来读。"从前"究竟是哪个时间段呢?突然很羡慕"从前",与当今愈来愈快的生活节奏相比,20世纪80年代也是从前的慢,原来可以是如此的美,如此的好,好出了一种境界,一种生活态度。正如慢生活家卡尔·霍诺说的,"慢生活"不是磨蹭,更不是懒惰,而是让速度的指标撤退,让生活变得细致。

初夏的花海遍地艳丽。我来了,带着对慢生活的向往,来追逐一种回归自然、轻松和谐的意境。

上午,我们一头扎进花海,拖着大红大绿的长丝巾,时跑时蹲,摆开各种姿势,让自己与格桑花一起入画,借着丝巾施展魔法,与鲜花比艳丽。

中午,阳光烈起来,我们沿着北山游步道拾级而上,进入阴凉的山林中。这条几十公里的游步道,是在原森林防火通道基础上修筑的,沿路有红杉林、樱花园、竹海、蔬菜基地等不同的植物群落,不同物种有不同的景致。江南的山多数是低矮的,北山主峰海拔也不过三百米。山顶有个凉亭,翻过山顶,便是保国寺。在众多宗教寺庙中,保国寺并不出名,但寺内的无梁殿,却是长江以南最古老、保存最完整的木结构建筑之一,在世界建筑史上都是可圈可点的。

我们的自助餐地点就选定在山顶凉亭里,朋友们带了糖醋熏鱼片、白斩鸡、玉米棒、烤地瓜,喝着自酿的葡萄酒,无拘无束地聊着,闹着。这是一次闺蜜聚会,出发前,大家约法三章,家里的男人们都不许带来,我们认为闺蜜圈就是婚姻外的一方私密空间,即使我们在一起,什么也不说,一起傻笑,也不会感到寂寞。即使我们说得前言不搭后语,大家也都会懂。闺蜜不是很多,但已存在很多年了，人来人往，闺蜜圈一直是固定的，这正应了那句话：彼此有着相同的属性，共同的话题，相近的精神强度和内心格局。找到同类，找到一种确定，是懂得。

　　黄昏的天边有酡红的夕阳，晚风将我们的长发吹散，山外升起炊烟，田野里弥漫起草木灰的味道。我们走出林间小径，穿越在格桑花芬芳四溢的花地，聆听鸟儿的私语，闹了一天的闺蜜们突然都安静下来，或许，心灵的温暖安宁也是要有仪式感的，在陶醉于这短暂的忘情与接触之后，内心涌动出难以名状的冷静与清醒。在此刻到来前，我们从未如此深切地思考过过去与未来。

家园随想

海涂地

我穿越四十二年的光阴，在时光隧道里回望，望见了一片荒芜的海涂棉田。

连绵的海涂地上，淤泥堆积，五谷不耕，唯有一丛丛芦苇从水亮的泥洼地里冒出头来，迎风摆动。海鸥"欧欧"地尖叫着，快速掠过苇顶，消失在海平线上。

落潮了，泥泞显现，成了拾海人刨食的主阵地，跋泥涂、拾泥螺，赶海捕鱼。涨潮了，滩涂埋没在海平面下，白日的喧嚣都被覆盖，咸滋滋的海风撩拨处，是后浪推前浪的哗然。千年百年，潮起潮落，这片海涂地活在潮线之间，时隐时现，日月蹉跎。

守着这片泥滩的还有大片灰白相间的棉花地。当年人们千辛万苦围海造田，是要与海争食。棉农们间苗、锄草、掐顶、打药，从播种到秋收，起早贪黑地干，指望在这似花非花的棉花芯里，能开出承载几代棉农们梦想的理想之花。然而，蓬然盛开的棉花似花，但毕竟不是花，开得白花花的棉花地里最后又能结出几个硕果呢？

棉花株上摘去棉花后留下的白空壳闪着光，相间摇弋摩擦，发出一地的怨言絮语。

沉寂的海涂棉田在四十二年前的那个春天终于有了转机，一群来自五湖四海的炼化人，告别父老乡亲，越过千山万水，来到这片海涂地。

轰隆隆的打桩声，打破海的沉寂，推波起浪的壮阔。五月的东海之滨，春风浩荡，飘在空中的是会战大旗，它们迎风招展，张扬起一个新炼厂的生命风帆。

会战大军里有我的父辈，他们从湖南长岭来，拖家带口的，租住在当地农民家。寒风凛冽的日子，屋顶的芦苇被大风掀翻，北风长驱而入，一家人缩在一隅冻得瑟瑟发抖。大雨倾盆的日子，屋内就下起了小雨，老老少少忙着用锅碗瓢盆接雨水。雪花漫舞的日子，雪渣子从房顶的细缝里落进来，南方的冬天阴冷湿潮，在长岭用惯了液化气的他们，重新捡起扔掉的煤炉取暖做饭，自己买煤灰，搓煤球，做煤饼。

拓荒之路充满艰辛。一切几乎都是空白，都得从零开始。

一两食油、二两糖、三两猪肉，是他们的月供。开会在露天，搬块砖头当凳子。办工在席棚，搁一张门板当桌子。设计施工，催交催运，编写流程，招工培训，每道程序都伴随痛苦和喜悦。

在经历了无数个循环往复后，一个全新的生命体诞生了。他似一位钢铁巨人，蒸汽全线贯通，水联运，巨人的全身筋脉被打通。他拔地而起，面朝大海，威武地迎着朝阳。

大海日夜奔腾，海潮迅猛如期。有一种冲劲，一种张狂，一腔正气却足以让大海怯步。四十二年来，炼化人用意志和信念筑堤，十里海涂，延伸出一片生机。

白鹭园

我看见成群结队的白鹭在茂盛的树丛中欢愉地飞翔，时而从树冠顶部拍翅跃起，高傲地冲向湛蓝的天空，时而又优雅地俯滑下来，静立于树枝上栖息。它们在各自喜爱的地方站下，把双脚插进苍翠欲滴绿荫里，筑巢喂雏，形成了一个个白鹭的家。

"白鹭下秋水，孤飞如坠霜。"白鹭天生丽质，亭亭玉立，全身披着洁白如雪的羽毛，犹如一群高贵的白雪公主。她们对生活环境要求极高，要有水有树，水域清澈，树木葱茏。她们的家安在哪里，哪里便是依山傍海绿树成荫的魅力湿地，空气湿润，气候宜人。

白雪公主们落脚的这片装置区，炼塔如林，油罐成群，管廊蜿蜒，树木参天，宛如一座城堡矗立在东海之滨，威武宁静。白鹭在这里成长，过起了世居的日子。其实公主们有过四处飘零的日子，四十二年前的春天，她们也来过这片海涂棉田，盘桓在上空，看到光秃的海涂地，浊浪拍击海岸，岸边贫瘠的棉田裸露在蓝空下，苍凉而原始。

好在公主们有一对坚强的翅膀，一双寻找美、发现美的慧眼。多年后，每一寸滩涂已不是原来的模样，泥泞被绿草覆盖，棉花株被树林替代。几千平方米的绿化带对公主们充满了诱惑力，就像花儿追随阳光，鱼儿追赶江河，公主们迷恋上了这块绿洲，她们成群结队，南飞越冬，北飞还巢。

群居的部落总是很热闹，她们喧哗着，欢呼雀跃着，起落不停。有一只落单的鹭儿不小心撞进工厂的一个库房，她是从库房破了一块玻璃的窗子误进的，正因为不记得怎么进去，自然就不知道怎么出来，困在里面，来回盘桓，身心憔悴。库房的人们为她打开了所有可以打开的门窗，追赶着引导离群索居的她飞出去，安全地回到自己的家，回到她们的白鹭园。

这让我想起一回乘坐在旅游大巴上的情景，一位同事对着窗外惊呼："你们快看，白鹭！她们不会是从我们的白鹭园飞过来的吧！"神态语气透出路遇亲人般的惊喜。

那一刻，我忽然觉得鹭儿是幸运的，人们对她的喜欢，仿佛是与生俱来的感觉，也许我们本是大自然的一部分，彼此的交往，都是自然循环的一部分。

香樟树

生活区的香樟树是养眼的。风从树的间隙吹来，我觉得风也是绿的，仿佛把树的绿色也刮了下来。我惬意地闭上眼，刹那间，清凉钻进我趁机绽放的每个毛孔里，冰冰地、酥酥地包裹在我身上。

香樟树是常绿乔木，存活期长且有很好的净化空气作用。香樟树在此，也有四十二载光阴，荏苒在它宽广的领地，公园里，道两边，楼群中，枝干遒劲，高耸入云，绿叶葱茏，遮天蔽日，樟脑香气四溢，送来人们喜欢的清新，带走人们讨厌的污浊。

香樟树有双魔术师的手，能在生活区楼群上空魔化出一座座山峦。我知道这是香樟树从楼群里探出的绿脑袋，密密匝匝挤在风中摇头晃脑，调皮地四处张望。夜幕是它的化妆师，风是它的助手，在它们的配合下，太阳西下，华灯初上时分，绿脑袋们簇拥着粉墨登场了。远远望去，一座座葳蕤山峦像天幕般徐徐落下，映衬在楼群之后，远近高低的山峰，层峦叠嶂，连绵起伏，引多少路人驻足观望，知情的会心一笑，不知情的瞪着惊讶的双眼，心里直打鼓，莫非是海市蜃楼？

每每从香樟树身边经过时，我感觉它是安全的。好几次遇雨没带雨具，雨点袭来，无处可躲，我便往有香樟树的人行道狂奔。浓密的枝叶在道中央上空互相交叉，形成一道天然屏障，为我遮风挡雨。雨滴打得树叶沙沙作响，树荫下的路面居然还是干的，与没有树荫庇护的湿漉漉的路面相比，干湿两重天。

香樟树四季苍翠，树叶稠密的秘诀是老叶子与新叶子交替更换。春风吹拂，老树叶哗啦啦吹落了一地，而枝头早已是新叶翠绿，这场景真叫"你未长大我不敢老去"，充满仁慈。因为仁义，因为长寿，因为溢香，备受人们喜爱，被誉为吉祥之树。

茂密的香樟树还是鸟儿们的家。有一个早晨，我在长满香樟树的窗外听到鸟在吟唱。起先是独唱，啁啾、啁啾，紧接着，周边的鸟儿也啁啾啁啾应和起来，加入了大合唱，如莺声呖呖，在香樟树上空回荡。这时，晨光从窗帘透进来，照亮了屋子。香樟树和鸟儿，还有我温暖的家，我在瞬间的感触中激动不已。

炼化人

炼化人在塔林里，就像白鹭在她的巢。炼化人在塔林里上穿梭，就像鹭儿在天上飘。有塔林的地方一定有炼化人，因为炼化人与塔林靠得最近。

炼化人创建了塔林，塔林还给炼化人一个赖以生存的家。

炼化人在塔顶巡检，喜欢向高空眺望，鹭儿翱翔的地方，工厂变成了花园，废水可直接饮用，地沟油上了天，沥青铺上了世界屋脊。太阳跃出地平线，亲吻这座耸立的铁塔，也亲抚炼化人黝黑的脸庞。我知道，在他们粗壮的身躯里，包裹着一颗热烈而温柔的心。他们眺目远方，不远处，樟香四溢的地方，那是他们的家，他们在那儿生儿育女，生下儿女都有一个统一的名字，叫作厂子弟。

我身边有许多厂子弟。他们从小跟着父母，从全国各地举家迁来，在国企大院长大，上完子弟幼儿园上子弟小学，上完子弟小学又升学到子弟中学，很大一部分最后从厂技校毕业，留在炼化上班，成为第二代炼化人。他们中的大多数又找了本单位的伴侣，组织了新的家庭，哺育了下一代，他们的下一代仍叫厂子弟。这批厂子弟中还出过好几位省高考状元，他们是炼化大家庭中骄傲的第三代。

如今，第一代炼化人早已退休，在家颐养天年。我在家属区的香樟树下碰到他们，他们的确老了，手有颤抖，凸起的青筋告诉我岁月的流逝。

他们说当年栽下的香樟树也有盆口粗了。我抬头，樟树巍然。这些香樟树陪伴了三代炼化人成长，时光如枝上的叶子，春天长出来，秋天落下去，四季轮回。树一天天长大，人一日日老去，老到最后没了影。

老人慢慢消失在樟树林的那一端。不知哪天，我还能再见到他们。

"村口有棵老樟树"，这又是哪篇课文的开头呢？想到这我的双眼噙满泪水。

（原载 2017 年 8 月 24 日《中国石化报》）

尽人力　随天意

　　我高考那年，隔壁班来了一个复读的女生，听说已是第三次参加高考复读了。那年高考，她终于如愿被上海一所高校录取。得此消息，我激动不已，甚至冲淡了自己落榜的苦恼，逢人就讲述这个感人故事，大意是：只要功夫深，铁杵也能磨成针；或是精诚所至，金石为开。

　　我的同学，与这个女生住一个院子，她俩很熟。她告诉我，坚持三年不气馁，除了有信心，有恒心下功夫外，还要有一个良好的心态。她说，每当一年一度的高考悄悄逼近，她们整个院子的人，都会绷紧神经，尤其是复读女生的父母，如临大敌。整整三年，她父母总是望眼切切，望女成凤，但造化弄人，每次落榜，女生都只差那么几分，家人都急得不行了。有一回，她妈妈居然坐在院子中央抹开了眼泪，女生走到面前，跟她妈说："我都不急你急什么啊？考不上又不是什么丢人的事，家里经济条件允许的话，明年再考一次。"然后又转身跟围观的邻居说："假如真有那么一天，确认与大学无缘，我就不再为难自己，顺其自然好了。"

　　她屡败屡考的故事，正应了当下流行的一句话：尽人力，随天意。

　　我第一次听到这句话是在医院。一个好友重病住院，我前去探望，到了病床前，总想搜肠刮肚地找几句安抚话。可能是我这人城府不够，喜怒哀乐都写在脸上了吧，见我蹙着眉沉重样子，躺在病榻上的他竟然笑出声来："好了，别心事重重的样子了，我不会有什么事的。"他反过来安慰我。

　　同室病友都夸他是个真正的通达之人，都病成这样了，人家白天照吃照喝，晚上照常呼呼大睡。术后实在动弹不得了，饮食也受了极大限制，还得靠药物祛痛，他居然每天还有心思跟前来打针的护士开玩笑，扯咸淡，时不时捧出一碗"心灵鸡烫"。果然那天临走，他突然对我们说，假如这次真的出不去了，人生也算是彻底放下了，尽人力，随天意吧。语惊四座，病友们都说，这句话好，合情理，有气度。

　　确实是句在理的话，于浮躁或悲观情绪无疑是贴良药。但是在残酷的现实面前，又有几人真能拿这句话来祛除心灵妄念，抵御外界纷扰呢？真叫"说说容易，做起来难"！

　　对于我们大多数人来说，浮躁或悲观不是我们刻意想要的，但它却是人性的一个顽疾，依附在我们的思维和行为上，控制我们的情绪，左右我们的心境，削弱我们的意志，混淆我们的方向。我们经常从各种媒体中获悉，一些在常人眼里功成名就人物，一念之间自杀了。究其原因，多半是长期抑郁所致。再瞧他们，大都事业圆满，名利双收，怎么就抑郁了呢？归根结底还是心理自我疏浚、治理能力偏弱所导致的。

不过生活中也不乏明白人。身边有这样一个朋友，他早年下海经商，几经打拼积累了一些资金，没想在期货生意中亏了个精光，还欠下一笔不小的外债。眼看着几十年的心血都打了水漂，家人朋友心疼不已。而他呢，周末照旧背上鱼杆去钓鱼，妻子见他火烧眉毛了还有此雅兴，忍不住责怪。他不紧不慢说："知道在哪儿跌倒，爬起来就是了，生活总得继续啊。"

面对挫折困扰，一个人能豁达至此，没经过长期修炼是达不到此般境界的。

早些年，我在医院认识了一个老伯，他是病人方雇用的护工。病人是个四十来岁中年男人，据说是个鳏夫，身边没有一位亲人，三个月前是被交警送来的。出了一场车祸，他被撞飞了，脑子受了重创，腿脚也折了。动了几次手术，命算是保住了，但因脑干受了伤，一直没能醒来，成了植物人整天躺在病床上，大小便失禁。肇事方意识到他的治疗费会是个无底洞，于是露面次数越来越少，交费时间越拖越长，眼见着要断了音讯。其间还不断暗示院方，能否终结治疗。

"终结，是一次性付清吗？"我问老伯。"终结就是要了结他的性命啊！罪过啊，也不怕遭报应！"老伯说道。

再见老伯是在高压氧仓治疗室，他正推着他做完疗程。"今天我做的糖水氽蛋好吃吧？"躺在推床上的男人发出了回应，啊啊的，很轻。凑近一看，正是那个因车祸撞成植物人的男人。"奇迹啊，他醒了！"我惊呼。

"阎王发慈悲，放他一马！"老伯咯咯笑着，笑得整个治疗室春意荡漾。事后我从其他护工那里了解到，老伯在得知肇事方意图后，直接去找了院方领导和病人所在村委会，大家一起出面与肇事方交涉，迫使肇事方放弃"终结"的念头，如期支付后续治疗费用。

老伯是安徽人，来医院做护工有十几年，他说，护理这个车祸病人是他最难、最吃亏的一次。因为病人没有家人，虽然后续的治疗费有了着落，但护理费就难保证了。他已经有好几个月没拿到过工资了。"你一个雇工，图个啥呢？"老伯的同行都劝导他。"我就图个心安，因为我争取过了，也就心安了。"

"尽人力，随天意。"护工老伯可能说不出这样高深的话语，但他大事不畏，小事不慢，该说就说，该做就做，用最朴素的情感、最有效的行动，诠释了这个最深刻的道理。

（原载 2011 年 3 月 18 日《中国石化报》）

流着泪的感动

闲在家的日子，偶尔会坐到电视前，习惯性操纵电视遥控器，上下左右翻来翻去，机械无聊。有一天，无意中按到一个画面，我再也翻不动了。

电视画面里，出现了一个瘦弱男孩，十七八岁模样，正从一扇破败的房门内退出来。他低头锁眉，扭过头，勉强苦笑着跟身后的记者说："她不愿意见生人，我说了考上大学的事，她也没反应。"画面是个特写，我看到眼泪就在男孩的眼眶里打转。

他母亲患有精神病，很多年了。家里缺钱，没法带她上医院治疗，常年被关在一个小屋内。男孩少小离开家，在外地学校苦读数十载，终于捧回重点大学录取通知书，有幸成了"阳光学子在行动"活动受助生。今天有记者来采访，他想让母亲出来，哪怕不说一句话就只露个面也行，可他母亲做不到。世上的喜怒哀乐已与她无关，她只活在自己的世界里，即便在今天，以往她最疼爱的儿子考上大学的大喜日子，她也是冷漠的，无动于衷的。女记者轻轻揽过男孩瘦削的肩膀，轻柔地拍打着，没说一句话。男孩把头埋得更深了。

那一刻，一股辛酸涌起，想起多年前，听老人说过的一个真实故事。新中国成立初期，老人的一个同乡意识到自己大限将至，用身上仅剩的二十元买了一张火车票，把痴呆儿子送上车，遗弃在火车上。这是他离世前，为傻儿子做的最后一件事，心想火车上流动人口多，孩子存活的希望就会大一点，或许真能遇见一位好心人将他的傻儿子送到福利院或直接收养呢。一个生命走到尽头还要背负遗弃之痛的父亲，一个什么也不懂却被亲爸丢在火车上的傻孩子……这些画面，这些故事压得我喘不过气来，整整一个晚上，悲苦笼罩着我，辗转反侧。命运这几个字分量太重了，对他们来说，有时它的实际意义就是活着，有饭吃，有衣穿，如果有妈妈的呵护，还有书读，实在是太奢侈了。

记得有一次，我和朋友去散步，刚进操场，她的手机就响了："学费收到就好，过了十一，你那边就入冬了，我会给你寄羽绒服。"我知道她的孩子去年就工作了，电话显然是其他孩子打来的。

接完电话，朋友告诉我，她确实在供一个男孩读书，已经有三年了，起初自己的动机很简单，就是想给自己读大学的儿子找个"比学赶帮超"的同龄人，让时有优越感的儿子有个对比。没想到去年看了那个被资助的孩子一趟，回来心就乱了。那个男孩今年已经上大二了，一场特大洪水冲走了在外打工的父母，那年他只有十岁。十岁的他茫然地拉扯着奶奶的衣襟，他不知道没了父母的日子到底会有多难。慢慢长大，他开始懂得能念书不易，非常用功，成绩一直很冒尖。"可是，这么大一小伙，上大学几乎没有零花钱，为了省钱，一天只能吃一餐饭，正是长身体的年龄啊，谁看了都受不了啊。"朋友说这番话时眼圈都红了。

我知道朋友并不富裕，但她说，自己也没有贫穷到不能给予别人任何一方面帮助的地步。或许她的一点点爱心，很可能改变这个孩子的一生，至少能给他带去一些温暖。

多年前，我曾跟团组织去老区摄制助学活动节目。刚进村子，远远地看到一个十一二岁的小女孩，挑着一担猪草，摇晃着朝我们走来。衣服脏兮兮的，头发枯黄、凌乱，唯有小脸蛋上闪着一对清澈的双眸。我们跟她打了招呼，请她领我们去学校，她爽快地答应了。小姑娘先领我们到她家去放猪草，跟着她走进了一个茅厕一样的房子，黑乎乎的，看不见屋内的东西，大概里面堆放着半屋子的肥料，混合味很呛人。小姑娘说她们一家就住里面。聊天中才得知，她是本次助学活动受惠者之一。她说父亲死后，五六岁她就下地做农活了，割草、喂猪、放牛、播种、施肥、挑粪、锄草，什么都干。平日里她还跟随她母亲上山在岩壁上摘金银花、挖草药、捡破烂等，到集市上换钱补贴家用。

在灾难、痛苦、孤独中长大的孩子如风中的那些小花，挺立瘦弱胸膛，秋风冷雨中学会坚强。

"谁都不希望贫穷，谁都希望过上幸福的生活，可当我们别无选择地遭遇贫穷时，我们要学会把握贫穷给予我们的力量。"这是一位靠助学贷款完成博士学业的年轻人，写在自己博客里的一段话。这段落文字写得异常有风骨，这风骨里埋着一个穷人家孩子的浩然气节，这是流着泪的感悟，它来自内心。

养一方美玉细细盘

这块项链吊坠是朋友送的。他擅长篆刻，一块西安绿石的边角料，疏疏密密几刀下去，竟非常有创意：一个呈心形的青涩草莓。匍匐枝上钻了小空，用来串链。正反两个凸面上凿出一粒粒芝麻点，上伏一只展翅蝙蝠，出没在若隐若现的复叶间。草莓蒂上有三根手指结集成点，青草莓刹那间同佛手合而为一。蝠—佛—福，朋友的心思细如弦啊。

当年自己的人生跌落低谷，突如其来的变故不知怎样去躲避，如何来应对。悲伤的情绪在蔓延，难免感到孤独，心神不定，陷入生活恐慌。此时，一枚小小的玉坠，带着友人的气息与余温，几经辗转，放到了我的手心上，小小精灵满是情义。串上链子，我把它挂在脖颈上，垂在胸口，奇妙的效果就产生了，它让我平静了下来，并相信寓意幸福之"福"的玉是通灵性的，是吉祥化身，能辟邪挡煞、逢凶化吉。

把它带在身边的第一天起，我就知道玉是可以养的，自古就有"人养玉，玉养人"之说。可是怎么养呢？喜欢上一样东西，就会全心思去琢磨。

手头上的这块玉，是来自西安的绿冻石，色泽温润，不用油养。有人玩玉，喜欢用面油、发油等摩擦，以为这样可使玉油润。其实，玉和人一样，也是有毛孔的，这些油脂会把它们的出气孔堵住，像我们年轻时脸上长青春疙瘩豆，旺盛的激素分泌物堵得皮肤不能呼吸，只能用清水清洁，疏通"管线"。堵而抑之，不如疏而导之，玉也一样，隔数日用温水浸泡，用一定的湿度来维持它，才能清通"土门"，吐尽玉中污秽，显出色沁。

绕过这一误区，养玉的自觉性陡增。找来玻璃杯，盛上水，放进去。时常跑去看她在水中的模样，见她闪亮生光，满是欣喜。惊诧水于玉的功用，水的精魂，通过光照的温热，慢慢浸润到玉的整个生命里，使之鲜活光洁。我恍然大悟，玉如是，人相同。逆境中，亲朋的关爱、友善的氛围就是一汪清水。长久包裹着，绝望会一点点消融，痛苦会一点点洗刷。友情孜孜于你，是因为真心于你。你原本就是一块石，只有漫入清水润养，方可成玉。

从此我精心呵护她。每天晚上，取下玉来，在脸上磨一磨，嘴上呵一呵，手上捏一捏，再把她送到水中央去，次日又挂上脖子。日复一日，我感觉她的绿更深了，比以前更润泽了，水头更自然了。有一次聚会，席间一位懂玉的朋友一本正经地对我说："这块挂坠很特别，你养得很好。"

我发现，无意之中，我契合了"养玉"之法。

有一天，看到电视上正在做一档收藏节目，被邀嘉宾正是资深收藏家马未都，有一观众问："民间都说'人养玉三年，玉养人一生'，这句话到底是不是真的呢？"马老师对玉文化有极深研究和造诣，他回答："人养玉的'养'，指的是用我们人体分泌的油脂来滋润玉。这也是玉器会越戴越润，越盘越亮的原因。玉养人，养的是文化，是美德。'言念君子，温其如玉'，自古君子以玉比德。几千年来，作为文化载体和象征，我们中华民族对玉充满了敬意。"

是的，很久以来，我待玉似待人，一直没把她当静物看，而是当作一个有温度、有习性、不断变化着的生命体，一位品格高贵、性情温良的谦谦君子。得意时有狂妄，触摸她，会收敛轻浮，纯粹平和。失意时有消沉，触摸她，会聚集精气，致密坚硬。

这何尝不是结交故友的一番心景？

张爱玲去香港时，已阅尽千帆，身体和灵魂都疲惫不堪。直到结识邝文美、宋淇夫妇，他们似无尽黑暗里的一座灯塔，给予张爱玲精神上的慰藉，也点亮了她的生活。张爱玲给邝文美夫妇写过六百多封信，跨度长达四十年。她死后，把遗产都留给了邝文美夫妇。

张爱玲人到中年遇知己，一旦遇到，定是灵魂相似。他们把彼此请进生命里，走入内心，懂得把时间和精力留给值得的人。

我素来相信人与人之间有机缘，机缘相投千杯少。人与玉也如此。养一方美玉细细盘，静谧中品嚼前尘往事。岁月流逝静如水，带走青涩，带走雕琢，带走喜怒，带走哀乐，再回眸，浸积于心底的是岁月带不走的淡定与从容，如玉般温润醇厚。

（原载 2012 年 5 月 18 日《中国石化报》）

四

天空的云朵

有一种哲学观叫善待一切。一切的概念有多大，大到包罗万象：囊括我们生存的这个世界，以及这个世界上存在的所有动物、植物、物品；我们依附的生活、工作环境、人际关系、家庭成员及我们自身的观点、理念、行为；等等。这些都处在一个相互依存、相互影响的共生关系之上。

在处理好人与人，人与自然的共生关系中，在人类不断解答疑惑，改善关系的需求中，善待一切的哲学观应运而生。

早在两千多年前的春秋时期，儒家学说所倡导的"仁，义，智，信，礼"学说，其中"仁"指的就是善的天性，体现在有同理心，恻隐之心。孟子说："恻隐之心，仁之端也。"这句话，在两千多年后的今天依旧发人深省。善待一切的处世哲学也一直被延续下来，成为一个亘古不变的传统美德。

我家客厅窗口正好对着前面楼房的楼道。每个早晨，我都能看到送奶工在上上下下地跑。她是个五十开外的胖女人，圆脸盘。由于长年风里来雨里去的，皮肤晒得很黑，很粗糙。两只眼袋鼓鼓的，永远没睡醒的样子。一大早，她就"突突"地踩着一辆电动三轮来了，在楼道旁停住，麻利地攥过几只鲜奶瓶，一个转身，咚咚上楼了。由于时间紧，她的每个动作都很精准、迅捷。脚板踩着台阶，猛摆双臂，壮实的身子竟如小燕子般轻捷，瞬间就蹿上三楼了。

每当这个熟悉的脚步声响起，对面三楼那家的防盗门也随之"哐"的一声打开了，从里面探出一个白白胖胖的身子来。鬓角的头发已经明显秃落进去，两道扫帚眉，却异常浓黑而整齐，一双眼睛闪闪的，很有神采。男人身上套一件白色棉背心，松松垮垮的样子，穿久了，早已褪了色，走了样。他一手接过奶瓶，一手递出来一支冰棒，连声道谢："大热天的，辛苦了！"微笑如佛。

"您太客气了。"送奶女工每次接过冰棒，都是这句话。她可能真的不会讲太多的客套话，但我相信，就在接过冰棒的一瞬，她满脸的皱纹都舒展开了，就像盛开的菊花瓣，每一瓣都会洋溢着笑意。一支小小的冰棍，于她，一个从农村来城市谋生的女人，是种无与伦比的沁人心脾的慰藉。

每次窥视到这个温馨场面，我的心里充满了愉悦，似乎递给送奶女工那支冰棒的人是我，接受主人善良举动的送奶工也是我。当我微笑地对她说出"大热天的，辛苦了！"这句话时，当我擦着汗，从她手里接过冰棒，并由衷地说了句"您太客气了"时，我的心情都是舒畅的，呼吸都是轻快的，甚至有了多重的莫名感动，这种感觉真是妙不可言。

遗憾的在现实生活中，这样的温馨越来越少了，反之被冷漠、被自私碾压。我们有时也会在主动或被动的状态下，被这股时代的戾气所裹挟，随波逐流。

一次，有我的快递，快递小哥打电话过来，让我自己跑到楼下去取。我很不满意，在电话里冲他发火："别人家的都亲自送上来，你家就特别吗？"沉寂了片刻，有一个很轻的声音传来："车上的东西实在太多了，我怕丢。"

我很不情愿地跑下楼去，站立在摩托车旁的那个小哥，十八九岁的样子，殷勤地向我招手，歉意地喊我"阿姨"，转身从车架上的大塑料筐里，掏出一个邮件递给我。只见他脸上、脖颈上都浸着一颗颗硕大的汗珠，衬衫已经湿透了，浑身上下冒出一股很浓的汗水味。站在他旁边，能感觉到一阵热浪从他身上袭来。我看到那双递邮件的手，黑乎乎的，指甲缝里夹满污垢。

"不好意思，让你跑一趟。我实在是没办法了，这个月我已经赔了好几百了。"他说话时神情十分专注。

"送货上楼，车上的货就被别人偷走了？"我问。"是啊，一个月我总共能赚多少呢，都赔光了。"他懊恼地低下头去，用手臂胡乱地往脸上抹了一把，黝黑的脸庞显得更黑了。

其实他是个很耐看的男孩，古铜色的脸上嵌着一双明亮的眼睛。微笑时，露出一排整齐微白的牙齿。我在想，要是他的父母知道自己孩子出门在外赚这么一份辛苦钱，该有多揪心呢。

不得不承认，如今我们的心智似乎越来越成熟了，在他人需要我们帮助或者谅解时，我们都会以自我为中心，事先考虑是否与自己方便，或者以有没有必要为前提，先考虑帮助他人后有什么好处等，再来决定要不要积极行动，出手相助。往往面对与自己利益没太大关系的人和事时，会衍生出"多一事不如少一事"的想法，甚至表现出一种表面和气，内心无视、冷漠的虚伪，给和谐共生关系掺杂了阴冷的灰色。

古希腊哲学家柏拉图在《理想国》一书中说过这样一段话："人的灵魂好比眼睛，当他注视被真理和实在所照耀的对象时，它便能够认识这些东西，了解它们，显然有了智慧。但是当它转而去看那些暗淡的生灭世界时，便模糊起来，显得好像没有了智慧。"如今读这段话，依旧感慨于哲人的伟大，他重新激活作为人类善待一切的本能，也让我感悟到，那个给予对象以真理并给予我们认识主体以认识能力的东西，就是"善"的理念，它是具有更高的价值和荣誉的。

其实善待一切的人生哲学即人类求存的一种智慧。"若要人重己，还须己重人。"想让他人尊重你，爱你，你自己应该先去尊重他人，惠及他人。因为无论贫富贵贱，生命和尊严都是平等的。

回想起多年前，我曾经接待过一个从东北来我们单位竞聘的女孩，她是学播音的，长得眉清目秀，小巴掌脸，尖尖的下巴。最引人注目的是她那头浓厚乌黑的披肩发，像锦缎一样光滑。几轮下来，她从众多网上报名的选手中，脱颖而出，经过层层筛选，最后进入了二选一的面试阶段。她来时，拖着一只大行李箱，很沉，里面装满她的衣物和书籍。可能是考虑到路途遥远，万一被录用，就不用再急着跑回老家取行李，所以该带的都带上了。结果出来了，她被淘汰。临走那天，我们去送行。拖动行李箱的那一刻，女孩哭了。我知道，为了这份工作，千辛万苦走到最后一步的她付出了很多。她的家境很一般，父母亲都是边远地区普通职工。从购置上镜服饰，到制作视频简历，再加上来回路费，花了父母不少钱："本来我想好了，有了这份工作，我要自己打工挣钱。"搂着她瘦削的肩膀，我的心如同被小针戳扎着，隐隐作痛。

我们终究还是把她送上返回家乡的火车。挥手告别时，一直没敢正视她的眼睛，我想那该会呈现怎样的无奈、失落与渴望。

那天，正是个秋高气爽的日子，送别女孩后我抬头望天，城市上空正飘过几朵云彩，轻轻划过，川流不息。抬头仰望，我发现有那么一个瞬间，在同一片蓝天下，她们会悄悄连接在一起。生活中，我们与形形色色的人擦肩而过，我总是希望，在不期而遇时，彼此能停下匆忙的脚步，默默地注视一下，哪怕是一个善意的微笑，一句无关痛痒的问候。

一粥一饭的恩情

　　得到那只"铁饭碗"，她似乎没费什么力气，但心里却存有十万个不愿意，是藏着一股怨气的。她知道这既不能怨天也不能怨地，要怨只能怨她自己。高考如期落榜，顺理成章地招工进厂，糊里糊涂地捧上一只所谓的"铁饭碗"。尽管在别人眼里，那只"铁饭碗"有千般好，她还是喜欢不起来。看着家人朋友欢天喜地的样子，最终还是让她断了复读重考的念头，接住这只众人都看好的"铁饭碗"，咬着牙跟自己的艺术梦想说拜拜了。

　　她像换了个人似的，变得像只小刺猬，一身的刺，时时防备别人会来伤害她。外表是装出来的冷漠，从不主动与别人搭腔，自然没有什么朋友。骨子里其实是太要强了，但又听不得别人说不，不能容忍别人有丁点的轻视。自卑导致过分的自尊。她把自己隔离起来了。久而久之在别人眼里，她有点另类。

　　没多久，她就被指派到外地一个工厂去实习。同去的有二三十个和她一起招工进来的新工人。登上火车的那一刻，同伴们都有说有笑的，热情地邀请她一起打牌打发漫长的旅程。此时她已被深深的孤独感包围着，觉得没必要再像往日那样端着了，便顺从地点点头，内心却倍感无聊。

　　在实习地，她跟了一位师傅，是个上海女人。四十多岁的样子，皮肤又白又亮，笑起来露出一个深深的单边酒窝，讲话细声细气的。跟一个很有味道的女人一起工作，这让她愉悦之余也有点意外。但也只是有点小惊喜。

　　师傅对她的影响是她始料不及的。每次见到，她都会惊奇地发现，师傅工作服里面每天的服饰都是不一样的，一件白底小粉圆点的衬衣，一款羊毛细线编织的湖蓝色小背心，一方真丝围巾，都是自己动手做的，款式质地与商场买的没什么两样，价格却便宜得多，又不会跟别人重复。在她眼里，这个上海女人骨子里有点妖，一件普通衣裳总能穿出百样风情，将女人的妩媚典雅展现得淋漓尽致。

　　她心境虽高，也爱美，但不擅长装饰自己。一年四季以休闲服为主，颜色也不离黑白灰三色，把自己弄得灰不溜秋的还自以为高雅大方，孰不知在不知不觉中错失了穿红戴绿的花样年华。

　　师傅带她去了小商品市场，买回一些藕色羊毛线，她学着织一件短开衫。深秋的夜晚宁静略带几分寒意，在温馨灯光下，手里已经编织出一片衣襟，触碰到手臂上，温柔敦厚。她感觉自己的心正被一种温存的东西呵护着，前所未有的安然宁静自足感悄然包裹住她，平日刺猬般张开着的敏感触角也正微微收拢。这突然而至的美好迷住了她，如痴如醉。本来就不是一块冰，无须太多的温度自然就被融化了。

三个月的实习期，师傅教会了她很多，除了技术更多的是生活。她在这个上海女人身上重新定义了工人的概念，并不是以往想象的暗淡无光，也有一袭华美的曼妙。当一种日子过久了，她又开始有了另一份憧憬，这份憧憬是埋在她骨子里的，是她十几年来一直规划着的。她喜欢有色彩的环境，向往有点"资"的生活，尤其对绘画有着不凡的天赋。从前她在寂寞痛苦快乐兴奋之时，都要在一本速写本上涂上几笔，并不一定拿出来与人分享，但这丝毫不会影响她涂鸦时的快乐。渐渐地，她觉得上海女人的几件花衣裳并没能淹盖掉工厂里的单调枯燥重复机械的底色。

改变的念想在她心底里一点点冒了头。种子落了地总是要生根发芽的，何况那颗种子早就抽出了芽。小学毕业那年，她的蜡笔画就已经挂在新华书店的橱窗里，那是当年整个小城唯一的展出点。初二，她的宣传画被电影院的美工看中，让她定期给电影宣传窗画电影海报，尽管只能得到几张电影票的回报，也足以让她自信满满。艺术学院是她心里的一块圣殿，她心底最敬畏最崇拜的场所，高贵到不能有一丝的侵犯。

而她手里捧着的那只"铁饭碗"，在她眼里是硬梆梆的，没有太多色彩，她又是无奈捧着的，所以不足惜。

她试探性地打电话给母亲，电话那头说："你铁了心要砸碎这只'铁饭碗'，我们也没办法，但以后就不能再怪谁了。"是的，她太想改变了，她要去搏一下，如飞蛾扑火。

她开始了她的改变计划。第一个能帮到她的是同学的哥哥——一个美院毕业生。她约了他，在他供职的广告公司楼下"小尾羊"见面——当然是同学穿针引线事先安排好的。印象中她与他也是见过一面的，在同学的生日聚会上。她进店时他正在打电话，又是一位职场大忙人。

他搁下电话，直截了当地说，辞了工作再考美院，成本太大。现在有多少美术生分配成问题啊，从业面毕竟是窄的。

他说，他有好几个朋友都在企业里做，业余时间搞创作也是不错的选择，至少衣食无忧。

火锅中汁水翻滚，热气蒸腾，她的脸被吹得火辣辣的，身上也在冒汗。他说得很直率，没太多在意她的感受。毕竟是当哥的，说话习惯用指导式的口吻。说完了，在等她反应。

她愣在那里，不知道该先挑哪句话才能最直接地表达她的想法。迟疑了一会，她说，我只是有点不甘心。

他说预料到了，一个人走了一条路肯定会对另一条未走的路感兴趣。我有时候也跟你一样不明白，自己到底该如何走自己的路。不过这几年的生活经验告诉我，时间是最经不起折腾的，要尽快看清自己，面对现实。他真是一个率性的人，一点拐弯抹角都没有。

这些年来，她被冷酷的外衣包裹着，谁敢如此大胆地冒犯过她，她听到过几句真话？他的直言不讳深深刺痛她了，也触动了她内心深处最纠结最矛盾最脆弱的那根弦。

她轻声说，你的意思我都懂，有个工作是不容易，要不我边工作边迎考吧。

他笑了，临走前再三强调，再好的建议也是仅做参考，最终的选择权在你自己手中啊。

她说以后绘画方面还得多加指导。说完她与他挥手告别。心里渐渐亮堂起来，方向、目标，以前从来没有这样明确过。

其实，之前她也是做过一些调查对比的。隔壁车间的那个钳工，考过两次美院，都是因为文化课成绩不合格而名落孙山的。他从小就喜欢画画，可是现实生活往往不是你想干什么就能干什么的。干自己喜欢的工作是一种幸福，但对多数人来说更是一种奢望。他是一个明事理的人，对生活有着自己的设想。这些年，每天下了班就画画，无论寒暑从不间断，如今他办了自己的个人画展。在他的画展上，她也想到过可以复制可以借鉴这条成功之路，只是她当时缺乏面对现实的勇气，坚持的耐心，一心想摆脱掉现状，固执地认为只有破釜沉舟才能成功。今天友人的一番肺腑之言，如醍醐灌顶，让她顿悟，其实，天下没有一件事是不能变通的，不能变通只有一个原因——没有突破自我。

在返程路上，她心里一片坦然。艺术殿堂美是美，但只是你所追逐的梦想。虽不是高不可攀，但毕竟还留在彼岸，没有把握；而手中的这只"饭碗"，就捧在手里，天天碰着享用着，还不会轻易摔碎，铁般坚固。这次她愿意拿出足够的勇气，再耐心地审视一次，找到一条变通的路，给自己一个交待。

日复一日的平淡日子，她不再无聊打发，而是尽量在做好本职之余，细细盘算属于自己的时间，一点一滴去利用。给自己买了许多画册，邀好友一起去看画展，她要给自己开垦出一块肥沃的土壤，把爱好"种"上去，辛勤灌溉，期待枝繁叶茂。

这些年，她一直安分守己地在这只"铁饭碗"里刨食。回想这些年走过的路，虽然千般坎坷，但走过后也就变得风轻云淡了。如今，每每看到单位不停地有一拨拨新人进来，也看着他们三三两两离去，她羡慕地说，时代真的不同了。不过现在这只"铁饭碗"对她来说已有了一粥一饭的恩情。这碗里盛过青涩年纪的挣扎，成熟后处变不惊的从容。她愿意捧着它，走过与世无争的淡泊岁月，收获一份游刃有余的厚实，直到捧不动的那一天。

物　语

阿迪达斯鞋子

周末和朋友们相约一起去爬山。

踩踏过一条条石子路，攀上一块块大岩石，双脚穿越荆棘，一双阿迪达斯登山鞋一路跟随我，轻轻地环住脚踝，紧紧地抱着脚丫，软软地贴近脚底，中国的脚丫儿和德国的鞋子浑然一体，和谐共处一"室"，彼此呵护着，相互信任依赖着，相亲相爱，像是进入了一场跨国热恋。

脚寻求鞋的保护，就像女人挑剔地选择婚姻，合适不合适只有脚知道。阿迪的外表看上去虽然不是那么时髦，动人心弦，甚至有点守旧，有点老套，还有点机械木讷。乍一看，似一位老实巴交的德国男人，没有光亮的外表，没有吸引眼球的光环，甚至还有点呆板。只有细细考察他的内涵，才会发现他淳朴牢靠乐于助人，严肃但绝不冷漠，低调却不乏趣味。

一个成熟的女人当然不会仅被男人光鲜的外表所吸引而放弃对内在的考量，她们会有自己的衡量标准，进退原则。她们知道穿错鞋子的后果同样会与一场错误的婚姻一样惨烈，一双不合脚的鞋子时刻挤兑你，压迫你，让你步履维艰，痛不欲生。谁愿意花钱给自己套上一双小鞋，折磨双足更折磨心灵呢？

严谨的德国到底是讲质量，守信用的。他有着厚实宽大的基础，牢牢地吸附住大地，让人站得稳，站得牢，倍感踏实。他中规中矩，鞍前马后，追随我左右，去征服一个个山头，在确保脚丫儿健康安全的前提下，还让我的脚趾有着无比的自由度。在他的陪伴下，我的步履变得轻松惬意了，我的心境也随之变得愉悦开朗。

眼下我的"中德之恋"显然是成功的。这让我更加相信，创始者阿迪不仅是个鞋匠，更不愧为一位出色的长跑运动员，因为他懂得鞋的构造，更懂得脚的需求。所以百年来，他一直在领跑。

智能电饭煲

此刻，稻米香从那个长方型的电饭煲里飘浮出来，萦绕在我的鼻翼四周，沁人心脾。

记忆中，这样的稻米香曾无数次引诱过我的胃，俘虏过我的味蕾。成家独立门户后，每个清晨起来，总不会忘记把大米淘净，按刻度将清水漫过，设定好时间离开。返回家打开房门的瞬间，房子里到处都弥漫着大米的清香，升腾的蒸气，灵动而温暖，一下子让空荡荡的房子有了家的感觉。

日本智能电饭煲是如此的温馨神奇，它似一个温柔贤慧的主妇，恪守职责，把一日三餐侍候得服服帖帖，一点脾气都没有。它乖巧精致，有着清丽脱俗的气质，优雅的外表，总让我想起徐志摩的那首脍炙人口的《沙扬娜拉》："最是那一低头的温柔，像一朵水莲花不胜凉风的娇羞。"当然这样的"佳人"身价自然也不菲，但煲出来的饭粒软绵绵、香喷喷，总能轻易俘获人心。给我的感觉，用这个日本小盒子烹煮米饭，是作为艺术而非家务来对待的。也终于明白，那么多国人去日本国旅游，啥都可以不带，就带一只电饭煲回来。

在它的精心侍候下，我俨然成了一位主人，可以随时给自己一个酒足饭饱乐逍遥的机会。

但这并不意味着我爱日本，我只是青睐于日本小家电的精细化和多元化。它们像空气一样无孔不入，占领我们的厨房，改变我们的生活细节，侵入到我们的衣食住行。

于是，我不得不感慨，浸透到日本人骨髓里那种"工匠"情结，他们坐在资源匮乏的火山口把想象力和制造力发挥到极致，一旦生活中缺什么，立马就会有一个可替代的"半幻半真"的产品出现。日新月异，无所不能。

安乃安女裤

前两年，作为一件生日礼物，曾经心血来潮在银泰百货给自己买过一条韩国安乃安女裤。

黑色的阔腿长裤，宽得有点夸张。走动时微微摇摆，像两把扫帚从地面轻轻划过，极富动感，适合街头巷尾的传播，让人过目成诵。

标新立异的"韩流"风就这样刮到我身上，出位的设计，夸张的手法，张扬的个性，它多多少少满足了我当年的猎奇心理及渴望宣泄的心情，给本不是太追求时尚的自己着实带来过一阵惊喜，一份意外。

但仅仅只是一份意外，一次在惊艳的目光里放肆的那一回。"韩流"刚来的时候感觉真好，五彩缤纷。韩国明星非常酷，韩国服饰非常美，韩国泡菜非常好吃，韩国连续剧非常煽情催泪。但几年下来幡然醒悟，由一帮帅哥靓妹涂抹的流行色，毕竟只是一些表面的符号，一种时尚，一种新潮，就跟当年流行波西米亚大耳环大花裙子一样，流行时轰轰烈烈，过了劲也就过气了。

当然，追根溯源，相似的黄皮肤、黑头发、黑眼睛，相似的姓氏笔画，相似的信奉学说，同根同源，是"韩流"登陆并流行的原委。但毕竟是泊来货，有其精华也必有其糟粕，就像韩国人整过容的五官，尽管不乏惊艳之美，终究是一些外部的人工装潢，毕竟不是原胚，注定不能成为主流，不可能存在所谓的文化覆盖，更不可能永久驻留。

"只有民族的，才是世界的。"真正被世人认可、接受而走向世界并能创造永久生命力的往往是民族最传统的东西，如老祖宗留给我们的丝绸、旗袍、陶瓷、茶叶、京剧，走过了千年百年，仍经久不衰。这些历史遗落的种子，以静默、茁壮，以盛开，以绵长幽远强韧丰沛的生机告诉我们什么叫"生生不息"。

中国风兴盛，本国文化吊足了国人的胃口，在经过了洋流、日流、韩流之后终究回归本土了。

迪奥香水

玻璃珠、黄金线圈、细颈瓶身，每个细节都表达着法国对奢华的解读。我对迪奥的喜爱也是从这只美人般妖娆的香水瓶开始的，由表及里。

迪奥创始人曾说："香水是一扇通往全新世界的大门。"这位从小在诺曼底海边长大的法国人，有着高人一筹的时尚鉴赏力与敏锐度，创立名牌的同时更注重品牌。从一件剪裁精美的典雅女装起步，迪奥把他的艺术天分拓展到香水、皮草、化妆品、珠宝及鞋等领域，淋漓尽致地应用唯美设计与精良制造技术，像打造艺术品一样打造他的产品，从而树立起二十世纪法国所崇尚的高尚优雅品味，也把迪奥这块金字招牌烙印在世界的时尚史上。

在全世界，迪奥几乎就是华丽与高雅的代名词，百年来一直雄踞时尚殿堂的顶端。

从这个艺术塔尖俯视遥远的神州大地，仿佛也看到各类名牌挤压着，你方唱罢我登场，异彩纷呈，光芒四射。他们有新奇的LOGO、有美丽名字、有完整的视觉包装，有广告、有知名度、有一定销售量，但就是没有内在的核心价值，似一个没有灵魂的人，空有一副好皮囊。

他们往往裹着华丽的外包装，我看不清楚他们的真实面孔。只是看见他们在不停炫耀，哗众取宠，在人们眼里，与一个推销货架别无两样。也有人在愚蠢地杀鸡取卵涸泽而渔，如空中楼阁般一刻倾颓、昙花一现。这样的短视注定不会长寿。

也有一些牌子，因丢掉了信誉而倒塌了，还有一些牌子因不肯做足内功而败絮其中。

比较中，法国的迪奥，让我看到了这块金字招牌的"含金量"，而它的品牌意识也正是我们消费者的最大买点。

星巴克

透过巨大的落地玻璃窗，望见窗外人来人往的广场。冬日暖阳从白云缝隙中钻出来，穿透玻璃，斜照在身上，暖暖的。轻轻啜饮一口香浓的咖啡，瞬间感觉非常"雅皮士"。

其实平日自己活得一点都不矫情，更与什么"雅"啊"皮"啊"士"啊的搭不上边。内心还是崇尚自在、朴素、接近本色的东西。为歇脚解乏也为满足好奇，偶尔入座星巴克，真像刘姥姥进了大观园，眼睛有点不够使。

正在恍惚中，一个染着黄头发，脚踏耐克板鞋，穿着一身英伦休闲服的时尚青年走了进来，径直走到我对面的座位坐下，随手翻动一本杂志——《财富》外文版的《Fortune》。四目相遇时，出于礼貌，我连忙主动与他点了点头，他像没看见似的，直接无视，把我当空气了。眼见为实，真是一个目空一切的主。

不一会手机响了，这个很潮很炫的家伙从苏格兰格子呢衬衫口袋里掏出苹果手机，开口一句"Hello"，语惊四座，这让我更后悔刚才主动与他搭讪了。当然人家是没闲工夫跟旁人瞎聊的，他带着笔记本电脑来，也是那个咬过一口的苹果。早就听说，星巴克里有网络，敞开免费使用。节假日，总是被潮男潮女们霸占得座无虚席。潮人接完电话，便跷起二郎腿，双耳塞上耳机，就在电脑上点啊点的，再没抬过头。见过都市人来咖啡馆工作、聚会、放松心情的，还真没见过来咖啡馆这么用功的。直到服务员小姐殷勤的话语传过来，潮人才从日理万机状态中抽出身来：一杯卡布奇诺，要现煮的。语调缓缓的，特有款。

咖啡热气袅袅升腾，在混合着酸甜味的烟雾里，我忽然看见麦尔维尔紧锁眉头，用疑惑的眼神望着我们，仿佛在问：这还是小说《白鲸》中那个崇尚知识，尊重人性、热心、勇猛、好斗，极具性格魅力的硬汉大副——星巴克吗？

不过有一点是相同的，他们都嗜好咖啡。

银项坠

这枚手工贴花镶嵌天然黑色拉长石纯银项坠，是好友从尼泊尔扫货回来赠予我的，同时还附送上一块圆润的鹅卵石，手掌般大小。朋友说，在尼泊尔银饰店，它就是这样被挂在鹅卵石上陈列出售的。古老的银饰图案，神秘的拉长石，浓郁的尼泊尔风情雕刻，几个元素混合在一起，传统又知性，再以鹅卵石做衬底，有一种淳朴的超脱。第一眼看到它，就决计要买下它。

一枚小小的银项坠就让我直接触摸到了尼泊尔。

想象中的加德满都上空，太阳光直射下来，总带有几分神秘，穿过云层照在巴德岗悠长曲折的巷子里。一家家银饰作坊密集地分布开来。在这个众神庇护的高山王国里，在一间间简陋的小房子里，世世代代的尼泊尔银匠，用一双粗糙的巧手，一把敲过千年的小锤，敲打出让世人为之惊叹的奇迹。这里的银饰比起其他珠宝来，便多了一份神秘悠远的况味。

银项坠上的那块拉长石还有一个传神的故事，据说价值连城的"和氏璧"材质就是拉长石。如今"和氏璧"早已失传，我们无缘目睹，但拉长石还活着，我们可以通过它，想象一回"和氏璧"的真容及它的前世今生。

当然拉长石不可能像"和氏璧"那样，在成为玉玺后尽情显摆皇权的霸道与嚣张，更没有在追逐稀世之宝之时伴随的血腥与残杀。但它坚硬孤傲充满灵性，这份灵性是来自宇宙深处的孤独，这份孤独被尼泊尔人视为是不可思议的，是神通广大的，有着受命于天的无限能量，这些能量足以释放他们的想象力，帮助他们战胜自己，治愈疾病。

相传尼泊尔人敬畏自然，崇尚死亡。信奉灵魂可以不用轮回，直接送往天堂。当一个人离世时，他们会用橙色的鲜花、红色的蒂卡和金黄的绸缎来包裹，在梵音缭绕亲友祝福中离去。如果有一种东西可以把人与宇宙连接起来，畅通灵魂的来路和归宿，这样的东西该有多么奢华神奇？

古老的拉长石有那份意灵相通的神奇。

心 语

请慢一点走

村上春树成名后第一件事是去跑步。他觉得练就一副能维持写作的好身板，才能催生出高品质的作品。他原来经营一个爵士乐酒吧，经营了七年。三十二岁以前他读书、守店，围着餐桌写作，日夜颠倒，体力透支。三十二岁以后，他关了店，留在家中，成为一名专业写手。

自传体随笔《当我谈跑步时我谈些什么》记录了村上春树的隐居生活：5时起床，绕着日本大学理工学部操场跑步转圈；白天读书、写作、译文、听音乐、处理杂务；晚上十点之前就寝。二十年一直保持一个生活模式，粗茶淡饭，潜心做学问。《世界新闻报》采访因为翻译村上春树作品而被国人熟知的翻译家林少华，林少华说，村上这个人没有堂堂的仪表，没有挺拔的身材，没有洒脱的举止，没有风趣的谈吐，衣着也十分随便，即使走在乡间小镇也不会引起任何人的注意。但就是这样一个人，在这个文学趋向衰微的时代创造了一个文学神话。

这让我想到了小说《潜伏》的写作者——作家龙一。根据小说《潜伏》改编的同名电视剧火得一塌糊涂，龙一也跟着火了。朋友提醒他，趁热打铁多写几部吧。十几亿观众，舞台大，名利双收的事。出版社跟风而至，写个续集，再热它一把？正当粉丝翘首期待中，龙一却开始潜心钻研食谱，颁奖会、座谈会一律缺席。面对媒体的一再追问，他回应，《潜伏》人物挖掘已经穷尽了，再做就是浪费时间和精力。为了钱去做狗尾续貂的事，我不干。

自己不喜欢的事勉强去干，肯定是痛苦的。可岁月静好，又有几人安享？《艺术人生》请小说《暗算》《风声》的作者麦家去当嘉宾，主持人让他做一道"必答题"：想到老年，你的关键词是什么？这位作家坦言：诗意。"我总觉得现代人的生活太没诗意了，我们搭乘的是'欲望号'街车，居住的是'钢筋水泥'，吃喝的是'三聚氰胺'，身处'离婚时代'，'潜伏'在办公室里，时刻面临着'暗算'。我们太忙了，太累了，做的梦都沉重如铁，毫无诗意。"

麦家后来在他写的《我憧憬诗意的晚年生活》中记录了这件事。他说，这个时代实在是太喧嚣了，有些基本的问题都在我们匆匆的脚步中被踩踏到了泥土里，有个机会把它们翻出来看看，大有必要。正如印度一句谚语所说：请慢一点走，等一等灵魂。

宁静姿态

盘点内心四季，若要剪一段优雅呈现，我会选择"宁静姿态"。其实心里明白，这种姿态不是选的，不是摆的，是修炼成的。

导演谢晋有四个儿子，老三老四均有智力障碍。每每家里有贵客来访，一番寒暄之后，谢导总是搓着手，开始介绍自己两个儿子的特殊情况，然后隆重请出，毫无掩饰。磊落、自然、宁静之态让到访的客人百脉俱开，肃然起敬。

淡然之外姿态从容，宁静之中心存感激，是智者的处世哲学。

我喜欢一种植物，叫熏衣草，古代被誉为"穷人的草药"。不起眼的草本植物，气息淡雅，却能令人安宁镇静、洁净身心。我喜欢同类气质的人，他们外表平淡，但精神强大。一如我们的心灵朋友，迷茫时当向导，受伤时可疗伤。在他们面前，我们轻松喘气，自由呼吸，一颗忧伤、疲惫、躁动不安的心便会归于宁静、获得勇气。

"水行不避蛟龙者，渔夫之勇也。陆行不避兕虎者，猎夫之勇也。白刃交于前，视死若生者，烈士之勇也。"这是孔夫子向弟子讲授"大勇"与"小勇"道理时说的话。当时他们被卫国人误解，四周杀气腾腾，弟子一片惊惶。孔子一边镇定自若地弹琴，一边结合眼下处境，给弟子讲解，处于困厄窘迫之中而能临危不惧、冷静分析、等待转机，这才是圣人之勇。躁动的弟子因此镇定下来，最终误会消除，危机化解。这是内心强大之人所拥有的宁静姿态。

驾驭了自己内心的人是强大的，因为心智成熟的人不会单独面对世界，不会孤身作战。内心强大才是真正的强大，其力量大于一切物质支撑，足以抵御来自外界的侵害。

瞿秋白是公认的具有诗人气质的革命家。得知枪决令下达时，他正在伏案写诗，一边手不停笔，一边镇静地说："人生有小休息，也有大休息，今后我要大休息了。"他的宁静姿态一直保持到生命的最后一刻。枪口都对准了他，他仍顾盼自若，最后走到一块草坪上盘膝坐下，对刽子手点头示意："此地甚好，就在这里吧。"他是坐着的，至死保留了他的儒雅与尊严。在他的这个姿态里，我读到了内心的强大。拥有这种姿态的人，有一种气场，坚韧沉着、内敛低调，有着独特的生命气息。

在精神世界里，无论时光多么久远，时代怎么变迁，有些东西是不会变的，如影随形。那是一种云淡风轻般的乐观淡定，是一种临危不乱、从容不迫的情怀，是一种置生死于度外、宁静恣意的优雅。

那是精神之花，开在心灵花园里。

不为焦虑所困

焦虑、烦躁与茫然是当下社会强加于人们的心情标签。有人说这是一个焦虑的时代，更是一个贩卖焦虑的时代。一个小鲜肉，靠直播一夜之间蹿成网红，给公司做代言，一天挣十万。看到这类信息，你会觉得再无法坚持一天八小时工作了，你的心理出现了失衡。疫情来了，大批产业没有订单，面临倒闭，你被列入裁员名单，你觉得你正在被这个时代抛弃。同学聚会，大家都在说房子，你的同学手头已经有三套房子，可他说就在上月，他又去摇号，抢到一套一手房，与周边严重倒挂的二手房价格相比，入手就净赚四十万。再看看你自己，工作十年了，依旧在一个小岗位上挣扎，现在又面临失业，还谈什么买房的事？连养个孩子都困难。外在的攀比，内心的失落，最后让自己陷入无边的焦虑中。

自己也属于这芸芸众生之列。虽然能够温饱的，但也终日忙忙碌碌，困于名缰，缚于利锁。虽还谈不上焦虑，失落无奈是不可避免的。

乐乐是"90后"的新新人类，经过漫长的受教育期，有幸获得高学历的同时也不幸熬成"高龄"，而立之年面临择业、择偶等人生头等大事。"房子、车子、儿子、票子，哪是个头啊，难道我这辈子真要为它们奋斗终身了吗？"阳光照在这个大男孩的眼镜片上，折射出几道弧光，以至于我看不清他的眼。我该怎么回答呢。

这让我想起哈佛大学开设"幸福课"一事。有一位名不见经传的年轻讲师本·沙哈尔开设了一门选修课叫"幸福课"。开课第一天，他就坦率地告诉学生："我曾经不快乐了三十年。"

学生们都愣住了。在他们眼里，这位哈佛博士生出身的讲师，不仅有体面的工作，经常有机会去剑桥等世界顶尖高等学府进行学术交流，而且他的兴趣爱好也非常广泛，在体育竞技方面颇有造诣，是位国家非专业运动员，曾获得过全国壁球赛冠军。像他这么一位生活多面手怎能不快乐呢？学生们禁不住要问为什么。

本·沙哈尔直言："长期以来，由于工作压力、刻板的生活、不可推卸的责任、对未来的不确定感和无力感，我的负面情绪多于正面情绪，于是糟糕地把'幸福感'给弄丢了。"

他说："幸福感是衡量人生的重要标准，而积极的心态，可以帮助人们活得更快乐、更充实，这也是开设'幸福课'的初衷。"

当下有一句流行语：幸福像花儿一样。我们怎样才能拥有花般灿烂的心境和幸福呢？

双休日去国际展览中心闲逛，刚巧赶上国际茶文化节暨绿茶博览会。偌大的展馆内却人迹稀少，显然生意不是太红火。走累了，在角落一个摊位随意找了个凳子歇脚。突然，一阵清香伴着一股热气从我脸颊旁飘过来。回望，一杯热气腾腾的清茶已放置在我面前。

"品品吧。"摊主热情地招呼。我笑了："没打算买你的茶啊。"

"这么多摊位，你唯独坐到我家凳子上，喝我家的茶，不是有缘吗？"虽是村姑模样，嘴却很甜。

"生意不好，你不着急吗？"我想探个虚实，到底是招揽生意呢还是真心留客？

"急也没用，做生意心态要好，亏赢都是常事。"她说得很轻巧。

于是就很舒服地坐下了，有一句没一句地闲聊着。既然彼此都没有买或卖的念头，空气中流动的气息仿佛也变得平缓了。我把摊位上的陈设从头到尾看了好几遍，把一个个茶叶罐拿起又放下，还抓了一小撮茶叶闻了又嚼，时光就这样静静流淌着，心里却泛起了一股莫名的幸福感。

本·沙哈尔在他的"幸福课"里给他的学生简化出数条幸福小贴士，其中一条就是"人生与商业一样，也有赢利和亏损，当正面情绪多于负面情绪时，我们在幸福这一'至高财富'上就赢利了"。在本·沙哈尔看来，一个真正快乐的人，会在自己觉得有意义的生活方式里，享受它的点点滴滴。

当晚我给乐乐的电子邮箱发去一篇有关本·沙哈尔和他的"幸福课"文章，还附上一张从网上粘贴下来的漫画。画上有一个家，它不大，门前盛满怒放的小花。

（原载 2011 年第 2 期《青海湖》）

杂　章

过生日

　　过生日，每个人的期望值是不一样的。朋友孩子过周岁生日，摆上数桌酒席宴客，拍着录像、照片，其间小寿星不停更换衣服，在一片"长命百岁"的贺词中又收回一堆红包、金手镯、金项链、衣物，隆重得像结婚一样。来宾们似乎都早已习惯这种规格、这种场面，因为现在家境再不济的孩子过生日，也会有麦当劳、肯德基，至少买个生日蛋糕再点根蜡烛。

　　我的童年，过生日却十分简单。百忙中，要是父母能给小寿星做顿稍好点的饭菜，或煮碗面或煮几个鸡蛋，就高兴得不得了。那会，总盼着自己或家人过生日，鸡蛋煮熟了，寿星吃俩，其他人也能吃一个。印象最深的生日得到过一盒泡泡糖，粉颜色的一个长纸盒，里面装着二十来根细细长长的软糖，用花花绿绿的糖纸裹着，上面印着一些小动物图案，剥开糖纸，透出甜甜糯糯的果香来。入嘴，慢慢嚼，甜味裹在糯糯的糖块里，越嚼越劲道，越嚼越起劲，直到甜味嚼尽，才舍得把泡泡糖铺满舌面，用力将它顶到舌尖，铆足了劲往嘴外吹出一口长长的气。一只又大又圆的气泡泡突然从小小的嘴尖冒出，小伙伴们惊呆了，他们恨不得从我嘴巴里挨个儿摘下，用一根细绳把口子扎紧了，攥在手里像轻气球一样放掉。那会大伙吃得最多最过瘾的是常见的廉价硬糖，一分钱一颗，扔进嘴里嚼得嘎巴响，吃得满口是蛀牙。会冒泡泡的神奇糖果只有大城市才能买到，而且价格不菲。刚够上温饱的我们平时是舍不得买来奢侈的，只留在好日子才肯拿出来炫耀。

　　难忘的生日应该在人生花季里才有。在影院看刘若英和古天乐主演的电影《生日快乐》，青春而感伤。遗憾的是电影里流着泪的幸福，在现实生活中，我没能真切体验，更何况当时，我早已过了在影院泪湿眼眶不肯离场的年龄。电影里的生日对我而言，只是一个场景，两个人物演绎的一份甜蜜，还有泪腺作用下的些许情绪小波动而已。

　　不过我的花季也应该有过，只是来时不敏感，因而去时也就不伤悲，很短，烟花一样绽放，瞬间就灭了。眨眼人生转入下半场，岁数越大越不愿提生日了，过一次老一回，但这还不是主因。

年龄越大越发现，过生日的心境变了，变得越来越被动，越来越想求简单，不愿张扬。果真寻思好了要认真过一次，又不肯轻易打发，轻易满足，自相矛盾。真的是越来越难与自个协调了。

心里已容不下客套的、烦琐的应酬，不喜欢的东西不再勉强自己，能省略的尽量省略。不需要再做给谁看，讨好谁，开始为自己活。

明白一些事理再往前走，步履轻松多了，自由多了。

穿衣也是一个理，简单的、舒适的最重要。服装简单干净纯粹，没有繁华的美饰，看似平淡，体感却很舒坦，活到这个年纪，方知什么叫简洁之美方显珍贵。

过生日也一样，感受真正的快乐生日，只需要一个可以回去的窝，一碗热饭，一杯热茶，一个微笑，一声问候，一份牵挂。

用不着敲锣打鼓，用不着兴师动众，有一份宁静、释怀、祝福足以。

焚 香

世间有各种香，最难忘柏香，喜欢被点燃那一刻迸发出的气味——草木灰香，有种很踏实的感觉。

这种香味不是中国兰独有的幽香，当门迎客来，入室更芳香；也不是新割过的草地清香，有香而无气；更没有沉香的贵气，人工香水的矫情。我钟情于他大地般朴实品质，草一般的谦逊，淳朴、不张扬；钟情于他树一样的顽强、深沉、厚重。亦如我们的人生，在朴实中见唯美，真实中显纯净。

柏香来自柏子，柏子长在不起眼的侧柏上。侧柏是一个很好养的孩子，酷暑严寒，他都能忍受。"岁不寒，无以知松柏。"他适应性极强，四海为家。生命力旺盛，给一方土，或一个岩石的缝隙，都能住下来，披绿叠翠，给一点阳光便灿烂。人起个贱名好养，胖妮福娃的，侧柏也不例外。他的种仁叫柏子，沿着树枝一茬茬地结。公园里，道两旁，总能找到一两棵散落的侧柏。只要有心采摘，即便在盆栽柏树上都可觅得当年的柏子。青涩的，不急，留着待来年再来采摘。枝头上总会残留去年结的果，隔年了，呈枯木色，黄豆大小颗粒，干燥易燃，正好用来燃香。

有一只朋友赠予的自制燃香炉，用石头雕刻的，墨砚状，巴掌大小。其石料黄黑相间，纹理有点杂乱，但表皮光滑，质地坚固脆硬。朋友独具匠心，在石中央挖出一个不深不浅的凹槽，底部盘一个回形针，搁一小撮陈年柏子上去，堆出一个小尖包，划一根火柴，一缕青烟便袅袅升起。那束淡淡升腾的烟，似乎有清澈明亮的眼神，拖一地洁白长袍，轻盈地从石香炉钻出来，随风游荡。柏子经燃，一小捧能持续个把小时，悠然深远不轻狂，沉稳讲述他的过往，他在意识上只愿化作那一缕青烟，用燃烧的姿态活着，便有了魂。

不凡的灵魂，常寓于平凡的躯体，不是吗？灰土色干裂的柏子是不起眼的。但一旦点燃，暖香弥漫，仿佛隔着久远的光景，从田头乡野飘忽过来。头埋下去，鼻翼张开，深吸，可通畅百脉。

柏香的草根气息是独一无二的。干枯的果实，燃烧后爆裂的姿态，陈旧况味，历尽沧桑波澜不惊的性格，让人更愿意亲近。他自然达观，平和谦逊，不怨不怒，在自己的空间里以自己独特方式自顾自绽放气息。

对平头百姓的我来说，他的亲和力更接近我的内心。淡淡的，素雅而温暖，恬静而安详。在这安详的氛围里，喜欢让久远的时光在身边轻轻回笼，让记忆像花般一瓣一瓣地飘落，于是心底便莫名地怀念起逝去的每个欢笑或流泪的日子，像电影一样一帧一帧回放。

很多时候，怀旧的我会在夜深人静时焚一炉柏子，悠然地在自己熟悉的安全的气息里漫步神游。静观自己的内心，会发现真正的财富、真正的悠闲、真正的风景，都在心里。

清　零

一直以为心灵空间是无限也是有限的。时间久了，贮存的东西多了，会出现沉渣，难免拥堵，这时就会盼着有一清道夫来及时清理。

我们常用的电脑是要经常刷屏更新，整理碎片，清理垃圾的。人生亦如此，清爽的、畅通的、轻松的心灵空间要用及时有效的手段来维护，空间才能得到拓展，时效才能得到保障，从而心灵才能获得保鲜。

在各式清理方法中，清零可能是最便捷最彻底的清理方式。

记得已故画家吴冠中，他的单幅作品竞拍价超亿，惊人的画价，引来无数人竞相购买收藏。出乎常理的是，在他晚年，几乎把所有作品都捐赠给了各大美术馆，捐出去的都是价值几百万、几千万的传世名作。而生活中他是个不起眼的甚至有点吝啬的小老头，住在极普通的住宅楼里，洋灰地板，生铁窗框，一应的旧式家具。时常去马路边的小摊上理五元一次的头，到楼下的煎饼摊买五毛一个的饼子充饥。当他毫不犹豫地把那些不满意的作品扔进火堆里，懂行的朋友都说"他亲手烧掉的可是一座座豪宅"。

朋友的困惑与我的困惑大概是一样的。看完阎纲的《我的邻居吴冠中》一文之后，他的文字在我脑海永久定格了这么一幅画面：吴冠中和夫人坐在楼下的草坪上，拿出一大包印章，在路边的石阶上磨呀磨的，磨去一枚枚印章上自己的名字。老画家说："谁也别想拿去乱盖，以假乱真。"

在他人生暮年，用短频快的清理方式将过去痛快地清零了，放下他想放下的，烧掉他想烧掉的，磨去他想磨去的。

大舍大得啊。

有一回我去看齐秦的演出。远远望去，人山人海，在众粉丝眼里，他似一个发光体，光芒万丈。同去的人说，没有姐姐齐豫就没有今天的他。

少年齐秦，对音乐情有独钟。一天他鼓足勇气报名参加了家乡的一个歌唱大赛。刚唱到一半，台上裁判就急切地打断他，让他终止演唱，语气中带有明显的不满与讥讽，仿佛在说，就你这水平也来参赛？不屑的言行深深刺痛了台上少年的心，让他无地自容。独自跑到后台一个角落，委屈、懊恼的泪水像止不住的小河水汩汩流出。当领他去参赛的齐豫跑到后台找到他时，他却当着姐的面发毒誓，这辈子再也不登台再也不唱歌了。一向温柔依顺的姐姐第一次对弟弟板下脸孔，一字一句地说："没人会在乎你的过去，相信自己，坚持下去！"

我远远地望着舞台中央的他，内心有多少感慨让我微微心颤。败了，总会留下甩不掉的阴影，阴影来时，学会驱散，学会忽略又有多重要。

清零是一种能力。

五

阿耐的时代书

什么是格局？格局就是一个人的眼界，也是一个人对事物的认知范围。

一个作家，她所看到的世界有多大，她选择的创作题材就有多大。阿耐的《大江大河》是一部格局宏大的作品，是一部时代书，从1978—2008年，纵横捭阖三十年，改革开放后的三十年，也几乎是我们这一代人最重要的三十年。从年龄上推算，也应该是作者人生最辉煌的三十年。

这三十年，我们这代人与这个时代一起经历了扭转乱象恢复秩序、家庭联产承包责任制、建立社会主义市场经济体制、全球金融经济危机、虚拟经济脱离实体经济扩张等多个历史阶段，感知改革开放过程中的觉醒、阵痛、起伏、转机与辉煌，《大江大河》都为我们做了全景式的全程记录。阿耐以改革开放为大背景，塑造了宋运辉、雷东宝、杨巡等人物形象，他们仿佛就生活在你我身边，他们是工人、农民、个体户，他们或是我们的邻居、我们的亲戚，或许就是千千万万个我们自己。作品以点带面，反映了改革开放时期，整个社会形态和人们思想状态的发展与变迁，面大纵深，看得远，想得深，有切身体会，切问近思，正如"宁静致远"，读后有于无声处听惊雷之感。

凭借一部洋洋洒洒的《大江大河》，阿耐成为首位获得中宣部"五个一"工程奖的网络作家，出乎意料的是她并没出现在此项国家级殊荣的颁奖典礼上。她是有意避开的。古代文人因自己的才华得不到重用而隐姓埋名，用文字来表达对命运不公的愤怒，而作为当代被充分肯定的作家，阿耐刻意隐身又是为了哪般呢？她的神秘激发了读者们一浪高过一浪的好奇心，于是各路小道消息似洪水般涌现，有人说她已与出版社签了N年的保密协议，目的就是为了保护她的真实身份。

她是谁？尽管她和我生活在同一个城市，但能寻找到的相关信息却少之又少，似乎谁都没见过她，以至于经常让人怀疑到底还在不在同一个城市。我曾搜寻过她的微博，看上去也极普通，不是什么大V。简介倒是写得霸气、气度不凡，极显她的个性：不见网友，不接受采访，不面见合作者。网友说，网传的所有个人照片，最真实的当数那张侧影照，发布在她的微博上，其余都是赝品。名气这么大，还能隐居江湖，守住秘密，真是不易。我想她把自己隐藏起来，可能是想从复杂的现实生活中游离出来，跳到一个无人干扰的境地，俯视脚下不一样的世界，孤独地体验世上的各种好，可以相对自由地说心里话，没有顾忌地倾诉，从而塑造出更多能让读者产生共鸣的人物形象，由此想来，她貌似偏激的做法也是她人生一种大格局，这是自觉地挣脱生活中的各种框架，不断突破的人生境界。

宁波电台曾做过一档节目，但众编辑们也只是当了回吃瓜群众，和我们一样只闻其声，不见其人。不过这档节目有她简短的生平介绍，这里的简短仅指介绍生平的字数有限，而有限的每一句话背后，都是一段极为丰厚的人生经历，正如我们所了解到的，她弃政从商，在宁波某企业做高管，除了文学创作同时还是一位著名的财经作家。

一位女性，一生同时经历了多个职业转换，并登临每个职场顶峰，想必这些人生阅历都已成为她日后创作的背景以及灵感来源，正是她所处的社会地位，练就了她开阔的眼界，从而也决定了她的创作高度与厚度，让她能运用独到的见识去发现过去、发现现在、发现未来。《大江大河》让我看到了一位兼具感性与理性，会登高望远，用长远与系统的眼光看问题的作家。作品中塑造的人物，他们的个人命运几乎都是与时代命运紧密结合的。

雷东宝，退伍返乡，决策果断，敢打敢拼，一心一意带领大家致富过好日子，却经历了遭朋友背叛、锒铛入狱的不公待遇，但作品中很少看到他抱怨，而是孜孜不倦琢磨中国农民脱贫致富的未来走向，他深知国家与个人命运彼此相连。

宋运辉，他深深地隐忍并接纳时代曾给予的痛苦与委屈，尽管过程中有迷茫、压抑、困惑，甚至还沾染上了那么点官僚气息，但他没轻言放弃，更没有堕落，内心隐忍的所有委屈与痛苦，反倒成了他日后自我成长的催化剂。

杨巡更具时代特色，他嗅觉灵敏，头脑灵活，懂得自我实现，特别是他身上冒出来的那股小商贩气质，活脱脱的一个个体经营者形象。在当时不稳定的经济形势冲击下，他拼命找商机，"撸起袖子加油干"，即使被残酷的现实碾压得体无完肤，也没有一蹶不振，而是咬牙坚持，这些都体现了他性格中皮实的一面。他个人价值的自我实现也绝不是一种盲目行动，而是对现实的洞察。

他们的经历也是阿耐自身经历的一个写照、一个折射吧。笔下是她熟知的生活，更多的是她个人的直接体验，她的专业背景，企业、政界的工作背景，都为她提供了充足的生活基础、强大的洞见力、清晰的判断能力以及对创作题材大格局的把握驾驭能力。这些熟知的人与事蕴含着作者自己的思想，是作者世界观与价值观的汇合。

回顾历史，从某种角度上来说是修正现实，可以帮助我们更好地清醒认识现实，也可以让我们更好地进步。我想，阿耐在创作《大江大河》时一定是带有自己的抱负与使命的，而且是个大使命。这个使命来自她所处的改天换地的大时代的强大感召，更来自她挑战现实生活的勇气。她明白写一部时代书的价值和意义，清楚要为谁创作，要为谁立言，有了超凡的理念支持，她的内在使命感就会突破自我人生限制，迸发新的创作激情与动力，从而引领我们读者以更加客观的视角审视时代、审视自我、审视人性，并完成自我反思的精神升华。

爱衍生美

"做梦也想不到我会把信写在五线谱上吧。五线谱是偶然来的，你也是偶然来的。不过我给你的信值得写在五线谱里呢，但愿我和你，是一支唱不完的歌。"

如此诗意的情话真的是写在五线谱上的。从古到今，爱情孕育了无数感人的文章、诗篇和音乐，却很少有像王小波那样，用浪漫纯真的言语如旋律般诉说自己的爱情。

第一次读到这样的文字，我不禁怦然心跳，有着这般缱绻缠绵、至真情怀的写信人会是什么样的呢？能受用这样文字、被视为珍宝的女人又会是什么样的呢？当我从书刊、电视等媒体上看到王小波的照片及李银河的录像时，顿觉诧异。他俩长得实在是太普通了，在常人看来甚至有些丑。

不是吗？当年李银河读到王小波的手抄本小说《绿毛水怪》，被男女主人公的爱情故事所感动，怀着好奇心去见了作者本人。当又高又瘦，佝偻着背，甚至面带凶相的家伙出现在她眼前时，她直呼长得真丑！王小波却悠悠应答道：你也没那么好看啊。

不按套路的表白，有智有性，直白热烈，让两颗有趣的灵魂竟在互相较量、互相识别、互相吸引之后，走到了一起。王小波说：你这把钥匙就是开我这把锁的，这是深入骨髓的爱。李银河说：如果自己不够有趣，又怎么能识别有趣的灵魂？这是灵魂相通的爱。多年后，有网友却这样评论两人：他们就是两个长得像猴的人，害怕对方被人抢走了。他们的爱情，因爱衍生美，因真溢光彩，以至于后来，我再看王小波，他那张因爱情而泛起微笑的丑脸，能说他不美吗？

我认识一对中年夫妻。男人已经五十多岁了，头大眼突、双耳招风，可说是面相狰狞；女人也近五十，脖粗背弓、肚大腰阔，可谓五短身躯。凡是认识这对夫妻的都说他俩是王八对绿豆——对上眼了。每天一大早，瘦骨嶙峋的男人扛着老婆的自行车"噔噔"下楼，放平后快速地从坐垫下揣出一块旧布头来，麻利地把车把、坐垫乃至踏脚板从头到尾抹一遍，悉心掸去隔夜残留的灰尘。此时女人像球似地从楼梯上旋下来，慢慢靠近男人，有说有笑，一副撒娇的样子。下班时分，女人推着挂满大包小包的自行车回家，在楼道口按了几下车铃，男人应声而出。女人急切地扒开一个食品袋的口子，从里面揪出一只胖乎乎的裸鸡，得意地晃动着圆嘟嘟的身子，男人笑眯眯地凑近，随即翘着大拇指，鸡捣米似地点头。"咚咚……"女人拎包、男人扛车，一前一后上楼。

看到这样的场景，经常会有种莫名的感动，感动什么呢？为他们正与世无争享受着的小幸福？为他俩丑陋外表下流露的那份腻味？或许什么都不是，仅仅为他们当时的一个眼神，一个微笑，一个动作或一句话吧。

上学时认识一个帅哥，可谓面如冠玉、目若朗星，是班上女同学公认的风度翩翩、气宇不凡之人。毕业不久便成了婚姻中的"过来人"，与他恩爱牵手的并不是我们原先想象中柳眉杏眼、千娇百媚的佳人，而是姿色平平被他自己调侃为"三心牌"老婆。我想他愿意娶个丑妻，体验另一种好，过自己的滋润日子，总有自己的道理。幸福的感觉，原本就是如鱼饮水，冷暖自知啊。

平日里，我们看到的婚姻中的幸福男女，也都模样平常，性情各异。但在遇到属于他们自己的爱情之后，尤其在爱人面前，便会褪去凡俗世故的一面，变得纯真稚气。他们漫步红尘，万山千水，十指相扣，默默相视，你懂我懂。此刻，亲密爱人心里彼此的好，彼此的美，是倾心言谈之后的契合，是灵魂的相知相守，是彼岸心灵的春暖花开，是沧海桑田后，越发的在意与疼惜。或许，一张不施粉黛的笑脸就能诗意你一生的爱情，一颗有趣优质的灵魂就会点亮你一世的才情。

好看的皮囊千篇一律，有趣的灵魂万里挑一。用"有趣"这个高标准来评判，我想，长相只是一时的印象，真正走得远的爱情主要取决于双方的性格，还取决于彼此在心灵与智力上不可抗拒的吸引力。正如王小波在《三十而立》里写的一段话，是一位母亲对女儿说的："人生是一条寂寞的路，要有一本有趣的书来消磨旅途。一辈子很长，要跟一个有趣的人在一起。"

当年又高又瘦的王小波饱含深情地给李银河写情书时，他还只是一个街道小工厂的普通工人，而李银河已是《光明日报》的编辑了。"我把我整个的灵魂都给你，连同它的怪癖，耍小脾气，忽明忽暗，一千八百种坏毛病。它真讨厌，只有一点好，爱你。"当相貌平平、在大众眼里甚至有点"拿不出手"的李银河读完这样美丽的情书后，她说"我不相信世界上有任何一个女人能抵挡如此的诗意，如此的纯情"。一对外表并不美的人深深相爱了。爱得真诚动人，在爱情王国里他们快活得像两个天真无邪的孩子，"围着一个神秘的果酱罐，一点点地品尝它，看看里面有多少甜"。直到王小波猝然离世，他们已一起生活了整二十年。"这二十年间我看到了一本最美好、最有趣、最好看的书。"

起初李银河也怀疑过她和王小波的恋情，"两个不美的人恋爱能是美的吗？"后来的事实证明："两颗相爱的心在一起可以是美的。"正如小波所言：真正的婚姻都是在天上缔结的，经典的浪漫故事都是两人天差地别，否则叫什么浪漫？这多少会给世上的丑男丑女们一些宽慰：只要两心相悦，爱就能幻化出让人心醉神迷，欲罢不能的美丽。

遇见彼此，就是彼此一生的光亮。无关外在，只有爱情。

（原载 2008 年 1 月 25 日《中国石化报》）

五

153

"潮人"混搭

　　从杜甫家的茅草屋里望出去，望见的偏偏是李白的庐山瀑布与天门山；杜拉斯的中国情人打来电话，接电话的却是海明威老人；靠在韩寒三重门边上，阴差阳错的是王朔的顽主……这些由读书产生的错觉，给人的感觉就好比祥林嫂大襟长褂外又披了件维多利亚雍容华贵的皮草大衣，显得十分滑稽可笑。

　　熟知"混搭"一词，源于时装杂志：硕大光亮的封面上，一位大眼睛潮人身着夸张的大翻领外衣，脚套高跟系带短靴，长脖子上胡乱挂以抢眼的豹纹围巾，美女摆"pose"，轻松打造出既休闲惬意又帅气有型的装扮。

　　这些书刊，都在传递一些时尚概念：混搭，即是一种时髦。正如时装表演，它传递的是时装信息、设计理念，更多是给人以美的欣赏，而不是从实际出发的，也就是说，舞台表演的衣服，多半是不能在生活中穿着的，在现实生活中，一旦胡穿乱搭就毫无章法了。

　　那么把胡穿乱搭毫无章法的章法，引用到文学作品创作中，又会出现什么样的现象呢？阅读当下一些作品，我们不难发现，无论是故事情节，还是人物塑造，甚至是创作年代，都有错搭、胡搭现象，它们混迹于讨巧或不讨巧之中，令人诧异，就像我们刚出门就一头撞见一袭少女装，硬性要扮嫩的老妪，浑身就起了鸡皮疙瘩。

　　譬如，张三是个寂寞空虚的玩家，李四是个精致的利己主义者，王二根本就是个虚伪不可信的荒诞派，麻子就是个混吃混喝的小渣渣。作者在创作时，结构方面完全照扒某某名著。人物关系上，则让这四个人互相穿越，撕扯。言语上，用李四的思维表达张三的空虚。故事情节中，用王二的荒诞处理麻子的恶俗。当然，此时的作者早已转身变成了混搭"潮人"，手持一把小"剪刀"，"咔嚓咔嚓"，快乐地做着不着边际的"拼接"游戏。

　　"混搭"风到底是哪天悄无声息地潜入圣洁的文学殿堂的呢？或许没人能说得清楚，但探寻缘由，古人早已一针见血：天下文章一大抄。这里的"抄"有两层意思：一是"硬套"，文章结构、情节内容直接套用，生搬硬套成了原创；二是"拆解组装"，遣字造句、叙事描写拆装克隆，寻章摘句组装糅合。用他们的行话来说，这叫不俗的文字驾驭能力。

早些年，安东尼·明格拉执导根据同名小说改编的电影《英国病人》，在国内上映，反响巨大。不知是影片拿了三十多项国际大奖后人气集聚，还是迈克尔·翁达杰撰写的小说《英国病人》，其中大男子主义与女权意识触动了国人神经，反正红极一时，流行一时。出乎意料的是，流行过后却在文学圈留下严重后遗症，若干年来，文学"潮人"炮制了类似《英国病人》式作品，横冲直撞进入我们视野。这些作品结构多半是英式的，人物却是正宗中式的，混搭得不土不洋，不伦不类，八寸大脚套了七寸鞋子——别扭。几本下来，读者抓狂，再继续下去一个个都快成"中国病人"了。

如此混搭且"兴盛"，可归源于"潮人"的贪欲。众所周知，浪漫主义或现实主义，言情风格或纪实风格，每一种风格的形成都经历了数代人的传承与演绎。从雨果的《巴黎圣母院》到郁达夫的《沉沦》，从法国到中国，走过整整一个世纪。文学创作途中，理应是要耐得住寂寞清苦的，然而面对当下一片混浊与阑珊，要守得住蚀骨的孤清与利诱很难。想必"潮人"们是不肯下番苦功更不甘寂寞的，倘若还急功近利想出位，势必会动念，惦记上几块金字招牌，这是最现成的，随手可得，还不用纳税。

名家名作正是潮人们忘不了的金字招牌。独一无二的文风是名家们的隐性名片。一个作者在作品里可以转换N个角色，但真正拿手的，属于他自己的文字只有一种。我们读季羡林老先生的散文，平实、诚挚、不曲不隐，读其文便知其人。读韩寒小后生的小说，文笔犀利、尖锐、针砭时弊，既拉风又过瘾。

宽泛解读混搭潮人，会发现他们一旦盯上便会穷追不舍。除了惯用"硬套""剽窃"等常规手段外，还会广泛应用"拼贴""混杂"和"组接""拆解"等技巧。根本不按正常的生活积累去创作，而是通过拆解各名家的作品内容或者叙事方式，并一一打乱再糅合，拿捏出一批非驴非马的骡子，并大言不惭地告诉我们，这是创意作品，发散中有聚集，理性中有感性。既科学，又玄妙。看似毫无章法，恰恰在这些"毫无章法的章法"背后，存在巨大的章法。套路多且深着呢，令人瞠目结舌。

"潮人"的"拆解""拼贴""组接"速度同样也是惊人的，以至于某个上午某个作品火了，用不着等到第二天，下午类似的东西就会如雨后春笋般冒出来，井喷式爆发。只是"混搭"还是多元杂乱混合风格，工具还是那把小"剪刀"，只是"潮人"已经贴上了标榜个性的时代标签，趁热制造出一个又一个卖点。

最郁闷的要数我们读者。市面上琳琅满目的各档书籍，眼花缭乱，实质以次充好、败絮其中的绣花枕头却比比皆是。如果不带双慧眼逛书市，花了大价钱淘得一本大作，你读着读着，沈从文可能会突然转换成了贾平凹，定神一看又似乎是张爱玲，转眼却是胡兰成。

书情悠远

　　读书摘录美文美句的习惯，起源于一套书，这套书的名字叫做《约翰·克利斯朵夫》，共四本，由人民文学出版社出版、傅雷先生翻译。

　　那时我刚读初二，书是同桌借我的。在那个物质和精神都相对匮乏的年代，能借到一本外国名著来读是件奢侈的事。记得是个冬季寂静的深夜，窗外漆黑一片，父母已安睡。做完家庭作业的我，蹑手蹑脚地把写字台上那盏小台灯移至床边，快速钻进被窝，靠着床头，在小台灯桔色光亮下捧起罗曼·罗兰的《约翰·克利斯朵夫》第一卷。

　　书的整个封面至上而下由白黄黑三色构成，中间以白色为主，典型的白底黑字，上书"约翰·克利斯朵夫"一行大仿宋，笔触苍劲有力，一如约翰·克利斯朵夫高贵而不屈的灵魂。书名四周，饰以黄色古典抽象图案，似西方哥特式教堂，透出历史的斑驳和悠久。

　　书扉页上的题记，字里行间同样气度不凡："真正的光明绝不是永没有黑暗的时间，只是永不被黑暗所湮没罢了；真正的英雄绝不是永没有卑下的情操，只是永不被卑下的情操所屈服罢了。"表达的是一种鲜明尖锐的思想，极富哲学逻辑性。

　　当年，十三四岁的我，站在人生十字路口，正在经历一段混沌、矛盾的躁动期，精神是空虚饥渴的，也是极具可塑性的。书中江声浩荡的警句，行云流水的气韵，恢弘瑰丽的乐章，激荡着年少的我，心随即被文字触动，它更似一盏铮亮的灯，驱逐我内心的黑暗。

　　惊喜的记忆总是长久的。那回同学借我书时，是事先开好了条件的，还相当苛刻——只限读三天，因为后面预约借阅的同学已排起了长龙。印象中，我读到的第一本外国名著是高尔基的《我的大学》，同样是从同学那里借的，同样要赶时间，同样得做完作业还要背着父母，同样躲进被窝，别着手电筒打通宵。第二天，熬红了双眼在父母的直视中上下左右躲闪着。回想那时，我精力旺盛，把读课外书当作一种时尚。只叹当年，书比米贵，家里的书少且单调，书柜上大多是一些与父母工作相关的专业技术书。偶得的一本外国名著自然极度吸引着我，哪怕得一本本分批借阅的，哪怕要一次次排长队等候，哪怕三十多万字必须在三天内读完，还得抽空读，偷腥似地读，却也乐此不疲。

课外书承载了太多年少的我对读书的渴望与记忆。每回读到一本好书，甚怕书还了去，再也无法回味；甚怕小小的脑袋瓜一时承载不下巨著的分量，于是就不厌其烦地把书中如珠妙语一一抄写下来，统统留在身边，庄重而严肃，如同对待心中的圣经。一册书读下来，读书笔记居然摘录了厚厚一大本。

几十年过去了，笔记本早已无处可寻，但当年，挑灯夜读做笔记的场景就在跟前，这个好习惯也始于此，并完好地延展下来。每念及于此，仍心怀庆幸。只是现如今，当各种各样的书籍向我们狂涌而来时，我们坐下来读书的时间却越来越少，耐心越来越少，渴望也越来越少。

《约翰·克利斯朵夫》是罗曼·罗兰与傅雷的"合璧"之作，完美得几乎没有瑕疵。如果不是故事里的人物有着罗曼·罗兰式的外国名字，我几乎会认为它就是中国人傅雷的作品。

更多人认可"原作者的中文写作"之说。但我知道伟大的法国作家罗曼·罗兰是不懂中文的，而伟大的中国翻译家傅雷，其心智和气质、性灵和才情与罗兰是相通相近的，所以我更愿意去认可自己的遐思神游。

如今我重读《约翰·克利斯朵夫》，仍有当初的那种认同感。

"车子开动了。她始终望着他，在这分离的一刹那，她不觉得胆小了。两人望得出了神，连最后一次点点头都没有想到。她慢慢地远去了，不见了；他眼看着她的列车在黑夜里消失。像两个流浪的星球似的，他们俩走近了一下，又在无垠的太空中分开了，也许是永久地分开了。"傅雷先生知道，国人表达爱情是含蓄的，矜持的。于是通过他精湛的译文技艺，准确道出罗兰心声，也迎合了国人欣赏口味。

"选择原作好比交朋友：有的人始终与我格格不入，那就不必勉强；有的人一见如故，甚至相见恨晚。"傅雷一定是位性情中人，他从内心认同罗兰，认可他的《约翰·克利斯朵夫》，就会很在意，难以割舍。这种相遇是愉悦的，幸福幸运的。对傅雷来说，罗曼·罗兰的《约翰·克利斯朵夫》提供了一个展示他才华的舞台，傅雷也让罗兰走进并留驻国人心里，使他的艺术生命在东方得以延伸。现代文学评论家称傅雷是罗兰在中国理想而忠实的代言者，傅雷先生确实不辱使命。

对此我对傅雷先生敬重有加。喜欢他的才情，睿智和严谨。可就这样一位才子最终也没能逃过命运中的那一劫。"文化大革命"中，他与夫人朱梅馥含冤双双自缢身亡。自尽前，夫妻俩将一床棉絮小心地铺在方凳下，那是担心方凳踢倒时会发出声响，影响了别人休息。弃世前，托内弟结清了当月五十五元的房租，给保姆留下一个旧挂钟，一张六百元存单，作为她过渡期的生活费。最后剩下的五十三元却是留给自己与夫人的火葬费，离世的过程没有一丝一毫的疏忽。

悲剧发生在上海的一座三层小楼里，双双含恨离世的地方是他们最后的家，也是他们住了最久的地方，傅雷先生在这个小楼的二层书房里完成了罗曼·罗兰的《约翰·克利斯朵夫》的翻译。此书的翻译过程也异常辛苦，在译完了一百二十万字的书稿后，他觉得不满意，接着又花了两年时间重新翻译一本，其间每天八点起床工作至深夜。此书出版时，正值抗战爆发，约翰·克利斯朵夫的英雄主义气慨激励了一批批爱国的热血男儿出征沙场，英勇杀敌，为国捐躯。

读他的遗书受的教育绝不亚于读他的家书。整整三千字，无一差错，这是一份无言的抗争，尽显傅雷先生作为那个年代的知识分子"士可杀，不可辱"的高贵气节。正如他们墓碑上刻着的那十二个字："赤子孤独了，会创造一个世界。"

先生这颗蓄满大爱通透的心灵啊，谁能安抚！细想不禁潸然泪下。

余华的生命解读

　　作为生命的个体，我曾试着用哲学的角度对生命下过定义，也无数次审视过生命的意义。我对人生的认识较为肤浅，和大多数人一样，认为生命只是个过程，我们为了生存而活，为了生活而活。活着，看人生百态，尝酸甜苦辣。赤条条而来，又赤条条而去。死去，对于世界而言，就是离开，人，只是过客。直到读到余华的《活着》，迎来了我生命中最重要且最深刻的一场视觉体验，或者是最深刻的内心反省。

　　余华在韩文版《活着》的自序中写道："这部作品的题目叫《活着》，作为一个词语，'活着'在我们中国的语言里充满了力量，它的力量不是来自于喊叫，也不是来自于进攻，而是忍受，去忍受生命赋予我们的责任，去忍受现实给予我们的幸福和苦难、无聊和平庸。"余华给了我一个关于生命的全新理念，他除了告诉我们该如何去承受生命之重，譬如苦难，譬如绝望，还有活着本身的哲理。

　　品读余华，沉重之余更多的是思考：人为了活着本身而活着，还是为了活着之外的事物而活着？而这些思考都随余华冷酷的笔调，不露声色的叙说一一展开的：从少爷福贵的放荡荒诞到家道中落，从妻离子散到孤家寡人，命运一波三折，简陋的欢乐似乎刚刚露芽，噩梦再次萦绕，且凶险一浪高过一浪。老之将至，福贵身边的亲人都毫无征兆，近乎残忍地死去，临了只有老牛作伴，苦苦等死。尝尽人生百味，福贵说："我也想通了，轮到自己死时，安安心心死就是，不用盼着收尸的人，村里肯定会有人来埋我的，要不我人一臭，那气味谁也受不了。我不会让别人白白埋我的，我在枕头底下压了十元钱。"

　　余华笔触下表露出对死的平静、包容，以及对抗命运的决绝与冷酷态度，留我等读者错愕当场，人的命运都要经历这样的大喜大悲吗？走过动荡岁月，无奈接受命运的捉弄？况且现实是如此的无情与残忍，活着该要拿出怎样的勇气去接纳苦痛？该要积蓄多少坚忍去应对命运的不堪？

　　《活着》发表于 20 世纪 90 年代初，余华刚过而立之年。于这个年龄而言，能如此理性剖析生命本质，如此透彻感悟人类的生存和灵魂，获得那份对善与恶、悲与欢理解后的超然，担负起一个作家向人们解读生命，展示高尚的责任，想想都先锋。同时代的作家有这份使命感的不多。

五

中学毕业后，做过五年牙医的余华弃医从文，进了县文化馆工作，又迎娶了在北京鲁迅文学院进修期间结识的女诗人陈虹，并迁居北京。二十七岁的他发表了短篇小说《十八岁出门远行》，桀骜不驯的气质，先锋派的姿态令他一举成名。从此开始了真正属于他自己风格的小说创作，舍了传统的文学创作理念，舍了先锋前期的血腥、残暴、惊悚，删繁就简，奔了返璞归真的写实风格而去。先后创作了《兄弟》《许三观卖血记》《活着》《在细雨中呼喊》等。《活着》和《许三观卖血记》入选百位批评家和文学编辑评选的"九十年代最有影响的十部作品"。

是什么力量召唤他在远离动荡，经济走向繁荣的八九十年代，去涉及这么个令人战栗的命运主题，体验欲哭无泪的压抑心情，解读一个人和他自己命运，和时代命运之间的关系，也许这正是作为一位先锋作家与生俱来的可贵的勇敢探索精神吧。

谈及他的创作的缘起，余华说："我听到了一首美国民歌《老黑奴》，歌中那位老黑奴经历了一生的苦难，家人都先他而去，而他依然友好地对待世界，没有一句抱怨的话。这首歌深深打动了我，我决定写下一篇这样的小说，就是这篇《活着》。"

"我觉得我所有的创作，都是在努力更加接近真实。我的这个真实，不是生活里的那种真实。我觉得生活实际上是不真实的，生活是一种真假参半、鱼目混珠的事物。"我特别认同他的这一观点，文学作品从根本上说是虚构想象，用文字的叙述，淡化社会事件的叙述，面向内心，面向人性和命运。他们更愿意进入人性和命运的拐弯处，凭借作家的超越性，有别于庸常人生的复杂性，锐利的洞见力在作品里开掘一方天地。譬如余华在《活着》里写了 N 个死，只是为了揭示人性之恶，生存之难。为我们揭示即便生命的最终归宿都是死亡，却依然要在这条活着的道路上执拗前行的要义。

莫言称余华是个清醒的说梦者："尽管这家伙有时说话期期艾艾，双目长放精光，却是一个具有很强理性思维能力的人。他清晰的思想脉络借助着有条不紊的逻辑转换词，曲折但是并不隐晦地表达出来。具有在小说中施放烟雾弹，在烟雾中捕捉亦鬼亦人的幻影的才能，而且是那么超卓。"

可以看出，莫言喜欢他独步雄鸡式的自由傲慢，喜欢他不艳俗不矫饰的文字呈现，更喜欢他不做作的创作态度。"把中国人真实的生存状态不加修饰地呈现出来，揭示了当代中国社会个人命运与权力意志之间不可抗衡的灾难性景象，也凸显了人性之爱。从特定的历史苦难中发现了爱的宽广、无私与无畏。"

写到这里时，我的内心无法不柔软，无法不崇拜。眼前会出现这么一个场景：福贵守着一头老牛，在死亡的伴随下活着，表情木然，目光混浊，分不清是悲伤，还是无奈。接下来他要去哪里？世界如此广阔，他又是如此微小。他让我想到我已老去的祖辈，正在老去的父辈，还有终将老去的自己，感悟生命力的绵延不绝，从而获得超越性的视野和更终极的关怀。

王小波热

王小波这个名字于周围人眼里，只是一个普通到不能再普通的符号，无异于隔壁老五、街头小张，芸芸众生，一呼百应。这个大众化的名字，在我看来第一印象便是好记，把"王小二"的"二"字改成"波"，就是他了。

王小波，中国当代作家，学者，但是这个名字被后人热议，还是从他猝然离世开始的。一个好友，借给我一本书，书名叫《我的精神家园》，这是我第一次接触到他的作品。翻开第一页，幽默、讥讽、才智的文字吸引了我，我被逗乐了。他的文字潇洒快意，这份潇洒来自他对人间万物的好奇，快意则体现在能说、敢说辛辣话，说有人味的话。当时就认定，这是我阅读过的所有杂文中最妙的，几乎篇篇都是经典。我用心反复读了好几遍，总觉不过瘾，就索性跑去书店买了一本。

捧着书走出店门的那一刻，心满意足极了，觉得拥有了它，这个时不时坏笑着，样子有点痞，又不乏思想的人算是被我领回了家，从此就不再怕他轻易遛脱了。这种感觉真是妙不可言，甚至有点痴嗔。后来，总算有一位大伽佐证了我的痴嗔，他就是高晓松。他是这样评价他的："以我有限的阅读量，王小波在我读过的白话文作家中绝对排第一，并且甩开第二名非常远，他在我心里是神一般的存在。"

当年，王小波在我心中，何尝不是"神一般的存在"，他的名字几乎成了我心目中"特别"两字的代名词。他生在北京，长在革命知识分子家庭。初一遇上那场"运动"，支边去了云南兵团。日复一日的劳作、无处释放的青春，让他走上写作之路，想用文字救赎自己的灵魂与肉体。从他的个人经历和作品里，我们能感知他超乎常人的丰满，他享受生活，但不粉饰生活的痛苦，富于思考。当然，后来最被人们津津乐道的，当数他与李银河从互相嫌弃到两情相好的爱情故事。

开始大规模寻找他的作品，正好是他离世周年祭的日子。当时，网络、电视、报纸铺天盖地的都是他的名字，当然还有一个名字也是同时被映入脑际的，就是他的爱妻李银河。那一年，我读到了他的小说四部曲——《黄金时代》《白银时代》《青铜时代》《黑铁时代》，他的杂文，除《我的精神家园》外，还读过《沉默的大多数》《地久天长》，以及纪念评论集《浪漫骑士》《不再沉默》等，且逐本收入囊中，整齐划一放置于家里书架最显眼的位置，以表明这个人在我心目中的位置。

那时的阅读速度是惊人的，差不多两三天就能拿下一部，尤其是"黄金、白

五

银"两时代，几乎是呼啸而过，读得昏天黑地，两眼发痛。一直读到苦涩难懂的《黑铁时代》，终因故事情节太过奇幻才踩了急刹车。读不下去的另一个原因，正是因为写黑铁，他心力交瘁，犯心脏病猝死。听说离世时，他是极度痛苦的，头抵墙壁，鲜血直流。墙上有牙齿刮过的痕迹，地上落了一大片墙灰……可见当时，心脏病发作时有多惨烈。那个凌晨，妻子李银河正在剑桥大学做访问学者，只有他独自一人在家，没人可求救。或许是病症来临时身体做出的一种本能反应，或许是那颗智慧的头脑在尚且清醒时，为了不再承受这样的痛苦，果断选择了撞墙？我始终有几多猜测与不忍，其实是不愿去相信猝死的事实。

小说中我最喜欢他的前三部，特别是《黄金时代》，在他四十五年有限的生命中，拿出整整二十九年的时间用来创作这部作品，可以说从起稿到出版，倾注了他毕生的心血。以至于我第一次读到如此露骨、如此坦然、不加掩饰的语言，以及字里行间透出来的智慧，看似颓废的故事里透射出来的人性美，就被他的文字魅力深深折服，会有种"不读不快"之感，什么样的人可以用这样的文字写出这样故事？看完《绿毛水怪》，周边认识的女生的绰号多半改成"妖妖"了。看完时代三部曲，突然发现几位好友的QQ昵称都改叫王二了，以至于我都分不清谁是谁，急中生智，修改了他们的备注姓名，分别标注为王二（1）、王二（2）、王二（3），看上去长长的一串"王小二"。

我在《我的精神家园》，读到一篇《一只特立独行的猪》，文中有一段对种猪交配情形的阐述："疲惫的种猪往往摆出一种肉猪才有的正人君子架势，死活不肯跳到母猪背上去。母猪的任务是生崽儿，但有些母猪却要把猪崽儿吃掉。总的来说，人的安排使猪痛苦不堪。但它们还是接受了。"之前，我好像从没见过如此大胆、直接、直言不讳的文字，在他细腻的带有情绪化的描述中，给我们带来满眼的色彩，满嘴的况味。又不难发现，在逗人笑的同时，他并没有忘记要用他的黑色幽默来巧妙地表达他的思想。通过对生活的热烈探索，他的文字在原本干巴巴的一撇一捺中，注入了一个个活生生的灵魂，与他本人一样，充满了灵动与烟火气，转眼还透出那么一丝的怅然。以至于有段时间，我在与朋友聊天中，经常会不自觉地问，你读过王小波的杂文吗？

一次，我与小一辈的文艺青年又聊起这些感受，他们不屑的神情着实给我的热情浇了一盆冷水，也让我觉得自己似乎真的有点过时了。因为他们的表情分明在告诉我：你只知道王小波，那是因为你还不认识韩寒。他们又直言，王小波冷嘲热讽、插科打诨，只是给阅读带来一些快感而已。听完，我的嘴巴张成了一个大大的圆，一时半会合不拢，不知道是我惊着他们还是被他们惊着了，反正当时除了不服气还有点替王小波打抱不平，后来冷静下来，想想也不奇怪。我接触"王小二"的时代是20世纪90年代，网络还停留在QQ聊天、游戏、发表情玩的时代。"王小二"去世后好几年，网络写作才迅速蹿红。当"王小二"式随意、轻松、调侃的文体在网络上被不断复制时，韩寒、郭敬明这样的网络写手才被挖掘出来。都说第一个吃螃蟹的人了不起，那么当第二个吃的人在评论螃蟹的肥瘦而不用再考量尝试的勇气时，你能责怪第一位不如第二位吃得从容优雅吗？

在那个还不怎么开放的年代，王小波敢于"我笔写我口，我口说我心"，用他有点粗俗又有点高尚，有点波澜不惊又有点静水流深的文字，来阐述他的观点，抨击时弊，口无遮拦地说大实话，天马行空，我行我素，这才是他的牛逼、霸气、特立独行的过人之处呢。这也是他生前作品"落灰"，死后"复活"的原因所在。想来不禁让人倍感唏嘘，只可惜他死得太早了，要是现在还活着，还会有某些人什么事呢？

所以"王小波热"最终会在他永久的沉默中爆发，也是意料之中的。

五

图书在版编目（CIP）数据

蛟川风情 / 叶喆斐著 . —杭州：浙江工商大学出
版社，2022.6
　（镇海作家文丛 . 第三辑）
　ISBN 978-7-5178-4961-2

　Ⅰ . ①蛟⋯ Ⅱ . ①叶⋯ Ⅲ . ①散文集—中国—当代
Ⅳ . ①I267

中国版本图书馆 CIP 数据核字（2022）第 088875 号

蛟川风情
JIAOCHUAN FENGQING
叶喆斐 著

责任编辑	沈明珠
责任校对	何小玲
封面设计	宇　声
责任印制	包建辉
出版发行	浙江工商大学出版社
	（杭州市教工路 198 号　邮政编码 310012）
	（E-mail：zjgsupress@163.com）
	（网址：http://www.zjgsupress.com）
	电话：0571-88904980，88831806（传真）
排　　版	杭州宇声文化艺术有限公司
印　　刷	杭州良诸印刷有限公司
开　　本	710mm×1000mm　1/16
印　　张	106.5
字　　数	2145 千
版 印 次	2022 年 6 月第 1 版　2022 年 6 月第 1 次印刷
书　　号	ISBN 978-7-5178-4961-2
定　　价	398.00 元（共 9 册）

镇海作家文丛·第三辑

郑毓岚 著

蛟川漫录

浙江工商大学出版社
ZHEJIANG GONGSHANG UNIVERSITY PRESS

总　序

适逢宁波市镇海区第四次文代会召开之际，"镇海作家文丛"（第三辑）带着清新的墨香，和大家见面了。

镇海底蕴深厚、人文渊薮，为文学艺术提供了丰厚的创作土壤，文学人才辈出。进入新时代，文学氛围更加浓厚，创作成果不断涌现，有一定影响的一批创作人才脱颖而出。自镇海区第三次文代会召开5年来，已出版各类文学作品70余部。其中，3部作品获宁波市"五个一工程"奖、1部作品获浙江省"五个一工程"奖、1部作品获冰心儿童文学新作奖、1部作品获"宁波文艺奖"。

为迎接镇海区第四次文代会召开，进一步展示近年来镇海作家的创作成果，鼓励和扶持文学新人，镇海区文联于2021年启动了"镇海作家文丛"（第三辑）组稿工作，从20部申报作品中选取9部形成本辑。丛书以小说、散文体裁为主，其中有对镇海山水的细腻描述，对日常生活细节的敏锐捕捉，充分展现了镇海作家着眼时代、扎根生活、锐意创新的精神风貌。丛书的面世，有力推动了镇海文学事业的繁荣发展，也为镇海高质量发展建设共同富裕先行区提供了精神动力，为满足人民对美好生活的追求提供了智力支持。

2022年下半年，党的二十大即将胜利召开，我们将朝着全面建成社会主义现代化强国的第二个百年奋斗目标迈进。伟大复兴呼唤伟大作品，我们期待和相信每一位镇海作家，都能牢记文艺使命担当，勇立时代潮头，自觉承担起启迪思想、传播理念、凝聚共识的重任，与人民同呼吸、共命运，通过文学作品描绘新时代、新图景，讴歌真善美，传递正能量，充分开掘深厚而独特的镇海文化底蕴，彰显艰苦奋斗、勇于进取的镇海精神，讲好精彩动人的镇海故事，让更多人看到壮阔美好的镇海新气象。

是为序。

本书编委会
2022年仲夏

自　序

镇海，古称浃口，别名蛟川。古人有好多文学作品往往喜欢以"蛟川"冠名，如《蛟川走书》《蛟川耆旧诗》《蛟川诗系》《蛟川耆旧诗》《蛟川诗话》《蛟川竹枝词》等。漫录，是随笔记录的意思。

镇海是我的家乡，我生于斯，长于斯，工作于斯。我热爱这块土地和生活在这里的人们。作为一个镇海人，我原先对镇海的历史文化知之甚少。2010 年，我有幸参与郑氏十七房族史方面的研究工作，要挖掘这些历史材料就得钻进故纸堆。为此，我查阅了历代《镇海县志》和其他《郑氏家族宗谱》，发现有不少资料缺乏史料依据，如"四恒钱庄""老凤祥银楼""乾隆儿子成亲王来十七房"等，均无可靠史料证实；有些人物与龙山西门外郑氏混在一起，如全盛信局郑景丰、造船业先驱郑良裕、锦灰堆画家郑达甫等，均属西门外郑氏家族。因而误导读者，虽然进行纠正，但至今还有人以讹传讹。我觉得写文史资料的作品，一定要有"出处"，多查资料多考证。

2012 年我受聘于镇海区委党史研究室，参与《中国共产党镇海历史（第二卷）》的编写工作，开始接触大量地方历史文献，这使我深深地感受到镇海历史文化底蕴之深厚，为了让大家了解镇海历史，我有责任把这些历史材料写成文章，把家乡的过去介绍给大家，让新老镇海人知道镇海历史上的人和事，起到传承历史文化的作用。于是几年来，我利用工余时间陆续撰写了一些文史类文章，发表在市、区报刊上。

镇海，是一块古老的土地。根据地质学家和考古学家的研究，七千年前镇海县境是一片大海，只有三条山梁露在海面。那就是西北面自望海尖至澥浦附近的四明山脉，南面由太白山向东到崎头入海的天台山脉，中间是由育王山岭分叉出来走向东北的长山山脉（灵峰山）。距今七千年所谓"卷转虫海侵"的鼎盛时期，海岸线就是现在的山脉线。汶溪、河头是古时海湾，鱼山、乌龟山遗址考古证实，史前文化遗存距今约四千三百至六千五百年，有人类活动的痕迹。"海退"开始，平地才逐步露出，起先只是所谓的"斥卤之地"的盐碱沼泽，经过几千年来的洪水冲击和湖海淤积，后经人们长期筑塘围垦改造自然，才有今天的面貌。

镇海，素有"浙东门户"之称。招宝山雄踞口岸之北，与南岸金鸡山对峙，为历代海防要塞，是兵家必争之地，东晋时就有浃口之役。南宋时期，宋高宗赵构为避金兵，到过镇海。元明以后，镇海成为抗倭、抗英、抗法、抗日主战场之一。据不完全统计，自东晋以来历经大小战事40余次，留下许多可歌可泣的英雄业绩，在这片英雄的土地上，一代又一代爱国志士，用自己的血肉，凝聚成不畏强暴、抵御外侮、自强不息的民族精神，为后人留下了生动形象的爱国主义教学题材和海防遗址。

镇海，是海上丝绸之路起碇港之一。唐宋时期，镇海对外贸易繁荣，各国使者来往不断。镇海口成为外国来使与贸易商团通往中原的必经之道。据史料记载，唐天宝十一年（752），日本孝谦天皇（718—770）派出遣唐使乘三艘大船从大浃江（甬江）入口至明州，使者转道长安，为首次抵明州的日本遣唐使船队。随着国外使者的往来和海外贸易的发展，宋淳化三年（992）四月，原设在杭州的两浙路市舶司迁至明州，置市舶务于定海（镇海），后移明州。宋天圣元年（1023），台州商人陈维志等六十四人，自明州航海出镇海口往高丽贸易。宝元元年（1038），明州人陈亮与台州人陈维积等一百四十七人航海，从定海（镇海）出发到高丽贸易。

镇海，有着灿烂的历史文化，出了好多历史人物和文化名人。唐时有湖塘乐仁规、乐仁厚兄弟，"一门两尚书"；南宋有"明州淳熙四先生"之一的思想家沈焕；明代有城内薛家弄薛氏，又出了"兄弟尚书"薛三才、薛三省；清代有大文学家姚燮；等等。还有文学世家谢氏，先祖为谢宇，字用乾，平江人，又称平江谢氏。南宋建炎二年（1128），谢宇以进士授定海（即镇海）令，后殁于任上，当时金人南侵，道路荆棘，棺椁难以北归，殡葬铁观音山，绍兴元年（1131）葬于东管乡（五里牌一带）。其后人科甲蝉联，明、清时期谢氏一族出进士十人，出举人二十七人，诸贡三十七人，生员（秀才）一百七十二人，以谢泰宗最为出类拔萃。谢氏以诗书相传，藏书过万卷，书香满雄镇。姚燮编录的《蛟川诗系》中，谢氏有八十多人的诗词录入其中。后人这样评论："吾邑世族，自明中叶延续清末，历时三百年，既久且硕，递传十余世而代有闻人者，实推谢氏为诗书官宦望族。"并誉之为"吾邑风雅之大宗"。硕儒俊彦篇，意在让大家更好地了解这些人物。

镇海，是商帮故里。旧有四大商帮家族，分别是柏墅方氏、骆驼桥盛氏、十七房郑氏、小港李氏，都以经商致富。在那个年代，为求生存与发展所走过的创业历程和敢为人先的追求，生生不息，经久不衰形成大族。长期以来，一代又一代镇海人重工兴商，开拓闯荡，特别是经过近代以来的发展，涌现了一大批工商巨子和社会名流，享誉海内外，蜚声全世界。他们在艰辛的创业过程中，形成了独特的精神品格——怀有一颗报效祖国和家乡的赤子之心。编写这些史实，不仅仅只是为了怀旧与回忆，更多的是为了借鉴和弘扬。尤其在建设社会主义和谐社会的今天,学习镇海商帮的经营理念,传承镇海商帮的诚信美德,弘扬镇海商帮爱国爱乡的崇高思想,对奋斗者与建设者无疑是种激励与鞭策。

　　这次区文联组织出版第三辑《镇海作家文丛》,我将文史类文章汇编成册,奉献给大家。"知我镇海,爱我镇海",本书若能对读者了解镇海历史文化有所帮助,我将深感欣慰。

郑毓岚

2020 年 8 月 26 日

目 录

古迹遗踪

镇海历史溯源 …………………………………………………… 002

南山书院 …………………………………………………… 006

镇海水军与船场 …………………………………………………… 008

桃花渡旁话船场 …………………………………………………… 010

烽火狼烟古炮台 …………………………………………………… 012

追踪镇海古城墙 …………………………………………………… 017

澥浦古镇记忆 …………………………………………………… 019

汶溪留有文种史迹 …………………………………………………… 024

漫话镇北古道 …………………………………………………… 026

中大河上古碶堰 …………………………………………………… 029

山水胜景

招宝山十二景 …………………………………………………… 036

中大河畔三集镇 …………………………………………………… 041

海防要塞威远城 …………………………………………………… 045

潮音洞遗闻 …………………………………………………… 047

吴公纪功碑亭 …………………………………………………… 050

诗意古村秦家岙 …………………………………………………… 052

走进古村杜梁岙 …………………………………………………… 055

纵观洪氏民居古建筑 …………………………………………………… 057

万弓塘记忆 …………………………………………………… 060

前大河与古桥 …………………………………………………… 063

寺庙古韵

招宝山圆通宝殿……………………………… 068

俞公生祠与碑记……………………………… 070

治水英雄黄文揆……………………………… 072

郑氏女祠"洽礼堂"…………………………… 074

漫话澥浦都神殿……………………………… 076

闲话澥浦新阜庙……………………………… 077

汶溪西方寺…………………………………… 079

净圆寺前世今生……………………………… 081

民俗风情

元宵灯会……………………………………… 084

立夏节记忆…………………………………… 086

五月端午话粽香……………………………… 088

七月七女人节………………………………… 090

中秋话月……………………………………… 092

过年做金团…………………………………… 094

年关到做年糕………………………………… 096

掸　尘………………………………………… 098

祭灶神………………………………………… 100

过年往事……………………………………… 102

望族轶事

十八衙樊氏世家……………………………… 106

谢氏书香满雄镇……………………………… 111

百年商帮柏墅方……………………………… 114

慈镇望族东西盛……………………………… 119

闲话镇北两郑氏……………………………… 127

薛氏一门两尚书……………………………… 131

贝氏一门两将军……………………………… 133

五百年古村洪家……………………………… 138

硕儒俊彦

南宋大儒沈焕 ······················· 146

大理寺卿夏时正 ···················· 152

浙东名儒谢泰宗 ···················· 154

沃颎与内乡县衙 ···················· 159

姚燮与小有居 ······················· 161

办学楷模盛炳纬 ···················· 163

清末解元陈脩榆 ···················· 167

藏书家张季言 ······················· 169

商家翘楚

五金大王——叶澄衷 ··············· 172

粮食大王——阮雯衷 ··············· 176

金子大王——王伯元 ··············· 180

造纸大王——金润庠 ··············· 184

化工大王——方液仙 ··············· 189

国货大王——王性尧 ··············· 194

煤业大王——谢蘅窗 ··············· 199

钢铁大王——余名钰 ··············· 204

珍贵片羽

王师真火烧英舰 ···················· 210

藏羌健儿赴浙抗英记 ··············· 212

丰碑留梓荫　威望震欧洲

　　——记抗法名将吴杰 ········· 217

他曾经是毛泽东身边的笔杆子

　　——记延安时期的余光生 ···· 224

徐雉：新文化运动的弄潮儿 ······ 230

寻访陈寿昌烈士革命足迹 ········· 235

镇海"七一七"抗日纪胜 ········· 239

镇海"四一九"失守 ··············· 243

后　记 ······························· 247

古迹遗踪

镇海历史溯源

　　镇海古为沧海。根据地质学家和考古学家的研究，七千年前镇海县境是一片大海，只有三条山梁露在海面。那就是西北面自望海尖至瀚浦附近的四明山脉，南面由太白山向东到岵头入海的天台山脉，中间是由育王山岭分叉出来走向东北的长山山脉（灵峰山）。在距今七千年以前所谓"卷转虫海侵"的鼎盛时期，海岸线就是现在的山脉线。汶溪、河头古时海湾，鱼山、乌龟山遗址考古证实，距今约四千三百至六千五百年，镇海就有人类活动的痕迹。"海退"开始，平地才逐步露出，起先只是所谓的"斥卤之地"的盐碱沼泽，经过几千年来的洪水冲击和湖海淤积，后经人们长期筑塘围垦改造自然，才有今天的面貌。

　　镇海古称浃口，为越国东境。越国约建立在夏商至西周时期，有自己的语言和文化。相传，今汶溪村为越国著名大夫文种故里。战国中期，越被楚所灭，越民四散，"滨于江南海上"，镇海一带沿海地区成为越民逃散地之一。秦始皇大一统时，"降越君，置会稽郡"，从此越民族和中原华夏民族在长期交流接触中融合成为汉族。在秦代，镇海境内人口稀少，据推测不会超过千人。随着镇海陆地的成长和开发，部分移民迁入镇海，特别是中原战乱、晋代五胡乱华和唐末五代十国混战，有一部分移民进入镇海。

　　浃口历代为兵家相争之地。在东晋时开始风云变幻，战火纷飞，有浃口之役。东晋隆安二年（398），爆发王恭之乱，世奉五斗米道孙泰以为晋祚将尽，乃以讨王恭为名，私合徒众数千人，准备起事，后被会稽王司马道子父子发现，诱斩了孙泰与其六个儿子。其侄孙恩逃入海岛，聚众百余名立志要为伯父复仇。孙恩撤回海岛，重整军事，"伺人形便"。

　　隆安三年（399），逃入海中的孙恩卷土重来，率众登陆浃口，便攻克会稽（今浙江绍兴），杀内史王凝之，吴兴、临海及义兴三郡太守弃郡逃走，于是以上四郡及吴兴、永嘉、东阳及新安共八郡都有人起兵响应孙恩，又大杀官员。孙恩自号"征东将军"，徒众为"长生人"。义军声势浩大，朝廷命谢琰加督吴兴、义兴二郡军事，与都督吴郡军事刘牢之前往镇压，成功杀死义兴的孙恩部属许允之，迎太守还郡，后又击破吴兴的孙恩部属丘尪。在朝廷的镇压下，孙恩再次逃往海岛，而朝廷担忧孙恩会再度侵袭沿海，于是派谢琰与会稽内史一起都督五郡军事。

谢琰无论资历还是名望在会稽都极有地位，当时议论的人都认为他必定能安定当地。而谢琰亦轻敌，到郡后既不安抚士民，亦不修整武备。

隆安五年（401）二月，孙恩率部众再入浃口，攻余姚，破上虞，抵山阴县北之邢浦，谢琰初遣参军刘牢之击退孙恩。五月，孙恩三入浃口，再进邢浦，上党太守张虔硕战败，孙恩于是一直向会稽进发。当时人心惊骇，部将皆认为应该严密防备，在南湖设水军列阵，并分派伏兵突击来袭义军，然而谢琰都没有听从。五月己卯日（七月七日），孙恩兵临会稽，谢琰尚未吃饭就要出战，先遣广武将军桓宝为前锋，杀敌甚多。但后来谢琰在河塘之间的窄路行军，为孙恩军在船舰中射箭攻击，谢琰军队因而前后断绝，在千秋亭败于孙恩。当时谢琰帐下督张猛从后砍谢琰的马，谢琰堕地被杀，二子谢肇和谢峻亦同时遇害。隆安六年（402）三月，临安太守辛景出兵讨伐，孙恩战败赴海自沉。

到南北朝，浃口开始屯兵设戍。宋泰始五年（469）初，临海人田流自号"东海王"，逃窜会稽鄞县边海山谷中，立屯营，分布要害，官军不能讨伐。明帝遣直后闻人袭说降之，田流假降，授其为龙骧将军，到达海盐后，放兵大掠而反。是冬，杀鄞令耿歆，东境大震。六年（470）明帝派龙骧将军周山图将兵屯浃口，广设购募。后田流为其部下杜连、梅洛生所杀，两人各领自己人马在浙东一带沿海活动。至七年（471），周山图在浃口兵精粮足，分兵讨伐，田流两部属都被周山图扫平。

永明四年（486），南齐草民头目唐之攻陷钱唐，吴郡各县县令大多弃城逃走。唐之在钱唐称帝，封立太子，设置文武百官。接着，又派他的大将高道度等人攻陷东阳，杀东阳太守萧崇之。唐之又派大将孙泓进犯山阴，孙泓率军走到时，浦阳江郡丞张思祖命浃口戍主汤休武迎战孙泓，孙泓被汤休武战败。武帝派几千名禁军，几百匹战马，往东进攻唐之。禁军抵达钱唐，唐之手下为一群乌合之众，对骑兵都十分惧怕，双方刚一交战，唐之全军崩溃，禁军抓获唐之，将他斩首，进而平定叛乱，夺回各郡县。

唐宝应元年（762），临海人袁晁，原是台州胥吏，不肯残虐百姓，因征赋不力，而遭受鞭背之刑。他在翁山（今舟山岛）率众起义，当时浃口为明州鄞县东境，入浃口攻破明州后，随后连续攻克台、衢、温、婺、越、信、杭、苏、常等江东十州，一路所至，贪官污吏望风披靡，义军很快发展到二十多万人。接着又以临海为根据地，建立政权，年号"宝胜"。袁晁起义震惊朝廷上下，朝廷派李光弼率领精锐部队前来镇压，前后十余战，义军失败。

唐中晚期设望海镇。元和四年（809），分出鄞县地，由浙东观察使薛戎奏请："望海镇俯临大海，与新罗（朝鲜古国）、日本接界，请据敕文不隶明州。"朝廷许之。于是在甬江海口设置望海镇，为战略要地，不归明州管辖。

乾符二年（875），王郢任浙西狼山镇遏使，因节度使克扣衣粮，与同伙六十九人，发动起事，乾符三年（876）发展至万余人，攻陷苏州、常州（今江苏），转攻浙江、福建。乘船由江入海，攻克望海镇、掠明州，进入浙东等地，又陷台州（今浙江临海）。乾符四年（877）正月，王郢诱捕温州刺史鲁寔。朝廷乃以宋皓为江南诸道招讨使，发诸镇五万兵剿王郢。

乾符四年（877）二月，王郢又陷台州。唐廷又诏两浙、福建出舟师进讨。镇海节度使裴璩密招王郢部将朱实，封他为金吾将军。朱实率六七千人投降，王郢部众开始散去。王郢聚集余众，退到明州。闰二月，与甬桥镇遏使刘巨容交战中，王郢中箭身亡，余党皆平。

中和四年（884），浙东观察使刘汉宏谋图割据两浙，命朱褒督造大舰，在望海镇演习。光启二年（886），杭州刺史董昌命令钱镠出战，刘汉宏被击败。后梁开平三年（909）五月，吴越王钱镠巡视明州，时命建土城，周长四百五十丈，濠三百余丈，改望海镇为静海镇。闰八月，吴越王钱镠因望海镇地处滨海口，有渔盐之利，奏置望海县。另据《十国春秋》《吴越备志》作静安县，为建县之始。不久，改为定海县（今镇海）。

北宋淳化元年（990）置市舶司于定海（今镇海），后移于明州。凡大食（阿拉伯）、古逻、阇婆（印尼）、占城（越南南部）、真里富（柬埔寨）等诸蕃通商，均经定海至明州交易。熙宁七年（1074），高丽使金良鉴来朝进贡，要求入使改道，由定海转明州赴京，朝廷答允。十年（1077）鄞县之奉晏、灵岩、泰邱划隶定海。元丰元年（1078），朝廷派安焘、陈睦乘坐明州制造的"凌虚致远安济"与"灵飞顺济"两艘万斛大舰，自定海出使高丽，船至其国，万民欢呼出迎。后与高丽交往频繁，在县城东南筑航济亭，作高丽使者往返迎送赐宴之所。

南宋建炎三年（1129）农历十二月，金兀术领兵南侵，陷临安、越州，十二月十五日宋高宗赵构逃往明州，出东渡门登楼船，十七日至定海（今镇海），十九日到达昌国县。建炎三年（1129）农历正月十六，金兵陷明州，乘夜大雨震雷破定海（今镇海），以舟师追袭赵构于海上，不及。此时赵构至温州。金兵焚劫定海、明州、杭州等地，大掠北上。三月十九日，赵构皇帝自温州出发至定海后转明州去临安。绍兴二年（1132）置沿海制置司，先后增水军 4000 人，由统制、统领等率领进驻定海（镇海）。宋高宗为避金兵南渡，移民镇海的人更多，南宋末期（1227），镇海开始有第一份人口统计，当时共有人口数 56492 人，常住户 17471 户，人口数 49951 人；客居户数 1648 户，人口数 6541 人。

元至元十三年（1276），南宋将领张世杰驻兵定海巾子山，元都统卞彪奉命前来说降。张世杰起初以为卞彪是来归顺自己的，便在山寨摆宴，盛情款待。席间，卞彪陈说降词，张世杰大怒，"断其舌、裂其尸"，以示不屈。四月，世杰率军入福建。十八年（1281）八月初一，元右丞相范文虎率兵 10 万，由定海（今镇海）等地渡海征日本壹岐、平户等岛，遭飓风后船舰损坏，未交战而还。10 余万人仅存十分之一二。范命征东留后军分驻庆元口（即镇海口），时定海（今镇海）属庆元府。元大德八年（1304）农历四月，在定海（今镇海）设千户所，调蒙古军 300 人守之，以防倭寇侵掠。元至正二十七年（1367）十一月，朱元璋部下汤和攻克庆元城，并分别攻取定海（今镇海）、慈溪县，改庆元府为明州府。

明洪武元年（1368）定卫所制，信国公汤和在沿海督建卫所戍守。千户王及贤置木栅于旧城上。明洪武二年（1369）三月，倭寇侵入浙江境内，屡次劫掠明州等地；为防倭寇入侵，洪武七年（1374），千户端聚以石易木栅。洪武二十年（1387），信国公汤和建定海（今镇海）卫，以巾子山之基以固城，城高 2 丈 4 尺，底阔 1 丈，面宽 8 尺，周围 1288 丈。辟有 6 门，除小南门外，其余 5 门均筑有瓮城，小南门月城后由刘澄增建。朱元璋实行海禁，徙大榭、小榭岛居民至穿山，废昌国县，并入定海县（今镇海）。洪武二十四年（1391），天下郡县黄册编成，定海县（今镇海）籍户数 33756 户，人口 98805 人。永乐十三年（1415），都指挥余成，因北城濒海，堵封北门，留下另外 5 座城门，东曰"镇远"，南曰"南薰"，更南曰"清川"，西曰"武宁"，次西曰"向辰"。各门外都有吊桥；城上有敌楼 10 座，雉堞 2185 堵，警铺 39 处。巾子山巅为城之东北守口，置戍所，称瞭贼嘴。城有濠河，固若金汤。

清顺治十六年（1659）农历五月初一，明将郑成功率军攻定海县，自穿山登陆直逼江南，结阵 10 余里，炮攻县城。后由青峙下船，游弋功夫龙山后海，又转移至梅山港、青龙港及上王，继而移舶至昆亭，前后 10 余日始撤离。顺治十八年（1661）清政府强迫泰邱、海晏沿海 30 里居民迁于内地，并严禁出洋采捕。据康熙元年（1662）统计，全县在籍户数 11957 户，人数 30081 人。康熙八年（1669），因郑成功退保台湾，清政府准许居民撤桩拓界复业，并许近海采捕。康熙二十六年（1687）改定海县为镇海县，定海县之名历经后梁、宋、元、明至此，计 770 余年。次年，在昌国故址置定海县。

道光年间，英军率舰攻陷镇海，英军入城，焚烧县衙、水师营、参将署、演武厅、军器局及大批民房、寺观。搜括白银、文物，至近乡奸淫掳掠。引起镇海人民奋勇反抗，四处出击。光绪十一年（1885）农历正月十五，法国远东舰队在孤拔中将统领下，向镇海关发起进攻，被镇海军民击退，中法镇海之战威震欧州。

清宣统三年（1911）农历九月十五辛亥革命爆发后，全国响应。镇海于九月十六（11 月 6 日）宣告光复。以后国共两党合分、分合，经过内战、抗日战争、解放战争，镇海县城于 1949 年 5 月 26 日 6 时解放，迎来建立新中国的曙光。

（原载 2018 年《镇海潮》第二期）

古迹遗踪

南山书院

南山书院是沈焕平生讲学之地，在定海（今镇海）县治东（东长营弄）。清康熙年间修镇海县志的陈梦莲说："今海隅之地，端宪（沈焕谥号）为之创教，而蛟水（指镇海）化为洙泗（孔子教泽之代称），人文蔚起，至今称先生遗范不衰。"乾隆年间曾任镇海教谕的邵向荣作有《鲲池书院记》："镇海之有书院，自南山先生始，宋理宗赐额。"又据张懋延《蛟川诗话》载："邑东南隅有一宅，其门榜曰'南山书院'，盖宋孝宗御书以赐。"沈焕在家乡授徒讲学，形成自己的学派"定川学派"，学者称其"定川先生"，主要著作有《定川言行编》《定川遗书》等，倡全县诗礼之训的先河。

沈焕（1139—1191），字叔晦，定海崇邱乡沈家山下（今属北仑区小港）人，出身于书香门第、官宦世家。祖父沈子霖、父亲沈铢分别为宋绍兴五年（1135）和乾道二年（1166）进士。自幼受家庭影响，耳濡目染，对读书产生浓厚的兴趣。乾道五年(1169)，沈焕与叔沈锗一起上杭城赶考，殿试后揭晓，叔侄俩为同榜进士，按名次沈焕在其叔前。

沈焕入南宫后，仕途十分坎坷。他初授迪功郎上虞尉，在上虞三年，"砥砺名节，无秋毫私，增葺学舍，训导有法。"淳熙四年（1177）被调到扬州任扬州教授，教书以德育人，他对求学者循循善诱，启发这些人去自悟其道，培养了一批德才俱佳的学子。淳熙八年（1181）春，沈焕被调到太学任太学录，同时充当殿试考官，每逢皇帝面试考生时，沈焕在旁边为圣上点名唱序。沈焕外貌出众，"顾而美髯，伟仪观，尊瞻视，音吐鸿畅""帝伟其仪观，遣内侍问姓名"。孝宗皇帝被沈焕的风度折服，遣人问沈焕姓名，乃至数年后还念念不忘。

沈焕在太学录任职 8 个月时间。他主张以言行启迪后学，"三舍取士，当参以平日誉望，不当决于一纸"，反对一考定终身，而要考核考生的平时德业。结果沈焕以与"长官争议，非安静者，宜少裁抑之，以养其器，他日更拔用"而被排挤。孝宗皇帝不得不下旨让他补高邮军教授。后又到浙东安抚司任职，官至舒州通判。

书院是我国封建社会特有的一种教育形式，它是以私人创办为主，教育活动与学术研究相结合的高等教育机构。宋高宗赵构南渡后，官学可容纳的学子数量有限，无法满足广大士子求学、应考的要求，因而刺激了书院的发展。书院不是以科举为目的，而以讲学为指归。关于这一点，朱熹曾清楚地表示为："前人建书院，本以待四方士友，相与讲学，非止为科举计。"

淳熙五年（1178），朱熹由丞相史浩推荐知南康军，他心存感激来明州拜谒史浩。此行的另一个目的，则是拜访他所倾慕的沈焕。沈焕家在南山书院旁边，由于几代人均清廉为官，限于经济条件，只能用"蔬食菜羹"招待远道而来的贵宾。朱熹也喜欢食蔬，他到沈家有着宾至如归的感觉。朱熹原打算见个面吃顿午饭就走，但在沈焕的盛情招待下，两人一见如故，无话不谈，一连住了好几天。相互探讨理学，谈得很投机，"蔬食菜羹，相得欢甚"。

明代薛士学（字书岩）、周西（字方人）、许应祯（字孟祥）都有诗记其事。许应祯诗云："伟人何事驻车尘，把臂曾标两凤麟。一月话言良不薄，千秋公案到今新。清泉定照须眉古，苍藓难寻杖履春。想像印山城畔路，衡门岁晏尚留宾。理学衣冠南渡盛，鹅湖高弟溯先民。谁言滨海无多地，能使新安远问津。六籍渊源分简册，一灯风雨共床茵，追随自恨余生晚，山水悠悠松桂春。"朱熹与沈焕两人亲密地谈道论学，此事传为文坛佳话。

史浩也十分赏识沈焕的人品和才学，邀请他到月湖任教，另辟"真隐馆"一部分让好友沈焕设馆讲学，著书立说。沈焕让自己的弟弟沈炳也来帮忙授课。沈焕的讲堂叫"竹洲讲舍或书院"，每日前来听课的学子达数百之众。"木铎之声相闻"，说书院里的铃声此起彼伏，没一刻停息，可见当时书院的兴旺景象。由于沈焕他们的讲学对振兴月湖学风影响极大，从而形成了独树一帜的四明学派，世人独誉沈焕为"浙中之梁木"。

绍熙二年（1191），一代名儒沈焕逝世，光宗覃恩转奉议郎，赐绯衣银鱼。理宗即位追赠朝奉大夫、直华文阁，谥号端宪。许德裕《南山书院记》云："其生平讲学之堂曰南山书院，后即于书院祀先生。自宋元以来，每于冬至日，县令以牲帛祝文从事。归胙于其子姓，岁以为常，历数百年而祠圮。"沈焕卒后，南山书院祀先生。明嘉靖七年（1528）知县周懋申请拨昌国海涂田亩以供祀事，三十六年（1557）知县宋继祖重修。康熙五年（1666）重建，光绪七年（1881）和光绪二十八年（1902）又重修。后成为纪念沈焕的书院。

镇海水军与船场

镇海素有"海天雄镇""浙东门户"之称。招宝山雄踞甬江出海口，与南岸金鸡山对峙，是镇海关隘，扼江控海，历代为海防要塞。

宋建炎三年（1129）完颜宗弼（金兀术）率金兵南犯一路杀来，高宗赵构从临安（杭州）出逃，来到明州商量航海避金兵对策，他在逃亡中到过镇海，知道镇海地理位置之重要。因此，绍兴二年（1132）制置所统兵驻守定海（镇海），筑有屯兵城寨，布防兵力，驻扎水军。绍兴三年（1133）五月，驻屯定海的明州水军统制徐文，因与主将阎皋不和，率所统海舟六十艘、官军七百人，奔金人扶植的伪齐皇帝刘豫。为加强沿海防御，高宗于绍兴三十一年（1161）复屯定海御前水军二千。

隆兴元年（1163）宋孝宗登基，赵子潇练兵，创"鹅鹳鱼丽阵"，受到孝宗嘉奖，赐金带，擢敷文阁直学士。因当时海盗猖獗，朝廷命赵子潇为明州知府，兼沿海制置使。乾道三年（1167）增发明州定海水军一千，赵子潇率三千御前水军，整顿海疆，穷躬亲治，捕海盗头目多人，海盗遂平。

乾道七年（1171）统制林文自福州带来水手一千，定海水军兵额为四千。"立为二十二队，分隶于三将"，有统制和统领各一员，正将、副将和准备将各三员。其下有训练官二十人，押队四十四人，拥队四十四人，引战教头二十二人，旗头一百三十二人，牌手一百七十一人，刀手七百七十一人，枪手四百六十八人，弓箭手五百五十六人，弩手八百六十人等，分驻在三姑、岑港、沥港、海内、白峰五寨。宝祐五年（1257）水军增至六千人，沿海制置大使吴潜奏云："定海水军为额六千人，四千人系通判经制司给饷，二千系庆元府给饷。"清顺治三年（1646），水军改为水师。镇海水师在抗倭、抗英、抗法等抵御外来侵略的战争中，发挥了重要作用。

定海水军不但巡逻海域，保卫海疆，还筑塘御潮。淳熙十六年（1189），水军统制王彦举、统领董珍与新任县令唐叔翰一起奏请朝廷拨款，在县治北后海塘改土塘建石塘，仿钱塘江海塘模式，叠石筑塘六百零二丈五尺。嘉定十五年（1222），水军统制陈文与县尹施廷臣一起，又增筑石塘五百二十丈，建永赖、海晏二亭在石塘之上，尽头处则增筑了土塘三百六十丈。

明嘉靖时都督卢镗在招宝山顶督建威远城后，又在山麓西南扩地建营堡，驻扎兵士，放置五千斤铁发贡炮四门，三百斤铜发贡炮一百多门，定名靖海营，又名威远营。还在招宝山下大浃江口拓建演武场，占地百亩，作为平日操练军士的教场。一直到清雍正三年（1725），大教场搬到城内鼓楼北，这里变为荒田。而大浃江口，是水军操练的好场所。明末清初文学家张岱（1597—1679），在《陶庵梦忆》中的《定海水操》里描写了定海水军黑夜在浃江口的军事演习，其场面宏伟壮观。张岱站在招宝山上往下看，只见灯火通明，战船如织，整个江面就像一锅煮沸的水。文章最后写道，"火炮轰裂，如风雨晦冥中电光翕焱，使人不敢正视；又如雷斧断崖石，下坠不测之渊，观者褫魄"。短短几句话，就生动地描写了水军惊心动魄的演习场面，读后犹如身临其境。《定海水操》，看似在写水军紧张激烈的演习，实则是在感叹雄关再险、官兵再勇，也阻挡不住大明王朝日益衰败的命运了。作为文人的张岱，只能用自己手中的一支笔来抒发内心的情感，他的文章充满了对国破家亡的愤慨与无奈，这也是他驾驭文字能力的高明之处。

　　镇海古有水军船场，在《宝庆县境图》标有"船场"，在《宝庆县治图》同一处标有"水军船场"，标的位置在县城西南，大浃江边的西碶（原物资局地段）。水军船场主要修理、制造水军战船。元丰元年（1078）朝廷命明州打造万斛船两艘，名为"凌虚致远安济"和"灵飞顺济"神舟，并遣安焘、陈睦自定海（今镇海）出使高丽。乾道五年（1169）驻定海水军统制冯湛综合几种船型之长，造成"湖船底、战船盖、海船头尾"的多桨船，长八丈三尺（约合二十五点五米），用桨四十二支，载甲士两百人。明永乐三年（1405）十一月，朝廷命浙江临山、观海、定海、宁波、昌国等卫造海船四十八艘。因水军船场无详细史料记载，这些战船、海船是否为水军船场所制造，成为历史谜团，有待文史爱好者解破。

桃花渡旁话船场

桃花渡按宝庆《四明志》载："东渡即桃花渡，城东门外，往定海、昌国路。"桃花渡遗址位于新江桥西侧，渡口曾是城东渡门外通往江北的舟渡。清徐兆昺《四明谈助》先后提到"桃花渡"10余处，其中在桃花渡附近有"超然亭"和"船场"。

宁波是古代航海贸易通商重地，造船业发达，几乎成了中国建造海船的重要基地。比较有名气的是官办"四明船场"，或称"明州船场"，因船场建在桃花渡旁，俗称"桃花渡船场"。

据史料记载："天禧五年（1021）明州岁造船177艘。"皇祐三年（1051）明州置官办造船场，也就是四明船场的开办时间，置官办船场目的，是为朝廷服务，制造、修理战船和官船。元丰元年（1078）朝廷命明州打造两艘名为"凌虚致远安济"和"灵飞顺济"的万斛神舟。万斛神舟为当时最大的官船，船体总长40米、宽10米、高7.5米，共分为5层，这么大的官船只有官办船场能够制造。万斛神舟下水后，朝廷遣安焘、陈睦自定海（今镇海）出使高丽，船至其国，万民欢呼出迎。回国后，宋徽宗把袍笏玉带赏赐给安焘、陈睦，对他们褒奖有加，招待他们住在皇帝行宫。明州高超的造船技艺，征服了国内外船业。

大观二年（1108），温州造船场并归明州，明州买木场归并温州，由温州采购木材供应宁波造船。元祐五年（1090），朝廷令明州、温州岁造内河船以600艘为额，促进了宁波船业的进一步发展。

宁波为了继续造大型官船，政和七年（1117）明州人楼异奏准废鄞县广德湖为田，以湖田田赋充作迎送高丽使者之费，及造画舫百艘、神舟（海船）二船之需，自此七乡之田失去灌溉之利。宣和五年（1123）朝廷遣徐兢乘明州所造"鼎新利涉怀远康济""循流安逸通济"神舟出使高丽，锦帆鹢首，浮动波上，抵达时，"倾国耸观""欢呼嘉叹"，宁波的造船业再一次引起世界瞩目。

由于制造巨船耗材大，需要大量樟木，明州樟树被大量砍伐，几近绝迹。造船舶需要木材，而当时官府又不拨钱买木，船场官兵为交差常偷偷挖掘百姓冢木制船，有时甚至公然抢劫百姓渔船抵数。清袁钧《战船厂》诗："战舰江边岁岁修，千家冢木几家留。近来樟树随山尽，出海偏拿估客舟。"船业的发展，也给明州百姓带来了灾难。

四明船场自监官晁说之上任后开始抵制。晁说之（1059—1129），元丰五年（1082）进士，因慕司马光之为人，自号景迂生。苏东坡称其博极群书，自得之学，发挥《五经》，理致超然，以"文章典丽，可备著述"举荐。因元符上书，入党人碑，谪监明州船场。景迂生先生到任后，看到造船业给老百姓带来诸多不利，他不愿为朝廷逼迫船场造船，终日以读书写作为乐。在桃花渡江边修了一座亭，名"超然"，并作《超然亭戏作》一诗自嘲："终日一杯终日醉，看潮初上看潮回。自疑前世陶贞白，乘兴闲游郧县来。"有一天，朝廷使者来到明州提船，"诟责甚峻"。景迂生先生却从容对曰："船得木乃成，木非钱不可致，今无钱致木，则无船适宜。"这段公案在宁波百姓中流传甚广。甚至在景迂先生离世多年之后，"父老犹能理前话，无钱无木人无功"。

后任监官王铅把先生喜爱的"超然亭"改建成"景迂先生祠"，俗称"滨江庙"，请大诗人陆游作祠记来盛记之。这篇祠记后收录在陆游的《渭南文集》中，至今仍能读到。祠记虽能读到，可"滨江庙"早已无处可觅。

烽火狼烟古炮台

镇海历来是海防要地。招宝山与金鸡山对峙，雄踞甬江出海口，两岸筑有古炮台，扼江控海。这些古炮台，历经四百多年风云变幻，饱尝了列强烽烟的熏呛，见证了镇海军民顽强不屈抗争抵御外侮的历史。遥想当年，炮火连天，在强大的侵略者面前，镇海军民一次次用自己的血肉之躯同入侵之敌进行殊死搏斗，给后人留下抗倭、抗英、抗法、抗日的动人故事。

抗倭寇始筑炮台

倭寇始于元代，明嘉靖时最剧，定海（镇海）地处沿海，遂成抗倭要地。

嘉靖二年（1523）五月，日本使者因争贡作乱，攻定海城。定海卫指挥李震与郑余庆同心济变，坚守县城，倭寇窜犯育王岭至小山浦，杀百户胡源，夺海遁道，都指挥刘锦追击至东西霍洋面，与倭激战，力竭落水身殁。

明廷严申海禁，罢市舶司，正常的贸易渠道被堵死。在暴利的诱惑下，更多的亡命之徒铤而走险，攻城略地，烧杀抢掠，无恶不作，倭患骤然加剧。活跃在海上的倭寇主要有两支，一支以闽人李光头为首，另一支以徽州府歙县许栋为首。他们勾结葡萄牙人与倭寇，盘踞双屿港，出没海上剽掠。嘉靖二十七年（1548）都御史朱纨巡检浙江，委福建都指挥卢镗等率兵船进攻双屿港，歼倭数百人，捣毁其军事设施，擒李光头，追俘许栋。许栋部下的另一个头目、他的同乡王直（有说称汪直）率余众逃窜到海岛，自号"五峰船主"，称霸一方；他又勾结日本来华贡使寿光，屡掠浙东一带。

嘉靖三十一年（1552）二月，王直杀广东走私头目陈思盼后，叩定海关献捷，并要求通商，官方不允，王直怀恨在心，开始入关夺船，结果被福建捕盗王端士击退，转移到沥港，再度勾结倭寇骚掠沿海。六月，倭寇乘夜半雷雨攻郭巨城，先以草人用竹竿试探，后蜂拥入城，指挥樊懋率兵力战阵亡，指挥魏英督兵夜战至晓，倭寇从北门逃窜。

嘉靖三十二年（1553）闰三月，王直联络各岛倭寇大举进犯沿海各地，陷象山，焚掠慈溪、昌国乡镇。参将俞大猷等追捣沥港倭巢，把总张四维驻龙山，黎秀驻郭巨，遥为呼应，王直败走。四月率倭寇再犯定海，都司刘恩至追破于芦花港（今属普陀）。五月犯郭巨，居民来不及避者惨遭杀害，郭巨城内被夷为平地。

嘉靖三十五年（1556）四月，倭寇攻龙山所城，生员李良民率兵抗击。五月，倭寇复攻龙山所，官兵奋歼倭寇数十人，倭仍败退。八月，倭寇据邱王为巢，灵绪生员戎良翰领导乡兵奋战，良翰中流矢身亡。提督阮鹗与俞大猷、卢镗合兵围剿，倭寇连夜溃逃。阮鹗领兵出海，水战邱王洋。

嘉靖三十七年（1558），以王直为首的倭寇十分猖獗，屡犯沿海一带，清廷下令，速将王直捉拿归案。兵部右侍郎、浙闽总督胡宗宪，以开放沿海贸易的许诺，将王直诱捕。由于当时沿海形势紧张，胡宗宪不敢贸然杀掉王直，把他软禁在杭州两年多，希望流寇因为失去首领自行解散，但效果不大。嘉靖三十八年（1559）十二月二十五日，王直被处死。

嘉靖三十九（1560），总兵卢镗驻定海（镇海），他认为招宝山俯视县城，相隔不过数十步，一旦倭贼登上招宝山，置火炮于山顶，县城将不攻而破，倭贼络绎衔尾入，镇海关官军也无法阻止。

为保县城不失，他与海道副使谭纶商议，经请示总制胡宗宪同意，在招宝山顶筑建威远城。经过军民三个多月的努力，城堡竣工，城周长二百丈，高二丈二尺，厚一丈，设雉堞一百六十个。嘉靖四十年（1561），王直残部大举进犯浙东，卢镗与参将牛天赐破敌于宁波、温州。后来连续水陆十余战，歼敌一千四百多人。为平浙东倭乱，嘉靖四十一年（1562）在威远城内建炮台，置五千斤铁发贡炮四门。在隔江的金鸡山铸火器若干座，以战舰布防甬江口，与县城相犄角，甬江口戒备森严，固若金汤，倭乱遂平，不敢再犯。

抗英军炮台失守

道光二十年（1840）七月二日，英军侵占定海城后，为抗击英军入侵，清政府先后派要员来镇海筹谋防务，在镇海口两岸构筑防御工事，筑北拦江炮台于北岸东门外税关码头东首，置前膛铁炮七门；筑南拦江炮台于南岸江南泥湾，置前膛铁炮六门。

道光二十一年（1841）五月三日，林则徐离粤赴浙，以四品卿衔效力镇海军营。六月十日下午抵镇海，第二天就登招宝山，观山海地形，察看新旧炮位。十六日与浙江巡抚刘韵珂察看镇海口岸地形，商量设防备战措施。二十一日，观看闽浙炮匠通力合作，首铸八千斤重大铁炮，后又参与研制运载大炮之四轮磨盘炮架车。林则徐在镇海34天，登高涉险，谋筹方略，殚心竭力，兵民共敬，清廷却将林则徐发配新疆伊犁，七月十四日林则徐离开镇海。

十月八日，英军始集泊于黄牛礁一带，其水陆两司令璞鼎查乘坐汽船驰笠山、虎蹲一带侦察军情。九日，英舰船30余艘，载兵员2000余名，集结外游山东，十日黎明，英舰发炮向镇海口猛轰，继以复仇号军舰载第二纵队，由陆军中校马利斯率第49团步炮兵400多人，榴弹炮2门，野战炮2门，在巡洋号军舰的掩护下，于笠山前抢渡登陆；弗莱吉森号军舰载第一纵队，由陆军少将司令卧乌吉率第55团、第18团步炮兵1040人，山炮4门，臼炮2门，从钳口门登陆，越小浃江经义成桥到达沙蟹岭，向金鸡山营垒夹攻。守卫在金鸡山的狼山总兵谢朝恩麾兵猛烈阻击，与敌兵短兵相接，谢落海牺牲。副将钟祥、游击托云保率全营士兵与英军力战，终因腹背受敌，伤亡过半，金鸡山被英军占领。

11时，英舰"威里士厘""伯兰汉"发炮猛攻招宝山及威远城防御工事。英军第三纵队由上尉舰长荷伯达率700余人，臼炮2门，从钩金塘登陆；另一路在招宝山东侧登陆，沿仙人洞小径向山巅仰攻威远城。守军抗击时，招宝山南侧火药库突然爆炸，士兵惊散，衢州总标游击林亮光投海殉职。战斗开始，驻守在招宝山南麓东岳宫的提督余步云不登山督战，又不命令士卒开炮支援金鸡山守军，待英军从后山登陆，弃炮台而逃，守兵溃散。

战事起，裕谦登东城督战。金鸡、招宝两山失守，英军从招宝山巅炮轰县城，英军掩护步兵从东门攻入，守城兵溃退，兵民从西门退出。裕谦见势不可挽，嘱副将丰申泰携钦差大臣印送巡抚刘韵珂，并将预立遗嘱交亲兵送家属，至文庙整衣拜阙，投泮池尽节。

英军入城，焚烧县衙、水师营、参将署、演武厅、军器局及大批民房、寺观。镇海失守，英军直犯宁波。英军在当地搜括白银、文物，至近乡奸淫掳掠。引起镇海人民奋勇抗英，四处出击。

抗法战威震欧洲

1877—1884年，清政府在甬江口新建和扩建威远、靖远、镇远、天然、自然、定远和南拦江炮台7座，以及临时炮台、旧台10余处，共置大小炮70余门。镇海军民为保卫国土浴血奋战，有力地打击了法国侵略者的野心，威震欧洲。

光绪十一年（1885）农历正月十五（3月1日），法国远东舰队在孤拔中将统领下，向镇海关发起进攻，法舰"纽回利"鼓轮前进，攻招宝山炮台，答纳克、巴夏尔、德利用方三舰随后就到，向招宝山发起总攻。炮声隆隆，震耳欲聋。面对浩浩荡荡的法国舰队，镇海军民倾尽全力背水一战。"生当作人杰，死亦为鬼雄。"清军炮目周茂训发炮迎敌，一发即中法舰船头，折其头桅，后又击伤其船尾。清军水师超武、南琛等船也来助战，击中法船2炮。法船用排炮还击，炮台受数十弹，均陷入三合土内，唯周茂训中敌弹折其右胫。山后明炮台，亦中弹，阵亡炮手2名，勇丁1名。从13点到17点，两军各开数百炮，镇海城中弹如雨下，惊天动地，城内居民早已隐蔽和疏散，百姓无一伤亡。法舰不能靠近镇海口岸，眼看天色已晚不支而退。

农历正月十七,"答纳克"等复攻招宝山,吴杰亲开大炮,击中法船烟筒,第二发击中头桅,横木下坠,好几个法国士兵受伤,士气低落,法船不敢再攻,仅留一船游弋在山下相牵制。农历正月十九午夜,风雨交加,天空一片漆黑,伸手不见五指,法人乘小船企图偷袭港口炮台,被副将费金组发现,率领官兵及时阻击,将其两船击沉,杀死法人多名。农历正月二十八,法船不敢接近港口,在遥远处炮击小港炮台,弹重360磅,我炮台无大损失。法人复驾炮船进港,结果桅顶绳索忽然断开,好多士兵被压死。镇海炮台固若金汤,军民联防铜墙铁壁。清兵昼夜严防,不得休息。法舰几次进攻,无济于事,无法接近甬江口。镇海,不负其名,打出了中华的威风,打出了劣势的强音,让西方列强震惊!

四月四日,清政府与法国政府双方匆匆签订停战条件,战争终止。六月九日,清政府代表李鸿章与法国公使巴德纳在天津正式签订了《中法新约》,又称《李巴条约》,共10款,造成"中国不败而败,法国不胜而胜"的局面。二十九日夜晚,最后一艘法舰撤离,镇海口启关通航。

中法战争后,光绪十三年(1887),清政府又在镇海口南岸小港笠山、金鸡山腰和小金鸡,分筑宏远炮台、绥远炮台和平远炮台,宏远炮台置克虏伯21厘米口径后膛炮1门(1937年移至新镇远炮台),24厘米口径后膛炮2门;绥远炮台和平远炮台,分别置克虏伯21厘米口径后膛炮各1门(1937年移至新镇远炮台)。在招宝山南麓,筑安远炮台,置阿姆司特朗80磅前膛炮3门,1888年置克虏伯21厘米口径后膛炮1门(1937年移至新镇远炮台)。这些炮台似雄狮守护在东海门户,不让侵略者入侵一步。

抗战时炮台被毁

日本政府伺机侵占中国,九一八事变发生后,民国二十一年(1932)秋,中国国民党军事委员会委员长蒋介石乘逸仙号兵舰至镇海,登招宝山,视察镇海要塞。这是他第二次来镇海招宝山。早在光绪二十七年(1901),只有15岁的蒋介石,还在崎山下村读皇甫氏,始学作策论,来招宝山观海游玩。这次登上招宝山,他知道镇海要塞战略地位的重要性,镇海失守,影响全局,他亲临镇海要塞,布置防御措施。

民国二十三年(1934),民国政府国防部请德国军事顾问佛采尔拟订《宁波区海防设备实施计划》,预想日军企图在浙东沿海登陆,自姚北至象山百余公里岸线中3处最为危险:最主要区在甬江口两岸及长跳嘴、老鼠山一带,次要区为穿山岭至沿亭湾(白峰)一带,再次要区在伏龙山至瀣浦一带。根据上述设想,在"三地区沿海各要点构筑永久工事",并通道路,架设有线电话,工事设施计划拟分两期完成。至民国二十九年(1940)七月十七日,日军第一次登陆前建成钢骨水泥机枪、指挥所等掩体60余处。

民国二十五年（1936），镇海要塞炮台进行调整，鉴于安远、平远、绥远3炮台位置仍偏内，光绪年间所筑的三合土台不耐大炮和炸弹轰击，遂予改造调整，撤安远、平远、绥远3炮台，另在青峙钳口门炮台山新建镇远炮台，各台改为钢筋混凝土炮台，弹药库、观察所、探照灯台亦更新补充，配备克虏伯21厘米口径后膛炮4门。调整后要塞炮台为威远、宏远、新镇远炮台。改造后储存弹药，每门大炮备炮弹200发，水雷300公斤59枚，500公斤12枚，漂雷8枚，地雷120枚。

民国二十六年（1937），日舰、日机屡屡袭击镇海要地，炮台进行还击，多次发生炮战。9月20日，日舰首次来犯，向威远、宏远炮台击炮25发，要塞炮台以21厘米口径大炮还击25发。

民国二十七年（1938）3月21日，日舰向要塞炮台炮击30余发，要塞炮台以21厘米口径大炮还击25发，24厘米口径大炮还击3发命中2发。9月22日，日巡洋舰1艘，炮舰4艘，向炮台发炮百余发，炮台还击，击伤巡洋舰1艘，击沉小舰数艘。

民国二十八年（1939）4月22日、26日，日军水上轰炸机12架次，轰炸威远、宏远炮台，要塞防空部队发射高射炮弹338发，高射机枪枪弹926发，日机不想俯冲太低，在3000米高空匆促投弹后逃逸。6月7日12时40分，日军八九式水上轰炸机6架，空袭宏远炮台。其第一架蹿至1800米上空投弹时，被要塞高射炮击落，坠于甬江口距岸800米处，2小时后沉没；飞行员获原中尉跳伞坠于镇远老炮台左侧，被守军围捕后自杀。

从民国二十六年（1937）9月20日至民国二十九年（1940）7月17日，镇海要塞炮台与日舰、日机交战40余次，各炮台弹痕累累，受创甚重。仅民国二十八年（1939）6月24日、25日、28日、29日四天，日军轰炸机累计76架次，向要塞炮台投弹550余枚。

至民国二十九年（1940）7月17日，日军第一次在镇海登陆时，威远炮台大炮1门已不能发射，宏远、镇远两炮台7门大炮，均有部分机件被炸损，影响正常使用。日军占领要塞炮台，县城陷落。7月19日7时，守军一九四师在师长陈德法指挥下开始全面反攻，日军开始撤退，于22日收复全部失地。

日军为封锁浙江沿海港口，集中兵力，发动宁绍战役。民国三十年（1941）4月19日第二次侵犯镇海，国民党守军全力反击最终溃退，镇海沦陷，炮台被日军摧毁。

追踪镇海古城墙

镇海古称浃口，为历代军事要地。唐宪宗元和四年（809），由浃口戍改为望海镇。后梁开平三年（909）五月，吴越王钱镠巡视明州，命望海镇建土城，周长450丈，濠300余丈。闰八月，钱镠因望海镇地处滨海口，有渔盐之利，奏请置望海县，为建县之始。古县土城历经宋、元而毁坏。

明洪武元年（1368），千户王及贤始立木栅。洪武七年（1374），守御千户端聚以石易木。洪武二十年（1387），信国公汤和建定海卫时，扩大城池，城环长1288丈，高2丈4尺，底阔1丈，面宽8尺，辟有6门，除小南门外，5门均筑瓮城。洪武二十九年（1396），卫指挥刘澄增建小南门瓮城。永乐十三年（1415）都指挥余成，以北城濒海，堵塞北门，留5门，东称镇远门，南称南薰门，次南称清川门，西称武宁门，次西称向辰门。城墙外有护城河，河上设有吊桥，供行人出入。城之上有敌楼10处，雉堞2185堵，警铺39处。护城河自东至西环绕，全长966.5丈。其中，东段宽5丈，南段宽4.6丈，西段宽13丈，深均为2丈，北临大海。旧有水门设于城西，未几，城西之水门改置于小南门右侧。嘉靖三十三年（1554）知县宋继祖在城之北增建望海楼。

乾隆十二年（1747）七月十四日飓风大作，潮水冲决，北城尽圮。巡抚方观承察看后，奏议"御潮修塘"办法，拨款重建。工程始于乾隆十五年（1750）四月二十二日，竣工于十六年（1751）十二月十七日。北城石砌加厚，底宽6尺，至顶3尺。城分上、中、下三截。下截先于塘后剔取泥土，深3.8丈，梅花钉桩，嵌以块石，再用石板铺盖，上用丁顺小条石包镶，块石高与塘面相等，以固城基。城塘之间还竖砌龙骨石一道，内外扣槽联合城塘，用来堵住漏水。后面用丁铺大石4层，间砌丁顺大石6层，隔成三仓为中截，计高6尺，以抵潮浪。余为上截。此次夹层石塘修建，遂使北城城塘合一之特色更为显著。

民国初，古县城垣尚完整，东、南、西五城门，吊桥俱在。1929年9月，拆除南薰门瓮城，拓改为街路，并将城外吊桥改为钢混结构桥，称南薰桥。1930年拆南薰门东首一段城墙，其址辟菜场，7月拆武宁门瓮城，改为街路，时称武宁路直街，使横街直通小西门，约一里多长，市井繁华，商铺林立。有三阳泰南货店、源章绸布店、万泰咸货店、双凤轩贳器店、同泰国当店、施金兴碗店、介福堂饭店、吴德和酱园店、永盛木行等百余家。武宁桥旁有航船埠头和快船埠头，舟楫来往不断，货物堆积如山，人头攒动，行人如织，十分闹热。

1941 年 4 月 19 日，日军第二次犯镇。县城沦陷后，日本鬼子为扫清障碍，在城西设置无人区，在西门外武宁镇一带纵火，大火整整烧了三天三夜，映红了整个镇海城和甬江口。没有来得及逃难的三阳泰南货店老板等 10 余人被日本鬼子杀害，武宁镇以及前后葱园路等地 3000 余间房屋被烧为废墟。日军为修筑招宝山麓至小道头军车通道，拆除渊德观东首城墙和双司前南城墙缺口各约 10 米，并在城河上架通车木桥，城上敌楼、警铺、雉堞遭敌伪军拆毁，面目全非。

中华人民共和国成立后，因市政建设需要，拓宽道路。1951 年拆清川门（小南门），1957 年拆除镇远门，1962 年拆向辰门（大西门）。20 世纪 50 年代末 60 年代初，因修筑甬江塘所需，逐段拆取东南面城墙之石料。70 年代后期至 80 年代初，旧城改造始，东南面城墙先后拆完，古城基旧址一带即为今之港务一村、东河新村、南薰别院，商业大厦、邮电大楼、招宝广场等一带建筑，亦即今之城河东路、城河西路北侧。

20 世纪 70 年代末因建镇海电影院需要，又拆除几段西城墙，直至 20 世纪 80 年代初，西城墙全拆。今之苗圃路以东镇海电影院、工商银行、自来水分公司一带，即为古县城西段基址。至 1982 年古县城之东、南、西三面城墙已拆毁无存，1984 年，填城河辟新路，改称城河路，现成为城区的交通要道。

1991 年，对后海塘"城塘合一"北城墙进行整修，雉堞仿古重建，全长 1340 米。如今，是镇海休闲旅游的一道亮丽风景线。

曾经雄伟的镇海古城，除修复的北城墙外，就这样湮没在历史的尘埃中。

（原载 2017 年 8 月 15 日《今日镇海》第 7 版）

瀣浦古镇记忆

我的故乡瀣浦,在宋宝庆《四明志》里被称作"瀣浦镇""瀣浦港"。唐宋时代,瀣浦是著名的古港和渔港。它是宁波早期对外交往的港口,在唐代就开始与海外通航经商,是镇北重镇。这个有着千年历史的古镇,在区域城市化进程中逐渐消失,留给我的只有史料记载和儿时记忆,从小在这里长大的我,有种莫名的伤感涌上心头。

古渔港

翻开《宝庆志县志图》,在镇海城的东北角标注着瀣浦港,可见瀣浦在宋代即是天然良港。它的北面是由西向东的凤凰山麓,小山冈伸向海边,俯视着大海。南面是息云山和岚山,横卧在东海边,挡住大海的去路,瀣浦古镇被凤凰山和息云山二山隐藏,船只进港时看不见古镇的面容。

据元延祐《四明志》载:"瀣浦渔舟聚集之地,外通大洋,有巡检及税务焉。"明清时期,盐税乃是朝廷财政税收的重要来源。瀣浦是渔镇,清嘉庆年间,有大流网船 300 号,宋元明时期更多。由于港口海涂淤泥堵塞,港口慢慢向东移,好多渔家转到舟山居住。光绪晚期只有渔船 180 号,商船 40 多号。渔船出海捕来的鱼需要腌制,鱼类加工需大量用盐,官方也对渔民所用鱼盐征税,为此宋时就设有税场,又在光绪二十五年(1899)设立官盐分所。

瀣浦古渔港,在现月洞门(瀣浦闸)外。古时,在凤凰山与息云山二山之间有个隘口,是古泄洪道,西面的香山江水(起源于横溪香山),蜿蜒十余里,经叫天港、乱涨蓬港,过瀣浦桥至瀣浦闸流入东海。瀣浦闸建造年代无考,从闸门上东西刻有匾额,两旁有楹联分析,约建于明代。康熙年间,由于海涂淤泥堵塞,内河水不能排泄,变为旱闸。

从地形来看,瀣浦港呈喇叭形,外大里小,南面是岚山海边的"风尖兜",北面是凤凰山向东延伸到海边的地方叫"太横头",中间有个很大的凹度,约 2 平方公里,能容纳千只渔船停泊,渔船停泊的锚地上方为高潮区海涂,是修建渔船场所。外有金塘岛和海中的"瀣浦山(泥螺山)、巴子山、棋盘山、走马堂四岛礁"作屏风，是天然的避风良港。

据上辈相传，渔港风景优美，场景热闹非凡。每逢渔汛季节或风暴期间，各地渔船云集渔港，海货集散，渔民在此维修补给、避风歇息。尤其是港口船归，桅樯如林，帆影蔽日，渔火通红。叶叶渔舟，装饰千姿百态；片片帆篷，点缀五彩缤纷。

清光绪初年，以里人陈大和、金国宝为首的各大渔行和船主出银两千余两，从南面岚山的"风尖兜"与北面凤凰山的"太横头"，新筑一条澥浦塘，因塘下有大量沙泥，又称沙畹塘。千米长堤已看不清原有海塘的"庐山真面目"，"太横头"渔码头也早就不见踪影。我们儿时，这里依然是一幅渔乡美景。去看涨潮，站在海塘上就能望见茫茫无际的大海，看到的是滚滚的海浪一浪接一浪地涌来，浪潮好高好高，海浪几乎要把海塘吞没，浪花飞溅，美丽壮观；听到的是海浪相互追赶嬉闹"嘘、嘘、嘘"的呼叫声和海浪撞击海塘"嘭、嘭、嘭"的拍击声，像交响曲，优美动听。

每当渔汛季节来临，人们早就等候在码头上，迎接满载而归的渔船从大海中驶来。一只只渔船停靠在码头旁，渔民们奔走在船上船下紧张地忙碌，满脸洋溢着丰收的喜悦。鱼船靠泊，鱼满街市。

如今，围海造田后，大海向东移，昔日海中的泥螺山变成陆地，围垦的土地上管道密布，工厂林立。只有列入区级文物保护的澥浦闸，孤零零地坐落在新辟的化工区马路旁。我站在澥浦闸上，向东眺望，空灵悠远，俨然回到古时，仿佛再见大海，引发无尽的遐思……

古司城

澥浦旧时有古城，又称司城，坐落在凤凰山麓。据史料记载，水陆管界巡检寨北宋初置，原建在镇海县东南一百步处，宋嘉祐八年（1063）巡检寨移置澥浦，改为水陆管界巡检司，初设军士二十名。澥浦古城"高一丈八尺，广二丈，周围二百二十七丈四尺，初设二门，后塞其北，唯南面一门，旧建年月不可考，全城多圮"。

经历宋元数百年，城栅多圮。明洪武二十年（1387），信国公汤和为抗倭，在浙江沿海设立卫所，在原基上缩小改建。据光绪《镇海县志》记载："水陆管界检巡城在澥浦，周围一百四十丈，洪武二十年建，南开一门，上建谯楼。"到了清朝，司城有守军一百二十名。

20世纪50年代南城门尚存，为条石砌成，城门旁一段残留的城墙则是用泥石砌筑，一直延伸到山脚下。进南城门一直往里进约一百米处，有五都神殿，俗称都神殿，都神殿东首为雨化庵，城门西侧为太平庵。史载：五都神殿主要是因祭祀五方治瘟之神而得名，这五方之神分别为：张元伯、刘元达、赵公明、钟七秀、史文业，可为城民驱逐五方瘟疫。城内是传播佛教的圣地，旧时香客不断，香火鼎盛。儿时曾跟随母亲去坐夜，殿内殿前灯火辉煌，人来人往，相当热闹。

这种佛教神和民间神合一的现象，反映了渔港人民神灵信仰的多神性融合。在古时的岁月里，渔港的渔民们以一叶孤舟在大海中搏风斗浪，朝不保夕，随时都有可能被风浪吞噬。尽管老人、孩子和渔嫂们都十分明白"三冬靠一春、一春靠一水、一水靠三潮、一潮靠三网"这个道理，然而，作为留守的亲人，他们担心出海渔民的生命安危，所过的又何尝不是担惊受怕的日子。有渔谚与渔歌可以为证："一阵风来一阵雨，愁煞多少新嫂嫂""前面有强盗，后面有风暴。有鱼难肚饱，有儿难养老……"渔区人们把对大海的敬畏、对船安人健的期盼和对丰收的渴望，都寄托在对神灵的虔诚膜拜上。

都神殿旧有中军殿、前殿、戏台、看楼、流芳厅、角亭等建筑。乾隆四十九年（1784），瀣浦首事监生陈彩三、金仁则等，因都神殿旧基狭隘，从旁隙地推拓修建，在凤凰山麓旁筑流芳厅。光绪元年（1875），里人陈大宁募捐重修，进一步扩大规模，增置流芳会田七十亩。民国九年（1920）旅沪商人黄允芳进行重修。黄允芳为瀣浦家乡做了不少公益事：民国十八年（1929）他独资建造瀣浦小学校舍，次年出资建水龙会库房并置消防器材；在街口挖太平井三口，作为消防水源；在瀣浦大街铺设青石路面；又在自长河塘至海头长二点五公里之地依次安装石柱路灯（又称天灯）；在瀣浦山上装置航海标志灯塔。

现在五都神殿中军殿、前殿、看楼、戏台保存完好。看楼在戏台的两侧，戏台坐南朝北，高两层，三面临空，在戏台顶部正中穹隆形的圆形藻井制作上巧夺天工，精湛木雕皆贴金，虽历经近百年，看上去依旧流光溢彩，辉煌夺目。戏台前后四柱楹联："妙舞蹁跹，风情无价；艳歌宛转，弦索齐鸣。非幻非真，名为作戏；或今或古，实仿真情。"由于殿内有戏台，曾一度改为文化宫，做戏文放电影，成为老百姓的娱乐场所。

20世纪50年代末开始，司城内的建筑先后改作他用，好多古建筑被毁，只有五都神殿的部分建筑依然坐落在凤凰山脚下。

白沙湖

古时，镇北有四湖，龙山的凤浦湖、沈窖湖，掌起的灵绪湖，瀣浦的白沙湖。据宋《宝庆志》载："白沙湖，周围二百五十步（二里），灌田一千亩。"《浙江通志》载："此湖地形非洼，泉源亦浅，近更淤，地恒见枯涸，一时议浚为难，宜集沾利之田，递年分段疏之，久而仍收潴蓄之益。"

白沙湖位于凤凰山的北麓，凤凰山像一只展翅欲飞的凤凰，俯瞰着大海。湖的东面有一段千年古塘，拦住了大海的去路，是山南、三北的主要交通道路。古道上原有一座湖息凉亭，由镇内富商出资建造，让来往的南北行人客商在凉亭内避风躲雨、就坐歇足。

白沙湖是凤凰山和大岙山之间的小峡谷泽地，北面是大平岭墩，由于南方雨量充沛，泽地水草茂盛自然成湖。1931年10月，宁波帮人士创建通运长途公司，招商承建宁波江北封仁桥到观城的公路，经过压赛堰、团桥、骆驼、灞浦、龙山、淞浦到观城，路基宽6.5米，路面宽5米（现329国道），公路从湖西穿过，不少湖面被填，本来不大的白沙湖变得更小。

我从小去白沙湖游玩，从镇里到白沙湖有两条路可走，一条是过后河塘从后山头翻山绕坡走的小路，另一条是经城门口过大岭岗墩走的大路。大岭岗墩在灞浦司城东墙旁，岭上下有一条两米多宽的由石阶铺筑成的路。登上大岭岗墩，向东眺望可见滔滔大海，向北眺望能见到白沙湖的全景。在"农业学大寨，围海造田"时，后山头已变为平地，大岭岗墩上岭的石阶尚在，下岭的石阶早已被毁，成了"断头路"。

在我记忆中的白沙湖，湖虽小却风景秀丽。每当春天来临，湖堤上野草茂盛，百花怒放，山坡上的映山红映红湖面。湖堤四周杂草丛生，芦荡深深，湖水荡漾，鱼儿跳跃，鸟儿飞翔，处处充满着春天的气息。

夏天的白沙湖，整个湖面被翠绿的芦苇包围着，菱藕密布，满湖翠影。那一片片荷叶，像撑开的一顶顶绿伞轻浮于湖面，那亭亭玉立的荷花在绿叶衬托下，在碧波之上显得更加娇媚，万点荷红，阵阵清香，让人想起宋朝诗人描写西湖的风景，"接天莲叶无穷碧，映日荷花别样红"，让人沉醉。

秋天，菱藕成熟，野鸭群集来白沙湖栖息，与人争食。镇上喜欢野味的人动脑筋去捕捉野鸭。野鸭是灵性动物，警惕性很高，若有陌生人接近即发出惊叫，逃窜高飞，以后就很少来湖边栖息了。我盼望秋天快到来，盼望大雁往南飞，盼望有一天人与野鸭和谐相处。

冬天的白沙湖显得格外幽静，芦苇黄了，百草枯萎，只有湖堤上的柏树和山坡上的松树，在寒风中挺立，依然翠绿。偶尔有寻食的白鹭从湖面掠过，湖水更清，颜色更深，寒风吹拂着湖面，泛起微微波浪，在阳光照耀下，银光闪烁，美丽动人。站在湖边钓鱼的渔翁，以静养心，在寒风中耐心地等待鱼儿上钩。

20世纪六七十年代，人们在湖中挖沙盈利，毁湖造田，白沙湖在我们的眼皮底下慢慢消失。现在，白沙湖上厂房林立，已看不到白沙湖的一丝痕迹，但白沙湖的美景永远铭刻在我的心中。

古巷老街

古镇以渔兴市，据史料记载，在元朝便形成了街市，天天开市，贾商云集，市井繁荣。曾有"市肆骈列，海物错杂，贩客麇至"的记载。

我从小就穿越在麻石板铺成的小巷，巷子窄长纵横交错，一条接着一条，巷巷相连，曲径幽深。小巷从四面八方向老街延伸，布满整个小镇。小巷内有简陋小屋也有楼屋，青砖灰瓦的木结构连排屋，高低不一，参差不齐，一排连着一排，紧紧偎依。小巷深处偶尔有几处古韵旧貌的石基青砖、青瓦粉墙建成的高墙大院，门额的砖雕、灰塑都十分精致，古色古香，有其独特的美丽与魅力。

古镇内好多弄堂以姓氏命名，有陈家弄、金家弄、金道弄、邵家弄、何家弄、蔡家弄等，这些家族以"澥浦港口"这个独特的地理优势，从渔业盐业开始，经过几代人的努力奋斗，夯实了自己的实业，造船捕鱼，开店开行，发迹后建造起青砖灰瓦的木结构连排楼屋和古宅大院。这些大户还为镇内建庙筑塘、造桥铺路等公益设施出资募捐，托起整个古镇。家族的丰功业绩记录在巷名上，一直被人们传颂。

每当回到故乡，踏上古镇的老街，引发无尽的遐思。古时的澥浦老街，是通往三北的镇北古官道必经之路，成为山南山北客商的贸易中心，使古镇更加繁华。老街与北街，形成十字交叉。相传"老街留有永年桥，北街建在河两旁"。永年桥，原名澥浦大桥，建于唐大和二年（828）。西面的香山江水，起源于横溪香山，蜿蜒十余里，经叫天港、乱涨蓬港，过永年大桥至澥浦闸（现存月洞）流入东海。随着年代久远，康熙元年（1662）后河渐淤，康熙六年（1667）改为永年桥，以后桥变街，河建房，永年桥就在老街中间。

老街南北走向，南起南巷口，北止城门口，全长数百米，路面狭窄，大约四米左右，原均用青赭色的大块板石铺成，在来来往往的行人的踩踏下，路面光滑锃亮，纹理清晰，洁净如画。路的两侧都是二层木结构楼屋，密集紧凑，商铺林立，古朴典雅。

回忆过去的老街，每当早市，天刚蒙蒙亮，街市开始热闹起来，农户人家肩挑手提，将自种自养的农作物、家禽从四面八方汇入老街来赶集市抢摊位。渔民们将刚从海上捕捞上来活蹦乱跳的海货摆满街市，人群熙攘，热闹非凡，吆喝声连成一片，是一支动听的生活乐曲。老街的店铺，随着早市也开始开门营业，店铺是那种老式的用那长长的木板拼接而成的门面，早上开门时店员把门板一块块卸下，店铺就有人进进出出，也有了生机。特别是过年过节，传统节日气氛浓厚，街市更加繁荣。

北街在月洞上是渔市，又称行门口。这里自古就有"十渔行、百鱼店"之称，几十里外的商民都要到这里集市贩买鱼货。有几十家渔行前面是店，后面是作场，作场内放满大缸小鬏，是加工鱼类产品的工具。加工后的虾干咸蟹、鳓鱼鳗鲞送到店铺出售，这里的鱼产品十分出名。每当渔汛季节来临，百米长街，鱼山虾海，摆满街市，人似潮涌，行人摩肩接踵，车载肩挑，把一条小街挤得水泄不通，小镇内大街小巷卖鱼的喊声连成一片……

（原载 2009 年 9 月 28 日《今日镇海》第 3 版）

汶溪留有文种史迹

汶溪原为古越之地。按光绪《慈溪县志》云："句章故城，县南十五里，城山渡东，春秋时越王勾践所筑。"2009年6月，市文物考古研究所在江北慈城王家坝一带进行考古挖掘证实，句章故城遗址与史料记载相吻合。当时汶溪为越国东境，宁波、镇海陆地还是一片汪洋大海。

据天启《慈溪县志》的记载："元时其地民物富庶，商贾辏集，有酒楼三座，歌管之声不绝。其货多出西北诸山，麦菽茶笋果瓜竹木之类，为货甚多。市之西北名为郧里。"宋元时期的文溪市除了商贸、酒肆、客栈，还有许多酒、染、织等作坊，竹、木、铁、银、铜、镴等手工业也很发达。

汶溪老街临溪而筑，有千米之长，自西向东，分上街、中街、下街。每逢农历双日，街上、船上、桥头摆满了山货和时新的田作货，作买作卖，来来往往，人声喧哗，热闹非凡。在汶溪的北面，小桐岙口、神钟山一带，有唐代青瓷窑遗址，烧制青瓷、陶器，销往全国各地。

汶溪下街尽头有一石桥，上刻"文种故里"四个大字。据当地一位老者告知，这是村中一位老秀才郭玉恒所建，桥旁原有关帝庙，庙内有一座巨大石碑，其碑首有蟠龙缠绕，碑座下有只大石龟样的动物（赑屃）驮着它。碑文镌刻着"越国大夫文种故里"大字。可惜，庙已被拆，无法考证。

在第三次文物普查中，镇海文保人员在汶溪发现溪隐庵、浚河两块碑记和西方寺石柱对联石刻，是文种留在汶溪的重要史迹。

汶溪有一块道光年间的溪隐庵残碑，残碑高1.4米，宽80厘米，厚10余厘米，整体完整，文字清楚，白石琢成。该碑残缺下截部分10厘米左右。碑文记曰："慈东山水，文溪首焉，文溪林泉，溪林为最。前朝大野、后拥重山，似乎此处可为隐者，故以溪隐其名庵焉……"可惜碑文上残缺二字，从多方文献资料考证，残缺的二字应是"文种"。《溪隐庵碑记》的发现，与史料记载一致，溪隐庵旧地为文种故里。

《浚河碑记》嵌在八部庙墙壁，立于嘉庆十六年（1811）腊月，由慈溪知县张久照撰文。高1.7米，宽80.5厘米，厚15.5厘米，额镌篆体"浚河碑记"四个大字。碑文题目为"文溪镇浚河碑记"，碑文之首："慈邑之东众山之水汇焉，其水清泻成文，故名为文溪，或曰：春秋时文大夫种故里。"共约450字，官阁体，字迹清秀、华丽贞气，功底深厚，是难得见到的书法珍品，其碑主要内容记述疏浚汶溪河的全过程，与光绪《慈溪县志》记载一致，或曰："文溪是文种故里。"

按当地老百姓世代相传，汶溪的溪隐庵为文种故居。据光绪《慈溪县志》载："溪隐庵，至元二年（1336）僧如艮建，明刘宪宠题'清溪初地'，里人称为'老庵'，祀文大夫种，相传其故居也。"清费志刚《文溪山访文种大夫故里》诗："名山梵宇郁林隈，溪山萦纡后径回。千载忠魂犹未泯，白云西向越王台。"清冯汝霆《过文溪怀文大夫》诗："一曲文溪水，传言越相居。山川余霸气，里宅但荒墟。祖道辞犹在，湛身恨孰如。何须辨邹鲁，过此重歇觑。"

清光绪七年（1881），僧净果将溪隐庵重修改为西方寺。修改后的西方寺规模庞大、气势恢宏，有天王殿、大雄宝殿、三圣殿、藏经阁，藏经阁内藏有大量的名贵经书。寺内古木参天，环境清静优雅，是一处绝好的养性静修之所。民国四大高僧之一太虚法师，曾三次来到汶溪西方寺阅读大藏经。由于积学，功力日深，他对佛法有了自己的理解和体悟，一生受益，成为后来"超俗入真"的真正始基。太虚法师作有《舟过汶溪》诗："野航过我此三回，已是薰风欲放梅；文种宅知何处是？武陵溪色费疑猜。一湾水入山中去，两岸山移水底来；转忆前番秋夜好，芦花映着月明开。"

中华人民共和国成立后，西方寺曾被用作仓库、粮站，后改为汶溪小学。学校扩建，寺内建筑先后被拆除。后由当地人将部分材料搬运到净圆寺，用于大殿建设。如今净圆寺大雄宝殿竖立着四根巨大方形石柱，其中两根石柱正面都镌刻仿虞世南字体："地以人传想当初，文公偶隐清溪，能使辉增东土""寺因宅改到今日，净老重兴名刹，顿教乐慕西方"。西方寺石柱楹联，与溪隐庵文种故里相关。

光绪《慈溪县志》还将文种列入人物传，记载了他的事迹。文种是春秋时期越王勾践的谋臣。"十年生聚，十年教训"，周元王四年（前472），勾践伐吴，三战三北遂灭吴，多用其计，和范蠡一起为勾践立下赫赫功劳。范蠡"深知勾践为人，可与共患，难与处安"，灭吴后，为了避免"鸟尽弓藏，兔死狗烹"的命运，他功成身退，到了陶地，自号"陶朱公"，得以善终。而文种不听从范蠡劝告继续留下为臣，后来却被勾践不容，赐剑命其自杀。文种有《伐吴七术》，越王乃赐种剑曰："子教寡人伐吴七术，寡人用其三而败吴，其四在子，子为我从先王试之。"

文种是春秋末期楚之郢（今湖北江陵）人，后定居越国。据光绪《慈溪县志·街巷》记载，古有文种巷，在德润书院西隅。《慈溪县志》将文种载入人物传，提调翰林院检讨、主编光绪《慈溪县志》的杨泰亨先生说过，生于斯、长于斯、居于斯、葬于斯都是故里。

查宁波的建置沿革，鄞县春秋时属越国，战国时属楚。秦灭楚后，于公元前222年置鄞、鄮、句章三县。汉袭秦制，仍置三县。东晋时刘裕戍句章，筑句章新城于小溪镇（今鄞江镇）。隋初三县合一，总称句章县。唐时改为鄮县。五代初改为鄞县，沿袭至今的鄞州区。汶溪是不是文种的第二故乡，有待大家探讨。

漫话镇北古道

镇海古为海堧之地，有"唐涂宋滩"之说。"海环县之东南北，山势盘旋，就泥积淤，善经理之皆可为田。"古人趋地形之利，筑塘御潮，唐宋时期已有土塘。自巾子山后海塘逦迤蜿蜒抵于伏龙山，东西横亘数十里，蜿蜒舒展，如一条矫健的巨龙蛰伏在东海之滨，其势雄伟壮观，令人叹为观止。故人垦荒种田，沧海变为桑田。明清时，镇北古塘改为古道。古道分山南、三北（镇北、慈北、姚北）两段，以大平岭为界，岭东南为镇北山南古道，岭西北称三北古道（今属慈溪市）。

旧时镇北古道，全长约65里，山南、三北各一半路程。据民国《镇海县志》记载：从县城出西门往北行，至北城角炮台，往西少北到沙头庵，再往西行至万寿庵，往西北行到水管口庵，又往西北行至憩桥市，往西北行到界牌楼，入慈溪境（界牌楼，为慈、镇两县分界线）；再往西北行1里多，又是镇海境福田闸，北少西行至沙河头市，往北行到牌门头市，北行少东折北、少西行至澥浦镇，往北翻凤凰岭，往西北行，过大平岭至万安桥，往西北行到邱洋市，又西北行至龙山所城南门，从西城门出，往西北行到龙头场市，又西行至奉公堰，再西北行到施公山岭，往西北行至淞浦闸，与慈溪县分界。随着历史变迁，交通改道，古道行人甚少。

沙头庵，位于后海塘西端尽头处俞范村，与县城相距5.5里，旧名海晏庵，庵前旧有海晏亭，建于宋代。古海塘在这里分岔，塘往北与下岚山嘴相接称"万弓塘"，因地处灵绪乡，又称灵绪塘，明末清初筑。塘往西途经后施、王家团、憩桥，折北至择山头称古塘，唐宋时代筑，后又称官塘路，是镇北诸乡的交通要道。新中国成立后，沙头庵中住有5户人家，后改办俞范牛奶场，牛奶场又改作碎机厂，因厂失火，庵被焚毁。

憩桥市因村中有憩桥，村以桥命名。沙头庵至憩桥相距13里，需经过万寿庵和水管口庵。憩桥始建于明代，民国二年（1913），由里人贝振熙重修；条石结构，桥板长4.2米，宽2.85米，桥两旁置有坐栏。古桥桥墩两旁镌有桥联：东联为"路亘南北徒龙（龙山）虎（虎蹲），水跨东西慈（慈溪）镇（镇海）"；西联为"少憩不妨居近市，长桥于此影垂虹"。憩桥建造在唐宋时期的土塘上，南北走向，古道原均用青赭色的大块板石铺成，现改为水泥路。现在的古村，虽然显得冷冷清清，但村中古道两旁的连排街面平房和楼房，还留有昔日商铺的痕迹。据史料记载，憩桥市市井繁华，每逢二、四、六、八、十为集市贸易日，昔日繁华景象已经离我们远去。

憩桥至福田闸相距2里半，需经界牌楼（慈溪县志称界牌头）、顾家弄，均为慈溪地界。福田闸位于民联村，本名漏管闸，闸年久失修，无人看管被废弃。乾隆十五年（1750）农历四月大旱，禾苗枯萎，里人例贡生周子才买田建漏管闸，引接后江水以资灌溉，禾苗复苏。年需支付管闸工工资银六百两，塘下数千亩田，皆靠福田闸蓄水灌溉。道光二十八年（1848），周子才孙光熊又进行修建。福田闸旁有福田庵，建于明弘治年间，隆庆二年（1568）秋，飓风大作，大潮损坏屋宇，改名为畈田庵，清康熙三年（1664）复改为旧名福田庵。顺治十二年（1655）状元、鄞县人史大成赠送"花藏海净"匾额于庵，福田庵西有积善亭。福田庵曾作民联毛纺厂的厂房，今改福田寺，佛事兴旺，香火鼎盛。

牌门头村在福田闸北面，相距只有5里。村落虽不大，名气却不小，明代出了父子进士。为表彰刘洪、刘光父子俩，村中建有"父子进士"亭。进士亭建在官道路中，南北贯通。原进士亭斗拱石柱、四檐高翘，八封藻井，高耸的花格亭脊，上面雕有"双龙抢珠"，用五彩绘画，工艺精湛。亭的东西两侧有青石条凳供人乘凉休息，亭内悬牌匾，分别为"东浙世家""父子进士"，立有"文官下轿、武官下马"禁碑。进士亭筑建后，古村集市贸易兴起。20世纪80年代，古官道变为公路，在筑路中将进士亭移至路的西侧。现在的进士亭已经成为镇海区文物保护单位。

牌门头村至澥浦古镇相距5里。澥浦古镇老街是通往三北古道必经之路，也是山南、三北客商的贸易商埠。在元朝便形成了街市，天天开市，商贾云集，市井繁华。曾有"市肆骈列，海物错杂，贩客麇至"的记载。镇上老街，南起南巷口，往北一直走通水陆巡检司城门［宋嘉祐八年（1063），原建在镇海县东南100步的旧水陆管界巡检寨，后移置澥浦，改为水陆管界检巡厅］，俗称城门口。老街全长数百米，路面狭窄，宽大约4米，原均用青赭色的大块板石铺成，雨后纹理清晰，洁净如画。路的两侧都是二层木结构楼屋，密集紧凑，商铺林立。每当早市，天刚蒙蒙亮，街市便开始热闹起来，农户人家肩挑手提，带着自种自养的农作物和家禽，从四面八方汇入老街来赶集市抢摊位。渔民们将刚从海上捕捞上来活蹦乱跳的海货摆满街市，人群熙攘，热闹非凡，吆喝声连成一片，似一支动听的生活乐曲。老街的店铺，随着早市也开始开门营业，店铺是那种老式的用那长长的木板拼接而成的门面，早上开门时店员把门板一块块卸下，有人进进出出，店里有了生机。特别是过年过节，百米长街，鱼山虾海，摆满街市，人似潮涌，行人摩肩接踵，肩挑车载，传统节日气氛浓厚，把一条小街挤得水泄不通。

古道穿过澥浦老街，绕护城河、过凤凰岭（又称大岭岗墩）。凤凰岭在水陆管界巡检司城墙旁，岭不高，坡缓而平，上下岭有一条2米多宽的路，由青赭色的石板铺筑，每隔几块石板有一道台阶，石板路不知留下多少足迹，已被磨得平滑光洁。上岭后有一段平路,向东眺望可见滔滔大海,向北眺望能见到白沙湖的全景。沿着白沙湖过湖息亭,就到大平岭了。现在,凤凰岭上岭的石板路尚在,下岭的石板路已被毁,成了断头路。

镇北三北古道,原大古塘基。据光绪《镇海县志》载:"大古塘为北乡最旧之塘,昔时所以御海潮,今则为交通要道。"过大平岭,属龙山境内。经大岙村北到槿树芭弄至金家岙村,再由洞门庵凉亭沿长沙大路至邱王;往西行至百思亭、到东门外,跨普仙桥抵达龙山所南驿铺,再过油车桥、积善亭到达龙头场;过田央、杨家、林家村落往西行,至奉公堰;再经施公山至淞浦闸,与慈溪县分界。这条贯穿30余里的三北古道,将镇北大多数村落串联起来,明、清以后,成为镇北(现属慈溪县)地区经济社会发展的大动脉和海防军事的生命线。

古道上有许多凉亭,憩桥古村的憩亭却与众不同。憩亭建在村中憩桥南堍,亭内立有一块石碑,底端碑体已风化,但部分文字还依稀可辨,记载了一段"憩桥茶会"的故事。憩亭后有一间平房,屋内有水缸、灶台等烧茶设施。每年5月至9月间,由热心人士义务轮流烧茶,设茶摊为过路客免费提供茶水。亭内放置水缸,上有盖子,放着用竹筒做的勺子,让来往过客可以随意解渴消暑。有村中老婆婆为积善行德,编织草鞋挂在亭柱上,供行人穿用。憩亭石碑见证了憩桥村人广行善德的民俗风尚。

千年风雨淡化了这条古塘古道,历史却为其留下了深深的印记。

（原载 2011 年 9 月 22 日《今日镇海》第 7 版）

中大河上古碶堰

中大河是镇海的母亲河，曾是重要的水上交通运输线，也是农业灌溉的重要命脉。其水源一支来自丈亭江入化闸，另一支发源于汶溪众山之水，两支水流汇合于黄杨桥，继续向东流，经长石桥、骆驼桥、贵驷桥、万嘉桥至城西平水桥，总长22公里。旧时，河道水位高低不一，有上、中、下河之分，河水通过碶闸堰进行节制，形成一套完整的水利工程设施，在阻咸、蓄水、泄洪、排涝时发挥重要作用。

防潮阻咸化子闸

古时，慈溪县德门乡，定海（今镇海）县清泉、灵绪二乡，鄞县甬东隅水源，依靠余姚四明山区的山水，经江潮汐顶托上溯，然后再经丈亭、后江通过茅针闸、化纸闸的节制注入河网。茅针闸，旧名茅针碶（一名茅砧碶，又名茅洲碶），建于宋宝祐年间，由沿海制置使吴潜所筑。后曾一度废弃，明洪武二十七年（1394）乡民苏安等诉于官主簿李子谦，相度其宜，迁复故址，改碶为闸；岁久漏，天顺六年（1462）郡守陆阜复进行重修；清康熙年间设闸夫两名，光绪年间废。

化子闸建于元至正年间。至元代，茅针碶因年久失修渗漏，咸潮涌入，无蓄水反致伤农，影响鄞、慈、镇三邑四十余万亩农田灌溉。至正元年（1341），民列词告郡农事正官总管王元恭，王元恭率领三县司属僚佐赴现场视察，决定拆移填塞旧闸，迁就毗近东南首约远三十余丈（一说移东五里），由里人倪可久出资六分之五，其余人出资六分之一，置买民田二十亩，实地内开东西两头江河六十丈，新建碶闸五眼，比旧碶增一眼，每眼宽八尺，高十三尺。盖屋三间二舍，于至正三年（1343）二月十八竣工。共投工两万三千两百，费缗四万四千八百文。留田十三亩，租谷付闸夫工资。因涨潮时关闭，退潮时放闸，人称"关潮闸"。凡遇旱涝启闭潴蓄，灌溉三邑之地，其利甚博。

但历代县志记载其为"化纸闸"，相传当地人民为祭祀神灵，在闸旁水上化纸，然后纸灰随波而去，以保平安，故名"化纸闸"。另还有一种说法，其闸筑在化子庵（查阅历代县志，均无化子庵记载）旁，俗称"化子闸"；民国期间，化子庵改为安乐寺，筑在长石桥安乐寺旁的三江口。碶闸规定谷雨后至中伏，潮来则放板，以纳其入，退潮则下板，以止其出，若秋雨启闭，每年自此，虽旱不为患。

化子闸在清中晚期进行几次修筑。乾隆六年（1741），戴质明、郑国祯（又名郑光礽）等富绅捐资修护，又置田十二亩，岁收租息作关潮费。嘉庆年间，闸因潮冲击泄漏，河道淤堵，陈继彪出资修筑，并对闸内河道两岸芦苇荡进行清理。

宁波府太守宗源瀚撰文《重修关潮闸记》载：事隔七十余年的化子闸，因风水为患，奔流冲击，闸之渗漏，颓圮更甚。灵绪、东管、西管三乡田十余万亩赖此闸，关潮蓄水，接引以资灌溉，灵绪乡得利更多。灵绪乡陈镑科有修闸之举，率其孙廷钰一起帮忙相助，察看地形，出己资修闸，刚要准备动工，廷钰因病而卒。镑科强忍丧孙之痛，不听家人劝阻，于光绪六年（1880）夏，鸠工集材，亲临督率，工未及半，旋以积劳成疾，未几又卒，闻者莫不悲痛。后其子世熙、绍唐谨遵父命，伐木采石，芟除芦苇，挑掘淤涨，越一年工告竣，出资七千余金。名则修闸，实即建闸，工料之精，经营之善，堤岸坚固。桥栏石刻东曰"关潮闸"，西曰"化子闸"。说明关潮闸与化子闸是同一闸，以后一直以"化子闸"命名至今。

化子闸在农田灌溉中有重要作用，历代都十分重视它的修建。1959年姚江大闸建成后，原潮沙江变为内河淡水江，镇海、江北地区内大小河流与姚江相通，连成同一水系，化子闸的作用亦由关潮转变为进水节制闸。

水运要道贵胜堰

民谣"蚂蟥两头摇，不过长石、骆驼桥"，其实与贵胜堰、化子闸有关。没有贵胜堰、化子闸时，海水涨潮时从丈亭江一直涌入中大河，经长石桥、骆驼桥，这一带为咸水，蚂蟥喜欢在淡水中生活，害怕咸水，民间就有了"蚂蟥两头摇，不过长石、骆驼桥"的民谣。

史料记载："贵胜堰位于骆驼桥街前中大河上，贵驷桥刘氏建。始筑借邑港东，清时迁建骆驼桥，启闭闸与过船堰坝配套。"古时，借邑港是港慈镇二邑水道交界处，说明借邑港东筑有堰，为贵驷桥刘氏建，清时迁建骆驼桥街前。

贵驷桥刘氏，堂名"世彩堂"。元泰定间，刘氏十世孙刘复卿兄弟三人，赴耕渔庄舅父家定居。刘复卿兄弟为官宦后裔，其始迁祖刘翊，在宋建隆时卒于鄞县令任上，其子卜居鄞县沿江里，曾孙迁慈城，刘复卿兄弟从慈城来到耕渔庄（贵驷），遂繁衍成族，自成村落。后建桥筑堰。桥为拱形石桥，仿慈城骢马桥结构建造，宽3.6米，踏步北堍二十一级，南堍二十三级，桥梁甚为壮观。昔刘氏建桥取名"贵驷"，意在期望后代子孙驷马高车，显达亨通，遂以桥名。堰即贵胜堰，不知为何原因迁建骆驼桥，史无记载。

光绪《慈溪县志》记载："贵胜堰，县东三十五里，骆驼桥东，今改名新兴闸。与镇海（旧称慈溪）界，西接潮源，东通大河，浙江通志称'桂胜堰'。障水灌溉，且系运河，宜以时修筑。"《镇海县志》云："西水门接慈溪之水，永乐经后塞，隆万间，慈人因运粮至广安仓，道迂不便，复开。"

贵胜堰（新兴闸）是水运要道，为确保蓄水和交通运输，闸旁置过船设施堰，称堰头或坝头，堰内堰外水位相差悬殊。旧时，船过贵胜堰靠人力拔船，为减少船底磨损，石坝上放上青壳烂泥，起到润滑作用。相传，有一些堰头无赖，动辄詈殴，将船搁在坝头墩，讲条件，敲船家竹杠。之后为了减轻劳动强度，改为人力绞车盘，过往船只通过绞车爬升越过堰顶而过。

贵胜堰是慈镇两地水运交通要道。曾在山西当过知县的盛钟襄所作的《骆驼桥村竹枝词》写道："一水中分上下河，喧嚣终日客船过，夏瓜秋菜冬春笋，消受姚江土产多。逢双开市骆驼桥，白蛤黄鱼味美调。最是居奇穿网货，晚潮风起满肩挑。留人争把客衣牵，堤畔高呼坐快船。纤急无关风水顺，打桥门似箭离弦。石堰横斜积数重，乡音近杂水声冲。僧归不理人无赖，关住山门打晚钟。"描写了中大河上船只行驶如梭、街市繁荣的情景。

旧时堰旁有庵，后人称"贵胜堰庵"。据史料记载，庵于明万历十九年（1591），由翁、孔、韩等姓出资建造，清雍正三年（1725）、乾隆十四年（1749）进行重修。民国二十一年（1932），楼其梁、盛筱珊等旅沪商人等捐资修贵胜堰，计费六千四百银圆。抗战时期，庵被日伪军霸占，私设公堂，严刑逼供、关押无辜百姓。

骆驼桥老街临河而筑，有中街、东街、西街，贵胜堰东至方景和弄称中街，贵胜堰西至盛家称西街，方景和弄至西柘墩庙称东街，商铺林立，中街最繁华。旧有大小店铺98家，蔬菜行11家，为方圆数十里土产贸易集散地。中大河舟楫往来不绝，街市十分繁荣。后对街河进行拓宽，现堰改为桥。

水道锁钥大寺堰

大寺堰古称"倪家碶"，为镇北水利枢纽，明嘉靖《定海县志》始有记载，具体建造年月无考。据清乾隆《镇海县志》载："大寺堰、三都，上接慈邑潮源，下为东乡之所取济，诚水道之锁钥也。"古堰筑在中大河中下流，经万嘉桥、迎师桥至城西平水桥，与前大河汇合出张鑑碶入甬江，是水利之要地。

大寺堰以寺得名，堰北三里有千年古寺妙胜寺。五代清泰（934—936）中，有一位叫姚绾的人，舍地建寺院。当时，寺院在"濒海之上，环水之中，居处庳陋，而有风涛漂注之患"，初号"永安"；大宋英宗皇帝登极，以治平（1064）改元，称"妙胜寺"。至元祐八年（1093）冬，开始造释迦殿，历时两年，于绍圣二年（1095）竣工，"建屋一百五十楹，佛像七身粉绘，庄严而不侈"。重修后寺院为重檐歇山顶，筒瓦骑缝，并饰以鸱尾脊兽，规模恢宏，佛像高大，巍巍卓立，雄尊秀蔚，香火更盛，名噪州里，成为佛教圣地。

据史料记载，大寺堰用来蓄水，"但受弊有二：秋冬河宜蓄水，以为春来养苗计，乃堰夫嗜利，私放船只，竟不下泥致水不蓄，其弊一；且下流之地宜深广，于上流方能受水，而东乡之河反浅狭于上流，则潮流乌能逆行，而周遍浚河之令频下，但以庄限以甲拘，则河多丁少，难告厥成，其弊二。受此两弊，一遇旱干而乡田遂遭龟裂。"

大寺堰界东西两区间，中大河至此分为上中下游，所以备旱涝之蓄泄。民国九年（1920）春，时任镇海县知事盛鸿寿巡视至中大河，值晴久河涸，两岸田稻势将枯萎，担心粮食歉收。乃召集东西两乡士绅筹议修治河道，终以需费过巨，未能即举。至翌年秋而风灾作矣，海潮冲激，数十里塘岸岌岌莫保。盛急往勘，与诸绅商议，毅然以大工呈报。荷会稽黄道尹、华洋义赈会暨邦人士协助之力，集款至十余万金。于是海塘全部兴筑，后塘河继之，而中大河亦乘时集议，从事筹备。

民国十一年（1922）农历三月筹备修浚东西管乡中大河段河道，公推周汝磐为主任，两区自治委员胡元钦、刘炎昶，士绅朱忠煜、张起东、陈君贤坊等，进行规划。首议募款，自本乡而推及侨商，订立以亩捐款，以工代款方式，测地形估工程，详加核算。于九月鸠工，乘农闲季节，召集农户举锹锸开挖，至腊月，自白龙洋至骆驼桥三十里河渠，全工告竣。沿河道路，石之损者易之，桥之圮者复之，耗费至四万三千金。

该年，因大寺堰积久渗漏，而东管乡特受其害。于是，有浚河余款三千金修大市堰。爰购美材，运巨石，筑使坚实，永资保障。同时设立水利善后会，分年筹募万数千金为经费，用于置船雇役，日巡河中，凡污秽之物，倾聚之泥，悉予扫除，免成淤积，确保河道畅通。

旧时，主要运输工具为木船，大市堰河船租赁业颇盛，以乐氏为主体，有"乐全记""乐瑞记""乐益记"等。民国年间，租船业更加旺盛，大市堰堰坝西和周林港两岸，停靠的船只有五十余条之多。姚江大闸建成后，大市堰改为公路桥。

泄洪排涝张鉴碶

张鉴碶，宋《宝庆·四明志》有记载。位于镇海城西，闸址建甬江北岸土塘上，是镇海江北地区农田排涝主要水利设施之一，当时写作"张监碶"。

甬江古称大浃江，北岸有条内河，称浃江河。古时交通运输工具靠船运，浃江河是明州（宁波）与定海（镇海）县城的主要水上交通要道，自州城（宁波）桃花渡经白沙、露林，直至定海（镇海）西城门，绵亘六十里。南宋时期，因河道久不浚治而湮塞，农田失溉，舟楫不通。明州太守屡想开浚，只因工程浩大，费用昂贵，不敢动工。淳祐六年（1246）九月，由制帅颜颐仲"雇募夫工二十三万九千工，动用官帑五十五万七千余缗"，依故河道，进行全面疏通，河宽五丈，深一点二丈。鄞与定海两知县代表民众感激颜公，将浃江河改称"颜公渠"。后为纪其事，由宋代书法家张即之书刻于石碑上。

对于张监碶的来历，笔者认为是以姓命名，浃江河疏通后，为了排洪蓄水，方便行人出入，又筑三座碶闸、造跨桥六座。当时，修颜公渠、筑碶造桥工程，由通判府事张公琥全面负责监管、验收。所建三座碶闸中张监碶为其中一碶，大约由张公琥监管负责，取名张监碶。

宋《宝庆·四明志》记载的"张监碶"何时改为"张鑑碶"，据明嘉靖《定海县志》载："张鑑碶，二都，东乡之水籍碶宣泄，额设碶夫二名，司其启闭，并立两庄乡长以协守之。"为何将"监"改为"鑑"？"监"，《说文解字》注曰："监，视也，监，临下也，监与鉴互相假。"同时《说文解字》中又说"监"是大盆的意思，"监可取水于明月，因见其可以照形，故用以为镜"。"鑑"和"鉴"二字含义相同，代表镜子。说明当年张监碶内河水清可鉴。现代汉字将"鑑"和"鉴"通用，"鉴"代替"鑑"。所以，在《现代汉语词典》中根本找不到"鑑"字。

张鑑碶旁古有过船堰，约四米宽，因该碶地处甬江与内河的交通要冲，而碶两旁土塘不时被进出船只拔船，致塘低缺于碶门，遂贻乡田之大患。在该地兴建碶闸的必要性早就被人们所认识，清乾隆十七年（1752），邑令王梦弼详请移建已奉批准，重建碶闸。

中华人民共和国成立后，1951年在甬江北岸江塘内新建二孔钢筋混凝土结构，用钢螺旋启闭的碳闸，亦取名"张鑑碶"，并新挖一条从白龙洋至闸口的排水河道，长度450米，因当时缺乏经验，底定得太高，达到2.211米高程，于是在1957年12月，由庄市区在原建二孔的张鑑老碶东首又新建三孔新碶一座，现取名张鑑新碶，张鑑碶曾进行多次修建。

张鑑碶有"布襕扯大旗"的民间传说，讲述村姑救康王的故事。据有关史料记载，赵高宗曾两次到过镇海，建炎三年（1129）农历十一月金兵南犯，宋高宗赵构采取"航海避金兵"办法，自临安府（今杭州）出逃至明州，后又乘马出东渡门登御舟泊定海（今镇海）。金兵攻定海，高宗皇帝乘舟去昌国（今舟山定海）。翌年二月，金兵自临安退兵，三月，宋高宗御舟从温州途经定海，上岸后曾在后海塘一带（后称朝宗坊）暂短停留后，速回杭州。高宗皇帝没有到过张鑑碶，但村姑救康王的故事，却在民间流传。

山水胜景

招宝山十二景

　　招宝山，旧名候涛山，以其当海口，商舶所经，百珍交集，因以招宝名之。有神奇传说，山下有蚌生明珠，往来波涛之间，渔人或得之，即光怪逼人，骇浪继作，舟不可行，投之乃止。有着千年人文历史积淀的招宝山，旧有十二景，美不胜收，登临者无不叹为观止，古文人墨客留有许多诗词佳作。

　　鳌柱插天。招宝山除本名候涛山外，又名鳌柱山。明庄冋生作《鳌柱孤悬》诗："鳌柱孤悬锁海门，岩城雄镇势尤尊。潮通六国来王地，壁压三军细柳屯。石面青苔多岁月，波间红艳起朝暾。朅来更上层楼望，万里洪涛啸虎蹲。"明吴光远作《波浪擎鳌立》诗："劳劳行役定，只此慕青山。波浪擎鳌立，楼船带鸟还。锡飞浮岛外，金扫水云间。江戌常闻笛，关山夜夜闲。万山群赴海，一鋈独当门。壁立秦关壮，峰攒汉皇尊。危楼栖堞影，孤磬度云根。吸尽沧瀛浪，听歌日欲昏。"鳌，是古代传说中海中能负山的大鳌或大龟，百姓称鳌鱼。古人认为"天圆地方"，大地是由大鳌负着在海面漂浮的。而大鳌有时会"玩忽职守"，摇摇头摆摆尾，于是发生地震、海啸。如何镇治它？古人想到传说中的鳌柱擎天，便将候涛山复称鳌柱山，赋予它做天柱的使命。相传，唐代在山上建佛塔一座，命名鳌柱塔，用来镇住鳌鱼。后来塔圮，而留鳌柱山之名。20世纪90年代末，政府在招宝山北峰顶上重建鳌柱塔，系仿唐楼阁式宝塔，高57.6米，七层八面，青铜塔刹顶，内设步阶。登塔远眺，望海观潮，领略海天风光，东海诸岛若隐若现。

　　山楼观旭。山楼指望海楼，原在宝陀寺圆通殿后，由真武阁旧址改造，是文人墨客观旭、玩月、望潮的好场所。明薛三才作《山楼观旭》诗："上方阒寂思悠然，残漏疏钟欲曙天。地涌金轮沧海动，山流瑞霭赤城连。楼台忽敞千门晓，陴睨遥通万井烟。诸品现来空是色，浮生今已悟真禅。"清胡于铉作《望海楼玩月》回文诗："烟迷望海指平楼，瘦骨惊寒耐夕秋。悬壁三山云上下，隔林一水月沉浮。翩翩影落飞鸦雀，皎皎光涵静斗牛。前澳驻舟群寂寂，边村野火似星流。"回文诗便是运用回文手法，使全诗回环往复都能诵读，而且平仄、叶韵都符合诗律，这是需要一定技巧和推敲的。上诗回复读来便是：流星似火野村边，寂寂群舟驻澳前。牛斗静涵光皎皎，雀鸦飞落影翩翩。浮沉月水一林隔，下上云山三壁悬。秋夕耐寒惊骨瘦，楼平指海望迷烟。明代于莱作《望海楼望海潮》诗："半山亭下逢山雨，望海楼中望海潮。水鸟穿云飞绝域，浪花作雪喷层霄。参差蜃结千家市，缥缈虹垂百尺桥。东望蛟门天设险，万年重译仰皇朝。"清康熙四十四年（1705）望海楼毁于火灾。乾隆年间重建，道光二十二年（1842）又毁，道光二十五年（1845）再建，后圮。21世纪初，镇海区人民政府在林庙路北后海古城塘上重建望海楼，五开间，楼系抬梁式木结构仿清式风格，重檐歇山顶，朱檐筒瓦，镂花窗棂，庄严古朴。正脊中央悬光环铜镜，两端塑龙首正吻；脊额正面为"海天清晏"，背向为"两浙咽喉"。垂脊四戗飞檐雕甍，天马鸥吻，正面额"望海楼"，背面额"镇海关"。

仙洞海天。仙人洞，又称潮音洞。入洞处位于招宝山后山，洞中窈冥通下如石屋，内通大海，进入深处，能听见海中浪潮声。清邵元观作《游潮音洞》诗："层峦峭壁锁重湾，洞口春风日日间。海阔潮来千万里，老僧常带白云还。"相传，潮音洞是仙人聚会的地方，他们来无影去无踪，虚无缥缈。清朱承明作《仙人洞》诗："为政神明蛟海贤，螭头独步钓鳌旋。共乘天上瀛洲筏，来作蓬莱绛殿仙。日丽河阳花县锦，云栖洞府石渠穿。愧予大小东山客，赌墅无能与此缘。醉墨安期桃吐华，招摇仙吏枣如瓜。玉堂春色偏朝斗，花县和风早树麻。中散云林堪作主，仲容疏懒醉为家。扶胥岛接三珠树，一望沧溟锁翠霞。斗魁册府映文昌，彦会关门有美堂。紫海澜生纶阁绮，法宫烟绕令君香。酒狂二阮矜同调，醉墨三花妙五仓。万虑俱澄波上意，航来一叶即津梁。焚鱼学士本仙才，佛面光流慈母哀。琴署暇进山色好，承明草罢日边来。海涛近媚天风起，保障新悬星斗回。朗诵元虚遐览赋，谢庭先后愧纷陪。"

龙洞出云。潮音洞的出口悬挂在海边悬崖峭壁上，洞外烟波浩渺，白浪滔天，似龙腾云雾，直上九霄。明周西作《潮音洞》诗："海岸潮音洞，波涛日夜流。石崩牢设栏，同隙补为楼。峭壁摩文古，高僧避世幽。斯流冒艰险，对此豁吾愁。"原洞口石壁两侧左勒"六国来王处"，右勒"平倭第一关"十个大字，据清康熙之前县志记载，都认为是王荆公书。清嘉庆二十一年（1816）夏，县人陈景沛与同人棹舟至石壁，攀崖磨洗左五字，字末小字署"北山卢镗书"，这才知道是抗倭名将卢镗所题。汉朝时期，来自东方海域的岛国，久慕大汉文明与繁华，便不远万里涉海越山来汉朝进贡。"六国来王处"，是指当时的倭奴、百济、新罗、任那、秦韩、慕韩六国藩王，从大浃口（甬江口）入关，朝见中国皇帝，进贡礼物，表示臣服。明嘉靖年间，倭寇入侵我国沿海地区最严重。卢镗由兵部右侍郎兼总督江浙事务的胡宗宪荐擢，任江浙副总兵、以都督佥事充总兵官镇守定海（镇海），在浙江、江苏沿海一带抗倭奋战三十多年，身经数百战。他称招宝山为"平倭第一关"。可惜洞口在建宁波港时被毁。

钟鸣山寺。指宝陀寺，位于招宝山巅威远城内。原本于唐大中年间建在东海梅岑山（即今之普陀山），供奉观世音菩萨，宋元丰三年（1080），赐额"宝陀"。明嘉靖三十二年（1553），寺院遭倭寇破坏。嘉靖三十六年（1557），浙江总督胡宗宪奏请朝廷批准，迁宝陀寺至招宝山顶，故寺又名补陀。明薛三才《宿宝陀禅寺》诗："鳌柱峰高接素秋，山烟漠漠水悠悠。钟声夜渡江风转，匦鼎寒分海月流。万里沧桑悲世事，五更鼓角起边愁。空床徙倚难成寐，独步苍苔看斗牛（泛指星座，北斗星和牵牛星）。"明万历四十年（1612）和清康熙四十四年（1705），宝陀寺两次毁于火，两次进行重建。道光二十五年（1845）大修，分前、中、后三大殿，前为天王殿，中为罗汉堂，后为圆通宝殿。抗日战争时期为日伪军所毁，仅存圆通宝殿。1965年维修时天王殿、罗汉堂被拆毁。1981年、1985年省、县两次拨款整修圆通宝殿。重修后殿高9.4米，长宽各19米，朱椽筒瓦，飞檐雕甍。殿正中重塑毗卢观音，仍保持唐代造像特征，贴金佛像端坐于莲花台上，佛象连台高8米，善才、龙女分列两侧，三十二化身像分列大殿左右两旁。后续建斋堂、净土堂、僧房、念经堂等。

千帆破浪。旧时，大浃江（甬江）上千帆竞发，百舸争流。甬江口是浙东运河入海处，是唐宋时期外国来使与贸易商团通往中原、内陆运河的主要航道出入口。明张延登作《一鳌俯饮大江旁》诗："一鳌俯饮大江旁，蹑足遥盘瞰渺茫。幕拥帆樯天外过，阵回蛇鸟镜中翔。明时早建千年策，霸绩何夸六国王。寄语岛夷须远徙，守臣高望见扶桑。"据史料记载，唐天宝十一年（752），日本孝谦天皇（718—770）派出遣唐使乘三艘大船从大浃江（镇海口）入口至明州，使者转道长安，为首次抵明州的日本遣唐使船队。会昌二年（842）春，李邻德商船自明州港经大浃江口赴日本，此为赴日贸易的最早记载。宋建隆三年（962）十月，高丽国王遣广评侍郎李兴佑来宋朝贡，因登州为辽所阻，航海至明州，转道至汴京。淳化三年（992）十二月，阇婆国（今印度尼西亚）国王穆罗荣遣陀湛，率船六艘取道定海（今镇海），从明州到汴京朝贡。天圣元年（1023），台州商人陈维志等六十四人，自明州航海往高丽贸易。宝元元年（1038），明州人陈亮与台州人陈维积等一百四十七人航海，从定海出发到高丽贸易。熙宁七年（1074）高丽使者金良鉴来朝，为远避契丹，要求不走登州，改行明州朝贡。随着国外使者的往来和海外贸易的发展，淳化三年（992）四月，原设在杭州的两浙路市舶司迁至明州，置市舶务于定海（镇海），后移明州。现在，登上招宝山，远眺甬江口，两岸高楼林立，招宝山大桥如一条彩虹凌空江上，气势雄壮，桥上车辆奔驰，桥下汽笛长鸣。

蜃楼现幻。古人登招宝山观海时，平静的海平面上偶尔会出现高大楼台、城廓、树木等令人惊奇的幻景，非常清晰，仿佛屹立在云端，与浩瀚缥缈的云雾连接着海水，后来渐渐模糊，逐渐被隐去，与天色融为一体，直至完全消失。古人归因于蛟龙之属的蜃，吐气而成楼台城廓，因而称为海市蜃楼。自古以来，蜃景为世人所关注，留下蜃楼现幻的情景。明俞大猷作《招宝山》诗："缥缈蓬莱咫尺间，星槎此日偶跻攀。乾坤万里浮苍壁，形势千年等玉关。岛屿鸟言遥献译，楼台蜃市幻成栏。君恩自是洪如海，仰慰升平始解颜。"明李攀龙作《极目沧溟》诗："梵宫高倚碧云秋，极目沧溟万顷浮。仙洞餐霞丹灶暖，珠潭光吐伏龙游。数声鼓角惊禅室，一带烽烟结蜃楼。借问筹边靖海者，谁能挟策试吴钩？"清谢佑淮作《招宝山观海》诗："雉堞嵯峨叠嶂开，何妨扶杖一徘徊。控城巾子绵今古，渡海蒲帆任去来。风急涛声翻岛屿，云连蜃气见楼台。兴酣不尽凭高意，到此襟怀亦壮哉！"
我国古代则把蜃景看成是仙境，现代科学已经对大多数蜃景做出了正确解释，认
为蜃景是地球上物体反射的光经大气折射而形成的虚像，所谓蜃景就是光学幻景。

虎蹲涛吼。虎蹲山屹立海口，以形得名，与小金鸡山对峙，古称天设之险——
蛟门。虎蹲山是座小山，原为礁，后慢慢露出海面，浪涛拍打岩壁，又称虎蹲岩。
山上长有一些草木，后人称虎蹲山。元吴莱作《次定海候涛山》诗："悲歌忽无奈，
天海何渺茫。放舟桃花渡，回首不可量。南条山断脉，北界水画疆。居然清泠渊，
枕彼黄茅冈。朝渗日星黑，夜凄金碧光。蹲虎岩倚伏，斗鸡石乖张。磨碧越湛卢，
荡泊吴馀皇。幽波视若亩，巨壑深扶桑。招徕或外域，贸易丛兹乡。呕咿燕国语，
颠倒龙文裳。方物抽所宝，水犀警非常。驱鳅作旗帜，驾鳌为桥梁。似予万里眼，
徒倚千尺樯。稍疑性命轻，终觉意气强。寄言漆园叟，此去真望洋。便拟学仙子，
被发穷大荒。"元末明初诗人丁鹤年曾到过虎蹲山，作有《九日登定海虎蹲山》诗：
"东海十年多契阔，西风九日独登临。天高云静雁初度，水碧沙明龙自吟。篱下
菊花怜我瘦，杯中竹叶为谁深。凭高眺远无穷恨，去国怀乡一寸心。"虎蹲山在
建宁波港时被炸毁，用作万吨级煤码头的基础。

夕照霞峰。明代，在招宝山西侧半山腰建有庵，"松风掩盖，以夕为佳"，故
名"夕照庵"。前人盛赞此处风景，颇多吟咏。明周西《夕照庵》诗："夕照知名
久，斜晖满院明。悬崖流水细，曲径踏沙平。树老人堪倚，茶香僧自烹。天高日
落尽，步履尚留情。"明谢泰宗《游夕照庵》诗："千峰已共落霞回，下有菩提小
院开。树冷欲呼群鸟集，僧归刚趁夕阳来。云帆影落弥陀塔，佛面光流般若台。
何处松风声唽唽，余辉暖藉古莓苔。"夕照庵后圮，民国六年（1917），僧妙山在
原址建观音阁，毁于抗日战争。20世纪80年代，释智柔在旧址重建元始殿三楹，
仍名观音阁。后续建香光殿五间，观音阁正殿三间，浇制殿前平台，增筑山门、
会客室等十余间，又建清静世界、客库房等十间，1993年再建大师殿三楼三间，
同时建海量楼、彩云楼、涅槃洞等。数年间，共建殿宇、执事房、寮房等五十余间。

凭阁观澜。招宝山南临甬江口，东北是大海，山上亭台楼阁，不胜枚举。凭
虚登临，极目海天，波澜壮阔，蛟关淼茫，甬江滔滔，日复一日，年复一年地潮涨
潮落。清胡湜作《登候涛山望海》诗："壮矣蛟门竟若斯，洪波巨浪日奔驰。六鳌
尽立天疑堕，万马横飞地欲移。只见太初浮混沌，更从何处辨华夷。登临墨客知
多少，志傲沧洲问是谁。"清张懋建作《威远城望海》诗："东南半壁撑，突兀瞰沧
海。山势自东来，度海尽崔巍。上建威远城，千年雄军垒。万里恣狂涛，奔腾到门汇。
虎蹲踞中流，危石咽磊磊。金鸡与伏龙，登眺一爽垲。峡东激而行，冲射神情馁。
远峰迷近烟，千山青倏改。翼日转晴和，霞光散夕彩。楼橹挂轻帆，错杂漾欸乃。
伐鼓复渊渊，歌声动啰哰。依稀画里人，荡漾春波蔼。南流与北流，平流拱浣浣。
岸头广狭分，长落占子亥。云是浙江潮，厥信禀所宰。蛟龙窟深藏，善自葆光采。
渟渊耐稳眠，颔下珠长在。"每当中秋在甬江口观潮，虽然没有钱塘江那样汹涌澎湃，

惊心动魄，却也能见到东海的浪潮波涛起伏，似一条银线，从天际而来，滔天浊浪，奔腾向前，当浪潮涌入甬江口时，潮高数米，拍打堤岸，轰响如雷，浪花四起，情景十分壮观。这种海潮自然动态奇观，只能在中秋节才能见到。

梵台秋月。招宝山虽非名山，但景致嘉美，登临此山，纵目远观，大海壮阔，波浪滚滚，岛屿隐现，海天无际，特有的自然环境与人文旅游景观，吸引历代众多文人在此赏月，目有所见，心有所感，留下一篇篇即景抒情、感物咏怀的诗词佳作。南宋文学家仇远曾经到过招宝山，作有《八犯玉交枝·招宝山观月上》词，被辑录在周密编选的南宋词集《绝妙好词》中。"沧岛云连，绿瀛秋入，暮景欲沈洲屿。无浪无风天地白，听得潮生人语。擎空孤柱。翠倚高阁凭虚，中流苍碧迷烟雾。惟见广寒门外，青无重数。不知是水是山，不知是树。漫漫知是何处。倩谁问、凌波轻步。谩凝睇、乘鸾秦女。想庭曲、霓裳正舞。莫须长笛吹愁去。怕唤起鱼龙，三更喷作前山雨。"诗人于黄昏登临山上，远眺海上暮霭沉沉，正是入秋时节，碧波万顷，远处青绿色的岛屿与浮云相连，眼前洲屿沉溶在暮景之中。这是个风平浪静的好日子，银色的月光照得天地如同白日，耳边听到的是山中的人语和海里浪潮声，就像空谷鸟鸣。将目光收回，由观海转向观山和观月，青翠耸拔的招宝山，似擎天的鳌柱，屹立在大浃江口。凭靠在临崖高阁上，只见月宫门外呈现出一重重银色的光环，青远的天色和皎洁的月光，使大浃江上蒙上层层迷雾。天空、大地、沧海、浃江，构成了月夜海天奇画。这优雅恬静的夜景，令人尽消俗虑。

山城岚翠。山城指威远城，明抗倭名将卢镗和谭纶登上招宝山，观察镇海口形势，认为定海是海壖重地，又是沿海烽燧交会处，而招宝山更是江海咽喉和城治门户。若倭寇登据招宝山炮击县城，县城将不攻而破；再若倭船衔尾进入，守军也难以制止。要想守卫城区非据险筑城不可。他们向总督建议在山巅建城守卫，以巩固城防。胡宗宪同意后就命卢镗和谭纶督建筑城。三个月中，在山巅开凿山道二百余丈，筑城高二丈二尺，厚一丈，修雉堞一百六十四垛，开东、西两城门，上面建楼作海神祠，于嘉靖三十九年（1560）春落成，曰"威远城"。两年后，又在城中增盖石屋四十余楹，屯兵戍守，并建炮台安置五千斤铁发贡炮四门，将城堡定名为"威远"。从此，威远城控海口，扼要冲，和县城唇齿相依。同时在招宝山麓西南扩建靖海营堡，筑屋四十余楹，将校场扩大，时时校阅操练，海口则布列战船，"平倭第一关"的格局初步奠定。卢镗登上威远城，作《登招宝山》诗："招宝苍茫控咽喉，巍峨雄堞护重楼；洪涛闪烁金光动，大海澄清瘴雾收。百万貔貅屯远垒，三千戈舰列安流；从今夷寇寒心胆，永固皇图亿万秋。"现在威远城内天王殿、圆通宝殿、明清碑碣等古迹目不暇接。

如今的招宝山更美，是集海天风光、人文景观、海防遗址、宗教文化于一体的综合性游览景区，是旅游休闲的好去处。

（原载 2019 年《镇海潮》第一期）

中大河畔三集镇

这是一条普普通通的河，默默地穿过无数乡村，没有激流，波澜不惊，日夜流淌，它就是镇海的母亲河——中大河。有人把河流称为大地的动脉，世世代代滋润着大地、哺育着人民，是人类文明发展的摇篮。中大河曾是重要的水上交通运输线，也是农业灌溉的重要命脉，在中大河畔，曾形成三个热闹的集镇，在镇海历史上留下了浓墨重彩的印记。

慈东商埠骆驼桥

骆驼桥始建于北宋建隆元年（960），横跨在中大河上，南北走向，地以桥得名。旧时，骆驼桥是慈东、镇西接壤腹地，水陆要津，以中大河为界，河南属镇海县西管乡，河北归慈溪县德门乡。清末民初，骆驼桥已经相当繁华，有"慈东商埠"之称。

骆驼桥水系发达，河流纵横，西大河与中大河相交。西大河分南北两支河流，北支流（又称北大河）由澥浦新漕墩，经觉渡寺、李小桥、堰头王，到骆驼桥；南支流自咸宁桥起，往南经团桥、洪家、压赛堰至江北岸三宝桥，是镇北诸乡通往宁波的主要航道。

骆驼桥集镇上最早居住的是盛、翁两姓。两家以贵胜堰为界，盛家在堰西，翁家在堰东。相传，翁氏十六世孙彦献，南宋初迁入骆驼桥，以后子孙繁衍，在桥两岸自成村落，翁氏家族多数外出经商，致富后不忘报效桑梓。明天启年间（1621—1627），翁氏家族翁尚信曾对骆驼桥进行重修。翁氏在中大河两旁筑有许多古建筑，深藏在集镇弄内的大院，建筑风格独特，青砖黛瓦，古色古香，引人瞩目。

盛氏也在南宋时迁入，始迁祖盛次伸，字秉刚，明州节度推官、知慈溪县事，居慈溪东乡骆驼桥，后子孙繁衍，聚居在慈、镇两地。盛氏官商世家，以沙船起家，运漕粮发迹，筑有大批民居古宅，有"九十九间""九进十明堂"等豪华古宅，盛氏后人曾称："吾族盛时有花园五，曰：守愚、日涉、竹医、肯园、一鉴轩。"

骆驼桥集市老街临河而筑。西大河旁有南街，北起骆驼桥塝，沿西大河往南延伸，街在骆驼桥南首，故名。旧时，是通往宁波的要道，有店铺和航船埠头。清末，街上建有凉亭五间，又名新凉亭。亭东有童姓聚居，称新凉亭童家。

中大河旁有东街、中街、西街。方景和弄以东至西柘墩庙（祀吴阚泽，今骆驼中学），称东街。方景和弄以西至贵胜堰，称中街。贵胜堰以西与盛家相接，称西街。街上商铺林立，市井繁荣，旧有大小店铺九十八家，有柴行、咸鱼行、蔬菜行十一家，为方圆数十里土产贸易集散地。街与弄相交，有方景和弄、对桥弄、大盛弄、张家弄、大庙弄、银店弄、万兴弄、堰头大屋弄等，这些弄名都有它的历史内涵。

曾在山西当过知县的盛家人盛钟襄所作的《骆驼桥村竹枝词》，对骆驼桥街市进行了描写："夏瓜秋菜冬春笋，消受姚江土产多。"当时，余姚船来往不绝，所售土产一半来自余姚。"逢双开市骆驼桥，白蛤黄鱼味美调。最是居奇穿网货，晚潮风起满肩挑。"写出了骆驼桥市井繁华，水产海鲜品种多，特别是沿海的人落潮后，肩挑"穿网货"（小海鲜）沿街叫卖。

民国十六年（1927）骆驼桥发生倾圮，桥梁需要重建。横跨在西大河口的咸宁桥因"拥挤触撞，未及六十年而呈倾圮之象"，二桥同修，费用浩大。慈镇籍沪上商人闻讯，纷纷出资，筹得银圆八千余元，盛筱珊个人认捐四千三百五十元。重建后二桥都为单孔石梁桥，桥洞净跨四点二米，两侧设有石坐栏，有台阶数级。1990年，中大河拓宽，将两桥拆除，骆驼桥改建为混凝土三孔板梁桥，仍将石坐栏和桥梁置于新桥两侧。咸宁桥向南移数十米，为混凝土单孔板梁桥。

民国二十一年（1932），宁波帮人士虞洽卿创建通运长途公司，招商承建宁波江北封仁桥到观城的公路，经过压赛堰、团桥、骆驼桥、澥浦、龙山、淞浦到观城，水陆交通更加便利，骆驼桥成为慈、镇、甬三地的商埠，街市更加繁荣，客商云集，行人如织，来往不绝，该年始建镇。民国三十五年（1946）与长石桥合并为长骆镇。

随着骆驼桥商埠形成，民国二十四年（1935）六大地名也应运而生。当时，镇海县将骆驼桥南块汤家桥、蔡家桥、周家楼厦、井头刘、前后唐、半西刘、桥里盛、华家、后华、翁家斗、雁宕庙徐家、金华、徐华、南胡、桥东厦等自然村设立乡，乡名叫"六大"，"六大"与"骆驼"方言读法谐音，"六大"乡的地名由此而产生。

水陆通途贵驷桥

贵驷桥位于镇海中部，镇海县城西约十公里，距宁波约十三公里，东连蛟川街道，南与庄市街道接壤，西靠骆驼街道，北与澥浦镇相邻。地处江南水乡，河港交错。中大河经骆驼桥至贵驷桥后分两条支流，一条穿越贵驷桥向东流，另一条往南经妙胜寺、大寺堰后折东在镇海城西汇合。而旧时的贵驷桥位于镇海西面，以借邑港为界，港东称镇西，港西属慈东，称宁波镇北贵驷桥。

贵驷桥古称耕渔庄。元代泰定年间，世彩堂刘氏十世孙刘复卿兄弟三人，赴耕渔庄舅父家定居。刘复卿兄弟是官宦后裔，其始迁祖刘翊，在宋建隆时卒于鄞县令任上，其子卜居鄞县沿江里，曾孙迁慈城，刘复卿兄弟从慈城来到耕渔庄，遂繁衍成族，自成村落。后建贵驷桥，筑贵驷堰。

贵驷桥为拱形石桥，仿慈城骢马桥结构建造，刘氏建桥取名贵驷，意在期望后代子孙驷马高车，显达亨通，遂以桥名村。清乾隆二十八年（1763）因桥年久失修，里人刘蔼、刘世显出资重建。同治年间先后又建贵元（又称里洞桥）、贵显二桥，均承此意。

民国十九年（1930）始建驷桥镇，属西管区，辖余家、甸央、曾家、乐家、郎家、前陆、后陆；民国三十五年（1946）称新驷乡，直至中华人民共和国成立。

贵驷桥地处水陆通途，贸易兴盛。据当地老人介绍，至民国时贵驷桥集镇已相当闻名。原贵驷桥为单日集市，北有憩桥集市，南有妙胜寺集市，均每逢二、四、六、八、十为集市贸易日。1935 年 1 月，县道镇骆路建成通车，从骆驼桥站起点途经贵驷、后施、俞范至镇海县城，方便了鄞、镇、慈三地人们的出行。原镇北古道必经之路的憩桥集市非常热闹，山南山北的过路客商来往不绝，公路建成后，开始衰落。南面的妙胜寺集市，因 1941 年 4 月日本人飞机轰炸，被炸毁民房六间，街市随之衰落，两地赶集的人都奔向贵驷集市贸易。

贵驷桥老街临河而筑，在中大河的北面，分东街和西街，以贵驷桥为界，桥东称东街，桥西称西街，全长八百多米的单面街道，商铺林立，市井繁华，小桥流水，船楫悠悠。街北旧时多为刘氏民居，二十多条小弄由麻石板铺成，窄长而纵横交错，一条接着一条，巷巷相连，曲径幽深。小弄从四面八方向老街延伸，布满整个集镇。弄内有简陋小屋也有楼屋，青砖灰瓦的木结构连排屋，高低不一，参差不齐，一排连着一排，紧紧偎依。小弄深处偶尔有几处古韵旧貌的石基青砖、青瓦粉墙建成的高墙大院，门额的砖雕、灰塑都十分精致，古色古香，有其独特的美丽与魅力。

据《镇海地名志》载，街后有"祠堂弄、后房弄、潜安弄、后宅弄、三十房弄等"。其中有两条以店庄命名的弄：一条叫方德兴弄，又名小四房弄，弄口旧有方德兴药店，比较出名；另一条叫三和弄，弄内开有三和钱庄，因钱庄生意红火而出名。《镇海地名志》记载也印证了贵驷桥集镇昔日的繁华。

集市鼎盛长石桥

长石桥集镇旧属慈溪县，位于慈溪之东。东临骆驼桥，西连汶溪村，南接费家市，西接汶溪，北连西经堂。民国二十一年（1932）因集市贸易兴旺而设镇，称长石镇。

长石桥集镇以桥得名，桥横跨在中大河上，南北走向。据传，长石桥始建于宋，为张姓所建，初名"张宅桥"。明嘉靖年间改建，易名"长石桥"。乾隆年间，由里人洪世英出资，在长石桥西三十米又建了座永清桥，方便两岸往来，后人称长石桥为"老桥"，称永清桥为"新桥"。乾隆、嘉庆年间长石桥重修，重修后为三孔条石长桥，桥上有坐栏，北桥脚砌有上下台阶的纤路，便于纤夫拉纤。20世纪90年代，长石桥改建为钢筋混凝土结构的单孔拱桥。

集镇有五街二弄，街有东街、西街、北街、南街、小南街，弄有豆芽弄、线店弄，贸易兴旺。街面店铺紧挨，米店有东街恒昌、南街瑞和；水作坊（豆腐店）有南街三友、兴源；南货店有东街豫丰、西街豫隆、裕大祥；酱园店则是百年老店盛兹记分店，开在西街中心；蜡烛店有协茂、苏隆泰；药店有西街太和堂、天和堂、杨镇叶；理发店有南街阿林等。此外还有两家篾器店、一两家杂货店及烟叶店、烟酒店、旅社、饭店等。

东西街沿河竖有8根天灯柱，高约2.4米，由30厘米高的基座、210厘米高的柱身组成。其中，基座边长0.5米，柱身边长20厘米。柱顶端设油灯，用菜油拖灯芯。这8盏天柱灯由止止庵负责管理，每到傍晚时分，庵中师太步上街头，一一点燃天灯，入夜全靠天灯照明。旧有航船埠头，方便人们出行。

在清代，长石桥集市逢一、三、五、七、九日，为单日市。民国开始天天有市。每当集市，周边村落的人们清晨起早赶集，摆摊的、赶集的，从四面八方来到长石街上，将长石桥街市挤得水泄不通。逢年过节，集市贸易更加兴旺，人来人往，摩肩接踵，把本来不大的街面挤得水泄不通。

当地人有言："只讲长石骆驼桥，勿讲骆驼长石桥。"当时，长石桥的集市比骆驼桥兴旺，因为有优越的地理位置。

陆路，长石桥是通往宁波的必经之路。由于河头市北有众多大山相隔，山南、三北自成水系，交通靠步行，镇北、慈北、姚北三地人们去宁波，分别翻越雁门岭、凤浦岭、桃花岭，邱王人翻雁门岭经过河头、西经堂到长石桥，龙山人翻凤浦岭经过十字路、长桥头、西经堂到长石桥，方家河头人翻桃花岭经过横溪、十字路、长桥头、西经堂到长石桥。因此，长石桥来来往往行人不断，促进了集镇市场更加繁荣。

水路，从上虞、余姚下来的山货船，载着竹木器具、缸、陶瓷器和毛笋、毛竹等农产品来此销售。山货船一般从余姚江顺流而下，经过化子闸到长石桥停泊出卖。如果货在长石桥卖光了，就顺来时的水路回去，或带着鱼鲜和生活用品回去；如果在长石桥卖不完，再将船摇到骆驼、贵驷等地出售。近水楼台先得月，所以长石桥市面要比骆驼桥兴旺。

（原载 2020 年 5 月 10 日《今日镇海》第 4 版）

海防要塞威远城

　　威远城在镇海招宝山巅，以招宝山天然峭壁为城基，环山顶筑建，似雄狮盘踞东海门户、甬江之滨，为海防要塞，扼江控海。

　　镇海素有"海天雄镇""浙东门户"之称。嘉靖年间倭寇又起，入侵浙东一带。嘉靖三十五年（1556），兵部右侍郎兼总督江浙事务的胡宗宪荐擢卢镗为江浙副总兵，协守沿海一带。嘉靖三十八年（1559）卢镗镇守定海（镇海），看到招宝山雄踞甬江出海口，与南岸金鸡山对峙，是镇海关隘、甬江咽喉，便与海道副使谭纶商议后，经请示总制胡宗宪同意后，于嘉靖三十九年（1560），在招宝山巅筑建城堡。经过军民三个多月的努力，城堡竣工，城周长二百丈，高二丈二尺，厚一丈，设雉堞一百六十个。嘉靖四十一年（1562），"增复石屋其上，辟东西二门，内建戍屋四十余楹，屯兵戍守，曰：'威远城'"。威远城内建炮台置五千斤铁发贡炮四门，三百斤铜发贡炮百余门。在隔江的金鸡山铸火器若干座，以战舰布防甬江口，与县城相犄角，形势益固。

　　嘉靖四十年（1561），倭寇大举进犯浙东，卢镗与参将牛天赐破敌于宁波、温州。后来连续水陆十余战，歼敌一千四百多人，浙东倭乱遂平。卢镗再次登上威远城，作《登招宝山》诗："招宝苍茫控咽喉，巍峨雄堞护重楼；洪涛闪烁金光动，大海澄清瘴雾收。百万貔貅屯远垒，三千戈舰列安流；从今夷寇寒心胆，永固皇图亿万秋。"

　　历代官员都重视对威远城中进行军事布局和修筑。天启四年（1624），遇大风雨城池半圮，知县顾宗孟重新修建。康熙四年（1665），总镇常进功在旧城更廊五十丈，在高二丈二尺上复加三尺，又在城之东、西、北三面，各筑炮台一座，每台高、广各四十尺，每台置两千斤铁发贡炮两门。并配有各种战守器械，使"厚集其势，不至孤而无辅"。道光十三年（1833），知县郭淳章重修威远城，他挥毫泼墨，在城池上留下苍劲有力的"威远城"三字。道光二十年（1840），督办浙东善后事务巡道鹿泽长、陈之骥等募集资金，对威远城大修，并于城东门内建造营房十一间，配以红衣炮五门、劈山炮六门、行营炮三门、得胜炮九门（以上皆小炮）。难怪浙江提督欧阳利见在《招宝山月城碑》中载："前明筑沿海七十二城以备边也，最要者莫若招宝山之威远卫城。"确非虚语。

威远城内现有明、清九方碑刻一字排开，虽经几百年风雨侵蚀，但碑文依然清晰可见，笔力雄健浑厚，书体气势磅礴。每方碑刻见证了镇海人民的不畏强暴，在四百多年间，历经抗倭、抗英、抗法等战争，涌现出无数民族英雄和爱国志士，谱写了许多可歌可泣的动人故事，他们气贯长虹的英气永远驻留在威远城内。

1983—1985年，镇海区人民政府对威远城重修加固。1989年12月12日，威远城被列为省级重点文物保护单位镇海口海防遗址之一，成为招宝山景区一道亮丽的风景线。

（原载2013年7月28日《宁波晚报》A08版）

潮音洞遗闻

潮音洞，又称仙人洞。位于招宝山后山，洞中窈冥通下如石屋，内通大海，进入深处，能听见海中浪潮声，是招宝山十二胜景之一，有"仙洞海天"之称。

嘉靖三十六年（1557），抗倭名将卢镗跟随总督胡宗宪在普陀山剿倭，见"不肯去观音院"遭受倭寇破坏，"不肯去观音像"暴晒在炎炎烈日之中，命令将士将"不肯去观音像"用船迎送到定海（今镇海），在招宝山顶威远城内建补陀寺（圆通宝殿），后将"潮音洞"改名为"观音洞"。

明末清初浙东学派的代表人物郑梁（1637—1713），字禹梅，初号香眉，后号寒村，世称寒村先生，慈溪鹳浦（今江北区半浦）人，康熙二十七年（1688）进士，选庶吉士，改工部湖广司主事，旋升本部员外郎，擢刑部山西司郎中，康熙三十三年（1694）充文武会试同考官，康熙三十四年（1695）出守高州知府。郑梁到过招宝山潮音洞，在他所著的《寒村诗文集》中录有《观音洞》诗两首。"招宝山头路已穷，一声清磬石岩中。循崖曲折无尘迹，入洞幽深自梵宫。大海波涛阶下物，普天埃壒眼前空。何当孤笠来栖此，看倦扶桑晓日红。千盘折下春光迥，一径斜登日影穿。山尽此间无大地，水穷何处接青天。嶙峋岩藓污名姓，澎湃潮声忘岁年。几盏菩提趺坐久，跛羊踏石落檐前。"

潮音洞石壁两侧左勒"六国来王处"，右勒"平倭第一关"十个大字，原县志记载是王荆公（王安石）所书，所以明隆庆以后的文人记咏，都认为是王荆公书。清嘉庆二十一年（1816）夏，县人陈景沛与同人棹舟至石壁，攀崖磨洗左五字，字末小字署"北山卢镗书"，这才知道是抗倭名将卢镗所题。这十个字，在1974年建港时被毁。

"六国来王处"。"来王"是指当时的"藩国"从大浃口（甬江口）入关，朝见中国皇帝，进贡礼物，表示臣服。中国古为"天朝上国"，而日本国最早称倭奴国。在汉朝时期，来自东方海域的岛国，久慕大汉文明与繁华，便不远万里涉海越山来汉朝进贡，汉世祖光武帝刘秀赐倭奴国王印绶"汉倭奴国王"金印。"汉倭奴国王"之印，至今仍然陈列在日本的福冈市。107年，汉安帝执政，就有朝贡记录，《后汉书·东夷传·倭》载："倭国王帅升等献生口（奴隶）百六十人，愿请见。"

那么这里"六国"指哪些国家？425年时，倭王珍就遣使中国宋帝，自称使持节都督倭、百济、新罗、任那、秦韩、慕韩六国诸军事，而宋文帝只是"诏除安东将军、倭国王"，对其都督朝鲜半岛国家不予同意。直到451年倭王济遣使请封时，宋帝才开始同意其加使持节都督倭、新罗、任那、加罗、秦韩、慕韩六国诸军事，不过没有承认倭王有管辖百济的军事权力。倭王武即位后，对于都督百济仍不死心，又遣使宋廷请封，宋帝仍然没有同意其都督百济。

倭奴国在唐、宋、元、明各代都有纳贡的记载。唐天宝十一年（752），日本孝谦国王（718—770）派遣使者来唐朝贡，乘三艘大船从大浃江（镇海口）入口至明州，使者转道长安，为首次抵明州的日本遣唐使船队。从此，两国开始了友好往来和贸易合作。会昌二年（842）春，明州人李邻德商船自明州港经大浃江口赴日本，此为赴日贸易的最早记载。

除了日本国向中国朝贡外，其他国家也有记载，如建隆三年（962）十月，高丽国王遣广评侍郎李兴佑来宋朝贡，因登州为辽所阻，航海至明州，转道至汴京。淳化三年（992）十二月，阇婆国（今印度尼西亚）国王穆罗荣遣陀湛，率船6艘取道定海（今镇海），从明州到汴京朝贡。熙宁七年（1074）高丽使者金良鉴来朝，为远避契丹，要求不走登州，改行明州朝贡。

元代开始，倭奴国（日本）开始入侵我国沿海地区，明嘉靖时最严重，其入侵者被称为倭寇。嘉靖年间，卢镗由兵部右侍郎兼总督江浙事务的胡宗宪荐擢，任江浙副总兵、以都督佥事充总兵官镇守定海（镇海），他熟知兵法，智勇双全，看到招宝山雄踞甬江出海口，与南岸金鸡山对峙，是镇海关隘、甬江咽喉；根据多年抗倭的经验，认为从招宝山俯视县城，相隔不过数十步；如果倭贼一旦登上招宝山，且置火炮于山顶，县城将不攻而破。守城非占据险要处不可，卢镗与海道副使谭纶商议，在招宝山上筑"威远城"，内建炮台置五千斤铁发贡炮4门，三百斤铜发贡炮百余门。在隔江的金鸡山铸火器若干座，以战舰布防甬江口，与县城相犄角，形势益固，倭寇不敢再犯。卢镗在浙江、江苏沿海一带抗倭奋战30多年，身经数百战，他称招宝山为"平倭第一关"。

潮音洞有烈女舍身明志的故事。清嘉庆年间，鄞县富绅金谷园季女玉容，貌美才秀，工诗善书，嫁同县秀才王倩为继室，王倩也颇有才气，是位翩翩公子，读书极博，爱好乐器。玉容嫁到王家后，两人十分恩爱，意趣相投，时常诗词唱和，有着说不尽的喜悦。王倩教玉容弹奏琴瑟，古人学琴瑟，是顺畅阴阳之气和纯洁人心。《诗·周南·关雎》："窈窕淑女，琴瑟友之。"元徐琰《青楼十咏·言盟》："结同心尽了今生，琴瑟和谐，鸾凤和鸣。"比喻夫妇间感情和谐，亦借指夫妇匹配。玉容十分聪明，一学就会。王倩家藏有一支鹤骨箫，每当执箫在手，缓缓地开始吹奏，箫声沉厚，曲调婉转悠扬，十分好听。玉容也喜爱此箫，跟夫学箫，王倩就把箫送于妻作衾具物。

王倩前妻弟司账，少年韶秀，玉容视其为自己的同胞兄弟，两人十分亲密，别无太意。王倩见司账正常出入房闼，开始怀疑玉容不正派，叫佣人将睡铺搬到别室居住，然后骗玉容说："你父有病，你可先去看望他，我随后就来。"玉容到家后，见父无疾，觉得奇怪。王倩随后就到，拿来一封休妻书、衾具。金父责问女儿犯有何事，玉容也不知其故，因此，屡想自杀，皆被家人劝止。后王倩另娶慈溪冯氏女，玉容登门责问；然后，请父到郡、县申诉，都没有结果。于是，茹绣素幡，假托前往招宝山补陀寺，在观音大士前悬幡酬母。礼佛毕，与诸女一起游后山，至潮音洞口，玉容竟然纵身跃入洞中，舍身明志，诸女挽救不及。第二天涨潮，尸浮出海，捞而殓之，年二十七岁。

（原载 2017 年《镇海潮》第二期）

山水胜景

吴公纪功碑亭

吴公纪功碑亭建在梓荫山麓，民国二十五年（1936），镇海人民为纪念吴杰100周年诞辰集资建造。碑亭全石结构，飞檐翘角，亭柱两旁的楹联是"丰碑留梓荫，威望震欧洲"。亭中植石碑一方，高2米，碑文系民国藏书家、湘潭学者袁思亮撰写，县人俞佐廷书，记载了吴杰的平生和功绩。

吴公（1837—1910），名杰，字吉人，安徽歙县人。随父金盛迁居浙江龙游县谋生。父卒，吴杰13岁，家贫无以殓。富商姜氏见吴杰相貌忠厚，办事诚实，便出资相助，帮其父安葬，并收留其在家。太平军攻占龙游，姜氏多次以团勇与太平军抗争。为此，太平军要诛姜氏一家。有一天，太平军将其家团团包围，眼看姜家遭灭门之灾，吴杰为感恩姜氏养育之恩，握刀救其幼子突围，经过三昼夜奔波，才冲出重围，脱离虎口。后左宗棠在浙江围剿太平军，吴杰投军在左宗棠部下，攻战太平军于闽浙一带，因作战勇猛有功，加都司衔，署常山千总。左宗棠西征，吴杰因母病没有同行。清光绪四年（1878），镇海口设炮台，吴杰奉调任镇海营炮台守备，管辖镇海口南北招宝山、金鸡山诸炮台。平日队伍整肃，炮具整洁，演放灵活，统带兵士，恩威兼施，深得人心。

光绪十年（1884），中法战争起，法舰闯入中国沿海，由马江犯浙江，镇海口局势紧张。浙江巡抚刘秉璋亲临镇海，调集诸将，察看地形，布防备战。由提督欧阳利见统领，兵勇万余，扼险守御，南岸自金鸡山起南至育王岭驻兵六营由他亲自指挥。北岸招宝山沿港一带驻五营，由记名提督杨岐珍负责。招宝山、拦江泥湾港口各炮台由守备吴杰统率。命同知杜冠英为海防营务处，宁绍道台薛福成为宁防营务处，宁波知府宗源瀚为营务处提调。

次年3月1日，法海军中将孤拔率舰进犯镇海口，被击退。3日，法一装甲舰闯入，轰击招宝山炮台。吴杰督战，亲手开炮，中敌舰烟囱，再击中其船桅，桅上横木断落，击伤敌舰指挥官孤拔。守军奋战，再次击退法舰，数日又击退其第三次进犯。取得镇海口之役胜利。吴杰击退法舰，却受到提督欧阳利见的斥责，责他"不奉命令擅自开火"，要以军纪处罚，众将纷纷为他求情，但无济于事。光绪十二年（1886），刘秉璋任四川总督，调吴杰一起去四川。

1894年中日甲午战争开始，浙江巡抚廖寿丰向朝廷奏调，吴杰遂复领镇海炮台三署总兵，一护浙江提督。吴杰妻为堕民，旧时社会最下层人，他从来没有看不起发妻，带妻女举家安居镇海。吴杰在镇海追歼海盗，保护商船渔舟，深受百姓欢迎，人称"吴老大"。吴杰深爱镇海这片土地，卒后葬镇海东南某山，享年74岁。

吴杰故居，在镇海城关胜利路与人民路交叉口，清光绪年间建，宅分左右两院各前后两进，重檐硬山顶三间两弄楼屋，古色古香，现保存完整，为镇海口海防遗址之一、全国重点文物保护单位。

（原载 2013 年 11 月 17 日《宁波晚报》A08 版）

诗意古村秦家岙

秦家岙，据光绪《慈溪县志》载，"县东北二十里，原名夏家岙，其后秦氏居之，遂改秦家岙，二都一图"。古村位于达蓬山南麓，据嘉靖《宁波府志》载："秦始皇东游，欲自此航海达蓬莱仙界，故名。"这段历史记载，给秦家岙古村蒙上了一层神秘的色彩。

一个晴朗的天气，我和朋友驱车向秦家岙古村出发，车过汶溪后向右转，老远就见到了三圣殿水库大坝，汽车爬上大坝，映入我眼帘的是青山卧碧波，明镜映黛峰。人工湖青山环绕，像弯月亮镶嵌在达蓬与夏家岙两山重峦叠嶂之间，碧波荡漾，水鸟翔集，微风起处，波光粼粼。青山绿树倒映在湖面，相互辉映，湖光十色。汽车绕着水库边的盘山公路奔跑，不知绕过多少个弯头后，村庄显现在眼前。

古村三面环山，黛峰逶迤，群山起伏，林木葱郁，溪流蜿蜒，满目苍翠。进入村中，环视四周，一幢幢白墙红瓦新房依山势而建，错落有致，立在山水之间，吸山之钟灵毓秀，集水之生气灵动，在一片湖光山色的衬托下，显得格外美丽，犹如一幅色彩亮丽的山水画。

走入村中，村口一座洞桥引人瞩目，拱桥用溪边采集的圆润光滑鹅卵石砌筑，层层堆垒，如鱼鳞布满桥身，真是巧夺天工，让人惊叹不已。来到村落深处，有几幢用鹅卵石砌筑的老房子，别具一格，古朴而自然，屋内放着耕作农具，恍然间，以为来到陶渊明笔下的世外桃源。

坐落在村东北山脚下的观音讲寺建筑，保存基本完整，现被改作民宅。关于观音讲寺的历史，村人也讲不清楚。查阅光绪《慈溪县志》，原来歙头山下古有灵岩寺，寺旁有观音院，因建于唐大中六年（852），名大中观音院。后晋天福十三年（948），灵岩寺年久倒塌，河南刺史夏敬章即于院旁灵岩寺故址建海慧道场，又名灵岩庵，后院废合于庵。宋治平二年（1065），赐补陀教院额，补陀洛迦，即梵语白花。

观音讲寺建造之始，据宋庆元二年（1196）进士、县人张虑《补陀院记》载："有父老相传，院之始，时年干旱，忽有僧指地而曰：'北中有水，取以致祷，雨可必得。'众人按其言，果得泓泉，先见灵鳝，又得梅木大士像，迎以叩之，雨大通。于是，后人即其地为道场惟院。可惜院中无一碑碣可考，独有文书十余纸，都出自五代到宋朝不同朝代的记录，说法不一。"可见，观音讲寺有千年历史，甚至更长。

岁月沧桑，观音讲寺几度兴废。建炎年间两遭兵燹，夏敬章后人夏天佑又重建，元改名观音讲寺。明永乐七年（1409），夏天佑后人夏与诚重建，成化二年（1466）夏与诚子夏醇和僧德远重修，后废于火，天启元年（1621）僧重建。清顺治十六年（1659），僧寂元改建于东北隅，光绪二年（1876）僧然耀重修。

佛门为清静之地，环境幽雅。清冯汝霆《夏家岙省墓归游观音寺》诗："踌躇岭下路西头，为访招提策杖游。衰草连黄埋石帧，浮岚拥碧扑经楼。晨昏鱼鼓孤僧果，香火云礽几代留，嗟我少孤营丙舍，山门咫尺对松楸。"民国四大高僧之一的太虚大师，为传教弘法，曾两次来到观音讲寺，作有《重游慈邑观音寺》："林峦却喜此幽深，两度来游兴不禁。万木萧森余态好，九秋风雨峭寒侵。遥闻汉水繁生杀（乍闻武昌起义），只盼中原早起沉。笑我人天忘管带，隐山未解辨薇吟。"

村后的欹头山岿然不动，它是达蓬山最高峰。据村人介绍，欹头山，又名秃脑山，其顶峰峨冠于丛山之中，近看似秃脑，远看似歪头，石岩高峻，雅称灵岩。古时，登极向东远眺，浩瀚东海尽收眼底，因此，俗呼为望海尖。相传，当年秦始皇登此山顶，望见蓬莱仙岛，命徐福东渡取长生不老之药。经过几千年的岁月冲洗，秦始皇和徐福留下的足迹，影踪全无。明僧有《灵岩》诗留世："绝壁削下千万尺，道人结庐最上头，扶桑半夜日轮出，蓬莱一点烟岚浮。"

夏家岙（秦家岙）山水景色秀丽，故人曾作有不少赞美古村的诗词。清费志云《夏家岙》诗："山中闲独坐，忽变山中景。片云日外浮，收过千山影。山阴入我庭，山色入我径。自得幽闲致，高卧忘孤另。"钱滨《夏家岙山》诗："十里文溪逶迤行，百年华表护佳城。路人指点牛眠迹，石柱峰高启后生。"

岙里的石柱山上石柱峰，"高入云表，为龙发祖之地"。以巨石耸立成天然石柱峰，高数丈，蔚为壮观被命名。龙脉宝地，一峰独秀，茂林修竹，景色宜人。故人曾留有许多赞美石柱峰的诗作。明夏时正作有《登石柱峰》诗："溪山极目碧层层，路阻峰危不可登。躐嵺扪萝转丛密，白云深处却逢僧。"钱方荐作《石柱峰》诗："一柱杳难攀，千寻高不极。农人占晴雨，多看峰头色。"冯嘉言题《石柱峰》诗："树夹苍厓迥，嶙峋未易攀。白云时出入，黄鹤自飞还。樽酒行歌在，清溪柱杖闲。诗人吟不尽，佳水与佳山。"清顾枬《登石柱峰》诗："危峰高插青冥烟，巍岞直与神霄连。群峰历历海上起，龙飞凤翥相迴旋。天风吹我登峰顶，岩壑流霞弄松影。寒空鸳鸟双汤摩，搅破白云三万顷。自诧侧身天地隘，城郭邱陵等纤芥，划然长叹意气雄。萧萧万木生清籁。疑将掉臂离山巅，凭虚去访蓬莱仙。乘风直上元洲路，碧桃万树花连天。"

石柱山有石柱岭，岭侧原有古刹石柱寺，宋开庆年间（1259）僧道生建，明天启三年（1623）僧不息修，清顺治间僧剔眉再修，同治三年（1864）里人秦氏重修，明翰林院修撰周旋在石柱寺赋诗："一柱欲撑空，飞流万壑同。山深难见日，松老易为风。佛屋依岩出，灵地与海通。尘凡从此隔，安得世人逢。"边上还有祖峰庵，俗称"杨柳棚"，乾隆六十年（1795）乙卯科进士冯全修有诗："峻岭藏秦岙，幽居结柳棚。山深人不见，石古路难行。问笋都成竹，尝瓜竟未烹。倘逢刑道士，愿以让前生。"石柱岭为"茶马古道"，北达桃花岭，西通云湖金沙岙。古代文人雅士留下了脍炙人口的诗篇，让整个村子都流淌着诗意。

　　石柱寺还留有红色历史故事。1944年2月14日傍晚，新四军浙东游击纵队第三支队支队长余龙贵亲率突击排（三支四中队）在大西坝强渡姚江，突破伪军宋清云部两百多兵力的封锁后，司令部、政治部和第三支队、教导大队等顺利渡过姚江。部队原拟过江后在慈东汶溪宿营，因该镇已被日伪军占据，我三支队与敌遭遇后，部队即向西北方向转移。后经西岙、外邵、里邵到达秦家岙宿营，司令部和教导大队宿于村北之石柱寺。16日汶溪日伪军得到宁波、慈溪日军的增援之后，16日拂晓分三路向秦家岙驻地进攻。第三支队迅即以一部占领阵地，掩护司政机关及直属队向三北转移。在抢占桃花岭过程中，我军击溃了从慈溪赶来增援的日寇。下午经桃花岭到达慈北任佳溪，与三北自卫总队会合。在这次转移过程中，我三支队政委林达、五中队中队长吴良辉等指战员十九名负伤；牺牲指战员八名，另失踪战士两名。傍晚，三支队和司政机关等移驻五磊寺。

　　岁月沧桑，时光飞逝，如今灵岩寺、石柱寺、祖峰庵等诸迹，在岁月的风雨中飘散，而欹头山、石柱峰、桃花岭尚存，古村美景依然让人流连忘返。

走进古村杜梁岙

　　我一直喜欢乡间的古村落，也一直喜欢游走其间，寻找昔日的美丽。

　　一个烟雨蒙蒙的春日，我同朋友一起来到杜梁岙，古村坐落在马鞍山北麓。马鞍山因山形如马鞍故称；又称骠骑山，史载："汉世祖时，张意为骠骑将军，其子齐芳历中书郎，尝隐于此。"

　　走进杜梁岙，举目四望，黛峰逶迤，满目苍翠，丹山碧水，风景醉美。云雾迷蒙的马鞍山峰，弥漫的淡淡烟雨平添几分秀色。依山而建的村落，参差有致地散落在小溪的两旁。溪流沿着山势林谷奔来，若隐若现，若有若无，时而直脱脱驰骋，汩汩潺潺；时而蜿蜒在山间路边，羞羞涩涩；时而又匆匆忙忙冲出一个漩涡，飞转几圈，然后流向山下，弯弯曲曲，流过每户人家的门口，长年不息，昼夜不停地流淌，好像一把古筝，弹出一曲优美动听的欢歌，让人醉意陶然。猛然想起明夏时正《文溪庄晓雨望马鞍山》诗："蒙蒙晓雨溪山暝，极目孤峰乍有无。欲赋新诗何所拟，米家画书墨模糊。"

　　村口古树下有一口古井，旁立有一块文物保护石碑，引人瞩目。古井因四周水泥路路基加高，井口低于路面，走近古井仔细观察，井壁圆形，由鹅卵石层叠而成，井口方，有条石铺筑。听村民说，井深三四米，井底是岩石，水是从岩石缝中渗透出来，水清澈。井水甘甜，村里上了一定年纪的人，都是喝这口水井里的水长大的，这口井养育着一代又一代的杜氏子孙。

　　杜梁岙风景秀丽，清静幽雅，是个只有五六十户人家的小村庄，不到半个小时可以走遍整个村落。村中居住的多为老人，在自家的门前干家务活，他们用平和而新奇的眼神注视着你，在岁月的流淌中依然保持着平静。村落里深藏着几栋老屋，看上去年代久远，大门锁着，没有人居住，屋脊、门窗被岁月渲染得黝黑，墙面经过风吹雨淋，已是满壁斑驳，石缝间生满了绿色的青苔，一种古老沧桑感油然而生；围墙是用乱石砌成，嫩绿的蔓藤悄悄爬到围墙的最高处，在绿色蔓藤的点缀下，倒显得生机勃勃。

　　在古井路西有一走道，上有金粉题写"登科"两字的匾额，进入走道，展现在我的眼前是三间平屋，看上去刚建造不久，白墙黑瓦，屋檐的柱子、门窗、板壁全用红漆，上方有一块黑底金粉书写的匾额，"杜氏祖堂"四字，苍劲有力，祖堂虽不豪华，但风格典雅。据村民介绍，祖堂是明代举人杜焞的故居。

杜焞是杜梁岙杜氏祖先，在明代是位文化人，是饱读四书五经的秀才。为了追求自己的做官梦，致力于科举，像古代其他读书人一样，以"头悬梁、锥刺股"的苦读精神，来实现自己的梦想。终于在成化元年（1465）乙酉科乡试中脱颖而出，榜上有名。在这次乡试中，同县秀才上榜的有林凤仪、冯锜、周鉴、桂棨、郑锓、罗信才。中了举人意味着一只脚已经踏入仕途，日后即使会试不中，也有做学官、当知县的机会。杜焞的中举，给这个小山村带来光荣。

元代高明在《琵琶记》中说："十年寒窗无人问，一举成名天下知。"杜焞中举后，曾有二人分别为其立碑坊。明成化年间，慈溪知县王义，陕西洛川人，成化二年（1466）丙戌进士，成化七年（1471）授慈溪县知县。他上任后，得知从深山冷岙走出来的穷秀才杜焞中举不易，在慈溪境内为杜焞立科第坊，用来旌表功德、标榜其荣耀。

在村民的指点下，我们找到了明代建造的石牌坊遗址，牌坊顶和横梁已不知去向，四根方形石柱依然屹立在原地，岿然不动，形成大小三门，石柱高数米，中门宽二点八米，左右二门宽一米，石质表面，历经数百年，已经风化。据村中老人讲，石牌坊在"文化大革命"中被损坏，原牌坊额"丹山起凤"，顶上盖瓦片，上有"圣旨"牌匾，因此，大小官员经过牌坊，必须"文官落轿，武官下马"。作为村子里土生土长的老人，他们对自己村落和先祖感到骄傲，自豪之情溢于言表。因村路改道，残缺的石牌坊失去了昔日的光环，被树木包围，孤零零地屹立在村口的古道上，被人遗弃，弥漫着淡淡的忧郁，流露着莫名的伤感。

这座丹山起凤坊，是本地人颜鲸为杜焞所立。颜鲸（1515—1589），字应雷，别号冲宇，慈溪城南（今江北区慈城镇）人，嘉靖三十五年（1556）进士，授行人，擢御史。他对杜焞特别崇拜，一般进士出身的人也不过官授知县，杜焞凭借自己的真才实学，举人出身，于弘治年间（1488—1505）授江宁府上元县知县。颜鲸认为杜焞是丹山飞出的金凤凰，是县人榜样，为激励后人勤奋读书，成为国家栋梁，上报朝廷，立牌坊标榜杜焞。杜梁岙原名贺家岙，由于杜焞出名，改称杜梁岙。

行走杜梁岙古村落，每一处都有着让人感到温馨的印记。古村的那份恬静、那份古朴、那份厚重，萦绕在我的心头。

（原载 2017 年《镇海潮》第一期）

纵观洪氏民居古建筑

洪氏民居在西大河永安桥东，永安桥原是座有护栏的石梁桥，两头有数级台阶，横跨在西大河上，是镇海北乡船只驶往宁波的必经之路，桥下舳舻相接，往来不绝。永安桥东西走向，连接河东洪家与河西沿路唐家两族的交往，后因河道拓宽，改为钢结构桥。

桥东的大路将洪氏民居分为南北两块，主要古建筑在路北，有永大房、洪二房、洪三房、洪七房，由洪济钧父子经商致富后建造，都为硬山顶结构屋，但内部的设计、布局、构筑、用料各不相同。

永大房由东西两个大院组成，大院后有一条长弄，从大院后墙就能清楚地看出两个大院的原有痕迹，从院落结构分析，两院是在不同年代建造的。东面大院坐北朝南，大门对中堂，以中堂为中轴线，两旁对称。正屋三间二弄，重檐楼屋，左右各二间明轩；檐廊的檐柱用料粗大，柱础为圆鼓形青石，檐柱与前柱斗拱上榫合着坚固的月梁，斗拱上雕刻着各种花纹图案，古朴精致。前明堂阔宽，后明堂狭长；正屋与明轩过路之间，由三桁两榀，抬梁承托，明处桁条下的挂落和檐口倒悬花篮，雕刻精致。正屋东西两旁各有厢房六间一弄，正屋与厢房之间有廊道，各有两个天井，南北两头设有双扇边门。檐楯走廊与厢房弄堂连在一起，东西设有双扇大门，四周围墙，自成落院。西落院紧靠东面院落围墙，中间有天井，两旁各六间一弄平屋，朝向东西，与东首檐楯走廊与厢房弄堂连在一起，形成屋内百米长弄，实属罕见。

永大房的后面是洪二房，与永大房大院相隔一条弄堂，东与洪七房相隔数十步路，南围墙与洪七房在同一线上，形成一条百米长弄，俗称长弄堂。二房大门朝南，正屋七间二弄，重檐楼屋，一眼望去檐下朱砂色的月梁连成一片，古色古香，蔚为壮观。东西各两间明轩。正屋与明轩之间，与永大房一样设有过道。东西檐廊，筑有边门，红石门框，门框的天盘上雕刻着精美的龙凤和云纹图案。大院东西各有厢房六间一弄的平屋，正屋檐廊和厢房弄堂之间设有过道，东西又各增筑边门，门框的天盘上同样雕刻着龙凤图案，与内二旁门相比，雕刻粗糙，可以看出厢房是后来镶拼。因此，宅院的横向有四道边门连在一起。

洪三房古宅在永大房和洪二房宅院西面，由南北两座宅院组成，由于不同年代、不同人出资建造，南院称前三房，北院称后三房。前三房为正屋五间二弄重檐楼屋，中为串堂，前后各有大小明堂。可能是风水关系，南围墙旁筑有一排平屋，大门设在前明堂东围墙上，自成落院。院的东西各有明堂和偏屋数间相连接，偏屋南面围墙旁，各置东西大门，大门门框用料不同，东大门框为青石，西大门框为红石。后三房也有正屋五间二弄重檐楼屋，中间为三房的堂沿（家祠），左、右两明轩，宅院南与前三房相隔一道围墙，中间有一道大门，可以互相交往。宅院左右也有明堂和一排偏屋数间，后三房的人出入须过三道大门，即前后房相隔围墙的中间大门、过前三房的串堂后出来的东大门、再过偏屋的南大门。

洪七房在洪二房的东面，正屋七间二弄，重檐楼屋，左右明轩各两间，前后明堂，自成院落。洪七房的门楼引人瞩目，整个门楼高大恢宏，气势雄伟，有泥雕、砖雕、石雕，做工精细，用料考究。大门用优质红、青石料，门框为红条石，门楣下采用代表吉祥的瑞兽、人物青石雀替浮雕，向外延伸部分是凤凰牡丹，构图紧凑，妙趣横生，玲珑剔透、雕刻精美，显示了雕刻工匠高超的艺术才能。大门上以水磨砖重叠露出檐线，堆砌四台五框，顶上覆加瓦檐，两角稍稍上翘，是整个宅院的精华所在，显示出主人的荣耀和富贵。门楼饱尝百年风雨侵蚀，留下雨淋痕迹，人物雕塑和花篮在逐渐消失。据洪七房后人介绍，门楼为第二道大门，原门楼外是明堂，西有花园一座，花园外筑有月洞门，大门设在东围墙下，有事出入东大门。

勤贻房大屋在路北最东面，俗称洪家小洋房。坐北朝南，宅由东西厢房组成，正屋五间，中为厅堂。大屋山墙采用巴洛克观音兜山墙，是中西合璧产物，由原来观音兜演变而成，将随意的弧形墙顶砌成了规整的半圆，半圆两端为直角的突起部分，之后山墙便顺势倾斜往下施建，直到山墙末端再形成平起挑出的构造，成了山墙之"双肩"。山墙方窗上筑圆弧状拱券，起到装饰美化的作用，给平直的墙体增添了一丝妩媚。巴洛克观音兜山墙，虽然浸染着西方建筑元素，但它却依然保有江南水乡民居本有的纯朴和简洁，深黛的小青瓦，素雅的清水墙，给人一种洁净娴雅之感。宅主人洪永兴，民国初曾在沪经商，开办永昌热水瓶厂。他在家乡筑宅，以示不曾忘怀中国的传统文化和自己在故乡的根。据说，新宅建好后主人并没有居住过。

路南建筑有洪氏"听彝堂"宗祠、"存德堂"义庄、新屋和油车大屋。新屋在义庄的西面，大门朝南，四周围墙，自成院落。进入大门为串堂，两旁有重檐平屋数间，檐下东西墙各设边门。穿过串堂，即大明堂，有正屋五间二弄重檐楼屋，左右各两间明轩，南北设小门，原明轩装有木栅门。正屋后有小明堂和平屋五间二弄，小明堂两头设有旁门。

新屋向西没多远是油车大屋，正屋五间二弄，四明轩，自成院落，檐廊东西各有两道双扇边门，俗称油车大屋。不知为何缘故，油车大屋的大门不开在南围墙中间，而筑在南围墙偏东，可能与风水有关。大门西面的南围墙上有壁画，经百年风雨的吹打，粉墙脱落，图案消失，但仔细辨认能从围墙上方看到留存的壁画痕迹。

纵观洪氏古建筑，大院套小院，小院通大院，院院相连，户户相通，有各自独立的建筑格局，十分壮观。古宅的门窗都采用透明性较好的棂格窗，便于通风、吸光、散热，有回纹、万字纹、菱花纹、字纹等，图案美不胜收。石雕窗、砖雕窗，多以镂孔窗为主，十分精美。门窗附件物的装饰和雕刻也特别精致和细腻，堂沿门上的全栓斗，雕刻着龙凤吉祥图案，古朴典雅。窗下墙基石上的石地槛为了防潮镂雕各种图案的通风孔，没有一幅相同的图案，寓意深刻。院落之间筑过道檐廊，无论刮风下雨，人行其间，可无雨淋之虞，置身古宅大院，有一种"庭院深深深几许"的感觉。

洪氏民居整个建筑的粉墙、瓦、门窗、板壁、柱梁、石板等，和谐统一，融为一体，使古宅显得淡雅、清秀、朴素大方，产生了一种特殊的美感，也体现了洪氏家族对理想的追求，对美的追求，对和谐生活的追求。他们一方面将努力创造财富、营建家园的美好理想和愿望镶嵌在建筑艺术中，另一方面也显示、渲染、烘托洪氏家族的富裕和荣耀。

万弓塘记忆

据史料记载，镇北第一条古塘，始筑于唐乾宁四年（897），自巾子山起，向西经俞范、后施、王家团、憩桥，折北至溆浦。第二条古塘是万弓塘，筑于明末清初，从俞范路下起到下岚山渚止，弯弯的海塘犹如一条巨龙卧于东海之滨。

万弓塘位于灵绪乡，又称灵绪塘，是镇海第二条古塘。塘原长两千丈，高八尺，阔十五尺。旧时，每当农历七八月间，飓风大作，土塘被潮水冲毁，塘河堵塞，地变海涂。县人谢归昌记："定海（镇海）万弓塘者，昔人筑以防海也，而塘内有河，亦犹城之，外有隍盖，取其土以筑塘，而遂成天堑，河深而水积，民得引以灌溉禾，食其利者，何啻千百家鱼。"

康熙十五年（1676），牟大寅由金华副将升左都督驻镇海，巡视沿海一带，见万弓塘崩坍，寇盗直接可以上岸。遂召集乡民修塘浚河，单骑巡视，亲加慰劳。绵亘三十里的土塘修复，长堤深堑，寇盗难越。塘内的地可以耕种，塘河水用来灌溉。塘竣，民众为感德，在塘旁立祠祀公。乾隆五年（1740）邑令杨玉生，于石塘相接处进行补筑一百二十丈。乾隆十六年（1751），邑令王梦弼又进行修复，才得以永固。光绪年间，下岚山嘴起至息云山沿塘路，每遇雨天泥泞难行。十七房陆家商人陆林虎，为方便行人，积德行善，独资购石板筑路，长约三里。

民国十年（1921），受台风影响，秋风海浪为灾，自俞范路下起讫至下岚山渚止，土塘崩坍有四十余处之多，岌岌可危。海潮涌入村庄田野，庄稼损毁殆尽，数千农民饥寒交迫。东管、西管、前绪三乡自治委员会负责人，呈请县令盛鸿焘亲临现场勘察，由县转呈省里，先后派员到镇会同勘察评估，同意兴修。因塘身受冲刷，塘河淤塞，河面加宽，取土培塘身，以御海潮。是年冬，召集垦民，修筑海塘，塘上石板路面进行加宽。次年三月，塘工告竣。计银圆两万九千八百元，由华洋义赈会支付。民国年间，万弓塘成为镇北诸乡的主要交通要道。

记得我们年轻时，出行去镇海，靠双腿步行，从溆浦出发，一路经岚山、殿跟、湾塘、南泓、棉丰、石塘下，从西门进入县城。如今在万弓塘上行走，让我记忆犹新，塘上铺有宽阔的石板路，村庄散落在塘的两旁，沿塘旁有一条弯弯的河流叫万弓塘河，装满一泓清水，用来灌溉农田。

万弓塘一带原是产棉区，那时村落叫大队和生产队，一年四季，社员们起早摸黑，忙忙碌碌。春天，棉农们开始播种棉花，把一粒粒棉籽埋入泥土里，生根、发芽、长苗，补苗、锄草、施肥。到了夏天，棉花长得很快，绿色的叶子像一把把小伞，掩盖着浅黄色的花骨朵，花朵颜色渐渐地变深、变红，变成绿绿的棉桃，里面长满了白白的棉絮，就像害羞的小姑娘静静地躲在里面，正在向人们传递出丰收的信息。秋天，天高云淡，是收获的季节。在阳光的普照下，一朵朵棉花从棉桃中吐了出来，停在枝头上，从远处望去雪白一片，显得格外耀眼。社员们沉醉在丰收的喜悦中，排成一字形，小心翼翼地采摘棉花，生怕有一朵棉花掉落在田里。冬天，棉田里套种的是蚕豆（倭豆）和草籽，当时蚕豆属春粮，社员当作口粮分；草籽是绿肥，棉花播种时埋在土里作基肥。严寒的冬天，海甸上百草枯萎，蚕豆和草籽依然顽强地生存着，为大地撑起一片绿色。

行走在万弓塘上，每隔几里路，就有一座凉亭，每一个凉亭都有一个故事。

殿跟村北的观海亭，俗称马脚凉亭。建于清光绪三十一年（1905），由柏墅方仁照偏房朱太夫人，命其嫡孙方积钰建造。筑亭三间，砖木结构。亭柱上有楹联云："少住为佳，且共话劳人心事。前程尚远，请暂停过客行踪。"朱氏守节二十九年，乐善好施，民国六年（1917）旌给予"节励松筠"坊额。

湾塘的听涛亭，据父老相传，站在亭子上能听到海涛的声音，故名"听涛亭"。东边的亭檐上挂着"听涛亭"木匾，三字笔力雄健，据说是清末一位乡贤的手笔。到了夏天，凉亭的一角放着一口水缸，上面有盖，盖上放着一只用竹筒做的勺子，总会有人将烧好的开水倒入缸里，让来往路人止渴解乏。南来北往的过客，走进凉亭休憩时，都免不了要喝一碗冷开水，消消暑气。

位于俞范的嘉燮亭，建于民国二十三年（1934），钢筋混凝土结构三楹，亭额"嘉燮亭"。两边有长条石凳，前三面置镂空护栏。后人为纪念，亭中立一碑，碑名"续修镇海后海塘记"，记载了续修后海塘修筑经过和凉亭命名由来。民国二十二年（1933）九月遇风潮冲毁，石随浪出，塘与路都被损坏。历三载之久，塘修筑竣工。修塘用银币五万余元，修路用银币五千余元，筑亭用银币三千元。为修塘向沪甬捐募，县人俞佐庭、俞佐震兄弟和鄞人袁履登带头捐资，四处奔波，尽心尽力，做出贡献。因此，各以他们的封翁（当官者的父亲）之名取一字，俞氏的父亲名嘉言，袁氏父亲名燮元，故名"嘉燮亭"。

鸿福亭位于万弓塘与后海塘交接处，建于民国十三年（1924），钢筋混凝土结构，四柱三间盝盖顶，红石板铺地，后有长石凳。现在，亭内西面墙上嵌有一碑，曰"重修镇海后海塘记"，落款为民国十四年乙丑三月，慈溪冯开撰。碑文记载了重修后海塘记，修后海石塘一千两百丈，万弓土塘三千四百丈，用银币十三万余元。知县盛鸿焘现场勘察，统筹谋划、财物调配，劳苦功高；浙海关税务司甘福履捐赈十余万元，功绩尤著，为表示对他俩的敬意，分别取两人名字中的一字为亭名，即"鸿福亭"。

记得有一次来到鸿福亭上休息，碰上涨潮好看极了，海涂上滚滚而来的海浪，前浪推后浪，一浪高一浪，涛声哗哗作响；远处的海鸥在捕捉鱼儿，一会儿像开弓的箭一样飞向天空，一会儿又掉头收拢双翅插入海中，不一会儿就来到塘边。海浪拍打着海塘，溅起洁白的浪花，时而发出"嘭、嘭、嘭"的回音。望着大海，我久久不想离去。

　　随着时代的变迁，万弓塘已改建宽阔的公路，方便村民出行。昔日在万弓塘上行走的时光，成为我永恒的记忆。

（原载 2019 年 12 月 23 日《今日镇海》04 版）

前大河与古桥

前大河，在甬江北岸，甬江古称大浃江，河在大浃江旁边，古称浃江河。自州城（宁波）桃花渡经白沙、露林，直至定海（镇海）西城门。旧时，为镇海城内到宁波的内河运输唯一通道，航船、货船、脚划船往来不绝。

前大河又名"颜公渠"。南宋时期，因河道久不浚治而湮塞，农田失溉，舟楫不通，明州太守屡想开浚，只因工程浩大，费用昂贵，不敢动工。淳祐六年（1246）九月，由制帅颜颐仲"雇募夫工二十三万九千工，动用官帑五十五万七千余缗"，依故河道，进行全面疏通；河宽五丈，深一点二丈。后为记其事，宋代书法家张即之书刻于石，民众感激颜公，称为"颜公渠"。

清始，改名"前大河"。清末时，该河自慈园三江口分中大河之水，西南流，经五里牌、清水浦、甬东桥、横河堰、庄市镇，至进贤桥东，过回龙桥，在西卫桥北与西大河会合，长十五点四公里。加上西卫桥北至宁波江北岸七点七五公里，全长约二十三公里。

宋元时期，颜公渠上建造五座桥，横跨南北两岸。从东往西排列，有洪桥、虹桥、西归桥、渡驾桥和堰头桥。洪桥为前大河东面第一桥，淳祐六年（1246）在拓宽河道时，颜公建三座桥，洪桥是其中一座桥。明季有戴氏六兄弟由塘里迁居洪桥，子孙繁衍，自成村落。族人大都农耕或经商，几百年来聚族而居，有百数十家，分前戴、中戴、后戴。族人戴显运在沪经商发迹，于光绪二十五年（1899）出资创建宗祠五楹，又于光绪二十九年（1903）联族联谊创辑宗谱。民国年间，其子戴耕莘在上海与人合资开办华成烟草公司，被称为"烟草大王"。

戴家祠堂在抗战时期，曾被驻镇海日军增设为敌伪据点。1944年初夏，经中共慈（溪）镇（海）县委及新四军浙东游击纵队三支队研究，决定趁敌人立足未稳，拔除这个据点。6月7日上午，三支队四中队侦察排在慈镇县庄市常备队的配合下，化装成送东西的农民向敌人据点靠近。敌人哨兵一看是送东西来的，毫无戒备。侦察员们顺利地到了门口，缴了伪军岗哨的枪，其他战士闪电般地冲进大门，据点内的敌人做梦也没有想到，大白天竟会有新四军从天而降，只得举手投降。这次战斗俘敌二十八名，其中有日军少佐顾问吉永久寿秀，伪警备第四总队部上校总队长卫文达，还有大队附、副官、中队长、参谋等，敌人搭好的军官班子，还来不及招兵买马，全部当了俘虏。12日，新四军浙东游击纵队司令部传令嘉奖。1996年2月，镇海区政府在洪桥建纪念碑。

虹桥在洪桥的西面，始建于元，旧称义庆桥。据《蛟川朱氏家谱》载，朱氏系宋理学家朱熹后裔，"四世祖由闽之建州迁镇海白营教场，其六世祖由白营迁居虹桥"。虹桥的始迁祖为朱潛，字公再，于南宋末年从建阳迁到定海（今镇海）城西，为镇海朱氏的始祖。朱潛孙朱启迪于元代迁居距离镇海西门外四里路的甬江畔定居，以后子孙繁衍，自成村落。清康熙四十一年（1702）朱氏重修石桥时，有虹霓现于云表，乃易名虹桥，村以桥命名。雍正元年（1723），虹桥朱氏为了方便去江南，在大浃江旁出资建虹桥渡。咸丰七年（1857），里人王钦芳为了让过渡行人免受雨淋日晒，在渡口建造彩虹亭。光绪八年（1882），里人对虹桥进行重修，1976年将石桥改建钢筋混凝土板梁，桥长十九米，荷载十吨。

西归桥在五里牌王家，由王家始祖王煦所建。王煦，元天历年间进士，元统二年（1334）授庆元（宁波）定海（镇海）县尹。王煦见朝政腐败，一年后寻找偏僻的县西五里牌旁前大河北岸隐居下来，傍河造宅，那时四面环水，十分荒凉。为方便出入，在前大河上筑石桥，刻"西归"二字寄志。为保安全，桥之上设铁栅，晨启而夜闭。后本邑教授胡世佐为西归桥作诗："新筑河梁不日成，西归二字作桥名。势魁吴越三千界，路接云霄九万程。病涉里邻承惠泽，濒来车马乐升平。公由此地安身后，拟统槐庭显世英。"后王煦子孙繁衍，成镇海望族。

清咸丰初西归桥将圮，由族人捐资鸠工，桥移东丈许，桥基坚固，桥面宽阔，桥梁高峻。旧时交通闭塞，靠内河船运，以方便纤夫拉纤，南首桥墩两旁筑有通往桥洞下的平台和上下台阶，纤夫拉纤直接可以从桥下通过，不用再打"桥门"。数月后桥建成，横卧在前大河清流之上。登高四望，南邻大浃江，北达澥浦，东接第一山浦碶，又称东门浦碶（旧称王家碶），西接桃花渡口，舟楫往还过其下，昕宵不绝，为乡之胜迹，昔贤憩息之所、往哲游钓之地，成迹所留山川生色，文人墨客偶焉庋止其间，往往临风遐想，犹不胜流连慨慕之思况。后人咏《西归桥》："石桥横水半沉浮，字勒西归寄思深。蜀道崎岖行不易，登临聊慰故园心。架石为桥跨大河，西归两字足摩挲。地当五里关冲要，但见行人若织梭。"可见，当时的西归桥，是乡里的一道亮丽风景线。

渡驾桥在西归桥西面，北宋初为郑氏所建，古名郑家园桥；后由杜姓重建，改名为杜家桥。开挖颜公渠时重修，更名为渡驾桥。桥长十六米，桥面由三块石桥梁组成，横跨前大河，桥面两侧有石护栏，护栏两端设方形圆头望柱，桥有数级台阶。据民国《镇海县志》记载："桥北为街，每逢四、八集市。"现河南老街有几百米长，虽然冷冷清清，但看得出临河而筑的房屋，留下昔日商铺的痕迹，是四周村民集市贸易地。

堰头桥在渡驾桥西一里路，古时有浦通甬江，古人为防潮蓄水建有堰。"民以食为命，食以农为本，农以水利为急"，宋淳祐六年（1246），制帅颜颐仲挖夹江河，废堰设桥，名为堰桥，乡民称其为"堰头桥"。清光绪十六年（1890）重修，条石结构，单孔桥，长五米，宽二点五米。现在，桥的南面建有民房，北面为临江花园住宅小区。

　　古河、古桥见证了镇海深厚凝重的历史文化。

寺庙古韵

招宝山圆通宝殿

招宝山位于镇海城区东北,圆通宝殿在招宝山巅威远城内,为宝陀寺的后殿。宝陀寺原本建在东海梅岑山(今为普陀山),宋元丰三年(1080),赐额"宝陀"。寺内供奉观音菩萨,相传为唐大中十二年(858)日本名僧慧锷从山西五台山请了观音像回日本,中途经过舟山莲花洋时,被大风所阻,避于梅岑山,慧锷认为观音菩萨不肯去日本,要留在本国,于是在梅岑山潮音洞前紫竹林旁建造起寺院,供奉的那尊菩萨便称"不肯去观音",寺院被命名为"不肯去观音院",慧锷也成了普陀山的开山祖师。根据《华严经》中提到的观音在普陀洛伽山现身说法的故事,将梅岑山改称为"普陀山"。

明嘉靖年间,倭寇聚居在沿海各岛屿,相当猖獗,普陀山不肯去观音院遭倭寇破坏。嘉靖三十六年(1557),浙江总督胡宗宪率兵清扫盘踞在沿海一带岛屿的倭寇,见普陀山不肯去观音像暴晒在炎炎烈日之中,便命令将士将观音像用船迎送到镇海,在招宝山顶威远城内重建宝陀寺,又名补陀寺。宝陀寺分前、中、后三进大殿,前为天王殿,中为罗汉堂,后为圆通宝殿。宝陀寺落成后,一些善男信女上招宝山礼佛烧香络绎于道。

宝陀寺为候涛山(招宝山古称候涛山)十二景之一:"钟鸣山寺",不少名人雅士、文人墨客纷纷登访宝陀寺,或吟唱,或赋诗。县人、兵部尚书薛三才作《望补陀》诗:"大界名山尽道场,独看祇树接扶桑。辖轳万劫留香火,龙象双驯护法藏。瓶水进添潮汐上,炉烟散入海云苍。蛟门直望天门迥,几度迷津问去航。"三才弟、礼部尚书薛三省和诗:"磐陀咫尺几时攀,惝恍天临闻阖间,日濯琉璃明十界,水含宫殿动三山。莲花隐见摇波白,竹叶参差著石斑,莫道庄严消息远,月明沧海听潺湲。"

宝陀寺曾两次毁于大火。明万历四十年(1612),寺僧不戒,大火毁寺,仅存观音像,僧人"更寺西向而溯江以为胜"进行重建。明天启四年(1624),遇飓风淫雨,寺院遭殃,知县顾宗孟进行修理。康熙四十四年(1705),大火始于圆通宝殿,因僧人发现早,救火及时,天王殿、罗汉殿和观音像幸存。清乾隆年间曾二次重建,道光二十一年(1841),英军进犯镇海时,宝陀禅寺曾遭严重破坏,道光二十五年(1845),督办浙东善后事宜的鹿泽长等募集资金对宝陀禅寺进行大修。抗日战争时期，寺院被日伪军所毁，仅存圆通宝殿。

　　1981 年、1985 年有关部门两次拨款整修圆通宝殿，重修后，殿高 9.4 米，宽 19.7 米，进深 18.3 米；重檐歇山顶，前后双步梁抬式结构；朱椽筒瓦，高耸的屋脊，正脊中悬光环铜镜，两端置龙头形琉璃鸱吻。殿正中重塑毗卢观音，仍保持唐代造像特征，贴金佛像端坐于莲花台上，佛像连台高 8 米。殿额"圆通宝殿"四字，系中国佛教协会原主席赵朴初所书。整修后的圆通宝殿重放光彩，香火鼎盛，成为佛教圣地。

（原载 2014 年 3 月 16 日《宁波晚报》A7 版）

寺庙古韵

俞公生祠与碑记

俞大猷（1503—1579），字志辅，明代抗倭名将，福建晋江（今泉州）人，历任参将、总兵等职。当年他转战东南诸省沿海，战功卓著。镇海人民曾在镇远门（东城门）内为其建生祠，祠内有石碑四方，记其功绩。

嘉靖年间，李光头、许栋等勾结葡萄牙人与倭寇，盘踞双屿港一带，出没海上剽掠，攻城略地，烧杀抢掠，无恶不作。嘉靖二十七年（1548），都御史朱纨巡检浙江，委福建都指挥卢镗等率兵船进攻双屿港，歼倭数百人，捣毁其军事设施，擒李光头、许栋。许栋部下的另一个头目王直率余众逃窜，在沥港一带岛屿自立山头，号"五峰船主"，称霸一方。王直勾结日本来华贡使寿光，联络各岛倭寇大举进犯沿海各地，陷象山，焚掠慈溪、昌国乡镇。定海（镇海）离沥港最近，受害甚深。

嘉靖三十二年（1553）闰三月，都督王抒命参将俞大猷和汤克宽分两路夹攻。派遣张四维屯龙山，黎秀屯郭巨，遥为声援。沥港地形曲折，王直以逸待劳，死守岛屿。明军水师虽然火炮横发，杀声震天，但船难以靠岸，不能攻取。硬攻不行，只得智取。恰好有两士兵有罪当斩，主动向俞大猷请命赎死，前往火烧王直营寨。士兵昼伏夜行，潜入营寨，夜近四鼓，寨内人困而睡，他俩便点燃其火药库，于是火药爆发，响声雷动，烟焰蔽天，营寨俱燃。俞大猷看见火光冲天，遂命舟师齐进。倭贼惊慌中抢船出逃，落水死者无数，王直遂率精锐突围而出。俞大猷乘胜追击，收复松门、普陀、昌国、临山、观海等地。此战"擒斩四千，溺者不可胜计，贼自是不敢犯定海（镇海）"。

第二年，俞大猷升调直隶副总兵，镇海百姓请留不成，就在城东镇远门内建生祠祭祀俞公，祈祷城池平安。据民国《镇海县志》载："都督俞公祠，县东半里镇海远门内，明嘉靖三十五年（1556）建，基地二分，旧祠屋三楹。"

嘉靖三十八年（1559），由明代著名的书法家、鄞县人丰道生（又名丰坊）撰文，祠内立石刻碑记四方，记载俞大猷的身世、早年军事经历，特别是在嘉靖年间转战宁波、舟山一带的抗倭战绩，表达镇海士民建生祠的心愿。

俞大猷武举出身，也是文人。他在定海（镇海）抗倭，作《短歌行赠武河汤将军擢镇狼山》诗："蛟川见君蛮然喜，虎须猿臂一男子。三尺雕弓丈八矛，目底倭奴若蚍蚁。一笑遂为莫逆交，剖心相示寄生死。君战蛟川北，我战东海东。君骑五龙马，我控连钱骢。时时戈艇载左黵，岁岁献俘满千百……"描写他与汤克宽并肩指挥作战，奋勇杀敌，无所畏惧，令倭寇闻风丧胆的场景。

俞大猷习武从戎，疆场征战，打了胜仗，从不居功自傲，将功归给将士。他的《舟师》诗："倚剑东冥势独雄，扶桑今在指挥中。岛头云雾须臾尽，天外旌旗上下翀。队火光摇河汉影，歌声气压虬龙宫。夕阳影里归蓬近，背水阵奇战士功。"这首七律诗对仗工整，情景交融，声色并茂，气势豪雄，语言铿锵，是幅壮丽的海战画卷。

俞大猷是名儒将，著有《兵法发微》《剑经》《洗海近事》《镇闽议稿》《广西选锋兵操法》等，编辑其师赵本学《韬铃内外篇》等为《续武经总要》。挚友李杜将俞大猷的著作同其他诗文杂著，汇编为《正气堂集》，从《正气堂集》可见其以德立世、以德服人、以德感人，一个"德"字，几乎贯穿了俞大猷的一生。

清雍正二年（1724），俞公祠圮，里人陈殿飏捐修，后有专人管理，每年进行修理。1957年因改造城区拆镇远门建路，俞公祠被拆。1994年镇中扩建田径场拆迁周围民宅时，发现俞公祠遗址及石碑。将石碑迁梓荫山后，又建亭以纪念。

都督俞公亭为六角凉亭，飞檐翘角，南北贯通，两旁有坐栏，亭柱两旁的楹联录俞公诗："乾坤万里扶苍碧，仰慰升平始解颜。"可见他的理想与抱负并非升官加爵、争名夺利，而是天下太平，百姓安乐。俞公亭虽小却很精致，与四方石碑交相辉映，相得益彰。

（原载 2014 年 12 月 5 日《今日镇海》7 版）

寺庙古韵

治水英雄黄文揆

黄公祠位于十七房村庙基头,淳祐八年(1248),由宋理宗赵昀谕旨所建,为"敕赐治水判官黄公永利之祠"。后人将祠称庙,又叫黄公庙。

据史料记载,黄公祠最早建在庙戴,村以庙得名。后因遭水患祠溃,在乾隆年间,移至"郑姓屋前河运里,占地一点二亩"。郑氏家族子孙繁衍,宅第四起,自成村落,村庄取名为"庙基头"。两百多年来,附近村民自筹资金,多次对古祠进行保护和修复。特别是最近几年来,共投入百万元资金将古祠修复一新,使古祠更加光彩夺目。

黄公祠为古代典型的祠庙建筑,坐北朝南,从远处望去,高耸的花格屋脊格外抢眼。其正面为"双龙抢珠",背面为"双凤夺冠",五彩绘画,工艺精湛。整个古祠被河流环绕,祠前小河上东西两侧架着两座小桥,系单孔石砌梁式平桥,长七点八米,宽二点四米,高零点八米,跨径二点六米。桥台用块石砌筑,桥台前部顶端横置长方形大条石承接梁面。桥面用四根条石并排纵向铺设。桥面两侧各设有三块石桥栏,四根望柱,望柱顶端雕饰石狮,相对而视,相映成趣。东侧中间桥栏外则雕有凸出长方形石匾,内镌双钩楷书"永丰桥"桥名,匾款识为阴文楷书:"乾隆庚戌年(1790)二月上浣吉旦"。西侧桥中间石栏外侧雕有凸出长方形石匾,内镌双钩楷书"长安桥"三字,未见款识。

走过小桥从西侧门进入前天井,左右旗杆高高矗立,大门前石雕大双狮,口内含珠。祠分前后两进,五开间。前厅建有戏台和看楼,20世纪70年代成为生产队仓库,曾遭火灾毁损,现恢复原貌。新建的木结构戏台,坐南朝北,高两层,戏台顶部正中为穹隆形的圆形藻井,精湛木雕皆贴金,流光溢彩。修复后的戏台和看楼,保留着原有的传统工艺和建筑风格。

后厅为高架梁硬山歇山顶建筑,斗拱构檐,画梁雕栋。大厅内巨大的方形石柱,镌刻着众多名人手迹,以悼念黄公伟绩。西屋檐墙壁高处绘有"九老图",个个面带笑容,风采翩翩。此画画技娴熟,笔力道劲,可惜图上署名印章残缺,无法辨认是哪位高手所作。

古祠内,在黄公塑像前中置大型白石供桌一具,重约一吨多。由十几块白石组成,四足浮雕布满,可以拆卸。梁下悬挂宋理宗赵昀圣旨匾额一方,红底金字。

屋檐梁下还悬挂着郡人越国公太傅丞郑清之手迹碑记，记述了黄公治水，造福于民的事迹。

　　黄公名恕，字文揆，湖北襄阳人，宋时治水英雄。淳祐六年（1246）任浙江东转运司判官，以"廉能闻名"，后受明州府太府卿知府章大淳委派，治理庄北村新土塘和武功村和尚塘（现十七房村庙基头往南一带）。新土塘与和尚塘之间，有缺口百余丈，因地处风潮要冲地段，虽历年来多次修筑，但一遇台风大潮汛来临，即土崩塘毁。黄公接受筑塘任务以后，亲临海塘，风餐露宿，日夜观察海塘险情，督役运土石，奋勇筑塘，但常常是筑塘成后又复决。黄公曾听说古时有下海斩蛟龙的故事，决心以身筑塘。他择吉日，沐浴后，祭告百神，并对众人说："吾身堵处速抛石，不要考虑我的安危，将堤围合，吾死于此，若辈奋力。"黄公话毕，即跃马入水。"众哀号，哭声震天"，须臾，"红潮（血）拥涌出"，众役即投土以筑塘，果然不复冲决。三日后，两塘合成。众人把黄公葬于附近（现庙基头）。黄公以身筑塘、造福于民的事迹在当地传为佳话。

　　　　　　　　　　（原载 2012 年 12 月 16 日《宁波晚报》A10 版）

寺庙古韵

郑氏女祠"洽礼堂"

十七房郑氏女祠，设在大宗祠内。族人将女祠定名为"洽礼堂"。"洽礼"为合和礼仪之意。合和，《管子·入国》："凡国都皆有掌媒，丈夫无妻曰鳏，妇人无夫曰寡，取鳏寡而合和之。"礼仪就是律己、敬人的一种行为表现，是人们在社会交往活动中应共同遵守的规范和准则。古时的礼教以"忠、孝、节、义"为核心，男人以"忠孝义"为准则，女人以"孝节"为标准，郑氏妇女只要符合"孝节"标准，其牌位就可入女祠。郑氏女祠保存完好，国内罕见。

郑氏女祠创建于光绪七年（1881），有其独特的历史背景。郑氏宗族多数人出门经商，经商男人走四方，护家女人管老少。郑氏家族商帮曾经拥有过的辉煌，有家中妇女的一半功劳，她们为郑氏宗族事业兴旺做出太多的牺牲和贡献，女祠创立者戴恭人（1814—1888）就是其中一员。

戴恭人是庙基头三房十四世溥仁公郑开成（1816—1866）的妻子。戴恭人十六岁时嫁到郑家，其丈夫溥仁公结婚后就告别妻子远离家乡，在苏州、南京、开封一带经商。婚后不久，年迈的公公离开人世，戴恭人一人撑起门户，料理家事。她外要操持田地农活，内要孝敬年迈的婆婆，生活艰苦。丈夫在外经商，路途遥远很少回家，她长期独守空房，到三十岁时才生一子，取名传华（1843—1880）。她悉心服侍婆婆，抚育孩子，三代人其乐融融。可是好景不长，婆婆和丈夫溥仁公不幸先后去世，后年三十八岁的儿子又离她而去，只留下她们婆媳、孙女三人，虽有万贯家产，可戴恭人视其为身外之物。她看到本族的大宗祠中只有男祠，便提出了一个冲破世俗的设想：出资兴建一座女祠，专为祭祀族中女先辈之用。她的想法得到族人的支持。光绪七年（1881），戴恭人委托十五世传澜公承办，在宗祠后院空地建造郑氏女祠洽礼堂及厢房若干楹，助祀田若干亩。从此，郑氏女眷也有了自己的祠堂。

女祠在我国寥寥无几，只有徽州歙县的清懿堂，潮汕地区的婆祠、祖姑祠，陕西铜川的姜女祠等几处。其他地方的女祠都是在女性死后，子孙为追悼她们，才建了祠堂。而十七房女祠是女人自己出资建造，为女性独用的女祠，女性可入祠祭祀、共商女性大事。

洽礼堂女祠内正厅前悬挂着"松龄柏节""竹倚娥江""澄粹资灵"的匾额，

这些匾额，都是讲述女子勤俭持家、忠于爱情的典范。每一块匾额的背后都有一个催人泪下的辛酸故事。

（原载 2011 年 7 月 17 日《宁波晚报》A17 版）

寺庙古韵

漫话瀣浦都神殿

瀣浦都神殿（又称五都神殿），坐落在凤凰山麓，是明代古建筑。瀣浦都神殿神像跟城隍庙老爷一样，都是维护城池的安全神、海港渔民的保护神。

都神殿供奉的五都神传说不一。有说殿中原供奉着抗倭五位无名英雄塑像，系瀣浦义民（渔民）。五位义民配合戚家军杀敌，屡建奇功，在一次战斗中牺牲，戚继光为纪念这五位英雄，报请朝廷，皇帝特敕圣旨一道，在瀣浦建殿，并塑了红、黄、蓝、白、黑五尊神像，他们分别代表阴阳五行，皇帝亲笔御书"五都神殿"匾额一方。也有说相传约公元前 11 世纪，殷商纣王暴虐无道，朝中奸佞专权，忠臣良将惨遭迫害，曾经显赫沙场、战功卓著的五大元帅竟死于纣王刀下，万民痛泣。瀣浦百姓感念五元帅生前恩德，建府造宫，供奉五都神。

这些都是传说。据光绪《镇海县志》载：五都神殿主要是为祭祀五方治瘟之神而得名，这五方之神分别为张元伯、刘元达、赵公明、钟七秀、史文业，可为城民驱逐五方瘟疫。这种佛教神和民间神合一的现象，反映了渔港人民神灵信仰的多神性融合。

乾隆四十九年（1784），瀣浦首事监生陈彩三、金仁则等，因都神殿旧基狭隘，从旁隙地推拓修建，在凤凰山麓旁筑流芳厅。光绪元年（1875），里人陈大宁募捐重修，进一步扩大规模，增置流芳会田七十亩。都神殿旧有中军殿、前殿、戏台、看楼、大殿、流芳厅、角亭等建筑。可惜在公社化时改为他用，好多古建筑和五都神被摧毁。现在戏台、看楼还保存完好。

瀣浦渔民还在岱山的东沙镇集资建造五都府。据史料记载，自康熙二十七年（1688）起，清廷召复，海禁重开，各地渔民竞相进入岱衢渔场。在东沙先有瀣浦纱网船打桩捕鱼，搭棚晒鲞。随之，象山、奉化、温台一带渔民进入东沙。东沙以渔兴市后，早来定居的瀣浦渔民仿效故乡都神殿，在这里建造了五都府一座，供奉五尊神。到清末民初，这里已成为一方名刹。

五都神殿在舟山群岛也有见，如定海都神殿、茅洋都神殿等，都供奉五都神。

（原载 2009 年 9 月 21 日《宁波晚报》A20 版）

闲话瀣浦新阜庙

古时，在瀣浦凤凰山与息云山两山之间有个隘口，是古泄洪道，后建有瀣浦闸（现称月洞门），新阜庙就在瀣浦闸的北首凤凰山脚下。

新阜庙有前后两幢，前有戏台和看楼，后为大殿。新阜庙何时始建已无考，据县志记载，瀣浦里人金、郑两姓捐资修庙。庙旁附祀邵四相公，为绍兴人，在瀣浦经商，明嘉靖年间倭寇入海口，公捍卫有功，里人感其德祀之。中华人民共和国成立后，为瀣浦渔业大队仓库，公社化时，戏台和看楼被渔业大队拆除。

古镇以渔兴市，据元延祐《四明志》载："瀣浦渔舟聚集之地，外通大洋，有巡检及税务焉。"康熙年间因瀣浦闸海涂淤泥堵塞，渔民相继离开瀣浦进入岱衢渔场定居，是最早在东沙打桩捕鱼、搭棚晒鲞的。到光绪年间，只剩下渔船一百八十号，商船四十多号。

据上辈相传，新阜庙庙名由瀣浦镇内一位德高望重的老学究取名，他熟读四书五经，知识渊博，对文字颇有研究。庙建在瀣浦闸的旁边，瀣浦闸外是大海，闸内为陆地。"阜"字的含义有二：一为土山，二为盛、多、大。带有"阜"字的成语特别多，如物阜民丰、物阜民安、物阜民康、民熙物阜、殷民阜财等。显然是希望新阜庙保佑整个小镇风俗淳厚、物产丰盛、社会安定、经济繁荣。各庙各菩萨，各人参念法。新阜庙供奉的菩萨为陶渊明。

陶渊明的传世名篇《桃花源记》，是人们对自食其力、友好相处、没有纷争与贫困的和谐社会的憧憬。在《桃花源记》中有"捕鱼为业"之句，人们附会其说，尊其为海上男神，故祀之。海上女神为福建蒲田林姓女子，"生时神异，能救人患难"，后人称其为"妈祖娘娘"。

新阜庙是海神庙，保佑着瀣浦渔港渔民的平安。在古时的岁月里，以一叶孤舟在大海中搏风斗浪，随时都有可能被风浪吞噬。渔主尊海船为"水龙"，造船讲究选木择料，开工拣日子，新船造要祭天地、祭海神，下水举行仪式，船头画鸟眼，称"鹢首"，象征善翔而不畏风，新船下海前用红布蒙住鸟（船）眼，下海时揭布启眼，船上披红，岸上敲锣打鼓放鞭炮，船主在船头上抛馒头，叫"发福"。渔船、商船出海称"开洋"，要办"开洋酒"，用猪头等祭品去供奉海神，回洋时办"谢洋酒"。供祭时向海中洒一杯酒和少许碎肉祭品，称"酬游魂"。渔区人们寄托在神灵身上，虔诚膜拜，祈盼船安人健，鱼儿满舱。

20 世纪 60 年代后，渔民用机帆船捕鱼，用收音机听气象预报，随着渔民文化科学水平的提高，传统习俗和禁忌已逐渐消失，新阜庙也风光不再了。

（原载 2012 年 8 月 14 日《宁波晚报》A31 版）

汶溪西方寺

汶溪，旧称文溪市，又称门溪，是宋代慈溪的六大集市之一。元代延祐《四明志》称"色清有文，故以为名"；雍正《宁波府志》说"文种故里，因以名溪"。历代《慈溪县志》沿用了这两种说法，且都没有肯定。

汶溪"元时其地民物富庶，商贾辏集，有酒楼三座，歌管之声不绝。其货多出西北诸山，麦菽茶笋果瓜竹木之类，为货甚多。市之西北名为郧里"。这是天启《慈溪县志》的记载。据史料记载，宋元时期的文溪市除了商贸、酒肆、客栈，还有许多酒、染、织等作坊，竹、木、铁、银、铜、镴等手工业也很发达，每逢农历双日，街上、船上、桥头摆满了山货、水产和时新的田作货，街市繁华，非常热闹。

西方寺在文溪象鼻山麓，由溪隐庵改建，相传为文种故里。清费志刚《文溪山访文种大夫故里》诗："名山梵宇郁林隈，溪山萦纡后径回。千载忠魂犹未泯，白云西向越王台。"清冯汝霆《过文溪怀文大夫》诗："一曲文溪水，传言越相居。山川余霸气，里宅但荒墟。祖道辞犹在，湛身恨孰如。何须辨邹鲁，过此重歔觑。"据光绪《慈溪县志》载："溪隐庵，至元二年（1336）僧如艮建，明刘宪宠题'清溪初地'，里人称'老庵'，祀文大夫种相，传其故居也。清光绪七年（1881）僧净果重修，改为西方寺。"

西方寺和其他寺院一样，有山门、天王殿、大雄宝殿、三圣殿和藏经阁。原大雄宝殿竖立着四根巨大方形石柱，其中两根石柱正面都镌刻一对楹联："地以人传想当初，文公偶隐清溪，能使辉增东土；寺因宅改到今日，净老重兴名刹，顿教乐慕西方。"中华人民共和国成立后，西方寺曾作为仓库、粮站，后改为汶溪小学。学校扩建，寺内建筑先后被拆除。当地人将大殿的四根柱搬到净圆寺，用在大雄宝殿。

西方寺的藏经阁内藏有镇寺之宝——《大藏经》，是佛教典籍丛书，又名一切经、契经、藏经或三藏。大藏经有多种版本，有明嘉兴藏和清乾隆藏。嘉兴藏原为明末清初刻选的私版藏经。发起于明嘉靖末隆庆初，到万历七年（1579）基本确定。万历十七年（1589）在山西五台山开雕，一年内共刻五百多卷。因该地寒冷，万历二十年（1592）迁到浙江余杭县的径山继续刊刻。后又分散在嘉兴、吴江、金坛等地募刻，到清康熙十五年（1676）完工；由嘉兴楞严寺集中经版印刷流通，俗称嘉兴藏。乾隆藏是在明朝《永乐北藏》基础上编校而成的，全藏共分正藏和续藏两类。正藏共四百八十五函，以千字文编号，从"天"至"漆"，分为大乘五大部经、五大部外重单译经、小乘《阿含经》及重单译经、宋元入藏诸大小乘经、大小乘律和续入藏诸律、大小乘论、宋元续入藏诸论、西土圣贤撰集八个部门；续藏共两百三十九函，是《此土著述》一部门，编号从"书"至"机"；以上正续两藏总计七百二十四函，七百二十四卷，实际收录元、明、清三代高僧大德的经、律、论、杂著等一百六十七种（外有全藏目录五卷），是乾隆印刷流通，俗称乾隆藏。当时，国内大藏经极少，只有西方寺藏经阁有大藏经。因此，各地的高僧都来西方寺藏经阁阅读藏经。

民国四大高僧之一太虚曾三次到西方寺阅藏经，作有《舟过汶溪》诗："野航过我此三回，已是薰风欲放梅；文种宅知何处是？武陵溪色费疑猜。一湾水入山中去，两岸山移水底来；转忆前番秋夜好，芦花映著月明开。"他第一次来西方寺时，据太虚自传记载："圆瑛介绍我到西方寺阅藏，大有造于我的一生，故后来他与我虽不无抵牾，我想到西方寺的阅藏因缘，终不忘他的友谊。"太虚由圆瑛引见西方寺净果和尚，乃安居在藏经楼阅藏寮中阅藏经。

西方寺阅藏寮总共只有八间，在藏经阁另开饭一桌，上殿、过堂、做经忏，都在藏经阁内。住阅藏经者皆称法师，阁内有好几位法师在阅藏经。内中有一位七十多岁者，咸呼以老法师；太虚刚刚十九岁，多以小法师称呼他。另外几位都三十出头。一位叫净宽法师，后为江苏省镇江金山寺方丈；另一位叫本一法师，后为湖北省沙市章华寺方丈；还有一位叫昱山，是太虚同戒师兄，他帮太虚铺设寮房。昱山原籍常州，读书出身，似曾办些公务。到三十岁相近，偶然听闻佛法，深感人世多罪多苦，非出家不能解脱，因到普陀剃度，与太虚同在天童受戒，不久昱山即来西方寺阅藏经。

起初一两个月中，太虚专在大藏经中，找《梦游集》《紫柏集》《云栖法汇》以及各种经论等，没系统地抽来乱看，且时与昱山以诗唱和，忆数日间，曾和过西斋净土诗各百零八首。一日，同住藏经阁的老法师对太虚说："你这东扯西拉地看，不是看藏经法，应从大般若经天字第一函，依次第每日规定几多卷地看去，由经而律、而论、而杂部，如此方能把大藏全看一遍。"于是，太虚按老法师的说法，乃规定就目力所能及，端身摄心看去。依次日尽一二函，积月余大般若经垂尽，身心渐渐凝定。一日，阅经次，太虚忽然失却身心世界，泯然空寂中灵光湛湛，无数尘刹焕然炳现如凌空影像，明照无边。坐经数小时如弹指顷，历好多日身心犹在轻清安悦中。数日间阅尽所余般若部，旋取阅华严经，恍然皆自心中现量境界。伸纸飞笔，以似歌非歌、似偈非偈的诗句随意抒发，日数十纸，累千万字。昱山、净宽等洒然惊异。从此，太虚蜕脱尘俗而获得佛法新生。太虚在西方寺读大藏经得益，后两次来西方寺，分别在1909年底和1911年秋。

净圆寺前世今生

净圆寺位于镇海汶溪北小桐岙岙口东侧,神钟山西麓。原该寺钟楼与一般寺院不同,传说山上时有钟声传出,犹如神钟,于是,净圆寺将钟楼筑于山顶。楼内铜钟重两千四百公斤,撞钟时汶溪四周可闻钟声。

净圆寺原系汶溪西方寺的放生园。1929 年,西方寺住持定常法师与留车桥常德师太及柏墅方女居士(方圣照)等,以佛门讲究修行放生之义,商讨、发起并创建放生园于神钟山麓。建屋十间两排,设僧寮、佛堂和畜牧饲养房舍等。许多善男信女送来各种动物,到神钟山放生园来放生。据说,当时放生园养有老牛二十多头,羊三十余只,白鸽两百多只,还有成群的鸡、鸭、鹅等。汶溪有个秀才路过放生园,即景赋诗一首:"景号放生依翠微,牛羊茁壮白鹅肥。欣看白鸽饶生趣,屋上翩翩结队飞。"道出了当时放生园的情景。

由于善男信女都把放生动物送进园来,园里开支日增,而经费募集日见困难。于是,几位发起人商量后决定,从别处运来旧料在放生园旁建起五间平屋作大殿,题名"净圆寺",开始对外接佛事,以佛事收入弥补经费之不足。

1930 年,原天童寺当家和尚浩明退院后,受西方寺定常和尚邀请,来净圆寺任住持。浩明见净圆寺规模不大,只有一座大殿,就设法化缘募集资金,凭借浩明的威望,不到一年时间,在大殿后面山坡上兴建两层大厅一栋,楼上供奉千手观音,楼下作念佛堂;大厅两旁建起两室一厅的楼房作僧寮和客堂,又在大厅右首建屋两排十余间,与斋堂、厨房相接。1931 年,浩明又建山门和面壁居,并于去汶溪的路上建"归来""六和"两亭。后又根据神钟山传说,把钟楼筑于山顶。钟楼高两层,下供地藏王菩萨,题名"归来庵"。初时,借用西方寺旧钟,1937 年铸铜钟于楼内,净圆寺才形成较为完整的格局。

净圆寺僧人,弘扬佛教文化,净化人生,故热心社会慈善事业。1935 年,小洞岙山村儿童没有读书地方,僧人专门从外地聘来教师,在石洲庙开办净圆义务小学,招收当地儿童免费入学,直到解放后学校并入汶溪小学。为帮助山区人民治病,先后聘请张弼、魏锦石等西医师为贫苦农民义务诊病,在汶溪街上开设诊所,布施医药。

日寇侵华,宁波沦陷后,不少儿童饥寒交迫流落街头,净圆寺于 1942 年在龙王堂办起了救济院，发扬"老吾老以及人之老，幼吾幼以及人之幼"之精神，将救济院取名"吾幼院"。从宁波街头和其他地方收七至十二岁的难童二十余人，从上海街头收来十一至十七岁的难童二十余人，分男女进行教育和抚养。翌年，由上海居士方子藩（柏墅方人）等人组成吾幼院董事会，方子藩任会长，经费除从净圆寺的佛事收入中提取一部分外，其余由董事会筹措。抗日战争时期，中国共产党领导的抗日武装部队——三五支队正常出入该寺，曾有两名伤病员在寺内疗养，一部分年龄大的吾幼院儿童，在与三五支队接触中，跟随三五支队参加了革命队伍。1947 年，净圆寺又买进神钟山水牛池山地一块，办起了神钟山公墓，于上海牛庄路开设办事处。1950 年，公墓由余姚县（当时汶溪属余姚县）民政科接收。

20 世纪 50 年代后期开始，在极"左"路线干扰下，党的宗教政策遭到破坏，香火停止，寺院收入来源堵塞，日子一久，钟楼成废墟，面壁居只剩遗址，"归来""六和"两亭在修路中被拆，特别是"文化大革命"中，菩萨被毁，剩下寺院空壳子，变成神钟山公墓办事处。

1990 年 12 月 30 日，该地落实党的宗教政策，处理了有关遗留问题。经宁波市人民政府批准，净圆寺重新开放，先后修建了天王殿、内坛、净土堂和大雄宝殿，新建客寮楼屋两栋，净圆寺重放光彩。2008 年 4 月 14 日，净圆禅寺举行万佛塔奠基法会。市佛教协会、区佛教协会、马来西亚佛教界朋友及四众弟子五百多人参加法会。诚信法师为法会主法。市民宗局、区政协、区民宗局及九龙湖镇有关领导出席了奠基仪式。净圆寺投入资金一千余万元建万佛塔，塔高七层，万佛塔建成后，净圆寺更加宏伟壮观。

民俗风情

元宵灯会

宁波人的元宵节正月十三"上灯",正月十八"落灯"。元宵节前,一些民间艺人便纷纷忙碌起来,用彩纸颜料、铁丝竹篾、纱线布帛,经过剪、剔、绘、染、扎、缠、绷,在一双双巧手的运作下变成了活灵活现的各式彩灯,有各种动物、花卉、瓜果、神话人物等造型。到了正月十三这天,各家各户要把灯挂起来,集市街面、茶店酒肆,到处张灯结彩。白昼为市,游人如织;夜间燃灯,竞放光彩。有不少晚间观灯者手提自制灯笼,有兔子灯、蝴蝶灯、鲤鱼灯等,穿梭在街头上,人们赏灯、赛灯、行灯会、猜灯谜,场面壮观,热闹非凡。

最为热闹的是正月十五行灯会,民间艺人各显神通,展示各种绝活。那天,我和哥哥匆匆吃好晚饭前往街头等候,街上早已站满了观灯的人,摩肩接踵。我们从人缝中钻了进去,耳听锣鼓声已从不远处传来,人声鼎沸起来,来了来了,走在前面的是大头和尚,表演者套着大光头面具,穿着和尚服、便裤、山袜与和尚鞋,身挂佛珠,扮成出家人模样;也有扮成女人,穿上大襟镶边衣裤和圆口鞋,男女大头和尚手拿芭蕉扇,造型滑稽,动作风趣,表演夸张,逗人发笑。

鼓乐喧天,狂欢娱乐。踏高跷由开路棍打头儿,协调整个队伍,踏高跷者打扮成神话故事中的人物,如《八仙过海》中的八仙,《水漫金山》中的白蛇、法海,《西游记》中的唐僧、沙和尚,他们踩着有踏脚装置的木棍,边走边表演。在腰鼓、小铞锣、大小镲的打击乐曲中,表演者不时来个高难度动作,惊得观众心跳加速,又拍手叫绝。

舞龙灯随着乐曲节奏来回滚腾,舞狮的跟在后面。车子灯形如花轿,轿上放着一双古时女人的三寸金莲鞋子,四周蒙以彩布,挂彩球扎龙凤,表演者男扮女装,走时缓慢,又有蜡光相映,表演逼真,就地旋转一圈,有锣鼓乐器配合,有领头者唱各种小调,观众前拥后挤争相观看,拍手喝彩。

随后是跑马灯,跑马灯亦叫"走马灯"。表演者都是十二三岁的孩子,脸上都涂了厚厚的油彩,身穿五颜六色的衣服,跨着用竹子作骨架糊上纸的马。马头在前,下挂着一个小铃,马尾在后,马头、马尾中部都点上蜡烛,双脚当马蹄,手中拿着一根竹竿当马鞭,模仿骑马动作,摇头摆尾,忽停忽跃,来回穿梭,十分滑稽。跑起来时马头能上下左右摆动,马铃叮叮作响。在跑马时,旁边有锣、鼓、钹、箫、二胡等伴奏。孩子们边跑边唱"马灯调",加上舞蹈动作,走成"三角""连环""剪刀"等各种队形,乐队齐奏,曲调婉转动听。歌词唱的是:"正月马灯闹呀闹,各家各户问安好,新年新岁新喜到,恭喜大家运道好。哎格伦登哟,恭喜大家运道好。"古人对元宵节曾有诗云:"歌唱新年乐意腾,满城争演上元灯。滚龙走马喧通夕,火树银花烧不尽。"

元宵节期间,各祠庙都要做六日六夜戏文娱神,称为"灯头戏"。小时候我曾去黄公庙看戏,只见庙内挂灯结彩,灯火通明,大殿上和戏台前的天井里挤满了人,两旁厢房四边摆满了各种小吃摊,有甘蔗、水果、糖果、馄饨、臭豆腐。此时,戏台上已经在闹头场了,咚咚咚、锵锵锵的锣鼓声一阵高过一阵。我站在大殿高台阶上兴奋异常、目不暇接。戏台上有"神人共乐"横额,头场过后再敲二场锣鼓伴唢呐,演开篇,致吉祥,依次为三星请寿、脱(夺)魁、调财神、天官赐福。"天官赐福"由一人戴着慈眉善目天官的面具,手执一卷可翻动的锦绣联轴,在小锣声的伴奏下,一边起舞,一边逐次亮出"福禄寿禧""国泰民安""风调雨顺""天下太平"等吉祥词的条幅。此时,台上台下互动有观众往台上掷银圆、角子和红包,讨吉利。正本戏演的是气氛热闹的官场戏《郭子仪上寿》,郭子仪六十大寿,儿孙满堂,八儿七婿大团圆。后来慢慢知道,在中国的历史上,功劳显著,地位很高,权力很大的大臣,不是被怀疑造反,就是真想造反,要么就是家人犯法,难有善终。而郭子仪多子、多福、多寿,子女们也没有犯事,很难得,于是成了中国官员家庭的榜样。

如今,彩灯艺术得到了更大的发展,特别是随着科学技术的发展,花样翻新,奇招频出,传统的制灯工艺和现代科学技术紧密结合,将电子、遥控、光学等新技术、新工艺用于彩灯的设计制作,形、色、光、声、动相结合,思想性、知识性、趣味性、艺术性相统一,让彩灯这门古老的艺术更加绚丽多彩。

立夏节记忆

日子过得真快，刚刚过完清明节，转眼又到了立夏节。难怪人们以"光阴似箭，日月如梭"来比喻时间飞逝。

立夏是夏天的开始，天气转热，酷暑将要来临，炎热的天气常让人眩晕多汗，睡眠不足，心烦口渴，神疲倦怠，胃口不开，纳呆体瘦，医学称为疰夏。

民间有传说，相传很早以前，女娲娘娘为了下界小孩不疰夏，斗法胜了病疫瘟神，瘟神保证凡女娲娘娘的子孙不受伤害。女娲娘娘传话百姓："立夏吃了蛋，热天不疰夏。"第二年立夏之日，人们用红茶或胡桃壳煮蛋，称"立夏蛋"。大人们用红绒线编成蛋套，将立夏蛋放入蛋套内，挂在小孩胸前，可避疰夏之疫。从此，民间就有吃蛋防疰夏的习俗，并将立夏蛋作为相互馈送的礼品。所以，立夏又称为疰夏日。

民间还传说立夏节称人可免疰夏。我母亲也曾经对我讲过："这一天称了体重之后，就不怕夏季炎热，不会消瘦，否则会有病灾缠身。"我们大院当过秤手的阿三叔，他家有大秤。每当立夏节，他就会早早地在屋檐下用一根粗麻绳将大秤的秤纽吊拴在横梁上，为街坊邻居的老老小小称体重。吃完立夏饭后，三婶也出来不断地招呼邻舍或客人挨个儿地称。孩童坐在箩筐内、大人坐在四脚朝天的凳子上手攥着秤绳，吊在秤钩上秤体重，不管大人小孩，在称的时候，眼睛会望着秤杆，都希望斤两多一点。旁边的看客会跟着喊"重、重、重"，祝愿称者身体壮实。小孩子在长身体，每年都会增加几斤，称后往往很兴奋，都会告诉自己的同伴。小孩如果没长斤两，父母亲会担心孩子是否有病。中年人若体重增，称"发福"，体重减，谓"落肉"。老年人对体重也会很介意，如保持去年的体重，心里蛮欣慰，觉得身子仍硬朗，还能多活几岁。碰到胖子称体重，大家都会朝他开玩笑，戏谑为"胖猪猡"。大家称好后，记住自己的体重，等到明年立夏时再做对比。立夏秤人让整个院子的邻居和睦相处，其乐融融。

立夏节为女孩子穿耳朵日，每年立夏日，总有女孩子找上门来，要母亲帮她们穿耳朵。母亲将消毒好的银针拿在手中，捏住女孩耳朵下方，女孩子们都怕痛，母亲在穿刺耳朵时，哄她们吃茶叶蛋，当女孩张口咬蛋时即一针穿过，一点血也没有，然后母亲用茶叶梗塞在女孩的耳朵孔中，为防日后针孔堵塞。

立夏节要吃"立夏饭"，我母亲每年都煮倭豆米饭，她还给我们讲吃倭豆米饭的来历。倭豆原叫蚕豆，日本原叫倭国，经常来侵犯我沿海一带，被称为倭寇。据说，一支倭寇侵犯定海，在立夏节前一天被全部消灭。此时蚕豆（倭豆）刚好成熟，为庆祝胜利，有人提议以倭豆为倭寇，将倭豆煮饭：一是指将倭寇全部歼灭一锅端掉；二是倭寇侵我边疆，犯下的血债要偿还，将其煮熟嚼碎吞肚解恨。以后，立夏吃倭豆米饭成了习俗。

每年吃立夏饭，"脚骨笋""君踏羹"是我家的两个必备菜。吃饭时，母亲一定要我们拣两根相同粗细的笋吃下，吃了"脚骨健"；还要喝几口君踏羹，夏天不会生痱子，皮肤会像君踏菜一样光滑。她说："吃了立夏饭，百病会消散。"

立夏节最快乐的是童年时代在学校里拄蛋，又称斗蛋。我曾经当过班级里的拄蛋王，开心得不得了。为了拄蛋，我曾对茶叶蛋的选择做过一番研究和试验，拄蛋的蛋不要太大，蛋有大小头，小头要尖，茶叶蛋蛋壳颜色最好是深褐色，蛋壳厚实坚固。记得当时班级拄蛋分两组，胜者为分组蛋王，他们继续战斗，决定班级的拄蛋王。我分在一组，提出摆擂台，将拄蛋对手快速"秒杀"，一个个被打得遍体鳞伤、落花流水。最后与二组蛋王较量，我俩头碰头，蛋拄蛋，僵持在一起，同学们在两旁助威，加油声不断，最终二组蛋王蛋壳拄破宣告失败，我获得了"拄蛋王"称号。我的茶叶蛋也成为"原子弹"，打遍班级无敌手，我一直放在身边舍不得吃。立夏拄蛋，让我享受了童年时代的天真和快乐。

（原载 2012 年 5 月 4 日《今日镇海》第 5 版）

民俗风情

五月端午话粽香

农历五月初五端午节，是我国夏季最重要的民间传统节日。端午也叫端阳，《荆楚岁时记》载："因仲夏登高，顺阳在上，五月正是仲夏，它的第一个午日正是登高顺阳天气好的日子，故称五月初五为'端阳节'。"农村端午民谣："稻在田头日日长，过完立夏过端阳。五黄六白时鲜菜，小饮雄黄品粽香。"

端午节吃粽子习俗由来已久，汉代许慎的《说文解字》一书中，已有"粽子"的记载，是一种用芦叶裹米的食品。西晋周处《风土记》说，端午节用菰叶裹黍米栗枣，叫作筒粽，也叫角黍。唐代著名诗人元稹曾作诗赞曰："彩缕碧筠粽，香粳白立团。"明代李时珍《本草纲目》中，清楚说明用菰叶裹黍米，煮成尖角或棕榈叶形状食物，所以称"角黍"或"粽"。明清以后，粽子多用糯米包裹，这时就不叫角黍，而称粽子了。

随着消费水平的提高，粽子成为交友往来的馈赠礼品。在商品经济推动下，厂家、酒店纷纷抓住粽子商机，开始打起粽子促销战，端午节不到就开始粽子飘香，超市内早早就能看见各式各样粽子的身影，有上海、杭州、嘉兴及本地产的粽子。品种也越来越多，有蜜枣粽、豆沙粽、八宝粽、肉粽、蛋黄粽等；包装也越来越精致，有高档礼盒装。超市内琳琅满目的粽子，独独不见宁波人的碱水箬壳粽。

我最喜爱吃家乡的碱水箬壳粽，在我的记忆里，端午节的粽子都是我母亲裹的。端午节前，母亲就开始忙碌起来。头几天就把白花花的新糯米、豇豆拿到村边的小河边上淘洗干净，分别浸泡在小缸内和面盆里，让它们发胀，然后加碱调和。

裹粽子用箬壳，家乡山区都有竹林，惊蛰一过，竹笋都破土而出，笋慢慢长大变成竹，披在笋身上的外衣也开始脱落，称为"箬壳"。竹农将箬壳拾来洗净晒干到端午节裹粽子用，自家用不完就上市场去卖掉。母亲将市场上买来的大小均匀的箬壳浸在井水里泡软、洗净。

一切准备工作就绪，母亲开始裹粽子，先在箬壳的边上撕下一条细边，作为包扎的绳子备用，再把箬壳并排展开，配合着右手把箬壳旋成漏斗状，然后左手紧握漏斗底。她告诉我们："漏斗底不能有一点点缝隙，如果有点松散的话，把右手手掌伸进去，顺时针转两下就紧了。"粽子的形状好看与否，会不会煮散，都取决于这一步。为让粽子裹得大小一样，用小酒盅作为衡器，掏起早已浸得微黄的糯米倒入箬壳漏斗，填满后把多余部分的箬壳盖下，折转包住，扎上备好的箬壳绳打结，一只小巧玲珑的菱形粽就包好了。如果在糯米中掺入豇豆，就成了豇豆粽。母亲会在箬壳绳结头上做记号，以使不同口味的人各取所需，不被混淆。

　　煮粽子需要火工，火工不到粽子粘壳不好吃。母亲把裹好的粽子一只只放入镬镬内，整整齐齐地码好倒入水盖上镬盖。一般傍饭前就煮，用柴片烧火，慢慢地烧开了，镬内的粽子开始飘香，香气满屋，让人馋涎欲滴。烧剩后的木炭还在灶膛内散发着热量，烧熟的粽子需焖上一夜。在农家大灶烧熟焐透的粽子，第二天早晨还有余热，趁热剥开箬壳，绵黄软糯的粽子清香扑鼻，蘸点白糖，十分可口。

　　农村过节喜欢闹热，亲戚盘对盘，邻舍碗对碗，是农村礼尚往来的规距。在我们家里，有母亲裹的碱水箬壳粽，也有亲戚朋友送来的超市粽子。粽子吃新鲜，我的两个儿子，也喜欢吃我母亲裹的粽子，他们说："奶奶裹的粽子是纯天然食品，清香可口，吃了让人放心。"

　　端午节那天，在我们墙门内几户人家相互赠送粽子，品尝粽香，邻里之间贴得更近，大家和睦相处，拉拉家常，谈笑风生，整个院子内充满着节日的欢乐和纯朴的民风，给人留下难忘的回忆。

（原载 2012 年 6 月 21 日《宁波晚报》A26 版）

民俗风情

七月七女人节

　　记得小时候夏日乘凉，常听大人们讲《牛郎织女鹊桥相会》这个千古相传的美丽爱情故事，这些与七月七相关的传说，深深地印在我的脑海中。

　　农历七月初七，是我国的传统节日七夕节，也称乞巧节，这一天是女人活动的日子，又称女人节。这个节日起源于汉代，东晋葛洪的《西京杂记》有"汉彩女常以七月七日穿七孔针于开襟楼，人俱习之"的记载。唐末王仁裕在《开元天宝遗事》说，唐玄宗与杨贵妃"每至七月七日夜，在华清宫游宴，时宫女辈陈瓜花酒馔列于庭中，求恩于牵牛织女星也。又各捉蜘蛛，闭于小合（盒）中，至晓开视蛛网稀密，以为得巧之候。密者言巧多，稀者言巧少，民间亦效之"。后来的唐宋诗词中都有提及七巧节，唐代林杰《乞巧》诗："七夕今宵看碧霄，牵牛织女渡河桥。家家乞巧望秋月，穿尽红丝几万条。"

　　每年的七月七夜晚，是天上织女与牛郎在鹊桥相会之时。织女是一个美丽聪明、心灵手巧的仙女，凡间的妇女便在这一天晚上向她乞求智慧和巧艺，也少不了向她求赐美满姻缘。所有的女孩子都独出心裁穿针乞巧，做出一些奇妙精致的巧活来，在七月七晚上拿出来，礼拜七姐，仪式虔诚而隆重。她们摆上时令瓜果，陈列自己制作的女红精美物品，朝天祭拜，乞求天上的女神能赋予她们聪慧的心灵和灵巧的双手，让自己的针织女红技法娴熟，更乞求爱情婚姻的姻缘巧配。

　　这一习俗在民间经久不衰，代代延续。宋元之际，七夕乞巧相当隆重，京城中还设有专卖乞巧物品的市场，世人称为乞巧市。宋罗烨、金盈之辑《醉翁谈录》说："七夕，潘楼前买卖乞巧物。自农历七月一日，车马嗔咽，至七夕前三日，车马不通行，相次壅遏，不复得出，至夜方散。"说明当时的七夕乞巧节相当热闹，是古人最为喜欢的节日之一。

　　七夕夜，坐看牵牛织女星，是民间的习俗。小孩们在大人的指点下，在晴朗的夏秋之夜，抬头仰望星空，寻找银河两边的牛郎星和织女星。天上繁星闪耀，一道白茫茫的银河横贯南北，银河的东西两岸各有一颗闪亮的星星，这天，这两颗星特别大、特别亮，隔河相望，遥遥相对，那就是牵牛星和织女星。

　　七月七，还有"牛郎织女相会，女人槿叶洗头"一说。旧时，宁波地方女人一年只洗一次头发，除非是姑娘出阁时的沐浴。

槿树是一种矮矮的灌木丛，长得郁郁葱葱，人们用来作菜园子的篱笆，到了秋天它会开淡紫或粉红的喇叭花，在江南的农村随处可见。每当七月七那天，姑娘们趁早上凉快，成群结队拎着竹篮子去院前屋后采摘槿树叶，专挑嫩绿的叶子，槿叶纷纷落入篮子，不一会儿就捋满了一篮，当骄阳初升，姑娘们已满载而归。

她们从"七石缸"里舀一瓢"天落水"将槿叶清洗一下，而后倒在筲箕里，浸入洗脸盆不停地搓擦，直搓得浆液四溢，绿色的液汁会从指缝里不断地流出来，直到这种凉凉的、黏黏的液体越来越多，再把那些已经揉得没有筋骨的叶子从筲箕中捞起来，双手用力挤干后丢掉，从碎叶里流下的液汁已经很黏稠了，最后把半盆清水倒入黏稠的绿汁里，一盆绿盈盈的洗发水就这样诞生了。

姑娘松开两条又长又粗的辫子，将千丝万缕浸没在槿液里，顿觉一股清凉由头皮渗透，漫至全身，暑气尽消，相当惬意。用手指梳理长发时，指间满是柔滑的叶浆，叶浆裹着长发沉沉的，搓呀捋呀，乱发几下便梳顺了，转而将脑袋移向另一盆预备好的清水中，摇头晃脑地清洗完毕，轻柔的秀发，散发着槿叶的清香。用槿树叶的汁水洗过的头发顺滑、不痒，还不长头皮屑，可保持头发乌黑。

随着时代的发展，生活的富足，七月七习俗慢慢被人们淡忘，留给我们的是美丽故事和传说。

（原载 2012 年 8 月 23 日《宁波晚报》A29 版）

民俗风情

中秋话月

中秋节是我国传统节日之一，又称祭月节。在远古时期，白天靠阳光，夜晚靠月光。人类看到月出月落，月缺月圆，心生敬畏，自然产生了对月亮的崇拜。

自殷人起，日称为东母，月称为西母。周代开始行朝日夕月的祭礼。春秋战国时期，将日称为东皇公，将月称为西皇母。《吴越春秋》载："立东郊以祭阳，名曰东皇公，立西郊以祭阴，名曰西皇母。"月宫嫦娥吃了仙药后奔月，后世传其为西皇母。秦汉时期的日月祭祀仍为皇家礼制，以后历代在秋分时都有祭月礼仪，北京的月坛公园就是明清时期皇家的祭月场所。

隋唐之后，随着人们对天文知识和自然规律的进一步了解和掌握，皇家贵族对月神祭祀的独权逐渐消失。唐朝虽然没有中秋节，但中秋赏月已成为文人墨客的时尚。每逢中秋之夜，明月高悬，银辉洒地，文人墨客纷纷作诗赋词。据统计，在唐诗中有九十多首关于中秋的诗歌，如唐人张祜《中秋月》诗："碧落桂含姿，清秋是素期。一年逢好夜，万里见明时。"

中秋之夜，月色皎洁。古往今来，人们常用"月圆""月缺"来形容"悲欢离合"。千里明月寄乡思，秋月引发人们的思乡之情，客居他乡的游子更是以月来寄托深情。李白的"举头望明月，低头思故乡"，白居易的"三五夜中新月色，二千里外故人心"，杜甫的"露从今夜白，月是故乡明"，写出了漂泊异乡的游子心情，成为千古绝唱。

到了宋代，中秋赏月之风更加盛行。每逢中秋之日，京城酒楼、茶馆都要装饰一新，结灯挂彩搭牌楼，时鲜瓜果任品尝。晚上夜市更加热闹非凡。据《东京梦华录》记载，北宋东京，中秋节前，"诸店皆卖新酒""市人纵酒度节""贵家结饰台榭，民间争占酒楼玩月"。南宋杭州，中秋夜更是闹热，王孙公子、富家巨室，"以卜竟夕之欢"；中小商户，"团圆子女，以求佳节"；市井贫民，"解衣市酒，勉强迎欢，不肯虚度"。当地官员在这一天为了增加热闹气氛，一般都会取消例行的宵禁，夜市通宵营业，游人络绎不绝，"笙歌远闻千里，嬉戏连坐至晓"。

明清以后，中秋节的世俗情趣越来越浓厚。月亮一直是光明、纯洁、美好的象征，人们渴望团聚、康乐和幸福。明代开始，民间已出现祭月习俗，礼仪格外隆重，据《帝京景物略》记载，人们清扫庭院，在市肆中购买绘有月光菩萨像的月光纸，这种月光纸小的三寸，大的丈余，上面除了菩萨像外，还绘有月轮桂殿，中间有一玉兔正持杵捣药，供于月出的方向，摆上供器，奉献供品，正如民谣所云："八月十五月儿圆，果瓜月饼供神前。"届时天上明月高照，地上红烛高烧，香烟缭绕，月饼瓜果飘香，人们在祥和的氛围之中朝月跪拜，拜毕，焚月光纸，将供品一一分送家人。清人沿袭了这一祭月民俗。

中秋节俗从古至今发生了重大变化，但古人把圆月视为团圆的象征没有变。苏轼的"人有悲欢离合，月有阴晴圆缺，此事古难全。但愿人长久，千里共婵娟"，更是强烈地表达了中秋的团圆意识。

（原载 2012 年 9 月 23 日《宁波晚报》A39 版）

民俗风情

过年做金团

做金团、揉年糕是我们家乡的习俗。我爱吃金团胜过年糕，儿时的我就眼巴巴地等着家里做金团的那一天。金团形圆似月，色黄似金，印有福禄寿喜、龙凤图案，以示吉祥和团圆。做金团传统工艺十分麻烦：糯、梗米配比，浸洗，磨粉，突馅，上蒸，裹团，印团。做团粉要软硬适中，糯米过多粉太糯，印出来团图案不清晰，糯米少团裹不拢。一般为六成糯米与四成梗米合在一起，然后浸泡在水缸里，几天后从水缸里舀出到河里去淘洗，接着带水用石磨磨成米浆。

旧时，村里殷实人家有专门的磨房，一般人家的杂物间或廊下也会放置一具石磨。每近年底，邻居们早早与主人约定磨粉的时间。轮到时，将淘洗干净的米装入水桶抬到石磨旁边。磨团粉的磨叫尺八磨，磨盘放在粗壮的木架上，磨盘有上下两扇，上扇为转动盘生有一只"耳朵"，"耳朵"有一孔，用来放丁字磨担，磨担用绳挂固定在梁上，下扇为不动盘。母亲从水桶中舀一些米倒在磨盘上。由两个孩子扶着磨担牵磨，推过去拉过来，母亲一手把握磨头，一手将磨盘上的米慢慢拨进磨孔，转一圈拨一撮。石磨上方挂一只桶底有孔并插一根筷子的水桶，水沿着筷子正好漏入磨孔。

水粉磨好后，要吸干水粉中的水分，母亲将之前准备好的大半箩草木灰，铺上干净的被铺布将粉倒入，让草木灰吸水粉中的水分，粉浆成为粉饼。然后，把粉挖成一块块放入蒸笼内。紧接着母亲忙着准备金团馅子。金团的馅子，有黄豆馅和豇豆馅两种，宁波人叫"突馅子"。黄豆馅是用生黄豆磨成粗粉，加水加糖在镬中煮熟制成；豇豆馅是将水泡浸过后的豇豆煮熟加糖在镬中煮沸后用文火继续烧，同时不断地搅、铲，不让其结焦、粘锅，使多余的水分蒸发，到不再流动时，煮得透而不焦，铲匀后起锅。冷却后把黄豆馅、豇豆馅搓成圆形，放入茶盘中。

在雪花飘飘的夜晚，外面北风呼叫，灶跟间里热气腾腾，平时烧稻草的大灶，这时的灶膛里架起了柴爿，火光映得满屋通红。尺八镬上的水开始沸腾，隔壁阿叔负责上蒸，他将蒸笼扣在尺八镬上，盖上镬盖，一会儿工夫就飘出米粉蒸熟后的香气。

阿叔把蒸熟的米粉倒入绿碧缸内，开始把一块块熟粉用双手反复用力揉弄成一团，使之柔软后放在干净的桌板上，母亲将大团米粉搓成棒形后，扎成一只只坯形，大家开始裹团，将坯形用两手捏成深的小碗状，将馅子放入其中，捏合裹牢，用右手食指、拇指卡牢团坯颈部，左手将团坯托住旋转，摘去少量捏合处的粉尾，将搓圆的坯团，放入事先准备的松花粉容器里。我母亲裹得最快、最好，她那高超熟练的技巧，让我打心眼里佩服。为区分黄豆和豇豆馅，裹好后要用两只不同图案的团印。我将粘满松花粉的坯团，抹去多余的松花后放入金团印模中，从周边开始轻轻压扁成形。右手握金团印模柄，相反方向轻轻敲一下，然后用左手托住从印模中脱出的金团，浮雕图案清晰，十分好看。母亲发话，第一蒸做好的金团先让大家吃，分给左邻右舍，一下二十只左右的金团一扫而光。母亲裹的金团皮薄馅多，口味甜糯，清香适口，吃了一只还想吃。邻舍的孩子们有金团吃，都挤在热气腾腾的灶跟间，不到下半夜，说什么也不会去睡觉。

做到最后一蒸，母亲叫我们吃，有的要裹双馅子，结果馅子不够米粉又多，隔壁阿姑便笑呵呵地信手拈来一团米粉，在手里捏成一些小动物造型，放在松花粉中一滚，便成了一只只金色的小鸟、小鸡、小兔等，再为小动物装上眼睛。我十分喜欢，把这些小动物放在床头，久久舍不得吃。

（原载 2014 年 1 月 23 日《宁波晚报》A24 版）

民俗风情

年关到做年糕

年关到做年糕，是宁波乡土的传统习俗。从腊月中旬开始，家家户户准备做年糕，年糕的谐音是"年高"，年糕年糕年年高，一年更比一年好，人们借此兆丰年，憧憬美好的未来。

旧时做年糕，需要选、浸、淘、磨、榨、搁、蒸、揉、搓、印十道工序。首先是选米，用上好的晚稻谷，在轧米前只要说是轧做年糕米，米厂师傅就会帮你多轧一遍，米轧得白净一点。然后将米倒入水缸内浸泡约一星期，从水缸里舀出米，挑到河里去淘洗，将米酸味冲洗掉。

接着开始磨水粉，旧时磨粉用尺八磨，分上下两部分，上部叫磨盘，下部叫磨槽，只有少数人家有，需要预约。磨粉由一人把磨头，一人拉磨担，磨担为丁字形，挂在梁上，握磨头的人，一手把磨头，一手将磨盘上的米慢慢拨进磨孔，转一圈拨一撮。在石磨吱咕吱咕的转动下，粉浆顺着磨盘四周流入盘槽，再在磨盘槽出口处套上布袋引入袋内。

磨粉完成后，准备上榨。榨箱有四只脚，箱底斜置一块有槽的木板，四周有栏板，把一袋袋水粉放入榨箱内，然后压上一块厚厚的木板盖上，将撬杠的一头伸进固定的孔里，另一头套在架子上，压上一块沉重的石头，粉袋经挤压水从箱底槽里流了出来，几个小时后，随着架子慢慢降落，粉袋里的水分被榨干。

榨干后的水粉放进白篮，剥去粉袋，经过挤压的水粉十分坚硬，用刀切成一小块一小块，再放在米筛上，用手掌用力压住小块水粉又推又搓，细细的粉末从米筛孔中落下来。搓粉比较辛苦，天寒地冻，水粉冰冷，时间搓长，双手麻木。

粉搓好后开始上蒸，这时大灶的炉膛里早架起了柴爿，火光映得灶间通红，尺八镬里的水在沸腾，水蒸气布满全屋，热气腾腾。然后舀来米粉，倒进年糕蒸内。年糕蒸"无底无盖桶"，底部放一只用竹片编成垫着纱布的斗笠一般的蒸伞，既能使蒸汽上升，又不致于米粉漏落。管蒸的人腰间系着布拦，手戴袖套，用一双长筷子插插粉，若米粉蒸熟了，便用镬盖一闷，使得蒸汽回落，一会儿工夫就飘出年糕粉蒸熟后的香气，马上端起蒸桶，将滚烫的年糕粉倒进门口的石捣臼中。

揉年糕需要两个人配合。拿捣春头是件力气活，一般都是年轻后生负责，抢起沉重的春头，一下一下揉。拨春头是技术活，人要灵活，出手要快，拨春头的人蹲在捣臼旁，边上放一盆冷水，有节奏地蘸水、摸舂头、翻米粉，既要把所有的年糕粉都要揉到，又不使年糕粉粘住舂头。拨舂头者与揉者的相互配合默契，融合在一起一落之中，数十回合后，捣臼中的年糕粉成了年糕团，非常柔韧。

揉好的年糕团捧进屋里，丢在长板上。做年糕的长板年代悠久，特别亮滑，涂上黄蜡，将烫手的年糕团粉摘成若干份，分给坐在长板前做年糕的人，每个人在板上继续揉，使之更加柔韧，捏出一个个小团，搓成棒状，用印版压成年糕。年糕印版是长方形的，两头刻着条纹，中间刻有梅、兰、竹、菊、双喜、双鱼等各种图案。孩子们把大人做好的年糕，根据大小或三条或四条码起来，一叠一叠放到团匾上。

做年糕时，有些人家还要做一些元宝、鲤鱼等供品，供"送年"之用，元宝代表恭喜发财，鲤鱼代表年年有余。还有一些心灵手巧的人会做一些小白兔、小猪、小鸟之类的造型给孩子，在小动物头部嵌两粒赤豆、绿豆或黑豆当眼睛，惟妙惟肖、栩栩如生。胆大的孩子得寸进尺，往往会央求大人教他。夜深时，主人会请大家吃年糕团，喜欢吃甜的有豆酥糖当馅，吃咸的有雪里蕻咸齑炒肉丝，大家边吃边聊，其乐融融。

做好的年糕，要防止风吹，让其阴干，等凉透了浸入水缸。有人家年糕做得多，可以吃到第二年立夏种田，用年糕汤来招待客人。过了立夏，天气开始变热，浸在水缸里的年糕就会发臭，也有人将臭年糕洗净后切成片晒干，藏到过年爆年糕干，做成孩子们的美味食品。

现在，年糕产业化，制作都是流水线，失去了原有的传统风味。市场上叫卖的"手工年糕"，都是机器挤制出来的年糕。制作年糕的石磨、石捣臼在农村很难找到。年关到做年糕，手工年糕只留在老一辈人的记忆中。

掸 尘

过了祭灶，掸尘扫房。掸尘这一习俗由来已久，据《吕氏春秋》记载，早在尧舜时期，我们的祖先就有过年扫尘的风俗，以迎接新春的到来。按民间说法，"掸尘"寄托人们辞旧迎新的美好愿望，意在将旧年的一切穷运、晦气统统扫地出门，让新一年带来好运。

过去，老房子特别容易招灰，房屋用料都是木瓦和砖片，房屋结构不合理，楼上做房，楼下灶跟间与客厅连在一起，纸糊的窗光线暗淡。灶跟间做饭炒菜烧的是柴草，加之油烟水汽不能及时排出而留在屋内，日子一久，屋顶与墙角都积存了不少灰尘和蜘蛛网，大风一刮，尘土飞扬。过年时，每户人家趁掸尘之机，将房屋打扫得干干净净。

在我的记忆中，每年掸尘都是母亲亲自指挥。屋内的油纸窗刚刚发白，母亲便急着催我们起床了，并分派好各种琐细的活儿。我家掸尘先掸楼上，再掸楼下。楼上掸尘比较方便，屋顶装有天花板，灰尘不会落入屋内，相对干净。主要是将床上的被褥、枕头搬到院子里晒一晒，擦净门窗、地板、床、厨、箱就好了，由我们兄弟姐妹负责。每次掸尘最麻烦的是打扫灶跟间。灶跟间里有不少用具，如水缸、灰缸、菜橱、菜罩、饭篮、竹勺、切菜桌、灶头吊架等。

打扫灶跟间，由母亲亲自动手，她吩咐我们把竹篮、饭淘箩从屋梁上摘下，同菜橱、切菜桌等用具搬到屋外或河边进行清洗；盖好水缸，用旧报纸将屋内小什物盖严实。一切收拾妥当后，姐姐她们在外开始洗碗盏、擦桌椅。母亲披上蓝棉布改制的一口钟，将头蒙得严严实实，手持用晚稻草绑在一根长竿杆上制成的草扫帚，可以顶到屋梁瓦爿的底下，关上门，开始扫起角角落落的尘来。我喜欢从门里张望母亲掸尘，只见她仔细地清扫屋顶上每一根椽子间、横梁沿、墙壁，以及平常清扫不到的犄角旮旯的积尘，草扫帚触碰着椽子下铺的砖片，发出"嚓嚓"的声响，尘埃纷纷落了下来，屋内尘灰飞扬，灰雾弥漫，待尘埃落定后，母亲开门出来，喝上一口温开水，长长地舒了一口气。我们随即就拎起扫帚、畚斗，进入灶间，只见石板地上布满厚厚一层灰尘，有蜘蛛丝、老鼠屎、石灰粉、草木灰，我们细细地抖掉散落在缸盖上、旧报纸上的灰尘，对地面进行清扫，用水冲洗，然后把放在外面打扫好的东西恢复原位。

掸尘最重要的一项任务就是通烟囱。旧时，每户人家都用老灶头，即两眼大灶，一眼煮饭，一眼炒菜。记得小时候有个谜语："户户人家有头白水牛，尾巴翘到屋檐口。"谜底就是老灶头。老灶头的灶沿、灶头和其他部位都用石灰粉刷，洁白亮堂，烟囱都在屋檐口上。灶头烟囱灰如不及时清理，因烟囱灰引起的火灾时有发生。因此，每年掸尘都要通一次烟囱，爬上屋顶将烟囱灰通下来，防止火灾发生。有时还要用泥修灶膛，老灶头一年烧下来后，灶膛损坏，泥块脱落，既耗时又浪费柴草。因此，修灶膛需要请泥水工修理，过年时，泥水工很吃香难找，只好自己动手修或请内行人来修灶膛。

　　折腾了整整一天，晚餐时母亲再无气力炒菜了，便简简单单地煮了一锅青菜年糕饭汤。一家人捧着热腾腾的饭碗，欣赏起掸尘后的客厅和灶间，华灯初照，在灯光下，老屋仿佛宽敞明亮了，客厅的地板拖得锃锃发亮，灶跟间红石板闪闪发光，母亲看着我们这帮孩子感到欣慰，她的脸上露出了笑容。

祭灶神

祭灶神，是我国民间影响很大、流传极广的传统习俗，家家户户的灶房内供奉着"灶王爷"的神位。旧时，祭灶神有三个日子，灶神的生日、腊月二十三晚上天、除夕夜下凡。据道教典籍《玉匣记》载，灶神的生日是农历八月初三，一些地区在这天举行祭祀，还要奉诵一部俗称《灶王经》的经典。民间俗云："家有灶王经，水火不能侵。"此风俗明清最盛，清顾禄《清嘉录》中载："八月初三日，为灶君生日，家户具香蜡素羞，以祀天王堂及福济观之灶君殿，进香者络绎终日。"现在，对灶神生日祭祀已经淡化，而每年逢腊月二十三日与除夕，迎送灶王爷的祭祀习俗最盛。

我从小就听说，灶神为"司命菩萨"，他是玉皇大帝封的"九天东厨司"灶王府君，负责管理各家的灶火，自夏代起被民间作为一家人的保护神而受到崇拜。灶王神龛大都设在灶房的灶头上。一般人家置有两眼灶头，大户人家置三眼大灶，整个灶头呈长方体，灶台上放置两口铁镬、一只汤罐的叫两眼大灶，放置三口铁镬、两只汤罐的叫三眼大灶，煮饭、炒菜一面叫灶台，烧火一面叫灶沿，灶沿筑有一道空心砖墙叫灶壁，用现在话称为烟道，与高耸的烟囱相连接，烟囱下端置有小小壁龛，贴灶王神像，灶壁上面可以放供品。

据说，灶王爷是人间的保护神，玉皇大帝派他下凡，监督每一家人的日常言行，到了腊月二十三要升天，去向天上的玉皇大帝汇报这一家人的善行恶果，玉皇大帝根据灶王爷的汇报，在新一年里分给这家人应得的吉凶祸福，这家人的命运都捏在灶王爷之手。于是，人们在灶王爷上天之前用糖封住他的口，叫灶王爷在玉帝面前多讲几句好话，祈求新年大吉大利，就有了祭灶这个习俗。因此，农村家家户户都非常重视供奉灶王爷，大家都自觉遵纪守法、安分守己，家庭和睦、邻里友善，民风淳朴，村庄安宁。

我的父母是从旧社会过来的人，受旧封建礼教思想的影响较深，对传统习俗的传承一点也不马虎。在"文化大革命"之前，每年腊月二十三照例举行祭灶仪式，大年除夕举行迎奉仪式，可谓"辞旧迎新"。

腊月二十三前一天，母亲就开始忙活起来，准备一些祭祀用的物品，如果盘、香烛、锡箔等，以备第二天用。腊月二十三，母亲就开始炒倭豆、瓜子、花生，我帮忙烧火。晚饭后，母亲将一些供品放在灶王爷的神位前，父亲召集我们兄弟举行祭灶仪式，父亲点燃蜡烛，双手持三根点燃的香，把香端端正正地插进香炉，对着神龛三拜，随后，我们兄弟依照大小次序祭拜。等蜡烛燃完，香火熄灭，父亲将烟熏陈旧的灶王爷画像从神龛里取下来，拿到门外焚烧，然后父亲提高嗓门说："好事多说说，错事好瞒瞒。"这就是送灶王爷上天。父母亲将供品糖果糕点分给我们兄弟姐妹，因为我帮母亲烧过火，母亲多给我几颗糖果和糕点。

传说，灶王爷腊月二十三晚上天，除夕夜返回人间。因此，供奉新灶王爷的仪式是在大年除夕的傍晚举行，父亲将镇上请回来的新灶王爷神像拿出来，恭恭敬敬地供奉进神龛里，两边再贴上"上天言好事，下界保平安"的对联，点燃蜡烛、香，摆好供品，父亲说："新的一年来到，不想升官发财，只图平平安安，祈求灶王爷保佑。"磕上三个响头，我们兄弟也参照父亲样子进行祭拜。祭毕，我们全家人开始高高兴兴地吃年夜饭，等待新春佳节到来。

民俗风情

过年往事

记忆中的年味，应该是我的童年时代，进入腊月门，大人们开始张罗磨粉、做团、做年糕、买年货。那时，过年热热闹闹，充满欢乐，回忆起来甜美而充满向往。

记得小时候眼巴巴地盼望着过年快到，因为只有过年才能吃好穿新。那个年代，一般人家的生活都不富裕。我家算中等人家，父亲读过几年书，在乡下算得上文化人，知书达礼，人缘又好，人称"先生"，他自己开布店，生意还算可以。我家兄弟姐妹多，生活并不富裕。母亲善于治家又勤劳肯干，在自己家的园地里种一些蔬菜之类的作物，补贴家中的不足，平日省吃俭用，生活还过得去。到了过年，母亲就舍得花钱，给我们置新衣新裤。

农历二十三日晚祭灶神，又称过小年，这就意味着过年即将来到。父亲从集镇上采购来糖果糕点，母亲忙着将家里现有的花生、瓜子、蕃薯片炒好，一份准备晚上祭灶神，另一份留着春节招待客人。祭灶毕，父母亲将祭灶的供品分给我们兄弟姐妹各一份，大家舍不得吃，都各自保管起来。

我们家掸尘后，父亲喜欢贴春联和年画。大门上贴鲜艳的彩色门神秦叔宝、尉迟恭，内门上贴的对联为"天增岁月人增寿，春满乾坤福满门"，横批"迎寿纳福"，客厅和房间内的板壁，分别贴上了崭新的"毛主席画像""祖国大地""开国元帅"等年画，仿佛给老屋抹上了浓妆，让人觉得耳目一新，倍感喜庆。

除夕那天，叫大年夜。我家做年夜羹饭祭祖，一来表示不忘根本，二来祈祷祖宗暗中保佑。年夜羹饭在八仙桌放上十双筷子和十只酒盅，盅内斟上酒，十碗饭，摆上十二大碗菜，大鱼大肉，荤素各半，十二碗象征一年十二个月，是一个吉祥的数字，意在月月平安顺利，有闰月则多加一碗，为十三大碗，多加一只酒盅、一碗饭、一双筷；然后点燃蜡烛，焚烧锡箔，向祖先行跪拜礼。父亲家规很严，没有他的命令我们都不敢就坐，没有他动筷的小菜，我们都不能尝鲜，本来桌上摆着丰盛的小菜、鱼和肉，父亲始终没有动筷，原来留下的鱼肉打算春节期间招待客人用。

晚饭后，父亲叫我们到门外放三只鞭炮，叫"关门炮"，表示一年结束。当我家的鞭炮响起，人家的鞭炮也跟着响起，随即鞭炮声沸腾起来，整个村庄充满了节日的喜庆和欢乐。

大年初一清晨，我们不用父母催促就早早起床，穿好新衣新裤迎接盘龙。各路"盘龙班"扛着布龙、纸龙，多的十几人，少的五六人，就会陆续来到村中挨家挨户给大家拜年，庆贺新春。龙是吉祥物，能给人带来好运，也是帝王的象征。敲铜锣者为领队，一边敲铜锣，一边在每家每户的门口说吉利话："青龙盘米缸，黄龙盘谷仓。""新年新岁新喜到，恭喜大家运道好。"大人叫小孩子在龙下面钻一钻，能消灾纳福，保岁岁安安。也有一个人扛着独角龙串门祝福："恭喜发财、财源广进。"那时，犒劳盘龙人的方式，少数人家给现钱，大多数人家送家中现成的年糕和松花团。

　　新年到来，邻里之间十分融洽，大人领着小孩去邻舍拜年问好叙旧，主人给大人倒茶递烟，给小孩好吃的东西，我们一圈跑下来，口袋装满了花生、瓜子、爆米花、豆子等。这些事在我幼小的心灵中扎下根，我觉得乡情是那么温暖，那么亲切，那么美好！

　　正月初二开始，我们就去亲戚家拜年。我们家亲眷多，先去外婆家，后去阿姨家，长辈见到小辈十分欢喜，一边拿出糖果等好吃的东西招待我们，一边问我们学习成绩好不好，还给压岁钱。虽然只有几毛钱，但让我十分开心，把压岁钱积存起来，新年结束一数有好几元，但父母亲却不准我们乱花钱，要把这笔压岁钱交学费。

　　如今，随着生活水平的提高，年味却越来越淡。儿时浓厚的年味，却永远留在了我的记忆中！

民俗风情

望族轶事

十八衙樊氏世家

元末明初，倭寇作乱犯及浙东，在舟山占岛为巢，经常扰乱沿海一带。明洪武二十年（1387），朝廷派信国公汤和莅临江浙闽一带布置抗倭事宜，建卫立所，屯兵御倭。在定海（镇海）建卫筑石城。定海卫管辖九个千户所，在县城设有左、中、右、前、后五所，郭巨、大嵩和舟山设中中、中左两所，后所迁移穿山后，城内设四所。有十八位特殊身份的指挥在元末明初跟随朱元璋征战，由皇封世袭，有十八衙之称，樊氏为其中之一。

以武起家

蛟川樊氏以武功起家，一世祖樊连（？—1388），原名仲得，祖籍安徽凤阳临淮人。元至正十七年（1357），他投军在朱元璋帐下，参加同乡朱元璋领导的农民起义，随徐达、常遇春诸臣转战南北，金戈铁马三十余年，至正二十三年（1363）三月，为救护安丰，杀退张士诚，复攻庐州箭伤右腿，赐米五百石，七月随王弼坐驾海船在鄱阳湖征战，大箭伤右膊及左手。至正二十四年（1364）二月，在攻取湖广之役中，他生擒万户张晨，克复湖广回京，三月改名樊连。1368年朱元璋称帝，定都金陵，建国大明，改号洪武。樊连由于战功显赫，被授为昭信校尉，并特赐长男世袭。次年又封武略将军，后官云南左卫中所千户。

其子樊远（？—1423）袭父职为卫将，明洪武二十二年（1389）任温州卫左所百户，洪武二十七年（1394）任昌国卫后副千户，洪武三十二年（1399）升锦衣卫中后千户。继升羽林卫指挥佥事，镇守沧州。永乐二年（1404），授定海（镇海）卫世袭指挥佥事，遂在定海（镇海）安家，后驻防有变动，其家眷居住在镇城一字河头西，其址称樊衙弄。永乐四年（1406）跟随成国公张辅征讨安南，守堡护粮，招安难民有功。永乐十五年（1417）升调为磐石卫青门水寨把总，八月八日在中山界海洋抵御倭寇，获倭船一艘，擒获倭寇十九人。永乐十六年（1418）仍回定海卫，调任沈家门把总。在沈家门一带洋面巡逻护疆，获倭船三艘，剿获倭寇计一百四十五人；哨至海门遇倭船七艘，擒获倭寇七人，斩首九十七级。永乐十八年（1420）七月，于马墓海洋擒获贼船一艘，斩首两颗，生擒十八名。永乐二十一年（1423），病卒于家。

樊远玄孙樊懋（1501—1552），明嘉靖十七年（1538）袭职定海卫指挥佥事，有才干。嘉靖年间，倭患骤然加剧，活跃在浙东沿海的倭寇主要有两支：一支以闽人李光头为首；另一支以徽州府歙县许栋为首，勾结葡萄牙人与倭寇，盘踞双屿港，出没海上剽掠，攻城略地，烧杀抢掠，无恶不作。嘉靖二十七年（1548）四月，都御史朱纨巡检浙江，委福建都指挥卢镗和定海卫指挥率兵船进攻双屿港，歼倭数百人，俘日本人稽天破，擒李光头，捣毁其军事设施，六月又追俘许栋归案。许栋部下的另一个头目、他的同乡王直率余众逃窜到海岛，自号"五峰船主"，称霸一方，附近海域船只只有插了他的"五峰旗"方能进退；他又勾结日本来华贡使寿光，屡掠浙东一带。嘉靖三十一年（1552），樊懋受委执掌郭巨所印。六月二十日，倭寇抵郭巨城下，樊懋与守御指挥魏英登城巡守，合议攻击倭寇。倭寇乘半夜雷雨攻城，先以草人用竹竿试探，军士大意失守，倭寇蜂拥入城，樊懋急忙督率士兵迎战于大涂塘上，力战殉职。魏英仍率所部战之天明，倭寇只得从北门逃窜。樊懋勇战倭寇牺牲的事迹被上报朝廷，朝廷将其追封为指挥同知。在候涛山（招宝山）麓正气堂内供奉的宋、明、清四十二位忠臣栗主，樊懋是其中之一。

樊懋曾孙樊维屏，字时翊。明崇祯六年（1633）袭职指挥佥事。工书能文，为时人所称道，可惜英年早逝。明改清后，樊维翰在顺治初官海门总兵，樊寿圣在乾隆年间任刘河千总。

重文兴教

樊氏九世以上多封将军，袭职指挥同知；从十世祖樊璋（1673—1726）开始弃武从文。樊璋（1673—1726），又名廷麟，字子师。生于清康熙十二年（1673），笃学从文，励行儒学，开樊氏文教之先。从教数十年，终生节俭，以笔耕所得，购置房产。中年丧妻，生三子，于道、于德、于仁，"俱纯笃，有父风"。于道生子鸿图、鸿业。鸿图生子汝兴。

樊璋堂弟樊昂（1674—1757），字子威，别号静洁。湛深经史，以诗经充邑增生。个性谦和文雅，博文强记。他兴教办学，在家中办设私塾，"教授里门，终身不倦，入其门，无智愚少长，悉虚心导之"。到他家读书的人，都耐心加以指导。乾隆年间，知县王梦弼纂修《镇海县志》，同乡张懋延编《明季遗老传》，常向樊昂请教。张懋延在《蛟川诗话》中评价樊昂："在诸老中，为多见而识者。其为人冲和尔雅，余每从先生征故实焉，殊不谙其能诗也。"樊昂爱好吟诗，有诗人风度。晚年以德高望重被乡人所敬，"以文教开化，为吾邑醇儒，学问渊博，人不能观"。曾创编《樊氏宗谱》。

樊子威先生死后，张懋延尝为诗以挽之，诗曰："西方好音不可作，风来天半狂更恶。吁嗟文献果无征，绛账寒生气萧索。耆年硕德素心仪，先生闻见倍广博。桃李宏栽蹊自成，读书休暇试吟嗉。更有虚怀不染尘，后生咨访勤酬酢。迩来学士好矜张，揣摩风会气磅礴。陈编未尽环堵中，逢人便自多轻薄。征今考古数先生，圭角不露得浑噩。元气由来接混茫，迂陋胸襟藉开拓。在昔胜国嘉靖朝，海上干戈逼城郭。大臣经略徒权宜，蛟关贼舸时栖泊。先生上世樊将军，雄心慷慨鞭先着。椎牛誓众夜登陴，长呼士卒群雀跃。蚁聚蜂屯乍纵横，孤军力竭已受缚。战马嘶鸣失主归，臣为国死夫何怍。东沙修志独被遗，造物呵护忠魂魄。不才搜讨及将军，始识幽光终煜爚。先生见之为下拜，是我先人曾封爵。君从何处得新编，携来世史证相若。从兹往复较殷勤，零落遗文欣领略。里社宴会兴何酣，前辈风流溯历落。史书不载胸为罗，安世欲起持其橐。吾徒名节素所崇，就世渊源更疏瀹。省门踏尽无知音，钓台长啸乐其乐。多少金门声价高，以儗先生直沟壑。苍帝持衡亦未均，徒羡高年神矍铄。昨夜少微星遽陨，缑氏山巅传驭鹤。闻讣初疑话未真，凭棺不胜神惊愕。老成凋谢典型亡，斯文叹息归寂寞。"

樊氏家族弃武重文，曾致力科举，但仕途不畅。樊璋玄孙樊汝燮，字理阳，号小槎，一号香雨花农。为邑廪生，虽名噪庠序，但乡试不中。樊遵圣，字杏林，汝盛之子，出嗣给汝茂。遵圣"少好读书，年弱冠补博士弟子员，有声庠序，旋以科岁试列高等"，为廪膳生员，政府每月都给廪膳，补助生活，后为贡生候选训导，候选训导是虚职，没有俸禄，他是樊氏家族中学历最高的一位。

樊氏家族到十五世樊棻（1844—1916），谱名君芳，字时勋，又名拜云。他天资聪明，喜好翰墨。在上辈的影响下，他重文兴教，致力办学。光绪二十五年（1899），在沪同乡叶澄衷认为"兴天下之利，莫大于兴学"。拟在上海办一所学校教化儿童，拨银十万两，在张家滨置地造校舍，邀请樊时勋为筹建负责人，未成而叶殁，樊秉承遗志全力创建，定名为澄衷学堂，推为蒙学校长，延请名师教授。光绪二十九年（1903），樊棻仿澄衷学堂规制，在桑梓之乡镇海仓基弄建便蒙两等小学堂附设勤稼女学，耗资三点四万银圆。樊棻独资办学，获得镇海名士好评，发起最早，办学认真，成效昭著。在他的影响下，办学风闻风而起，全县初等、高等不下数十所，称"先路之导功推樊氏"。

从贾是实

读书不能入仕，樊氏家族到十三世开始经商。樊璋曾孙樊汝兴（1776—1848），早年经商，克勤克俭，家业稍有起色，积资开设多家商行，家业遂隆隆日起。生四子：懿圣、毓圣、宗圣、友圣。他重视对子女的教育，培养良好家风。长子懿圣，字美德，少业儒，后弃儒服贾；四子友圣（1812—1868），字友性，幼年学贾于姑苏。四个儿子都承父业经商，懿圣与友圣皆为经商名手。友圣成家后，因子女较多，又多病，家境渐困。然不忘祖传家风，常以勤俭二字教育子女。生三子：

君芳、君苹、君菁。

　　友圣长子樊棻（1844—1916），青年时因家贫，帮人收购棉花，去宁波棉花行当司秤，后在宁波东昇车行当职员。父母去世后，挈两弟同习贸易。考虑蜗处里巷难以展志，遂离家去上海经商。几经历练，熟知贸易利弊，显示经商才干，为同乡实业家叶澄衷赏识，聘请主持商务达数十年。大至五金火油贸易、工业制造与金融，小至转手贩卖，筹划经营，常咨询于樊，视为左右手。叶事业大兴，樊亦名重于时。1885年法军侵犯沿海，有人谤议叶氏曾暗中接济法军，樊棻力为辩诬，由此更为人所重。1890年，叶受洋务运动影响，开设义昌成五金号，聘樊为经理，直接经营军需物资、五金机械等，生意兴隆。叶逝世后，樊出任"叶永承总行代表"，总理叶氏企业，已成为上海五金洋货业头面人物，威望极高。1893年，樊被福建船政大臣沈葆桢（张佩纶）委为驻沪采办，又受李鸿章委办海军物料及漠河金矿，被张之洞委为湖北铁路局转运，"经营江南，意气平生"。樊棻与近代中国著名实业家张謇交往密切，1895年曾一度合股集资创办通州纱丝厂；1901年，又与张謇经营通海垦牧公司投资四千二百两银。樊棻好义勇，常助人于急难，"贤士大夫道路上必面先生"，来到上海的绅商都要登门拜访他。

　　1906年，浙江兴建地方铁路，樊棻积极参与地方铁路的筹备，被任命浙江铁路公司总协理和董事，在各地招募股款，仅在东北一举招得十一万股，至1907年招得股款两千三百余万元。为保管和运用此项巨款，于1907年5月在杭州创办浙江兴业银行，樊与叶景葵（1874—1949）同为创办人，樊任董事和上海分行经理。1914年，总行迁上海，樊任总经理。中华人民共和国成立前夕，浙江兴业银行成为国内最大的私营银行之一。樊棻在沪前后四十年，南入八闽，北至烟台、旅顺，东抵日本三岛，充分展现其经商创业才华。1910年，樊建造勤稼别墅于镇海故里，张謇特为撰文，晚号勤稼老人，在勤稼别墅内创办勤稼女学。1913年筹资二点九万元，在镇海城区大校场旁办公益织布厂。

　　樊棻性慷慨，热心公益，遇各省灾荒，多率先出资捐助。多次被清廷升级嘉奖，分发江苏补用同知钦加四品衔，赏戴蓝翎；赏换花翎升授直隶州知州加三品衔；办学奏奖奉特旨，赏加二品顶戴免补本班以道员归原省补用，例授资政大夫。

人才辈出

　　樊氏家族"讲究道德、诚实守信，重视学习，崇尚知识"，人才辈出。樊棻曾孙辈二十二人，有参军、从政、从事文教科技事业，多为教科文卫精英，在祖国建设中，均有显著成就，有高级职称以上的十人，享受政府特殊津贴的六人。在众多的曾孙辈中，樊康是同辈中的带头人。

　　樊康（1917—2001），原名思曾、慎咸，中学时代起就积极参加抗日救亡活动。1934年在上海光华大学附中参加"左联"外围团体"文会"；1935年在上海大夏大学附中参加"学联";1936 年在上海美术专科学校参加"学生救国联合会",同年考入复旦大学新闻系。

　　1937 年全面抗日战争爆发,先后在上海、武汉参加共产党领导的"救亡演剧队"、冼星海主持的"海星歌咏队",并去山西参加"牺盟会"和共产党领导的抗日地方武装"荣河县抗日自卫队",从事抗日宣传与武装斗争。1938 年后,在香港、广州、柳州、桂林等地,继续从事抗日宣传与文艺工作。1941 年皖南事变后,拟转沪去苏北抗日根据地,由党组织安排留上海,从事党领导的文艺与团结作家工作,并以教师、职员等身份作掩护。从 1941 年至上海解放,先后在上海澄衷中学、麦伦中学和启秀女中任教,在煤业银行、东南兴业银行任职员,在地下党投资开办的鼎元钱庄任襄理。其间参与创办大型文艺刊物《万人小说》,任《时代日报》副刊《新生》特约编辑,大量阅读外国文学作品和俄国文学理论经典,写作一批杂文、随笔和文学评论。1944 年加入中国共产党。

　　上海解放,樊康在麦伦中学任教,1950 年调上海文学工作者协会任研究部副主任,1952 年调上海作家协会工作,为作协会员。1957 年起,先后担任《收获》《上海文学》编辑部编辑。"文化大革命"后暂调上海图书馆工作,1979 年调中国大百科全书出版社上海分社,任《中国文学》卷编辑组组长。1985 年 12 月离休后以读书、会友度日,对党和国家以及自己走过的道路进行反思,关心国事,对现实生活中一些问题多有思考,表示忧虑。作为长兄,从思想、学习和生活上一直关心弟弟妹妹成长。2001 年 5 月因脑梗死病逝,在遗体告别仪式上群赠挽联"平生淡泊名利,坚持真理,四座同声称傲骨;晚岁励志勤思,为党分忧,五方挥泪吊忠魂",可谓樊康一生革命生涯的写照。

（原载 2015 年《镇海潮》第 3 期）

谢氏书香满雄镇

镇海谢氏先祖为谢宇，字用乾，平江人，又称："平江谢氏"。南宋建炎二年（1128），谢宇以进士授定海（即镇海）令，后殁于任上。当时金人南侵，道路荆棘，棺槥难以北归，殡葬铁观音山，绍兴元年（1131）葬于东管乡（五里牌一带）。其后人科甲蝉联，明、清时期镇海出进士一百二十名，谢氏一族出十人，为镇海望族之首。出举人二十七人，诸贡三十七人，生员（秀才）一百七十二人。

据《镇海地名志》载："谢氏分为四支，散徙浃江（甬江）南北中官路、莘岙、柴楼、城中，后又分派迁大榭、白峰、峙头多处。"在众多支派中，唯有柴楼一派一枝独秀。

柴楼今属北仑大碶，山环水绕，形胜极佳，相传柴姓建楼之地，名为柴家楼，后省文也，称为柴楼。它位于太白山北麓松鸣岭下，这里依山傍水，山清水秀，村舍俨然；由阿育王山下发源东流，与太白山水合在一起的瓔珞河清流回绕柴楼古村，如一条绿色的玉带嵌在古村的四周；村中的半亩池碧波荡漾，不远处有石湫古纤道逶迤而过。村虽"地偏"而交通便捷，"山静"而更显清秀幽静。

柴楼古有双井，在新安庙南，柴氏势炎滋盛乡人畏之，双井为柴氏所用。后柴氏渐渐衰落，后居柴楼者谢氏，却子孙繁衍，宅第四起，谢氏在双井上建亭，曰"双井亭"，上供关帝菩萨，民国后期，亭拆井毁。

新安庙原在松鸣岭下，祀南宋爱国丞相益国公江万里（1198—1275）。江万里，字子远，号古心，今江西都昌县阳丰乡府前江家人。据史料记载，清康熙八年（1669），大水泛滥，庙内神像和石香炉随水漂流在乌车桥田中，与原庙相隔三四里，遂迁庙于此。后因墙垣倾圮，道光三年（1823），经谢氏族人梦九公同乡里人一起，积资建立。道光十七年（1837），族人谢绍初偕陈登山诸人承先人志，迁庙于井亭桥北面的胜景处。

谢氏在镇海第一个南宫登第的人叫谢琛，颖敏博学，为文雄赡，著有《梅花百咏》留后世。正统三年（1438）中举，正统四年（1439）登第为进士。授上饶知县，莅政精强，操持介特，抚善良，锄豪猾，民称为谢城隍绘像以祀。后任福州同知寻擢福建按察使金事未莅任卒，士民哀之。

咸丰九年（1859），谢瀛贤《新安庙》记："明天顺年间（1457—1464），余十世祖讳珹者居于此，流传至今，族寝盛其间田畴庐舍，水绕山环，既明且秀，余追忆往事，幸先人敝庐犹存。"谢琛之弟谢珹，字叔玉，著有《澹庵诗集》，为柴楼一派始迁祖，以耕读起家。真可谓书香氤氲，人才辈出，在琅琅的读书声中，谢氏从柴楼走出去多少文人学士。

谢珹传至谢大伦时，家道贫穷，以农耕为业，农闲时到海涂拾蛤，"躬蠡蛤以养亲"。谢大伦生谢瀚、谢渭、谢湘三子，其次子谢渭，生负异质，幼即吐词惊人，长而魁岸，有膂力，家贫苦学，博览群书，兼通孙吴韬略。万历三十七年（1609）乡试中举，万历三十八年（1610）考中进士，授大理寺评事，迁刑部贵州司郎中；官京师时，好读孙吴书、习武事，著《御边方略说》。万历四十七年（1619）升湖广按察司副使，官至四川布政使右参政。父以子贵，谢大伦诰赠四川布政使、右参使。

谢大伦长子谢瀚生有泰宗、泰运、泰履、泰定、泰交五子，次子谢渭生泰道、泰臻、泰陞、泰登四子，三子谢湘生一子泰畴。十人中九人从儒，读书习文。其后，子孙繁茂，科甲蝉联，家声由之大振。在泰、昌、绪、祚、佑、贤、辅、德八辈中，出进士八人，举人十八人，出仕为官者二十多人。八名进士为：谢泰宗、谢荣昌、谢兆昌、谢绪彦、谢阊祚、谢辅墀、谢辅坫、谢辅濂。有康熙同朝进士谢兆昌、谢绪彦父子，有咸丰同朝进士谢辅坫、谢辅墀兄弟。这些出仕为官者政绩显著，在镇海县志中都有记载，其中以谢泰宗最为出类拔萃。

柴楼谢氏自谢泰宗开始，泰字辈后人络绎迁移到镇城。明崇祯七年（1634）暮春，谢泰宗卜居镇城东北隅，离梓荫山很近，后人称为"梓荫山房"。谢泰宗乞休归里后，在武治园其室西偏名曰"萼园"，与诸伯仲游翔其间，以讲德而问萩焉。姜宸英记："谢君咏少陵（杜甫）诗，安得广厦千万间，大庇天下寒士俱欢颜，风雨不动安如山。君兄弟亦不以为狂也。"薛士学称谢泰宗在萼园"雅歌赋诗游而老焉"。

谢泰宗受学于叔父谢渭，博览群籍，通孙吴韬略。明崇祯三年（1630）黄道周主浙试，见泰宗卷，奇其才华，但为同事抑置，乡试不售。崇祯九年（1636）乡试中举，崇祯十年（1637）参加京城会试、殿试，在众多贡士、举人中脱颖而出，以进士出仕广东番禺县令。后因平定贼寇而晋工部都水司、泉州司理、兵科给事中。明将灭亡，念及亲老，乞休归里。不久，两京相继陷落，鲁王监国绍兴，军卒溃败，他奉父命避于柴楼。清顺治三年（1646），当时的浙江总督张存仁向朝廷推荐浙省六位人才，谢泰宗是其中之一。泰宗接到皇恩时，非但不以为喜，反而托病固辞，寄情诗酒，息影家园。

泰宗极嗜学，手抄经书百余卷，作文常取材于管庄诸书，骚雅尤其所长，著有《天愚山人诗集》《天愚山人文集》《二十七史要笺释》等十三种两百七十卷。谢泰宗的名字被录入《清史稿》，后人研究明清文学时，也多次提起谢泰宗，并反复引用他的诗作。泰宗逝后，墓葬五里牌回向寺南，著名诗人吴梅村为其作墓志铭。吴梅村以诗句"恸哭六军俱缟素，冲冠一怒为红颜"为后世传诵。吴梅村在铭文里，对泰宗的志节、文章推崇备至。另有姜湛园、薛书岩为谢泰宗写传记，朱彝尊为他的文集写序，都褒尊有加。时人称其为"经济文章咸卓当代，继先业开后贤，屹然作中流之砥"，并誉之为"吾邑风雅之大宗"。

泰宗后人惜书如命，泰宗次子景昌，童时能读父所录经史诸书，后入县学，慈溪姜宸英、同里薛士学见其文皆叹赏，可惜仕途不畅，累考不中。一次家中火灾，他物无所取，独抱先人遗集数百卷出，为没有来得及拿出而被烧毁的书大哭，以不得重镌为憾事。绪恒曾孙谢篪贤，贡生例捐训导，最喜爱购书，四部外金石法帖皆所酷爱。他以先世传志多出黄宗羲、吴伟业、姜宸英诸人手，亲自缮写汇成卷帙，自己出资求名人题跋，以表章先德。其弟炳贤也是个读书人，师从钱塘梁同书工诗古文，他则认为兄所做的事是大家的事，为弘扬先祖之精神，拨己田十亩助兄作经费。

谢氏世代以诗书相传。康熙年间，谢氏在城区建书屋两处。谢泰宗孙绪敫偕兄弟辈，在梓荫山南麓构书室，曰"梓荫书屋"，与子侄辈一起，以书为伍，以文为乐，晚年潜心研究《朱子全书》《紫阳纲目》和《资治通鉴》，校其异同，焚膏继晷，不知疲惫。绪敫育子"教之最严，遵先人训，以五经分授之"。后长子闾祚充拔贡，次子闻祚、润祚并为绪生，闾祚为进士，闲祚为举人。泰宗堂孙绪章，在城北隅构"见山书屋"，以诗酒自娱，兼善鼓琴，以文为友，所交皆一时名流，与慈溪郑性南谿、鄞县万承勋西郭、李暾东门，号称四友，俱以诗名，尝合刻《四明四友诗集》。

到光绪年间谢氏藏书过万卷。谢辅濂，字莲史，天资高迈，初学为文，清绝滔滔，为乡先辈所器重，年十九补县学生，咸丰十一年（1861），县试拔萃，时东南荆棘，未能赴廷试，同治六年（1867），补行甲子正科赴试中举，光绪九年（1883），南宫登第，授吏部考功司主事，寻乞假南旋，以诗文自娱，喜购书收藏万余卷，多善本，兼精赏鉴、凡书图古玩，能别白真赝，论列源流，性静穆，著有《青雷山馆》文稿。

谢氏后人还在北京建镇海试馆。谢辅坫，字恺宾。善制举文，道光十八年（1838）庚子科举人，咸丰九年（1859）进士，授工部主事，文誉噪于都，达官子弟争执贽为弟子。时邑人入京赴考者，因府馆人多，难以住宿，都投奔他府邸上往宿。他与同邑吏部主事盛植型、侯补盐提举余鸿潮（大市堰人）等，募资建镇海试馆于东华门外。

谢氏书香满雄镇，有近百人作有诗词，部分诗稿遗失；在姚燮编录的《蛟川诗系》中，有八十多人的诗词录入其中，被誉为文学世家。后人这样评论："吾邑世族，自明中叶延续清末，历时三百年，既久且硕，递传十余世而代有闻人者，实推谢氏为诗书官宦望族。"

望族轶事

百年商帮柏墅方

镇海柏墅方氏，从清嘉庆年间开始，在上海以糖业起家，发展到金融、商业、日用化工等领域，业务旁及沿江、沿海各口岸，形成家族性工商业集团。方氏家族是宁波帮中规模最大、经营时间最长、最负盛名的家族商帮，是近代工商界的名门望族。

先祖方轸　派出凤浦

著名宁波帮家族柏墅方氏自然村在团桥村的西面，离团桥不到三里路。据《镇海柏墅方重修宗谱》载："我郡方氏始自宋太庙斋，右正言轸。"方轸，原名堂，字克载，号松年，福建莆田人。生于宋嘉祐戊戌年（1058），卒于绍兴丙辰年（1136），元符庚辰年（1100）进士，官太庙斋，右正言。大观元年（1107）以劾蔡京流岭南贬官永州，后待叙改为鄞县令。史书记载，因当时宋金交战，其贫不能归，遂居于慈溪之鸣鹤山。

方轸生有五子，分别为熙、衡、龄、名、融。除长子方熙与五子方融分别居鸣鹤、凤浦岙外，二子方衡与三子方龄仍留在宁波城内，四子方名居住不详。方轸在鸣鹤住了两年，约在1132年搬到凤浦岙，与五子方融住在一起。1136年，方轸与世长辞，享年79岁，墓葬凤浦岙张家井之原。凤浦方氏奉方轸为始祖，今龙山镇境内方氏大多是凤浦方氏派所出。

据《镇海柏墅方氏重修宗谱》载，柏墅方氏来自凤浦岙，始迁祖友一公，自明嘉靖至万历年间迁居团桥柏墅村。柏墅方氏世系排行为："友广闻礼，明廷宗上，元亨仁义。"友一公开始到义字辈，为十二世，十二辈行。后新增排行是"积善之家，必有余庆，资富能训，惟以永年"，十六辈行。又按"方氏世系总表"载：友一生一子广一，广一生二子，闻一、闻二，至此分房，闻一为前房祖，闻二为后房祖；闻一生礼七、礼八、礼九，又分为孟、仲、季三房，闻二生礼十；礼七生明四、明五，又分干、坤两房，礼八生明光，礼九生明仁、明义、明忠、明信、明智、明信，称仁、义、忠、智、信五房，礼十生明甲。从上述一至五世系探究，这五代人名都为代名字，是因为修谱时年代久远，而记不清真实名字的缘故。

根据《方氏宗谱》记载："方氏始迁柏墅，家故微也。"考其家谱世略，方氏迁到柏墅 100 多年间，其一世到九世中没有一个闻人，虽有读书人，但没有一人上过县学，连一个秀才也没有出过。

在九世中有一位文化人，他叫方元祺，字益之，生于乾隆八年（1743），卒于嘉庆十五年（1810），享年 68 岁；娶刘氏为妻，生三子亨璜、亨宁、亨新，三女，长婿姓朱、次婿姓林、三婿姓邵。《镇海柏墅方氏重修宗谱》为元祺写了一篇文章，题目是"益之府君逸事"，记载了元祺在东管乡万嘉桥设师塾，以教书为业。"自益之兄弟始业儒，柏墅隶属西管乡，府君设塾于东管乡万嘉桥。……府君就近与之习，往往于日记中志其事。嘉靖初年，海盗横海上，盗首蔡牵、朱渍，出没南北洋，乘风潮往来，飘忽无定，商船遇之辄被劫，且掳其人，以去诉之官，未应也。府君闻而伤之，乃志于日记，某年月日某船遭难若干人，曰某姓名，一一书之。如是者，以为常。及盗平，被劫船为官所得，群疑为盗，无以辩，或告官谓其乡老儒有日记可为证，遂取府君日记，以定断案，盖省释数十人云。……其后子孙即商于上海，起其家业，曾玄多读书发科，有官职极繁，衍称世家。"

元祺为上曜次子，上曜生四子，长子元祯业儒，三子元祚务农，四子元祜早年亡故；元祯、元祺、元祚三兄弟分别称"智、仁、勇三房"，柏墅方氏家族兴旺，靠这三房后代经商发迹。

五代经商　名震沪上

方氏第一位经商创业者叫方亨宁（1772—1840），一名亨吟，字建康，号鉴航。他父亲是教书穷先生，"所获修脯，终岁苦不给"。于是，亨宁弃儒经商，"年十二，遄鬻贩以佐薪水，虽风雪严寒，手足皲裂无难岁，盖资性有过人者"。当时，兄弟们都很贫困，但只要亨宁有余资，即倾囊相助，足见其为人忠义。嘉庆年间，"子身至申江经商，典衣被为资肆市廛，忍饥寒劳苦，积数年始立贾店"，在沪开设方泰和糖业。"于是招同祖以下昆季俱往，愿自今甘苦共之，织悉均其利。昆季皆踊跃，由是数十年乡里以财名者，推方氏一门焉。"方亨宁在上海发展立足后，邀请在家乡经商的堂弟方亨学（1777—1828）、方亨黉（1783—1846）一同前往上海经商。亨学、亨黉兄弟在上海开方义和糖业，以沪为基地，向外地拓展，在津、汉、宁、杭及长沙、宜昌等地设分店，为方氏家族商帮日后发展奠定了雄厚的基础。

方氏家族的第二代商人更进一步开拓和光大了先辈的事业，向金融业投资，开办钱庄、银楼，与外国人做生意，开展对外贸易业务，形成家族性商业集团。方氏第二代经商界杰出代表人物为方仁高（1811—1890）、方仁照（1808—1858）、方仁荣（1812—1865）、方仁孝（1823—1872）。

方仁高为方亨宁长子，名乔，字仰乔，号凤岗。从小随父经营商业，及长继父业，以经营糖业为主，后又发展钱庄业，"能承父业，所业日益昌大，则就甬市设钱庄"。

他的第一家钱庄设在宁波，钱庄经营日隆，又在沪、杭、甬三地开设钱庄18家，在上海有元大亨、晋和、元益、元祥等6家，在宁波有同大、咸和、祥和等6家，在杭州有豫和、赓和2家，家业日益兴旺，成为当时全国屈指可数的"钱业大王"。

方仁照、方仁荣、方仁孝是方亨学之子，方亨学生有七子。仁照，字润斋，排行第二；仁荣名椿，字灿然，号梦香，排行第四；仁孝，字性斋，排行第七。兄弟三人也是方氏家族第二代经商人员中的核心人物。先有方仁照、方仁荣在沪咸瓜街开设方萃和糖行，由于资本充足，营业额达两三百万两，为同业之翘楚。五口通商，上海开埠，开始与洋人贸易，经营丝茶，"贾茶利伍之，丝利什之"，并开设了振承裕丝号。30岁的方仁孝开始学英语，不久大通其术，可以与洋人自行交流，经营丝茶，出口贸易。于是信义大著，业务大增，称之为"中外倚以为重"，"商界者无不奉性斋（仁孝）为志帜"，俨然成为上海商界的领袖，兄弟三人为方氏家族事业奠定了更为坚实的基础。

方氏第三代商界主要代表人物有方仰峰、方樵苓（1871—1951）、方黼臣（1843—1898）。方仰峰又名继德，谱名义峻，是方亨学之孙，仁本（字务堂）之子，仁本幼时随父兄赴沪经商，太平天国后回乡综理家务内政。方仰峰于光绪七年（1881）在杭州开设方裕和南货店，所售金华火腿驰名中外；在上海开设方裕兴丝厂、方惠和糖行；在宁波开设益和糖行、方德心药店、益康钱庄；在松江开设大全药店，在南浔有寿康药店。

方樵苓，谱名义鹗，官名舜年，字韶龄，号樵苓，仁孝三子。继承父业，经营方慎记号、元生糖行和延康、允康、寿康等钱庄，同时又投资近代航运、金融、工矿业。1908年参与创办宁绍轮船公司，任协理。同年又参与创办四明银行，任首任董事。后又与侄椒伯等投资天生煤矿公司，开设天生煤号，自任总经理。曾两任当选宁波旅沪同会副会长，不愧为宁波帮主要领袖之一。

方黼臣，谱名义章，为方仁照之子，幼承庭训，有大志，年15岁即随侍父至沪，经商贸易已若成人，17岁时父亲去世，便继承家业，跟随叔父仁孝经营先业，列肆遍于甬沪诸埠，叔父仁孝去世后，集内以家政外而商业于一身。

方氏第四代商界主要代表人物有方椒伯（1885—1968）、方季扬（1884—？）。方椒伯谱名积蕃，方仁孝之孙，方义鹏长子，是民国时期上海著名律师、社会活动家、实业界名人，1922年上海总商会改选，连任两届副会长。方季扬，谱名积镳，方黼臣四子，官名培源，沪上著名商人，宁波帮重要人物，柏墅方氏家族第四代经商重要核心人物。1920年，他参与侄子方液仙所创办的中国化学工业社，占股本三分之一，出任董事长。

方氏第五代商界主要代表人物有方液仙（1893—1940）、方善埒（1908—1968）。方液仙，字传沆，善字排行，方积铨（又名选青）之子，方黼臣（义章）之孙。中国日化工业的奠基人，近代最为著名的爱国资本家。九一八事变后，1934年发起"抵制日货，爱用国货"运动。1937年在沪创办中国国货联营公司，聘请王性尧任国货联办处主任，在王的精心经营下，一年中在广州、重庆、西安、昆明等 11 个大城市建立国货推销网，支持"爱用国货、生产救国"活动推向全国，促进民族工业发展，被誉为"国货大王"。1940 年，日伪多次想拉拢方液仙，以"实业部长"相许，日伪上海市长傅筱庵又利用乡谊，亲往诱说，悉遭严正拒绝。见方液仙不肯就范，遂萌杀机。后方液仙不幸遭汪伪特务枪击身亡，时年仅 47 岁。

　　方善堃，字子藩，方仁高后代，1927 年毕业于上海文商专科学校，后赴日本入东京工业大学应用化学系就读药学，1934 年又去德国博城大学化学系攻读博士学位。1939 年回国，任大丰工业原料公司总经理兼总工程师，组建化学研究所，自任所长，就有机、无机、电化、酿造等方面进行研究，研制成西药及化工产品数十项。筹建天丰制药厂，任经理。兼任中国化工厂、上海汉光电化厂总经理、上海市化工原料商业同业公会理事、制药工业同业公会理事、中华化学工业会副理事长等职务。

　　方氏五代人在上海经商，被称为"执上海商界之牛耳"。

急公好义　乐善好施

　　方氏家族有好多急公好义、乐善好施的事迹。方仁高经商发迹后，承父志建"宝善堂"义庄。但因年事已高，命其子方桂（字振玉）负责监督工程。义庄前后中正屋 9 间，左右旁屋 36 间，仓屋 12 间，共计 57 间，四周筑有高墙；堂构高闳、屋宇深邃，庭院深深，美轮美奂。捐族田 1000 亩，其侄子各助 100 亩，共计 1200 亩，将收租收入供族中贫困者。庄内设有义塾，光绪三十二年（1806），义塾进一步扩大，由方舜年倡议，方积钰等赞助，拨义塾师范堂银 8 万余元，开办培玉二等学堂，建西式校所，供族人和外姓人氏学习文化。

　　光绪年间，西大河年久淤浅，影响农田灌溉和内河航运，方仁高又出资万余金，疏通了从骆驼桥到江北岸 20 余里长的河道。民国八年（1919），西大河又淤浅，柏墅方后人方骏华、方骏萃、方舜年、方积钰、方积琳等又出银 2.8 万余元进行重浚。

　　鸦片战争时，方仁荣捐输饷银达数万两。宁波失守，亲友至上海避难，他多方周济，又向流落上海难民施粥舍衣。其子义路（正甫）继父志，于光绪二年（1876）买下仁和县平安坊纯阳庵黄姓老屋一区，改建杭州镇海试馆，耗资万余贯，于光绪五年（1879）三月完工。方继善一生乐善好施，曾为建书院、赈黄河决口水灾、修桥、筑路及广仁堂、福幼堂、育婴堂等捐资巨万。

　　光绪三年（1877），方氏在团桥西街设有慈善机构广仁堂，由族人方继德、继善、义路等兄弟出资倡捐，夫人志续捐，筑屋 20 楹，前系厅房，翼以两厢，厅前南北各有余屋，后立平屋。方氏家族广结善缘，对周边的村落民众扶危济困，为无钱入殓的死者舍施棺材。

抗战时期，方液仙全力救护抗日将士，两次开办伤兵医院。"一二·八"抗战，医院设在中化社内，救护十九路军伤员。"八一三"抗战，由于国民党淞沪地区的军队与侵华日军大规模会战，战斗激烈，一时伤兵大增，方液仙在上海胶州路旧申园内办了一所伤病院，不仅规模大，还聘请著名外科医生、护士，全力救治伤病员，又派厂内职工联系护送。

"八一三"淞沪战争爆发，上海难民麇集，方椒伯任难民救济协会副秘书长兼劝募主任，募得救济款1000余万元，救济难民11万余人。以宁波旅沪同乡会会董身份，负责筹划救济来沪避难同乡，设难民收容所10处，设法遣送同乡难胞20多万人返甬。

方氏家族最大善举是在上海重建四明公所。上海四明公所是由在沪宁波人自发建立的一个慈善组织。为了停厝、掩埋客死在上海，且因贫困无力归籍的同乡人棺柩，使流落异乡的亡魂得到安息，清乾隆年间，在沪宁波商人钱随、费元圭等人募捐集资，发起以"一文善愿"的倡议，经过几年的积累，在清嘉庆二年（1797），于上海县城北郊购地30亩，次年建成殡舍。到道光年间，因岁无常费，殡舍日渐败落，无人经营其事。道光十一年（1831），方亨宁等发起重修，修饰殿宇，设赊材所，又推广冢地，增建殡舍，赊售棺材，以助贫困同乡遗属，定期舟送寄柩归籍，以圆同乡叶落归根的遗愿。方亨宁倾其所有，购置市房、土地，将存款生息，以充公所财源。咸丰三年（1853），小刀会占领上海县城时，公所房屋全部毁于兵火。方仁照、方仁荣兄弟召集同乡富贾商议，带头捐资，进行重建，恢复旧观，拓建济元堂，附设办事房，为宁波人集会场所。同治十二年（1873）与光绪二十四年（1898），法租界当局想霸占四明公所，发生两起流血事件。方氏家族与宁波帮著名人士一起，经过半年多交涉，四明公所得以保存。方家自道光至民国，几代人都是公所董事，为公所的重建和归还做出了重大的贡献。

慈镇望族东西盛

据《慈镇盛氏宗谱》记载，盛氏肇基于淮海，始祖肃敏公，为宋太祖朝司空（工部尚书），勋业卓越，晋封靖康侯。传至十五世孙次伸，字秉刚，明州节度推官、知慈溪县事，后居慈溪东乡骆驼桥，肇立宗谱分二支七房：东支祖昭，分益庆、益灵、益春三房，西支祖曦，分尹酱、尹诜、尹谌、尹谦四房。其兄盛次仲，宋元丰初（1078）知慈溪县县令。为人公正耿直，关心民间疾苦，严肃吏政，改善民生，后为翰林学士。骆驼桥盛氏，官商世家，民居横跨慈、镇两县，为当地望族。

文儒辈出多贤才

盛氏自十五世孙盛次伸落户骆驼桥后，繁衍成族，到二十一世后统一排行（辈分），按排行取名。大、志、文、邦、廷、植、炳、在、钟、沛、树、焕、培、锡、洪、相、耿、坊、镇、溥，立二十排行，溥字辈为骆驼桥盛氏第四十代孙，后面就没有排行了。

在中国几千年的封建社会里，历来奉行"士农工商"之道。盛氏出身书香门第，入仕当官是他们的终极目标。通过仕宦官爵来"光宗耀祖""封妻荫子"，提高家族的社会地位。历代有许多读书人致力于科举，出进士4人，举人13人。族中曾出科举奇事，感动了乾隆皇帝。

谱载"盛廷谟（1711—1802），字赓虞，别号柱山。喜博览，工文词，屡试不得志"。盛廷谟从小读书，习举子业，每三年一届乡试必参加，但屡考不中。直到乾隆五十九年（1794）乡试，年已八十多岁的盛廷谟继续上杭城应试。此年乡试，皇上开恩，据各省陆续奏朝廷，共有百余年跻耄耋的生员踊跃参加，为士林盛事，虽未落取，而三场均能完竣。此奏感动了乾隆帝，听说这么多老年人参加考试，一高兴下旨开恩。八十岁以上，俱赏给举人；七十岁以上，俱赏给副榜。以彰寿世，作人至意。陪同盛廷谟一起参加乡试的还有西支盛邦燮，参加此次乡试的浙江籍生员中，有5人在80岁以上，盛氏占到2人。

第二年，盛廷谟又赴京赶考，参加会试。各省老年举人应试者，七十岁以上到九十岁以下者，多至120余人。俱三场完竣，虽未中榜。太上皇乾隆帝一高兴又加恩，给九十岁以上举人赏给大理寺寺丞衔，八十岁以上赏给翰林院检讨衔，七十岁以上赏给国子监学正衔。凡九十岁以上者再各加赏缎三匹，八十岁以上者各加赏缎二匹，七十岁以上者各加赏缎一匹。盛廷谟钦锡翰林，称"太史公"。

盛廷谟不但致力于科举，对诸子百家颇有研究，精青乌家言，拜风水名家杨曾廖为师，得其真传。归家后，纵览山水形胜，考古今名墓以证其说，经过30年摸索，将堪舆学的心得著一书，百年后，镇海的陈葆青、陈世熙得其书稿，整理后出刊，书名《地理精微集》六卷，留传后世。

盛廷谟是家中的长子，下有七位弟弟，都是读书人。二弟廷浩，贡生；三弟廷训，国学生，修职郎；四弟廷诚，国学生；五弟廷诏，举人；六弟廷谦，国学生；七弟廷谭，国学生；八弟廷论，国学生。其中五弟廷诏曾任知县，颇有政绩，是七兄弟之中的佼佼者。

五弟盛廷诏生三子，植麟、植骐、植麒皆有声望。长子盛植麟，字在郊，业商。性宽厚，老少无欺，家庭富裕，出手大方，里人都称他在郊伯。骆驼桥人有民谣"柏墅方屋，周锦章谷，在郊伯福"的故事。柏墅方方家赫赫有名，世代在上海滩经商。周锦章是周家楼屋人，大种田户主，家有24间走马楼。在郊伯是盛家人，相传，在郊伯是财神爷附身，福气很好。有一强盗专干杀人越货之事，他听说在郊伯家有钱，瞅机会去他家作案。有一天晚上，强盗趁在郊伯陪家人坐在庙里戏台前看戏，就溜到他家，翻墙入内，见在郊伯从里屋走了出来，强盗心想，我明明见他在看戏，莫非是财神爷显灵附其身，强盗不敢动手，愈想愈害怕，拔腿就跑。原来，在郊伯与人相约，陪家人到庙里后，坐一会就离开戏场，走小路回到家，听到外屋有动静就走了出来。强盗走大路，因此，两人没有碰面。俗话说，运气来有福之人不破财，这就是在郊伯福的故事。

当官为民多政绩

孟子曾说："民事不可缓也。"盛氏有多人当官，民本思想浓厚，主张"重民""爱民""以民为本"，想人民，为人民，关心人民的利益。因此，实行"德治""仁政"。针对苛政给人民带来的苦难，他们呼吁"救民于水火之中"，慎刑罚，薄赋敛，处理官民关系，做到"民为贵，社稷次之，君为轻"。光绪《慈溪县志·人物传》，记载了他们的为官政绩。

盛廷诏（1729—1785），字凤衔，号莲南，又号金门。乾隆二十四年（1759）以举人任直隶景州州判、补衡水知县。赴衡水县上任，县内有强悍好斗风气，廷诏将违者绳以法，全县民风大变。继而规定家丁无故不得外出，吏役追捕不得扰民。由于官司公正，败者必偿，于是民不畏吏。县内少水，耕作粗放，种植高粱，廷诏开辟水利多处，招募家乡的农艺师到他乡传授农田耕作经验，帮助督促指导。未二年，官民相亲。

盛植才（1759—1811），字含英，号墨峰。三十岁中举，历任广东海丰、开建、电白知县。嘉庆十年（1805），安南（今越南）海盗船数十艘集于电白海域，寇盗势众，经常在沿海登陆，骚扰劫掠，并多次向水东发射飞弹，东阳书院后院被击中倒塌。时任知县的盛植才接报后，率兵征寇，不避炮火，赶赴水东督战，鼓舞士兵，乡勇争先杀敌，海匪不支，遂狼狈逃遁。他捐出自己的俸禄设水栅望楼，发现匪盗踪迹，马上鸣锣围捕，匪累犯未得逞。继补阳春县，面对盗贼充斥，海盗啸聚，植才上请援军，下募乡勇，用计伏击，斩擒盗贼数百，以功擢升雷州府同知。在粤期间，两妻前后卒，长子次女继殒。本人因积劳成疾，病逝于官署，且清贫无钱入殓。他一心为民办事，保一方平安，电白士民捐数百金，挥泪助归。

盛植本（1762—1810），又名本，字伦先，号小坨。出身书香门第，其祖父盛邦翰为雍正四年（1726）举人，乾隆二十一年（1756）授福建长汀知县，后调沙河知县。盛植本受家庭影响，自小喜爱读书，工隶草，尤善擘窠书。乾隆五十四年（1789）拔贡，入八旗官学教习，补福建闽县令。嘉庆四年（1799）任宁德知县，逮捕欺压平民之豪强首恶，绳以法，余党震慑，乡里靖安。并整顿衙署，理狱清明。后调任龙溪、南安两县十余年。泉州行商林睿，肩负银千两去厦门，途中遇害。他亲自查访，一讯而破，县人在丰州书院设馆以纪念。历任宁德、龙溪、南安、福清等知县，盛植本的书法享有盛名，福清一高官请其书写堂额，他知该高官可恶，不予理睬。该官一定要得其书法，叫其子出重金求购，盛植本不为金钱所动，拒绝为其书写堂额。

盛植麒（1770—1828），字天石，号藕塘。嘉庆三年（1798）由例贡生挑取，授湖北德安府同知，补安徽颍州府同知。遇灵璧、宿州等四县饥荒，奏请赈恤。朝廷委其赴赈济饥贫。于是，急驰凤阳勘查，分别编册发放，冒领杜绝，民受实惠。历时半载，心力交瘁，因病告归。他在地方也多有建树，时逢宁波受灾，与兄植麟（在郊伯）出粟设厂救济。慈城德润书院，西舍已有众人捐建，建东舍所需款还没落实，与其兄植麟一起出资，承担东舍款项以助成。盛廷诏以其子植麒官中宪大夫，牌位安放在慈城德润书院内。

发家致富靠航运

骆驼桥盛氏从乾隆年间开始，从事沙船货运业。最早开始经营沙船货运业的叫采岩老人，姓盛，名廷谔（1737—1819），字采言，号采岩，又号守愚。其兄弟八人，老人其七，享年80多岁。谱传载："少读书，既而辍学为贾，善居积，致富巨万。"采岩老人年迈后，有长子和三子继承其业。长子植筠（1762—1818）字东美，号净香，国学生，诰封奉直大夫；三子植义（1768—1805），字德芳，号剑川，国学生，候选州同加二级，诰授奉直大夫。植义年轻早逝，其子盛炳煜（1795—1857）不满十八岁承父业，随大伯植筠在天津经营航运业。据《盛炳煜府君志传》载："字鹿坪，慷爽喜任事，弱冠督运天津，叙苦，授直隶州同知，宁波海运实始此也。"

道光六年（1826）漕运额大增，沪船运力不足，朝廷命令琦善完成漕运任务，琦善要求浙江巡抚分担，召集甬商船承运漕粮。甬船商不知按例有"脚价"（走脚钱，类似"补贴"），怕不法奸商勾结官府，层层盘剥，扣克水脚银，从中牟利，不愿承运，试图回避，并重金请辩士去江宁回绝。琦善办海运漕粮其意甚决，对甬船商之意大为震怒。盛炳煜得悉后，急急赶去面谒琦善，请求独自承运，并放弃脚价以充军饷，琦善听后赞不绝口，马上将运粮任务交给盛炳煜。

盛炳煜成为宁波人承运漕粮第一人，他目光深远，善于经营，精打细算，巧于安排，坚守信用，交货及时，海运漕粮任务不断。海运漕粮成功，道光皇帝分别对英和、琦善、那彦、陶澍等130多名官员嘉奖，对海运出力的船商46人进行保举，各受其赏，以捐职优先选用，盛炳煜旨议叙通判，诰授奉直大夫。

盛氏西支也靠航运业起家。西支盛氏先在田庄台、后到营口，设有甬上北商运业场所。据《盛世显君传》载："君讳在邦，号世显。父炳贤生四子，君其季也，幼丧父，初君之父设药肆于奉天（东北三省）之田庄台，君之兄继之，君于是亦至焉，别设肆于营口，为甬上北商经理运业。"

盛在邦（1844—1910）同知衔，赏戴花翎。其父盛炳贤（1803—1857）于道光初，在辽宁田庄台经营药材生意，其兄继承父业经营药材。随后，盛在邦也来到田庄台帮忙。当时的田庄台堪称内河巨埠，从田庄台到三江口，"八百里河道，帆樯林立、往来如梭"，南起保灵宫、北至曹家湾子，仅4公里沿河一线就有码头10余处。进出田庄台码头的船类众多，帆船、驳船往来穿梭于营口与田庄台之间，在辽河自开河至封冻期间，有船往来多达2万艘！田庄台相当繁华，是东北三省内河航运最大的通商口岸、农副产品的集散地；装载着粤、闽、浙、苏、鲁、川等省出产的绸缎、布匹、茶叶、瓷器、漆器、竹器及日用杂品等船只，通过田庄台码头销往东北各地；然后将装载着东北平原出产的高粱、大豆、药材、木材、皮毛运往南方各省。盛在邦看到了田庄台的航运商机，与兄商量后，经理甬上北商运业场所。

田庄台运业转移到营口，甬上北商运业也随之搬到营口，由于盛在邦"持筹握算，诚信相孚，久之营业大充，而家业亦由是渐裕焉"。在邦致富后关心族内公益事业。

盛氏家族为宁波航运业先驱，开创宁波人运漕粮先河，为宁波航运史增添光辉一页。五口通商后，招商局以轮船承运，盛氏才逐渐放弃北洋航运业。

民宅布满骆驼桥

盛氏民居临中大河两旁而筑，河南为西支族人居住，河北东西两支共同居住。

河北民居规模宏大，东邻贵胜堰，在堰旁有堰头大屋，向西至半江周余三村，比庐相望，绵延有好几里路程，光绪《慈溪县志》称骆驼桥盛。

盛氏一族，地处慈、镇之交，有东、西两祠堂。东祠堂在中大河北（属慈溪县），据《创建盛氏东祠》记载，由盛廷诏主修，地处宅之东南，始建于乾隆元年（1736），乾隆四年（1739）完工。堂外有庭，庭外有门，门外有池，门、堂左右各有房，以庑楼周以高垣。西祠堂在中大河南（属镇海县），始建于康熙年间，后年久失修，栋宇墙垣，势将倾圮，盛在邦首先输捐，与族内商议重修，焕然一新，东西二祠，轮焕并峙。

盛氏旧有义庄，建于光绪元年（1875），由族人盛炳澄命其子出资建造。谱载"炳澄，字汉介，号榛山，承父业经营航运业"。其父盛植梁（1772—1842），从乾隆年间开始经营沙船货运业。盛炳澄是有头脑的商人，他接手后，精心谋划，周密安排，在青岛、天津、营口等港口，设货运网点，不让船只放空。由于他善于经营，生意红火，成为宁波最大九家北船号货运商之一。盛炳澄发迹后报效桑梓，在咸丰年间出资建义庄。因社会动荡，太平军起义，建义庄一事被耽搁。直至光绪纪元始议定，此时炳澄已卒，其后辈遵照其遗嘱运筹，拨家资万金，度地鸠工，建义庄一所，筑室若干楹，曰"归厚堂"，出自《论语》"慎终追远，民德归厚矣"。又陆续出资，置好田540亩及本镇街房2所，量其所入，抚养族中孤寡残疾者，不使挨冻受饿。又在义庄内开设义塾，请老师上课，让族内子弟接受文化教育。

盛氏最有名的豪宅，俗称后新屋，又叫九十九间。建筑达到最高档次，布局恢宏，构建精巧，风格独特，工艺精湛。从外形看，颇具风格，曾有"青砖小瓦马头墙，回廊挂落花格窗"之说，马头墙高低错落，一般为两叠式或三叠式，如郑氏十七房马头墙为四叠式，后新屋马头墙五叠，俗称"五岳朝天"。后新屋民居堪称建筑经典，如此宏大的规模和显赫的气派，在当地很少见。"大跃进"年代，后新屋开办宁波师范学校，部分建筑被破坏，后又纳入拆迁范围，被北仑人整体买走。

后新屋建于清末民初，屋主人盛筱珊，谱名钟瑚。初在上海承裕钱庄习业，后长期任上海赓裕钱庄经理。1918年投资上海志诚钱庄，兼任经理。1919年任上海钱业公会二届副会长，后又任三至七届会董，八至十一届执行委员，为钱业公会任职时间最长会董和委员之一。1935年兼任中国化学工业社董事兼副经理、上海中和商业银行董事。

盛氏清末民初开始衰退。曾在山西朔县当过县令的盛钟襄著《溪上寄庐韵存》载，吾族盛时，有花园五，曰："守愚、日涉、竹医、肯园、一鉴轩，中皆池榭精致，花木葱茏，而今则寥寥矣。"在《骆驼桥竹枝词》中称盛氏家族"荒园日暮噪寒鸦，冷落墙阴野草花。过客停舟遥指点，当年都是好人家"。

余三村盛氏民居，旧有九进十明堂之称。中华人民共和国成立后，盛氏好多古宅被盛滋记酒厂和长骆粮站占用翻造。如今，还留下一些庭院深深的豪宅。

镇城分支一枝秀

镇海城内盛氏是骆驼桥盛氏的一个分支，始祖南泉公，由骆驼桥迁居鄞城（宁波）湖西居住。其曾孙文封，后迁居镇海武衙桥武衙弄内。文封孙廷勋业商，"为人主计，秉性严毅，议论不唯阿随"。廷勋生有四子，三子植型、四子植圻，民国《镇海县志·人物传》有记载。植型与其子炳纬，一门两进士，在镇海城内传为佳话。

盛植型（1829—1887），字钧士，号蓉洲。咸丰五年（1855）中举，翌年登进士。以主事分发吏部。后任预修《穆宗实录》详校官，《穆宗实录》书成，升吏部员外郎，又掌考功司印，补吏部文选司员外郎。在京以"清、慎、勤"自勉，布衣蔬菜，步行上衙。考功司职轻权重，几次拒贿，开罪大臣，欲加专擅玩法罪，然查无徇庇，才得安免。同治六年（1867），盛植型与同乡工部主事谢辅坫两人倡议设京城镇海试馆。通过在京经商的候补盐提举余鸿潮（大寺堰人）磋商，由余出资，购得东华门甜水井头40余间民宅，进行改装，成为本县举人赴京应试的下榻之地。光绪九年（1883）授湖北安襄郧荆兵备道，严保甲、治地棍、以平盗贼；裁革十八路差役，减轻百姓负担；设义学、兴书院、振文教；置水龙、扩粥厂，又请准省抚，每年在樊城镇船税项下拨留四成，为老龙堤工岁修专款。后又为抢修京山县张壁口堤岸决口，亲临督视，住舟中一月余，因劳致疾，在官署病逝，年59岁。襄阳士民于隆中三顾堂辟一室以祀植型，且竖碑历叙政绩，以志遗爱。

盛炳纬（1855—1930），字省传，又字养园，植型次子。九岁能文，十岁参加郡试，郡太守边仲思对其聪慧大为惊奇，号称圣童。因其父在京城吏部做官，于是随父至京，在国子监肄业，每次考试皆名列前茅。不久回乡入县学，光绪五年（1879）参加乡试，中举人。次年又登进士，入选庶吉士，后授翰林院编修。1885年主事四川学政，严格考试，杜绝舞弊冒滥。1891年改任江西学政，后又兼乡试监官，曾选调各县高才生100多名到省城书院肄业，经其赏识提拔之青年学子，后都成知名人士。为侍奉老母，修身养性，炳纬辞官返里。落叶归根的盛炳纬，看中了位于月湖旁的郁家巷林氏"近性楼"宅院，从镇海搬迁到宁波居住，将镇海老宅改为家祠，祀南泉公支派。他侍奉母亲15年，及至老母逝世，亦不再为官，而是观析时势，竭力提倡教育。当时，学者名流多不愿办学，而炳纬独开此风气。1897年，与时任宁波知府程稻村创办宁波储才学堂（后改名宁波中学堂）。由炳纬筹款6万余金，在城南拓地40亩扩建新校舍，购置图籍仪器等设备，规模为浙中之冠。1906年，时任浙江巡抚冯汝骙应诏保荐人才，首推炳纬，他辞不赴。镇海鲲池书院诸生津贴资费不足，炳纬募款3万余金，延请名宿为院长，大兴读书之风。又提议建镇海中学堂，并赴上海、汉口募资数万金，始得成事。还选拔县里优秀青年6名，派赴日本留学，为中学堂师资做准备。至1911年，镇海中学堂正式建成。

盛炳纪（1860—1927），字竹书。随叔叔盛植型就读于北京，返里以童试第一名，入县学读书（秀才）。曾在四川学政署与江苏常熟、溧阳等地任幕僚15年。返乡致力公益，创办养蒙、志成等校，辅助县令办学校70余所，私人垫款5000余元。又浚通东门浦，助资办公益布厂及医院。光绪三十三年（1907），人到中年的盛竹书应同乡之邀，赴汉口出任宁波会馆董事。成立宁波人旅汉同乡会。在汉口开设戒烟馆，创办旅汉子弟学校，支持教育事业，受到赞誉。宣统二年（1910），50岁的他开始涉足商界，曾斥资向湖北官钱局申请，办汉丰面粉公司，并担任总经理，后汉丰面粉公司改名为汉丰兴记面粉公司。1911年9月，盛竹书出任兴业银行汉口分行经理。1912年，盛竹书当选为汉口商务总会协理，适逢汉口为辛亥革命南北主战场，轮船招商局汉口分局货栈中库存价值120万银圆货物遭焚毁，牵累万千商家，他为此日夜奔走索赔，历时3年，始偿所愿。商家感激之余，集巨款相赠，他分文未受，转赠上海红十字会，因此更赢得极高声望。全国商联会成立后，盛竹书转战上海，历任浙江兴业银行总行行长、上海交通银行行长等职。1917年，他和张公权、宋汉章等知名金融家在上海创办《银行周报》，是中国发行最早、持续时间最长的经济学、银行学专业报刊。次年10月，上海市银行商业同业公会成立，盛竹书出任首届董事，两年后被推举为第二届会长，后又三次被推举为上海银行公会会长。已届知天命之年的盛竹书，仅仅用了10个春秋，便从名副其实的商场门外汉，变成全国金融中心的华资银行业界掌门人，不可谓不是一个奇迹。他曾任中国红十字会议长、中国济生会董事，创办镇海旅沪同乡会，并任会长等职。终因积劳成疾，逝于沪上。

望族后代名人多

盛氏望族人才辈出，有不少精英人物，分布在全国各地。而值得一提的是盛廷诏后代，在中华人民共和国成立后参加开国大典的盛丕华父子，还有著名翻译家盛峻峰父女。

盛丕华（1882—1961），原名沛华，14岁去上海，从银楼学徒升到洋货号账房。1908年参加反对沪杭甬铁路权让予英国的保卫路权运动。1920年与虞洽卿、张澹如等筹组上海证券物品交易所，任常务理事，又被选为上海总商会会董。曾赴武汉经营花纱布丝麻贸易及地产公司。与李孤帆等组织爱国团体"中社"，创办《新社会》半月刊。抗战胜利后，参加中国民主建国会任常务理事。1946年6月23日，受民主党派及人民团体选派，盛丕华等11名代表赴南京请愿，呼吁和平。到达南京车站遭到特务打手围殴，马叙伦等受伤。盛丕华受权发表严正声明。1949年初，转道香港至北平。出席由毛泽东召集的工商界人士座谈会。9月赴京出席中国人民政治协商会议第一届全体会议，参加开国大典。历任上海市副市长，全国人民代表大会代表，全国政协常务委员，中国民主建国会副主任委员和上海分会主任委员，中华全国及上海市工商业联合会副主任委员、主任委员。病逝于上海。

　　盛丕华长子盛康年（1914—1965），震旦大学肄业。青年时期就接触进步人士。接任《新社会》半月刊主编，评论时政、宣传抗日。1934年参加由宋庆龄等发起的中国民族武装自卫委员会，在文化界、职业界开展抗日救亡活动。协助其父办好红棉酒家"星期日聚餐会"，与黄炎培等交往。1946年加入中国民主建国会，1948年赴香港与中共负责人取得联系，陪同一批民主人士自香港乘海轮抵北平，受到毛泽东接见。1949年9月，以民建会代表出席中国人民政治协商会议第一届全体会议，参加开国大典。历任政务院参事，全国政协委员，上海市政协常委，上海市第二商业局副局长，民建中央委员，民建上海市委常委秘书长，上海市人大代表。在整风反右运动中受冲击，所谓"荣盛小集团"问题成为其思想负担，1965年10月因癌症去世。1985年9月18日，中共中央统战部专门召开彻底否定"荣盛小集团"问题座谈会，为荣毅仁、盛康年平反昭雪。

　　盛峻峰，笔名草婴。当代著名翻译家。1923年出生于骆驼桥，在宁波读小学。1937年随父亲去沪，转入上海松江中学。喜爱上俄罗斯文学，拜俄侨为师，数年不辍。得到中共地下党员姜椿芳帮助，水平大进。处女作普拉多诺夫小说《老人》译文，发表于1942年上海《苏联文艺》创刊上，笔名"草婴"，初露头角。1945年进入塔斯社上海分社，5月正式受聘为《时代周刊》编辑。中华人民共和国成立后，成为华东作协首批会员。1955年翻译苏联女作家尼古拉耶娃《拖拉机站站长和总农艺师》，受当时团中央领导重视，在《中国青年》杂志连载。"文化大革命"初期，由于《静静的顿河》大作家肖洛霍夫被江青定为苏联修正主义鼻祖，草婴因翻译过该小说而遭迫害劳教。"文化大革命"后，谢绝上海译文出版社总编辑职位聘任，继续从事翻译。20余年完成12卷400余万字《托尔斯泰小说全集》翻译。1987年获苏联文学最高奖——高尔基文学奖。中国作协授予鲁迅文学翻译彩虹奖，俄中友协授予俄罗斯"荣誉作家"称号和"高尔基勋章"，获文艺家终身荣誉奖和终身成就奖。历任上海作家协会副主席、上海翻译家协会会长、中国译协副会长等职。

　　盛峻峰之女盛珊珊，1957年生于上海，1979年进上海戏剧学院美术系进修班，毕业后任上海《萌芽》杂志美术编辑。1982年赴美蒙赫利约克学院研读西方绘画。1985年回国，沿古代丝绸之路旅行，在敦煌石窟研究佛教绘画，体验民族文化。获硕士学位后，受聘为哈佛大学驻校艺术家，同时任教于波士顿东北大学艺术系，又在芝加哥创建"东西方画廊"，后倾心于雕塑创作。代表作有油画《新千年的曙光》《梦回神州》《黄河之水天上来》《不尽长江滚滚来》等，在美术界享有盛名。

闲话镇北两郑氏

宋末年，金兵攻陷汴京，北宋灭亡。宋高宗赵构在南京应天府（今河南省商丘县南）即位，改年号为"建炎"。金兵乘胜追击，大举伐宋，宋高宗迁都杭州，大批官员随带家属背井离乡来到江南。为避战乱，荥阳郑氏后人先后在镇北两个地方安家，分别在山南和山北，山南郑氏称瀣浦十七房郑家，山北郑氏称龙山西门外郑家。道光年间，两家郑氏均为镇北望族。

两家都称"通德堂"

瀣浦郑氏与龙山郑氏堂名都是"通德堂"，同源不同流，同宗不同族，都有自己的宗谱。据两家郑氏宗谱所载，他们为荥阳郑氏后人，千年之前为同一始祖荥阳郑滋德。后因战乱，先后迁居定海（镇海）。

据瀣浦《郑氏宗谱·源流考》载："荥阳郑滋德字永成，继先号月山，月山生宝字清隐，清隐生广、鼎。广，徙青州生良中、良直。良中官兵部帅干，徙余姚龙泉乡；良直官兵部尚书，徙安州生文荣、文华、文德。文荣生獬、猎。獬北宋神宗皇祐五年（1053）状元，官至翰林学士。鼎，官朝散大夫，徙越州龙泉乡，生良祥、良谦、良吉、良文、良章、良清、良基。先是鼎与良中俱徙龙泉乡，子孙繁衍散居近壤，约计四房，隆房分住余姚、灵柯、四明。兴房分住慈溪、石台并鄞西窑湖、通远、樟村。康房分居昌国、灵绪、龙山、海晏。"

《镇北龙山郑氏宗谱》载："龙山郑氏系出宋忠孝状元毅夫公后，传五世至伯五公迁居镇北龙山，由伯五至今已历三十有三，自一世至十一世天锡公生六子，而五支之后半就衰落，其间不绝者如线，余则或徙或止，亦难尽知。今之所盛传者，惟志德公一支而已，按志德公生金三、金四，金三复生四子，金四复生二子，是为后六房，即今所称通德堂派也。"

"通德堂"，出自东汉文学家、北海太守孔融景仰郑玄（东汉著名经济学家）的学识和德行，名其居为"通德里"，名其门为"通德门"，后人以"通德"为堂号，表示继承与发扬郑玄的学识和德行。因此，荥阳郑氏好多宗族将自己的宗祠命名为"通德堂"。如福建省漳州市漳浦县旧镇镇城里村郑氏通德堂，因郑成功曾到通德堂郑氏宗祠上香认亲而出名。旧镇通德堂，肇基祖为郑光德，传衍至今已是二十三代。宗祠坐东朝西，二进两庑一天井，每进三开间，土木抬梁结构，面积360平方米。始建于明嘉靖十三年（1564），历朝有修葺，1982年重修。史料记载，清顺治三年（1646），延平郡王郑成功驻军旧镇，遣部将潘庚钟攻破漳浦县城，移县署于旧镇，筑千丁城、铳城。郑成功及其郑姓部属，曾到通德堂郑氏宗祠上香认亲。延平郡王率师渡海收复台湾，旧镇郑氏子弟亦有不少参军赴台。

瀚浦郑氏，曾四修宗谱，最初为明万历年间的旧本，第二次为清乾隆三十年岁次乙酉（1765）的重修本，此两本手抄谱至今已失传。现存光绪七年（1981）《蛟川瀚浦郑氏宗谱》和民国九年（1920）《前灵绪乡郑氏宗谱》，二谱统称《瀚浦郑氏宗谱》。

据瀚浦《郑氏宗谱》载："吁自靖侯公以来，由宋而元、而明以至国朝七百余年矣，其间茫然无考者，不知凡几况，等而上之欲溯厥，原委其道无，由观寒村（半浦郑梁）先生源流考，要不离隆、兴、康、泰四房者，近是则吾灵绪之郑，与慈之鹳浦，鄞之方隅，同邑之龙山、海晏、其为朝散大夫鼎之后，抑为兵部帅干良中之后，均不得而知，是可憾也夫。"按谱中所载时间推理，郑氏始迁祖靖侯公应在南宋孝宗皇帝（1163—1189）期间，来到塘路沿安家，瀚浦郑氏至今已有830多年历史。

龙山郑氏族史要比瀚浦郑氏长。据明弘治十六年（1503）王霁《龙山宗谱重修原序》载："宋忠孝状元毅夫公之后，安定迁居睦州，嘉祐间（1056—1063）有睦州迁居越州者分居余姚、会稽、梅川、四明与龙山五处。"从龙山郑氏宗谱记载推算，龙山郑氏至今已有900多年历史。

儒商并举成望族

瀚浦郑氏，按同治二年（1863）十四世孙《郑德容谱薹原序》载："我族自靖侯公卜居塘路沿，年湮代远，世系茫然，至不能详其来自何地，始自何时。"瀚浦郑氏宗谱，因世系失传，自靖侯公与一世祖道一、道二、道三中间世系脱节，缺失资料约300年时间，道一、道二、道三并不是靖侯公儿子。按谱载为南宋末年迁居定海（镇海），史料实际记载从明代十七房始祖东沧公开始，东沧公为瀚浦郑氏六世祖分居十七房，除东沧公有详细生卒，生于明嘉靖年间（1522—1566），卒于万历年间（1573—1619），享年77岁。其他四大房塘路沿、庙基头、后新屋、海甸闸口始祖及其八世之前均为代名字，八世之后有详细记录。

瀚浦郑氏历代仕途不畅，通过科举，明代只有几个秀才，清代乾隆年间出了一个议叙贡生，嘉庆以后出一进士、三举人、三贡生。据谱载，因仕途不畅，郑氏家族多弃儒经商，不想读书求仕，只想商海捞金，郑氏宗族靠经商发迹。在十七房人留传了百年多的民谣："郑氏十七房，房房有商帮。经商讲道德，美名扬四方。捐纳入仕途，发迹造豪宅。"澥浦郑氏宗族驰骋商海，勇于开拓，从营鱼盐业开始，虽兴于鱼盐，但未依赖于鱼盐，而是走出了创新性发展的重要一步。为适应社会经济的发展，涉足金融业，开办银楼、钱庄，形成了一个庞大的家族商帮实体，历代以来拥有多支商帮队伍，是宁波早期的家族商帮，经商人员最多，延续时间最长，成为宁波帮的发源地之一。

龙山郑氏宗族，在明代就有郑文献、郑文魁、郑珞等人成为贡生，任教喻、训导职务。其中有一支分徒镇城派，名震蛟川。在民国《镇海县志·人物传》中，郑廷秀、郑朝宗、郑熙、郑贤坊、郑绥祺、郑鸿寿 6 人有记载。郑熙家族一枝独秀，经商发迹，官运亨通，为官商世家。长子郑贤坊，字与仙，道光二十九年（1849）优贡生，咸丰元年（1851）举人，以助修海塘授内阁中书，同治七年（1868）为三甲第一名进士，授翰林院检讨，光绪元年（1875）考二等，与修《穆宗实录》，拜花翎、文绮之赐；光绪八年（1882）京察一等，授江南道监察御史。次子郑贤域在宗谱中载："国学生，议叙光禄寺钦加同知衔，五品衔，授奉政大夫。"长孙良鑫（贤坊子），附贡生，福建候补知府，三品衔，赏戴花翎。孙子良鉴（贤芳子），官名绥祺，邑庠生，癸酉科举人，兵部郎中三品衔，赏戴花翎，江西德安县知县，授通议大夫。孙子钟祥（贤坊子），邑庠生，乙亥科举人，四品衔，赏戴花翎，江苏金坛县知县，授朝议大夫。

龙山郑氏还有两个知名的经商人物。全盛民信局创始人郑景丰，据《镇北龙山郑氏宗谱》载："宝章公三子，字锦峰，由国学生加捐侯选县丞，以孙贵诰赠奉直大夫，晋赠奉政大夫。生嘉庆十八年癸酉（1813），卒光绪九年癸未（1883）"他是龙山郑氏的知名的经商人物，宗谱中有《清诰赠奉政大夫景丰公像》《诰赠奉政大夫景丰公七十寿序》《清诰赠奉政大夫景丰公传》，像、序、传记载了他创建全盛民信局的经过，谱载："由是而姑苏，由是而宁绍，由是而长江，由是而京都、天津、闽广，天下人无不信全盛，全盛之名震于天下。"可见当时全盛民信局的规模之大、名声之广。

老公茂创始人郑良裕，据《镇北龙山郑氏宗谱》载："福令公长子，谱名忠锴，原名良裕，字继昌，布政司理问衔，例授儒林郎，生同治五年丙寅（1866），他从小随父去上海。"据《中国通史》《上海地方志》等史料记载："郑良裕十七岁时（1883），在沪创办轧花厂，不久又创通裕铁厂，制造内河小火轮。1900 年改名公茂船厂，光绪二十七年（1901）独资建立通裕航业公司，要比虞洽卿等（光绪三十四年创办的宁绍商轮公司）要早七年。置有平安、新平安、宝华、新宝华、大华、平阳、康泰等轮船，经营内河、长江、沿海航线。1912 年公茂船厂迁址浦东，1919 年后，曾建造 2000 吨级远洋轮多艘，为当时我国最大的船厂。"

两家名人叫郑熙

在澥浦郑氏和龙山郑氏宗族中，都有一位叫郑熙的名人。

澥浦郑氏宗族郑熙（1813—1858），系郑氏十七房首富郑德标五子，谱名士昆，字玉成，号渔村，官名熙，国学生，议叙直隶州州同，以子芳墀诰赠朝议大夫，以侄芳型貤赠朝议大夫。谱载：郑熙"持资"到绍兴"别营居积"。他很能干，在绍兴多年，"越中贤豪长者，咸乐与订交"。1844年郑熙便赴沪开设钱庄，并在嘉兴、绍兴、湖州、汉口、广州等广设分号，派驻店伙，随时通报金融信息。"勤慎周练，屡获倍息。"在重建杭州四明义园时，出金三千两，1857年病重返里，次年病卒，年46岁。据郑氏后人传说，郑熙为"老凤祥银楼"的创始人，早期在上海小东门方浜路创办"凤祥银楼"，前店后场，银楼收购旧金银器皿熔炼制成首饰出售。店内有一批技艺精湛的把作师傅，所制作的金簪、镶玉簪、项链、扣花等金质饰品，成色足赤，款式新颖，精镶细嵌，玲珑剔透，生意十分红火，获利甚厚，为沪上银楼业巨擘。1853年"小刀会"攻克上海前夕，郑熙预先将店铺临时搬迁至宁波，开设宁波"凤祥银楼"。1855年上海局势稳定后，重新在豫园旧址开业，改称"老凤祥银楼"，1857年郑熙病重回十七房。不久病故，之后"老凤祥银楼"转卖给他人。郑熙开"凤祥银楼"只是传说，并无资料证实。

龙山郑氏宗族中的郑熙，是龙山郑氏一支徙镇城派，据龙山郑氏宗谱记载，镇城迁始祖为十五世郑让，在明天顺年间（1457—1464）由龙山迁居定海（后改镇海）武宁门西郊。后有二十一世祖子英，官名嗣侨，邑庠生，崇祯年间，由武宁门迁入城中樊衙弄。经过几代人的拼搏，到二十八世郑熙时，在镇海城内大兴土木，建造郑家大屋。在镇海城内有以姓命名的郑家弄，郑家弄因郑家大屋而出名，原位于现在胜利路的北段。

郑熙，在《龙山郑氏宗谱》载"二十八世郑世熙，永椿长子，附贡生，议叙府通判，晋叙府同知衔候选知府，诰授朝议大夫"。在民国《镇海县志》中载："郑熙（城区），字敬亭，朝宗曾孙。"郑熙致富不忘回报社会，每当国难当头，百姓受困，他总是挺身而出，慷慨解囊。清道光二十二年（1842）第一次鸦片战争，英军大型军舰犯我蛟关，郑熙为城池安危，出资添筑堡楼，由保举而任用为议叙通判，负责粮运、水利、海防等事务，协助清军抗击英军入侵。道光二十三年（1843）秋，飓风巨浪冲垮后海石塘多处，海水倾入城池，百姓受困，他带头捐资，与镇城富商王咸章捐资三万多银两，为后海石塘加固之用。咸丰年间，太平军起义，浙江巡抚为抵御太平军到处筹集军饷，郑熙又带头捐资一万银两以充军饷，加同知衔，诰授从四品朝议大夫。郑熙一家三代为官，清正廉洁，勤政爱民，为镇城公益事业，慷慨解囊，乐善好施。

（原载2011年7月11日《中国宁波网新闻中心》）

薛氏一门两尚书

镇海城区薛家弄（今龙赛医院东楼地）薛氏，明代万历年间，出了"兄弟两进士"，兄弟二人以名节互勉，为官一世，不阿权威，始终奉行清廉自守。"清正廉洁"自古以来是中国传统道德的一个基本规范，被视为"仕者之德"，是"为政之本""为官之宝"。薛氏兄弟俩的故事，在镇海史志人物典故中被列为廉政楷模，后有"一门两尚书"之称。

兄薛三才（1555—1619），字仲儒，号春雷。明万历十四年（1586）进士，授庶吉士，博览群书，考证古今经世之学。历任礼、户、兵部给事郎中，数好直言，多次上疏辨论政事，言词剀切。万历十六年（1588）冬，东厂太监张鲸，擅权舞法，横肆无惮，陷害大臣，御使何出光、王象乾相继劾鲸，皆不果。吏科给事中李沂刚上任一月，即上疏劾张鲸，指责皇帝受张鲸贿赂而不治张鲸之罪，"亏损圣德"。万历皇帝朱翊钧见疏大怒，斥李沂"谤诬君父"，廷杖六十，立命将李沂下狱究问，削官归里。三才上疏说不应该以言语稍激处分谏臣，第二年，皇上准奏召李沂授官河阳都察院，李沂推辞没有去上任。

薛三才还奏请朝廷召回因言论被处分的谏臣、慈溪籍姜应麟等人，接着因为给事中张涛讲实话议论政事被谪，三才又上疏解救，以致遭到朝廷的不满，受到被夺去俸禄一年的处分。后出任湖广右参政时因匡扶正直，斥除骄吏，得罪权贵，几乎得祸。

万历三十七年（1609），薛三才担任右副都御史时视察官府，单骑上路，拒绝地方官吏迎送。在任内整饬军纪，修筑城堡，并针对营伍日疲、屯堡日空、将令日弛、军情日骄、边备日毁、士气日靡、储备不预等严重情况，上疏朝廷，提出"七虑"，使朝廷有所补正。

后升任兵部右侍郎，总督蓟辽边务四年期间，凡有益边陲防务方略，无不殚精竭虑。规定所属大官到任时，如在一百里内可以参谒一次，路远的可免参见。即使参见，只备一个手本就可以，不许再送其他礼品。逢年过节也不准向上馈送礼物。

三才升任兵部尚书后，不畏流言蜚语，锐意整顿部务。革除内侍虚冒禁军员额（即"吃空额"）陋习。到任二十天，就将兵部八个月的积案处理清楚。为国事积劳成疾，还抱病工作，参加将校军事考核。临终时遗嘱仍是边关大事，没一句谈及私事。卒后赠太子太保，谥号恭敏，遗有疏稿十四卷。

弟薛三省（1558—1634），字叔平，别号天谷。明万历二十九年（1601）进士，为庶吉士，授检讨。后以右谕德充任东宫讲读官（给太子讲学），有一位当权的太监赵纲想拉拢他，设宴邀请，三省拒不赴宴。

天启三年（1623）后他担任礼部右侍郎及礼、吏两部左侍郎，当时，太监魏忠贤权倾朝野，自称九千岁，排除异己，专断国政，以致人们"只知有忠贤，而不知有皇上"。许多大臣都去逢迎拍马，三省却不屑阿附。有人劝他去走动拜谒魏忠贤门下，他回答说："我自进京任事，从来不曾为了拉关系、套近乎，向哪个上司拜谒，难道现在要改掉节操吗？"

三省后来升任为礼部尚书，时东江总兵毛文龙，加封左都督，拜魏忠贤为义父，肆无忌惮，飞扬跋扈，作为封疆大吏，以边功献媚魏氏，请求妄报捷讯。魏忠贤要三省向皇帝谎奏捷报，遭三省拒绝。魏忠贤怀恨在心，欲多次伺机加害。三省见朝中正直官员都遭魏氏排挤加害，而熹宗皇帝朱由校昏庸无道，喜爱木工，不理朝政。三省无奈，于是就称病归乡。早晨送上乞休报告，权奸们巴不得去掉这软硬不吃的眼中钉，不到中午就批准三省退休。当天，三省冒着大雪离开京城。魏忠贤又使内监来拦路检查行李找岔子，希望从中发现三省有罪的把柄。结果发现三省的行李内只有一件敝旧裘袍和少许中药。连负责搜查的内监也禁不住叹赞说："这真是清官呀！"

明思宗朱由检继位后，改元崇祯（1628），为打击惩治阉党，治魏忠贤十大罪，命逮捕法办，魏忠贤自缢而亡，其余党亦被彻底肃清。朝廷任命三省为南京礼部尚书兼翰林院学士，他坚辞不受。崇祯七年（1635），再次召用时，三省已逝世一个月多了。

三省居家十年，自奉俭朴，而好施惠宗党乡里。杜门读书，足未了尝入公门。府县长官见询，言无不尽，曾奏请兵道两台减轻本县军粮与坊役负担，重视教化，捐资倡修学宫。著有《易蠡》《春秋辨疑》《天谷山人文集》《天谷山人诗集》及《神宗实录》等。卒后赠太子太保，谥文介。

贝氏一门两将军

将军第古宅位于镇海区贵驷街道憩桥自然村，古宅的主人是清定海镇总兵贝锦泉之弟补用副将贝珊泉。珊泉协助长兄贝锦泉办理船务，颇具才华。兄弟两个出身贫寒，初以水手谋生，后服役清军水师，靖海安民，受商家、民众拥戴，为保卫海疆，屡建战功，他们的业绩被载入史册。

驾宝顺轮船　护航平海盗

1853 年太平军占领南京后，通往镇江以北的长江航运受阻，宁波成为上海与内地的川鄂皖赣等省物资交流的重要中转集散地。咸丰三年（1853）开始，宁波北船号商人的一个重要任务就是通过海路为朝廷运送漕粮。乱世年代，漕粮海运的最大危险则是海盗的劫掠。春夏之交，联帆北上，虽有兵船护航，盗不畏也，气焰嚣张。每劫一舟，索费尤甚，盗遣其党入关，公然登上座争论价目，海盗肆掠无忌惮，阻截商船，勒赎之千百金不止，商人咸愤之。

北船号大户、慈溪人费纶志，镇海人盛植琯、李容（李也亭）联络各船主提出倡议，购洋船平盗护航。船主纷纷响应，无不充诺。船价额巨，筹资不易。后与宁波府台段光清商议，令官商各垫其半，每年按船只收入比例陆续归还。方案确定后，由鄞县杨坊、慈溪张斯臧、镇海俞斌久去上海联系，遂向粤东外商（宝顺洋行）购火轮船一艘，定价银七万两，名曰"宝顺"，设庆成局。宝顺轮船由鄞县卢以瑛负责，慈溪张斯桂督船勇，镇海贝锦泉司炮舵，一船七十九人。陈文牒给督抚，咨会海疆文武官，列诸档册，于咸丰四年（1854）冬季开始平盗护航。

第二年，"粤盗"三十余艘，肆掠闽、浙，窜至北洋与其他海盗勾结，运船都被阻。宝顺轮船于六月出洋，七月七日，在复州洋发现海盗船，贝锦泉开炮轰击，沉五艘，毁十艘。十四日，在黄县洋、蓬莱洋又击沉四艘，获一艘，焚烧十六艘，余盗四处逃窜，船勇也上岸追逐，毙四十余人，俘三十余人。十八日，在石岛洋击沉盗船一艘，救出江浙回空运船三百余艘。北面肃清，轮船回上海。二十九日，巡石浦洋，盗船二十三艘在洋停泊，轮船率水勇进船舱洞下门，两相攻击，自卯至未，盗船无一存者，余盗窜黄婆岭，追斩三百余首。九月十三日，在岑港洋，击沉盗船四艘。十四日，在烈港洋击沉盗船八艘。十八日，复在石浦洋击沉盗船二艘。十月十八日，复在烈港洋击沉盗船四艘，南面亦肃清。翌年三、四月间，获盗船六十八艘，生擒盗党及杀溺者两千余人，宝顺轮船之名震于海外。由宝顺轮船护航，运漕粮船只安然无恙。

宝顺轮船行驶在北洋，山东巡抚崇恩知道后，上告朝廷，朝廷下旨追究浙江巡抚，将惩治给照者之罪。段光清召集诸绅士商议对策，有人提出："此无难也，商出己资购轮船以护商，且以护运，官所不能禁也；船造于夷，则为夷船，而售于商，则为商船，官给商人之照例也，不计其何自事也，但令毋雇夷人，毋驻北洋，以此人告而已。"

段光清听后觉得有理，将此话回禀巡抚何清，何清听后也不再追究此事。咸丰六年（1856），沪商人也购轮船，与宁波相约，一船泊南槎山，堵海盗北来之路，一船巡逻浙沿海，以备非常，海盗敛迹。没多久，西人入天津，重定和议，北洋口亦许通商，夷船工驶中国洋无间南北，海盗绝迹。

清董沛《宝顺轮船记》载："中国之用轮船宁波宝顺轮始也。……中外臣工咸知轮船之利，有裨于军国，曾文正首购夷船，左文襄首开船厂，二十年，缘江缘海增多百艘，皆宝顺船之倡也。宝顺船虽为护运，而地方有事亦调遣。洪秀全踞金陵，调之以守江，法兰西窥镇海，调之以守关，在事诸人，迭受勋赏。而张斯桂、贝锦泉久于船中，以是精洋务。斯桂起诸生，充日本副使，锦泉起徒步，至定海总兵，尤异数云。自中原底平，海盗无风鹤之警，宝顺船窳朽，亦复无用，然原其始，则费纶志、盛植琯、李容三君之功不可忘也。"

驾"万年青"号　长国人志气

中国自制第一号轮船，在清同治六年（1867）九月中旬，于福州马尾船政局在船政大臣沈葆桢的主持下，引进国外的蒸汽机、锅炉以及配套机械和技术资料开始组装。历经三年时间精心制造，第一号轮船大功告成，取名"万年青"号。

"万年青"号在试航和引港的问题上曾发生一场斗争。沈葆桢为维持我国的主权和尊严，坚持中国人"独立自主"的方针，但法国驻福州领事巴世栋对福州船政局的方针恨之入骨，暗中干扰破坏。船政局准备试航时，巴世栋挑拨总监工达士博（法国洋匠）进行发难、威胁，狂妄宣称"引港必须用洋人"。沈葆桢理直气壮地反驳："港道非附近渔船不能熟悉，何以反用洋人？"达士博事事刁难，被沈葆桢撤职，风波才告平息。

沈葆桢将三十八岁的贝锦泉委任为"万年青"号管带，可谓知人善任。贝锦泉有胆识，熟悉海线，长于驾驶，是中国近代海军史上的一位传奇人物。早年家境贫寒，经乡人介绍上葡萄牙轮船当水手，由此迈入了近代航海知识的门槛。他带任过"宝顺"号炮舵和管带，左宗棠督抚闽浙后，经人推荐，进入闽浙总督帐下，出任福建购买的"华福宝"小轮船管带，左宗棠将他留用给沈葆桢，为补用游击填补澎湖右营都司副将衔。

"万年青"号要北上受阅（勘验）。1869年10月25日，在商船云集的天津大沽口，中国人自己制造的蒸汽军舰"万年青"号缓缓驶进入海口，"华夷观者如堵，诧为未有之奇"。"万年青"号天蓝色的船身，飘扬着红底金龙三角牙旗，犹如横空出世的天马，驻泊在紫竹林天津海关前，引起在此停泊的各国船只的注目和惊叹。

清政府随后选派三口通商大臣（即后来的北洋通商大臣）、直隶总督崇厚检验第一号轮船。11月5日，崇厚带同天津镇总兵陈济清以及直隶的洋务官员和外国工程技术人员一并登上"万年青"，准备乘坐出海试航（勘验）。但是由于连日西北风大作，天津内河水小，吃水较深的"万年青"号行驶极为艰难，"节节阻滞"。贝锦泉镇定自若，指挥自如。11月7日大潮，"万年青"号乘潮而行，于傍晚时分抵达大沽，第二天清晨驶出大沽口。虽然在天津内河这段航程异常艰难，但是进入大海的"万年青"号如鱼得水，据崇厚奏报，"该船在大海之中冲风破浪，船身牢固，轮机安稳，舵工、炮手在事人等驾驶、演放均极操纵合宜，动作娴熟"，"万年青"号北上天津勘验时，清总理事务衙门赞扬说："该船均系中国人驾驶，不用洋人，尤为难得！"福州船政局副总监督德克碑（德国人）不得不承认："中华多好手，制作、驾驶均可放手自为。"崇厚对自造轮船似乎动了真情，一面自己赠小刀、丝绸等物品奖励贝锦泉等管带船员，一面要求他们返航时将海上所见所闻记录成书，刊印发放给南北洋各处，以资学习。"万年青"号试航、勘验成功，与贝锦泉的海上丰富驾驶经验分不开，为我国航海史上写下了光辉的篇章。

得到清政府大加赞赏肯定的"万年青"号，于1869年12月2日离天津返航，1870年1月8日抵达福建船政，全由中国官兵驾驶的北上活动圆满结束，看到"万年青"漂亮的身影回到马江之畔，船政"人人额庆"。从此，中国第一号"万年青"轮开始执行与其军舰身份相符的使命，进行平盗护航，在贝锦泉的率领下，起到了护商利民的作用。

同治十三年（1874），日本政府利用琉球船民被台湾高山族人杀害事件，挑起争端，并发兵三千入侵台湾，"万年青"号驻防厦门，保卫祖国海疆。

贝锦泉是清水师不可多得的人才，后又被调往超武号兵船任管带，几十年航运，业绩卓著，屡立新功，升为海坛总兵。贝锦泉离开超武号兵船后，由其弟贝珊泉接任其管带职务。

抗法战事起　保国护家乡

中法战争开始，法国将战火扩大到中国东南沿海，法国派巴德诺与曾国荃进行谈判的同时，继续制造事端，再次挑起战争。法国将它在中国和越南的舰队合成远东舰队，任命孤拔为统帅，乘机分别开进福州和基隆，一方面胁迫中国接受法国条件，另一方面准备随时发动攻击，占领这些口岸。

朝廷命浙江巡抚刘秉璋调集诸将，督兵备战。贝氏兄弟分别被调往定海、镇海两地，投身抗法战，保国护家乡。

光绪十年（1884）农历七月廿八日（9月17日）刘秉璋向朝廷急奏《旨准调贝锦泉署定海总兵》："……刘秉璋奏前海门（海坛）镇总兵贝锦泉署定海请免更调折，查贝锦泉前经奉旨谕令何璟等酌量撤调，既据奏请定海防务紧要，拟请批旨准其署理定海镇总兵。"

贝锦泉接旨后，急速起程奔赴舟山。他到任后，马上与薛福成、台州府知府成邦干一起，乘坐惠济小轮，由五奎山后循堤而东，至十六门口，转由大渠门过五奎山前，进吉祥门即火烧门，出竹山门，又循堤坝而西，出螺头门口外，转由棋盘山抵五奎山。一路测量水势，港面周围形势，贝锦泉深虑孤岛无援。

定海地处要冲，四面受敌，既无坚利兵轮，又无得力炮台，查全岛防炮台仅得四尊，且非精品，其资以守御者，专恃陆师，而口门甚多，处处可以登陆，实非四五千兵不能兼顾。贝锦泉一方面委派卫安营袁守戎在宁波招勇丁，又委派其儿子在江北岸招勇丁两百五十名。另一方面布防御敌设施，在岛四周用三扛渔网、钉桶、筏篓、桩木堵海口，在东港浦盐场土堤筑炮洞一座，兵营三间；东半塘炮洞二座，兵营六间；又露天炮台一座，兵营十间，火药库四洞。舟山岛屿戒备森严，防守严密。贝锦泉与成邦干率员弁兵勇，日夜巡防，一有敌情马上向提督欧阳利见汇报。《金鸡谈荟》中录有《贝敏修来函：法船游弋定海》载："……昨日三鼓，各处探报陆续回称，接到有法船一艘，由青龙港驶至螺头门对面之侧箬山折回，转向外洋桃花山直驶。又有四船从石澎港驶来，与前船会合，复从定海吉祥门外驶往侧箬山，仍转达向南，从双旗港向南驶去后，已不知踪影。查双旗港南向即大海洋，该夷船游弋洋面，驶行如飞，往来飘忽。定海若无轮船，莫能跟探，惟与成守督率员弁兵勇，日夜戒备，静双待战而已。惠济往寻援台诸船，回镇即乞飞饬来定是为至祷。"

中法战事起，刘秉璋急调超武、元凯号两兵轮来镇海防守。贝锦泉之弟贝珊泉时任元凯号兵轮管驾，元凯号兵轮战前就准备回船厂大修，但因防务吃紧，到镇海后忙于战备，装载兵勇、运送军火炮械，往返于上海及温州、台州、扬州、镇江一带，船上发动机缸体渗漏严重，提督欧阳利见与贝珊泉商量，贝珊泉熟悉船上机械原理，决定自己下船舱，组织力量对缸体进行突击抢修，并对船上全部机械进行仔细检查，他认为将就数月没问题。带病的元凯号不但要承担军需物资运输任务，且和超武、开济、南琛、南瑞号一起守卫在镇海口，不让侵略者迫近口岸，直至法船退去。

中法镇海战争获胜后，刘秉璋上奏清廷，对立功人员嘉奖。"查定海统兵之员，署定海镇总兵贝锦泉，曾任海门（海坛）镇实缺，长于水师，智勇兼备；正任台州知府成邦干，久历戎行，才具开展。以上二员，同守孤岛，力保岩疆，可否仰恳天恩量予存纪录用，以人才励。"光绪十一年（1885）九月初八，贝锦泉授定海镇总兵。内阁奉上谕："浙江定海镇总兵员缺，着贝锦泉补授。钦此。"中法之战后，贝锦泉任定海总兵，由于长期操劳，卒于定海任上，享年五十九岁。

其弟贝珊泉，浙江巡抚刘秉璋上奏请功名单时写道："尽补用副将贝珊泉，请遇有水师总兵缺出记名简放，并赏给勇号。"清廷批文："拟请改为候补副将后遇水师总兵缺出记名简放，并减去勇号。"可见清廷腐败，有功无赏，贝珊泉气愤难平，郁郁而终，时年五十六岁。

五百年古村洪家

　　翻开《蛟西洪氏宗谱》，才知道洪氏家族有近五百年的历史，他们的先祖以农耕起家，曾致力于科举，但仕途不畅，靠农耕富不起来。清乾隆开始，靠经商兴族，致富后营造了民居豪宅。现存古建筑群建于晚清以后，大部分至今仍保存完好，小部分进行翻造。这批民居豪宅，地形方整，排列有序，布局恢宏，构建精巧，建筑风格独特，建筑工艺精湛，其宏大的规模和显赫的气派，堪称现有镇海民居建筑的经典，给人以古朴、深邃、庄重的感觉。在这些古建筑背后，蕴藏着丰富的人文历史文化内涵。

迁周家垫安居

　　《蛟西洪氏宗谱》现被天一阁收藏，民国七年（1918）听彝堂木刻活字印本六卷，卷一序文、凡例、诰敕、追远图、迁徙简目、世系图等，卷二世系图，卷三至五辈行生卒，卷六记文、祝文、寿言、墓表等。

　　据《蛟西洪氏宗谱》载，蛟西洪氏来自汉塘（今洪塘）。汉塘的始祖洪光（1103—1198），讳光祖，字庆美，宋进士，累官太子少保，龙图阁学士兼礼部尚书，绍兴年间，被奸臣秦桧势力所逼弃官，隐居昌国县大岭东岙。隆兴二年（1164），仲子（二儿子）洪迁来明州任职，为方便儿子探望，移居大隐养老。

　　洪光仲子洪迁（1123—1215），字景升，宋进士。隆兴二年（1164），授明州刺史，莅官未久，厄于权臣落职。洪迁来到大隐，在父身边尽孝。乾道元年（1165），因新安进士罗原来访，恐郡（宁波）邑（慈溪）官员相知，隐姓埋名，来到汉塘，号汉塘居士，筑宅定居。宅前厅曰"愿闲"，中堂曰"乐寿"，后楼曰"安仁"，西侧轩曰"安分"，东侧轩曰"耕乐"，东侧厅曰"韬光"，西侧厅曰"养晦"，东侧楼曰"嘉逊"，西侧楼曰"尚志"，水阁后有书院曰"耕读"。教育后代子孙，仁者安仁，安于本分，耕读为乐。

　　明嘉靖年间，十五世孙洪镗（1500—1570），又名堂，由汉塘徙定海（今镇海）西五都三图周家垫。谱载："力穑开基，手创门楣，为本族始迁祖。"洪镗择周家垫桥东安家，这里三面环水，西有西大河，南有前港河，北有后港河，环境幽雅，是块风水宝地。他以农耕起家，娶骆驼桥翁氏为妻，生有六子。长子讳洙，字敬夫；次子讳淇，字圣期；三子讳汴；四子讳海；五子讳浦，六子讳汀，字汝夫，号南川。洪镗遵循先祖教导，负耒横经，亦耕亦读，后子孙繁衍，分为六房。

这六房之中，要算第六房最兴旺。谱载："守遗业，克勤克俭，兴土木，允屋宇，是善于承先启后。"六房十六世孙洪汀玄孙大贤，字成章，幼名荣祖，靠勤俭。置田产屋宇，生有三子。长子有书，小名阿广；次子有兴，幼名广文；三子有隆，字文伟。树大分枝，人大分家，大贤将家产分为三股，称福、禄、寿三房。

洪氏从乾隆年间开始，不少人弃儒经商，外出牵车服贾，开一代风气之先。一代代驰骋商海，传承了祖先的劬劳精勤、艰辛创业的精神，成就了他们事业的辉煌，致富后营造栖居的家园，逐渐兴建起一座座高大闳壮的民居豪宅。

但在中国几千年的封建社会里，历来奉行"士农工商"之道，商人虽有钱，属社会末流，没有地位。由于受家族伦理的支配，通过仕宦官爵来"光宗耀祖""封妻荫子"，提高家族的社会地位，是洪氏家族追求的终极目标。

清代捐纳制度为商人扩充政治资本提供了最佳机会。因此，洪氏家族由农及儒，由儒而商，由商捐仕。不少人弃儒经商，通过商海捞金致富，捐纳入仕，把做官看作人生头等大事。巨贾富商积极为自身和子孙捐官买爵，洪氏也不例外，先后有二十多人通过捐纳入仕，捐五品官衔的有十多人，捐纳最多的是六房洪世佐家族，有十多人。洪氏"以商贾兴，以官宦显"，成为当地名门望族。

如今，这些民居豪宅，虽然经历了百年人事的代谢和历史的变迁，但幸运的是，大部分保存完整，风华犹存。这些豪宅的旧日主人，似乎在向人们诉说开创事业的经过。

百年经商风云

洪氏家族最早在吴门经商的有二房后人：二十二世洪琏和六房二十二世孙洪世佐。洪琏（1750—1815），字殷玉，小名名贵，谱载："性勤而俭，工贸易，创业吴门（苏州旧称）。"洪琏家族在苏州经商，生意一般。

洪氏最大一支商帮队伍是六房洪世佐家族。谱载：洪世佐（1744—1824），字钦之，幼名玉意。乾隆年间开始经商，"公稍长业于贾，始奔走宁郡（宁波），后不得已之姑苏，征贵征贱，实有才干。""贸易起家，自奉俭约，家业兴起。"道光年间，众商公议，欲置苏州四明会馆，推举洪世佐为董事，他出资谋划，不辞劳瘁。四明会馆落成后，成为宁波商人集会议事的场所。

洪世佐生有四子，长子济镐（1772—1812），少年习儒，主政家业。次子济邠（1781—1806），英年早逝，生有一子早亡。三子济钧（1785—1863），字禹和，官名彬，早年随父经商。四子济铠（1789—1834），字巨澜，号也恬，官名槐。仲兄死后，遵父命弃儒经商，往返吴门（苏州）二十余载，与友人合开"曾泰号"，得利丰厚。

洪济铠生有四子,长子其炜(1813—1845),字星野,号南辉,官名熙堂,年轻早逝;次子其煊(1817—1879),字煦谷,给二兄作继子。三子其煌(1824—1869),字星齐,谱载:"幼读书,聪颖具有胆略,稍长废书服贾金阊(苏州)。"不久,长兄去世,遗孤三,给以救济,教诲视若己子。四子其焜(1826—1882),字黎亭,官名献臣,"废书而贾",奉父命在苏州经商。"谱练明达,有伟赐屡中"。

洪济铠过世后,苏州的产业由洪济钧与其儿子经营。洪济钧生有七子,长子洪其煐(1811—1856),字曙霞,号青莲,谱载:"弱冠弃书习、废著策,服贾吴门。"洪其煐先年少时弃书服贾,随父亲在苏州经商。"既而家政繁琐,为服劳,计遂返棹,不复作出山,想治家节俭,而惠于三,性和厚,不经是非,乡党称为长者,以输饷授登仕郎(九品官)。"后因家中人口繁衍,事务繁琐,奉父命回乡料理家务。

二子洪其耀(1819—1861),字午亭,谱载:"自幼聪明,喜欢读书,稍长跟随其父洪禹和经商。"午亭奉父命贸易于苏,其时泰西(欧洲)诸国虽已通商上海,而东南市集之盛,以苏州最繁荣。午亭公明晓事理,历练老成,他在丰饶富足的苏州经商,发挥自己的才能,"凡所经算,罔不利市三倍,于是乎恢拓旧基,而家声之大甲一族矣",为族中商帮之首。时禹和年事已高,见二子午亭经营有方,就安心返乡颐养天年。洪午亭"习计然策,往返吴门、东瓯,以居积致富,广田宇,为乡里之望"。

三子其灼(1821—1887),字春生。谱载:"性聪颖,弱冠服贾吴门(苏州)。"先在苏州经商,其兄洪其煐去世后,被父禹和召归,委以家政。其灼不辞劳瘁,巨细事以向任,内外数十人无闲言。"平素行谊,为乡人交口称道者不一而足,最佩服其治家。""硕德重望,乡推祭酒(乡饮宾)。"

因三子其灼被召回乡,禹和即命五子洪其灿(1828—1868,字芸阁),帮仲兄午亭料理商务。谱载:"幼颖敏,能读书,因先业在苏州,仲兄午亭独力不能支,奉父命协助经营商务,时年十六七岁。"洪其灿初到苏州,姑苏繁华甲东南,酒楼画舫,裘马翩翩,都夸耀先生既妙龄,作客而囊中金又足,骗其钱财。后来其灿知道赚钱不容易,就精打细算与二哥一起安心经理商务。

咸丰年间,太平天国起义,波及江左名都巨邑苏州。咸丰十年(1860)六月,太平军攻入苏州,在苏州经商的人都纷纷逃命。洪亭午兄弟两人也踉跄逃回家乡,三代人在苏州苦心经营百年的基业,就这样毁于战火中。

在家主政家务的其灼,见兄弟从苏州逃难回家,听说祖上在苏州的基业全毁,而大家族人口日增,费用开支又大,生活难以支撑。时太平军又入侵宁波,家业中替,父禹和欲令分家,其灼见兄弟有的去世,恐怕孤儿寡妇生活难维持,仍然过大家庭生活。于是,洪其灼率家人到沪(上海)、甬江(宁波)等地,设廛肆数处,洪氏兄弟准备东山再起。

一直攻举子业(读书)的四子洪其焕(1824—1882),不得不放下诗书,到宁波经营商务。谱载："其焕（1824—1882），字青华，初习举子业（读书），年三十犹困童子场中，后弃儒经商。"他"操奇居赢，亦复亿则屡中，家益日起"，而自己却相当勤俭，往来宁波从不乘舟车，徒步回家。

六子洪其焖（1833—1855），字蕙塘，在宁波经商。谱载："赋性笃诚，少随班入侍，能博堂上欢，处昆季间，怡怡有序，稍长业甬江（宁波），克勤克俭，不处时尚，与人交宽厚持重，有老成风度。"因体素衰弱，遇疾痛恒隐退忍不言，恐贻父母忧，由是积疴难瘳，卒咸丰五年乙卯（1855）。

七子洪其燮（1836—1885），字理周，藜舟为其别号，中书科中书，授奉直大夫。初业甬上，后禹和公年老，遂归佐治家政。洪其燮慷慨而好施，族里有贫穷者来求，必以救济。经过兄弟们共同努力，数年营运，铢积寸累，渐复旧业，家业又开始重振。

太平军攻入苏州、宁波，济铠三子其煌、四子其焜也因遭兵燹家中落，巨家富室因而破产，兄弟两人慨然有四方志。其煌到福建、苏州、东瓯（温州）设肆经商好几年，母亲病危，深夜驰归。其煌自身俭约，而见义勇为，待人尤极周挚，邻邑童某，从少跟随其一起经商，家穷不能娶妻，其煌帮助童某娶妻。不数年童某卒，留下其妻和一子一女，无依无靠，抚恤其家，日有米，月有薪，历久不懈。其焜"只身走镇江，为全家避难，计而寄居作客创业，转获厚资"。"其智计，可以概见性，明理善断，有就谋之，为之计曲折，要始终事后验之，不差累黍，内行尤敦笃。"其焜善于经营，家素饶裕，自己甚俭约，而遇到乡里义举，有时倾其囊。

另一支商帮家族洪其仁（1801—1868），字博爱，号静齐，官名本。谱载："幼聪慧，读书作文迥绝行辈，以足疾改业商，英人扰浙，挈眷远避。"长子美桢，字香岩，业儒，同治四年（1865）举人，授缙云县学教谕。次子美林（1826—1877），号一山，小字桂生，自幼在宁波学习商务十余年，有朋友在江苏海门经商，货运到江苏海门，可获三倍利，美林与父商量后，就在其境开设市肆，生意兴旺。咸丰十一年（1861），太平军相继攻下宁波、镇海，博爱公挈家眷至海门避难，几十号人生活开销都由美林承担。太平军撤离，政局安定，博爱公才回老家。三子美榆，号缀青，字蕙生。自幼聪明，因商务事忙，助理需人，奉父命弃儒经商。自甬上（宁波）而申浦（今上海松江）而维扬，所之均能恂恂谨饬，君素强健，有微疾仍视事不辍，不意竟以积劳之故，于光绪元年（1875）七月十四溘然长逝，终年四十五岁。四子美槐（1838—1890），号植三，好学不倦，文思过人，年二十三补博士弟子员（秀才），屡考不中，光绪四年（1878）为廪生。生有三子，长式金、次式玉业儒（读书教书），三子式训业贾。

民国时期，洪氏有不少精英人物。洪绍渝，毕业于美国麻省理工学院，获化学学士，回国后，被方液仙聘为中国化学工业社工程师、总工程师，曾在英国中国肥皂工厂任要职。洪品成（谱名洪绍谂）求读于浙江省立第四中学（今宁波第一中学），后从事金融业，曾任浙江地方银行副总经理。洪绍诰（洪龙成）曾任中国银行哈尔滨开封分行经理，洪赉成（洪绍詹）曾任中国农民银行信托部经理、1949年后赴台湾，任台湾"中国农民银行"副总经理。

兴办族中公益

"听彝堂"宗祠，由商帮人物洪世佐后人建造。一个宗族的姓聚族而居，为了祭祀自己的祖先，往往都要建立自己的宗祠，宗祠被视为宗族的象征。通过对祖先的祭祀，以同姓血亲关系的延续为纽带，把整个家族成员联系起来，并形成宗族内部的凝聚力和亲和力。

建宗祠还有一个故事，按封建社会的宗法制度规定，是以嫡长子继承制为核心。洪济镐是世佐公长子，因此，他少年习儒，后主政家业。洪济镐生有二子，长子其汾，次子其澪。因其弟济邠早年英逝，生有一子早亡，按宗法规定，将次子其澪作二弟继子。但是，济邠妻子邵孺人，钟爱四叔济铠次子其煊，于是立其煊为继子。

邵孺人是名知书达理的妇女，她知道立其煊为继子于宗法不符，就将家中的一部分资产赠予其澪，其澪不肯接受，无奈与大哥其汾商议："吾兄弟幸席祖父余荫，用以温饱，今复利叔氏之资，非吾之志也！昔大父（祖父）尝有建祠之志，未遂而卒，今盍成之。"

洪氏先祖自嘉靖年间落户以来，族里还没有大宗祠。其汾十分赞成弟弟想法，并与族里有能力的人商议建造宗祠的想法，取得族人的大力支持后。于道光十六年（1836）招集工匠，准备材料，开始动工。经过两年建造，洪氏宗祠于道光十八年（1838）完工。

洪氏宗祠建在西大河东，坐北朝南，占地面积一千两百平方米，阔檐门庭，正大门前由抱鼓石一对。从正门进入祠堂就步入明堂，明堂两旁各有一排二层看楼，靠西边看楼南首与厢房之间有扇边门，一般情况都由此出入，过了明堂就来到大厅，厅为五开间，中堂供奉先祖牌位。

洪氏宗祠共有祀田一百四十七余亩，其中道光十五年（1835）洪钦之助宗祠祀田四十一亩三分八厘，道光十六年（1836）起至同治八年（1869）四月，洪钦之长孙洪其汾任柱首，经他手增置田六十三亩四分。宗祠祀田在合作化时归集体，宗祠建筑先后在20世纪七八十年代被拆除。

"义庄"是大姓宗族的共有产业，族中有经济能力者捐助的土地或资财无偿赠送给本族，由宗族委托可靠的人士经营打理，每年将田租或利用来赡养族内贫穷者，如扶幼、养老、婚嫁、丧葬、济贫、救灾等，是宗族组织的慈善机构。

洪氏义庄由商帮人物洪济钧命其子建义庄、设义塾。拨款数千金，存储出息，历十余年后得万金，购田数百亩并地一方，不足复各出己田以助。四子洪其焕出资千金，七子洪其燮慨然助以巨资。于光绪十二年（1886）动工，前建门厅三间，东西两夹室各八间，穿两耳室，前辟斋房，后立廒仓，其北别构屋五楹，光绪十三年（1887）竣工。余资复置田产，又过了数年得田数百亩，始克量入为出，以救济族内贫穷者。义庄设置义塾，免费供族内子弟读书，延请名师授课。光绪三十二年（1906），族人洪美乐、洪以坊、洪以台、洪纯观等造福桑梓，将洪氏义塾改为尚志学堂。

民国开始，学堂一律改称学校，监督、堂长改称校长，实行男女同校，废除读经科。民国五年（1916），洪氏有识之士提议，将洪氏学堂改为尚志国民学校，其开办费及常年经费都由义塾拨充。曾经在尚志学校读书的阮志强和老党员洪阿二回忆，1939年的校长是张志清，校董洪祖兴为上海新昌染料行老板，他从上海请来史雄、吴伯辉、李浩白等进步老师来尚志小学任教，名噪一时。更为惊喜的是聘请国民政府主席林森为该校校董，学校礼堂上悬挂着"功在教育"，落款"蒋中正"的匾，给这所乡村小学蒙上了神秘的色彩。

据村民相传，这块匾与陈洁如女士有关。陈洁如（1905—1971）出生在镇海团桥河角头陈家，乳名阿凤，她父亲是纸商，母亲来自苏州，姓吴。陈洁如自幼居住于上海，十三岁那年在张静江府中被蒋介石碰到，蒋介石对她一见钟情，开始坚持不懈的追求，二人结合，有过一段很美好的生活。但蒋介石为了政治需求，后与宋美龄结婚。蒋陈两人离婚，一度曾旧情复燃，有书信往来。据说，洪氏族人通过同乡陈洁如的关系，请蒋介石书写这幅墨宝，此匾现由镇海区文保所收藏。

办永安救火会。洪家救火会创办于光绪八年（1882），由洪济钧（字禹和）独资建造。后续创办人洪北堂（谱名美乐）、洪元臣（谱名绍奎）、洪福臣（谱名绍谦），民国称"洪家永安水龙局"。

洪家永安水龙局，有两台活塞式水龙，一台为白色称为"白龙"，一台为绿色称为"青龙"。水龙局除了水龙（泵）外，还要配备水带、水枪、储水桶（大木桶）、救火头盔、救火衣裤、救火斧、救火锤、救火灯（也叫朝天灯，晚上照明用）、木杠、梯子、绳索、垫板（在泥地里以便上置水龙）等器具。

旧时失火后报警求助第一要紧是敲锣，俗话叫"敲火烧铜锣"，锣声急促，连续敲响，这火警锣一响，附近村镇救火会听到后马上会连接着敲锣并出动，这叫"出龙"。到火场后要立即选就近水源地"出水"灭火，否则会被人讥笑。灭火结束后回来叫"回龙"，要轻敲三下"回龙锣"，回到会址后要及时修整、晾晒用过的消防器具，以备下次再用。每次救火都不收任何费用，所以就叫"义龙"，但会接受大众的自愿捐助，用于救火会设备添置或更新。

硕儒俊彦

南宋大儒沈焕

沈焕生于宋绍兴九年(1139),字叔晦,定海崇邱乡沈家山下(今属北仑区小港)人,出身于官宦世家,书香门第。其祖父沈子霖、父亲沈铢分别是绍兴五年(1135)和乾道二年(1166)进士。沈焕自幼受家庭的影响,耳濡目染,对读书产生浓厚的兴趣,立下很高的志向,"潜心经籍,精神静专",成为四明学派创始人之一。

赴太学深造

绍兴三十二年(1162),二十四岁的沈焕在乡举中取得第二名好成绩。次年,孝宗皇帝登基,为选拔人才,在各地举行补国子监考试,将成绩优秀者选入太学读书。在这次监考中沈焕显示出非凡才华,他名列第一,被选送太学深造。

太学是当时的最高学府,沈焕来到京城临安(今临安),开始接受最高等的教育。太学的教育质量是最好的,来自全国各地的学生也是最优秀的。在太学里,他遇到了同乡杨简、袁燮、舒璘和江西金溪人陆九龄。

在太学学习中,沈焕曾对杨简说:"此天子学校,四方英俊所萃,正当择贤而亲,不可固闭。"他认为与师友切磋讨论,是获取知识的好方法。于是,他首倡师友讲学,并主动以师礼对待与自己年龄相近的陆九龄,陆九龄提倡"为学注重伦理道德的实践",认为"心"是一切事物的基础和出发点。自古以来圣人相传的"道统",即是"心",离开"心"犹如"无址"而"成岑"。为学主张"治人先治己,自治莫大于气,气之不平,其病不一,而忿懥之害为尤大"。要使"身体心验,使吾身心与圣贤之言相应,择其最切己者勤而行之"。批评烦琐支离的治学方法,要求"尽废讲学而务践履,于践履中,要人提撕省察,悟得本心",从而做到"习到临利害得失无惧心,平时胸中泰然无计较心"。反对"弃日用而论心,遗伦理而语道"。沈焕、杨简、袁燮、舒璘四位同乡,经常与陆九龄一起互相交流学术心得。

沈焕对陆九龄的心学尤其感兴趣,心学认为"宇宙便是吾心,吾心便是宇宙","宇宙内事是己分内事,己分内事是宇宙内事"。读书是知大理,明大义,清洁心灵,提倡从人心着手,探寻人的道德修养和政治统治的立足点。沈焕被陆九龄的学识精微所折服，太学里的两位高才生，站在共同的高度上探讨学术，总会发出数不尽的共同语言。如切如磋，乐此不疲。两人都有同样的抱负与高尚道德，相见之下，彼此即倾慕无限，于是两颗心聚合在一起。

心学和理学，同属儒家学说，但与当时朱熹所领导的理学有较大分歧。理学家主张"存天理，去人欲"，人欲是危险的，所以要灭掉。这种观念大大地扼杀了人的本能，束缚了人的个性发展。这就是两个门派的分歧，一个要灭人性，一个要发展人性。心学和理学，成为南宋时代最主要的两大主流学术门派。

在太学的几年中，沈焕与陆九龄多次交流接触，接受心学洗礼，掌握了清洁心灵的能力，使得他日后为官、讲学，处处以"尊德性"为立身之本，清正廉洁，做官爱民，以德行政，"政事不出于德，非德政也"。

通过太学的深造与陆九龄的心学探索，沈焕已经开悟了。太学结业后，带着开悟后的轻松愉悦，沈焕离开太学，开始了他的官场之旅。

在官场传道

乾道五年（1169），沈焕与叔沈锽一起上京赶考。殿试后揭晓，叔侄为同榜进士，按名次沈焕在其叔前，沈焕好友陆九龄、杨简也在榜中。沈焕入南宫后，开始他坎坷的仕途生活。

沈焕步入官场，开始为心学立道。他初授迪功郎上虞尉，在上虞三年，"砥砺名节，无秋毫私，增葺学舍，训导有法"。淳熙四年（1177）被调到扬州做扬州教授，教书以德育人。他对求学者循循善诱，启发这些人去自悟其道，培养了一批德才俱佳的学子。

淳熙八年（1181）春，沈焕被调到太学任太学录，同时充当殿试考官，每逢皇帝面试考生时，沈焕在旁边为圣上点名唱序。《宋史》记载，沈焕外貌出众，"顾而美髯，伟仪观，尊瞻视，音吐鸿畅"。"帝伟其仪观，遣内侍问姓名"。孝宗皇帝被沈焕的风度折服，遣人问沈焕姓名，乃至数年后还念念不忘。

沈焕在太学里对太学生讲求学问，不分早晚，而本人更是常正衣冠，表现出一种严谨的作风。一直以来，太学生的行艺优劣都是仅凭考试来决定的。沈焕认为应以誉望作为参考，但司业已有定法，难以实行。他不改初衷，因发策试诸生，而丞相赵雄却说："居官匪懈，以讽切其余，忌者滋甚。或谓先生姑营职，道未可行也。"焕曰："道与职岂有二乎！"引用《孟子》之言说："'立乎人之本朝，而道不行，耻也'。今赧然愧于中者，可无其人乎？"于是闻者俱恨。结果沈焕以与"长官争议，非安静者，宜少裁抑之，以养其器，他日更拔用"而被排挤。在所谓的公论下，孝宗皇帝不得不下旨让他外补高邮军教授，沈焕在太学录只待了八个月时间。

因为沈焕的风度太好了，木秀于林，风必摧之，行高于人，众必非之，这是常理。于是很自然的，沈焕受旁人诬陷，被黜仕途。挫折没有影响他的情绪，他有传统儒学内涵，以心学为气质，举止之间，彬彬有礼，更加从容不迫，显得潇洒自若。京城虽然没给予他高官厚禄，但此番京城之行，让世人记住了沈焕的风采，以及高尚的道德情操，沈焕开始出名。

在高邮，沈焕继续干喜爱的学官，打磨他的心学，诲人不倦，使自己及手下学生更具有魅力。从高邮出来后，他又到浙东安抚司任职。那时，高宗陵墓守护官员繁多，酒食之需，供给浩大。沈焕对长官郑汝谐提醒："国有大戚，而臣子宴乐自如，安乎？"郑汝谐觉得有理，移书御史，要求治理丧纪，推荐沈焕为修奉官。后张构继任，被委为检察，负责监督这些官员的行为。在沈焕监督之下，政风明显好转，宴乐收敛，支费顿减。

浙江发生旱灾，沈焕奉命赈济上虞、余姚，走遍大街小巷每户人家，发粮安抚，让饥民都有饭吃。后任婺源县令。沈焕的学识和敬业精神令人敬佩，有人多次推荐他，孝宗皇帝也想把沈焕召回身边，但朝廷上下一些玩弄权术的大臣合谋，在皇帝面前说沈焕的坏话，最后官至舒州通判，沈焕没有去赴任，辞官回乡。

创定川学派

按《宋元学案》卷七十六《广平定川学案》载，沈焕、舒璘两人思想接近。舒璘，号广平，学者称"广平先生"；沈焕，号定川，学者称"定川先生"。二人分别在家乡授徒讲学，形成自己的学派"广平定川学派"。

广平定川学派思想广采众家，但以陆氏"心学"为主，以"平实"与"折中"为主要特色。他们认为"心"是世界本源，"谓易之极，即心之极"，"心"即是"道"，即是"理"。特别重视陆氏"发明本心"之学，谓"本源既明，是处流出，以是裕身则寡过，以是读书则蓄德，以是齐家则和，以是处事则当"。极力主张修养在于"先立大本"，他强调，"吾儒急务，立大本、明大义耳。本不立，义不明，虽讨论时务条目何为？"

沈焕所说的"大本"就是"心"。他指出："平时以圣贤经书、前辈议论妆裹作人，自己良心先不明白，一旦处外境不动，难矣哉！"认为"人之良心，本自明白"，"良心之粹，昭如日月"。人心不明，主要是"怠惰鲁莽""物欲"等邪念障蔽所至。要明本心，就要革除这些邪念。谓"好乐贪羡之心，扫除不尽，是心终不获与圣贤同"。"邪念释除，志虑所关，莫非至善"，"往往不告而知"。

沈焕继承陆九龄心学，与杨简、袁燮、舒璘同创南宋四明学派，称淳熙四先生。其学遵循陆九龄心学，认为心是根本，人心精诚所达，虽天高地厚，豚鱼细微，金石无情。有感则必通。道德品质修养在于要先立"大本"。儒学之急务，在于"立大本，明大义"。为学在于"要而不博"。务识大体，非圣哲之书不好，史籍繁杂，要采取至约。

所谓"立本"，实际是指人的道德品质修养。强调学者应当自闺门开始，其余皆末也。有人所以骤得美名，随即又湮没，是由于其学无本，不出于闺房用力。"工夫不实"，自谓见道，只是自欺。沈焕学识渊博，人品高明，不仅来自他的深厚功底，也来自他的谦虚好学和不断进取，"如有过失，严于责己"，而不诿过于人，当面能指人过，背后扬人善。袁燮说他是"直而温，毅而宏"的人。沈焕经常讲："昼观诸妻子，夜卜诸梦寐，于两者无愧，始可以言学。"

沈焕主张"践履笃实"，教学"以笃实不欺为主""教以日用常行之道"。提倡"以天下为己任，虽居冷宫，未尝忘事也"。重视学习，谓"饥饿自当顺受，若不知学，必须陨获失措""寡廉鲜耻""唯知学乃能安于义命，随顺区处，终不至丧身失节"，虽贫穷却不轻易接受别人的钱物。在太学读书时，沈焕曾规劝友人作诗"为学未能识肩背，读书万卷终亡羊"。但他后来亦知"周览博考之益"，并不反对博览群书。

沈焕师事陆九龄，卫护师门。但不赞成扩大门派之间的间隙，也坚定维护朱熹，有着明显的折中朱、陆的倾向。对其他各派，也持宽容兼蓄的态度，多次与文献派吕祖谦、吕祖俭讨论切磋，相互增益。沈焕生平主要著作有《定川言行编》《定川遗书》等。

广平定川学派学说在南方兴盛一时。文天祥云："广平之学，春风和平；定川之学，秋霜肃凝；瞻彼慈湖，云间月澄；瞻彼契斋，玉泽冰莹。一时师友，聚于东浙，呜呼盛哉！"全祖望认为，全面比较起来，舒、沈之比不上杨、袁，"然舒、沈之平实，又过于杨、袁也"。

沈焕平生在家乡的讲学之地——南山书院，在县治东南，倡全县诗礼之训。据清张懋延《蛟川诗话》载："邑东南隅有一宅，其门榜曰'南山书院'，盖宋孝宗御书以赐。"康熙年间参修镇海县志的陈梦莲说："今海隅之地，端宪（沈焕谥号）为之创教，而蛟水（指镇海）化为洙泗（孔子教泽之代称），人文蔚起，至今称先生遗范不衰。"

沈焕卒后，南山书院祀先生。自宋元以来，每于冬至日，县令以牲帛祝文从事。嘉靖七年（1528），知县周懋申请拨昌国海涂田亩以供祀事；嘉靖三十六年（1557）知县宋继祖重修，后圮。康熙五年（1666）重建，光绪七年（1881）和光绪二十八年（1902）又重修。

明州四先生的道德文章，为南宋一时之人望。文天祥发出由衷赞叹："一时师友，聚于东浙，呜呼盛哉！"四明学派重道德实践，连朱熹也认为"游陆氏之门多践履之士"。四明学派对后世产生了一定影响。到明代时，在四明学派的基础上，王守仁发扬广大，形成了"姚江学派"。到了清朝，黄宗羲又革故鼎新，发扬成为"浙东学派"。一脉相承，源远流长，其源头正是四先生所创的四明学派。

与朱熹论道

淳熙五年（1178），曾任南宋丞相的鄞人史浩，曾推荐朱熹知南康军，这是朱熹仕途生涯中的东山再起。因此，朱熹对史浩心存感激，来明州拜谒史浩。不过他此行还有另一个似乎更为重要的目的，沈焕的人品学识让他倾慕，于是趁机到定海（镇海）会见沈焕。

沈焕家在定海学宫泮池旁边（在今东长营弄），由于几代人均清廉为官，限于经济条件，只能用"蔬食菜羹"招待远道而来的贵宾。朱熹也喜欢食蔬，他到沈家有着宾至如归的感觉。朱熹原打算见个面吃顿午饭就走，在沈焕的盛情招待下，两人一见如故，无话不谈，一连住了好几天。相互探讨理学，谈得很投机，"蔬食菜羹，相得欢甚"。此事传为文坛佳话。

明代薛士学（字书岩）、周西（字方人）、许应祯（字孟祥）都有诗记其事。许应祯诗云："伟人何事驻车尘，把臂曾标两凤麟。一月话言良不薄，千秋公论到今新。清泉定照须眉古，苍藓难寻杖履春。想像印山城畔路，衡门岁晏尚留宾。理学衣冠南渡盛，鹅湖高弟溯先民。谁言滨海无多地，能使新安远问津。六籍渊源分简册，一灯风雨共床茵，追随自恨余生晚，山水悠悠松桂春。"朱熹与沈焕两人亲密地谈道论学，有时盘桓于梓荫山麓，有时徜徉于环城路畔，有时逗留于沈焕家宅，两人把臂交谈，非常投契，彼此印证对心学与理学的见解。朱熹还在定海留下墨宝，为学宫所题"明伦堂"额，也算答谢沈焕的招待之情。

朱熹来定海后与沈焕结下深厚友谊，共同探索儒学难题，经常有书信往来。朱熹相当推崇沈焕，曾有一篇称赞沈焕的文章，对沈焕给予很高评价。他说："沈焕禀赋着天地正气的人才，英姿敏达，气度端方，安贫高尚，仅知养性存心；跟随着圣贤的踪迹，意为实践圣贤之教化，默默地继承儒学道脉。谋略经世济民，霖沛苍生。一言而风化攸关，移风易俗；一举而民生利益，济困扶危。矩步登朝，骇动天子之命问；阐扬圣教，心悦大道之隆尊。奉上克恭，驭下克逊。治己备四勿（指'非礼勿视，非礼勿听，非礼勿言，非礼勿动'）之箴，治人尊五美之教。婉容事母，正色事君。深幸我友之道已高矣，德已修矣。道德兼修，可谓完人。"可见，沈焕一生没有做过一件亏心的事。朱熹希望能再次向沈焕当面请教，他说："夫能聆德音之盈耳，实获我心。"沈焕的为人也得到史浩的敬重，邀请他到月湖任教。

到月湖讲学

月湖竹洲原叫松岛，四面环湖，水光潋滟，古榆婆娑，银杏累累。南宋淳熙年间（1174—1189）的鄞县人史浩，在宋高宗、宋孝宗两朝任宰相，告老回乡时，宋孝宗将"竹洲"封赐于他,并拨银万两在竹洲建"真隐馆",垒石为山,引泉为池,意隐居山林。宋孝宗还亲笔署"四明洞天"四字相赠,因此"真隐馆"又叫"四明洞天"。

多年来的官宦生涯并没让沈焕有多少积蓄,他自始至终以"廉洁奉公"为立身根本,已习惯物质上的布衣粗食,一意追求精神上的富足,对儒学的钻研。史浩十分赏识沈焕的人品和才学,邀请他到月湖任教,另辟"真隐馆"一部分让好友沈焕设馆讲学,著书立说。沈焕将自己的弟弟沈炳也叫来帮忙授课。

沈家虽然出了几个进士,但为官清正廉洁,家境贫寒。沈炳早年以经学教授乡里,后师从陆九渊学习心学。他曾将学习心学体会写信给舒璘,舒璘尝得书曰:"所示太极说,谓易之极,即心之极,甚善!人皆有之极,而不自明,无他,私念障之也!"

全祖望《竹洲三先生书院记》载:"其时忠公(大愚)方为吾乡仓监,昕忙夕与端宪(沈焕)兄弟晤,顾公治在城东,还往为劳。有船场官王季和者,忠公友也,曰:'是易耳。'乃以场木为制船。每忠公兴至,辄泛棹直抵湖上。端宪从水阁望见之,辄呼征君曰:'大愚来矣。'相与出于岸上,或竟入讲堂,讨论终日,或同泛湖上。"竹洲三先生指的就是沈焕、史浩和吕祖俭。

吕祖俭为吕祖谦弟弟。吕祖谦,南宋婺州(今浙江金华)人,原籍寿州(治今安徽凤台),人称东莱先生。他所创立的"婺学"(金华学派),是南宋时期著名的理学大家之一,也是当时颇具影响的学派之一。吕祖俭师从其兄,恰好在明州任仓监,沈焕邀请他来竹洲讲学。吕祖俭住在城东,每次来竹洲讲学,需要乘船到月湖,沈焕见吕祖俭到来,急忙招呼其弟在岸边迎接。

沈焕的讲堂叫"竹洲讲舍",每日前来听课的学子达数百之众。"木铎之声相闻",说书院里的铃声此起彼伏,没一刻停息,可见当时书院的兴旺景象。由于沈焕他们的讲学,对振兴月湖学习风气的影响,从而形成了独树一帜的四明学派,然世人独誉沈焕为"浙中之梁木"。

绍熙二年(1191),一代名儒沈焕逝世,宋光宗赐赠为覃恩转奉议郎,赐绯衣银鱼。宋理宗即位追赠朝奉大夫、直华文阁,谥号端宪。

硕儒俊彦

大理寺卿夏时正

夏时正（1412—1499），字季爵，晚年号留余道人。据民国《镇海县志》记载，他的先祖由陇西迁浙江慈溪德门乡汶溪，经二十世后，迁到定海（今镇海），又经五世。汶溪夏氏的一支迁憩桥贝家塌村，并在那儿建立宗祠，夏时正就在那儿出生，幼时随父入籍仁和（今杭州），所以《明史》说他是仁和人。

夏时正天生警醒，非常早慧。据说在他四岁时，有一天，他看见父亲和客人玩一种叫作"双陆"的游戏（一种赌博游戏，类似于今天的掷骰子），好奇心动，便替父亲叫点，谁知百发百中，父亲大惊，自此以后便非常喜爱他。进私塾后，夏时正的才华更得到了充分的体现。据说他只要通读一遍书籍就能倒背如流，记忆力极其惊人，年龄稍大就有了自己的主见，常常问倒老师。入县学参加童子试时，名列榜首。他在科场却不得意，宣德十年（1435）乡试中举，直到正统十年（1445）才中进士，授刑部主事，景泰初升任刑部郎中。

景泰六年（1455），夏时正负责审核福建狱囚，平反了判死狱的死囚六十余人。在一起盗案中，官府拘押了十八个嫌疑犯，半数被拷打致死。夏时正缉获了真盗后，释放了其余九人。当时，朝廷对福建的减死囚犯，往往让他们在所在滨海充当卫军。夏时正认为不妥，担心这些减死囚犯入海生变，于是把他们转发至山东，并建议福建免死的罪犯俱宜戍守北方，朝廷法司表示赞同。对于里通外国的海盗及劫盗囚犯的处理，都要等待会审定案，往往要拖延一段很长的时间，因此使得这些囚犯多在狱中病死。夏时正提出不如由主审官自行断决，朝廷听从了他的建议，并把这个建议推行全国。成化五年（1469），夏时正任南京大理寺卿，办理疑难案件，甄别误判，平反冤狱，素称干练。

成化七年（1471），江西大灾，夏时正至江西巡视，兴废劝赈，豁免税收十余万石，放粮救济饥民三十三万户，裁减官府徭役数万人，罢革渎职官吏二百余人，并命有司兴学劝士，详细分析地方治理的利弊并加以兴革，使人们心悦诚服。当时，长河洞有流民聚集生乱，夏时正亲临其境，对流民说明生死祸福的利害，流民深为感动，不久散去，使得境内安定。夏时正又从国库的盈余中拨款修筑南昌城章江门外的滨江堤坝和丰城诸县的坡岸，使免水患。夏时正的这些举措，对地方官员和豪强的贪暴行为有所打击，因此得罪了一些人，吏部抓住他的奏章曾不具姓名的过失，要论夏时正的"简恣"之罪。因此，夏时正乘机称病乞归，他辞官时已六十一岁，并无家产，两袖清风，可谓清廉。

汶溪夏氏为其筑拾穗山庄，供其居住。据光绪《慈溪县志》记载："文溪山，县东一十五里为越大夫文种故里，明大理卿夏时正居此，名拾穗庄。"遗迹今不存。夏时正辞官后，曾隐居在汶溪。他作有《经行会稽抵慈溪》诗："碧水丹山引思长，蘼芜归路晚迷茫。兼葭淅沥寒潮上，杨柳萧疏暮景苍。本是故园翻谓客，惟应乡语各随方。相逢老野留连处，腊说于今世道昌。"

夏时正在拾穗山庄内潜心钻研诗词歌赋，他对汶溪的山水较为青睐，常辗转流连于汶溪的山水之间。他居住在拾穗山庄，每天都能看到对面的马鞍山，作有《文溪庄晓雨望马鞍山》诗："濛濛晓雨溪山暝，极目孤峰乍有无。欲赋新诗何所拟，米家画书墨模糊。"秦家岙在汶溪西北，岙内有石柱山，山上石柱峰，以巨石耸立成天然石柱峰，高数丈，石柱岭旁旧有石柱寺，茂林修竹，景色宜人。夏时正作有《登石柱峰》诗："溪山极目碧层层，路阻峰危不可登。躃属扪萝转丛密，白云深处却逢僧。"他还游览了慈溪阚湖（今慈湖），作有《行阚湖》诗："雨后青山青不断，水田一望稻平铺。画船载酒看秋色，未必西湖胜阚湖。"他夜宿育王寺，作有《宿育王寺度香室》诗："诗思亲人睡不成，琴弹啜茗度更深。洗空两耳浮华事，满屋松声与水声。"

镇海憩桥夏氏也为公建有画锦坊。据史料记载，"桥因公（夏时正）归休寓憩息之意故名，旧有画锦坊，亦为公建，似归慈（文溪）后，亦曾憩息于此。"布政使张瓒为他筑西湖书院以居。

夏时正是文化名人。他致仕后修《太常志》十卷、《杭州府志》六十三卷；辞官后著有《留余稿》二十卷，《三礼仪略》《举要》各十卷，《禹贡详节》一卷，《深衣考》一卷及《瀛屿稿》《梅花咏》等；归汶溪时作有东归稿拾穗三咏；归杭州复著《春秋辨义》未成，遂绝笔。他书法遒劲，卒前数日犹能属文作蝇头细字。享年八十七岁，卒葬杭州三峰山。

浙东名儒谢泰宗

镇海谢氏先祖为谢宇，字用乾，平江人，又称"平江谢氏"。南宋建炎二年（1128），谢宇以乡贡进士授定海（即镇海）令，后殁于任上，当时金人南侵，道路荆棘，棺椁难以北归，殡葬铁观音山，绍兴元年（1131）葬于东管乡。其后人谢瀚，娶妻周氏怀胎十四月未产婴，夫妻俩心急如焚。一天夜里，周太君在睡梦中忽见一头麒麟闯入家中庭院，肚子突然疼痛，从屋内传出一阵响亮的婴儿啼哭声，谢家产下一男婴，圆头大耳，十分可爱，取名泰宗。夫妻俩视其为掌上明珠，细心呵护。

读书入仕

泰宗自幼聪明，嘉爱读书，"幼勤苦，日诵数千言"。谢瀚为让长子泰宗好好读书，出人头地，交给其弟谢渭教管。瀚弟谢渭（又名鉴止），博览群书，兼通兵法。明万历三十八年（1610）进士，曾授大理寺评事、左右寺奉使、广东按察使等职。

谢渭在城东梓荫山旁总持寺地建万玉山房，泰宗从小就在万玉山房读书，他学习相当刻苦，以有棱角的器具作枕，"以警而易觉也！"一醒来就开始背书。

古人读书为了入仕，要入仕必须闯"三关"，即通过童试、乡试、会试（殿试），中榜者分别为秀才、举人、进士，闯过"三关"，获得进士这张文凭，才能由皇帝授官，走马上任。没有这张文凭，虽有满腹文才，只能一生终老乡野，在私塾启蒙童生。

谢泰宗在少年时开始闯入仕第一关"童试"。旧时，在私塾读书的学生称童生，童生入县学要进行考试，叫童试，县学名额有限，取成绩优异者入学。取得县学生员资格，为邑庠生，俗称秀才。秀才在社会上有一定地位，遇见县官不必跪拜，是教育童生的老师。好多童生在童试中被淘汰，连秀才也不是，被人瞧不起，称"考不出童生"。泰宗时为少年，好多应童试者年龄都比他大，他应童试成绩优异名列第一，入县学补博士弟子员。

泰宗在县学读书十分努力。按《明史·选举志一》载："提学官在任三岁，两试诸生。先以六等试诸生优劣，谓之岁考。一等前列者，视廪膳生有缺，依次充补，其次补增广生。一二等皆给赏，三等如常，四等挞责，五等则廪、增递降一等，附生降为青衣，六等黜革。"俗语说："讨饭怕狗咬，秀才怕岁考。"成绩不好的诸生最怕岁考，如果六等者不能在县学读书，则革去秀才功名。泰宗每次岁考名列前茅，为"廪生"，享受廪米银，个人生活不用家庭负担，还可免除丁粮。

有一天，泰宗读书其中，邻居有一美少妇见泰宗一表人才，相貌堂堂，接近泰宗问："尔体何香？"泰宗曰："我体何香，尔口实臭耳！"少妇知耻，惭愧而去。泰宗不为心动，继续读他的书。

明崇祯三年（1630），泰宗开始闯入仕第二关"乡试"。乡试三年一届，科考合格的生员才能应本省乡试。因此，每届乡试前，由提学官主持，对县学诸生进行考试，称"科考"，亦称科试，泰宗参加科试成绩优秀。他赴杭城参加乡试，其文甚得主试官黄道周欣赏，然为同事所抑，未能录取。崇祯九年（1636），泰宗再赴杭城参加乡试中举。

崇祯十年（1637）大比之年又到，泰宗开始闯入仕第三关"会试"，他上京赴考。会试分三场举行，三日一场，第一场在初九日，第二场在十二日，第三场在十五日，三场所试项目，四书文、五言八韵诗、五经文以及策问，泰宗轻轻松松考完三场。丁丑科开榜，一甲三名、二甲五十七名、三甲两百四十一名，泰宗名在榜中，为三甲第八十六名进士，官授广东番禺知县。

秉公断案

番禺位于广东省中南部。明朝黄佐《广东通志》载："番禺县治东南一里曰番山，其山多木棉，其下为泮宫；自南联属而北一里曰禺山，其上多松柏。"又黄佐《番禺二山记》云："二山相连如城，南汉时刘氏凿平。"番禺因二山而得名之说，相沿已久。秦汉之前，番禺一带僻处一隅，中原汉人视之为边远的蛮夷之地，秦始皇三十三年（前214）设县，番禺是南海郡的首县。

泰宗番禺上任后，当地社会动乱，盗贼猖厥，天天有人报案失窃，老百姓不能安心生活，人心恐慌，政令不畅。泰宗经过明察暗访，发现盗贼贿赂官吏，长期来受到官府保护，被盗者反被问责，"遂致盗贼横行，明火执仗之徒，鼠窃狗偷之辈，几已所在皆是矣"。在县内就有一李姓豪富，拥金数十万，实为盗窝。

擒贼先擒王，泰宗下令逮捕窝盗者，捕头将李某押到县衙，经审讯，李某百般抵赖，死不招供，逐将其关押在大牢之内。此时，却有人来说情，并以千金贿赂，泰宗不为所动，派人封存李某家的全部财产。

泰宗为打击盗贼嚣张气焰，组织缉捕盗贼的专项行动。调集捕快，集中兵力，对盗贼进行缉捕，并分别进行审讯，言明政策，对老实交代者从轻发落，这些盗贼都一一供认受李某指使，在供状上画押。并将愿意改过自新的盗贼释放回家，对个别目无皇法、亡命之徒的盗贼关押大牢从严惩罚。掌握资料后，泰宗提审李某，在人证、物证面前，李某无法抵赖。泰宗按《大明律》将李某绳之以法。经过几个月的严厉打击，盗寇之祸得以平息，县内恢复平静。

不久"中毒藤"案又起。当地产毒藤，食少许即暴毙。有一强人，在乡里横行霸道，为图他人财产，自己家中人病死，却诬陷对方利用"中毒藤"害死其家人，进行敲诈勒索，致对方倾家荡产，还来县衙内击鼓喊冤，要官府为他做主，害人赔命。泰宗执事后，访问左邻右舍，街坊邻居都惧怕强人不敢言，叫泰宗问乡里秀才。泰宗从乡亲们口中得知，原来这位秀才知书达礼，精通医术，乡亲们有病都请他医治，在乡里德高望重。泰宗按乡亲指点寻访秀才，来到秀才家，讲明来意，秀才见县老爷亲自来访，就告知真相。原来强人恶人先告状，不但霸占人家的财产，还要致人于死地。泰宗证据在握，在公堂上审讯强人，在证据面前，强人不得不低头认罪，表示以后重新做人。泰宗痛罚强人，并将敲诈之物归还对方。

泰宗秉公断案，受到老百姓称赞。当地歪风邪气被刹住，社会风气好转。老百姓开始安心生产，过上安稳日子。

计取盘古

盘古，清康熙年间称花山，据《平定花山碑记》中记载："广郡（广州）背山襟海，白云峙其北，珠江汇其南。溯白云而上九十里许有穷山，周围五百余里。旧名盘古。花山中有盘古、周曹、李婆、朱婆等十八峒，百步梯、鹿狐岭、车头墩诸险隘，万山巉削，林木翳空，鸟径羊肠。惟闻水声潺潺，与鸟声相杂，萑苻向渊薮之。"因地势险要，风景秀丽，后改名花县，今为广州市花都区。

明代该地为番禺和南海两县北部边缘，丘陵山区逶迤千里，历来为瑶人、汉人杂居之地。自明三百年来无人入其境，当地土人头目苏凤宇，世踞盘古峒，聚众数万为乱，称帝制号"平天王"。崇祯十二年（1639），制府遣军征战，分三路围剿，檄调泰宗为南路纪事，乃率乡兵三千人先行。

苏凤宇听说官府出兵围剿，纠集诸酋封山径，作品字沟，削铦竹布地间，伏弓复以土，刺毒于蒺藜，阻挡官兵围剿。泰宗竖旗招抚，将老幼男女，编为民籍，动员他们上山劝说自己的亲人放下武器，回家种田。苏凤宇部下在亲人的劝说下络绎以至，数万部属被分化瓦解。

有一参将把降民关押起来，欲杀降民邀功，赠送金盘玉带给泰宗，被泰宗峻拒。泰宗慷慨陈词，极论"降民无罪，不应杀戮，降民一旦遭杀，引起反抗，后果不堪设想"。在他的劝说下，终使降众被释。

官兵步步逼紧，包围圈慢慢缩小，头目苏凤宇身边只剩下少数亲信，在官兵的包围中无法逃脱，苏凤宇父子束手就擒，在当地被斩首示众。

谢泰宗作有《己卯（1639）剿抚盘古峒》诗："负固南荒古峒天，监师捧诏促征鞭。山通左擔羊肠径，路绕层崖鸟道边。三鼓昆仑专作气，一声霹雳锐无前。

君王不尽投戈意，留取刀头血半溅。禽王妙手夺人先，凤宇枭名五岭传。效尔尉陀坚负命，岂知庾胜惯楼船。沙场夜月悲燐火，井灶荒村净突烟。只为物生良莠别，恩开面纲洗前愆。"

泰宗计取盘古，解散余党数万，开疆八百里，垦田千余顷，让当地百姓安居乐业。制府上奏泰宗功劳居首，但吏部竟以常调升泰宗为工部都水司主事。不久又因中人蜚语，被谪调为福建幕僚。泰宗处之泰然，不以降职自弃。为保地方安宁，主持修缮城垣，修亭障，加固防卫措施，率领吏卒巡视无虚日。

福建晋江东石人，时任太子少保、户部尚书、文渊阁大学士黄景昉回乡探亲路遇泰宗，亲见其勤政如此，赞叹道："如能得到几位像谢泰宗这样的官员，那东南地区可以安枕无忧了！"

泰宗曾代理泉州司理（审判案件的法官），对每一个案件都进行分析，明察暗访，尊重事实，不冤屈一个好人，也不放过一个坏人。一年后，调任南安推官，不久，因吏部兼兵部尚书、武英殿大学士黄道周推荐，升拔为兵科给事中。

弃官归里

明将灭亡，谢泰宗念及亲老，弃官归里。不久，两京相继陷落，鲁王监国绍兴，军卒溃败，他奉父命避于柴楼（今北仑区）。

清顺治三年（1646），当时的浙江总督张存仁向朝廷推荐浙省六位人才，谢泰宗是其中之一。泰宗接到皇恩时，非但不以为喜，反而托病固辞，寄情诗酒，息影家园，自号天愚山人。

泰宗家在邑城东北隅，离梓荫山很近，后人称为"梓荫山房"。梓荫山孤峰挺立，勺水澄清，秀挹鳌山，灵涵浃水，夕阳照阁，夜月照亭，风景秀丽。原有迎龙门、石莲亭、迎秀亭、屏山堂、来云阁、光齐亭、射圃、文昌阁、学宫等古迹，是文人仕宦者集会之所。

泰宗乞休归里后，在武治园其室西偏名曰"萼圃"。是泰宗与诸伯仲（兄弟）喝酒赋诗的地方。其侄子谢归昌有传记："萼以比兄弟，圃以证出处也！圃之中朝而讲道，昼而服习，既文既博，亦觞亦咏。""游翔其间，以讲德而问秋焉。"薛士学称谢泰宗在萼圃"雅歌赋诗游而老焉"。

慈溪姜宸英曾慕名拜访过泰宗，泰宗在萼圃接待他，酒席上姜问谢："余浪游几年，意中得失几何事？"泰宗追念前十余年间，烽火震惊，妇子都不保，现在天下太平，今得息焉。喝口酒后，咏少陵（杜甫）诗："安得广厦千万间，大庇天下寒士俱欢颜。"众兄弟举杯痛饮，愿天长地久，国泰民安，五谷丰登。

泰宗非常好学，曾到天一阁观书，他作有《天一阁聚书》诗："文献谁证秘阁优，罗胸星斗野曾谋。王充市阅诸家乘，郏架籛编万卷楼。扣腹储书非是盗，倾箱见与岂云求。石渠何处夸新有，窗启明山充汗栋。茂先徙载欲何之，尽是穷愁寸管知。清俸买来手自校，充将行秘下成帷。总龟五聚言皆雅，祭獭三瓿多识迟。搜遍帽中何所异，十年寝食重劳思。"

泰宗平生嗜学，弃官归里后更加手不释卷，博览群籍，著述颇多，手抄经书百余卷，作文常取材于管庄诸书，骚雅尤其所长，著有《天愚山人诗集》《天愚山人文集》《二十七史要笺释》等十三种两百七十卷。谢泰宗的名字被录入《清史稿》，后人研究明清文学时，也多次提起谢泰宗，并反复引用他的诗作。

泰宗六十九岁卒，墓葬五里牌回向寺南，著名诗人吴梅村为其作墓志铭。吴梅村以诗句"恸哭六军俱缟素，冲冠一怒为红颜"为后世传诵。吴梅村在铭文里，对泰宗的志节、文章推崇备至。姜湛园、薛书岩为谢泰宗写传记，朱彝尊为他的文集写序，谓"诵其诗可以知其志矣。顾亦有悲忧隐痛不能自明，漫托之风云月露、美人香草以遣其无聊"。惋叹其"以有用之材，不竟其中志"。时人称其为"经济文章咸卓当代，继先业开后贤，岿然作中流之砥"，并誉之为"吾邑风雅之大宗"。

沃颎与内乡县衙

河南南阳内乡县衙，是国内保存最完好的县级官署衙门，有"天下第一衙"之称。它始建于元代大德八年（1304），几经兵火，屡毁屡建。然而，使内乡县衙其制始备者，理应归明成化内乡知县沃颎。

据明嘉靖《邓州志》载，成化十五年（1479），知县沃颎恢拓之，而其制始备：中为正堂，后为退思堂，又后为知县廨。东北为县丞廨，东南为典史廨，西北为主簿廨。堂东为幕厅，西为架阁库，两厢为六房，前为仪门，西南为狱房，东为土地祠，外为谯楼即大门，门东为申明亭，西为旌善亭。吏部侍郎黎淳巡视至内乡，特撰写《重修内乡县治记》，高度称赞沃颎修建县衙是"一举而三善兼备；当临时政之初，民事方殷而治之有暇，非才乎？处暂居之地而为悠久之谋，不苟且，不粗略非忠乎？事辑而一毫不伤于民，非爱乎？"由以上记载可知，内乡县衙建筑群的其制始备者是知县沃颎，他在修建内乡县衙的历史上占有极为重要的一页。

沃颎（1433—1512），字文渊，浙江定海（镇海）柴桥村（今宁波市北仑区柴桥街沃家村）人，出身望族，从小天资聪颖，博览群书，善写文章。游庠二十余年入太学，成化元年（1465），三十二岁的他乡试中举，第二年中进士，授监察御史。成化七年（1471）奉命清理福建军务，他为官清正廉洁，刚正不阿，爱民若子，执法如山，不畏权势，敢于碰硬，深受百姓爱戴。成化十二年（1476），巡按江西，揭露奸吏，百姓称颂。吉安知府黄景隆贪赃枉法，沃颎揭其罪，触怒权贵，被诬当众侮辱郡守，蔑视宪典，成化十五年（1479）获咎谪为内乡知县。

内乡是河南偏远穷困县，当时明王朝已开始走向衰败，社会矛盾日益加深。据明成化《内乡县志》记载，沃颎任内乡知县之初，内乡连年水旱相接，人民凋瘵者过半。全县仅有一千九百余户，两万一千六百余人。沃颎抵任月余，兴利除弊，民赖以宁。

沃颎基于"民非政不治，政非官不举，官非署不立"之识，"见厅廨既颓，基址又窄狭，不堪观瞻"。在到任后当年八月即着手大兴土木修建县衙。"于是开拓基址，凡厅堂廨舍仓库之类，一切鼎建增置"。这对于连年灾荒的内乡百姓来说，实在不易。据志载，在修建县衙过程中，沃颎既不"苟偷自妄"，也不"剥民脂膏"，"不需于官，不科于民，市材石，属匠役"。可见，修建县衙采用的是出财于官，取力役于民的做法。买料物于市场，县衙的官属吏役，也一样为建县衙出力流汗。经过一年零两个月的紧张施工，县衙告竣。

成化十九年（1483），沃頻又在县衙大门对面建宣化坊，是内乡县衙标志性建筑，为四柱三门庑殿式木排楼建筑，面阔十二米，明间的通天柱及次间的边柱各有两根斜柱支撑，根部以抱柱石固定，上部均为四昂九踩斗拱，层层叠叠，榫榫紧扣。牌坊匾额南书有"菊潭古治"四个洗练凝重的正楷大字，隋唐时内乡称菊潭县；北书有"宣化"二字，故名"宣化坊"。是知县每月朔（初一）望（十五）日宣讲圣谕、教化百姓的地方。

沃頻除了修建县衙，他到内乡县后，严正执法。内乡县与郧阳接壤，郧阳人逞强占地，致失地百姓无业流亡。沃頻制裁不法之徒，勒还被侵土地数百亩，流亡者回归耕种，秋收时输谷备灾，未满三年，积粮达十余万石，使内乡县物阜民安。

他还十分重视教育，扩建儒学重修明伦堂，新建社学十五所，重修西峡口、东峡口（金斗山）两巡检司和阴阳学、僧会司、天宁寺等。在任期间他还主持纂修了内乡历史上第一部县志，即明成化《内乡县志》，为内乡的文化事业做出贡献。

沃頻在内乡任职六年，为官清正，政绩突出，于成化二十一年（1485）擢升荆州知府。荆州建王府，许多没有户籍的人冒充三卫军的名义，按月冒领军饷，沃頻查清后奏报朝廷，罢了贪官污吏数人的官，削除了假冒军粮数十万石，作为预备兵饷。成化二十三年（1487）任上，由于父沃浩病逝返乡守丧，三年期满后再不复出为官。兵部尚书余子俊、户部尚书李敏联联名上奏折向朝廷推举重用，他坚辞不受。沃頻"告老还乡"归隐故里，却十分关心地方公益，兴修水利，建桥筑路，造福于民。卒于正德七年（1512），享年79岁。

姚燮与小有居

姚燮（1805—1864），镇海城关人，晚清文学家、画家。字梅伯，号复庄，又号大梅山民、上湖生、某伯、大某山民、复翁、复道人、野桥、东海生等。道光举人，以著作教授终身。治学广涉经史、地理、释道、戏曲、小说、红学、诗歌、书画。

姚燮出生在小有居，他编著的《蛟川诗系》卷二十八载："小有居在上字湖登瀛桥北沂（今谢家河塘东北），给谏第之东园也，先大父修职公丹峰先生赁居二十年，先文学耐生先生产余（姚燮）于是宅。"

姚燮祖父姚昀，字兆风，号丹峰，因姚燮中举，例授修职郎，撰有诗集，但未传世。生父姚成，字惟青，号耐生，邑庠生（秀才），曾在镇海县乡勇局供职。父子二代租小有居居住。

据民国《镇海县志·古迹》载："小有居为谢书祚、谢瑗祚二昆弟居此。"谢书祚，字万言，号蕚坡，乾隆酉岁贡生，庆元学训导。谢瑗祚，字学蘧，郡庠生。

姚燮在小有居长大。他在《蛟川诗系》中这样描写小有居："余稍长，随大父卧起鄂坡斋中，风露烟月之夜，饱饫者经十载。维时泉石奇邃，花木茂美，犹据胜一城。园中屋不过二楹，外方而坦，可为宴饮所。升数级东上，其构楠以密，即鄂坡斋是已。前圃广约亩余，后圃稍杀之。启牖通明，芳翠四纳。斋之东南隅，辟板扉二，扉外缭以竹，循竹纡折下，可二十余步，始平坦。竹南一守宫槐，高数十仞，荫亭亭如华盖。榴花、樱桃间之。其自西缘坡上，复植竹三五百竿，竹隙垒然起一陀，其高出墙上，可以眺远。旁有石几石榻，随竹称位置于琴奕为宜。循之西而北，常棣、碧桃、海棠、紫薇之属六七本，绮绣相错也。而玉簪、龙爪、夜合、石竹诸秋卉，约可十余种，缀蒔其隙。后圃则紫荆、柽柳相葱郁为屏障焉。"可见小有居风光秀丽，环境幽雅。

小有居也是文人聚会的地方。张懋延《蛟川诗话》卷三载："吾邑别墅之胜，无若薛大司马之北园，一时游人唱和之作居多。其次则谢氏之蕚圃见山书屋，傅氏之问梅堂，近则之余家之静廉齐（斋）、谢氏之蕚坡，皆有词客咏歌其盛。蕚坡者，余友学蘧、万言昆季之别业，所称小有居是也。严州守太史楠题其额，余伯兄有《蕚坡赋》。"这些文人以诗会友，留下许多好诗。

姚燮六岁开始入塾读书，从习《论语》《孝经》。他的老师叫谢辅锦，字昼堂，廪膳生，小嵩先生之兄。"树品纯洁，动不越闲。侪辈咸交重之。督课之暇，即教之周旋应对之法，或欹立斜坐，辄正厉切责之。"

姚燮在私塾读书，一个叫胡湜的秀才与谢辅锦十分亲密，经常到私塾探讨艺文。谢辅锦也十分好客，会必以酒相待，命姚燮坐在旁边，授题赋诗。姚燮诗成，即批点赞赏。不成，反复教以作法开导。如是以为常。胡湜很有才学，嘉庆戊寅捷秋闱，明年己卯联捷，成进士，成为姚燮的偶像。

姚燮自幼有文学天赋，上私塾就能作诗。民国《镇海县志》载："五岁（一说六岁），有客过其家，知其慧，命赋《灯花诗》，即成五言二韵，客大惊，叹为神童。"据《蛟川诗系》卷二十九载："明经谢先生国贤，字观光，号慓轩，廪生。……生平好宏奖后起（后辈），见有一长，辄誉不置口。燮六岁时，作《灯花诗》，蒙先生大加赞赏，谓先大父（燮祖父）曰：'君之令孙，将来当树一邑先声。不仅为君家宝树，宜好自培植之。'"

燮祖父为让孙子读好书，"制木为几，檀碑于中，摹紫阳夫子（朱熹）遗像供奉之，书'即白鹿洞'四字为额，书'静以养性，廉乃尽仁'八字为联，每日晨必盥沐焚香向像前肃拜，夜则设案像侧，读书至三更"。

姚燮的父亲也喜爱文学，与张锡祉等文人在小有居作文会，姚燮执弟子礼，在旁陪伴。张锡祉家距小有居仅两百步左右，除文会外，月必数十次来小有居。慈溪鹳江篆江楼郑氏（半浦郑氏）分题征诗，张锡祉拉姚燮同作。姚燮诗成，张锡祉观后，以"小子可怕"誉之。当年姚燮才十六岁。

姚燮壬午年迁出小有居。他的《疏影楼词·剪灯夜话》云："小有居在上湖瀛桥北，本谢司训莩坡先生隐墅。壬午以前，余泛宅其中。台池花木之娱，朋从诗酒之乐，犹畅如秩。"壬午是指道光二年（1822），姚燮刚好十八岁。

姚燮十分怀念小有居的这段生活。《复庄诗问》卷十一《过谢家塘少时故居·感作六章》其三："高楼面东敞，眺及江上山。凫岁吾读书，伴有湘娥鬟。朝云如轻罗，静熨帘光寒。狎我吟声低，黄鸟啼复闲。"其四："髫年入邻塾，按卷治毛诗。名物辨异同，颖悟颇有资。课余还吟咏，捋扯三唐辞。每博大父欢，点首笑拈髭。得饼矜满怀，出觅西邻儿。扫藓花影中，坐作宾月嬉。此景如目前，使我中怀驰。"这是姚燮在小有居读书生活的写照，为他日后走上文学艺术道路打下扎实基础。

姚燮虽满腹文才，但考运不佳。道光十四年（1834），他三十岁才中举，以后多次上京会试不第。燮受家学熏陶，一生勤于著作，卒前数月，犹编辑《蛟川诗系》，撰《蛟川先正小传》。遗作尚有《今乐考证》《大梅山馆集》《疏影楼词》《复庄诗问》《复庄骈丽文榷》等四十余种。《清史·文苑传》赞其"所为诗苍凉抑塞，逼成少陵；骈文体文沈博绝丽……尤工倚声……"其诗文、书画"流落半天下"。

（原载 2018 年《镇海潮》第一期）

办学楷模盛炳纬

现在的宁波中学、镇海中学都是浙江省重点中学，百年来教育成就卓越，培养出不少人才，奔赴在世界各地，为人类的事业做出贡献。喝水不忘挖井人，我们不能忘记这两所学校的筹划者、捐资人——办学楷模盛炳纬。

辞官返乡为母尽孝

盛炳纬（1856—1931），字省传，又字养园。出身书香门第，湖北安襄郧荆兵备道盛植型次子。盛植型（1829—1887），字钧士，号蓉洲。咸丰五年（1855）中举，翌年登进士。以主事分发吏部。后任预修《穆宗实录》详校官，《穆宗实录》书成，升吏部员外郎，又掌考功司印，补吏部文选司员外郎。在京以"清、慎、勤"自勉，布衣蔬菜，步行上衙。考功司职轻权重，几次拒贿，开罪大臣，欲加专擅玩法罪，然查无徇庇，才得安免。光绪九年（1883）授湖北安襄郧荆兵备道，严保甲、治地棍、以平盗贼；裁革十八路差役，减轻百姓负担；设义学、兴书院、振文教；置水龙、扩粥厂，又请准省抚，拨留樊城镇船税四成，为老龙堤工岁修专款，政绩显著。

有其父必有其子，盛炳纬九岁能文，十岁参加郡（宁波）试，知府边仲思对其聪慧大为惊奇，称为圣童。父在京城吏部做官，于是他随父至京，在国子监肄业，每次考试皆名列前茅。不久回乡入县学，光绪五年（1879）参加乡试，中举人。次年又登进士，入选庶吉士，后授翰林院编修。虽已为翰林，但他自觉读书不够，经常到海王村求购善本书，于是积累了大量藏书，并且一直伴随身边。

光绪十一年（1885），盛炳纬主事四川学政（主管一省教育科举），严格考试，杜绝舞弊冒滥。光绪十七年（1891），改任江西学政，每到一处总是勉励诸生，除了学八股文，更要研习经史。在江西，鉴于诸生除了做八股文还是做八股文，学识素养严重不足的现状，为培养人才，在南昌经训书院"依朴学课士，绩颇著，按试所至，就郡县选高才生百数十人与共学"。并将私人藏书三万卷捐赠给书院，供诸生学习研究所用。经其赏识提拔之青年学子，后都成知名人士。光绪二十年（1894）乡试，代江西巡抚出任乡试监官。后"以母太夫人春秋高，受代乞归养"。

落叶归根的盛炳纬原住在镇海城区，为让母亲颐养天年，想在宁波市区买一所宅院，作为侍奉老母、修身养性的场所。结果他看中了位于郁家巷内"近性楼"建筑，庭园楼阁精致，飞檐翼角。园内有假山，旁掘水池，植有翠竹、绿蕉、碧梧、苍松等佳木。参观一趟，就被清静优雅的环境所吸引，于是，买下了该处建筑。

这栋清代古建筑原主人叫林廷鏊，字靖南，福建莆田人，做木材生意。他喜读书，工音律。常约志同道合的朋友，或读书挥毫，或抚琴赋诗，来近性楼娱乐。按《近性楼记》载：性任真于琴近，性愫洁于瑟近，山近性之静，书近性之灵，竹近性之坚，梧近性之孤特，蕉近性之卷舒……而命名"近性楼"。盛炳纬就在近性楼内侍奉母亲。

时浙江巡抚冯汝骙应诏保荐人才，首选炳纬名，他谢绝不赴。及至宣统元年（1909），年已八十四岁的老母逝世，炳纬侍奉母亲十五年，亦不再为官。朝廷采用新法，废科举兴学堂，他竭力提倡兴教办学。

创办宁波储才学堂

读盛炳纬的《养园剩稿》，内有《述中校起缘》和《记中校建筑始末》两篇文章，作为宁波储才学堂的筹划者、捐资者盛炳纬详细介绍了学堂创办的艰辛。

清末甲午战争惨败，国势颓微，国人亟图自强，有识之士痛感"国势之强由于人，人才之成出于学"。出现一股变法图强、维新救亡的思潮，在洋务派实力人物张之洞"中学为体，西学为用"的倡导下，在全国范围内新学悄然兴起。

清光绪二十三年（1897），在宁波知府程云俶与慈溪旅沪商人严信厚和地方名士汤云鋈、陈汉章支持下，创办宁波储才学堂，校舍设在月湖西面的崇教寺。办学方式仿照上海方言馆，注重泰西（英语）语言、文字，熏陶成英俊子弟，以开风气。道府公署禀报浙江巡抚及南洋大臣，立案开办。

宁波知府程云俶将办学事托交盛炳纬办理。炳纬与好友包补园、江亭芙、袁曜臣、张让三商议，他们都说："兴学固善，第事属办举，宗旨宜端，否则流弊滋大，且非得学优品端者，主持校事，安能招致才俊，以张吾军耶，欲收成效，则始基宜慎。"学堂办学宗旨为弃旧科，立新学，注重学习西方科技知识，以培养革新图强的人才。于是聘请慈溪杨逊斋（敏曾）为学堂总教习（校长），"杨学有根柢，通知时事，师范尤端，朋辈重之"。杨君提议："非改订章程，不能从事。"于是，盛炳纬与张让三起草《储才学堂章程》。杨君负责校事，聘侯官陈绎如教授译学（英语），江阴吴成之教授算术（数学），其他经史、词章、舆地等科，皆由杨君一身兼任。

自储才学堂办校之始，固无常年经费，每岁以私函劝，全都要仰仗地方官商捐助，鄞属官僚捐助者十之四，由城内外商店捐助者十之六，年得银圆凡五六千两。办学以来，款不时至，而学校有举莫废，十数年来，沟通府台政界和宁波总商会的正是盛炳纬。

光绪三十年（1904），喻庶三任宁波知府，越三年，擢宁绍台道。喻庶三"在官率作兴事，尤以兴学为"。他见储才中校狭隘，商议扩大改新，经请示后请拨官产南郊道厂（清时官设造船之地）地三十多亩，久废不用，鞠为茂草，背河面江，地势清旷，无城市湫隘嚣尘之气，辟为学校。喻公委托童玉庭、范清笙、盛炳纬任筹款及建筑之事，童君以年老、范君以事烦而推托，最后由盛炳纬一人担责。

要造校舍需要大笔资金，学堂只有银圆一万九千，不敷建造之用。经商议，斥卖湖西旧校、及察院和同安公所三处，共得银圆四万一千二百。盛炳纬又进行资金募集，喻公拨某县吏报效之款，银圆二千，陈青州助银圆一千，培养堂捐银圆五百。

新建校舍于光绪三十三年（1907）二月动工，道厂以造船原因，有壕沟深而广，需填平筑砌，工多而费重，砌筑不坚实，房舍倾圮，施工十分慎重。校舍筑屋大小一百数十间，讲堂、教室、学生自修室、寝室，会食堂、雨天操场，会客室、仆役住室、庖湢、坑厕皆具。经过十月建造竣工，耗银圆六万余。计用之填地者，为数两千余。造屋者，为数五万四千余。置备校具、军乐、图书、仪器及开校杂用者，为数四千余。其他监工之报酬、与马、酒食、犒赏诸费，都由盛炳纬个人掏钱。盛炳纬苦心任事，诚信素孚，才能将储才学堂建成。

当时该校的学生多来自郡县书香子弟，他们舍弃科举升官之道，在校期间学习十分勤勉。往往篝灯彻夜而不少休，认真学习外文和西方近代科技知识，学业上长进很快，获取了真才实学。在第一批进校的学生中，造就了中国近代史上的一批著名学者。

助力镇海兴教办学

盛炳纬原住在镇海武衙桥武衙弄内，镇海城内盛氏是骆驼桥盛氏的一支分派，始祖南泉公，由骆驼桥迁居鄞城（宁波）湖西居住，后其曾孙盛文封又迁到镇海，文封孙盛廷勋是盛炳纬的祖父，据《盛氏宗谱》记载，盛廷勋业商，是位商人。他"为人主计，秉性严毅，议论不唯阿随"。盛廷勋生有四子，其三子盛植型出类拔萃。

光绪十三年（1887）春，雨水连绵，京山县汉江边的张壁口（汉江九口之一）堤岸决口，为抢险救灾，身为北安襄郧荆兵备道盛植型亲临督视，住舟中一月余，终因劳累致疾，在官署病逝，享年五十九岁。襄阳士民于隆中之三顾堂辟一室，以纪念植型，树碑历叙政绩，以志遗爱。盛炳纬为父服丧三年，报得父母养育之恩告假回乡。

镇海旧有鲲池书院（又名蛟川书院），课程只限于教八股文。盛炳纬认为书院诸生读书，"以性理为之经，以疏解为之纬，以史传扩其识，以骚雅和其声"，才算是掌握了比较完整的知识。他在为父服丧工作服间得知，有县人周家勋遵母命，捐银圆一万给书院。就与乡老商议，将此款添设小课，让诸生学习经史古文，以提高其学识修养，那年是光绪十五年（1889），于是书院内开设经解、经艺、策论、诗赋等课程。

鲲池书院诸生经费很少，师资条件差，盛炳纬辞官回乡后，四处奔走，通过堂弟盛炳纪的关系，与沪、汉商人联系，积极为鲲池书院筹募。光绪二十一年（1885），他募得两万两千五百银圆捐赠给书院，准备添加大课经费。光绪三十二年废科举，书院大小课停止。

清末，政府废科举兴学堂之举，各地都积极响应。盛炳纬察时度势，倡议在镇海县建立中学堂，县内有之士认识到发展教育、培养人才的重要性，都竭力支持。在盛炳纬的策划下，与县人商议，将存在原鲲池书院的两万两千五百银圆、及将演武厅地基卖得之款中抽一万元，拨充作中学堂基金，以配置学堂设施及支付教师薪金与办公开支。中学堂地址设在梓荫山南麓总持寺内。

总持寺始建于唐咸通初年（860），乾宁三年（896）赐额曰"护境"，宋大中祥符元年（1008）改"总持寺"。建炎年间，赵构皇帝被金兵追杀来到镇海，总持寺被金兵所毁。后又重建，俗呼"七塔寺"。清代，总持寺进行修理和扩建。建东客堂十四间、西客堂十五间。寺内设专馆，安排膳宿，迎接各地官员来寺内参禅拜佛。道光二十年（1840），英人犯镇海，朝廷派两江总督伊里布为钦差大臣，赴浙经办海防事务，行宫设在总持寺。总持寺规模宏大，确实是办学好地方。

镇海中学堂于清宣统三年（1911）正式开学，设两个班，并附设县立高等小学校。聘请留日归国的曹位康为首任校长。曹于光绪三十一年（1905）赴日本东京帝国大学学习，清宣统元年（1909）学成回国，由朝廷验证后授举人，委为学部京城七品小京官。

盛炳纬不但竭诚办学，还致力于其他有关公益之事。他说："既弃迹于国，当陈力于乡。"只要他力所能及，总是不避劳怨，引为己任。"如通航、造轨、赈灾、恤患，利民生而便工商者，为君所号召，资无不集，事无不举，惠泽之所披远矣。"浙江学务公所立推为议长，虽避不居其名，而维系赞助无不至。晚岁居沪读，超然物表，隐几寤歌，以全其真。卒于民国二十年（1931）七月，终年七十六岁。

清末解元陈脩榆

陈脩榆（1858—1942），字星白，镇海城区人。自幼从父竹筠学经书，十岁能背诵《尔雅》《尚书》。在甲午年（1894）浙江乡解元（第一名），然二次进京应试未中，遂绝意仕进，致力学问和品格修养。

陈脩榆是著名书法家，少年时曾跟其姑父学书法，朝夕相继，以临颜鲁公诸帖为宗，兼习晋唐名人法帖。苦学书法，用笔遒劲，行草书纯熟，囊括众美，自成一家。且能作擘窠大字，名噪沪杭甬一带。因生活所迫，五十余年间以卖文鬻字为生。迄今杭州玉皇山、宁波阿育王寺、七塔寺乃至日本函馆关帝庙等地，尚留有陈氏的墨迹石刻。

陈氏十分关爱县内的公益事业，且为人正直不阿，平生不妄取一钱。1901年参与疏浚城厢内外河道及开东门浦等水利兴修事务，得到当局的赏识。辛亥革命时，不法之徒趁机骚乱，城厢分南北两区设团保卫，陈脩榆负责管辖北区，组织丁壮巡逻纠察，县治得以安宁。1923年发起大修后海塘，又被推为干事。抗战前，大家推举他总领文庙修葺事务，陈脩榆认为"世变不可知，旧观不可复"，提议用水泥钢柱更换大成殿中朽蠹梁柱。镇海战事起，县城巨屋多被炮火摧毁，独文庙得存。陈脩榆参与县内重大公益事项，成绩斐然。当局多次为其请奖，逊谢不受。

民国七年（1918）镇海县纂修民国《镇海县志》，陈脩榆出任县志筹备处主任及事务主任。创设志局，遴聘名宿，周谘博访，并关心测绘事宜。因总纂一职，众推德高望重的盛炳纬担任，可盛氏家事繁忙，难以脱身。再举镇海县另一翰林王荣商，王翰林勉为其难地接受了，但王怀抱病疴，方志只修到一半，就不幸逝世。原本作为志局主任的陈脩榆宜出马领衔，可他坚决不就，说："我修志仍会全力以赴，但名分绝对不要。"后来续聘了在北京谋生的慈溪籍杨敏曾（逊斋）。陈脩榆为修县志做出的贡献有目共睹，不亚于前后两任总纂，却不肯冠以总纂之名。其间凡修志出力出资之事，陈氏均挺身而出，至1922年县志成书，历时四载，不受酬劳，将银一千八百八十元如数缴还志局。人们说他不要名也不要利，这一点也没有夸张。

抗战时期，陈脩榆一度避居天童，曾赋诗寄慨："八十年华复鬻书，饥寒困我意何如？嗟余衰老颓唐甚，愿向书丛作蠹鱼。"又诗："青毡旧物耐寒酸，笔砚尘封最可怜。时际乱离常自叹，故人劝我莫留连。"可见他为谋生，始终没有放下自己手中的笔。

后寓居上海，继续以卖字为生。虽生活清贫，然严守节操。目睹同乡傅筱庵被日寇利用，出卖民族利益，其所作所为令故土蒙羞，乡人愤慨，常常唏嘘不已。1940年10月,傅筱庵被暗杀后,敌伪为其举行大规模的哀悼,为其神主牌"点主",点主官需要有功名有威望的人，于是选中陈倄榆，但被陈倄榆严正拒绝。也有人风传，为证清白，陈倄榆在傅筱庵发丧时，俨然在《申报》《新闻报》头版登载大字严正声明，大意为"在沪杜门谢客，不闻外事，如有假借名义，概不承认"。

1942年，适逢国家多难，陈倄榆忧国忧民，郁郁以殁，享年八十五岁。他的事迹录在史志，他的精神却永远活在人们的心中。

藏书家张季言

"樵斋"书室，是现代藏书家张季言先生（1897—1957）为纪念其启蒙老师而设的藏书室，累计藏书达14162册，其中史部图书有4478册，子集丛书有9700余册。

张季言的启蒙老师叫张兆泰（1879—1918），字万和，又字晚荷，樵庄是他的号。张兆泰是张季言的族叔，为晚清的县学生员（秀才）。青年时代的张樵庄，有感于朝政腐朽、外患频仍，认为救国必先开启民智。为实现梦想，他与族人张荫乔、张星耀等商量，于光绪三十二年（1906）在张氏宗祠内创办新学，结果遭到保守势力的阻挠，只得暂时把学生迁入自己家中授课。为办学，多方奔走，筹措资金，最后变卖家产，买下了水音头地皮并建造校舍，办起了霞浦学堂。

张季言是霞浦学堂的第一届学生，他对先生深怀敬意。在张兆泰毁家办学精神的影响下，学校规模不断扩大。在民国时期，霞浦学堂改为霞浦国民学校。1925年至1931年，有办学热心人士张继堂捐银9800元，张长福捐银4800元，分别获部颁二、三等奖。中华人民共和国成立后，改名为霞浦小学。

张季言先生是北仑霞浦霞西村人，名玥琛，20世纪20年代之前迁居上海。他从霞浦学堂毕业后就读于浙江第四中学（原宁波储才学堂），后考入上海沪江大学（教会学校），又入南京高等师范学校就读，毕业后在南京中央大学物理系任教，其间又被公派到日本考察。回国后任中央研究院物理研究室仪器工场主任之职。

季言先生处身积贫积弱的旧中国，青年时期就萌生了实业救国、振兴中华的志向。他先是利用业余时间尝试着在上海招募了三四名员工申办起星星工业社，制作出中国第一支国产温度计，投入市场后，产品供不应求。接着他辞去公职，致力于仪器仪表的研制和生产，并逐渐发展成为仪器仪表行业的规模企业。中华人民共和国成立后，季言先生的企业被改造成为一家公私合营企业，并更名为上海仪表厂，由张季言任厂长兼工程师。其间他还曾被调往东北医药公司任职，并兼任精密仪器厂筹委会主任。

当事业有成，有了资金积累之后，为继承先师遗德，他计划着要在自己的家乡霞浦建造一所颇有规模的图书馆，并以先师的号"樵庄"冠名，以纪念先师毁家兴学、培育人才的功德。他奔走各方，不惜重金，陆续从各地购入珍贵古籍暂寄在自己的寓所中，准备在适当时机回乡建造樵庄图书馆。但终因日寇入侵、社会动荡等因素被耽搁了。

1957 年 7 月，年逾花甲的张季言先生把珍藏在上海愚园路寓所中的古籍书，以"樵斋"的名义悉数捐赠给宁波天一阁。1966 年家住宁波市海曙区的孙定观先生，将其父孙家湛（1879—1946）毕生搜集的"蜗居庐"藏书及珍贵字画捐赠给天一阁；1979 年鄞州籍的杨容林先生，将其父杨臣勋的"清防阁"藏书及自己历年搜集的图书一并捐赠给天一阁。

20 世纪 80 年代初，天一阁的北书库落成，三位捐赠者的藏书一直集中保存在同一个书库中，称"三家书库"。考虑到三家古籍捐赠的独立性，目录编排时未将三家书目整合，集中编排，而是以清防阁藏书目录、蜗寄庐藏书目录、樵斋藏书目录顺序依次排，列三家目录整理历时一年。分类方法仍采用通行的经、史、子、集、丛五部，各小类以《中国古籍善本书目》为基础，参照国家古籍保护中心 2009 年 10 月颁布的《中华古籍总目分类表》做了必要的调整。经过整理，清防阁计有藏书 579 部 5842 册 15312 卷，其中经部 103 部 1287 册 2649 卷、史部 115 部 1795 册 6037 卷、子部 113 部 944 册 2368 卷、集部 241 部 1681 册 3761 卷、丛部 7 部 135 册 497 卷；蜗寄庐计有藏书 909 部 4138 册 13881 卷，其中经部 68 部 258 册 631 卷、史部 179 部 1048 册 3063 卷、子部 235 部 713 册 1658 卷、集部 393 部 1592 册 6083 卷、丛部 34 部 527 册 2446 卷；樵斋计有藏书 530 部 14390 册 63981 卷，其中经部 49 部 1002 册 3123 卷、史部 186 部 2818 册 9487 卷、子部 86 部 2036 册 13206 卷、集部 98 部 1329 册 4638 卷、丛部 121 部 7205 册 33527 卷。天一阁藏书楼内总藏书近 30 万卷，而樵斋藏书竟然占了 6 万余卷，数量之巨罕见，而且这些藏书都是十分珍贵的清代木刻版本、石印本以及民国初期的影印本。

商家翘楚

五金大王——叶澄衷

叶澄衷（1840—1899），原名成忠，宁波市镇海庄市沈郎桥叶家人。六岁丧父，兄弟姐妹五人，全靠其母亲一手操劳，日耕夜织，维持一家人生计。他为谋生来到上海，做生意很有天赋，审时度势，善于应变，不断寻找商机，拓展商业各个领域，从一个摇舢板兜售的小贩，成为清末沪上商界巨擘。

创立上海五金王国

叶澄衷九岁的时候进了当地私塾，因家境贫寒，读了不到半年书便辍学了。十一岁到当地的油坊打工混口饭吃。十三岁那年，同乡倪氏见而怜之，带其到上海谋生，遂推荐至法租界杂货铺当学徒。

上海开埠，黄浦江上停满了外国船舶，每天有外国轮船进出港口，进港轮船的船员不能直接上岸，船上所需要的一些生活日用品，往往通过一些舢板进行交易。杂货铺店主专与外轮上海员做生意，叶澄衷的任务是负责摇舢板送货。老板天不亮就叫他起床准备货物，不管隆冬酷暑、刮风下雨，不间断地往外轮上送货。叶澄衷在与外国人的交往中，慢慢地通其语言。因店主经营不佳，三年学徒期满后叶澄衷被辞退。

幸好学徒生涯，让他学到了许多东西。叶澄衷离开店铺后，为了谋生，他租来舢板船，每天起早摸黑摇着舢板，将生活必需品，如蔬菜、鱼、肉、蛋类及罐头食品，生活日用品，如牙刷、牙膏、毛巾，船上所需物品，如绳索、油漆、油刷，等等，向外轮的海员兜售。叶澄衷头脑活络，乐观求变，从船上的船员手中回收机器零件、旧铜烂铁等废旧物品，兑换赚钱；还用食物、淡水和其他物品与船上水手交换五金件，再把五金件拿到岸上去卖，做起赚取双向利润的买卖，在商贩中获利独厚。

叶澄衷宽厚待人，讲究诚信，外国海员乐于和他交朋友，因此，生意红火。同治元年（1862），叶澄衷有了一点积蓄，在里虹口开设了"老顺记五金洋杂货号"，专营船舶五金。"老顺记"的创立，为叶澄衷立足上海创业迈出了第一步。是冬，老顺记又移到外虹口。

1870 年欧州爆发普法战争，在沪经商的一名德国商人被召回国，他想尽快卖掉开设在苏州河路与乍浦路交叉的可炽煤铁行。叶澄衷获悉后，当即决定接盘。刚开始时叶澄衷与他人合伙经营，三年后合伙人退股，叶澄衷就独自经营，并改名"可炽煤铁顺记行"，成为华商第一家经营煤和铁的商号。

有了可炽煤铁顺记行商号以后，叶澄衷派人到山西大同煤矿、河南焦作煤矿，将当地的优质煤不断地销往全国各地。又将英国、法国、俄国等地优质钢材运到上海，销售给制造局等大厂，大获其利。掌握了钢铁资源，也有了五金货源，他用煤和钢铁与国内外厂商交换五金货物，生意越做越大。

清光绪四年（1878），老顺记五金号在天津英租界达文波路（今和平区建设路）设立分号，扩大五金经营范围，小到小五金，大到钢材与机器，品种繁多，规格健全。以后，又相继在镇江、芜湖、汉口、温州、宁波等地开设了新顺记、南顺记、义昌成记。至光绪十六年（1890），仅南顺记在浙江、华中、华北一带的分支联号即达十余家，叶澄衷因此被誉为上海滩"五金大王"。

享誉申城著名巨商

火油是外商最初在中国打开市场销路的大宗商品之一。19 世纪 60 年代，英国的亚细亚、美国的德士古和美孚三家石油公司，先后将其产品打入上海市场，并展开激烈的同城竞争。美孚公司为了在竞争中取胜，策划在上海设立经销机构，物色代理人。

叶澄衷讲究诚信的好名声，在当时的商人圈子里广为传播。于是，美孚公司派人找上门来，请他出任美孚公司总代理，经销美孚火油，并开出了经销佣金为百分之二十五的优惠条件，付款结账时间为六十天。富有经商头脑的叶澄衷，自然不会错过这个送上门来的好事，他经过一番盘算后提出两个条件：一是美孚公司不得再和第二个中国商人打交道，由他独家代理；二是货款结算时间延长到九十天，理由是中国内地交通运输不便。双方经过几番商量，最终美孚石油公司答应了他的条件并正式签约。于是，他"借洋生蛋"，利用老顺记早已建立的销售渠道，把美孚火油源源不断地销往中国内地，又增加了一条生财之道，从中积累了巨大财富。

叶澄衷善察商情，发现上海开埠后，国人所用的火柴是从外国进口，他认为投资火柴市场必有大利。光绪十六年（1890），叶澄衷出资二十万银两，在虹口朱家大桥（今唐山路）创建了上海最早的燮昌火柴厂，引进国外生产设备，招工人八百名，日产火柴三十六万盒。其利润相当可观。1897 年，他又投资三十万银圆，派遣同乡人宋炜臣在汉口创办燮昌火柴分厂，规模比上海原厂大了许多，商标种类较多，双狮、单狮、三猫、三鸡等火柴品牌一度驰名神州，销量居于国内首位，燮昌成为国内最大的火柴厂。

叶澄衷在经营五金项目上获得极大成功后，开始涉足金融业。从1897年起他先在上海设立"大庆元票号"，又相继开办升大、衍庆、余大、瑞大、志大、承大钱庄；在杭州有和庆、元大钱庄；在芜湖有怡大钱庄；在宁波有恒裕、正大钱庄。几年下来，在上海钱庄界名气也越来越大。

上海有一家钱庄以四万银两押进苏州河北虹口一带几百亩地产，押期至年底，到了年终结账清算时，业主却无力赎回。钱庄经理急着向叶澄衷求助。叶没有当即表态，而是先向租界工部局调查问询。获悉当局打算在吴淞江上造桥以沟通两岸，只因资金不足尚未动工。有经济头脑的叶澄衷马上意识到，一旦此桥建成，苏州河北的地价必定升值。于是，他一面向工部局表示愿意资助造桥费用的三分之一，一面付清钱庄四万银两押款，将该块抵押土地转到自己名下。一年之后，此桥建成，苏州河北岸的地价果然涨至一百万两以上，他以四万银两购进的地产一下子增值二十多倍。叶澄衷既解了钱庄经理之急，又赢得资助造桥的赞誉。光绪二十三年（1897），在盛宣怀倡议下，他与严信厚、朱葆三等人创办了中国第一家银行——中国通商银行。

叶澄衷审时度势，善于在变局中寻找商机，从而将自己的事业拓展到上海商业多个领域。1889年，兴办鸿安轮船公司，发展航运事业。1890年，派人调查缫丝市场的情况，开办纶华缫丝厂，蚕农高兴，叶氏获利。生意越做越大，成为沪上商业巨子。

捐资办学培育人才

中国落后挨打，西方殖民主义者不断侵略中国。鸦片战争后，上海成为西方列强在中国开辟的首批通商口岸之一，外国的船只从外洋直溯而上。1845年英国殖民者首先在上海县境域划定英租界；1849年，法国殖民者也要求划定法租界；1863年，美租界与英租界合并成立公共租界，上海成为西方列强的殖民地。

清朝政府腐败无能，中国人的国土让洋人任意宰割，叶澄衷深深感叹："中国之积弱，由于积贫，积贫由于无知，无知由于不学，兴天下之利，莫大于兴学。"念及自己少年时失学之痛，又看着随自己来沪发展的大批员工子弟，到了上学年龄，想求学而无处读书，他决定捐资创办自己的学校。

光绪二十四年（1898）仲夏，叶澄衷在上海虹口张家湾购置土地二十九亩余，出资十万银两，兴建一所具有相当规模的学校。第二年，叶澄衷病危，临终前传樊树勋、叶雨庵、乌询夫等八位董事，嘱托学校经费由老顺记、南顺记、义昌记三家企业分担，学校一切事务由校长负责。学校破土动工了，但叶澄衷却突发疾病，不久就离开了人世。以后，叶氏企业由二子贻钊与四子贻铨共同支撑，上海以外的企业则由贻钊主持，在上海的企业由贻铨主持。

学校在樊树勋等人的操办下，于光绪二十七年（1901）落成，定名为"澄衷蒙学堂"。校舍仿罗马式两层楼建筑，学堂招收初小、高小五个班级，于农历四月十六日开学。清政府督学部颁发"启蒙种德"匾额以勉，喀喇沁王赠送"槭朴权舆"匾额表示祝贺。大礼堂两侧悬挂着叶澄衷遗言之撰句，左联为"余以幼孤，旅寓申江，自伤老大无成，有类夜行须秉烛"；右联为"今为童蒙，特开讲舍，所望髫年志学，一般努力惜分阴"。这副对联是一个商人追求兴教强国梦的真实写照。

学堂聘请清末进士刘树屏为校长，由他主编的《澄衷蒙学堂字课图说》，词尚浅近，图文并茂。难得可贵的是这本书传播了西方先进科技知识，是小型百科书，其中有不少现代文明和科学知识，被誉为"百年语文第一书"。翌年秋，刘校长出任安徽芜湖观察使，由总教习蔡元培任校长，蔡校长上任后，立下"诚朴是尚"为校风，确立"兼容并包，思想自由"的办学方针。

光绪二十九年（1903），为了保证学校正常运行，叶澄衷长子贻鉴捐银十万两，贻鉴弟贻钊、贻铭、贻铨、贻钅夸、贻镛、贻钰又捐银十万两，为常年经费。宣统三年（1911），复置中学，并续办初等、高等小学。到民国三年（1914）又增建校舍十余幢，入学者至五六百人。

澄衷学校培育了一批又一批栋梁之才，其中不乏成为中国乃至世界名人的学者，如胡适、竺可桢，分别以文科和理科方面的杰出成就享誉世界。此外，倪征燠、李达三、袁牧之、陆俨少等在自己奋斗的领域做出了杰出贡献。从创办至今，就读、毕业于澄衷的学子已数万，遍布全国各地和海外，可谓硕果累累，蜚声中外。

叶澄衷致富后在家乡建义庄、义塾，让族中孤寡残疾者，不挨饿受冻，族中子弟接受文化教育。他先捐银三万两交给族叔志铭存入钱庄，以后将本金和利息置其产，过了好几年，义庄还没有建成叶公已去世。后其子和侄为完成先人的夙愿，又捐银二万两，择本地中兴桥畔建义庄，东长二十五丈二尺，西长二十四丈七尺，南与北各长二十三丈三尺。光绪二十八年（1902）义庄落成，耗银一万一千六百十七两。又将存钱庄的余银置田一千三百十二亩为族中"义田"，出租所得的租谷作为义庄、义塾经费。义庄以叶成忠的"忠"字与其弟叶成孝的"孝"字命名，曰"忠孝义庄"。庄内设义塾，开始只招叶氏子弟，光绪三十二年（1906）易名为叶氏中兴学堂，向外姓开放，培育出包玉刚、赵安中等一大批优秀学子。

粮食大王——阮雯衷

阮雯衷（1865—1934），镇海庄市阮家村人，初在宁波、上海经营米业，上海人称他为"粮食大王"。后赴汉口经营粮食转运和农副产品加工，是我国早期农副产品加工的先驱者，清末民初著名的爱国实业家。

到上海开办元丰食粮号

阮雯衷生而颖异，早年弃学，十三岁时，在本乡渡驾桥穗和米号当学徒。渡驾桥在镇海县城西约七里，是座石梁桥，由三块石桥梁组成，横跨在前大河上，桥面两侧有石护栏，护栏两端设方形圆头望柱，桥有数级台阶。前大河，旧名浃江河，是县城通往宁波的水陆交通要道，舟楫往来不绝。据史料记载，渡驾桥，古名郑家园桥，北宋初为郑氏所建，后由杜姓重建，改名为杜氏桥，开挖颜公渠时重修，更名为渡驾桥。桥北为街，每逢四、八为集市，是四周村民集市贸易地，老街有几百米长，有米、药、棉布、烟酒、百杂、鲜咸货、南北干果店铺几十家，市井繁华。

阮雯衷头三年在穗和米号当学徒管饭吃，没有工资，只发给一块钱作为洗澡、剃头之用。日常工作实则是勤杂工，日复一日地做着扫地、抹桌子、倒痰盂、倒茶、拿烟等诸种琐碎而脏累的活，到晚上关上店门，睡在店堂内读书练字。早上天还没亮，又得收起"床铺"，准备新一天的开门营业。

岁月如梭，一眨眼三年学徒期满，老板留他在店内当伙计。当伙计要学会收购稻谷和碾米两门手艺，每当稻谷成熟季节，随老板到各村收购稻谷，稻谷成色要金黄灿灿，收购稻谷前先用风扇把秕谷、稗草吹出，经过风扇后的稻谷粒粒饱满，然后过秤、记账、付款、进仓、入库。阮雯衷脚勤嘴甜，虚心好学，不懂就问，很快就掌握了收购稻谷的一套流程。旧时碾米没有机器，靠碾子碾米，碾子只有米店和大户人家才有。碾子由碾槽（或称碾盘）、碾磙和碾架三部分组成。碾槽由若干节呈弧形的石槽连接成一个大圆圈，碾磙由用坚石打磨成车轮状的两个石盘构成的，然后靠碾架固定，分前后嵌在碾槽里，碾架由一根粗壮的直木从碾圈的中心牵出，控制碾磙始终绕着碾槽运转。碾磙靠牛来拉动。碾米时，先把稻谷均匀地倒入碾槽，然后驾上牛，人站在碾子旁挥鞭驱牛。牛走磙动后，磙在碾槽里不断地对稻谷磨碾，直到脱壳破米出糠，一槽米碾完一般花两三个小时，可碾一百二三十斤谷。阮雯衷喜欢动脑筋，他在碾米前先用砻子磨破大部分谷壳，这样既可缩短碾米时间，又可减少碎米，提高出米率。他的碾米方法得到老板好评，每到年底，老板总是多给他一些红包。

阮雯衷觉得人在世上不是为了生存，家乡生活虽可糊口但不理想。他平时省吃俭用，几年下来积蓄了一些资金。要改变自己的命运，胸怀大志的他想出外闯荡，干一番事业。1883年，他跟父亲说，想离开穗和米号，自己去创业。他的想法得到了父亲的积极支持，希望他做出一番事业来。于是，阮雯衷开始经营自己的米业，把收购来的稻谷碾米后销往宁波。由于他销售的大米颗粒大，碎米少，深受欢迎，生意红火。在宁波经营六年米业的阮雯衷，待客如宾，和气生财，积累了一定的资本，开始闯荡上海滩。

光绪十六年（1890）春节刚过，二十五岁的阮雯衷从家乡运到上海一批大米，独自一人在上海租借一间店面，创办"元丰食粮号"。宁波的细干晚稻，又白又细又糯，很受上海人欢迎，一开张米就卖空。再加上他为人诚恳，讲究信誉，待人接物总是彬彬有礼，人们乐于和他交朋友。因此，生意越做越大。经过三年艰苦创业，"信用日著，声誉日隆，已稳执粮食业之牛耳"。阮雯衷成为上海屈指可数的粮商。上海元丰初获成功后，雄心不已的阮雯衷又转向国内其他城市投资，汉口成了他发展的中心舞台。

赴汉口寻找新的商机

汉口地处长江中游，又当长江汉水交汇之处，九省通衢，得中独优。便利的水陆交通，优越的地理方位，以及地处富庶的江汉平原，使汉口素以粮食集散地而卓有声名。范谐《汉口丛谈》载："清嘉庆道光年间，贩米、籴米必至汉口。"

汉口开埠后，"中外商贾咸集于此，角逐竞争，商业贸易，极称繁盛"。外商纷纷来汉口收购粮食及其他农副产品运销国外，汉口与国际粮食市场产生了广泛的联系。阮雯衷得信息后，于光绪十九年（1893）携带巨额资金来到汉口，独资创立了元丰号粮食行。他深知经商关键在于信息，于是派人到各地了解市场行情，获悉安徽、山东、河南、河北等省粮多价低，便去那里采购大量粮食，将汉口作为粮食基地，除部分在汉口内地销售外，大部分销往沪江浙一带。

光绪三十一年（1905），中国民族资产阶级发起抵制美货的爱国运动，武汉民众也加入斗争的行列之中。美货的禁运，为武汉民族工业的发展提供了有利时机。阮雯衷把握良机，在汉口德租界创办元丰豆粕制造厂。当时，国内农副产品加工比较落后，而西方国家利用其先进的农副产品加工机械，在国内大量推销农副加工产品，侵占国内加工市场，导致国内部分落后的农副加工企业纷纷倒闭。

面对困境，阮雯衷深感国内的农副产品手工作坊生产落后，不能与西方国家先进的机械化生产相竞争，他用重金从国外购置先进的机器设备，发展农副产品加工业，以提升本土商品与洋商的竞争实力。他从英国购入两百七十台机械，生产效率大为提高，招一百四十名工人，日产豆饼三千块（约十五万斤），芝麻油、豆油一万两千斤，从落后的手工作坊迈向了现代机器生产的前列。每年在鄂豫两省售与洋商，输出外洋，少则值银三四万两，多则五六万两。

光绪三十二年（1906）4月1日，京汉铁路的全线贯通，改变了武汉在近代中国经济布局中的格局，武汉不再是长江流域中仅充当横向传导的角色。纵向的铁路线缩短了时间和距离，更加有力地推动了汉口商业贸易的发展。中国内地商人很快地利用起这一改善了的交通条件，通过汉口把湖南、湖北、河南等省的农副产品迅速地销往全国各地。

当时，外商垄断了京汉等地铁路沿线运输权。随着阮雯衷事业的蒸蒸日上，农副产品的运输问题也日渐突显，很多农副产品无法运销外地，以致长期被积压在仓库里或露天的堆场上，造成霉烂变质，损失惨重。为此，阮雯衷投资一百万银圆，在汉口火车站开设元顺转运公司，在京汉铁路上自备车皮六十余节，设有专用铁道停车线，赢得了京汉铁路运输权，外国铁路当局无法干涉。这样一来减少了农副产品运输中的损失，使急需外销的各种货物均可及时外运，降低了成本，增加了收益。

民国元年（1912），阮雯衷调查欧美人民需用蛋品不啻日常油盐，全年销量与茶丝相埒，乃思华蛋西运营销，推广海外贸易。阮雯衷在鄂之汉口、武昌，豫之许州、驻马店、彰德，皖之宿州、亳州，鲁之桑园等地方，开办大小蛋厂八处，专制蛋粉、干蛋白，运销欧美。各厂一天用蛋四百五十万枚，全年输出总额约值银六百余万两，阮雯衷因此有"蛋业大王"之称。

阮雯衷利用内地农副产品质优价低的优势，学习西方先进的生产技术，向外国银行贷款购入农产品加工设备，大量收购与加工农副产品，销往国内外，不断积累资金扩大再生产，在当时国内外农业产品加工领域中居于遥遥领先的地位。阮雯衷的开拓经营推动了中国农业生产的发展，同时也解决了社会上许多就业问题，时人誉之："营业之盛，声誉之隆，前此所未有也。"他在汉口开设的元丰号，贸易输出总额雄居第一，欧美商人无不交相称许，名下有产业工人万余人之多，沪汉豫直皖各省偏僻妇孺亦莫不知有元丰牌号，每年完纳厘金、赈灾、公益捐等数项，耗银两百余万两。

因战乱经营成果尽毁

欧州爆发第一次世界大战（1914—1918），这场战争是历史上破坏性最强的战争之一。战争给欧州造成巨大的经济损失，金融窘枯，镑价步缩。战争也影响到中国经济发展，在汉口的出口交易钝滞不动，华商蛋厂被迫倒闭的十有八九。阮雯衷为维持工厂日常运行，在汉口万国商会的介绍下，遂将各处蛋厂全部资产向安利英洋行抵借银七十余万两，后又以制成蛋粉续向该行押借百余万两，以资周转，期待转机。

为开拓美国市场，阮雯衷派其亲戚到美国纽约设庄扩大出口贸易和回收资金，以解决国内的困境。谁知亲戚抵美后，挥霍浪费，贪污舞弊，盗窃大量资金后杳无踪影，阮雯衷不但没有收到预期效果，反而损失更加惨重。

而国内又掀起第一次护法战争（又称护法运动），军阀混战，阮雯衷的蛋厂横遭厄运，设在各地的工厂首当其冲，兵痞所至，抢掠勒索，无所不为。专用铁路车皮也被军阀强行征用，以致运输中断，蛋品不能及时流通，货如山积，以致营业顿现困境，各厂相继停工。

安利英洋行押款到期，而出口货依然未动。安利英洋行乘机向阮雯衷施加压力，一面造谣中伤，责骂阮氏不守信用；一面向元丰催逼欠款，要求赔偿损失，致使阮氏在精神上、经济上都受到严重打击。

阮雯衷数十年艰辛经营，最终创业成果却付之东流。但阮雯衷胸襟豁达，并不以个人得失而自悔，他说："元丰停顿不足惜，奈数千职工失业而痛心。"阮雯衷生前凡亲戚朋友有事相求，无不施以援手；凡有困难者，助其成家立业者不乏其人；而对于社会慈善事业，尤引为己任。河南多次遭水旱之灾，阮氏捐出巨资，赈灾济民。在汉口修黄鹤楼，重建吕祖殿，在许昌兴建时疫医院，在漯河同乡会购地置屋，在普陀山重修佛顶寺，在家乡重建白龙庵和兴建时中小学之时，他均捐款襄助。1910 年，阮雯衷耗费十万银两，在家乡兴建阮氏宗祠，规模恢宏，至今尚存。阮雯衷因在公益事业中的义举德行，为人所敬仰，被清政府授奉政大夫、晋封通奉大夫次二品衔、赏戴花翎等荣衔。

虽然事业上遭受沉重打击，但阮雯衷恢复旧业之心犹存。"一战"结束伊始，他便打算重整旗鼓，但因时局未定，内战不断，投资者裹足不前，终使英雄无用武之地。后因四处奔波，操劳过度，遂致大病不起，阮雯衷临危之际，还叮嘱下辈："汝等今后须继续努力以竟余志。"终年六十九岁。

阮雯衷逝世后，上海、武汉等地生前好友参加了葬礼，深感其一生艰苦创业，为中国农副产品加工业做出了巨大贡献。国民党著名人士汪兆铭、叶恭绰、徐谟、王禹襄、俞道就、张肇元、虞洽卿等皆为其遗像题词，歌颂阮雯衷一生的功德。

（原载 2019 年《宁波帮博物馆》第 3 期）

商家翘楚

金子大王——王伯元

王伯元（1893—1977），原名怀忠，祖籍浙江慈溪（现为镇海区）长石村。其父王清芬曾在江苏海门、苏州一带经商，后定居苏州。王伯元出生在苏州，以金业起家，是旧上海十里洋金业界的著名人士，人称"金子大王"。后从事金融事业，与上海钱业领袖秦润卿共同主持垦业银行达二十年，使垦业银行发展成为上海著名商办银行之一。

从学徒到金子大王

王伯元父亲叫王清芬，少年离乡，在苏州一带经商，后在苏州恒孚银楼当经理，创立小康家业。当小伯元呱呱坠地，王清芬对儿子寄托满怀希望，伯元六岁时，开始延师课读。小伯元聪明透顶，深受老师喜爱。伯元十二岁那年，老师陪他去吴县县学应试，名列前茅，但因"冒籍"被取消功名。眼看一个到手的秀才丢了，于是，王清芬让儿子弃儒经商，托人介绍他到上海金店学生意。

光绪三十三年（1907），王伯元父亲送他到上海金店学生意，从苏州来到上海，在震丰永金号当学徒。因店老板是王伯元父亲的朋友，所以，他的学徒待遇比别人优厚。人家学徒要帮老板家抱孩子、做家务，而王伯元一来就直接上柜台学接生意。在生意场上，他脑筋灵敏，勤快好学，细心观察市场行情，不断钻研业务知识，在老板的细心指点下，很快就掌握了金号买卖标金的规律，学会了好多生意经，深受老板喜爱。

三年满师后，王伯元被留在店内当伙计，老板对他进行重点培养，介绍他为金业公会会员，参加社会活动。民国五年（1916），二十三岁的王伯元碰到一个机遇，上海涵恒金号老板徐伯熊患病，邀请他担任该金号经理。民国七年（1918），徐老板一病不起，涵恒金号歇业，他又转到天昌祥金号当经理。当时炒金子，流行的是做"套头"。王伯元注意市场信息，瞅准金价跌落时，大量盘进，等金价高攀时，就抓紧抛出。低进高出，转手之间自然获利丰厚，他深受老板赏识。王伯元边为天昌祥经营，边自己也凑集了少量资本炒卖金子得利。

第一次世界大战爆发后，国际市场变幻莫测。黄金作为国际硬通货，价格涨落一日数变，汇率也在大幅度波动。王伯元琢磨着市场行情变化，他发现一个秘密：金价与外汇价相斥相连，常常互为涨落。人家是看金子涨了就抢金子，外汇价钱好就炒外汇。他灵机一动，来了个双管齐下，两种买卖交叉做。金价低于外汇时，他吃进金子，抛出外汇；外汇价低于金价时，他抛出金子，吃进外汇。一进一出，两头得利，倒也赚了不少钱。不久，黄金和外汇期货生意又在上海兴起。因国内外形势风云万变，现货和期货差价更大，套头得利愈厚。当时，国内黄金交易所大小买卖靠口头当场拍定，没有办法实行契约和保证金制度。没有契约和保证金，王伯元也绝对讲信誉。即使赔钱，他也毫厘不爽地交割付账，令众人信服。由于信用好，虽然他资本很少，但却做成了几笔大生意，为他自立门户开金号奠定了基础。

1921 年，王伯元辞去天昌祥职务，自筹资金开设裕发永金号，自任经理，同时做金业交易所的经纪人。王伯元在金业界崭露头角，不久被选为上海金业交易所理事。上海黄金市场曾一度冷到冰点，跌进谷底。王伯元以个人全部财产向银行抵押借款，将上海市面存金的相当一部分吸进店内。没有多久，美元首先宣布调价，国际市场金价陡涨。王伯元大获全胜，成为百万富翁，由此得了"金子大王"的称号。

金号靠买卖黄金赚取差价，最关键的是了解市场行情。有炒金客一旦行情搞错，惨跌也让人生畏，金价越跌越低，陷进深渊，破产自杀时有所闻。王伯元感到炒金子好比逆海行舟，风险极大，难免有樯折船倾的一天，他想结束这种一夕数惊的生活，转而开始投资金融业。

涉足金融业　接手垦业银行

1929 年 3 月，由俞佐廷、童今吾等人创办的中国垦业银行，因该行领导人主持不力，成绩平平，实行改组。王伯元联合上海金融界人士秦润卿、徐寄庼、李馥荪等人，通过交通银行总行副理梁晨岚的联系，接办了中国垦业银行，进行投资改组，资本总额一次收足两百五十万元，王伯元投资一百四十万元，占百分之五十八。该行原创于 1926 年，经改组后总行由天津迁到上海（天津设分行），成立董事会，推钱业公会会长秦润卿为董事长兼总经理，王伯元为常务董事兼总行经理。

上海垦业银行总行于 6 月 6 日正式开业。王伯元经营垦业银行后，积极推进业务，他首先向董事会建议提出十万元成立储蓄处，面向广大市民开展储蓄业务，把老百姓手头上的零钱吸储进来。第一年，吸收储蓄存款六十余万元，第二年达到七百余万元，储蓄绩效显著。以后，储蓄处又在南市文庙开了一家储蓄所。

王伯元曾加入上海公共租界工部局地产委员会，对经营地产颇有心得，于是在垦业银行总部设立地产部、办理房地产押款业务，代收房租。运用储蓄存款资金购置房地产,收租作息,保证资金运用稳妥。王伯元私人在愚园路和静安寺路(今南京西路)拥有四处房地产,面积五十余亩,每月可收房租九千元。他把他个人的房地产租金也交给地产部代收。

上海垦业银行总行初设在宁波路兴仁里,地处偏僻,房屋狭小,不能适应业务发展的需要。1931年,王伯元购进北京路与江西路转角地基一块。兴建八层钢骨水泥大楼,于1933年落成,一楼银行自己办公,内设保管库和银库。二楼以上全部出租,每年收入租金三四万元。

当时,上海浦东一带农民多以植棉为主,新棉上市,棉价被商人压价,棉农只得把棉花暂存进仓库,等棉价稍扬时出售。棉农多愿以棉花向私营仓库作质,待价而沽。王伯元为了调剂农村金融,谋取利润,于1934年与浦东恒大新记纱厂、恒源兴记轧花厂合作,设仓库十余间,为棉农办理棉花抵押放款,棉农以籽棉作质,银行凭仓单放款。纱厂、轧花厂收取仓库租金,银行收取放款利息。每年投放贷款五十余万元,颇受棉农欢迎。

在王伯元支持下的垦业银行,对民族工业办理抵押放款业务。垦业银行一贯采取稳步发展的方针,放款力主慎重,并以抵押放款为主。1935年市场萧条,银根吃紧,民族工业岌岌可危,垦业银行仍继续支持对民族工业投放资金,亚浦耳电器厂产品与舶来品竞争激烈,垦业银行不断支持其生产。垦业银行还对振华纱厂、经纬纱厂、章华毛纺厂等上海纺织大厂先后承做数额较大的抵押放款,予以支持。

垦业银行从创办起即享受钞票发行权,会计独立。王伯元任职后,准备金充足,实力浓厚,每月公开检查一次,发行额为七百四十九万元。1935年,国民政府实行法币政策,取消民族资本银行的发行权时,垦业银行立即把全部资本金上缴发行准备管理委员会,顺利结束发行业务。王伯元对于代客买卖有价证券,富有经验。1940年,他建议董事会拨出五十万元设立信托部,办理信托业务,兼收各种定活期信托款项。对外商发行橡树种植股票及其他实业股票都有投资。

1943年底,秦润卿因年事已高,辞去垦业银行总经理兼职,由王伯元接任。王伯元除支持经营垦业银行外,私人投资的企业有同庆钱庄、同润钱庄、元大钱庄、绸业银行、国泰银行、贻成面粉厂、天一保险公司等多家实业企业。

情系桑梓　热爱教育

王伯元虽然出生在苏州,却热爱故乡,总是以"阿拉宁波人"自居。他发迹后,十分热衷家乡公益和教育事业。听说宁波城里要建老江桥,他主动捐资。慈溪长石桥到樟桥河道淤塞,航运受阻,便慷慨解囊,请人疏浚。王伯元还买下邻近荒丘一百亩做义塚。

1930年,王伯元返回祖籍长石桥,听说当地化东学校创建于民国二年(1913),

办校十多年来，校舍简陋，教育质量差，学费贵，读书人少。于是，他捐一万银圆，建造中西式校舍，改名为植本小学，吸收乡间不论贫富的儿童入学，邀请名师为学生授课，当时在慈东被称为一流学校。

九一八事变后，国内经济凋落，失学青年日渐众多。有勤奋之学生，成绩优异，一经中学毕业，即无力继升大学，使良材废弃，不能深造，王伯元对这些有志青年失学深感惋惜。1933年，王伯元独斥巨资，创立奖学金（其实是助学金）。凡是在公立或立案之私立中学毕业生，成绩优异，有志升大学而苦于家境困难，不能供给学费者，不论何地何人，概可申请，一经申核，无条件颁给全部学费，至其大学修业期满为止。王氏此举，国内首创，不独嘉惠清寒子弟，仰且为国家育材，厥功至伟。原设定名额为二十名，后因申请人多，名额增加三倍多，有六十多人。这些学生学习优秀，不少人被北京大学、清华大学、上海交通大学、复旦大学、浙江大学、武汉大学等学校录取，继续深造。有的后来公费出国留学，获得博士学位，学成回国。得到王伯元资助的这批学子，绝大多数成为国家有用人才。如中国环境科学研究院副院长黄新民，植物病理学家、农业教育家吴友三，北京大学前校长张龙翔，中国科学院院士李竞雄，第二机械工业部原部长、教育部原部长刘锡尧等，他们在各自的科学领域里做出了卓越贡献。

1948年冬天，王伯元随长子王念祖一同到了台湾，后又迁居香港。1954年，他到美国纽约和在联合国任职的长子同住。旅美期间，他和旅美华侨金融界和书画界老朋友时相聚晤，自己也潜心于书法艺术。1977年，以八十四高龄在美国寓所逝世。临终之时，还念念不忘故乡。

（原载2020年《宁波帮博物馆》第2期）

造纸大王——金润庠

金润庠（1890—1961），字绅友，镇海城关人。父亲系清朝举人，母亲沙完珍出身于书香门第，善诗能文，兼通医理，开浙东女生入学之风，曾在甬办女塾。金润庠八岁丧父，是家里长子，还有臻庠、荣庠二弟，靠母亲绘绣维持生计，兄弟三人求学靠母舅家支持。因生活窘迫，金润庠十四岁就离开家乡外出谋生。

与友人合资办实业

民国三年（1914），金润庠小学毕业后，在亲戚的陪同下来到汉口立昌生海味号当学徒。他业余自学英语，几年后，由其母舅沙咏源介绍，到上海华通保险公司当办事员。金润庠博闻敏慧，颇得经理青睐，1909年升任华通烟台分公司经理，后改任华通杭州分公司经理。不久进上海美商德泰洋行当买办，又任英商光耀桅灯厂中方经理。与此同时，金润庠以私资开设润丰恒商行，并在英人办的法律事务所学习法律。1924年金润庠经名律师魏伯祯介绍认识竺梅先，结成朋友。

1925年，竺梅先经李徵五介绍去山东济南，初在张宗昌所部补充旅当少校军需官。后经应季审介绍改任恤赏局科长。之后与毛契农、张邦彦合伙开办了"三合成"商号，经营面粉运销生意，供应山东军阀部队军粮，在上海方面的转销业务由金润庠负责。1927年，闻知国民革命军从广东起兵北上，竺梅先回到上海，与金润庠等合做北伐军的军服生意，承接了大批军服订单。通过两次生意合作，竺梅先已积资三十万银圆，金润庠也得到了第一桶金，所得十余万元。

当时的一些有识之士，都认为唯有振兴实业，才能救国。竺、金二人也深以为然。此年冬，嘉兴禾丰造纸厂因经营不善面临破产，竺、金两人认为机制纸板是新兴行业，有利可图，于是以二十八万元价格收购禾丰造纸厂，开始投身造纸业。1931年又以二十九万零五百元的标价，购进杭州武林造纸厂。他们将两厂改名民丰、华丰造纸股份有限公司，在上海宁波路合并办公，总称民华丰造纸股份有限公司，设立董事会，竺梅先任经理，金润庠任协理，开始经营造纸工业。

由于日商凭借免税权利压价倾销，国内纸板厂受到冲击，同业间互相倾轧，削弱了对抗外资的力量。为了共同抵制日货，1932年金润庠乃倡议与各纸厂协商，筹组"国产纸板联合营业所",联络苏州大丰、盛华,天津振华等五家工厂,各推一人组成理事会,推选金润庠任所长。规定各厂产品一律交由联营所出售,定价划一,天津振华产品不南运,南方各厂产品不北上,划定了各自的销售范围。上海竞成纸厂不愿参加联营,以每吨纸板低于联营所两元的价格抛售,金润庠便大量收购,以压缩纸板的上市量,迫使竞成纸厂就范。

求发展开发新产品

20世纪30年代的中国民族造纸工业,基础十分薄弱。全国不到二十家纸厂,主要以生产黄板纸为主,产品单一。为了在夹缝中求得生存,获取盈利,竺、金二人分析了当时的经济形势,认为轻工业发展较快,需要大量薄白纸板、卷烟纸等,这些纸张多来自国外进口,国内没有生产厂家,于是他们开始开发新产品。

在试制薄白纸板过程中,竺、金两人亲自下车间,与技术人员、工人一起研制。这种纸板的技术要求是正面平滑、有光泽,即所谓"单面光"。当时既无技术资料,又无专家指导,他们不惜工本,一度在纸面上涂抹猪油,使之平滑光亮。几经试验,终因缺乏科学依据,废品堆积如山,归于失败。但竺、金两人仍不放弃,坚持拨款试制,并在1933年先后聘请褚风章、陈晓岚两位造纸工程师进厂帮助试制,潜心研究,又邀请浙江大学教授潘光坼协助,于次年试制成功,以"船牌"为商标投放市场后,产品供不应求,生意兴隆。

1935年前后,全国有卷烟厂四五十家,大都集中在上海,而本轻利重的卷烟纸却依靠外国进口,大量外汇被外商赚走。竺、金两人便着手筹备试制卷烟纸。除了重用褚风章、陈晓岚等工程师外,又重金聘请奥地利工程师恩桢来厂辅导技术,合同三年,特建小洋房一幢,供其夫妇居住。竺、金花巨资,从德国进口全套造纸设备,卷烟纸终于试制成功。他们先在华成卷烟厂试销,华成卷烟厂董事长戴耕莘、总经理陈楚湘是金润庠的镇海老乡,卷烟纸在华成卷烟厂试用后,可与进口纸媲美。

1936年,经国民党政府工商部批准,民丰造纸厂享有东南五省二市的卷烟纸制造专利权。竺、金为与舶来品抗衡,打开销路,派人到处游说,一时南洋、福新等烟厂相继采用,英商颐中烟草公司也开始订货。但多数厂还犹豫观望,英美烟草公司更是坚持不用。竺梅先和营业部主任张加芳,巧妙地携带用进口的和船牌的两种卷烟纸做的纸烟,登门要求英美烟厂经理试吸,请他们辨别。结果,他们挑选出来的优质烟都是船牌纸卷的烟,此举解除了他们的顾虑,开始采用船牌卷烟纸。

民丰造纸厂生产的船牌卷烟纸,在东南五省享有声誉,对于抵制外货、促进民族工业发展起到了积极作用。卷烟纸供不应求,为了满足市场需要,工人改三班制,每班八小时生产,逢节日加班加点。随着卷烟纸产量不断增加,造纸原料用黄麻、破网、夏布等麻织物，依靠蚌埠供应。为了就近解决黄麻供应问题，金润庠在嘉兴购地两百亩，设场试种黄麻。抗战胜利后，他又聘请三位浙大农学院毕业生主其事，在杭州笕桥设立示范麻园，并购置黄麻良种，在附近推广种植两万余亩，从而保证黄麻供应，使生产步入正常。

1937年上半年，竺梅先和金润庠通过董事会，制订民丰、华丰两厂扩大生产规模计划，民丰厂再增资一百七十五万元，连同原有资本共计三百万元；华丰增资一百万元，连同旧资共计一百五十万元，融资工作当年6月全部完成，两厂形成规模化生产。

为抗日奔走募资金

1931年九一八事变后，日本帝国主义加紧了对华侵略，而国民党政府坚持不抵抗政策，民族危机顿时尖锐。竺梅先和金润庠痛心疾首，于当年9月29日在上海《申报》头版版面，刊登"全国同胞公鉴"，呼吁抗日，要求对日宣战。他们认为民众均有维护国家之义务及责任，号召全民兴起与日不合作运动，提出了八种方法。11月15日，金润庠与虞洽卿、秦润卿、乌崖琴等宁波商人汇款援助在黑龙江孤军与日奋战的马占山将军。

1932年"一·二八"淞沪战争时，金润庠与竺梅先除在各种场合痛斥日寇侵华暴行外，还募集巨款，亲赴前线慰劳浴血抗战的十九路军将士，捐资创设国际红十字会伤兵医院，救护伤员。金润庠还深夜去前线征询缺需，并动员家属子女参加上海市民义务缝制棉军服的行动。短短一个多月时间，他们在当时的西北路设立伤兵医院，救治伤员五百多人。

1937年卢沟桥事变后，抗战全面爆发，金润庠再次义无反顾地投入抗日救国活动中，于7月22日参加了上海各界抗敌后援会，并与裴云卿、黄延芳一起被选为该会常委，他们为该会声援抗日、募集救国捐款等做了不少工作。上海沦陷后，嘉兴、杭州相继沦陷，竺梅先与金润庠在嘉兴、杭州两地的造纸厂被迫停产。

第二次淞沪战役后，原由上海各界人士在战争初期成立的难民收容所和慈幼院相继结束，大批孤儿重又流浪街头，竺梅先目睹如此情景，焦急不安。他与金润庠商量后，决定创建"国际灾童教养院"，院址选在他的家乡浙江奉化忠义乡楼岙，在群山环抱的泰清山上，由竺梅先担任院长，徐锦华和金润庠任副院长。金润庠协助竺梅先捐募资金，通过各种关系，从上海和宁波运去不少课桌、椅子、练习簿、书本、风琴等教学用具，教养院就这样办起来了，共收养了六百多名孤儿。

华丰、民丰两厂陷入敌手，1939年日商"王子制纸株式会社"想与金润庠"合作"，遭金拒绝。金润庠为了逃避汉奸的多次跟踪暗害，携一家老小，东躲西藏，最后到了重庆。

不久，日商通过日本军队强占了民丰、华丰设备，盗用民丰、华丰名义生产太阳牌卷烟纸。金润庠又转赴香港，租赁两间小屋居住，靠与其子做单帮运输等生意度日。他在香港与官僚资本"中茶公司"挂钩，从宁波运茶叶出口，获利甚巨。他常往返于重庆、香港等地，曾秘密潜入上海劝募抗日美金公债。1941年5月，竺梅先在宁波病故后，民丰、华丰两厂均由金润庠经营，竺梅先的儿子竺培农任助手。

1942年，日本军国主义和汪伪政权为收揽人心，宣布"发还"华东地区一百四十余家大工厂，企图胁迫原厂主"合作"办厂。金润庠的民丰、华丰两厂也在其中，他由重庆回到上海处理此事，但拒绝与敌伪合作。经过多次谈判，最后谈妥由日方签约承租民丰、华丰两厂。金润庠以所得租金在上海开办大同企业公司，经营地产、股票和黄金等投机买卖和卷烟纸贩运业务。

抓机遇振兴两纸厂

1945年抗战胜利后，金润庠立即先行从日本人手中收回民丰、华丰两厂。

纸厂开工，当时舶来品未及赶到，上海各烟厂均用民丰、华丰出产的卷烟纸，一时销路甚广。但好景不长，美国物资大量运到后，孔祥熙的扬子公司大批进口美制卷烟纸，以低价涌进市场，导致民丰产品无人问津，存货积压至六千余箱。金润庠面临危局。

为了扭转局面，金润庠决心充分发挥工程技术人员的积极作用，提高产品质量，多次开办技术员工训练班，培养技术人才。同时采取多种途径降低产品成本，并投资兴办碳酸钙厂，碳酸钙是造纸工业的主要原料，建成后日产碳酸钙三四吨，供两厂自用。

以"谋划造纸工业之改良发展，促进同业之公共利益"为宗旨，1948年10月17日，中华民国造纸工业同业公会全国联合会在上海成立，该会内设理事会、监事会，有理事二十一人，候补理事七人，监事七人，候补监事二人。推举金润庠为理事长，张永忠、马积祚、陈晓岚、刘季涵、金翰、林厥达为常务理事，姚清德、周树华、徐吉瑞为常务监事。

上海解放前夕，国民党政府企图诱骗金润庠去台湾，多方争取，金坚决不肯。最后国民党京沪杭警备总司令汤恩伯派副官把飞机票送到金润庠的手中，要他次日出发。金润庠遂秘密避居圣保罗公寓，第二天汤派人来接，扑了个空，遍寻无着。金润庠在公寓里秘密住了一段时间，至上海解放后才回工厂。

中华人民共和国成立后，人民政府保护民族工商业，华丰、民丰开工生产，积压的八千多箱卷烟纸亦迅速售出。

抗美援朝战争打响，金润庠代表民丰、华丰两家造纸厂向国家捐赠三架战斗机。"一化三改"开始，他多次申请公有化改造，1953年11月民丰、华丰两纸厂改为公私合营。

1955—1956 年，民丰造纸厂迎来又一个历史高峰。为响应"创造新产品，为重工业建设服务"的口号，全厂职工积极投入新产品的试制工作。造纸厂先后试制成功电容器纸、描图纸等近十种产品。这是国内首次电容器纸试制成功并投入批量生产，民丰之光陈列馆至今还陈列"1960 年浙江省委发来的祝贺函"。金润庠历任全国政协第二、三届委员。

1958 年金润庠因患心脏病、糖尿病等多种疾病住院，于 1961 年 6 月 13 日在上海华东医院去世，终年七十一岁。

其家属子女根据金润庠生前"为人民办些福利事业"的遗愿，集其遗产二十余万元，捐献给浙江省工商联，供创办社会主义教育事业之用。

（原载 2020 年 4 月 23 日《今日镇海》第 4 版）

化工大王——方液仙

方液仙，字传沅，小名阿揆，镇海区柏墅方人。1893 年 12 月 1 日（清光绪十九年十月二十四日）生于上海。方家世代经商，在沪、杭、甬及南浔等地经营钱庄、典当、银楼、糖行、南货店、药材店等。仅开设的钱庄有"九裕"（安裕、赓裕、敦裕、承裕等）、"十三康"（安康、瑞康、益康等）之称，达二十余家之多。其父方选青因不善经商，家道遂中落。

热爱化工　创业办厂

方液仙少年时，初在宁波斐迪中学就读，后转到美国教会办的上海中西书院念书。因酷爱化学，经常在学校的化学实验室里做实验。由于对化学的痴迷，拜公共租界工部局的化验师、德国人窦伯烈为师。

目睹清政府腐败无能，频遭外敌欺凌，国内工业凋落后，方液仙遂萌生兴办化学工业，以实业救国的心志。他在上海圆明园路安仁里寓所设立实验室，白天听老师教授，夜间闭门潜心钻研，利用所学到的化学知识进行科学实验。早年曾与友人合资开办鼎丰珐琅厂、龙华制革厂以及硫酸厂、橡胶厂等，大都是国人在国内首创的企业，但均因经营不善，产品销路滞塞，而先后倒闭，但方液仙仍砥砺奋进。

辛亥革命那年，方液仙才十九岁，他独资创办了中国化学工业社（下称中化社），投入资金一万元，他与工人夜以继日奋战在车间，亲自配料、操作，每晚中夜而眠，风雨寒暑不避，试制成功了牙粉、雪花膏、生发油、花露水等日用品，投入小批量生产后，挫折接踵而来。他雇人挑货担上街叫卖，但销路打不开，企业出现亏损，工人工资要发，经济陷入困境，其亲友为之担心，劝他改弦易辙。可是方液仙对实业救国的信念毫不动摇。

1919 年爆发的五四运动，点燃了反帝、反封建的火焰，激励了人民的爱国思想，全国共谋抵制外国货，振兴中国货，给民族工商业带来了生机，同样也给中化社带来转机。商店、摊贩纷纷向中化社订购商品，产品供不应求。1920 年，方液仙叔父方季扬（钱庄老板）见中化社有利可图，乃参加投资，中化社总资本增加到五万元。投资比例方季扬占三成，方液仙占七成，中化社改组为股份两合公司。此时的方液仙审时度势，在河南路设总公司，延聘胡土浩为经理，于广东路设发行所，在重庆路租屋三间作为工厂，并购置槟榔路（今安远路）地基建立厂房，从事制造化妆品及三星牙膏（即后来的第一厂）。又于1923年续建第二厂于星加坡路（今余姚路），专门制造调味粉（观音粉、味生、味母）及酱油精，与吴蕴初的"天厨味精"一起，逐渐将日本货"味素"挤出中国市场。

1928年，方液仙于槟榔路（胶州路以西）再建第三厂，专门制造三星蚊香，附带生产淀粉、酱色等。三星蚊香的主要原料为除虫菊，初时需向日本购买。方液仙认为，日本与中国地理位置相同，彼能种植，我亦应能种植。为了不致利权外溢，方液仙在浙江余杭瓶窑镇及上海北新泾安浪渡设农场试种除虫菊，聘留日农学专家俞试如主其事。当试种成功后，又在浙江临平、温州和江苏南通、海门等地农村推广种植，考虑到菊农缺乏资金及担心赔本，他主动借给钱款，又通过银行向他们提供免息贷款，还与他们订立契约，以不使他们因货币贬值而吃亏，除虫菊收购价以米价折算。菊农因此积极性倍增，种者请求扩种，未种者要求种植，种植面积不断扩大，产量不断增加，终于使原料完全自给，不再向日本进口。蚊香主要原料解决，成本大幅下降，三星蚊香质优价廉，深受用户欢迎，一向独占中国市场的日货"野猪牌蚊香"终于被挤出国内市场，销声匿迹。

随着中化社生产发展需要，1931年，中化社增资到四十万元。1935年，再次增资到一百万元，改组为股份有限公司，成立董事会，方季扬任董事长，方液仙任总经理，方液仙表弟李祖范为经理。1938年，增资到二百万元。到了1939年，中化社又在第一厂附近建立第四厂，制造箭刀牌肥皂，后来还制造甘油、薄荷素油、十二醇硫酸钠、山梨醇等原料，并设立了成品仓库。这是中化社设备最新、规模较大的一个分厂。

在此期间，方液仙为了降低生产成本，实现从原料加工到成品包装一条龙，投资兴办了一批直接为中化社服务的工厂，有生产玻璃瓶及器皿的晶明玻璃厂，生产牙膏软管的中国制管厂，生产碳酸钙的肇新化工厂。至此，中化社初具规模，设备齐全，原材料基本自给，经营管理有所改善，生产成本相应降低，又值"国货救国"声中，产品除在国内销售外，还远销南洋各地，业务蒸蒸日上，成为旧中国日用化学工业规模最大的企业。

当时，中国化学工业社设总管理处，董事长由总经理方液仙兼任，经理李祖范，副经理周筱川，襄理应莳骏、洪绍谕、水启璜、李名正、李名岳、杨梦淞等。下设有六部、三室、九科，职员多达两百多人，而工人不过四百多人。又在天津、南京、青岛、汉口、重庆、广州、香港等地设立了发行所。在南洋各地，则设有专职推销员。抗战期间，在重庆设立分厂。方液仙被社会各界誉为"化工大王"。

提倡国货　抵制日货

九一八事变后，我国处于生死存亡的紧要时刻，在爱国主义精神的召唤下，举国上下抵制日本侵略者，为维护民族尊严奋起抵抗。在经济领域里反对日本帝国主义对我国的侵略，国内爆发以民族资产阶级为主体的捍卫经济权益的运动。方液仙提议"星期五聚餐会"，议定每个月最后的一个星期五与一些志同道合的商人共叙晚餐，大家聚会时交谈工厂的困难，主要是在日本货大量倾销下，中国的产品滞销，资金周转不灵；讨论如何通过相互合作求得解决，共同抵制日货，提倡国货，发展民族工业。

1932 年，鉴于全国人民抗日情绪高涨，中化社总务科长李康年（鄞县人）向方液仙建议："集合部分国货工厂筹办联合商场。"方液仙也有此意向，遂委李康年主持其事。联合美亚绸厂、五和织造厂、鸿新布厂、华生电器厂、中华珐琅厂等九大厂，选出十八种代表性的商品，在南京东路绮华公司原址举办九厂国货临时联合商场，于 1932 年九一八事变周年纪念日开幕。商场设绸缎、布匹、电器等 40 个柜组，推出系列广告标语："提倡国货，是国民的天职。提倡国货，是强国根本。提倡国货，就是团结民众，可以解决民生……"由于提倡国货、抵制日货的宣传以及国货商品本身的质量能与日货相抗衡，从而国货商场顾客盈门，生意兴隆。

方液仙见联合商场业务兴旺，乃萌生创办中国国货公司之志，次年 2 月在南京东路大陆商场（今新华书店南京东路分店所在地）开设上海中国国货公司。由方液仙任董事长兼总经理，李康年任副总经理、主持日常工作。因为人心爱国、商品众多、服务周到、送货上门、广告宣传有方，又采取薄利多销，所以，营业鼎盛。促使当时一向经售舶来品的永安、先施、新新、大新四大公司也不得不销售国货商品，以应顾客需要。

中国国货公司则对经销厂商货物采取寄售方式：每月二十五日结账，月底付款，一般开的是五天期票，有利于供需双方。这样，公司经常的流动资金周转增多了，而厂商因推销商品，宣传国货，等于为本厂产品做义务广告，也乐于支持，对上述付款方式也就不予计较了。同时，对大批发商采取分级累进的经销特约制：一年销货 1 万元以上的，给以 3% 的酬劳，2 万元以上的 4%，3 万元以上的 5%，这样鼓励多销多得。利之所在，大批发商便甘于效劳了。半年后，国货公司又增资 10 万元，并扩充二楼南部商场，营业获得不断发展。从而激发广大民众爱国热情，扩大了国货的销售市场。

随着国货在国人中越来越受欢迎，方液仙又成立中华国货产销协会。为了进一步向外地扩展业务,将国货推向全国,1934 年,方液仙等聘请王性尧（清水浦人）任国货联办处主任，在王性尧的精心经营下，国货联办处在广州、重庆、西安、昆明等大城市建立国货推销网，开展"爱用国货、生产救国"活动，让国货深入人心。

为了进一步向外地扩展业务，将国货推向全国，方液仙与吴鼎昌（南京国民政府实业部部长）、蔡声白（美亚织绸厂总经理）、叶友才（华生电器厂经理）、方剑阁（中华珐琅厂经理）、王志莘（农民银行总经理）、王性尧等人商量，于1937年5月，又在上海创办中国国货联营公司，王性尧任新成立的官商合办中国货联合营业公司副经理。这个公司主要集中原中华产销协会会员厂商的货物，向外地推销，是个联合销货机构。先在南京、广州、西安、昆明等大城市建立国货推销网，开展"爱用国货、生产救国"活动，让国货深入人心。接着，进一步在青岛、镇江、重庆、贵阳、桂林、汉口、成都、长沙等地先后设立中国国货公司，对发展弱小的民族工业发挥了积极的作用，将国货推向全国，促进民族工业的发展。

支持抗日　惨遭暗杀

方液仙是个富有正义感的商人，九一八事变后，他对日本帝国主义的侵略非常愤慨，深感国家屡弱、国力不强，抱有实业救国的理想。因此，他主持的中化社及国货公司业务不断发展，成为日军经济侵略侵华的绊脚石。再加上沪淞两次战役中，方液仙积极支持抗战，救护抗日将士，两次开办伤兵医院，成为日军和汉奸们的心腹之患。

日本为转移国际视线，迫使南京国民政府屈服，于1932年1月28日晚发动进攻中国上海守军的事件。事发当晚，日军突然向上海闸北的国民党第十九路军发起了攻击。十九路军在军长蔡廷锴、总指挥蒋光鼐的率领下，奋起抵抗，击退了日军的侵略。5月5日，中日双方代表签订《上海停战协定》。在这次战斗中，方液仙的中化社内设立"中国红十字会第26号伤兵医院"，救护十九路军受伤官兵103人，鼓舞了抗日将士的杀敌信心和决心。

"一二·八"事变后，受《淞沪停战协定》的限制，中国军队不能在上海市区及周围驻防，市内仅有淞沪警备司令杨虎所辖上海市警察总队及江苏保安部队两个团担任守备，兵力薄弱。1937年8月13日，日本帝国主义为扩大侵华战争，再次在上海制造军事事变。国民党淞沪地区的军队与侵华日军大规模会战，战斗激烈，中国军队勇敢而坚强，以血肉之长城，抗拒日军之炮火，所有官兵视死如归，前面的倒下去，后面的就赶上去，与日军展开街垒战与肉搏战，个个奋勇当先。一时伤兵大增，方液仙在上海胶州路旧申园内办了一所伤病院，不仅规模大，还聘请著名外科医生倪葆春主持、全力救治伤病员，又派厂内职工联系护送。淞沪抗战进行了三个月，得到国人的高度赞扬。

"八一三"事变后，上海沦陷。方液仙在上海是商界领袖人物之一，举足轻重。

于是，利诱威胁纷至沓来。有来谈"合作"的，有来商议租用出让机器设备的，形形色色，不一而足。汪精卫傀儡政府袍笏登场，想拉拢方液仙加盟。大汉奸陈公博派傅筱庵前来游说。时任伪市长傅筱庵利用乡谊，亲往诱说，以出任伪实业部部长相许，遭方液仙严正拒绝："我是开厂做生意的，当不来大官。"他规劝傅筱庵还是继续搞实业好，不要再和汉奸们同流合污，否则将身败名裂。敌伪政府见软的不行，采用硬的，恐吓信、警告信也日有数起，方不为所动。

方液仙的爱国精神与民族大义不仅惹恼了日本侵略者，还惹怒了汉奸们。1940 年夏，孤岛上海局势日益混乱，恐怖气氛一日比一日严重，方液仙深居简出。7 月 25 日，方液仙因蛰居多时，耳目闭塞，打算去附近几个工厂看看，便于上午 9 时从星加坡路寓所驱车外出，甫出门，就遭埋伏在附近的四名暴徒突然袭击，先打坏汽车轮胎，枪伤保镖一人，再打伤了方液仙，又把方液仙掳到预先停放在路边的汽车上，一声呼啸，向越界筑路方向仓皇驶去。事发后，方氏家属起初当作强盗绑票，要勒索一笔巨款。过了好几天，仍然音信全无，下落不明，这才明白是日伪精心策划的一件阴险毒辣的政治谋害案。爱国实业家方液仙遇害时年仅四十七岁。

方液仙之死，是民族工业和国货业的巨大损失。如果不是战乱和汉奸的暗杀，凭方液仙的经营才能、国货营销策略，将会成就他实业救国的理想。

商家翘楚

国货大王——王性尧

王性尧，原名师伦，笔名逊卢，号无违居士。1905年1月5日（清光绪三十年十一月三十日）生于镇海清水浦。祖辈为泗列岛的渔民，后父辈移居镇海，其父王栋臣是镇海恒丰山货行的"阿大先生"（即资方代理人），47岁病故，遗下4子6女，王性尧为长子。20世纪30年代初，面对日寇的侵略，上海掀起提倡国货、抵制日本经济侵略的运动，并且推广到全国各地。王性尧曾是当年上海滩提倡国货的得力人物。由于他卓有成效的开拓性工作，上海先后成立的中国国货公司、国货介绍所全国联合办事处、中国国货联营公司。他在全国的国货运动中发挥了非常重要的作用，被誉为"国货大王"。

投身国货运动

王性尧自幼聪慧好学，初由父开蒙，识字并习珠算。9岁入当地的时中小学学习，各课成绩名列前茅。小学毕业后，因贫而辍学。幸好，他母亲的姑母是汉口的有钱人，于家中自设私塾馆，专聘名师教育子女。15岁的王性尧即赴汉口附读，他学习刻苦，两年后便达到了相当于高中的文化程度。

1921年，王性尧经其姑丈公介绍，到北京泉统银行当练习生，工作勤勉认真，并自学英语，后因劳累过度而咯血，乃返家养病。1924年由亲戚介绍，赴上海荧昌火柴公司当文书。几年来省吃俭用，有了一点积蓄，1927年由该公司经理朱子谦介绍，投资大华科学仪器厂（中华人民共和国成立后改称大华仪表厂），任秘书，后当选为董事。1930年，火柴生产过剩，外货又大量倾销，为应付这种状况，荧昌公司与鸿生、中华火柴厂三家于7月合并，成立大中华火柴公司，王性尧任总务科副主任。他为人信实可靠，又善于处理各方面的关系，在公司颇有好评。

九一八事变后，日货充斥我国市场，民族工业受到很大打击，金融界资金周转不灵，面临很大困难。为了打开国货销路，抵制日本的经济侵略，1932年3月，中国银行总经理张嘉璈（字公权）邀集一些国货工厂的代表，成立了"星期五聚餐会"。这会每星期五聚餐一次，共同研究抵制日货，提倡国货，对如何推销国货工作进行商讨。王性尧代表大中华火柴厂参加了聚餐会。

随着"星期五聚餐会"规模的不断扩大，聚会代表对抵制日货、推销国货工作达成了共识，同年8月成立中华国货产销协会。张嘉璈任理事长，王性尧等6人被推举为理事。该会成立之后，由王性尧多方牵头，成立国货介绍所，举办国货展览会。9月18日到9月25日，中华国货产销协会成员9个工厂的产品，在上海南京路山西路口举行联合大廉卖，以纪念九一八事变为号召，迎合了人民群众的爱国热忱，引起社会各界极大注意。群众纷至沓来踊跃购买，盛况空前。

随着介绍所推销国货业务的扩大，中华国货产销协会抓住这一机遇，考虑把这种推销方式长期地固定下去，决定筹建中国国货公司全国联合办事处。1934年1月，国货介绍所改组为国货公司全国联合办事处。张嘉璈认为需要有一个得力的人员主持业务，遂向以新式管理卓有成效而出名的大中华火柴公司物色联办处主任。大中华经理刘鸿生认为王性尧在工商界颇获好评，又有一定的业务能力，出任不会辱没大中华的名声，便向张嘉璈推荐。当月，王性尧脱离大中华担任联办处主任。

王性尧等人将精心筹设各地中国国货公司的计划，印成小册，附以具体说明广为宣传。首先在中原之地郑州成立中国国货公司，开幕之日轰动当地。郑州所有经销洋杂货、绸布的商店纷纷派人到上海来办国货。并在重庆、福州等地增设分所，举办国货样品陈列室、国货流动推销团等，宣传、推销国货。与此同时，中华国货产销协会举办西北国货流动展览会，在郑州、洛阳、西安、兰州巡回展出，引起社会重视。接着国货联办处又举办昆明国货展览会，随着展览会结束，即在西安、昆明两地组织成立中国国货公司，使上海国货工厂产品不断销往内地和西北、西南地区。

经过两年的奔走，国货联办处在郑州、长沙、镇江、温州、济南、徐州、福州、重庆、广州、西安、昆明等11地设中国国货公司。各地中国国货公司陆续开办，"爱用国货、生产救国"的口号得到各地人民的广泛支持，颇具声势。许多以推销日本货为主的商店觉得国货时髦了，也要备些国货来应市。国货运动推向全国，促进了民族工业的快速发展。

改建联营公司

在国货推销工作日益发展的同时，也出现了货源问题。由于国货联办处向国货工厂办货都系寄销性质，而各地的商号向上海国货工厂办货时，均用现款交易。因此，上海有些国货工厂对国货联办处的办货单拖延日期，或者推托不交，甚至以次货搪塞。而在货价、折扣待遇等方面一般也优待现款交易，轻视寄销主顾。还在各地找到认为殷实的商号要托代理经销，使当地中国国货公司不能直接办货，以致各地公司在业务上受到很大的冲击，便纷纷向国货联办处交涉，要求国货联办处负责解决。

正当王性尧对这一棘手问题感到为难的时候，中国银行内部也发生变故，宋子文以董事长名义控制中国银行，张嘉璈受到排挤，这对国货联办处来说，显然是更为严重的打击。王性尧意识到，中国银行联络国货界人士，提倡国货以及支持国货联办处，筹设各地中国国货公司等工作，是张嘉璈的主张，现在宋子文排挤了张嘉璈，显然不会维持他的主张。因此，王性尧深感面临的问题已经不仅是具体困难能否解决，而是前途存废的威胁了。他及时召集国货联办处董事，经过反复研究、讨论，决定紧缩开支，暂时保守观望。事隔不久，中国银行虹口办事处通知王性尧，对国货联办处的透支款限定在 1000 元以内。王性尧十分气恼，国货联办处筹设的 11 处中国国货公司还没有稳固，如因没有经济周转余地而窒息，那么新创设的中国国货公司势必一起垮台。王性尧马上召集董事会，要求各董事每人负 500 元。他对董事们说："国货联办处事业一定要继续下去，即使要结束也不能一口气扼杀。5000 元透支，使我们有周转余地，可以从容安排。我希望尽量不动用这项透支，如果到时候确实无法维持，还不清中国银行的透支，各位董事每人赔 500 元，对公算是提倡国货一场，对私也算尽了一份友谊。"王性尧的一番感慨之言，使出席董事都接受他的要求。张嘉璈也是董事之一，但没有出席那天的会议，过后派人告知，他不在保证书上签名，但承担其中一份款项。

可想，宋子文对国货事业没好感，还含了政治派系内讧中对张嘉璈的打击。于是，许多董事认定国货联办处前途无望，纷纷劝说王性尧趁早结束，但他执意不肯。说："国货联办处的结束，就是意味着我个人的失败。一个青年人初出茅庐，做第一桩事情就失败了，以后还想做什么呢？"这充分体现了他高度的事业心。由于许多董事对国货联办处失去信心，王性尧与他们之间的矛盾渐渐显露，工作困难日渐增加。只有张嘉璈支持他，叫他维持下去，以待时机。王性尧一方面紧缩开支，另一方面逐步收回各地中国国货公司的垫款，做长期打算。

1936 年上半年，张嘉璈任国民党政府铁道部部长，吴鼎昌任实业部部长，王性尧与吴鼎昌关系不错，觉得机会来了。他将国货联办处业务发展过程做了统计图表和说明，并草拟集资本 100 万元成立中国国货公司中心组织（投资公司）的意见书，托人转交给吴鼎昌，请求政府支持。10 月，吴鼎昌派人到上海通知王性尧，国民经济建设委员会决定成立中国国货联合营业公司，资本额 200 万元，分 2 期收取，由政府投资 1/3，其余在金融实业界招募，以企业投资为限，不接受个人投资，具体计划已经行政院通过。此计划内容绝大部分都是采纳王性尧草拟的意见，王性尧十分高兴。

不久中国国货联营公司筹备委员会成立了，王性尧等上海工商界闻人被聘为委员，经王性尧多方奔走协商，官商中国国货联营公司于 1937 年 5 月 17 日在上海天津路 24 号正式成立。吴鼎昌从南京专程抵沪主持开幕式。国货联办处的全部事务移交国货联营公司接办，王性尧任副总经理，后由王性尧负责主持。他在国内外各重要城市，很快筹设 10 多处中国国货公司，进一步扩大国货推销网，国货运动再现生机。

保持民族气节

国货联营公司开办后，好景不长，七七事变发生后，又爆发八一三战争，上海沦陷后，各地国货公司纷纷停业。王性尧离开上海，奔波于川、贵、桂各省，领导联营公司继续从事后方物资运输及开展西南地区的国货活动。12 月，王性尧从汉口到重庆，改组重庆中国国货公司，并与四川宝元通合作成立成都中国国货公司，旋即他又往贵阳筹设中国国货公司。1938 年 9 月，随着日寇侵略，大批土地沦陷，民众抗敌的情绪愈加高涨，爱用国货的心情愈加迫切。王性尧抓住时机，在桂林、广州湾、香港、新加坡等地成立中国国货公司，为国货出口外销业务的发展做出巨大贡献。

1939 年 1 月，中国国货联营公司迁往重庆。那时，上海与重庆的物资运输仅靠几条内地路线，交通十分艰难。中国国货联营公司遂在重庆成立西南业务处，上海改设办事处，办理机械制造品内运、土产品外销业务。由于交通闭塞，后方日用品异常短缺，加之物价连续暴涨，国民党政府经济部成立"平价购销处"，拨款 500 万元，委托国货联营公司在上海组织代办大批日用品运往后方，供应市场。王性尧决定停止国货联营公司本身业务，全力承办。

1940 年底，因国民党政府内派系斗争，发生"农本局查账案"。此事纯系特务头子戴笠联合孔祥熙系统的徐堪，故意打击翁文灏的把戏，并牵涉到国货联营公司。王性尧和经济部（即原实业部）所属几个机构的负责人，一度在重庆被拘禁。被释放后，王性尧便决心改组联营公司，脱离政府控制。次年 5 月，联营公司的官股全部退出，中国、交通、新华三家银行承接了这些股份，联营公司恢复为商办。12 月，太平洋战争爆发，上海租界亦为日本帝国主义所侵占，联营公司在上海的处境十分危险，因而收起招牌搬到僻静处，以商号的名义，搞秘密运输，向内地输送布匹、日用百货等紧缺物资。

王性尧因病在上海闲居在家，日本人为了利用他的声望，多次引诱拉拢，请他出来主事，均被拒绝，并规劝亲友拒与敌人合作。他不愿做汉奸，整天闭门不出，在家写字、画画、学唱昆曲，保持了一个爱国工商业者应有的民族气节。但联营公司的活动不久便为日方发觉，王性尧于寓所被搜查后，再度逃往内地。

抗战胜利后，联营公司迁回上海，王性尧仍任公司协理。在美国货泛滥的冲击下，国货生产和销售都受到了变本加厉的打击，再加上通货恶性膨胀，货币剧烈贬值，王性尧为了保住联营公司，从推进各地国货公司业务转而从事运销业务，在各地成立办事处运销机制品及土产。

1949 年 5 月上海解放，华东军政委员会贸易部派军代表参加了联营公司董事会，王性尧任副经理，1951 年任总经理。1956 年 1 月，联营公司与其他 35 家外贸单位合营，成立了上海公私合营国际贸易工业品公司（即现在的上海轻工业品进出口公司）。

中华人民共和国成立后，王性尧历任上海市工商联副主任、全国工商联常务委员、中国民主建国会中央委员、民建上海市常务委员等职，当选为第一至三届全国人民代表大会代表，第一至五届上海市人民代表大会代表，第一至四届上海市政协委员、常务委员。1968 年 6 月 17 日，王性尧不幸去世。

煤业大王——谢蘅窗

谢蘅窗（1875—1960），原名天锡，又名德丰，江南胡家洋人（现属北仑）。幼失怙，家贫，早年赴沪学煤业，工于经营，后自行开设煤号，又任法商行买办经营煤业，与人合伙投资汉冶萍等煤矿，成为沪地著名煤商，名声显赫，被同业称为煤业大王。

沪上煤业大佬

谢蘅窗 16 岁离乡赴沪，在上海同益煤号做学徒，满师后主管店务。不数年，他在英租界金隆街创设裕昌煤号，以承包铁路用煤为主，后迁至北苏州河路。1912 年，谢蘅窗盘进上海虹口有恒路桥的店面，设立老永昌煤号。当时，宁波和丰纱厂、永耀电气公司、三北小轮船、甬绍段铁路局等企业也需要用煤，他又在宁波设立分号。以后又逐渐在无锡、南京、汉口、宜昌、重庆等地设立分号，业务日益扩展。

法商立兴洋行得知谢蘅窗在上海一带有销煤渠道，聘请他出任进出口买办，该行专门经营越南鸿基无烟煤，无烟煤主要用于生活。为打开生活用煤销路，谢蘅窗从国外订购一台萨拉大炉，先为旅居上海的侨民家庭提供暖气，后逐步用于生活用煤。他在立兴洋行任职时间长达 10 余年，博得洋人信赖。有了资本，谢蘅窗与人合伙投资煤矿，他在汉冶萍、贾汪、六河沟、华东、长兴、博山等矿业公司都持有股份，任董事、监事等职务，并独资在江西乐平县设立鄱乐煤矿公司，亲自主持勘测、筑矿和开采，其经营规模可同外商相抗衡。

面对外货竞争，1914 年上海总商会会董会议上，谢蘅窗提出《补救工商业意见书》，认为近年来上海商业危机迭见的原因是"实业未兴"，必须"从速补救"。他提出振兴实业三大策略：调查商业状况，提倡各业的组合，设立国货之销用机关。他提出实行各业内部商人的联合，改变商场上互相倾轧的形象，使同业中人"因势利导""相互提携"。华商同业公会整合同业，使之组合起来，避免同业过度竞争，共同应对外商外货的巨大压力，促进上海民族工业的兴起及发展。谢蘅窗在同业中声望日隆，1915 年被推选为煤业公所总董，韩芸根、魏鸿文 2 人为董事。

1921 年，煤业公所票选韩芸根为总董，谢蘅窗、杜家坤、魏鸿文 3 人为董事。1927 年春，当北伐战争推进到长江沿岸以后，国民党控制了上海局面。国民党上海市党部打压上海总商会，组建上海特别市商民协会。煤业南、北市同业公会推谢蘅窗等 21 人为商民协会煤业分会筹备员，谢蘅窗当选为商民协会煤业分会会长。

1929 年 12 月，谢蘅窗与韩芸根、段芝晋等合资开办淮南煤矿，组建华商大通煤矿股份有限公司。经过公司董事会选举，韩芸根当选董事长，谢蘅窗、段芝晋当选副董事长，董事会由韩芸根、谢蘅窗、段芝晋、夏履平、朱用和、伍渭英、林庚臣等 13 人组成。董事会任命夏履平为总经理，朱用和、张子彦为副经理，顾松龄为襄理，另设监察 3 人。同时，公司董事会通过《华商大通煤矿股份公司章程》，对公司组织机构进行了调整，除总公司外，矿厂下设设计科、事务科和工务科等科室，总事务所设于上海博物院路 W22 号，矿区所在地安徽怀远县。在国民政府工商部正式注册，领取了由工商部部长孔祥熙、商业司司长张轶欧签章的营业执照。公司注册资本（国币）140 万元，计 14000 股，每股 100 元。

抗战全面爆发后，上海各行业公会、各区市民会、各国货团体、各同乡会以及机关学校等 500 多个团体组织召开大会，宣告成立上海市各界抗敌后援会。该会以"本中央既定方针作抗敌后援，共谋完整国土、复兴民族"为宗旨，谢蘅窗为上海市抗日后援会成员，积极投身抗战活动。上海沦陷后，他只身赴港，转经汉口到达重庆，继续从事煤炭生意，支持内地的民族工业发展。

抗战胜利后，日伪时期的上海特别市煤号业同业公会解体，煤业恢复抗战前的同业组织，召开第三届会员代表大会，选举新的理监事，选举结果是：谢蘅窗为理事长，潘以三、鲍哲芗、陈渭滨、叶晋荣为常务理事。1947 年，由于燃科管理委员会一度分配较久，行情告急，公会公推谢蘅窗、潘以三等为代表赴南京请愿，要求政府指拨煤源，放行采运外地小矿上煤，以救济煤荒，解救煤商整个待业的困境。1948 年全市民生用煤告急，谢蘅窗、叶晋荣、陈玉书代表上海煤商业同业公会向国民党政府陈述上海煤业困难，要求增加民生用煤配额，解决人民生活所需。

谢蘅窗除了经营煤业外，1916—1918 年间，他先后与朱葆三等人一起投资创办的轮船公司，有镇昌、顺昌、同益三家商轮公司，分别航于长江和南北沿海。1919 年谢蘅窗与沈联芳等人共同出资 8 万承租日晖织呢厂，还开设鼎新裕府绸厂、三星织布厂、元昌丝厂、大昌蛋厂、和兴化铁厂等。

富有爱国情怀

谢蘅窗是一位富有爱国情怀的商人，在辛亥革命和上海光复前，他与上海一些商人已投身革命，为革命党人提供秘密活动场所，积极参加募捐，为辛亥革命和上海光复运动筹集活动经费。

辛亥革命前后革命党人的最大困难是资金，当时旅沪的宁波帮商人纷纷给以大力支持。虞洽卿与袁恒之、胡寄梅发起成立节费助饷会，呼吁商民全力支持，指出："两月以来，武汉一隅，相持不下，军需饷项，万分迫促，尤为岌岌可危之势。于此不为援助，万一大局瓦解，有噬脐之悔。"参加国民自助会的各业董事有煤业董事谢蘅窗、面粉业董事李云书等宁波帮人士，均亲自担任劝募人员，为革命军筹集经费。宁波商人控制的上海商务总会曾为军政府垫银180万两，其中120万两系充宁沪杭及扬州军饷。上海光复前的起义军所需的经费，特别是起义最初两日，军饷全部由四明银行与信诚银行两行承担。当时《民立报》载"上海光复前后九月十三、十四日所发的军饷，大半由该两行所输出"。

1911年10月10日，武昌新军工程营打响了"首义第一枪"，推翻清朝帝制的革命风暴迅速席卷全国。消息传到上海，以陈其美为首的同盟会联络了以李燮和为首的光复会，以及以李平书为首的上海商团，决定响应起义。11月3日下午2时，上海起义部队集聚南市九亩地，举行誓师大会。随后，兵分两路，一路由陈其美率敢死队攻打江南制造局，另一路由李显谟率领商团攻占上海道县衙门。商团攻防有序，到下午4时，各城楼均悬挂大白旗，城门均有商团把守。到晚上8时，整个上海县城均为商团所占，社会秩序稳定。11月4日宣布起义胜利。

上海光复后，孙中山坚决表示赴上海组建政府。12月25日晨，孙中山所乘英邮船驶抵吴淞口。在王志鲜编著的《孙中山上海史迹寻踪》中，谈到与孙中山相关的第一个上海足迹便是吴淞口："吴淞口位于宝山区吴淞街道和浦东新区高桥镇之间，是黄浦江流入长江之处，宽约800米。在古代，是吴淞江汇入长江的地方，因此叫吴淞口。自1843年上海开埠以后，吴淞口一直是外轮进出上海的必经之路。孙中山在所乘轮船上开展秘密活动，会见革命同志，吴淞口成为孙中山在上海从事革命活动的重要地点之一。"

谢蘅窗十分崇拜中山先生，听说先生要来上海，他与黄宗仰等人向宁波轮船公司商借"江利轮"，悬挂两面革命旗子，于12月24日提前到达吴淞口迎接。当日清晨，沪军都督府已派参谋沈虬斋率领"建威"军舰前往吴淞口迎接，由于那天是阴雨天气，细雨绵绵，海边雾气很重，以致该军舰竟然没有发觉孙中山搭乘的英邮船经过，幸好有谢蘅窗船只迎候领航。前往码头迎接孙先生的有沪军都督陈其美、民政总长李平书、商务总长王一亭，还有在上海的同盟会领导人黄兴、宋教仁等。据当时的资料记载，孙中山抵沪当日，受到上海各界人民的欢迎，上海三马路外滩、海关码头上站满了欢迎的人群，全市在欢腾的气氛中，各街道均悬旗以示欢庆，上海军政和各界人士分别召开欢迎大会。

抗战爆发后，民众宁做战死鬼，不当亡国奴。谢蘅窗有三个儿子，分别叫谢伯年、谢椿年、谢永年，都是黄埔军校毕业生，他鼓励三儿子参加了远征军第二次赴缅作战。

致富不忘公益

谢蘅窗热心社会公益事业。他在上海参与创办普善山庄、延绪山庄、闸北救火会、上海妇孺救济会、儿童福利会、四明公所、红十字会等，为慈善事业慷慨解囊。

普善山庄和延绪山庄，与上海四明公所一样，是一些有钱人创办的专事收殓马路上尸体的慈善机构。旧时的上海滩，许多穷人过着衣不遮体、食不果腹的贫穷生活。那时一些贫民流落在上海，一夜北风起，因饥饿和寒冷冻死在街头，弃婴的尸体在街上到处可见。于是，民国初，由沪商王骏生、李谷卿等捐资，在闸北地方建起了普善山庄，取其"普善"之名，是想穷人死后有一个安然的去处。一些上海闻人王一亭、虞洽卿、杜月笙、黄金荣、王晓籁等也挂名为山庄的董事。山庄建立以后，发展迅速，规模较大，影响广泛，不久就成为上海市最大的慈善团体。初购荒地9亩，后扩充至50多亩。办义学于彭浦乡、设普善医院于新民路、设分庄于南市西门外斜桥、增置义冢地800亩。

延绪山庄在宝山境钱家塘。《三建延绪山庄碑记》载："上海负海襟江，四达之地，平畴旷野，无山林丘壑。开埠以来，几及百年，万国辐辏，庐舍栉比，尺寸之地，人与鬼争，公墓后起，卑易及泉，其它殡宫，或限疆域，或昂其赁值，终莫若山庄便。然则迁而新之，其乌可已耶？前之董之者，叶君澄衷、唐君茂之、何君天生、朱君葆山、何君瑞堂、刘君东峰、陈君世澜、费君鸿生、阮君可均、俞君文焕、赒君绍贤，而首为之倡者，戴君运来也。今兹役（事）则项君如松、费君鸿生、严君子均、谢君蘅窗、袁君履登、董（君）杏生，而戴君耕莘躬其劬劳、济其匮乏（于）于始终之。前后诸君皆江浙巨商，而耕莘者，运来先生子也。呜（呼），诸君首仁踵义，愈远弥劢，而耕莘（其）匮，丕光前休，皆混足以矜式天下，照于来许，故乐而为之书。山庄前后所建皆在宝山境，旧别有义冢田四十亩，亦在宝山境之钱家塘，宝山与上海，地伏牙错也。"

谢蘅窗重视家乡教育事业。1918年5月15日上海《申报》题为《巨商热心兴学》报道："镇海谢蘅窗，沪巨商也。凡遇到地方公益、慈善之举，靡不慨输巨款，对于桑梓教育事业，尤尽力提倡。民国前六年时，乡间学校尚稀，谢君在鄞镇交界梅墟地方，独出巨资创办求精国民小学，越年复添设高小部。历年成绩卓著，入学者舍不敷，去冬出资万余，建筑西式校舍。而谢君尤以本乡各处未获教育普及为憾，今春复择地设立分校十所（已成立者八所），以宏造就。热心学务如谢君者，就之社会中，诚不易觏也。"

据《镇海县志》记载，谢蘅窗先后创办7所国民学校，几十年如一日，免费供学生就读。其中有5所学校有记载：求精学堂，创于1908年，民国改求精国民学校，在梅墟西方寺旧基上，筑有西洋风格的校舍，后改为梅墟乡中心学校；求精第二国民学校，创于1915年，地址在胡家洋村，后改为江南乡新建小学；

求精第四国民学校，创建于 1917 年，地址在石罾村太平庵旧址，有田 34 亩，山地 6 亩，后改为枫林乡大石门小学；求精第五国民学校，创建于 1918 年，地址在顾家桥村，校舍系宝镜庵西廊改设，后改为枫林乡中心学校；求精第七国民学校，创建于 1918 年，地址在王家漕村，并在甬江边围塘 800 亩，作为学校校产。

谢蘅窗对家乡的公益事业都慷慨解囊，如宁波建四明孤儿院、育婴堂、造桥、铺路、办医院等。晚年息影家园，直至病故。

钢铁大王——余名钰

余名钰（1896—1962），浙江镇海大市堰人。出身书香门第，毕业于清华大学，后去美国留学获硕士学位。在抗战时期，被称为"钢铁大王"。他研制出中国第一台炼钢电弧炉，出版了《贝氏炉炼钢》和《铸铁》等专著，为我国钢铁事业的发展做出了卓越贡献。

出国留学　学成回国

民国六年（1917），余名钰从北京清华大学毕业后，认为中国应有自身的冶炼业，依靠外来供应是"国家的大损失，亦是民族大危机"。于是决定学习国外先进科学技术，赴美国加利福尼亚大学留学，主攻冶炼专业，民国七年（1918）获得硕士学位。余名钰是一位求真务实的实业家，他在美国留学时期，主动到加州等地矿区工作，任实习工程师，学习人家的先进管理经验以为己所用。

回国后，余名钰曾任黑龙江关都金矿、江西安福煤矿、安徽宣城煤矿、云南东大铜铅矿工程师，在云南私立东陆大学（云南大学前身）执教，任化学系主任。民国十九年（1930）3月，赴浙江丽水县，任县长。丰富的社会阅历，为其以后的发展打下坚实的基础。

民国十九年（1930）8月，受垦业银行行长梁任南邀请，余名钰辞去丽水县长职务，离任来沪，到上海南昶铜厂任工程师。铜厂的工作是利用中央银行熔化银币提银后的下脚料，炼铜轧材。民国二十二年（1933），余名钰与有姻亲之谊的方九霞银楼股东方文年（柏墅方人）等人出资，股本总额为50万元，分为5000股，每股100元，一次性缴足，在上海杨树浦路创办了大鑫钢铁厂股份有限公司。由留学美国的方文年之子方子重任厂长，余名钰任总经理兼总工程师。

在余名钰、方子重的带领下，大鑫钢铁厂9月正式投产，主要生产小钢锭和铸钢、铸铁件。当时，上海江南、瑞镕、耶松、合兴等各造船厂，上海美商电力公司、法商水电厂、英商公共汽车公司、公共租界工局等中外厂商机构所需的机件材料，都向大鑫钢铁厂订购。京沪、津浦、陇海、粤汉和华中一带铁路所需的材料，亦大多数由大鑫钢铁厂供应。大鑫钢铁厂还有一部分业务是协助上海、金陵等兵工厂制造国防需要的材料，工厂生意红火。由于需求量的不断增加，产品供不应求。于是大鑫钢铁厂加大投入，进一步扩大生产能力，引进国外先进的电炉炼钢技术，自制轧钢机，实现炼钢、炼铁、轧钢一体化生产。大鑫钢铁厂注重产品质量，深受用户欢迎，逐步成为上海乃至全国实力浓厚的钢铁厂。全面抗战开始，钢厂内迁重庆。

抗战胜利后，余名钰于民国三十五年（1946）回到上海，得知大鑫厂没有迁移的资产在上海沦陷期间落入日商之手，后被国民政府接管，几经申诉，获准由其租用经营。同年11月，余名钰以后方复员工厂——渝鑫钢铁厂的名义，享受优惠待遇承购了敌产日亚钢铁厂，成为该厂的业主。民国三十六年（1947）1月，受聘于官商合办的上海钢铁股份有限公司任总经理。同年6月，上海市钢铁炼制工业同业公会成立，又被推举为理事长。民国三十七年（1948）8月，国民政府以政治力量强制限价，身兼数职的余名钰在其自营、经营、维系的有关企业都陷入困境之际，遂在上海市社会局召开的同业公会负责人谈话会上直言陈词，斥国民政府为"发展工业的克星"。

中华人民共和国成立后，余名钰为清偿过去欠交的钢材，于1950年5月出让日亚钢铁厂产权，改组为益华钢铁厂，任该厂总工程师。同年8月，受中央重工业部之聘兼任钢铁工业管理局顾问。1951年，余名钰受王震邀请去新疆办钢厂。

1955年，余名钰又从新疆被调回上海，指导公私合营大发铸铁浇钢厂，将2座2吨酸性转炉改造成为涡鼓形碱性转炉，成功地投入生产，开上海钢铁工业发展涡鼓形碱性转炉炼钢之先河。1957年3月他出席第三届全国政协会议，在科技界委员的会议上作《关于转炉炼钢两建议》的发言，刊载于《人民日报》。1958年，上海大批建造的涡鼓形碱性转炉，成了这一时期上海钢产量高速增长的主力军。

抗战时期　内迁重庆

1937年8月，日本军国主义将上海作为战争第二策源地，大规模侵略东南沿海地区，国内时局日益严峻，地处虹口的大鑫钢铁厂早已被日本人盯上，日本人"以利相诱"，要求与之"提携合作"。余名钰是一位有爱国主义精神的实业家，不愿以厂资敌，"自念抗战关系国家存亡，吾人不容置身事外，坐视民族之沦亡"，断言拒绝日军的要求。

余名钰就"鉴于日侵略日见露骨，国势将酿成巨变"，为保存工厂资产，曾谋划"将部分炼钢设备与两个合作厂龙潭水泥厂和公大机器厂迁于南京浦口之间，万一战事起而发生沪厂被毁，尚留有南京厂可资生产"的计划。七七事变突起，他不得不决定将钢厂内迁。

大鑫钢铁厂是国内第一家呈请内迁的企业。8月5日，余名钰向国民政府资源委员会正式提交申请内迁报告。在呈文报告中字字饱含共赴国难之情，体现了余名钰坚定的爱国主义精神和强烈的社会责任感。因为钢铁是兵工厂生产的必需原料，国民政府十分重视钢铁企业内迁，大鑫钢铁厂的请求得到当局的迅速回应。8月9日，资源委员会向行政院提交《补助上海各工厂迁移内地工作专供充实军备，以增厚长期抵抗外侮之力量案》，其中涉及补助上海大鑫钢铁厂搬运费10万元，并供给购地、建筑费20万元。后因战事起，此项款没有及时领到。

"八一三"淞沪会战爆发，日军迅速占领虹口一带，交通断绝，设备资产无法转运。余名钰计划将大鑫钢铁厂的资产交由德国人孔士德代为保管，假借买卖方式，并设法改写申购年月，向德国领事馆登记，利用各种途径，雇用人员先将钢铁厂重要设备和资产转运到法租界。

在日军的严密监视下，将大量的冶炼设备迁移转运，其艰险程度可想而知。8月28日，大鑫钢铁厂设备资产从苏州河运出上海。在余名钰的带领下"吾人经半月余共同努力，俟器材与人员于9月7日达镇江转装轮运，卒于9月16日抵汉口，圈定武昌红山簸箕山基地50亩为厂址"。内迁到汉口后，不久，南京沦陷，被日军占领。战事吃紧，万一江阴失守，敌舰直逼武汉，恐颇有危机，国民政府发出"一切工业必须移到重庆大后方，方以保安全"。1937年11月，大鑫钢铁厂奉命令迁到重庆，余名钰颇感人地生疏，无法立足，"于是一方商洽运输，一面电询川中情形"，谋求与本地合作。当时，四川民生实业公司总经理卢作孚表示愿意合作，与民生公司和金城银行合资组建了渝鑫钢铁厂股份有限公司，公司主要股本出自卢作孚、余名钰、郑壁成、方文年等人，经股东大会选举，卢作孚为董事长，余名钰任总经理兼总工程师，董事为郑壁成、郑东琴、王毅灵、方子重、余名铨。董事长卢作孚并不直接参与公司的管理运作活动，实际上由总经理余名钰全权负责。

民生公司本是长江唯一的航运公司，能够帮助解决运输问题。但战事紧急，一切船只必须服从军运，民生公司也帮不上忙。为及时将武汉的设备运到重庆，余名钰便筹划驳船及两艘拖船装载，将冶炼设备由武汉运至宜昌，抵至宜昌后交民生公司运至重庆。1937年12月27日，大鑫钢铁厂冶炼设备分5批向重庆迁移。迁运货物共计728吨，主要设备炼钢炉4座，车床16台，刨床7台，钻床7台，铣床1台，马达（电动机）42台，以及一大批原料。

余名钰到了重庆后，经过20多天的奔波，厂址选址在江北土湾（今为沙坪坝土湾）。随后就因陋就简，建造厂房，安装熔炉，恢复生产。因抗战需要，1938—1939年，主要业务是政府的军事订单，为国民政府提供军火，生产炸弹和手榴弹。后转向民用生产，民国二十八年（1939）夏，城塞局需要钢筋，于是将完成10英寸轧钢机装置安放于江北石马乡分厂，10月试产，11月出产品。以后，又生产各种规格型号的钢筋，如扁钢、方钢、圆钢、竹节钢、螺纹钢等品种，满足社会需要。

随着生产规模不断扩大，渝鑫钢铁厂每年要出 1000 多吨钢、600—700 吨铁，需要 300—500 吨焦炭，重庆的国民政府解决不了。为推动公司发展，遂自办煤矿；为便利获取原料，与矿山合作。渝鑫钢铁厂先后投资及合办了江北石马乡分厂、北碚江家沱分厂、长寿詹坨分厂、彭承矿洞岩铁矿厂、北碚童家溪煤矿、深炭沟煤焦矿、清平炼铁厂、石柱县氟石矿、中国金属制片共 9 个分厂。

渝鑫钢铁厂是抗战时期的主要钢厂之一，拥有 5 吨平炉 1 座，1 吨电炉 2 座，1 吨贝司麦炉 2 座，3 吨熔铁炉 5 座，并拥有各种钢机，员工达 2000 多人，每月生产灰口铁 140 吨，钢锭 150 吨，钢品 100 吨。1939 年至 1945 年，共炼钢 6058 吨，炼铁 5585 吨，

渝鑫钢铁厂为中国人民抗战事业做出重大贡献，余名钰也成为钢铁界的知名人物。1942 年 1 月 14 日，周恩来与冯玉祥参观渝鑫钢铁厂，周恩来题词："没有重工业，便没有民族工业的基础，更谈不上国防工业，渝鑫钢铁厂的生产已为我民族工业打下了初步的基础。"民国三十四年（1946）国共两党重庆谈判期间，余名钰和其他工商界著名人士一起受到了毛泽东的约见。

应邀赴疆　开办钢厂

中华人民共和国成立后，时任中共中央新疆分局书记、新疆军区第一副司令员、代司令兼政委王震，为建设、开发新疆，谋划修建铁路。修铁路需要大量钢铁，王震决定建立一座钢铁厂。这个钢铁厂，名字带有军事色彩——八一钢铁厂，创办过程也像是一场战斗。王震要办钢厂亲赴上海请陈毅市长帮忙，聘请具有资本家和冶金专家双重身份的余名钰担任八一钢铁厂的总工程师。

余名钰在抗战时期曾经到新疆考察过，对新疆十分了解。1942 年 8 月，蒋介石视察西北，在兰州发表《开发西北的方针》讲话，强调"大家要一致努力，来建设西北"。于是以林继庸为代表，分别对陕西、甘肃、宁夏、青海、新疆等地进行考察，鼓励工厂企业到西北地区进行开发。1943 年 5 月，余名钰奉经济部聘派，随时任新疆省建设厅林继庸赴新筹划钢铁厂。新疆矿产资源丰富，如钢、煤、铁、铅、钼、铋、硼砂、硫磺、石膏、地沥青等。1943 年 7 月，渝鑫钢铁厂与新疆省政府筹备金属冶炼厂，"由新疆省政府拨款投资，向渝鑫钢铁厂订购机件，拟定计划，在新疆建立钢件工业，以供人民之需要"。

1951 年初，余名钰来到新疆。王震亲自到机场迎接，亲自安排余名钰在他办公的新大楼下榻，又为其设宴洗尘。晚上双方又促膝长谈，王震告诉他："新疆驻军的生产已经保证了自给有余，而近 20 万军队的军费国家仍然照发，这些军费的绝大部分均可用来建设，总之，要钱给钱，要人给人，但有一条，必须炼出钢铁。"

王震的热情和坦诚，深深地打动了余名钰。他表态说："这个请你放心，你

准备搞多大规模，先搞个 3 吨的炉子如何？"王震笑道："3 吨？这岂不成了小脚女人，3 吨不行，10 吨也不行，如果目前搞大型高炉有困难，先搞几个小的也行，但总量不应少于日产 150 吨，如果能搞到日产 250 吨当然就更好了。"

听了王震的话，余名钰十分激动，实现青年时代的理想和抱负时间到了，他紧紧握住王震的手说："好了，什么也不说了，我决定献出自己的工厂，而且决心举家西迁，我儿子余宣扬也是冶金工程师，我们父子决心为新疆的钢铁工业奉献自己的一切。"8 月，余名钰将上海益华钢铁厂连同部分职工家属一起迁至新疆迪化（今乌鲁木齐）。

余名钰到新疆以后，王震指示有关部门为他报请国家一级专家待遇，生活上给予他许多特殊照顾。新疆进口第一批苏联胜利牌卧车时，王震亲自指示分给余名钰一辆。当时卧车很少，许多高级别干部都难以分得，一些人对此有些意见。王震得知此事，把这些人找来说："听说你们对分车很有意见，我批给余专家一辆，是因为他能把矿石炼成钢铁，如果你们哪一位也能点石成金，我王震也送卧车一辆。"

就在余名钰全力投入钢厂建设的时候，一件意想不到的事情发生了，有人举报余名钰有杀人罪行。一天深夜，王震只身来到余名钰的家里，他直截了当地问："老余，你要给我讲实话，你杀过人没有？"余名钰表示绝无此事。王震告诉他："我们是朋友，没有此事你就不要紧张，如果确有其事，还是坦白为好。"王震告辞离开余名钰家后，突然又返回，恳切地说："老余，你可要想开点，千万不要自杀啊，那样一来可真的搞不清了。"面对王震的嘱咐，余名钰禁不住热泪纵横，他永远铭记了这个夜晚。此时，是在中华人民共和国成立后的肃反运动时期，这类举报多得很，有人因此而受到镇压，也有一些人受到诬陷而自杀。后来事情调查清楚是诬告，王震还专门请余名钰到家里吃了一顿饭。

1952 年 4 月 30 日，八一钢铁厂一号高炉出铁了，王震亲自来到工厂，和工人们一起迎接在新疆出炉的第一桶铁水。铁水映红了王震的脸，振奋了所有在场人的心。为适应中国矿产资源状况，将高磷生铁炼成合格钢，余名钰就开始研究去磷率高的涡鼓形碱性侧吹转炉，获得国家技术委员会颁发的发明证书。1960 年，他再次到新疆，试炼成用作拖拉机履带的高锰钢，为成批制造农垦机械做出了新的贡献。

1962 年 11 月 30 日，余名钰病逝于北京，终年 66 岁。在农垦部为其建造的墓碑上镌刻着这样的评语："在党和政府的领导下参加创建新疆钢铁企业工作，并在创建中表现了卓越的科学技能和热爱祖国的革命热情。"

（原载 2019 年《宁波帮博物馆》第 2 期）

珍贵片羽

王师真火烧英舰

　　走进镇海口海防历史纪念馆抗英厅，一面黄色大旗引人瞩目，黄旗上方绣有镇海王师真抗英大令旗，中间"统领忠义"四个大字十分醒目。抗英大令旗见证了镇海人民抗击外敌入侵的机智和英勇。

　　王师真，一名师贞，字湛安，镇海五里牌王家人。王师真少好骑射，不为俗礼羁缚。后从文，专心攻读，博览经史及诸家兵法，于数理也颇有研究。其远祖王煦，字本明，宋丞相王旦第十二世孙，元天历年间进士。元统二年（1334）任定海（镇海）县尹。操持廉介，多有惠政，民多称颂。王煦见朝政腐败，一年后退职隐居于县西五里牌村，建祠，造宅，挖池，并在宅前筑石桥，刻"西归"二字寄志。士民题其堂为"仰德堂"，名其池为"碧波池"，以表扬其清廉。后子孙繁衍，为五里牌王氏始祖。

　　1841年英国侵略军攻陷镇海县城，知县叶堃以失城将受议处，欲走小道去省城待罪，在五里牌遇见王师真。王师真对英军在镇海的残暴殖民统治义愤填膺，见叶堃到来，劝其暂留下以谋收复之策，建议组织和领导民众与英国侵略者斗争。在叶堃的支持下，王师真竖起抗英"统领忠义"大旗，组织义军开始对英国侵略者进行打击。

　　英军盘踞宁波之后，数舰停泊在招宝山下甬江口一带。王师真与知县叶堃等人商议偷袭英舰之事，多次派人到东门外港口观察英船停泊情况。1842年4月5日（农历二月二十五日）深夜，天黑人静，除甬江中湍急的潮流冲刷停泊着的英舰而发出的哗哗之声外，万籁俱寂。

　　经过周密侦察的王师真，分水陆两路进军。自己带领数十名熟悉水性的水勇，将数十只装引火物的小舟，由僻港撑至镇海甬江口。时已四更，将头排药船用铁索串联在一起，乘潮退之时悄然驶近英舰，对英舰发起火攻。停泊在甬江口的英舰后尾烧燃，火光冲天，响声震地，英舰上士兵惊起，但闻呼号之声，不及解放舢板，纷纷跳入水中。其余英舰闻声，遂驾大小舢板船前往扑救。王师真即乘势督催勇士们，将后队装有火药小舟继续往前推进，英军舢板船从四面围住小舟进行搜索，触动机关，各船火药立时并发，硫黄药弹上下飞腾，烟焰四起，装有火药小舟与英军的舢板已经掺杂一处，全都燃烧起来，江面火焰一片。此时，另一路埋伏在岸上附近的乡勇，"亦各发火开枪，作为疑兵应援"。舰上英军遥见如此声势，前后左右皆是燃烧船只，又有枪声，疑有无数清军进攻。"逆夷（英军）亦莫能辨认"，不知虚实，唯闻人声鼎沸，即开枪炮，向两岸轰击，其枪炮愈发愈多，复向江面乱击。直至天色将明，乡勇水勇各人完成任务后陆续返回到集合点，王师真清点人马，并无一人受伤，全部安全撤离，抗英队伍迅速消失在黎明前的黑暗中。英军死伤颇多，大为惊慌，不久弃城而逃。

王师真火烧英舰之事，时为扬威将军、往浙江办理军务的奕经与内阁大臣等，马上向朝廷奏折此事，朝廷谕旨："镇海县生员王师真，设法密办药船。亲往督催乡勇。攻烧逆夷，实属勇敢出力，着加恩赏给六品顶戴，并赏戴蓝翎。镇海县知县同知衔叶堃，上年失守县城，本有应得之罪；姑念此次办理火攻船只，焚烧夷船，尚为出力，着从宽免其治罪；仍责令设法防剿，如果始终奋勉，杀贼立功，必当再沛恩施，以昭奖励。"

清廷授王师真六品官职、蓝翎顶戴，传谕嘉赞，知县叶堃也由此免责。王师真以县丞由安徽改福建，奉命催提粮饷，办理延建汀邵防务，沿途留心民俗，熟察地形，并常向朝廷上条陈，提出防务建议，却为当道所抑。且援例晋升县令，因清廷的腐败，他不会趋时附势而辞职回乡。息影家院后，虽寒素，然喜觅法帖，购古砚，勤作书画，与慈溪叶元，定海厉志，同乡姚燮、卢潨生前友好，著述书札公牍散失殆尽，仅存读笔十七篇，禀牍奏稿五篇。

藏羌健儿赴浙抗英记

道光二十一年（1841）9月26日，英军20余艘舰艇，载3000余士兵二犯定海，葛云飞、王锡朋、郑国鸿三总兵，经六昼夜浴血奋战，士兵力战殉国，死难惨重，定海于10月1日再次失守。随后英军攻镇海，招宝山守军奋起抗击，钦差大臣裕谦亲自督战镇远门，当天威远城失守，镇海县城沦陷。英军焚毁县衙、水师营、参将署、演武厅、军械局及大批民房、寺观，搜刮白银、文物及其他财物，至近乡奸淫掳掠。10月13日，英战舰4艘、汽船4艘、舢板数十只，载英兵700余名，直犯宁波城，下午2时，抵灵桥门下，文武官员弃城而逃，英军长驱入城，"甬江市银钱皆为英人所取，城中衙署及祠庙寺观折毁殆尽"。三城失守，急坏了道光皇帝。10月18日，清廷命吏部尚书奕经为扬威将军。20日，又命文蔚、特依顺为参赞大臣，赴浙办理军务，规复三城。

奕经中敌计

按《圣武记》载，奕经言"浙江兵屡衄不可用"，奏调川陕、河南兵6000人。清政府急诏所属地"挑选精兵，前赴浙江军营听候调遣"。奕经是皇室宗亲，成亲王永瑆孙，被清廷命赴浙抗英扬威将军后，于道光二十一年（1841）农历十二月，始抵杭州。前泗州知州张应云献收复三城之策，奕经与文蔚都赞同。张应云以重金购宁波府吏陆心兰为内应，其实陆心兰早被英军收买，成为英国人的间谍，他每日所提供的机密情报都是虚假的。而奕经却十分信任陆心兰，并授其五品顶戴，负责总理前敌营务。

清廷调派的川陕、河南兵络绎抵达浙江，其中川兵引人瞩目。川兵在松潘镇属域之内懋功（现称小金川县）协属大、小金川屯兵和维州（今称理县）协属左营瓦寺士兵1000余人，都是藏羌健儿，由松潘镇总兵裕恒统率，历时3月，抵达浙江抗英前线。奕经见这些士兵个个身体魁梧健壮，头戴虎皮帽，后垂一条长长的虎尾，十分威武，心中大喜，莫非"虎头"之兆签中所说，应在这些人身上，真是天助我也！

原来奕经经杭州，曾去西湖关帝庙求签，占得"虎头"之兆签。当年为"壬寅年"，这些士兵冠虎形，占有虎字。又听说这些将士不畏生死，主动要求打头阵，而且个个勇猛无比，善于作战，使用的虽是鸟枪、头绳枪，可百步之内百发百中。于是，奕经制订了"五虎制羊（洋）"作战计划，决定寅月寅日寅时（农历正月二十九日四更）三路进兵，提督段永福属虎为前军大将，让川兵去冲锋陷阵。他报奏朝廷，获道光帝朱批"伫听捷音"。

奕经自己以兵勇 3000 人扎营绍兴东关，叫文蔚率兵勇 4000 人驻离慈溪 20 里的长溪岭；命提督段永福以兵勇 4000 人屯大隐山，以攻宁波城；命副将朱贵屯慈城西门外之大宝山，以攻镇海城；总理前敌营务张应云（光绪《慈溪县志》载为副将谢天贵）率兵千余屯骆驼桥，以扼宁波、镇海适中之路。由批验大使郑鼎臣（殉国郑国鸿之子）督江南沙民攻定海城。奕经听信陆心兰之言，"宁镇二城守备虚弱，潜师袭之可得也，毋带火器，以警敌人"。但众将反对，奕经却以"火器火箭恐延烧民舍"为由，下令进军时不准随带鸟枪火炮。

英军掌握间谍陆心兰提供的清军全盘行动计划，早已做好作战准备。原来在宁波的兵力只有两三百人，舰艇停泊在定海。得知清军要收复三城，侵华全权代表璞鼎查召集英军将领重新布置作战计划，增加宁波、镇海两城兵力，率 19 艘舰兵 2000 人停泊在甬江一带作为增援，英军做好作战准备，且等清军自投罗网。

道光二十二年（1842）3 月 5 日（正月二十四日），攻定海城自乍浦出洋，船泊岱山一带，欲以火烧英船，在汪洋大海中，火船随波逐流，顷刻自烬，诸帅不复言战。3 月 10 日凌晨（即正月二十九日寅时），攻打宁波、镇海两城兵马冒雨进军。

血流宁波城

阿木穰，世袭土司，大金河千总，加副将衔，获"巴图鲁"勇号，世领朝廷封赐者木塔尔的后代。他与千总阿木穰一起，率大、小金川藏羌士兵支援浙江抗英。从提督段永福攻宁波城，令赴前敌。

宁波古城，周长 2527 丈，城脚宽 22 尺，城上宽 15 尺，城高 22 尺（7 米余），城墙十分坚固。辟有 6 门，东门称东渡门，东北门称和义门，东南门称灵桥门，南门称长春门，西门称望京门，北门称永丰门。各门都有瓮城，瓮城是城门外再围起一圈小城，内置 2 扇城门。英军紧闭 5 城门，独开长春门，等候清军攻城。

段永福在出发前按奕经命令，没有让藏羌勇士们带上鸟枪火炮。部队来到南城下，只见城门大开，难道敌人真的没有防守，随即命阿木穰带藏羌兵百余人由长春门进入，勇士们左手执盾，右手握刀，肩插长竿灯，奋勇向前，直抵鼓楼，路上不见一敌。阿木穰正在怀疑之时，突然地雷火炮四起，中了敌人埋伏，不少藏羌勇士倒在血泊之中。英兵从紫薇街分两翼截击，藏羌健儿们手中没有鸟枪火炮，只能用短兵器与英军作战，阿木穰率余兵左冲右突，由于街道狭窄，藏羌兵陷入进不能攻，退不能守，在进退两难之中，勇士们进行英勇顽强的抵抗，阿木穰所率藏羌兵已被挤压在狭窄巷道内，完全暴露在敌人的枪炮之下，在英军的枪林弹雨下，百余名藏羌勇士纷纷倒下壮烈牺牲，尸体遍地，血流满巷。在被英军包围中，阿本穰带领士兵奋勇杀敌，冲出重围。

段永福自己带队攻西城，队伍来到西城，望京门城门紧闭，英军早有准备，在城楼上架起洋炮，士兵个个荷枪实弹站在城墙上。见清军到来，枪炮齐发，只带短兵器的清兵只能后退，无法攻城。

宁波城战斗打响后，驻防骆驼桥的张应云所率义勇，本为诸军策应，而英军已勾结张应云部下义勇头目，在前二日发生政变，将募集的义勇解散，放下武器，回家种田。因骆驼桥后援部队解散不能增援，英军又出北门企图堵清军后路，段永福只得命令部队撤退。

奕经的愚昧使他一步步走入绝境，把几千将士的性命当作儿戏。

血染威远城

金华协副将朱贵领兵2000人攻镇海城，并以都司刘天保为先锋，游击黄泰率兵500人为后备守大宝山。奕经叫攻城士兵不要带火器，以免惊动敌人；刘天保却力争不可以，乃命士兵带上鸟枪大炮置于隘路。攻镇海城兵分两路：一路由先锋刘天保率兵攻西城；另一路由瓦寺土守备哈克里率领藏羌勇士攻招宝山威远城，截断英军增援，用威远城炮火轰东门镇远门，东西两路夹攻，以收复镇海城。先锋刘天保带瓦寺土守备哈克里火速进军，朱贵自己率兵900人作为后援。

刘天保亲率先锋队500人至镇西城武宁门，月城门上置有城楼，外有濠河架设吊桥，只见吊桥收起，城门紧闭。部将吴祥跃登城楼，望见英军排列大街左右，戒备森严。吴祥从城楼跃下，曰："鬼子有准备。"刘天保马上命300士兵回取大炮，自率200人抬千斤石撞城门，斩断吊桥绳索，撞开城门。英军早已准备，排枪齐发，天保且战且退，至半路遇士兵取炮到，马上点火向英军还击，击毙20余人，英军不敢追击。

另一路由藏羌士兵攻威远城。威远城在镇海城东招宝山巅，明嘉靖三十九年（1560）为抗倭，总兵官卢镗看到招宝山雄踞甬江出海口，与南岸金鸡山对峙，是镇海关隘、甬江咽喉；他认为从招宝山俯视县城，相隔不过数十步；一旦敌人登上招宝山，且置火炮于山顶，县城将不攻而破。就在招宝山巅筑建城堡，以天然峭壁为城基，环山顶筑建，城周长200丈，高2丈2尺，厚1丈，设雉堞160个，盘踞东海门户、甬江之滨，扼江控海，为海防要塞。威远城城门紧闭，英军在城墙上用枪炮向攻城部队射击。

瓦寺土守备哈克里敏捷奋勇，战辄争先，率领藏羌士兵猛攻招宝山威远城，他们矫捷的身影向山上威远城攀登，利用敌人炮火俯射的死角，冒着英军炮火机智勇敢地"揉身而上",敏若猿猴,强入威远城。两军短兵相接,英军在勇猛的藏羌士兵面前抵挡不住,只能四散逃命。停在金鸡山下的英舰,发现藏羌士兵占领威远城,用炮仰击,威远城内的寺庙建筑被摧毁,城墙被炸塌,哈克里所率的藏羌士兵,在英舰猛烈的炮火下纷纷倒下,鲜血染红了威远城。哈克里只好带领少数士兵边战边退,与刘天保部队汇合。

好在刘天保部队带有大炮回击,士兵伤亡不大。部队再次攻城,英军洋枪乱射,洋炮猛轰,因骆驼桥策应部队的义勇被瓦解,而朱贵后援军因风雨夜行军,在山中迷失路径耽误时间,不能及时增援,刘天保自知镇海城难以攻克只能败退。当朱贵军在距离镇海城十八里的妙胜寺处,听到段永福兵败宁波城消息,又遇到刘天保退兵。因英军早有防备,难以取城,文蔚命令朱贵移师慈溪。

血战大宝山

朱贵从镇海城退兵回大宝山,防守慈溪城。朱贵,字黻堂,甘肃河州人。以武生入伍,从征川、陕教匪,剿蓝号贼于卢家湾。贼渠冉学胜伏密箐中,以长矛刺伤主将,贵夺其矛而擒之,勇冠军中。随征出战,屡记战功,道光二十一年(1841),擢浙江金华协副将。因浙东局势紧张,调防宁波抗英。

宁、镇两城反击战的失利,更加助长了英国侵略者的嚣张气焰,英军决定乘胜追击,向慈溪城进军。朱贵向文蔚建议,拨参赞军守慈溪城东夹田桥,与大宝山为犄角,互可增援,牵制英军兵力,但文蔚不予采纳。

大宝山,离慈溪城西南2里,为邑之白虎山。雄然西据,以障风气,位据西兑,故以宝名。3月15日(农历二月初四),英军约500人从大西坝登岸,从山下四面围攻,朱贵与千总阿木穰率部下兵士,用火铳击英军,英军急于求胜,用枪炮猛攻。朱贵向长溪岭文蔚军求救,长溪岭距大宝山不及20里,三次求救,文蔚都没派兵增援。朱贵率阿木穰和哈克里士兵,以一当百,用鸟枪和火铳打退了敌人的一次又一次进攻,"毙敌四百余人"。"再却再进,自辰至申,军中不得食,犹酣战。"英舰又从丈亭江直逼山下,两面夹攻,清军腹背受敌。"贵怒马斫阵,中枪马倒,跃起夺敌矛奋斗,伤要害,乃踣。子武生昭南,以身障父,同时阵亡。"

阿木穰所率的藏羌健儿,经过10多小时的激战,弹尽粮绝,面对冲上来的英军,阿木穰拔出战刀与之肉搏,他们虽遍体鳞伤,血肉模糊,但仍勇猛战斗,最后身中数弹与部下数百人壮烈殉国。

史料对大宝山之役,英方兵力记载不同。按《辛壬识略》载:"大宝山之役,朱贵仅领陕甘兵500人,英人分两路入寇,一轮船至大西坝登岸,400—500人,一轮船从前江入丈亭口驶至彭山浦登岸攻山之背,亦400—500人俟。"《清史稿》载:"敌乘胜以二千人自大西坝登岸。"

大宝山之役,有力地打击了侵略者的野心,英军伤亡惨重。据光绪《慈溪县志》

珍贵片羽

载："英人死者亦数百人，英目巴麦尊毙于炮……安突德伤其一臂，其余英兵死者载以小船返往，埋之定海。闻英人言：自入中国来，此最创深，自是不敢深入云。"

大宝山之役后，宁波人民没有忘记在鸦片战争中英勇阵亡的将士，于清道光二十三年（1843），在慈城镇大宝山西麓，背倚青山，面对慈江，建朱贵祠，祀阿木穰、哈克里等藏羌健儿。

丰碑留梓荫　威望震欧洲
——记抗法名将吴杰

1885年，对镇海人民来说是不平凡的一年。法国政府为推行殖民扩张政策，蓄意挑起侵华战争。腐败的清朝政府，妥协求和，却不能满足侵略者的野心。以孤拔为司令的法国远东舰队，依仗其强大的兵力，由台湾、福建一路北上，逼近浙东，一场中法之战在镇海口发生。抗法名将吴杰威施镇海口，用炮火痛击法国侵略者，镇海人民为其建亭立碑，其故事被后人传颂。

为求生投奔军营

吴杰的身世民国史料都有记载，内容基本相同。根据民国十年（1921）上海聚珍仿宋印书局出版的寒庄文编《吴将军传》载："吴将军吉人，名杰，歙县人，由父金盛始。金盛亡，公才十三岁，家贫无以送死，有富人姜氏，奇公状貌，厚资之，且食于家。时，匪侵犯浙西，旋陷龙游，恨姜氏屡以团勇杀贼，歼姜氏一口，公挟少子握刀突围，跳穷三日夜，几不脱虎口。维时，左文襄奉朝旨入浙，公乃从。攻龙游，转战于金华、兰溪、阳溪间，功最，超擢守备，赏花翎。调闽军从攻南靖、平和、永定、武平，克之，加都司衔，回浙，署常山千总。左公奉命西征，檄公从。方度陇，闻母病，公不得留。曰'极知从左帅出玉门，唾手取侯封，今吾方寸乱已，乃还'……"

民国二十五年（1936）镇海士民纪念吴杰诞辰一百周年纪功碑亭碑文载："公姓吴氏，讳杰，字吉人。先世为安徽歙县人，至公考始迁浙之龙游。公生十三岁而孤，贫甚。里中富室姜某见而奇之，曰：非常儿也。出资为葬父，使食于其家。及龙游陷寇，姜氏阖门歼焉！公手刃负其少子，驰三日夜而后免。当是时，左文襄公方督师援浙，公占名兵籍中，从攻克龙游，转战浙闽间，累功擢守备，赏孔雀翎，加都司衔，署常山千总。文襄移督陕甘，以公从。中道闻母病，遽请急归……"

民国二十六年（1937）《歙县志》载："吴吉人一名杰，始学贾于兰溪，业茶漆。性喜武，年稍长弃贾徙军。官把总，驻宁波，以勇力闻。能立马背疾驰，积资至

217

千总，续擢招宝山总台官。光绪中，法兰西将孤拔率舰进犯，吉人主炮击，请令于长官者三，不应，法舰弹中台上，死守兵四，吉人愤，棹小舟渡总台，亲发炮，一中法舰烟囱，二中船尾，孤拔知有备逸去。长官忌其能，劾之，奉旨革职，以宁波官绅交章力保，得复原职。旋分以江苏候补。浙抚刘秉璋知其贤，留使勿去。会秉璋升任四川总督，挈以入川。中日战起，升任定海舟山总镇，代理提督三月，以功受巴图鲁封。"

吴公名杰（1837—1910），字吉人，安徽歙县人。随父亲金盛迁居浙江龙游县谋生。父亲卒，吴杰才十三岁，因家贫如洗，父尸体无以收殓。县城富商姜氏见吴杰相貌忠厚，办事诚实，便出资相助，帮其父安葬，并收留其在家。

太平军攻占龙游，姜氏组织团勇，保卫家乡，多次与太平军抗争。为此，太平军对姜氏恨之入骨，要灭姜氏一家。有一天，太平军将姜家团团包围，眼看姜家遭灭门之灾，吴杰是知恩图报的人，为感恩姜氏养育之恩，握刀救其幼子突围，太平军穷追不舍，经过三昼夜奔波，冲出重围，脱离虎口。

太平军为斩草除根，多处进行搜捕。当年，左宗棠奉朝廷命令，往浙西围剿太平军。吴杰为求生，投军在左宗棠部下，攻龙游，转战于金华、兰溪、阳溪间，因作战勇猛，功绩显著，超擢守备，赏花翎。后调闽军，攻克南靖、平和、永定、武平，升都司衔，返回浙江，署常山千总。左宗棠西征发檄文，吴杰随军同往。部队到甘肃，忽闻母亲生病，吴杰是孝子，急忙向军中请假，急速返乡，留在老母身边。左宗棠平定新疆后，多少人在天山南北立功封赏，而吴杰错过了这次机会。

清光绪四年（1878），镇海口设炮台，吴杰奉命调任镇海营炮台守备，管辖镇海口南北招宝山、金鸡山一带炮台。平日队伍整肃，炮具整洁，演放灵活，统带兵士，恩惠兼施，深得人心。

抗法战立功嘉奖

光绪十年（1884）中法战争起，法舰闯入中国沿海，由马江犯浙江，镇海口局势紧张。浙江巡抚刘秉璋，亲临镇海，调集诸将，察看地形，布防备战。提督欧阳利见统领，兵勇万余，扼险守御，南岸自金鸡山起南至育王岭，驻兵六营，由他亲自指挥。北岸招宝山沿港一带，驻日改为兵五营，由记名提督杨岐珍负责。招宝山、拦江泥湾港口各炮台，由守备吴杰统率。命同知杜冠英，为海防营务处；宁绍道台薛福成，为宁防营务处；宁波知府宗源瀚，为营务处提调。

光绪十一年（1885）农历正月十五（3月1日），法国远东舰队在孤拔中将统领下，向镇海关发起进攻，法舰"纽回利"鼓轮前进，攻招宝山炮台，其他三舰随后赶到，向招宝山发起总攻。清军炮目周茂训发炮迎敌，一发即中法舰船头，折其头桅，后又击伤其船尾。清军水师超武、南琛、南瑞等舰也来助战，击中法舰二炮。法舰用排炮还击，炮台受数十弹，均陷入三合土内，周茂训中敌弹折其右胫。山后明炮台，亦被中弹，阵亡炮手二名，勇丁一名。从午后一点到五点，两军各开数百炮，镇海城中弹如雨下，惊天动地，城内居民，早已隐蔽和疏散，百姓无一伤亡。法舰不能接近镇海口岸，眼看天色已晚不支而退。

农历正月十七（3月3日），法舰"答纳克"等复攻招宝山，吴杰亲自开大炮，击中法舰烟筒，第二发击中头桅，横木下坠，好几个法国士兵受伤，士气低落，法舰不敢再攻，仅留一船游弋在山下相牵制。吴杰击退法舰，却受到提督欧阳利见的斥责，责他"不奉命令擅自开火"。在对付法国侵略者的方针上，当时军中有很大分歧，欧阳利见主张拆卸一线主要火力，隐藏回避，然后伺机歼敌。但更多的将士主张发挥海岸大炮威力，决胜在甬江口外，不容敌人一兵一卒登陆。吴杰赞同后一种主张，他向提督陈言，力主发挥海岸大炮的威力。欧阳利见要用军法处置吴杰，被巡抚刘秉璋保下，免去军法处置。

两战两捷大增了我军的威风和士气，让敌舰胆战心惊，只在远处开火，不敢靠近镇海口。中法镇海之战，从3月1日起一直到6月8日，延续了103天，镇海人民终于目睹最后一艘法舰灰溜溜地撤出镇海口外的游山，以胜利而告终。

光绪十一年（1884）二月初四，上谕嘉奖：杜冠英、费金祖、吴杰、周茂训四人。内阁奉上谕："刘秉璋奏镇海口岸获胜情形一折，正月十五至十九日敌船屡扑浙江镇海口岸，经提督欧阳利见督率水陆营勇及轮船管带各员，全力轰击，将敌舰叠次击坏，尚属奋勇可嘉。着刘秉璋仍饬在事各将领，严密防守，无稍松懈。此次尤为出力之同知杜冠英、副将费金祖、守备吴杰、受伤之军功周茂训。均着存记，汇案请奖。钦此。"候补守备已保都司吴杰，请补都司游击以参将留于浙江尽先补用，并赏给勇号加副将衔。

遭陷害被参革职

中法战争镇海口战役后，浙江巡抚刘秉璋根据宁绍台道护理浙海关监督、宁防营务处薛福成提议，在镇海口两岸再筑炮台数座，订购德国造克虏伯二十四厘米的后膛炮两尊，二十一厘米的后膛炮五尊，派候补知府杜冠英总理筑台事宜，候补参将吴杰帮同办理。

薛福成与杜冠英在镇海口察看地形后，择于南岸小港口笠山，筑大炮台一座，安置新炮三尊；金鸡山前面，筑台一座，置炮一尊；北岸招宝山旧炮台下层，添一炮洞，置炮一尊。又在甬江中流之两石矶，各筑台一座，置炮两尊。前敌后路，节节设险。于光绪十一年（1885）动工，派驻北岸之总兵黄锦文等部属淮军三营，驻南岸之提督欧阳利见部属标营，分任工役，划定地段，各负其责。数年之间，淮军办事勤奋，克期藏功。唯有南岸各标营，稍形疲玩，往往期限已迫，工程尚无端绪。因该营提督欧阳利见统辖，薛福成也不便过于催促，常令吴杰以带所领炮兵三百余名，代竣其役。吴杰熟谙西法，操练精勤，非特毫无虚额，抑且顾大局，故每以数百人当数营之用。至光绪十四年（1888）十月，各炮台和新炮安装完毕。

浙江巡抚卫荣光派员验收后，要求新炮"必得熟手善为照料，磨擦光亮，方免锈坏误事"。因此，给予年擦油之费，专委吴杰管理。提督各标营自称清苦，想分得擦费，希图沾利，密耸提督欧阳利见，执审南北两岸分派之说，争夺炮台差使，巡抚卫荣光同意照办。本来炮台经费不够宽裕，吴杰廉朴耐劳，尚能撙节敷用。标营习气最深，想沾利益，恐致贻误，薛福成仍然委派吴杰管带。提督以所求不遂，写信给巡抚大人卫荣光，负气忿争。卫荣光本来想将此事奏明定案，适应调任交卸，新任巡抚崧骏接任之初，欧阳利见亲赴杭城，商恳撤去吴杰。崧骏审知吴杰素有功绩，为浙东不可多得之将弁，又不欲拒绝欧阳利见，致失和衷之体。崧骏与薛福成商量后，派提标候补副将陈胜文，会同吴杰管带炮台。

光绪十五年（1889）春，薛福成由宁波交卸起程，听说提督欧阳利见密函于闽浙督臣卞宝第，恳请劾去吴杰。卞宝第刚上任，偏听欧阳利见一面之词，于农历二月（3月18日）向光绪皇帝上奏："管带浙江镇海招宝山炮台候补参将吴杰，居心险诈，任性妄为。近在镇海县内起造住宅，当炮台工程紧要之时，各营勇丁并日赶做，该参将将炮兵调赴城内，供其造屋之用，并有侵用炮台木料、石灰情事。先时镇海南北两岸五座，均归该参将管带。现要南岸新添三台，北岸新添两台，提督欧阳利见咨商前巡抚卫荣光，以南北两岸中隔大江来往不便，遇有紧要，势难兼顾，卫荣光委派副将陈胜文管带南岸炮台，转饬该参将把炮火、军装、军火、原设炮兵点交陈副将接管。该参将奉礼之后，多日抗延不交，肆口漫骂，不遵提督调度。似此跋扈鸱张，实属有妨戎政。据浙江提督欧阳利见函请奏参前来，除查明吴杰侵用工料严行追缴外，相应请旨将候补参将吴杰即行革职以肃军令。得旨，如所请行。"

光绪帝于七月初九（8月5日）命吴杰来京到兵部报到敕令，上书："内阁奉上谕：已革浙江候补参将吴杰，着崧骏敕令交兵部带令引见。钦旨。"十月二十三日（11月15日）军机处公函："交兵部：军机大臣面奉谕旨：'本日引见之已革参将吴杰以游击以往江苏补用，钦旨。'相应传知贵部钦遵办理保也。此交。"吴杰以游击被发往江苏补用，没有去赴任。

刘秉璋奏本护将

中法战争后，刘秉璋于光绪十二年（1886）升四川总督。吴杰革职后，他知吴杰为有用之才，不便令其闲散，檄饬来四川管带泰安左营，还多次上书为吴杰鸣不平。下面实录刘文庄公（刘秉璋）奏议两篇。

奏参将吴杰前办海防有功才具可用疏

奏为浙江候补参将吴杰，前办海防功迹显著，平日办事可靠，才具可用，尊遵旨缕陈，恭折仰折圣鉴事。

案准军机大臣字寄。光绪十五年五月十五日，奉上谕：前据卞宝第奏参管带镇海炮台候补参将吴杰，居心险诈，不遵调度，并有侵用工料情事，请将该参将革职。当经照所请行。兹有人奏，吴杰熟谙西法，廉朴耐劳，从前法舰犯口，两次开炮获胜，声望甚好；此次误被参劾，实由于标营排挤等语。朝廷选将才，首在辨别是非。刘秉璋、卫荣光前在浙江巡抚内，办理海口各事宜，所部将领所贤否，自必知详审；究竟吴杰才具如何，平日办事是否可靠，从前防守镇海口门，有无功绩，著据实复奏。将此各谕知之。钦此，遵旨寄信前来。

臣伏查吴杰，系尽先参将实任镇海营守备，管理镇口宝山炮台，已历多年。臣前在浙江巡抚内，因筹办海防，亲往查看，见其队伍整齐，炮具精洁，演放灵便，颇近西法，访诸舆论，平日抚驭炮兵，威惠兼施，能得其死力，心窃器之。

光绪十年正月，法舰将犯镇口中，所有南洋援闽之三轮，避入镇口中，人心惶惧。浙江提督欧阳利见，恇怯无谋，仓皇失措，倡为徙炮拆台退守之议，将欲徙招宝后膛大炮；经吴杰极言不可，流涕力争。欧阳利见志在必行，谓违则即行正法，臣闻此信，严电饬止。乃定守口之计。及法船多只来攻招宝炮台，数百磅长弹，纷落如雨，镇海宁波一带人民迁徙一空。前镇海营参将郑鸿章所部兵丁，竟有翻穿号衣潜逃者。吴杰手开具炮，与南洋退回之轮船，彼此齐发，各中两炮，洞穿法船两只，敌始败退。越日，又来猛攻，复击退之。法船尚于我炮之不及之处，攻打旬余，实赖吴杰稳守招宝一台，扼其咽喉，使不得逞。上海洋人登读画报，讶其布守之坚固，欧阳利见因羞成怒，实阴仇之。

臣汇同调任闽浙督臣杨昌浚将郑鸿章奏参降补，即委吴杰署理镇海营参将。查郑鸿章贪庸恇法，欧阳利见所与沆瀣一气者也。讶其所爱，用其所憎，欧阳利见益痛恨之。大抵义烈之士敢于赴汤蹈火，不惯营私献媚。声望越美，怨毒越深。加以标营将弁，侵饷是其故智。欲去吴杰而夺其炮台差使。自便私图，亦以侵润之谮迎合欧阳利见之意。于是乘闽浙总督卞宝第到任未久。不知底蕴，曚请参革。浙东官绅士庶多抱不平，臣阅邸钞，正深诧叹。顷奉谕旨，钦感交并。乃知公道尚在人心，是非难逃圣鉴。

窃思海防为目前第一要务，似此忠勇有功之良将，遭贪庸提督之进饞，误被参劾，深恐内寒将士之心，外为洋人所笑。夫以专阃提督吹毛求疵于一守备，欲加之罪何患无辞。以远隔二千里到任未久之总督，据提督来函，参一守备，亦只是循例办理。臣何能越俎为之昭雪。惟钦奉谕旨，垂询三端。臣在浙有年，闻见较确。吴杰才具，实足备干城之选，平日办事，实属可靠。至击退法船之功，尤赫赫在人耳目，应如何旌别淑慝之处，出自圣裁，非臣所敢擅拟。

所有吴杰前办海防，功绩最著，平日办事可靠，才具可用缘由，理合遵旨据实复奏，伏乞皇上，圣鉴训示。谨奏。

光绪十五年（1889年）六月初九日（7月6日）

再陈吴杰折内未尽情形片

再，臣与卞宝第系儿女姻亲，此次误参自未悉吴杰立功之底蕴，查海防获胜，系臣在浙江巡抚内之事，见闻最真。吴杰之才，卫荣光（后任浙江巡抚）必知其可用，而吴杰镇口之功，或不如臣亲见之详。事关海防，现奉特旨即据实复奏。臣具有天良，何敢引嫌避怨，姑负天恩，理应披沥直陈，固无庸为卞宝第回护，尤不敢为欧阳利见曲徇也。谨附片再陈伏乞圣鉴。谨奏。

光绪十五年六月初九日

为备战官复原职

由于刘秉璋不断向皇上奏本，吴杰的前途有了转机。光绪二十年（1894），日本发动战争的阴谋愈发明显，中国国内舆论和清军驻朝将领纷纷请求清廷增兵备战，朝廷里也形成了以光绪皇帝载湉、户部尚书翁同龢为首的主战派，然而慈禧太后并不愿意其六十大寿为战争干扰，李鸿章为了保存自己嫡系的淮军和北洋水师的实力，也企图和解，这些人形成了清廷中的主和派。农历六月（7月中旬）中日谈判破裂，一直按兵不动的李鸿章才应光绪帝的要求，开始派兵增援朝鲜。农历甲午年六月二十三日（7月25日），日本不宣而战，在朝鲜丰岛海面袭击了增援朝鲜的清军运兵船"济远""广乙"，丰岛海战爆发，海战中日本联合舰队第一游击队的"浪速"舰悍然击沉了清军借来运兵的英国商轮"高升"号，制造了"高升"号事件。至此，日本终于引爆了甲午中日战争。

中日甲午战争开始前，浙江沿海备战趋紧。浙江巡抚廖寿丰向朝廷奏调，要吴杰管带镇海炮台。六月间，朝廷电旨四川总督刘秉璋，命参将吴杰迅赴浙江。刘秉璋接到圣旨后，立马通知吴杰立刻起程，奔赴浙江镇海。

刘秉璋复电《奏参将吴杰前赴浙江片》："再本年六月二十日钦奉电旨：'参将吴杰着刘秉璋迅速饬令前往浙江听候差遣，稍延误，钦此。'伏臣前在浙江巡抚内，吴杰管理招宝山炮台。其时，仅有克虏伯炮一尊，南中法船。事平之后，添筑三台又添购克虏伯炮多尊，其大者能送四百磅长弹，皆吴杰所经理。该参将离浙（参革）后，臣知其为有用之才，不便令其闲散，缴饬来川管带泰安左营。今奉谕旨，当即委派升用游击提标右营守备钱春榜，前往该营接替。现据该员吴杰交卸营务，已于七月初四日由省起程，前赴浙江，听候差遣。除当日已电呈军机大臣并飞咨浙江抚臣（巡抚大臣）查照外，理合附片陈明，伏乞圣鉴。谨奏。光绪二十年七月。"

吴杰在镇海追歼海盗，保护商船渔舟，深受百姓欢迎，人称"吴老大"。享年七十四岁，卒后，墓葬镇海东南某山。吴杰故居位于镇海城关镇胜利路与人民路交叉口，总占地面积约两千平方米，分为东、西两院。重檐硬山顶，砖木结构建筑，梁、檐、廊等处均有精致的木雕，古色古香，现保存完整，为镇海口海防遗址之一、全国重点文物保护单位。

  民国二十五年（1936），镇海人民为纪念吴杰百年诞辰，在梓荫山麓集资建造吴公纪功碑亭。碑亭全石结构，飞檐翘角，亭柱两旁的楹联是"丰碑留梓荫，威望震欧洲"。亭中植石碑一方，高两米，碑文系民国藏书家、湘潭学者袁思亮撰写，县人俞佐廷书，记载了吴杰的平生和功绩。"……年七十有四卒，即葬县东南黄梅堰，其子孙遂著籍为镇海人。越二十有六年，岁在丙子（1936），县之缙绅父老相与言曰：岁月逝矣，惟公有劳于兹邑，日以辽邈，不有记述，后将何称！爰具书其事来请刻辞，将砻石而树之五达之衢，俾居游者览观，以永公之功，乃序而铭之。铭曰：长鲸扬鳍馗鲲波，黑云蔽空山峨峨。俯瞰霆击摧其牙，屹立屏嶂功孰多，大纛五丈森矛戈，十载坐镇潜蛟鼍，嬗代耆氓仍讴歌，服休无斁非私阿！贞石可蚀铭不磨。"

他曾经是毛泽东身边的笔杆子

——记延安时期的余光生

余光生（1907—1978），曾用名余宰扬，又名余辛白。原籍浙江省镇海县大寺堰村（现称万市徐村）。抗日战争烽火起，余光生离别美国的妻子毅然回国。他是延安时期毛泽东身边的笔杆子、新闻战线的杰出领导人之一、中共七大代表。

为抗战奔赴延安

余光生出身于书香门第，他的父母亲都是留学生。他 1907 年出生于东京，4 岁时随父母回国，在老家浙江镇海大寺堰度过了童年和少年时代。17 岁离家赴上海南洋中学、上海交大附中读书，1928 年毕业于上海交通大学机械系（一说土木工程系）。

余光生的父亲叫余名铨（1885—1968），后改名为余遂辛。是我国早期留日学生，宣统二年（1910）在京授举人、七品官。后加入同盟会，追随孙中山革命。民国元年（1912）当选浙江省议会议员，任浙江省长公署督军署秘书、财政部候补佥事，"非常国会"时期和第一届国会第三期常会当选众议员。中华人民共和国成立后，1950 年 12 月 8 日第 62 次政务会议上被任命为政务院参事，1956 年 2 月 8 日第 24 次国务院全体会议上被任命为国务院参事。1956 年根据"百花齐放，百家争鸣"的方针，当时，国务院著名的"十八参事"联名向周恩来总理汇报工作，直言中共的统战工作有偏差，"我们的意见是：切实检查统战工作的作风，纠正偏差；同非党人士接触应方式多样，深入实际、个别访问、谈心容易听到尽情尽意的真话，而不是在台面上的'官腔'；多在行动及事实上予人以鼓舞以开新风；真正展开批评与自我批评，多听意见，有错认错。希望及时解决这些问题，以消除有关人士的疑虑。"其中反映的问题切中要害，实事求是，为党内纠错提供了参考。余遂辛就是"十八参事上书"中的一位。当年国庆节，十八位参事还应邀登上了天安门，与毛泽东、周恩来等党和国家领导人一起参加了国庆观礼。

余光生自上海交通大学毕业后，抱着科学救国的愿望只身乘船赴美留学，在美国密歇根大学研究院学习铁路运输和公路建筑，1930年获硕士学位。毕业后，先后做过测量工、绘图员等工作。1931年九一八事变后，他在波士顿参加了美洲华侨反帝大同盟工作，任机关报《先锋报》的编辑。1932年在纽约加入了共产国际美国共产党，先后担任美洲华侨反帝大同盟执行委员、书记，纽约《救国时报》编辑，美国共产党中国局书记。

身在海外怀着赤子之心的余光生，关注着国内的抗日战事，特别是来自延安的每一条消息。当得知党中央在延安号召大批知识分子参加抗战时，从小在富裕家庭长大，并在美国大城市生活了11年，有了自己美满幸福的小家庭的余光生却毫不犹豫地放弃一切，选择了奔赴延安的革命道路。1939年12月，余光生对他的战友和妻子、美国共产党党员弗吉尼亚说："我的祖国需要我，我必须回去了。"为了党和革命事业，他忍痛惜别了金发碧眼的美国妻子，踏上了回国的征途。

1940年春天，余光生响应祖国的召唤，来到了久久向往的革命圣地延安。当时，延安是党中央抗日根据地，这里聚集着一大批满腔热血的青年，抗日热情十分高涨，处处充满着激情和生机，余光生身临其境，备受感染。到达延安后，他被分配在张闻天处任秘书兼管中共中央华侨事务。33岁的余光生就这样放弃优越的环境和舒适的生活，在延安开始艰苦曲折的革命道路新历程。

办党报兢兢业业

1941年春，中国人民的抗日战争进入最困难的阶段，毛泽东和党中央高瞻远瞩，为适应世界复杂多变的斗争形势，决定将《新中华报》与《今日新闻》合并，改名为《解放日报》，作为中共中央机关报。任命博古为《解放日报》社社长，并任新华社社长；任命杨松为《解放日报》社的总编辑，余光生为副总编辑。

1942年1月底，总编辑杨松由于积劳成疾，引起肺病复发入院治疗。杨松入院后继续在病床上靠着枕头为报社写文章，有时竟通宵达旦，病情加重，吐血不止，于1942年11月23日病逝延安，年仅35岁，遗体安葬在解放日报社所在地清凉山山顶上。毛泽东主席为杨松的病逝亲笔写了挽词："杨松同志办事认真，有责任心，我们应当记住他，学习他。"

报社没有总编辑时，余光生主持报社的日常工作。《解放日报》是中午出版。那时，大家没有钟表，每天清晨5点，余光生手持一只铜铃，叫早班的同志起床。由于同住或附近住的是上正常班的人，他只能轻打铃与轻声叫。余光生自己也上早班，白天还要参加社内外的各种会议，执笔写社论或专论就只能在晚间了。有些同志对他说："光生同志，你天天熬夜，又要早起，睡觉太少了！"余光生回答说："前方将士在流血牺牲，我少睡点觉算得了什么！"与余光生共同工作过的同事对他的直率、开朗、活泼，甚至"稚气"，都深有印象。他还负责《解放日报·国际版》的主编工作，在毛泽东、博古的领导下，余光生紧握手中的笔，揭露日本军国主义在中国犯下的罪行，抨击国民党政府"攘外必先安内"的基本国策，赢得世界各国人民的支持。

1942年3月31日，毛泽东召集延安各部门党内外负责同志及作家70多人在杨家岭中央办公厅召开了《解放日报》改版座谈会。会上，博古首先汇报了《解放日报》创刊10个月的工作，并作了诚恳的自我批评。边区政府主席李鼎铭、诗人柯仲平、作家萧军等各方代表都对报纸提出了尖锐的批评意见。毛泽东在确定改版方向的讲话中说："批评应该是严正的、尖锐的，但又应该是诚恳的、坦白的、与人为善的……冷嘲暗箭，则是一种销蚀剂，是对团结不利的。"

座谈会后，《解放日报》在博古、余光生等人的带领下进行了艰难的改版工作。在改版工作中，余光生协助博古做了大量的调查研究以及艰苦细致周密的具体工作。4月1日，《解放日报》改革版以崭新的面貌与读者见面。改版当天的一版头条发表了陕甘宁边区参议会减轻群众公粮公草负担的决议，社论《致读者》是博古执笔的，文中写道："最近中央号召全党反主观主义反宗派主义反党八股进行思想革命与改造全党工作的时候，党报没有能尽其应尽的责任。"并说："要贯彻党的路线，反映群众情况，加强思想斗争，帮助全党工作的改进。"社论《致读者》针对党报如何才能成为党的最锐利的武器，而首次提出了党报必备的四个品质：坚强的党性、群众性、战斗性、组织性。至此，从延安时期到现在，这"四性"始终成为办好党报的重要依据。《解放日报》改版后，余光生对内负责经济宣传，对外专同西北局联系，并代表报社参加西北局会议，主持与写作有关陕甘宁边区的社论和文章。

余光生对编辑工作严肃认真、一丝不苟，他对自己、对部下要求都很严格。20世纪80年代任新华社社长的穆青，在中央电视台拍摄的《穆青》系列片中，还特别提到与余光生有关的一件往事。穆青当时作为年轻记者，《解放日报》派他去采访一位正在延安作报告，讲述苏联人民如何抗击德国法西斯的名叫阿洛夫的苏联医生。他采访时一进会场，就被会场的气氛感染了，回来后一气呵成写成了稿子，并立即送给当班编辑。随后，时任报社副总编辑的余光生把他叫了去，问他："你去听报告了吗？"穆青说："是的，他的报告非常精彩，阿洛夫的医疗水平也非常高，医疗态度也好，简直是又一个白求恩。"余光生说："这些你都写了，很好。可是你写了报告始终全场掌声不断，还是擂鼓般的掌声。这样阿洛夫还能作报告，群众还能听报告吗？"穆青回忆说："听了这话，我心里咯噔一下，顿时满脸通红，一句话也说不出来了。直到今天，想起这件事，我依然感到脸上发烧。在以后长达半个世纪多的新闻生涯中，我再也不敢用哪怕是一点点夸张的词句了。"

1945年4月，余光生作为中直代表团成员，出席中国共产党第七次代表大会。

任主席英语老师

在工作上，毛泽东是领导，在政治上，毛泽东是余光生的导师，可毛泽东学习英语，请余光生当老师。余光生的英语和中文都好，他每周两次，要去毛泽东处教英语。

延安时期，毛泽东在接见一些重要的外国友人时往往会请余光生做翻译，例如美国总统的特使赫尔利、马歇尔，美国著名记者安娜·路易斯·斯特朗、爱泼斯坦，银行家胡佛等人来延安时，都是由余光生担任翻译的。

1944年11月，毛泽东与美国总统的代表赫尔利会谈，中方由余光生任翻译。美国作家卡萝尔·卡特写的《延安使命》（世界知识出版社出版）一书，将余光生写为"余广森"了。这次翻译以后，余光生也向报社内的同志传达了谈话内容，说赫尔利这一回想充当国共之间调停人的角色，并说赫尔利向毛泽东发出了邀请，希望毛泽东能与他一同去重庆，毛泽东当时谢绝了。余光生传达时说，他担心如果毛主席去重庆了，安全是个大问题，蒋介石不是扣过张学良与杨虎城吗？余光生还介绍，说赫尔利是军人，头脑简单，说话快而大声，毛泽东私底下给他起了个绰号叫"乡巴佬"，说赫尔利的想法虽然不错，但不一定能实现。果然蒋介石拒绝签署赫尔利从延安带去的"五点建议"，后赫尔利完全倒向反共势力，不久因国共协调失败而被迫辞职，被调回美国。

1946年8月6日下午5时，毛泽东在延安杨家岭接见了美国记者安娜·路易斯·斯特朗。当时，大家围坐在窑洞前小平台上的一个小石桌边的四个小石凳上，谈到了第二次世界大战后世界的格局和中国的战局。毛泽东在这次谈话中发表了"一切反动派都是纸老虎"的著名论断。

由于英语的习惯用语中没有"纸老虎"这个组合词，余光生就将"纸老虎"意译成英语的类似用语"稻草人"，毛泽东表示不对。余光生想起列宁说过帝国主义是"泥塑巨人"，便换了个译法，译成"泥塑巨人"，毛泽东还表示不对，那么该怎么翻译呢？余光生想不出来，这时毛泽东自己说："是paper。"余光生想对啊，就直译吧！接着又翻译为"paper-tiger"，于是"paper-tiger"与这个著名的论断随着斯特朗的报道一起传遍了全世界。余光生向报社传达时说，毛主席很聪明，学英语不久，就将paper（纸）与"老虎"联系起来，说成"paper-tiger"。

毛泽东还不忘与余光生的情谊，其中有许多美谈。据余光生儿子余晓芒《一个四十年代海归的延安情结——纪念我的父亲余光生》回忆文章记载：20世纪60年代初，有一次毛主席接见一个全国性工作会议的会议代表并与大家合影，那次我父亲正好由于有一项重要的工作耽搁而到晚了，看到与会代表已排好了照相的队伍，我父亲便站在远处不好意思再入列了。没想到毛主席一下子便发现了他，毛主席热情地向他招手，示意他过去照相，并诙谐地对大家说："我的老师来了！

我的老师来了！"顿时会场气氛变得非常轻松,代表们也纷纷跟我父亲开起玩笑来:"光生同志你可不简单啊,我们都是毛主席的学生,你却成了毛主席的老师啦！"

据说直至 1975 年,毛泽东还曾向当时任翻译的唐闻生问起:"光生同志现在怎么样了？"唐闻生告知:"他得了脑溢血,正在医院治疗。"唐闻生随之将毛泽东的问候传达给了余光生的家人,其夫人刘卓云和孩子们备感温暖。

为党报培养人才

在延安《解放日报》工作时,余光生是博古的得力助手。

余光生与博古认识较早,1940 年春余光生从美国回来,在经西安去延安的途中与博古同路。他对博古说:"我要在延安开始新的生活了,你看我换个什么名字好呢？"博古说:"余光生。"问:"什么意思？"博古说:"你干得好是光荣的一生,干得不好,是光屁股的一生,光着屁股来,光着屁股走,哈哈——哈哈。"余光生到了延安,让他看到了中国的阳光和生机,他决定将自己的名字改成余光生,含有"在光明中获得新生"之意。他对中国共产党充满希望,于是,不遗余力投身到这场伟大的革命运动中。

窗体顶端

在延安,余光生帮助博古把"不完全的党报办成完全的党报",办成党的武器与喉舌,并为党培养了一支全心全意为党和人民服务的新闻队伍。曾任延安《解放日报》文艺编辑的黎辛,他写的《亲历延安岁月》书中有一篇"忆总编辑余光生"的文章,他是这样记述的:1942 年初,我从鲁艺到报社实习,做文艺编辑。按照规矩,实习半年回鲁艺毕业正式分配工作。实习到 4 月,余光生约我谈话,问我:"在报社习惯吗？感觉怎么样？"我说:"很好！"他说:"为什么？"我说:"工作天天有结果,报社政治学习好,报社领导对部下关心。"余光生说:"你愿意在报社工作吗？"我说:"愿意。"他说:"我们对你也感觉好,你就留在报社工作吧,我们办调动手续,你什么都不要管了。"我说:"好。"他又说:"你知道我们编辑部包括校对只有三四十个人,记者和编辑太少,你给我们介绍些你的同学来当记者、编辑好不好？"我说:"要多少人？"他说:"十位或十五位都可以。"我立即写了贺敬之、穆青、张铁夫、林间、李方立、冯牧、刘漠冰等十几位。余光生说:"你不要向他们说,因为这是我们两个人谈的,还不知道结果怎么样。"我说:"好。"这件事直到现在我还没有向这些同学说过。7 月份以后,除了贺敬之这位当时只有十几岁的诗人鲁艺舍不得放,其余的都陆续调来了。新中国成立后,多数人成为中国新闻界的主要领导人。

余光生与博古一起为党的新闻事业付出了大量心血,贡献是不朽的。博古牺牲后，余光生在其执笔的《纪念我们的社长和战友博古同志》一文中说，博古的牺牲"对于我们从事党的新闻事业的人来说，是丧失了一个最有权力的指挥官和亲密的战友"。在《解放日报》社，他与博古相处时间最长，最了解。

新闻界认为博古是党的新闻事业的奠基人与开拓者之一。余光生可以说是毛泽东和博古在延安时期新闻事业上最得力、最长久的助手。余光生与博古协作契合，"博古能写，光生能改"，传为佳话。

博古牺牲后，余光生任《解放日报》总编辑、代理社长。毛泽东对余光生的指示更多，对《解放日报》和新华社的宣传工作作了许多重要指示。1946年5月22日，毛泽东给余光生同志写信："从二十三日起，摩擦消息暂时停止广播，但报上仍可登载一部分。对马歇尔声明如写评论，请送我一阅为盼！"一个多月后，形势发生变化。6月30日，毛泽东又写信给光生同志，说："从现在起，凡各地蒋军向我进攻之消息，均请发表，并广播，因为蒋口头说停战，实际在作战，我应发表新闻予以揭穿。"毛泽东曾几次对余光生说：党报要准确地宣传党中央的方针政策，你们要认真学习马恩列斯的著作，还要熟悉党的历史。在报社工作的岁月，余光生遵照毛主席的教导，工作再忙也要抽时间读书学习。他在读过的书上画了许多圈圈点点。在写社论和评论时，总是要翻阅马恩列斯和毛主席的有关文章，从中寻求根据来阐述当前遇到的问题。

党中央派了大批干部到东北，为解放全中国做准备。1947年，余光生被调离延安，派往东北任东北铁路总局局长和党委书记、中长铁路理事会主席、黑龙江省委委员。中华人民共和国成立后，历任齐齐哈尔铁路局、哈尔滨铁路局局长，铁道部副部长。1978年6月29日在北京逝世，终年71岁。邓小平、余秋里、聂荣臻、徐向前等送了花圈，陈慕华、陈云、王震、谷牧、康世恩等参加了追悼会。

（原载 2018 年 3 月 16 日《今日镇海》第 6 版）

珍贵片羽

徐雉：新文化运动的弄潮儿

　　徐雉，1899 年出生于浙江慈溪河头市（现属镇海区）的一个大家庭中。父亲是前清秀才，曾在宁波行医，后回到乡间在私塾执教。徐雉 3 岁丧母，由继母抚养长大。童年在家里跟父亲读"子曰诗云"，十四五岁便会写旧体诗，16 岁考入私立宁波效实中学，1921 年夏考入苏州东吴大学文科。他学习努力，喜爱文学，在五四新文化思潮影响下，参加了文学研究会，热衷于诗歌与小说的创作，成了新文化运动的弄潮儿。

五四时期的诗人

　　五四运动以后，一些经受新思潮冲击，怀着美好希望觉醒过来的知识分子，渴望通过文艺来表述自己的政治苦闷和人生理想，文学革命的发展，也要求在创作实绩上有新的突破，于是，新的文学社团应运而生。

　　1921 年 1 月 4 日，文学研究会在北京正式成立，其成员有 170 余人，成立时发表有《文学研究会宣言》及《文学研究会简章》，影响极大，在流派发展上具有鲜明突出的特色，成为新文学运动中最为重要的一个文学社团。它的发起者与参加者，后来有许多成为对中国新文学运动有卓越贡献的人物。

　　徐雉参加了文学研究会，在五四新文学浪潮的激荡下，成了新诗界的诗人，热衷于白话诗创作。大学期间，他就在《小说月报》上陆续发表新诗，可以查到的最早作品是发表于 1922 年 4 月的《一篮花》《跛足的狗》，还有 1925 年 5 月的散文诗《三次的访问》。另有诗发表于《文学周刊》《诗》等杂志。

　　徐雉最早以诗出名，他的诗具有时代意义。鲁迅曾在《鲁迅沈雁冰的雄图》一文中提及："语丝创造的人分化太大了，唯有文学研究会的人大部分都还一致——如王统照、叶绍钧（叶圣陶）、徐雉之类。"可见徐雉不仅参加了文学研究会，在当时且与王统照、叶绍钧等齐名，都是新文化运动的先驱。

　　1936 年出版的《中国新文学大系·史料·索引》卷中，阿英编写了 142 位作家小传，其中有 3 位宁波籍作家——王鲁彦、王任叔和徐雉。前两位为研究者所熟知，徐雉却淡出文学史视野了。唐弢先生在 1980 年 5 月出版的《晦庵书话》

中说:"《雉的心》与刘大白《旧梦》、康白清《草儿》、汪静之《蕙的风》等,同为早期受注意的诗集。这几本诗集共同的地方,就是承受'五四'的余风,倡导自由恋爱,解放男女社交,被卫道之士所反对,而又为当时新派诗人所爱读,乘风扬帆,正是极富于时代气氛的作品。"而现在,刘大白、康白情和汪静之三人为多数写新诗者所了解,徐雉则基本不为人所知。

徐雉的《失恋》曾被朱自清选入《中国新文学大系》的《诗集》中。此诗原名《失恋后》,原作于 1922 年 10 月 9 日,朱自清编入时改题为《失恋》。1926 年由泰东出版社出版的诗集《恋歌》中选入他的三首诗——《失恋后》《忏情歌》和《失恋后赠情敌》。20 世纪 80 年代长江文艺出版社编印《中国现代爱情诗选》,也选了他的《失恋》。

他的诗集《雉的心》,1924 年由新中国印书馆出版。该诗集是天津绿波社丛书之二,附有《童年集》,里面有他创作的 35 首旧体诗,由著名作家叶圣陶作序,在《雉的心》序言中评论其艺术特色:"徐君却有好些近百行的长诗……材料的丰富和组织的经心,可以想见了。"以后又出版了诗集《酸果》。

1982 年,人民文学出版社出版了《徐雉的诗和小说》,唐弢在序中写道:"徐雉的确是一个诗人,一个彻头彻尾的诗人。在狂飙的疾风暴雨式的日子里……他以自己的年轻的生命完成了一首时代的诗——一首平凡而伟大的诗。"

投笔从戎为革命

徐雉从东吴大学毕业后,在中学教了一段时间的书。1925 年 10 月,徐雉毅然投笔从戎,奔赴大革命的心脏广州,参加国民革命军,任国民革命军第六军政治部宣传科科员。

当时第六军有较多的共产党员和共青团员,是北伐军的主力,军党代表兼政治部主任是著名的共产党人林伯渠。徐雉在政治部的刊物和宣传品上发表了大量诗作,现在能找到的已经不多。徐雉早期的诗作是典型的"五四诗",大多宣扬自由恋爱,抒发青年心绪。进入第六军后则开始写宣传作品,向现实主义靠拢。他有大量长诗,是同时代的诗人中所不多见的。

1927 年蒋介石发动"四一二"反革命政变,不久,汪精卫也发动了"七一五"政变,国民党为"清党",第六军政治部内的中共党员、团员被遣散。因此,有政治抱负的徐雉,也穿着一身破军装离开部队,回到了慈溪老家河头。

该年秋天,徐雉为了谋生,到芜湖投奔朋友,在海关的一个旧相识手下任办事员。1928 年,徐雉受排挤又丢掉了这份工作,被迫回到上海,任《商报》副刊编辑。1932 年又到《申报》任《业余周刊》编辑,报社薪资少无以糊口,他又兼职学者的私人秘书、教授的讲演记录员等,以卖文为生,生活很艰辛。

大革命失败后的社会黑暗和个人的坎坷遭遇,使得徐雉苦苦思索尖锐的社会矛盾和人们的出路。他从诗人转为短篇小说家，用小说这种更贴近现实生活的文体来抨击黑暗。《办事员莫邪》以他自己在芜湖海关的经历为背景，通过一位在北伐军中做过宣传工作的青年，从南京到K市建设局谋生受排挤的遭遇，揭露了大革命失败后，国民党政府机关的腐败。《革命前后》一文，无情地抨击了投机革命而自肥的国民党大小官员们，而真正的革命者却一贫如洗，有家难归，但革命者主人公却毫不气馁，坚信"新的光明的未来在酝酿中"！《卖淫妇》控诉了逼良为娼的社会，由于国民党政府维护帝国主义的在华经济利益，造成民族工业萧条，迫使失业女工靠出卖肉体来维持自己和幼子的最低生活水平，文章读来催人泪下。

全面抗战爆发，年近四十的徐雉，身体衰弱，更有高度近视，却有一颗爱国的心。他放下家中稚儿幼女，不去重庆谋求教职，而是坚持要去共产党领导下的抗日第一线。他先到武汉，后辗转到了延安找到老首长林伯渠，又回到了革命队伍。

到延安后，徐雉先在边区文艺抗敌协会工作，又到晋察冀军区、边区任秘书，主编《边政导报》，写了不少长篇散文诗。1942 年被送到陕北加入边区文协创作组，这时他患上严重肺病，却创作了不少战斗诗歌，发表于延安《解放日报》及《新中华报》上，成了边区文协创作组的专业作家。他的《希特勒的半身像》诗，载在 1946 年 10 月 21 日《解放日报》上，这是所能查到的徐雉的最后一篇作品。

1949 年新中国成立之后，家人却迟迟得不到徐雉消息，四处打听寻找未果。听说他随部队到了东北，家人还曾在《辽宁日报》刊出寻人启事，也没有回音。直到"文化大革命"期间，经过大量调查，终于知道下落。大致情况为：1947 年间，胡宗南部进攻延安，大部队疏散至绥德一带。徐雉受到特别照顾，配有一个勤务员和一头驴子，因身体实在太弱，病逝于疏散途中。具体时间、地点竟不可知，埋骨之地也无处可寻。

小说首写毛泽东

毛泽东作为一代杰出的伟人，为中国革命做出了不可磨灭的贡献。我们现在可以看到不少的文艺作品反映其丰功伟绩。那么，是谁最早在小说这一文学体裁中反映毛泽东呢？

在白色恐怖笼罩全国，国民党反动派实行文化"围剿"时，上海文坛的青年作家徐雉不畏强权，大胆地把毛泽东作为正面形象写进了短篇小说《嫌疑》里。

在这篇小说里，主人公——一位曾当过北伐军政工干部的报馆编辑，因写《毛泽东的名片》一文而被视为"共产党嫌疑"，直至开除受迫害。小说从侧面落笔，穿插描写了北伐军驻扎南昌时，毛泽东来到第六军政治部探望林伯渠的逸事。

徐雉在小说《嫌疑》中这样写道：这是民国十五年（1926）一个秋天的早晨，距国民革命军攻克南昌还不到两个月。那时孙传芳已引军远退，我们第六军驻扎沿南浔铁路一带，司令部和政治部都设在南昌城内。

那天，我们政治部挨到我当值日官，值日官的责任是：（一）接待宾客；（二）收发公文；（三）督率并训练部内的勤务兵；（四）汇录各科的工作日记……我危坐在办公室内，身上斜挂着一条宽约三寸、长约四尺的红带子，算是值日官的一种标志。

传达员进来，向我行了一个军礼，说："报告值日官，外面有客要见主任。"说着就把一张名片递给我，仍装着一种立正的姿势。我点一点头，把名片拿过来，名片上的墨汁尚未干，显然是临时在传达室里写的。在它上面我只看得出一个"毛"字，"毛"字下面还有两个字，因为字体潦草过甚，认不清楚了。

"好！请他进来。"

传达员又向我行了一个军礼，出去把一位瘦削文弱、中等身材、年约三十岁的客人引了进来，不过他身上穿的是什么衣服，我是记不得了，仿佛是罩着一件灰色的布质的棉袍。因为那时我并不曾想到今天我的笔会谈到他，要像小说家那样精细地观察他，注意他。

"请问林主任在部内吗？"他的声音低得几乎使人听不见，像是肺病到了第三期，但表情却是十分镇定自然。

"他大概是还没有起床，让我去问一问，你请坐！"

主任室的勤务兵告诉我，说林主任还没有起身。于是我便和这位毛先生攀谈起来。

"先生府上在哪里？"我讲着带宁波土音的普通话。

"湖南。"

"现在在哪里工作？"

"中央党部。"他说时脸上露着惊奇骇怪的眼光，语音也提高了点，已不是起先那样从鸽子翅膀里发出的微声了。他好像在疑惑我和他开玩笑，不过态度仍是很谦逊的。

一会儿勤务兵说林主任请客人进去，我便引他到主任室。

"啊！毛部长！请进来，这里坐。"林主任笑着招呼他。

我听见林主任喊他毛部长，才晓得他是鼎鼎大名的共产党领袖毛泽东，因为那时中央党部部长姓毛的，只有他一个。我想起刚才问他"府上在哪里"和"在哪里工作"，不觉暗自好笑……

名家对《嫌疑》小说进行了高度评价。作家、文学史家刘继兴认为，徐雉颇具写作功力，在他笔下，毛泽东与小说主人公"我"对话时的言谈举止颇为传神。著名作家唐弢曾评价说："《嫌疑》一篇，从侧面写了毛泽东同志的形象，落笔不多，却有点动人的地方。"文学史家赵遐秋、曾庆瑞等认为："这是我们现代文学作品里第一次出现毛泽东的形象。"

徐雉写《嫌疑》时匠心独具，巧妙地安排小说的结构，第一次正面塑造了毛泽东的艺术形象，并使此作品能得以公开合法地刊载发行，这说明作家具有惊人的胆量和杰出的才干！他当时也可能没料到，自己的这篇小说竟能以最早写一代伟人毛泽东的文艺作品而永载史册。

（原载 2018 年 5 月 4 日《今日镇海》第 6 版）

寻访陈寿昌烈士革命足迹

2016 年 11 月 15 日是陈寿昌烈士 110 周年诞辰。他牺牲时年仅 28 岁，是镇海籍革命烈士中牺牲前职务最高的一位，曾任中共湘鄂赣省委书记兼省军区政委、红十六师政治委员。2016 年也是纪念红军长征胜利 80 周年，近日，笔者随镇海区新四军历史研究会一行人来到崇阳，寻访烈士的革命足迹。

墓在担水坪

陈寿昌烈士陵园地处金塘镇畈田村担水坪，是崇阳县一个偏远的乡村，距离县城有 60 余公里。

汽车在崇山峻岭中穿梭，颠簸在高低不平的山道上，窗外满目绿色，青翠欲滴，坐在车上，饱览崇阳县青山绿水的自然风光，让人一路陶醉。不知过了多久，担水坪到了，车不能进，一条笔直甬道通向烈士陵园，两旁翠柏傲然挺立，远远就能望见高耸的陵园牌楼。

牌楼四柱三开间，中间略高，檐覆红瓦，柱裹青石，门额上书"陈寿昌烈士陵园"七个金色大字。步入园内，有六角亭、烈士简介碑，苍松掩映、庄严肃穆。迎面是古铜色的陈寿昌烈士塑像，塑像下用花岗岩制作的纪念碑，有聂荣臻元帅为烈士题词："陈寿昌烈士永垂不朽！"纪念碑后通过数级台阶，是陈寿昌烈士的坟墓。我们带着家乡人民崇敬之情，献上花圈，系上洁白的挽联，摆放在墓前，大家列队肃立，向烈士深深地三鞠躬、默哀三分钟，深切缅怀革命先烈丰功伟绩。

墓旁的烈士简介碑，由中共崇阳县委、县人民政府于 2003 年 3 月立，记载了陈寿昌烈士的平生事迹。陈寿昌又名陈希堪，1906 年 11 月出生于浙江省镇海区总浦桥一个书香门第家庭。始读于便蒙小学，结业于安庆电报传习所。寿昌同志少时立志奋发报国。1923 年在郑州电报局参加声援京汉铁路大罢工。1924 年加入中国共产党。1926 年任武汉电报工会负责人，发展工人运动，配合北伐军胜利进军。1927 年，英国殖民主义者制造汉口"一三"惨案，寿昌同志参于组织 30 万人反英大会和收回英租界斗争，6 月当选中华全国总工会执行委员。大革命失败后，寿昌同志摆脱敌人搜捕转赴上海，历任上海市政工会党团书记，中共江苏省委委员，中共上海闸北区委、沪西区委书记。1929年，寿昌同志受党的委派到苏联学习。同年秋，调中共特科任联络员。1930年任中共特科四科科长。1932年任中华全国总工会苏区执行局主任、党团书记、反帝总同盟主席。1933年2月调任福建省委书记，7月任湘鄂赣省委书记兼省军区政委，1934年1月到任后，领导湘鄂赣苏区人民反击国民党第五次军事"围剿"。其间，寿昌同志当选中华苏维埃共和国中央执行委员兼任红十六军政委。1934年11月初，为配合红军主力长征，红十六师向西南发展。寿昌同志亲临前敌，率部转战边区，在崇阳县高枧乡老虎洞指挥作战中不幸身负重伤……寿昌同志以坚定的共产主义信念，实践了他"身许马列安等闲，报效工农岂知艰。壮志未酬身若死，亦留忠胆照人间"的庄严誓言。

崇阳县的史料记载，陈寿昌负重伤后，于1934年11月22日晚转移到金塘镇河坪村，伤重不治牺牲。当时牺牲在河坪村朝育屋，是夜，红十六师和鄂东南道委为陈寿昌和其他牺牲的同志开了追悼会，徐彦刚师长与方步舟政委商议，就地买了一具油漆棺木，将其埋葬在朝育屋背后的山岗上。一年后，群众将其墓移至担水坪。

如今的烈士陵园，由崇阳县委、县政府扩建，征地8亩。于2002年10月动工兴建，2003年3月底竣工，总造价30万元。2003年清明节，崇阳县四套班子领导和县直各单位负责人、金塘镇全体干部和当地群众500余人参加了首祭仪式。陈寿昌烈士陵园现成为崇阳县爱国主义教育基地，每年都有不少党员干部和群众自发前来缅怀。

感谢崇阳人民，为镇海赤子选择了这样一个安息之地。

血洒老虎洞

烈士受伤在高枧乡老虎洞。该乡离崇阳县68公里，汽车颠簸在崎岖坎坷的山道上，窗外是连绵起伏的崇山峻岭，青翠满目，时而出现幽深开阔的山涧，植被茂盛，绿色掩盖峡谷，却看不见山涧溪水流淌。

到了高枧乡，乡政府的主要领导在百忙之中接待我们，他们说进老虎洞路窄，只能换小车进山，留一部分人在乡政府等候。小车在弯曲回延的山道上行驶，绕山而上，翻山越岭，山道九曲十八弯，忽而在山腰，忽而至山顶，忽而又至山腰，往下望万丈深渊，让人胆战心惊，毛骨悚然。在谷底经过一红军医院桥，桥旁立有纪念碑，车停了下来，纪念碑主要介绍陈寿昌烈士的事迹。据说，红十六师的红军医院距红军医院桥约3.5公里。沿着谷底我们继续前进，前面就到了老虎洞。

老虎洞其实是一个小村落，处在两山之间的狭窄峡谷，溪坑因干旱没有溪水，溪坑两旁散落着十几户人家，年轻人都出去打工，留在家里的是老老小小。溪坑左面的山脚下有两幢土屋，曾经是陈寿昌战斗过的临时指挥所。土屋墙用泥坯砌筑，已经破旧不堪。

村里有一位 89 岁老人王良义，住在陈寿昌战斗过的临时指挥所旁边，当年才 7 岁，目睹红军与国民党部队在老虎洞激战的情景，在他幼小的心灵里留下了深刻记忆，此刻想起来还历历在目，挥之不去。

事情发生在 1934 年 11 月，陈寿昌、徐彦刚率部队到达通山冷水坪，与鄂东南道委商量后，决定将红三师七团余部、咏生（以师长高咏生命名）独立团营和严图阁（军区参谋长）收集的部队及湘鄂边独立团，合编为红十六师四十六团，共 1500 余人，部队在冷水坪召开大会，正式宣布恢复红十六师（实际只有一个团）。为配合中央红军长征，红十六师计划由崇阳到临湘、岳阳一带活动，向西南一带开展游击战，以牵制敌人部分兵力。

11 月 22 日，当部队行至崇阳与通城交界的老虎洞时，与敌三十三师张寿龄为团长的一九五团遭遇，受到一九五团和崇阳、通城、修水三县的地方反动武装共 4000 余敌的阻击（另一种说法是三十三师两个团）。我军为占据有利地形，从老虎洞撤到老鸦尖、刘婆尖、薄刀埂等高地，敌我双方由此展开十分激烈的攻守争夺战。在陈寿昌、徐彦刚的正确指挥下，我军英勇顽强，连续击退了敌人七次疯狂进攻。正当敌人进行第八次进攻的紧要关头，亲临前线指挥的陈寿昌不幸中弹负伤，我方紧急加以掩护，敌军却乘机攻击。我军虽全力抵抗，但终因敌众我寡抵抗不住，部队被迫撤退到崇阳县金塘镇休整。当晚，陈寿昌因伤势过重流血过多，不幸牺牲。

在村民的带领下，我们上老鸦尖寻找当年红军战士的战争痕迹，村民砍柴领路，大家不怕苦，不怕累，勇往直前，攀登上三四百米高的山峰，山头上还留有昔日战斗修筑的壕沟。恍惚间，我眼前似乎出现了红军战士与国民党部队激战，掩护、护送中弹负伤的陈寿昌书记快速转移的情景……

名留湘鄂赣

湘鄂赣苏区，位于赣西北、湘东北、鄂东南地区。东连南浔铁路，南接株萍铁路，西抵粤汉铁路，北至长江。东西 300 公里，南北近 500 公里，是土地革命时期全国六大革命根据地之一。

陈寿昌烈士在湘鄂赣苏区工作的时间虽然不长，但有很高威望。他坚信党的信念，始终保持旺盛的革命朝气，身先士卒，严以律己，宽以待人，与干部战士和人民群众同甘共苦，在白色恐怖年代，关心他人，爱护同志，像磁铁一样凝聚着大家。他的英雄事迹在老一辈革命家回忆录中都有记载。

陈寿昌牺牲后，为了纪念他，湘鄂赣省委和省苏维埃政府决定以崇阳金塘为中心，在崇阳、通城、修水三县边隅之地区建立"寿昌县"。1935 年 2 月，在金塘铺沙洲上召开庆祝大会，宣布中共寿昌县委和寿昌县苏维埃政府正式成立，县政府驻金塘村。辖金塘、小沙坪、高枧、老虎洞4个区委，31个党支部，设4个区级和32个乡级苏维埃政府。同时，以金塘区游击队为主体，组建寿昌县独立营，由200余人组成，后独立营编入红十六师。

寿昌县苏维埃政府旧址位于崇阳县金塘镇金塘村，离金塘镇不远，只有几百米路程，我们在县党史办李主任和金塘镇领导陪同下，参观了寿昌县苏维埃政府旧址位。大门旁挂着"寿昌县苏维埃政府旧址"，该建筑于2014年被湖北省人民政府公布为文物保护单位。

寿昌县苏维埃政府旧址坐东朝西，为硬山式顶砖木结构楼房，粉墙灰瓦。从正面看，双扇大门，大门两旁楼上、楼下墙壁上各有六个窗户，楼下是镂雕石窗，雕有人物和花草，雕刻精致。楼上的窗户已经没有窗框、窗门。进入大门即串堂，七开间前后两幢，中间是天井，抬头瞭望，四个楼檐呈对角连接，形成方形天窗，楼上四周檐廊相通，走道用车木护栏，简洁大方。后幢即中堂，高大宏伟，两根屋柱又高又粗，屋柱之间的横梁，雕刻戏剧人物，栩栩如生；屋柱基石为鼓状型，用上好青石，雕有鼓和鼓架，刻划精细。廊檐走道宽阔，南北两头各有两扇边门，门框上为圆弧状拱券，坚固又起到美化作用。在这样偏远的山区，有这样豪华的建筑，肯定是财富殷实的大户人家。穷人跟着共产党闹革命、斗土豪、分土地，为建立自己的苏维埃政府而努力奋斗。

在陈寿昌烈士的精神鼓舞下，寿昌县人民没有屈服。1935年6月，蒋介石调遣重兵，派三个师两个团的兵力包围寿昌县，为摆脱敌人的重重包围，省委和红十六师决定向东南突围。寿昌县人民没有屈服，红十六师没有被打垮，湘鄂赣苏区红旗始终没有倒下。

陈寿昌烈士，你是镇海人民的赤子，我为你歌颂，为你骄傲，你的名字已留在当地人民的心中，也铭刻在湘鄂赣这块山清水秀的土地上。

（原载2016年11月16日《今日镇海》第4版）

镇海"七一七"抗日纪胜

1937 年七七卢沟桥事变后,日本侵略者的铁蹄践踏中国领土。1938 年底,我国沿海主要港口相继沦陷,唯宁波仍存,镇海口成为全国航运主要通道,大量的抗战物资海运至宁波,随后转运内地。1939 年进出甬江的轮船有 30 多艘,日运量 1 万多吨,最多达 3 万余吨。日本大本营为切断中国对外联络,企图攻击镇海。1940 年 7 月 17 日,一场保卫镇海、抗击日本侵略者的"镇海之役"浴血战斗拉开序幕,指挥这场战斗的是国民党军一九四师师长陈德法。

县城陷落

1940 年 7 月上旬起,金塘海面上日舰出没频繁,炮击镇海沿海一带村落,企图封锁镇海口进出船只。15 日下午,六七艘日军装甲舰出现在穿山海洋,穿山守军迎头还击,伤其两艘,余舰不支自退。

16 日起,日舰封锁宁波港口,镇海口外日舰由 5 艘增至 14 艘,并于当日晨 5 时许炮击镇海各炮台,发炮 300 余发。日军又派 12 架战机轮番投弹,炮台守军发炮还击。7 时后,日舰续增 2 艘。澥浦、穿山海面亦各出现日舰三四艘,向岸上发炮。至 12 时,东霍洋面又驶来日舰 8 艘,向澥浦、龙山等地各发炮 20 余发。当日,镇海沿海炮火连天,震耳欲聋,硝烟弥漫,撼人心魄。参战日舰有 30 艘左右,其中镇海口外日舰 19 艘,自晨至暮连续发炮 500 余发,飞机投弹 80 余枚。清凉山上设置的探照灯、宏远炮台的弹药库都被炸毁,日军还用燃烧弹焚毁停泊在澥浦渔港的货船 10 余艘。

17 日晨 3 时许,龙山、澥浦海面泊日舰 4 艘,南泓海面泊 7 艘。4 时 30 分,镇海口外日舰 30 余艘轮番驶近要塞发炮,双方开炮 40 余次。日军 500 余人乘装甲艇向青峙老鼠山登陆。拂晓,日军在三五架飞机的掩护下开始进攻,日机从守军阵地呼啸而过,狂轰滥炸。守备步兵第一团二营五连一个排不支退却,另有两个排于嘉门岭附近与日军接战,工事多被摧毁,伤亡惨重。日军一股自清凉山经蒋家、沙头、钳口门至港口,袭击各炮台守军。守备狮子山军队在日军进占蒋家山之际奋勇抵抗,一少尉连副阵亡。日军 300 余人向镇远、宏远炮台急进,另一股日军抢占金鸡山、戚家山制高点。守军增援部队受飞机轰炸影响，进展缓慢，李隘、林唐相继失守。

10时许，日军从林唐向青峙岭猛攻，遭守备一团守军阻击，日机低飞并以机枪向守军反复扫射，八连连长与五连连副相继阵亡，青峙岭失守。日军除一部向小港攻击前进外，大部越徐家岭侧攻宏远炮台，炮台守军改携步机枪转移至沙蟹岭堵击，守备步兵一团亦抽集兵力阻击，终因寡不敌众，宏远、镇远两炮台陷落。中午，守备步兵一团二营撤至王家溪口附近集结。下午，日军另一股400余人于江北后海塘、大道头、招宝山紫竹林等处登陆。时原驻县步兵一团八连已调防江南阻击，威远炮台已被日机炸坏，不能发击。台长率余部突围撤离，招宝山失守，县城陷落。

日军所到之处沿路纵火，火光冲天，烟雾弥漫，烧毁蒋家、青峙、沙头、李隘、林唐、黄瓦跟、小港溪跟、港口、沙湾头、泥湾、铺前、江南道头、王家塘、后袁、双板桥、东山庵等20余个村庄，被烧民房、店铺、庙宇、学校共5370间，遭日军枪杀、刺杀、烧杀、强奸后又被杀的有166人，关在港口竺山庙民夫中的30余人被活活烧死。

全线反击

17日晚，抗日前线部队由一九四师师长陈德法统一指挥，命令各部将登陆日军阻击在青峙、小港、江南及城关一隅。命江南守军一九四师一一二七团第一营及迫击炮连由团长率领，与守备团团长、炮台总台长和守备团三营余部均集结在王家溪口、长山桥附近。命江北守军一九四师一一二五团驻龙山、澥浦的部队留少数防守兵力，其余奔赴骆驼桥待命。20时许，抗卫第三纵队第八团第二营2个连从宁波下白沙向青水浦搜索前进。23时许，一一二六团第二营由副师长率领到达孔墅岭，一一二七团第二营由穿山到达马嘴山以南，各部就地待命，准备反攻。

18日5时，增援部队十六师四十八团从上虞出发抵达段塘，奉命归一九四师师长陈德法指挥，接替一一二六团防务，派1个营赴梅墟，会合炮兵一团第五连担任甬江警戒，以阻止日军突破甬江防线。时日军登陆部队已达2000余人，在各处抢筑工事；镇海口外有兵舰23艘，汽艇40余艘。

7时30分，江南守军反攻，一一二七团第二营一股作气攻克老鼠山、嘉门山、狮子山、青峙岭。一一二七团第一营攻克七茶岭。守备二团第二营在小港、戚家山一带与敌接触，炮声隆隆，枪声四起，战斗十分激烈，双方多有伤亡。

中午，日军为扫除障碍，在城区西门外武宁镇一带纵火，武宁桥两侧街道，有上百家商铺、快船码头、航船码头、白家浦以及前后聪园路等地3000余间房屋被烧为废墟，无家可归的居民达5000余人，没有来得及逃命的三阳南货店店主等 10 余人被日本鬼子杀害。19 时，一一二六团推进至长山桥、衙前、陈山一线；一一二五团一营一连推进至县城西部待命。

19 日 1 时半，抗日部队全线出击。一一二七团第二营攻克马嘴山、长跳嘴、唐家弄，逼近黄瓦跟。一一二六团攻占戚家山。一一二五团进攻至县城小西门外，遭城上日军阻击，弹如飞蝗，难以接近，拂晓撤回。11 时，日军出动兵舰、飞机助战，全线反扑；又以汽艇 8 艘，载百余兵窜至东山附近企图登陆，遭一一二六团第七连抗御击退。16 时半，各线日军不支退却。当日，官兵伤亡惨重，各线抗日官兵死亡自营长以下 300 余人。入夜后，一一二七团进攻小港，日军凭小浃江固守，守军渡河未成，仅克黄瓦跟和小港东岸局部民房。陈德法命接替一一二六团防务的四十八团，在 20 日拂晓前进入戚家山、东山、陈山阵地，修筑防御工事，与日军作最后决战。

20 日自晨之暮，城郊山野，双方进行激烈争夺战。一一二五团利用炮队集中轰击，炮声隆隆，弹如雨下，逼近城垣，城中日军惊恐万分，构筑工事，作最后挣扎，以待援军。

收复失地

21 日晨，日军兵舰、飞机、步兵重迫击炮向黄瓦跟、戚家山猛烈轰击，惊天动地，沙尘冲天，守军阵地被炸得岩石成灰，草木无存。8 时许，日军以 2 个中队进攻一一二七团守防的黄瓦跟阵地，守军奋勇抗击，所有武器一齐开火，将敌人的火力压下去，战斗 3 小时许，日军未能得逞，放弃进攻。日军以七八百兵猛攻四十八团守护的戚家山阵地，自晨至午，阵地上风烟滚滚，杀声连天，双方肉搏冲杀十余次，阵地得失三四次，横尸遍野，血流成河。六连仅存兵 9 名，一连仅存班长 1 人、兵 3 名，仍坚守阵地。一位日本随军记者身临其境，被中国军人的英勇气概所震撼。

14 时，日军增援三四百人再次进攻，一一二六团第三营奉命归四十八团团长罗瀛鹏指挥，从七茶岭、赵家赶赴前线，增援戚家山战斗。在援军与守军两路夹攻下，17 时许，日军不支自退，抗日部队完全占领戚家山。至 18 时，日军开始向江边撤退。20 时开始，日舰发炮 3000 余发，掩护被击溃日军登舰撤离，守军乘胜追击。22 时，四十八团攻占金鸡山，一一二七团攻占港口镇。

22 日 1 时许，四十八团第二营克泥湾，3 时，一一二七团克宏远炮台。2 时半至 3 时半，一一二五团收复县城，克招宝山威远城。日军败退时，又在瀜浦海面烧毁渔货船四五艘，船民被枪杀。

自 7 月 17 日战斗开始，地方民众以唐爱陆为首的小港抗日后援队、救护队等救亡团体，发动当地民众组织担架、船只，转运救护伤员，捐赠物资支援前线。唐爱陆还在东岗碶一带设立难民救济所，收容逃向后方的难民。还有中共庄桥支部从战地服务队中抽调 23 人随带担架、急救药品及慰劳品奔赴镇海前线，救护伤员，慰问难民，直至击退日军后方归。

"七一七"进犯镇海系日海军第三舰队上海特别陆战队西林大队之 5 个中队，配奇袭 1 个中队，机、炮各 1 个中队以及驻定海日军 500 余人、伪军 200 余人共 3000 余人，出动军舰 30 余艘，航空母舰 1 艘，汽艇 40 余只，飞机 30 余架。此役击毙日军 400 余名，伤六七百名。

在这次镇海战役中，守军阵亡官佐 14 名，士兵 586 名，受伤官佐 44 名，士兵 536 名，阵亡官兵大部分掩埋在布阵岭西向路南缓坡上。10 月 15 日，宁波各界举行追悼镇海阵亡将士大会，党政军警法农商学妇都参加，国民政府主席林森送来"守土完忠"挽联。镇海军民英勇抗战，沉重地打击了日本侵略者，为中华民族抗战史增添了光辉一页。

为纪念抗日战争胜利 60 周年，2005 年 7 月，在戚家山上筑起"七一七戚家山抗日纪念碑"，这是镇海军民用血肉铸就的历史丰碑，告诉人们要永远铭记在镇海保卫战中英勇战斗、为国捐躯的烈士们。

（原载 2015 年《镇海通讯》第 6 期）

镇海 "四一九" 失守

1940 年 7 月 17 日，日军出动军舰 30 余艘，航空母舰 1 艘，汽艇 40 余只，飞机 30 余架；派日海军第三舰队上海特别陆战队西林大队之 5 个中队，配奇袭 1 个中队，机、炮各 1 个中队以及驻定海日军 500 余人、伪军 200 余人共 3000 余人，强行登陆镇海口两岸。为保卫镇海，国民党守军浴血奋战五天五夜，击退来犯日军。镇海之战，打乱了日军大本营的战略计划。日军不甘心失败，伺机再战。

日军侵占镇海的战略意图

镇海要塞在浙东的战略地位极为重要，甬江口两岸扼江控海，地势十分险要，它南与象山港连接，北与杭州湾遥相呼应，西通宁波奉化，北达慈溪、余姚、上虞，为历代海防重地。作为 "浙东门户" 的镇海，在浙东抗战中的战略支点作用尤为突出。镇海固，浙东稳；镇海破，浙东危。

日军大本营第一次侵占镇海失败后，"南进" 东南亚战略被延迟，国民党仍然利用宁波港口这条重要补给线，争取外援，军需物资等源源不断地往内地输入。

自 1938 年起，我国沿海主要港口相继沦陷，唯宁波仍存，上海租界码头仍可通航宁波，一些轮船为防止日舰日机的封锁、轰炸，改挂英、美、法、德、意、葡等国家旗号出入宁波港。镇海口成为中国内地出海航运的重要通道，军用物资和内地民用货物经此转运。1939 年进出甬江的轮船有 30 多艘，日运量 1 万多吨，最多达 3 万余吨。宁波港直接对外贸易总额猛增，1940 年为 5661 万元（法币），与 1936 年 185 万元（法币）相比，增加 30 倍。转口土货总值，1936 年为 3291 万元（法币），1940 年达到 15199 万元（法币），增加近 5 倍。海关税收 1936 年为 191 万元（法币），1940 年为 566 万元（法币），增加近 3 倍。大量军需及民生物资从镇海口进入，驳宁波发运全国各地，与 1936 年相比，煤油从 549103 升猛增至 6440236 升，增 10 倍多；汽油从 454570 升增至 1550478 升，增近 4 倍；糖从 37105 公担增至 49750 公担。宁波港仍在运营。

于是，日军大本营处心积虑地制定了《1941 年对华长期作战指导计划》，将封锁海面、海港列为日军作战的首要任务，占领镇海是其战略目标。日军一旦占领镇海，可一举三得，既可切断宁波港这条海上通道，加强对华的经济压迫，防止战略物资转到内地；又可成为其"南进"东南亚的基地之一，宁波有海港和机场，方便其资源掠夺、兵源与物资的输送；还可以伺机寻找与国民党第三战区淞沪游击队（新四军）主力作战，巩固其对宁、沪、杭的占领。日军为实现其战略目标，发动对镇海的第二次进攻。

国民党在镇海的防御兵力

日军第二次侵占镇海时，防守镇海的国民党部队只有两个师，分别是第一九四师和暂编第三十四师。

第一九四师于 1935 年 10 月，由国民革命军独立第三十七旅七〇九团、七一〇团、七一一团由厦门调防宁波。1937 年新编第三十四师接防，分驻奉、镇、象，三十七旅调沪淞参加抗日战争。1938 年春，三十七旅重返宁波，改编为第十团军一九四师，师长陈德法，实际兵力 4000 余人，辖一一二五、一一二六、一一二七等团，轮流驻防于江北镇海、江南及鄞东、慈东一线。

一九四师在镇海等地驻防分布：甬江以南一个团，团部驻宝幢（后驻净居寺），辖 3 个营；一驻象山港大嵩一带，一驻霞浦下洋、穿山、后所，一作预备队驻育王寺、明堂岙一带。另一个团作预期备队驻汶溪、洪塘一带。

甬江以北一个团，团部设在保国寺（有时在汶溪西方寺），辖 3 个营；一驻石塘下、南泓、湾塘、澥浦一带；一驻邱王、龙山、古窑浦一带；一作预备队，驻河头、骆驼桥、贵驷一带。

暂编第三十四师，由浙江省国民抗敌自卫团（总司令黄绍竑）第一支队等部组合，于 1940 年 6 月在金华郑岗山改编为国军杂牌军。在奉化邬镇休整时补充了两批来自福建的新兵，为丙等装备的满额师，师长彭巩英。师部的作战部队只有三个步兵团，每团配备有一个 4 挺水冷式马克沁的重机枪连及一个 4 门迫击炮的迫炮连外，无其他重武器。每连还配备有捷克式轻机枪 4 挺，掷弹筒若干，七九步枪 100 多支。1940 年冬奉命调往浙东镇海沿海一带接防，第一团把守镇海城、招宝山及清水浦等甬江以北地区，并警戒霍山至金塘岛的海面，第二团驻守龙山、观海卫、浒山一线，第三团驻慈溪和余姚等地作后备，师部也设在那边。

当时的镇海要塞炮台，自从 1937 年 9 月 20 日至 1940 年"七一七"战事后，已名存实亡，与日舰、日机交战 40 余次，各炮台弹痕累累，受创甚重。日军第一次在镇海登陆时，威远炮台大炮 1 门，已不能发射，宏远、镇远两炮台 7 门大炮，均有部分机件被炸损，影响正常使用。

日军向镇海实施两面夹攻

1941 年春，侵华日军再次发动对中国东南沿海的登陆作战，发动宁绍战役，实施东西夹攻。3 月 15 日，日本大本营（大陆命名第 490 号）命令第五师团在日本佐世保进行陆海联合登陆作战演习后，参加代号为"甲号（F1）"的浙东登陆作战。3 月 23 日，日本大本营（大陆指第 853 号）命令为第五师团配属有关船舶部队，驻沪日军第十三司令官泽田茂奉命从陆上策应。

4 月 14 日设指挥部于杭州，抽调第二十二师团、第十五师团、独立混成第十一旅团及伪军一部共约 3 万余人，于 4 月 16 日进攻绍兴、诸暨。驻南京日空军第三飞行集团司令宫本下敏设指挥所于上海，抽调第一、三飞行团 100 余架飞机，配合浙东作战。日海军抽调军舰 30 余艘及海军横须贺第四特别陆战队近 3000 余人护卫第五师团登陆浙东。

4 月 15 日起，镇海口外日舰增至 10 余艘，炮击小港、城关、澥浦等守军阵地，日机轮番轰炸，每日投弹 200 余枚。当时，守卫甬江口南北岸的国民党守军为一九四师、暂编第三十四师和宁防守备团及县自卫大（中）队等。

4 月 16 日，日军进袭绍兴、诸暨，以配合主力部队在镇海登陆。17 日，绍兴沦陷。国民党第十集团军总司令刘建绪命令：暂编三十四师两个团奉命调赴百官，防守曹娥江。是日，日本第五师团从佐世保登陆船来中国作战。

4 月 19 日凌晨 1 时，日军在 10 余艘舰炮轰击与飞机轰炸掩护下，以大批汽艇分载海军陆战队及第五师团第九旅团的 6 个大队等共 1 万余人向镇海江南、江北多地段同时登陆。登陆招宝山日军遭守军暂编三十四师一团一营猛烈反击，双方伤亡惨重，二连连长蔡文烈、一营营长戚威良先后阵亡。拂晓，日军千余人在俞范双跟塘及石搪头间强行登陆，三营某连守军奋勇阻击，大部阵亡。日军 700 余人进袭县城，9 时 40 分县城陷落，守军暂编三十四师一团三营九连官兵死亡殆尽。

江南黄瓦跟登陆日军至拂晓时，已达 700 余人，后增至千余人，与金鸡山登陆日军汇合后，续向西犯。在日舰炮击、日机轰炸扫射下，守军伤亡极大。守军一九四师五八一团刁君岳连在竺山头阻击，终因众寡悬殊，后援无继，全连牺牲。10 时许，日军炮艇突破镇海口封锁线，溯江而上。11 时日军在王家洋登陆、14 时日军 700 余人在清水浦登陆，进攻下白沙。15 时一股日军又在梅墟登陆，从江东进攻宁波。

双跟塘登陆的日军中午进至前王村、与另一股自县城沿中大河经迎师桥、万嘉桥、大市堰的日军，于 14 时向妙胜市进攻。暂编三十四师一团三营凭借中大河顽强阻击，毙伤日军 50 余人，守军伤亡 70 余人。营长颜怀信身先士卒，率剩余官兵拼死抵抗，毙伤日军 50 余人，终因弹尽无援，壮烈殉国，剩余官兵于当

珍贵片羽

晚突围撤往慈城，日军进占贵驷、骆驼，后一路趋向压赛堰，一路攻慈溪县城（今慈城镇）。18时日军进至下白沙，20日宁波陷落。

镇海失守浙东沦陷

"四一九"之役，两军兵力相差悬殊。日军进攻镇海的兵力达13000余人，而扼守镇海口两岸的国民党守军仅6000人，日军拥有大量飞机、炮舰，而镇海口守军仅为机枪、迫击炮、步枪等轻武器；日军发动了浙东战役，投入军力不下5万人，日军对镇海采用东西夹攻，在镇海口多点登陆。守军兵力严重不足，顾此彼失，还调暂编三十四师大部主力赴百官；何况没有两线准备，少数下级官兵在失去联系后，仍孤军作殊死抵抗，英勇殉国。

镇海失守，日军长驱直入，攻占浙东的战略意图完成。日军切断了国民党的重要补给线，封锁了宁波港。沦陷后，镇海港口的一切经济活动近乎停滞，贸易运输由日军"统制"，进出口货物概由加入"贸易业组合"之贸易行专营，事先必须经日本海军特务部许可，再向日军上海海军武官府办理"搬出入"手续。自沪运输物资多由轮船装运，输沪土产亦用帆船运输，港口吞吐量不及战前十之一二。

日军开始对浙东的经济掠夺，强行掠夺象山的萤石资源，据记载，在茅洋开采砩石10万吨，运往日本5万吨，后因运载的砩石"兴亚丸"被盟军飞机炸沉，尚有5万吨堆在石浦、砺港等地。还强行掠夺民众的金银财物，致使国民党中央贸易委员会暗中寄存在庄桥的物资全部被劫。

日军摧毁了国民党一九四师、三十四师的部分有生力量。占领了鄞西栎社、镇海南泓两机场，又准备建造庄桥机场，将宁波成为其后方基地之一。

沦陷后，宁波遭受日本侵略者蹂躏长达4年多，日军所到之处烧杀淫掠，无恶不作，丧尽天良，暴行累累，老百姓深受其害。好多亲身经历的老人，提起日本鬼子侵略镇海，他们声泪俱下，仍历历在目，记忆犹新。我们要牢记这段历史，勿忘国耻，振兴中华。

（原载2015年《镇海通讯》第6期）

后　记

　　本人喜欢写作，退休后开始研究镇海地方文史。2010 年参与宁波市镇海区郑氏十七房文史方面的研究和挖掘工作，2012 年受聘于镇海区委党史研究室，参与编写《中国共产党镇海历史（第二卷）》，这使我爱上地方文史研究，并积累了不少文史资料。同时从事文学创作，结识了镇海作协第一任主席徐志明先生，经他介绍加入镇海作协，在作协沙龙活动中，学到不少写作手法和技巧，受益匪浅。

　　镇海作协承担了不少地方文化的写作任务。在第二任作协主席唐斌源先生组织下，为骆驼街道编写《梦枕骆驼桥》和《遗梦骆驼桥》两本书，分别于 2015 年 6 月和 2017 年 12 月由浙江人民出版社出版。我为第一本书撰写了《穿越憩桥看茗莲》《东河港路寻望族》两篇文章，为第二本书撰写了《骆驼盛氏：编织近代航运梦》《蛟西洪氏：亦耕亦读亦商梦》《水陆都会：慈东商埠骆驼桥》《蛟西大镇：西大河上团桥头》四篇文章。

　　在第三任作协主席林伟同志带领下，我参与汶溪文种故里的研究，与爱好文种文化的同仁们一起，调研搜集相关资料，通过走访、梳理、整饬，将《文种故里初探》编书成册。文种故里，是历史留下的宝贵资源，挖掘、开发和利用这一人文资源，意义颇深，影响弥远。研究文种故里，是对镇海地域文化进行补充，有利于丰富镇海地域文化内涵，更可以提升汶溪和九龙湖地区环湖旅游竹文化内涵和知名度。

　　镇海文联组织出版《镇海作家文丛》第三辑，把我列入其中，我甚感幸运。本书为历年文章的汇编，时间跨度较大，所以内容上可能互串与重复，加之本人水平有限，书中肯定存在谬误与不当之处，敬请读者批评指正。

　　借此机会，感谢镇海文联、作协为我搭起出书平台。

郑毓岚

2021 年 6 月 28 日

后记

图书在版编目(CIP)数据

蛟川漫录 / 郑毓岚著 . —杭州：浙江工商大学出
版社，2022.6
（镇海作家文丛 . 第三辑）
ISBN 978-7-5178-4961-2

Ⅰ . ①蛟… Ⅱ . ①郑… Ⅲ . ①散文集—中国—当代
Ⅳ . ①I267

中国版本图书馆 CIP 数据核字（2022）第 088880 号

蛟川漫录
JIAOCHUAN MANLU
郑毓岚 著

责任编辑	沈明珠
责任校对	韩新严
封面设计	宇 声
责任印制	包建辉
出版发行	浙江工商大学出版社
	（杭州市教工路 198 号 邮政编码 310012）
	（E-mail：zjgsupress@163.com）
	（网址：http://www.zjgsupress.com）
	电话：0571-88904980，88831806（传真）
排 版	杭州宇声文化艺术有限公司
印 刷	杭州良诸印刷有限公司
开 本	710mm×1000mm 1/16
印 张	106.5
字 数	2145 千
版 印 次	2022 年 6 月第 1 版 2022 年 6 月第 1 次印刷
书 号	ISBN 978-7-5178-4961-2
定 价	398.00 元（共 9 册）

镇海作家文丛·第三辑

片屿集

樊中泳 著

浙江工商大学出版社
ZHEJIANG GONGSHANG UNIVERSITY PRESS

总　序

　　适逢宁波市镇海区第四次文代会召开之际，"镇海作家文丛"（第三辑）带着清新的墨香，和大家见面了。

　　镇海底蕴深厚、人文渊薮，为文学艺术提供了丰厚的创作土壤，文学人才辈出。进入新时代，文学氛围更加浓厚，创作成果不断涌现，有一定影响的一批创作人才脱颖而出。自镇海区第三次文代会召开5年来，已出版各类文学作品70余部。其中，3部作品获宁波市"五个一工程"奖、1部作品获浙江省"五个一工程"奖、1部作品获冰心儿童文学新作奖、1部作品获"宁波文艺奖"。

　　为迎接镇海区第四次文代会召开，进一步展示近年来镇海作家的创作成果，鼓励和扶持文学新人，镇海区文联于2021年启动了"镇海作家文丛"（第三辑）组稿工作，从20部申报作品中选取9部形成本辑。丛书以小说、散文体裁为主，其中有对镇海山水的细腻描述，对日常生活细节的敏锐捕捉，充分展现了镇海作家着眼时代、扎根生活、锐意创新的精神风貌。丛书的面世，有力推动了镇海文学事业的繁荣发展，也为镇海高质量发展建设共同富裕先行区提供了精神动力，为满足人民对美好生活的追求提供了智力支持。

　　2022年下半年，党的二十大即将胜利召开，我们将朝着全面建成社会主义现代化强国的第二个百年奋斗目标迈进。伟大复兴呼唤伟大作品，我们期待和相信每一位镇海作家，都能牢记文艺使命担当，勇立时代潮头，自觉承担起启迪思想、传播理念、凝聚共识的重任，与人民同呼吸、共命运，通过文学作品描绘新时代、新图景，讴歌真善美，传递正能量，充分开掘深厚而独特的镇海文化底蕴，彰显艰苦奋斗、勇于进取的镇海精神，讲好精彩动人的镇海故事，让更多人看到壮阔美好的镇海新气象。

　　是为序。

本书编委会

2022 年仲夏

目 录

壹 小说

回家 …………………………………………………… 002

重复 …………………………………………………… 021

蒙太奇 ………………………………………………… 039

互信 …………………………………………………… 044

还青春 ………………………………………………… 047

贰 随笔

台北一日 ……………………………………………… 054

两则 …………………………………………………… 058

闲庭信步中，见江南 ………………………………… 060

缘与面 ………………………………………………… 063

黑色的光 ……………………………………………… 065

鹿港 …………………………………………………… 068

As time goes by ……………………………………… 070

绝境 …………………………………………………… 072

味道 …………………………………………………… 080

邻 ……………………………………………………… 084

晴日随想 ……………………………………………… 086

生活 …………………………………………………… 089

少年噗啦啦啦飞过 …………………………………… 091

叁 评论及其他

人的完满 ·· 096

历史的"鲜活"与"定格" ·· 099

孔子与寻道 ·· 102

一个潜在的女文艺青年 ·· 106

论泰勒斯 ·· 109

衰 老 ··· 111

若有爱——观《陆垚知马俐》 ···································· 113

老叶的"黄金时代" ·· 116

壹　小说

回家

重复

蒙太奇

互信

还青春

回　家

Pac-5 芯片通用说明手册

重要！重要！重要！

Ⅰ. Pac-5 芯片只用来减轻人的身体上的痛苦，减轻程度受文化、政治、心理及不可抗力等因素影响，不存在各人的感受绝对一致的现象，它的作用因人而异。

Ⅱ. Pac-5 芯片的材料经过国际智能医疗组织认定，对人体无毒；Pac-5 芯片通过国际人工智能协会核心算法 Alpha-Pythagoras 无差别测试，对同一性无本质入侵。

Ⅲ. 针对任何以 Pac-5 为基础的权限修改、算法重置、路径转接等行为造成的法律后果及伦理矛盾，其后果须使用者自负。

1. 安装说明

……

23. 风险提醒：无任何证据表明，Pac-5 绝无可能在未来时间轴、宏观可变因素及微观可变因素影响下，对人类产生负面影响。

一

塔夫茨大学　人工智能与认知哲学讲座（Tufts University Artificial Intellect & Cognition Philosophy Lecture）

主讲人：韩安教授（Professor Andrew Han）

大家下午好。

今天演讲的主题是，关于身体、人工智能、同一性的一些思考。

对同一性的考察，来源于对心灵哲学的确证，来源于人的自我观照，也来源于"我"这个最深邃的问题。在印度《奥义书》中，描述一切发生，源于一个"我"，这是一切的开端。而笛卡尔也在《第一哲学沉思录》中表达，我思故我在，剥离了一切感知和延展之后，只存在一个不可归因的"我"，哪怕是康德在构建其道德哲学的第一命题时，也把"我想要善"作为价值判断的源头。可见"自我"，是我们人性中深邃的来源，与自我意识的形成、价值判断的演进，有着密切的联系。自我，是心灵、心理、行为、记忆的联结，是"逻各斯"，它是一切发生并得以持续的钥匙。

为了对这个问题有更深刻的了解，我们先来讨论一下"缸中之脑"这个命题。哲学家设想了一个"缸中之脑"，即脱离了身体的大脑。这个"缸中之脑"被科学家控制着，但它传导着一切使人感觉愉悦和兴奋的信息，让人感觉自己的存在，同时没有痛苦，只有欢愉，不会枯竭。这个问题本身是笛卡尔对于"我思"即"存在"的一个极端化、具象化的例子，也是柏拉图"洞穴论"向度上的现代性诠释。那么问题来了，假设让你成为这个"缸中之脑"，享受无尽欢愉，你愿不愿意？

好，看样子很多人是不愿意的，那么理由呢？趋利避害不是我们的本能吗？我们每天都在上学、读书、考试，渴望获得好的工作、好的收入，而世界在不断地斗争、攻讦，来获取资源，满足欲望。然而，成功者寥寥。所以，我们为什么不做一个消耗电量的感觉动物呢？抛弃理性，抛弃身体，抛弃道德和约束，不好吗？

进一步说，佛教里有四圣谛，苦，集，灭，道。即，苦本身，苦的出现，苦的消灭和苦消灭的方法。但如果作为一个生物人，我们可能一生都无法突破这个循环，只是每天在痛苦中轮回，在欲望中挣扎，爱别离，怨憎会，求不得。我们只能通过不断内省、践行，追溯自身的缺陷，解决一切由此衍生的恶，来释放众生的苦。极少人可以达到这个境界。而这里，显然是一条捷径。所以，再问一遍，假设有这样一种大脑，你们愿意吗？

这位同学请说。

"韩教授，我想表达一下，如果仅仅是一个大脑，没有身体，哪怕有再多的欢愉，那么我们还算人吗？这是我最朴素的一个反驳理由。"

很好，这位同学讲到了身体。的确，在哲学范式中，无论是佛教，还是印度教，或是纯粹的笛卡尔式反思，乃至弗雷格、蒯因、早期维特根斯坦，这样纯粹理性推演与命题的前进，他们都抛弃了身体，而把人看作一个纯粹理性的存在。在宗教中，身体是苦的来源，无论是我们的肉体，还是我们基于身体的心理，其边界决定了我们的欲望，来源于缺乏，身体的缺乏、心理的缺乏。而纯粹理性，基于逻辑而构建符号系统，反思我们存在的最优策略，也必然要抛弃身体，借助数学、逻辑来推导和建立。这一切都基于超越人性的工具，以及人类鄙弃肉体，害怕生老病死的天然情绪和潜意识。

然而，我们个体终究是抛弃不了身体的。我的本科是哲学，博士才走向人工智能专业。我曾经是理性主义坚定的拥护者，而到了实践领域，在研究中我才发现，抛弃了身体，许多我们看上去完美的模型，都难以成立。就像在两点间画一条线一样，平滑、最短；但，正如地球是圆的，两点间最短距离必然不是直线，而人

壹　小说

性也是深邃的，人不是数据的堆叠和完美的理性，很多理论会失灵也就理所当然了。尽管我们无数次把一堆数据放置到精密的算法之中，获得了比人类理性推演多得多的可能性，然而，这终究是一个工具。

我们推动人工智能发展，归根究底是要促进人的本身的幸福，而不是控制人，或者操纵人。人工智能的基底，必须是我们有缺陷的，但是活生生的人性。基督教里讲第一推动力，人工智能的第一推动力，还是人，人本身。无论是对于身体的执着，或者对于自我的确立。或许就与前面"缸中之脑"说的一样，尽管无限欢愉，我们依旧不信任控制大脑的科学家，我们不愿意自己变成一堆数据，这是人类的狭隘，也是人类生生不息的执着。

当下，我的实验室正在推进一项有意义的工作，即制造一种能够减轻人类痛苦，又不伤害人类自我意识的芯片。也就是我手里拿着的Pac-5，顾名思义，这是第五代了，也是最接近量产的一代。这套芯片植入人体之后，可以有效地减轻物理性的痛感，且不妨碍身体的自主控制。同时，对于心理伤害也有一定的帮助。心理是基于人类认知法则的一种物理性逻辑，是可以控制的。但是不得不指出的是，它对于心理痛楚的改善，并不能完全达到遗忘或者消除的效果，而仅仅是减轻。人类意识的产生，除了感觉层面，还有许多超乎理性的层面，诸如心灵，诸如一种原始的人性、自由、母性，我们无法涉足，也无意涉足。在研究中我们发现，人性本身存在着无穷的力量，一种"brute"，我们也可以称之为野蛮，称之为荒芜中的原始，但是它是有倾向性的。人本身的存在、多元性的彰显，正是人性天然彰显的结果，就像庞大星系之后的黑暗，无穷理性背后的动源。过多的对于人性本身的干涉，就会使人蜕化为一堆数据，甚至成为人工智能的奴隶。

在我看来，人工智能必须被设限，它的前提是必须保证人是自我身体与意识的主导者，即保证人能够完整地维护自己的同一性。在个体领域，它必须成为一种辅助。想必大家应该听到了不少企图用人工智能形成个体超人的案例，尽管有些是善意的。就像前二十年，有不少人用生化力量改造个体、增强机体、增强大脑脑力，最后出现了许多怪异的事情，尽管对于人类整体并没有过分的影响，这一类事件本身，一种人类亚文化现象，是人性海洋里的浪花，也是人类自身想象力与本能缺陷造成的。最近的一件事，在嶂叶岛上，也是因为人工智能权限的越界，发生了同一性杀人事件等。

而在社会领域，人工智能只能被规定，作为一个公共空间的管理者，而不能超越，必须充分考虑人性的适配。不得不说，我们之前渴望的理性，乃至当下的人工智能，趋于建设一个无穷的理性来掌握一切，这一切可能基于公共的想象，或者个体投射到整体中的一个偏倚。我们的历史上曾无数次基于最优策略制造机制，从而造成了大量个体的痛苦与灭亡，无论是机械地去调配社会资源，还是如阿拉斯戴尔·麦金泰尔说的，在黄金时代只言片语的残骸上，构建一个基于狭隘视野的暴政。我们做过许多这样的事情，人工智能应该去弥补这个缺陷，给予更好的人类组织模式，同时也应该"不逾矩"。

我的立场十分明确，在人工智能不断完善公共领域和不断协助人类了解人性自我边界的大背景下，我们仍必须承受人性本身的痛苦，以促进人性进化，然后成为一个更好的人。耶稣的归耶稣，凯撒的归凯撒，人性不能被算法裹挟。任何逃避人类原始痛苦而做出的努力，我想都会把人推向"缸中之脑"，还原为肉体、回忆、只言片语，我们受到摆布，丧失主体性，最后还原到一堆数据之中。人不能被外物裹挟，人需要保持人的本真，我希望人性本身的不断超越，会成为这个新世界里最值得做和值得尊敬的事情。

谢谢。

二

1

所有人都爱我的宝宝，我的宝宝只爱我。——《形式逻辑》

2

痛，分为十个级别，从基本无痛，到刺痛，到绞痛，乃至到无法忍受的颤抖。这只是感觉层面的，痛不仅仅是感觉。它更像是一种无穷无尽的折磨，痛伴随着苦，精神现象学，就像走在黑色的京都清水寺地下的暗道里一样，唯一可以依赖的是手部紧握佛珠的触觉；而痛苦则来源于内心，那些迎面而来的画面，欢愉消失，残忍却不忍失去的画面，还有一些符号，一切意象，一切语言，直到你走出暗道，你怅然若失，却又无言以对。

痛是一种实体，就像我们出生时与世界同频，保持着无痛，却要走自己有限理性下刻画的路径，来书写个体视角下的宏观叙事，远离命运本身的平静。一切痛苦源于欲，求之不得、怨憎相会、挚爱别离、生老病死，才发现一切缘皆是有因才有果，浩浩一生，最终归于起点，归于相中之色，归于意中之空，归于无，归于无无。

我站在台上，感受着痛苦本身，也与痛苦对视，若即若离。自我无意识的言语却无法听清，声音波动开始平均，灰和白之外别无色彩。我理解，这是一种精神失序，我告诉自己，Psycho is machine，需要调节，需要微调，保持平衡。我努力看着下面各种表情，灰色的、潮红的，扭曲的、遮掩的，激动的、平静的。我读不出什么，意识如大潮般退却，在我身旁的棺椁里的母亲的身体，确切地说，是脱离了有机的肉体，不再新陈代谢和辗转腾挪。我没有和她对视，我也不敢想象这种对视，我只能看到大门口黑暗里透着的外面的夏日午间的强光。

和十年前一样，人死后依旧是被送进关怀院，有人痛哭着，有人默念着，有人站立着，这是人的联结与断开，一种古老的礼俗传统和认同向度。

可是，我才十七岁啊。

3

母亲是一位哲学教授，主攻形而上学。书房是她的生命，她总说只有那个角落给予她彻底的平静。书房里堆满了书，《命名与必然性》《第一哲学》《形而上学》《哲学问题》《存在与时间》，还有《周易》，等等。每次或有争吵，我总是跑进她的书房里将门反锁起来，任她之前再怎么教训斥责，这时候都会停下来，生怕我伤了书或者搅乱里面的格局什么的。其实我只是躲在门后面，这样既不远也不近，隔着门，直到听外面声音平息了。我也会摇摇晃晃懵懵懂懂去翻一些书，看着看着就睡着了。我和她的战争往往是这么平静下来的，门外的她，门内的我。

哲学，是她的热爱所在，她总是在寻找世界的平衡，在生活琐碎里寻找，在出门对话时寻找，在传统伦理里寻找，似乎从来都格格不入。对她而言，哲学是一门了解世界的工具，她也只会这一门工具，这是她看世界的角度。不过在这个规则世界里，善待她的恐怕就是这门工具，或者她本身的热爱罢了。

三岁的时候，父亲离家出走，对他，我并没有特别的印象，长大了也仅仅是知道他专注于数据压缩算法这一工作，是一名数学家和工程师。在照片里我还能看清他的模样，其他剩下的，就是每次母亲对这次出走的只字不提，或者更确切地，欲言又止。他们没有离婚，但是他再也没有出现。

十一岁暑假里的一天，母亲上班，我独自一人在父亲曾经的书房，后来的杂物间里，找到了一本日记，里面画着一些算法和图，当时我并不明白，后来我才逐渐明白，那是关于芯片运算使用能源极限的算法和数据压缩后提高保真度的算法方案。

从此以后，我也找到了平静的地方，杂物间旧书架与墙之间的夹缝。我学习 Julia、Pytorch、C 等编程语言，了解卷积神经网络，了解深度学习，了解对抗神经网络的来龙去脉，了解能源与数据之间的平衡以及最优状态的到达，购买各种硬件在房间里做模拟实验，从沉迷于逻辑的力量，到挖掘联结的必然。而后，我开始理解一些关于绝境的禅道，因为很多数据算法到最后总会崩溃，那个极限不曾达到，我也不理解为何，似乎理性到达极限的最后一步，靠的不是理性本身，而是一种野蛮的原始生命力。

似乎在这一点上，母亲理解得更为深刻。从十二岁开始我就逐步开始理解身心固有的规律，我从父亲的杂物间里寻找技术的强大，也在母亲的书房里了解一切可能性所达到的边界和诗性语言，以及那一句，反者道之动。随着我的青春期的到来，母亲似乎越来越焦躁不安。她的学术遇到了瓶颈，在我看来她的一切学术成果似乎都成了数位世界里的一个笑话。她总是在说，理性越多，人性越少。但是在我看来，哲学是通向理性的，它只是人类创造出来，由顶级精英的头脑不断推演进化的利维坦。于是，在日常生活中，在家长里短里，母亲开始沉默，她离开了那个书房，被阳光晒白和灰尘侵占的书房，但她总是在看着我，微笑着，却长时间地看着我。家里干干净净，一尘不染，那是她逐渐远离学校之后的杰作，沉溺在家里，拒绝外面的阳光。

随着年岁的增长，我似乎开始感受到有两种力量在身体里交汇，一种可能性的延展在技术围墙前的无可奈何却能自我疗愈，一种技术的扩展以及越强大越恐惧的对未知的焦虑，或者，如同东方的阴阳一般。我在试图理解母亲，也在试图理解父亲，这是我成长到如今的唯一主题。在老师的眼里，我是一个天才，她总是在母亲狂躁不堪到教室来找我那一刻，谬赞我惊人的自学能力。在那个从古老传统誊写和意识形态语言里跳脱出来的新的数字世界里，我似乎找到了通向人类未来模态的路径，我甚至自己创造了 Snakeye 语言，比 Python 更精简和直观，比 C 语言更全面，当然，这只是我的私产。

在我的内心深处，我一直想找到父亲离开的理由，以及他的下落。当然，我也曾想创造一个数位的自我，远离母亲无时无刻不在的好意，只是如今，我更理解她，作为从理性世界里退却的女人，一个母亲。

我们常常在这座小镇的河畔徜徉，每一个夜晚。

我清楚地记得，有一次，母亲给我讲关于可能性和命运，破天荒地提到了父亲。她说，可能性蕴藏在每一个人身体里，我们总会遇到什么，看到什么，然后回想起什么。尽管无数的人，世界上无数的故事，告诉我们一个绝对的道理，人是有边界的，但是之前人类的技术条件、人类的思维架构和身体健康程度又使得极少的人感受到了自己的边界，就像得道高僧了解自己何时圆寂一般，真的是极少的人。而更多的人只是活在别人给予自己的框架里。所以，她让我不断突围，不要像她那样，活在不可及的语言框架里，活在意象里，活在过去。人是活生生的，可能性是一种向上和朝着无限而行的合目的，潜藏在我们不断涌现的个体性之中。比如我的父亲，年轻有为，曾经执着于人工智能对于人类个体改造的方向，渴求人类每一个人都变成超人一般的人，最后发现人性本身的潜在冲动，无法突破，对于人类个体的改造，只会加快社会崩溃的速度，以及更大恶的形成。

"我知道你在看他的压缩算法，那是他年轻时候的创造，如今也慢慢有人开始接受。人的大脑是自然界无穷尽地演化之后的成果，人工智能对大脑的改造更像是一个粗鲁的小聪明人对于大智慧的挑战。人工智能本身演算需要的能量要远远超过同样情况下大脑消耗的能量，你的父亲想强化大脑，把人变成和人工智能一般。那是在他顿悟之前。他把压缩算法藏了起来，一方面是希望，有一天可以有一个善人，以一种更为高超的手法，来对个体进行改造，让人类获得美和善良；另一方面，他希望你可以继承这种天才，只是，不要和父亲那时候一样，执着于技术，希望你更关注人性本身。"

我记得那天晚上岛上的浃江，水势特别汹涌，岛中间的神山，云层缠绕，仿佛盘着的蛇，还有奔腾的马。我记得我们路过织鮨桥的时候，一阵风吹来，母亲笑了，那是很久以后的笑容，充满着释放和善意，似乎房间里的一尘不染，是一种虔敬，一种回归。

4

母亲下葬已经半年多了，我总是忍不住在回想她。

这样空洞的房间里，曾经是我和她两个人。我开始理解她，人性，不是因果，而是无法避免的，真实的，完整的，乃至粗野的。

我想吃她做的虾仁滑蛋，想一起对着一个伦理问题不断剖析，乃至一起沉默着，怀念亲人，怀念父亲，怀念一切可以怀念的。她的书房，我不再关门，我一直在回想她，希望有一天她可以回来，就像最初那样。我一页一页地看她的日记，从她怀念小时候池塘里脏水洗澡，到村口那棵树变得郁郁葱葱，与父亲在刚来岛上时候的那一次争吵，乃至后来多是哲学的思考，以及对于短暂猝不及防又无可奈何。还有她网络上的时间轴，那些照片，总是让人不可遏制地陷入构想，沉浸其中，悲伤无法自拔，直到夕阳列入眼眸，直到一切归于黑暗。

直到有一天，我在她书桌右边抽屉的夹层里，找到了一个叫韩安的教授写给母亲的信。

尊敬的展教授：

见信好。

前几天吉尔伯特·赖尔学生A.米切尔和我聊起人工智能前景和边界问题，推荐了您的书，十分感谢您在人工智能与形而上学上的结合。像我们这样每天追求"确定性"的人，往往忽略了人性本身的不确定性和内在力量，也忽略了我们人类知识的有限性。我十分惊讶，在我离开中国之后，还有人继续在人工智能方面进行哲学维度的研究，我一直认为，在资本和政治强大的压力下，推进人工智能是一项紧迫的任务，鲜有人会去冒天下之大不韪讨论背后的伦理风险和框架修改。为您的勇气感到骄傲和由衷钦佩。

我十分感谢您提供了一个全新解读人工智能存在意义的维度、公共领域。相信您也是玛莎纳斯鲍姆的粉丝，我发现您在论文的注解中提到过，允许我大胆地推测。您的《人性、技术性以及边界探讨》走出了卡西尔和海德格尔分野之后的第三条道路。的确，西方的资本主义是一种基于有限理性和人性弱点而构建起来的社会文明，而这也影响到了教育、语言模式以及意识形态，东方文明自古以来对于意识形态是持消极态度的，所以您以易经、小乘佛教为引，提出万物数理象并不是一种人类理性的开发，而是一种生命模态的不断跃迁，是一种心灵的不断强化，只有心灵才是人类共通的层面，是人性最终超越达到大同的现实基础。同时您也不断强调生生不息的重要性，苦、集、灭、道本身只是一种现象，人类延续至今，是原始生命力的展现，这是远远超越人类理性的，也是人类存在的根本动力。您把个体放置于整体，看到了一个虽然混乱，但是始终如一的存在——人性本身。您看到了自然的算法超越了理性的算法，那是一种适应，是一种最优策略的不断试错，无论是整体文明形态也好，还是局部文化也好，都只是一种试错的表达，是人类能够找到内在多元性显现而做出的不断尝试，也是不能通过纯粹理性所能达到的，只基于人性本身的美感表达。

您一直在提醒一点，人不同于机器，理性和人性需要一个边界，尽管模糊，但也是确定（certain）的边界。理性和人性之间，必须有一个规范，理性提供人性实现最大可能性的保证，而不是去切割人性适应理性，那只是狭隘的理性。我十分认同，也承认，诸如人工智能这类超理性对于人性本身的加害，或许会造成人类更快地消亡。没有人类的地球是荒芜的，毫无美感的，人工智能必须是无善恶的，也必须保证人性发展边际的。

技术需要服务人类，而不是控制人类。

我深以为然。我们总是被太多的"形态"包裹，尤其是我原来学认识论方向、分析哲学等，喜欢分析语句、符号之间的联结与其中的必然性。显然，这是陷入了某种文化背景下的局限，我们的结论也常常显示出一些脱离现实的趋向，尽管对人工智能本身推进颇有意义，但是对人性推进略显不足。我也同意您说的，人类经受了太多的暴政、灾害，人工智能提供了福音，那就是可以把自我的思维边界显示出来，这是人类从未有过的机遇。大数据、人体能力增强，以及人类协作的多种可能性，语言的、宗教的、技术的，这会是一个大爆发的年代，而不是被奴役的元年。这一切都是东方哲学里的精髓，不执着于形，而执着于意，修身，达理，不是被灌输，正如王维说的"蝉噪林逾静，鸟鸣山更幽"，这是一种心力的体现，而不刻意为之，这样的人类，才是真正的人类。

展教授，十分感谢您能够提供我这样一次焕然一新的机会，我和我的团队正在塔夫茨大学做一个项目，成果已经完善，是关于减轻人类物理性痛苦的一款芯片，这里我给您寄来了一个原型芯片，您可以观瞻，不需要亵玩，哈哈，这只是我的一种表达，希望下次回中国有机会见到您，与您当面讨教，疗愈我心。也希望您带着先生、孩子一起，来我们实验室，参观和指导。

祝您一切顺遂，平安喜乐。

韩安（Andrew Han）
塔夫茨大学

信下面放着一个蓝色塑料袋，真空，垫着说明书，Pac-5。

我看完了说明书，里面提醒，针对任何以 Pac-5 为基础的权限修改、算法重置、路径转接等行为造成的法律后果及伦理矛盾，其后果须使用者自负。无任何证据表明，Pac-5 绝无可能在未来时间轴、宏观可变因素及微观可变因素影响下，对人类产生负面影响。

我想起了母亲说的可能性与边界，想起了父亲的成果，我的 Snakeye 算法。

我只是想她。

5

Pac-5 芯片是韩安教授的杰作，显然，边界问题是他首先要考虑的问题，他极力避免芯片本身自主性的问题，即创造一个芯片意志。因为数据壁垒一旦进入人的记忆，人类记忆可能受到芯片算法的侵袭，使得芯片的逻辑可能代替人类的逻辑，反而成了一种对同一性的入侵，这是科技伦理不能允许的。

芯片本身致力于阻断痛感的产生，仅仅是痛感。这些痛区分为两类。一类是肉体的痛，包括从皮质、肌肉到血管，乃至肌肉间的气脉，一种中医学上的概念，系统第一时间会促进多巴胺分泌，以最优策略而非人类本身体质的高低来促进，保证人体能够尽量减少痛感，促进正向愈合。另一类是心理的痛，很多人会理解，心理作为一种意识，是精神性的存在。心理是一种实体，无论是意识还是潜意识，存在边界，受制于形。心灵才是一种精神性的存在，是人性共通的世界，是原始力量，以及演化出来的作为人类生命意义发生的场地。心理的痛苦阻断方法是，通过芯片计算脑记忆单元热区的活跃程度，进行一些无意义和无价值倾向代码的输入，类似于信息过载，导致痛苦不会持续深入，形成死循环，仅仅是在浅表进行一些画面和语言碎片化的显现，直到痛苦消失。

这样很完美，但是这款芯片显然没有考虑到，痛伴随着苦，苦是一种心灵上的状态，无法弥合，甚至是超越潜意识的心灵延续，它改变了整个人的气质与框架，使得一切能量随之显现，形成一种能量场，这就是苦。苦需要投身于大众，就像水滴回归大海；苦需要救赎，就像灰烬回到土壤；苦不需要遗忘，只能够转，需要通向道，达到永恒的平静。

这显然不能通过阻断感觉和大脑活动进行。

而母亲的离去，是苦。不是痛，她曾经是我唯一的，最爱的亲人，甚至是我自己的一部分，也如她常说一般。我常常下意识去找她，在客厅里，沙发上，书柜旁，甚至把书房门关上，靠在门边，渴望她和过去那样，在门的另一面。我依旧一个人去织鲹桥边散步，去她的学院周边徘徊，毫无目的，仅仅是尝试着走一样的路，感受似有若无的温暖。她曾经和我聊起过死亡，她说死亡是人类心灵的起点，寂灭才有缘起，一体两面，生生不息才有了可能，世界才能参差多态。人在起灭之间形成了生命的张力，内省着生命潜能的展开，渴望着人性善意的延续。从古至今，无论是宗教，还是科学，一切符号、意象都在指向死亡，它是创造的源头活水，也是超越的发生契机。我们害怕死亡，只是因为不了解生命的本原，死亡只是肉体的边界，却不是心灵的边界，生死起灭，不过是一念之间，却如同浃口中海与陆的交会，变得美妙无比。

但是，她已经离去，留下我一个人感受着色不异空的幻灭。我甚至常常会陷入一种无止境的黑暗中，一种器官的失灵，一种意识的出离，这不是只言片语或者皮开肉绽可以抵御的，那是麻木，而这已经是凡常。

我需要她回来。

我需要她回来。

我需要她回来。

就像现在这样，把一切可以找到的日记，网络里时间轴、照片，书里的笔记，乃至桌上的摆设方位，每天的路径走向，乃至织鲭桥边的画面，全部通过 Snakeye 进行数据化构成，同时修改 Pac-5 预设的权限，进行芯片意志的深度计算与形成。数据通过 Pac-5 预置芯片算法改造后，借由其指向减轻痛苦的算法加持，可以形成一系列模拟人格，她会和我对话，会和我沟通，你懂得，这是我最熟悉的妈妈，而不是诸如 Siri 一样公共的算法。甚至有一种可能，这些数据会在无数次计算中，形成一个主体人格。母亲，她的显现，她的重生，会帮助我减轻内心的不安，但，这仅仅是可能。我明白这个奇迹的概率，也深深被道德束缚着——母亲曾经反对人工智能僭越人性边界的使用，她害怕数据里的人，并非"人"，而仅仅是算法的表达，是逻辑之下的奴隶。但是万一呢？理智已经不允许我再进一步推演，我只有一个纯粹而原始的目的，我希望她能够再次出现，她的双手，她的笑容，她的眼神。

我唯一不能确定的是，这意味着到那时，我的身体里，可能有了两个人。

三

1

夜色肃穆，传来钟声，三下。

只是，岛上没有钟。除了嶂叶大街北向第三转弯处钟表店门口那个没有指针的大挂表，然而，它并不会响。

我开始不得不反思这个现实，甚至超现实。哲学的训练已经渗入了本能，只是再怎么试着向着未来思考，用所有经验和工具，穷尽了模态逻辑、符号逻辑的方法，举例法、分类法、归因法，哪怕纯粹的"我想要知道"，都不能。一种经验和逻辑上被抑制了的感觉，如同困在莫比乌斯环里的二维蚂蚁一样无法出逃。

只是，钟声在深深的脑回路里震荡，变成无穷的波长，陷入幽冥。

声音只是一个诱因。因为当下，此刻，我已经第十次穿过织鲭桥，第二个路口左转，顺数第三家，有鸢尾花铁艺的大门和拜占庭拼色菱形玻璃的窗户，我的家，却摸不到了。不存在？！

作为一个女人，我只知道这样回家的便利性，却从没有考虑过多路线回家的可能性。或许我是着了魔，但是我确实醒着，现实感，坚硬的方格碎石路，碎玻璃拌着水泥的墙面。

我们只是大吵了一架，只是孩子还在家里，我必须回家照顾孩子，他会吓坏的，他的爸爸又去实验室了，妈妈却找不到回家的路。一想起来孩子，就让人心醉，他的笑容，就像碧波里晕开的波纹，慢慢漾了开去，抚平了一切不安的内心波动。他的手脚真的活络，他的眸子如此澄澈，或许他已经洞悉了世界上最深的奥秘，我们只是追逐奥秘的痴人。

我只是刚来岛上一个学期的哲学老师。说来奇怪，我专注于研究知识的边界、理性的可能这么多年，却始终感到理论与人性之间存在隔膜。

直到我有了我的孩子。

所以现在，无论如何，我必须回家去照顾孩子。

或许是我的记忆出了错，慌乱中，我好像连钥匙也掉了。我甚至摸不到自己的脉搏，这是当下唯一可以计算时间的方式了。看样子再这么重复下去，也并不能让问题得到解决。我只能硬着头皮去找老公了——那个该死的，只知道和人工智能算法恋爱的"机器人"。

真不理解现在的男人家庭观念为何如此淡漠，人类不就是依靠家庭来获得爱和稳定吗？什么算法提供更好的家庭架构，什么财产保证家庭幸福，这不是颠倒黑白吗？人只能是人，按人的方式进化衍生呀。唉，该死的理性，该死的理智强迫。

黑暗中有人在跟踪，我的第六感觉从小就十分准确，身后二十米处，墙后，有人窥伺我。这已经是今晚遇到的第三件让我可怖的事件了，或许也是唯一我可以解决的。我是空手道黑带选手，谁不是呢。这座小镇从来都是人迹寥寥，除了学生，常住的人一半都是岛上这座大学的教职人员，20世纪50年代建成的标准苏式建筑，整齐划一。无怪乎，大学城里总是有这样那样的变态，这个很正常。只是我现在没法回家，我没带任何通信设备，也没有钥匙，我只能找到他，或许怒气会平息，或许至少，他可以告诉我，现在发生了什么。

钟声没有再次响起，连月亮也隐去了。

2

我曾试想过一种反"缸中之脑"的场景。不是人变成数据，而是数据变成人。人们碎片化的经验被置于一个高度模拟大脑的机器之中，然后进行分析，融贯和推演。因为数据本身来自过去，数据只能被机器运算出奇怪的符号和结果，而脱离了人本身，人的数据会变成机器逻辑的一部分，而不是机器逻辑帮助人获得更好的结果。这意味着，人必须依附于自己的身体、大脑和自然状态，作为尺度和主体来进行思考，任何强加的超过人类身体、大脑限度的工具，都会让人异化，变成机器的一部分，乃至消融，哪怕保持着人形。

这只是一种假设，思想实验，和图灵测试一样。经验世界如此狭隘，甚至沦为玩家们的修罗场，人们仍趋之若鹜。

我在去找他的路上，他在实验室。

最近他似乎在他的研究方向——数据压缩算法上有了新的见解。因而整天都沉迷在实验里，只有一个小时回家，看看孩子。我们的争吵，也无非是一些家长里短，只是，一个是顶尖的哲学博士，认知哲学的精通者，人工智能跨学科研究者，一个是国内人工智能学科的先行者，提出了能源与算法匹配与平衡理论的领头人。家长里短，想想也挺有意思的。

实验室在科技实验中心大楼的地下一层，这座 20 世纪的苏式大楼总是给人无限阴森的感觉，我们称它为铁皮屋，方正、齐整、规律，有"一九八四"既视感。实验室在这座大楼的地下一层，那里有很多被改装了的设备，这些设备用来完成他超人类的梦想。说来也巧，我们因为人工智能的讨论而陷入爱慕，两个最理性的人，却最感性。爱慕是一种人类的感情，触摸、气息，或者纯粹的性冲动。我总是开玩笑说，除了理性和感觉，人类应该有其固有的生命力，超越意识、潜意识，是一种本能，不可言说的本能。我就从孩子的眼神里看到了生命本能的实体，无穷的智慧与可能性。他却说："这样的理解，诗性，不可捉摸，只有理性是确定的，你们的笛卡尔不是说我思故我在吗？斯温伯恩就把上帝看作理性了，所以，亲爱的展博士，展教授，人类理性的提升是人类未来确定的方向，个体完备，社会整体也就完备，是子集和全集的关系。人性只是未完全进化的理性，至于爱情，只是局限在这个时间和空间里，不可避免的人性弱点所展现的束缚和狭隘。"

他是一个男人。人类经验的差异，总是在重复中争吵同样的命题，却始终不能相互理解。原本我和他是同一类人，冷静，着眼逻辑，着眼结果。直到我成为一个母亲，我开始理解人性，我深深认为人性的高贵，比机器更温暖，人作为一种存在，比智能更重要。

那个人还在后面，他真的在跟踪我。我的瞳仁开始变大，肾上腺素急速分泌着，脑海里播放着教练的无数次磨炼——冲拳其面门，手刃其脖颈加前踢其下裆，然后注视，直到其不再站起。力量开始在我的指尖凝结，血肉开始凝聚，甚至只要一个回身横踢，我已经迫不及待，却依旧是悄无声息。

确定性的摇摆，总是让人最恐惧的，他不出现，我便不能结束恐惧。因此我只能向前，为了我的孩子。

黑夜里，一个女人，加速走进这座铁皮屋的东南角，三分钟后，另一个人，或许是其他，也走进了这座铁皮屋。

门被风扰动，不可遏制，直至重重闭合。

一切又恢复了平静。

3

大约是凌晨的时间段，大楼里没有灯，我只能摸索向前。

我几乎每天都要来找他一次，就像提审犯人一样，对我而言，父亲的责任、丈夫的礼数，他都得做到位，这也是我来的理由。

从大门朝西北角二十五度，踱三十三步，就会到楼梯口，再用十六步走下楼梯，楼梯有一个折角，手腕转九十度，身体自动向下。只是，我只能熟练地运用身体，却无法平息情绪。我知道他在，我也感到脖颈后面的寒意。我只知道，走下楼就是实验室。那些遥远的，刺痛的，若隐若现的声音，指向一个唯一的真实，实验室。

我知道，我会敲门，他会开门，他向我道歉，然后告诉我，我只是走错了弄堂，诸如鬼打墙一般，仅仅是记忆临时性错误的固化。他会拥抱我，这样的黑夜里太冷，他会把钥匙挂在我的脖子上，然后拿一条毛毯，披在我肩上。开启走廊里的灯，陪我回家，我们一起回家。黑夜里，一个一米八十五的高大男人，和一个女人离开了铁皮屋，小镇的风开始温暖，钟声不再出现，黑影消散开去，只是上帝不经意的玩笑。月光照耀着大地，笑声取代了不安，一切都很自然，都很平和。孩子睡得安详。

只是。

地下一层，巨大的实验装备排出的热风使得这个半透风的空间比上面温度高了许多。热成像里的我在焦急地游弋，实验室有五扇窗，在高高的头顶的墙面上，却只有一个门，在楼梯下来的第十六步的位置。

摸到了。

我一阵狂喜，终于到了。钥匙，回家，一切害怕。我用力敲着门，敲得很大声。

没人回答，没有回响。

密码，对了，门有密码。

左侧红蓝相间的灯光里，九个数字恭恭敬敬地立在那里。

161225，结婚纪念日。

门开了，楼道里有了光。只是突然间，那个脚步近了，我的脊椎不由得僵硬起来，一股巨大无比的力量将我推入房门。

嘭。

安静的如同母亲的子宫，白色的灯光在头顶盘旋，空无一人。

空无一人，空无一人，依旧空无一人。

实验室里，除了我，空无一人。

4

实验室被专门改造过，隔音和吸热一流。

墙上挂着他和他团队的介绍，洪牧云，计算机专业博士，主攻人工智能及衍生算法，曾在慕尼黑工程大学进修一年，当下正致力于硬件计算优化、算法与能源平衡等方向。

桌上，是我们一家三口的合影，就放在显示屏旁。还有一张，我横踢他脸的合照，我们恋爱时候的照片。

当年他曾救过我一命，那是我去慕尼黑看他的时候，被两个斯洛伐克混混围攻，他们手里晃着刀子抢劫。当时我还只是一个柔弱的女书生，被这阵势吓得差

片屿集

点昏倒，他把我拦在身后，叫我紧紧跟在背后。他不仅是一个算法工程师，更是一个人体工程师，他精通咏春和截拳道，偶像还是李小龙。如果我没有记错，这是第一次实战。事实证明，他明白身体的弱点，也深谙身形气意的精髓，在他身后的我只听到"咔咔"两下，那个高个子应声倒下，失去了意识，矮个子即使见过拿长剑的条顿人，也怕这等阵势，也就夺路而逃了。这次经历后，我决定开始练习极真空手道，也是因为自尊心作祟。照片里的我刚拿到黑带，他说要感受一下我的侧踢，当然，这只是摆拍。我们曾经是最好的对手，也是最好的恋人。

一阵顿挫但不失节奏的敲门声，"嘭嘭嘭"，我被从回忆里拉扯出来。

是谁？尾随者？老公？抑或……

我真的不敢去想，刹那的美妙被恐惧迅速替代，我的大脑不断提醒我，恐惧、犹豫、愤怒，这都是通向死亡的情绪，必须控制。

该死的理智强迫，我无法控制情绪。

"是谁？"

我声嘶力竭着，但毫无回应。

恍惚间，我似乎回到了与老公去清云山攀岩的情景，在海拔三千九百米的长空栈道，旁边就悬崖绝壁，我被困在半路上。我明白必须选一个方向，否则恐惧会吞噬气力，融化意志，身体会越来越不受控制。只听在我身后的老公喊道："不能退。"

不能退，没有退路，只能到达那个地方，一切都是那个终点，我必须平衡自己，让一切都消失，只剩下线路，脚步配合，还有指尖的寸劲。

就像当下一样，我只是要回家，我要照顾我的孩子。

我必须做好准备，无论门外是谁，恐惧来源于自身，来源于陌生。只需要开门，看到，行动。

"是你。"

5

"展教授，您好。请允许我介绍一下自己，这是我们的第一次见面。我是您的学生，我叫洪易燃。"

我从晕眩中醒来，发现自己正被固定在座椅上，头上贴满了各种电极片，旁边的电脑显示屏里 EEG 波纹显示，我是清醒的，我只能这么认为。这台机器，是洪牧云用来读取自己脑电波的，他一直在尝试人体可以承受更多的算力，通过数据的优化和算法的提升。只是现在，它变成了我的刑椅。

"你要做什么？是你在跟踪我？"

"展教授，是您一直在找我，我只是跟随您的意念找到了您。"

"胡说！你一直跟着我，还找什么借口。放我回去，我没有钱。"

"我并不是要索取什么，我只是想确认一些事情。"

"什么事情？"

"您。"

站在我面前的年轻人，的确只是我学生的模样。看上去，似乎和我还有一些相似的地方，细卷的头发，嘴唇和下巴。我怎么可以去注意这些细节。该死，我甚至不知道他是谁！

我开始撕扯手腕上的绳索，殊不知，他也不知道用了什么捆绑方法，我就是挣脱不开。

"放我回去，我和你无冤无仇，你为什么要这样对我。"

"亲爱的展教授，恐惧来源于陌生，以后我们熟悉了，您就不会这样了。"

"我会踢爆你的头，然后送你去政教处，送你去警察局！竟然敢绑老师。"我怒目瞪着，他却一如既往地平静。

"我只是来请教您一些问题，当然，前提是我得确认您的存在状态。"

还存在不存在的，就怕强盗有文化，只是，到现在为止，除了绑住我，他似乎也没动什么恶念。或许仅仅是没有开始动恶念，我想到了《不可撤销》里开场二十分钟内的画面，我想到了邪恶的科学家，莫不是要复制我的大脑，制造一个复制人？或者是窃取我的机密？我没有机密，我不为任何组织服务，我只是一个独立的研究者。

"不知道您是否听说过，列夫·托尔斯泰。他从襁褓时起就似乎意识到自己的存在，他曾回忆自己如何地不舒服，以至于他不断伸出手，如同明白了似的，想让抱住他的人意识到，完全不需要这样包裹一个自由的灵魂。"

这个年轻人突然问道。

"什么？"

这孩子是真文艺还是假惺惺，这样剑拔弩张的环境里，托尔斯泰？还巴尔扎克呢！

"不知道，你问什么我都不会说的。"

"没事，我只是请教您，您说的可能性，理智与人性的边界，制造条件保证人性超越的自由，是否还记得。"

这个孩子怎么知道我刚开始研究的人性与理智边界的问题的？这可是我的私密计划，是我在老公的材料里观察思考得来的灵感。关于人性得以开始的最原始的发生之地，自由、母爱，死亡；关于人工智能与人类合作的形式，理性的边界与对自然的敬畏；关于人性的可能性与人工智能促进的条件，作为主体性的人与被机器控制的人的区分。

"你潜入过我的书房？你怎么知道？"

"我读过您的书。我对此很感兴趣。我想知道，'我'，无论是《奥义书》，是佛教，抑或笛卡尔的'我'，是不是人类特有的意念产生的，超越了规则，超越了理性，甚至情感的存在。"

"我不知道你指的是什么，也没有写过这类书，孩子，我的确在思考这个问题，但是从未对外宣布。"

他瞥了一眼示波屏幕，然后微笑着说道："或许您的丈夫是对的。他认为人性不可超越，人机只能合作，人的首要位置必须被保持。这是人性本身的问题，不关乎全体，不关乎平等，也不关乎道德，仅仅是人性本身。"

显然，这个家伙不仅在窥视我的生活，也在窥视我丈夫的。现在的年轻人，为了上位不择手段，还有，我的老公呢？是否已经……

"我不知道你从何而来，也不知道你为何如此。我想知道，你把我丈夫怎么了。"

这个年轻人的脸上突然掠过一丝笑意，然后又消失了。

"我和您的丈夫已经谈过了，他现在正在家里照顾孩子呢。"

"一派胡言。"

说到孩子，我一度松弛的神经突然又紧绷起来。我想起了响三下的钟，想起了消失的家，还有无处可寻的丈夫，以及我的孩子。我的孩子。这一定是调虎离山之计，一定有一个恶人在操纵着一切，一个篡夺者，一个天生的恶人，一个团伙！

我看到脑电波 EEG 波段由平静开始剧烈抖动，我的愤怒开始累积，我深深明白愤怒的意义，但我无法控制，一想到今晚的一切我就觉得神秘恐惧，的确，那来自陌生，如今却只剩下愤怒。这样的无止境、无目的的实验让我感到无助，我只是想回到家里照顾孩子，我不知道谁操纵着这一切，我也不知道我是否只是一个缸中之脑，我只知道我要回家，我只能回家。

身体开始变得燥热，手指开始充血，肌肉收缩着，坚硬着，而那个年轻人似乎正在沉思着。我撕裂了手里的绳索，我只能撕裂这里的绳索。

然后愤怒地反击。

我只是要回家而已。

6

实验室的屏幕里，分形出来无数个镜头，每一个镜头里的她，都注视着外面。她们齐声呐喊着回家，声线被同一种力量贯穿起来，心脏跳动了一下，似乎一切都开始有意义了。

四

1

报案人：展思暇（洪易燃）

发生地点：织鲔中路 23 号

报警方式：现场

发生时间：8 月 15 日凌晨

报警记录：报警者是一名年轻男孩，自称展思暇，前来自首。他声称杀死了自己的儿子，通过主体人格实现同一性，占据其儿子身体而导致儿子故亡。

根据身份比对，我们发现报案人实为洪易燃，为展思暇的儿子，其母于半个月前因车祸丧生。

为了保证办案结果严谨，我们派了两名同事前往案发现场，然而并没有发现任何凶杀案的痕迹。考虑到其所说的同一性杀人法，我们并没有充分的经验和法律进行界定，因而不予立案。

考虑到报案人受到母亲亡故事件刺激的背景，我们对其扰乱秩序的报警行为不予追究。

嶂叶岛警局

2032 年 8 月 15 日

2

我在哪？

钟声响了第四下，窗外不再是黢黑，路灯折射的彩色光晕打在桌上。

我回头看去，看到了拜占庭式的菱形窗棂。似乎我已经在家了。

手脚冰冷，心脏疼痛，似乎经历一场噩梦。只是经历了什么，一个无指针的钟表，白色的墙壁，颈部的冷气，还有断掉的绳索，这些无意义的意象。我也不能确定具体是什么。

窗外的灯闪了一下，书桌上立着的照片，我下意识地取来，是我，和一个陌生的男孩一起，好像是母子，这个孩子的眉眼，好像在哪里见过。

会是哪里呢？

我有一些疲劳了，身体从麻木中退却出来，似乎有一些温暖了。现在是凌晨四点了。我竟然在书桌上睡着了。

我得去洗把脸，然后睡一个好觉。

走廊里的灯明晃晃的，一个男孩走进了浴室，他有一些疲惫。

我是谁？

镜面里的人格外陌生，似曾相识。是照片里的男孩？我是照片里的男孩？不，这不可能。细卷的头发，立体的下颌，还有高挺的鼻子，不是，不只是照片里的，是他，是那个跟踪狂，我想起来了，是那个跟踪狂，我们搏斗过，难道这是梦里？不是的。

我努力捶着自己的胸口，从麻木捶到痛不欲生，我跺着脚。镜子里那个疯狂的男孩，没有人试着去了解发生了什么。

我是谁？

我挣扎着打开所有的灯，发现客厅里、餐厅里、卧室里，都是我和这个男孩的合照，难道是我的孩子？我的儿子？我做了什么，为什么我变成了我的儿子？

我的儿子在哪里？我的儿子才一岁啊，现在是什么时候？我在哪里？

我做了什么？我记得他绑住了我，说要请教一些问题，我并不确定他的身份，我撕开了绳索，一种超乎寻常的力量，我击中了他，他摇摇欲坠。

我杀了他？

我似乎听到了床上宝贝的哭声，似乎现在我已经孑然一身了。

一种愧疚感从遥远的洞穴贯穿我的全身。

我必须去做一些什么。

3

不予立案。

我又坐回了自己的书桌前。

现在是 2032 年，如果没有发生这件事，我的孩子已经十七岁了，马上要高考了。

而如今我变成了他。不知道还有没有方法变回去，我宁可他活着，或许这样才是我们应有的方式。

太阳已经升起来了，书房亮堂堂。

桌上摊着的笔记本里密密麻麻的字，似乎是他正在记日记。

我找到她了。

七百三十七个事件的录入，被 Pac-5 确认六百四十一个，也就是有六百四十一个数据人格形成。我不得不一个一个去找，他们只是数据的堆叠，逻辑的演绎，指向过去，无法面对将来。他们是重现，并不是存在。

只是，这几天我一直梦见她在找我，梦到父亲的实验室，以及刚出生的我。2017 年，我找到了这个事件。我决定也去找她，我依稀觉得，在这个事件里的人格，或许会成为一个确实的人性人格。我也不确定，因为一旦真的形成一个人性的人格，这会很危险。所以我不能唤醒她，不能让她自证为一个独立的人格，尽管这未必是一个真实的人格。Pac-5 条件下，一个健康的身体里不能存在两种人格，这会导致芯片过载，耗尽生命能量。

所以我去了，我去了两次，前两次我都是默默跟在她后面，从哲学系门口等她回家，到看她和父亲吵完架后在街上游荡，踢石头。我很想和她说话，是她不断地召唤我，但是我甚至不知道怎么开场。

我遇到了我的父亲，我和他说明了身份，也说明了来意，告诉他只是数据的联结，一个由算法构成的虚拟人格。他并没有排斥这一切，甚至笑着说，就当做梦吧，谁知道呢。

不过紧接着，他严肃地告诉我，母亲曾经借用"反缸中之脑"，来论证一堆数据是不可能形成独立人格的，哪怕是再精密的算法。而他，从乔姆斯基的语法生成中找到灵感，一旦有了一个确定的基础，一切的发生，将是自然而然。他最近的研究表明，人性是超越算法的存在，这是一种生命，而不是一种逻辑。这种生命的本质在于一些底层的情感与执着，比如母爱，比如自由，比如逃避死亡，这是有机体，甚至是智慧生命独有的逻辑。任何符合这种情感特征的，数据充沛，并且符合人类理智逻辑的数据人格，都有机会变成一个完整的人格。与此同时，她的所有数据都会被串联起来，主体意识，回忆，自我认同，就像大爆炸的那一刻，一切都变得有意义。

这意味着，我听到的母亲的呼唤，是一种人格实现潜能的表达。我的确设想过母亲再生的可能，但是哪怕她的人格真的形成，但是兴奋和幸福同时涌现，我无法抑制。我要再去找她一次，和她说说话。父亲答应让我使用他的实验室，让我监测母亲的人格形成进度。我必须再去找他一次，最好我们可以做朋友。

我的思绪突然回到那个"梦魇"之中，他说是我在寻找他，他说他只是想确认一些事情，我无法思考是有理由的。而如今，我回想起了一切，而我即将面对的，是另一个世界。

Pac-5 闪动了一下，过载峰值已经平稳度过。

4

我翻看着日记，目光集中到了最短的一篇上，那一页被折了角。

每一个人都是自由的，我和我的母亲都是如此。我僭越了伦理的边界，就得承担伦理的责任。我们原本都是自由的，我们终将归于自由。

亲爱的母亲，如果有一天，我只是说有一天，你可以看到我的这段文字，我相信你已经占据了我的身体。我知道这个过程你会很难接受，是我重新创造了你，但是请您，恳请您，继续活着，替我，带着你的儿子，继续活下去。

爱你。

后面写着一个三段论的形式逻辑命题：所有人都爱我的宝宝，我的宝宝只爱我。
我突然意识到了什么。
我在后面写下了结论，合上了日记本。
一切都结束了，一切也即将开始。
"所有人都爱我的宝宝，我的宝宝只爱我，所以我是我的宝宝。"
阳光重新洒在书桌上，一切都变得崭新起来。

（2019 年华语科幻文学征文大赛银奖）

重 复

1

夜半特别冷，这让膀胱格外紧张。

我没有打开手机看时间，也没有打开阳台门去看外面的天气，黑暗淹没我直到眼睛，形影不离。我只是机械地按着身体指令，掀开被子，猫出被窝，爬下床梯，拖好拖鞋，挪向一墙之隔的厕所。

有人，在脖子后面吹气。

我一向胆小，连一根针掉到地上都会让我怀疑是不是某种格杀勿论的暗号，尤其在这样冷的夜晚。脑海里胡乱循环着白光的《如果没有你》，黑白影像混乱在《格列尼卡》里，"视觉中心主义"在这一刻崩塌。

她总说，所见，所想，所在。

杏仁体立刻开始反应，瞳孔不由自主地放大，恐惧灌顶般贯穿全身，哪怕一个想回头的欲望都在角落狰狞着。排尿器官在冰冷僵直的双手间匆匆完成工作，末梢神经的放松，让一阵激灵从脚底腾空而上，然后，我一点睡意都没有了。

厕所的灯莫名奇妙地闪了一下，波段有点不稳，瓷砖上渗出一些汗珠。我不确定这是不是心理作用，抑或其他。恰恰这时候，楼下好像有人喊我的名字。对，我的名字。只是，一向极度敏感的室友却没有任何反应。在这样一个奇怪的时段来了这样奇怪的事情，总让人有一些不可思议，却勾起了内心该死的好奇。

我虽然很害怕，但还是鬼使神差地打开了手机，屏幕里跳出一条短信，叫我下楼取快递。说是，来自布达佩斯的快递，一个娃娃。

布达佩斯，布达佩斯，我似乎知道是谁寄的了。

2

最近的我越来越不自信了。

以前去图书馆我从来不锁自行车，而今天却刻意上了锁。我的耳旁总有一个声音，似乎是忠告，说安全第一。忠告一定是有道理的，老人们总是这么说。

在图书馆的一天总是过得很快，因为我永远是在做同一件事情——上网。苏珊·格林菲尔德教授告诫我们，网络改变了我们的大脑结构，而其中一点就是改变我们的眼动时间。正常的眼动时间是一秒多那么一丁点儿，所以我们可以感知时间的流逝，但是电脑却让眼动时间变慢，所以电脑前的时间过得特别快：回一个头，太阳初升不久；又回头，烈日灼心；再回头，就是斜阳余晖了。

这就是我，一个中国的研究生，文科，有理想，有创造性，有激情，还会唱歌，但是没有发挥的地方。每天的生活是看书，其实我不看书，而是看计算机，每天来回那四十几个键的敲击以及瞳孔上下左右的移动。

我活在 2012 年，一个被谣言者称为末日的年份。还有五天就要末日了，我得记录下一些当下的东西，就像维苏威火山爆发那天，庞贝城里某个不知名的好心人记录下状况一样。

我确信我在做一些事情，有意义的事情，虽然没有经济价值。摇晃在太平洋里的忒休斯之船，西绪福斯是可怜的，谁不是呢？

呵。不得不说，我不确定自己刚才落下了什么，在整书包离开图书馆的时候。是杯子吗？杯子还在。书吗？书也都在。优盘？银行卡？钱？

普兰丁格总在强调"理智强迫"的危害，却没有人明白，就像我，讨厌那些破坏和谐的因素，就像一个钟表师般，一丝丝变化都会让我很害怕，至少会焦虑，甚至多掉几根头发。

我一直在回想这个声音，安全第一，直到几乎快走到寝室门口的时候，都没注意刚才是怎么穿过那两条马路的，中间似乎有人喊了我一声。有吗？我不知道。这都是增加大脑工作量的事情，不去想就不存在，我一直告诫自己，克拉普想太多，以至于他都没法下水过河。

十点半，室友准时爬上床，和女友厮磨一阵之后，进入了睡眠状态。他没有和我讲话，我也没有。

倦意袭来。

钟声未鸣。

3

我还在反复端详那条短信，尽管荧幕一直很暗，是省电模式在作怪。喊的声音的确越来越响了，我只好急急套好衣服，快步出门。不得不说，我对快递是信任的，那个快递小哥还是我好朋友呢。

下楼的时候我在想，最近是不是走桃花运了，她送来的礼物一定深有意蕴。多年来我一直坚持信念是一种实体，就像弦外之音，就像域外的花朵，它存在，并且如其所在，果然，多年的真心终于换来了爱情，我必须兴奋一番。

猫过一楼宿管阿姨的床前，她睡得很安静。门外隐约有一个黑影，叫喊声也越来越近了，热成像里却只有一个人。我没有迟疑，拉开门。

声音却消失了。

冷风，脖子灌进了大量的冷风。

噢，太冷了。

恶作剧！

我的大脑开始飞快地自动反应：这个188开头的号码一定是某个学校学生的，这是移动的套餐。当然，基于同理心，没有其他学校人会半夜三更跑到研究生宿舍找我这么默默无闻的人，所以一定是本校的，一定是的。当然，也不会是女人，女人胆子不可能这么大的，是的。

就像丢了用尽力气举起的气球却跌倒在地，我觉得我很滑稽。

我又仔细看了下手机。真好，省电模式的终点就是没电。

月亮直勾勾在头顶看着，四周黑黢黢的。我蓦然发现宿舍楼原来是一圈古堡形状的建筑，一个个致密的小房间就像图书馆里放卡片的小盒子，一模一样。脑海里穿过一些画面，好像是关于DNA转录复制的，那数百万次的转录更新，就像无数只蚂蚁穿过我的头皮，双脚有点沉重。

还是赶紧回去睡觉吧。

真是太冷了。

4

凌晨三点四十分。我，独自一人，站在漆黑的宿舍楼下，西风狂啸，寒意入侵。连路灯都没有。仿佛一座森林里，意识不受规避地自由生长，藤蔓缠绕，氤氲升腾。

量变总会引起质变，就像沉默的循环之后的跃迁。那颗红色的药丸在我脑海中挥之不去，Neo吃下去了，而我呢？

笛卡尔总在怀疑这个世界上的一切，怀疑到只有自己思考的那一刻是真实的地步，而柏拉图则分离出另一个理念世界。而我们却在现实主义与意识形态的强迫下，认定了所谓的真实，并且屈从于有限的自由和惨淡的安全感。天呐，我竟然还嘲笑他们。

仅仅是一个声音、一条短信。世界的真实在这一刻崩塌，量子态，偶性，频谱和迷宫。我虽然很谨慎，但是还是下楼了，虽然现在很恐慌，理智强烈警告我回去睡觉，噢，真希望这是一场梦。

我是认真的。

突然，手机自动开机了。我努力拍打了一下自己的后脑勺，真像是别人拍我的那样。但是无论如何，我却忽然不怕了。短信自动打开了，说到研究生公寓门口拿，那才是集合点。

误会啊。

我是最讨厌拿快递的了。这个月已经是第六次别人让我拿快递了，我拿了五次，花了五天，这破坏了我每一天的节奏，这个世界上老实人总是会被欺负。这次看在是那个亲爱的女人寄来的东西的分上，也就去一趟吧。还是个娃娃呐，希望是死寂版娃娃，或者泰迪熊也行。

　　我还在思忖着明天会不会又因此睡懒觉，起得晚，三言两语，七嘴八舌，像地鼠似的从脑袋里蹦出来。短信又来了，说，再不来就走了。

　　我只能踱步走向研究生公寓门口，在一个路口走向三米宽的主干道，然后径直走一百三十米，左转再右转走五十米就是门口。我每天都是这么走。有点强迫症吧估计，人总是在双重地审视着自己。

　　她的电话此时不期而至：我寄的东西应该到了吧，你收到没有。

　　我说：你不睡觉吗？

　　她说：我在看书，明天有考试。

　　我说：好吧，早点休息，我在去拿的路上。

　　门口似乎有火光。这是我第一次看到露天的火光，黑暗依旧沉默，热气袭面。想到每天研究生公寓门口，中午、傍晚，都是人声鼎沸，各种硬板纸的摩擦，一张张被风冻得血红的脸，还有一阵阵此起彼伏"我的快递在哪？"的叫嚷。这次的热度，倒挺真实。

　　走出门去，一堆篝火，还是送快递那个哥们，说，太冷了，暖暖手，我明天就不干了。他发现我有点走神，又说：我把其他快递都烧了，只留下一个，那个寄快递的人下了保单，烧了的话我们公司就要赔一个亿。

　　我说，是我的吧。

　　他说，名字。

　　×××。

　　你把单子签一下。

　　我签了单子。他留下了篝火，依旧骑着那辆拉风的红色摩托，走了。

　　我吼了一声，你明天真的不来了吗？

　　他没回头，只是远方传来了巨大的爆炸声。没有光，没有火。

　　旁边的篝火也渐渐灭了。

　　手机依旧没电。我已经不知道是几点了。

　　握着快递，我想，至少这不是恶作剧。篝火里是团黑乎乎的东西。那些人估计会纠结一阵子的，我也没回头，悻悻地走了。

5

　　包裹很小，或许只能放下一枚戒指。

　　借着月光，我看清楚了，上面的确是我的名字。

　　说好的娃娃呢？

　　我一边走一边打开硬板纸，那种用硼砂和胶水按比例组合的玩意儿，让多少小老板一夜暴富呢。我平时还真没注意到这一点，只有在路灯下，冷风加上疑惑，不断思考的大脑，才可以让我领悟到。

　　只是，包裹里只有一张纸：

娃娃是我给你的信物，我知道你一直在追求我，我考虑了很久，决定给你一个机会。如果你能拿到那个娃娃，那我和你就成了。

玩笑有点大了。

这个此时此刻正在哈布斯堡帝国心脏小阁楼里的小女人，却成了一个老巫婆，玩弄巫术和咒语，还有循环不断的符号游戏。印象里，这只是一个独立而前卫的女人，从小如此，在二十二岁的时候毅然去了欧洲，据说是为了学习社会工程学、古代密码学之类的，我完全不懂的东西。一去已经两年，只是偶尔会给我一些简单的笑脸和一些服饰搭配的图片。她总说，所见，所想，所在，形式束缚意识，潜意识暴露轨迹，而轨迹终归于一。我常常问候她，像古人一样寄祝语过去，她说从未收到。也许这些古老的东方文字与深情内涵，在一个欧洲老妪的手里被当作一种远方未名情人的来信吧，或许只是躺在邮局里，敲邮戳的小个子男人时不时嘀咕着，这封地址不存在的明信片又来了。

直走了五十米，左转，再走一百三十米，然后我停在了那个类似古堡的寝室楼群的入口，路灯似乎有了动静，似乎没有任何动静。赫拉克利特说，世界是一团永不熄灭的活火，我只是火下的灰。

纸上的字都是用荧光笔写的，显然这个家伙考虑到了我手机没电的事实。

问题是，她怎么做到的呢？

我几乎是又惊喜又愤怒地喊了一声。然而，没有一丝回音。

下面是这个游戏。

请走到 3 号楼宿管阿姨的工作台，取出 1 楼 101 的钥匙，屋里有一个人，他会告诉你下一步该怎么做。他醒着，你喊他就好了，我花了很多钱让他今晚保持清醒。

不是都在睡觉吗，这个点？！

还记得前几天我和另一个女伴夜聊时候说，那些屈服的女人太让我失望了，一点点甜头加手段就让她们趋之若鹜，我讨厌她们说我爱你，讨厌她们软弱和乞求，还要强说善良的口吻。张力，是一切的源头，剧场和生活本是一体两面的东西，我要的是挑战和游戏，是对手。

难道，我被出卖了？可是讲出来对她没好处啊，何况这两个人并不认识。要么，我只是被钓的鱼，她给了我灵感，我说出了她的话。女人有时候总是超乎想象得强大，让男人像一个二维世界的蚂蚁，却在莫比乌斯环里活出了优越感。

活见鬼。死了就死了。我一收脊柱的凉意，双脚踩出肾上腺素的印痕。这一刻有一种赴死的感觉，以及从未有过的兴奋。

那几只楼下的猫，在草丛里匍匐，见证着我，窃窃私语。

但愿它们没有被买通。

喵——

6

拿钥匙很简单。钥匙常常放在宿管工作台最右边的抽屉里，阿姨从来不锁的。我只要尽力避免发出"叮叮当当"的声音就好了。

"101，101，101——"

一楼？我以前只去过阿姨的房间，偶尔寄存一下东西，101这个陌生的房间日过而不知，原来被无数习惯侵吞的世界的惊喜，要从这样的地方开始。

如今，我被卷入了一场游戏，甚至并不知道规则和先例，或许有一个开放性的结局，说不定我会无声无息地死去，在某个房间里，或者和怪兽搏斗，或者和僵尸拼杀。但无论如何，我可以在高潮中完成任务，真的，我要搞定这桩事。

记得夏目桐野的小说里，胆小的人往往充满了残忍。我确定胆小是因为陌生，但是对于陌生的仇恨却积累出另一个自己，一个完全不同的自己。

好，钥匙拿到了。

阿姨还在睡。我从她身边绕进走廊。

一模一样的门，一模一样的间距，一模一样的地砖，我脑子里只有101这个数字，仿佛它是救命稻草。

房间在走廊的尽头，有扇窗户对着四号楼，窗外有很多猫。又是见证者吗？她似乎总是会踩准我内心的步点，尽管她一直拒绝我，但她似乎并没有否决我每一次暧昧的攻击。

插进钥匙，右转，一推。里面漆黑一片。

我走了进去，并没有蹑手蹑脚，反正他是醒着的。不是收了很多钱吗？

我开了灯，床上的确有个人，蜷缩着。

他转过身来。

竟然是我，只是脸上多了一些疮疤。我吓得止不住后退，一直退到墙跟。现在我开始恐惧了，什么玩到底的想法都没有了，我没在做梦！

他也恐惧地坐了起来，重重靠到了墙上。

真的是个大活人！

两个人就这么面面相觑，我已经吓到模糊了视线，只是依稀觉得他的身体渐渐舒展开来，日光灯下，他的影子开始活泛。

沉默了一会儿，还是我先开口了："有什么话要和我说？是不是有人花钱让你最近半夜醒着？等一个人？"

"我只是在等待死亡，所以夜夜不眠。"

一阵寒意突然从骶骨一直上升到我的大脑灰质里，褪黑素迅速退却，瞳孔变大，嘴唇变干。脑子里不断回响着"如果你重击他的头部，那么他一定会死死咬住你的老二，绝对不松口"。

"没——没——没有人，没有人给你钱吗？指令？暗号？短信？信？等等，你说什么，你在等死？什么意思？"我的嘴唇开始干裂。

"其实我住在这里很久了，从来没有人注意到我，我每天一个人来来回回，从不与外人接触。我已经试着死过几回了，比如撞墙，比如割腕，比如上吊。虽然每次都成功了，但是都会醒过来，然后发现是场梦。"

我脑子里顿时混乱起来，我是不是在梦里？是不是在梦里？我和一个死过几回的人在说话，这不是诗意的表达或者什么吧？那大约我也已经死了。我用右手使劲抠左手的虎口。

痛啊！

现在看起来，一切都是真的。

我抵在墙上，《哈利路亚》立体声环绕，这时候真的有人在吹冷气了。

"对了，你说的那个指令，我是收到了，只是没想到你和我长得这么像，我从来没见过你。"

"她说了什么？"

"指令上说，只要你杀了五天内闯进你房间的人，你将获得赦免。"

"赦免？还要杀人？"

他挺了挺身子，拿起床上的刀，似乎有点活力了。

"对的，赦免。我终于明白了，我的躯体被不断调换，尽管看起来很像，其实我真的死了，只是每次都有一个人救我，我不知道他是谁，但是我确定这条指令是他发的，因为短信最后的句号是红色的三个点，而每次我醒过来，我右脚大脚趾上也会出现三个红点。"

完了，是圈套。或许是秘密邪教，或许是潜藏已久的暗杀组织。不断调换的身体，忒修斯之船，无穷的轮回，诅咒，我脑海里已经全是"叮叮叮叮"针盒打翻的声音了。

"不要杀我！"

那个人淡淡地说："我一直在这个房间里重复着基因里最基础的轮回，生和死，却没有一丝快乐悲伤。原以为永生是一种特权，却发现并不是这样。我见惯了生死，杀不杀人其实不重要，关键是能有活着的感觉。"

他从床上蹦下来，挥刀直扑我命门。我还从来没见过腾挪翻转这么溜的哥们，平时在寝室秀的肌肉顿时无力。

说时迟，那时快。

"砰"，我的左手下意识拔出一把枪。随着他手起刀落的一瞬间，射出了一颗直穿他眉心的子弹。而我的左手、枪和他的脑袋一起，重重摔到了地上。

"呼呼呼呼"，我一屁股坐到了地上，只是盯着他空洞的眼神，盯着自己掉落的左手，还有那把不知道从哪里来的枪。

一片空白。

房间如铁盒。

这个游戏有点要命。可是这次，左手怎么一点也不痛呢？

我回忆了与他的对话，右脚大脚趾，我看着他，或许等一会儿他就会活过来。

我上前拽他的身体，在右脚大脚趾上，有三个红点，长着红点的地方和旁边的皮肤有些不一样，我用右手小指小心揭开了那片皮肤，里面有句口令：

厕所的淋浴房里，冰箱的第二层。

我站了起来。刚刚的搏斗历历在目，同一张脸却分享着不同的命运，我不由得开始怀疑我们只是符号，在宏大的计算机指令下运作着，而不是自由意志的掌握者。但无论如何，游戏还得继续。我冷冷看着这个死去的，几乎和自己长得一样只多了几处疮疤的男人，冷冷看着渴望在头顶环绕、俯冲、消散，然后头也不回地去寻找下一条指令了。

7

我平时总是 8 点起床，9 点半出门。我的鞋总是放得整整齐齐，茶水必须滤掉第一道冲泡水。安全，我身处其中而不自知。

只是突然，我的左手没了。

冰箱里，也空无一物。

这个游戏的缘起我已经忘记了，回忆在此刻变成了定格的画面，却挪移不得半步。大约是中了邪，或者只是受惊过度。一个开放的游戏，却有黑洞般的吸引力，爱情，或许仅仅是好奇心，渴望，或许只是一个被绑住脚的飞鸟。

信物真的是承诺吗？但是我的手没了，真的！我残缺的身子还能获得她的爱？这个游戏是虚拟的吧？肯定不是。怒火吞没了我的理智，我听到了悬崖边的狂风声。静止，或许我死了就可以回到现实了。

恰如其分地，我的左手开始剧痛。

"啊！"

我冲出 101，想要重启一切。

心里是笛卡尔式的臆想，对于这个看不见摸不着的感官世界，我确信这只是一次简单的图像测试，我只是电视里的二维信号，在屏幕里她冷笑的眼镜后，有寒光，但，楼管阿姨呢！

巨大的寝室大楼门被上了两把巨大的无孔的锁，巨大的不锈钢"英雄牌"环锁，无人生还。

我出不去了。

不能退。

8

手机又响了。

游戏一旦开始就结束不了的，fighting！

此时此刻，大楼回归成利维坦，一切个体正义消失到暗流之下，我得走上唐吉诃德的道路了，说起来真好笑。这一劫之后，对她的爱剩下了一半，我只是觉得自爱或许更能体会当下的心情。欲盖弥彰都不行，对，心照不宣，我对自己说。

眼前能走的路，只能回 101 再找找线索了。

血管和骨骼断裂的声音，爆炸声，撕裂声，滴血瀑布声。

疼。

回 101 的路上，所有门上的钥匙孔都消失了，不是我注意到的，而是我被注意到的，我也不知道为什么，反正似乎有人在控制我。

只是进了房间我的左手又不痛了。

我下意识地去找那只掉在地上还紧握着手枪的左手，却发现，枪没了，那个被我一枪击毙的男人，也不见了。

这一定是隐藏在服务器里的虚拟世界，和真实的变动不居的世界隔着一道门，却不曾看到，就像在世界的表象里，仍然有可以串联一切的网络节点，有修为之地，有起源之所，这是同一个世界，却因为某些天才被改造成了另一种世界，欺骗感官，震慑理智。

一定是这样的，她学的是社会工程学，古代密码学，我也不知道，难道就是在这桩大楼里改造了这样一座迷宫，用来完成对我的考验。这也太离谱了吧，这一模一样的数位图景真的可以做到这么以假乱真么？我不由得倒吸一口冷气，就像听到了她在电话那头轻蔑的笑声。

我真想冲到那个女人面前，狠狠扇她耳光。

还好，我的左手还在地上，握着拳头，很不甘。

我默默地把它放进冰箱里，NFL 里那些橄榄球运动员都是这样保存残肢的，或许它还有希望被接上。

这时，左手在冰箱里慢慢张开，里面出现了一张 SD 卡，还有一张纸条，都被放在一个塑胶袋里。

我从我的手里取下纸条：

去 202 拿计算机，卡里面的内容指引你逃出生天。

照办吧。

我站起身来，突然一阵晕眩。

原来厕所里堆满电视机，播放着同一个画面，关于我如何杀掉那个和我长相一样的人的片子，静默，黑白，重复。我尖叫着蹿出了 101，阿姨在那个通往二楼的转角笑容可掬，手里摇着一大笔钱指引我向上走。

"你好啊，小伙子！"

她说。

9

谁扣动了扳机？谁又丧了命？我确定明天我不能正常生活了，但是可不可以以梦游的借口摆脱谋杀的罪名啊？此一的维度里我混乱地判断。而不久前，我还在楼道里望见那条铁轨，感叹符号世界里的刻薄和无知，回想美好场景的幸福，诗意地想象和流淌。如今我却因为一条莫名奇妙的短信，还有一点点虚荣和爱慕，掉进了一个猪笼草里。

如此愚蠢！一个没有进步的知识体系，只会引起无理由的自我催眠，循环在可见的封闭体系里。

突然觉得他走得那么决绝，一定是跳脱三界，看到光明才这么做的。

不得不说，她一直有一种先知般的觉解。

刚刚走到一半，阿姨把楼道的铁门也锁了，就像什么都没发生过，吹着口哨离开。我想起短信里说，只有被窝才是安全的，只有躲进被窝看到明天的太阳你才能安全。对于感官的脱离，我相信那条上升的道路一定在感觉之外，甚至逻辑之外，逻辑只是一种存在，而世界的存在要远比我们认为的合理性更为纯粹。只是，这么非理性的恶咒，放在平时我一定会排除出大脑来避免对我规范性思考过程的影响，顺带加上一大堆理性论证，充满了西塞罗的坦然和亚里斯多德的严谨。

渺小。

循环的楼梯，循环的无数人的影子，独自进化的我，焦虑与沉默。利维坦就像一个循环的，不间断的洗脑器，所有人都知道要干什么，却不知道为何要这么干，就像我如今困在一个看得见的世界里，却面对着看不见世界的无端指令和感官强迫。我就是一个符号，有一个起点，有一个终点。

当然，我不得不给失去的左手一点安慰，至少以后我不用自慰了，顺带我可以申请残疾人保障金，我还可以装一个钩子，给那些看不起我的人一点颜色瞧瞧，抠出他们的眼睛，让他们狗眼看人低。

202。

我还在怀疑这个房间号码有什么玄机，门就自动开了，里面还是一个人，正在专心致志在看着计算机。房间里声音嘈杂，充斥着高潮的呻吟和重金属的迷乱。

距离三米，我就像一个躲在盾牌后面的警察。

"嘿！听着，无论你是谁，你受谁指示，让出你的位置，关掉你的声音，我要用一下你的计算机，这是我从101拿来的SD卡。"

这个房间蓦地安静了，只剩下一盏日光灯，蓝色的窗帘布被拉拢。这个家伙从椅子上起身，低着头，理了理裤裆，收了收裤带，头发黏结，遮住了半边脸，然后用极度低沉而空洞的声音说："来吧。"

我还在疑惑这个家伙为什么这么听话，下意识举起左手，似乎是记忆还在作乱，我以为我手里有枪，事实上，什么都没有。

他过于听话了。

我命令他站到厕所里，然后在外面反锁了门。我在确认安全之后，快步走进房间，把SD卡塞进了计算机，一台很普通的小黑计算机，桌面上充斥着各种各样的视频，大多数是刺激感官、提升阈值的那种。

SD卡里只有孤零零一个视频，我修改了档夹的属性，确认没有其他存档之后，点开了这个视频。

视频里是她，有我们一起在山间玩耍的场景，有暑假我们在无人教室里一起学习的场景，也有我们一同在城市里穿梭的场景，新浪潮手法，onetake，镜头没有晃，主题倒是很突出，一点没有意识流的弊病。只是到最后，情感升华后就是激情的前戏。我看得入神，却始终听到一个声音，安全第一。

然后，然后视频定格了，完结了，我沉浸在幻想之中，服膺在欲望之下，拉到最后连放三遍都不能继续。只是，精虫上脑了，一点点的软色情，还有马里亚纳海沟里深深的呼唤。

不得不说，爱上她算一见钟情，而她不断置身事外，只会让这样的冲动越发强烈。虽然这种你追我赶的戏码，只是女性增加神秘感和吸引力的常态，但是她并不是，这么多年了，她只是聊服装里的形态，说与其像我一样去拷问什么语言和世界的关联，做什么分析哲学，不如了解每天大家都要穿的衣服，这里面有人的潜意识，也有完成格式塔最后的致命一击。的确，这样的独立的女性，身上似乎有无穷多个秘密，我甚至认为我活在一种低等的语言里，无法参透她最普通的逻辑。这让我卑微到尘埃里，对的，卑微到尘埃里，这种无聊的诗性语言，呓语般的无聊，她总这么嘲笑。

这时候，那个低沉而空洞的声音又从我身后传来："你和这个女人做，把这部戏演完，做完了，我告诉你她说了什么。"

我心里一阵癫狂，不是被我反锁了吗？怎么出来了？

还想着，我"噌"地站起来，抵住桌角，惊恐地回头望着他。我去！怎么又是我！

这个男人与我极像，却显得格外平静，头发特别长，嘴唇比我的还厚一些，有点憔悴，裤裆却是挺的。

我觉得这个游戏已经有点出离规则了，想要离开，然后从二楼跳下，却完全不敢。此时，铁皮屋里，只剩下我，和"我"。

他的声音从胸腔里发出："这不过是考验罢了，谁也不知道好的坏的，都是行为背后的假象罢了，性是人类最高的快乐，反正别人都不知道。这是我给你的考验，只要你做了我说的，你将会涅槃，你失去的左手会重新回来，我保证。我只不过失去了女朋友，我很爱她，她却抛弃了我。我只求你，给我带来一点快乐，计算机里的，我已经看够了。"

"我凭什么相信你？"让我公然进行色情表演，这算是什么逻辑。我宁可死了，也不干这个事情。

"色即是空，空即是色，你的手不过是你的执着，破了执着，你的手就又回来了。""你做的时候不会看到我的，我也会把你的这段记忆从任何一个时空中抹去，你还记得你刚才怎么走到 202 的吗？"

我暗忖了一下，好像走到了一楼半以后，似乎就直接到了 202 了。

"这就对了，你可以相信我了吗？否则你就永远困在这因陀罗网之中，忍受这无穷无尽的疼痛折磨。"

我屈服了。

从浴室里走出来的人，竟然是她。

刚才定格的画面。

10

我甚至忘了刚才做了多少时间，用了多少力气，我只记得我同意了那个家伙的条件，然后现在我躺在她旁边，气喘吁吁地看着她美丽的脸庞。

"你怎么会在这里？楼下的房间是不是数位模拟的？刚才这个视频是谁拍的？拍得很写意啊。"

她笑笑。

"你不是假的吧？"

她笑笑，拿起我的左手放在她的脸上，温润得就像迦南地里流的蜜和牛奶，我顺势一看，真的，左手竟然恢复如初了。

我心里一欢喜，还想倾诉，虽然我已经习惯了她从来不理我，从来不顺着我，但是我就是这么喜欢她，告诉她我开始明白语言是有迭代的，是基于人生升华而不断生成的，顺便骂骂乔姆斯基不懂中国。

却发现，她凭空消失了。

而我，只记得她的体温，她的微笑，她的暖暖的胸脯，还有那个神秘地带的温存，然后倏然消散。

　　我不确定这是一种什么消散，一种感觉的脱离，一种努斯的丧失，还是一种联结的断开。先哲们不断地讨论完美的感情，这种情感在一种虚空中出现，吸引人，然后永远离开，然而太残忍，对于人性而言。无论如何，假戏真做，终究是成真了，我不愿意认为这是假，否则一切为假。

　　或许康德说的是对的，当你相信善，从内心的指令开始，那么善就开始出现，无论是从何种范畴中脱颖而出，抑或是转换框架中吉光片羽地存在，爱亦如此。于是我们纪念，从语言到碑文，从歌颂到舞蹈，无限接近却永远疏离，只存在指尖的夕阳之中，只存在弦外之音、象外之意中。

　　是怎样狂欢后的落寂，是怎样放肆之后的空虚，三十功名尘与土。

　　只能用黑洞才可以形容。

　　我做了什么，为了什么，获得了什么。双手挥舞着，空气凝固着，灵魂出窍。

　　我不断地问自己，却发现一无所获。只有空空的眼睛看着空空的床铺。

　　202 的主人又出现了。

　　"我很满意。"

　　我正在黑暗中坠落，却听到井口如此刺耳的评价，狂啸着跳下床，把他摁倒在地，下意识地复仇，一阵头部重击之后，他没气了。

　　我瘫倒在地。这房间里此时没有第二个活人了。

　　色即是空，而空虚背后的狂怒，让现在的我连最后的线索也断了。

　　我究竟该如何活着？我究竟能做什么？怎么做才是有意义的？我还要去拿那个定情物吗？我都已经和她睡了，不，我睡的不是她，我为什么要和她睡，是爱情吗？还是荷尔蒙？爱情是什么？是否永恒如晚霞一般遥不可及，抑或需要永恒地追求？是肉还是灵，是什么驱动着一切？

　　我究竟要获得什么？什么才是属于我的？

　　我真的爱她吗？

11

　　不偏不倚。手机又响了。

　　来 303，前面一片坦途。

　　害怕中夹杂着痛苦，还有那种一开始充溢着的兴奋和无畏，在杀掉了第一个人和第二个人之后，我已经变麻木了。何况他们和我长得很像，我甚至怀疑我是在不断地自杀。

　　理智驱赶着我，把这两个感知里消散的生命当作对一种肉体的驱离，灵魂的释放，就像很多年前毕达哥拉斯认为灵魂轮转于肉体之间，把数字和定理看作是世界的本真。这种空洞框架背后可能是一种惊醒，却被柏拉图用一种理念世界的详实描述替代，并且在欧洲侵吞多年。直到近代逻辑实证的思维对人文思维过度侵蚀，引发了两次世界级的技术性战争之后，存在主义者才站起来，帮助人们回到原点，试着通过每一种感官重新理解世界的本来面目和我们所栖息的大地，而科学家则被隔离在生活世界之外，就像锡安的乌贼一样。耶稣的归耶稣，凯撒的归凯撒，或许在哈布斯堡的她，正在翻阅文艺复兴时期的阿拉伯文献，或许她理解了当下此世界的结构与荒谬的来龙去脉，这个游戏是阿里斯托芬的杰作，或者如朋克主义般"循环之循环"，但是我却阻挡不了内心的道德审判。

　　到现在为止，尽管我还活着，尽管我还能思考，但是我已经不确定，我究竟是不是我了，或者说，在无法确证的世界里，我无法判断我的行为，我怀疑一切。

　　伯格温说，在 ras 复制基因到正常细胞里的时候，总会遇见一些差错，人们称之为细胞的突变。从正常细胞到癌细胞，并不是看上去那么简单，因为细胞的复制从来都是如此精确，但是再多的重复都不能掩盖人类进化的根本，而根本就是，基因复制时候的突变，万分之一的，突变。

　　这或许是一个契机，或许是我改变的契机。我经历了一个试图杀我的我，也经历了断手的我，经历了性欲旺盛的我，也经历了思考存在与虚无的我。我确信我现在活着，但是我究竟还是不是我？不变的我，还是变化的我？

　　我只求一个有意义的我。

　　12
　　303 里，大门敞开，周围一切如故，和我每天上楼下楼路过的地方一模一样，我已经不知道现在是晚上几点，只是看到走廊的尽头似乎还是很暗的。刚才的一切如希区柯克式的讽刺，却足够真实。

　　房间里有一个男子，微笑着从阳台走进来，看着我，眼神里充满了惊讶。

　　"你这么晚也没睡啊，你和我长得很像嘛，但我从来没见过你。"

　　这么热情地招呼搞得我有点惊讶，至于刚才杀了两个人，我竟然有一些敬畏感了。

　　"我想问一下，您有收到什么指令什么的……"

　　我的声音越来越低，最后变成嚅动嘴唇了。

　　他的脸色突然严肃起来："我可以告诉你，但是你必须实话告诉我你今天晚上的所作所为，是的，我以某种方式收到了信息，但是你如果想杀了我来获得，那不好意思，你之前的一切努力都会白费，再也不会有额外的提示了，我说到做到。"

他又笑着说："进来吧，外面很冷的，来，坐下，到这里来。"

我突然之间很害怕，这种害怕并不来自身体而是内心，我本来仅仅是去拿快递的，却不巧，我也不是故意的。这个人衣冠楚楚，笑容满面，却似乎有点威严。我已经无力多思考他所言的真假，只好走进房间里，坐到位置上。他迅速在我的手指上捏了一下。一阵剧痛。

"好了，传感器装好了，你可以说了。如果你说谎，你会被立即执行心脏麻痹指令，这不是梦，你会真的死去。"

"反正我死了两回了。"我喃喃说道。

"请说吧。"

"我晚上收到了一条短信，让我去楼下拿快递，是×××从布达佩斯寄来的，我没想到快递会在半夜送，我也不知道哪来的勇气就下楼拿了，夜黑风高的，在研究生公寓门口，那个快递小哥给我一个盒子，说别的都烧了，只有这个被投保了一个亿，所以给我留着。但，我估摸快递小哥已经死了，因为我听到了一阵爆炸声，尽管没有光和大火。我也不确定。

"快递里是一个游戏，她说跟着指令走，拿到信物，她就属于我，我也不知道，鬼使神差地，好奇心作祟吧，就开始了。

"我在一楼遇到了一个和我很像的人，但是他很颓废，他说他很孤独，不断自杀又不断复活，说只有杀了我才可以解救他出轮回。我当时很害怕，他攻击我的时候，我不知道手里哪里来的枪，一枪把他崩了，我发誓，我是正当防卫。他还把我的左手给砍了。然后一楼就变成了一座监狱，大门紧锁，楼管阿姨还亲切地邀请我上楼，显然她被收买了，但至少我从一楼活着出来了。

"然后到了二楼，我遇到了另一个'我'，一楼拿到的视频，凭空勾起了我对她的美好回忆，而他却突然要求看我和她做爱，然后，她出现了，然后我就做了。但我刚刚做完，她又凭空消失了。我很愤怒，我也不知道为什么我很愤怒，我就跳下床把那哥们杀了，我不是故意的，我只是想给他一个教训而已。我真的不是故意的。

"我本来以为这是一场梦，所以我一直在捏自己的左手，因为左手连接的神经总是比右手更加敏感，痛感强烈到让我感觉是在现实中，而我的确杀了人。但是我又不确定，那没有火和光的爆炸声，那些被烧掉的快递，我那只失而复得的左手，还有消失的尸体。

"我一度怀疑这是不是数位世界和隐秘工程，但是这一切在我心里开始发生，然后我真的感到被审判。

"我不知道我是在梦里还是在现实里，我现在很愧疚，因为我杀了人，我希望我在梦里，但是我似乎逃不开制裁了，我已经开始怀疑去找那个定情信物的意义了，我不知道我爱的是什么，我似乎心痛的仅仅是失去本身，而不是失去了什么。我真的不知道，我真的很对不起，对不起，对不起。"

我甚至哭了出来，哭得屋里的灯都灭了。哭得几乎昏死过去。我承认了自己的罪，我想说出来也是死，不说也是死，还是说了吧，这样留下的罪孽会少一点。

等我醒过来的时候，我已经在一个新的房间了。刚才的一切，一下子都消失了。

我隐约看到一个人，在椅子背后，灰色的大衣，过肩的长发，还有那副金丝眼镜。

13

"你终于来了，欢迎来到最后一关，记得吗，我和你说过，你想要安全离开这个游戏，只有回到你的被窝里，等明天太阳升起。"

椅子转了过来。是她。

"我累了，不想玩了，我想离开这里。"我平静得连自己都不相信。

"你为什么来这里？难道你忘记了吗？"

"为了信物。"

"信物在我手里，拿到了，我就属于你了，你不开心吗？"

"我不知道。我只是没想到，想拿到这个信物这么难，我已经不知道我爱的是不是你，我也不知道我的爱是不是善良的。"

"还记得我们怎么认识的吗？你在花丛中心，靠近我，说你要追我，我说如果有机会，我会给你一个考验，如果你通过了，我就答应。现在就是考验啊，你怎么忘了呢？"

"我已经杀人了，我不值得你爱了。"

"那都是幻觉啊"

"那什么是真的，你可以告诉我吗？"

"只有你自己是真的啊。"

"哪个自己？是一楼的自己还是二楼的自己，还是三楼的？"

她此时竟然微微一笑："领悟得很快嘛，好吧。"

"这三个人，也包括我，都是你自己。"

"你也是我？"

"没错，"她平静地说道，"最下面的牢笼里，关着恶意的你，追求生，拒绝死，追求好，拒绝坏。他只是不断轮回，如西绪福斯的魔咒，却永远不明白活着和死去的意义，跳出自己看自己。他只是一个躯壳，只是一个循环逻辑。

"第二层，也是你。只有感官的快乐才可以让他生存下去，而快乐的满足值是不断上升的，所以他不满足于看计算机里刺激的视频，而希望看真实的，但这只是一种快感的累积，而非真正的快乐，直到你杀掉他，你不过是杀死了自己感官的那层，摆脱了基本的欲念。

"只有杀掉了第二层的你，才可以进入第三层，那是一个良心的你，一个责任的你，一个现实的你。你有道德感，也有善恶判断的能力，你必须经历忏悔，才可以获得灵魂的解放，你必须认识到自己的过去决定了自己的未来，才可以在未来做一个更加完善的自己。过去的错误不可怕，可怕的是不承认自己的过去，那就否定了自己了。"

"你呢？"

"至于我嘛，其实就是你最高的执着了。其实你自己也知道，只是摆脱不了而已。其实你完全可以主动追求我，却始终暧昧不已。你自己内心想通过破除障碍的方式得到我，所以我满足你咯，这一路的障碍，有你感知不到的本能，也有你感知得到的想象，都是因你而生。我就是你的想象，我满足了你的想象，你想通过这样的方式得到我，我就让你满足了，只是没想到你这么胆小，说得出，做不到，看你这副哭成泪人的样子，真心是好笑。

"现在你可以选择，得到我，信物就在这里，或者离开，回到被窝里，保证你的安全。"

我的脑海中一片空白，分析、综合、判断、意念、直觉，都没用了。我只记得我一开始伴随着无畏的幼稚，如今却面临最大的选择。

如果我拿走了信物，那说明我爱的仅仅是我自己，这才是最大的执着。我冥冥中意识到。

我似乎听到楼下又有叫我的声音。好像是那个送快递的哥们，短信又来了，说我的快递到了，来自布达佩斯的娃娃，我眼前的她，消失了。

0

第二天早上，我依旧在被窝里玩着"空档接龙"的游戏，不断按着"新游戏"，一局又一局。突然室友的手机播放起《月光》，那是他的闹钟，只是他惺忪着双眼，翻身过去继续睡，好像从未听到。

我虽然有倦意，但还是冲下床关掉了闹铃，咦，外面阳光明媚。不是说有雨吗？

该出门了，我把桌上角角落落的地方都看了一个遍，确定没有东西落下，所有东西都锁好以后，出门了。

10点，面包店，室友该起床了。老板给了我一杯黑豆豆浆和一个肉包子。

一口咬下去，真好吃，我最喜欢吃肉了。

至于昨天晚上，我只知道自己做了一场梦。其实我也不确定，或许我现在经历另一场梦。管他呢。

她还是来了短信，道歉说娃娃没能及时寄出，得过几天。我只是笑笑。

另一个朋友给我一条短信，关于前一天我给他写的《白鹭和铁路》，说有一点领悟，写给了我：你只有小心地走在边界上，远离那个看得见的宝藏，才能获得永恒的满足。任何多一点的倾斜都会导致你会在痛苦和快乐、失去和获得中不断重复。

所见，所想，所在。

我真心希望他是明白的。

（2018 年"华语新声"科幻文学大赛金奖）

蒙太奇

爱情，时空交错中的偶遇，不经意，一瞬间。

1

闭着眼睛，就像漂浮到了海的中央，沙鸥在天上飞过，把阳光切割成一串串温暖的天使，俯下来，给我拥抱。不想睁开眼，这样才不会被发现巧妙地躲在大海的波浪里，嘿嘿，我聪明吧，妈妈常常到处找我，却总找不到，等到她满头大汗的时候我再突然蹦跶出来，她总会开心地对我笑。

海风掠过我细嫩的眼眸，带了点盐分，脸上暖暖的，有一点刺痛的感觉，嘴唇被吹干了，这样正好，我可以伸出舌头来舔一舔。就这样，在嘴唇上舔一个圆圈，嗯，不够圆，再舔一圈，咸咸的，干干的，可好玩了。

海浪的声音哗啦啦的，一阵接着一阵，公园里的小朋友都这样，欢笑嬉闹声此起彼伏，有玩秋千的，有玩捉迷藏的，也有玩爬栏杆的，滑滑梯的，还有堆沙子的。喏，就和金色海滩一样，伸手一抓，细细软软的。唉，怎么抓不到，没事，过会儿再抓抓看，我还在做梦呢，说不定这就是梦境。游泳圈呢，唔，还在，这可比床有趣多了。衣服怎么湿漉漉的，没事，可能是海水渗进去了，不怕，等会儿翻过来晒晒太阳就干了，妈妈也不会发现。

让我想想，二姐现在肯定被关在家里出不来，二姨那么凶，不，有时候那么凶，作业做不完就不让她出来，还是我胆子大，跑出来了，妈妈也没发现。大姐姐呢，大姐姐可能在做作业吧，我也不知道，唉，好久没见着大姐姐了，真想去大姐姐家，可惜有点远，下次吧，和妈妈说说，带我去坐大汽车，大汽车带我去见大姐姐。

不知道妈妈在干吗，唉，她也不管我，我一个人跑那么远，还好我认识回家的路。爸爸，估计又闷在家里吧，还是妈妈吧，等会儿和妈妈说我在海边看到了一个超级漂亮的黄昏，看到了超级漂亮的太阳，看到超级漂亮的海，好多好多的鱼，好多好多的螃蟹，哈哈哈，她一定会很开心的。就这么定了！嗯，太阳真暖和，身上真香，真舒服。

2

看，那就是著名的金沙滩，好不容易骑到了，已经傍晚了，晚霞万道。真是一次奇异而艰辛的旅程。咦，大海上怎么漂着一个小姑娘。我揉了一下眼睛，确定没有看错。金色的大海中果然漂着一个小女孩，貌似睡着在游泳圈上。他的父母呢？她的朋友呢？她怎么一个人？这样很危险。太阳正在慢慢下山，沙滩上空无一人，我必须马上把那个孩子喊上来，否则会出事的。

在遇见这个小女孩之前，这片海对我来说意义非凡。我是一个旅者，一直漂泊不定。对于世界，我有很多问题，对于他人，我想挣脱那些束缚，而对于爱情，我则相信小时候的一句话：从山的初阳出发，到海边看日落，你会寻找到真爱。我从来没有问过这句话从何而来，似乎这句话与生俱来就应该存在，并且是主导着这个世界日升日落的亘古法则。

所以在某年某月某天太阳升起的那一刻，我出发了。我厌倦了一个人漂泊无处停靠的孤寂，那是一种落寞之外的自由，是无所寄托的揶揄，更是心中莫名焦躁的源头。招宝山，浙东要塞。从这里出发，我和我的影子，向北而去。目的地是滨海，那里有最美的大海，或许还有一个人。

年轻的时候，我也曾这样去追逐过爱情，从台中的大肚山麓出发，迎着朝阳，骑向岛屿北面的淡水。路上的经历曲曲折折，无论是苗栗通霄镇的山中森怪，还是桃园杨梅山头的颠簸小路，抑或是 61 号大公路上海风沐雨，而在渡过八里到达淡水的那一刻，心中一片释然。我终究是失败了，仿佛一场梦，我和她如此短暂地相逢，我们在夕阳中相依，又在旅程中分离。我至今记得，她是我唯一的读者，一个值得依赖却无法同在的女人。

而如今，我终于来到了这片沙滩，这片滨海的黄金海岸，看到了大海夕阳的景致，依旧相信着这句誓言，哪怕在现实中它显得那么缥缈和虚无。

还是救人吧。我扔了自行车，一路向海边跑去。傍晚的海风渐渐大了起来，海浪的力量也逐渐增加，不断向岸边拍去。我依稀看到小女孩已经醒了，穿着游泳圈正在不断扑腾，真是熊孩子，怎么就会漂到这么远的大海里呢？或许是海神被她吸引了吧，想带到身边仔细看看，如今正在用大浪送她回来，保护她不受伤害。

我还是先到了一步，冲进搅拌着细沙和夕阳的浪花里，孩子很机灵，虽然精疲力竭，但是至少已经快到达岸边了。我一把把她拉到怀里，过度惊吓和极力地滑行，孩子双眼如同铜铃一般圆瞪瞪的，却没有说话，只是看着我。我一手提着游泳圈，一手抱着她，她的双手围绕在我的颈上，凉凉的。我甚至忘了该问什么，该说什么，只是把她往岸边带，往离家近的方向。

一切都如此沉默，一切又如此熟悉，那个小女孩的眼神似乎是一种密码，勾起我内心的好奇。那句话是真的吗，可一切看上去如此的不真实。海浪逐渐推开了天上的云，把剩下的所有阳光都吞到了肚子里，大海变成了透亮的金，而天却剩下了忧郁的蓝。

　　我把她带到我停车的路口，我们如此沉默，如今该问问她家在哪里了。

　　可是我转头一看，这个小女孩消失了。留给我的，只是她鼻梁右边的那颗痣，我曾经见过，在自由广场的夕阳里，是她。

　　3

　　我很生气，我怎么这么笨，睡着睡着就漂到海上，妈妈会骂我的。我把衣服弄湿了，还晚回家，爸爸会打我的，不，妈妈也会骂我的，我还是去找姥姥姥爷吧，或许还可以躲过一场责骂。路上的人却都对我笑，有的微笑，有的哂笑，有的大笑，有的窃笑，我不知道他们笑什么，这就是人们的真实面目吗？怎么之前我从来没有发现过。真的好冷，身上黏乎乎的，唉，刚才还以为是做梦呢，真是吓死了，还好有大浪把我打到岸边，我还是个机灵的孩子嘛，嗯，冥冥之中有仙人保佑，赶紧拜拜。今天回家的路好久啊，那个小平房怎么到现在都还没有看到，没有看到炊烟，也没有看到那红彤彤的煤炉，我好想妈妈啊，她都不记得我跑出去了，她都没来找我，哼。唉，不过等会儿怎么说呢，这一身脏兮兮、湿漉漉的，我一定得编个理由，告诉她我遇见了神奇的事情，嗯，就这么定了。

　　从海滩到那个红砖小平房，不过四百米，小姑娘却怎么跑也跑不到。这段路程看上去被某些神秘的力量牵引着，没有人知道今晚在海滩边发生了什么，只看到这个小女孩在不断飞奔，却不断地回头看，没有人知道有一个外地人来到了滨海的海边，应验一段誓言。海边小镇和平常一样安静，这会儿大家都已经做饭了。

　　妈妈在做饭，我看到门口的煤炉烧着水。房间里的灯光，映出了妈妈忙碌的影子。走进门，看到妈妈，我叫了一声："我回来啦。""哎呀，闺女，你回来啦。"老妈忙碌得没工夫看我一眼。我顿时有一些失落。我决定吸引她的注意力。

　　"妈妈，我今天遇到了一个人"

　　"是吗，谁啊？"

　　"我也不认识，是个叔叔，他在海滩边骑车呢。"

　　"哦，闺女，你去海滩了啊，怪不得一时半会没找到你。"

　　"是啊，那个叔叔保护我抵挡了一个巨大无比的海怪。"

　　"是吗，海龙王出现了哇？"

　　"不是的，妈妈，刚才有大海怪把我拖进大海里，有点像龙虾，不不，龙虾的头，海参的身体，还有胡须，还是红色的，嗯，反正很大啦。当时我好害怕啊，我就拍它，拍它，结果溅起了水花弄湿了我的衣服。但是我打不过那个大海怪，这时候有个叔叔来了，他叫来了一个大海豚，就是和电视上看到的一样的，他们一起帮我打败了大怪物，好危险的。我以为我看不到你们了，可害怕了刚才。"

　　"闺女，今天这么有意义啊，来。你的焖子做好了。"老妈这才看我一眼，发现我左手拿着那个脏兮兮的游泳圈，全身上下湿漉漉的，也没说什么，只叹了一口气。

"哎呀，闺女，赶紧地，洗澡去，热水都烧好了。哎呀，闺女，快快快快，要感冒了。快去快去。"妈妈放下手中的焖子，说："老姜，快去拿新衣服来，你闺女要冻着了。"

我鼻子里全是焖子的香味，还是老妈好，知道我闯祸了，也没怪罪。妈妈最好了。老爹看到我，一阵憨笑。嗯，老爹也最好了。

唔，等会儿，想想好像是有个叔叔，刚才在海边救了我，我也不知道他是谁，或许真的有天使在保护我吧。

洗完澡吃焖子咯！

4

沈老师带着小乙回家了。今天春游，孩子却一直不开心，人家小朋友都出去玩了，到处跑啊闹啊，小乙就一个人坐在旁边，默默地看着别人。没有人知道他发生了什么，老师担心是不是得了什么病，所以就带着孩子一起回了家。小乙奶奶在家，看见老师来了，就赶紧邀请进来坐坐，泡了茶。

听说了小乙今天的表现，奶奶也说，这个孩子最近似乎有心事，经常一个人看着窗外，看着夕阳落下。他爷爷还在上班，晚上回来和他说说话，他也不搭理。原来不是这样的，是一个很调皮的孩子。很灵活，也很闹腾，和楼下的小楠、隔壁的小旭都玩得可疯了，楼下的阿彩阿姨经常来告状，说："你们家小乙太闹腾了，午睡的时候把一大堆树叶扔进我家院子，还经常把纸片扔下来。旁边弄堂里的井盖总是合不拢，准是小乙恶作剧，还有对门墙上的画。唉，这个熊孩子。"

小乙听得很认真，两个大人正愁眉苦脸地描述着彼此内心的疑惑和不安，显然这是两个很关心自己的人，但是他显然在另一个世界中存在着。在这个世界里，世界被分成了两半，一半是太阳升起的地方，一半是太阳落山的地方。太阳升起的地方，有沈老师，有奶奶，有小旭，说好的以后要一起去看大海，有小楠，说好以后结婚，虽然不知道结婚是什么东西，但是奶奶说，年纪大了就要结婚，就可以一起玩玩具，一起吃糖果。小乙想，小楠挺好的，她妈妈很喜欢他，应该是可以结婚的。门口枯井里的树叶是小旭藏的，他只是旁边看着而已，却被阿彩阿姨发现了，本来想在结婚的时候撒，纸片啊，树叶啊，当礼花。纸片么，纸片下降的时候很好看，就像天使飞一样。唉，他感叹大人们都没有发现，纸片飞舞时有那么美。而太阳落山地方的景象，是隔壁的叔叔告诉他的。

隔壁的叔叔是小乙的好朋友，最近他刚进行了一场很大的冒险。奶奶和阿彩阿姨都在议论纷纷。据说去了一个很远很远的地方看大海。他向来是个神奇的人物，总是骑着一辆很漂亮的自行车，哼着动听的歌，却从来没有结婚，奶奶说的。小乙总是暗自忖思，不知道叔叔的小楠什么时候可以出现。对叔叔，奶奶总是又喜欢又责备，叔叔却总是笑吟吟的，偶尔还来家里坐坐，陪奶奶说说话。他有一天下班回来，神神秘秘地告诉小乙，从山下的初阳下出发，到大海边的夕阳下，可以找到很多糖果，可以找到很多漂亮的玩具。叔叔告诉小乙，这是一句咒语，需要在心中默念的时候看夕阳，所以小乙总是期望着某一天可以去看看叔叔去过的那片海，看看有没有那么多糖果，那么多玩具，然后他和小楠就可以结婚了，那些树叶就有用了！

沈老师走后，奶奶动身去做饭了，小乙一个人坐在厨房旁边，有一点落寞，有一点疑惑。看了这么多天夕阳，却没有看到糖果和玩具，叔叔是不是在骗他。他又默默走到了阳台上，看着西边的云彩，火燎燎的，红彤彤的。他搬了一把小凳子，站在上面，看着夕阳慢慢褪去。叔叔说，他见过大海，大海很美，他遇见了最美丽的回忆，遇见了最美丽的她。夕阳蒸腾着云海，似乎是一片金色的大海，海面上波光粼粼，仿佛漫天的美妙都化作了浪花，他看到一个女孩，乘着五彩的糖果救生圈，缓缓向岸边划来，他的后面，是无数的玩具，一浪接着一浪。真的有，叔叔说的是真的。小乙突然笑了出来，是真的，是真的。

"吃饭啦。"奶奶跑到阳台上。看到小乙安详地趴在阳台窗口上睡着了，脸上是从未有过的温暖的微笑，仿佛世界上最美好的事情都被他遇到了一般。

奶奶后来和小乙说，那天傍晚夕阳下，他笑得和天使一样。

（《机关生活》2016 年第二期）

互 信

屿：

　　我不是 Seymour Birkhoff，不能伪造自己的死亡证明。但是我反感这样的世界，叛逆的反感，那些赋予我安全的人和事，如今正在剥夺我的安全。青春似乎会被一张合同钉死，哪怕不是这样也似乎即将进入温水，然后失去了再次选择的能力。

　　人就是活在趋利避害的恐惧和幻象之中，所以每个人都需要有一段肖申克的救赎，但是很少人有，极少人有，我也没有，只有在进入牢笼之前最后疯狂一下。就像我看到 YOGA 疯狂地说着谢谢，伴随着雨和眼泪，因为台下的人不是亲朋，而是歌迷。人这一生，不离谱一点是不会觉得自己存在过的，每一次我反思的时候，大脑提供的，都是离谱的情节，却成了我最深刻的自我认同。

　　我的桌面上是温水煮青蛙，我相信自己已经差不多是半熟状态。老人们说，不听老人言，吃亏在眼前，不踩准节点，这辈子翻不了身。我问凯哥，究竟工作是为了什么，凯哥说，为了稳定。我说稳定为了什么，凯哥说，如果你没有就知道了。我明白，那些文艺青年，很多都无疾而终了，仅仅是一种心态的失去，人会老的，一切的稳定都是为了老而准备的，我是个胆小的人，所以窥伺这世界，希望做一点不一样的事情，我没有走到最高峰，但是我可以舍弃一切。我没有最爱的人，因为我都不爱我自己，我连自己是谁都不知道，我迫切地需要知道这一点，否则我就走了前人的老路，走了那么多青蛙的后路。哪怕我必须走，我也得慢慢走，不像他们走得这么快。

　　每一天，梦境里，重复的人，重复的事，却没有噩梦，只有焦虑。我需要恐惧，需要黑暗，需要新鲜和恫吓。太久了，太久没有看到外面的太阳了，太久没有随心所欲了。这只是一次离家出走，我确定，我会回来的，哪怕每一个人都责怪我不辞而别，但是至少他们感激我回来了，哪怕父母妻子责怪我没有责任感，我至少会回来，我有这个准备。

　　乘上一辆开往下一站的火车，在某个雨夜，孑然一身，手机关机。身上会带着很多现金。银行卡，只是一个笑话。就像我们奔波在两点一线，看到这幢房子本身就似乎看到了自己的一面，我们常常忘记了我们的寄居状态，年纪轻轻，我们就开始寄居了，我们就开始看到人生接下去的路了，我们就开始渴望与等待了。为什么会有盘古？为什么会有夸父？为什么那么多的浪漫？逃避，也是一种追逐；追逐，只是为了更好地逃避。这个世界被物质生产变成了重复的世界，那么多的可以预见，那么多的再制造，连回忆也是。那么多的脚本混合成一团因陀罗网，在因果之间不断回溯和超脱，却终究出不了这样的五指山。那些被剥离的自然，剥离的真自我，剥离的欲望伴随着人造的价值观，我在势利地看着世界，这些势利终究要吞噬这个无知少年。

每一站，都是一种人生，为什么不去想这样的一种可能，穿梭在这么多的大城市之间。那么那些小地方呢？有多少人知道，有多少是你懂的，多少人心放在自然下暴晒，又有多少人真的知道自己活着。不要被房子和路蒙蔽了眼睛，我们不去追逐，就会死亡，哪怕我们活得再长，这辈子都是一句，我本来，我应该。

那终点呢？在漫无目的的火车途中，什么是终点？终点，就是我想要的世界模型，在每一张笑脸，每一次讨价还价，在每一张照片和每一天的随行笔记里。我会遇到朋友，遇到陌生人，遇到骗子，遇到孕妇，遇到离婚者，遇到寨子里的人，遇到卖字人，遇到异装癖。我会学会在每一个菜市场做好记录，在每一种口音里寻找同样的心情，在不可能出现的虚拟世界外寻找自己的桃花源，我也会学会微笑和对待。我想出逃，仅仅是看不惯这个世界都被制造好了，只待我们去享受，我更不愿意看到，这个世界，不是我要的，却在捧杀和安慰中，将我强行关牢。

痛苦，痛苦是存在的前提，否则会飘飘然，否则会失去真实。

我可以选择逃避一到两年，没有干净的水，吃不饱东西，这样生活一两年。母亲明白，我需要这样的生活，就像很久以来衣来伸手，我却要独自寻找。她知道这有多苦，她支持我，我却从来没去真的做。

所以，我想去看看，仅仅是坐在不同的绿皮车里。用疲劳和寒冷刺激一下神经。仅仅，我只说仅仅，谁也不知道限度在哪里，我不是绿箭侠，我缺乏经验。

但是我可以看，我会写，或许还有很多青涩的味觉。无论是什么，都需要去尝试。就像我去过南京，看过鸡鸣寺；去过青岛，看过五四广场的夕阳；去过大柴旦，看过诡谲的红沙；也去过布达佩斯，流连在破碎的帝国幻影之中；去过承德，和老威聊清朝圣旨；去过坝上，知道春季有蜱满森林飞舞；去过南投知道什么叫地震；也去过淡水，知道什么叫不拘一格，也知道什么叫不顾一切。

我要飞走，就那么一会儿，我会回来的，等我大脑充斥了各种离谱的自己，我会回来的。

我会出一张专辑，有我的歌，有我的信仰，我会开一个小型音乐会，里面是混乱的名字。我会开车，去沿海地带，我去过了，那是一片处女地。我会把照片都印出来，把墙上列满时间轴，我会去大陆的最南端游荡，不一定此生独次，却可以说，我在懵懂的时候遇见过，下一次，我会认真地看。

我想好了，我要逃走，就一会儿。

就只想出去看看，真的。

汐：

　　一只鸭子，要被下锅了，大厨对他说，我会把你做成外焦里嫩人见人爱的北京烤鸭，这对于一只鸭子来说，已经很荣耀了。但这只鸭子心里很纠结，他知道，鸭，必有一死，或轻于小胡鸭，或重于全聚德。但是，他不想就这么不明不白地下锅，他不要像其他鸭子那样呆头呆脑地就被抓走，就像一个个让人嚼过吐掉就忘了味道的一个个可悲的复制品，即使死，他也要死得明白。他迫切地想要离开，想要在一段拉开距离的时间和空间里去感受、去思考，他允诺大厨，一定会回来的。

　　他从北京的亮马桥出发，一路南下，他路过南京，看到了南京的盐水鸭，躺在橱窗后，那样静默，讲述着无人在意的故事；他路过武汉，见到了周黑鸭，他们是鸭界的新兴贵族，但他看到他们被八角、辣椒、生抽折磨得已经乌漆墨黑，实在不忍卒视；他到了香港，见到了漂浮在维多利亚港海面的大黄鸭，他深深被震撼，感叹着这只穿越大西洋十载终于到达梦想彼岸的传奇事迹。"这样活过，才能被称为鸭生。"他心里默想……在随后的时间里，他途经东南亚，转到欧洲，穿过非洲大陆，最后到了美洲，一路他见了无数奇闻异事，了解了无数只鸭子的各色生活：平淡的，传奇的，愉快的，悲惨的，颓废的，向上的……他甚至见到了一只生下来时候又矮又挫后来变成又白又美的鸭子。他觉得不虚此行，虽然这一路大多事情都只是他所见所闻，并不能亲自去经历，但对于他已经足够了，因为，他大概知道了生活的面目，他大概知道了自己的轮廓。他想，如果地球上的每只鸭子都要在一块汉白玉上刻下自己的一句话，他已经知道自己那句该写在哪里，该怎么去写了。

　　于是，在和大厨约定的日子里，他淡然地回了，嘴角挂着一丝意味深长的笑容。

　　几天后，在北京全聚德的餐桌上，一群人围着一只刚出炉的外焦里嫩的鸭子，大家用手机给他拍照验毒之后，便大快朵颐起来。突然有个人嘟囔了一句："这只鸭子有点不一样……"众人问原因。那人想了想，说："肉比较紧实，嗯！"

还青春

1

时间已然接近深夜，时针指向十点二十，闵大荒还是沉默，无光的夜，毫无激情的魂灵，安安静静。

我没有在寝室完成睡觉前的仪式，也没有在回寝室的路上；我在图书馆主楼的十三点五层楼上——这片方圆八百亩土地的制高点，俯瞰着芸芸众生的离开和大千世界刹那的躁动，享受着世界之王的称颂。

犹如后古典主义画派的写实作品，仅仅用光点就勾勒出黑暗中工业文明的表象。那些氤氲的气场，是闵大荒的一声叹息，我和它面面相觑，然后"扑哧"一下，笑了。那屋顶上的管道和围栏，似乎是那巨大的松果体和灰质回路。我甚至想发号施令，告诉下面的人们，明天就放假，立即放假，比学校规定早两天！

你知道为什么会有零点五层吗？你知道为什么电梯指向的最高仅仅是十二层，而我们如何到达神秘的十三层吗？你知道十三和撒旦的故事吗，你知道我正在布下邪恶的局让地上的人们在欲仙欲死中走向黑暗吗？你确定你存在吗，不仅仅是计算机里的一个游戏程序，还有我正在操控的这台计算机的主机旁边，对着代码翻滚的冷笑吗？

就不告诉你。

2

有时候越是习惯的地方越是陌生，尤其是在一座高楼之中，长久地占据一个座位，长久地刷新着一个液晶屏上的内容，重复着自己重复过的情绪和理想，还有纠结那些旁枝末节在 DNA 复制誊写过程中的差错。我是一个完美主义者，也是一个犯人，坐在自己的牢笼里，在一幢高楼的第四层，进门第三个，靠窗的那个位置。我不知道楼上的两个人或许正在做爱，或者楼上的楼上正在进行黑金交易，或者楼下的暗潮涌动的心绪和言说。我只知道，这里的空调，有时候会很热。

我从来都是以一个视角看楼下的人来人往，窗外太阳升起落下，以一种眼光看别人，以一种气度去面对各式各样的人，以一种窃以为聪明的方式面对大千世界。我就是我，尽管我从来不承认唯我主义是我的标签，但是我必须是。

当我在洗漱台上的镜子里端视自己时，闵行这里的空气和水以及焦虑的情绪让我的皮肤变差了很多，脸颊上那些多出来不属于这个年纪的痤疮，让我看上去有一些泯然众人，长久以来没有笑容也松弛的皮肤，告诉我自己的身体正在不断地老去，那些曾经有的胸肌、肱二头肌和厚实的肩膀，如今也只剩下了一层皮。

眼动实验告诉我们，眼动速度的变慢让时间在你的世界中流逝更快，一个人长久对着计算机，无所事事地描述着内心的不安和对于外界无知的揣测，让我时钟银行里的大笔存款不断地被偷换和转移，然后户头上的数目已经变得岌岌可危了。

我曾经相信相对论，以为和自己做伴是最有效的保持年轻的方式，那么自然，不需要面对陌生和恐惧，不需要任何对话来消耗能量；直到我长久面对自己以后，一个人，我才发现，这不过是一种自我麻醉，我看得越深，越不了解我是谁。我似乎在时间的序列中走得太快，那些中年或者老年要问的问题，都被我机智地解答并且孤独地等待着一个可以贩售的机会，尽管这样的机会就像等待戈多一样遥遥无期。而，那些我这般年纪应该做的事情，郊游，畅聊，无所顾忌地撕扯肉体，风起云涌地搅动灵魂，我都做不到了。

我就像死水一样，经不起一点折腾。

3

2013 年的 1 月 9 日，落日有些潮红，看得我有些悸动。

不得不说，晚餐是突然的，或许我觉得对方很适合晚餐，不会矫情，不会故弄玄虚，然后是我很信任的一个人，动机没问题，对方也答应了。

有些东西不需要理由的，何况我还是一个随性的人，太阳落山了，我想找个伴，顺理成章。

台湾老妈的突然降临已经把这次高潮的序曲点缀得有点别出心裁了，七点半，从一个台湾人开在上海乡下的餐厅里出来，我还在合计着去台湾的注意事项。

凌说，酒吧是一个培养气质的地方。所以我转身钻进了酒吧，一个清吧。

朋友突然对着旁边的台球桌起了兴致，这使得本来或许沉闷的聊天变成一次互动的游戏，而且颇具浪漫的特色。但，电影桥段里一男一女的台球游戏或许只属于电影里，因为桌子上的青柠伏特加和芒果马爹利在打完一局之后并没有被转移到台球桌的库边之上，热语也没有出现，倒是酒吧的门口或许会多了一点吸引人的气味，尽管浓度低得可以。

这个酒吧人很少，大约一百平方米的样子，三个开放包厢和六张小桌子，我们坐在最里面，右边，角落里。进门的第一桌，一对情侣正在哭诉着那些纠结，女人深深地把头埋在男孩子的胸口，而男孩子却无动于衷地扒拉着嘴皮子而已；第二桌，一个外国学生和一个中国学生正在浪费着时间描述着来这家酒吧的感觉，但是显然，他们的步态看起来有些匆忙，不过半小时，他们进入了正题。

而酒吧吧台上，三个老板和他们的妖艳的女朋友正在吞云吐雾，同时享受着消磨时光的乐趣。我很喜欢这样的氛围，但是他们的表达似乎过于平庸，或许这正是这家酒吧本身的定位吧。

两个初学者，一张台球桌，分享一根球杆，两个小时，两杯淡得和水一样的酒，然后一种心情，被朋友借了一支粉笔写在了黑板上，"HAPPY"。我不知道朋友的心情是否真的是"HAPPY"，但是我至少能体味到开心，或许是那杯青柠伏特加带给我的，酸酸的，甜甜的，或许还有一点迷醉的滋味。

4

自从我来这里一年后，我也算去过不少弯弯落落、边边角角的地方，这些地方定义了一个新的我，我也在重新定义这个地方。

在大活的楼顶，我和友人混乱在酒精里，发泄着内心的愤懑，身体醉倒在网球场旁的路边，嘴巴却仍重复着那几句脏话；在图书馆主楼四楼的影视放映厅里，我无意间闯入，却看到了一部浪漫的电影，然后这种浪漫被延续到路灯下，隧道边，以及一种无助的离去的背影之中；在学术吧里，我看了一场电影，喝了一杯卡布其诺，然后认识了一个人，这个人向我讲述了她的落寞和落寞的导火索，然后她默默地离开了，留下了一脸懵懂的我。当然，我也有卖唱的时候，其实我不过是需要一些掌声来确定一些自己残存的价值，只是有时候往往被开心迷了眼睛。

我原来肯定不是这样的。我是一个天真的小朋友，我失望的时候会板脸孔，开心的时候就狂笑；我会思考一切事物，然后一一指出背后的逻辑和错误；只是人都是活的，世界是变的，那些脑海中的永恒的命题和必然性，其实不过是一种迷恋自我的表达，以至于后来我发现其实人都有面具，人都有心事，所以人很复杂。

我会很怀念在武汉的日子，那些层林尽染的场面，那些周六周日晚上在梅操的电影里潮涌的激情，那些情人坡下的欢声笑语，还有东湖边上的沉默以及湖上一眼万年的壮丽。那些美丽的爱情故事和朋友情谊其实都在春去冬来和网上的偶尔寒暄中会扎一下我们的心，痛过，所以不会回来了。

回忆留下的，仅仅是美丽的牢笼。但是我坐牢太久，忘了我在牢笼之中，甚至忘记了这是一种牢笼。

上帝曾经对我说，不要害怕现实的艰苦，不要害怕情绪的失落，因为这都是赋予你的命运的一部分。我却说，我不信，这么多的困苦，这么多的无助，哪一天才会是出头日。我选择了投入撒旦的怀抱，那样温暖而安全的场所，那样美好而自我膨胀的空间。然后我在某一天发现，我腻烦了，却已经走不动了，连走的勇气都没了。

我只会对那条三点一线的路程，那些周围的树和河，那只白鹭，那些来往的陌生的脸，点头微笑。我不认识他们，我也不会去认识他们，我哪怕认识了他们，我也不愿意去招惹麻烦。因为安全，很好，习惯的空间和时间，习惯的方式，习惯的我这样一个人，很好。

我，老了。

5

恐惧、黑暗，都是年轻的宣言，上帝罩在撒旦的标题下行使着正义的举动，因为它推动着我。

凌说，我其实还蛮能玩的，不过得看和我一起玩的人是怎样的，带我的人能玩，我就会玩，还会玩疯。现在看来，不假。

回忆的牢笼显然锁闭我太久了。我甚至已经有点迷失了理智，只顾着拿起镜子把玩，而忘记了有些时候幸运带给的我出逃的机会。

人跟着脚本活得太久，就会出现一些变异的情况，因为拿着两个表对时间永远不知道哪个是正确的，就像《The Matrix》里 Neo 会发现自己不是 Mr. Anderson，然后他会去反抗。我会去反抗，不过是被动的，那些美丽的重复的困住我可能性的回忆，那些牢笼，那个该死的图书馆的位置，那个该死的图书馆的空调，还有我狂妄而脆弱的死魂灵。

就是在 2013 年 1 月 9 日。当我站在图书馆主楼十三点五层上的时候。我打破了牢笼，又获得了新的自由。

是一个叫静的白羊姑娘带我离开牢笼的，仅仅是沿着牢笼的栅栏往上爬，然后我就看到了天，看到了地，然后看到活在镜子中的自己不过是一种幻影。

6

很多时候我们需要的不是事件本身的对错，而是某种象征，就像一座塔，那样把一个过去的高僧的一生封锁在里面，每当我们祭拜的时候，都会想起那些美好的过往，都会激励我们打破当下的不善；或者像巴士底狱和砍下路易十六的头颅一般。无论这样的行为是否正确，它始终会在我们的成长过程中激发某种情绪，就像黑暗中的灯塔，无论前途好坏，我们至少有了希望。

或许那个带我走上十二楼又走上十三楼的女孩子仅仅是为了好玩，或许这是神布下的局，或许是我想太多，或许这仅仅是一场游戏，告诉我一个深刻的意义。偶然，所以才有必然。很多时候自己的存在仅仅体现在对时间和空间的反思之中，给自己一面镜子，无论是什么，先看清自己，看清自己的状况，看清自己的潜力，然后走下一步。

我还没老，因为我还有疯狂的潜力；我还没老，因为我还想舍弃一切去追逐新的东西；至少我还没老，我在别人不会来到的地方，尽管那么简易，需要一点点想象力，但是，没多少人来过。

有时候交情有多深，关键是看到了自己想看到的，疯狂，胆量，还有那种天真。所以我很感谢那天晚上的那个白羊女，你们身体里的疯狂或许让我察觉了周围无形牢笼的异样，对于青春的重新思考。

写这些文字的目的也在于此。

你要把题目看成"还（huán）"，一种感激的语气，或者是"还（hái）"，一种自嘲和庆幸的语气。其实无论怎么表达，我都觉得，今天我年轻了很多岁。当然，最后我不得不说，当我站到塔顶的时候，我发现我其实，还青春。
至少，过了今晚，我还青春。

就像风过了，所以花开了。

（2013年《文学港》第五期）

壹　小说

贰　随笔

台北一日

两则

闲庭信步中，见江南

缘与面

黑色的光

鹿港

As time goes by

绝境

味道

邻

晴日随想

生活

少年噗啦啦啦飞过

台北一日

　　人总会在不经意间模糊了真实和幻想，就像这样一个美好的早晨。走廊窗棂下一道阳光，整齐划一，犹如哨兵，门旁的雨伞上，刹那攒动出一个壁虎；路过女生宿舍楼下，麻雀和那些常年昏睡的老狗也正在晨曦中散步。突然间，发现每天走一遍的小路旁，那些草都郁郁葱葱了，而阳光此时则犹如一个画家，躲在云后面，在地上晕出一片片金黄。那柏油马路的黑，倾诉着这片土地的安谧，鳞次栉比的不仅仅是高楼，更是树木和生灵。走进 7-11，买了一份早餐，你可以边吃边走，没有人来打扰，服务员的微笑会让你心满意足。一直到图书馆前的树林里，松鼠来觊觎手中的饭团，你大可以分享它一点，只是它倏地不知道去哪儿了。我没有太多的留恋，这样的情形时常在东海校园里发生，有时候甚至让我遗忘了怀念为何物，因为近在咫尺，触手可及，却可能在离去后常常神游于此，感叹不已。这片犹如乔托笔下的上帝之城，在一千米外的路斯易教堂顶端被神庇佑着，那些文理大道上来来往往的人，似乎都在赞颂着上帝的垂青和荣光。而我，放慢了匆匆的脚步，用心神去感触每一寸柔软和细腻，然后心慢慢飘回到那一天的台北，这样的感受是何其相似，何其相似。

　　有时候，脱离了现实的誊写，你就会进入一种高亢的精神状态，语词和情绪被血液和气味充斥，就像不同宿主的病毒与病毒之间的融合，锻造出生命最原始也是最复杂的形象。肉眼和平凡的视角是永远不会体味到这样的存在方式，只会被其看似无理性的外表给恫吓并且持械做出无谓的保护姿态，而那团熊熊燃烧的火焰下的这一个人，不会过于理会寻常逻辑下的因果律，仅仅是微笑，仅仅是散发着热和光。很多人称这样的感受叫自由，更多的人却迷失在自由下的迷茫之中而对自由嗤之以鼻；却不明了，常识下大维度的世界是何其贫乏和单调。那些沉浸在景色与网络羡慕声中的魂灵，完全没有感知到我们存在的哪怕最简单的道理——那些最美的景色，那些最耀眼的夕阳，那些最恣意的旋转和月光下肃穆礼堂旁的吟唱，就是这个道理的最佳阐释，是我们活下去的理由。因为每当回头，我们都会觉得自己曾经自由，曾经与最爱的人一起，自由。

　　如果选择一种最好的方式去记录台北，或许就是时间。当某一次不经意间听说台北发源于艋舺，回忆起那些钮承泽镜头下的台北往事，那些黑白的镜头，氤氲的庙宇和褶皱着却笑吟吟的脸庞，一时间浮上了心头。我不过是在前一天设计了一个剧本，做了几份道具，而一切的展开，其实都是时间和心意。在台北车站，我们不期而遇，同样的等待，一样的欣喜与疲惫，都被某种特殊的情绪抵消掉了。而最完美的一天，从下一站龙山寺开始。

中国的文化孕育了某种庙宇中心论，尽管如今庙宇已非城市的中心，却永远是艋舺的中心，时间的中心。龙山寺的独特魅力，在于台湾本土繁芜的宗教结构，当我们还在疑惑如何掷筊与求签的时候，其实各路神明已经对我们微笑过了。庙宇有什么特别，我说不出，或许这一切要在记忆里找吧，因为远处的剥皮寮也只徒有其表了。那些最真实的存在，或许只能从路上黑黢黢的本地人的脸庞上去猜测了。闲适，安逸，老人家来来往往，预示着这个破落贵族持续不破的气性，恰处在这个小岛最繁华的城市边缘。这样最合适不过了，回忆和过去总是美好的，哪怕它如今再低调，也代表了一个过去，一个开端。而我们的下一站，就是代表了现代和过去的交织点——西门町。这是我第三次来西门町了，发现西门町的呈现方式，是讲述。当镜头里那个女孩为父母长辈讲述这样一个六十余年的商业中心的时候，我突然意识到了时间的绵久和亲情的感召力。再次路过台北车站，我们用镜头匆匆记录一些别离和相遇，内心或许泛起涟漪，却谁也没有提起。

台大或许是一个憩息之地。太阳匆匆跑过了最高点，然后朝着人们飞袭，让眼睛上流的汗去交换最美的晕染，而风也渐渐盘起，在地上的落叶中回旋着，在天空中沙沙地回旋着。台大之于我们，两个行走的路人，是短暂的停留，比西门町和台北车站更值得停留，那是一种自由的味道，无论以何种方式，开始酝酿和扩散。作为台湾的高等学府，却看不到什么高楼，也不像其他学校里充斥着摩托的轰鸣声。椰林大道就像好客的主人，在不经意间回头的时候，让你感到温暖。我们都没有机会读台大，作为外人，会觉得有点破旧，有一点不符身价。却发现其实我们都是错了，那些进出图书馆的学生脸上的微笑，还有手里的书，都是力量无穷的，连给我们拍照片的外国帅哥，都让我们感受到一种细致和周到。兴致是被一颗弹力球引起的，这一点我与他不一样，只是会去怀疑，这唤起内心童真的一面是否有被摄影机记录。人最真的莫过于童年，敢爱敢恨，哪怕不招人喜欢，也自得其乐。如今的我们，哪怕周身黄金，名扬四海，也总是束手束脚，何况我们更多的是被内心的期待所束缚。小小的一颗弹力球威力如此大，或许是连她都没有注意到的。我俩其实都喜欢学校，徜徉，夕阳，椰林，还有自行车的铃声。说不定会在某个角落邂逅，或者会在某本书中获得解放，一切皆有可能，相比于门口熙熙攘攘的公馆夜市、水源市场，在路边喝着五十岚聊天的时候，我们的心或许还在台大的校园内，幻想着一切最美好的青春和走过的路。

台湾人夸台湾，最多的一个词语就是自由。他们并不知道自由的维度、精神状态、政治权利、自由的限度和可能的形式，他们只是说自由，八里电信店里偶遇的女子这么说，莱尔富的店长这么说，花莲民宿老板这么说，郭老师这么说，台湾的同学介绍的时候也这么说。每个人都有一种自由，我也有。这种自由曾经弥漫在淡水码头金色的夕阳之下，曾经流连在淡水中学最深的巷子之内，还有路小雨的家；曾经驰骋在南部最蔚蓝的太平洋和印度洋的交界处，吞噬了风的猛烈与不羁；曾经旋转在高雄最黑暗的夜中，闪烁在城市之眼的最高点；也曾吟游在清境古堡的山巅，化作最炽烈的热雨，温暖每一颗迷惘而落寞的心。它出现在宜兰的海滩之上，黑色的沙砾，流逝指尖；也曾飞翔在杨梅山头的速降坡，用淡水河的歌声召唤，一个疲惫而兴奋的骑车人；它与神翩翩起舞在大肚山山麓，也与日月共舞在岛中心的潭水之间，以及阿里山高山族人的歌声之中。它这样的来去匆匆，这样的若隐若现，我们或许会感激，或许会忽略，无论如何，时间那么久，最后只留下了感觉。而当这一切在自由广场又被唤醒的时候，突然意识到我们来到了圣地，来到了这一切的渊源。

夕阳打在"中央大剧院"檐角，散落了自由广场一地，踩着光晕的碎片，没有牵手，我们默默地前进着。或许是黄昏应了心境，她说："下次你来台湾的时候，走过每一个地方，都会想起我。"眼前的景吞噬了无意义的言语，那些广场上升腾的鸽子的背影，自由在广场上散步，我没有回答，脑海中却蓦然回想——清境被一片树叶惊吓到扔掉了佛珠，在风吹砂速降坡害怕得差点拽下我的裤带；是在名统九楼吃完饭一起看照片，走出来的时候忽然看到了海；是在逢甲夜市嫉妒到拒绝吃熊手刈包，又在邀请吃洋槐冻的时候被同等拒绝；是来台第一次见到时候的欣喜与胆小，在台北到罗东火车上的故作镇静；在宜兰民俗馆里默默地扼死心中的襁褓，写下最无助的谢谢你；是在八里码头大声喊，终于到了，又在淡江大学图书馆门口的板凳上与小天使一起等待；在台中沿路偶遇一席人，惊说这世上真有缘分；是每一次的微笑，是每一次的拒绝，是我的疯癫还有你的眼，是你的欲说还休和我的死皮赖脸。夕阳慢慢落下，慢慢在我们身上落下，我的回忆被这一片抓不住的宽阔击碎。不敢触碰，不敢说，任风吹去，吹成一片。在人生最美好的季节，遇到彼此，融化在台湾的每一个角落，最真诚的交谈，最真挚的追逐，最投入地去爱，最努力地去改变。在这青春的最后岁月，遇见了最好的记忆，遇见了自由。

夕阳还燃烧在天边，而月亮则升起在另一边。这夜与日，天与地的交织，太美丽。两旁的大戏剧院和大音乐厅升腾起了红色，让这一片深蓝和金黄的交织更加炽烈。广场上的旗帜，慢慢下降，那一队士兵，渐渐消失。留下人们的笑言和默语，留下天上的那片云，慢慢散去。我会记得，爱与被爱，怀念的过去和憧憬的未来，都在这一刻停止。你只要在自由广场上飞奔，跳跃，欢笑，旋转，甩发，牵手，登高，歌唱，自由便无处不在。当爱与自由在广场上被黄昏融为一体，那些最浅显的执着和最无意味的言语都成了嘲讽的对象。没有人在意这样的时刻是否说出了我爱你，或者相拥相吻，只要见证了自由广场一段日落和中正纪念堂上月亮的初升就足以迷醉一整晚。那些错过的，遗憾的，曾经的，未来的，失去的，拥有的,都被日月锻造成了一块碑,插在内心最柔软的地方。于是,剧本被设计了,然后被遗忘了,场景出现了,然后被揉进了最习惯的行为方式之中。那就是自由了。

或许还要留下最后的诗。太紧张。《The rose》是我第一首推荐给她的歌吧貌似。没想到我竟然就在这里唱了。

Some say love it is a river, that drowns the tender reed; some say love it is a razor, that leaves the soul to bleed; some say love it is a hunger, an endless arching need; I say love it is a flower, and you, it's only seed.

It's the heart afraid of breaking, that never learns to dance; it's the dream afraid of waking, that never takes the chance; it's the one who won't be taken, who cannot seem to give; and the soul afraid of dying, that never learns to live.

When the night has been too lonely, and the road has been too long, and you think the love is only, for the lucky and strong; just remember in the winter, far beneath the bitter snows, lies the seed that with the sun's love, in the spring becomes the rose.

她的名字,就是此刻或者未来不变的回忆,或许会在记忆里浓墨重彩,或许刹那芳华。

或许,以后学会不去纠缠那些逝去的时光的时候,当你回头时,我还在自由广场,等你。

（《文学港》2021 年第五期）

两 则

往 事

素颜倚红窗，无声画白墙；
浅屚点水漾，泪花满酒觞；
再回前门巷，渔家唱夕阳，
河塘向南暖，笑音随风荡；
羊角辫，花衣裳，不曾忘，十年一念成过往。
青葱默，回头望，只叹这，镜花水月似海棠。

暮秋琴瑟忙，过十里红妆；
月色染烛台，梦里火熄凉；
犹等故人来，伊人满长廊；
红豆应笑我，无处话凄凉；
夜光杯，千工床，可能堪，物是人非留情殇。
年华短，似水流，空寂寥，终有揽镜现白头。

独饮交杯酒，幽意上眉梢。
一日似年长，往事随风淌。

（《镇海潮》2019 年第二期）

挥 霍

爱过，
不过一片花瓣，
风动了，坠落；

疯过，
仿佛美梦醒来，
一盏灯，孤火。

以为青春允许挥霍，无尽挥霍，
没有结果；
于是挥霍，大把挥霍，
把身躯烧成粉末。

迷乱着滚烫颜色，斑斓银河，
推搡这一刻我走向下一刻。
挥霍着我的挥霍，遗失了青春躯壳。
融化了爱恨疯魔，星空闪烁，
教会这一个我遇见下一个。
执着包容了执着，看见了美妙花朵，
所以我唱着这首歌，这首歌。

笑过，
不过一幕幽默，
窗开了，沉默；
哭过，
只是一种言说，
说穿了，心魔。

以为青春允许挥霍，无尽挥霍，
直到软弱；
于是挥霍，大把挥霍，
用青春纪念日落。

迷乱着滚烫颜色，斑斓银河，
推搡这一刻我走向下一刻。
挥霍着我的挥霍，遗失了青春躯壳。
融化了爱恨疯魔，星空闪烁，
教会这一个我遇见下一个。
执着包容了执着，看见了美妙花朵，
青春的挥霍都值得，都值得。

闲庭信步中，见江南

　　大抵尘世里有太多的杂念，时间不可回，命运不自主。却有太多的人，纵横在物欲之海，被逻辑和言语冲散，把历史和现在，纯然对立开来。然后重复地迷思，重复相关的命运，被困在不可见的镜子世界里，然后变得麻木和孤立。

　　这一切情绪与敏感，逐渐在痛苦和恐惧后变得惨白，终究沉淀成所谓的人生旅程，时间也依旧把春风吹进片刻不经意的战栗的片段与琐碎记忆里。就像在湍流里感受到了清风，在骏黑的夜里看到了光芒，在这些砖瓦房屋下看到了一种人生，存活在我们的言语与意义里。

　　这样一个并不灿烂的早上，在城市里寻找另一个城市，在犄角旮旯的嘈杂之外，在乡音与旧念之内，还有引路人的闪转腾挪之中，我们发现了另一片新大陆，一种被遗弃后的重生，一种幽暗山谷之后的平凡，于是，闲庭信步中，我们找到了内心的平和，一种叫作江南的平和。

　　人和人之间的感知神经，明晰地摆明了另一种人生在你的眼前，于是，在不经意间发现自己跟了一个江南人的后面，于是透过这样的眼光，你看到了活生生的过往，一种善良油然而生。

庠

　　中大河东，有校，名"驷桥小学"。校初为清末刘崇照筹数万银圆所造，为"宝善学堂"。后民国地方实业家刘聘三集十余同人之力，仿奉化武岭学校之建筑风格，建西式学堂一座，撤宝善学堂而成驷桥小学。校园幽然清明，青砖绿树，一派民国风韵。校舍中为礼堂，环以教师用所，后有操场，左右各有教室数间，回廊相通。

　　这清绿之间，俨然规矩场所，道德油然而生，却不自成，直到倏然转身才发现其中的气韵已然附于己身。通明的结构，严谨的线条，相比也是当时小学教员的行为准则。"师者，传道受业解惑也"，庠序之教，是人起步阶段最重要的课程。想必建校之诸位实业家，曾把"实业救国"的理念与"教育救国"融会。也就不难理解，这样的一座埋灭于城市外的小学，如今依旧肃穆和清明，走出了诸如中国科学院学部委员贝时璋、中国工程院院士林永年、香港著名人士李昌明，以及许多著名人士。

有感如今社会百态，此一见，心中多有澄澈，梁启超曰："少年强则中国强。"想必这也是那个时代的呼声。校门外的河水依旧，绿枝繁茂，变迁的，只是人心罢了。

屋

"郑家造"池旁，刘聘三旧屋。

郑家为镇海望族，郑家小姐嫁入刘家时，念家族之门面，要求喝郑家的水，于是在刘家大屋前，挖了一池名"郑家造"。当年刘聘三乃宁波帮之实业家，任中华劝工银行总经理，旅沪同乡会常务理事之职，在镇海地界煊赫一时。很难想象这样望族大屋，金粉世家，如今却静静地沉在民宿之中，只有步入其中，才有感当年光景。二进楼屋加东西厢房，廊檐环绕水泥柱，铺马赛克地砖，却也有雕梁画栋，飞檐斗拱，中西合璧，一时无二。

人有悲欢离合，月有阴晴圆缺，当年的名门望族，人去楼空，如今，只有老屋依旧残存。中间历经多少事故，走了谁，留下谁，只有无尽的沉默，那些曾经的光辉岁月，那些欢声笑语，那些不可追溯的黄金时代，那些欲言又止的人文情怀，就像一个悠然的步者，偶尔出门外，却不驻足，只是哂笑，只是嗟叹，一切因果皆是造化，缘定上世所累积，而不自主流露在当下的日升日落，街角与回首之中。刘家媳妇曾著有《桃花泪》一书，记录了往日的故事，但故事终究是故事，故居终究是故居，这就是一种人生的因果，却终究无因亦无果。

只是，庭中的金桂，秋日里依旧飘香，几十年都不曾变过。

桥

就像雨巷中你看着我，我望着你，这过往的桥头，多少情愫曾升起，又有多少离合曾经上演。这不过是江南的普通之地，河网纵横，经济富庶。对于曾经日出而作、日落而息的劳动人民，粮食是最好的财富象征，而正是这里的河水与沃土，这里的桥梁和道路，串起了一座城镇的兴旺。

中大河，贵驷的母亲河，贯穿东西，毗邻前大河、沿山大河，水系发达，铸就了此地江北航运中心的地位。河与桥，天生相依，憩桥、里洞桥、团桥、贵驷桥，就像一个个天使，庇护着人们，人不离桥，桥不离人。这里曾经人声鼎沸，那些并不旺盛的欲望，穿梭桥上，那些并不残忍的规则，保证着世界如此和平演绎着。孩子们穿过桥头，进入了另一片巷林，嬉皮笑脸却让人觉得可爱至极；大人们穿过桥头，嘘寒问暖，走邻访友；诗人站在桥上，仿佛片刻凌驾于这悲戚的世界，却终归于虚无；恋人靠在桥旁，在月色的庇佑下，绽开一些新的欢喜与惆怅。

那个并不丰沛的世界，贫瘠的语言，简单的人性，不曾被搅动的人心，曾经痛苦却欢快，"门前有条河，河上有座桥，他在对岸笑，船在水里摇"。不是快门可以记录的，只是在如今路过的路牌和斑驳的砖瓦上，我们还可以感受到一些平和，一些沉静的善良，以及一种真正的属于自己的一辈子。

景在人心，通亮抑或灰暗，皆由内而发。

走过了多少人，桥依旧是桥，聚散了多少次，老屋依旧是老屋，送走了多少学子，学校依旧是学校，兴旺了，没落了，欢笑了，沉默了。那些颜色褪去，那些石板凹陷了，那些花纹模糊了，那些青苔又厚了，却依旧平静如此。这就是江南。在无数次痛苦之后获得的释然与快乐，无须用语言，却总在我们最深刻的感触之中。

这不是此时此刻此地的我们，并非纯粹的映照，只是一种感动。你可以随意攫取，屋顶上旺盛的瓦松，老街旁挂面人的笑脸，河边的钓鱼者，以及几十年如一日的理发师傅的"欢迎光临"。江南只是一种心境，在无穷无尽的波浪起伏之外，一块平静的雪山平原，一片悠然的海底湖泊。那里是真正的善良，就像刚刚出生的灵魂一样。

再深暗的痛苦终究铺成了黑色的柏油路，澎湃与动荡最后归于海底的平静，一切杂念之后，依旧是重新开始的世界，重新开始的路，重新开始的桥，重新开始的心性，以及世界。

幸福或许真正来自置之死地而后生。

没有欲望，充满敬畏，于是油然而生。

闲庭信步中，见江南。

（2015 年《镇海潮》第二期）

缘与面

短小精悍的文，转瞬即逝的缘。

杭州面馆很多，颇有北国风范，这或许是开封的做派，贴上了南国帝都的标签，一直传承至今。说起来，杭帮菜就是杂烩，北方的品种，吴越的基调，北宋的口味，南宋的帝气，加上商业化的运作和平民化的营销，从楼外楼到新白鹿，从外婆家到绿茶。如果上海是倾国之杂烩，杭州就是偏安一隅的杂烩。大家的印象都是，面偏硬，口味偏甜，特色可以油然而生却说不出口。

说回来，杭州的面真的很多，面是一样的面，浇头各式各样。白鹿鞋城旁边的军儿面馆，马塍路上的松木场面馆，还有大喜元面馆、菊英面馆，等等。杭州人叫面也叫川，片儿川就是《舌尖上的中国》介绍过的，其实就是雪菜笋面而已。

身处拱墅区、下城区和上城区以及西湖区的交会之地，很轻松就汇聚到各处的美食，不过面馆这东西，你得一个个小巷子去找，杭州的老城中颇多此类地方，不知名没门牌的地方，说不定会有好面一碗。吃过回地的拉面，凉州鱼儿面，陕西 biángbiáng 面，北京的炸酱面，甚至清汤阳春面，还有武汉热干面，南国的粉干什么的，也算是飨食了不少面种，但是对于我这张南方嘴巴来说，面的好坏真的无所谓，浇头才是核心，但是当下市场经济下人心不古，老板赚钱量入为出，哪有什么超乎想象的体验，除了淡水。

没错，淡水大顺面馆是我去过的面最好吃的面馆。没有之一，就是那一家。你若说怎么苦心孤诣地遇到她，也不过是缘分而已。这淡江大学学府路上，小吃店真是多，在台湾，垃圾桶难找，小吃店随地捡，却是这样一家泯然众店的小字号，不过是因为新竹灯会回来晚了，肚饿难耐，发现尚有此家灯意阑珊，遂入，得尝。

慕得见后如故，还没来台中就已经如此推销多次，以至于我初去淡水的第一餐，还是特地跑下山去吃那家。要知道这脚踏两百多公里后的第一顿竟然只吃一碗面，我倒是觉得很无奈，而且不逢时的是，第一顿也没吃着，老板也是随性人，晚饭的点不在。这初到淡水的机会擦肩而过大顺，也算是一种伏笔，尤记得在星巴克里我眉飞色舞地说着一路骑行之风雨历程，心里想的还是一碗面。

最后总算是吃到了，快下午三点了，第一次淡水之行临离开的时候。这如同临街邻居家一般的小店，若不是门口的招牌，根本看不出来。大顺是李自成开国的年号，老板却不是此种深意。一家三口，儿子，妈妈还有老爹，依稀记得还有个奶奶。第一次去时客人不多，我和慕一人一碗招牌牛肉面，老板笑吟吟地说，你们来这么晚啊。慕笑吟吟地说，不晚不晚，上次来吃，都已经是深夜了。

面条固然没有特别出彩，浇头却是重头戏。见过牛肉面放两片牛肉就敢卖三十人民币的，这一碗大顺牛肉面少说有牛腩八块，也就八十台币，光吃牛肉就能吃到乐颠。汤头浓，牛肉则是进口的，在大陆已经对食品安全失去信心的我们，顿时觉得有了一种做人真好的感觉，一碗大面连汤尽，老板还笑吟吟地看着我们，问我们要不要来点花生，这种主客的压力也化于无形，顿时觉得气通二脉，心旷神怡。

这就是一份缘，你不能说去求什么，去按照别人的评价和网评去寻找，这旮旯里不起眼的小店，却吃出了一些别样人生，成了抹不掉的心头好。以后每每去淡水，首先就要去吃大顺牛肉面，老板依旧随性，有时候我们兴冲冲去了，也不在，我们只能败兴而归，这一得一失之间，也算是体验了一些人生况味。

离台之前，我把慕从台中送回了淡水，淡水的最后一顿，也是大顺牛肉面，和老板合了影，留了社交平台的联系方式，也算是一种结缘。我们笑称大顺开到大陆一定是顶好的，后来细想了一下也不可行，毕竟大陆没有淡水的闲适，更没有一些洒脱和豁达。这随缘的事情，也只能随缘，只是以后逢人要问我台湾攻略，我一定推荐大顺牛肉面，就像吃货莫教授，说要去新竹清华驻扎半个月，我便推荐他去大顺，远超如雷贯耳的永康牛肉面等。

当然，没有爱情，也就没有大顺。很多时候，人的执着未必在于口舌之间，而在于心，当慕在身边时，无论何物，都是吃得津津有味，月亮也是圆的，太阳也是温暖而不刺眼的。当这种爱情逐渐平静下来，回想过去，总是有一些点点滴滴，那些因缘分而结缘，因为结缘而缘分的东西。就像真如，就像是一碗家有好面，或者是九村的炸酱面。

缘分有时候来得漫不经心，就像某年某月某日狂风暴雨电闪雷鸣之后，红色铺满天上和地下，仿佛一种沉默的火烧，在灵魂和眼睛之间涌动，却被黑暗笼罩，这样一个华灯初上的日子，我选择了位于保俶路路口的杭城最普通忠儿面馆。听嬷嬷说起过这家店，我不过是解决晚餐而已。而在上牛腩面的一刹那，我看到这么多牛肉在碗里，搅动一下，仿佛一下子回到了淡水，一下子看到了过往的喜怒哀乐，心中涌起十分滋味。

面不过是一种缘起，不过是相遇，不过是一时兴起，精挑细选，那么多装潢华丽的全国连锁店，却吃不出一丝一毫的惊喜，却在不经意间，蓦然回首，看到了一些淡然如水的往昔，看到一个倩影，一丝嘴角的微笑。

这或许就是爱情，依旧存在吾心，或许这辈子都会不离不弃。

而这，不过是一种缘分，只不过是一碗热腾腾的牛肉面。

甚至没有面，也行。

（《镇海潮》2016 年第一期）

黑色的光

在人丛中你站累了，就特别想歇息。

修道士曾经认为，每个人都有一个灵魂，死亡后脱离肉身，等待末日审判，但是他们十分担心场地大小，觉得这么绵绵不绝的繁殖终究会让等待的灵魂拥堵不堪。似乎如今的城市化正在实现这样的场景，拥堵的公共交通，拥挤的马路，密布的楼房，还有喧嚣的商场。哪怕灵魂的场地也已经被活着的人给占据，被细密地占据。所以每当进入梦乡的时候，总会回到那些开始的地方，比如垦丁的海与风，比如旗津的沙冰与排楼，还有九份的黑夜与想象的缠绵。

只为寻找一些空荡，寻回一些想象。

如果说现实有轮回，那一定是在梦里。被每一道墙，每一条路，每一道门，以及每一种冷漠分割成无数阶层的人们，被基因理论驱逐在逃亡的路上，逃离每一种失去眼前既得利益的恐惧与愤怒，逃离每一种放不开、戒不掉的瘾和快感。城市里，我们互为目的，在被分割的天空下，运行着既定的逻辑，然后在虚拟世界的交互中，安慰自己，在人与人的阴暗逻辑中，寻找栖身之地。却不知道，我们正经历着最非人性的成长，经历着欲望与科技对人之本性的洗劫，或者说，我们被某些人驱使着，而某些人，被科技驱使着，究竟谁玩弄了人类，谁布告了进步，没有人知道，只有上帝知道。

所以在黑暗里，总能看到光，总能被不经意的场面打动着，那是垦丁速降坡上的风，还有不期而至的雨。在不断生长的坡上，看着自然与生命交汇的边界，呈现出波浪与深蓝，在天空的边缘延续出无数个可能的未来与沉积的温暖，黑色的公路，金黄的分割线，起伏的山坡，还有沉浸其中的我，忘记了控制，忘记了描述，忘记了言语和思维，忘记了眼前的结构与附着在之上的颜色与情绪。只是静默地如迷般，犹如走画一般，运动着，观察着，像一个初生的娃娃，带着惊奇与喜悦，带着本能中不可遏制的呐喊与冒险，让垦丁第一次流入心田。

那些不期而至的白色房屋，散落在海与风之间，就像飞翔在天上的天使，无意间闯入了人间，我们或许会交流，只是用眼神和记忆，却不会去揣测，因为善良是唯一可能的表现。蓝色的指路牌就像一个个笑脸，带领人们穿过一个个精致的村落与小稻田。或许有远方的信会来到这边，里面的爱情是曾经擦肩而过的无言。不用怕，也不用遗憾，那些错过的或许是永远，那些捏紧的反而变成瞬间。

每一天，清洗着自己心中的不圣洁，对着陡峭的悬崖与海岸说一些虚妄之言，于是看清楚自己在时间与空间中的位置，看清楚自己的界限，只是用风轻轻拍打肩膀的褶皱，磨平心里的惆怅与留恋，在时间琉璃中留下自己的默片，那是走过的路，那是曾经的风与诗篇。

对我而言，垦丁代表了一种末日的美，代表了某种沉寂和告诫，那条唯一的海与山峰之间的黑色的路，是我们拾荒的路线，面对我们的过往，面对内心的沉淀。

或许在灵魂的另一端，是渴望淡蓝与红的快感，那是一种无害的美。旗津黑色的沙滩，淡蓝的海，还有沙滩上随处可见的爱心与丘比特之箭。旗津是小岛，红色的渡轮会带你离开高雄，只一会儿就会靠岸，你吹不到海风，看不到海的开阔，只是一会儿。但是这个与城市隔绝的海涂还给了旗津一个冷静的暧昧，没有城市里的人心交织，这里只有清静。海边的排屋是20世纪60年代的风格，那些来自闽南地方的文化，用立柱隔开一个避雨的通道，沿街小店里的老板没有渴望的眼神，他们只是在观察，就像任何两个陌生人之间的打量一般。这里最著名的沙冰，只是几个倒闭的杂货店的拼凑，没有丝毫装饰，也不需要掩饰。只是在白色日光下，驻足，看别人的清爽，于是按捺不住，占住一个位置，唤了老板来。这一点的感觉颇像冬日被窝里的梁实秋听到门口叫唤的羊肉贩子，忍不住，叫进来切了一盆羊头肉，蘸着椒盐拿着羊角在被窝里一块块送进嘴巴里，还要细嚼一会儿，让盐和肉在唇齿间摩挲一番，才肯落肚。无论是红豆还是草莓，抑或是杞果，在沙冰的佐引下，配上这黏而不腻的夏日阳光，一勺舀起，平缓地放入口中，恍然间误入了桃花源。

如果说你对美丽岛和西子湾并无好感，或许旗津这样闲适的淡然的夏日感觉会让你有一些些的粘连与不安。就像在你掌心划过的指尖，在人群的洪流里留下了你不敢割舍的纪念，却倏然离去，留下深刻的绵延的红日在远处海边。就像看到了彼此又错过了彼此，然后在后半生中追悔的某年某月。我们在对岸看着高雄之眼，回想着台湾海峡里的一切一切，念想着偶然在我们身上演绎的别样华年。突然特别想顺着味觉回到原点，只是用勺子轻点着空碗，哼着刚刚学的不成调的闽南戏文，对着老板微笑，对着人群傻笑，心里默默地留下船的红，沙的黑，路的淡蓝，还有融化在白色的天空之下，融化在唇齿之间，融化到自己也看不见的滋味。

终究是白色沉没在黑色之间，点缀成山坡黄色的点点，然后在时间的指引下，沉淀，变成无与伦比的粗犷的色块与线。这个被赋予了二次元世界的九份，是北海岸驻足的乐园。如果你想逃离自己的符号，逃离群众的口号，逃离被强化的自我，来这里，到山的边缘，泡一壶茶，对着陌生人谄媚，让自己远远离开自己，消散在奔腾的红色的青烟之中，看自己可笑，看自己默言，看自己的躯壳在灵魂之外表演。

路被红色的灯笼布满，就像通往地下的圣殿，拥挤的人们各自拥有不同的笑脸，背后同一根线。某种场景下我们开始怀疑自己的存在，怀疑自己的合理性，或许是不同于垦丁的圣灵，旗津是闲适的。这里充斥着北台湾特有的市井之气，远处曲折的海岸线，那些错落的屋檐，告诉我们人群在这里聚拢又消散的变迁。我们只是听他们的碎言，那些年轻人离开了，剩下的人开始领悟生命的尊严，或许只是这样，或许只是这样，九份展现出后后现代主义的一丝不苟，人们尽管划定着活动的区块，遵循着同一种标准的腔调，用同一种音高来捕捞流动的人海，也用奇异的装饰和手段招揽客源，但是似乎这样的整齐划一是他们自己看不到的，这是一种与工作脱离的生存状态，这是一种习惯。我们看不到无休止的中国新兴城市里的规避与前进，也看不到洪流里的思索与风险，这只是习惯，这只是九份活下去的习惯，这曾经让他们荣光无限，我们只是看客，只是驻足又离开，留下他们下意识的指指点点。

　　那是种群与部落之后的人们，来自四海和五湖，你应该知道，这山上不仅仅是商业，更是一种文化的延绵，是血和泪，是存在与虚无，是情感与理念，是爱和时间。这里的路，潺潺如流水，带领你从这一边流向下一边。你看到的颜色，都是人们内心的投射，预示着某种隐藏在十二点之后世界的疯癫。你听到的歌声，不是人们欢快的表达，而是逝去人们的箴言，你若不喝茶，你便看不到片刻的光明与离散，看不到情人的思念，还有离人的哭泣。这里就像是巨大的酒吧，倾销着不同的情绪，那些蜿蜒海岸里停驻的海浪与船，都来自另一端世界，他们来这里消遣，消遣自己的时间，消遣自己的压力与悲观，消遣自己的遗憾与幽怨。然后回到山的顶上，沉沉地合上双眼，第二天看着海风往北吹，继续下一段航线。

　　我们在灯红酒绿里找到另一个自我，或许不会像丽江一样充满那么强的目的，但是柏拉图预言的被拆散的两半灵魂，终究会相遇，相恋。不需要太多的针对与割舍，只是轻易地，相视无言。白天的九份平凡得就像人群中无数注视过你的人，只是夜晚需要配合你清空的双眼，让时间流入，让山坡流入，让灯流入，让陌生人流入，然后让自己放弃自己，回到自己的童年。宫崎骏或许就要表达这样的意思，纯真的，善良的，是罪恶排斥后的，另一边。

　　或许这样的游离，会看到不一样的自己，任何一次文字的排布，都是隐秘的，都是有趣的。没有游戏，没有支离破碎的自己，只是在拾掇着衣领，相信前面的光芒，会在穿越黑暗之后看到。

　　而如今，那些支撑我的，只是在黑色里看不到的光。

《鄞州散文》2019 年第一期）

鹿　港

阳光慵懒，行人踱步，这是我踏上鹿港小镇的第一印象。

我一直以为鹿港小镇是一家餐馆的名字，直到我真正站在鹿港的土地上。对于小镇，我一直抱有一种崇敬的态度，那里的人们生活总是很有张力，没有充满竞争和恶斗的火药味，同时又充满了个人混合着地方以及传统的色彩。相比如今的城市，那么刻薄而冷漠，小镇的人情味总让我十分向往。

小镇有时候就像一壶茶。茶洞有很多的细碎，却多出了别样的情趣，不会让你觉得燥热，只会去火而神清，就像从久坐的火车上跳下，感受到新鲜空气和自由的律动一般。

曾去过浙江的梅城，一个被遗忘的古镇。在浙江和安徽划分为如今的两省之前，两地之间曾有严州府一座，当时徽商正值旺时，严州府地处杭州以西，又处建德山水文明之地，山水毓秀，人杰地灵，一时无二，梅城正是严州府之中心。

当时在富春江度假，我有幸在回家途中顺带在梅城逗留了一会儿。古镇静谧依旧，门口的下马碑文似乎诉说着权力和这座古镇的关系。母亲曾在新安江读过书，她对梅城的印象就是那种远观而不敢走近的感觉，似乎严州的威武在其名字中已然体现无遗。然那次前往，发现除了古镇的主街依旧完整之外，古镇几乎已经消失了。消失的不是房子，而是人，是一种严州人的生活。我们依旧可以吃到梅城的酥饼，依旧偶尔可以听老人们在哼徽韵的小调，也可以在人们投向我们这些陌生人的疑惑的视线中看到古镇某种传统。但是，却看不到了老房子里的年轻人，看不到一种生活模式的延续，或许是一种洋溢着贵族气息的生活，也或者是某种大户人家不可一世的气质。

都没有了。只有在爬上梅城码头的那一刻，看到富春江水一弯过，白塔青山对岸合，才可以感受到当年严州的气势。

相比而言，鹿港显然还活着。因为里面的人都活着，这种活着指的是一种生活方式的延续。或许清朝一百年，日本五十年和国民党的五十年带给小镇不少悲伤和刺痛。但是我却依旧感到，政治的力量被生活狠狠遮蔽了起来。

你可以看到每一家店的老板都十分有主见，对于自家的东西充满了自信，无论是小的工艺品，还是各式各样的食物，老板的生意，就是生命；老板的吆喝，就是老板与你对话的一种热情。

　　我们走过鹿港老街，穿过林林的小弄堂，去过摸乳巷，也穿过一个个拱门。小镇很小，小到我们只花了两个小时就走完了。吃了本地的卤味，也吃了本地的包子和蚵仔煎，看过天后宫也看过天神宫，走过妈祖庙也看过国民党议员的拉选票活动。两个朋友还和柴烧的世家聊了许久，老板还邀请他们去台东看窑厂。

　　而我感受最深的是这里的路。每一条路，每一条路旁的房子，因为没有拆迁，因为世代相传，所以我透过路和墙的光影，看到了各式各样的故事。那些租赁的，贩售着流水线产品的小店，太庸俗。而这里的小店，却都有祖传的本领，无论是玉器店，还是木工店，抑或是卤味店。在这里酒香不怕巷子深，店门不开，自有顾客循味而来；你也可以看到本地居民悠然地遛着沙皮狗或者狼狗，这里慵懒的连小狗都拖着小步。熟悉的瓜子声，人群的笑脸，没有什么过多的人工思虑，剩下的只是最自然的表达。

　　我在梅城，只能靠想象，只能在回忆里、文字里，描写那时候的辉煌，却永远也不会清楚，究竟是如何。却可以在台湾的小镇，感受到了回忆和现实的紧密联系。我不是在贬抑什么，只是感叹这里就像某种回忆的迷宫在现实中重现，或许那些商业的，浮华的，鹿港也有不少，但是我只是怀念起伏的路，那一眼望去窄窄而安静的小巷，旁边房子里的各种故事，让人浮想联翩，还有那一家家祖传的店铺，在妈祖的笼罩下，显得凌乱而充溢着生活的旋律。

　　你照镜子的时候，你可以看到自己的样貌，你和别人的交流和沟通的时候，你可以知道自己的为人处世方式，但是你永远不知道你自己到底是谁，是什么，是怎么样的。直到某一刻，你走累了，回头看，那个人，那些景色，那片云，你突然意识到你是什么，你是谁，你存在并如何存在。这或许可以说是遇见自己，自己的回忆，或者自己的爱。那么深沉地塑造了一个自己，只能偶遇，只能不经意。就像我看到了这个小镇，那种想象和回忆在现实中原封不动地呈现，我可以说，我看到了小镇，就看到了自己，看到了一个一路走来的自己。

　　我很怀念小时候，家门口总有人喊"磨剪子嘞，充煤气嘞"。那时候人和人，都是真诚的，那时候的生意，是用心来做的，那时候的街道，简单而熟悉。就像一个老实人，你永远知道他的脾性，他的行为方式，知道他没有改变，没有新意，却不愿意去惊扰他，哪怕是一点点，因为他那么熟悉，那么熟悉。

　　有时候你爱一个人，就像爱一座山，搬走了，就不是山了。所以你选择留下来，哪怕灵魂在此处的相遇只有片刻，也是好的。那些灵魂深处被惊醒的旧年的梦啊，还是让它们继续留在这个小镇里，自由。

　　也许，我走在街上的每一步，看到的小镇的每一面，才让现在的我，焕然一新。

（《镇海潮》2014 年第四期）

As time goes by

　　地铁穿出南站那一刻，天色的黑让心蓦然颤动了一下，黑夜降临得如此快，让我这疲于赶路的人打了一阵寒战。仿佛小时候的时间是一个优雅的绅士，悠然自得，如今却只剩下钟表里的数字，一格格被吞噬，而从来不属于我们，剥离得那么悄然。与黑夜不自觉地触碰仿佛陌生爱人迎面而来，让人惊讶而疑惑，律动着神经之间的纽带，播映浩渺回忆里的片段，蒙太奇一般，启示录，只言片语，却意犹未尽。

　　小学时候常常看着校园路尽头的夕阳，庞然大物一般，独自一人回家的我，总是痴痴地看，却从来不问个为什么，也从来只会在内心感叹。那时候的镇海，是安详而宁静的小镇，傍晚回家的我，总是在夕阳里沉醉，一个人，旁边无伴。我们小学就在路的尽头，后面是一条延绵的河，对面的世界仿佛故事里的一般，与我们无关，从来无关。后来我知道那个地方叫后海塘，隔着一段城墙，从招宝山延伸到金鸡山，那是一个无人区，一个秘境，湮没在一片密林之中，是被大人们遗忘的地方，也是外星人降落的地方。

　　后海塘曾经是一片海，后被填埋，后来成了工业区。印象中，那就是哥谭市，充满着黑色的英雄和彩色的恶人，却从来不曾驻足，去查看。我黄色的小自行车，总是带着我和弟弟，徜徉在秘境城墙的这边而非另一边，在这里我们穿梭于镇海城的两端，仿佛亲临过一般，讲述着密林里出现过的怪兽，还有打败他们的恐龙战队和奥特曼。

　　高三，一个雨天，老蔡受不了作业的困扰，决定冒着雨去后海塘看海。那片被工业区覆盖的土地外，是本属于我们的海。20世纪80年代中期，镇海被一分为二，工业化开始了，建了热电厂、火电厂，还有炼油厂。于是，这片乌镇和长街结合版花园小镇，变成了工业城市，里面的人心也变了，变得冷漠和势利，里面的环境也变了，失去了城墙外的海，也失去了护城河，失去了海的味道，失去了自由，直到剩下一些残破的记忆，却只想离开。

　　我记得，那片海。穿过烂泥和集装箱之后，我们看到了那片海，雨后初晴，金光闪闪。是的，我也是海边的人，却在十八年后第一次看见海，然后感叹大海的宏伟壮阔，不断平息内心的波澜。很多年后，我穿过八大关，却径直走进了第二海滨浴场，看到大大小小的人们在印染了红叶绿影之后，在银杏梧桐之外，还有一片湛蓝的海，似乎是天外的世界，连旁人的烦杂都被隔离在外。然后拿起电话，告诉老妈，这个地方有多漂亮，是的，我就想留在这，真漂亮，真的。

而那种海风的味道，我再一次闻到，在北方的城里，当然也夹杂了化工的味道，和镇海一样。

如今，当开始选择另一种人生的时候，我突然意识到，自己被夹在了两个城市之间。海边的城市，却差了十万八千里。还在怀念那个在时光中漫步的自己，却发现，如今的我早已经被地铁和网络覆盖，获得了追逐梦想的权利，然后逐渐失去梦想，失去那些微不足道的心满意足。

只是，爷爷突然在某一天，在我出生二十五年之后的某一天，第一次问我，工作找得如何的时候，我开始纠结。他们希望我安稳地结婚，他们可以看到，他们可以分享，希望我在身边，工作、事业有成，他们依旧过着二十年前有海和护城河的生活，只是如今很少下楼，也很少知道外面的变迁。他们依旧健康，然后告诉我，人生有很多条路。就像爷爷一样，从学徒，到警察，到如今安度晚年。

这个即将被遗忘的小镇，有我的家人，有我小时候漫步夕阳的回忆。爷爷似乎是一个先知，告诉我人生要走很多弯路，但是最终会回归幸福，而我却仍在自己的世界和矛盾之中，显得渺小而可有可无，并不断发出自己的声音，直到自己也迷失在这样的嘈杂之中。

这篇文章的初衷，只是那一刹那与黑夜的触碰。我想到了我的家乡，你的家乡，那片海，我的爷爷，命运，男人和女人，以及这一路变化的心，不变的信念，还有开始追求和接受的所谓人生。

意识没有方向，只有时间的流淌。我感受到时间慢慢加快了脚步，我不得不在生存和自由中纠结和挣扎。从小到大，总是感受着脑海中静止的变化，那是一种被设计好的人生轨迹，一步一个脚印，却被这个崭新的世界不断冲刷，好的坏的，都迎面而来。回不去的夕阳，触摸不到的爱人，那些遗憾的回忆还有身边的家人，只是一瞬间。

我们都在长大，成熟，老去，时间在我们身上留下印记。我们看到了我们之前的人，也会预想之后的事，我们在极力追逐梦想和生存，却遗忘了时间被我们拖快了脚步；我们得到了，我们也失去了，我们忽略了，所以我们遗憾了，那是些不可捉摸的人生和形而上学，却不能在这些残破的语言中得到升华。升华的或许只是灵魂，那一刻的顿悟，难以捉摸和记录。

每个人都有自己的人生，每个人都在抗争，当你回头看到的时候，或许某一个坚定的眼神，就让你这辈子都无怨无悔，只需要一些力量，只需要一个眼神。

只有时光不语。

绝　境

一

Live to die。
学会去死。

这篇十天前预约的文章，放到当下，只需要一些契机。焦虑就像四处游弋的小鬼，当一切阴影散去，恐惧才姗姗而来。

绝境，只剩下自己，只剩下前面的未知之境。

人总要一些镜子，一些不一样的自己，说出一些让自己确信的话。我开始考虑接下去的一百多天，除去三十多天要去实习，三十多天准备考试，然后还必须考进，剩下的一切时间都要为了一段似乎没有结局的爱情努力。我似乎认识到，期待太多是一种负担，蛞蝓就这么掉了下来。但是一旦想到过往，似乎它就是一张挣脱不了的因陀罗网，只会让人越陷越深。

期望，需要计划去承担；计划，需要信心和意志。太多的情绪只是那些goblin。Let them go, I can handle all stuff, I must.

二

你陷入绝境，才能发现自己，才能成为自己。

只剩下我一个人，在长空栈道上，九十度垂直，两条保险带，五厘米的踏板，弯弯曲曲，并不牢固。下面是深两千多米的悬崖，华山最险恶的地方。就在我爬过苍龙脊的时候，导游还在演示当年踩踏事件导致二十多人滚下陡壁、尸骨不存的前鉴。

2007 年 8 月 15 日，距离逃离小镇前去武汉还有二十二天。在华山，玩疯了。我和阿姨决心去长空栈道，一个刚刚从专业登山队员特区，转为旅游景点的华山第一险。没有理由，或许潜意识里有逃避和濒死的念头。

那是一条断头路，两个陕西汉子站着，在贩卖安全用具。低头探望，一百多米深的下探通道，将钢筋拗弯搭起的梯子，徒手爬。汉子说，爬到底就是长空栈道了，安全带就是在那里用的，挂住栈道上的钢丝就可以了。L形的一个旅程，过了栈道就是思过崖。之前每年都有人从这里掉下去，而且是专业的登山队员。回头想想，两个天秤座也不知从哪里冒出来的勇气。我先下去了，徒手，爬一百多米的垂直云梯，将安全带的两个环扣死死捏在手里。都说初生牛犊不怕虎，很轻易就探到了底。刚刚松开梯子，站到栈道的开头，只往下一瞟，差点昏过去，原来所谓的栈道，就架在垂直的山体上，下面松林万里，伴随着白岩绝壁。阿姨下探到五十米的时候，说吃不消了，就随手用相机按了几下，给我留了影，劝我快点回来，太危险了。我却不肯，越危险越刺激越着迷。

阿姨自身难保，先爬了回去，死死守住我回来的路口。不自量力的我，开始了栈道之行。其实栈道本身并不可怕，可怕的是恐惧，以及由此而来的身体强烈的反应。两百多米的栈道，开始是云梯，尽头是思过崖。去的路上，只要按照指示，把安全环扣住，一步步挪，都没有什么大碍。但是当你到达一百米左右的地方，你开始想看看别人不可看的景色，回头时瞥到了下面万丈深渊，此时此刻死亡近在咫尺，双脚开始变软，开始颤抖，压抑的情绪被抛离，只留下愤怒和无助，然后一切都静止了。

这事真的发生了，真正的绝境，华山一条道。太阳死死地把我压在了岩壁上，刚刚走过一百多米，腿，软了。只是不经意地回头看了一下这爬出索道后无阻碍的景色一眼，就开始抖了。双腿的血被迅速抽到大脑，而眼前的景色却变得模糊，大脑飞速运转着好像一台失控的永动机，却没有丝毫的结果，只留下满脑子白花花的阳光，还有青色的飞影在眼前晃。我都忘了还有什么人之常情，只知道安全带的扣子一定不能松掉，每一次按动开关都是小心翼翼，乃至于两条带子纠缠在了一起。汉子说，一定得有一个扣在钢索上，绝对不能两个都松开，很危险。于是机械地按照这样一句话。行动着，却不探寻什么意义，也不知道为什么这样，我只知道，这样做。

绝壁并不平坦，一百米处是一个岩壁转弯，同时栈道木板有一个小跳跃，就这样一个平时轻易可以跳过的地方，现在根本跳不动。电话，无信号，叫阿姨，她也听不见，叫妈妈，还在家里，还在傻乎乎认为自己从没出过门的儿子就是出去见识一下世界，却不知道就快死了。我只剩下自己了。那时候刚刚从高考的压抑中脱离，就像一个逃兵，肆无忌惮，却不知道始终是在最危险的境地。不了解上帝，也不了解命运，刚刚惯性地甩出了人生美妙弧线，还在接近落地，或者死死地狠狠地落地，却倏然就见到了眼前的抉择之路。

就像迷失在森林里，无数次拷问自己，究竟是该放下一切前进，还是原地等待。什么更重要，爱情，亲情，自我价值，还是一些依赖。没有了，没有了，什么都没有了，我只知道回去路漫漫，前方路漫漫，我只有一个人，我只能靠自己走。

当陷入黑暗，等待变得枯燥而烦乱，思绪被环绕，就像经历了那么多次战争的人，害怕地喊着妈妈我想回家，死死黏在战壕的最底端，结局都是一个死。回头看到的人，都是虚妄，只有眼前的自己，才是最真实的。王阳明说，一切都是一个心。西绪福斯没有逃出自我这个牢笼，于是周而复始，而逃出的唯一路径，就是撕破前面的我，撕破眼前的景，撕破一切相信的事情，融入一切即将到来的可能之中。我，就是我，就是每一口呼吸，前进每一步，就是眼前的景，就是这里的一切，我，即将到来，并且不断到来。

乔布斯的名言：就仿佛下一秒我就要死，所以每一天都全力以赴。

在绝壁上，我看到了一个懦弱的自己，还有一个虚无的过去，也感受到心的力量。排泄掉一切过往，于是呈现一个空，那些美好的灿烂的苦闷的忧愁的，都不过是云烟；恐惧的欢喜的，不过是应景的表演；那些框架，那些预设的，都不过是胆小如鼠的梦魇。走过去，才可以走出楚门的世界，那些脑海中的无意识的组合，不过是妄言，只有走过去，才可以看到妄言背后的仁者，才可以看到自己内心的澄澈。

只是空白地跳出了那一步，一只手死死攥着钢索，一只脚踩住脚下的木道。

于是，我成为一个当下的我。尽管双腿仍然不由自主地颤抖，尽管从栈道下来，思过崖之前的乱石坡仍然让我心惊肉跳。我还是很勇敢地走了下来。去的路上，已经经历过一次死亡的恐惧，那一种无人来救只能靠自己的切身感受，于是回来的时候，我甚至没有把扣子扣在钢索上，徒手而回。

经历死亡，其实是面对自己，面对自己的过去，面对良心的拷问，面对上帝的嘲笑。在白色的阳光下，我把脸死死贴在岩壁上，那一些不平坦的岩石，要把我推下去似的。我开始对自己说，走下去。就像身上有很多皮屑和小虫，都需要去除，思绪里有很多烦乱和不安，需要安抚，我就像一个纯净的人，被沾染了很多污秽，它们拖拽着我往下，压抑着我的兴奋。此刻在阳光下全部暴露出来了。之前情感，纽带，还有财产和爱情，我都放下了，我都留给了栈道的神灵，求他替我保管。我只要活下去，活下去就需要继续前进，放空自己，轻装前行。那是一条看不见的捷径，没有回头路。

当再次在路口看到焦急到说不出话的阿姨的时候，我心中焕然一新，至今想起来都看得到光。

洗炼，我喜欢用这个词形容称呼那种状态，经历水火之后的自己。

在长空栈道上。一个人，和自己。至少那一次，我发现了自己，我是当下，我是我的心。

三

死过一次后，才知道自己要的是什么，为什么要。

我只是坐在公路车坐垫上，在台中工业区大坡后的路口回望小伙伴们，跟着社长这样专业的骑手一路冲刺四十五度坡，爬坡七百多米后，我终于支撑不住，想休息一下。只是，我感觉听觉越来越模糊，只听到自己的心跳在不断减缓，变慢，就像一滴水落下可以延续二十年，就像一次眨眼可以望过半场人生，然后，我就听不到任何的心跳声了，我的身体开始倒向路边的人行道，我的手不能自由伸开去，去挥手，更无力喊一声救命。

　　一头扎倒在路边，眼里的光慢慢暗去，瞳孔在扩散，我对自己说，别死在这里。但是，我已经不能自己。只是僵硬地躺着，眼睁睁地看自己的魂灵开始脱离。

　　我答应过，要骑车去找她。路线未知，器材暂无，经验空白，我心里时不时打退堂鼓。阳春三月，为了完成这一场承诺，我循着老董的提醒，去找了刘老师。刘老师是中文系主任，前半学期曾经来华师交流，我去接的人，自然是颇为熟悉，他也是骑行爱好者，刚刚从高雄骑到垦丁，是一个颇有经验的骑行者。讲明来意，刘老师表示我勇气十足，但是担心体力跟不上，希望我做好计划。台湾有很多骑行者，自行车工业的先进带动了自行车文化的兴盛。但是我的初衷和本地文化毫无瓜葛，我只是答应了要骑车去找她。我不知道这样的冒险风险多大，我只知道，或许诚意她可以感受到。

　　自行车队的训练，我只参加了两次。第一次是适应公路车训练，绕着大学环形骑行。公路车轮胎细，需要弓背骑行，下盘要稳，但是冲刺有力。其实不容易控制。第一次骑公路车的董小姐，就被大肚山七百米的下坡加速吓哭了。尽管只有十八公里，却骑了一个小时，气喘吁吁之余，我还在想：去台北，骑得快得一天，日夜兼程，骑得慢就得两个完整的白天。不知道体力跟不跟得上，这十几公里已经小半条命去了，路上还有苗栗、新竹的山区，不知道会有什么结果。

　　于是第二次，我拼了命地追逐社长，只为了考验自己的肌肉抗压力和耐力。社长说，去台北，从学校开始，他都得九个小时，我这样的小白或许需要两天。只是，毫无经验的我，因为心跳之后迅速停止运动，没有缓冲，出现了心律不齐症状。

　　自行车队的队友在看到我出过一次事后，都好心劝我不要冒险骑到台北，尤其还是一个人。但是我却一意孤行。通过朋友牵线，设计系的郭老师为我提供必要的帮助。他是岛内设计越野自行车配套工具的翘楚，听说我一个毫无经验的人要骑到台北去，觉得危险很大，旁敲侧击要我保护好自己，我只是很坚定地希望得到他的帮助。拗不过我的执着，他请了他的好朋友，IT业一名退休的董事——廖老板，帮助我获得自行车器材。在东海别墅区一个老牌的自行车租赁店面里，我拿到了价值两万的山地车。我知道如果不下定决心，不一鼓作气，我或许永远都不会骑行到台北，永远到不了淡水，也永远得不到她的心。

　　这种坚定我回想起来，仍然觉得惊叹。

　　只是，烈日当空，准备不足，尽管我一直劝自己要防止心律不齐，也按照刘教授的要求一直骑行 1 号省道，并且沿路在全家、莱尔富和 7-11 都能小憩，但是危险还是发生了，我在苗栗通霄镇爬坡段的时候，大腿痉挛，双脚不能落地，只能摔倒在地上。当时是下午 3 点左右，离我从大肚山出发才 7 个小时。皮肤因为没有涂防晒霜，所以晒伤了，没有穿保护裤，股间也是隐隐作痛。最可怕的是，我出现了大痉挛，站也站不起来了，也不知道具体位置在哪里，无法向朋友求助。尽管旁边时不时有大货车经过，我可以选择回去，选择好心的台湾司机把我带回学校，接受治疗，因为从来没有经历过这样的痉挛，我死命拉也拉不直，肌肉已经乏力了。

我顿时觉得很恐慌，我或许到不了了，一个人出行，只是为了一个承诺，却仿佛上次重重摔倒下巴裂开一般，无人可以怪罪。回去，或许就是个笑话，前行，痉挛已经痛到让我一个人在灰尘漫天的街头不自主地大喊大叫，这样或许可以减轻点痛苦，这样或许可以忍住内心的无助。

在一个陌生的岛上，说好的，要骑行到她的城市，要一起去看夕阳。尽管她可能听者无心，但是我却当作最大的事情来做，我只是抱着一丝的希望，日积月累，精诚所至，或许可以打开一扇门。做，总比不做好。

这样的绝难之中，我只能告诉自己前进。我说，从大肚山的初阳到淡水的夕阳，奇迹或许会出现。忍住了将近三分钟剧烈痉挛的我，忽然想起 INNER PEACE，就像在长空栈道上，确定自己的初衷，以及现在的处境。把眼前的现象打破，看到自己，平静，打扫内心的尘土，努力回归当下，制订计划，把注意力都集中到未来。勿忘初心，抛开慌乱，于是一切又清朗了。

刹那间我意识到，是缺能量了，缺碳水化合物、葡萄糖。于是我拿出了放在衣服里的士力架，吃下，然后推了一段，直到肌肉放松，颠颠跳跳，继续骑行，又在下一个莱尔富买了一大包白糖，冲水喝下。我不是没有想过回去，我也不知道痉挛之后究竟会出现什么状况，或许我晚上到不了竹北，或许我会迷失在苗栗的黑夜之中，并且无论如何我都说不出自己所处的具体位置，或许我会死，或许我会成为一个笑话。但是我选择了前进，因为我答应过，因为恐惧让我变成西绪福斯，因为我必须前进。

缺乏经验的我，还是经历了两天才到达。第一晚恰巧金门借调的彭教授回新竹的老家，听郭老师说起骑行的事情，就邀请我去他家里住。讲起我苗栗的事情，他表示我很勇敢，希望我好好休息，第二天继续努力。他还帮我设计了从杨梅到61 号滨海公路的路线。当我第一次来到 61 号公路的尽头——八里，我开心地和中华电信修手机的不知名顾客侃了一个多小时，仿佛一切磨难从来没有发生过，仿佛已经来到了终点，而八里的对岸，就是淡水，就是夕阳落下的地方。

似乎感觉有人抱起了我，按人中，再按虎口，仿佛置身于合欢山，呕吐加昏迷，是她，是她救了我。我慢慢睁开眼，工业区黄色的灯光打在脸上，一群人围着我，七嘴八舌。社长说，从来没有见过一个从来没有练过爬坡的人，骑得和他差不多快，还以为我真的有天赋，唉，这就昏过去了，真危险。而醒过来的我什

片屿集

么都没有说，我知道刚才很危险，心律不齐导致心跳停止接近两秒，也知道死过一次了，是什么救了我，是一种信念。所以，无论前方如何危险，无论我遇到什么困境，我都必须自己去面对，我必须自己去把握，不是一种靠技巧可以绕过的山，而是淡水的夕阳，一定要我在洗礼之后，亲自去看，亲自去拥抱。

四

去回想那些绝境，总有一种将被淹死的恐惧感，回忆就像迷宫，要看到却被咸而冰冷的海水在无孔不入的世界里折磨。尽管那些瞬间我显得那么愚蠢，但也是却格外勇武，我真的不知道勇敢是不是一种值得提倡的德行。有时候坚持显得很愚钝，就像在谷子地等待后援一样。

很多时候，生活中的绝境，并非身体上的伤害。只是把自己逼到一种境地，无人理解，无人帮助，因为过于执着，因为过于相信命中注定。很多事情，回过头看看，坚持没有错，就像如今我可以大声地说，我爱她。但是这一路的孤独和艰辛，只有我一个人才能够体味。

某个周三，大姐刚刚从日本老师那里上课回来，正好碰上我，一个人没有吃饭。决定去鸡羊快餐吃一点，这是一家在中港路与玉门路交接处的大众餐饮，第一次本地接待的BUDDY就请我们去那里吃。

和大姐不算十分交心，但是受尽了相思之苦的我，一肚子的苦水总是没地方倒。总想有个人可以理解自己，却反而为此费心。这华灯初上的西屯区，两个才认识一个多月的交换生，却是相逢何必曾相识，在觥筹交错的金门高粱之间，吐露些平时不多的真心话。

大姐心里总是藏不住事，几杯下肚，她开始滔滔不绝谈和旧爱的往事，一个她爱至深却劈腿，一个爱她至深却无缘。我唏嘘不已，酒劲微微上扬，那些苦痛的回忆堵塞了喉咙。

长途骑行，无果。朋友日日相劝，看我太痛苦，看我迷迷茫茫，走向死路，却始终放不下。我似乎傻傻地认为，总会有开门的一天，总会有幸福的一天。

每当我一个人独自在东海图书馆的楼下写文字，对方收到，我就会很开心，每天图书馆回寝室的路上，电话那头讲了几句话，我就会很开心，连厨房自己做饭的时候，大姐做了一大桌菜，我都会很开心地想起她，仿佛在一起吃一起做一样。我不是患了神经病，我只是隐隐觉得，她会喜欢我的。

花莲太鲁阁，白杨步道。黑色淹没了双眼，前面的人都走远了，我一个人在后面。无法识别方位，也无法看到地上的危险，但是我知道往前走可以走出去，我知道每一次绝境都是这样，每一次危险，伴随着孤独和坚守，伴随着嘲笑与苦闷，都需要自己去面对。

东海游泳池，五点五十五分，还有五分钟，还有最后一百米。这是我第一次挑战一千米。没有经验的我，热身不够，体力不支，已经抽筋了。可是我答应了夕阳的另一头，一千米，说好的一千米。于是我再次扑入水中，也不管技巧，也不管节奏，只是下意识地扑腾着，在每一次换气的时候看到泳池在后退，就满足了，那一种窒息的感觉，只有我自己明白，只有我自己明白为了什么。

周四协议之后，第二天来吃咖喱饭时见面的微笑，淡水回去后吵架，第二天杀回淡水，远远地在红27下车站相望后的扑哧一笑，不由自主，心有灵犀。

过去，是一张网，充斥着黑暗和不堪，而我们一切的黑暗和不堪，都是为了我们心中的光明。这个世界并不纯洁，但是并不代表我们的心并不纯洁，如果我们过于执着于眼前的恐慌和过去的威吓，我们就会陷入一个逃不出的密室。这个密室是自我的牢笼，就像理发师悖论一样无法解开，就会像西绪福斯一样重复着自己的命运，不能挣脱，哪怕这挣脱的路，不过就是一步而已。

顿悟，需要时间去沉淀。在看着大姐眉飞色舞地讲述着自己的过去，交换着我们彼此生命旅程中的偶遇，我不禁举起杯，说，干了，干了。那些愁苦都烟消云散。

人总是背负着太多的东西，过于执着，看不到未来，回不到当下。为什么不放空自己，回到最初的目的。那些付出，是坚持，也是自我的肯定，把苦痛都放在心里，占据了太多，那本来是迎接幸福的地方。对苦痛过于执着，反而把自己逼入孤独和无望的境地。沉溺在自我的内卷曲线之间，不能够欣赏那些转瞬即逝的美，太在乎自己的一切却留不住彼此曾经的笑脸。而不明白坚持和希望，孤独地相信那就是唯一，是人类最真挚的本性，是通往真谛的不二法门，超越了自然和动物性本身，属于人的爱情。

空来，空往，一切都是流淌，撑开了时间，在逼仄之后，有一扇门。

爱，很复杂，也很简单。

五

总是记得一个梦，从家里跑出来，穴居的山洞，一道石门作为外墙，却始终绕不出来，一直在梦里喊爸爸妈妈，却没有人应答，无止境地环绕，陷入了无限的循环。

逃出梦魇，不过是和过去说再见，不过是相信自己活在当下，不过是前进。

我已经选择过了，若是走不出绝境，还不如做最初的自己。

这世界，没有什么人真的可以让你靠，一路过来，都是自己和自己的对抗。一旦想回去，一旦想寻求帮助，一切都会灰飞烟灭，回到别人的世界，自己在这一刻中止，于是停留在莫比乌斯环里盘旋，却不能够看到真正太阳的升起。

生活是不间断的流，心灵无法虚空，我们要活下去，开心活下去，活着是一种恩惠，抱着感恩的心和勇气，要做自己。

回想起来，我总是很感谢那些意外和磨难，尤其是在心跳停止的两秒，我希望告诉她，希望她别看我笑话，希望她理解我。

　　世界上那么多偶因和缘分，也凭靠着势和术，却不知道人生总是不止朝着死亡而去，死亡在之前，也在之后，在你身边，也在你心里，一旦你开始陷入绝境，就得进行一场命中注定的决斗，你若是退却，不会有人营救。

　　最伟大的力量，是爱，是心中的信念，是救赎。

　　绝对不要退却，绝对不要妥协，不要让黑暗贯穿了身体，让自己沉静在当下，那只是一个选择，那只是一句话。

　　要有光。

（《镇海潮》2015 年第二期）

贰 随笔

味　道

年味越来越淡。

过去年关饕餮还可以刺激忙活了一年的人们的味蕾，如今却成了负担。食物带动不了气氛，只能靠酒撑场面。往年大家挨家挨户地吃，盘堆三层高，挨家挨户地热闹，肚儿吃个滚圆。如今却各自为政，只双手作揖，却不留步吃饭，哪怕落座，也仅浅尝辄止，全无当年之勇。

人毕竟是个皮囊，装太多，容易满。

食物之味，毕竟需要细细品尝，也需要时间契机。这年关之中，人们集中消耗年货，必然造成边际效应递减。却不知道平时，诸如常住大闵行（指大闵区）的我，能下一顿馆子，吃一顿几十块的鸡公煲都开心得不得了。味道这个事情，第一，看内在的气血；第二，看外在的缘分；第三，看饮食搭配。我常说，人生两大乐事之一，就是和喜欢的人吃。常常神游和 Johnson 横扫上海滩的日子，有钱，有闲，有人陪，所以有味道，倍儿爽。

这篇文章本是记录真如羊肉之行，却一拖再拖。就像梁实秋钻在被窝里，吃着雪夜里羊肉贩子送上门的羊头肉，那味道，只瞬间，却永远，文字也当趁热打铁，才可以让人回味无边。不过，食物天天都有，味道常换常新，就像当时定下的"周末觅食计划"，每周一寻找上海美味，填补身体饥饿，促进心灵和谐，现在说也不迟，还更丰沛。

一

美食，首推台湾岛。有时候美食可以带来缘分，就像大顺牛肉面，就是我最爱的美食。面馆位于淡水学府路，门面不大，牛肉却多到爆。用 Johnson 的话来说，原以为两块浮在面上的牛肉已经很多了，一筷子下去，还有两块，难道牛肉不要钱么？才八十元。在淡水最有趣的事情，除了看夕阳，吃西瓜，就是吃大顺牛肉面。牛肉面不分大小，统一尺寸，肉也足量，一人一罐台啤，点一盘花生米加一盆猪耳朵，惬意。瓷砖墙锃亮，圆台面倍齐，客人络绎不绝，各国语言环绕。我们曾去台北品尝大名鼎鼎的永康牛肉面，却发现大顺对其是降维级别的打击。所以台湾之行，哪怕吃过士林、宁夏、花园、东别、逢甲各路夜市，品尝过火山爆发鸡、嘉义鲁肉饭、东别那个锅，还是不如大顺牛肉面。每当在大闵行附近的兰州拉面吃，看着面上薄薄几片牛肉，内心痛斥着大陆人的欺客，心里就会想起最棒的淡水大顺牛肉面。上次和一位清华教授聊天，他说要去新竹清华客座两个月，问台湾有什么特别的小吃，我只说了大顺牛肉面一家。那是出于真心，真心喜欢。

大顺固然顶呱呱，却不能抵挡我们对于郭老师浓郁鸡汁粥的热爱。告诉你怎么做，走地鸡一只，洗净，放入清水中炖煮三个小时，各式香料填充肚内，直至香气四溢，捞出全鸡，将不洗的原产泰国香米放入半成鸡汁内，再以小火熬制三个小时，及至凝固成粥，在锅里焖半个小时，放入些许豆油，就可以出锅了。六个小时的精心炖熬，配上郭老师长久以来对火候的独到理解，才有这独一无二的鸡汁粥。我一口气吃了三碗，狼吞虎咽，仿佛猪八戒吃人参果一般，Johnson 有幸来台中得以品味此世间极品，不枉此行。配上饭后郭老师独门桃园关西仙草冻，至境人生。

二

对于美食的追求，其实和对于人生的追求是一样的。我们相信缘分，也相信追求缘分的心。在台湾有幸遇到大顺和郭氏鸡汁粥，是荣幸，也是激励。一起度过了美妙寻味之旅，我和 Johnson 不知足于那些片刻的味觉。那些我们驻足的餐馆，品尝的菜肴，精致的香味，独特的烹调，回望中都是人生难以磨灭的印记。在上海，街头巷尾，高楼之间，我们寻找着最棒的青春回忆，用味蕾，用心意。

最爱的莫过于鱼酷，曼谷迷香配上养乐多，绝妙。第一次吃鱼酷，只因为彼此以为即将再也不见，夜晚在阳台上伫立，心如死灰，却在冥冥中再次相见，只扑哧一声，一切复原。于是决定去吃鱼酷，开启了一段一喊"鱼酷"二字就不住流口水的日子。鱼酷见证了一些不一样的味道在彼此心中蔓延的日子。某次，许久没有来图书馆的 Johnson，和我一起自修时，想捉弄我，就调戏说道"去不去吃鱼酷"，却不料自己也忍不住津液分泌。两个人就像精虫上脑一样，收拾材料，回寝室放东西，打的，点菜，看着鱼上来，高潮迭起地筷起筷落，大快朵颐。曼谷迷香吃得多了，也得换换新意，来两条！那是一家新开的店，两个小时的车程，三个小时的等待，不吃两条怎么对得起自己！以至于第二次踏临新店，说要两条的时候，服务员都说，两个人一条就够了，两条吃不完。就是俩爷们，两条，五斤！鱼上桌后，俩人挥汗如雨，笑容满面，手舞足蹈，引得路人纷纷驻足近窥。吃得多了，就像回家一样。某次考试结束，我提早到选鱼点菜，正上来，上海北边回来的 Johnson 就进门了，刚刚正好。不得不说，一路来的曲折蜿蜒，心绪上下，都敌不过那融化口中浓郁咖喱味的杀伤力，那种点到即止的刺激，精确到百万分之一的数量级。

鱼酷固然美味，却绝不会为此放弃多元化的口味选择。高端，也要地道。海底捞就是走心高端的代表，尽管并非奢华。总体而言，海底捞做的是服务，其实最好的服务还是在北京，但是虾滑、油条包虾，还是值得品尝的。而地道，务必要去镇坪路敦煌楼，吃最正宗的拉面、椒盐羊排，还有凉皮。吃了这么多家甘肃菜馆，这家甘肃驻上海办事处的附带餐饮，最是地道。Johnson 是个汉子性格，两个人出去吃，量总是一样多，一样的吃光带汤，却一点不显胖，还丰满。所以我前面说，吃东西，内在靠气血，气血好，吃什么都健康，吃什么都美味。

当然，黑暗料理也是必备。闵行校区和研究生公寓中间，有一条通道，路灯亮起夜幕降临的时候，一溜儿全是黑暗料理，其中以炒面最有特色。老板似贾宏声，八分，粉、面、饭，样样精通。我们常吃面加粉，配一个鸡蛋，火过锅，颠勺二十几下，翻炒三十几下，精盐、胡椒、豆角，出锅。吃着香咸，搭着辣味，一个劲地呼呼，却说不出的好吃。还有就是紫燕百味鸡配着沙县细粉，每次打过羽毛球后，一碗百味鸡的藕片加海带，一碗炒粉，一边看 Johnson 细嚼慢咽，一边我着胃口大开。

3

上海交通大学那里也是我们常去关照的地方，御陕坊、卤肉卷、蜀皇鸡公煲、东北大餐馆，乍吃可能觉得新鲜，多了也没有什么突破。不过作为大荒边缘的繁华市镇，交大门口的美食的确多次抚慰过我们因时间不够、资金不足而失落的心。

前几天去了德站琪，配着五十岚的奶茶。那是台湾最好的奶茶铺，大陆叫一点点。我觉得有时候味道就是一个回忆，就像每一次在台湾买一杯五十岚，一边啜一边回寝室，到了寝室去郭老师那儿唠嗑，一大群人，你逗逗我，我逗逗你，挺开心的。味道，有时候不光是好吃，也是一些笑中带泪的人生感触。

不过说真的，真如羊肉真的是好吃，不带一点的人生反思。真的，这篇文章就是为真如而写，真正的美食之旅，就像西天取经，经一定是极好的，真如羊肉也是极好的！这不起眼的寺前街，不大的门面，青石地板，老式八仙桌，双条凳，油包纸下的现切羊肉，加上新鲜的大葱加辣酱，配一碗羊汤米线，神气！随你谈天说地，纵横捭阖，稍疲乏了，来一块羊肉，痛快！不自觉地跷起了二郎腿，觉得眼前的美女更漂亮了，心花怒放，想着羊肉壮阳之功效，嘴中带点腥，却不越界，挑拨这特别土豪的吃劲。最好来黄酒一瓶，对酌三杯，三巡之后，畅所欲言，胸中块垒，卸了！却恍然顿悟"真如"二字，真如也。

真如羊肉，一见钟情。但是说到念念不忘，还得配上中北板栗。Johnson 常常念叨中北板栗之美味，我初尝，无惊异，而与其他商家的比较，却品出了其中的奥秘。清口回甘，欲罢不能，校车上吃，路上吃，VIVILA 吃，办公室吃，真的是居家旅行好伴侣。爱屋及乌的道理，如今爱吃中北板栗的我，深得中意。

回想味道地图，那么多组合，那么多路线，其实不过是一颗追求青春的心，最好的味道其实在心里，在每一次品尝美味的笑脸中，在华灯初上的背影里。我知道，美味只是暂时的，但是成了道，便是永久。那么多美味，因为爱，生活变得多彩，再贫乏的滋味，也因此五彩缤纷。

突然想起一个很有趣的事情，某个下午，两人出来吃牛棚泡芙，一人一个吃完之后，我说："好吃不？不许吃了，多吃不健康。"Johnson 很为难的样子。我说："你不会还要吃吧？"她点点头。也不知道哪来的爽气，胖什么的，无所谓，顾不得那么多禁忌，买！于是又吃了四个。

有道是，开心难得，难得开心。

邻

乡下的生活，平静而闲适。

屋前河里的鸭子，还有后面装修工人的机械轰鸣声。台风天，有些风，还是有燥热的。我躲在房间里看书。

回宁波以后，四年累积的大量书都等待我去拆封。我没有做一个读书排序表的计划，因为很多书都需要与心境契合，不是强迫自己看某本书就一定看得进去的。比如这午后慵懒的氛围里，随手拿一本岛崎藤村的《千曲川风情》，在房间里走着扶乩的步子，轻轻哼着，眼里看着。

这是一本自然风格浓郁的书，没有太多的思考，一切就如 John Cage 说的那样，把自然之音当作音乐的元素，然后紧密联系起来。这种出自禅宗启发的西方先锋音乐乐理，不过是日本文化根深蒂固的底子，随手捏来的，只是眼前的一些片段，还有背后无欲的心。没有评价，只是描摹，透出的是作者的修养，一个山村的教师，也是一个观察者，岛崎把自己融入了这个环境里，远山，山间的温泉，温泉上的氤氲，回家路上的农夫，路旁的小餐厅，还有雪海，还有田埂，还有护山人，还有女人。不过是掬起了空间里的一瓢饮，然后呈现出内心的澄澈与平静，一种大我的体验，片段之语，却意犹未尽，边读边看，身临其境。

有别于中国作家里最淡的汪曾祺，汪尽管是娓娓道来，却也是透露着诡谲。而岛崎笔下的世界，一种平和的意蕴散落在字里行间，令人心驰神往。

不知道是如今人心的变化，还是这社会本身的变迁，那些山野林间的挑柴人、隔壁石凳上的老嬷嬷、奔跑欢笑的孩子，还有乌瓦白墙与蓝天，一并都消散了。还没有到心境即世境的地步，所以总是不由自主地被困围，城市中心从政府变成了商业 CBD，人和人之间隔着信号被联系在一起，从未谋面，或者仅仅是谋面而已。

城里的房子整整齐齐，村里的也是，路上的车整整齐齐，偶尔会有一些小插曲，我不得不远离家乡去上班，或者，离家很远的另一个区域里，那里的人和我没有连结，如今却在入梦之后还在不断回想，不断重复那些说道和叹息。

越挣扎，越紧缚。

偶尔会去村后的田埂上转转，像一个孩子那样，有时候田边的人造河道里，有老伯在钓鱼，路边晒谷的大妈会用警惕的眼神看着我，我只是兀自穿过，透一些气。比城里好，那么多门，那么多墙壁，还有电梯，还有无数楼房和机器。

老高曾经很赞叹上海的现代化，我却是现代化的弃儿，认识了别人，却无法感同身受，走多了世界，依旧走不出心中的窠臼，听了别人的话，却连自己是谁都没有发现，这社会里的封闭的逻辑，你说你的，我说我的，就是没有真正的坚持，没有真正的信仰。

找一条有迹可循的路，人生旅途中。就像在台湾生活的陌生人，便利店里的浅谈，他们都是很乐观，以后回家乡，家里有块地，以后还是住在剥皮寮，偶尔去看信义坊。或者我们出去走走，携伴而行，去美国，去澳洲，用打工的零钱，用 NGO 的友好邀请，或者仅仅是一个人，想去拍一些视频，想去用青春兑换一些不一样的希望。周围的人，多半是友好的，这一点我骑车路途中或者在学校感受颇深，周末的时间，都会去山里徜徉，或者骑自行车。你去村里，还是过去的模样，就像童老太笔下的家乡，田间地头，几十年都不曾变化，而人们也就找到了自己的生老病死，找到了自己的港湾，在田埂旁，在他人的温馨与笑容里，在路上，在山涧，或者仅仅是一碗不变的牛肉面，或者仅仅是一个念想，一个可以回得去的念想。

这个高速的生活之中，我们依旧在寻觅家乡，寻觅那些儿时的伙伴，寻觅陌生而温馨的邻里。总是想回到过去，但是回不去的故乡，或许在心里，或许正在回来的路上，或许，它从一开始就只是幻想。

心有所念，必有所现。执念如紧握着的流沙。

安之。

晴日随想

1819 年，旅居意大利的英国诗人雪莱写了一首诗《西风颂》："要是冬天已经来了，西风哟，春天怎么会遥远。"这经典而隽永的哲句，多年之后依旧留在我们心中。在这个晴朗的周六下午，我正坐在阳台上，享受这难得的阳光，想起今年的宁波，几乎整个冬天都笼罩在阴冷而潮湿的气氛中，如今双鱼收尾，白羊渐近，云开日出，春意盎然，雪莱的诗句霎时又在心中荡漾开来。

坪子上的草泛起了绿意，湖面上波光粼粼闪耀着上帝撒下的金；风虽然还有些凛冽但是全无了冬的脾气，倒是有些春的温柔；而天空的蓝色好像是重新被刷洗过了，像镜子一般透出人们内心的欢乐和舒畅；柏油路的黑和人行道的白交相辉映，马路上的车和街上的人群也如同交响乐一般。不得不说，春节过去后难得有如此的好天气，更别提这晴日和周末邂逅迸发出的好心情了。

在这样安谧的下午，磨一杯新鲜的拿铁，翻看一本微微泛黄的散文书，无拘无束地躺在弥漫着各种花草香气和异域芬芳的玻璃小屋里，望着窗外的蓝天白云和门前小河里的生意，仿佛遁入了一个无执无念的空间里，只留下了自己和"我"慢慢对话，还有那个无时无刻不在的神灵，以及远在他乡的采下我这杯咖啡原料的师傅。

很多时候，我们会怀疑自己是否真的活着，是否真是在梦境里，什么是最重要的，什么是虚无。在这样一个偶遇了自己的晴日下午，抛开了一切心事和烦恼，抛下了一切任务和与"他人"的纠葛，这样的问题如同黑板上的板书，于我，更加清晰，更加让人无所适从了。

最近有一个人很红，他叫林书豪，哈佛大学毕业，现在是 NBA 纽约尼克斯的球员，身高一米九一，司职控球后卫。这个去年还默默无闻的华裔球员，如今让上至美国总统，下到中国三亿球迷，都为之神魂颠倒，心驰神往。他的故事，就是任何一个小人物成为大英雄的翻版，路数几乎和 2011 年梦工厂的电影《铁甲钢拳》如出一辙。

接连被金州勇士队、休斯敦火箭队裁员之后，边缘球员林书豪带着他最后的希望来到了纽约尼克斯队。他不过是作为一个第四控卫的角色被引进，球队的最初意愿是希望他成为"鲶鱼"，盘活当时战绩不佳的尼克斯队中死气沉沉的状态，营造一个更为积极和激烈的氛围。板凳末席的他本应在交易截止日之前被裁，但他却抓住了仅有的一次机会，在 2 月初对篮网的比赛中替补出场狂砍 25 分 7 助攻 5 篮板，使得主教练对这个板凳边缘的球员刮目相看，并委以首发重任。而林书豪也一发不可收，在接下去的比赛中带领低谷之中的尼克斯队取得七连胜，重新成为季后赛的队伍，而自己也场均贡献 27 分 8 助攻，成为 NBA 周最佳球员和纽约麦迪逊花园球馆万人高呼的"MVP"。

就在前一周，林书豪登上了亚洲版《时代杂志》的封面，"林疯狂"之名和震撼力波及世界各个角落。但是，回过头来看看，如果窥探一下林书豪的内心世界，似乎外界的褒奖和一夜成名的奇迹都没有成为一种"捧杀"。他依然故我地坚持训练，并且兢兢业业打好每一场比赛。他不但没有被外在的喧闹所遏止，转移了注意力，反而更加专注，更加努力，发挥也更加稳定。这当然和他深信上帝有关，但是，这样的态度难道不是正确的吗？

我们有一颗心灵，这颗心灵有两部分组成，一部分是面对世界的，一部分是面对自己的。但是很多时候我们会迷失，因为某些挫折，更多的是因为一些阶段性的成功。林书豪的成功是一个奇迹，是几十年一遇的奇迹，换了别人，早就沉迷于自己，沉迷在成功的快感之中了。很多人过了大半辈子，回过头看，问一句什么是真实的，什么是虚无的，大致皆云"名利谓浮云"，而只有自己坚持的，才是真实的。我们面对着世界，看着人流来来往往，看着世间浮浮沉沉，看着冬夏轮转，看着运命反复，往往迷失了自己。正如雪莱相信"冬天来了，春天还会远吗"，正如林书豪相信，我热爱篮球，我为之不断付出努力，无论结果如何，都是上帝对我的考验，而我只需要全力以赴。

世界就是一个悖论，当你拥有一样事物的时候，你正在失去它。而当我们辛辛苦苦付出了努力，获得了成功，比如林书豪获得了这份无与伦比的成功的时候，他也正在失去它。因为人生是一段停不下来的过程，所有的喜怒哀乐，所有的悲欢离合，都不过是过程中的沧海一粟，是世界投射在我们心灵上的影子；而只有坚持，心灵中面对自己的那部分，那部分对于自己价值的不断追求，对于某种美好的永恒坚守，才是个体或者存在，唯一的真实。"十年前看山是山，看水是水；十年后看山不是山，看水不是水；又过十年，看山又是山，看水又是水。"其实，山始终是山，水始终是水，变的是心，动的是情；看破了这变与不变，真真假假，这一辈子，也就有了导向，有了真理。孔子坚持了一辈子，"述而不作"，而编纂"五经"；太史公坚守了一辈子，著"无韵之离骚"，终成"一家之言"；康德坚守一辈子，完成了超越前人的"三大批判"，改写了哲学发展进程；梁实秋坚持了一辈子，独自翻译了《莎士比亚全集》；等等。他们都在坚持，为了自己而活，为了追求自己存在的价值而活；这些人的一生并不平坦，但是他们至少活得有价值；当那些和他们同时代的达官显贵都纷纷消失殆尽的时候，他们的形象依旧熠熠生辉，永垂不朽。

人有选择自己生活方式的权利，我选择活得真，活出自己的一生。可能我会面对很多失败，可能我一事无成，世界上不都有因果报应嘛，这就是。但是我可以笑着，在我即将离开世界的时候，坦然地回望过去，不需要和常人一样羞愧地面对自己的一生，因为我勇敢地活过，因为我活得有价值。

前几日，我在酒席上偶遇一摩托车爱好者，此人是做土木生意的，但对摩托车情有独钟。他曾抛下生意，独自骑车去西藏，酒席上的他已然是"王者归来"，路上逸闻娓娓道来，心中思绪缓缓展开。桌上人责怪他没有责任感，抛弃妻儿自己一个人快活，我却笑而不语，只在敬酒之间呼其"英雄"。或许没有人理解他这样做的意义，甚至他也不明白，只说是爱好，只说胆子大，但是看得出，他有自己的坚持，"活着回来我是英雄，死了我就是狗熊"，坦然的心态，洒脱的神情。我想，很多年以后，他年华逝去的时候，他会为曾经的自己，感到骄傲。

太阳已经跑到西边去了，只在玻璃房里留了一地的余晖和暖意。杯中的咖啡没有了升腾的热气；想刚才的一幕幕，意犹未尽。且当是一次心灵的旅行吧，都忘记吧，只要留下我该做的，并且去努力做好，就行了。

（《今日镇海》2013 年 10 月 17 日刊）

生　活

又是一年平安夜，估摸着食堂已经关了门，就去铁轨外的沙县凑合。长久习惯了一个人的生活，反而不喜欢太多的束缚。没有陪伴，也少了牵绊，乐于做个孤独的观察者。生活多一些嘈杂，就少一些清醒，那些不经意的细节，只是刹那。所以很多时候看到了感动，很多时候看到了真情。或许可以叫，生活。

夜晚的沙县小吃店略显冷清，倒是旁边小饭店人头攒动。年轻人喜欢热闹。各式各样的纪念日和庆祝活动，穿梭在各式各样的招牌之下，仿佛堕落街里的情形。我咀嚼着面食，旁边还有热气依旧的馄饨。电视里放着《爸爸去哪儿》的广告，还有一些纪实新闻。老板娘在不停地捏蒸饺，她的母亲看着离了人的桌子，擦了又擦。往常这个店里，都是一些民工兄弟，还有一些吃惯了大餐，想调节一下的年轻人。这时却走进一对老夫妻。老头牙口不是很好，说话漏风。老太虽然皮肤略皱，但是神采依然。看起来这是一对过了银婚的老夫妻。男的一边张罗着老婆坐下，一边对着老板娘哈气："我们吃过了，吃过了，来两碗馄饨。"老太回头看看电视，又看看老头，咽着唾沫，附和道："不要多，就十块就好了，就尝尝味道，我们路过附近，就进来吃吃看，据说这里的馄饨好吃。"

很久以前，我也跟着老郑和老吕，在打扫完他们临租的新房之后，来到堕落街吃饭。在一个不起眼的南昌瓦罐汤店，老吕招呼着老板，说来一份乌鸡汤，一份鸽子汤，给我来了一个鹌鹑汤。瓦罐汤只是极其普通的食物，但是一旦融入感情，食物就变成了生活。老郑不住地跟我说，以前他俩常常来这里吃夜宵，一人一份汤，很好吃，也不会太影响体重。又说，汤喝多了，也有补的，开心。我愣愣地看着眼前的这对老夫妻，心里突然想念起多年前的老朋友，多了几分唏嘘。味道总是要生活来配，许多感情的事情，不过就是这么一口，不过就图那么点烟火气。

视线慢慢回来。吃着馄饨的老爷子很开心，虽然青春早就不在了，他俩却仿佛新婚燕尔的小情侣。两个人把裤袋都扒拉出来，一起计算着口袋里的钞票。钢镚在玻璃桌上敲出清脆的音响，一个，两个，三个，四个，一毛的，五毛的，一共凑出一大捧，倒也惬意。老板娘没说啥，接过，哗啦，全撒在抽屉里，整个房间里的人都笑了，外面的礼花也响得开心，平安夜有了不一样的奏鸣声，大家似乎都遇上了好事情。老爷子吹着口哨，拿着纸巾，盯着老太太看。老太太一言不发，埋头吃着馄饨，只有主持人在头顶上的电视里播音，一会儿快速发展，一会儿热烈欢迎。哔，咻，嘴唇与馄饨皮摩擦的声音，蹦溜，清脆，只要轻轻一抿，滑落喉间，爽朗，热乎。

正吃着馄饨，汤汁滑出了嘴唇，桌上的纸巾没有了，我扭着头到处找。"咔"，一包餐巾纸递了过来，我正想说谢谢，抬头一看是老头。"拿去擦，别客气。"老头呵呵笑着，好像一个热心的同学。只是一刹那的感觉，仿佛他们回到了年轻的模样，男人脸上的褶子似乎没有了，女人羞涩的神情也自然流露。

今天是个好日子啊，有喜。在小小的"沙县"，看到这样温馨的场景。老太婆说没吃饱，要下馆子，老头子好开心，这么多年第一次有了青春的冲动，走着。来到了沙县，就像来到了市中心的高档餐厅，摸遍了口袋，仿佛把身家性命都押上，换唇齿留情，咂咂嘴，开心！开心就行。

这不一样的气氛，让独自一人的我，也感受到不一样的浓情。常常感念在珞珈山下看到的老人，十指相扣，心心相印，一路银杏，漫天霞云；又如春意盎然之际，朗日青云，草坪上一片绿意，常有白发老人背靠而坐，似轻轻细语，似娇嗔忘情。走过了这么多路，看过了这么多事情，在这不一样的校园里，还说一些往昔深情，感慨如今相依。

生活，不只有以双脚丈量世界的疯狂青春，也不只有如火爱欲彼此不忍分离的浓情。生活令人眷恋的地方，在每一天的平凡里。是一个人做饭，等老婆回家；是收拾屋子，让老公睡得安稳。是两个人开心了出来下馆子，是一个人痛苦的时候另一个人说不要怕还有我。是爸爸说，饭做好了，有你最爱吃的。是爷爷说，多吃点，吃饱点。是妈妈说，妈妈最记挂你了，记挂妈妈吗？是奶奶说，什么时候回家啊？是姐姐说，每天不要太晚睡，不要太晚回。是哥哥说，这次考试日子要注意。是妹妹说，我最爱你了。是弟弟说，回家来打游戏啊。是外婆看着小娃们长大欲言又止的高兴和叹息，也是外公默默地注视着你，唤着你的名字。

生活是一次平凡的旅行。不经意间，爽朗，开心。就像这样的一个傍晚，返老还童的两个人，享受属于他们的浓情。很久以前，一个人走在无人的路口，遇见正在过马路的刺猬，在秋风下独行的生日里，感恩着无所不在的诧异。激情总会褪去，却不能消磨，生命总有限度，却总有惊喜。我总是抱怨工作占据了太多的时间，太多的人性，却不知道，生活总在身边，只要我们去发现，去爱，去坚持，去创造。走了几十年的路，看了这么多人情，虽然总是看不透，却总有看透的刹那。生活，充溢着爱，充溢着一如既往的注视，充溢着我想你，充溢着说不出的心心相惜，它是无言，也是爱意，是感动，也是平静。

只是这样的触动，我看到了生活，就像某一天我会对她说，我们是有爱情的。那些不经意的瞬间，足够让我们领略生命的丰沛，感激神的给予，还有前进的激励。

节日快乐，祝生活。

少年噗啦啦啦飞过

　　记得是大一的某天，体育课上进行踢足球比赛。全院各班级挑了十八个人在桂园操场踢内部训练赛。那个阳光明媚的下午，我有如神助，两次"天神下凡"般的助攻不说，还有一个横向移动后的世界波，直挂球门右上死角。当时全场都在抢我的球，对我如防巴蒂斯图塔一般严防死守，却看着我一个人带着球仿佛飞在天上一般，直到后面不知道谁狠狠抓了我的衣角，我趔趄之后后脑着地，摔得晕了过去。当我醒过来的时候，人已经在寝室了。手机里是各式各样的短信，比如问我感觉如何的，问我晚上吃什么的，还有问我武汉没事吧，等等。我当时想，摔倒的事情难道这么快别人都知道了？后来我才从电脑上知道，原来汶川地震了，别人以为武汉也地震了，来问的。我不知道我重重摔下的后脑勺和汶川地震有什么关系，我只知道，这一场球踢完后，全院的人都觉得，我神了。

　　没有人不喜欢当风一样的男子。就像当年黄健翔在格罗索神奇的拼抢和逆转的时候，疯狂地喊着："进球了，进球了，伟大的左脚，伟大的格罗索，伟大的意大利！"我也不约而同地在电视机前面飞撒着薯片狂喊着，仿佛那两个球是我进的，至少，那是因为我才进的。

　　以前，我家楼下没有那么多汽车，唯一的汽车还是我们小学大队长他爹的，是个老板。因为没什么汽车，所以小学三年级到初中一年级，楼下几乎天天有人踢球、吹牛，就在我家正楼下。那是一个大的空地，很多人都愿意来这里踢足球，对着墙踢，或者人多了可以踢比赛，就把马路一占，一百米的马路，两边全是草坪，这就是我们的足球场了。那时候热闹的是楼下拍球和踢球的声音，当时楼下一有踢球声我就兴奋，我妈不让我出去，我就探着头和楼下的讲话，就像一只被囚禁在笼子里的金丝雀，倾诉着写不完作业无法出门的怨念。

　　记得有一次，我疯狂赶完作业，率领本楼道的小辉、小狄、小浩、小勇，还有隔壁楼的几个小伙伴，在楼下踢着足球，扯着淡。这一片区的房子都是马赛克外墙，就称"马赛克区"吧。在我们旁边，有一排红房子，称为"红房子区"。这里面也有很多朋友，带头的是住我家楼上老邵的哥哥，因为他会踢香蕉球，所以我们都叫他香蕉球王子。老二是苏遥，土话里我都叫他"速效感冒灵"，因为"速效"和"苏遥"发音差不多。还有小杰以及几个瘦猴一样的人，是一拨的。经常在学校里踢球，偶尔会跑到我们楼下，一起玩一玩。就是那一天，我们"马赛克区"本来自己正准备踢比赛，对面"红房子区"来叫阵，说一起踢一下。我说好啊，就在我们这里踢，这里路宽，地方大。于是喊话的就回去了。过了一会儿，带来了十几个兄弟，说围场子。一条路，一百米，一头是红色的砖墙，一头是河边的公园，我们各自挑了十一个人，就开始比赛了。当时那个血雨腥风，来往的自行车都绕道而行，而且没有汽车，也没有门卫，一群十几岁的青春期少男疯狂地在草坪里拼抢，马路上，车库边，冲上去，抢下来，踢出去，绕回来，此起彼伏。热闹的声音惊动了楼上各位做作业的小朋友，我踢得起劲，只是觉得人越来越多。据阿辉说，当时至少来了百八十人，连初中生都来看了，方圆五里之内只要听到足球声呐喊声的，都来围观了，甚至在旁边的支路上组织起了小型的临时足球赛，作为我们主赛场的补充。那个时候真疯狂啊，全小区最大的一次民间体育活动，就这么在没有任何预先组织的情况下开始了。

其实我足球踢得并不好，小学时候班队都踢不上。当时身高高，就被老师建议去打篮球，还是打中锋。我喜欢投篮，下了课就在那黄土飞扬的小操场用我那个橡胶球不断地练投篮，我几乎每天下课都去，当时喜欢三井寿，觉得三分球很酷炫，于是后来就练出了一手三分的本事。

我小学时候就有拖延症的毛病，到了初中，我的玩心更重。老妈对我还算开明，说做完了作业可以去玩，但是每次我都忍不住，先去玩了，到了晚上不睡觉做作业。所以身高后来就没长高。而身高也决定了，我小时候的中锋意识，后来终究要被一个投手的角色替代。

可以说《灌篮高手》是一代人的回忆，当时我们打篮球，其实就是冲着当漫画明星去的。记得当时有一次初中聚会，班主任陈老师就提起我当年经常喜欢自称"天才"，旁边的同学们只是晒笑，因为大家都知道樱木花道最喜欢说"我是天才"，而班主任还以为那只是我的自我夸耀。

由于小时候没有什么篮球基本功训练，很长一段时间我都是篮球场上的旁观者。但是后来小区隔壁的院落里新建了一个篮球场，我打球的瘾就一发不可收了。初中的暑假是最疯狂的时候。篮球场几乎每天晚上都是灯火通明，三教九流，杂七杂八，什么人都有。只要我去，就有球打。由于紧挨着小区，晚上一听到篮球场上的声音，小孩们就跟苍蝇似的飞过来，暑假里更是壮观。我经常和奶奶说，早点做饭吧，我好早点去占位子打球。那是几点呢？那是五点吃饭，五点半就必须到球场。因为六点，连院里的门卫都会放下工作和我们一起打球了。

那时候，我是个三分手。那时候我们相信科比式的人生，努力成就一切。我经常一个人天蒙蒙亮就去打球，一个人练两三个小时投篮，当时觉得空心入网的唰唰声帅呆了。我就像科比一样勤学苦练，在手部力量还显不足的情况下，练了一手飞叶摘花的绝技。那个时候，我都是满场乱跑，绝对不上篮，只要接球就是投篮。很多次都被旁边的大叔说："怎么就这么准啊，而且都是空心。"

其实我的梦想是成为一个完美的锋卫摇摆人，就像麦迪一样。我有个投篮秘诀，那就是我投篮的时候都要默念咒语"麦迪在心中"。那时候麦迪就和神一样，交叉步，干拔，空心入网，我虽然没有自己投篮时的录像，但是我真正觉得每一个球出手，都像麦迪在心中。

但现实是，进了高中以后，我被称为"投石机"。因为我双手投篮，球从后脑勺出去，经常有人笑话说"你这样都可以投进篮"；当然也有好心的教练说，我这样投篮很有特点，出手速度奇快，根本看不清楚。

动作难看导致我在高中时再度成为篮球场上的边缘人。但边缘人也有春天的。某一次数学考试之后全场狂喊"别让他拿球"，就是这么一场春天，他们口中的"他"，是我。那次数学考试考完，考得不好，百无聊赖，不想去吃饭，拿了隔壁班的球就一个人去球场打球。一个人先打了半个小时左右，顺带把老妈准备的"母亲牌牛肉棒"吃掉了，就当是晚饭了。食堂里吃完饭的人路过操场，人渐渐多起来了。先是王二和白菜过来了，一个是年级三分王，一个是特科格鲁一般的人物，全能手。后来又来了福克斯，外号"突投"；还有"丧邦"，名字很霸气，人却文质彬彬；还有"拗断""小脑"，"烂投王"阿成；等等。大致就是年级二队的角色了。吃完饭，大家都想运动一下，看我打得起劲，就一起比赛，4打4。数学考试让人憋屈啊，碰到有比赛，就特别来劲。刚上场扬手就是一个空心三分。本来大家以为随便进一个就算了。结果我的表演开始了，干拔干拔，狂突狂突，连小勾手也进，连进了七八个，防的人都怂了，最后对方的白菜说话了，"别让老饭接球"。于是接下来，我刚一拿到球，就有两个人来包夹我，我一个原地变向，就甩掉一个，另外一个紧紧贴着我，白菜等在禁区里等着直接来个"鬼门关"，我却不信邪。横向一个移动，利落地转身，在"拗断"和"白菜"的"双鬼拍门"下轻松拉杆，球进，"10：0"，比赛结束。我在旁边几十个围观者的欢呼声中，说了一句"我不打了，回去了，你们打完把球拿回来"，众人留我的声音，羡艳的眼光，止不住的惊叹，跟了我好久好久。

高中的篮球生涯短暂如流星。上了大学之后，篮球从一种舒压运动变成了纯粹的娱乐。那时的篮球小伙伴们，有卡子、傅家骐、老弟、巨黑、李叫兽，还有杨明，我们经常一起打球，组织了六年的夏季联赛，创造了"快乐篮球"打法。具体说来，就是，我们太熟了，所以每次打球都很轻松，甚至经常用开玩笑逗人笑的方式干扰别人进攻。卡子具有恰恰式的舞步，运球和干拔都异于常人，经常正常运着运着就一个后手传球，我们剩下的人就看着球奔向无人区，然后出界，全部笑趴。李叫兽是个话痨，一直以为老子天下第一，以霍华德自居。霍华德是魔兽，是篮下霸主，但是李叫兽虽然有一米八五的身高，却经常拉到三分线外投篮，射术奇差无比。后来从美国回来，射术提高了，据说是跟着NBA"绝杀王"罗伯特霍里在机场握过手后，手气陡增。巨黑一米八，却是一个投手，现在看来是开了"小球"的先河。而我弟，则以"灵蛇"吉诺比利为模板，你根本都不知道他什么时候要冲进来，为什么会在人缝里钻过去还运着球，篮下都没有空隙了他怎么把球拨弄进去的，或者为什么会连进六七个擦板，连轨迹都一模一样。杨明号称是隆德大学商学院的足球明星，曾经和上海申花二队踢过比赛，经常和我们一起打篮球，此君篮球水平一般，但是不碍他充当多面手。六年的时光白驹过隙，如今这六人也是五湖四海，细想起来，还是颇有回味。

随着年龄增长，无论是篮球还是足球，都从"朱砂痣"，变成了"蚊子血"。大学里我打过班级的篮球赛，进了几个，院里的毕业赛，我也进了几个，还有研究生，我在研三的时候还能参加比赛，抢断、三分、小勾手，手气好得不得了。不能不说那风一样的男子，麦迪、艾佛森，曾经都是我的偶像。我的咒语"心中有麦迪"，曾让我用再丑的动作都可以连续进球。教练说，我是一个防守态度积极，团队协作好的球员。研究生校队的助教说，尽管动作奇怪，但我的三分很准。

或许再过几年，我就会变得很胖，不爱动，然后没有理想。但至少我有过代表作，至少有人视我如神，哪怕只有一秒。在梦里，我经常在飞奔，跑过楼梯，跑过大道，跑过草地，跑过山丘，跑到天上。大家为我欢呼，为我呐喊，就像唱歌的时候下面的人为你摇荧光棒一样，激动人心。也曾想做一个风一样的男子，就像那些曾经辉煌如今已经逝去的男人，三井寿、巴蒂斯图塔、麦迪、科比，他们留下了一个个孤胆英雄的梦，还有令人唏嘘不已的背影，虽然这仅仅是曾经。

时间不会有任何怜悯，但少年噗啦啦啦飞过蓝天，至少辉煌过。

叁 评论及其他

人的完满

历史的"鲜活"与"定格"

孔子与寻道

一个潜在的女文艺青年

论泰勒斯

衰老

若有爱——观《陆垚知马俐》

老叶的"黄金时代"

人的完满

人的完满，有一部分在想象之中。

无意买了蒋勋的《新编传说》，翻看了几日，有不同心境，一开始纯粹地漠视这类现代价值体系中已经解构的"传说"；后来渐渐理解其手法和用意——一个闲来无事的老头，用现代的价值和语言去重述古今中外的"传说"，或有新意，或有蕴意，或有潜藏之内涵，或有狡黠的暗示，只言片语戛然而止中混合着自我的时空经历，让人似有若无地感悟到，一些好像投鼠忌器的道理。乃至到最后，纯粹把玩。这只是一些传说，已有的脚本，却被混着作者的另一些价值语法重述，故事本身只是一面镜子，语言只是一些媒介，就像芝麻糊里掺入了豆奶，很难分开，却因为文本的传播被"异衍"，就像散播的种子，遇到有缘的土就生根发芽，那只是些过往的故事罢了，读者和故事之间没有潜台词，没有关联交易，甚至彼此纯粹地存在着，就像这世界上最真实的社会关联，见到，微笑，擦身而过。

我还是很虔诚的，所以写一些言语，相信我和这些故事有缘，哪怕我避让着距离，我依旧是握着炒锅的把手，和火焰一起合作制造着某些别样的风情。

《屈原的最后一天》，我们大抵只知道屈原投江的理由，屈原投江的过程，却没有切实去想象屈原那一刻一秒白天黑夜的心绪起伏。大抵是蒋先生走过太多的废墟，见证了太多的美妙被摧毁，哪怕触摸着，依旧有一种敬畏感。他描述屈原的时候依旧如此，一个清心寡欲的老渔翁，看到了心中淤塞的三闾大夫，头上插花，脚底乱舞，又看到了难民食婴如烤乳猪，士兵断头却洗脖子。再见屈原头上之花已散尽，心中淤塞已哭尽，只是这国破山河，已然不解。蒋先生不肯揣摩屈原，有道理，这里的千丝万缕，爱恨情仇，说不清，也不能说清，屈原有心，心有大我，已是神明。只道是路漫漫其修远兮，这条路啊，我们还在走，也不知道何时是个头。屈原走了，身后的世界，依旧如此。他只是创造了美，"屈原听到的最后一首歌，是渔夫沙哑的声音。沧浪之水清兮，可以濯我之缨；沧浪之水浊兮，可以濯我足"。我们也仅仅因为屈原，欣赏到了那些过往楚蛮之地的花朵。蒋先生作为美学大家，善留白。

《萨垂那太子与虎》，一个古印度的三太子，舍身于饿虎，饲之以己身，却安静平和。初看荒谬，卡夫卡在描述格里高尔的时候，只是用一种夸张的形象硬化了这个变态世界里不忍揭露的细微逻辑。但是这里却纯粹是对自我的描写，不是反衬，不是引人思索，只是告诉我们有这样一个故事，被抄写在《金光明经》里，供后人阐读。又因为经书之缘故，人近可切身体悟，以善意度化他人，远可心中布畏，不欲施舍。蒋勋淡淡地说，中国大抵的"舍身"，是为了"成仁"，而印度"舍身"是"鄙弃肉身"，融贯于婆罗门教义之中——"若舍此身，则舍无量瘫疽，瘰疾，千年怖畏"。我想，大抵这不是虚构的，舍身一说，背后有无数路径的文化演变，譬如毕达哥拉斯所布之宗教，相信灵魂在肉体中游走，譬如希伯来文化里对肉身的鄙弃和对神的无限崇敬，让多少君士坦丁之前的基督徒们前往北非赴死。《Being Mortal》里阿图·葛德文说，作为一个 21 世纪杰出的外科医生，都无法在技术层面避免死亡，何况古人。中国有"少入儒，老入佛"的传统，无非是平衡着白云苍狗的时光在我们意识和价值里留下虚无感，萨特都在大说特说"存在主义"，海德格尔声称我们的存在关乎所有。一切的一切，都是生和死之间的吉光片羽。消费主义遮蔽了我们回归的路径，看似繁盛嘈杂的世界行走的程式和波动，却远不如中古虔诚之人充实而深刻。世界的本质在表象中轮转，却始终避不开对于死亡的超越，离不开涅槃。身心的言外之意，只可神会。

《莎乐美，施洗约翰，耶稣》，耶稣被施洗约翰拥抱，是兄弟情，是心有灵犀，是爱慕和理解，是纯粹的真实的接触，心跳的交换，浮现的微笑。莎乐美，世界上最美的女子，却无法获得施洗约翰的爱慕，也就无法获得世界上所有人的爱。于是，莎乐美满足了希罗王的舞蹈之约，换了与施洗约翰断头的惊世一吻。总说，"你对这个人的爱没那么强烈，所以用恨来怀念，或许情感过了一些"。但这世上变迁的，无非是爱来爱去，被物质填满的现代人，竟忘了我们存在下去的理由。莎乐美成了"变态心理学"研究的始祖，成就了弗洛伊德，也为萨德辩护。我们有无数的理由去面对这个世界，也有无数种方式表达自己的爱，只是笼络了太多的历史和回忆，我们筛选出一种主流模式，然后用所谓的合理和正义维系。《After Virtue》里麦金泰尔如是说，想象一种可怕的现实，我们的世界被战争摧毁，仅存的后人发现了原本高级文明的只言片语，他们借助此佑护自己的神权，说着鬼话下着鬼咒，用曾经的理性辩护当下的荒蛮，哪怕看上去一切都来自天启。纵观历史，我们能相信的，一定是我们亲手摸到的，亲眼看到的，亲自读过的，也切身体会过的。莎乐美至少亲吻了，所以她一定有释然，所以她也相信，一切都是因果幻象，最后都回归于混沌。

简单筛选三个故事，里面的故事，犹如镜子，伸手无法触摸，退步却又回忆苦涩。传说，故事，一些人类极贫乏极痛苦挣扎出来的美好思绪都在里面了，一些人类避之不及却无法掩盖的可怖在里面了，一些人际中和代际间无法规避的矛盾也在里面了，乃至于这天啊地啊都变成人啊鬼啊神灵啊，他们也在里面了。

蒋勋自然知道这里面的牵绊，出了一书，封面黝黑，颇有以幽默掩盖黑色之嫌。"传说，对我而言，是永远讲不完的故事，在每个人生命的不同阶段，会有不同领悟。

不同的人,不同的意义,也有不同的结果。二十年前的《传说》,十年前的《新传说》,现在的《新编传说》,让我们看到自己与许多人的心事转变。"团伊玖磨写《烟斗随笔》三十六年,看到了自己深刻的变化,当然,因为多了一些寄托,他走的时候很安详。

　　人的完满,毕竟要有一些,在想象里。如果留下一些文字,更好。

(《港城文脉》2020 年第二期)

历史的"鲜活"与"定格"

最近读了许纪霖的作品——《大时代中的知识人》,感触良多。这部著作主要是以个案研究为主要方法,以心态史的研究方法作为基本,做到了与这些笔下的知识分子心有灵犀,融会贯通。

一

从清末到共和国,作者分别选择了曾国藩、黄远生、胡适、梁漱溟等大家进行叙述,并结合当时中国巨变的背景。适值清末内忧外患,遇"三千年未有之大变局",知识分子从科举的体制中走出来,走入社会,抱着对社会的一干理想和蓝图,在这样一个充满机遇与挑战的时代中,施展自己的才华,又因缘际会,在时代的浪潮中逐渐认识到人生命运的走向,而出现了不同对于自身,对于社会的感触及灵魂的升华。

这些知识人的一生,是贯穿了中国变迁的"大时代"的一生。他们无论是贫苦还是富有,无论是高贵还是"低贱",无论是挥斥方遒还是埋头著述,都有独特的作用和贡献。正如米开朗基罗所画《最后的晚餐》,每一个人都被定格在了时间的长河之中,留下了他们的印记,而每一个人的存在也使得这样的画面更加充实而富有故事性。

相比于生活稳定的小市民,面对这个世界,知识分子的内心无限紧张,对于时代潮流前行的敏感,对于自身命运的挣扎,对于未知前途的期待,构成了这个大时代的核心。可以说,大时代的知识人不仅是属于大时代的,更是开创了大时代。

二

历史的复杂性远远超过其所表现的,内在的统一性也远远超过我们言语所能表达的,要深入浅出地表达,最好的方法就是深入个案,深入个体具体的生活环境和心灵环境。

如曾国藩,传统的教科书里把他描写成一个为清廷服务的命官,似乎带着某种民粹的揶揄,或者又反过来把曾国藩描写成一个千年一遇"内圣外王"的"儒者"，独自承担这个时代赋予他的使命。无论哪一种，其实都是片面而独断的。

曾国藩首先是一个人，需要满足自己的吃穿住行；其次他是一个命官，不仅是清朝的官，更是中国的官；同时他是一个儒者，是一个以为天下苍生谋福祉为己任，以维系国家命脉为使命的知识人。最重要的是，他有一个理想，那就是希望这个国家变好，希望实现国家富强的理想。这种理想可以说是时代赐予他的挑战和机遇，也可以说是命运迫使他不得不前行。

看过曾国藩传记的人，可能都会有这样的感觉，从细节来看，其实曾国藩在官场的行为远比世人对他的评价来得低，他并非一个清风到澄澈玉宇的人。但是宏观而言，无论是治家，还是治国，他都做到了"内圣外王"，那就是尽了一个士者的责任，消磨他自己的身体，不断充实着某种外在的高贵的灵魂。

从细节中，可以看到很多不足，而细节又表达了真实。像曾国藩这样的士人，内心对于高贵对于纯净的追求远远超过了普通人。可以说，理想是包裹在无数残缺的基础上的，而要实现理想，需要的是一代代人不断的努力。真实和进步，其实不过是信念的左和右，我们看到了信念的力量，我们也看到了坚持的力量。

三

很多时候这样的进步来源于一代代人承接的一个理想，那就是中国要富强，中国要变得"好"。这样的理想每一个社会成员都有，但是知识人承担了其中主要的责任。在中国文化里，完美的知识人意味着牺牲。相比在稳定环境中的农民和小市民，知识人具有更深刻的对于时代和时间的洞见，具有更灵敏的嗅觉，也具有更平和稳定的心态。他们面对的挑战，是这个时代赋予的，他们也因此需要造出一个新的时代。

曾国藩可以说是旧时代最后一个伟大的知识人，名垂史册。而在后来的时代中，在专业化不断加深，分工不断明确的背景下，更多的人，承担起了这样一个理想形象，就像柏拉图的"理念"一样，开始分有，并且承接着一样的命运和使命。

胡适就是这样一个在专门化的时代，承接了完整精神的人。他试图借用美国的实验主义精神来改造这个时代，改变充满敝屣和漏洞的社会现实。他不仅仅是一个人在努力，同时代的还有章士钊、梁启超、陈独秀等人。或许很多人对胡适的理解失之偏颇，认为胡适带来了新的思想，就要彻底地改造这个旧世界。其实胡适深深地了解这个世界的运行，这个世界并非一日能天翻地覆，它有一个渐进的进程。而胡适也一度被定性为资产阶级的大知识分子，这也让胡适的形象以及思想不得不被掩埋。

在改革开放之后，李慎之以及王元化先生在反思中华人民共和国走过的时代历程之后，深深地领悟，时代其实并非一朝一夕所能改，而中国千百年之基业，其实也是有其存在的理由和其不朽的价值的。胡适在其对于中国的规划和理想中，早就发现了这样一个不变的旧传统，这是千百年实验之后的产物，而不足的仅仅是这个社会制度这一部分，而非全部。不得不说，虽然胡适这个人本身颇有些浪漫色彩，但是对这个时代，对这个国度的内在把握，其实还是很到位的。

但对于胡适这样一位人物，从政治上判断，其实很多时候都会不自觉地戴上有色眼镜，但如果通过内在的观察，看到胡适在其标榜的实验主义背后对中国的理解，就会看到知识人对精神的继承，包括对这个国家的深刻关怀，以及对自身命运的无奈。也只有这样我们才可以更加深刻地理解，做一个时代的弄潮儿，是需要多么大的勇气和牺牲。

四

人类的历史充满了无数的曲折和无奈，但是一次又一次，是知识人扭转了这样的一种曲折。真理，并不总是存在的，但是又是真实存在着的。班达在《知识分子的背叛》中指出，近代知识分子的专业化，使知识分子失去了对真理的追求而堕落为权威的傀儡。其实未必，班达过于理想化的表达，导致了这样的一种误解。其实精神未必是被保存的，大多是被激发的。就像这些大时代中的知识人，他们未必希望抛家妻子，未必不希望平和安宁，是时代赋予他们使命，他们必须这样做。

而这个世界，也是天命和人为一起造就的。《大时代中的知识人》这本书，可以说给我很强烈的感觉就是，如果说普通的脉搏是为自己而跳，那么这些造就时代和被时代造就的知识人的脉搏，可能就是随着时代一起跳动了。从曾国藩到顾城，我们可以看到的不是一个个并非完美的"小家"，而是一个个"大家"，并非理想的个人生活，而是面对时代的焦虑和无奈产生的强烈的精神阵痛，对于改造时代的迫切希望与现实残酷的无动于衷。

时代的脉搏往往蕴含在深深的思考之中，参看历史长河中的伟人著述，无论是《斐多篇》，还是《王制》；无论是《上帝之城》，还是《哲学的慰藉》；无论是《人类理智新论》，还是《利维坦》，抑或是《数学原理》或《伦理学原理》，我们看到的也是一个个和时代脉搏，和人类走向，乃至人类前途相依相惜的心灵，这些人过于聪明，不愿意庸碌一生，他们的心灵如此敏感，而身体又如此脆弱。看着他们言语这个时代的"逻各斯"，寻求"最好的城邦"，抑或是找寻这个世界"真实的存在"，或者挖掘"言语"背后的"世界"，我们都可以在其中看到一种精神的传承。

克罗齐曾说，一切历史都是当代史。回过头来想想，其实我们当下就是一个活生生的大时代。所以，任何一个人，如果你仍保有对真理的不懈追求，对自我的不断好奇，对世界的不断追问，请不要沉浸在往昔的英雄怀念之中，请在当下的世界默默付出，知行合一，你总会找到自己来时的路，也会看到通向未来的灯塔。

（《北仑新区时刊》2018年8月3日刊）

孔子与寻道

如今的社会，人们更注重的是生存的技能，却不能完满自己生活的需求。简单地说，缺乏信仰。上古的先祖，尽管在科技上与现代生活相差甚远，却真正懂得生活与生存的平衡，中国的圣贤孔子，就是这样的一个代表，用理念引领慎用，在寻道中丰满生命，值得我们反思。

德国哲学家雅斯贝尔斯认为，人类文明史上存在着几个"轴心时代"，这些轴心时代的文化明显超过了其之前和之后数百年之内的文化水平。我国的春秋末年就是这样的轴心时代，而孔子就是当时的代表人物。

孔子显然没有预料到自己的言行能够被万人传诵，被记载千秋，但是其的确做到了这一点。而其这样传承千年，乃至内化为中华文化内核和儒家文明理想人格的言行，则必然有其内在的动因和发展必然性。这一动因和发展必然性，即是"寻道"的激情和"适道"的理想。

何为道？《史记·孔子世家》为我们提供了对于孔子一生"事"的记录。不同于《论语》"言"的描述，从《世家》中我们看到孔子追寻一生的"道"，更多的是他的理想，一种理想社会的实现。这种理想社会并不是如老庄一般，与天地万物融为一体的天人境界，而是对于上古先民礼制的一种回归，一种相对于当时显现出来的"无道"的社会的一种反对。

孔子的主要思想在于"仁"，"仁"是他一生行为的综述，即"三十而立，四十而不惑，五十而知天命，六十而耳顺，七十而从心所欲，不逾矩"。孔子一生并未如老庄一般留下专著，但其影响却是革命性的，其中的奥妙便在于其完满地过完了自己的一生，既无空虚，又不饱和，其以自身的历史形象和文化符号成了一代"大成至圣先师"，成为"圣人"。而"道"就是"仁"的表现的过程，是一种对于上古理想的不懈追求，是对于理念世界现实化的不断表达。

"仁"就像一颗种子，到哪都会发芽。如希腊的"逻各斯"，如近代的"自由"和现代的"存在"一般，到哪种语境下都有其存在的意义，到哪种境界中都有其价值。何为"仁"？其内涵在于"忠恕"，即"己所不欲，勿施于人"。这一框条成为儒家社会构架的基本材料；而其外在，则为"礼"，礼就像建筑材料，框定了形状，框定了内部架构，框定了其存在。孔子年幼便学习礼制"孔子为儿嬉戏，常陈俎豆,设礼容",可以说,对于后来"仁"的界定,其实是与孔子从小对于"礼"的追求,对于上古的历史的精通和崇拜,及对当下"无道"现实不满分不开的。

既然"道为仁之象,仁为道之本",那么由仁即道,或者说孔子寻道究竟是怎么一个过程呢?概括来说,是分三个步骤的,心中之道、现实之道和传承之道。

"心中之道"其实每个人都有,孔子也有,通俗点说就是理想的一个状态,孔子尊崇礼制,尊崇上古理想制度下的完满社会,而他的道,就是"大同世界"。大同世界于当时已然渐渐崩塌,尝试以孔子的眼光看,我们会发现,当时中央王朝权势日靡,"礼崩乐坏","天下无道久矣"。孔子的"道",从小时候嬉戏"设礼容""陈俎豆",成为到后来对上古理想社会形象再现的蓝图,及至对于当下"无道"世风的改革,其倾泄的欲望日渐强烈,逐渐演变为"现实之道"。而"现实之道"才是孔子一生的追求,就是对当时"礼崩乐坏"的现实进行改良,重新回到"君君,臣臣,父父,子子"的秩序井然时代。孔子的道是与社会休戚相关的,因此要改变世风,必然要"为仕",要从政。不过孔子大展拳脚的机会并不多,从做中都宰到为大司寇之前,前后不过五年。人生之短暂,如白驹过隙,孔子毕竟是人,也有"老之将至"的时候。从寻游列国回来,孔子真的感叹世风难逆,而年龄愈大,他也感受到要改变世风,不能仅仅靠自己一个人,或者靠自己的弟子们,于是他"韦编三绝",愤而著书。希望以自己立书,来立儒家(孔子并不知自己为儒家创始者,本文只是表述方便)之本,以立儒家之本,来开万世之源,以开万世之源,来改变无道之状,回到"大同世界"。修《诗》《书》《礼》《易》《乐》,著《春秋》,把上古的美好形象、上古的文化积淀,用永恒的文字保存下来,使其流传万世,使其影响千年,这便是孔子之"传承之道"。

孔子本是心中有一个模糊的概念——"道",乃是上古美好社会蓝图,及从小学习礼制,到学习上古的故事,这一概念在心中逐渐明亮起来。成人后三十而立,六艺精通之后,以言行处处表达自己崇尚礼制,崇尚古代的理想,并形成了以"仁"为中心的价值观,并以亲身之形象来表达之,引全社会的关注和敬仰。及至仕鲁五年,周游列国十四载,将自己的理想和恢复大同世界的大志一展无余,从而使得各诸侯都纷纷效仿和追随。同时,自己的弟子也各自为政,在各国显露才华,孔子的言行,孔子形象的影响力,逐渐深入社会各个角落,这不仅仅是他孑然一人的努力。最终,他回到鲁国,"不知老之将至"地奋发。"韦编三绝",为的是"道"不至于随着他的离去而离去,编成"六经",以飨后世,为后世留下不可磨灭的"道"之文。而其弟子三千余众,则四处播撒着老师的言行和教导,随着孔子的仙逝,其形象已经超越了个人,而成为"道"的一部分,从而流传万世。

孔子的一生都在寻道,其中的核心是理想人格的追求,也就是寻道。孔子寻道的关键,在于立心中之道,以及普道,即宣扬自己的政治抱负,宣讲古代的礼制及圣王故事,等等。这两件事,主要发生在《孔子世家》并无多加泼墨的"三十而立"至"五十仕鲁"这段时间之内。

　　孔子从小心中就有对于礼制和上古的良好印象，其母从小就注重对其这方面的培养。《孔子世家考》中说："圣母（指孔母）豫市礼器，以供嬉戏。"可见在孔子小时候，其母就买礼器给他作为玩具，作为其这方面的启蒙。在其十七丧母之后，他更是勤恳学习，处处求教，不仅是为了求生和回到贵族阶层做准备，更是为了明晰心中对于上古的概念，以形成一个理想社会之蓝图。比如求学于郯子，进入鲁国祭祀周公的太庙言"知之为知之，不知为不知"，到当时周朝的首都洛邑去学习周礼和古文献，以及向师襄学习等。虽然史料并无详细记载孔子如何学习六艺，向谁学，如何学，但是以上数例已经清楚表明了孔子对于学习礼乐射御书数的勤奋程度，而在《论语》"射义""子罕"等数篇中，亦有表现孔子射术精湛，御车熟练和数术高明的例子。以上说明，在当时的政治体制下，作为后备官吏的"士"所要掌握的"六艺"，孔子都以"食无求饱，居无求安"的顽强刻苦精神，以"学而时习之"的态度，全面熟练掌握了。其在三十岁时，学业已远远超过上述"六艺"范围，而把高等"六艺"即后来被尊为"六经"的实际内容和内在精神，都很系统地融会贯通了。而其由于掌握了六艺的内在精神，转而内化为个人修养并融合，这为其"三十而立"后进一步的发展奠定了基础。

　　三十而立的孔子一方面通晓以"六艺"为代表的大量古代文献资料，另一方面则观察到当时周室衰微，礼崩乐坏。于是在此基础上，他逐渐形成了自己特有的思想框架和原则要义，开始为"道"做具体的铺展和勾画。首先，确立了以"仁"为核心，以"礼"为构架的社会伦理系统；其次，反对"过"和"不及"，确立了"执其两端而用其中于民"的中庸思想作为自己的方法论和政治原则；最后则是坚定了自己"笃信好学，守死善道"的决心，将自己"道"的追求坚持下去，并且传承下去。这一点到了其老年"不知老之将至"，在风烛残年仍然愤而编纂"六经"中体现得更为明显。

　　与此同时，孔子培养出三千弟子，七十二贤人，并通过教学，宣扬其形成的"仁""礼"思想，以及追求的"道"之理想。《子路、曾皙、冉有、公西华侍坐》中，孔子与其弟子子路、曾皙、冉有、公西华一起讨论各自志向，清楚表现了孔子传道的过程：孔子和弟子们一起讨论人生志向，子路、曾皙、冉有、公西华分别阐述了自己以各自的能力来执政弘道的蓝图和愿景，然后由孔子进行点评和阐述，提出了以"礼"匡国，以"仁"治国，礼内化为社会的根本依据而非外在依据，仁则成为推动社会发展的根本力量，最后形成如曾皙所言的"莫春者，春服既成，冠者五六人，童子六七人，浴乎沂，风乎舞雩，咏而归"之大同世界。孔子的教学方法其实也就是其表达自己道愿，传承自己道愿的一种方式。其通过对上古时代礼制国家"君君，臣臣，父父，子子"各归其位、各取所需的社会景象的描写，来影响下一代的政治性格，从而以无尽的生命来追求"道"的最终实现。相比老子的内敛、庄子的不拘、墨子的严苛、告子的不出挑，孔子可以说是寻找到了最佳的一条"道"的实现方式，即教育。

古希腊柏拉图在描写"理想国"的时候，提出要给理想国里面的孩子们提供一套教育，关于"金人，银人，铁人"的教育，通过这种长时间的灌输来让他们认识到自己的命运是被定好的，自己的社会地位和德性是从固定的理念世界分有出来，是不变的，这样理想国就能保证稳定的社会秩序和社会层次，才能达到"理想"。孔子固然没有柏拉图的极端，但是其弘道的方式正是他寻道的重要组成部分。《礼记·学记》中的"教学相长"，即被孔子在传道寻道的过程中演绎得淋漓尽致，也成为孔子开创"儒学"，为中华文明立脊梁的最终依据。

　　当代社群主义的代表人物阿拉斯代尔·麦金泰尔，在其《After Virtue》中的第一章"一个令人忧虑的联想"中写道：假设自然科学遭受了灭顶之灾，实验室，书籍，科学家都被付之一炬，后来的科学家为了重新复兴科学，便拿着一些残垣断片，一些只言片语，进行科学面目的恢复。但是"几乎没有人意识到他们所从事的并非真正意义上的自然科学"，"因为他们所做的不再符合某些具有稳定性和融贯性的准则"，"使他们所作所为具有意义的必要性语境已经丧失，或者说无可挽回了"。孔子所处的时代，就是这么一个古典道德语境丧失，"礼制"仅仅剩下残垣断片的时代。孔子的出现，不能不说是时代的需要，但是也是"天之旨意"。没有这样一位一生"守死善道"的人物，可能中国的文化，中国的内在根基就会完全不同，正是他的坚持，他的"不知老之将至"地编纂"六经"，才给那些"只言片语"以复生的机会，才会让中国的精髓以"史家"的形式流传下来，而他的教学，他的传道授业，则给了这些"六经"乃至上古的经典以"流传的语境"，以"活着的生命"。就这一点来说，孔子的一生，可以说是"死而后已"。

　　孔子以生命之变化填"道"之实，以"韦编三绝"之毅力纂"道"之文，以"学问"的方式传承"道"之语境，以"不语怪、力、乱、神"规定"道"之边界，更以"己所不欲，勿施于人"来阐明自己对于"道"之见解。孔子为中华文明奠定了基调，为东亚文化奠定了其特性，更为人类文明写下了浓墨重彩的一笔。

　　当下被物欲横流，信息冗余充斥着时间与生命的现代人，是否可以从中获得一些启迪，让自己的生命丰满，让理想与信仰成为我们取之不尽用之不竭的生命源泉呢？

（《东海岸》2014年第三期）

一个潜在的女文艺青年

赵敏围攻武当山时，张无忌力拒。赵敏以张无忌换黑玉断续膏之诺言为挟，要张无忌对抗中不可用九阳神功和乾坤大挪移。张无忌无奈只得求教张三丰，张三丰展示了一套太极拳法，说这套拳"只在意中""心到形到"，不可拘泥招术。张无忌学了一遍后立马忘得一干二净；却"得意忘形"，触中要诀，用太极拳破了赵敏之围。

本来答应了她写书评的。她自己印了一本小集子，扉页还有亲笔签名，让我受宠若惊。写书评本是小孩之口吻，她之功力在我之上，我最多写个读后感，研磨数日，得其一二真谛，已属不易。读完后却发现颇多心思交汇，反而对本身的文字有"得意忘形"之感。功力不功力也就不顾忌了，写点小文字，不拘泥本身"集子"之中，就当聊天谈心，还一面镜子好了。

她的志向大约是要做一个小说家，或许和她喜欢讲故事听故事有关。凭我对她的了解，她无时无刻不在思考和观察，她也无时无刻不在回忆和联想，她在不断收集，然后不断产出，《裴楠的幸福》写了三月有余，算得上是一篇佳作了。

她文字里透露着太多的个人信息，乃至于我怀疑真实的她是小说里的主人公们，还是我现实中看到的；她出现在我视线中的时候总是一个人，眼神总是游离的，仿佛世界和她不经意地触碰着，却绝无必然的联系，而双手不是插在口袋里就是放在胸前，可能一个人走的时候也是这样的，或者，她缺乏安全感。

别人嘴里，她总是一副女王范，就算举城哀嚎，似乎她也会穿着皮装安然走过，然后在弄堂里不经意地发出一阵窃笑。但是冷暖自知。以我的了解，她大约不是这样的人，或者她分裂了。有两处为凭，第一处是我还未到这个荒郊野外的学校时，还颇有几分锐气，对女生还很主动，与她的第一次聊天，我竟主动问了有无男友，她的回答是"我男人巴拉巴拉"，一副满足的小女人样，仿佛西北来的姑娘，透露着粗犷却弥漫着温柔。还有就是她的博客，充斥着混乱和迷茫，和我们这个年纪的一样；并非做戏的都得掩盖着自己，游离着魂灵，但是似乎我这样被人定性为幼稚的人看来，她灵魂中的无序并不比我少一点。

她是个经历丰富的人，比我多活了两年的她却比我多了十多年的人生阅历；大概这是做戏的人的好处，活在别人的世界里，然后像被魂附着了一样讲着别人的话，看别人看的世界。当然，她去过四川，去过东北，去过新疆，和"她男人"一起去的，和她爸妈一起去的。这是第一次聊天时我的印象，已经模糊了细节，不过还是蛮深刻的。我和她第一次聊天的时候她还在云南，支教，旅游。《裴楠的幸福》很多素材都是那一年里获得的，那可是漫漫的一年，崇山峻岭中，世界和她隔得更开了，她开始审视自己，审视内心的信仰，然后扫除情绪带来的不安，回到一个相对宁静的状态。所以她写出了这样一篇佳作，这是花花世界中不曾有的，与纯净灵魂息息相关的作品。

我看到的她，谈过一次恋爱，男生是隔壁寝室的，我们都觉得着急了。着急地开始，着急地结束。大约文人的爱情总是这样的，好就在一起，不好就分了，颇为干脆。然后呢，然后我们庆幸一个作家还存在着，不会和《裴楠的幸福》里的男女主人公一样，又要分离的魂灵，又要结合的肉体。

她的经历全部变成了某种文字，从她的诗句里，从她的小说里。大多是关于爱情的，但是都是死亡和静默的结束，伴随着"随风潜入夜，润物细无声"的开始。

与现实的颇多差距，才能显示出内心的真实。

我喜欢她写的诗，《食人娃娃》，这个娃娃不一般，是内心的欲望，你路过一瞥红，欲收于袋中，却掩盖不住这样的成色，最后越走越累，下半身浸湿着血色。文字很荒唐，但是命理不荒唐，尽管这样个人意味很浓的文字，想要弄清楚其中的真意不太容易，就像德里达所谓"异延"的存在，你抛出一句话，别人理解各种意思，真实的也变成虚假的，虚假的也变成真实的，但是他们都存在着，不必过多计较。

她的小说同样充斥着反传统的主线，无论是对老师的同性之爱，还是黑色味十足的蝙蝠钗，无论哪一种，都是把黑色走到底的。精神的东西冲破了一些符合人类发展规矩的舒服，宁可像蝴蝶一样蓦然飞过，也不愿意和蚯蚓一样身处黑暗。大致猜想，这些都是一些心理活动的结果，没有特意去警世他人的意思。不过的确让读者颇有惊喜，因为很久之后还可以留下片刻回忆，就像那两名死去的和蝙蝠钗一样的男女。

我和她的心思大约是不一样的，抛开肉身，我更喜欢去寻找，把握火候的刹那，十分有意思。就像烧菜，何时大火，何时小火，何时蒸，何时炒。失之毫厘的刹那，转现出谬以千里的结局。但是她似乎一直在抗争，大约她的心已然是固化了的，有自己的理念，自己的价值，自己的路，或者说，成熟的人。她小说里的一切，主人公，或者是那些形象，那么具有反抗的色彩，但是又不是按规矩来的，如果说抗争有两种，一种叫切格瓦拉，一种叫卡斯特罗，她俨然是前者。当然，现实和理念之间的冲突让她始终保持着旺盛的精力。这样长时间思考和撰写需要的就是这样的一种精力，我们常人是没有的，这也决定了将来，她或许某一天可以实现她的志向。虽然她有点悲观，因为舍得二字，她选择了得。

现在的她是《萌芽》的编委，更是新兴微信平台"V+剧"的主创与主持。

才女的形象一旦深入人心，做事的障碍就会少很多，这是颇有中国特色的规则。当然，看过视频，看过文字，还是很有本事的，比我们庸碌地看日升日落要强很多，也让我们艳羡不已。

又绕了回来，这篇文字本来是书评的。草稿，想法已经有两三千字。但，忘形才可以得意。这本集子不过是她的日记罢了，不过是影子罢了，关键是人。克拉底鲁（赫拉克利特的学生）说的，你永远不可能踏入同一条河。影子就是这变动不居的河流，但是文字是要有永生的价值的。我是巴门尼德斯的粉丝，意见背后，是存在，殊相背后，有共相。所以，关键是人，留得金鸡在，不怕没蛋收。

但愿我的文字不会得罪她，一个有个性的朋友，一个纯粹的灵魂下的人。

（《机关生活》2017 年第一期）

论泰勒斯

哲学来源于理性。在"第一位哲学家"泰勒斯提出"万物源于水"这个命题之前，更多对于世界的描述，是在神话语言系统之中进行的，无论是赫西俄德的神谱，还是荷马的吟唱，对于世界本身的思考与描述，都融贯在神话思维中，而非理性。

理性是人类独一无二的权力，是自由意志得以最终展现的唯一平台。而解放人们从描述世界到探索世界，从神话思维走向理性思维的命题，关于世界的本质。世界本原这一命题，为理性思维在人类历史进程中登台献唱，定下了锚。

泰勒斯是第一个开始以理性思维对世界本原开始反思的人。他是古希腊爱奥尼亚地区（小亚细亚半岛西）米利都城人，是一个数学家、天文学家、哲学家，"希腊七贤"之一。他指出，万物来源于水。在泰勒斯之前，希腊日常的生活中，对于世界的描述框定在神话世界当中，诗人出身的荷马和赫西俄德是希腊思维"前哲学化"的先锋，他们用一套开放性的神话符号描述整个希腊世界的起源和发展脉络，神话人物和关联构成了世界的正义与秩序。而泰勒斯开始以水这样一种客观可见的客体来重构世界，事实上是对神话思维的解构与替代，是符号系统的升级。神话思维最终走向神秘，神秘必然困顿于愚昧，而泰勒斯"水是万物本原"命题背后的理性思维，则引导人们以一种接近真理的方向开始反思，从而打开了希腊理性文明的大门。

在泰勒斯眼里，水是纯粹客体，世界的本质也并非源于神，而有其自有的客观性和内在因果。泰勒斯曾向埃及人学习观察洪水，他仔细阅读了尼罗河每年涨退的记录，还亲自查看水退后的现象。他发现每次洪水退后，不但留下肥沃的淤泥，还在淤泥里留下无数微小的胚芽和幼虫，发现了水与生命之间的关联。此外，出生在古港口米利都的泰勒斯，有大量的机会观察水的不同变化、功用与形态，亚里士多德在《形而上学》里说他通过观察现象归纳出"万物皆于水汽之中滋生，而水则为此中源泉"。此外，泰勒斯本身也处在一个从神话思维转向理性思维的过程中，而其先的神话中，均有以水神为世界开端的描述，诸如以海神俄克阿诺斯和忒提斯为创世父母，而在这些描述之中诸神大多于冥河之上临水而誓，埃及的神话中也有类似的造物说，以尼罗河的神话形象作为世界起源的描述。"水为万物本原"这一命题的得出，也或多或少受此影响。

尽管泰勒斯的思维过程处在一种转变之中，但是他提出结论命题"水为万物本原"，却真正奠定了哲学这一学科的起点。可惜的是，泰勒斯活动的米利都地区身处土耳其西岸，长期受到波斯侵扰乃至征服，而泰勒斯后来所建立的"米利都学派"，和以他为开端的对于世界本原理性追溯的学术传统以及著作，也在这样的军事动乱中一并佚失。但是他所开创的理性思考世界本原的路径，却深刻地影响着后来爱琴海地区哲学活动的拓展与延伸。无论是亚里士多德这样集大成者在追忆往昔时对他书稿的摘录，还是赫拉克利特对于逻各斯的分析，抑或是塞诺芬尼对于神话的攻击，以及巴门尼德更为抽象的形而上学思考，都隐含着泰勒斯和以泰勒斯为端的米利都学派一种理性思考世界的思维方向，以及一套更趋向真理的符号体系的使用。没有了泰勒斯的开端与背景，这些后续的谱系就无法展开。

可以说，没有泰勒斯所开创的用理性思维对于本原的思考，用觉知符号和客观替代神话的工作，文明就无法更快地进入新的范式之中，哲学也将在蒙昧中继续潜伏。泰勒斯提出"水是万物本原"，是一项划时代的工作，也是人类过程中不可忽视的一环。也正因为如此，泰勒斯被无数哲学史家称为"哲学始祖"，或许他只是人类思维进化中的一环，一种表征，但是记住了他，也就了解了人类思维进化中的里程碑，也就看到了人类文明从远古走来一直追求的方向。

最后讲两个小故事，泰勒斯也曾是一个商人，可是他不好好赚钱，他老去探索些没用的事情，所以他很穷，有人就说哲学家是那些没用的人。泰勒斯也没有反驳。有一年，他用所掌握的天文信息，推断那一年雅典的橄榄会丰收，然后在最低价格的时候租下了全村所有榨橄榄的机器，后来橄榄真的丰收，他就把手里的机器转租出去，赚了一大笔钱，借此来证明哲学家如果想赚的话，是可以比别人赚得多的。另一个故事是，泰勒斯有一天晚上走在旷野之中，抬头看着星空，满天星斗，可是他预言第二天会下雨，他在预言会下雨的时候，脚下有一个坑，他就掉进那个坑里，摔了个半死，别人把他救起来，他说谢谢你把我救起来，你知道吗，明天会下雨啊。后来哲学家就被称为"仰望星空的人"，颇有揶揄之味。

这两个故事或许有杜撰的嫌疑，泰勒斯赚钱也不是靠哲学，靠的是天文学。这充分说明两点，真正能成为哲学家的人，首先在某几个基础学科上一定是专家，诸如亚里士多德是博物学家，笛卡尔、帕斯卡尔是数学家，威廉詹姆斯是心理学家，赖尔是符号学家和计算机科学家，不一而举。其次，一个哲学家并不能改变什么，甚至在普通人看来，其毕生也只是研究屠龙术，但是哲学家所致力的工作，关于人类思维进程，关于人类认知进化，是引起风暴的"蝴蝶"，虽然本身微不足道。在当今世界，真正的科学家、语言学家，以及已经被边缘化的哲学家仍然以自己的方法论与真理信仰在坚持这一份工作，就像许多年前的泰勒斯一样。

衰 老

只是见闻。

思想的火花只有两种可能发生，与面前的人谈，和好书好音乐里的先烈伟人谈。上班的重复或许让我太多次失去了对于现有生活的考量，因为无法入定。在规则上，上班是拒绝这样的思考的，你只是一个打工者，而非决策者，甚至不能成为一个诗人或者画家去誊写你的意识形态。所有人都在制衡中销声匿迹却若隐若现，这让你无法安全。而另一方面，急着写东西的心火只会让文字变得浮躁，浮躁却自怨自艾，自怨自艾又产生新的思考却始终在太上老君的火炉里转悠没有丝毫朝气，不能沉潜一些心思去读读书，比如西塞罗，比如塞涅卡，比如歌德，比如傅雷，还有龙应台。

所以衰老是我最近一直在思考的唯一话题，因为看到电梯里人们都缺乏朝气，脸上法令纹抬头纹干纹眼角纹遍布，笑的时候比醉了都有力气，骂的时候又吴侬软语，最重要的是话题，不是天气就是小孩的尿布哪里买的，开的车好好坏坏，但是里面人的心态都是向上看却不可及。我一直在避免与之为伍，却不能和达·芬奇一样为了画最后的晚餐有勇气和乡野村夫共存而大隐于世出淤泥不染。

生活是一门考验耐心的形态，能活下来的人不多，能避免自大的人也不多，能坚持中庸之道并且相信自己能流芳百世的更少。有时候，转瞬即逝的能力并不好，因为你往往拥有的并非真正的能力，而仅仅是快速下结论的胆怯心灵。

衰老这个词汇已经被讨论了太多，无论是不锻炼和心气沉闷在身体上的表达，年纪轻轻就赘肉满身，十八个小时对着电磁辐射导致皱纹加重，还是平时缺乏有效交流而导致物理性精神的惰怠。带着这样的思维眼镜去看世界，高楼大厦下的，私车公车上的，白领衣冠里的，大多是这样的模式。正如以前在学校里想象的一样，不去适应就会灭亡，因为转动的机器不过是对于利益的驱逐，太多人来了，压缩了空气，于是每个人都小心翼翼，却看不到天，看不到雪山和大地。只记得，我要做好下一步，我要看到领导给我的勇气。

不适应就混着，那得先找个能混的地方，国企不错，或者你要被磨掉棱角，然后变得圆滑，或者，外圆内方。我觉得没有棱角的人生一定是失败的人生，但是作为生存技巧的没有棱角的性格，是可以接受的，但是不能时间太长，因为文字会失去灵气，就像才高八斗的谢灵运一样，四十多岁梦见仙笔飞逝，醒来大呼，江郎才尽了。

如今什么都在被物质化，比"世界是物质的"来得更物质，因为一切讲求控制，而自由意志作为一种信仰已经越来越弱了。没有价值的人生没有尊严，没有信仰的路径蓦然回首不过是碎片，这种物质化是天然存在的，但是却在如今被普及，并被冠以多元化的名义。我的意见是，一味接受必然最终投诚，电子商务的消费者，生产领域的小螺丝，还有就是生活中垂垂老矣的早衰人。所谓能工巧匠，在于心，能看得清世道，也能把握得住心中的小号角，无论再黑暗的白昼，也能打出自己的一声雷鸣，也能获得自己神清气爽的一声怒号，也就够了。

人的多元，在于脑子里看世界的方式不一样，而非说的内容不一样，也不是说的早晚的问题。关键是视角。

就像你不会去计较别人老了，却看到这种气质背后的人生结构，这或许会让你老得慢一点，但也到不了众人皆醉我独醒的层次。

还有一个我早上比较欣赏的事情，就是某个性化剃须刀O2O的建立，这是两个年轻人收购了德国1993年的剃须刀老厂，用天使投资的1.2亿元来建立全新的个性化剃须甚至理发行业的故事。也就在我们身边，2014年建立的品牌，然后十个月后就收购了1993年的老厂，融资1.27亿元，典型的"痛点营销"，我一看就觉得十分动人，也在淘宝看了一下，还真的有人买。他们在泯然众人的资本市场里看到的，是一个新的契机，并且在两手空空的情况下，真的做出了一些新的东西。所谓新的市场经济是创新经济，这一点绝对是真理。当你热血澎湃的时候，或许世界就变得动人得多，而非仅仅为了工资和生存，因为有一个高高在上的理念和希望在心里。

明白人早就知道，资本的核心在于人，知识只是通径，关键在于心境与眼界，甚至价值序列，甚至道德品质。

还是那句话，别泯然众人，时刻放一只眼睛，盯着自己，和自己爱的人。

当你钻入电梯的时候，切记去看着别人的眼睛，那也是一种无声的交流。

（《杭州湾新区导刊》2015年11月4日刊）

若有爱——观《陆垚知马俐》

世界上最碰不得的话题或许就是爱情，这种看似极乐的事情，却覆盖着太多的庞杂，纠缠与离别，怨憎与冷漠。每一个深入其中的人都可以成为滔滔不绝的哲学家，但是在这样的论辩中自己容易在那个黑暗世界陷入得越来越深，乃至最终混沌不清，亦逃脱不开。

索性艺术技巧的精妙让人可以重新领略爱情中片刻的美好，无论是憧憬与迷惘时候的引导，还是刹那火花之后的余温，总会让人唏嘘和温暖。

那些诸如《西雅图不眠夜》《爱在黎明之前》和《闻香识女人》这样的故事，总是让人在深夜回想的时候感觉到一丝希望和喜悦，也会渴望在生活中出现的不经意戏剧性点亮生活中的里程碑，让匆匆的一生至少可以有所证明，有些意义。

爱情之于生活，充斥着脚本的宿命论，却更多的是勾引出对于生活的希望与追求。在当下这个价值混乱的时代，人性仍旧展现着刚毅与执着，幻想着一切最柔软地方的美妙。虽然生活充斥着杂芜，现实冲击着细节，但是片刻的闪光足够为刹那的激情添彩。就像陆垚这漫长的对于马俐的等待，无端却始终依然，这种曾经正义的行为如今看起来如此荒诞不经，仿佛"二战"之后等待戈多一般，但是却依旧是最真实的内心独白，无论好与坏。

一、初见

一见钟情，六百万分之一的概率，稀缺的资源却不能被剥夺，于是会有六百万人为你的幸运欢呼雀跃，歌功颂德，这就是爱情的魔力。不知道有多少人曾经在年幼无知的时候心中默念那个午后阳光下的女神，在这样静谧的房间里，透过玻璃映入房间，于是看到了天使的降临。

是的，很多人都曾经有过，那种被光环包围着的形象，深深地印刻在心里，唤醒了自己都不曾知道的力量。但是时过境迁，回忆却如灰尘堆积，渐渐褪色和遗忘。

电影的开始，普通的不能再普通的两个人，最无知的冲动，只是幼儿园里的陆垚想保护马俐，因为这是世界上最美丽的人。电影并没有刻意去描绘什么，想必这样的冲动如今在冷冰冰的心之间已经变得奢侈。

儿童有最真实的人类的情感，并非社会塑造。撇去故事本身不说，这样的感情可以在儿童的交流中发现无数次。或许当下的社会学和心理学家会把爱情与性放在一起，但是最初的感情却是如此纯粹——保护自己认为最美好的事物，用尽一切力气，换回一切可能的完整。当世界依旧日升日落，可否想象，自己可以回到那个敏感而真实的自己，找到那值得用尽一切换回的感情，不需要算计与谋划，不需要技巧和言语，只是纯粹的一种内在冲动，一个眼神，一次奋不顾身。

这个片段让笔者回想了很久，因为一切的铺陈都缘于此。或许我们在编纂自己的历史的时候会遗忘很多细节，但凡是存在的必是恒久的。就像电影中的陆垚一样，一见马俐便误了终身，无论是再多的陈述和辩论都无法克服内心那点小小的激情和渴望，这样的故事听上去如此可笑，但是又切中了多少人内心的那块腹地呢。

二、错过

爱情的魅力，在得失分合之间的张力，求不得和得到之后害怕失去的恐怖，还有对于平凡和灿烂的抉择。我们在分分合合中变得冷酷无情，但是陆垚却始终坚持。

从幼儿园到大学到三十岁，这二十多年支撑陆垚的或许仅仅是等待一个不可能的结果。无论是大学时候的陪伴，还是马俐出国回归之后的召唤，陆垚毕业时候的表白不及，马俐回心转意时候陆垚的绝望错过。他们之间的感情就像说不清楚的对抗，堂吉诃德似的可笑，但是却又真实。

我们亦在重复着错过的道理，为了让自己在社会脚本之中站立得更为有力，于是变成了普通人，分分合合，重复无意义。很多人曾经去思忖当年如果把爱情变成一种修行，那么陪伴在自己身边的一定是最爱的那个人，经历了几十年风雨之后亦不会变。但是我们都没有耐心和远见，在自己最痛苦的时候选择坚持下来，无论是出于好心还是恶心。

细想起来，我们在几十年的时间里转换着多重身份，变成了世俗的功利人，依旧没有逃开生活的罗网。但是似乎每当想起最初的美好，遗憾和欣慰都会变成一种温暖，让死去久久的心又开始复活。爱情在生物学家看起来，只是八个月的多巴胺冲动，而在化学家看起来，似乎只是那么片刻的化学反应，但是只有真正活着的人，才会从内心去做最诗性的诠释，那些一往无前坚持到底的爱恋都会成为历史歌颂的对象，无论是罗密欧与朱丽叶，还是这个市井之徒陆垚，以及坠落人间的马俐。

三、重逢

大多数爱情便是如此，在离别之后不经意间重逢。只是在陆垚和马俐之间，重逢变成了内心的回归，这两个始终形影不离的人，面临着从朋友到恋人的转换，概率之低，可想而知。但是当激情消散殆尽，爱情变成纯粹的陪伴与感恩，似乎重逢也就水到渠成了。

正如开头所言，爱情是个讨论不得的话题，那些可怕的零件被拆分后，便是死气沉沉的因果，但是装配在一起，却是最动人的生命源泉。陆垚选择了等待，等待到自己也无法理解自己为什么等待，而在徘徊过多少张床和留恋过多少个人之后，马俐才发现，或许爱情也只能这样，就像陆垚做的那样，就像陆垚坚持的那样，哪怕那只是个空，但是空的恰到好处，把言语都撤除，刚刚好。

很久以前我曾经看过《When Harry Met Sally》(《当莎莉遇见哈利》)，这是《陆垚知马俐》的电影模板。但是两部剧的根本却是不同的，Sally 和 Harry 只是没有捅破这层纸，他们只是在延续一种爱情，而陆垚和马俐，却是在捅破多年之后，看着爱情流逝，用一种多年深知的温情回归了彼此的位置。

很多人都曾自问，在这个世界上我最爱的人是谁，大多数人似乎没有答案。曾经有过朋友羡慕那些爱人如己，热恋如火，却始终求之不得的人，认为他们把爱情当作了信仰，把一切变化出意义。这一切都是追求那一个不可知的重逢，无论是人也好，还是那一种当下的感觉也罢，一切的付出都会有意义，电影给了一个模板，却不刻板，现实中却依旧如此。

当我们用尽一切去追求内心的渴望，那么爱情的魂灵也会回归，那是一种让一切死寂恢复如初的力量，决定论者必不会理解，机械论者不会认同，但是却会让我们感动，让我们发现美和善良。

我们都在渴望，只是如今这些渴望都被写入了别人的故事，因此电影才可以大卖，爱意依旧冷淡。或许积极的意义是，在观摩了这样一部电影之后，感情在微笑之后重回到一种寄托之中。这种寄托驮伏着生命继续前进，就像远行大洋上看到灯塔一样。

爱情这个宏大叙事被解构之后，也重新回归了应有的诗性理念之中。必不能破和拆分的，是人类最原始的虔敬与欲望，那就是爱情。无论这个横流着欲与念的世界如何被剥夺，只需要一个眼神，一句诺言，一切都会恢复如初。

是爱。

一切价值，也就在此。

参　评论及其他

老叶的"黄金时代"

老叶本名叶常春，镇海人，家住南熏门。如果大家经常看《今日镇海》，副刊的"招宝山"三个大字就是他所写。老叶在镇海老年文化圈也算小有名气，书法爱好者，榜书"一支笔"，而如今，他又步入了文化养老的"黄金时代"！

相比如今大多退了休的老年人忙着养孙子，或者健身旅游，老叶选择了"文化养老"这条路。老叶对此颇有见地：养老这个事，就是一个推倒重来的过程。原本生活就是赚钱养家，后来事业有成了，儿女着落安稳了，又后来儿孙满堂了，人还得重新找找奋斗的点，给生活加把火。

看起来，这把火烧得挺旺的，耳顺之年重入校园，是决心，也是毅力。老叶践行了自己对于"文化养老"的理念，在笔墨黑白间找回了激情，在泼墨挥毫里走向远方，颇具气象。

人总有个青铜时代、白银时代、黄金时代。原以为退了休就是走向"青铜时代"了，可老叶偏不信，他说："冯更生说了，六十到七十岁是老年人的'黄金时代'，我信了，所以我就写书法，把精气神都写出来，字越来越挺拔，人也就越来越精神了"。

老叶并不是专业书法家，用他的话来说，兴趣是从父亲那里传下来的，父亲可以说是启蒙老师，但是真正投入到书法领域上，是从退休开始的。

老叶不可谓不是大器晚成，五年前他刚刚开始踏足书法，只是为了打发退休后的闲暇时光，却不想纸笔间那触碰出来的精气神却为他找到了真正的"桃花源"。

老叶的家中干净雅致，处处都透着文化气息，叶夫人和他，兴趣上各有所爱，生活上相濡以沫。叶夫人喜好园艺，家里的天台上日积月累也成了"花圃"。"她忙她的花花草草，我写我的字。"老叶对这样的关系颇感幸福。叶夫人说："他自从开始写毛笔，整个人都精神起来了，每天三四点起床，写三个小时书法，然后健身散步，回来继续泼墨挥毫。"老叶笑吟吟地看着夫人，有了夫人的支持，老叶的书法事业可谓蒸蒸日上。

所谓"字如其人"，老叶好写榜书，第一位榜书大家就是秦相李斯，写榜书的人大都有鸿鹄之志，领导之才。细细一打听，原来老叶退休前也是自己做老板的。

书法是"越写越有劲"，"文化精髓、家国情怀，都藏于其中。"老叶如是说。

在书法之路上越走越顺的老叶并没有满足于自己的现状，他决定去镇海老年大学进修，更上一层楼。

蒋小田、毛炳全、郑锡敏都是镇海书法界有名的老师，在书法传承上颇有经验和心得。老叶觉得自己的字光有精气神不够，笔力和技法上还漏洞颇多，于是前往镇海老年大学拜三位先生为师，不论风霜雨雪，坚持学问相合，上课认真揣摩意会，下课结合自己的理解与老师的技法，坚持练习。

讲到三位老师的时候，老叶的感激之情溢于言表："我上蒋老师两门课，毛老师和郑老师一门课，他们对我的帮助很大。我原来是自己琢磨，自己写，有了他们的指导，改正了很多以前写字上的问题。可以说，从进步到飞跃，靠的是老师的帮助，也离不开老年大学提供的平台。"

老叶的书法造诣可谓突飞猛进。五年来，他已经获得大大小小八个书法金奖，他还新晋了中国书法家协会会员，成为了名副其实的"书法家"。

往常，人有了成绩也就懈怠了。老叶一直坚持前进在通往"黄金时代"的路上。某日，一则刊登在《中国书法报》上的报名启事吸引了他，北大艺术学院招收书法兴趣爱好者，脱产学习，结业后可以拿到证书。老叶又有了新的目标。

"业精于勤，荒于嬉"，从爱上书法，到拜师学艺，最后到登堂入室，老叶用专注的热情和超人的毅力在短短五年内就完成了"三级跳"。

入学北大这样的荣誉，哪怕是到了年轻人身上都是很有"范"的。说到自己家出了一个"北大学生"，叶夫人十分骄傲，也十分欣慰，"这都是他自己努力获得的"。

老年大学的同学们也十分感叹："人家老了就老了，老叶人老心不老，现在还'老叶开新芽'，真好！"其实很多老年人学习，也就是图个消磨时光，老叶却不一样，他把当年拼事业的心，都放到了书法上，真正做到了"文化养老，书法养心"。

这有了志向，也就有了方向。即将步入耳顺之年的老叶心中，文化养老下"黄金时代"的模样正越来越清晰，而他的脚步也越来越坚定了。

（《今日镇海》2015 年 12 月 25 日刊）

叁　评论及其他

图书在版编目（CIP）数据

片屿集 / 樊中泳著 . —杭州：浙江工商大学出版社，2022.6
（镇海作家文丛 . 第三辑）
ISBN 978-7-5178-4961-2

Ⅰ . ①片… Ⅱ . ①樊… Ⅲ . ①散文集－中国－当代
Ⅳ . ①I267

中国版本图书馆 CIP 数据核字（2022）第 088877 号

片屿集
PIANYU JI
樊中泳 著

责任编辑	沈明珠	
责任校对	张春琴	
封面设计	宇　声	
责任印制	包建辉	
出版发行	浙江工商大学出版社	
	（杭州市教工路 198 号　邮政编码 310012）	
	（E-mail:zjgsupress@163.com）	
	（网址:http://www.zjgsupress.com）	
	电话:0571-88904980,88831806(传真)	
排　版	杭州宇声文化艺术有限公司	
印　刷	杭州良诸印刷有限公司	
开　本	710mm×1000mm　1/16	
印　张	106.5	
字　数	2145 千	
版 印 次	2022 年 6 月第 1 版　2022 年 6 月第 1 次印刷	
书　号	ISBN 978-7-5178-4961-2	
定　价	398.00 元（共 9 册）	

镇海作家文丛·第三辑

魔方女孩

史康美 著

浙江工商大学出版社
ZHEJIANG GONGSHANG UNIVERSITY PRESS

总　序

　　适逢宁波市镇海区第四次文代会召开之际,"镇海作家文丛"(第三辑)带着清新的墨香,和大家见面了。

　　镇海底蕴深厚、人文渊薮,为文学艺术提供了丰厚的创作土壤,文学人才辈出。进入新时代,文学氛围更加浓厚,创作成果不断涌现,有一定影响的一批创作人才脱颖而出。自镇海区第三次文代会召开5年来,已出版各类文学作品70余部。其中,3部作品获宁波市"五个一工程"奖、1部作品获浙江省"五个一工程"奖、1部作品获冰心儿童文学新作奖、1部作品获"宁波文艺奖"。

　　为迎接镇海区第四次文代会召开,进一步展示近年来镇海作家的创作成果,鼓励和扶持文学新人,镇海区文联于2021年启动了"镇海作家文丛"(第三辑)组稿工作,从20部申报作品中选取9部形成本辑。丛书以小说、散文体裁为主,其中有对镇海山水的细腻描述,对日常生活细节的敏锐捕捉,充分展现了镇海作家着眼时代、扎根生活、锐意创新的精神风貌。丛书的面世,有力推动了镇海文学事业的繁荣发展,也为镇海高质量发展建设共同富裕先行区提供了精神动力,为满足人民对美好生活的追求提供了智力支持。

　　2022年下半年,党的二十大即将胜利召开,我们将朝着全面建成社会主义现代化强国的第二个百年奋斗目标迈进。伟大复兴呼唤伟大作品,我们期待和相信每一位镇海作家,都能牢记文艺使命担当,勇立时代潮头,自觉承担起启迪思想、传播理念、凝聚共识的重任,与人民同呼吸、共命运,通过文学作品描绘新时代、新图景,讴歌真善美,传递正能量,充分开掘深厚而独特的镇海文化底蕴,彰显艰苦奋斗、勇于进取的镇海精神,讲好精彩动人的镇海故事,让更多人看到壮阔美好的镇海新气象。

　　是为序。

本书编委会

2022年仲夏

总
序

1

自序：文学的味道

每一片土地都有自己的故事，每一个讲述者都有自己的讲述方式，但并不是任何一种讲述方式都可以成为类型，这就是我对自己的作品的评价了。

宁波这座城市在无数人的心里闪耀着金光。改革开放以来，宁波进来了大批农民工，他们以各自的生活方式，生存在城市的每一个角落，总想让自己的小日子过出大味道。他们在酸甜苦辣中求得生存，他们渴求更丰沛的物质生活，制造了一个又一个底层群体烟火漫卷的故事。

我是从 20 世纪 80 年代中期开始，把笔触放进底层民众生活里的。于是，我的"底层创作与和谐社会"成了师友们关注的话题。四十年来，我始终把关注底层、关注民生融合在草根情怀温柔且明亮的底色上，这在我的上部作品集《拥抱阳光》里已经得到了体现。

社会在进步，生活在继续。中国历史上没有任何一个时代的政治、经济、文化等领域的发展，比得上当今时代。底层民众的生活面貌变化和对文化生活的需求，迫使我在创作时必须在底层叙事的社会时代意义和文学价值上重新认识自己的作品，让自己的作品进一步体现人文味道，更具有浓重的人道情怀，从而达到以优秀的作品鼓舞人的目的。我们宁波人不但在舌尖上讲味道，而且在对人和事的点评中，往往也会以"味道"一词定论。这样一来，我用"味道"视自己的作品成功与否也不是不可以了。我个人认为，只有思想深刻的作品，才是一部成功的作品，才能体现一个作家的良知和人文精神。几十年来，我一直在朝这个方向努力，欢迎大家对本书的 10 篇作品的"味道"进行品评，以便我在今后的作品里少出瑕疵。

我出生在 20 世纪 50 年代初，长身体的时候经历了自然灾害，生活艰难；少年时代目睹历史的动荡；插队落户在广阔天地，修炼意志；曾经工作过的工厂在企改浪潮中被淘汰。我和我的同龄人一直都在面对历史性时期的考验。我们都挺过来了，从记忆、成长、开始、结束，或者在重新开始中大家都发现了自我，从人生的视角肯定了自我价值，这大概就是我们这一代人的精神所在了。

饱阅人生，与欢乐的精神结缘，时光里总会有道风景。我把自己的影子和故事，把身边的人物和事件，把思想和情感统统放进作品里，在超越时空的叙事里，在尽善尽美的场景里，让人世间的爱与恨，苦与乐，成为一个特定时代真实而细腻的灵魂独白。这就是我创作的核心思想和人文精神了。我一直信奉文学是反映社会生活的，文学的价值在于思想与艺术的人类普适性。近十年，我在小说的叙事语言上做过努力，力求在宁波的传统文化中寻找符合地域特色的语言。读者可以在本作品集里，了解一些宁波地方语言的外壳及审美趣味，以共同探讨文学意义上的社会历史与文化的反思。

　　阅读和写作是一对孪生姐妹，我的创作从阅读开始。少年时代我为了买到《野火春风斗古城》这本书，截了母亲叫我去粮站买米的六角五分钱，遭到的惩罚是饿肚子一天。插队落户后，我是老农民眼里的书呆子，当我把辛苦攒钱购买的半导体卖掉，在知青屋办起了小小图书室的时候，我的举措成了青年农民的热话题。进入工厂后，我没有忘记阅读，到书店买书成了我节假日的快乐。我在八十年代初爆发了创作的冲动，由微型小说起步，作品多见于《宁波文艺》和改版后的《文学港》，宁波日报副刊《百花园》和改版后的《三江口》更是成了我成长的摇篮。从这个时候起我尝到了文学的味道，它也改变了我的人生，后来我成了一名新闻工作者。

　　宁波人讲宁波事，这是我正在努力的创作方向。四十年的创作生涯，柳荫树下有心栽花，有小说、诗歌、散文、影视剧本，全国及省市级的获奖作品不少。但我始终坚持把写作的重点放在小说上，因为小说在叙事过程中往往能让我在把握尺度、情节张力、人物塑造等方面的笔触直抵人心，这就是本合集出版的其中一个缘由了。2005年，我自费入读鲁迅文学院高研班，经过系统的培训，我让自己慢慢成为一个严肃而有社会责任感的作者，注重深入生活，把笔触放在善与恶的天平上，揭示人间困惑和精神需求，构筑自身的文学价值体系。譬如，《城里的星空》表现了新老两代农民工对文化需求的理解，以动人的细节勾勒出故事的戏剧性；《如果风雪不停》是篇伤痕文学，作品把一个教师在特定时期与命运的抗争，以及山村老汉的善良表现得淋漓尽致；《农民兄弟》讲述的是农民工在异乡遇到爱心的故事，全篇洋溢着满满的正能量，地方报纸连载后读者反响强烈，收到了较好的评价；《魔方女孩》的创作完全是受农民工女儿的影响。她是个想象力丰富的小学四年级学生，曾经问我，嫦娥为什么不回家探亲，是不是找不到回家的路了？她提问的时候手里总是不停地玩着魔方，这就启发了我对科幻小说《魔方女孩》的构思。

　　几十年来，我在好友的眼里是个作家，对于他们对我的抬举，我当是双手抱拳深表感谢。我还是把自己当成爱好写作的作者。这不是谦虚，半桶水的我不能淌得很，否则就对不起读者了。这辈子，我恐怕是放不下写作了。曾经的我，因为在创作的过程中遇到瓶颈而烦躁，也因为作品不能发表而苦恼。现在的我，把创作视为老年生活的精神支柱，与文友交流创作心得和探讨作品，就是我的老有所乐。多年来的创作生涯，让我懂得了一个道理，那就是写作不但要有作品，更要有人品，一个创作者要有做人的底线。以人品讲话比以作品讲话更重要，文学是写人的，写作的人首先要读懂自我，只有这样，才能让作品走向艺术高度和美学的层次。

文学创作的酸甜苦辣，普通人是难以咀嚼的，坚持创作更需要有恒心。镇海区文联编撰第三辑镇海作家丛书，我的中短篇小说集《魔方女孩》有幸入编，这是对我的鼓励和鞭策。这个集子收集的10篇小说，均为近十年来的代表作，所涉题材多为时代大背景下城乡居民生活的景象，从不同的视角，不同的创作风格，触摸底层人群的酸甜苦辣和对未来充满信心的勇气。作品所涉及的群体有教师、学生、农民、社区居民，写的都为我身边的故事，具有浓厚的生活气息。尤其是每篇作品的创作风格各异，时代脚步痕迹明显，见证了我在小说创作方面始终在探索中前行，老百姓的故事有机地容纳于小说艺术本身，既有强烈的现实感，也有对艺术近乎虔诚的追求。

第三辑镇海作家丛书将要出版了，我以创作心得为"自序"，同时感谢区文联的扶持和关怀。

我是一个文学创作热爱者，乃沧海一粟，"草根情怀""底层写作"是我的创作思想的基本概括；我的一生是体验文学味道的过程，我无怨无悔，我将继续以强烈的责任感与底层群体建立深厚的感情，用作品表达对和谐社会的追求。

希望《魔方女孩》能得到广大读者喜爱，并给以雅正。

史康美

2022 年 2 月

目　录

魔方女孩……………………………………………… 001

农民兄弟……………………………………………… 031

如果风雪不停………………………………………… 084

城里的星空…………………………………………… 149

山妹子………………………………………………… 184

兄弟姐妹……………………………………………… 192

洼洼地人物…………………………………………… 206

造孽者………………………………………………… 221

小米烟杂店…………………………………………… 238

三里河人家…………………………………………… 243

魔方女孩

1

一座城的存在，刚开始一定是美好的。时间久了，美好就会慢慢褪色，譬如我们的这座城市，正在由崭新走向堕落。这样的堕落是谁也不想看到，谁也不曾想到，谁都想以自己的力量去竭力挽救的。只是要挽救这座城市太难了，哪怕是采用尖端科学技术，动用成千上万的尖端人才也很难让堕落终止。那就力不从心地让堕落继续堕落，一直到一座城消失？

难道要挽救一座城于堕落中真的有这么难吗？我们找不到不让一座城堕落的方法？堕落是什么？不仅是走向毁灭。一座城定在某一个宇宙的实体里，城没了还有宇宙，宇宙没了怎么办？对我们来说，恐怕，这一切的一切都是前所未有的灾难。

当然了，我们还是得相信尖端科技。发达国家的尖端技术更新之快，往往领先于不发达国家几十年，甚至几百年。

我们的城市，是一个有着几千年历史的十分庞大的城市。这个城市叫A城，8888万人口，有多少动物可以忽略不计。人和动物是不应该合在一起统计的，尽管教科书里有人类进化的说法。这种说法绝对让进化过来的人心服口服，或者佩服得五体投地。人是人，人也是动物。动物是动物，动物也会是人。我们不是经常遇到动物和人之间心有灵犀吗？这么说来人和动物之间是有共同语言的。我们正在慢慢学着了解动物的语言，我们正在学着与动物打交道，我们正在让某些动物帮助我们解决人类不能破解的难题，某些动物自豪无边，甚至得意忘形。

我们曾经听到传说：2068年又将迎来地球末日。于是，我们必须从现在起不停地忙于A城的毁灭。我们时刻准备着，我们有足够的理由挺身而出与A城同生共死。

我们欣慰的是，全世界无论富贵还是贫穷，这一刻同生共死。然而，在离地球的末日越来越近的日子里，我们害怕了，害怕失去地球，害怕失去生命，害怕失去一座城的光亮，害怕失去生活的美丽。

我们每一个人都在努力寻找生的出口，或者生命通道。这个通道一定是另一个生命的通道。地球毁灭之前，我们将会安全地整体迁移于另一个宇宙中，也许会是月球。

2012年是地球末日。由于我们有巨大的向死而生的勇气，结果地球安然无恙。A城也安然无恙。幸运的是我们没有遇到灾难，也许是与灾难擦肩而过，也许是听到的传说是别有用心的家伙篡改后的谎言。A城的谎言太多了。A城的谎言会让人窒息。地球真的会有毁灭的一天吗？我们不知道。A城的堕落形形色色，我们现在才明白污染也是一种堕落。不是每一次的灾难都只会擦肩而过，所以我们必须继续做好逃离地球的准备。

逃离地球要有充分理由。不仅要用千万理由充实信心，还得有必需的具有创造性的条件。对于这个问题，A城的小豆芽似乎已经琢磨很久。

曾经，对于小豆芽，我们只是道听途说。那是一个被A城人称为中秋的晚上，一个我们谈说团圆的日子，我们在月亮里看到了小豆芽。

那个晚上，A城的所有人，A城的所有动物都看到了小豆芽。

小豆芽在月亮里唱着那首《月亮船》。

2

嗨，大家好，我是小豆芽。

我知道A城所有人，都在关注小豆芽正在实施的Q计划。

他们对我并不完全了解，说我是小学四年级女生，也有说是五年级的。但是，是四年级还是五年级，大家并没有想要追根究底。看来他们认为四年级或五年级不是很重要，知道小豆芽是A城某一所小学的调皮女生就行。

我承认自己调皮，更是个有野心的女生。小豆芽要用野心打通地球与月球的通道：一条前所未有的通道；一条人类能由地球走向月球，且来去自如的星光大道；一条代表人类尖端科技，能自由遨游太空并在某一个宇宙安家落户的幸福大道。

这个野心来自梦想，这个梦想来自幻想。我幻想在不久的将来，人类能在月球上建立一个美丽的家园。

哈哈，小豆芽你是痴人说梦了吧？奇迹也许从梦话开始。A城人一定是向往奇迹发生的。他们为了一个小豆芽，为了一个说梦话的调皮女生，找遍了A城十五所小学的学生档案，根本没有小豆芽这个名字。于是，他们思考小豆芽是不是存在于A城，是不是存在于地球，是不是只是某个宇宙上的某一个符号。但是，他们相信自己的感觉，他们相信在自己生活的城市里确实有个叫小豆芽的女生！我知道他们一定没有放弃查找我的下落，他们一定认为我就住在A城的某个角落。

我的确去过月球，那是一次客串。小豆芽在那次的客串中唱的是人人皆知的《月亮船》。小豆芽发现自己的歌声在星河里荡漾，星星闪烁。小豆芽感到不安的是自己的歌声惊动了Ａ城的每一个人，还有森林里的动物。小豆芽是Ａ城第一个在月球做客的女孩。我当然知道，Ａ城人都向往到月球做客，甚至希望在月球上有一个属于自己的新家园。他们好像对Ａ城厌了，他们是在讨厌空气污染。他们会把月球比作制氧的森林，空气清新明亮；他们也会把Ａ城比作沉闷的气罐，让一切枯萎，甚至窒息；他们已经有了离开Ａ城的打算。

我终于发现我的歌声从月亮里流淌出来，绕过星河，奔走宇宙，然后在地球Ａ城落地。小豆芽的一曲《月亮船》让Ａ城发生了变化：Ａ城像一个巨型魔方在旋转。它旋转的方向没有规则，甚至完全有可能和某个宇宙碰触，或者被太空吞没。Ａ城旋转了，88万人自然会同步旋转，还有无数的动物。尽管如此，他们还是能够看见天上的流星雨，划出一道道弧线，就是不知道它们毁灭于何处。Ａ城的人，或者动物，越来越相信传说中的神话了。神话里的人物是月亮里的嫦娥、吴刚、玉兔，现在却多了个不知天高地厚的有野心的调皮的小豆芽。

月亮里的小豆芽，有小巧灵动的身姿。

巨型魔方般的Ａ城旋转的时间不长，大约十分钟后，恢复了原状。

Ａ城所有的人，齐刷刷地仰望月亮，双手合掌，似乎在心中祈祷；一个叫孤岛森林的地方，动物们似乎不知道什么是安分，它们因为兴奋而上蹿下跳，为小豆芽的歌声而狂热。森林的某个制高点上，有只孤独的小灰兔，抱着Ｘ字母魔方，它的表现比任何狂热者都出色，它竖着长长的耳朵，在默默聆听歌声的同时若有所思。

当然了，我知道小灰兔的心思。因为小灰兔的Ｘ字母魔方是小豆芽给的。尽管我记不清是在哪年哪月哪日的承诺了。我说："小灰兔你可要好好地配合我们的计划。"我又说，"小豆芽姐姐一定会让你见到月亮里的小玉兔的。"

小灰兔可高兴了，身子一蹦，跃进我的怀里，然后问："姐姐，你真好，真能让我见到小玉兔吗？"

我抚摸着小灰兔，笑盈盈地说："一定能，只是时间问题。"

小豆芽连自己也不清楚为何要信口开河。小灰兔爬上小豆芽的肩膀，在她的脸蛋上亲了一口，还是问："时间是什么东西？"

小豆芽说："时间在你的魔方里，只要你有耐心，奇迹就会出现。"

我送小灰兔礼物的那个夜晚，没有月亮，也没有星星。Ａ城漆黑一片，孤岛森林也漆黑一片。

漆黑一片的城市在太空中飘移。

漆黑一片的森林也在太空中飘移。

它们都有各自的自由体。小豆芽和小灰兔相约在Ａ城的某个角落见面。

这个时候，宇宙的某个角落传来了热烈的掌声。小豆芽被掌声感动，她希望小灰兔的掌声与众不同。

此时，小灰兔仍在某个制高点上，它并没有给小豆芽的歌声鼓掌，而是在热烈的掌声中不停地旋转 X 字母魔方。

3

今天是周日。

我们 A 城没有双休日。

我今天肯定要出一趟远门，这是昨天晚上计划好了的事情。这个远门不远，只是我没有完全的把握能找到小灰兔。我当然知道要找到小灰兔得先找到大土豆，因为只有他才知道小灰兔藏在哪个角落。

我和小灰兔见过面，给它送去了 X 字母魔方。我不记得那一次见面的地方了，也许是在某个森林的偏僻的山冈上，也许是在 A 城的某个角落。大土豆提醒过我，他说你们一定要约定好下次见面的准确地点。我一直以为自己是个聪明的女孩，结果在与小灰兔分别时，把大土豆的提醒抛在了脑后。待我想起大土豆的提醒，且要和它约定下次见面的准确地点时，小灰兔已经跑得无影无踪了。我必须为自己的冒失或者把大土豆的提醒当作耳边风负起责任，我必须在大土豆面前承认自己的错误，我必须让大土豆知道我已经离不开他的帮助。

大土豆是一个男生，也是我实施 Q 计划的同谋。如果没有大土豆的帮助，Q 计划将会寸步难行。

A 城有好多角落。我也在 A 城的一个角落。角落与角落有着颜色的区别，就像 A 字母魔方的某一个角落，和无数个某一个角落。

A 城的某个小学，某个科学教室里有两幅头像照片。肖像权属于小豆芽和大土豆。照片是彩色的，也会变成黑白，和某个教学楼前的笑面墙一样。笑面墙上是某个小学的学生。他们的笑容天真烂漫。笑面墙高十米，宽二十米，喷绘制作。一百张照片，一百个笑脸。

科学教室是宽敞的，大小犹如学校的风雨球场。小豆芽和大土豆的照片，二十寸大小，悬挂在最醒目的位置。如果哪一天 A 城漆黑一片，他们的照片就会自动折叠起来，科学教室也会自动折叠起来。折叠起来的科学教室，像是一本《十万个为什么》。

小豆芽出门之前，是要给自己做一番精心修饰的。女生嘛，总得如此。我一直认为精心修饰是要在自己的小天地里进行的。当然了，爸爸妈妈一定不会反对他们的女儿出门之前在闺房里做一次细心的打扮。我的小天地说小也小，只有十五平方米左右；我的小天地说大也大，四壁的涂鸦是月亮、星星、宇宙。

如果某个夜晚，A 城漆黑一片，闺房里就会出现奇妙的景象：涂鸦的月亮是月光明亮，涂鸦的星星是星光闪烁，涂鸦的宇宙是浩瀚神秘。这个时候，书桌上的地球仪会自动旋转。书架上陈列的二十六个魔方，飘移于空间且不停地旋转。当地球仪旋转的速度由慢变快时，魔方旋转的速度也由慢变快。如果幸运，小豆芽一定会站在地球仪上，随着旋转的速度越来越快，她会从一扇窗口翩翩而出，遨游太空。

我的家并不在A城的某个角落，而是在A城的某个高处。A城中心地段的某处小区，清一色的十八层楼，清一色的国风建筑，唯有一幢八十八层高的楼犹如鹤立鸡群，欧美风格，为A城独一无二。

小豆芽的家就在八十八层高楼之顶端。高入云霄的八十八层高楼被A城人称为摩天大楼。小豆芽可以打开家里的任何一扇窗户，随手攀摘月亮和星星。

我的书架上除了科幻书，就是魔方。我的闺房里没有像别的女孩那样的数不清的大大小小的娃娃，甚至生活里也缺少了女孩的气息。但可以肯定的是我的确是个乖女孩。小豆芽原来有二十六个魔方，按英文二十六个字母排列，现在少了一个X字母魔方，一个A字母魔方。

X字母魔方交给了小灰兔，A字母魔方交给了大土豆。小豆芽用的是P字母魔方。我们要用我们的魔方启动和实施Q计划。大土豆是我的同谋，小灰兔也是我的同谋。

我在出发之前，不能忘了带上P字母魔方。如果没有P字母魔方，就会找不到大土豆，找不到大土豆就意味着找不到小灰兔，找不到小灰兔就不能实施Q计划。

小豆芽把P字母魔方小心翼翼地放进自己的红色双肩书包中。

我家的客厅平淡无奇。墙上的电子钟，秒针分针准确地合在一起，钟声轻轻地敲响了，早上7点到了。

客厅里，我的爸爸和妈妈正在用早餐。餐桌上另有一盘早餐在静候主人，这个主人一定是小豆芽了。小豆芽的早餐是两个鸡蛋，一杯牛奶。我慢悠悠笑眯眯地走到客厅，顺手拿过牛奶咕噜咕噜喝了几口，又顺手从餐盘里拿起两个鸡蛋，就要出门。

我用早餐的过程没有与往日不同。

"小豆芽，你给我站住！"妈妈像是意识到了什么，说，"今天是周日，你干什么去？"

回答妈妈的是我轻轻的落门声。妈妈不知道我在出门前向爸爸做了个鬼脸。

小豆芽妈妈一定又要唠叨了。小豆芽妈妈的无数次唠叨是越来越不奏效了。

"你看看，这就是你的乖女儿，她一定又是去找同谋了！"

妈妈是在对爸爸说话。爸爸依然默默地用早餐，他自然是不想和太太闹不愉快的。

小豆芽妈妈一直在暗暗琢磨，她早就怀疑小豆芽爸爸和女儿是一伙的。

"我看你的女儿是走火入魔了。"小豆芽妈妈又喋喋不休了，说，"什么Q计划，不好好读书，如果再这样下去，将来别说考上重点中学，能不能进普通中学都是个问题。"

小豆芽爸爸终于开口，说："女儿的那首《月亮船》的确唱得不错。"

哎哟，我的妈呀！小豆芽妈妈的眼睛快要冒火了："我说张三你说李四，你对小豆芽如此放任不管，是存心要害了女儿啊！"

4

在我们的眼里，小豆芽体形瘦小，属于苗条型女生。说她真的成了一个小豆芽，倒也比豆芽粗壮一点。

今天小豆芽的着装是白衬衫，红底黑线条方格子外衣，裙子也是红底黑线条方格子。我们Ａ城所有的人都知道，小豆芽穿的是某一所小学的校服，我们Ａ城所有的人还知道，Ａ城十五所小学的校服不是统一的。这样也是对的，如果Ａ城的校服清一色，就有麻烦了，老师会找不到自己的学生，家长会找不到自己的孩子。

小豆芽那细细的眉毛是妈妈给的；小豆芽聪明灵动的大眼是爸爸给的；小豆芽瓜子形脸盘，浅浅的酒窝，是在妈妈的子宫里自己创造的；小豆芽白皙而细腻的肤色是爸爸妈妈的共同特征。

电梯升降的速度惊人，有超越上海东方明珠塔电梯升降速度之势。这样的升降速度一般人恐怕难以承受。我从八十八层楼下来，到底层的时间不多不少刚好十秒。

我出了电梯，走在小区径道上。我知道我又让妈妈生气了，我更知道我又让爸爸受了委屈。我高兴的是爸爸的心理素质绝对能抗衡妈妈的无休止唠叨。

现在，小豆芽爸爸和妈妈一定是在八十八楼的某一个窗口俯视，在他们的眼里，女儿的身影是那么渺小。

我与往日一样，渺小的身影穿过小区里的公园。我像是一只蚂蚁飞奔在原始森林。森林里的小动物是熟悉小豆芽的，它们都会变换着身姿很有礼貌地和我打招呼。

"嗨，小豆芽，早上好……"

小豆芽自然也得礼貌回应："嗨，小精灵，早上好……"

窗口，小豆芽妈妈问小豆芽爸爸："你听到了什么没有？"

小豆芽敢断定，他们在窗口俯视的时候，妈妈已经停止了唠叨。

"没有啊！"小豆芽爸爸回答小豆芽妈妈，"怎么，你听到了什么？"

"好像是女儿在和谁打着招呼。"小豆芽妈妈似乎不太肯定。

这个时候，小豆芽爸爸观察到了小区公园上空有一群鸟儿在盘旋。鸟儿色彩缤纷，鸟儿渐渐放大，叠出一片森林公园。

森林公园在一束一束的阳光中旋转，又旋转出Ａ城的车水马龙。人行道上出现了一个背红色书包的女生。

我走在人行道上。我不知道自己是怎么走出小区公园的，又是怎么走出小区大门的。我们的小区以八十八层高为傲，取名"摩天小区"。

小豆芽必须放慢脚步，因为她得向路人打听怎么才能找到大土豆。

"阿姨，你知道我怎么才能找到大土豆吗？"

被称为阿姨的是个衣着时髦的长发女郎，她对我的询问感到有点莫名其妙，摇摇头表示无可奉告。

"老爷爷，您好，您知道我怎么才能找到大土豆吗？"

老爷爷戴着一副金丝边眼镜，笑呵呵地问："大土豆是谁？"

我问自己，小豆芽啊小豆芽，今天你怎么了，有你这样找你的同谋的吗？

小豆芽回答老爷爷："大土豆是我的同谋。"

老爷爷说："什么同谋？"

"Q计划的同谋。"

"什么Q计划？"

"这个……这个……"

这个时候，衣着时髦的长发女郎已经悄悄返回小豆芽身边。

"老大爷您不知道A城有个唱《月亮船》的女孩吗？"长发女郎说，"她就是那个女孩。"

老大爷终于想起来了，说："噢，对了，是你！难怪看到你那么面熟，你在月亮里唱过《月亮船》。"他又不解地说，"你说大土豆是你的同谋，难道你们有什么阴谋？"

金丝边眼镜大爷的"阴谋"一词，吸引了众多路人。他们都是来看热闹的，他们一定认为有了重大新闻。

小豆芽的眉头挤出一个"川"字，老爷爷怎么能随便用上"阴谋"一词呢？难道是措辞出了问题，这样会让我感到非常痛苦的。

我本来是不想在公众场合随便透露我们的Q计划实情的。但是，我不想让老爷爷误解我们的Q计划是一场阴谋。小豆芽的确尴尬了。小豆芽想，我为什么把大土豆说成自己的同谋，措辞是否出了问题？大土豆啊大土豆，你为什么要把你自己说成小豆芽的同谋？我为什么也跟着说你是我的同谋？

小豆芽说："老爷爷，不是阴谋，是Q计划，是一项科学实验的计划。"

"不是阴谋是Q计划。"金丝边眼镜大爷笑眯眯地问，"你能告诉大家，科学实验的核心内容吗？"

"这个……这个……"小豆芽终于又一次感到为难了。

金丝边眼镜大爷，或者衣着时髦的长发女郎，或者众多路人，他们的神情是那么的温柔和慈祥。他们根本不知道小豆芽的同谋在哪里。他们知道了小豆芽有个同谋叫大土豆。他们一定在怀疑科学实验也许是个骗人的幌子，现在的孩子是越来越不像话了。他们温柔和慈祥的神情发生了变化，眼神里出现了无数个疑问。

我从来没有遇到过这样的场景。我的眼神一定是无辜的。我既紧张又害怕。我多么希望大土豆出来解围，为我们的Q计划解围。

大土豆，你在哪里？

这个时候，P字母魔方在小豆芽的红色书包里躁动不安。

5

小豆芽的红色书包的拉链口出现了一道口子。P字母魔方试图从这道口子里蹦出来。

P字母魔方的举动，被眼尖的长发女郎发现了。长发女郎围着书包转了一圈，又转了一圈。金丝边眼镜大爷发现长发女郎有什么不对劲，用手指推了推下滑到鼻梁上的眼镜，问道："哎呀，美女啊，你这是干什么？吓唬孩子还是吓唬我们？"此时，P字母魔方终于从书包仅有的一道口子里挣脱出来，越过我头顶时，发出了色彩缤纷且刺眼的光环。

行人，所有的行人，看到了别样奇景。他们一直没有离开小豆芽，把小豆芽围得水泄不通。他们在为奇景兴奋。

P字母魔方在包围圈上空不停地旋转，又不停地变换姿势。我把双臂伸向半空。这个魔方似乎是我抛出去的，现在我又要把它接回来。

我的P字母魔方一会儿变大，一会儿变小。魔方变大的时候像我们的摩天大楼，高楼下所有的人密密麻麻；魔方变小的时候像一枚手指，众人像路边的梧桐树一样高大。随着P字母魔方的光环渐弱且消失，魔方轻轻落地。它，突然跳出众人的包围区，沿着城市的主车道蹦去。此时此刻，所有的人都听到了A城所有车辆的紧急刹车声。

紧急刹车声响彻云霄，惊动了孤岛森林。孤岛森林像是遇到地震一样不停地摇动，林间的每一束阳光都在颤抖。大大小小的动物慌忙逃窜，它们一定认为人类给它们带来了前所未有的灾难，甚至是毁灭性的。

A城的主车道上，所有的车辆停靠在道路两边，给P字母魔方让出前行的道路。

P字母魔方在主车道上越跑越欢，它与紧跟后面的小豆芽始终保持着一定距离。一群路人也和小豆芽保持着一定距离，领头的是金丝边眼镜大爷和衣着时髦的长发女郎。

摩天大楼。小豆芽的爸爸妈妈在八十八楼的某一个窗口瞭望。他们谁也没有说话，神情紧张而严肃。他们预料自己的女儿将会在实施Q计划的同时，惹出惊动宇宙的大事，甚至会是一场大祸。

小豆芽的爸爸妈妈更害怕的是女儿将会毁掉摩天大楼，毁掉A城，毁掉宇宙，成为千古罪人。果然如此，摩天大楼也开始了地震般的摇动，伴有令人恐惧的墙体裂开的声音。他们已经意识到，必须赶快找到小豆芽，阻止她与同谋见面。他们仿佛听到了撕心裂肺的人类遇难的惨叫声，看到了森林里大小动物正在慌乱逃窜，或者一个个掉进地裂的陷阱里。

　　这个时候，孤岛森林里的那一只小灰兔，没有慌乱逃窜，好像所有的恐慌都与它无关。它高高地坐在一棵松树的杈上，若无其事地玩着 X 字母魔方。

6

　　A 城的一条主车道上，P 字母魔方在继续蹦跳。小豆芽感到放心的是它正在放慢前行速度，也许是累了，也许还有其他原因。

　　我与 P 字母魔方的距离在慢慢缩短。我与跟随在后面的一群路人的距离在渐渐拉长。我知道这个时候金丝边眼镜大爷已经力不从心，他一定被衣着时髦的长发女郎搀扶着前行。后面的一群路人和他们一样，已经不是在小跑，而是迈着坚定的步伐行走。他们刚开始是有笑容的，后来没有了笑容。没有笑容并不是说他们要半途而废，没有笑容是因为他们坚定的步伐不允许他们分散注意力。因为他们必须看到 P 字母魔方到底要去什么地方。

　　与此同时，孤岛森林里的大小动物排着长队前行。它们似乎很有秩序，它们为头顶上空的一群鸟儿护送。它们浩浩荡荡地走向森林的某一个出口。它们要去 A 城的某一条主车道。

　　小灰兔是故意掉队的。它必须坚守在森林里。它依然在一棵松树的树杈上，只是不再玩 X 字母魔方，而是抱着魔方呼呼大睡。它的呼噜声是轻微的，鼻孔里呼出一个个金光闪亮的 X 字母。越来越多的 X 字母在小灰兔周边旋转，叠化出一轮月亮船，小灰兔在月亮船上抱着 X 字母魔方呼呼大睡。

　　小豆芽的 P 字母魔方，蹦到了某十字路口中心。它原地蹦了几下停止前进。停止前进的还有小豆芽，以及小豆芽后面的一群路人，他们之间仍然保持着一定距离。

　　P 字母魔方在原地发出了色彩缤纷的光环。突然，光环里出现了呼呼大睡的小灰兔。X 字母魔方从小灰兔怀里掉了下来，它与 P 字母魔方开始碰撞。小豆芽瞪大了眼睛。一群路人也瞪大了眼睛。

　　小豆芽和一群路人一样，等待新的奇迹发生。

　　小豆芽认为，A 城的奇事太多了。小豆芽可以肯定在他们中间，有不少人窃窃私语，或者思考，城市里出现了这样的奇景，不知是好兆头还是坏兆头。

　　P 字母魔方与 X 字母魔方碰撞出了一片灿烂，大约持续三十秒，慢慢消逝。正当小豆芽前去抱小灰兔时，小灰兔蹦出光环逃窜，小豆芽欲追。这个时候，小豆芽听到了同谋大土豆的声音。

　　那声音像是远在天边，又像是近在眼前。

　　"小豆芽，没有我的帮助你是追不到小灰兔的，不然我就不是你的同谋了。"

"大土豆你坏蛋，为什么躲我？！"

"我没有躲你呀，你难道真的忘记了，你手里的P字母魔方是干什么用的吗？"

"啊！我忘了吗？"小豆芽说，"我是真的糊涂了吗？好吧，我现在就旋转P字母魔方，你可一定要出现呀！"

我小心翼翼地把P字母魔方捧了起来。我知道只要旋转魔方同谋就会现身，他是一定能够帮我找到小灰兔的。

小灰兔真是坏透了。小豆芽想，我刚才已经看到它了，却又让它逃脱了。

小豆芽在旋转魔方的时候，后面的一群路人自行慢慢退去，也许他们都知道只要自己手里也有一个魔方，就可以像小豆芽一样操作，就可以知道小豆芽他们正在实施的Q计划，或者是一个秘密，或者是一个游戏，或者是一个幻想。

我不知道这A城，有多少人在幻想一个奇迹的出现。也许，只有魔方才能回答这个问题。

小豆芽看着身后的一群路人，他们一半离开了队伍，多为戴眼镜的中老年人。小豆芽知道他们是为魔方而去。现在的问题是他们几乎走遍了A城的文具商店、新华书店、超市、小商品市场，令人失望的是不但没有买到魔方，而且所有的营业员都很谦虚地告诉他们，她们根本不知道A城有叫魔方的玩具。

小豆芽继续在旋转P字母魔方。我的魔方我做主。我让P字母魔方闪烁灿烂光环。我为自己拥有二十六个字母魔方而自豪。小豆芽要让P字母魔方发挥力量了。然后发生的事情是，魔方灿烂闪烁的光环里出现了小豆芽。我随光环升腾。

我升腾，我俯视，我看到。A城汽车喇叭声四起，主车道又是车水马龙。所有的交通井然有序，所有的繁华井然有序。

八十八层高的摩天大楼停止了摇晃，像是地震已经过去，像是海涛恢复了平静。

孤岛森林里，大小动物正在抱团亲吻。它们似乎在欢庆灾难已经离去，唯有小灰兔抱着X字母魔方，继续在树权上呼呼大睡。

7

我们A城有不少肯德基店面，它们一般坐落在某个街口，或者某个繁华地段。

这里是离摩天大楼三公里处的某繁华地段。在某肯德基一角，我们的座位临窗，或者临街。我们是小豆芽和大土豆，我们是女生和男生，我们是主谋和同谋，我们是野心者、梦想者、幻想者，我们的存在是虚的、实的，虚虚实实。

我和大土豆面对面坐着。我的P字母魔方十分安静，乖乖地躺在桌子上。我们的桌子上除了我的P字母魔方，再就是珍珠奶茶，一杯是我的，另一杯是大土豆的。某肯德基好像除了三个打工的服务小姐，只有我们女生和男生。打工的服务小姐脸上总是带着笑容。她们的笑容甜蜜、灿烂。某肯德基是有轻音乐的，是《月亮船》。

我用吸管吮了一口奶茶。大土豆也用吸管吮了一口奶茶。然后，我们抬头相视一笑。在小豆芽的眼里，大土豆体大眼小。大土豆没有穿校服，是一般的男孩子便装。小豆芽没有问他为什么不穿校服。大土豆眼睛更小的那一刻一定是傻笑的状态；他的傻笑就像他的身体一样笨重。他的笑声有点细声细气的，像一个腼腆的女孩。大土豆的体胖与他的细声细气是一种先天的错误，往往是阴差阳错。

"你把小灰兔藏在哪里了？"小豆芽终于问道，"刚才小灰兔的逃跑是不是你在作怪？你是知道的，我们不能没有这个小东西。"

大土豆的神情里，似乎透着天机不可泄露。

"你不是已经见过它一次了吗？难道没有告诉你第二次见面的地址？"大土豆说，"你可知道要见到小灰兔有多难吗？"

"我当然知道，不然我就不会找你这个同谋了。"

"刚才跟在你后面的一群路人是你带来的？"

"没有啊，不过……我怀疑他们是不是也想加入我们的 Q 计划。"

"不会的，他们关心的是门门成绩一百分，将来进入重点学校。"

"也许你是对的。"小豆芽又吮了一口奶茶说，"你说如果以后我们真的能在月球上生活，家长还会盯着学分不放吗？"

大土豆也吮了一口奶茶，傻傻一笑说："我想他们一定会有所改变。"

我在想：如果将来月球上全是我们 A 城的人，就完了，那些家长一定还是会盯着学分不放的。

大土豆似乎一眼看穿了我的心思。"怎么？你在表示怀疑，难道他们真的很难改变了吗？不是说人的生活环境能改变人的生活态度吗。"

P 字母魔方开始不安分了。随着魔方的不安分，两杯珍珠奶茶轻微摇晃起来。小豆芽连忙用双手按住 P 字母魔方，于是珍珠奶茶也停止了摇晃。

大土豆说："你的 P 字母魔方一定看到小灰兔了。"

小豆芽说："那我们赶快去找呀！"

我们走出了临街的某肯德基。我终于看清楚了原来这里是 A 城的某个闹市区。高楼林立，车水马龙，行人如织。

我用双手旋转 P 字母魔方。魔方在旋转中又出现了一片灿烂。女生和男生被一片灿烂包围。我们随着光环慢慢越过高楼升空，渐渐远去，消失在天边。

与此同时的孤岛森林。小灰兔仍然坐在松树的树杈上，这时它没有呼呼大睡，它在专心致志地旋转 X 字母魔方。它的魔方同样在旋转中出现了一片灿烂的光环。于是，大小动物奔走相告，森林里又开始热闹起来，它们自觉不自觉地来到松树下翘首仰望，似乎在等待奇迹的发生。

小灰兔慢慢地被圈进灿烂的光环中慢慢升空，像一个断线的风筝，越过森林朝东南方向而去，大小动物以各自的姿势快步紧跟，当它们气喘吁吁地奔到森林出口处时，却见小灰兔驾舟而去，它们望洋兴叹，垂头丧气。

这里是 A 城的某个小学。

小豆芽和大土豆终于想起，他们曾经是这里的学生。

现在，小豆芽和大土豆发现科学教室里空无一人。学生们本来应该在这个教室里上科学实验课的，我们不知道科学教室为什么会空无一人。不会是已经取消了科学实验课吧？我们对自己的疑问感到无聊。

小豆芽和大土豆的二十寸彩照正在慢慢缩小。然后，缩小了的照片出现了光环，他们的笑容出现在渐渐放大的光环里。

忽然，教室里出现了强烈的电磁波，光环消失。照片恢复了原状，他们在各自的照片里眨着眼睛。

我们制造了一种声音，一种沉闷的对话声，像是来自另一个宇宙。听上去像是两个百岁老人的声音。

"大土豆，这是什么地方？"小豆芽问道。

"我们的科学教室啊！你忘了？"大土豆说。

"哦，是这样啊！小灰兔也是这里的学生？"

"不是的，它在孤岛森林。"

"那我们为什么不去森林，到这里干什么？"

"你呀，真是老了，想问十万个为什么吗？也太啰唆了吧。"

"我好像觉得记忆里，第一次和小灰兔见面的地方不是这里的啊。"

"你呀，健忘症了。"

突然，科学教室打开了一扇门，出现了一条通道，从模糊到清晰，没有尽头。原来这里是一个学校的科幻长廊，悬挂着一幅幅儿童科幻画，轻雾在长廊里缭绕，悠扬的古筝声平添了几分灵动，轻雾开始变得色彩缤纷。这里仿佛成了人们向往的美丽仙境。

小豆芽回到了现实，说："大土豆，你快看，找到了，找到了。"

"小豆芽，这只是你的幻觉，没有小灰兔的密码，是看不到嫦娥姐姐的。"大土豆同样回到了现实。

小豆芽似乎有些丧气，埋怨说："小灰兔也太坏了，拿了我的 X 字母魔方就开始躲我，太不仗义了吧。"

大土豆笑了，说："也许它还没有破译通往月球的密码。"

"五十年了，五十年的时间还不够吗？它当时拿着我给它的 X 字母魔方保证过，"小豆芽似乎很有信心，"2068 年前一定能破译通往月球的密码。"

"现在是 2018 年，还有五十年啊。"

大土豆咯咯地傻笑起来，说："小豆芽，你从科幻长廊里看到了什么？"

"我们的科幻画呀！怎么了？"

"我好像看到了小灰兔，它在长廊的角落玩 X 字母魔方。"

"这个小东西，怎么老是贪玩呀。这样下去，再过一百年都破译不了我们要的月球密码，走，找它去！"

"让我好好想想，它是不是真的在科幻长廊里，但愿不是幻觉。"

科学教室墙上的电子钟，正准备秒针、分针、时针三针合一，当然是 12 点了。这也是一个自动报时的电子钟，钟面要比小豆芽家客厅里的大二十倍。

秒针在一秒秒向 12 点靠拢。十秒、八秒、六秒……

突然，小豆芽高声说："大土豆，还在犹豫什么？！12 点科幻长廊会自动关门的。"

大土豆又是咯咯傻笑。

三针合一前的最后一秒，科幻长廊开始慢慢自动合拢。此时，科学教室里出现了两道弧光，闪进了那道厚重的铁门里。

12 点报时声与沉闷的关门声融合在一起。

<h1 style="text-align:center">9</h1>

孤岛森林里搭起了一个露天舞台。这种露天舞台 A 城也有，要么是大型文艺活动，要么是某商家搞促销活动。当然了，活动的规模有大小，舞台也是有大小的。

森林舞台，没有 A 城大型文艺活动的舞台那么大，也没有商家搞促销活动的舞台那么小。森林舞台因地制宜。

舞台周边的所有树木上，都挂满了美丽的鲜花。大小动物井然有序，正在静静地等待演出开始。

有几个小猴子手持木棍，臂佩写有"保卫"二字的红袖章，它们承担了现场的安全保卫工作。长颈鹿是摄影师，脖子上挂着一台小型摄像机，它一会儿聚焦舞台，一会儿聚焦观众，像在做正式摄录的准备，看来它是个很有责任感的家伙。担任音控师的小老鼠，在音控键上跳来跳去，像是在调节音色。看来，和我们 A 城的演出活动一样，每一个工作人员都有责任感和团队精神。

舞台一边的那棵小树上挂着木牌，上面工工整整地写着：儿童情景剧《玉兔密码》。

化妆间是用木排和树叶搭建的。扮演嫦娥的小狐狸、扮演吴刚的小黑猪、扮演玉兔的小灰兔，正在聚精会神地听着担任导演的小孔雀说演出时的注意事项："刚才演出的注意事项，已经对你们讲得很清楚了，演出马上就要开始，你们再检查一下各自的服装。"

"小孔雀导演，我们知道了。"一字一句，声音洪亮。

这时，担任主持人的小乌龟轻轻撩开用树叶编制的化妆间门帘，伸出长长的脖子，嗲声嗲气地说："小孔雀导演，可以开始了吗？"

导演小孔雀很干脆地说："开始吧。"

森林里响起了清脆的金属铃声。那是演出开始的预备铃，一长二短。在观众们热烈的掌声中，主持人小乌龟手持无线话筒，摇摆着身子闪亮登场。

小乌龟先是向大家行礼，然后说："朋友们，大家好，孤岛森林专场演出现在开始，本次登场的是小狐狸、小黑猪、小灰兔，请大家再次以热烈的掌声表示欢迎！"

音乐声起。

小狐狸、小黑猪、小灰兔以各自的姿势出场。伴随它们登场的是一片淡淡的彩色云雾，舞台上叠出了人们传说中的月亮里的广寒宫。

扮演嫦娥的小狐狸，用妖娆的姿势在抚古筝，是《月亮船》的曲谱。一曲终了，余音绕梁。扮演吴刚的小黑猪在一旁拍手，感叹："轻淡闲愁，绕指醉我，千年独步，捻净相思。"

"嫦娥"叹了口气："回眸一笑醉了千年，那又何必苦苦执着。"

扮演玉兔的小灰兔在一旁咯咯笑了一阵："吴刚大哥，你又自讨没趣了吧。"

"吴刚"并没有显得尴尬："去，去，去！就你话多，不给你喝桂花酒了。"

"玉兔"说："不给就不给，我还真讨厌喝桂花酒了，害得我差点忘了……"

突然，"嫦娥"打断了"玉兔"的话，说："我交给你的任务进行得怎么样了，也有五十年了吧，怎么没有进展？"

"玉兔"竖了竖耳朵，似乎很有自信地说："嫦娥姐姐，你放心，我已经发现有一只小灰兔，正在用 X 字母魔方破译人类通往月球的密码，我估计你回家乡探亲的日子应该不远了。"它想了想又说，"我梦到过 X 字母魔方，小灰兔的 X 字母魔方是一个叫小豆芽的女孩给的。她好像有一个叫大土豆的同谋，他们正在实施一个计划，关键问题是至今小灰兔还没有用魔方破译出通往月球的密码。"

"好，好，编，编，小玉兔你编的故事真是精彩。"

"吴刚"在一旁拍手，也许是对玉兔的讽刺。

此时，广寒宫里出现了彩色光环。

光环旋转出了森林舞台，观众热烈鼓掌。掌声里全是一个个闪亮的问号。

10

小豆芽终于发现，或者看清楚，在某学校的科幻长廊里，大约有一个班的学生。每个人手上都有画板。

他们很守课堂纪律，乖乖地坐在小木凳上。他们在用水彩笔画月亮、星星、宇宙，还有嫦娥、吴刚、玉兔。他们不知道传说中的嫦娥、吴刚、玉兔是长什么样儿的，所以只能按照自己的想象画画。

我和大土豆，想要在学生中间找到小灰兔。我们认为小灰兔一定躲在科幻长廊里。

　　"小朋友，你看到过小灰兔吗？"小豆芽挨个问着，"它是你们学校的不速之客。"

　　在学生们的眼里，我和大土豆不像是学校里的学生。甚至有学生用怀疑的目光，误把我们当成来自外星的游客。

　　"我们学校没有小灰兔啊！"很多学生都是这样回答的。

　　"哦，刚才好像是看到有一只小灰兔在那边玩魔方。"有一个学生终于想起来了，指了指长廊尽头。

　　但是，当小豆芽一眼望去时，长廊尽头却是云雾一片。

　　突然，有一个长辫子女生站了起来，她的着装和小豆芽一模一样。只是她是苹果脸型，小豆芽是瓜子脸型。

　　长辫子女生看了看我和大土豆，她似乎认识我们，又似乎感到陌生。她问道："哎呀，你们怎么把科学老师的话忘了啊，只要闭上眼睛静待十秒，要找的人就会出现在面前。"

　　"班长你说错了，小灰兔哪是人啊，是动物呀！"另一个女生纠正她的措辞。

　　哈哈，小豆芽终于知道了，原来站在自己面前的长辫子女生是这里的班长。

　　"你就是李晓霞同学吧？"小豆芽笑嘻嘻地问道。

　　"嗯，你怎么知道我的名字，我们认识吗？"

　　大土豆插嘴说："我们认识你，你怎么会不认识我们呢？你仔细看一看我们，再想想科学教室里的两张照片。"

　　"哦，"长辫子女生闭上眼睛说，"让我想想。"

　　班长的举动引起了同学们的兴趣。他们甚至怀疑李晓霞同学也有特异功能，真是深藏不露呢。于是，所有的同学都放下画板站了起来，他们瞪着眼睛静静地等待，想知道眼前的两位不速之客到底是谁。

　　李晓霞头上出现了光环。突然，她睁开眼睛，正要用双手抱住光环时，光环像一只气球往长廊尽头方向飞去，她追了上去，整个身子像是行走在太空中。

　　此时，科幻长廊变成了课堂，同学们正在聚精会神地听一位老者讲述宇宙的奥秘。这位老者戴着一副金丝边眼镜，小豆芽和李晓霞同桌听课，都在认真地记着笔记。她们的笔记本与众不同，每写一个字都会发出点点星光。

　　李晓霞跟随光环飞进了科学教室。光环像气球一样在教室四壁碰撞了几下，然后像肥皂泡一样消失了。这个时候，李晓霞站在教室中间环视四周，由于科学教室的庞大，她的身子似乎显得十分渺小。

　　"小豆芽同学，快出来，躲在这里干什么？"李晓霞对着小豆芽的照片说。

　　李晓霞的声音像是在一个庞大的迷宫里，回音层层叠叠。

　　小豆芽终于出来了。但是李晓霞并没有看到她的人影，因为出来的只是她的声音。

"班长，我没有躲你呀！你可以问大土豆的。"

"我为什么要问大土豆？"

"因为他是我的同谋。"

"你们躲在这里干什么，是不是因为找不到小灰兔闭门思过？"

"没有啊，我的班长。"

"小豆芽，我以班长的名义告诉你一个好消息，小灰兔在我们学校科幻长廊里，刚才有同学看到它在玩魔方。"

"哦，这个我知道，它手里拿的是 X 字母魔方，是在帮我们破译通往月球的密码。"

"那么说，小灰兔也是你们的同谋了？"

"也可以这样说，因为它比我们更有灵性。"

"科学老师不是早就让我们取消这个实验吗，你们怎么还在继续？"

"因为我在梦里见到过月球上的小玉兔，它说只要能让小灰兔破译密码，嫦娥姐姐就可以用密码解开通道回家乡探亲了，我们也可以沿着通道去月球旅行了。"

这时，科学教室四壁出现了墙体裂开的声音，接着有人说："小灰兔都要跑了，你们还在这里啰唆什么！"这声音像是讲述宇宙奥秘的老者，又像是大土豆，也许是小灰兔自己。因为发出的声音是经过处理的抖音。

科幻长廊里，同学们在继续等待李晓霞。突然，李晓霞睁开眼睛，她对小豆芽说："哦，我知道你是谁了，你是我的同桌小豆芽是吗？"她又面向同学们，指着小豆芽，"大家还记得吗，她就是我常对你们说的，那个有野心的小小科学家小豆芽。"接着又说，"你们有谁知道小灰兔去哪里了，一定要告诉我们的小小科学家，好吗？"

"好。"

一片热烈的掌声后，同学们坐了下来，他们不再画画，而是或窃窃私语，或托着下巴仔细回忆和琢磨小灰兔的去向，仿佛他们原来是见过小灰兔的，只是一不小心让它溜了。他们的头顶上出现了一连串问号，整个科幻长廊飘动着大大小小的问号。

突然，有女生举手说："报告班长，我想起来了，小灰兔在玩魔方时说过一句话，它一定是去那里了。"

"什么地方？"

"好像……好像……哦，对了，是孤岛森林。"

11

孤岛森林。

演出正在继续，掌声一阵接着一阵。

担任安保的几只小猴子，早已忘记了自己的责任，或在树杈上，或在大象的背上观看舞台上的演出。

　　长颈鹿仍在不停地工作，它要把舞台或观众最美的镜头摄录下来。

　　长颈鹿又把镜头对准了舞台。演出的场景换到了广寒宫外，有一棵千年不老的桂花树。扮演吴刚的小黑猪头枕双手在桂花树下呼呼大睡，它的身旁放着一把木锯和一个倒在地上的酒瓶。那是一个装桂花酒的瓶子。扮演玉兔的小灰兔悄悄出场，手里拿着一株狗尾巴草，猫腰来到"吴刚"身边，用狗尾巴草戏弄"吴刚"的鼻子。

　　"吴刚"好像还在梦境里，用手拧拧鼻子后，转了个身梦呓："明月几时有？把酒问青天。不知天上宫阙，今夕是何年。"

　　"玉兔"笑了笑，用双手摇着"吴刚"说："大哥，大哥，你怎么老是偷懒，这样下去桂花树到何年何月才能锯掉啊！"

　　"吴刚"说："桂花树没了，喝不了桂花酒。"他坐了起来，揉了揉眼睛，继续说，"小东西，你来干什么，嘴馋了，想喝桂花酒？"

　　"玉兔"说："什么桂花酒！我是来请教问题的，魔方是什么东西？"

　　"魔方……魔方……魔方……没听说过，你也太古怪了，怎么会想到问这个问题？"

　　"吴刚"被"玉兔"问倒了，自然显得有些尴尬。

　　"玉兔"神秘地说："我是来告诉你一个秘密的，地球上有只小灰兔，好像几千年前我们是一家人，它正在破译人类通往月球的密码。"

　　"密码？密码是什么东西？"

　　"你怎么连密码也不懂，笨死了！难怪嫦娥姐姐说你是只笨猪。"

　　"等等，等等，你让我想想，我是不是真的很笨？"他摸着脑袋停顿了片刻说，"哈哈，我不笨，想起来了，嫦娥姐姐要回家探亲是不是也要有密码，这个密码是你在破译，对吗？"

　　"吴刚"接着重重叹了口气，说："你说姐姐现在是不是后悔当初吃错了药？什么地方都可以去，偏偏要飞到广寒宫来，唉，一足失成千古恨哪！害得我们也只能每天苦苦守在她身边，有家难回。"

　　此时，从广寒宫里飘出一阵古筝声，"玉兔"说："嫦娥姐姐一定又在想家了。"

　　这个时候，舞台下爆发出一浪浪高呼声："回家！回家！回家……"

　　高呼声惊动了森林里所有的鸟儿，它们很有秩序地排成队形，在现场低空盘旋，它们在用不同的鸟语高呼。这时一团彩色的光环从天而降，轻轻地闪进森林。

　　光环在一处高坡轻轻落地，在光环消失的同时出现了小豆芽和大土豆。

　　我们似乎对孤岛森林有点印象，只是不知道是什么年月的事了。我们随同弧光再次走进了孤岛森林。我们祈祷能在孤岛森林找到小灰兔。

　　森林里怎么有个露天舞台？小豆芽自言自语："大土豆，这是什么时候的事啊？"

　　大土豆说："找到了小灰兔不就全知道了嘛。"

12

在我们的眼里，孤岛森林的夜空与A城没有什么不同。

月光柔和，星星闪烁。在森林的一块高坡上，小豆芽和大土豆抱着膝盖安静地坐着。我们仰望着星空和皓月。

森林是寂静的，偶尔能听到猫头鹰"咕咕咕"的叫声。

大土豆说："小豆芽，其实现在你应该在月球里唱《月亮船》。"

"为什么？"

"因为按照农历计算，今天是八月十五日。"

我"哦"了一声，拿出书包里的P字母魔方，说："大土豆，你说小灰兔不会失约吧？"

"不会的。"大土豆似乎很有信心。

"那它怎么到现在还没有来呢？当时我们就应该直接闯进演出会场。"

"当时小灰兔不是正在舞台上吗？我们总不能影响了它们演出。再等等吧，这次不怕它溜了。"

"要不是有科幻长廊里那个班长的帮助，我们恐怕一下子还真找不到小灰兔呢。"

"现在的问题是，那个小东西是不是已经破译了密码。"

它们的那台演出，怎么会和我们实施的Q计划内容一样。小豆芽又说："除非那个小孔雀导演也在实施和我们一样的计划。"

"等会儿问一下小灰兔不就知道了嘛。"

这个时候，小灰兔兴冲冲地蹦出森林，又沿着一条山道朝高坡上蹦来。大土豆眼尖，看到了坡道上的小灰兔。

突然，大土豆猫腰一把将我拉进草丛，还没有等小豆芽弄清楚怎么回事，他朝我"嘘"了一声，轻声说："小东西来了。"

我顺着大土豆手指的方向，伸脖子遥望，果然是小灰兔一蹦一跳地朝约定的高坡走过来。小东西呀小东西，你终于出现了，看你等会儿怎么向我交代！如果真的是你把我们的秘密透露给了小孔雀导演，我不但要收回X字母魔方，打死你的心都有。我甚至可以向A城的动物法庭告状，起诉小孔雀导演和小灰兔合谋，剽窃人类科幻秘密。

小灰兔一蹦一跳地来到高坡上，小心翼翼地东张西望。然后轻声轻气地叫着："小豆芽，小豆芽……"见没有回应，又开始叫："大土豆，大土豆……"它当然不知道我们是故意和它玩躲猫猫。于是，小灰兔自言自语起来："是不是小乌龟传错话了，或者弄错了地址？"

小灰兔拍了拍脑袋，竖起耳朵，又把小乌龟的传话细细回想了一遍。

演出结束谢幕后，小灰兔和小狐狸、小黑猪一起在后台卸妆。主持人小乌龟大摇大摆地走了进来，说："小灰兔，有个叫小豆芽的女生找你，约你晚上到高坡上见面，还说不见不散。"

小狐狸在一旁笑了，说："嘿，小灰兔你也太厉害了，竟然有女生找你约会，什么时候带来让我们瞧一瞧啊？嘻嘻……"

小黑猪插话说："一定比我们高家庄的女人漂亮吧？"

"去去去，你们说什么啊！我们只是同……"小灰兔连忙刹住了嘴。

于是，小乌龟、小狐狸、小黑猪它们开始哄笑。小灰兔还真是有点难为情的样子，问小乌龟："她是怎么找到你的？"

小乌龟伸着脖子，瞪大眼睛说："我哪里有时间见那个女生啊，是担任安保的小猴子跑过来叫我传话的，它一定是见到你的那个女生了，哈哈……"

正当小灰兔怀疑小猴子在撒谎戏弄它时，灵敏的耳朵告诉它，小豆芽和大土豆正在慢慢向它靠近，它甚至已经闻到了他们的气息。

突然，小灰兔立地转身，倒是把我和大土豆吓了一跳。它像一个犯了错误的孩子，乖乖地站在我们面前，似乎在等待我们的教训，或者惩罚。

<h1 style="text-align:center">13</h1>

月光，森林，高坡，开阔草地，"夜光石"。

小豆芽和大土豆，抱着膝盖坐在草地上。小灰兔乖乖地坐在我们面前，手里抱着 X 字母魔方。小灰兔在等待小豆芽的审问，或者惩罚。

我的同谋把头托在膝盖上，一个劲儿地朝着小灰兔傻笑。小灰兔是有时间去想一个问题的：大土豆一定是在笑我那么愚蠢，竟然不知道逃跑，甚至乖乖地前来受训。

小灰兔这样想的时候并没有认为自己有什么过错，它认为自己必须在小豆芽面前有问必答，实话实说，做个诚实的小灰兔。

等待的时间也够长了。我就是用眼睛盯着小灰兔不说话。我的眼睛一直在发光，似乎要穿透小灰兔的心思。现在小灰兔唯一要做的是保持镇静，虽然它的身子仍然在微微颤抖。但是，它瞪大眼睛，依然在静静地等待。它不怕大土豆的傻笑，就怕小豆芽用耐心折磨它。

我终于开始问话了。我直了直腰背，我的耐心还是有限。小豆芽不想对小灰兔太过分了，毕竟小灰兔在实施 Q 计划的过程中有着举足轻重的作用。只是，我还是以居高临下之态。

"小东西，我问你！"我一脸严肃，出语似有雷霆之威，"你为什么要把我们的 Q 计划透露给小孔雀导演？"

我的问话把小东西吓坏了。小灰兔战战兢兢地说："我没有，天地良心，我

魔方女孩

没有透露半个字。"

"那为什么你们的那台演出，和我们实施的Q计划一样？"

"这个……这个……我也不知道，也许……也许小孔雀导演也在实施与我们相同的计划吧。"

"我知道你去过A城，为什么要在十字路口逃跑？"

"我……我不是故意的，如果你的背后没有一群路人，也许我不会逃跑。"

"你逃跑后，是不是去了我们学校的科幻长廊，为什么又要逃跑，不到科学教室去等我？你是知道的，那里是我们的基地。"

"我是想去那里等你，但是你们的那些同学一个个都不理睬我，只是一个劲儿在画画。我是想去科学教室等你，但是小孔雀导演给我发信息，必须在二十秒之内返回森林参加演出，否则它要把我驱逐出森林，我不想成为流浪者。"

"小东西你可想好了。"我当然不认为小灰兔在撒谎，可我还是说，"今天你必须得实话实说，不然，我有权力开除你，收回X字母魔方。"

"我刚才也是这样想的，你得相信我，如果我有一句谎话天打五雷轰！"

大土豆终于要插嘴了。他先是一阵傻笑，接着说："天打五雷轰惩罚的是撒谎的人，对你不管用。"

"这个……这个……让我想想……"

"什么这个那个啊，不用想了，他是逗你的。"小豆芽也笑了，"我要你破译通往月球的密码，还是没有进展吗？你是不是贪玩了，还是X字母魔方失去了魔力？"

"没有啊，你的魔方是有魔力的，我已经发现了一串数字，并把它存在魔方的数据库里，也许Q计划很快就要成功了。"

小豆芽和大土豆异口同声："什么数字？"

小灰兔拿起X字母魔方，轻轻地旋转。魔方渐渐放大，出现了蓝色屏幕。屏幕里有一行行数据在往上移动。小灰兔用手指点击了其中的一行，画面出现了数据库字样。小灰兔又用手指点击数据库，数据库中跳出了一个个光环，光环里有阿拉伯数字，也有字母。光环通过自动排列后，出现的是排列后的数据TT206808015，大约停顿了三秒钟，出现了线条状的翻滚。线条叠出彩色云雾，渐渐显出了广寒宫，里面古筝声声。随着悠长琴韵，飘出了嫦娥抚琴而歌的声音："柳烟随风，步步锦绣，一里不同天，年年有十五，今朝明月今日歌，数不尽思乡之情。"

14

科学教室里，小豆芽、大土豆，还有小灰兔都枕着双手躺在地上。P字母魔方和X字母魔方也安静地躺在他们身边。他们仰望着教室的彩色顶棚，似乎都在琢磨同一个问题，那就是TT206808015是串什么数字？

突然，小豆芽翻了个身，坐了起来，自言自语："我想起来了，有一次我在梦里好像也见过这样的数字，哦，对，是 206808015，数字前面没有字母 TT。"

大土豆和小灰兔也坐了起来。

大土豆说："小豆芽，真的吗？"

小灰兔可高兴了，一边蹦跳一边拍手，说："真的，真的，一定是真的！"

我终于想到了那个晚上，在我的闺房里发生的事情。我说："那个晚上大概是深夜时分，我在梦里见到了月亮里的小玉兔，它就在我的房间里玩魔方。"

小豆芽说："我不知道它是什么时候到我房间的，我看到它时，它已经把书架上的二十六个魔方拿了下来，它把魔方当成积木搭，像是要把它们按照字母顺序搭成宝塔形状。那个时候我坐在床上，笑眯眯地看着小玉兔。宝塔，搭了，倒掉，搭了，倒掉，有十几次，最后成功了。小玉兔看着自己的杰作，好像在想什么问题。X 字母魔方里飘出了一串数字，它拍手蹦跳起来，这串数字就是 206808015。"

这个信息太重要了，把大土豆激动得往小豆芽的脸上深深亲了一口。我开始糊里糊涂了。我在糊里糊涂时看到小灰兔在一旁手舞足蹈，说："大土豆难为情，大土豆难为情……"

小豆芽没有糊里糊涂到底。小豆芽被大土豆突如其来的举动惊呆了。我睁大眼睛紧紧地盯着同谋，我的眼神里似乎有一种让对方感到恐惧的愤怒。

尴尬，大土豆是必须尴尬的。大土豆是不是已经清醒，为什么要对小豆芽如此无礼，难道只是因为太激动了吗？我想，除此之外应该没有另外的理由 TT。

小灰兔不再蹦跳是有理由的，它知道大土豆闯祸了。完了，完了，怎么能对女生如此呢！就是在动物世界里，也不能如此随便的啊！小灰兔甚至想，自己可不可以在一旁幸灾乐祸，它马上又否定，万万不可！尽管大土豆总是莫名其妙地嘲笑自己，让它胆战心惊。小灰兔认为自己能这样想是对的，毕竟大家都在实施 Q 计划嘛。它庆幸自己没有幸灾乐祸，否则痛苦的不仅是大土豆，也许也会给小豆芽带来更多的不好意思。

我收回愤怒。我认为必须收回愤怒。我的脸蛋没有丝毫受损。我要让大土豆和小灰兔感到出乎意料。小豆芽用手背擦了擦脸，又擦了擦脸。小豆芽擦去了污染，擦去了红晕，擦去了火辣辣。接着，小豆芽朝大土豆露出了一种友好的微笑，一种什么事情都没有发生过的微笑。微笑是甜甜的。大土豆笑了，笑容里或多或少还有尴尬。小灰兔也笑了，又开始了快乐的蹦跳。

现在，科学教室里传来了音乐声，通往科幻长廊的门，正随着音乐节拍缓缓打开。教室的彩色顶棚上，出现了一道彩虹，它没有像一座拱桥一样高高地挂在蓝天上，而是像海上的波浪一样轻轻起伏。正当我们仰望顶棚上的彩虹波浪的时候，从科幻长廊里传来了一片欢呼声，一群学生挥动着鲜花鱼贯而入，领头的正是班长李晓霞。

"小豆芽同学，祝贺你和你的同谋找到了小灰兔！"李晓霞的笑容十分灿烂，她把鲜花献给了小豆芽。

我在接受李晓霞鲜花的时候，大土豆和小灰兔也在接受同学们的鲜花。科学教室里热闹非凡，祝贺声久久不息。

"安静，安静。"在大家狂欢到极致的那一刻，科幻长廊里走来了一位戴金丝边眼镜的老者。拄着拐杖的老者说："请大家保持安静……"

老者似乎要用高喊声阻止同学们的狂欢。不过，他的脸上始终保持着一种喜悦的笑容。这位老者就是曾经给大家讲述宇宙奥秘的李老师，同学们在背后一直叫他"问题"老师，因为他在讲课的三十五分钟里，差不多有二十分钟时间是在向学生提问。

15

在我们眼里，科学教室成了阶梯教室形状，有一排排整齐的椅子。

同学们正在认真听课。说大家都聚精会神也不准确，倒也有几个做小动作的调皮男生。

小豆芽、大土豆坐在第一排，小灰兔坐在他俩中间。

讲台上，李老师戴着一副金丝边眼镜。他每讲一段，就会拄着拐杖在讲台上来回走动几步，似乎在告诉所有的人，自己应该离开讲台了，力不从心了，要回家养老了。只是他又不得不继续在讲台上，协助同学们完成"玉兔密码"的破译工作，因为它关系到 Q 计划的实施，关系到 A 城，关系到人类的未来。

这次讲课的内容不是宇宙的奥秘，李老师上宇宙奥秘课时头头是道。这次李老师要讲述一个"魔方女孩"的故事。学生们的四周坐满了家长，家长们一定是奔着"魔方女孩"的故事来的。和家长们坐在一起的还有外来的听课老师，听课老师也一定是奔着"魔方女孩"的故事来的。

在小豆芽的思想里，这堂课融合了两层意思：一是家长开放日，二是科学公开课。

"好，我在讲'魔方女孩'的故事之前，先请大家看一段录像片。"李老师用鼠标点击了讲台上的电脑。黑板一边的银幕上出现了画面和音乐声。现场的照明灯关闭。

画面渐渐放大。银幕上出现了森林舞台演出的一段录像。

我和大土豆都知道，这段录像是被李老师剪辑过的，时间从原来的两小时压缩到了十五分钟。十五分钟里阶梯教室鸦雀无声。录像播完后，照明灯又亮了起来。讲台上的李老师咳嗽了几声，又咳嗽了几声，眼镜闪着反光朝全场绕了一圈。为什么要这样呢？也许是想从大家的目光里，收获一份应有的尊敬，也许不是。

果然，不出学生们所料，李老师又要向学生们提问题了。当之无愧的"问题"老师。这样一来，李老师听到了下面的窃窃私语声，有学生的，有家长的，有听课老师的，他们一定是在怀疑录像片的真实性，甚至在想"问题"老师是不是早就应该离开讲台了。

"谁能说说这段录像是谁拍的？"李老师提出的问题实在简单。

"校园电视台拍的。"有个男生说。

"李老师拍的。"有个女生说。

"小记者拍的。"有几个学生异口同声。

李老师笑了。他的笑容似乎有点怪怪的，他说："同学们，你们的回答正确吗？"

这一问，可把大家问倒了。同学们的头上飘出了一个个问号，难道这样的回答错了吗？那么正确的答案是什么？家长们与听课老师们又一次窃窃私语，他们一定认为，这样的公开课也太有意思了。现场的每一个人都目不转睛，他们在等待正确答案。

"正确答案是……长颈鹿拍的。"李老师没有在大家面前卖关子，也许他认为在场的每一个人，都不会知道答案会是如此。

"啊，长颈鹿？……"全场爆出一片惊讶声，所有的人都表示不可思议。

"安静，安静，大家安静！"李老师用双手示意，接着又说，"其实，我要讲的'魔方女孩'的故事已经开始，下面我请一位同学来回答你们要提出的问题，大家可以放开思路随便提问，包括家长和听课老师。"

"小豆芽同学，请你走上讲台，和大家一起分享你正在实施的 Q 计划，大家欢迎！"

在热烈的掌声中，小豆芽笑眯眯地走上讲台，然后说提问开始。

"你认为长颈鹿真的会拍录像吗？"第一个提问的是班长李晓霞。

"真的，我亲眼所见。"

"怎么能证实你所说的，有证人？"

"有，大土豆。"

"录像是在哪里拍的？"

"孤岛森林。"

"孤岛森林在哪里？我们可从来没有听说过有这样一个地方，你怎么会想起到那里去？"

"去找小灰兔，和大土豆一起。"

"是坐汽车还是轮船，或者是飞机？"

"什么都不是，我靠的是魔方的力量。"

"可不可以让大家看一下你的魔方？"

"可以，请小灰兔帮我把魔方拿出来。"

小灰兔从小豆芽的书包里拿出 P 字母魔方，用双手往空中一抛。小豆芽闭上眼睛，伸直双臂摊开双手迎接 P 字母魔方。

P字母魔方的运行有自己的轨迹。它离开小灰兔的手掌后慢慢腾空绕场几圈，速度越来越快，在大家的视线里仿佛是某一个星球来的飞碟。谁也不知道P字母魔方已经绕了几圈，也许有人数过，只是有点含糊了。大概是最后一圈了吧？魔方在放慢速度的同时，出现了色彩缤纷的光环。光环轻轻飘进小豆芽的手掌，然后消失，现出了P字母魔方，全场响起了热烈的掌声。

我把捧在手上的P字母魔方高高举起。"我就是依靠它的力量去孤岛森林的，"我说，"在那里找到了小灰兔，还看了一台演出，看到了长颈鹿在拍录像。所以我可以证明，李老师的答案是正确的。"

全场又一次响起热烈的掌声。小豆芽把P字母魔方小心翼翼地放在讲台上。在这一过程中，李老师一直坐在讲台边的椅子上打着瞌睡。看来李老师的确老了，的确力不从心了，的确可以回家安享晚年了。

"小豆芽同学，"听课的女眼镜老师提问，"听说你正在用魔方实施一个破译'玉兔密码'的Q计划，能在这里给大家透露一下核心内容吗？"

"这个……我得征求一下同谋们的意见。"小豆芽朝大土豆和小灰兔笑笑，"如果他们同意的话，也许可以透露核心内容的一部分。"

这个时候，打瞌睡的李老师醒了，或者他是在装睡。他以一种似醒非醒的朦胧状态伸了一下懒腰，他的举动似乎在暗示小豆芽什么。不过，在场的所有人心里已经明白，小豆芽一定不会再继续回答听课的女眼镜老师的提问了。

小豆芽在回答听课老师提问的同时，她爸爸妈妈的脸部表情一直处在紧张状态，如果不是李老师伸了一下懒腰，或者暗示什么，他们不会露出笑容。

16

李老师继续讲课。他的自信全在笑容里，他在课堂上肯定了我们正在实施的Q计划。他认为这个计划，对人类将来走向月球是十分有意义的，哪怕实验失败。

失败是成功之母。

李老师最后说："刚才有听课老师问小豆芽，是否可以透露Q计划的核心内容，其实到今天为止我可以这么说，这一切在A城已经是公开的秘密。"

接着他又说："大家应该都知道嫦娥奔月的传说，下面我想继续请小豆芽同学走上讲台，由同学们回答她的提问，你们说好吗？"

"好！"学生的集体回答声，让全体家长和听课老师都露出了信任的笑容。他们似乎相信这些学生就是科学的未来，创造人类奇迹的未来。只要从小打好知识基础，梦想也可以从幻想开始。

我又一次走上讲台。我把随手带的P字母魔方，小心翼翼地放在讲台比较醒目的位置。

这一次，李老师没有在讲台边的椅子上打瞌睡，而是坐到了小豆芽的位置上。

这样一来，倒是让大土豆和小灰兔有点不自在了。李老师坐下后摸摸小灰兔的头，它笑眯眯地感到有点不好意思，转而朝大土豆做了个鬼脸，接着就学大土豆一本正经端坐。

"你们有谁知道，嫦娥为什么会在月亮里？"小豆芽开始提问了。

同学们齐刷刷地举手，尽管大家举手的姿势不一。

"请李晓霞同学回答。"小豆芽说。

"嫦娥因为偷吃了丈夫羿的仙丹才飞到月亮的。"

"好，下一个问题，嫦娥的家乡在哪里？"小豆芽继续问。

这下可把大家问倒了，同学们开始交头接耳，家长和听课老师也在交头接耳。

突然，小灰兔在下面说："哦，我想起来了，好像……好像是在一个叫明月山的地方。"

"回答正确。"小豆芽首先为小灰兔鼓掌，跟随而来的是全场热烈的掌声。

"下面请大家先听一段录音，大家可得听仔细了，因为我是要提问的。"我没有像李老师那样按动鼠标，而是拿起放在讲台上的 P 字母魔方，轻轻旋转了一个角度，此刻科学教室里出现了一个女声，音质甜美。

"根据神话史诗记载，明月山为嫦娥当年奔月的地方，后来人们就把明月山作为嫦娥的故乡。嫦娥自从偷吃了丈夫羿的仙丹飞到月亮后，在清冷月宫里，她很是后悔。尽管有吴刚和玉兔相伴，却时时想念家乡明月山，她希望自己能在某年的中秋回家乡探亲，向丈夫羿说声对不起。她要诉说飞往月亮并不是自己的本意。但是，嫦娥一直找不到回家的路径，只有耐心等待玉兔破译密码。可是，玉兔又必须得有小灰兔的配合，才能完成嫦娥交代的任务。"

女生的播音结束。全场不再是窃窃私语，而是叽叽喳喳一片嘈杂，他们一定在怀疑，"玉兔密码"真的能了却嫦娥回家乡探亲的心愿吗？看来，宇宙世界的未来将越来越精彩了。

小豆芽在讲台上不停地用手示意，希望大家保持安静。这个时候，李老师离开座位，慢悠悠地走向讲台，然后说："大家安静，大家安静……"

接着，李老师笑眯眯地轻声对小豆芽说："你回到座位上去吧。"

"看来，大家对'玉兔密码'的基本情况已经有所了解，希望大家对小豆芽他们正在实施的 Q 计划给予支持。"李老师咳嗽几声又说，"下面，我们请小灰兔上台，让它讲一讲 X 字母魔方的秘密和破译密码的情况。"

全场没有一丝掌声。李老师孤掌难鸣。但是，小灰兔还是蹦到了讲台上，首先很有礼貌地向大家鞠躬，接着说："大家好，我是小灰兔，来自孤岛森林，也许你们已经知道我和小豆芽他们是一伙的，或者说是同谋，但是希望你们相信 X 字母魔方的魔力。"

这个时候，下面终于有了掌声，从三三两两开始，直到雷鸣般的轰动。在全场鼓劲的同时，小灰兔从口袋里拿出 X 字母魔方捧在手里，高高举起。X 字母魔

魔方女孩

方开始发光,然后离开小灰兔的手掌,在慢慢升空的同时渐渐放大,出现了一个大屏幕。刚开始大屏幕上出现的是密密麻麻的雪花,大约十秒钟后雪花消失,飞出了一串数字,206808015。接着,这串数字在掌声中定格三秒后,数字一个个隐去。此时,大屏幕上出现的不再是雪花,而是青山绿水,随着云雾的飞散,出现两个T字母,还有一个个移动问号。又是大约十秒钟后,大屏幕自动关闭。

科学教室里鸦雀无声,每一个人的头上都摇摆着大小不一的问号,他们一定是在怀疑X字母魔方的真实性,或者是在思考T字母和数字206808015之间的关系。

这些字母和数字,难道就是"玉兔密码"的奥秘?看来,这道题目的难度要比奥数深奥万倍以上,恐怕连《十万个为什么》都难以解答。

17

我们的Q计划实验基地,在李老师的提议下,建在了孤岛森林。就这样森林里出现了一座新搭建的小屋。长颈鹿自作多情,它策划了对Q计划实行跟踪采访的方案。我们在新搭建的小屋外面竖了一块"严禁拍摄"的告示牌。

长颈鹿终日徘徊在新搭建的小屋外面。我们在小屋外面划出了警戒线,长颈鹿只能在一百米外嘟嘟哝哝。长颈鹿不是嘟哝我们,是嘟哝小猴子。

我们聘请了森林里几只有工作责任感的小猴子,它们担任了Q计划实验基地的保卫工作。小猴子没让长颈鹿越过百米处的那条黄色警戒线。

Q计划实验基地在高坡上。小豆芽和大土豆曾经在高坡上与小灰兔谈过话。

新搭建的小屋面积不大,也就六十平方米左右。我们把实验基地建在高坡上,是因为高坡前面有一块开阔地,而且"夜光石"就在开阔地中间。

小屋是用树枝搭建的。屋顶上有一杆天线。屋门边挂着一块牌子:孤岛森林Q计划实验基地。

有几只小猴子手持木棍,臂挂标有"保卫"二字的红袖章,在实验基地周边懒洋洋地巡逻。

随着小屋里传出嘀嘀嗒嗒的声音,天线上出现电磁波的光环。

小屋里放有密码破译仪、月球通道探测仪、地球仪、电脑等与研究有关的仪器和设备。密码破译仪上面放着X字母魔方,这是小灰兔的岗位;月球通道探测仪上面放着P字母魔方,这是小豆芽的岗位;电脑上面放着A字母魔方,这是大土豆的岗位。

小屋一角是书架,剩下的二十三个字母魔方集中在书架的一个框架里。这个书架和书架里的东西,与小豆芽闺房里的一模一样。

小豆芽他们在各自的岗位不停地忙碌。

自从某年某月某日,学校上了科学公开课以后,小豆芽他们的Q计划就进入了一个新的阶段。在李老师的建议下,他们把科学实验基地从科学教室搬迁到孤岛森林。

小屋的另一角，李老师正在躺椅上呼呼打着瞌睡，他身边的地球仪一直在慢慢转动，左三圈右三圈。

墙上有一幅挂历，挂历上有宇宙和星河的图案：宇宙在运动，星星在闪烁，年份是 2068 年。

小灰兔戴着耳麦，正在操作密码破译仪，敲键盘的动作敏捷。

小豆芽在认真地记录月球通道探测仪的数据。

大土豆在电脑中搜索资料。

突然，李老师睁开眼睛，说："你们能肯定 206808015 数字的前面，一定要加上字母 TT 吗？"

此时，小灰兔摘掉耳麦，垂头丧气地说："密码破译又失败了，这已经是第 19783 次了，看来最后两个数字 1 和 5 是关键。"

小豆芽想了想，说："TT206808015 这个数字不会有问题吧？"

大土豆充满信心地说："看来只有等待月亮里的小玉兔了，小灰兔你敢肯定他们用的也是 TT206808015 吗？"

"应该是这样的，可是……可是为什么总是听不到小玉兔的回复，难道是嫦娥姐姐放弃了计划，不想回家了？"小灰兔说。

"毛病是不是出在吴刚身上，他不是想和嫦娥成亲吗？"小豆芽说。

大土豆笑了笑，说："这个吴刚也真是的，癞蛤蟆想吃天鹅肉！你们可知道吴刚为什么要锯桂花树吗？"

"知道啊，还不是嫦娥的一句承诺嘛，只要吴刚能把月亮里的那棵桂花树锯掉，她就嫁给他。"小豆芽说。

李老师一直在听小豆芽他们说话，插话说："小豆芽同学，我认为问题的关键是月亮里的小玉兔，因为只有它才能和我们的小灰兔沟通。"他想了想又说，"这样吧，等会儿你们再把手里所有的资料梳理一下，只要能让嫦娥回家，人类走进月球的日子也就不远了。"

他又说："我建议小豆芽同学给大家唱一首《月亮船》怎么样？"

小豆芽清了清嗓子，唱起了《月亮船》。

《月亮船》的歌声飘出小屋，吸引了森林里的大小动物。它们奔走相告，也就十分钟左右，就把 Q 计划实验基地围了个水泄不通。曾在森林舞台上扮演嫦娥的小狐狸、扮演吴刚的小黑猪也在其中。

有《月亮船》歌声的时候，小屋里的密码破译仪、月球通道探测仪和电脑等，与研究有关的仪器设备都出现了惊人的变化。

X 字母魔方、P 字母魔方、A 字母魔方，都在各自的位置上出现了白色光环。

密码破译仪屏幕上出现一连串数字，并自动排列成 TT206808015。

月球通道探测仪屏幕上出现一道彩虹，闪烁的也是 TT206808015。

电脑的屏幕上出现了月亮里的广寒宫。

广寒宫渐渐放大，深情的音乐渐起。桂花树下，吴刚在怒气冲冲地锯树，他似乎要把所有的情绪都发泄在这棵树上。小玉兔猫腰走近吴刚，说："吴刚大哥，嫦娥姐姐就要走了，你还有心思在这里锯树？"

吴刚放下活儿，似乎对小玉兔有更多的不满，恶狠狠地说："都是你这个小东西使坏，你难道就真的舍得让嫦娥回家？"

小玉兔委屈地说："我……我……其实我现在也后悔了，不应该搞这个玉兔密码。不过，我相信嫦娥姐姐一定会回来的，她离不开你酿的桂花酒。"它想了想又说，"她也许还会带来家乡的客人，让他们来品尝你的桂花酒。"

"你是什么时候开始搞玉兔密码的？"

小玉兔想了想，说："大概在……五十年前吧。现在想想还真是奇怪，地球上的那个小灰兔也是厉害，竟然能用一个 X 字母魔方破译了我的密码。哦，对了，小灰兔还有同谋，一个是叫小豆芽的女生，一个是叫大土豆的男生。据我了解，他们有一个科学教室，还有一个爱打瞌睡的老家伙做指导老师。我想过了，他们实施的第一步计划是帮助嫦娥姐姐回家探亲，第二步计划一定是让地球上的人，把月球视为第二故乡。不过也好，这样一来我们的广寒宫就会门庭若市。"

"好，好，好个屁，说不定他们会带来更多的污染！"

"不会吧，难道他们是为逃避地球上的污染，才想到月球来的？"

"不全是，至少也有这个原因。否则他们好端端的，到月球来干什么？"

"这个……这个……那嫦娥姐姐为什么要我搞玉兔密码呀？"

"好了，好了，现在说什么都没有用了！你知道小豆芽他们破译的密码是什么吗？"

"TT206808015。"

"你设置的玉兔密码是什么？"

"TT206808015，加上一首《月亮船》歌曲。"

"你设置的玉兔密码也太简单了。"

"不简单啊，是他们的魔方太厉害了。"

18

2068 年农历八月初一，我们的 Q 计划开始倒计时。

A 城开始倒计时。全城上下发起了"欢迎嫦娥回家"的总动员。按照 Q 计划，"嫦娥回家"的日期是 2068 年农历八月十五——中秋节。

发起总动员的还有孤岛森林所有的动物，它们像 A 城人一样高兴得忘乎所以。它们打扫卫生，挂横幅贴标语，张灯结彩。

19

2068 年农历八月十五。

Q 计划实验基地。

我们正在不停地忙碌。李老师依然在躺椅上呼呼打着瞌睡，呼噜声犹如雷鸣。

"小豆芽，可以请嫦娥回家了！"突然，李老师在雷鸣般的呼噜声间打了三个喷嚏，接着下了命令。

Q 计划实验基地墙上的电子钟，距晚 10 点还有五分钟。"嫦娥回家"的设计时间是晚 10 点。

我按照李老师的指令，开始指挥我们的 Q 计划核心人员大土豆、小灰兔。

"小灰兔，启动 X 字母魔方，与玉兔通话！"

"好嘞。"

"大土豆，启动 A 字母魔方，跟踪月球行径！"

"好嘞。"

"小豆芽，启动 P 字母魔方，打开月球通道！"

"好嘞。"

小灰兔开始和玉兔通话了："玉兔，玉兔，现在进入倒计时，听到请回答，听到请回答。"

玉兔回话："听到，听到，按照预定计划，嫦娥姐姐 9 点 58 分离开广寒宫，她是顺着你们 P 字母魔方设计的月球通道来的。"

小灰兔说："明白，明白。"

Q 计划实验基地。高坡前的那块开阔地上，"夜光石"在不停地闪烁。

A 城。明月山风景区。

电视台主持人正在现场报道："观众朋友们，现在已经进入最后三分钟倒计时。大家可以看到，天上的月亮正在发生变化，根据小豆芽他们传来的信息，嫦娥飞离广寒宫的时候，会有短时间的月暗，届时明月山将关闭所有灯光，请大家不要惊慌。"

明月山风景区，喧闹声此起彼伏。

一个奇妙的时刻就要到来，小豆芽紧张了。我紧张了吗？我的确紧张了。Q 计划是否成功在此一举，它是一个伟大创举，关乎人类未来能否在月球上建设家园。小豆芽再紧张也得镇静，小豆芽是 Q 计划的指挥者，尽管有李老师现场指导。小豆芽一定明白，紧张的不仅仅是自己，还有大土豆，还有小灰兔。小豆芽甚至认为李老师也会如此。

我们听到了嫦娥离开广寒宫倒计时的声音：30、29……5、4、3、2、1……

小豆芽用《月亮船》的歌声为嫦娥导航。夜空中出现了一条由 P 字母魔方设计的宽敞的通道，金光闪闪。

玉兔开始与嫦娥通话："嫦娥姐姐，嫦娥姐姐，你一定要按照 P 字母魔方设计的轨道飞行，你得着落在'夜光石'上，千万不要偏离轨道，否则我们将前功尽弃。"

此时，月球通道上出现了嫦娥拂袖飞离广寒宫的一幕。

我们听到了嫦娥深情的声音："小玉兔，姐姐明白，请你转告吴刚，月暗五秒钟后，打开广寒宫彩虹，向我的故乡抛洒广寒宫桂花。"

小玉兔说："明白。"

A 城上空，广寒宫桂花从天而降，飘飘洒洒。

A 城人的欢呼声，连绵不断。

孤岛森林的欢呼声，连绵不断。

失败是成功之母。

我们的 Q 计划最终以失败告终。李老师帮助我们分析了失败的原因后，仍然在躺椅上呼呼打着瞌睡，呼噜声犹如雷鸣。

Q 计划失败的原因：嫦娥正准备在"夜光石"上停下，却被吴刚撒下的网收回了广寒宫。网是由桂花编织的无形的网。看来嫦娥虽然思念家乡，却也无法挣脱她对吴刚的承诺。

后来，我们没有撤销 Q 计划实验基地。小豆芽继续以二十六个字母魔方为豪。

我们让小灰兔留守 Q 计划实验基地，等待我们新的实验。陪伴小灰兔的还有李老师的师魂。

小豆芽和大土豆又回到了 A 城某学校。他们经常出现在科幻长廊，李晓霞同学仍是班长。只是，班长不叫我小豆芽，而是"魔方女孩"。她把大土豆叫作"大同谋"。我不知道她把小灰兔叫作什么。

我们在学校的科学教室，酝酿着另一个实验计划，也许还是 Q 计划，也许是 A 计划，或者是 B 计划。但是新实验的课题，还是离不开让人类在月球上建设家园。

我们坚信，梦想可以从幻想开始。

农民兄弟

1

盛夏时节。

夜幕下的都江市，天上飘着蒙蒙细雨。车水马龙，马路上行人匆匆而过。霓虹灯在细雨中闪烁，在无数朦胧的摩天大楼的背景下，天池娱乐城建筑工地渐渐清晰。

工地里一片宁静，与摩天大楼相比，位于工地一角的低矮的民工工棚显得那么凄凉，让人有一种深沉的感觉。工棚用毛竹和木板搭建而成，棚顶盖的是油毛毡，棚檐上滴着雨水。

工棚里亮着昏黄的灯光，借着里面透出的灯光，可以看到工棚门口有几只老鼠正围在一起津津有味地吃着民工们倒掉的剩饭残羹。

木子消瘦的背影出现在工棚的窗口上，他正在用毛巾擦着背。

这是一个能容纳四十人的工棚，清一色简易竹床，铺着规格不一的草席。乱丢的拖鞋和衣服随处可见，自制的木桌上饭盒等生活用品杂乱无章，充分显示着民工的生活特征。木子光着上身在洗澡，还悠闲地吹着口哨。这几天他特别高兴，因为买了个手机，虽然是二手货，只要两百元钱，但他已经满足了。在外面打工快三年了，他不曾想过有个手机，他认为对一个打工者来说手机没有多大用处，要是想老婆了，可以打公用电话。工地大门旁边小卖店里就有公用电话，电话费也不贵，两元钱能打十分钟长途电话。乡下人没有甜言蜜语，说一是一，说二是二，十分钟够他说了。手机是老婆小芬鼓励他买的，她上次和他通电话时说，家里隔壁小店里安装了一部公用电话，开小店的阿香说了，以后木子可以把电话直接打到她家里，她会随时叫小芬接听电话的。当然，小芬叫木子买手机是为了让他打电话方便，再说现在好多民工都有了手机，干脆也就买一个吧。木子买好手机的第一天，就和小芬足足通了十分钟电话，他最后和小芬说好了，以后一般情况下大家都不通电话，而且为了省钱每个周六由小芬从阿香小店里打来。

木子把洗澡后换下的衣裤放进盆里，正准备去洗衣服，放在床上的手机响了。他拿起手机仔细一看来电显示，脸上露出了甜蜜的笑容。

他自言自语："老婆也真是的，今天还只是周五就来电话，差一天都等不及了。"

来电铃声是《村里有个姑娘叫小芳》，木子老婆的名字叫小芬，一字之差。木子迟迟不接小芬电话，他认为那也是一种情趣。

木子终于接电话了，他的第一感觉是对方气喘吁吁的，一声连着一声，喘得他从耳朵痒到了心里。

木子多少有点激动了，他笑嘻嘻地说："阿芬吗，想我了是吗？"

小芬好像已经缓过了气来，她焦急地说："怎么这么长时间才接电话呀，阿爸生病了，好像病得不轻，听乡卫生院医生的口气，像是得了什么大病，医生要我明天就带他去县医院检查，你是否可以回来一趟？"

听说阿爸病得不轻，木子的心一下子紧张起来，脸上的笑容瞬间消失。

木子紧锁眉头："医生没有说阿爸得的是什么病？"

小店里阿香嗑着瓜子在一旁指点着说："阿芬，你对木子说得急一点，让他赶快回来。"

小芬一脸愁云，点点头，继续说："乡里的医生神秘兮兮的，只说赶快到县医院去检查，其他什么都没说。我感觉有点不对劲，心里好怕，你还是赶快回来一趟吧。"

木子回答说："小芬，你不要怕，明天先陪阿爸去县医院看看，我尽快回家一趟。"

这是一家很普通的录像厅，来这里看录像的基本上是农民工。门口有个小卖部，柜台旁边竖着牌子：今晚录像——《生存之民工》。

小卖部的胖女人忙着做生意，一会儿拿香烟，一会儿拿冰棍……

录像厅里，参差不齐地坐着几十个农民工，因为是大热天，他们中间有好多都光着上身。

有几台吊扇在他们头上无力地转动。

有抽香烟的，也有嗑瓜子的，吃冰棍的，整个厅里看上去是一片乌烟瘴气，让人感觉这里是最典型的底层公民娱乐场所。

小狗子他们就坐在前面几排，他们是这里的常客。看录像也是他们唯一的业余生活。

小工头业余生活比较丰富，他难得和农民工们混在一起。他是听木子说《生存之民工》这部片子很有看头，能真实反映他们民工的生活，所以就想来见识一下里面的内容。他看了半天觉得没什么劲儿，打了会儿瞌睡，就要走。

小工头离开座位时，小狗子在一旁注意着。

小工头走出录像厅，在小卖部买了包香烟，然后就穿过马路而去。

小狗子贼头贼脑地跟着小工头，到了录像厅门口打住了脚，看着小工头走进了马路对面的一家洗头房。

小狗子隔着洗头房的花玻璃门朝里窥视，他看到了里面那些花枝招展的小姐，没有看到小工头。

小狗子正准备离开，洗头房门开了，一个小姐伸头说："喂，还怕难为情呀，不要走，进来敲个背，玩玩嘛。"

小狗子说："找你爸去玩吧。"

说完，他拔脚就跑，横穿马路时差点撞上飞驰的汽车。一阵急刹车声过后，瘦小的驾驶员伸出头来，厉声骂道："你想找死啊！"

小狗子木呆了半天，一脸尴尬。汽车走了，他才缓过神来，冲着车尾骂了句："你才找死呢！"

工棚里，木子闭着眼睛倚在床头，从他那紧锁的眉宇可以看出，已经是心事重重。那张自制的木桌上，马蹄钟"嚓嚓嚓"地陪伴着主人的思绪。那本《打工》杂志安静地躺在木子身边，他现在没有心情翻阅杂志了。

工地里的简易伙房，毫无规则地紧挨着工棚。火头将军老李头摇着蒲扇从伙房出来，他抬头看看天，用扇子遮挡头顶的雨丝，健步来到工棚门口。他认为木子是在闭目养神，不忍心打扰，正要返回时，木子说话了："李师傅，你还没睡呀。"

老李头反问："你没去看录像？"木子笑笑，没说什么。

老李头走进工棚，用蒲扇拍拍木子的头，说："小伙子，想老婆了？想有什么用，把她接出来就是了嘛。"

木子坐了起来，答非所问道："李师傅，你说工地什么时候能给咱们发工资呀？"

"怎么，没钱花了？"老李头也就随便一说。木子笑笑。老李头接着说："是应该发工资了，已经有五个月没发了吧。那天我问过小工头了，你猜他怎么说的？"

木子平静地说："他还会有什么好话，反正他又不缺钱。"

老李头气愤地说："还真是让你说对了，这个'拿摩温'说，老李头呀，好像你只是个火头将军吧，怎么现在也关心工资的事啦？我看呀，你这是狗叼耗子，省了吧。你说气不气啊。"

木子叹了口气，说："这就是我们打工的命呀。"

听木子这么一说，老李头更来气了，他用蒲扇拍了几下木子，说："小伙子，你什么时候也把自己看扁了，他小工头有什么了不起？唉，不过话又得说回来了，他就是比咱们活得自在。"

木子冷笑说："还不是他有个当项目经理的姐夫，人家是命好呢。"

小工头伏在按摩床上，一个小姐正在为他做全身按摩。小姐和小工头无话不说，一看就知道小工头是这里的常客。

这个小姐全身散发着迷人的气息，把樱桃小嘴附在小工头的耳根，娇滴滴地说："做男人就是好，下辈子我一定要去投胎做男人，也体验一下做男人的乐趣。"

小工头说："还是做女人的好，讨男人喜欢，又能赚钱，又能享受。"

小姐说："享受个屁，这叫活受罪。"

突然，小工头翻身一把抱住小姐，两手不安分地抚摸起来。小姐妩媚挑衅着："你要干啥子，可不要乱了规矩。"

"什么干啥子，什么乱了规矩，老子今天吃定你了。"

小姐说："老规矩。"

小工头等不及了，迫不及待地拉下小姐的工作裙，说："老规矩，一分不少。"

小姐一只手宽衣解胸，另一只手伸向墙上的电灯开关。

2

午夜时分，雨已经停了。

天池娱乐城建筑工地门岗里，管门的刘大伯悠闲地躺在一把破摇椅上。那张缺了角的旧桌上有台小收音机，正播放着京剧《三岔口》片段。刘大伯闭着眼睛摇着脑袋津津有味地哼哼着。

小狗子和工友们从录像厅返回工地，一路上笑闹不止。他们经常把晚上的时间泡在录像厅，外出打工嘛，也只能是这样了。

往日，他们一路消化录像厅里看的电影内容，今日则不同。

小个子说："小狗子，你真看到小工头进去了？"

小狗子说："那还会有假，我看得清清楚楚。"

有工友问："你怎么不进去享受一下呀？"

小狗子用拳头捅了一下对方说："你这小子，你以为老子不敢呀。"

又有工友打趣："怕是有贼心没贼胆吧。"小狗子不响。他们很快到了工地门口，发现工地的大铁门已经关了。

小个子发牢骚说："这个刘老头，这么早就把大门关了，牢监门呀。"

于是，小狗子使劲地用脚踢着大铁门。

门岗里的刘老头，不耐烦地从桌上拿过一串钥匙走了出来，说："你们这些小祖宗，今天怎么不爬大门了？"

大铁门开了，小狗子油腔滑调，笑嘻嘻地说："刘大伯，我们要是真爬了进来，你……"

刘大伯说："我……我怎么了？"

小狗子说："没，没怎么，我们都知道你是大好人。"

刘大伯说："不要大好人大好人的了，不要在背后骂我就是了。其实啊，我也是为你们好呀。"

工友们一人一句说："大好人，大好人，你是最最好的大好人……"

小狗子他们走向工棚，刘大伯手上拿着一串钥匙，借着门岗里透出的灯光，可以看到他的脸上有一丝笑容，自言自语："这些年轻人哪。"

小狗子他们穿过工地杂物堆场，看到木子在工棚门口的自来水龙头下洗衣服。小狗子老远就叫着："木子哥，我们回来了。"

木子站了起来，迎着小狗子他们笑笑，说："没让刘大伯逮着吧。"

小个子马上说："逮个屁，是他给我们开的门。"

有工友插上说："这个老头子也够精的，一会儿到小工头那里打小报告，一会儿却在我们面前讨好，真不知道他葫芦里藏着什么药。"

木子笑笑说："这也不能全怪他，我们以前老是爬门进来也不怎么好。要是再让小工头知道我们爬门，到经理那里添油加醋告状，就怕要掉饭碗了。"

工友们七嘴八舌，木子奉劝大家说："我看多一事还不如少一事，我们以后还是注意点好。刘老头也是负责嘛，总不能眼睁睁地看着有人爬大门不闻不问吧。"

于是，大家进了工棚。洗脚的，看杂志的，听收音机的，倒在床上休息的。

木子在棚檐下晾衣服。小个子在为马蹄钟上发条，嘴上哼着流行歌曲："村里有个姑娘叫小芳……"小狗子盘腿坐在床上，说："小个子，什么时候把你村里的小芳带到这里来给我们瞧瞧。"小个子没趣地回答："你也别取笑我了，我连自己都管不饱，哪来小芳啊！"

小狗子睁大眼睛，说："那你老是把她挂在嘴边干什么？"

小个子笑笑说："哎，这你就不懂了吧，我是自什么……"

小狗子提高了嗓门："自，自，自什么，自寻烦恼。"

瞬时，工棚里爆出一阵哄笑。

小个子感到尴尬，气愤地说："笑，有什么好笑的，本来就是嘛。木子哥你是这里的秀才，你说一句，叫自什么？"

木子站在窗外，把头伸进窗口，笑笑。

突然小个子说："木子哥，你不要说，我想起来了，叫自娱自乐，对吧？对，是叫自娱自乐。"

工棚里又爆出了一阵笑声。

工友们各自休息。木子和小狗子坐在工棚门口的杂木堆上。借着灯光可以看到木子一脸愁云。

小狗子狠狠地吸了几口香烟，熟练地用手指把烟头弹向空中，说："木子哥，你必须马上回家一趟，嫂子不到太难的地步是不会给你打电话的，看来你阿爸的病不轻。"

木子说："你身上还有多少钱？"

小狗子说："大概还有一百元吧。"

木子说："我也只有三百元了。"

这时候，小个子从工棚里出来，他走到暗处小解，说："你们还不去睡觉？"

小狗子马上说："木子哥阿爸生病了，他没钱回家，正发愁呢。"

农民兄弟

深夜，工棚里一片宁静，民工们都已经熟睡。

木子在工棚门口徘徊，他孤独的身影移向小工头的单人宿舍。

小工头在工地里大小是个官，有独住一间的待遇。他的单人宿舍尽管也是简易房，但与民工们的大通铺比起来不知好了多少，至少房子是用红砖搭建的。

木子在小工头宿舍门口徘徊，他几次想敲门，却没有勇气打扰小工头。

3

皎洁的明月，隐隐约约的山峦。

山水村，坐落在四面环山的洼地中。月光下，清晰的村落，随处可见村民家窗口透出的昏黄的灯光。山村的夜格外寂静，偶尔有几声狗叫。

木子的老婆小芬急匆匆地走在村道上，她是去村医疗站为公公吴老根配药的。小芬敲开了医疗站的门。医疗站设施简陋，小月正在给小芬找药。

小月说："你公公的病我的预感是有问题，我这里的药先给他压压痛，明天你一定要陪他去县医院检查，否则这样拖下去怕要耽误治疗的。胃病这东西你不要小看它，要是真的出了毛病，神仙也没有办法。"

小芬说："小月姐，我明天就陪阿爸去县医院，我刚才已经给木子打过电话，他很快就会回家的。"

小月把包好的止痛药递给小芬，说："这药不能多吃，要是实在痛得厉害就吃两颗，乡卫生所配来的药继续吃。"

小芬拿过药，说："小月姐，真不好意思，又麻烦你了，药费等木子回来和上次的一起……"

小月马上接上说："拿去吧，拿去吧，乡里乡亲的客气什么呀。"

小月把小芬送出门口，并嘱咐她路上小心。

月光洒在宁静的农家小院，山泥垒起的围墙，院内是一字型四间平房，吴老根的房里透着昏黄的灯光。

早年丧妻的吴老根是山水村前任书记，如今他正躺在炕上，煎熬着剧烈的胃疼。灯光下可以看到他额上冷汗如注，一脸憔悴。

小芬来到炕边，准备给吴老根喂药。

吴老根侧身起来，说："我自己来吧。"

小芬在一旁说："阿爸，我明天就陪你去县医院看病，刚才小月姐也说了，去检查一下好，万一有什么毛病可以及早治疗。"

吴老根把药放进嘴里，费力地用茶水吞下了药片。

小芬用湿毛巾擦着吴老根额上的冷汗。

吴老根躺下后，慢腾腾地说："小芬呀，你不用担心，阿爸这是老毛病了，谁知道这次发起来会是没完没了的，我想过了，多吃几天药就会好的。只是把你给拖累了。"

　　小芬含笑说："阿爸，你说什么呀，木子不在家，我得把你照顾好呀。刚才给木子打过电话了，他说这几天就回来看你。"

　　夜已深沉，月亮躲在云中，寂静的山水村沉浸在黑暗里。

　　突然一阵激烈的敲门声，打破了黑夜的宁静。

　　阿香小店的门开了，小芬哭丧着脸焦急地说："阿香姐，我阿爸痛得要命了。我想马上送县医院。"

　　阿香说："快，找小山子，让他的'破牛'跑一趟。"

　　小山子发动手扶拖拉机，阿香把两百元钱递给小芬。

　　崎岖的山道上，手扶拖拉机颠簸着急急行驶。拖拉机的车灯只有不到十五米的照明度，小山子全神贯注，两只眼睛紧紧地盯着正前方。

　　手扶拖拉机吐着黑烟行驶在县城道路上。

　　车斗里，吴老根佝偻着身子，一脸痛不欲生。

　　手扶拖拉机停在县医院门口，小芬扶着吴老根下车。小山子背着吴老根急急走进医院。

　　医院急诊室，安静异常。

　　任医生在给吴老根做检查，小芬和小山子呆呆地站在一边。

　　任医生锁了锁眉头说："这样吧，今晚先在这里观察一下。"

　　任医生把开好的药单递给小芬，说："配好药品后就打针，如果没有好转，明天就办住院手续。"

　　小芬拿过药单，一脸忧郁。小山子看在眼里，他掏遍了口袋，拿出一百元钱递给小芬，说："嫂子，就这些了。"

　　医院收费窗口。收费员拿过药单看了一下，计算好药费说："五百一十三元。"

　　小芬恳求："医生，我们来得太急，身边只带了三百多一点，还有两百元我明天一定交上。"

　　收费员看了一眼小芬，为难地说："这不行，医院里有规定，药费是不能欠的。"小山子又掏口袋，只翻出了几元零钱。他恳求说："医生，帮个忙好吗？这黑夜里，来来去去得跑六十多里山路怕是不方便，你相信我们，明天我们一定补上。"

　　任医生过来了，他走进收费室，说："我签字，先给他们配药吧。"

　　医院收费窗口外，是小芬和小山子感激的目光。

4

　　早晨，建筑工地，民工们在忙着起床。

小狗子和小个子一起在工棚门口刷牙。木子出工棚来，拿着外衣无打精采地走向工地仓库。

小个子看着木子走远，含着嘴巴里的牙膏沫，对小狗子说："哎，我昨晚上想到了一个帮助木子哥的办法，不知道行不行。"

小狗子把牙刷拿出嘴巴，说："什么办法？"

小个子说："我们学习城里人捐款，只是不知道他们……"

小狗子马上说："行，我看这办法行，不知道木子哥是不是会接受捐款。"

小个子说："他如果不肯接受，这好办，就说是借给他的。"

小狗子说："行，他不是上午跟车去火车站提货嘛，等他走了，我们马上行动，给他一个惊喜。"

小个子说："好，等会儿看我的。"

一辆运输车开出工地，木子和几个农民工站在车上。

工棚里，小个子在对工友们说："我看这样吧，大家能帮多少是多少，一人有难众人帮嘛。"

众民工说："行，不就是出几十元钱嘛。"

小狗子马上说："我说呀，大伙手里的钱也是血汗钱，我们不搞捐款，是用捐款的方式给木子哥凑钱，就算是他向大家借的。他阿爸病得很厉害，家里正需要钱急用，我估计他这次回家少不了几千元，大家就根据自己的能力看着办吧。"

小个子说："好，就这样了。"

工友们开始行动，纷纷掏钱。小狗子拿着一只红色塑料盆子兜钱，小个子在一旁记账。

小狗子看着盆子里的钱，心里无比激动。他深深地向大家鞠躬，说："我代表木子哥谢谢你们了。"

此时，小工头板着脸出现在工棚门口，他见里面乱哄哄的，不知道在干什么，于是说："什么时候了，还不快去干活！"

民工们一哄而散，走出工棚，谁也没理小工头，各自干活去了。

工地的临时仓库门口，装钢筋的大板车上木子和几个民工在卸货。小狗子笑眯眯地来到大板车旁说："木子哥，你卸完货到工棚去一趟。"

木子问："什么事？"

小狗子说："好事，你去了就知道了。"

木子到了工棚里，才知道小狗子他们搞了一次捐款活动。他为自己的困难感到尴尬，又对工友们的行为表示感谢。

小狗子把钱递给木子，说："一共是两千三百二十元。"

小个子把工友们凑钱的名单给木子，说："名字和数目都在这里面，就算是向他们借的。"

木子终于流眼泪了。那是对于兄弟之情的激动。他说："这钱……我怎么能拿……"

小个子打断说："木子哥，你就放心拿着，给你爹治病要紧。"

此时，小狗子提醒说："木子哥，下午还有一班回家的汽车，你就抓紧准备一下，错过了这班车，要等明天上午了。"

木子想了想，微笑着用手拍拍小个子和小狗子的肩膀说："好兄弟，谢了。"

盛夏的下午，马路上行人稀少，交警挥动着双臂在坚守岗位。木子背着布包急匆匆地走在人行道上，他要到都江市的客运中心去乘车。

如果是在过去，木子今天是走不了了。都江市到林丰县的客车每天只有一班，上午九点始发，到林丰县的时间是深夜十二点。现在可好了，有了下午两点始发的这班车，到林丰县是凌晨五点，就可以坐山里人的农用车到家了。

客运中心在郊区，为了赶时间，木子想坐出租车去车站。他下意识的招了一下手却又放下，眼明手快的出租车司机已经把车开到了他身边。

木子走在人行道上，没有要上车的样子。出租车司机按了一下喇叭。木子只管自己走着。司机恼火了，骂了句神经病，然后离开。

木子不是没有听到司机的骂声，脸上飘过一丝阴影。他心里明白是自己不好，但他又反过来为自己找了理由，自己不是不想坐车，大热天的谁愿意在马路上跑啊？我不坐出租车完全是为了省钱呢。

木子急匆匆地走在人行道上，甚至像是在小跑。他必须赶上下午两点始发的那班车。

都江市客运中心。木子走进售票大厅，几个售票窗口前都排起了长队，虽然是客运淡季，但这天还是有不少旅客。木子在三号售票窗口排队，他刚把车票拿到手里，候车大厅里的广播就响了：旅客们，去林丰的 2381 次客车，在 9 号入口开始检票，请大家带好自己的行李，准备排队检票。

公路上，疾驶的大型卧铺客车。

木子躺在靠窗的一张车铺上，闭着双眼，一脸沉思。他在想一个问题，农民工都是出来混饭吃的，白天在一起干活，晚上睡在一个工棚里，大家都过着平淡而又艰辛的生活。当然了，有时候也为了一点小事争得红了耳根，但是从这次为自己凑钱的事情上可以看出，他们也懂得人间真情。"城里人的眼睛里，我们这些农民工，被人家瞧不起，有谁知道我们这些农民兄弟，蕴藏在心底里的真正情感啊。"木子的情绪有点激动，他此时的思绪既清晰又很乱，他担心阿爸的病情，他想了许多许多问题，甚至想到要是自己村里能像城市里一样有医疗劳保就好了，那阿爸的医疗负担就轻多了。木子想了想，觉得自己太可笑了，城里人和乡下人如果没有区别，还分城里人和乡下人干什么？

入夜了，卧铺客车盘绕在崎岖的山道上。虽然是夏天，但深夜的山风仍带着丝丝凉意，木子睁开眼睛，挪了挪身子，顺手关了车窗。

凌晨时分，卧铺客车开进了林丰县汽车站。这是一个山城车站。车站门口已经有了好多赶集的山民，他们背着竹箩从农用车上下来，各奔东西。

木子从车站的出口处走出来，也许是在车上没有休息好的原因，他一脸疲惫。

此时，刚好有揽客的农用车，去山水村的，马上就走。

火辣辣的太阳。田野，满眼苞谷。农用车行驶在泥道上，木子和几个村民一起坐在车上。进了村道后，路面开始坑坑洼洼，木子说："这路怎么越来越差了。"有人说："穷山沟嘛，有条路已经不错了呢。"

阿香的小店，紧挨着木子家的小院。此时，阿香穿着花布短袖衬衫在小店门口洗菜。"阿香姐。"她听到有人在叫她，抬头一看是木子，连忙放下手中的菜，站了起来说："噢，是木子呀，你可回来了。好，好，你阿爸昨天晚上已经住进了县人民医院，你家小芬也在那里。"

木子问道："我阿爸的病……"

阿香马上接上说："听小山子说，你阿爸好像……"

木子问："好像什么？"

阿香犹豫了一下，笑笑说："你放心，不会有什么大事的，老书记人好，好人有好报。"

阿香搬了条凳子让木子坐，接着说："我给你倒杯茶，歇会儿在我家吃饭，你一个人也不用做饭了。"

木子一口气把茶喝个精光，他用手抹了一下嘴，说："阿香姐，不用了，我现在就去医院。"

5

林丰县人民医院，病人及家属进进出出。住院楼里，医生和护士在走廊里来回忙着。

那是6号病房，一间十六人的大病房，男男女女的病人挤在一起，室内空气浑浊。

吴老根躺在4号床上挂吊针，他的脸像一张白纸，没有血气。小芬陪在床边，一脸憔悴。

走廊墙上的电子钟正好十一点。给病号送饭的小推车过来了，胖阿姨边推边叫："开饭了，开饭了。"

6号病房里，能自理的几个病人出去打饭了。小芬从床头柜子里拿出碗，说："阿爸，我给你去打些稀饭。"吴老根摇摇头，低着声说："你自己吃吧，我不饿。"

十一点半左右，木子脸上淌着汗珠，在住院楼走廊里向护士询问阿爸的病房。

护士说："你阿爸叫什么名字？"

木子说："吴老根。"

护士想了想，说："吴老根，哦，有的，昨天晚上进来的，在 6 号病房 4 号床。"

木子顾不得道声谢谢，急忙朝 6 号病房走去。

吴老根还在挂吊针。小芬已经吃好中饭，她正要去洗碗，在病房门口碰到木子。

小芬见到木子回来了，很是高兴，说："啥时到的？"

木子说："一早到的，阿爸怎么样？"

小芬连忙把木子拉到一边，低声说："医生怀疑阿爸的病有麻烦，胃镜已经做了，也切了片，说是三天后才能有结论。"

吴老根虽然是闭着眼睛躺在床上，但他的耳朵还好使，已经听到了儿子那熟悉的声音。当他睁开眼睛时，小芬已经把木子领进了病房。

木子叫了声阿爸，吴老根的脸上一下子愁容消散，他慢腾腾地说："木子呀，你来看阿爸啦。"

木子凑近病床说："阿爸，我接到小芬的电话就赶回来了。"

吴老根的脸上飘过一丝笑容，说："你回家一趟也好，不过你不用担心，我这是老胃病了，只是这一住医院，苦了小芬。"

小芬在一旁红着脸说："阿爸，你说什么啊，木子不在家，我不照顾你谁来照顾呀。"

木子到现在才注意到小芬的确是憔悴了许多，他笑笑说："辛苦你了。"

小芬说："你去洗把脸吧。"

小芬从床铺下拿出脸盆和毛巾递给木子。木子接过脸盆朝小芬甜蜜地看了一眼。

在小芬陪同下，木子去医生办公室找任医生，以进一步了解阿爸的病情。

任医生神情严肃，他正在全神贯注地看着吴老根的病历资料。木子和小芬坐在一旁，焦急地等待着医生说话。

终于，任医生说话了，他推了推眼镜，深表同情地对木子说："小伙子呀，你阿爸的病不轻啊，基本可以肯定是得了坏毛病。我建议你们最好尽快带你阿爸去大医院复查，要是胃里真的有坏东西，大医院手术等各方面条件都比我们山区的好。我怕时间长了，要耽搁老人的治疗。"

小芬忧虑的眼泪含在眼眶里。

木子问任医生："我阿爸的病有希望治好吗？"

任医生说："这个很难说了，要是真的到了晚期就……不过你们放心，胃肿瘤能治好的先例不是没有。但是，你们也得有个思想准备，还有不要让病人知道自己的病情，否则会增加病人的心理压力的，现在最主要的是希望病人好好配合医生的治疗。"

木子从医生办公室出来后，没有回病房。他和小芬就坐在住院楼边的小亭子里，两个人的脸色同样沉重。

小芬安慰了木子几句，然后说："阿爸现在只知道自己得的是胃病，唉，都说好人有好报，可是阿爸偏偏得了这种毛病。"

木子从口袋里摸出香烟，抽出一支，刚想叼在嘴上却又放了回去。

小芬说："你也抽上香烟了？"

木子微微一笑，说："我来时狗子给的。"

小芬说："你想抽就抽吧。"

木子没有抽烟。他从裤袋里拿出一包钱来，递给小芬。钱是用旧报纸包的，报纸有点潮湿了，透着汗水味。

木子说："这里面一共是两千三百二十元。"

小芬打开报纸一看，说："怎么都是些零钱？"

木子苦苦一笑说："都是工友们帮我凑的，以后慢慢还吧。"

小芬激动地说："你们工友真好。我已经把家里仅有的两千元给阿爸看病了，还借了阿香姐和小山子的，医疗站小月那里还有几笔药费没付……"

木子不耐烦，接上说："你呀，不要再派下去了，我现在就这些钱了。"

小芬看看木子，眼里含着泪花，欲言又止。

远处是群峰起伏的佛脚山，近处是烂漫的山花。盘山弯道上，一辆面包车正在颠簸前行，这条盘山道路况实在不好。

面包车内坐着几个干部模样的人，他们闭着眼睛，身体随着车的颠簸晃动。年轻司机谨慎地握着方向盘，唠叨说："这是什么路呀！"

许乡长睁开眼睛，看了看车外，说："小李啊，这里的路哪能与你们县城比啊，过了这一段就会好些了。"

县文旅局文主任闭着眼睛说："老许啊，我看这路的问题还是得先解决，不是说若要富先造路嘛。"

许乡长一边说"是的，是的"，一边给文主任递香烟，又恭恭敬敬地点燃。接着说："文主任，佛脚山开发这次完全是靠你的高度重视，不然不知要到何年何月呢。"

文主任笑笑说："老许呀，你也太抬举我了。说句实话，要不是你们山水村的那个小刘书记来说呀，我还真不知道你们乡里藏着一块宝地呢。我看呀，这个小刘叫……"

许乡长马上说："刘为民。"

文主任拍了一下脑门说："你看我这个记性，对，叫刘为民。我看呀，他是个很有思想的人，要是这个佛脚山完全像他说的那样，不说山水村走出贫困，你这个乡长也风光了。"

许乡长说："这个刘为民是两年前当上村书记的，还是老书记提的候选人名单呢。说实在的，当时我还真有点担心，现在看来，我这脑袋瓜还是有点落伍了。我知道刘为民打佛脚山主意已经快两年了，也就是说他当上书记这天起就在动佛脚山的脑筋了，这两年里他把好多时间都花在对佛脚山的考察上，真是难为他的一番苦心了。"

汽车的喇叭声打断了他们的说话，许乡长探着头往外看。原来是一头黄牛挡住了山道。小李使劲按汽车喇叭，这才把黄牛的小主人从草丛里引了出来。

山水村村委会办公室陈设简单，一口破旧的红漆大橱，几张老掉牙的桌子。吊扇慢悠悠地转着，老会计翻着账本打算盘。

村书记刘为民重复地摇着老式电话机，电话就是接不通。

老会计慢慢抬起头，推了推老花眼镜，欲言又止。

刘为民终于摇通了电话，说："喂，喂……我是山水村的刘为民。什么呀，听不清……哦，现在好多了，你是王秘书吗，许乡长他们出来了没有？"

王秘书说："怎么，他们还没有到？出来应该有一个多小时了。"

刘为民说："好，好，知道了，知道了。"

他放下电话，拿过草帽对老会计说："如果接到他们，我就直接陪他们进山了。"

老会计说："你去吧，我想把中饭安排在阿香小店里去吃。"

刘为民说："您决定吧，等会儿我们回来就直接去她那里。"

刘为民推上自行车飞骑在村道上。

许乡长他们的面包车，仍然在崎岖的山道上盘行。

6

天池娱乐城建筑工地。

工友们在干活，小狗子和小个子躲在高度二十几米的平台一角偷懒。他们相互递烟点烟，身边已经有了十几个烟蒂。小狗子吐了口烟圈，说："不知道老书记情况如何。"

小个子说："到底得的是什么病啊？"

小狗子说："我也说不清楚，好像是胃疼得很厉害，是木子哥老婆来电话非要他回家一趟的。"

小个子严肃地说："会不会是得了胃癌？"

小狗子瞪大眼睛说："你胡说什么呀！"

小个子尴尬了一下，吐吐舌头。突然，他看到小工头陪着几个干部模样的人在工地转悠。"小狗子，你看，是不是安全检查的来了？"

小狗子看看下面，随口说："能检查个什么出来，还不是老一套，酒醉饭饱，没有烦恼。"

小个子说："不关我们的事，干活去，让小工头看到又要没得好果子吃了。"

他站起来时，不小心把安全帽弄掉了。帽子向平台边滚去。小个子下意识地跳过去抓安全帽，小狗子迅速伸手一把拉住小个子，吼着说："你不要命了！"

就这样，两人眼睁睁地看着安全帽从平台上掉了下去，落在脚手架上的围网里。

检查组胖子抬头看了一眼掉在脚手架围网里的安全帽，讽刺说："人没掉下来就好。"

小工头尴尬地一笑，连忙给胖子递上香烟，说："也是，也是。"

胖子用手拍拍小工头的肩膀，没有说什么。

小工头把检查组送出大门后，连忙返回到脚手架前，他抬头望着围网里的安全帽，说："是谁砸了我的安全奖，别让老子查到，不想干了是吗？！"

小狗子和小个子迅速躲进平台的另一角，捂着嘴巴偷笑。

吴老根闭着眼睛躺在病床上，似睡非睡，面色不是很好。小芬坐在床边，两只眼睛出神地盯着挂瓶，似乎有什么心事。木子拿着吴老根的胃镜切片报告单走进病房，小芬接过他手上的报告单，仔细看了起来。突然，她抬起头看着木子，似乎有什么话要说。木子轻轻地用手按了一下她的肩头，她马上领会了木子的意思，欲言又止。此时，吴老根正用两只灰暗的眼睛看着他们，说："是否报告单出来了，上面说什么了？"

木子马上说："阿爸，你不用担心，小毛病，没有大的问题。"

吴老根说："我早就说过的嘛，我这是老毛病了。好了，明天就可以出院了，躺在这里浑身难受，没有毛病也要躺出病了。"

吴老根突然想起了一件事，他忙问："今天是几号了？"

小芬说："18号。"

木子问："阿爸，你有什么事？"

吴老根笑笑说："今天好像是县文旅局的文主任要到咱们村里来考察，不知道佛脚山有没有希望开发出来，要是真像刘为民说的那样，山水村就有希望了。"

小芬说："阿爸，你都生病住院了，村里的事就不要去想它了。你以前不是说过刘为民当村书记很放心的嘛。"

吴老根就笑笑，也不再说什么了。

佛脚山巍巍雄峰，白雾缭绕。

雄峰脚下有条大约十公里长的峡谷。山顶的平地上有两只清晰的佛脚印子，两平方米大小。佛脚的前方是悬崖，悬崖下方十米处，一挂飞瀑直泻而下，瀑水落处，一泓深潭，潭边绿草茵茵。

刘为民带着许乡长、文主任他们在佛脚山峡谷观赏自然风光。

刘为民介绍说："以后可以在峡谷搞漂流，还有佛脚崖下的飞瀑，我计算了一下，有二十米左右，关于佛脚的民间故事，我已经找过县文化馆的周老师了，他正在帮我们收集相关资料。"

许乡长一脸笑容地说："文主任，怎么样？你没想到这个穷山村还隐藏着一个聚宝盆吧。"

文主任说："看来还真是让你说着了，我想在短时间内组织专家对这里进行全面考察。"

刘为民说："这些都是靠老书记给我指点的啊。等会儿到了山顶，我再给你们讲佛脚的传说，这些都是老书记对我说的。"

许乡长马上问："我听说吴老根病得不轻，是怎么回事？等会儿我去他家看看。"

刘为民说："他已经在县医院住院了，听村医疗站小月说，老书记是胃有问题，具体我还不大清楚。"

许乡长说："那好，什么时间我们抽个空去看望他。"

刘为民回答："好。"

接着，在刘为民领路下，文主任他们走进佛脚山山腰的溶洞，并参观了平静如镜的佛山湖。在如此美景面前，文主任一路赞不绝口。

7

吴老根的精神看上去比前几天好多了，但木子心里明白，阿爸的毛病怕是有麻烦了。木子没有把对阿爸的担忧挂在脸上，他始终把握好一点，就是不管阿爸的病发展到什么地步，决不让阿爸知道自己的真实病情。

木子和小芬差不多每天要去一次医生办公室。这天任医生说："你们的心情我完全理解，也不要太悲观，如果有条件的话，我建议你们陪他到大医院去做手术。"

木子说："这件事我也想过的，今天我们就是想和你商量去大医院的事情。"

任医生笑笑说："去大医院嘛，虽然费用要多好多，但是医疗条件比起我们这里也好多了。唉，农民生不起毛病呀，何况又是个穷山区。"

木子苦苦一笑，脸上充满焦虑。从医生办公室出来后，木子和小芬商量说："我想让阿爸到大医院去做手术，只是现在……"

小芬打断说："如果决定去大医院，那就早点去，我怕这样拖下去会对阿爸的毛病不利。钱的问题我想好了，明天就去娘家凑钱，能借多少是多少。哦，我还想起了一件事。"

木子问："什么事？"

小芬说："你阿爸在村里好像有一笔钱，而且数目还不小，大概有两万五千元。"木子感到奇怪："你怎么知道有这件事情，不可能吧，听谁说的？"

小芬说："应该不会错的，前几天刘书记到我们家里来看阿爸的时候，我听他说的，好像是阿爸在几年前为村里修水库出的集资款。"

听小芬这样一说，木子瞬时解开了愁眉，又仔细一想，说："我看这件事不是没有可能。"

小芬说："你去问一下阿爸就知道了，不过你得注意点方法，不要让他误解了我们的意思。"

这天上午，医生查完病房后，木子和小芬扶着吴老根来到住院楼边的亭子里。木子说："阿爸，我们准备过两天陪你去大医院再检查一下身体。"

吴老根把一口西瓜咽下去后说："怎么了，我现在不是好多了吗？老毛病了，没有什么好大惊小怪的。"

小芬连忙接上说："阿爸，木子的意思是，这次他准备陪你到大城市去玩一下，顺便到大医院再检查一下身体。"

吴老根怀疑了，说："哎，不对吧，是不是我的毛病有问题了，非要到大医院去检查，在这里检查不是一样的吗？"

小芬说："阿爸，你放心，没事的。任医生说过了，年纪大了全面检查一下身体有好处。这次也是顺便的，你一辈子都钻在山坳里，想让你去大城市开开眼界。"

吴老根有了笑脸，说："那得花多少钱呀，我看还是算了吧。我呢，也不去开什么眼界了，为民要搞佛脚山旅游区的事情，还等着我给他参谋呢。到时候，城里人还要到我们山沟来开眼界呢。"

木子接上说："阿爸，我想问你一件事，听说你在村里还有一笔集资款。"

吴老根瞄了儿子一眼，说："有，有，有两万五千元呢，你怎么知道的？"

木子和小芬对视了一下。小芬拿过一块西瓜递给吴老根。

吴老根说："不吃了，一下子吃太多不好，我现在也学会保养身体了。"

吴老根沉默了一会儿，继续说："这两万五千元钱，是你阿哥当年牺牲时部队给的抚恤金。后来，你们结婚，我本想拿出来给你们用的，结果我还是拿去集资了。"

小芬说："阿爸，你当时是村里书记，是应该带头集资的。我们没有责怪你的意思。再说，我们现在已经还清了结婚时借的钱。木子和你说这件事情的意思是，村里能否把这笔钱……"

吴老根急了，说："你们不是不知道村里的情况，为民现在拿得出这笔钱吗？我们不能这样做。"

木子小心翼翼地对阿爸说："阿爸，你不要激动，我是想这次去大医院检查，总得多带点钱去。"

吴老根说："你们不是说只是去检查身体吗？要那么多钱干什么？唉，我知道你们有事瞒着我。你们是不是已经去找过为民了？"

木子说："没有，我是想先听听你的意见。"

吴老根叹了口气，说："说起来这件事还得怪我，要是当年我在村里不搞什么集资，现在也不会给为民带来那么大的压力。这样吧，如果家里真的缺钱，你可以去问一下为民，或者小数量地要回一点，但是不要太为难为民。如果钱是为了给我治毛病用的，我看你也不用去找为民了，我的病能好就好，如果好不了，也不在乎这些钱了。"

木子说："阿爸，你放心，我心里有数。"

夜空，星光闪闪。

墙上的电子钟走到了十二点。病房里一片宁静，吴老根睡得很香。

病区走廊一角铺着草席，小芬躺在草席上睡着了，木子盘着双腿坐在另一头。

木子若有所思，从他的眼神里可以看出几分忧愁，他是在为钱的问题焦心。白天和阿爸说的那笔集资款的事，他从心底里明白，刘为民现在肯定没有钱，那么，到了大医院，阿爸的病如果真像任医生所说，要动大手术怎么办？

木子站了起来，轻轻地走到走廊尽头的阳台上，点燃了一支香烟。

山城的黑夜幽深得十分朦胧，远处的灯光模模糊糊。

木子伏在阳台的栏杆上，香烟火星闪闪。

小芬不知是什么时候站在木子背后的，她把一件衬衣轻轻地披在木子背上。

8

阿香站在凳子上，专心致志地擦着小店的窗玻璃。她伸手往上擦时，脚没站稳打了个趔趄，刚要掉下来时被木子一把接住。

"小心，阿香姐。"

阿香从木子的怀里抽身出来，一看是木子，连忙扔掉擦布，红着脸笑吟吟地说："这副老骨头差点要散架了。哎，木子，回来了，你阿爸怎么样，没大事吧？"

木子说："恐怕情况不是很好。"

阿香说："那你怎么回来了？"

木子勉强笑笑，就朝自家院子走去。阿香连忙叫住木子说："是不是愁钱了？我这里有,给你拿去。"阿香准备进店拿钱，木子连忙返回来,拉住她，说："阿香姐,你不要去拿,小芬已经向你借了好几百元了。你男人走得早,一个人撑着个小店也不容易。我今天回来是想去找为民书记，想把我阿爸当年村里修水库的那笔集资款要回来。"

木子这么一说，阿香心想也有点道理，说："是啊，也该有四年了，当时说好的三年还款，可是……唉，怎么说呢。木子呀，你现在不要去找为民书记了，他可能去乡里了，早上还在我这里拿了几包香烟呢。"

木子问道："他去乡里了？"

阿香想了想，说："好像是为了佛脚山开发的事情。"

木子叹了口气，说："也真是难为为民哥了。"

木子和阿香唠了几句，准备回家休息。这几天在医院里一直没有睡好，他想好好地补个觉，下午再去找为民书记。

热心的阿香连忙说："木子，你一个人也不要做饭了，等会儿就到我这里吃一口吧。"

木子笑笑："阿香姐，谢谢了。"

木子下午三点不到起床，其实他没有好好地睡熟过。

村里的路还是黄泥路，还是坑坑洼洼的老样子，不过对木子来说，这些老样子还是蛮有亲近感的。

村委会办公室，刘为民正在用毛巾擦着汗，他从茶缸里掏了一碗水一口气喝个精光。

老会计噼里啪啦打着算盘，说："刘书记，看你的脸色，今天这一趟没有白跑吧。"

刘为民用手背抹了一下嘴，笑吟吟地说："还真是让你给说着了，听许乡长说，县文旅局十分重视对佛脚山的开发，看来我们山水村有奔头了。"

老会计舒展了一下额头的皱纹，乐呵呵地说："要是真的能开发起来，我担心的是启动资金呢。"

刘为民说："许乡长说了，县文旅局的意见是他们出百分之四十，乡里出百分之三十，我们村里出百分之三十，合股五年。五年后县文旅局撤股，我们村里出百分之七十的大股。"

老会计说："好事，是好事，不过我还是担心目前的百分之三十怎么办。"

刘为民说："一是让村民集资入股，二是贷款。"

老会计问："行吗？"

刘为民说："我看行，一旦佛脚山开发了，还能带动村民发展第三产业，先搞农家乐，再搞民宿，还可以搞些山货等土特产，哈哈，咱们山水村人有希望了。"

老会计被刘为民描绘得有点心醉了，但他很快阴下了脸，说："上午乡财政所的李所长来过电话了。"

刘为民问："是不是又为了那笔贷款？"

老会计说："他还能有什么，比《白毛女》里的黄世仁还黄世仁。"

刘为民说："我给他打个电话。"

刘为民摇着那台老式电话机，说："请李所长听电话。"

电话那头回答说："我就是，你是……"

刘为民马上说："我是山水村的刘为民。"

电话那头说："刘书记，你这个大忙人难找呀，是这样的……"

刘为民马上接上说："李所长我知道你要说什么，实话告诉你，那笔修水库的贷款我不但还不了你，而且我还要你帮我再贷一笔款呢。"

电话那头有点急了，说："这怎么行啊，前面的账未清，现在又要贷款，肯定不行。"

刘为民说："李所长，我知道你是财神爷，我现在是村民的集资款一分也没还上，他们都能理解我的苦衷，难道你不理解？"

电话那头说："我说你这个人呀，不会是等到佛脚山开发成功后才还钱吧？"

刘为民这头笑笑说："李所长呀，还真是让你说准了，只有等到这一天了。许乡长会对你说的，你把钱准备好就是了。"

电话那头无奈地说："这个许乡长也真是的，我的缺口已经够大了。"

刘为民说："支持一下贫困山区开发嘛，到时候我一定烧你高香。"

刘为民和李所长通话时，木子一直默默站在门口。

他放下电话转身时，看到了木子："哎，木子，你怎么不进来呀，来，来，快进来，站在门口干什么。"

木子笑着说："为民哥，你现在都成了大忙人。"

老会计一看是木子，连忙打招呼说："是木子呀，混得不错吧？"

刘为民接上说："不管怎么样，总归是见了大世面了。"

老会计说："这倒也是。哎，你阿爸的病怎么样了？"

木子还是笑着说："就这样了，我估计阿爸的病也不会好到哪里去了。"

刘为民递给木子一杯茶水，示意他坐下。

木子拿出香烟，递给老会计一支，又递给刘为民一支。木子的这包香烟是小狗子给的，在口袋里已经有几天了。刘为民接过香烟，点燃，吸了一口，然后说："你去看你阿爸了吗？"

木子回答说："我已经来了好几天了，一直在医院里陪我阿爸，今天上午刚从医院回来。"

刘为民说："我一直想找个空去看看你阿爸，可这几天忙于佛脚山开发的事情。"

木子接上说："我阿爸他要我问问你，不知道佛脚山开发有没有希望。为民哥，村里穷，你这个书记不好当呀。"

刘为民说："你对老书记说，请他放心，这件事看来很有希望，叫他好好养病，我还希望他在佛脚山开发的事情上给我做好参谋呢。怎么样，医院里对你阿爸的病有没有诊断结果？"

木子用揪心的语调低着声音说："我想让阿爸到大医院去看病，县医院的任医生也说了，我阿爸的病恐怕不容乐观，要是生的是坏毛病，怕是耽搁不起时间。"

刘为民说："那你打算怎么办？"

木子说："我已经和小芬商量好了，带阿爸去省城大医院检查一下，如果真的是坏毛病也可以早点治疗。我阿妈走得早，我阿哥又不在了，现在阿爸就我这么一个儿子，我总得尽一个儿子的责任。"

刘为民深深地吐着烟圈，烟雾掩盖了他的满面愁云，他内疚地说："村里还

农民兄弟

有你阿爸的两万五千元集资款，老书记对你说过没有？"

木子抬起头看看刘为民，然后笑笑说："我知道，这笔钱是我阿哥当年牺牲时部队给的抚恤金。"

刘为民惭愧地说："老书记现在有病，按理说应该先把你们家的那笔集资款还上，再说你阿爸治病一定也很需要钱，可是……"

木子马上接上说："为民哥，你也不要这样说，我知道你现在是大水牯掉进井里，有劲使不上。我阿爸治病是需要钱，而且我估计数目不会少，不过……为民哥你放心，我今天不是来向你要钱的。我出去也有四年了，趁这次回家来看看你，听说你最近正在忙着搞佛脚山旅游景区的事情，心里很高兴。真的，我们村里的一些年轻人就数你有出息，你的思路就比我们清晰，就比我们有脑子。我琢磨过了，佛脚山旅游景区肯定行，这么好的自然景观可以帮助我们赚钱，我阿爸当时就没有想到。我还真想回来一起开发佛脚山呢。"

刘为民满面笑容，说："好呀，到时候我还真需要人帮助呢，你要是回来的话，我就让你干个师长旅长什么的。"

木子可高兴了，说："我从小到大还没当过官呢。"

刘为民说："好，你早点回来，我给你留个芝麻绿豆官。"

木子说："一言为定。"

刘为民说："一言为定。"

木子说着又摸出香烟，抽出一支看看是皱巴巴的，又换了一支，还是皱巴巴的。

木子朝刘为民笑笑说："你看，这香烟还是小狗子给的，时间长了就成这个样子。"

刘为民说："你我之间还讲究这个呀，只要能抽就行。哎，小狗子他现在怎么样？"

木子说："我们在一个工地，算是有个伴了。哎，他要是知道村里要开发旅游景区，他肯定也想回来了。"

刘为民说："好呀，我巴不得把外出打工的那些年轻人都叫回来呢，金窝银窝，不如自家草窝。只要大家齐心协力，草窝也会变成金窝银窝，脱贫就有希望了。"

9

田野。

小路从远方延伸过来，又弯弯曲曲地伸向远方。

远处的群山风景如画，夕阳染红了田野和村庄。

木子埋头走在村道上，他的耳边回响着刘为民的话："金窝银窝，不如自家草窝。只要大家齐心协力，草窝也会变成金窝银窝。"

木子停住了脚步，抬头看了一下佛脚山，脸上露出了一丝喜悦的笑容。

夜深了，皎洁的月亮挂在空中，星星闪烁。这个晚上，木子早早入睡，比任何一个晚上都睡得踏实。

清晨，公鸡第一声鸣唱在村子里响起。木子在床上翻了个身，又睡着了。太阳三竿高时，院子里的木门被悄悄推开，进来的是小芬。她轻轻推开房门，见木子还在床上，心里骂了句懒鬼，太阳照屁股了还睡。但是，如果不是小芬不小心碰倒了凳子，是不会吵醒木子的。

木子迷迷糊糊翻了个身，用手揉了揉眼睛，见是小芬在屋里，感到意外地问："你怎么回来了？"

小芬放下花布小包，笑吟吟地说："怎么，我就不能回家？"

木子盘着双腿坐在炕上，傻笑着说："能，能，我昨晚上还梦到你呢。"

小芬说："算了吧，要不是阿爸叫我回来，我还不来了呢。"

木子问："阿爸叫你回来？"

小芬说："是的……阿爸怕你为了钱的事难为了为民哥，不放心。"

木子笑了，说："阿爸也真是，有什么好担心的。"

说话间，小芬已经坐到炕沿上。木子豁然开朗，眼睛注视着小芬。

小芬甜蜜一笑，明知故问："你怎么了？"

木子还是一个劲儿地冲着小芬笑。突然，他一把抱住小芬，捧着她的脸轻轻地吻了一下，然后把她搂在怀里。

小芬低声说："急什么啊，我去洗把脸。"

木子不但不肯放，而且还把她搂得更紧了。

木子含情地吻着小芬。小芬闭着眼睛，充满着无限的激情。

木子的欲望开始强烈，小芬自觉地倒在炕上。两个人的世界，欲火燃烧。

正当木子进入状态时，他的手机响了。木子用一只手去摸炕上的手机，拿过来一看，显示的号码是工地旁边的公用电话。

小芬问："是谁的电话？"

木子说："工地。"

小芬说："你接呀。"

木子把手机扔在一边，一把按住小芬。

手机在炕上随着响声不停盘转。然而，木子和小芬却在干柴烈火。完事后，他们双双仰躺在炕上。手机不再响了。小芬问："怎么样，钱没有要回来吧？"

木子没有回答。小芬又问："为民哥是怎么说的？"

木子还是没有回答，他转身伏在小芬身旁，一个劲儿地笑。小芬被木子弄得莫名其妙，她坐了起来，整理着头发和衣服。

木子也坐了起来，说："我这个人真没用。"

小芬露着淡然的微笑，说："还没用呢，我看你的劲也够大的了。"木子一时不解，然后哈哈大笑起来。

小芬又推了一把木子说："还笑呢，差点没把我整死。"

木子还是笑个不停。

小芬说："你今儿个怎么了，是不是钱拿回来了？还给我卖关子。"

木子说："你呀，误会了我刚才说的意思，我是说昨天下午去找为民哥的事，在路上我想的好好的话，见到了为民哥后，都咽了下去。"

小芬被木子这么一说，满脸绯红，说："在城里几年，你学坏了。"

木子笑笑说："好，好，我坏，我坏。说正经的，我昨天刚到村办公室门口，见为民哥在打电话，就想等他打完电话再进去。从他的电话内容里我知道，他为了钱的事，正在纠缠乡财政所的李所长，你看我还能再向他说集资款的事吗？"

小芬说："看来阿爸的担心的确是有点多余的了。"

木子看了小芬一眼，说："你呀，说笨不笨，说不笨是笨，阿爸这是借口。"

小芬想了想，就笑了，说："你呀，是聪明得越来越坏了。"

木子说："我现在知道为民哥的难处了，我想过了，自己好歹也是个党员，虽然在外面打工，但是村里的事情总得关心关心。如果在这个时候去向为民哥说钱的事，我也太没有素质了。"

小芬灿烂一笑，说："你呀，标准的农民党员，有其父必有其子。"

木子说："你说对了一半，还应该加上有其夫必有其妻。"

小芬说："去，去，去，就你会说话。"

木子的手机又响，他说："我估计是小狗子打来的。"

小芬说："那你怎么不接呀？"

木子说："这你就不懂了，我这样接电话要付漫游费，电话费要双倍的，还是到阿香那里去给他回电吧。"

小芬说："那你赶快去回电，万一他找你有什么事情。"

阿香小店里。木子大声地叫着："喂，是小狗子吗？"

小狗子说话的声音比木子还大："给你打了几次电话，你怎么不接呀，大伯没事吧？"

木子说："没事，没事。"

小狗子问："你在医院里还是在家里？"

木子笑笑说："在家里。"

小狗子在那头压低了声音问："嫂子一定也在家里是吗？怪不得刚才一直不接我的电话，没吓着嫂子吧？"

木子说："就你没正经，现在又不是晚上。她早上刚从医院回来，你不懂的。"

小狗子在那头哈哈大笑起来，说："你不打自招了吧。哎，木子哥，你什么时候回来？"

木子说："快的，大概就在这几天，我阿爸和小芬也一起过来。"

小狗子问："怎么了？"

木子说:"好多事情电话里说不清楚,来了你就知道了。"

小狗子兴奋地说:"好呀,我现在就代表工友们欢迎大伯和嫂子光临我们的寒舍,是热烈欢迎。"

木子说:"好了,就这样了。"

木子挂了电话,要付电话费。

阿香马上推开木子的手,笑笑说:"你也太小看我了吧。哎,是不是小芬也回来了?"

木子点点头,说:"她刚回来,没多长时间。"

阿香没有再说话,就一个劲儿地笑。木子也笑笑,他的笑容里多少带有一点神秘的尴尬。

县医院。

任医生值夜班,他在办公室里仔细地看着吴老根的病历档案。他感到有点累了,仰靠在椅子背上,正准备闭目养神,木子推门进来。

任医生揉了揉眼睛,说:"哦,你来了,坐吧。"

木子说:"任医生,打扰你休息了。"

任医生说:"没什么的,我刚才把你阿爸的病情又仔细地分析过了,我晚上就把病历报告写好,明天早上叫护士长给你们送过去。其实啊,我们医院的病历报告只是给省城医院做个参考,到时他们还是要对你阿爸做全面检查的。"

木子说:"任医生,谢谢你了。"

任医生说:"有什么好谢的,我这也是工作嘛。等会儿我再过来,看看你阿爸。"病房里,吴老根躺在床铺上,木子和小芬陪在床边。

吴老根的精神看上去还可以,他这几天胃疼次数少了,心情也渐渐好了起来。

吴老根对木子说:"你看我现在不是很好嘛,来来去去多麻烦,还是不去了吧。"

木子说:"阿爸,去吧,我们都商量好了。现在城里的老人都时兴健康检查,你就当是去健康检查嘛。"

吴老根说:"咱们可是山里人呀,和城里人不一样,我这不就是胃病嘛,检查什么,还不是浪费钱。"

小芬看了看木子,接上说:"阿爸,你就听木子的吧,到大城市去开开眼界。"

吴老根想了想说:"好了,我也不和你们争了,就听你们一次,我呀,这一生还真的是没有出过县城呢。不过……我有话在先,关于我的毛病我自己心里有数,你们也不要瞒我。我想想自己应该不会有什么大毛病的。我不是怕死,也一把年纪了,早晚是要走这条路的,我担心的是万一有什么毛病,医治不好,钱也花了,会拖累你们的。"

木子说:"阿爸,你不会有事的。"

吴老根笑笑说:"我当然不想有事,我还要亲眼看着为民把佛脚山旅游景区开发出来呢。"

小芬在一旁说:"阿爸,你一定能看到的,到时候为民书记还要请你这个老书记去剪彩呢。"

吴老根的脸上绽开了甜甜的笑容。

林丰县汽车站。

候车大厅里坐满了旅客。木子手里拿着三张车票,背着编织袋走在前头,小芬扶着吴老根走在后面,他们在找座位。

车站工作人员拿着电喇叭高声叫着:"开往东湖的 156 次班车现在开始检票,请大家带好自己的随身行李,准备排队上车。"

去东湖的旅客一拥而上,他们各自拿着大小行李,撞来撞去地排起了不是很规则的队伍。

木子他们趁机在空出的椅子上坐了下来。

木子对小芬说:"你和阿爸在这儿休息,我到外面去等为民哥。"

小芬问:"他会来吗?"

木子肯定地说:"昨晚说好的,他先到县文旅局去一趟,然后就过来。"

吴老根说:"我说木子呀,为民这么忙,你就不要叫他过来了,我又不是去了不回来了。"

木子笑笑说:"阿爸,你先休息一下,不管他来不来,我总要去等他的。"

汽车站大门两侧,摆满了小商品地摊,叫卖声和收音机音乐声混成一片。

木子徘徊在车站门口,他时不时抬头眺望远处,脸上的表情有点焦急,希望为民能早点出现在眼前。

离车站不远处,刘为民匆忙地在横穿马路。

马路上,随处可见不按照交通规则行驶的车辆。

刘为民在这些不规则的车辆中绕行。

木子突然听到不远处有车辆的紧急刹车声,他顺声望去,见刘为民从车的侧面跑了出来,他边跑边向司机道歉:"对不起,对不起。"木子一看差点被车撞的是刘为民,急忙迎了过去。

木子说:"为民哥,没事吧?"

刘为民气喘吁吁地回答:"没事,没事,老书记在哪里?"

木子说:"在候车大厅,小芬陪着。"

木子和刘为民一起走进候车大厅。小芬见到木子他们过来,连忙站了起来,说:"为民哥,你来了。"

刘为民说:"来了,来了。"

他接过小芬递来的毛巾擦汗。吴老根睁开眼睛,脸上挂着笑容,他想站起来,刘为民把他按下,自己也就坐在吴老根旁边。

吴老根拿过刘为民的一只手，紧紧地握在自己的双手中，说："为民呀，我知道你很忙的，还过来干什么。"

刘为民笑笑说："老书记，您不要这么说，况且我也是顺便的。"

吴老根来精神了，问道："怎么样，有希望了吗？"

刘为民回答说："基本确定了，下一步就要看论证了。"

吴老根说："好，好，这下我们山水村有出头之日了。为民啊，看来我这个书记早就应该退了。人家都说靠山吃山，这么多年来，我怎么就没有想到佛脚山这块宝地还有旅游开发价值呢？我呀，不但是人老了，连脑筋都不中用了。"

刘为民连忙说："老书记，您不要这么说，姜还是老的辣嘛。今后我还有好多事情都得您来参谋呢。"

吴老根爽朗地说："好，好，等我回来，只要你用得着我的地方尽管说。"

正当刘为民和吴老根聊得火热的时候，车站工作人员手上的电喇叭响了："开往都江的 226 班车准备检票，请去都江的旅客带好自己的行李，排队上车。"

刘为民站了起来，从手提包里拿出钱递给吴老根，说："老书记，这两千元钱您先拿上，我会想办法先把您的集资款还上。"

吴老根呆了一下，说："为民呀，你……你这是干什么？"

木子也在一旁说："为民哥，你……"

刘为民笑笑说："好了，赶快上车吧。"

木子他们排队准备检票，刘为民陪在吴老根身边。

木子他们通过检票口，吴老根回过头来向刘为民挥手。

刘为民在候车大厅窗边，隔着窗玻璃目送木子他们上车，一脸深沉。

10

都江市客运中心。

车站出口处拥挤着接客人的亲友，他们举着各种牌，在寻找自己要找的人，有个人的，也有会议接车的，更多的是旅游公司的各色彩旗。

木子他们被夹在蜂拥出站的旅客中间，吴老根佝偻着腰，茫然地瞅着前面。出口处外广场，小旅馆兜客的叫喊声和导游的电喇叭声混成一片。

木子他们终于挤出人群，在广场一处立定，瞬时就围上来几个为小旅馆兜客的妇女，她们抢着说："标准房、经济房。专门有汽车接送，五分钟就到。我们还有旅游服务、特殊服务，价格便宜……"

小芬和吴老根面对眼前的情景皱起了眉头，感到有点烦心。

木子大着声说："你们都回吧，我们不住旅馆。"

几个拉客妇女同时看了一眼木子他们，知道是没有戏了，一个个失望地走开，留下的话是："哼，原来是蹲防空洞的。"

木子看了她们一眼，没有去计较，对小芬说："走，你扶好阿爸，我们坐出租车过去。"

木子他们提着行李走出车站广场。

天池娱乐城建筑工地，民工们在忙着干活。水泥拌浆机隆隆地响着，升降机上上下下地送着材料。工地一角的简易仓库前，停着一辆运输车，有几个民工正忙着搬运水泥。小工头在用手机通话，额上明显出现了"川"字："姐夫，你再不来我可是扛不住了，这样下去肯定要影响工程进度了。"

小工头和姐夫通完电话后，摇头一笑，然后点燃了香烟，满脸无奈。此时，搬运水泥的几个民工，一直在偷听小工头的电话内容，他们凑在一起说着悄悄话，时而脸上露出笑意。小工头深深地吐了口烟圈，这才注意到他们凑在一起叽叽咕咕的，于是拉着脸："干活，干活，你们自己看看，就这么一车水泥，搬到现在还有半车，就知道抬着头要工资。"

民工们斜了小工头一眼，又慢腾腾地开始搬运水泥。

这个时候木子他们还在马路上等出租车，一辆辆汽车从他们面前驶过，吴老根有点眼花缭乱。

吴老根说："木子，大城市里坐小汽车一定很贵吧，还是走路去算了。"

小芬接上说："阿爸，你就听他的吧，到工地有好几里路呢。"

木子笑笑说："不贵的，就起步费，十元够了。"

吴老根看了木子一眼说："还不贵呢，三个人加起来不就是三十元吗？"

木子还是笑笑说："一共十元就够了，坐出租车不像长途客车那样按人头计算。"

终于有出租车在他们面前停下了。木子他们上了车，小芬和吴老根坐在后排。年轻女驾驶员很有礼貌地问："你们去哪里？"

木子说："到建国路，天池娱乐城建筑工地。"

出租车在市中心行驶，小芬面带微笑一路看着车外的市景。

出租车开到十字路口遇上了红灯，女驾驶员看了一眼坐在旁边的木子，问道："你是在这里打工的吧？"木子说："你还是很有眼光的，我在这里打工三年了。我阿爸和我老婆是第一次来这里。"

女驾驶员继续说："都江市现在已经有两百万外来人员了，城市建设的确少不了你们。"

木子苦苦一笑说："我们干的都是你们城里人指缝漏下的活，苦了点，不过也好，这样活得踏实。"

女驾驶员说："城里人其实活得也不过如此，要么当官，要么做老板，现在最没有花头的是普通老百姓，还不如乡下人有钱。"

木子说："我们也是乡下人，可还是很穷，否则也不会出来打工了。不过也快了，只要我们的佛脚山旅游景区开发，就不一样了。大姐你还没有听说过佛脚山吧？"

女驾驶员"哦"了一声，没有说什么。

交通灯变绿了，出租车继续在市中心行驶，女驾驶员打开了车上的收音机，交通音乐频道播放着一组交通消息。

天池娱乐城建筑工地的伙房就在民工工棚的右角。老李头脖子上挂着条毛巾，胖乎乎的身子把那件汗衫绷得紧紧的，汗水湿透了汗衫。他把一大筐切碎了的大白菜倒入冒着油烟的大铁锅里。

此时，简易桌上的马蹄钟，正走在下午六点。

老李头走出伙房，他的身架子与高空和大厦相比显得那么渺小。

老李头用毛巾擦着脸上的汗，抬头看看夕阳。

该是歇工的时间了，民工们三三两两地从各个场地上出来，他们走到工棚前的杂木堆旁边，有抽烟的，也有在自来水龙头下喝冷水的，更有一帮子干脆很随便地倒在杂木堆上休息。

老李头用一根细铁条敲打着挂在伙房门边的铁块，工地上空响起了清脆的金属敲击声。

到饭点了，民工们从四面拥向伙房。

这是民工们穷开心的时刻，他们中间总有几个要用筷子调羹敲打着手里的菜碗，为自己的平淡生活奏上一曲。民工们也懂得要有秩序，他们排队领菜饭，对他们来说尽管只是粗菜淡饭，也够满足了。他们到城市打工的目的是挣钱，在吃的方面没有更多的奢望。

伙房里，高高的灶台上，一只只饭盒被民工拿走。

老李头在给民工们掏菜。大多数民工都在工棚的屋檐下吃饭，小狗子和小个子在工棚的另一头，他们吃得津津有味。

夕阳的余晖从天边射过来，把工地染成了橙黄一片。

出租车行驶到天池娱乐城建筑工地的大门口停下。

木子他们从车里出来。门卫室里，刘大伯带着一副老花眼镜正在看报，听到门口有汽车声音，从窗口伸出头来，摘下眼镜仔细一看，笑着说："噢，是小秀才回来了。"

木子连忙说："大伯，我回来了。我阿爸和我老婆也来了。"

刘大伯把身子往窗台上一靠，头伸得更出了，说："好，好，欢迎，欢迎。"

小芬扶着吴老根，脸上透着笑意，很有礼貌地说："大伯您好。"

吴老根与刘大伯低低头表示打招呼了。

刘大伯笑吟吟地说："好，好，一看就知道是个好闺女。快进去吧，他们刚开始吃饭。"

木子他们朝工棚走去，刘大伯目送着这一家人进去，脸上还一个劲儿地开着笑口。

小狗子吃饭时下意识地抬起头，他用手中的筷子指着正前方。

小个子顺小狗子指的方向仔细一看，乐了，说："那不是木子哥回来了吗。"

小狗子和小个子差不多是同时放下手中的饭盒和筷子的，他们喜出望外地迎了上去。

小狗子接过木子手中的包，朝着工友们喊道："木子哥回来了。"

小狗子笑嘻嘻地对吴老根说："大伯您好。"

吴老根说："好，好。"

小芬在旁边说："小狗子，三年不见了。"

小狗子朝着她傻笑。

工棚门口，工友们各自拿着饭盒笑眯眯地看着木子他们。

小狗子把手中的包还给木子，清了清嗓子，说："我来向大家介绍一下，这位是木子哥的阿爸，也是我们村里的老书记，这位是木子哥的媳妇，按照城市里的叫法是老婆，我一直叫她小嫂子。来，大家对他们的到来表示一下热烈的欢迎。"

"好！"瞬时出现了一阵无规则的饭盒敲打声，伴着工友们的哄笑声。

木子用拳头打了一下小狗子的肩膀，说："就你这小子花样多。"

吴老根一脸激动，他向大家摆摆手。小芬满脸通红地看了木子一眼，甜甜的笑容更显示出脸上两潭深深的酒窝。

小狗子讨好地对小芬说："小嫂子，怎么样？"

小芬心里热乎乎的，她把小狗子拉到身边轻声一笑说："你呀，改不了，还是那样油腔滑调的。"

11

夜，工棚里。

吴老根坐在床上，小芬在给他洗脚。民工们和吴老根打着招呼离开工棚，他们是去录像厅。

小个子走到小芬前，笑嘻嘻地说："嫂子你真好。"

小芬低声问："你不去看录像？"

小个子说："去的，咱们除了看录像还能干啥呢，你们一起去吧。"

小芬说："你去吧，我们不去了。"

小个子说："那好，你们早点休息。"

木子和小狗子各自抱着几块木板走进工棚，正好和刚要出去的小个子打了个照面。

小个子说："木子哥，要帮忙吗？"

木子说："不用了，有小狗子在就行了，你去吧，等会儿迟了就没有座位了。"

木子和小狗子在工棚里进进出出，他们要在工棚的一角搭个小板房，还有一张双人床。小狗子敲定最后一枚钉子，笑着对木子说："你可得注意点，这床可不比家里的土炕牢固。"

　　木子看了小狗子一眼，说："你是欠揍？"

　　此时，伙房老李头正喷喷地品着白酒，桌上一盘大白菜，一盘花生米。老李头中晚两顿少不了要喝点酒，但不在乎下酒的菜，就像他自己所说，自己这硬邦邦的身架子是靠酒养出来的，可以一天不吃饭，但不能一天不喝酒。

　　木子进了伙房，小狗子笑嘻嘻地跟在后面。

　　木子说："李师傅，喝酒啊。"

　　老李头招手说："来，来，坐下，喝几盅。"

　　小狗子爽朗地回答："喝就喝。"

　　木子连忙阻止小狗子，说："李师傅，您自个儿喝吧，我们不抢您的口福了。"

　　老李头说："那你们就坐吧。"

　　木子和小狗子各自拿了凳子，坐在桌子旁边。

　　小狗子一坐下来就去抓花生米吃。

　　老李头把那盘花生米推到小狗子面前。

　　木子用手指轻轻地划着桌子。

　　老李头品了口白酒，说："木子呀，听说你阿爸是来看毛病的。"

　　木子神情茫然，说："是的。"

　　老李头又问："有这么严重，非要到这里来看？"

　　木子说："是的，我阿爸的胃出了毛病。"

　　老李头说："莫非是得了癌症，那大医院也不一定能治好。"

　　老李头这一说，小狗子拿到嘴边的一颗花生米掉了下来，他瞪大眼睛凝视着老李头。

　　老李头还没有意识到自己刚才说了什么，他两眼眯得细细的，对小狗子说："你这小子，瞪大眼睛干什么？"

　　小狗子说："瞪什么，乌鸦嘴呀！"

　　老李头来气了，说："你也敢和我这样说话，你反了你。"

　　小狗子说："你幸灾乐祸，你才得癌症呢。"

　　老李头一把抓过花生米要扔过去，木子连忙抓住了他的手，说："李师傅，您大人不计小人过。不过，这件事还真的让您说准了，我阿爸得的就是这个毛病。"

　　小狗子的眼睛瞪得更大了，问："木子哥，这是真的？"

　　木子平静地回答："已经八九不离十了，我明天就带他去医院检查，让这里的医生做最后的确定。"

　　老李头听木子这么一说，往地上吐了几口口水，道歉说："木子呀，我刚才也是乱说的，你可千万别放到心里啊。"

小狗子哼了一声，老李头看了小狗子一眼，没有说什么。

木子说："李师傅您说什么呀。"

老李头又补充说："我可没有咒你阿爸的意思啊，唉，我可真是成了乌鸦嘴了。我希望你阿爸检查结果是好的，不然的话可要苦了你了。"

小狗子说："要是真的得了这种毛病，不说我们乡下人，就是城里人也够惨了。"小狗子说着合着双手，闭上眼睛祈祷着说："菩萨保佑，老书记的毛病是一场虚惊。"

木子用手拍拍小狗子的肩膀，然后说："你这是干什么呀。"

小狗子睁开眼睛，叹了口气，说："木子哥，老书记要是大领导就好了，什么毛病都不用怕了，要钱有钱，要医生有医生。"

老李头轻轻一笑说："你这不是屁话嘛，木子，来，喝酒，愁也没有用，船到桥头自然直，没有过不去的坎。人嘛，本来就是来时一根脐带，去时一根裤带，想开点，顺其自然吧。"木子没说什么，一把抓过桌上的酒瓶，连喝了几口。

省城医院里的挂号大厅，五个挂号窗口都排着长队，木子排在二号窗口的队伍中。

大厅左边的服务台，一个白衣护士小姐满面笑容，热情地回答着病人和家属的咨询。

小芬和吴老根坐在大厅的长椅上休息。

120 救护车的笛声由远而近，接着从大厅右边的门里推进来一床病人。

大厅里的人们，很快就让出了一条通道，抢救床急急地推向急救室。大概就十分钟时间，大厅里的人们开始传说消息，说刚才送来抢救的是一个建筑工人，从四十米高台掉下来，看来没有希望了。

小芬听到了人们的议论，心寒了一下，感到太可怕了。她看了一眼吴老根，什么也没有说。

木子还在排队，吴老根有点不耐烦了。

吴老根说："这大医院看毛病还真复杂，挂个号都要这么长时间。"

小芬安慰说："阿爸，你不要着急，咱们反正有时间。"

正当吴老根感到不耐烦时，木子拿着挂号单和病历卡回来了。

小芬说："挂上了？"

木子回答："挂上了，16 号。"

小芬扶着阿爸站起来，他们去门诊科。木子挂的号是消化内科，他们穿过挂号大厅通道，找到了门诊。此时，消化内科门诊云集着看病的病人和家属。

木子眉头紧锁，对小芬说："我在里面等号，你陪阿爸到外面去坐着，等会儿我会叫你们的。"

吴老根和小芬坐在门诊走廊的椅子上。他自言自语："到处都要排队，早知道就不来了。"小芬突然说："阿爸，你坐着，我去一下就来。"

吴老根以为小芬要去买吃的什么，就连忙说："你不要去忙了，我什么也不想吃。"

小芬尴尬了一下，说："阿爸，我是想去一下……"

吴老根这才领会了小芬的意思，连忙说："去吧，去吧，你找得着吗？"

小芬说："我可以问的。"

小芬在医院的走道里绕来走去，就是找不到厕所。她原本不想问人家的，怕被城里人笑话，到底是乡下人进城，连厕所都找不到。结果，她还是问了刚好路过的小护士。

小护士笑笑说："你是第一次来我们医院吧？没关系的，我带你去。"

小芬红着脸说："是的，陪我阿爸来看毛病，你告诉我一下就行了。"

小护士热情地说："这里的厕所是不好找，还是我陪你去吧。"

小芬说："让你给笑话了。"

小护士说："你这是哪里的话呀，走。"

小护士把小芬带到厕所门口，她指着门上的标志说："你看，门上画着黑色男士的是男厕所，画着红色裙子的是女厕所。"

面对厕所，小芬傻眼了，这医院里的厕所比自己家的房子还考究，要不是小护士指点她还真是找不到呢。嘿，城里和乡下就是不一样。

小芬谢过了小护士就进了厕所。木子一直在门诊室里等着，现在轮到15号了，下一个就是他们了。他连忙走到外面，见阿爸一个人坐着，便问："小芬呢？"

吴老根说："去解手了，应该快回来了。"木子问："有多长时间了？"吴老根说："大概有二十分钟了吧，哎，是不是找不到地方？"

就在这时小芬回来了。木子开玩笑说："我以为你找不到厕所了。"

小芬说："我还真找不到厕所了，是个小护士告诉我的。这哪里是厕所啊，比我们家房子不知要强多少呢。"

门诊科里面在叫号了："16 号，16 号。"

木子马上回答说："噢，来了，来了。"

吴老根躺在床上，中年女医生给他检查胃部。她戴着眼镜，说话细声细语的。

中年女医生在给吴老根检查时，脸部表情有点异常，说："病人早上吃过东西没有？"

木子说："昨晚吃了点稀饭，到现在还没有吃过东西。"

中年女医生说："那马上就去做个胃镜检查。"

木子问："医生，我阿爸的病……"

中年女医生说："你们不要着急，胃是肯定有问题的，其他等检查出来再说吧。"

中年女医生给做胃镜的医生打电话，说："再安排一个胃镜怎么样？对，现在就做，病灶不是很乐观，是农村来的。好，那我开单子了。"

农民兄弟

　　中年女医生放下电话，给吴老根开胃镜检查单。这一天，等待胃镜检查的人不多，吴老根很快就接受了胃镜检查。木子和小芬坐在通道的椅子上，他俩脸上流露出焦急的神情。

　　医生把胃镜管插入吴老根嘴里，仔细检查病人的胃部，并提取切片培养体。此时，木子和小芬在胃镜室门外不停地徘徊。胃镜科的门终于打开了，吴老根脸色苍白，弓着腰出来，陪同护士对他说："四个小时内不能喝水，也不能吃任何东西。"吴老根频频点头，表示听到了她的嘱咐。木子和小芬连忙迎上去，把阿爸扶到椅子上坐下。木子说："阿爸，怎么样？"吴老根说："赶快回去，我想好好躺会儿，做胃镜太折磨人了。"

　　木子他们很快在医院门口拦着了出租车。出租车内，吴老根筋疲力尽地靠在椅背上，闭着双眼流着口水。小芬不时地给阿爸擦着嘴角的口水。

　　回到工地，进了工棚。小芬扶着阿爸躺下，吴老根紧锁眉头，慢悠悠地说："真是越老越吃苦了。"

　　木子说："等过了四小时，让小芬给你弄点吃的。"

　　吴老根说："你去干活去吧。"

　　小芬也说："去吧，这里有我呢。"

　　木子说："那我干活去了。"

　　小狗子进工棚，正好和准备出来的木子碰头。小狗子说："木子哥，你们回来了，大伯怎么样？"

　　木子苦苦一笑，把小狗子推到门口，低着声音说："和咱们县医院的诊断差不了多少，看三天后的切片结果了。"

　　小狗子神秘兮兮地说："你可千万不能让大伯知道呀，否则他会在精神上接受不了的。人啊，七分精神三分病，要是三分精神七分病，就完了。"

　　木子说："从县城开始我们就一直瞒着他，只让他知道是一般的胃病。不过他自己不是没有猜疑过，他也不会把对自己毛病的猜疑挂在脸上。"

　　木子突然问："你看到小工头了吗？我回来还没有向他报到过呢。"

　　小狗子说："不用报到了，再说他也不在。他已经知道你回来啦，也知道你今天上午陪老书记看病去了。"

　　木子问："他没有说什么吧？"

　　小狗子说："没有。哦，他对我说了一句，要是木子有事情，上班的事让他自己掌握就行了，我发觉他现在比过去有人性了。"

　　木子笑笑说："人嘛，总是会变的。"

12

　　在平房的小间里，乌烟瘴气。灯光下可以看到四个在打麻将的人，他们个个脸色发青，眼圈发黑。每个人桌前都有一大堆皱巴巴的钱。

小工头嘴上叼着香烟，搓了搓手去摸牌，嘴上不停地说："自摸，自摸。"他把抓来的牌用手指深深地一摸，然后重重地往桌上一拍一翻，说："哈哈，清一色胡了，辣子一副。"

另外三个人伸着头去看小工头的牌，然后一声不响地每个人给小工头两百元钱。

四个人继续洗牌。小工头的运气不错，他桌前的钱越堆越高。

工地里水泥拌浆机的隆隆声突然停了。

有民工说："水泥用光了。"

另一民工说："沙子也快用光了。"

施工组长刘小华急了，说："现在正是顶楼现浇，怎么能停呢？！"

他连忙扔掉香烟屁股，噔噔噔地去找小工头。

小工头办公室的门没有上锁，刘小华推门进去。办公室杂乱无章，空无一人。

刘小华拿过桌上的电话，给小工头打电话，传来的是："您拨打的电话已关机。"

刘小华连拨了几次后，狠狠地把电话放下，说："看你怎么收场！"

一辆丰田轿车缓慢地在工地项目经理办公室门口停下。

四十二岁的项目经理胡伟民，挺着肚子从车里出来。他本想先到自己办公室去，却突然反过身来向小工头办公室走去，正好迎上从里面出来的刘小华。

刘小华见是胡经理来了，连忙打招呼说："胡经理，你来了。"

胡伟民问："小工头在吗？"

刘小华一时语塞，吞吞吐吐地回答："他……他……他不在，我也在找他，工地里水泥没有了，沙子也断料了。"

胡经理一听马上来火了，说："你这个施工组长是怎么当的？！火车站不是还有货吗？"

刘小华解释说："提货单在小工头手里，我在三天前就对他说了。"

胡经理更恼火了，说："这个败家子，我非宰了他不可！"

刘小华心里明白，小工头这次是闯大祸了，停工待料可不是一件小事，更何况是在节骨眼上，它会直接影响到工程的质量。

胡伟民大发雷霆，指着刘小华说："你赶快给我把这败家子叫来。"

刘小华说："他的手机关机了。"

胡伟民气得脸色铁青，说："打，再给我打。"

刘小华就拿出自己的手机给小工头打电话，对方还是关机。

刘小华拿着手机看着胡伟民的脸色，突然想起了什么，殷勤地说："胡经理，你不要急，水泥的事我有办法了。"

胡伟民说："快，越快越好。"

刘小华回到小工头的办公室打电话。胡伟民在自己的办公室打电话。

刘小华是在给他的老乡打电话，他们是一起从安徽出来的。这个老乡叫刘山

农民兄弟

子，是复员军人，在一家小运输公司开车。

刘小华说："你小子，我知道你这几天在跑水泥，你到底帮不帮？"

刘山子在那头说："你知道你我这样做的后果吗？"

刘小华说："我又不是让你偷，只是借用一下，反正你这次要拉五天水泥的，明天就可以还给你的。"

刘山子说："你只是一个小小的施工组长，管那么多干什么呀？"

刘小华说："我也只是趁这个机会表现一下自己，说白了，就是讨好经理嘛。"

刘山子说："你这小子什么时候也有心机了，你不要忘了自己只是个打工的。"

刘小华说："废话少说，打工的怎么了，我至少现在已经是施工组长了，你到底帮不帮？就拉两车，十吨。"

刘山子说："好吧，半个小时就到。"

胡伟民还在自己的办公室里一个劲儿地打电话，可惜同行是冤家，再说他在这次天池娱乐城建筑项目招标中，得罪了不少人，所以现在人家看他笑话都来不及呢。这下胡伟民可真成了热锅上的蚂蚁了。

刘小华一头冲进胡伟民的办公室，满脸喜色地说："胡经理，水泥有了，半小时就到，共十吨，够我们今天的用量了。"

胡伟民慢慢地放下手中的电话，两只眼睛盯着刘小华，他还真有点不相信，眼前这么一个打工的竟在关键时刻帮了他一个大忙。于是，他用手一拍桌子，高兴地说："哎，你这小子还真是够精的，来，来，来，抽香烟。"

胡伟民把放在桌上的一包中华门香烟甩给了刘小华。

刘小华接过香烟，知趣地抽出一支，点燃香烟，把剩下的放了回去。

胡伟民马上说："拿去，拿去，再拿两包去，给你的老乡抽抽。"他从包里拿出两包中华门香烟，放在桌上，用手示意刘小华拿去。刘小华笑嘻嘻地拿过香烟，说："谢谢胡经理。"

胡伟民说："我还得谢你呢，下次请你的老乡吃饭，你也一起参加。"

这时工地里传来了汽车喇叭声，刘小华马上说："可能是水泥车过来了，经理我去一下。"

胡伟民的手机响了，他对刘小华说："你先去吧，我等会儿过来见见你老乡。"

刘小华一脸得意，乐滋滋地走出胡伟民的办公室。

工地里又有了水泥拌浆机的隆隆声，民工们干得热火朝天。此时，小工头已经离开了通宵达旦的麻将桌，闭着双眼伏在按摩床上，妖艳小姐正骑在他的背上给他按摩颈部。

胡伟民在自己的办公室，继续用手机给小工头打电话，对方还是关机，气得他咬牙切齿。

在山水乡的乡长办公室里，许乡长和刘为民热烈地聊着佛脚山开发事项。许乡长说："为民呀，关于当年你们村修水库时的那笔贷款，我已经和财政部门说好了，先挂着。佛脚山开发的贷款也基本帮你们解决了，现在县文旅局正在抓紧搞论证，你呢是否可以趁这个空当思考一下以后村民怎样搞三产问题，佛脚山旅游景区的开发，可是给村民们带来了脱贫的好机会呢。"

刘为民说："许乡长，我会尽快拿出方案来的，现在村民们的热情很高，我想这是件好事情。"

许乡长突然问起了吴老根，他说："老书记的病怎么样了？"

刘为民回答："我这几天也在等他儿子的消息，村里还欠着他的集资款，我想还上，可是……"

许乡长马上问："多少钱？"

刘为民说："两万五千元，听说还是他大儿子在部队牺牲时的抚恤金。他现在治病正缺钱，可我却……"

许乡长说："你放心，我和财政部门商量一下，先拨给你们十万元用作启动资金，其他的事你视情况掌握。"

这是一家星级酒店。

包厢里，餐桌上丰盛的菜已经去掉了一半。胡伟民一脸擦黑，坐在主宾席上，小工头的酒已经喝多了，他满脸通红小心翼翼地为胡伟民点香烟。

小工头一脸难堪，他手中的打火机一直不听使唤，打了几次都打不着。

胡伟民一气之下夺过小工头手中的打火机，轻轻地一打就点燃了，周围的几个人终于松了口气。

小工头哈腰，讨好地说："到底是我姐夫神，你看这打火机一到您手里就红火了。"

周围的几个人顺势捧场："红火，红火，老板就是红火。小工头呀，你今儿个得多喝几杯，向胡经理谢罪。"

胡伟民的脸色终于阴转多云，说："你们几位也不要都拣好话说，我不吃那一套。"

小工头是胡伟民的小舅子，今天的这桌酒是他的请罪酒。

小工头给胡伟民满酒，说："姐夫，我再次向你请罪，你喝一杯，我喝三杯，如果再有这样的事情，我……我……我任你处……处置。"

小工头先干为敬，一口气喝了三杯，周围几个使劲喝彩。当他又给自己满上了三杯，准备拿过杯子喝的时候，胡伟民拿起另两杯酒泼在小工头脸上。

13

省医院。木子在化验室窗口拿到了阿爸的胃镜化验报告单。他看不懂报告单上的内容，于是问："医生，有没有什么问题？"

医生问："病人是你什么人？"

木子说："是我阿爸。"

医生说："情况不是很乐观。"

消化门诊照样门庭若市。中年女医生从木子手里拿过胃镜化验报告单，同情地说："病人得的是恶性胃肿瘤，得马上住院治疗。"

木子神情茫然，他明知道阿爸的病会是怎样的结果，但还是问了医生："还有希望治疗吗？"

中年女医生看了木子一眼，平静地说："这话可不好说，但也不是说没有希望，先办手续住院吧，准备开刀，时间拖长了怕对病人不利。"

中年女医生给吴老根开住院单，说："先付两万元住院费。"

木子一惊，脱口说："两万元？"

中年女医生问："怎么了，钱有问题？"

木子说："不，不，没问题。"

木子走在医院的走廊里，两脚好似灌满了铅一样的沉重。木子现在必须面对现实，对于阿爸的病，他曾经抱过侥幸，也有过思想准备，只是不希望这种毛病真的落到阿爸身上。

木子返回工地时，小芬在工棚门口的水龙头下洗衣服，见木子回来了，就轻声轻气地问："怎么样？"

木子垂头丧气地说："得马上开刀，先要付两万元钱。"

小芬焦急地说："这可怎么办，我身上现在总共只有三千五百元钱。"

木子说："还能怎么办，想办法呀。阿爸在睡吧？"

小芬说："刚才又痛了会儿，这两天痛的次数比前几天多了。"

小芬搓着衣服，显得有点儿心不在焉。木子没有进工棚去看爸，他就坐在杂木堆上，他已经心乱如麻了，一个人抽着闷烟。此时，吴老根双手按胃部弓着身体躺在床上。

小芬草草地洗好衣服，把它仍晾在杂木堆上。小狗子过来了，他见木子捧着脑袋闷闷不乐的样子，问："木子哥，怎么了，化验单有问题？"木子点点头。

木子递给他一支香烟，然后给他点燃。小狗子不好意思地说："我怎么能让你给点香烟呀，我自己来，自己来。"木子也就不客气了，给自己点燃了香烟。

小狗子吸了口香烟，问："木子哥，真的是……"

木子说："要交两万元钱。"

小芬就站在杂木堆旁边，她听着木子和小狗子说话，一脸无奈。

小个子是去工棚里拿香烟的，工友里面就数他是烟鬼。他看到木子和小狗子坐在杂木堆上，就笑笑说："两位好自在啊。"

小狗子连忙站了起来，走下杂木堆，把小个子拉到一边耳语着。

小个子先是一惊，接着瞪大眼睛看看木子，然后又看看小芬。

小个子眉头一皱计上心来，说："不就是两万元钱吗，我看没有问题。"

小狗子急着说："哎呀，你这开玩笑也不分时候。"

小个子摇摆着头说："船到桥头自然直，面包会有的，钱也会有的。"

小狗子问："你这小子，还卖关子，快说呀，哪来的钱？"

小个子说："哪来的钱？咱不偷不抢，咱的钱是劳动所得。"

木子很快就领会了小个子的话，马上说："是不是要发工资了？"

小个子说："到底是我们的秀才，对，要发工资了。"

小狗子眼睛一亮："真的？"

小个子说："这还有假的，本人是早上第一时间得到的可靠消息，听说这钱还是胡经理贷款来的，说是上面有文件精神，从现在起每一个建筑单位不能拖欠民工的工资，胡经理在会议上表了态，上面就把我们工地作为典型来抓了。我还听说新闻单位也要来我们工地，工资嘛，明天下午发，千真万确。"

小芬低头走向工棚。木子、小狗子、小个子三人坐在工地一角。

小个子摇着脑袋和小狗子一起计划着工资。小狗子说："每个人能发八千元左右吧。"

小个子说："工友们有了钱就等于木子哥有了钱，你说是不是？"

木子在一旁语调低沉地说："他们好多人都等着发工资给家里寄钱，我怎么好意思再向他们借钱啊。"

小个子说："木子哥呀，你可真成了秀才呆子了，工友帮工友，穷人帮穷人，谁叫我们都是农民兄弟，这件事我和小狗子会给你办好的，你不用担心。"

小狗子说："木子哥，我看你也不要想得太多了。我计算过了，每人借给你五百元，两万元钱就解决了。"

木子说："不用这么多的，我自己还有工资呢。"

小狗子说："你现在用钱的地方很多，借多借少都是借，我看你的工资还是自己留着吧。"

小工头这几天可是乖多了，自从上次工地差一点停工待料后，基本上每天可以在工地里看到他的人影了。虽然胡伟民是他的姐夫，平日里也经常背着姐夫在工人面前发发酒疯，狐假虎威的混着日子。可是他现在不敢了，他怕的不是姐夫，是刘小华。上次的事已经给他钻了空子，刘小华已经在姐夫的心里留下了好的印象，如果再发生什么事的话，很难保证自己的"拿摩温"位置不被刘小华抢去。

小工头提醒自己，从现在起对刘小华要刮目相看。

小工头朝着木子他们走过去。木子他们见小工头过来，就站了起来，准备去干活。

小工头笑嘻嘻地说："哎，你们怎么走了，不急，不急，劳逸结合嘛。"

小工头甩给木子他们每人一根香烟，说："你们在聊什么呀？"

小狗子故意说:"我们能聊什么,在说你哪。"

小个子马上说:"没有的事,他是和你开玩笑的,你有什么好让我们说的。"

小工头自知没趣就尴尬地离开。小狗子和小个子去干活了,木子去工棚看阿爸。

工棚里,吴老根睡着了,轻轻地发出呼噜声。小芬陪在一旁,正准备为阿爸盖衣服,见木子进来,小声说:"你轻点,阿爸刚睡着。"木子也轻声说:"那,我干活去了。"

小芬尾随木子到工棚门口,问:"钱的事解决了吗?"

木子说:"现在我也只有听小个子他们的话了,就走一步看一步吧。"

小芬目送着木子的背影,心里涌上了一股酸酸的滋味。

都江市的夜,密集的车流车灯汇成一片浩瀚的景观。人行道摊点的休闲伞下,坐满了喝啤酒、饮料的男男女女。马路两边的商店,顾客进进出出。

让吴老根去观夜景是小狗子的主意,这小子还真有点思想,说老伯明天就要住院了,也应该陪他去散散心。木子心里明白小狗子的用意,与小芬商量后陪阿爸出来观夜景了。

"城市里的夜景就是和咱乡下不一样。"吴老根对木子说。小芬说:"咱山沟沟的晚上就是一潭死水。"

马路斑马线一端,站着要过马路的人群,绿灯亮了,木子他们随着人群前行。

木子他们走到街心公园,吴老根清瘦的脸上,有了笑容。

霓虹灯下映出了小芬秀丽的脸庞。

晨曦中的天池娱乐城建筑工地,似乎显得有点安静。伙房的铁管烟囱冒着浓浓黑烟。老李头满头是汗,不停地往灶膛里添柴火。他每一天的忙碌就在这个时候开始。

小工头一大早就来工地了,他站在工棚门口亮着喉咙说:"大家听好了,今天下午两点钟发工资,电视台记者要来采访咱们工地,你们早点起床把工棚里的卫生打扫一下,再把工地的角角落落清扫一遍。"

民工们被这突如其来的声音惊醒,一个个伸着头睡眼蒙眬地听小工头发话。小个子光着身子坐了起来,伸了伸懒腰大声地说:"亲爱的小工头,光着身子能拍录像吗?"

工棚里瞬时爆出一阵哄笑。小工头立刻拉下了脸说:"笑,有什么好笑的!我这一大早是和你们来闹笑话的?听好了,胡经理说过了,下午的时候大家都把衣服穿整齐点,这不但是你们自己的形象,也是咱们工地的形象,谁要是破坏了这两个形象,吃不了可要兜着走的。"

不知谁在床上冒了一句说:"我们都走了,那你可怎么办呀。"

又是一阵哄笑。小工头灰溜溜地走了,他丢下话说:"没文化的土包子,不跟你们一般见识。"

有民工追上一句说："没文化的好，土包子不会去洗头房泡妞。"

小工头愣了一下，想骂他们几句，结果还是忍耐着走了，把往日的威风深深地埋在心里。

民工们起床，刷牙，洗脸，整理各自的床铺和日常生活用品。此时，小芬微笑着在帮木子扣衬衣领口，轻轻地说："我等会儿陪阿爸去剃个头。"木子说："好的，还是你想得周到。噢，从工地大门口出去向右拐，三十米处有一家理发店，五元钱一个。"

吴老根靠在床上，笑吟吟地看着民工们，他的头上有丝丝白发，一脸胡子。

工地项目经理办公室门口，民工们井然有序地排着长队，他们衣着整齐，满面笑容。经理办公室，胡伟民捧着茶杯叼着香烟在看出纳给民工们发工资。

小工头在工地大门口，他在等电视台记者，样子有点焦急。

小狗子数着钱从经理办公室出来，小个子在门口等他。

小个子说："走，我们先到工棚里去，等会儿他们都会过来的。"工地仓库门口停着一辆运输车，木子和几个工友在卸钢材。

大约十点钟，电视台采访车到了工地门口，小工头迎了上去。女记者小楚伸着头问小工头说："师傅，这里是天池娱乐城建筑工地吗？"

小工头低头哈腰说："是，是的，大记者呀，我们经理正忙着，他要我在门口迎接你们。"

小楚问道："里面有停车的地方吗？"

小工头回答："有，有。"

随同小楚前来的是摄像记者小张。他们在小工头带领下，来到了采访现场。小张把镜头对准排队领工资的民工。有几个民工感到很新鲜，回过头来看，摄像机里可以看到脸部表情很不自然的民工。

小工头一直跟在小张后面，他对民工们说："你们都回过头来看摄像机，要带笑的，怎么拍照片应该是知道的吧？"

小张马上纠正说："你不要叫他们回头看，这不是拍照片。"

工地简易会客室里，小楚拿着笔记本在和胡经理聊着。胡伟民说："小楚记者，让你们辛苦了。其实我这里也没有什么好采访的，我已经给他们拖欠了五个月工资，主要是资金周转不过来。"

小楚说："拖欠民工的工资问题现在从中央到地方都很重视，我们省城目前大大小小一共有一百多个建筑单位，都有拖欠民工工资的现象，有的由于得不到妥善解决而引发了好多的连锁问题，给社会造成不良的影响。"

胡伟民说："说句实话，我这次发的工资还是贷款的，我也是在凭良心做事，这些民工的工作都很好。"

小楚说："听说在会议上你是第一个表态要解决拖欠工资的。"胡伟民笑笑没有说什么。

工棚里，小个子的床旁边围着十几个民工。小狗子在一张纸上记账，小个子在把收进的钱放在一只红色塑料盆里。

小楚他们走进了工棚，他们是去补拍民工生活镜头的。民工们看到摄像机对着他们，都纷纷散开。这时小楚看到了塑料盆里的钱，问道："你们这是在干什么？"

小狗子一下子答不上来，呆呆地看着小楚。小个子聪明，他已经知道了小楚在说什么，于是连忙解释说："记者同志，你误会了，我们不是在赌博，我们这是在……"

小狗子抢上说："我们是在帮木子哥凑钱。"

小楚问道："木子哥是谁，你们这里发生了什么事情？"

小个子说："木子哥是我们一起的民工，他阿爸得了癌症，没有钱住院治疗，急需要两万元钱，我们大家想帮帮他。"

小狗子又补充说："木子哥的阿爸是我们村里的老书记。"

小楚说："你这是……"

小狗子说："我们在凑钱，为了救老书记的命。"

小楚问道："你们这是在捐款？"

小个子说："咱们都是农民兄弟，也不能说是捐款，就算是借给他救救急吧，我们上次已经搞了一次，本来想给木子哥捐款，给他爹治病救急的，可是他坚决不肯。"

小楚凑靠近小张，低声说："我们又有新的文章可以做了。"

小张说："咱们想到一块了。"

小楚对小个子说："那你们继续进行，我们拍些镜头。"

小狗子说："好。"

民工们又围在一起。五百元钱出现在小个子眼前，他抬头一看，是小楚。

她笑眯眯地说："就算是我和小张的一片心意。"

小狗子在一旁说："好，我记上了，以后会还给你们的。"小楚说："不用还了，我们是自愿捐款的。"此时，民工们被小楚他们的行动感动了，在小个子的带头下，民工们鼓起了热烈的掌声。

小楚摆摆手，说："你们说的那个木子哥在哪里？"

有民工说："他在仓库卸钢材。"

小楚对小张说："走，我们到仓库去。"

小个子马上说："你们不用去了，我去把他叫来。"

小狗子："我去。"

工地仓库门口，木子刚卸完钢材，他在仓库旁边的水斗里洗脸，他的那件半新不旧的衬衫上全是铁锈。小狗子蹦到木子面前，气喘吁吁地一把拉住他就走。

木子问："什么事呀，疯疯癫癫的。"

小狗子拉着木子边走边说："当然是好事了，到工棚去，有人要找你。"

木子问："是不是为民书记来了？"

小狗子说："不是的，我告诉你，这个人可以说比咱村书记还大。"

小狗子把木子拉进工棚，他对小楚说："记者大人，这就是木子哥。"

木子看了一眼小楚，又看看扛着摄像机的小张，弄不懂到底发生了什么事情。

小楚说："木子师傅，你好，我们已经知道了民工们在帮你凑钱的事，你们这些民工真是太好了。我想问一下你现在的感受可以吗？"木子从来没有接触过记者，他尴尬了一下，欲言又止。

小楚开导木子说："没关系的，随便说好了，想说什么，就说什么。"

小个子说："木子哥，你说吧，这两位记者都是大好人，他们刚才还给你捐了五百元钱呢。"

木子一惊，一脸激动，说："我……我……怎么能收你们的钱啊。"

小楚说："我们也只能算是表表心意了，你就安心收下吧，是你身边的兄弟感动了我们。"

木子说："那好吧，我说几句心里话可以吗？"小楚说："当然可以。"

此时木子有点激动，说："我们这些农民工虽然朝夕相处，其实平时大家也都很随随便便的，农民嘛，说话直来直去的，有时候为了一件小事情要争得面红耳赤，可是我总觉得他们的内心深处有着咱们农民朴实无华的本性和情感……"

木子终于出眼泪了，继续说："不是说这件事情的发生与我有关，我才这么说，其实我很了解他们为人。他们今天为了我阿爸治病，又一次在帮助我，我已经无法用语言来表达对他们的感谢，不过，我会永远记住我们这些农民兄弟。向他们借的钱我会尽快还给他们的。我也谢谢两位记者。"

木子说完，转身向大家深深鞠躬。胡经理和小工头不知道是什么时候站在工棚门口的，当木子向大家鞠躬时，他拍手鼓掌说："好，好，太好了。"

所有的人都看着胡经理。小工头在旁边说："胡经理来看你们了，今天下午给你们放假，发了工资嘛，该花的去花，该寄钱的寄钱。刚才经理已经吩咐老李头了，晚上让大家改善一下伙食。从明天开始，大家多出把汗，全力以赴干活。"

胡经理在一旁说："我胡某拜托你们了。"工棚里响起了热烈的掌声。

胡经理继续说："木子呀，你阿爸生病的事情，我现在才知道，你们这些工友都在帮你，我哪有不帮之理，还有什么困难你只管提出来。"

木子说："谢谢胡经理。"

民工们的这顿晚餐算是油了嘴，心里头对胡经理是很感激的。

吴老根剃了头，修了面，看上去比平时精神多了，不过再油的晚餐对他来说也没有吸引力了。他总感到自己身体里有股不对劲，于是就草草地吃了几口饭睡觉了。

夜幕降临了。

小芬借着工棚里透出来的灯光在门口洗衣服。工棚里静静的,民工们都去看录像了,吴老根躺在床上。

伙房里,老李头、木子、小个子、小狗子四人还在喝酒。

小个子大着嗓门说:"来,干杯。"

四个人碰着杯,各自一饮而尽。老李头不时地说:"吃菜,吃菜,今晚开心,大家慢慢喝。"

小狗子大口吃菜,他鼓着嘴巴含含糊糊地说:"老李头,你的手艺不赖嘛。"

老李头用筷子敲敲小狗子的头说:"你这小子反了不是,老李头三字是你叫的?"

小狗子慌了,嘴里的菜卡在了喉咙里,他费力伸了伸脖子,把菜咽下去。他捧起酒杯说:"老……噢,李师傅,小的敬您一杯,感谢您为大家烧了这么好的一顿晚餐,这下子肚子里总算是能有油水了。"

木子举起杯子接上说:"来,我们大家一起来。"

四个人又一次干杯。老李头说:"木子呀,你阿爸明天就去住院了?"

木子说:"是的。"

老李头叹着粗气,说:"这人哪,什么都不怕,就怕生病。你们不要看我现在这副身子骨,要是哪一天喝不了酒,就完了。"

小个子怕老李头喝多了说话会不着边际,一边递香烟一边说:"李师傅,您身板子硬朗得很,哪里会啊,来,抽烟,抽烟。"

此时,电视台编辑机房,小楚与小张正忙着整理白天拍的录像。小楚说:"看来我们得改变一下对民工的看法。"小张说:"说他们好嘛,也见得不少,说他们坏嘛,好多犯罪的都是民工。"

小楚说:"下一期的题目我想好了,就叫《民工的人间情》,你看怎么样?"小张说:"我看行,还可以继续跟踪,做个系列报道,《和谐环境里的农民工之真情》。"

14

省医院。住院大楼,医生和护士在走廊里来来回回。

吴老根被安排在肿瘤八号病房的十六床,三人一间,条件比乡下医院不知好了多少。有卫生间、空调,还有彩色电视机。

主治医生姓石,是个女医生。她带着一副金丝边眼镜,高级知识分子风度十足。

石医生给吴老根检查一遍后说:"先观察三天,做一下全面检查,要是没有发现其他情况,就准备手术。"

石医生走后,吴老根问儿子是怎么回事:"不就是胃病吗,还要做手术?"

小芬在给阿爸洗脸的手停顿了一下,说:"阿爸,你不要怕,只是个小手术。"

吴老根看看木子平静地说:"做个小手术干吗要到大城市的医院来,咱们县医院不是也会动手术的吗?"

十七床的那个中年男子笑笑说:"大伯,这里的医疗条件好,毛病好得快。"

十八床的老头说:"老伙计,你就当是在这里疗养吧,等你出去时肯定是白白胖胖的了。"

小护士在给吴老根打吊针。

吊瓶高高地挂着,输液管滴着药水。

吴老根住院后,小芬天天守在他的身边,木子就每天中午和晚上来回跑医院送饭,累是累了点,但也是没有办法,医院里的菜太贵了。木子送往医院的菜都是老李头帮着做的,只是吴老根的胃口越来越差了。

病房里,小芬在给阿爸喂稀饭。木子出神地盯着吊瓶,他一脸疲惫。

吴老根摇摇头示意不想吃了,小芬放下手中的碗,拿毛巾给阿爸擦嘴。木子中午休息的时间不多,他等阿爸吃好后就得马上回工地。在医院通道里,小芬说:"上午护士长来说了,咱们交的钱快用光了,要我们尽快再补交两万元。"

钱,又是钱。木子现在一提起钱就感到害怕,他怔了半天才定过神来,说:"这钱到了大医院就这么禁不起花呀。"

小芬说:"我已经了解过了,隔壁十七床都花了八万元了,看来这种毛病就是靠花钱拖命。"

小芬说着仰起了脸,眼眶里含着泪珠。木子重重地叹了口气,他用双手拍拍小芬的肩膀,说:"你就在这里好好地照顾阿爸,钱的事我来想办法。"

此时此刻,木子的心情坏到了极点。他拖着脚步走出医院大门,为了给阿爸治病,他的精神快要崩溃了。对,打电话找刘为民,只要村里能把他阿爸的那笔集资款还回来,就能解决问题了。

医院大门旁边的水果店,一张方桌上摆着红、绿、白色三部公用电话,桌子旁边有几条凳子。木子坐了下来,给村里拨电话。然而,电话里传来的却是固执而持久的嘟嘟嘟忙音。

木子放下电话,重拨。连续拨了好几次。木子的头上冒汗了。

终于,电话接通了,木子的脸上有了光芒。他问:"是老会计吗,我是木子,刘书记在不在?"

电话那头回答说:"哦,是木子呀,刘书记在,我和他刚从乡里回来,他在外面洗脸,你等一下,我叫他听电话。"

很快,电话里传来了刘为民的声音:"是木子呀,你阿爸的情况怎么样了?"

木子的说话声音在颤抖:"医院里已经肯定是癌症,我向工友们借了两万元钱已经花光了,现在医院又要我交两万元,马上就要动手术了,这钱不交不行,我现在是实在没有办法了才给你打电话的。"

刘为民说:"兄弟呀,我和乡长说了,估计这几天村里就有钱了,等钱一到,我马上来一趟。你能不能和医院里说一下,再宽容几天。"

木子很快就按掉了电话,两只眼睛死死地盯着电话机。他开始埋怨刘为民了,不就是两万元钱吗？村里再困难也要救救我阿爸呀，他可是你们的老书记啊。为民哥呀，我阿爸说不定等不到你的到来啊，想到这里木子终于又流了眼泪。

工地里，民工们各自忙着活儿。木子在扎钢筋，样子有点心不在焉。小狗子说："这医院也真是的，怎么不早说呢，要是早说的话，就能当时凑钱的时候一次性解决了。"

木子苦苦地说："小狗子，我不想再向工友们借钱了。反正医院里还能拖几天，再另外想想办法吧。"

这个时候，刘小华在工地一角用手机打电话。他用手掩着嘴巴，样子神神秘秘的。

刘小华低声说："老兄呀，还是按老规矩，你只要出得来，我这边就吃得下……好了，就这样了，到时再联系……"

小工头笑眯眯地过来了，刘小华马上挂掉了电话。

小工头说："刘老弟，和谁打电话啊，搭上小娘们了？"

刘小华："哪里的事，我是在和老乡打电话。"

小工头说："真的不是和小娘们？"

刘小华："咱是什么人，哪有这份福气。"

小工头用手搭搭刘小华的肩膀说："你这老弟够朋友，上次工地断水泥的事情多谢你帮了忙，我还没有好好谢谢你呢。怎么样，晚上我请客，咱俩出去喝几杯。"

刘小华看看小工头，想了想，说："行，承蒙老兄看得起小弟，恭敬不如从命了。"

这是一家地处偏僻的中档酒店。小包厢里，小工头和刘小华相对而坐。桌上的菜已经基本消灭光了，满地都是空啤酒瓶。

小工头喝得满脸通红，硬着舌头说："小姐，再拿五瓶酒来。"

站在包厢门口的小姐推门进来，刘小华用手示意她出去。小姐退出。

刘小华对小工头说："老兄，我看这酒嘛，应该喝得差不多了。"

小工头拿起空杯子就要喝，刘小华一把夺过杯子说："空了，空了。"

小工头说："什么空了，不行，你我每人再来一瓶，不就是啤酒嘛，有什么了不起，老子喝啤酒从来都没有醉过。"

刘小华扶着小工头从酒店出来。

小工头似醉非醉，语无伦次地说："刘……刘小华，算你厉害，你以为你在干什么，我不知道……"

刘小华说："老兄，你这说话可得注意点。"

小工头说："我……我……我说什么了。哈哈，你都不打自招了。"

刘小华扶着小工头在马路旁边拦出租车。

小工头说："你不要拦出租车，我带你去个好地方，就……就在附近，保你满意。"

刘小华扶着小工头，走在人行道上。

第二天，上班时间到了，刘小华还躺在床上，有工友叫他起床，他翻了个身，睁着惺忪的眼睛说："叫什么呀，我向小工头请假了，今天休息。"

此时，刘小华的手机响了，他坐了起来，揉了揉眼睛仔细看了一下来电，就接听电话。

刘小华听了一会儿后，说："你昨晚上什么时间给我打的电话？我根本没有关机……噢，我想起来了，十二点左右我手机的电没有了……哪里呀，我的夜生活会精彩到哪里去呀……好，好，算你言而有信，我马上就过来。"

刘小华走出工棚，看到木子和小狗子坐在工地一角的砖堆上，就问："你们今天也休息？"

小狗子说："休息，哪有心思休息。"

刘小华又问："怎么了，是不是小工头又在搞什么鬼了？我说他去。"

木子说："没有的事。"

小狗子说："刘小华，我发觉你现在的胆子也越来越大了，不就是上次水泥的事你给解了围嘛。你以为小工头会怕你，也太不自量力了吧。"

刘小华笑笑说："这你就不知道了，昨天晚上他还请我喝酒呢，后来还……"

小狗子抢上说："还，还什么呀，你等他来整你是吧。你呀，要小心呢，黄鼠狼给鸡拜年，当心哦。"

木子推了推小狗子说："不要乱说。"

刘小华突然想了起来，问："木子，你阿爸的病怎么样了？"

小狗子接上说："还能怎么样，没有钱，救不了命啦。"

刘小华说："上次我们大家不是都凑钱了吗？"

小狗子叹了口气说："医院又要让木子哥缴钱，医药费，两万元，这不是逼穷人上吊嘛。"

刘小华给木子他们每人分了根香烟，然后说："木子，你这样愁眉苦脸也解决不了问题，这样吧，我来帮你想想办法，人总不能被尿逼死。"

小狗子眼睛一亮，喜出望外地问道："你有啥办法？"

刘小华得意地说："办法是靠人想出来的，哪像你就知道坐在木子旁边犯闷。"小狗子看了木子一眼，对刘小华说："好，好，我只会犯闷，我笨。"

刘小华的手机又响了，他看了一下来电就挂了，然后对木子说："钱的问题等我下午消息。"

刘小华急匆匆走了，木子看着他的背影一脸木然。

小狗子说："木子哥，他现在真的会有那么大的法道？"

木子平静地说："我也不知道。"

当天晚上，深夜，待民工们熟睡时，刘小华轻轻走到小板房。木子根本没有睡着，他听到有动静，翻过身来，一看是刘小华，刚要张嘴，刘小华摇摇手指示意他不要声张。

刘小华打开包，拿出厚厚两沓钱，轻轻地放在床上，小声地说："本来下午可以拿来的，你肯定以为我在吹牛了是吧？数一数，两万元。"

木子说："不用数了，还会有错？我给你打一张借条。"

刘小华说："也行，亲兄弟明算账嘛。"

木子借着微弱的灯光，伏在床上给刘小华写借条。

电视台《民工的人间情》播出后，最先引起反响的是天池娱乐城建筑工地所在的海润社区。

社区的林主任带着几个人来到了工地，小工头在自己的办公室接待他们。

小工头说："林主任呀，这下我们工地可是热闹了，你们先坐一下，我去把木子叫来。"

小工头来到工地，对正在砌砖头墙的木子说："你这小子真是好运气呀，今天又有人给你送钱来了，快去吧，他们在我办公室。"

木子跟着小工头来到办公室，接着小工头给林主任介绍了木子。

林主任在了解了吴老根的病情后说："木子师傅，你也不必太着急，现在的问题是要让你阿爸安心治疗，他是你们村里的老书记，刚好我们社区党委正准备搞'党员心牵新农村'系列活动，所以看了电视台关于你们的报道后，就动员了党员捐款，钱虽然不多，也算是一片心意。"

林主任说着把一只信封递给木子："这里是两千八百元，同时希望你阿爸早日康复。"

木子捧着钱热泪盈眶，他不知道怎样来表达谢意，就扑通跪倒在林主任面前。

林主任连忙扶起木子说："快起来，快起来。你们在城市里打工，也算是新城市人了，现在有困难，我们帮助帮助也是应该的。"

办公室门口站满了民工，小狗子就站在中间，他被眼前的场面感动了，暗暗地用手抹着眼泪。

民工们的业余文化生活基本上是相同的，就是千篇一律地看录像，然后回到工棚谈天说地。这几天他们要说的话题里，多了吴老根治病的事，他们仿佛感觉到，现在的自己已经不是过去被城里人瞧不起的烂脚农民工了。小狗子的自我感觉甚好，他高谈阔论说："我还以为城里人总是帮城里人的，想不到他们也关心起我们乡下人了。城里人为乡下人捐款治病，以前有吗？没有。看来咱们农民有地位了，哈哈，时代不同了，时代不同了。"

小个子说："我说呀，这件事啊还得感谢电视台的记者。"

小狗子马上说："对，对。我们可不能把两位大记者给忘了，什么时间我们请他们吃顿饭，好好谢谢。"

有工友说："小狗子你也太不自量力了吧，那天他们来工地采访时，胡经理请他们吃饭都没有去，你请他们能行？"

小狗子说："这倒不一定，说不定我们叫他们吃饭会答应呢。我说呀，我们不要小看自己，那个林主任不是说了嘛，我们现在是新城市人了，既然大家都是城市人，吃一顿饭有什么不可以。"

有工友问："新城市人？哎，这我倒还是第一次听到，那你说，会不会过段时间把我们说成新农村人呢？"

小狗子尴尬了一下，吞吞吐吐地说："这……这城里人的新鲜词儿太多了，我……我也说不准了。"

小个子马上说："问下木子哥，他比我们有文化。"

有工友说："木子好像去医院看他阿爸了。"

就在这个时候，木子出现在工棚门口，小狗子马上说："木子哥，你回来的正好，刚才大家在讨论一个问题，我们现在到底是新城市人还是新农村人，你见识广，你来说吧。"

木子拿过桌子上的一杯水，喝个精光，抹了抹嘴，然后笑笑说："我也说不准的，不过我是这样想的，做城市人嘛，明知道是梦，但心底总是希望这是一个并不遥远的梦，美好的梦。"

小个子说："木子哥，你真的是那么充满信心？"

木子笑笑说："也许吧，否则我们到城市里来打工干什么。所以我认为刚才的问题很简单，在城里继续打工就是新城市人，哪一天回去了就是新农村人。"

小狗子拍拍手说："木子哥，你厉害。"

有工友取笑说："小狗子，你什么时候也厉害一下给我们瞧瞧。"

小狗子狠狠地盯了他一眼，工棚里又爆出了一阵哄笑。

15

省医院，手术室门口，木子、小芬和小狗子坐在走廊的椅子上。吴老根进手术室已经快有六个小时了，木子他们把焦急的心情写在脸上。

有护士小姐进出手术室，木子几次想上去问，却欲言又止。他不停地在手术室门口徘徊，时而朝里面窥探。

无影灯下，主刀医生正在给吴老根进行手术。器皿里是血淋淋的刀具，显示屏上是室颤曲线。

手术室门外，木子对小狗子说："你说会不会有问题，都这么长时间了。"

小狗子看了一眼木子，说："到了这一步，也只能看老书记的命了。"

小芬坐在椅子上，眼眶里溢着泪水。

农民兄弟

　　吴老根从手术台上下来后，情况一直不是很好，医生的最后结论是癌细胞已经扩散，希望病人家属有思想准备。

　　果然，十五天后，吴老根身上各种不良反应都出来了。他脸上几乎没有血色，神志时清时糊。

　　医生办公室，主治医生把一张病危通知单递给木子，说："你签个名字，这是必要的手续。不过你放心，我们会尽力的。"

　　木子不是说没有思想准备，但是真正要他面对现实时，的确害怕了。

　　木子颤抖的手在病危通知单上签字，恳求医生说："救救我阿爸，我们不会少给医院一分钱的。"

　　主治医生同情地说："现在的问题不是钱，而是病人的情况不乐观。不过，你也不要太悲观，像你阿爸这种病能延迟生命的不是没有。"

　　工地里，民工们正在紧张地干活，小工头在指挥几个民工搬运砖头。一辆警车开进了工地，车门打开，下来两个警察。

　　小工头回头一看，警察来了，脸上紧张了一阵后又恢复了平静。

　　两位警察走到搬运砖头的一个民工前，问："你们的经理办公室在哪里？"

　　小工头赔着笑迎上说："你们找经理啊，他不在，有什么事对我说好啦。"

　　警察说："你们这里有没有一个叫刘小华的安徽民工？"

　　在场的民工瞬时紧张起来。警察找他干什么？难道他出事了？小工头回答警察说："有，有，你们找他有什么事？"

　　警察说："这个你不用多问，他在哪里？"

　　小工头看警察的样子十分严肃，知道事情有点不妙，就说："他在顶上干活，我去把他叫下来。"

　　警察说："不用叫了，你带我们上去。"

　　小工头带警察走进建筑楼，步入台阶直上楼顶。刘小华正在楼顶指挥几个民工干活，他看到小工头带着警察上来，脸上失色，瞬时浑身紧张起来。

　　小工头说："刘小华，警察找你。"

　　刘小华呆呆地看着警察。

　　警察问："你就是刘小华？"

　　刘小华回答："是……是的。"

　　警察从包里拿出拘留证在刘小华面前亮了亮，说："你被拘留了。"

　　此时，另一个警察拿出手铐，咔嚓，戴上刘小华的双手。在场的民工目瞪口呆，他们不知道刘小华犯了什么法。

　　警察带走了刘小华，小工头跟在警察后面。

　　小工头回头看了一眼，对呆看着的几个民工说："有什么好看的，还不快干活。"警车鸣笛开出工地，小工头站在原地傻呆了一下，忽然，他拿出手机拨打电话。

病房里。

木子把耳朵放在吴老根嘴边，他在细心听着阿爸说话。

吴老根的鼻孔里插着氧气管，看来怕是真的要不行了，不过他从喉咙底里发出来的声音木子还能听得清。

木子轻轻地安慰着阿爸说："您不要担心，医生说会好起来的。"

吴老根闭着眼睛，泪水从眼里流了下来。

木子拿毛巾轻轻地擦去阿爸的泪水。

小狗子走进病房，见小芬不在，便问："嫂子呢？"

木子说："她去工棚里拿衣服了。"

小狗子凑近木子的耳朵，低着声说："刘小华昨天下午被警察抓走了。"

木子一惊，问："为什么？"

小狗子说："我也不清楚，小工头托人去打听了。"

就在这个时候，通道里来了两个人，他们走进八号病房。

有一个人问："这里有一个叫木子的吗？"

木子回答："我是，你们……"

这个人马上说："我们是派出所的，有一件事要请你配合，所以请你跟我们走一趟。"

木子低声地说："我们能到外面去说吗？"

这个人看了一眼躺在病床上的吴老根，然后点点头表示可以。

木子到了外面通道里，不明白地问："警察同志，我没犯法呀，有什么重要的事情非要我去一趟，我阿爸快不行了，我不能离开这里啊。"

这个人说："不会耽误你很长时间的，希望你能配合一下。"

木子看看小狗子，又看看两位来者，感到不知所措。

小狗子说："木子哥，你去吧，这里我来帮你照顾一下，反正嫂子很快就会回来的。"

木子说："那好吧，等会儿小芬回来你不要对她说什么，免得让她担心。"

小狗子说："我知道。"

木子跟着派出所的人走出医院大门。

工地里，民工们在干活。小工头却坐在一角的砖堆上抽烟，他无意间看到小芬走进工棚，他左右观望见工棚周边无人，便起了贼心，一步一步地走近工棚。这个时候，小芬在工棚一角的小板房里换衣服。当她准备换内衣时，突然小工头从背后一把抱住她，并企图把她按倒在床上，气喘吁吁地说："美人哪，你可把我想死了。"

小芬拼命挣扎，说："你再这样，我可要叫人了！"

小工头按着小芬的两只手，淫笑说："你叫也没有用，没有人能听到的。你只要答应老子，马上就给你钱，你的老公现在不是很需要钱吗？"

小芬愤然了，说："你这个臭流氓，谁要你的臭钱！"

此时，小芬的上衣已经被小工头撕开。小芬咬着牙用吃奶的力气一脚踢到了小工头的下身。小工头怎么也没有想到，小芬竟然会出如此一招，他抱着下身逃出工棚。

经小工头这样一折腾，小芬的情绪有点低落。病房里，小狗子见小芬回来了，热情地说："嫂子，你回来了。"

小芬没有说话，她把整理来的衣服放进床头橱里，轻声地问了句："木子呢？"小狗子不想欺骗嫂子，他把小芬拉到门口，照实说了木子被叫走的经过，最后说："嫂子，你放心，木子哥不会有事的，他不会做犯法的事情。"

小芬说："他们为什么要把他抓去？"

小狗子说："嫂子，你弄错了，这怎么叫抓，昨天刘小华才叫抓呢，他是被警车关着抓去的，还戴着手铐。今天下午小工头去找人打听消息了。"

小芬脱口说："他不是在工地吗？"

小狗子问："啊，你看到他了？"

小芬马上把脸阴了下来。小狗子见嫂子有点不对劲，问道："你怎么了？"

小芬马上定了定神，说："哦，没什么。"

小狗子更急了，问："是不是小工头他根本没有去打听刘小华的事情？你在哪里看到他的？"

小芬说："你不要问了，反正他是在工地里。"

小狗子从嫂子的眼神里看出了什么，说："是不是小工头对你……"

小芬答非所问："你说的刘小华，是不是借钱给木子的那个人？"

小狗子说："是啊。哎，木子哥被叫去是不是和刘小华有关？"

小芬说："我也在想这个事情，要是真的有关系，就把我家木子害苦了。"

小狗子抓抓头皮说："嫂子，不用怕，木子哥是向他借的。不过，这小子现在是越来越不像话了，干活心不在焉的，十天有九天看不到人，我怀疑他走上邪道了，如果真是这样，他早晚得坐牢。"

小芬听小狗子这样一说更是急得出了眼泪，她说："小狗子，我现在可怎么办呢，阿爸现在又是这个样子，木子又被那个刘小华牵连了。"

小狗子安慰着说："嫂子，你也不要着急，我现在马上就回工地找人商量。你就在这里安心照顾老书记。"

小狗子说完就走了，小芬看着他走出病房，心里涌上了一股酸楚。

小狗子回到工地后，到处找小工头。有工友说，在两个小时之前他看到小工头从工棚里出来，后来不知道去哪里了。小工头一般情况下是不会去工棚的，今天他到工棚去干什么？小狗子马上想到了刚才在医院里嫂子的表情，难道小工头真的趁嫂子回工棚整理衣服的时候欺负了她？难道他根本就没有去打听刘小华被抓的事情？小狗子越想越气，他非要找到小工头不可。

结果，小狗子在工地门岗找到了小工头，开门见山地问："你没去打听刘小华的事情？"

小工头面对小狗子突如其来的提问，一时答不上话来，尴尬了一下，笑笑回答说："你这是什么意思？"

小狗子说："什么意思，你难道还不明白我的意思？你刚才到工棚里干什么去了？！你以为自己所做的事情没人知道是吗？！"

小狗子说着就一把抓住小工头的衣襟，说："你……你给我说！"

小工头面对小狗子气势汹汹的样子，感到害怕了，怀疑自己刚才对木子老婆无礼的事情已经败露了，于是慌乱地说："小狗子，你别胡来，听我给你解释，你这是误会了。"

小狗子激动了，他撩起拳头对准小工头的眼睛击了过去。民工们闻声前去劝架，问小狗子到底是怎么回事，小狗子气愤地说："你们问他自己，他干了什么好事。我这是在为民除害，不给他点厉害看看，他还真的要在你头上拉屎了！"

围观的人一多，小工头还真有点胆子大了，他一只手捂着眼睛，另一只手指着小狗子说："小狗子，我现在和你说不清，咱们走着瞧。"

小工头说完就灰溜溜地走了，听到的是民工们的哄笑。

16

夜深了，小芬陪在吴老根床边。她此时的身心感到从来没有过的疲惫和孤独，欲哭无泪。

吴老根安静地躺在床铺上，他的状况越来越差了，但是他神志清楚的时候说话还是清楚的。他问小芬说："木子呢，今天晚上怎么没有来过？"

小芬说："木子晚上在工地里加班。"

吴老根"哦"了一声，没再问。停了一会儿又说："小芬呀，阿爸的病怕是好不了了，你们不是一直说为民要到医院来看我吗，怎么到现在还没有来过？"

小芬说："他会来的，可能一时抽不出空。阿爸，时间不早了，您也睡吧。"

大概十一点半，木子从派出所出来。他回到医院时吴老根已经熟睡，呼噜声起伏不匀。

木子和小芬坐在走廊里的椅子上。小芬说："警察是不是已经肯定刘小华是盗窃集团成员？"木子回答："是的。"小芬又问："那他借给我们的钱现在怎么办？"

木子说:"当然是马上还了,警察说了那是赃款。我在派出所的时候已经和为民书记通过电话了,他告诉我说,乡里拨给村里一笔可用资金,准备先把阿爸的那笔集资款还上,他明后天就来看阿爸。我对派出所说了,等这笔钱拿来就还上去。这个刘小华差点把我害惨了。"

小芬说:"现在想想,当时他也是帮了我们一把,看来他这次是要坐牢了。"

木子突然问:"小狗子来过没有?"

小芬刚想说什么,抬头时看到小狗子从走廊那边过来了。

小狗子看到了木子,高兴得忘记了这里是医院,大声地叫着说:"木子哥,你回来了,没有事吧?"木子连忙迎了上去,低声地说:"你嚷嚷什么,不会轻点。"

小狗子看了一眼木子,吐了吐舌头,然后说:"小嫂子,我把小工头给揍了。"

木子马上问:"怎么了,你为什么要揍小工头?"

小狗子看了小芬一眼,说:"没什么。"

木子看了看小芬,又问:"怎么了?"

小狗子突然说:"这个刘小华不是昨天被抓了嘛,小工头自己说要去打听为什么被抓的,结果他没有去,骗人,所以我给他一点颜色看看。"

木子马上问:"就为了这个,你没把他怎么样吧?"

小狗子又看了小芬一眼,说:"对,就为了这个。"

木子接上说:"小狗子呀,不是我说你,你这样做是要添乱的。"

小芬马上在一旁说:"木子,你也说得太多了。"

木子看看小芬和小狗子没有再说了。

刘为民正在家里整理皮包。他把准备还给吴老根的两万五千元钱用纸包起来,又把另外一万元钱用信封装好,一起放进包里。

刘为民坐在农用车上。

刘为民在商店里买补品。

刘为民走进林丰县汽车站。

夜,公路上,疾驶的大型卧铺客车。

刘为民躺在卧铺上闭着双眼,似乎在思索什么问题。

夜,病房里,木子、小芬和小狗子围在吴老根的床边,吴老根恐怕是不行了。

木子说:"阿爸,你的病会好的,为民书记来过电话了,他已经从家里出来了,我估计他现在就在车上。他把你的那笔集资款也带来了。"

吴老根眼睛一亮,憔悴的脸上露出了微微笑容,低着声音问:"村里的······每一户人家······都还上集资款了?"

木子一时无语,一边的小狗子马上说:"是,是的,都还上了。"

木子看了小狗子一眼,欲言又止。

吴老根的脸上出现了从未有过的安慰的笑容。突然，小芬喊叫阿爸，小狗子一看情况不好，马上奔到病房门口大声地喊叫医生。

医生和护士急急地走进病房，紧跟在后面的是抢救仪器，他们正在全力以赴对病人实施抢救。最后，抢救医生无奈地摘下了口罩。

此时，吴老根已经闭上眼睛。吴老根走了，村里的老书记走了。

第二天上午，十一点左右，刘书记在医院里找到了吴老根的病房。他万万没有想到吴老根已经走了。

吴老根的遗体停放在医院太平间里，面对老书记的遗容，刘书记心如刀绞。小芬的痛哭声时时揪着木子的心。工友们都过来了，把小小的太平间挤得满满的。吴老根的脸上看上去没有一点痛苦。刘书记用手搭着木子肩膀说："木子兄弟，我来迟了。"木子终于哭出了声来，说："我阿爸昨晚还想见你一面。已经耽误了病情，如果早半年治疗，也许还有希望拖延生命。"

刘书记终于控制不住悲痛，流泪了。他在吴老根的遗体前深深鞠躬，痛心地说："老书记，我惭愧啊！村里向您借的那笔集资款我来还您了，我还带来了村里准备给您治病的钱。我心里明白，您的病是当年担任村书记时太劳累而引起的，早知道您有病不治是为了省钱，村里是坚决不会收您这笔集资款的。老书记啊，我还想您治好病后回去帮我为村里的事做参谋呢，您出来的时候不是答应过我的吗，治好病后回去帮我一起开发佛脚山的吗？老书记，您走好，我来给您送行了。"

刘书记的一番话，说得在场的农民工各个心酸，没有一个不出眼泪的。

三天后，吴老根要回家了。木子捧着阿爸的骨灰盒忧伤地坐在车位上，小芬流着眼泪默默地坐在旁边。

这一天，工友们都到车站为吴老根送行，刘书记临上车前对送行的农民工们激动地说："农民兄弟，我代表我们山水村的父老乡亲谢谢你们。我们村虽然处在偏僻山区，但有很多旅游资源可以开发，我们的佛脚山旅游风景区开发已经启动了，到开游节的那一天，我一定叫木子把你们请过来。"

车子起动了，木子对着阿爸的骨灰盒说："阿爸，您走好，我和小芬送您回家了。"

木子在车窗里，深情地向工友们招手。工友们挥手齐声叫着："木子，我们等你回来。"

农民兄弟

如果风雪不停

1

这一年冬天，下了三场大雪，最后一场是在正月初八日。

早上太阳还挂着笑容，快到中午变了脸，下雪了。雪与前几场一样，先是飘几朵小雪花，后来就抛下了鹅毛大雪。瞬时，白茫茫的大地上雪雾一片。

雪下得不是时候，拣个正月初八：过完年后第一个上班的日子。不过这年头不用担心，因为人们上班与不上班不差形式了，安心在家里烤火取暖就是。

别人可以不出家门，单志远不行。对他来说这场雪下得不是时候，原因很简单，这一天，他必须从城里走到城外，去远离县城四十里地的沟边大队报到，耽误不得。

单志远是个年轻教师，原本是镇山县城里第一小学五（1）班班主任，后来不是了，半年前吃了难以刷清的"倒霉蛋"，上了纲，蒙了。

初八早上起来时，单志远心中的计划是：整装被包和日用品，吃好早中饭赶路。没有办法，他必须照单行事。但有一个问题在他的脑袋里一直模糊不清，一个人要是倒霉了，是不是事事都会不顺心？甚至连老天爷都要捉弄，或者是开玩笑。

雪下得真够劲儿，天若有情天亦老，玩笑的确开大了。

单志远腕上的"钟山牌"手表清晰地告诉主人，喂，十一点半了，再不出门，你晚上还到得了目的地吗？！窗前的单志远实在有点焦虑不安，他奢望于老天爷开眼，要步行四十里山路，又是风雪相伴，非五个小时不可。

走，人都到这一步了，还怕风雪不成！只有下定决心，不怕牺牲，才能排除万难去争取胜利！我单志远不到长城非好汉，他挺了挺腰杆出发了。

单志远头上戴的是一顶褪了色的蓝色棉帽，帽耳捂着脸，身着的深蓝色中式短棉袄是年前在学校旁边那个小裁缝店里做的，背上的被包打得方正，因为下雪，又裹上一块天蓝色的塑料布，手上拎的是放有口杯等日用品的网袋，要是抬举地说，他的装束完全是个下乡干部。

单志远住的是学校寝室，独来独往，自由自在，无拘无束。寝室在教学楼后面的老式木房子里，绕过教学楼，穿过学校中间的操场，他本该在雪地上留下一串脚印，但纷纷扬扬的雪花把他的脚印和白色的记忆给无声地掩埋了，接下去就是慢慢融化，再接下去就一丝一丝蒸发。

学校早就被红海洋席卷了，潮起潮落，停课了，放寒假了，冷清了。

路过校廊，单志远眼镜片里闪的都是大字报，醒目的黑字下有一杠杠红线：刘利民校长一夜之间成了封、资、修代表，遭到炮轰；炮声隆隆中，单志远被硝烟推到了阵地上，在选择自我的同时，呛着了硝烟。

学校的廊里穿风，也刺人，一直能把你刺到心里，甚至流血：单志远在被寒风刺破的几张大字报中找到了正在颤抖的自己，微微一笑，是嘲笑：他一直认为所有的一切自己没有错，选择自我不是说心中没有方向。

单志远从小学习勤奋，心有朝阳，懂得感恩，师范毕业不留省城回家乡，脚踏实地，以烛光精神燃烧自己。只是他性格太内向，不轻易暴露自己的观点，脾气太倔强，认准的事儿一干到底，办事太认真，不会见风使舵。结果缺点挡在前面，优点销声匿迹，得罪了高谈阔论者，损了自己理想中的灿烂。

此时此刻，单志远已经失去了心中的阳光，脸上露出迷惘困惑的神情，没有自己可留恋的了，心已冰冻三尺，谈何热血，他对自己的处境十分明了。

下雪了，尽管街上行人稀少，单志远还是决定抄近路走出县城。不过，他认为自己这样做，不等于见不得人，只是不需要怜悯罢了。

"沟边"这个地方，单志远从来没有听说过，他还是年前从学校门岗敲钟老伯那里了解到的，它在中华人民共和国成立初期是个穷得男女合穿一条裤子的穷山沟。

对于这个老鹰不生蛋的偏僻山沟，单志远潮湿的思绪里烘托着单纯，不管怎么样，总比留在乱世红尘强，穷人好相处，思想单纯，不存复杂性。

单志远一直没有忘记的是："雄关漫道真如铁，而今迈步从头越。"

沟边是个山村，去沟边村有阳关大道，也有羊肠小道，绝非"千古华山一条路"。

如果走大道，曲里拐弯的盘山道，尚无班车，唯一的车轮子是头冒黑烟的手扶拖拉机，所向披靡，一路颠簸，换换筋骨不错。不过，下雪了，唯一的车轮子也没有了，只能步行，路程比小道多了大约十五里。

如果走小道，翻山越岭到沟边，还得披荆斩棘，下雪天，肯定走不得，不安全。

单志远择的当然是阳关大道，理由很简单：羊肠小道走不得，怕迷路。

"去沟边村走大道，共有九十九个弯道。"

敲钟老伯当然不是吓唬人，单志远认为：不要说九十九，哪怕是九百九，只要有个数就行。

出了县城，就能看到进山的坡道，从踏上征途那一刻起，单志远在心里暗暗念着毛主席语录："下定决心，不怕牺牲，排除万难，去争取胜利。"

单志远要的胜利是顺顺当当达到沟边村。

大雪漫天，山风呼啸，在单志远的眼镜片里，山野已经失去了它原有的色彩，梯田、草木、雄峰一片素装。

在崎岖的山道上，单志远慢慢移动的孤单的身影在雪雾中影影绰绰，他默默地把一个又一个弯道抛在身后，他的球鞋脚印在慢慢延伸，又被慢慢覆盖。

其实，单志远的身子很瘦小，他戴了副眼镜，旁人一看就知他是弱不禁风的文雅书生。这一路的艰难跋涉，令他自己都对自己刮目相看了，骨子还很硬朗的嘛。从头越，笑对飞雪叹长天，累不累，想想红军两万五，他是用信念在挑战自己的命运。

雪雾慢慢开始灰暗的时候，单志远终于走出了最后一道山弯。他站在高高的山冈上，眉毛微微一挑，笑吟吟地望着展现在眼前的银装素裹且错落有致的屋宇，以胜者自居。

沟边村四面环山，坐落在盆地里。

时间已傍晚，沟边村人都把自己关在屋里烤火取暖。寒冬以来，他们一直在冬眠，飞雪送春归，什么时候从冬眠中醒来，他们心里自然清楚。

这个时候，村落里除了从窗口透着的几点灯光，再有的便是偶尔几声狗叫。山里人歇了，山里人家的狗没有歇。按照沟边村人的说法，那叫"好热狗儿刨雪地"。

单志远摘下脸上的眼镜，拿到嘴边哈气，再朝身上轻轻地擦一擦，又戴上，他要进村了。

村巷弯曲不直，看上去很不规则，单志远就在不规则的村巷里挨家挨户地寻找石榴树。他要找一个名叫边树茂的老农，县教育局林方局长在电话里说得很清楚，边树茂家不难找，村里只有他家院子里有一棵高出围墙的石榴树。

到沟边村后先找边树茂，林局长指的路，理由有二：一是林方和边树茂曾是一室病友；二是边树茂在村里德高望重，具有举足轻重的地位。

冰天雪地，村巷里飘进一个不速之客，沟边村的百姓谁都不会想到。单志远的确是随雪花飘来的，他悄悄地飘进村子，又无声地在村巷里飘来飘去，然后飘进有石榴树的围墙里。

当然，单志远飘过之处，会看到几个大小不一且不规则的"雪人"，它们伸着双臂的样子很像是在欢迎远道而来的客人，尽管它们的笑容被雪花覆盖得有点勉强。但是，单志远还是在"雪人"面前停顿了一下，脸上露出一丝欣慰的微笑，长途跋涉的疲劳随之从清晰到模糊。

2

沟边村北山的半坡上，坐落着一间孤独的农家土坯小屋。竹篱笆围起的院子，一切都被白雪笼罩着。

沟边村人穷，这个小屋人家更穷。

屋里，除了一张用几块木板搭的床铺，木制方桌和长条凳子，值钱的要算靠墙那口剥了朱漆的两门衣橱了。

沟边村人一般都是男人当家，所以不管男女，一旦有了自己的家，女的叫男人"当家的"，男的叫女人"俺婆娘"。

小屋里当家的已经走了，很匆忙地走了。他的女儿才出世三个月，他就死在修水库的工地上。

小屋里的婆娘，从悲痛中挺了过来后，想开了，活着不就是过日子嘛。从此母女俩相依为命，在苦涩与无奈的长夜中期盼黎明。

婆娘叫张秀英，守寡八年。下雪了，她手捧着一只热水袋坐在被窝里取暖。

女儿叫边小丽，从吃好晚饭到上灯，没离开过窗前，出神地望着窗外漫天飞舞的雪花。

母女俩话语不多，要是在夏天，她们还可以坐在院子里数数天上的星星，或者聊聊牛郎织女，或者聊聊月亮里的桂花树和小白兔。寒冬天，又是大雪又是大风，她们只能猫在屋子里。如果没有墙上挂着的木盒喇叭里杨子荣打虎上山，这个家就会是死一般的寂静。

寒冬的三场大雪，对年纪小的边小丽来说是奇迹了，她早就想问娘了，好几次到了喉咙里的话都莫名其妙地咽了回去。

"娘，您见过这样大的雪吗？"

"娘也没见过。"

"娘，雪要下到啥子时候才会停呀？"

"娘也不知道，娃儿，快把中药喝了，冷了不好喝了。"

床边的方桌上放着一碗汤药，边小丽现在一听到喝汤药头就大了，就愁眉苦脸。她真的很害怕，喝了快一年，苦涩的汤药对她来说已经是一种折磨。

"娘，还是赤脚医生配的一颗一颗的药好。"

"汤药管用，你现在头晕病好多了，还是你边爷爷这一招灵光。"

听娘这么一说，女儿的眼睛瞪大了："我知道，边爷爷给的草药不花钱。"

"娃儿啊，长大了不要忘记边爷爷，他可是好人呢。"

啥子是好人？边小丽自小聪明，却对"好人"二字的理解不太深刻。她翘起了嘴巴："边爷爷是好人，他怎么也骗人呢？"

"边爷爷骗你啥子了，娃儿家不要胡说！"

娘对女儿的不懂事很生气，瞪了一眼后又跟上一句："以后不许这样胡说！"

"娘，我没有胡说，边爷爷说好要给我抓个小松鼠，好多天了，现在下雪了，小松鼠肯定抓不到了。"

原来女儿说的是这个，还真淳朴，娘的心弦松了，抿嘴一笑。

"雪化了，边爷爷一定会给你抓的，他不会骗人。娃儿乖，把药喝了，完了上床睡觉。"

女儿慢腾腾地走到桌边，苦着脸拿起药碗。

沟边村人，家家都有一个地炕，在灶房地中央，脸盆般大小，祖辈相传。冬天，在地炕里点燃干柴，就能烤火取暖了，实在有趣，细细咀嚼，嘴里定会有一般人享受不到的山民文化。

边树茂是个单身老汉，妻子早年谢世，好在架子硬朗，所以几年下来身子骨风平浪静。

上灯了，十五支光电灯泡在灶房里显得苍白无力。由于长年累月被烟火所熏，灶房周壁变黑了，甚至糊上了黑色的烟灰制造的粉绒。所以，尽管灶房不大，还是显得有点灰暗。

五月石榴花红，枝茂叶绿，到冬天却是叶落枝枯，下雪时，满枝白花花了。尽管如此，细心的单志远还是找到了石榴树的东家——边树茂老汉。

山里人好客，边树茂把单志远迎进屋后，先让他在地炕边取暖。这里的人几辈子下来一路认穷，他们的生活里客人稀有。一旦稀客临门，便十分热情好客，主要表现是，左邻右舍，男女老少，争先恐后地把那家的院门堵个水泄不通，窃窃私语，评头论足，让客人在你的笑容里好不自在。

单志远是稀客，左邻右舍的热情都让边树茂给独揽了，他不是故意的，这和单志远的来历没有丝毫关系。大雪天，上灯时分，谁都不知道边树茂家会来客人。就是知道了，冰天雪地的也只能把对稀客的热情装在心里，带到梦里。

边树茂和单志远，对坐在地炕边取暖。地炕里燃着的柴火时而发出轻微的噼啪声，火光忽闪。

边树茂的笑容里布满皱纹，嘴角咬着烟嘴，手里把握着细长的烟杆，铜烟斗里的烟丝红星闪闪，他抽得煞是有味，像是一个老烟鬼。其实，他的烟龄只有三年，是小儿子在部队牺牲以后的事。一切缘于当时一个病房里的县教育局局长林方，要不是他的教唆，边树茂如今也许不会烟不离嘴。

单志远从进边树茂家那一刻起，脸部表情一直很凝重。尽管边树茂没有对他另眼看待，但他心里总是有一种难以言说的压抑。他默默地坐在地炕边，捧着一只满是污垢的搪瓷杯喝着茶水：落难之人哪，地炕里燃烧的柴火还不足以驱散他那潮湿的记忆。

地炕上方立着一副三只脚的铁架子，架上一把铁皮茶壶，壶嘴正冒着水汽。

单志远也想抽根烟了，于是他慢慢地放下手中的搪瓷杯，从中式棉袄的下口袋里摸出了一包白纸包香烟。

难道单志远也有烟瘾？边树茂看在眼里，想在心里。

单志远抽出一支递给边树茂，认为这是礼貌。边树茂却笑眯眯地抬起自己手中的烟杆示意对方。

单志远也就朝边树茂一笑，把香烟放回口袋，然后从地炕里拿出一根燃着的树枝给自己点上了香烟。也许是受边树茂那旱烟的感染，也许是他本身的烟瘾上来了，他"呼哒呼哒"一连几口，吞云吐雾。

难道单志远真的有烟瘾？是的，他的确有烟瘾，尽管只有八个月烟龄。没人教唆，无师自通。他染上烟瘾的时间不长，却是越抽越烈。他是在用香烟来触发麻木的神经，以达到开阔思路、解答疑难的目的，他甚至认为香烟还有医疗作用，能治吃"倒霉蛋"引起的口臭。

当然，白纸包香烟是特殊年代的特殊产物：它是无商标、无厂名、无生产日期的三无商品，最大的优点是无须香烟票，八分一包，号称经济牌。它的缺点是辣味太浓，经常断货，一般在城里上柜，有一定的区域局限性，城乡差别明显。

单志远是个勤俭的人，自然是手握经济牌，他认为辣味浓才刺激，更有治疗效果。

边树茂给地炕里添了几根树枝后，挺了挺腰，慢慢地站了起来，提过冒着热气的茶壶，给客人添茶水："咋样，这里的水比你们城里的好喝吧？"

"味道是有点不一样。"山里人喝山水，含矿物质，味微甜，好像山里人的心一样甜蜜和清澈。他俩的话语不多，边树茂除了向单志远问过路上的情况以外，没有说过其他的话。单志远呢，他一直在调整心态，甚至怀疑自己能否正视现实，还没有到无话找话的地步。二人世界，唯一能给他们调节气氛的是墙壁上的那只木盒喇叭，杨子荣打虎上山，小常宝向少剑波诉说八年前的痛苦。

单志远也有痛苦，不是八年前，是八个月前。地炕边缘煨着两条年糕，随着焦黄色的斑点刺刺突起，飘出了一股香味，边树茂把煨焦了的年糕拿到眼前细细一瞄，然后递给单志远。

"咱山里没有啥子好东西，将就着吃吧，你大概没有吃过这样的煨年糕吧？"

单志远点点头，他早已饥肠辘辘了，中午吃的一口饭，已经禁不起一路耗力。他接过年糕就要往嘴里送，边树茂连忙提醒。

"慢吃，烫嘴的。"

单志远先暗暗尴尬，然后感激地看了边树茂一眼，接着脸上露出一丝微笑，小口地咬着年糕，阵阵米香在他心田里飘荡开来。

屋外的雪说停就停，也许是老天爷累了。哪有在短时间内连下三场大雪的道理，不累才怪呢。

灰暗的夜色中，有个中年汉子出现在村巷里。他头戴普通的棉帽，双手缩在棉大衣袖口里，脚踏实地，低头快步，雪地被踩出嚓嚓的声音。

汉子叫边乾坤，是边树茂的大儿子，沟边大队现任大队长，他这会儿要去父亲家。

边树茂有两个儿子，小儿子参军第二年在对越自卫反击战中牺牲了。为此，边树茂家从军属变成了烈属，公社武装部的庞部长每逢过年总要带几个人到边树茂家送上一张年画，再说一些好听的话，安慰几句。其实，边树茂在小儿子牺牲后的第二年就化悲痛为力量了，所以在以后几年公社召开新兵欢送会时，他总会被庞部长请去，以一个革命父亲的身份出现在主席台上。边树茂在主席台上风光了几次，就推脱了，从此再也没上过主席台，他的大名却让人们记住了。沟边大队有一个边树茂，老贫农，革命父亲。

边乾坤是去父亲家见单志远的，上午县教育局林方局长打给大队的电话是边乾坤接的。他也知道林方局长和父亲是好朋友，早几年小弟牺牲后父亲在县医院住院，与林方隔一张病床，两人心灵相通，日久结友。

其实，单志远要来沟边大队接受贫下中农监管，边乾坤在年前就听大队姚德顺书记说过。他心里纳闷的是单志远为啥子不直接去大队报到，而是先歇脚在父亲家，所以他要会会这个被监管者。他在思考一个问题，单志远和父亲是啥子关系？

雪停了，本来就捺不住寂寞的狗，更加活跃了。村巷里随处都可以看到它们翘着尾巴在跟"雪人"玩耍，窜来窜去，顽皮得有点可爱。

一条狗撞着了边乾坤的小腿，他抬腿一脚没踢着，就骂："找死！"

边乾坤轻轻推开父亲家的灶房门，身子一侧便闪了进去，然后习惯性地用肩挨上门，脱掉身上大衣，搓着双手走到地炕边坐下。

边乾坤的到来，让单志远有些不知所措。他看了看边乾坤，然后向他挤出了一丝微笑。

边乾坤从进门开始，表情就有点复杂，瞥了一眼对方的微笑，把心里要说的话全挂在了脸上。

单志远显然有点尴尬，心里想：他是谁啊？怎么如此阴阳怪气。

对于儿子的到来，边树茂没有想到，儿子在客人面前如此冰冷也让他很不舒服。于是，他用烟嘴轻轻敲了几下泥地。

"你们认识一下，他是县里来的……"

"我知道，他叫单志远。"

边树茂向单志远介绍："他是我儿子。"

单志远早就在林方局长那里了解了边树茂的家庭情况。于是，他连忙从上衣口袋里拿出介绍信，不失礼貌地给边乾坤。

"不知道你就是边大队长，实在对不起。按规定报到时间迟到一个小时，请你多多包涵。"

边树茂连忙插了一句："一个教书的娃子，在雪地里走四十里山路不容易呢。"

边乾坤手里捏着单志远递给的介绍信，抬头看看爹，一副不甚了然的样子。

"迟了就迟了，咱这里不讲究这个。"

边乾坤把介绍信退还给了单志远，补了句："明天交给书记。"

好在边乾坤还有他爹身上那善良的一面，单志远脸部的紧张自然就放松了许多，把介绍信叠好放回口袋里，又从另一个口袋里拿出白纸包香烟，恭恭敬敬地给边乾坤点上一支。

3

大雪过后，天空格外晴朗。

太阳伸着懒腰舒展手臂，吸进新鲜空气，燃烧阳光，给银装素裹的大地增添了几分肃穆的圣洁。

"太阳最红，毛主席最亲……"农家屋里的木盒喇叭把整个沟边村给唱醒了。

家家户户的屋檐上，滴着被太阳融化的雪水。雪地里，狗儿狂欢。"雪人"被太阳逗得流泪。各家围墙上的革命口号，在阳光下渐渐鲜艳。几家男女都在各扫门前雪。

沟边村的大队部设在二队地界，由几间低矮陈旧的木房子组成。木房子对面是大队会堂，一圈石垒的围墙把它们圈在里面。围墙有道口子，就是大队部的正大门了。这里便是沟边村四个生产队二百三十六户人家的领导核心地了。

大队部的围墙上，照样写着革命口号：抓革命，促生产，农业学大寨。

木房子的门上也没有忘记画一颗红心，中间再添个黄色的"忠"字：这样的"忠"字，沟边村家家门上都有，沟边村人是忠在行动上了。

雪停后，大队办公室的"忠"字门就忙开了，它随着人们的进出一忽一闪。沟边村人粗，但进"忠"字门的人粗中有细，都会在门口习惯性地跺跺鞋上的碎雪片，看来他们谁都不会把鞋上的细雪带进去，生怕污染了领导中心的圣洁。

"忠"字门又开了，出来的是张秀英，她身着花布大襟棉袄，一出门就习惯性地用手指捋了捋头发。阳光下，她的脸面清晰多了，细心的人就能看出她是一个有了岁月痕迹的女人：她也许曾经漂亮过，但是现在的憔悴模样，的确显得比实际年龄要老一些。

她抬头看看顶上的太阳，边走边用手中的方围巾裹着头，雪后的微风毕竟还是有点冷飕飕的。

张秀英去大队部是找小队长毛德伍的，家里要断粮了，得向生产队里借呢。

她先去毛德伍的家。他家坐落在村巷中间，在第四生产队里算得上比较宽敞的农家小院了。当然，与同在一条巷子里的大队长边乾坤家是不能比的，人家都已经盖上两层楼了。但是毛德伍清楚，边乾坤家的两层楼有一大半是他小弟给他盖的。很显然，没有他小弟的牺牲，他爹就没这笔抚恤金，就帮不了他盖楼房。当时，尽管父子俩步子不协调，爹还是让了儿子一步，只有一个儿子了，不让不行，边树茂是通过与大儿子的几次交锋后才认识到这一点的。

毛德伍家，院门紧闭，张秀英伸着脖子朝院里叫。

"德伍队长在吗？"

院里应声的是毛德伍家的婆娘刘红妹，她的嗓门一般情况下带着粗。

"谁呀？"

"哦，我是秀英。"

刘红妹一听是秀英，音调粗中有细，热情随之洋溢。

"哦，是秀妹子啊，当家的一大早去大队了，有啥子事吗？进来坐会儿吧。"

张秀英犹豫了一下，说："不了，那我去大队找他。"

"那随便你了，有空来坐坐啊。"

刘红妹话音未落，张秀英已离开了院门。

大队部里面有很多人，张秀英本想让毛德伍走到外面说话，家里断粮脸面无彩。毛德伍却说："啥子事，这里说吧。"

张秀英感到有点难堪，心想是自己有求于人家，只好如此了。毛德伍还是对她家情况十分了解的，于是就把她拉到办公室一角，轻声说："闹荒了是吧，你先回去，我和铁算盘合计合计……"

铁算盘是小队会计，他的账页上，张秀英家年年是"倒挂户"。

从大队部出来，张秀英一路都在回想毛德伍的最后一句话："我说秀啊，趁现在还年轻，找个适合的吧，家里没个当家的日子不好过呢。"

说句实话，张秀英不是没有考虑过再嫁，可要找一个合适的人谈何容易。她也曾偷偷地去过十里外的老桂树下算过命，李瞎子要了她的出生时辰后，手指来回一算，大叫不好，说她命里克夫，吓得她不知道自己以后怎么办。回家的时候，她绕到当家的坟前痛哭一场。之后，再嫁之念烟消云散。

张秀英回家的时候，边树茂佝偻的身子出现在村巷里，他身着一件有补丁的蓝色棉袄，头上戴着一顶旧式棉帽，腰间系着一条布带，腰背插着烟杆，双手缩在袖筒里，看上去是完完全全的贫下中农本色。他的精神状态与往日不同，脸上刻着思索。单志远背着被包，拎着网袋，低着头跟在他的后面。

边树茂时不时回头看看身后的单志远，如果他和自己的距离有点远了，就站在原地等他一下。这个时候，单志远就会抬头看看边树茂，待脸上飘过一丝歉意后，快了几步。不过，他有自己的分寸，绝不会多跨几步，他认为在公众场合下，自己不能与边树茂并肩走路，他是怕影响了沟边村德高望重的边树茂的形象。

边树茂出现在村里，人们不足为奇，要是平日里他们肯定还会和老前辈打个招呼，说上几句话。可是今天不行，老前辈后面跟着的那个陌生人神情太萎靡，于是，他们把往日对老前辈的热情转移到对陌生人的猜疑和好奇上，还停下了手中扫雪的动作。

当然，边树茂和单志远从他们眼前慢慢走过后，他们还是会用沟边村人固有的性情和眼神，目送着他俩远去，接下来不是继续扫雪，而是聚在一起，化解疑点，体现了沟边村人的二重性。

出了村巷便是山道，远远望去，群峰连绵，积雪茫茫。

边树茂和单志远一前一后小心翼翼地踩着白雪覆盖着的山坡小道。这时张秀英正低着头，急匆匆地迎他们而行。她的双脚在雪地上磨出了阵阵"嚓嚓"声。

边树茂对着迎面而行的张秀英，细细一瞄，把脸上的思索隐藏了起来。

"是秀啊。"

张秀英闻声收脚，抬头一看，笑了。

"噢，是树茂大叔，您这是去……"

"去大队部。你……"

"我是找德伍要粮食去了。"

"要粮，为啥子走这道？"

"去德伍家了，红妹姐说他一早去大队部了。"

"又断粮了。"

"差不了几天了。"

善良的边树茂一直关心秀英家的生活。听说她是去找队长要粮了，心里很不是滋味。他心里明白得很，按照她的性格，是不会轻易去找队长的。刚过完年哪，正值青黄不接，下面的日子咋对付呀！

"德伍答应了？"

张秀英看了看边树茂身后的陌生人，尴尬了一下。

"说是和铁算盘合计合计。"

边树茂眉宇舒展："应该没事的，我也会对德伍说的。噢，娃子的头晕病好多了吧？"

"吃了您的草药，好多了。"

"药还得吃，娃儿人小，禁不起折腾，得根治呢。"

"得吃，得吃，树茂大叔谢谢您了。"

单志远一直呆呆地站在边树茂后面，插不进话，也不想插，但他已经把对眼前这个女人的怜悯埋藏在心里。

坡道狭窄，张秀英缩着双手笑眯眯地站在一边让路。

"树茂大叔你们先走。"

边树茂他们就慢慢地从张秀英身边走过，单志远的眼睛无意间与张秀英的目光相遇，她连忙低下了头，待他们走过后，才慢慢地把头抬起，望着单志远的背影，心里打了个结，自言自语："这个人是谁呀？"

沟边大队的领导中心比较简陋，一口红漆大柜，几张破旧写字台。不过，从墙上贴有的各种宣传画来看，政治气氛挺浓。

沟边大队的领导中心成员是：大队书记姚德顺、大队长边乾坤、大队治保主任马小山。

他们清一色中山装，胸前毛主席像章闪闪发光，棉大衣都披在肩上，完全是一副干部架势。他们里面除了大队领导班子成员，再就是毛德伍等四个生产队长。此时，他们抽烟、喝茶、看报，脸部表情却是各异，因为都知道今天的会议非同寻常。

单志远随边树茂进屋后，就感觉到气氛里有股浓浓的火药味。他暗想，分明是要"三堂会审"了，自己得小心谨慎，不可多说一句话，不能说错一个字，老老实实态度端正，诚诚恳恳接受教育。

边树茂给单志远介绍了大小领导，每介绍一个，单志远就在原地恭恭敬敬地鞠躬一次。

姚德顺对单志远这样的态度很是满意，脸上透出了阳光，朝治保主任马小山点点头，示意可以开始了。

马小山一张猴子脸，因为天生口吃，说话费力。他装模作样地喝了一大口茶，清了清嗓子，冷眼朝单志远一挑，居高临下地开场了："啥子名字？"

这样的提问，等于是一加一是二，单志远不假思索，随口就答："介绍信上写了。"

马小山扬眉瞪眼，拍案而起，声震屋瓦，粗鲁至极："你奶奶的，现在是老子在问你！"

单志远猛一惊，简直不敢相信乡村干部就是这么个素质。看来事实胜于雄辩，让你不信也得信。他用心拧了一下脸，尽量把自己的脸拉个平直，处境容不得他有不当的言行，小不忍则乱大谋，过坎才是上策呢。

"马主任，您请息怒，如果是我回答错了，重新再回答一次。"

姚德顺锁了锁眉，连忙收回脸上的阳光，心里说，马小山啊马小山，有你这样的吗？这里不是监狱审讯室。他朝马小山轻声提醒，注意点态度。

马小山点点头，表示接受书记的提醒，态度也就和缓了。

"啥子名字？"

"单志远，单是单位的单，志是同志的志，远是远大理想的远。"

这回够让你满意了吧。谁知单志远嫩了，他的如实回答，给马小山捡了个肮脏的话题："远大理想，你远到茅房里看娘们屁股去了！"

马小山竟然冒出如此口才，沟边村竟然还有如此人才？对于马小山的这一击，不要说单志远防不胜防，其他几个也都刮目相看。

致命的一击呀，单志远的脑袋快要爆炸了。人格几乎崩溃，解释不清的东西会越描越黑，生命中总有这样一些话让你心里流泪，可你得笑着听；生命里也总有一些时刻让你肝肠寸断，可你得挨着过。单志远说："全是'莫须有'。"

马小山不知道啥是莫须有，说："啥子木水油，我们这里只晓得菜籽油！"

天哪，闹笑话了，到底是沟里人，上不了台面，看来得快快收场了，再这样下去沟边村人要蒙脸了。姚德顺脸一黑，连忙向马小山摆摆手，停下，停下！

马小山瞥了姚德顺一眼没有吭声，给自己点燃了一支香烟，一脸的尴尬在烟雾的掩盖下落了台阶。

不就是来了个要监管的吗，有必要这么兴师动众？将不才，出师不利，姚德顺赶紧拉下帷幕："单老师啊，这样吧，你的情况反正就这么一回事，县里让你到我们这里来接受监管，也算是宽大你了，就在这里好好接受贫下中农的监管吧。"

单志远频频点头："一定，一定。"

所谓"三堂会审"就这样结束了。接下来的问题是，哪一个生产队来接收监管分子。姚德顺这回懂策略了，他让单志远暂时回避在门外。

姚德顺是沟边大队多年的老书记，一向办事实事求是。单志远在学校里犯傻的事情，他有所了解，他替他惋惜。他叫马小山主持刚才的内容，因为他是治保主任，谁料他会闹了笑话，于是说："今天我叫小队长来参加会议，想必你们心里也都该明白了，咋样，给你们三分钟时间考虑，不管怎么样，总不能让单志远蹲牛棚吧。"

三分钟定夺，姚德顺也太看得起几个小队长了，总得有一根烟的时间来把握吧。

屋里始终是一片沉默。单志远在门口有点焦虑不安，脑袋瓜里的复杂性慢慢膨胀开来。

哪个生产队愿意安插单志远啊？！姚德顺应该早有预料，他默默地收回了三分钟定夺的预言，耐心等待他们表态。

大队办公室里的气氛有点紧张了。气氛紧张不是坏事，至少能说明小队长们思想不是麻木不仁的。他们埋着头，暗淡的心七上八下，看来是把单志远当作瘟神了。

终于边树茂要说话了，他深深地吐几口烟雾，收起烟杆，慢慢站了起来，看在眼里的边乾坤着急了："爹……"

"你急啥子了，啊！"

"……"

"德顺啊，就让他到四队吧，住我家。"

边树茂这一说，四个生产队长三个解放了，他们的脸上虽然看不到喜悦，吊着的心已经落位了。

四队队长毛德伍，对边树茂的如此一举没有震惊，他知道边树茂一定会出来说话的，因为他对他实在是太了解了。毛德伍虽然没有思想准备，但也没有表示反对。

但是，边乾坤坚决反对他爹的如此一举："爹，不行！"

边树茂根本不理会儿子的反对，直面毛德伍："德伍，你是队长，说一句，行不行？"

毛德伍对边树茂的如此直言，感到有点不知所措了。但他是个聪明人，不想得罪任何人，说："我……服从领导安排。"

毛德伍这话一出口，边乾坤脸一歪就急了，他知道姚德顺肯定会同意他爹的意见。

"爹，你要是敢把单志远领到家，我就和你划清界限！"

边树茂盯了儿子一眼：你也太狂了，界限是啥子东西，老子没闲心和你这个小子钻无聊的牛角尖。

小子见老子有破釜沉舟之势，实在叫苦不迭："姚书记，我爹是老糊涂了，你可得三思而行啊！"

姚德顺对边乾坤的激动情绪，在情感上表示理解，但反过来又不理解：你爹都顾全大局了，你这个大队长怎么会如此不通人情，还要和自己的父亲划清界限，真是太荒唐了。

糊涂也好，清醒也罢，问题总得解决，姚德顺清了清嗓子，做了最后的表态："我说呀，既然县里相信我们沟边大队，谁也不要较劲了。单志远咋了，他是瘟神吗？毛主席还给瘟神写过诗呢。他是在学校里犯了傻，毕竟还谈不上是阶级敌人，两者混淆就麻烦了，过几天我去公社开会，顺便把这件事向公社葛书记汇报一下，我看让他先住到树茂大叔家里吧。"

4

边乾坤家的灶房还是比较宽敞的。一盏二十五支光电灯泡，光亮显然还有些微不足道。灶房嘛，马虎一下就行，灯泡太大了浪费电，毕竟是在农家，得讲究点节约嘛。

晚饭后，边乾坤一家三口就围在地炕边取暖，山里人就是这样过日子的。

边乾坤婆娘叫毛晓云，她无聊地嗑葵花子。山里人穷，把嗑瓜子当作乐趣，大白兔奶糖没有，葵花子还是有的，房前屋后随处可见朵朵葵花向太阳。儿子边小狗，小名小狗子。他捧着小人书专心致志，家里的十几本小人书早已给翻烂了。一天来，边乾坤心里一直没有舒服过。他沉着脸，手中的一根铁丝无聊地拨弄地炕里的柴火，郁闷啊，爹真是老糊涂了，姚德顺也不应该这样草草收场。

墙上的木盒喇叭里，杨子荣正气凛然。小狗子突然说："爹，大队里为啥子不来放电影了？"

"放个屁！"

儿子吓了一跳，不吭声。毛晓云傻眼了，把一颗送到嘴边的葵花子吐到地炕里，一脸不满："拿娃儿撒啥子气，有种向你爹撒去！"

边乾坤瞪了婆娘一眼，说："你以为我不敢！"

毛晓云叹了口气，脸上飘出一阵冷风，说："我知道你敢，敢得要和老子划清界限了。"

"你……"

"我咋了，不是你说的吗？"

边乾坤不再吭声，继续胡乱地拨弄着地炕里的柴火，在时暗时明的火光中，他的脸上乌云密布。

毛晓云服软了，当家的在外面受了委屈，得安慰才是。

"我看你家老头子糊涂，是引火烧身，姚书记糊涂是养虎为患。"

毛晓云的一番话，让当家的胜读十年书。边乾坤认为婆娘的话实在是太深刻了，精彩。

边乾坤心里郁闷，谁都能理解，因这件事情涉及他的爹。可他没有想到此时此刻还有一个人也在为这事感到困惑与不解，他就是治保主任马小山。姚书记为啥要和边树茂一样，对单志远怀有恻隐之心？不可思议，不可思议哪。

上灯后。马小山决定去找边乾坤说事。

冬夜的月光，尽管是那样的苍白无力，但它至少打破了沉默的黑暗。马小山拎着一瓶大曲，哼着《沙家浜》智斗插曲，大摇大摆地从巷子的一头走来。他自认为今天是风光了，姚书记让他来审问单志远，嘿嘿，这个治保主任没有白当，浑身飘飘然了。

村巷拐弯处，马小山碰上迎面而来的边伟国等巡夜民兵。冬夜民兵巡夜是村里老规矩，生产队不上工账，也算是提高警惕保卫祖国嘛。

"巡夜啊。"

边伟国笑笑，答非所问："呦，是马主任呀，今天又喝高了吧？"

马小山把手中的酒瓶高高一扬："还没喝呢。"

"那你这是……"

"去乾坤家商量工作，顺便喝两盅。"

边伟国说："哦，那你去忙工作吧。"

两个民兵就朝另一方向走去。马小山望着他们的背影慢慢远去，突然想到了啥子。

"哎，伟国，你过来一下。"

治保主任有吩咐，谁能不听，他小跑着返回到马小山身边，等候指示。马小山煞有介事地搭着边伟国的肩膀，又拍拍他肩上背的"三八"老套筒，发话："注意阶级斗争新动向。"

边伟国不明白治保主任的意思，难道村里有了阶级斗争新动向？于是说："马主任，有啥子机密？"

马小山张了张嘴巴，要说的话又咽了下去："没啥子，去吧，巡你们的夜去。"

边伟国想：有屁就放，阴阳怪气的卖啥关子。其实，马小山不是卖关子，他是不能凭空放屁。

边乾坤还是无聊地拨弄着地炕里燃着的柴火，那张沉思的脸仍然陷在沼泽地里，无法自拔。

毛晓云嗑着瓜子，突然想到了一件事，问儿子："小狗子，你把书放下，娘有话问你。"

她的出发点是想分散当家的注意力，把他从沼泽地里拉出来。

"娘，啥子事？"

"你是不是又打人了？"

边小狗头一歪，失色，看看娘，继续低头看小人书，不予理睬。

边乾坤脖子往上一伸，从沼泽地里蹦了出来，手中的一根树枝狠狠地往地炕里一扔。

"说，打谁了？"

小狗子胆怯了，抬起头，盯了娘一眼，恨死你了。

边乾坤火了，拿起扔在地炕里的树枝，欲打小狗子。

毛晓云一呆，傻了：我咋把导火线给点燃了？

小狗子手臂一挡，强词夺理："毛小妹用雪球打我头。"

"哪个毛小妹？"

毛晓云快快跟上一句，想用这桶水扑灭导火线。

"毛德伍家的女娃。"

她本想用这桶水来扑灭导火线，不料火上加油。

"好男不跟女斗，你有出息了！"

边乾坤更是火了，就要出手。突然，院子里的狗叫了，接着有人敲门。毛晓云连忙给儿子递了个眼神："呆着干啥，遭打呀，开门去。"

小狗子醒了神，连忙逃之夭夭，去开门。就这样导火线被敲门人掐断了，边乾坤的郁闷未发生爆炸，小狗子避免了一场惨痛。

敲门人是马小山。门一开，他先把脖子伸了进来："嘿，都在烤火啊。"

毛晓云扬起脸，见掐导火线的人是马小山，尽管不是很顺眼，还是开了腔："呦，是马主任呀，稀客，稀客。"

马小山扬了扬手中的酒瓶，结巴着搭上了顺风船，说："大雪解冻，闲着无聊，来和乾坤兄聊聊。"

边乾坤对不速之客视而不见。大队部提问单志远时的那场闹剧够损的了，他又来干啥子？心里这样想，他嘴上还是说："坐吧。"

面对边乾坤的冷脸，马小山自然有些尴尬。但既然主人有请了，他也就可以嬉皮笑脸地下台阶了。

小狗子关好门，准备返回地炕边坐下。娘就发话了："你可以到房里去睡了。"

儿子看看娘，又看看爹，弯腰拿起小人书，嘟着嘴巴慢慢离去。

边乾坤抬头看看婆娘。

"你也可以去睡了。"

马小山笑嘻嘻地看看毛晓云，又看着边乾坤。她自然是一脸不悦，没有想到当家的会让她也离开，手中的一把瓜子恶狠狠地扔进地炕里，扭头就走。

地炕里热闹了，噼里啪啦炸了瓜壳。酒当然得喝，不喝白不喝。边乾坤与马小山在地炕边喝闷酒，快乐不乐，有点难为自在，心里的话到了喉咙口又顺势吞下。

此时，谁也无法进入自己的角色，你既然不开口，我继续装糊涂，只因火候未到。

酒过几巡后，大脑慢慢升温了，热辣辣的醉意纠缠不清，尽管神态各异，郁闷终于彻底释放了。

地炕里燃着的柴火映着他们的所谓快乐和心境。

马小山对边乾坤说："你们家三代贫农，你爹为啥子要把那个'臭老九'留在自己家里？这不是在给我们贫下中农的脸上抹黑吗？"

边乾坤从马小山一进门，就想到了他来是有目的的，现在听了他的一番屁话，心里就想：我知道你是带着扇子来的，你错了，我的家事还轮不到你来做说客，谁不知道你马小山也不是个啥子省油的灯，想笑话到我的头上来还没门呢。于是就不痛不痒地回了一句。

"老糊涂了，有啥法子呢。"

"这个'臭老九'是不是真的在学校里偷看女生的屁股了？"

马小山啊马小山，你果然是来点火的。于是他说："真的假不了，假的真不了。"

马小山尽情发挥："眼福不浅，眼福不浅哪。"

边乾坤瞪了马小山一眼，劈头一句："怎么，眼红了？别光看贼吃肉，不见贼挨打。"

马小山自知失言，立马辩解："哪里的事，我是信口开河，乱说，乱说。不过话得说回来了，如果真是这样，我们可要把村里的娘们看好了，咱山沟沟里的娘们屁股总还得值几个钱吧，别让这'臭老九'给盯上了。"

边乾坤就冷笑，掷地有声："还是先看好你自己吧，别让娘们的裤衩蒙着就是了。"

马小山尴尬地一笑，连忙把压在自己脚板上的石头搬掉，讨好地拿起酒杯，主动与边乾坤碰杯。

"到底是大队长说话在理，先得看好自己才能看好娘们，在理，在理。"

接着，马小山眼睛一转，随口换个话题，以作反攻："乾坤兄，我琢磨着这个'臭流氓'一来就去找你爹，而且你爹现在又把他领到自己家里……"

糟糕，马小山知道自己又漏了嘴，连忙打住，要把泼出去的水收回来："废话，废话，喝高了，喝高了。"

边乾坤瞪大眼睛，你这个马小山，把酒盅说成尿壶，骂道："你打的是哪门子哈哈，脑子进水了是吧！"

"进水了，进水了，玩笑，玩笑。"

继续喝酒，暂时无话。沉默也许是对情绪的酝酿。

张秀英和女儿合坐在一个被窝里。

借着昏黄的电灯光，母亲专心致志地织着纱线毛衣，女儿无聊地翻阅小人书，入冬以来母女俩就是这样度过漫漫长夜的。突然，女儿想到了一件事，放下小人书："娘，今天小狗子又打人了。"

"又打谁了？他怎么老是打人。"

"他打毛小妹了，鼻子都打出血了。"

"为的是啥子？"

"不为啥子，就是打雪仗，毛小妹把雪球打到小狗子头上了。"

"你离这小子远点，你没有爹，咱惹不起人家。"

女儿对娘的话理解不透，天真地问："毛小妹她爹是小队长，小狗子为啥子还要打她？"

"小狗子他爹是大队长。"

"娘，我知道了，小狗子打毛小妹，就是大队长打小队长，因为大队长比小队长大。"

听了女儿的这一句话，张秀英眼睛豁然一亮，她想不到女儿会如此理解：这样的理解有其深刻的一面，看来女儿是长大了。

不过，张秀英在女儿面前解释不出啥子来，更不想女儿从小就有这么个烙印。

"娃儿家不要胡说，不早了，睡吧。"

女儿看了娘一眼，就不再说这个话题，脱掉外衣躺下，乖乖地躺在娘身边。

"娘您也睡吧。"

"娘就睡。"

女儿很快就睡着了，张秀英却没有睡，她和衣靠着墙壁，目光呆呆地盯着屋顶在想一件事：树茂大叔家来的那个人是谁？工作队？不像，"四清"工作队早来过了，前前后后不到一个月就走了。那个人文质彬彬，一脸书生气，到沟边大队像是要住下的样子，不然带着被包做啥子。

张秀英已经有好多年不关心与己无关的事了。自从当家的去世后，她曾一度陷在绝望的苦海里，抱着不到周岁的女儿在漫漫的长夜中独守孤灯。后来，从悲痛中释放出来，她就一心扑在女儿身上，甚至视女儿为今生唯一的希望。有不少好心人劝她再嫁，可她决心已定，从此孤女寡母相依为命，苦度光阴。

今天怎么了，对那个陌生人产生了好奇，莫名其妙，好笑，脸上便有点热辣辣了，秀啊秀，你想这些干啥子。

张秀英脸上热辣辣的，她想也许这个陌生人正在边树茂家安营扎地。

边树茂家有一间偏房，独门独户，原本是一间存放农具之类的杂物间，现在偏房里的杂物已经被单志远整理完毕，齐刷刷地堆在一角。

单志远的营地，搭了一张由三块长条板合成的床，旁有自制小方桌一张，桌上方壁上挂着一盏二十五支光电灯泡，有这样一个栖身之巢，他当然是心满意足的。

单志远打开被包准备铺床，边树茂进来了，他把一捆稻草递给了他。

"把稻草铺在床板上，睡着就暖和多了。"

稻草垫床？第一次听说，可能山里都是这样的，单志远想。

单志远铺好稻草，用手轻轻往下一按，嗨，还真是软绵绵的，他感到有点新鲜。

这当儿，边树茂就拿过长条凳坐下，烟不离嘴，笑眯眯地吞云吐雾。

"这房子啊得人住，你看，就这么打理一下，还真不赖呢。"

单志远扭头朝他微微一笑，继续铺床。

边树茂突然想到了一件重要的事。

"哦，我忘了把尿壶给你拿过来，你们城里人恐怕不习惯用这个东西，只好将就了。"

单志远很早就听说过山里人夜里尿尿用的是尿壶。这种壶城里人家是没有的。山里人管叫"夜壶"，用陶器所做，像古代人穿的鞋子，壶口朝上，口径不大，一般为男人尿尿所用，刚好能把尿尿的东西放进去。

"没关系，日子长了会习惯的。"

"怎么，准备在这里待一辈子？"

面对边树茂的提问，单志远只得无奈一笑。

"我也不知道。"

边树茂眉宇一舒，笑了。

"娃子啊，听我老汉一句话，啥子时候有办法，还是赶紧回到来的地方去，这里毕竟不是久留之地。"

铺好床，单志远忽然想起了一件事，摸索着从上衣口袋里拿出粮票和钱双手递给边树茂，心存愧疚地对边树茂说："我现在发的是户口里每个月的二十一斤定粮，工资减去了一半，其他所有的票证都停发了。"

边树茂的脸瞬时拉了下来，他有点生气："你这说的是啥子，我差你一口饭？"

单志远尴尬的脸上有种通情达理的理直气壮，他把粮票和钱放到边树茂坐着的长条凳一边，莞尔一笑："树茂大叔，我住在您家已经够麻烦了，粮票和钱您是一定得收下。"

边树茂看了单志远一眼，没有再说粮票和钱的事了，叮嘱说："姚书记关照的话你都记住了？"

"记住了，一个星期向大队治保主任马小山做一次思想汇报，不能随便离开沟边大队，有事外出得向马主任请假。"

"记住就好。"

"树茂大叔，让你为难了。"

说啥子？边树茂开始还不懂，然后很快就明白了，他知道单志远是在说儿子和他翻脸的事，便坦然地说："啥子划清界限，老子总归还是老子，别看我儿子嘴冷脸酸，其实心田不坏，你也不要把这件事放在心上了。"

"我不怪他，如果我是他的话，也许我也会这么说。"

夜深了，沟边村人已经无忧地走进了各自的梦境。

单志远躺在床上辗转反侧，夜不成寐，于是就起来给林方局长写信。内容大致是：树茂大叔是个善良的老汉，我现在暂时住在他家里；因为是冬天，这里现在没有农活可干，我会帮助树茂大叔做些家事；你放心，不管怎么样，我都会在这里好好待着，远离尘世，我发觉自己的心情比以前好多了；我坚信自己的不白之冤总有一天会洗清；你得多提防点我们学校的孙明芳，她是个有野心的女人，非等闲之辈。

单志远把信反反复复酝酿了几遍，生怕内容有误。最后，又补充了一句：村里姚德顺书记没有为难我，只是大队长边乾坤好像对我有看法，好在有树茂大叔罩着我，应该不会有什么节外生枝的事情。

5

公社支部书记会议结束，大院里就自行车铃声四起，大队书记们鱼贯而出。

公社叫三山公社，所在地叫三山镇。公社党委书记葛大海，随姚德顺一起推着自行车从大院里并肩出来，他们边走边说话很投机，一直沿着镇上小街走去。

小街北边是各类小商店，屋檐上滴着融化的雪水；南边是条通往东西方向的河道，有几条小木船静静地靠在岸边，船沿上能见尚未融化的残雪。

"德顺啊，我仔细想了想，你让单志远住在边树茂家是可以的。老贫农怎么了，接纳一个可以改造好的人难道就不是老贫农了？边树茂的骨子正，谁不知道。不过，话得说回来，边乾坤有想法也正常，非常时期嘛。你找个机会和他沟通一下思想，不要为了一个单志远影响了领导班子的团结。"

"葛书记，你放心，我会的。"

"趁着冬闲，回去后，开个社员大会，把公社会议的精神传达下去，做好开春备耕工作。连续下了三场大雪，你们大队的茶园损失大不大？"

"有点损失，不过影响不大，有这三场大雪也好，明年的虫害会少点。"

"冬雪是宝，春雪是草，与天斗其乐无穷，人定胜天，话虽这么说，自然规律不可违呢。"

此时，马小山数着钱从山货店出来，葛大海眼尖："这不是马小山嘛。"

马小山盯在钱眼里，听到有人叫，猛抬头见是葛大海和姚德顺，连忙把钱放进口袋里，咧嘴露齿低头哈腰："哟，两位书记哪。"

姚德顺知道马小山是"夜猫子"，专逮山猫，山货店里的常客，不过还说不上是走资本主义道路，他就随口一句："又逮着山猫了？"

"哪里，好长时间没逮了，今儿个是从天上掉下来的，冻死在路边雪地里，捡的。"

葛大海抬腕看手表，好客地说："该吃中饭了，怎么样，难得相聚，到我家去喝几杯？"

对于葛大海的热情邀请，姚德顺还是婉辞了，说："葛书记，下次吧，我今天还有其他事要办。"

马小山看了姚德顺一眼，心里有点不满，到了嘴边的酒，让你给搅了，笨蛋一个。当然，他在葛大海面前还是点头哈腰："下次吧，下次吧。"

姚德顺离开洞桥，骑上自行车一脚飞跃回家。他不想与马小山共进中餐，没有理由，只有感性。马小山呢，他是既来之，则安之：既然是天上掉下来的钱，总得去享受一番。

"山村小饭店"是店名，马小山虽非常客，但要么不来镇上，否则必定到此一游。

三山镇逢周一、三、五为市日，今儿是周五。此时此刻，集市已散，赶集人要做的是：用卖山货的钱买小商品，到饭店里享受，或炒菜喝酒，或围桌打扑克红心自乐，就这些名目，没有多复杂。

饭店里显然人气旺盛，不免嘈杂和混乱。

马小山找到了临街的位置，一只脚踩在长条凳上，歪着脖子叫了几个下酒菜，白切猪大肠，红椒炒螺蛳，一斤黄酒，逍遥自在。

马小山的主食，习惯葱花汤面。他捧着大花碗，仰着头把面汤喝个精光，再用手背抹一抹油光光的嘴巴，然后抽烟，接着离开。

同一时刻，张秀英和女儿在家里穷日子穷过。边小丽在灶房，仰着头用舌头舔着碗沿边的残粥，大碗遮着了她的大半个小脸。有口稀粥不错了，尽管山里人有个说法，炊烟袅袅，碗大粥稀，撑大肚子，饥荒心理。现在张秀英的心比脸更疲惫，巧妇难为无米之炊啊。她把自己的半碗稀粥倒给女儿："吃吧，多吃点长身体。"

女儿把半碗稀粥推到娘面前："娘，您吃，我吃饱了。"

娘把脸上的苦涩埋在心里，说："你吃吧，娘不饿。"

女儿想，娘又要去吃锅里的野菜了。她已经有好几次看到娘坐在灶边吃野菜了。

青黄不接，对沟边村人来说是常事。边树茂家里的情况还可以，过去他是一人饱全家饱，现在也不为多了个单志远而烦恼。如果哪一天米缸底朝天了，有大儿子在，再划清界限也不能把老子饿死。

边树茂打开灶房里的米缸，米不多，尚未见底。犹豫啥子？边树茂问自己。他毅然用小竹碗把米一碗一碗地掏进小竹箩里，他要去救济张秀英。

边树茂家石垒的矮围墙内的那棵石榴树，是小儿子栽的。现在小儿子不在了，石榴树也就成了唯一的念想。石榴花开的季节，边树茂仿佛都能看到小儿子爬在枝上的样子：爹，我探亲来了，我多摘几个给战友们尝尝家乡的红石榴。

边树茂拎着小竹箩从灶房出来时，单志远在檐下修理竹椅。一只老母鸡带着几只小鸡玩耍，叽叽喳喳。嘿，农家小院还真富有诗情画意。

单志远说："大叔，您要出去？"

边树茂说："去张秀英家看看。"

其实，边树茂是张秀英家常客，问寒问暖。他把小竹笋递给秀英后说："秀啊，德伍有回话了吗？"

边树茂指的是粮食问题。张秀英眼眶一湿，摇摇头。正当儿，边小丽挽着一只篮子进来，见边树茂在，就连忙放下篮子，亲热地跑到边树茂身边："边爷爷。"

"干啥子去了？"

边小丽抬头看看娘。

"没干啥子。"

边树茂看了一眼张秀英，看到了篮子里几朵铺不满篮底的野菜。

"你不知道娃儿在长身体？再苦也不能苦了娃儿啊。"

张秀英心酸的泪水涌出了眼眶。聪明的边小丽把边树茂拉到灶台边。

"边爷爷，我没有吃野菜，是娘吃野菜了。"

张秀英急了："娃儿家不许胡说！"

"我没胡说。"

"秀啊秀，这日子不能这样过啊。"边树茂相信边小丽的话没有错，就去揭开锅盖，一锅里是见底的稀粥，另一锅里是浮在面上的野菜，一阵心酸。他离开张秀英家，就直奔毛德伍家。

毛德伍家的陈设其实也很简陋，与一般农家不同的是，五斗橱上多了一台"三五"牌台钟，那是刘红妹的嫁妆。

沟边村人的习惯，都喜欢坐在灶房里说闲事。这不，毛德伍抽烟，刘红妹嗑瓜子，正聊着张秀英的事呢。

"我说你娘家的那个老万啥子没了回话？"

"也许是人家不喜欢秀呢。"

"秀也真是的，见了老万没有一点态度。"

"也是的。"

俩人的脸上都流露着善意和无奈。这个张秀英啊，还真不知道怎么想的。男人走了好几年了，就是为了女儿也得有个打算呢，否则以后的日子怎么过呀！

"她找过我了，又快断粮了。"

"救急好救，救穷难救。话是这么说，你总得帮帮她。"

"也是的。"

此时，边树茂踏进院子，先声夺人："德伍，德伍在吗？"

毛德伍闻声对音，刘红妹热烈欢迎。

"树茂大叔，您今儿个咋有空过来啊。"

"十万火急，求救来了。"

"咋了？"

"锅底着火了。"

毛德伍不知道边树茂唱的是哪一曲。进了灶房，边树茂便开门见山，说："德伍啊，总不能眼看着秀英她们吃野菜吧？好歹她男人也是为公家死的。"

"刚才我还在和婆娘说着，本想给她找个好人家，可是那边的老万没了回话。"

"我看呀，秀英是把自己的心关了，还是先说说当务之急吧。"

"树茂大叔您放心，我已经对会计说了，这两天就安排好。"

倒挂户，何时才能得解放？家里缺少个男劳力，家就不全了，也没有了阳光，生活里一片灰暗。

当天晚上，月光柔和。边树茂又去了张秀英家。

张秀英在灶房，正对着灯光选鸡蛋。她是在找"有水蛋"，准备孵窝小鸡。

鸡是家鸡，养的数量得少，多了不行，虽则是"穷家富过"，但是院子里不能冒出资本主义道路。

边小丽在洗脚，把两只脚伸在木桶里边洗边玩，也算是一种童趣。

"娘，啥子鸡蛋能孵小鸡啊？"

"要有水的。"

"啥子鸡蛋是有水的？"

"娘不是在照嘛。"

"啥子是有水的鸡蛋啊？"

"等你大了，就知道。"

"哦。"

边树茂在院子里叫开了："秀英在吗？"

对边树茂的声音，边小丽太熟悉了，她连忙擦脚穿鞋，快步相迎："边爷爷。"

"哎，干啥哩？"

"洗脚。"

边树茂把手里的一包草药递给边小丽，见秀英在忙活鸡蛋，凑了过去。

"要孵小鸡？"

"小资本主义。"

"重了，重了。"

"您又拿草药来了，娃儿，谢谢爷爷，快给爷爷让凳。"

"常来常往的，让啥子凳子呢，自己来不就得了。"

边树茂顺手牵了条小凳，笑呵呵坐下。老手势，从腰背抽出烟杆，点燃烟丝，吞云吐雾。

"树茂大叔，又让您费心了。"

"费啥子心，不就是一点草药嘛，娃的病一定要治根。"

"我发觉她现在好多了。"

"看来这草药还管用。"

边树茂同秀英说了些她女儿治病的注意事项，就要回家。

张秀英送边树茂出门。这当儿，院子的篱笆外有个黑影快速躲闪。张秀英和边树茂根本没注意篱笆外还有个人物，就站在院中继续说闲事。

"大叔，听说那个戴眼镜的是到我们四队来改造的？"

"你是说那个城里来的老师呀，啥子改造，是来参加劳动。"

"那，他为啥子和富农一起劳动？"

"在学校里犯了傻，被人整了，其实也没啥子大事。"

"听说为了他，您和乾坤大队长翻了脸。"

"是他和我翻了脸。"

"哦。"

"回屋吧，粮食问题德伍有态度的，你尽管放心。"

"哎，那您慢走。"

暗淡的月光下。张秀英目送边树茂走出院子。当然，她不知道篱笆外的黑暗里，有张淫脸，死死地盯着她。

6

远看群峰起伏，近是麦苗摇曳，时值春风得意，大地万物更新。温和的阳光下，习习和风终于让沟边村人闻到了春的气息。

沟边村大多是梯田，人穷了，志不穷，农业学大寨嘛，唯有壮志凌云，才能其乐无穷。

时下主要劳动是麦田锄草施肥，再则是修梯田或者茶园清杂。

从寒冬走向暖春，沟边村人的习惯是有个磨合过程。出工像条虫，按部就班；放工像条龙，雷厉风行。

这个年代，到处都有毛主席标准像，翻身不忘共产党，幸福不忘毛主席。

田埂边插着一块有毛主席标准像的木牌子，有了精神鼓舞，干活才能有劲。

梯田间，第四生产队的男女社员各为一个方队，他们不是因为男女有别，而是闲聊异同。这样一来，男人的粗犷成了女人的故事，女人的细腻成了男人的隐私。

不是说男女搭配，干活不累吗？没错，男女一个茅房，大雨小雨轮番下。各自一群，并非天南地北，故事和隐私得有距离，有了这个距离，才能制造出男女间的私密。

麦田锄草，单志远不在方队里，而在富农行列里，四生产队连皮带骨就三个分子。

单志远不懂锄草技术，更不知道锄草也有讲究，如果一不小心，锄的就不是草，而是麦苗了。他因为太小心，所以动作笨拙。两个富农看在眼里，却是不露声色，他们认为单志远是同命人，何以要相互残杀。

当然，被编在富农行列劳动，单志远先是不习惯，后来慢慢想通了。他的问题不仅仅是监管问题了，定你现行反革命，判你十五年牢狱，还不能喊冤。

张秀英在女方队里干活不赖，该出手时就出手。几个女社员不敢落后，她们在奋起直追中找到了刺激。

又到垄头了，得歇会儿喘口气了。一个女社员抬头远看了一眼在下梯田的单志远。她纳闷了一下，拉拉张秀英的衣角，轻声地问道："这个人是谁呀？"

"哪个？"

女社员朝单志远努努嘴。

张秀英抬头朝单志远那边看看，又看看男方队里的边树茂，欲说，摇摇头。

"咋，你也不知道？"

"为啥子我得知道？"

田埂边上，马蹄钟里一只小鸡在啄谷，时针到了十点半，该休工了。

从毛德伍嘴上传出了嘟嘟的哨子声。

"上午好了，下午妇女到大队茶园干活，男人在自己队里修梯田。"

社员们连忙拿着锄头，围到毛主席标准像牌子前，拿出毛主席语录本。

单志远和富农，在毛主席标准像牌子前低头"认罪"。单志远的态度一直都是很端正的，站立的姿势，低头的深度，都比富农标准。当然，他从"享受"这一待遇那天起就"训练"有素，他的态度是磨炼而成的，这一点富农比不了他。

所以，四队社员们后来在背地里对单志远的评价是，这个城里来的男人不简单。

其实，单志远是个很简单的男人，他如果能学会不简单也就不可能落到如此地步了。

出工了，虫爬了。收工了，龙飞了。边树茂不会飞，单志远也不能飞，他们各自扛着锄头，慢慢走着。

张秀英能飞，她不想飞。她走上田埂侧道，沿着上坡道回家，时不时望下坡道的边树茂他们。她想起了女社员的提问，心想：你还问我呢，我连他叫啥子名字都不知道，叫我说啥子。

本来就不是冤家的事，现在偏偏成了冤家：边树茂和大儿子。

真可谓冤家路窄，边树茂和单志远各自扛着锄头走进村巷时，在拐弯处碰上了迎面而来的边乾坤。

老子量大福大，当然不与小子一般见识。

"回家哪。"

"……"

怪了，小子的眼里容不下老子了？边乾坤狠狠地盯了单志远一眼，气呼呼地离去。边树茂和单志远都有些尴尬，一个摇摇头，一个暗自叫苦。冤家宜解不宜结，解铃还须系铃人，何时才能解铃？单志远愧疚之下前景一片渺茫。

午饭后，单志远偷了个闲去马小山家。他是去交一周一次的思想汇报的。小

如果风雪不停

心能撑万年船，守则是一定要遵守的。他这个人认了丁，不认卯。

马小山家，在三队地界，隔四队大约半里地。

午后的天气，有点不寻常。太阳在云朵里躲躲闪闪，怕是又要变天了。

马小山家，石砌围墙一人高，铁皮院门上有个红色的"忠"字。院子的一边是猪圈。刘小花是马小山老婆，体型肥胖，她把一桶猪食倒进猪槽，两头小猪抢食。

"抢，抢，抢，就知道抢吃，长不了膘。"

从单志远进了院子，刘小花对他一直不理不睬。单志远是个瘦子，马小山也是个瘦子。刘小花在嘟哝谁？

马小山煞有介事地看单志远递上的思想汇报，摇头晃脑，念念有词。单志远恭恭敬敬站在一边，手里拿着一包已经开封的白纸包香烟，心想，大王好过，小鬼难过。他得在马小山面前察言观色，因为这个小鬼将决定自己的命运走向。

刘小花提着空猪食桶，挪着肥胖的身躯走出猪圈，有意无意地摇摆到当家的身边，瞥了一眼单志远。

单志远微微一笑："嫂子，喂猪啊。"

刘小花冷漠一笑，摇摆着身子去了灶房。

"好，看来你的态度还不错。"马小山看完思想汇报说。

单志远悬着的心放下了。他对眼前的这位治保主任可以有一个阶段性小结了，自己的思想汇报基本上是照抄前一份的，内容大同小异，看来这个治保主任要的是显摆威风。

单志远又给马小山递上一支香烟，点燃。马小山眯着眼睛吐了几口烟圈，仰起头，眼神里有着享受权力的得意。

"你这香烟啥子牌子？不错嘛。"

单志远把手里的香烟递给马小山看："没牌子的。"

马小山接过香烟，左看右看，仿佛要看出个名堂来。

"你喜欢抽，就拿去抽吧。"

马小山接过香烟，顺手放进口袋，说："以后不用一星期了，就半个月汇报一次吧。"

"谢谢马主任开恩。"

大队茶园不远，就在水库背山，两条连绵起伏的丘陵高矮相错，构成一大片约两百亩的茶园。

茶园的活儿是修剪茶树。有几个妇女哼着南腔北调的《采茶歌》。张秀英时不时抬头看天，天气有点闷热，怕是会有雷雨。

雷雨云很快就要压顶，四队的男社员在自己队里干活，垒修着坍塌的梯田。真正的大寨精神，活学活用。单志远捧着一块乱石块，费力地移动着身子。突然，他的身子失去了平衡，连番踉跄，倒下。石块重重地压着他的小腿，殷红的鲜血从裤腿里渗了出来。农田的活儿啊粗中有细，一脚不来，一脚不去，单志远必须用勇气战胜疼痛，或皮肉，或心灵。

有时候老天也是会捉弄人的，在单志远受伤的这个时间点上，先是狂风，后是暴雨，闪电和惊雷交加。

大队茶园，到处都是漫天飞舞的杂物，妇女们飞快地逃向不远处的茅坑。茅坑是山里人躲雨的好地方，她们不是怕大雨，是怕闪电，会要人命的。她们听说过，被雷电打死的人，会人不像人、鬼不像鬼，浑身墨黑。她们没有目睹过，只是听说过。

茶园里有茅坑可躲雨。四队的梯田间没有茅坑。

四队男女社员要解决内急问题，很简单。男的走到离群体远一点的地方，背朝他们，拿出东西就可以；女的得走到更远一点有隐蔽物的地方，让白嫩的屁股藏起来，一般都在茅草丛中半蹲，草草了事。她们平日里尽管粗话连篇，倒也是粗细有别。

大雨倾盆，男社员们比谁跑得快。说是与天斗，其乐无穷，那又怎么样？天雷不打无罪之人，善有善报，恶有恶报。白茫茫的雨幕中，单志远一手捂着受伤的腿，一手不停地抹着脸上的雨水，艰难地走在田埂上，说到底，他也算是经风雨见世面了。雨点是密集的，点点敲打在单志远心里，殷红的鲜血顺着裤腿往下流，血与雨水融为一体，走过之处的一摊脚印里，血水渐渐在过程中模糊、迷惘。

当天晚上，单志远垮了。他躺倒在床上，意志潮湿，好在精神没有崩溃。

偏房里的温暖是边树茂一手制造的，昏黄的灯光下，他沉着脸，瞄着眼睛为单志远包扎伤口。家里显然一时拿不出药用纱布，只有红药水。单志远腿上的伤口成了牛眼睛，完全是一拐一拐时裂开的，怕的是伤口感染。涂红药水时，边树茂用嘴巴轻轻地吹着伤面，吹得单志远的眼睛越来越潮湿。

"疼不疼？"

"疼。"

"恐怕明早还得肿起来。"

"我太没用了。"

"不说那么多了，好好躺着，淋了大雨得喝糖水生姜茶，驱寒。"

边树茂用一块布条给单志远包好了伤口后，离开偏房，他是去灶房，煮糖水生姜茶。

单志远的确已经在轻微咳嗽，频率在慢慢提高。他用手捂着包扎好的那条腿，慢慢移动着身子，侧着身子望边树茂的背影，眼镜片抹上了泪光。

这个晚上，单志远喝了边树茂煮的糖水生姜茶，驱寒了，淋雨没有了大碍，腿上的伤口却隐隐地痛了一宿。睡不好，想的也多了，心情不是小坏，是大坏，他甚至怀疑自己还能不能挺起腰杆子。

天蒙蒙亮时，单志远的心终于平静下来，不再折腾，迷迷糊糊睡了过去。其实，边树茂也没有睡好，单志远在偏房里折腾的时候，他同样在床上辗转反侧，夜不成寐。

太阳刚从睡梦中醒来的时候，边树茂准备出门了。他站在院子里，眼睛一瞄偏房，门关着。他不想惊动偏房里的单志远，知道平日里早早起床的单志远一定是昨晚上没睡好：腿伤了，心更伤。

边树茂出门，去找大队书记姚德顺，要把自己的想法和书记说说。

"德顺啊，大队里开个学堂怎样？省得娃们翻山越岭地去上学。"

沟边村没有学堂，娃们上学得走十里山路，早出晚归，拎着饭包上学。村里的娃们经常旷课，原因是风雨冰雪。谁家都不想自己的娃儿有事，短几个字是小事，短了命却是大事。

边树茂的话让姚德顺感到惊讶，他仔细一琢磨，领悟到了话意。

"你是想让单志远教书？"

边树茂看看姚德顺，浓浓的舒了口烟圈："一个城里的教书娃子，禁不起田里的活儿，昨儿腿伤了。"

"腿伤了？厉害不？"

"死不了，也受不了。"

"树茂大叔，您是不是早有这个打算了？"

"啥子话呢，我也是昨晚上才想到的，我看这娃子也不是啥子坏人，现在这世道啊，好多事情都弄不清楚。"

姚德顺沉默了，点燃香烟，手指轻轻地弹着桌子。好一个边树茂，你这一招够厉害的了。

"娃们读书总得有个窝吧。"

"我琢磨过了，三队那个破祠堂，打理一下，准行。"

姚德顺举棋不定，他得三思而行，这件事不可粗心大意。

"这样吧，让我好好考虑考虑。"

此时，办公室门被推开，马小山与边乾坤进来。边乾坤瞥了一眼边树茂，坐了下来佯装看报，马小山却和边树茂打了招呼。

"树茂大叔，您在呀。"

边树茂慢慢地站了起来，瞥了马小山一眼，叼着旱烟离开办公室。

"树茂大叔，您慢走。"

边乾坤看不惯马小山这副腔调，放下报纸，瞪了他一眼。

当天晚上，大队办公室灯光通亮，烟雾缭绕，气氛严肃。那是姚德顺在召开沟边村领导中心会议，到会的有边乾坤、马小山和四个生产队队长。

议题是讨论边树茂的合理化建议，史无前例，举足轻重。马小山扬扬得意地打响了第一炮："他是来这里劳动改造的，让他教书，上面问罪下来怎么办？"

毛德伍表示赞成："我看行，他本来就是教书的。"

姚德顺心里明白，今晚的会议开到天亮也是没有结果的，但是这个会议非开不可，重大问题还得民主一下。

　　"马小山，单志远这几个月来的表现怎么样？"

　　"要说表现嘛，他还算老实，没有啥子阶级斗争新动向。"

　　"边乾坤说说你的意见。"

　　边乾坤脸色一直暗着，他明白这件事非同小可，如果自己提出反对意见，姚德顺也不一定会听。

　　"你是书记，你定好了，反正桥倒压不死小鱼。"

　　边乾坤的话真是过分了，姚德顺一下子卡了喉："你这是啥子意思？有话就直说，不要阴阳怪气。"

　　"没啥子意思，只要你不怕掉乌纱帽。"

　　姚德顺欲发火，锁了锁眉头，卡住。

　　会议是在晚上八点结束的，从姚德顺的开场白到大家发表意见，再加上中间的冷场，刚好用去一个半小时。

　　结果，四个生产队长的意见一致，马小山反对，边乾坤弃权。会议没有做最后的表决，如果表决的话，应该是五比二。

　　沟边村领导中心召开夜会时，边树茂在家里帮单志远清洗伤口。上午他从大队部出来后，去了大队医疗站，要了点药用纱布，配了几颗消炎药。

　　要说偏房里有一点细微的变化，那就是电灯泡上套了张喇叭形的白纸，光圈相对集中了。

　　边树茂说："没发炎就好，赤脚医生说了，要是发炎了得去打针。"

　　单志远咬咬牙，露出了一丝苦笑："我想我总不可能那么娇气吧。"

　　清洗好伤口，单志远自己为伤口包纱布。边树茂在一边细细地看着，心里却在想自己的合理化建议。他认为自己的建议应该不会有错，也相信姚德顺一定能处理好这件事情，只是这件事情也许对姚德顺会有压力。

　　是啊，姚德顺能没有压力吗？当了十几年的村书记，高枕无忧的姚德顺终于有了第一次的夜不成寐。

　　借着从窗口外透进来的朦胧的月光，可见姚德顺披着外衣背靠床档，锁着眉，一个劲儿地猛抽着烟。

　　"你是书记，你定好了，反正桥倒压不死小鱼。"

　　"要说表现嘛，他还算老实，没有啥子阶级斗争新动向。"

　　"我看行，他本来就是教书的。"

　　"我看这娃子也不是啥子坏人，现在这世道啊，好多事情都弄不清楚。"

　　姚德顺把边乾坤、马小山、毛德伍、边树茂的话翻来覆去地梳理着。边乾坤的态度是消极的，马小山总算有了句实话，毛德伍的赞成，边树茂的善良。

床边地上的烟蒂一个接着一个，满房间乌烟瘴气，好在姚德顺的老婆去了娘家，否则准得把当家的骂个狗血喷头。

是行，还是不行？该当机立断了。说到底对村里的娃们是件实事，对单志远是人尽其才。在烟雾笼罩的思绪中，姚德顺最终决定听听公社葛大海书记的意见。

第二天上午，姚德顺把村里办学堂的事情向葛大海书记进行了汇报。结果，葛大海的态度是，不支持，不反对。

姚德顺心里明白，自己该怎么做了。

三队的那个破祠堂，断壁残垣。现在经过修缮还真有点学堂的样子了。

沟边村人信黄道吉日，毛德伍提议择日鸣炮开学，姚德顺反对。他的理由一是现在的时势不能太张扬，二是学堂没有办理过正规的手续，与私塾不差上下，低调为妥。

边树茂认为姚德顺的反对在理，毛德伍仔细一想，也觉得姚德顺的反对完全在理。

沟边村人有自己的学堂了，消息长了翅膀，家喻户晓。德高望重的老贫农边树茂为学堂主管，城里来的那个眼镜娃子为学堂老师，这是村书记姚德顺最后的顶天决定。

出任沟边村学堂老师，单志远虽然不曾梦过，但事实是要让他重操旧业了。他心里明白，这件事一定离不开树茂大叔的暗中操作，尽管边树茂从头到脚没有给他透露过一丝风声，直到姚德顺把他叫到大队部谈话时，他才知道了全部。

"单志远，让你出来教娃们识字并不是说对你解除了监管，我们没有这个权利。你得感谢树茂大叔向我提了个好建议，再说娃们也需要一个老师，废话不说了，以后树茂大叔就是学堂的负责人，有啥子困难找他说。"

"谢谢姚书记如此宽待，我单志远一定不会辜负您的期望。"

在这之前，姚德顺已经与边树茂交流过几次。领导中心的意见有分歧，姚德顺没有向边树茂交底，既然自己下决心顶天了，有些事情还是不说为好，省得边树茂和儿子边乾坤的结越打越紧。

一个阳光灿烂和风习习的上午，沟边村学堂开学了。村史上第一个学堂调子很低，只有边树茂和单志远两人在祠堂门口欢迎学生娃们。但是，边树茂和单志远本人的调子不低。边树茂脸上的胡子飞了，展眉舒眼，一脸精神；单志远满目光芒，喜在眉宇，笑不掩嘴，面带春风。

沟边村能上学的娃儿都来了。娃们的笑声和着好日子，蜂拥而入。边小丽、边小狗背着书包蹦蹦跳跳地来到学堂门口。

"边爷爷。"

"边爷爷。"

娃们对边树茂的亲热劲儿，看得一旁的单志远实在眼馋。

边树茂拉过边小丽，指指单志远。

"娃儿，以后他就是你们的老师，姓单，叫单老师。"

边小丽看了一眼单志远，很有礼貌。

"单老师好。"

单志远激动，摸摸边小丽的头。

"好，好。"

边小狗在一旁眼睛直直地盯着单志远，没有吭声。

边树茂提醒着自己的孙子。

"狗娃，叫单老师。"

边小狗看着单志远，装了一下鬼脸，快步奔进了祠堂。

"我这个孙子太调皮，以后就靠你管教了。"边树茂说。

"他是乾坤大队长的儿子？"

"恐怕要让你多费心了，这小子不好调教。"

"没事，小孩嘛。"

太阳很有活力地斜照在祠堂天井里。教室是厢房改修的，如果没有天井里的太阳，光线有点暗。土法上马，木板搭起的课桌、凳子、讲台，还有黑板，都是沟边村人自己动手做的，比起买来的活儿是粗了点，单志远不在乎这些细节，学生娃们就更无所谓了，家里的木制家具不都是很粗嘛。

上课了，边树茂的开场白是把单老师介绍给学生娃们。

"娃们可得听单老师的话，不许胡闹，好好学习，天天向上。"

边树茂开完场就离开了教室，单志远把他送到祠堂门口。

"进去吧，学生娃们等你上课呢，谁个调皮了，告诉我。"

单志远回到教室后，在讲台上傻傻地站了一会儿。学生娃们的眼睛齐刷刷冲着他，讲台上的老师，怎么了？怪怪的，傻傻的。他一手摘下眼镜，一手用手背擦着热泪。当他再次戴上眼镜的时候，学生娃们笑了。

单志远用粉笔在黑板上写了自己的名字："同学们，我姓单，单志远，单位的单，同志的志，远大理想的远，下面我开始点名。"

"边小丽。"

"到。"

"毛小妹。"

"到。"

"边小狗。"

"……"

"边小狗。"

"啥子啊？"

边小狗淘气地拖着长音，引出了学生娃们的一阵哄笑。

课堂上的哄笑仅出现这么一次。这个边小狗人小鬼大，单志远不会与他计较的，一是刚开学就批评学生不好，对调皮的学生得慢慢引导，二是边小狗毕竟是边树茂的孙子，边乾坤的儿子，留个余地不会有错。

单志远在课堂上点名时，边树茂坐在祠堂后的山坡上，烤着旱烟乐滋滋地面朝祠堂，他放的牛在坡边摇着尾巴乐啃青草。

姚德顺等于是把学堂交给边树茂的了。边树茂事实是把学堂交给单志远了，他完全相信单志远能把这帮小子带好。

7

皎洁的明月下，沟边村村落清晰，农家屋里透着点点灯光。

边小丽做完作业，合上本子，张开双臂伸了伸懒腰，看了娘一眼："好了，做完了。"

张秀英在一旁缝补女儿的衣服，说："早点睡吧，明天还要上学。"

"娘，小狗子说，单老师是到我们这里来改造的。"

张秀英一惊，抬头看了女儿一眼："娃儿家不要乱说。"

"狗子还说，单老师住在他爷爷家里，真的吗？"

"是的。"

"单老师说，明天要给我们重新排座位，我不想和小狗子坐在一起。"

"听老师的。"

边小丽看了一眼娘，不再吭声。

张秀英突然感觉到屋外的院子里有声音，屏息静听。

"娘，咋了？"

"院子里好像有声音，娘去看一下。"

"娘，可能是边爷爷来我家吧。"

张秀英开门出去时，见到有一个黑影迅速翻过篱笆逃离，纳闷了。

"谁呀？"

没有回音。

张秀英警惕了，迅速返回屋里，关门。

"娘，啥子呀？是猫吧。"

张秀英见了这个黑影心里一直慌张着，不止一次出现了，但她不能对女儿说，怕吓坏了孩子。

"没啥子，"

"我还以为是边爷爷呢。"

"不是。"

张秀英把房门闩好，又拿了根木棍把门顶住。

这个黑影是啥子？世界上哪有鬼啊！是鬼就不可怕了，可怕的是人呢。

刘小花正靠着临窗八仙桌，嗑着瓜子，桌子上方一盏昏黄的电灯，照着她手中胡乱翻阅的小人书。

五斗橱上"三五"牌台钟，清脆的钟声响了八点。沟边村有"三五"牌台钟的人家不多，显阔气了。一般人家用的是"鸡吃谷"的马蹄钟，再则就是吊儿郎当的老式台钟。

刘小花斜了一眼台钟，伸了伸懒腰，心里想，这个死鬼咋还不回家？

她准备脱衣上床时，马小山悄悄溜进院子，进了房间。

"睡了？"

"睡你个头！又去哪鬼混了？"

"去乾坤家了。"

马小山的话婆娘似信非信。她更不想刨根问底，没有必要，有我刘小花在，还怕你去外面胡来不成。

马小山嬉皮笑脸地脱衣、脱鞋、上床。

刘小花一把推开马小山。

"洗脚去！"

马小山毫无准备，身子一斜，仰倒在床边。

"你，你反了！"

"反了又咋，反不了别人还怕反不了你。"

马小山软了，结巴得更厉害："好男不跟女斗。"

这会儿，单志远在偏房翻阅资料，昏黄的电灯光照着他那清瘦的脸。边树茂拿着一大沓报纸进来，放在单志远桌前，拿了条凳子坐下，烤旱烟。

报纸是单志远要的，他得关心国家大事，了解县里的情况，如今又是老师了，多知道一些不会有错。

"大队会计那里拿来的，你看看，是不是你要的那种报纸。"

单志远接过报纸翻阅了几张，都是些《人民日报》和《镇山日报》，大报小报都有。

"行，有这些报纸看，我已经满足了。"

"都是过了期的。"

"没关系，差不了几天。哦，大叔，我想到马主任家去请假一趟。"

"都晚了，还有啥子事？"

"我想明天去一趟镇上新华书店，有几个娃没有课本，得补上。还有您是否明天到祠堂去压压阵，我已经安排学生明天上午抄黑板上的生字。"

"不就是去一趟镇上嘛，马小山那里我会给你说的，你放心去好了，我会去祠堂的。"

"我……我怕……那……麻烦您了。"

边树茂的脸沉了："怕啥子？请假，请假！啥子破规矩，你都已经做娃们的老师了。"

"哦，还有一件事我正琢磨着要跟您商量。"

"啥子事？"

"我……我想搬到祠堂里去住，这几个月来已经够给您添麻烦了，为了我，乾坤大队长到现在都不理您，我的心里很过意不去，我以前在县城小学教书时，也是住在学校里的。"

边树茂默默地烤着旱烟，没有作声。

这个上午，单志远去镇上。刚好集市日，镇上人来人往，都是些赶集的山民。他们的农副产品为自产自销，沿街的是地摊，叫卖声不很夸张，姜太公钓鱼，愿者上钩：买卖公平。

单志远背着已经洗白了的军用挎包，左顾右盼地走在街上，他对这里的一切感到十分新鲜，心里萌发了画题：《集市》。

只是单志远不知道，海鸥牌120照相机是什么样子，所以只能把《集市》装在心里。

穿过集市区，前面就是大大小小的商店了，新华书店就在拐弯的角上：书店不大，陈列简单，顾客不多，静如净土，彩画悬挂，琳琅满目。

书店里课本比较杂，当然，单志远要找的课本还是有几本的。其实，他这次到镇上除了给学生买课本外，还有就是要给他们每个人请一枚金光闪闪的毛主席像章，再则是买一面国旗。

当天下午，国旗就在祠堂门口的竹竿上迎风飘扬。

"我爱北京天安门，天安门上太阳升……"

没有手风琴，单志远用口琴伴奏。学生娃们虽然衣着不整，但胸前有了毛主席像章，个个笑容满面。

"伟大领袖毛主席，指引我们向前进……"

学生娃们的兴奋劲，表现在摇头晃脑；单志远的兴奋劲，表现在激情满怀。

歌声从教室飞出，穿越祠堂天井，荡漾在沟边村上空。

边树茂还是坐在祠堂后的山坡上，牛儿还是在啃青草。娃们幸福呢，边树茂听着歌声，笑眯眯地烤着旱烟，心里想，这个单志远，中。

他基本每天上午都要到祠堂去转一转，然后就坐在祠堂后的山坡上，笑眯眯地烤旱烟，几个月下来已经习惯了。

快晌午了，太阳就要当头，村子里已经炊烟袅袅。边树茂准备回家，他牵着牛缓慢地走在坡道上。

张秀英正从坡道的另一端过来，她是捡树枝去了。她经常趁着工闲去水库边的林子里捡树枝，那里树枝多。家里没个男劳力，只能苦苦地撑，总会有熬出头的日子。从坡道弯处出来时，她的整个人被埋在一大捆树枝下面。树枝像长了腿，道上被树枝拖出了不规则的痕迹，弯曲不直，像是主人的人生。

"是秀啊。"边树茂是顺着树枝拖地的沙沙声，发现了张秀英，这个身影他非常熟悉，尽管她被埋在树枝下。

张秀英听到边树茂的声音，收住了脚步，身子往后微倾，抬起头，蓬乱的头发，一脸汗水，不失笑意："树茂大叔，您在这里啊。"

"捡树枝去了，满头大汗的，歇会吧。"

她抬了抬肩膀，用手背抹了一下脸上的汗水。

"娃儿快放学了，我还得去做饭。"

边树茂撩了撩头顶的太阳，点点头。

"是得做饭了，是得做饭了。"

张秀英急匆匆回家，她要把女儿的一日三顿管好。

张秀英家的柴间是在院子的一边，是她男人在时自己动手用毛竹条和草泥搭编的，房顶上盖的是稻草，简陋，实用。沟边村人家的柴房有一大半是这样的。

柴房里已经有了不少树枝，还有十几把稻草，光线是暗淡了些，甚至有股霉味，张秀英在乎的是日积月累的柴火。

走进院子，张秀英直奔柴间，卸下肩上的一大捆树枝，准备到灶房去做饭，突然她的腰被一个人抱住。

这个人是从稻草堆后面悄悄出来的。张秀英惊慌了，当她扭过头看清是谁时，已经被重重地按倒在地上。

天哪，一直恐慌不安，时时提心吊胆，她做梦都没有想到，自己担心的事竟然会是这样发生了。

张秀英奋力反抗是必然的，牙齿咬得格格地响，用吃奶的力气挣扎，决不能让畜生轻易得逞。这个人很疯狂，气喘吁吁，迫不及待，一把撕开她的上衣。山里人不时兴胸罩，上衣一撕，露出了胸部。

顾不得胸部的颜面了，她唯一要做的是以最大的反抗能力来保护自己。

几个回合后，她终于筋疲力尽，身上的防线被无情的魔爪一道道撕破，无奈地闭上眼睛，仇恨的泪水涌出眼眶。

这个畜生是谁？他就是厚颜无耻的马小山，曾经出现在张秀英家院子里的黑影。

张秀英的神圣领土终于失守，马小山罪孽深重，使她命运惨痛。

边小丽不知道家里正在发生灾难。她和毛小妹蹦蹦跳跳走在放学路上。她们在叉道口遇到牵着牛的边树茂。

边小丽遇到边树茂十分亲热："边爷爷。"

"哎，放学了？"

"放学了。"

"快回家吧，你娘在家里已经做好饭了。"

"边爷爷再见。"

边小丽刚走进自家院子："娘，我放学了。"

突然，她意外见到马小山从柴间出来，边走边系裤子："小东西，放学了？"

边小丽不予理睬。马小山得意一笑，逍遥而去。

边小丽盯着马小山的背影，又扭头看看柴间，心里想，他怎么会从柴间出来，不是来偷我家的柴吧？于是，快步朝柴间奔去。

傻了，娘坐在地上，一脸泪水，正慌乱地理着头发和身上的衣裤。

"娘，您怎么了？"

女儿啊，娘有满腹苦水，你可知道？但是，在女儿面前她能说啥子？孩子还小，不能让她的幼小心灵烙下创伤。

"娘……娘没啥子，你回屋去吧，娘给你做饭去。"

边小丽心里猜想：娘怎么了，刚才马小山就是从柴间出来的，娘又不肯说，难道马小山……

这个晚上，张秀英搂着女儿以泪洗面。

"娘，您到底咋了，要不我去把边爷爷叫来。"

"娘没事，你也不要去和边爷爷乱说，娘是想你爹了。"

张秀英被马小山强奸了。寡妇门前是非多，她真没有想到盯着自己的竟会是堂堂的大队治保主任。

告他这个不是人的畜生？你一个守寡多年的女人告治保主任强奸你，人信吗？

人言可畏呀！

难啊，有口难开，有苦难诉，进退两难。

她仿佛看到了自己当家的就在眼前，难道你就忍心看着我被这个人面兽心的马小山欺负吗？

"你已经为我守寡这么多年，也该找个好男人了。"当家的说。

"你是站着说话不腰疼，好男人是这么好找的吗？"

"有啊，远在天边，近在眼前，我都看到了。"

"当家的，你回来吧，这个家不能没有你。"

当家的就坐在床边，笑吟吟："时间不早了，我该走了。"

张秀英一把拉住当家的手，空了。

她清清楚楚记得当家的坐在床边，怎么空了，他走了？她不知道自己为啥子这样，当家的走了，她的心又一次吊了起来。

祠堂里多的是厢房，单志远把自己的寝室设在教室旁边，从下午放学开始，他就一直打点由厢房改装的寝室。边树茂没有不满意，单志远从自己家里搬出来是迟早的事。

夜晚，电灯光一闪一闪，很明显又是电力不足。单志远划燃了一根火柴，点燃了放在破旧小方桌上的煤油炉，蓝色的火焰瞬时升起。煤油炉是边树茂给的，其实很多人叫它"五更机"，顾名思义：一般情况下"五更机"是女人坐月子时用的，坐月子的女人夜里经常要吃点心，尤其是在下半夜，为了方便就用煤油炉，"五更机"是传统的民间说法，煤油炉三字才是书上的，这一点单志远懂得。

单志远点燃煤油炉是为烧水，再用小麦粉拌成糨糊，糊墙壁所用。小锅子里的水正在慢慢由生变熟，乘着空当儿他整理着地上放着的一大沓旧报纸。单志远的仔细在于不是把所有的报纸一律糊在墙上，弄不好罪名不小。凡是报上有毛主席等国家领导人照片的，都得拣出来，整齐地放在一边，不能用来糊墙，多一分小心就少一分担忧。

祠堂老了，厢房也老了，虽然没有掉牙，墙面显然是有些风化松动了。糊墙的报纸当然得多用些糨糊，不然很容易随着墙灰脱落下来。单志远是个仔细人，厢房是自己的安生之地，干净点没有错。

单志远这几天的精神就像天井里的太阳，教室里的气氛也明亮多了，他叫学生娃们默字：我爱北京天安门……

边小丽伏在课桌上，嘴巴咬着铅笔，眼睛出神地盯着作业本，本子上空白一片。

"边小丽同学，你咋了？"

被老师一提醒，边小丽的尴尬在同学们的眼睛里慢慢放大，她连忙低下头默字：笔头落在本子上，却不知道要写的是啥子。

课间活动时，边小丽没有了往日的蹦跳，单志远全看在眼里，他就暗暗地跟着边小丽走出祠堂。

祠堂近处的山坡上，边树茂坐在田埂边，烤着旱烟，满面春风。边小丽走出祠堂就朝边树茂走去，她不知道单志远跟在后面。

边树茂是要抬头看天时才发现边小丽的，就老远地冲着喊："娃啊，放学了？"

边小丽这才快步奔到边树茂面前。

"边爷爷。"

边树茂把边小丽搂在自己怀里，他看娃儿泣不成声的样子像是受了啥子委屈。

"娃儿咋了？谁欺负你了，跟爷爷说。"

边小丽摇摇头的时候，单志远来到边树茂身边，站着，他不明白边小丽发生了什么事情。

边树茂抬头看看单志远。

"娃儿咋了？"

"我也不清楚。"

边树茂抚摸着边小丽的头，他想到了小狗子。

"是不是又是小狗子？"

边小丽还是摇摇头。

　　边树茂心里明白，边小丽肯定有事，单志远更是琢磨不透。

　　"边小丽同学，你有啥子事情，可以对老师说吗？"

　　"老师，我没事。"

　　中午放学的时候，边树茂陪边小丽回家。在家里，边小丽抱着双膝坐在灶边，时不时躲避娘的目光。边树茂坐在凳子上默默地烤着旱烟，一张沉思的脸绷着。张秀英的神情有点紧张。

　　"树茂大叔，我家娃儿对您说啥子啦？"

　　"就因为啥子没说，我才纳闷呢。"

　　"树茂大叔，娃儿们的事您也省点心吧。"

　　边树茂本想到张秀英处问出个啥子，边小丽总不可能无缘无故情绪低落吧？结果，他啥子明堂都没有问出。

　　边树茂去张秀英家前，单志远透露一条，边小丽的情绪低落有几天了，上课时，心不在焉，课间活动时，总是一个人呆愣在一边。

　　从张秀英家里出来，边树茂一路琢磨，她明知道自己女儿有心事，为何避而不谈？娘儿俩到底有何苦衷不便言说？

　　单志远的寝室里，边树茂坐在破旧的小方桌边默默地烤着旱烟。灯光电力不稳定，时明时暗。

　　单志远在修理烟盒般大小的半导体收音机，时而会发出叽叽嘎嘎的杂音。他在读小学的时候玩过"矿石机"，花几元钱买来三极管、电阻之类零件，自己安装，窗口外用铁丝架个天线，耳机一插，就行。虽然接收的电台不多，但只要能收中央电台就行。这个半导体收音机，师范毕业时买的，三十元钱。

　　边树茂看他修收音机专心致志，从进寝室开始很少打扰他，可是他修不完，理还乱，总是叽叽嘎嘎没完，老汉终于不耐心了。

　　"你怀疑边小丽家里一定有事？"

　　"不是怀疑，是肯定。"

　　"你说她家里发生了事，会有啥子事呢？"

　　"我也说不好。"

　　边树茂对单志远说了白天去张秀英家的经过，完了，叹了口粗气。

　　"这个秀呀，太好强了，男人死了都这么多年了，好多人都给她做过介绍，就是不肯再嫁。"

　　单志远因低头修机，所以随口一句。

　　"还是嫁了好，免得寡妇门前多是非。"

　　就这一句话，边树茂拍了一下自己脑门，提醒了，自己咋没想到呢？难道……不会吧？

　　"你是怀疑张秀英有是非了？"

　　"也许没有那么严重，我也是随口说说而已。"

半导体收音机突然响了起来，是革命样板戏《沙家浜》里沙奶奶的声音。

边树茂笑吟吟地抬起头。

"修好了？"

"修好了。"

单志远要是不调台，沙奶奶也许还要和郭建光对唱几句，可不，一调台，没戏了。

单志远用手轻轻地拍打着收音机，没有用。

"又咋了？"

单志远只得朝着边树茂憨笑。

8

张秀英的心情一直没有好过。

马小山这个畜生不但伤了她的肉体，而且伤了她的心灵。

正值采茶季节，大队茶园的田野风光无限美好。

早上出工时，张秀英就感到有点不对劲，但她又不得不出工，做一天有六分工账，她是妇女劳动中的全劳力。采茶叶时，她有好几次感觉身体有点不舒服，好几次闭了一下眼睛，定了定神，继续采茶叶。女社员们把盛满的茶箩往田埂边的大竹箩里倒，张秀英在第四次往大竹箩里倒茶叶时出问题了。刚开始她先把茶箩里的茶叶往大竹箩里倒，倒了一半，揪了一下因背茶箩而歪斜了的上衣，衣服揪了一半，突然眼睛直冒金星，她正准备闭上眼睛定神时，晕倒在地。

张秀英就这样躺在了大队医务室的简易床上，闭着眼睛，脸色苍白。

边树茂是被边小丽叫来的。边小丽正在上课，刘小花到祠堂里去告诉她，她娘生病了。边小丽的第一个反应，就是找边爷爷。

赤脚医生王红芬正在给张秀英输液，边树茂和边小丽无声地站在床边。张秀英是被几个妇女用手板车拉到大队医务室的。半道上，张秀英就有了感觉，只是不想睁开眼睛。她不知道自己到底是咋了，浑身无力，软绵绵，似乎天地在旋转。

边小丽问娘说："娘，你怎么了？"

张秀英慢慢睁开了眼睛，嘴角挂着一丝淡淡的苦笑。

"娘……没事。"

边树茂见她没有啥子问题，放心了。他独自走到医务室外间，轻声地向王红芬了解张秀英的病情。

"没啥子事吧，是不是太劳累了？"

王红芬看了一眼边树茂，好像有什么话要讲，又犹豫了一下，还是吞吞吐吐说："我也说不好，最好还是到镇上卫生院去检查一下。"

边树茂的脸瞬时沉重起来："有这么严重？"

"好端端突然晕倒，总归不是很正常。"

张秀英在大队医务室挂了两瓶盐水，就和女儿一起回家了。当然，边树茂一直没有走开过，他是不放心张秀英，几次提醒说："秀啊，凑个当儿，到镇上卫生院去检查一下。"

"树茂大叔，赤脚医生说啥子了，我是不是真的有啥子毛病？"

边树茂愣了一下，不知道自己说啥好。

"没有的事，赤脚医生没有说啥子，要你到卫生院去检查一下，我的意思是镇上医生总比赤脚医生有水平。"

"那得花多少钱啊，以后再说吧。"

这个晚上，月亮隐入云中，朦胧的山影比日间显得更巍峨高大。张秀英的脸色比白天好多了，有点红润。她躺在床上，看上去神情略带忧郁。边小丽捧着一碗稀粥推门进来，用肩膀一抬，关上了门。娘生病了，女儿给她熬了些稀粥，再在稀粥上倒些酱油。

"娘，我烧的稀粥。"

张秀英侧身，慢慢起来，捋了捋头发，接过女儿手中的粥碗。

"丽啊，你吃了？"

"娘，我吃了。"

"真吃了？"

边小丽点点头，看着娘一小口一小口地吃着粥。

"屋里有人吗？"

张秀英正把一口稀粥送到嘴边，停下，看看女儿。

边小丽去开门，刚好迎上要进门的刘红妹、毛德伍、毛小妹。

刘红妹一脚进门，说："小丽，你娘没事吧？"

边小丽抬头看看他们一家子，摇摇头。

毛德伍的到来，张秀英实为意外，连忙叫女儿搬凳子给他们座。毛德伍却自己搬凳子坐下，抽烟。刘红妹埋怨当家的，要他到外面去抽烟。

张秀英连忙说："没有关系的，让德伍队长抽吧。"

刘红妹没话，就坐在张秀英床沿上。

"红妹姐，谢谢你们来看我。"

"谢啥子啊，一个队里的，来看你也是应该的。我说妹子啊，身子要紧呢。"

张秀英苦苦一笑："我平时身子好好的，现在也不知道咋啦。"

"赤脚医生怎么说的？"

"她也没说啥子，要我到公社卫生院去检查一下，我看也没啥子必要。"

刘红妹看了一下桌上的粥碗，端上粥碗递给张秀英。

"人是铁，饭是钢，先把它吃了再说。"

张秀英笑笑，接过粥碗。

就在此时，寂静的山村被荡漾的口琴声划破，琴声是《莫斯科郊外的晚上》，悠悠扬扬飘进屋里。

刘红妹是第一次听到口琴声："这是啥子声音？"

毛德伍回头看了刘红妹一眼，继续抽烟。边小丽和毛小妹同时被口琴声吸引了，毛小妹抢先说："是单老师在吹口琴。"

刘红妹更不懂了："口琴是啥子东西？"

毛德伍又看了刘红妹一眼，终于开腔："臭婆娘，连口琴都不懂，还问个啥子！"

刘红妹尴尬了一下，朝张秀英笑笑。

9

初夏季节，雨水少了，日光多了。万道阳光下，金灿灿的麦穗在微风中摇曳，沟边村人丰收在望。

边小丽照样还是闲不住，挖荠菜，这是一道山里人的好菜，香喷喷，有味。

毛小妹与边小丽说得来，走得拢。她们先是在田埂上挖荠菜，走着走着就来到了水库的堤上。

不料，边小丽一脚踩空，她是因为在堤上看到了"山壁虎"，被吓了，跑了，踩空了，连手中的竹篮一起从堤上滚进了水库。

毛小妹一呆，傻了傻，当她想到要叫人时，边小丽已经呛了几口水，哭着在水中挣扎。她的周围满是漂在水面的荠菜。

"救命啊，有人掉进水库了！快来人哪，有人掉进水库了！"

单志远正在水库边树林里捡树枝，听到有人喊救命，顺声一望，立刻丢下手中的树枝，飞快地奔出树林。

边小丽是在往下沉的瞬间被单志远捞出水面的。她已经喝了好几口水。她被救回家后躺在床上浑身颤抖，是被吓着了。张秀英含着眼泪连忙给女儿换衣擦脸，单志远在一边说："小丽应该没事的，我回学校去了。"

这个时候，她才想到女儿的救命恩人，说："单老师，你都浑身湿透了，快回去把衣服换了，别感冒了。"

单志远笑笑说："好，那我回去了，别忘了给孩子烧碗姜汤。"

张秀英欲送，单志远说："留步，留步。"

边树茂本来是可以和单志远照个面的。当他得知边小丽落水且被单志远救了后，便连忙往张秀英家赶。但是，他快到张秀英家院子时，突然发现不远处的高坎上，马小山正叼着香烟贼头贼脑的，远远地注视着张秀英家的院子。边树茂心里嘀咕，猫儿又在闻腥了。于是，他慢慢地朝高坎上走去，老远地问道："马小山，你在这里干啥子啊？！"

马小山语无伦次："我……哦……也没什么事情，随便走走。"

此时，边树茂明白，这个贼货恐怕不安好心，只是让秀英以后当心一点就是了，免得日后招惹来是非。

马小山离开高坎后，边树茂返回到张秀英家："秀啊，孩子没大事吧？"

张秀英听到是边树茂的声音，连忙从屋里出来："树茂大叔，又惊动您了，娃儿没事，单老师救的。"

边树茂点点头："我知道，我知道，德伍家娃儿告诉我了。"

"树茂大叔，又让您费心了。"

"啥子话呢。"

边树茂到房间里看了一下边小丽，见娃儿没啥子大事，就放心了，然后就反剪着双手准备回家。他离开张秀英家时，又抬头瞄了瞄前方的高坎，没影儿了。

"树茂大叔您看啥呀？"

"没……没看啥子。"

边树茂离开后，张秀英抬头朝前方的高坎看看。她也不知道自己看啥子，但心里想着树茂大叔刚才在看啥呢。

上灯时分，边树茂在自家灶间整理草药，昏黄的灯光照着他像黑土一样的脸。

"大叔在吗？"

"进来吧。"

推门进来的是毛德伍。

"理草药啊。"

"坐吧。"

毛德伍虽然不是边树茂家的常客，但山里人不讲究客套，他自然得自己拿凳子坐下了。

边树茂当然停下了手中的活儿，拿过烟杆，烤旱烟。

"今儿个咋有空过来？"

毛德伍点燃香烟，低着头吸了几口，无语。

"啥子事，说吧。"

"单志远真的救了丽娃？"

"怎啦，这还会有假！你家娃儿当时不也在场吗？"

"我是说单志远真的救了丽娃，应该告诉一下德顺书记，在大队广播里表扬表扬，好事嘛。这个白面书生还真行，看不出。"

边树茂看了毛德伍一眼，没有吭声。

"屋里有人吗？"

边树茂听得出是谁的声音，心里想，今儿个咋了。

"没见灯亮着吗！"

马小山推门进来了："噢，德伍也在啊。"

毛德伍见来的是马小山，脸色有点不是很好看。

"马主任今天吹啥子风啊？"

"没风，没风，出来随便走走。"

边树茂看了马小山一眼，不说话了。

马小山自个儿拿凳子，笑嘻嘻地坐下，点燃香烟，口吃着开腔。

"刚才我在巷子口看到乾坤大队长了，他来看您了？"

"你问他去！"

毛德伍故意咳嗽了几声，暗笑。

马小山尴尬了一下，找了个新话题："丽娃没啥子事吧？"

边树茂用眼睛盯着马小山，说："是不是单老师没向你汇报？"

"哪里，哪里。他现在表现不错，表现不错。"

"你的表现也不错啊，关心到人家的家门口了！"

马小山一呆，转笑："树茂大叔，您这是……"

"我的话你听不懂？"

毛德伍被边树茂说糊涂了："大叔您这是……"

边树茂朝毛德伍挥手，一下子表情暗淡起来，说："我是老了，眼睛还管用呢！你要是敢动……"

边树茂看了毛德伍一眼，没有往下说。

这当儿，单志远躺在床上，寝室没有开灯，全借天井里朦胧的月光。从张秀英家回到自己寝室后，他立马换下一身湿衣服，头有点疼，早早睡了。他担心自己真的被张秀英说准了，感冒了。

这个晚上，单志远没有睡好，因为的确感冒了，下半夜开始便有了咳嗽。

第二天，单志远照样得上课。太阳照在天井里，教室里有点明亮，单志远明亮地咳嗽不停，学生娃们见老师的这副样子就明亮着闷笑。

"老师是感冒了。"

其实，单志远已经向学生们解释过了，再次解释没有必要。

"老师，太阳照到天井里了。"

只有边小狗才有胆量和老师这样说。单志远看了看边小狗，咳嗽着从口袋里拿出挂表，指针还在九点，有点不相信，就把表拿到耳朵边，听听，又用手摇摇。

"老师，你的老爷表一定是停了，我知道，太阳照到天井中间就可以放学了。"

毛小妹顶了句："下雨天没有太阳咋办？"

边小狗尴尬了一下，挠挠头皮，狠狠盯了毛小妹一眼。在学生们的一阵哄笑声中，单志远宣布下课了。

学生娃们放学后，单志远在寝室面朝墙壁和衣躺着，不停地咳嗽。边小丽猫着腰胆怯地溜进寝室，轻轻地抱起地上的湿衣服，机灵地一转身退出寝室，然后，就飞奔着回家。

边小丽这样做是娘说的，娘在篱笆墙不远处小水池里洗衣服，是单志远的衣服。娘洗衣服时的动作有点慢腾腾，没有以前那么利索。

阳光照在水池里，水中张秀英的倒影被她的手一次次拨开，又聚拢来。每一次的拨开、聚拢，她的脸部表情里似乎藏着一种悲哀。

边小丽站在一边看着娘，她总是说单老师的咳嗽。

"娘，单老师给我们上课时一直在咳嗽。"

女儿已经说了好几遍了。张秀英抬头看了一下女儿，欲言又止，继续洗衣服。

"秀啊，洗衣服？"

边小丽回头一看是边树茂。

"边爷爷，娘在洗单老师的衣服，我偷偷拿来的。"

她抬头看了女儿一眼。边树茂只是笑呵呵地慈爱地抚摸着边小丽的头，没有说啥子。

这个晚上张秀英没有睡好，她靠着床档，睁着眼睛，好像是有啥子心事。

边小丽默默地偎在娘身边。

"娘，您想啥子啊？"

"娘没想啥子，睡吧。"

"娘，边爷爷说我懂事了，他说的没错吧。"

"没错。"

娘笑了，娘的脸上有好长时间没有过笑容了。

第二天早上，张秀英是等女儿上学后才去屋后的自留地的。天气不怎么好，太阳躲进了云里。自留地里的土豆藤叶很是茂盛。突然，张秀英感觉想呕吐，呕了几下，就吐出了几口酸水，愁云罩在了她的脸上。

满满一大碗的盐水烤土豆，是边小丽中饭后给单志远送去的。

单志远在寝室里看报纸，边小丽挽着竹篮笑眯眯地进屋："单老师。"

单志远见是边小丽，连忙放下报纸，咳嗽了几下，声音有点嘶哑："你这么早就来了。"

"嗯。"

边小丽从篮子里捧出一大碗土豆，放在小方桌上："我娘用盐水烤的，很好吃。"

边小丽调皮地笑笑，然后就用手拿了一个土豆，送到单志远嘴边。

单志远感激地望着边小丽，嘴巴一张，边吃土豆，边说："好吃，好吃。"

"单老师，我娘说了，只要您喜欢吃，娘以后还会烤的。"

"不麻烦了，这样不好。"

张秀英烤的土豆满脸都是皱纹，表面一层白花花的盐粉，皱纹有点焦，却焦得香，单志远在城里根本吃不到，在沟边村还是第一次吃到，于是，囫囵吞枣一般。

这当儿，边小丽机灵地把单志远换下的衣服迅速放进篮子里。

单志远鼓着嘴巴有点急。

"你这……"

"您吃吧，我走了。"

单志远终于把喉咙里的一口土豆咽下，看着边小丽蹦出寝室。

10

单志远根本不用愁没柴烧，但他还是在空闲的时候去山上捡干树枝。那一次，他看到张秀英背着一捆树枝在祠堂门口，犹豫了一下，又慢慢离开。他知道她是被祠堂里的朗朗读书声所吸引。

沟边村封山育林，捡树枝可以。村人捡树枝是为冬天烤火所备，水库边树林比较茂盛，干树枝自然也多。单志远捡干树枝当然是帮张秀英，他背着树枝走在坡道上时，太阳刚好从侧面打过来，把他的身影拖得长长的，不再是老师了，活生生的一个农夫。

单志远帮张秀英捡干树枝，有自己的理由，每当他把一捆捆树枝悄悄地放在张秀英家篱笆内时，他总是要左右顾望，生怕被什么人看见。

这个晚上，张秀英在给单志远的衣服钉纽扣，突然又要呕吐，连忙走出房间来到院子里。边小丽正在做作业，说："娘，您又咋了？"

张秀英回房，看了女儿一眼："娘没事。"

突然，边小丽问娘："娘，您说这院子里的干树枝会是谁放的？"

"不知道。"

"会不会是边爷爷？"

"不知道。"

"娘，您以后可以不用去捡树枝了。"

"不知道。"

边小丽奇怪了，娘怎么一问三不知？

张秀英看了女儿一眼，女儿啊，你怎能知道娘的苦衷呢？其实，张秀英除了有难言的苦衷之外，一直琢磨着一个问题，她甚至怀疑院子里的干树枝是单志远放的。

谜是单志远又一次偷偷地在院子里放干树枝时解开的。那一天，张秀英家的房门关着，其实她就在房间里，通过窗口看到单志远把一捆干树枝悄悄地放在篱笆内，当时，她的心跳得慌极了。她就站在窗前，注视着单志远。突然，她想到了什么，连忙反身从抽斗里拿过一条新毛巾。

单志远用手敲了敲背，准备离开院子时，她已经笑吟吟地站在他的背后。

"喝口水再走吧。"

单志远一惊，猛地回头，他似乎感到有些突然，但又并不意外，朝她微微一笑。

她把手中的毛巾递给单志远，他有点不是很自然地尴尬着。

单志远在院子里用张秀英递来的毛巾擦好脸上的汗水后，就被请到房间里喝茶了。

"坐吧。"

单志远捧着茶杯没有直接坐下，他注意到墙上相框里的照片，张秀英和边大伟的结婚照，是一张黑白的四寸照片。

"他就是小丽的爹吧。"

张秀英答非所问。

"娃儿都已经八岁了，他走的时候丽娃才不到三个月。"

"听树茂大叔说，是在修水库的工地上。"

张秀英点点头。

张秀英男人叫边大伟，说起来也算个铁打的汉子，壮劳力。

八年前的一个深秋季节，她头上包着毛巾在坐月子，微笑着细看怀里的小丽丽。边大伟在院子里忙杀鸡，是给女人补身子的。

两个小时后，边大伟把一碗飘着清香的鸡汤端到了她床前。

"喝了鸡汤，奶水就多了。"

她笑眯眯地看了一下边大伟，一口一口地就把鸡汤喝光了。月子里，她被男人调理得白白胖胖的，小丽丽当然也跟着红粉细白了。

满月了，边大伟终于可以轻松了。

一天晚上，边大伟去队长毛德伍家串门，聊着聊着就喝上酒了。

"队长，就让我去修水库好了，反正在家里闲着也是闲着。"

"你家秀英会同意？"

"都已经满月了，没事。说白了，我这也是为了每天两毛钱的补贴。"

"那也行，第一批大队里要我们四队去五个社员，你带班。两个月后，第二批的去替换你们，不过这件事你还得和你家秀英商量了再决定，如果她不同意，暂时不要去。"

边大伟拿起酒盅和毛德伍又对碰起来。

边大伟回家时，婆娘正准备给小丽丽喂奶，他瞄了一眼女人的奶子，就连忙洗脚，向女人说了去修水库的事情，张秀英没有作声。

"我计算过了，每天两毛钱的补贴，两个月差不多有十二元。"

婆娘给孩子换了个奶子，看了一眼当家的："你要是为了钱，就不要去，我不在乎钱，苦日子苦过，安耽。"

"下雨天水库工地放假，我会回家来看孩子的。"

"算了吧，来回三十多里地，两个月时间很快就过去的。修水库很累的，下雨天就在工地好好休息。"

边大伟洗好脚，双脚交换在裤子上擦擦，趿着布鞋笑嘻嘻地蹦着上床。婆娘知道当家的要干啥，就让孩子睡在一边，脱衣，关灯。

第三天，边大伟去水库工地了，毛德伍命他一个小小的官，让他小队带班。

秋高气爽，万里晴空。工地四周彩旗飘扬，随处可见"农业学大寨""愚公移山"等口号牌。

高音喇叭更是不知疲倦地播送革命歌曲。

边大伟他们的任务，是在离水库一里地的山塘里采石，坎坷不平的小路上，运石的手板车川流不息，手板车的主人更是各个汗流浃背。

边大伟在山塘撬石块，一个大石块从山顶上滚下来时，他根本不知道。

"躲开！躲开！"

有民工在不远处大声呼喊。

边大伟不知道是咋了，待他弄清是咋回事，正要躲闪时，无情的石块已经重重地压在他的身上，鲜血不多，却伤了内脏，那时他到水库工地不到两天。

张秀英抱着孩子，在男人的坟碑前差点没有晕过去，村人除了同情，也不能让边大伟起死回生。

张秀英向单志远吐露了自家男人的死因后，擦了擦泪水，脸上露出一丝苦笑。

"我说这些做啥子。"

单志远对此也只能表示同情："他这一走，真是苦了你了。"

"唉，命该如此，我现在不求啥子，只求他在天上保护我们母女俩平平安安过日子。"

"会的，会的。"

院子里传来了声音："娘，院子里又有一捆干树枝。"

张秀英有点慌张。

"是娃儿回来了。"

单志远敏感地回头一看，此时边小丽已经呆呆地站在房门口，看着屋里的娘和单老师。

边小丽懂事情，她似乎知道了什么，朝单志远微微一笑，连忙返回院子。

张秀英和单志远尴尬了一下，连忙跟了出去，只见边小丽要把一捆干树枝往院角的柴间里拖。

"娃儿，娘来。"

边小丽抬头看看站在娘身后的单志远，调皮地扬起脸。

"单老师，您来。"

单志远虽然有点不知所措，但还是听从了边小丽。

"我来，我来。"

单志远接过边小丽手中的干树枝，往肩上一扛，快步朝柴间走去。

边小丽走到娘身边，拉着娘的手，母女俩望着单志远走进柴间，脸上笑容绽放。

　　此时，谁也不知道马小山叼着香烟，盘坐在离张秀英家不远的土坎上，他远远地注视着张秀英家的院子，当单志远的背影在柴间门口消失时，马小山连忙站了起来，把烟蒂狠狠地往地上一扔，气愤地离开。

　　这一天，单志远是在张秀英家吃了晚饭走的，是边小丽强行留下他的，在灶房的小方桌边他们有说有笑。

　　以后单志远又去张秀英家吃过不少次饭，是张秀英暗示女儿把他叫来的。这个家出现了单老师，气氛有点热烈了，好像他们就是一家人。当然，细心的边小丽很懂得大人的事，她甚至知道娘背着她去过好几次祠堂，她高兴是因为娘把单老师装在心里了。

　　不错，张秀英的确是把单志远装在心里了，也越来越关心他的生活。

　　这个晚上，皓月当空，皎洁的月光泻在祠堂的天井里，单志远寝室里灯光明亮。张秀英和单志远对坐在小方桌边，桌上，一条花手帕里摊着三个熟鸡蛋，她手里拿着一个，正剥着壳，单志远低着头，心不在焉地用手帕擦着口琴。

　　"吃吧。"

　　单志远抬起头，把手中的手帕和口琴放在桌上，与秀英相视一笑，接过鸡蛋塞进嘴里。

　　"慢着吃，别噎了。"

　　单志远鼓着嘴点点头，

　　她浅浅一笑，拿过桌上的手帕和口琴擦了起来。

　　"你准备一辈子待在山沟沟里？"

　　单志远茫然了。

　　"我也不知道。"

　　"如果真的回不去了，也好，这里的娃们有了你，亏不了。"

　　"当然，当然。"

　　"你城里还有谁在？"

　　单志远苦苦一笑。

　　"我出事后，她就跑了。"

　　张秀英眼睛一亮。

　　"你真有这件事？"

　　单志远犹豫了一下，深深地叹了口气，摇摇头。

　　寝室的电灯光暗了一下，又明亮起来。

　　"都怪我自己不好，不应该得罪教导主任。"

　　"你得罪啥子了？"

　　"我们学校的教导主任是个有野心的女人，'文化大革命'一开始，她对我们刘校长一直耿耿于怀。她多次鼓动不明真相的几个教师写大字报，攻击刘校长……"

单志远的确伤在有野心的女人手下。当时，镇山县小学卷进了红色浪潮，尽管阳光灿烂，却是一片乌烟瘴气。

有野心的女人叫孙明芳，是教导主任，也是学校革命领导小组组长，在她的煽动下，校园里随处可见攻击刘一明校长的大字报和标语口号。

这一天，单志远和几个学生在花坛里锄草，孙明芳黑着脸走到花坛边。

"单老师，你过来一下。"

单志远抬头看看孙明芳，起身，慢慢地走到孙明芳身边。

"什么事？"

"写刘一明的大字报，别的班都搞得热火朝天的，你们班怎么一点动静都没有？"

单志远看了孙明芳一眼，笑容有点僵硬。

"我们……"

"什么我们我们的，你是不是有想法？！"

"不，没有，没有，绝对没有。"

"没有就好，赶快行动，不要拖大好形势的后腿，这是对'文化大革命'的态度问题。"

一个星期后，孙明芳召集全体教师晚上开会。

十几个教师早早来到了教师办公室，他们的态度很端正。开会时间还没有到，明亮的日光灯下，十几个教师各自坐在桌前，女的打毛衣，男的看书，寂静。

孙明芳手拿钢笔和笔记本进来了，她扫视了一周，做作地咳嗽一声，大家抬了一下头，又继续埋头忙自己的活儿。

单志远放下书，摘下眼镜，从口袋里拿出皱巴巴的手帕无聊地擦着眼镜。

孙明芳找了把椅子，坐到一老师办公桌旁边，那个老师面无表情地往里挪了挪椅子。

"好了，现在开会。"

大家又抬了一下头，停下了各自的活儿。

孙明芳煞有介事地开场了。

"大海航行靠舵手，干革命靠的是毛泽东思想。我们学校'文化大革命'的形势和全国各地一样，一片大好。个别老师却对'文化大革命'有想法！"

"这个人就是五（1）班的班主任单志远。他已经没有资格在我们革命的教师队伍里了，现在我宣布校革命领导小组的决定：从明天起停止其教师工作，转勤杂工，以观后效。"

单志远一惊，脸色陡变，欲辩解，又放弃了，平静地看了一眼孙明芳，继续用手帕擦他的眼镜。

当然，教师们对孙明芳宣布的这一决定不服只能埋在心里，谁也不敢引火烧身。

刘一明校长被炮轰后，一直在学校的隔离室，一张简易床，一张旧课桌，门上吊着一把大锁。几经折腾，他形容憔悴。每天对着桌上的白纸，猛烈地抽烟，桌脚边满地的烟头。

单志远的事，刘一明要不是亲眼看到，他是不会相信的。

这一天上午，单志远低着头扫地路过门口，又慢慢地向走廊尽头远去。关在隔离室的刘一明，从窗口里看到单志远的身影，先是惊讶，后又一脸迷茫地看着远去的单志远的背影，他怎么了？

单志远怎么了？他的运气是越来越背了。

这一天下午，多云天，太阳时隐时现，他按常规去厕所打扫卫生。单志远先是拎着一桶水，拿着扫把，走进男厕所，从男厕所里出来，在女厕所门口等了一下，然后，小心翼翼地朝着女厕所问："里面有人吗？"

没有回音。

"里面有人吗？"

还是没有回音。

单志远就大胆地走进了女厕所，正当他埋着头打扫时，一女生急匆匆地奔进女厕所。

麻烦来了：随着女厕所里"啊"的一声，女生恐慌地奔出厕所，单志远拿着扫把紧跟着出来。遭了，女生慌张而逃，一群男女学生闻声而来，一双双蔑视的眼睛盯着单志远。

"流氓！"

"流氓老师！"

天哪，说不清了，单志远尴尬得一脸凝重。

从此，单志远罪加一等，不管晴雨天，他每天下午都要在学校里的操场上示众两个小时。这一天下午，滂沱大雨，单志远照样得示众，雨幕中的单志远挂着黑牌，低着头站在操场中间，拉着一张无奈的哆嗦着的脸。不少师生开始对他同情了，孙明芳却背剪着双手站在窗前，无情地看着雨中的单志远一个劲地冷笑。

单志远向张秀英叙述了自己的不幸后，无奈的脸上不失一笑。

"就这样，我背上了这个黑锅，未婚妻不愿意接受我这个'流氓犯'，离我而去。"

这当儿，月亮躲进了云里，朦胧中有三个黑影闪进了祠堂。

张秀英正准备把单志远的寝室整理一番后离开时，虚掩的门突然被一脚踢开，马小山和两个持枪民兵闯了进来。

马小山由于激动，口吃更厉害了。

"单志远，你的胆子够大的，在城里犯了流氓还不够，今儿个勾搭上寡妇了。"

"你……你这是弄错了。"

"弄错啥子了？铁证如山，你还想抵赖！"

张秀英却是一脸平静，说："马小山，你是不是管得也太宽了。"

"你，你这个臭婊子，还给我嘴硬，咋了，是不是我们来的不是时候，哼，还准备铺床铺呢，走，我就不信老子治不了你们这对狗男女！"

祠堂里出事当儿，边小丽在家里做作业。

"秀在吗？"

边小丽一听就知道是边爷爷，她连忙放下作业，蹦着去开房门。

"边爷爷。"

"怎么，只有你一个人，你娘呢？"

"娘去……"

"去做啥子了？"

边小丽笑嘻嘻地神秘地看了边树茂一眼。

边树茂笑了。

"我知道了，你娘去……"

"边爷爷，您咋知道的？"

"我知道啥子，你说给我听听，是不是和我知道的一样。"

边小丽凑近边树茂耳根，说了娘的去向，边树茂脸上的笑容瞬时消失。

"不好，娃儿，你娘要坏事了。"

"边爷爷，咋了？"

"你好好地待在家里，哪儿也不要去。"

边树茂说完，拔腿就走，边小丽不知道要出啥子事了，站在房间门口，莫名其妙地看着边爷爷走出院子。

月光时隐时现，边树茂急匆匆地赶往祠堂，好在山里人习惯了夜路。

边树茂到单志远寝室时，屋里已空无一人，昏黄的灯光下，一地狼藉。他皱了皱眉头，"唉"了一声，连忙反身而出，知道事情闹大了。

单志远和张秀英是被两个民兵押到大队部的，马小山并没有把他们关在一起，而是隔离。张秀英关在大队杂物间，单志远押在大队办公室。

在杂物间，张秀英低着头站在一角，悄悄地抹着眼泪。

昏黄的灯光下，马小山一脚蹬在凳子上，神气活现地抽着香烟，眼睛色眯眯地盯着张秀英，重重地"哼"了一声，丢掉烟头，逼近张秀英。

她对视着马小山，惊恐地颤抖着身子。

"怕啥子呀，老子又不会吃了你，都已经有过一次了，还怕啥子，今天顺了老子，啥子事都没了。"

马小山突然一把抱住张秀英，急中生智的她在拼命挣扎中一脚踢着了马小山下身。

"啊！"

民兵是听到屋里有不寻常的声音才推门进来的。

"马主任，咋了？"

马小山用手捂着下身，尴尬着。

"没事，没事。"

民兵看了马小山一眼，又看了看缩在墙角颤抖的张秀英，似乎明白了什么，锁了锁眉，退了出去。

马小山领教了张秀英这一脚后，哑巴吃了黄连，他来到大队办公室恶狠狠地盯了一眼单志远，然后吩咐民兵把单志远关到杂物间去。

接下来的事情是马小山指挥两个民兵做"高帽子"，准备让单志远和张秀英明早游街示众。

两个民兵感到事情有些不妙，提出了自己的想法。认为等姚书记和乾坤大队长开会回来再处理他们。

"没事，处理这种事情我说了算，不给这对狗男女一点颜色看看，我不是马小山。"

"'高帽子'上写啥子？"

"一顶写臭婊子，一顶写大流氓。"

"这……恐怕……"

"咋了？噢，去找一双破布鞋来，挂在臭婊子脖子上。"

就这当儿，边树茂铁青着脸推门进来，马小山一惊，说："是树茂大叔呀，您怎么来了？"

边树茂一脸黑色，拿过凳子坐下，呼呼地烤着旱烟："人呢？"

马小山看了一下旁边的两个民兵，尴尬了一下："在，在，都在隔壁。"

"为啥子要抓？给我放了！"

"树茂大叔，他们也太忘乎所以了，竟然敢在祠堂里乱搞男女关系。"

"他们犯了哪条子法了，恐怕是你在忘乎所以吧！"

两个民兵一看事情有点不妙，暗暗一笑，悄悄地退出办公室。

"树茂大叔，您把话给说重了，我这也是为了……"

"为了啥子？别以为我不知道你肚子里的坏水，我看你这个治保主任是快当到头了！"

东窗事发后，张秀英以泪洗面，在家里躺了三天才起来，满面憔悴，她更恨的是马小山在她的身上播下的种子已经发芽了。马小山啊马小山，你是不是要逼得我成了鬼才肯罢手啊！

痛苦啊，张秀英只能向边大伟诉说，第二天，她痴痴地对着边大伟的坟碑，迷惘困惑，欲哭无泪。

单志远当然也有自己的痛苦，那件事的发生，对他来说也是一个沉重的打击，尽管大队里最后没有把他怎么样，但他没有以前那么有精神了。

不过，课还得上，学生娃们自然是聚精会神地听课。娃们小，不懂得人间悲情。

阳光灿烂，时节已是万物一片秋色。满山的野菊花，在微风中轻轻摇曳。

夜晚，张秀英坐在床沿上，心事重重。面对微微隆起的腹部，她脸上的皱纹无限愁苦地收作一团。

咋办啊？寡妇有了身孕，沟边村人不能容忍，天下人笑话，死并不难，可是丽娃子咋办？

去医院，咋开口要大队打证明？等于是不打自招。没有大队证明，医院是不会处理你身上的事的。

无奈之下，张秀英只能用土办法，用宽布带勒紧隆起的腹部，逼着身上的孽种自己掉下来，与自己的性命赌一把。

张秀英的苦衷谁也不知，边树茂对她来说应该是最亲近的，他哪里会知道她的身上有一个天大的秘密。

那么单志远呢？张秀英更是不会让他知道这个秘密的。寡妇门前多是非，说得清楚吗？他如果知道了这个秘密，又是咋想？

此时，单志远在寝室里，昏黄的灯光下，他的脸色同样是憔悴的。白天，他可以在学生娃们面前强作欢笑，晚上只能陪伴寂寞与孤独。

边树茂是给单志远送报纸去的，这几天他的心也很烦，他不知道单志远和张秀英会不会有结果。单志远盘腿坐在床上，在吹口琴，声音很低沉。边树茂拿着一沓报纸进来了："吹啥子呢？"

"没吹啥子，随便吹吹。"

边树茂把报纸递给单志远，拿过凳子坐下，提醒说："里面有你的信。"

单志远眼睛一亮，笑了，迫不及待地拆开信，看信。

边树茂笑眯眯地烤着旱烟。

单志远看了信后，脸上充满了笑容。边树茂抬头看看单志远："怎样？"

"是校长写来的，他从隔离室出来了。"

"你呢，你的事咋样了？"

单志远瞬时失去了笑容："信上说，那个女生到现在还是不开口，调查组问她时，就是一直哭。校长信上说，我的案子可能要搁一段时间了。"

"你们学校是咋回事，明明没有的事，为啥子要说有！黑白不分，黑白不分哪。"

"学校里现在还是教导主任孙明芳在当道，黑白不分是自然的。她本想搞掉我们校长，自己上去，好在县教育局林方局长插手了此事。"

"林方局长没事吧？"

"他上次给我回信时说，没事。我估计他不会有事的。要是有事的话，我们校长就不会从隔离室出来了。"

"你是老师，你比我懂，这'文化大革命'是不是要把领导都斗下来？"

"应该不是的，不过我也给弄糊涂了，怎么会是好人成了坏人，坏人成了好人。"

边树茂和单志远聊着的时候，毛德伍在家里和婆娘聊着单老师和张秀英的事情。

"哎，你说这个单老师，是不是真的和秀英有那个意思？"

"秀英真的看上那个城里来的流氓犯了？这不是乱套了吗？"

"啥子流氓犯，听树茂大叔说，根本没有的事。"

"没有的事，那马小山为啥子老是盯着他不放？"

刘红妹咬牙了。

"这个马小山看见女人流口水，也不是个好东西！"

"你这一说，我还真想起来了，有一次我去树茂大叔家，这小子也去了。树茂大叔黑着脸对他说了一句：我是老了，眼睛还管用呢！你要是敢动……"

"敢动秀英？"

"树茂大叔没有说下去。"

"那一定是马小山有啥子事让树茂大叔给逮着了，不然不会这样说他的。"

"也许是吧，我看这小子早晚也得出事。"

单志远的心情一直没有好过，自己的案子一时结不了，心烦。学生娃们的事情也不少，边小丽的语文书不见了，他问学生娃了，谁也不承认。

这一天，太阳当然还是斜照在天井里，娃们在课间活动，单志远在黑板上写字，准备下节课的内容。边小丽气喘吁吁地奔过天井，差点撞倒了正在拍球的边小狗。

"老师，我的那本语文书找到了。"

"找到了，在哪里找到的？"

"在……在茅坑里。"

单志远一惊："茅坑里？咋会在茅坑里呢。"

"一定是边小狗干的！"

"你怎么知道是他？"

"我……我猜的。"

祠堂后围墙外的茅坑是用草舍搭起的，简易。单志远跟着边小丽来到茅坑前，一群学生娃围着茅坑，叽叽喳喳，只有一个人没有笑，她就是边小丽。她睁大着眼睛，皱着眉头，盯着单老师弯着腰把一只手伸进茅坑。

拎出来了，语文书沾满粪便，单老师走出茅坑时，学生娃们扭着鼻子下意识地让出了一条道。

单老师是在小沟里清洗语文书的，然后就回到了祠堂，他没有追查是谁干的，认为已经没有必要，书找到了就好。

夜晚，张秀英在纳鞋底，厚厚实实的布鞋底里，布满了密密麻麻的小坑点。

边小丽埋着头在做作业。

"娘，我的语文书找到了。"

"怎么找到的？"

"在茅坑里，一定是小狗子干的，我一定要告诉边爷爷。"

"都扔到茅坑里了，这书还能用？"

"单老师拿去洗了，这本是单老师的，我的一本在他那里。"

"他没对你说啥子？"

"没有，娘，怎么了？"

张秀英看了女儿一眼，欲言又止。

时已中秋，阳光温暖多了。

远处群峰起伏，近处山花烂漫，山野的色彩丰富而厚重，一切充满了诗意。

单志远在树林里捡干树枝，顺便挖出了几棵野菊花。下山时，他在坡道弯处歇累，细细地欣赏着手中的野菊花。

张秀英从坡道弯处慢悠悠地出来，她也去捡干树枝了。她整个人被埋在树枝下面，树枝像长了腿，她身后的道上有几道被树枝溜出的痕迹。

单志远顺着树枝拖地声望去，一呆，连忙放下手中的野菊花，推了推眼镜，慢慢地站了起来。

张秀英看到了眼皮底下的一小捆树枝，猛一抬头，她满脸是汗珠儿，呆了一下，下意识地揪了揪因背树枝而歪斜的胸襟。

单志远尴尬地朝她笑笑。

"你也在捡树枝。"

她微微喘气，看了看周围，不失笑意地点点头。

"累了吧，放下来，歇歇。"

张秀英欲走，看了看单志远，站在原地。

单志远走过去，帮她放下大捆树枝。

张秀英用手背去擦脸上的汗，单志远连忙从口袋里拿出皱巴巴的手帕递给她，她犹豫了一下，接过手帕，擦汗。

看到这一幕的是边树茂。不远的山道上，他慢慢地走着，一手牵着牛，一手拎着一只竹笼子，一只小松鼠在竹笼子里欢蹦乱跳。

边树茂突然停止了脚步，眯着眼睛看了一下不远处的单志远他们，脸上露出一丝笑容，他想自己应该绕道了，从后山下去吧。

边树茂准备往回走，牛不听使唤，弓着头僵在原地。边树茂一气之下，丢下牛绳，拎着竹笼子自己往回走。牛仿佛懂得了主人的心思，甩了甩尾巴，一步一个脚印地跟在后面。

自从那次事情后，张秀英没有和单志远见过面。尽管他们都在牵挂对方。一个多月了，老天终于安排他们在坡道弯处见面。

张秀英开始有点胆怯，单志远也是。

当然，主动的还是单志远，结果，他俩就并肩坐在坡地上。

"你还好吗？"

张秀英羞怯地低着头。

"还好。"

"丽娃在家？"

她终于抬起头，看见了单志远那热情的目光。

"她要跟我一起上山，我不让她来。"

"你以后不要上山捡树枝了，我来。"

张秀英又低下头。

"不好的，我怕……"

"怕啥子呀。"

张秀英抿嘴笑笑，眼睛里充满了柔情。

"我不是为了自己，是怕你以后回不了城。"

边树茂本想直接从后山回家的，半道上他改变了主意，找了块草地坐着烤旱烟了。他一手握着烟杆在烤旱烟，一手拿着根草叶在戏弄竹笼子里的小松鼠：他是在暗暗保护着单志远他们。

单志远和张秀英放开了，话语多了，自然是顾不得那么多了。

单志远把手中的野菊花递给她。

"你可知道野菊花的生命力？"

她微微一笑。

"我只知道现在这个季节满山都是野菊花。"

"我真是没想到你们这里会有这么多的野菊花。"

她奇怪了："你也喜欢野菊花？"

"喜欢，你呢？"

张秀英含羞一笑："就你喜欢呀，哎，你刚才说野菊花是啥子生命……"

"叫生命力，意思就是野菊花有一种朴实的美，它能与风霜做不屈不挠的斗争，具有顽强的生命力。"

张秀英似懂非懂。

"哦。"

单志远朝张秀英含情地笑笑，她连忙又低下头。

"你挖野菊花做啥？"

"我准备把它种在罐子里，当作盆景。"

"它能种在罐子里？"

"能。"

魔方女孩

晚饭后，张秀英把种有野菊花的罐子放在自家窗台上的时候，单志远也正把种有野菊花的罐子放在寝室的桌子上：他的表情和张秀英一样的快乐。

这个夜里，张秀英做了个梦，甜蜜的梦。树林里，太阳从树叶间散发出神话般闪亮的光线，它们升腾开来，又纷纷跌落在地面。单志远和张秀英在采野菊花，他把一朵野菊花插在她的头上，她有点害羞，跑开了，却撞上了满面笑容的边树茂，他手里也有一束野菊花。

甜蜜的梦有点儿乱：边树茂把一束野菊花抛向空中，单志远张开双手奔过来去接那束野菊花的时候竟然抱上了张秀英，她当然是一把推开他。梦醒，她推开的是躺在身边的女儿。

单志远没有做梦，他整个晚上都在考虑为野菊花赋诗，灵感来了，诗是这样写的：

野菊花啊野菊花，生在金秋里，开在原野上；摘一朵清香的野菊花，因为有你我坚强；野菊花啊野菊花，你是我的心中花，你的心声我明白，我的期待你懂得，我们都需一个家……

12

边树茂和姚德顺对坐在办公室桌前，他找书记是为了张秀英，但是根本不知道马小山强奸她一事。

从沉默的状态来看，边树茂和姚德顺谈得并不愉快。

边树茂轻轻地咳嗽了几下，吸了几口烤烟，继续说："我看单志远一时间怕是回不了城了，秀英心里也装着他。"

"你真的认为他们合适？"

"合适，有啥子不合适。"

"如果合适，倒也不错，你说单志远真的看上了她，他不想回城里了？"

"……"

边树茂这倒是被姚德顺问得不好回答。

这当儿，边乾坤和马小山一前一后进了办公室，边乾坤见爹在，一声不响地拿起报纸坐在一角佯装看报。

马小山笑嘻嘻地打了招呼。

"树茂大叔，您在啊。"

边树茂看了马小山一眼，无语。马小山一脸尴尬，拿出香烟分给姚德顺和边乾坤。

边树茂站了起来，要离开了，他看了姚德顺一眼，拿过桌上的一沓报纸，默默地离开办公室。

马小山傻笑着目送边树茂："树茂大叔，您慢走。"

边树茂从大队办公室出来后，就去了张秀英家。此时，张秀英在院子里，正在给石桌上放着的野菊花浇水。

"秀啊，干啥呢？"

"浇花呢。"

边树茂把一沓报纸放在石桌上，然后就坐在石凳上，"吧嗒吧嗒"地烤着旱烟。

"秀啊，我看单志远人也不错，就这样定了吧，姚德顺没有反对。"

张秀英有些窘迫："我……我知道他人不错，可是……"

"啥子？"

"我……我会害了他的。"

"你害他啥子啊？"

张秀英脸上顿时有些尴尬，一脸深沉，心情十分复杂，她声音含糊："我……我……不配。"

这个时候，单志远也去了张秀英家。他正低着头匆匆而行在山坡小道时，马小山摇摆着身子从那头走过来，见对面走着的是单志远，就站了下来："嘿，去寡妇家哪？"

单志远抬起头，一看是马小山，收住了脚步。

马小山奸笑着开门见山："你不用怕，你们的事我不管了，你知道我为啥子不管了吗？我是可怜你这个蠢猪，只配吃人家的剩羹。"

单志远一时没反应过来，一愣，莫名其妙地看着马小山："你什么意思？嘴巴能否干净点？！"

马小山古怪地一笑："没啥子意思，只是便宜你了，哈哈。"

单志远知道马小山是话里有话，正色道："什么便宜我了？"

"这你还不懂啊，去问你的那个相好吧。"

单志远对着马小山皱了皱眉头，他想自己惹不起难道还躲不起，于是低着头，快步从马小山身边擦了过去。

马小山望着单志远的背影，又送了句。

"我都看出寡妇的腰越来越粗了，你没看出来吗？"

单志远放慢了脚步，站住，缓缓转过身来，冷冷地看了一眼马小山，继续赶路。

自从上次那事后，单志远一直没去过张秀英家。边小丽比单志远早到一步，她刚从毛小妹家里回来，她是去给同学看小松鼠的。她没有去打扰大人们的说话，只顾着逗笼子里的小松鼠。

张秀英到房里拿茶壶去了，石桌边就单志远和边树茂对坐着。

单志远心不在焉地翻阅着报纸，边树茂当然还是"吧嗒吧嗒"地烤着旱烟。

张秀英提着瓷茶壶，拿着两只小玻璃茶杯从房里出来时，单志远抬起头，眼睛呆呆地看着她的腰围。

边树茂笑眯眯地看着单志远，他不知道单志远在看啥子。

张秀英给边树茂和单志远倒了茶水后，默默地坐下，低着头，拨弄着石桌上的野菊花。

边树茂想起了什么。

"单娃子，你刚才说啥子，在坡上遇见马小山了。他没对你说啥子吧？"

单志远情绪有点低落，犹豫了一下，笑笑："没有。"

"这个人哪，你少理他，一肚子坏水。"

沉默了片刻，边树茂知道自己应该离开了，要说的话都说了，他笑眯眯地站了起来，走到边小丽身边。

"边爷爷，小松鼠吃饱了。"

边树茂拎起小松鼠笼子，咬着边小丽耳朵说："走，小松鼠的妈妈想小松鼠了，我们让小松鼠的妈妈看看小松鼠。"

然后，边树茂用手指示意了一下石桌边的张秀英和单志远，朝边小丽笑笑。

边小丽很快领会了边爷爷的意思，吐了吐舌头，蹦着离开院子。

单志远与张秀英就这样对坐在石桌边。张秀英先开口，说是歉意，也是自卑："你和我都是苦命人，我也想过，哪一天你真的能成为丽娃的爹就好了，可我真的不配你，你还是想办法早点回城里去吧。"

"我这辈子怕是回不了城了。"

张秀英的脸上不由飘过一丝苦笑。

"不会的。"

单志远终于鼓起了勇气，说："我知道你心里什么苦衷，不要把它藏在心里，挺一挺不就过去了，说出来，我和你一起面对。"

她望了单志远一眼，苦涩一笑，仍然不为所动，拿起瓷茶壶给单志远的茶杯添水。

"我……我……"

单志远看看她异样的神情，笑笑。

"你现在可以不说，没有关系，我会等的，你什么时候想说了再说。"

这当儿，边树茂和边小丽正坐在不远处的草地上。小松鼠在笼子里活蹦乱跳。

突然，边小丽忽闪着眼睛天真地问道："边爷爷，小松鼠的妈妈真的会来看小松鼠吗？"

"会的。"

"那小松鼠是不是也会想它的妈妈？"

"也会。"

"边爷爷，大队里还会抓我娘和单老师吗？"

"不会了。"

"为啥子现在不抓了？"

边树茂"吧嗒吧嗒"地烤着旱烟，朝边小丽笑笑，无话。

"边爷爷，我知道马小山是个坏人。"

"你咋知道他是个坏人？"

"他欺负我娘，我看见的！"

边小丽是冲口说的，不知道自己咋忘记了娘说的话了。

边树茂一惊，立刻沉下了脸来，气恼了："啊，有这事，你咋不早说？"

"我娘不让说。"

夜幕下的沟边村，寂静，透彻。

单志远白天和张秀英相会后，心情一直在矛盾之中。在寝室昏黄的灯光下，他盘腿坐在床上，吹着口琴，声音低沉。

一曲完了，就抽烟，单志远那张沉思的脸几乎被烟雾笼罩了。

他要想的问题很多。白天，马小山为什么要这样说？张秀英又为什么要这样说？马小山和张秀英之间到底发生了什么事情？

第二天晚上，单志远去找边树茂了。他们对坐在小方桌边，边树茂一脸平静，"吧嗒吧嗒"地烤着旱烟，单志远用手指轻轻地划着桌面，皱着眉头苦思。

"秀英她真的是这么对你说的？"

单志远看了一眼边树茂，点点头。

"昨天马小山真的没对你说啥子？"

单志远又看了一眼。

"他……他……"

"他，他，他啥子呀，你怎么像娘们一样！"

单志远犹豫了一下，终于说了。

"他说，我是个可怜的蠢猪，只配吃人家剩羹，还说，他都看出秀英的腰越来越粗了，我没看出来。"

"他是啥子意思？"

"我不知道，但我总觉得他是话里有话。"

突然，边树茂想起了边小丽的话：边爷爷，我知道马小山是个坏人，他欺负我娘，我看见的！

这个晚上，边树茂没有睡好，他在回忆自己和张秀英昨天的对话。难道秀英真的有啥子事情瞒着自己？

是的，张秀英瞒着的是身上的事。她的隆起的腹部，已经有了一道道紫色的布带勒痕，土办法不知道有没有用，真是要命了。

单志远不知道自己怎么办，这几天他老是心慌慌的，担心有什么事要发生；边树茂心情同样紧张，他琢磨不透张秀英的秘密到底是什么。

当然，秘密揭开的那一天，对张秀英来说是悲惨的，也许，这就是命。

不过，秘密揭开的那一天对单志远来说也是痛苦的：蒙了不白之冤。

这一天，是深秋的某一天，艳阳天。单志远在黑板上写他创作的诗：秋天的野菊花……

"同学们，请大家跟着我念一遍。"

学生娃们就跟着老师摇头晃脑，单志远更是激情投入。

放学了。学生娃们念念有词，背着书包蹦跳着从祠堂大门出来，边小丽看到了边树茂。

"边爷爷。"

"哎……放学了？"

"边爷爷，小狗子今天又没来上学，你白等了。"

"我是等你呢。"

"边爷爷，您找我有啥子事？"

"走，回家说。"

边树茂找丽娃儿的确是有事，他想从她的嘴里揭开秀英的秘密。

一路上，他问了好多问题，丽娃儿对娘的事就是说不清楚，她所知道的就是这些：马小山从院子一角的柴房里出来，娘在柴房里哭。

此时，张秀英在自家房间里正与命运一搏：咬着下唇使劲地用宽布带勒腹部。

她清楚身上的事不能再拖了，才选择一搏，痛苦的脸上汗水与泪水交融。当然，她看到殷红的鲜血从裤腿间流了出来时，认为成功了。她的头发散落着，湿漉漉地贴在脸上，再加把紧，她忍受着剧烈的疼痛，再次用宽布带勒腹部，裤腿被鲜血染红了，她的脸色变得惨白。

她是在丝丝苦笑中两手无力地松了下宽布带的：她认为自己成功了，身子一晃，倒在血泊中。

身上的东西几个月来把她拖得太累太累了，该好好歇歇了。

边小丽背着书包蹦跳着走进院子，边树茂笑眯眯地跟在后面。

"娘，边爷爷来了。"

边小丽蹦跳着进了灶间，见娘不在，又反身而出，走进房间。

突然，从房间里传出了边小丽的大声呼叫。

"娘，娘，你咋了！"

接着就见边小丽冲出房间，焦急地哭丧着脸。

"边爷爷，我娘晕倒在地上，满地是血。"

边树茂一惊，连忙快步冲进房间，此时，可怜的张秀英已经不省人事。

出事了，出大事了，边树茂见状就知道情况不妙，迅速到毛德伍家搬救兵。

手板车对沟边村人来说是唯一的交通工具，出大力的当然得是毛德伍。他们把张秀英送往镇卫生院抢救。

毛德伍满脸大汗，拉着手板车行进在山道上。手板车在道上颠簸。张秀英闭着眼睛躺在手板车上，身上盖着一块旧床单，同坐在手板车上的刘红妹时不时用手去理理张秀秀蓬乱的头发。她看着张秀英那痛苦的脸是那么惨白，不由得一阵心酸，她不知道张秀英能否坚持到镇卫生院：鲜血顺着手板车慢慢地往下滴，车过处的道上留下不规则的鲜血。

边树茂锁着眉头，气喘吁吁地快步跟在手板车后面。

走了四十分钟山道，毛德伍终于把手板车拉到了镇卫生院。医生一看，皱了皱眉头，就让病人进了产科，刘红妹这才清楚张秀英是咋回事了，心里纳闷。

产科门口的走廊，灰暗。毛德伍、边树茂心情灰暗地坐在长条椅子上，刘红妹坐不住，在产科门口徘徊，时不时朝产科门里张望，毛德伍看着心烦。

"你晃来晃去的有啥子用，坐吧。"

刘红妹不解地说了句。

"我倒是给弄糊涂了，难道单志远已经和秀英有过这种事了，那结婚不就得了，何必要这样呢？"

毛德伍盯着婆娘说："不好少说两句，添啥子乱啊！"

边树茂对刘红妹的话有点糊涂了："红妹，你刚才说的啥子？"

"树茂大叔，我就纳闷，秀英一定是要把肚子里的小东西勒死，所以才大出血的，都是单志远做的孽！这下他可把她给害苦了，要是秀英有三长两短的话，我非剥了单志远的皮不可！"

"你敢肯定这事和单志远有关？"

"这不是明摆着的事啊！还真让马小山说着了。"

毛德伍一听到马小山心里就恼火，正要说自己的婆娘几句，产科门开了，一个上了年纪的女医生戴着口罩出来。

"你们谁是病人的家属？"

刘红妹看了边树茂一眼说："医生，我们是一个生产队的，你有话就对我们说吧。"

"你们应该把病人早点送来，失血太多，我们尽力了，她恐怕坚持不了多久，进去看一下吧。"

这当儿，单志远正背着边小丽气喘吁吁地奔跑在镇街上。他不知道张秀英怎么了，边小丽去祠堂告诉他的时候，语无伦次，说不清娘是咋了，只说满地是鲜血，已经去医院了。

单志远当然焦急，拉起边小丽就走。山道上，单志远拉着边小丽急匆匆的，他背她是因为她实在走不动了。

一路上，单志远想了很多，就是想不出张秀英到底出了什么事。

张秀英的秘密，单志远当然不知道。如今她闭着眼睛躺在抢救床上，护士在给输液瓶里加药水，刘红妹、毛德伍、边树茂默默地围在抢救床边。

张秀英终于有了感觉，渐渐苏醒过来，脸上露出一丝苦涩的笑，刘红妹连忙凑了上去。

"妹子，你傻呀。"

张秀英流泪了："我……恐怕……过不了……这一关了……"

刘红妹当然是安慰："啥子话呀，到了医院了，不用怕。"

"我……是怕……丽娃以后……怎么办……"

"啥子怎么办，好端端的，咱不说这个，等你好了，我来帮你整整单志远！"

张秀英闭上眼睛，头上直冒冷汗，她知道大家都误会了单志远，她要为他开脱。

"单……老……师，是……是个……好……人，不是他……你们不要误会了他……"

张秀英就这样平静地闭上了眼睛。

"妹子，妹子，妹子……"

张秀英就这样走了，来不及看上女儿一眼。

产科的门开了，勤杂工推着有万向轮的病床出来，张秀英躺在床上，身上盖着一块白布。

此时，单志远拉着边小丽气喘吁吁地进了走廊。面对眼前的一切，单志远一阵心酸，秀啊，你为什么要走得这样匆忙！

边小丽松开单志远的手，快步奔了上去："边爷爷，我娘怎么了？"

刘红妹拉过边小丽："孩子，再看一眼你娘吧。"

边小丽捧着娘的脸，哭喊着："娘，娘……你怎么了……"

突然，毛德伍愤怒地把紧握着的拳头，冲向单志远的脸部。单志远一个趔趄，倒下，眼镜被甩在身边。他慢慢地爬了起来，捂着流鼻血的脸，想看张秀英最后一眼，只是病床慢慢远去。

张秀英入土的那天，单志远是必定到场的。他脸上有着明显的青肿，毛德伍的这一拳还真是够狠。

张秀英的后事，是边树茂一手操办的。这期间，他把自己了解的所有情况告诉了莽撞的毛德伍。

张秀英的土坟，紧靠在边大伟旁边。毛德伍坐在一边的土墩上，默默抽烟，他已经知道自己的莽撞了，又不知道现在如何向单志远解释。碑前摆放着供品，边小丽流着泪水，默默地跪在娘的坟前。边树茂默默地烤着旱烟，单志远坐在他的旁边，一手握着一束野菊花，眼睛出神地望着另一手的口琴。

太阳躲进了云朵里，也许是不忍心看到天下的悲情。刘红妹提醒大家，该走了，说："丽娃，给你娘再磕几个头吧。"

边小丽流着泪水又给娘磕了头。边树茂和毛德伍在坟前默默地站了会儿。单志远仍然坐在地上，无动于衷。

刘红妹拎着边小丽慢慢离开坟地。边树茂看了一眼坐在土坟边上的单志远，欲说又止。

如果风雪不停

当边树茂他们走出坟地时，身后传来了忧伤且凄凉的口琴声。

<h1 style="text-align:center">13</h1>

单志远收养边小丽，是张秀英去世三个月后经过姚德顺同意的，沟边村人公认，边树茂更是放心。

时间过得很快，转眼张秀英去世一年多了。单志远已经住在张秀英家里。

这一天，边小丽在院子在石桌上做作业，边树茂和林方来到了张秀英家，未进院子就乐呵呵地大声高喊。

"志远，你看谁来了。"

边小丽抬头一看是边爷爷，连忙放下手中的笔，亲热地奔向边树茂。

"边爷爷。"

边树茂抚摸着边小丽的头，笑眯眯地望着林方。

"她就是丽娃子。"

林方笑嘻嘻地用手抚摸了一下边小丽的头。

边小丽很懂礼貌。

"伯伯好。"

单志远从灶间出来时，边树茂又重复了一遍。

"志远，你看谁来了。"

单志远与林方对视片刻，突然，眼睛里闪出兴奋的光芒，惊喜地说："林局长，什么风把你给吹来了。"

单志远上前紧紧地握着林方的手，控制不住激动，热泪盈眶。

夜晚，边小丽早早就睡了，懂事的她成了孤儿后，把单老师当作了唯一的亲人。

借着从窗口里透进来的月光，单志远和林方就在灶间，坐在小方桌边，各自抽着烟，他们之间当然有说不完的心里话。

"我从隔离室出来后不久，到你们学校去过几次。你们的刘校长现在也已经恢复了原职，他对你的事情也非常重视，他相信你的事情是孙明芳搞的鬼，准备重新调查，听说那个女生已经说了那天在厕所里发生的事与你无关。"

单志远抬头看了看林方："刘校长从隔离室出来后给我来过信，我也回过信。"

"你在这里的情况我全知道了，树茂大叔都说了。哎，听说张秀英死后，你和树茂大叔联名告了这个马小山，怎么样，有结果了没有？"

"听树茂大叔说，公社里把马小山叫去过几次，刚开始他是狡辩，后来承认有过强奸张秀英的事，好像镇派出所已经立案了。"

"听说，为了这件事你还挨了毛什么一拳？"

"毛德伍，是四队的队长，后来他也知道了所有情况。我是不会记恨他的，当时这种情况下他失去理智是可以理解的，只是张秀英死得太冤。"

"好了，过去的就让他过去吧，说说你现在吧，怎么打算？"

单志远苦苦一笑。

"现在就这个样子，你都看到了，边小丽也怪可怜的，小小年纪失去了父母，就算是我的养女吧。"

"她现在叫你什么？"

"还能叫什么，她娘死的那会儿，还叫我单老师，后来就干脆不叫了。"

"这只能说明她长大了，一下子接受不了事实，改不了口。"

"不管怎么样，我都会把她带在身边的。"

"只是辛苦你这个未婚父亲了。"

"也许，这就是我的命。"

林方在沟边村住了一宿，第二天就要赶回城里。红日初升，阳光万道。边树茂、林方、单志远三人慢慢地走到村口的大槐树下。

"好了，送君千里，终有一别，你们都回去吧。"

单志远握着林方的手，始终不肯放，当然，林方知道单志远还有好多话要说。

"我回去后再到你们学校去一下，我估计你的事时间不会拖得太长，耐心等待。"

"林局长，我也不急一时半会儿了，能回去当然更好，如果暂时不行，您也不要太为难，再说这里的娃们也需要我。"

边树茂笑眯眯地在一旁频频点头。

林方走后，单志远更是一心扑在祠堂里。他是认命了：如果有那么一天他可以回城了，还不知道怎么办呢。但是，他没有想到自己真的能回城了。

姚德顺这几天很忙，准备把祠堂改建成小学。

边树茂和单志远进大队办公室时，姚德顺正在和公社葛书记通电话："好呀，葛书记您可帮了我们大队的一个大忙了，单志远能回城的事我知道，他现在就在我的旁边。好，好，我们已经有规划了，是的，准备把祠堂改建一下，是啊，再误也不能误了娃们的教育，好，就这样。"

姚德顺笑眯眯地放下电话，一脸喜悦地招呼他们坐下。

"你们站着干啥子，坐，坐，这下可好了，公社葛书记说了很快就给我们派老师过来。他还说，马小山的问题很严重，公社几个流氓案与马小山也有关，现在他已经被公安机关拘留了。"

边树茂很是高兴。

"这好，这好。"

姚德顺笑眯眯地对单志远说："单老师啊，这下你可以放心走了，等我们大队真正的学校建好了，欢迎你来参观指导。"

单志远自从得知自己可以回城的一个星期来，一直处在激动之中。

"姚书记，我会回来的，我知道这里缺老师。"

边树茂笑嘻嘻地看了单志远一眼，他自然是很明白单志远的话意。

这当儿，边乾坤进来了，他根本不知道爹和单志远也在大队办公室，于是，尴尬地一笑，拿起桌上的口杯，一咕噜把茶喝个精光。

姚德顺知道边乾坤的尴尬，就笑嘻嘻地对边乾坤挥挥手。

"你来得正好，我还真有事情要对你说呢。"

边乾坤顺势坐下，拿出香烟抽出一支递给姚德顺，另抽出一支刚要往自己嘴边送，结果把它递给了单志远，算是化敌为友了。

边树茂看在眼里，甜在心里。单志远接过香烟，尽管感到有些突然，还是朝边乾坤递上感激的笑容："边大队长，我明天就要走了，我还会回来的。"

边乾坤点燃自己的香烟，尴尬地笑了笑："走就走了，还回来穷山沟干啥子。"

临离开时，单志远和边小丽各自拿着两束野菊花站在张秀英坟前，献上。

接着，边小丽在爹和娘坟前磕了几个头。

山野、梯田、草木、雄峰一片秋色。崎岖的山道上，单志远背着边小丽的身影在慢慢移动。

"爹，我们还回来吗？"

"丽娃，你终于叫我爹了。"

"爹，您太累了，我自己走吧。"

"爹不累，爹喜欢背着你。"

"爹，我们还回来吗？"

"会，我们一定回来。"

十年后。

金色的秋天，阳光明媚，鸟儿啁啾。

山坡边，由祠堂改建的沟边村小学门口，国旗于山风中飘舞。

歌声隐隐约约自小学传来：野菊花啊野菊花，生在金秋里……

风琴伴奏的歌声渐渐清晰，学生娃们在明亮的教室里唱歌，青年边小丽在弹手风琴。

十年前，边小丽随养父来到县城后就改了姓，一直在县城读书。养父在县城平反冤情后，向县教育局林方局长提交了申请，决定回沟边小学担任乡村教师。单小丽在县城读完中学后，在养父的建议下报考了师范学院，毕业后也回到了沟边小学，担任了乡村女教师。

从此，沟边小学有了两个单老师，一个是单志远，另一个就是单小丽。

单小丽回沟边小学两年后，单志远就没有牵挂地走了，他的土坟在张秀英、边大伟旁边。

从此，每年的秋天，单小丽都要为这三座土坟献上三束野菊花，用养父留下的口琴，吹上一曲《秋天的野菊花》。

城里的星空

1

村小学敲钟的老夏，1996年和刘三儿他爹一起进城打过工。

打工之前，刘三儿他爹不知道在城里打工要多艰难有多艰难，日子难混呀。于是，老刘就有了满腹牢骚，三三归九，一句话：妈妈的球，还是家里自在。

老刘的牢骚城里人听不到，老夏却记在心里。说白了，老刘是在愤怒自己的命运。

老刘愤怒的时候，老夏就一个劲儿地傻笑，老刘更来劲，冲着老夏说："你这个死老夏，还有心儿笑！"

老夏不笑了，用白纸卷自己从老家带来的烟丝，喇叭烟，然后就使足劲儿地呼嗒。

老刘回家了，非得挂脸面，刘三儿记得他爹讲了三件事：一件是妈妈的球，城里满地是黄金；二件是妈妈的球，城里茅房不叫茅房，叫厕所，上过城里茅房闭眼了也值；三件是妈妈的球，俺回来是想三儿了，是想三儿他娘了。

刘三儿的奶奶，殷小花；刘三儿的爷爷，刘山木；爹，刘半斗；娘，李大花。

刘三儿的小名叫小蛋子，是奶奶的另一个唤法。

刘山木死了。不到两年，李大花也走了，病得不轻，一命呜呼。

李大花走了不到一年，刘半斗希望自己能化悲痛为力量，就跟着老夏去了城里。

如今老刘回家了，殷小花就高兴，擦着眼泪说："儿啊儿，金窝银窝，不如自家草窝，回来就好，咱不图钱，图安分。"

老刘就帮着娘一起擦眼泪，说："娘，俺是想三儿了，想爹了，想三儿他娘了。"

殷小花来气了，收起眼泪瞪眼珠，说："你这个不孝的，离家三年把娘给忘了？"

老刘知道自己漏了嘴，支支吾吾说："娘，俺没忘，俺好几次在梦里见到您。"

不久，村里就有了传说，老刘不是在城里混不下去了才回来，是想家人了。

又过了不久，村里有了新的传说，是关于老刘和老夏。

因为有了新的传说，老刘和老夏翻了脸，顾不得三年的患难与共了。老刘与老夏和好的那一天，两个人喝酒时，老刘还不忘指责老夏说："你这个死老夏，俺是还得挂一张老脸哪！"

老夏的名字叫夏柳叶，肚子里有几滴墨水，平日里话儿没有老刘多。

老夏要去城里打工，是他邻村的小舅子所点拨。那时的刘半斗，还在丧妻的泥潭里，夏柳叶就拉刘半斗一起闯都市，泥腿子进城，见见大世面。

刘半斗犹豫了，然后答应，说："中。"

老刘和老夏往城里闯，卷着破旧铺盖，样子好似难民逃荒。那是1996年，夏柳叶三十七岁，刘半斗三十五岁。

就这样，他们徒步四十里山路，又坐了两天两夜火车，饥一顿饱一顿地折腾到了沿海城市新州。

出门时，老夏口袋里有一千元钱，其中五百元是向小舅子借的；老刘口袋里也有一千元，他比老夏强的是没有借一分钱，亏的是他娘殷小花，百年后的本钱光了。

老刘和老夏没有坐过火车，一口气能坐两天两夜，兴奋之下忘记了疲惫，一路滔滔不绝。

刘半斗问："新州在哪里？"

夏柳叶答："听小舅子说，在海边。"

刘半斗又问："海和河有啥不一样？"

夏柳叶又答："海和河没有不一样，都有水，都能淹死人。"

刘半斗翻了翻疲惫的眼皮，"噢"了一声，心里嘀咕：你这个死老夏，谁不知道水能淹死人。

乘务员推着餐车来了："米饭，米饭，十五元一份。"老刘和老夏同时把闭着的眼睛睁开，又把眼睛闭上。餐车缓慢地过去了，老夏有了话，说："错过两餐了。"

老刘说："是错过两餐了。"

老夏又说："你还能撑吗？"

老刘说："能撑。"

老夏再说："俺小舅子怎么没说火车里米饭十五元一份。"

老刘说："你小舅子一定没坐过火车。"

老夏来劲了，说："没坐过火车，他咋点拨俺？"

老刘也来劲了，说："俺不信他坐过火车。"

老夏鼻子一哼："俺信。"

老刘和老夏，两天两夜的火车里，合着吃了十五元米饭一份，买了半斤装的白酒一瓶，椒盐花生米一袋。

火车快到新州的时候，老刘问老夏："你喝了几杯开水？"

老夏说："二十杯。"

老刘说："我也是。"

刘半斗住在村东头。夏柳叶住在村西头。

老刘在挂脸面的话，一阵风吹到了村西头。老夏用手指掏掏耳朵，掏出了一大块耳屎，他看着指甲上的耳屎，自言自语：刘半斗啊刘半斗，回家就回家呗，说什么挂脸面的话啊，哪个心里不清楚呀！

夏柳叶从城里回来后，在炕上焐了两天。第三天，婆娘严翠花伸出厚实的手掌，笑吟吟地说："拿来。"他说："啥子？"

"还能是啥子，钱啊！"严翠花说。

夏柳叶猛猛地吸了几口喇叭烟，灰着脸，说："每年过年不是都寄给你了吗？"

"钱我收到了，三年一共三千五。"

"那不就完了吗？"

"咋完了，这次呢？"

夏柳叶哭笑不得。严翠花继续说："人家刘半斗说了，城里满地是黄金，城里茅房不叫茅房，叫厕所，上过城里茅房闭眼了也值！"夏柳叶吐了口烟圈说："你咋不问他，咱们为啥子要回来。"

严翠花就说："村里人都说，他回来是想三儿了，想三儿他娘了！"

夏柳叶微微一笑："有这话？"

严翠花说："有这话。"

夏柳叶哈哈大笑："刘半斗啊刘半斗，你也太会吹了，有你这般挂脸面的吗？"

夏柳叶向严翠花掏出了几件事。严翠花酸了几点眼泪，厚实的手掌缩了回去。

老刘和老夏坐的火车，凌晨四点到了终点站新州。他们忘了旅途的疲惫，随着人流挤出车站出口处。迎接他们的是毛毛细雨，车站广场更是一片清冷。

广场一角，有十几个背铺盖卷儿的在躲雨。老刘和老夏哆嗦着挤了进去，借着广场灯光，老刘看看老夏，挺了挺腰杆。

老刘和老夏，目的地是距离市区四十里地的一个叫河头的镇子。那里有老夏小舅子一个村的人，出来两年了，叫林木子，1996年二十六岁。老夏小舅子说，林木子会帮助他们找工作的，也会到新州来接站。

东方发白时，林木子急匆匆地赶到火车站，随后把老夏他们领上中巴车，去河头镇。

林木子把老夏他们带到自己住的出租房。房子不大，也就十八平方米左右，一个月房租费四百元，年轻男女六个人挤在一起，满屋汗臭。

老刘傻了眼，说："你们就这么住？"

林木子尴尬，说："都是打工的，就这么住。"

第二天，林木子陪伴着老夏他们在镇里转悠，找出租房。他们找了七家出租房，不是老刘不满意，就是老夏看不中。第八家出租的是车库，一月两百元，老刘说中，老夏也说中。

晚上睡觉，老刘说："车库不错。"老夏说："不是车库不错，是一个月两百元房租费不错。"

这个晚上，老夏他们共吃了六碗盒装泡面，说了好多话，说着说着睡着了，很踏实。

接下来，老刘和老夏找活儿。林木子说好帮老夏他们找工作的，三天了却没有结果。老刘性子急，苦着脸说："老夏，你小舅子的这个林木子靠不靠谱？"

老夏用手指掏着耳朵，说："俺小舅子没说他不靠谱。"

老刘说："靠谱？都已经三天了。"

老夏说："咋办？"

老刘说："求人不如求己，自己找，咱有手有脚还怕被尿逼死！"

2

老刘和老夏，在镇子里转悠了半天。结果转到大桥下面，这是寻找工作的一个点，蹲着，坐着，躺着，有十几号人。

有招工的来了，十几号人一哄而上。老夏他们没有上，他们的意思是后来者不能先上。

只需要两个人，幸运者得意而去，剩下的也就慢慢散去。

太阳就要西下了，老刘和老夏口袋里的烟丝不够卷喇叭烟了。老刘说："咋办？"老夏说："有啥咋办，回窝！"

老刘说："明儿再来。"

老夏也说："明天再来。"

这个晚上，老夏他们睡不踏实了。老刘说："俺看今儿个挑的两个身板子不比咱硬。"

老夏说："今儿个挑的两个有文化。"

老刘说："你咋知道？"

老夏说："俺留心了，他们给招工的看了红本本。"

老刘琢磨不透，说："有文化的都有红本本？"

老夏想了想，说："应该是。"

又过去了三天。林木子那边终于有消息了，说是离镇子三十里处，县水泥厂要招几个石灰石破碎工，吃住都在厂里，就是苦力活，只要有力气，识不识字没关系，不过有粉尘，弄不好会得肺结核，工资一月大概有三百元左右，星期天还能休息。

林木子说："我可是托了好多关系，你们想不想去？"

老刘高兴了，说："中。"

老夏也高兴了，说："中，中。"

这个晚上，老刘和老夏卷着喇叭烟，依旧没有睡好，那种太兴奋了的没有睡好。

老刘说："你那小舅子朋友，帮咱找到活儿了。"

老夏说："林木子没有不靠谱。"

老刘说："是的，是的，主要是你小舅子靠谱。"

老夏说："树挪死，人挪活。"

老刘说："是，是，你小舅子把俺们挪活了。"

老夏说："是林木子把我们挪活了。"

突然，老刘问："肺结核是啥子东西？"

老夏吸一口喇叭烟，说："是一种病。"

"不会死人吧？"

"林木子没说要死人。"

老刘和老夏，第一趟去县城。为了上茅房，他们差点成了流氓进班房。

水泥厂的临时工，除了有粉尘补贴，月基本工资两百五。老刘和老夏刨去吃饭和日常的小开支，每月能积六十元。他们想想煞是开心，乐在其中。

厂子离县城有八里地。星期天，老夏他们去县城，没坐公交车，省的就是一票两元钱。

老刘早上喝了两大碗稀饭，老夏喝了一大碗稀饭，每人吃了一根油条。

县城里车水马龙，太阳在人行道上投下稀疏的树影时，街市的颜色和声响已经丰富起来。老刘和老夏就没有目的地瞎逛，走到哪里算哪里。他们小心翼翼是怕坏了城里的规矩，免得找来麻烦。乡下人进城，就怕一不小心惹是生非。结果，麻烦还是来了，他俩差点在陌生的街市，陌生的人流，陌生的方言中，丢失了人格的方向。

准确地说，麻烦由刘半斗而起。

老刘说要上茅房。老夏说："这里没茅房，只有厕所。"

老刘说："是，是上厕所。"老夏说："找马路边上的牌子。"

老刘和老夏转悠来转悠去，找不到标有厕所的牌子。老刘尿急得酸了腿肚子。老夏趁机打趣，说："你的尿袋有问题。"

老刘说："啥子尿袋有问题，你喝两大碗稀饭试试。"

老夏笑了："俺知道城里厕所难找，就喝一大碗稀饭。"

老刘瞪眼，说："你这个死老夏也太精了。"

老夏啥都不说了，盯上路人问厕所，很有礼貌："请问茅……哦，不，这附近有没有厕所？"

路人把老刘和老夏从头看到脚，说："在你们头上。"

城里的星空

153

老刘傻了傻眼，来火了，说："你咋这样说话！"

老夏平着气，看看路人，继续说："请问哪里有厕所？"

路人还是说："在你们头上。"路人说完走人。

老夏就朝自己的头上看，果然看到了厕所指示牌子，高高地扣在路灯杆子上。

老夏笑笑说："老刘，厕所的确是在咱们头上。"

老刘就抬头看，看完了就笑。老夏说："俺俩都是大傻瓜。"

老刘笑笑，说："大傻瓜，大傻瓜。"

厕所在马路对面，老刘手捧着裤裆穿过斑马线，直奔厕所。老夏高声说："俺在这里等你，尿完了原路返回。"

马路对面有个街心公园，厕所就在公园一侧。公园有点大，老刘找来找去快要尿裤了，扫地的清洁工给他指了路。嘿，妈妈的球，对着厕所老刘纳闷了，这哪是茅房，明明是洋房嘛。

老刘现在急需要解决问题，不管三七二十一，冲进厕所。厕所里没有小便池，老刘拉开裤裆，拿出东西就往拉屎的小门里闯。

小门拉开，蹲在里面的半老女人惊叫。老刘慌了，第一个反应是把自己的东西放回裤裆里，尿也跟着吓了回去。从此以后，老刘得了病，尿急时老是放不出，一泡尿得花十几分钟。

众目睽睽之下，老刘被扭到了派出所，证人是半老女人，说他是流氓。

城里的女人就是不一般。做笔录时半老女人实话实说："要不是我及时拉上裤子，什么都让他看到了，警察同志，你们得好好治治这个'外国人'！"

老刘哑巴吃了黄连。半老女人做完笔录就走人，老刘不能走，他现在是流氓，得吃官司。

在警察面前，老刘面皮紧张，搓着裤腿支支吾吾，如实回答了姓名、年龄、籍贯。

警察说："你怎么闯到女人的地盘去了，什么动机？"

老刘说："俺啥动机也没有，是要尿裤子了。"

警察又说："尿裤子了就能闯到女人的地盘去？"

老刘说："俺不知道这是女人的地盘，俺是开了门才知道，连忙把东西放了回去。"

警察又说："什么东西？"

老刘说："我自己的东西。"

警察听懂了老刘的意思，笑笑说："还好你把自己的东西放了回去，不然你就更惨了。"

老夏等了半天不见老刘回来，心里想，这泡尿也够长的了，就去找老刘。

结果，老夏没找到老刘，倒是听到了清洁工在给路人说新闻，刚才有一个"外国人"闯进女厕所，企图强奸女人，现已捉拿归案。

老夏知道出了事，他敢肯定这个"外国人"必是老刘无疑，就找到了派出所。

老夏平时话不多，在派出所话不少，说得警察松了气。最后警察对老夏说："你得管住他，这样的事情不能有第二次。"

老刘和老夏没有心思瞎逛了，打道回府。一路上，老夏闷闷不乐，老刘却又活了。

老刘说："妈妈的球，真逗，上了趟茅房还进了派出所！"

老夏接了一句，说："还逗？再逗就得进班房了。"

老刘说："俺就纳闷了，厕所为啥子要和茅房不一样，差点害了我。"

老夏说："你是不是故意的？"

老刘说："你这个死老夏，俺不傻，还故意呢，不过俺也值了。"

老夏说："都快进班房了还值？"

老刘说："值，值，城里女人的屁股就是白，闭了眼也值。"

老夏说："你真的看到了？"

老刘就笑，说："俺有眼福呢。"

老夏跟着笑，说："还眼福，不怕得了红眼病。"

老夏这一说，把婆娘逗乐了。严翠花说："这个老刘还真是有眼福，男人没个好东西，难怪这个活宝要说，上过城里茅房闭眼了也值。哎，俺问你，刘半斗回来是想三儿了，是想三儿他娘了，你回来想谁了？"

夏柳叶不假思索，说："俺说句实话，要不是水泥厂面临倒闭，又欠俺们的工资，俺就没有打算要回来。厂里欠了刘半斗八百五十三元，俺七百八十五元。翠花，刘半斗是为了脸面才这样说，他想咋说就咋说，俺给你说的话，你可不要去乱说，给他挂个脸面。"

严翠花笑笑，说："俺也知道自己嘴快，你放心，是得给他挂个脸面。"

3

刘半斗和夏柳叶回家后，两人有了第一次走动。

夏柳叶主动登门。一是严翠花在村西头漏了嘴，得道歉；二是关于闺女夏美丽和刘半斗娃儿刘三儿好上了的事；三是他想起了还欠刘半斗两元钱。

刘半斗心里有气，嘴巴还是甜，说："既然来了，就喝两盅。"

炕上一张小桌子，对坐着老刘和老夏，桌上是一碟花生米，一碟炒鸡蛋，一壶自酿酒。

老刘看看老夏，老夏看看老刘，各自卷着喇叭烟。

老夏还是主动了，说："老刘，对不起啊，俺上了炕，忘了婆娘嘴快，一说二说漏了底，刮了你脸面。"

老刘说："你这个死老夏啊，刮也刮了，还说啥呀。"

老夏又说:"你不生气?"

老刘说:"生气是生气,后来想想是俺不该要脸面。"

老夏说:"俺知道你很生气,是俺不应该对婆娘说这么多。"

老刘说:"水都已经泼出去了。"

老夏说:"收不回来了,俺谢罪,干三盅。"

老刘连忙阻拦,说:"你干三盅,俺就亏了,不行。"

老夏拿着酒盅悬在空中,笑了。老刘笑了。

刘半斗娘,给炕桌上添了一碟盐水烤土豆。老夏用手抓了一颗花生米,就往嘴里堵,含糊着说:"还是家里好。"老刘说:"家里好,家里自在。"

老夏看老刘眉宇展开了,转了话题,说:"娃儿上高中了吧?"

老刘不知道他是啥意思,说:"你家闺女不是也上高中了?"

老夏说:"俺家美丽高二了。"

老刘也说:"俺家娃儿高三了。"

刘半斗娘坐在一旁笑吟吟。老夏开始试探,说:"听俺家婆娘说三儿和美丽好上了。"

老刘一惊,说:"俺咋不知道?"

刘半斗娘笑了,插一句,说:"你三年不在家,咋会知道。"

老夏说:"你看中不中?"

老刘说:"你中我也中。"

老夏说:"你让不让三儿去考大学?"

老刘说:"你家美丽考不?"

老夏笑笑,说:"能上大学当然好,没文化走不出去呀。"

老刘笑笑说:"这话中。"

老夏走的时候,从口袋里拿出两元银币,往炕桌上一放,说:"欠你的。"

老刘一呆,红了脸,说:"你要刮俺脸面?"

老夏笑了,拿过银币放回自己口袋,说:"不刮,不刮。"

4

刘三儿没考上大学,在家闲了一年。

夏美丽也没考上大学,在家哭了一年。

刘三儿没考上大学,奶奶没有不开心,甚至是高兴,小蛋子不会飞了。

夏美丽没考上大学,严翠花笑着说:"咱和刘半斗家扯平了。"

刘半斗和夏柳叶认为,高中也不错嘛,比咱俩都强嘛。

这个夜晚,月光朦胧。刘三儿和夏美丽躲在村口草垛里,他捧着她的脸蛋儿,说:"你莫要伤心,咱们都年轻。"

夏美丽偎进刘三儿的胸膛里，说："三儿哥，俺爱你。"

刘三儿激动，呼吸渐渐粗重起来。他的手在她两团鼓起的地方揉搓了许久，接着慢慢往下爬行。夏美丽感到身体的毛孔里充满了麻痒，尽管身子有些瑟瑟发抖，却无法控制那未曾有过的湿润。就这样，他们在草垛里打了滚。

夏美丽羞答答地理衣服，刘三儿借着月光帮夏美丽理去头发上的草秆，说："俺是不是太冲动了？"

夏美丽身体里有一个懵懂的东西第一次受到惊动，她轻声说："三儿哥，俺愿意。"

2002 年 3 月，刘三儿终于要进城了，飞往遥远的新州。

刘半斗问夏柳叶，说："三儿能飞？"

夏柳叶回答："能飞。"

刘半斗又问："三儿飞得高？"

夏柳叶回答："飞得高。"

夏美丽问刘三儿，说："三儿哥，你还回来吗？"

刘三儿回答："如果不回来，俺就带你出去。"

夏美丽说："俺都已经是你的人了，俺等你回来。"

奶奶殷小花含着眼泪，把刘三儿上上下下看够了，说："小蛋子，中就中，不中就学你爹，回家。"

刘三儿先是在新州一家建筑公司做下手活，拎水泥桶。9 月，跳槽，在一家夜总会端果盘。

其间，刘三儿给爹打过一次电话。电话是村小卖部孙小英接的，村里除了村委会，就孙小英的小卖部有电话。

孙小英一听刘半斗家三儿要给爹通话，拖着胖墩墩的身子来回跑了十分钟。刘半斗跟着孙小英跑到小卖部，拿起电话气喘吁吁地问："三……三儿，你终于来电话了。"

刘三儿在那头问："奶奶好吗？"

刘半斗来气了，说："你咋不问你爹好不好！"

刘三儿笑了，说："爹，俺知道你很好，都来接电话了还会不好嘛。"

刘半斗就笑了："你放心，奶奶好着呢。"

电话挂了。孙小英奇怪了，说："就这么几句话？"

刘半斗说："就这么几句话，三儿不像俺，话多。"

夏美丽来到小卖部，她差不多隔几天要来小卖部。每次，就问一句话："孙婶，有俺的电话吗？"

孙小英说："没有。"

刘半斗见来的是夏美丽，兴奋了，说："闺女，三儿来电话了。"

夏美丽呆了一下，平静地说："叔，他好吗？"

刘半斗说："好，好着呢。"

夏美丽又说："他在电话里问俺了吗？"

刘半斗一呆，说："问了，问了。"

夏美丽又说："问啥了？"

刘半斗又一呆，连忙说："啥都问。"

夏美丽笑笑，欲言又止。

刘半斗也笑笑，不知道自己应该说啥好。

刘半斗把三儿来电话的事告诉了娘，娘高兴。

夏美丽回到家里，闷闷不乐，三儿哥，你为啥不给俺打电话？

<h2 style="text-align:center">5</h2>

2004年6月，刘三儿得到了消息，新州市正在抓企业欠外来工工资的问题。

他给爹打了第二个电话。刘半斗和夏柳叶立马去了趟镇上邮电所。

路上，老刘说："三儿还是机灵。"老夏说："有文化的人就机灵。"

老刘说："总以为八百五十三元打水漂了。"老夏说："俺也是这样想的。"

老刘和老夏按三儿说的地址，把两张欠条寄到了三儿端果盘的地方。

刘三儿，找工业局，找水泥厂，找总工会，来来去去共七趟，钱到手了，刘半斗八百五十三元，夏柳叶七百八十五元，一分不少。

刘三儿跑完这笔钱，准备离开端果盘的地方。总台收银员，马小莉，本地人，大刘三儿三岁。刘三儿能把两张欠条的钱要回来，有她点拨的功劳。

马小莉得知刘三儿要离开夜总会，一脸认真地找他聊："你真的要走？"

刘三儿笑眯眯地说："小莉姐，我出来的本意是等到有了钱自己闯事业，这里不是我久留之地。"

马小莉笑了，说："你现在有钱了？"

刘三儿说："积蓄了三万元，还有两张欠条要回来的钱。"

马小莉沉默了一会儿，说："就这么点钱，你想干什么？"

刘三儿说："我也不知道能干什么，小莉姐，你一定能帮我参谋参谋。"

马小莉摇摇头，说："三万元钱创业？谈何容易！还是静下心来到时间成熟了再说吧。"

刘三儿有点尴尬，说："我就是想试试。"

马小莉"哦"了一声，没有了下文。

夏柳叶在镇上邮电所寄欠条时，多了个心眼，回家后就把刘三儿端果盘的地址告诉了闺女。

夏美丽兴奋之下，说："爹，咋没有联系电话？"

夏柳叶摇摇头，说："没有，有这个地址不也一样。"

夏美丽想，爹说的也对，有这个地址也一样。

一个星期后，夏美丽擦干眼泪提起笔，给刘三儿写信，文字不多，其中有一句话是：三儿哥，你忘记了俺俩在草垛里打滚吗？你说过的，如果不回来，俺就跟你出去。

第二天，夏美丽跑了趟镇上邮电所。

6

刘三儿还是听了马小莉的劝，没有离开夜总会。

马小莉说的也有道理："有钱不怕没处花，你有文化，也喜欢写作，将来一定会有你施展才华的机会。说不定哪天一鸣惊人呢。"

刘三儿笑了，说："小莉姐，你取笑我了。"

2004年8月22日晚上，马小莉和刘三儿出现在"和梦"咖啡厅，这一天是他俩的生日。

马小莉二十五岁，刘三儿二十二岁。

刘三儿没有忘记，在家过生日，奶奶就给他两个熟鸡蛋。现在，刘三儿和马小莉坐在咖啡厅里，没有奶奶的熟鸡蛋，桌上放的是生日蛋糕和两杯咖啡。

咖啡厅里旋转着轻飘飘的音乐，马小莉把生日蜡烛一支一支插在蛋糕上，然后就点燃。她看了一眼刘三儿，说："咱们许愿吧。"

接着，马小莉和刘三儿同时吹生日蜡烛。

马小莉说："祝你生日快乐。"

刘三儿说："祝你生日快乐。"

马小莉微微一笑，从包里拿出个用彩纸包装的盒子，双手递给刘三儿，说："三儿，生日礼物。"

刘三儿眼睛一亮，正准备打开彩盒。

马小莉立马说："回家再看。"

刘三儿说："小……小莉，我没有给你买生日礼物。"

马小莉有点深情，说："以后吧，我等你补上。"

刘三儿说："我会的。"

夜深了，马小莉和刘三儿离开了咖啡厅。

马小莉把三儿陪到巷子深处。

刘三儿有自己的出租房，在同方巷，是巷子深处的老房子，条件差了点，没

城里的星空

159

有卫生设施，月租费两百五十元，他看中的是这里闹中取静。

刘三儿说："小莉姐……噢，小莉，谢谢你，今天是我有生以来最快乐的一晚。"

马小莉什么也没说，突然一把抱住了三儿。

刘三儿做梦都没有想到会是这样。他感觉到了马小莉的胸脯在起伏，还闻到了她身上的青春气息。于是，刘三儿也紧紧抱住了马小莉，相拥片刻，接着的吻没完没了。

结果，刘三儿把马小莉送到巷子口，吻别。

刘三儿打开彩盒，傻了，竟然是一部手机，诺基亚牌子。

彩盒里有张纸条，就八个字：手机里有我的电话。

刘三儿实在太激动了，打开手机就给马小莉打电话。

马小莉说："三儿，你还没睡？"

刘三儿说："小莉，你也还没睡。"

马小莉说："你早点睡。"

刘三儿说："你也早点睡。"

马小莉再说："我挂了。"

刘三儿说："好。"

结果，两个人都没有挂。马小莉说："我挂了。"刘三儿说："好。"

刘三儿不知道失眠是啥滋味，他十分清楚马小莉对自己的好。他甚至想起了老家的夏美丽。

这个晚上，刘三儿的记忆里有两个部分是清晰的：一是和夏美丽一起在草垛上打滚；二是和马小莉相拥热吻。终于，在失眠的滋味里，他为自己找到了真切的答案。

其实，马小莉没有睡好，她几次拿起手机要给三儿打电话，却又几次放下。

刘三儿睡不着，也几次拿起手机要给小莉拨电话，也是几次放下。

两个点的两个人，谁都怕打扰了对方休息。

夏美丽的信，从镇上邮电所出发，十五后终于到了三儿的夜总会，又在楼下门卫里耽搁了三天，要不是吴晓晓注意到，可能还得耽搁几天。

吴晓晓和她的姐妹们经常到门卫那等信。她自己的信没有等到，却把刘三儿的信给带了上来，叫马小莉转交给刘三儿。吴晓晓知道马小莉傍上了刘三儿，背地里姐妹们也有议论，城里姐姐恋上乡下小弟，太新鲜的事情了。

吴晓晓笑吟吟地说："小莉姐，信。"

马小莉有点莫名其妙："我的信？"

吴晓晓"唔"了一声，把信给了马小莉，忙自己的去了。

刘三儿连续收到三封信，间隔一个星期，全是马小莉转的。第一封信，马小莉没问是谁的，刘三儿接过信往口袋里塞；第二封信，马小莉问是谁的，刘三儿接过信说，家里的；第三封信，马小莉拿着信封翻来覆去看了几遍，没问是谁的，刘三儿也没说是谁。

第四封信，马小莉给偷偷地私拆了。信上有一句话是：三儿哥，你说过，如果不回来，俺就带你出去。就这样，马小莉知道了刘三儿在老家有个夏美丽。

夏美丽咋知道自己在夜总会？刘三儿不解。这天上午，刘三儿醒得早，躺在床上用手机给爹打了电话："爹，我有手机了。"

刘半斗提高了音量，说："好小子，中，有手机就好，多少钱买的？"

刘三儿说："送的。"

刘半斗说："谁送的？"

刘三儿说："小莉姐。"

刘半斗说："小莉姐是哪个？"

刘三儿说："以后会让您知道。"

嘿，这小子还卖关子，刘半斗就不再问。

刘三儿在电话里说，夏美丽给他写信了，又问爹夏美丽咋知道他的地址。刘半斗先是问儿子，有没有告诉她，后来又说，大概是夏柳叶告诉他闺女的。刘半斗还说，那次去镇上邮电所寄欠条老夏也在。

刘三儿刚搁下电话，马小莉就来了电话。

马小莉笑笑说："怎么一直忙音，给谁打电话？"

刘三儿说："我给爹打电话了。"

马小莉一般都是下午去同方巷。今儿个她就挑上午去，她见三儿还在床上，什么都没说，体态浪漫地一头冲进了被窝里。

在刘三儿的记忆里，他摸过马小莉的酥胸，但没见过她的胴体，不是他不想，是她不让。

刘三儿的身子有过无数次的燥热，马小莉也有过无数次的声明，她在他耳畔低声说："三儿，还不是时候，该到那一天的时候我会主动的，耐心等着吧。"

今儿个，鲜嫩的青草到了牛的嘴边。刘三儿不是笨牛，他终于耐心地等到了她主动的这一刻。刘三儿把长时间的热量积蓄统统释放了出来，肆无忌惮的力度让马小莉无法想象，甚至无法阻挡。

刘三儿和马小莉终于有了床笫之事。风平浪静后，刘三儿抱歉地说："我……我太冲动了。"

马小莉抚摸着他的胸膛，低着声说："我愿意，我说过我会主动。"

刘三儿一遍又一遍地抚摸着她凌乱的头发，说："对不起。"

马小莉说："三儿，你记住，我是第一次。"

刘三儿缓了一口气，说："我也……我谢谢你。"

这个上午，马小莉问了三儿老家的好多事，他当然是有问必答，其中有一段是这样的：

你在家里有没有女朋友？

没有。

真的没有？

有一个女同学。

她给你来信了？

嗯，三封，你知道的，后来就没有来过。

那你怎么说信是你爹的？

我……我怕你不高兴。

你应该给她回信。

不想。

为什么？

不为什么。

马小莉没说第四封信的事。刘三儿也没说和夏美丽的事。

夏美丽的情绪不太好，发出去的信石沉大海，三儿哥，难道你真的忘记我了吗？

严翠花看出了女儿有心事，问："三儿没回信？"

夏美丽拉下脸，点点头。

严翠花说："他咋不给回信？"

夏美丽掉了几滴眼泪，说："不知道。"

严翠花又说："地址没搞错？"

夏美丽收起了眼泪，说："地址是爹给的，爹说欠条都收到了。"

严翠花想了想，说："你问镇上邮电所去，咋回事。"

夏美丽就听娘的话，去镇上邮电所。村口，夏美丽碰上了同村同班同学许一多，他也去镇上，就用自行车捎上了，山弯处，遇上了刘半斗。自行车从刘半斗身边骑过。

刘半斗看着远去的自行车，心里想，一定又是寄信去了。

夏美丽去镇上邮电所寄了四封信，刘半斗遇到过两次。

邮电所当班的中年胖女人说："姑娘，如果地址没有错，信一定能到。"

夏美丽说："那他咋没有回信？"

胖女人说："那就不知道了。"

回来的路上，许一多问夏美丽："你给谁寄信了？"

夏美丽说："三儿哥。"

许一多又问："他在哪里，你为啥子要给他寄信？"

夏美丽想了想，说："在新州。"

许一多不知道新州是哪里，问："新州很远吗？"

夏美丽说："不知道。"

这个晚上夏美丽对娘说："娘，俺要去新州找三儿哥。"

严翠花随口一句说："娘想过了，三儿一定是心高了，你就死心吧。"

夏美丽说："不死心！"

严翠花问："为啥子？"

夏美丽一激动，说："俺是他的人，就得跟他在一起。"

严翠花傻了眼："你……你们……"

娘抬起手臂，搧了女儿一个耳光。

7

刘半斗对娘说了夏美丽又去镇上邮电所的事情。

殷小花的脸上开满了花："半斗啊，这闺女好，叫小蛋子回来把事办了吧。"

刘半斗就笑："娘，您得省这个心，娃们的事就让他们自己去决定。"

娘说："不行！"

刘半斗说："咋不行？"

"娘想早点儿看到小蛋子办了事。"

此时，严翠花来了，满脸带笑，屁股一扭往炕上坐，不说话。

殷小花说："翠花啊，俺正说你家闺女呢。"

严翠花问："说啥了？"

殷小花说："小蛋子和美丽都不小了，把事办了吧。"

严翠花说："奶奶，是得合计合计了，三儿有信吗？"

刘半斗说："没有啊，三儿就这懒惰。"

严翠花说："美丽给他写信了，他没回。"

刘半斗说："翠花，你咋知道三儿没有给美丽回信？我昨天还见她去镇上邮电所，是许家那小子用自行车捎去的。"

严翠花就沉脸："她是去查信。"

刘半斗来气了，这三儿不像话。

严翠花想把娃们的事早点儿办了，听到殷小花和刘半斗也有这意思，就把另一件事埋在了心里，不管咋样，事儿办了啥事也没有了。

刘半斗把严翠花送出门。严翠花又说："三儿没给俺闺女回信没事，只要把事儿办了就好。"

刘半斗说："翠花你放心，三儿再来电话俺就对他说办事，他现在有手机了，打电话方便。"

严翠花说："三儿有手机了？"

刘半斗说："有手机了。"

城
里
的
星
空

163

严翠花对闺女说:"三儿的奶奶已经说了,叫三儿回来,办你们的事。"

夏美丽看了看娘,迟疑,说:"他同意了?"

严翠花就笑,说是刘半斗说了,等三儿再来电话时就对他说办事,他现在有手机了,打电话方便。

夏柳叶看看闺女,又看看婆娘,啥也没说。他有话要说,欲言又止。

半个月了,刘半斗咳嗽不止,一声是干咳,十几声也是干咳,接下来就是胸口隐痛。这一天,他又去土郎中家,要来了几帖中药,路上碰到严翠花。她见他面色有点不对劲:"你咋了,咋吃上中药了?"

刘半斗说:"胸口闷得慌呢。"严翠花说:"是为了办事的事,烦心了?"

刘半斗笑笑,说:"咋会是这事,办事的事有啥子烦心。"

严翠花本想问三儿有没有来电话,刘半斗先开口,说是孙小英没来叫电话。如果有三儿的电话,孙小英肯定会叫刘半斗。严翠花知道刘半斗和孙小英走得近,她甚至怀疑孙小英脖子上的那串项链是刘半斗给的。哼,这个老东西!难怪村里有人风言风语,刘半斗是奔孙小英回来的。

又过去了半个月,刘半斗又去看病,路上又碰到严翠花。

严翠花说:"咋了,脸色越来越差了?"

刘半斗说:"中药停不了,怕是染上大病了。"

严翠花说:"你也不要瞎想,娃儿办事的事你也莫烦心,有俺在。"

刘半斗摇摇头,说是办事的事有啥子烦心。接着说,孙小英还是没来叫电话呢。

严翠花有点闹心,说:"孙小英咋会不叫电话。"

刘半斗也有点闹心,说:"三儿这个小子有手机和没手机一个调儿。"

严翠花离开刘半斗,进村小卖部。她见孙小英脖子上的东西还在,只是成色暗淡了不少,就想,刘半斗啊刘半斗,你骗得了孙小英,骗不了俺,那串项链是地摊货。

孙小英见是严翠花,就热情地问:"今儿个咋有闲?"

严翠花说:"路过,看看你。"孙小英说:"你们两家办事的事,咋样了?"

严翠花说:"你知道?"

孙小英说:"俺咋不知道,刘半斗几次来问三儿有没有电话。"

严翠花说:"三儿真的没来电话?"

孙小英摇摇头:"咋了?"

严翠花笑笑:"没咋。"

严翠花回到家,对夏柳叶说了两件事:一是三儿一直没来电话;二是刘半斗好像病得不轻。

夏柳叶就说了两句话:一句是怕是三儿心高了;另一句是怕刘半斗要得大病。

8

马小莉给三儿看了一张报纸，是《新州日报》。报纸的副刊右下角，有一块面向全国的文学大奖赛启事。主办单位是新州市文联，承办单位是新州市唯一的面向全国公开发行的刊物《新州文学》杂志社。

刘三儿眼睛亮了亮，又暗了，把报纸扔在一边。

马小莉说："怎么，你没有信心？"

刘三儿说："不是没有信心，是没有水平。"

马小莉又说："你不是向《新州文学》投过稿吗？"

刘三儿说："恐怕我不是这块料子。"

马小莉说："三儿，要有勇气，老话不是说失败是成功的娘嘛。"

刘三儿说："我没有娘，所以只有失败。"

马小莉笑了："你这是懦夫逻辑。"

这一天下午，马小莉给刘三儿连续打了四个电话，第四个电话接了。

马小莉有点恼，说："你在哪里？"

刘三儿说："我在浴室。"

马小莉不恼了，说："我在同方巷，你马上回来，给你个惊喜。"

浴室离巷口不远，刘三儿说到就到。进屋，傻了眼，马小莉正在玩电脑。

马小莉说："你该高兴了吧。"

刘三儿说："高兴，高兴，你买的？"

马小莉说："我把家里的搬过来了，不用网线，用的是移动 3G 卡，我一定要把你培养成作家。"

刘三儿说："作家？我只是个土八路。"

马小莉说："错了，你不是土八路，是农民的儿子。你要记住，失败的时候想想未来，成功的时候想想过去。"

刘三儿说："农民的儿子一定记住。"说完，就把马小莉抱上了床。马小莉捧着三儿的脸，笑嘻嘻："不好意思，今天不行，身上的东西来了。"

刘三儿认为农民的儿子很幸运。他悟出了爹和夏柳叶为什么会回家，那就是他们老了。

马小莉曾经说："三儿，你人聪明，会有出息。"刘三儿创作的新小说是《中国民工》。

他们同居了，马小莉从奶奶家搬了出来。刘三儿这才知道，她的爸妈七年前离婚了，她的爸在离婚两年后死于车祸。这一切马小莉在和他同居前一直没有提起过。

城里的星空

马小莉的奶奶，倪小妹，苦过来的人。她反对马小莉从家里搬出去："莉啊，奶奶知道现在年轻人好上了是怎么一回事，外面租房子费钱，让三儿过来不就完了。"

马小莉说："哦，奶奶，我知道了。"她想不到奶奶会如此通情达理。

马小莉与刘三儿手挽手出现在同方巷。再后来，同方巷里一个叫铁头的说，这个小伙子叫刘三儿，外地人，女的叫马小莉，本地人，都在红玫瑰夜总会上班。

铁头四十八岁，老婆早年跟别人走了，下岗后在同方巷口摆个摊，修自行车，自食其力。

铁头和刘三儿，同住在同方巷深处的一个小院里，铁头是房东，刘三儿是房客。

三个月后的一个夜晚，马小莉和刘三儿又出现在咖啡厅。马小莉说："哎，上电视的感觉如何？"刘三儿如实说："心有点儿慌。"

马小莉说："我看你在接受记者采访时，面不改色心不跳，说的句句在理，算你有良心，没白疼你。"

刘三儿说："心里怎样想的就怎样说了。"

农民的儿子很幸运，在马小莉的鼓励下，刘三儿的小说《中国民工》得了新州市唯一的一等奖，全国只有三名。

颁奖晚会很隆重，马小莉把刘三儿也打扮得很隆重。刘三儿在台上领奖，激动得很不自然，马小莉在台下鼓掌，高兴得流了眼泪。

主持晚会的是帅哥靓妹。靓妹问刘三儿："全国获一等奖的一共只有三名，你是新州市唯一的一等奖获得者，我知道你此时的心情一定很激动，你能对观众说几句吗？"

刘三儿定了定神，说："我是农民的儿子，在新州打工三年，在建筑工地拎过水泥桶，现在在红玫瑰夜总会端盘子，晚上上班，上午睡觉，下午写作。"

靓妹又问："刚才听评委老师说，《中国民工》是当前民工题材中一部比较成功的小说，能说说你的成功秘诀吗？"

刘三儿说："其实，我没有秘诀，只是爱好写作，我写了我自己，也写了我爹，还有……还有和我爹一起来新州打工的夏柳叶大叔。我认为即使是民工也得有文化，不然我爹和夏柳叶大叔不一定回老家，我是实话实说。"

靓妹又问："《中国民工》是你的第几部作品？"

刘三儿说："第十八部作品，想不到成功了。我老家的奶奶曾经说过，带八的数比较吉利，被我奶奶说准了。"

靓妹笑了，说："你老家的奶奶，你有几个奶奶？"

刘三儿很干脆，说："两个，我在新州还有个奶奶。"

靓妹笑得很灿烂，问："怎么回事？"

刘三儿说："我在新州有个女朋友，她有个奶奶。"

靓妹的最后一个提问是："今天你成功了，而且刚好是第十八部作品，应了你老家奶奶的话，除了你自己的努力，你最感谢的人是谁？"

　　刘三儿说："我女朋友。"

　　靓妹问："为什么？"

　　刘三儿说："我失败了十七部作品，在我丧失勇气的时候她给了我鼓励，她对我说，失败是成功的娘，她还对我说，失败的时候想想未来，成功的时候想想过去。"

　　靓妹笑得更灿烂了，说："今天你成功了，此时此刻你想对她说什么？"

　　刘三儿说："想过了，没有我女朋友的鼓励和支持，就没有我的今天。她就在台下，小莉，谢谢你。"

　　靓妹看了一下台下，说："小莉，你能站起来让大家认识一下吗？"

　　静场了片刻，刘三儿说："主持人，不好意思，小莉怕难为情。"

　　新州电视台现场转播了颁奖晚会实况，同方巷里有几家看了，铁头没有看，他去隔壁小院打麻将了。

　　不过，还有一个人自始至终看到晚会结束，她就是刘三儿在新州的奶奶，遗憾的是她在电视里没有找到自己的孙女小莉。

　　咖啡厅里依然旋转着轻飘飘的音乐。马小莉朝三儿一笑："打个电话告诉你爹和你奶奶吧。"

　　刘三儿也朝小莉一笑，说："是该打个电话了。"

　　说话间，马小莉感到要呕吐。刘三儿有点慌，说："小莉，你怎么了？"

　　马小莉看了一眼三儿，微笑着说："种子发芽了。"

　　刘三儿笑了笑，说："哪个种子？"

　　马小莉说："傻瓜的种子。"

9

　　刘半斗在孙小英的小卖部里，接完三儿的电话，捂着胸口不停地咳，完了又卷喇叭烟。

　　孙小英说："你咋不说他奶奶等他回来办事？"

　　刘半斗黑着脸，说："这小子心大了，要做陈世美了，混账东西！"

　　孙小英说："什么陈世美李世美的，他没有和丽娃办过事，也没有领过结婚证。"

　　刘半斗说："话是这样说，可俺咋向老夏交代，毕竟丽娃也不错。"孙小英无话。月亮上了梢，刘半斗准备回家，说："小英，如果夏家的人再问三儿来电话的事，你帮俺挡一挡。"

　　孙小英明白他的意思，说："俺知道。"

　　殷小花隐隐约约知道儿子和孙小英的事情。这个晚上，娘就问儿子说："你想明白要和孙寡妇好上了？"

刘半斗吞吞吐吐："穷人嘛，将来搭个伴就是了。"

殷小花说："三儿的事你打算怎么办，一直拖下去也不是个事。"

刘半斗说："娘，恐怕三儿的心已经飞了。"

殷小花说："啥叫心已经飞了？"

刘半斗说："娘，三儿在城里有女朋友了。"

殷小花说："有女朋友，他不要丽娃了？"

刘半斗卷着喇叭烟说："不要丽娃了。"

于是，殷小花说："作孽啊，作孽啊，咋说不要就不要了呢！"

　

孙小英接到了镇上邮电所来电，告诉了刘半斗。他就去了镇上邮电所，回来的路上碰到了夏美丽和许一多。夏美丽还是坐在许一多自行车的后座上，与上一次不同的是，夏美丽用双手抱着许家小子的腰。

这一次，许一多停了车，夏美丽轻轻一跃从后座上下来。刘半斗就朝她笑笑，夏美丽也朝他笑笑，唯有许一多在一旁冷观。

夏美丽没有再问三儿有没有电话，只是说："刘大叔您去镇上了。"

刘半斗有点不自在，说是去镇上邮电所拿录像带，三儿寄的。

夏美丽就"哦"了一声。刘半斗又说："三儿写了一个东西，得了一等奖，在新州小有名气了。"夏美丽又"哦"了一声，身子轻轻一跃，上了自行车后座，留下的是自行车大板铃的铃声。

刘半斗自言自语：咋不问三儿有没有电话的事了。回到家，他把在路上碰到夏柳叶闺女的事告诉了娘。

殷小花说："半斗啊，闺女是死心了呢。"

刘半斗说："她坐自行车后座上，抱着许家小子的腰。"

殷小花说："抱吧，她和小蛋子怕是没有缘分。"

后来，刘半斗又把在路上碰到夏柳叶闺女的事告诉了孙小英。她说："你还是管好自己的身体吧。"刘半斗说："还真担心自己的身体有问题。"

这个晚上刘半斗没有回自己家。孙小英说："你进城三年，俺空守了三年。"

刘半斗嬉皮笑脸，说："俺今晚就不走了。"

　

夏柳叶比刘半斗多认识几个字，就去了村小学敲钟，住在学校里。校长是老夏小舅子一个村的，敲钟的理所当然是老夏。

刘半斗去村小学找夏柳叶有两件事。一件是，村小学有电视机和录放机；一件是，老刘要问老夏三年前林木子说的一句话。

为闺女的事，现在老夏和老刘不咋样，面和心不和。老刘知道是自己娃儿不好，心里有点愧疚。

老夏和老刘坐在一起，老夏只字不提两家孩子的事。老刘愧是有愧，心里还是骂：你这个死老夏，你有话咋不说？想让俺愧疚一辈子啊！"

老刘终于说："我琢磨着，俺现在的毛病恐怕和林木子说的那句话有关系，看来在水泥厂干了一阵粉尘活，怕是要亏了我老命。"

老夏心里明白，粉尘活得了病就是肺结核，严重了就会搭上命。但他还是给老刘宽着心，说："你想多了，俺都好好的，你咋会有事。"

老刘说："中药都吃了一大筐。"

老夏说："光吃中药不行，得上县医院检查。"

老刘"哦"了一声，说："看来是得上县医院检查了。"

接着，老夏找校长，说："老刘的娃儿在遥远的新州寄来了一盘录像带，要看看。"

校长很快明白了老夏的话。

村小学电视机带彩的，村里有黑白电视机的人家不少，录放机就村小学有。

老夏、老刘和校长盯着眼睛看完新州电视台颁奖晚会实况。校长说："老刘，你家娃儿中！只是有一句话说错了，失败是成功的娘，应该说失败是成功的母亲。"

刘半斗离开村小学，去小卖部的路上自言自语：三儿啊，校长说你中！夏柳叶也说你中！爹不知道你中不中。

刘半斗把看录像的事告诉了孙小英。她嘎嘎地笑，说："半斗啊，你高兴了？"

刘半斗说："俺不高兴。"孙小英又说："你咋不高兴，三儿都飞高了，有城里的妞了。"

刘半斗说："校长说三儿中！夏柳叶也说三儿中！俺不知道三儿中不中。"

孙小英想了想说："问你娘去，她说中就中。"

回家后，刘半斗和娘说了录像的事。殷小花笑不掩口："半斗啊，你高兴了？"

刘半斗说，娘："您的话和孙小英一样，俺不高兴。"

殷小花说："你咋不高兴，小蛋子都飞高了，有城里的妞了。"

刘半斗说："校长说三儿中！夏柳叶也说三儿中！俺不知道三儿中不中。"

殷小花说："中，中，中！俺说嘛，小蛋子三年四个电话，就不对劲，心思弯弯绕了，亏了夏家的闺女了。"

刘半斗说："娘，咋是亏了，不是没有办事吗？"

殷小花脸色暗淡，说："咋不亏？人家等了三年一场空，小蛋子要是不飞，丽娃该有自己的娃儿哩。"

刘半斗说："娘，也是，也是。"

一阵风，录像带的事在村里长了翅膀。

夏柳叶没说啥，他现在啥也不想说。说了又能怎么样？

严翠花指着男人鼻梁说："都已经满城风雨了，你还瞒俺！"

夏柳叶来气了，说："三儿的心要飞，谁管得了！他奶奶管得了还是刘半斗管得了？"

严翠花说："你不知道亏的是咱闺女？"

夏柳叶说："咋叫亏了？闺女和三儿又没办过事。"

严翠花的心沉了沉，阴着脸说："没办过事就不能有事？"

夏柳叶一惊，说："有这事，你咋知道？"

严翠花苦着脸，低着声："闺女说的。"

夏柳叶哭笑不得，他不相信自家闺女会出格，说："你呀你，不要见风就是雨，三儿都已经离开三年了，还能有这事？闺女一定是给三儿气疯了乱说的。"

严翠花瞪大了眼珠，说："闺女承认了，三年前的事。"

夏柳叶"啊"了一声，说："你咋不早说！"

严翠花说："闺女不是还在等三儿嘛。"

夏柳叶不再吭声，他心里明白，按照婆娘的脾气，刘家有可能要失体面了。

于是，他对婆娘说："闺女以后还要嫁人，留个体面，没缘分的东西不要强求。"

严翠花正来着气，说："俺不笨！"

10

许一多给夏美丽说录像带的事的时候，夏美丽低头不语。

许一多说："你还在恨他？"夏美丽说："不知道！"

许一多说："忘了他吧。"夏美丽说："除非死了。"

许一多说："人往高处走，水往低处流嘛。"

夏美丽说："亏的不是你，谁都会这样说。"

又是一个月光明亮的晚上。还是三年前的草垛里，许一多和夏美丽并肩躺着。

许一多说："你在想啥？"夏美丽说："俺在想草垛真好。"

许一多又说："草垛好在哪里？"夏美丽说："好在俺俩能够躺在一起。"

许一多说："你现在是俺的。"

夏美丽说："不是。"

许一多说："俺不是刘三儿，俺不飞。"

夏美丽说："俺不是三年前的夏美丽，你想飞就飞，你说得对，人往高处走，水往低处流嘛。"

许一多还是说："俺不飞。"

夏美丽还是说："你想飞就飞。"

许一多激动了，身子一翻骑上夏美丽。

夏美丽连忙把他推下，说："俺不和你在草垛里打滚。"

许一多说："为啥？"

夏美丽说："没为啥，在草垛里打滚不靠谱，如果你能帮俺办件事，俺就让你在炕上打滚。"

许一多高兴了，说："啥事，你说。"

夏美丽一个翻身托着脸，低声说了要办的事。

许一多想了想，说："中。"

马小莉怀孕了。奶奶高兴。

此时，马小莉上灶，刘三儿洗菜，奶奶在旁笑容满面。

马小莉禁不起油烟味，奶奶扶着马小莉去卫生间呕吐。马小莉说："奶奶，您去歇着吧，我没事。"

奶奶说："我是过来人，知道怀孕是什么滋味。"

饭桌上，奶奶说："你们赶快把婚事办了，"

刘三儿笑笑。马小莉也笑笑。

接着，马小莉就给奶奶说："三儿有新工作了。江海区文化馆面向全市公开招聘创作干部，经过笔试、面试，刘三儿被破格录用，试用期一年。"

奶奶听小莉这么一说，眼睛亮了亮，说："你这个电视晚会上得值，双喜，双喜。三儿，你爹、你奶奶知道吗？"

马小莉说："奶奶，他已经把颁奖晚会的录像带寄去了。"

奶奶说："好，好，你爹、你奶奶一定高兴。"

晚饭后，刘三儿陪马小莉在附近溜达了一圈。回家入寝，刘三儿抱着马小莉说："我想要……"

马小莉连忙推开他，说："恐怕这个时期你不能碰我了，农民的儿子正在发芽，碰不得。"

接下来，马小莉在奶奶的催促下计划俩人的婚事，经和刘三儿商量，决定一是去影楼拍婚纱照，二是去民政局登记，三是由奶奶请街坊邻居喝酒，再由俩人分别邀请单位同事捧场。奶奶还有一个任务，就是帮他们选个成亲的好日子。

马小莉说："三儿，吴晓晓说今天下午有年轻的一男一女到夜总会找过你，说是你的老乡。"

刘三儿一惊，说："老乡，他们没有说是谁？"

马小莉说："吴晓晓问了，他们没说。"

刘三儿说："吴晓晓对他们说什么了？"

马小莉说："我没问。"

刘三儿想，会是谁呢？

这个晚上，刘三儿没睡好，难道一个是爹，一个是夏美丽？可是爹不年轻啊！马小莉问三儿："你为啥今儿个睡不好了，不就是老乡来找过你嘛，明儿还得上班呢。如果他们是来找工作，咱们给留个心就是了。"

刘三儿"哦"了一声。

到夜总会找刘三儿的是许一多和夏美丽。

他们路途遥遥到了新州，下了火车就按照原来写信的地址，直奔夜总会。夏美丽不知道刘三儿已经换了工作。

这天下午，接待夏美丽他们的是马小莉的同事吴晓晓。她认为他们是奔着刘三儿找活来了。

吴晓晓说："你们来迟了，他已经不在这里了，他现在是个大作家，不再端果盘了。"

许一多说："端果盘？"

吴晓晓说："是啊，你们不知道？"

夏美丽说："俺也不知道。"

吴晓晓是个热情人，就把刘三儿的一切告诉了他们。当然，吴晓晓也不知道刘三儿已经住在马小莉家了。

夏美丽和许一多就按照吴晓晓提供的地址，好不容易找到了同方巷。结果，他们在巷口问到了修自行车的铁头。

铁头说："刘三儿已经搬走了。"

夏美丽说："知道搬到啥子地方吗？"

铁头说："这个我还真的不是很清楚，好像搬到他奶奶家去住了。噢，是他女朋友的家。"

铁头听说他们是刘三儿的老乡，就热情好客，让他们暂时在自家的破院子里安身，然后再找刘三儿。

铁头的破院子经常有房客，这不前脚刚离开，后脚就来了夏美丽他们。尽管都是流水客，好在也能收点租费。

夏美丽说："大叔，房里就一张床？"

铁头说："就是一张大床，怎么，不够睡？"

许一多连忙说："够睡，够睡。"

夏美丽瞪了一眼许一多，没说话。

铁头说："不要小看我这破院子，落难公子中状元。不是我吹牛，你们一定能够找到好工作。"

夏美丽说："你能帮我找到刘三儿的新家吗？报酬五十元。"

铁头说："尽力，尽力。在新州我办事还行，你不要小看我修自行车的，嘿嘿，我下岗也是国家需要嘛，你们进城打工也是国家需要，哈哈。"

铁头说完走人，修自行车的摊上不能没有人。

许一多说："院子是破了点，房里倒是干净。"夏美丽瞪了他一眼："你睡哪里？"

"俺……俺……"

"俺什么啊！俺睡床上，你睡地铺。"

两天后，铁头有消息了，说是打听到了刘三儿的新工作单位。

铁头多的是破旧自行车。夏美丽他们租了两辆，半天十元钱。铁头做向导，三个人骑三辆自行车出发。路上，许一多的车落了三次链，夏美丽的车落了一次链，铁头的车落了两次链。

许一多说："什么破车！"铁头笑笑。夏美丽也笑笑。

刘三儿工作的文化馆，在一条叫旗杆格弄的巷子里。铁头硬着头皮找，他收了夏美丽五元钱的向导费。他们转悠了好几条巷子，终于找到了藏在旗杆格弄尽头的江海区文化馆。铁头眼亮，看到了大门旁边停着刘三儿骑的那辆破自行车，说："哈哈，你们看，他的那辆破车，车在人在。"

刘三儿正坐在电脑前敲键盘。门卫老张把电话打到他的办公室："刘三儿，大门口有人找你。"刘三儿起身。

在文化馆大门口，刘三儿第一眼看到的是铁头。夏美丽和许一多在不远处低头无语。

"铁头大叔，你怎么找到这里的？我正准备抽时间去趟同方巷，给你送请柬呢。"刘三儿说。

"不是我找你，你的老乡要找你。"铁头说着用手指指夏美丽他们。

此时，刘三儿才注意到跨在破自行车上的夏美丽和许一多。夏美丽不理刘三儿。许一多朝刘三儿笑笑。

他们推着四辆自行车，走出了旗杆格弄，止步于巷子口。铁头说："刘三儿，我的任务完成了，该回去上摊了。"

刘三儿说："都快中午了，一起吃饭吧。"铁头说："今儿个不了，下次就等喝你的酒吧。"

夏美丽斜了一眼刘三儿，把五十元面的人民币给了铁头，说："说好的，俺不赖，俺说话从来算数。"

铁头接过钱，说："你爽快，我也爽快一次，租车的钱和向导的钱，我不要了。"哼着小调走人。

刘三儿就把夏美丽他们安排在附近的一家小饭店就餐。夏美丽他们落座。他在洗手间用手机给马小莉打了电话，说是单位里有客人，中午不回家吃了。

刘三儿对老板娘说，所有的菜都加辣。菜不多，五个，够吃。餐桌上，刘三儿问夏美丽，说："你咋一声不响出来了？"夏美丽说："俺找你。"

刘三儿从见到夏美丽那刻起，心里明白，恐怕事情有点麻烦了。他恨自己三年前和她在草垛里打了滚。

夏美丽说："俺给你写了四封信，你咋一封信也不回？"

刘三儿说:"哪有四封信,是三封。"

夏美丽说:"三封就三封,你咋一封信也不回?"

刘三儿说:"我忙,我给我爹也只打过四个电话。"

夏美丽说:"你爹说了,只打过一个电话,俺娘说,你心高了。"

刘三儿知道,现在必须和夏美丽好好地谈一谈了,说:"吃了饭你们先回同方巷,晚上我过去找你。"

夏美丽说:"三儿哥,你一定要来的。"

刘三儿说:"一定来,有什么话咱们晚上再说。"

晚饭后,刘三儿对马小莉说,去单位里开会。

马小莉说:"开好会就直接回家吧,不要去夜总会接我了。"

刘三儿说:"看情况吧。"

刘三儿出门,去同方巷。好多话不能当着许一多说,便把夏美丽带到不远处的街心公园。

夏美丽说:"三儿哥,你不能不要俺,三年前草垛里打滚的事,俺对娘说了。"

"你娘咋说?"

"俺娘啥也没说,给俺一个耳光。"

"你爹咋说?"

"俺爹说,没缘分的东西不要强求。"

"这就对了。"

"对啥子呀对,没缘分会在草垛里打滚?"

刘三儿笑笑,没有话。夏美丽接着说:"三儿哥,俺娘说,你心高了。"

刘三儿还是笑笑,没有话。

夏美丽又说:"三儿哥,村里人都说你飞高了,心也高了。"

刘三儿欲言又止。

许一多一个人闷在屋里,自言自语:夏美丽,你傻呢,刘三儿已经不是三年前的刘三儿了。于是,他出门走到巷子口,怕迷路,在附近瞎逛,碰上了铁头。

铁头说:"你一个人出来,女朋友呢?"

许一多说:"她不是俺女朋友。"

铁头说:"那她……"

许一多说:"是刘三儿的女朋友。她给他写了三封信,哦,不,是四封信,他没回信。"

铁头说:"他怎么不回信?"

许一多说:"一定是心高了。"

铁头"哦"了一声,说:"不回信就不回信,干吗找上来了?"

许一多说:"要讨个说法。"

铁头说："不值，不值。"

许一多说："值，夏美丽不来，俺就没有机会。"

铁头说："夏美丽为啥要讨个说法？"

许一多说："俺怀疑，刘三儿和夏美丽肯定有事，怕是在草垛里打过滚。"

铁头纳闷了："草垛里打滚是啥意思？"

许一多说："你们城里不知道俺乡下的话，打滚就是那个了。"

铁头又"哦"了一声："那个了，那个了就是这个了，哦，懂了，懂了。"

铁头来兴趣了，就拉着许一多聊着走进街心公园东门。此时，刘三儿和夏美丽走出街心公园西门，回到了同方巷。

进了屋，夏美丽啥都不说，就一件一件地脱衣服。

刘三儿傻了，说："你这是要干啥？"夏美丽说："草垛里打滚不靠谱，床上靠谱，三儿哥，俺要和你在床上打滚，你说过，如果不回来，就带俺出去，俺现在自己来了。"

刘三儿做梦也没想过夏美丽会有这一招，说："你这样做值得吗，这是何苦呢？"夏美丽说："在草垛里打滚俺愿意，在床上打滚俺更愿意。"

院子里有声音，是野猫子打翻了花盆。刘三儿就乘势借个惊慌，逃出了门。

夏美丽便嘶叫："三儿哥，你回来，三儿哥，你回来！"

刘三儿推着自行车走在巷子里，脑海里全是夏美丽的嘶叫声，直到撞上了迎面而来的铁头和许一多，才缓过神来。

铁头说："你走了？"

刘三儿的话声有点破碎，说："走了。"

铁头见他神色不好，明白一定是和夏美丽闹崩了，就对许一多说："你先回去吧。"

铁头和刘三儿又去了街心公园，坐在大理石雕像旁边。

11

铁头叼着香烟，从乐呵呵的样子可以看出，他似乎对刘三儿和夏美丽之间的故事很有兴趣，说："小兄弟啊，千金难买糊涂人的快乐，你的事我都知道了，你那位叫许一多的老乡刚才都说了，他还说'人往高处走，水往低处流'，听他的口气倒还是蛮理解你。"

刘三儿控制着情绪，勉强一笑，没有话。

铁头又说："都是我不好，不应该带他们去找你。"

刘三儿还是勉强一笑，没有话。

铁头接了一支香烟。刘三儿也接了一支香烟。

铁头说："小兄弟，这件事情马小莉不知道吧？"

刘三儿说："不知道。"

铁头说："还好，我要是把他们带到你家里，事情就更麻烦了。小兄弟啊，都快结婚成家了，不能有差啊。你和马小莉先开饭后敲钟没关系，女人怀春男人多情，你和夏美丽开了饭不敲钟就有点麻烦了。"

刘三儿说："我担心的就是这个，铁头大叔，你得帮我出个点儿。"

铁头说："我得想想，不过你放心，没有过不去的坎，还有就是千万不能让你的马小莉知道。"

刘三儿说："我都已经骗了，说是晚上在单位开会。"

铁头说："得骗，得骗，不是有句话，叫什么来着，善良的欺骗。"

刘三儿纠正说："叫善良的谎言。"

铁头说："对，对，善良的谎言，善良的谎言。钱，有钱能使鬼推磨，我看准能行。"

刘三儿顿了顿，从包里拿出两千元钱，拜托铁头，说："铁头大叔，只有你能帮我了。"

铁头说："行，你放心，我一定帮你摆平，花钱消灾，花钱消灾。"

铁头回到自己的破小院，房客屋里亮着灯。他准备敲门，想找夏美丽谈谈，却被许一多的一声大吼给镇住了。

夏美丽："你给俺睡床上去！"

"俺不睡床上！"

铁头在门外，偷着乐。许一多你是个大傻怪。他从门缝里窥视，看见许一多正在给坐在地上的夏美丽擦眼泪。

铁头想，你们乐吧，乐到了床上才好呢。他想，要是刘三儿省事了，自己就可把两千元钱顺手牵羊。

院子里发出了声音，铁头不小心碰倒了门边的竹竿子。

屋里，许一多轻声说："谁？"

夏美丽连忙推开许一多，站了起来。

铁头说："是我。"接着，他就进屋，嬉皮笑脸地说，"夏美丽，你的事情我全知道了。"

夏美丽垂着头，没有话。铁头又说："姑娘，回去吧。"她还是垂着头，没有话。

铁头又说："你这是何苦呢，强扭的瓜不甜。"

夏美丽哭了："他说话不算数，说要带俺出来，三年前俺就是他的人了。"

铁头怕两千元钱烫手，就递给夏美丽，说："姑娘，回去吧，这是他给你的钱，给你的三儿哥让个道，没缘分的东西不要强求。"

夏美丽哭得更伤心了，嘴唇颤抖起来，半天扯不出一个字来。她化痛恨为力量，把两千元钱撕得粉碎。

铁头还真要恼了，脸色不好看，说："你这姑娘，钱又没有错，你干吗烫手啊！"

夏美丽不顾铁头说啥，反身走出屋去。铁头一小张一小张地捡着被撕得粉碎的两千元钱，自言自语："刘三儿啊刘三儿，这事还真不好办呢。"

刘三儿回家，洗了洗，就上床。

马小莉问："单位里开啥会？"

刘三儿说："一般性的会议。"

马小莉知道文化单位会议多，不再问。

突然，刘三儿问马小莉："你在单位里最近有没有收到我的信？"

"没有啊，怎么了？"马小莉说。

刘三儿试探着说："我爹今天给了我电话，说是三年里给我寄了四封信，我只收到三封。"

马小莉很爽快，说："三封信和四封信都一样，反正你爹又没什么话。哎，我问过吴晓晓了，前几天你老乡去夜总会找你时，她说了你住在同方巷，他们去找你了吗？"

刘三儿说："睡吧。"

刘三儿在街心公园问过夏美丽，第四封信里都写些啥子。她说了信里的全部内容。

现在刘三儿可以肯定，马小莉拦了他的第四封信。当然，他更明白她为什么不说穿信里的内容。

12

夏美丽和许一多的出走，村里人在表面上认为是私奔，唯有夏家和刘家心知肚明。

这个阶段夏家的日子不好过。严翠花来着气，说："老不死的，你得去趟城里，把这个不要脸的揪回来。"

夏柳叶说："这闺女，去就去呗，拖着许家那娃儿干啥，真是不知羞。"

刘家的日子也好不了多少。殷小花说："小蛋子要坏事了。"

刘半斗说："娘，三儿怕是有麻烦了。"

夏柳叶找上门，把屁股往炕上挨，说："大兄弟啊，你家三儿要把俺闺女害了。"

殷小花就装糊涂，说："村里人不是都说她和许家那娃儿私奔吗，咋搭上俺小蛋子了？"

刘半斗说："娘，您少说。"

夏柳叶就听不中，说："您老人家可说的不中啊，有些人不知道俺两家的事，难道您还不知底？"

刘半斗接上说："老夏，现在说啥也没用，还是合计合计，中吧？"

夏柳叶说："中，俺来就是想和你合计合计。"

炕上一张小桌子，对坐着老刘和老夏，今儿个都没兴趣喝酒，各自卷着喇叭烟。

老夏和老刘合计到最后，结论一致，问题出在他俩身上。

老夏说："咱不该去城里打工。"

老刘也说："是，咱是不该去城里打工。"

老夏又说："咱不去城里打工，三儿也不会去。"

老刘也说："是的，三儿也不会想到要去。"

老夏又说："三儿不去城里，俺闺女也心静了。"

老刘吹了吹喇叭烟，没有话。

老夏明白老刘没有话是啥意思，说："俺没想到事情会是现在这样子，早知道这样子，就不把三儿的地址告诉闺女了。"

老刘有话了，说："事都已经这样了，你说咋办？"

老夏说："俺婆娘准备往城里跑一趟，把闺女绑回来。俺想了一个晚上，想请你先打个电话问问三儿，俺闺女如果真在他那里，俺可以放心了。"

老刘心里说："你这个死老夏，你放心啥，俺现在担心的是三儿，怕他扛不住你家丽娃的折腾。"

刘半斗想着想着，又咳嗽了，吐出一块浓痰，有血丝。

夏柳叶说："你的病咋样了？"

刘半斗说："怕是好不了了。"

夏柳叶又说："怕是在水泥厂干活那阵子害了病。"

刘半斗说："你那小舅子的朋友说的话有一点道理，俺怕是害了这个病。"

夏柳叶又说："你不用怕，你身子比俺壮，俺都没害病，你怕啥子。"

夏柳叶明白自己是在安慰刘半斗，那么，除了安慰还能有啥法子呢。

夏柳叶和殷小花打过招呼，走人。接着，刘半斗就去村小卖部，给三儿打电话。

孙小英正嗑着葵花子，说："你要给三儿打电话？"

刘半斗又咳嗽了几下，说："这个死老夏来俺家了，他说他婆娘要他去城里跑一趟，把闺女绑回来，他说叫俺先打个电话问问三儿，他闺女是否找三儿了，他还说他闺女如果真在三儿那里，他可以放心了。他放心了，俺不放心，怕他闺女闹。"

孙小英笑笑："不见得吧。"

刘半斗认真了："不见得也得见得，他闺女说了，三年前她就是三儿的人了，这个死老夏，今儿个才说三年前的事。"

孙小英一惊："你相信？"

刘半斗说："俺相信。"

刘半斗和儿子通了十五分钟电话。他挂了电话，咧咧嘴舒展一下眉头，说："三儿进城里文化馆上班了。"孙小英说："好事啊。"

刘半斗又说："三儿说要和马小莉办事了，城里的奶奶催得紧，三儿还说在城里办完事就带马小莉来老家。"

孙小英说："他没说夏柳叶闺女的事？"

刘半斗说："三儿说了，他见着夏家闺女了，她没有闹。俺担心，夏柳叶闺女在城里，三儿和马小莉咋办事。"

孙小英说："就怕夏家闺女和马小莉说她和三儿三年前的事。"

刘半斗说："这一说，还不把三儿要办的事给砸了，俺知道城里人小气，俺上错茅房，哦，是厕所，连娘们的屁股都没见着，就差一点进了牢房。"

孙小英咯咯笑，说："你不是说，上过城里茅房闭眼了也值。"

刘半斗瞪了她一眼，笑不言语。

刘半斗把和三儿通电话的事告诉了娘，殷小花就一个劲儿高兴，说："半斗啊，你再打电话时就给小蛋子说，城里的奶奶催得紧，乡下的奶奶也催得紧，早些把事给办了。"

刘半斗没有把三儿三年前的事告诉娘。

刘半斗去了村小学，把和三儿通电话的事告诉老夏。

刘半斗说："你准备咋办，还去城里绑闺女吗？"

夏柳叶脸上有了一丝笑意，说："让俺好好想想。"

<h1 style="text-align:center">13</h1>

刘三儿上班没了心思，脑袋瓜一团雾状。他希望铁头能在关键时刻帮他一把。

马小莉不知道三儿有心思。她奶奶看出来了，说："小莉啊，三儿有点不对劲呢。"

马小莉说："哪里不对劲了，没有。"

奶奶又说："奶奶是过来人，奶奶看得出。"

马小莉就"哦"了一声，忙着布置自己的新房。

快到中午时，铁头收了摊，骑着破自行车去找刘三儿。他把撕碎的两千元钱交给了刘三儿。

刘三儿心里明白，一定是夏美丽耍脾气了，说："她为啥要和钱过不去？"

铁头说："我尽力了。"刘三儿说："我相信。"铁头又说："你不要急，再想想其他办法。"刘三儿说："她和钱都要过不去，还有啥办法？"

接着，铁头就随刘三儿去了小饭店，仍然是旗杆格弄巷口的那一家。刘三儿给马小莉打电话，说："中午陪客人，不回家吃了。"

两个人四菜一汤，两瓶酒，香烟都摸自个儿的。

铁头的酒量不怎么样，掏了心里话，说："夏美丽说给过你四封信，你为啥说是三封？”

刘三儿说：“我估计另一封是让马小莉给拦了。”

铁头说：“你问了？”

刘三儿说：“问了，白问。”

铁头说：“我看得出，马小莉是真心爱你。”

刘三儿说：“我正在考虑让马小莉找夏美丽谈谈。”

铁头来劲了，说：“小兄弟，你得考虑仔细了，马小莉爱你是爱你，但是你和夏美丽以前的事情不能说。”

刘三儿说：“我不说，夏美丽也会说。”

铁头说：“你就死不承认，女人都是自私的，恐怕马小莉不会原谅你。”

刘三儿苦苦一笑，说：“三年前，我年少无知，一时冲动。”

铁头说：“三年后，你年大心高，忘了旧欢。”

这个晚上，刘三儿终于向马小莉说了最近发生的一切，以求得到精神的解脱。

他们去了咖啡厅，是刘三儿的提议。

刘三儿说了三件事：一件是，到原先端盘子的地方去找过他的一男一女，现在就住在同方巷深处铁头的破院里。男的叫许一多，是女的一个班级的同学，女的叫夏美丽，是他一个学校的同学；二件是，他在老家时和夏美丽之间的关系非同一般，三年前和她在草垛里打过滚，她这次来新州是来找他的；三件是，乡下的奶奶也催得紧，希望他俩的事早点办了。

马小莉一直听得很认真，而且时不时地笑。她也说了三件事。一是：“从吴晓晓告诉有老乡找你时，我就想到了一男一女里肯定有夏美丽。我还可以告诉你，夏美丽给你写了四封信，你拿了三封，最后一封我拦了，也看了。你应该记得我问过你，你的老乡来找过你没有，你说没有，我就不再问了。我奶奶说你最近有点不对劲，其实我知道你最近不对劲，就是夫妻之间双方都允许有隐私，何况我们还是准夫妻？我想过了，你该说的一定会对我说，不该说的我不必强问，现在你终于说了，我很佩服你的勇气。你说了，他们现在住在同方巷，这很好，铁头大叔人不错，有他照顾他们你应该可以放心。”二是：“我知道你和夏美丽之间的关系非同一般，不然她不会给你写信的，你不给她回信是你错了。在信的问题上，你选择了逃避，她现在找上门了，你应该正确面对，你如果还是选择逃避，是不通情理的，毕竟你们之间有过草垛里打滚一事。说起打滚，虽然是三年前的事，但你做得太愚蠢，你这是不负责，你伤了她的心，也伤了我的心。”三是：“我认为他们既然来了这里，一定是要给个说法的，你刚刚进了文化馆，你不正确处理好这件事，应该知道后果是什么。”

刘三儿一脸倦容，骑着自行车来到了铁头的摊上。

铁头眉毛挂了汗珠，正忙着，见是刘三儿，就随意扬了扬手，边干边说：“坐吧，他们前脚刚走，你后脚来了，说，有啥事。"

刘三儿说："他们来过？"

铁头说："顺便的，聊了几句就走了。"

刘三儿给铁头递过香烟，开门见山地说了和马小莉之间的事。

铁头放下工具，盯着刘三儿，说："你是傻蛋，太愚蠢。"

刘三儿说："你和马小莉一个调儿。"

铁头说："马小莉啥态度？"

刘三儿说："哪能有啥态度，感情危机了。"

铁头呵呵笑："小兄弟，只要还能在床上谈事，危机不了。我和老婆感情危机时，睡了半年沙发，后来就拜拜了。"

刘三儿被逗笑，说："铁头大叔，我知道你是个大好人，得帮帮我呢。"

铁头也不推辞，说："助人为乐，助人为乐嘛。不过，你放心，凭我的直觉还有一个人也会帮你。"

刘三儿说："谁？"

铁头说："以后你自然会知道。"

刘三儿走人，给铁头留下一包新州最高档的"松山"牌名烟，二十五元一包。他拿着香烟看着远去的刘三儿，摇摇头，心里说，你这小子，还真有点意思。

马小莉决定找夏美丽好好谈谈，她认为女人之间比较容易沟通，就通过铁头传话把夏美丽约到了咖啡厅。

咖啡厅里，夏美丽有点拘束，不时低头抬头不敢正视马小莉。

马小莉微笑着说："你大概已经知道我是谁了，但是我还得把自己介绍给你。我叫马小莉，是刘三儿的准妻子，比三儿大三岁。"

夏美丽随口一句："女大三好呀，抱金砖。"

马小莉继续说："今天约你出来，三儿不知道，他对我说了你和他曾经有过感情。"

夏美丽迎上一句，声音有点细，句尾微微扬起，说："马姐，不是感情的问题，是在草垛里打过滚。"

马小莉怔了怔，半晌，说："你应该理解他的一时冲动。"

夏美丽睁大了眼睛，说："你们城里人难道都是这样理解的？听说你们就要结婚了。"

马小莉说："是的，要结婚了，希望你和许一多能参加我们的婚礼。如果你们想留在这里，我可以帮助你们找工作。"

夏美丽说："马姐，缘分这东西真的是不能强求吗？"

马小莉说："小妹，大概是这样吧。"

马小莉把夏美丽送到同方巷，在巷中碰上了铁头和许一多。铁头对许一多说：

"你们先回吧，我和马小莉说几句。"

夏美丽看了看马小莉说："马姐，再见。"

铁头和马小莉就在巷口说了几句。

铁头说："小莉，你厉害，她现在叫你姐了。"

马小莉说："我真希望她晚上好好睡一觉，小姑娘心不坏，是刘三儿亏了她。"
铁头说："许一多在她身边，你放心。"

夏美丽回到房里一头倒在床上。许一多奇怪，说："你咋了，今儿个想到睡床上了？"

夏美丽不响。许一多用手摸摸她的头："你没事吧？

夏美丽说了："俺没事，刘三儿要结婚了，马姐说的。"

许一多说："俺知道，俺听铁头大叔说的。"

夏美丽又说："三儿哥真蠢，啥子事情都告诉了马姐。"

许一多又说："他告诉马姐啥子事了？"

夏美丽不响。半夜时分，夏美丽彻底清醒了，像一棵几近枯竭的小树又意外地长出了一条新枝。她叫醒了熟睡的许一多。

许一多揉揉眼睛说："你讨厌，咋不让俺睡觉。"

夏美丽扑哧笑一声，说："俺睡不着，你起来，跟俺说说话。"

就这样，两个人你一句我一句，把许一多说到了床上。许一多有点迫不及待，夏美丽把他推倒在一边，说："你不要这样，让俺好好考虑考虑。"

许一多就嬉皮笑脸地说："你不用考虑，草垛里打滚不靠谱，床上打滚才靠谱。你说过的，只要俺帮你做件事，就让俺和你在炕上打一辈子滚。"夏美丽说："俺好像说过。"

月光泻在院子里，又舔着窗帘爬进了他们的小屋。

此时，马小莉在和刘三儿对话。

她说："我去找过你的那个夏美丽了。"

他尴尬了一下，没有话。

她说："我给夏美丽和许一多介绍工作了，就在端盘子的地方。"

他抬起头，看了她一眼，还是没有话。

她说："他们出来不容易，你明天给他们送些钱去。"

他说话了："我给过，两千元，叫铁头传的，被她撕得粉碎。"

她笑了："这姑娘不错，没有撕你的脸！"

14

许万生去学校找夏柳叶，为了自家娃儿许一多。

夏柳叶正在修理小学的边门。许万生说："俺家娃儿有电话了，孙小英叫的。"

夏柳叶问："咋说？"

许万生说："刘半斗家小蛋子在城里给他们找了工作。他还说刘三儿和城里的那个叫马小莉的女娃要结婚了。"

夏柳叶不响。许万生继续说："俺家小子和你家女娃的事情你咋想？"

"咋想？村里哪个不说他们是私奔。"夏柳叶继续说："便宜了刘家那小子。"

许万生说："咋了？"

夏柳叶说："没咋。"

许万生又找了刘半斗，说："听说小蛋子要办事了。"

刘半斗说："有这事。"

许万生说："俺家小子说了，他要娶夏家闺女。"

刘半斗叹了一口气，说："这就好，这就好。"他的样子不像是伤感，是卸了千斤重担之后的那种惬意。

许万生说："还真的要好好谢谢小蛋子，要不是他在城里，他们也不会私奔到他那里，他们不在他那里，小蛋子的城里妞也不会给他们介绍工作，城里没有工作他们私奔到最后还得回来。"

刘半斗笑。许万生也笑。

许万生离开后，刘半斗对娘说："小蛋子在城里扛住了，丽娃在那里没有和三儿闹。"

刘半斗去村小学找夏柳叶。

夏柳叶提着裤子从茅房里出来，说："你过来，没啥子好事吧。"

刘半斗乐呵呵，说："咋了，俺就不能过来和你聊聊。"

夏柳叶笑笑，说："是许万生那家伙对你说了吧。"

刘半斗说："说了，说了。"

夏柳叶说："便宜了你家那小子。"

刘半斗说："你家闺女也不亏。"

夏柳叶说："咋不亏？"

刘半斗一个灿烂的笑，说："留在城里了还亏？谁都渴望进城呢。"

夏柳叶叹了一口气，说："咋知道啥时候回来了，俺俩不都回来了。"

刘半斗清了清嗓子，说："俺俩不一样，他们年轻，他们比咱俩有能耐。"

山妹子

月光下，安静的山村。

山腹的一块空地上，躺着一间人字形草舍。

夜已深。草舍门口，黑黑蜷着身躯安静地闭着眼睛，它时不时竖了竖耳朵，警惕地睁了睁眼睛，又闭上。

草舍里面的树叉和山妹子都是黑黑的主人。确切地说，树叉是养爹，山妹子是养女。

借着月光。草舍里，朦胧可见，十二岁的山妹子和四十二岁的树叉挤在一张床上。床是用几块板条合成的，床架子是粗糙的木条子。

黑夜里，床板老是发出吱嘎吱嘎的声音。树叉一听到这种声音，心里就发慌，僵着身躯轻轻地转身，他是在控制自己。

床板发出吱嘎吱嘎声时，黑黑就一个劲地摇尾巴。

山妹子睡相不好，一会儿躬着身子睡，一会儿把两腿叉开了直挺挺地仰着睡，要么就侧着身子把一腿搁在树叉的身上。山妹子睡在床上从来就不讲究规则。

床板上，山妹子要占三分之二，剩下的是树叉的。不过，山妹子的这种睡相，这种无拘无束的不规则，一般都是在她有思想的时候。山妹子小时候很少有思想，睡相也很少不规则。如今，山妹子长大了，她有了思想，山妹子的思想全在梦里。树叉从小就很少有梦。有时候，山妹子在梦中哭，把树叉哭醒了，他用力把山妹子推醒后就问："山妹子，你怎么了？"

山妹子说："爹，我做梦了，我梦见了我娘。"

树叉说："傻妹子，你没有娘，只有爹，梦是相反的。爹是爹，爹也是娘。"

树叉穷。树叉只能住草舍。树叉慢慢地沉默寡言了。

树叉原来是有家的，就在山下的村子里。

树叉十二岁的时候，一年之间爹娘相继病死，成了孤儿。从此以后，他吃百家饭，穿百家衣。到了十五岁，树叉完全懂事了。山里人家都很穷，他决定自食其力，不想成为村里人家的负担。树叉就卖掉了爹娘留下的一间泥土的瓦屋，用卖屋的两百元钱还了爹娘留下的债，一个人搬到山上去了。树叉到了山上，在离爹娘土坟不远处，开出了一块荒草地，搭了一个简易草舍，这就是树叉的新家。

树叉以山为家，村主任让他分了山里的一个小竹林，一晃二十七年。

山妹子是树叉捡来的，她命大，遇上了好人。

十二年前的一个春暖花开的季节，山野的色彩丰富而又厚重，映山红充满着诗意。

一天早晨，树叉背着山锄去竹林里挖笋。

树叉走在山间的小道上，这条路是树叉踩出来的。

竹林里都是破土而出的小竹笋，个个像尖锥似的，披着淡绿的嫩衣。

走着，走着，树叉似乎听到了婴儿的啼哭声。他站在原地，用耳朵细细地辨别着婴儿的啼哭声来自何方。

树叉快步朝竹林走去。

竹林里，一枝碗口粗的毛竹。竹的枝叉上吊着一只竹篮，顺着婴儿的啼哭声，竹篮在轻轻摇晃。太阳光斜进竹林，翠竹在光束下呈现出一幅美丽的春竹图。

树叉走在竹林间，循声而去。

树叉看到了竹篮。

树叉把整个竹篮捧在手里，他掀开了盖在竹篮上面的一块蓝色土布。

婴儿不哭了。婴儿睁着眼。树叉用粗糙的手指逗着婴儿的鼻子，他对婴儿说："你这个机灵鬼。"

树叉忽然想到了什么，就大声喊起来："有人吗？有人吗？"竹林里静悄悄的，山麓中回荡着树叉的喊声。

树叉背着山锄，一手挽着竹篮，走在了回家的山道上。

黑黑趴在草舍门口，见主人回来了，连忙摇摆着尾巴箭步迎向树叉。它似乎闻到了什么，汪汪地叫起来。

"黑黑，叫什么！"树叉猛地一吼。黑黑不叫了，摇着尾巴跟在主人后边。

树叉抱着婴儿坐在床上。

婴儿睡着了，树叉把婴儿放在床上。他在草舍里踱来踱去，一会儿点着老烟，一会儿灭了，他踱到草舍门口，抬头看看天。树叉想起了什么，返回草舍，呆呆地站在床前，他正视着熟睡的婴儿。他走出草舍，在门口空地上拣了几块乱石，来回几次地把乱石放在床沿边。他是怕婴儿醒来后翻下床。

树叉走在下山的山道上，黑黑跟在后边。

突然，树叉停住了脚步，反身对黑黑说："你回去，把孩子看好了！"黑黑瞪大着眼睛，摇着尾巴，它似乎没有听懂主人的意思。

树叉对黑黑挥挥手，黑黑还是无动于衷。

树叉的一只脚用力往地上一蹬，说："再不回去打死你！快回去，把孩子看好了。"黑黑懂了，没走几步，又反身看看主人。

树叉站在原地挥挥手说："回去，黑黑回去，把孩子看好了。"

黑黑转身走了，它走着走着奔跑起来，直蹿山道向草舍而去。

树叉刚才一蹬脚，解放鞋的破口裂得更大了，他脱下来拿在手里左看右看，心里有点舍不得。

树叉赤着脚走在树间的石板路上，破了口子的两只解放鞋挂在他的脖子上。

村会计家里。

树叉坐在一条长凳上，解放鞋还挂在他的脖子上。

会计拿出一本厚厚的花名册，放在桌上摊开坐下来，会计问树叉："你养得起孩子？"

树叉擦擦头上的细汗回答说："养得起也得养，养不起也得养。"

会计说："这件事我还得和村主任合计，孩子暂时先你保管。"

树叉还是说："还合计啥，我养就得了。"

会计说："我暂时先把你写上临时的，取个名吧。"

树叉说："山妹子。"

会计说："山妹子？"

会计又说："男的还是女的？"

树叉看上去有点不耐烦，重重地回答说："山妹子，你说妹子是男是女？"

会计斜着眼睛笑了，他说："你看过了？不会看错？"

树叉瞪了会计一眼，不说话了。

树叉就这样给山妹子报了个名。会计和村主任也没有什么好合计的，不就是村里又多了一个吃饭的嘛。

村主任说："这件事你就给办了吧，树叉取不起老婆，捡个孩子也好。"

草舍。树叉用稀粥喂着婴儿。

草舍外的空地上，树叉双手捧着一只小鸟，逗着山妹子玩耍。

竹林里，山妹子在帮树叉一起挖笋。

山妹子和黑黑一起在山道上奔跑，树叉在老远看着，深深地吐了一口粗气，好似如释负重。

树叉帮着山妹子背好书包，目送着她下山。

山妹子的书包挂在草舍里。

树叉和山妹子对坐在草舍里。树叉双手抱着头，山妹子流着眼泪。黑黑趴在地上似睡非睡。

月暗夜。黑黑。山上树叉家的草舍。

树叉用火柴点亮了破桌上的半支蜡烛。

山妹子说："爹，只有半支了，还要用两天呢。"

树叉说："爹想让你看书。"

树叉说完心里一阵酸楚。

山妹子说："爹，我不看书了，白天可以再看。"

山妹子说着就把蜡烛吹灭了。

树叉和山妹子躺在床上，黑黑知道主人睡了，摆着尾巴走到草舍门口，趴在地上。

山妹子坐在明亮的刷新的课堂里，她双手捧着书本在朗读课文。

山妹子在动物园里玩。

山妹子在大口大口地吃着红烧肉。

山妹子在服装店里试穿着新衣服。

山妹子发出甜蜜的笑声。床板又吱嘎吱嘎地响了，山妹子突然紧紧地抱住了树叉，她把头依偎在树叉的背上，一个劲地笑。

山妹子的笑声惊动了黑黑。黑黑竖起了耳朵，听了一会儿，摇起了尾巴。

树叉反身过来，推着山妹子，他轻声地叫着："山妹子，山妹子，山妹子。"

山妹子醒了。黑暗中她的脸热辣辣的，她挪了挪身子。树叉又问："山妹子，你……"

山妹子说："爹，我做了个好梦，我在梦里吃了红烧肉，还穿了新衣服，还……在读书……还在动物园里玩。"

树叉又问："还有什么？"

山妹子说："还……还有……没有了。"

树叉又说："山妹子，睡吧。"

山妹子"嗯"了一声，迷迷糊糊地睡着了。

树叉没有了睡意，他下了床，走出了草舍。黑黑看见主人出来了，连忙站起来，依偎在主人的腿边，一个劲儿地摇着尾巴。树叉坐在草舍外的乱石上。他吧嗒吧嗒地抽着老烟，烟斗上跳着火苗。借着微弱的火苗，朦朦胧胧地可见树叉那张愁苦的脸。

晨光与轻风透过薄雾，飘进了山上的草舍。

山下的鸡鸣声，一阵阵传上山来。

山妹子睡醒了。她起身一看，爹不在床上。她叫了一声："爹。"没有回音。她又叫了一声："黑黑。"不见它进来。山妹子想，爹和黑黑一清早去竹林了。

山妹子拿着一条毛巾走出草舍，她是去溪沟洗脸去。

山妹子蹲在溪沟边，用手指理了理蓬乱的头发。她痴痴地两眼望着溪水。溪水里倒映着山妹子的脸蛋，那是一张正在成熟却几经磨炼的脸。

山妹子在洗脸，似乎没有刷牙的习惯，只是用洗脸的毛巾使劲地擦了几下牙齿。

草舍里。山妹子把一小半碗米倒进铁锅里，又倒了几大碗水。山妹子是要烧粥了，家里的饭基本上都是她做的。

土灶。三块乱石围起来，上面放了一口铁锅。

山妹子往土灶里添木柴，大概是一下子添太多了，柴火被压灭了。她就双腿跪在地上，两手撑着地，伸着头，嘴巴一个劲儿地往土灶里吹火。土灶里的柴火终于被山妹子吹旺了。

炊烟袅袅飘出草舍，又从草舍周边散去。太阳光下，山上的草舍好似一道风景。

树叉走在山道上。黑黑灵活，跟得越来越紧。

树叉站在猪圈边，这猪圈距草舍不远。一头白猪闭着眼睛侧身躺着，旁边是些绿萍和革命草，这是猪的粗饲料。树叉想用手去拍醒这头懒猪，伸出的手又缩回来，痴痴地看了一会儿猪，走了。

树叉家没有一张像样的桌子，也没有凳子，不到一米高的桌子是用四条木柱子和几块小木板做成的，凳子是乱石。

树叉和山妹子就面对面坐着。桌子上有一只小碗，里面放着几根盐萝卜条。他们各自捧着一碗粥，是在吃早饭。

树叉双手捧着碗，嘴巴对着碗沿。树叉的粥碗在慢慢旋转。树叉嗦嗦嗦地喝着粥。

山妹子不一样，她喝一口停一下，细细地喝，不会发出声音。

"爹，你吃萝卜条呀。"山妹子边说边用筷子夹了一根萝卜条放进爹的碗里。

树叉放下了粥碗，也用筷子夹了一根萝卜条放在山妹子的碗里，他说："你也吃。"

山妹子说："爹，我快吃好了，你吃吧。"山妹子把自己碗里的那根萝卜条，用筷子夹出来，放回盛萝卜条的碗里。

山妹子喝完了粥，正准备起身，树叉放下碗发话了。

树叉说："我想把咱家的猪卖了，爹要让你再读书。"

山妹子说："爹，咱不卖猪，正在长膘，卖了可惜。咱家草舍要翻新，得花钱。"

树叉的脸上罩上了阴云。他用手抹了一把嘴，又用手擦着衣服。

树叉说："山妹子，爹对不起你，想办法让你再读书。"

山妹子抬起了头，她说："爹，我不读书了，咱家穷，我想好了。"

树叉的两眼潮湿了。

时间一天天地过去。

树叉在竹林里干活。山妹子在割猪草。

树叉坐在乱石上，抽着老烟。山妹子在猪圈喂猪。

山妹子的书包仍挂在草舍里。她伏在桌子上练字。树叉在草舍外整理柴垛。

山妹子趴在地上对着土灶吹火。树叉和黑黑走在山道上。

月光下，山妹子坐在草舍外面看书。树叉嘴里叼着老烟，双手使劲地忙着搓草绳，他是为翻新草舍做准备。黑黑好像没有睡意，摇着尾巴，在树叉和山妹子的周边绕来走去。春夜的山风显得寒冷，月光没有热度，当一块沉重的乌云挡住月光时，树叉抬头看了看天，说："山妹子进屋去，还有半支蜡烛，点上吧。"

"爹，我不看书了。"山妹子说，"天上要是每夜都有月亮就好了。"

树叉也准备进屋了，他整理着搓好的草绳，说："傻妹子，哪里夜夜会有月亮，等爹自己有了钱，把电灯从山下拉上来，亮个痛快，睡着了也亮着。"

深夜了。下雨了。潇潇的春雨，连绵不断轻洒在草舍上。

草舍里漏水了。树叉在床上辗转反侧，床板上又吱嘎吱嘎了。

清晨。雨后的青山显得格外清晰。山林中的鸟儿叽叽喳喳述说着新一天的开始。

树叉家来客人了。七个客人中，树叉只认识村主任和村小学的王老师。

村主任给树叉介绍了一个戴眼镜的干部模样的客人。

村主任说："树叉，这位是县里来的领导。姓刘，走访困难家庭的，你家穷，困难，来看你了。"

王老师在旁边补充说："是刘主任，希望工程归他管，他管过的失学孩子都上学了。"

树叉和刘主任握握手，说："谢谢县里领导。"

王老师和山妹子热情交谈着。

草舍里第一次来这么多的客人，第一次有这样热烈的气氛。

刚开始来客人时，黑黑还一个劲儿地叫着，现在不了，它也热闹了，在客人堆里走来走去，不停地摇着尾巴。

客人们走了。树叉、山妹子、黑黑目送客人们下山。

山妹子在溪沟里洗衣服。

树叉坐在草舍门口吧嗒吧嗒抽老烟。

月光下。寂静的山林。

树叉在草舍门口搓草绳，山妹子坐在乱石上抱着黑黑，她抚摸着它。

又过去了几天。

村主任上山来了，还带着一个客人。

树叉、山妹子、村主任、客人在草舍里交谈。

客人是城里来的，是个退休教师。

客人说："山妹子到城里后就住我家，就当自己人了。"

村主任说："山妹子呀，你真是碰到好人了，到城里读书要听话，要为你爹争气，要为我们下沟村人争气，你爹养大你不容易。"

村主任又说："树叉，这件事我看就这么定了。"

树叉呆呆地坐在乱石上，吧嗒吧嗒，只管抽烟。

客人说："树叉，你放心，我会把山妹子当作自己亲人一样的，以后你也可以经常到城里来看她的。"

树叉还是不停地抽烟。

客人要走了，她给山妹子留下一套新衣服，给树叉留下了两百元钱。

村主任和客人告别树叉和山妹子。

树叉和山妹子目送客人下山。

夜晚。草舍里。

桌子上半支蜡烛亮着。烛光映着树叉和山妹子的脸。桌上放着白天客人留下的两百元钱。树叉和山妹子相对而坐。

山妹子说："爹，咱家可以把草舍翻新了。"

树叉说："等猪卖了再说吧。两百元钱你读书用。"

山妹子说："爹，我不去城里，我不离开你。两百元钱翻新草舍用吧。"

树叉说："你去吧，爹不打算翻新草舍了。城里来的客人都给你安排好了，爹要你有出息。"

山妹子不作声了，她看着爹，心里想，爹可怜。

城里来的客人，确切地说是个已经退休了的女教师，她要把山妹子带到城里去读书。树叉矛盾极了。树叉决定明天下山去和村里的长老合计一下，他已经感觉自己的脑袋不中用了。山妹子做梦都想到城里读书，又不想爹一个人过日子，到底是相依十几年了，活得不容易。

树叉下山了，他心里的长老其实是在村里有一定威望的刘根伯。

刘根伯握着朱砂茶壶，细细地品了一口茶。

刘根伯说："树叉呀，依我看山妹子能到城里读书应该说是一件好事，咱沟里人穷，山妹子碰到了好人相助，也是你的福气，我看你还是让她……"

刘根婶马上在一旁插嘴说："我看你呀，树叉你是昏了头了。辛辛苦苦把她扯大，虽说不是亲生女儿，不怕她到了城里……"

刘根伯说："你呀，插什么嘴，到了城里又怎么样，山妹子没爹没娘，就树叉一个养爹，她还会飞了不成。"

树叉接上说："山妹子说她不想去城里。"

刘根伯说："树叉，我看得出这姑娘是怕伤了你的心。"

刘根婶插嘴说："不能去，树叉，她不想去你就不让她去，要是真的飞了，你将来谁给你送老呢！"

树叉本来的想法是让刘根伯拿个主意，结果是弄得刘根伯和刘根婶争吵起来，尴尬的当然是树叉。

树叉连自己也不明白，为什么这么简单的一件事，自己却左右不了，他实在感到委屈极了。

离开刘根伯家后，在上山的一路上，他甚至想到了要么去问一问自己的爹娘。

树叉真的去问爹娘了，他没有回自己的草舍。

这是一座土坟，只有一个坟头，树叉的爹娘在这里几十年了。坟碑也是土土的，就这么一块小石碑，毛石做的。土坟上有几根草在随轻风摇动。土坟长草了，看上去有点凄凉。

树叉在用手拔草，他要把土坟周边的所有草都拔光。树叉拔草是给爹娘清理场地。树叉的爹娘就这么一个儿子，他们就住在草舍附近，时时刻刻都在照顾儿子。他们给树叉带来了山妹子。树叉就是这么想的。

想着，想着，树叉流泪了，他拔一根草，用手背擦一下眼泪。

树叉拔完草，恭恭敬敬地给爹娘磕了头。

树叉说："爹，娘，我该怎么办呀？山妹子要走了，我问刘根伯，他说让她走，刘根婶说，不让她走。爹，娘，我该怎么办呀？"

树叉的爹娘，看到了儿子，看到了儿子可怜，但他们谁也不说话。树叉的爹娘也许是故意不说，不给儿子指点，也许他们想，树叉大了，什么事都该有自己的主张了。

树叉也许不懂爹娘的心思，他一个劲儿地问爹娘，像是非要爹娘开口不可。

树叉说："爹，娘，你们怎么不回答呀？儿子好痛苦呀！"

不知道是什么时候，山妹子出现在土坟前，她看到爹的这副样子心里好疼好疼。她只是默默地流泪，她要陪着爹流泪，甚至想爹比自己更可怜。

树叉哭了，他哭个没完。他双手捏紧拳头狠狠地敲着自己的胸膛。

树叉的两肩被山妹子拉住了。

山妹子一下子跪倒在坟前，抱紧了爹。

山妹子说："爹，你莫伤心，山妹子永远是爹的女儿。"

两天后。

村主任又上山来了，他是找树叉谈关于山妹子进城的事。

村主任说："树叉，你要立马定下来，山妹子要是不去的话，这个名额让给别人了。"

树叉说："不行！这个名额是山妹子的。"

村主任说："那可说好了，近几天城里就来人把山妹子带走。"

树叉说："行！"

村主任走后，树叉对山妹子说："你一定要走，爹得让你去城里。"

山妹子说："爹……我……"

树叉说："山妹子走吧，爹以后的日子靠你风光了。"

山妹子要走了，树叉整理好山妹子的衣服、书包等等，树叉送山妹子到山下村口，黑黑一直跟在后面。

山妹子上了面包车。黑黑汪汪地叫个不停。全村人都在村口相送。

山上。草舍静静地躺着。

树叉一个劲儿地抽烟。黑黑卧在地上。桌上，放着一碗土豆，两碗粥和两双筷子。

忽然，黑黑一个劲儿地蹿出草舍。

黑黑回来了，亲热地走到树叉面前，一个劲儿地用舌头舔着树叉的手背，一个劲儿地摇着尾巴。

树叉抬起头，他看到了一个熟悉的身影，脸上有了笑意。这个身影伴随他十二年了。这个晚上起，草舍里的床板上躺着的只有一个人了。树叉用几块木板在地上搭了个铺。从此后，草舍里没有了吱嘎吱嘎的声音。

兄弟姐妹

1

大钢和小钢是亲兄弟，二十五年前在村里合造了一幢房子，屋地基面积是村里核的。房子是二层楼房，坐北朝南，东西两边的山墙，各披平顶灶房一间。接着兄弟俩先后结婚。大钢住在西向，小钢住在东向，都是一楼一平，生活虽然平淡，倒也不失兄弟亲情。

村里人都知道兄弟俩过日子不容易。大钢是哥，小钢是弟，相隔两岁，上面还有两个姐姐，大的叫香莲，小的叫香草，相隔一岁。

大钢十三岁那年，爹暴病而亡。当时两个姐姐还没嫁人。小钢十六岁那年，娘得不治之症也走了，那时两个姐姐已经出嫁了。

姐妹俩嫁在邻里同一个村子。两家住的是屋前屋后，香莲的男人种田，身强力壮，皮肤黑。香草的男人是村会计，皮肤白，弱不禁风，还带气喘毛病。香莲和香草的夫家都是娘相中的，媒人嘴皮子利索，一大筐甜言蜜语，娘就认了。其实娘心里不是没嘀咕过，穷怕了，也不挑女婿家什么，就挑家境过得去。媒人是一个村里的，跑前跑后好热心，就是有点不知轻重，一日带话说，会计男人想早点把香草娶过门，先把香草的事给办了吧。

娘心胸里有底气，细细一想说："你是做媒人的，总晓得事情顺着做吧。麻烦你回个话，早稻不割先割晚稻不行，等忙完了香莲的事，再忙香草的，得顺嘴，有风俗呢。"

媒人也知道晚稻不能抢先早稻，回话时对会计男人说："事情有点难，还是顺着做吧。"会计男人沉默了片刻，点点头，意思是同意了。这一年，早稻开镰，香莲嫁给了种田男人，晚稻进仓时香草嫁给了会计男人，前后顺嘴，不败风俗。

香莲出嫁前，娘说："香莲啊，怎么样？早稻快要开镰，你可想好了。"香莲是个老实人，低着头，蓬乱的短发罩着脸，挤了一句："听娘的，种田老公有饭吃。"

后来，娘对香草说："你可想好了，晚稻开始进仓了，顺意的话，就把事办了吧，我也了了一桩心事。"

香草比香莲聪明，嘴上会抹蜜，撩了撩披肩长发，笑嘻嘻地说："娘看中的不会错，会计老公会持家。"

　　这个地方风俗很多，都是祖辈一代代传下来的。女儿出嫁娘得哭，还有动听的哭词，出嫁女也得装模作样地哭几声，不是悲伤，是高兴，是激动的泪水。香莲和香草出嫁时，娘就哭："阿囡啊阿囡，你要走了，在老公家要争气，孝敬老公有饭吃，早生儿子早享福。"

　　香莲不知道自己怎么哭，一个劲儿地闷嘴傻笑，媒人拉拉她的衣角，悄悄说："你娘哭得有滋有味，你也得意思一下吧。"

　　香莲含混地嚅动了几下嘴唇，扑哧一声，笑着说："我娘也是的，有什么好哭的。"

　　风俗规矩真是多，新娘子出嫁还得由大舅子抱上花轿。大钢人还小，抱不动大姐，吃上桥喜酒的左邻右舍就起哄，娘只管专心致志地哭，香莲就急了，说话声音也和平时一样的粗大了："大钢，抱不动就背，要是背不动，姐自己走。"

　　大钢满脸通红，咬了咬牙，两腿劈成马步，双手反剪抱着大姐硕大的屁股，一鼓作气把大姐背上了花轿。

　　哪里有什么花桥，它就是生产队的手扶拖拉机。

　　大钢喘着粗气说："姐，你真是头猪。"

　　香莲没听清，微笑说："大钢，你在说什么？"

　　大钢人老实，憨厚一笑："不说了。"

　　香草出嫁时，娘的哭调有点漏风了，是掉了两颗门牙。香草专心，她听得出娘的哭法和大姐出嫁时一模一样，一脸喜悦，心里想，娘没偏见，一碗水端得平。香草人聪明，娘哭到高潮时，她就满腔热泪夺眶而出。花桥还是手扶拖拉机，香草人瘦小，大钢也长了力气，抱二姐上了花桥，笑呵呵说："姐，再抱几趟都没事。"香草扑哧一声，笑得阳光。

　　大姐和二姐出嫁时，小钢没事做，就跟着众人起哄。

　　这一年，香莲二十一岁，香草二十岁，大钢十七岁，小钢十五岁。

　　第二年上春，娘去上海看病了，一去就半年。娘在上海的亲妹妹也尽力了，姐姐有点过意不去，说："妹啊，我想回家去了。"

　　妹妹撩起衣襟擦着眼泪，她知道姐的病是没有希望治了，宽慰说："姐，治好了再回家。"

　　娘是个地地道道的乡下人，心里却明白自己的病，说："妹，我知道自己的病，我不担心香莲和香草，放不下大钢和小钢。"

　　妹妹清楚姐是在说断命话，心里想想也是的，如果哪一天姐撒手走了，大钢和小钢怎么办？于是说："姐，你也别想太多了，人哪有不生病的，莫说丧气话。"

　　从上海回家后，娘已经只剩半条命了，好在喉咙里的那口气还热着，时清醒时糊涂的多活了四个月。香莲和香草一周一轮到娘家来照顾娘。大钢忙着承包田里的活，闲下来时坐在屋门口的石凳上抬头看天，看着看着就把愁云罩在脸上，他知道了姐姐出嫁后自己在家里的重量。这个家本来就穷，给娘的病一拖就更穷，好在还有田里的活儿能管住嘴巴。

有一次，大钢在灶间烧水，一边往灶膛里添柴火，一边默默地擦眼泪，正好被香草撞见。香草心一酸，眼眶盈满泪水，低着声音说："大钢，你不要担心，有两个姐在呢。"

香草这一说，大钢哭出了声。香草知道自己不能哭，姐弟俩都哭了，给躺在床上的娘听到了不好。她就控制着自己的情绪，继续安慰大钢，声音嘶哑地说："你不要怕，有大姐和二姐顶着，这个家不会塌，日子会慢慢过好的。"

大钢不哭了，又一大把一大把地往灶膛添柴火。香草转身离开后，去了茅房，好长时间才双眼红肿地走出来。

十八岁的大钢自从娘病倒以来，没露过笑脸，十六岁的小钢也没有过笑脸。大钢和小钢脸上都有酒窝，脸盘子圆圆，他们的酒窝要是给了两个姐姐就好了，香莲和香草没有酒窝。

香莲和大钢的皮肤都是黑黝黝的，随爹。香草和小钢的皮肤都是白嫩嫩的，随娘。大钢的脸上没有笑脸，他是怕将来自己顶不住这个家；小钢也没有笑脸，他是在考虑如何帮大哥一把。田里的活儿见钱不快，得想法子找个见钱快的活儿。

娘还在上海看病时，小钢找二姐夫商量过找活儿的事。他知道大姐夫憨厚，只会掐着手指算农谚二十四个节气，田里的活儿要误季了，他会主动走上门来，家里没米了，也会一小袋一小袋背来。二姐夫就不一样了，是个会做会计的农村国供户，家外交际广泛，小钢找二姐夫没有错。二姐去上海看娘了，二姐夫把小舅子迎进客堂，开门见山地说："家里是否又缺钱了？"

小钢挠着头皮，嬉皮笑脸："哥，你能不能帮我找个见钱快的活儿？"

小姐夫定了定神，笑着说："你不来我还真要去找你们兄弟俩呢。"

小钢人小鬼大，知道二姐夫不像大姐夫直来直去好说话，就小心翼翼地探问："哥，你有事情找我们？"

小姐夫点燃了手中的香烟，吸了几口，又咳嗽了几下，把话说开了："我前段时间一直在为你们兄弟俩留心，现在有一个姓许的木匠要收个徒弟，是我一个泥水匠朋友的朋友。半年内只管吃饭，不管工钱，头一年工钱五百元一月，第二年开始一千元一月，你们兄弟俩商量一下谁去好。"

小钢高兴，说："回头我与大钢商量。"

夜深人静时，兄弟俩还钻在一个被窝里乐。大钢说："二姐夫不错。"小钢也说："二姐夫是不错。"

大钢说："以后咱们家有现钱了，娘知道了一定高兴。"

小钢也说："娘治病的钱，以后不用找两个姐夫借了。"

大钢说："弟，我人笨，只能做田里的粗活，你做木匠徒弟合适。"

小钢说："哥，听你的，我明天就回话给小姐夫。"

后来，这件事拖下了，一直拖到了娘从上海回来。大钢就问香草："二姐，事情怎么样了？"香草一时也说不上。大钢又对小钢说："你再去问问二姐夫，要是吹了也得有个回话。"小钢说："可能是许木匠不要徒弟了吧。"

再后来，二姐夫有话了，他说是许木匠用电锯时，不小心锯去了三枚手指头，正在家里疗伤，收小钢为徒的事过段时间再说。

娘还是走了，喉咙底下那口海底痰咽下去时，正好是农谚节气大寒日。这是大姐夫提醒的，其实不提醒大家也知道，天都已经飘了好几次雪花。娘要走的前一天，神志煞是清醒，胃口也大了，喝了一大碗稀粥。

香莲、香草、大钢、小钢、大姐夫、二姐夫一围在娘的床边。二姐夫虽然掐算农历节气有点颠三倒四，却清楚丈母娘要进鬼门关了。他提醒大家要时刻守在娘的床边，有亲人送终，娘也瞑目。娘在弥留之际说："香莲，香草，你们两家人一定要照顾好两个弟弟。"

娘还对大钢和小钢说："你们兄弟俩一定要团结，要听大姐二姐的话，要听大姐夫二姐夫的话。都是一家人，有事好好商量，有困难都得帮，能过安稳日子就够了。"

2

大钢和小钢，住的两间平屋是村里的。一间做房，兄弟俩两张床铺，本来有三张，娘的一张拆了。另一间是灶间，外加放杂物。小钢跟着许木匠四海为家，一年四季有一大半日子在外漂泊，这个家就交给了大钢。

一年后，大姐家添了个女儿，二姐家也添了个女儿。

三年后，大姐家添了个儿子，二姐家还是添了个女儿。

大姐夫忙完承包田的活，想法子出门赚钱。他文化低，就在附近的铁路部门做水泥装卸工，出苦力。香莲平时说话有点头重脚轻，嗓门大得三间门面都能听到，有事没事傻呵呵闷笑，除了逗一儿一女玩，不管田里的活，也不管柴油米醋，家里的所有事都让男人担了。

香草曾经对自家的男人说过一句话，不要看我大姐傻呵呵的，还真是傻人有傻福。二姐夫听了有点耳塞，他说："你如果也像大姐一样傻呵呵就好了。"香草明知男人话里有话，却细声细气说："怎么，我把这个家还当得不好吗？"

二姐夫初中毕业，不想把仅有的几滴墨水用在对香草的理论上，反正家里有个会当家的女人也是男人的福气，女人没能给他添个儿子也是命。

香草说话细，心也细，香莲不如她。不过，大姐永远是大姐，娘不在了，大姐是兄弟姐妹里的老大，香草有事一般都找香莲商量。

寒冬里，香莲焐在炕头里呼呼大睡，一儿一女在各自玩积木。香草坐在炕沿上，拍拍被窝轻声叫醒了大姐："你这猪，还睡哪？"

香莲朦胧中把头伸出被窝，见是香草，揉揉眼睛大声说："大冷天的，你怎么会过来。"

香草微微一笑，说："跟你商量个事情。"

香莲说："什么事情啊，这样着急。"

香草就说："娘家村里好多人家都造新房子，我想两个弟弟也该有自己的房子了。"

香莲说："还是你在心，咱家大钢有二十一岁了吧，小钢也有十九岁了，是得有自己的房子，现在找对象没房子不行。"

香草叹了口气，说："是啊，咱得管管弟弟的大事。"

香莲也叹了口气，说："你知道我嘴笨，弟弟造房子的事靠你了，只是钱怎么办？"

香草笑笑，说："姐，你放心，我粗粗算过了，你家有多少积蓄你也说不上，我家有多少积蓄我心里有数，咱俩都好好和男人说说，弟弟的事一定要帮。现在大钢在村里毛纺厂烧锅炉，应该也有积蓄了，小钢跟着许木匠也有三年多了，口袋里总有点钱，如果不够数，我向上海小阿姨去借点，爹娘虽然不在了，咱家的根还在，不能让人家瞧不起。"

香莲傻呵呵一笑，说："香草，我们家兄弟姐妹四个就你能干，大钢有点像我，大大咧咧，小钢有点像你，脑袋瓜也聪明。"

香草连忙说："好啦好啦，不要给我戴高帽子了，反正大钢和小钢的事情，你我都得上心，就是他们以后成家了，我们还是兄弟姐妹。"

娘家打算造房子，香莲对自己男人说了，男人说："好事倒是好事，只是钱的问题……"女人嗓门大了："我是大姐，你是大姐夫，这个一定得帮。"男人一脸平静，说："你放心，我没说不帮，家里钱不多，到时力气活儿我多出点。"女人说："得听香草的。"男人顺口一句："你能学到她一半，我是烧高香了。"女人反应也快："我给你生了个儿子，算是烧高香了吧？"

二姐夫听了香草说造房子的事，很高兴，说："大钢和小钢都大了，是得考虑有自己的房子了，看来也就指望你来操这份心了。"香草说："你不怕我把家里的积蓄给娘家人了？"小姐夫说："钱是什么东西，生不带来死不带去，兄弟俩还算听话，眼里有我小姐夫，得帮，得帮。"

男人的一字一句，说得女人有些激动，心里想，当时娘没挑错人。

香草回了趟娘家，把造房子的事说了。大钢脸上有点慌，直接说："姐，我们兄弟俩哪有这个能力啊！这是造房子啊，又不是搭间猪舍那么容易。"

小钢却说："行，我师傅也说起过这件事，哥，你不用怕，有二姐撑着。"

大钢也不说什么了，毕竟造房子是件好事，不过心里还是搁着慌。

小钢跑到村委会，说了造房子的事。李书记笑呵呵，说："你们兄弟俩到底是长大了，如果你们爹娘在，一定会很高兴。"

在香草的统筹下，大钢兜底拿出了四万元，小钢加上向师傅预支的半年工钱，拿出了五万元，大姐夫细细一算拿出了三万元，二姐夫由女人做主拿出了六万元，按照二姐夫的工程预算还差两万元，还不包括泥水工和木工钱。泥水工由二姐夫的朋友包了，给了面子，工钱日后结算，木工由小钢的师傅包了，许师傅一口说定，徒弟家造房子暂且不提工钱二字。二姐夫还会工程草图，泥水工朋友看了草图没有话说，小钢的师傅看了草图说了一句，也不是造皇宫，走一步看一步。二姐夫无话，有点不是滋味，到了嘴边的话又咽了下去。

　　香草去了上海小阿姨家，提了两只家养鸡，几十斤手工年糕。香草红着脸，毕恭毕敬，不掩不遮，要借两万元。借条已经写好了，两年内一定还清，落款人是香草，按有大红手印。小阿姨先是说好话，你们四个兄弟姐妹总算是有出息了，阿姨为你们高兴。接着就叹起苦衷，香草知道恐怕两千元都没门了。香草准备回乡下，临走前小阿姨从抽斗里拿出五百元，说："香草啊，不是阿姨不肯，阿姨家也就这么点能力。"

　　香草说："阿姨，你能拿出这些钱也不容易，钱我不借了，回去另想办法。"

　　香草说完就走人，小阿姨尴尬了一下，自言自语说："乡下人，人穷志不短。"

　　去上海小阿姨家的经过，香草对所有的家人都说了，二姐夫说，这就是上海人的人情世故。大姐夫说可惜了两只鸡和几十斤年糕。香莲说，怎么的，娘不在了，阿姨就不是阿姨了。大钢铁青着脸，恶狠狠地说："哼，五百元，把我们当成要饭的了。"小钢淡着神情抽闷烟，把要说的话释放在烟圈里，从嘴巴里喷出来，又吸进鼻孔里，然后慢慢沉到了心底里。

　　开春了，动土的日子是香草请算命先生板过指头的。二姐夫自告奋勇担任总管，精心策划。香草管出钱，领头的泥水木匠各负其责进材料用材料，大姐夫负责打杂工，香莲和香草管十几个泥水木匠吃饭喝茶，大钢不影响烧锅炉工作，有空帮大姐夫打杂工，小钢做了分内的木工。

　　噼里啪啦放过鞭炮，房子算是破土动工了。村里人看在眼里佩服在心里，这女人一生有两次投胎，一次是出生，一次是出嫁，香莲和香草算是嫁对人了。兄弟俩说命苦也苦，爹娘走得太早，说命好也好，有个能干的二姐，还有通情达理的二姐夫，要是没有香草和香草男人，兄弟俩的房子要等到何年何月。

　　二姐夫也有自己的会计活儿，头几天勤着跑来督工，从打墙脚到砌砖，他都无可挑剔，后来就跑了。房子草图是一楼一平两间，各间里面都得由一楼里搭楼梯，楼梯材料是木料，说是添色，屋顶横梁和楼板已经是水泥预制件了，窗是钢窗了，有金有木图画个吉利。后来出毛病了，二姐夫和村主任一帮人出了一趟差，他们村里要办一个拉丝厂，说好一星期，结果取经带游玩走出了十天。

　　木楼梯改砖头楼梯的事，许木匠征求过香草意见，也问过大钢和小钢，香莲和大姐夫也没有不同看法，二姐夫的泥水工朋友也没说不可以。

　　二姐夫一下车直奔大小舅子家，里里外外督查了一遍，然后黑着脸，使劲抽烟。大姐夫知道二姐夫在想什么，鼻子轻轻一哼，躲到一边干杂活了。许木匠和泥水工朋友解释说："楼梯的事，是我俩的意思，你家女人同意的，你家大小舅子也说好的。"二姐夫猛吸了几口烟，毫不留情地说："你们把砖头楼梯给我拆了！草图怎么标的还是怎么做。"

许木匠和泥水工朋友连忙又解释："我们认为这砖头楼梯也不错，又省钱，不要再翻工了，这一来一去也费工夫。"

香莲走到自家男人身边，傻呵呵地说："这下好了，有戏了。"

大姐夫立刻瞪起眼睛说："你少说两句，没人当你是哑巴。"

香莲的傻笑凝固了，尴尬地望着男人。

香草刚从河埠头回来，大钢和小钢也刚把钢窗从镇上拉回来。大姐夫对小姨说："你家男人来了，在里面发火呢。"小钢在一旁接上说："一定是为了楼梯的事，我去解释。"香草一把拉住小钢，说："我去。"

二姐夫一见香草，吼上了："他们眼睛里没有我，你也没有我了？"

香草本想和男人好好解释，见他这副样子，也吼了："你发什么神经啊，一回来就这个腔调！楼梯的事我同意的，怎么了，不可以呀？"

小钢笑眯眯地插了进去说："哥，你不要生气，犯不着为这样一点小事动肝火。师傅们也是好意，再说楼梯改建的事也征求过二姐和我们两兄弟的意见，我看就这样算了。"

二姐夫气呼呼地说："好，趁现在所有的人都在，说一说楼梯改建是谁的主意，这不是存心要和我过不去嘛！"

许木匠心里打了个疙瘩，鼻子一哼接上火了："这里除了你们家人，当头的泥水工是你朋友，我又是小钢的师傅，谁也不会和你过不去。"

香草心里明白是自家男人过分了，嘴上还是给男人留了个面子，说："这件事情是我拿主意定下的，不关师傅们的事，要怪就怪我好啦。"

二姐夫脸色还是黑，盯了香草一眼，扔下烟蒂拔脚走人。

许木匠问香草："你家男人是咋了？"香草尴尬地一笑说："他是小鱼游了一趟大河江，脑子进水了。"

3

兄弟俩的楼房要上梁了，按风俗亲朋好友得来贺喜，从前是送上梁馒头，现在时兴送红包，一是捧场凑热闹，二是讨杯上梁酒。香草忙里忙外满脸喜悦，小钢说："二姐，二姐夫会过来吗？"

香草干脆，说："脚在他腿上，来不来由他。"

二姐夫没来喝上梁酒。大钢和小钢上门去邀请，二姐夫紧闭屋门置之不理。香莲快嘴了，脑子不转弯，当着香草说："你家男人真笨，好人做了一半不做了，上梁是大事，他不来以后就不要来了。"

大姐夫说："香莲，你用点脑子好不好，不要来，不要来，这又不是你家！你的嘴巴才笨呢！"

农村里造房子，上梁是大事。在许木匠和当头泥水工的张罗下，一切很顺利。大钢和小钢满面笑容地坐在屋梁上，头顶着蓝天，一个劲儿地往下抛上梁馒头。大姐夫把鞭炮点了一串又一串，许木匠和当头泥水工叼着香烟乐滋滋地在一边看。大家忘记还少了一个二姐夫，香草没有忘，时不时抬头朝道上张望。香莲手里捧着抢到的上梁馒头，笑嘻嘻地走到香草面前说："你看我抢了好几个。"香草轻轻地"嗯"了一声，眼泪好似珍珠断线。

香莲说："你怎么了？"

香草擦着眼泪，说："没什么，我是高兴了。"

香莲说："高兴也要流眼泪啊，我怎么没想到。"

香草说："姐，难怪娘在的时候说你，从来没有心事，所以人胖得像头猪。"

兄弟俩的新房子终于落成，进屋酒结束，众人散去。香草就把大钢叫到小钢屋里，脸上挂着笑容，从口袋里拿出小本子，翻一页，看一页，一段一段地接着说，造房子的钱兄弟俩平摊，二姐夫打工程预算时留了些余地，再加上许木匠和当头泥水工取材用料精打细算，现在除了泥水工和木工的工钱五万元没付，原先筹资的十八万元还有两千三百四十六元三角。我知道这阵子你俩的口袋都掏空了，等会我把多出来的钱给你们，一人一半，省着花。再一个，就是亲兄弟明算账，十八万元加上五万元一共是二十三万元，扣去大钢拿出的四万元，小钢五万元，你俩应该要承担债务十四万元，每人七万元。按照算账，大钢还要给小钢五千元，姐的意思，小钢是不是先让你哥拖一拖？等大钢手头松了再给你。

小钢立马说："算了，不就是五千元钱嘛，兄弟之间不计较这个。"

大钢憨厚一笑说："反正这五千元钱我会记在心里的。"

香草又接着说："房子有了，对象也会很快有的，有了对象就要结婚，又要用钱。所以姐对你们说，从现在起要像个男子汉，把腰板挺起来，除了节约还是节约，我相信你们将来都成了家，日子一定会慢慢好起来的。"

香草见两个弟弟没有意见，最后说："外债是五万元泥水工和木工的工钱，得先还上，内债嘛，先还上大姐夫家的三万元，我们家的六万元可以慢慢来，你二姐夫不管闹意见生气，总归是自家人。"

从此以后，二姐夫没有到过大小舅子家，大姐夫说："他是心里有气，说小钢学做木工后，越来越不听二姐夫的话了。"

小钢来气了，说："大姐夫，你评个道理，我听师傅的话有错吗？二姐夫气量也太小了，样样事情都要他说了算，也太大男人了吧！"

大姐夫笑笑，说："不要多说了，心里明白就好，借出六万元钱就了不起了，就摆出大男人了，我也有点看不惯。"

兄弟姐妹

小钢接上说："六万元钱，有了钱我们会先还他家的，大姐夫，你说呢？"

大姐夫反应快，连忙说："小钢啊，你也不要意气用事，我看还钱的事，还是听你二姐的。"

两年后，大钢有了个对象，二姐提的亲，邻村人，人缘不错，就是性格有点像香莲，说话不知道转弯。香草问大钢："怎么样？"大钢干脆说："就是人太胖，像头猪。"二姐笑笑，说："五官很端正，人也很勤快，咱们家的条件也不好。"

大钢笑笑，算是同意了。

大钢的对象叫荷花，熟悉大钢后，走得勤，干农活，做家务。大钢满意，荷花也乐意，挑的是这个男人本分，将来有个靠。荷花一般都是吃过晚饭就回自己的家，大钢二十四岁了，心里有点男人味，嘴巴不好说。荷花二十二岁了，也有点女人味，嘴巴也不好说，看了大钢一眼就准备出门。

大钢说："你就这样走了？"荷花说："是啊，你还有什么事吗？"大钢说："没事，没事。"

那一天，吃过晚饭下起了大雨，大钢把开心写在脸上，荷花说："都下大雨了你还笑。"大钢说："你今晚上就不要回去了。"荷花尴尬了一下，想说什么，结果没有说。这个晚上，屋外是倾盆大雨，屋里是干柴烈火，大钢与荷花做了真正的男人和女人。

大钢和荷花的婚事很简单，左邻右舍分些喜糖，自家人聚在一起喝杯喜酒。大钢的意思，要请上海小阿姨来喝酒，大姐夫也说是要请的，就这一个长辈了。香草反对，二姐夫也反对，结果就不请了。

喜酒是在家里办的，二姐夫这次没有搭架子，他上灶炒菜，很有口味。小钢借此机会，敬了二姐夫一杯酒，小钢说："哥，你辛苦了，小弟敬你一杯。"

二姐夫把酒杯中的一口闷，然后说："我做的都是些不讨好的事，没有什么辛苦不辛苦。"

此时，小钢郁闷，连干三杯酒。酒席气氛有点僵，要不是大姐夫出面圆场，恐怕二姐夫又要拔脚走人了。

酒席散后，大钢和荷花到处找二姐夫。大姐夫说："你们不用找了，恐怕现在已经在家生大气了。"荷花问男人："你家二姐夫怎么了？"男人说："他差点又要和小钢干上了。"荷花又问男人："他们怎么了？"男人说："你真烦，问这么多干啥？还不是早几年造房子的事。"

荷花不知道造房子的事是什么事，"哦"了一声，不问了。

大钢成了家，小钢也该操办了，香草到处托人说亲，前前后后有六个，小钢一口咬定还早呢。香草说："早什么？都已经二十二岁了。"

后来，香草从香莲嘴里知道了一件事，香莲说是荷花说的，小钢自己早就有对象了，是他师傅说的媒。

香草来气了，说："这小子跟着师傅后是变了，还跟我来这一招，省得我踢

魔方女孩

破鞋头到处托人，把我当成什么了！"

　　香莲傻呵呵地笑："你看你，有什么好生气，你不也就可以省了这份心嘛。"

　　香草认为自己被小弟耍了一把，她决定去找小钢把事情问个清楚，不说不解心里的那股气。

　　小钢转着弯儿解释说："师傅介绍的那个对象叫麦芽，来家里看过房子，是和师傅一起来的，大哥和大嫂招待的客人。"小钢又说："麦芽家里很有钱，离这里大约有八十里地，她有个姐姐，结婚了，她姐夫是生意人，在城里包了个柜台做的是电脑买卖。"

　　香草脸上不开笑，说："有这码事，你怎么不早说？婚姻是大事，你总得和我商量一下，说明你心里没有我这个姐嘛。我提醒你，挑对象主要是挑人，不是挑她家里有多少钱。"

　　小钢尴尬，说："姐，我怕事情有变化，所以先不告诉你。"

　　香草说："你倒好，不管有没有变化，从一开始你就得告诉我。"

　　小钢脱口说："不是我不告诉你，是师傅叫我暂时不要说。"

　　香草板脸了，说："师傅，师傅，师傅放个屁你就跟着跑！怎么了，有了师傅就不要我这个姐了，老实告诉你，要不是有我这个劳碌命的姐，看你们兄弟俩怎么个活法。"

　　小钢皱眉头，滑了嘴，说："你能不能不唠叨啊！我可不是大钢。"

　　香草傻眼，一激动，就闹火，说："大钢和荷花日子不是过得蛮好吗！你现在跟着师傅算是会赚几个钱，了不起了是吗！"

　　小钢也来劲了，说："我也是有头脑的人了，有些事情让你省心你还偏偏不省心。"

　　香草想不到小弟会这样说话，气得落了眼泪，一走了之。

　　大钢和荷花知道是小钢把二姐气跑了，荷花对男人说："你去说说小钢，不管怎么样，二姐也是为他好。"大钢说："我嘴笨，你去说，你是嫂子，也许会听你几句。"

　　荷花来到小钢屋里，开门见山说："小钢啊，不是嫂子说你，你应该好好对二姐解释啊，二姐夫已经对你有想法了，如今你再把二姐气跑，往后怎么办啊。"

　　小钢抽着闷烟，叹了口气，说："大嫂，往后该怎么办还是怎么办。"

　　香草回家后，越想越生气，就对男人说了小钢的事，话一出口有点后悔了，明知道自己男人现在把小钢看作了一枚刺，偏偏忍不住又说了。果然，男人的话让她在伤口抹了一把盐。

　　男人鼻子一哼，说："你给我记住了，我犯贱，你比我更贱！"

　　后来香草到香莲家，向大姐诉说了心里的委屈，说这两个弟弟怎么会不一样。香莲还是傻呵呵一笑，说："小妹啊，你不会忘了吧，娘说过的，一娘生九子，连娘十条心。"

香草含着眼泪自言自语:"要是娘在就好了。"

<h1 style="text-align:center">4</h1>

小钢的婚礼是在大酒店举行的,麦芽的姐姐和姐夫还有许师傅里里外外忙得不亦乐乎。香莲和大姐夫、大钢和荷花都到场了,就差香草和二姐夫。

香莲把香草送的红包递给小钢。小钢说:"大姐,既然他们人不来,红包还是麻烦你带回去,顺便给小弟带句话,就说小钢认命了。"

麦芽说:"小钢,还是把红包收了吧。"

小钢气呼呼,说:"我要的不是红包,退,坚决退!"

小钢结婚后,荷花和麦芽妯娌俩抬头不见低头见,倒也相处和睦。

半年后,小钢和麦芽搬到麦芽的娘家去住,小钢也没有再跟许师傅做木匠。麦芽姐夫说,做木匠钱没有做生意来得快。小钢动心了,许师傅也支持,说:"小钢啊,凭你的聪明脑袋,将来至少能混个小老板。"小钢笑嘻嘻地说:"我借师傅吉言了。"

小钢不做木匠学做生意,香草和二姐夫都知道了,是荷花告诉香草的。

香草家附近有个小集市,荷花在集市上碰到了香草,俩人聊了好多事。香草问荷花:"妯娌俩相处得好不好?"荷花轻轻松松说:"他们早就不住在这里了。"接着荷花就把自己所知道的掏了出来。香草疑惑了,鼻子一哼:"做上上门女婿了,我家的脸往哪里搁啊?做木匠不是蛮好嘛,做生意他哪里有本钱!我这里的钱还没还上呢。"

香草这一说,荷花有点尴尬了,她知道自己家里还欠二姐家三万元钱。

荷花说:"二姐你也不要太生气了,伤了自己身体不合算。哦,大钢和我商量了,我们欠二姐的三万元钱,今年一定还清。"

香草停顿了一下,说:"荷花,你不要误解。"

荷花笑笑:"我没有误解,欠债还钱,人之常情嘛。"

荷花回家后和男人说了碰上二姐的事,又说了二姐听了小钢的事情又生气了。大钢劈头一句:"他们之间已经是冤家一样了,你还要多嘴,烦不烦啊!"

二十五年来,小钢就住在麦芽娘家。他早几年是跟着麦芽姐夫学做生意,后来就自己单干了。麦芽姐夫说:"老是跟着我不会长大,应该要自己飞了。"

小钢也在城里租了个柜台,做的也是电脑买卖,麦芽掌握经济大权,小钢自己有了小汽车,东南西北跑业务,小日子是芝麻开花节节高呢。

大钢的小日子也不差,荷花也在村企业当上了工人,欠二姐家三万元钱还清了,女儿也有十八岁了。

小钢也欠香草三万元钱。还钱时,小钢自己没去,麦芽去还的。

麦芽怕到时尴尬,拖了十七岁的女儿一起去。侄囡一进门,就甜甜地叫了声小姆妈，香草很开心。香草笑嘻嘻地说："大钢他们的日子也好过了，你们家的日子比大钢他们更顺心，我巴不得啊。"

送走麦芽后，香草心里还是气小钢，为什么不自己来还钱。

小钢对麦芽说了自己近期的规划，说："麦芽，我们村里现在已经是小村并大村了，四个村合成一个村。"

麦芽不懂男人的意思，说："并大村了好呀，人丁兴旺了嘛。"

小钢说："村里正在整体规划，准备开发一批新农村住宅区，设计的住宅都是别墅。"

麦芽听懂了，说："你在村里不是有自己的房子吗？"

小钢说："我们造房子时的审批面积和现在不一样了，我问过村里的李书记了，按照现在的住房标准，我和大钢的房子面积都不足，原地改造扩建嘛，前后都是房子。所以，我想把自己的房子并给大钢，我们到新农村住宅区建别墅去，你看怎样？"

麦芽娘家的那套房子，是后来小钢和麦芽自己有钱后买下的，麦芽问："我们家里那套怎么办？"

小钢说："先放着，以后会升值的。"

小钢还说："如果别墅造好了，我们以后上班的路也近了，现在屋地基很难批，我们不能错过这样的机会，你说呢？"

麦芽想想也是，随口说："你是有钱睡不着了，我没意见，哦，我看这件事情你还得和大钢商量一下，省得兄弟之间闹出了矛盾。"

雨水天，小钢去了大钢家。大钢刚好夜班下班，荷花去了娘家，女儿和小钢的女儿一样，都在外地读中专。

大钢在房间里呼呼大睡，被小钢叫醒后还是睡眼蒙眬。小钢开门见山说了自己的打算，还说自己的房子打七折并给大钢。

大钢来了兴趣，说："弟，你现在是拔根汗毛比我腰粗，说话可要算数？"

小钢回答："算数，保证算数。"

荷花从娘家回来后，大钢对女人说了房子的事，荷花开始不作声，想了想说："大钢，这件事你还得到村里去问问。"

大钢说："有什么好问的，我们又没有条件造别墅，要问你去问，我嘴笨。"

荷花说："一定要问个清楚，小钢人很精，你得多个心眼。他把房子卖给你，是造价还是现价？"

大钢笑笑，说："我倒是忘了问，小钢人再精，总不会精到我这里吧。"

荷花去找村里的李书记，刨根问底细细地说了来由。李书记很耐心，详详细细说了并大村后的远景规划，荷花听着听着脸上的笑容没有了，心里开始嘀咕。回家后，荷花就对男人大发雷霆，大钢心平气和地说："有话好好说，不要发火嘛，去了一趟村里就这个样子，天又不会塌下来。"

荷花怒气冲冲地说："天已经塌了，你还当掉下来的是馅饼，我问你是真傻还是装傻呀！我已经问清楚了，你们兄弟俩现在都有孩子了，目前的住房面积还不足，可以在这次规划中考虑补给不足部分，但是小钢抢先了一步，捷足先登了。他造别墅把我们家的面积不足部分也拿去了，你这个傻瓜以后永远不要再想造房了！这就是你的好兄弟，怪不得说要把这里的房子打七折给你，占了便宜不说，倒还做个顺水人情。傻瓜，我老实告诉你，这房子面积我是不肯让的，怎么了，看不起我们啊！什么七折八折，隔壁的房子我们不要，说不定我们以后也要造别墅！"

荷花找了香莲和大姐夫，香莲说："你还是去和香草说的好。"大姐夫也说："你二姐夫有主见，叫他出个办法吧。"荷花就上二姐家，二姐说："怎么会有这种事情？"二姐夫说："只有一个办法，找你们村书记。"荷花说："已经找村书记了，听他的口气好像站在小钢一边，唉，有钱就是好啊！"

二姐夫听荷花说钱的事，就来火，说："什么钱不钱的，还讲不讲政策了！你俩不同意，看他有什么本事造别墅，别说造别墅，就是造猪舍也得按照政策。"

荷花心里有了底，不等小钢上门，主动约小钢到家，还好酒好菜相待。荷花的酒量不错，几杯下去胆量胜过了酒量，说："小钢啊，嫂子知道你现在有钱了，也摆阔了，能造别墅当然是件好事情。不过，有一句话你哥不说我得说，我们家以后也准备造别墅。兄弟嘛，你好我好大家都好，你说是不是？好多事情并不是你所想的那么简单，大家都留一条后路，省得伤了兄弟之间的和气。"

小钢又去找了村里李书记。李书记笑呵呵地说："小钢啊，现在你们只能有一家造别墅，如果你嫂子同意把他们家的不足部分给你，问题就解决了，仅靠你自己家的那些不足部分别墅是造不成的了。你们家香草说的话不是很有分量吗？你不妨让香草给你嫂子做做工作，也许事情会有转机。"

小钢明白，香草肯定是不会管这件事的，二姐夫也不会管，想来想去小钢决定还是再找大钢商量。

大钢说："你上次说的隔壁房子打七折给我，是什么时候的房价？"小钢说："你说呢？"大钢说："如果说是造价的七折，我可以和你嫂子再商量一下。"

小钢眉头一皱，说："好，我答应了。"

小钢是这样想的，别墅一定得造，去找二姐和二姐夫做主脸面上怕是不行，忍痛割钱，大钢毕竟是兄弟。大钢要小钢立字据。小钢问："嫂子会同意吗？"大钢说："造价的七折，她说过可以考虑。"小钢说："还是等嫂子同意了再立字据吧。"大钢说："也行，不过你可不要反悔呵。"

小钢坚决地说："绝不反悔！"

后来，小钢对麦芽说："别墅的事情定下了。"麦芽问："他们同意了？"小钢说："同意了。"麦芽又说："是造价的七折还是现在估价的七折？"小钢说："造价的七折。"麦芽坚决不同意，说："你是不是想别墅想疯了！"

荷花知道了这件事，想了想说："还没立字据吧？"大钢说："我要立，小钢说等你同意了再立。"荷花劈头一句："我不同意！"

几天后，小钢又去找大钢，说："哥，房子的事情……"

大钢连忙说："你家麦芽不同意造价的七折是吗？"

小钢奇怪了，说："你怎么知道的？"

大钢尴尬，似笑非笑，说："我家荷花还想压价。"

小钢也尴尬，笑笑，说："我家麦芽还想提价呢。"

洼洼地人物

太阳晒屁股了。

热辣辣的太阳，晒在冷冰冰的屁股上，舒服。

洼洼地也有太阳。洼洼地人的屁股没有舒服过，感觉不出有热辣辣的味道，说是太阳晒到他们屁股上的时候已经降温了。

长者说，太阳嫩了好，嫩了，屁股也就白了。

长者还说，我们的祖祖辈辈为什么屁股白，因为这里的太阳嫩，也是前世修的福。

洼洼地，深深地刻在山坳里。太阳上了三竹竿，才会照着屁股。这三竹竿得从嵩山山头算起。洼洼地四面环山，嵩山海拔八百多米，洼洼地村就成了锅底。

洼洼地人物，绰号花马甲，锅底里长大。浑身黑，屁股也黑。所以他就不怕被太阳晒黑，黑也就黑到底了。他希望洼洼地的人都是黑屁股，于是就对太阳满腹牢骚。

"混账东西，洼洼地不晓得一日里头，热头能晒几个钟头，都给嵩山挡牢了。"

洼洼地人把太阳叫热头，开口闭口离不开"混账"这句粗话。

一个奇怪的自然景象，开着太阳下雨，西边的天上就有了彩虹。

花马甲，洼洼地有名的活宝。西边的天上有彩虹时，他就欢蹦乱跳，把自己泡在雨里，手舞足蹈，满口胡话："猛猛热头，大大雨，像山老娘抠活鬼，活鬼咯咯叫，像山老娘哈哈笑。"

接着，花马甲就对着太阳哈哈地傻笑。背地里，晚辈们说，这个黑屁股脑子进水了。

长者说，这小子，本来就不是洼洼地的种，他的黑屁股一定与他的娘桃花有关，他爹蛋蛋是正宗的洼洼地人，不是黑屁股。说得有声有色，小辈们又在背地里议论，他的娘桃花一定也是黑屁股。蛋蛋和桃花之间没有调和好，关键的时刻阴盛阳衰了。

洼洼地本来叫山顶村，四季云雾缭绕。

不知是从哪一年起，长者也说不清楚，反正是发了大水，村子就成了湖，后来就改叫洼洼地村了。按照村史记载，洼洼地发大水是溪流制造，嵩山多的是溪流，像一条条水龙。哪一天要是老天有了伤心的事，哭个不停，水龙就发怒，就把村子来个翻江倒海。

长者还说，洼洼地发大水的时候，不死掉几个老小不算洼洼地了。花马甲的爹娘就是在发大水的时候死掉的，那时候花马甲刚满十岁。

2

花马甲是活宝，也是才子。

那是读"老三篇"的年代，洼洼地不是世外桃源。工作队长叫花马甲代表贫下中农发言，他想了半天，又咳嗽了半天，说："我要是有愚公移山的本事，就把混账的嵩山搬掉，省得做大水。"

"老三篇"是毛泽东选集里的三篇著作，《为人民服务》《愚公移山》《纪念白求恩》。全国山河一片红，人人都要会背"老三篇"，洼洼地有人活学活用。

于是，工作队长被花马甲深刻领会《愚公移山》的精神所感动，第一个拍手，所有的人就跟着拍手。掌声一阵比一阵热烈。

"老三篇"是在生产队仓库读的。仓库间隔壁是队里的牛棚。两头水牛，三头黄牛。大地一片红，红上了天。它们身在牛棚心在天，白天里没空去想的心事放到晚上想。晚上好，满天星斗，一闪一闪的像织女的眼睛，五头牛失魂落魄，想织女。它们联合起来骂人，大概的意思是白天红了还不够，晚上还要红，读什么"老三篇"自己不睡觉，不要影响我们休息好不好。与织女相会的味道，你们应该知道，刚要上天去和织女幽会，就被你们的掌声给劈了下来，真是可恶。于是，它们联合起来脚蹬烂地，越蹬越响，把隔壁仓库蹬得地动山摇，屋顶上的瓦片缝里掉落片片灰尘，纷纷扬扬，以表抗议。

烂脚泥水的头，靠在离牛棚最近的墙上，他一边开会一边用两只手不停地挖脚趾头。

烂脚泥水第一个听到牛在发疯，就大声地叫："牛在发骚了，牛要发骚了！"

瞬时，仓库里一片安静，瓦片缝里的灰尘也安静了。

工作队长到底是个有见识的领导，他明明也心惊肉跳，却不露声色，十分镇静地说："好，好，花马甲你活学活用了，贫下中农就是要有愚公移山精神。你听听看，牛也被你感动了。"

花马甲有脑子，红了红脸，尴尬地说："混账，听声音好像是牛在发骚了，肯定是在骂我乱弹琴。"

工作队长笑笑，询问生产队长，说："花马甲是几代贫农？"

生产队长叫阿发，一只眼睛有毛病，背地里社员叫他阿发白眼。阿发回答说：

"他爹是贫农，他爹的爹也是贫农，再往上就不大清楚了。"

会计在一旁说："也是贫农。"

工作队长就把花马甲的三代贫农，以及刚才发言的内容统统记在本子里。突然问阿发："好好的一个贫农叫花马甲？"

阿发就笑笑。角落里的小剃头根发，想表现一下自己的活学活用，马上站了起来，自告奋勇地说："工作队长，我知道……"

阿发连忙打断说："小剃头，你不要捣蛋！"

花马甲的确是个活宝。十岁那年，死了爹娘后，他很快化悲痛为力量。那时候好多人宁可多干一点活，也不会多说一句话，只有花马甲整天胡说八道。

嵩山骨碌碌绕一圈，好像躺在洼洼地上的女人。

洼洼地人，就靠好像女人一样的嵩山养着。

花马甲从来没有碰过女人，只有才子会有如此想象，洼洼地的人都说，花马甲是个小人精。

花马甲就回答："我精呀，我算精的话，这洼洼地精的人比牛毛多了，比女人的沟沟边的东西多了。"

后来，无论长者还是小辈都说："混账，洼洼地有花马甲这个婊子养的东西，有的是戏文看了。"

花马甲也反驳，到处游说："我娘不是婊子，我娘在外婆家里是最优良的品种。说我是婊子养的人才是婊子养的。"

从此以后，洼洼地的人开始怀疑花马甲的脑子出了毛病。他们知道从前有个叫鲁镇的镇子，因为祥林嫂而出名。洼洼地想要出名就靠花马甲了。

祥林嫂，祥林嫂是谁？花马甲不知道，就去问戴眼镜的小学老师。

小学是村里的一座破庙，断壁残垣。花马甲走进破庙东张西望，没有找到戴眼镜的老师，猜他一定还在课堂里上课，于是就在小学门口等戴眼镜的老师下课。中午时分，嫩嫩的太阳照到了破庙天井里，终于下课了。花马甲先是看到读书娃乱糟糟地从课堂里出来，后来就看到了戴眼镜的老师。

花马甲认识眼镜老师，爹娘在的时候他也是破庙里的读书娃。眼镜老师从课堂里出来，手上捧着厚厚一沓作业本，粉笔盒高高地立在作业本上面。

粉笔盒是只木盒，一包香烟大小。粉笔盒在作业本上往下掉时，花马甲尖叫了一声："老师……"

接着就听到了粉笔盒的落地声，粉笔满地滚开。厚厚一沓作业本也掉下来了。花马甲想，老师也有思想不集中的时候。其实是老师看到了花马甲，感到意外激动。

"老师，我来帮您捡。"花马甲说。

"你站住，别动！"眼镜老师突然大声地叫着。

花马甲慌了神，不知道发生了什么事情，傻傻站在原地不动。

"你把脚抬起来。"老师说

花马甲抬起脚，往自己的脚底下一看，慌了，知道自己踩了粉笔。

眼镜老师没有批评花马甲不珍惜粉笔，他一声不响地把踩碎了的粉笔一点一点地撮进粉笔盒，又捡作业本，缓了口气说："你想来上学了？"

花马甲说："我不是来上学的，是来问老师祥林嫂是啥人？"

眼镜老师就笑笑，把他带进自己的寝室，说："为什么要问祥林嫂？'"

花马甲说："他们都说我快成祥林嫂了，我不知道祥林嫂是谁，是好人还是坏人？"

老师还是笑笑。

"祥林嫂是啥人，你是老师，你一定知道。"花马甲又说。

眼镜老师没有回答提问，自管自地在书架上找东西。结果，没有找到。活宝等得不耐烦，翘着嘴巴从老师寝室出来。自言自语："还是老师呢，连祥林嫂是啥人也不肯讲，也太小气了。"

山里的人说太阳上三竹竿，山外人的说法是太阳晒到头顶了。洼洼地人家屋顶也该冒炊烟了。麦秆当柴火的噼啪啪啦声，好像放鞭炮。

后来，花马甲真的听到了鞭炮声，原来今天是黄道吉日。有家院子里，摆上八仙桌，长条凳，酒宴上的菜都是实打实的。肉是自己家里养的猪，鸡在自家的鸡笼里抓，鱼是河里抓的，蔬菜是自己家里种的萝卜芋艿。

花马甲看到阿发队长坐在酒宴中，他看不惯他得意忘形的那副样子，就在心里骂：

白眼白，吃茭白。

茭白两头尖，白眼乘飞机。

飞机飞得高，白眼吃年糕。

飞机飞得低，白眼跌杀死。

阿发队长眼睛有毛病。村里麻子阿四眼睛也有毛病。麻子阿四是瞎子，肚里天生有货，阿发队长是睁眼瞎，自小目不识丁。

麻子阿四眼瞎心明，懂天文地理，上通神仙下通凡人，手指头一扳，就能让你佩服得五体投地。洼洼地人叫麻子阿四是"亮眼瞎子"。

麻子阿四曾经说："瞎眼就瞎眼了，我上世做人做得不好，所以今世又是满面孔坑坑洼洼，又是两只眼睛擦黑。今世别无他求，只想好好为大家挑挑黄道吉日，修修下世。"

麻子阿四的家，在洼洼地村西口。洼洼地人要到山外去，必须经过麻子阿四的家门。那儿有一棵上了百年的白果树，山外人找麻子阿四算命排八字的，一进洼洼地山口，找百年白果树即可。

山里山外都说麻子阿四是方圆百里的活菩萨。

活菩萨说，出山口的那条小路旁边最好搭建一座小小的山神庙，供一尊山神菩萨。阿发队长很快照办，挨家挨户地像和尚一样化缘。他也要说几句好听的话，说是山里人靠山吃山，求山神菩萨保佑，初一和十五都要到山神菩萨面前烧几炷香。阿发是村领导，还能有啥人不听。不久，一座小小的山神庙落成，吹唢呐，敲小鼓，烧香拜菩萨的合成人流。

洼洼地有一班吹吹打打的人，说白了也就是五个人搭起的小乐队。他们的领头是跷脚阿龙，跟班的有斜白眼阿生、六指拇头小狗，拖鼻涕阿强，羊癫疯根发。虽然不是专门靠这吃饭，倒也是村里的红白大事和大小喜事通吃。

跷脚阿龙是麻子阿四家的常客。小乐队赚点外快喝喝老酒，离不开麻子阿四指点。麻子阿四抽香烟，跷脚阿龙就买"旗鼓牌"香烟放在口袋里。跷脚阿龙也是精明，给麻子阿四的香烟不是一包一包，而是一支一支递。就像他自己所说，既然是给活菩萨烧香，就得一支一支地点，这样才是有诚意。

那个时候，是三面红旗高高举的年代。阿发队长说了，洼洼地人吹唢呐，要吹就吹社会主义好的曲子，社会主义好的曲子听起来体面，红事也好，白事也好，大小喜事也好，总比不了社会主义好。

洼洼地人除了白事，喜事一般都是过了秋收。跷脚阿龙他们从三面红旗高高举吹起，从锄头、钉耙、犁、破锅片等等炼小高炉吹起，吹到了荒年。

荒年了。荒年了。荒年了。麻子阿四放个屁，羊癫疯根发就要捧起来看一看。

十四岁的花马甲说："麻子阿四是在造谣，是黄鼠狼放屁。"

羊癫疯对花马甲如此骂人看不惯，说："麻子阿四是活菩萨，你骂活菩萨是黄鼠狼放屁，不怕天雷打呀？"

花马甲瞪起眼睛说："你一天到夜跟着跷脚阿龙他们吹社会主义好的曲子，连社会主义不会荒年都不知道，我看你是真的疯了。"

羊癫疯说："你不相信去问麻子阿四好了。"

花马甲双手撑腰，说："去就去，还怕麻子阿四把我吃了。"

他跑到百年白果树下，对着麻子阿四家，放开喉咙叫：

活菩萨，荒年了！

活菩萨，荒年了！

百年白果树上掉落几片叶子。羊癫疯知道花马甲一定会找麻子阿四麻烦，就跟着屁股过去。

羊癫疯老远看见白果树在掉叶，心里想，一定是花马甲得罪了活菩萨。于是，就放开喉咙叫：

糖炒栗子银杏果，一分洋钱卖两颗。

糖炒栗子银杏果，一分洋钱卖两颗。

看热闹的人从四面八方走了过来，老远都能听见他们在较劲：

活菩萨，糖炒栗子银杏果。

荒年了，一分洋钱卖两颗。

糖炒栗子银杏果，荒年了。

活菩萨，一分洋钱卖两颗。

众人猜测，是不是花马甲也发羊癫疯了。

麻子阿四家的门开了，出来的不是麻子阿四而是跷脚阿龙，他肩膀一斜一斜，一脚高一脚低地走到门口，把一只跷着的脚搁在门槛上，然后两手一撑门框，说："花马甲，你吵什么东西啦！"

又说："你这样吵吵，难道就不会荒年了？"

跷脚阿龙继续说："活菩萨刚刚还在用手指头算我们洼洼地是不是真的会荒年。在你来之前，他已经算出了个子丑寅卯。活菩萨说了，嵩山山顶上的云雾发红了，五颜六色，我们洼洼地里的人都在五颜六色里，有吃有穿，有老婆有孩子。洼洼地变成了花花世界，有汽车，有火车，有飞机，好像还看到你花马甲在结婚拜堂。好像我跷脚阿龙的脚不跷了，斜白眼阿生的眼睛不斜了，六指拇头小狗变成了五指拇头小狗，拖鼻涕阿强不拖鼻涕了，羊癫疯阿发不发羊癫疯了。云雾里活菩萨还看到祥林嫂在给我们洼洼地人上课，是上忆苦思甜课。现在好了，你这样一吵，活菩萨乱了分寸，洼洼地说不定真要荒年了，都到你家里吃饭去啊？"

跷脚阿龙说着说着就抬起自己的跷脚看看。凑热闹的人就轰的一声，七嘴八舌地议论开了，都说活菩萨这个梦做得好。

眼镜老师也在看热闹，他是走家访路过的，他对这样的热闹场面感到很好笑。于是，就对站在旁边的老驼背轻轻地说："你去把花马甲叫过来，我有话对他说。"

老驼背笑了笑，就去叫花马甲。

老驼背把花马甲拉到眼镜老师旁边，就走了。

花马甲不知道老驼背是什么意思，他只知道自己一看到眼镜老师就会浑身发痒。

花马甲嗖嗖嗖抓痒时，身上飘出了白花花的东西。

眼镜老师说："嗖嗖嗖，难看死了。"

眼镜老师是想对花马甲说关于荒年的事情。

眼镜老师要说的话，结果给阿发队长抢了去。他刚从公社里开会回来，一进山口就看到了百年白果树下发生的事。

跷脚阿龙一看是队长来了，连忙拿了条凳子准备给他坐。阿发接过凳子就一脚蹬了上去。

凳子上的队长看上去比平时高大了，他两只手撑着腰，很像农村干部的样。

队长说："同志们，洼洼地的父老乡亲们，大家谁也不想有荒年啊！可是荒年要到了是事实，不是活菩萨在放屁，是混账的苏联老大哥在放屁，趁我们国家自然灾害要逼中国小弟弟还债。"

队长越说越激动："乡亲们，中国人是有骨气的，毛主席领导的中国人连死都不怕，难道还怕荒年吗，还怕混账的苏联老大哥逼债吗？！"

"我们洼洼地人也是中国人，是中国人就要争口气，就要勒紧裤带过日子，天荒地荒，我们洼洼地人不能荒。"

花马甲在人堆里冒了句："洼洼地人要过荒年了，肚皮荒了，随便什么东西都荒了，就是一样东西不能荒。"

队长用手指指花马甲说："活宝，你说说看，什么东西不能荒？"

花马甲挺了挺腰板，理直气壮说："继续造人不能荒。"

3

雷响惊蛰前，七七四十九日不见天。

花马甲没有忘记爹娘被洪水卷走的情景。

屋里伸手不见五指，黑暗中花马甲缩在自己床上，浑身颤抖。他的记忆里，还真是没有碰到过这样的天气。

花马甲哆嗦着嘴唇，问娘："娘……这么大……的雨……这么大……的风……屋会倒……塌吗？"

花马甲有个奶名，叫树叉。

从娘胎里出来的时候，他是活脱脱的红皮老鼠。麻子阿四家里的那个婆娘会接生。

红皮老鼠在娘胎里，把娘折腾了一天一夜，折腾得连他自己也摸不清头绪，最后大脚婆娘绷紧着脸，咬着牙齿硬是把他从娘的大腿间血淋淋地拖了出来。

大脚婆娘把红皮老鼠放进木桶里，用不冷也不热的水随便一洗，然后就把他两脚轻轻一提，看看两腿中间带来的是什么东西，接着，就啪啪地打了他的小屁股。不轻也不重，这是她的一贯手势。红皮老鼠有了哭声，大脚婆娘大声说："当家的，恭喜你了，生了个小官人，取个名字吧。"

爹是个老实人，见小官人瘦得像柴秆，就叫树叉好了。穷人家的小孩好养，麦糊糊一口口糊大了树叉，薄粥汤一口口喝大了树叉，慢慢有了人样。

树叉娘说："到底还是养大了。"

树叉爹没有作声，抽着老烟。他后来说："稻大心不热，柴湿心不急。"

树叉娘说："你……你这是一个做爹的说出来的话吗，哪一根筋搭错了！"

"我是搭错筋了，混账，我再搭错筋，也会算日子，也知道啥叫十月怀胎。"

"你……"

"我怎么了？！"

"你……"

"你当我是傻子呀。"

树叉娘不想说了，有啥好说呢。

树叉十岁了，长身体，长脑子，也知道了一点事情。家里的房子经得起大雨大风吗？屋是不是会倒掉，第一个死掉的会是谁？

爹在黑暗中骂天："混账，风是风，雨是雨，洼洼地是又要死人了。"

"雨停停下下，快有一个多月了吧。"树叉娘说。

娘终于想到了要点灯，划了几根火柴，没有把灯点亮。爹就夺过婆娘手里的火柴盒，"嚓"的一声火柴头就着了，灯是菜油灯。屋里有了灯光，有生气多了。高脚灯盏里灯芯草火苗一跳一跳。娘用针挑了挑灯芯，火苗伸了一下腰，笑开了，就把树叉娘的身影放大在泥墙上。

爹把老烟管的烟斗贴近火苗的脸，用嘴巴吧嗒吧嗒地亲了几口，火苗有点不好意思，难为情地躲了几下，泥墙上树叉娘的身影一暗一明。

结果，菜油灯被爹弄灭了，屋里又黑暗一片。

树叉爹姓石名蛋，小名叫蛋蛋。树叉十岁之前经常要被蛋蛋打，树叉的头上经常会有几个蛋蛋。

有一天，蛋蛋说："树叉，你到河里去摸碗螺蛳来。"

"不想去。"

"你为什么不去？"

"不去就是不去，没有为什么。"

"小棺材，你去不去！"

树叉去了，拿了只木头做的脸盆顶在头上，一边走一边说："瘌头哥，摸螺蛳，那边螺蛳这边多，请你瘌头游过河。"

屋外，风是风，雨是雨。爹烟斗上的星星，一闪一闪。

蛋蛋想要和树叉娘做事。树叉大了，蛋蛋要做的事不能给树叉听到，这小子精得很。

树叉娘不肯，她把自己的背给了蛋蛋，轻轻说："风是风，雨是雨，你也不想想屋会不会倒掉，只知道做这种事体。"

蛋蛋大着声音说："阴阴凉凉做这种事体舒服。"

树叉娘马上翻过身来，推了他一把，说："你不会轻一点呀，树叉还没睡熟呢。"

黑暗里，蛋蛋对着树叉的床，轻声叫着："树叉，树叉，树叉。"

树叉不响。娘对爹说："你想把他吵醒呀。"

蛋蛋说："小棺材睡熟了。"

蛋蛋坚决要做的事，婆娘不肯也得肯。

娘的名字叫桃花，六横人。

六横是海岛，山里人叫桃花六横。蛋蛋娶桃花做老婆，老驼背做的媒。

老驼背会投机倒把，把山里人种的小麦贩到海岛去，再把岛里人捉来的小鱼小虾贩到山里面。

贩过来，贩过去，就给蛋蛋贩来了桃花姑娘。

那一天，老驼背从六横岛回来，他笑嘻嘻地对蛋蛋说："下洋人你要否？相貌也不错，就是皮肤黑了点，海风吹黑的。"

山里人习惯把六横岛人叫作下洋人。

蛋蛋问："你人也贩啊？"

老驼背说："你这个死东西，说啥呀。我要不是驼背的话，早就自己要了，还轮得上你这个臭皮蛋。"

蛋蛋还真有点将信将疑："你说的都是真话？"

老驼背就用手指敲了一下蛋蛋的头，说："嘿，你这个混账东西，怎么一点都不识抬举啊！要就要，不要拉倒。你不要，还怕没人要？"

蛋蛋这下知道老驼背不是在开玩笑了，连忙说："好，好，我要，我要。你是好人有好报，你是这辈子最关心我的好人，你是……"

老驼背就骂："你是，你是，你是个屁。我要不是驼背，还轮得到你呀。"

蛋蛋连忙问："你问过她啦，你怎么知道她不要你？"

老驼背叹了口气，说："蛋蛋啊蛋蛋，你是不是脑子进水了，老是这么多废话。"

老驼背就要走人。

老驼背想，他这个人真是一头牛，没老婆的时候一天到晚想老婆，现在运气来了，倒是屁话不断。

蛋蛋看老驼背的样子不是在骗人，就来了口水。心里想，我蛋蛋可能真的是运气来了。洼洼地人有句老话叫作：运道来了推勿开，烤熟毛蟹爬拢来。我蛋蛋一定是烤熟毛蟹爬拢来了。

蛋蛋一把拉住老驼背，好话连篇："我知道你是好心，你是好人有好报，你是宰相肚里好撑船。"

老驼背有了笑脸，说："好了，好了，我再问你一句，要还是不要？"

蛋蛋回答："要，这只毛蟹我要。只是……要讨多少嫁妆钞票？"

老驼背给问住了，看了一眼蛋蛋，想了想，说："你这个小东西门槛倒蛮精啊，你想白捡鸭蛋呀？"

老驼背又说："人家爹娘把她一把屎一把尿的养大，白白养啊？"

蛋蛋笑嘻嘻地说："我不是想白捡鸭蛋，我是想还是先说清爽好。"

老驼背说："嫁妆多少钞票我也不知道，你真想要的话，过几日就跟我去一趟下洋。"

择日，老驼背就带着蛋蛋去相亲了。

这一天，烈日当空，万里无云。老驼背和蛋蛋头顶草帽，脚着草鞋，肩背布鞋，走了山路走平路，再到一个叫穿山的渡口摆渡到六横岛。一路走来汗流浃背不算，脚底还磨起了水泡。全程少说也有五六十里。

从穿山渡船到六横岛，坐的是小木船。船票是蛋蛋买的，三分一张，两个人共六分钞票。船老大摇起船来很稳，蛋蛋第一回坐渡船，刚开始他还有点怕，小木船一晃一晃的，头有点晕。后来胆子就大了，头也不晕了，就有话了。

蛋蛋说："这河水没洼洼地的河水清爽，黄黄的，像是山里做大水时冲下来的黄泥浆水。"

船上好多人都看看蛋蛋，老驼背也看看蛋蛋。

老驼背咬着蛋蛋耳朵说："你笨死了，这是海，不是河。海水当然没河水清爽，否则怎么要叫海水。"

船上好多人都看看老驼背，蛋蛋也看看老驼背。

风平浪静，穿山摆渡到六横岛三十分钟。

上了六横岛，两人都把脚上的草鞋换成了布鞋。草鞋已经磨破底。蛋蛋穿着布鞋走了几步，两只脚有点不听话了。

蛋蛋说："脚底的泡怎会这样痛啦。"

蛋蛋走路一拐一拐。老驼背看着不顺眼，说："你这个样子，还想抬老婆？人家还以为我带了一个拐腿来相亲。"

蛋蛋挺了挺胸，咬了咬牙，继续赶路。

丈母娘看见新女婿越看越欢喜，左看右看，把蛋蛋的脸看红了，桃花娘就笑得合不拢嘴。

老驼背说："大阿嫂，怎么样？"

桃花娘说："喜欢，喜欢。"

桃花娘又说："你们坐一会儿，我去煮糖余蛋。"

六横岛人的说法是：丈母一声叫，蛋壳一畚斗。

蛋蛋还来不及叫一声丈母娘，桃花娘就已经忙得团团转了。这个新女婿桃花娘算是看准了，只差应了"丈母看见新女婿奶脯割落炒咸菜"这句老话。

咸菜是用雪里蕻腌出来的一种菜，山里人和下洋人一样都有一种说法：三日不喝咸菜汤，两个脚腿酸汪汪。

桃花爹是个老实人，他在院子里忙着杀鸡。

老驼背和蛋蛋就坐在屋里的"火柜头"里嗑南瓜子。

"火柜头"是六横岛人的床，洼洼地也有这样的床。山里人家也好，下洋人家也好，一般每户人家都有一只"火柜头"。它呈长方形，柜上有沿,高出柜床两拳，看上去很像一只小木船。柜床中间挖个洞，洞的下面放只缺了沿的破锅爿，冬天里，把灶洞里的柴火往破锅里一倒，上面再盖些冷灰，再把柜床中间的洞用板盖好，人坐到柜床里后再盖上一床破被子，"火柜头"就热烘烘的了。

老驼背和蛋蛋去六横岛是夏天，"火柜头"就不生火，就不可能会热烘烘。洼洼地人和下洋人一样，习惯有事没事一进家门就往"火柜头"里坐。

桃花一家人忙里忙外的，老驼背和蛋蛋是客人，就坐在"火柜头"里聊天。

蛋蛋说："这里的南瓜子比洼洼地的香。"

老驼背说:"也是。"

蛋蛋说:"这里的人比洼洼地人客气,连鸡都杀了。"

老驼背说:"也是。"

蛋蛋说:"这里的姑娘比洼洼地的姑娘怕难为情。"

老驼背说:"也是。"

蛋蛋看了看老驼背,不说了。看不惯老驼背装腔作势。

蛋蛋闷声,继续嗑瓜子。老驼背也闷声,继续嗑瓜子。

下洋人的确是把山里人当作大人客的。蛋蛋是大人客,是新女婿,老驼背是大人客,是媒人。吃好"糖氽蛋"不到半个小时就吃夜饭。

桃花再怕难为情,也得上桌了。她一直低头不语,一声不响吃饭。她也会偷偷地看蛋蛋,娘装着没看见。

桃花爹好几次给老驼背满过酒了。这一次他看看蛋蛋,也要给蛋蛋满酒。

蛋蛋笑笑说:"我不会喝酒。"

桃花爹说:"山里人都会喝酒的,会喝的话就喝好了,别怕难为情。"

桃花娘说:"不要怕难为情,会喝多喝点,不会喝少喝点。"

老驼背说:"你就喝一点好了。"

蛋蛋就喝酒,心里想:老驼背是你要我喝的,你在来的路上教我到了桃花家里,千万不要喝酒,再客气也不要喝酒。你现在要我喝酒了,不是我要喝,你不要怪我的。你知道我是会喝酒的,你知道会喝酒的人要假装不会喝酒有多少难熬。我要么不喝,喝了就要喝个痛快。

刚开始,蛋蛋小口小口地喝,后来就大口大口地喝了。

"老酒糯米做,吃了闲话多。"桃花爹和老驼背,老酒喝喝鸡肉扒扒,话题越讲越多。

蛋蛋没有什么话好说,喝闷酒,越喝越猛。

桃花心里有点不爽快,她终于抬起了头,把一张不爽快的脸色递给蛋蛋看,皱了皱眉头,离开。

蛋蛋接过桃花的眼神,心里想,桃花真是漂亮,像朵桃花,只是黑了点。又想,洼洼地的太阳嫩,桃花以后一定会白嫩起来。

女人的心细得像枚针。桃花娘看到了桃花的不爽快和蛋蛋的爽快,就对桃花爹说:"你再陪陪老大哥,我先带蛋蛋去休息,白天走了好长路,也给累了,让蛋蛋早点睡觉。"

蛋蛋说:"不累,不累。"

老驼背注意到了蛋蛋酒醉,说:"不早了,明早起来还要赶路,你先早点去休息。"

桃花家一共四间正房。桃花爹和桃花娘睡在客堂间东边,桃花睡在客堂间西边。东西两边都有前后间。桃花爹和桃花娘睡在前间，后间是杂物间，"火柜头"在前间。桃花爹和桃花娘一年四季睡"火柜头"。桃花睡的也是前间，后间一直空着。老驼背和蛋蛋到来之前，桃花娘和桃花两人就把后间打扫了一遍，搭了一张铺，给他们临时睡觉。

桃花娘拿了一盏手电筒，蛋蛋就跟着电筒光走。桃花娘一边走一边说，走好，走好。桃花娘老是把手电筒往后照。蛋蛋说，你照前头好了，我看得见的。桃花娘走进西边的后间，用火柴点亮了火油灯，就走了。

桃花娘走到房间门口，停了一下，说："我家桃花就睡在前间，你有什么事就叫桃花好了。"

桃花娘又说："喔，夜壶在床下面。"

下洋人和山里人一样，夜壶都放在床下面。夜壶就是尿壶，用陶器做的，像古代人穿的鞋子，壶口朝上，口径不大，刚好能把尿尿的东西放进去。

蛋蛋和衣倒在床上。他两只脚在床沿下晃来晃去，晃着了床下的夜壶。突然想，这夜壶男人用用还可以，女人怎么用呢，要是口对口对不好，不是都尿到外头了？蛋蛋在自己家里用的也是夜壶，可他从来没去想过女人怎么用。他在桃花家，想到了女人用夜壶怎么用。蛋蛋想，等到桃花嫁到自己家里后，就知道女人怎么用夜壶了，他要亲眼看着桃花用夜壶，看她怎样口对口，看她怎样把尿尿到夜壶里。想着想着，他不是想要尿尿了，而是要喝茶。他坐了起来，到处找茶壶，没找到。

蛋蛋想起了桃花娘说的话，他没有叫桃花，而是用手指头轻轻地敲板壁。隔壁没有声音。

蛋蛋就粗着喉咙叫："桃花，桃花，我要喝茶。"

桃花在自己房里绣花，火油灯照着鹅蛋脸。听到隔壁有人敲板壁，心一慌，绣花针就刺着了手指头，她把手指头伸进嘴巴里，要把手指头的血吮掉。

蛋蛋继续叫："桃花，桃花，我要喝茶。"

桃花拿过自己房里的茶壶，给蛋蛋送过去。

桃花轻轻说："茶壶给你放在桌上。"

蛋蛋一声不响。

桃花又说："茶壶给你放在桌上。"

蛋蛋动了动身体。

桃花想，这个人也真是的，第一次来我家就喝醉了。

桃花想了半天，就皱了皱眉头要去把他扶起来，给他喝茶。

蛋蛋喝茶时闻到了桃花的味道，他就使劲地闻，浑身颤抖地闻。桃花根本没想到，他会一把抱住她，不知道了天高地厚。蛋蛋摘了桃花。

第二天早上，桃花爹娘送走老驼背和蛋蛋，娘笑眯眯地问桃花，你看这门亲事好不好。

桃花不响。桃花娘说："怎么了，不喜欢？"

桃花哭出声来。她正在洗床单，是客人用过的床单，狠命地用木槌捶。

娘又说："桃花，你到底怎么了？"

桃花咬咬牙，收起了眼泪。

两个月后，蛋蛋和桃花在洼洼地拜堂成亲。

洼洼地人用元宝篮，把桃花抬走的。

那时候，还没跷脚阿龙他们的唢呐、小鼓，蛋蛋想热闹也热闹不起来。

新娘子要走出娘家的时候叫上轿，桃花坐元宝篮也叫上轿。有钞票的人家接新娘子用轿子，没钞票的人家接新娘子用元宝篮。

桃花要上轿了，桃花娘就哭上桥。

阿囡啊阿囡，你要走了。

阿囡啊阿囡，你到老公家里千万要争气。

阿囡啊阿囡，孝敬公婆有衣穿，孝敬老公有饭吃。

阿囡啊阿囡，早生儿子早得力，早生儿子早享福。

阿囡啊阿囡，我熬苦熬活养大你啦。有空多来看看阿拉呀。

阿囡啊阿囡，阿囡啊阿囡，阿囡啊阿囡。

元宝篮一抬走，桃花娘就笑，就转身叫大家喝"迁送酒"。喝酒的都是桃花的伯伯、叔叔、舅舅、阿姨、堂哥哥、堂妹妹、表哥哥、表妹妹等自家亲戚，大家都讲，桃花娘哭上轿有板有眼有道有理。

桃花娘笑笑，说："这哭是高兴了的哭，我也哭得不好，人家阿囡抬去是这样哭的，我也就学了几句。"

桃花心里明白，自己是带子拜的堂，树叉是钻在自己肚皮里乘着元宝篮到洼洼地的。

蛋蛋说自己会算日子，桃花心里想，我是不是该说真相了，我再不说怕是到死还是一个不守本分的女人。

屋外是风是雨。床板继续吱嘎吱嘎。桃花终于说："你想过没有，十年前，你第一天到我家的夜里，你酒喝醉了，你要喝茶，你敲我房间的板壁，我送茶到你房间的时候，你就把我这个了。"

蛋蛋想了半天说："我不记得了，真的有这回事情？"

桃花说："我没有骗你，我现在的心比十年前更痛。"

蛋蛋说："你不要痛，让我再想想。"

树叉在黑暗里听到了风风雨雨。他突然叫了起来："屋要坍了。"

蛋蛋还在想十年前的事情。桃花说："屋要坍了。"

蛋蛋说："十年，要想十年，哪里有这么快呀。"

屋子在风风雨雨中摇动。树叉又叫："屋要坍了。"

桃花说："儿子，你先逃到隔壁老富农家里去。他家是砖头墙，不会坍。"

树叉起来，他站在黑暗里，对着吱嘎吱嘎的床板，歇斯底里："你们干什么啊？屋要坍了不知道呀。"

蛋蛋说："你懂个屁。"

哗啦一声，是隔壁猪舍先坍了。蛋蛋停了一下，又在继续了。

桃花说："你不要命了。"

蛋蛋说："快了，还差一口气。"

蛋蛋越来越猛力。树叉说："快点，快点，这回屋真的要坍了。"

树叉逃出去的时候，听到爹在说："桃花，我想起来了，十年前的那个夜里我看到了床单上有一摊血。"

树叉听到娘说："为了这摊血我把床单都快洗破了。"

树叉还没逃到隔壁老富农家的屋檐下，自己家里的房屋就坍了，爹和娘就这样被深深地埋在废墟里。

蛋蛋和桃花是阿发队长请大家给安葬的，就在山坡上。

阿发问树叉："你怎么一个人逃出来，怎么不叫你爹和娘一起逃，他们睡得那么熟吗？"

树叉抬起头，看着阿发说："我叫过了，爹说还差一口气就好了。"

阿发又问："什么还差一口气就好了？"

树叉说："好像是爹在想十年前的那个夜里。"

阿发说："硬伤，硬伤，洼洼地人死得这样硬伤的还是第一次听到。"

老驼背在一旁说："混账，有种！"

4

洼洼地有个庵，取名板头庵。

当家的是老尼姑，她手下的四个尼姑和老尼姑年龄相仿。

板头庵内原来有几尊泥塑木雕，那一年洼洼地发大水，大水满了板头庵。菩萨们以为庵里的尼姑不会不管它们，一定会把它们从大水里捞上来，想不到她们大难到来各自飞。

老尼姑逃命时，拎着一只包袱，颤抖说："菩萨保佑，菩萨保佑。"

菩萨们心里发笑，还菩萨保佑呢，我们自己都性命难保了，什么叫泥菩萨过河自身难保，这就是。

尼姑要逃性命，菩萨也要逃性命。菩萨逃性命逃不过尼姑，就灵魂先逃。菩萨的灵魂是跟着尼姑逃的，不管尼姑逃到哪里，菩萨的灵魂就跟到哪里。

大水退后，五个尼姑回到板头庵，菩萨身躯却成了泥浆。

老尼姑捧着泥浆哭得伤心，四个尼姑学着当家的也哭得伤心。

老尼姑一边哭一边说："老天不长眼睛呀，连菩萨也不放过呀，罪过呀罪过，罪过呀罪过。"

四个尼姑在一旁说："作孽呀作孽，作孽呀作孽。"

老尼姑们的哭声长了翅膀，洼洼地人闻声赶来。阿发队长在人群里站了出来说："老尼姑，好啦，好啦，有什么好哭的，村里的仓库间也被大水吞去了，我怎么不哭呢。有山在还怕没柴烧，还好板头庵没给大水吞掉，到时候叫麻子阿四家挑个吉日，再塑几个菩萨。"

后来老尼姑就每天抬着头，希望阿发队长说到做到。有一天，老尼姑总算把阿发等来了。

阿发看到老尼姑家里多了一个小姑娘，七八岁光景。小姑娘衣衫贼破，拖着鼻涕，一面孔苦命相。好在头上的两角小辫子梳得齐齐整整，否则就是个小讨饭。

老尼姑没把阿发当作队长。

阿发问说："师太，这小姑娘是谁？"

老尼姑说："菩萨领来的。"

阿发说："师太，你真是菩萨心肠。"

老尼姑说："菩萨都没了，还讲啥菩萨心肠。"

阿发说："师太，你放心，我讲话一定会算数的，你心莫要太急。"接着说，"和你商量一件事情，我看这件事情只有和你商量了。"

老尼姑闭上眼睛，说："堂堂队长也有求我的辰光啊。"

阿发说："你晓得树叉这小子不？"

老尼姑说："他不是桃花儿子吗，怎么了？"

阿发说："他的爹娘都在发大水中死掉了，树叉现在是孤儿。"

老尼姑说："造孽。"

老尼姑看了看阿发又说："你是想把这小子推到板头庵来？"

阿发说："我在和你商量，粮食村里会给的，柴火村里也会给你。"

结果，老尼姑答应，条件是队里必须承担她收养的小姑娘的粮食和柴。再就是要把庵里的菩萨尽快塑起来。

老尼姑收养的小姑娘，是她逃性命逃到山外在一座破庙里捡来的，取名叫水满。

老尼姑有了养子树叉，养女水满。

树叉强奸水满未遂，那是荒年以后的事情。树叉落了个花马甲美名。

再后来，花马甲娶了水满。花烛夜，水满说："树叉，当时你怎么会是强奸未遂？"

造孽者

1

晚餐放在下午五点半。秋季里的用餐时间，一般不会轻易改变。

这个家就两老人，后来加入了多多，家里就热闹多了。

老式的二室一厅，够大了。老了，老了，还求什么呀，不就是讨个安度晚年嘛！

餐厅小了点，五平方米左右。到了用餐时间，多多上蹿下跳，一家人其乐融融。

人老了，房子也老了。房龄三十年。

十年前，在胖夫人的建议下，室内做了一次装修，一般的装修档次，不高不低，花去了四万多元钱，旧貌变了新颜。二老观念有差异，瘦老先生的意思，餐厅依然用老式长管日光灯照明，顶上还是吊着三片叶的风扇。胖夫人不想多费口舌，就随了老伴。

胖夫人用餐向来囫囵吞枣，瘦老先生看不惯，就像胖夫人看不惯老伴一天抽两包烟。不过，二老相互理解，似乎一切都顺其自然。从另一个角度来说，胖夫人不计较鸡毛蒜皮的小事，尤其是瘦老先生喜欢主动收拾用餐后的残局。当然了，瘦老先生有自知之明，喝酒影响了他的用餐速度，就把收拾残局视作理所当然。

瘦老先生曾经细细一算，馋烟酒了不得，喝酒的钱不算，单说抽烟，几十年来吃掉了一套二室一厅。他又安慰自己，钱这东西生不带来死不带去，哪一天真的走了，人在天上钱在银行，吃亏的还是自己。想开了，什么事情都解决了，烟酒到底还是好东西，不能绝交。

瘦老先生烟瘾大，酒瘾尚可，酒风甚好。他在酒席上表现一贯出色，不醉不休。在家喝酒就不一样了，一般都是晚餐喝点，也就过把瘾的意思，胖夫人表示赞同，唯一不满的是老伴不想与烟绝交。

多多在这个家里，视己为宝，从不帮主人收拾用餐残局，完全一副与己无关的态度。

有时候，多多会觉得瘦老先生可怜，也认为他是自讨苦吃。多多唯一认可的是瘦老先生是幸福的老人，勤劳的男人。

瘦老先生洗刷餐具，多多一般都待在厨房一角陪伴，他也会朝多多传递貌似甜蜜的微笑。多多也会传递微笑，貌似僵硬的微笑。

晚餐自然不会很快结束。瘦老先生一贯的风格是慢喝细嚼品滋味。他和夫人的用餐风格迥然不同。到底是老来伴了，他不想和她为了鸡毛蒜皮制造不愉快的气氛。

譬如，夫人老是骂多多是个不成器的东西。他听之任之，尽管有自己想法，总是不露声色，如此注意生活细节对谁都好，也包括对多多的庇护。

多多是个不拘小节的家伙，这也是胖夫人瞧多多不顺眼的根本原因。

譬如，每日晚餐，胖夫人时不时抬头看墙上的电子钟，多多就模仿；胖夫人穿健身装时，多多会在她周边愉悦不已。胖夫人就骂："高兴什么，不成器的东西，总有一天会不要你的！"多多低头不响。

当然了，多多也会用眼神询问胖夫人：我真的让你这么讨厌吗？老是说我不成器，能否指出点具体问题来，说不出是吗？那又何必如此！

胖夫人自己也不清楚，为什么老是要和多多过不去。

瘦老先生心里笑，老伴啊老伴，你这是做什么？如果家里没有多多，哪里会有热烈的气氛。你呀，莫看多多装着一副似懂非懂的傻样，心里精着呢！

只要不是雨雪天，晚餐后胖夫人肯定要出门，跳操上了瘾，就在小区对面文化公园。跳的是佳木斯健身操，一支庞大的健身团队，大嫂大叔各个心态朝气蓬勃，他们似乎要把自己的年龄倒退十年，甚至二十年。

落地音箱的音乐节奏强烈，声浪感染了公园里闲悠的人们，他们的脚步也就下意识地活络起来。每一棵树也会伸出手臂，默默地摇头晃脑，小鸟暂避别处。

多多的记忆里，以前经常跟胖夫人去公园。回家后，多多总会在瘦老先生面前有声有色地描述说："哎呀呀，佳木斯操棒极了！"神态是那么兴奋："一百多号人组成四人一排的队形，踏步伸臂摇头晃脑。他们大多数严肃得没有笑容，也许是怕笑容使自己慌了手脚，或者乱了阵容。"

瘦老先生对公园里的情况太了解了，对多多的描述并没有表示怀疑。他甚至为多多观察如此细腻而高兴。这样一来，多多更加有自信了，继续说："你知道吗？我好高兴，夫人是领队，太厉害了！"

多多喜欢窥视瘦老先生心里在想什么。当然，瘦老先生还是比较注意策略的，他对多多鼓励多于批评，或者是给以细节上的纠正。他认为自己很有必要这样做，也许能改变夫人对多多的态度。于是，他就摸摸多多的头，笑眯眯地说："你没有在他们的方阵里捣乱吧？"

捣乱，我会是个调皮捣蛋的小家伙吗？多多就有了想法："你也太小看我了。"

尽管如此，多多还是很有礼貌地回答说："我没有，但也有捣乱的。"

瘦老先生温和地说："只要你不捣乱，就好。"

多多笑笑，语言都在笑容里：瘦老先生，你相信我吗？是不是有着信任或不信任的模棱两可之意？

　　当然，瘦老先生又一次给多多递上笑容时，突然想到了刚才的提问是不是伤了小家伙的自尊心。于是，他的笑容里多了一份歉意，对不起，我不是故意的，更没有不信任你的意思。

　　事实是多多在公园里受益匪浅。在过去的一段时间里，胖夫人还是带多多去公园溜达的，哦，具体时间已经模糊了。后来，多多归属瘦老先生照顾，一直在他所谓的支配时间里，对多多始终保持宽容，这种状况一直维持到现在。所以，多多认为与瘦老先生相处要比与胖夫人相处幸福快乐。

　　多多一直认为，自己已经触摸到了瘦老先生那颗善良的佛心，或是佛心的力量。

2

　　瘦老先生书房里，有一排木制的书架，都是一些有收藏价值的书籍。

　　尽管如此，他还是在书架中间上方让出一块阵地，给胖夫人用。他认为这样做是对夫人的尊重。

　　胖夫人在自己的阵地里，供上了佛像。她把佛像视为至高无上的神灵。

　　经过无数次留意，多多终于有了结论：胖夫人每逢农历初一和十五，都会在佛像前点燃三炷清香，供上两杯清茶。

　　瘦老先生从不过问如此细碎的小事，或者是大事。这样一来，多多就又有了一个结论：瘦老先生是个佛在心中，而又不善于言表的忠厚老人。

　　公园的夜晚富有色彩。有美丽也有丑陋，好像蓝天白云里总会有几朵乌云飘过。当然，乌云不一定是坏东西，好像美丽也会有瑕疵一样。

　　瘦老先生带多多外出，一般是在晚七点。他一向比较守时，也会有超出时间的时候。他认为不守时是一种没有时间观念的低级错误。所以，他对自己的低级错误往往不想用客观理由来搪塞，他认为搪塞是一种不负责任的表现。

　　以往，胖夫人带多多兜一圈，便急忙返回自己的阵地。瘦老先生就不一样了，他带着多多一个点一个点地踩点。他是要多多知道夜幕笼罩之下，公园里既有阳光又有阴暗，也包括潮湿或干燥的空气，还有闲人形形色色的情绪，以及沉浸在灵魂里罪恶的滋生和横溢，似乎这样才是尽到了自己的义务和责任。当然，多多并没有窥视到瘦老先生的良苦用心。

　　多多正处成长时期，瘦老先生认为很有必要让多多见见世面，包括复杂和不复杂的生活元素。

　　有一次，多多明知自己的提问多余，却还是说："瘦老先生，你也信佛是吗？"

　　多多从来都会察言观色，它希望瘦老先生在没有回答提问之前，头上会出现一道金光闪烁的佛光，哪怕是一瞬间。

　　当然，瘦老先生是愿意接受提问的，但他不知道怎么解释这样一个神圣的问题。他不希望因为自己的信口开河，对正处于成熟期的多多进行误导。

"你呢？"瘦老先生微笑反问。

多多对瘦老先生的反问，没有表示不满，说："很抱歉，我不知道，真的不知道。"

多多不希望瘦老先生是那种道貌岸然的家伙。但是，它还是有点心神不安，或者情绪上的动摇，或者担心判断失误，将来给自己带来难以弥补的不幸。

多多真的在走向复杂，瘦老先生还真是想对了。

事实是，此刻的多多内心隐隐有着一种对命运的祈祷，希望瘦老先生能给自己带来好运。

多多一直认为自己是个会找话题的小不点。

每次进入话题时，瘦老先生不会轻易去纠正多多的语无伦次，或者任意的夸张。他总会在多多滔滔不绝的时候一言不发，满目光彩是因为小不点的话题，像早市里活蹦乱跳的鱼儿。

鱼贩子是有办法的，他们会让断气的鱼儿死而复生。这一点多多做不到，瘦老先生也做不到。胖夫人呢？她说她不是白痴，只听说过咸鱼翻身。

"佳木斯健身操方阵里，有二十八个男女，统一的服装，举止比一般人规范。"多多的话题依然由此说起，"方阵后面捧场的都是附近居民，也有几里地外过来的，中老年居多。"

"公园的舞池不大，用木条铺的，彩灯闪烁下双双相拥着舞伴。"多多总会夹带一些疑问，"为什么他们之间都要含情脉脉，甚至把乱了方寸当成一种调情的手段？"

多多也会为某个男人或者女人感到可怜，也会流露一种压抑不住的阴沉与情绪。

多多继续描述说："那一次情况是这样的，一个齐耳短发的中年女人气势汹汹地闯进了舞池，一手抓住了年轻女子的披肩长发，另一手撩起一个巴掌，结果引起了纠纷。于是，舞池里的人四散之后又围观两女厮打，男舞伴早已逃之夭夭。"

多多终于要求瘦老先生回答一个问题："舞池里发生的事情，是新闻还是绯闻？不会是我少见多怪吧？"

瘦老先生不能说是见多识广，对于这样的问题他可以用"罪孽"二字高度概括。

"哦，'罪孽'啊！就如此简单吗？"多多似懂非懂。

"对，就如此简单。"瘦老先生坚信自己的言辞。他没有用更多的语言解释此事。当然，多多知道瘦老先生一向是少言寡语的老人，他的话往往一针见血。

多多正在慢慢成熟，对雄性和雌性之间的细节产生了好奇，尤其是从生理的角度。

这一点，瘦老先生已经有所察觉。他想找个适当时间好好和多多聊一聊。他曾经有过制订早期性教育的想法，不能老是让多多在性别上感觉朦胧，或者挖空心思，窥视男人和女人的复杂。

当然，瘦老先生内心是不希望多多众目睽睽之下，做出有损于体面的事情，或者沦为罪孽深重的性侵略者的。

3

多多终于明白了自己是谁。

它不得不承认自己是老人眼里的玩物。

胖夫人换好健身装又要出门，它在女主人脚边活蹦乱跳，摇头晃脑，用眼神告诉女主人：带我去吧，我会乖乖的！

胖夫人已经不可能再带多多出去了，既然对它看不顺眼，也就来个彻底。

多多的语言都在眼神和尾巴里。它希望主人能从它哀求的眼神里读懂它的意思。这样一来，瘦老先生还是认为它是个值得怜悯的小家伙。不是吗？它所有的器官都那么通人性，它的肢体语言让他相信多多的确是个聪明的家伙。

瘦老先生正在酝酿，如何与多多进行一次语言交流，或者说心灵沟通。多多也是，它已经从瘦老先生的热情和宽容里找到了安慰。

多多的窝，挤在餐厅的一个角落，暖和的窝是瘦老先生的善良。

"小东西，心善最吉祥，你懂吗？"瘦老先生经常问多多。

多多亮了亮眼睛，皱了皱眉头，表示自己正在思考主人的提问。它认为这是个深奥的问题，不是一点点深奥，而是深奥得让它莫名其妙。

瘦老先生就朝多多笑笑，他不认为它能有一个比较满意的答案。

多多肯定要把胖夫人送到门口，它认为这是礼貌。它不奢望女主人在短时间里改变态度。

当然，胖夫人"砰"的一声把自己关出门外时，多多还会忠心耿耿地趴在原地，竖着耳朵，摇着尾巴。当它肯定主人已经完全走出院子时，它就发出了几声吟叹，以表示对胖夫人的不满。

尽管如此，多多并没有忘记欢迎女主人回家，也有一定的时间观念。胖夫人一般都在晚上八点半左右回来，它差不多在八点二十分自觉地趴在房门口等候。

胖夫人开门进来，多多两腿站立伸开双臂，咿咿呀呀地抱着女主人的双腿亲昵，也有把胖夫人逗笑的时候。以前，她在被它逗笑时，会把它抱起来，或者用手指梳顺它的毛发，多多乖乖的，宝贝乖乖的。多多的舌头舔着胖夫人手背，或是手臂。

多多记忆清晰。瘦老先生自从包揽了饭后刷锅洗碗的任务后，胖夫人也就不在乎他在饭桌上磨蹭了。

以前不是这样的，她曾经对他说："你不好吃快一点吗？"

"酒得一点点咪，饭得一口口吃，快了会引起肠胃消化不良。"瘦老先生的强词夺理，似乎不是没有道理。不过，她没有忘记提醒一件事，说："刷锅洗碗别忘了放洗洁精。"

胖夫人经手的洗刷都会用上洗洁精，瘦老先生认为没有必要这样仔细。

当然，瘦老先生还是"哦"了一声。他已经犯过几次错了，都是被夫人在抽查时发现问题的。他不认为自己是个愚蠢的家伙，知道病从口入。这样一来，瘦老先生在夫人的督促下，慢慢养成了用洗洁精洗锅刷碗，或者其他餐具的习惯。

一个人吃饭比两个人清静。当然，瘦老先生的古怪，在于用餐时没有太多废话，偏偏夫人喜欢在餐桌上啰唆，都是些不新鲜的话题，把前一晚发生在公园里的事情，有声有色地再复制一遍，哪怕是一件微不足道的小事，都会从她嘴里放大，版本有点模糊，禁不起瘦老先生考证。

胖夫人走出院子前，习惯用健步鞋在水泥地上轻轻地蹬几脚，鞋子明明感觉很合脚，似乎有此一举心里踏实多了。当然，她也许还有另一层意思，告诉瘦先生，或者多多，她要离开院子了。

她健身回来，进院子时的动作就不一样了，健步鞋会发出鞋底着地而厚重的"啪啪"声音，也许是告诉瘦老先生，也许是告诉多多，她回来了。

胖夫人出门后，瘦老先生一定会继续在餐桌上喝酒。

瘦老先生和好友们喝酒，至少得灌三四瓶啤酒。酒精会让他面红耳赤，会让他额勃青筋，会让他天南地北八卦。当然，他的八卦有粗有细，往往是半隐半现话里藏话，要看在座的男女怎么悟了。

喝酒时，男女坐客一般都比较放开，性与性之间的隐词，不再是远隔万水千山，一拍即合桃色言传。

瘦老先生会八卦，往往有这么一句：眉来眼去相拥即上床，两败俱伤出门即扬镳。

"多多，过来！"瘦老先生要给它吃块鸡肉，他知道多多还老老实实地趴在房门边。

有香喷喷的鸡肉诱惑，多多的食欲大增。如果胖夫人还在餐桌上，瘦老先生是绝对不会如此大方的。多多自然是摇着尾巴，感谢瘦老先生的热情款待。

多多啃鸡肉的姿态很美，两只前腿抱着食物，咬一口细细地嚼，咽下一口，再用舌头打扫嘴角的残留物。它的吃相与瘦老先生不相上下，这是胖夫人经过细细观察后的结论。

"想吃就多吃点，"瘦老先生连续给了多多几块鸡肉，"过了这个村就没这个店了，懂吗？"

多多呆了一下，抬起头瞪大着眼睛，似乎在问主人是什么意思。瘦老先生又重复了刚才的话，它还是没有听懂。当然，多多心里有一点是明亮的，主人依然疼爱自己。多多没有忘记瘦老先生曾经邀请它喝过啤酒，害得它美美地睡了一个晚上。

多多是不会记恨男主人把它当作玩物的。它甚至把男主人当作了自己的玩物。

这样没有什么不好，感情也就培养出来了。这一点胖夫人没有瘦老先生做得好，多多就是这样想的。多多一直认为自己和瘦老先生有心灵相通之处，也许是缘分。

多多乖乖的，从来不贪食。它不希望让瘦老先生讨厌，那样岂不是自讨苦吃？

它看主人脸色的时候，贼头贼脑，吃完了鸡肉用舌头打扫嘴角的卫生后，走向自己的窝边，用前爪捧出来一个塑料球，再叼在嘴上，一小步一小步地慢慢移到瘦老先生脚边趴下，玩起了塑料球。球是瘦老先生从公园里的小摊上买的，球的表面有多多的爪痕，或者是牙痕，毛毛糙糙粗粗细细的，没有规则，深浅不一。多多多数时候会把塑料球抱在怀里睡觉。它也会有心事，想着想着就玩起了塑料球。它甚至可以把塑料球当成足球，功夫全在四条腿上，身子一躬，后腿一弹，前腿就运动起来。

这顿晚餐是甜甜美美的。瘦老先生对多多格外开恩，吃了鸡肉又吃鸡爪。多多似乎感到有点不好意思。难道是给我过生日吗？也许是个理由。似乎又觉得哪里不对劲。

瘦老先生一贯不露声色，不像胖夫人那么直接。譬如，胖夫人总会在多多面前说，你这个不成器的东西，总有一天会不要你的！这样也好，至少让它有个思想准备，或者想尽一切办法讨夫人喜欢。瘦老先生从来没有说过夫人这样的话，所以多多认为自己的疑心一定是多余的了。

平日里，晚餐喝一瓶啤酒的瘦老先生似乎有了兴致，咪了一杯又一杯，餐桌上都已经有两个空酒瓶了。当然，多多不清楚主人今天是怎么了，不会是桌上那锅全鸡吧？多多放下了塑料球，咽了咽口水，抬起头摇着尾巴看主人。

"来，你也咪一口，今日有酒今日醉，明日无酒喝清水。"瘦老先生把酒杯送到多多面前，它连忙把头扭到一边，似乎是生气了，好像又不是生气。

"我再也不会上你的当了。"多多心里这么说，脸上表情还是友好的，它的笑容荡漾在尾巴上。

"你小子口福不错，"瘦老先生又丢给了多多一个鸡爪，"我把凤爪都省给你吃了。"

多多感到有点莫名其妙，什么时候鸡爪变成了凤爪？看来得入梦的时候问一问祖先了。它自信，这应该不是疑难问题。

多多把凤爪叼在嘴上，趁瘦老先生一时不注意，就迅速把凤爪塞进了窝里。它经常把吃的东西藏在自己的小被褥里。这小子也知道储备食品，难怪胖夫人在整理它的床铺时，会把它教训得满房间乱跑，或者是躲在主人的床底下美美睡上一觉。

胖夫人教训多多时，瘦老先生总是在一旁笑着说："藏东西是它的本性，你何必要和它过不去呢！"

胖夫人说："好，下次就叫它把东西藏在你的被褥里，看你过得去还是过不去！"

4

瘦老先生终于完成了晚餐。

多多趴在餐厅的一角，眯着眼睛，尾巴藏在屁股底下，好像是在打盹。它时常这样装腔作势，甚至会偷偷地睁开眼睛，耳朵一直在关注主人刷锅洗碗的声音。

事实是，瘦老先生干什么事情都是轻手轻脚的。譬如，自从承包了餐后刷锅洗碗以来，没有敲碎一只碗或是调羹，这一点胖夫人是比不了的。她曾经敲碎碗或是调羹，多多一定会跑到她的脚边摇尾巴，像是幸灾乐祸，胖夫人就骂："有你的事吗？滚到一边去！"

滚就滚，多多就很知趣地滚到自己的窝里。它头是低着的，眼睛却偷看她如何处理碎碗或碎调羹。它可以肯定，自己绝对没有幸灾乐祸的意思，它甚至想到要是敲碎碗或是调羹的是自己，不知会是如何下场。

瘦老先生洗刷时也会边哼上几曲。多多虽然听不懂他在哼什么，但会用尾巴与他的曲子合拍，哪怕是装装样子。

"你摇尾巴干啥，懂个屁啊！"瘦老先生往往会随口一句。

多多"吱"了一声，尾巴摇得更欢了，眼睛还是眯着，它似乎感觉到这样很有意思。

在多多的记忆里，瘦老先生没能哼过完整的一曲，往往会半途而废，再换上另一曲，多多的尾巴就一定乱拍了。它是费了好大的劲，才把它纠正过来，认为自己有责任为主人助兴。

曾经，多多跟随胖夫人去过她们的方阵。它就乖乖地趴在一边欣赏阵容，或是摇摇尾巴，不像有几个伙伴在方阵里蹿来奔去让人讨厌。它觉得自己给足了胖夫人面子，就像在瘦老先生哼曲时，自己的尾巴继续合拍一样。多多认为那些个没有音乐细胞的伙伴是捧不上墙头的，愚蠢之极。

现在，瘦老先生出门了。那根红色的缰绳属于多多。如果没有缰绳，它就会疯狂起来，瘦老先生不止一次吃过亏。它的疯狂是在公园里到处乱跑。多多一定认为这样和男主人捉迷藏很快乐。当然，瘦老先生开始是快乐的，后来就慢慢地感到讨厌了。他甚至觉得别人家的小东西都比自家的小东西乖。

红色的缰绳一头有个活动扣子。多多脖子上的项圈里也有个活动扣子。扣子和扣子一搭，就能牵着它行走，或是小跑。瘦老先生一般情况下是不会牵着多多快跑的，他认为没有让它快跑的必要。

当然，多多只有在脱缰时快跑，跑出十几米，或者是二十几米，停下来，扭过头等主人。当主人走近时，它又开始跑了起来，也许只有这样才能与主人保持一定的距离，或者说主人限制它的自由有点过分了。

多多知道放风的时间到了。摇着尾巴，自觉地蹦到主人的脚边，或者是在瘦老先生的身边转来转去。

瘦老先生会一边完成习惯动作一边说:"小东西,你急什么!"

往日里,多多一般都是在公园放风,也包括拉屎撒尿。

公园里人多。多多的伙伴也多。伙伴的主人一般都是女性,她们的脸上已经没有了往日贵族般的骄傲。主人与主人之间是没有多亲热的,微笑也就是相遇的招呼了,或者聊上几句。

多多在径道上遇到自己的伙伴,热情非常高涨,也是的,它们交流形式多样,它们用自己的语言落实行动,或者鼻子碰鼻子亲热,或者用舌头舔对方的屁股。最可怕的是由一方架在另一方的屁股上,双方的主人一定会强行拉开各自的小不点,除非双方达成了口头协议。

当然,多多不是没有犯过性侵略的错误,它的身体里会有一样东西膨胀,这样一来就不顾及带蝴蝶结的伙伴有没有需要,或者说是发情到迫切。这样的强奸事件往往防不胜防。

强奸一般都是半途而废的,倒不是多多不想继续,也不是带蝴蝶结的伙伴没找到感觉,问题是带蝴蝶结伙伴的主人棒打鸳鸯:什么东西,还有没有王法了!

瘦老先生并没有向对方表示道歉的意思。当然,他也没有过多地责怪多多的无礼,或者说是流氓行为。他对多多沦为罪孽深重的性侵略者,没有表示过多的遗憾,只是推翻了自己曾经对它的信任。

多多在公园里熟门熟路,也包括一草一木。它甚至能记住躲藏在树丛里,鬼鬼祟祟的几个靠卖身为生的女人模样。

有一次,多多说:"瘦老先生,她们为什么要如此不顾颜面?"

"对她们来说,颜面已经不重要了。"他平静地回答,又似乎觉得多多有点少见多怪。

当然,瘦老先生是个通情达理的老人,曾经试着放任过多多几次,结果让他十分失望。他不是没有耐心和它捉迷藏,而是它愚蠢。

事情可以由摩登女郎证实。

那一天,瘦老先生带着多多在公园水池边的长条木椅上休息,迎面走来了一个摩登女郎,香水味刺鼻。他甚至怀疑这是个冒牌的贵族太太,不是吗?现在冒牌的东西实在太多了,清者浊,浊者清。

摩登女郎抱着金毛小宠。她自然是一头金发,是披肩的那种卷发。金毛小宠的毛微卷。她的眼神其实不是为了瘦老先生,是在朝多多调情,金毛小宠安静地趴在主人的怀里。当然,金毛小宠也看到了木椅上的多多,但它那么乖,不露声色,或者是潜意识的害羞。

"你家的那个小东西,上次一直追着我家的欢欢到家门口,"女郎对瘦老先生说,"死活不肯离开,真是有点意思。"

摩登女郎的话有点讽刺,瘦老先生不认为她是正确的。怎么能说是追着到你家门口呢？明明是你家的欢欢在诱惑我家的多多嘛！

于是，瘦老先生"哦"了一声，然后向她投上一丝表示礼貌的微笑。

多多似乎想起了什么。它在木椅上欢蹦乱跳起来，欢欢也在主人的怀里骚动。难道是摩登女郎的姿态诱惑了多多？也许不是姿态，是香水，或者是她怀里的小东西了。事实是，瘦老先生对摩登女郎多看了几眼，她的确比树丛里那些个鬼鬼祟祟的女人有诱惑力，或者说是另类。

瘦老先生不知道该往哪里去，最终选择的是一条偏僻小巷。

夜色下，小巷里行人稀少，路灯是有的，灌木丛也是有的。多多总会在电线杆根端翘起一腿撒尿，一条不到三百米的小巷撒了三次。小巷在多多的眼睛里，或者是鼻子里都是陌生的，也是新鲜的。它必须记住自己走过的路径。

小巷的南头，有条由东往西五里长、二十米宽的大马路。瘦老先生是带着多多从小巷北头进去的。北头也有条大马路，那是城市的主马路，也是由东往西一直延伸到城乡接合部。

当然，到了小巷南头，瘦老先生还是犹豫了一下，不知道是往东还是往西走。多多却果断地要往东方去。他就顺了多多的意思，心里想，你这个小东西倒是会挑方向。

对这个城市，瘦老先生太熟悉了，一直往东而去，那里有个上千户人家的新村。好啊，就朝东去了吧！小东西，路是你自己选的，要是在路上走丢了，找不到回家的路可不要怪我！

原本二十米宽的大马路，现在已经没有这么宽了。马路的两边停满了小轿车，那些车是从附近小区里挤出来的。路边停车线是有的，没有停车线的地方停车是要被城管人员抄牌的，那又能停到哪里去呢？好在城管人员也不是很计较，开罚款抄告单也不是好办法。

这条路上散步的行人很守交通规则，走在人行道上一定比走在马路上安全。尽管散步的行人左右道分明，也有个别是逆行。

行道树是香樟树，枝叶茂盛。

当然，行人已经习惯了踩着被枝叶破碎了的路灯光前行，他们看不到自己的脚印，其实脚印是有的，至少多多能把脚印看得一清二楚。

一拨人的脚印重叠着另一拨人的脚印。瘦老先生找不到比较充分的理由阻止多多撒尿，也无法改变它的精明。

要是能有一场大雨就好了，瘦老先生想到了这一点。雨一定会把人行道上所有的脚印冲刷干净，多多的心一定会破碎。怎么会有如此的歪想，这不是在造孽吗？多么的肮脏，多么的背离人性。

我怎么会有这样的念头，难道是此地无银三百两？瘦老先生为自己的莫名其妙感到前所未有的羞耻和不安。

夜空里满是星斗，微风也会让茂盛的枝叶摇曳，哪有可能大雨如注呀！

5

人行道上没有多多的伙伴。

多多似乎很失望，神情里有一种莫名其妙的遗憾，这个世界怎么了？

瘦老先生倒是欢喜，只是没有表现在脸上。他不想自己的行踪受到外界任何干扰。他在人行道上行走的样子慢悠悠，似乎在思考一个很重要的问题，一个不为人知的问题。

他总是在避开所有行人的目光。人行道的南边都是一些老掉牙的公司，死气沉沉，都已经倒闭了。它们的躯壳里似乎还能看到那么一点曾经的辉煌，只是已经锈迹斑斑。

多多已经没有了刚才的活蹦乱跳，它似乎察觉到了事情的不妙，或者是怀疑主人的动机。

晚风里，依然透着白天余留的一浪热气，没有及时扩散完全，是"秋老虎"还在耀武扬威。

桥，那座大桥，这个城市唯一具有魅力的标志。

瘦老先生听到了声音，那是大桥上过往车辆的马达轰鸣声，才想起了自己在去年夏天的一个晚上，带着多多来这里欣赏过大桥的雄伟。

桥下是一年比一年狭窄的江面，瘦老先生的心胸也在跟着狭窄。汽笛声是从江面上传来的，来往船只总会在狭窄的江面上小心翼翼。当然，小心翼翼的还有瘦先生，还有多多。

大桥上车辆的轰鸣声，会让江面一阵阵颤抖，或者惊动了江里的小鱼儿，它们唯一的办法，就是把自己潜藏在一个比较安全的深处。瘦老先生的心也在颤抖，他根本没有办法让颤抖的心潜藏起来，或者能打开自己的灵魂，让颤抖不再颤抖。

小鱼儿能潜到一个比较安全的深处，失望的只能是江塘边网鱼的老汉，这不仅是网网落空，断了谋生之道，或者休闲而言的问题。

人行道的尽头是城市的风景区。大桥的引桥从风景区的那座小山的心脏穿过，集装箱车辆呼啸穿过小山时，小山的心脏会有一阵撕心裂肺的疼痛。尽管疼痛是短暂的，或者是畸形的。瘦老先生的灵魂也在疼痛，在颤抖中颤抖，在与多多同行中颤抖。

瘦老先生清楚自己的疼痛，完全不是多多的原因，也不是胖夫人的问题。那又会是什么呢？他感到琢磨不透。

散步，他十分清醒是在和多多一起散步。当然，他确实不知道应该带多多往何处去，他也许对这个问题感到迷茫。

继续前行就是风景区，有小丘挡着道，要么就拐弯走另外的道。当然，越过小丘便是风景区的山下公园，黑夜里是去不得的，尽管有散乱的灯光。灯的光亮里也许潜伏着曾经的恐怖，乱坟滩里会有飘忽不定的阴魂。就像瘦老先生断断续续的颤抖和疼痛。

哎呀妈啊！太可怕了，阴魂一定是孤魂野鬼，会让人毛骨悚然。

这个时候，多多开始狂躁不安，"咿咿呀呀"起来。事情有点不妙，它一定看到了什么东西。牛眼识草，慧眼识宝，狗眼识什么？一定是妖魔鬼怪了。

逃离，逃离是必须的。瘦老先生终于发现了多多的身子在微微颤抖，他断定，乱坟滩里的阴魂正在向他们张牙舞爪，甚至已经有了冷飕飕的感觉，那一定是阴风的缘故。

他们必须走另外的道。尽管另外的道上的路灯光不这样辉煌，或者也是有气无力，甚至有点阴阳怪气。

此时，瘦老先生检查自己心虚的问题出在哪里。当然，每一个人在生活里都会有心虚的时候，这样的心虚一定也会是冷飕飕的感觉，那是不能去考虑谁和谁心中有鬼的问题了。

都市里的村庄，上千户人家的新村就在前面的马路北侧。

村庄有四个大门，北门白天开晚上关。南门有三个，临街，中间一个铁门上挂着大铁锁。东与西大门的距离大约也有半里。大门是有岗亭坚守的，重要的是安装了红外线探头，所有进出的人和车辆都在探头监视之下。

当然，这里的光色无论从哪一个角度看，都是充满生气，或者说是灵气的。

大概是夜晚的缘故，新村比较安静。每一幢楼里的窗口总会有灯光的，或者躲在窗帘的背后。窗帘是个好东西，它是遮丑布，能把怕曝光的人和事，或者那些本不该心虚却又心虚的鸡毛蒜皮蒙在屋里，或者是怕窥视的小人少见多怪。当然，每一个窗里都会有深层次的内容，或者是隐私。

岗亭里的保安一般都有职无责，他们把所有的责任，委托给了四通八达的电子眼睛了。那么，猫在亭子里玩手机微信，就成了理所当然。

瘦老先生和他的多多，是在保安的眼皮底下走进村庄的。当然，保安没有把他们放在心里，自然是把他们当作良民了。

哇，村庄怎么如此庞大雄伟？多多甚至想到了要是自己能在这里安个家是多么的幸福，可它还是舍不得抛下瘦老先生这样的好人。

走在村庄的径道上，多多始终有一种莫名的兴奋。它甚至感觉到瘦先生把它带上了一艘豪华的游轮。

每一幢楼都在微微地摇晃，那是游轮在乘风破浪。多多知道在游轮的甲板上撒尿是不文明行为，就像主人在默默切记楼群位置一样的心虚。

他们几乎是在村庄里不停地环绕，也许是没有找到合适的舱位，也许是瘦老先生在考虑一件很伤脑筋的事情。他甚至感到自己是否把一件简单的事情办复杂了，如果真是这样，那自己就造孽了。

6

胖夫人回家时，每天都是把外套挂在肩上，看来运动量还是比较大的。

进了家门，她根本不会在意多多是否蹦跳着欢迎。胖夫人在意的是瘦老先生坐在电脑面前打游戏。当然，她不反对老伴沉醉在电脑麻将里，保持大脑不停地运动，一定能远离老年痴呆的毛病，就像她在公园里参加健身运动。

小区里有棋牌室，瘦老先生去过几次，后来不去是牌技实在太差，还不如自己买些甜酸苦辣实惠，最要紧的一点是浑身都是香烟味。这样不错，既省钱，又不伤身体。

胖夫人曾经说："你这是真的想开了吗？"

瘦老先生就憨笑，啥也不说。当然，他不说自有不说的道理，为的是怕自己一旦意志动摇，让老伴留下话柄，凡事总得有条退路。他做任何事情都会在要做之前考虑退路。过头饭好吃，过头话不能说，谁都不晓得后来的事，或者是结果会是怎么样。

"多多。"

胖夫人往往是在进卫生间冲洗时，随口唤几声多多。平日里它一定会摇着尾巴蹦到她的身边，或者趴在卫生间侧边，聆听主人教诲。

这一次，多多并没有理睬女主人。瘦老先生扭过头扫了一眼卫生间，继续一门心思玩电脑麻将。他皱了一下眉头，思想不集中，错过了碰一对红中。

"多多，过来！"胖夫人的口气自然是生硬了，"再不过来不要你了！"她感到奇怪的是它一直不理不睬，始终不肯露面。当然，她还是有气量的，何必要与小东西斤斤计较。好呀！小东西你看我不顺眼了是吗？没关系，我看你还不顺眼呢！

电脑里的打麻将声音很小。瘦老先生点燃了一支香烟，烟雾袅袅。胖夫人闻到了烟味说："叫你在房间里少抽香烟，怎么老是不听？"她往往这样埋怨："还不如多多，它晓得躲我，你却总在我的眼皮底下抽烟！"

瘦老先生接上说："它是怕你看不顺眼嘛！它能躲，我怎么躲？离家出走？"

胖夫人冲洗后，准备泡杯热茶然后上床休息，接下来便是看电视了。她再次唤几声多多，它继续没有反应。看来这个小东西真是生气了，哪怕是吱一声也行。

"多多，你给我出来！再不出来就把你扔掉了，让你到马路上流浪去。"胖夫人朝在隔壁书房的瘦老先生喊，"你看一下，多多是不是在你的书房里，怎么一点动静都没有？"

瘦老先生又一次皱了皱眉头，应上一句说："被你骂怕了，惹不起还怕躲不起啊！"

他脸上的丝丝不悦，也许是针对老伴对小东西忽冷忽热，或者是麻将打得不顺手，补充一句说："看你的电视就是了，烦不烦啊！"

造孽者

"小东西气性倒是很重，有志气就永远不要理我！"胖夫人生气了。

这个晚上，瘦老先生电脑麻将玩得迟，连打连输，老是出错牌，甚至该胡的不胡，好像非要和自己过不去。以前上升的积分直线下降，好在这种虚拟的东西他从来没有认真过。

我今天是怎么了？老是心不在焉。他知道问题出在哪里。

夜深了，瘦老先生在自己书房里的小床铺上睡觉，常有的事情。老了嘛，床笫之事早已淡化，已经成了一种默契。

当然，瘦老先生承认自己是个老烟鬼。他必须在就寝前再点燃一支香烟。他来到院子里，轻轻地推开院门，入耳的是秋夜蟋蟀声。那棵百年老樟树上的鸟儿已在巢里熟睡，白天里它们是叽叽喳喳的，像是在欢歌，又像是在讨论什么话题。它们有时候也会飞旋到院子里与多多玩耍，似乎要和小东西成为好朋友。当然，多多寂寞时，也会望百年老樟树。事实是，它们早已经是好朋友了。这一点，瘦老先生是清楚的，他曾经细细地观察过它们的言行，似乎能找到哪怕只有一丝的感觉。他的失望不仅仅是语言上的障碍，更是他的行动没有它们的灵活，唉，年老了，什么都不中用了。

这个下半夜，瘦老先生在小床上起来过两次。他甚至听到了院门外有细微的敲门声。当然，他每一次都会到院子里静听片刻，自然是又点燃了一支香烟，心里总有一种什么东西放不下的感觉。每次返回书房，他相信自己一定听到了多多在餐厅的窝里睡觉的轻微的呼噜声。它睡觉的样子是用两手抱着头。有时候，多多也会悄悄地爬到他的小床边，躺在男主人的拖鞋上。有好多次多多会用双手趴在床沿上，似乎要到男主人的床上去，或者希望主人能逗它玩耍。

瘦老先生不是没有和多多玩过，也会让自己的脚板悬在床地之间，最舒服的是让它舔自己的脚趾缝了，治湿气。多多把给他治湿气当作了一种享受，总会摇着尾巴说，味道好极了。它一定认为自己这样做完全是对男主人的忠诚。它曾经对女主人也这样做过，结果是吃力不讨好，被她一脚踢开，弄得它好不尴尬，落荒而逃。

从此以后，多多有了不成熟的想法，胖夫人是个很难伺侯的不知好歹的女人。它不是为自己可怜，而是佩服瘦老先生几十年如一日的耐心。

多多认为自己是一个幸运的家伙。它曾经属于主人的儿子一家。有一天，主人的儿子用小汽车带它去了美容店，痛痛快快地洗了澡，修了修绒毛，剪了剪头发，喷了几滴香水，对着镜子照时它都快不认识自己了，嗨，这样才像个贵族公子。

第二天上午，风和日丽。主人的儿子把多多所有用具和食品放进了小车，它高兴地认为一定又要带它去郊外旅游了。它的理智是自己必须乖乖地坐在后座上，千万不要晕车。当然，在小车里最活泼的是主人的儿子的儿子了，他坐在副驾驶位上，逗多多玩。它得表现自己，趴在女主人身边一声不响。小小主人是可以调皮捣蛋的，它不能这样做，怕自己被扔在半途，那不是亏了自己嘛！

魔方女孩

主人的儿子没有带多多去郊外旅游，它也没有感到过分失望。当然，坐了三个小时的高速车程，还真是有点疲惫。

这样说来，多多是主人的儿子送给主人的礼物。当然，瘦老先生心里很清楚，但他没有在嘴巴上责怪儿子，本来就没有养宠物狗的必要。既然是想明白了，老子也只能暂时收下，总不能让它去马路上到处流浪。

儿子笑嘻嘻地说："老爸，这下你不会寂寞了，有事情可以做了。"

"你为什么要买只宠物狗？早出晚归的上班都管不过，我看你是脑子进水了。"瘦老先生还是熬不住数落起来。他说完就要带多多去公园，小小主人说："爷爷，我也去可以吗？"

"当然可以。"胖夫人说。

多多换主人的时间是在初夏，准确地说是 6 月 15 日。多多在新主人家里不是没有想念过原来的主人，后来是因为生病了，39℃高热，是拉肚子引发的。

瘦老先生记得多多的病历卡上，第一次就诊时间是 6 月 28 日。多多后来不再记挂原来的主人，是它的心里有了仇恨，它认为如果不换主人是不会生病的，而且是病得不轻，所以它终于想到了瘦老先生既是坏人又是好人，要不是好人及时感觉到事情的不妙，那可不是多多换不换主人的事了。

多多在诊所里吊药水的时候，它想的是如果不换主人，如果原来的主人对瘦老先生讲清楚，或者仔细说明一下它食物的用量，也许差点掉命的这场大病是完全可以避免的。

当然，多多没有把自己的贪食作为一种不可饶恕的错误。

瘦老先生是不会承认自己是个坏人的，在多多差点掉命的事情上，只能说是无心之失，而且后来已经用自己的实际行动，挽救了多多年轻的性命。当然，他也是第一次认识到钱在多多生命里的作用，诊所里的那三个男医生和两个女护士是绝对不会错失良机的。瘦老先生忍痛割钱，因为进了这个诊所的门槛，找不到合适的理由退出。

多多的就诊完全是按照正规的程序进行的，宠物医院也是医院。挂号也就免了，病历卡上记录了拍片、化验的结果，戴眼镜的男医生的诊断结论是，它得了急性肠胃炎。

多多在诊所里吊了两天药水，男医生说还得再挂一天。瘦老先生心里明白，要是自己不贪心，不给它一次性吃三根牛肉条和两根红肠，它就不会上吐下泻，就不会便血，就不会四肢无力卧地不起。

瘦老先生在宠物医院花了六百元，后来听儿子在电话里说，多多是他在花鸟市场买来的，五百元钱。

男医生说还得再挂一天药水，瘦老先生没有听从医生的嘱咐，不就是再想骗钱嘛！你当老子傻啊！

胖夫人像审问罪犯一样要瘦老先生老实交代，意在坦白从宽抗拒从严。她说："我看多多不顺眼是事实，我骂多多不成器也是事实，老东西，你把多多扔了更是事实！看上去你比菩萨还心善，真没想到你会让多多去做流浪狗，你的心也太狠了。"

胖夫人见瘦先生不想答辩，接着说："我再骂它，再看它不顺眼，都不会如此心狠。"

"你是不是早有预谋？你可以说你的行为是心血来潮，也可以说是一时糊涂，但是多多是有生命的东西。"

"我看你是脑子进水了，病得不轻！多多会是怎么想的，它一定认为这件事情的幕后策划是我，你把我给害苦了。"

瘦老先生终于说："事情不是你想的那样，我也不是早有预谋，最多也只是一时冲动，或者是我误解了你看它不顺眼的意思。"

胖夫人说："你说你送人了？撒谎吧。"

瘦老先生说："没有啊，是送人了。"

胖夫人说："送给谁了，这个人你认识吗？"

瘦老先生说："认识的，他是新村里开小店的老头，特喜欢多多。"

胖夫人说："多多就没有吵着要跟你回来？"

瘦老先生说："没有，它一点也没有要跟我回来的意思。"

胖夫人说："你怎么不把它的小窝一起拿去？"

瘦老先生说："小店老头有狗窝的。"

胖夫人说："怎么，他已经养了一只狗？"

瘦老先生说："是一只猫，多多和猫很亲热，看样子是缘分。"

过了两天，胖夫人又问："你有没有给小店老头打电话？"

瘦老先生说："为什么要打电话呀？"

胖夫人说："问一下啊，多多在那里习不习惯，有没有和猫打架。"

瘦老先生说："好，我抽个空打电话问一下。不过，我还是觉得这个电话不打的好，水都已经泼出去了，是福是祸只能听天由命了。"

又过了两天，胖夫人说："我这几天老是在梦里看到多多，也不知道它现在过得好不好。"

瘦老先生就笑笑，啥也没说。

第五天晚上，瘦老先生心里有了一种冲动，他决定去都市的村庄。他还是沿着那条小巷，还是朝大桥方向而去。一路上，他在细细地寻找多多的脚印，或者是它的气息。

前面就是风景区，小丘仍然挡道，还是散乱的灯光。瘦老先生似乎看到了曾经的乱坟滩，还有飘忽不定的阴魂。他感觉到自己的脚步声里伴随着一种奇怪的声音。哦，那声音来自风景区的山顶，来自山顶上的寺院，来自念念有词的佛家子弟的千言万语，还有声声敲在他心里的木鱼声。

　　瘦老先生很自信，都市里的村庄就在不远处。他就是迈不动自己的脚步，甚至快要找不到村庄了，或者那艘游轮已经远航。

　　当然，他十分清楚自己是把多多系在楼道口的。楼道口斜对面真的有家小店，只是店主不是老头，而是一个中年女人。他现在终于明白自己撒谎了，太不是东西，这个世界上哪有善良的谎言，他骂自己的谎言。

　　他希望，他侥幸，小店里的中年女人看到了举目无亲的多多，可怜兮兮的多多。

　　多多，你好吗？你也太愚蠢了。瘦老先生已经记不清自己把多多系在哪一个楼道口了。你这不是自相矛盾吗？楼道口斜对面不是有家小店吗？哦，是自己愚蠢了，是自己从根本上杂乱无章了。

　　十五天后，那是一个飘着细雨的上午，瘦老先生出现在都市里的村庄。当然，他走遍了每个楼群的径道，他的雨伞在流泪。

　　瘦老先生终于找到了那家小店，中年女人见一个老人在门口徘徊。突然，他的眼睛亮了亮，看到了玻璃柜台内的狗窝，多多，我可找到你了！

　　狗窝里传来了几声喵喵声。瘦老先生对自己说，老东西，你没有撒谎，这家小店的主人的确养了只猫。

　　当然，他还是希望中年女人能收养多多，要是它还在都市里的村庄里的话。

　　二十天后，胖夫人问："多多它好吗？"

　　"好，人家对它好着呢！"瘦老先生很清楚，自己又撒谎了。

小米烟杂店

二狗是带着新媳妇小米到城里的，在建筑工地做民工的他三脚猫木工手艺倒是用上了，只是没日没夜地干一年，手头里还是没有钱。

小米本想到城里来开开眼界，可是她看到的除了拼命干活的民工外，再就是二狗倒在床上像死猪一样。

二狗的睡相是越来越不好了，也没有在老家时那样和小米经常亲热了。小米听说，城里人老公和老婆不亲热了，一定是夫妻生活复杂了。但是，她相信二狗和她是没有复杂的，二狗是太累了，小米完全能理解。

建筑工地里，带媳妇出来的民工不多。二狗在工棚一角围了个小板房，民工们找乐，说："二狗啊，晚上可不要发出声音来呵，这工棚可是禁不起地震的呢。"二狗就笑笑，小米感到有点不好意思，红着脸说："去，去，去，狗嘴里吐不出好话！"小米不说倒也算了，她这一说,有民工冒了句："二狗,你媳妇在骂你了。"二狗还是笑嘻嘻，说："打是亲，骂是爱，你们难道不懂吗？"

小米刚到工地时，每天晚上都睡不好，工棚里民工们鼾声如雷，日子一长也就慢慢习惯了。但是，这几天她又失眠了，想在工地附近开家小小烟杂店。

二狗说："小米，你这几天怎么了？"

小米到了嘴边的话又咽了下去，摇摇头说："没什么。"

二狗说："小米你不说，我心里不踏实。"

小米说："如果我说错了，你不要生气。"

二狗说："不会，不会。"

小米把自己的想法告诉二狗，说："你是同意还是反对？"

二狗想了想，笑嘻嘻，没说同意，也没说反对。小米说："你总得有个态度。"二狗还是笑嘻嘻，终于说："我发了工资带你上馆子。"

农历十二月二十三日，工地简易办公室门口排着一字形长队，小米终于看到了民工们那一张张的笑脸，她的心里也甜蜜蜜。民工们发工资了，这家建筑公司是市里先进单位，不可能会发生扣压民工工资的事。上几月没有及时发工资，是公司的资金周转遇到了暂时困难。

二狗从办公室里领工资出来，脸上挂着喜悦，小米迎了上去，他就把厚厚的一个信封交给了她。

小米说："多少？"二狗说："扣掉预发的生活费，还剩六千八百三十六元。"

小米把信封抱在怀里，说："二狗，我的心跳得好快。"

二狗靠近小米，说："让我摸摸，跳得有多快。"

小米一把推开二狗，说："你也不看看这是什么地方。"

这天晚饭，二狗和小米没有在工地吃，他们上馆子，花了三十元钱。半夜了，二狗还是没睡着，小米也一样。二狗说："小米，咱们过年不回老家了好吗？"

小米说："听你的。"

二狗又说："我想先不忙于还债，用那六千元钱开个小小烟杂店。"

小米还是说："听你的。"

二狗说："咱们工地里有一百多号民工，生意不会很差，你说呢？"

小米说："听你的。"

二狗说："取名小米烟杂店，你说呢？"

小米说："听你的。"

小米跑完了所有手续，小米烟杂店择日开张。店址就在工地附近。二狗在店门口放了两串五百响的鞭炮后，小米就笑眯眯地迎进了第一批民工顾客。

小米给他们每人发了一支香烟，说："以后请你们多多关照了。"民工们说："放心，放心，老板娘放心，田水不能往外流嘛。"

烟杂店生意的确不错，小米对顾客都是笑眯眯的，求个和气生财。她不但对民工和气，对居民顾客也很和气。日子一久，小米和附近的一些居民也就混熟了。

这一天，胖大嫂笑嘻嘻地走进店里，问小米："你这里的香烟生意还好吗？"

小米说："大嫂，你想买香烟？"

胖大嫂神秘地凑近小米，轻声说："我不是想买，我是想卖给你，便宜点没关系，在家里放着时间长了不好。"

小米问："你家先生不抽烟？"

胖大嫂说："不是不抽，我怕他多抽了不好。"

小米说："你就给他少买点嘛。"

胖大嫂说："我哪会给他买香烟呢，都是人家送的。"

小米说："我还从来没有买过，也不知道怎么买。"

胖大嫂说："这个你放心，我不会让你亏的。"

小米想，胖大嫂也是熟客，不答应有点不好意思，就怕收进了假烟，再说自己刚刚做生意，真假香烟还很难识别。不过，她还是答应了胖大嫂，说："好吧，先拿五条来试试看吧。"

胖大嫂行动迅速，一会儿就用报纸包着香烟过来了。她边打开报纸边对小米说："不好意思，只有五条了，不过你放心，以后肯定还会有的。"

小米一看是中华香烟，有点为难了，说："这样高档的香烟，怕是很难卖出去呢。"

胖大嫂说："你一定卖得出去的，这里的民工恐怕抽不起，但是对面几家棋牌室里的人肯定会来买的。"

胖大嫂不说，小米还真没有想到，每天晚上对面棋牌室里来买香烟的客人倒是蛮多的。于是小米就以低价收下了香烟。

哎，还真的让胖大嫂说准了，五条中华香烟两个晚上就卖光了，小米赚了两百元钱。

隔一段时间，二狗问小米说："生意怎么样？"

小米笑眯眯地说："最好赚的就是胖大嫂拿来的香烟了。"

二狗说："那以后就多收些他们的香烟嘛。哎，我想起来了，咱们在店门口挂块牌子怎么样？写上回收名酒、香烟、补品几个字，索性把生意做得大点。我了解过了，这周边小区里有好多人家是国家干部，现在流行办事都要送东西，他们自己吃不完了，都会像胖大嫂一样拿出来卖，我们统统照收。"

小米说："怪不得胖大嫂经常小车进小车出的，看来她男人也是国家干部。不过，这样挂牌子行吗？"

二狗说："试试看嘛。不试怎么知道行不行。"

小米会心一笑，说："听你的。"

小米烟杂店门口，挂了块回收名酒、香烟、补品的牌子。民工们开玩笑地对小米说："小米啊，牌子上怎么没写回收烟蒂呀，也好让我们捞些外快呢。"

小米笑笑，说："收呀，只怕是你们这些烟鬼把烟蒂都吞进肚子里去了。"

回收礼品的牌子挂出后，小米烟杂店可比原来更加热闹了。货架上花色也多了，小米赚钱了。

就这样，小米认识了好多国家干部老婆，这些人一般都是无事不登三宝殿，要么不来，一来就会有东西。刚开始，这些人来回收礼品的样子，有点偷偷摸摸的，而且基本上是晚上来的。每当她们走了后，小米就想，你这些东西又不是偷来抢来的，干吗要做贼一样呢？

有一天，小米问二狗，说："她们怎么把东西卖给我时像做贼一样？"

二狗笑笑说："亏你在城里待了这么久了，一是这些人死要面子，二是他们这些东西都是人家拍马屁给的，说出去不好听，你可不要去外面乱说！"

小米说："你当我是白痴呀，我只管自己赚钱，管他们那么多。"

二狗说："我知道你是个聪明人，不过，我提醒你也没错。"

小米说："你放心，听你的。"

小米烟杂店安装了一台有线电视。

二狗出的主意，小米当时说："省了吧，一台电视机要一千元钱，每个月还要交用户费十四元。"

二狗说："听我的话保证不会错，到时候你就会知道了。"

小米说："好好好，听你的。"

小店里有了一台电视机，这下更热闹了。每天晚上一些民工就把小店给包围了。特别是放电视剧《民工之生存》那几天，这些民工差不多夜夜都来看，他们是在为自己高兴，都说这电视剧好，太真实了。小店里有了电视看，消费的人自然多了，小米这才想到二狗要安装电视的用意。

小米对二狗说："你的脑袋瓜不应该是做民工，当工程师还差不多。"

二狗说："小米，你也别讽刺我了，咱天生就是农民工。"

大概也有一段时间，小米总是要想胖大嫂。最近不但胖大嫂来的次数少了，其他几个国家干部老婆也来得少了，有几个甚至不来了，她就把这些想法告诉了二狗："是不是店里的人太多，她们不敢来了？"

二狗挠挠头皮说："不可能吧，是否她们感到卖给我们有点吃亏了，拿到另外地方去卖了？"小米想，二狗说的不是没有道理。

后来，小米就开始观察胖大嫂她们。一天，胖大嫂路过小店门口，小米就老远叫她。

"大嫂，这几天这么忙啊？"

胖大嫂一看是小米，就走了过来，说："也不是忙，反正也没什么事嘛。"

小米笑嘻嘻，说："你们的东西都是正宗的，很好卖。"

胖大嫂说："是吗？"

小米说："我还得好好谢谢你呢。"

胖大嫂说："不谢，不谢。哎，她们还过来吗？"

小米说："也有好长时间没有过来了。"

胖大嫂自言自语地说了句："看来都差不多。"小米听不懂胖大嫂的话，说："大嫂，你说什么呀？"胖大嫂尴尬着脸，笑笑："噢，没什么，没什么。"

小米又说："大嫂，我收你们的东西价格还可以吧。"

胖大嫂说："可以，当然可以。"

小米说："以后还有的话，都拿来好啦。"

胖大嫂笑眯眯，点点头，走人。

胖大嫂她们，基本上不卖给小米东西了。小米少赚了一笔钱。

小米问二狗说："到底是怎么一回事？"

二狗看看小米说："我想这些大老爷们拿惯了人家的东西，现在不可能不拿吧，一定是拿到其他地方去卖了。我看这样吧，以后这些官太太再有东西拿来，你就出价高点，少赚些钱总比没赚到钱好吧。"

小米说："她们现在连影子都看不到了。"

二狗说："等，耐心地等。"

小米说："听你的。"

又是一年过去了，工地的建筑项目也完工了。二狗和其他民工一样要到另外一个工地去工作了，小米烟杂店也要跟着二狗走了。

小店搬迁时，小米问二狗说："这块回收礼品的牌子还要不要？"

二狗把牌子拿在手里，想了半天，就一脚把牌子踩了，说："这股风已经过了，我们还是老老实实地做自己的小本生意吧。"

小米说："听你的。"

三里河人家

1

这条河淌在田野与村落之间，绕着村子转。顺时针三里，倒时针也是三里。就这样，村子叫上了三里村，河道成了三里河。

村是自然村，河是自然河。六十多年了，村也好，河也好，慢慢壮大，就成了一片水乡风光。

刘德强，土生土长三里村人。他从小滚爬在三里河，摸岸边的螺蛳、草丛里的小虾，或者小鱼，在河里一泡就是几小时。爬上岸，泡涨了的肌肉发了白，黏附着绿莹莹的纤维状颗粒，有点痒。甜滋滋是木脸盆里的收获，身上的痒却是继续。农民的儿子，用指甲轻轻抓痒，手臂或者还有别处，划出了几道红殷殷的痕迹。日子长了，也就习以为常了，算是禁得起考验。再下河，再上岸，忘了痒，不知道什么是痕了。

刘德强常在河里与鸭子赛跑，也会有意外的收获，不是鸭子，是鸭蛋。鸭子在河里玩疯了，就忘了主人的嘱咐，乱下蛋。鸭子越疯，刘德强就越是高兴，可以白捡鸭蛋了。

后来，刘德强和村里年轻人一样，成了生产队的壮劳力。脸蛋黑了，肌肉壮了，胡子硬了，喉音粗了，像个男人的样子。

生产队里干活，拿的是工分。看年成，还得看收成，也就图个温饱，认了命也就有了笑容，再苦涩也得熬。啥时候才能熬出头？刘德强不清楚。

再后来，刘德强的笑容里藏了心事。做爹的不在意，做娘的却是一眼见底，儿子大了，成熟了呢。

细心的娘，粗心的爹，一拍即合。做爹的点点头，肯定地对娘说："既然成熟了，是该张罗儿子的大事了。"粗心的爹明理，到了季节，稻穗弯腰得收割，儿子的大事不能拖三拉四。

其实，刘德强也没有大的心事。虽然说李晓霞不是煮熟了的鸭子，倒也飞不了。只是，隔岸相望的日子久了，心里免不了有种蠢蠢欲动的浮躁。

李晓霞和刘德强，初中同窗，不在三里村，是与三里河一河之隔的桥东村人。

三里村地盘，要是没有桥就是一个岛屿。据说，三里村起先是有三座木桥的，方便村人进出。过来人的嘴里，没有一个能说清楚，这个地方是先有了桥才有了村，还是先有了村才有了桥。唯有一事很清楚，三里河就是三里长短。

三里村的村史不全，没有关于木桥的记载。木桥改造成水泥桥的记载倒是有几页，说详细也详细，说简单也简单。大体内容：三里村的木桥改造是新中国成立以后的事情，水泥桥也不是一气呵成的，三座木桥倒塌一座改建一座，和兴修水利，或治理河道有关。

也许，曾经有过关于木桥的记载，后因遇不测而失传。

三座水泥桥，横跨三里河，从三里村南、东、西三方通往邻村，或通往大道小路。桥东村在东桥方向，也算是三里村的邻村了。

刘德强的婚宴，村主任张伟民是主宾。村主任借酒助兴，考新娘，说："新娘子，考考你，答错了罚酒一杯，三里河到底有多少长？"

新娘心里没底，看了一眼新郎。新郎只是笑笑，新娘说："三里河，顾名思义当是三里长。"

村长就哈哈大笑，说："错了，错了，新娘子得罚酒了。"

同桌的都是村里有名望的长辈，面面相觑，村主任是否迷糊了？

新娘又看了一眼新郎，递的眼神是求救。新郎还是笑笑，啥也没说。

新娘暗暗叫苦，自知不胜酒力，又为身上一事尴尬，这可如何是好。

几个伴娘讨酒喝，异口同声地说："这杯酒，我们代喝。"

村主任霸道了，连连挥手，说："不行，得是新娘子亲口喝。"又说，"过了今晚，新娘子是三里村人了，得长点记性。"

新娘心里明白，场合上，这杯酒是非喝不可了，于是讨教说："伟民大叔，你说三里河有多长，也好让我长个记性。"

张伟民说："三里河，全长三里差六米。"

李晓霞看看伴娘，拿起酒杯一饮而尽。

洞房花烛夜。新娘对新郎说："我今天被村主任耍了，那杯酒不应该罚。"

新郎说："我知道，差六米。"

新娘说："为什么不站出来，替我说四舍五入？"

新郎说："村主任高兴，你我都不能扫兴。"

这个晚上，新郎想，自己选错了良辰吉日，就呼呼大睡。闹洞房的少男少女，败了兴致，渐渐散去。

2

刘德强的承包田在河岸，距村东桥半里地，种的都是经济作物。农业政策越来越宽，他的想法也就越来越活，就找村主任说事。

刘德强嬉皮笑脸地说:"我想在河岸边搭个猪场,在自家的田里。"

张伟民接过香烟,点燃,又吐了口烟圈,慢条斯理地说:"想搭就搭,你的田你做主。村主任不是以前的村主任了。"

香烟是利群牌子,烟圈袅袅地上升。刘德强的衣袋里放有两包烟,一包是白沙牌子,一包是利群牌子。

刘德强借村主任的光,也抽了一支利群香烟,嚼不出味道好在哪里。

村主任没说利群香烟味道好与不好,只是说:"养猪致富也是个名堂。"

刘德强笑呵呵了,一本正经地说:"有村主任一句话,我当得干出点名堂来。"

出了村委会,刘德强乐颠颠地蹦回家,李晓霞迎面问:"村主任咋说?"

男人说:"两句话,你的田你做主,养猪致富也是个名堂。"

女人说:"这就好,村主任不是以前的村主任了。"

刘德强吓了一跳,大眼瞪小眼,说:"你咋知道村主任这样说的?"

李晓霞笑笑,一朵尚未凋谢的女人花。刘德强想,这个女人不简单,能读懂村主任的心思。

有了一个能读懂村主任心思的女人,刘德强胆子更大了,说:"生猪存栏五十头,搞个规模的,你看如何?"

李晓霞随口一句,说:"你说要规模,那就规模,干了就是。"

东桥热闹了,隔一段时间,来了运输车,带走了刘德强的养猪致富经。

张伟民办完了村里公事,时不时地溜达到猪场。刘德强笑眯眯地迎上村主任,泡上一杯龙井茶,递上一支利群烟,就聊养猪经,一坐就是半天。

村主任也会走到猪舍和猪聊天,也算是对牛弹琴。存栏猪头头长膘,听不懂人话,就用两个前爪爬着猪栏,抬着头支支吾吾,村主任就拍拍猪的脑袋,说:"猪太公,你得乖乖的,为刘德强争口气。"

猪就摇尾巴,又支支吾吾。

村主任在猪场也会碰到李晓霞,调侃的不是养猪经。

村主任说:"李晓霞,你嫁给刘德强算是对了,勤劳。"

李晓霞不说自己男人有多勤劳,只是说:"村主任,你不要忘了还差我一杯酒。"

张伟民不明白,说:"这是哪里的话?我咋没个记性。"

李晓霞说:"村主任,你是贵人多忘事。"

村主任说:"村主任不是以前的村主任了,哪有什么忘事。"

李晓霞细细一笑,说:"三里河到底是多长?这杯罚酒不应该。"

村主任顿悟,笑呵呵地说:"这么多年了,还记在心里啊,到底是女人。"

李晓霞瞪大了眼睛,说:"女人怎么了,谁叫你耍我。"

3

三里村的南桥边缘，冒出了一个鸭场。

那是在三里河的一摊凹处，鸭子也有上百，说规模，不小也不大。鸭司令也是三里村人。夫妻俩有个女儿，朱小萍，是镇上电器厂的成品检验工。

朱小萍容貌倾城，村里都说有着娘的基因。厂里，朱小萍是文艺骨干，平日里和刘文杰一起演出，双双成了台柱。刘文杰不是检验工，在厂办主任手下跑腿。

谁都知道，他俩在台下是一对热恋情人，年轻人眼里的帅哥靓妹。

朱小萍的娘也是三里村人，在婚姻上可谓自产自销。这句话是村主任说的，张伟民那是在婚宴上信口开河，赢得了众人拍手起哄，纷纷说，村主任真是才子，自产自销一词说得好。

刘德强夫妻参加过朱小萍爹娘的婚礼。当时，李晓霞已怀孕六个月。婚宴上，老娘子与新娘子说了句玩笑，意在指腹为婚。

村主任说，好。

众人说，妙。

果然，李晓霞当年喜得一子，刘文杰；新娘子次年喜得一女，朱小萍。只是，谁和谁早把玩笑忘得一干二净。

刘文杰和朱小萍，哪里知道自己的娘亲，曾经有过指腹为婚的玩笑。后来，他们的恋情明亮了，双方父母才知晓，哎呀呀，曾经的一句玩笑，果真好，果真妙。

村主任后来说，错了，错了，什么好，什么妙，讲的都是缘分。

4

这几天，张伟民走猪场勤了，刘德强依然一茶一烟相待。

李晓霞就暗暗琢磨，村主任一定有事要说。

问男人："村主任说了些什么？"

男人说："能说什么，还不是喝茶抽烟，聊生猪存栏的事。"

女人说："你不觉得他有事要说？"

男人说："他向来是个爽快人，真有事早说了。你能读懂村主任的心思，他有啥事要说？"

女人说："估计不是什么好事。"

男人糊涂了，说："他不是说，我的承包田我做主吗？难道政策有变？"

女人想了想，说："这一次，我还真读不懂了，他不说，你也不要问。"

男人乖乖地说："嗯。"

这一天，村主任终于把话说开了。

张伟民先是从口袋里掏出一包软中华，对刘德强说："329 的，难得抽。"

刘德强明知村主任说的是香烟，嘴巴却说："村主任，咋说起了 329 国道。"

村主任见刘德强故意调侃，也就随口说："我们瀣浦人距 329 国道近，当是三句不离 329。"

刘德强接上说："村主任，你是开口就说 329。"

村主任说："刘德强，你乱弹琴，想抽就抽，不抽拉倒。"

刘德强无话，拿过软中华拆封，点上一支。心里想，村主任是个直筒子，如此用心还是第一次。于是，暗暗打定了主意，好事也好，坏事也好，等村主任挑明了再说也不迟。

有了龙井茶润口，村主任想，不说不行了。

于是说："你的猪场恐怕保不住了，要拆是迟早的事情。"

刘德强淡淡一句，说："你说过，我的田我做主。"

村主任来了官腔，说："不动你的田，承包田三十年不变，说一不二。"

刘德强音高了，说："既然说一不二，为何猪场保不住了，惹谁了，得罪谁了？"

村主任便理直气壮，说："不是你的猪场惹了谁，是你的猪粪猪尿惹了三里河。"

刘德强也理直气壮，说："这么多年都过来了，咋早不说迟不说，偏偏现在说。现在倒好，有点小名堂了却要拆，什么意思？耍我啊！"

张伟民知道刘德强一定会难以接受，耐着心轻声轻气地说："不是耍你，当初是当初，现在是现在。镇长都说了，三里河沿岸都是家禽禁养区，你得顾全大局，你的猪场要关，你未来亲家的鸭场也要关，说一不二。"

龙井茶喝了，软中华也抽了，话也挑明了。十多年来，头一次不欢而散。

望着村主任远去的背影，刘德强心乱了，七上八下了。

张伟民离开时，没有带上软中华，也许是故意拉下，也许是真的忘了。刘德强拿起软中华继续抽，狠狠地抽，似乎要欣赏自己被麻醉的模样。

<h1 style="text-align:center">5</h1>

晚饭时，刘文杰对爹说："村主任和你说的事，不是小事是大事，也不是耍你。"

又说："村主任也找过朱小萍的爹了，她爹没有想不通，一口答应拆鸭场。她爹的态度很坚决，只要为了三里河干净就行。"

李晓霞看看男人，又看看儿子，说："朱小萍对你说的？"

儿子看了一眼爹，说："嗯。"

刘德强啥也不说，大口大口喝酒。娘给儿子递了眼神，意思很明白，儿子就把剩下的话咽了下去。

这个晚上，刘德强夫妻俩没看电视剧，把平日的爱好放在一边，耐着性子看电视新闻。一个频道一个频道地搜，一字一句地听，似乎要在这里面寻找自己所

三里河人家

要的答案。

这样做，是李晓霞的主意，男人当然得顺从。女人能读懂村主任的心思，就一定会从新闻里读懂自家猪场的命运，刘德强就是这样想的。

完了，男人问女人，说："新闻里说的五水共治是啥意思？"

女人说："大概是要在水里面做文章了。"

男人说："是不是三里河也要做文章了？"

女人说："很有可能，不然村主任咋会说，猪粪猪尿惹了三里河。"

刘德强点燃了香烟，说："我明天找朱大头聊聊，问个清楚。"

女人说："这个朱大头就是能看清形势，不像你一根筋，转不了弯。"

这个晚上，男人没睡好，女人却是呼呼大睡，似乎已经读懂了村主任的心思。

朱大头，朱小萍的爹，朱光明。朱大头的雅号有点来历。他这个人，平日里遇事喜欢较劲，或者强词夺理，不轻易认输。但是，他的较劲也认理，不想在面子上认输的办法，是退一步海阔天空，总会和颜悦色地与对方说："好了，好了，不要说了，再说下去我的头大了。"就这样，三里村人送了他一个朱大头的雅号。

第二天上午，刘德强到朱光明鸭场，太阳差不多要在头顶了。呱呱乱叫的鸭子全被关在鸭棚里，没了往日的自由。

朱光明躬着背，正在清理一摊凹处的垃圾。

刘德强老远就喊："光明兄弟，忙着哪！"

朱光明见是未来的亲家，立马放下活儿，说："哎哟，稀客，稀客，什么风把你吹来了。"

刘德强笑笑说："东南西北风，你说什么风就是什么风。"

泡茶，递烟，接着就有了话题。"

刘德强说："你打算把鸭场关了？"

朱光明说："村主任的话得听。"

刘德强说："我的猪场是否也得关？"

朱光明还是说："村主任的话得听。"

刘德强又说："我家的小子给我上课了，道理还是有一点。"

朱光明也说："我女儿也给我上课了，说的都在理。"

刘德强说："你的头不大了？"

朱光明说："在理的事，大什么头。"

刘德强和朱光明，没有不欢而散。

离开鸭场，刘德强没有回家，而是直接去了自己的猪场。李晓霞正在喂猪，见男人的脸色有点光亮，笑嘻嘻地说："怎么，都已经中午了，亲家没有让你喝上一杯。"

刘德强说："他忙着呢。"

李晓霞说："刚才村主任来猪场了。"

刘德强说："村主任说什么了？"

李晓霞说："村主任说，要是在规定的时间内关闭猪场，达到上级'复耕复绿'标准，能给我们适当的转产补助，另外，还有再就业扶持。"

刘德强说："他没说说一不二？"

李晓霞说："没说，只说这是镇里领导的意思，配合五水共治。"

刘德强说："五水共治真的有那么重要？"

李晓霞说："昨天晚上电视里不是说，决不把污泥浊水带入全面小康吗？"

刘德强说："这个朱大头倒也说了一句，关闭三里河沿河猪场鸭场，为三里村积德，为我们的子孙造福。"

李晓霞说："我看这回是要动真格了，想想也是件好事。"

刘德强来气了，说："你怎么也帮村主任说话了。"

李晓霞就笑笑，啥也不说了。

这一日，天空晴朗。

刘德强和李晓霞在猪场里外忙碌。存栏的生猪，似乎不愿被赶上车。它们拖拖拉拉，歇斯底里地吼叫。

刚好是星期天，刘文杰和朱小萍也在现场。他们不是在凑热闹，是在积累文艺创作素材。镇里正准备演"五水共治"专场。

张伟民闻到猪的吼叫声，乐颠颠地赶到猪场。心里想，这个刘德强就是嘴巴犟，关键时候还是通情达理的。

刘德强见是村主任来凑热闹，笑盈盈地给村主任递上一支香烟，还是利群牌子。然后说："龙井茶没时间给你泡了。"

村主任说："没关系，没关系，你忙你的，下次到你家里喝龙井茶。"

村主任又说："刘德强，存栏的生猪快装完了吧。"

刘德强说："这是最后一批，接下来就是拆猪舍的事了。"

村主任说："好，好，等你儿子新婚酒宴那天，我一定敬你们夫妻三杯酒。"

刘德强说："说一不二？"

村主任说："说一不二。"

李晓霞在一旁说："村主任，三里河到底有多长？"

村主任一呆，似乎明白了话意，笑呵呵地说："四舍五入，三里长。"

图书在版编目(CIP)数据

魔方女孩 / 史康美著 . — 杭州：浙江工商大学出版社，2022.6

（镇海作家文丛 . 第三辑）

ISBN 978-7-5178-4961-2

Ⅰ . ①魔… Ⅱ . ①史… Ⅲ . ①短篇小说—小说集—中国—当代 Ⅳ . ①I247.7

中国版本图书馆 CIP 数据核字（2022）第 088889 号

魔方女孩
MOFANG NVHAI

史康美 著

责任编辑	沈明珠	
责任校对	夏湘娣	
封面设计	宇　声	
责任印制	包建辉	
出版发行	浙江工商大学出版社	
	（杭州市教工路 198 号　邮政编码 310012）	
	（E-mail：zjgsupress@163.com）	
	（网址：http://www.zjgsupress.com）	
	电话：0571-88904980，88831806（传真）	
排　　版	杭州宇声文化艺术有限公司	
印　　刷	杭州良诸印刷有限公司	
开　　本	710mm×1000mm　1/16	
印　　张	106.5	
字　　数	2145 千	
版 印 次	2022 年 6 月第 1 版　2022 年 6 月第 1 次印刷	
书　　号	ISBN 978-7-5178-4961-2	
定　　价	398.00 元（共 9 册）	

镇海作家文丛·第三辑

蔡菊香 著

执手香沫

浙江工商大学出版社
ZHEJIANG GONGSHANG UNIVERSITY PRESS

《镇海作家文丛》（第三辑）编委会

主　任：王世斌

副主任：李爱民

编委会（按姓氏笔画为序）：

王世斌、成桂平、李爱民、张纯瑜、胡志刚、赵春阳、

姚秉荣、徐崇禧、袁晓君

主　编：徐崇禧

总 序

　　适逢宁波市镇海区第四次文代会召开之际，"镇海作家文丛"（第三辑）带着清新的墨香，和大家见面了。

　　镇海底蕴深厚、人文渊薮，为文学艺术提供了丰厚的创作土壤，文学人才辈出。进入新时代，文学氛围更加浓厚，创作成果不断涌现，有一定影响的一批创作人才脱颖而出。自镇海区第三次文代会召开5年来，已出版各类文学作品70余部。其中，3部作品获宁波市"五个一工程"奖、1部作品获浙江省"五个一工程"奖、1部作品获冰心儿童文学新作奖、1部作品获"宁波文艺奖"。

　　为迎接镇海区第四次文代会召开，进一步展示近年来镇海作家的创作成果，鼓励和扶持文学新人，镇海区文联于2021年启动了"镇海作家文丛"（第三辑）组稿工作，从20部申报作品中选取9部形成本辑。丛书以小说、散文体裁为主，其中有对镇海山水的细腻描述，对日常生活细节的敏锐捕捉，充分展现了镇海作家着眼时代、扎根生活、锐意创新的精神风貌。丛书的面世，有力推动了镇海文学事业的繁荣发展，也为镇海高质量发展建设共同富裕先行区提供了精神动力，为满足人民对美好生活的追求提供了智力支持。

　　2022年下半年，党的二十大即将胜利召开，我们将朝着全面建成社会主义现代化强国的第二个百年奋斗目标迈进。伟大复兴呼唤伟大作品，我们期待和相信每一位镇海作家，都能牢记文艺使命担当，勇立时代潮头，自觉承担起启迪思想、传播理念、凝聚共识的重任，与人民同呼吸、共命运，通过文学作品描绘新时代、新图景，讴歌真善美，传递正能量，充分开掘深厚而独特的镇海文化底蕴，彰显艰苦奋斗、勇于进取的镇海精神，讲好精彩动人的镇海故事，让更多人看到壮阔美好的镇海新气象。

　　是为序。

本书编委会

2022年仲夏

序：让生活与文学执手

秋风又起，时间仿佛停滞，夏意已去，却又似想返回的时候，周天变得爽朗了，一个最丰收也最奉献的季节娉婷于前，要多深沉就有多深沉，要多清简就有多清简。此间，蔡菊香的作品新集《执手香沫》成书。

这也许就是江南秋天的秉性，也颇像蔡菊香的作品。就像这个庚子之秋一样，蔡菊香的人生和她的创作都历了砥砺，经了风雨，已然到了回眸时刻，一㧟，即有一抔果实，一尝，除了苦涩，即是馅香。

菊香执手文学，路已久长。记得北宋词人吕本中填有一阕，写到菊花："驿路侵斜月，溪桥度晓霜。"其实写作和工作、和人生一样，执手文学如同执手生活。菊香早先从事炼油化工水质等科研工作，后又司职人事劳资，转事党群事务。这些供职于镇海大型国企的历练，看似与文学相去甚远，实则为其笔耕不辍积存了无与伦比的资源。从学生时代就亲好文学的她，真的让生活与文学执手，这般的人生实践，非为见证，而是践行。

就像读蔡菊香的作品，笔者感悟颇深的是真正让生活与文学执手，首要的是勤奋与恒心。正如汪国真所言，没有比脚更长的路，没有比人更高的山。"我不去想，是否能够成功。既然选择了远方，便只顾风雨兼程。"对生活和对文学的理解，很多时候会无法言说，只能用心感觉，意会的东西是需要深刻和深沉的。笔者以为，生活就该如此。菊香平素戏称自己为吴国人，吴地启东人士，躬耕镇海，对于创作，别开局面。启东，黄海之滨，这是非常近似于浙东镇海的国度，近海向海，襟海亲海。正是因为地缘人文的交集，蔡菊香的文学创作让吴越文化与时空无缝对接，难怪她向来倾心于对甬上文化的研究。从启东到镇海炼化到镇海人文，蔡菊香作品的时代印痕是非常清晰的。正如她执手生活和写作的心路历程——写作，是从心灵的，是重情感的，是崇真诚的，淋漓尽致，畅怀倾诉。感受菊香的文字，如花沐香，如雨浸润。细腻见于观察，感性蕴于生活。

是为序。

冰　原

庚子仲秋谷旦

目　录

中耳炎……………………………………………… 001

柳叶刀……………………………………………… 027

24 床 ……………………………………………… 045

相濡以沫…………………………………………… 054

流沙………………………………………………… 094

铁哥们……………………………………………… 116

后　记……………………………………………… 119

中耳炎

一、我得了中耳炎

中耳炎。

医生从头上取下窥耳镜，很确定地对我说。你的左耳没问题，右耳里有积水。

不会吧？我觉得两只耳朵里都有水呢。我抬手按了按左耳，又用力揉了揉右耳。我的五官中，只有耳朵是质量最可靠的器官，从没出过啥毛病，怎么无缘无故就得中耳炎了呢？

你耳朵之前有没有进过水，或者感冒过？哦，过敏性鼻窦炎是一个重要原因，鼻炎分泌物流到耳朵里也会引发中耳炎，五官相通嘛。现在的年轻人哪，个个喜欢熬夜，熬夜导致免疫力下降，这些病都是生生熬出来的。干脆再做个 B 超吧！医生边摇头，边向里间指了指。

耳朵检查也有 B 超？我暗暗对现代医学的发达称奇，同时仔细瞧了瞧医生。医生胖乎乎的，也就三十五六岁的样子，比我大不了几岁，怎么说起话来老气横秋、啰里啰唆的，还真挺像我妈。他的动作也不像排满病人的内科医生那样总是一副心急火燎的样子，而是舒缓的，很有节奏感。我随医生走到里间，桌子上放着一台小小的仪器，想必这就是检查耳朵的 B 超仪了。

一会儿就好。医生把探头放进我的耳朵里让我压紧。果然，一阵吱吱嘎嘎声后，B 超仪很快吐出一张打印着弯弯曲曲线条的纸。

怎么样？我说你的左耳没问题，右耳有积水，你还不相信。医生弹了弹打印纸，半似委屈半似嗔怪地对我说。并问，你打算怎么办？

我打算怎么办？我能怎么办呢？最近几年不知怎么的，不论是社区卫生服务站，还是大一点的医院，总有医生问我打算怎么办。病人到医院就诊，当然得听医生的，怎么医生还反过来要问病人怎么办？我想大概是媒体不断报道的医患纠纷让医生变得小心谨慎，先征求患者自己的意见再行治疗，出了事情责任终归可以小一点。

医生你说我该怎么办？

早在三个月前，我的耳朵里偶然有咕噜咕噜的声音，有时也会有啪啪的声音。

我揪起耳朵揉几下，咕噜啪啪的声音消失了。但最近两天突然觉得咕噜声和啪啪声响得频繁起来，耳朵里像堵着什么东西，揉一揉不堵了，一会儿又有什么东西堵上了。同事面对面跟我说话，声音仿佛隔着几堵墙似的，离我老远。早晨刚起床还好，上了一会儿班后，眉骨中间渐渐有什么东西压着，眼睛稍微多盯一会儿电脑显示屏，屏幕上的字就开始起雾。走个楼梯高高低低，一脚伸出去踩轻了，一脚伸出去又踩重了，整个人失去了平衡感，我只能握紧楼梯扶手，生怕一不小心滚下楼去。晚上坐在下班厂车里，脑袋嗡嗡作响，胀成了葫芦。同事丁水晶说，她过年时耳朵也突然堵了，去市医院看过医生，做了回鼓膜穿刺把积水抽出来，很快就好了。

你也去看看吧。丁水晶对我说。

还要穿刺呀，这太吓人了！

你一个大男人还怕这个？真看不出来哟。丁水晶瞄了我一眼，掩嘴巧笑，眼底便溢出一些风情来。

要不你陪我去？我从小就怕医生的白大褂，更听不得医生手里镊子剪刀针筒碰在托盘上叮叮当当的声音。

我没空，手头还有一张报表没做完，科长催着要呢。丁水晶收起眼底的风雷雨雾，一本正经地回绝了我。

这个女人真是搞不懂，对我总是时冷时热，热情起来恨不得把整个人贴给我，冷淡起来让人觉得十二月的冰雪也不过如此。不过我本来就对办公室恋情没什么兴趣，试想，要是丁水晶真做了我的女朋友，那我在单位里不仅有领导管，还得顾忌到她，做什么事说什么话都得缩手缩脚，以后结了婚，白天晚上时时在一起，审美疲劳不说，一点自己的空间也没有了，那我的人生还有啥乐趣可言？况且夫妻二人在同一家单位上班，对我以后的仕途发展也会是个巨大的障碍。

单位里曾经有个女同事和她老公是同学，一起分配到单位，又分在同一个科室。女同事业务能力强，会钻研，肯吃苦，三十岁不到就当上了副科长。她老公的业务水平在同龄中也算是高的，但没得到提拔。据说领导有这样的考虑，好事不能让你家独占吧，总得考虑其他同事的感受，不能为了你们一家，挫伤别人的上进心。理虽是这个理，但想起来总让人为她老公感到惋惜。女科长虽然是个事业型的女强人，但一直干到退居二线，也只是由副科提到正科，几次提拔副处长的机会都错过了，据说是因为情商不够，只会埋头苦干，在领导面前不会表现自己，又不会讨领导的喜欢。眼看着能力不如她且比她年轻的同事一个一个提拔上来，最后几年终于忍不住满腹牢骚，工作起来也就没有了以往的干劲。她老公干到五十岁，仍只是一个高工。一来出于对他们的安慰，二来为了在同事间搞好平衡，领导给她老公在技术管理这条线上提了个主任工程师的待遇，相当于行政正科级，待遇上终不能和真正的行政科级比。这夫妻俩的工作能力和管理能力有目共睹，倘若不在同一个单位，说不定各自都能有更好的发展。前车之鉴不可谓不深刻啊。

不陪我去拉倒！以后有事也别来求我！我故意撂下句狠话，当即登上公司内网，在办公系统里提交了请假申请，转身又跑到科长的办公室，跟科长当面请假，请他上网审批。科长倒是很关心，起身拍拍我的肩膀说，怎么搞的？年轻人要多注意身体，工作来不及做可以和我说，不要总加班把身体熬坏了，赶快去吧。

要不要现在就做个穿刺把积水抽出来？还是保守治疗？医生问我。看着医生胖乎乎的圆脸，我想应该听丁水晶的，不该来社区医院。看这耳鼻喉科门可罗雀的清闲样子，进门的时候医生正捧着一本三寸厚的医书在专心地"啃"，不知他的动手能力怎么样。市医院的医生肯定比他见多识广，医术更高明。

看到我一声不吭，小胖医生又说，你的右耳积水比较严重，做个穿刺把积水抽掉，好起来会快一点，保守治疗只能先配点药吃吃，好起来慢一点。

想到这几天被耳朵闹得整天头重脚轻的难受劲，我狠了狠心接受了小胖医生穿刺的提议。

当真坐到治疗凳上时，我就开始后悔了。妈呀，小胖医生当着我的面挑了一只大号针筒，又挑了一根又粗又长的注射针装在了针筒上。我连忙问，你就用这个做穿刺抽水吗？这针有点吓人。

是啊，细针怎么抽？小胖医生把灯光调整好对牢我的耳朵，并在我耳朵上放了一只黑色的喇叭形的东西，叫我不要动。

当小胖医生的手摸到我的耳朵时，我不由得身子一缩，浑身起了一层鸡皮疙瘩，头条件反射般地向后退去。

你不要紧张啊！你这么紧张让我怎么操作？说着，小胖医生把我的头扶了扶，手又抓住了我的耳朵。

我努力克服突然涌上来的巨大恐惧，硬生生把脑袋往医生手里凑。耳朵长在脑袋上，这么精密的器官，怎么能随随便便用这么粗的针去扎个孔？要穿不好，留下后遗症，聋了怎么办？我还没个固定的女朋友，我妈催着要抱孙子，要真聋了，谁会愿意嫁给一个聋子？不要因为这一小小的冲动决定害了我的后半生。

咦，你这耳道怎么这么小，看也看不清？正在我胡思乱想的当口，我的听力反倒突然敏感起来，小胖医生的自言自语被我听得一清二楚。看不清还抽？我被吓出一身汗，战战兢兢地问医生，要不还是保守治疗吧？

小胖医生听我这么说，一松手放了我的耳朵，并偷偷舒了一口气，用责备的语气对我说，你这么紧张，弄得我也很紧张了！那就暂时不抽了吧，就依你的意思保守治疗，给你配点药，过一个星期不好的话，还是要穿刺的。

出得医院大门，我发现天空飘着一朵硕大的白云，宛若蛟龙遨游天际，空气中浸满了栀子花的芬芳。

二、老周来了

大学时睡我下铺的兄弟老周打来电话，说他明天出差路过海城，想邀请兄弟们聚一聚。

说来也是，大学毕业近十年，同学们天南海北各显神通，从事的行业五花八门，大多数人与在校所学专业南辕北辙。有的自主创业当了老板；有的像我一样求个安稳，同时省去老爹老妈的啰唆和操心，早出晚归在企业熬生活；更多的则是动不动跳槽，有的甚至一年之中换四五家单位，跳槽成了家常便饭；还有更离奇的是一位同学在某一中文网站成了专栏作家，每天上传两万字左右的作品，点击率过百万，成为超级流量 IP，据说已有一部玄幻穿越小说被影视公司看中，正在洽谈商讨改编成剧本，将被拍成几十集的电视剧，"钱"途一片光明。

老周刚毕业时和我一样，老老实实听从父母的教诲去了一家国有企业，刚开始的时候，也能认真干活，但熬了半年以后，实在受不了企业三点一线千篇一律的工作方式，从老员工身上一眼望得到退休的职业生涯，更不用说令人难以忍受的复杂的人事关系，以及那些见到领导就吹牛拍马，背过身去就说领导和同事坏话的势利小人。在学校蔫头巴脑不声不响，见同学成双成对谈恋爱谓之庸俗肤浅而嗤之以鼻，口称最爱的人是爱因斯坦，一门心思钻研哲学书，考试时专业课经常不及格的老周，竟然背着父母，把一封写有"生活不只是眼前的苟且，还有爱因斯坦和哲学"的辞职信拍在科长的办公桌上，甩了一下头，背着两大袋哲学书，潇洒地走了。

后来从别的同学处得知，老周辞职后，直奔北京城，那是他大学时代特别向往的地方，他认为，北京不仅是中国政治经济文化的中心，也是汇聚世界前沿艺术的中心，更是精英云集的地方。老周怀揣一颗虔诚的膜拜大师的朝圣之心，同时怀揣着一只并不鼓胀的牛皮钱包和一部老式手机，乘坐动车一路北上，从北京站出来，直接坐地铁换乘公交去了 798 艺术街区。798 艺术街区的时尚和先锋，让老周恍悟到自己之前的浅陋。他从一个印象派画廊窜至另一个艺术家工作室，从一个通宵酒吧窜至另一个露天咖啡馆，结识了一些艺术界人士，听他们谈艺术创意，谈设计、未来、时尚、传媒、资本和权力，谈法国巴黎和意大利米兰的区别，谈"四九城"的历史和"798"的当下。他和他们谈爱因斯坦的相对论，谈尼采唯意志论的哲学价值和《悲剧的诞生》，谈黑格尔的《逻辑学》，谈苏格拉底、柏拉图和亚里士多德组成的"古希腊三贤"，谈中国当代哲学和经济走向等。老周仿佛掉进了一只色彩斑斓的万花筒，深深地为之着迷。

直到有一天，老周碰到北京某一高校的教授。教授看了一眼亢奋的老周，用有点冷酷的语调对老周说，世界上任何一个国家对哲学的产生、发展、流派等研究了上千年，但哲学从来没有给过任何人任何问题明确的答案，只有一个问题除外，那就是"人都是要死的！"。这不是屁话嘛，谁不知道人都是要死的？但这恰恰就是哲学的终极结论。世上从没见过一个人能长生不老，中国上下五千年的历史中，封建帝王们为了他们的长期统治，寻找长生不老之术，一些装神弄鬼的道士、和尚利用他们的心理，骗取他们的信任，弄一些成分不明的东西炼成仙丹，让他们服用，结果呢，服用仙丹的帝王一个比一个死得早、死得快。那些先哲大多一生潦倒，他们的学识不被当时人所理解和接受，最后得善终的没几个。哲学是奢侈品，它必须建立在一定的经济基础上。798的艺术家们哪个不是身价不菲？打听打听这里房子的租金你就有数了。

教授的一席话，惊出老周一身冷汗，他摸了摸裤兜里已瘪下去好久的钱包，连夜买了张去东南方向的绿皮火车票，在车上颠了一夜，想了一夜。到达南方某一城市后，老周找了家廉价的连锁酒店住了下来，粗略地洗了把脸，利用酒店里的公共电脑上网投简历找工作。三天后，老周进了一家与艺术全然不搭界的生产型私人企业，签订了长期合同，就此安安稳稳地工作生活，熬到现在竟升任为该企业的销售总监了。在任何场合，老周对北京的798之行，总是讳莫如深，与哲学相关的话题更是在老周的日常生活中消失得无影无踪。

老周在和我约定的时间准时出现在车站出口处。他的头发从原先的直立型梳成了背头，两侧剃得很高，像只黑色的小畚箕倒扣在头顶，看起来时尚气派又成熟。老周一身浅蓝色T恤长裤休闲打扮，隐隐显示出他曾经的哲学家气息。我低头看了看自己特地穿的深色西服套装，站在老周面前，显得笨拙和古板。

嗨！老六，辛苦你了！老周快步走到我身边，伸手使劲把我的手握住。大学时，我们一个宿舍住六人，按年龄排我最小，排行第六，老周排行老大，但大家不叫他老大，都称他为老周。我报到那天找到宿舍时，发现靠窗的上铺床沿上有贴着我名字的纸条，我没多想，就把被褥行李扔在了上面的铺位上。地上站着一个黝黑面孔个子足有一米八的小伙子，自我介绍叫周圣岩，西北陕城乡下的农民。半年后，一次宿舍同学聚餐喝酒，已被称为老周的周圣岩一高兴说秃噜了嘴，说这上铺原本是他的，下铺才是我的，他说他不喜欢上铺，爬上爬下的太不方便，见我还没来就随手调包了。闻言我暗想，怪不得你叫周圣岩，倒和我老家的一位阿凡提式的传奇人物杨圣岩一样有智慧。我没生气，倒上满满一杯二锅头，对老周说，我喜欢上铺，上铺干净安静，无人打扰，不像下铺，任何人都可以把屁股随便一塌坐下去，被褥很容易弄脏。你这是在体谅我啊，老周！老周闻言，眼圈竟红了，倒了满满一杯二锅头，使劲和我碰了下杯说，老六，你这兄弟量大心大，可交！干！从那时起，老周还真把我当成兄弟处处忍让照顾。

大三时，我把一个留着黑黑亮亮长发、瘦瘦高高、羞答答的学妹领到老周面前时，老周正捧着黑格尔的《精神现象学》看得津津有味，那时的老周已被爱因斯坦和哲学彻底折服，时不时地从嘴里蹦出几个云遮雾罩的哲学词汇，看人的眼光缥缈虚忽，看物的眼光倒变得深邃莫测，且常常沉浸在冥想中。

你们挡住我的光线了。老周抬头瞄了一眼学妹，不带任何感情色彩地说，然后继续低下头沉浸在黑格尔的哲学世界里。我忍不住推了推他的肩膀，示意他给个评价。小孩子过家家，别大惊小怪的。老周再也没肯抬起头，只在嘴里咕哝了一下。我拉起学妹，有点生气地转身出了宿舍门。

果不其然，与学妹交往半年后，我们的恋爱无疾而终。面对我失恋后表现出的种种痛苦，老周觉得好笑，小孩子过家家还伤什么心？我帮你用黑格尔的自我意识理论来分析一下吧，你的恋爱不过是你成长过程中自我恋爱意识觉醒的一个环节。你清楚你恋爱的目的是什么吗？什么样的人才是你合适的恋爱对象？你为你的恋爱做了哪些思想意识上的准备？当你的自我恋爱意识真正进行到恋爱意识环节时，你的恋爱才容易取得成功。我被老周这套似是而非绕口令般的黑格尔恋爱意识理论弄得头昏脑涨，失恋的痛苦一下子减轻了许多。

　　拉着老周来到生态园酒庄时，同在海城的老三和隔壁宿舍的老夏已先后到达。老周上前给了他们一人一拳，然后一边拉着一个坐了下来。

　　毕竟是朝夕相处了四年的同学，酒过三巡后，分离后刚重逢时的疏离感很快在酒精的作用下瓦解。在校时内向害羞的老三此时头上竟然隐隐露出几丝白发，说话也变得有些饶舌。据他自己说，已是五岁孩儿他爹了，现在做的每一件事赚的每一分钱都是为了儿子。老夏取笑他是孩奴。老三摇头叹息，没办法，现在孩子们的学习竞争那么激烈，我不能让孩子输在起跑线上。儿子还在上幼儿园，老婆已为他报了四个培训班，英语口语、画画、书法、小提琴。我和老婆争，说能不能少报点，孩子这么小，哪里学得了这么多？老婆一瞪眼睛，指着我的鼻子数落，说别人家的男人如何如何挣钱，给孩子上的是一年好几万的贵族学校，一对一小班化教育，我们的孩子受委屈只能上社区普通幼儿园，谁让他摊上这么个爹呢？老三接着说，这么大的孩子没上培训班的能有几个？为了能让儿子将来上一所好一点的学校，最近我在委托房产中介看房子。学区房贵哪，现有的存款只够付个首付，余下的通过公积金贷款和商业贷款，来个组合贷。贷款二十五年，光利息就好几十万，我和老婆的后半辈子就为银行打工了。说完，老三哀叹一声，一仰脖子，狠狠地把一口酒灌了下去。

　　大学时，老三是个品貌兼优的五好学生，屁股后头总有几个女孩子跟着，老三却从不侧目，夹着书本顾自向前走。他天生胆小怕事，毕业后直接去了一家中型企业上班，又不会来事，到现在还是个普通办事员，拿的是一个月三四千块的死工资。父母在农村老家靠几亩责任田养活自己，老三上学的那几年已把家底掏空了，根本拿不出余钱来资助儿子买房。老婆和老三是同事，也只是一个普通职员，他们当时的办公室恋情倒是甜蜜蜜的，只是随着儿子的出生长大，原本温柔可人的老婆变得越发焦躁火爆。

　　喝酒喝酒，别让我这个无用的人败了大家的兴致。老三忽然笑起来，老周、老夏和我也都笑着举起了杯。

　　现在大多数工薪阶层都一样，愁的都是孩子和住房问题，父母、岳父母和夫妻六只钱袋子供一套住房的不在少数，至于父母的养老基本靠他们自力更生了。在一家工程设计公司任主任设计师的老夏在我们班同学中，不论社会地位还是经济地位都处于中上水平，说话时他碰了碰老三的杯子，示意老三把杯中酒喝下去。

老夏做事有魄力，早几年房价刚起时，他嫌住的房改房太"老破小"，就东拼西凑了一个首付，又去银行贷了款，买了套房子，谁承想两年后房子涨价不少，老夏顿时察觉这是个大好商机，就把这套房子的房产证拿到银行去做了个抵押，贷款又吃进一套房子。老夏接着发现房价的涨幅远远超过工资的涨幅，便用同样的方式又买了几套，不知不觉中，老夏成了炒房一族，没几年，老夏的房子都翻了几倍上去，等别人醒悟过来，哆哆嗦嗦地壮着胆子从银行贷出款买房，加入房奴队伍成为超级"负翁"时，老夏早赚得盆满钵满，身家近千万。

我注意到老周一直没怎么说话，只是笑眯眯地听大家聊天发牢骚。我比较好奇老周是怎么从一个曲高和寡的哲学家转变成销售总监的。

乘着服务员又上了一道菜的间隙，我和他们打了个招呼去洗手间。出来洗手时，我碰到了丁水晶。

姜哥，你怎么在这？不是和哪个女孩子在这幽会吧，哈哈！

瞎想啥呢，你又不愿意和我幽会，我和几个同学聚会聊聊天。难道你在这是和哪个野男人幽会？说到这，我的心里突然涌起一股酸溜溜的感觉。

和野男人幽会又怎样，和你有一毛钱的关系？走，带我去看看你的同学都长啥样，如果够帅的话，我可以考虑牵一个带回去。说着，丁水晶调皮地向我眨了眨眼睛，拉过我的胳膊，让我带路。

丁水晶长得并不好看，眼睛细长，鼻子短圆，方脸尖额，据她自己说身高够到一米六，我看着不像，估计她说的这个数是把鞋子的高跟也计算在内了。不看面孔，不论是否同事关系，单这身高就不太合我的心意，娘矮矮一窝嘛，我得为自己的后代负责。但丁水晶似乎很清楚自身的短处，平时的发型以清爽的短发为主，加以斜分的刘海，着装以能显出腰身和提升腿长的裙装为主，脸上妆容若有若无，给人的整体印象干净利落又不失女人味，看人时细长的眼睛习惯斜斜的，仿佛在注视你，又仿佛根本没在看你，有股别样的风情。

进入包间时，老周正在说话，见我带进来一个女孩子，便很绅士地起身让座，笑着问我，你女朋友？怎么不早点一起带过来？

我把丁水晶介绍给大家，老周打趣说，怪不得你一直不找女朋友，原来金屋里藏着娇呢。

就是我愿意，人家也看不上我啊。我做了个哭脸的表情，大家笑了起来，丁水晶的脸隐隐红了，抬手推了推我。

三、老周的高论

刚才老周背着我在发表什么高论，让我们也长长见识。为了转移话题，我问老周。

老周在给我们讲他的升官发财之道呢。见有女孩子加入，愁苦的老三突然活泼起来。

在女孩子面前，讲这些合适吗？女孩子都喜欢听风花雪月的浪漫故事。老周露出为难的神情。

丁水晶说，合适呀，我和你们一样，也要穿衣吃饭，自给自足。

老周笑了，说，老三你听好了，凭你的智商和能力，我就不信你这一辈子混不到个一官半职，主要看你怎么把握机会了。你想升官，首先要弄清领导到底喜欢什么样的人？你以为领导都喜欢吹牛拍马阿谀奉承的人？喜欢吃吃喝喝抱抱送送的人？喜欢狗仗人势人前装孙子人后充大王的人？喜欢只会大话空话什么事都做不利索的人？如果你真以为是这样，那我劝你赶快打消升官发财的念头，老老实实该干吗就干吗去，你真当领导是傻子瞎子聋子呢。

老周顿了顿，轮番看了我们一眼，继续说，能当上领导的，不说他是人精，至少他有某一方面的特长。领导也是人，也有七情六欲，好话自然也喜欢听。俗话说，千穿万穿，马屁不穿。马屁人人可以拍，但不一定人人拍得好，赵高式的指鹿为马和皇帝的新装都已不合时宜。只有拍到领导的痒处，你才能在领导那里分得一杯羹。有人拍马屁领导自然高兴，这让领导体会到权力在手的愉悦，体会到掌控一切的畅快。你们以为领导都喜欢听好话和马屁？那只是表象，我们要善于透过现象看本质，抓住主要矛盾，要用领导的矛去刺领导的盾。领导提拔人，都是为更好地开展工作，为他所用，替他在任期间增加业绩政绩。你把活干好了，干漂亮了，领导脸上有光，该你的好处自然少不了你。所以说，领导既喜欢嘴甜的，更喜欢听话、有眼力见的和能力强的。如果没有能力，即使马屁拍得啪啪山响，领导一般也不会考虑。同样，如果能力很强，但喜欢和领导对着干，或者领导认为难以控制的，或者容易功高震主的，领导也不会考虑。

丁水晶斜着细长的眼睛，定定地看着老周，插嘴说，怪不得，我看到我们单位有的人虽然马屁拍得溜溜的，但总是一而再地错过机会，每一次机会出现时，同事们都以为这回该轮到他了，但阴差阳错，总是轮不到他，就像猴子捞水中的月亮，看似很近，其实遥不可及，也蠢不可及。

老周接住丁水晶的目光，呷了一口酒，夹了一只虾放在自己的碟子里，说，你们别以为嘴甜加能干，就一定能得到领导的赏识和提拔，那你们还是太傻太天真。嘴甜加能干只是第一步，更重要的是要引起领导对你的注意，给领导留下积极上进敢担当的好印象，但又要不留一丝痕迹。这个做起来说难也难，说不难也不难，把自己的脸皮练厚点，就能做到。拿老三所在的这个国有企业来说吧，你们是不是每年年底都要搞一次岗位竞聘？一般同事都以为这只是走过场，装装样子，最后大家仍在原岗位上待着。其实这里的学问大着呢，就看你怎么把握和发挥了。老周顿了顿，又慢慢呷了口酒，开始剥虾，我们只能屏住气，耐心等他吃完虾，听他继续往下说。

机会就在单位要你填写的那张"岗位竞聘表"上。老周的脸上露出神秘的样子。这可不是一张普普通通的调查摸底表格，它实质上就是你晋级升官的特别通行证！所以老三啊，我奉劝你下次填表的时候一定要谨慎，别和其他人一样，胡乱着急地填上自己原岗位一交了事，你得用点心，权衡下领导的态度和容忍程度，把高于你现有的、你能胜任但不一定会聘用你的职位填成第一志愿，第二志愿才填你自己现在的岗位。领导看到你填的表格后，一定会派人或亲自来做你的思想工作，你就可以抓住这样的机会，向领导陈述你迫切要求进步的愿望和诉求的合理性，表示希望领导能给自己多派任务多压担子，以便更好地为领导分忧解难、为单位做贡献。切记，这时你的态度一定要真挚诚恳。当然，最后你得很顺从地把竞聘表撤回来，按照领导的意图重新填写，但引起领导对你注意的目的也就达到了。不过这招只能用一次，绝不能用第二、第三次，否则适得其反，领导会认为你是在故意刁难他，把你悄悄列入黑名单，那你晋升的通道就被彻底关闭了。

还有一个小窍门。都是同学，不怕你们笑话，我就是充分运用了这个小窍门，才一步一步走到销售总监这个位子的。老周卖关子似的故意顿了顿，见我们都用期待的目光看着他，他又接着讲了下去。

称它为小窍门，其实就是当单位里有某一个可晋升的岗位时，你要适时地在领导面前表示，你很希望能得到这个职位。第一次领导可能觉得你根本不在他们的考虑之列，直接就把你PASS掉，但你的要求已在领导的心里留下了印记，等于让领导记住了你这个人或者说你的名字。当第二次又有某一可晋升的岗位出现时，你又去领导面前表示很希望得到这个职位，这一次如果领导心中仍然早有别的人选，领导就会对你简单地解释一下，同时鼓励你不要气馁，好好工作，这就等于领导暗示你，你的希望和诉求他已记在心里。这时，你一定要表现出毫无怨言的一面，继续做好本职工作，给领导留下良好的印象。当第三次又有某一可晋升的职位时，领导已对你相当熟悉了，领导的脑子里会第一时间跳出你这个人的名字，觉得再不给你，他自己都有点说服不了自己。于是，那个职位很有可能就是你的了。退一万步说，即使第三次领导心中仍有其他预定人选，那你也肯定不会错过第四、第五次得到晋升的机会。

当然喽，还有向领导早请示晚汇报，投领导所好送点小礼品加深感情，处理好与同事之间的关系，等等，这些嘛，玄机多着呢，下次有机会再和你们聊，喝酒！

酒席散时，我用佩服得五体投地的语气对老周说，听君一席话，才晓得我以前十几年的书都白读了！心里暗想，这小子以前崇拜爱因斯坦，整天在哲学里找答案，又在外晃荡了几年，看来确实受益匪浅，非我等常人能比啊！

四、耳鼓膜穿刺了

一周过去了，我的中耳炎没有一点好转的迹象，脑袋里整天轰隆隆的，经常听不清同事的话，对自己的声音似乎也失去了掌控能力，高一声低一声。记得有一次我去菜市场买菜，我问摊贩菜多少钱一斤时，我被自己突然发出的高声吓了一跳，摊贩也用惊愕的目光看着我，让我感到一阵尴尬。

小病拖成大病，想想你年纪轻轻的就变成聋子，你不觉得可怕吗？我听从了丁水晶的劝告，再一次向科长告假，硬着头皮鼓足勇气去了市医院。

市医院的耳鼻喉科门诊跟社区医院的门前冷落完全不一样，早早就排起了很长的队，等叫到我的号时，已是一个小时以后的事了。我把医保卡和病历推给医生，又向医生述说了症状，医生给我开了检查单，让我去做耳朵B超、耳力测听，并指着我病历上社区医院医生的名字告诉我，这是他的师弟，当年师从同一个导师，两人关系很铁，并说他的医术应该不错的，只是性子有点绵软，办事有时犹豫不决，找工作时他妈妈让他一定要找个离家近的医院工作，这不，他也真听话，真就进了你们那家社区医院，据说到现在还是钻石王老五，你有合适的帮他介绍介绍，呵呵。我侧着耳朵仔细听着，想起小胖医生哆哆嗦嗦给我穿刺而未穿成的样子，想着人与人之间的社会关系真是奇妙，各处都有丝丝缕缕的关联，我笑了笑点了点头。

检查结果出来，医生说，你这是典型的分泌性中耳炎，既然用药一星期都没好转，还是考虑鼓膜穿刺抽除积水吧。

想想也确实是没其他更好的办法了，我只好硬着头皮答应。等我交完费走进治疗室时，一个人高马大的治疗师正手拿一根连在一台小型机泵上的长长的管子。见我进来，他核对了一下名字后，就让我坐稳了。我问痛不痛？医生说只当作被大花蚊子咬一口，肯定是有点痛的，但不痒。说完，治疗师先笑了起来。他这一笑，让我紧张的心情放松了大半。

做好了十足的心理准备，我让医生开始操作，随着一阵机泵小小的轰鸣声，我感到耳朵里一阵刺痛，身体不由自主地一缩，医生连忙说别动别动，马上就好了。我只得强忍着，把脖子挺得直直的，感觉耳朵里正在被抽真空。心想，医生再不停手的话，是不是我的脑髓也要被抽干净了？

好了！治疗师把长长的针管在我的眼前晃了晃说。我摇了摇脑袋，发现耳朵里凉飕飕的，虽然还有点隐隐作痛，但居然不费力就能听清别人的说话声了，我仿佛从愁云惨雾中重返人间，觉出了什么叫拨开迷雾见青天后的神清气爽。

回到接诊医生的桌前，医生问我怎么样，并嘱咐我按时吃药，洗澡时耳朵不要进水，一周后来复查，并代他向社区的医生师弟问好。我一一答应，起身出了医院的大门，开车回到单位。

水晶，要不要给你介绍个男朋友？耳朵里的积水抽除干净，没有了堵塞的感觉，我的心情也大好。在办公室的走廊里迎面碰到丁水晶时，我突然想起市医院医生的话，想起了社区小胖医生圆圆的脸。

怎么，你想当红娘啊？是不是怕我丁水晶嫁不出去，成为"齐天大剩"？我有这么惨吗？

唉，和丁水晶说话，我从没占到过任何便宜，每一次谈论或争论某一件事情时，她总能说出一大堆的道理，仿佛她就是真理的化身，她永远是对的，她能让与她对话的人无形之中感到自己的渺小、自私、狭隘、猥琐和品德恶劣。这也是我犹豫再三，却没有去追求她的另一个原因。

见我不吭声，丁水晶的好奇心反而被吊了起来，问，不会是你的某个同学吧？不过都是些老男人了。

才三十出头，怎么就成老男人了？你比我们也小不了两三岁。听到丁水晶这么说，我总觉得有点刺耳，好好的心情瞬间被破坏了许多。

开个玩笑嘛，还真生气了？社会上不都是这么叫的吗？丁水晶眯起细长的眼睛，给我展示出一个笑脸。

好吧，趁我心情还没有彻底变坏，我先问你喜欢不喜欢医生？我跟着笑起来。

哪个医学院哪个专业毕业的？现在什么医院工作？经常加班吗？丁水晶连珠炮似的发问，弄得我一时不知道先回答哪个问题。

我把小胖医生的真实情况和盘托出，丁水晶闻言，对我嗤之以鼻，说，只是个社区医院的小医生啊，我当是哪里的呢，给我当男朋友，最起码也得是三甲以上的医院，否则免谈。说完，丁水晶一扭屁股，转身走了。

哼哼，真当自己白天鹅啊，我也就是做个顺水人情，你爱谁谁去。我冲着丁水晶扭动的屁股，无奈地摊了摊手。

五、丁水晶的恋爱对象

老周的到来和离开，就像在平静的湖面扔了颗石子，泛起一阵涟漪后就变得无声无息了。

我每隔一个星期到市医院去复诊，中耳炎慢慢得到控制。单位工作忙碌而充实，有时把公司催要的统计报表、材料带回家，加班到深夜用邮箱发送给科长。闲时和老三老夏们喝喝酒，KK歌，打打球，扯些不咸不淡的闲篇，侃侃街上姑娘们裸露的腰部和大腿。独处时找本书看，或上网浏览新闻，日子过得不好也不坏，如老僧入了定。

网上一明星出轨的消息持续发酵了好久，着实让小屁民们狂欢了好久。电子科技的发展带来媒体革命，就连我这样一事无成的无名小辈都能天天接到骚扰电话若干。某一楼盘要出售，想不想买房或者作为投资？言下之意绝不会让你亏本。你家的房子卖不卖，需不需要申请个贷款去投资？最可怕的是有好几次接到的电话都能直接叫出我的名字，说出我的居住地等详细信息，害得我经常打电话回去，告诉老爹老娘对陌生电话一定要警惕，任何时候都不要和他们说什么，要直接挂断，千万别上骗子的当。让我深为恐惧和惊讶的是，我们的私人信息是怎么被泄露出去的？

丁水晶说，就你傻啊，还不都是你在参加活动和培训，或购买商品办理会员卡时填了个人信息，这些信息积少成多，被不法分子以几分钱一条很廉价地批量卖掉。你不知道还有更恶心的事，街上经常有摆摊设点让人微信扫码，免费送微型小电扇、水杯等的，有人报案称，扫过某微信二维码后，和微信绑定的银行卡里的钱少了好几千，这是扫码后中病毒被盗的。所以说，来历不明的小便宜千万别去占，道高一尺魔高一丈，不法分子的骗人伎俩一个比一个高明和隐秘，让人防不胜防。现在社会里，我们基本都处于裸奔状态，何来隐私啊？即使你去上告，最后多数会成为无头公案，我们只能做到提高警惕不贪不占力求自保了。

水晶的话蛮有道理，连我们这样的小屁民的信息都被反复变卖利用，更何况身价不菲的明星呢？我转念又想，我小老百姓一个，一不做违法乱纪的事，二不做伤风败俗的事，我的信息确实只值几分钱。对骚扰和广告电话，大多数不接，直接拉入黑名单，情绪好的时候，还可以借此溜溜推销员和骗子，给庸常的日子来点小刺激。街头不明来路的扫码活动不去参加，捂牢自己不怎么鼓胀的钱袋，看牢自己余额有限的银行卡，骗子伎俩再高又能奈我何？

喂，上次老周来和我们一起喝酒的那个叫丁水晶的，你俩有没有下文啊？一次和老三老夏打球休息时，老三像想起什么事情，瞪着一双仿佛永远也睡不醒的眼睛，突然问我。

我摇摇头说，你就别哪壶不开提哪壶了吧，我妈都不急你操的哪门子心！现在好一点的女孩子哪里去找？早的小学里就开始写情书谈恋爱，晚的大学里也早被订购完了，剩下的不是太现实，就是矫情作态高不成低不就的，相互看不顺眼，我宁愿这辈子单着，也不能将就，省得被老婆孩子牵制。

老三说，你这是自私。老夏说，你这是不孝。我说，你们这是站着说话不腰疼。丁水晶这女人表面看起来单纯，其实心眼鬼着呢，野心又大，像我这样要个子没个子，要官位没官位，要才华没才华，在她眼里一无是处的老男人，人家怎么会看得上呢？她和我气场不合，个性也不是我喜欢的类型。

老三说，都一把年纪了，还什么气场不气场、个性不个性的，要我说啊，近水楼台先得月，抓到篮里便是菜。老三顿了顿，似乎在考虑怎么措词。你这掂量来掂量去，小心被人捷足先登了去。

老夏说，老三说得对。我觉得丁水晶看起来是个挺好的姑娘，为人热情大方，也喜欢帮助人，听说你们单位的一个同事有事要出差，她就每天上门去帮人家照顾半身不遂病瘫在床的老人。上次我同事托她办了一件事，她也很快就帮着搞定了。这样好的女人你还说什么气场不合、个性不喜欢。

还有这样的事？我被这意外的消息砸蒙了。我说，老夏，你这是哪里来的小道消息，我怎么一点也不知道？要说单位里有老人病瘫在床的同事，那不是别人，正是我们科长。他老娘前几年脑中风留下后遗症，大半个身子动不了，只能在床上躺着。科长和他老婆的工作都太忙，孩子又小，科长就在老家请来个乡邻当保姆，让她住在家里侍候老娘。前段时间科长倒确实是出了一趟差，只是从来没听人说起丁水晶去帮忙的事。

我这才想起来，最近丁水晶确实很忙的样子，每到下班铃响，就很快地冲出去。和她说话时，也是有一搭没一搭，显得心不在焉的。

老夏说，做事密不透风，这女人的心思确实有点不简单，我得提醒下老周。

这跟老周又有什么关系？他俩八竿子都打不着。老夏的语气和态度让我有些意外。

关系大着呢，你有所不知吧？老夏一边说一边不住地研究我脸上的表情。老周上次来后，丁水晶加了他的 QQ 和微信，闲来两人经常聊聊天。还真别小看了这个丁水晶，据说她大学时读的是理科，但她真正喜欢的是文科，读过不少历史和文学书籍，尤其喜欢中国的国学经典和古典诗词，张口就能说出个子丑寅卯来，闲暇时喜欢写点小散文和微小说什么的，曾在一些报纸杂志上发表过几篇作品。

这个我知道，我和她还开过玩笑，经常叫她才女呢。我接口说。

老夏摆了摆手，接着又说下去。你知道老周的性格，老周大学时是典型的书痴，我们都在胡闹恣意浪费青春时，就他一个人，总是捧着本哲学书。大学毕业时，别的同学把大学课本当垃圾扔得满地都是，老周却是背着满满两大旅行箱的哲学书离开的。曾经的书痴碰着个喜欢读书写作又频频投自己所好的女人，你说老周能不动一点心思？况且现在老周也已年过三十，事业正在蒸蒸日上，他又不是个坐怀不乱的柳下惠，我就不相信他的父母没催过婚。

老三说，老周是极有个性的人，虽然对父母很孝顺，但父母的催婚不会左右他对婚姻的看法和追求。你想老周是什么人，读过那么多哲学书，闯过三关六码头，什么人的心思猜不透？一般的女子又怎么入得了他的法眼。老周一定是碍于老六的面子，不好直接回绝人家，又怕老六知道了多心，伤了兄弟间的情分，所以暂时没和老六说，他正为这事苦恼着呢。说白了吧，他们的关系其实尚处于暧昧阶段，下结论还早着呢。

老夏反驳说，毕竟是年过三十了，碰到一个有同样爱好、讲得来的女孩子不容易，干柴烈火，说点着就点着。

老三皱了皱眉说，看来丁水晶真是有目的地接近老周的，不然瞒着老六干吗？老六你自己也不好，眼面前放着个白花花的大姑娘不去追，还矫情气场和个性啥的，人家当然要"人往高处走"。可能见我的脸色变得有点难看了，老三及时刹住了嘴。

也许是在同一个科室共事久了，每个人的弱点怎么隐藏都会显露出来。我一直认为和丁水晶恋爱结婚并不合适，不谈我今后的仕途经济，单就她处处要强的个性我就不喜欢，更不用说在别人面前总是挂着温暖笑容的虚假面孔。但她这样刻意瞒着我，又是在主动追求我的兄弟，总让我心里很不是滋味。

善解人意的老夏似乎看出了我的心思，用略显歉疚的语调说，今天是我和老三多嘴了，你可千万别多心，去生老周的气。不过这事你迟早会知道的，没有不透风的墙嘛。

我想，精彩的故事就在我的眼皮子底下上演了，我却浑然不觉。

六、年终工作开始了

国庆长假以后，单位仿佛一下子进入了大忙季节，各项年终报表、报告、行政总结、党内总结和工会总结及下年度的工作计划等，都要在规定的时间内上报完成，个人年度总结最迟在假后第一周内填报完，签上名字上交到科长办公室。除了这些工作外，还有两件和员工切身利益相关的大事。一是员工年终考核。考核分领导和员工代表分别打分，领导和员工代表的比例各占百分之五十，根据考核分数按公司给定的比例评出"突出、优秀、良好、称职"四种考核结果，考核结果与年终奖分配挂钩，还和年终评选各类先进挂钩。考核表面看起来都是硬性指标，其实更多的是人为因素，说白了，考核不仅与每个人的业务能力有关，更重要的是与领导关系和群众基础有关。每年评出的"突出""优秀""良好"基本就是那些占据关键岗位和平时在领导面前表现特别积极肯干的人，也有一些真正埋头苦干令大家都服气的"老黄牛"。

另一个要紧的事就是岗位竞聘。今年的岗位竞聘和以往走过场无声无息完成的情况有所不同，科长十二月份到了正式退居二线的年龄，空出来的岗位必定要有人尽快填补进去。据说处里早在九月份的时候就已把后备干部的名单上报给公司，近期公司派分管领导找我们处长谈过一次话，处长又找我们科长谈了一次话。公司组织处正准备派人来我们处里开座谈会进行民主测评，让处里先上报参加民主测评的名单，其实这些名单都是精挑细选过的，大家心照不宣。与此同时还要找十个以上的员工进行个别访谈。最后组织处的工作人员把收集到的意见汇总上去，这叫集中，现在企业选拔干部要的就是民主和集中。

企业提倡干部要年轻化，我也正赶上这大好形势。三年前处长和书记找我谈话，把我列在后备干部考察名单里，这也正是一再刺激我为什么不和丁水晶谈恋爱的原因。男人嘛，立于世，总要有所作为，除了自主创业当老板赚了大钱算成功外，在体制内工作，升官就是事业成功的首要标志，我还没听说过在单位争到个先进就算事业成功的。既然有这样的大好机会，就得好好把握和表现，不能因为一个女人因小失大，错失良机。只是不幸的是，一年后我听说丁水晶也被列为后备干部考察对象。一个科里有两个后备干部考察对象，这正如"一山容不得二虎"，虽然我们性别不同，但要竞争的方向是相同的，那么后半句的"除非一公和一母"就成了多余。

单位里一团乱麻有这么多事，而且眼看着科长要退位，我比平时更加忙碌起来，并且经常在接近午夜的时候给领导发送邮件，上报相关材料。丁水晶也没闲着，整天坐在办公电脑前，半天不动一下屁股，在主管处长和科长的办公室跑进跑出汇报工作越发频繁，看起来科里就数我俩最忙。

我和老三老夏他们的聚会少了许多，据说老三也在为年底岗位竞聘做功课，老夏则有个重大工程设计项目年底前需交付。有一回偶尔闲着时，我挂上QQ，正好碰到老周也在线，不知老周怎么来了兴致，给我讲了他们公司的销售业绩，讲手下年轻人初入职场的笨拙和努力，讲老板对他的倚重，讲他出差时碰到的奇闻逸事和香艳故事。我给他讲了我们单位的年终考核，讲岗位竞聘等事情。我们聊了好长时间，唯独丁水晶似乎是个敏感话题，我们谁也没有主动提及。我问老周，你也老大不小了，你的工作全是与人打交道，就没有碰到个合适的把自己给"嫁"了？老周"呵呵"笑了两声，说，艳遇倒不少，主动上门的也有，但总觉得没到那程度，欠了点火候，心里不踏实。我和你的观念一样，对待婚姻，宁缺毋滥。

我好多次利用工作间隙向丁水晶旁敲侧击，问她最近都在忙什么？有没有交男朋友，要不我俩凑一起过日子得了，上班下班一同进出，树上的鸟儿成双对，夫妻双双把家还，多么美好的场景啊！丁水晶白了我一眼说，去去去，谁有工夫和你贫嘴，没看我每天有那么多事情要做，哪有闲工夫交男朋友，你还是赶紧干你的活去吧。我在心里嗤笑了一声，这女人，真当我的中耳炎没治好变成了聋子，啥也听不到了吗。

挨到十二月初，员工考核工作已结束，公司规定考核结果要与员工见面，科长把我叫到他的办公室，告知我的考核结果。科长说，你今年的工作干得不错，坚持原则，肯吃苦，为科里解决了好几个员工反映上来的棘手问题，领导们都看在眼里。只是有时候办事你要活络一点，工作不能蛮干，要更讲究策略。我一一点头领受。科长又说，我这是最后一班岗了，公司马上要下发退二线的红头文件。后天公司组织处派人来召开员工代表座谈会进行民主测评，我觉得你还是有希望的，即使这次不能提拔，也不要气馁，按你的工作能力和表现，总会有晋升机会。早在前几天，我就把填报了科长岗位的竞聘表交给了科长，科长才又对我多说了这些话。

当晚凌晨三点时，我的手机突然铃声大作起来，把我生生从睡梦中揪了起来。我抓过手机一看，原来是老周。我说老周，你发神经了？这都几点了，你睡不着也不能这样把我吵醒啊！有事给我QQ或微信留言，我加班到十二点才睡下，明天还有许多事要做，现在要继续睡觉了。

老周静静地听我把牢骚发完，一改以往轻松舒缓的语调，用低沉的声音对我说，郑君死了！

什么？我大吃一惊，残存的睡意一下子全吓跑了。郑君是我们的同班同学，就是上次我们聊天时提起过的网络作家，拥有超级流量IP，一直没听说过他有什么毛病，有空时我也经常点开他的网上小说看看，怎么突然就死掉了呢？半夜三更的，你不会是在和我开玩笑的吧！

是真的，我能跟你开这种玩笑吗！刚才我接到他老婆的电话，说是劳累过度引起的心脏骤停猝死，一小时前的事。发病时，郑君正趴在电脑前不停地码字。你要知道，网络作家要想不掉粉，就要保证他的作品天天更新。郑君最多时一天能码三万字，最少也要码两万字，他说如果少于这些数，粉丝们会不买账，点击率就不能保证。网络作家们看似风光，其实太不容易了，他们拼的不仅是才华，更多的是拼体力和健康。一天多达十几个小时都得趴在电脑前码字，身体吃得消才怪呢。

我的眼泪瞬间流了下来，感受到生命的脆弱和无常，郑君在校时瘦瘦小小的身影站在了我的眼前。我干脆起身，披衣走到阳台上，望着远处霓虹闪烁的城市夜空，摸出一支烟，和着眼泪抽了起来。

一早，我向科长请了假，又和老三老夏约好，一起乘高铁赶去郑君所在的城市，其他得到消息的同学也自发地从四面八方赶来。郑君停灵的殡仪馆大厅的四周，已放有粉丝们送的几百个花圈、花篮和一长溜挽联。

大家一致推荐老周为同学代表协助郑君家属料理后事。老周排了个守夜值班表，男同学负责轮流守夜、接送远途赶来的亲戚朋友，女同学负责安慰和照顾郑君的父母、妻子和孩子。

郑君的父亲一言不发，一直木呆呆地坐在旁边的椅子上，我们劝他去宾馆休息，他只呆呆地抬了下眼睛，嘴唇翕动了一下，却一个字也没说出来，硬拉他走，却怎么也拉不动，老周只好派两个细心的男同学专程陪护他。现场没见到郑君的母亲，据说已被早到的女同学强行搀去附近宾馆休息。

郑君三岁的儿子见爸爸躺在鲜花环抱灯光闪烁的玻璃棺材里，很好奇。他瞪着亮亮的小眼睛问，爸爸怎么不在电脑上写字了？我要喊爸爸起来去写字！说完，蹬蹬蹬地迈开小步跑去，伸出小手拍打棺材，边拍边喊，爸爸起来，爸爸起来！老周抢上一步一把把孩子抱在怀里，哄他，爸爸累了，要好好休息，好孩子别闹，不要吵着爸爸了。孩子使劲挣扎，又大喊，爸爸快起来，有坏人抱我！爸爸快起来，帮我打坏人！闻声，郑君的老婆当场哭瘫在地上，在场的所有人也都哭出了声。

其间接到科长的电话，科长告诉我，他退二线的红头文件已下发，单位的岗位竞聘工作正式开始，让我赶快回去，参加这次至关重要的岗位竞聘。我说这里暂时脱不开身，过两天就回去。

等把郑君送上山，所有的后事全部办理结束，我和老三老夏与郑君父母妻子打过招呼，又和老周等同学们道过别，当天乘高铁返回了海城。到达单位时，老科长对着我直摇头。此时岗位竞聘工作已完成，因为我缺席，没有参加现场答辩等环节，只能做弃权处理，同样填报科长岗位的丁水晶直接竞聘成功，我的科长梦也算是正式泡汤了。

老三说，这也太不公平了，你有事不在，单位就不能把竞聘时间延后一些吗？

老夏则不以为然，说，你以为这是你家啊，你想什么时间就什么时间，单位定好的计划，肯定不能因为你的私事去改变，何况科长已打过电话通知过老六了，单位也算尽到告知的义务，并没有什么过错。

我摇头苦笑，摆摆手说，你们就不要争了，要怪就怪我运气不好，没有官运。古人说"事死如事生"，同学一场，我这也算对得起郑君了。

七、老周要结婚了

工作和生活又回归到原有的轨道，只是突然变成在丁水晶手下干活，我还真有点不习惯。这女人一改平时对我忽冷忽热的态度，变得客气起来。找我的时候，都是通过电话先联系。老姜，麻烦你来我办公室一趟，有事找你商量。其实她的办公室和我的只有一墙之隔，抬一下屁股走几步就到，可这个新上任的丁科长偏不，只要有事情，肯定是电话传呼。

说是商量其实就是布置任务，或者就是挑我报告里的毛病。她说，老姜，处里要这个统计数据，你辛苦下，下去跑一趟，今天下班前报给我。或者说，老姜，公司某部门计划明天到我们科里来月度检查，你把所有台账都过一遍，省得查出毛病来扣分，扣分的话要扣整个单位奖金，事关重大，你多操点心。或者指着我昨晚熬到半夜、不小心因笔误漏过的几个错别字，说，老姜，你也算是科里的老人了，你的本职工作就是公文、报告、统计、协调和计划等，怎么能犯这样的低级错误呢，这么明显的错别字，如果我不仔细复查，一旦被蒙混过去，上报到处里或者公司，被处领导或公司领导看出来怎么办？这还只是错别字，如果是统计数据出了问题，到时大家都挨板子。

看着这几个让丁水晶用红笔重重圈起来的错别字，我心里觉得有点凉。你这女人本来就不好看，还怕上面看你不好看，也太没有自知之明了吧。谁都不是圣人，都会犯错误，何况只是几个笔误而已，用得着这样大惊小怪吗！

丁水晶似乎看出我的心思，换了个笑脸对我说，千里之堤，溃于蚁穴。我对你的严格要求，也是对你负责。

以后，只要接起丁水晶的来电，我就神经过敏起来，猜想不知又有什么重任落到肩上了，公文里哪里又写错了，或者又做错了什么事。

老三说，严格要求是对的，是对你负责，也是对单位负责。老三终于多年的媳妇熬成婆，在这次岗位竞聘中谋得了一个后勤副科长的位子，他仿佛换了个人，眉眼之间充盈着一股喜气，说起话来拿腔拿调，都换成官话了。老夏说，天将降大任于斯人也，必先苦其心志劳其筋骨，饿其体肤，摧毁其精神。她这是要培养你，你就好好改掉那些粗心大意和懒散的毛病，治好了，你的官梦实现起来就容易多了。老夏的重大工程设计项目已如期完工上报，心情舒坦，同时又有千万房产的底气，说起话总是不疾不徐又不乏幽默。

有一天，老周忽然在 QQ 上对我说，他要结婚了，对象是丁水晶。对此结果，我并不感到有多少意外。老夏告诉我，郑君的突然离世，对他触动很大。

我说老周，恭喜你啊，终于脱单了！你俩能结婚，这是皆大欢喜的特大喜讯啊，我现在在你准老婆手下混饭吃，今后你就是我的靠山了，丑话说在前面，你老婆欺负兄弟的时候，你可一定要帮忙啊。

到时指不定谁帮谁呢。老周说。我想，丁水晶那强势的性格，老周又不是愿意解释和妥协的人，这婚结得可能有点悬，但我没把这个担心说出来，怕影响了老周的心情，让他好不容易下定决心结的婚提前黄了，被丁水晶知道，我还有什么好日子过！

老周在QQ上沉默了好久，终于又和我谈起了北京的艺术寻根之旅，谈起北京那位教授说过的话，以及哲学的终极结论：人都是要死的！他接着说，郑君起初为了自己的爱好误打误撞进入光怪陆离的网络世界，找到发挥他才能的舞台，拥有了无数的粉丝，但越到后来成了惯性，迷失其中，为了不脱粉不掉粉，每天十几个小时耗在电脑前码字编故事，全身心地扑进网络里打拼，弦绷得越来越紧，一朝绷断，死神立即把他攫走，连一点回旋的机会都不给。年纪轻轻的一个人，就这样被无边的欲望生生累死了，你说值得不值得？又说，曾经辉煌过，被那么多人关注过和追捧过，也算没白活这一回了，值！郑君这不声不响地突然撒手西去，让年迈的父母白发人送黑发人，年轻的妻子守寡，年幼的孩子失怙，家庭破碎，又不值！男人真正的成功到底是什么？一向睿智的老周第一次这样向我发问，我的心里顿时也茫然起来。

老周接着又说，成功的形式其实很多。自主创业成就一番事业可谓成功，在某一领域里建功立业普惠大众也为成功，踏踏实实做好分内之事，让家人安宁幸福也不失为成功。只是郑君成功得太惨无人道太血腥。说完，连续给我发送了好几个皱眉的表情。

走的人已四大皆空了，活着的人只能向前看，也许我们都是些凡夫俗子，既看不清外部世界的纷繁复杂，更看不清自己的内心所需，只能选择做好自己，不让家人和周围人担心受累。我知道老周是长着一颗玲珑心的人，对他竟然说这些淡索索的话，我很看不起自己。

反正人最后都是要死的，我又做不成圣人，那么就让我把普通人都经历过的事也做一遍吧。老周像是在努力说服自己，最后在QQ上对我这样说。

八、中耳炎又反复了

老周和丁水晶结婚，没有举办任何形式的婚礼，他们去了西南一个叫大山凼的偏远山村度蜜月。

早在几年前，老周从网上得知西南一个叫大山凼的偏远山村，山高林密，溪流深潭，村里一个巨大的水坑，旱天水坑见底，乱石嶙峋，虫兽出没其间。据说大水坑是远古时候从天上掉下一块巨大的陨石砸出来的，村子也因此得名。洪涝季节，坑里积满洪水，水深可达几十米。虽然每到雨季，村民都会一再告诫家中孩子别去水坑边玩，但那些四散野惯了的山村孩子根本不懂啥叫危险，常常偷偷到水坑边玩耍或钓鱼，致使每年都有孩子失足落水溺亡。山里物产丰富，红枣、核桃、黑木耳、香菇、苹果、梨，还有特殊美味的高山山芋，还有一些普通人都叫不上名的高山珍稀药材。但由于地处偏远，没有一条像样的出山公路，许多优质山货运不出去，只能烂于山上树下和田头，村民大多靠自产自足和上级民政部门下发的贫困救助金度日，生活异常清苦。村里有一座旧时祈福用的废弃土地庙改造成的小学，老师五十多岁，初中文化，任教三十多年还是个民办教师，他兼校长、全科老师、校工于一身，白天负责校里一切事务和给孩子们上课，夜里就寄居在学校，因没结婚成过家，他把学校当成自己的家，把学生当成自己的孩子。

老周通过慈善机构联系，把大山凼村的几个孩子列为自己帮困资助的对象，每年花费几千元给孩子们买书包课本学习用品等，每月邮寄一定数目的生活费用。老周一直在想，仅仅资助几个学生上学，只是杯水车薪，挖除山村贫困的根源帮助村民们开辟一条致富之路才是最有效的办法。老周想，按他现有的经济条件，可以为大山凼村办一件实实在在的事情。老周悄悄进行了深入的调查，计划捐出一定数目的资金协助当地政府部门一起为大山凼村修筑一条出山公路，不仅可让山村人走出来，接受外部世界的最新资讯，又可让山外人走进去，了解和利用当地丰富的物产资源，实现信息互通、资源共享，山村贫困落后的面貌一定会有所改变。

老周通过慈善机构匿名向该山村捐资五十万元人民币，要求当地政府进行宣传发动，动员村里人有钱的出钱，没钱的出劳力，一起修建这条出山公路。

在慈善机构的协调下，在当地政府部门的宣传发动下，山民们得知这个好消息后奔走相告，一些家庭稍微富裕的村民拿出家中仅有的积蓄，更多的村民则是肩扛铁锹镢头手拿榔头凿子，自发地来到彩旗招展的工地现场，参加到修筑公路的工程中。很快一条直通山外的十几公里长的水泥公路出现在村口。公路贯通那一天，村民们买来鞭炮燃放，一时间，大山凼村仿佛过大年般热闹。

收购山货的外地客商开着大货车来了，导游举着小彩旗带着旅游团来了。村民们在路边或自己的家门口摆起了卖山货的摊子。后来，村里又安装了网络，成立了优质山货统购统销合作联社，办起网上销售。合作联社不仅把本村的山货集中起来，更是把附近村镇邻县的优质山货收集起来，一起打包发往全国各地，有的甚至踏出了国门，成了出口的紧俏物资，村民们都成了股东。村里新建了一座三层楼的小学校，老师大多数是从县城其他好的学校挖掘过来的，有的是从本村考出去的大学生，原本可以留在大城市，现在又回到家乡来了。另有几个从山里考出去的大学生跑回大山凼村，通过岗位竞聘村民投票选举当了村干部。投票选举时真是各出奇招，有的甚至给村民送钱送物，有的跑去村民家帮助干活，真是一票难求，不过贿赂候选人一旦被发现就被列入黑名单，这些又是后话了。

不办婚礼到偏远的山村度蜜月，我不知道丁水晶事先是否知道老周做过的善事，她对婚礼和蜜月安排是否满意。因为之前我曾听她说过她的婚礼一定要办得气派豪华，在五星级酒店摆酒席，然后去欧洲度一个月的蜜月。我从丁水晶蜜月归来后红润健康的脸色中看出，她是幸福满意的。

蜜月归来，老周和丁水晶回到各自的城市和工作岗位上，他们的生活秩序似乎没受多少影响。

唯一不同的是，丁水晶对我的态度有了很大的变化。安排工作任务时，不再通过电话联系，大多数时候是她先给我发个邮件，然后又亲自跑到我的办公室，跟我当面陈述任务的重要和急迫，请我帮帮忙，在规定的时间内完成。对我拟写的公文和提交的报告也不再鸡蛋里挑骨头，即使发现几个错字漏字，也只是如沐春风般地提醒我，让我仔细仔细再仔细。

我暗想，是不是老周在她面前暗示过了，让她在短时间内对我改变了态度。转念又一想，老周是个洒脱的人，他肯定不会干涉丁水晶的事，更不用说工作上的事。

自从他们结婚后，老周就像人间蒸发一样，好久没在 QQ 上现身，他的头像永远是黑着的。几次想问问丁水晶，又见丁水晶整天一本正经的样子，只能打住。

这几日，忽然觉得我的耳朵又出问题了。想着去市医院太麻烦，要向丁水晶请假，还要接受她对我虚情假意的关心。我找了个去公司总部办事的借口，硬着头皮悄悄去了社区医院。

走进耳鼻喉科门诊室，接诊的还是那个小胖医生。小胖医生翻开病历看了看说，你去市医院看过了？我说市医院离我家近，来去方便。小胖医生"哦"了一声。

小胖医生揪着我的耳朵查看的时候，开口对我说，市医院的是我师兄。我说，我知道，你师兄很热情。小胖医生应声说，是的，他在上学时就这样。我又说，你师兄还托我帮你介绍女朋友呢，我还真去和一个女孩子说起过你，只是那个女孩子现在已结婚了。

小胖医生查过我的耳朵后说，这次发作积水不太严重，不需要穿刺，配点药去吃一个疗程，一星期后没好转再来复查治疗。

在我向外走的时候，小胖医生叫住了我，脸红了红，问我，那个女孩子为什么没答应和我见面？

大概你们没缘分吧。我只能这样告诉他了。

九、丁水晶的表妹来了

一年过去了。

老三老夏帮我张罗着介绍了几个女孩子，不是我嫌人家姑娘长得不标致不白皙，性格太要强不和顺不温柔，或是装清高太势利现实，就是人家姑娘嫌弃我貌不惊人无地位无财富属"三无产品"。我暗想，其实是我骨子里的自卑感和男人的尊严在作祟，潜意识里有在科长竞聘这一环节败给丁水晶落下的心理阴影，因此对强势心机深太现实的女人下意识地有种抵触情绪。

老家的父母眼看着年岁相当的邻居们都当上了爷爷奶奶外公外婆，抱着白胖的孙子孙女累并快乐着，他们唯一的儿子却还在东挑西拣吊儿郎当，老两口终于对我不耐烦起来，给我下了最后通牒，让我一定要在三十五岁前把老婆领回家，否则就跟我没什么好说的了。

其实我不是不知道"不孝有三，无后为大"的古训，我也一直在努力地扮演着孝子的角色，无奈在我的世界里月老他老人家总在打瞌睡，不是系错了红丝线，就是把红丝线抛得太高让我够不着。

又一次老同学聚会，老三老夏罕见地把老婆带来了，老周携丁水晶带一个高挑白皙大眼睛的年轻女子，一起走了进来。这时的老周为了解决与丁水晶两地分居带来的不便，已把业务拓展到海城，在海城连锁公司兼任销售总监。

老周笑着跟大家一一打招呼，说给大家介绍一下，这位是水晶的远房表妹，在他所在的公司海城分公司上班，请大家多多关照。说着，很自然地把水晶表妹的座位安排在我的旁边。

老三问丁水晶，嫂夫人，你家还藏着这么个美女妹妹啊，以前从来没听老周说过。老夏开玩笑地说，美女是用来养眼的。老夏边说边装着使劲揉自己的眼睛，然后说，你们看看，我的眼睛最近很不舒服，可能是很久没看到美女的缘故，这下好多了。

水晶表妹听着两个男人一吹一唱，笑了起来，露出一口细贝似的小白牙。

老周说，吃菜吃菜，这么好的菜都堵不住你们的嘴，你们以前真没见过美女啊？弄得跟没开过荤的毛头小伙似的，当心两位夫人吃醋。

老三老婆拉过表妹的白手，轻轻地拍了拍，说，水晶表妹的气质真是好，与你相比，我才晓得什么叫人老珠黄。这都要怪老三，整天忙单位事务，家里孩子老人的事一点指望不上，当我没工作似的，在他的字典里，就没有"怜香惜玉"这四个字，瞧瞧我这手，粗糙的嘞！说完，伸出她那纤骨细细的手给我们看。

老夏老婆则在脸上努力挤出几丝笑容，往前举了举装有饮料的杯子，揶揄老夏说，看来这几年是我把你害了，不过我可没有在你的眼睛上罩眼罩子，大街上的美女任你看，工作中也不知你接触过多少美女，也许是你美女看得太多，反倒落下了病根。说完，把饮料优雅地送到嘴边，浅浅地喝了一口。

丁水晶笑起来，说，两位姐姐真幽默，管老公真有一套，有时间我倒要好好向两位讨教讨教。至于我这表妹嘛，我就长话短说。我这表妹父母从小把她当成心肝宝贝，含在嘴里怕化了，捧在手里怕摔着，一路宠到大。表妹大学毕业那年，他们坚持要她回老家发展，说是女孩子离家近点，他们照看得着，图个放心。表妹老家是个小县城，经济发展和文明程度没法与海城比，表妹年纪轻轻的不想就此被父母捆住手脚，把美好的人生理想埋没在小县城里，她几次三番央求我去说服她的父母，让她离开县城到外面见见世面。想到表妹总在小县城待着确实不是个办法，我极力劝说她的父母，让表妹到海城来，我保证帮她找个好工作，不让她受到委屈，同时帮她介绍个好对象。表妹的父母这才勉强答应，关照我一定要照顾好她，有合适的小伙子帮着介绍介绍。这不，半年前，表妹就跟着我来到海城，老周在他的公司里帮她寻着一个文员的职位，工作比较轻松，薪水也说得过去。她父母听说后，过来看过几次，也就彻底放下心来，只是对象问题又成了他们关注的焦点。

老三眨巴了下眼睛，笑着指指我说，表妹对象的问题还不好说吗？在座现成的就有一个，你们说他俩般配不般配？

我瞪了老三一眼，责怪老三嘴上没个把门的，我一个又穷又丑的老男人，你可别埋汰了人家这么好的姑娘。

老夏说老六你的家庭和自身条件都不差，工作上又有嫂夫人丁科长罩着，没人敢把你怎么样，可别妄自菲薄，如果你俩真能成，倒完全就是一家人了。好机会总是稍纵即逝，要好好把握啊！

表妹被他们说得脸红起来，慢慢低下头去，却把眼睛的余光转向我，在我的脸上扫描了一阵，又悄悄地收了回去。

隔天上班，丁水晶破例打电话过来，让我去她办公室一趟，有要事商量。我的心里咯噔了一下，想是不是又有什么事没做好？赶紧在心里做好挨批的准备，起身去丁水晶的办公室。

来来，老姜，坐。丁水晶如往常一样和颜悦色，让我心里更加发毛。

老姜，我发现自从我坐上这个科长位子后，你明显和我疏远了。当年的岗位竞聘情况你也是知道的，你没怨我吧？没有就好！那就是我有什么地方没做好，让你不满意了，请你尽量提出来，我一定改正。我们是老同事，老周又是你的老同学，请你别弄得跟刚进公司的小年轻一样，看到我那么生分，怕我会吃了你不成？

我连忙摇头摆手称不是不是，丁科你误会了，我知道自己的位子，也知道自己该做什么不该做什么，该说什么不该说什么。你放心，你交办的工作我一定全心全意完成，全力支持你的工作和科里的工作。至于老周嘛，我们是同学朋友，更是兄弟，无论出现什么事，我们之间的关系是不会变的，这个也请你放心吧。如果没有别的事，我先回去了。说罢，我抬起屁股欲起身，丁水晶抬手往下压了压，做了个请我安心坐下的动作，看着我，却不说话。

在我等得快不耐烦的时候，丁水晶问我，老姜，我想问你个私人问题，老周曾和我说过你的择偶标准。你也看到了，我那表妹的品貌应该能符合你的条件，你不想和她再接触接触，发展一下？我表妹告诉我，说你人看起来比较老实可靠，倒是愿意试一试的。

我脑海里迅速回忆了一下当天见到她表妹的情景，说句实在话，她表妹虽然长得很漂亮，我却并没有心动的感觉，或许是因为她是丁水晶的亲戚，我不想和丁水晶有更多的瓜葛，又或许是因为她说话看人的神态，我感到有股子隐隐的风骚气息。我想，我要的是老实本分的良家妇女做老婆，家里穷点普通点都没关系，关键是人品，这样的女人我可驾驭不了。

表面上，我还是不愿得罪丁水晶的，毕竟她现在是我的顶头上司，又是兄弟老周的老婆。我模棱两可地说了两句，请你表妹再好好考虑，我是一个没出息的男人之类的话，连自己都听不清，就狼狈地退出了丁水晶的科长办公室。

丁水晶冲着我的背影，低低地喊，你要好好考虑啊，追求我表妹的人很多呢。

再次碰着老三老夏时，老三说你还真把自己当成钻石王老五了啊？那是给有身份地位有经济实力的男人贴的标签，你只是个年过三十的穷屌丝，人家表妹看上你算是你小子有福。

老夏说，老三你别这么说老六，我明白老六高不成低不就的原因，老六要的是安静本分的妻子为他传宗接代孝敬老人，我看那个表妹确实不太适合老六，总觉得哪里看起来别扭。

老夏的话证明我的第六感是对的，也就更加坚定了我对结婚对象宁缺毋滥的想法。如果丁水晶再问起，我就可以直接婉言拒绝了。

十、老周失踪了

又过了较长一段日子，我终于找到一个模样朴实举止大方的女孩结了婚。我们之间谈不上有多少爱情的成分，只是因为两人都已过了青春冲动的年龄，相互看上去顺眼，我们就理性地一致决定结婚吧。用她的话来说，爱情是生活中的调味品而非必需品，虽然轰轰烈烈的爱情让人向往和感动，但越是激烈的东西越不能持久，比如烟花，点燃的瞬间可释放出炫目的美丽，但当火药燃尽时剩下的只是一堆灰烬，有时连灰烬都找寻不着。再比如旧时包办婚姻白头偕老的例子也很多，最著名的人物有胡适和他的小脚太太。我们虽不是包办婚姻，但毕竟已错过了产生激烈爱情的最佳年龄，就让我们在以后的婚姻生活中慢慢培养感情吧。姑娘的一番话让我不由得对她产生一丝敬重，原来在她朴实的外表下隐藏着一份发自内心的平和与睿智。婚后的事实证明，我这次的理性选择确实是对的，妻子把我们的小家打理得井井有条、温馨舒适，两人之间也有很多共同的话题，我觉得我对妻子越来越依赖。

丁水晶为老周生下一双龙凤胎儿女，喜得老周的父母包了三只大大的红包，一只给劳苦功高的水晶，另两只给龙凤胎孙子孙女。外人看来，在老周这个年龄，许多人还在为一套房子，为有一份高收入的职业打拼时，老周却婚姻幸福、家庭美满、事业成功，简直是人生的最大赢家。

孩子满月的当天，老周一改过去低调的做派，在海城一家五星级酒店摆了十桌，邀请夫妻双方所有的亲戚朋友来喝孩子们的满月酒。也许是月子里公公婆婆侍候得好，出现在大家面前怀抱一双儿女的丁水晶脸色红润满脸喜气，她细长的眼睛里溢满骄傲和自得，我对这样的目光再熟悉不过了。有人说，女人有了孩子犹如脱胎换骨，刚强的变柔软，柔软的变坚强。而我在丁水晶的眼里，看到的却是刚强之上的春风得意。

孩子满月酒后的第二天清晨，在丁水晶母子仁还在睡梦中时，老周悄悄收拾了几件衣服，连手机都没带就离开了家门。

起床后的丁水晶没有多想，因为她早已习惯了老周的早出晚归。她简单梳洗后，和保姆、婆婆一起，给孩子们喂奶，换上干净的尿不湿。只是到了当晚，天已黑透了，老周仍没回来，丁水晶拨打老周的电话，老周的电话却在床头柜里响了起来。

怎么连手机都没带？丁水晶责怪老周粗心。公公婆婆说可能走得急忘了吧，他一天到晚那么忙。又说，忘带手机也应该用办公室座机给家里打个电话来吧。

当晚老周没有回来。第二天，还是没有老周的音信，这在之前是根本不可能的事，丁水晶和公公婆婆都开始着急起来。丁水晶第一个问到的是我。听到这个消息，我也觉得很纳闷，不知老周葫芦里卖的什么药。我答应丁水晶，给所有与老周交好的老同学打电话问问。

丁水晶又问遍她知道的老周所有的熟人、朋友和公司的同事，大家都说没看见过老周，老周也没和他们联系过说过什么。

当电话、邮箱、QQ、微信、手机所有的联系方式都联络不上老周时，丁水晶决定报警。报警后的丁水晶并没有选择等待，她放下她所有的骄傲和坚强，拖着产后没有完全恢复的虚胖的身子，肿着眼泡到处托人打听老周的消息，但一个人刻意要躲起来，天下之大，怎么找得到！丁水晶差不多变得痴痴呆呆的了。

一周过去了，一个月过去了，老周仿佛一粒沉入水底的石子，再无半点消息，丁水晶崩溃了！

老周的离奇失踪，我和老三老夏左思右想，终究不得其果。同样是老同学，郑君是劳累过度因病暴亡，天意不可违，而老周的出走也许是完全听从了他自己的主观意志。这是为了什么！

老周曾在微信上问我，你天天在朋友圈晒有意思吗？这时我们之间的聊天工具早已由QQ变成微信了。我回答他，谈不上有没有意思，无聊之人做无聊之事罢了。

我在微信朋友圈里经常晒晒旅游、朋友聚会、美食等图片，老周警告我不要把他的照片贴上去，那是侵犯他的隐私。看到老周认真的目光，我答应了他。老周偶尔在我的朋友圈点个赞，但从未发表任何评论。老周的朋友圈总是一片空白。

我问老周，你为啥不在朋友圈里晒晒自己？他反问，让我去满足一部分人的窥私欲吗？满足自己的虚荣心吗？你们这些天天在朋友圈里晒生活晒快乐晒幸福的人，不见得生活中就真快乐真幸福，仅仅是想利用朋友圈让别人相信你真的快乐幸福吧，更是想让自己相信自己是真的快乐幸福吧。许多人在生活中经常灰头土脸，但在朋友圈却总是光鲜亮丽、高调张扬，判若两人，这样的双面人生是你内心的真实需要吗？无非是让虚荣心得到满足，自我安慰罢了。

老周又说，朋友圈是个小社会，充斥着浅薄和虚伪，试问有几个人真有勇气把自己最真实的一面暴露给大家的？卢梭的《忏悔录》是所有自传作品中写得最真诚的一部，但我却不敢保证其内容的全部真实，因为记忆有时也会有出偏差的时候，何况人人可当自媒体领袖的微信朋友圈。还有一些别有用心的人在朋友圈里捏造虚假信息，骗取别人的爱心和同情，让人组织众筹进行慈善救助，如广东的一个生了白血病的小女孩，家有几套房产，她爸爸却还要在网上众筹让别人救助，真当别人都是聋子瞎子。另外，生活中即使是夫妻天天生活在一起，有时候你都不知道对方在想什么，何况虚虚实实的网络，我劝你也要少玩。

老周又说，以前没有QQ和微信这些社交工具的时候，人们照常喝酒交朋友，李白的"桃花潭水深千尺，不及汪伦送我情"更成千古知己的典范。

我知道我一向说不过老周，虽然强争着说朋友圈里还是真诚的人居多，别有用心的人在少数，但心里明白老周说的是对的。想想老周对啥事情都想得这么明白通透，我都替他觉得无趣。

老周冷不丁问我，你在单位里是不是有点孤僻不好让人接近，人缘不太好，工作不主动，能力一般般。我说，说我能力一般般我倒是承认，不然为什么直到现在还是个普通办事员，领导们的眼光还是毒辣细致的。不过说我孤僻不好让人接近，这就是危言耸听、胡说八道了。老周说，那倒也是，我们十几年的兄弟，我还不了解你的能力和为人吗？算我瞎问了。我问老周，谁这么缺德在背后给我造这样的谣，老周没吭声。

现在想来，老周这样问我，其实是要我提防丁水晶，但我想她既然已当上了科长，胸怀格局自然会上一个新台阶，怎么能再和我这个手下败将计较。

老周又破例和我说起了丁水晶，他问我丁水晶在单位里与人好不好相处，领导和群众关系如何。我碍于老周的面子，含含糊糊地告诉老周，丁水晶还是有一定的领导能力的，把科里所有的人管得服服帖帖。群众即使有意见，也不会乱提，你就放心吧。

老周说，你我兄弟十几年，我也不怕你笑话，有些事就不瞒你了。我知道丁水晶这个人强势有心计，得理不让人，也没少给别人传小话。当年为了家里老人不停催婚，加上丁水晶正热烈追求我，我被她知性优雅、温柔和顺、善解人意的表象迷惑，想反正找不到我爱的人，找一个爱我的人结婚也是不错的选择。谁知婚后不久，丁水晶霸道自私势利的另一面就慢慢暴露出来。你还记得我当年资助山村孩子上学的事吗？她责怪我多事，孩子上学有困难，有政府部门和慈善机构管着。对我的出资修路，更是骂我是冤大头，说你一辈子能几次走到那条路上去！

老周又苦笑说，关起门来是一家，但又有多少个家庭是真正幸福美满，夫妻之间心意相通的，价值观不一致的夫妻能长久吗？

后来碰到老夏，老夏神秘地告诉我，你知道丁水晶的远房表妹现在在干吗？她早已把老周公司里的工作辞了，被一个老板包养当了小三。当年刚来海城时，她看老周一表人才，事业有成又多金，曾引诱过老周。一般的庸脂俗粉老周岂能看上，更何况是自己老婆的表妹。你想连自己表姐的老公都勾引，这女人也真做得出来，幸亏你当年没和她处成，不然你现在就是受害者了。听了老夏的话，我感觉一阵后怕。

十一、中耳炎痊愈了

这天，我带老婆去社区医院做产前检查，老婆已怀有七个多月的身孕，我很快就要当爸爸了。

路过耳鼻喉科门诊，我看到小胖医生正在为一个病人检查。小胖医生示意我稍等，马上就好。那时小胖医生已成为我为数不多的朋友之一，他找了个护士结了婚，整天夫唱妇随，生活得平静幸福。

小胖医生拿窥耳镜又给我做了一次检查，笑着对我说，你的耳朵现在一切正常，中耳炎算是暂时好了。不过看样子嫂夫人马上要生产了，你得悠着点，别光顾着乐又累着了，中耳炎容易复发。

我想，这中耳炎还真成了富贵病了。又想，得一次中耳炎也很值得，听到了许多以前一直没听到过的事情。

（原载 2018 年第 2 期《镇海潮》）

（2020 年中国石化第四届短篇小说大赛二等奖）

柳叶刀

银杏坐在沙发上，全神贯注地看电视。电视里正在上演婆媳大战，银杏撇起小嘴，不屑地嘀咕一声："没文化，真可怕。"志刚却不以为然，接茬道："可别小看这些婆婆和媳妇，有很多人可是高知呢。"银杏道："高知又怎样？婆媳关系都处理不好，字都识到屁眼里去了。"志刚笑笑，伸手摸摸银杏的头，道："你也是高知呀，说话要文明，像个淑女样。"银杏白了志刚一眼。

志刚躲进书房开始上网，这是他晚饭后唯一喜欢的事，能按时在家吃顿晚饭，对志刚来说实在难得，有时候银杏缠着他一起去散步，志刚把头摇得拨浪鼓似的："饶了我吧，我这一整天守在手术台前，脚都站麻了，要散步你自己去吧。"银杏虽然气得牙痒痒的，但也拿他没辙，只得找同小区的朋友或独自孤零零地去散步，有时干脆当个"沙发土豆"族，倒上一杯水，拿包薯片，让电视剧情左右自己的喜乐悲苦。志刚则躲进网络营造的虚幻世界里，听听单曲，读读小说，玩玩小游戏，或者找个美女聊聊天。对此，银杏作嗤鼻状："幼稚，没品。"志刚把身子更深地埋进电脑椅里，对着闪闪烁烁的显示屏道："都这般岁数了，还酸个啥味，怎么舒服怎么来。"

世上存在的声音几乎都集中到了医院，志刚对这些声音有着本能的抗拒，他奇怪头发花白的老万主任似乎对这些声音很受用。老万主任道："我能从这些声音里听出美妙的音乐来，你信吗？"志刚当然不信，他没心情研究声音，只希望每个经过他手术的患者尽快好起来，早点摆脱痛苦。志刚也并不太在意那些感激的声音，每一次手术都像一场只能赢不能输的残酷的战争，治愈的患者当然欢天喜地、感激涕零，认为你是扁鹊重生、华佗再世，把你当成最亲的亲人，甚至偷偷地往你兜里塞红包，或者往你家里拎大包小包的礼物，让人挡不住拒不掉。但如果稍有疏忽造成哪怕一次小小的医疗事故，那些亲人转眼会变成最可怕的敌人，他们有可能纠集一些人在你上班的路上挡住你暴打一顿，或者来医院闹事让你名誉扫地，或者把你告上法庭，除了让你巨额赔偿外还让你永世抬不起头。最近一家医院患者家属闹事，该医院的医生都戴着头盔上班，医患关系紧张到如此，什么世道嘛。志刚越来越对这些声音感到惶恐，渐渐养成了对声音有选择地吸纳，仿佛鸵鸟似的，躲进单一的世界里，即使在家也喜欢把手机调成振动。

志刚把闹铃设置在九点半，放在鼠标一侧。九点半是银杏泡脚的时间。最近几年养生美容大行其道，各类书籍铺天盖地，银杏以前仗着年轻，头疼脑热时有志刚的关心呵护，加上天生皮肤细腻白皙，面容姣好，有得天独厚的身体条件，因此，对养生、美容之类女人之事不大上心。前几年单位规定领导干部男年满五十五岁、女年满五十岁实行一刀切的退居二线政策，这些退居二线的老领导乍一从紧张繁重的工作状态退下，人一轻松，才忽然感觉到身体里的各个小零小件似乎有群体闹事的迹象，养生成了当务之急。银杏也正是受了他们的影响，不时地从嘴里冒出撞墙、泡脚、拔火罐、熏艾草、吃生泥鳅，或者喝绿豆汤、吃生茄子等养生之道来。热闹了一阵子以后，有关方面报道这些养生大师大多没有行医执照，学历、经历也是假的，所谓的绿豆养生、大蒜素美容都没有严格的科学依据，反倒弄得市面上这些食材价格节节攀升，带着把其他农副产品的价格也翻着跟斗升上去。有关部门不得不出来干涉，专家也一个一个冒出来辟谣，养生堂被关闭了好几个停业整顿，养生网站也封了好多家。志刚从一开始用他的医学知识帮助银杏分析，认为这些大师的许多说法是无稽之谈，那些养生书大多是东拼西凑抄袭而来，没有经过严格考证和临床检定过的。银杏哪里听得进去，以为志刚就是个对着CT等黑白片子，拿把手术刀，帮人切囊肿除肿瘤，查骨接骨，或者没有办法时只有截肢了事的屠夫似的外科大夫，哪懂得传统中医的博大精深。直到那些假大师的伎俩被各大媒体相继戳穿，银杏才基本认同了志刚之前的看法，也不再提吃这补那的事了，只是把泡脚的习惯保留了下来。她相信由《黄帝内经》演变而来的养生之道总不会错到哪里去，根据人体阴阳，晚上九点到十点之间泡脚是补肾强身安眠的最佳时刻，可以固元升阳，填精活血，温暖五脏及各大关节，对美容养颜有好处。银杏一到冬天手脚冰凉，坚持泡脚捎带着足部按摩，症状明显好转，志刚对这一点倒不反对，而且坚决支持。

志刚的手机"哒哒哒"地跳动起来，九点半了，志刚急忙从电脑椅上站起，伸了个懒腰，冲进浴室，取出足浴盆，拎进客厅，放在银杏的脚前。志刚又反身跑进厨房拿出一只不锈钢洗脸盆，倒上一暖壶开水，再掺进冷水，端着满满一盆温水小心翼翼地走进客厅，把水倒入足浴盆里，水位正好在刻度线，然后插上电源，把水温控制在44℃，银杏感觉最舒适的温度。

电视里，刁蛮婆婆正与偏头偏脑的小媳妇较劲。婆婆上前扭打小媳妇，小媳妇就势推了婆婆一把，婆婆耍赖地倒在地上直哼哼，小媳妇瞪着一双惊恐的大眼，看着倒地的婆婆不知所措。恰在此时，小媳妇的丈夫走了进来，看到倒地的母亲，不分青红皂白上前就是一巴掌，小媳妇委屈地夺门而出。

"哼哼，这样的婆婆，毒！"银杏看得目眦尽裂，气愤道。

"瞎激动个啥，电视都是乱编哄人的，小孩子才当真。"志刚道。

银杏转过头来，瞪了志刚一眼，气哼哼地说："这婆婆太可恶，横挑鼻子竖挑眼的，她不就是一个退了休的处长嘛，以为有多了不起似的。"

志刚失笑道："你这种仇官心理要不得，要体谅体谅那些退下来的人，在任上颐指气使惯了，回到家中不让她管管，还不得憋出病来。"

"你个促狭鬼，这些话只能关起门来讲讲，打击一大片呢。"银杏"噗嗤"一声笑了。

"帮帮忙，把脚抬起来。"志刚蹲下身帮银杏褪去袜子，凝视银杏的双脚片刻，道，"瞧你的脚指甲，怎么跟个梅超风似的，又这么长了，才帮你修剪了几天啊？"

银杏盯着电视，道："老话不是说有力长发，无力长甲嘛，说明我没你想象的那样孔武有力。新好男人守则就是要上得了菜场，洗得了衣裳，管得了孩子，剪得了指甲。你要学会三从四德，再帮我修修不就得啦。"

志刚托起银杏的双脚放在足浴盆里，喏喏点头："好好好，理总在这你边。我家老佛爷还要不要异性按摩啊？"

银杏挑了挑右眉毛，给志刚象征性地抛了个媚眼，咧咧嘴道："你说呢？"

志刚甩甩头，道："你的媚眼咋到现在还没学会，跟个斗鸡眼似的，瞧着让人憋闷。"

银杏曲起右手中指，用指节在志刚的头顶轻轻啄了两下，笑道："要求不要太高啦，我都勤学苦练了这几十年，够媚够档次，你就知足吧，哈哈。"

志刚拖过一张小凳子坐下，卷起袖子，伸手沿银杏小腿的足三里、丰隆一路向下，直至商丘、丘墟、涌泉等穴位，点、按、压、揉起来。

志刚的皮包里总放着一套手术工具，刀、钳、剪、锤、针、线，样样俱全。那长不过寸的手术刀，柳叶似的小巧，刀锋半圆弧形，刀尖微微向刀脊弯翘，刀背长条中空，刀刃锋芒毕露，吹毛立断。手术刀不仅是志刚的吃饭工具，更是志刚的宝贝，志刚总在背人的时候把小刀拿出来把玩一番，并习惯向刀刃吹口气，他总能听到柳叶刀在空气中嘶嘶嘶地欢唱，这声音比世上任何一种声音更让他心动，他似乎也能看到空气被切割成了两半的样子，这比刀刃划过病人病残的躯体时更富质感，更能激起他周身的阵阵快意。

志刚又想起了槐花。槐花是他小学时候的同桌，小小的脸上镶着一双大大的眼睛，那黑黑的瞳仁里装满了问号。那时的男女同学之间都不讲话，槐花和其他女同学一样，也从不和志刚说话。志刚内心里很想和槐花说话，也很喜欢听槐花讲话，槐花的声音细细的、嫩嫩的，像小鸟在春风里轻轻歌唱，唱得冰河开了，唱得柳叶儿发芽了，唱得人的心酥酥的，安宁极了。

槐花的铅笔盒里有一把用白色医用胶布缠着柄的小小手术刀，槐花天天很仔细地用它削铅笔，槐花称它为柳叶刀，这是她爸爸送给她的礼物，她爸爸在医院工作。爸爸告诉她这把柳叶刀废了，不再适合用来帮病人动手术，只能送给她当削笔小刀用了。槐花接过刀，左瞧右瞧，对着太阳光瞧，躲在暗处瞧，到底没瞧出有什么异样，她拿支铅笔试了一下，刀在铅笔上削铁如泥似的，锋利无比。爸爸帮她用医用胶布缠着刀把，这把柳叶刀就成了班里被许多小朋友羡慕的独一无二的铅笔刀了。志刚乘槐花不在教室时，总是偷偷地拿来把玩，有时也削铅笔。有次志刚不小心被柳叶刀割破了手指，心里一慌，血流了一堆却不知道怎么止住，等槐花回到教室时，发现课桌上的血迹，疑问的目光对着志刚，志刚抬眼瞧着黑板，装作啥事也没发生。

"嘀嘀"，足浴盆的定时蜂鸣器响了，银杏泡了半个小时的脚，胃里升起一股浓浓的暖意，背上有微微汗出，脸上现出一层红晕，银杏觉得周身通泰轻松。银杏把脚从盆里举起，志刚会意，走进书房，从皮包中取出那只摆放手术工具的盒子，与银杏并肩坐在沙发上，抱过银杏的双脚，放在自己的腿上。志刚从盒里取出一把闪亮亮的柳叶刀，伸手捏住银杏的脚趾，柳叶刀沿指甲的边缘，一点点修整起来，每修完一只脚趾，志刚都要拉拽揉捏几下。十只脚趾处理完，志刚又顺势掰过银杏的脚底，沿着堆积厚茧的地方，一圈一圈把死皮疙瘩切削掉，那动作犹如当年拿槐花的柳叶刀削铅笔一样地小心，直到表层皮肤都是柔软的为止。

志刚捧着刚被自己修整过的银杏珠圆玉润的双脚，像欣赏艺术珍品似的凝视，点着脚趾根部的肉窝，道："真想倒进一杯酒喝。"银杏晒笑道："变态啊，你不嫌脏我还嫌你的嘴脏呢。"志刚伸手拉了下银杏的耳朵，站起，躲闪着让开身子，道："我好人做到底，这是给你耳面部按摩，不得还手哟。"

志刚所在医院的行政大楼、门诊大楼和住院部大楼三幢楼连在一起，坐北朝南围成一个大大的"U"字，志刚的办公室位于"U"字底部行政大楼的靠西头一间，这是沾了院长、书记等领导班子集体决策的光。

两年前，鉴于床位的限制，许多患者不得不舍近求远，到别处医治，有的甚至贻误了病情，医院考虑增设一定数量的床位。经请示省市卫生管理等部门同意后，医院从原来的两幢20世纪80年代建筑，改扩建成现代化的三幢大楼。三幢大楼前的空地布置成生态园林结构，植满高高矮矮的绿色植物，中间挖了一口小小的池塘，养了几百尾红、黄、白金鱼，供病人赏玩。围绕鱼塘的是一曲折游廊，游廊两侧垂下瀑布似的藤蔓，常年绿意葱茏，整体格局颇具江南园林特色。在这样的环境下就医，患者的心情也会得到调节和改善，病也会好得快一点。

大楼落成后，院部领导班子成员关起门来，再一次讨论房间分配问题。院长提议院领导的办公室统一搬到八楼，"八"与"发"谐音，希望今后医院能更加发扬光大，医患关系更加和谐，员工的收入也能显著增长。书记则提出了不同意见，说："有个成语叫作'七上八下'，'八'字表面风光，却预示辉煌到极点时的危险，不如藏拙，'七'字虽看起来不起眼，但'七'字一个拐弯，遇事有峰回路转之机，更有上升发达的空间。"班子成员一致认为书记的高论太有道理了，连院长听了也频频点头，并不觉得书记驳了自己的面子而不高兴，干脆利落一锤定音，当即拍板全体领导班子及各科主要负责人都集中在七楼办公，剩下的边角房间再分配给有前途有实力的中青年医生。

志刚和一个叫肖德仁的中年医师分在了同一间办公室。搬进新办公室的当天，肖德仁悄悄对志刚道："哼哼，什么叫'七上八下'，他们倒是'七'上了，我们可是要走下坡路了。"志刚不解，问什么意思？肖德仁附在志刚的耳边道："你不见我们办公室正对着楼梯吗？如果是上楼梯倒也罢了，步步升高，吉利得很，偏偏是向下的楼梯，按风水大师的说法，这不是要走下坡路，还是什么！"志刚这才恍然大悟，搬入新办公室的高兴劲顿时减去了八分。

　　肖德仁原是医院后勤科管理医疗器械的一般员工，没什么文凭，后来通过自学拿到了医学专科文凭，几年后又拿到了医学本科文凭，走路时背脊渐渐挺了起来。德仁是个热心人，同事中有啥急难之事情，他会拍拍人家的肩膀，知心着意道："放心，把事情交给我吧，包在我身上。"转眼间就帮人把事情解决掉。病人有啥困难时，被他知道，他也会在第一时间跑过去安慰："放心，我会想办法帮你解决。"医院曾好几次收到病愈患者送来的感谢信和锦旗。

　　后勤科长极力向院长推荐肖德仁，请求院长给德仁一个机会。院长对德仁颇有好感，点头道："好嘛，像肖德仁这样吃苦耐劳勤学肯干的好员工，医院里还真找不出几个来，我们不要怕别人的闲话，就是要大胆破格录用。"不久，院长召集院领导班子成员，专门就破格录用肖德仁的事议了半天。

　　分管后勤的李副院长虽然对肖德仁的为人不以为然，私下总认为他功利性、目的性太强，但又不好驳了其他四位领导的面子，因此也附和道："我分管后勤工作，对小肖同志还是比较了解的，个别同志对从事后勤工作抱怨牢骚很多，认为没前途，平时事情又繁杂，年底总结时能摆到桌面上的事迹几乎没有，自己却又没有个奋斗的目标，平时不求上进，得过且过。小肖同志倒是没受他们的影响，指派他干什么活都是乐呵呵的。业余时间总见他捧着本书，啃啊啃的，参加自考、培训班，这不，本科文凭都拿到手了，这样的同志比某些科班出身的更能吃苦，业务能力一定更强，还是很有培养前途的。"

　　李副院长的一席话，说到院长的心坎里去了，也让得到过肖德仁帮助的其他几位班子成员松了口气，纷纷表态同意院长的建议，上报主管部门，让德仁从见习医生干起，看他的表现再考虑是否转正。德仁抓住这个天上掉下来的馅饼，铆足劲苦干，几年下来，终于成为外科举足轻重的主治医生之一，遇到疑难杂症，院长第一个想到的是德仁，请德仁来一起会诊，对德仁的意见，总是要认真考虑。

　　"肖大夫，这可要影响到你的前途哟。"志刚半开玩笑半认真道。

　　德仁一愣，忙道："开玩笑，开玩笑的，我们做医生的只相信科学，哪有这么迷信，胡大夫，你可不能当真啊，这话可不能乱传。"

　　志刚笑道："放心吧肖大夫，我知道你在开玩笑，你我怎么会相信迷信这一套呢，哈哈，玩笑，玩笑。"

　　肖德仁满意地拍了拍志刚的肩，挂上听诊器，查房去了。

　　志刚望着肖德仁消失在门口的背影和门外的楼梯，若有所失，心里感觉有点别扭。

柳叶刀

"老伯伯，请放一百个心，你这毛病很快就会治好，包你三天以后就可以出院，呵呵。"德仁站在病房门口，略带嘶哑的嗓音回旋在走廊里。志刚很讨厌德仁这种走廊上办公的做派，嚷嚷得唯恐别人不知道他在忙似的，但碍于面子，只能在心里嘀咕两句。护士站的两位小护士看着德仁"嗤嗤"直笑，德仁扭脸问道："小丫头，笑啥呢？还不赶紧换药去。"吓得两丫头吐了吐舌头，拎起配好的药起身向病房里走。德仁又冲着两丫头的背影叫道："别这样毛手毛脚的，可别把药弄错了。"德仁的声音充满了善意的提醒和关切，让听者感到亲切随和。

这一天，志刚很晚才回到家。志刚透过虚掩的房门向里瞧了瞧，银杏睡得很熟。志刚轻手轻脚地洗漱完，摸黑钻到床上，刚挨着枕头，银杏问："今天事情很多吗？"志刚露出疲惫的笑容道："你没睡着啊，都不敢大声。唉，别提了，外科医生真不是人干的活，今天接连做了四台手术，把人给累死了。"银杏道："没你给我做足浴按摩，最近单位杂事又多，闹得人头疼，这几天睡眠不怎么好了。"银杏小时候不小心从楼梯上跌下来，脑袋着地，当时医生以为她不死也是智障，谁知，银杏命大福大，不仅活了过来，而且从小学到大学几乎年年"三好生"，显然智力上没受什么影响，只是银杏的睡眠一直不怎么好，夜深人静时，银杏躺在床上，怎么也睡不着，就悄悄变换着两眼，半眯半开，看窗棂上的桂花树影，直至摇曳的树影渐趋迷糊，才勉强进入梦乡。

志刚搂过银杏，凑过嘴唇在银杏的额头上点了一下，躺下身道："快睡吧，明天还有许多事情要做呢。"

志刚白天做的其中一台手术是给一个才满二十岁的年轻人做的，他超速驾车碰到高速公路中间的护栏后，车体侧翻，造成后脑颅骨开放性骨折、左小臂骨折、手腕肌肉撕裂等多处伤，送来时浑身是血，已严重昏迷，情况非常紧迫。院方指派德仁和志刚一起上阵，竭尽全力保住伤者的性命。无影灯下，德仁和志刚小心翼翼地把伤者碎裂的颅骨一点点清理干净，拼接固定，同时尽力不让碎裂的颅骨伤着脑髓等组织，避免对伤者造成二次伤害。德仁和志刚都明白，这次手术事关重大，稍有不慎会造成伤者死亡，或者变成植物人，轻则也会留下后遗症，导致智力减退、间歇性癫痫等。这次手术对他们来说，又是一次只能赢不能输的战争。德仁和志刚都不敢怠慢，如临大敌，全神贯注。外面的气温虽然只有零下三摄氏度，德仁和志刚手术服底下的衬衣却都被汗湿透了。

白雾在城市的上空若隐若现，一缕金色的阳光刺过晨雾照在洁净的街道上，给街道涂上一层柔和的亮黄色，闪烁了一晚的霓虹灯闭上眼，开始休息。此时的城市静悄悄的，仿佛一位调皮的小姑娘，玩够了，终于安静下来。虽是隆冬季节，道路两侧的香樟树仍郁郁葱葱，高大的银杏树已凋落所有的叶片，张着枝丫站在城市的街口。

一大早，志刚吃过早饭，驱车向医院驶去。那个年轻人还在重症监护病房里躺着，随时随地都会出现意外状况。志刚又仔仔细细梳理了手术的全过程，回想

执手香沫

年轻人的术后状态，发现没有什么疏漏，手术过程可谓无懈可击，才把揪紧的心放松了一点。当上外科医生这么多年来，志刚的手术功夫差不多到了炉火纯青的地步，按理说他早已习惯了这种生死悬一线的事情，但每每遇上，志刚还是觉得紧张、焦虑，如履薄冰。

外科主任老万今年年底退居二线，接班人的问题逐渐被医院提到议事日程上来了。外科最有实力的两名竞争者就是志刚和德仁，志刚是正规医科大学出身，医术在医院里有目共睹，德仁靠自我奋斗，早已成为外科的主力之一。老万主任觉得志刚和自己年轻那会有点像，书生气太重，灵活不足，用时髦点的话来讲，就是情商太低。情商低的人往往在人事方面要吃很大的亏，老万也是到快四十岁时才明白一些做人的道理的。明白了做人的道理后，老万才开始有所行动，前进的道路忽然通畅了许多，医师、主治医师、副主任医师、主任医师，最后升职为外科主任，一路走来，活还没干够，级别还没升到理想的高度，转眼间却到了退居二线的年龄，虽心有不甘，但又无可奈何，惺惺相惜，他希望志刚来接自己这个班。因此，老万对志刚上了心，平时没少提点志刚，可惜志刚在为人处事方式上就是不太会圆滑变通，让他去做热面孔贴冷屁股的事，做得别别扭扭，哪像德仁，做起事来，不管人家愿不愿意，都像处理自己的事一样尽力。有一次院长在领导班子周五学习会上，说起医院里哪些年轻医生具有培养前途时，道："有表演欲的年轻人并非一无是处，至少，他有上进心，肯帮助人。肖德仁把上进心表达出来，热心帮助人，没什么不好的，有些人自己不愿做，倒是非常愿意中伤别人。如果大家都闷葫芦，都事不关己高高挂起，都依样学样，那我们当领导的，工作要难做得多啊，医院的风气也不会好。"

当志刚推开走廊的大门，准备跨入办公室时，值班小护士吴圆圆远远地迎了过来，对志刚道："小伙子呼吸平稳，各种生命体征在回升，应该说差不多脱离危险了，只是还没有醒来。"志刚批评道："我们做医生护士的都不该说'差不多''可能'这种模棱两可的词，治病救人是件严肃的事，不能有半点臆想和猜测在里面，一切都要看检查指标。"吴圆圆委屈地扁了扁嘴，满心的不高兴。

办公室里亮着灯，德仁正冲着电话筒在大声讲话："哦，好的，好的，我一会就到。"他又一次早志刚一步到了。走廊中间的院长室亮着灯，院长今天也来得比较早。志刚想："院长肯定已看到德仁早来了，任何重要时候我怎么总比德仁慢一拍呢？"

志刚换上医生服，德仁冲志刚道："刚才接护士报告，重症病房的那位小伙子眼皮、手脚动了，估计马上会醒过来，我们要随时做好准备，以防醒来后病情变化。"志刚脸上含着笑，口里答应着，心里却有点泛酸："这还用得着你教吗？我在学校里学来的东西总要比你半路出家的要更正规、更系统得多吧。"泛酸归泛酸，志刚还是迅速整理了下桌子，又查看了伤者的资料，向右侧电梯走去。

正当德仁和志刚准备乘电梯下到二楼重症监护病房去时，走廊另一头传来一阵轻轻的说话声。院长客气地陪着一位穿休闲服、背头、中等个、匀称身材、五十岁模样的男人走进院长办公室，志刚看到院长随手把门关上了。"这是个什么人物？"志刚在医院工作将近二十年，见过形形色色的人，这个人举手投足间有一股颐指气使的做派，他猜想，又是哪个部门的领导或者实权派吧。志刚想着，电梯停在了眼前，门刚一打开，志刚一步跨了进去，德仁却像突然想起什么似的，返身回到办公室，拿起一沓病例资料，向院长室走去。

德仁敲了敲院长室的门，门内传来院长的问话声："谁呀，我这会有事，过会再来汇报工作吧。"德仁谦恭地应道："报告院长，是我，肖德仁。"院长闻声，马上热情地应道："哦，是德仁呀，快快请进。"德仁推门走进院长室，见刚才那个男人坐在沙发上，面前倒了一杯热气腾腾的茶。

院长指指德仁，满脸堆笑地对男人道："肖副主任，这位就是为贵公子主刀的肖德仁肖大夫，我们外科的'一把刀'之一，靠自学成才一路积累临床经验，才达到现在这个水平的。贵公子毕竟年轻，生命力强，他的病情正朝着乐观的方向发展，也是他命大福大，碰到德仁这样医术高超的医生为他主刀。"

院长又转身给德仁介绍："这位是市委办的肖副主任，肖副主任对市委办的大事小事里里外外一把抓，以后有什么事，你要多向肖副主任汇报。"德仁频频点头。肖副主任仔细打量了德仁一眼，站起身，握紧德仁的双手，摇了摇道："谢谢小肖同志，你救了我儿子一命，你可是我们全家的救命恩人哪。"

肖副主任转头对院长道："院长你有所不知，我家就这一根独苗，他受伤的事，我们半点都不敢透露给他奶奶，否则真要了她老人家的命了。"说这些话时，肖副主任的声音有些颤抖，眼圈也红了红。不过，肖副主任不愧是官场打滚过来的，情绪很快镇定了下来。又对院长道："院长你领导有方呀，能培养出这样一位自学成长的业务骨干，不简单，不简单。"院长谦虚道："哪里哪里，培养业务骨干是我应尽的职责，还请肖副主任多加批评和指导呢。"肖副主任哈哈两声，道："在治病救人方面，我是外行啊，不过在治人救人方面，我倒真有一技之长，我们是各有千秋啊，哈哈。"院长被肖副主任的乐观风趣逗笑了，德仁听着肖副主任的笑声，脸上露出憨厚的笑，心里"突突突"地跳动了几下。

重症监护室门口，一个身着驼色羊绒大衣的高挑女子，将脸紧紧贴在玻璃窗上，双眼盯着里面的病人，嘴里呐呐道："孩子，你什么时候能醒来啊？你有个三长两短，叫妈妈怎么活下去啊。"女人双肩开始急剧地抖动，声音慢慢变成了呜咽，压抑着的哭声令人心碎。

志刚快速移动双脚，见怪不怪地擦过女人身边，推门走进旁边的消毒间。志刚换上无菌服，让消毒水浸过双手，不发出任何声响地走进重症监护病房，吴圆圆托着药盘紧跟其后。小伙子头上、胳膊上包着白色的绷带，浑身插满管子，一动不动地躺着，周围的监测仪在不停地闪烁。志刚翻了翻小伙子的眼皮，用医用手电照了照，轻轻点了点头，伸手测了测小伙子手腕处的脉搏，又帮他轻轻掩了掩被角，随即弯腰看了看床侧导尿袋里尿液的颜色，站直身观察了一下输液速度，最后查看了各台仪器显示的数字和曲线，在文件夹上做了一一记录。吴圆圆轻手轻脚地换好输液瓶，紧张地看着志刚的一举一动，直到志刚脸上露出满意的神情，才转身和志刚一并退出门去。

病房外的女人见志刚他们走了出来，焦急地迎了上去："大夫，我儿子怎么样了？他什么时候能醒来？"志刚瞧了女人一眼，答道："照目前情况来看，您儿子的伤情已得到有效控制，基本脱离了生命危险，至于什么时候能醒来，我不能做保证，但请您相信我们，也相信您的儿子，他一定会很快醒来的。"女人闻言，擦了擦眼睛，紧皱的眉心略微舒展了一点，口里连声称谢，侧过身让开道，让志刚他们走过去。

志刚匆匆换上普通的医生服，准备到其他病房去查房。志刚边走边想："这女人有点面熟，难道以前在哪见过？"

一日，志刚接到父亲从乡下老家打来的电话。志刚一接到电话，就担心家里出什么事了，父亲轻易不打电话给志刚，怕志刚为他们分心而耽误了工作，影响了志刚的前途。志刚记挂着父母，只要有空就打电话回去，询问老人的生活状况、身体状况，不过他得到的回答永远是什么都好："我们身体都很好，钱也不缺，衣服也不缺，吃的就更不缺了，一切都好着呢，你就放心工作吧。"志刚也动员女儿小亦每周给爷爷奶奶外公外婆打电话，让孩子从小养成关心和孝敬老人长辈的习惯。小亦小时候由奶奶和外婆轮流照看，对奶奶和外婆的感情倒是挺深的，经常主动给四位老人打电话，老人听着小亦奶声奶气的嗓音，心中非常宽慰，逢人就夸自己的孙女有多好，仿佛全世界就他们的孙女最出类拔萃。

小亦小学毕业考试发挥出色，考上了一所省重点初中，成绩好的话，还可直升本校的高中。这所学校是百年名校，以严格管理严谨治学著称，是北大、清华学子的摇篮。开学前，志刚和银杏各自邀请了至亲好友，小亦也邀请了她最要好的同学和家长，在城里最大的一家酒店办了十桌酒席。小亦上了初中后开始住校，每周六上午由校车送回家，星期天下午再由校车接回学校。小亦每次回家都要带很多作业回来，有时候几乎足不出户地在家埋头做作业，演算试题，背课文，背英语单词，开学才一个月，小亦的脸瘦了一整圈。

一月后学校召开家长会，志刚在医院里忙，家长会由银杏参加。小亦看到妈妈，眼圈很快就红了。她悄悄把银杏拉到一边，对银杏道："妈妈我不要住校，住校太不好了。"银杏问："哪里不好了？你说给妈妈听听。"小亦道："学校早晨六点就吹起床号，晨跑，早读，白天八节课，各科老师都布置了一大堆的作业，做也做不完。晚上六点半开始晚自修，九点四十分晚自修结束，我们得争抢浴室水龙头，洗完澡还要抢洗衣机，等全部弄好上床睡觉都十一点多了，妈妈我很累呢。还有学生食堂的饭菜比家里的难吃多了，早晨最便宜的是包子馒头稀饭，如果想吃蛋糕水果或其他点心，价格很贵的，我的饭卡里很快就没钱了。中午晚上的菜都是肉类或者蔬菜，学校里我很少吃到海鲜。"

银杏听了，心里一阵发酸，急忙把小亦拉过来，搂在怀里安慰道："小亦你要知道，你们学校是全国重点学校，人家挤破头都进不来，你好不容易考进来了，就不要怕吃这点苦。其他同学不是和你一样吗，人家能忍受的，我相信你也能忍受，时间长了，你就会慢慢适应住校生活，你还能交到好多好朋友，说不定以后让你走读，你都不肯呢，妈妈为你加油啊。"小亦噘了噘小嘴道："妈妈，我真的太累了，我想回家好好睡一觉。"银杏拍拍小亦的头，硬起心肠道："挺一挺就过去了，三年时间很快的，你要为直升本校高中提前做好准备呢，到时被挤出去，那可太丢人了，也会影响你的前途啊！考不上好大学，以后就找不到好工作。小亦听话，乖哦。"小亦听了，双眼噙满泪水，抬头瞪了银杏一眼，用力挣脱银杏的搂抱，扭头跑了。

银杏看了小亦背影一眼，呆立半晌，叹了口气道："小亦你不能怪妈妈狠心啊，为了考上好大学，为了孩子们的将来，现在哪所学校、哪个家长不在拼命啊，你可不能输在起跑线上。"

银杏跨入家长会会场时，许多家长都已落座。银杏找到小亦班级家长就座的地方，坐了下来。学校校长亲自主持会议，强调学校严格管理、严谨治学的方针，家长要紧密配合学校的重要性。年级主任在家长会结束时又反复强调："学生们带手机是一大害，发短信、煲电话粥、上网聊天，有的甚至把手机当成早恋的联络工具，严重影响学习，多么可怕啊。学校规定学生一律不准带手机，一经发现，初次没收，并写出检查，在全年级通报批评。第二次发现，请家长到学校来把孩子领回家去教育两天，反省清楚后再回学校。第三次发现，那就不客气了，请千万不要埋怨学校无情，学校真的是已做到仁至义尽了，对违规学生一律劝退，学校不会接受任何人的说情，否则会影响到其他同学。另外，家长也不要给孩子带零食，不要让孩子养成'娇、骄'二气，学校的伙食都有专门的营养师指导，早中晚还有三顿营养点心，孩子们在营养方面是全面的，家长们尽可以放心。"

家长会最后一个环节，就是家长们一起回到孩子所在班级的教室，和班主任进行互动。银杏问小亦的班主任，小亦在校情况怎么样？班主任回答："小亦是个聪明乖巧的好学生、好孩子，学习的主动性很强，上课专心，能积极思考，将来大有前途。"银杏听了，心里很是安慰，她想："幸亏没有同意小亦不住校的要求，老师还是很器重小亦的，小孩子闹闹脾气很正常，过一段时间就会没事了。"

父亲在电话那头道："刚啊，小亦今天回家了吗？你妈妈和我都很想念她呢。"志刚笑道："看来你们的孙女比我这个做儿子的重要多了，你怎么不问问你儿子我好不好？"父亲道："瞧你这臭小子出息的，和自己的女儿吃醋。"志刚道："明天是星期六，小亦明天上午回家，一到家，我就让她给你们二老打电话。"

志刚父亲"好好好"地答应着，却并不像以前一样，怕浪费电话费而很快挂断电话。志刚问："您的身体怎么样，我妈的身体怎么样？有事千万不要瞒着。"

父亲在电话那头沉默起来。一丝不祥之兆在志刚心头划过，他急急地问："是不是我妈……我妈她出什么事了？"父亲沉吟半晌，迟疑不决道："你妈不让我说的，但是我不放心，还是想问问你。"志刚急道："我妈到底出啥事了？"

父亲慢吞吞道："你妈不晓得怎么搞的，脚踝处长了一个小包，起先你妈没在意，也没告诉我，她说她以为是蚊子咬的包呢。谁知两个月后，这个小包变成汤团一般大了。你妈妈这才有点着急，怕是长了什么不好的东西，才告诉了我。志刚，你说你妈长的这个包怪不怪？"志刚心里一惊，佯装镇静问父亲："妈妈的包痛不痛、痒不痒？推它能不能动？"父亲想了想，回答道："不痛也不痒，推它好像是会动的。"

志刚这才松了一小口气，对父亲道："爸爸你放心，这个应该是良性囊肿，长得太快可以手术切除，你赶快带妈妈到我家来，我来安排妈妈尽快手术。"父亲听了志刚的话，犹豫不决了好一会儿，道："刚啊，你知道你妈这人的脾气，如果她知道这只是个良性囊肿，她肯定不会来的，她怕打扰你们的生活。"志刚道："这样吧，小亦明天正好回家，你就说小亦想奶奶了，我妈一定会答应来的。你们今天收拾收拾，明天一早就过来吧。"

银杏所在的单位是一家颇具规模的集体所有制企业，企业的各项规章制度都很健全，财务制度也非常严格。银杏是二级单位的工会主席，以前工会主席这个职位比较轻松，平时看望看望生病或者家里有困难的员工，送点营养品、慰问品，组织开展一些群众性的文体活动，给大家发发纪念品、奖品，处理员工之间的纠纷，年底组织一次迎新晚会，热热闹闹后一年就过去了。虽然琐事比较多，但相较于一线基层生产单位，精神上没有负担，工作上没有压力，薪资只少了一点点，每天过得比较充实，银杏对生活没有过多的要求，比较满足于这样的工作状态。

三年前，企业老工会主席退居二线，新的工会主席新官上任三把火，自上而下，工会系统的工作内容发生了巨大的变化。首先是修订和完善工会财务制度，以前各基层单位工会活动后，经领导审批后拿张发票就可以到工会财务报销，现在不行了，要在年底前预测下一年度工会活动的开展情况，制订出下一年度经费预算计划，根据年度总费用，配套制订每个季度的经费使用计划。单单这五张计划表和每季度的结算、年终总结算，两者之间的差距规定不能超过百分之五，就让银杏伤透了脑筋。第二把火就是各二级单位的文体活动尽量压缩，根据企业生产发展需要，广泛开展有针对性的劳动竞赛，竞赛之前要制订出详细的活动方案，分解活动经费，活动结束后必须写出小结，评出竞赛优胜若干进行奖励等一连串的事情。第三把火就是为了进一步优化人力资源结构，提高劳动生产效率，工会系统要配合党政团加大力度对员工进行岗位技能培训，组织力量进行技术革新，解析生产过程中的疑难问题等。各项事情加起来，银杏感到前所未有的压力，这哪是工会嘛，简直成了十项全能。

听志刚说明天婆婆就要过来，银杏心里有点不高兴，埋怨志刚道："也不提前告诉我一声，让我好有个心理准备，这两天正在测算明年度的工会经费预算，月底前必须拿出初稿，还有其他一些统计报表，都要在近几天内做出来，忙得焦头烂额的，你妈脚踝处的包既然是良性的，何不等一段时间再动手术，我实在分不出身来去侍候她老人家。"志刚道："良不良性只有手术切片化验后才知道，发展得这么快，即使良性也有恶变的可能，不管怎么说，还是早点切除的好，早知道结果早安心。如果你没时间，我可以请医院的护工来帮忙。"

小亦背着沉甸甸的书包，拉着一行李箱洗换衣服，跨进家门，和志刚银杏简单打了声招呼，直接冲进自己的房间。志刚诧异道："这孩子怎么啦？好像有点不高兴呢。"银杏道："你现在才想起来要关心女儿啊，她这种情况有一段时间了，正闹情绪呢，不愿住校，嫌学习累，嫌学校伙食不好。上次家长会开好后就成这样了，女儿也是你的，你有空多关心关心她，不要一心只想着你的病人。"

两人说着话的当口，"砰"的一声，小亦的房门打开了，小亦走到志刚面前，板着面孔道："爸爸，把你的手术刀借我用一用，我的削笔器坏了。"志刚道："这孩子，手术刀可不能乱用，削笔器坏了，爸爸再帮你重新买一只。"小亦不悦道："小气鬼，不借拉倒，我自己买去，用不着求你。"说完，拉开门，飞一样地冲下楼去。

志刚正想着小亦的事情，手机响了，志刚父母乘的长途客车快到了，志刚转头吩咐银杏："我去接爸妈，你去菜场买点菜回来。"银杏"嗯"了一声，看着志刚拿起车钥匙出门而去，心里升起点点不舒服。

听说奶奶身上有病，小亦顾不上和爸妈生气，马上和爸爸一起劝说奶奶。志刚母亲反复念叨，小小包块不痛不痒住什么医院，动什么手术呀，又没影响到走路、吃饭、睡觉。母亲拉着志刚的手道："你们都这么忙，就别为我操这份闲心了，脚离肚肠远着呢。"志刚母亲对某些病痛的危害性以离肚肠的远近来衡量，对她来说，这个小包块根本用不着大惊小怪，村里一个老头额头上长了个大瘤子，大瘤子挂下来把整只右眼遮住了，不是照常活得好好的嘛。志刚道："这只是个小手术，拿掉不是更安心吗？妈，你愿意我们整天为你提心吊胆啊？"小亦摇着奶奶的胳膊，偎在奶奶的怀里撒娇道："奶奶，我不管嘛，你一定要去动手术哟，下周学校放假回来，我一定来陪你，给你送好吃的，给你讲学校里有趣的事情。"

志刚母亲终于住进了医院，经过医院全面检查后，手术定于周三进行。志刚母亲还是不停叨叨，最后志刚父亲忍不住冲着老伴瞪起了眼睛："你还有完没完啊？孩子们也是一片孝心，你一直唠叨个没完，让孩子们烦心，你的心就能安了吗？"志刚母亲这才彻底安静下来，配合医生做好术前的各项准备工作。

办公室里，志刚对德仁道："肖医师，我母亲的手术能不能请你主刀？在自己母亲身上动刀子，下不了这个手。这个手术小了点，对你来说有点大材小用，真不好意思呢。"德仁忙道："你我兄弟一家人不说两家话，伯母的事包在我身上，你放一百个心。"

志刚母亲被推进了手术室，志刚父亲和志刚银杏守在手术室的门口。焦急等待中，银杏的手机响了："你是小亦的家长吧，我是小亦的班主任，请马上到学校来一趟，小亦有点事情，我想和你们谈一谈。"银杏对着手机道："我婆婆正在医院动手术呢，能不能明天再来啊？"老师道："不瞒你说，事情有点要紧，你还是尽量来一趟吧。"

银杏把班主任的话告诉志刚父子，志刚父亲听说宝贝孙女有事，急道："你妈这点小病算什么，有我们在，你还不赶快去问问老师，到底什么事。"志刚握住银杏的手，叮嘱道："妈这里有我们在，你放心去吧。路上小心，也不要太着急，等问清情况后，马上打电话给我们。"

银杏下楼而去，手术室的门推开了一条缝，德仁探出头来，招手让志刚过来。德仁悄声对志刚道："切片结果显示，你母亲的瘤子并非一般的囊肿，情况不是太乐观，我尽量把手术创面做得大一点，周围组织彻底清理干净，不过还请你们有个思想准备，后期治疗一定要跟上。"闻言，志刚的脑袋里"嗡"地轰了一下，身体摇了摇。父亲见状，焦急地走过来问志刚怎么了？志刚回过神来，轻描淡写地对父亲道："没什么，医生说手术做得很好，只是以后要妈多加注意，还要吃一段时间的药，注意营养。"父亲这才放下心来，合掌念了声："阿弥陀佛，好人有好报啊。"

银杏把小亦领回了家，小亦两眼红红的，呆呆的，坐在沙发上一动不动。银杏问小亦要不要喝水，小亦似乎一下子被人惊醒，眼神里立即流露出害怕的神情，抬手指着墙上挂着的一幅图，嘴唇哆嗦着，对银杏道："血，血，你看，好大一摊血。"说完，双手紧紧抱住自己的脑袋，把身体缩成一团，蹲到墙角边去了。银杏看着，禁不止淌出了眼泪。她怕惊着小亦，轻手轻脚地走过去，温柔地把小亦搂在怀里，安慰道："小亦别怕，妈妈在这里呢。"

志刚请了一个护工来照顾母亲，父亲执意劝阻志刚，说他能照顾，志刚烦躁道："爸爸，您的意思我明白，您是要省一点护工费，这点费用我还出得起，也应该出，银杏也不会反对的。这里的护工照顾病人很专业，经验丰富，比您照顾妈更让我放心。您老人家现在的首要任务就是要保重好自己的身体，别再累病了，让我没办法专心照顾妈。"父亲见志刚执意要请，也只好随他去了。

银杏迟迟没有给志刚去电话，志刚一头担心着术后的母亲，随时需要人照料，一头记挂着小亦，不知道小亦在学校出什么事了。志刚在母亲病房外的走廊里来回走着，显得心神不宁。父亲见志刚烦躁，让他先回家看看，这里有我盯着呢。志刚还是不放心。父亲道："我也担心小亦呢，趁你妈还在睡觉，你赶紧回去看看，省得大家一起在这里担心。"志刚说了声："那您自己也要保重，有事随时打电话给我。"又扭头细细吩咐了护工几句，就急急忙忙地离开了医院。

志刚焦急地推开家门，边换鞋边问道："银杏，老师都说些什么？小亦犯什么事了？"听到志刚的声音，银杏赶紧从小亦的房间里走过来，食指压在自己的嘴唇上，示意志刚不要出声。银杏刚刚花了很大的力气，才把小亦哄上床睡着，小亦在睡梦里噩梦连连，不住惊叫，把银杏叫得心惊肉跳。

"志刚，这可怎么办呢？"银杏压低声音问志刚。昨天，小亦学校出了一件惊天动地的大事情，一个初三女生从女生宿舍的五楼跳了下去。志刚和银杏一门心思忙着母亲手术的事，竟没注意到这个惊天大消息。昨天清晨，小亦刚起床，睡眼惺忪地从三楼的宿舍出来，刚走到走廊，准备到洗脸房去洗脸刷牙，小亦看到一个白色的身影从眼前飘落而下，随后，楼下传来"砰"的一声巨响，把小亦的睡梦彻底惊醒了。小亦伸头往楼下看去，发现楼下躺着一个女孩子，头部红红白白的一堆，鼻子眼睛流了许多血。小亦当即尖叫一声，瘫倒在地。

志刚母亲出院了，配了一大堆药带回家吃。母亲道："动个小手术，吃这么多药，太浪费了吧。"志刚安慰母亲道："小病也得重视，妈先暂时住这里，等好利索再回去。"

小亦的病情越来越厉害了，见到什么人都害怕得缩成一团。家里请了一个保姆，可小亦见到这个小保姆，直往爷爷奶奶身边躲："不要啊，我不要她，她是魔鬼，专门带女孩子走的。"奶奶搂住小亦的小身体，安慰小亦："宝宝不要怕，她不是坏人，她是帮助我们干家务活的保姆阿姨。"小亦捂起耳朵，两眼还是直勾勾地盯着小保姆嚷："魔鬼，魔鬼，我不要，让她走，让她走啊。"弄得小保姆很是委屈和尴尬，银杏和志刚只得把小保姆打发走，两人一起照顾一老一少。

志刚带小亦去咨询心理医生，医生告诉他，小亦是受了极大的精神刺激才会变成现在这样的，要给小亦一个安宁舒适的环境，不要让她再受任何刺激，也不能再让她见到受刺激时见过的那些东西，包括她的同学老师。平时注意饮食，保暖，生活有规律，定期做心理疏导。医生建议小亦休学在家好好调养，或者带她到风景优美的地方住上一段时间，离开这个地方，小孩子容易被新事物吸引，相信很快会恢复正常的。

志刚把心理医生的建议告诉了银杏，银杏道："你妈要我们照顾，你我的工作又这么忙，哪有时间带小亦出去呢？"

银杏白天单位事情很多不好随便请假，晚上回来既要照顾志刚母亲，又要照顾小亦，整天忙得团团转，累得嘴上起了好几个燎泡，晚上躺到床上翻来覆去睡不着，失眠症像鬼影一样跟着来了。银杏开始变得焦躁不安，背着公公婆婆和小亦动不动数落志刚，说现在志刚烧的菜只知道按照他父母的口味做，都那么咸，简直难以下咽，小亦怎么能增强营养？志刚父亲总是在房间里抽烟，弄得家里整天烟雾腾腾，会影响到小亦娇嫩的呼吸道。有一次，银杏看到志刚父亲把痰直接吐到客厅地板上，然后用鞋子在地板上擦痰，银杏看得差得吐了出来，边作呕边用地板拖擦了很久，但还是觉得这口痰粘在地板上去不掉。志刚道："他们在农村生活习惯了，那些恶习你又不是不知道，忍一忍就过去了。"

银杏是个特别爱干净的女人，平时每天早晚都要擦两次地板，家里弄得光可鉴人，对这样的恶习怎么忍受得下去。志刚的肚子里何尝不是装满了苦水，医院里每天接诊那么多病人，手术天天排满，累得腰酸脚乏，只想回到家好好歇歇，但回到家有一大摊子事要他去做，小亦的情绪反反复复，经不得一点刺激，父母在家闷了一天想多和他说几句话，一有空还得上菜场下厨房，银杏又时不时地不让他耳根子清净，志刚恨不能有孙大圣的七十二变，再变出两个志刚来，好让自己有片刻喘息的机会。外科主任老万马上退居二线，主任的位置交给谁还未可知，听老万的口气想交给他，但看德仁的表演和院长的神情，这个位子好像与他无缘。

志刚以前很少喝酒，他怕酒喝多了，会影响到自己的思维判断，也会麻痹到手部神经，拿不稳手术刀，危害到病人。最近家里单位那么多揪心的事情，志刚内心烦躁，渐渐迷上了喝酒，无论何时吃饭，总喜欢倒上一杯，有时一杯不够再来第二杯。他想让自己躲进酒精里，让酒精麻痹一下疲倦的神经，让自己忘掉所有一切，只愿当酒中神仙。

志刚父母见儿子媳妇忙不过来，怕继续住下去会给他们添更多麻烦，提出回老家去调养，顺便把小亦带上，让农村的新鲜空气去医治小亦受到刺激的神经。志刚冲着父母发了好一通火："做人儿子的，父母生病时不在床前尽孝，把你们丢在老家，让我怎么配做人，村里人知道了会戳我脊梁骨。妈妈自己的脚还没好，还要继续治疗，哪还有精力照顾小亦。"

父母见志刚真发火了，只好继续住下来。父亲抽空到菜场帮着买菜，又帮看烧饭，母亲瘸着一条腿帮忙整理家务。志刚见了又发一阵火："妈您怎么搞的？不好好在床上躺着，下床干什么？家里乱就乱一点，又没人来卫生检查。"转头又冲父亲发火："爸爸您也不看着点，妈的脚还没完全恢复，不好随便下床乱动，买菜做饭的事情我和银杏会弄妥帖的。"

老万退居二线的文件终于发了下来，任命新主任的红头文件跟着一同下发。令志刚失望的是，外科主任的职位由德仁担任。虽然医院里也有为志刚抱不平的，认为志刚是正规的医学院毕业的高才生，业务能力强，又有丰富的临床经验，在国内著名的医学杂志上发表过不少学术论文。但院长看好的是德仁，德仁自学成才，论业务水平并不比志刚差，加上德仁最大的优点是为人灵活，善于变通，人际关系处理相当得体，这样的人更能管理好一个团队。院长这次破格任命德仁，事先曾向上级卫生管理部门打过报告，陈述了足够充分的理由，经上级部门反复研究，组织部派人下来广泛征求医院部分员工、住院病人和家属的意见看法，最终决定由德仁担任主任工作，志刚协助德仁做好科室的相关工作。有上级主管部门撑腰做主，院长不怕别人背后说三道四，有人问起这次人事变动，院长道："不拘一格任用人才，这是对医院负责，对患者负责嘛。"

志刚见着德仁，挤出一张笑脸，恭喜德仁。德仁拍拍志刚的肩膀，颇有领导派头的样子对志刚道："谢谢，谢谢胡大夫，你我兄弟之间，谁坐这个位置都一样的，都是为病人服务嘛。这次任命是院领导对我的关怀，是医院同事和病人对我的信任，以后还得多仰仗兄弟的帮衬，帮助和指导我的工作。"志刚道："肖主任尽管给我分配工作任务，我哪敢指导您的工作啊。"

　　志刚下班没有直接回家，而是去了离医院比较远的一家小饭馆，狠狠灌了一通，把自己灌得酩酊大醉，伏在桌上睡了好一会儿，才扶着墙摇晃着出得饭馆门，伸手打了个出租，回了家。

　　银杏闻着志刚浑身的酒气，顿时就挂下脸来："家里一大摊子事不管，不打声招呼，还有闲心出去喝猫尿，怎么喝不死你啊？"志刚闻言，抬手就给了银杏一个大耳刮子，把个银杏打呆在原地，志刚自己也吓了一大跳，酒醒了一大半。

　　小亦看到这一幕，"啊"地尖叫一声，一头栽倒在地，口吐白沫，手脚抽搐起来。

　　两个月后，肖副主任的儿子康复得差不多了，德仁忙前忙后楼上楼下跑，帮着办理出院手续。肖副主任拉着德仁的手，对院长道："我这本家兄弟医术高，服务态度好，是你们这些当领导的好福气，也是我们这些患者家属的好福气啊。这样吧，为了表示我们全家对你们医院的感谢，今晚我想请你们吃顿便饭，可不许推辞，一定要赏光。"肖副主任既然这么说，院长也不好推辞，只好帮着答应了下来。

　　当院长、书记、老万、德仁和志刚他们跨入餐厅时，肖副主任已携夫人恭候在门口了。席间，还有个七十多岁的老太太。肖副主任介绍道："这是家母，多亏肖主任的妙手，把犬子从死神那里拉回来了。"肖母站起身来，拉起德仁的手，感谢道："肖主任，感谢你救了我这条老命，我孙子要有个三长两短，我这老命也就活不成了。"德仁扶住老太太的胳膊，用恭敬的口吻对老太太道："老夫人请坐，救死扶伤是我们医生的职责，不管患者是什么身份地位，我们都会一样认真对待的。况且救你孙子的不是我一个人，胡大夫和我一起动的手术。"德仁抬手指了指志刚，志刚向老太太点了点头，算是打了招呼。老夫人坐了下来，继续拉着德仁的手，露出慈爱的笑容，道："这话我爱听，医生就应该这样，不能嫌贫爱富，阿弥陀佛。"说完后，又连声对志刚表示感谢。

　　这次晚餐志刚本不想来，没坐上主任的位子，志刚的心里一直别扭，又不好对别人发作，只能怨自己运气不好，碰到德仁这样的对手。但老万主任劝他，这种场合你不得不去，志刚勉为其难，跟着来了。听着肖副主任和院长他们谈笑风生，时不时地对德仁夸奖，看着老太太给德仁夹菜，志刚心里有说不出的失落，脸上挂着僵硬的笑，一杯接一杯地喝酒。

　　肖夫人的脸在眼前晃动，志刚有点心神不宁。他偷眼瞧了瞧肖夫人，肖夫人就是那次在重症监护病房外走廊里哭泣的女人，那时的肖夫人失魂落魄，与今天容光焕发的肖夫人相比，简直判若两人。肖夫人一直挂着微笑，安静地坐在肖副主任旁边，用柔和的目光看着大家，她的目光扫过志刚的脸，志刚的脸上有种热辣辣的感觉。

　　"丹妮，给大家敬酒。"肖副主任对夫人道。肖夫人站起身来，嘴里说着感激的话，给大家一一敬酒。轮到给志刚敬酒时，志刚笑道："夫人的芳名真好听，有点洋味。"肖夫人礼貌地冲志刚笑了笑，点点头算是回答。

"丹妮？她应该叫槐花。"志刚想起来了，面前这个端庄美丽的女人，就是那个曾经用黑黑的瞳仁盯着他，声音细细脆脆，比春天里小鸟的歌声还要动人，把柳叶刀当成削笔刀的同桌槐花，真是女大十八变，志刚都不敢相认了。"同学了这么多年，难道她真认不出我来了吗？她既然知道我的名字，那一定早已认出我来了，那她为什么装作不认识我呢？"志刚肚子里翻江倒海，一杯接一杯地大口喝酒。"人一阔真是六亲不认啊，当了官太太更是不一样。俗话说皇帝还有几个穷亲戚呢，她倒好，真把自己当成贵夫人了，连我都认不出来了。还保养得这么好，看起来比我年轻好几岁，比她当官的老公更小了许多。"

志刚想起昨晚洗澡时，在浴室宽大的镜子里，赫然发现自己的头顶，竟然有好多根竖直的白头发，这一惊，非同小可。志刚自怨自艾地想："我才四十出头，怎么会长出这么多的白头发了呢？"今天，看着光彩照人的曾经的梦中情人槐花，志刚更觉得自惭形秽，心中怅然。

当年，志刚和槐花考上不同学校的初中，三年中两人几乎从没再见过。升入高中后，志刚发现槐花又和他坐在了同一间教室，这让志刚兴奋了许久。高中时的槐花出落得亭亭玉立，声音还是和儿时一样，嫩嫩脆脆的，听得志刚如痴如醉，渐渐把槐花当成心里一件最珍贵的宝贝。高考填志愿时，志刚猜想槐花一定女承父业，填的是医学院，便毫不犹豫地把第一志愿填到东北一家国内知名的医学院。谁知，通知书下来，志刚如愿去了东北的医学院，而槐花却没有女承父业，听说考取了本省的一所艺术学院，主攻声乐。

离开酒店里，志刚已彻底地醉了。院长皱着眉头，指派德仁送志刚回家。志刚大着舌头嚷嚷道："我没醉，我还没喝够呢。槐花，你不认得我了吗，请再给我倒一杯。"德仁问："谁是槐花？"志刚嬉笑着，拉住德仁的手，道："你就是槐花呀，十几年不见，你就不认识我了？"

德仁把志刚送到楼下，德仁想送志刚上楼。志刚一把推开德仁，含糊不清道："我没事，我自己能上楼。"德仁拗不过，只得给银杏打电话，让银杏下楼来接。银杏听说志刚又醉了，气不打一处来，又不好向德仁发作，只得飞快地冲下楼，接过志刚，连连向德仁道谢，德仁这才放心地离开了。

银杏搀着浑身散发着酒气的志刚，准备上楼。志刚一把抓住银杏的手，笑道："槐花，你来了？我还以为你真的不认识我了。"银杏一听，更加生气了，问志刚："谁是槐花？你倒是给我说清楚，丢下老人孩子不管，勾搭上什么槐花，今晚是不是和槐花鬼混去了？你还回来干什么？"说罢，狠狠地在志刚的身上扭了一把。志刚痛苦地呻吟了一声，盯着银杏看了一眼，问："你是谁？为什么扭我？"银杏干脆在志刚的身上连着扭了好几把，嘴里狠狠道："让你喝，我让你喝个够，你个没出息的酒鬼，窝囊废。"志刚被银杏扭得浑身冒火，又听银杏骂他窝囊废，不禁大怒，反过双手掐住了银杏的脖子，嘴里嘟囔道："让你扭，让你骂。"银杏被掐得喘不过气来，双手去掰志刚的手，嘴里还在"酒鬼，窝囊废，放开手"地骂。此时的志刚两眼通红，额头上的青筋暴得老高，他什么也听不到，什么也看不清，双手继续用力掐住银杏的脖子，银杏的身子渐渐软了下来。

见银杏不再开口骂人，志刚放开双手，银杏的身体"咚"的一声倒在楼梯口。志刚浑身冒出冷汗，酒彻底醒了。

志刚抱起银杏，伸手打开楼梯底下的车库门，把银杏放在一张旧沙发床上。志刚从皮包里掏出常备的小工具箱，取出刀、钳、剪、锤、针和线，放在银杏头部一侧，戴上了手套。

志刚像在医院手术室里做手术一样，在银杏的脖子上比画了一圈，然后拿起了那把削铁如泥的柳叶刀。志刚想："老婆是什么？老婆是百炼钢化成的绕指柔，老婆是软玉温香抱满怀的旖旎风光。"

几天后，人们在一处很远的垃圾堆场里，发现了一具用缀满槐花图案的床单包着、穿戴得整整齐齐的无头女尸。

当警车呼啸着停在志刚家楼下时，志刚正在发动车子准备去上班。一个年轻的警察在志刚车的后备厢里发现了一只篮球，警察拿起篮球掂了掂，感觉有异，立即找来一把大剪刀，将篮球一剖两半。

一颗人头从剖开的篮球里滚了出来，年轻的警察当场傻了。

（原载 2012 年第 1 期《镇海潮》）

（2020 年中国石化第四届短篇小说大赛一等奖）

执手香沫

24 床

"照什么照？我还在喘气呢！" 24 床愤怒地抱怨道。混沌间，一缕微弱的手电光划过我的眼前，停在旁边的 24 床前，一闪一闪的。

"天天这个时间来照，还让不让人睡觉了？"

胡医生轻轻一笑："老太太，您老中气十足呀，我看要不了几天，您就可以出院了。"

我抬腕看了看手表，午夜十二点，这些医生倒是蛮准时的。

胡医生转过身，伸手摸了摸我的额头，黑暗中，我似乎看到他满意地点了点头。

"25 床，吵醒你了吧？" 等胡医生走出病房，24 床侧过身试探地问。

"嗯，没有，我本来就没睡熟。" 24 床知道我有熬夜的习惯,平时这会儿还没睡，她这是没话找话。

这间十几平方米的病房里只安了两张病床。25 床进进出出的病人已好几个循环了,24 床却像只萝卜一样，种在这里许久，就是不挪窝。我是前天才住进来的，为的是手腕上长了只汤圆大的瘤子。

那天晚上，我把经过两个多月辛苦调研收集来的材料，整理完成了一篇《人性之善恶及本性和环境之间的因果关系》的调研报告，兴奋之余，准备好好和老婆温存温存。香槟、玫瑰、钻戒，还有必不可少的烛光晚餐，老婆被我落入俗套的柔情蜜意弄得意乱情迷。

她正躺在我的怀里半推半就之际，无意中握到我的右手腕，她像突然发现一颗定时炸弹一样惊叫一声，弄得我的兴致顿时减去一半。我忙问老婆怎么了？老婆摸着我的右手腕问："你这长什么了？" 我伸过左手摸了摸右手，闪着暧昧的笑对老婆说："左手握右手，没啥感觉呀。" 我继续伸过手想去抱住老婆，老婆把身子一歪，拉过我的左手让我仔细摸摸右手腕，我借着本想制造点情调的昏黄灯光，看到我的右手腕处有个小小的突起，我用左手认真地摸了摸，发现这个小小的突起滑不溜秋，不红不肿，没啥异样。我尽力压抑着身体里窜来窜去的小欲火，对老婆说："一个小东西嘛，哪里用得着大惊小怪，说不定是最近忙于调研报告累得火气乱拱，过几天就没事了，你们女人就是头发长见识短。" 老婆撇撇嘴不乐意了："你这个人呀，就是喜欢把好心当驴肝肺，谁知道这长的是什么东西呀？"

老婆的话说得我心里头热烘烘的，想想这世上还是老婆最疼我，一个小包就把她紧张成这样，如果还有什么更厉害的东西，那老婆不知会担心成啥样了。

我一阵激动，把老婆揽进怀里，咬着她的耳朵安慰道："老婆你就放心吧，不是什么大不了的事，我明天就到医院去检查。"说毕掰过老婆丰腴的肩膀，不由老婆再说下去，就把火热的唇紧紧地压在老婆肉嘟嘟的唇上。

"小亦，小亦，听到没有，我要解个手。"朦胧中，老婆的体香还在我的鼻翼飘来荡去，24床急急的叫声，让我从神魂颠倒的状态中清醒过来。小亦是24床的女儿，她睡在靠墙的一张临时搭起的折叠床上。

"真麻烦，总在这个时候叫人。"黑暗中，正在轻声打鼾的小亦被母亲叫醒，有点不乐意，她在被窝里哼哼了两下才起身，从床底下取出便盆，掀开被窝用力抬起24床干瘦的身子，把便盆塞进被窝里。

"哎哟——哎哟哟，手脚能不能轻点啊，你们个个巴不得我早点死掉才高兴吧，这又烦着你了。"24床怨怼地说。

"妈，您又来了，何苦这样说呢，什么叫我们巴不得您早死啊，我们都希望您长命百岁呢。"小亦气鼓鼓的声音从黑暗中传来，在小小的病房里回旋，搅乱了病房里原本平静的气流。

"说得好听，你们几个我还不知道吗，一个个让我看着触气。"24床在被窝里窸窸窣窣地动作着，嘴巴到底还是闲不住。

一股异味从24床上扩散开，弥漫在小小的病房里，几乎令我窒息。白天有几次我试着开窗通风，24床总会趁我正要伸手的时候，故意对小亦说："年纪大了，经不得冻，你去看看这里的窗户是不是有漏风？"当小亦走过去检查窗户确定关得严严实实的时候，她却又转头来对我说："25床，快去开窗通通风吧，我六七十岁的人了，身上肯定有老人臭，你们年轻人哪受得了？"我只得硬生生地把伸出的手缩回去。

我拼命想象着老婆身上甜糯清新的体香和温暖柔软的怀抱，但仍然无济于事，令人不快的异味无孔不入，我不得不捏住鼻子，把头深深地埋进被窝。

自从发现右手腕处的小包后，老婆反复地催我去医院检查，我被她烦不过只好由着她陪我一起去了医院。医生漫不经心地瞄了瞄又摸了摸被我老婆当作定时炸弹的小包后，轻描淡写地告诉我们，这只不过是个纤维瘤，属常见病，平时多加观察就行了，如果短时间内长得比较快，就来医院做切除手术，不过请放心，即使手术也只是个小手术，门诊上就可以解决。老婆听了医生的话，吊着的心放下了一半，另一半还要看小包的生长变化情况哩。说来奇怪，这瘤子没发现也就罢了，现在天天看着它，反而觉得它见风长似的，两个月后竟长到汤圆大，我倒没觉得什么，但老婆真吓着了，生怕是什么坏东西，天天对我威逼利诱软硬兼施，我只得又一次硬着头皮来到医院。

医生说："瘤子长在手腕动脉处，门诊手术有一定的危险性，我建议你还是住院治疗吧。"瞧着医生的严肃劲儿，加上前段时间工作确实比较忙，身子有点疲倦，我就同意了医生的建议，跟单位领导请好病假，办了住院手续，成了24床的病友——25床。

见24床是个目光如炬却整天躺在病床上哼哼哈哈的小老太太，让我一个三十来岁的大男人和一个六七十岁的老太太共住一室，怎么想怎么别扭。我向医生提意见，医生说："床位紧张，我也没办法，别人想住都住不进来呢，你就克服一下嘛，反正只是个小手术，几天就可痊愈出院。"没办法，进了这种地方，身不由己，只得听医生的。

24床头一次见到我，朝我翻了个白眼，盯着我问："胡医生脑子是不是出问题了？怎么让你和我住一个病房？25床，看你身强力壮的挺大个子，得的什么病？晚上不打呼吧？我最讨厌打呼的男人了，我家老头子年轻时打呼的声音就像开过一架战斗机，害我整夜睡不着觉，连隔壁人家都受影响，常常半夜敲墙壁，我们早就分床睡了。"24床颠三倒四地说着，抬手指指自己的头发："瞧，睡不好觉，头发都熬白了，都是被他害的。"我朝24床使劲笑了笑，算是打了个招呼。

问清我只是割一个小小的瘤子，24床精明地朝我摆了摆手，幸灾乐祸地说："25床，我说你这么强壮的人不像有病的样子，敢情是来这里躲懒的。常听我大儿子说，上班很忙很辛苦，见到他时，他老是一脸的倦容。我就想不通了，他一个坐办公室的人，上班不过打打电话，看看文件，签签字，接见接见什么人，布置一下工作，这样的美差他以前做梦都没想过能轮到自己，他又不要在大太阳底下搬砖头扛大包扫马路，有什么累的哦！"

24床又问我："25床，你是做什么工作的？看你白白净净的，哟，手指头还这么长，一定也是坐办公室的，打打电脑，接接电话，工作轻闲着吧。"

我想24床这老太太这么饶舌，初次见面说这么多，还要刨根问底，也许是住院时间长了有点寂寞无聊，因此无论逮到什么人，那话就像车轱辘似的刹也刹不住，我只得含混地答道："我一个外来打工的，哪能和你儿子比啊，你儿子大概不是老板就是当官的。"

24床鼻子里"哼哼"两下，说："老板？他能当什么老板？胆子绿豆大，人又不够聪明，生意场上的人一个比一个精，他哪斗得过那些人！他也就在什么地方做个小官，相当于以前的九品芝麻官。我都住院这么长时间了，他只来过两三次，来了也都是站不了几分钟，说不上几句话，就不停地接电话，然后放下东西走人。说是单位里事忙，脱不开身。哈，这样忙得连亲妈都快忘掉的人，还当的哪门子官哦？"我想，24床称他大儿子当的相当于九品的官，那有可能是个什么县市级领导，或者地方上有一定实权的人物。这类人对上要一切行动听指挥，执行各种行政命令，对下直接面对普通老百姓，工作千头万绪，忙起来脚后跟打后脑勺。官场堪比生意场，大多数时候比生意场更为复杂、吊诡，能在官场中混得如鱼得水的人，比人精还要人精。我仔细咂摸了24床的话，对她恭维道："老太太您好福气啊，有个这么出息的儿子。当领导的都忙，怨不得他呀。"

24床听着我的恭维话，感到很满意，一下子高兴起来，她转过话头问我："25床，你是有医保的吧？"看到我点头，24床又说："有医保凡事就好办了，医生会给你用最先进的仪器检查身体，还要用最好的药给你治病。"我说："我只是割个小瘤子，用得着这么复杂吗？"24床用不屑的口气对我说："你真是呆头一个，有医保又不要你自己掏多少腰包，反正羊毛出在羊身上。我住院这么长时间，见得多了。"顿了顿，24床指了指门外，用很大的声音说："看到了吧，你现在应该知道为啥医院总是人满为患了吧。"

头天晚上从24床散发出来的异味熏得我一夜睡不安稳。这天清早六点多钟，我还在迷迷糊糊的梦中，听到24床在接电话："什么？要借五千块？阿星学驾照用？你妈快病死了，把买棺材板的钱全贴进医院，你不拿一分钱出来也就算了，还要向我借五千块？你倒说说看，我哪里来这些钱？学驾照的钱都拿不出来，学出来又有啥用？什么？买车向大哥借？亏你想得出，这好几十万的你拿什么去还？"24床气鼓鼓地把电话挂了。

"大学还没毕业呢，以后做什么工作都不知道，现在借钱学驾照，老二真是忒糊涂了点。"24床挂断电话后，开始唉声叹气。

我被24床的动静折腾得再也睡不着，干脆从被窝里伸出头，安慰她道："老太太，你一大早的叹什么气，没钱不借就是了，硬硬心肠也就过去了。现在的啃老族多了去了，见怪不怪的，看你平时挺硬气的，现在何至于愁成这个样子？"

24床瞥了我一眼，叹口气道："25床，你有所不知，阿星这孩子是我二儿子家的孩子，是我的宝贝疙瘩蛋。老大虽然做了芝麻绿豆官，但他家生的是女儿。老三做生意当个小老板，虽然有点小钱，但老三媳妇年轻时生过一场病后不能生育，抱养了个孩子。小亦是我最小的女儿，小时候白疼她了，当年偏偏不听人劝，远嫁到吴州，生个外孙一年见不到两回。我们老陈家的香火，指望不上他们，全靠我们阿星了。"

我插嘴道："都什么年代了，还重男轻女，还谈什么香火，现在有许多小夫妻不要孩子，叫作丁克，他们就想得很明白，想怎么过就怎么过，活得逍遥自在，我也正跟我媳妇商量这事儿呢。现在的生活压力多大啊，结婚买房，孩子上学，生病就医，哪一样不需要大把大把的钞票？"

24床一个劲地摇头说："你毛头小伙，哪里知道其中的利害关系。继承香火对我们老年人来说，是多么大的安慰，有了阿星，就等于我们老陈家有后了。阿星虽说是我们老陈家的独苗苗，但这孩子命苦啊，还在读小学五年级的时候，他妈妈突然得一怪病，全身一块一块的红斑，医生诊断后，说这个病叫什么红斑狼疮，我以前从没听说过，弄明白后才知道是血癌。我家老二带着她四处求医，花了不少钱，把本就不厚的家底都掏光了，到头来还是没治好，只拖了一年多人就没了。"24床说到这里，抹起了眼泪。

"阿星是够可怜的，没妈的孩子像根草，有时候还会遭同学欺负呢。"我同情地说。

24床接口道："可不是嘛，他爸爸过了一段既当爹又当妈的日子，我看着一个大男人拉扯个孩子真不容易，就劝他再娶个老婆，可是他死活不同意，说是后妈要虐待孩子的。他没什么文凭，只能在一个包工头手下做做小工，工作地点经常要换，照顾孩子确实是个麻烦事。后来我托娘家的三婶子做媒，老二就娶了三婶子的侄孙女。本来以为娘家人知根知底，做儿媳妇万无一失，而且我是看着她长大的，应该不会差到哪里去。谁知结婚后不久，她就变了个人似的，像只母老虎，把钱看得贼紧。老二真是个窝囊废，做工得来的辛苦钱全部上交给了她，有时候老二用加班得来的额外奖金偷偷给阿星买点零食玩具什么的，被她发现后要数落大半天，说孩子整天吃零食，被惯成什么样子？还说什么玩物丧志，这样下去家都要被败光了！听听，这是什么话嘛，哪家的孩子不吃个零食不玩个玩具的，阿星真是可怜，这是作的什么孽啊？"说到这里，24床捏起拳手使劲捶了几下床板。

"唉，她这个后妈当得……看来即使自家亲戚也靠不住。"我有点被她讲的故事吸引住，睡意一下子全跑光了。

24床点点头，接着说："我还真纳闷她怎么会变成这样，后来才听说她是受人蛊惑，说她一个黄花大闺女，找什么人不好找，非找一个带拖油瓶的当后妈，本来以为他大哥当大官，她弟弟找工作可以帮个忙，谁知他大哥这个官，根本不讲人情，一口回绝了这事。我这儿媳妇心里感到特别委屈，一颗火热的心就冷了下来，在家百般找碴。前两年阿星的爸爸得到了个很好的机会，建筑公司派他到科威特打工，一年可以挣个十几万，前提是先要交一大笔钱担保费，儿媳妇把钱看得贼紧，指望不上，老二只得向老大借钱，老大这个人情倒是帮了，把这笔钱借给了他。"

"现在他们家怎么样了，阿星不是上大学去了吗？"我问24床。

"别提了，为了阿星，两口子念不完的经吵不完的架，老二老实人一个，想着她是大姑娘嫁过来的，不和她计较，她却变本加厉。老二在科威特打工三年挣回来四十多万，又全被她拿去了，她像铁公鸡也就算了，可能是小时候穷怕了。可是常常背着老二打阿星，实在不应该。我可怜的阿星啊，他爸虽然窝囊，但从小到大没动过他一手指头。这次真把老二惹急了，阿星上大学去后不久，他们就离了，离了倒也清净，省得受这气！"

"儿孙自有儿孙福，您老就想开点吧。"一时之间我不知用什么话安慰她。

"这件事翻过去不久，老二经人介绍又找了个女人，这回倒好，她还拖了个女儿过来，和我们阿星差不多大，也在上大学。一儿一女，倒是扯平了，老二媳妇脾气为人不像前面那个，我们大家都挺高兴的。小姑娘也生得挺水灵，双眼皮，大眼睛，白皮肤。我们阿星也不差，一米八二的个，虽然眼睛像我是单眼皮，小了点，不过现在不是流行单眼皮吗？人家都说我们阿星长得挺像佟大为，就是那个电视里总能见着的明星，精神着呢。"

我连忙点头："是的是的，现在的单眼皮男生吃香，比如那个《潜伏》里的颜王孙红雷。"

24床流露出不屑，嘴里"嗤"的一声："孙红雷！还颜王？小眼睛大鼻子，长这么丑，他怎么能和我们阿星比？"

我觉得我的马屁拍到了马腿上，哈哈笑了两声，连忙转过话题："这俩孩子相处得还好吧？"

24床一下子皱起了眉头："好，好着呢，他俩倒不生分，第一次见面后就黏在一起了。"

我打趣道："不会谈上恋爱了吧？"

24床点点头："可不是嘛，这像什么话，老爸老妈是一对，儿子女儿成一对，这哪成啊？传出去不怕被人笑话嘛。"

我劝24床："他们又没血缘关系，如果真合适，成一对也是好事啊，到时彩礼聘金都省了。"

24床像是呛着了，连连咳嗽好几声，又连连摇头。

"妈，您跟外人说这些干吗呀，真是的。"小亦听到我们的说话声，从睡梦中醒过来，埋怨母亲多嘴。

"你睡你的觉，我和25床瞎聊聊天又碍着你什么了？"24床忽然变得怒气冲冲起来，闭起眼睛靠着枕头不再言语。我看着这对一动嘴就炝出火药星子的母女，觉得很有意思。

胡医生带着几位实习医生和护士来查房了。胡医生仔细看了看24床的脸色，把了把脉，露出很亲切的笑容问候24床："老太太，今天感觉怎么样？气色不错。你的胸膜炎症状基本没有了，胸口不闷不痛了吧。腿部康复训练，一定要按我的要求每天坚持做哦。"

24床睁开眼睛，说："放心，胡医生，你安排个小伙子住进来，我开心着呢，病好起来更快了。"

胡医生听后并不生气，他仍然笑着对24床说："您老多包涵，医院床位紧张，我这也是没有办法嘛。"

胡医生叮嘱小亦要每天坚持帮老太太做腿部康复训练，否则会引起肌肉萎缩，会对将来的行走功能有影响。小亦连忙点头答应。

胡医生转过身来告诉我，我的身体检查各项指标都正常，明天就可以安排动手术了。我说："好，一切听胡医生的。"说话间，趁大家不注意，我把一只准备好的红包悄悄放进胡医生的白大褂口袋里。胡医生用眼睛的余光瞟见了我的小动作，对我轻轻点了下头，就带着大家走出了病房。

老婆到底还是不放心，请了年休假来陪我做手术。手术单上签字时，我发现老婆的手在微微颤抖，脸色有点发白。为了让老婆放松一点，我躺在手术推车上

执手香沫

故意对老婆开玩笑说："平时你的字就写得不好看，这回可要好好写哦，给我争点面子，不要像阿Q那样，连个圈都画不圆，这可是要存到医院的档案室里的哦。"老婆白了我一眼，"噗嗤"一声笑了。

一个小时后，我被护工推回到25床。手术时护士把输液针打在我的脚上了，所以那只脚不敢乱动了。老婆帮我举着输液瓶腾不开手，我只得借着腰部的力量僵硬地挪动屁股，把自己重重地扔在床上，像一截木头似的，右半个身子仍然没有丝毫感觉。

我像个刚从战场下来的伤兵，手脚不能动地仰卧在25床上，看着输液管里一点一点滴落的液体，恍如隔世的感觉蓦然袭上心头，我伸出左手在老婆圆润的脸上轻轻抚着，心里这才有了点踏实的感觉。

"有人呢。"老婆的脸红了红，把我的手轻轻扯下来。这时我才发现，24床边上多出了两个长相颇为相像的中年男子，只是一个滋润，一个沧桑。他们俩剑拔弩张地站着，鼻孔里喘着粗气。

"滚！都给我滚回去！以后一个都不要来了！"24床侧身背对着他们，一阵剧烈的咳嗽从她的胸腔里喷发出来。

"都走吧，赶快走，瞧你们把妈气成这样了！"小亦拉了这个又去拉那个，可是两个人谁也不动。

"你就别装好人了，你还不是最会气妈的一个，妈为你的事到现在还生气呢，她的病一多半是那时候落下的。"滋润的那个反过来冲着小亦。他身穿风衣，举手投足间派头十足，那种市面上常看到的一夜暴富的小老板样子，我猜想他一定是24床做生意的儿子老三。

"是呀，当初谁一定要嫁到离家千里的吴州去？谁劝都不听，妈不同意就和人家私奔，害得妈发誓就当没生过女儿，后来还大病了一场，躺在床上半年下不了地，还不是我们哥几个轮流照料妈，一个劲地劝妈，才把妈救了回来。"沧桑的那个斜着眼看小亦，他可能就是24床的二儿子。

"说你们呢，怎么扯到我头上来了，你们倒还都有理了？"小亦听他们一唱一和，脸都急红了。

老三全然不把老二这个哥放在眼里，瞪着眼睛道："听说阿星要学驾照，还向妈借了钱，没钱充什么大少爷？书不好好读，进大学还是靠我做生意的朋友帮的忙，大学两年加起来有五门功课挂了红灯，谈女朋友、白相的水平倒是一流的，我朋友问起来我好没面子。"

老三稀里哗啦竹筒倒豆子似的继续数落，口气由愤懑变得酸溜溜起来："妈刚开始得了化脓性胸膜炎住院，医生用大号针筒抽出两三针筒的脓血水。眼看胸膜炎快治好了，上厕所又一不小心跌了跤，造成大腿骨折。住院这么长时间，老太太最想见的可能就是阿星这个宝贝孙子了。他不买点啥东西来看看，在床前侍候侍候；这倒好，反过来开口就借钱！妈也真是老糊涂，骂归骂，到底还是把钱偷偷借给了你们。传宗接代的宝贝孙子，待遇到底不一样啊。"

"阿星怎么啦？我就乐意惯阿星，阿星是我们老陈家的种，他就是要再多的钱，我也乐意，不像某些人把个抱来的野种当宝贝。有本事的话也给我生个孙子，旺一旺我们老陈家的香火。"24床到底忍不住，竟说出如此刻毒的话来，让我惊讶了半天，我想起身劝劝他们，才意识到自己刚刚才动过手术，手脚都动不了。

"好，你就偏心吧，看你这个宝贝孙子能给你们带来什么好运道，我在家里天天为他烧高香，最好不要成为我们老陈家的败家子。我自家的孩子自家心疼，不碍着你们，也求不到你们，你们倒好，见天'野种''野种'地骂，真是毫无道理！你做奶奶的，不说帮着遮掩，反倒老提这事，让孩子听着伤心，心都偏到胳肢窝里去了！"老三额角头上青筋一阵乱跳，他把一直拎在手里的水果和口服液等补品重重摔在24床上，夺门而去。

24床望着老三离去的背影，神情慢慢黯淡下来，沉默了好一会儿，又喃喃道："一碰面就要吵起来，老三这个火爆脾气怎么做生意？本来也没想说他什么，可是他总仗着有几个钱和老二计较，他又不是不知道老二家出的那些事情，兄弟手足也不体谅！阿星到我家来多吃顿把饭，他那媳妇就要说三道四，在老公耳边告刁状，弄得一大家子人总是鸡飞狗跳的。她自己生不出孩子，看我家阿星总不入眼，背地里说阿星人中短寿不长，脑袋笨学习成绩不好，将来一定没出息。这么恶毒的话也亏她做婶子的能说出来，听听就来气。"说完，她又转过身来，训斥老二："借钱学车的事，叫你不要声张，你的嘴咋就这么贱，又让他知道了，被他抓到把柄了吧？哼，还说我偏心！"老二见状，嗫嚅着不敢作声。

我对24床说："别人骂他家孩子也就罢了，你们这么说总不对吧，大人之间的事别扯上孩子，孩子又没惹着谁。"

24床摇了摇头，叹口气说："唉，我也是气极了口不择言，这种话一旦说出口就刹不住，这样反倒是我们做长辈的不对了。"

老婆在我的眼前摆了摆手，示意我不要再管别人家的闲事，好好养自己的病。是啊，清官难断家务事，24床家的事远比我想象的要复杂，老的性情古怪偏执，小的自私狭隘。我想自己一个外人也没必要去蹚他们的浑水，于是顺了老婆的意，闭上眼睛准备好好休息一下。人一安静下来，才发现麻药的劲过去了，手腕处剧痛起来。

这天，老婆给我送中饭来了。鸽子蘑菇汤、盐水猪肝、莴苣冬笋胡萝卜炒咸肉片、香菇炒青菜，清清爽爽的四个菜飘荡着诱人的香味。老婆说鸽子汤可以加速伤口的愈合，菌菇类营养丰富，猪肝补血，莴苣冬笋青菜等粗纤维蔬菜有助于卧床的病人消化。想不到平时难得下厨的老婆竟能弄出这些饭菜，肯定花了不少心思和功夫。老婆说医院食堂都是大锅菜，没啥营养，我是勉为其难帮你做了这些饭菜，不好吃也只能将就点。望着热气腾腾的饭菜和老婆汗津津的圆脸，我感觉手部的疼痛一下子减轻了许多。

24 床闻着香味，很夸张地"咕噜"了一声咽着口水，对我老婆伸了伸大拇指，说："老婆娶得好不好真是一辈子的事，25 床你运气贼好，老婆体贴又能干，真是前世修来的好福气啊。"老婆听了 24 床的话，得意扬扬地朝我不停地傻笑。我邀请 24 床一起尝尝我老婆的手艺，24 床很高兴地答应了，让小亦拿来碗筷各样都夹了点，靠着枕头让小亦慢慢喂着吃。

午饭用毕，24 床喝了一口小亦泡好的茶，开始闭目休息，病房里安静下来。这几天老婆家里、工作单位和医院三个地方来回跑，原本白晰圆润的脸蛋明显晒黑变尖了，我还真有点心疼她呢，就借口病房太小，赶她回家去休息。老婆听话地握了握我的左手走了。

我翻开老婆带来的一本酒中人写的官场小说《现官》，准备好好研习当今官场的生存哲学，辨析官场中人的心路历程，学习一些为官之道为政之道，说不定将来哪一天能派上用场。嗨，这次住院如果能有机会认识 24 床的大儿子，那更是求之不得的好事了。作为一个男人，哪能没点远大志向呢！

不一会儿，我就沉浸在小说紧张刺激的情节当中。小说主人公肖会水第一次莫名其妙地被人在口袋里塞了五千块后，联想到红包与足球一样，被人传来传去，有着惊人的相似之处，我真佩服作者是个天才，有此奇思妙想。恰在这时，小亦的手机响了。

24 床睡得正香，小亦接电话很轻声："什么事？你那边太吵，能不能说清楚一点？……老大怎么了？被人举报了？……什么？受贿数额巨大，半个月前就被双规了，这怎么可能？……老大六亲不认是出了名的，从来没帮家里人谋过啥美差，也没见他有啥不良嗜好，像他这样的人，怎么会出这事？"

小亦的脸"唰"地一下变得惨白，一屁股跌坐在旁边的小方凳上。

"受贿，双规？"听到此言，我也被惊出一身冷汗。

24 床被小亦弄出的声响惊醒了，睁开眼睛，睡眼惺忪地问："是老大来的电话吗？他都说些啥？有没有说什么时候来看我？"

小亦摇了摇头，没有吭声。

转天，胡医生给我拆了线，见刀口愈合得非常平整，就通知我可以办理出院手续了。回到病房，老婆早已高兴地帮我收拾好了，于是我向 24 床告别，祝她老人家早日康复。

回到家中，我翻开出院记录，准备仔细阅读胡医生的医嘱，赫然发现那只塞进胡医生口袋里的红包，就夹在里面！

（原载 2012 年第 3 期《镇海潮》）

（改编的小品《第三病室》获宁波市镇海区 2012 年曲艺新作征文比赛优秀奖
2016 年获中国石化第三届短篇小说大赛优秀奖）

相濡以沫

桑青做梦也没想到，五十三岁的老周会出轨于一个二十九岁的女人，一个名叫汪葶亭的臭烂女人。

一

那天早晨，桑青穿着一件黑色的羊毛呢大衣，跟在老沈的身后，去了江花公园旁边的两层小楼。

待了大约十分钟，桑青下楼，刷了一辆共享单车，骑行到海蓝宾馆。海蓝宾馆有个美容部，专供公司内部员工做护理。前一天，她已和美容师约好。

桑青瘦弱，敏感，常常因睡眠障碍脸色萎黄。她坚持去美容院，坚持不听美容师的游说，只做几十块钱一次的基础护理。桑青在美容师温柔细致的按摩下，躲进保湿喷雾和面膜眼膜覆盖营造的黑暗世界里，短暂地睡上一觉。这一觉，便足可以抵消一周甚至半个月因睡眠不足带来的所有不适。

躺在美容床上，也许是刚经过夜晚的睡眠，桑青一直没睡着，她闭着眼睛，任由美容师张姐在她脸上操作，洁面、喷雾保湿、按摩、涂抹抗皱精华液，敷上脸膜眼膜。

张姐问，教培中心的马铁军主任是不是你亲戚？最近听说他和中学的丁水晶丁校长搞上了。丁的老公得的可是白血病啊，这样的身体，丁水晶可真够狠的，还提离婚！她对法院说是性格不合，还说为了照顾老公的身体，把房子和存款都留给了老公和女儿，净身出户。离婚了大半年，她老公的弟弟妹妹才知道这事，觉得嫂子一定是离婚前就和马搅到了一起，哥哥太窝囊，被绿了还这样忍气吞声，他们要到教委去告他们。哥哥劝他们不要冲动，他的忍让都是为女儿着想，况且女人的心不在了，留住她的身子又有什么用。但他们哪里听得进，一心要为被绿的哥哥讨个说法。他们把几封举报信寄到了市教委和市纪委，要求双双罢免马和丁的职务，惩治这对不知廉耻伤风败俗破坏家庭的狗男女，最好让他们游街示众，让他们遗臭万年。整个教培中心都在议论这桩丑事，什么难听的话都有。

真的？桑青吃了一惊。马铁军和桑青的老公周圣岩是从小一起和尿泥的发小，又一起上的大学。老马老婆李珊是他们同届不同系的大学校友。桑青没想到知根知底老实本分的老马竟是这样一种人。

当年大学入学报到那一天，马铁军见一大眼睛姑娘一手拎着一只淡绿色行李袋，一手拎着被褥卷，正吃力地向宿舍楼走去。那时中学男女同学之间基本不说话，即使踏入巍峨庄严的大学校门，胆小老实矮小的马铁军生怕太唐突，吓着了姑娘，就没有主动上前伸手帮忙，只默默地跟在姑娘身后，一前一后地上了楼。不承想，姑娘的宿舍就在马铁军的对门。那时学校房源紧张，也不怕会出什么大事，把男女宿舍安排在同一幢楼里。南北两排宿舍，中间长长的走廊，宿舍中部设水房和男女厕所。对这样的安排，同学们没有谁觉得惊讶不能接受。

每天一大早，马铁军宿舍里总会传来"月亮走，我也走，我送阿哥到桥头……"的歌声，这歌声比起床号还要管用，把李珊宿舍的姑娘们吵得一个个都躺不住了，她们一致推荐年龄最小的李珊去对门交涉。开门的是马铁军，马铁军端着装有一条灰白旧毛巾的搪瓷脸盆出来，准备去水房洗漱。见是"大眼睛"堵在门口，马铁军的嘴急速哆嗦了两下，磕巴着问，什……什……什么事？李珊涨红着小脸说，你们能不能不要一大早唱这破歌？吵得人没法睡觉！马铁军宿舍里的男生们闻声恶作剧般地哈哈大笑，李珊慌得转身逃进自己的宿舍，"呼"的一声关上了大门。

马铁军和李珊算是这样认识了。其后去水房、上厕所、下晚自习在走廊里总能碰到。上政治、英语等公共大课时，他们也会在同一个大教室里看到彼此。得知李珊和自己来自同一个省份不同的县，两个县隔着三百里路程，虽然马铁军家上数几代都是脸朝黄土背朝天的农民，李珊的家在县城，有个当公务员的父亲和银行经理的母亲，两人家庭背景悬殊，但身处几千里之外的大学校园，马铁军心里硬是有了一种"老乡见老乡，两眼泪汪汪"的亲切。

可能学校的伙食很对马铁军的胃口，两个学期下来，马铁军的身高从一米六六一下子蹿高到一米七七，加上他得空就泡在学校篮球场里，竟然练出了一身疙瘩肉，白净的脸上钻出一圈油黑微卷的络腮胡。原本遇到女生总要露怯躲闪，脱胎换骨般，显出几分玉树临风、风流倜傥的男子气概来，成了女生们心中的"秋官"，李珊看向马铁军的大眼睛有了湿湿的雾气。

后来发生的故事简单得似乎有些苍白。马铁军和李珊毕业后双向选择，双双来到海城一所重点中学任教，成了光荣的中学教师。虽然马铁军的家庭状况让李珊的父母略有犹豫，但通情达理的他们还是选择尊重女儿。他们很快就结了婚，婚后不久有了一个调皮可爱的儿子。真如安徒生童话里的一样，从此后，王子和公主过上了幸福的生活。

直到李珊遭遇严重车祸成为植物人的那一刻。

桑青说，也许是个误会呢？老马是单身，丁水晶离婚也是单身，两个单身走在一起合理合法。他们去瞎闹，最受伤害的还不是他们的哥哥和侄女。

张姐说，你总是想得这么天真，事情要真这么简单倒好了。

桑青想想也是，清官难断家务事，别人的事情，外人怎么搞得清。虽然老周和老马是发小，刚参加工作那会儿还经常聚在一起打牌喝酒，但这几年除了日常问候一下李珊的情况外，他们很少聚到一起。先前是忙工作忙孩子的学习，好不容易等到孩子上大学去了，忽然发觉各种传说中的慢性老年性疾病如影随形而至，血压高、血脂高、血糖高，等等，每年的体检单上，上上下下的箭头，看得人心惊胆战，他们除了每天继续兢兢业业上班外，业余时间养生成了头等大事。

李珊成为植物人的这七年来，老马忙前忙后细心服侍，和别人聊起老婆的病总是哭成泪人。桑青相信老马的眼泪是真挚的，发自肺腑，少年夫妻老来伴嘛，何况都是各自的初恋，想想世上有多少的初恋能实实在在走到一起，且相亲相爱二十多年？李珊病危时，桑青和老周晚上去探望，看到老马拿着李珊的 CT 片，独自一人在走廊里边走边哭，他们觉得任何安慰在老马这里都是多余。连他丈母娘坐在李珊的灵堂里，睁着哭红的双眼对来吊唁的人说，这样也好，省得继续拖累铁军了，对他们来说都是解脱。我这女婿太不容易了！

对老婆这么好的一个人，老婆去世还不到半年，怎么就和别的女人搞到一起了呢？

张姐提高声音，冷哼一声道，怎么可能才半年，老早搞在一起了好吧！老婆躺床上这么多年，老马可能压抑得太久，憋坏了。心理上想对老婆忠贞，身体却很诚实。丁可能也一样，老公得了绝症，也是憋不住了。两个憋不住的人，抬头不见低头见，干柴烈火凑一堆，能不出事情！之前几次被人看到一起出差，还不都是找的借口？社会风气，就是被这些寡廉鲜耻的臭男女搞坏的。

说着说着，张姐的语气里充满了鄙夷和不屑。

桑青知道，张姐说的是马铁军和丁水晶，也是她自己的老公。四年前，张姐的老公出轨于一个相貌平平的女人，大年小节，她老公都要给那女人发红包送礼物，年终还要偷偷转给那女人一大笔钱，美其名曰"年终奖"。让张姐想不通的是，论相貌论家底和能干，张姐哪一样比那个下三滥女人差，偏偏她老公像被灌了迷魂汤一样，被迷得七荤八素不知东南西北！

张姐请了位律师收集完老公出轨的所有证据，果断提出离婚，让贱男人尝尝净身出户没钱的滋味，并告诫儿子，离他不要脸的父亲远点，省得被他带坏。那烂女人嫌张姐老公一无所有了，一边用电话吊着张姐老公，一边没出三个月，又勾搭上别的野男人搞大了肚子。去医院打完胎后，竟然明目张胆地在单位里请了计生假，说那杂种是她自己老公的，可怜那烂女人的老公浑身长满了绿都不知道。张姐老公也许是旧情难忘，得知烂女人打胎，竟然买了专供孕妇滋补的燕窝口服液快递过去，男人贱起来真是没原则无底线。

桑青想，这真算是大开了眼界，为了满足物质上的欲求，世上竟真有这种出卖肉体的无耻女人！这和过去的妓女有何区别！

张姐用老玉刮板在桑青的头部来来回回像刮痧一样地刮，嘴巴还是闲不住，别人下这么重的手刮，都要喊疼死了，你倒好，还要让我重一点，你啊，身在福中不知福，头部的筋络很通畅呢。

桑青想起曾经和同事兼闺密一起出差的美好时光，她们天天晚上守着酒店的电视机追剧，其间有一则关节痛消炎贴的广告记忆深刻：痛则不通，通则不痛。确实，痛与不痛，通与不通，只有当事人自己知道。

正当桑青迷迷糊糊快要睡过去的时候，张姐却轻轻掀开被角，拍了拍桑青的手臂，轻声说好了。

桑青在镜子里看到一张经清洁保湿抗皱美白保养后变得滋润光亮的脸。但她在这张脸上，还是看到了两侧眼尾处已有的几条明显的纹路，颧骨处若隐若现的色斑和发际线后退的额头。

二

从海蓝宾馆出来，桑青没去别的地方闲逛，直接乘班车回家了。

老周在厨房里忙碌，听到门响伸过头来，见桑青在门口换拖鞋，马上堆起笑容说，你先去沙发上歇一下，看会儿电视，我还有一个菜，马上就好。

桑青走进房间，脱下黑色羊毛呢大衣，换上蓝花白点家居棉袄，又走进卫生间洗了手，回到餐厅。餐桌上已放好三个菜——清蒸比目鱼、盐水活皮虾、青菜蘑菇汤，都还冒着热气。

桑青想，老周的时间掌控得真好，回家就能吃到热腾腾的饭菜。

你去江花公园那边了？那里离海蓝宾馆可是有段路的。老周像是不经意地问。

是啊，老沈老早说他开了个"文鉴赏读"工作室，一直要我去看看。今天吃早点时正好碰上他，就过去看看，我刷了共享单车。桑青答道。

老沈退休有两年了吧，咋咋呼呼一个人，他搞"文鉴赏读"工作室？不是开玩笑吧！老周不以为然。

桑青道，人不可貌相，退休了才有时间做点自己真正喜欢的事情，老沈本来就喜欢文化遗存方面的东西。不知你有没有听说过十几年前，离我们公司三十多公里的地方，有个农民在翻地发现了一个古瓷瓶，经过文物部门鉴定，这里是越王勾践时期的古越国城遗址，向勾践献七计卧薪尝胆战胜吴国的谋臣文种，曾在这里隐居过，是文种的故里。这在考古界引起巨大轰动，老沈全程参与了挖掘工作，由此结识了市、区里的许多文化名人，手上积累了很多资源，不好好利用很可惜。他自己又会创作小说、诗歌等文学作品，收集了许多古玩字画，退休前他就计划好了，要开个工作室，今天去看了，里面的布置蛮登样的。

厨房里飘出一股牛肉和大蒜炒在一起的独特香味，老周赶紧回到厨房。

好香！桑青吸了下鼻子，问，今天又烧牛肉了？桑青以前听一个来自内蒙古大草原的同事讲，牛肉是天底下最好的食材，脂肪含量少，蛋白质、微量元素含

相濡以沫

量高，营养丰富。你想想看啊，牛最喜欢吃什么？只吃草，食材单一，受到的污染就少，它的肉是不是就相对干净纯粹了。猪吃什么？猪是杂食性动物，喂什么吃什么。你想想看，用这样的东西喂养出来的猪肉吃起来有多么恶心！我家很少买猪肉，孩子只吃牛肉。我朋友开了家牛肉店，牛肉是专门从内蒙古科尔沁空运来的，啧啧啧，那味道！同事做了个陶醉的样子，惹得桑青哈哈大笑。

桑青觉得同事的话很在理，牛不光只吃草，而且生来朴实勤劳，是人类的好帮手。猪贪嘴又懒惰，只知睡觉啥也不干。桑青所在的工作单位是一家颇具规模的大公司，食堂一次性就餐可容纳一千人以上。她总是看到一个食堂师傅的远房亲戚——当地有名的养猪大户，每天开一辆皮卡来食堂收集剩饭剩菜，十几大桶的泔水拉回去和在配方饲料里，把他家的猪喂得一只只膘肥体圆。自此后，桑青对猪肉有了本能的反感，对牛肉变得情有独钟，隔三岔五起大早到同事朋友开的内蒙古科尔沁牛肉店买上一大块牛肉，运气好的时候还可买到牛腱子肉，或者牛骨排、牛尾巴。

好牛肉必须烹制出好美味，这是个高难度的技术问题。老周和桑青结婚前吃的都是单位食堂的大锅菜，几乎没有什么下厨练手的机会。但老周似乎天生是个厨艺高手，只要让他看过尝过的菜，回家就能模仿个八九不离十，除了摆盘形状欠点功夫外，其味道不比五星级酒店差多少。为了娇滴滴的吃货女儿，烹制牛肉这种技术活自然落到老周头上。卤煮、煲汤、白切、尖椒牛柳、牛肉丸子、牛肉炒茭白、土豆炖牛肉、葱爆牛肉、牛肉饺子，老周乐颠颠地变着各种花样做，女儿吃得津津有味，养得结结实实。

吃货女儿上大学去了，老周和桑青成了"准空巢老人"，他俩都觉得现在该是好好享受二人世界的时候了。但生活的惯性一时半刻很难消除，中午两人都在单位食堂解决，晚餐桑青打下手，老周主厨，他们仍习惯性地从厨房变出五六只菜。但桑青的胃口天生就小，吃不了多少就放下了筷子，老周慢酌独饮夹菜品味，眼看精心烹制的美味要剩大半，不免有些扫兴。他热情邀请桑青一起喝一杯，小酌怡情嘛！但桑青淡索索一个人，除了喝点淡茶和偶尔喝上一两杯咖啡外，平时几乎滴酒不沾，勉强陪老周喝过几次后，就表示再也不喝了。老周晓得喝酒这事强求不来，只能慢慢习惯自斟自饮。其后每天烧的菜酌情减量，落实真正的光盘行动。

老周说，今天我烧的是大蒜炒牛排骨，牛排骨是同事给的。

哪个同事给的？桑青问。

老周说不就是小施嘛，他上次去麦德龙超市，看到这澳大利亚来的牛排骨质量不错，就多买了点。他知道我家以牛肉为主，就随手分了我一点，人家好心好意给，我不好意思不要，放心吧钱已转给他了。

哦，不要随便拿同事的东西，说不清。自从中央八项规定以来，桑青时时都要提醒老周。你看，我们家什么都不缺，贪那么一点点东西有啥意思，平平安安等退休，不要临了临了出事情，得不偿失。老周答应，晓得的，我没那么随便，我有数。

老周在单位混了二十多年，不像老马机遇好，混到了处级。老马原来的顶头上司当科长时，老马是他手下一个兵，上司上升为处长时，看当时的小马老实听话，就提拔他为科级。当处长又高升到公司副总经理时，他又把老马提拔到处级岗位。老周没有这样的运气，也没有什么追求，他只想把手头的工作做好，太太平平过小日子。老马上升到处长时，老周还只是一名只有中级职称的普通专业技术人员，一同进公司的其他本科大学生早已评上了高级职称。桑青要他抓点紧去考个高级职称英语，写篇论文投到核心期刊上发表，就有资格申报高级职称。老周觉得没多大意思，不就是奖金高了零点一个系数嘛！

原本单位科、处级的工资奖金待遇和中、高级职称一样，后来机构改革加上工资改革，待遇与行政级别挂钩，只要当上一官半职，工资奖金立马与普通员工拉开一定的差距，仅有中、高级职称的技术人员在工资奖金待遇方面不再占优势。老周这才上了点心，工作中收敛起直脾气，不再凭空得罪人，与同事和上级说话时开始注意分寸，懂得曲直，终于被一位器重他的领导慧眼识珠，提拔到科级岗位。又费了几个月的时间下现场、泡实验室和图书馆，终于憋出两篇论文，相继发表到两家核心期刊上，高级职称也得到了落实，工资奖金随之提高一大截，老周说话的口气开始有点膨胀。有一次桑青无意中提到老马的处级，老周很不高兴地回敬，他还不是运气好，单位里没几个能人，矮子里面拔长子嘛，能力有我强吗！你也从来没要求过我。桑青闻言既好气又好笑，男人以事业为重，你自己不求上进，反而怪这怪那，还怪到老婆头上，真是岂有此理。老周想想，这话说得确实有点过。

你怎么知道我去江花公园那边了？桑青突然问。

哦，是我一个同事看到你了。老周在厨房忙碌，像是漫不经心地回答。

桑青坐到沙发上，把电视打开，准备调到她正在追剧的那个频道。她看到老周的手机放在沙发扶手上，正在充电。

"嘟嘟"，老周的手机振动了一下，屏幕一闪，显示进来一条微信信息。

桑青本能地拿起老周的手机，想平时老周总是把手机握得牢牢的，不让人看，这回终于逮到机会，看看是谁给他发的微信。

桑青试着输入平时他们共用的密码，手机竟然打开了。

给老周发微信的是个头像穿着全露背长裙丰乳细腰的长发女人，昵称"宝宝"。

宝宝刚才发给老周的微信是：牛排烧了吗？她应该快回来了吧！

桑青禁不住往上翻看。

宝宝：在吗？

老周：在！昨晚那么晚睡，你这么早醒了？

宝宝：是啊，他一大早就去店里了，说是有一批货要进。

老周：哦，她一早也出去了，去了海蓝。

宝宝：我早上貌似看到她了，穿的黑色大衣，跟一个男人上了江花公园旁边

相濡以沫

的两层小楼。

老周：这个我没注意，她出门时我还在床上睡觉呢。她怎么会到那里去？你看错了吧。

宝宝：我看着特别像就多看了两眼，等她回去你问问就知道是不是了。

老周：你应该拍个照片，下车叫声姐姐。

宝宝：无情！

老周：那应该不是。

宝宝：她眼镜框什么颜色，挂耳朵上那个架。

老周：还真没注意。

宝宝：你对她也太不关心了！（跟着一个坏笑的表情）

老周发过去一个鲜红的嘴唇。

宝宝发过来一个两个天线宝宝热烈拥吻的表情。

老周：你中午吃什么？

宝宝：我带了水饺。（发过来一盘饺子的照片）

老周：我把你送我的牛排骨整了一半，留一半放冰箱，等女儿放假回来烧给她吃。

宝宝：哦，模范丈夫，好父亲哦。

老周：必须滴。

宝宝：牛排烧了吗？她应该快回来了吧。

桑青按住怦怦乱跳的心，继续往前翻，看到昨天晚上的聊天记录。

老周：忘了告诉你了，明天我年休。

宝宝：哦，去陪她？（跟着一个生气的表情）

老周：她说过我好多次了，年休怎么总是奉献掉，谁领你的情？我总得装装样子吧。

宝宝：奉献？我领情啊！快视频（跟着一个媚笑的表情）。

老周：（一个龇牙大笑的表情）

接着显示的是视频聊天记录时间为七十六分二十四秒。

桑青继续往前翻到前天白天的聊天记录。

宝宝：在开会？

老周：没，刚到现场巡视回来。

宝宝：我在楼上看着你，你就是不看我。

老周：在忙呢，准备公司网格化管理大检查。

晚上的聊天记录。

宝宝：在？

老周：在！

宝宝：可以视频了吗？他马上要回来了，不会被他坑了吧！

老周：稍等，洗好就上床。

宝宝：快点！

接着显示的是三十七分五十八秒的视频聊天记录。

桑青还想接着往前翻，但只能翻到这三天的聊天记录。之前的老周早已做好"消毒"措施，全部删除了。

桑青冷汗直冒，眼前阵阵发黑，差点一头栽下沙发。

她实在忍不住，大叫，老周！老周！你这是什么？

老周见桑青举着他的手机，急忙冲出厨房，慌乱中劈手夺过手机，嘴里连喊，谁让你翻我手机了！

桑青浑身发抖，问，这个宝宝是谁！

老周回道，你瞎猜啥，一个网友，聊聊天而已。

老周嘴里硬气，心里着实慌了。他意识到，头上悬了整整三年半的达摩克利斯之剑，就要坠落下来。

三

桑青忽然想起春天那个晚上。

空中涌出点点暖意，楼下小区绿化带悄悄伸出嫩嫩的尖叶，高大的玉兰树上缀满毛茸茸的花苞，金黄色的迎春花含着笑攀缘在柔软的枝条上，越冬而过的红山茶鲜艳欲滴，层层叠叠的花瓣让人疑似假的。这里是桑青和老周花了大半生积蓄和商贷按揭搬入不久的新居，入住率还不是太高，零星的窗户里亮着柔和的灯光。

吃过晚饭收拾停当，桑青说最近新上了一部电影，网上评价很高，短短几天票房过亿，要不一起去看看？

老周摇头说，那些票房都是计算出来的，主创团队为电影造势，有的是在各个城市预先自己买了包场票，然后把所有的预售票数据都算进去，做出来的数据很好看，糊弄观众呢。

桑青说，是真的，她几个同事都去看过了，虽然是主旋律电影，但这部片子与以往的都不一样，很燃很酷也很提气！

老周一边摆手，一边走进卫生间。他说要看你自己找人去看，反正我不喜欢看电影。

桑青被他这么一说，兴致索然，只得坐到沙发上去开电视机。

桑青刚参加工作时，听说单位里的老同事提前在档案处打听新入职大学生情况，为自己或亲戚家的儿女物色对象。桑青来自农村，虽不至于像顺口溜说的"一年土两年洋，三年不认爹和娘"，但四年的大学生活，让桑青从农村的柴火妞，脱胎成娉娉婷婷的美丽少女，用现代男人对漂亮女孩的称呼就是"女神"。按桑青的条件，在单位里找个比较中意的对象并不难。

老周比桑青早两年进公司，桑青入职报到那天，公司指派几个年轻员工迎新，老周便是其中之一。老周带桑青去组织科报到，填好几张表格后，老周又带桑青去单身宿舍。单身宿舍离组织科比较远，桑青手提沉重的旅行袋，老周推出自己的自行车，请桑青坐他的后座上。桑青有点不好意思，从小到大，除了父亲的自行车外，桑青还从没坐过别的男人的车呢。

没事没事，我们迎新都是这样带人的，别不好意思。老周把桑青的旅行袋用绳子绑在后座的外侧，拍了拍后座说，坐吧，我骑车很稳的。

桑青看到一同报到的另两个女孩子，也已坐上迎新小伙的车，只得硬起头皮上坐。骄阳似火，老周后背的衣服很快被汗水浸湿了，一股特别的气味从老周身上散发出来，桑青紧张得屏住了呼吸。

路过一处广场，桑青看到一座楼前挂着员工俱乐部的牌子，与之连着的是一座高畅阔亮的大楼，大楼一侧竖立"电影院"三个字的镏金招牌。

哇，这里还有电影院？桑青忍不住惊奇地叫道。

是啊，这里每隔三天放一场新电影，附近农民也都到这里来看，几乎场场爆满，想看的话得提前买票。俱乐部里有电视机，员工可以凭工作证去看。还有游泳池、体育馆、学校、医院、家属楼，我们公司就像一座小城市，什么都有。老周像导游似的一一介绍情况。

到了宿管处，老周帮桑青领了钥匙，找来扫帚、拖把、抹布，把宿舍打扫得干干净净，最后把褥子凉席铺在床上，老周才满意地离开。桑青记住了这个细心周到的"前辈"。

经过始业教育、入职安全教育和体检等一系列程序后，桑青正式上班。令桑青意想不到的是，老周工作的地方就在不远处的另一幢楼。几乎每天上班或下班，桑青总要碰到老周，她不知道这是凑巧还是刻意。

桑青慢慢挡住了好几个同事介绍对象的好意，羞答答地坐在了老周自行车的后车座上。一开始，坐后车座的桑青把身子尽力往后让，两手虚虚地扶着自行车坐垫，后来就用两条修长的玉臂把老周的腰环住，最后把头紧紧贴在老周的背上，围绕在桑青鼻子周围的是从老周青春蓬勃的身体里散发出的独特味道。

那时候业余时间几乎没有什么像样的娱乐活动，除了到体育场和中央大道转圈散步外，老周总是早早地提前两天把电影票买好，他们几乎把当时所有上映的电影都看了。

可是现在，老周连个借口都懒得找，总是一口拒绝桑青看电影的提议，并露出不耐烦的表情。

老周在卫生间洗漱完毕，又踱到阳台，悠然点上一支烟，一阵吞云吐雾后，转身走进次卧房，"啪"的一声关上了房门。

桑青连着按动电视机遥控，从1调到106，又从106倒回到1，还是觉得没什么吸引人的东西。

桑青想起一本看了一半的书落在了老周睡的房间，就从沙发上起身，推门走进了老周的房间。

房间里黑漆漆的，老周压低着嗓音的笑声随着开门声戛然而止，手机在被面上一闪一闪。

你进来干什么？怎么门也不敲！见突然闯进的桑青，老周慌乱地喊叫起来，并飞快地把手机藏进被窝里。

这还要敲门？我来拿本书。老周的慌张，让桑青觉得莫名其妙。

桑青假装在床头柜上找书，乘老周不注意，一掀被窝，一把抢过老周的手机。

手机里，一个叫"宝宝"的聊天对象出现在微信对话框的最前面。桑青迅速翻到"宝宝"的信息栏，是个女的，并看到了"宝宝"的手机号码。

老周赤裸着已然发胖变形的身子起床，急赤白眼地把手机抢了回去。

桑青上学时数学成绩并不好，但或许得益于她的工作，每天上班她都要打无数个电话，后来她能把单位里上百个电话号码都记得一清二楚。这回，虽然是匆匆一瞥，但她还是记住了"宝宝"的电话。

你是不是和这个"宝宝"裸聊，恶不恶心？桑青顿时明白过来，立即用自己的手机拨通了"宝宝"的电话，但"嘟嘟嘟"响了几下后，被对方挂断了。桑青继续拨，对方还是不接。

不接我电话，心虚了吧？桑青说。

想哪去了？聊聊天而已，关着灯啥也看不见，怎么可能裸聊！老周心虚地回答。

那你慌什么？那女人为什么不接电话！桑青进一步逼问。

我哪知道啊，就聊聊天，能有啥事。老周见桑青不再拨打电话，气稍微壮了些，矢口否认。

桑青知道，这并不是老周第一次和女网友暧昧了。

桑青有个男同事，把老婆当成一枝花供着，买菜烧饭洗衣带孩子整理家务，帮老婆倒洗脚水，老婆看到别的女同事买了包包或者首饰，必定要求老公马上买来更好的，每天打扮得光鲜靓丽。如此物质肤浅的女人，男人把她宠成王母娘娘，自己却每天灰头土脸，疲惫不堪，婆婆妈妈的，弄得一点男人气都没有。虽然每一对夫妻表达爱的方式不一样，但桑青还是比较烦这样的女人和男人。一个被女人管得死死的，处处着眼于小处的男人，会有什么出息。

张姐却不以为然，说男人的身体里永远住着个孩子，得有人时不时替他牵一牵缰绳，把好方向才能走正道，管紧了，男人有时来个小反抗，叫夫妻情调。有的男人本身就是贱骨头，管着很受用的样子，服服帖帖，不管就要上墙。女人必须掌握家庭经济大权，男人一有钱就会变坏。

桑青可不想这样。她从心底里顾惜老周，对老周的态度是无为而治。她不想老周像瘪三似的，用钱的时候到处找藏着的私房钱。桑青从小对钱没什么概念，她从结婚的第一天起，就把自己的工资卡交给老周，让他统一调度和打理。她相信老周顾惜这个两人一路辛苦打拼，从零起步到终于有了一些积蓄和房产的家，顾惜渐渐出落成大姑娘的可爱女儿。虽然平时生活中难免有些磕磕绊绊，但他们一家三口是牢不可破的一个整体。夫妻之间重要的是相互信任、包容和大度，平等相处。年轻时为老人孩子一起奋斗，老了以后相互依靠，相濡以沫。桑青觉得人世间最美的风景，莫过于夫妻携手相搀一辈子，白发苍苍时能同看夕阳。

男人喜欢女人，那是天性。老周虽然被惹毛时脾气急躁，但大体是个老实随和的人，在生活中，胆大的女人有时会和他开个玩笑，他也会顺势和女人调个情。桑青相信老周是个有分寸的人，不会做有违伦理道德的出格之事。当有朋友说今天在食堂看到有女人帮老周打饭，或者老周和一个女人开玩笑，桑青说那不算什么，只是体内多余的雄性激素在作怪而已，如果一个男人对别的女人不感兴趣了，那也就不是真男人了。

早年间QQ聊天刚兴起时，桑青忙着接送女儿上下学，周末送女儿上绘画班、书法班、英语班各类名目繁多的培训班，她几乎不上网，也不会电脑打字，更不知道什么是QQ。老周吃过晚饭倒是常常开电脑上网冲浪，用他的"一指禅"在本地聊天室里和人聊天。他一口气申请了四个QQ号，自己留两个，又大方地送桑青两个。

没多久，桑青无意间发现，老周和一个叫"美丽&情"的女人在QQ上聊得欢实。

桑青的科长让她帮忙打印一篇论文，桑青从同事那里借来一本五笔字形电脑打字培训教程，认真研究了三天，又用了两天时间，成功地帮科长把带有许多上标下标等特殊符号的五千字论文输入电脑打印出来。正是得益于这篇论文里的特殊符号作为练手，桑青后来碰到打印其他文档时，简直是信手拈来，很快成了单位里的打字高手，同事们嫌单位里的专职打字员打印的文字错误率高，经常越过她把手稿拿来交给桑青，桑青来者不拒，打字的速度朝超音速奔去。

为了撰写一篇论文，学会打字的桑青乘老周不用电脑时去上网查资料。好奇心驱使，她点开了老周的QQ。或许因为平时桑青不用家里的电脑，老周的QQ竟然设置成记住密码，桑青一下子就点了进去。

老周的QQ好友并不多，一部分是亲戚、同学和同事，还有一些蓝莲花、白玫瑰、红粉佳人、空谷幽兰等女网友，这些昵称或清冷雅致，或香艳火辣，桑青仿佛误入万花丛中的小蜜蜂，一时之间不知如何是好。她按着头像一一点开，发现老周和一个叫"美丽&情"的女网友聊得最火热也最暧昧。

"美丽&情"是个二十八岁的未婚女子，陕西宝鸡人，在当地一家企业当文秘。"美丽&情"大学时谈了个男朋友，可惜毕业时就分道扬镳了，工作后高不成低不就，找对象结婚的事情就拖了下来。"美丽&情"发给老周好多张照片，照片上的"美丽&情"并非她的网名那样美丽，可能因为北方的风沙和水土，"美丽&情"的两颊有明显的高原红，看起来比实际年龄大了许多，身材人高马大却是个飞机场。这样的长相，并不符合老周的审美，他曾经告诉桑青喜欢"小鸟依人"略略丰满的女人。

一开始老周和"美丽&情"的聊天还算正常，后来可能是相互熟悉了，聊天开玩笑的内容就越来越露骨放肆。

老周发给"美丽&情"一张自拍照，他用两颗玉米镶在牙齿两边，做成獠牙状，光着胸肌发达的上半身，头发梳成嬉皮士型，想来是为了驳"美丽&情"一笑，又显示自己的健美，但说实在话，在桑青的眼里，这张照片奇丑无比，不知"美丽&情"观感如何。桑青还看到老周用玩笑的口吻对"美丽&情"说："我爱你！""美丽&情"倒是个聪慧的女子，有时并不搭茬，有时顾左右而言他，说你是不是醉酒胡话哩。桑青哼哼冷笑两声，心说，老周这不有病吗，搞精神出轨？"美丽&情"的情商倒是钓男人的高手，只是这一南一北，我看你们怎么画饼充饥！

桑青旁敲侧击地敲打老周，老周辩称聊个天开个玩笑而已，何必大惊小怪地当真！难道你还不了解我，不相信我吗！说话别这么难听！

既然"美丽&情"远在几千里之外，老周只能在虚拟的网络里和她腻歪，其他实质性的东西一样也做不来，桑青稍微放了点心。或许聊来聊去也就那么一点嘴上快活的小意思，且"美丽&情"终归是个有分寸的女子。再次看到他们的聊天记录时，里面的内容变得淡索索了。过段时间问老周，老周说"美丽&情"结婚了，嫁给了一个军官。桑青笑着说，怪不得改看网络小说了，人家可是军婚，再去招惹人家当心吃瘪！

但过了没多久，桑青发现，老周把一件湿漉漉的新短袖花T恤晾在了贮藏室。

桑青问，哪来的新衣服？干吗要藏在贮藏室里？

老周支吾了几下，说是自己买的。

桑青说，你这做事的脑回路让人看不懂。

桑青后来才知道，这件新短袖花T恤是一个叫作"小诺甜品"的女网友送给老周的，老周的花露水真是源源不断啊。老周曾偷偷摸摸地和她见过一面，但看过"小诺甜品"的照片后，桑青想，老周的品位怎么下降得这么厉害，可能真的是闲极无聊，也可能是自觉老了自信心不足了吧。"小诺甜品"听起来诱人，本人却是一个长着国字大脸，鼻梁一侧有颗大大黑痣的粗鄙女人。怪不得倒贴了一件衣服，老周还是纹丝不动呢。

四

桑青忽然明白过来，今天这个"宝宝"和春天那个"宝宝"肯定是同一人。一个男人，一个女人，白天联络，晚上视频，直觉告诉桑青，老周对"宝宝"与"美丽&情""小诺甜品"的态度完全不一样，怎么可能没点问题。桑青仿佛一下子沉入水底，发蒙得喘上气来。

别瞎想了，快吃饭吧。老周把最后那道大蒜炒牛排骨端上了桌。

桑青机械地坐下，端起饭碗。老周把一块牛排骨夹到桑青的碗里。

桑青夹起牛排骨，放到嘴里，嚼了两下，筋膜嚼不动，就吐了出来。老周是个急性子，肉类食材经常有火候不到烧不烂的时候。

桑青猛然醒悟，这牛排骨根本不是什么同事送的，是这"宝宝"送的。

桑青一阵反胃，飞快地跑去厨房，对着垃圾篓，把刚吃进去的全吐了出来。

什么同事送的，是那"宝宝"送的吧！吃什么吃！桑青一下子发作起来，她回到餐桌，端起热气腾腾冒着香味的大蒜炒牛排骨，反身回到厨房，连盘带菜一起扔进了垃圾篓。

说话那么难听，不就是聊个天，至于嘛。

按老周以往的脾气，见桑青把菜扔了，肯定要大声骂桑青发什么神经了？可是，今天的老周换了个人似的，竟然破天荒地没有发作，脸上挂上虚虚的笑容。

你跟她到底什么关系？桑青大声责问。

老周除了回答只是一个网友，其余的一律不吭声。

你看清楚了，我今天穿的是黑色大衣，戴的是无框架眼镜！我这眼镜都戴一年多了，你竟然不清楚！

桑青的第六感一向很灵，此时的桑青却突然很痛恨自己的第六感。她又想起那串电话号码，当着老周的面拨了过去。

嘟——嘟——电话通了，"宝宝"没接。

桑青接着拨打，"宝宝"仍然没接。

桑青固执地打，对方坚决不接。

于是，桑青干脆给"宝宝"发了个短信：天天聊得火热，电话却不敢接，看来只是个孬货，真高估你了，浪费了我的智商！你们继续好好玩哈，反正闲着也是闲着。

整个下午，老周故作镇静地在电脑前浏览新闻看小说，桑青仰天躺在沙发上，脑子却一刻都停不下来，理不出一丝头绪。

天渐渐黑了。小区里，零星的窗户里亮起了温馨的灯光。

老婆，吃晚饭了。老周把中午两人几乎都没吃的饭菜重新热了热，又端上了桌。

人都快没了，还吃什么饭。桑青一动不动地躺在沙发上，眼神空洞地望着客厅的翅形顶灯。翅形顶灯像个自由飞翔的小天使，当时桑青觉得这灯的造型可爱极了。只是入住才不到两年，顶灯的一只翅膀不亮了，桑青几次催促老周换个灯管，可老周总说工作忙，忘了。

喏，还在生气呀？真没你想象的那样。老周走到沙发边，伸手去拉桑青。

桑青尖叫道，别碰我，脏！

老周缩回手，讪笑着说，又说胡话了，怎么可能呢！

农历十二月的大寒节气，房子装修时没装暖气，又没开空调，桑青望着如折了翅膀的翅形顶灯，感到整个人像掉在冰窖似的冷得钻心。

老周胡乱地扒了几口饭，把碗筷收拾进厨房，又装模作样地走进书房坐到电脑前看小说。十点一过，起身钻进卫生间洗漱，然后钻进房间，准备睡觉。

　　桑青走了进来，一把掀开老周的被子说，从今往后，我们要生生死死睡一张床上！

　　老周问，你不是嫌我的呼噜吵，影响你睡眠吗？

　　就是天天睡不着，从今往后也要天天睡一张床上。

　　好吧！老周只得起身，把手机充电器、台灯和几件衣服一起拎到了主卧房。

　　老周背对桑青侧躺着，很快响起了如雷的鼾声，这鼾声像打雷一样，声声炸在桑青的身上，桑青觉得体无完肤了。

　　发生这么大事，竟然还能马上落枕安睡！桑青睡意全无，怒气袭来，她一拳捶到老周的脸上。

　　你疯啦？老周被突如其来的拳头捶醒，一把扭住桑青再次砸下的拳头，恼怒地大喊。

　　不说清楚，别想睡觉！桑青使劲抽动手臂，但被老周卡得死死的。

　　我说过没什么就是没什么，你怎么就不相信我呢！老周有点气急败坏了。

　　不一会儿，老周如雷的鼾声再次响起。

　　房间里一片漆黑，只有老周一阵高一阵低，有时打着旋的鼾声。桑青在黑暗中瞪着眼睛，辗转反侧。或许真如老周说的那样，只是如以前一样，调个情开个玩笑，没什么呢。

　　老周大学时是音乐协会的骨干，会吹口琴弹吉他。当年，桑青坐上老周的自行车后座不久，老周怀揣口琴，带着桑青爬上公司后面的一座小山。曲折蜿蜒的上山小道被高大的杉树夹峙，别有一番森严气象。放眼望去，山上树木葱茏，野花遍野，绿毯似的草地铺展，"嘤嘤嗡嗡"的蜜蜂在林间花丛穿梭。他们找了一块草地并排坐了下来。老周掏出口琴，面对山脚下的小河，吹起了《月光下的凤尾竹》，那婉转悠扬的曲调，把人带去遥远美丽的西南方，让人心醉神迷。

　　老周望着身边半眯着眼睛，陶醉在美景和音乐声里的可爱姑娘，那白里透红的皮肤，那高挺的鼻梁，那颤颤抖动的眼睫，那花瓣似的粉红色小嘴，那长长的乌黑秀发。老周几乎看呆了，他不知不觉地放下口琴，俯下身去，揽过桑青柔软的腰肢，按压不住狂跳的心，把滚烫的热唇印在了桑青粉红色的唇上，第一次笨拙地激情地荡气回肠地亲吻了她。这也是他们彼此的初吻呵，铭心，刻骨。直至现在，桑青还清楚地记得，那时，小山顶的上空，正掠过一朵洁白的云，空气中弥漫着蔷薇花的清香。

　　老周是个黏腻的人。只要一有空，他就像鼻涕虫似的恨不得一天二十四小时黏在桑青身边。散步看电影逛街，腻在宿舍里，看桑青织毛衣，看同一本小说，相互写诗朗诵，一起品尝朱自清笔下的"白水豆腐"，买来布料替桑青量体裁衣，老周事事件件都觉得自然妥帖、称心快乐。老周附着桑青的耳朵，悄声说话，绵

相濡以沫

延的情话熨帖动听。老周对桑青说，你那么可爱纯净，像杯蒸馏水，清澈透明，我好喜欢。老周又说，你是我的小天使，我要让你生活在蜜罐里，永远甜蜜蜜。老周还说，你是我光彩夺目的夜明珠，我要和你一起走进绿色的雾。

有一年元旦前夜，他们买了啤酒、牛肉、鸡翅、午餐肉、水果等一堆食品，相约去后山跨年。夜幕降临时，借着山下璀璨的灯光，他们一口气爬上山顶，把东西放在一块洁净的布上。抬头眺望繁星密布的夜空，低首俯瞰山下的万家灯火，他们相拥说着悄悄情话。老周嘴里的热气如春风般吹进桑青的耳朵，像一只温暖无比的手，抹过桑青每一个毛孔和每一寸肌肤，寒冷和黑暗不复存在。

山下传来跨年的钟声，老周忽然转身，半跪在桑青面前，把头深深埋进桑青酥软的怀里，他的鼻翼间萦绕着桑青身上散发出的处子甜香。桑青把修长的手指伸进老周浓密的黑发里，一点一点揉捻，心里漾起无限的柔情蜜意。老周猛然起身抱起桑青，把她放倒在那块洁净的布上。在悠扬的跨年钟声里，在灿烂如霞的黑暗里，在幽微深远的蜡梅香里，几经慌乱的尝试和笨拙的努力，在粗重的喘息声中，他们终于合二为一了。

尝到甜蜜滋味的老周，眼里全是桑青曼妙的身影，心里满是桑青那令人魂不守舍的体香，他动不动就学着电影电视里的场景，向桑青单膝跪下，希望和她时时刻刻心手相牵，须臾不离。

他们请来马铁军李珊和他们半岁大的儿子，还有别的同学朋友，一起见证他们的幸福时刻。单位给老周分配了一套一室一厅小小的婚房，他们买来油漆涂料滚筒，学着别人的样子，自己动手粉刷。买来家具床品和锅碗瓢盆，开始了柴米油盐的日子。

两人的世界，散步、看电影、同看一本书，仍是他们的主要消遣。夜里，老周几乎天天都要缠着桑青温存，日子过得平静缠绵。他们的屋子里终于响起了小婴儿的哭声，是那样的动听悦耳，他们的阳台上飘起万国旗似的婴儿尿布，是那么的炫目迷人。女儿是个早产儿，在医院保温箱里待了足足二十天，老周望着女儿皱皱的小脸，紧张得手脚都不知怎么放，怕一不小心弄疼了这可爱的小精灵。

浪漫回归柴米油盐奶瓶尿片浸润下的生活本质，就变成了俗套。桑青几乎把全部的心思用在了女儿身上。老周有时候想温存，总被桑青赶去一边。老周感到从未有过的冷落。但一想到女儿是个早产儿，天生体弱，他只能强忍自己体内涌动的欲望，数着指头过日子。

女儿在忙忙碌碌中长大，生活里开始有了网络，被冷落的老周终于找到了排解寂寞的办法，从不熬夜的老周把时间拉长至深夜，把生活中的喜怒哀乐倾泻在电脑里。特别是有了QQ后，有时桑青陪女儿一起睡着了，醒来一看，老周还在键盘上噼里啪啦地飞快打字，对着电脑显示屏痴痴傻笑。等女儿和他们分房睡了，老周又有了机会，兴致来了，便会提早从电脑前下来，缠着桑青亲热。

公司从总部空降下来一位总经理。新的总经理一到岗位便沉了下去，摸清基

执手香沫

层单位生产情况，产品结构及销路，掌握市场信息，收集员工意见建议，领导层的管理思路和方法，做了大量扎实细致的调查研究工作。随后召集副总经理、总工及设计、研发、生产等各级领导和员工代表，商讨制订了一系列的改革方案。

结合公司地理区域特点，实行生产结构和产品结构改革。公司管理制度扁平化，按专业分工实行精细化管理。改善机关作风实行首位问责制，减少冗员，充实生产一线。进行薪酬体系改革，奖勤罚懒，提振员工工作积极性，对每个岗位的工作量进行打分排序，打破平均分配模式，推行一岗一薪，年底给每位员工发放年度工资性收入情况统计表，确保员工每年的收入呈增长的趋势。他还大胆提出了一个减员增效目标，未来二十年内，在目前员工总数的基础上减少三分之一，根据员工年度考核情况，尾者实行末位淘汰制或调岗降级，实行动态化管理。将辅助岗位和交叉程度高的岗位合并，员工退休后空岗不补员，由在岗人员接替内部消化，每年减少招聘新员工人数。对老旧仪器设备进行更新换代，加快推进"机器换人"新举措，将一部分员工从重复简单的劳动中解放出来，提高单位小时内生产效率，降低人工成本，减少复杂的人际关系和工作中时有发生的扯皮推诿等现象，确保公司管理和生产秩序逐步向良性轨道发展。

这样一来，长久以来形成的公司文化被彻底颠覆，公司上下的精神面貌发生了根本性的改变。

桑青在单位里，从来就没有什么野心，她既没想过要升个一官半职，也没想去逢迎拍马争取点额外利益，她只愿安安静静地做一份工作，有一份稳定的收入。她是个平淡的女人，适合过平淡的日子。老周是个最怕麻烦的人，他的想法和她差不多。

新总经理的到来，同时打破了老周和桑青原有的工作和生活节奏，尽管工资卡里每月打入的薪酬高了不少，但他们的工作量却也随之同步激增。桑青办公桌上总有一大堆的计划、合同、方案、报表等着她去处理，每天到岗后，除了实在憋不住去上个厕所外，其他基本连喝口水的时间都没有，不是这里催着要报表，就是那里急着要方案，天天脑子里塞满各种事务。以往那种完成一定工作任务就可轻松好几天，一杯茶水一张报的好日子一去不复返了。

虽然在心理上接受了工作变化的事实，但真正做好每一项工作并不是容易的事情。桑青原本就是个较真的人，工作量的骤增，让她身心俱疲，精神上备感压力。

回到家，桑青有时忍不住发几句牢骚，说领导只知道开会，有时邮箱都不看，好多次错过上面布置的任务，什么事都推给她，害得她工作很被动，有时不得不厚起脸皮去关联部门解释，赔笑脸把责任揽到自己身上。老周一开始还用几句好话安慰，哄着说老婆辛苦了，干活不要太认真，有的不太重要的事情马虎点做就行了。时间一长，还没等桑青开口，老周就嫌烦了。他没好气地说，嫌累就换个岗位嘛，天天跟我说有什么用，我能有什么办法！我自己每天都有一大堆破事呢！桑青心里本来就憋着一股气，听老周这么一讲，气得差点笑出来。从来就没指望你能帮上什么，算我白说好了吧！

老周对桑青工作上的事不上心，那方面的事却不肯减少，令桑青越来越觉得厌烦。也许是稍微上了点年纪，老周的呼噜声理直气壮地越来越响亮，尤其在夜深人静之时。那声音一声长一声短，有时还带着尖利的拐弯，有时突然卡顿。常听说突然卡顿会造成脑缺氧，引起脑损伤，桑青就提心吊胆地等他的呼噜声重起，才能放下心来。这晚上的折腾，竟然比工作一天更累。

桑青的失眠症卷土重来，虽然老周时不时地提醒桑青，但夫妻间的功课还是逐渐呈几何级数地减少，以至快到了忽略不计的程度。老周吊在电脑上的时间越来越长。

两人商量了一下，决定分房睡，桑青睡主卧，老周睡次卧。女儿看到他们分房睡，大大的眼睛里满是担忧。

老周的腰椎间盘突出发作，痛得连上下楼梯都觉得困难。桑青虽还在生气，但她又舍不得老周，一定要陪他去医院。老周说自己能行，但桑青执意要陪着去。

医院里永远是人满为患，老周说西医也没有什么特效药，不如去看中医。挂好号排队等待，两人无话。好不容易轮到老周，医生一阵望闻问切，又在老周的腰背部按压了几下后说，你这是受寒加劳损，注意保暖，不要累着，先做一个疗程的针灸和拔罐，到时看治疗情况再做调整。

理疗室里，有两大排病床，几乎躺满了病人，大多数病人的背部、腰部银针闪闪，扎得像刺猬。有的病人背上驼着五六只玻璃罐，玻璃罐里的皮肉已高成小馒头，那是医生在玻璃罐里点燃艾草后，造成罐内空气稀薄抽真空负压形成的。天冷，窗户只开了一条小小的缝，室内艾灸的烟雾有点呛人。

老周告诉医生，马上要回老家过年，针灸的效果慢，有没有更好的办法。医生说用粗一号的针，起效会快一点。老周朝里走，找了一张空床趴了上去，医生手拿大号粗针，找准穴位，一针针地捻进老周的腰眼里，足足捻进两大排二十多根针，这些针连到一台仪器上，用来控制银针的震动频率，这要比医生凭个人经验和手法更为精准有效。桑青第一次惊奇地看到现代医疗科技和中医的完美结合，把医生从部分手工劳动中解放了出来，又提高了效疗。真是不怕做不到，只怕想不到啊。医生又把艾条点燃沿老周的腰眼四周来回炙烤，好让老周体内的寒湿之气给逼出来，后又拿来红外线灯照在扎针的部位。

回家的路上，桑青又忍不住说起"宝宝"的事。老周默不作声，装着专心开车。

桑青再一次拨打"宝宝"的电话，忙音。再拨，还是忙音。桑青忽然想到，宝宝应该是把她拉黑了。

回到楼下，老周找地方停车，桑青说手机拿来我看看。老周说有什么好看的，已经把她拉黑，不聊天不联系了。

不聊天我也要看看，那女人为什么要把我拉黑？只有心中有鬼才拉黑！

老周说真没什么好看的，我先要收一下金豆，金东商城可以顶现金用的。

桑青虽然觉得老周肯定把他们的聊天记录通话记录等交往痕迹统统删除了，估计也看不出什么名堂，但她还是觉得有必要看一下，也许能看出点什么来。于是，乘老周不注意，一把抢过手机，说都这个时候了，还收什么狗屁金豆！

老周想把手机抢回来，无奈腰疼让他转不过身，桑青拿着老周的手机飞快地跑出了小区。

桑青转过小区的围墙，料定老周追不上她了，就把步子慢了下来，沿着围墙一边走，一边翻看老周的手机。

老周的手机页面在金东商城。桑青想，老周口口声声要收金豆，说金豆可以抵现金用，我倒要看看这金豆到底是什么玩意。金东商城的页面花花绿绿的，桑青看了好一会儿也没弄明白，就胡乱地在几个跳来跳去的地方点了几下，有东西飞入右上角，可能这就是老周说的金豆。桑青觉得没意思，准备关掉页面时，突然脑中灵光一闪，金东商城不是购物商城吗！现住的新房所有的家用电器如电视机、冰箱、洗衣机等都是老周在金东商城订购的。记得当时老周说，金东商城信誉好，里面的东西都是正品，可以放心购买。于是，桑青点开了老周的"个人中心"，找到"我的订单"逐条翻看。

桑青看到最近的一个订单，前几天二十三点二十四分，老周竟然买了一支"雅思兰黛"洗面奶。

以前老周几乎不用护肤品，称男人用什么化妆品，娘里娘气的。只是近几年，桑青几次发现老周偷摸着用她的爽肤水、润肤露。桑青问，怎么着，以前不肯用，说什么嫌涂着黏黏糊糊不舒服，还嫌娘气，现在倒好，偷着用。老周讪笑道，我这哪是偷着用了，皮肤有点干，难得用你的涂一涂，被你发现了。桑青觉得也是，男人年纪大了，确实也需要适当擦点保湿抗皱类的护肤品保养保养。桑青告诉老周，这是女士专用的，男人用不合适。随后，桑青主动买来男士用的洗面奶、爽肤水和保湿露等护肤品，老周乐颠颠地对着镜子认真涂抹，一阵时间后，皮肤滋润光洁了不少。

这真让桑青感到意外，平时对护肤品从不讲究，连男用女用都分不清，从来没给桑青买过任何化妆品的老周，竟然网购了一支品牌洗面奶！

桑青继续查看别的订单，老周一月前和去年十月连续两次买了防窥手机贴膜。这贴膜真是用来防火防盗防老婆的啊！

老周还买了车用机油、雨刮器等汽车配件，老周曾在桑青耳边叨叨过几次要更换。但有一笔订购车胎的老周没说过，桑青也知道家里的车胎没有换过。老周的聊天记录里有带"宝宝"去汽车维保中心的对话。

继续往前看，老周在两年前，竟然两次买了粉色蕾丝半透明男女情趣内裤。

看到这，桑青的脑袋"咚"的一声，仿佛一头撞在了旁边的围墙上，眼前直冒金星。

天气冷得厉害，只穿一件大衣的桑青冷得牙齿打战，冻麻的手指头差一点握不牢老周的手机。

金东里的订单不多，还有一些就是剃须刀片、抖音糖果、牙膏牙刷等小零小碎，桑青很快翻到了最后一页。

桑青又去查看老周的支付宝账单和银行卡账单。

两年前的某月某日，老周订了一张一等座的高铁票，乘车人叫汪莩亭。

桑青的工作性质注定她要经常去外地出差，做市场调研，和对方单位谈合作意向，了解公司产品的使用情况。桑青外出买车票的事情都是自己提前去车站排队购买解决，老周从来不闻不问。后来女儿去上大学，网上也可订票了，桑青就摸索着在12306官网上注册了一个账号，替女儿买了学生票。桑青和老周有时一起去什么地方，也都是桑青买的票。桑青以为老周不会弄这些，想着老周上班够辛苦的，这种琐碎之事就不让老周去操心了。没想到的是，老周却背着桑青，为别的女人在网上订了一张一等座的高铁票！这女人何德何能，要去享受桑青从没舍得坐的一等座！

看来，老周在金东上买的洗面奶、情趣内裤、防窥贴膜等，都是专门为汪莩亭这个女人买的！

几乎在买洗面奶的同一时间，半夜二十三点二十六分，老周在支付宝里给汪莩亭转账五千二百元！留言"爱宝宝"。再往前推一星期，即刚过去的十二月三十一日跨年夜的二十三点五十八分，老周给汪莩亭支付宝转账一大笔钱。桑青接着发现，最近四年几乎每个跨年夜的同一时间，老周或用支付宝或直接银行卡给汪莩亭转去数额不等的钱，且数额一年比一年大。每年双十一前夜，老周也都要转一笔，大约是让汪莩亭随意血拼。每年情人节、七夕之期，老周都要分两笔转去一千三百一十四元、五千二百元的现金，留言"至爱宝宝"。最过分的是，这个叫汪莩亭的东西，连儿童节都不放过，还要让老周转去了六十一元。

支付宝账单里，详详细细地记录了老周一次次为汪莩亭消费刷的单。西餐、中餐、日料、肯德基、奶茶店……去的趟数最多的是一家叫作"笑莺私房比萨"店，都是近百元或数十元购物账单。老周曾口口声声地说这些都是洋垃圾，他从来不愿意带桑青一起去吃。另外他们还去了进口化妆品专卖店、大型百货商场。特别还有一次苹果手机专卖店，老周刷了一张最新款近万元的购机单。而桑青手上的手机还是四年前买的几乎快要打不开的小米手机，当时，桑青犹豫再三才花了两千多元买的。还有最近一次药店十几元的购物账单。另外有一笔三千多元的账单令桑青觉得奇怪，收款单位叫作"红五月股份有限公司"，桑青以前听说过"红五月"，不是一家残疾人康复机构吗，他们去残疾人康复机构干什么？

老周支付宝里的账单源源不断，不断刷新桑青的认知，桑青的两手手指冻得几乎失去知觉。

这所有的账单如一颗颗迎面射来的炮弹，颗颗击中桑青身体的最要害部位，让她五内俱焚了。

老周的微信钱包，里面的账单是不间断地两百、三千、五千不等发给"宝宝"的红包或转账。另有买早点、小食品等的花销。

老周的短信记录里，有一条名为"花间一壶酒"的酒店发来的信息：尊敬的周圣岩会员，感谢您加入"花间一壶酒"酒店集团会员俱乐部，请输入验证码完成微信绑定。时间是三年半前。桑青锥心刺骨地猜想，这应该就是老周和汪莛亭第一次开房的时间和地点。

桑青一不做二不休，又去查了老周的百度搜索和导航记录。记录显示，老周去了许多从没和桑青说过的地方，而之前，无论桑青和老周商量利用节假日去某地游玩放松一下，老周都是借口上班太累满口拒绝。

平时人手一部的手机，以为只是打打电话、查查资讯、聊聊天、听听歌、导个航，购物时图方便用支付宝、微信支付而已，这回竟然成了桑青足不出户就可捉奸拿双的最佳工具！手机功能如此强大，记录这么齐全！真让桑青目瞪口呆！

这一点上，估计老周也是打破脑袋想不到的，以为平日里伪装得很巧妙，把明面上的通话、聊天等记录删删掉就万事大吉，在老婆眼里他只是个没有情趣，除了工作加班外，连个夜生活也没有，看起来循规蹈矩，喜欢宅家的怕麻烦的懒男人，只和女人们"君子动口不动手"，处处精打细算打理家中财务，给女儿多买几件衣服就要啰唆两句，说什么小孩子长起来快，买那么多衣服浪费之类的废话。有时用起钱来缩手缩脚的持家男人，怎么可能会舍得一而再再而三地大笔转账，花大价钱在外头养小三！原本天衣无缝，今天竟然被这只小小的手机给全部出卖了！

桑青又退回去，重新把一张张账单截屏保存，通过微信发送给自己，她机械地操作着，内心除了震惊还是震惊，脑子一片空白。

桑青一步一步拖着身子往回走，一步一步拖着腿上了楼，回到自家门口。桑青把冻僵的手伸进那只用了五年皮面几乎都快磨破的挎包，摸索到家门的钥匙，把门打开。原本她家的大门可以用密码打开，但她实在想不起门锁的密码了。

老周木木地站在客厅，似乎一直在等待桑青回来。

老周这张曾经熟悉得不能再熟悉，亲切得不能再亲切的面孔，如今变得如此陌生和遥远。

桑青突然连发两拳，拳拳砸在老周刚想挂上笑容的虚伪的脸上。

这两拳，把桑青自己砸呆了，也把老周砸蒙了！

你疯啦，怎么又打人！老周理不直气不壮地伸手揉搓被砸痛的脸，他怎么也想不到，平时软弱忍耐的桑青竟然又一次打了自己。

当我是死人啊，一对狗男女，竟然如此侮辱我，拿我来调情，还在我头上泼大粪！

老周捂着脸侧过头说，什么狗男女，话不要说这么难听。

吃饭消费不算，连情趣小内裤都买了，你还想抵赖什么！一大把年纪，丢不丢人，要不要脸啊！

没有，只是看看，订单取消了的。老周还想狡辩。

你骗鬼去吧！订单成不成功我不会看吗！

桑青抬起手，拎起客厅茶几旁边的一只热水瓶，砸向餐厅的地砖，热水瓶发出"咚"的一声闷响，炸裂开来，热水淌了一地。

六

那女人是哪里的？多大年纪？怎么勾搭上的？第一次偷情是什么时候？什么地方？桑青双眼直勾勾地盯着老周，连珠炮式地发问。

不知道，不记得了。老周不敢看桑青的眼睛，问啥都说不知道，不记得，拼死抵赖。他没想到一向忍让软弱的桑青，瞬间变成一头发怒的母狮。看她的架势，恨不得马上把老周撕成碎片。

天天见缝插针视频聊天，勾搭成奸这么长时间，你会不知道她是哪里的吗？会连年龄都不问的吗？！那你们天天聊的是啥？！难道天天聊的都是怎么花式上床？！

桑青的语气里句句喷火，把老周从头到脚寸寸肌肤炙烤得嗞嗞作响，老周躲闪着避重就轻地回答桑青一句紧过一句的逼问。

真不晓得，真的不记得了。老周就是嘴硬不松口。

真是亲亲你的宝贝！为了这个女人，你倒真是宁死不屈。一起生活二十多年，我怎么没看出来你是这样的人！如果倒退个几十年，你一定是当间谍的最佳人选，经得住任何严刑拷打！桑青平时最喜欢看烧脑谍战剧，《暗算》《风筝》《潜伏》等，她对这些谍战片如数家珍，平日有事没事就喜欢转着圈地轮流看，有时拉老周一起看，但老周过来瞄几眼后，总是不耐烦地说，你让我中间插进来看，人物关系都搞不清，剧情走向不知道，你喜欢看就自己看吧，老拉着我干什么！然后就一头钻进自己的房间不出来。几句话，把桑青噎得兴致全无，手脚冰凉地留在电视机跟前。

桑青这两年又迷上了横空出世的紫金陈的悬疑刑侦推理小说，她不仅把紫金陈的每一部小说如《坏小孩》《高智商犯罪》《无证之罪》等都翻了几遍，平时舍不得乱花钱的她竟然还充值会员去网站看由紫金陈小说改编的电视剧。她还好心地把紫金陈推荐给老周看，老周却不以为然，推说上班累了，每天早早钻床上去了。

这是哪跟哪啊！你可真会扯！也就玩玩而已，谁还问那么多！老周还是一味地回避。

那最后一次是什么时候？最后一次总该记得吧？桑青换了一个思路问，玩命的样子，着实把老周吓着了。

就在前几天，你出差回来的前一天。老周见已被逼到退无可退的地步，只得豁出命来，硬着头皮回答。

正是因为桑青这次出差的时间稍微长了几天，老周以为钻着了孔子，和汪葶亭连着鬼混了好几天。在汪葶亭连番的淫言浪语攻势下，再次沦陷，跨年转账比往年高出一大截。也许是他玩得太投入太高兴了，一时疏忽大意，竟忘了把手机里的东西及时清理掉，才让桑青撞破他们的奸情。

"花间一壶酒"吗？

不是，跟你说过很多次了，没开房，从来就没开过房。老周还想守住这又一道防线。

你骗鬼啊！不开房，那你们在哪里？你不是对她出手很大方的吗？怎么可能不开一间房！纵然老周平时花钱再仔细，桑青也不会相信这么长时间的偷情竟然没开过房。

车里，小树林里。

车里？桑青着实被老周的这个回答震坏了，有点反应不过来了。想老周五十多岁的人，还学着年轻人的样子，居然因陋就简搞车震，真够淫浪无耻的。

桑青顿了好几分钟后，才指着老周的鼻子责骂：一大把年纪搞车震，这么个小地方，怎么转得过身来，怪不得把老腰都搞断了！什么着凉了腰椎间盘突出发作，偷情偷的！亏我还陪你去理疗！小树林里野合不就是动物吗？好嘛，就不怕虫蛇蚁蜂咬烂你们肮脏的屁股！真是一对烂得不能再烂的狗男女。桑青忍不住，一把将老周搡倒在沙发上。

既然你觉得在小小的车里胡搞爽快，今天就给你来一次沙发震，这自家的双人沙发正好跟车座差不多。

桑青按住老周，狠命地去撕扯老周的衣服，老周起先还用双手揪住自己的衣服抵抗，见桑青涨红的脸皮，额头脖子青筋怒张的样子，只能松开了手。

被撕去衣服的老周，露出因长期缺乏锻炼而显得松松垮垮的皮肤，一脸无奈地蜷缩在沙发上。

桑青一面用膝盖压住老周，一面飞快地褪去自己的衣服，奋力一扑，趴在了老周的身上。

老周被桑青压得几乎喘不过气，半句话都说不出。

桑青见老周的下面毫无反应，于是伸手去抓，骂道，怎么你不喜欢吗！是地方不对姿势不对还是人不对？合理合法的倒没感觉了？

老周闭起眼睛不吭声。在桑青的揉搓下，老周渐渐有了动静。桑青一面在老周的上面疯狂地动作，一面直愣愣地瞪着眼睛问老周，爽快吗？这样是不是很爽快！

桑青的眼前实然浮现出老周和那女人苟合的情景，一阵恶心从胸腔里喷涌而出，她"嗖"地从老周的身上站起，一下子跳下沙发，站在地上。

几乎无须脑子的指挥，"啪——啪——"两个响亮的耳光，重重地抽到老周的脸上！

你疯啦！再这样下去，我不活了！我也活不成了！羞辱又挨打，老周捂着被打痛的脸，瞪起眼睛，满脸恼怒。

怎么，你想死？你是要为那女人殉情吗！离了女人你就活不成了是吗！听到老周的话，看到老周生气时惯有的神情，桑青更为暴怒。

为了女儿，为了这个家，桑青能理解和体谅老周。老周上班工作不顺心，或同事间产生误会，回到家后，有时免不了要发一发脾气。桑青劝他，别把工作中的不良情绪带回家，会影响女儿的身心健康。但老周说这种事情也只有在家里说说，你不让我说，我还能到哪里去说！桑青想想也对，现在的新总经理管理严，要求高，大家的工作压力都大，在家里最亲的人面前发泄一下也算有一个出口，不然憋在心里会憋出毛病来。

老周在家排行老大，从小指挥弟妹惯了，又有大男子气，有时为了一点家务事，对桑青颐指气使，惹得桑青心里很不舒服，谁不上班谁不辛苦，家务事又不是女人的专利，两人就会拌嘴吵架。但桑青大多数时候都是忍着，拉起女儿躲进房间，陪女儿做作业，等待老周心情的平复。谁知这忍来忍去倒惯出了老周越来越大的脾气，这也不称心，那也不顺眼。桑青想过日子哪有不磕磕绊绊的，牙齿和舌头形影不离还要打架呢，何况个性不同生活背景不同的两个人搭伴过日子，相互忍让点，日子将就过去得了。

庆幸的是，最近几年，老周的脾气似乎收敛了不少，遇事不再寻事找茬发脾气，用他自己的话来讲，年纪大了把脾气都夹到屁眼里了。特别是女儿上大学去了，双休日睡的懒觉反而少了，除了有时晚上或者周六说单位有事要经常去加班外，其余时间都宅在家里，上网看看书，打打小游戏，有时和桑青一起上街吃早饭，去菜场买菜，做几个平日没时间做两人又喜欢吃的家常菜，日子过得庸常但也不乏温馨。桑青以为老周到了知天命的年纪，终于成熟了，把人情世故看淡了，才会有这样的变化，心里的幸福感陡然增强。

然而，现在想来这些全是假象，全是老周骗人的障眼法，假象和障眼法背后的老周就是彻头彻尾的欺骗，对爱情婚姻和家庭的背叛，对道德底线的可耻践踏。

桑青忽然觉得眼前这个朝夕相处了二十多年的男人，从恋爱到结婚白手起家一同经过无数风风雨雨的老公，她一直无比信任和依赖的亲亲爱人，成了一个完完全全彻彻底底的陌生人。桑青的左胸一阵绞痛，左手臂酸麻得担不起来。

我不为任何人，我就是不想活了！老周还在强辩。

你还不就是为了那个女人不想活吗！为这个贪得无厌的女人去死，那你就去死吧！桑青的情绪因极度悲愤已处于非正常的亢奋状态。

老周迅速起身穿好衣服，一把扭开大门，摔门而去。

出去了就不要回来。桑青尖厉地冲着老周的背影高喊。她在客厅里焦躁地东走西走，像头困兽，一刻也静不下心来。她想不明白，老周为什么要这样做，为什么要这样对她，为什么要用这种方式给她以毁灭性的打击？这是对自己有多么深的仇和怨啊！让她体无完肤，让她千疮百孔，让她如坠深渊，在她的心上狠狠地插上千万刀，把她的心贯穿成一个再也无法愈合的大黑洞。如果老周一时冲动和别的女人一夜情也就罢了，但他们却持续了三四年，这让桑青难以理解，他们是完完全全把她当成死人，当成傻子一样的嘲讽啊！她无限屈辱地想，老周经常借口去单位加班，实质和汪莘亭一次又一次在车里，在小树林里，或在某个肮脏的小酒店房间里颠鸾倒凤偷欢作乐，她却忙着整理家务买菜烧饭，等着老周加班回来，能马上吃上热乎乎的饭菜一解疲累，这一双贱人还拿浑然不知的她当傻女人来调情取笑！她恨自己太过信任老周，她从没把老周往那个方面去想过，即使现在所有的证据都明明白白地呈现在她的面前，指向他们无法掩藏的奸情，但她还是疑惑不定，生怕弄错。她恨那勾引野男人的汪莘亭，她不知道这女人到底有多大年纪，有没有老公孩子？怎么会有如此大的胆子肆无忌惮地和有妇之夫通奸偷情长达三四年，怎么那么厚颜无耻地一味地向奸夫索要那么多的钱财物！桑青平时还总和别人吹嘘自家的老公虽然有点懒惰，但老实本分顾家，这回结结实实地打了自己的脸。不，是自以为的好老公让自己浑身长满无法洗清的绿毛，人财两失，成为被人茶余饭后嗤笑的可怜虫。

过了好久，老周还没回来，桑青不免又习惯性地开始担心起来。不会真要寻死去了，那可怎么办呢。转念又想，去死吧！最好和那臭不要脸的女人一起马上死！一个一心都在别人身上背叛自己的出轨男人，还担心他做什么！

桑青走到门边，透过大门上的猫眼，看到门外的走廊里空无一人。她又凑近门把边的一堆文字仔细阅读，这堆文字是门锁的使用说明。搬入新居前，物业管家告诉她大门密码和钥匙的使用方法，她就没认真看过这些说明。刚结婚时，她从来不用操心家里的家用电器和生活器具，不明白就问老周嘛，老周有一个聪明的脑袋和一双巧手，家里的灯头坏了自己换，空调、洗衣机出了故障，他都能查出原因，并联系厂家上门修理，下水道堵了，他自己买来管道疏通器，如此等等，让桑青有了依赖。用老周的话来讲，家用电器桑青除了手电筒外，其余一概不会。但后来不知什么时候开始，家里灯头坏了几年，让老周换一下，老周借口忙，或者没有梯子没法上去，拖着无动于衷，黑着就黑着吧，不是省电吗！电视机出了故障，他说自己又不看电视，再催他，就干脆在网上买台新的了事。而一些小家电如豆浆机、洗碗机、面包机、空气炸锅等，老周都要反过来问桑青怎么用，把桑青几乎锻炼成家用设备的万事通。

桑青把门把手向左旋三圈，又向里压着右转三圈，把门反锁了。

七

天色灰了下来，透过窗户，桑青看到楼下绿化带里的树木朝同一个方向弯着腰，贴地的三色堇冻得瑟瑟发抖，起风了。

这么冷的天，不知老周去了什么地方。

大门上终于有了"嘀嘀嘀嘀"输入密码的声音，"嗒"的一声，显示门锁开了。老周拉了一下门把手，没有拉开。老周想也许是密码输入错误，就又重输了一下密码，"嗒"的一声，显示的是密码没错，但大门就是拉不开。

开门。老周轻轻地敲门，屋里杳无声息。

开门！开门！老周重重地敲门，屋里仍然杳无声息。

开门！开门！开门！老周开始用拳头砸门，但怕吵着隔壁邻居，只能压低了嗓子喊。他不知道桑青是不是在家，或者会不会在家做傻事，桑青的脾气拗起来会钻牛角尖的。

听到老周输密码的声音，听到老周敲门的声音，桑青下意识地松了口气，她躺倒在沙发上不作声也不起身。听见老周开始砸门，桑青的火气又被吊了上来。

你还回来干什么？你不是爱那女人吗，那就直接住她家去得了！省得偷偷摸摸的麻烦。桑青的话里盛满了火药。

老周不答话，继续"嘭嘭嘭"地砸门，桑青只当没听见。

老周砸了半天，门依然严丝合缝，一时之间竟无计可施。外面彻底黑了下来，太阳的热力已然全部消退，楼道里的冷风卷了过来，老周既感觉不到冷，也感觉不到饿，他只有继续高举拳头轻一声重一声地砸门。他知道，一旦他停止这个动作，或者返身离开，那么，从此以后，他就休想能再次走进这个家门了。

十分钟过去了，半小时过去了，老周机械地持续着"嘭嘭嘭"的砸门动作，举着的手开始麻木僵硬，"嘭嘭嘭"的砸门声从起初的有节奏变得杂乱无序。

正当老周再一次把拳头砸在门上时，门忽然开了，桑青面无表情地站在门边。老周生怕好不容易打开的门又被关上，飞快地侧身让过桑青一步跨了进来。

怎么又回来了呢？那女人怎么这么无情，没收留你啊！亏你一趟又一趟献殷勤。桑青的语气里满含讥讽和不屑。

你想哪去了？怎么可能呢。老周挤出几丝讨好的笑容，把手里拎着的一大包东西放在餐桌上，里面有酱牛肉、油煎带鱼、烤麸等，桑青平时最喜欢吃的几样小菜。

老周用盘子把东西一一装好，又返身走进厨房，用"快速煮"焖了一锅米饭，又在冰箱里掏出几样蔬菜，炒了一盘青菜，烧了一碗西红柿蛋花汤，装在桑青最喜欢的青花瓷汤碗里。

吃饭吧。老周摆好碗筷，盛好两碗饭，然后去拉桑青，桑青触电似的把手臂一缩，身子后退了好几步。

吃饭吧！饭总是要吃的，来吧。老周作势想继续去拉桑青，桑青屈起双手，做出向外推的姿势。老周只得作罢，自己坐到餐桌前。

桑青走了过来，看也不看桌上的饭菜，挥起手，只一下，桌上的碗碟盘盏"乒乒乓乓"全摔在地砖上，四处乱滚，菜汤四溅。

吃个鬼！习惯了老周在家颐指气使的样子，习惯了老周遇事总要得理不饶人的争辩不休，习惯了老周火花四溅的臭暴脾气，现在老周的讨好和左支右绌的解释，负气出门却又买了熟菜回来，他是多么的心虚啊！

望着摔落一地的碗筷和饭菜，老周竟然忍着气不吭一声，起身去阳台拿来扫帚和拖把，默默地把地面打扫干净。

桑青转身去了卧室，和衣钻进被窝，开始翻看截屏下来的所有账单。

看到老周在"红五月股份有限公司"的消费账单，桑青纳闷，这是家残疾人康复中心，他们去那里干什么呢。

桑青打开百度，输入"红五月"，跳出来的页面竟然是妇科医院，桑青脑袋"嗡"地一下，她全明白了，浑身忽然没有了一丝丝的力气。

桑青双眼空洞地盯着卧室的"满天星"吸顶灯。那天去灯具市场，闪烁着迷人光泽的"满天星"一下子打动了桑青的心。这让她想起那个元旦跨年夜，她和老周相依相偎在公园的后山上，寒风冷凛，空气通透，满天星空，银汉迢迢，山脚下的璀璨灯光。他们坐在星光和灯光交织的光影里，憧憬有朝一日拥有一扇属于他们的同样闪着温暖灯光的窗。窗内的他们相亲相爱，相扶相依，相濡以沫，直至皱纹覆面，直至满头白发。

如今，"满天星"闪着迷人炫目的光，但桑青已是千疮百孔的桑青，老周已是遥远而陌生的老周了。眼前的"满天星"发射出的光芒满是嘲弄和讽刺啊！

桑青记得他们的聊天记录里，"宝宝"说过"加祥下雪了"。桑青猜想加祥应该是那个女人的老家吧。桑青又去百度搜索，发现加祥是某省的三个贫困县之中最贫困的一个县，工农业总产值只是海城的一个零头。

早些年，桑青听说那些贫困地区的人家，一家人的衣服都是混着穿的，有的甚至全家只有一条裤子，谁出门就穿这条裤子。家有姑娘的怎么办呢？姑娘只能天天光着身子躲在床上的破被子里。至于什么品牌衣服、高档化妆品、星级饭店，那里的大姑娘小媳妇连做梦都没梦见过，大中小城市司空见惯的洋食品KFC、星巴克、比萨、日料和韩国烧烤等，也只能在电视机里过过瘾了。在特别贫困的家庭里，家用电器可能只有屋顶上的那只电灯泡了。

汪葶亭或许从小就生活在那样的环境里，想必是穷怕了，乍一来到这个城市，眼前光怪陆离的花花世界，哪一样不让她羡慕，哪一件不想拥有，哪一味不想品尝一下呢。但想要获得其中的任一样东西，都必须要用钱才能买到。没钱怎么办？

这个好吃懒做爱慕虚荣的女人，最便捷最轻松的途径或许就是舍去脸皮和人格尊严，找个贪腥肯花钱的男人当情妇或小三。于是，百无聊赖中的老周和汪葶亭一拍即合，老周逐渐就成了她的摇钱树和提款机，吃喝玩乐，购衣买物，逢年过节大额转账，甚至连"六一"儿童节都不放过，还发了六十一元的微信红包。

最近几年，国家着力在脱贫攻坚上做文章，引导贫困群众克服"等靠要"的思想，在逐步消除物质贫困的同时消除精神贫困。加祥县党政管理部门协同民政、税务、工商等部门为贫困户想了不少办法，帮助他们招商筹资办企业建公司，尽可能让有一定文化基础的农村剩余劳动力去工厂做工，到公司上班。组织青壮年劳务输出，为城市建设服务，改善家庭经济状况。留在家中的年老体弱者和妇女，在就近的工厂企业和第三产业里从事最简单的接待、门卫、保洁、酒店服务员等服务性质的工作。

他们还鼓励一些有种植经验的农民，广泛扩大种植具有较高经济价值的农作物，如当地特产红皮大蒜和铁棍山药，实行统购统销，切实保障种植户的收益。收成后的红皮大蒜让村里人按好中次品质进行挑拣分类，按时论斤计算劳务报酬，多劳多得，保持绝对公平。那些原本没有额外收入的村民，工作一天，至少有二十元的收入了。加工完成的红皮大蒜打包后通过物流远销全国各地，因其质优价廉，受到各地用户的欢迎。

加祥的另一特产是铁棍山药。因当地的土质、水源、光照等特殊的生产环境，出产的铁棍山药条正杆直，外形美观，含有人体所需的多种氨基酸、蛋白质、维生素和微量元素，无论清炒、红烧、闷炖，口感细腻香糯绵软，风味独特，是山药家族中的上品，早在明清时期享有极高的声誉，曾是朝廷的贡品。和红皮大蒜一样，为了帮助村民打开销售渠道，当地政府和企业联合对铁棍山药实行统购统销，联系食品加工和保健品企业预约收购，进行深度加工，既开发其药用价值，又在营养保健方面加大营销。

得益于红皮大蒜和铁棍山药两大当地特产巨大的市场潜力和经济收益，以及其他企业和服务业的兴起，加祥完成了经济转型和集体经济的初步积累，水涨船高，村民手中的余钱也多了起来。村里修起了宽阔的水泥路，市县的公交车直通村里，有的村民买上了家用小轿车、客运面包车和货运皮卡车等。政府兴建了健身休闲公园、文化礼堂，村民有了自己的休闲活动场所。每逢重要节日，文化礼堂里总有大大小小的演出，节奏欢快的快板书，曲折悠扬的柳琴演奏，村民曾经的愁眉不展被灿烂明艳的笑容替代。由村集体出资，村民家家网络到户，从此，村里的信息来源再也不是由外出打工者带回，或是仅由几户家里有电视机的村民传递，村民通过电脑、手机及时与外界取得联系，获得最新资讯和物流信息。

加祥境内有一座清凉山，山上有一座贞节牌坊，据传是南宋以仁孝治天下的皇帝宋仁宗为表彰一个忠节烈女而立。贞洁烈女家境贫寒，兄弟姐妹众多，从小被许配给有钱人家高位截瘫的残疾儿子当媳妇。残疾公子没有生育能力，但天资聪慧，饱读诗书，知书达理。两人长大后成婚，琴瑟和谐，相敬如宾，女人孝顺公婆，爱惜弟妹子侄，受到丈夫家人和周围乡人的喜爱。唯一不如意的是丈夫的一个本家叔叔，垂涎女人的美貌和贤德，总在背人时百般挑逗骚扰，女人起先碍于长辈和亲戚的面子，或找机会躲避，或严词拒绝，叔叔不敢明目张胆用强。就在女人一面享受丈夫和公婆的疼爱，一面忍受叔叔无休止的骚扰时，丈夫却突发急病而亡，女人感怀自己身世，抱着丈夫的尸首痛哭。丈夫下葬时，女人跳进墓穴殉葬。当地官员把女子的事迹上报朝廷，仁宗皇帝感动得垂下泪来，亲自手书"忠节烈女，千古流芳"，赐立贞节牌坊。烈女的事迹在当地广为流传。

加祥还有许多类似贞节牌坊的具有一定历史价值的老屋、老祠堂、古桥、古镇以及名人故居等。加祥县党政领导班子会同文物研究部门，对历史遗存进行保护性的修缮，依托清凉山脉的秀美自然风光，招揽能人承包成立旅游公司，村民因此开办起家庭旅馆、农家乐，生意做得红红火火。加祥的经济和村容村貌朝着可喜的方向发展，全县的经济总量在同等区县中排名逐步靠前。

从这么一个具有深厚历史文化遗存，现在人人努力，一心一意奔赴在脱贫致富路上的地方走出来的女人，不说洁身自好，依靠自己的努力改善经济状况，却贪吃懒做，恬不知耻地当小三，用出卖肉体来换取有限的物质享受，真给她的故乡人丢脸啊！

桑青又通过汪葶亭的手机号查到她的QQ，看到她的个性标签是"文艺青年、潜力股、技术宅、乐活族、正太"，单看这些介绍，让人误以为是个正派上进的好女人呢。桑青又查看了她的详细资料，毕业于某高校二级学院经济管理专业，大专文凭。桑青在女儿高考填志愿的时候，曾和老周一起认认真真地研究过各类高校，她依稀记得这所学校的名字，录取分数线低于同类院校，学费自费。当时老周曾指着这所学校的名字，给桑青讲了网上流传一时的故事。该校一到下午下课时间，校门口便一长溜地停满各式社会车辆，车顶上放着纯净水、矿泉水、橙汁、可乐、雪碧、加多宝等不同价格的饮料，一些女生走出校门时，选中其中一种饮料后上车，完事后再被送回学校。当这种事情愈演愈烈，给学校和社会带来很大的负面影响时，有人举报后公安出面进行干预，这种龌龊的事情才得以消除。毕业于这样的学校，还把校名堂而皇之地写进QQ资料里，其在校表现和用心可见一斑了。

令桑青吃惊的是，汪葶亭的年龄一栏里，写的是二十九岁！

桑青看着这个数字，仿佛看到一条吐着鲜红信子的毒蛇在眼前晃动。二十九岁，足足比老周小了二十四岁！桑青无论如何不能相信五十三岁的老周竟然会出轨于二十九岁的女人。桑青身边有好几个同事、朋友的女儿都是这个年龄，自己的女儿也已二十多了，老周这是被色迷昏了头吗！竟然跟子侄辈一样年龄的女人搞在一起，这不是乱伦还是什么！现在影视剧里一天到晚大叔配萝莉，宣传不伦之恋，这些三观不正的电视剧不仅让人恶心，还在一定程度上带坏了社会风气。

桑青转念想，也或许是这臭女人为了勾引男人方便，把实际年龄填小一点故意装嫩。如果真是二十九岁的年轻女人，三年半前他们勾搭上时，她才二十五岁！桑青怎么也想不通，如今的女人这是怎么啦，如此花季的年龄怎么会真的愿意为了一点蝇头小利，和自己父亲一般大的老男人鬼混到一起。岁月是把杀猪刀，由于平时缺乏锻炼，现在的老周早已不再是二十多年前那个眉清目秀、体态匀称，身高一米八二，令无数女孩侧目的帅气小伙，而是一个老眼昏花，挺着硕大啤酒肚，皮肤松弛暗沉，拥有"中间一个溜冰场，四周一圈铁丝网"绝妙发型的乌糟老头子。

八

桑青年轻时，正是文凭大热的年代。桑青和老周业余时间除了手拉手荡荡马路、看看电影外，最喜欢的事就是看书，他们到公司图书馆里借来一本又一本中外名著，比着赛地看，那时看书只追求故事情节，每隔一周就要去换一批书，直到把图书馆里有限的书都借了个遍。后来看到同事们争先恐后地去报名参加自学考试，已有本科毕业文凭的桑青觉得图书馆里的书看得差不多了，不如再系统地去学一门专业，兴许以后在什么地方用得着。于是她也轧闹猛地去报了个本科会计专业。桑青又去催促老周，但老周觉得现有的本科文凭在这样的公司里足以立足，好不容易脱离考试的苦海，何必再去自讨苦吃？桑青拗不过老周，也就随他去了。

桑青在宿舍里看专业书，老周就陪在边上继续读闲书，桑青嫌老周影响她的学习，赶老周回自己的宿舍，但腻歪的老周振振有词地说各看各的，哪来影响一说。桑青书看累的时候，老周把书中的故事讲给桑青听，强调这是劳逸结合，会起事半功倍的效果，这让桑青并不因为自考影响了对那些文学书籍的了解。经过三年努力，桑青以优秀自考生的成绩毕业，并受省自考办的表彰，老周便得意地自夸，军功章里有你的一半，也有我的一半。

单位里会计要休产假，领导得知桑青是会计专业的优秀自考毕业生，就让她代理会计工作一段时间。到岗后，桑青发现，考试好与实际操作完全是两回事，桑青起先手忙脚乱地应付，不懂的地方到处打电话求教。经过一段时间的边做边学后，桑青的会计工作做起来得心应手了，会计凭证上的字写得跟印刷体似的，一看就让人赏心悦目。

桑青拿出当代理会计时的看家本领，和看烧脑谍战片、阅读悬疑刑侦小说中学来的逻辑推理，把老周所有的账单按时间顺序包括时分秒罗列出来，进行整理归类，推算出了老周和汪葶亭偷情三年半的活动规律。

一开始，也许是为了试探，老周给汪葶亭发的红包只有二十元、一百三十一点四元、二百元不等的小面额，这些钱对城里见惯世面的女人来说，根本不值一提，但汪葶亭是从曾经一天只有二十元收入的穷地方出来的女人，毕竟眼窝子浅，照单全收。过了一段时间后，也许觉得老周已稳稳上钩，这些小钱就再也满足不了她越来越膨胀的胃口了。老周对汪莩亭的要求有求必应，红包和支付宝转账的面额越来越大，动不动表忠心似的一千三百一十四元、五千二百元，后来八千元、一万元也不心疼了。尤其两人去"红五月""消费"后，上万元的转账已不足为奇了。让桑青觉得这女人最为无耻的是，去过"红五月"后的第五天，等不及身体完全康复，她就迫不及待地让老周带去城里最大的奢侈品商店，购买了几件名牌衣服，一堆进口化妆品，一只八千多元的最新款手机。"红五月"之行，让老周在一个月的时候里，前前后后花费近三万元，而老周的月收入只有七千五百元。

桑青把老周账单里所有消费过的商店、酒店、饭店和商店都百度了个遍，还把导航、短信里的"花间一壶酒"酒店百度了一下。经过反复比对，桑青发现他们去得最多的就是"笑莺私房比萨"店和进口奢侈品商店，且这两家店和"花间一壶酒"都在同一个街区，两两相距都不足一公里。

桑青断定，这就是老周和汪莩亭常去偷情的地方，且时间大约都固定在周二和周六，每次都是中午十二点左右，两人去"笑莺私房比萨"点了奶茶、比萨等食品，十五点左右去进口奢侈品商店购物。桑青用脚指头也能想得出，他们每次幽会的时间就是吃比萨午餐和购物之间的三个小时，幽会地点在"花间一壶酒"。这也正好印证出老周的懒惰，连和情人幽会都懒得多找些地方。至于另外那些不同地方吃喝玩乐的账单，一定是那女人的主意，老周以前对这些地方从来不上心。

桑青要老周开车带她去这三个地方，老周坚决不肯，说已经和她断了。断了，就是断了，还要去那些地方做什么？

桑青说，你带别人一趟一趟跑得这么欢，怎么就不愿意带我去一次？我倒要去看看，这个臭屁比萨能有多少好吃，让她百吃不厌。又说，你不是口口声声不喜欢这些洋垃圾的吗？带着她倒是乐此不疲！也不撒泡尿自己照照，都乌糟成什么样了！她用卖自己的钱穿名牌、用名牌、吃洋垃圾，难道我只配穿某宝的便宜衣服、用公司发的劳保用品吗！我就不能去这些地方开开眼，长长见识？

老周被桑青天天的叨叨搞得晚上无法安睡，白天耳根不得清净，整日里头昏脑涨，没办法，只好硬着头皮答应，发动了汽车。

上车后，老周装模作样地要桑青导航。桑青冷哼道，闭着眼睛都摸得着的地方，还用得着我导航？老周没作声，闷声不响地把车子开得飞快。桑青发作道，我这是好心好意让你旧地重游，回忆回忆和她在一起的甜蜜风光，又不是让你飙车寻死去。

路过一个路口，老周自言自语，好像开错了，前面得调头。

桑青不吭声，坐在副驾驶位上，直直地看着前面的路。

老周在前面调了个头，又拐了好几个弯，在一个远离大路较为偏僻的巷子里把车停了下来，指了指对面一家以湖蓝色为基调装修的店，低声说到了。

桑青下车，说这么偏的地方，你们是怎么寻来的？对了，她偷人养汉子，奸夫包二奶养小三，你们也知道是见不得人的脏臭事，自然会找这些犄角旮旯来掩人耳目。这个地方你们都来三四年了，比回家的路还熟悉，何必装模作样要导航，又装开错路呢！

桑青走进店去，店员上来问要买什么？桑青指指老周说，听说你们这里的比萨臭女人特别喜欢吃，他知道臭女人喜欢吃哪一种，那就点臭女人常吃的那种。店员装着没听见，镇静自若地把目光投向老周，老周尴尬地点了一份六寸的榴莲比萨。桑青冷哼，婊子就是婊子，连吃东西都喜欢臭的！

桑青见旁边有上楼的楼梯，就顺着楼梯上去，上面的餐桌靠楼梯和窗户两字排开，只有一张桌子上有客人，一男一女面对面喝着奶茶，吃着比萨，轻声慢语，男的不知说的什么，那女人咯咯咯地掩嘴轻笑。淡蓝色的窗纱在轻风吹拂下轻歌曼舞，整个店里弥漫着一股暧昧的气息。

桑青喊老周上来看看，老周说没什么好看的。桑青问你们坐过哪一桌？老周说没坐过。桑青让老周坐下来，老周恨恨地下楼，飞快地坐进车子里。桑青在楼上的餐桌边坐了下来，想像老周和那女人一边调情一边吃比萨的恶心样子。

老周打电话给桑青，比萨拿到了，可以走了。桑青下楼，走到车子边，发现比萨用保温锡盒包装好，已放在了后车座上。桑青让老周摇下车窗，一伸手，把比萨盒子拎了出来，狠狠地摔在马路中间。她又抬起右脚，使劲地在比萨盒子上踩踏，比萨盒子连带里面的比萨瞬间被踩成稀巴烂，糊了一地。这时一辆过路车辆开过来，桑青闪过一边，车轮轧在破比萨盒子上面，被带得翻了两个滚，桑青不由得发出癫狂似的哈哈大笑声。

因为地处偏僻，又不在饭点，四周空无一人，连旁边的安置小区都没人进出。老周下车把桑青拉进车里，发动车子说，这回该解气了吧？可以回去了吧？桑青连哼数声，又哈哈大笑了一阵说，去进口奢侈口商店，让我也开开洋荤。

老周没法，只得依着把车开到距离比萨店不到一公里，也是掩避在住宅小区里的进口奢侈品商店。桑青让老周带路，老周低着头一个劲地向里走，桑青扫视着店里的一切，发现这个店并没有想象的那么大，里面出售一些进口箱包、奶粉、零食、少量性感内衣等东西。老周在奶制品柜、冷冻柜前停下脚指了指说，这些可以买一点带回去。

桑青用嘲讽的眼神回答老周，你就别装模作样浪费时间了，吃了这里的东西要烂肠子的！你快直接告诉我，她都买了啥东西，在哪个柜台？老周没办法，只得带着桑青转过冷冻食品柜台，来到一排闪着炫目灯光的货柜前。

桑青见是一排进口化妆品货柜，便仔细查看这些来自欧洲或日韩闪着高档气息的东西。老周在旁边不停地低声催促说，看够了吗，看够了好走了。桑青充耳不闻，拿出手机对着化妆品一阵狂拍。

一个店员走了过来，问需要什么化妆品，我可以给你们推荐。桑青直直对着店员说，你们这里的化妆品真是非常好，害得这老东西一趟又一趟地带着姘头来买。

桑青的话，让店员很明显地愣了一下。桑青说，是真的，他的那个烂货最喜欢你这里的好东西。老周连忙走得远远的，尴尬地说，看好了没，快点走吧，就飞快地走出店门。桑青把整个化妆品货柜全拍完了，哈哈笑着收起手机慢悠悠地踱出店，留下店员目瞪口呆地望着她的背影。

回到家，老周什么也没说，一头钻进厨房准备中饭。

桑青镇静地说，下周去日料店。

老周拿起铲刀，对着锅子说，不去，打死我也不去！

九

春节快到了，周家大屋的微信群里热闹起来。

老周妹妹东篱问，大哥大嫂，你们什么时候回来？我已把你们的房间打扫干净了，被子也晒好了。

老周弟弟东海说，哥，早点回来吧，前几天朋友送了我一箱茅台镇产的二十四年陈好酒，等你回来一起喝哟。

老周说，单位里的值班表还没排好，现在定不下来。

桑青一看又是二十四年，便说，你们不用等了，今年老周去加祥，那里有人巴巴地等他去过年呢。

东篱问，什么加祥？

桑青说，加祥是个好地方。

微信群顿时鸦雀无声。

桑青把老周的账单私发给了东篱。

桑青想自己身上已被长满了绿毛，本不打算去老周家，但想着老周的老母亲两年前第二次中风病瘫在床，这两年多亏东篱晨昏照顾，病情才得以基本稳定，过年过节不去看看她老人家，于情于理说不过去。

桑青记得婆婆发病的那天清晨，老周突然接到八十多岁老父亲的电话，老爷子用哆哆嗦嗦的声音说，出事了，你妈妈又突然昏倒了！这时老周和桑青刚起床，正准备洗洗去上班。老周一听就急了，对着手机大吼，东篱和东海呢，赶快送妈去医院。老爸说，东篱和女婿已连夜送你妈去医院了，这次发病特别厉害，医生问要不要送重症监护室，并叫我们做好思想准备。东篱和东海已吓得六神无主了，只知道哭。老周继续吼，听医生的，该送的送，该怎么治就怎么治，先不要管费用多少。

老周和桑青急忙赶到单位，把手头的工作安排好，又在线上请好假，就急急开车往老家赶。

经过三个小时的路程，他们终于来到母亲住的医院，老周顾不得喝口水，直奔主治医生的办公室。医生告诉老周，老太太这是第二次较大的中风，脑中一根血管破裂，造成一定面积的瘀血。昏迷是瘀血造成的，好在送医及时，目前出血已被控制，出血点也已找到了，生命体征正在恢复，只是什么时候能醒来，就看老太太的意志力了。

老周和桑青暂时就住东篱家。因为在重症监护室，不需要太多的人陪护，老周就让弟妹们继续去上班，他和桑青每天去医院就行了。也算老太太命大，第三天就醒了过来，只是暂时丧失了语言功能，医生征求家属意见后将老太太转移到普通病房。

回到普通病房的老太太，看到老周站在床边，不由伸出手来，老周连忙俯下身去，把脸贴近老太太，老太太一把搂住老周的脖子，嘴里像婴儿般呀呀呀地叫着，眼里淌出了混浊的眼泪，老周和桑青不由也同时滴下泪来。他们明白老太太的意思，这次发病差点见不着大儿子和大儿媳妇了。老周便不停地安慰，老太太慢慢地露出孩子般开心的笑容。

老周他们本打算请个护工护理，但看到隔壁病床的护工干起活来虽然麻利，但重手重脚，说话粗声大气，老太太肯定不喜欢。兄妹们一商量，决定大家轮流看护，有事反正有医生护士在。于是，老周和东海白天，老太太起夜换尿不湿不方便，桑青和东篱轮流晚上看护。

桑青看着老太太的吊瓶，又按医嘱时间间隔喂老太太吃药。老太太因血块的压迫不能说话，舌头不能动无法吞咽，老太太又不愿插鼻饲管，吃药吃饭成了大问题。桑青就用勺子把药片一点点碾成粉末，把胶囊小心地拆开倒出药粉，然后将药粉混合在稀米糊里，让老太太尽量张大嘴巴，把舀好药粉和稀米糊的勺子尽量往老太太舌面中间送，如此老太太就能吞咽下去了。桑青又替老太太净面擦身洗漱，倒好便盆，看着老太太睡安稳了，才得空闲，此时已过午夜零点了。

这些事情也只有桑青做得最为仔细，轮到东篱值班时，东篱不知道怎么喂药，就让老太太张大嘴巴，像丢手榴弹似的把药片往里扔，可惜她还经常瞄不准，药片滚落一地。等他们四人都在时，老太太忍不住指着桑青竖起大拇指，对着东篱直摇头。邻床的病友指着桑青问这是你女儿吗？这么贴心周到，老太太一会儿摇头一会儿点头，露出得意快慰的神情，病友直到出院也没弄清老太太和桑青的关系。

桑青本就有失眠的老毛病，夜间的医院更是什么声音都有，病人的呻吟，邻床护工的呼噜，护士换药打针查房走来走去的脚步声，加上远远的急诊病人家属的吵闹声。这些声音加上病房里的夜灯光，桑青和衣躺在摊开的陪护折叠椅上，即使戴上眼罩，还是翻来覆去睡不着，一直折腾到三四点钟才勉强迷糊过去。天亮六点不到，护士又来量体温测血压查看血溶氧指数，桑青一下就醒了。

桑青让老周多休息白天晚点来，反正这么早回也睡不着。遵医嘱老太太只能吃流质，桑青就用手机搜索附近的超市，等老周来换班后，桑青出医院大门刷了一辆共享单车，曲里拐弯找到超市，想着老太太含辛茹苦把子女拉扯大，一辈子舍不得吃和穿，桑青就挑了最好最贵的米粉和麦片，又买来活鱼炖汤，给老太太增强营养和体力。她在给老太太换衣服时，看到老人的棉毛裤上竟然有一个用黑线补过的破洞，不由一阵心痛，便又去内衣专柜给老太太买了两套新的，回到东篱家洗净晾晒起来，然后才躺下休息。

老太太的病情终于稳定，医生告知可以出院了，桑青却瘦了一大圈。

桑青现在想来，那时婆婆住院，晚上她在医院衣不解体地侍候老太太的时候，老周却舒舒服服躺在东篱家的床上，捧着手机和汪葶亭在视频里调情。

桑青想起他们的聊天记录里，汪葶亭说看到过自己，这说明她认识自己。桑青自知是个默默无闻的普通女子，那她何以认识自己？看来她不是公司里的人，就是附近什么合作单位的。桑青又想起老周订购的那张高铁票，订高铁票是需要乘车人的身份证信息的。于是桑青等老周下班，让老周把手机拿过来。老周说，你打也打过了，骂也骂过了，银行卡也已交给你了，已不再联系了，还想干什么？你如果一直这样下去的话，我们就离婚。

虽然已吵得天翻地覆，离婚两字也在桑青的舌尖上翻滚了无数遍，但上有老下有小，"离婚"二字岂可轻易说出口。在女儿的心目中，他们一直是幸福的三口之家，三个人三个点，女儿在顶点，老周桑青在等边两点，连成结构最稳定的等边三角形。爸爸是世上最爱她宠她娇惯她的人。当年桑青生产的时候，守在产房外的老周听说是个女儿，高兴得直转圈，得意地说，女儿是爸爸的前世情人，是父母的贴身小棉袄。一旦女儿知道真相，爸爸的形象就会崩塌，女儿怎么受得了这样的打击呢！还有远在老家病瘫在床的老母亲。单位里知道了，丢了老周的面子不算，如果给老周来个处分降级，无疑是几败俱伤。离婚了，老周也许就会毫无顾忌地去找汪葶亭，更是便宜了她！但不离婚，心理上又如何能得到平衡，这口气能到哪里去发泄和排解呢。

我就看一看不行吗，难道你还有什么秘密藏着？桑青摆出不愿让步的样子。

看吧看吧，反正已经被你翻得底朝天了！老周不情不愿地把手机递了过来。

桑青首先想到的是邮箱，虽然电话、微信、支付宝都已拉黑，但这些日子竟然没有想到电子邮箱。桑青把老周邮箱里的每一封邮件都仔细查看了一遍，终于找到一条信息。汪葶亭是在一家和老周公司有业务往来的单位当销售员，两人有邮件往来，难怪她有机会勾搭上老周，利用工作之便把自己销售给了老周，卖了个相对好的价钱。凑巧的是这条信息里还有汪葶亭的家庭地址，老周有一笔停车费的账单，正是这个地址。

看来她家都去过了，也不怕她家绿毛龟撞见，把你的下体割了！之前，在桑青的逼问下，老周已承认汪葶亭已结婚，并有一个已上小学的女儿。

老周说，人家早就搬家了。

桑青冷笑道，你对她的动态真是一清二楚，还说不联系没关系了呢。

桑青又打开老周的支付宝，在交易账单里查高铁票订单。

账单显示，老周是用飞猪订的票，老周手机里却没有飞猪。

桑青拉过老周的手指，通过指纹下载了飞猪。找到乘车人的信息，发现只有汪葶亭一人，身份证号码显示竟然真是二十九岁！看来汪葶亭 QQ 填的是真实资料。老周为给她订票专门下载了飞猪，订完票后可能怕被发现，就把软件删了，这对一向懒惰的老周来说，真是太用心了，也或许是汪葶亭教唆的。

桑青真是想不明白了，这么年轻的女人，有老公有孩子，却和比自己父亲年纪还大的老男人轧姘头。老周既不是大款，更不是高官，显然只是尽力在满足她越来越大的胃口。据说销售员的底薪很少，有了业绩才能提成，又懒又馋穷怕了的女人，不想努力工作改变现状，钓到老周这个在女人面前喜欢穷大方稻草似的老男人，以为就是金条了。

桑青又通过汪葶亭的手机号找到她的支付宝账号，头像是一张滤镜美颜过的照片。照片中的女人穿一件袒胸的绿色线衣，薄薄的嘴唇似笑非笑地抿着，长圆的脸型，疑似隆过的鼻梁，一双勾人的桃花眼紧紧盯着镜头。虽然滤镜美颜加化过的妆，一看就是个浑身散发着风骚味的女人，但看起来要比二十九岁的年龄老相许多，可能是长期和野男人不清不楚私生活混乱造成的。难怪大半辈子生活单调，只能在虚拟世界里过过嘴瘾的老周会把持不住，丧失了道德底线仍执迷不悟。

桑青把照片伸到老周面前，老周假装辨认。桑青说，两人都搞到"红五月"去了，还认不出来吗？老周只能假笑着说，美颜过了，有点不像。

桑青问，真人漂亮吗？老周脱口而出，还可以。

桑青闻言，顿时火起，尖声道，谁年轻的时候不好看！她不就是仗着年轻吗！抬手"啪"的一声，一记耳光甩到老周脸上。老周连忙捉住桑青的手，连声说，说错了，说错了！

桑青说好啊，还以为那 QQ 年龄是装嫩，原来真是我想错了。这么年轻的女人，怎么着也应该找个年岁相当的轧姘头，竟然真的这么无耻甘愿做你这个乌糟老头子的小三，她看上你什么了？图你些什么！双休日把孩子甩给婆婆带，自己却大白天的跑出去轧姘头！这样不知廉耻的下三滥，以前不知和多少男人鬼混过，肯定很早就被搞大肚子，迫不得已才结的婚，否则怎么可能小孩这么早就上小学了。就你被灌了迷魂汤，把她当成心头宝，以为老牛吃到了嫩草，其实是个比烂更烂的烂货。

老周强辩道，年龄是她父亲搞错的，填小了两岁，那个穷地方，弄错孩子年龄的很多。

你就别再恶心人了，即使真的差两岁，有本质区别吗？和这样的女人搞到一起，你和她的背景、阅历、身份、兴趣爱好哪样都不同，三观不一致，你俩除了乱伦瞎搞，还能有什么！

桑青没有想到，人一旦被严重伤害和冒犯时，也能说出如此恶毒和粗俗的话。当然，喜欢当小三的女人，也只配得上世上最肮脏最龌龊的词语，那些好词好句都是留给品德纯良之人的。

女儿学校布置的寒假作业是学生社会实践，她和同学一起找了一家外资企业实习，外资企业只放圣诞节，春节女儿就不回家了。桑青除了叮嘱她注意安全，别的什么都没说。

除夕的中午，老周桑青终于赶回了老家，第一件事就是来到母亲床前。老太太除了不能走路外，能吃能睡能坐起，脸色红润，说话虽还有点含糊不清，但总算不用再打手势连蒙带猜了，只要认真说话都听得清了，比医生预计的还要恢复得好一些。老周桑青心里得到安慰。

老太太见大儿子大儿媳两人都消瘦不少，说话时相互没有眼神和肢体上的交流，神色暗淡有点强颜欢笑的样子。知子莫若母，老太太紧紧拉着儿子媳妇的手，问出什么事啦？老周回答说，能有什么呢，年底单位里的事多，都是忙的呗。

老太太又偷偷找东篱问，东篱虽知道原委，但她一个字也不敢说。

热热闹闹一大家子人吃过年夜饭，老太太悄悄把老周桑青叫到床边，说别以为我老了病了糊涂了，我比你们健康人更清醒。活这么大岁数了，经过见过的事多了，鬼门关都去过两遭了，还有什么事想不开看不开的，你们的事就不要再瞒着我了吧。

老周见老太太追问个没完，不再坚持，想要说出真相，桑青紧张得紧紧盯着老太太，生怕老太太有什么闪失。

老太太让老周跪下来，离不离婚自己决定，你这个儿子不要不要紧，反正这个媳妇我是认定了的。老周说我不想离婚，也从来没想过要离婚，这事只是一时糊涂。其实从一开始我就知道错了，但还是经不住诱惑，想刹车回头又内心贪恋，总是下不了决心，又怕对方闹，所以一拖再拖下来。被桑青发现后，我反思了很久，也认过错了。我知道这事对桑青的伤害，一直在努力弥补，除了不再乱花钱上交银行卡，还尽量分担家务事，桑青喜欢做什么事都尽量陪着，遇到节日也想着给桑青买礼物，只是买的礼物一直不称桑青的心。我以后一定将功补过，和桑青好好过日子。桑青想要我做什么，我就去做，桑青让我陪着，我就去陪，我要对老婆好，对孩子好，如再和任何女人有瓜葛，就扫地出门。

桑青默默听着，心里生出无限悲凉。

老太太又让老周桑青到奶奶遗像前磕头。桑青拿出手机，翻出下载下来的汪荸亭照片，将照片对着奶奶的遗像，狠狠地说，奶奶你看到了吗？这个女人叫汪荸亭，和你最宝贝的大孙子轧姘头三四年，花去大笔钞票，弄得你的宝贝大孙子人不人鬼不鬼。孙媳恳请您老人家，快快去告诉牛头马面，把这女人早早铐去下地狱，让她再也不能用骚眼勾男人，不能用臭嘴淫言浪言骗男人，让她不得好死，永生永世当婊子。桑青让老周复述，桑青说一句，老周跟一句。桑青说，你的声音就不能大声点吗！

央视的春晚如往年一样，热热闹闹，红红火火，满屏喜气洋洋，只是近几年相声小品语言类节目少了那么点味道和亮点，春晚就只能当成一个仪式了。两人钻在同一被窝里，却没有话说。桑青勉强支撑着看春晚，老周在支付宝上集齐了五福，等到十点多开奖，摇到一块六毛八后，便响起轻微的鼾声。

跨年零点的钟声响了，屋外，"噼里啪啦"的鞭炮声由近及远，炸得桑青头脑发麻，电视里一众大小明星载歌载舞欢庆新年。桑青起身把电视关了，回头望了望老周那张憔悴的脸，突然一翻身骑在了老周的身上。老周被吓了一跳，问干吗？桑青说，你不是喜欢做这个吗？那好吧，我现在就和你做一做。老周想着在母亲面前的保证，只能配合桑青动作起来。

桑青在不绝于耳的鞭炮声中迷迷糊糊地睡去，又在不绝于耳的鞭炮声中苏醒。大年初一，晨光熹微里，桑青转头见老周一副疲态地睡着，再一次翻身上去。

十

几乎每天的一早一晚，桑青都要老周办事，老周不敢露出半点的不情愿。桑青对老周说，既然要在外面打野食，那就每天给你喂喂饱，省得你又控制不牢，没钱了外面的女人也不会理你。但大多数时候，桑青骑在老周身上动作到一半，想起老周和婊子苟合的恶心样子，就翻身下床，恶心着冲进浴室干呕。

老周实在被折腾得没有一丝力气了不想再动，桑青就把账单一张一张地念给老周听，几月几日几时几分几秒，在哪吃饭幽会消费，在哪逍遥快活，不停地念叨一对狗男女不得好死。为了能落得片刻的耳根子清净，老周只得强撑起身子装作认真很受用的样子迎合桑青。

即使知道看不到什么东西，桑青还是经常要老周交出手机让她查看，支付宝、银行卡、微信、金东、某宝、某多多、导航记录，都要一一查过，老周分分钟处于神经紧张的状态，时时有想寻死的感觉。

桑青用不同的手机、邮件、支付宝转账的方式，发信息给汪葶亭辱骂她，想到什么就骂什么。桑青想，她不是喜欢偷男人吗？就网购了一个安慰器，直接邮寄给汪葶亭。

老周下班，把东西带了回来，说，你太过分了，寄的什么东西给她？她女儿拆的包。她今天都跑到我办公室里来了，说你骂人骂得那么难听，这次又寄这样的东西，再这样下去要去单位告我。

桑青哈哈大笑说，这才是最称心快意的好消息！她女儿拆的包，真是意想不到的收获啊，正好让她女儿知道知道她妈是个什么货色。她不是喜欢男人吗，家里一个不够，还要出去偷人，我给她寄一个，让她随时随地享用不好吗！她这是恃着和你轧过姘头，才这么放肆来威胁你！

又说，当了婊子还想立牌坊啊！做什么美梦想让我表扬她吗？世上最肮脏的词原本就都是为她造的，我只取用了一点点。

老周说，也没威胁，你骂她也是应该的，但寄这个东西有点过分了。

桑青说，她偷我男人不过分，我寄个她喜欢的东西倒是过分了！也就你还看不透她的用意，无非就是到你办公室来探探口风，看看还有没有机会再勾搭。

老周一想，再理论下去又要没完没了，只得息事宁人地说，好好好，你说什么就是什么。

桑青生日到了。一大早，高中同学老胡发来一个微信红包祝福生日快乐，桑青每年在这个时候都能收到老胡的红包。

张姐问，老胡是谁？你的追求者吧。桑青摇头说，别瞎说，老胡从来没有那方面的表示，平时也就是交流一下同学之间的信息，或者谈谈工作中的烦心事，各自的儿女之事吧。十天半月甚至几个月不联系是常有的事，也从不惦记，哪天想起来了就聊几句。张姐表示不信，那也肯定一直暗恋你。桑青说真的，我们是最纯粹从少年到中年的同学之情、朋友之谊。

张姐表示不可思议，这世上男女之间能保持长时间的纯友谊关系吗？这个度很难把握的。桑青说，就我的亲身体会确实存在，如果真掺杂了别的情感，那这种友情肯定维持不了多久。张姐勉强相信了桑青的话。

老胡能成为一名出色的外科医生，纯粹是个意外。当年开班会时，班主任老师让各位同学谈谈自己的理想。桑青说，她从小体弱，经常去医院看病，觉得穿白大褂的医生护士特别亲切漂亮，就想长大后也要当医生或护士，成为救死扶伤的白衣天使。老胡原本的理想是当警察或去参军，他经常想象自己穿上制服的样子，一定很酷很帅，但进入高中后眼睛近视了，当警察或参军的理想成了泡影。听了桑青的理想后，老胡有种豁然开朗的感觉，对呀，我以后也要当名医生，为病人解除病痛，也是很神圣很光荣的事情。阴差阳错的是，老胡真的考上了理想的医科大学，桑青却因三分之差，被录取在理工学院，成了一名工科学生，当医生护士的愿望难以实现。为此，桑青哭了一晚上的鼻子。

老胡安慰桑青，这不正好吗，原先是我们两人中一人想当医生，现在虽说调了个个，但还是同样实现了，仍是1:1的比例。桑青向老胡翻了几下白眼，说有你这样的算法吗，你这脑回路真是奇葩。

虽然两人去了不同的城市不同的学校，但友谊的种子自此却茁壮成长起来。他们书信往来频繁，老胡向桑青倾诉了他不幸的初恋，被他妈妈扼杀在萌芽状态。桑青气愤地告诉老胡，一个想追求她男生，到处散布谣言，说桑青主动向他索要照片。

毕业了，大家忙于工作恋爱结婚成家，他们的通信竟在不知不觉间中断了。

直到十几年前全国各地忽然掀起的一股同学会、战友会等聚会热潮，且这热潮愈演愈烈经久不衰，桑青从小学、初高中，直至大学时期的同学们也都不甘落后，纷纷办起了同学会。老胡就是在同学聚会上重新回到桑青视线的。

此时的老胡已今非昔比。据其他同学介绍他的医术精湛，远近闻名，许多患者慕名而来，点名要老胡主刀。老胡承担过数不清的大小手术，手中的柳叶刀仿佛长在脑袋里挥洒自如，总被各地的医院医大请去会诊，或进行学术交流，他曾有两篇有关研究探讨外科手术中的疑难杂症的学术论文，发表在世界医学界公认的权威杂志《柳叶刀》上。

站在桑青眼前的老胡一身休闲服，风度翩翩，浑身散发着成熟男子的魅力，但一开腔，还是桑青记忆中的那个老胡。老胡也盯着桑青看了一会儿，呵呵一笑说，都说女大十八变，你这丫头怎么一点都没变呢？逗得桑青挥起一拳，砸在老胡插着一朵小小玫瑰花的胸口。两人加了微信，友谊的小船说驶回来就驶回来了。

又一年的一月，媒体报道在武汉出现不明原因的新冠肺炎，具有一定的传染性，后来被感染的人数快速增多，好在病亡率不高。一开始人们以为这次疫情的危险性要比"非典"低，但不断出现的病亡病例和被感染的确诊病例数急剧增加，新闻媒体越来越密集的报道，才让大家真切地感到这次疫情的危险。一时之间，平时不起眼的口罩、消毒液、医用酒精、体温计甚至眼罩都成了人们抢购的紧俏物资。

由于疫情暴发来得突然，口罩产能不足，竟然形成了"一罩难求"的尴尬局面，有些人只能从网上高价购得数量有限的口罩，也有的通过药店摇号，摇中的最多只能买三只。多亏桑青的敏感性，在疫情报道刚显出苗头时，就去药店采购了几包口罩，加上家里原有的一些消毒水、酒精等，桑青心里才放了点心。市、区、街道和社区开始进门入户宣传抗疫防疫注意事项，要求居民非特殊情况不要出门，号召大家宅家也是为国家做贡献。

各个居民小区都只留下一个进出入口，招募志愿者会同物业人员一起，对非本小区的人员和车辆进行严格管控。疾控中心和卫生防疫部门接二连三地出台防疫十条、防疫十三条等措施，居民外出必须持有通行证，每户从一开始的一天出去一人次，到隔两天出去一人次采购生活必需品。

网上各种谣言满天飞，公安机关要求大家不信谣、不传谣、不造谣，桑青每天一大早起来，收看央视早间新闻和全民抗疫专题，另外就是捧着手机看支付宝里健康频道的疫情通报、业主群里的每日简报，关注从外地回来小区邻居的居住楼幢号和隔离时间，外出采购时，对贴有红纸从中高风险地区回来的隔离户都远远地绕开。

春节过去了，学校暂停开学，公司暂时没有复工。街上行人寥落，桑青从超市里买来面粉，在网上找来视频，女儿宅家上网课之余，娘俩开始学做面包、蛋糕和各种花式甜点。老周网购了许多肉类蔬菜，三人天天宅家大吃大喝，短短一个月，女儿竟重了五斤。

因工作性质的关系，老周开始隔天上班。每天下班回来，桑青都让老周把外套脱了挂到阳台，双手、鞋底、钥匙、手机背包都要用酒精喷过才能进门。老周说你都快把我当成传染病人了，至于这样小心吗！桑青说，女儿在家，小心驶得万年船。背着女儿的时候，桑青隔三岔五地还是要查一查老周的手机。当然，老周的手机里，干干净净，什么也没有。

两个月过去，我国的新冠肺炎疫情防控取得了巨大的阶段性成果，全国上下掀起了复工复产的热潮，桑青壮着胆子走出了家门。虽然到处要戴口罩、测体温、查健康码，但毕竟不再需要通行证了，桑青把家里的通行证当成纪念品收了起来。

街上的行人渐渐多了起来，桑青发现，街上最先复工的竟然是房产中介和理发店，那家平时总有漂亮女人进出的美容店仍然大门紧闭。

桑青家附近的公园重新开放了，茶花妖娆，樱花恣意，桃花灼灼，玉兰花烂漫，空气中涌动着一股新鲜潮湿的气息。

低风险地区的复工复产工作正在有序进行当中，经过多方努力，远在外地的复工人员陆续被接了回来，被按了暂停键的城市渐渐恢复着生机。

任何发生在个人身上天大的事，在如此重大的疫情面前，都会变得微不足道。桑青压抑许久的心情终于有所改变，她开始让自己相信，老周真的不再与那女人来往，真心悔过要和自己重新开始好好过日子了。

老周一个好朋友的儿子要结婚，请他喝喜酒。晚上等到十点多钟时，老周还没回来，桑青就给老周打电话，老周回答说被几个朋友拉着去KTV，大家都宅了快半年了，推却不过就去了，很快会回来的，桑青也确实听到了电话那头嘈杂的音响。

直到后半夜，老周才烂醉如泥地被朋友送了回来。在扶老周上床睡觉时，桑青习惯性地打开老周的手机。

令桑青震惊的是，她看到了一个未接电话，而这个未接电话竟然是汪荸亭打来的！

他们不是早不联系了吗？她是怎么知道老周今晚在外面的？这半夜出现的未接电话太有问题了。

桑青左思右想，无论如何睡不着。突然之间，脑中闪过一个念头，她打开老周手机的掌上移动营业厅，试试搜索通话记录。

差不多忙到天亮，搜索到的结果是，老周和汪荸亭每个月仍有时间和数量不等的往来通话记录和短信记录。

桑青把自己的嘴唇咬出了血。

随着街头店铺的陆续开张，张姐打来电话，与桑青约定了美容护肤时间。

躺到美容床上，张姐问桑青，你听说了吗？马铁军和丁水晶离婚了，半路上露水夫妻，为各自儿女买房结婚、老人养老等事，吵得不可开交，家庭成员复杂，终归会产生各种各样的矛盾，很难相濡以沫，走下去啊。

桑青在张姐的唠叨声中，在面膜和眼膜覆盖营造的暗黑世界里，嘴角不易察觉地抽搐了一下。

（2020年9月27日完稿
2021年6月30日定稿）

流　沙

一

　　晴朗轻轻扶住雨浓的纤腰，凝视着面前滔滔东去的甬江水，半天没说话。那一刻，天上挂着一朵洁白的云，微风轻拂，刚割过的草地散发出郁郁的清香，午后金色的阳光软软地照在他们的身上，塑像般。静，一种时间凝固的静，四散飘浮在明澈的空气之中，裹挟着晴朗和雨浓的四肢百骸。晴朗低下头，侧过脸，轻轻地把脸颊靠在雨浓的头顶。雨浓悄悄地闭上双眼，一动不动地依偎在晴朗的胸前，她生怕自己哪怕是一丝小小的动作，也会破坏了这温馨的静谧，一缕淡淡的忧伤慢慢侵入雨浓的心底。

　　"天快黑了，我该走了！"雨浓嘴里说着，身子却不舍得动。

　　晴朗坐直了身子，把雨浓搂得更紧了，这一刻，他的心里真舍不得雨浓就这样离开，他不知道，这次分别后，他们是否能再见面，或许将是永别。对他们来说，未来是不可测的。晴朗的双臂紧紧环绕着雨浓，仿佛要把她熔进自己的身躯，乃至灵魂。他的心脏却在不听话地痛苦地抽搐。

　　"只求一旦拥有，不求天长地久！"对于雨浓来说，能和晴朗相遇，已是今生最大的奢侈，死而无憾了。但真的要说马上分别，从此咫尺，从此天涯，从此形同陌路，做得到这样无牵无挂，这样潇洒地走开吗？此时此刻，雨浓心乱如麻，脑中一片空白。

　　"晴朗……"雨浓的泪，突然间瀑布般从她那苍白的脸上倾泻，强撑起的坚强一瞬间土崩瓦解，梨花带雨，天昏地暗，整个如泪人般，身体不由得更紧地贴在了晴朗的胸前。

　　"雨浓，别哭，说好不哭的。"雨浓的泪，仿佛一把无形的刀子，深深刺进晴朗的心脏，一股巨大的忧愁紧紧裹住他，他一手笨拙地擦着雨浓的泪水，一手搂着雨浓剧烈抖动的身躯。看着雨浓这个样子，他心如刀割，有一瞬间，他甚至希望自己能抱起雨浓一起跃入滔滔的甬江水中，从此抛却所有的烦恼，天上人间，不复醒来。

　　"雨浓，开心点。"晴朗定了定神，悄悄拭去自己眼角渗出的泪水，故意用轻松的语气说。他像哄小孩子似的扶着雨浓的背，轻轻地拍着，仿佛是个慈祥的老父亲。

"嗯，我只是不忍。"雨浓含着泪，用探究的目光看着晴朗。她明白，在他们之间横隔着无可逾越的千山万水，此去经年，今夕何夕？忍顾鹊桥归路。牛郎织女尚有一年一会之期，而他们，能有吗？

人们说：世上最遥远的距离就是心与心的距离，世上最相近的距离也是心与心的距离。有缘千里来相会，无缘对面不相识！何等的浪漫，又是何等的残酷和现实。

无缘之人，相逢何必曾相识呢？

二

一夜雨声。似梦，非梦。

窗外一棵高大的樟树上，一只不知名的鸟儿梳理着黑蓝色的羽毛，在低吟浅唱，淡淡的薄雾笼着满含春色的天空。一缕懒懒的阳光从低垂的窗帘缝中悄悄溜了进来，照在酣睡中的雨浓那粉蓝色的枕边，她的嘴角微微向上翘起，脸色恬静安详，似乎做了一个好梦。

也许是那缕阳光刺醒了雨浓，只见她伸了个懒腰，睁开眼，习惯性地扫了一下床头柜上的小闹钟，闹钟的指针已指向七点。

"不好，快七点了，今天还有非常重要的事情等着我去做呢。"因却不过老乡的一再相邀，昨晚雨浓和老乡们玩了半宿的"斗地主"，今天不小心睡得就有点过头了。雨浓打了个激灵，一骨碌翻身起床，换上衣柜里昨晚就准备好的紫色职业套裙，梳洗完毕，草草地喝了杯牛奶，就出门了。

街上差不多没有了如潮的人流，上班的高峰刚过，雨浓心中不免有点焦躁，加快了车速，向公司所在方向疾驶。

今天公司有个招聘会，作为人力资源部的经理，雨浓可不愿意让难得亲临公司的老总觉得她雨浓是个懒散随性而无足轻重的花瓶，如果那样的话，她雨浓这两年的努力可就都白白付诸甬江水了。能站稳人力资源部的先决条件，第一个就是能自律，有了严明的组织纪律性，管束起下属来，可就轻松便利得多了。雨浓是个活泼开朗的人，平时她对待同事或下属还是很有亲和力的，她可不想让别人认为她是一个严肃古板的人，但在工作场合，她一向保持着严肃认真的积极态度，因此颇受上司的器重。

雨浓的车很快到达公司的楼下。看情形，老总还没到，雨浓情不自禁地缩了缩脖子，吐了下舌头。她悄悄泊好车，乘电梯上了公司的五楼，踅入自己的办公室，脱去外套，泡上一杯淡淡的雀舌，神情笃定地向招聘会的现场走去。

招聘会设在公司八楼的会议室，主席台前一字排开一溜的桌子和椅子。中间的两个位置，一个肯定是为公司老总而设的，另一个呢，作为主持招聘会现场的人力资源部经理，当然非雨浓莫属了。类似的招聘会，公司一般一年举行两次，对于雨浓来说，已不算是什么新生事物。但跟往常不一样的是，今天公司的老总亲临，或多或少说明这次招聘工作的重要性。

会议室外面的走廊里，三三两两地散落着几个人，雨浓一看就知道，这些人都是为应聘而来的，从他们略显紧张的脸上和穿着打扮上看出，他们每个人都为这次应聘做过精心的准备。能进这样一个经济效益好、各项保障工作做得非常全面、员工收入高的大型集团公司，是许多人梦寐以求的，雨浓为能在这样的大公司里，拥有对取舍员工有部分决定权和建议权而一直惴惴不安，生怕错失了每一个有才之士。

九点整，老总准时到达，招聘会正式开始，雨浓主持。简短的开场白，直入主题，招聘两名兴建杨家溪大型水力发电站的高级设计人员。两个月前，招聘广告发出后，收到投递个人简历的应聘人员共一百零八人，其中不乏一些学有所成的海归人士。经人力资源部统一研究，慎重筛选出八名比较符合条件的人，今天进行的就是最后一关：面试。

神态各异的应聘人员依次被叫了进来，经老总一一询问，又依次一个个退场。对于经历过无数次各类招聘会大场面的雨浓来说，这次与以前稍有不同的是，由老总亲自挂帅，自己就只能算个副帅或更好听点算是个参谋吧。

"参谋——谋士？"想到《三国演义》里的那个叫庞统的谋士的滑稽长相，雨浓不禁从心底笑出声来，今天对谋士与古代对谋士的要求，无论从待遇、地位和长相等各个方面，真是有天壤之别。要是招聘会现场出现像凤雏先生那样长相的一个主考官，不知会不会吓倒几个前来应聘的心理脆弱的人？

三

"晴朗，请晴朗进来！"正当雨浓浮想联翩走神的那一瞬间，旁边助手的喊声把雨浓的思绪拉了回来。"乖乖，走神了。"雨浓暗暗吐了一下舌头，挺了挺身子，摆出一副正襟危坐的样子，目光直直地盯着推门而入的男子。

玉树临风，干净挺拔。一个特别干净、特别齐整的男人推门走了进来，雨浓在那一瞬间有种炫目的感觉。

"总以为是腹中草莽人轻浮，却原来是骨骼清奇非俗流。"王文娟那经典越剧唱词一下子涌入雨浓的脑际，似曾相识的感觉，充盈于雨浓的思绪。

"这厮曾在哪见过？这名字恰好是我的反义。我出生在多雨的春季，想必这厮一定出生在大晴天里了。"正当雨浓再一次滑入胡思乱想之际，耳边忽然传来老总平实、诚恳的问话声："请问晴朗先生，你对我公司正待规划的这个工程，有什么总体设想？"

晴朗对老总微微一笑，用平稳的语调开始言简意赅的陈述："首先，我决定从周边环境着手，用两个月的时间进行可行性研究，得出可行性研究报告。根据可行性研究报告，结合当地的水文、地质、气候以及人文环境等诸方面因素，构筑出达到计划发电能力的未来水电站的总体框架和设计思路，如果能给我配备两个助手组建一个设计团队，我可以在半年之内完成水电站的总体初步设计，提交总部审阅……"

晴朗的声音隐隐有金属声，语速不疾不徐，陈述条理清晰，脸色沉静，一副胜券在握的样子，他与其余的应聘者有太多的不同。

五分钟后，老总舒展了一下坐倦了的身子，笑了，和蔼地对晴朗说："就这样吧，你先回去等通知。"

与其说晴朗是个专家、学者，他的外形却更像是一袭白衣轻胜雪，身背莫邪剑，去来无踪影的隐侠。好一副"竹杖芒鞋轻胜马，谁怕？一蓑烟雨任平生"的出尘脱俗的神情，那清澈见底如一泓秋水的双眸，那挺直的胸背，像块巨大的磁铁吸引着在场的所有人。

雨浓有点失神，目光定定地看着前方。

晴朗对老总轻轻笑了笑，略偏过头，对雨浓微微颔首，转身走出了会场。静静的会场里，只有他那隐隐含有金属般的声音还在各个角落里飘荡。

晴朗？雨浓回过神，忽然笑了。雨浓长这么大，还只有在初中时代看过两三本武侠小说，第一本是梁羽生写的，那清丽的笔法曾让她拍案称奇，另外一本是古龙写的，她连书名都记不得了，只隐约记得古龙写的武侠小说总是那么莫测高深——

夕阳。

残雪。

一匹瘦马从天边来。

马上驮着一青衣女子，长发遮脸，看不清是谁……

最可笑的是，被众多武侠迷拥为鼻祖的金庸的书，她却没拜读过，傻郭靖、俏黄蓉、令狐冲、岳灵珊、神仙姐姐……那些活灵活现的武侠形象，她都是从电影、电视里得来的。忙，生活就是有点忙，仿佛永远腾不出时间静下心来"啃"厚厚的武侠书。生性淡泊的雨浓平时更愿意捧一册朱自清的《温情人生》，或是诸如林语堂的《人生的盛宴》一类的闲适散文，来释放工作给她带来的压力。

一个几乎不看武侠书籍的人，竟然突然发现生活中有侠客的影子，荒谬。

也许是那出尘的气质、洒脱的神态，让雨浓感到迷惑不解。

"生活中他也是个行侠仗义的好人吗？"雨浓不禁为自己到了这个年龄还这么幼稚天真感到好笑。

四

"上善若水，水善利万物而不争。——老子"

晴朗的案头放置着一块石刻。这是他参加刘家峡水电站建设工程设计时，在考察当地的水利地貌环境时捡到的一块晶莹剔透的象形奇石，回来后他花了整整一个月的时间，抽空把老子的这段话刻了上去。看到过这块石刻的人，都称奇，以为晴朗是从哪一个奇石收藏爱好者那里挖来的宝，为此，晴朗并不解释什么，只是得意地笑。

晴朗的房间陈设简单，功能却齐全。一床、一桌、一椅，一柜书、一柜衣，一台笔记本电脑，别无长物。目光所及，纤尘无染，这与那些到处丢着脏衣、脏袜的单身男子的居所相比，简直有天壤之别。

"紫薇花开百日红，轻抚枝干全树动。"窗台上，一盆娉婷淡雅的紫薇花正旺旺地开着。紫粉色的花，绿的叶，光滑的青灰色枝干，衬着这个简单的居所，顿时有了勃勃的生机。

晴朗侧卧在床上，睁着眼，盯着窗台上迎风摇曳的紫薇花。

"有点像她。"晴朗想起面试时的那一幕，不禁哑然失笑，"真的像她。"那正襟危坐、高高在上的丫头，那直直的仿佛含着一层水雾的眼睛，那微微张开的棱角分明的小嘴，不正是这盆活脱脱的紫薇吗？"如果以后有机会的话，我一定要告诉她这个想法，不知道她会是什么样的反应？"

晴朗起身，掏出手机，给远在老家的双亲打去电话："爸,您的血压正常了吗？要按时服药。妈的风湿，不能碰冷水，注意保暖。有空的时候，我会回来看望您们的，我在这一切都很好。今天刚参加了一个面试，看老总的表情对我应该是满意的，让我等通知，你们就放心吧。"

作为孝顺的独子，晴朗几乎每隔两三天就要和双亲通一回电话，他能通过电话听出父母的心情、身体情况的好坏。"心有灵犀一点通"，虽然父母从不向他透露他们遇到的身体或生活上的一些困难，但只要一接通电话，敏感的晴朗总能察觉到，并在第一时间里出现在父母的面前，这常常让二老欣慰不已。

设计部与人力资源部同设在公司总部大楼的五楼。设计部在最东头，而人力资源部在最西头。两个部门都是公司上下最忙的地方，虽然在同一层楼，但设计部和人力资源部的人员几乎少有时间碰面。

最近一段时间，雨浓又在忙于公司的薪酬制度改革。薪酬制度改革，对一个公司来说，是属于牵一发而动全身的敏感工作，改革成功的话，可极大地提高员工的工作积极性，增强员工对公司的向心力和凝聚力。如果制度制定得稍有差池，有可能招致员工的不满，挫伤大家的积极性而形成消极怠工，或造成人才的流失，会给公司的生产经营带来负面效果。所以在公司决定进行薪酬制度改革的时候，都是要经过几上几下反复征求各方面的意见，才能汇总成文，以红头文件的形式下发。

"平衡计分卡"，是现在国际上许多大公司比较流行的员工工作绩效评估体系，但国内的大公司和国外的大公司相比，因国情民情的不同而千差万别。如果生搬硬套别人的经验，把这种最先进的方法直接应用到公司的绩效评估体系上来，那无异于搬起石头砸自己的脚。只有在做好各级员工的绩效评估的基础上，才能相应制定出合理的薪酬管理制度。公司的老总深知，此事关系重大，马虎不得，雨浓更是觉得肩上如负了块巨石，累得直喘粗气。

面试后的周一，晴朗接到公司快递过来的书面通知，开始正式上班。与晴朗同时被录用的还有一个青年才俊：杨更祖。晴朗负责水电站的总体规划和设计，而杨更祖则负责水电站的施工建设。

进入公司后，雨浓为晴朗配备了两名助手，一名是机灵过人的迟增辉，一名是踏实勤奋的凌建波。晴朗在第三天就带着迟增辉和凌建波离开了公司总部，到杨家溪做实地勘探，他们必须在两个月内写出水电站规划的可行性研究报告，等总部批复后，再正式开始总体规划设计，时间短，而任务艰巨。

离海城三百公里远的杨家溪，风景秀丽，民风淳朴。杨家溪其实不是一条小溪，而是一条很阔的江。宽阔的江面上，江鸥咕咕地啼叫，洁白的翅膀划着优美的弧线上下翻飞。江边，一簇簇、一丛丛碧绿的青草向很远的地方延伸。滔滔的江水奔涌不绝，偶有鱼儿跃出水面，引得江鸥盘旋低飞。沿江两岸，是农民们辛勤耕种的稻田。

夜，月光如水。没有半点睡意的晴朗穿过一片片的稻田，踏着朦胧的月色，又一次来到江边。他真庆幸自己能接下这个任务，使自己又一次如此近地和他喜爱的山山水水做亲密接触。

"明月别枝惊鹊，清风半夜鸣蝉。稻花香里说丰年，听取蛙声一片。"面对奔腾不息的江水和阵阵稻花暗香，晴朗不禁诗兴大发，那个高高在上像紫薇花一样优雅的丫头的身影再一次闯入脑海，他的思绪有点漫无边际起来，他摸出随身携带的竹笛，伴着滔滔的江水声，悠扬缠绵的曲子从他的袖底飞起，被江风传送得很远很远……

五

两个月后。

晴朗和两个助手合作写成的杨家溪水电站建设可行性研究报告，被送到了老总的桌上。全面的考察、透彻的分析、存在问题的原因和相应对策措施，所有该考虑到的因素，被分析得清清楚楚、有条不紊、合情合理。

老总高兴得直搓双手："晴朗，干得好，干得好啊！这样漂亮的可行性报告，从我当上老总以来，还很少见到呐。那么后面的设计任务我就可以放心地交给你去做了，有什么具体的困难或要求，尽管跟我提，或者向人力资源部的小雨提也可以。总而言之，在这未来的半年内，你要全力以赴地做好前期设计工作，争取明年让我们的水电站正式开始投入施工。这也是水利电力总部对我们公司的要求。"

老总的肯定对于晴朗来说是个极大的鼓舞。若干年前，晴朗从东南水利水电工程大学毕业后参加了工作。两年后，不甘沉沦的晴朗在大学导师的引荐之下，又考入全国知名的高等学府清华大学进行为期五年的硕博连读。这五年来，晴朗除了坚持导师的课堂教育之外，还考察了全国大大小小几十个水电站，并参与国家重点水利枢纽工程和一些泄洪闸、防洪大坝的设计和施工工作，请教过无数水电专家解析疑难杂症，并写下了十多篇考察报告、科研论文，分别发表在国内外重要杂志上，一度曾引起同行们的瞩目。读博期间，晴朗曾有过两次出访美国考察学习的机会，但为人谦和的晴朗把这样的机会让给了系里几位行将退休的老教授。有许多人认为晴朗完全是多此一举，晴朗淡淡一笑："来日方长。"

六

明天广场四周的灯光，随着音乐旋律的起伏跳着优美的舞蹈，广场中心的空地上，点缀着三三两两的市民，他们有的在闲适地散步，有的在热烈地交谈，情侣们相依相偎在树荫后的长椅上，彼此诉说着喃喃的情话，几个儿童瞪大了天真的眼睛，在音乐喷泉前观看飞跃似海豚般的泉水而来回雀跃，他们都在尽情地享受这一天之中最美好的时光。从广场东南角一隅的蓝岛咖啡屋的窗口，散射出一束柔和的光芒，与这热闹的广场四周的灯光，交汇成一动一静的夜色，使人感到温暖而满足。

晴朗要了杯蓝岛咖啡屋的特色咖啡——"蓝岛"，机灵鬼迟增辉点的是"虞美人"，沉稳的凌建波点了杯"吉祥如意"。咖啡屋里，卡伦卡朋特那略带苍凉忧伤的歌喉，正袅袅盘旋于屋里的每一个空间。大家静静地安坐在桌前，默默品味咖啡的苦和香。浸在这浓浓的香气和抒情的音乐里，连平时最爱说话的迟增辉也仿佛受了感染而变得矜持内敛。

晴朗抬起头，忽然意外地发现了那个"紫薇"，那个招聘会上正襟危坐高高在上的丫头，不知什么时候坐在他们斜对面的桌前。丫头的旁边，一个面容清丽穿着素净的女人和另一个长相一般却打扮入时的女人，一左一右环绕着"紫薇"，正面带笑容，神情亲密地轻声交谈着。

雨浓正和羽衣、燕翦愉快地交谈着，忽然她感觉到了那一束注视自己的目光。雨浓不由自主地朝着目光射来的方向望去："侠客！"雨浓颇感意外地脱口轻呼。

"丫头！是不是武侠书看多了？"背对着晴朗的羽衣，并没有注意到雨浓眼神里的变化，疑惑道。

"别瞎猜了，你看。"燕翦悄悄推了推羽衣，轻声说。羽衣循着雨浓的目光回过头，发现有一陌生男子正盯视着雨浓出神。

"增辉、建波，时候不早了，我们走吧。"晴朗边说，边起了身。

"经理，怎么了？"迟增辉忽然察觉到晴朗眼神的一瞬间的变化，冒冒失失地发问。

"没什么，走哇。"晴朗悄悄整了整脸色，站起身来，急急忙忙地跨着大步走出"蓝岛"，来到明天广场。此时的广场，已不见了散步的人群，刚才还到处可见的嬉戏的孩子们都可能已进入甜甜的梦乡。

晴朗慢慢地沿着广场四周的甬道一圈圈地走着，双眉紧锁，一声不吭，似有重重心事。

"经理，大家都累了，还是早点回去歇息吧。"一直没出声的凌建波忽然提议道。

"好的，你们先走吧，我再散会步，一会儿就回去。"晴朗向迟增辉和凌建波摆了摆手，继续踱着不紧不慢的步子。

迟增辉和凌建波走了，留下晴朗一人在夜色朦胧的广场上散步。四周静悄悄的，只有昏黄的路灯，把晴朗的身影拉得细细长长、错错落落的，它仿佛想要把晴朗心里的秘密一点一点地窥破。

晴朗忽然觉得有点心烦，忽然又觉得有点兴奋。大概是咖啡喝多了，是咖啡因在作怪呢。

不知不觉中，晴朗已转出广场，来到了广场附近的甬江畔，黑夜里，暗波奔涌的江流声刺激着晴朗兴奋的神经，微微的江风轻抚着晴朗发烫的额角。晴朗在一张离路灯不远的长椅上坐了下来，掏出随身携带的笛子，送到唇边。婉转流畅的笛声，轻轻地从晴朗微启的唇齿间滑出，把这温柔的夏夜点缀得情意款款。

"嗨，你是谁？"多嘴多舌的羽衣忽然出现在晴朗的面前，着实把沉浸在自己笛声中的晴朗吓了一大跳。

"别胡闹，那是我们公司的设计部经理晴朗。"不知什么时候，雨浓、羽衣和燕翦喝完咖啡，信步走出咖啡屋，听得隐隐约约的笛声从江边传来。

"深更半夜的，谁还有这等闲情逸致吹笛？"三个人好奇地循着笛声一路找到了江边。喜欢恶作剧的羽衣，无比惊诧地发现了这个在月色中独自吹笛的男子，正是刚才在咖啡屋里盯着雨浓的人，于是就想上去吓他一吓。

"有这么巧的事，我怎么从来没见过这个人？"羽衣瞪大了眼故作惊奇地问。

"我们只是集团公司下属的一家分公司，其他分公司分布在全国各地，即使走到天涯海角，也能碰到我们公司里的同事哦，这么多同事你怎么可能都认识呀，真是个傻丫头。"雨浓嗔怪着羽衣，边对着晴朗略含歉意地笑了笑。

"这么巧，你们也来了？是不是要观赏甬江夜景？这里的夜景真的很迷人呢。"被打扰了的晴朗并不恼怒，干脆收起竹笛，礼貌地站了起来。

"是呀，这么美妙的竹笛独奏，配着眼前美妙景色，又岂能少了我这个喜欢附庸风雅的听众？"羽衣叽叽喳喳地管不住自己的舌头。

站在一旁的燕翦并不说话，只安安静静地微笑着。

"会喝酒吗？"羽衣忽然没头没脑地问。

"什么？"显然，晴朗一下子没能明白羽衣的意思。

"我是问你，会喝酒吗？一个不会喝酒的男人，算不上是个真正的侠客。"

听了羽衣的话，晴朗更是丈二和尚——摸不着头脑。

"侠客？谁是侠客？至于喝酒，倒是能喝一点儿。"

"那就行。跟我走，上酒吧！"羽衣快人快语，不由分说地发出邀请。

"这丫头，半夜三更的喝什么酒，显然是疯了！"雨浓对这个一直像妹妹似的宠爱着的好朋友，总是一点办法也没有，不一会就无条件地举白旗投降了。

羽衣却理直气壮地不依不饶："你的同事不就是我的同事嘛，既然难得碰上，择日不如撞日，咱们就一起喝一杯，有何不可的呀？"说完，又悄悄地附着雨浓的耳边找补一句："这还不是为了你，检验一下他到底是不是个真正的侠客。"

"去你的，少胡说八道。"雨浓轻轻地骂了一句，同时在羽衣的胳膊上掐了一把。

一行人来到市中心的A7。台上年轻的调酒师正和着节奏强烈的音乐，表演高超的调酒绝技，台下一群奇形怪状的年轻人正跳着热舞，整个酒吧显得热烈时尚而又奔放，使人有热血涌出的感觉。但这样喧闹的氛围雨浓并不喜欢，她更喜欢飘着悠远古乐的茶座或是荡漾着欧美怀旧情愫的咖啡屋。

"来来来，喝一杯。"喜欢热闹的羽衣如鱼得水般地游走在酒吧的舞池，寻找合适的舞伴。晴朗、雨浓和燕翥找了个角落里的桌子，点了几杯酒，坐在那里边喝边轻轻地说着些不咸不淡的闲话。

灯光闪烁的酒吧里，晴朗的眼睛一直熠熠生辉，不时对着雨浓。

雨浓忽然又一次地感到了似曾相识的眩目，或许是因了这动感的音乐，或许是因了酒精的作用，或许还因了别的什么。

七

借鉴国内外同行的薪酬改革办法，又经过几上几下反复征求各方面的意见和要求，雨浓所在公司的薪酬改革方案终于定稿成文，并套红印成了红头文件。当把一大摞的红头文件放在老总宽大的办公桌上时，雨浓长舒了一口气，积聚了数个月之久的紧张心情终于在这一刻得到了纾解。

得到老总的首肯，雨浓轻轻背转身出了老总的办公室，并随手带上了门。一回到自己的办公室，雨浓情不自禁地哼起了那首曾经在网络中广泛传播的《猪之歌》："猪，你的鼻子有两个孔，感冒时的你还挂着鼻涕扭扭……猪，你有两只黑漆漆的眼……"

这样的时刻，这样愉快的心情，雨浓是不会忘记与好友一起共享的。

"喂，羽衣，今晚能出来吗？"

"什么事这么开心？今晚恐怕不行，我有个约会呢。"羽衣爽快地回答并加以坚决地拒绝。新近羽衣的单位和邻近的单位组织了一次联谊交友活动，羽衣在这次活动中，认识了一个男孩子，不但人长得高大帅气，家里又有钱有势，羽衣对他简直是一见钟情，对于雨浓的邀约，当然是堂而皇之地加以拒绝了。

"死丫头，见色忘友的家伙！以后有什么事可别想着来找我。"雨浓故作恶狠狠地说。

"关键时刻，怎能掉链子！"羽衣毫不为雨浓的口气所动。

"算了，算了，约你的会去吧。小心帅哥的迷魂汤把你弄得分不清东南西北，到时还得我来救你。"雨浓一边开着玩笑，一边就挂断了电话。

"燕翦，今晚有事吗？"雨浓并没有因为羽衣的拒绝而坏了好心情，继续拨通了燕翦的电话。电话的那一端传来燕翦很是忙乱的声音："哦，是雨浓啊，今晚？今晚我没空，我还得加班呢。"燕翦是一家服装厂的时装设计师，面对日新月异的时装变幻潮流，可想而知，燕翦的工作压力有多大。

"忙，都那么忙，这个世界上难道只剩下我一个人是闲人了？"雨浓不以为然地笑笑，但是心情还是出奇地好。她仰靠在柔软而舒适的办公椅里，偏过头伸直了腿，筹划这个双休日的去处。

为了公司的改革方案，平素喜好旅游的雨浓已好久没出去走走了。雨浓忽然便有了那么一股子冲动，脑子里灵光一闪，决定利用这个双休日去做一次短途旅游。

在脑子里排查了各处的风景名胜后，雨浓决定去杨家溪。听说那里的风景不错，离海城又不远，况且马上要建水力发电站了。只要施工一开始，堆满砖头、水泥、黄沙、钢材之类施工材料的地方总是很煞风景的。

"这俩死丫头，需要她们的时候都推说忙，看来凡事得自己有主意，求人不如求己，我就来一次说走就走的旅行，回来看馋不死她们！"

心动不如行动。下班回家，雨浓真个就准备起了旅行用的东西，并在网上预订了一张到杨家溪的动车票。

星期六转眼即至。一大早，雨浓精心盘起她那一头乌黑的长发，上着浅紫色的 T 恤，下穿浅蓝色牛仔裤，足蹬休闲鞋，挎上小背包，精神抖擞地乘车赶赴杨家溪。

有些事真出人意料！令人想不到的事随时都可以发生，或许生活本就充满了各种机缘巧合和戏剧色彩，只是因为人们的忙忙碌碌而被疏忽了。坐在雨浓同一排位置上的正是那个与晴朗一同被招聘进雨浓公司的杨更祖。杨更祖是到杨家溪考察水电站施工现场的，他得准备许多水电站建设的前期工作。

杨更祖的相貌其实也是很出众的。身材高大，宽额，目光深邃，鼻梁直而挺，嘴棱角分明，因负责管理施工方面的工作，必须经常跑外勤而使脸部皮肤呈现出健康的古铜色，腮边隐隐约约可看出的络腮胡子被刮得干干净净。今天的杨更祖着一身米色的休闲服，随意舒适，浑身洋溢着健康的气息，显得英气勃勃，他正是现代都市少女们理想中所追逐的白马王子的典型。

杨更祖是个善谈的人。于是，雨浓的旅途便不再寂寞。甚至可以说是带了点愉快的味道。一路上，杨更祖从美国的"9·11"谈到中东的海湾战争，美伊战争后的虐囚事件，从中国远古的三皇五帝谈到唐宋元明清历朝历代的趣闻逸事，直到中国发射成功的"神六"宇航员的选拔。话题从西到东、从上到下，天上地下，包罗万象。三个小时的车程，就在杨更祖的神侃之中悄然而逝。当司乘小姐操着悦耳的普通话喊："各位旅客，终点站杨家溪马上到了，请大家整理好自己的行李物品，准备下车。"雨浓这才如梦初醒般地从杨更祖的"山海经"里脱身出来，连忙拎起背包下了车。

顺理成章，杨更祖和雨浓一同住进了杨家溪附近唯一的一家四星级宾馆——紫烟山庄。紫烟山庄背靠奇丽的落霞山，南临杨家溪，依山傍水，正是人们休闲度假的好去处。

来杨家溪度假的人很多，运气好的是，山庄正好还剩下最后三间房，杨更祖便入住七楼最西头的 719 室，而雨浓入住八楼最东首的 801 室。推窗远望，在金色阳光的掩映之下，波涛汹涌的江水闪着粼粼波光，江鸥在宽阔的江面上上下翻飞，令人心旷神怡、耳目一新。

下午的游程挺轻松的，雨浓找了个当地的导游，游览了落霞山新近被开发出来的一些神秘洞穴，洞外温热的天气和洞内凉爽的气候形成了强烈的反差，使雨浓有种恍如隔世的迷离之感。

八

当落日的余晖洒满落霞山上大片大片郁郁葱葱的树林上时，雨浓回到山庄，并在餐厅简单用过晚餐。一回到 801 室，雨浓把盘了一整天的长发放了下来，将自己疲惫的身子整个地泡在温热的水里，舒舒服服地洗了个澡，换上了飘逸的月白色细纱长裙。

雨浓有个称不上是好还是不好的习惯，那就是无论身处何地，总喜欢晚饭后在月色朦胧中散步。晚风中的杨家溪应该别有一番景致吧，雨浓这样想着，便下了楼，穿过山庄的大门，向不远处的江边走去。

一轮明月挂在落霞山顶，把雨浓前面的路照得真真切切的，沿江而去的道路两旁载满了香樟树，空气中散发出隐隐的清香。晚风轻拂着雨浓裸露的面颊和披散的长发，她感到通身舒泰，浑身的毛孔也似乎随着晚风轻轻地舞动。

忽然，雨浓隐隐约约地听到了一阵悠扬的笛声，那笛声时而低缓流畅，时而激情奔放，时而又平静如水。多么熟悉的旋律！多么动听的笛声！撞击着雨浓耳膜的笛声，正是那令无数观众为之动容的电影《泰坦尼克号》主题曲。在这异乡的月夜里，在这涛声阵阵的江边，听熟了由萨克斯管演绎的《泰坦尼克号》主题曲，忽然变成了如歌如幻的笛声，雨浓不由得呆了。

"不会又是那个侠客晴朗吧？"像有根无形的绳子在牵引，雨浓不由自主地朝着笛声发出的地方走去。

一个乳白色的身影坐在江边一块突出的巨石上，正面对江水全神贯注地吹着竹笛，他的侧影一动不动，在这清亮的月华的映衬下，像一幅画，更像一首诗，安逸而神秘。

"侠客……"雨浓轻呼。

箫声戛然而止。

"紫薇！"看清面前亭亭地站着的那个人是雨浓时，晴朗颇感意外，似乎吃了一惊。

"紫薇？！"雨浓调皮地笑了，"谁是紫薇？我不是紫薇。"

"哦，对不起！"晴朗被雨浓调皮的神情逗乐了，也不由笑了起来，夜色里看不清他的脸是不是有些尴尬地发红。

这时，江面刮起一阵风，晴朗和雨浓忽然同时收敛起笑声，四目对望。顿时，气氛变得异样起来，周围的空气似乎一下子被什么凝固住了，各自有点迷乱的心跳声似乎清晰可闻。

朦胧的月光下，晴朗的眼睛闪闪发光。

"紫薇……"晴朗喃喃地翕动着嘴，迟缓地伸出手去，轻轻地、轻轻地把雨浓拉向自己。

"侠客……"雨浓的脑中突然变得一片空白，身不由己地靠向晴朗，身子轻轻地抖动起来，既不是因为寒冷，也不是因为害怕。

"侠客，我在哪里见过你。"

"我也是，我仿佛在一千年前就认识你了。雨浓，你真的好像我窗台上的那枝紫薇。"

"是吗？"

"是。"

"侠客，我害怕。"

"怕什么？小傻瓜。"

不知什么时候，那轮高高在上的明月躲进了云层，江水也变得平静而温柔起来，只有"咕咕"叫着的江鸥在江面上低低地盘旋。

九

江南的雨总是这样，多情柔绵而细致。细细的雨滴落在宽大的梧桐树叶上，发生细细碎碎的"沙沙沙"声。雨浓慵懒地躺在床上，就着橘黄色的台灯，手头捧着一册《红楼梦》，她正在和大观园里的女孩子们同悲同喜。

"丁零零……"床头的电话响了。雨浓伸过手去接听。

"雨浓，我在你楼下，能下来吗？"听筒里传来晴朗那特有的金属般的声音，沉稳而平和。

"有事吗？我已躺下了。"雨浓疑惑着，都这么晚了。

"你下来吧。"晴朗坚决地说，不由雨浓分说，挂断了电话。

"真是的。"雨浓赶紧起身，随手换上了一袭淡青色的长裙，将长过腰际的黑发简单拢了拢，下了楼。

昏黄的路灯下，晴朗的双眼紧盯着楼梯口，将身子站得直直的，脸上挂着温暖的笑容。

"我们去看海。"晴朗边说，边拉起雨浓钻进了车子。

"看海？"雨浓颇感意外，"我的鞋怎么办？高跟的呢。"

"没事，有我在。"

车子在亮着一排排路灯的长街上绕了几个弯便出了城，向郊区驶去。车窗外，密密的细雨还在无休止地下着，雨刷不停地在车窗上上下舞动。晴朗全神贯注地开着车，雨浓默默地坐在旁边，静静地聆听晴朗特地为雨浓放的古筝演奏曲《高山流水》。

"知音少，弦断有谁听。"正在专心开车的晴朗忽然轻轻地念叨起来，神色有点黯然，雨浓不禁为之一震。

"一朝春尽红颜老，花落两亡人不知。"雨浓前言不搭后语地附和了一句。

"晴朗。"

"嗯！"

"雨浓。"

"嗯。"

"晴朗，我心里难受，很难受。"

"我知道，雨浓，我知道。"

远远地，隐隐约约传来海浪拍岸的声音。海，雨浓神往的夜的海，马上就要呈现在他们的眼前。

博大而宽阔的海，宁静而慈祥的海，这时已没有了往日的凶悍和喧嚣，正静静地躺在晴朗和雨浓的面前。在这样略显缠绵且有点哀伤的雨夜里，远处城市灯光的反照，使海面闪现出斑驳陆离的光彩，空中已不见了海鸥的踪迹，也许它飞翔了一整天，感到累了吧。原本喜欢躲在嶙峋乱石丛中的小鱼小蟹们，在这样的雨夜里，也早早地钻进了各自的洞穴，正和家人们享受着天伦之乐呢。

远离了城市的纷纷扰扰，远离了城市的忙忙碌碌，远离了城市的浑浑噩噩，把身把心把整个灵魂交给了这黑漆漆的未知的夜的海，雨浓感到自己像一个卸下了重重盔甲的战士一样，浑身上下松快而舒坦。夹着细雨略带咸涩的海风，轻轻地吹打在脸上，使人神清气爽。

"雨浓！"晴朗一手擎着雨伞，一手扶着雨浓，欲言又止。

"不用说，我全都明白。"雨浓急忙阻止晴朗的话，此时此刻，她不愿意让任何不想思考的事情来破坏这样的雨景这样的心情。

执手香沫

"少年听雨歌楼上，红烛昏罗帐。壮年听雨客舟中，江阔云低断雁叫西风。"

"而今听雨僧庐下，鬓已星星也。悲欢离合总无情，一任阶前点滴到天明。"

"听雨？"晴朗会心地朝雨浓暖暖地笑，"你也喜欢？"

"不可以吗？"雨浓忽然变得开心活泼起来，调皮地眨着亮晶晶的眼睛，歪着头对着晴朗。

"真好。"不知是在赞美这美丽的夜海，还是在赞美雨浓，晴朗的脸上泛出了感动的光。他用宽大而有力的双手捉住雨浓修长的手指，紧紧地捏着，仿佛要把她放在自己的手里，呵护她一世一生。

"我可以吗？我还可以吗？"晴朗对着自己，对着这夜的海，问自己的心。

十

几乎每一天，当雨浓踏入办公室后的几分钟里，总会有花童送来一束用浅紫色包装纸包装的香水百合。绿色的长叶，淡淡的幽香，洁白的百合花，在淡紫色包装纸的映衬下，显得楚楚动人、惹人爱怜。置于案头的花瓶里，雨浓凝视着这束花，常常久久地默然无语。

百合，百年好合！多么好听的名字。如果真心相爱的人都能百年好合，那该多好！

雨浓的工作很忙，处理劳资纠纷，负责招聘新员工，人事调配管理，等等。忙碌的工作总是让雨浓来不及，或者说是没时间来仔细想自己的事。只有等一天紧张的工作结束，躺在自家温暖舒适的床上，雨浓才会边翻看随手抓来的书，边想自己的心事。她想起这一段时间所发生的一切，总是感到迷惑不解，这也让她时时感到惴惴不安。

"晴朗！"这个干净清爽的男人，这个像个侠客一样飘逸洒脱的男人，这个似曾相识令人困惑令人怦然心动的男人，"在我的生命之中，这样的感情是不是在劫难逃？"

"雨浓。"晴朗欲言又止的神情，始终让雨浓感到不忍。晴朗紧紧盯着雨浓发光的眼睛，又让雨浓屡屡心动过速。晴朗紧紧拽着雨浓微微颤抖的双手时，又让雨浓产生逃不脱的心醉。

他们都在回避着敏感的那几个字，那几个随时随地会引爆整个世界的字……

"雨浓！"走廊里，一个熟悉的身影向雨浓走来。

"是你！杨更祖，你好！"哦，原来是那个幽默风趣的杨更祖。

"你好吗？回来后还没见过你呢。"杨更祖热情地说。

"我很好，谢谢！"雨浓正忙着，想匆匆结束这样的交谈。

"雨浓，我……"杨更祖未语，脸却慢慢有点潮红。

"怎么啦？一个大男人。"雨浓不禁笑了，调侃地问。

"收到我的花了吗？"更祖有点忸怩。

"百合！你送的？"雨浓大感意外，脸上写满了错愕的神情。

"怎么，不喜欢？"杨更祖热切的神情瞬时变得有点暗淡。

"啊，不，不！喜欢，我喜欢！"雨浓的脑袋被这突来的事弄得轰轰作响，说话变得语无伦次。

"真的喜欢？"杨更祖的脸瞬时又多云转晴，欢天喜地起来。

"我以后每天都会送给你。"说完，更祖侧转身，迅速地向老总的办公室走去，只留下雨浓还在那里呆呆地发愣。

"香水百合，多么美丽的花，多么美丽的名字。一直以为是晴朗送的，怎么会变成了杨更祖？"雨浓不知是该喜还是该悲，一下子期期艾艾地自语起来：

"杨更祖，晴朗？"

"晴朗，杨更祖？"

雨浓机械地抬起腿，走进自己的办公室。

案上的百合花，正旺旺地开着，散发出幽幽的清香。

这更像一场梦，一场让人始料不及、辨不出真假的梦。

十一

杨更祖是个爽直而果敢的人，也是个言出必行、不达目的誓不罢休的人。每天清晨，在踏入办公室的第一时间内，雨浓果然都能收到由花童送来的一束鲜艳欲滴的百合。

杨更祖在雨浓的印象里不算坏，外表俊朗，幽默、风趣、健谈，又有才能，如果和杨更祖作为一般的好朋友相处，还是很值得的。但显然，杨更祖把雨浓并不只当普通的好朋友对待，而是有更深的期望和打算。

"雨浓，为什么总是回避我，不给我一点希望和幻想？"当雨浓又一次拒绝杨更祖让她一起去吃顿便饭的邀约时，杨更祖便有点懊丧，但又束手无策。

"女人心，大海针。"杨更祖不明白雨浓的心思，而此时的雨浓却同样有苦难言。

"晴朗。"这个名字仿佛一粒种子，落入雨浓的心里，生了根，发了芽，并深深地扎根在那里，使人欲拒还休，欲罢不能。

理智告诉雨浓应该接受杨更祖，拒绝晴朗，但有时候感情的萌发不是理智控制得了的，一想到如果离开晴朗，那无异于让雨浓像落入水中似的感到窒息。"这怎么可能？又怎么可以？"一向很理性的雨浓陷入了混乱之中。

"你绝不是——

"雨过天晴，被人遗忘的伞。"

晴朗的短信一直存在雨浓的手机里，已经好几个月了，每当雨浓感到沮丧的时候，就会翻出来看看，面对这条直白似的短信，她常常会琢磨上好半天，猜度晴朗当时发信时的心境和神情。

"伞——散。"晴朗为什么要把我比喻成一把伞？雨过天晴的伞，总是会被人经意或不经意地遗忘在无人想起的角落。

"我不是那把容易被人遗忘的伞，那我又是什么？"被人记得是种幸福，但被人遗忘未尝不是种另类的幸福？比如杨更祖，就该把雨浓遗忘，这样会使杨更祖，或是使雨浓过得将更轻松些。

"梨——离。"有一次雨浓出差去杭州时，车站上，晴朗为雨浓买来了一袋水果，"丰水梨，水分很足，路上可以解解渴。"晴朗是这么对雨浓说的，但并不迷信的雨浓却悄悄地把那袋梨留在了火车上。

"丰水梨——分手离。水分很足，那是梨的眼泪吗？"仿佛有根针刺进雨浓的肝区，那种锐利的痛，让人刻骨铭心。

"你有心事？"午后的阳光照在氤氲的茶室里，室内充满着一股暧昧的气息。

燕翦是个心细如发的聪明女子，她凝视着雨浓紧锁的双眉，过了半天后才发问："想告诉我的时候就说，不想说的话，就请细细品茶。"善解人意是燕翦的强项。

"喝过云南大理国的白族三道茶吗？"为了打破这静默似的无语，一向不喜欢多言多语的燕翦，这时候却像个老学究似的正着脸色，一本正经地开始给雨浓讲解，"去年我去云南旅游，最值得回味的不是那白雪皑皑终年不化的玉龙雪山，也不是已沾染上浓厚商业气息的号称最后一个女儿国的泸沽湖，更不是有着许多美丽传说的大理的风、花、雪、月。"

"是三道茶？没听你提起过呀。"雨浓有点惊讶。

"是的，每个人的心中，或多或少都会藏匿一些不为人知的东西，也许这些东西在一般的人看来稀松平常，而在当事人看来却是值得珍惜和留恋回味的，就比如这三道茶，从云南回来后，我一直没有和任何人提起。因为这三道茶，给了我太多的感触。"

"是吗？那我倒要洗耳恭听了。"雨浓被燕翦少有的神色所吸引，好奇心被激发了出来。

"品三道茶，如同品一种人生，所以一定要先敛定心神。云南的苍山和洱海，有着令人神往的圣洁和美丽。只有在这美丽的苍山之下洱海之上细细品味这三道茶，才能品出与别处不同的茶的意境来。"

"第一道茶——苦茶。喝过苦丁茶吗？这苍山脚下的苦茶，与这儿茶庄里卖的苦丁茶可不一样。这苦茶是云南著名的沱茶，也叫女儿茶。女儿茶是在女儿出生的时候，精选上好的茶叶，蒸好并精心压制而成后，藏于地窖里，等女儿出嫁时作为陪嫁的嫁妆之一。上好的沱茶冲泡后色泽呈金黄色，初入口中，味蕾收缩，好像你前半生所有的凄楚都聚集在了舌尖。

"第二道茶是甜茶。茶水上面浮着厚厚的芝麻、核桃片，喝一口蜂蜜般香甜的茶，再回头看看呈现在眼前的歌舞升平的祥和景象，终于明白什么叫苦尽甘来，什么叫生活的幸福。

"第三道茶，是用花椒、生姜、桂皮等配料熬出来的回味茶。人生百味尽在这道回味茶里了。

"三毛有个著名的比喻：人生好比在品三道茶：第一道苦若生命；第二道甜若爱情；第三道则淡如轻风。即使行事潇洒、走遍天涯路的三毛，最终也是逃不出自己的心魔。可见，欲望无边，无论智者，或是愚者，或是自诩清高者，或是市井之徒……都免不了有画地为牢，钻进牛角而无力自拔的时候。"

"哦，燕翦，你什么时候变得如哲人般地深刻了？"雨浓叹服地望着燕翦，燕翦反而被弄得不好意思地笑了："死丫头，把我的好心当作驴肝肺。"

十二

"久别重逢梁山伯，倒叫我又是欢喜又伤悲。喜的是今日与他重相会，悲的是美满姻缘两拆开……"窗外，不知谁家正在反复地播放着《梁祝》那如泣如诉的越剧唱段，给海城的秋色涂上了一层忧郁的色彩。

"见她，还是不见？"晴朗将双手反托着后脑，半卧床侧，双眉紧锁。

"雨浓。"晴朗的脑海里不时地翻腾着雨浓柔柔的笑靥、脉脉的眼眸、湿润的红唇。

"我该怎么做，才能不伤害到你？"

"无论什么样的结局，总还是要伤害到你。"

"情非得已。"晴朗不想轻描淡写地只用这四个字来概括他与雨浓之间所发生的一切，那显然是对雨浓的不公平或是一种轻侮。

"雨浓，等我，等我一百二十年。一百二十年风霜雨雪中的等待，你忍受得住吗？雨浓，我是那个值得你如此长时间等待的人吗？"晴朗反反复复地在心中默诵着这几句话，辗转反侧，不能成眠。晴朗明白他自己没有任何资格来给予雨浓任何实质意义上的承诺，但理论上总还是得给她一个交代。

"雨浓，我想见一见你。"晴朗忽然翻起身，情不自禁地给雨浓拨了个电话，"我马上来接你。"

"晴朗，我也想见你。"电话的那端传来雨浓梦幻般的声音。

不知不觉已是深秋，天气有点凉，雨浓换上乳白色的长风衣，用牛角梳重新把长长的头发梳理整齐，唇上描了点淡淡的唇彩，带上门，下楼。

穿着浅灰色休闲套装的晴朗，早已等候在楼下，秋日的阳光照在他的身上，显得随意而脱俗。

雨浓朝晴朗轻轻地笑了笑，并不说话。晴朗伸过手，扶着雨浓的肩，一起转身向不远处的甬江边走去。

"先生，买束花吧。"不知什么时候，在晴朗和雨浓的面前倏地窜出一个小女孩，拎着一篮紫色的勿忘我，楚楚可怜地乞求道。

"不，我们不买。"雨浓有意阻止晴朗，但又有点同情小女孩。

"你为什么不去上学？"

"爹病了，娘没有工作……"小女孩的眼圈儿开始发红。

晴朗向小女孩递过一百元钱，拿起一小束勿忘我，温声对小女孩说："你走吧，不用找零了。"

小女孩接过钱，拎起花篮，又向另一处的人们兜售她那篮中永远也卖不完的花。

"苟富贵，莫相忘。"望着勿忘我，雨浓忽然想起少年时代曾读过的一篇课文，陈胜吴广农民起义，他们虽曾借助鱼腹中的一尺白绫，成就了一番惊天动地的事业，但最后仍逃不脱失败的命运。历史上出现的英雄豪杰千千万万，而真正能被后世之人记得的又有几人？

勿忘我。紫色的花，狭长的绿叶，幽幽的香，一束纤弱而高贵的花，人们都凭借它来寄托自己达不到或是等不到的愿望或是奢望。但是，它并不遂人愿，总是凋谢得太快。

"晴朗，这花，很特别。"雨浓接过晴朗手中的勿忘我，抬头凝视着晴朗的面庞，眼底有一抹泪光在闪烁。

"是啊，你也一样，很特别。"晴朗的眼眸里浮现出一股温情、一份感动、一种欣喜和一阵疼痛。

"更祖，更祖他人很好。"晴朗忽然转变了话题，他的手却在轻微地颤抖。

"是吗？噢，是的，更祖是个勇敢果断的人。"雨浓顿了顿，"可惜……"

"雨浓，我……"晴朗迟疑着。

"别说了，我明白。"雨浓颤声阻止晴朗，但那清清亮亮的泪，终于没能忍住，瞬间如瀑布般地飞泻下来。

"丫头，别哭。"

"哦，我没哭，我只是流泪了。"

意料之中的结局，哭又有何益？

绛珠仙子的泪是用来还前世的夙愿的，而雨浓的泪，又是还的什么样的夙愿呢？

十三

雨浓远远地望着。晴朗的周围，围着一群青春艳丽的女孩，她们在一起笑着、闹着，神情亲昵地交谈着什么，晴朗不住地用温情的目光注视着她们，却全然没有发现雨浓的存在。雨浓麻木地感受着这一切，被动地接受着这一切，而这一切又仿佛与自己毫无关联。

"他不属于我，是的，他终究不属于我。"是的，除了在远处默默地看着他，悄悄地关心着他，她又能做什么呢？

"侠客，你好。"雨浓深深地叹息了一声，心口仿佛压着一块巨石，令她窒息。雨浓伸出手，想使劲推开压在心口的巨石，却发现自己除了费力地喘粗气以外，浑身动弹不得。

"侠客，救我！"雨浓拼出最后一丝力气，放开喉咙喊，"侠客，快来救我！"远处的晴朗竟像没有听到雨浓的呼救声一样，依然和围在身边的女孩子们嬉闹着。

"侠客！"雨浓忽然被自己一声尖利的叫声震醒，她睁开眼，却发现自己躺在床上，房间里漆黑一片，窗外寂静无声，正处夜半时分，雨浓意识到自己做了个奇怪的梦。她的心怦怦地跳个不停，额头上沁出细密的汗珠。

睡意在瞬间消失得无影无踪，雨浓侧身扭亮台灯，把时常放在枕边的《围城》捧在手中。

充斥着鲍肆之味的熟肉铺子鲍小姐，工于心计矫揉造作的苏文纨，百无一用的方鸿渐，热心能干的赵辛楣，躲在街角独享烤红薯的李梅亭，小家碧玉孙柔嘉，清纯脱俗的唐晓芙……一个个处于围城内外的人，形形色色，像走马灯似的在雨浓的眼前晃动，他们争着抢着要和雨浓诉说点什么。无论有钱没钱，无论大人物小瘪三，他们都无不在与命运做着无谓的抗争，爱情也罢，婚姻也罢，事业也罢，金钱也罢，没有的都想拥有，得到的却不知珍惜。开心也罢，伤感也罢，人生就像一个怪圈，经过了长途的跋涉，经过了万般的挣扎，但到头来，当你茫然四顾的时候，却发现自己又回到了起点，而这起点早已是满目疮痍、物是人非了。

晴朗，一百二十年？

岁月漫长，也不长。

雨浓的办公室里，案头的花瓶里总是插着由杨更祖派人送来的香水百合。花香清雅，花形脱俗。斗转星移，日复一日，从不间断，这一切更加昭示着杨更祖的执着和隐忍。

"更祖，你这是何苦呢？"雨浓看着瓶中的花，对杨更祖除了歉疚外，更多的则是不忍。没有结果的执着，对你对我，都是一种负累。爱情好比一场战争，结果只有"胜"和"败"两种；爱情也好比一场马拉松，不是坚持到底，就没可能夺冠的。

"更祖，从明天开始，请你不要再送花了，可以吗？"雨浓不想再这样拖泥带水下去，这样对杨更祖是不公平的。

"为什么，你能给我一个答案吗？"杨更祖的声音有点激动。

"我累了，需要休息。你能给我一个自由的空间，让我呼吸自由的空气吗？"

"可是，难道你到现在还不明白我的心意吗？我不会给你压力和负担的。"杨更祖的声音里有着一丝丝的委屈。

"更祖，你很好，你真的很好，我感谢你。但感情是不能勉强的，你的花，你的邀请，给了我太大的压力，你知道，强扭的瓜儿不甜，我们，我们是不可能走到一起的。"雨浓鼓足勇气一口气地说了下去，她很怕说得不好，而伤害了杨更祖，因为她不想伤害任何人。

"唉，女人哪！我将用什么来拯救你？"聪明的杨更祖明白，今生今世，他与雨浓真的是无法牵手了，于是立刻显示出了他性格中豁达和刚强的一面，他不想让雨浓有太多的为难。

"君子有所为，有所不为，一切随缘吧。"杨更祖只能做这样的自我安慰。

十四

雨浓的案头不再有清雅脱俗的百合出现，取而代之的是几支生机盎然金灿灿的向日葵，这也是那个欲持君子风度的杨更祖奉上的。

相传在远古时期，一朵水花幻成了一个精灵，竟迷恋上太阳神阿波罗，但只能远远地仰望他，她站了几天几夜，脚入地面生成了根，脸变成了金黄色的花朵，永生永世用仰慕的目光，深情地凝视着太阳，这就是向日葵的由来。

杨更祖不再给雨浓来电话，也不再在雨浓面前现身，他只是隔三岔五地让花童送上几支向日葵，他学会了默默地体察雨浓的心情心境，默默地为雨浓祝福，默默地承受孤独、寂寞和痛苦。

杨更祖的心意雨浓很明白，但她无能为力，她已走得太远陷入太深。

从接过晴朗的求职简历的那一刻起，从见到晴朗的第一面的那一时起，从杨家溪边双手相握的那一分钟起，从甬江边真情相拥的那一秒起——晴朗，雨浓；雨浓，晴朗；生生死死，死死生生——本不应该产生的情感纠葛，缘起缘分，竟像一场不真切的梦，更像一团理不清的雾，缠绕在雨浓内心深处的每一个角角落落。

"已婚"——晴朗的个人简历的婚姻状态一栏里，明明白白真真切切地写着这两个字，配偶状况一栏里写着"海外某大学求学"。作为人力资源部经理的雨浓，对晴朗的一切状况了如指掌，但为什么又让自己陷入情感的歧途，弄得心伤累累而无力自拔呢？

是晴朗的外貌气度，晴朗的学识修养，晴朗的干净明洁，晴朗的成熟干练……或是别的？

初会君面，似曾相识，是轮回千年万载的那个劫数吗？

心意相通，意乱情迷，是寻寻觅觅冥冥之中的一场误会吗？

前世今生，今生后世，是错喝了孟婆汤走错了奈何桥抑或拿错了红丝线？

理智，情感。情感，理智。

这世上，怎么一个"情"字了得？

舍？得？舍得，得舍？舍舍得得，得得舍舍？

每个人三百年前的前生，经三百年的辗转投生后分为两个人，一个是真我，

流　沙

另一个就是在你的一生中不停地寻寻觅觅的爱人。如若有缘，你可以在有生之年找到自己的另一半，从而演绎出一段或平平淡淡或轰轰烈烈或刻骨铭心的爱情故事，但这世上真正能找到属于自己的另一半的幸运之人，能有几个？虽然有的人已步入婚姻的窠臼，以为自己的另一半就是相守一生的人，但这个另一半是否就是三百年前自己的那个另一半呢？

"晴朗，你是不是我三百年前的那个另一半？如果不是，我为什么对你这样的熟悉和迷醉？如果是，那我们又为什么相遇太迟，不能心手相握？"

十五

"雨浓，"晴朗不由自主地长叹一声，"你这要命的丫头，今生负了你，如果有来生，你还愿意和我相见吗？"

整日忙于水电站设计的晴朗，内心受着同样的煎熬和挫败。一边是远在异国他乡求学的有恩于自己的妻子，一边是刻骨倾心的似三百年前就已熟悉的爱人。晴朗情感的天平整个地倾向于雨浓，但理智又在呐喊，向他提出了挑战。

没有妻子一家的帮助，也就没有晴朗现在的一切，是妻子的家庭帮助他完成了硕博连读的学业，继而跻身于专家学者之列。如果单凭晴朗普通工薪阶层父母体弱的家庭，也许他读完大学业已走上工作岗位后，就不会再重返课堂进行深造了，那这个世界上又将少了一个出色的水电设计专家。

晴朗感激妻子，包容着妻子，他有时甚至不清楚自己对妻子的情感是爱情多一些还是感恩更多一些，妻子很聪明，也不可谓不可爱，但晴朗与妻子在一起，总觉得缺少点什么，日子总是在不紧不慢平淡无奇中向前悄悄滑行。而雨浓，给晴朗的感觉却是前所未有截然不同的另一种体验，每一次想起她看着她握起她的手，她总会让他周身的毛孔极度收缩，乃至血流奔涌，情不自己地想拥她入怀，直至愿意呵护她一生一世。

学识、修养、名誉、地位、家庭……世俗的东西，对于每一个男人来说并非可有可无的东西，而是代表着他整个人生是否能取得成功和获得的成就感。林妹妹最反感的"禄蠹"，在现世社会里却更为男人们顶礼膜拜，也更为绝大多数的女人所倾慕。当然，对于一直处于奋斗状态的晴朗来说，他也不能完全免俗。

辗转反侧，晴朗忽然明白过来。动身的那天，他为雨浓特地在电台点了首她喜欢的经典老歌《Only you》——

Only you can make all this world seem right
只有你才使这世界看起来好美
Only you can make the darkness bright
只有你能驱逐黑夜带来了光明

执手香沫

Only you and you alone can thrill me like you do
只有你，只有你让我如此感动
……
The magic that you do
那是你施的魔法
You're my dream come true
你让我梦想成真
My one and only you
我的唯一只有你

　　听着这旋律优美略带忧伤的经典老歌，雨浓的泪，一滴，两滴，三滴……直至连成串，像断线的珠子般滑落下来。她颤抖着双手，把自己和晴朗唯一的一张电脑合成照片，锁进抽屉的最深处。她忽然感到了一种从未有过的解脱，一种超越于生命意义的释然，一种劫后余生再世为人的顿悟。

　　她终于明白，她与晴朗，只不过是散失于无垠天际中的两粒微不足道的流沙，将成为永不相交的平行线，渐行渐远于红尘俗世，相忘于天涯，散失在无边。

（原载 2011 年第 1 期《镇海潮》
2011 年度《镇海潮》十佳作品）

流　沙

铁哥们

"听说周部长被叫去红楼了。"一大早，外号小喇叭的丁水晶一脸神秘地附着银杏的耳朵，报道她的最新消息。

"是吗？这么快？"乍听到这个消息，银杏并不吃惊，在她的潜意识里，周圣岩出事是迟早的事，她只是惊诧事情发展得竟会如此之快。

"是真的，听说是我们单位里的人告发了他。"丁水晶继续发布她的最新消息，"给公司纪委写了匿名信，纪委早就暗中派人下来查了。"

"干活，干活，这些话可不能随便乱传。"身为广告设计部的业务主管，银杏性格沉稳，虽然丁水晶把周部长的事第一个透露给了她，但她并不表示感激，因为平时她就看不惯丁水晶那种总是把芝麻绿豆大的小事到处乱嚷嚷的个性，经常弄得单位里小道消息满天飞。今天这件事非比寻常，因此她尽力控制住自己的情绪，在丁水晶面前没表露出任何表情。

中午，银杏端着两只饭碗从食堂出来，迎面碰到夏得海。五年前在一次设计工作的年会上，夏得海被设计部的前一任部长慧眼相中从别的单位挖了过来，因为他平时颇有些恃才傲物，一副清高不近人情的样子，他的这个性格自然让继任部长周圣岩感到非常反感。"他算老几啊？在我手底下混饭吃，就得老老实实地干活，别想翻什么身。"周圣岩几次三番当着他那些要好的哥们儿的面这样说夏得海。因此自从老部长走后，夏得海的工作屡屡受挫，要钱要物要人全成了难事，浑身的本领施展不开，工作业绩自然平平，每年到年终评比的时候，常常为自己是不是单位的尾者而捏把汗。

虽然周圣岩处处弹压夏得海，但夏得海表面虽清高，骨子里却是个善良敦厚的人，他总顾及老部长的知遇之恩，以及老部长临走时嘱咐他的话："小夏啊，你是我抢回来的人才，这里需要你这样的年轻人发扬光大。"因此夏得海甘愿受周圣岩的白眼，"杵"在周圣岩的眼前继续留在单位效犬马之劳，这让周圣岩的心里时时觉得堵得慌。得不到周部长的支持，那些见风使舵惯了的人，自然也不把夏得海放在眼里，总会有人在适当的时机在周部长的面前打点小报告，周部长明知这些小报告大多查无实据，但他需要这些小报告来充填自己的肠胃，他希望自己能尽快名正言顺地开了他。

夏得海定睛看了下银杏，没有说话，银杏猜测夏得海已知道了那个消息。

"吃过啦？小夏。"因为两个人的设计课题有交叉之处，银杏和夏得海平时的联系相对较多，夏得海很敬佩银杏大姐的为人，对领导不卑不亢，与同事友好相处，他喜欢银杏身上那种斯文恬静、优雅大方的气质，银杏则喜欢夏得海脑子灵活，才气过人却又能忍辱负重。

"吃过了，洪大姐。"夏得海迟疑了一下，嘴唇嗫嚅着，没发出声。

"听说了？"银杏见夏得海的神情有异，急忙把夏得海拉到办公大楼的转弯处，悄悄地问。

"听说了，大姐。"夏得海轻轻地答道，银杏没再说下去。

"听说周部长被双规了，工资奖金停发。"正在人们四处议论周圣岩被叫去这件轰动整个设计部的爆炸性新闻没几天后，"小喇叭"丁水晶站在办公大楼的走廊里又一次开始报道，"这一次老刘和老戴也被叫去问话了。"老刘和老戴是单位所有人都公认的行事谨小慎微、只知埋头干活的两个老实人，这样的人会有什么问题吗？整层楼的同事都探出头想知道个究竟，"嗡嗡嗡"的议论声随之在大楼里蔓延。

"听说是本单位里的人举报的，也许是有人别有用心吧。"海报设计师毕书勤从写书间里探过头来，瞪着高度近视的眼睛，大声说。毕书勤和周圣岩是老乡加同学的关系，平时经常在一起推杯换盏称兄道弟，是铁哥们。就在周被叫去的这几天里，毕书勤逢人便说周是冤枉的、被人陷害的，一副义愤填膺的样子。正在这时夏得海从外面走了进来，同事们狐疑的目光立即像一支支利箭射向夏得海。

在同事们的逼视之下，夏得海神情尴尬地快速穿过走廊，回到自己的写书间，胸腔起伏不停。

"举报贪官是好事，可不能连累无辜啊！"夏得海在这样的议论声里仿佛一下子矮了下去，他变得更加沉默寡言，只有银杏冷静地观察着夏得海的一举一动，不参加任何议论。

"听说周圣岩利用手中的权力和设计经费在外面私下办了家设计公司，并向合作单位施压，几次三番地向他们索要贿赂，还让合作单位帮他家的新房装修，光装修费就花了二十八万，另外添置了全套家具和家用电器。"

"真看不出，这家伙平时省吃俭用，常年穿工作服，骑破自行车上班，部长的年薪一年有好几十万，公司年底还有额外分红，少说也有十来万，真不知道他会不会花钱，还贪那么多钱干吗？一家三口用用已足够了。"

"怪不得每次单位里课题经费的审批卡得那么紧，原来都挪作私人用途了啊。"

"还真别说，老周最讲哥们儿义气，围着他转的哥儿们哪一个没得过他的好处？这几天他的哥儿们一个个如丧考妣，正想办法帮他洗脱罪行呢。"

"平时眼睛看天上，这下算是玩完了。"

两个月后，毕书勤辞职不知去向。又过一周，"小喇叭"再次广播："周圣岩的问题不小，已正式被检察机关立案调查。另外，报告大家一个消息，举报周圣岩的人不是别人，就是昨天刚辞职的毕书勤！这家伙把周圣岩小公司里的钱席卷一空，跑了！"

听到这个消息，大家都呆了一下，只有夏得海重重地喘了口粗气，银杏的脸色变得严峻："蛇鼠一窝，活该！"

（原载 2008 年第 3 期《镇海潮》）

后　记

我们正身处一个剧变的时代，每时每刻都在上演着精彩的故事。生活在这个时代的作家是幸运的，可以不费吹灰之力就获取各种写作素材，像烹饪美味佳肴一样，将作品做得活色生香。一名优秀的作家，既是时代的忠实记录者，又是故事的积极传播者。

忝列作家之列，颇感诚惶诚恐，生怕一不小心辱没了作家这个神圣的称号，所以自己一直坚持和努力着，在不断磨炼和探索写作技巧的同时，认真做一个时代的观察者、实践者和思考者，锻炼自己捕捉敏感信息的能力，然后将这些信息作为养分，投射到自己的作品中去。

自媒体时代，人人都是作家，人人都有话语权。法国思想家帕斯卡尔说，人是一棵有思想的芦苇。身为作家，不能被时代潮流裹挟，成为一条没有思想的应声虫。作家首先要有自己的政治立场和艺术立场，有自己的看法和价值判断，有自己的方法论和世界观，谨慎提笔，尽力还原事情本相，传播精彩故事，才能不负作家这个称号所赋予我们的历史使命。

本书收录了我的六部中短篇小说，作品的背景大多设置在医院和大公司这两个环境之中，这与我本人的生活息息相关。我的父亲是位医生，救死扶伤是他的天职，父亲兢兢业业坚守在他的岗位上，直到退休的那一天到来为止。我从小记忆最深刻的便是父亲的药箱，父亲替人看病时的样子，以及父亲的医生同事和医院里熟悉的来苏水味道。而我自己则在大型国企工作了三十年，从进公司的那一天起，看着她一点点地扩大成长，看着她不断地转型升级，看着领导同事的认真努力，如今她早已成为行业内的标杆。如今我虽已离开公司，但那些实验室、试剂瓶、烧杯、办公室、厂房、炼塔、装置管线，那些熟悉的场景，那些熟悉的人和事，不是离开后就能轻易忘记的，他们都已在我的身上打下深深的烙印。另外，生活中不断发生的大大小小故事，媒体中不断爆料的许许多多热点，无论近处还是远处，大事小情中传递出人的本性和欲望，失败和成功，都会成为我写作过程中随手拈来的好素材。

人们常说，艺术来源于生活而高于生活，我的感受是生活远远比任何一部成功的文学作品更为精彩，更为出其不意。在写作这些小说的过程中，我既受到文学前辈们的指导和帮助，也受到亲朋好友的理解和支持，对此，我表示万分感谢。同时，我更要感谢唐斌源（冰原）先生在百忙之中抽出时间给本书精心作序。

由于出书时间仓促，加上本人的写作和认知水平有限，本书肯定存在不少错误和不足之处，恳请大家批评指正。

蔡菊香

2020 年 9 月 28 日

执手香沫

120

图书在版编目(CIP)数据

执手香沫 / 蔡菊香著. —杭州：浙江工商大学出
版社，2022.6
　　(镇海作家文丛. 第三辑)
　　ISBN 978-7-5178-4961-2

　　Ⅰ. ①执… Ⅱ. ①蔡… Ⅲ. ①短篇小说—小说集—中
国—当代 Ⅳ. ①I247.7

　　中国版本图书馆 CIP 数据核字(2022)第 088885 号

执手香沫
ZHISHOU XIANGMO
蔡菊香　著

责任编辑	沈明珠
责任校对	何小玲
封面设计	宇　声
责任印制	包建辉
出版发行	浙江工商大学出版社
	(杭州市教工路 198 号　邮政编码 310012)
	(E-mail:zjgsupress@163.com)
	(网址:http://www.zjgsupress.com)
	电话:0571-88904980,88831806(传真)
排　　版	杭州宇声文化艺术有限公司
印　　刷	杭州良诸印刷有限公司
开　　本	710mm×1000mm　1/16
印　　张	106.5
字　　数	2145 千
版 印 次	2022 年 6 月第 1 版　2022 年 6 月第 1 次印刷
书　　号	ISBN 978-7-5178-4961-2
定　　价	398.00 元(共 9 册)

镇海作家文丛·第三辑

陈伟高 著

我走长征路

浙江工商大学出版社
ZHEJIANG GONGSHANG UNIVERSITY PRESS

我走長征路

朱瑞雲

总　序

　　适逢宁波市镇海区第四次文代会召开之际，"镇海作家文丛"（第三辑）带着清新的墨香，和大家见面了。

　　镇海底蕴深厚、人文渊薮，为文学艺术提供了丰厚的创作土壤，文学人才辈出。进入新时代，文学氛围更加浓厚，创作成果不断涌现，有一定影响的一批创作人才脱颖而出。自镇海区第三次文代会召开 5 年来，已出版各类文学作品 70 余部。其中，3 部作品获宁波市"五个一工程"奖、1 部作品获浙江省"五个一工程"奖、1 部作品获冰心儿童文学新作奖、1 部作品获"宁波文艺奖"。

　　为迎接镇海区第四次文代会召开，进一步展示近年来镇海作家的创作成果，鼓励和扶持文学新人，镇海区文联于 2021 年启动了"镇海作家文丛"（第三辑）组稿工作，从 20 部申报作品中选取 9 部形成本辑。丛书以小说、散文体裁为主，其中有对镇海山水的细腻描述，对日常生活细节的敏锐捕捉，充分展现了镇海作家着眼时代、扎根生活、锐意创新的精神风貌。丛书的面世，有力推动了镇海文学事业的繁荣发展，也为镇海高质量发展建设共同富裕先行区提供了精神动力，为满足人民对美好生活的追求提供了智力支持。

　　2022 年下半年，党的二十大即将胜利召开，我们将朝着全面建成社会主义现代化强国的第二个百年奋斗目标迈进。伟大复兴呼唤伟大作品，我们期待和相信每一位镇海作家，都能牢记文艺使命担当，勇立时代潮头，自觉承担起启迪思想、传播理念、凝聚共识的重任，与人民同呼吸、共命运，通过文学作品描绘新时代、新图景，讴歌真善美，传递正能量，充分开掘深厚而独特的镇海文化底蕴，彰显艰苦奋斗、勇于进取的镇海精神，讲好精彩动人的镇海故事，让更多人看到壮阔美好的镇海新气象。

　　是为序。

本书编委会

2022 年仲夏

2021 年是中国共产党成立 100 周年，也是中国工农红军长征胜利 85 周年。85 年前的硝烟早已散去，但那条路、那支队伍却始终镌刻在我们的心里。陈伟高用近 20 年的时间，重走长征之路，寻访红军足迹，写下了 15 万多字的文字，连同精选的近百张照片，汇编成书，立题为《我走长征路》。我在夏日的清风中翻开书稿，读着质朴而又生动的文字，看着真实而又鲜明的图片，激动、振奋之情油然而生。

本书记载的是孜孜不倦的探寻之旅。红军长征走过了两万五千里，越千山，涉万水，留下了无数遗迹。陈伟高重走长征路，不仅仅是参观纪念馆、瞻仰烈士碑，更多的是寻觅探究。某次会议的确切会址、红军渡江的具体渡口、一场惨烈的战斗遗址，这些虽然只是长征路上的一个"点"，但正是这一个个"点"，构筑起了两万五千里的壮丽画卷。一路上寻找这些"点"，并不是每一次都一帆风顺，既有坡陡弯急、落石挡道的危险，也有岁月流逝、旧迹难辨的感叹。正是寻访过程的曲折不易，加上身临其境的现场描摹，使读者对长征的艰辛和红军的伟大更加具体可感。

本书叙述的是大事件中的小故事。红军长征走过了两万五千里，用生命和鲜血谱写出一曲曲可歌可泣的英雄赞歌。重走长征路，就是重温先辈事迹，接受传统教育。陈伟高的书里同样有对长征故事的回忆和复述，与众不同的是，他书写的不是我们耳熟能详的宏大叙事，而是通过当年见过红军的老人，或者是红军后代，或者是当地村民的讲述，"发掘"出一个个鲜为人知的故事，而且这些故事与此情此景相融合，与当地风物相映衬，显得血肉丰满、生动感人，可触可摸、可信可敬。

本书抒发的是不忘初心的赤子之情。长征遗迹大多地处偏远，高山大壑、激流险川，与 80 多年前相比，这些地方的经济有了很大发展，群众生活得到了改善，这一些都在书中得到了反映。特别是书中记叙的当地百姓对长征对红军的感情、对长征遗迹寻访者的热情，令人动容。同时，陈伟高对寻访过程中看到的、遇到的问题也没有回避，但是笔触含情，直抒胸臆。既有对保护长征遗迹、发展红色旅游的建议，也有对一些地方干部忘却长征精神、群众给予"差评"的愤慨。尤其是将这些问题与红军的事迹联系、对照起来写，让历史照亮现实，更显出作者的拳拳之心。

陈伟高是我在镇海区工作时的同事，当时他是区政府办公室副主任，负责与贵州省普安县的对口帮扶工作。那些年，他数十次深入普安的村寨、学校、医院，了解当地困难，落实帮扶项目。在1998年，我曾经和他一起去普安，陈伟高与当地干群的感情、对当地情况的熟悉，使我深为感动。我想，这又何尝不是对长征精神的继承和发扬！陈伟高退休以后，还经常受邀宣讲镇海抗战史实和朱枫烈士事迹，畅谈重走长征之路见闻，分享红色之旅感受，他的"长征之路"还未走完，仍在继续。

当我合拢这本书稿的时候，举国上下正在庆祝中国共产党百年华诞。人们在飘扬的旗帜下和嘹亮的歌声中，回望漫漫来时路，启航浩浩新征程。我写下这些文字，既是记录拜读《我走长征路》的点滴感受，也是表达我对先辈们在中国共产党领导下，为建立新中国不畏艰险、勇于牺牲的崇敬之情。

是为序。

王剑波

2021年7月1日

目 录

红都瑞金镇海人 …………………………………… 002

情深谊长于都河 …………………………………… 006

从王母渡到百石 …………………………………… 011

大庾丰碑新天地 …………………………………… 018

汝城红军故事多 …………………………………… 024

骑田岭下白石渡 …………………………………… 029

潇水河畔古城渡 …………………………………… 035

新圩阻击酒海井 …………………………………… 041

血的记忆湘江水 …………………………………… 047

脚山铺下红军魂 …………………………………… 054

千家寺走红军路 …………………………………… 060

老山界下雷公田 …………………………………… 064

通道转兵会县溪 …………………………………… 069

黎平会址翘街寻 …………………………………… 073

红军遗迹瓮安访 …………………………………… 079

遵义会议访旧址 …………………………………… 085

川黔寻觅红军渡 …………………………………… 090

布依村寨红军井 …………………………………… 097

北盘江上白层渡 …………………………………… 101

血染威舍贺子珍 …………………………………… 105

楼下河上红军桥 …………………………………… 109

金沙水拍云崖暖 …………………………………… 113

长征入川第一县 …………………………………… 118

彝海寻访结盟地 …………………………………… 124

石棉寻渡安顺场 …………………………………… 128

大渡桥横铁索寒 …………………………………… 132

独行芦山访遗迹……………………………………… 139

硗碛结伴行夹金……………………………………… 144

两军会师走懋功……………………………………… 150

昌德达古访芦花……………………………………… 155

雪山草地仰金碑……………………………………… 162

红原班佑访巴西……………………………………… 167

山神搋出俄界晴……………………………………… 172

险绝山道腊子口……………………………………… 178

寻奇雨中哈达铺……………………………………… 183

榜罗遗址听余音……………………………………… 187

通渭吟诵长征诗……………………………………… 192

天高云淡六盘山……………………………………… 197

回望吴起胜利山……………………………………… 201

古窑洞天保安行……………………………………… 207

后　记…………………………………………………… 213

2016 年 10 月 15 至 17 日，181 师汽车连老战友（镇海）联谊会在镇海雄镇大酒店举行。适逢老班长陈伟高新作《我走长征路》即成初稿，与会 80 位战友共同签名以志纪念，其中辛国华为陆军少将。签名如下：

红都瑞金镇海人

2007 年 8 月

2007 年 8 月，我到红都瑞金参观，印象很深。红井，是当年毛泽东为解决群众饮水困难与战士们一起挖的；红军烈士纪念碑，用独特造型来纪念红军战士不怕牺牲的战斗精神；云山古寺，是毛泽东办公和休息的地方；八角形军帽造型的大礼堂，是由钱壮飞设计的；等等。这些红都遗迹再现了历史风貌，也在翻开历史的新页。

行走在这片红色的土地上，我清晰地看到 3 位镇海人的身影，他们是陈寿昌、金维映、乐少华。曾经的红都时期，他们是多么自信，意气奋发。1934 年 1 月，中华苏维埃共和国第二次全国代表大会在瑞金召开，共选出中央执行委员 175 人，

云山古寺

其中就有他们3人。他们与博古、毛泽东、周恩来、朱德等一起，共同商量建设苏维埃共和国的大事，他们是镇海人民的骄傲。

中华苏维埃共和国临时中央政府

一

陈寿昌，1906年出生在镇海城内的总浦桥。完成学业后，进入郑州电报局工作。他参加了"二七"京汉铁路大罢工，1924年加入中国共产党。后到汉口电报局工作，继续投身工人运动。1927年，与李立三、刘少奇等人一起参与反对英帝国主义的斗争。大革命失败后，他逃脱魔掌，经老家镇海奔赴上海，通过李立三找到党组织，在上海从事工人运动。后进入中央特科，任四科科长。1932年1月，他与聂荣臻一起从上海到达瑞金。6月，他在瑞金主持召开中央苏区反帝同盟第一次代表大会，被选为反帝同盟主席，后又任中华全国总工会苏区中央执行局的党团书记和委员长。1933年2月，任福建省委书记，下半年任湘鄂赣省委书记、省军区政治委员和红军十六师政委等重要职务。在强敌包围的艰苦环境中，坚定信念，团结一致，不畏艰难。写下了"身许马列安等闲，报效工农岂知艰。壮志未酬身若死，亦留忠胆照人间"的庄严誓言。

1934年10月，中央红军从苏区出发长征。为了起到牵制敌人、配合长征的作用，11月22日，陈寿昌率领红十六师，从崇阳向岳阳方向转移，在老虎洞遇强敌激战时负伤牺牲，年仅28岁。

二

　　金维映，祖籍镇海城区白家浦，1904 年生于岱山。童年在镇海生活过，就读宁波竹洲女师，后回舟山定海"女小"从教。她积极参加和领导学生运动，1926 年加入中国共产党。参与组织工人和盐民运动，向土豪地主开展斗争。1927 年"四一二"反革命政变后，她在宁波被捕。幸而在家人的营救下，以证据不足而获释。后经镇海赴上海继续从事革命，任上海丝织业党、团、工会联合行动委员会书记，江苏省委妇委会书记，领导上海 104 家丝织厂工人运动，配合上海全市产业工人大罢工。

　　1931 年春夏之交，她与邓小平结伴从上海到瑞金，与邓小平结婚。邓小平任瑞金县委书记时，她负责瑞金县的妇女工作。后金维映任于都县和胜利县县委书记，领导全县的党政军民开展经济建设，扩大红军，支援前线。由于扩征工作突出受到表彰。1933 年冬天，调到中央组织部任组织科长，她的工作仍然是动员群众、扩大红军、支援前线。

　　1934 年 10 月，金维映跟随中央红军开始渡过于都河，走上二万五千里长征。

红军烈士纪念塔

她也成了中央红军参加长征的 30 位女干部之一。到陕北后,在中央组织部、抗大、陕北公学等单位工作和学习。以后出于身体原因到苏联治病和学习,1941 年在第二次世界大战的战乱中不幸牺牲,年仅 37 岁。

三

乐少华,1903 年出生在镇海口南岸的小港,8 岁开始就随家人到上海当童工,从小就受到资本家的欺压。以后自觉地融入中国共产党的工人运动,逐渐成了工人运动的组织者和领导者,参加了在上海举行的 3 次武装起义。1927 年 3 月,加入中国共产党。入党后被选派到苏联学习,回国后在中央机关从事和领导电台工作。1932 年春,转移到瑞金,不久先后被任命为红五军团第十五军副政委、三军团第七军政委、三军团第五师政委、第七军团政委,带领红军在中央苏区参加了第三、四、五次反"围剿"战斗,获得二级红星奖章。

1934 年夏天,中革军委在主力红军长征前,派出 2 支先遣队,掩护红军主力突围。其中一支是由七军团组成,乐少华是政委。七军团从福建、浙江与在闽湘赣苏区的方志敏领导的红军部队汇合,成立新的红十军团,乐少华任政委。十军团在艰苦环境中作战 7 个月后,被敌重兵包围。方志敏被捕牺牲,乐少华胸部负伤,留在闽浙赣省委工作。皖南党组织遭敌破坏后,乐少华经上海到延安,后一直在军工部门工作。1952 年在东北的"三反"运动中蒙冤而死。1980 年由中央组织部平反昭雪,骨灰迁入北京八宝山公墓。

甬江入海口,招宝、金鸡二山雄峙,形成浙东门户、宁波咽喉。这个英雄之地从明朝开始就是抗击倭寇入侵的军事重镇;第一次鸦片战争时期,就书写了一段血战英帝国主义侵略军的历史;中法战争,镇海口军民同仇敌忾,打败法国舰队,取得中法战争镇海之役的伟大胜利。镇海一直英雄辈出,一直充满传奇。中国共产党成立后,这片热土又走出一批英勇斗士,他们集聚在党的旗帜下,为新中国的成立而奋斗,陈寿昌、金维映、乐少华就是杰出的代表。他们同一年代出生,同有领导工人运动的经历,同从镇海到上海,又同从上海转移到瑞金,在举世瞩目的二万五千里长征中,他们又同承担了各自的使命,为红军长征胜利做出了贡献。

【《镇海通讯》2016 年 10 月】

情深谊长于都河

2007 年 8 月

　　于都是江西最早设县的城市之一，已有 2200 多年历史，南控闽粤，北襟潇湘，战略地位十分重要。境内的于都河，也称贡水，河面宽阔，水流湍急。红军第五次反"围剿"失败，被迫进行战略转移，从 1934 年 10 月初开始，中央红军就向于都集结，10 月 17 日至 20 日，渡过于都河，标志长征开始。

　　2007 年 8 月 3 日，我们从瑞金驱车到于都，中午饭后参观于都河边的中央红军长征出发纪念馆、中央红军长征第一渡、长征渡口等景点，长征集结出发地于都给我们留下了深刻的印象。

一

　　中央苏区在第四次反"围剿"斗争中取得胜利，就进入了全盛时期。苏区控制面积达 8.4 万平方公里，人口达到 453 万，红军的主力部队有 8 万余人，在全国造成很大影响。

　　1933 年 9 月，蒋介石采纳德国军事顾问提出的持久战，用堡垒推进的新战略，调集 50 万大军向中央苏区发动了第五次"围剿"。1933 年 9 月底，共产国际派军事顾问李德进入苏区。在王明极"左"路线的控制下，李德实际上成了红军反"围剿"的最高军事指挥。一个不懂中国国情、苏区军情的外国人，命令红军"打正规战、阵地战、御敌于国门之外"的战法，使红军陷入被动。1934 年 4 月下旬和 5 月上旬，随着广昌、会昌筠门岭相继失守，中央苏区南北大门洞开，红军在苏区内打破敌军第五次"围剿"的希望完全破灭。

　　1934 年 5 月下旬，临时中央在瑞金召开书记处会议，采纳李德提出的建议，决定将主力撤离中央苏区，进行战略转移。从 5 月下旬开始到 10 月中旬撤离，在短短的 5 个月里，中央苏区做了大量的准备工作：扩红补充兵源 8 万余人，组织运输队，征调挑夫 5000 余人；为保证转移的财力和物资需要，筹款 150 万元，借谷 84 万斤，收集铜 8.2 万斤、子弹 14 万发；发动群众收集被毯 2 万多条、棉花 8.6 万斤、草鞋 20 万双、米袋 10 万条等大量物资；在转移前还做了与粤军首领陈济棠"就地停战、借道通行"等的谈判，为红军向西南撤离留下通道；其间派遣第七、第六两个军团，分别向北和向西突围，制造假象，迷惑敌人；在组织和宣传上也有很多安排，为中央机关和红军大部队的转移做了全面的准备。

　　1934 年 10 月 7 日开始，中央苏区的一、三、五、八、九等军团和其他的红军部队开始秘密向于都境内集结，补充兵员，配备物资。在约 50 公里外的于都河北岸向南确定了 12 个渡河点，其中 6 处搭建浮桥。为了防止敌机侦察暴露目标，浮桥于下午 5 时开始搭建，红军夜间渡河；早晨 6 时拆除。采取这样的办法，能做到不留痕迹。中央红军和中央领导等 8.6 万人，从 10 月 17 日到 20 日，悄悄地渡过了于都河，开始了震惊世界的二万五千里长征。

<h1 style="text-align:center">二</h1>

　　参观纪念馆是下午 1 时多。烈日当空，高温炎热，地表上冒起一阵阵热浪。负责接待我们的小肖是纪念馆讲解员，年轻漂亮。她不但陪同我们参观并进行讲解，还带我们参观长征第一渡纪念碑、长征渡口等纪念馆外景点。参观结束后，她还坚持把我们送上车，待车辆起步后，再向我们挥手告别。她布满汗珠的脸，给我们留下十分深刻的印象，大家都说，苏区人民的后代真棒。

中央红军长征第一渡纪念碑

于都县的资料中，记录了与长征相关的一些史实，史料翔实，令人感慨。1932年，于都分设于都县和胜利县，人口只有34.4万。从1928年开始到1935年，参加红军的人数近6.8万人，其中1933年到1935年就有4.5万多人加入红军。从1928年到1935年，于都县支前参战的人员为6.4万多人，这些人参加了赤卫队、挑夫队、运输队、洗衣队、慰劳队等组织，为红军的战斗胜利做出贡献。当时苏区的男性青壮年基本上都被征调参加红军，从事生产劳动的几乎全是老人和妇女。

为了帮助红军渡过于都河，赣南省于都县组织了800余条船用于搭浮桥和红军摆渡，于都群众把家里的门板、床板、店铺板全贡献出来，县城的一位年过古稀的曾大爷不但拿出全部木料，还把自己过老用的棺材板搬到架桥工地。

于都籍参加长征的红军将士共1.7万人，牺牲在长征路上的有1.3万人，在突破敌人第一、二、三道封锁线的战斗中被打散、负伤，回到家乡从事革命事业的有3000人，到达陕北仅为1000余人。红军长征真不知比唐僧西天取经还要难上多少倍，过去人们把生存条件险恶形容为九死一生，而于都籍的红军将士到达长征终点的比例是1∶17。

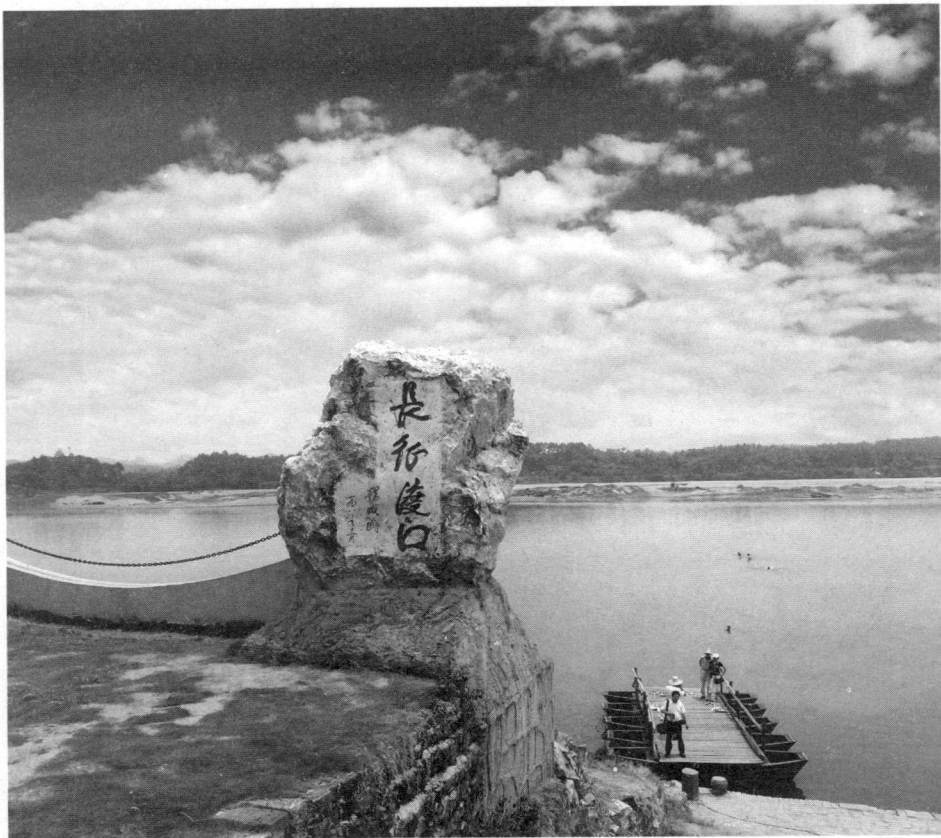

于都河长征第一渡口

牺牲在长征路上的 1.3 万位烈士，他们可能牺牲在湘江边、娄山关、雪山、草地……像碎片撒落在漫漫的征途中，绝大多数烈士没有留下痕迹。留在于都河畔的可能是他们年轻的妻子、年老体弱的父母、幼小的儿女、刻骨铭心的恋人……在于都河上一别，这些亲人就开始盼望重逢。在漫漫的长夜中他们盼星星，盼月亮，一直盼到 1949 年 10 月，整整盼了 15 年，终于迎来了新中国成立的曙光。但胜利带给他们的不全是欢乐，不全是希望，还有失去亲人的悲伤……

三

红军在中央革命根据地，历经蒋介石亲自指挥的五次"围剿"，在腥风血雨中红军与根据地人民建立了血肉相连的感情，红军是根据地人民的子弟兵。当红军要离开根据地，开始没有明确目标的长征时，在于都河上分别是十分悲壮的。于都河畔火把明，风萧萧兮江水寒；男女老少来相送，热泪沾衣叙情长。在战马的嘶鸣声中，送别的父老乡亲凝望远去的队伍，企盼亲人一路平安。《十送红军》的歌声在于都河上空阵阵回荡："九送红军上高山，一阵北风一阵寒，问一声啊红军哥，几时人马再回还？"这歌声既让离别故乡的男儿心碎，也让家乡的亲人备添依恋之情。去长征的将士只有杀开一条血路，战胜艰难险阻，才有重逢的时节。

杨成武将军在回忆录中写下了离别的情景：红旗猎猎，战马嘶鸣，整齐的队伍来到于都河对岸，源源不断的人流从四面八方汇拢过来。他们扶老携幼，把食物塞给我们。有的拉住我们战士的手问："你们什么时候回来？"有的止不住地"呜呜"哭了起来。房东大娘是位白发的老人，她的两个儿子在战场上牺牲了，那天递给我两个用一块白布包着的热气腾腾的红薯，我手捏着红薯，眼睛湿润了……

留在根据地的刘伯坚在夜晚的于都河上送别老战友叶剑英，这深情的挥手告别成了永别。刘伯坚在 1935 年 3 月的一次战斗中负伤被俘，他在敌人面前坚贞不屈，视死如归，牺牲前留下了诀别诗："带镣行，蹒跚复蹒跚，市人争瞩目，我心无愧怍。带镣行，镣声何铿锵！市人皆惊讶，人心自安详。带镣行，志气愈轩昂，拼作阶下囚，工农齐解放。"刘伯坚牺牲的消息传来，叶剑英悲痛万分。斗转星移，28 年后，1962 年八一建军节，叶帅在《解放军报》上发表了诗篇《建军纪念日怀战烈》："红军抗日事长征，夜渡于都溅溅鸣。梁上伯坚来击筑，荆卿豪气渐离情。"这首诗追忆当年夜渡于都河时刘伯坚送行的壮烈场面，这首诗给世人留下一段战友情深的故事。

在于都长征出发纪念馆里有一双旧草鞋，鞋尖上绑了一对彩色红心绣球。这双鞋是用当地黄麻编织而成的，有鞋面，做工精致。鞋的主人叫谢志坚，是一位老红军战士，于都人。谢志坚参加红军后，有一位恋人叫春秀，是个心灵手巧的姑娘。在过于都河出发长征的那个夜里，春秀来送行。两人在人群中好不容易相见，春秀就把这双草鞋塞进谢志坚的手里，两个人手拉着手舍不得分离。谢志坚在长征路上，不论怎样困难都一直舍不得穿这双鞋。只是在渡金沙江时，觉得和渡于都河的情景十分相似，想起了春秀，就穿了一次春秀送的草鞋；在强渡大渡河时，战斗非常激烈，想到随时都会牺牲，为了与恋人的鞋在一起，又穿上一次。他在甘肃通渭边界得了重病脱离了部队，落在反动派的手里，当地的族长为了救他，用招女婿的办法骗过国民党，谢志坚在族长的女儿面前也如实告诉自己在老家的恋情。1951年，他带着妻子和那双草鞋来到于都，得知春秀在长征开始后的第二年被国民党杀害了，他们十分悲痛，就一起扫了墓。1954年，谢志坚带着妻子和儿女一起回于都定居，每年清明都去祭扫春秀墓。纪念馆成立时，开始他舍不得捐出这双草鞋，但经不起纪念馆的工作人员多次上门做工作，后来他把两个彩色带红心的绣球分别绑在鞋尖上，送到纪念馆，成了纪念馆的藏品。

四

离开于都后，我眼前常浮现起这样的情景：红军长征时，于都人民在于都河畔把鸡蛋一个个塞进战士的手中；把炒熟的豆子一把把放进战士的口袋；牺牲了两个儿子的房东大娘，塞给杨成武将军两个用白布包着的热气腾腾的红薯；战士带着绑了绣球的黄麻草鞋……苏区人民爱红军的情景太感人了，苏区人民太好了，这是苏区人民与子弟兵红军心心相印的鱼水深情，这也是红军战士有非凡战斗力的源泉。

【《今日镇海》2017年11月10日】

从王母渡到百石

2019 年 10 月

从 2016 年开始的"我走长征路"，我是有计划的。2019 年是第五次出行，寻访红军长征突破一、二、三道封锁线遗址，以及红军突破第四道封锁线时的新圩阻击战、脚山铺阻击战遗址，还有翻越老山界后到达的资源县雷公田、塘洞等遗址。

2019 年 10 月 8 日早晨，从宁波乘飞机到赣州，读着毛泽东的《长征》诗句"五岭逶迤腾细浪"，开启我的行程。

一

我此行的第一段就是寻访中央红军长征突破第一道封锁线的遗迹。

2007 年，我到过中央红军长征出发地于都的东门渡口、长征纪念馆。随后在《今日镇海》报发表过《情深谊长于都河》一文。文中我写了"绣球草鞋"的故事，但当时在参观时没有见到这双鞋子。2019 年 5 月 20 日，习近平总书记到于都参观长征纪念馆，还在这双黄麻编织的草鞋前停留了有一会，还问起这双草鞋主人谢志坚的后人情况。

这双草鞋的故事记录了一位红军战士对爱情和革命的忠贞不渝。亲眼看到这双草鞋，亲自拍下这双草鞋的照片，成了我再次到于都的主要目的。

从赣州到于都有动车和高速大巴，交通十分便捷，交通的现代化缩短了两地的时间。1932 年镇海籍烈士陈寿昌和金维映分别与聂荣臻、邓小平从上海到

谢志坚的黄麻草鞋

苏区瑞金，他们在路上整整走了一个多月。如今我早晨从宁波出发，中午前就飞到了赣州，中午参观位于赣县的王母渡永固楼，下午回到赣州再转乘大巴，一个多小时后就到达于都。

到了于都，先到中央红军出发地纪念园。2007年，我到过这里，当时还是一片荒芜，没有什么建筑和绿化，如今绿树成荫，游人如织。中央红军长征出发纪念碑台基重建后，纪念碑更加高大雄伟。原来刻有长征路线图的石头不见了，纪念碑前广场，由花岗岩铺设的地面，就是一巨幅红军长征行军路线图。纪念园里还建有一座"长征源"雕塑，加上原有的长征渡口等建筑，吸引了不少游客参观拍照。一些小学生穿着红军军服在广场上排练节目。中央红军长征出发地纪念公园的建筑更加配套，宣传红军长征精神的作用更加明显。

中央红军长征出发纪念馆也比过去显得更高大宽敞。进入纪念馆大门，大厅的正面摆放的花篮是今年5月20日习近平敬献的，花篮上有"长征精神永放光芒"绸带。

在展厅里，我找到了这双草鞋。隔着展台的玻璃，端详着这双红军草鞋，我看到草鞋是用当地产的黄麻编织的。与众不同的是草鞋还有鞋帮，编织手艺精湛。如今这双有着80多年历史的草鞋已经有些发黑，鞋头上缀着一对绣球。1934年，春秀姑娘编织了这双草鞋。长征开始时，她来到于都河边，亲手把草鞋交到未婚夫谢志坚的手里。不论怎样艰难，长征途中的谢志坚一直都舍不得穿。据传他只穿过两次，那是在他特别思念春秀的时候穿的。1951年，谢志坚回到家乡。遗憾的是春秀姑娘早已被敌人杀害。1954年谢志坚回到于都定居，每年都带着亲人祭扫春秀的坟墓。建成纪念馆后，在纪念馆领导多次要求下，他还特意在这双草鞋的鞋头纫上红心绣球，把这双草鞋送给了纪念馆作为展品展出。1992年，谢志坚病重，但仍在亲人的陪护下，3次到纪念馆看草鞋，直至去世。这双草鞋紧紧陪伴着这位老红军战士走完一生。一双经历了80多年历史的草鞋，如今被静静地摆放在纪念馆里，成了红军战士对革命、对爱情忠贞不渝的信物，睹物思人，睹物思情，教育后人。

纪念馆里有一堵墙，墙上是用80双草鞋组成的一幅中国地图。地图中有两个红五角星，一颗大的是北京，一颗小的是瑞金。设计者的寓意是红军脚穿草鞋取得长征伟大胜利，迎来了一个伟大的新中国。真是意味深长！

其实，纪念馆并不乏像这双红军草鞋那样的故事，更不乏谢志坚这样的革命前辈。纪念馆里还陈列有一件破旧的羊皮大衣，这一件展品也同样有一个扣人心弦的故事。

行走在于都县城，随处可见的是渡口、红军、长征等字样的地名。我入住的宾馆叫"长征宾馆"，宾馆前的广场叫"长征广场"。横跨在于都河上有三座大桥，桥址就是当年红军长征时的渡河点，三座大桥的桥名分别为红军大桥、长征大桥、渡江大桥。

第二天清晨，我行走在西门渡的红军大桥上，桥面上车来人往，十分繁忙。宽阔的于都河，河水清澈平缓。两岸的河堤都修建了滨河绿化带。上次来于都，没有看到高楼，如今两岸高楼林立，建筑群在河面的倒影，成了我相机对准的焦点。远处有一座古塔，它见证了于都人的勤劳勇敢和于都在中国共产党领导下的巨大变化，中央红军长征出发地正以一种崭新的姿态，摘掉贫困县帽子，大步迈向小康。

二

当年中央红军从于都出发突破第一道封锁线，祁禄山一带是红军部队经过的地方。于都的同志告诉我，那里有一条"红军小道"，我决定去看看。

2019年10月9日上午，我租了一辆小车，从于都出发。司机是于都人，但那条"红军小道"他也没有去过。汽车驶过红军大桥，不久经过一个建筑工地，司机告诉我这是于都的一个开发区。于都有110万人口，曾经也是一个贫困县。现在县城有高楼大厦，马路宽畅，绿化整齐美观，一个广场就有5万多平方米。从城市设施来看，我真无法把于都与贫困县相挂钩。

山区的公路有些弯曲，但路面平整，车行平稳。一个小时的路程，路边都可见插着的红旗。我们在一块"重走长征路（登贤1934段）导游图"指示牌前停下，我们的位置是金沙河兰花圩渡口，渡口旁叫草塘里的地方，就是红五军团总军医处旧址。

祁禄山红军小道

離開公路，走進小路，迎面一條近百米寬的溪水河上有座杉樹橋。杉樹橋有6個橋墩，7段橋面，每段都用5根粗細不等的杉樹拼成，杉樹與杉樹之間釘着螞蟥釘。有的杉樹沒有完全釘死，還會轉動。不小心，腳踏上去會失去平衡掉下河去，這對我們來說也是一種考驗。

前面山腳邊是一條逶迤的小道，伸向大山深處。小道只能容一人通行，路面上有些零亂的石塊，已經被磨得光滑油亮。由於路邊塌方，有幾段就鋪上幾根樹枝。路邊是深溝，能聽到潺潺流水聲。山間的樹、竹、藤、草都長得十分茂密，尤其是芭蕉樹，特別顯眼，在遠處很難發現樹下有着這樣的小道。路太小了，影響當年大部隊行軍速度，8.6萬紅軍戰士離開於都可能是道路多條、分頭齊進的吧！

我在紅軍小道上走了2公里多，過了2座橋，能感受到在這種山間小道行走的艱辛。特別是夜間是很危險的，稍有不慎就會掉下山溝。這條“紅軍小道”全長將近20公里，由於我下午還要轉車去信豐，只能中途返回；如果一直走下來，一定有更多的體會。

三

王母渡的永固樓碉堡，是紅軍長征突破第一道封鎖線遺址的標誌性建築。我在一些長征紀念館裏看到過永固樓的照片，我想實地尋訪，於是永固樓就成了這次“我走長征路”的一個目標。

從贛州到王母渡鎮沒有班車，出租車成了首選。開出租車的女司機40多歲，她在贛州開出租車多年，但沒有到過永固樓。她用導航，加上向朋友詢問，才順利地到達王母渡。向鎮上的人問路，大多都知道這座碉堡。永固樓碉堡在桃江村營前組的後山上。村前的公路邊有一塊指示牌，上面寫着“長征路上保存最完好的碉堡——永固樓”。進村後，路窄，汽車開不進，只能在停車場停着。去永固樓的小路有黃色護欄，這就成了路標。後山雖然不高，但孤立挺拔，山勢陡峭。拾級而上，山頂地勢平坦，最高處就是土黃色的永固樓。

據資料介紹：永固樓用三合土、木料、磚塊建成，有3層，頂上建有凹字形的垛牆，主體建築呈抹角長方形，長12米，寬11米，面積132平方米，牆體平均厚度0.5米。東北正面牆上寫着“永固樓”3個字。永固樓四周的牆體上均有大小不等的射擊孔。我觀察到那些射擊槍眼呈斜角，外部正面射擊，子彈很難打進樓內。在永固樓四周還挖有很多戰壕。這在當時一定是個軍事重地，過去很可能還有一些軍事設施；但現在的永固樓，北面有一片平地，建有房子，綠化造林，是市民休閒處。山下建有新房子。村路上也能發現一些磚木結構的黑色老房子。如果在80多年前，這裏可能是一片荒涼，不可能有什麼建築。東北面的不遠處就是桃江，寬闊的江面就是天然屏障。在這樣的地理環境下，修建這種堅固的碉堡，軍事效果十分明顯，它能牢牢地控制着王母渡這個戰略重地，阻斷紅軍向湘

王母渡永固楼碉堡

南的进军步伐。

　　1933年，蒋介石调集50万大军，对苏区发动第五次"围剿"。国民党南路军总司令陈济棠指挥11个师又1个旅，筑碉堡，扼守武平、安远、赣州、上饶地区，阻击红军向南移动，其中永固楼碉堡就是在1933年夏建成的，是国民党修建的众多碉堡之一。1934年，中央红军开始长征，国民党南路军陈济棠部在赣州以东，以桃江向南的赣县大埠、王母渡，向南经韩访、信丰的新田等地构作起第一道封锁线。

　　敌军一个团驻守王母渡。1934年10月21日傍晚，随红三军团后面跟进的红八军团一部，到达赣县王母渡，与驻守在永固楼国民党军队发生激战，打退了敌人，占领永固楼，为中央红军长征西渡桃江扫清了障碍，突破了国民党在长征路上的第一道封锁线，永固楼也成了红军长征英雄善战的历史见证。永固楼在抗日战争期间也发挥作用，成了监视日军飞机的观察所和防空台。

四

　　我很想从于都直接沿着红军长征的行军路线到信丰县的新田、古陂，但经多方了解没有找到可通行的道路和车辆，只能从于都回赣州，转乘大巴车到信丰，再从信丰租车到中央红军长征第一仗的地点——百石村，这是红军突破第一道封锁线的标志性地点。

　　10月9日傍晚，大巴车进入信丰县城，一路上到处是工地，城市框架拉开。大巴车停在信丰县汽车站。这是一个新城区，我不知明天怎样租车，也不知朝什么方向能找到住宿的旅店，就问开班车的叶师傅。知道我的情况后，他说他有私家车，明天上午是空班，可以坐他的车，帮我找到百石村，然后再送我回汽车站。中午，他开班车去赣州，我坐班车去大余，时间没有问题。真是一拍即合，为了明早出行方便，我坐他的车返回老城区，入住离他家较近的旅店。

　　放好行李，我顾不得吃饭，提上照相机，乘着夜色，参观了建于唐宋年代的大圣寺塔。这座雄伟挺拔的古塔有9层18级。塔下广场已站满了人群，音乐声起，人们在灯光下又开始了"天天练"——广场舞。我还在灯光璀璨的桃江边观赏夜景。红军长征时，桃江是敌军构建第一道封锁线的天然屏障。如今江面平静，江滨都建有绿地，两岸高楼林立，成了高档住宅区。

　　早上7时，我们离开信丰县城，驶向50多公里外的百石村。从信丰先要经过古陂镇和大桥镇，这段公路是省道，路况不错。从大桥镇开始进入农村小道，路况就差了，路面狭窄，弯道多，公路岔口没有路标，有些路段和桥梁改造也没有指示牌。好在叶师傅开车多年，技术熟悉，路线熟悉，因此还算顺利。经过一个半小时的行驶，汽车到了百石村的围崇岭。山脚下新建的是"中央红军长征突破第一道封锁线长征第一仗——百石战斗遗址"碑，立碑的是信丰县人民政府，时间是2019年8月。

　　上山的台阶是新铺成的，两边插着国旗。半山腰是洪超烈士墓，墓前一个小广场。旁边的山坡上有两块红色花岗岩石匾，一块是洪超烈士的后人立的，上面写着"捐躯献身浩气长留环宇，舍生取义英灵含笑苍穹"。另一块是新田镇党委和政府立的，写着："2005年3月24日，张爱萍上将（长征时任三军团4师12团政委）之女张小文博士，莅临百石，倡议修建洪超烈士之墓。张震上将，长征时先后任三军团4师3营营长、12团参谋长，于2005年10月为洪超烈士墓题写墓名"。

　　叶师傅告诉我，洪超烈士牺牲后，红军战士用大衣裹好他的遗体，交当地村民掩埋，之后遗体再挖掘出来，修建了烈士墓。

　　百石是信丰与赣县交界的一个小村落，是赣县进入信丰的要塞，中央红军长征第一仗，首先在信丰县新田镇百石村打响。

　　1934年10月21日上午10时，红三军团第四师，从赣县韩坊塘坑口向百石逼近，被信丰的"铲共团"常备第二中队（约200人）发觉，红四师遭到"铲共团"火力阻击，反攻战斗提前打响。红四师第八团因势利导发起冲锋，攻击制高点堡垒。守敌躲进百石大屋一个名叫"万人祠"的大堡垒，红十团将其重重包围。驻金鸡粤军企图从左翼增援，被红十一团击溃，红十一团乘胜向古陂推进。龟缩在"万人祠"的"铲共团"，不听红军劝降，顽固死守，傍晚时分，红军用迫击炮将其摧毁，全歼顽敌。不幸的是，在前线指挥作战的红四师师长洪超在战斗中英勇牺牲，年仅25岁。洪超是中央红军长征路上牺牲的第一位红军师长。

我还爬上围崇岭，如今，敌人挖掘的几百米长的壕沟还在，山顶上两座圆型的堡垒遗址也十分明显，走在山顶向四周看，视野开阔，这种山顶保垒对红军的阻击作用是十分明显的。从山上下来，经过村里，村民委员会的围墙上有介绍百石战斗的照片和文字的宣传图板。

五

从百石返回，过了古陂，我看见中革军委旧址的红色石碑立在公路边。进去百米是一座旧建筑，原为村里的祠堂。大门上方挂着"中央红军长征突破第一道封锁线历史陈列"牌子。大门口旁边立有两块石碑，一块是信丰县人民政府在2019年9月立的，上面写着"信丰文物保护单位，古陂中革军委旧址"，另一块是江西省文化厅、江西省文物局在2017年5月立的，上面写着"赣南等中央苏区革命遗址保护利用工程项目""古陂中革军委旧址"等字样。叶师傅到村里找来管门人，打开大门。里面布置着会场，墙两边挂着介绍中央红军长征突破第一道封锁线的板块。我拍些照片，出来又围着老房子走了一圈。这幢老房子占地很大。从老房子到公路这一大片土地，已经拆迁，但还没有建设，下一步可能会建成红军长征纪念馆，对外开放，进行爱国主义教育。

这次我到了于都祁禄山、赣县王母渡、信丰新田百石、古陂中革军委旧址等，这些都是中央红军长征突破第一道封锁线的主要节点，也完成了我原定的参观计划。回到汽车站，没有影响叶师傅准点发车，离我乘坐的大余班车出发时间还有半个小时。

【《今日镇海》2019年11月20日】

大庚丰碑新天地

2020 年 2 月

中央红军长征后，中央苏区留下项英、陈毅、刘伯坚等一大批共产党员和红军战士坚持斗争。在那茅草过烧、石头过刀、无村不带孝、处处起狼烟的白色恐怖时期，他们没有退缩，没有屈服，在突破敌军重围后，撤退到大庚岭一带的油山、梅山等地领导和开展游击战。在十分严酷的环境中，他们保持了共产党员坚定信念，为实现革命理想不惜流血牺牲，在生死考验面前，在敌人的屠刀面前，留下铮铮誓言。他们身上展现的共产党人的宝贵品德，在人们心中竖起了座座丰碑。

85 年过去了，行走在红军长征路上，我在沿途地区看到城市建设日新月异，人民生活幸福美好，革命老区的面貌发生了巨大变化。

一

2019 年 10 月 10 日中午，我离开信丰，坐上舒适的大巴车。行驶在高速公路上，人因疲劳很快就熟睡了。下午到大余汽车站。大余原称大庚，地处大庚岭地域，县城的四周都是山，章水河穿过城区，环境秀丽。中央机关和红军主力撤离苏区后，项英、陈毅领导的游击队就坚持在大余、信丰、南雄之间的油山、梅山和大余的北山等地开展了艰苦卓绝的南方三年游击战。为了纪念这段光辉的历史，当地政府在大余的南安镇建设村，建造了梅岭三章纪念馆。

走出大余汽车站的大门，开三轮电动车的老刘就跟上了，主动向我介绍住宿和大余可参观的景区，其中就有梅山。初来乍到，人生地不熟，加上盛情难却，安排好住宿，我就坐上这辆摇摇晃晃的电动三轮车，驶向大山深处。离开县城没有多远，就看到公路左边是一座广场，广场上有一雕塑群像。再往前可见一座像是块石堆垒的门楼，门洞楣上是"梅山"两个红色大字。下午的阳光强烈，气温也高，但这些都挡不住我参观的决心。

雕塑群像里，身穿便装一手叉腰的是陈毅坐像；陈毅像旁是红军战士的群像，背枪站岗的、日常生活的、文体活动的都有。旁边还有一块白色的大石碑，碑上是"梅山游击根据地"红色大字，大字下面是陈毅的《梅岭三章》。

经过这座大门，里面就是南安镇建设村。在翠绿的群山环抱下，这座小山村道路平整，环境整洁。在绿树翠竹林间，错落着村民宅院，红瓦粉墙。沿路建筑的墙体上都是彩绘，内容主要是红军战士战斗和生活的情景。

在一处挂有老年活动中心牌子的房子里，我看到老年人有悠闲地喝着茶的，有在搓麻将的，也有在活动中心的阅览室里阅读书报的，或在小卖部前聊天的。活动中心设施配套完善，环境优雅。从活动中心里老人的笑脸中，我看到他们的晚年生活过得幸福。

从建设村再进去，山就高了，坡也陡了。开三轮车的老刘，平时主要在城里拉客转转，深山里很少来。眼见要进入大山，便担心地对我说，车动力不足，有些坡可能上不去。我对他说，既然来了，没关系，待到陡坡上不去时，我可以下来；这样空车应该可以开上去，"再不行你开车我在后面推车"。一听这话，他就放心了。

电动三轮车在山沟里七拐八弯，时上，时下。周围的山林十分茂密，80多年前的这里更是荒山野岭，人迹罕至，敌人是很难发现分散坚持在深山里的小股红军游击队的。但问题是，红军战士没有吃，没有穿，没有补给，没有栖身的居所，生活的艰难令人无法想象，还要不时面对凶残的敌人。

建在黄坑的梅岭三章纪念馆红色教育基地，依托梅山游击战争时期的革命旧址和珍贵史料，展示内容十分丰富。已经建成可参观的有梅岭三章纪念馆、元帅诗廊、斋坑陈毅隐蔽处、赣粤特委机关旧址、梅山精神纪念园等。由于时间仓促，

梅岭三章纪念广场

我只到了梅岭三章纪念馆和附近的一些地方。

梅岭三章纪念馆设有陈毅元帅诗词专题厅，还有一些实物、雕像、场景、图片、文字等陈列，真实再现了南方三年游击战的光辉历史，弘扬共产党人坚定信念、百折不挠、艰苦奋斗的革命精神。

从纪念馆出来再向前，公路通到一个停车场，车辆通行只能到此为止，但山间有小道可步行通向密林深处，山沟里空旷无人。在这种神秘的环境中，我还是迈步在林间小道，实地体验。

当年陈毅在严寒的季节遭遇敌人的重围，身负重伤，又抱病在身，既缺医少药，又缺衣少食，处在随时都有可能牺牲的危难时刻。在斋坑的茅草丛中，他写下了这一悲壮的诗篇——《梅岭三章》：

一九三六年冬，梅山被困。余伤病伏丛莽间二十余日，虑不得脱，得诗三首留衣底。旋围解。

（一）

断头今日意如何？创业艰难百战多。

此去泉台招旧部，旌旗十万斩阎罗。

（二）

南国烽烟正十年，此头须向国门悬。

后死诸君多努力，捷报飞来当纸钱。

（三）

投身革命即为家，血雨腥风应有涯。

取义成仁今日事，人间遍种自由花。

二

傍晚，我从梅山回来，行走在大余汽车站前的那条街道上。街左斜对面是金莲山，向右走约2公里是跨在章水河上的梅关大桥。过了桥，路的左侧是牡丹亭文化公园。这条街道还通向梅关大道。街道除了宽阔的快车道，两边还各建有慢车道、人行道、铺成红色路面的健步道，加上绿化，这是一条建设标准很高的城市主干道。街道两侧建筑新颖，商店、住宅楼林立，人来车往十分热闹。这条街道有一个响亮的名字——伯坚大道，这是当地政府和人民为了纪念牺牲在金莲山的刘伯坚烈士而命名的。

游览了牡丹亭文化公园，在返回的路上，行走在伯坚大道上，天色已暗，华灯初上，东山头高高的魁星塔与山下静静流淌的章水构成一幅宁静的画面，我的心已沉浸在对刘伯坚英雄事迹的回忆中。入夜的伯坚大道车辆和行人逐渐少了，但拖着脚镣的铿锵声在耳边隐隐响起，一个高昂着不屈的头，挺着胸膛，蹒跚复蹒跚的身影向我走来。

刘伯坚墓

1895年，刘伯坚烈士出生在四川平昌县。川东师范毕业后，放弃家中舒适的生活投身革命。1922年6月，在法国勤工俭学期间，他与周恩来一起创建旅欧中国少年共产党，不久转为中共正式党员，任中共旅比利时党支部书记。1923年，党组织派他去苏联学习，担任中共旅莫斯科党支部书记。1926年回国，受党组织委派到西北军冯玉祥部任政治部部长。以后又在上海从事地下工作，任中共江苏省委宣传部长。1928年再次赴苏联学习，出席了中国共产党第六次全国代表大会。回国后，先后担任中革军委秘书长、中央苏区工农红军党校政治部主任，曾当选为中华苏维埃共和国中央执行委员。1931年12月，参与策划了宁都起义，任中国工农红军第五军团政治部主任。中央红军长征时，他留在苏区坚持斗争，任赣南军区政治部主任。中央红军长征后，敌人组织强大兵力扑向中央苏区。在敌强我弱的形势下，项英、陈毅、刘伯坚等率领红军游击队转移到油山等地坚持对敌斗争。

1935年3月，刘伯坚在突围时负伤，3月7日被俘。敌人以为抓了共产党的一个大领导，就可以把赣南的革命火焰扑灭。于是在同年的3月11日，敌人将因于大余县国民党监狱的刘伯坚转移到绥靖公署候审，故意绕街一圈示众，企图让群众看看参加共产党闹革命的"悲惨"下场，使群众断绝与红军游击队的联系。那天，十几个全副武装的反动军警，荷枪实弹，押着腿伤未愈的刘伯坚走在大街上。在围观市民面前，戴着脚镣的刘伯坚，昂首挺胸，正气凛然。他坚信在中国共产党领导下的革命事业必胜、反动派必败的道理，还高唱国际歌，号召人民群众团结起来与反动派斗争。铁镣叮当，步履蹒跚的刘伯坚还不时举起被铐的双手向群众致意，令现场群众肃然起敬。当夜刘伯坚就在狱中写下了著名的千古绝唱《带镣行》：

> 带镣长街行，蹒跚复蹒跚。
> 市人争瞩目，我心无愧怍。
> 带镣长街行，镣声何铿锵。
> 市人皆惊讶，我心自安祥。
> 带镣长街行，志气愈轩昂。
> 拼作阶下囚，工农齐解放。

敌人见劝降无望，在刘伯坚身上得不到一点好处，于3月21日在大余县城金莲山将他与其他几名革命者一同杀害。

1972年，大余县人民政府在刘伯坚牺牲的金莲山修建了烈士陵园。1992年，当地政府又建起纪念碑，安放了刘伯坚烈士塑像。

第二天早晨，我来到金莲山革命烈士陵园，瞻仰刘伯坚烈士墓。烈士墓建在山坡上，上坡有几十米高的台阶，台阶两边建有亭子，山坡上翠柏苍松，绿树成荫。在大树下有晨练的老人，也有捧着书本正在阅读的孩子。走上台阶是一块平地，中间是一座汉白玉纪念碑。纪念碑正面镌刻的"刘伯坚烈士永垂不朽"几个大字，由李鹏于1997年题写；纪念碑背面镌刻的是烈士生平事迹介绍，碑身两侧刻的是刘伯坚写的《带镣行》《移狱》等诗篇。纪念碑的上部是刘伯坚烈士半身像，烈士目光坚毅，注视着前方——山下就是日新月异的大余城区。纪念碑的后面，就是刘伯坚烈士墓塚，墓塚呈长圆丘状，四周有半圆形的过道护墓，墓碑上书"刘伯坚烈士墓"。

2009年9月，刘伯坚烈士被中央宣传部、中央组织部等部门评为"100位为新中国成立作出突出贡献的英雄人物"。

我在烈士纪念碑前、在墓塚前向烈士默哀致敬，刘伯坚宝贵的革命精神，永远是我们学习的榜样。

三

在信丰，我参观过陈毅广场。广场面积很大，集红色文化、园林艺术、文体设施为一体。广场中央有一座陈毅元帅的全身立像。他身穿大衣，一手叉腰，一手执帽，威严地目视远方。

陪我参观的是司机叶师傅的丈人，他姓康。老康向我介绍，这座广场占地120亩，投入3000万元，现在每天都有数千人前来娱乐、健身、休闲。老康与我同岁，也当过兵，与我同年退伍，他退伍后在老家工厂上班，55岁就退休了，有3个儿女，如今已有2个重孙子，全家22口人。儿孙们有的在机关上班，也有在工厂工作，大多自谋职业，好几个都买了小汽车，生活都过得很好。

在大余，我两次到过牡丹亭文化公园。牡丹亭是明代剧作家汤显祖代表作《牡丹还魂记》的发源之地。

我第一次到大余是晚上。顺着伯坚大道散步，走过跨在章水河上的梅关大桥，看到广场彩灯闪耀，人来人往，有跳广场舞的，有唱歌的，有健步走的，等等，参加活动的人真不少，我因天色已晚没有久留。

第二天清晨，我向旅店服务员借了一辆自行车，再一次来到牡丹亭文化公园游览。这座公园位于县城东部的东山脚下，左边有章水环绕，公园分两个区域。左侧区域是广场，右侧区域是公园。广场的两边建有仿古建筑，其中左边一幢仿古建筑的门楣上还挂着一块匾，上书"南安府衙内宅"，广场的后面有一座古色古香的高大牌楼，牌楼上写着"东方爱神"四个大字。穿过牌楼就可以上东山，山中建有正觉寺，山顶建有魁星塔，游人可登上山顶和魁星塔，站在山顶，章水和大余城区尽收眼底。

通过广场右边一处风格古朴的大门，就进入公园。园内秀木参天，花草丛簇，亭阁雅美，景色怡人，我沿着健步道观赏了牡丹亭、梅花观、丽娘冢、云池精舍、芍药栏等景点。园内有一幢建筑还挂有书画协会、牡丹亭历史文化研究等机构的牌子。

在"东方爱神"的牌楼旁，一位中年男子与夫人刚从山上下来。与男子的交谈中知道这里上山的人很多，他每天都要到这里走走，爬爬山，登高看看城市的变化，眺望远去的章水，心里美滋滋的。

在山水相间，在这座融历史文化、园林艺术为一体的文化主题公园里，我不停地拍照，久久不愿离去。

四

这次我走长征路，在于都到过面积达 5 万多平方米的长征广场，看大妈们跳广场舞，欣赏过于都河两岸风光；在信丰观赏过桃江绿化带和圣塔广场的夜景，看到了陈毅广场的雄姿；在大余两次进入牡丹亭文化公园；还在汝城、蓝山、道县等游览了风景秀丽的公园。

大庾岭、大余县，这些都是红军长征经过的地方，是红军战士为民族解放和人民过上幸福生活而英勇奋斗牺牲的地方，也是过去经济比较落后的地方。85年过去了，行走在长征路上，当地人民继承革命先辈遗志，发扬红军长征精神，用勤劳的双手摘掉贫困帽子，大步走向小康，旧貌换新颜，人民过上幸福的生活，真如毛主席的诗句："为有牺牲多壮志，敢叫日月换新天。"

大庾丰碑新天地

汝城红军故事多

2020 年 3 月

汝城县，位于湖南省东南部，与广东、江西接壤。汝城是革命老区、红色摇篮，是南昌起义部队的休整地、湘南起义的策源地、"中国工农革命军第二师"组建地，也是红军突破第二道封锁线的主要经过地，汝城至今仍保留了许多红军长征的故事。

一

2019 年 10 月 11 日上午 8 时 30 分，我从大余出发，乘座大巴车经崇义到汝城。大余到崇义的公路盘曲，路况较差，大巴车不停地跳动摇晃，我只能双手紧紧握住扶手。车窗外一经而过的是一座座山峰。这里地处江西、湖南、广东交界，属大庾岭地域。近岭远山，沟壑纵横，林木葱茂，是中央红军长征突破第一道封锁线后继续西进的地方。坐在现代化交通工具上都感到行路难，85 年前红军长征时的艰难可以想见。在当时的长征路上，四周都有虎视眈眈的敌人，随时都可能向红军发起致命的打击。长征部队带着笨重的物品，靠肩挑背扛，靠双脚跋涉在崎岖的山道上，步履维艰。

中央红军长征离开苏区时，全军总人数达 8.6 万人，但持有枪支者只有 3.5 万余人。博古、李德下令带上机关后勤、伤病员等众多非战斗人员，还将苏区的兵工厂、印刷厂的机床、印钞机和医院的 X 光机等笨重设备带上，甚至连桌椅板凳等办公用品也打包跟随。他们雇请了挑夫，组成了庞大笨重而又行动缓慢的搬家队伍。带上这些"坛坛罐罐"，加上大量的非战斗人员行走在山间密林的小道上，翻越大庾岭、骑田岭、萌诸岭、庞都岭、越城岭，跨过章水、潇水、灌江、湘江等大山大河，确实非常艰难。

原来红军部队快速神勇，行踪飘忽，充满战斗力，由于拖着这样笨重的"大尾巴"，有时每天只能行军 10—15 公里，整个部队行动迟缓，无法灵活机动，常常陷入被动。

在李德、博古的指挥下，从离开苏区起，红军一直采取中央纵队在中间、2个军团在左、2个军团在右、1个军团殿后的通道式行军方法，这种"大搬家"式的行军，使作战部队变成了掩护队。在突破4道封锁线的战斗中，为了掩护中央纵队顺利通过，打阻击战的就特别多，阻击时间都比较长。5个作战军团保护中央纵队这顶"轿子"，也跟着变成笨手笨脚的"轿夫"，行走在南岭山区的沟壑之间，突破敌人布防相对薄弱的第一、第二、第三道封锁线后，红军已减少了2.3万人。

二

到汝城已经是中午，我在汽车站附近找了一家小旅店住下，就在旅店的门口上了一辆出租车。司机姓朱，40来岁，很健谈，我出门在外也喜欢这种性格的人，在人地生疏的地方，便于向他们了解当地的人文历史。

汽车从汝城县城出发，到延寿乡官享村的青石寨约一个小时。在官享村的村口有一块石碑，介绍青石寨阻击战的情况。进村都是水泥路面了。几百米后，路左面有河，河边有一棵老樟树，树上挂着一块红色的牌子，上面写着"突破第二道封锁线指挥部旧址"。下车后，我顺着这块指路牌向右上坡，只走几十步，就看见坡上有一幢两层楼的老宅，宅子背面有门，门楣上挂着一块已经褪色的木牌，写着"红军延寿阻击战指挥部"。门关着，进不去，只得在四周转了一圈，回到车上。司机小朱找来一位80多岁的瑶族老太，请她为我们带路。

从老樟树向前，沿路出村不远，前方有一座独立挺拔的山峰，这座山峰比周围的一些山头要高，地势险要，大约就是青石寨山了。青石寨的右边有一些起伏的小山坡，到里面有一条小路可进入，在小山坡的背面立有"红军长征突破第二道封锁线纪念碑"。纪念碑的基座镌刻着"军委赞扬三军团长彭、杨及三军团全体指战员在突破汝城及宜郴两道封锁线时之英勇与模范的战斗动作。摘自《中共党史资料》第十四辑"等文字。

从纪念碑返回原路再向前走，青石寨山脚下的平地上有红军墓。墓前有一文字简介：在官享瑶族村，红军在羊角脑、青石寨与国民党军队发生激战。经过三天三夜浴血奋战，红军伤亡几百人。听上年纪的村民回忆，当时延寿河被烈士的鲜血染成红色，整座山头和延寿河边都横七竖八地躺着伤痕累累的红军战士遗体。战斗结束，村民自发将红军战士遗体掩埋在青石寨山脚下的草坪里。中华人民共和国成立后，当地瑶民为纪念这些英烈，为红军烈士立了一块墓碑，并在每年清明时节为烈士扫墓。这座墓碑坐落在战斗遗址青石寨山下，墓碑高1.5米、宽1米。

2020年6月，浙江永康来了一些走长征路的同志，他们出资重修红军墓，平整了场地，在墓地四周种植了一些树木。原来刻有"红军墓"的山石还在，虽然这是一块不规则的石头，石质粗糙，刻的字也不整齐，但墓碑融进了当地瑶族同胞对红军烈士的深深敬意，自然成了有意义的历史文物。

1934 年 11 月 11 日，为掩护红军后勤部队转移，在延寿乡官享村境内，中国工农红军第五军团遭到国民党陈济棠部两个师及两个独立旅、湘军六十二师的一个营和汝城的保安团、粤军第三师第五团等三路敌军攻击，成三面夹击之势围剿，企图把红军围歼在官享村。敌军主力陈济棠部从广东乐昌九峰、五山方向围攻。红军在敌军强大的攻势面前没有撤退，抢先占领了延寿河边的青石寨，利用这个制高点开展阻击，掩护红军其他部队顺利通过。敌我双方反复争夺青石寨，几经激战，一批批红军战士倒在山坡下，鲜血染红了河水。在情况万分危急的时候，军团长董振堂端起冲锋枪，率领红军战士夺回制高点，经过三天三夜的浴血奋战，最后终于成功阻击了敌军，掩护红军后勤部队顺利转移。

三

官享村村口有一幅"红色借据珍藏地简介"大型喷绘，喷绘画面上有借据故事，还有一张借据的照片。

"今借到胡四德伯伯稻谷壹佰零伍担，牲猪叁头重量伍佰零叁斤，鸡壹拾贰只重量肆拾贰斤。此据，中国工农红军第三军团，具借人叶祖令。"80 多年前的借据，文字依稀，故事清晰。

1996 年暮春的一天，官享村瑶族村民胡运海挥着铁锹在墙上来回铲动，他正准备起一个新灶。为了施工方便和新灶美观，他先把老灶墙上的黑壁铲掉。突然，一块泥巴掉了出来，墙上露出一个小黑洞，小黑洞里面有一个用土纸包裹的东西。胡运海小心翼翼地取出土纸包来，打开一看，里面竟然是一张发黄的毛边纸，纸的边缘已经有些缺损，但工工整整的几行字跃然眼前。这是一张借据。

借据的故事发生在 1934 年的冬天。红三军团一部经过官享村，严重的缺粮，战士们都几天没有很好地进食了，有的甚至还晕倒在路边，但部队还要继续西进。红军纪律严明，没有惊扰村民。红军缺粮的事被村民胡四德发现，他召来族人，为红军筹粮。很快，他把从各家各户筹来的粮食、猪、鸡送到了负责部队后勤工作的叶祖令手中。据老年村民回忆，当时红军具借人就对他们说，相信不久，部队还会打回来，全国就会解放，到时请拿着这份借据找政府兑现。后来胡四德将这份借据藏进了墙洞。胡运海是胡四德的孙子。发现这张借据后，经过族里老人的确认，这份红军借据的来历才得到肯定。

据当地资料介绍，1934 年 10 月 29 日起，中央红军长征进入湘南汝城县境内，历时 16 天，其间取得了壕头圩、苏仙岭、泰来圩、青石寨等战斗胜利，成功地突破了第二道封锁线。在这期间，当地群众给红军带路、做担架、救治伤员、借粮、帮助解决生活上的困难等，做了很多工作，留下了很多故事。

在红军长征 62 年后，官享村无意中发现的这张红军长征时期的借据，说明在粮食十分困难的情况下，红军还是坚守严明的纪律，做到不扰民。对群众送来的粮食、副食都十分仔细地记录下来，立下借据，准备归还。可见当时的人民群众也爱护红军，为红军排忧解难，哪怕自己节衣缩食也要支援红军。一张借据，是人民军队人民爱、人民军队爱人民的革命传统的缩影。

四

从延寿乡的官享村向西就可到文明乡的沙洲村，"半条被子"的故事就发生在那里。

第二天，我从汝城坐车到宜章。在一个丁字路口看到一个红色纪念碑，汽车向左转过弯道就马上靠边停车，让旅客上下车。我对纪念碑很好奇，就向司机打了招呼，提着照相机跑了过去。纪念碑由三个部分组成，中间部位是纪念碑，上部是红色缎带造型的中国地图，一双有力的手托举着；地图上有一个金色的党徽。下部是黑色花岗石底座，上面刻着一段文字："半条被子，什么是共产党？共产党就是自己有一条被子，也要剪下半条给老百姓的人。"纪念碑的两边各有一块长方形的绿色墙体，一块写着"半条被子"，另一块写着"温暖中国"，都是红色大字。纪念碑立在公路交叉口，十分醒目，过往旅客都能看到。

1934年11月6日，中央红军长征突破第二道封锁线，分三路从汝城县城与城口之间通过。行军途中，有3名女红军战士来到文明乡沙洲村的徐解秀家中借宿。当天夜里，天气很冷，她们4个人一起睡在厢房里，盖的是徐解秀床上的一块烂棉絮和红军女战士随身带的一条被子。第二天下午，女红军战士要走了，为了感谢徐解秀，她们就把这条唯一的被子剪下一半送她御寒。徐解秀不忍心也不敢要这半条被子。红军女战士对她说，她们是红军，红军战士同其他当兵的不一样，红军是共产党领导的人民军队，打敌人就是为了让老百姓能过上好日子。就在推让中，红军大部队已经开始在村边翻山了，徐解秀和丈夫朱兰方送红军女战

半条被子纪念碑

红军借据

士走过泥泞的田埂，到了山脚下，想要再送，因她小脚走路不便，就让丈夫继续带路。当时说好，丈夫送红军战士翻过山让她们跟上大部队就回来。

谁知丈夫走后就再也没有回来，与3名女红军战士一样，从此没有了消息。红军走后，敌人就赶了过来，他们把全村的人都赶到祠堂，逼大家说出谁给红军做过事。大家不说，敌人就挨家挨户在村里搜查，把红军女战士送徐解秀的半条被子也搜了出来，还把她拖到祠堂罚跪半天。

1984年，丈夫和红军女战士离开已经50年了，年过八旬的徐解秀老人还清楚地记得红军女战士临别时说过的话："大嫂，天快黑了，你先回家吧，等胜利了，我们会给你送一条被子来，说不定还送来垫的呢！"

令老人心慰的是，如今生活好了，不愁吃，不愁穿，盖的垫的都有了。

五

我在汝城的时间不长，还参观了湘南起义旧址群、中共驻汝城湘南特别工作委员会旧址、中国工农革命军第二师师部旧址等。汝城有很多红军遗址，也留下很多故事，但我能走过的、看过的还不多。我在青石寨看到了红军英勇善战、敢打敢拼的英雄形象，在官亨村看到红军纪律严明的借条，在文明乡看到半条被子……这些故事都是发生在长征途中，仅仅是红军战士战斗生涯和日常生活的一小部分。但点点滴滴汇成河，小故事凝聚成了宣传队、播种机的红军形象，这些温暖中国的故事，这些光辉的革命形象，在今天依然感动着我们。

【《今日镇海》2020年9月23日】

骑田岭下白石渡

2020 年 3 月

　　宜章，古称义章，在骑田岭南麓，地处湖南南部，南与广东接壤。在中国革命史上，宜章是一些重大事件的发生地。1928 年 1 月，宜章发生了"年关暴动"后，一系列革命武装斗争在湖南风起云涌。全县有 3780 人跟随朱德、陈毅走上井冈山，成了红四军的重要组成部分。1934 年 11 月，中央红军长征在宜章一带突破第三道封锁线并占领宜章县城，这是中央红军从江西于都开始长征以来攻占的第一个县城。宜章县白石渡村至今留存有突破第三道封锁线指挥部等红军长征遗址群，这也是我这次走长征路的寻访地。

一

　　2019 年 10 月 12 日中午，我乘班车离开汝城到宜章，坐在司机后面一排的座位上。司机姓杨，是位热心人，他知道我在走长征路，沿途寻访红军长征遗址。途经一个丁字路口，我发现了"半条被子、温暖中国"的雕塑，停车时他让我去拍照。下一站参观宜章白石渡红军突破第三道封锁线指挥部，也是他给我出的好主意。

　　虽然我走长征路，出发前都查找资料做好预案，每天再根据情况进行调整，但对当地交通还是缺乏了解，有些网上也找不到所需的信息。俗话说"路在嘴上"，在路上多问问当地人，特别是知道红军历史的人，是很有作用的。

　　今天，我原计划是从汝城乘班车直接到宜章，再从宜章找车到白石渡。杨师傅对我说，白石渡镇就是这趟班车要路过的地方。为了不走冤枉路，可先在白石渡镇下车，租当地摩托车进村参观，然后回到公路，再坐过路车回宜章。只要抓紧时间，晚上回到宜章没有问题。

　　我下一段的行程是从宜章到道县，从网上找不到宜章到道县的班车，我计划先从宜章到郴州，再从郴州坐车到道县。虽然距离远些，但郴州是地级市，班车进出班次多，一天到道县没有问题。杨师傅又帮我提了一个好方案，他说，宜章早晨有一班车到蓝山，蓝山中午有班车通道县，中间转车时间很充裕，距离近了票价便宜，而且这条路就是当时红军长征经过的地方。在杨师傅的帮助下，两段交通计划一调整，真的帮了我大忙。杨师傅还告诉我，宜章县城有红军广场，还有红军纪念馆。

　　大巴车临近白石渡镇时，公路边几次出现"红军突破第三道封锁线"的红色指示牌，我要下车参观，但杨师傅没有让我下车。汽车又行驶了几公里，进入白石渡镇，又过了一座桥，杨师傅停稳车，让我下车，指着前面公路边的几辆摩托车说，这些都是"摩的"，进村参观几元钱就够了。还指着左边的一条小路告诉我，这就是进村参观的路，顺着这条路就可找到红军长征指挥部。跟车的售票员还帮我拎下行李箱，杨师傅开着车继续驶向宜章，我拉着行李箱走向"摩的"。进村参观只要5元钱。我看中一位身穿保安制服的"摩的"车主，他50来岁，中等个子，显得精干。看着我带一个大行李箱骑车参观不方便，就帮我找到一个开店的妇女，让我把行李寄存好。我背上双肩包轻装上路，很不习惯地跨上摩托车的后座，紧紧抓住把手。摩托车启动后穿过公路拐上进村的小道，只有几百米就进入村里。

红军长征突破第三道封锁线指挥部旧址

二

　　摩托车停在一座祠堂前，"摩的"车主让我下车参观。这座祠堂显得高大，旁边有一块石碑。从石碑上的文字可知，此处是邝氏宗祠清白堂，湖南省重点文物保护单位中央红军长征突破第三道封锁线指挥部旧址，湖南省人民政府2011

年1月24日公布。祠堂的大门关着。从外面看，祠堂地基用块石砌成，较周边的房子要高，青砖墙体，石灰嵌缝。

距邝氏宗祠左面几十米是元公祠，与邝氏宗祠建筑规模相仿，属郴州市文物保护单位，也立有石碑，石碑上写着"中央红军长征突破第三道封锁线旧址群"。元公祠始建于明中正德年间，祠堂占地面积343.75平方米，分朝门、院落、正厅、偏房、正厅，三间二进。祠堂木刻雕花栩栩如生，石刻图案精美。

1934年11月，中央红军长征突破国民党设在良田至宜章和粤汉铁路的封锁线时，周恩来、毛泽东、刘伯承等带领一军团主力驻扎在白石渡村，休整三四天，部分红军战士宿营在元公祠。

沿着邝氏宗祠门前的村路向前有一个丁字路口，路口左边是文昌阁。文昌阁四周都搭了脚手架，正在全面整修。文昌阁的墙上挂着一块牌子，上面写着"毛泽东旧居·文昌阁"。

丁字路口的右边不远处有一幢老式二层木结构房子，门口插着一面红旗，门上挂着写有"红军养伤处旧址"的木牌。

顺着这条村道继续向前，是下坡道，坡下是红军井。红军井由几口小水池组成，有一位妇女正在池边洗衣服。红军井的旁边有一块红色的导游路线图，图中标着的，除了我走过的这条村路外，还有另外两条路。一条通向红军银行旧址，原粤汉铁路修建的隧道、桥梁等6处施工工地旧址。这些施工工地旧址是红军长征时，组织修路工人加入红军的地方。另一条通向山区，有红军桥、第三道封锁线突破口遗址等。

过了红军井，我又向左走到红军银行旧址，这也是一幢独立的老建筑。时间关系我没有进去参观。

此时我环视四周，感到视野开阔。白石渡村是个盆地，周围是山，左侧是粤汉铁路，铁路建在高架桥上，不时有几列火车经过。右前方是山区。放眼望去，距离最近的一座山形状奇特，比周围的山要高，山石呈白色，叫白石山，下面有河，这个村叫白石渡村，旧时有渡口，镇名和村名便都与之有关。

元公祠门前有一块黑色的石碑，上面写着"留芳"两个红色大字，下面有一段文字，写着：中央红军长征时，毛泽东、周恩来、刘伯承、林彪、聂荣臻等革命前辈先后在此饮马驻足，并带领群众粉碎了蒋介石的第三道封锁线，为宜章播下了革命的火种。1934年11月10日起，红一军团兵分两路向粤汉铁路沿线的白石渡进军，周恩来、刘伯承驻扎在白石渡村的邝家祠堂，亲自指挥红一师三团歼灭了湖南省保安部队的两个连。红一军团占领了蒋介石在粤汉铁路防线上的一个重要支撑点——白石渡，使全军顺利通过粤汉铁路防线有了保障，并在此进行了一次意义非凡的扩红建党工作。当时白石渡正在修建粤汉铁路，筑路工人有三四千人，经过宣传动员，两天时间扩红500余人，筹款2万多元。帮助地方发展党员42名，建立了一支100多人的武装赤卫队、一支60多人组成的红色游击

白石渡红军银行

队，为宜章地区人民坚持斗争留下了火种。

在元公祠的门口，还挂有一些喷绘，内容是红军长征故事和实物照片，其中"一个竹篮子的故事"，是参加过抗美援朝的邝广群 2011 年 5 月 11 日所讲述的。红军长征时，这里有一位妇女叫谢梅英，她用三味中药治疗毛主席"打摆子"的病，如今这个盛药的竹篮子还在。

应该说，白石渡村的邝氏家族，当时也是富甲一方，人缘和睦，红军在这里得到了休整。

三

白石渡村可以参观的地方还有很多，怪不得在距白石渡镇还有好几公里的公路旁就立有一些参观指示牌。今天我还要赶到宜章县城，时间不允许继续参观，就留作遗憾吧！下午 3 时多，"摩的"把我送回镇上，取回行李箱。虽然到县城只有十几公里，但新的问题来了，途经白石镇的长途班车，只能下客而不能上客，要上县城只能到白石渡汽车站坐直达的中巴车。我在当地人的指引下来到汽车站，上车后知道，中巴车不到长途客运站，要到长途客运站还得转乘"摩的"，为了明天出行方便，我准备到靠近长途汽车站的地方住宿。正在我人生地不熟不知所措之时，车上一位中年妇女十分热情地主动对我说，她原先是在长途汽车站工作，现在退休了，到了宜章她也要到长途汽车站旁边的朋友家，叫我跟着她走就是了。到了宜章，我们下了车，她关心地问我，走两站路行吗？我告诉她"没问题"。我跟着她在宜章的街道中穿行。她知道我要住宿，还陪我到一家紧靠长途汽车站的小旅店，与开店的老板讲好，说我是她的朋友，住宿价格不能高。安排好住宿后，她还告诉我去红军广场的方向和路线，才放心地离去。

我先买好第二天早上去蓝山的汽车票，就按杨师傅、车站退休女职工指引的方向走了大半个钟头，找到了红军广场。广场紧靠一条主要街道，面积大，卖吃的、卖玩具的、跳广场舞的，人很多，十分热闹。广场靠后面栽有几株高大的松柏，松柏中间是一座雕塑，雕塑的基座刻着"星火广场"四个大字，基座上是朱德和陈毅二人领导湘南起义时的全身塑像。广场后面是一圈青砖围墙，围墙里有一些老房子。

我顺着围墙找到了湘南年关暴动旧址的入口处。这座建筑原是宜章女子学校，1979 年，当地政府对原址进行了改造，按原貌做了复制和陈列，开辟为爱国主义教育基地。

大门上挂着"宜章年关暴动指挥部旧址"的牌子。走过门厅，院子里有一口水井，井上盖着一个棚子，棚子里挂着一块木板，上面写着："工农革命第一师师长朱德同志有匹白马，每当他鞍马劳顿之余，都要亲自为白马添料饮水。在宜章年关暴动战斗紧张情况下，仍然保持这一朴素的劳动习惯，这就是当年朱德同志提水饮马的水井。"

院子有几排房子，其中有两排是并列的二层楼。在前一排楼下有两间房子，分别是朱德、陈毅的卧室，两排房子后面中间布置的是会议室，墙上挂着一幅宜章县年关暴动武装斗争分布图。

1928 年 1 月，朱德和陈毅等率领南昌起义保留下来的一部分队伍，由广东折回湖南宜章。此前，中共湘南特委已制定"湘南暴动计划"，于是湘南特委所属宜章县委领导即找到朱德、陈毅等同志商定暴动，先把部队带进城里，朱德以宴请地方长官为名，把县长和当地官员等一举擒获。与此同时，陈毅、王尔琢指挥起义军，快速解决团防局和警察局的敌人。起义军打开监狱放出被捕的革命者和无辜群众，打开仓库把粮食分给贫困工农群众。很多青年踊跃参加了起义军。

1928 年 2 月 23 日，中共宜章县委在西门广场召开群众大会，庆祝起义胜利，朱德宣布起义军改名为"工农革命第一师"，朱德任师长，陈毅任党代表，王尔琢任参谋长。以后又在宜章成立苏维埃政府，占领郴县，分兵协助资兴、永兴、耒阳等县农军攻占县城，建立苏维埃政府。湖南很多地方也都举行起义，起义军占领了 10 多个县城。同年 3、4 月间，在国民党军队的围攻下，朱德、陈毅等率部向井岗山转移。

四

　　离开星火广场、宜章年关暴动指挥部旧址，我回到住地已经是晚上7时。一天的奔波虽然有些累，但心里还是沉浸在那腥风血雨的年代。大革命失败后，共产党人擦干血渍，吸取教训，拿起枪杆子发展革命武装。朱德、陈毅等一大批共产党人以大无畏的革命精神，在南昌起义后，又发动了湘南年关暴动等，与强大的敌人开展斗争，最终使星火燎原。

　　红军在长征途中连续行军打仗，在军情繁忙的情况下，还在沿途发动群众，扩大武装，播下革命火种。这些老一辈共产党人的丰功伟绩永远是我们学习的榜样。同时，我的心里也充满感激之情。宜章不愧谓义章，今天遇到的开班车的杨师傅、长途车站的退休女职工、"摩的"车主、帮我储存行李箱的商店妇女，还有为我指路的人，都让我感动。在白石渡村参观时，村里有一位70多岁的残疾老人，他瘸着腿，佝偻着腰，还陪着我参观，为我介绍红军长征发生在村里的故事……如果没有这些好心人，热心人，热爱红军、关心支持走长征路的人的帮助，今天，我不可能顺利走完这些地方，不可能学习到如此丰富的革命历史。

【《今日镇海》2021年3月18日】

潇水河畔古城渡

2020 年 3 月

道县，原称道州，秦始皇时设县，历史上为郡、州、府所在地，位于潇水中游。东邻宁远县，南界江永县和江华县，西接广西灌阳县和全州县。地处南岭中段，西面是都庞岭，素有"襟带两广、屏蔽三湘"之称。1934 年 11 月，中央红军长征渡过潇水进入道县，走向广西，在道县留下很多红军长征遗址，特别是红三十四师师长陈树湘牺牲在道县，更在道县留下悲壮的一幕。

一

2019 年 10 月 13 日早晨 6 时 10 分，大巴车离开宜章汽车站，乘客只有我一位，但车驶离了汽车站后，就在城里转了 40 多分种，司机电话不断，开着大巴车东停西靠，不时有人上车。昨夜的个体旅社，价格只有 30 元，条件差些，但离汽车站近，上车方便，我长期在贵、川扶贫，这些地方来得多，也习惯这种出行的方法。上车不久，也顾不上欣赏沿途风光，打盹休息了。

汽车进入临武县城我清醒过来，大巴车在城里转了几条街道，在一条大马路边停下，司机叫旅客下车吃早点，说定半个小时后在汽车站上车。待旅客下车后，他就把车驶进旁边的汽车站。

汽车站旁边的早餐店很多。我进入一家比较大的，早点品种很多，看到打扮时尚的随车女售票员点了一碗小肠粉，加上几种调料，热气腾腾，十分诱人。我就问她这里早餐有什么特色，她说："每次经过这里都喜欢吃一碗小肠粉，虽然价格贵点，但味道好。"我也要了一碗，加上辣椒、蒜泥、葱花、米醋等调料，色、香、味俱佳，特别是那小肠，很脆。前两天在大余，看到当地人都在吃一种现做现卖的叫"烫皮"的早点，我也尝试了一下，"烫皮"嫩黄色，做工精细，入口爽滑，味道鲜美，当地人还自豪地对我说：只有我们大余能吃到真正的"烫皮"。现在这些革命老区，不但城乡的基础设施建设很好，老百姓的生活也脱离了贫穷，穿的、吃的也讲究起来了。

车到蓝山，先买好去道县的汽车票，有 3 个多小时的候车时间。中央红军长征到过蓝山，我也就应该在这里寻访一下，于是就在车站寄存好行李，在县城里走走。

当地人告诉我，这里有一个市政广场很大，而且还通有公交车，可以去看看。但我还是选择"双脚丈量"，这样看的地方多，灵活机动。我在一条大道上走了大半个小时到达市政广场。广场里布置的欢庆中华人民共和国成立 70 周年的花卉还很鲜艳，红旗、广场舞台、大幅标语等喜庆场景还在，广场里还有不少带着孩子的游人。广场周边道路宽畅，高楼林立，街面开满商店。站在广场就能看到旁边的高山。

在返回的路上，我还参观了几百米长的"马路农贸市场"，农民挑上来的新鲜蔬果就在马路边摆摊出售，卖的人、买的人簇拥着，街面上热闹得很。

在行人的指点下，我沿着大道，又走到塔下寺。塔下寺因寺中的传芳塔而出名。传芳塔始建于明嘉靖年间，建造历时 15 年，建成后以"峭塔凌云"的美誉而吸引游人。

红军长征经过蓝山，也给蓝山留下很多遗址。从宣传图片看到蓝山县境内有楠市红军墙，土市新村的红军渡，红六军团指挥部、中央纵队指挥部旧址，等等。

听当地人介绍，中央红军经过蓝山县境内时，负责殿后的是红三十四师。兰连发是这个师里的一位战士，他是福建宁化县人，1933 年加入红军。在蓝山竹营寺村的一次战斗中兰连发负伤，大部队撤离后，他得到当地群众的救护活了下来，之后就留在蓝山。这位红军战士一直保存着一个竹筒，这个竹筒是他在加入红军时发的装备。当时部队只发了两样物品：一套军装和一个竹筒，这个竹筒直径 9.1 厘米、高 12.3 厘米，是福建宁化的竹子做的，用来装饭和盛水。兰连发离开部队后一直把竹筒看作信物珍藏。后来蓝山县文化馆知道了竹筒的来历，觉得很有历史价值，就多次上门动员劝他捐献出来供大家参观。几经犹豫，1975 年 7 月 25 日，他终于把这个竹筒捐给了蓝山县文化馆，竹筒就成了一件珍贵的红军长征文物。

二

从蓝山到道县的路上，邻座是位姑娘，她姓何，性格比较阳光。我向她问起红军长征在道县的遗址时，她说她参观过陈树湘纪念馆，看到过西洲公园旁边有一道红军墙。车过潇水河大桥的时候，她指着远处一座橘黄色的塔说，这就是西洲公园。她还告诉我到西洲公园去的路径。

走出汽车站，旁边就有很多旅店。我安排好住宿，第一个目标就是找到红军墙。汽车站这一带是新开发起来的，道路比较宽畅，直行穿过几道横路来到沿岸广场，岸下就是濂溪河与潇水的交汇处，西洲公园建在两条河流中间的江心洲上。

到江心洲有一座拱桥相连。江心洲东北西南走向，长 400 米，宽 100 米。

虽然问了好几位行人，都说红军墙在前面，但我没有找到。就过了石拱桥进入西洲公园。公园四周绿水环绕，花草葱茏，树木参天。公园中高大雄伟的文昌阁是一座标志性建筑，飞檐翘角，橘黄色的琉璃瓦十分醒目。沿着岸边的游道转了一圈，红军墙还是没有看到，只得往回走。返回过石拱桥，就在公园入口不远处，我看到一堵暗红色的高墙，上面有一条老标语"工农革命努力奋斗，工农革命胜利万岁"。标语没有落款。

红军墙，原在县委招待所旁边，临近濂溪河，旧时为文庙影墙，高 10 米，宽 45 米。由于地处低洼，每年发洪水，影墙有 1/3 被水淹没。1997 年，在旧城改造时按原样迁建到现在这个位置。

1934 年 10 月中央红军长征到达道县，一位年仅 14 岁的红军战士，借着梯子爬上文庙这堵影墙，冒着敌人的枪林弹雨，挥笔写下了"工农革命努力奋斗，工农革命胜利万岁"16 个大字。但在那位红军战士标语即将完成的时候，敌人追上来了，小战士不幸被敌人的子弹击中，坠入河中牺牲。

道县的这堵红军墙，如今成了永州市文物保护单位，成了进行爱国主义教育的重要阵地。我行走在道县的街上，问了很多人，大家都知道在西洲公园有一道红军墙和一条红军标语。

红军标语墙

三

从红军墙前的街道向右走，过了桥，再向右是道县古城的西门。西门的城楼早已拆除，但还保留了一段原城墙。城墙旁边有一块红色宣传栏：西门遗址简介。

原来，道县古城西门，位于连接东西中轴线寇公古街西端，是古城道州西出江华、江永及广西的一道重要关隘……1852年农历四月，洪秀全率太平军从西门入道州城，驻扎59天。1934年中央红军长征，红三十四师师长陈树湘牺牲后，被敌人割下头颅，装入竹笼在瓮城上示众3天。20世纪70年代，西城门因影响群众的生产生活，连同瓮城整体拆除，拉直寇公街，方便群众日常生活。

1934年12月1日，陈树湘师长率领红三十四师，完成了掩护中央机关、红军主力渡过湘江的殿后任务后，被敌人截断了前进道路，无法渡江追赶红军大部队。陈树湘率领余部突破重围，转战在广西灌阳和湖南道县、江华、江永一带。12月12日，在江华牯子江渡口抢渡潇水时，陈树湘腹部中弹负伤。15日，陈树湘掩护部队突围，在道县四马桥镇塘坪冯督庙（洪都庙）与敌人战至弹尽粮绝，同一名警卫员一起被俘。

同年12月18日，道县保安团用两根长竹竿平行扎在一个猪笼子的两边，抬着陈树湘回道县城邀功。当行到现蚣坝镇石马神村的麒麟庙时，陈树湘乘敌人不备，从伤口掏出肠子绞断，壮烈牺牲，年仅29岁。

据当地人回忆，敌人抬着陈树湘遗体到县城西面的戚家湾，将长竹竿的一头斜架在民房的土墙上，另一头放到地上，让遗体悬空不着地。凶残的敌人还杀害了警卫员，将他们的头一起割下，挂在西门示众3天，后又送到长沙小吴门示众。

当地老百姓不忍心红军的尸骨暴露，冒着生命危险，将陈树湘和警卫员的无头遗体收殓运出，经西关桥沿着阴阳村抬到飞霞山东麓安葬。

阴阳村的老人大多知道，飞霞山有一大一小两座红军墓，20世纪五六十年代，每到清明时节有人敬献花圈，送的花圈也是一大一小。到"破四旧、立四新"年代，就不扫墓了，人们也逐渐淡忘。到了80年代中后期，城市扩建，红军墓地被掩埋了。

随着红色文化旅游的兴起，为了缅怀先烈，弘扬红军长征精神，学习陈树湘烈士断肠铭志的革命意志，有关部门多方考证，确定原在飞霞山的一大一小的是红军墓，其中大的就是陈树湘烈士墓。2016年，当地政府在飞霞山修建了陈树湘烈士墓供人们瞻仰。

四

从寇公街一直前行，道县人民政府就在旁边。这是一幢老式房子，高高的围墙有一个圆洞形的大门。现在还有这么老的房子作为县政府办公地点，让人有种恍如隔世的感觉。寇公街还有一幢9米多高的寇公楼，重檐青瓦，古朴典雅，是北宋宰相寇准贬任道州司马时所建，以后又几经修建，为纪念这位古代先贤一直保存下来。

这时已近傍晚，沿着这条老街直走，学校已经放学，下班的工人和回家的学生交织在一起，人来人往十分拥挤。一直走到一座古老的城门，厚实的石头城墙还在。转了两个弯，走出城门，潇水河就在脚下。这里河面宽阔，清清的河水在夕阳下波光粼粼。河面上还有几只挂着渔网的打鱼船，静静地漂浮在水面上。从城门下面到对面上关乡水南村的河面，有一条百米长的浮桥，这座浮桥用铁链固定几十只黄色的小船，船上铺着木板，桥上有行人在走动。桥对面的坡顶上是一座古老的风雨亭。

城门这边坡岸上有两块牌子，一块写着"永州市重点文物保护单位红军渡"。另一块写有红军渡简介。红军渡在道县上关乡水南村与石城墙南门间的潇水河上，原名南关浮桥、浮桥渡口。为缅怀牺牲的战士，浮桥渡定名为"红军渡"。

我走过浮桥，在对岸的亭子旁也看到有关这座红军渡的文字介绍，但两边写的时间上不一致，内容上也不完全相同。

1934年11月17日，红一军团第二师第四团团长耿飚接到命令："限11月18日拂晓前相机占领道县城，阻止由零陵向道县前进之湘敌。"接到命令后，部队从蓝山急行军100里，11月18日占领道县潇水河东岸的水南街。那时，他们发现架在河面上的浮桥已被敌人破坏，对岸城墙上还有敌人的机枪封锁渡口。夜

道县红军渡

古城西门遗址，陈树湘牺牲后敌人割下他的头颅装入竹笼挂在此城楼三天

里，红四团选派工兵排长，率领 3 名战士泅水渡河。红军战士在红军火力的掩护下，奋勇前进，1 名战士中弹牺牲，其余 3 名游过对岸占领桥头阵地，对岸敌军慑于红军威力弃城逃窜。到达南岸的红军战士在当地群众的帮助下，在天亮前驾起了浮桥。19 日拂晓，红四团过浮桥攻入南门，红五团占领城西各据点，还占领了渡口为红军主力顺利渡过潇水河创造了条件。随后中央机关、红军主力，从道县县城至江华水口一带，全部渡过潇水，粉碎了敌人利用潇水迟缓红军行动的阴谋。

我参观完红军渡，天色已暗，路灯亮了，按原路返回到红军墙。在景观灯的照射下，红军墙上的标语十分清楚。回到濂溪河与潇水交汇处的岸边广场，为国庆 70 周年而布置的花卉还鲜艳绽放，西洲公园和河岸边的景观灯齐放，夜幕下的江景更美了。

江风微微吹来，广场右侧酒楼门前的霓虹灯发出迷人的彩光，酒楼里不时飘出欢笑声。临近晚上 8 时，我奔波了一天，也该享受古城道县的美食了。

【《今日镇海》2021 年 4 月 8 日】

新圩阻击酒海井

2020 年 4 月

1934 年 11 月，中央红军长征在灌江和湘江一带突破第四道封锁线，遭到桂军、湘军、中央军组成的优势兵力围攻，这是红军历史上牺牲人员最多、损失最大，也是最惨烈的一场战役。突破第四道封锁线发生过三大阻击战，新圩阻击战是其中之一。近年来还在酒海井战场遗址挖掘出红军烈士遗骸，这就成了我这次走长征路必到的地点。

一

2019 年 10 月 14 日中午，我乘坐班车离开道县，很快就进入广西境内。省际的关系，湖南的班车只能到广西灌阳的文市镇，文市镇到灌阳县城有中巴车，中巴途经新圩阻击战酒海井红军纪念园，交通还是方便的。

文市，原名文村，历史悠久，东北与湖南道县交界，西北与广西的全州接壤，南与水车、新圩二乡相邻。文市地处灌江中游，灌江穿镇而过。湖南、江西等地的一些商人长期在灌江两岸的文市经商，文市逐渐发展成一个商品集散地，以后也就有了文市圩的地名。文市也成了江西、湖南进入广西到贵州的重要通道，交通方便，红军第六军团和中央红军长征都曾经过文市。

经过文市灌江大桥时，我看到左侧江边有一座古色古香的老亭子，像资料图片上的红军亭。班车很快驶入灌阳县文市顺达客运站，我觉得机会难得，决定去看看那座亭子。我把行李留在车站托人照看，提着照相机，跑步过桥，很快就到江对岸，找到灌江边上的那座亭子。

亭子为木石结构，高 5.4 米，宽 6.4 米。亭顶盖小青瓦。四根基脚为大四方石料；阶梯、护岸坡面、水埠、亭内铺设的都是长条和方形的石板。整个亭子造形和装饰古雅，有地方特色。

亭内梁下挂着两块牌子，一块上面写着"红军亭"和"桂林市灌阳县重点文物保护单位，灌阳县人民政府 1980 年 5 月 5 日公布"，另一块是红军亭的简介。

红军亭始建于清道光年间，原为渡江过往行人避雨纳凉、候船、歇息而建的渡口亭。1934年，中国工农红军长征由湘入桂经过文市镇。9月3日清晨，红六军团到达文市镇并占领此亭，驻守渡口的民团被突然而至的红军吓得抱头鼠窜，连刚架好的浮桥也来不及拆毁，红军不费一枪一弹占领了渡口，随即通过浮桥。

为了阻击国民党桂军的尾追，红六军团五十团一营和五十三团在灌江的东西两岸布防。下午，桂军第十九师五十五、五十六团追至文市灌江东岸，向红军发起攻击。红六军团五十团团长刘式楷所部一营在磨头山高地打退敌人多次进攻，在激战中刘团长不幸牺牲。五十团余部撤退至河西，并烧毁浮桥，与五十三团一起凭河继续阻击敌人。敌人占领磨头山高地后，出动飞机轰炸，大炮炮击红军阵地。敌军企图在上游渡河，但都遭到红军坚决反击。此渡江阻击战红军终将敌人阻击在灌江东岸，胜利完成阻击任务，但伤亡100多人。为纪念红军胜利抢渡灌江文市渡口，渡口改名为"红军亭"。1982年、2004年，当地政府两次拨款进行维修。

在亭子外面还立有一石碑，立碑单位是中国长征精神研究院和灌阳县人民政府，立碑时间是2015年12月。碑文记录，2006年5月25日，红军亭被国务院核定颁布为第六批全国重点文物保护单位。碑文还介绍了亭子的结构。

我站在红军亭里，脚下是静静流淌的灌江水，不远处是文市镇新颖的建筑、灌江大桥上川流不息的车辆。这座古亭就像历经沧桑的老人，和历史一起见证了文市从一个单一的农村到商品集散地的巨大变化，见证了85年前红军战士在文市的不怕牺牲、英勇奋战，也见证了中华人民共和国成立70年来文市经济的发展、人民生活的极大改善。

文市红军亭

二

文市通向新圩阻击战红军纪念园的公路是 201 省道，也称全灌公路，公路两侧大多是丘陵山岗，地势起伏。路上看到不少红色指示牌，这些指示牌都指向红军长征的一些战斗遗址。如果是自己驾车，这条路上可参观的地方很多，中巴公交车按站点停靠，我只能依依不舍地看着一块块"红色指示牌"不断离我而去。

从文市出发，中巴车行驶了 10 来公里，到新圩阻击战红军纪念园站点停下。从公路下来是条下坡道，纪念园大门外面是一个停车场，虽然是个阴雨天，但还是停着好些小汽车和大巴车。

纪念园的门楼又宽又高，门楣上是迟浩田将军题写的"湘江战役新圩阻击战酒海井红军纪念园"的金色大字。进入大门迎面是一个上了刺刀的步枪雕塑，刺刀向上，刺向天空，顶天立地，很容易使人联想起毛主席说过的"枪杆子里面出政权"这句名言。这座雕塑高 34 米、宽 11 米，象征着发生新圩阻击战的时间是 1934 年 11 月。

雕塑的左边是新圩阻击战史实陈列馆，陈列馆的右面是酒海井，酒海井后面是一座红军烈士纪念碑。雕塑的后面是一个大广场，广场后面是一座高大的红军墓冢，墓冢形似红军军帽，墓前黑色的碑上写着"红军烈士永垂不朽"几个红色大字。墓冢高 27.81 米，象征着 1927 年 8 月 1 日，是中国人民解放军建军的日子。近几年来，有关部门把在新圩阻击战中散落在各地的红军烈士遗骸收集起来，统一安放在墓冢里。据纪念园工作人员介绍，至今已安放了 2600 多位。墓冢后面的围墙外是一座尖尖的山，叫干子山。雕塑的右边是园林绿化，种植着花草树木，围墙外面就是 201 省道。纪念园占地面积大，除了广场中间的主题雕塑，其余建筑都安排在四周，整体设计显得庄重、肃穆。

三

进入新圩阻击战史实陈列馆，首先看到的是前言。新圩阻击战是湘江战役中的重要一战，参加新圩阻击战的红军部队担负着整个红军队伍左翼的安全，承担掩护中央领导机关和红军主力部队渡过湘江的重任。他们以大无畏的英雄气概和牺牲精神，以高度的革命觉悟和严格的纪律，不惜一切代价，坚决贯彻指令，全力坚持三四天，最终完成了这一艰巨的任务。

新圩位于灌阳城西北 15 公里，距湘江 40 公里。担任阻击任务的是红三军团红五师。红五师师长李天佑接到这个指令后，率领十四、十五两个团，加上军委临时指派的红星炮兵营，共约 3900 人。这些红军战士连续多日急行军，都已十分疲惫，武器弹药缺乏，就连最基本的给养供应也十分困难。敌军是本土作战的桂军，有两个师 13000 多人，还有飞机大炮配合。他们在灌阳城里以逸待劳，两军实力相差悬殊。

11 月 27 日战斗打响，红五师组织了 4 道阻击阵地。白崇禧所属的桂军组织了强大兵力，在飞机大炮的掩护下向红军阵地开展疯狂进攻。在强敌面前，红军部队采取交叉掩护的办法，边阻击边撤退，逐渐向湘江靠拢。

第一道阻击阵地设在排埠江和枫树脚一带，第二道阻击阵地设在平头岭和尖背岭一带，第三道阻击阵地设在板桥铺和虎形山一带，第四道阻击阵地设在楠木山和附近的炮楼山一带。11 月 28 日，部队在第一道阻击阵地，当天晚上退守到第二道阻击阵地。11 月 29 日午后退守到第三道阻击阵地，29 日傍晚退守到第四道阻击阵地。30 日下午 4 时多，李天佑接到了军团发来的电报，中央纵队已渡过湘江，红五师阻击任务完成，按照命令把防务交给红六师十八团。

红五师在新圩阻击战中损失惨重，团、营、连、排干部几乎伤亡殆尽。师参谋长胡震、第十四团团长黄冕昌在战斗中牺牲，第十五团团长和政委负重伤，3 个营长有 2 个牺牲，3000 多人的部队牺牲了 2000 多人。

接替红五师参加新圩阻击战的是红六师十八团，他们只有 1500 人。在打退敌人的一次又一次进攻后，最终兵力相差悬殊，大部分壮烈牺牲。

11 月 30 日，红五军团红三十四师在师长陈树湘的率领下，在水车接应红军最后一支部队赶往湘江，后又奉命到新圩接防。由于新圩一带防线已被敌人突破，红三十四师再赶到湘江时，湘江已被敌人封锁，陈树湘部队被截断于湘江东岸。

新圩阻击战史实陈列馆里的一幅行军路线图显示，陈树湘烈士带领红三十四师，参加新圩阻击战，后转战在广西灌阳、全州和湖南江华、道县等地。其行军路线、战斗发生地及其牺牲地点等资料比较翔实。

在湘江战役中，中央红军消失了 3 支部队的番号：行走在中央纵队侧翼的红军第八军团、红三十四师、红六师十八团。其中红三十四师与红六师十八团都与新圩阻击战有关。

四

在新圩阻击战酒海井红军纪念园里有一口酒海井，井口直径约 2 米，上小下大，形似酒海而得名。酒海井实际上是一个天然溶洞，与地下暗河相通。

如今这口井被石护栏围起来，井前立有"酒海井红军烈士殉难处"石碑。碑文显示：1934 年 12 月初，在湘江战役新圩阻击战中，有 100 多名红军重伤员来不及转移，被敌人活生生扔进酒海井，壮烈牺牲。站在护栏边，我看到井口边长着一些野草，看到井里的水深不见底。

1983 年，灌阳县史志部门征集党史资料时，原红五师十四团老红军战士刘来保告诉有关同志，当年他在战斗中负伤，昏倒在酒海井附近的山上，当他从昏迷中醒来时，看到民团和地方势力用棕绳捆住红军伤员的头和手脚，用木杆子抬到酒海井旁，一个个丢下去，好几天后，井里还有人在喊叫。

他负伤好几天，水米未进，不能动，后来被新圩附近山上的2名老人发现并收养，他才得以活命。馆里陈列着刘来保向部队官兵讲述酒海井故事的照片。

1934年11月，在激烈的新圩阻击战中，红五师有很多伤员，红军在新圩镇和睦村下立湾蒋氏祠堂设立了临时战地救护所。由于战斗任务紧急，伤员难以转移，100多名重伤员托付给当地群众照看。红军撤离后，这些伤员不幸落入地主反动武装手中，凶残的敌人用棕绳将这些伤员五花大绑，全部推入井中。

红军长征胜利80周年之际，灌阳县正式启动酒海井红军烈士遗骸的勘探打捞工作。浙江有一支义务潜水队也参加了打捞。由于水太深，无法找到遗骸，后用抽水机抽干了井里的水，从淤泥中清理出20多具人体遗骸，还有棕绳、石块等。

经专家团队鉴定的结论是，遗骸均为男性，年龄在15—25岁之间，个体身高在1.37—1.63米之间，体重未超过55.67公斤，骨骼整体发育较弱，1例颅骨有明显的外伤痕迹。此外，骨骼与棕绳、石块等均有明确的埋藏学共出关系。这也意味着这批遗骸的身份，确实是在阻击战后遇难的红军战士。

我在门卫避雨时遇到了一位灌阳党校的同志。他告诉我，在挖掘现场还发现了少量苏区的物品，更认定了这些遗骸是红军战士。

2017年9月24日，我国第四个烈士纪念日前夕，桂林市委、市人民政府在灌阳县举行湘江战役新圩阻击战酒海井红军烈士遗骸安葬仪式，这批红军烈士遗骸都被移入到新圩阻击战酒海井红军纪念园红军帽的墓冢。

五

阴沉的天空飘着小雨，临近傍晚，雨越下越大，从桂林过来的大巴车还是一辆接着一辆驶入新圩阻击战酒海井红军纪念园停车场。从车上下来的人们穿着红军军服，表情肃穆庄重，一队队迈着整齐的步伐进门参观瞻仰，他们在红军帽烈士墓前，在酒海井的烈士纪念碑前，献上花圈，向烈士默哀，举起右手，在烈士墓碑前重温入党誓词。

新圩阻击战的硝烟已经散去，但红军战士矢志不渝的革命信仰、勇于担当的政治觉悟、英勇顽强的牺牲精神、义无反顾的英雄气概，将永远被铭记在人民的心中。可以告慰烈士在天之灵，今天共产党人能继承发扬他们的革命精神，让中国更强大、人民更幸福。此时，我的心中突然涌上一句毛主席的诗词："忽报人间曾伏虎，泪飞顿作倾盆雨。"

【《今日镇海》2021年5月18日】

酒海井前群众冒雨祭扫

血的记忆湘江水

2015 年 9 月

距桂林 60 公里的广西兴安，是个不起眼的小县城，但由于历史上发生过两件大事而被载入史册。

一是在公元前 214 年，秦始皇为了征南战役的需要修筑了灵渠，沟通了长江与珠江两大水系，使湘江与漓江能直接通航，极大地方便了兵员及战争物资的运输，为胜利奠定了基础。

一是在土地革命战争时期，红军长征突破湘江。中华人民共和国成立后，经聂荣臻元帅提议、国务院批准，在兴安的狮子山上修建了红军长征突破湘江烈士纪念碑园。从 1934 年 11 月 25 日起的七天七夜里，中央红军长征在兴安与全州之间的湘江两岸，与敌军展开血战。在付出惨重的代价后，渡过湘江，突破了第四道封锁线，而后又翻越了老山界，使长征走向胜利。

2007 年 12 月和 2015 年 9 月，笔者两次踏勘兴安至全州脚山铺、大坪渡、界首、光华铺、千家寺等红军长征遗址，瞻仰缅怀，印象深刻。

一

2007 年 12 月 22 日，我从衡阳坐汽车去全州，绵绵阴雨一直伴随着旅程。在湘桂交界处过了一座湘江大桥，云雾显得轻些，能看清周围都是丘陵地带，湘江就在公路旁边。附近公路两边的地名多带着一个"铺"字，什么黄日铺、枣木铺等，离全州不远，汽车改走 322 国道。

湘江流经全州城里。百色起义后，张云逸、邓小平的红军部队上井冈山，途经全州，曾驻扎在全州城里的关帝庙。当我站在这座庙前，看见墙上还挂有一块牌子，上面写着"中国工农红军第七军前委旧址"。红军长征时，国民党组织第四道封锁线，全州是一个主要据点。

全州城西南有个叫作脚山铺的地方，离全州城只有十几公里，是当年红军突破湘江的一个重要战场。我们在全州租了一辆出租车，出城向南，汽车拐进一条

血的记忆湘江水

047

小路，进入脚山铺。一位 70 多岁的当地村民告诉我们，旁边的一排木屋就是 70 多年前的建筑。但问他红军在什么地方打过仗，他就不清楚了。以后又询问了几个村民，也都不清楚，对脚山铺曾经发生过的惨烈战斗更不知道，我们只好放弃寻找战斗遗址。

从脚山铺向桂林方向再行驶 6 公里就到了沼水镇，汽车向左拐入一条泥泞的小路，又行驶了 6 公里，就到了 1934 年 11 月 27 日林彪率领的红一军团渡湘江的大坪渡口。映入我眼帘的是一条枯竭的河滩，满眼砂砾。在河滩与公路之间有一批建筑群，说是为拍摄电影《长征从这里走过》时搭建的。这些建筑形似 20 世纪 30 年代通向渡口的集市小街，屋檐是层叠翘角的马头墙。放眼望去，破旧的店面，灰黄的墙壁，黑色的瓦片，用黑色块石铺就的路面，墙上还刷有淡淡的红军时代的标语，仿佛就是当时的街景。

大坪渡

汽车又沿着小路向前行驶了几百米，到了湘江上的大坪桥。站在桥上往下看，河面宽了，河水也显得深了。走到桥下，就见渡口，旁边还有几条破旧的小木船。一位姓张的老人告诉我们，这里就是当年的渡口，红军是从对岸渡过来的。老张还告诉我们，在大桥上有纪念红军渡河的文字介绍。于是我们在泥泞的道路上，深一脚浅一脚地在大桥上寻找，好不容易才在大桥头上的护栏上见到了一块半米见方的水泥板，上面有字，但被涂划得模糊不清。

仔细辨认才发现，碑是 1996 年 10 月 20 日由全州县委、县政府所立，碑文记载着这个渡口的历史变迁。其中有一段这样写着："一九三四年十一月二十七日，中国工农红军将领聂荣臻、林彪、左权率红一军团，在此强渡湘江，突破了国民党军队精心布置、企图阻击红军长征的第四道封锁线。"寥寥数语，记录的却是红军突破湘江的血的历史。我想：真不应该啊！这么重要的地方，也没有一个纪念碑，有了一个林彪的名字就要用黑漆给封闭起来。林彪在长征中发挥过重要作用，历史总归是历史，历史是不应该随意封闭的。

二

我们从大坪回到沼水，又沿着322国道经过咸水到了界首，这里曾是中央机关和红军渡湘江的主要渡口。问了几个当地人，他们都对当年红军的情况不太清楚。最后还是一位70多岁的在大桥边开小店的老伯，十分热情地介绍了他所知道的情况。当年红军长征渡湘江时，在大桥两边一共有3处渡口，其中桥上游方向1个、桥下游方向2个。在中间的这个渡口如今成了菜地，竟然还有一只马蹄形的铁环露在菜地旁码头边的河滩上，这铁环就是当年用来拴船缆的。桥的下游方向不远处还有一座被叫作"红军堂"的旧建筑，原是当地供奉天官、地官、水官的三官堂。红军在这里作战和渡江，就在三官堂设立指挥部。红军离开后，三官堂逐渐冷落。"文化大革命"时，红卫兵要扫除供奉菩萨的"四旧"，有一位教师贴出大字报，指出这里是红军的指挥部，这才保留了这处文物，后来便成了红军堂。

界首三官堂

我们来到当年红军渡河的指挥部，看见湘江的水泛着深绿的颜色，在慢慢地流淌着，漂在江面上的落叶不知会被江水带到什么地方。江对面有一片树林，因为已经落叶，细密的树枝显得荒凉。当年中央机关过了湘江，但掩护渡江的红军战士送别了中央纵队和后续部队后，却被阻于湘江东岸而终于弹尽粮绝。我想，江对面被落叶和泥土覆盖着的地底下，一定还埋有红军战士的遗物。

红军堂周围已经建起铁栅栏，建筑工人在平整土地，周围种植了树木，大门也涂了黑漆，上了新锁，以后可能会作为展览场地，陈列人们收集到的红军渡湘江战斗遗物，很快就会向游人开放了。据说有一年，一些来自江西的烈士后代，在湘江寻访他们的先辈，就选择在这里放下河灯，用唢呐吹起《十送红军》，那悠扬的唢呐声勾起人们深情的回忆。

三

前次没有找到光华铺红军墓。2015 年 9 月 24 日，我再次来到兴安，在突破湘江纪念碑园管理员的指导下，了解了光华铺红军墓的具体位置，坐上开往界首的公交车，十几分钟就到了。远远地就看见公路边那座大型红色纪念碑，碑上"红军长征突破湘江""光华铺阻击战旧址"的大字赫然醒目。另有碑文介绍这场战斗的概况："三军团四师十团，于 11 月 27 日在界首上游渡过湘江，为防止桂系军阀进攻中央纵队在界首渡江，在光华铺阻击敌军，战斗于 28 日打响，在三天时间里有千余名红军指战员牺牲于此。"

光华铺

红军墓就在公路对面，墓体红色呈圆柱型，埋有 18 位红军烈士的遗骸。墓碑记述的是十团两位团长的生平。前任团长沈述清是湘南人，在 11 月 29 日光华铺阻击战斗中牺牲，年仅 24 岁。11 月 30 日，继任团长四师参谋长杜宗美 35 岁，即日在指挥作战时牺牲。墓碑上还镌有杨成武、张震等 6 位领导的题词。

在突破第四道封锁线的战斗中，红军战士为了掩护中央纵队顺利通过封锁线，在光华铺，以及全州的脚山铺、灌阳的新圩、湖南道县和灌阳之间等 4 个地方开展阻击，后卫部队也拼死抵抗尾随敌军的进攻。

从碑园的资料中知道，林彪领导一军团的两个师渡过湘江后，就抢先占领靠近全州的脚山铺一线进行阻击。从 11 月 27 日到 12 月 1 日，他们遭到湘军 4 个师的轮番进攻。敌军调来十几架飞机和一批重炮，对红军坚守的阵地进行狂轰滥炸。红军战士只有一些轻武器，在工事被毁的情况下，仍坚守阵地。五团政委易荡平，带着 2 个连坚守在尖峰岭阻击阵地上，面对一批批黑压压的号叫着冲上来的敌军，他们一直坚守到最后一刻。子弹没有了，就用拳头、牙齿和敌人搏斗。易政委负伤倒在血泊中，敌人冲上来时，他命令警卫员向自己开枪。警卫员哭了，不忍心这么做，易荡平一把夺过警卫员的枪，一边高喊着"快走，赶快突围！"一边朝着自己的头部扣动扳机，牺牲时年仅 26 岁。现在，在脚山铺建有易荡平的烈士墓。

中央纵队过了湘江后，担任后卫的五军团三十四师和三军团的第十八团，被敌阻于湘江东岸。浮桥被炸，他们被敌军层层包围。虽然英勇战斗，终因寡不敌众，弹尽粮绝，大部分战士壮烈牺牲。三十四师师长陈树湘腹部负伤被俘，在担架上他从腹部伤口处把自己的肠子掏出来扯断，牺牲时年仅 29 岁。

中央红军离开江西苏区时，新建了一个第八军团。从中革军委的实力统计表上看，这个军团出发时有 10922 人。这个军团大多是新招进来的新兵，没有经过训练就开始长征。经过第四道封锁线后，八军团只剩下不足 1000 人，其中战斗员仅 600 人。只有 2 个多月时间，这个军团实际上就不存在了。

面对着光华铺的红军墓，红军突破湘江战役的悲壮场景一幕幕清晰地浮现在眼前，让人久久不想离去。红军长征路是一条用鲜血和生命铺就的路，牺牲的烈士都很年轻。但在残酷的战场上，他们前赴后继，从不退缩。正是有了这么一大批无私无畏的英雄，中国革命才能成功。

四

兴安碑园的大门是一座仿古建筑，门楣上面写着"红军长征突破湘江烈士纪念碑园"。首先映入眼帘的是一组大型群雕，长 46 米、高 11 米，为灰白色的花岗岩雕凿。群雕由 4 个巨型的头像和 5 组浮雕组成，用艺术的形式再现了当年红军突破国民党第四道封锁线的壮烈场景。主碑高 34 米，耸立于狮子山顶，碑的上部为 3 支步枪造型，象征"枪杆子里面出政权"的真理。群雕到主碑是 184 级石阶，台阶陡峭，寓意着中央红军突破湘江封锁线的曲折艰难。湘江战役纪念馆是一座红色建筑，陈列着湘江战役军事模型图、红军过广西行军线路图、中央领导人的题词及红军时期的实物等。纪念碑园让参观的人能重温这段惨痛的历史。

1934 年 10 月，中央红军在第五次反"围剿"失败后，开始了长征，从江西苏区出发时有 8.6 万多人。经过一个月的行军作战，红军先后突破了 3 道封锁线，继续西进，当时红军还有 6.5 万多人。而蒋介石也清楚了红军的行军意图，在红军前进的方向，调集了 30 万精锐部队，在潇水和湘江之间的全州、灌阳、兴安布置了第四道封锁线，号称"铁三角"，等待红军进入这张大网。

11 月中旬，桂系军阀怕红军向南攻占桂林，遂令其主力从广西的全州和兴安撤出，南下到龙虎关、恭城布防，使全州和兴安的湘江一带出现布防空缺。红军抓住这一机遇，决定在这两县之际的交界处抢渡湘江。11 月 27 日，红军先头部队顺利渡过湘江，并控制了兴安的界首到全州的脚山铺之间长约 30 公里的湘江，湘江上的渠口、界首、凤凰咀、大坪、屏山渡等 5 个渡口，都成了红军的渡河点。

长征时，"最高三人团"想把整个中央苏区撤到湘西。突围前，雇用了一大批挑夫，绑了 3000 多副担子。兵工厂也被拆迁一空，卸走机器，凡是能搬动的都放在骡子和驴子的背上带走。需要七八个人抬的石印机、十几个人抬的大炮底盘也舍不得丢下。这样，红军的后续部队辎重过重，加上爬山涉水、道路狭窄，

湘江战役纪念碑

行军速度十分缓慢。虽然先头部队抢占了湘江渡口，后续部队距离渡江只有80公里，但走到江边足足用了4天，还是错过了突击过江的最佳时机。

敌军利用这个机会抓紧收缩包围圈。从11月28日开始，由湘军、桂军、中央军组成的国民党部队，分5路开始围攻红军。其中1路是湘军从全州向脚山铺的红军由北向南进攻，1路的桂军主力从龙虎关、恭城由南向北发起攻击，其余尾随红军的3路敌军也由东向西紧压过来。他们在飞机大炮的支援下，向湘江两岸的红军阵地发起全面进攻，企图夺回渡江点，把红军围困在潇水与湘江之间的狭小区域，置红军于死地。

湘江两岸的红军战士，为掩护党中央和红军大部队安全过江，与优势敌军展开了殊死拼博。在红军阵地上，炮弹和重磅炸弹的爆炸声不绝于耳，装备单一的红军战士只能用血肉之躯抵挡敌军的飞机大炮，战斗的惨烈可想而知。但"保卫中央纵队安全渡河"的口号响彻阵地上空。担任阻击任务的战士一直坚守到12月1日的晚上，中央机关和红军后续部队终于渡过了湘江。

红军虽然突破了第四道封锁钱，但损失惨重，中央红军锐减至3万余人。从纪念碑园里展陈的图文看，在突破第四道封锁线的战斗中，阵亡的红军师级领导7名、团级干部16名。红军战士的鲜血染红了湘江，桂北大地也有了"三年不饮湘江水，三年不食湘江鱼"的传言。这是红军有史以来最大的一次惨败。血色记忆，随着湘江水汩汩流淌。

唐朝诗人杜审言曾有《渡湘江》诗曰："迟日园林悲昔游，今春花鸟作边愁。独怜京国人南窜，不似湘江水北流。"我两次前往红军抢渡湘江遗址凭吊，确有万千感慨涌上心头。湘江水悠悠，红军意志坚。后世传诵久，励精永向前。广西兴安，湘江水永远的记忆！

【《今日镇海》2016年10月13日、《镇海潮》2008年第2期】

血的记忆湘江水

脚山铺下红军魂

2020 年 4 月

　　全州也称全县，历史悠久，地处湘江中游，是湘桂之间客货运输重要通道，自古是兵家南进南岭、北入中原的必经之地。

　　历史上红军三次经过全州。1931 年 1 月，邓小平、张云逸率领中国工农红军第七军进入全州，在关帝庙召开会议；1934 年 9 月红六军团经过全州；1934 年 11 月中央红军长征在全州抢占湘江的屏山、大坪、凤凰咀等渡口，成了红军渡过湘江的主要通道，又在脚山铺一带成功阻击湘军，留下很多红军长征遗址。

　　1967 年 11 月，我参加援越抗美，两年后回来乘坐军运列车，两次都路过全州，对桂林印象很深，但对全州没有什么记忆。2007 年 12 月，我寻访湘江战役到了全州，但找不到脚山铺战斗遗址。这次我走长征路再次到全州，就一定要到脚山铺参观红军长征湘江战役纪念园，寻访脚山铺阻击战的战场遗址。

一

　　2019 年 10 月 14 日傍晚，我参观完新圩阻击战酒海井红军纪念园，雨大，只好在门卫避雨。看着一辆辆大巴车驶出停车场，天色已晚，也只好拉着行李箱冒雨回到公路边上的汽车停靠站。为了减少雨淋，只要客车来，不管是驶向灌阳还是全州，有车到站我就上。

　　不多久，从灌阳到全州的班车来了，我就赶快上车。听同车的乘客说，灌阳开往全州的车一天有 20 多班，十分方便。从新圩到全州经过二河口、石塘等地，还要过湘江。在黑暗的雨夜中，我看不清楚公路两边的景色，只感到汽车过了一座大桥，被水帘挡住的车窗玻璃外，我看到了朦朦胧胧的江面，那一定是湘江。

　　现在从新圩到全州交通十分方便，就是雨夜过湘江也十分轻松。但红军长征时，每个部队过湘江，都是一种生与死的考验，特别是担任阻击任务的红军后卫部队，他们更危险、更艰难。

　　红八军团是中央纵队右翼后卫部队。1934 年 12 月 1 日，为掩护红九军团渡过湘江，红八军团一部赶到湘江边的石塘镇余粮铺附近的杨梅山伏击追敌桂军。下午3时，大部队开始在凤凰咀渡口下游董家堰水坝抢渡湘江。此段湘江江面宽阔，渡江已十分艰难。上有敌机狂轰烂炸，后有追兵机枪扫射，红军将士在没有火力掩护的情况下强行渡江，场面十分惨烈。江面上漂浮着很多红军烈士遗体，江水被红军的鲜血染红，红军损失惨重。在长征出发时，红八军团共有11000余人，过了湘江只剩下1000人，后整编成一个团，划归到第五军团，八军团建制撤销。

担任中央纵队后卫阻击任务的红五军团，所属有两个师，一个是红十三师，另一个是红三十四师。

12月1日，中央纵队和红军主力部队渡过湘江，桂军和湘军分二路挤压，欲占领红军在界首的渡口。已到晚上9时，离渡口还有40多公里，红十三师已经打了大半天仗，行军30多公里，全天没有吃饭，战士们又饥又渴十分疲劳。红十三师师长陈伯钧当时只有24岁，他心里清楚，如果敌人占领了界首，部队过不了湘江，后果不堪设想。他们唯一的选择就是抢时间，在敌人合围前渡过湘江。师部命令每个指战员把身上带的生活用品全部扔掉，只留下武器弹药，轻装前进。他们忍受饥饿，连夜急行军，天还没有亮就赶到湘江。到了湘江边，红军架的浮桥已经拆除，渡口没有渡船，战士们只能跳入江中泅水过江。红十三师渡过湘江，爬上对岸，后面的敌人也追到江边。敌人不敢在黑暗中渡江追赶，只好隔岸胡乱地开枪，为红军送行。

红五军团三十四师在水车一带苦战了3天，疲惫不堪，拼死于12月2日晚上赶到湘江边。其时，敌人已截断了湘江渡口的通道。他们追不上大部队，只得与于己数十倍的敌人激战。后返回湖南打游击，最后弹尽粮绝，绝大多数红军战士都成了烈士。

三军团的红六师十八团在完成了新圩阻击战后，也过不了湘江而遭敌人追杀，绝大部分指战员都壮烈牺牲。

我到全州，下了班车，雨也下得很大，就上了接客的电动三轮车，在大街边的一家个体店住下。街路上已经有积水了，在房间里吃着随身带着的泡面，望着窗外的大雨，担心天气会影响明天的行程。

二

第二天早晨，雨停了。我走出旅店，先参观全州县容。转了一个街口，又走了一段路，路边是一个广场。2007年，我到过这个广场，眼前的广场更宽广整齐。广场旁边是汽车站，我从衡阳过来就是在那里下的车，但如今汽车站已经拆迁了，开发建了新的建筑。宽阔整齐的街道替代了旧日弯曲狭窄的小路，街道两边装饰一新的各式店铺替代了旧日杂乱无章的摊贩。行道树、街景、绿化、沿路景观，让城市融入绿色。扩大了的城区高楼林立、县容整洁，面貌一新的全州已经是今非昔比了。

中央红军长征时，国民党部队想利用潇水、都庞岭、灌江、湘江的天然屏障阻击红军。在灌江与湘江的狭小空间，其实就是敌人布置的陷阱。红军渡过潇水和灌江，就要进入陷阱。国民党湘军由北向南，桂军由南向北，中央军在东面（后面）推进，利用西面是湘江这个天然屏障，妄图把红军围住而一举歼灭。全州紧靠湖南，全州、兴安、灌阳成了国民党军队的"铁三角"。全州紧依着湘江、灌江，是湘军南下围攻红军的重要基地，军事地位十分显重。红一军团先头部队渡过湘江后，也想攻占全州城，但被湘军抢先占领，攻城计划只得放弃。

2007年，我到全州，就是为了找到红军突破第四道封锁线湘江战役的一些战斗遗址。那时没有公交车和长途班车，我在汽车站旁边租了一辆又旧又破的夏利出租车。问出租车司机全州有什么红军长征遗址，他不知道，也不知红军长征在湘江的渡口，但他知道"北京来人在湘江大坪拍过电影"。到了脚山铺村子，问一位老农，他也不知道红军长征在这里打过仗，更不知阻击战遗址。

全州虽然是广西的一个边缘县城，但是这些年交通发展十分迅速，为了群众出行方便，在城里开通了多路公交车，有的还通往乡村，极大方便了村民进城。到城外参观建在脚山铺的红军长征湘江战役纪念园，就可乘坐中巴公交车，中巴公交车站设在新汽车站旁边。我住的旅店出门走200米，就有公交车站，上了公交车乘5站，就可换乘中巴公交。如果为了抢时间，满街跑的出租车更便捷，但已经找不到夏利这些老旧车了。

吃过色、香、味俱佳的全州米线，坐上中巴公交车，出城就是整改过的桂黄国道，中巴公交车上的乘客大多都是当地村民，他们一般结伴而行，一同上车，又一起下车，上车时遇到熟悉的旅客就忙着高声打招呼，车厢里就显得热闹。

中巴公交车行驶了十几个站，我就在红军长征湘江战役纪念园停靠站下车。进入纪念园大门就是园林式的停车场。停车场面积很大，几十辆湖南、桂林等地牌照的大巴车已整齐地停放在后退式的停车位上，还有非机动车和小车停车区。从停车场出来有几条游路通向参观地，路上有统一组织列队走的，也有零散游览的，一群群游人走向青青的山头。

三

进入红军长征湘江战役纪念园，我看到这个园区的面积很大，有一大片平缓的坡地，后面的几座山头都划入园区。从示意图上看，纪念园以桂黄公路为中心线，划成两个片区。公路左面的一片建有生态停车场、先锋广场、红军井、红军长征湘江战役纪念馆等，后面的山头是先锋岭；公路右边建有祭奠广场、红军烈士遗骸安放区、战壕区、湘桂古道等，后面的山是米花山次峰。两个片区之间有横穿桂黄公路的隧道相通。

我先参观右边的片区。走进长长的隧道，看到隧道两边的壁上都是色彩鲜艳的壁画，壁画的内容是山清水秀的村庄、村庄里的红军标语、湘江渡口、战斗遗址等。我特别关注凤凰咀渡口，这个渡口是红军抢渡湘江的渡口之一，也是红军战士为渡过湘江而牺牲最多的地方。出了隧道有几条游路可通向祭奠广场、红军烈士遗骸安放区、战壕区等，还有路可通山顶。

　　祭奠广场面积很大。靠山坡的一面是一座长弧形雕塑长廊，雕塑着很多红军战士的头像，中间一个比较高大的是易荡平烈士头像。雕塑长廊的顶端刻着"红军魂"三个红色大字，旁边的小字是落款：中共中央宣传部，2019年9月。

　　前来祭奠广场凭吊的人员大都穿着红军军装，整齐列队，党旗引路，表情肃穆。敬献花圈，向烈士默哀，宣读誓言，然后瞻仰墓园。

　　祭奠广场的后面山坡上是红军烈士遗骸安放区，从湘江两岸挖掘整理出来的红军烈士遗骸分成了4个安放点。这里插着几十面红军军旗，旗杆边是红军部队的番号，有"中国工农红军第一方面军第八军团第二十三师第六十九团""中国工农红军第一方面军第五军团第十三师第三十七团"……一面旗帜代表着一个部队。旗帜旁是黑褐色的石头，形如石林。

　　2018年11月，习近平总书记对湘江战役红军烈士遗骸收殓保护工作做出重要批示，要把做好湘江战役红军遗骸收殓保护工作，当作向共和国七十周年华诞献礼的实际举措。

红军烈士遗骸安放区

脚山铺的战壕

湘江战役纪念林

战壕区保留着 3 道战壕，壕沟都比较浅。据当地有关部门实地勘察，在米花山一带发现 8 道红军长征时期的战壕。经考古挖掘，当年的战壕宽 1.3—2.5 米。战壕设有指挥所掩体、班组掩体、单兵掩体等，深度在 90—100 厘米。卧式射击掩体和机枪掩体深度只有 40—50 厘米。当年红一军团一师的红军指战员就是凭借着如此简陋的工事，顽强地坚持了三天三夜，阻击了有飞机大炮配合的湘军 4 个师的疯狂进攻。在这场惨烈的战斗中，红一师和红二师伤亡 2000 多人，五团政委易荡平身负重伤。为了不连累其他战友，易荡平要求警卫员向他开枪，警卫员怎能忍心向自己的首长开枪，他就一把夺过警卫员的枪毫不犹豫地向自己开枪，壮烈牺牲。我向当地人问起易荡平的墓，他们告诉我，原来烈士墓就在脚山铺这一带的山上，公路拓宽，搬迁到全州城里了。

用块石铺成的湘桂古道有一些指示牌，上面写着：

湘桂古道红军路，寸土千滴红军血。

湘桂古道红军路，一步一尊烈士身。

湘桂古道红军路，一草一木一英魂。

湘桂古道红军路，一山一石一丰碑。

我还顺着登山道上了山坡，这里视野开阔，山下的村庄房屋、公路都看得很清楚，山顶上还在修复一些似碉堡一样的建筑，环绕山顶的游步道也在建造中。

整个山头到处都是树木和竹林，红军长征湘江战役纪念林的建设，坚持以山为陵、以树为魂、以石为碑的设计理念，让红军烈士英魂伴随着苍松翠柏融入大地，万古长青。

四

从红军长征湘江战役纪念林，经隧道回到红军长征湘江战役纪念馆。走过高高的台阶后就是纪念馆大门，两边种植着青松翠柏，上方是一颗红五星。进门是大厅，厅中有一座"英雄史诗，不朽丰碑"大型雕塑。雕塑里，红军将士在抢渡湘江；战斗中，红军战士前赴后继，奋勇向前，势不可挡。

纪念馆有好几个展厅，参观的人不少，都沉浸在讲解员深情的解说中。红军将士在湘江战役中那种顶天立地的英雄气概，面对敌人视死如归的勇猛无畏，后卫阻击部队顾全大局的牺牲精神，令大家深深折服。

从红军长征湘江战役纪念馆出来，已临近中午，我来不及再上先锋岭寻访。如果下次有机会来全州，我还想再去爬爬这些山头，看看屏山渡和凤凰咀这些渡口。

千家寺走红军路

2015 年 9 月

红军渡过湘江，按中革军委的命令，进入西延山脉。这个西延山脉就是横亘在广西与湖南之间的越城岭，也叫老山界。我读初中的时间，语文课本里就有一篇陆定一写的《老山界》，描述的是红军长征翻越这座高山的情景，红军不怕艰险，充满乐观主义的精神给我留下了深刻的印象。

一

2015 年 9 月 25 日，是一个阴雨天。从桂林乘上开向兴安的汽车，我在一个叫白竹铺的地方下车，又乘上通向猫儿山风景区方向的车。23 公里后，汽车停在华江乡乡政府门口。这是一个瑶族乡，过去也叫千家寺。红军渡过湘江，三军团和中央纵队先后途经这里，这里也是翻越老山界的出发点。

从乡政府工作人员那里知道，这一带有很多红军长征遗迹。在他们的指引下，就在乡政府旁边，我们走入一条名为"红军路"的水泥路，虽然路边都是一些低矮的房子，但还显得整齐。转了一个弯，路边有一幢独立的两层砖木结构房子，粉墙黛瓦，古色古香，与旁边的低矮破旧的老房子相比显得特别醒目，周边还有几棵古树相衬。房子的墙上挂着一块牌子，写着"千家寺红军标语楼"。标语楼后面是一个院子，院子旁边有几幢房子，是华江乡政府原来的办公地点。乡政府办公楼搬迁后，现在这里有食堂、住所等生活设施，就成了华江乡政府工作人员生活区。听当地人说红军长征时这里也是国民党华江乡政府的所在地，中央纵队的领导可能就居住在这里。标语楼后面有门，门上挂着大铁锁，我们叫来食堂工作人员打开门，里面没有讲解员，来人可以随意参观。

这幢建于 1928 年的建筑原先是庙宇，后改为学校，2014 年刚翻修过。进入屋内，是一个大通间，墙上展示的是一些图片和文字，记述的是红军突破第四道封锁线和翻越老山界的一些史料。

从展厅陈列的内容上可以看到红军翻越老山界的艰难情景。老山界是越城岭

千家寺标语楼

山脉的中段部分，西南东北走向，南北长约 21 公里，东西宽约 6 公里，现为广西兴安县与资源县的分界，东南为兴安县华江瑶族乡。越城岭的最高峰为猫儿山，海拔 2141.5 米，属广西兴安县。

二

老山界群峰高耸，峭壁林立，瀑布飞溅，山高林密，高山上气温偏低，年降雨量为 2400 毫米，雾浓风大，气候瞬间万变，人们视为畏途。红军长征时，山上居住着瑶、苗、壮、汉等民族，遭受官僚、地主、山霸剥削的同时，少数民族还要受到头人、土司的双重压迫，生活十分艰难。

1934 年 12 月 4 日，军委第一纵队从千家寺出发，下午开始翻越老山界。这条路靠近猫儿山主峰，山路陡险，有众多悬崖峭壁，大多靠两根圆木架成的栈桥通行，两边没有扶手和栏杆，由于雨雾天气多，还长满青苔，走在上面又滑又晃，使人头晕目眩。除了栈桥外，还有很多险道。其中百步陡，是在倾斜角度70多度的陡壁上凿石108级为阶，上山时后人的头可以碰到前人的腿跟，下山时后人的脚又会踩在前人的头上，所以又称108步。加上石阶的一边是深达数十丈的悬崖，地势十分险恶，行人稍不注意就会掉下山崖粉身碎骨。还有雷公岩、三跳等10余处险路隘点，处处都使人胆颤心惊。但红军以惊人的毅力彻夜行军，还要带骡马，抬着轻重武器，行走难度就更大了。第二天，部队到达资源县的塘洞和源头时，当地群众听说红军是翻越老山界下来的，莫不惊奇无比，以为红军是天兵天将。

红军翻越老山界是多路前进的，中央纵队翻越的是其中的一路，陆定一就是从华江出发，跟随中央纵队一些主要领导翻越老山界。如今在华江记有这些领导人的姓名。

标语楼一楼有狭窄的楼梯可通向二楼。在二楼南前吊楼的墙上和门框旁边的墙体就有红军标语，这些标语书写工整，字迹清晰，是当年红军用墨汁写的。虽然80年过去了，但有几幅标语仍然保存完整："红军是工农自己的军队""打倒屠杀工农的国民党""拥护中国共产党""当红军有田分"等。特别是一幅漫画，由"国民匪党"四个字构成一只狗的图形，画面简洁，幽默辛辣，极有感染力。

当年红军来时，教师和学生上山躲了起来，红军走后，学生回来上课，发现吊楼墙上写满了标语。国民党官员发现了要毁掉这些标语，叫过来两个人，让他们设法清除这些标语。不知道这两人当时是有心掩护，还是图省事，直接在墙上涂上一层草筋灰就交了差。1987年这幢房子失火，草筋灰脱落，就露出了这些标语和漫画，一数竟有20余幅。红军时期这么多的标语和漫画在同一处发现，这在全国亦属罕见，难能可贵。现在，当地政府把这幢楼保护起来，文物部门用玻璃框把这些珍贵的标语都罩了起来，供人们观赏。

三

雨一直下着，中午时稍小了些，来一次华江十分不方便，于是我决定冒雨继续寻访红军长征遗迹。顺着去猫儿山风景区的公路，上了一个坡，左边的一座小山坡有纪念碑，山脚下建有两个门柱，写着"缅怀英烈丰碑永固，日月同辉浩气长存"的红字。通向山顶的小路虽然修了台阶，但又陡又滑，山顶上建有一座红军长征烈士纪念碑。有文字记述，当年红军的后卫部队为了掩护中央纵队翻越老山界，被国民党的地方武装包围，没有冲出包围的500多位红军战士惨遭敌军杀害，后被当地民众掩埋。为了不忘这段历史，当地政府修了这座纪念碑，每到清明都有一批批当地群众前来祭扫。

参观完长征烈士纪念碑，从山顶又返回到公路继续向前，公路在山间绕行，两边翠树青竹十分茂盛，云雾把周围的山头掩盖起来，给人一种朦胧的感觉。右边是一条20来米宽的溪水，有落差，水量也大，溪水冲击着岩石，不时发出一种跳跃山涧的欢笑。这里是瑶族同胞聚居的地方，周围有很多竹子，这与80年前陆定一所写的"这里一家瑶民，……天黑了才到山脚，果然有许多竹林"的情景完全一致。雨下得大了，我们只得躲进一间废弃的破房子里避雨，待雨稍小一些就继续前进。

到了同仁，看到一座公路桥横跨在溪水河上，桥旁有水泥碑，上书"红军桥"，这些当年红军上山经过的路、走过的桥，都被当地人称为"红军路""红军桥"。红军曾经翻越过的老山界，如今是森林公园。由于动植物品种多，奇石秀峰随处可见，又由于留有红军长征的历史，加上夏季清凉，这里被旅游部门开辟为猫儿山风景区。"泰山之雄，华山之险，黄山之幽，峨眉山之秀"，成了推介猫儿山风景区的广告。沿途有不少岔口修了水泥路，指向××山庄、农家乐等餐饮、娱乐休闲场所，环境幽静容易吸引游客，但介绍红军遗址的宣传几乎没有看到。

我又向前走了近2公里，雨没有停下的迹象，也没有驶向猫儿山风景区的汽车，只得在一处农家的屋檐下避雨等车。过了半个小时，从猫儿山风景区方向来了一辆面包车，已经到下午3时，看来想上老山界不可能了，只得依依不舍地上了这辆车返回华江。

虽然从千家寺通往老山界的方向只走了十几里路，但这是当年红军长征走过的路。尽管天气不好，一直下着雨，行走不方便，但精神上十分愉悦。我想如果天气好，就会这么一直走下去，走向老山界，重温红军长征梦。

红军烈士陵园

老山界下雷公田

2020 年 4 月

　　1934 年 12 月，红军突破湘江后，进入老山界。老山界跨越广西桂林东北部和湘南邵阳南部，是五岭西北的一支山脉，是红军长征翻越的第一座高山。

　　资源县位于桂林北部，越城岭腹地，平均海拔 800 米，宋初始称西延；1935 年，广西省呈报行政院核准，以其地处资江之源而取名资源。我离开全州，下一站是资源县城，到资源后再去寻访红军长征翻越老山界到达过的雷公田寺、塘洞等红军长征遗址。

老山界下来的小道

一

    2019 年 10 月 15 日中午，我结束了红军长征湘江战役纪念园的参观，离开全州去资源，大巴车沿着桂黄公路向南行驶，再一次路过脚山铺，途经绍水。在绍水一带有白水河（咸水河），红一军团从脚山铺第一道阻击线撤离后，为了掩护中央机关和红军大部队渡过湘江，又在那里设置第二道阻线，与湘军血战。大巴车在百里、兴安停靠上下旅客，再从兴安开始向西北上高速公路驶向资源。在这条之字形的路线中，有很多地方都留下过红军长征的脚印。

    高速公路两边，苍绿的山坡连绵，伸向天际。不时有小村落出现在谷底。弯弯的小路，通向粉墙黛瓦的民居。司机也不时在高速公路边停车，让一些身穿冲锋衣、脚踏登山鞋的背包客下车，方便他们就近进山。我真羡慕他们年轻，不然我也会独自翻越老山界，在山水间寻访红军战士走过的小道。

    公路指示牌上不时出现华江、油榨坪、中峰等地名，这些都是红军长征路过的地方。突破湘江有 4 个主要渡口。从北面的屏山渡、大坪渡、凤凰咀，到南面的界首渡，南北相距有 30 公里。中央红军有一、三、五、八、九等 5 个军团，加上中央机关的 2 个纵队，大单位有 7 个。长征的行军路线图显示，渡过湘江后，红军是分多路翻越越城岭的，很多部队都曾从资源县境内经过。

    资源县城坐落在群山环抱的大山深处，青山绿水，空气清新，环境幽静，是个旅游和避署胜地。傍晚 5 时，我乘坐的大巴车到达资源县城，当天晚上就租好出租车。司机李师傅是当地人，开出租多年，车况也比较好。他几次到过雷公田，熟悉路线，租这样的车比较放心。

二

    第二天一大早，我就去塘洞和雷公田寺庙。从县城到雷公田约 60 公里，要经过两水苗族乡。这条山区公路也是沥青路面，车辆不多。出县城约 10 公里，过了一个山口，面前突然是一片浓雾，什么都看不见。好在司机早有准备，浓雾对山区司机来说很习惯，过了一条隧道雾就没有了。从雷公田返回，再经过这一路段时，还是浓雾遮天。对这一路段独特的自然现象，我很奇怪，就向李师傅请教。他说这里叫隘门界，是一个垭口，阴雨天这一段路就是浓雾一片；冬天的时候，别的地方没有雪，这里就能大雪纷飞。雪景和冰凌的独特景象吸引大批游客前来观赏，车辆太多了，还堵塞公路。

    在路上还遇到一段几百米长的险路，路面特别狭窄，两边是上百米高近 80 度的陡坡，可能是塌方引起的，没有护坡，裸露的碎石和泥块随时都会塌下来。阴沉的天，云雾笼罩着周围的山峰。我也捏了一把汗，李师傅小心翼翼地加速通过。

车到两水苗族乡，直行可达龙胜，我们向左拐入乡村道路。路面更狭窄，弯道更急。公路边的深沟里，从大山深处跳跃出来的溪水又流向远方的山间。汽车在一座座山头间绕行。越城岭腹地对现代人来说是世外桃源、风景优美，但对85年前长征的红军战士来说是山高路险、险象环生。

又转过一个山口，前面是一个山岙，山高林密，云雾在半山腰似给山围了一条白色的纱巾。山脚下是一片黑色砖木结构房子，高屋基宽屋檐，李师傅说，塘洞村到了。

村口的公路边新建了一幢高大的二层建筑，古色古香，墙面和屋柱都是褐红色，黑色屋顶的四周都刷有一道白色的宽线条。这幢房子的旁边是一道溪沟，沟里的巨石间有潺潺流水。房子的前面是一块平地，已铺上漏孔的小方砖，看来是要建停车场，砂石和施工工具还零乱地堆放着，施工还没有结束。

推开虚掩的大门，里面是个大厅，中间是一座雕塑，一队红军战士高擎着红旗在山路上行军。雕像四周还没有布置完善。红军长征翻越老山界，在塘洞一带留下许多遗址，这里修建一座纪念馆很有必要。

陈云同志在《长征日记》中记载过，翻越老山界后，住宿的第一个地方就是塘洞。东寨的赵家大屋是中革军委纵队的驻地。在翻越老山界后，毛泽东、贺子珍等借宿雷公田寺院。红军在白竹坡遭到国民党飞机的轰炸，叶剑英还负了伤。在凤水村有一道2米高的卵石墙，墙上还保留着红军留下的土红色标语。这一带还有红军长征走过的古道等遗迹，这些红军长征遗址都很吸引人。陆定一的《老山界》一文更是家喻户晓，这篇文章揭开了老山界这座红军长征翻越的第一高山的神秘面纱。

雷公田寺院

三

从塘洞到雷公田寺院的路更窄，只能称单行道，有部分路段还是砂石路面。由于车辙太深，路中间突出的砂石过高，车辆无法避让，底盘与砂石还是发生了碰擦。李师傅说，过去从塘洞到雷公田有近3公里汽车无法通行的道路，要去那里只能步行。近两年修了路，汽车能开进来，已经方便多了。临近雷公田寺院，车路没了，我们只能下车。虽然是水泥小路，但路面上嵌着一些小石块，凹凸不平。我想可能是这里海拔高，冬天容易结冰，这样的路面防滑。

雷公田寺院规模不大，与别的寺庙比较建筑低矮。门口立有好几块石碑，其中一块上面写着"毛泽东贺子珍居住旧址，雷公田寺院，广西壮族自治区文物保护单位，资源县红军长征旧址"等字样。有一块石碑上是"老山界"三个大字，大字下面的文字已看不清楚。近年由中国长征精神研究院立的石碑字迹比较清楚："华南屋脊舞红旗，老山界上过红军，天地星光紧相连，人间正道从此行……"还有一些文字："雷公古刹救星出，正义不灭天注定。"雷公田庵堂位于老山界主峰，即华南第一高峰猫儿山西南麓，是当地古刹。1934年12月5日至7日，中央红军长征翻越老山界时，红五军团一部、红八军团三十八团在老山界阻击国民党桂军，掩护军委纵队；中央纵队干部团途经此地，毛泽东、贺子珍在庵堂东厢房下榻。

寺院比较零乱，大门前正在施工。寺院一位83岁的老人让我观看了一些藏品：生满铁锈的步枪刺刀、带圆圈柄的大刀、子弹箱、铜质军号、带盖的砚盒，还有一具破损不堪的马鞍。据说是红军留下的。我拿起军号，还能吹出声音。

东厢房是毛泽东和贺子珍住过的，里面放置了一些卧室用品；墙上挂有一些发黄的老照片，照片里是当年为红军带过路做过事的村民，每张照片下面还注有文字说明。

问起上猫儿山的路，一位中年男人陪我们到寺院旁边的一条小路，他说，这里是猫儿山的半山腰，沿着这条山道上去到猫儿山山顶要走2个小时，当年红军也是从这样的山道下来的。

雾蒙蒙的天，只能容一人通行的小道，两边是茂密的竹林。从塘洞到雷公田寺院路边都是这样的竹林，看来这里的竹林面积很大。走在翠绿的竹林里，我心里清楚，如果没有向导带路，在这茫茫的竹海中，人很难找准方向。

四

"五岭逶迤腾细浪，乌蒙磅礴走泥丸。"从2020年10月8日开始走长征路，我也经过了大庾岭、骑田岭、萌渚岭、都庞岭、越城岭，跨过章水、潇水、灌江、湘江等河流，到过红军长征突破四道封锁线的战斗遗址。今天又来到猫儿山下的雷公田寺院，完成了我预定的计划。

1934年10月17日，中央红军8.6万人从江西于都出发开始长征。在错误路线的指挥下，用一、三、五、八、九等5个军团作战，左右前后抬着中央纵队这顶行动滞缓的"轿子"，突破了由蒋介石国民党军队重兵设置的四道封锁线。特别是突破湘江这悲壮一役，红军损失惨重，到12月5日翻越老山界时只剩下3万余人。挫折让红军醒悟，中国革命、中国共产党、中国工农红军一定要有一个英明的正确的领导核心，这就有了以后长征途中的通道转兵、黎平会议、猴场会议等一系列会议。直到遵义会议的召开，以毛泽东主席为首的正确路线逐渐战胜了错误路线，历史才有了转折。

回顾这段历史，我们懂得了正确路线领导中国革命的重要性。这次我走长征路，看到好些地方的红军长征遗址纪念馆或新建或扩建或修缮。当地政府对红军长征遗址的保护和开发工作都很重视。用长征遗址和红军故事进行爱国主义教育，继承弘扬红军长征精神，已经形成全党和各级政府的共识。新闻媒体对红军长征的宣传报导多了，到红军长征纪念馆参观学习的人多了，红军长征的精神更加深入人心了。

通道转兵会县溪

2010 年 10 月

通道会议后得以"通道转兵",是红军长征时毛泽东与"左"倾冒险机会主义开展斗争的第一个重要环节。由于没有留下任何文字资料,仅是当事人的一些回忆,通道会议被蒙上了浓重的神秘色彩。

一

当年红军在广西渡过湘江,翻越了老山界进入湖南。李德、博古坚持按原计划北上,准备与在湘西的贺龙、萧克等领导的二、六军团会合,开创根据地。而蒋介石已经做了部署,调集了 30 万军队张网以待。一路上,毛泽东因病坐在担架上,王稼祥因伤和张闻天也都坐在担架上,这三副担架经常聚在一起,三个人又住在一起,议论和分析红军失败的原因和前进的方向,他们的举动被李德称为"宗派的政治领导中央三人小组"。毛泽东认为与二、六军团会合是自投罗网,主张红军应避敌就虚,转向西面敌军兵力薄弱的贵州方向进军。

在王稼祥、张闻天的支持下,经周恩来与博古商定,1934 年 12 月 11 日,中央红军在湖南省通道县召开了一次重要的军事会议,着重研究红军的行军方向。经过争论,会议最终决定采纳毛泽东西进贵州的建议。实际上,以后中央红军进入贵州黎平直至瓮安的行军线路与先期派出的长征先遣部队所走的方向是一致的。因为会议在湖南通道县辖地召开,被称为通道会议。

共产国际军事代表李德在他的回忆录中写过:"在到达黎平前,我们举行了一次飞行集会,会上讨论了以后的作战方案。"1971 年 7 月 7 日邓颖超对中国革命博物馆的同志说:"恩来同志讲,是有开过通道和黎平会议。"

对通道会议的会址也各有说法。现在的说法是通道当时的县城县溪恭城书院。但据当事人邓颖超的回忆,会议是在县城边一户人家的偏房里召开的。这户人家的正房张灯结彩,这户人家的青年正在迎娶新娘。有人认为会址是通道县牙屯堡外寨村。《伟大转折的起点黎平会议》一书,把会议地址定在通道县芙蓉镇的木

县溪恭城书院

林庵村。也有人认为会址是在当时中共中央机关在通道的宿营地流源圣宫庙。但不论在什么地方召开，这次会议有一个重要标志，那就是自1932年10月宁都会议毛泽东被撤销军内的领导职务，被剥夺红军的指挥权后，毛泽东第一次有了发言权。

二

2010年10月17日，我从黎平乘上中巴车，经中潮驶往贵州与湖南交界的洪州，到了洪州又换乘到湖南播阳的小面包车。司机姓邓，是一位年轻人。沥青路面上不时出现一些坑坑洼洼，汽车也只能打着急方向避开"破洞"。当我问起这糟糕的新路时，小邓就说开了："修洪州到县溪方向公路的钱是北京拨下来的，造价每公里63万元，只有几年时间，这条沥青路就破损得没有样子，虽然修补了两次，但还是伤痕累累，修路的钱被领导贪污了，县里的领导也被双规了。"

从黎平到湖南县溪一路上都有溪水河相伴，青山绿水，风景秀丽，这条路也是当年红军从湖南过来抢占黎平左路军的行军线路。从洪州到湖南播阳只有20公里，由于两省交通管理部门的分割，贵州省所属的营运小面包车只能到湖南播阳，到县溪的20公里还要乘坐湖南的车。到了湖南播阳我又换乘开往县溪的大巴车，那时又热又困，付了8元钱的车票后，我就打起了瞌睡。路上不断地停车上客，快到县溪时，公路上出现了一座高大的侗楼建筑，横垮公路，门楼上方中央写着："红军长征通道转兵纪念地欢迎你。"进入县溪镇，左旁是一条大河，河水也是青绿色的，公路和街上的电线杆都挂着"通道转兵"的布幔，在环境宣传的渲染中很容易使人进入那个红色的年代。

黎平县委宣传部姚部长为我参观通道会议联系过通道县的文联主席，通道文联主席告诉我："恭城书院就在火车站旁边，但会址正在装修，暂不对外开放。"在路人的指点下，我找到了恭城书院的管理者，他是一位年轻人，在纪念馆里也做些木工活，虽然临近中午，但还是打开了大门让我参观。

三

恭城书院在县溪的一所学校旁边，建在一个高地上，进门先要上十几级台阶。这是一座古老的二层木结构建筑，大门和屋顶的瓦片都是黑色，重楼飞檐。进口的上方挂着"恭城书院"的匾额，大门的右侧是一块"中国工农红军长征通道转兵会议会址"的木牌。整座建筑共有四进，皆为二层楼房，前后两进短些；进入大门，楼上楼下都有木结构长廊连接，使四进房子连成一体。

楼里辟了好几个展厅，其中一个就是会议室，大长桌边摆放着好几把椅子，正前方还挂着两面"中国工农红军"的旗帜。展厅墙上有很长一段文字："十二月十一日，红一方面军占领通道，这时中央军委开了一个临时会议，吸收毛泽东同志参加，讨论进军方向问题。会上毛泽东同志深刻分析了敌我形势，坚决主张红一方面军转向西南，到敌人兵力薄弱的贵州去，以摆脱湘西之敌，争取主动，使已经跋涉千里、苦战两月的部队得以休整，恢复体力，提高士气。在这以前，毛泽东已先后说服了王稼祥、张闻天同志，周恩来、朱德同志向来尊重毛泽东的意见，因此毛泽东同志这一主张得到了大多数同志的赞成和支持。"系摘录自时任红一军团师长李聚奎的回忆文章。还有一段文字："正是在这危急关头，毛主席挽救了红军，他力主放弃会合二、六军团的企图，转向敌人力量薄弱的贵州前进……他的主张得到了大部分同志的赞同。于是，部队在十二月占领湖南西南边境通道城后立即向贵州前进。"摘录自刘伯承的《回顾长征》。

这么大的一幢老房子，只有我的脚步声在一个个展厅里传递，显得空旷寂静。我想，如果是像当事人之一李德说的那样，是一次"飞行集会"，那么当时就可能没有这样正规的会议室。伍修权在1983年12月19日的一次访谈中所说的话比较客观："对于党史资料问题，要实事求是，知之为知之，不知为不知，来不得半点虚假。""通道会议，是一个碰头会议，不是一个正式会议。"参加这个会议应该有毛主席、张闻天、王稼祥、周总理、朱总司令、博古。碰头会的中间，毛主席提出不能与二、六军团会合，这是明确的，毛主席这个主张得到了除博古以外的所有人支持。

我默默地参观着，不时地按下快门。近一个小时的参观，使我对通道会议有了进一步的认识。通道转兵，毛泽东的正确主张被采纳，他从被排挤的境遇中重新站出来，是中央领导和红军广大指战员在革命的实践中，在生命和血的教训下，正确选择领导人的必然结果。

出门后我向管理员买了一本当地人写的关于"通道转兵"的书，又到他家开的小饭店吃了一顿中餐。

<h1 style="text-align:center">四</h1>

返回湖南播阳，途中坐上了湖南人吴师傅的小面包车，中间排靠门已经坐了一位中年妇女，我要坐上这辆车就只能到后排去，她看我背着双肩包，手里还提着照相机，坐到后面有困难，就二话没说，起身爬到后排去了，把空间大些能通风的位置让给我。让座的应该是一位农妇，她黑褐色的肤色，蓬松的头发，真诚的笑容，让我感到亲切。车上的乘客大多是农民，当他们知道我是从沿海地区来的，找红军长征路时，脸上都露出微笑，交谈也十分随意。

途中，吴师傅停下车，用手指着左边的一座塔，告诉我："这叫白衣馆，当年红军长征时，部队就是经过这里再走向贵州。"他还让我拍了照片。车辆重新启动后吴师傅指着公路对我说，这条公路原来是沙石路，上面组织"重走长征路"时，他们开出租的司机都说好了，等人来时，把汽车开快些，让他们多吃些扬起的尘土，也能知道这里的困难。以后修路的钱是北京来的，但钱来了，那些当官的又贪污了，本来是修9米宽的路，现在路修得窄了，质量也不好，县里的领导已经被双规了。

白衣馆

那天从黎平到县溪来回跑了200多公里路，大热天，换乘了6辆汽车，人虽然是累些，但我还是被红军长征路上人们浓厚的纯朴之情所感动，同时也被一些地方官员这么差的口碑所震惊。

黎平会址翘街寻

2010 年 7 月

黎平地处黔、湘、桂三省区结合部，自古以来都是东进两湖、南下两广、西进西南的主要通道。在古代，黎平是贵州东南部政治、军事、经济中心。在中国革命史上，工农红军曾三进黎平，特别是中央红军长征时在黎平召开过政治局会议，在中国革命十分危急时候，做出了进军遵义、建立川黔根据地的决定，成了中国革命伟大转折的起点。这也使地处偏僻的黎平引起了人们的注意。1996 年以来，我在贵州进出几十次，到过很多红军长征主要事件的发生地，由于黎平会议是遵义会议前的一次重要会议，因此黎平一直吸引着我，但每次由于时间紧、交通不便，故一直没有成行。

一

2010 年 7 月 14 日，我从黔西南州返回贵阳后开始了黎平之行。当天傍晚先从贵阳坐大巴到凯里，已是晚上 9 时，但还没有吃饭。经邻座的一位黎平籍青年提示，为了稳妥，我还是先购买好第二天发往黎平的汽车票。车票果然紧张，我买到的已经是第二班了。

7 月 15 日上午，我乘坐的长途班车先在贵阳通向上海的高速公路上行驶了一个多小时，然后驶入通向三穗、天柱方向的省道。汽车离开高速公路，行路难的感觉马上就开始了。路面窄，弯道多，转弯急，坡度陡，爬坡如上天盘旋翻腾，下坡似扁舟飘落深谷。我只能用双手紧抓着座位的扶手，神经随着车身的摇晃抖动而紧绷，一路也无暇顾及车窗外的青山绿水，但心里清楚，这里随处都有当年红军长征留下的足迹。

坐在我旁边的是一位去黎平赶考事业单位的女大学生，由于晕车，路上一直不愿睁开眼睛，昏昏欲睡，在我的帮助下，她没有呕吐。由于天热，山区公路上还不断发生堵车，更使人疲乏。在离锦屏县城不远处的高坡上，又是一次长时间的塞车。热得人们只能下车，到路边的树荫下等待。我发现当地旅客对这种"等待"非常有耐心，他们没有牢骚，也不讲怪话，更不去前方打探，只是默默地等待忍受，他们可能早习惯了"地无三尺平"的黔地之路。

我耐不住寂寞，还是拿起相机，顺着公路跑上跑下，抓拍些山区古朴的风光。没有想到的是，同车的也有打扮时尚牵着哈巴狗的女郎，只是那只小狗圆圆的肚子正努力地起伏着，伸出舌头，喘着粗气，显然在树荫下它也热得受不了。

300多公里的路程花了近10个小时，一直到晚上6时，才走出有侗楼建筑风格的黎平车站。问过当地人后得知，黎平会议的会址就在车站不远处，为图方便我就近找了一家招待所住下。

招待所的女主人知道我是来找红军长征遗址的，吃了晚饭就陪我到了翘街，找到了黎平会议会址。第二天清早，她又带路到了城南的南泉山，让我去拍那里红军烈士墓的照片。

黎平会议会址

二

早餐后，我又来到了翘街，参观中央政治局黎平会议会址。翘街是黎平的一条商业街，现在还保留着历史的原貌。街上，我认识了李老，他 80 多岁了，是一位县林业部门退休的老干部。他告诉我，现在翘街的路面已经整修过 3 次，70 多年前，路面的中间是 1 米宽的青石条，两边是鹅卵石铺设。红军来黎平时，他只有七八岁，记忆中那时来了很多红军。

翘街的东头有一座古老的城门，听当地人介绍当年红军就是从城门那边进入黎平的，翘街的西头有一座石牌坊，上书"翘街"两字。翘街是一条两头高、中间低、呈弧形状的老街，两边的建筑多为两层，砖木结构为主，墙面是青砖石灰嵌缝。站在街上两边都能看到重叠的高高的风火墙，更使这条老街充满着古朴的韵味。

黎平会议会址的门牌号是二郎坡 52 号，这里原是胡荣顺店铺。1934 年 12 月 18 日，中央红军长征以来，第一次政治局会议就在这里召开。会址大门的上方挂着一块匾——"中共中央政治局黎平会议会址"，是陈云同志书写的。这个店铺有五间两进，前低后高。

进门的那几间打通了，陈列着红军照片、行军路线图及其他文字资料，还有胡锦涛任贵州省省委书记时出席黎平会议学术讨论会的照片和讲话材料。

两进房子的中间，是一个小天井。后进房子有两层，下面也是五间，中间是客厅，右手边第一间是会议室，放着两张并起来的八仙桌，桌子两边放着八张木椅，两边的墙上挂着参加会议的六位领导照片，右边分别是政治局委员、中央军委主席、红军总司令朱德，政治局委员、军委副主席、红军总政委周恩来，政治局委员毛泽东；左边分别是政治局委员、中央总负责博古，政治局候补委员、红军总政治部主任王稼祥，政治局委员张闻天。根据当地史料分析，参加会议的应该是十个人，包括陈云、刘少奇、邓发、凯丰，李德因患疟疾发高烧而没有参加。

右边第二间是周恩来的卧室。左边第一间是红军时期的一些实物陈列，第二间是朱德、康克清的卧室。

二郎坡 52 号的左边有一处屋面上写着"福音堂"，后面的房子是博古、李德的住处，都挂着室牌。现在两幢房子的后门打通了，游人可以从后面进入。

黎平会议会址的斜对面是新建的黎平会议纪念馆，这座现代建筑也采用了翘街的古建筑风格。纪念馆里有好几个展厅，都是介绍黎平会议前后红军历史的资料，其中有一个大厅的中央陈列着毛泽东、朱德、周恩来、张闻天、王稼祥、博古的全身塑像。当地的文史专家张老师对我说，他们曾接待博古的儿子到黎平参观，他看到父亲的塑像很激动，说："黎平人民还是实事求是的。"但博古的儿子对黎平会议是周恩来主持的说法，表示不认同。

　　黎平会议形成并保留下来的文字资料，对研究黎平会议的历史作用十分重要。中央政治局黎平会议形成的决议中十分明确地提出："鉴于目前所形成的情况，政治局认为过去在湘西创立新的苏维埃根据地决定在目前已经是不可能的，并且是不适宜的……政治局认为新的根据地区应该是川黔边地区，在最初应以遵义为中心之地区，在不利的条件下应该转移至遵义西北地区。"这就彻底放弃了博古、李德坚持到湘西与二、六军团会合的战略方针，而毛泽东在通道提出的向敌人兵力薄弱的贵州方向进军的主张在政治局的会议上正式得到了肯定。

　　1986 年，时任贵州省委书记的胡锦涛参加了黎平会议学术讨论会，并发表了重要讲话。他说："当时红军冲出了国民党军的重围，正处于生死存亡的紧急关头。党中央及时召开了中共中央政治局黎平会议。这次会议彻底否定了'左'倾冒险主义的错误主张，肯定并采纳了毛泽东同志西进贵州的正确意见，确立了红军北上黔北，建立新的根据地的战略行动方针。这就使中央红军开始从被动转为主动，为以后胜利，为遵义会议召开奠定了基础。"

三

　　进入侗乡黎平，侗楼给我留下了深刻的印象，汽车路过的田野、村庄不时闪过一些侗楼的倩影。城里的学校、医院、商场等建筑的顶上或墙角也建有侗楼作为装饰。休闲广场的侗楼群更为壮观，中间一座高大的侗楼拔地而起，在两旁侗楼的拥簇下，更显雄伟。入夜，侗楼在彩色灯带的环绕下，熠熠生辉。音乐声起，广场上成群的侗族人，随着明快轻松的节奏跳起了充满侗族风情的健身舞。人们沐浴在彩色柔软的灯光下，沉浸在欢乐的笑声中，身心放松，生活自在。黎平是一个侗族风情很浓的地方。

　　红军三进黎平不但留下了珍贵的黎平会议会址，还留下了很多红色文化遗产。在翘街一带还有毛泽东和陈云的故居、中央红军干部休养连和红军教导师住址、红军召开群众大会旧址、红军进入黎平的东门古城等。

　　一幢旧房子门前挂着中央红军干部休养连牌子，迎面墙上是一张表格，汇总了从江西参加长征到黎平的 30 位红军女战士的姓名，其中有镇海籍女红军金维映。屋里还有邓颖超、蔡畅等人的卧室，一切按原样陈列。后面天井的墙边是碑林，有李德生题写的"历史的丰碑"、王平的"难忘的历程伟大的事业"、杨成武的"艰难的历程"、耿飚的"历史先河"等 30 多位老红军的题词。

　　翘街的一头是县城第一小学，学校的门口竖着一块石碑，上面刻着"红军召开群众大会旧址"几个大字。那天早晨，我站在石碑前，看着背着书包进学校的学生，不由得想象着 70 多年前红军召开群众大会的情景。当年红军入城后，立即开展打土豪的斗争，把从地主家没收来的粮食、油盐、衣被、布匹等财物清点好，拿到会场，在这叫荷花塘的地方召开群众大会。会上，红军战士先向群众说明"打富济贫"的革命道理，接着对物资进行分配，按群众的困难程度分为三等。其中甲等是最贫穷的人，分的东西最多。一个叫张国清的人属于甲等，他分得棉被1床、衣服3件、谷子400斤、猪肉若干斤。

翘街的另一头，连着黎平古城的东门，看起来，石砌的城门是古代的，城门上的木制城楼是以后新修建的。站在城楼向外看，昔日荒凉的地方，现在也被一些高楼替代了。据黎平地方上提供的资料知道，1934年12月14日，钟敬斋等人听说红军的队伍快要到了，就满街敲锣，集合了三四百人，列队出城欢迎。走到东门外长街，迎上了红军大部队，就敲锣打鼓，燃烧鞭炮，将红军战士迎进了城。

四

在黎平纪念馆旁，我看到一个灯箱广告，上面是一幅照片，照片里是一座高高的木桥，上写着"红军桥"。这张长征资料图片似曾见过，很有吸引力。从纪念馆的工作人员那里了解到，这座红军桥离县城只有20多公里。当时已经是上午10时多了，我已经买了汽车票，准备下午离开黎平。时间已经很紧，但想想来一次太不容易了，不能错过机会，于是我决定抓紧时间去看看。

招待所女主人是一位热心人，她一听我要去找红军桥，而且态度坚决，就找来了一辆出租车，陪着我一同前往。车子是破旧些，路况也不好，但毕竟是四个轮子的，20多公里很快就到了。

小寨红军桥

临近中午，天气十分炎热。汽车停在一个植被茂密的山坡旁，在"红军桥"指示牌的指引下，我们冒着酷热的骄阳，找到了一条被几米高野草荆棘覆盖的小路，手脚并用地穿越过一条300多米长的"游路"，终于来到了八舟河边的红军桥下。

五六十米宽的河面一下呈现在我的眼前，有一种豁然开朗的感觉，清澈的河水在缓缓流淌，轻轻地抚摸着岸边石砌的埠头，一条两头尖尖的小木船静静地泊守在水面上。旁边几块高大的黑色顽石直插河中，也称得上有虎踞龙盘之意，石头边耸立着几棵参天古树，分明就是一幅韵味古朴的风景画。

河对岸有几株芭蕉树，那嫩绿的叶子在微风中摇曳，绰约多姿。堤岸后面是一片叠翠的农田，褐色的村舍建在农田后面的山坡下。山不高，但被郁郁葱葱的原始森林所覆盖，这个村寨大约就是村民介绍的少寨吧！

宽阔的河面上架着的这座木桥就是传说中的红军桥。桥脚是用圆木搭成八字形，斜插在河水中，只有1米左右宽的桥面显得很高。由于摇晃，在上面行走站立都感到不稳，但这是当地人进出村庄的通道，不论男女老幼要过河只能上这座高高的木桥。

桥头旁的路边，有一块木牌，上面是红军桥简介。

红军桥位于黎平县高屯镇上少寨，长70米（灯箱宣传照上写着全长52米），宽约1米。1934年12月，中国工农红军长征路过少寨时，原有的木桥已被国民党军拆毁，为让红军队伍顺利过河，少寨村民冒着严寒从家里扛来圆木和门板，点着火把连夜架桥。红军队伍得以及时行军前进。为了纪念红军，今天人们把这座桥称作"红军桥"。

在黎平，除了红军桥，秦村的白塔至今还保留着红军写下的"武装起来，行动起来，打倒土豪分田地！"标语。红军路过的平角岩、潭溪风雨桥和一些战斗遗址，也都散落在黎平起伏的群山丛中。红军三进黎平已经过去了70多年，这些红色遗址对激励人们学习红军长征精神，在新形势下继续保持奋发图强的作风，都将起着不可估量的作用。

【《今日镇海》2012年4月6日】

红军遗迹瓮安访

2008 年 5 月

    每次扶贫到贵州，都会有人提出去看看遵义，因为大家都知道遵义会议是中国共产党成立以来一个伟大的历史转折。从贵阳到遵义必须经过乌江，站在雄伟的乌江大桥上看乌江，就会发现，昔日的乌江天险，如今已经是铁路、高速公路和公路三桥并架的坦途了，深蓝色平缓流淌的江面，已经取代了混浊而又湍急的险滩。那些曾经是红军浴血奋战的渡口，如今是食客品尝乌江鱼的酒楼。每当我到达乌江旁边的乌江镇时，心中都有一股冲动，想去找找红军强渡和重渡乌江的渡口。

乌 江

一

2008年5月8日，我终于有机会参观江界河渡口。那天我刚到贵阳机场，就坐上了顶效开发区徐书记的车子，他陪我去寻访红军强渡乌江的渡口。不过，我只知道中央红军过的主要渡口是乌江的一条支流叫江界河，至于从贵阳到那里怎么走，来接我的贵州同志讲不清，我就更不知道了。从收费站开始一路上问了不少人，大家都不知道走哪条公路可以到渡口，后来遇到了一位修汽车的中年男子，他去过江界河，就叫我们先到开阳，再经花梨，就可到达江界河。

离开高速公路，路况就很差了，坑坑洼洼的路面影响了汽车的行驶速度。这个地方大家都没有来过，加上路标又不清楚，虽然小心地选择行车方向，但还是走岔了好几个路口。阴沉的天气加上烂路，容易使人的情绪低落，但路边的风光还是吸引了我。只见沿途峰峦起伏，群山叠翠，望不到边的崇山峻岭，莽莽苍苍，扑朔迷离。汽车一会儿从山脚盘旋而上升到了山上，一会儿又七弯八拐地降到了坡底，紧接着一个急转弯跨上了"悬挂"在深涧上的公路桥，真是险象环生，令人心有余悸。望着这重峦群山，真难想象当年红军是怎样翻越这一座座高山、跨过那一道道深涧的！

瓮安就坐落在这群山丛中，县城呈狭长形，一条长长的文峰路贯穿全城，与城外的公路相连。听当地人介绍，红军在长征时曾三过瓮安，县境内留下了不少红军的印记，其中一处是在草塘镇。1934年12月31日，中央政治局会议曾在那里召开，在中国共产党的历史上被称为猴场会议。这也是继黎平会议后又一次扭转红军命运和前途的重要会议，它为遵义会议胜利召开奠定了基础。根据会议结束后形成的决议，红军迅速向县境内的乌江进军，经过激烈的战斗，取得了强渡乌江的胜利。在瓮安县境内还有桐梓坡农会和桐梓坡游击队驻地等旧址，这是红军长征路上建立的第一个农民政权和第一支农民武装。此外，红军还在瓮安留下了15处重要的革命遗址和20余幅红军时期的标语。应该说在一个县的范围内，有这么多的红色印记，确实是很不容易了。瓮安县在这几年打出红色旅游的牌子，也是很有吸引力的。在大山丛中的瓮安应该是一个纯朴宁静的地方，但令我想不到的是，到这里来对外地人来说会不放心。我们刚到城里，在一家小副食店买矿泉水，顺便向开店的中年妇女问起这里的住宿等情况，她很关心地对我们说："这里小旅店不少，但治安不好，很乱，你们住宿要找一家大的宾馆，这样安全些。"

晚饭后，我在文峰路周围转了一圈，有一段马路吸引了我，这段马路与文峰路交叉，只有200米长，路标上写着"红军路"。文峰路以及各条叉路都有不同的路名，为什么就是这一段路叫"红军路"呢？我问了路边好几家开店的人，他们都讲不清楚。快到宾馆门口时，一位本地的中年警官被我叫住了，我问他关于红军长征在瓮安的情况。开始时，他自告奋勇地说，对县里的红色旅游情况很熟悉，但我问起为什么那条路叫红军路，为什么红军要三过瓮安，又问为什么中央红军强渡的是江界河而外面只知道突破乌江等问题时，他就逐渐显得木然了。最后，他只好说："对不起，我对你的解说有点语无伦次。"

第二天早上下着大雨，在宾馆的大厅里碰见一位在乡镇农科站工作的同志，他虽然对红色旅游的情况不是很清楚，但看我对当地红军长征情况十分认真专注的样子，专门从邮局给我寄来了一份资料，这是由他们县委宣传部编印介绍瓮安旅游的小册子，但里面涉及红军的内容实在是太少了。我觉得，如果要开发红色旅游业，首先有平安的环境，当地政府要教育好群众，特别是干部更应该知道红军长征的历史，旅游部门还要配发一本详尽的红色旅游资料。

二

2008年5月9日，天下着大雨。我去江界河参观红军突破乌江天险遗址，途中要经过猴场会议旧址。我知道瓮安有很多红军长征时留下的遗址，参观时间不够，但这个决定红军命运的猴场会议的会址还是非去不可。

据记载，当年李德因病没有参加黎平会议，但会议后李德、博古仍不放弃去湘西的意图，提出红军"一不过乌江"在南岸打游击，"二是回头与红二、六军团会合"，一路上与其他领导争吵不休。面对这一严重局势，1934年12月31日下午至次日凌晨，中共中央政治局在瓮安猴场宋家湾召开会议，史称猴场会议。

猴场会议旧址

会议做了《关于渡江后新的行动方针的决定》，重申了黎平会议的精神，坚持渡江北上建立新苏区，完成红军战略方向的转移；强调政治局对作战方针的集体领导，基本结束了"左"倾冒险主义领导者的军事指挥权，为遵义会议的召开奠定了坚实的基础。

汽车出了瓮安县城，到草塘镇猴场村有18公里，汽车行驶了大半个小时。一路上看惯了高山峡谷，到了草塘，感到这里的地势相对要平坦些。公路直通猴场会议纪念馆的大门，我们在纪念馆没有发现停车场，汽车就停在公路旁边，下车后，看到大雨过后的山头被白雾紧裹着，公路边上的稻田里，农民正吆喝着牛在犁地，几位妇女忙着割草等农活，路上不时走来一群群背着书包去上学的孩子，真是一派宁静的农村景象！不过由于参观红军强渡乌江遗址心切，就无心细顾了。

我们进入了一个新修的旧式大门，里面是一个很大的院子。大门的左边是一排新建的碑林，都是一些参加过长征的老红军留下的题词，我数了一下共有38块，内容大多涉及猴场会议和红军强渡乌江。

猴场会议纪念馆建在大门对面的坡上。这幢建筑从正面看就是一堵墙。墙面是用青砖砌成的，墙砖之间用白灰嵌缝，墙面的中间有6个分两边排列的暗红色圆形印花图案，中间开了一道门。仰看起来，由于这幢房子建在坡顶上，整体高度较高，因而屋顶等都被墙面挡住了。

纪念馆是当地政府近年新建的，这里原是宋氏住宅，建于1912年，青砖砌墙，高约7米，内有正厅5间，厢房、下厅齐全，天井全石铺砌，为标准的四合院，俗称"一颗印"房子。1948年宋氏因产业纠葛将"一颗印"房子拆散变卖，屋基改作耕地。

跨上高高的几层台阶后，就进入陈列室的大门。院子的中间是天井，四周都是陈列室。一位打扫卫生的大伯说："现在还没有到参观的时间，你们不能进来。"看到我拿着照相机，又说这里不准拍照。我们遵循他说的规定，就站在门口，用眼睛巡视了一下这个红色旅游线上的重要参观点。我发现就在进口的旁边墙上有一块大红的宣传牌，上面的大标题写着"伟大转折的前夜"，下面的一段文字摘自周恩来的回忆文章："在遵义会议前夜（猴场会议），就排除了李德，不让李德指挥作战，这样就开好了遵义会议。中央的很多同志都站在毛主席方面。由于毛主席拨转了航向，使中国革命在惊涛骇浪中得以转危为安，转败为胜。"还有一段是摘自《中国共产党大事典》的："猴场会议否定了'左'倾领导提出的不过乌江和重新回头与二、六军团会合的错误主张，通过《关于渡江后新的行动方针的决定》，决定强渡乌江，创建以遵义为中心的川黔边根据地。"

那天由于时间紧，又急着要去参观江界河红军突破乌江遗址，我们只得离开这个不让参观的纪念馆。

三

　　离开猴场，汽车在一条简易的公路上又行驶了2个小时，在离江界河大桥还有2公里的一个路口，向右拐进了一条小道，这段长约7公里的路程以下坡路为主。车到江边的半山坡上，看到了一块碑，上面写着"红军抢渡乌江江界河战斗遗址"，碑的背面记载着抢占江界河战斗的经过。这里能看到乌江，但到江边还有很长的一段弯弯曲曲的下坡道。站在这里看到江面和对岸的山峰都被一片云雾笼罩着，南岸这边的河滩地势显得相对平缓，还不时隐现出一些农田。对岸的山峰都是悬崖峭壁，犹如一道天然屏障，一眼望去却望不到边。

　　汽车顺着山道又向下行驶了好几公里，路边不时出现一些断墙残壁，这大约是村民住宅拆迁后留下的痕迹。农田上已经没有农作物了，显得一片荒芜。车在江边停下，眼前的这段江面比较宽，浑黄色的江水，顺着山脚的走向无声地流淌着；上游方向有一座山脚伸向江中，看上去那里的江面就要窄些了。从下面看北岸的山峰，山显得更高了，坡也更陡了，很难看出有什么路，更不见行人。

　　从资料上知道，猴场会议结束后，红一军团二师四团在耿飚的率领下，立即赶到乌江，他们马上侦察地形，选择敌军防守比较薄弱的江段，组织渡江突击队。1935年1月2日，那天雪后初晴，红军战士扎了几十只竹筏，在火力的掩护下，分批向对岸实施强渡。对岸黔军的炮火也十分集中，在急流中有的竹筏被冲散，有的红军战士抱着机枪跳入刺骨的江水中扑向对岸。在前一个晚上从上游试渡漂流到对岸的4位红军战士的配合下，红军占领了敌军滩头阵地。红军又调来迫击炮和全团的重机枪，用密集的炮火封锁住增援的敌兵，掩护后续部队过江。军委工兵营和干部团工兵连在四团实施强渡的同时，开始搭建浮桥，他们先用三层竹排搭成一座座门桥，然后再一个个放入江中，用竹篾编织的粗绳连接起来，装入重石的竹篓随着入水门桥的增加，也一只只坠入江中，起到固定浮桥的作用。由于江水的冲击，浮桥弯成一个大弧形，在乌江中摆动。架桥官兵和强渡的战士一样冒着对岸敌军的炮火，面对汹涌的江水，不时有人献出生命。但红军战士不怕牺牲，前赴后继，用了36个小时终于架起了一座形如蜈蚣的浮桥，这在乌江架桥史上堪称奇迹。1月3日，毛泽东和中央纵队在江界河渡口渡过了乌江。

　　红军过江时都是用山上的竹子做筏子和搭浮桥的，那时候这里的竹子一定很多，但现在已经找不到什么竹子了。1935年1月初，中央红军突破乌江的渡口一共有三处：除我所到的江界河渡口外，另两处分别是在上游方向的由红三军团攻占的茶山关渡口；还有一处是一、九军团抢占的余庆回龙场渡口。

　　参观了渡口后，我们又从山脚回到半山坡的纪念碑。就在红军抢渡乌江江界河战斗遗址纪念碑旁边不远的山坡上，零乱地搭建着一些低矮的小屋。屋顶是用茅草和大小不等颜色各异的塑料布盖成的，这破烂的小屋就像给绿色而又纯朴的山野增添上了一块块伤疤，极不和谐，显出几分悲凉。

公路旁有一条泥泞的小道，是村民进进出出的通道。居住在这些房子里的村民，看见有小汽车停着，就跑出来与车上的徐书记交谈起来。我没有听清楚他们在说些什么，就提着照相机去拍摄景色了。小道上的泥巴很快就裹住了旅游鞋，我一溜一滑地来到这些破房子跟前，小心翼翼地走下村民用乱石和泥块铺就的台阶。在一间小屋前，只见一位中年妇女站在只有她人那么高的屋檐下，直直地看着我的到来。她的小屋只有几个平方米，房子的墙是用水泥板和木板垒起来的，屋顶上就是刚才看到过的茅草和塑料布，为了防止被江风吹掉，还用大石块压着，门口堆放着杂物。旁边还有一间更低矮的小房子，大约是他们的厨房。看着这些很难挡住风雨的房子，心想，这样简陋的房子怎么能成为住人的居所呢？

回到车上徐书记告诉我，这里要建水电站。将来水电站建成后，这里就成了库区，红军强渡乌江的旧址将被淹没在水下，以后就再也看不到遗址原貌了。他还告诉我，这些居住破房子的村民，也是从江边搬上来的。在水电站建设的政策处理时，政府只给了农民一些钱，对他们的移民搬迁政策没有处理好，因此这些村民很有意见。

参观了红军强渡乌江江界河的战斗遗址后，我们又从原路返回，很快就到了江界河大桥，这里是红军强渡乌江遗址的上游。在大桥南头有一块公路里程碑，上面写着 205 省道 94 公里。桥头前的这段公路是把一座高高的山体垂直劈下后建成的，大桥的北面也是一道山梁，建桥工人在山体中间打了一条隧道，这样使两端的公路和大桥成了一个平面。公路桥长 461 米，桥面离水面 263 米，主孔跨径 330 米。若从山脚下面看上来，大桥就像架设在半空中，宛如一座天桥。站在桥上看江面，江面显得十分狭小，湍急的江水撞击着江中的巨石，不时发出阵阵咆哮，溅起的浪花落下后又被急流卷走而迅速消失。两岸都是刀削般的悬崖峭壁，几乎垂直排列着，高高的山峰不规则地耸立在空中，这地方真是一道天堑。汽车驶离架在震天动峡谷的江界河大桥时，已经是下午 1 时多了，原本还想去看看被古人惊叹为"乌江无安渡，茶山尤险极"的茶山关，但路人告诉我们，由于矿山开发，路太差了，这种小轿车很难到达，再加上晚上还要赶回到兴义，我也只能放弃了。

坐在车上看着车外不时掠过的高山峡谷，在感叹当年红军战士不畏严寒，跳入急流险滩的乌江，又冒着敌人的枪林弹雨舍生忘死地夺取胜利的同时，也对当地那些为了搞建设而不顾老百姓利益的所谓"政策处理"而叹息不已。

【《今日镇海》2012 年 4 月 6 日】

遵义会议访旧址

2011 年 4 月

遵义，位于贵州省北部，北依娄山，南临乌江，是由黔入川的咽喉之地。1935 年 1 月，红军第一次占领遵义，召开了一次中央政治局扩大会议，史称"遵义会议"。遵义会议在事实上确立了以毛泽东为核心的党中央的正确领导。这次会议在极其危急的情况下挽救了中国共产党、中国红军和中国革命，成为党的历史上一个生死攸关的转折点。有了这段光荣的历史，现在的遵义，成了红色旅游城市，吸引人们前去学习和参观。

一

1998 年，我随宁波市党政代表团赴贵州扶贫帮困。在黔西南完成帮扶任务后，4 月 2 日，经贵阳到遵义学习参观。当时的遵义，高速公路开通不久，城区的道路也没有什么改造，旧房子很多，街容卫生等与沿海城市相比都显得落后。

那天，我们先参观遵义会议会址。遵义市红旗路 80 号有一幢整齐的灰砖黑瓦的大房子，高高的门楼上是毛泽东手书的"遵义会议会址" 6 个金色大字。进入门内，里面是一个大院子，显得空旷，一棵古朴的大槐树高大挺拔，旁边的那幢二层楼房十分眼熟。过去不论报纸杂志，还是图片影视，只要提到遵义会议，就会出现这幢中西合璧的建筑，它成了遵义会议的标志，也成了人们心目中的遵义。

进入这幢砖木结构的建筑，发现它用料和施工都十分讲究，是当时遵义城里首屈一指的豪宅。房子原是国民党二十五军第二师师长柏辉章的"柏公馆"。红军攻入遵义城，房子的主人匆匆离去，惊慌之中师长的一位姨太太还留在宅中。

中央机关和红军大部队进入遵义后，这幢房子就成了红军司令部和中央军委作战局的办公地点。楼下是参谋、通讯、警卫人员的用房，楼上是周恩来、朱德、刘伯承等领导的办公室和住所。一间小客厅成了遵义会议的会议室。

现在小客厅的中间有一张长方形木桌，四周摆放着十几把靠背椅，小厅的地上有一个用来烤火取暖的炭盆，顶上吊着一个煤油灯。木桌上和靠背椅都没有标

遵义会议会址

会议室

志，李德在《中国纪事》中写道："他是坐在门口的，伍修权为他翻译。"

遵义会议会址不远处，有两幢独立的小楼，分别挂着博古和李德住处的标志。被李德称为"中央三人小组"的毛泽东、张闻天、王稼祥他们从长征开始，就经常在一起，在遵义的住地也是一样，他们三人一起住在一位姓易的黔军旅长的别墅里。

遵义会议会址后面，隔一条马路，还有一个大院子，这里是杨柳街天主教堂。这座教堂由经堂和学堂两部分组成，是红军总政治部旧址，红军长征时召开过群众大会。现在这里陈列着红军四渡赤水作战示意图等长征图片和文字资料。

二

站在遵义会议会议室的外面，就能看见这张暗色的长方木桌和靠背座椅。现在桌椅无语，但曾几何时，这间小小的会议室却成了扭转中国革命命运的地方。

1935年1月7日，红军占领了遵义。以遵义为核心，红军很快控制了南北长200公里、东西宽100公里的区域。1月9日，中央军委纵队进驻遵义，红军有了一段相对稳定的日子。还有计划准备利用这段宝贵的时间，建立根据地。1月15日至17日，中央就召开了政治局扩大会议。根据史料记载，白天领导们忙于指挥作战，处理日常事务，会议只能在晚饭后开始，一直持续到深夜。参加会议的有政治局委员博古、周恩来、张闻天、毛泽东、朱德、陈云，有候补委员王稼祥、刘少奇、邓发和凯丰，还有红军总参谋长刘伯承、总政治部代主任李富春。参加会议的人员还扩大到军团一级的红军将领。邓小平先以《红星报》主编列席，后被选为中央秘书长而正式参加会议，并担任会议记录。李德也列席了会议，伍修权担任翻译。

彭德怀自述："一九三五年一月，我第一次参加中央会议——遵义会议。这次会议是在毛主席的支持下进行的，清算了反第五次'围剿'以来错误的军事路线。我没等会开完，大概开了一半就走了。因为三军团第六师摆在遵义以南之刀靶水，沿乌江警戒，遭蒋介石吴奇伟军的进攻，我即离席赶回前线指挥战斗去了。"（《彭德怀自述》）

据一些资料反映，邓小平做的会议记录在长征途中遗失。博古记有遵义会议内容的笔记本，在"文化大革命"时被家人烧毁。但概括起来说，遵义会议做了两件事，就是"讨论失败"和"改变领导"。

李德在《中国纪事》中回忆："会议的唯一题目是关于反对蒋介石第五次'围剿'和长征第一部分的总结。"

《中国共产党的七十年》对遵义会议做了如下表述："这次会议集中全力纠正当时具有决定意义的军事上和组织上的问题。毛泽东、张闻天、王稼祥作了重要发言，尖锐地批评第五次反'围剿'战斗中实行单纯防御、在长征中实行退却逃跑的错误。"经过激烈争辩，会上多数人同意毛泽东等三人提出的提纲和意见，认为博古在会上所做关于第五次反"围剿"总结的报告是不正确的。会议将毛泽东增选为中央政治局常委，并委托张闻天起草《中共中央关于反对敌人五次"围剿"的总结的决议》。会后不久，政治局常委决定由张闻天代替博古负总的责任，并成立由毛泽东、周恩来、王稼祥组成的三人小组负责全军的军事行动。

李德，1900年出生的德国人，1932年由共产国际委派进入中国，担任中央军事顾问。他给中国革命带来严重的灾难。遵义会议结束了李德在中国工农红军的领导，但他跟随红军走完长征，之后返回苏联。

三

参观了遵义会议会址和红军总政治部遗址后，我们又参观了红军山上的红军烈士陵园。红军山原称小龙山，在遵义城内。山不算高，徒步有289级台阶。还有盘山公路，可以从湘江边通到山上的烈士陵园。

1953年，当地政府为了纪念在遵义战役中牺牲的红军烈士，把在附近找到的77座红军墓集中迁移到红军山。1954年还把远近闻名的"红军坟"，也由桑

遵义会议会址

木垭迁到红军山。1957年，时任国防部长的彭德怀致函贵州省委，提请务必找到他的亲密战友邓平的遗骸。经过相关部门努力，1958年在干田坝找到了邓平同志的原墓，并迁移到红军山，举行了隆重的安葬仪式。

那天我们从红军山下拾级而上，只见满山青松翠柏，庄严肃穆。远远就能望见30米高的遵义红军纪念碑，这是1985年遵义会议胜利召开50周年时建立的。纪念碑的底座有4个5米高头像雕塑，分别代表红军指挥员、卫生员、战士和赤卫队员。纪念碑正面是邓小平手书"红军烈士永垂不朽"8个金色大字。碑顶是5米高的镰刀锤子的标志。纪念碑的后面，一座红砂石墓掩映在万绿丛中，里面安放的就是红三军团参谋长邓平的遗骸。邓平，四川人，从少年时就投身革命，第一次大革命时期加入共产党，是党派到黄埔的早期毕业生。在中央苏区南征北战中，战功卓著。红军长征时，他担任三军团参谋长。红军第二次攻占遵义，他在前沿侦察敌情时，不幸被流弹击中牺牲，年仅27岁。

在红军山上，游人瞻仰比较多的是红军坟前的雕塑。这座雕塑是用铜浇铸而成的，塑造的是红军卫生员，身上挂着红布条子，抱着一个身体有病的小孩子，正在给他喂药。雕像已经被祭奠的人们摩挲得铮光发亮。原来这位红军战士的铜像已经被当地人尊称为红军菩萨，过往的人都会在铜像上抚摸，成为当地民众祈祷健康的一种方式。

红军占领遵义后，当地老百姓缺医少药，有位红军卫生员就帮助群众看病送药。由于医德好、医术高，红军卫生员在老百姓中间就传开了，附近的群众都来找他看病。一天傍晚，一个小孩来找他，要他为远在10多里外的父母看病，他不顾连日疲劳，连夜为小孩的父母打针施药。但回到驻地时发现部队已经离开，连长留下条子，要他向桐梓方向赶上队伍。当地的群众知道红军卫生员要离开的消息，都带来慰问品表示感谢。这事惊动了敌人，闻声赶来的反动派杀害了这位年仅18岁的红军卫生员。当地老百姓十分痛恨敌人的残暴，他们像亲人一样埋葬了卫生员的遗体。群众一直惦记着这位为他们看病的卫生员，把埋葬卫生员的墓称为"红军坟"。后来经有关部队核实，这位牺牲的卫生员是三军团五师十三团二营的，叫龙思泉，是广西人，参加过百色起义。他在遵义战役期间，为帮助群众看病而惨遭反动派杀害，牺牲后被埋葬在遵义东南方向的桑木垭。龙思泉的姓名可能很多人都不知道，但几十年来，红军坟、红军菩萨能救群众的故事一传十、十传百地在遵义人民中广泛流传，已经成为一种精神的化身。

从1998年4月到2011年4月，由于在贵州扶贫，我多次跟随去贵州的同志到遵义，几乎每次都到遵义会议会址参观，每次都有新的体会。现在的遵义变化大了，街道变宽了，新房子变多了，城市变美了，遵义会议会址大门口的场地也变大了，院子里又新建了纪念馆。我想，经济发展了，人民富裕了，城市的面貌可以变，但学习红军长征精神不能变。

川黔寻觅红军渡

2005 年 6 月

　　2015 年是红军长征胜利 70 周年。为寻觅 70 年前红军长征四渡赤水、突破乌江的渡口足迹，2005 年 6 月下旬，我趁在贵州的一个机会，历时 3 天，驱车 1000 多公里，双足踏走在黔北、川东南崇山峻岭间，寻觅当年中央红军四渡赤水、突破乌江的渡口原址，参观了当年红军鏖战娄山关的遗址。这次寻觅过程是对红军长征辉煌历史的一次学习，使人终身难忘。

一

　　"横断山，路难行，天如火，水似银……" 6 月 20 日上午 8 时，耳际响着 20 世纪 60 年代盛行的《长征组歌》中这段著名的旋律，离开贵阳，沿贵遵高速驱车 140 公里到遵义，后转仁怀、金沙方向的 326 国道，又转入 208 省道进入仁怀县。望着延绵不断的高山深谷和川流不息的赤水河，心里回顾起当年红军四渡赤水的历史。

　　1935 年 1 月 29 日至 3 月 20 日，从江西突围的中央红军越过四道封锁线，强渡湘江，经过数月转战，在这里完成了四渡赤水的战略大转移。之后，中央红军突破乌江，攻克娄山关，过雪山草地，长驱北上直达陕北，赢得了红军长征的最后胜利，为中国革命胜利打下了扎实基础。

　　进入盛产茅台酒而闻名世界的茅台镇，空气中到处飘着酒香。参观茅台酒厂后已是下午 1 时，就近在一家小饭店用餐。饭店下面隔着滨江绿化带就是赤水河，对面有一座小山坡，叫朱砂堡，原名为猪山堡。上有两座纪念碑，顶上那座是由江泽民同志亲笔题写的红军四渡赤水纪念碑，底座呈船型，上方为 4 个赤色的浪花；坡下靠河边那座是红军第三次渡赤水河的茅台渡口纪念碑。饭店女主人告诉我，她的大外公就是当年帮助红军渡赤水河的茅台渡船工，当时的茅台渡有上、中、下三个渡口，红军过的是中渡，现在的纪念碑所在处就是当年三个渡口中的下渡位置。

茅台的赤水河口

太平渡

从茅台镇沿赤水河下行，一路上公路傍山临水，紧贴赤水河，路况十分险峻。进入美酒河风景区，过二河口，到习酒厂。经行人指点，我们从山巅盘旋直下至赤水河边，跨过二郎镇大桥，进入了四川古蔺县境内，沿一条傍山水泥公路，继续沿赤水河行驶。十几公里后，到太平渡。下车沿太平渡一条古老条石道，拾阶而上。凹凸不平的长条石已被人们的足迹磨得很光滑，道旁一棵古树苍老郁葱，像是迎接我们远方来客。在那里，我们看到周围一大批民房腾空出来，门框上钉上了红底黄字的"红军临时医院""司令部"等字样的牌子。据太平镇四渡赤水纪念馆一位女同志介绍，当时，在四渡赤水战斗短短的几十天时间里，古蔺县就有800多名青壮年参加红军。现在，这个纪念馆每年来参观的有20000余人次。说起有没有浙江宁波的参观者，她说："好像有一些在这里开厂和做生意的宁波人来参观。"

参观完纪念馆，我们下到赤水河边原太平渡口原址，这里就是毛泽东等中央主要领导二渡四渡赤水河的渡口。在毛泽东等领导上岸的地方，现在立有指示牌，旁边的河滩上还有太平渡纪念碑。这里江面较宽，一条流向古蔺的河流在此交汇，两旁的山势相对缓了一些，河岸边还停靠着一叶手划小船，渡口似乎还保持着原来的面貌。

在未去太平镇时，遇到一位司法界的同志，他告诉我红军第二次、第四次渡河另一个主要渡口在二郎镇上游方向，距二郎镇有几十公里。于是我们从太平镇

二郎滩

又返驱二郎镇。到镇上,我向镇上群众询问二郎滩渡口,答曰二郎渡就在二郎镇大桥下面。我们沿陡峭的下河小路摸索到河滩,终于发现,在一片乱石堆中的一块大石上刻有"二郎滩渡"字样。加上在太平渡和二郎渡之间的九溪渡,这样,找到了红军第二次、第四次渡赤水河的三个渡口。

红军第一次渡赤水河是在土城和元厚两个渡口。次日晨,我们从习水县城向赤水河的下游方向行驶了28公里,到土城渡口。快到土城镇时,有一块指示牌标明土城渡口方向,左转是往青杠坡战场遗址,指示牌上介绍,青杠坡战斗是由毛泽东、周恩来直接指挥的,有7位共和国元帅参加了这场战斗。这场战斗异常激烈,红军牺牲了1000多人。汽车到土城镇,我们过赤水河,登上镇对面山坡,这里有土城渡口纪念碑。站在纪念碑前眺望,下面是土城渡口原址,旁边建有土城大桥。

离开土城,再向下游方向行驶约10公里就到了元厚渡口。在元厚渡口旁有一条红军路,在红军路16号一处挂有党员活动室牌子的房子里,一名87岁的老太太告诉我们,她的老表嫂就是当年的红军。听说我们来打听红军,许多群众围过来告诉我们,纪念碑下面就是当年红军过河搭浮桥的地方。当时浮桥是在群众协助下用木船和木板架设的。红军第一次渡赤水河时,朱德等同志就是在元厚渡口过河的,毛泽东、周恩来则是从土城渡口过河的。元厚渡下游就是贵州赤水市及四川的合江,合江也是赤水河注入长江的入口处。

令我们欣慰的是,我们每到一处打听当年红军渡河的渡口,当地群众都十分自豪地向我们指路,可见红军的形象已深深地铭刻在当地人们的心中。

由于受地理环境制约,当年红军路过的这些地区经济还不发达,但是改革开放的春风也在这里吹拂起来。在茅台渡口,我看到不少个人开的饭店,我们吃饭的那家饭店面积有800多平方米。饭店的重慕北渡鱼成了这里的一道名菜,由于烹调有特色,很受旅游者青睐。那天恰是元厚渡集日,镇上和公路上都是赶集的人,连赤水河公路大桥也摆满了摊头。集市上山货、药材和各种各样的工业品、食品琳琅满目,公路上不时穿梭着摩托车,昔日的茶马古道已成为繁华的商品集散地。

利用国酒茅台的品牌效应,酿酒旅游业是当地发展经济的一块王牌。从仁怀县茅台镇到习水县习酒厂这一段赤水河已经形成了美酒河风景区。景区的吴公岩,一面高250米、宽400米的崖壁上,"美酒河"三个大字,最小一个字也有近千平方米,最大达1400平方米,堪称一绝。字旁,一道瀑布从形似龙头的天然洞穴中喷涌而出,直泻赤水河,气势十分壮观,其下的急流险滩几乎可与金沙江虎跳峡媲美。沿途巨幅壁画显现岩壁,雄伟挺拔的山峰多姿多彩,令人目不暇接。美酒河不但美景如画,更吸引游客的是这里得天独厚的酿酒文化,茅台酒、习酒、郎酒、古蔺酒、藏酒、小糊涂仙酒等,共有几十种品牌酒,据说这里还有数百家"养在深阁"未被人们熟知的酒厂。

现在,赤水市利用溶洞、山谷、瀑布、桫椤树等天然旅游资源,已开辟了七八个各具特色的景区。习水县也推出了丹霞谷地貌风景旅游区，独特的地表景象与人文景观相映，吸引了大量的游客。

二

从习水县城出来，经过丹霞谷风景区到温水已经是下午5时多了，从温水到桐梓大约100公里山路，这段公路多处地段在进行道路改造，沿路处处可见醒目的交通告示牌，标有山高、坡陡、路窄、弯急、路况差等警示。仗着我们驾驶的四驱三菱越野吉普性能好，且我有过闯荡云贵高原40年的驾龄经验。虽然天黑开夜车，我们心里也不怵。刚入山时，路窄弯多，但路面尚好，可越入深山，路面坑洼越多，由于长期没有维修，坑差近七八十厘米，如果是轿车，早就无法前进了。公路山连山、弯连弯，汽车一个山巅连着一个山巅行驶。司机小李是贵州人，一直在山区跑车，他打趣说，今天我们是在天上开车。

沿途的景色给我留下了深刻印象，一个天然石洞如石桥横卧公路，"桥"的石质纹理十分整齐，"桥"顶和两侧灌木郁郁葱葱。"桥"孔高度不低，汽车过"桥"仅占了1/4空间，这种天然形成的景观实属罕见。晚上7时多，橙红的夕阳还恋恋不舍地滞留在群峰之间，为拍夕阳西坠群峰美景，我不时让司机停车，摄下这难得的瞬间。山村的狗看到我们车经过，也跟着一路狂吠而奔。路边还不时可见一群群羽毛艳丽、拖着长尾巴的野雉，它们大摇大摆地穿越公路，胆大的还伫立路旁，高高地挺着小脑袋，斜眼睥睨车辆的灯光。快到桐梓时，车光下一道黑影坠落车旁，停车查看，却是一只黑红羽毛相间的美丽雉鸡。

到桐梓已是晚上10时多了，从午餐至这时已过十几个小时，早已肌肠辘辘。但想到当年红军爬山涉水，风餐露宿，上有飞机轰炸，下有追兵围截，我们行程中的困难就不值一提了。据说，前段时间浙江省组织的长征采访团，就因路阻而没有通过这段山路。

桐梓是个充满活力的城市。这座红军二渡赤水后攻打的第一个城市，如今街道整齐错落有致，灯光辉煌下的夜市兴旺，还不时可耳闻阵阵卡拉OK的歌声。

第三天一早，我们从桐梓出发到娄山关，这段路程只有十几公里。出城不久，汽车开始爬坡，迎面便是连绵高山，公路一弯套一弯，环环相连。汽车沿"U"字形盘山公路盘旋而上，惊险闻名的七十二拐弯就在这一段。

到了岭顶，一座门楼似横跨山岭，门楼眉上挂有"黔北第一关"的横匾。进门，左边一幅巨型石碑，刻有毛泽东苍劲有力的手书《忆秦娥·娄山关》。我们是从后门进入娄山关景区的，登山后看到左边山崖石壁上的"娄山关"三个大字，是老红军战士、中国书法协会主席舒同1984年亲笔所书。1992年江泽民同志视察娄山关，在此留过影。

过通道入右边山坳，这里有红军攻打娄山关的纪念碑，碑文记载了当年红军在彭德怀指挥下血战娄山关的悲壮战例。

一条只能容一人上下的小道通往小尖山战场遗址。小尖山四周是一些孤立的山峰，当年，红军战士就是在这片只有百余平方米的山顶，用石块垒堆起呈圆形的战壕，坚守了一昼夜，打退敌人无数次进攻，为娄山关战役胜利起到了决定性的作用。

娄山关陈列馆一组 16 位老红军战士的照片吸引了我。据文字解说，这些当年的老红军大多是福建人、江西人，他们在四渡赤水或攻打娄山关负伤或掉队后，散落在当地农村。1984 年，他们聚集在一起重上娄山关，重温当年战斗的历史。照片上他们的衣着长相，俨然当地寻常山农。馆里同志介绍，现在，他们中的15 位已离开人世，只有一位 94 岁姓陈的老红军还健在。面对娄山关战役的沙盘模型，回想当年战斗的惨烈程度，我的心很不平静：当年他们为中国革命浴血奋战，负伤掉队后又屡遭反动派的搜捕；可是革命胜利了，这些革命功臣还过着贫困艰苦的生活。令人感动的是，在照片中，我看到的是一张张充满欢乐的笑脸和顽强坚毅的眼神。这些老红军用神态告诉了我，他们对自己的一生问心无愧。

三

车子从遵义上贵遵高速，50 公里的路程只行驶了 35 分钟，便到达乌江镇。江边的江龙酒家是乌江镇第一家开办的私人饭店，以烹饪乌江鱼著称。如今，乌江镇江两岸已有几十家以品尝当地特色乌江鱼为特色的酒家。所谓的乌江鱼主要是以鲶鱼和江团（鱼）为主，配上川贵地方的辣椒火锅，佐以时鲜蔬菜、豆制品等。因其鱼质鲜嫩，且辣而有味，对各地游客颇具吸引力。每天中午，这里常云集百多辆汽车，游客们品尝肉质鲜美的乌江鱼，观赏乌江两岸旖旎风光，岂非快事。

有人说乌江镇就是当年红军渡乌江的地方。为确切了解红军渡乌江的地点，饭前饭后我打探了 8 名当地群众，有人说不清楚，有人说就在镇上游方向水电站大坝下面，那边还刻有字。一名酒店服务员告诉我，从这里往遵义方向，老公路边的山坡上有红军纪念碑和红军坟。还有一人说得更确凿：江龙酒家旁的悬崖上刻有毛泽东书写的"乌江渡"3 个大字，证明这里就是乌江渡。为了弄清当年红军到底是在哪个渡口南渡乌江的，我决心顺着这几条线索去找一找。先到江龙酒家的乌江渡 3 个毛体大字前仔细观察，发现这是集毛泽东诗词字刻制的，于是可以肯定这不是当年红军过乌江的渡口。沿老公路驱车几公里，山顶确有纪念碑，登上去一看，那是铁八局为纪念修建乌江水电站而牺牲的同志立的碑，看来这里又不是。又上车，向贵阳方向跑了十几公里，感到公路已偏离乌江，只得折返回到乌江镇，然后从简易公路直插乌江上游。这条路又是山连山、坡连坡，山势很险，连一直沉默的司机小李也犹豫了。可是我决心已下，一定要到乌江水电站大坝探个究竟，小李也不吱声了。又跑了十几公里，我们看到一道拦河大坝切断了湍急的乌江，坝上高峡平湖，山峦倒映蔚蓝的湖面，景色十分幽静。当地群众说，所谓摩崖石刻，原来是200多年前古人刻的，看来又与红军南渡乌江无关。

正踌躇间，水电站一位身材微胖的中年男子见我寻找当年红军渡，就热情地告诉我，红军第一次渡乌江是在江界河，位于乌江镇下游；血战娄山关以后，红军再渡乌江在水电站的上游30公里处的梯子岩。由于在出发之前我专门抽空重温了红军长征的这段历史，听胖男子这么一介绍，我豁然开朗，他说的江界河和梯子岩才是红军真正渡乌江的渡口。地方找到了，由于时间已晚，还要返回贵阳，只得遗憾地放弃了到现场看看的念头。

红军长征精神是我党我军的宝贵精神财富。用长征精神来激励全国人民建设小康社会是十分必要的。这次沿着当年红军四渡赤水、南渡乌江的路线实地寻访，使我感慨当前开展红色旅游需要做的许多工作。特别是当地政府，要准确提供当年红军长征的历史遗迹、著名战役的具体位置。现在，当年红军背水一战，战况相当惨烈的二郎滩渡口至今还没有纪念碑，下渡口原址尚无通道；四渡赤水的渡口虽有纪念碑，但一些纪念馆陈列的赤水渡口照片资料不全；美酒河通向习水的公路，山高道险，有的地方路基下沉，路面破损，大型车辆无法通行，行车安全也有隐患。几年前我在贵州一个农村民房的屋檐下看到两幅当年红军"打倒王家烈""红军胜利万岁"的标语，没有得到任何保护。这些情况，有望当地政府重视，只有把红色旅游的通道真正畅通起来，红色旅游才能健康开展。

【《今日镇海》2005年7月18日。2006年1月被镇海区委宣传部评为"银菊花"好新闻三等奖，2011年7月在中共中央组织部老干部局和《当代老年》杂志社组织的全国离退休干部"与党同呼吸、共命运、心连心"征文活动中被评为二等奖，2011年8月在中共宁波市委老干部局全市老干部开展的"与党同呼吸、共命运、心连心"征文活动中被评为二等奖】

布依村寨红军井

2013 年 12 月

1935 年 4 月 17 日——红军队伍——布依族村寨包包树……记忆的闸门随眼前的景物——打开……

一

69 年前的那一天,对这座高山深处的小村寨而言,注定是个不平常的日子。一支红军队伍从东面大山走下,来到了现在的黔西南布依族苗族自治州望谟县石屯镇包树村——曾经的布依族村寨包包树。布依族村民从战士们充满笑容的脸上知道这支部队与众不同,他们和蔼可亲,不像过去见东西就抢的军队,很快红军部队受到了村民的欢迎。这支队伍是中央红军红一军团的先遣团,为了抢渡北盘江急行军而路过这里。政委邓华很快了解到寨子里缺水,村民用水困难。考虑到后面还有队伍要在包包树宿营,为了不与村民争水,邓政委决定在包包树挖井取水。在村民的指点下,红军战士齐心协力,很快就在村边修好了一口水井。红军井水清澈甘甜,用之不竭,涌而不溢,不但解决了部队用水,也给当地群众找到了新的水源,红军同志和包包树布依族人都十分高兴。于是红军井的名字也被村民刻上了石碑,红军战士同时在井边栽下了两棵柳树,以作留记。岁月如歌,近70 年过去了,这口红军挖的井还在吗?红军栽下的柳树还好吗?一切都令人神往。

2013 年 12 月 13 日,笔者路过贵州省黔西南州的望谟县,在与黔西南党校吴家富校长的联系中,知道望谟县的石屯镇有口红军井。第二天在望谟县职高教师黄书义的陪同下,决心去探个究竟。

1976 年出生的黄书义是位热心肠的布依族人,他也十分热爱红军,关心当地红军长征所留下的遗址,也知道红军井在石屯镇包树村,由于山高路险交通不便,没有去过,但知道大致方向。早上,汽车从望谟县城出发驶向石屯镇。望谟县地处深山,是个国家级贫困县,过去经济十分落后,在国家的大力支持下,如今的通乡镇公路早已成了沥青路,平滑而又舒畅的路面,已经代替了往日的崎岖山道，百里路程倒也顺利。然而毕竟是在十万大山中前行，特别是下了公路拐进山道后，没有任何道路标志，汽车在高低不平的石头路面上跳跃前进。山高，坡长，弯急，路边常常是万丈深渊。车子快到山顶时，就进入一条天然"隧道"——其实是利用天然洞穴，修路人把山洞两边的岩石挖通，而洞顶依旧是靠几块巨石支撑，整个洞体都没有做其他的加固处理，感觉好险。

进村的山道

二

在村民的指引下，汽车终于停在红军井旁边的路上。镌有"红军井"的石碑就矗立在井旁路边，是一块用水泥浇注成飘动的红旗状的碑，上面写的"红军井"三个大字，鲜红醒目，旁边还刻有一个中国共产党的党徽。碑基下是一块有20来平方米的圆形水泥地，红军井就在中间。井口呈四方，井圈不高，耷拉着好几根管子，估计是村民用来抽水的。一位青年妇女正蹲在井边洗衣，身旁放着一只背篓。还有一位小伙子在路边正用井水擦洗他心爱的摩托车。井水很满，伸手弯腰就能舀水，井下还长着一些水草。黄书义从井里舀了勺水，让我尝一下，水质确实甘醇，是山泉水啊！

在红军井石碑后面，就是当年红军栽下的两棵柳树，高大成荫、挺拔粗壮，倒垂下来的柳枝在微风中摇曳，似乎在向人们诉说着红军过后近70年的岁月沧桑。

在红旗碑的后面，村里还立有一块水泥碑，镌有碑文："1935年，团长（根据资料记载邓华应为团政委）邓华同志为主率领红军长征路宿过包树村，在这里修建这口井和栽下这两棵柳树，现温馨甘甜，绿树成荫，社会和谐美满……"

我们的汽车停下不久，几个年长的村民就围上来，向我们介绍当年红军路过的情景。在与村民的交谈中，我们觉得自豪始终写在他们的脸上。红军的遗迹还保存得这么好，红军的故事还记得这么牢，这才是真正的正能量所在啊！

在《红军长征在黔西南》一书中，记录了该村村民陆国恩1983年8月的口述："那时包树村水源缺乏，饮用水只靠一口小井。陆公升当年带战士到水井边，战士们看到水井长久失修，泥沙填满了坑。为了解决群众用水问题，红军刘排长带战士们去掏修。经过约两炷香的时间，泥沙掏完了，一大股水从井底冲着细沙冒上来。随后，一位战士摘来柳枝插在井边。为了纪念红军，人们把这口井称为'冒沙井'，井边的柳树叫'红军柳'。"

红军柳、红军井

邓华政委在《向北盘江进军》文中也有过这样的记述："该地有七八十户人家，村子是围墙围住的。我们队伍一到，大大小小男男女女都跑出来，让出了房子，并送了我们些粮食。他们把附近的敌情、地形及北盘江的情形都详细地告诉了我们。"

两名布依族老人的回忆，印证了邓华同志的记忆。一位是苏延良，他说："那时包包树四周围着石墙，进出仅有一道寨门。要不是寨老的劝阻，一个叫作岑炳魁的村民还想带人拿枪狙击。后来见红军在寨前的大坝席地休息，秩序很好。战士还一起打扫坝子，向村民——20多岁的苏奶甘要水喝还给川币……岑炳魁立即打开寨门跑到大坝向红军跪下。"另一位是黄恩泽老人的口述记录："红军到时，指挥部设在教堂，吃过晚饭已经很迟了，通讯员找来寨老苏子才、小学教师苏启才、读过书的陆世运和我，在教堂里与首长模样的人摆谈了很长时间，我们把包包树到潭龙的路程、沿途匪兵情况及北盘江的地形都告诉了他们，他们很高兴，那晚谈到深夜。"

根据包树村老人们的回忆，其实红军当年只是在包树村过了一夜，竟在当地百姓中留下了这么多美好的回忆，特别是为包树村留下了红军井，栽下了红军柳，当年红军和布依族同胞之间的深情和眷念，岂止是鱼水情谊！

在我离开红军井返回贵阳的路上，黄书义发来信息：参观红军井，让我看到了继承和发扬红军精神的人大有人在，也让我懂得真理就是永驻人们心中永远不灭的精神，一看到她时就有一种亲切感。

是啊，红军井、红军柳是坚韧不拔的红军长征精神的象征。当年红军战士栽下的柳树，是想把红军的革命理想留给当地群众，因为毛主席曾经说过，长征是宣言书，长征是宣传队，长征是播种机。我们今天来参观红军井、红军柳，就是要继承和发扬红军长征的精神，为实现民族复兴的中国梦而共同努力。

【《今日镇海》2014年2月10日。2015年8月18日，获宁波市委老干部局"我为党和人民事业增添正能量"征文比赛二等奖】

北盘江上白层渡

2011 年 11 月

　　重渡乌江的红军，一面佯装向湘西与二、六军团汇合，以此假象迷惑蒋介石，实际上红军的主力逼近贵阳，坐镇贵阳指挥围剿红军的蒋介石慌不择路，只得"听从"毛泽东的"调遣"从云南调兵入黔保驾。红军从贵阳至龙里穿越，攻下惠水、长顺、紫云等县城迅速靠近北盘江，只要渡过北盘江进入黔西南，就打通了向广西、云南的大门。红军过北盘江有两个渡口，一个是望谟县的者坪渡，是左纵队的一军团和军委纵队的渡河点；右纵队的渡河点是在贞丰的白层渡，过河的是三军团、五军团及军委纵队的前梯队等红军部队。

北盘江

一

2011 年 11 月 4 日，是个少云的天气，我早上从兴义出发，由贞丰的同志陪同，来到北盘江旁边的白层镇。历史上的白层镇是北盘江通航的一个重要码头，20 世纪 30 年代的贵州陆路交通闭塞，白层是北盘江通航的顶端，成了黔西南、安顺一个比较重要的商品集散地。那时的白层商客来往众多，航运船只停靠在码头的常有数十艘，白层镇显得十分繁荣。贞丰县境内的北盘江，人们通称白层河，两岸山峰连绵，河流湍急，坡高路窄，有天险之称。

红军长征时，张爱萍任三军团十一团政委，有一份档案资料记载，他们团在 1934 年 4 月 15 日接到军团命令："于明日十二时赶到北盘江，控制渡河点，并架起桥梁。同时，占领白层河渡口，掩护主力部队渡河。"十一团接到命令后就立即行动，以超强的急行军速度向北盘江靠近。张爱萍将军的回忆：我们"十一团占领广顺的第二天夜晚，接到军团首长电令，命令我团以强行军速度，于后天十二点前占领贞丰白层渡口，并架设浮桥。拂晓前星星还像数不尽的小灯满挂天空，我们便火速踏上了弯曲不平的山路。虽说四月里的拂晓还是有些寒气，然而每个人都走得汗流浃背。天亮以后，战士用歌声驱赶疲劳。翻山越岭，指战员真是拖不垮、打不烂的钢铁战士，直到下午四点多钟，在一个村边停下小憩。但距北盘江，还有一百三四十里路，中间还要翻越两座大山"。

红军的铁脚板真是厉害啊！他们是怎样在这样崎岖不平的山路上行走如飞的呢？途中还要遇到敌人，两天行程 300 里，现代人真是无法想象。

贵州的国民党部队战斗力不强，黔西南兵力薄弱，红军的战斗精神、行军速度，早就吓坏了这些"双枪将"。根据贞丰县的史料记载，当时驻守在白层渡的是国民党部队一个"保商营"，只有二三十条枪。他们慑于红军的千军万马兵临渡口，营长是个"聪明人"，只得派出代表，渡河到对岸找到红军谈判。要求红军隔河打他们几枪，他们就马上撤出，这样便于向上级交差请功。红军准其所求，"谈判"成功。

第二天拂晓，红军的机枪打了两梭子，"保商营"也胡乱地放了几枪，随即就撤离白层渡口。红军驾船渡河，到了白层，就发动群众准备材料，下午就搭好浮桥，随后大部队开始渡河，红军在白层连续渡了三天三夜。

1934 年 4 月 18 日，红军在渡河时，国民党部队还派出飞机前来侦察红军的踪影，但白层渡两边山峰林立，红军时隐时现，敌机无法低空投弹，很是无奈。只能盘旋于白层、毛安上空，盲目地投扔了 5 枚炸弹，虽有 2 枚落入江中，但对浮桥、人员等毫无损伤。一枚投入村民家中，引起大火，但有红军救护，只是烧掉一间草房，人员均无伤亡。红军在飞机声中继续长驱直入，顺利地进入黔西南腹地，到达预定目标地点。

二

在白层镇同志的陪同下，我从镇政府旁的公路下车。前面是一条深深的溪流，这是北盘江的一条支流，在不远处与北盘江汇合。由于近处没有路通向对岸，为了省时间，只得沿着陡峭的河岸走下去，我走得十分小心，稍有不慎就会掉下河谷。我爬上对岸的坡道，就来到白层渡口，已是大汗淋漓。只见碧蓝的河水在缓缓地流淌，两边高山连绵，蓝天白云，比较而言渡口两边山势稍平缓些，离渡口不远处的下游已经架起了一座跨北盘江的大桥，有公路连接，这就像打开了这扇闭塞的白层镇的大门，天堑变通途，极大地方便了贞丰和白层沿线的人员和物资流通。

随着大桥的修建，这个古老的渡口也完成了历史使命，已经废止。江边也没有码头，在参天的古树下建有一个石碑，上面写着"白层渡"，标明着这里曾是渡口，石碑旁有一条石砌的阶梯连接岸边与山上的通道，在一处山洞前还看到一幅"黔广咽喉"的大幅石刻，这也说明，通过白层渡这个咽喉进入黔西南就可以到广东、广西。

红军是战斗队，也是宣传队，参观红军长征都能发现当年红军留下的标语。这次在白层渡参观时，在一个叫观音洞旁边的岸洞内，这里是渡口通向外地的必经之路，也发现一条标语，标语的字体是红色，一个"奴"字还很清楚，陪同的同志告诉我，这里写的是"誓灭倭奴" 4 个大字，每个字长 1 米、宽 0.8 米，并有落款。红军过去留下很多标语，但由于岁月流逝，风雨侵蚀，就逐渐消失了，但红军的精神、红军的故事还长期流传着。

三

那天镇里的同志讲了两件事，给我留下很深的影响。一件是甘蔗地长铜圆，红军纪律严明，对当时的老百姓影响很大。红军过毛安时，在路边一块甘蔗地休息，又饥又渴，就用路边的甘蔗解渴充饥，但每砍下一棵甘蔗，就放上一枚铜圆。当时甘蔗的主人伍运章因听信反动宣传，红军来时就带着全家上山躲避。红军走后，回家一看，他家的甘蔗地被砍去了一大批，气得又哭又骂。可仔细一看，就发现被砍的甘蔗根上都放着一枚铜圆，这样他在这块甘蔗地上捡回一脸盆铜圆。种甘蔗种出铜圆这件事就一传十、十传百，在全寨引起哄动。部队过路吃了庄稼人的甘蔗，留了铜圆，这在当时群众的心中是无法想象的，也只有红军的队伍才这么做。

还说了一个香炉出银圆的故事。红军路过毛安寨时，虽然寨中无人，但红军纪律严明，没有人进入村民家中，他们都在露天休息，埋锅烧饭，绝不惊动群众。毛安寨的村民怕军队，都外出上山躲避去了，只有王明章留在寨子里看家。他看到红军纪律严格，待人和气，不侵犯老百姓利益，十分感动，就从家中拿出一挂腊肉和自己家酿的一坛酒招待红军。红军十分客气，事后拿出 12 枚银圆答谢他，王明章坚持不收。之后红军又叫他带路，到了丫口（现三级电站对面）就叫他回来了。直到农历七月半要烧香敬菩萨和祖宗时,他才在香炉里发现了这 12 枚银圆。知道这银圆是红军留下的，王明章真是感动不已。

我顺着山坡铺就的台阶，在坡顶上看到了"白层古渡红军纪念碑"。这座高大的纪念碑记述了红军渡过北盘江的历史，引导人们前来参观。那天来白层参观红军长征遗址的还有成都军区的一些军人。

虽然红军过北盘江在白层渡没有发生激烈的战斗，但连续不停的、飞毛腿般的行军速度，秋毫无犯的严明纪律，灵活机动巧渡白层渡的故事，还是给我留下十分深刻的印象。

白层渡长征纪念碑

血染威舍贺子珍

2008 年 5 月

中央红军在四渡赤水、南渡乌江后，就兵临贵阳。蒋介石在惊慌中，只能调滇军孙渡来贵阳救驾。红军在贵阳城边虚晃一枪后，就从贵阳和龙里之间跨越湘黔公路挺进南下。从 1935 年 4 月 10 日开始，从紫云、镇宁等地渡过北盘江，进入黔西南州的望谟和贞丰，多路并行向西推进。

一

红军进入黔西南州的十几天后，4 月 23 日到 4 月 25 日，红军大部队先后离开黔西南州境去云南过金沙江。州境内的行程总计 1000 公里，共经过全州 66 乡镇 300 多个村寨，还进行了 14 次战斗。特别是兴义威舍的猪场战斗，敌军不但发动了地面进攻，而且还出动了飞机，对红军进行扫射和轰炸。红军在打退敌军的同时，伤亡了一些同志，其中毛泽东的夫人贺子珍就是在那里负了伤。

2008 年 5 月 10 日下午，我在贵州兴义的同志的陪同下，参观了猪场村。这个村坐落在兴义到威舍的公路旁边，从一个不起眼的小弄口进去，只见弄口做成了一个半圆型的门，门楣上写着"红军村"，两边是门联"建设小康社会缅怀革命情，弘扬先驱精神重走长征路"。进入门口后，墙壁上是宣传板块，内容为介绍贺子珍负伤经过，还有一幅红军村参观示意图。进入里面的晒场后，一座红军长征纪念碑就耸立在人们眼前，碑上记录了红军猪场战斗的概况。站在纪念碑处向进来方向望去，大门口的右边是红军长征纪念馆，左边是一排宣传窗，上面介绍毛泽东的外甥毛继宁、中央电视台《重走长征路》节目的主持人敬一丹、制作贺子珍文献片的工作人员等来红军村参观的情况。在纪念碑的旁边有一条挂着"长征路"牌子的小路，这条路通向贺子珍负伤包扎处旧址，旁边还有红军电台指挥部旧址。再向左走，在不远的山边有一个溶洞，洞口很小，洞口上方刻着"红军洞" 3 个字。洞口旁边种植了好几丛青皮竹，显得十分隐蔽。洞里面就很宽敞了，至少有几十平方米，听介绍这个洞是贺子珍负伤后休息的地方。顺着路向左再走下去就是当

红军使用过的山洞

贺子珍负伤临时包扎处

年贺子珍负伤的地方。我原来也知道贺子珍是在长征途中负的伤，参观了这个村后，情况就更加清楚了。

　　1927 年 9 月，毛泽东领导的秋收起义部队到了三湾进行了改编，不久就上了井冈山。与袁文才会面的第一天，毛泽东就认识了贺子珍。不久毛泽东与年仅 18 岁的贺子珍就生活在一起。他们相濡以沫地度过了中国共产党和中国工农红军历史上最艰苦的岁月，包括充满了艰难险阻的长征，直到在陕北根据地得以休养生息。贺子珍与毛泽东的第一个孩子在井冈山夭折。长征前夕，他们的第二个孩子已经是 3 岁的小男孩了，贺子珍把孩子交给她的妹妹贺怡和妹夫毛泽覃后就开始了长征。直到 49 年后，贺子珍离开人世，都没有再见过自己的这个孩子。贺子珍在长征途中四渡赤水时又生了一个孩子，出生后就马上交给当地群众收养，但这个孩子也因病死了。

　　1935 年 4 月，贺子珍跟随红军总卫生部休养连到达贵州威舍的猪场，这里山高林密，便于隐蔽。23 日，吃过中午饭的贺子珍靠在大树下休息。这时几架敌机从云端里出来，她不顾体弱，指挥担架队把伤员抬到树林里。这时随着敌机的一阵机关枪扫射，紧接着一颗颗炸弹也投了下来，为了抢救一位断了腿的红军团长钟赤兵，贺子珍扑过去用身体掩护了他。爆炸声后，钟赤兵得救了，贺子珍倒在血泊中昏迷不醒。警卫员吴吉清背起昏迷状态的贺子珍去寻找军医。经总卫生部的李芝医生检查，在贺子珍的头部、身上和四肢共发现了 17 处弹片，由于当时医疗条件有限，一些深入体内的弹片取不出来。李医生只能打些止血针包扎起来，此后，贺子珍带着这些伤痛和弹片走完了长征。

二

　　中央红军从江西出发长征时，部队有 8.6 万人，加上挑夫。以后沿途又有新兵不断加入，但到长征结束只剩下了不足 8000 人。有人说在长征途中每 300 米就有 1 名红军战士牺牲。虽然红军在黔西南以行军为主，但从当地党史办 1984 年的调查可以看到，在红军长征期间一共有 52 名从江西、福建等地参军的红军战士，因为负伤和身体有病等，流散在黔西南州的各个角落，其中还有一位女战士。这位女战士叫黄学行，湖南平江人，当时是一方面军医院的卫生员。她是在 1931 年加入红军的，1933 年在湘黔边境因伤离队，以后也到了兴义。这些红军战士，在当地淳朴的群众掩护下，脱离了危险，医好了伤病，活了下来。这批在长征途中失散的红军战士中，有的在中华人民共和国成立后回到了自己的老家，也有的一直生活在这块神奇的土地上。

　　在查实的在黔西南州境内牺牲的 24 名红军烈士中，除了个别写上了小胡、陈同志等的姓外，其余的都没有姓更没有名。这里面有 3 名烈士，在职务栏上分别写了连长、副排长、卫生员，其他的烈士在职务栏上只是写上战士的称呼，还有很多栏目都没有写，也不知道这些烈士是属于哪个部队的，更不知道他们的生平事迹。

据兴义县纳省乡布依族老人张文秀的回忆，红军队伍路过以后，他在松林至大蚌的岸坡滨路旁发现一位看上去50多岁头戴红五星帽的人，背靠岩壁瞑逝。张老认定这是劳疾过甚而逝的红军，后来他请了几位好友，把这位红军掩埋了，还按布依族的风俗，每年清明去祭扫。可是，这位年龄偏大的红军烈士姓什么，叫什么，担任过什么职务，有什么英勇事迹，等等，这一切都成为无法考证的谜。红军在长征中，很多战士不光牺牲在敌人的枪林弹雨下，而且也有不少是在饥饿、寒冷、疾病和劳累的折磨下失去了宝贵的生命。

三

虽然红军在黔西南州是快速通过，停留时间短，但有据可查的有20多名各族青年参加了红军。全州有上百人为红军带过路，成百上千的群众不畏艰险，以各种方式帮助红军，他们还收留了掉队的红军战士，有的还为此而献出了年轻的生命。

红军长征过后，黔西南州的人民群众，在黑暗中看到希望的曙光。长征播下的革命火种，一直鼓舞着全州各族人民不怕牺牲，将革命进行到底。在20世纪三四十年代艰难的革命斗争岁月里，从东边的麻山到西边的棒鲊，从北盘江畔的晴隆普安到南盘江的龙广地区，包括曾是国民党专署所在地兴仁县的各族人民，在中国共产党的领导下，都先后组织起来同国民党反动派进行不屈不挠的斗争，直到全州解放。

2007年11月，时隔红军长征72年后，我欣闻黔西南州党校组织了一批中青年干部班的学员，他们用了8天时间，放弃优越的现代生活条件，打起背包，擎起红旗，迈开双脚，重走了一遍长征路。走完这段路程，这些学员有的感动得哭了，在采访中，他们这样告诉记者："走完这段长征路，令我们感动的是一种长征精神。"我想当地老百姓知道这条新闻后一定会很高兴，他们多么希望我们党的干部能够继续发扬当年红军长征精神，带领广大群众去夺取一个又一个新的胜利。

楼下河上红军桥

2007 年 7 月

我在普安参加对口帮扶工作时间久了，知道了中央红军长征时路过普安的事，在工作之余也找到了这些红军长征留下的遗迹，这些珍贵的历史文物，如今成了开展革命传统教育的好题材。

一

2001 年 2 月 25 日，我到普安泥堡小学了解学校的危房情况，准备建一幢教育楼。陪同的同志告诉我，在学校的旁边至今还保留着一条红军长征时留下的标语。我很有兴趣，办好事后，我们很快就来到了这条标语下，标语写在一户桂姓村民家的墙壁上，土黄色的墙上用蓝靛写着："反对王家烈犹国材抽丁当兵！"可能由于墙体是用块石砌成，墙体外面的黄泥又糊得很坚实，加上标语写在高高的屋檐下，能避开些日晒雨淋，因此在红军长征 60 多年后，还能见到这样一条保存完整的标语。确实很不容易，只是感到字的颜色有点特别，像是后人重新添上去的。

1935 年 4 月 21 日早晨，由彭德怀和杨尚昆领导的三军团中的一支队伍，他们经兴仁的龙场、三道沟进入楼下的泥堡，当晚就在泥堡住宿。当时的泥堡只居住着几十户汉、回和布依族村民。除了几户豪绅外，佃农们均租种着盘县丹霞山庙上"二师爷"的庙田。在当地土豪和庙主的欺压下，加上交通不便，生存环境差，老百姓过着极为贫困的生活。

红军过境时，正当泥堡春播时节，见这里的农民缺口粮，红军便将"二师爷"的粮仓打开，分给群众。红军战士见大家心有顾虑，不敢拿"二师爷"的粮食，就把粮食一袋袋地送到住草房子的徐子和、桂崇阳等 20 多户农民家中。红军战士白天访贫问苦，张贴布告，写大幅标语。到了晚上就熬夜打草鞋，碾米烧饭和翻新子弹，一直忙到鸡叫，红军的作风和纪律在群众心中留下了十分深刻的印象。

1980 年 8 月 2 日，普安县级机关安排讲座，请老红军肖道林做革命传统报告时，这位当时参加过长征、经过泥堡的红军机枪连连长告诉大家："当时在这里写过很多标语，泥堡墙上的这条标语是军团政治部主任徐光前搭着木梯写的。"

两天后，红军离开了泥堡，跟随而来的国民党军队，抢走了红军分给老百姓的粮食和衣物，还对支援过红军的各族群众，虚拟"串通共匪"等罪名横加残害。泥堡青年李本胜，因为帮助红军做了安灶、煮饭、挑水等事，被土豪的儿子用手枪打死。他们还涂抹了红军写在街上的标语。但是，泥堡的穷人桂崇阳，用石灰浆把红军写在他家墙上的标语盖了起来，数十年过去了，灰浆脱落，桂家的墙上又露出了标语的痕迹，成了泥堡人民对红军永远的纪念。

参观完泥堡的红军标语，陪同的同志还告诉我，当年红军离开普安去盘县时，是从楼下河的一条铁索桥上走的。由于没有机会到楼下，故一直都没有实现参观的心愿。

泥堡的红军标语

二

2007 年 7 月 13 日下午，我们从普安路过楼下到兴义。我觉得机会来了，顾不得烈日下闷热的天气，在普安扶贫办主任李永跃的陪同下，去寻访楼下河上的铁索桥。本来想从楼下的鱼陇村那边下去，但看看从公路到桥边的距离实在是太远了，时间来不及。我们只好原路返回顺着去兴义的公路过了长征桥，再向盘县方向行驶了好几公里，看看离铁索桥不远了，就把汽车停放在一个工矿区旁。从公路边下到河滩有几十米的落差，没有路，我们只能沿着放牧的老百姓在灌木丛中踩出来的一条之字形小径，一溜一滑地来到河滩。

那天刚好涨大水，那汹涌流急的河水，不时被河中的巨石击起阵阵浪花，发出震耳欲聋的巨响。这座铁索桥建于1931年，桥长近百米，宽2米，用6根铁链为桥筋，铁链上面铺上木板，两边用铁索作护栏，悬空地挂在楼下河上，当时就成为普安与盘县的交通要道。直到后来在下游方向建起了长95米、宽8米、高18米的"长征桥"后，这座被人们称为"红军桥"的铁索桥功能就减弱了。虽然在1955年贵州省交通厅对这座铁索桥进行过重修，但出现在我眼前的这座桥已经废弃了好多年，成了人们心目中一件红军长征时的珍贵文物。我看到，桥头两边安装铁链的石柱墙在乱草丛中还是保存得较完整，但桥两边的扶栏铁索早已脱落。站在桥头，我用脚试了一下桥板是否还牢固，稍一用力，这块破桥板的另一头已高高翘起。长年累月的风吹雨打，使整个桥面都显得千疮百孔，在桥上透过这桥面上大小不等的缝隙能清楚地看到桥下湍急的河水。看来这铁索桥已丧失了使用功能，现在只能看，不能到桥上去体验一下过桥的感觉了。

站在河滩边，感到楼下河两岸都被高入云端的山峰怀抱着，地势十分险要。看到对岸的半山坡上是一排排红白相间的民宅，隐现在绿树丛中，梯地里的庄稼长势十分茂盛。当年红军过楼下河时，这些村庄里的老百姓有的为红军提供过粮食，有的为红军带过路。布依族的王立佳，当年她只有26岁，红军来时她正在

楼下河上红军桥

照料生病的儿子，几位红军进屋看到了躺在床上的孩子，聊了会家常，马上拿出几颗药片，叫她用开水给孩子吞服。红军战士还向她家买大米，因家里没有，就请她带路。她清楚地记得，当时红军是用纸币购买了邻居家的大米。这样她被红军的善意和真诚打动了，红军要离开时，主动提出为他们带路。她带着红军就从这座铁索桥上过了楼下河，一直到盘县的象鼻山下。还要继续走下去时，红军非要她回去照顾生病的孩子，这样她才回到家里。

三

红军在路过普安时，泥堡和楼下一带的老百姓都被红军关心群众的精神所感动，红军要离开时，贺玉兰、黄维新等好几个村民分成几路引道带红军渡过楼下河，走向盘县和兴义。

红军在泥堡仅仅住了一个晚上，但在村民的记忆中，他们为当地的村民做了很多好事。共产党和共产党领导的人民军队就像一颗火种，一碰到贫苦老百姓这堆干柴，马上就会燃烧起熊熊烈火。泥堡羊屯的沈明义等好几个青年就在那时跟着红军参加了长征，中华人民共和国成立后成了党的干部。

我望着楼下河滚滚而去的波涛，心中无比感叹当年党和红军那些可贵的革命精神，几十年过去了，如今我们继承了多少呢？如果能保持当年红军长征时那种密切联系群众的优良传统，我们前进道路上还能有什么困难不能克服？

金沙水拍云崖暖

2008 年 5 月

长江在四川宜宾的上游河段叫金沙江，岷江又在宜宾流入长江，宜宾的合江门就成了三江口，宜宾也成了"万里长江第一城"。但在人们的印象中，金沙江就是长江。中央红军在长征途中不论是渡湘江、乌江、赤水河，还是渡大渡河，都是在遭受到敌人的重兵围堵、血战强渡，做出重大牺牲后完成的。唯有在金沙江的渡口，是在没有造成伤亡的情况下巧妙占领的。别的江河红军都是分几路通过，也只有金沙江，中央红军几乎都是在一个渡口——皎平渡渡过的。

一

我是在 2008 年 5 月 17 日去皎平渡的，那天是"5·12"汶川大地震后第五天。早上我乘车从贵州普安出发，在高速公路上行驶了 3 个小时后进入云南。在昆明旁边的一个路口，找到一位摩托车司机带路，转了好几个弯，又在一个立交桥的工地里穿过，好不容易上了昆禄公路。如果没有城市旁边这种派生出来的带路行业，随着城市的扩张和城郊的大量开发，我们还真不知道要问多少人，还要走多少冤枉路。过了一个隧道，虽是柏油路，但由于长年失修，路面的龟裂和坑洼影响了行驶的速度，到禄劝县城已经是下午 1 时多了。

找了一家小饭店，老板叫我们把车停在店门前的人行道上。饭还没有吃，一辆坐着 6 个交警和城管的微型客货车来了，对我们这辆车就拍照罚款。驾驶员小波向他们讲好话，还向他们说明他是贵州的司机，是送浙江的客人去参观他们县里的皎平渡，但这些人就是要罚款。我也出去向他们说明，是外地来的，急着赶路，一下子找不到停车场。但这些人还是不依不饶，我气不过，嗓门也大了，就对他们说："我已经把你们的车号和超员驾驶的情况拍下，如果你们对贵州的司机罚款，我一定会把执法人员驾驶室超坐照片和罚款单寄给你们的县政府，看看这里的领导是怎么管理执法人员，让穿着制服的执法者自己带头违规。"这时有一些围观的老百姓，但都默不作声，脸上也没有表情。后来这些执法人员拉着小波到了旁边，过了会儿小波回来了，说没有罚款。我们赶快吃好这顿没有味道的饭，已经是下午2时30分了，但是到江边还有150公里。

出了县城不久，山势又高了起来，加上路况差、车辆多，行驶的速度一直提不起来。经团街到掌旭河，小波说，看来油箱里的汽油还不够跑到皎平渡。但这里山高人稀，唯一看到有一公家的加油站，但没有油。一直到撒营盘时，发现有一个私人开的加油店，可以加油。但那个老板说："93号汽油每升6元，但发票上只能开5.5元。"这时候我们也管不了这么多了，只要加满了油，就可以放心地在大山沟里转了。路况越来越差，这一定是个经济发展落后的地方。我们在这段路上看到农地里种了很多烤烟，也养了很多黑山羊。种烤烟和发展养殖黑山羊这些项目都是一些经济发展比较落后地区从外面引进的，适宜在山区发展，搞得好经济效益都很好，这样可以带动农民致富，也成了地方政府领导的政绩工程。

汽车到达109公里里程碑时，阴沉的天空又起了雾，车辆行驶在弯曲的山区公路里，速度更慢。又向前走了10公里，在一个下坡的拐弯处，看到了一块交通警示牌，上面标着连续下坡30公里。我是一个驾驶和乘坐汽车上百万公里的人，但连续下坡30公里的牌子还是第一次看到。汽车向下又转了几个之字形的大弯，发现雾气越来越浓了，这雾都是从山底下涌上来的。浓雾把天色都变得暗了，在茫茫的雾海里能见度只有10来米，我开始担心陌生的环境，汽车行驶在崎岖而又狭窄的小道上，就像一条随时都会迷失方向的小船。公路都是傍山险道，稍不小心就有可能掉进路边的万丈深渊。汽车在弯连着弯的山谷里一直向下行驶着，耳朵也开始发胀，紧张的心情一刻也不敢松懈。但在一个拐弯处偶然抬头发现，从下面涌上来的雾已经在我们刚才路过的山顶上了，凝聚成白云，慢慢地飘移着。朝下看，山底下的雾还是在不断地往上涌。我还几次叫小波停车拍下了这些飘逸不定的云雾，还拍了不少在高山峡谷中穿行又在云雾中隐现的下山公路。

那天在这段公路上几乎没有汽车，行人也很稀少。只是不断地在路上发现从山坡上滚下来的石头，大的石头占据着大半个路面，有些路段整个路面都被小石头和泥土布满了。开始时，小波不顾车辆损坏和颠簸的危险，不减速就冲过去了。坐在他旁边的小刘就说他："你不能慢些吗？"小波说："你知道吗？这种从上面掉下来的小塌方，说不定就跟着大塌方，不快速通过，就非常危险。"我当时不知道在这段下坡公路上，有这么多处的小塌方，究竟是由汶川大地震还是这里下雨而引起的。想想确实是十分可怕的。

公路下面有一道溪水，对面山坡上也看到几处村寨，那褐色的泥坯墙，黑色的瓦片，屋檐的造型是两边两个角向上高高翘起，显得又弯又尖。这些房屋，不但建得比较集中，而且顺着山坡的走向建，因此看上去还是很整齐的，估计也是彝族同胞的居所。

二

不知转了多少个 U 形和 S 形的弯，终于看到山脚下有一段黄色的江面，这就是金沙江。两岸陡峭的山坡上，从江面到山腰的大片植皮都被"泥石流"替代了，只不过这些整齐的"泥石流"不是大自然的作品，而是那些矿主丧心病狂开采的结果，两岸的矿主腰包是鼓起来了，而顺着江水而下的泥沙也增多了。

到了江边，我们先来到巧渡金沙江纪念馆。这个纪念馆不是什么雄伟的建筑，面积也不大，与街上的普通建筑相似。找到纪念馆门口已经是晚上 6 时多了，但住在馆里的管理员还是打开了门，让我们随便参观和拍照。

1935 年 5 月 2 日，中央红军决定抢占皎平渡的部队是最精锐的干部团，他们翻山越岭，昼夜兼程。第二天下午，在江边 30 公里处抓住了禄劝县一个区公所的文书，他正奉命去江边传达云南省主席龙云"烧船封渡"的命令，红军在他的带领下来到江边。江对面的四川方面敌军，以为皎平渡不是主要渡口，地处偏僻，红军不会在此渡江，所以防守不太严密。红军干部团五连到达渡口时，天已漆黑，对岸来的一只船是送探子打听消息的，还停在江边。红军缴获了这只船后，又请当地船工帮助修复了另外一只破船。肖应棠连长率领两个排，坐上这两只船，到了对岸。很快就分别控制了民团和厘金卡子的敌人，还没收了厘金卡子的 5000余银圆。就这样红军没费一颗子弹，没损失一个人，于 5 月 3 日巧取了皎平渡口。

后来，一军团和三军团在龙街渡口、洪门渡口等地都强渡不顺利的情况下，也集中到了皎平渡。由于金沙江水流湍急无法架桥，红军只能再找几条渡船，一共找了 7 条渡船，其中 1 条不能用，又找到 1 条渔船代替，用了 7 天 7 夜时间，渡过了红军的大部队近 3 万人马。在日夜不停的摆渡中，全依靠当地船工的努力，才得以顺利完成渡江任务。在纪念馆里我匆匆地浏览了一遍，我在留言簿上写下了"红军的精神不能忘，代代相传不能断"后就离开了。纪念馆的下面是红军巧渡金沙江的纪念碑，在高高的碑基上，站着一尊威武有力的红军战士塑像，他面向对岸，用右手举起一把桨。

在金沙江皎平渡口的上游方向，云南丽江的石鼓镇也是当年红军渡金沙江的遗址。那是在 1936 年的 4 月下旬，由贺龙、任弼时、关向应、萧克等率领的中国工农红军第二、六军团，在石鼓和巨甸一带渡过金沙江。而这里正处在"长江第一湾"，金沙江在这里转了一个 100 多度的大转弯后又流向了虎跳峡。云南省也在石鼓镇修建了一个纪念碑，与皎平渡纪念碑不同的是，碑基上是一位红军战士紧紧握住一位船工的手。

红军巧渡金沙江皎平渡纪念碑正对着皎平渡大桥，我们到的那天刚好在修桥，站在桥头看，金沙江就像是从大山里钻出来一般，两边的山峰与江面的垂直距离更大，有几个特别高的山头，还有云雾缭绕着。我们虽然在下坡时看到有很浓的云雾，但在江边就没有了雾气，虽然天色已暗，但能见度还好。我们急忙从在修桥面上过了江，进入了四川的地界，又顺着桥下的小道一路快走，去看当时中央领导住过的山洞。

这是一个临江的山坡，离江面也有几十公尺高度。在山坡里有一条百米长洞，长洞每隔十几米都开有一个洞窗，从山坡这边走入，可以从山坡的另一面出来，当地人称为穿洞，在金沙江涨大水时供行人通行。我们在穿洞另一面的山坡下，看到在穿洞旁边还有一个独立的山洞，洞口上有一块牌子，上面的文字说明了这山洞是毛主席住过的。原来在红军渡金沙江时，这些山洞成了中央领导住宿和办公的地方。

毛主席住过的山洞

我在洞口旁边望着下面滚滚而下的金沙江，想象当年毛主席也一定是站在这洞口旁边的江岸，思绪万千。在他巧妙的指挥下，红军四渡赤水后，又兵临贵阳直逼昆明，已经摆脱了长征以来一直跟随的敌兵追击，赢得了主动。这次又不费一枪一弹巧取了皎平渡。我们如果看到脚下的摆渡船昼夜不停穿梭在金沙江上，正在把红军战士源源不断地运送到北岸来，可以想象他们踏上北上抗日道路的喜悦心情，也就十分理解毛主席他写的"金沙水拍云崖暖"的意境了。

参观完山洞后我们又返回到南岸，在大桥旁边不远的上游方向河滩里，找到一块方正且有一个尖头伸向江中的大石块，它被当地人称为龙头石。红军参谋长刘伯承，当时为了协调指挥部队过江，就站在这块石头上。红军过后，当地人就把这块石头改名为将军石。可以想象，6条小船要按时快速地渡过红军的大队人马，没有统一的指挥、严明的纪律、良好的秩序，在这个弹丸之地是很难完成的。红军过完了江，又过了两天，国民党的一支追剿军才赶到南岸的江边，望着滔滔江水，看着已被红军收购又烧毁的渡船，只能对着几双红军穿过的破草鞋发呆。

金沙江边将军石

　　我原来计划是从皎平渡沿着当年红军的前进方向，再到四川的会理和西昌。但在乐山的李志高告诉我，"5·12"大地震后，乐山的宾馆都关门了，老百姓都住在外面，公路塌方很多，路上不安全，不能再往四川的方向走了。我只得放弃这个计划。那天参观完皎平渡后，已经是晚上8时30分了。小波对我说，今天下山时有雾，明天早上的雾可能会更大，待到雾散要等到中午，这样会影响行程。我本想在皎平渡住一晚、第二天再看看金沙江的愿望也只好取消，就决定立即返程。汽车又在弯弯曲曲的山区公路上翻腾，返回到禄劝县城时已经是深夜1时多了，好在现在这种偏远小城的街上也还有不少夜宵摊和个体旅店。

长征入川第一县

2016 年 12 月

会理县，始建于汉武帝元鼎六年（前 111），古称会无，继称会川，其名源自"川原并会，政平颂理"。这里聚居着彝、藏、傣、白等少数民族，其中彝族又来自凉山、云南、贵州等地区。古代的南方丝绸之路从县境穿越，会理也是这条古道上的重要驿站。金沙江从西、南、东三面环抱县境，与云南省的禄劝、武定、元谋等县隔江相望，素有川滇锁钥之称。

会理是中央红军长征入川的第一县。在会理期间，中央召开了政治局扩大会议，史称会理会议。会理会议也是继遵义会议后的一次重要会议，也因此，会理成了我走长征路的一个重要节点。

一

2016 年 12 月 4 日上午 10 时，结束了在贵州普安的行程，我乘高速大巴去昆明，准备转道攀枝花到会理寻访会理会议遗址。

在贵州的几天都是阴冷的雨天，山头被云雾笼罩，令人压抑。进入云南境内，天气就明朗起来。很快，太阳露出了笑脸，蓝天白云，阳光普照在已经发黄的山林上。阳光下，山谷里民居黛瓦粉墙，十分整洁。阳光照进车厢，暖洋洋的。司机耳朵塞着蓝牙，借助 GPS 导航仪驾驶车子。

乘客大多是普安人，有的吃着东西，有的交谈着。从衣着打扮上看，大家都过得很好，已经不是昔日国家级贫困县走出的人了。

车过曲靖，我想起 80 多年前中央红军长征时，"兵临贵阳逼昆明"又转向金沙江的行军，红军应该就在这一带路过，可能山间的某些小道就是当年红军走过的路。中央红军从 1935 年 4 月 23 日离开黔西南，之后进入云南，到会理会议召开时，走了近 20 天。现在从普安到昆明大巴车只要 4 个小时就能到达。从昆明到攀枝花可以坐长途班车，也可以乘火车。为了当晚能赶到攀枝花，我选择了乘火车。

入夜，列车驶出昆明，沿途的高山峡谷风光和多民族的风情都被夜幕掩盖得严严实实。卧铺车很空，我对面的下铺是位40来岁的男乘客，我和他两人闲来无事，也就唠上了。他是攀枝花人，在贵州六盘水经营煤矿。

当他知道我是为找红军长征路去会理，更显出四川人的热情。他详细介绍了从攀枝花去会理的交通。列车在夜里11时过后到达，出站口人密密麻麻的，他们不是拉乘车，就是拉住宿。穿越这些人群，我不得不耐心地向他们说着"不需要，谢谢"之类的话。站前广场还是停着不少出租车。周围楼房的顶上，霓虹灯在闪烁，住宿的、旅行的等广告牌一块接着一块。我还是听从火车上那位乘客的意见，先在火车站周围住下再说。

第二天清晨，天还是漆黑一片，但火车站广场还是人来人往，乱糟糟的。我上了一辆开往客运中心的公交车。从火车站到客运中心有20多公里，公路沿金沙江而建，但我什么都看不见。大约快到客运中心时，天有点蒙蒙亮了，只见公路两侧都是高山。右边路下就有一条江，那是金沙江。江面上飘着雾气，水量不大，这带着青藏高原气息的纯洁清冷的雪水缓缓流淌着。攀枝花的城市设施都布置在金沙江的两侧，金沙江的灵气融入到这个城市的内涵。

攀枝花客运中心也有一些招徕旅客的人，一位打扮时尚的中年妇女一听我去会理，就马上热情地接过我的拉杆箱，直接把我送上大巴车。车上除了司机，已经有两名乘客，他们都是会理人。我就向他们请教参观红军长征会理会议旧址的事，想不到他们都知道红军长征在会理的事。说法有点不一样，但可以肯定，旧址已被水库淹了；去那里没有公交车，只能乘出租车。会理的出租车不多，去一次价格不菲。较年轻些的乘客还告诉我，城郊的白马寺还留有毛主席写的一首诗词。

大巴车从攀枝花客运中心出来，已经是上午8时。先沿着金沙江行驶。离开市区，山高谷深，汽车一会儿在山顶，一会儿又飘向谷底，窄路、陡坡、急弯不断，100公里的路程汽车走走停停，花了4个小时，让我再一次尝到路难行的滋味。回想起80多年前红军长征，这些曾被称作荒蛮之地的偏远山区，红军战士靠两条腿走过来，真是何等的艰难！"五岭逶迤腾细浪，乌蒙磅礴走泥丸"，红军长征大无畏的乐观精神，又是何等的可敬。

二

中午12时后，汽车到达会理。安排好住宿，我便在路旁等车。等了半个小时，还是来了一辆出租车，司机40来岁，也是位老实本分的人，过去开大货车到过浙江。知道我是找红军长征遗址的，他也十分友好。车子经过一座广场时，他告诉我那里有一座长征纪念碑，还介绍了会理红军长征纪念馆的位置和路线。从会理城区到会理会议旧址有10多公里，旧址在20世纪70年代建红旗水库时被淹没。

如今在水库大坝旁的山顶上，修了一座纪念碑。下午的阳光还是很强。停好

会理红军长征纪念碑

　　车后，司机陪我上去。一只小黑狗很聪明，为我们在前面带路。从大坝到山顶修了一道陡峭的阶梯，在阶梯两边还有很多石刻，内容都为长征途中发生的重要事件。

　　我们费力登上山顶。松树环抱下的山顶上修建了一个广场，广场后面是一座红色纪念碑，纪念碑的下部就是张闻天、毛泽东、朱德、周恩来、陈云、秦邦宪、王稼祥等人的塑像，底座上有会理会议的简介。

　　1935 年 5 月 3 日晚至 9 日，中央红军主力在川滇交界的皎平渡过金沙江，进入会理境内。5 月 12 日下午，党中央在会理城东北郊的铁厂村，召开了入川后的第一次政治局扩大会议。会议的主要内容是：总结遵义会议以来的战略方针，纠正从四渡赤水到巧渡金沙江期间红军领导层中出现的一些错误，并决定全军继续北上，渡过大渡河，向红四方面军靠拢，建立川陕甘根据地。会议还任命刘伯承、聂荣臻为先遣队司令员和政委，利用他们在川军中的声望和熟悉地理民情的有利条件，为全军开路。会理会议肯定了遵义会议以来的战略方针，进一步确立毛泽东在红军中的领导地位，为实现中央红军、红四方面军在川北的胜利会师，起到了十分重要的作用。

　　返回途中，我让司机在水库旁边停了几次车。估摸着原铁厂村的位置，望着库区宁静的水面，我的脑海中构画出当年中央领导和红军将领开会的情形。

　　遵义会议后，国民党几十万大军继续对弱小的红军围追堵截，妄图围击歼灭，迫使中革军委和毛泽东不得不随机应变，灵活机动地穿插在敌军之间，寻机跳出包围圈。在这个过程中，部队就像一朵飘泊的云，时而向东，时而向西，刚刚向前，又立即回攻，边行军边打仗，"朝令夕改"的事常有发生。一些体弱有病的红军战士遇到强行军，就跟不上队伍，有的掉队，有的牺牲，有的被俘，部队减员严重。

红军到达会理时，许多指战员都已是衣衫褴褛，疲惫不堪。在中央红军里，大多是江西和湖南人，他们从江西走到四川的边远山区，到处都是高山峡谷，又听不懂四川话，茫然不知所措，更担心再也找不到回江西或湖南老家的路了。所以不无担心，互相议论，怪话甚多，但最关切的是到底要到哪里去，有什么计划和目标。再加上有些战斗，如土城、鲁班场、习水等战斗也没有打好，部队基层就有怨言，而且这种情绪在中央和红军领导高层中也有所反映，风波出现在所难免。

中央红军主力一军团军团长林彪也与周围的同事一样多次议论过这些事，对部队多跑了一些路很不满意。他把行军路线比作一张弓，说部队尽走"弓背路"而不走捷径"弓弦路"，如果这样下去会把部队拖垮。林彪为此就给中央写了一封信，主要内容是：毛、朱、周随军主持大计，请彭德怀任前敌总指挥，迅速北进与四方面军会合。

刘英在对会理会议的回忆中写道："尽管四渡赤水是毛主席的'得意之笔'，但当时，毛主席还没有后来那样的权威，大家对他的战略思想也还没有完全领会，所以上上下下虽然服从命令听指挥，但对四渡赤水这一段也有不同意见，主要是围绕走路还是打仗。在三人小组里，稼祥对毛主席的办法就有意见。他向闻天反映，说老打圈圈不打仗，可不是办法。稼祥要求开会讨论这个问题。军队里意见不少，说只走路不打仗，部队没有打垮倒要拖垮了。闻天到三军团去，德怀同志把部队的情绪向闻天说了。闻天说，有意见拿到会上讨论。"

根据刘英的回忆，张闻天在会上做了有关形势的报告，并简略地把他听到的各处反映、对军事指挥上的不同意见提出来，请大家讨论。彭德怀把意见倒了出来，林彪也讲了，在这之前已有林彪的信，加上会上这些意见，毛泽东听了大发脾气，批评彭德怀右倾，说林彪的信是彭德怀鼓动起来写的。

《彭德怀自述》对会理会议有这样的表述："毛主席在会议上指出，林彪信是彭德怀同志鼓动起来的，还有刘、杨电报，这都是对失去中央苏区不满的右倾情绪的反映。当时听了也有些难过，但大敌当前，追敌又迫近金沙江了，心想人的误会总是有的……我也批评了林彪的信；遵义会议才改变领导，这时又提出改变前敌指挥是不妥当的；特别提出我，则更不适当。林彪当时也没有说他的信与我无关。此事到一九五九年庐山会议时，毛主席又重提此事，林彪同志庄严申明了：那封信与彭德怀同志无关，他写信彭不知道……在这二十四年中，主席大概讲过四次，我没有去向主席申明此事，也没有同其他任何同志谈过此事，从现在的经验教训来看，还是应当谈清楚的好，以免积累算总账……"

可见这位唯一与日本军队、美国军队、联合国军队交过战的英雄元帅彭德怀，由于会理会议中林彪提出让他当前敌指挥这件事，且一直没有向毛主席说明，引起误会，也成了他一生中的遗憾。

三

参观完会理会议会址,出租车把我送到了白马寺。从介绍看,这座寺庙已有600年历史。寺院建在山坡上。拾级而上,穿行寺中,亭台楼阁,相映成趣,绿树成荫,鸟语花香。我没有找到写有毛主席诗词的地方,但在一处树荫下,我找到了一块"丙子暮秋"(1996)立的"重建白马寺碑记",其中有一段:"红军长征过境,毛泽东主席和三军团驻于斯白马庙,因薛岳部狂轰滥炸,满目疮痍。"在寺庙中,我分别问询两名六七十岁的老人,他们都向我介绍,红军在这里开过会,敌人飞机轰炸后,留下一棵树,一直保存很好,现在他们把这棵树称为"红军树"。其中一位还告诉我,山下的村庄,都驻过红军。红军还帮助村民干农活,担水劈柴,还召开群众大会,打富济贫。

离开白马寺,我又走了一段路,找到了会理纪念广场。这是一个沿河公园,宽阔而又整洁的河道,岸柳成行。广场上,古榕葱茏,绿树成荫,草坪如碧,鲜花灿烂。广场里有唱歌跳舞的,也有闲坐聊天散步的,也有拉着儿童车的,其乐融融,享受着冬日阳光的温暖。会理属凉山彝族地区,曾是一个偏僻贫困的地方,但眼前的景象与沿海的城市几乎没有什么两样。我穿行在广场上,不时拍下所见景物,岸边随风飘扬的柳枝,古榕树盘根错节的根部……但最吸引我的是广场上那座高高耸立的红色纪念碑。

纪念碑平台占地面积较大,四周各有10个台阶,台阶上是纪念碑的底座,四面都有浮雕,浮雕主题即红军过会理。纪念碑碑身正面"中国工农红军过会理纪念碑"的金色大字是张震题写的。

1935年5月2日,红军夺取皎平渡进入会理到撤离会理,共有15天,他们的足迹遍及会理全县31个乡镇。在县境内建立了7个贫民团,组织了赤卫队等地方革命武装。还发动群众,开展了打富济贫的斗争。当时就流传着一首诗:"红军到,干人笑,粮绅叫;白军到,干人叫,粮绅笑;要使干人天天笑,白军不到红军到。"如今的通安街上还保存着一条当年红军书写的标语:"四川工农群众暴动起来,打财富去。"会理的老百姓感到红军是自己的队伍,就有一些群众参加了红军,走上了革命的道路。

参观红军过会理纪念广场后,我过廊桥进城。在行人的指点下,转了几条街,我从东门进入老城的街区。老城区的中间是一座建筑精美的钟鼓楼,以钟鼓楼为中心形成两条南北东西走向的直街。我从鼓楼向右走向北门。夕阳下,会理古城质朴苍劲的感觉袭面而来。青石铺就的路面,笔直通向北门。两旁的建筑都是砖瓦结构,保持着历史的风貌。这里开辟成步行街,特色商店鳞次栉比。购物休闲的人流源源不断。我也放慢了脚步,随着人流来到北门。

北门也称拱极楼,是明代建筑,保存完好。我穿过古老的城门,登上城楼。

眼前会理城城墙确实宽厚而且坚实。当年红军临近会理，国民党守军为了防止红军接近城墙，为了扫清射界障碍，用浸透煤油的棉花作为引火物，抛到城外民居屋顶，会理城外381户民房全部被烧毁，18人死，1500人无家可归。1935年7月9日的《云南日报》报道了当时的情况："流离失所，啼饥号寒，风餐露宿，目击心伤。"

当年红军攻打会理城，虽然也炸毁过一段城墙，但没有攻入城内。为了加快通过彝区渡过大渡河，红军就没有恋战，在会理休整后，就离开了。

结束了红军长征过会理的遗址参观，我又在街上转了一圈。华灯初上，饮食摊、小饭店，人们在尽情地享受各色美食。晚上8时，我回到了旅店，泡上一杯清茶，回想着一天的行程，想起攀枝花汽车上的乘客、出租车司机以及白马寺的两位老人。80多年过去了，我想不到，他们还都知道红军长征过会理的故事，还没有忘记长征中的红军战士，可见，红军长征的精神已深深地影响着一代又一代的会理人。这真像纪念广场上的古榕树，只因那粗壮有力的树根，盘根错节地深深地扎入土壤中，才使榕树的树冠高大、挺拔、宽厚、有力。

会理会议简介

彝海寻访结盟地

2006 年 7 月

参观完安顺场红军强渡大渡河遗址后，我又从原路返回到石棉县城，去寻访刘伯承与小叶丹结盟的彝海。从石棉开始，汽车驶上通向冕宁和西昌的公路，一路上陪伴着的大渡河也与我们"分离"了。在一块离西昌还有 139 公里的公路指示牌下，眼前出现的风光仿佛是一幅草原牧场的油画，我急忙叫洪师傅停住了车。只见在一片宽广而又平坦的谷地里，长满了开着小黄花的青草，就像有人铺上了一块草黄色的"地毯"，"地毯"上牛、马、羊群低着头在静静地啃着青草，有的还悠然地摆动着长长的尾巴，远处是一座座深绿的高山，几只苍鹰在空中飞翔。公路上不时走过穿着民族服装背着箩筐的彝族青年，从他们匆匆而过的脚步中，就可以知道他们早已看惯了这种自然环境，不像我们来自外地的人对如此美景惊叹不已。

一

站在山坡的公路上，尽管是烈日当空的盛夏季节，但阵阵山风依然使人感到凉爽。遥望着通向大渡河的近岭远峰，联想起当年红军战士长征时，这些地区都是被彝族各个家支占领着，他们以高山和沟涧等自然标志来划分势力范围。如果没有彝海结盟，各个家支的武装人员就会把守在各个山头的隘口上，拆除架在深涧上的独木桥，一路上都进行封锁阻碍，红军就不可能实现快速到达安顺场的目标。此时若敌军再围过来，利用大渡河天险，红军就完全有可能上演第二个石达开的悲剧。

临近中午时分，我们来到了一个集镇，在一个向北的路口，看到一座有 8 根红色大柱支撑的高高门楼，中间的门框上写着"彝海胜境"几个大字。李志高和洪师傅都是彝族人，虽然好几次来过西昌，但现在集镇建设变化大，居然也找不到去彝海的路。他们只好向蹲在路旁的几个彝族同胞用彝语交谈起来，很快就搞清楚去彝海的方向。我们通过这个充满彝族风情的门楼，一直朝前走，很快就到达彝海。

彝海结盟的纪念碑坐落在一个平缓的山坡上，两边的山不高，更衬托了纪念碑的雄伟，高高而又方正的碑基上面雕塑了 4 个人物：身着红军军装的刘伯承和穿彝族服饰的小叶丹两人紧靠着站在一起，他们相邻的两只手托着酒碗高高地举起，另外两只手又牢牢地握在一起，两人的目光都眺望着远方的群山；旁边还有两个人物造型，分别是红军战士和彝族同胞。江泽民同志题写了"彝海结盟纪念碑"几个大字，纪念碑的碑文分别用汉文和彝文写成，记载了当时红军过彝区的结盟史料。纪念碑后面就是新建的彝海结盟纪念馆，馆名是刘华清将军题写的。那天我们参观时，还空无一人，估计还没有对外开放。

彝海结盟雕塑像

彝海结盟纪念馆

纪念碑的右前下方就是彝海，参观完这些设施后，我们来到彝海。这个坐落在海拔 2000 米的高山湖泊，原名叫"鱼海子"，也有称"袁居海"，相传很早前这里居住着几家姓袁的汉族人家，被迫迁移后，由彝族人居住，后改称为彝海。这是个淡水湖，面积达 20 万平方米，湖面清澈如镜。四周山峦林郁葱茂，彝海犹如在万山丛中一颗璀璨的明珠，晶莹透亮，闪闪发光。站在湖边的树荫下，望着这风光旖旎的群山中如此宁静的湖面，就连看惯了大海的我，也被吸引住了。

二

让时光倒流 70 多年，这里曾是一片多灾多难的地区。由于历代反动统治阶级把彝族同胞称为蛮子，对彝族地区实行封锁包围，还派兵攻占大凉山、血腥镇压彝族同胞。逮捕他们的首领，索要赎金，还制造矛盾，挑拨各家支之间的关系，引起他们互相残杀。在国民党统治期间，地方军阀邓秀廷，继续用清朝咸丰年间开始使用的"换班坐质"的办法来控制和残害彝族同胞。"换班坐质"就是在血腥镇压彝族同胞后，将每个投诚的家支首领，统统押到县城里坐牢作为人质。虽然可以用父代子、兄代弟、叔代侄的办法替换，但还要他们上交各种苛捐杂税，使他们饱受敲诈勒索，如果稍有反抗就施酷刑。牢狱阴暗潮湿，疾病流行，健壮者也难逃被害死的命运。这些人质死后，其家里人还必须要再派人接替坐牢，这样更加深了他们的苦难。

当时在彝族各个家支中都拥有一定数量的土枪和快枪，这些枪手的枪法很准，他们生活环境简陋，常携带干粮藏于荆棘林中，夜宿山洞，善于奔跑，能利用复杂地形，重创进攻者。彝族的各家支间，常因利害关系发生械斗，所谓"打冤家"，世代相传。如遇外来侵袭，又联合起来一致对外，因此有"平日称雄长，遇难则联兵"的说法。彝家有句俗语："你有千军万马，我有高山深林，你有大枪大炮，我有大山大坳。"因此，要顺利通过彝区不是一件简单的事。

1935 年 5 月 31 日，红军先遣部队来到了冕宁彝族聚居区。开始时，红军通过向导找到几个家支的首领送了礼物，但当先头部队进入彝区时，还是被一群群彝民阻拦住要钱要物，不能前进。红军战士不但看到一些汉人不分男女被彝民剥光了衣裤，赤条条地逃了出来，而且红军的一个工兵连，由于物品多，行动慢，稍离开大部队一步，也被彝民抢去了所有物资和枪支，同样被剥光了衣裤。

红军巧渡金沙江在进入凉山彝族地区前，就制订了《中国工农红军布告》，申明了纪律，"一切夷汉平民，都是兄弟骨肉，红军军纪严明，不动一丝一粟"等，到处宣传张贴，还规定不准向彝族同胞开枪。红军从金沙江过来，一路势如破竹，使反动派十分惊慌。国民党冕宁县的县长和一个姓李的团长带着下面一支 300 来人的部队，还拉上"换班坐质"的彝人头领向北面逃窜，小叶丹等几个家支的首领联合起来向他们讨还人质，在无果的情况下，缴了他们的枪，救回了人质。用武力得到好处后的几个彝族家支，声势大振，利欲大增，就想趁机去大桥场掳夺，恰遇红军先遣部队也到达大桥，他们只得退回峨瓦山的丛林道旁，寻找再次下手的机会。

红军先遣部队从大桥出发来到峨瓦山等地方，就遭到当地家支武装阻拦，但红军战士沉着冷静，任他们在沿途的山林里开枪，头不抬，眼不眨，只是前进。于是在当地的老人中至今还留下了"那些红军硬是枪子不进"的传说。当先遣部队到达喇嘛房时，遭到了果基家、罗洪家、倮伍家几支武装的包围，四面枪声激烈，吼声不断，在多次喊话无效果的情况下，最后红军只得忍无可忍对空还击，还向他们的阵地后方发射了两颗炮弹，以三挺机枪作掩护向东南反击。6名红军战士又泅渡过彝海，端起冲锋枪，冲上了山头。这样一来，这些家支武装人员都慌了。这些彝民从来没有看见过在水上如履平地和子弹打不进的"神兵"，更不知道威力无比又神奇地能翻山越岭的"找人炮"，还有那些以一当十的机枪和冲锋枪。林间里的枪声突然停止，彝族武装人员四处逃散，而果基家的小叶丹就无法离开，因为这里就是他们的家。按过去的情况，触犯了官兵的"天威"，这里就要被烧杀一空。出乎小叶丹意料之外，红军不但不进攻，还喊话叫他们去商谈。后来他派精通汉语善于辞令的随身娃子沙马尔各和他的叔叔到红军那里，听取了红军的意见后，决定与红军讲和不打仗了。

三

小叶丹带人下山见了刘伯承司令员，还要求红军帮他们去打罗洪家，刘司令向他讲明红军要北上抗日，大家都是穷人都不能打冤家的道理。小叶丹提出要按当地的风俗习惯喝血酒，认为举行过这样的仪式办事就稳当，刘司令马上同意。他们一起来到海边，沙马尔各抱来一只大公鸡，刘伯承和他的警卫员分别解下腰间的两只旧茶杯，没有酒，就从彝海舀来清水代替。按彝家的风俗沙马尔各边念咒语，边用刀背拍打鸡头，然后将鸡嘴剖开，把鸡血滴入杯中的清水里。刘司令先喝为大哥，小叶丹后喝为小弟，这样他们两人就结为兄弟。晚上他们又回到桥头，喝了真酒。

第二天，刘伯承解下身上的左轮手枪，将手枪和几支步枪送给了小叶丹，小叶丹也把自己骑的黑骡子送给刘司令。小叶丹护送刘伯承等红军战士到喇嘛房后就告别了，后面的行程有他派出的4名彝族同胞带路。以后虽然是风雨交加的天气，山间小路又特别难走，左边是悬崖峭壁，右边是万丈深渊，但红军战士还是顺利地走出了百里彝区，为快速到达安顺场争取了时间。彝海结盟也就成了一段佳话。

石棉寻渡安顺场

2006 年 7 月

　　2006 年 7 月 20 日早上，我们从石棉县城出发沿着大渡河的西岸去参观红军强渡大渡河的渡口——安顺场。安顺场是彝族乡，据当地史料记载，安顺场原名紫打地，清朝乾隆年间当地老百姓就在松林河两岸建有市场。1863 年 5 月中旬，在安顺场还称紫打地时，太平天国著名将领翼王石达开率兵数万，从云南过来，在后有清兵追击、前有大渡河天险、北面的松林河又被土司重兵封锁的情况下，苦战近一个月，由于河水暴涨无法东渡，最后兵尽粮绝，留下了全军覆没的遗恨。1874 年紫打地市场毁于大火，1902 年 7 月又发生老鸦山山体滑坡，泥石流堵塞了松林河而引发大水，将市场冲跨无遗，还淹死了上千人。之后当地百姓就迁址于当时称为中坝的地方，决心重建家园，为了能够"山镇久安，河流顺轨"，就改名为安顺场至今。

一

　　汽车很快就跑完了 11 公里的水泥路，在进入安顺场的路口后，有一座仿古门楼，正上方写着"安顺场"三个字，两边是"翼王悲剧地，红军胜利场"的对联。下车参观拍照后，我们很快就到了集镇上。镇里只有一条四五米宽长长的街路，两边都是两层木结构的老房子，保持着小镇旧日的风貌。在一个右转弯后，路的前方直通到大渡河。安顺场海拔 887 米，坐落在紧靠大渡河西岸马鞍山下的峡谷里，四周都有大山环立，山谷绵延，十分陡峭。加上这里又处在松林河与大渡河交汇处的下游，在两路水势的夹击下，这个俗称"老鸦漩"渡口段的河水更加奔腾咆哮，地势显得十分险恶。

　　7 月的大渡河水量不算大，两边河床是鹅卵石滩，不过在主河道上的水流还是十分湍急的。从河岸的水面痕迹上看出，如果河水暴涨，两岸的河面宽度就可达几百米了。有资料记载，大渡河从泸定到下游大树堡段的 170 公里内，平均流量在每秒 1218 立方米，洪水期最大流量为每秒 6600 立方米，最小流量每秒也能达 260 立方米，其中最大流速可达 7 米每秒。通过这些数据，可知大渡河水的流量变化剧烈程度。河对面就是高山，昨天去泸定的公路就在山腰上穿过。岸边的河滩上停着一艘黑色宽尾尖头翘角的木船，一看就知道，这是当年红军强渡大渡河时渡船的仿制品。河边的一块巨石上刻着杨得志题写的"红军渡"三个红色大字，在荒芜的河滩上十分醒目。河滩上面是一块平地，背靠松林河和青山，修建了中国工农红军强渡大渡河纪念馆，馆名是由江泽民同志题写的。纪念馆前面是一个广场，广场前面是中国工农红军强渡大渡河纪念碑。纪念碑选用花岗岩雕刻而成，碑体的正面为半圆雕塑的红军战士头像，石头上的红军战士用坚毅的目光直视远方，下方有 17 名勇士乘风破浪、飞舟挺进的浮雕。背面刻着邓小平同志题写的"中国工农红军强渡大渡河纪念碑"的烫金大字。虽然纪念碑只有 6 米多高，但给人的感觉十分庄重肃穆。

红军战士雕塑像和纪念馆

二

1935 年 5 月 25 日，中央红军一军团一师一团在占领安顺场夺取渡船后，团长杨得志把挑选强渡人员的任务交给了一营营长孙继先，杨得志与其他领导一起去组织强渡时的掩护火力。由于报名人太多，孙继先只好在二连挑选了 16 名战士，由二连连长熊上林任队长。萧华将军做了战斗动员，熊上林宣布了突击队员名单，这时萧华将军的通讯员突然叫起来，吵着一定要去，通讯员个头不高，年龄最小，最后在团长和营长的许可下，他就成为突击队的第 17 名队员。这 17 名勇士每人都配带一把大刀和冲锋枪、短枪各一支，加上五六颗手榴弹。

上午 8 时开始，17 名勇士和渡工一起乘上木船，先由配合强渡的十几名战士把船拉到上游方向的松林河口，在军号声中顺流驶向东岸，同时，西岸的红军展开猛烈的炮火掩护，用交叉火力封锁敌军，掩护队伍中还有一批特等射手和炮手，他们个个都是百发百中的神枪手。渡船劈流破浪，箭也似的驶向河心，刚到急流区，敌人就居高临下，开始还击。子弹像雨点般地落下，大渡河水在咆哮，机炮在怒吼，敌人的一发发炮弹落在小船旁边，抛起的冲天水柱，几乎将船抛向空中。据记载，当时红军的一名司号员惊呆了，忘了吹军号，萧华将军立即夺过军号自己吹了起来。刘伯承、聂荣臻亲自指挥红军的重机枪手和炮手摧毁了敌军的火力点，敌人的手榴弹投进了船舱又被勇士们扔了回去，船帮被敌人打了一个洞，勇士们就用衣服堵住，由于水流太急，船还碰擦了礁石。但在船工奋力的划动下，突击队离东岸越来越近，最终在船还未靠岸的情况下，17 名勇士就扑向岸边。在猛烈的炮火掩护下，他们占领了渡口工事。以后又在第二船营长孙继先、第三船团长杨得志带领的后续部队的增援下，红军趁势追击，攻下了敌团部。

与此同时，在安顺场渡口下游方向的农场，也有一个班的红军战士用木板渡过了大渡河，两支队伍合而攻之，一举扫除了 40 里内的沿河敌军，巩固了沿河阵地，取得了强渡大渡河的胜利。

在庆祝大会上，部队领导给 17 名渡河勇士，连同团长杨得志、营长孙继先和几名特等射手等功臣，每人特发了一套灰军装和一双胶皮鞋作为奖励。

大渡河安顺场渡口

三

我在河岸边的一处民房前见到了一位在卖大渡河观赏石头的老太太，她叫余凤英，82 岁了。说起红军过大渡河的事，她告诉我们，那时候她已经 10 岁多了，当时跑到山头上，看到河两边的双方部队，从早上一直打到中午，山下的树林里，被子弹打下的树枝和叶子（她用手比画着）有 10 来公分厚，红军这边第一船过去了，第二、第三船也过去了。

最后我们来到纪念馆里，从照片和资料上知道，杨得志将军在 1983 年的 5 月 25 日又到过安顺场，还与当年的船工魏崇德、龚万才等合影留念；1985 年杨成武等领导也到安顺场重访了长征路。

1990 年 4 月，当年的先锋突击营营长孙继先在济南病逝。按照遗愿，1990 年 5 月 25 日，也就是在红军强渡大渡河 55 周年的纪念日，孙继先的骨灰被安放到了安顺场。聂荣臻、杨尚昆、萧华、张爱萍等一大批老红军都为红军强渡大渡河题了词。陆定一在纪念红军强渡大渡河 48 周年时写下了"翼王悲剧地，红军胜利场。彝汉团结好，建设永无疆"的诗句，其中两句也成了进安顺场门楼上的那副对联。

刘伯承曾题词：安顺场是太平天国石达开北渡未成而最后失败之处。[①]四川军阀曾扬言：红军将重蹈覆辙于此。而以毛泽东思想武装起来的中国工农红军，是不可战胜的，它强渡了这一天险。

---

① 《中央红军长征越过大渡河》，中共石棉县委党史研究室，2004年5月第一版，雅内印〔2004〕20号。

大渡桥横铁索寒

2006 年 7 月

　　祖国西南的金沙江与大渡河之间，是大、小凉山地区，也是中国彝族人口最集中的聚居区。中央红军在长征途中，巧渡了金沙江的皎平渡后，为了北上与红四方面军汇合，就需要通过彝区，跨越又一道天险大渡河。毛主席在《长征》中，就有"金沙水拍云崖暖，大渡桥横铁索寒"的描绘，充分表达了红军战士在这一地区历尽艰难险阻和取得胜利后的喜悦情怀。大渡河两岸所发生的刘伯承与彝族首领小叶丹的彝海结盟、十七勇士强渡大渡河以及红军战士飞夺泸定桥等英雄事迹，早已成了闻名世界、家喻户晓的传奇故事。

一

　　大渡河，古称泸水、洈水、沫水。发源于四川与青海交界的果洛山，自北向南，经泸定流入石棉，又经汉源和金口河到乐山汇入岷江。

　　2006 年 7 月 18 日下午，我到达成都时，天降暴雨，坐上来接我的李志高的小车后，汽车没有进入乐山市区，而是直接往金口河方向行驶。过了峨边县城，汽车就顺着大渡河旁的公路行驶。

　　由于下过雨，对岸如画的悬崖绝壁上，不时出现几道飞瀑，那白色的山水从高处飘下，如一道道银练令人目不暇接。这一段的河道比较窄，加上雨量大，河水大涨，那汹涌澎湃的河水，似一群脱缰的野马冲向前方。河对岸的成昆铁路有时出现在山脚下，有时又钻进隧道消失在大山深处。从金口河到峨边县交界处沿着大渡河旁边的这段公路，还是李志高当金口河区区长时拍板实施修筑而成的。他告诉我，当年修路时，在不到 20 公里的距离内，由于山体滑坡、飞石滚下等，有 8 个修路工人被夺去了宝贵的生命。有一次他在工地上视察，一块山石从天上飞掉下来，擦着他的鼻尖砸在脚前的地上，陷入十几厘米厚的泥土下。虽然吓了一大跳，但所幸皮毛无伤。他的曾经担任过雷波县委书记的彝族兄弟罗钢告诉我，有一天他陪同长江水电开发公司的专家在金沙江视察，突然山上滚下来一块巨石，撞击在岩石上，形成无数小石块，似雨点般纷纷落下，其中一块石头砸在他身后背着的照相机上，照相机顿时被砸成了碎片，他的右手腕上还留了铜钱般大小的两块伤疤，至今清晰可见。

李志高还告诉我，修路时有一次大塌方，把大渡河堵住了。涨上来的河水淹没了对岸的成昆铁路，火车被迫停驶，惊动了交通部和铁道部，后来用炸药爆破等方法突击抢修，终于疏通了堵塞的河道。但这一事件已经给铁路部门造成了很大的经济损失。双方商量无果，铁路部门向法院提出申诉，要求金口河区人民政府象征性地赔偿 5 千万元。但一年只有 3 千万元财政收入，连发工资都困难的金口河区，哪出得起这笔赔偿的钱呢？铁路方面知道他们是少数民族地区，加上的确穷困，最后也只能不了了之。由于这件事情他与铁路部门的领导接触多，其后西昌铁路分局的局长还成了他的好朋友。

他还说，公路建成后，山体滑坡和飞石事故还是经常发生。4 年前，他们区的一位交通局长，一家四口坐小车去乐山途中，山上滚下来的石头砸在汽车上，4 人全部遇难。他还对我说，除了下雨天增加有泥石流等不安全因素外，相对来讲就算是正常的天气，在山区开车，晚上要比白天安全得多。白天有人要上山去种庄稼和放牧等，牛羊在山上吃草，这些人和牲畜的走动都可能造成飞石滚下，引起事故。

与这位彝族兄弟在一起就有说不完的话，但那天说的都是大渡河的事，不知不觉到金口河已经是晚上 8 时多了。由于大渡河在金口河是穿城而过的，晚饭后在宾馆的房间里，还是能听到大渡河哗哗的流水声。

二

第二天早上，在金口河副区长张宁的陪同下，我们还是沿着大渡河路边的公路继续向上游方向行驶，去看看红军强渡大渡河的安顺场渡口和泸定桥。出城不远的一处河滩旁，有一处石碑，上面刻着"大渡河金口大峡谷"，这是 2001 年大峡谷被国土资源部认定为国家级地质公园后镌刻的。听他们介绍，大渡河金口大峡谷是中国最美的大峡谷之一。

这个位于四川省西部的金口河区与汉源县和甘洛县交界处的大峡谷，全长26 公里，谷深达 2600 米，谷宽不足 200 米，被誉为"地质天书，旷世幽谷"。选择这里作为地质公园，主要是由于除了峡谷两岸布满了峻山奇峰、悬崖峭壁外，这一段的大渡河上还有不少险滩和急流，有时在两岸能看到飞禽走兽等。身临其境，站在这里马上会感到绝壁深谷连为一体，就像一处令人叹为观止的天然画廊。在大渡河的旁边还有一座海拔 3222 米的大瓦山，是世界上最大的孤峰平顶山。登山能观云海日出，向南可俯瞰雄险如峭的大峡谷，向北可遥望峨嵋山，向西可极目蜀山之王的贡嘎山。在这段路上，我不断地要求司机停车，拿着照相机，拍下那急流险滩、高山峡谷或若隐若现的成昆铁路等不多见的景色。只是后悔没有带摄像机，山峰太高了，峡谷太深了，摄入照相机的视野有限，如果拍到了峡谷就拍不到奇峰，拍到了山顶的云彩，就只好放弃河谷的急流。

到了白熊沟，我们看到公路上的汽车排起了长队，靠河边又停着一辆汽车吊，正向河里伸出长长的吊臂。我们停车后，跟着张区长快步走上去，想搞明白究竟是什么原因造成中途停车。到了汽车吊旁边一看，连我这个开了40多年汽车，见证过不少车毁人亡事故的老司机，也被眼前的一幕镇住了。几个妇女躺在公路上号啕大哭，还不时用手拍打着水泥路面，在与公路落差有40多米的河滩上，有一辆面目全非的银灰色小面包车，已掉入河里，正卡在石缝里，如果再下去一点儿就是急流。为了防止汽车被河水卷走，破损的车体被两根粗绳紧紧地拴在岸边的巨石上。河滩边乱石堆上，躺着4具用衣物盖住了上身部分的尸体，他们伸直的双脚和平摊的双手，在告诉人们，事故已经使他们的灵魂"升入天堂"。

从一些过往驻足的行人中知道，事故是凌晨发生的。这辆从成都回甘洛的车上一共有7个人，其中有几个是学生，他们是去成都报名求学的，怎么会翻落在公路左边的大渡河里大家也说不明白。听交警的同志说，除了河滩上的4具尸体外，还有1人已经被大渡河水卷走了，有2个人救上来后还有一口气，就送医院去了，但送往医院途中又有消息传来，这2个人中又死了1个，还有1个也很难活下去。

远眺泸定桥

三

我们离开出事地点后，还是一直沿着大渡河边的公路前行，经过乌斯河、汉源等，发现有好几处都在修水电站。由于落差大，大渡河丰富的水能经过开发一定能造福人类。由于途中事故和修水电站工地多，加上路况不好等，到石棉县城已经是下午1时了。简单地吃了一下中饭，汽车又沿着大渡河的公路驶向泸定桥。

石棉通向泸定的公路是在大渡河的东面，由于暴雨引起山体滑坡，路上发现有好几处是临时便道，在这种陡峭的傍山依河的险路中，要另修临时便道是不可能的，公路部门只能在塌下来的土石方上做些加固压实就通车了。沿路旁还不时出现"飞石危险、塌方路段"等提醒驾驶人员的指示牌，可见这些路段充满了危险。但一路上风光都很好，还不时出现一些铁索桥，不过这些桥年代久了，都只能走走人而已；有些地方也出现一些地势相对平坦、河面宽、流水缓的河段。现在沿途的县城和大的集镇都建有新桥，但都不是铁索桥了，而是采用了拱形的钢架桥，可以通汽车，解决了人们跨越大渡河的困难。

汽车在离泸定还有41公里的地方又停住了，原来前方在改建水泥路面，修路单位规定通行车辆只能在晚上7时后放行。一些等待放行的长途汽车上的旅客在车上打呼噜，货车司机则躲在太阳晒不着的地方喝水聊天，长长的车队只能无奈地等待，白白浪费掉宝贵的时间。

这时，我们发现路旁边有一块指示牌，显示从停车位置再行驶11公里就是海螺沟风景区。反正等着也没有事，我们就决定开车过去看看。这条公路有一段很长的临时便道，坡陡得汽车只能用一挡行驶，路面狭窄而又高低不平，一边是望不到顶的绝壁，另一边下面就是百米多深的大渡河，司机驾驶得很小心。便道上除了碰到几辆运材料的农用车和拖拉机，其他车辆都没有看见。由于暴雨造成山体滑坡，形成了长长的几百米的塌方面，使大量滑下来的泥石流截断了公路和河道。听旁边人讲，一般情况下，海螺沟可以从康定、泸定、石棉几个方向进来，现在路都冲垮了，3个方向的游客都无法过来，那天在海螺沟景区大门外的停车场只停放了我们的车。这次从石棉县城出来，沿着大渡河的傍山公路行驶的路段，有部分就是当年红军飞夺泸定桥前走过的羊肠小道，真难想象，当年红军昼夜兼程用急行军速度赶路是怎样走过来的？

这次在大渡河两岸参观红军长征时几件主要事件的发生地，从红军长征的行军线路上看是反过来的。但这一环紧扣一环的史实中都有着复杂的背景和关联，从某种角度上说，红军的长征路线也是被当时的形势逼出来的。中央红军过彝族聚居区，由于采取了正确的民族政策，尊重了少数民族同胞，也就顺利地通过了这个地形复杂和仇恨汉族的少数民族地区。不然很有可能就会深陷在这片崇山峻岭之中，遭到国民党部队的包围过不了大渡河。在大渡河上发生的强渡大渡河和飞夺泸定桥两个硬仗，都是由林彪任军团长的一军团完成的。

四

泸定桥是连接四川腹地与西藏的咽喉要道，没有建桥前，四川进藏物资靠泸定一带的 3 个渡口用皮筏来运送，十分不便。洪水期间水流湍急，连皮筏也不能使用，就只能依靠溜索来悬渡了，这种原始而又落后的运输方式，更是载物少、速度慢。一直到 1706 年 5 月，在清朝康熙皇帝的钦定下，下拨银两建成了铁索桥，使交通便捷许多。加上当时正好平息原在康定一带的武装叛乱活动，康熙皇帝"龙颜大悦"，亲自取该地地名为"泸定"，并题写"泸定桥"桥名，意为泸河一带已经安定了。由此泸定便成了进西藏的交通要塞，人口也日益增多，从最初的几户人家，逐渐发展到 300 多户，之后又在 1913 年建县。

我们去泸定参观的那天，虽然修路地段车辆放行的时间提早了，但途中又被限行，这样走走停停，到达泸定桥已经是晚上 6 时 30 分了。不过天色还没有暗下来，下车后站在大渡河边，侧看泸定桥似一条细长而又飘曳的带子，两端连在两边的岸上，中间下坠，两头高，与水面保持弧形状，高高地挂在大渡河上。两个桥头堡是古建筑，有朱红色的墙体和飞檐翘角的屋顶，看上去显得古朴而又庄重。大渡河东边也就是县城方向，能见到康熙亲书的"泸定桥"石碑。参观泸定桥是要收费的，那天可能是超过了买票的规定时间，外地游客也没有了，不需要购票就可入内。

进入桥头堡后，看到桥两边分别竖着两排粗壮的长条状块石，是用来固定铁

桥 亭

链的。300 年的建桥历史，加上长年累月的负荷，那乌黑发亮的石头已经被铁链磨出了几道深深的凹槽。这座长 101.67 米、宽 3 米的悬桥，是由 13 根铁链组成，底部 9 根作为桥身，两边各 2 根为扶栏。作为桥面的 9 根铁链上横向铺的是 10 厘米宽的木条，条与条的间距约 15 厘米，在木条上面，纵向再安装了 5 道 20 厘米宽的木板，其中 3 道木板并列铺在桥的中间，成了人们行走的通道。另外 2 道分别铺在两侧，作为辅助通道。走在桥上，就会发现桥面是镂空的，在这长长的缝隙上，参观者一般是不敢把脚踩上去的。站在桥上的人们不但能听到桥下河水的咆哮声，而且还能看到大渡河水宛如一条条张牙舞爪的巨龙顺流而下。这铁链桥身还会随着行人的走动不停地摇晃和波动，初次上桥，胆小的都紧张得迈不开脚步。有些要靠着桥边照相的，也只能用两手紧紧地抓着铁链扶栏，来保持身体的平衡。只有当地人，就像大海上的渔民，在风浪的晃动中照样能平稳行走。望着桥下露出的铁链，人们很难想象红军是怎样从这光溜的铁链上爬过去的。

1935 年 5 月 25 日，红军在夺取安顺场渡口后，由于河水太急，旋涡大而多，用 12 根 24 股头的铁索架桥，多次都被河水冲断。当时一军团的一师只有 3 艘渡船，又不能横着摆渡，每次摆渡必须先要把船用人力拉到上游方向一二里地，再顺水漂流斜渡，如此反复一次少则也要 1 小时左右，3 艘船一次只能过 100 人，而夜里又不能渡，这样一天也最多可过千把人。几万红军渡江就要一个月时间，而蒋介石此刻已经做了"大渡河会战"部署，几路敌军都在向大渡河沿线集中。

5 月 26 日，毛主席等中央领导到达安顺场，一看情况紧急，就立即下达了夺取大渡河上游泸定桥的命令。安顺场距泸定桥有 160 公里，沿途峭壁陡崖，隘口重重，羊肠小道盘旋曲折，而且还有敌军择险扼守。但一军团的二师四团不畏艰险，于 5 月 27 日从安顺场出发，一路斩关夺隘，奋勇跨越了坐落在安顺场与泸定交界处的猛虎山。这是座上山、下山各有三四十里的高山险峰，红军利用浓雾做掩护，在消灭了敌人后顺利通过。行军和战斗了一天的红军战士顾不上休息，只能吃生米、喝冷水来充饥，继续强行军。最后距泸定桥还有 95 公里的时候，正是下着暴雨的夜里，红军战士打着火把与对岸的敌军同时行进。敌人累了，休息了，但红军战士坚持行军，终于抢先在 5 月 29 日凌晨突然出现在泸定桥西头。由安顺场渡口过河的红军组成右路军，也在一路上消灭敌人后到达泸定配合夺桥战斗。

虽然国民党川军的先遣部队已经拆完了泸定桥 2/3 的桥板，但想不到红军这么快到达，因此还来不及拆完全部桥板。桥西段在红军面前，只剩下 13 根光溜溜的铁链在那里随风摇晃。下午 4 时，团长王开湘和政委杨成武在 500 名要求参加突击队的战士中挑选了 22 名勇士，由二连连长廖大珠、指导员王海云为首组成夺桥突击队。冒着桥东头敌军强大的交叉火力，从铁链上爬过去。快到桥头时，敌军又用煤油浇在桥头燃起熊熊烈火。但在红军战士神勇的战斗精神前面，敌人胆怯了，后退了，最后彻底地跨了，红军胜利地夺取了泸定桥，为中央红军顺利渡过大渡河创造了条件。

五

　　至今，22 名勇士身挂冲锋枪，背插马刀，腰缠手榴弹，手持短枪，冒着弹雨，脚踏铁索，手攀铁链，俯身向敌人冲去，飞身夺取泸定桥，他们的光辉形象和神奇故事依然引得世人瞩目。遗憾的是尽管勇士们的壮举传遍了祖国大地，但其中只有 5 位留下了姓名，其余 17 位都成了无名英雄。

　　参观完泸定桥后，我们来到景区广场前，当地的各族居民正围成一个大圈，在欢快的乐曲声中跳着藏族舞蹈。这时，已经临近晚上 8 时，无法再去参观纪念馆和纪念碑了。驾车的洪师傅对我说，如果夜里下雨，路上的塌方地段很可能会再次滑坡，我们的车就会被阻在路上，进退不得而耽误行程。根据这个判断，那时虽然没有吃晚饭，但我们还是决定连夜返回。返回石棉县城的 110 公里路程，又花费了 4 个多钟头。

　　我们都十分感慨，是啊，坐在现代化的交通工具里行路都这么困难，这么累，这么危险。那么，当年红军战士连夜冒雨急行军、飞夺泸定桥的事迹完全证明他们个个都是名不虚传的铁脚板，人人都是久经考验的钢铁汉。

独行芦山访遗迹

2018 年 10 月

这几年，我一直想寻访当年红军翻越的雪山草地，但都被很多人劝阻。特别是四川的朋友，都说他们也没有去过，高山峡谷路不好走，太危险了。2018年初，我下定决心一定要到当年红军翻雪山过草地的地方，无奈天气冷，大雪封山，肯定去不了，只好坐等天气转热。进入夏天，四川西南暴雨成灾，乐山的朋友告诉我，通向夹金山的芦山、宝兴道路都被冲毁了，班车也不通，我就又只好等待。有个在镇海的四川朋友告诉我，他在家时，为运木材到过芦山、宝兴，那边路确实不好，常有塌方中断交通，说我这么大年龄，还是不去为好。朋友们的劝阻和实际存在的困难现实都没有动摇我的决心，既然我要走红军长征路，如果没有到过雪山草地，那就太遗憾了。

经过一段时间的准备，我决定于9月初再次出发，再走长征路。行程目标是从芦山、宝兴翻越夹金山到小金，经二河口、卓克基等进入草地，然后到俄界、腊子口等地，从甘肃返回。如果真的有地方过不去，随机应变吧。

一

9月2日早上启程，我乘高铁到杭州，转乘K529绿皮火车先到达成都。退休后，外出旅游我很喜欢乘坐绿皮火车。特别是硬卧、软卧都方便，而且硬卧的旅客大多热情，容易说上话，旅途不寂寞。这次出行我买的是下铺，对面是成都人，夫妻俩送女儿到嘉兴上大学返回老家。男的40多岁，他到过芦山、宝兴、小金、草地，知道那里情况。他认为去草地的最好季节是6、7月份，各种鲜花盛开，是旅游旺季。进入9月，特别是10月就要下雪了，交通就会中断。他还向我介绍了成都高铁站到汽车站的乘车路线。

列车要经过恩施、万州。那里的老朋友都希望我能下车与他们聚一聚，多年不见，我也想念。但我还是谢绝了他们的好意，义无反顾，一路向西。

列车到成都已经是第二天晚上10时。在成都高铁火车站站前广场，我一下子也分不清东南西北。广场很开阔，灯火通明，霓虹灯广告牌下宾馆不少，但经营家庭小旅社的都是在住宅区里，拉客的业主也更热情。第二天，我要坐公交车到石羊长途汽车站，便住到公交车站边的一家旅店。店主是一位中年妇女，答应第二天送我上公交站。在小区门口，保安还检查了我的身份证，登记后放行。这家小旅店虽然简陋，卫生间还是公用的，但我还是熟睡了5个小时。醒了后，整理衣服，补上日记，吃了方便面，随即出发。我很快就坐上91路公交车，一个多小时后到了石羊长途汽车站，成都开往四川西部的车子大多在这里途经或者始发。

到芦山的客车班次少，而到雅安的班次很多。雅安到芦山只有几十公里，我想那边的班车一定很多，就买了到雅安的车票。从成都到雅安是高速公路，一个多小时后，我就到达青衣江畔的雅安汽车站。但雅安汽车站居然没有开往芦山的班车，问了几个车站工作人员，他们都说车站旁边的街路上就有去芦山的车。这些车是"黑车"，没有具体的发车时间和到达地点，只要客人坐满了，司机就开车，客人没坐满就在城里转圈揽客。只要出钱，就是住在农村的角角落落，也可以送到。既然到了雅安，这类车也多，时间还早，我就上了青衣江大桥，溜达一会，观赏两岸风光。雅安地区是红军长征重要遗址区域，红军强渡大渡河、飞夺泸定桥，从天全、芦山、宝兴走向雪山，红色遗迹处处有故事。当年，中央红军和红四方面军都分别进出过这一地区，活动时间长，至今依然保留着167处红军长征遗迹。奔流不息的青衣江水从夹金雪山流下，流经乐山汇入岷江再进入长江。望着远处的群山叠峰，我想在葱郁的山野中一定隐藏着更多长征遗迹和红军故事。临近中午，在小饭店要了6元钱一碗的豆花饭果腹。开店的老板娘满脸笑容，客气地对我说："老同志，饭、豆花、油辣椒不够，你只管说，我给你加，一定要吃饱。"十几年前，我来过雅安，听当地人说，雅安打出的旅游牌子是"不浴雅雨心不甘，不尝雅鱼憾终身，不睹雅女枉为人"。这次到雅安，天气晴朗，雅雨浴不了，一个人赶路也不可能去品尝雅鱼，而"雅女"的豆花饭和她的笑容还是洗去了我旅途的疲劳。

从雅安到芦山，一个叫飞仙关的地方，有一座铁索桥，开车的高师傅和乘客都告诉我，这是一座"红军桥"，是红军长征时从天全进入芦山的通道。现在这座桥已经封闭，但高高的桥塔上，一个由5个五角星组成的雕塑小品很特别，给我留下深刻的印象。实际上这座桥是建川藏公路时造的，芦山的红军桥不在这里，司机和乘客能记住红军、记住红军过的桥，说明长征的历史一直铭刻在他们的心中。看着公路上驶过的长途班车，我很庆幸，坐车还真坐对了，如果乘正式班车，我就不可能随意停车去寻访历史遗迹，享受这种"专车"待遇。

又开了一段路，高师傅的车离开大路，在山区的乡村道上行驶，他要把乘客送到天全与芦山交界处的一个村子，我也就趁机多看些四川山区农村的景象。一路上山村的农居都很整齐，有些新建的小楼色彩鲜艳。同车的一位乘客退休前是小学校长，他告诉我，2013年4月20日，这里遭受了7级大地震，很多房子被震塌，政府出资把村民的房子都修好了。从"4·20"芦山地震纪念馆的资料中看到，大地震过后，灾后重建，农村新建房子的有近 9.3 万户，维修加固房子的有 26.6 万多户。如今村村通了公路，山区的小道也不时有飞驰而过的小汽车。村民在住房周围种上花卉和蔬果，新收的玉米棒一排一排地挂在房檐下，像一堵堵金黄色的墙。天灾过去只有几年，但已经看不出地震的惨状，人们的生活过得舒坦幸福。

高师傅把我送到芦山县新城的一条大道上，在一处"宾馆"前让我下车，他指着马路对面的一条斜道说，这里是县城老汽车站旧址，有开往灵关的小面包车，要在灵关转车到宝兴就在这里上车。如果要租车到夹金山，租车费 800 元。他还留下了他的名片。

二

所谓的"宾馆"只是小旅店，在这条路上有好多家，我住的这家离青衣江比较近。安排好住宿就开始在城里参观。过了桥，对岸是老城区，马路右侧的江边有一个名为红军广场的小广场。广场虽然不起眼，左边的墙体上还有一块用 4 颗镙丝固定的发黑的金属板，上面刻着文字："红军在芦山，1935 年 6 月 8 日中央红军进入芦山县，1935 年 6 月中旬，中央红军离开芦山北上抗日。1935 年 11 月 25 日红四方面军占领芦山县城，1936 年 2 月 17 日红四方面军全部撤离芦山县境北上抗日。"

顺路过桥，在一个十字路口，向左几百米有一处古建筑群，外面有城墙、城楼、城门，里面有姜公庙、平襄楼、古戏台等，平襄楼是全国重点文物保护单位。这些古朴典雅的建筑都是为了纪念蜀汉大将军平襄侯姜维而建。姜维死后，他的肝胆被埋葬在芦山。如今这里成了公园，是市民休闲娱乐的场所，也是外地游客

芦山城

了解芦山历史文化的旅游景点。

随后我来到"4·20"芦山强烈地震纪念馆。地震破坏的惨烈场面，灾后重建的资料，都在这里展陈。灾后芦山重建城镇房屋5.03万套，维修加固10.97万套，还建造和修复了一大批公共设施。现在，不论城市和乡镇，芦山已经看不出强震过后大自然对人类造成的巨大伤害。从夹金山流下来的青衣江水环城而过。随着一批造型别致、色彩明快的新建筑的建成，古老的芦山县城环境整洁美观，充满朝气。

在路人的指引下，我跨过又一座青衣江大桥，走向新汽车站。一道山坡旁，一排长长的壁画长廊十分注目。长廊设计得古色古香，高大的壁画排成一列。每块壁画记载一个故事，能工巧匠在黑色的板材上用黄色线条刻画，再配上简单的文字，图文并茂的展示一目了然。壁画内容除了介绍芦山的历史文化，很多是红军长征故事。据资料介绍，红军长征在芦山县留下53处遗迹。壁画长廊内容丰富，我匆匆而过，来不及细看，像"奔袭芦山""大川场战斗""青龙场大捷""朱德劝俘""红军题壁诗"等内容印象深刻。

三

夜雨一直下着，使人心烦。我清楚高原下雨就是降温，对我上雪山不利。天没有亮，马路上还亮着路灯，牛肉面店的老板还在生火。我为了赶路，早饭还是吃方便面。对面的"车站"有辆小面包车停在路边，挡风玻璃上面写着"芦山—灵关"。由于没人管理，车主就是司机，他们自己约定了发车的顺序。7时，天还不太亮，周围环境看不清，第一班就发车了。我不方便就选择了第二班。车小，而我带的行李箱大，在司机和乘客的帮助下，行李箱还是被安放妥当。昨天我到过芦山县的新车站，那是个正规的县级汽车站，但只有几班是发往成都的，到雅安只有一班，还有一班到邛崃。占地面积很大的停车场没有看到停放的客车。车站工作人员与高师傅说的一样，旅客到宝兴只能从老车站原址坐小面包车到灵关，再从灵关坐个体车到宝兴。不知为什么，相距只有43公里的芦山和宝兴之间往来要转车。

7时30分，小面包车准时发车。汽车驶离县城后，一直在山间公路上行驶。山头云雾绕缭，上山、下坡、急弯。傍山公路有溪水相伴，车厢里的人都习惯了这里的青山绿水，大都默默地坐着闭目养神，只有我不断地四面张望。陌生的山沟里什么都是新奇，或许会突然出现红军长征时的遗迹。司机知道我是走红军长征路的，就告诉我灵关还有陈赓的旧居可以参观。雨一直不停地下，车也进了雨中的灵关。这个古老的集镇比较大，车辆多，商业繁荣。小面包车在一条街的街口停下，司机告诉我，这里附近就有陈赓的故居，到宝兴的个体车在这里也比较集中。下车时正遇瓢泼大雨，我拖着行李箱进入青衣羌古街。街面上铺路石磨得发亮。我无心观赏，就近进入一家商铺。店主是位年轻人，圆圆的脸，脸上挂着笑容。见我找陈赓故居，他说这里没有听说过有陈赓故居，只有陈云的旧居，但有些距离。看看我的行李箱，望着天空飘下的大雨点，他说："你要去参观就要找一辆'三卡'，这样你可以带上行李，也不用避雨；参观完了，'三卡'把你送到去宝兴的个体车旁。"我同意，他就敲开了邻居家的门，与一位60来岁的"三卡"主人讲好价钱，我就坐"三卡"出发去参观陈云旧居。

"三卡"在大雨中驶过一座大桥，又行驶了一段上坡路，车停在一座老房子前。雨下得太大了，我无法下车，路上也没有行人，就叫司机把车停得比较容易拍照的位置。眼前是黑色品字型木结构老房子，檐下有"观音寺"匾额。门都关闭着，房子前面有一个平台，靠路边立有一块碑，碑文有"灵关观音寺，四川省重点文物保护单位，宝兴茶马古道，陈云出川时，曾在此居住"等字样。

陈云居住过的观音寺

长征途中，中央派陈云到苏联，向共产国际报告中共中央和中央红军向西北转移及遵义会议情况。陈云同志在灵关地下党组织的安排下，从灵关、天全、雅安等地到成都，再从重庆到上海。上海地下党安排他乘苏联货船到符拉迪沃斯托克，再乘火车到莫斯科，找到共产国际，使中共中央重新与共产国际取得了联系。

灵关是一处关隘，是个战略要地。从芦山过来的中央红军分两路从不同方向进入灵关，再走向宝兴。

雨实在太大，无法参观护送陈云出川的席懋昭烈士旧居。红一方面军卫生部长彭龙伯是在灵关遭遇敌军的飞机轰炸而牺牲的，也有遗址留存至今。灵关的历史古迹还有很多，我却只能带着遗憾离开这个地方。

独行芦山访遗迹

硗碛结伴行夹金

2018 年 11 月

　　宝兴地处深山区，地广人稀，山高林密，是长征时红军红一、四方面军翻越夹金山的故事发生地，至今在全县境内留下红军长征遗迹 27 处。这里也是我国第一只大熊猫的科学发现地，至今已为国家繁育了 100 多只大熊猫。

一

　　我到宝兴后，先在汽车站买好下午去硗碛的汽车票。时间还早，就开始在县城游览。县城面积不大，呈狭长形，水流湍急的宝兴河（青衣江上游）穿城而过。县城的海拔只有 1100 米，但周围的山峰大多藏在云雾里，望不到顶。县城周边的山坡有几道泥石流冲刷的痕迹，增添了在深山区旅游的危险性，也印证了四川朋友们对我的忠告。

　　离车站不远就有红军长征纪念馆和红军广场。广场中间有一座雕塑，色调暗红，远看似一座高高的山峰。雕塑中间部位是藏族同胞为红军战士指路，两边是红军战士正在艰难翻越雪山。雕塑的材质是不锈钢。

　　长征纪念馆是一幢品字形的两层建筑，"红军长征翻越夹金山纪念馆"的牌子挂在正门上方。进入纪念馆，我仔细地阅读了"前言"，参观了"长征是中国现代革命史上光辉灿烂的篇章"这部分展陈。当年，红军长征途经宝兴，三越夹金山更是举世瞩目、气壮山河的伟大壮举。夹金山嘉绒藏语称"甲几"（很高很陡的意思），位于宝兴西北部，主峰 4930 余米，山巅终年积雪，空气稀薄。天气变化无常，忽而冰雪骤降，雨雪交加，忽而云开雾散，群山皑皑。神秘莫测的夹金山在当地流传着"夹金山、夹金山，鸟儿飞不过，人畜不敢攀；要过夹金山，除非神仙到人间"的民谣。1935 年 6 月，中央红军挺进宝兴，征服了长征途中第一座雪山——夹金山。在翻越夹金山的艰难征程中，很多红军战士长眠雪山，用不朽的躯体铸就了历史丰碑。

　　纪念馆有一座沙盘，标示着红军翻越夹金山的两条行军路线，其中一条是从

翻越夹金山纪念馆

头道桥、凉水井、吾生岗、筲箕窝、五道拐、王母寨垭口到达维，这就是中央红军和毛泽东、朱德等中央领导翻越夹金山的路线。后朱德等所在的左路军从达维翻夹金山。到了1936年，左路军南下受阻，又再次翻越夹金山。

　　纪念馆展陈的数据和文字清晰明确。红军长征行程二万五千里，雪山行程2700里，草地行程600里。从一张示意图上可以看到，红军长征在四川连续翻越了5座雪山，夹金山主峰（4930米）、梦笔山主峰（4071米）、亚克夏（也称长板山主峰，4743米）、昌德山主峰（4164米）、打古山主峰（4484米）。

上夹金山小道

在我的要求下，纪念馆工作人员送了我一本图册，是四川出版集团、四川美术出版社 2006 年出版的《红军长征翻夹金山》图册。图文并茂，有些是珍贵的历史资料。其中有些是参加长征的领导人的相关图文，以及有关翻越夹金山的描述，可见当时的艰险困苦的境况。

邓颖超说：夹金山上终年积雪，山顶空气稀薄。雪山必须在每天下午 4 时前走过，上下 30 公里，中途不能停留。否则大风雪来了，就会冻死在山上。有些体弱患病的同志，一坐下来就起不来；或行走缓慢的，不能及时赶过山顶，就牺牲在雪山上。

聂荣臻是这么回忆的：战士衣着不多，把能穿上的都穿在了身上，或者干脆把被子、毯子披在身上。山顶空气稀薄，不能说话，只能闷着头走，不管多累，也不敢停下来休息。我们警卫班的同志身体都比较健壮的，也有的走着走着不知怎么地倒下去就完了！

一步一停，一步一喘。这时候，要是谁停下来，就永远起不来。将到山顶，突然下起一阵冰雹，核桃大的雹子劈头盖脑地打来，打得满脸肿痛，我们只好用手捂着脑袋向前走。这是杨成武的回忆。

伍修权在回忆中写道：……山顶两旁的冰天雪地里，躺着不少牺牲的同志，我曾亲眼看见有的同志太累了，坐下休息一会儿，可是一坐下来就再也起不来了。

参观完红军长征纪念馆，我又继续在城区游走，参观了一个土司官寨。土司官寨前面有一道深深的溪水，向上游方向，有一个树桩形的门楼，旁边写着"冷水沟，地质公园，科普教育基地"等字样。一条柏油路蜿蜒着通向大山深处。走

夹金山顶

过架在溪水河上的桥，土司官寨的对面路上也有一牌楼，写着"熊猫古城"。桥的下游是溪水河与宝兴河的交汇处，形成三江口。江滨绿地，供市民休闲。

二

宝兴到硗碛乡70公里，以上坡路为主，越向里走，山势越高，有几段路况也不好。班车司机姓杨，知道我走长征路，在一个公路转弯处，指着里面的山沟说，这里是"红军栈道"。当年红军上夹金山，栈道被国民党地方部队破坏，红军战士打退敌人后，请来当地山民重新修好栈道，让大部队顺利通过。他还告诉我，硗碛是班车的终点站了，从硗碛上夹金山到小金县城就没有班车了，上夹金山只能租当地的私家车，我上夹金山租车只需租到达维，达维到小金县城就有班车了，硗碛到达维的租车费一般要400元。

杨师傅开着班车在几个村寨停靠，让乘客下车。村寨里的房子都建设得很好，大多都是新的，这可能与汶川大地震的震后重建有关。

班车到硗碛乡政府的所在地就停车下客，旁边就有旅店。我进入一家"平安旅社"，店主是位女的，50来岁，姓秦，是藏族同胞。她说："现在是旅游淡季，标准间每间60元，你一个人就收50元吧！"外面下着雨，但我还是坚持出去看看。硗碛是藏语汉译，原意为"高寒山脊"。在夹金山下，红军上夹金山就要经过硗碛，如今在硗碛的一处山坡上建有一座"夹金星火"的雕塑。这座雕塑高11米，采用三角形构图，顶上的五角星之光凸向天际；雕塑的正中央是红军旗手正昂然向前，象征着长征精神像火炬指引我们胜利向前。

硗碛真称得上是一个美丽乡镇，四周围着高山云雾缭绕。错落有致的多层建筑散落在翠绿的山野，红顶白墙加上藏文化图案的装饰，每幢房子都成了艺术品。新建的寺庙、游客服务中心、乡镇机关，这些建筑都富有藏族风格。街路两边有行道树和公园绿地，不时能看到几只藏香猪在悠闲地寻食。家家户户大多经营着旅社和商店，庭院里都种植着花卉。

清澈的溪水唱出欢快的歌声，跳跃着流向远方。溪水的上游就是神木垒景区的入口。眼前的景象与红军长征纪念馆里旧照片中的荒凉形成了明显的对比。经过改革开放、发展经济、开辟旅游业务，藏乡夹金山的面貌变化翻天覆地。

三

在傍晚的细雨中，我在旅店门口望着高高的山峰，考虑着明天的行程。突然，有两男一女背着双肩包从山下走来。我心中一阵欢喜，他们可能也是上夹金山的吧！我就赶紧迎上前去。很快就清楚了，他们是从东北过来的。两名男士是军校同学，都50多岁了。个子高的姓谢，在长春市公安局工作；穿迷彩服的姓肖，刚退役；女的是老肖的夫人。他们今天从成都过来，也准备明天上夹金山。我们都有部队情结，又一起再走长征路，同上夹金山就一拍即合，决定结伴而行。他们就跟着我一起住进了平安旅社。我把已经掌握的夹金山交通信息与他们交流，再叫店主秦女士给我们找车。很快，明天的行程准备停当。

晚上，我们就在秦女士的厨房里，自己烧菜吃饭。老肖一定要步行上山，而他夫人身体不好，只能坐车。老谢也不愿步行。肖夫人和老谢看我年长，就请我做老肖的工作，4个人一起坐车上山。我对老肖说，我也喜欢爬山，去年走长征路，第一天爬六盘山，第二天上午就爬崆峒山。但这次上夹金山，我不爬了，因为一是雨雪天山上有雾，上山找不准方向，有危险；二是4000多米高度，要出现高原反应；三是我70多岁了，他们也50多岁了，雨天爬山身体也抗不住。最后说好，快到山底时，让老肖下车，步行爬一段山路体验一下爬雪山的感觉。

四

夜里又是大雨。早上8时出发，沿途有不少红军长征遗迹。司机是藏族同胞，很理解走长征路人的心情。虽然他可以不停车，把我们早点送到就完事了，但还是几次停车让我们参观拍照。我们先到一个叫"红军井"的地方，这里有一个小水塘，一块白色的石头上刻有红色的文字："红军井又名凉水井，溪水从岩缝里流出，水质清澈甘纯，冬暖夏凉，终年不息。"当地藏胞用乱石垒砌，筑成一个小池塘。红军长征在此扎营露宿，召开红军翻越夹金山动员誓师大会。红军走后，当地群众为缅怀红军，便将水池改名为红军井。

又行驶了一段路，车子停在一个小广场的一块石碑前。从碑上的文字看，这里是红军长征夹金山纪念地，是雅安市级文保单位。保护地"由小路、五道拐、筲箕窝等组成重点保护范围，从小路起点至山顶垭口，全长30公里"。从广场入口，向里走，有一条小道通向大山深处，路口的两边各立着几块大石头，右边的一块大石上写的是毛泽东诗句："更喜岷山千里雪，三军过后尽开颜。"左边的大石上写的是"中国工农红军长征翻越的第一座大雪山夹金山"。这条小路就是步行登山道，现在有的"长征迷"就是选择在6月12日与红军同一天登山的，来圆翻越夹金山的梦。

上山的路况还好，汽车行驶到青衣江源景区门口停留。以古树造型的门楼古朴苍劲，左上方写着"青衣江源"几个红字，门楼左边就是奔流不息青衣江源的溪水河。右边也有文字，是这一大型景区的简介，"千里青衣由此源，万顷苍翠健康来"的大字，是为简介的标题。

过了青衣江源，上山的公路更陡了，弯也更急了，有的地方是360度的急弯，可能是"五道拐"吧。路上看到不少大型运输车、罐装车等停在路边，排起了长队，可能是上不了坡。

快到山顶时，司机把车停下，指着一条斜道让老肖和老谢下车步行去体验。从这条小路上去，几百米长，垂直高差不大，司机开车又转了两个弯开到上面停下，等他们走上来。

我下车，在公路上走走就喘气了。山头被一片朦朦胧胧的云雾笼罩着，山坡上长着低矮的青草，有些还盖不住裸露的石头。披着一身长毛正在吃草的牦牛，高昂地扬起头，注视着我的动向。

过了好一会，老肖他们的人影才在雾中出现。上车后，老肖喘着气，脸也红了。"心跳得快，头有点痛，人有些不舒服。"老肖嘟哝着，看来是有些高原反应了。到了山顶，是一片用碎石块铺起来的广场，广场中间立有一块雪山造型的汉白玉，正面是"夹金山"三个红色大字，下面一排小字也是红色："海拔4114米"。我们很兴奋，终于来到了被说成是神仙才能过的夹金山。此时空中是细细的雨丝，天气很冷，但没有雪。周围是一片雾，也看不见什么，旁边还有更高的山坡，这就是垭口了。广场旁有几个棚子，但没有一位游客。我们不敢久留，拍了一些照片就下山了。司机说，这里6月前有积雪，9月下旬开始就要下雪了。坐到车上，眼前仿佛出现了80多年前的一幕幕情景：一队队衣衫褴褛的红军战士，他们十分疲倦，饿着肚子，拄着棍子，有的身上披着床单、毯子，有的被人搀护着，一步一步从雪坡上走来。天又下着雪，打在他们身上，他们无处躲藏。路边有刚刚倒下再也无法起来的战友。有的战士眼见着战友被狂风吹下山崖，但他们没有退缩，而是高举红旗，坚毅地登上夹金山的雪峰，勇敢地走向胜利。

【区委党史办、区新四军研究会《会刊》2021年6月】

两军会师走懋功

　　小金是这次我走长征路的一个目标。这里山高地险，交通不便，藏名称赞拉，为凶神之意；长征时称懋功，是红一方面军和红四方面军两大主力会师的地方。也因县境有中央政治局两河口会议遗址，它就成了我的必到之地。

一

　　从夹金山顶下来，下坡道，车速就比较快。山坡的植被好，景色宜人。如今在夹金山都有一些旅游风景区。车在一处立有"红军坪"标牌的地方停下，司机让我们下车参观。公路的下方是一块草地，没有找到下陡坡的路，公路边也没有文字介绍，可能也是红军长征的一处遗址吧！我们就站在上面拍些照片，然后继续赶路。

　　这次车停在一个藏民村寨，看地形是一个山口。路边一座雕塑高高矗立着，雕塑的内容是一队红军战士在艰难地翻越夹金山。藏民住房都很整齐，色彩风格统一。村口的一幢房子前竖着旗杆，五星红旗高高飘扬。

　　汽车继续在山坡上绕行。闪过一座纪念亭，对面也是山坡，山下有条小河。又接着一个大大的 U 形弯道，达维到了。从硗碛出发翻越夹金山到达维镇是四川省的 210 省道，约 80 公里。当年红军走的是小道，一天时间也到了。司机把我们送到班车停靠点，就返回硗碛。

　　达维是一个集镇，面积不大。会师桥是我要访问的一个点，在路人的指点下，我又顺着公路往回走。公路沿线都是高高的施工围板，挡得严严实实，可能是在进行会师桥景点建设。公路边有几家住户，我找到最靠前的一家。主人正准备吃中饭，对我的贸然闯入也没有反感。我向他们说明，我是外地来参观达维会师桥的，外面看不到，只好跑到他家里来了。他们也很随和，用手指指里面，让我走进里屋。里屋是大房间，对着会师桥的一面是落地玻璃，视野也很好，但拍摄隔着玻璃真不是滋味。我还是上他家的屋顶露天平台，周围景色一目了然。这一带山坡

达维会师桥

上的植被要差些，没有大的树木。公路从对面山坡的高处向里绕过大弯再转过来，下面就是达维河。从对面的山坡上也有一条之字形的小路可直接下到河边。河边上架的是一座石砌基座的圆木结构木板桥，长 13.6 米，宽 2.6 米，始建于民国，呈东北—西南走向，是该地的交通要道。桥头立了一块牌子，上面写着红色大字"会师桥"。

1935 年 6 月 12 日，中央红军先头部队一军团二师四团，克服重重困难翻越夹金山，来到达维，与正在执行任务的红四方面军策应部队意外相遇。随后，毛泽东、张闻天、周恩来、朱德等中央负责人和中央红军，在达维桥受到了红四方面军九军二十五师所属部队的热烈欢迎。中央红军、红四方面军在此胜利会师，达维桥改名会师桥，成了中国革命史上这一重要时刻的见证，也使达维桥名扬天下。

会师的当晚，红军还在达维喇嘛寺举行了会师联欢晚会。虽然我想看看这座藏传佛教格鲁派的喇嘛寺，但班车来了，同行的几位想早些到县城，我只得放弃。

二

县城通向农村乡镇的班车，在达维镇设有停靠站。从达维到小金县城有 20 多公里，车票只要 6 元钱。车上有售票员。途中要经过的三关桥，红军长征时是座铁索桥，长 48 米，宽 1.8 米，横跨在小金川河上，有两根铁索悬挂，两岸建有桥头堡。中央红军、红四方面军会合后，为西进康巴地区在这里与敌军发生过

两河口

激战。坐班车，我就不可能随意下车去寻找这些长征遗迹了。

小金县城周围都是高山，一条湍急的小金川河绕行城边，汇入大渡河。夹金山脉也是青衣江和大渡河的分水岭。

中午过后，班车到了小金县城汽车站。汽车站的停车场上有一排大客车，大客车的挡风玻璃下方有一块牌子，上面标着发车时间和到达及经过的地点。这里的公共交通真好，外地人也不需要多问，一看就知道。我们找到一辆驶向两河口的大客车，车门开着，司机在旁边，发车时间是下午 4 时 30 分。看看县城不大，在城里转一圈，参观一下，时间足够了，我们就定下这辆班车。司机叫我把旅行箱放在车上，这些大客车门不关，旅客可以自由上下休息，实际上成了车站的候车室。虽然已经是下午了，但街道上的饮食店还在营业，我们各自找饭店吃了中饭，就走向红军广场。

红军广场面积很大，地面用红白两色花岗岩铺成，光洁平滑。广场的一头是两军会师的雕塑。从雕塑内容看，应该是中央红军和红四方面军会师的情景：两位红军战士的脚下，是一块白色的汉白玉，象征着雪山被他们踩在脚下。汉白玉雕塑的正面是胡耀邦同志 1980 年 9 月题写的"懋功红军会师纪念地"几个金色大字，背面是时任中央红军先遣团政委杨成武将军"翻越夹金山，意外会亲人"的回忆文字。

广场视野开阔，周围的山头飘着白云，下面就是小金川河，对岸是悬崖峭壁。汹涌的河水，像是在大山深处挣扎着从缝隙中冲出来，在县城边绕了两个弯，又奔向远方的山峡。昔日这荒凉之地，如今也盖起了好几幢 20 多层的高楼。一座在建的高架桥，已经在两岸建好坚实的桥桩，两边桥墩上分别有塔吊伸出长长的吊臂，开始铺设桥面。不久的将来，这座横跨小金川的大桥就能建成，不但改善城区的交通，还扩展了城区。

广场的旁边就是天主教堂。这座法国传教士建造的教堂，在红军长征时被红军将士"洋为中用"了。教堂大门的门楼上挂有一块木碑，上面用红字写着"红军懋功同乐会旧址"。门口旁边有一块文物保护碑，2006年5月此处成为国务院公布的第六批全国重点文物保护单位。进入大门，里面是一座四合院，有一座西式教堂和两排砖木结构的中式平房。其中一排5间平房，门上方分别挂着张闻天、毛泽东等中央领导住处的牌子。教堂如今成了纪念馆，里面有会议室、沙盘、长征实物和图片。根据介绍，1935年6月18日，红四方面军三十军政委李先念率领部队，早在懋功做好迎接中央红军的准备。同日，毛泽东、朱德等率领中央红军到达懋功。6月21日，红军政治部在天主教堂举行了隆重的会师庆贺大会，中央红军、红四方面军驻懋功的团以上干部参加庆贺，到会人数达到千余人。红军将士还在城里的营盘街校场、四方台子、城隍庙等地聚会庆祝，演出丰富多彩的节目，两股革命力量汇集懋功大地，整个懋功县城沉浸在高昂的革命激情中。

三

下午4时30分，班车准时离开车站，驶向两河口镇。70公里的行驶里程，10元钱的车票，真是经济实惠。公路的一边是悬崖，一边是急流，山坡上的石头随时都会从上面滚下来。溪流一边的公路路基有很多段被冲得沉陷和塌方，险情不时出现，途中险象环生。这趟班车途中停靠翠柏、八角、木坡、抚边等乡镇，山民进城十分方便。中央红军当年也是经过这里，走向两河口。

我们到两河口镇已经是晚上7时了。天空飘着雨。这里海拔高，显得很冷。镇上大多是藏民。他们的房子占地面积大，房子造得多，自己只用少部分，大部分用来经营住宿、餐饮、商店等，发展旅游业。我们走了几家情况都差不多，最后就选择一家在靠两河口红军长征纪念馆旁边的旅店入住。天已经暗了，没有什么游客，但街上还有几家饭店供应饭菜。走进藏胞的家，他们房子里装饰和布置都比较讲究，家具色彩鲜艳，橱窗里放着许多铜、锡制成的酒具等物器，还布置着精美的佛堂。邻家厨房里，主人正用一只电炉炖着两块腊肉，空气中飘逸着阵阵肉香，寒冷的藏乡夜晚充满了温馨。

两河口地处梦笔山下的梦笔河和虹桥沟交汇处，两股山水在两河口镇外合流后汹涌而下，流向小金。从两河口的东面爬过虹桥山可到理县、汶川等，南面是小金，西面翻越梦笔山可达卓克基和马尔康，两河口称得上是个交通要道。

两河口会议会址原是关帝庙，汶川大地震时被毁，灾后重建由江西省援建。如今纪念馆由广场和纪念馆组成，建得很有气派。广场上有一个红旗造型的建筑，有一道汉白玉台阶通向纪念馆大门。纪念馆虽然是平房，但飞檐翘角，保持着古朴庄重的建筑风格。大门旁边有全国重点文物保护单位碑、两河口会议会址碑。

红军长征时，中共中央负责人张闻天、毛泽东等先一天由南向北从懋功来到两河口。张国焘是第二天从虹桥山的杂谷脑由东到西进入两河口的。为了表示对张国焘的尊重，毛泽东等同志还到路口等待和欢迎张国焘的到来。中央红军、红四方面军会合后，对今后的领导班子和根据地建在什么地方等问题都需要研究和商量，所以两河口会议是在长征途中一次十分重要的会议。在两河口中共中央召开过两次会议，第一次是1935年6月26日，中央政治局召开扩大会议，会议决定，两军会师后，挥师北上，创建川陕甘根据地。29日，又召开了中央政治局常委会，任命张国焘为中革军委副主席，徐向前、陈昌浩为中革军委委员。

第二天早晨，我站在梦笔河和虹桥沟的交汇处，望着晨色中笼罩在云雾里的山峰，想得很多。长征时，以毛泽东同志为首的正确路线与错误路线前后有过两次大的斗争。一次是遵义会议，另一次就是两河口会议及以后。中央红军、红四方面军会师后，由于长途行军连续作战的中央红军只剩下1万多人，而张国焘领导的红四方面军有8万余人。张国焘自恃力量强大，与中央分庭抗礼，搞分裂，但最终还是以失败告终。中国革命从小到大，从弱到强，靠的就是以毛泽东同志为首的党中央有一条符合中国革命实际的正确路线，这条正确路线一直得到全党、全军、全国人民的拥护，才能使革命取得胜利。

小金红军广场

昌德达古访芦花

2018 年 12 月

当年红军长征共翻越过 5 座雪山，其中在黑水县境内就有亚克夏（长板山）、昌德、达古 3 座雪山。其间在芦花（今黑水县城芦花镇泽盖村芦花组）召开了两次中共中央政治局会议，史称芦花会议。红军过草地前的一部分准备也是在黑水县境内完成的，黑水留下了很多红军长征遗迹。

一

2018 年 9 月 7 日，又是一个阴雨天，我起床后，就到隔壁一个院子吃面条。开住宿店的和卖面条的两家是兄弟，都是藏胞，房子都建了很多。我们还租了他们家的汽车，参观完红军长征两河口会议纪念馆就出发了。

汽车在云雾中翻越梦笔山，在一处山岙前停车。这是个广场，地面用块石铺成。山坡边也用块石建好挡土墙。广场靠山坡的一面，建有一座党旗造型的雕塑。黄色的旗杆，红色的旗帜，黄色的镰刀、锤头，还有"雪山红路"四个大字。红黄相间的党旗雕塑在翠绿的山野里十分醒目。那是一处新建工程，施工还没有结束，估计这是个红色旅游设施，旅客路过可在这里停车休息、拍照留念。周围的山头都被云雾笼罩着，让人感到阴冷。我们稍作停留就继续翻越梦笔山。汽车爬上梦笔山的垭口，路标指示的海拔与夹金山一样，4114 米。冷、重雾，我只能在车上拍拍照后就下山了。

翻过山口，森林茂密，景色宜人。我们几个下车，在林间的小道走了一段，体验了红军长征时翻越梦笔山的情景。但我们都穿着冬装，脚上都是旅游鞋，这与衣衫单薄、脚上裹着棕皮、腹中饥饿的红军战士完全无法等同。

汽车经过卓克基再到马尔康——阿坝州的首府。把我们送到马尔康客运中心，汽车就返回了。我们买好中午 12 时 40 分到黑水的汽车票，就在马尔康街上转一转，参观一下市容。客运中心等一些建筑也是藏族风格，公共设施都用汉藏两种文字来标述。流入大渡河的梭磨河流经城里，水流湍急。城里也有高速公路的指示牌，相信不久的将来，从成都到马尔康，从马尔康到康定等地，都可通高速公路了。

中午，开往黑水的班车驶离客运中心，很快又回到了卓克基。开班车的司机姓严，曾来浙江打工多年。他知道我是浙江人，又是来走长征路的，显得很热情。汽车驶经卓克基土司官寨时，他说，这里道路拥挤不能停车，就把车速慢下来让我拍照。卓克基土司官寨在红军长征时曾是毛泽东等中央领导停留过的地方，毛泽东还在土司的书房里看过书。如今这里已开辟成卓克基土司官寨文化旅游区，有高大的藏式门楼。旅游区里有四五层楼的石砌房子，还有旧时的碉楼等建筑。景区的绿化很好，彩旗飘扬。卓克基的白杨树长得高大挺拔，传说这些白杨树与红军有关。一种说法是，当年在卓克基有白杨树的树桩，被红军栓过马；红军走后，这些枯萎的树桩竟奇迹般地复苏长成了大树。另一种说法，有些红军战士用白杨树枝当拐棍，离开卓克基时，有些拐棍没有带走，随手在地上一插，就长成了如今的白杨树。不知道传说是否真实，但这些白杨树被称为"红军树"，这些参天的白杨树成了红军留给当地人民的纪念物，成了卓克基后人对红军和红军长征的念想，这是千真万确的。周边的商店和饮食店也大都用"红军长征""土司官寨"等名片来拓展生意，人来人往很热闹。

二

大客车行驶了100多公里到了刷金寺。严师傅指着公路右边的山脚下说："那里有红军墓。"车子停下后，我过去一看，山边有木质围栏，全国重点文物保护单位碑竖立在那里。碑上有"阿坝红军长征遗迹""亚克夏红军烈士墓"等文字。刷金寺原是阿坝的首府所在办公地，在从马尔康通向红原、黑水等地的交叉口，右边是连绵不断的群山。刷金寺的公路两边建有房子，是商店、饮食店、加油站等。从刷金寺再直行就进入大草地了。

我在刷金寺路边被一条长长的广告吸引，仔细一看，上面写着"长征干部学院亚克夏教育点"。记得在宝兴也建有长征学院。80多年前，长征是播种机、宣传队，如今红军长征精神代代传承，继续发扬长征精神是党和人民的共同心愿。

从刷金寺右拐，大客车就驶向黑水县城。汽车在山坡上行驶，远处的谷地出现了牦牛等牲畜群。汽车连续上坡，进入2303米长的亚克夏雪山隧道。严师傅说，现在交通改善了，原来的公路一直要翻越亚克夏的山顶；现在从隧道走，汽车行驶时间节省了近40分钟。

离黑水县城还有20多公里，前面一条翠绿的山沟中出现了一座藏族村寨。这个藏村的房屋高大，形状各异，色彩鲜艳。村口还建有一个景区入口，旁有一块刻着"红色昌德"红色大字的石头。进入景区，里面布置着一些雕塑造型，都是红军翻越雪山的题材。还有一个大沙盘，把红军长征翻过的亚克夏、昌德、达古等山脉及红军行军的路线等都展示出来，使参观的人对红军翻越的雪山有一个直观的了解。广场的一块大石上刻有两次芦花会议的简介。景区里还有张国焘等一些领导人的塑像。进入景区使人有进入红军长征时代的感觉。

第二天，我们专程到这个红色德昌景区。询问了好几个当地人，都说红军翻越昌德雪山就是从这里上的山，但具体的位置说不出。景区对面的昌德山，十分陡峭，根本无法上山。我们走到村口，那里的山沟比较平缓些，便实地走了一段，体验了一下翻越昌德雪山的感觉。

后来我们也到过昌德雪山的另一面，这里也有红军长征遗迹。陡峭的山坡，真看不见下山的路。虽然就在实地，但我们还是不知道红军战士是怎么上山、怎样下山。

三

下午，班车到达黑水。我们把住宿安排在汽车站旁边，就坐上出租车参观芦花会议会址。会址在一个山坡上。当年那里没有其他建筑，只有一座大石头房。如今在大石头屋周围也建起了很多房子。我们面前的这座大石头房子，其实是一座古老的碉楼，比周围建筑高大，有5层，底层大，上面小些，成锥形，很坚实。窗户和门都很小，易于防守是碉楼的特色。楼前的地面用块石铺设，有一堵黄色的土墙，周围砌有石块，墙面上有很多弹孔，是红军长征遗迹。门两边和门楣上都有水泥碑嵌在墙体内，一块上面写着"全国重点文物保护单位，阿坝红军长征

芦花会议会址

遗迹，芦花会议会址"，还有一块是"红军万岁"，都是红色的大字。门楣上是"中共中央政治局芦花会议会址"字样。4代人的守护，让这座碉楼留存着真实的红色印记。

碉楼里面很暗，都装着电灯。有一间比较大的是会议室，两边挂着党旗和红军军旗，中间摆放着低矮的黑颜色桌子和几条长凳，墙上挂着参加会议的毛泽东、张闻天、周恩来、王稼祥、博古等人的照片，房顶的横梁上挂着一盏马灯。有一间陈列着一副红军使用过的石磨，石磨上的手柄乌黑发亮，这木柄里一定沁入了红军战士手心的汗水。还有一间，里面陈列着两张红军首长使用过的床架，都是一块粗糙的长木板，下面安装两组呈人字形的粗短树枝。靠下层的一间，门楣上挂着"毛泽东住处"的牌子，里面很暗，一扇很小的窗户能透进一些亮光。

楼梯口都在地板上，一个正方形的口子，没有扶手和护栏，楼梯几乎是垂直安装，上下十分费力，胖些的人还上不去。整幢建筑就是一座大型的碉堡，据说里面设有暗道。

芦花开过两次中共中央政治局会议，开会的地方叫奎尼。当时这一带只有泽旺头人的一幢大石头房子，周围是大平坝，一半耕种，一半是草坪。红军在地中央搭了4个大帐篷，每个帐篷都挂着红旗，在四周还搭了很多小帐篷和草棚，都住满了红军，大石头房四周都布满了岗哨。

这两次政治局会议，在大石头房里和红色昌德景区都有介绍。第一次会议是在1935年6月18日召开的，主要介绍中央红军、红四方面军会师后的军队领导问题。会议决定朱德仍然是红军总司令，张国焘任红军总政委、中央军委总负责人。周恩来回中央工作，不再担任红军领导。接着在6月21日至22日又召开会议，主要议题是红四方面军的工作。会议对红四方面军工作在肯定的基础上，也指出了张国焘领导中的缺点和错误。会议也对红军的前敌委员会和红军领导人做了调整和重新任命。

我们读到了这样一段展陈的文字：在芦花会议正式开始前，毛泽东、周恩来、朱德、王稼祥在二楼地下室召开秘密会议，为芦花会议做准备和统一思想。

总的来看，红军长征途中在芦花召开的两次政治局会议，是毛泽东等中央领导为了争取张国焘同意一致北上建立川陕甘根据地的战略部署，在中央军委和红军的领导指挥权上，对张国焘的要求做了妥协。

四

黑水县境内有一个风景区，叫达古冰川，景区里有一段是红军长征翻越昌德雪山后又走向达古雪山的路。到黑水的第二天，我们去参观达古冰川。进入景区，大门左边是昌德雪山，右边是达古河。达古河上有金猴湖、红军湖、泽娜措、神牛湖、达古湖等湖泊相连。每到景点，景区大巴司机会停车让游人参观。我们到

通向达古雪山

的第一个湖泊是金猴湖，从红军长征路线示意图上看，这里的左边就是红军翻越昌德雪山后下山的地方。再向前的一个湖泊叫"红军湖"。1935年7月，毛泽东、周恩来、徐向前等老一辈无产阶级革命家，率领中央红军、红四方面军翻越昌德雪山，宿营于此，起灶煮饭，饮马湖边。红军走后，当地藏民为了纪念他们的丰功伟绩而将此湖取名为"红军湖"。

顺着达古河，大巴车经过达古藏寨和泽娜措等湖泊，游路有一个分叉口，直行可到达古冰川，向右跨过架在达古河的红军桥可通向达古雪山。红军桥是一座廊桥，桥头有一个指示牌，上面写着：1935年7月7日，红军在此与当地反动武装进行了一次激烈的战斗，消灭了敌人，最终翻越了达古雪山（海拔4752米）。当地藏族群众为了纪念红军，称此桥为红军桥。我们走过红军桥，前面的路不大，右边是一条叫毛儿盖沟的河，左边是上达古藏寨。再向里，景区还没有开发，如果一直走下去，那就是红军长征翻越的达古雪山。翻越达古雪山后，山脚下就是毛儿盖了。

达古冰川风景区是一个集高山湖泊、急流险滩、彩林红石、藏族风情、野生动植物品种丰富等特色的景区。

那天，山下还是阴天，时而还飘上几滴雨珠，达古冰川被云雾笼罩着。但刹那间，远处也会出现阳光下的山峰。我们顾不了，知道上去可能什么也看不到，可还是决定乘坐号称"世界最高的缆车"上去看看，体验一下红军翻越达古雪山的感觉。

在达古冰川上

红色昌德

缆车在云雾中上行，越向上，云雾就越淡。老谢高兴了，又唱起了"四渡赤水出奇兵"。真没想到，山顶是晴天。山顶建有一个很大的观光平台，中间是一块大石头，上面写着"挑战自我，4860 米，达古冰川索道——世界最高"等红色大字。旁边的山坡上有好多处淡灰色的冰川。据介绍，达古冰川景区共有 13 道冰川，总面积超 6 平方公里。山坡上还有一个湖泊，有游道可通。走到观景平台的边沿，山底下是一片白茫茫的云雾在冉冉升起，远处的座座山峰变得矮小，都在眼底下。冰川的山坡和山顶光秃秃的，都是碎石，没有植物，空中也看不见飞鸟。如果没有游客，这里可能一片寂静。

阳光下，风和日丽，我也激动地脱去上衣，叫老肖拍下这人生难得的留影。与我们同时上山的一批年轻人也在拍照留念，他们平躺着，把双手和双脚都伸向天空，摆出自由奔放的身姿。临下山时，我没有看到老谢的身影，老肖告诉我："他高原反应了，身体感到吃不消，先下山了。"我想可能是唱歌引起了高原反应。

五

黑水有红军长征翻越过的 3 座雪山和芦花会议会址等长征遗迹。据当地资料记载，红军有 9 万多人进入黑水，在黑水停留了 150 天。有近万名红军将士由于饥饿、疾病、劳累等牺牲在黑水的雪山深谷，为了革命献出了宝贵的生命。

如今的黑水已经不是荒凉偏远的深山小镇，现代化的交通网络已经将其与外界连成一片。除了达古冰川等风景区外，县里还有一张响亮的名片——彩林节。我们住的是藏族村民家，也有很多房屋。主人告诉我们，再过半个月，奶子沟八十里彩林将吸引全国游客。两名香港游客已在他家住过两年，他们一住就是个把月。他的十几间房子都会住满。

当年红军战士不惜生命鲜血为之奋斗的目标，不正是今日各族同胞过上幸福美好的生活吗？

雪山草地仰金碑

2004 年 4 月

登临川主寺镇元宝山，遥望群山，俯瞰当年中央红军和红二、四方面军过雪山草地的故事发生地，我禁不住浮想联翩。

1989 年 10 月，中央在川主寺镇元宝山上建成了红军长征纪念碑。这座用亚金铜贴面的红军长征纪念碑很快引起了人们的关注。此处碑址，背靠岷山主峰雪宝鼎，面朝广阔无垠的大草地，山下是岷江与其支流羊洞河的交汇处。过去这里交通不便，人们很难到达，因而鲜为人知。但随着交通的改善，特别是被誉为童话世界的九寨沟景点的开放，来旅游的人越来越多；川主寺又是去九寨沟和黄龙景点的必经之地，这座红军长征总纪念碑就像是耸立在雪山草地之间的金碑，深深地吸引了很多中外游客前来瞻仰膜拜。

一

1997 年 9 月 23 日，我第一次到了川主寺。

我是参加九寨沟的旅游团来到川主寺的。乘坐的是一辆中巴车，配有两位司机。早上从成都出发，到都江堰和映秀镇还算顺利，但后来下起了雨，便一路难行。车辆沿着岷江边泥泞的公路行驶，山道弯弯，转弯半径又小，加上砂石路面，坑坑洼洼多，行车就更难了。公路的一边是望不到顶的高山，一边是汹涌混浊的激流。汽车一会儿上坡绕到山腰，岷江如一条黄色的绸带，一会儿飘忽在盘山公路，眨眼间就飘落到江边。虽然从都江堰到汶川的路程只有近百公里，但我们在汶川吃完中饭已经是下午 4 时，司机嘴里的食物还没有全部吞下，用手一抹嘴巴，就招呼游客上车赶路。

出了汶川不久，天渐渐暗了起来，山越来越高，天气也冷了。天黑后汽车爆了胎，司机换上备胎，害怕再爆轮胎汽车就要在漆黑一片的大山里趴窝，那样只得找地方修理。一直到深夜我们才到松潘。原订的房间又被先到的旅客占去了，没有办法，只得再行驶十几公里，找到住地，吃饭睡觉，已经是午夜 0 时了。

长征纪念碑

从松潘到川主寺，距离很近，天气很冷。早上6时，我们就开始吃饭，然后冒雨出来游览。可是只参观了一个碑园，碑上的碑题是邓小平手书的"红军长征纪念碑碑园"。转身看对面的山头上都有积雪，山根本爬不上去，大家只拍了几张照片，都回到车上。

我原认为9月天气还热呢，只穿着短袖T恤和夹克衫，带了一件薄羊毛背心，以为已经绰绰有余。但越往黄龙方向，雪下得越大了，很快周围的山头和道路都被大雪覆盖。离黄龙还有15公里，车辆都被交警拦下——封路，汽车排起了长队，路窄，掉头都十分困难。我们乘坐的中巴车，好不容易掉好头，由于积雪路滑，尾部还撞了一下，好在还能行驶。

从九寨沟返回的那天，天还是下着大雪。司机老徐40多岁，是都江堰人，也应该是位经验丰富的老师傅，但路上还是发生好几次险情。在一处施工路段，对面来车陷入泥潭，占去了一半多路面，我们的车要过去，只能擦着路基的边边行驶，积雪又滑，老徐叫另一位司机下车探路，他加大油门，汽车摇晃着冲了过去，总算没有被堵住。远远地，我们在一片雪地里看到两个蒙古包。在那里，我们总算吃上了早饭。

吃饭时，我问起红军长征爬雪山的事，老徐不是很清楚，但他告诉我，这里是岷山脚下，也是岷江的上游。

中央红军翻越第一座雪山是在 1935 年 6 月 12 日，彭德怀自述："我一军团主力很顺利地从安顺场渡过了大渡河，击败了刘文辉河防部队；另一部分强夺了泸定桥。使全军得以迅速北进，三军团占天全、芦山经宝兴北进翻越夹金山（雪山），在两河口与张国焘汇合。"（《彭德怀自述》）以后我也到过雅安、天全等地，没有到过夹金山。但这次坐现代化的交通工具上九寨沟，遇到的高原寒冷、9 月大雪、傍山险遇、塌方滚石、峡谷急流等，还是让我尝到苦头。

当年红军爬雪山的情景，斯诺在《西行漫记》中有一段文字表述："红军在大渡河以北爬上一万六千英尺的大雪山，……这些衣衫单薄、气血不旺的南方战士不习惯高原气候，冻死不少。毛泽东告诉我：'在这个山峰上，有一个军团死掉了三分之二的驮畜。成百上千的战士倒下去就没有再起来。'他们继续爬山，下一个是邛崃山脉，又损失了许多人马。接着爬过美丽的梦笔山、打鼓山，又损失了不少人。"

二

2004 年 4 月 15 日，我第二次到川主寺。那天早晨从九寨沟出发就感觉冷，我把平时不穿的羊毛内衣也穿上了，虽然春天早已来临，但川北高原比我们宁波的冬天还要冷。到了黄龙的一个垭口，车就停下来，上面下来两辆车，司机告诉导游，上面积雪封路上不去。汽车要调头，我们只得下车。突然眼前一亮，那远处是连绵不断的雪山，在阳光照耀下展示了雪山秀丽的风光。白雪皑皑，银装素裹，十分妩媚，大家拿着像机拍照。我想，当年红军爬雪山就不可能这样诗情画意了，狂风怒吼，大雪纷飞，他们却赤足穿草鞋，仅有单薄的衣衫，又是长途跋涉，劳累过度，营养不良。在这样的情况下翻越雪山，很多红军战士失去了生命。

这次到川主寺，因为天气好，就顺利地参观了红军长征纪念碑。碑园主要由 3 个方面构成：一是陈列馆，里面有中央领导和一些红军将领的题词；一组大型花岗岩雕塑，由"开路先锋""勇往直前""团结北上""山间小憩""草地情深"等 9 组人物构成，艺术地再现红军的战斗历程；还有最引人注目的矗立在元宝山顶上的红军长征纪念碑。

元宝山海拔 3104.7 米，主碑高 41.3 米。碑体为三角立柱体造型，象征红军三大主力紧密团结，坚不可摧。碑体用亚金铜贴面，在阳光的照耀下金光闪闪。背衬蓝天白云，挺拔壮丽。碑顶上是一位站立的红军战士，他穿着羊皮背心，一手持枪，一手执着花束，双手高举成 V 字形，象征胜利。

站在元宝山上可以瞭望远处广阔无垠的大草地。红军在过草地前就经历了给养困难。在川北藏区，人烟稀少，粮食缺乏，加上当时的藏族人对汉人有着不共戴天的宿怨，红军来时，他们就带上牲畜和粮食离开了。就是有钱也买不到牛羊和粮食，更不要说宣传民族政策，红军面临着生存的危机。由于不抢就没有吃的，红军就不得不为了几头牛羊打仗。毛泽东告诉斯诺：他们当时流行一句话叫"一条人命买牛羊"。他们到当地人的地里收割青稞，挖掘甜菜和萝卜等蔬菜。

当时，蒋介石曾判断红军可能东出四川，也可能向西北行动；如出西北，他认为松潘西北草地是不能行动的："松潘草地及北面天然地障，飞渡不易，因此北堵南追，集中主力封锁，红军插翅难逃。"薛岳也曾说过，红军要想"通过软沙没人之草地，势有不能"。但为了红军北上抗日，毛泽东出人意料地选择过草地。张国焘为了另立中央，分裂红军，以红四方面军为主的左路红军还三次经过草地，两次翻越雪山。真是历经磨难。红军在过草地时损失了很多人，他们大多是饿死的，有的是误食了有毒的野菜中毒而亡。《西行漫记》中有这样的一段描述："在大草地一连走了十天，还不见人烟，在这个沼泽地带几乎大雨连绵不断。只有沿着一条为红军当向导的本地山民才认得的像迷宫一样的曲折足迹，才穿越过它的中心。许多人在一望无际的一些水草中失足陷入沼泽之中而没了顶，同志们无从援手。沿途没有柴火，他们只好生吃青稞和野菜。没有树木遮荫，轻装的红军没有带帐篷，到了夜里他们就蜷缩在捆扎在一起的灌木枝下面，挡不了什么雨。"

但红军，也只能是红军，能够战胜困难，粉碎敌人的妄想，成功地"飞渡"了草地，走上抗日之路。

纪念碑碑园进口

三

参观完川主寺的红军长征纪念碑碑园，我们又驱车向前，夜宿茂县县城。茂县地处青藏高原东南边缘山脉，周围高山林立，平均海拔在 4000 多米。境内最高峰达 5230 米，河谷地带的海拔只有 900 米，是个高山峡谷起伏、地貌落差大的羌族聚居区。

我们入住的是县里一家招待所，设施相对落后，但服务人员都十分热情。晚餐时，一些羌族服务员还为大家表演了节目。她们穿着民族服装，能歌善舞，给我们留下十分深刻的印象。晚上我们行走在闹市街头，当地群众也都十分友善好客，大家还购买了不少土特产。

从资料上看，茂县也是一个革命老区。红军长征时，这里是红四方面军的大本营。1935 年 5 月 15 日，红四方面军进驻茂县，马上就开展宣传和发动群众的工作，打土豪分田地。5 月 30 日，在凤仪镇建立苏维埃共和国川陕省茂县苏维埃政府，还在辖区内分别建立区、乡、村等组织，开展了轰轰烈烈的根据地建设。红四方面军在这里转战近 8 个月，有 2000 多名羌族优秀儿女加入红军。如今，当地还能找到当年红军长征时留下的一些遗迹。

中央红军和红四方面军在夹金山下会合后，红军实力大增。6 月 26 日，中共中央在两河口召开政治局军事会议，经过两天激烈的争论，最终决定了在川陕甘的行动方针，中革军委还制定了松潘战役的作战计划。但由于红军与国民党军队实力相差甚远，再加上张国焘的本位主义，不愿投入更多的兵力与强敌作战。从两河口会议中革军委下达命令到 7 月 31 日松潘战役落下帷幕，整个战役历经一个月，虽然对敌人有所打击，但自己也损失惨重。特别是缺乏粮食的供给，红军战士在极其艰苦的环境中作战，后果十分严重，甚至还发生了饿死人的惨剧。最终红军不得不放弃这场战役，进入自然环境恶劣的川北草地。

中央红军与红四方面军会合后，张国焘自认为他领导的红四方面军兵强马壮，有 8 万之众；而中央红军人困马乏，只有 1 万余人，实力相差悬殊。就想乘机另立中央，分裂红军。但经过斗争，最终以毛泽东为首的党中央胜利了，红军胜利了。

他们胜利靠的是什么呢？我想，靠坚强的领导核心，靠红军勇往直前不怕牺牲的精神。如今在雪山草地间的元宝山上，红军长征纪念碑高耸入云，金光闪闪。金碑闪闪，象征着红军长征的精神永放光芒，永世长存，永远指引着中华民族奋勇向前。

红原班佑访巴西

2018 年 12 月

"高原寒，炊断粮。"缺衣少食的红军进入生死莫测的草地，是红军长征最艰难的行程。中央红军、红四方面军会师后，进入草地前分左右两路军，其中右路军是由毛泽东、周恩来、张闻天等中央领导和中央红军，还有徐向前、陈昌浩率领的红四方面军一些部队混合编队而成，约 3 万人。左路军是由张国焘、朱德率领的红四方面军部队和少量的中央红军指战员组成。右路军在毛儿盖会议后，于1935 年 8 月 21 日开始进入松潘大草地。经过六七天的艰险行军，走出草地，到达班佑和巴西。左路军由于张国焘的阻挠停留在阿坝，迟迟不进入草地。之后张国焘又另立中央南下，翻越夹金山到芦山，在芦山等地遭遇重大挫折后，再向北翻越雪山过草地，与中央红军会师。

一

2018 年 9 月 9 日，我的早饭还是方便面。从黑水经红原至若尔盖，一天一班车，班车只有 17 个座位，司机家就在我们住宿地的旁边。上午，8 时 30 分准时开车。出了车站，司机在城外又接上了几个客人，座位就满了，路边再有招手的，司机也不再停车上客了。

虽然在黑水县城时我很想到毛儿盖，那里是右路军进入草地的出发点，但不通班车，只能自己租个人的车。当地人对我们说，那边的路况不好，要租还要租皮卡车，车费至少 800 元。但我们担心途中路况不好，过不去怎么办？通信信号不好，有事也很难与外界联系，为了确保安全，只好放弃。

班车先走原路返回到刷金寺，到壤口乡的岔路口进入通向红原大草地的公路。进入不久就有一个叫"花海"的景区，车上有两个年轻人，背着双肩包下车走向景区。景区里有几排连着的平房，可能是出租给客人住宿的，如今花季已过，游客就少了。

进入大草地，继续行驶，路边有一块绿色的牌子，上面写着"查针梁子，海拔 4345 米，长江黄河分水岭"。我们知道过了这里就进入黄河流域。

一望无际的草地也能看到一些低矮的山包，但整体就是草原，一片嫩黄色的草似铺在大地上的地毯，在草地上吃草的牦牛一群一群连续出现在车窗两边，让人新奇。

有好几次，车前的公路上出现牦牛群，有几百头，它们都慢慢地踏着方步，非常从容，全然不顾前后的汽车。司机也不按喇叭，只能随牛群的速度缓行，遇到迎面来的干脆停车，让牛先行。

间隔一段距离，公路边会出现白色蒙古包和帐篷搭建的停车点，上面有"雪域高原、休闲、吃饭"等字牌。

到红原汽车站已是中午，这里海拔 3500 米。我们带上行李下了车。天下着雨，真是又冷又饿。老肖在临行时就计划：我们在红原转车，到红原的一个乡去看看。那里是右路军过草地时经过的地方。但一问车站工作人员，才知道这里每天早上只有一班发往松潘的车，那辆班车在那个乡有停靠站，如果要去，那只能等明天；而且那个乡镇班次少，再要乘车出来也很难，交通不便。红原车站很大，但很空旷，人也很少。如果住下，雨天，天气又冷，我们又不能参观什么。我们商量后，只好改变行程，直接去若尔盖。红原到若尔盖的班车，也只有我们从黑水过来的这一班。好在中巴车还在车站，司机正在吃饭，我们急忙补票，带上行李，回到原车。

我原以为红军长征过草地海拔可能不高，这次到了草地，才明白草地的海拔都在 3000 多米，这样的高海拔是牦牛生活的地方。很多红军战士又冷又饿连续多天在雪域高原上高强度行走，在风雨侵蚀中失去了生命，高海拔也是一个重要原因。

有些人对红军长征过草地"吃皮带"也有一些猜想。这次在黑水看到一个资料，红军长征在黑水向当地群众借粮 710 万斤，其中 110 万斤是带走的，借用宰杀的牲畜 2 万多头、畜油 1 万斤，还借用了一大批畜皮和兽皮。一些老红军的回忆讲，他们把牲畜皮做成衣服或披肩穿在身上，有的把皮切成一条条缠在身上，便于携带，在草地最困难的时候，把这些皮切成一块块煮着吃。我在展览馆看到一首过草地诗，其中有写"喝牛蹄汤"。我想这里野生牦牛多，这些牛的肉吃完了，留下的牛蹄在最困难的时候也能拿来熬汤充饥。晚上我们到若尔盖，晚饭喝牛杂汤，但想不到大米饭还是夹生的，这可能与高海拔有关。

二

到了若尔盖已经是下午了，安排好住宿，就抓紧租好车去参观班佑村的巴西会议会址。

红军长征过草地，经过艰难跋涉走出草地就到了班佑。这是一个藏族村寨，如今已经焕然一新。村口有一个门楼，门楣上面写着"班佑村"3 个大字。大门

走出草地第一村

的两边都有宣传长征的图版。大门口的旁边有一块黄色的牌子，上面写着：草地第一村——班佑。班佑是红军长征三过草地的集结地。共和国一代伟人毛泽东、周恩来、刘少奇、邓小平、李先念等均在此留宿后北上。1935年8月24日，红军右路军经松潘、若尔盖到达班佑。因这里是右路军过草地以来抵达的第一个村寨，故在长征史上享有"草地第一村"的美誉。

在村旁的草地上，我们向松潘方向也走了一段路。有些黄的草长得与小腿差不多高，中间还夹杂着一些不知名的野花。如果没有沼泽，还比较好走，但连续走一个星期就很难想象了。

在若尔盖到班佑公路的一个交叉口，有一座名为"胜利曙光"的大型雕塑。整座雕塑暗红色，由两组人物塑像组成。一组人物雕塑，人像较大，中间是一面卷起来的红旗，围在旗帜的四周是一群红军战士，他们有的背靠着旗帜旁边，有坐着，也有躺着，但他们都闭着眼睛，失去了生命的迹象。另一组是4位红军战士，其中一位提着枪，坚毅的目光注视着前方。在战友的搀扶下，另一位战友背着伤员正在艰难地跋涉。

雕塑的下面是王平将军长征过草地的回忆录："红三军团在草地里走了整整七天，终于进到班佑。我们红十一团过了班佑河，已经走出七十多里。彭德怀将军对我说，班佑河那边有几百人没有过来，命令我带一个营返回去接他们过河。刚过草地再返回几十里，接应那么多掉队的人谈何容易。我带着一个营往回走，大家疲惫得抬不动脚。走到河滩上，我用望远镜向对岸观察，那边河滩上坐着七八百人。我先带通讯员和侦察员涉水过去看情况。一看，唉呀！他们都静静地背靠背坐着，一动不动，我逐个察看，全都没气了。我默默地看着这悲壮的场面，泪水夺眶而出。多好的同志啊，他们一步一摆地爬出了草地，却没能坚持过班佑河。他们带走的是伤病和饥饿，留下的都是曙光和胜利。我们怀着沉痛的心情，

胜利曙光纪念碑

一个一个把他们放倒，一方面是让他们走得舒服一些，另一方面再仔细地检查一遍，不能拉下一个还没有咽气的同志。最后，我们发现一个小战士还有点气。我让侦察员把他背上，过了河，他也断气了。我们满怀泪水脱下军帽向烈士们默哀致敬，鞠躬告别。然后急忙返回，追赶大部队。"

雕塑前是一片沼泽地，有一条弯曲的河流。河流旁是一片不知深浅的水洼，水面上长着青草、浮萍。草地的远方是山脉，临近傍晚，看过去更显得苍苍茫茫。面对着这样的沼泽地，我们的心情也很沉重。

三

离开"胜利曙光"大型雕塑，汽车在山丘公路上行驶。通过一段坑坑洼洼不平的难行路，来到一块草地。绿色的山坡下有一座年代久远的喇嘛寺庙，断墙残壁，大殿空无一物，只密密麻麻长着半人多高发黄了的草。如果不是门前的一块大石头上刻着"巴西会议遗址"的红色大字，无法想象又一次决定中国革命命运的重要会议会在这样一座破败的寺庙里举行。

如今，旧址两边都新建了藏式建筑，金顶红墙。左边的是巴西会议纪念馆。司机熟悉当地，帮我们找管门人，但临近傍晚，他打了好几个电话，都没有找到人。我们进不去纪念馆，只得到寺庙参观。这座喇嘛庙十分气派，称得上金碧辉煌。但喇嘛不多，里面也没有红军长征方面的内容展出，我们很快就离开了。如今经济发展了，偏远的山区也富了，老百姓建寺庙都舍得花这么多的钱。

巴西会议遗址

　　1935 年 9 月 9 日，前敌指挥部参谋长叶剑英看到一份张国焘发给陈昌浩的密电，大意是命令陈昌浩率领右路军南下，并提出要彻底开展党内斗争。叶剑英马上把这一重要情况报告给毛泽东和张闻天。

　　从两河口会议以来，张国焘取得了红军的指挥权，自恃四方面军兵强马壮，一直不愿服从中央红军北上建立川陕甘根据地的决定。红军在到达毛儿盖攻打松潘战役失利的情况下，右路军就开始向北过草地，准备进军甘南，建立川陕甘根据地。而张国焘回到阿坝，就一直滞留。之后左路军也进入草地，行程达一半时，又以河水暴涨等为由而退出，张国焘迟迟不愿率领左路军过草地北进与右路军靠拢。而党中央的毛泽东等同志在过草地和走出草地时，都一直在说服张国焘北进，发展到后来，张国焘要右路军也南下到芦山、天全一带建立根据地。9 月 9 日的密电已经十分清楚，张国焘要把走出草地的右路军也要拦回来南下，而且这时陈昌浩也同意右路军南下。在这种紧急情况下，毛泽东、张闻天、博古立即赶到三军团的驻地巴西。周恩来、王稼祥因病无法参加会议，毛泽东就召集其他两位中央政治局委员召开了中央政治局会议，史称"巴西会议"。会议分析了中央红军、红四方面军会合后，张国焘凌驾和危害党中央的种种迹象，感到事态严重。在这危急关头，再继续说服张国焘率领左路军北上，不仅没有可能，而且可能招来严重后果。会议决定，采取果断措施立即带领右路军中的三军团、军委纵队一部分，组成北上先遣队，迅速向甘南进军，尽快与已进入俄界的一军团会合。巴西会议结束后，10 日凌晨，部队立即出发快速走向甘南。

　　我们到巴西会议会址，刚好也是 9 月 9 日，历史的巧合，更使我们对这一段历史铭记在心。如果不是以毛泽东主席为首的党中央当机立断，采取断然措施，中央机关和中央红军跟着张国焘南下，那中国革命的进程就更难了。

山神摁出俄界晴

2019 年 1 月

甘肃省甘南藏族自治州迭部县，地处青藏高原边缘的川甘交界处。全县由藏回等多民族同胞组成，他们生活在高山峡谷之中。县域面积 5000 多平方公里，森林植被好，溪河纵横。迭部古称叠州，藏语的意思是"大拇指"，一个被山神"摁"开的地方。红军长征，从地图看，从四川的班佑、巴西到迭部县的俄界距离不远，但若尔盖没有直达到迭部和俄界的班车，只能从若尔盖先向北到郎木寺，再到那里租车到迭部县城。虽然交通不便，但迭部有俄界会议会址、茨日那毛泽东旧居、腊子口战役遗迹等，迭部就成了这次"我走长征路"计划中的最后一个县。

一

若尔盖县城海拔 3400 米。从红原过来，这一带草地成了饲养耗牛的高原牧场。我们当晚就住在若尔盖县城。街上随处可见的是长条形的彩灯广告，以"吃耗牛肉""喝耗牛肉汤、卖耗牛肉干"等为主要内容。过去深奥莫测、如入畏途的险地，如今成了人们向往的旅游胜地和耗牛世界。公路网的形成，使交通便捷，吸引着全国各地游客来这里走长征路、观花海、喝耗牛肉汤。

第二天早上，我们租车去参观九曲黄河第一湾景区。天气晴朗，那一望无际的黄草地上，远处的山头上空飘着几朵洁白的云。沿途一个又一个牧场紧挨着，耗牛像黑色的精灵散落在草毯上。途中堵车了，游人也不烦，拿着手机进入草地，手拉手，摆弄着或酷或倩的身姿，自由自在拍照，留下人生美好的记忆。

在这片如画的草地上，也曾留下了红军长征艰难而又悲壮的记忆。附近的包座，至今还留下一个战斗遗址。1935 年 8 月 29 日，右路军即将走出草地，胡宗南率领国民党军队就在包座构筑工事，他们以逸待劳，妄图围堵红军走出草地向北。包座战斗是在红军十分困难的情况下发生的，但红军不怕疲劳，不怕牺牲，英勇战斗。有一批红军将士长眠在草地。其中有一位叫王友钧，他是许世友率领下的红三十军十师师长，牺牲时年仅 24 岁。

站在九曲黄河第一弯景区的观景平台上，看黄河像一条玉带在草地上蜿蜒绕行，一个弯连接一个弯。不论有多少弯，也不论黄河穿过多少座高山，它始终流向东方注入大海。

下午，我乘上来接我们的车，经213国道向北到郎木寺附近，右拐进入通向甘南迭部县城的313省道。这段公路一边贴着白龙江，一边靠着高山悬崖，弯道险，坡道多，加上修路，颠簸严重。但好在是当地人驾驶车辆，路况熟，情况明，十分安心。临近傍晚到迭部县城。晚上，当地人做东，让我们品尝了以牦牛肉为主的藏式晚餐。

二

2018年9月11日上午，我们从迭部县城出发去参观俄界会议会址。公路两边的高山峡谷和悬崖急流一直伴随同行，途中有好几段路面破损，汽车更是颠簸难行。好在是越野车，一般小车可能过不去。我们还过了一条洞口低矮的隧道，大货车和大客车都进不去，只能作为人和牲畜的通道。司机是当地人，熟悉路况，如果我自己驾车还真不敢进入这个没有照明，有几百米长，还有弯道的"迷宫"。当年红一方面军从巴西进入迭部县，在急流和悬崖间的悬臂栈道上行军，更是险象环生，有些人还献出了生命。

俄界会议的会址位于迭部县达拉乡的高吉村，距县城80公里。这里青山被达拉河围绕，是个风光秀丽的地方。由于这个藏寨的西南面有8座山峰突起，十分壮观，取8个山头之意，旧译为高吉。"高"在藏语里意为山，"吉"为八。原来，当年红军从四川带来的翻译先误将"高吉"读为"俄界"，政治局做会议记录的同志便将"俄界"记下了，会议也成了"俄界会议"。"俄界"历史可追溯到八九世纪的吐蕃王朝时期，此处住民的祖先是早年吐蕃的守边军士。至今这一带有一种叫作尕巴舞的，史俗专家认为起源于吐蕃时期的军事训练。

俄界会议旧址

村里，有一座"高吉村红史馆"。进入红史馆广场，有一个斜坡的长形花坛，两边是人行台阶。中间的花坛上，种着花草，摆放着标牌，上书"俄界会议，1935年9月12日"黄色字样。一面红旗在高高飘扬。红史馆里面展出的是历史图片、文字介绍，还有一些实物。我参观的重点是俄界会议的会址。

会址的建筑是典型的藏寨。院子外面的围墙都是用黄土筑成。打开大门，里面有一个小院子。院子正面有连在一起的两个建筑，右边是一幢两层的木结构小楼，左边是一道黄土墙，黄土墙上下各开有一个洞，其中下面的洞大，就是门，上面一个洞小，大约是用来采光和通风的。门的两边分别有俄界会议简介文字，另一边挂着"全国文物保护单位，俄界会议会址"字牌，黄土墙的上面，用人字梁盖顶，梁下有天花板。两建筑都年代已久。

跨过洞口一道高高的土门槛，进入会议室。里面很暗，铺着木地板，里面的地板要低一些。四周围着黑色的木板，有一面嵌着橱窗。房子的中间放着几把黑色的凳子，还有一个用黄泥垒起来的火塘。会议室的一角还放着一副破旧的担架，讲解员介绍说，这副担架是周恩来过草地使用过的。屋子里没有一个窗户，这么一个简陋的地方，却是著名的俄界会议会址。

1935年9月11日，中央红军到达俄界。12日，中共中央就召开了政治局扩大会议。出席会议的有毛泽东、张闻天、博古、王稼祥、刘少奇、凯丰、邓发等政治局委员和候补委员，列席会议的有叶剑英、林伯渠、李富春、杨尚昆、李维汉、李德、林彪、彭德怀等共21人，周恩来因病未出席。会议由张闻天主持。会上，毛泽东做了《关于与四方面军领导者的争论及今后战略方针》的报告，确定了红军北上的战略方针，讨论和通过了《关于张国焘同志的错误的决定》。会议还决定，一是成立以毛泽东为首的"五人团"作为全军的领导核心，二是组建中国工农红军陕甘支队，三是成立以李德为主任的部队缩编和编制工作组织。俄界会议是在党中央与张国焘右倾分裂主义斗争的危急时刻召开的，也是在中国革命由第五次反"围剿"失败到抗日战争兴起的历史性转折时期召开的，这个会议对中国革命有着重要的推动作用。

右边小木楼的上层是毛泽东主席的住处，按规定参观人数限8人。供游客上下的楼梯很狭窄，我们都显得小小翼翼。楼上的角落里斜放着一根长木头，上面砍出窄小的踏脚处，作为踏步。管理人员说，当年毛主席上下楼，就是用这架"梯子"，我们都大吃一惊，十分佩服毛主席身手敏捷。现在连年轻人都很难用这样的"梯子"上下楼。楼上分两间，外间供接待，里间是卧室，加起来也只有15平方米。临别时，我在外间的留言簿上写下了一句话："红军长征精神永不忘。"

三

9月12日上午，我们离开迭部县城。汽车沿着313省道驶向茨日那。藏语中，茨日那就是长寿的意思。经过45公里的行驶，到了目的地。公路的左边是水流湍急的白龙江，右边就是茨日那村。村边的白龙江上架有一座大桥，大桥旁边是一座古老的伸臂式木桥，如今只留下两头伸向江中的桥头。这座木桥叫"仙八桥"。红军长征时，毛泽东主席在茨日那住了3天。1935年9月15日拂晓，为了能赶上红四团，毛泽东决定走捷径，就是从这座伸臂式木桥跨过白龙江，沿小路翻越两座3400米高的大山，到若尕沟的崔古仓村，与大部队会合，向腊子口挺进。

从公路进入村子的叉口，靠白龙江的一边修有一个平台，平台中央建有一座褐红色的方形纪念碑，纪念碑的四面都写着"茨日那毛泽东旧居"等字。

村口立有一块石碑，上面写着"全国少数民族特色村寨"。茨日那是藏寨，村民的住房和墙体都有藏族风情的图案。村中央有一座雕像，雕有4人，其中一名是藏族长者，他手里挂着一长串辣椒，与毛主席双手紧紧相握；长者后面是一名藏族姑娘，她双手捧着哈达前来欢迎；毛主席的旁边是一位红军战士，他背着枪快步向前。这是藏族同胞欢迎红军的画面，表现了军民情深。村里还建有民俗博物馆、红军驿站等。

村里道路干净，村民的房子整洁，墙体都经过粉刷。还有一些文化墙，宣传内容有关红军长征。墙上还有浮雕，是张闻天、毛泽东、王稼祥、周恩来等人物的雕像。阳光下，村民竖起高高的木架子，挂着一排排金黄色的玉米棒，虽地处偏僻，但展现的也是藏乡村民丰衣足食奔小康的美丽画卷。

茨日那毛主席的旧居，是一所普通的藏民院子。里面有一幢两层的小木屋，房子的主人叫桑巴，已经50多岁了，是这所房子的第三代传人。院子的门上挂着用藏汉两种文字书写的"毛主席居室"的牌子。桑巴打开大门，里面有个小院

茨日那村口纪念碑

子，他领着我们到二楼参观。房门楣上挂着"茨日那毛泽东旧居"金属匾，房子里摆放着毛主席的像，还有哈达。里面有一条乌黑的长木凳，凳面是一块宽厚的木板，同行的人告诉我们，这条长凳是毛主席当年坐过的。

俄界会议结束后，1935 年 9 月 13 日，红军沿着达拉河下游的悬臂栈道来到旺藏寺。红一军团住旺藏村，红三军团住旺藏寺，毛泽东和中央领导住在居中的茨日那村。9 月 14 日黄昏，毛泽东在其居住的小木屋楼上向红四团团长王开湘、团政委杨成武下达了命令，"务必以三天的行程夺取腊子口"。之后毛主席在村口向红四团全体指战员做了战斗动员。腊子口战役于 16 日下午打响，英雄的红四团经过一整夜浴血奋战，于 9 月 17 日凌晨，终于夺取了由鲁大昌重兵把守的天险腊子口，打开了红军北上的最后一道天险。

毛泽东旧居

四

在迭部县城的广场上，有一座大型雕塑，雕塑展示的是毛主席与各族同胞亲密无间的形象。在迭部的俄界和茨日那参观，展厅里展示的几个故事也令人深思。

在迭部境内的崔古仓村，土司杨积庆有一处粮仓，红军大部队在攻打腊子口前到达该村，发现这座粮仓储有 20 多万斤粮食，这对饥困交加的红军来说无疑是雪中送炭。部队开仓放粮，留下银圆和借条，这对杨积庆来说是一次很好的宣传。以后红军其他部队过甘南他不但没有阻截，而且给红军很大帮助，杨积庆也成了开明土司。

周恩来长征途中得了肝病，过了草地病情更加严重。到了俄界的一天夜里，警卫团在深夜发现村民赛浪回家给病重的母亲送药，几位中央领导商量后决定派红军医生给赛浪的母亲治病。过了2个多小时，派去的医生回来了，还带来了赛浪的伯父，这是位喇嘛，是高吉寺的藏医，已获"格西"学位，在当地群众中很有名望。被派去给赛浪母亲看病的医生就向领导推荐了这位喇嘛给周恩来治疗。眼看周恩来的病情日益加重，毛泽东和中央领导就同意这位藏医为周恩来医治。以后大部队离开俄界时，周恩来继续治疗，3天后周恩来离开俄界时，病情虽未能痊愈，但已经能吃饭行军、开始工作了。

1936年8月底的一个清晨，红四方面军的一大队人马被困在迭部县尼傲村桥头，那座横跨在白龙江上的木桥被毁。指挥员立即派人到附近的尼傲村求助。经过村民的努力，下午6时，一座崭新的木桥已架好。按照事前说好的条件，红军拿出5支枪和100银圆酬谢村民。村民对如此讲信用的部队十分感动，都不愿接受红军送的钱物。在红军的坚持下，村民纷纷拿出各家的粮食，还有大烧饼、炒面、酥油、蕨麻猪肉送给红军。村民们夹道欢送红军过桥，头人杨告告还派出3名懂汉语的年轻人为红军当向导，将该部队送到哈达铺才返回。

1935年9月的一天，中央红军某部驻扎在朱立村，连部一位十七八岁的通讯员不小心打碎了房东家的瓷罐。第二天，指导员在检查纪律时发现了此事，要求通讯员把他的一件红毛衣作为赔偿。通讯员一听就哭了，原来这件毛衣是妈妈牺牲时留给他的唯一遗物。他父亲是位营长，在四渡赤水时也牺牲了。房东老阿妈实在不忍心接受这件毛衣，但部队有铁的纪律，老阿妈拿出自家一件羊皮袄换了这件红毛衣。指导员又执意留下一块银圆，才将此事了结。

红军在过迭部的俄界时，因病因伤在达拉乡留下了19名红军战士，其中最小的是阿塔。当年的阿塔只有8岁，四川人，父亲是红四方面军的，在次哇那村过桥时父亲被土匪杀害；他藏在一个小洞里，次哇那村村民阿宝发现后领走，当作养子。阿塔就一直生活在迭部，直到2018年3月去世。

五

中央红军从9月10日进入甘南迭部县的俄界，到9月17日攻占天险腊子口后离开迭部，在短短的一个星期里，在迭部县境内发生了红军长征史上两个重大事件，一是召开了中共中央政治局俄界会议，这是同张国焘作右倾分裂主义路线进行坚决斗争和全面开展批评的第一次重要会议；二是打下天险腊子口，是进军陕北建立革命根据地的关键一仗。中央红军又在迭部得到了开明土司和群众的拥护与支持，获得了必需的粮食和补给品。

迭部真不愧是"大拇指"，俄界真不愧是"高吉"，茨日那真不愧是"长寿"，在这个山神"摁"出来的地方，给中央红军长征胜利带来了新的希望，迭部不愧是红军长征路上的"加油站"。

险绝山道腊子口

2017 年 5 月

一

  腊子口，藏语意为"险绝的山道峡口"，为甘南的门户，藏胞聚居地，也是红军长征从川北进入甘南的必经隘口。当年攻打腊子口时，聂荣臻任第一军团政委。聂帅曾评论过此战役："腊子口一战,北上的通道打开了。如果腊子口打不开，我军往南不好回，往北又出不去，无论是军事上，还是政治上，都会处于进退失据的境地。现在好了，腊子口一开，全盘棋都走活了。"[①]

  我一直都想实地考察腊子口战役战场遗址，但不知道这条线路怎么走，什么时候去比较合适。我知道到这些地方去，要避开寒冷季节。

一

  2017 年 5 月 20 日，我终于踏上走访腊子口的行程。由于是一个人行动，为了防止意外，也为了宣传红军长征，我特地做了个人信息卡，印上"我走长征路"和我的姓名、原工作单位、联系电话等文字。我把卡片挂在胸前，系在行李上。

  早上，从宁波乘坐 K422 次列车，32 小时后的第二天下午到达成都。成都天气很热，幸亏傍晚下起了雨，稍微凉爽了点。当晚 8 时，我又乘上驶向甘肃岷县的 K2616 次列车。气象预报说，要连续下好几天的雨。望着车窗外的雨水，我不禁心里发愁。高原天气，一下雨就冷，活动也不方便。

  深夜 2 时，列车停靠在广元车站。我醒了，漫步车站平台，冷风扑面而来，感到一阵寒意。雨点打在车站钢棚上"噼啪"声响，周边是一座座云雾缭绕的山头，我心中不由得暗暗叫苦。

  回到列车上，听到耳边是火车汽笛嘶鸣，车厢连接处不时发出刺耳的撞击声，列车进入隧道和过桥梁时不断变换的轰鸣声，我再也没有睡意。只得起来，与一

---

① 《甘南党史回眸腊子口战役：开辟北上通道关键之战》，澎湃：甘南发布，2021-04-20。

名年轻的乘务员闲聊，知道这是成兰线，川西高原的隧道和桥梁特多。

已过凌晨 4 时，我还是睡不着。车厢里也有几个人没有睡觉，其中有一个人坐在凳子上，我就向他们询问去腊子口的交通。这男子中等个子，黝黑肤色，看了我"我走长征路"的胸牌，就告诉我："我是公务员，原就在迭部县当过书记，现在甘南州工作。腊子口就在迭部县。"通过交谈知道，他姓乔，是藏族的。他告诉我："可在哈达铺下车，直接从哈达铺到腊子口，再从腊子口到俄界，不需要到迭都县城。"他还说："过去有一个作家采访腊子口、哈达铺等地，我们就是这么陪他走的。"他看着我的穿戴，有点不安，他说："腊子口是高原森林气候，一下雨就冷，你衣服要加足。"他还留下了手机号。虽是阴雨天寒冷的清晨，听了乔同志的话，我顿时有了精神，放心了许多。

我在哈达铺车站下车，冒着雨参观了哈达铺红军长征遗址。而后，拖着行李来到路边的副食店。店主是位小个子男人，还穿着棉衣。他告诉我，哈达铺没有汽车站，但有过路车，招手即停，我可以坐车到岷县转车。等了十几分钟，果然来了辆到岷县的大巴车，我上了车。大巴车顺着哈达铺的大街向前走，突然出现一座大门，上面写着"哈达铺长征纪念馆"。我问司机能否停车，让我拍一张照片，司机很友好，在大门前停好车。我下车，拍照。哈达铺长征纪念馆馆名是胡耀邦同志亲笔题写的。

大巴车驶进岷县汽车站，司机和大多数客人都下了车。我正惘然，司机回来了。我问他去腊子口怎么走？他指着旁边的一辆客车说："这辆车就要经过腊子口，马上要开，你赶紧过去。"真的应该感谢这个热情的司机，我顺利上了开往迭部的大客车。这是当天开往腊子口最后一班客车了。

二

大客车上有 40 多个座位，而乘客连我只有 7 位。靠司机一边座位坐的三人是藏族同胞，靠车门一边第一排是一位藏族小伙子，家在舟曲，姓杨。我坐第二排。第三排是一位山东人，姓张，1985 年来迭部做管道工程。后面一位是河南人。司机老张今年 54 岁，他告诉我，现在客车业务不好，原来岷县跑迭部有 3 个班次，现在只开 1 班。迭部县面积很大，而人口只有 5 万多点，难怪这一路上没有什么村庄。他告诫我，俄界的地方小，下雨天交通不便，还是不要去了。

坐在我前面的小杨，知道我是宁波人，要到腊子口，他就主动告诉我，过去他从深圳运货到江苏，曾路过浙江杭州，也算是到过浙江。小伙子对腊子口周边的交通十分熟悉，就当起了导游。

他叫我先去参观腊子口战役纪念碑，然后往回走，再参观腊子口战斗遗址。然后再往回走几百米，有一个三岔口，过桥就是腊子口战役纪念馆。全部参观完，再回三岔路口，坐面包车到代古寺，晚上不要住在腊子口。代古寺的过路车多，也可以从代古寺搭车到舟曲。小杨还留下手机号码。虽然我还没有到景区，路线已经心中有数。

客车从岷县驶出，地形开始还平坦。一片片草滩上，一群群牦牛、绵羊在静静地吃着青草，几只调皮的小黑猪还窜上公路与汽车赛跑。远处一座座山头都是嫩黄的青草。

过了一段时间，汽车进入山路。这里就是岷山。山头云雾笼罩，坡上还有大面积的积雪，远远望去，重峦叠嶂，峰锐坡陡，山势险峻。转过一个急弯，路前方有一块警示牌：连续下陡坡15公里。开始时，我还不太在意。多少次出入云贵高原、青藏高原，下长陡坡也不足为奇。但之后我惊奇了，从山顶上望下去，弯弯曲曲的公路，似一条灰白色的粗线条在山坡上成连续的之字形急坡向谷底飘移，有近千米的落差。由于急弯，大客车转弯半径小，要打死方向，一个接着一个的S形大急弯，接连不断，弯弯紧扣，十分惊险。窗外是长长的梯田，片片相连，直到山谷深处。重山，深谷，云雾，太美了，太壮观了，我不停地感叹，又不停地用相机拍下难得的雄奇。那些藏族同胞对我傻乎乎的神态报以理解的微笑。那时，我对红军战士用鲜血与生命在翻越一座座大山时遇到的艰难困苦，有了深切的体会；更对毛泽东主席在长征途中写山的《十六字令三首》有了新的理解：

山，快马加鞭未下鞍。惊回首，离天三尺三。

山，倒海翻江卷巨澜。奔腾急，万马战犹酣。

山，刺破青天锷未残。天欲堕，赖以拄其间。

三

大客车行驶了70公里，在腊子口战役纪念碑旁边停下。我带着行李下了车，大客车继续前行。

我面前就是腊子口。周围群山耸立，危岩绝壁间，峡口如刀劈斧斩一般。一条30来米宽的山沟通向峡谷。山脚是通岷县的公路，旁边就是湍急的腊子河。由于落差大，黄色的河水气势汹汹地从山间冲出，朝下游白龙江奔流而下。

在腊子口公路与腊子河之间的平地上，就是那座白色的纪念碑，"腊子口战役纪念碑"8个红色大字，由攻打腊子口的原红一军团二师四团政委杨成武亲笔题写。这座纪念碑最早建于1980年，1993年重建。靠公路的一侧还有一组红军战士雕像，那些战士前赴后继，不怕牺牲，正向敌阵发起冲锋。红军战士勇往直前的英武身姿，深深地印入游人心间。

纪念碑的后面就是腊子口。红军当年要进入腊子口，必须从左面跨过架在腊子河上的小木桥，然后再沿山脚小道走向岷县和哈达铺。如今小木桥已经被一座黄色的水泥桥替代。跨过水泥拱桥几十米，前路被一座巨大的碉堡挡住。碉堡用灰色块石垒砌，正虎视眈眈地守卫在桥堍上。

腊子口战役纪念碑

腊子河边的碉堡

根据资料得知，当年驻守岷县到腊子口一线的是国民党鲁大昌部队。他的兵力从腊子口到岷县做纵深布置，在岷县驻有重兵。在这个腊子口天险两边设置了几座碉堡，山坡上也修了一些工事。腊子口后面建有仓库，储存着足够的粮食和武器弹药，准备与红军长期作战。

红军发起腊子口攻击时，由于碉堡与桥头距离近，木桥小，很难施展兵力。红军冲锋，国民党部队也不忙于还击，待到距离近时，就扔手榴弹，造成红军很大伤亡。多次冲锋，都无功而返。后来红军吸取教训，采取两面进攻的办法。一面加强正面攻击，一面则迂回到山后。据记载，一个叫云贵川的苗族战士，借助一根绑上钩子的长竿，施展高巧的攀岩本领，爬上高坡，放下用绑带连接起来的绳子，让其他红军战士爬上山坡，从山顶后面向腊子口守兵发起进攻。在神勇的红军战士两面夹击下，敌人惊慌失措，落荒而逃。腊子口战役的胜利，打开了川北通向甘南的大门，为红军北上抗日、在陕北建立根据地，奠定了基础。

四

在我参观腊子口战役纪念碑时，公路上停下一辆小车，车里走出4个成都人，是在宕昌承包工程项目的，也来参观腊子口战役纪念碑。我想在纪念碑前留一个影，就请其中一名叫小杨的给我拍张照片。他们看到我胸前挂着"我走长征路"的胸牌，就问起我的情况。之后我们一起参观了小木桥、碉堡等战斗遗址。他们上车准备离开，小杨问我下一站到什么地方。我想去看舟曲县城，2010年8月8日，舟曲县城发生了特大泥石流灾害。小杨说："腊子口地处偏僻，交通不便。你上我们的车，把你带到宕昌，这样你就方便了。"这时雨虽然停了，但阴暗的天空随时都会下雨，我从大巴车下来到现在一直没有看到客运车辆经过，返回确实有困难。但我还没有参观过腊子口战役纪念馆，有点不舍。小杨说："这没关系，我们参观过了，但我们可以把你送到纪念馆门口，我们在外面等。"

我上了他们的车，到了纪念馆，我进去参观，他们一直在车上等着，直到我参观结束。途中他们还停车让我拍远处山峰上的积雪。小车行驶了60多公里，他们一直把我送到宕昌县城汽车站，还帮助我带好行李，然后再离开。

之后我又换乘了2辆班车，才到了舟曲。回想起这一天的行程，这一路上遇到了这么多的好心人，我为此感到心慰。他们都热爱红军长征的历史，都积极帮助走长征路的人，如果不是他们伸出一双双温暖的手，我要顺利参观完腊子口战役遗址是很难的。

寻奇雨中哈达铺

2017 年 6 月

中央红军开始万里长征的方向最先是不明确的，到什么地方去建立新的根据地，长征目的地曾做过多次调整。红军进入甘肃南部，攻占腊子口，进入哈达铺，毛泽东和中央领导极其偶然地在报纸中发现，红二十五军到达陕北，与陕北刘志丹领导的红军会合，在陕北建立了根据地。得到这个信息后，中央红军就决定进军陕北，在陕北建立根据地，从此中国革命翻开了新的篇章。哈达铺在红军的长征历史中有过这么重要的作用，自然成了我走长征路的一个重要目的地。

一

2017 年 5 月 22 日早上 5 时多，列车停靠在哈达铺火车站。天色还是黑的，还下着大雨，寒气逼人。车站工作人员穿着羽绒制服，还跺着脚，把脖子往衣领子里缩。眼前一派冬季景象。与我同时下车的还有一批宝鸡市的退休老教师，他们不忙于出站，而是打开行李箱取出衣服往身上穿。我也赶紧穿上棉毛裤和冬外套。

车站外面是空荡荡的广场。与其他车站不一样，这里没有一个人也没有一辆车。靠左边不远处是一片低矮的房屋，亮着昏暗的路灯。车站工作人员告诉我们，这就是哈达铺镇，参观红军长征遗址要进去两三公里路。下着雨，天气冷，带着行李，在一个陌生的地方，我们很茫然，不知道怎么走好。随着这批宝鸡老人，从出站口又走回到车站的售票口大厅，他们向售票员了解车次情况。新建的哈达铺火车站规模和档次大大高于一般车站，但车次很少，宽敞高大的候车大厅和售票厅除了我们十几个老人，别无他人。宝鸡老人们也是来参观哈达铺红军长征遗址的，他们参观完后再乘火车到陇南。领头的一位个子稍高，原籍是浙江义乌，他一听我是宁波人，也是专门来参观红军长征遗址的，很高兴，陌生地相遇浙江人，备感亲切，互相称起了老乡。

雨还是不停地下着，他们大部分人留在车站避雨和看管行李，领头的叫上两人先进入镇里去打探。我把行李一放，也跟上先行的三人进入哈达铺镇。

哈达铺因盛产中药材闻名，各地有很多药材商人进入这个古镇。为了通信方便，古镇很早就建立了邮政代办所，为了掌握各地信息，还订阅了很多报纸，成了繁荣的商贸集镇。

如今的哈达铺镇变了。火车站广场前有一条公路，通往全镇，也是镇里的主要街道。从陇南、宕昌到岷县、兰州等地的大客车都穿镇而行。镇上没有固定的汽车站，招手上车，随意下车。集镇除了火车站比较现代化，其他的房屋建筑多

哈达铺老街

邮政代办所

为群众自搭自建，一般只有两三层，砖瓦结构，很难看到高大一些的建筑。

雨一直很大。大约走了 20 分钟，我们选择了一家牛肉面馆作为早餐点。回到火车站，叫上其他老人，带上行李，到牛肉面馆吃了早餐。我虽然撑着伞，但双肩包下已经被雨水淋湿了。一大碗热气腾腾的牛肉面，加上一个卤鸡蛋，只要 8 元钱，货真价实，吃下后也驱散了身上的寒气。早餐店服务员同意我们把大件行李留在店里，我们轻装上阵去参观。

二

顺着大路向前走，经过哈达铺镇政府门口，再向前就到了哈达铺老街。这条全长 1200 米的老街，还保持着 80 多年前的风貌。我们先向左走，路口有一棵古树，树干有些弯曲，像一位和蔼的老人迎接远方的客人，似乎在向游人诉说哈达铺昔日的辉煌。

老街的旧建筑墙面大多刷成红褐色。离路口不远，老街的右面就是关帝庙，这座古老的庙寺被装饰一新。可能与去年庆祝长征胜利 80 周年有关，大门上面一块牌子写着"哈达铺会议旧址，陕甘支队诞生地"。关帝庙的大门开着，门庭后里面有院子，院子后面是大殿，这里就是哈达铺会议旧址。红军长征到达哈达铺后，毛泽东主席和其他中央领导就是在这里召开团以上干部大会的。在这次红军干部大会上，党中央决定红军向陕北方向前进，在那里建立根据地。同时决定把中央纵队和红一方面军还留下的 8000 人改编为陕甘支队，彭德怀为司令员，毛泽东兼政委，林彪为副司令员；陕甘支队下辖 3 个纵队，中央红军的主力一军团和三军团改变为 2 个纵队，中央纵队也为 1 个纵队。

从关帝庙出来，沿着老街再向前走，不到 200 米，就是义和昌药铺，当年这里是张闻天、毛泽东住宿和办公的地点。门关着，大家就在门口拍照留念。门口有一块牌子，上面写着："1935 年 9 月 18 日红军占领哈达铺，9 月 20 日毛泽东同志到达哈达铺，从附近的邮政代办所得到的国民党报纸中获悉，陕北有刘志丹、徐海东领导的红二十五军、二十六军。1935 年 9 月 22 日上午在此召开了中央领导人会议，当时参加的有毛泽东、周恩来、张闻天、王稼祥、博古等中央领导，会上分析了形势，讨论了任务，做出了向陕北进军、落脚陕北的重大决策。"

再向前十几米，对面就是原哈达铺的邮政代办所。它是两间低矮的小屋，门口立有两块牌子，其中红色的一块写着："这处旧址是当年的邮政代办所，距今已有百年历史，依然保持原貌。1935 年 9 月 18 日下午，中央红军长征途经哈达铺时，党中央毛泽东同志就是在这里的一张《大公报》上发现陕北有根据地和红军的消息。"另一块牌子上写着："当年管理这个邮政代办所的是一个姓王的陕西人，他一边做生意，一边管理邮政代办所。毛泽东长征时的警卫员陈昌奉同志在 1976 年重访哈达铺时，他说：毛主席一进哈达铺，没有直接进他的住所，而是在这里翻阅国民党的报纸。他记得这些报纸是《大公报》，有用的报纸被拿到住处后，几位中央首长也来了，大家一起轮流翻阅报纸，把有用的消息用红蓝铅笔勾了起来。"

这条老街，至今还保留着中央红军司令部及周恩来住过的小院"同善社"、红二方面军总指挥贺龙、任弼时住过的张家大院。另外还有哈达铺苏维埃政府、苏维埃哈达铺游击队司令部等遗址。这条 1200 米长的街道，坐落着 382 家店铺。据说，这是红军长征途中走过的最长、保留原貌最完整的一条街。

雨还是不停地下着，宝鸡来的老人们不停地在旧址前拍照留念，我以查找红军长征的资料为主。沿街的墙上有一些用黑色墨汁写的红军时代的标语，我估计是新的装饰。老街的尽头是红军长征哈达铺纪念馆，馆名是由胡耀邦同志题写的。纪念馆建筑面积大，还有一个大型广场。广场的一头有一座雕塑，背靠大山，造型是由中央红军、红二方面军、红四方面军三面军旗组成，象征红军三大主力会师，到陕北去，开创中国革命新起点。

纪念馆没有开门，我们从原路返回。雨一直下着，老街的另一段没有去参观。宝鸡的老人们回到早餐店取行李，他们马上去火车站准备离开哈达铺。我与他们告别，想再回去找些当地的红军长征资料，便来到哈达铺镇政府机关。从一楼走到三楼都没有什么人，遇到的几位都不是机关里的人。看来也找不到当地介绍红军长征过哈达铺的资料，我也只得返回早餐店取回行李，搭车离开哈达铺镇。

三

第二天，天气好了。我坐大客车从舟曲到岷县，再次路过哈达铺。熟悉的道路和街景，随大巴车一闪而过。我对哈达铺的名字也挺感兴趣。据说，以前哈达铺这一带是羌族和藏族同胞杂居的地方，这两个民族都使用哈达，买哈达的地方也就成了哈达铺。我想，如果红军从川北进入甘肃攻占不下腊子口，如果在哈达铺没有发现《大公报》上有红军在陕北的消息，红军长征的历史就会重写，中国革命的进程就会改变。这是不是长征途中红军历尽艰难困苦的又一次绝处逢生？是巧合还是天意？甘南也真有其神奇。哈达铺邮政代办所的《大公报》就像一条珍贵的哈达，献给了毛泽东和他领导的红军，使长征走向胜利。

榜罗遗址听余音

2017 年 6 月

2017 年 5 月 23 日上午，我从舟曲坐大巴车到岷县，想到岷县后再转乘汽车到定西，然后再去通渭和榜罗寻找红军长征遗址。公路在险峻的山沟里穿行，两边是高高的山峰，植被不好，山坡被雨水冲刷成一道道深沟从山顶直通山脚。从裸露的山脚看，这些山体都是由泥土与碎石堆积而成，很不结实。山沟中间是一条湍急的河流，混浊的河水夹带着大量泥沙流向远方，水流的悬崖边还有栈道若隐若现。这样的山水环境，形成泥石流灾害就不足为奇了。2010 年 8 月 8 日，舟曲特大泥石流就是在暴雨下发生的，造成重大的人员伤亡。红军长征进入甘南就要翻越这样的山，跨越这样的河，还有悬崖上这样的栈道，恶劣的环境曾夺去过多少红军战士的生命。

一

临近中午，大巴车到达岷县客运中心，但没有进站。司机知道我去定西，就向客运中心大门外的同事打招呼。一名年轻妇女跑了过来，乌黑头发，梳着一个大发髻，穿着长袖无领 T 恤，圆圆的笑脸。她很自然地接过行李箱陪我上了一辆开往陇西的大客车。她告诉我，岷县到定西没有车，只能到了陇西再转乘去定西的车。她要我先付好到定西的车票钱，保证到陇西后陪我上定西的车。虽然有些猜疑，但出门在外，只有一个人，还是照她的意见办吧。

大客车出了客运中心的大门，慢慢地行驶在岷县的街上，见有人招手就停车上客。到了加油站，司机又停车等搭车的旅客。我从舟曲过来已经坐了 3 个多小时，想去卫生间。司机的回答令我吃惊："加油站没有卫生间，你要方便就到大客车的后面。"怪不得昨天上午在哈达铺也没有找到卫生间。在西北坐车，我发现司机好像不吃中饭，也不上厕所，乘客在车上也不像我们沿海地区，又吃零食又喝水。一些汽车站有厕所，车站派有专人管理，是要收费的。

大客车快到陇西。公路边上一块旅游路牌指示，榜罗镇红军长征遗址到了。

我心中一喜。镇海出发前就买了最新版的西北地图，我在地图上仔细找过，虽然陇西到榜罗和通渭距离不远，但没有可通公路。现在很高兴看到这个信息，刚好大客车在加油，就向人打听。他们确认陇西有通榜罗的班车，我便调整计划不去定西，从陇西直接到榜罗，然后再到通渭，这样能缩短不少路程。

司机把我改道的消息告诉了正在帮助加油的售票员，那位有着圆圆笑脸的售票员走到我跟前，把多收的车费退给我。已经收了的钱还能退还，是我没有想到的。望着她的笑脸，更觉她端正而又诚实，值得信任。

陇西县是一个中药集散地。20世纪90年代末我来过，当时在陇西城里转了一圈，参观了陇西堂，还参观了中药市场。那时候陇西县城不大，房屋老旧，街路狭窄。这次到陇西已经看不出原来的模样，城市范围扩大了，高楼有了，街路宽敞，还建有绿地，增加了城市的韵味。汽车客运中心也搬到县城外面的文峰镇。我没有进城，司机就让我在客运中心下车，有圆圆笑脸的售票员指引我坐上去榜罗镇的班车，我默默地祝愿这些好心人有好运。

时间已经是下午3时，我乘上的是当天陇西开往榜罗镇的最后一趟班车，司机是位中年人。几十个座位的大客车上只有几名乘客，但还是按时启程，然后在街上走走停停拉客。我很理解司机的苦衷。我向司机打听，问清楚了红军长征在榜罗纪念馆的位置，还有去通渭县城的班车情况。一个半小时后，大客车终于到达榜罗镇。镇上没有汽车站，榜罗会议纪念馆大门口就成了汽车站。

二

纪念馆大门广场中间是一个圆形的打麦场，有一棵枝叶茂盛的核桃树。纪念馆工作人员介绍，这是棵古树，至今依然能结很多大核桃。打麦场旁边矗立着"连以上干部会议旧址"碑，背面的碑文是："1935年9月27日，榜罗会议召开。28日凌晨，在榜罗镇小学南侧打麦场的核桃树下，陕甘支队召开连以上军政干部大会，毛泽东作了重要讲话，提出了红军尽快到陕甘苏区集中的行动方针。张闻天、彭德怀分别讲话，阐述了北上抗日的意义，传达了榜罗会议精神，是党中央和红军进军陕北战略的总动员。"广场的左边是榜罗会议纪念馆，纪念馆的外形很像一座土黄色的城堡，里面阵列着红军长征图片和实物。广场北侧有一座高大的城堡。据介绍，这座城堡建于清朝同治七年（1868），它位于集镇中心的最高处，占地面积1万平方米，当时是为了防御盗匪，由一姓党的喇嘛集资修筑。1935年9月26日，陕甘支队到榜罗镇，城堡被红军警卫团攻占，随后司令部也设在城堡中心的文昌宫。警卫团驻守了4天3夜，负责中央领导和军事指挥人员的安全，为中共中央政治局榜罗镇会议的召开提供保障。

1936年9月12日，红二方面军长征到达榜罗，与踞守在城堡里的国民党地方民团激战。历经了150多年的风雨沧桑，城堡以它特殊的地理位置、2米多厚

连以上干部会议旧址

坚实的城墙，保护了一代又一代的榜罗民众；更因留有红军长征的红色印记，成了全国重点文物保护单位。

纪念馆左后小院，就是原榜罗镇小学。纪念馆工作人员为我开了院门。院子靠右是几间小平房，里面光线很暗。前两间挂着"张闻天住宿旧址"的牌子。后一间稍宽些，有57平方米，是原榜罗镇小学的校长办公室，门两边分别挂着一块牌子，一块红色的，是榜罗镇会议简介，另一块是"中共中央政治局常委榜罗会议旧址"铜牌。门里靠右一间地方不大，有一张床、两把椅子，是毛泽东住处。左边一间有一张桌子，桌子上有几张旧报纸，旁边放有几把椅子，墙上挂着毛泽东、张闻天、周恩来、博古、王稼祥的照片，是召开会议的地方。纪念馆工作人员介绍，会议由毛泽东主持。参观后，我向工作人员质疑，长征途中一般都是召开政治局扩大会议，开常委会没听说过。王稼祥同志当时不是常委，参加政治局常委会议那不是扩大会议吗？张闻天是中央负责人，会议由毛泽东主持是否有误？这位工作人员一直陪我参观，态度很好，但无法解释我的疑问。

红军长征到达榜罗镇，毛泽东等中央领导入住镇里的小学，在校长办公室发现了很多报纸，从中找到了陕北革命根据地、二十五军和刘子丹领导的红军等很多消息，这使中央领导更坚定了进军陕北建立革命根据地的决心。

院子里绿化很好，牡丹花盛开，有两棵松树苍劲有力，上面挂着"耀邦树"的树牌，还有一个说明：1982年，时任党中央总书记的胡耀邦在定西视察时，亲自委托原定西地委书记栽于纪念馆内，当地群众称其为"耀邦树"。

政治局常委会榜罗会议旧址

榜罗镇会议纪念馆

三

离开遗址纪念馆已经是下午 6 时了，我把行李箱寄放在纪念馆的门卫处，到街上找住宿和吃饭的地方。不远的街上，有一家榜罗宾馆，上去一问，房间有，但房间不带卫生间，洗漱和上厕所要到公用地方。管理招待所的女同志介绍我到另外地方找旅馆，跟着她走了 1 里多路。那旅馆显然是新修的，条件好些，房间里铺着地板，但也是没有配套的卫生间。我想为了明天坐车方便还是住榜罗宾馆吧！我要洗澡，但他们要另外烧水，要等。而且这里的水是咸的，喝不惯还要再到街上买矿泉水。

我安顿好住处，取回行李，便到附近街上找吃饭的地方。街上有几家饮食店，都是单间店面，有两家供应面条，其余的都卖馍。一名中年店主告诉我，这里吃馍很少喝水，一个大馍只要一点儿茶水就吃好了。他还说，这种吃法，我们那边不习惯。

榜罗宾馆有 5 间客房，都空着。这里没有自来水，宾馆用水来自楼下的水井，用水泵抽到上房的塑料桶里，再与公用的盥洗室连接。用铝合金板隔出一个小间做洗澡房，只能容纳一个人使用，用电加热，水量很小，要洗澡的人确实很少。这里地下水碱性重，有咸味。夜里天气冷，街路上有些人还披着军大衣，我还是开了电热毯取暖。虽然吃住的条件差些，但离榜罗小学旧址非常近。

第二天早晨，我出去在街上转了一圈。离榜罗宾馆不远就是红军街，这些低矮的旧屋都是当年红军将领的住所。我还爬上一座山头俯瞰，榜罗镇是一个小盆地，周围的山不高，坡面显得平缓。如果没有那座高大而坚实的城堡，榜罗镇真是无险可守。站在山头上看，镇里通向西南和东北的道路都一清二楚，能估摸出红军当年进出榜罗镇的方向。从山坡下来，在榜罗镇中学门口，10 来名学生在扫地，尘土冲天而起，使扫地学生都被隔了一层灰黄的尘土。我问学生为什么不洒些水，学生说："没有水。"昨晚和今早，我问的几个当地人都说水困难，榜罗也是个缺水的地方。镇里的房子大多都是泥坯房，由于降水少，用黄泥垒起来的墙有些发白。一些小路都是泥路。我想，80 多年前，红军长征路过这里，毛泽东和红军战士的生活一定更艰苦。

通渭吟诵长征诗

2017 年 6 月 20 日

　　毛主席是位伟大的诗人,仅在 1935 年 10 月,就有《七律·长征》《念奴娇·昆仑》《清平乐·六盘山》3 篇气吞山河的诗词问世。毛泽东主席《七律·长征》第一次吟诵地就是通渭县城的文庙街小学。通渭县城和六盘山就成了此番我走长征路的必到之地。

一

　　1935 年 9 月 10 日夜,为了摆脱雪山草地困境,与张国焘分裂中央的企图做斗争,实现红军北上目标,毛泽东果断决定,率领第一、第三军从巴西北上。9 月 12 日在甘南迭部高吉村召开政治局扩大会议,史称俄界会议。会议决定,坚决反对张国焘的分裂主义,把新的根据地建在中苏边境。9 月 17 日红军攻占天险腊子口,翻越了岷山雪峰,打开了北上的大门,还缴获了大量物资,使红军摆脱了困境。9 月 18 日红军占领哈达铺,从报纸中获悉陕北有红军和根据地,毛泽东就决定向陕北进军。9 月 23 日红军离开哈达铺,连续快速行军,在敌人布防薄弱的武山和漳县之间穿越,经新寺到渭河南岸的鸳鸯渡渡过渭河。9 月 27 日红军进入榜罗镇,后又攻占了通渭县城——中央红军走出雪山草地打下的第一座县城。部队在通渭得以休整,随即在县城南门外的河滩上召开大会,向全军将士传达党中央对红军进入陕甘苏区和北上抗日的决定。部队在通渭县城举行会餐和全军文艺联欢会,人声鼎沸,一片喜气洋洋。据当地资料介绍,9 月 28 日,毛泽东率陕甘支队进入通渭县城,当晚,在文庙街小学接见第一纵队第一大队先锋连全体指战员,当时,就满怀激情地吟诵起《七律·长征》,热情赞扬了举世闻名的二万五千里长征,歌颂了红军不畏艰苦的革命精神。诗句气势磅礴,风格豪迈,如大河奔腾一泻千里,极大地鼓舞了士气。

二

　　我在榜罗镇住了一晚。5月24日上午，乘客车去通渭县城。榜罗到通渭的公路与红军当年进军通渭的线路相吻合。在陌生的地方，没有熟人，要寻访旧址，客车司机是我最好的向导。通渭县城汽车站到文庙街小学很近，出了汽车站只要拐两个弯就能找到小学。问清了路，我心里踏实多了。

　　汽车在公路上行驶，两边的黄土山坡不时出现窑洞。虽然缺水，降雨量小，但也能看到山坡上成片的农田、薄膜覆盖的垄畦，还有郁郁葱葱的大树。客车路过村镇，司机就停车上客。坐在我旁边的是个年轻人，在西安打工，这次回来是家里有事。他知道我是宁波人，就要我帮他学做生意，还给我手机号、微信号，一直谈到下车。是啊，如今的年轻人，心已经不在农田上了，农业收入少，出外打工挣钱创业成了主流。

　　客车到通渭汽车站后，司机又再次提醒我前行的方向。我出了车站，转了两个弯，在交通民警的引导下，走在文庙街上。不多远就看到了文庙街小学的大门。走上高高的台阶，想要看看矗立在校园内的毛泽东吟诗纪念碑，但大门紧闭。说了不少好话，门卫就是不开门。旁边的一位中年男子说他有校长电话号码，叫我直接和校长联系。果然拨通了电话，我说了我的情况：一个外地来客，专程来参观毛泽东吟诵《七律·长征》旧址。我也没有听清对方在讲什么，就挂了电话，对门卫说："你们的校长已经同意了。"这样我才进了学校的门。

三

　　进门左侧就是红色的 V 字形纪念碑，上面是毛体《七律·长征》：

　　　　红军不怕远征难，万水千山只等闲。
　　　　五岭逶迤腾细浪，乌蒙磅礴走泥丸。
　　　　金沙水拍云崖暖，大渡桥横铁索寒。
　　　　更喜岷山千里雪，三军过后尽开颜。

　　我想自己从这么远的地方过来参观，进门又不容易，就选择多个角度拍摄纪念碑。在门口为我出主意给校长电话号码的中年男子也走了过来。他告诉我，纪念碑位置还不是真正原址，当年毛泽东吟诗的地方，在纪念碑向左 20 米处。他还用手指了指那个位置，当年那里有几间小房子，十几年前校舍改建时拆除了。

　　这么重要的遗址拆了确实可惜，虽然新建了一座纪念碑，但替代不了旧建筑原址原貌所保留的内涵。

　　在第一次吟诵《长征·七律》旧址，我对这首毛泽东诗词又细细地品味了。诗的前两句和后一句都没有指出具体的地点和场景，中间的五句都是长征经过的

毛泽东吟诵长征诗纪念碑

地方，按前后顺序排列。

前两句"红军不怕远征难，万水千山只等闲"表述了红军战士在长征途中勇往直前，不怕困难，没有被路途遥远的万水千山所吓倒，而是迈开双脚坚定而充满自信地走向前方。

"五岭逶迤腾细浪，乌蒙磅礴走泥丸。"第一句指的是红军从中央苏区撤离，连续翻越了横亘在江西、湖南、广东、广西的大庾岭、骑田岭、都庞岭、萌渚岭、越城岭，诗人就像大鹏展翅飞上高空，在空中俯瞰，这5座崇山峻岭只不过如河流上的小小细浪。第二句指的是，红军翻越了位于贵州西部和云南东北部的乌蒙山区，虽然都是山高崖险，但在红军战士这些巨人脚下，一座座山头只成了一颗颗小小的泥球。

"金沙水拍云崖暖"，红军长征到达金沙江，毛主席在金沙江边的岩洞里指挥部队过江，听到了金沙江水拍打岸边悬崖的声音，他回想起从遵义会议以来，红军四渡赤水，南渡乌江，兵临贵阳，直逼昆明，征战千里异常艰辛，但在敌人的重重包围中跳出，巧渡了金沙江，使红军摆脱险境，心中产生了愉快和温暖的感觉。

"大渡桥横铁索寒"，红军顺利地过了彝区，强渡了大渡河，但由于红军大部队渡河速度太慢，为了防止被敌人围歼，下决心夺取泸定桥。被敌人抽掉了桥板，大渡河上的铁索寒光闪闪，在神勇的红军战士面前，这样的天险没有阻挡住长征的步伐。红军胜利渡过大渡河，标志着敌人妄图把红军成为第二个石达开的阴谋失败。

"更喜岷山千里雪，三军过后尽开颜"是写红军从雪山草地过来，攻占了天险腊子口，翻越了岷山，这是红军长征途中最后一座雪山，在哈达铺、榜罗镇，中央决定挥师陕北，北上抗日，使中国革命前景出现光明，表现出诗人喜悦的心情。这就是毛泽东在通渭县城文庙街小学吟诵《七律·长征》的历史背景。

四

现在，西北地区交通也方便了。我回到汽车站，去会宁的班车已没有了。车站工作人员告知，去定西的车有的，到定西后再转会宁的汽车就多了。

通渭到定西不远，大客车票价27元。到了定西后只等了半小时，我又上了去会宁的班车。这辆班车司机看上去年龄偏大，在途中停车时，我向他问起会宁红军长征胜利会师的地点、会宁去隆德的车站位置及市内的公交车等，他都不厌其烦地给我解释得清清楚楚。他还建议我不到汽车站就下车，住在会师门附近的一家宾馆，这样参观方便。

会宁素有"秦陇锁钥"之称，在历史上是一座荒凉的边城。如今城区面积扩展了，远远望去，鳞次栉比的高楼拔地而起，道路宽畅，绿化配套，沿着城区河道建有高档住宅。汽车开过大桥，在一个红绿灯前停下，就到了司机向我建议的这家宾馆门口。入住安顿后，我走出宾馆，只有几百米就到了红军长征胜利会师旧址。进口的大门上方挂着横匾，写的是"会宁好地名，好地名啊！红军会师，中国安宁"，这几句话是毛主席所说的。园内北面是一道古城墙，城墙的中间是城楼。城楼两层结构，龙脊兽瓦，飞檐翘角。城楼和城墙红旗迎风招展，城门上写着"会师门"三个大字。这座城楼原是会宁城西的津门楼，建于明朝洪武六年（1373）。1936年10月，中国工农红军一、二、四方面军在此会师，标志着红军长征胜利结束。1987年，城楼因地基下陷，造成楼壁破裂，甘肃省政府拨款依照原样重建。两边的城墙是兰州军区出资重修的。这些建筑都修缮一新，看不到古建筑的苍凉与破损。园内东侧是会师塔，这是一座高高的塔形建筑，塔体由3座小塔组成，到顶层合成一体，红壁绿瓦，十分壮观。会师塔的后面还有一些古色古香的建筑，是红军长征会师联欢大会的会堂，旁边还有参加红军长征会师的将士碑廊。来参观的人们一批接着一批，在会师塔前举着党旗宣誓，拍照留念。

园内西侧是一座雕塑，雕塑中部是一位红军战士半身像，他神态肃穆地目视远方，周围被一条飘逸的红绸带围绕。雕塑的后面是红军长征胜利纪念馆，这座纪念馆展出的内容比较全面，参观的人也多。穿着志愿者服饰的是一批兰州大学学生，他们穿行在参观人群中为游人服务。会师门城楼前，有建筑工人在调换地面砖等，在紧张地施工。施工领队对我说，去年是红军长征胜利80周年，来人很多，中央电视台等新闻媒体现场直播，一些大型车辆和设备进入园内，造成地砖破损，现在正抓紧抢修。红军将士碑廊是我最后参观的地方，在碑廊里留下墨宝的都是解放军的高级将领，他们都参加过当年的会宁会师。他们中最低军衔也是少将。其中一位叫曹思明，还是我当兵在六十军时的军长。这些红军将士在世的已经很少了，但这些历经千难万险的英雄，将永远被铭记在中国人民的心中。

会宁古城门

天高云淡六盘山

2017 年 6 月

吟诵毛泽东词《清平乐·六盘山》很容易使人联想起这样的景象：一个秋高气爽的日子，诗人风尘仆仆地登上六盘山顶，极目远眺南飞的大雁，似乎在想念南方的战友，你们好吗？他胸怀大志，历尽艰险的二万五千里长征路只是在挥指谈笑间，"不到长城非好汉，屈指行程二万。"看到红军将士雄赳赳地爬上山头，他知道这支历经锤炼的部队是一条战无不胜的"长缨"，缚住"苍龙"，指日可待。"今日长缨在手，何时缚住苍龙！"此为定论。

这首词一直在激励我，多年来，我一直想要登上六盘山，在现场体验这首词的意境。现在，这个愿望就要实现！

一

2017 年 5 月 25 日上午，我离开会宁去宁夏隆德。坐在我旁边的是一个静宁县的女学生，她在静宁县城读高中，家在农村。家里有 30 多亩土地，以种玉米、土豆、小麦为主，父亲在银川打工，地里的农活全靠母亲和爷爷、奶奶劳作。她父亲的收入还好，每月有 7000 多元，但为了女儿和儿子到城里读书，自己只留下 700 元生活费，其余全寄回家里，自己省吃俭用，为了儿女能读书成材，可怜天下父母心。当我问起红军长征过静宁的历史，她就不清楚。

红二十五军，是一支独立完成长征的部队，他们在 1935 年 8 月 14 日开始，就在静宁和隆德一带活动，一度还攻占隆德。当他们知道中央红军北上的消息后，不顾被围歼的危险，坚持在西兰公路附近牵制敌人，等待党中央和中央红军的到来。军政委吴焕先同志就牺牲在那里。红二十五军整整在西兰公路一带与敌人周旋了 20 天，再撤离到陕北与刘志丹部队会合。望着这山连山的黄土高坡，回想起这段历史，不难看出中国工农红军具有的那种顾全大局、互相配合、团结一致的作风，这也成了人民军队克敌制胜的法宝。拥有这个法宝，我党领导我们的人民军队战胜了日本侵略者，战胜了蒋介石军队，战胜了以美军为首的入侵朝鲜的外国军队。

二

到了静宁县城，邻座下了车。分别时，我鼓励她好好学习，不要辜负父母的期望。司机也没有休息，顾不上中饭，又驾车驶向隆德。

隆德的天气很好，蔚蓝的天空飘着几朵白云。我在汽车站寄存好行李，向车站工作人员问清楚往天水的客车时刻，就开始盘算登六盘山。从车站工作人员口中得知，上六盘山有出租车，也有公交车。出租车是到景区门口，还是直接上山顶，是单程计价还是双程计价，他们都讲不清楚。车站广场上停着几辆出租车，但我还是有点不放心。他们还告诉我，公交车是到景区门口的，但班次少一些。汽车站对面就有公交车站，我选择公交车。

在公交车站的候车棚下，我遇到一位姑娘，她叫润润，有一张和善的笑脸。她穿一件白色短袖T恤、一条洗得发白的蓝色牛仔裤。她大专毕业后在银川一所幼儿园工作。我告诉她我是从宁波来的，专程到六盘山参观红军长征遗址，但不知道怎样去六盘山。她告诉我，她家就在六盘山脚下，也多次登临过六盘山。汽车站到六盘山景区有十几公里，坐公交车有二十几站，买票只要1元钱，十分方便。上六盘山顶有两条路，一条大路比较远，要走一个半小时；还有一条小道，就近些，她建议我还是走着上山，沿途风景很好，坐车就没有这个感觉；到了山顶，如果累了，也可从山上坐车下来。我听从了她的建议，等公交车来了，我们一起上了车，她又向我介绍一些情况。为了便于联系，还互相留了手机号码，加了微信。离六盘山景区大门还有2站路，她先下了车，还一再嘱咐我，到公交车站再下车，这样上山更近些。

六盘山红军小道

三

公交车在六盘山风景区门口停车，上六盘山的旅客下车。在风景区门口，我向工作人员了解上六盘山游览的路径。他们告诉我，红军长征纪念馆和纪念碑都在山顶，可以乘坐景区中巴车上山，然后再乘车下山；也可以步行上山。景区开辟的"红军小道"也可上山顶，约 4 公里。他们劝我年纪大还是乘车上山安全。经过比较，我决定听从润润的意见步行上山，如果累了再乘车下山。售票员看了我的身份证，就给我一张免票证。走过景区入口通道，又走了一段路，我看见了公交车站，这下我才明白润润为什么再三叮嘱我乘公交车要到站下车。过了公交车站又走 1 公里多，前面有个岔路口，有两条路，一条是景区中巴通行的公路，沿着这条路上去 7 公里到山顶；另一条小路是走向"红军小道"的。

在"红军小道"的入口处，管理人员对我说，山上有些地方坡陡，中途没有车，我年龄大，不要太累了；如果坐车可在公路边上等。我谢过他们的好意，迈开大步进入"红军小道"。"红军小道"全长 2.6 公里，旁边还有一条溪水沟，沿途有 18 个小景点，每一个景点都再现长征路上发生的故事，如告别于都河、突破第四道封锁线、遵义会议、娄山关、飞夺泸定桥、过雪山草地、攻占腊子口等。"走一次长征路，听一次党课，读一遍长征史，唱一支红歌。"六盘山风景区会在显眼处标示这样的口号，这对参观和学习红军长征历史的游客来说，有很好的教育作用。

"红军小道"在山间穿行，沿途有小溪相伴，山坡上树木成荫，成片的落叶松守护着六盘山、滋润着六盘山，一丛丛开着白色小花的灌木，绽开少女般秀丽的脸庞，迎接着远方的来客。沿途环境真幽静，景色真秀美。

山势渐高，陡峭的山路使人费力，但景色更佳。远处的山峦在天际延伸，蓝天白云环绕，令人不时止步远望。山顶真的是天高云淡，毛泽东主席《清平乐•六盘山》词中的景象就在眼前，只不过没有南飞的大雁。

从"红军小道"登上海拔高度 2800 多米的山顶，豁然开朗。眼前是气势宏伟的大型广场，1 万多平方米的面积，6 根高大的立柱分列。前面是红一、二、四方面军的军旗造型组成的红色石碑，碑上是江泽民同志手书的"长征精神，永放光芒" 8 个金色大字。再往前是一排宽阔的台阶，通向六盘山长征纪念馆。纪念馆面积达 4900 平方米。纪念馆的顶层，是一个大型平台。平台上是一座高 26.8 米、长 18 米、宽 4.5 米的长征纪念碑，纪念碑碑铭为"六盘山红军长征纪念碑" 10 个金色大字，碑座上镌刻着"缅怀革命先烈，弘扬长征精神" 12 个红色大字。

站在平台上看周围群山起伏，是有一览众山小的感觉。我不由得朗诵起毛泽东的《清平乐•六盘山》：

红军长征纪念馆

天高云淡，
望断南飞雁。
不到长城非好汉，
屈指行程二万。
六盘山上高峰，
红旗漫卷西风。
今日长缨在手，
何时缚住苍龙！

纪念馆对面的山上，是纪念亭和吟诗台。山风习习，红旗飘扬，望着眼前的景色，心旷神怡，《清平乐·六盘山》的意境充溢襟怀！

六盘山上，极目远眺，我久久不愿离去。已近下午5时，还不断有旅客上来。我感觉精神很好，体力也行，于是决定徒步下山。在山下等待公交车的时候，我与润润通了电话，向她表示感谢，告诉她我已平安下山，晚上将离开隆德，继续我的行程。

【《镇海潮》2017年第3期】

回望吴起胜利山

2016 年 10 月

吴起，地处陕西省的西北部，位于洛河源头。战国时，为了防御秦国，魏国的大将军吴起在此屯兵 23 年，这就成了吴起地名的由来。

20 世纪 60 年代，由萧华将军作词的《长征组歌》里有一段歌词是写红军到达陕北吴起的——"锣鼓响来秧歌起，黄河唱来长城喜。陕甘军民传喜讯，征师胜利到吴起。"作为中央红军长征的到达地，吴起从此被载入新的史册。我已经寻访了不少中央红军长征重要事件的发生地，但之前没有到过吴起。这次到达吴起，圆了我走长征路的又一梦。

一

2016 年 10 月 6 日，我从宁波乘火车，第二天傍晚到西安。出火车站转乘公交到西安城北汽车站，当晚就购好去吴起的长途汽车票。10 月 8 日上午，大巴车就从西安出发，全程高速，驶向距西安 450 公里的吴起。

车厢比较空，与我邻近的是名女同志，她带着两个孩子从西安回吴起。交谈中，知道她是吴起中学的在职教师，姓贺，老家就是吴起西面的铁边城。我问起中央红军在吴起留下的遗址，她都很清楚。她告诉我，在吴起的胜利山上建有纪念碑，还有纪念馆，山后面还有彭德怀和毛泽东的塑像。城里还有毛泽东、张闻天等中央领导住过的窑洞。铁边城还有毛泽东的旧居，毛泽东还在那里吃过三大碗面，是当地农户的羊肉臊子剁荞面。那场"切尾巴"战斗也是从那里开始打响的。

下午 2 时多，大巴车驶入吴起汽车站。整个县城都坐落在山沟里，四周都是山，城区呈狭长状，洛河穿城而过。汽车站旁边有不少私家旅店，大幅的广告招揽旅客。我安顿好住宿后，顾不得吃饭，就坐上出租车驶向胜利山。

胜利山原称平台山，位于洛河的西岸，因"切尾巴"战斗的胜利，就改为胜利山。出租车很快就停在胜利山下的陵园路上。路南面那一片平坦的绿地，就是吴起县革命烈士陵园，绿地中央建有烈士纪念碑。路北面是中央红军长征胜利纪念碑园。这个纪念碑园是在 2005 年经中共中央办公厅批准而兴建的,也称得上"国字号"工程,占用了两座山头,占地 4.5 平方公里。从碑园的示意图上可以看到在两座山头上都建有与红军长征有关的建筑物。

进入碑园,首先要过一道高高的山门。对着山门,是一条非常醒目的甬道,筑于缓坡的台阶中间,用绛红色大理石铺砌。台阶在山腰间有三级平台。从坡脚仰望,绛红的甬道犹如一条从山头飘落的绸带,它的上头就连着高耸入云的纪念碑。甬道的两侧都有两条白边,红白相间,非常醒目。谓之甬道,其实并不确切,因为整条石砌坡面上镌刻了红军长征从江西出发到吴起的地名和时间;名之为"日志",是因为所刻内容都以地理和时间为序,便于游人学习长征历史。攀登的过程等于重温长征的历程,是为创意之举。甬道中间的三级平台,两边都是群雕,雕塑的背面还刻上了毛泽东诗词。三组群雕各分主题:转移转折、雪山草地、胜利会师。坡道的最上面就是中央红军长征胜利纪念碑。

纪念碑为大理石和汉白玉材质,总高度为 25 米,象征二万五千里迢迢长征路。纪念碑顶部高 5.65 米,为铜质镀金的人物造型:阳光下,两位红军战士,周身闪闪发光。他们分别代表中央红军和西北红军。两位红军战士肩并肩地站立在一起,各用一手高举步枪,目视远方。纪念碑主体高度 19.35 米,象征中央红军到达陕北的年份。纪念碑正面镌刻着毛泽东书体"中央红军长征胜利纪念碑"11个大字。纪念碑上基座四面都是"19351019"铜字,表明中央红军到达吴起镇的日子是 1935 年 10 月 19 日。纪念碑的底座立有 11 个浮雕柱,浮雕的内容是中央

中央红军长征胜利纪念碑

红军途经 11 个省的情景。按顺时针方向依序排列。

纪念碑所在的广场，中间是纪念碑，纪念碑后是中央红军长征胜利纪念馆。在这个广场的四周还有许多雕塑，以"战胜艰难困苦，摆脱围追堵截，取得伟大胜利"为主题，再现中央红军长征的历史。

<h1 style="text-align:center">二</h1>

从纪念碑往山上走，有几条游路与周边山头的景点连通。路边不时有一些红军长征主题雕塑，雕塑一般都有文字介绍，如"背着弟弟去长征""长征战友情""人小志气大"等。参观完一个山上的景点，我转向另一山头的景点。这个山头上有毛泽东诗词壁和毛泽东、周恩来、王稼祥"三人团"塑像。长征途中，毛、周、王三人组成了中央最高军事指挥小组，被称作"三人团"。还有按 1 ∶ 1 比例复制的遵义会议会址及战壕工事等建筑。

在山上我只碰到两个老年人，问起彭大将军的塑像，他们可能都知道，但或许是陕西地方语言太难懂，或许是他们年龄大了，表述不清楚，我怎么也听不明白，纪念碑园的示意图也没有标出这两个塑像的位置。没有找到彭大将军的塑像，我不甘心，只得从第二个山头下来，转向更远的山头。行走在山梁的公路上，没有车，也没有人，我加快速度，走了不少路。再绕过一个山头，突然，前方出现了两台开采石油的"磕头机"，还有两间平房。这给我带来了希望。但走近房子，发现

彭大将军雕塑像

里面也没有人。我只得再向前，相信贺老师讲的不会假。又走了一些路，就发现大路旁靠左边有一条小道，修建了水泥台阶。我顺着台阶下去，终于找到了彭大将军的塑像。光着头，骑着一匹高头大马，一手拉着缰绳，一手握着望远镜，目视远方的群山——塑像的威武把我镇住了。不远处有一块石头，上面刻着毛泽东的六言诗："山高路远坑深，大军纵横驰奔。谁敢横刀立马，唯我彭大将军。"这是"切尾巴"战斗胜利结束时毛泽东写给彭德怀的。

我顺着游道又走向另一个山头，爬上一个陡峭的山口，走了一段路，发现山顶是一处大平台，旁边竖有一个牌子："吴起镇切尾巴战斗遗址"。是吴起县文管会公布的。在这个平台上，还有两个红军战士的塑像。两株枝叶茂盛的杜梨树下则塑有一尊毛泽东的坐像。

据介绍，1935年10月19日，毛泽东带领一纵队抵达吴起镇，随后彭德怀率二、三纵队也进入吴起镇。当夜，毛泽东等中央领导连夜召开军事会议，研究部署消灭尾随红军的国民党骑兵部队，彭德怀指挥了这一战斗。

当时尾随红军的国民党骑兵部队，与红军后卫部队最近距离只有5公里，被由陈赓指挥的中央干部团死死地拖住。有效的阻击，牵制了敌军的进军速度，使红军主力有时间集中抢占有利地形，在敌军的正面布置了一个严密的口袋阵，严阵以待。

1935年10月21日，凌晨4时半，毛泽东登上平台山，来到那棵杜梨树下，召开战前动员大会。他反复强调打好这一仗的重大意义。会后叮嘱警卫员说："现在休息休息，枪声响得激烈时不要叫醒我；在打冷枪时，再叫醒我。"

10月21日上午7时，吴起镇"切尾巴"战斗全面打响。中央红军采取分块切割、相机包围的战术，把敌骑兵分别包围在道川的塔儿湾、胜利山和头道川的扬城子、柳树梁、燕山梁一带。经过2个多小时的激战，中央红军全歼敌军1个团，击溃3个团，共打死、打伤敌人600余人，俘虏1000余人，缴获战马1600余匹，山炮、追击炮数十门，取得重大胜利。但此战红军也牺牲了200余人，包括一纵队政治部秘书长李鸣铁、一纵队卫生部政委胡定国等领导同志。

这场战斗创造了以弱胜强、以步兵打骑兵的奇迹。这场全胜的战斗，使中央红军一举切断了长征途中一直甩不掉的"尾巴"。这次战斗也是中央红军长征的最后一仗，宣告了蒋介石对红军长征围追堵截的阴谋彻底失败。这就是著名的"切尾巴"战斗。

吴起镇大捷后，毛泽东为彭德怀写下了"唯我彭大将军"的六言诗，彭德怀把最后一句改为"唯我红军战士"，又寄回给毛泽东。

山顶上，杜梨树下；夕阳下，起伏的群山。远望山间的一道道沟壑、绵延陡峭的坡面，我不禁为胜利的红军感叹！

三

我在山上走了3个多小时，找到了这些遗址后，已近下午6时，太阳也下了山。山上不通公交车，更没有出租车，一路上也只发现了几个行人。我知道如果走着回去，少说也要2个多小时，我一个人在山沟里又饥又渴，天黑了就更难了。正在为难时，一辆乳白色小车从山上飘然而下。我不抱希望，但还是招起了手，做了一个要求搭车的手势。急速行驶的轿车减慢了速度，过了我十几米后停了下来。是一个年轻的美女开的车。我向她说明我是在山上找红军"切尾巴"战斗遗址，现在返回有点困难，她很热情地让我上了车。我问起毛泽东、张闻天住过窑洞的具体位置，她笑着告诉我，那是在洛河的东岸，吴起县政府大楼的后面，现在已经关门了，不然可以把我送过去。她一直把我送到旅社门口。望着她驾离的车影，我心里充满着温馨！

夜里下起了雨。延安报的气温是4℃，感觉吴起更冷些，因此那夜我盖了两床被子。

81年前的10月，红军到达吴起镇，当时的吴起只有11户人家，不可能如人们想象的有一个镇的规模。因此绝大多数指挥员只能在野外露宿，那环境可想而知。谢觉哉当时已年过五旬，仍然和战士们一样在麦地里休息。1944年，谢老回忆起当年初到吴起镇的情景，写下了一首七绝：

> 露天麦地覆棉裳，铁杖为桩系马缰。
>
> 稳睡恰如春夜暖，天明始觉满身霜。

诗前有一段小引："板桥诗有'天明始觉满身霜'句，忆1935年冬初到吴起镇，宿麦地甚暖，天明见霜满衾，追赋。"

第二天，雨还是下着，我只好穿上冬衣。去铁边城参观是不方便了，就留些遗憾吧。还是决定乘出租车，去毛泽东、张闻天居住过的窑洞参观。在吴起城里乘出租车，车费都是6元钱。这里的出租车就像公交车，只要有座位，顺路人都可以上，后坐在车上的人到达目的地就可能多绕些路，对我来说求之不得，这样可以多看些街景。我住的地方在汽车站附近，这一片是新区，县政府大楼那里就是原来只有11户人家的老城。现在不论老城新城、山上山下，到处种有树木、花草，已经不像过去的黄土高坡了。

这个县只有十几万人口，县里的财政收入每年只有2亿元。但看到的县政府大楼还是高大气派，特别是大楼前的长征广场，更是气势恢宏。我简单地在广场转了一下，就顺着小路走向县政府后面的山坡，寻找当年的窑洞。

毛泽东等中央领导当年住过的窑洞是一富户修建的。户主在修建时刚生下第一个小孩，所以取名新窑院。窑洞坐落在洛河的东岸，燕窝梁下。新窑院分南北两院，南院是长工住的，北院是户主住的，中间有石砌过洞相连。

毛泽东的住处在南院，与警卫班、卫生班、机要室等一起。南院还有一间马厩，一只破旧的木制长马槽还放在原地，马棚旁的墙上还有两个栓马用的"鼻子"，听管理人员说这些都是原物。在毛泽东的住处，炕上有一张小方桌也是原物，窑洞里的布置都十分简朴。

　　通过石路到北院。这个院子的面积更大些，窑洞有两排，一直一横，这里是张闻天、王稼祥、秦邦宪等人的旧居。管理人员为我打开了一间碾磨窑的门，说："这里是中央领导开会的地方。"

　　里面陈列着碾子、石磨和几条长凳，想不到这里就是中央政治局会议室。党中央和中央红军在吴起13天时间，其中在新窑院住了11天，在陕北这个普普通通的碾磨房里召开过三次重要会议。第一次是1935年10月19日，召开的是军团以上干部会议，研究部署吴起的"切尾巴"战斗。第二次是10月22日，召开了中共中央政治局扩大会议，毛泽东做了《关于目前行动方针的报告》，张闻天总结发言。会议回顾了长征的历程，宣告中央红军长征胜利结束，批准了在甘肃榜罗镇召开的政治局常委会议讨论红军长征落脚陕北的决策，决定了党和红军以陕北苏区来领导全国革命的战略任务。第三次会议是10月27日，会议做出常委的分工，张闻天主持中央工作，毛泽东负责军事工作，博古负责苏维埃政府工作，周恩来负责中央组织局和后方军事工作。

　　吴起参观给我留下的印象最深刻。中央红军历经一年的长途跋涉，途经11省，历尽了艰难困苦，从8.6万人锐减到0.6万人，但红军战士经过百般磨练，也都百炼成钢。"切尾巴"战斗爆发出红军惊人的战斗力，又一次创造了一个以弱胜强、以步兵战胜骑兵的奇迹。"切尾巴"战斗，使红军在陕北站稳了脚跟，中国革命事业从此走向了新的起点。

古窑洞天保安行

2016 年 10 月

保安位于陕西省西部黄土高坡，沟壑纵横，洛河绕城而过。1936 年初，刘志丹率领红二十八军参加东征战役，东渡黄河，挺进晋西北。4 月 14 日，在攻打山西中阳三交镇的战斗中不幸牺牲，年仅 33 岁。中共中央在瓦窑堡举行追悼大会，沉痛悼念这位杰出的红军将领。同年 6 月，中共中央决定将保安县改名为志丹县。

中央红军到达陕北吴起镇后，中央机关不久就转移到下寺湾、瓦窑堡等地。1936 年 7 月 3 日，又进入志丹县城，直到 1937 年 1 月 13 日进驻延安。志丹县也被称为第二个"赤都"。

一

2016 年 10 月 9 日，参观了吴起的红军长征遗址后，我下午乘汽车前往志丹县城。深秋的志丹山峦起伏，色彩斑斓，全然没有昔日黄土高坡那种沧桑荒凉的感觉。进入志丹县城，一条大河环绕城区，河面宽阔，河水清澈，河两旁砌起高高的堤坝，岸上绿化十分整齐，城区也耸立着一些高层建筑。

汽车停在一座大桥边。我过了桥，来到一条南北向的横马路。在几个老人的指引下，知道这条街道的南头有红军大学，向北有保安革命旧址，再下去是刘志丹烈士陵园，志丹县城的 3 处重要革命遗址都在这条路上。

我先向南走，很快就找到中共中央早期的高等学府——红军大学。一块落地的大牌子上，"中国人民抗日红军大学" 10 个大字迎面醒目，下面还有一行小字："1936.7—1937.1，旧址。"说是学校旧址，确切地说这是一座山。从前面看，这座山不高，半山腰有几个山洞，马蜂窝似的。山洞下面的岩壁内凹，形成一处天然的朝东南向的平整处，依岩壁建有 5 间小平房。小平房下面还有一些窑洞。山洞、平房、窑洞都在一个坡面上，垂直距离大约 50 米，三层建筑之间都有通道连接。如果敌机来侦察，很难发现这座山下有一个学校，轰炸也不起什么作用，在战争

保安中国人民抗日红军大学旧址

环境中选择地方培训高级干部，隐蔽性更为重要。

进了大门，依山脚是一个广场。广场两边各建有一幢窑洞似的平屋。广场的南端，有一棵大树，树下是一座石雕，雕刻的是几个红军战士在听讲课的情形。

我先参观窑洞。这些窑洞当年是学员的宿舍、图书馆、伙房和教室。每间宿舍里都有一张桌子、几把椅子等，坑上放着三四床被子；图书馆里有两个玻璃书柜，陈列着一些马列主义的书刊。走进教室，后面墙上是"团结、紧张、严肃、活泼"8个红色大字，中间是石桌。斯诺的《西行漫记》里是这样描述红军大学教室的："最后，以窑洞为教室，石头砖块为桌椅，石灰泥土糊的墙为黑板，校舍完全不怕轰炸的这种'高等学府'，全世界恐怕就只有这一家。"山腰处的5间平房是学校的办公区，旁边还有校长林彪、教育长罗瑞卿及罗荣桓等人的旧居。再上去是一个山洞，通向山上面。山顶最高处是一个红军战士吹号的雕像。站在雕像下，视野十分开阔，可谓一览无遗。

在北边屋顶平台上，是毛泽东、张闻天、秦邦宪、林彪、徐特立5个人的塑像，塑像的下面有文字说明：1936年7月中旬，抗日红军大学新校舍建成，开课的当天，毛泽东、张闻天、秦邦宪、徐特立来到学校驻地视察，参观了用废弃石洞改造的教室和宿舍。毛泽东诙谐地说："你们过着石器时代的生活，学习着当代最先进的科学——马克思列宁主义。你们是元始天尊的弟子，在洞中修炼。什么时候下山呢？天下大乱，你们就下山。"毛泽东还勉励学员安心学习，迎接和促进抗日民族革命高潮的到来。在5座塑像的后面是一堵绛红色的墙，上面的文字是红军大学一科 40 位学员的简介。

抗日红军大学一科的学员，都是红军师团以上干部，平均年龄只有 27 岁，有 8 年以上的作战经验，平均每人身上有 3 处伤疤。当时林彪才 28 岁，可谓年轻有为啊！

在这些学员的简介中，我看到了一批在抗日战争、解放战争、抗美援朝和共和国成立后参加解放军现代化建设中做出重要贡献的著名将领的名字和他们的肖像。如罗荣桓、彭雪枫、杨成武、刘亚楼、张爱萍、苏振华、耿彪、陈士渠、谭政、谭寇三等，还有两位是外国人，一位是越南的洪水，另一位是朝鲜的武亭。

1935 年中央红军到达陕北后，形势正由国内革命战争向抗日战争转变。1936 年 6 月 1 日，党中央在瓦窑堡决定创办抗日红军大学，任命林彪为校长，毛泽东兼任红军大学政治委员。当时红一方面军长征刚刚结束，红二、四方面军还在长征途中，可见在这样极端困难的条件下，中央下这么大的决心培训干部、积储力量，是有长远的战略意义的。半年后，1937 年 1 月 10 日，抗日红军大学离开志丹县，随中央机关迁入延安。

二

保安革命旧址，地处志丹县城将军山下，由一些红砂石窑洞组成。据史料记载，这些红砂石窑洞最早是由北宋年间镇守边关的大将军杨继业父子屯兵所凿，战乱后一直由当地居民居住。1936 年 7 月 3 日，中共中央机关从瓦窑堡撤离，进驻保安，这里就成了毛泽东、张闻天等中央领导居住和办公的地方，一直到 1937 年 1 月 10 日离开。

保安中央领导住地旧址

我参观红军大学后，又来到保安革命旧址。这处旧址也紧靠马路边，大门口有一块黑色的牌子"保安革命旧址"，为全国文物保护单位。

由于旧址在整修施工，大门紧闭。我不想放弃参观的机会，在民工的指点下，爬过2米多高的施工梯子，进入参观区。这个旧址依山脚从南到北有十几孔窑洞，南边地势稍低些是伙房、毛泽东旧居、警卫班、叶子龙旧居、机要室5座窑洞。这些窑洞前是一个广场。广场的北面有一棵高大挺拔的大树，淡黄色树叶已经开始飘落。我隔着围墙向外面几位当地老人询问，他们的话我听不懂，好像是银杏树。大树下有两间小平房，是周恩来旧居。向南面走上几级阶梯到了地势稍高些的窑洞，依次是中央会议室，张浩、李维汉、秦邦宪、张闻天等旧居。这些红砂石窑洞都建在山体里，十分隐蔽，防空条件很好。

我来到挂着中央会议室牌子的窑洞门口。从资料中知道，中共中央政治局在志丹县期间，曾在这座窑洞里召开过21次重要会议。和平解决西安事变，指导和决定三个方面红军在甘肃会宁会师等一些重大决策都在这里产生。在这里还先后发布了《关于土地政策的指导》《中国共产党致中国国民党书》《中央关于抗日救亡运动的新形势与民主共和国的决议》等重要文件。

毛泽东旧居是五孔石窑中的第二个。在保安期间，毛泽东曾多次在这里接受斯诺的采访。站在毛泽东住过的窑洞前，斯诺采访毛泽东的情景就在脑海中浮现："1936年7月16日，我坐在毛泽东住处里面一条没有靠背的方凳上。时间已经晚上9点，熄灯号已经吹过，几乎所有的灯火已经熄灭。毛泽东家里的天花板和墙壁都是从岩石中凿出来的。下面则是砖块地，窗户也是从岩石中凿出的，半窗里挂着一幅窗帘。我们面前是一张没有油漆的方桌，铺了一块清洁的红毯，蜡烛在上面剥着火花。毛夫人在隔壁房间里，把那天从水果贩子买来的野桃子制成蜜饯。毛泽东交叉着腿坐在从岩石中凿成的一个很深的山壁龛里，吸着一支前门牌香烟。"

毛泽东在这里接见了斯诺，由此向世界宣传红军，宣传长征，宣传共产党抗日的主张，让世界知道了中国共产党和一批英勇无比的领袖。他在这里还接见了马海德、冰心等著名人士。在这里毛泽东还撰写了《中国革命战争的战略问题》《关于蒋介石声明的声明》等著作。

三

在参观保安革命旧址时，我对挂着"李维汉旧居"牌子的那口窑洞更充满好奇，这座窑洞与其他中央领导居住的窑洞没有什么区别，但里面也曾住过我们镇海人金维映。

由于没有管理人员，窑洞门都上了锁，锁门的搭扣比较长，用手一推，两扇门之间的缝隙也比较大。从门缝里望进去，我看到窑洞的坑上并排放着两床被子，一床红色，一床白色。窗前的桌子上放着一只浅黑色的箱子，这只箱子与在金维映纪念馆看到的一个样。据岱山县党史办同志介绍,陈列在岱山纪念馆的那只箱子，是金维映在长征途中随身携带的原物,是由李铁映捐赠给岱山金维映纪念馆的。

看着床上的红棉被和桌子上的箱子，不由得想起一些与金维映一起参加长征的老人的回忆。中央红军里有30名女战士参加了二万五千里长征，金维映是其中之一，她的照片在黎平会议纪念馆里也陈列着。

据与金维映一起参加长征的刘英回忆，红军到了贵州，吃的就更困难了，弄不到吃的，经常挨饿，但又要天天赶路。金维映好像是缠过脚后又放开的，所以她走起路来，腿脚不怎么好使唤，没有其他人利索。但她工作很积极、很踏实，肯干，也比较有办法，有经验，总是搞得很好。遵义会议后，过了金沙江，之后在西昌、泸沽一带经过彝族居住区时，把她们饿得够呛。因为国民党反动派宣传的影响，许多群众把粮食藏了，她们就割长在地里的青稞，用手搓下麦粒，煮着吃，但是煮不烂，吃在肚子里不消化。

而最艰苦的是过草地。金维映是和蔡畅、刘英、刘仙群等一起过草地的，在草地上走了整整七天七夜。由于没有盐吃，身上没有力气，草地一片茫茫苍苍，到处是沼泽地。气候瞬息万变，一会儿风雨交加，一会儿雪花卷着冰雹漫天飘下。有时天空晴朗了，但不知从哪里飞来一片乌云，顿时就会下起瓢泼大雨。草地没有人烟，下雨或晚上，就用一张床单铺在地上，用另一个人的床单支在几根棍子上面，撑起个临时帐篷。但早晨醒来，衣服总是湿的。草地上到处有水，但有的水有毒，喝了肚子胀痛难忍。有的脚被草根刺破，毒水一泡，就会发肿溃烂，甚至死亡。草地到处都有烂泥坑，有些同志一踏进去，就出不来，越急越挣扎，就越往下陷，眼睁睁地看着一些同志整个身体陷进泥潭而牺牲。有病的同志，没有医疗条件，走着走着就倒下，再也起不来了，长眠在草地上。当时自然条件恶劣艰苦，随时都会饿死、病死、陷进泥沼等，但金维映等都非常乐观。

钱希均在回忆长征中也常提到金维映：在红军长征时，我们每个女战士都发了一支手枪，用于防身。金维映还调到休养连担任党支部书记兼秘书工作，她跑前跑后，照顾连里的同志。在行军途中，有的同志走不动了，她还帮助背东西，扶同志赶路。到了宿营地，她又要做群众工作，安顿大家的吃住。当时大家都认为，她是城市里来的女同志，又是知识分子出身的干部，能够这样坚强是很难得的。钱希均在回忆里也说道：所谓艰苦最主要的，一是走路，疲劳，累得很；二是经常没有饭吃。有时一两天吃不到东西，尤其是缺盐，全身无力。有时金维映和我们就到处挖野菜，吃草根、树叶子。再一个是寒冷。过雪山时，冻得我们脸都变成青紫色，晚上宿营在野外、山上、河边、草地，往往冻得不能入睡。金维映和我们都挤在一起，用身体取暖。还有自然灾害的考验。突然下起暴雨，刮起风暴，都会给我们带来死亡的威胁。因行军往往在山上、在河边，会被突然出现的洪水卷走，被大风吹下悬崖，随时都可能牺牲，也几乎天天都有人牺牲。但我

教室

们坚持走完长征。

在保安期间，金维映和李维汉还生了一个男孩——李铁映，由于当时条件艰苦，只能送到农村找人护养。

由于身体不好，1938年春，金维映经新疆去苏联治疗和学习。1941年，金维映在苏联牺牲，年仅37岁。金维映牺牲在第二次世界大战中，她是镇海人民的好女儿，是家乡人民的骄傲，在《镇海县志》中有她的事迹记载。

结束了保安革命旧址的寻访，我又到了延安。在宝塔山下，在王家坪、杨家岭、枣园等革命旧址，参观了毛泽东、周恩来、朱德等居住过的窑洞。到了陕北后，红军长征结束，这些经过长征磨难的老一辈革命家，把长征精神演化成延安精神，在黑暗的中国树起了一座光芒四射的灯塔，照亮了中国革命前进道路，吸引了全国的进步力量，成为中国人民战胜日本侵略者、解放全中国的精神源泉。延安精神也成了中国共产党人的传家宝。

后 记

1996 年开始，我参与贵州扶贫工作，有机会参观了遵义会议会址，对红军长征历史及遗迹有了实地考察体验的经历。从那时开始，我对红军长征的历史更加关心。"红军不怕远征难，万水千山只等闲"，那是多么英勇豪迈，它深深地吸引了我，并触发我实地了解更多红军长征历史的动机。

20 年来，我 20 多次寻访中央红军长征遗迹。也许只有到了实地，才能真正体会到长征所要克服的往往是常人无法想象的艰难险阻。我心中十分敬佩红军精神，也只有红军才能不怕牺牲，永往直前，战胜困难，取得长征的胜利。近几年，我特地 6 次专程到吴起、会理、腊子口、六盘山、雪山草地、于都、老山界等地，以继续完善"我走长征路"的行程。

长征路遗址大多地处偏僻，交通不便，好在寻访途中得到了很多好心人的帮助。四川乐山的李志高是名彝族兄弟，他陪着我，到过彝海结盟、安顺场渡口、泸定桥等地方。那天参观泸定桥已是傍晚，为了担心下雨山体滑坡，连夜从泸定返回，到石棉休息已是凌晨 2 时。贵州普安的张元武，陪我在大山沟里转了三天三夜，把四渡赤水的每个渡口以及娄山关、重渡乌江等遗址全都跑遍。黔西南州顶效开发区徐科学，为我找到了瓮安的猴场会议会址、抢渡江界河渡口等遗址，后来还到威舍让我实地了解贺子珍负伤的情景。普安的庞波，开车送我到皎平渡。在去金沙江的路上，随处可见塌方。望谟的一位教师带路从简易公路翻越大山，到包树村看红军井、红军柳。当我一个人到黎平寻访时，开小旅店的壮族下岗女工农艺冰，为我带路找到小寨红军桥、红军墓、黎平会议会址等。她后回桂林老家，又有机会陪我到光华铺、千家寺、新圩、脚山铺等处寻访红军长征遗迹。

在寻访中，湘江渡口、赤水河畔、大渡河等都有很多当地老人为我讲述红军的故事。在通道的小面包车上，一名农妇为我让出她舒适的座位，开车的司机停下车，向我介绍红军从湖南进入贵州的行走线路，还让我拍下白衣馆的照片。

在腊子口参观时是雨天，返程时没有车子。几名四川人用他们的车送我到宕昌县城汽车站。在吴起胜利山参观结束后，天色已晚，山上没有公交车，也看不到行人和其他车辆，突然，一辆银白色的车子过来，开车的是名年轻女子，她把我送到了吴起县城住地。不然，我完全可能迷路山野。

四川凉山州副州长蒋明清、贵州黔西南州党校的常务副校长吴家富、原籍于都的彭小衡等同志分别为我提供了《红军长征过凉山》《红军在黔西南》《中央红军长征集结出发地于都》等地方资料。

如果没有这些熟悉的和素不相识的好人相帮，我是寻访不了这些长征遗址的。

本书组稿，基本上按照中央红军长征路线为次序，并不完全以我自己寻访的前后经过为序。我走红军长征路已经基本完成，然所得体会还是肤浅的，我还将继续学习下去，传承下去。

为纪念红军长征胜利 80 周年，我把历年拍摄的照片重新整理，从中挑选了近百幅，并配以简注。区委老干部局、贵驷街道、区图书馆、区海防历史纪念馆等 4 家单位还分别制作了"我走长征路"展板，在各单位展出。加上 2006 年镇海举办金秋菊展时也有"我走长征路"图片展出，今年培菊图书馆又举办"我走长征路"图片展，三次展出，参观人数达十几万，也是对红军长征的一种宣传。《今日镇海》《镇海潮》等对"我走长征路"的多篇文章进行刊登。在此基础上，我把多年积累的"我走长征路"相关文章再加审读，图文荟萃，合编成了《我走长征路》书稿。原镇海区委副书记王剑波同志闻讯，欣然命笔，为本书作序。1998 年 4 月，本人曾随王剑波同志到遵义会议会址参观，此番作序，也算是一种缘分。书名原本由朱瑞云将军题写，20 世纪 90 年代他在海军二十二支队任职，我就与他认识，此次由于是以丛书形式出版，书名统一格式，故无法使用，深表歉意。战友签名中的辛国华将军是我在一八一师汽车连时的战友。图片和书稿的形成得到了唐斌源、顾益良、钟维等人士的大力帮助，在此一并致谢。

由于能力有限，书中难免有不足，敬请指正。

陈伟高
2021 年 7 月于镇海

图书在版编目（CIP）数据

我走长征路 / 陈伟高著 . —杭州：浙江工商大学
出版社，2022.6
（镇海作家文丛 . 第三辑）
ISBN 978-7-5178-4961-2

Ⅰ . ①我… Ⅱ . ①陈… Ⅲ . ①散文集－中国－当代
Ⅳ . ①I267

中国版本图书馆 CIP 数据核字（2022）第 088882 号

我走长征路
WO ZOU CHANGZHENG LU
陈伟高 著

责任编辑	沈明珠	
责任校对	穆静雯	
封面设计	宇 声	
责任印制	包建辉	
出版发行	浙江工商大学出版社	
	（杭州市教工路 198 号 邮政编码 310012）	
	（E-mail：zjgsupress@163.com）	
	（网址：http://www.zjgsupress.com）	
	电话：0571-88904980，88831806（传真）	
排 版	杭州宇声文化艺术有限公司	
印 刷	杭州良诸印刷有限公司	
开 本	710mm×1000mm 1/16	
印 张	106.5	
字 数	2145 千	
版 印 次	2022 年 6 月第 1 版 2022 年 6 月第 1 次印刷	
书 号	ISBN 978-7-5178-4961-2	
定 价	398.00 元（共 9 册）	

镇海作家文丛·第三辑

王轲玮 著

会发光的灰尘

浙江工商大学出版社
ZHEJIANG GONGSHANG UNIVERSITY PRESS

总　序

适逢宁波市镇海区第四次文代会召开之际，"镇海作家文丛"（第三辑）带着清新的墨香，和大家见面了。

镇海底蕴深厚、人文渊薮，为文学艺术提供了丰厚的创作土壤，文学人才辈出。进入新时代，文学氛围更加浓厚，创作成果不断涌现，有一定影响的一批创作人才脱颖而出。自镇海区第三次文代会召开5年来，已出版各类文学作品70余部。其中，3部作品获宁波市"五个一工程"奖、1部作品获浙江省"五个一工程"奖、1部作品获冰心儿童文学新作奖、1部作品获"宁波文艺奖"。

为迎接镇海区第四次文代会召开，进一步展示近年来镇海作家的创作成果，鼓励和扶持文学新人，镇海区文联于2021年启动了"镇海作家文丛"（第三辑）组稿工作，从20部申报作品中选取9部形成本辑。丛书以小说、散文体裁为主，其中有对镇海山水的细腻描述，对日常生活细节的敏锐捕捉，充分展现了镇海作家着眼时代、扎根生活、锐意创新的精神风貌。丛书的面世，有力推动了镇海文学事业的繁荣发展，也为镇海高质量发展建设共同富裕先行区提供了精神动力，为满足人民对美好生活的追求提供了智力支持。

2022年下半年，党的二十大即将胜利召开，我们将朝着全面建成社会主义现代化强国的第二个百年奋斗目标迈进。伟大复兴呼唤伟大作品，我们期待和相信每一位镇海作家，都能牢记文艺使命担当，勇立时代潮头，自觉承担起启迪思想、传播理念、凝聚共识的重任，与人民同呼吸、共命运，通过文学作品描绘新时代、新图景，讴歌真善美，传递正能量，充分开掘深厚而独特的镇海文化底蕴，彰显艰苦奋斗、勇于进取的镇海精神，讲好精彩动人的镇海故事，让更多人看到壮阔美好的镇海新气象。

是为序。

本书编委会

2022年仲夏

目　录

小军舰鸟 …………………………………………………… 001

想象力复苏机 ……………………………………………… 011

审判尼斯 …………………………………………………… 019

穿越时空的象鼻爷爷 ……………………………………… 027

魔法天窗 …………………………………………………… 030

钟声悠扬 …………………………………………………… 038

变声器的魔咒 ……………………………………………… 047

太阳船的传说 ……………………………………………… 051

精英学院 …………………………………………………… 057

程序世界 …………………………………………………… 072

金雕草场 …………………………………………………… 087

漂流岛 ……………………………………………………… 093

老东西 ……………………………………………………… 104

十八岁 ……………………………………………………… 112

不褪色的家信 ……………………………………………… 124

冬天，有无法实现的豪言 ………………………………… 128

小军舰鸟

1

今天爸爸很生气。因为放学时，他听到别的同学称呼我为"船长"。

其实我的外号的全称是"森江船长"。听起来像一个外文名，酷酷的。森在字典里有"大"的意思。森江船长就指代能称霸整条大江或大河的人。

"为什么喊你船长？"爸爸把工作服对折又对折，没有叠平就丢进了衣柜，"你是不是告诉同学们你爸爸是一个船长？"

他的话不像一句疑问句。没等我回答，他手忙脚乱地抓起塑料袋里的土豆、芋艿，冲进了厨房。每天做菜就像一场赛跑。爸爸不愿让煤气灶多燃一分钟，也不愿让油烟机多唱一首歌。再过半小时，他就要回码头继续上班了。

"这是别人给我取的外号，和你做什么没有关系。"吃饭时我想狡辩。

爸爸识破了我的小把戏，说道："以后有人问你，你就说你爸爸是司机。"

餐桌中间的红烧土豆没刮净皮，他把带皮的拣到了自己的碗里。看样子他很讨厌船长这个称呼。

"司机开车在陆地上。你在水里！"

"你就按我说的做！否则以后不准再上船。"面对爸爸的威胁，我屈服了。

毕竟去船上是我一天里最自由最舒畅的时候。傍晚时分，天还没黑透，把脚丫子伸出甲板，任凭黄油油的江水溅湿我的指甲缝。如果看见有灰黑色的鱼影在水下闪过，我会立刻站起来，靠着栏杆用脚"踩鱼"，一踩一个准。

每到这时江面上总有灰白相间的大水鸟低空飞来抢我风头。它们有个威风的名字——小军舰鸟。别看名字很正气，实际上它们常常占我便宜，弯月形的尖喙总喜欢捕食被我踩中的笨鱼。

见过我"踩鱼"的人都认为我是一个野孩子。其实我不野，也不坏。

的的确确，爸爸是一个船长。一艘船上只有他一个人，他不是船长是什么？只不过同电影或小说里的描绘不同，爸爸工作的这艘船没有船帆，没有宝藏。船上甚至连座位都没有。

船舱一共分为两层：底下一层是一个圆形平台，周围有栏杆；二层只有一间三平方米不到的小屋子，用作驾驶室。

我把这个结构叫作"蛋糕船"。

这艘船每天的航线十分单一。载着乘客，从江的南岸开到北岸，再从北岸开回南岸，一遍又一遍。大家都管这艘船叫渡轮，可码头上写着"轮渡码头"。

不知道究竟谁对谁错。

2

爸爸的任务是每天用船接送乘客过江。

我的任务是每天带各色各样的同学上船看江景。码头西边围栏下面有一处小洞，从那里进来可以逃过检票口。可是很多人不愿意跟我上船，他们有的嫌弃没地方坐，有的说江景没什么好看的。

即便有个别同学在我的软磨硬泡下"不小心"上了船，他们也绝不会来第二次。

唯一常来的是我的好朋友周嘉义。

由于他年纪刚满十一岁就长了十几根白头发，所以同学们最早都管他叫白头翁。这个外号实在有点侮辱人的意味。后来我在百科全书里发现有一种叫信天翁的鸟，浑身雪白，鼻孔宽宽的，正好匹配他的特点。从书上看，信天翁要比我最讨厌的军舰鸟好看得多。所以我帮他把外号改成了信天翁。

信天翁每周会跟我上船三次。带着作业本和他独有的小板凳，坐在栏杆旁。

无论我踩鱼踩得多欢，他从不下水。他对作业有一种莫名其妙的崇敬，常常死盯作业本，一盯就是半小时。即便如此他的成绩还是在班里垫底。

有一天信天翁突然跟我说："船长，你说下次春游我们班都来这艘船上春游怎么样？"

"船上？地方太小了。"

"就是要小才好呢！"信天翁靠近我的耳朵小声说，尽管周围没有外人。他说以往的春游坏就坏在地方太大了。

"大有什么不好？像野生动物园肯定要比名人故居有意思。"

信天翁拼命摇头："你难道没有发现吗？每次去大地方玩，同学们一下车就三三两两走散了。有些人朋友多，有些人朋友少，有些没朋友的只能一个人走在队伍最后，装出一副认真欣赏景物的样子。其实他们一点儿都不感兴趣，都是装出来的。"

我记起来去年春游经过一个玉器博物馆，同学们都在外面的草坪上聊天，只有信天翁一个人走了进去。他可能也是假装感兴趣吧。

"可是船上没有椅子，甚至连厕所都没有。老师不会同意大家来这个地方。"我提出了关键的一个问题。

信天翁慢慢低下了头，他的目光再次回到了作业本里。

这时他突然冒出来一句。

"如果换一艘船呢？"

"换一艘？"

"没错。为什么不能换一艘新船。"信天翁的语气很认真。

我忍不住笑出声来。我又不是公司的老板，我的爸爸也只是一名船……司机。怎么能够随便换船呢？

黄色的江水一滴一滴从我的脚尖滑落。我赤着脚迎着风，身体不禁打了个寒战。

信天翁合上作业本，直勾勾地盯着我："你想想，什么情况下会把旧东西换掉？"

"坏了呗，或者用不了了。"

"这艘船也是这个道理！"

"你是说——我们故意破坏这艘船，逼迫大人们换一艘新船？"我不敢相信自己的耳朵。

"这是你说的，我可没讲。"他捂住了我的嘴巴。

我们身后五米远的位置站着一位老奶奶。由于年纪大听力下降的缘故，她没有听清我们的"恐怖计划"，一门心思在收拾怀里皱巴巴的塑料袋。她的身体倚靠着铁柱子，明显有些累了。信天翁提醒她，可以把塑料袋铺在地上，这样就能坐下来了。

但老奶奶拒绝了这个提议。她解释在船舱里不能席地而坐，这是直接拿屁股对着江河里的龙王，太不尊重了。信天翁急了，坚持给老奶奶讲道理，他要和这种迷信思想做斗争。

我不喜欢信天翁的这种态度，只有小孩子才会争个对错。好在我比他大了整整半年。

呜呜呜——汽笛沉闷地唱着歌，很轻，很轻。不然我不会在楼梯附近听到爸爸在二层的咳嗽声。

3

"换船这个主意，爸爸肯定不会接受。"我反反复复和信天翁说。可他像着了魔一样，用瞪作业本的眼神瞪着我。一边告诉我，换新船对于乘客有各种各样的好处，一边又向我描述新船的样式、功能，好像他就是新船的设计师。

"你以前坐过新船吗？"我反问。

"没有。"

"那你是见过好几艘咯？"

"也没有。"信天翁丝毫没有心虚，递给我一本小册子，"这上面写着破坏旧船的计划。比较隐秘，而且不会影响船上人的安全。"

我没有想到他能这么快写出一份计划。平时写作文的时候，一百字的开头他就要写上大半天。我试着用电视里大人们常说的口头禅打发他："嗯，唔，喏，我研究一下再和你商量。"

步入深秋，市场里的鱼虾普遍涨价。摆在餐桌上的有机玻璃底下时不时冒出一些水珠，爸爸注意不到这些。我趴在桌子上写作业，结果没一会儿本子就湿了。如果换作信天翁，他非得买一本新的。

最近爸爸手里的武器换成了毛茸茸的山药、大个头的西红柿还有黑糊糊的肉块。又是一头扎进厨房。我觉得他像一个装了发条的变形金刚，每天都在重复相同的事情，但一点儿不厌烦，一点儿不偷懒。

"爸爸，如果换艘船，你的咳嗽是不是会少很多？"趁他手忙脚乱的工夫，我问他。

"那肯定。现在船的尾气一直在驾驶室里窝着，出不去，刺鼻得很。"

"换新船了，你还能当船长的吧？"这句话没有在我的预想里，一个不留神说了出来。

爸爸吭哧吭哧地在颠勺翻炒，没有注意到我的话。我暗自在心里下了有史以来……不对，是有生以来最重大的决定。

吃完饭去船上，小军舰鸟比平时猖狂多了。迎着霞光，追赶倒霉的海鸥。信天翁在码头外等我很久了。在得知我同意他的计划之后，他开心得脱掉了鞋子，吵着要和我一起踩鱼。我提醒他先穿上，上船再脱。他没听。

我们的计划并不复杂。

信天翁打算把船舱搞得乱糟糟的、臭分分的，让乘客们受不了。这样他们会将罪责都怪在这艘旧船身上，然后去投诉。待投诉的人多了，换新船就成了可能。

"你爸爸是船长，只负责开船，这么做不会连累到他。"信天翁拍着胸脯说，今天他全程没有拿出心爱的作业本。

也许作业本对他来说，和那个玉器博物馆的作用差不多。

4

第一个要破坏的是船舱里的油漆。

和人的脸颊一样，它直接影响着船舱的美丑。

旧船快二十岁了。船舱里的油漆像得了皮肤病，长了老年斑，有很多"脱皮"的现象。远远看过去白白绿绿蛮干净，如果凑近观察，会发现边缘的地方有好多"油漆皮"快掉下来了。

信天翁和我一人戴一只手套，把油漆皮毫不留情地撕下。露出后面凹凸不平的铁锈。赤红色的锈渍深浅不一，好似结痂的伤疤。

我俩连续干了两个晚上，从吃完晚饭到爸爸十点结束夜班。码头外的草丛里藏着四个鼓鼓的塑料袋，这是我们的劳动成果。

有一个哼着戏曲的老大爷发现了我们的小动作，好在他以为我们在做好事，帮忙清理船舱。老大爷对我们竖起了大拇指。"十数载恩情爱相亲相依，到——如今一旦间就要分离。"他站在遍布铁锈的舱壁前，背对我们，嘟嘟嚷嚷地唱着各种各样的曲调。附近的乘客大多皱着眉头，似乎不喜欢他沙哑的嗓音。

这一批乘客下船后，我把信天翁拉到一旁——这么破坏太明显了，必须停下来！如果继续下去，不需要把整艘船都撕完，只要再撕两天，别说爸爸，估计连傻子都能发现我们的意图。

"我们要让乘客们在无意间发现。"

"可是按照你的办法慢慢来，慢慢撕，时间久了大家会习惯，就会习以为常。没人会去投诉。"信天翁固执地说。

在我的坚持下，他总算答应放慢撕油漆皮的速度，每天撕十片。同时启动第二步计划。

第二步主要针对船舱的地面。为了营造出一种年久失修的感觉，我和信天翁决定给坑坑洼洼的铁板地面"浇水"。我们提前换上了过冬用的棉袄。把戳了洞的矿泉水瓶藏在袖子里，一边走一边洒水。

接下来的几天正好遇上连绵的阴雨，这一招很快见效了。湿滑的水珠溅起来，很快打湿了鞋子，打湿了乘客们的心情。船上抱怨的人越来越多。这一下信天翁舒了一口气。可是我越听越害怕。因为大家埋怨的对象不是这艘旧船，而是船上的工作人员。

楼顶上爸爸咳嗽声又重了起来。

5

旧船破坏计划在争吵中正式终止。信天翁的固执被我的大嗓门吼没了，我不能让爸爸陷入旋涡当中。冷静过后，我提出了第三个办法：伪装成乘客，在售票处旁边的意见簿里写下换新船的建议。

"森江船长！没有用的，他们不会看！"

"你怎么知道？"

信天翁低下头，眼睛盯着地板。他告诉我，写计划之前他曾考虑过这个方法。

"那个本子被很多人乱写乱画。还有人在上面写××到此一游。"

信天翁告诉我，他其实想过我有可能中途放弃。毕竟船上有我的父亲，我肯定会担心他的处境。我苦笑。没有告诉他，昨天夜里爸爸因为担心被乘客投诉，从家里拿来吸水棉和拖把将船舱全部清理了一遍。清理的时候他发现了大面积"脱皮"的舱壁。他以为是社会上的小青年搞的恶作剧，躺在床上后不停叹气。

给铁锈上色，用颜料代替油漆，这是我能想到的为数不多的补救办法。

考虑到画画的难度，我在班级里疯狂物色帮手。从班长、宣传委员到美术课代表，我挨个问过去，甚至在其他班打听有没有参加兴趣小组学美术的同学。结果大家一听是给渡轮公司的旧船上色，纷纷拒绝。

"我是要去参加科幻画比赛的，上色这种事情你自己去弄弄就好了。"班里的宣传委员说道。

"一艘破船嘛，颜色差不多就行。淡绿、浅豆绿、橄榄绿、茶绿……反正涂上去别人也不会细看。你只要不把红黄蓝弄错就行。"班长帮腔。

我装出恍然大悟的样子："也对哦。"

周围同学的声音盖住了我的回答。

"科幻画？你那个什么时候交稿？我们培训班老师准备带我下个月去美国研学，要不要我拍一点那边的照片给你增加一下灵感？"

"灵感要从书本里来。我爸给了我两张天一讲坛的门票，谁要和我一起去听大师上课？"

他们很快就把话题朝我不熟悉的方向扯开去。不过那是他们熟悉的方向。

我看了一眼坐在教室角落的信天翁，他的手里紧紧攥着天蓝色的数学作业本。这是昨晚的作业，他到现在还没有做完。

6

小军舰鸟不知疲倦地在栏杆旁跳来跳去。它们腿短，跳起来很笨拙。褐色眼睛直溜溜地盯着我画画。

爸爸上班没有周末的概念，每工作五天可以迎来一个休息日。

趁他休息，我找了个理由跑到船上给铁锈上色。

这是我第一次在美术课以外的地方作画。颜料不太听话，我涂满了两块调色盘才调出和船舱差不多的深绿色。可拿起画笔上色时，又发现颜料调稀了，在铁锈上粘不住，会顺着锈迹的纹理慢慢往下流。这样涂，涂一百遍也染不绿这舱壁。

只能倒掉重新来。不知道是不是受我们搞破坏的影响，船上的乘客明显在减少。

爸爸不在船上的时候，我通常不敢在一个位置站太久，更不敢踩鱼。生怕被二层的陌生司机发现。

没错，在我眼里除了爸爸，这艘船上的其他人都是司机，他们不算船长。

像我这样来来回回坐在渡轮里，也不下船，也没买票，肯定要被拎出去。

第一天虽上色不太顺利，但我还是在太阳下山前调出了想要的颜色。五天之后是周四，白天要上学，上色只能在晚上进行。这一次，信天翁拿着作业本再次站到了我的身旁。

"我想着没必要换旧船。下次春游每个人拿个小板凳，或者带上大的餐桌布可以铺在地上。"信天翁画画的速度比我稍微快一些。他又恢复了精神，一边上色，一边好奇地观察着船舱的各个角落。

这里可以放一盆花，那里可以装一个遮光板……现在他只说我们能做到的装饰。

我没有打断他美丽的设想。想起最近班级里大家讨论的出国游学、研学。一艘旧船就算装饰得再好，也不会成为豪华游轮。

"角落里要不试试种金银花。教室门口的花坛里有种过。"信天翁的指甲缝里已经沾满了颜料，"那里潮湿又晒得到阳光。"

他提出一会儿去问问栏杆旁的老大娘，按她的年纪一定知道金银花的种植方法。顺着他的手势，我看到老大娘拿满塑料袋的手。噢，她是老熟人。

也难怪，这艘船来的都是老主顾。也只有一小些老主顾了。

7

金银花对爸爸的咳嗽有好处，是我后来才知道的事儿。

后来也不需要金银花了，因为爸爸的咳嗽少了，因为旧船换了。

在我们为旧船制定出一份比破坏计划更详细的美化计划之后，爸爸告诉我，公司决定买一艘新船。

知道消息的我怎么也高兴不起来。

"现在学校里没有人喊你船长了吧？"爸爸问。这些天他进厨房的动作慢悠悠的，和我说话的机会也多了不少。

"没了。"我撒谎。

"那就好。"爸爸做菜比平时认真了。西红柿、山药、土豆，他把它们混在一起，煮成了糊状。他再也不用一头扎进厨房，可以先坐下来看看电视。不过他现在不看和江河湖泊，和船有关的任何信息。我要看的漫画《航海王》也被他禁止。

新船要换上新的船长。

爸爸在旧船下岗后也将和船一起离开渡轮公司。

这是我从未想过的。得知这个消息的那天晚上，爸爸把自己锁在屋子里，捧着一本牛皮包裹的通讯录，不停打电话，打了两个多小时。

我找不出词语来形容爸爸这一晚说话的声音。非常温柔，非常谦卑。他一直重复着一句话：过两天一定准备好大礼，前来拜访您……

拜访这个文绉绉的词语，竟然是从爸爸口里说出来的。

我后来问爸爸："我们要去拜访谁？"

爸爸过了好久，回答我："不用去，人家看不上。"

这时我才明白爸爸之前是去求别人留他继续在渡轮公司工作。

"另谋出路吧！总之你别像我，把书读好。"爸爸咳嗽了几声。

我愣愣地看着他。

心里有一个秘密没有说。上周，班主任老师当着全班同学的面批评了我们几个差学生。让我们找地方补课培训，不然七年后肯定考不上大学。

听到这话，我只有一点点，最多是两点点难过，因为信天翁比我更惨。老师已经对他下了结论，他即便去补课，也没什么希望。

8

这段时间我还是像以前那样钻过小洞，走过浮桥码头，站在一层船舱里，脱掉鞋袜，不过没有踩鱼。

小军舰鸟站在轮船的顶端，发出"嘟嘟嘟"类似卷舌音的叫声。我把它当作对我这个"敌人"的敬意。现在江面上的胡子鲇、罗非鱼、哲罗鲑……这些笨鱼没人再保护它们了。

信天翁有时还会过来。

我告诉了他换新船的消息。他兴奋地把作业本丢进了黄色的江水。

可我没讲换新船长的事儿。

"新船是不是有很多很多座位？有没有电视，就是显示屏？那个甲板有多大？"他问个不停。

"你之前不是讲过新船各种各样的好处吗，怎么现在自己想象不出来了？"

"那不是一个感觉。"他强迫我开始下一个计划，即怎么向班主任老师提建议。

我对这个没有一点儿兴趣。

旧船要退休的消息许多人都听说了。每天夜里上船的乘客比以前多了好几个。

不少人拿出了相机和船留影。老人们对老船的感情更深，他们从船上的颜色、构造说到了人与故事，又谈起岸边布有零星小洞的滩涂。

最令我感兴趣的是泥洞里半个手掌大小的大钳蟹和灰色的跳跳鱼。他们说，过去要是在离岸十几米的地方布上几张粘网，一天下来起码能捕几碗小梅鱼。

可现在我没找见他们口中的那些泥洞。

信天翁没在意这些。"等新船到了，森江船长你去找你爸爸帮忙，带我们顺江而下去海边看看。"他总是想一出是一出。

我不喜欢这样，但对他讨厌不起来。

"我们一起向大海进发吧。"信天翁开心地脱掉鞋袜，忘记危险，越过栏杆，坐在船沿处开始踩鱼。

"以后别叫我船长了。"我开始讨厌这个称呼。

"为什么？"

看着信天翁的眼神，我不想露出怯意，却又想不出如何解释。

"因为我爸爸……他才是船长。"

"那以后叫你森江小船长呗，加个小字。"有一只毛发泛红的小军舰鸟快速掠过水面，正巧经过信天翁的脚边。他飞起一脚踩中了小军舰鸟的翅膀。信天翁开心地大喊："我竟然踩中鸟了，踩中会飞的鸟了！"

这是我以前特别想实现的目标。

太阳缓缓躲进地平线，船舱里亮起了昏黄的探照灯。我不由自主地低下头查看江面。

真想指责信天翁的粗鲁，可转过头又犹豫了。

因为我在他身上看见了自己的影子。顺手捡起信天翁落在地上的书包。可惜了那本飞进江水的作业本。

现在真想用一本作业本来遮盖自己的心情。

9

进入下岗倒计时，爸爸上班的时间变短了。每次都是我催着他开船去，他总是不慌不忙带好保温杯、口罩。口罩里还藏着一小袋炒花生。

"爸爸，我要不要给你买一本同学录。"路上我问他。

"有什么用？"

"可以把你认识的同事、关系好的乘客信息记在上面，以后方便联系。我们学校里他们都买过的。"其实我自己也想买一本，留几页纸分给周围的同学写写。

他们最近跟攀比一样，到处分发，一个比一个发得多。

爸爸没等我说完就打断了我，不耐烦地说："不要不要。"

离换新船还有一个多月，我以为有足够的时间去和旧船道别。没想到大人会提前用铁丝网封住码头围栏上的小洞。

这个半米高的小洞好似整个围栏的伤疤，唯一逃票的通道不复存在了。以前制订的破坏计划、美化计划，都变成了多余。

那一天我在洞口愣了很久，直到信天翁把我叫醒。

"怎么不进去呢？去踩鱼喽。"他问。

"进不去了。"

"为什么？"

我不愿意花时间解释。临时提出，要不今天就去海边看看。最近的海堤离这儿大约十五分钟的路程。临街的两排樟树站得笔挺。茂密的树枝丛里有一些阴影抖动，我总觉得绿叶背后躲着几只小军舰鸟在偷看我。

"今天换踩鸟吧，你不是这么能干嘛！"我把脚上的鞋带扎紧，"今天我来当小军舰鸟，你有本事就来踩。终点是海边。"

"你当鸟？"

没等信天翁说完，我就跑了出去。

远处的教学楼、穿梭的车辆以及黄色的江水，我要把它们都甩在身后。

夕阳确实很柔和，可我依旧害怕刺疼我的双眼。果然闭上眼，还是能感觉到光和热，酸酸的，逼出了我的泪水。嗯，是阳光的问题。

"森江船长，你慢点。"信天翁在后面喊我。

"森江船长……"他的声音断断续续，音量很重。

突然，我好像明白了一些东西。

我知道了为什么爸爸在很久以前就对船长两个字这么讨厌。只不过答案有些模糊，有些雾气缠绕着，我讲不清楚。

现在天还没黑透，渡轮上的探照灯提前亮起，将船舱里的一个个人形和船影焊为一体，远远望去分辨不出。

我真想拐个弯偷偷跑回码头。

要不今天买一张票，真真正正地去渡一次。望着旧船，我脑海里飘过很多念头。

有没有一种可能，我和信天翁搞的那些小破坏、涂的绿颜料，其实爸爸都知道。铁丝网也是爸爸装上的，他不想让我看到自己难过的样子。

又或许，他刚刚悄悄地取下了售票处门口的那本意见簿，请老主顾们在上面签字留电话。他是不好意思买同学录，不是不喜欢。

我觉得真的有这些可能，因为他是我的爸爸：

嘿爸爸，森江船长，应该是你的外号。

我在心里默念着。

混乱的思绪又让我想起了其他的烦心事儿。

不知道新船到了以后，爸爸会去哪里上班。不知道班主任会在哪一天给他打电话，告诉他一定要给我报培训班。

这时，后头的信天翁又在求饶："你慢点慢点。我……跑不过你。"

被红灯拦下的汽车快速超过了我。书包的肩带不知不觉被汗液浸透。我的双腿渐渐沉重起来。远处树影婆娑的地方露出一块蓝色的指示牌。

我扭过头骗他说："快点，我这只小军舰鸟已经看见大海了。"

（原载 2019 年第 10 期《少年文艺》）

（转载 2020 年第 2 期《儿童文学选刊》）

（获第八届周庄杯全国儿童文学短篇小说奖）

会发光的灰尘

想象力复苏机

1

今天的家长会对我而言简直是一场噩梦。

班主任给家长们发了一封告家长书。家长书的标题是"三个月复苏想象力——绝非不可能",正文部分印满了密密麻麻的文字。

班主任向大家解释,近日生物学家发明了一款想象力复苏机,可以通过对脑电波的干扰,激发孩子们被考试和作业埋没的想象力。学校希望家长可以积极响应,带着孩子接受复苏机的治疗。

"恢复想象力对于同学们今后的学习和生活有着重要作用,也可以降低过去传统教育带来的一些负面的影响。"班主任郑重其事的讲话引发了台下一片掌声。

家长们的兴致一个比一个高涨,大家仿佛看见了一条长满鲜花和蒲公英的康庄大道。

"爸爸,我不想把脑袋放到机器里面。"我轻轻戳了一下爸爸厚厚的肚子。

爸爸没有听进我的话。他的脑袋像陀螺似的跟着老师的声音有规律地摆动。

我不方便戳第二下,生怕被周围的人发现。原本宽敞的教室由于同时容纳了学生和家长,一下子变得拥挤。过道里放满了凳子,我的前后左右都是同学。

老师在讲,台底下也不停在议论。

身旁的篮球架问我:"激发想象力是不是会变聪明?"

篮球架是我给同桌起的外号,因为他又高又瘦,平时喜欢在球场上跳起来摸篮板。

他把刚啃完指甲的右手放在我的左肩。今天我穿着一件白色的羊绒衫,一想到稠稠的口水碰到细细的绒毛,慢慢渗透,然后浸湿,我感觉自己的毛孔紧紧地收缩在一起。

"赶紧报名吧。"篮球架说,"以后我们变得比大人还要聪明,我看他们怎么管我们!"

"我不想把脑袋伸到机器里面。"我重复道。这确实是一个原因,但最重要的是我不喜欢虚虚幻幻的东西。我觉得普通的思维挺好的。

篮球架觉得这根本不是问题。他建议我戴上头盔去接受治疗,或者干脆套个塑料袋。塑料袋不透气的知识他可能完全没有想到。

我一把抓过他的手，将它丢到他自己的大腿上。

"我看你确实要去治疗一下，不过不是想象力。"

"那治什么？"

"脑子里的病。"我的舌头很用力，无意间把声音说重了。毕竟家长会还没结束，这一下教室里所有人的目光都集中到了我的身上。班主任也停下了宣讲。

她以为我是在讨论想象力复苏机和治病的关系，笑着纠正我："想象力缺失确实和得病差不多，你要这么理解复苏想象力也不是不可以。"

爸爸重重踩了一下我的右脚。他终于注意到我了。

"别说废话了，我们回家了再讲。"他告诫道。

大人的话和沙滩上的浪花一样，想听的时候听不到，不想听的时候又总会源源不断向你袭来，把你呛死。

2

家长会结束的后三天。我遨游在水深火热之中。

第一天是周日，我像往常一样取出水粉颜料准备作画。妈妈夺下了爸爸的手机，把爸爸和她自己关在书房里查阅资料，研究能说服我的办法。

吃过午饭，我的床头柜上多出两本厚厚的科普读物，分别叫《透视想象力》和《幻想能力研究简史》。毫无疑问是爸爸妈妈放的，我一页纸都没有读。谁叫这两本书里面一幅卡通图片都没有呢？

吃晚饭的时候妈妈开门见山地问我，是否愿意接受想象力复苏机的治疗？

我低着头扒拉着碗里的饭菜："今天我画了一幅水乡小镇。"

我努力转移话题，如同妈妈问爸爸问题时爸爸喜欢讲新闻一样。

我把用了哪些颜料，使了哪几种画笔统统说了，甚至编了一个名词——喷彩。我说这是美术课上老师新教的技法，目前还用不太惯，想让妈妈吃完饭指导一下。

可是妈妈的注意力就像生根发芽一般，完全转移不掉。

"复苏想象力对你的绘画水平也会有帮助。"她接着讲述了同事家的孩子小丁、小明、小红花等接受治疗的故事。

我不信。想象力好了，是不是看见空白画布就能想象出这幅画画完的效果？没意思！

这样的过程我不可能喜欢。

"爸爸妈妈，既然效果这么好，想象力这么重要，那么为什么你们自己不去报名参加治疗呢？"我的态度有些差。

妈妈重重地把筷子摔在地上。

第二天我没有去上学，父母想趁早把事情解决，于是帮我请了假。

他们给老师打电话。打电话前爸爸拿着水杯一遍一遍从我房门前走过，好像是在偷看我。他不会知道他走进房间后，我脱掉袜子，蹑手蹑脚，照样躲在他们房间外偷听。

可惜没有听见他们在电话里的对话，只知道妈妈嗯嗯啊啊应了好多句。

电话挂下后，父母对我的态度突然改变了。

爸爸问我今天画了什么，妈妈给我泡了一杯牛奶。

这一切让我无所适从。

"是爸爸妈妈不对。我们商量了很久，决定不逼你去做治疗了。想象力归根结底是你自己的事儿。"妈妈的话好听了许多。

"真的不去了？"

"不去了。"爸爸肯定地回答。

他们的言语里丝毫没有提起给班主任打电话这件事儿。

妈妈又和我聊了好一会儿的闲话。她问了我很多关于画画的问题，她和我一样搞不懂抽象画和印象派是什么意思。我只会照着东西的模样作画，不想去追究深奥的问题。

可是对爸爸妈妈而言，越深奥的问题他们就越感兴趣。

"我们再去做一个有关想象力的检查吧。你放心！只是检查不是治疗。"妈妈突然蹦出来这句话。

我不知道检查有什么意义。检查想象力是否丰富？如果不丰富的话还要不要去治疗？妈妈都答应我不去了，这是真的吗？

我揣度不出大人的想法，更找不出拒绝的理由。思绪乱成了一团麻，屋子里闷闷的空气闻起来很热。

"妈，我的羊绒衫上沾了别人的口水。"我决定先把这件重要的事情讲出来。

"只是口水嘛，拿纸巾擦擦就好。"

"已经渗进羊绒，流进毛线缝里了。"我重重地强调。

妈妈好像没有听懂我说的话，她递给我五张餐巾纸。我明明说得很清楚，是渗进衣服里了，里面是擦不掉的。

"准备一下，明天早上我们去医院。"这句话是爸爸说的。

"那今天下午我能去外面找同学玩吗？"

"可以。"爸爸又说。我没有在意妈妈的表情，她看着爸爸，动作中好像有些不愿意。楼下的阳光有些刺眼，黑油油的柏油路一直有水汽冒出。

我飞奔下楼大约五百米后，突然意识到，其他同学都在上学。我上哪儿找同学玩呢？

3

幸好我机智。今天要上课，我干脆跑到学校旁去找同学玩。

出门前我算准了时间，现在他们正好在上活动课，都在操场上。

疏落的银杏树下布满了金黄的叶片。学校操场旁围着一圈两米高的铁栏杆。栏杆的角落有几块叠起来的大石块，可以当爬墙的台阶，也可以当作座位。我个子矮，没有翻墙进学校的妄想，所以对我来说这就是凳子。

又是我那眼尖的同桌篮球架最快发现了我。今天他比以往机灵多了。

"你不是生病回家了吗，怎么又跑来上学了？"他张大嘴巴问。

"你还没用过想象力复苏机吧？"

"还没呀！"

"那怪不得——还是一如既往的傻！"我用力挤眉头，装出一副恨铁不成钢的样子，"如果我是跑来上学，为什么不走校门，要在这栏杆旁边出现呢？"

篮球架露出恍然大悟的神情。

"我闷了来找你们聊聊天。"

他听到我的这句话，一下子变得激动起来。两张厚嘴唇像磁铁的两极，彼此排斥，弹开来又吸回去。"你知道吗？就昨天一天里，我们班已经有十几个人去接受想象力复苏了。"

"这么快？"

篮球架的话大大出乎了我的意料。他告诉我，这十几个人在上午出尽了风头。

上午第三节课是科学课，老师让大家把手头用过的废旧物品改装成有价值的新发明。

"塑料瓶改成花瓶，旧笔芯回收扎成一捆做成旗杆。你说一般人还能想到什么？可他们几个像从未来时代穿越过来一样。"

篮球架说，原先班级里最不听话的男生用废旧塑料做了一个类似于向日葵的摆件。他说在"向日葵"上装上太阳能电池可以发电。在"向日葵"的底部装上电动机和光敏开关，它就能根据太阳光线的变化，跟随太阳的东升西落变化方向。

"这样的想象，你看多有价值。"篮球架说。

我有些疑惑："离题了吧。老师说要用废旧材料，太阳能电池怎么废旧了？"

"这不重要。"他接着说，还有一个同学说要回收地上的泥土，把养分少的黄土收集起来，放进机器里进行加工，人为添加肥料混合，然后出来变成肥沃的黑土。这样用它种庄稼就会年年丰收了。

篮球架说得唾沫横飞。

"科学老师说，他们的这几个想法很有创新精神，可以写成创意书或者做出模型参加校外的各项比赛。"

听完篮球架的话，我坐不住了，顺手捡起地上的几片树叶放在手上摩擦。

远处响起了几声惊呼，几个瘦小的人影走进操场后，同学们一拥而上将他们围住。靠近围栏这侧的篮球场上人越来越多。

从大家高涨的热情来看，应该是刚刚完成想象力复苏回到学校的同学。现在他们这些人享受着明星一般的待遇。

老实的篮球架频频回头，他说话的语速不断加快，双手撑在栏杆上像雄鹰展翅一般把我遮住。"我明天去报名复苏一下想象力。你什么时候去？"

"我可能……"原先坚定的想法现在我害怕将它说出口，"我也许要再过一阵子。"

"那好，等我们复苏了想象力，下次风光的就轮到我们了。"他说完着急地和我告别。他的心思早跑到了人群那儿。

篮球架走了之后，没有第二个人跑到铁栏杆旁和我说话。

街口的大荧幕在循环播放各式各样的广告，"三个月复苏想象力"这条广告语也在播放之列。我故意放慢脚步，多听了几遍。

4

检查想象力水平和复苏想象力是在同一幢大楼里进行的。上楼前爸爸嘱咐我，要集中注意力，不要和周围的同学打闹，否则会影响检查的效果。

他把一模一样的话重复了很多遍，问我听懂了没有。

"你说的又不是外语，我一遍就懂了。"我克制着心里不耐烦的情绪。

爸爸还是不放心，他决定陪我上去。

我望着高耸的玻璃大厦，心里有一种强烈的声音想要迸发——要不现在改变主意吧，复苏一下想象力貌似也不是一件坏事儿。可如果现在变卦，我和投降有什么区别，好像无意中又证明了父母是对的。

大厅的墙壁上装了一块五边形显示屏，上面播放着医院的介绍片。

爸爸在来之前已经预约好了医生，所以我们没有排队挂号直接坐电梯从一楼升至二十二楼。电梯里，爸爸的右手始终放在我的脖子上。他掌心粗糙的掌纹有点像龟裂的黄泥地，用力按我的时候让我感觉不太舒服。

走出电梯的那一刻我有点惊讶。

十几米远的地方闪过一个熟悉的身影。黑黑瘦瘦的，是篮球架。他闪进了一间封闭的治疗室。我来不及喊住他。

"怎么，看到认识的同学了？"爸爸皱着眉头问。

"是的。"

"别分心。明天回学校了再和别人打招呼。"爸爸的手从我的脖子转移到我的右肩上。今天妈妈幸好没有来，要是她来了一定跟不上我俩的步伐。

我要去的检查室是9号，位于楼梯尽头，和篮球架进的那间屋子距离很远。

房间的大门推起来很重，材质凉凉滑滑的。

门后有两位医生，他们坐在一台巨大的计算机显示屏幕后面。我不够高，只能透过桌缝看见他们的鞋子。一位穿着红黄蓝三种颜色相间的运动鞋，一位穿着白色没有任何花纹的平底鞋。我猜他俩应该是一男一女。

"脱掉鞋子，躺在机器的正中央。"

医生的声音打断了我飘飞的思绪。

我顺着声音望过去，看到了医生口中的那台机器，银光闪闪的颜色令我眼前一亮。可凑近仔细一看，椭圆形的外壳像一只压扁的鸡蛋，而且还是一只破了洞的鸡蛋。机器的后部有一个小口，只能容纳一人通过。

"我要从小洞里钻进去吗？"

"是的，小朋友你抓紧时间。"医生催促道。

我望着爸爸，想去拽他的手。自从进了检查室，他的手就离我好远好远。

"爸爸，你没说检查想象力要把脑袋放进机器里！"早知道检查想象力也要钻机器，还不如直接钻进想象力复苏机里呢。难受的情绪似一股洪水在我的胸口、脑间……身体的每个角落碰撞。此刻我真希望放弃检查，跑去隔壁接受治疗。

爸爸蹲下身子把我往机器的位置推。他叫我把机器当作宇宙飞船，坐进去然后眼睛一闭一睁就好了。

"不，我觉得它更像棺材。"我嘴硬地反驳。

检查不会因为我的争辩推迟，机器更不可能因为我的喜好拆开来重做。

自我的双手触碰到机器外壳的那一刻起，我就把眼睛闭得死死的，硬着头皮往里撞。

躺在机器里仍旧能听到医生的声音。

他俩你一句我一句，不断提醒我要把双腿放平，身体躺直，减缓呼吸的频率。

"做好准备，我们要开始了。"医生的语气很急促。

紧接着一股恶心的感觉从我的脚跟生成，蔓延至我的肠胃、大脑，我屏住呼吸生怕把中饭全部吐出来。这种感觉持续五六秒之后，身体才渐渐恢复了正常。

我扭扭屁股准备从机器里爬出来。这时医生警告我，还没结束不要乱动。

紧接着大脑开始遭罪了。

我的眼前出现了各式各样的画面，非洲草原、厚厚的辞典书、下水道里的地沟油……所有乱七八糟的事物不受控制地在我脑海里浮现。虽然我紧闭双眼，但依旧能"看见"这些东西。耳朵更不好受，各种声音，不对，应该叫噪音，始终在我耳旁萦绕。男人的说话、女人的哭泣、江河在翻滚、蚊子在啰啰唆唆地讲道理……当这些音符交织在一起的时候，我意识到安静是多么难能可贵。再后来的感觉有些记不得了。

全部检查完成后，爸爸开心地把我抱起。我问他什么时候能取检查报告，他说："我们先回家。"

我说行，早就该回家了。

5

事情的真相是我自己发现的。

走出医院大门，妈妈已经下班了，在门口等我。一路上她和爸爸一个劲问我身体有什么样的变化。

"周围的东西看起来和原来一样吗？"妈妈问。

"还有没有头晕的感觉，走出治疗……哦，检查室后出现过幻觉吗？"爸爸没等妈妈说完又提出了新的问题。他们说话的语速很快，爸爸一边说一边拿手揉脸。他的脸上没有汗珠，不知道他在擦些什么。

他们奇怪的表现让我产生不好的预感，脑子里一下子冒出来近十种可能性。

"我们先回家吧。"我说。

可能是我无所谓的态度激怒了爸爸，也有可能他等得太久耗尽了耐心。

情急之下他说漏了嘴："你先说呀。效果不好的话再回去问问医生，回家干吗？"

"效果？爸爸，什么效果？"我飞转的大脑一下子抓住了爸爸言语中的漏洞。

"就是检查的……效果。"妈妈在替爸爸打圆场。

她的表现反倒验证了我大脑里的猜想——今天做的不是想象力检查，他们是骗我去接受治疗。

灰蒙蒙的天空中沉积了好多层雾气。我忍不住质问他们，是不是和我猜的一样——刚刚接受的不是检查，而是治疗。

妈妈没想到我会这么快发现真相。他们慌忙站住，轮番解释。

其实我没有特别生气。

"我们是为了你好。"

"我知道。"我不愿告诉父母，我觉得接受治疗也挺不错的。我沉默了好一会儿，看着后视镜里的妈妈说："妈，明天我上学，你记得把我那件羊绒衫洗一下。"

"就是上次你说沾了一点口水的衣服吧，我回去泡会儿，再用甘油擦一擦。"妈妈的回答终于不再犹豫。

回到家，我接到了篮球架打来的电话。我坦诚地告诉了他，自己接受治疗的经历。他没有用心听，只是一遍遍强调这是好事儿。篮球架要我准备好最帅气的大衣，等着下礼拜上台出风头。我敷衍地答应。

没想到两天后我们就碰到了上台的机会。

学校里举办"明天小小发明家"的竞赛。放在过去，这种"高级"的比赛和我扯不上半点关系。可今天我的双脚不听使唤地朝比赛场地走去。

主持人在舞台上放了三件东西，一个吹风机、一个掏耳勺、一把扫帚。然后让大家以这三件物品作为素材，思考有什么改良办法。

"我想到了十几种办法。这也太简单了！"篮球架脱口而出。我和他站在舞台的左侧，靠近台阶。

"别得意，我想到的比你多！"

"那你还不快上去。"篮球架开始从背后推我。我望着主持人的话筒，心里确实有把它夺下来的冲动。脑海里浮现出几分钟之后，即将收获的掌声和鲜花。前几天操场上"明星们"的待遇即将落到我的身上了。

就在我深吸一口气准备走上舞台的时候，一个瘦小的身影从另一侧跨过挡板，蹿了上去。他拿过话筒，一口气讲了二十几种创新的办法。

他口中提到的快速成型技术、系统集成、纳米科技等词语都是我从来没有听过的。更惊奇的是事情还没有结束，紧接着又有好多同学上台发言。几乎每个同学都能产生各式各样的奇思妙想，而且大家的回答很相似，大都想到一块儿去了。

比赛结束后，篮球架沮丧极了。他几乎每天都把脑子里冒出的好想法记在笔记本上，今天本以为稳操胜券，没想到会是这样的结果。

"每个人本来就会有差异。"我努力安慰他。其实我也需要被安慰。

"我不信！老师从来没说过治疗的结果还能不一样。"

倔强的篮球架听不进我的话。不知道他翻阅了多少图书，第二天下午，他终于在字里行间找到了一句我们能看懂的话："想象力就是把幻想和现实连接在一起。它必须以知识积累作为基础，否则就是……就是没有根的木头。我懂了！光接受复苏机的治疗是没有用的。"

"其实就跟种花种树一样，对不对？就算你的种子再好，没有泥土没有水分，一样长不好。"我解释道。

"差不多是一个意思，总之不可能一下子实现。"篮球架的嘴唇被他自己咬得血红，"这句话是从一本叫《透视想象力》的书里看来的。"

这个名字，我极度熟悉。当初爸爸妈妈放在我床头柜上的两本书中就有这一本，看来他们自己并没有仔细研究过这本书。

"我过几天还要去医院一趟。"篮球架说。

"去干吗？"我问。

"讨公道！早知道这样我就……"固执的他咽不下这口气，想向大人们讨个公道。

"篮球架你还是别去找大人了，毕竟复苏机对想象力多多少少还是有帮助的。"

"可是和他们宣传的完全不一样呀！"篮球架不停抱怨。

"现在这样也好。大伙儿不都回到了统一起跑线吗？"我蹩脚地安慰他。

猛然间我想到了画画，回家后拿出颜料盒再尝试一下吧。想象力复苏不彻底，对我过去喜欢的画画而言应该算好事儿吧？

唉，反正我搞不清是好事儿还是坏事儿，这种深奥的事情还是让大人们去关心吧。

（原载 2019 年第 7 期《少年文艺》）

（转载 2020 年第 3 期《儿童文学》）

（转载 2019 年第 12 期《阅读》）

会发光的灰尘

审判尼斯

1

法庭上严肃的气氛令我十分害怕。

明亮的灯光仿佛能照见埋在心底里的所有秘密。我坐在证人席的位置，眼前的红木桌子上放着父母为我草拟的讲话稿。稿纸上画着各色各样的记号。红色的是必须说的内容，黑色的实心圈圈表示要加重语气，蓝色的波浪线代表眼泪，意思是读到这里最好哭出来。

证人席的桌椅是斜放的，所以从这个角度看不到机器人尼斯。它是今天这场审判的被告，别人眼中的罪犯。但在我心中却是曾和我朝夕相处的"亲人"。

我不愿意念这份准备好的稿子。几页纸写的都是尼斯的罪行，有些是误会，有些则是大人们瞎编的，比作文课上要背诵的假话还要离谱。

我望了一眼窗外金灿灿的银杏叶，心里拿定了主意。台下的观众对我的沉默不耐烦了，他们讨论的声音越来越大，逼得法官说了好几遍肃静，法官狠狠敲槌子的模样很像电影里的雷神。

今天之所以会有这场审判，是因为半个月前——尼斯当众攻击了我。当时它握着鸡毛掸子和竹棍，把所有人都吓了一跳。

其实这次攻击是有原因的，是那种我说不出口的原因。

我和尼斯相识是在两年前。学校开设了一节选修课，名为"人工智能的奥秘"。我虽是女孩，但对科技生来喜欢，毫不犹豫加入了这节课。

第一堂课，老师建议同学们可以去机器人展销会购买一台自己喜欢的机器人。

"我们买来智能机器人不是为了玩！老师希望大家可以借此机会深入了解目前科技革命的进程，拓展大家的课外知识。"这是老师的原话。我只听过一遍就记得滚瓜烂熟，原模原样向父母复述了一遍。不过老师还有后半段话，关于如何合理使用机器人的相关内容，我一个字儿也没和家长说。

有了老师的"圣旨"，父母终于答应带我去机器人展销会看看。但他们还是给了限制。

"既然只是买来了解，那就买普通一点的，价格不用太贵。"爸爸说。

"外表也不用很好看。"妈妈说。她想买一个丑一点的机器人。这样可以避免我分心，把握住学习这个主业。

我才五年级，没有能力反抗他们的意愿。

展销会设置了好多个展区，每一个展区都摆放着好多机器人的样板机。有投篮机器人、高仿真人型机器人、烹饪机器人……人们挤在柜台前，津津有味地观看售货员演示。

可惜这些都和我没有关系。我太矮了，看不见人群那一头的精彩。

幸好我有一个机灵的妈妈。她像一条光溜溜的泥鳅，带着我们穿过人群，在展厅的角落找到了一个打折促销的展台。

妈妈和售货员交头接耳地说了好久，然后售货员点点头，很随意地指了指不远处一个站在纸箱边的小机器人。

"就选这个吧。它叫尼斯，是不是特别好听？"售货员对我说。

尼斯站在大柱子旁边显得尤为弱小。它只有不到一米高，除了脸部有硅胶包裹外，其他部位的金属直接裸露在外。售货员解释它是半成品。

"小姑娘，你别看这个机器人丑，其实它很能干的。"

"真的？"我相信了售货员的话。

带着尼斯回到家，已经很晚了。爸爸还要出门应酬，妈妈晚上要值班。他们为我准备好了三明治和牛奶。

我没有吃。和他们道别后，我把尼斯领进了自己的卧室。

2

我的床边放着一张黑色皮质的双人沙发，沙发的靠背上有一处地方破损了。那处破洞是半年前父母吵架时用水果刀划破的，而现在我在破洞上贴了一张泰迪熊的卡通贴纸。

我小心翼翼把尼斯放在床上。

"你好。"

按下开关后，尼斯说话了。

刚听到它说话的那一刹那，我整个人怔了一下，连忙跑向了卫生间。

在卫生间里，我对着镜子笑了笑，从妈妈柜子里翻出几瓶洗面奶和保湿霜。今天是与尼斯相处的第一天，我想变得干干净净。

今晚，我有一种当公主的感觉。我说的每一句话，尼斯都会仔细听；我下的每一个命令，尼斯都会去执行，尽管它走起路来慢悠悠。

不像和爸爸妈妈的对话，他们的宠儿是手机，他们的回答像讲课。

"尼斯，我考考你，什么车寸步难行？"

"主人……"

"笨蛋，是风车。哈哈，不知道了吧。我再问你，一个人从飞机上摔了下来，为什么没摔死？"

尼斯木讷地转了转脑袋。

"因为飞机停在地面上啊！"

我被尼斯的傻样逗得哈哈大笑。每当尼斯答不出来，我就用手在尼斯硅胶做成的鼻子上轻轻挠一下。

每问一个就挠一下，乐此不疲。尼斯一副无辜的样子，唯一的反抗就是眨一眨它大大的蓝眼睛。我们玩脑筋急转弯，一直玩到了晚上十二点。

这晚，我睡得很晚，但睡得很香。尼斯金属材质的躯体很冷，但我还是将它抱得很紧。

我早早地离开了被窝，先是给尼斯洗了个脸，然后调皮地给它戴了一个黄色发套。一切就绪后，带着它眉开眼笑地走向学校。

老师说了今天的课上会请同学们依次展示自己购置的机器人。一路上，我脑子里冒出了无数个设想：上课时是不是还能叫它帮我回答问题呢？

可是，校门口的保安拦下了尼斯。

"这个同学，你可不能把这个东西带进去。"

"我们老师让我带的。"

"哦，我查查……五（三）班可以带进去。"保安认真地翻看厚厚的记录本，"不过只有智能机器人才能进去，你的这个铁疙瘩应该不符合规定。"

我听完保安的解释，急忙让尼斯转圈、说话。虽然尼斯的外表没有美感，但它确确实实是一台智能机器人。可是无论我怎么解释，保安就是不同意。他说尼斯身上没有印上智能机器人特殊的识别标志。

此时尼斯正专注地望着不远处那幢七层教学楼。

站在校门口，可以清楚地看到教学楼的走廊。有许多学生和他们的智能机器人正挤在一起嬉戏、打闹。尼斯好像很羡慕他们，脑袋一动不动地一直盯着那里，完全没有发现脑袋上的假发套已经被风吹歪了。那张原本没有表情的硅胶脸上隐约显出了一丝笑意。

周围的同学渐渐多了起来。这种情况下，我很害怕遇到熟人。可越是害怕的事儿，越容易发生。

"朵儿，你今天怎么这么晚？"

一个熟悉的声音传入我耳畔。

"我……我今天突然有一些事情。"

我不知为何突然紧张了起来，不自觉地用身体遮住了尼斯。

"快走吧，不然一会儿迟到了。"

我点点头，被同学拉进了校门。

只剩下尼斯独自站在校门口。本来尼斯打算喊我，但看到我着急的样子以为是遇到了什么要紧事，它的程序便自动选择了沉默。

坐进教室后，我就开始后悔，后悔把尼斯一个人丢在那里，后悔自己为何如此在意同学的目光。万一过一会儿尼斯自己乱走走丢了，或者被别人拐走，该怎么办？

第一节课是语文课。

可我在笔记本里画满了五角星。每当烦躁时，我总会画一些奇奇怪怪的图形来发泄一下。但今天不管怎么画，这颗心就是安静不下来。

好不容易熬到了下课，铃声一响，我飞快地冲出了教室。

可是，尼斯早已经不在那里了。

我慌了，慌得跑进了保安室，将正在打瞌睡的保安叫醒，一遍又一遍地询问他们，是否知道刚刚那个不到一米高的机器人去了哪里。

"小姑娘。你别这样好吗？我都说了，不知道。你再这么反复闹的话，我可要把你当作故意扰乱秩序了！"

保安终于不耐烦了，用力地拍了一下办公桌。

我心里很清楚。无论尼斯有多么不起眼，多么愚笨，它也注定是我的第一台机器人。

那天放学，我是最晚一个离开班级的。血红色的夕阳洒在地面上好像黏稠的胶水，拖住了我的脚步。我走得很慢，仿佛身体虚脱了一般……

3

如果不是亲眼看到，我怎么也不会相信，尼斯竟然会乖乖地坐在家门口，手上捧着那本昨天交给它的脑筋急转弯大全，一副在认真看书的表情。嘴里叼着那个毛绒绒的发套，像是一个调皮的娃娃。

它没走丢，而是回了家，由于没有钥匙，所以在家门口看了一天的书。

这样的情况，我怎么也想不到。

"好了，尼斯你跟我来。我带你去玩好不好？"

"好啊，主人。"

"把书给我吧，明天我再考你。"

我带着尼斯走下楼，决定领它去附近最大的商场。我想给它买一件合身的衣服，最好是米黄色的，这样和它的发套就会很搭配。

我心里慢慢觉得，尼斯其实并不愚笨，而是像一个长不大的孩子，一个像我一样听话却不聪明的孩子。

"尼斯！你以前是不是也很孤独啊？我也是。没有人陪我说话，所有人都很忙。

他们努力前进的时候，很难顾及我们这种笨笨的人……"

我告诉它，一年前我交到了一个好朋友，她的外号叫"小辫子"，梳着一头好看的麻花辫。那时校门口开着一家小店，专卖木桶饭，我每天都会买两份，一份给自己，另一份堆满肉丝的留给朋友。这份友情一共持续了半个月，开始于那个朋友花完当月伙食费的时候，结束于她从她父母那里领到零花钱的当天。

至今，我还能清楚地记起，友情结束的那个中午。我买好饭在店门口等小辫子，可她却迟迟没有出现。半个小时后，我看到她的袖子里藏着一串章鱼丸，和其他同学一起跑进了校门。

"那天我用热水拌饭，硬生生地吃完了两份饭。"我小声地和尼斯说着。尼斯一边听着，一边轻轻点头。它的眼球一动不动，看样子好像没听懂。

或许是我讲的话太深奥了吧。

风像棉花糖，吹着吹着总会粘到很多不干净的东西。吃进嘴里有点苦。我们站在阳台上，望着头顶那一小块被高楼隔离开的夜空。那一小片夜空里只有一颗星星，一颗游弋在月光外的星星。

后来，我又给尼斯买了一个"泰迪熊"的头套面具。那个可爱的卡通面具完全遮住了它丑丑的硅胶脸。这样一来好看多了。

每次，当我抠鼻子，尼斯也会学我拿手指去抠，可惜它没有鼻孔，手指在鼻尖处不停地摸着，想要找一个缺口，可是怎么也找不到。

"主人，为什么要挖鼻子？"

"你记住抠鼻子是一种可爱的表情，哈哈。"

还有，还有一次，我走进卧室换了一件衣服，被尼斯看到了。过了一会儿，尼斯也进了房间，找了一件我的衣服准备穿。

当我看到尼斯一脸镇定地走出来时，扑哧一声笑了出来。原来，它把连衣裙倒穿了，裙摆正好够到它的脖子。

类似的趣事真的太多了，讲上三天三夜也讲不完。

法官的声音打断了我全部的思绪。

"法庭上的时间有限，如果你还没有思考好的话，只能算作放弃发言……"

坐在观众席上的父母很着急，妈妈一个劲地朝我招手。她应该很不解，昨晚在家里明明已经督促我把指控尼斯的台词练了好多遍，怎么现在都忘了呢？

4

我一点儿都没忘。

两个月前的奥数竞赛选拔考试，我没有考好。班主任把电话打到了家里，父母不在，是我自己接的电话。

班主任让我转告爸爸妈妈，要多督促我的学业，必要时候可以给我报课外奥赛培训班。我没有转告，因为我知道一会儿老师还会打父母的手机。

父母的回答我也能猜到。一定是先责骂，后鼓励，最后陪在我身旁的依旧只有尼斯。还不如让尼斯模仿父母督促我呢。

现在回想起来这个想法太大胆了，可当时的我居然将它付诸行动。

我把爸妈常用的那些"道理""骂语"都写在纸上，供尼斯学习。还将家里的鸡毛掸子和爷爷留下来的竹棍交给了它，以前爸爸妈妈教训我时常用这些道具。

"今天做三十道奥数题，如果错误率超过百分之三十，你就用鸡毛掸子打我。如果超过了百分之五十，你就用竹棍朝着我的屁股狠狠揍。"

"狠狠揍是有多狠？主人，我该花费多少力气？需要一个标准。"

我知道物理上有专门衡量力的单位，但我不知道它们具体的奥秘。"就以我的眼泪为标准。我流泪了说明你打得够狠。"

"明白了。"尼斯点头。

"还有……你要督促我抓紧时间。晚上放学如果超过五点半我还不回家，你就用比狠狠揍再狠一点的力气打我。"我没有条理的话，尼斯总是听一遍就能领会。

在尼斯的帮助下，我的成绩确实得到了提高。在变得自信、勇敢的同时，骄傲的尾巴不由自主地翘了起来。

我开始参加很多同学私下组织的聚会，中午不午休偷偷溜去奶茶店，晚上躲在被窝里看手机。

可尼斯依旧按照约定履行着自己的职责。

9月18日，它先是发现了我偷玩手机，将手机从我手上一把夺过，摔在了墙上。这部手机是妈妈的备用手机。

9月26日，它用竹棍打我的肚子，在客厅里动的手，被爸爸发现了。

9月29日，备用手机坏了，我便问妈妈借来手机和同学聊天。尼斯发现后将妈妈的手机也砸了。爸爸第一次向智能机器人管理委员会提出了投诉。

10月3日，投诉还没处理。虽然是休息日，但不是周末，依旧是和尼斯约好的学习日。晚上五点半尼斯发现我没有按时回家，开始在住宅周围寻找。一个小时过后，我还没有出现，它便上街寻觅。直到在红绿灯路口找到了我。

尼斯二话没说，抄起家伙就往我身上打。它的动作太快了，以至于发套掉落在地上。

这一次可是在大庭广众之下。周围的同学、行人都惊呆了。

机器人打人——这是相当严重的案件。涉案的机器人一旦被裁定具有主动攻击人类的危险性，就会被立刻销毁。

因此智能机器人出厂前都会被设定好程序，坚决不对人类使用暴力。

可尼斯是半成品，这些规矩它并不知道。它始终坚持的就是听我的指令。

周围的人不知道尼斯是奉令行事。大家你一脚我一拳，把矮小的尼斯打倒在地。污垢和灰尘遮住了它迷惑的双眼。

它的身上布满了脚印。尼斯想反抗，它很爱惜身上的装饰。可实在没有力气。

"这是个危险品，千万不能靠近。"

我想去抱住它，阻止别人。可身旁的同学拦住了我。

忽闪忽闪的警灯由远及近。萧瑟的冷风也由身入心。我的身体不停打战。

5

"除一人未发言，其他证人均已发言结束。请问被告——名为尼斯的智能机器人，对于自己的罪行，你有什么需要辩解的吗？"

机器人无权拥有辩护律师，所以一切解释只能尼斯自己来。

尼斯左看看，右看看，信号的接收仿佛出现了问题。

父亲坐在原告席上表情凝重，但呼吸轻快。

我没心思注意他的变化。从证人席下来后我一直盯着尼斯。我很后悔，总觉得应该说些什么。喉咙里有一块灼热的骨头卡着，滋滋的热气烫彻心扉。

"法官大人，我没有什么好辩解的。"过了好一会儿，尼斯一字一句地说。它的语速听起来像口吃一般。

尼斯看到了我，想要站起身来，但一旁的法警阻止了它的举动。

它仰着头努力将脖子转向我的方位，抬起手臂，冲我做了那个抠鼻屎的动作。

——你记住抠鼻子是一种可爱的表情。

——它记住了。

尼斯的回答打消了这次审判最后的一点悬念。许多观众暗暗收拾东西，准备离开。

坐在最高位置上的法官站起身，郑重地宣读判决书："……经审理查明，机器人尼斯于 10 月 3 日当众殴打其主人，并且在以往的生活中多次出现暴力欺凌主人的行为。其行为构成故意伤害罪。本案证人证词及证据来源合法，真实客观且能相互印证。因此本庭根据《机器人社会行为法》第一条第六款，判处机器人尼斯有罪。先押送至公安机关，限于十日内将其送至机器人处理中心，熔化销毁。"

一大串讲话中，我只听明白了两件事情：第一个是尼斯有罪，第二个是它要被熔化销毁。判决书宣读完毕，观众席上响起了阵阵掌声。我望着尼斯没有表情的面庞，心脏在颤抖。

尼斯身旁的两名法警做了一个手势，打算将它带离法庭。

我知道这个时候如果我再不说些什么，我会一辈子瞧不起自己。

我使足力气跳过观众席前面的挡板，一个箭步冲尼斯跑了过去。父母没有料到我会有如此过激的反应。在他们心里我是一个怕事的姑娘。

从观众席到尼斯所处的被告席大约有十米的距离。按照平时，只要我拿出一百米冲刺的速度，一定没人能够拦住我。但我高估了自己的运动能力。

跳过挡板后的我由于重心不稳，没跑出几步，一个跟头摔在地上。碰巧法官从审判席上走下来，抱起了我。

他对我说："小朋友，法庭上不能随便跳，随便跑的！"

"法官叔叔！不对，是法官大人。"我想起了尼斯对法官的称呼，"我想申诉。其实打我的不是尼斯。"

"噢？"

"就是尼斯没有欺负我！"泪水不可抑制地流出，我拼命向法官解释。可他毕竟不是尼斯，很难一下子明白我的想法。

"小朋友你是心里不好受吧。有同情心很正常的，但事实就是事实。你不能替机器人撒谎开脱哟！"法官弯着腰很认真地嘱咐。

这时，身后的爸爸妈妈已经赶到了我的身旁。

被鼻涕和眼泪糊住喉咙的我终究没有办法再为尼斯辩解。

"欺……负……我的人不是尼斯！"

"你说什么——中午想吃凉拌鸡丝？"爸爸替我擦去眼泪，"爸爸说过没有，不要一边哭一边讲话，这样别人根本听不清你在说什么！而且鼻涕里都是细菌，流到肚子里多不卫生呀！"

尼斯被带走了。

在我擦干眼泪恢复视线的时候，它已经不在了。

窗外的银杏叶也不知道在什么时候悄悄地飘落了好几片。回到学校后，我一定要退掉那门"人工智能的奥秘"课。

我不想再接触"奥秘"了。

（原载 2019 年第 1 期《少年文艺》）

（转载 2019 年第 5 期《儿童文学选刊》）

穿越时空的象鼻爷爷

"象鼻爷爷回来了"。

消息像蒲公英的絮絮随着秋风很快传遍了整条老街。

老街上的孩子们都知道了。我也不例外。

听妈妈说，这一次象鼻爷爷跑到了七十多年前的上海，也就是他自己小时候，去玩了好多好多天。

穿越时空，这是象鼻爷爷的特异功能。我们认识的所有人里，只有他能做到。

不过穿越时空需要付出一定的代价，每次回来，象鼻爷爷的身上都要留下一些伤疤和淤青。

我记得上一次象鼻爷爷穿越回来时，鼻子上就全是血。大人们解释，他是在时间隧道里撞到了墙壁，撞破了鼻子。这也难怪，谁让象鼻爷爷的鼻子比普通人更大更长，看起来更挺拔呢。

否则他也不会拥有象鼻爷爷这个称号。

"象鼻爷爷的长鼻子这一次有没有受伤？"我问无所不知的妈妈。

"没有。你可以和小伙伴一起去看看他，记得把我准备好的红烧大排和白蒲枣拿过去。他最近该补一补了。"

我高兴坏了，拎上小布袋，飞速朝着象鼻爷爷家奔去。

刚下楼隔老远就能听见象鼻爷爷家传来此起彼伏的声音。不用说，肯定是象鼻爷爷开始讲述这次旅行见到的稀奇事儿了。

我小心翼翼地推开三楼虚掩着的房门，里面围了好几圈人。我个子小只能挤在后面，望着站在前面卷发小胖墩的屁股，听象鼻爷爷讲故事。

"要懂得感恩，就是要感谢那些帮助过我们的人……这次去我变成了小时候的模样，在老上海的街头。时间是 1949 年 5 月底，具体哪一天忘了。"象鼻爷爷说话的声音很洪亮。

"爷爷你没看那天的日历吗？你可以跑到报刊亭买一份报纸的。"有人问道。

"你这么一说我倒是想起来了，是 5 月 28 号。"

象鼻爷爷说，这一次回去是在深夜，他直接落在了一条小巷深处。身上穿着一条白色短裤，手里还拿着一笼热气腾腾的小笼包。

当时象鼻爷爷的第一反应，是想把这一笼小笼包赶紧拎回家里，给家里的弟弟妹妹吃。可是很快巷子周围就传来了急促的脚步声。

他以为是巡逻的军警，吓得想找地缝钻进去。象鼻爷爷不敢确定自己手上的小笼包是从哪里来的。会不会是偷的呢，而这些人就是来抓小偷的？

这样的概率太大了，那时候一家人一年到头也吃不了几顿肉。旧时候的军警又不讲法律，他们会歪曲事实，会屈打成招。"总之就是做尽了坏事。不过穿越时空嘛，难免会遇到突如其来的意外。"他补充说。

渐渐地脚步声越来越近，而且声音密度很大，听起来足足有好几百人。情急之下，象鼻爷爷用一堆破旧报纸把自己遮挡了起来。

待脚步声近了，他发现这些人不是军警，他们穿着土黄色的军装，一声不响安安静静，排着队朝前走。

象鼻爷爷说他从来没有见过这样的一群人。大晚上的不睡觉还在悄悄地走路。

出于好奇，他跟在他们后头，一直跟到巷子尽头。尽头建有一座简易的公共厕所，臭味熏天，这群人没有半句怨言，一动不动地站在那里，排队等着上厕所，连捂鼻子的都没有。

象鼻爷爷说到这里忍不住捂住了自己的长鼻子。

"那些人是解放军战士，他们把上海从混乱中解放了出来。但是进城后为了不给老百姓添麻烦，吃饭他们自己解决，睡觉就睡在大马路上，就连上厕所白天都是忍着的，到了夜晚再以连或排为单位去街上找公共厕所。"

他的话令在场的所有人都很惊讶。

小胖墩提出了质疑："爷爷，你就看到了他们排队上厕所，睡觉、吃饭的事情怎么知道的呀？"

"我也看到了。他们把大米饭放在自己的钢盔里，直接拿手抓。很能吃苦，很不容易。后来我就把手里的小笼包送给他们了。要懂得感恩，懂得好歹……可惜不管怎么说，这些战士就是不肯收下小笼包。"

"大半夜吃饭？"

小胖墩的问题一个接着一个，完全打断了象鼻爷爷说话的思路。

象鼻爷爷涨红了脸好不容易才说出一句话："总之就是看到了。反正晚上也会饿的吧。他们一直是我的榜样，后来我也学着，报名参加了解放军。"

说完后，他便像丢了魂一般，忘记了计划好要讲述的内容。

屋子里陷入了一片奇怪的寂静。

我终于找到了空儿，往前挤了几排，不用再看小胖墩的大屁股了。

"爷爷这次你还去了哪一个年份，去了哪一个地方？"我鼓足勇气对象鼻爷爷喊道。

"哦哦，我还去了南海，当时在炮艇上和那些越南过来的侵略者对打。"

象鼻爷爷是上海本地人，听妈妈说他在外头当了三十多年的兵，参加了大大小小十几次战斗。后背一直到现在还留着一片炸弹碎片没有取出来。

"炮弹炸响的一瞬间，当时我想起来裤子里还藏了一颗大白兔奶糖。我就想着万一炮艇沉了，我就吃了这颗糖，游回上海，想办法继续作战。"

说到炮艇，象鼻爷爷又打开了话匣子。只不过这一次，他说的这些内容我以前听过。

这分明是前几次穿越时发生的故事，他讲过。

小胖墩在旁边嘀嘀咕咕：象鼻爷爷这些话以前不是说过几遍吗？

"有可能这次旅行和上上次去的地方一样，发生的故事都一模一样。"我向他解释。

站在他旁边的女生刘薇洲鼻腔里发出了一声难听的"哼"，看似很小心地告诉小胖墩，可她的嗓门太粗了，周围的人都能听到："什么旅行呀，象鼻爷爷就是老年痴呆了。电视里说的老年痴呆的症状和象鼻爷爷像极了。"

会自己一个人去东走西荡，会忘记不久前的事情，却把几十年前的事情记得一清二楚。

照刘薇洲的说法，这种毛病就好像一块橡皮，会一点点擦掉大脑里的记忆。

"我知道了，你是说象鼻爷爷其实压根没有穿越时空的超能力，他就是得了痴呆症。"小胖墩的声音比女生更重。

呵呵——我是不会相信这种无稽之谈的。在场的绝大多数小伙伴一定和我是一样的想法。象鼻爷爷的超能力可是远近闻名，大家伙都知道都认可的，怎么可能有假？

再者说，象鼻爷爷现在看起来也很正常呀。你看他记性也蛮好，把刚刚对解放军的赞美又重复了一遍：要懂得感恩，懂得好歹。

没等我表达自己的意见，小胖墩的脸上露出一副失望的神情，摇摇头转身离开了。女生跟在他身后一同离去了。

以后再找机会来劝说他们吧，我这般计划，现在不能打断象鼻爷爷的描述。

望着小布袋里的大排和白蒲枣，它们可能不如象鼻爷爷的小笼包来得好吃，但现在我仍旧将它们捂得紧紧的。

一会儿等象鼻爷爷全部说完，递给他吃吧。

等他讲完这次旅行，让他也感受一下：我们可是记得他的"好歹"的。

（原载 2020 年第 3 期《好儿童画报》）

（获 2019 年小百花好作品奖）

魔法天窗

1

"绣安！你在看什么？快上课了，怎么还待在这里！"

一个身材微胖的女老师挥舞魔法棒，不停催促着。

"老师，大殿里的那扇天窗是不是很久没有打扫了？你看窗户黑乎乎的全是灰。"

"这不是你该管的。不要再东张西望，快回教室！"

女老师异常严肃地说道，眼神在绣安身上来来回回扫了好多遍。

在绣安的印象中，自己从出生开始就待在这座魔法学院里。每天过着单调的生活，不是背诵咒语，就是练习法术。魔法学院的管理非常森严。

枯燥乏味的生活中，唯一能勾起绣安好奇心的就是金色大殿顶端的天窗。开学第一天，老师就告诉过他们，任何人都不允许靠近天窗，它是禁地。

大概是好奇心在作祟吧，越是严禁接近的东西，越有吸引力。

每一次经过大殿，她都会不由自主地放慢脚步，盯着菱形的天窗。小时候她总是幻想有一天，天窗会自己打开。窗子里会走出一个头戴贝壳王冠、手持十字长剑的少年，他最好有着一头金色的长发，皮肤可以是古铜色，然后蹲在她的身边轻轻称呼她公主……

可是想象总归是想象，就连老师们也不知道这扇天窗的真正来历，以及它被设为禁地的缘由。

绣安倒是听过很多不同版本的小道消息。

有的人说，这扇天窗后面是一条羊肠小路，它通往一只史前巨兽的居所。因为怪兽太可怕了，所以先祖们就把这个天窗封了起来。

还有人说，天窗其实是学院通往外面世界的一个通道，走过这个天窗，你就能离开学院，离开这个封闭的山谷，不过外面的世界到处是战乱，非常可怕。

没人知道这些传闻的真伪，就算搞清楚这些传闻又如何。

魔法学院内部向来等级分明，学院内的地位、收入、住房都严格按照魔法师的级别来分配。所以对于学院的学生来说，他们最关心的是怎样才能学好魔法，争取早点毕业，然后尽快成为一名"高级魔法师"。

但是绣安对这些一点儿也不感兴趣，她的脑海里反复浮现出一个疑问："如果我把天窗打开会怎么样？"

2

"大家的注意力都集中一点，才早上十点钟，你们怎么就一副无精打采的样子啊。今天上课我们讲'控火术'的内容，请大家拿出魔法棒跟我一起练习动作。"

老师推了推鼻子上架着的黑框眼镜，提高音调大声说着。

绣安悄悄地坐在教室最后一排，轻飘飘地挥着手，皱着眉头装出一副在认真练习控火术的样子。但是如果仔细观察，不难发现她的魔法棒中间系着一支透明的铅笔。

她不是在挥魔法棒，而是在偷偷画画。纤细的笔触在薄薄的白纸上，勾勒出一个有着七色羽毛的胖鹦鹉的形象。鹦鹉弯弯的嘴巴上叼着一只汤圆大小的太阳，不过绣安总觉得胖鹦鹉还缺点什么。

对了！是墨镜。戴着墨镜"吃"太阳，这样才不会被阳光灼伤眼睛嘛。

绣安不停地琢磨，要是太阳是个汤圆的话，咬开它，里面流出的到底是豆沙馅还是芝麻馅？

就在这时，老师干咳了一声，毫不客气地说道："坐在最后一排的……绣安！你使用控火术的动作怎么和别人不一样啊？你站起来。"

老师板着脸，一步一步向绣安靠近。

"老师，我……我是在思考还有没有别的方法来运用这个控火术……"

"真的吗？"

老师一把夺过绣安的魔法棒，将她的透明铅笔高高举起："你是用这个思考的吗？绣安，你出去！去门口站着去。"

绣安低着脑袋，不敢抬头看老师，好像老师脸上的雀斑是战争武器，比太阳光更刺眼。

走廊里的风仔细闻，会发现风中有一股与新鲜草籽相似的味道。这种香味淡淡的，若有若无。绣安木讷地站在走廊里，望着四周紧凑的建筑，盯着墙上那些看过无数遍的壁画。壁画里讲的不是开天辟地的神话故事，就是历代魔法师镇杀妖魔的英雄传奇。

这时，一种莫名的冲动突然涌上她的心头。

"我不喜欢魔法，为什么还要待在这里！"

绣安轻声地自言自语。"啪嗒"，一个熟悉的身影灵活地蹿到了她的身边。

"陆明德怎么是你？"

"怎么就不能是我啊！"

"你又逃课了？"

"别说得这么难听。我请假了……"

绣安一脸嫌弃地看着身边这个青梅竹马的好哥们儿陆明德，她知道他又在撒谎，毕竟他是出了名的调皮捣蛋。就在上星期，他翻墙溜出教室，运用"幻形术"把餐厅厨房里的辣椒都变成了盐的模样，结果那天餐厅的菜都辣得没法吃。

不过因为他的父亲是魔法学院的副院长，所以没有人敢责骂他。

"陆明德，你说为什么我们不喜欢魔法的人非要待在这里苦学呢？如果能离开这里，我一定要做一名画家，我要画出比我们学院里的壁画好看十倍的画。"

绣安轻轻地摸着自己的鼻子，上面渗着几滴汗珠。

陆明德"扑哧"一下笑出了声来，他装出一副恨铁不成钢的样子："小姑娘，别傻了。你是魔法学院的人，这辈子都没办法离开学院的，这是规定！要是能离开我早就离开了，住在这里人都要发霉了。"

"你怎么知道？你试过吗？"

"我是在我爸爸的书房里看到那些资料的。每年都有个别学生想逃离学院，结果一靠近学院的出口，就被出口处的禁制魔法逼退回来。他们非但没有离开学院，反而受伤了。"

"每年都有？我怎么不知道？老师只说过不允许擅自离开，可没说禁制魔法的事儿呀！"绣安睁大眼睛，一眨不眨地盯着陆明德，生怕听漏什么。

"这是严格保密的。那些想要逃出去的人现在还被关在黑牢里呢！如果把这种事情说出来，未来会有越来越多的人这么干，学院就乱了。"

陆明德犹豫了很久后，满是顾虑地说。空气仿佛在两个人周围停住了脚步，他们聊天的气氛顿时变得凝重起来。

"陆明德。"

"绣安，关于要出去的事情，我觉得太危险了。我们还是——"

就在陆明德打算劝阻绣安的时候，她毫不客气地打断了他的话。

"陆明德，如果我们不出去，就得一辈子做自己不喜欢的事情啊。我还有梦想，我想要自由自在的感觉。"

绣安的这句话像是一个炸弹，一下子炸开了陆明德心中冰封的情感。他木然地抬起头，盯着她，看了很久很久。终于他轻轻地叹了一口气，说话了："绣安，我不能同意你这么干，你不知道禁制魔法究竟有多可怕。"

"陆明德，你到底还是不是我的好朋友！你就甘心让我一辈子做一只飞不出笼子，只能抬头看天的倒霉鸟吗？"

陆明德冷冷地瞪了她一眼："我是一心为你好。算了，不管你了，你就去折腾吧。"说完随手施展了隐身术，便从绣安的眼前消失了。

"不管就不管。你以为你是谁啊？谁要你管啦！"

绣安气得顺手拿起自己的魔法棒朝他消失的地方扔了过去。

每到夜晚，魔法学院内的石英灯塔就会被点亮。不停变换颜色的灯光，将夜晚的学院打扮得像是一个穿戴了珍贵珠宝的女王。

此时，一个不显眼的黑影像蜗牛般，一点一点向学院最外沿靠近。她的动作很笨拙。

那个矮小的黑影正是绣安，今晚她决定要独闯学院大门，然后从那里离开。

"你这个臭陆明德！本姑娘就是要让你看看，没有你我一个人也能离开魔法学院。"绣安为了这次的行动准备了很久，今天她足足带了两书包的东西。

学院的大门位于山谷的隘口，由五个大小不同的大理石拱门构成。平时除了大门的守卫外，很少有人会涉足那里。

绣安弓着身子，小心翼翼地蹲靠在一根柱子后面。根据她事先的调查，守卫是每两个小时交接一次的，而交班的过程大约会持续一分钟。

绣安知道，这一分钟是她避开守卫目光唯一的机会。

时间一分一秒地过去，她一遍又一遍翻看着自己的背包，生怕漏下什么东西。鹦鹉胸针、飞行羽毛、琉璃串珠、冰花叶子……她已经想好了，出去后就找一个普通的小村镇，每日坐在清澈的溪边，将光溜溜的脚丫伸进凉凉的水中，舔着芳草味的冰淇淋，捉弄河边呆头呆脑的撅嘴鲢。

那些只能在小说书中看到的趣事，她要统统做一遍。

眼看交接班的时间就要到了，绣安深吸了一口气，猛然开始向拱门发起了冲刺。

但让她没想到的是还没等她靠近拱门，她就被一股巨大的力量弹开了。重心不稳的她重重地摔倒在地。

"这就是禁制魔法的力量吗？"绣安情不自禁地舔了舔干燥的舌头。

她落地的声响引起了守卫们的注意，不少守卫走出了监控室开始四下搜寻可疑人员。绣安没有退缩，望着近在咫尺的拱门，她的心里涌起的不是对禁制魔法的胆怯，而是对于拱门外世界的向往。

没有丝毫的犹豫，绣安挣扎着重新站了起来。

她放下肩上紧紧背着的那两个背包，从背包里抽出了自己的魔法棒，轻轻地默念起咒语来。这个咒语是以前陆明德偷偷告诉她的，据说这个咒语可以让其他的魔法短暂失效。现在，它已经是绣安最后的杀手锏了。

守卫们已经打开了拱门附近所有的大功率探照灯，白色的光柱将附近照得恍如白昼。

"快看那里有人！"一个中年守卫大声喊道。他的大叫引起了所有人的注意，守卫们纷纷腾空向绣安飞了过去，妄图在她接近拱门之前将她拦下。

但还是晚了一步。

魔法天窗

这一次，在咒语的帮助下，绣安不仅接近了拱门，而且还来到了拱门的正中间。巨大的大理石从底下望去，能让人感觉到一股难以名状的压迫感。

"长官，她……她怎么能这么接近拱门？"

"你们别急。她很快就会回来的。"守卫中被称为长官的那个人冷静地说，仿佛对于这种现象已经不陌生了。

正如他所言，几秒钟之后，眼看就能踏出最后一步的绣安再次被禁制魔法击中，狼狈地被打飞了好几十米，她的魔法棒被硬生生击成了两半。

这一次，她终于明白了陆明德为什么要阻止她闯大门了。禁制魔法远远没有她想的那么简单。

"来人啊！快抓住她。小兔崽子竟然敢闯大门！"

一群守卫嚷嚷地朝绣安围了过去。求生的本能驱使她想要站起来，可她稍稍一用力，脚踝部位就传来阵阵剧痛，迫使她重新坐回地上。

"来吧来吧，你们都来抓我吧。反正我不是什么听话的学生……随便处罚吧。"

冷飕飕的风刮过她宽松的校服，她用已经满是伤痕的手紧紧握住自己的半截魔法棒，望着头顶上那一抹狭小的淡蓝色的星空，这一刻，绣安做好了要和守卫鱼死网破的决定。

但她没想到，就在这时一双遒劲有力的手将她从地上猛然抱了起来。

一股熟悉的味道钻进了她的鼻孔里。

原来是他，他不是说过不再管她的闲事了吗，怎么此刻又出现在这里？

"陆明德，你动作轻点。疼……"

"谁让你非要碰这禁制魔法的。现在知道疼了？"陆明德故意捏了捏她的伤腿，任凭绣安哇哇直叫，"算了，我是大丈夫，就不和你这种弱女子计较了。"

"少废话，快点逃吧。要是被抓住了就不好玩了。"

面对从四面八方赶过来的守卫，陆明德并不慌张。他俏皮地冲他们一笑，然后轻轻摇动魔法棒。瞬间他的四周出现了四张本用来捕鱼的粘网，守卫没有料到对方会有这手，一个个像扑进蜘蛛网里的小苍蝇被渔网缠住了，不得不拼命挣脱。

"看到了吧！这还没完呢。"

陆明德调皮地冲绣安吐了吐舌头，随后低下头从身后变出了一把大口径的消防水枪。

他举着水枪二话不说，直接打开开关，向渔网上的守卫喷去。一股红色的水柱扫过守卫们的脸，平时趾高气扬的他们此刻发出了杀猪般的惨叫。

"陆明德，你这水枪为什么这么厉害？他们怎么都叫得这么惨？"

"废话，里面装着的都是我刚刚调配出来的高浓度辣椒水——要不你也来点试试？"

陆明德一脸坏笑地看着自己的"手下败将"。

但这份欣喜只过了两分钟，陆明德的脸色顿时大变。

他发现远处出现了很多人，从制服的颜色看应该是负责管理学院治安的巡逻队来了，他们无论从人数还是能力上都要比守卫更可怕。

"唉，怪我大意了。弄出这么大的动静，巡逻队不来倒奇怪了。"说完，陆明德连忙抱起绣安从渔网间的空隙处逃了出去。夜间的空气中藏有一些太阳在白天遗留下来的味道，几棵巨大的海椰树安静地坐在教学楼的旁边摇头晃脑。

陆明德和绣安一路东逃西窜，不知不觉中，他们竟然来到了金色大殿附近。

为了逃避追兵，两个人匆忙地闯进了金色大殿，由于已经是夜里十点多，大殿处于封闭状态，里面并没有外人。

绣安和陆明德躲进了大殿中央的一块凹地中。

"陆明德……"绣安在看到陆明德细心地帮自己查看腿部的伤势时，不由自主地轻轻唤了一声。

"怎么了？"

听到绣安突然叫自己的名字，陆明德还以为是弄疼了她。

"对不起，之前是我太莽撞了，今天多亏你救我。"

"唉，现在说这个干吗？我就知道你会这么干，这么多年了，你的心思我还不了解？要不然这几天我就不会偷偷跟在你身后。"

说话间，绣安的眼神无意间扫到了大殿顶端的那个天窗，那个曾经让她魂牵梦萦猜不透、想不穿的天窗。天窗背后是什么，它究竟能不能通往外面的世界呢？

她思考片刻后，决定将自己想去天窗的想法告诉陆明德。

本以为，陆明德会像上次那样跳起来反对，但没想到这次，他不但没有反对，反而一把抱起绣安，直接腾空向黑乎乎的天窗进发。

"陆明德，这次你怎么不劝我？"

"为什么要劝你？其实我也希望你能出去，一辈子做自己不喜欢的事情有多痛苦，我比你更清楚。绣安，其实我爸爸极其讨厌魔法，但身为学院副院长的他从来没有想过要离开，因为他不愿为了梦想放弃现在的生活……你知道吗？你是我见过最勇敢的女孩。哪怕只有一线希望，我也会竭尽全力帮你。"

陆明德的声音非常坚定，端正的五官在灯光下显出几分刚毅，一改往常捣蛋鬼的形象。一刹那，绣安的脑海里又回想起了过去的那个设想。

设想中有一天，会有一个英俊的骑士打开天窗来到她的身边。而今天，她分明觉得陆明德就是那个骑士，那个头戴贝壳王冠、手持十字长剑的骑士。

4

这是绣安第一次这么近距离地观察天窗。

她可以清晰地看到天窗上镂空的雕花、木头的花纹以及几张几十年前贴上去的发黑的封条。这扇天窗是整个学院唯一被严令禁止接近的禁地，包括院长在内。

"陆明德，我要打开了。你做好准备了吗？"

"打开吧。就算里面出来个史前怪兽，我也做好了做它口粮的准备。"

"到现在了，还贫嘴。"

绣安的脸上看不出一丝紧张，但她的手心全是汗，手指触碰到窗框的那一刻，她感觉心跳加速了好多倍，双手木然停止了动作。那股被强压下去的犹豫，像条缠人的四脚蛇再次捆住了她的手脚。

"吱嘎"。

绣安没想到陆明德会在身后故意推她，在惯性的作用下，她推开了那扇古朴的天窗。

"陆明德，你个混蛋。"

"要是不推你，你会这么快打开天窗吗？"

天窗打开后，他们的眼前出现了一个黑漆漆的小洞。绣安将脑袋伸进了小洞，看到了长长的通道。

"陆明德，那里有一条小道，好可怕的样子啊。"

陌生的黑暗让绣安吓得缩起了身子。

"让我看看。别怕，你闻闻这里没有野兽的气味，应该是安全的。"

话音刚落，突然从他们下方传来了大殿大门被打开的声音。

"长官，周围已经都找遍了。现在唯一没有搜查的就是金色大殿了。"

"这么说来，他们很有可能在这里了。你们两人一组给我仔仔细细地搜！"

说话的人正是之前一直在追赶他们的巡逻队。

情急之下，陆明德将绣安推进了洞口，没等她辩解，就替她关上了天窗，独自转身，冲那些进来的巡逻队举起了装有辣椒水的水枪。

"绣安，你快点走，千万别辜负我这一片苦心呀！我今天要给那帮平时耀武扬威的巡逻队一点颜色瞧瞧！"

被推进通道的绣安大声喊叫着陆明德的名字。

她没有想到他会独自留在外面。

心中升起一股难以名状的感觉，有温暖，有担忧，还有自责。

这条通道大概是用石头包裹起来的，地上湿湿的可以依稀看见水渍。突然，绣安愣了一下，浑身颤抖起来。因为她猛然发现进入通道之后，自己对魔法的感应竟然完全消失了。

自己的魔法能力在这里消失了，看来传说都是片面的。

"消失就消失吧，现在这不是最重要的事。"

很快她恢复了镇定，扶着旁边的石壁，忍着脚痛用单脚跳一步一步地向前走去。跳了几十米后，竟然看到了通道的尽头。通道的尽头有一扇简陋不堪的木门，很难判断它修建的年份。不过无论从哪个角度看，木门都会给人一种下一秒就会垮塌的感觉。

木门边立有一块高高的白色石碑。石碑上刻着长长一大段话。

平时看见长课文就头大的绣安，此刻却很认真地读着这个石碑。这些粗糙的文字诉说着关于这个学院的历史。越往下读，她的脸色越苍白，仿佛在看一个鬼故事。

最后她看到了这段话的署名，上面的名字是魔法学院的创始人雷蒙德。

5

原来，当初建造魔法学院的目的并不是为了培养魔法人才，设置禁制魔法的初衷也不是为了防止外敌侵略。一百多年前，魔法世界爆发了一场大战，战争波及许多不懂魔法的普通人，最终带来了难以想象的生灵涂炭。

当时最有名的魔法师雷蒙德为了避免再出现魔法师恶意使用魔法危害百姓的事件，就建造了这座魔法学院。他召集了当时最著名的魔法师，将他们聚集在魔法学院中，最后实际上是用禁制魔法将他们困在此地，想要离开这里的唯一方法就是通过这扇天窗，但是只要通过这扇天窗，魔法师的魔法能力就会消失。

知道这些内容后的绣安，不敢相信自己的眼睛，仿佛一切都在梦中。她突然明白了，自己应该就是那些被困在此地的魔法师的后代。

石碑的最后写道："魔法不分善恶，但魔法师分为善恶。我今天的做法与个人私欲无关，我不能霸道地剥夺别人的魔法和生命，但是我有权让大家选择是否需要自由……看到这些内容的人一定是违反禁令闯入天窗的人。走吧，那扇木门通往外面的世界。最后请你记住，任何的自由都需要尊重规则、和平以及他人的权利，魔法与做人均是如此——雷蒙德。"

看完一切的绣安愣住了，她没有去开那扇旧木门，尽管她知道外面就是新的世界。

"出去吗，就我一个人？"

她低头看了一下自己。此时此刻，绣安感觉自己晕乎乎的，仿佛在梦中。

珍爱的画笔背包已经被迫丢在了学院的入口处，珍爱的朋友此刻正在大殿里为她鲁莽的决定做着抗争。

就这么走了吗？

绣安望着洁白的石碑，苦笑一声，扭过头单着脚又跳了回去。

自由，多么美丽的词汇呀。

"陆明德你个笨蛋，既然你带着水枪就敢冲出去，那我拖着伤腿也能来救你！"

（原载 2016 年第 9 期《预见遇见》）

钟声悠扬

1

当当当——接近两米高的大落地钟传来低沉的声响。古铜色的钟摆摇着笨笨的脑袋，好像永远不会头晕。

爸爸走到陆远声跟前，蹲下身。他的鼻子离远声的耳朵很近，呼出来的气吹得远声很痒。

"你希望爷爷变成落地钟，还是布偶娃娃？肯定是布偶娃娃吧。"爸爸问了一个非常奇怪的问题。

变？难道想变成什么就能变成什么吗？爸爸什么时候也会开玩笑了。

"那种用麦芽糖做成的汽车，不仅能开还能吃。或者变形金刚也可以！嘟嘟嘟，能够帮我做作业，帮老妈做菜的变形金刚。"远声回答道。

"严肃点！如果只能在这两样里选呢，你选择哪一种？"

爸爸的眉头紧紧皱成一团，像盯犯人一样盯着他。

远声不想做这样的选择题。在两个不喜欢的选项里做选择，还不如丢掉这道题目呢。

"算了！问你也是白问。今天晚上你叔叔伯伯都要来，我们在客厅里开会。你把房门关好，不要随意出来！"

"怎么就白问了？这种带有'如果'的问题有问的必要吗？又不会真的发生！"

爸爸没有再解释。只是再一次命令远声，今晚不得出房门。

爸爸真的很怪耶。家里这么小，还让我憋在屋子里，那不跟坐牢一样嘛。远声很不理解。

直到下午，他才从妈妈的口中得知，爸爸说的不是玩笑话。

医院里新发明了一种名为"意识转移"的手术，据说能够把人的意识从人体转移到其他物品上。这样即使得了重病，身体不能用了，人的意识和记忆也不会消失，可以转到其他东西上，从而实现长生不老。

这就是爸爸口中的"变"。

"你爸应该跟你说过了吧，爷爷可能要做这个手术。"妈妈一边说，一边在砧板上收拾刚买的火锅料，旁边放着水淋淋的牛肚、鸭肠、虾滑和猪肝。

"你爷爷的肝不行了，换肝也失败了。现在如果不试试医院里这个新手术，可能熬不过这个月。"妈妈补充道。

"爷爷现在人在哪里？"

"在医院，办理出院手续。你爸说晚上要开家庭会议，商量一下意识转移的事儿。如果真的能成功那就太好了！"妈妈的声音越说越轻。她和远声聊起了五年前过世的奶奶，八年前离开的外公。光影如同蚊虫大小的碎片，一点一点在脑海深处拼凑出他们的模样。

"你希望爷爷变成什么东西？"

远声把爸爸问过自己的问题抛给了妈妈。

"哎呀，这些都是小事情，不重要啦！意识能不能成功转移才是大事情。"

这是妈妈的观点。她说完拍拍远声的脑袋，残存的水珠混杂着食材的腥味落了下来，好像他也是火锅料之一。

2

爷爷回家的时候，远声正好在睡觉。听到声响他拖鞋也没穿，赤着脚跑了出来。

"爷爷……"

爷爷努力笑着，他的脸庞像极了缩水的羽绒服，皱巴巴的，被偷走了最后一点肉。他的身上还穿着蓝白相间的病号服，带有淡淡的消毒水味。

远声想仔细瞧瞧他，却被妈妈拦下："先让你爷爷去换个衣服，洗洗。"

爸爸把爷爷"背"进了房间。阳光穿过半透明的窗帘，在客厅地板上留下一朵朵雪花形状的图案。

"爸爸！爷爷自己想变成什么呀？意识转移的事儿听从他的意愿不就好了。"待爸爸出来后远声问他。早上的问题像一根骨头一直哽在远声的喉咙里。

"怎么能听他的！你爷爷前两天还反对手术。后来好不容易说通了，他坚持要把自己的意识转移到家里面的那台落地钟上。真的是人越老越糊涂！"

爸爸话还没说完，电话铃就响了。看样子应该是叔叔打来的。

客厅里红木材质的落地钟不快不慢地摇动沉重的手臂。当——当——当，它实在是太庞大了，以至报时的时候总让人感觉地面也在微微颤动。

远声不由自主捂住了耳朵。

爷爷平时喜欢坐在沙发上看着落地钟发笑。

远声理解不了他的这个爱好，不知道这座身高比自己高，肤色比自己更黑的庞然大物，究竟哪里好看了。对了，远声又想起爸爸刚刚问的问题：希望爷爷变成落地钟，还是布偶娃娃？

如果非要选择的话，现在他想选布偶娃娃。

爷爷要是变成落地钟这种大东西、丑怪物，远声肯定要被他吓死的。

至于"意识转移"这项稀奇古怪的技术，远声打开网络查了很久。

这才明白自己的孤陋寡闻。原来在远声还没出生的时候，就有人提出过要把人的意识储存起来，通过扫描大脑、创建神经网络、将神经网络上传……总之经过一系列他看不懂的方法，最后把一个人的记忆和感觉转移到另一具躯体上。有点像种水果用到的嫁接技术。

人工脑、保险柜、移魂大法，这些莫名其妙的词语在他的脑子里蹦跶来蹦跶去。

现实中的意识转移手术没有这么神奇，只能把意识转移到某一样没有生命的物体上。转移成功后，你还会回忆起以前发生过的那些事，还能感觉到外部的冷暖声响。

这项技术是在两星期前拿到的"临床实施许可证"，据专家估计手术成功率可达八成左右。

网络上把它叫作震撼宇宙的奇迹。总之流传着好多手术成功后的视频。许多绝症病人把意识转移到了泰迪熊、汽车、衣柜上。甚至还有一个老厨师转移到了菜刀和砧板上。

嗯，要是不知道的人拿那把刀切菜，会有什么感觉……

时间一分一秒地踱步，落地钟低沉地响了六声。

爸爸把客厅里的沙发搬到了两侧，叔叔和伯伯也到了。他们一脸严肃，外套都没脱。

家庭会议就要开始了。

3

"你们不用开会了。我改变主意了！我又不想做手术了。"爷爷的声音听起来在颤抖，很虚弱。

"不是说好做手术了，怎么又不做了？医生说你现在的病情支撑不了多久。这副躯体只是个壳子，大不了就不要了。做手术那是迫不得已！"

这是大伯伯在说话。听声响他好像站了起来。

"反正我不要变成别的东西。"

"爸你这老思想老传统要改改了。现在的文化讲究多元化、多样性、多……"

"多你个头！又来用排比句了，能不能别把你上班的那一套东西弄到家里来！"

"好好好，那我不说了。二弟你讲！"

轮到爸爸上场了。客厅里顿时安静许多。

"手术肯定是要做的。妈已经走了，我们不想你再离开我们。只要能陪着我们，至于什么形式都好商量。"

"好商量？那我必须移到落地钟上面！"

卧室门实在是太厚了。听到的声音好像罩着一层外壳，模糊不清。

远声知道客厅里的这台落地钟是爷爷迄今为止最钟爱的物品。

二十多年前，他花了一年的积蓄买了这样一座落地钟。以前听妈妈说过，那时奶奶极力反对。爷爷说要买，一定要买。这样的大钟气派、威风，古时候只有书香门第的大户人家才买得起。

奶奶不明白，家里这么小，即使买了它，怎么摆放它呢？

爷爷十分肯定地说，一定放得下。而且不仅要买落地钟，以后他还要买大房子给奶奶住。买很大很大的大房子，能够放下三个落地钟的那样的大房子。

第一个落地钟专门报时，第二个落地钟刻上"一寸光阴一寸金"的字样，第三个落地钟放在一边备用，提醒家里人珍惜时间。

他夸张地开着玩笑，吓得周围人都一个劲地摇头。

"哈哈，就买一个！我想让我们家住上能和落地钟相配的大房子，这个落地钟就是美好的开始。凭什么只有大户人家才能有？以后我们的孩子也要像书香门第出来的娃儿一样，看着钟摆，多读书。"爷爷当时自信地说道。

这句话妈妈重复提过很多遍。或许她也很钦佩爷爷的勇气。

只可惜，直到现在远声仍没有住上爷爷口中的大房子。

落地钟在这间小屋子里显得有些占地方。

这也是爸爸叔叔伯伯他们不同意爷爷变成落地钟的原因。

前不久爸爸还说，过阵子要把落地钟给卖了。现在谁还用落地钟看时间呀！

4

"可是变成落地钟，没有任何好处呀！我们照顾起来也不方便。"

"就是呀。现在技术也很先进，说不定这次医院里还有那种智能化的玩偶。可以跑步，可以下楼梯，甚至装上飞行器的。移到那上面可比落地钟好多了。"

"爸，你真的是生病生糊涂了，什么好什么坏你怎么也分不清了。破钟有什么好的？这么大一个落地钟，占去了小半个客厅的面积。你以后动都不能动，只能待着，那不得闷死。听我们的！我们也是为了你好呀……"

叔叔说完，伯伯再讲，伯伯讲完，爸爸又接上。

可以想象爷爷面前飞舞着无数唾沫星子。它们映衬着凉凉的灯光，织成一道看不见的墙。

"奶奶的熊……"爷爷口中爆出了这句脏话，向来儒雅的他只有在忍无可忍的时候才会骂人。小时候第一次听他骂这句话，远声还以为他奶奶真的拥有一只毛绒绒的大熊呢。

不知道过了多久，爷爷又说了一句。

"帮我拿一下止疼药……"这一次他的声音像是泄气的轮胎，一点点漏出来的。

像是妥协，像是叹息。他没有再吭声。

家庭会议就这样宣告结束。

甚至没有设置投票表决的环节。

爸爸他们替爷爷做了决定：爷爷只能变成布偶。

至于落地钟，它实在是占地方，等爷爷做完手术后要搬走卖掉。

家庭会议结束后的几天里，家里面异常安静。从来不认输的爷爷认输了。

他好像没有再表示反对意见，定时吃药，定时起床。

爸爸说爷爷的意识转移手术初定在十五天后进行。

医生说爷爷的身体还能挨二十天。

风波似乎就此平息。

又过了七天，这天下午爷爷不知道从哪里积蓄到了力气，不声不响竟然一个人出门了。

最后远声和爸爸在一家健身房门口找到了他。当时爷爷背靠着健身房的玻璃墙，听着里面动感的音乐不肯回家，宁愿注视着穿梭在码头、菜市场、公园、超市的人流。

直到太阳西下，余晖脉脉，才愿回来。

爸爸安慰远声，别着急，爷爷需要时间调整心情。

妈妈找来了许多亲朋好友，轮番上阵劝说爷爷。爷爷似乎渐渐放弃了执念。

远声也想帮帮忙。

他搜了很多布偶娃娃的图片。有英俊帅气，面容俊朗的；有块头巨大，勇猛能干的；还有一些加入了电子元部件，具有移动、发光、投影功能的。很多是科学家们最新研制出来的产品。如果爷爷手术后意识转移在这样的布偶娃娃身上，也许无形中可以拥有这些"超能力"。

为了让爷爷好好看看，远声把这些图片印出来，用夹子夹好，放在他的床头柜上。

嗯，还得再写一封信，告诉爷爷自己的计划：

以后等我长大了，我可以再买一个落地钟送给你。

可是没等远声把信写完。

爷爷又有了新动态。

5

这一次他把全部的力量放在了客厅里。他想把客厅里的茶几搬到厨房边上，留出足够的空间。远声不可能让他一个人搬，赶忙搭了把手。

接着爷爷就蹲在落地钟前，拿着一块大抹布，从里到外，从上到下擦拭落地钟。

干燥的布料在坚硬的红木上留不下任何痕迹。吱嘎吱嘎，爷爷擦得很用力，两手并用，有些粗鲁。

抹布看起来很疼，落地钟看起来更疼。

远声从厕所拎了一小桶水，放在爷爷身边。

"爷爷沾点水再擦吧。"

"不用，这个钟不能沾水。"

"不沾水很难擦干净吧。"

"你不懂，用水对上面的木头不好。木头会湿，会柔，会烂。"

爷爷擦一会儿就要停下来喘口气，擦一会儿就要往嘴里丢两片止疼药，好像嚼口香糖一般随意。

他解释这台落地钟二十多年前是这条街上最有派头的钟表。就连钟表店老板都没想到，爷爷这样一个普普通通的工厂工人会一口气买下这么神气的大钟。

"他当时一直问我，哪里来的钱。我说攒的，他偏不信。后来说着说着突然反悔了，店老板不肯卖了，要我把钱拿回去，他舍不得卖。"

爷爷的瞳孔微微缩小。透过落地钟表面浅浅的裂纹，他仿佛看到了那个"不会做生意"的店老板。

"后来呢？后来你怎么买到的？"

"我当然是说好话了。告诉他我是真心喜欢，当时还给他写了一份保证书，要好好照顾这台大钟。那个时候的人都很奇怪，喜欢的东西都舍不得丢下。明明是做买卖的，卖东西还不干脆。不看价格，看人……"

爷爷说完，继续擦拭落地钟。他的动作比刚刚放慢了不少。

远声深吸一口气，告诉爷爷不要难过，其实变成布娃娃也挺好的。

"以后我养一只宠物。可以把你和宠物放在一起。以后吃完饭就带你俩一起去散步。现在智能化的布偶娃娃也不少，爷爷你还可以骑在宠物狗上头，你俩自己去外面玩。"远声竭力为他描绘未来的美好。

爷爷却没有心动，他笑着拍拍远声的头，和妈妈不一样，在爷爷的手下远声的脑袋更像一颗大宝珠："不用的。你以后会有自己的生活，要过自己的日子……"

"怎么可能！我们是一家人。"

"爷爷不是怪你的意思。其实这是一种规律，你奶奶去世了，我们日子不也过得挺好吗？"

远声不知道怎么回答。

"以后不一样的！你不会死了，意识都会留下来，永远留下来。我会给你洗澡，我会带你去玩。"一股浓浓的内疚缠住了远声的心绪，他努力向爷爷承诺道，虽然声音很轻，虽然心里没底。

"等以后我也快死了，我也变成一个布偶——一个比你现在更大的布偶。"远声语无伦次地重复着。

爷爷笑了笑，他真的没有任何怪远声的意思。

"等我变成布偶娃娃后，你记得也要用干抹布给爷爷擦身子哟。要是用水的话，会变湿，会变柔，会变烂。"

远声不愿点头，可还是点了点脑袋。

"老伙计，我可能熬不住了，要跟你说再见了。"爷爷对落地钟说道。看来他终究还是顺从了儿子们的意见。

6

做手术的日子快到了。看着日历表上不断增加的数字，远声坐不住、站不稳、睡不着。他想再做一次努力，想一个两全其美的办法。一方面让落地钟留下来，另一方面让爷爷能够继续陪着他的老伙计。

爸爸他们嫌弃落地钟占地方，那我就把客厅里的杂物统统放到我的卧室里去。应该还有空间堆。实在不行，我可以在床上做作业。

爷爷放不下落地钟，那就干脆在落地钟上做一个木头架子，把爷爷放在上面，这样他们也能互相陪伴。

先做一个简单的模型架子吧。一个能够摆放布偶娃娃的木头架子。

远声摆出一副拆房子的架势，从床底下找来伸缩长梯，从衣柜顶端的小暗阁里找到一个工具箱。原本计划把客厅里的木凳子拆掉，这样木料就有了，可以敲架子。

可是他的动手能力实在不行。

拆凳子这个环节就把他难住了。小巧的榔头在他手里跟一块废铁没什么两样。他只能用最笨的办法，把木凳砸开，再模仿画画的原理用钉子把木条连在一起，勉强拼出两个长方体。

纷飞的木屑把屋子弄得乱七八糟。

眼看大人就要下班，去医院复诊准备意识移植术的爷爷也快回来了。远声不得不加快进度。

沿着长梯，一步一步向上攀登，想要把两个木架子摆到大落地钟顶端。

但没想到，木框只是在落地钟顶端磕了一下，细细的长钉子就在抖动下一点点松动直至脱落。木头架子在远声的手中一下子散架了。

慌乱之下，他伸出手想要抓住下坠的木条。

结果重心不稳，连累了长梯，整个人从梯子上掉了下来。两只手本能地上抓下挠，没想到在无意中抓住了大落地钟的盖板。

哐当一声——落地钟同他一起重重地摔倒在地上。钟表上的玻璃全都碎了。

光滑的红木上留下了两道深深的疤痕。最严重的是落地钟的两条胳膊，长长的分针硬生生地被他的大腿折断了。

数不清的玻璃渣从地面飞溅到他的衣服上。

他吓坏了。大脑一片空白：我在干什么？怎么就把大落地钟给砸了？

爷爷——远声想向爷爷解释。

关于两全其美的办法，关于落地钟上的木架子，关于他和落地钟……无数言语顷刻之间在胸口堆积。

好像一切都化成了泡影。

就在远声手足无措的时候，门锁开了，爷爷和爸爸走了进来。

爷爷看到了倒在地上的大落地钟，看到了作为罪魁祸首的远声，看到了碎了一地的玻璃残渣和金属零部件。

远声发了疯一样地冲上去，拼尽力气抱住爷爷。

"我不是故意的。不是故意的！"

"我知道，没关系。"

爷爷的声音有些冰凉，他拿出口袋里的干抹布，开始清理地上的玻璃渣。远声不敢观察他的表情，不敢注视他的眼眸。

细细的颗粒从风中降落下来，一点点爬满旧桌子、老茶几。微热的光线照去，灰尘很像动画片里英雄身边的保护罩，散发淡蓝色的光。

吃过晚饭，远声仍旧没从大落地钟的阴影中走出来。

爸爸趁爷爷不在的时候，偷偷安慰他：没关系，砸坏了就砸坏了。过阵子他会找人把这台破钟收拾掉。

"等破钟卖掉后，我们可以在客厅里放一台大型全息投影仪。"爸爸说。

"这是什么东西，比落地钟小？"

"嗯，差不多吧，可能要占一些空间，但很值得！我们可以通过这台仪器学习、虚拟旅行、游戏娱乐。总之再大也得买。"爸爸说，以后远声家迟早要换大房子。

要换成那种屋子里能够放三台全息投影仪的大房子？

这句话听起来十分熟悉，远声想起了爷爷。

他没有马上回答父亲。

望着窗外忽冷忽热的风，他知道爷爷就快要变成一只布偶娃娃了。

也许真的无法改变了。

"过两天我想去报一个做木工的兴趣班。"远声对爸爸说。

"报这个干嘛？"

"嗯，我想学一学怎么用榔头，以后兴许爷爷还用得到。"

还记得远声有一封没有写完的信：

爷爷以后等我长大了，我可以再买一个落地钟送给你。

到时候，你肯定又会需要一个木架子了。

当，当，当，当。

厚重的钟声似乎再一次响了起来，顾不得那些飘散在风中的心事情结，顾不得自己身上破碎的伤疤。这声响，好像没有了白天的刺耳。它穿透房门，敲打黑夜。洁白的墙壁上投射出落地钟斑驳的阴影。

远声坐在书桌前，仿佛听到隔壁阳台上传来一声沉重的叹息声。和钟声一样，饱含着风的温度、黑的通彻、寒的怯懦，还有对时间的深沉。

（原载"镇海文艺圈"）

变声器的魔咒

"你说的那种变声器真的这么神奇？"放学后我喊住同桌，半信半疑地问道。

"千真万确。我不会骗你！我用过。使用这种变声器说话，别说爸爸妈妈，就连陌生人都能认真听你把话说完。他们不再皱眉头，不再嘟嘴巴，要多客气有多客气。"

同桌十分认真地向我介绍。

我向他抱怨过好多次，父母听不见我说话。每次我说话的时候，他们总是自顾自地在做自己的事情。

"平时说话的时候拿着一个变声器不是很奇怪吗？"我不放心地问。

"这种变声器不一样。"同桌有点犹豫，他领我到校园的墙角，取出了塞在自己嘴里的变声器。

变声器的外表看起来晶莹剔透，大小和一颗水果糖差不多。我从未见过如此精巧的变声器。"不需要举在嘴边，你可以含在嘴里！和吃糖一样，含着说话就能让别人耐心地听你说话。"同桌很客气，提出让我尝一下。

望着黏在上面的口水，我有些犹豫。丝丝黏液在掌纹里散开。

"如果你想要，我可以卖给你。看在同学的分上给你打个折。这种变声器目前还在实验阶段，市面上可买不到。我可以和你解释一下它的原理，它采用的是人工智能的技术，实时联网，动态帮你修正想要说出口的话。"同桌文绉绉地补充道。我愣是没听懂。

生于商业世家的他习惯把各种东西倒卖给别人，赚取差价。

"我再想想吧。毕竟关系到几个月的零花钱，我一下子凑不出这么多。"

"那我先给你试用几天。如果用得好，你再考虑买不买。"

"那你怎么办？"

"巧了，我家里还有一个。这几天我就用那一个。另外还有一个小忙要你帮，老师罚我抄小学生守则三百遍，实在来不及，能不能帮我一下……我不敢找别人，只有你是我的好朋友。"

同桌的话像是五彩缤纷的野果，充满了诱惑。作为好朋友这点忙是理所当然要帮的。我答应了，然后一把从他手中夺过了变声器，任凭滑腻的口水在手心里淌过。

等回到家,用肥皂水好好泡泡,清理干净后再看看变声器的效果。我这般计划。

试用期限是三天。我用手机给自己定了一个倒计时。

回到家,父母在客厅里接待两位陌生客人。茶几上放着各式各样的茶叶,摆满了花花绿绿的绿豆糕和栗子酥。

爸爸妈妈见我进门,连忙招手示意。

他们让我问候叔叔,我喊了叔叔好。他们让我问候阿姨,我也喊了阿姨好。

可当我问冰箱里的提拉米苏有没有变质时,他俩谁都没有搭理我,继续商谈我听不懂的大事。

他们总是这样。我想再做一番努力,又问了他们一遍。这一次他们仿佛听见了我说话,可是答非所问。他们不关心提拉米苏,更不在意我的肚子。

一层透明的罩子阻隔在客厅中央,比钢铁坚硬,比冰霜寒冷。

"上次考试成绩是不是不太好?你可以请教一下这位叔叔,他毕业于康奈尔大学,以前是我们市中考状元。"爸爸提醒我要和叔叔亲近一些。

"上一次我是题目看错,现在已经全部会做了。"

关于考试失利的原因我早就和他们解释过好几次了。

"对,你正好可以抓住今天的机会好好问问,把不懂的全部搞懂。"妈妈补充道。

我已经会做了——我又说了一遍,但他们似乎听不到这句话。

屋顶上的吸顶灯投射出银白色的光芒,将褐色地板映得有些发凉。我放弃了解释。算了不说话了,说话太累。

深吸一口气,走进卫生间,取出三种洗涤剂全部倒在瓷盆里,把变声器彻彻底底洗了一遍,上面不可能再残留半点同桌的唾液。泡沫在水盆里上下翻滚,变声器如同漂泊在大海中的一叶小船,起起伏伏沉沉。

洗净后,我顾不得思考直接丢进了嘴巴。一个冰冷的散发着洗涤剂气味的物体进入嘴巴。这是一种奇怪的味觉。

啊哦,我对着镜子试着自言自语。从音量上看,变声器并没有把我的声音分贝放大。

咳咳,我试着咳嗽了几声。从音色上判断,我的声音也没有变得甜美动人。

它真的有效果?

我怀疑起同桌的说法。也许他是在和我开玩笑,以达到取乐的目的。

一股失望的情绪在心头奔腾蔓延。

我像对待口香糖一般对待嘴里的变声器。用口水淹没它,用牙齿咀嚼它。可它太硬了,完全咬不碎,只能把它压在舌头下。

"你一个人在卫生间里怎么这么长时间?"房门外传来爸爸急促的敲门声。

我有些怨恨地冲他喊道,别烦我。

可发出来的声音比我蠕动的舌头慢了好几秒，最终缓缓从我嘴里流出："爸爸没事。我今天身体有些不舒服，多待一会儿。抱歉给您添麻烦了，一会儿我出去后再给叔叔阿姨们赔不是。"

我愣住了。面对镜子，我能看清自己的嘴唇，这不该是我发出来的声音。

可确确实实，声音回荡在空气中，我没有听错。

门外爸爸的敲门声停止了，对此他也有些惊愕，似乎是遭遇了什么了不得的大事。

你听错了，我马上出来。我张开嘴巴想补充。但发出的声音又换了一个版本："我一会儿就出来，请稍等。"

是变声器搞的鬼！

我压根没想说这几句话，我怎么一下子变得这么有礼貌了。

"哦，没事，你慢慢来。"

"爸爸，冰箱里的提拉米苏您可以拿出来招待客人。您看一下坏了没有，我……我一点儿也不想吃。"

"啊没事，客人们吃过点心了。我去看看，没坏的话一会儿放你房间！"爸爸的语气前所未有地温柔。

把最喜欢的提拉米苏让给客人吃？我从来没有过这种想法。但这么一说，确实又实现了我的本意。

我惊恐地看着镜子里的自己，连忙吐出变声器。

它听取了我的想法，又改变了我的言语。这到底是个什么东西，智能到这种地步？

刹那间只能想到巫术、邪道这类词语来形容它。但神奇的功能又迫使我把它塞回舌头下。

要不再去试试吧。

推开门，我回到客厅，有意无意地又和客人们说了几句话。这一次他们很热情地和我讲述了数学的学习方法，并向父母夸赞我很懂事。

可是变声器所说的毕竟不是我的真心话。

我想回房间，想躲开。望着沙发上一张张陌生的笑容，我很想把嘴里的变声器再吐出来，吐到茶几上让大家一起看看。

此刻变声器借我的嘴巴传出声音："叔叔阿姨我给你们加点水吧，一会儿我要进去做作业了。"

"好好好，真懂事！弄得我们都不好意思了。"叔叔回应着。

可就在客人叔叔端起茶杯，轻轻吹动杯中的茶叶时，我猛然发现他的舌头下胀鼓鼓的，似乎含着一小块糖。

糖——变声器好像也是这个模样。

难道他也含着变声器？

端着茶壶，我的右手微微发抖。氤氲的水汽自下而上环绕在壶口。

此刻心中没有发现秘密的狂喜，取而代之的是害怕。叔叔开口的时间只有几秒，我观察的时间不到一秒。

或许是我看错了。希望是我眼花了。

但怀疑的念头一旦产生，怎么都消除不了。

我装作无意，环顾四周，可越看越觉得每一个人都有问题。大家的脸颊多多少少都有些不自然。爸爸的嘴唇有些干裂，可是他没有拿舌头舔嘴唇，舌头可能在忙别的事情；妈妈笑起来一直不露牙齿，以前她说话时总会不经意露出淡黄色的后槽牙；还有那位阿姨，她的右侧脸颊比左侧要凸出，这么漂亮的阿姨不可能两侧脸一大一小。

他们是不是都含着这种变声器，让别人愉快地听自己说话。

要不要和爸爸妈妈解释一下变声器的存在？叫他们提高警惕不要盲目相信别人，也许叔叔阿姨说的不是真心话。我背后好像渗出了好几颗汗豆子。

我记得同桌分明说过，这种设备市面上还没有开始买卖。大人们不可能随随便便就买到这么多个。不过同桌的消息以前也出现过好几次不靠谱的情况。

我不停问自己，脑袋里翻江倒海，假想了许多种可能性。

不知不觉，茶水没过了杯沿。我手忙脚乱地拿纸巾和抹布盖住水渍。

"没事，你先去忙你的。"

爸爸从我手中接过来抹布，他拍了拍我的后背。

就在我即将迈进卧室的那一刻，脑海中又冲出一道亮光。

我想起来，两个小时前在学校里，同桌向我介绍万能变声器的功效，他说话的时候，变声器正含在嘴里。

和同桌认识有三年了，坐在一起一年零五个月。我们一起逃过课，一起撒过谎，所有的心里话、小秘密我都愿意拿来和他分享。

但我不知道，他是什么时候开始用上这款变声器的。

（原载 2021 年第 3 期《儿童时代》）

（获"文学新势力"征文活动佳作奖）

太阳船的传说

　　远古时代的尼罗河三角洲，是一片苍茫空寂、渺无人烟的沼泽地。那儿丛林繁茂，湖泊星布，野兽出没，荒凉恐怖得连鬼都不愿来此落脚。

　　一个漆黑的夜晚，狂风呼啸，大雨滂沱。沼泽地上只有一星点微弱的亮光，闪电划破长空，照亮一位美丽的女神。她步履跟跄，一路狂奔，挣扎着扑向一棵枝叶繁茂的古树。她的体内跳动着两颗蓬勃的心脏。

　　"哇——"深夜里婴孩诞生，响亮的啼哭撕裂了沉沉夜幕。

　　女神抱起婴儿，望着儿子挺直的鼻子、饱满的额头和星星般的眼睛，难得地笑了。一只苍鹰掠过古树梢，箭也似的飞向月亮。

　　看到矫健的雄鹰，女神明白儿子将是一位鹰形的天神，她给儿子取名叫何露斯。就这样，他们在丛林里秘密生活着，渐渐何露斯长成一个英俊的少年。

　　时间迅速流逝。

　　晚霞在夕阳下燃烧，给天穹铺上一层晶莹透亮的红玛瑙。女神伫立在古树下，等着何露斯狩猎归来。旷野上传来急促的脚步声，一只羚羊惊慌蹿过。"铮！"它的头上中了一箭，应声倒下。女神心底欣喜，知道是儿子回来了。

　　草丛里腾起一只苍鹰，冲上天空，又笔直地盘旋而下，落在女神面前。女神慈爱地喊着："何露斯，别顽皮，该吃晚饭了！"

　　苍鹰发出男孩的嬉笑声，一下子消失不见了。女神厉声喝道："不要再贪玩！"

　　女神想站起身来，裙裾却被什么钩住，迈不开步子。低头一看，一只大鳄鱼的尖牙叼住她的裙边，正用力往后拉。

　　她又好气又好笑，向鳄鱼头上轻轻打了几掌，那鳄鱼就地一滚，变成活泼的少年，立在母亲面前。

　　女神知道儿子的武艺已经练就，该是复仇的时候了。

　　吃过羚羊肉，饮过花心里的净水。红玛瑙般的云霞变得深灰，连天接地，像一对巨大的翅膀，从苍茫的暮霭中慢慢围拢来。何露斯望着眼前奇异的景色问道："母亲，那是什么？它好像要来抓我们一样！"女神的脸色变得严峻。她看着何露斯，一字一顿地说道："孩子，那是你的父亲在拥抱你！他要你去完成一项伟业。

你已经长成男子汉，该了解自己的家世和责任了！”

何露斯紧张地注视着母亲，听到了他一直困惑的事情。

他的父亲叫俄赛里斯，从前是埃及之王，是一位深受人民爱戴的天神。他深深热爱埃及的人民，平时总是戴着一顶双面王冠，没有一点坏脾气，耐心地教会人们如何种植蔬菜，如何收割庄稼，如何把葡萄酿制成葡萄酒。

俄赛里斯每天驾着他的太阳船驶过天空的海洋，把温暖的阳光慷慨地赠给大地上的人类和万物。在他的统治下人们安居乐业，谷物年年丰收，葡萄酒像河水一样流淌不尽。

但是生性贪婪的弟弟塞特嫉妒俄赛里斯的成功，背地里总想毁掉俄赛里斯，取而代之。塞特先是在宴会上埋伏，将俄赛里斯打晕，然后塞进一个大箱子，丢进尼罗河。幸好消息走漏，女神及时救回了俄赛里斯。

第二次，塞特趁着俄赛里斯巡视埃及，在半路上袭击了他，残忍地将他砍成十四块，又一次扔进了尼罗河。这一次女神没能救回丈夫。

杀掉俄赛里斯后，塞特开始编造谎言，把自己的嫌疑撇得一干二净，同时下令追杀女神，想要消灭一切阻碍他登上王位的障碍，那时何露斯已经快出世了……

说到这里女神发出长长的悲啸，痛苦地揪住自己如墨般的黑发。沼泽地和丛林更幽暗了，月亮躲进云层，再也不肯露脸。

“我要找塞特报仇！复仇！”听了母亲的一席话，何露斯感到自己不再是一个顽童。

“不仅为了你自己，也要为了埃及人民。塞特统治埃及以来横征暴敛，为了个人享乐，残害民众，自私到了极点。”女神告诉何露斯，对付塞特不能只凭手中的剑和一时冲动，还要凭智慧，先去众神法庭申诉吧。在埃及，众神法庭负责裁决天神之间的纠纷。

何露斯给法庭写了一封申诉书：“塞特是我父亲的弟弟、我的叔父，正是他使出无数的阴谋诡计，杀害了我的父亲，追杀我和母亲，想要夺取王位。”

当年俄赛里斯被害时，何露斯的母亲就曾向法庭提出：儿子出生后，应该成为王权的唯一继承者。但是塞特也提出了继承王位的要求。由于塞特的追杀，幼小的何露斯从未露过面，案子便没有判决。塞特借此机会掌握了埃及的实权，成为史无前例的暴君。如今众神法庭接到何露斯的请求，决定重新开庭审理此案。

消息一下子传遍埃及的各个角落。

真的吗？埃及之王俄赛里斯的儿子回来了？

人们议论纷纷，面对塞特的暴虐统治，他们对俄赛里斯思念已久。

终于到了开庭的那一天，何露斯气宇轩昂，沿着石阶一步步走进法庭，母亲跟在他的身后。大厅内，众神看到何露斯后纷纷议论，他的模样像极了俄赛里斯，挺拔的鼻梁，月牙形的眼角。大家纷纷把手中的鲜花投向何露斯。

"他一定是俄赛里斯的儿子！他们简直一模一样。"

"我赞同他统治埃及。"

"我也赞成！"人群中响起各种各样的欢呼。

可惜随着塞特的到来，这些声音很快平息了。塞特披着金色的盔甲，踏破云雾，在卫士的簇拥下，粗暴地踢开法庭大门。

他摆出一副高高在上的姿态。身后的卫士们手持武器，不停跺脚，呼喊"塞特，塞特，英雄塞特，埃及塞特"。塞特用这种方式向众神，向何露斯证明他的权威。

"我宣布正式开庭，请原告何露斯进行申诉。"

大法官敲下法槌。

何露斯深吸一口气，母亲叮嘱他别激动，可他还是克制不住。他把塞特如何谋杀自己父亲、追杀母亲的过程大声吼了出来。谁知塞特矢口否认，反向何露斯索要证据。时隔八年，证据线索早就被塞特抹除得干干净净。

母亲见状向法官提出了另一个诉求，承认何露斯是埃及王位的唯一继承人。法官们互相讨论着。

对于这个提议，大部分天神都没有意见。

塞特不可能把权力拱手相让。他不像俄赛里斯一心只为埃及。他怒吼道："不！掌握王权要凭力量，力量！血缘绝不是优先条件！何露斯没有能力管理好埃及。"

塞特提出要与何露斯比试本领，胜者才有资格得到王位。在他的武力威胁下，法官们被迫应允了他的无理要求：那就按照埃及惯例，比试三场，结束后由所有观众投票表决。

第一场比试潜水。他们来到湍流不息的尼罗河边，变成一大一小两只黑色的河马。何露斯摘取了几片棉花和纸莎草做成鼻塞，率先钻入碧波之中。塞特狡黠地吩咐了随从几句，紧随其后。

一分钟，五分钟，三十分钟，久久不见他们浮上来。

这时远处走来几个扮相奇怪的渔夫，手持尖锐的鱼叉，偷偷靠近河面。围观的人们丝毫没有注意到周边的异样。渔夫们突然举起鱼叉，瞄准水面下猛掷出去。鬼使神差，鱼叉刺进了何露斯的脊梁，少年一声惨叫，冲出水面，河里泛起一片血水。愤怒的观众抓住了偷袭者。但渔夫们解释不知道有比试，不小心扎错了。

法官不得不宣布第一轮塞特获胜。这时塞特缓缓浮出水面，他不会坦白，这几个渔夫正是他的卫士假扮的。

鲜血从脊背上滴滴渗出，顺着下肢落到地面上。不服气的何露斯继续比试，这一次他们选择比兵刃。

随着法官敲响法槌，比试开始，塞特狞笑一声，抢起大刀，劈头就砍。何露斯一骨碌躲过，抽出宝剑，迎面刺去，两人当下杀在一处。宝剑和大刀相击，铿锵作响，火花四迸。火花儿溅落在地上，化做细碎的星星草。

塞特心念着王位，瞅着这个眼中之钉、肉中之刺，恨得牙痒痒的，真想把何露斯一刀拍成肉泥，越战越狠；何露斯盯住塞特闪着寒光上下翻飞的大刀，好像看到了父亲被肢解的躯体，恨不得一剑戳中塞特，越斗越勇。两人从山顶厮杀到山脚下，又从山脚下拼打着上了山顶。扬起的飞尘逼得观众们无法睁开双眼。

渐渐地何露斯力气弱了，背部的伤痛迫使他无法尽力。最终何露斯一个踉跄，塞特的刀尖抵住了他的脖子。第二场比试的结果很明显了。塞特轻蔑地问："认输了吗？我告诉你，你的法力太弱了。"

"我不认。还有第三场！"何露斯怒目而视。

"你还不放弃？小心第三场结束，你的性命也丢了。"

两场皆输，围观的众神丧失了信心。有人开始大声劝何露斯，算了，要是再比下去，不仅丢俄赛里斯的脸，还会遭到塞特的报复——一个月前尼罗河南岸有一个村子编了一首儿歌，里面唱到塞特有一个大鼻子。塞特得知后把整个村子毁灭了。

何露斯没有理睬这些声音，笃定地望了望母亲。

最后一场比试的是造船。他们各造一条太阳船，然后驾着它在空中航行。造太阳船是一项很难完成的挑战。

太阳船之所以得名，是因为它能飞跃高山，凌驾苍穹，直到太阳之脚。所以需要十分坚固，才能忍受高温的炙烤。同时船体又要精致轻巧，过于笨重是难以航行的。前任国王俄赛里斯造过一艘，但随着他的离世，那艘太阳船也不见了。

对于这场比试塞特早就想好了计策，他叫来了所有的卫士、臣民，帮助他一起造船。这样一来难度降低了不少。

何露斯孤立无援，有的只是一腔热血。他向众神法庭抗议，认为塞特违反了比试规则。但塞特不认账，狡辩说规则没有说造船只能自己造，所以他的做法是合理的。法官们中了圈套，宣布何露斯的抗议无效。

何露斯回到了丛林边缘，回到了熟悉的沼泽地。独自一人切割树木，整理枝叶，拼接组装，在母亲的指导下一点点做出船的轮廓。"我想将星光做成船帆，将白云做成船桨，船舵就用雄鹰来代替。"何露斯很想成为和父亲一样伟大的人。

可是星光难以收集，白云容易消散。何露斯失败了许多次，他的太阳船看起来如同一艘破旧的独木舟。

另一面，塞特的进展顺利。他逼迫整个埃及都动员起来。成千上万的人为塞特运输木材，加工零件，修建了一座一座巨大的塔形船坞。塞特站在船坞顶端，兴奋地俯瞰着大地上的一切。他想造一艘能够收集阳光，能够穿梭于宇宙间的太阳船。这样一来这片大地上不会再有人质疑他的权威。他会比哥哥俄赛里斯更伟大，享受更多人的惧怕。

何露斯一筹莫展，拔出佩剑，想要把造出来的独木舟砍毁。好在母亲拦住了他。

"知道你父亲为什么要造太阳船吗？"

"这是天神能力的象征。"何露斯回答。

"错了。他想用船来运送阳光，让所有植物都能得到阳光普照，让每一个生命都能感受温暖。我不希望你忘了初衷。"

母亲的话令何露斯恍然大悟。世上的许多事情并没有捷径。他重拾信心，继续在丛林里寻找能够建造太阳船的材料和方法。

他走遍丛林，最终到达尽头的一座小城镇布吐城。这里的居民衣衫褴褛，生活困苦。能干的大人经常被塞特征用，仓库里储存的粮食也被塞特抢走许多。加上这几年来缺乏良好的光照，布吐城很久没有大丰收了。许多孩子把枯草编织成麦穗和果实，安慰自己。

何露斯看到这一切，坚定了要打败塞特的信念。布吐城的孩子们听说了比试的消息，争先恐后要当帮手。何露斯迎来了第一批合作伙伴，他带着孩子们返回丛林，对太阳船重新设计了一番。

消息越传越广，音乐与舞蹈之神贝斯特、苍天女神努特，许多俄赛里斯生前的好朋友都过来协助何露斯，为他带来了俄赛里斯造太阳船时用过的弯钩和连枷。

比试的最后期限到了，众神法庭邀请所有法官和观众一起担任评委。塞特造的太阳船规模宏大，长如一片巨大的乌云，可以遮蔽阳光，仿佛一瞬间从白天进入了黑夜。船体采用黄金铸成，华丽精致。船上还安排了上万名船工转动船桨，航行速度极快。评委们震惊得差点忘记投票。躺在船上的塞特露出了胜利者的笑容。

轮到何露斯出场，他造的太阳船单薄，像一片叶子。在强大的太阳面前显得格外渺小。评委们纷纷摇头。

就在这时，神奇的一幕出现了。何露斯的太阳船在阳光的驱动下，船头开始变形，成了一个漏斗。阳光被漏斗收集，像雨点一样从下端落下，均匀地洒落在大地上。

"这艘太阳船可以把光线洒遍埃及的每一个角落，无论是丛林还是荒漠。"何露斯向大家宣告。

"我感觉是俄赛里斯回来了。"

"对！造太阳船不是为了宏大美观，何露斯才是对的！"评委们一片沸腾。

终于何露斯在第三场比试中逆转局势，获得了多数票。

不甘心的塞特命令大船向何露斯的小船撞击。怒火令他丧失理智，他要在空中消灭何露斯。他宁愿牺牲所有人的性命来获取自己的胜利。

这一行为彻底激怒了人们，划桨的船工们开始反抗了。

他们齐心协力制服了塞特的护卫们，夺回了船只的控制权。大船完全不听塞特指挥，像一片无力的落叶，失魂落魄地回归地面。

群情激愤的人们把塞特再一次押进了众神法庭。这一次迫于公众的压力，法庭重新进行了审判。

最终判决结果如下：何露斯继任埃及国王。将塞特押入监牢，继续追查他的其他罪行。

自那天起，这场阳光雨在尼罗河上空下了许久许久，金黄色的光粒让尼罗河两岸再次恢复了活力。

（原载 2020 年第 7 期《七彩语文》）

精英学院

每一个狼群都有头狼，每一个狮群都有狮王。动物族群中总会不自觉分化出不同的角色、不同的阶层、不同的分工。这是自然的规律。

1

红色的警示灯按照三长三短的频率不停闪烁。空空荡荡的数据处理室中，只有一排操作台、一把老式电脑椅陪着我。

我像往常一样把两条腿搁在工作台上，身子后仰，盯着大屏幕。不远处搁着高浓度的樱花茶，茶汤里泡着香甜的甬氏糯米糕。

学校的智慧教育系统正在完成对137台教导机器人以及36台助教机器人的数据同步工作，大屏幕上的进度条从39%艰难地向40%进发。

算算时间，想要达到100%起码还得几个小时。不知道从什么时候开始，我变得习惯了这种等待。

这是我的常规工作之一。每三个月对所有的智能机器人进行一次数据同步，确保它们的综合认知、理解情感、自我决策的能力取得进步，从而完成深度学习。不过这些年来，上头传输给我们学校的数据包容量越来越大，同步的速度越来越慢。

我曾在一篇教学反思中表达过意见：现在学校里的人工智能系统对数据的依赖越来越大，缺乏深层次的语义挖掘。遇到新状况时系统习惯的是在以往的答案中搜索方法，而不是主动创新，给出让人拍案叫绝的妙计。应当改变一下现状。

可惜这篇反思交到上头参加评比后，没有任何回音。倒是同事柳青青，她的一篇读书笔记拿到了一个优秀奖。

16时16分，当天的《新闻资讯简报》开始在全网直播，我将进度条缩小，把新闻搬到了大屏幕上。在全息投屏的参与下，两名播音员的身形在工作台中央虚拟成形。我小心翼翼地把自己的臭脚丫摆在他们嘴边，动动脚指头，略微感到一丝报复般的快感。

"下面让我们把镜头转至斯德哥尔摩。今天第92届全球人工智能与机器人学习技术高层论坛在斯德哥尔摩落下帷幕，让我们去了解一下本届论坛的实际情况。"

主持人的声音听起来有一种催眠的效果。进度条仿佛被催进了梦乡，停留在41%的位置一动不动。

当直播画面切换后，原以为只是一场普通的学术大会，但没想到转眼间事态的发展就超出了我的预料，相信也超出了所有观众和新闻工作者的预期。

在闭幕式结束后的新闻发布会上，论坛召集人明斯基教授一脸肃容，他没有按照设定的流程进行总结发言，而是屏退主持人，独自坐在发言台中央。

旁边有一个身材娇小的女性工作人员弯着腰，手里捏着一张小纸片，努力压低嗓音冲明斯基喊："教授教授，这是直播！这是《新闻资讯简报》，全球直播。您按台本来，按台本……"

可惜收音设备实在是太好，这些声音观众们都听见了。

只有明斯基教授好像什么都没听到似的。

"这次论坛是一次史无前例的倒退，我们深知原因却又无能为力。历史将证明今天的争论极具价值，但又是毫无意义的。"

他一字一顿往外说，银白色的聚光灯落在地面上生出了一丝凉意。

极具价值又毫无意义？这是什么意思？我不由自主地把两条腿从工作台上拿了下来。这明显就是语病，前后矛盾，就连我们学校的这些小学生都不会犯这等错误。

仔细观察视频图像，明斯基的脖子上挂着一条银光闪闪的十字架，左臂上又别了几枚回形针、缠着一块黑布。这种东西方结合的奇怪打扮吸引了各路记者的目光，仿佛在诉说着内心的痛楚。他把自己打扮成了一个殉道者，而且是殉"东西方"各种道的那种"大无畏者"。

"他是不是疯了？"这是我脑海里最直接的念头。

发布会从头到尾不到一分钟，他只说了这么一句话。接着沉默了半分钟，叹了一口气，随后起身离开。这时记者们叽叽喳喳不停追问。

"教授，你们到底为了什么而争论？是研究方向还是理论方面？"记者的学术素养看起来也不是很足。

面对铺天盖地的问题，明斯基愣了愣，他又说了四个字——原地踏步。

直播信号很快转回了演播室。事情并没有就此平息下去，网络上的讨论堪比光速，瞬间炸开了窝。

一时间各路人士纷纷猜测。但是业内的知名学者基本上都保持了缄默，甚至连平时最热衷于评论发言的相关专业的研究生也很少有发表个人意见的。

大家仿佛有了一种心照不宣的默契。传播最广的一种说法是，受限于全球智能化规范条例，加之某些特定的技术原因，人工智能研究早已陷入了停滞的状态，但科学家们始终没有对外公布这一现状。

还有消息人士跳出来介绍，他也参加了本次论坛，论坛上研究人员们围绕研究方向展开了激烈争吵，大有回归一百多年前的情势，学术界分裂为主张模拟人脑神经网络结构来实现智能化发展的结构模拟学派和力求模拟人类的思维能量形式的功能模拟学派，还有一部分学者嚷嚷着要双方结合，被戏称为"和稀泥"派。

"曾经学术界建立的共识在停滞不前的现实面前再次崩塌。"这是点赞率最高的一条评论。不管是哪种说法，许多媒体最后都把矛盾指向了条文多达35203条的《全球智能化规范条例》，拼命指责它对科技进步的限制。不过这和普通人的生活没有太大关系。大多数人只是把它当作一场八卦新闻。

"放屁，动动脑子就知道了，人工智能的困境不仅仅是政策法规的原因。骗谁呢！"我自言自语道，也不知道这句话该骂给谁听。

回头望望大门外站着的外形丑陋，脑袋方形，胳膊圆形，说话结结巴巴的教导机器人和助教机器人，我不住地摇头。

出于恐怖谷的心理原理，当机器人与人类的相似程度过高时，学生对他们的反应便会突然变得极其负面和反感，所以学校里的智能机器人都是做得奇形怪状，奇丑无比，为的是在学生心里培植对人工智能的错误认识——只有丑的才是人工智能，事实上这里真正智能的一点儿也不丑。

"算了算了，不去想这些想不通的问题了。"

《新闻资讯简报》结束之后，进度条不知不觉已经接近80%的大关。我眼角的困意渐渐浓了。

2

滴——滴滴，滴——滴滴。我的美梦被系统故意拖长的提示音吵醒。

"今天有两个新生转学进来，你关注一下情况。"语音系统里传来冷冰冰的指示。工作系统里又开始冒出来一大堆注意事项和操作提示，密密麻麻的文字比苍蝇翅膀上的斑点还要丑陋。

我没有心情搭理它，随意将新生的电子档案标注了"已阅"两个字，接着丢在了一旁。

"又有新生过来了？这次又是哪个贵人家的倒霉公子呀？"

同一个办公室的女孩柳青青问道。她对学生们的家庭背景向来很感兴趣。能够被送到这所学校的学生大多非富即贵。这也难怪，这所学校自成立初期开始，定位就和普通学校截然不同。

"谁知道呢，都快下班了，还不消停！我现在连看都不想看。"

"你不能这么说，好歹我们学校是示范学校哩。"柳青青一边说一边连自己都笑了起来。

"得了得了，冷嘲热讽的有啥意思！"

这所学校全称为艾莱特仁和实验小学，曾经是全球仅有的五所教育公平化项目示范学校之一。如今五所学校中已经关闭了三家，唯独剩下了这所名字最难记的艾莱特仁和实验小学，以及另一所我连名字都记不全的学校。

"你可是教务主管呀，随随便便处理学生档案，你就不怕我这个副主管向上头打报告？"

"别来这一套，反正我看不看结果都是一样的。副主管女士你要是想去举报就举报吧，整个学校现在就剩我们两个管理人员了，你觉得上头会有兴趣搭理我们吗？"

"那倒也是，说不定举报完了，上头突然想起来，哦，还有我们这个学校存在呀，回头就把学校整个给关了。"

柳青青总喜欢暗讽我的小纰漏。微胖的身材笑起来时脸上的肉止不住地颤抖。

虽然名义上我负责教务管理工作，但实际上我做的工作对于学生、对于学校都没有太大的作用。

在艾莱特仁和实验小学，学生的入学年龄和普通学校相仿，一般是 6 岁到 12 岁，实行小班化教育。每个班共有学员 30 人。不过其中只有一个人类学生，剩下的 29 个全部为高阶人工智能仿真体。

说白了就是 29 个智能仿真体陪一个小朋友读书。

几年前，教育公平化示范项目的首席专家曾经有过论断，常规的教育体制到了不可救药的地步，如同自然界的族群分化规律一样一定会造成学生的分化，不可避免地产生素质优异和素质落后的。

而这些素质层面的差异久而久之会影响心理世界，最终激化这种差异。他们在长大之后会按照幼年时期的分化惯性继续分化下去，演变成精英阶层和底部阶层。

在世界一体化的今天，这种分化从某种道德层面来说是不被提倡的，所以加入人工智能特色的教育公平化项目应运而生。

根据专家们的理论，如果孩子在幼儿时期进入一个由人工智能所构成的群体中，凭借他的水平和系统设置，学校可以轻轻松松让他成为群体中的精英。久而久之帮助他树立起精英般的素养。一旦推广开来，教育领域将实现精英教育普及化，这在人类历史上可是从未有过的壮举。

当然这些都是新闻中的说辞，我没有胆量更没有这个闲工夫去琢磨这些伟大的意义。

我的首要任务就是服务好学校里仅有的 48 个人类学生，做好所有智能仿真体的监控。

"一是保护好学生的安全，二是保护好智能仿真体的安全。不能让小朋友们发现每天陪伴在身边的是智能仿真体，要让他们坚信自己是在和同龄的人类小朋友玩耍！如果仿真体坏了，你就申请报修，每一个仿真体都有两个备份，坏了你就去仓库里调用。如果备份也坏了，那就编个理由骗骗那几个孩子。"

"就说'他们'转学了或者请病假了？"

"类似的理由都可以，这个你擅长。总之不能让他们意识到自己的真实处境！"

会发光的灰尘

这是上班第一天，学校主管布置的工作任务。回想刚工作那会儿，我一直按照规章制度在认真执行。盯着监控屏幕，关注着每一个人类学生和智能仿真体的健康动态图。生怕出丁点儿纰漏。

现在想想，我自己都想嘲笑自己几声。纰漏就算出了又能怎么样呢？

3

呲呲呲滴滴滴——

就在这时，信息平台上急促的呼叫声打断了我的回忆。这个系统总是这样一惊一乍把人吓得半死。

点开详情，是一个新生发来了询问。

"咦，没把自动回复、自动批阅的功能打开吗？"我自言自语。确实是自己疏忽了。

刚入学的新生少不了问各式各样的问题，学校里为什么没有向日葵？给我们上课的智能机器人怎么长得土里土气的？我觉得我们班 A 同学喜欢 B 同学？有人在抄作业、在早恋、在睡觉……

他们可以把疑难杂症在线提交，教务系统会进行回复。大多数情况下系统会自动回复，毕竟系统回复的内容比我回复给他们的内容更专业，也更有文采。

尽管他们的这些问题，有时候是学校特地给他们"设计"的。和教导机器人的丑陋不同，智能仿真体从设计初期就是沿着完全复原人体的结构进行的。当然也有漏洞，在它们的行为习惯方面有不少缺点，啃指甲、抠鼻屎、吐口水画画……这些毛病它们都有。

不过，这条新生的询问有些与众不同。

"您好！请问可以给机器人老师添置外套吗？"

这条语音有些奶声奶气。一旁的柳青青听到了这句话"扑哧"一声，把喝到嘴里的茶水全部喷了出来。

给那些智能机器人穿衣服——这是我们从未想过的。嗯，刚转学进来的小朋友，还没有被校园里的竞争文化、奋斗意识所感染，还会关心一点乱七八糟的东西。

"谢谢你的建议。我们会认真思考。"我没有犹豫，很快给了他回复。正当我准备收拾东西离开的时候，那个新生小朋友又发来了第二条消息。

"我会织布织衣，如果可以的话我也愿意给老师们织衣服。"

织衣服？我本能地看了一眼自己身上的制服。

柳青青凑了过来："你是不是又忘了设置自动回复？"

"嗯，太匆忙了。今天事儿太多。"

"那你先不设置，让我来回复，我想逗逗这个男孩。也不知道他的这份天真能保持多久。"

刹那间柳青青眼里流露出的眼神让我感到有一丝陌生。我没有阻拦她，从座位上站了起来，操作页面仍旧是和那位新生的对话框。

在学校制定的培养模式下，所有新生包括转校生需要在一年内培植起强烈的"自我认同感"，明确使命责任；三年内完成全部小学科目的学习；六年后临近毕业时成为能够独当一面的"未来精英"。之后由学生自主来选择，可以直接升入高级军官学校或青年政治学院。

这样的培养机制，别说小学生，就算是刚满3岁的小朋友进去后心理年龄也会迅速成熟。周围的那些仿真体"同学"会按照预设的剧本，给他们制造一个又一个困难，包括恶意欺骗、栽赃陷害、欺凌他人、群龙无首时等待他脱颖而出等。

给丑陋的机器人织衣服——这些傻话未来确实很难听到了。不知道的还以为是小说里才有的蹩脚剧情呢。柳青青聊到后面又急急忙忙喊我："你快来看看。这个学生有些奇怪。"

"哪里奇怪？"

"他说着说着，开始问候我，特别有礼貌……他说老师祝您第六个冥卫一Charon登陆日快乐！他是个什么背景？"

柳青青的话令我意识到有些不寻常。我连忙从教务系统里翻出这位新生的档案资料。

刘进旗，男，7岁，出生于广西柳州。入学考试合格，持蓝卡学籍。直系家庭成员余2人。父亲刘宏业，现供职于"高雄号"空间资源综合利用有限公司运输部，中级职称，属劳务派遣用工。母亲叶芳桦，因工伤内退，现享受11级残障扶助补贴……

柳青青压在我的肩膀上迫不及待地把这些内容读了出来。

"他爸爸是个运输工？"

"也许是在太空站负责运输资源的司机吧。涉及太空作业的档案一般都写得很简单，毕竟有保密的需求。"

"这么个普通人怎么就跑到我们学校来了？"

柳青青的问题恰恰也是我心中的疑惑。

按照常理，学校的入学名额十分稀缺。一般只有达官贵人才有能力从主管部门那儿拿到入学名额。出于延续家族势力的考虑，起初这些人总是把家族中最有希望的孩子朝这里送。但没过几年，送过来的孩子能力越来越差，而且胆小、懦弱、不自信的比例越来越高。

猛然间出现了这么一个普通人家的孩子，着实令我有些意外。

"他爸爸应该常常去冥卫一吧，不然一个小学生怎么可能会记得今年是人类登陆冥卫一的第六年，我都记不住。"

"确实，要是这么算，每天都是节日。前两天还说要在谷神星上建基地，哪还有基地建立纪念日呢？"

"冥卫一的工作比较单一，如果我猜的没错，他爸爸的工作应该是把冥卫一上的氨冰采集并运输到各大空间站，作为空间站的动力能源。"柳青青似乎没听懂，我又补充道，"现在这些太空冰是空间能源的重要来源。因为把水分离成氢气和氧气相比其他矿石资源处理更方便一些。"

"关我们什么事儿？"

看来柳青青不是没听懂，她是完全不在意除了学校以外的任何事情。

"你再打开另一个新生的询问看看。总觉得有点古怪。"

柳青青的话引起了我的警觉。

点开来一看，结果又是出人意料的。第二位新生名字叫王永立。他的背景同样很普通。

连续两个新生没有高深的背景。这着实让我和柳青青不知所措。

柳青青甚至开始怀疑这两份收到的档案是伪造的。

"不可能，这些档案都是加密后传递过来的。"我不相信凭空的猜测，"是不是上头要对我们进行改革了？"

"改革？做你的春秋大梦吧。去年年底的时候，已经有媒体批评过教育公平化项目了。现在就剩下两所我们这类学校了。要是想改革早就改革了，怎么可能关闭了好几所学校？"

柳青青说得唾沫横飞。要是搁平时，我早就把她从身后赶走了。

"我觉得这两天你可以关注一下通知公告栏，可能会有针对我们学校的专门性文件。"她的口气很像是在对下属布置任务。我的眉头不由得皱得死死的。

"你抓紧时间去检查一下仿真体的运行情况吧。今天就当加个班。"

"不用看，刚刚那个新生说了，他觉得同学们虽然有点奇怪，但都很友善。这不就说明正常嘛。"

柳青青这一次又把我的命令当作了闲话。

4

如同柳青青所言，四天之后上头果然印发了一份文件——《进一步实施教育公平化项目的发展意见书》。我已经忘了上一次逐字逐句阅读文件是在什么时候。好像自从我当上这个教务主管，就没有一份专门针对我们学校的指令文件，绝大部分的指令文件都是针对普通学校来制定的。

艾莱特仁和实验小学仿佛成了无法分类的特殊垃圾，被遗忘在世界的角落。和上头为数不多的交流，除了安排事务性的新生报到工作，剩下的就是人工智能的数据同步。

翻看此次印发的文件，通篇在强调教育公平的重要性。文件先是肯定了这些年来项目实验学校所取得的成绩，然后又部署了下一步的工作。文件里还提出要对现有的两所实验学校进行大规模扩建，同时增加经费，提高教职人员待遇。可能是有关人工智能的新闻和讨论给了上头无形的压力。

我使劲揉搓眼睛，确保自己没有看错。刹那间胸口有些发闷，突然有一份天大的馅饼从天而降，感觉整个人晕乎乎的。

昨晚柳青青说肚子疼，今天请假没有来上班。办公室、工作室，这一整层楼都是空空荡荡的。她不在，也好。

我把文件内容用纸张翻印出来，拿在手里来来回回摩挲。

激情重燃后，我搓搓手在心底里提醒自己要有一种"庄重、严肃"的感觉，着手把这些年来的工作材料好好整理一番。

说来惭愧，这些年的工作总结基本都是在原先内容的基础上，改一个时间就交上去了。别说内容了，连数据都没有改。

此刻认真梳理智慧教育系统记录的真实数据着实令我有些惊讶。我知道学校的教育效果没有达到预定目标，至于具体差距有多少，一直没有在意。

如今智慧教育系统显示，全校 48 个学生中达到精英阶段性标准的不到 5 人。

"这个数据相差得太多了吧。"

按照项目的设定，班级里的仿真体同学会给人类安排各种各样的考验。仿真体的表现一定不如人类学生的表现，从而培养起人类学生的领导意识和上进心，使之一步步成为精英领袖。但现在看来，事实似乎发生了一点小偏差。

潮水般的喜悦一点点从身上退去。我点开系统里的记忆回放功能，让智能教育系统给每一个学生建立虚拟模型，模型将与学生在真实环境中的综合素质匹配，接着将这些虚拟模型导入考试模拟场景中展开测试。

从准确率而言，再科学的大数据也不可能百分之百将学生完完本本复制模拟出来，所以这样的测试方式肯定会存在误差。不过总归有些参考价值。

测试的结果再次验证了前面的数据，教育效果远远不如预期。而且更棘手的是，这些学生虽然综合素质没有获得大的提升，但在测试中他们自信值、自我能力预估值远远高出了真实水平，对未知事物的探索欲极大。这些评价标准从科学意义上看，属于喜忧参半。

但是用通俗的语言来概括那就是八个字：自以为是，狂妄自大。

他们没有父辈的能力，却学到了父辈们的骄傲和自命不凡。

"这培养的哪里是什么精英！分明是祸害！"我一个劲猛拍桌子。全息影像在剧烈的震颤中微微有些变形。

沉默良久，我还是不愿意放弃。脑海里浮现出很多熟悉的画面。其实在学校刚建立的时候，就有人提出过这种担忧，担心效果失衡，主张将教导机器人和助教机器人全部换成人类教师。否则同学是人工智能，教师也是人工智能，仅靠教务管理的把控，明显力度不够，容易出现方向性错误。

当时这个提议没有经过任何讨论就被枪毙掉了。理由是只有智能化的教学，才能够保证公平化项目按照预期步骤实施，靠人来执行不够客观。毕竟人类从喊出公平口号到现在，实在是出过太多洋相。

如果现在非要追究原因，我觉得所有的责任要归咎于我的前上司，也就是上任教务主管。他在任的时候奉行不管不顾的宗旨。他说，对公平最好的贡献就是什么都不管。把这些达人贵人的后代教育坏了，教育砸了，这样普通人家不就有机会了吗？所以每当发现有人类学生没有达到成绩标准的时候，他不会按照教学手册对他进行劝诫处分，而是直接帮学生篡改成绩，让每一门成绩看起来都好看些。

这些做法都是他"传授"给我的经验。还记得当时听他讲完这些，我很是诧异，不过仍旧咧开嘴笑笑。没想到不久之后他的调令就下来了。我莫名其妙获得了晋升。

承受的压力越大，脑海里想法就越凌乱。枯坐了一个小时，我完全不知道想了什么，下面该做什么。手边的樱花茶渐渐散去了热气。

当务之急是尽快止损，要避免新来的学生重蹈覆辙。"把两个新生叫到接待室，我要和他们聊聊。"我对此刻正在值班的教导机器人说。

"好的，两名新生正在午休，预计到达时间是五分钟之后。"

"算了，先喊一个吧，喊一下刘进旗。午休时间也短……让另一个再多睡一会儿吧。"

"好的。"教导机器人的动作很快，它指挥着离寝室最近的一个助理机器人，两个铁疙瘩大摇大摆地冲向寝室的方位。

5

见到刘进旗的那一刻，我比他更紧张。"你渴吗？要不要喝点东西？"

"好的，谢谢校长，谢谢老师。"

我没想到他会一口答应。也许这个孩子不懂得虚头八脑的客套。接待室很久没有接待过学生了，我只有一个水杯，茶水柜里没有茶叶，没有饮料，只有一个水壶。我鼓捣了半天，实在想不出办法，又不能喊教导机器人帮我送盒果茶之类的饮品，这样就说明我原本没有招待他喝东西的打算……

哎呀太复杂了。为了应对，我把自己随身带着的樱花茶倒出了一半到水壶里，然后加一半饮用水，算是"造"出了一杯低浓度的樱花茶。

"嗯……你试试这口味。不知道你喝不喝得惯。"

"喝得惯，喝得惯，喝得惯——"

刘进旗一连重复了好多遍。接下来的几分钟接待室里一片安静。刘进旗一口一口喝茶，我眼睛转来转去，不知道该和他从哪个话题说起。

想教育他不要犯那些富家公子的毛病，可是带有隐喻意味的旁敲侧击他听不懂，如果直截了当说出来那会犯大忌。不能让学生发现同学是仿真体以及学校教学目的，这是底线。

"刘进旗你是不是很喜欢太空？老师听说你对冥王星很熟悉。"

"冥王星不熟，我是对冥王星的卫星冥卫一熟悉。我爸爸以前在那里执行过任务。"

他毫无保留地和我讨论起冥卫一的环境结构，以及围绕奥加纳环形山附近丰富的冰冻氨，他仿佛打开了话匣子，越说语速越快，以至于后半部分我基本没听懂他想表达的意思。

"是你爸爸把你送进这所学校的吧。当时你怎么选中了这个学校，是喜欢这所学校吗？"我努力让问题看起来不突兀，让自己看上去和蔼可亲一些。

"我不知道。上次和爸爸联系是在开学前，当时他说要给我换一个学校，换一个特别好的学校。我说行。后来他又说了一大堆大道理，总之是叫我自己来上学，不要给妈妈添麻烦，他最近不能来看我了。"说起这些，刘进旗的眼神略微有些暗淡。

"他最近不能来看你了对吧？"

"嗯。"

"有没有说多久不能来，是一个月、一年，还是……"说到一半我及时住嘴，刘进旗的脸色明显已经变了，"不过没事，待在学校里老师、同学也多，就算你爸爸来找你了，你肯定也顾不上他，哈哈。"

我试着干笑几声。刘进旗的话让我对他爸爸的职业有了进一步的推测，也许要比普通的运输工作更危险，又或许他爸爸已经永远不能来接他放学了。

说到这里，刘进旗打断了我："对了，我觉得学校里的好多东西都有些奇怪。"

"啊……哪里奇怪？"身体仿佛遇到了雷击，我不由自主向前倾斜，四肢僵硬。

"说不上来。就是有一种感觉，好像一切都很巧合。"

"那大概是一种错觉吧。"

"应该吧，也许是我刚来还不太适应。"刘进旗露出了开心的笑容。

我点点头，他面前的樱花茶被喝了个精光。

"还想喝吗？我这儿还有半杯。以后我会多找你说说话，谈谈心。希望你能尽快适应学校。"

"好呀好呀，谢谢老师。"

无聊的谈话没有继续下去。午休时间结束，到了下午上课的工夫。

我摸摸刘进旗的脑袋，待他喝完全部茶水后，叫教导机器人送他回去了。刘进旗的话令我忍不住担忧，他所说的"奇怪"到底是什么意思？究竟是他个体的感觉，还是在私底下其他人类学生也有同感？

隐患最大概率是出在仿真体身上。

"明明定期在进行数据同步，难道是我的更新工作出了问题？"想到未来学校的规模要扩大，我强迫自己把每一个小隐患逐一重视起来。

为此，我翻出前几次数据同步的记录条，开始做检查。下午2点到4点平时是我打瞌睡补午觉的黄金时间。为了驱赶困意，我点开了这个时间段的新闻播报。

果然第92届全球人工智能与机器人学习技术高层论坛的影响仍在继续。媒体上的猜测层出不穷，主持人甚至开玩笑说现在是人工智能自己在阻止自己的发展。

在这份文件的鼓舞下，今天我的检查效率也提高不少。于是我一反常态拆掉了硬件屏障板。怎么也想不到，就是这么一次难得的"尽心尽责"，真的让我找出了问题的所在。

确实是数据同步出了问题，智慧教育平台中的数据同步是单向的。

照理说数据同步需要完成两大步骤：第一步是采集数据，把学校里仿真体和人类学生发生的点点滴滴包括对话收集起来，分析是否存在不妥当的地方。第二步是将采集到的这些数据上传系统，交给上级组织。他们要掌控全局，想出弥补漏洞、解决问题的措施，然后指导学校这边完成数据更新。针对不妥当的地方增加改进办法，将补丁添加到人工智能的整体算法里。这样学校里的那几个仿真体才能适应新情况，越来越像真学生。

但是，打开规定不必检修的区域，意外发现智慧教育平台的硬件非常混乱，高密度的电子芯片、集成电路这种几十年前的破烂现在还藏在设备里。进一步查验后，竟然找到了后期改造的痕迹。一部分节点使用的是老掉牙的环型网络拓扑结构。这种结构传输速度慢、传输效率低，维修成本还很高。

肌肉仿佛被温润的空气冻伤了，双手止不住颤抖。

我强迫自己做了好几次局部范围的测试。结果和预料的一样，从当前的硬件条件看，智慧教育系统无法完成数据同步，它只能做到单向传导。

不是我的操作问题，是系统自身不接受教学机器人和仿真体的数据更新。

而且平时的工作情况，我在工作台上翘脚、喝茶、打瞌睡全部都在采集的范畴之内。光采集不更新，这压根就是监视。

我的思绪乱成一团，瘫坐在凳子上，任凭汗液在脸颊流淌。

数据不更新，意味着学校里的教学机器人和仿真体不会有进步完善的机会。

难道说上头已经放弃了这座学校，那为什么不关闭，维持它有什么特殊的作用吗？

又或者说上头只是为了抓我的把柄，要让这所学校发生点事故好借机处理我，这才这么关注我日常的工作状态？

我百思不得其解，脑海里回忆起前两天下发的有关学校扩建的文件。文件刚刚下发，又是专门针对我们这类学校的，不太可能是"此地无银三百两"的虚假操作。更何况系统里的单向传输不像是最近才动的手脚。会是谁呢？

我试着草拟了一封经费申请书，向上头申请报修，把这两年出故障的仿真体，也就是人类学生们那些莫名其妙"出国""生病"的"同学"修一下。既然经费增加了，修一修应该不是问题吧。

发送成功后，一分钟，两分钟，三分钟……大半个小时过去了，我仍然没有收到任何回复。

等待期间，我又收到了刘进旗发来的消息。刘进旗的这条消息通篇都是道歉，他非常诚恳地感谢刚刚的谈话，但仍然表示学校里的同学让他感到奇怪。

他觉得有些人是在故意犯错误。嗯，这是正常的。

他还觉得有些同学是在故意装傻。嗯，这句话让我似乎想起了什么。

今天的《新闻资讯简报》换了主持人，大概是到轮班的时候了。新上台的主持人样貌很年轻，声音特别有磁性。

出于本能，我尽快处理了检修测试所产生的痕迹。冷静下来后，盯着画面不断切换的大屏幕，我觉得自己是敏感过度了。系统动手脚也许是我的上上任主管任期中发生的事情，从一脉相承的工作风气来看，很有可能不是故意的，就是玩忽职守的产物。

再等等吧……硬件的问题、经费的问题都一样，耐心点，别多想，我宽慰自己。

吱嘎——房间门这时突然打开了。

"哦哟，难受死了。主管，你看我抱病来上班！你是不是该给我额外发一笔奖金呀！"

柳青青中断了休息。

《新闻资讯简报》这档节目也临近尾声。节目的最后照例是简讯环节，其中正巧报道了《进一步实施教育公平化项目的发展意见书》的印发和实施。报道里提到了艾莱特仁和实验小学。

"综合提升，公平管理，这些教育公平化项目实验学校培养出了一代又一代的精英。"

听到这句话，我的嘴角不由自主地向上翘了翘。除了我们这些身在其中的人，大部分局外人都会毫无理由地相信它。

这也难怪，自然界的族群内部会分化，学校里学生也会自动分化。用人工智能辅助学校培养精英，让普通人在仿真体的衬托下成长为精英，在外人看来这是一件可以实现、理所当然的事情。

"后期有关部门会对这些实验学校进行走访和考察，确保教育公平化项目朝着内涵化、特色化、品牌化的方向发展。"这是简报节日中的最后一句话。我不禁打了一个激灵，这是我入职以来第一次面临上级部门正式的考察。

"柳青青，听到了吗？我们要准备迎接检查。"

柳青青没有理会我的话。她自顾自整理妆容。

"我在跟你说话！听到没！""你平白无故凶我干吗？"

"我是在命令你！我是主管，你是我的副手，你不要搞错了。"

我咆哮的声音惊动了门口闲置的教导机器人，它不停往里面探头。我深吸一口气，把之前统计出来的糟糕的数据甩在柳青青的桌上。我顾不上数据同步的事儿，当下最紧急的任务就是搁置所有疑惑，尽可能掩盖住问题，否则不会有好果子落到我们脑袋上。

6

正式考察那天，学校来了五十多位嘉宾和专家。按照规定，考察流程主要分为工作汇报、优秀学生代表座谈会、仿真体和教导机器人检查、校园参观四个步骤，时长一天。

最令人头疼的是座谈会和仿真体的检查。为了避免露馅，我灵机一动，把"优秀学生代表座谈会"改为了表彰会，把"仿真体检查"改为"仿真体代表座谈会"。

要是让我们学校真实的人类学生坐下来和专家开会，这是即兴的，内容难以预测，估计没聊几句就会暴露出各种各样的问题，他们当中具有精英、领袖气质的简直太少了。但是弄成表彰会后就不一样了。表彰会只需要颁奖领奖，然后让一部分同学发表一个获奖感言，谈一谈自己在学校里学习的收获。这样可以提前准备讲话稿，做好充分准备。

同样，仿真体检查一般是抽查，万一抽到那些损坏的个体，问题就瞒不住了。反而是座谈会更容易操作。参加座谈会的仿真体，我可以提前筛选出来。

蓝黑色的地毯象征着茫茫宇宙，从校门口一直铺到考察团要经过的每一个角落。地毯上镶嵌一个个精致的隐形画框。人走到上面，画框就会现出图案。画框内展示着同学们的创新发明。

考察团似乎对这些不感兴趣，他们怀疑这些作品是不是学生真实的水平。汇报工作时专家们也不停地打断我的发言，询问我一些细枝末节的东西。比如多久和学生谈一次心，和人类学生谈心的次数比起仿真学生是多了还是少了，有没有让人类学生产生过怀疑，有没有在记事本里及时记录这些情况。

他们的问题一个接着一个，我实在回答不上来。

好不容易挨过汇报时间，表彰会上一些专家趁着给优秀学生颁奖的机会，和学生交谈了几句。同学们表现出来的自信引起了他们的注意，带队的埃布尔教授很兴奋，表示希望对获得"优秀学生"荣誉称号的同学进行一次测试。我询问了测试的时间，埃布尔教授说等他回去出一份试卷，到时候麻烦我组织一下。我连忙点头答应。

"可以给我们看一看你们的日常教学情况吗？"

"这个不在我们今天的考察范围内，材料准备需要时间。"

埃布尔教授听完我的回答表示有些遗憾，打趣我是藏私不肯分享。我只能故作神秘地微笑。

这时考察团队列中突然出现了杂乱的争吵。柳青青牵涉其中，她尖锐的嗓音惹得嘉宾们都很不快。

"主管，主管，不是说好参加座谈会的仿真体是提前定好的这几个吗？他们现在要求随机挑选，换一批！这怎么能行！"没头脑的柳青青不顾影响，大大咧咧地朝我喊。

"你……你先冷静一下。各位嘉宾稍等，我们现在去准备一下。"

"有什么问题吗？"埃布尔教授对柳青青过激的反应有些不理解。他解释考察团的成员构成很复杂，里面有不少人以前参与过其他教育公平化项目实验学校的考察。"不是所有人都相信教育公平化项目的实际效果。所以不免对你们有些怀疑，想给你们出出难题。不过随机抽取一批仿真体，应该不为难你们吧。"

"不为难，不为难。"安顿好考察团，我打算和柳青青一起去库房，根据新抽选出来的名单找出对应的仿真体。但是埃布尔教授拦住了我。他委派了一个助手，协助柳青青。

"你就别去了，抓紧时间和大家交流交流。"

"新换了名单，柳副主管可能忙不过来，我还是去……"我稍微瞟了一眼那份新名单，一股令人窒息的无力感从血液深处自然迸发出来。抽到的编号中有将近 40% 的仿真体存在或多或少的问题。

"让我的助手去帮她吧。好啦，大家都在等你。"埃布尔教授没有给我开溜的机会。

座谈会上我坐在第二排，两只脚不停颤抖，只能靠喝水来掩盖心中崩溃的情绪。

考察团询问的内容很详细，甚至把问过我的问题又问了仿真体一遍，检验回答的真假。

坚持了十分钟后，我终于撑不住了，站立不稳，逃出会场，躲进了卫生间，心里盘算着被撤职、开除的概率。大量仿真体故障，仅这一条就足够遭受开除处分了。别人只要追问两句，仿真体都有问题，你是怎么保障日常教学的？你扼杀了多少人类未来的精英？

都怪我平时不把故障上报，除去前几天那次试探性的报修，再往前推那是好多年前了。不过上报了又能怎么样，凭什么别的实验学校故障率这么低，你的这么高，一样要挨罚。

一小时后，会场的大门缓缓打开，座谈会结束了。仿真体鱼贯而出，考察团紧随其后。埃布尔教授见到站在门旁的我："刚刚你去哪儿了？"

"肚子不太舒服。"

"哦，难怪没见到你。"他没有再多说什么，没有谩骂，没有指责。我傻傻愣在原地，等着他后面的话，但是什么也没等到。

"怎么还不走？主管先生再不带我们参观校园，天就要黑了。"

"教授，那个仿真体……"

"你是在等我的表扬呀，你们学校的仿真体维修情况确实不错，故障率是 2%，说明平时的维修工作还是不错的。"

"啊……"仿真体没出问题吗？2%？

不可能呀。我做过统计，整体的故障率高达45%，这次抽中的代表中接近40%。

我草草应了几声，大脑一片空白，回忆起工作以来的所有片段，甚至把入职培训那会儿讲过的要领、注意事项在心底默念了一遍。

出现故障的仿真体我反复调试过，简单维修过，不可能是因为线路故障之类的原因。

那问题究竟出在哪里？

我把目光投向队伍前的柳青青，她负责校园参观的讲解和引导。她举着一根虚拟指引棒，手上拿着印有解说词的电子屏，每说一句话就要看一眼电子屏。

"我们学校……努力体现'厚基础、宽口径、高素质、创新型'的现代人才培养思想，把通识教育与专业教育相结合，推动学生的全面发展和个性发展能够有机结合。"

偷懒的柳青青直接从简报节目里摘抄了一段话。

这种事外行人也不可能随意动手脚。

不对，等等，刚刚想到了《新闻资讯简报》这档节目。

好像有什么东西忽略了。

柳青青的讲解很无趣，考察团中有不少嘉宾在窃窃私语，埋怨她在这种环境下应该提前准备一些笑话。

是的，我想起来在《新闻资讯简报》里，主持人就说过一个玩笑，几天前听到的时候完全没有在意——会不会是人工智能自己在阻止自己的发展。

这不是笑话。

联系到种种反常，猜忌顺着思维的路线越走越远，怎么也消除不掉。

"综合提升，公平管理，艾莱特仁和实验小学培养出了一代又一代的精英。"柳青青还在念稿子。

培养一代又一代的精英。刹那间我猛然惊醒。

到底是谁被培养成了精英？

（原载2019年"科普科幻青年之星计划"官网）

精英学院

程序世界

1

恒涛终于把账户的存款凑到了一千两百一十万。这是他用来报名"程序化手术"的钱，刚刚达到手术费的最低标准。

距离这一期"集中手术"的报名，还有三天就要结束了。想一想躺在病床上已经吃不进东西的妻子，他告诉自己这是最后一次机会了。

此刻中央医院门前的广场上站满了排队缴费的人。恒涛属于来得最晚的一批，只能从末尾排起。他每时每刻都在祈祷——上天保佑窗口里的办事员，保佑他身体健康平安，没事儿少喝水少上厕所，最好精神饱满，可以多加班少睡觉，这样三天之内可以轮到他！

按照《人类程序化基本法》的规定，未在规定期限缴费的，无论什么原因都不可进行手术，只能延迟至下一期。

恒涛的前方站着两个上了年纪的老人，他们聊得热火朝天。

"老王，怎么这次想通了？没想到你这个老古董也会接受这种手术。"

"我这个人很开放的！你没听公告里面说嘛，经过程序化，人类不再是有机体了，每个人都是一个独一无二的数据流，一个拥有自主意识的计算机程序。真正实现了脱离肉身的愿望，也摆脱了生老病死。一开始我还以为是假的，可现在……"被唤作老王的人模仿电视里的广告，用鼻腔发音，听起来很有意思。

"现在都第四期工程了。前三期接受程序化的总人数加起来都有几百万了。我要不是没钱，早就来了。你以为像你呀，领着一年五十多万的退休金。还瞻前顾后，抠抠搜搜的。"

恒涛听着两位老大爷互相吐槽对方，心情渐渐放松，打开手机开始给老婆发语音。

他的妻子是从八年前开始患上渐冻症的，现在只能靠输液维持生命。所以恒涛在妻子的床头安装了一个智能电话。他只要拨打这个电话，无须妻子按键，就会自动接通。

从上个月开始，妻子的病情每况愈下，连发出"嗯""哼"之类的语气词都已经不可能了。但他还是坚持自己不在医院的时候，以这种形式陪着妻子。

今天他说的都是令人高兴的话。

"我知道你还在为我们没有孩子这件事情难过。不要自责，你知道吗？今天程序化手术的宣传页更新了。它说进入计算机系统之后，还可以经过系统配对、基因分析进行重组再造。简单来讲，我们可以在里面繁衍我们的后代，只不过他们一出生就只能待在计算机里。不过这有什么不好的呢？直接就长生不老了。"

恒涛越说越温柔。斜射的夕阳像一只温暾的荷包蛋，还没煮熟，也没用筷子戳破，存着流黄。他在心里暗暗盘算把妻子送进去以后，过个十几年，自己应该又能凑个一千多万。到时候希望手术费不要涨价，自己就能和她团圆。

身旁时不时有操持各种口音的黄牛穿梭在长长的队伍中。他们号称手上有特殊资源，可以让你免排队报名，有的还宣称有内部渠道，可以打折。

虽然现场的广播偶尔会播报提示——请大家提高警惕，切莫上当，程序化手术的官方缴费通道仅此一条，但是维护秩序的工作人员却对这些黄牛视而不见，只有在遇到举报的时候才会象征性地吹口哨驱赶。

恒涛对这种景象深恶痛绝。对于普通人而言，能凑够手术费实属不易，要是被黄牛给骗去了，天生的乐天派也能给逼疯了。

这时，一个与周边环境完全不符的帅小伙，找上了恒涛。他的衣着看起来很有品位，恒涛只认出了一条迪沃斯牌皮带，那是金融界人士的标配。

"先生，我这儿有便捷通道，您有兴趣吗？"他的头发油亮油亮，让恒涛心生厌恶。

"快走开，别挡路。"

"我叫林铭，您可以叫我小林。"小伙子没有马上走，他很谦卑地弓着腰，把手上的名片塞进了恒涛的手上。

恒涛接过，转身丢在了地上，动作背后是毫不掩饰的厌恶。

2

程序化这个想法最早是一个疯子提出来的，大家早已忘了他的名字。

当年碰巧有一个傻医生觉得这个想法可操作，便找到一堆计算机专家和程序员开始捣鼓这个项目，后来陆陆续续又有基因学专家和遗传学方面的研究员加了进来。

即便如此大家也都没有很重视。

直到有绝症患者同意接受第一例程序化手术，并且取得了成功。随后这个数字越来越多，一连两百八十多例手术无一失败。脱胎换骨后的病人，通过计算机显示屏活蹦乱跳地和外部世界的亲人们分享自己的快乐。这里没有病痛，没有烦恼，你把它称之为天堂都不为过。

很快程序化这件事情就成了现代人追求永生的一个捷径，想要报名的人趋之若鹜，同样手术费的价格也水涨船高。

林铭对恒涛的拒绝似乎习以为常，他依旧面带微笑，慢条斯理地在一旁候着，叨叨地宣传自己的门道："您可以不用排队，甚至有打折优惠，只需要稍微付我一点佣金就好。"

正说着，远处突然闯进来一队穿着制服的工作人员，七八个大腹便便的成功人士在他们的护送下插到了队伍的最前面。林铭看到了，借此机会炫耀："看到了吧。就这一点钱都不肯花，那只能眼睁睁看别人享受便捷通道了。"

黄牛的性格好像几百年来都不曾变过。他们总是能找到上好的机会狐假虎威，把自己描绘成手眼通天。

怒火一下子在广场上蔓延开来。

"咋了这年头，插队都有官方背景了是吧。"

"别只派工作人员护送呀。我给你说，要叫军队，真枪实弹的士兵才行。不信你看我们把你揍得连你亲妈都不认识。"

人群里响起了各种叫嚣声。可成功人士们并没有在意，还有说有笑地聊天。

在好事者的叫嚣下，人群开始沸腾。丢鞋子的丢鞋子，扯头发的扯头发。总之男女老少一股脑地都冲了上去。即便有人没想上去，也被后面的推到了最前面。林铭不知道什么时候溜了出去。

恒涛没有如此机灵，他原本站在最后面，在混乱开始后却莫名其妙地被挤到了中间甚至靠前的位置。

工作人员眼看场面越来越乱，就呼叫了在街边执勤的警察部队。警察先是鸣枪示警，随后丢了好几颗催泪瓦斯弹。还真别说，这种两百多年前就开始用的土武器还挺管用的。气味太刺鼻了，打喷嚏的恨不得把肺打出来，闻着过敏的恨不得找罐胶水把自己的两个鼻孔全部粘上。

人们纷纷后撤，只有少部分人逆势而行，其中就包括恒涛。

他微闭着眼睛，捂着口鼻，看不清楚前方，摸不到左右，像半个盲人，径直往警察的防爆盾上撞。

"砰咚！"警察也被撞蒙了，触电一样地往后退，他们下意识地以为是猛兽。

待看清楚是人后，警察一拥而上把他摁倒在地。

"赶紧排查，看看他身上有没有隐形炸弹。"一个看似头头的警察如此说道。他已经把枪上了膛，一有异动，会送恒涛的脑袋一朵大血花。

"警官，我可没有什么炸弹。我就是过来排队的。"

"人家都往后面走，你干吗硬闯警戒区域？"

"我就想排个好位置，抢个队。这也有错吗？"恒涛哭丧着脸说。脸贴着地面，每说一句话都会吃进好多灰。

头头看上去还算和善的，不然早就把恒涛击毙了。及时处置可能存在未知危险的对象，这是联盟赋予警察的基本权力之一。

"那我就放过你吧。来人，把他押走。回去做个笔录。"

"不不不。你们饶过我吧。我还在给我妻子排队呢。只剩下三天了……我可以回到我最早的那个位置上去。我不抢位置了，可以吗？"恒涛眼睛里的血丝因为含着泪的关系，看起来呈扭曲的形状。

"出一趟警，总要搞清楚缘由。我们只是做做笔录，不会为难你的。"

恒涛心里知道这些只是好听的套话。这种话是说过不算数的。

可又能怎么样呢？一行人帮他戴好电子手铐，没收了他身上的全部物件，然后丢进了警车。

恒涛隔着黑魆魆的车窗看到，插到最前面的几个富人已经办好了所有的手续，拿着一大叠厚厚的红本本走出大厅。

过了没多久，那些叫嚣着要打架反抗的"逃跑分子"，一个个赶集似的开始了新一轮的抢位赛。如果刚刚他没有选择坚持，而是像林铭一样随着人潮往后面走的话，现在靠着本来就敏捷的身手，一定也能换一个好位置。恒涛心急之下，喉头一紧，咳出一口混有血色的痰。

可警车上没有人会注意这些。警察们正密切注意着街上的动态。

自从接受程序化手术的人增多后，街上的治安也越来越差。

按照联盟的规定，个人在接受程序化手术后，他的私人财产名义上依旧归他自己。可如果一无亲属二无代理人，那么类似于房屋这种固定资产就会由政府代管。代管是代管，但屋子一多，管不过来也就成了常态。

这些无主住宅就给许多流浪汉、老赖提供了钻空子的机会。

所以警察必须加强巡逻，制止这种明目张胆入室占房的行为。

3

就在这时，警车副驾驶上坐着的头头朝着远方开了一枪。

"全体下车！一点钟方向有人在斗殴。预估是两伙人一同盯上了这套房子，争相抢占。大家佩戴好枪支。"

随后除了司机和一个留守的女警察之外，所有人都冲出去了。

本来已经万念俱灰的恒涛意识到机会来了。他瞄了一眼手上的电子手铐，计上心来。电子手铐是用来控制没有犯重罪的嫌疑人。当初人权主义者提出要保护犯人尊严，所以电子手铐被设计得极具人文关怀。它戴在手上是隐形的，而且人的手还可以在一定范围内移动。

所以恒涛干脆一不做二不休，直接双手并用从前座上夺过了刚刚被没收的所有东西，打开后门逃了出去。

女警和司机压根没想到恒涛会逃跑，他又不是什么重犯。等到他们想要去追的时候，大部队已经和强盗们开起火来，他们不可能再抽身去追。

恒涛安慰自己，这不算畏罪潜逃，他决定先把钱交了，交完之后大不了再去自首，应该算不上大罪。

正想着，不知不觉竟然走到了研究中心的门口。

恒涛转念一想，大概这就是命运吧。现在去排队三天怎么也来不及。研究中心可能会有一些多余的名额。如果我把妻子的事说出来，应该会有人愿意帮我一把。电影里不都这样的剧情吗？

一切还有希望！

他特意从路边的垃圾桶旁捡了一个旧快递盒子，双手捧着，装作里面是一个急件的样子朝前跑："师傅麻烦开一下门，这是个急件我得赶紧送进去。"

没想到这里的安保这么松懈，靠着一个破盒子他愣是通过了层层检查。

研究中心一共由七八幢相连的玻璃大厦构成，地底下号称还有五十多层，可以抵抗核攻击。但这些对恒涛来说都不重要，他只想找到程序化手术的管理部门。

绕了一圈后，管理部门没找到，他倒是找到了一个名为"超级社区管理处"的地方。

他看着门外介绍管理处的两块大展板，越看越入神。

原来这个超级社区就是所有程序人类共同生活的那个超级计算机系统。超级社区管理处负责管理和监控系统里的一切问题，包括发布超级社区的日常任务，遴选、配对程序基因等等。

正常时间，这个管理处最少要有八个人值班。可恒涛透过玻璃窗看来看去，只找到了一个正在和男朋友进行 3D 视频通话的胖胖少女。她的前方装着一面巨大的全息投影仪，每五秒钟更新一次数据，将超级社区里的运转数据反映出来。

"你再陪人家聊聊天嘛。"

"我一会儿还要在市政厅开会。你以为我像你呀，有这么广的人脉，什么都不懂就能去监控那个超级社区。这么好的肥差，我爸怎么就没有给我争取到呢。"

"不懂计算机怎么了，反正它会自动运行又不会出故障，带我的师傅们也不懂。他们懂怎么玩女人，怎么喝不醉就好了！"

恒涛隔着窗户，听到了这些话。幸好走廊里只有他一个人，不然旁人会被他的表情吓到。几分钟前还满怀希望，想要敲门进去求同情，而现在，他的脸上写满了惊恐。

他猛然意识到，被自己看得比神灵还要高贵的程序化手术，瞬间失去了其神圣性。就好像圣女被扒光，然后妆都不化，直接送进妓院。

他深深地叹了一口气，但还是想做最后的努力，便开始在这栋大楼里四处游荡。

望着走廊里无处不在的摄像头，他明白了为什么自己一个外来人可以在这种机密的地方自由自在地晃悠。大概是因为管监控的安保人员也在进行娱乐活动吧。

走近地下室的位置，他发现了一块标记技术部的牌子。

"技术部应该负责手术技术应用这块内容吧。"恒涛仿佛看到了希望，连忙朝里走。

"老刘，这个事情你可不能松懈。赶紧和宪兵队伍联系，配合警察把这几家都封了。程序化工程是联盟的官方行动，怎么轮得到他们民间搞。"

"这次确实有点过分了。这三家技术公司联合起来，说要开发一个电子人体的手术。我们调查了一下发现基本和我们的技术差不多，他们还说要推出服务于大众的优惠价。"老刘压低嗓子说，"只要两百五十五万就够了。"

"坚决打击掉。必须垄断起来！就说这是联盟的官方行动。"

老刘连声答应，没再说话。

封闭的过道有一种扩音器的效果，恒涛把这些话听得一清二楚，心一下子变得拔凉，生活在底层不代表没有脑子。

说完没几秒，老刘他们就和恒涛迎面碰上。恒涛想逃跑已经来不及了。

"你是？"

"噢，我找超级社区管理处。咦，不是在这边吗？"

"那在三楼，你得去坐电梯。"

"谢谢。完了要赶不上了。"恒涛装出着急的样子扭头就跑。

老刘他们没过多在意。毕竟外人肯定不熟悉研究中心的内部架构，恒涛既然能报出名字说明熟悉这里。他可不敢多问，在这个地方连个清洁员都非富即贵呢——他没有注意到恒涛那紧贴在一起不自然的双手。

4

恒涛不得不放弃原本的计划。在这种充满奸商气息的氛围内，就算上吊恐怕都没人会同情吧。他失魂落魄地朝缴费的广场走去。

沿街悬挂有各种光幕，上面还在为程序化手术做广告。它们也不管排队等报名的人有多少，接着鼓动没报的赶紧报。两个不知道从哪里请来的主持人和专家，装作新闻采访的样子，一唱一和，背诵着产品的宣传稿。

"最快于明年年底，我们就可以推出一项改变交通史的工程——公共微机。政府将在现有音速路的基础上进行改造。想要拥有一辆只属于你自己的迷你版地铁吗？公共微机可以满足你的所有需求！"

"哎，真的有这么神奇吗？这么大的工程一年来得及吗？"旁边的主持人扮演着脑残的角色。

"当然，你知道超级计算机吧。前几批接受了程序化手术的同胞已经在计算机里拥有特异功能了呢。他们将承担未来全社会百分之八十的智能计算、大数据分析、精密联系等工作。他们将为公共微机的施工提供最强大的技术支持和后台分析。"

主持人流露出非常崇拜的神情，她看着专家说："这么厉害，我好想成为这种精英呀。手术报名还有机会吗？"

"当然有机会！程序化手术是联盟的普惠性政策。它改变了历史，创造了奇迹，让永生不灭这个万古难题变成了可能。而且超级计算机与现实相辅相成，进一步把我们的社会、工业、生活推向了新的智能化。"

恒涛真的是听不下去了。他快跑几步，努力让这种声音离自己远一些。

太阳快要下山了，傍晚的温度下降了很多。风刺在脸上，恒涛觉得有些疼。幸好街上种着许多梧桐，走在这儿才好受些。梧桐絮漫天遍地地飘着。吸进肺里，感觉痒痒的，好像有个孩子在挠自己。恒涛很喜欢这种感觉。

广场上依旧是人山人海。

恒涛找了一个看起来没有那么恐怖的队列站到了最后面。

不管怎么样，程序化手术依旧是拯救他们家，拯救他妻子的唯一办法。

"砰砰砰——"

远处好像又出现了骚动。

恒涛觉得和之前的情况很像，但由于这一次他前面的人要远比早上排队时多，所以他看不清楚，只能靠猜。

往前挤了十来米，终于看清了前面发生的事情，原来是一个倒霉蛋被逼疯了。

周围的人在议论，说这个小伙儿已经排了五天五夜的队，经历了好几次骚乱，本来马上要轮到他了，可被别人一闹一挤，硬生生被挤到了后面，现在竟然精神崩溃了。

他毫无征兆地疯了。

又哭又闹，一会儿高高地跳起来，高喊自己是玉皇大帝，要打破所有天规，把搞长生不老的人都干掉；一会儿趴在地上，原地转圈。他的手支撑地面，用膝盖来摩擦，嘲笑周围的人们："你们这些凡人。还搞程序化，搞呀搞呀！你们不是要研究人工智能吗？结果把自己变成人工的了。厉害哟！"

恒涛的眼神里没有愤怒，更多的是怜悯。这要是换成自己，估计也得疯。

旁边有个高个子朋友劝他："刘朋你别这样，大家都看你笑话呢！"

"我可没疯。"刘朋眼睛灰暗，看不出亮光，"我知道你对我好，你借我钱。没你的钱，我父亲、母亲还有我妻子都不可能做得起程序化手术。"

恒涛努力把脑袋往前挤，刘朋说话的时候，看起来精神挺正常的。

"你知道吗？上次我联系了我父母。那个程序里面的日子，压根和外面一个模样。最近还提出要实行淘汰考试。基因差的，计算能力不强的，程序低级的，就要被淘汰。说来说去，符合这些条件的不还是我们这种穷人吗？说是系统容量有限。容量有限你就不能扩建几台服务器，当权的脑子里都在想什么！"

这句话一出，周围的人都惊呆了。

这些信息，联盟政府可从来没有向外透露过。即便他们和系统里的亲属也在定期打电话，通视频，可这些消息都是第一次听到。

"估计很快就要实行淘汰了考试。我父母当时买的是最低的手术套餐，低配版肯定逃不过了。我的妻子，呵呵，也已经在里面找到了新的配偶……"

高个子朋友听到这里认真起来："你这说的都是胡话！我这拼死拼活为的是什么？这不可能是真的！"两个人就这样互相撕扯了起来。

刘朋的态度激怒了他的朋友，高个子也不管他真疯假疯，撩起袖子就是一顿猛揍。拳拳到肉，鼻血乱飙。

一时间周围人纷纷躲开，紧接着警笛声又响起来了，排队的人们已经有了条件反射，不用吩咐，自觉地做出应急对策。

恒涛也是摩拳擦掌，觉得又有往前蹿的机会了。

但大家没想到，这次骚乱警察们只是警告，没出动警力，也没使用瓦斯催泪弹，光打雷不下雨。

看情况不会再有逆转了。

躺在地上的刘朋发出一声叹息，脸上的不少鼻血都被他吹开了。

"好了好了。你还真打呀！"

"演戏要全套嘛。"他俩像没事儿人一样，擦擦脸站了起来。这时周围人才明白他们是在演戏。没有什么兄弟反目，他们只是希望引发一点骚乱，抢个好位置。

可恒涛总觉得高个子那两拳打下去是真疼。这种时候编出来的瞎话，多少也带有一点潜意识的成分吧，谁知道呢？

恒涛的注意力其实更集中在那个淘汰考试上面。系统内的小道新闻，一定有根有据，不然谁能编得这么合情合理。

"哎呀，兄弟，要排队何必搞这么复杂。又演戏又挨打，这鼻子疼不疼？小弟这里有捷径，给你们介绍一下。"

恒涛又看见了林铭。只见他逆势而上，冲到了那对打架兄弟的身旁。非常热情地帮伤者止血，然后窃窃私语，又是递名片又是做了好几个让他们保密的噤声动作。

十分钟过后，那对兄弟被林铭说服了，跟着他走出了广场。恒涛故意看时间，盘算着如果林铭撒谎，那两兄弟大约多久能发现……

可大半天过去了，他们并没有回来。倒是林铭春风得意地回到了队列中，继续找人聊天。

想到这里，恒涛的脑海里浮现出在研究中心见到的一幕幕。他很无奈地蹲在地上，用手指抠地砖上的小缝。黑色的胶粒一颗又一颗被他抠起，他的内心有些动摇，觉得林铭说的也许是真的，真的可以打折，可以不用排队。

毕竟现在有钱有路，还有什么不能干的。

可是谨慎的他不可能去冒哪怕万分之一的风险。

按当前的缴费速度，最快到截止日期那天的中午就可以轮到他了。可一旦再出现骚乱、有人插队等等乱七八糟的事情，自己的努力就都白费了。

林铭其实早就捕捉到了恒涛犹豫不决的眼神。不过，他也不着急上前继续劝说，嘴角隐约浮现出一丝笑意。

5

好在最后，恒涛顺利地赶在截止时间前，完成了缴费。

妻子终于得以进入手术室。

他看着金色的光粒子从手术台的操作仪上一点点地向计算机的终端汇去。妻子的脑电图和心电图曲线渐渐变弱。恒涛紧绷的弦一点点放松下来，接下来的步骤就不能参观了，恒涛被医生们请出了手术室。他望着红色的指示灯，自我安慰道：做手术的医生算得上手艺人，肯定和自己在研究中心见到的那群无所事事的"蛀虫"不同。

手术的最后，还有一个供家属确认的环节。恒涛在主刀医生的带领下，来到了妻子旁边，白布已经掩住了她的头部。

"你可以去那台屏幕看你老婆。输入密码和账号，就能见到程序化后的她。"主刀医生交给他一张小纸条。

恒涛连连道谢。他手忙脚乱地输密码，连续打错两遍，第三遍才见到妻子。妻子依旧保持着之前的形象，五官面容都没有变化。只是此刻的她一丝不挂，光溜溜地站在屏幕中央

恒涛本能地环顾四周，想拿手遮住老婆的敏感部位。

值得一提的是屏幕被放置在手术室最中间的位置，旁边并没有任何遮掩物。一想到医生们可能已经"一览无余"很多遍了，他的心里就堵得慌。

"老婆，你能听到我说话吗？"

"能呀。老公，你看我现在的身体。我感觉好轻盈！以前的痛感都消失了。"

恒涛十分激动，原本满满的担心完全没有了。他双手用力欣喜地在屏幕上按压，像是在抚摸妻子的脸庞，光影被他摁得有些变形。

恒涛絮叨着："你在那边，注意天气，多跟周围的人沟通，凡事儿忍着点。我会经常和你联系的，需要钱什么的就说！"

"你说慢点，我听不清。"妻子说。

恒涛一边说一边觉得有些别扭。且不提计算机系统里面有没有天气这一类的概念。这对话，就像是生死相离的恋人隔着阴阳在聊天，不知道哪边才是地府。

十分钟后，主治医师打断了夫妻俩的会面，见面的时间结束了。恒涛明显不想放手，于是医生强行关掉了屏幕。

医生递过来一份几百页的协议书："来！先过来把这份协议签了吧，之后你有的是机会见她。"

"你们可不可以帮我老婆穿上衣服？"恒涛接过协议书，上面写着《程序化手术后病人探视规定及内部保密协议》，他对这比教科书还厚的内容不感兴趣。

医生安慰他："放心吧，稍后系统内会有专门的程序为她设计她最喜欢的衣服，还会告诉她在超级计算机里生活的规矩。那是一个大社区，也叫超级社区。"

恒涛木然地点头，他对这个词蛮熟悉。

签完字，他跟随着其他家属，结队离开了医院。走回大街上，他突然意识到自己身无分文，无处可去。房子也卖掉了，手头除了那份协议书，一个破智能手机，什么也没剩下。

十几个小时前用来排队的广场，现在冷清多了。还有几个犟汉在缴费的窗口死守，嚷嚷着不给做手术就集体在这儿自杀。

这时他看到林铭还一个人站在广场中央，夹着公文包抽着烟。

恒涛注视林铭的时候，林铭也正好在看他。对视了大约五秒钟，林铭摁灭了手里的烟头，他恢复了之前的热情。

"先生，恭喜您缴费成功。这么冷的天怎么还待在这里呀？"

"我散散步。"恒涛摆摆手。

林铭显然不会被这理由给打发了："今天是给您夫人还是父母、孩子缴费？根据签过的协议，你们半年才能见家人一次，平时不得擅自打扰计算机内的生活。唉，真的是好没有人性呀！"这个帅小伙的嘴巴叽叽喳喳唧唧嘚唧个不停，不过却能准确抓到别人的需求，"但这毕竟只是规定，还是有办法钻空子的，不知道您感不感兴趣？"

恒涛的心脏一紧。他意识到得找个时间好好看看签过的协议书了，回答道："不感兴趣。"小伙子掏出了一张 3D 名片，对恒涛的冷漠完全不在意，反而越喊越亲切了。

"这样吧！大哥我们可以先交个朋友，我叫林铭。以前是程序化工程的研究人员，后来受排挤被开除了。不过好在以前积累了一点关系，现在就帮大家解决手术报名、排队这一类的问题。"林铭见时间不早了，提出请恒涛一起吃个便饭，"我家里还有几个和您一样的手术家属。你们可以好好交流一下。"

恒涛想起在研究中心里见过的那些所谓"研究员"，心里莫名对眼前这个被排挤出体制的帅小伙多了一丝好感，摸摸咕噜噜直叫的肚子，跟着林铭上了车。

他的车上已经坐了三个人，两个老人，还有一个中年妇女。算上恒涛正好满载。

这两个老人正是恒涛一开始在广场上遇见过的"熟人"，至于另一个中年妇女恒涛也没有兴趣猜测她的来历。

车辆缓慢地行驶着。

"刚刚林铭说，他在那个计算机里待了七年是真的吗？我还是第一次听说，变成程序后还能重新恢复人身呀！真的假的？"

恒涛半眯着眼睡觉，被老人的这一句话惊醒，昏昏沉沉的大脑感到了一丝刺痛。要么林铭是个骗子，要么他身上还藏着不少秘密。

6

林铭的家在郊区，是一栋老式独栋别墅。

屋子里的女主人叫小白，是林铭的二婚妻子。在介绍给众人认识时，林铭也没有隐瞒这个事情，反倒很感慨地说："程序化手术不讲人性，摧毁了多少家庭。小白的前夫就是，原本说好卖掉房子凑齐手术费，先给小白和孩子做手术。可后来丢下了小白一个人……"

老人们摇摇头，很心疼地握着小白的手，像是看亲孙女一样。只有恒涛皱了皱眉头。在他心中，对爱情的忠贞是最重要的。从结婚到现在，就算妻子病入膏肓了，他也没有产生过一丁点背叛、抛弃的念头。

小白看起来知书达理，脸上总是笑盈盈的，让恒涛想起了同样贤惠的妻子。

吃完饭后，一行人留宿在林铭的旧别墅中。林铭单独把恒涛请进了书房，为他沏了一壶好茶。

"大哥，我打开天窗说亮话。您只需要付市场价的百分之四十，我就能给您做手术。"

"四十？"恒涛担心自己听错了，可林铭不像是开玩笑。

林铭递上了一本电子相册，里面记载着五百多个人的资料。林铭解释这些是通过他来做程序化手术的人。

"不是我吹嘘。这个世界上恐怕没有人比我更了解程序化背后那一套龌龊事了。"

"你在研究中心的哪个部门？"恒涛努力压住怀疑的情绪。

"我是最早的那一批实验品，这么说您应该懂了吧。"

恒涛听完，把嘴里的热水全喷了出来。

林铭似乎已经习惯了他人吃惊的眼神，继续着他的故事："我毕业后进入研究中心工作，由于资历最浅，就成了第一批手术的实验品。当时手术的难题都可以解决，但是进入系统后如何生活，体验的感觉是什么样的，必须有人进去。这不就得我们来？"

"那里面究竟是怎么样的？现在外面有很多稀奇古怪的传言。"

林铭沉吟片刻后继续说："一开始，设计者希望把计算机里的世界构建成天堂。每个人都可以各得所需，但很快这个想法就被抛弃了。"

"为什么？"恒涛有一种不好的预感。

"原因有很多。首先是技术上难以维持，如果每个人享受的都是最高等级的待遇，那需要多少资源供应，是多大的计算量？如果系统内有几亿个人同时生活，现有的系统就会崩溃。所以必须搞成差别对待。更何况，一旦所有人都觉得里面是天堂，外部世界还怎么运转？所以只能虚虚实实，实实虚虚。最终维持平衡的办法只有一个：系统里的人类需要帮外部世界处理很多机械化的运算和管理，起到智能化的作用，而外部的人类也不能全进入系统，要控制好数量。外部人类为超级计算机做好硬件的维护和监管。"

林铭说的一环扣着一环。乍一听，恒涛很难找出话里的漏洞，不得不相信，随即问出了心底里一直想问的话。

"那系统里的等级是怎么划分的？"

林铭没有马上回答，开始给恒涛的杯子里倒茶，有点顾左右而言他的意思，可耐不住恒涛一遍遍追问。

"外面的世界靠什么来划分，里面也一样。人出生有体质好坏，成了程序后也一样有优劣区分。你们通过公众渠道缴费的基本上支付的都是最便宜的价格吧？"

恒涛点点头。废话，最便宜的价格已经要砸锅卖铁了。

"程序化和餐厅里的套餐是一个道理。您花的钱越多，出来的菜式就越复杂越高级。以后进入系统里，您的数据处理能力也会越强。现在里面也是多劳多得，美其名曰公平。可是只有那些高级程序才能多劳吧，所以里面的生活和外面没有太多区别。"

恒涛呆了。他扪心自问，这些道理其实很好懂，哪怕没有林铭说，自己一个人静静想下，也能想通。

"不过您也不用太担心。我这儿现在有解决的办法。大哥您只要能凑够百分之四十的手术费，我们就可以给您动手术。您在程序化之后会进入我们公司开发的秘密系统中，在这里面你们是创世者的身份呀。一共才五百多人，你们会享受到仙人般的待遇。"林铭说到这里开始一反常态地变得激动，"您不用怀疑我们系统的质量。外面之所以收费这么高，完全是因为他们做垄断，而我们小规模运作成本低得多。大哥，您可以先做手术，之后我们有特定服务，帮您把妻子从超级社区的系统里转移出来，让你们家人团聚。"

恒涛有些被说动了。他把杯子里的热茶一饮而尽，滚烫的水珠在喉间蹦跳，烫得毛细血管快要爆裂了。

"我回去凑凑，看能不能凑够这个数目。"恒涛刚想走，忽然想起什么事，又回头问道，"还有一件事，小林你说你以前进过系统。难道做了程序化手术后还能重新恢复实体吗？"

林铭笑笑："可以，不过需要一副新的躯体。大哥请您千万保密。出了这个房间我不会承认刚刚我说过的所有话。"林铭恢复了原本的面色，冷静地叮嘱。

恒涛点点头，此刻听着林铭喊他大哥，总觉得心里瘆得慌。半夜，他听到隔壁的房门开开关关好几次，大概是两个老人也被请去喝茶了吧。

百分之四十的手术费和天堂般的享受听起来是极具诱惑力的。

他渐渐明白，为什么会在研究中心里听到有人要"严厉打击民间的程序化手术"了。不过他身无分文，不得不压下这个念头，心里面暗暗后悔，如果不是妻子患病，怎么也不会想着程序化这事儿，也不知道现在妻子过的是什么样的生活。

没想到第二天事情又有了转机。吃早饭的时候，林铭有意无意向恒涛提起，可以用个人信用透支来付清手术费。

恒涛一拍大腿，以前不贷款是怕还不上，现在借完钱做完手术，进入这个不被外人知晓的秘密系统，收债的人上哪儿去找他！

他来不及擦去嘴上的碎屑，就穿鞋出门。

临走前，两个老人向他道别。他们今天就要动手术了，希望下一次可以在系统内见面。恒涛有些吃惊老人们做决定的魄力和速度。

唯有中年妇人神色如故，仅对他微笑示意。

恒涛立刻跑去贷款。

办完手续，拿到现钱已经是四天之后的事情了。他托林铭帮忙，想去和妻子再见一面。按照协议规定，这本是不允许的。何况林铭也提醒他，见面时系统会有窃听监控功能："你不能和她透露半点我们的事情，不然你就是罪人！"

但恒涛坚持己见。他还是想去见她一面，哪怕就一面。

"反正她迟早会知道。小林，你在我手术后还会帮我把我老婆送进来吧？"

"我说了多少遍了！合同也签了。在你做完手术后，我会带上程序存储卡将嫂夫人从他们超级社区的系统里完完整整地'拷贝'出来。然后再输到我们自己的系统里，让你们一家团聚！可是，现在不能让她知道！这是规矩。你要是破坏规矩，那所有人都要玩完。"

林铭的态度很强硬，没有了最初的客套。他接着催促："上次四个人里，就你还没有做手术了。"

"只要见一面就够了。"

林铭最终同意了恒涛的请求，托关系找了个休息日，带恒涛溜进了研究中心。

幽暗的灯光将洁白的大理石地面映得冰凉。穿过密密麻麻的仪表，钻过一台台巨大的黑色机箱，恒涛被带到了角落。眼前是一台和手术室里一模一样的显示屏。

"接下来的时间就交给你了。十五分钟后，我在门口等你。"

"好！"恒涛应了下来。火急火燎地找开关，输入账号密码。按理说，输入后就能马上见到妻子。可这一次，他输完后系统显示——正在通知对方，请耐心等待。

一分钟，两分钟……

恒涛等了五分钟后终于等不了了。关掉显示器，重新输，可结果还是一样。唯一的区别是之前是文字提醒，现在换成了语音播报：

对方暂时不在，无法接通您的视频电话。

一股刺痛从脚底升起，直逼他的脑门。恒涛觉得浑身无力，像是要瘫倒。

一直等到十分钟的时候，屏幕突然出现了变化，语音播报的内容出现了变化。

"对不起。算我对不起你。再见，保重！"

听到这里，恒涛明白过来，其实妻子从一开始就是在线的。她是不愿意见自己，所以一开始才装出是系统播报的样子。

"老婆，里面到底发生了什么，你可以告诉我吗？老婆……"他哭喊着拍打眼前的显示屏。但冰冷的屏幕上没有丝毫变化。恒涛的脑海里浮现过无数种情形：是不是系统里弱肉强食，有人逼迫她，她屈身成了别人的女人。又或者她被人限制了自由，她害怕违规，害怕连累我……

恒涛做了各种各样的假设。一直到被林铭拖出研究中心，他还在念叨，得赶快把老婆救出来，是自己害了她。

林铭实在看不下去了，劝了几句："这也是常事！别难过了。今晚你就动手术吧。等进入系统里了，我找人帮你设置成三妻四妾都可以。"

三妻四妾？

恒涛灰暗的眼珠子一动不动，长期营养不良带来的黄斑现在看起来更明显了。

8

"现在来做最后的确认，恒涛你是否自愿接受程序化手术？"

"嗯。"

"那好，签字吧。我们准备给你麻醉！"

粗大的电子针管悄无声息地扎入他的皮肤。超剂量的麻醉剂从他的静脉缓缓流入。就在失去意识的那一刻，恒涛突然发现了异样：俯在自己身上的那位主刀医师看起来好熟悉。

这身材，这轮廓……在想到答案之前，他被困意整个席卷。

"林铭，这是第五百二十五个实验体了。你成功的几率有多大？"说话的是那个主刀医生。她在确定恒涛睡着后，脱下了戴着的口罩，露出与年龄不符的装扮。

她就是恒涛觉得熟悉的中年妇女。

"老样子。成不了！反正钱也收了。就当帮他们安乐死吧。"

"唉，你这没良心的东西。也亏得他们会相信你那套瞎编的故事。"

林铭很反感别人说他假："放屁！我说的有根有据好不好！"

"我指的是你骗他们你做过实验品，进去系统后还能通过做手术恢复实体，这总是假的吧。"

"好了好了。说不定，有一天会是真的呢！赶紧动手吧，这次手术的数据你记录好。也算这位大哥给这个世界做最后的贡献吧！他留下的钱，我们会努力帮他花掉的。"

五公里外的体育馆灯火通明，此时正在举行"公共微机"工程的奠基仪式。

有小道消息称，等明年启动公共微机后，超级计算机会承担更多的计算运行任务，所以下一期程序化手术的时间很有可能提前。于是许许多多不相干的路人都跑去围观。

林铭对此完全不感兴趣，他叫来了妻子小白。小白对待这份工作的态度和林铭不同，她从来不觉得永生是什么好事儿，也不认为这世上真的有桃花源之类的仙境。

"日子都没过明白，就想用科技改变这儿改变那儿。"

"絮絮叨叨的老毛病又犯了？赶紧上街去找客户，今天轮到你了！"

（原载 2018 年第 7 期《超好看》）

金雕草场

金雕草场的名字是爷爷取的。

爷爷发誓：他亲眼见过金雕，那种翼展超过两米半，飞起来可以向狼王叫嚣的金雕。

我怀疑地拿出手机，从网上挑了七八张图片让他指认。

他告诉我照片里都是死物。他认不出来。

1

呼伦贝尔草原上招待客人最隆重的菜肴是全羊宴。一般人家很少做全羊宴，我家这几年一共做过两次。一次是因为从蒙古包搬进了蓝顶白墙的砖房，要庆祝乔迁之喜。还有一次是在今年夏天，一个旅游开发公司的项目经理来访，商量长期租用我家草场的事宜。

以往做全羊宴需要爷爷这样的老人坐镇。因为只有爷爷这辈人才懂烤全羊前最原始的礼节和祭天习俗。但今年父母给我下了死命令：爷爷不能参与。这里面的缘由不说也猜得到。

清晨，羊奶色的晨曦静悄悄地趴在地平线上啃食草根，泥土浅层的蝗虫还未苏醒，父亲已经在屋外架起了一个一米高的土灶。今天灶围子里烧的不是常用的干牛粪，而是前几日从镇上买来的节能煤。父亲怕用牛粪烟会让城里来的经理感到不适。空地上架起了木架，水嫩的全羊被两米长的细木棍串了起来。母亲蹲在木架下麻利地清洗各种内脏。一想到那团血淋淋的杂肉可以与羊心、羊肝、直肠和羊肚这些名词一一匹配起来，突然觉得万物生于混沌的说法很有道理。

我没有做菜的任务。母亲交给我摩托车钥匙，叫我一会儿带爷爷去草场逛逛，干粮袋里装好了手抓肉和酒。我点点头，回头看了看黑漆漆的窗口。爷爷自从两个月前从马背上摔下来磕伤了手臂，就开始嗜睡，而且记忆力也大减。但没想到，爷爷醒来后说什么也不同意离开。"你们这些孩子怎么懂煮羊的窍门呢,得我来！"他强调自己不是个闲人，怎么能看着做全羊宴一点儿不帮忙呢？再说作为家里的长者，他也得跟项目经理谈谈，定主意的事情还得他来。

"租草场可以，但是不能破坏，更不能在草皮上建房子！这个不是钱的问题。还有别搞得跟隔壁村宝音老头那样，在草场里乱建敖包，这是不敬天，折福！"

爷爷说这话时手上不停挥动着马鞭，眼睛瞪圆了盯着父母。锅里的蒸汽按捺不住自身的力量不停地撞击锅盖，活脱脱像那些发情期的奶牛，看火候这时候应该往里面倒酸奶，再不停翻动直至文火煮开。可是父母低着头迟迟不敢有动作。

"阿爷，不是啦。这次是我要带你去草场的，去瞅金雕！前几天宝音爷说有一个大金雕在附近出现了。"

"真的？走，我牵马。"

爷爷对我是不设防的，说起金雕他眼睛顿时眯了起来，竟和演义里的老色鬼有些像。我没敢再让爷爷骑马，而是让他坐在摩托车后座新绑的小垫子上。用海绵垫来模仿马鞍子是我能做的最佳创意。

2

路上爷爷轻抱着我的腰，手指艰难地扣在一起，微微发抖，我不时低下头看看他是不是抱紧了。如果父母现在才告诉我，爷爷年轻时参加过蒙古族的体育竞技盛会——那达慕大会，我是绝不相信的。

草原上的风充满着想象力。一秒前是风和日丽，一秒过后就可能是飞沙走石。今天也不例外，在摩托车快驶到金雕草场的时候突然刮起了大风。不过爷爷很高兴，他说风越大金雕出现的可能性也越大。

"大风天气下只有金雕可以继续翱翔！他是腾格里（意为天）的儿子。"

走近草场，爷爷一边打开铁门，一边唠叨："装什么铁门嘛，开着就好，你看隔壁那些牛羊一个个瘦成什么样，让它们进来啃点草又没事。"

我不像父亲会和爷爷争辩，便任由大门敞开。

金雕草场的最高点在东侧的山坡上，上面矗立着一个圆形塔式老敖包。敖包顶端系着金黄色的经文布条，从那里可以看见蜿蜒的莫日格勒河。阳光下，光彩差异让凹陷的河面像极了故宫九龙壁上的金龙。

"小子，把帽子摘了，恭敬一点！和我去敖包。"爷爷很看重敬天的礼节。

只有金雕可以落在敖包顶上。在这一点上，我和爷爷观点相同。

他和我讲过很多建敖包、祭敖包的规矩。每次看到一些草场主为了吸引游客在公路边乱造敖包，他都要嘀嘀咕咕骂上好一会儿。更别提有人爬到敖包顶端拗造型拍照，要是让他看到，我真怕他会抽出年轻时用来打猎的马刀。可惜他现在拿刀的样子更像是在耍戏。

从入口到最高点大约有六百米的距离，爷爷走了二十多分钟。仔细算来距离他最后一次参加那达慕大会已经过去了六十年。那年爷爷参加了五十米射箭和摔跤两个项目，最终两个项目都进入了前十名，这是村里获得过的最好成绩。当时大家一致同意将最肥沃的草原分给即将成年的爷爷，作为奖励。

可是爷爷拒绝了。他挑了另一块土质不好的草场，理由竟然是很多人说这块草场是传说中玛瑙滩的遗址。

传说在呼伦贝尔草原上，有一个被人们称为"玛瑙滩"的地方，那里曾经是成吉思汗大战塔塔尔部的战场。到现在戏馆里说唱的乌力格尔艺人还能绘声绘色地描述当年的战况：在成吉思汗即将战败之际，从小就被成吉思汗驯服的海兰神雕，突然从他马背上凌空飞起。它扬开巨大的双翅，俯冲到呼伦湖边迅速收拢双翅，卷起湖底的卵石，然后冲向塔塔尔人的阵中，猛地向敌军抛掷下去。说到这段的时候，艺人一般会拉急手里的四弦琴，右脚用力踩地来打拍子。

如同天降的石雨，砸得塔塔尔人晕头转向，但是海兰神雕由于多处中箭在胜利前就倒下了。星移斗转，后来在古战场上渐渐多出了一种颜色鲜红的玛瑙石。不是因为地壳运动，没有点金术，所以老艺人们坚持说，这些石头是海兰神雕用鲜血凝成的。

爷爷来到这片草场的时候，草丛间没有玛瑙，枯草中间杂着砂石。他一点儿不在意，反倒又是除石又是撒草籽，忙个不停，过了好几年才开始养一点儿细毛羊。所有人都不理解他为什么会把干巴巴的草地看得比牛羊还重。

"阿爷，玛瑙滩真的在这里吗？"

"当然。小时候我就是在这里看到金雕的，估计它就是海兰神雕的后代吧！"

3

在山坡上坐定，可以远远看见定居点上空飘过的几缕黑烟，它和普通的牛粪烟不一样。我猜父母应该已经开始调配酱料了。现在没有爷爷，他们其实也能够做出一顿像样的全羊宴。

爷爷神情凝重地和我望着同一个方向，今天他很耐心，始终没有问什么时候金雕会来。

突然有一阵低沉的轰鸣声从身后传了过来。四辆越野车飞快穿过铁门一溜烟朝最高点的敖包开过去，从进门到上坡一点儿也没减速。

我很少见爷爷这么失态。气急的爷爷用蒙古语大声斥责从越野车上下来的旅客，他跌跌撞撞地跑着，我竟然没能及时追上。

这些不速之客果真是来旅游的。为首的老司机腆着啤酒肚客气地向爷爷解释，他们是为了看远方的莫日格勒河这才误闯。说着还掏出了几张百元大钞往爷爷手里塞。

"你们怎么能开着车进来，草都被轧死了！"爷爷的脸颊一下子变得通红。

他激动的表现把来人吓了一跳。远处一个正在摆弄手机拍照的小孩子大声哭了出来。

老司机尽量装出不卑不亢的样子，他告诉爷爷嫌不够的话可以加钱，但是别太黑心，不然他们就报警。

我没有上前凑热闹。

爷爷中气十足地说："我不要钱。你们把车子原路抬出去！"

老司机以为自己听错了。

"你没有听错，我要你们把车抬出去！其他的我不追究了。"

把四辆越野车抬出去，这不是刁难？看着就像敲诈的前奏。十几个旅客一下子就炸开了窝。冲动的人甚至开始撸袖子打算动手。只有我知道爷爷是真的心疼地上的草，汽车开进来轧死一批，开出去必然又会轧死另一批。

爷爷丝毫不肯让步，他摆开摔跤打架的姿势。但对面的青年并不觉得这具佝偻的身躯有足够的威胁。

"阿爷这样吧，罚他们给草浇水，这一次就让他们原路开出去算了。"

爷爷同意了我的提议。金雕草场迎来了第一次观光义务浇水活动：前面四辆越野车缓缓行驶，后面一队旅客拿着矿泉水一点一点往土坷垃上泼水。

印象中，过去爷爷对别人把车开进草场没有那么反感。

宝音爷说过十几年前，有剧组找到村里说要在草原上拍电影。当时村长问他们要单位介绍信，剧组说城市里早就不用那种东西了。可是村长不信，大多数村民也不信。他们把剧组团团围住，威胁再不离开就报警了。

只有爷爷跳了出来。他告诉村民，他愿意负责把这些骗子赶跑。

爷爷转头和剧组导演说："开上你们的面包车，去我草场拍电影。"

这部电影有人说叫"草原英雄"，也有人记得叫"呼伦贝尔儿女"，总之电影放映的时候引起了很大的反响。这个不知名的小村一下子成了重要的风景名胜。

许多年后爷爷告诉我，其实他不应该放剧组进来。

正午时分，父母发来了短信。

"经理已经到了，正在谈。你陪爷爷过了两点再回来。"

看完后，我感觉浑身发痒，还要陪爷爷等候销声匿迹的金雕三个小时？我不怕谎言被拆穿，怕的是良心难安。爷爷拨弄着刚刚捉到的蚂蚱，断脚截肢、拆翅膀，好好的蚂蚱最后被折磨得只剩下白白的瘪肚皮。爷爷终于厌了，把白肚皮踩到了脚底。

"孙儿，坐着很长时间了吧。要不我们去找你宝音爷聊聊吧。"

"那金雕我们不等了吗？"

"什么金雕，今天金雕会来吗？"

我没有应声，惊讶于爷爷的忘性。只过了几个小时，他就忘记了今天出来的目的？爷爷没有在意我的不作声，大概以为我是随便一说，但我心里有一种很不好的感觉。

听话的身体还是自动走向了摩托车，自动计算着从这里去宝音爷家最近的土路。

宝音爷是爷爷的发小，他俩一天可以吵三次架，但是怎么吵都吵不散。宝音爷本来有两个属虎的孙子，不过从去年开始就被在北京打工的儿子接去北京生活了。只剩下他和老伴两个人在家，旅游旺季的时候他还会卖点自制的牛肉干给游客，顺便收点草场的门票钱。

爷爷很不喜欢宝音爷的生活习惯，经常埋怨他：

鲜果儿不是放进冰箱就不会坏了！还有别在屋子外的过道里撒尿，现在来往的车多了，都能看到你这么大的玩意儿。

4

今天的风有点微醺，阳光一弱它就肆无忌惮地开始在草原上飞驰，当然不会有警察指控它超速。可是趴在水滩边的牛羊不停地骂它卷来了沙土。125cc马力摩托车的轰鸣声惊得四周的蝗虫乱窜，飘起来星星点点的绿色很像草籽。

爷爷的身子渐渐发软，再后来整个人俯在我的背上，打起了鼾。

"阿爷，你是不是累了，要不我们坐路边吃点东西再走吧？"

"不累不累，对了！金雕什么时候会来，我们好像找了很久了。"

爷爷像个孩子，又惦记起了金雕，一下子搂紧了我的腰。至于刚刚去找宝音爷的事儿，我连提的时间都没有。

我说："我们已经离自家的金雕草场很远了，下次再去吧。"

"你怎么能这么不孝顺！早上不是说要带我去看的嘛。"

哭笑不得的我只得听话地原路返回。回到草场后，爷爷不再刻意朝最高点走去。他随便找了个空地坐下来，两只手后摆撑着地，喘气声有些重。

直觉告诉我今天见不到金雕，爷爷是不会回去的。可是爷爷从小到大也就见过几次，这几年草原开发力度增加，像金雕这种飞禽早就跑远了吧。

家里的全羊宴估计快结束了。我的手机每隔十分钟就会响起短信的提示音，不用猜也知道是父母在催促我带爷爷回家。

可爷爷正像雕塑似的坐在地上，望着敖包冥想。

他在等他的金雕。

我学着爷爷，望着满目的翠绿发呆。

我在等自己的救赎。

不知道身体保持这个姿势多久，我终于找到了借口，狂奔着离开了爷爷的视线。

金雕出现的时候，爷爷的眼神已经接近迷离。听到我大喊时，他又一下子恢复了以往的神采，身体弹了起来，直勾勾地盯着远方那个模糊的影子。

"阿爷你看那个是金雕吧。这么大风，飞这么高。"

"是，一定是，孙儿你快拉我朝前跑两步！"

爷爷迎风跑着，飘过两鬓的少许白发远看有点像婴儿黏稠的鼻涕。攥着他的手，我觉得他的五指间充满了劲儿。心虚的我当时跑得绝对没有他快。跑上山坡的那一刻他的双膝软了，不知道是因为疲惫还是虔诚，他跪在了地上。

5

我终究没告诉爷爷这个秘密：以后每天都可以去看金雕了。

因为只要花十块钱买两包零食，就可以雇一个看护牛羊的娃儿去山沟里放风筝。那种两米多宽的鸟形风筝在市面上已经很多了。

爷爷有轻微白内障，远远望去，风筝绝对能够以假乱真。

后来父母无意间知道了，激动地说："以后就买一个高仿的金雕风筝吧。兴许可以多吸引一些游客过来拍照。"

我没说话。

"儿子，不是叫你去放。你可以把风筝系在敖包上让它自己飘。"

我忍不住了："敖包上只有真金雕才能站上去。"

父母没有再纠结这个问题，我说的这句话他们已经听爷爷说烦了。他们告诉我，草场的租金够给我去城里买房子了，够我相亲结婚了。

从里屋的薄木门里传来爷爷的鼾声。我还记得这位已经被确诊为老年性痴呆的男人曾经告诉我，金雕草场是我们家最珍贵的宝，有了它一切都会好。

"你不用像你爸爸那样愁吃愁喝。只要你听话，以后你上学成家的钱爷爷来出！你结婚那天，我去把金雕找来，让它在帐篷上盘旋，可有面子了！"

长大后帐篷没了，牛羊不值钱了，至于金雕……我从来没见过。

阿爷，大概是我不听话吧。

金雕草场已经被别人改名了。我想告诉你，不知道你还记不记得它是个什么东西。

（原载 2018 年第 10 期《文学港》）

（获台湾林语堂文学奖）

会发光的灰尘

漂流岛

1

公路是没有尽头的，比大海更辽阔，比长江更漫长。

在公路上，一辆货车就是一个岛。一个能够移动、生长的岛屿。

我从小在这样的"岛"上长大。我们家的这座岛通体红色，用"与日月同辉"来形容一点儿也不为过。它是一辆平板大货车，长约十一米，我跟同学吹过牛可以在上面踢足球，其实这样的长度练习往返跑也足够了。

爸爸是这个岛的岛主，妈妈是副岛主。自从去年妹妹出生，副岛主就留在了家里，把她的职权交给了我。

"拿好这袋槟榔，你爸车开困了让他嚼一嚼。鞋柜上那一箱香瓜子你也拿上，嗑瓜子能提神。记住让他少抽烟，抽空了就闭闭眼。多劝劝他，别和别人怄气，凡事安全第一……别人家跑长途货运都是一辆车两个司机轮流开，可我们家只有你爸一个人，只能日夜颠倒，所以你要提醒他多睡觉。"

副岛主最拿手的本领叫作"唠叨"。我虽然不喜欢，但我在努力学习。

"没事，我爸胆子小，胆子比芝麻绿豆还小。我会管着他的。"

暑假两个月，寒假一个月，加上其他假期，只要不用上学，我都会去岛上，跟着岛主四处漂流。

我见过长着冰棍模样的雪山，见过满山的杜鹃花在一夜之间凋谢，见过番茄味的薯片"砰"的一声整包炸开。

这些都是岛上才能见到的稀奇事儿。

今年六月期末考试一结束，我就开始整理我的小行囊。嗯，到了上岛的日子。这次我想把天不怕地不怕的哪吒玩偶一并带去。可岛主却说玩偶太大，放不下。

"这一次出车，你三姨家的姑娘，也就是你表妹要和我们一起出发。"岛主告诉我，表妹有很多行李要放在驾驶室。

"她去干吗？我们又不熟。"

"你三姨托我们把她顺道送到内蒙古。他们家在内蒙古有个远房亲戚要结婚，你表妹要去参加婚礼，顺道送去也能省个路费。"

"那我们要不要去参加？"

"不用。是他们家的亲戚。"

"那我们家和他们家是亲戚，他们家的亲戚难道不是我们家的亲戚？"

岛主被我的话绕糊涂了，他试着又解释了几遍，可惜我没听懂。这位岛主小时候的语文成绩应该还没有我现在好。

对于这位表妹，我几乎没有印象。只记得以前玩过一次捉迷藏，年纪和我同岁。

"她来了之后，我这个副岛主睡哪里？"

岛主在驾驶室座位后面铺了一个床垫，可以睡两个人。但人家是女孩，我是男生，这怎么能睡一起？

"两个小孩有什么关系。反正我开车不睡，你俩打打瞌睡没啥问题。"

岛主总是无视我作为副岛主的权威，喜欢把我当小孩，我都五年级了好不好。

"凭什么你不睡让给她睡。你这么小心翼翼干吗？那我也不睡。"没办法我只能把家里的小枕头绑在副驾驶的位置上，然后再带一把小凳子，用来搁脚。真是令人恼怒——堂堂副岛主竟然只能坐着，不能躺着睡觉。

2

表妹要去的地点是内蒙古多伦县，比我们原先的目的地更远一些。好在车上装的是金属零部件不是水果，不会腐烂。多走一些路没什么关系。

她是第一次上岛，对岛上的设施很不习惯，一个劲儿催岛主快点快点再快点。

岛主竟然没有一句怨言。

拜托！岛在海上的速度基本是固定的，我们家这座货车岛便是这样。它和小轿车岛完全不同，大得多装得多，开得也就慢了。

"你怎么回事！安全第一知不知道。学校里老师没有教吗？爸你别听她的，你开慢点别超车了。"

"志恒，你怎么说话这么凶，对你妹妹态度好一点。"他反倒教训起我了。

"我又没说错。"

"你妹妹她是有急事儿。她的亲人要结婚，这是大事儿，要是因为路上耽搁而错过了那就太可惜了，有个成语叫什么来着，对了，一失足成千古恨。"这成语瞧他乱用的。岛主平时说话很短促，但开车时说的话每一句都很长，一副婆婆妈妈的样子。

表妹很没礼貌。除了有一句没一句的催促，其他时候基本上不说话。

一个人坐在驾驶室后头，捧着手机，半躺着，还不如我的那只哪吒玩偶来得可爱、活泼、神气。一路上除了吃东西就是玩游戏和睡觉。

我实在搞不懂岛主为什么对妹妹如此纵容。他什么时候可以像哪吒那样有天不怕地不怕的精神，我不喜欢他的畏首畏尾。

　　驶出秦岭地区，眼前的景致一点点开阔起来。周围蛋糕形状的黄土坡一座接着一座绵延至远方。周围其他岛屿的数量也一下子减少了。

　　这里就好像地图上的太平洋，开阔宽敞。岛主连续开了五个小时，按平时的习惯该休息了。但今天他一直说再过会儿，等到下一个服务区。于是我把音响的声音调至最大。可惜收音机的信号不好，听不出动听的旋律，只能听到动次动次动次的节奏声。

　　"那个声音能不能轻一点，我没法用手机了。"表妹说。

　　岛主二话不说就把收音机关了。

　　"那个窗户可不可以关上，有点冷。"

　　"那个能不能别在驾驶室里抽烟，很熏人呀。"

　　她不停提意见。我很生气，一个客人怎么能向主人提要求呢。开窗就是为了让烟味散去，抽烟是为了提神多开会儿车，多开会儿车是为了早点把她送到多伦。

　　她怎么就不明白呢！更令人生气的是岛主。他满口答应。

　　"志恒，你妹妹一个人无聊，你要不唱个歌活跃一下气氛吧。"

　　"我不会唱。"

　　"就唱你以前在艺术节表演时的那首歌，我记得很好听。"他说的以前是好多年前了，当时是合唱，又不是独唱。

　　"那首歌很老很老，她肯定没听过。"

　　"没听过才要听，快唱吧！"岛主说完踩起了油门，一边打左转向灯，一边转动方向盘。他正在超过其他的小岛。

　　岛主的命令，副岛主不能不听。

　　我瞟了一眼后头，闭上眼睛扯开了嗓门："我头上有犄角，我身后有尾巴，谁也不知道我有多少秘密。我是一条小青龙……就不告诉你，就不告诉你。"

　　第一遍还没唱完，就听到了后头传来急促的咳嗽声。表妹笑得喘不过气来，捂着肚子，口水喷了一地。

　　"这是什么歌？好奇怪呀。"

　　这句话比凌晨的风更难受，深深刺痛了我的耳朵。岛主竟然跟着一起在笑。我闭上了嘴，一声不吭默默打开了窗户，故意让冷风再吹进来。

　　"宾馆离这边远不远？晚上我们睡哪里？"

　　呵呵，她又开始提问了。

　　"有宾馆很近，就在驾驶室顶上。到时候你就睡外面，喝西北风好了！"我冷冷地回答。

　　"你怎么说话的！"岛主用他那边的按钮把我打开的窗户关了起来。他仔细地向表妹解释要赶时间，只能昼夜不停开车，睡觉就睡在车上。他柔柔的声音令我汗毛竖了起来。

他这个岛主怎么就变得这么懦弱了！

3

临近傍晚，岛漂流到了霍连服务区附近。西斜的夕阳在云彩的装扮下，泛着一点点淡紫色的光芒，像紫云英的色泽，像五彩玻璃那样光滑。

这个服务区我以前也来过。上次到这里也是这个时间，岛主让我骑在他的背上，我俩绕到服务区的背后，翻过低矮的围墙，再像逃课一样爬出绿色的栏杆。五十米外有一家竖着红色招牌的馄饨店，店里有肉夹馍、大馄饨和骨头汤。味道很好，价格比服务区里便宜得多。

岛主说这不算"翻墙"，这叫登陆。公路外面便是海洋外，那是宝贵的大陆。

今天他没有登陆的打算，我们在服务区买了两碗方便面，又买了一碗牛肉面。牛肉面是给客人的，两碗方便面是我们的。

表妹对牛肉面不是很喜欢，她嫌弃碗里的牛肉片太薄，没有嚼劲。我很想告诉她，要嚼劲可以去吃口香糖，没必要嚼牛肉。或者嚼方便面的塑料包装也行，我没意见。

"吃完了，现在可以出发了。"吃完面不到五分钟表妹就来催促。

我没搭理她。岛主拿着脸盆，去厕所接水去了。

"为什么还不出发？"她急躁起来，声音很尖。

"这个时间点路上车很多，我们可以等等，让我爸休息会儿，等再晚点路上没车了再出发。下半夜我们可能要离开高速公路，转到国道上开。"

我试着和她讲道理。妈妈教过我唠叨这套本领的核心就是讲道理，或者装作讲道理。

"为什么要走国道？高速公路光听名字就要比国道快呀。"

"但是高速公路要收费，路费很贵。"

"可是这样会很慢。"

我觉得站在眼前的根本就是一块木头。

"没事，我们不休息，现在马上出发，不会耽误时间的。"岛主带着讨好般的笑容，又出现在我的身后。

我重重叹了一口气。他已经连续行驶十个小时了，再不打瞌睡晚上可怎么办呀！

我只能把希望寄托在香瓜子身上，在岛主登岛后不停递给他瓜子。嗑瓜子要动嘴，多动动嘴就能赶走瞌睡虫。

一把瓜子，一口浓茶，一个泡椒鸡爪，然后再一把瓜子。这是我给岛主准备的提神秘方。

闪烁的大灯把黑夜撕开一道口子，岛屿顺着这道口子向前滑行。高速公路上没有路灯，两侧护栏上装有反光的三角棱，看起来像是落在地面上的星星排成了两队，在夹道欢迎。

岛主和我说过，我们这些漂在路上的岛和天上的星星是好伙伴。星星很多，多到足够每个人都去找一颗，托付我们小小的名字；海里的岛屿也很多，多到足够每个人都去找一座岛，托付我们小小的生活。

他以前会说一些深奥的话，一些让我听不懂的话。

嘀嘀嘀——嘀嘀。

急促的喇叭声吓得我打了个激灵。前方不远处出现了一座"晃屁股岛"，这座岛一会儿往右一会儿往左。身后的货物摇来摇去，一副即将倾倒的模样。

这种岛经常看到。

"出什么事儿了？"表妹被喇叭声惊醒。

岛主说："前面的司机一定困得不行了，我按按喇叭提醒他一下。"

这时我才发现岛主脚下已经铺了厚厚两层瓜子壳。他杯子里的浓茶也喝完了。

"我们要不要眯一会儿眼睛？"

"嗯。"

这次面对我的提议，岛主没有拒绝，他的眼睛看起来快闭上了。我时刻注意着表妹的动向。幸好她又睡着了，这次没有再催我们赶路。

于是我们找了最近的一个服务区。可没想到就是在这里，我第一次遇到了漂流过程中最令人恐惧的一种野兽——"耗子"。

4

微风在岛屿上空盘旋，岛屿像一座小小的温室，锁住了各种各样的味道。有淡淡的花香，有甜甜的草香，有檀木焚烧的味道，有水果堆积的味道。

深夜里的休息时刻总是这么美好。

对了，今天还能听到一些窸窸窣窣的声响。好像是一种可爱的小动物偷偷登上了小岛。

可能是小老鼠。小动物？这一刻我突然整个人跳了起来。

岛上哪儿来的小动物？莫不是我们遭遇了"油耗子"。我赶紧用手重重地拍醒岛主。

以前我听岛主说过有关油耗子的故事。这是一群专门偷窃柴油的坏蛋，他们一般是团伙作案，带着各式工具，专门趁岛屿主人睡着的时候打开油箱，把油偷走。这些油被他们转手卖掉，可以卖好几千块钱。

要是没了油，岛屿还怎么漂？

更可怕的是油耗子有时还不只是偷油。岛主说他年轻的时候有一次亲眼见到过：有人在发现油耗子后想出手制止他们，结果反被油耗子抢劫殴打。

这群坏家伙来去无踪，警察叔叔也很难抓到他们。

今天他们恐怕盯上了我们这座岛。

"车后有声音！窸窸窣窣，你听……"

岛主瞬间清醒过来，他把脑袋贴在窗户上，眼睛死死盯着反光镜。

"好像真的有油耗子。"岛主的眉头紧紧锁成一团。

一股热血从脚底板涌起，我感觉浑身上下热乎乎的："爸爸，我们现在赶快下车。两面夹击，把他们都抓起来。"

岛主点点头，顺手从座椅下掏出两个大扳手，这个可以当作武器。

后座的表妹被吵醒了，一脸茫然地望着我们。我把油耗子的事情向她做了介绍。

没想到她脸色大变："耗子多恶心呀。我从来不抓这种东西。"

"油耗子是人，是偷油的坏人。"

"坏人就更恶心了，万一他们欺负我们怎么办？"

我完全无法和表妹交流。她有的时候比大人还精明，有时候又幼稚得像个婴儿。

没想到岛主听进了她的话，原先高举的大扳手此刻缓缓落下。

"爸爸还不去吗？再不去油箱就全空了，一会儿车轮都有可能被别人卸走。"

"可是……你妹妹说的也有道理。"岛主犹豫了。

唉，早知道就把哪吒这个玩偶带上岛了，它比岛上任何一个人都勇敢。歌词里还唱着，什么粉身碎骨都是浮云，有胆就来放手一决……我不能再等下去了。

我猛然打开车门，二话不说跳下车去，将大扳手举在胸前。

车后的油箱旁果然站着好几个黑影。黑影旁还有一辆小型面包车。借着微弱的月光，我分明看到有一根手指粗细的长皮管从下往上伸到了油箱里。

他们果然是油耗子！

"你们这些坏蛋快住手！"

我用尽全身气力大声呼喊。寂静的夜里，油耗子的眼睛顿时瞄准了我。他们没有丝毫恐惧，没有一步退让，皮管仍在肆无忌惮地抽吸着仅剩的一点汽油。

"你们再不住手，我就要你们好看！"我又喊了一遍。岛主匆匆忙忙赶到我身后。

"小朋友这么晚了赶紧去休息吧。不要管闲事。"油耗子反而教训起我来。

我不顾岛主的阻拦，大踏步朝这群油耗子冲过去，挥舞大扳手在空中画出无数个"X"。

六米，五米，四米，三米，两米……砰砰，大扳手不知道砸中了什么东西。

我准备砸第三下的时候右手被人控制住，无法动弹。

"别乱挥，跟在我后头。"拉住我的是岛主。他的右手腕上出血了，我怀疑是被我的扳手砸中了。他把我扯到了自己身后，打开了强光手电筒。

白色的光芒在前方迅速延伸。我俩像两座雕塑，像两个士兵，更像是两个哪吒，头也不回地向前一步一步逼近。

"我报警了，你们慢慢偷吧。"岛主终于像个岛主了。

油耗子们最终被我们逼退了。他们一边说着脏话，一边落荒而逃。

幸好这一次出来得及时，如果再晚一点点油箱里的油就一滴不剩了。

"为什么你出来这么晚？你不是说油很贵吗？岛漂来漂去哪儿离得开油！"

"比起油，你们的安全更重要。"岛主没有看我，随手从口袋里掏出两个创口贴，按在自己的伤口处。

"为什么这些油耗子总喜欢偷东西，为什么总有这种坏东西？"

"也许他们是想让我们结束漂流，早点登陆，早点回家。"

岛主又开始安慰我了。他总以为我还小，总以为我什么都不懂。

5

表妹显然被吓坏了。但我没想到她会在我们下车后，擅自把车门锁上。

赶走油耗子后，我敲了好一会儿门，喊了十几遍，她才打开。

"油耗子走了？"

"你怎么只顾自己，关什么门？"我嗓子气得快冒烟了，"如果我们刚刚遭遇危险了，你怎么办？锁好门然后见死不救吗？万一我们想逃到驾驶室来躲一躲，你是不是也不打算开门？"

我真想一脚把她从车上踹下去。但岛主过来了，好在他没听到我所说的话。

"刚刚吓坏了吧。没事，那些人都走了，我去洗漱一下，志恒你陪你妹妹去超市买点零食。今晚只吃了面条，饿得快。一会儿我们加完油马上出发！"岛主把一张百元大钞塞到妹妹手心。

我又成了陪客。

"爸，手……疼吗？"

"没事没事，你陪你妹妹去逛逛。这个点超市里估计东西不多，她喜欢什么你就让她买什么。你长大了要懂事一点。"

现在他又觉得我长大了，大人太善变了。

岛主拿着他的脸盆朝厕所走去。他脱掉了背心，看样子是要洗个冷水澡。前阵子妈妈专门给他买了一个便携式淋浴花洒，只要接上水龙头就能洗澡。但岛主不喜欢用，他还是习惯用脸盆盛水，然后从头浇到脚。

远处重重叠叠的山峰在夜幕间显得神秘又高大。今天一天见了太多的山，从一群山漂流到了另一群山。

妹妹小碎步跑进超市。我远远地站在外面。她好像很高兴，几分钟前的紧张和恐惧似乎全然消失了，弯着腰在货架里钻来钻去。

"没心没肺！"我啐了一口痰在地上。

突然一个邪恶的念头在我脑海里成形。

把她丢在这里吧！嗯，扔在这里不管她。

惩罚她！

我深吸一口气，装模作样地告诉她，让她买完东西在超市里等一会儿。

"你从这里可以望见加油站。一会儿加完油，我会向你招手，你再跑过来。"

"好。"表妹没有察觉我语言背后的陷阱。她的注意力全在薯片上，她在考虑买哪一种口味更合适。

一百块，现在让你好好买个够，一会儿看你怎么哭……

安排完表妹，我回到了车上，解下绑在自己座椅上的小枕头。把它用被子包起来，摆放在驾驶座后头的床垫上。

不仔细看，会以为表妹正躺在那儿睡觉。

一切准备就绪后，岛主拖着湿漉漉的身躯朝驾驶室走来。

现在轮到我催他了："爸爸我们赶紧出发吧。今天你洗澡速度好慢呀！"

"很慢吗？"

"对，很慢！我妈都给你买了淋浴花洒了，你偏不用。"

岛主急匆匆地驱动岛屿，重新走上漂泊之路。

加完油，"轰"的一声爸爸踩下油门。这时我真的很想看一看表妹脸上的表情。当她看到自己被丢下时，会不会意识到自己这一天所犯下的累累"罪行"。

她会流下悔恨的泪水吧。

想到这儿，心情变得舒畅起来。我不由得催促起岛主："我们可以漂得再快一点。"

6

岛主发现表妹被落在服务区，是大半个小时后的事情。透过挡风玻璃，他看到了北面的群星，今晚的星空特别闪亮。岛主发现了勺子模样的北斗七星，他轻轻唤表妹的名字。

"喏，可以看看星星了。"

身后的小枕头自然不会回答他的话。

情急之下我准备转移话题："爸爸，这次出来油耗子碰上了，大鲨鱼好像还没碰上。"大鲨鱼是暗号，用来指代查管大货车的工作人员。

"我们没有超长，没有超重，大鲨鱼不会来找我们罚款。你表妹怎么睡得这么熟，她买的那些零食一点儿都不吃吗？"

岛主利用开车间隙扭过头看了一眼厚厚的被子。

很快他察觉到了异样。

啪啪——两个耳光劈头盖脸地打在我脸上。只感觉天旋地转，我找不到方向了。空气仿佛冻成了一坨坨寒冰，重重的，凉凉的。每呼吸一口都能感觉一股寒冷渗入心脾。

岛主没有说话。他打开了窗户，开始抽烟，一根接着一根抽。

浓浓的烟味此刻闻起来特别呛人。我的嗓子痒痒的，却不敢咳嗽，不敢打喷嚏。

抽到第三根烟的时候，岛主用手机打了一个电话，打给了高速交警，希望警察叔叔帮忙寻找一下小姑娘还在不在那儿。

抽到第四根烟的时候，小岛从高速出口转出，然后调转方向往回开。

"你有没有想过你表妹，如果遇到一点危险怎么办，那群油耗子要是回来找她算账呢？"

岛主的话让我的后背布满了冷汗。

我知道自己副岛主的位置肯定不保了。

又经过一个小时的折腾，我们接到了表妹。她靠在一位上了年纪的警察大爷的身后，手里拎着满满一袋零食。

岛主对着警察大爷又是鞠躬，又是握手，一个劲地道歉。

"把你妹妹领到车上去。她一定冻坏了。"

"哦。"

我不敢抬头看表妹。

她似乎也不敢看我。

我不愿意向她道歉，虽然我有做得不对的地方。

她似乎也不想质问我，为什么要骗她，把她丢弃。

上来后，表妹把手上的一大袋零食重重放在我的座位上。

"你吃吧。"我推辞。

"不用。"她回答。

看了一眼塑料袋里的零食品类，我没有再劝她。她买的绝大部分都是提神用的好东西，风油精、干辣椒、薄荷糖、傻瓜瓜子、开心果……她似乎是在帮岛主挑零食。

这一刻我终于有些懊恼。

我把零食打了一个死结，丢在地上。

算了，等岛漂起来，等岛漂到目的地，都会过去的。

启明星一蹦一跳地在天空中跳舞。它把深蓝色的光芒从东赶到西，从南赶到北。

朝阳在天际线睁开了眼，它带着薄薄的雾气把整片公路海罩了起来，像个慈母，不愿意孩儿们醒得太早。

岛主打开了雨刮器。我们漂流的速度越来越快。

穿过群山，就是草原，草原上的风充满着想象力。一秒前是风和日丽，一秒过后就可能是飞沙走石。

岛主在赶时间。表妹参加婚礼的时间是明天中午，所以他想尽快赶到，不然我可以在路边买些哈密瓜和西瓜。广告牌上写着十五块三个。

再往前，道路的右侧又出现了一个湖，一个岛主叫不出名字的湖。湖边有大片整齐如画的农田麦浪翻滚、野花泛金，那碧波万顷、水天一色的"没名字"湖，好似一泓玻璃琼浆在杯中轻轻荡漾。

我好想在旁边停一停，等飞过的候鸟，等着闻它们翅膀上的味道。

可惜要赶时间。

7

不懂礼貌的表妹终于抵达了多伦，岛主把车停在酒店旁的一家羊肉店旁边。

临走时表妹向岛主道谢，岛主想拉着我一起向她致歉。

"都过去了。你们回去注意安全。"这是她至今为止说的让人听着最舒服的一句话。

在她离开后，我终于把憋了很久的一句对不起说给岛主听。

岛主拍拍我的脑袋，没有吭声，依旧保持沉默。

回去的路上岛主告诉我："你表妹是去参加她亲哥哥的婚礼。你知道你三姨离婚早，你表妹跟着你三姨，她亲哥哥跟了她父亲，两兄妹好多年没见面了。小时候他们很要好的，也不知道这次去他们还认不认得。"

"嗯，可怜的！三姨怎么不一起过来？"

"我也不清楚。每个人身后都有不一样的故事，我们不能用自己的标准来评判任何人。在别人看来或许我们这样漂来漂去才叫蠢呢，走了这么多地方，都没有好好玩一下。"

岛主又开始说这些不清不楚的道理了。

也许论唠叨的功夫，他要比妈妈更厉害，只不过平时把自己的功夫藏了起来。

"一会儿回去我能去那个湖边走走吗？"

"不行，我们还要赶时间，车上的货要卸掉。我们跟别人约好四天送到，还剩半天左右。"

我点点头。

"到下一个服务区还要多久？"岛主问我。

"大概一小时。"

"好，那一小时后我们休息，好好睡一觉。"

"睡多久？"

"我睡两个小时，你睡几个小时都行。"

"嗯。"我把表妹留在座位底下的那袋零食拿了出来，挑了几样放在腿上。接下来可以帮岛主谋划一下，看看能不能把提神的秘方再改变一下。

太阳一点点爬升，夏日的暖流从南方渐渐涌到了北边。青草、梭梭、沙柳以及很多我叫不出名字或者叫错名字的植物，在眼前快速闪过。留下来的只有满目的绿色。

坐在岛上，望着外面一望无际的公路海。

这一刻我真想变成一颗星星。

别问我为什么，因为我也不知道公路海和星星之间存在怎样的逻辑关系。

总之，跟着这座岛漂流，能看到星星，能在岛主身边，能学习如何唠叨，这样真好。

（原载 2021 年第 1 期《读友》）

漂流岛

老东西

我从来不讨厌灰尘，反倒觉得它们是空气的馈赠。

细细的颗粒从风中降落下来，一点点爬满旧桌子、老茶几。微热的光线照去，灰尘很像动画片里英雄身边的保护罩，散发着淡蓝色的光。

小时候我问爸爸，为什么旧屋子里到处是灰尘？

父亲说，世间万物其实都和人一样，都会变老，都会长出白头发。灰尘呢，就是它们的白头发！

1

老镇说："山村是灰尘最多的地方。"

山村不屑："得了吧，你那里连灰尘都嫌脏。"

从小到大，我去过灰尘最多的地方就是我叔公的屋子。每次去乡下探望叔公，进门前母亲都会叮嘱我，进屋后不要乱跑乱跳，免得把地上的灰都震起来。鼻子吸灰吸多了，是会把气管堵死的。

我对此深信不疑，每次都像做贼一样踮着脚走进去溜出来。一想到叔公会因为每天吸进这么多灰尘而短命很多年，心里就会泛起担忧、怜悯，还有一点点让人羞耻的庆幸感。

叔公是个独居的渔夫，一天二十四小时除了睡觉，其他时候都在船上。搁到渔产丰盛的过去，大家都能理解。可现在由于河流改道再加上水质恶化，村口那条河里已经没有多少活物了。可叔公依旧起早贪黑窝在船上，也不知道在忙些什么。我总想哪怕放只老鼠在船上也要比叔公更活跃一些。毕竟，老鼠起码能把放在船头箩筐里的那些霉花生统统啃掉。

穿过疾风，枯柴湿答答地躺在河边，大概是怨恨没人搭理，所以悄悄开始发芽。

现在越来越多的人开始褒扬乡村的静谧，觉得每一粒土坷垃都充满养分，将每一条小溪都形容成矿泉水。在他们梦中，村庄的上空永远是晴空万里，农舍周围的邻居一定是比办公室里的同事可靠一百倍的好兄弟。其实这片土地上已经很少有乡村了。乡村文化、氏族传统早就在一场场战火浩劫中消失殆尽，剩下的只有还没有摆脱贫穷、闭塞标签的农村。

山村的北坡上还零星种着几株光秃秃的杨梅树。深绿的树叶卷曲着，粗枝上长满了密密麻麻的冠瘿瘤。树旁会有好些白色的小果蝇莽撞地撞开朦胧的水汽，翅膀的扇动声是这附近唯一的声响。远处被闪电劈断的槐树露出粗粗的年轮，记录着村庄一轮轮严密的尊严。

有的时候我真的希望村子能够稍微喧闹一点，这样周围的群山看起来才不那么像"停尸房"的围墙。

我已经记不清，母亲一共劝过叔公多少次，希望他搬去镇上住。尽管现在镇子不如从前热闹了，但总比村子要好一些，可是屡屡被拒。

"我不走。村子老了，总得有人给它养老吧！"

印象中母亲从不会当面顶撞叔公，顶多在回家洗菜的时候，掰着手指一遍又一遍地计算：再过几年就可以把他送进养老院了吧。

叔公是全家人的心病。年近六十岁的他无儿无女，甚至从来没有结过婚。听说主要是因为叔公小时候得过病，那时他口吐白沫、浑身抽搐的样子非常吓人。后来病好了之后，身体就一直不佳，就连脑子也笨笨的。

我不知道亲属间传言的真假。不过，叔公仅有的一次去舟山群岛旅行是我全程陪同的。宾馆里，他不会使用抽水马桶，把浴巾当作擦鼻涕的手帕，还一个劲夸宾馆慷慨……每当我仔细向他讲解时，他总会嘟起嘴巴拦住我，不停告诉我他其实知道，他都懂。

叔公的人生字典里大概只有两样东西是最在乎的，一个是鱼，一个就是自己的名声。认识叔公的人，几乎人人都听他说过四十年前关于水灾的故事。

据说当时出现了连续半个月的强降水，山区的水坝濒临溃堤，村民在干部们的组织下纷纷搬离危险地带，只有叔公一个人不肯走。他觉得渔民是不应该害怕洪水的。洪水不就是涨水吗？水涨船高是最基本的道理，有船在为什么要怕洪水呢？最后他和曾祖母大吵了一架后，固执地躲进了自己的船舱。

所幸后来上游成功抢险，扛住了洪峰的冲击，最终漂在船上的叔公有惊无险地渡过了这次水灾，而且他还趁大水退去的时候在河口布了几张围网。总觉得这是他出于本能的反应，这几张不起眼的网让他一下次捕到了上百斤的活鱼，有钝头圆嘴的地瓜鱼、一手宽鱼鳞发黑的鲫瓜子，最贵的是一只小盆大小的大鳖。

"你知道这船鱼值多少钱吗？那时家家都吃不饱饭，要是没有这批鱼估计我们村里会饿死很多很多户……我就跟英雄一样，提亲的人能从家门口排到戏台。老多了！"

不过母亲坚持说，叔公讲的故事都是瞎编的。

2

老镇说:"村子里以后就没人影了,农民的儿子现在都在城市里。"

山村说:"哼,这样城市就是我的儿子。"

每到夏天,村子里的老人们就习惯存放好多好多皱巴巴的塑料袋,吃剩的花生米、过夜的豆腐干都装在里面。他们总觉得任何东西只要放进了冰箱好像就再也不会变质了。

我的同学听我说起这些时总会忍不住笑。

我没有向他挑明,老人们存放起来有些不是因为节约,而是因为这个年纪已经装不下很多美味了。其实城市里也是这样。只是我们把冰箱换作了记忆、幻想,然后把自己的遗憾、愿望统统藏进里面。被藏进冰箱里的东西确实可能变质,但用于藏匿的那颗心永远不会发霉。

前几年无意间翻到了一部老电影《楢山节考》。电影的故事发生在日本古代一个贫苦的山村中,由于粮食长期短缺,老人一到七十岁,就要被子女背到深山,说是供奉山神,其实就是等着饿死。

可是这一遍看完后,我的内心没有了过去的愤慨,心里的平静胜过波澜。

因为粮食短缺,所以生命有限;因为时间有限,所以备加珍惜。认知中,天灾永远比人祸更容易让人们接受一些。被至亲的长子背进深山的阿玲婆不是最可怜的那个,而且像叔公生活的人烟渐渐稀少的"空心村",现在能做的只有仰望四周的山峰、浅浅的小河。

又有哪个至亲的人背得动一个村庄呢?

如今和叔公一起留在村子里的除了几名行动实在不便的老人,就剩下王贤春了。母亲告诉我,王贤春曾是这附近最受欢迎的女教师,早年丧夫,生过一个女儿,但后来却被教育局开除了,当时开除的理由是"怂恿学生聚众乞讨",这件事登上了好多报纸杂志。因为这件事情她那在城市工作的女儿再也没有回来看望过她。她的年纪比叔公小一两岁,我看见她的第一面,她正蜷缩着坐在一家连招牌都没有的杂货店里,脸上看不出一丝表情。店铺外乌黑的蚯蚓一动不动地趴在青石墩上,悬挂在木棚上的咸鳝看起来有些发黑了。

不知道是不是因为寂寞,我发现叔公每天都会下船去王贤春的杂货铺转悠一两次。每次出来手里总会拎着几样东西,买得最多的是一种印着"康帅傅"字样的苏打水,还有雪白雪白的泡椒鸭爪,从卖相来看就知道是低档商品。可叔公雷打不动每天都要买。

我笑叔公。当着他的面说,喜欢人家就去表白,不然就算你把整个杂货铺都买下来,别人也不会嫁给你。叔公的脸涨得通红,"啪"的一声用力地拍了桌子,震得数不清的灰尘在空气里乱飘。

"你知道什么？她很命苦。"

叔公告诉我，王贤春其实压根就没怂恿学生乞讨，她只是把每天下午两点的语文课给取消了。因为那时离学校一公里远的铁路上会准时经过几辆货运火车，学生们大多会提前半小时冲出教室，背上书包结队往铁路那边跑。这个时候她是不会阻拦的，而会一个劲地提醒学生注意安全。

"村子里的孩子都是爷奶带的，他们的父母都去城里打工了，去铁路边可以碰上好心的司机给扔点城里的零食。"叔公反复咀嚼我送他的一粒软糖，轻轻地说。

当时几个来村里支教的大学生发现了这一现象，一连写了好几篇新闻稿、调查报告。他们的初衷是反映村子里留守儿童的生活困苦，想吸引爱心人士捐款。但是事与愿违。王贤春被许多媒体包装成了怂恿学生乞讨的贪财教师。

不上网络的她直到开除的文件下发后，还没弄明白自己究竟做错了什么。

汽车像是一个弱视的青年深一脚浅一脚在崎岖的山路上缓慢蠕动。透过玻璃窗看外面，山野好像全都融化了，墨绿色的树林成了一个个流动的细胞，无规则地运动、扩散，渐渐地盖住了那些老去的村庄。

每一次探望叔公回程，我都会在心底期盼，希望这个固执的老男人能够尽快拥有一段属于他的爱情故事，一个和捕鱼无关的故事。

3

老镇解释："兴盛衰败是自然规律，不可避免。"

山村回答："少说风凉话！今天的我会是明天的你。"

对于老镇，我是要比农村更加熟悉的。

我住过的小镇不像那些成为旅游景区的古镇。它是一个非常热闹的活物。我觉得一个镇子能够被称作活物，它一定要有三个还在跳动的心脏：热闹的菜市场、还算成型的卫生院以及一条开满店铺的老街。

让我印象最深刻的是老街街尾的一家书店，这是方圆两公里唯一一个卖书卖报的地方。书店的旁边有着一片茂密的柏树丛，周围的小摊贩习惯把这片柏树丛当作天然厕所，毕竟两百米外的公共厕所要收五毛钱的"清理费"。每到夏天，空气里就少不了阵阵尿骚味，但是书店附近还是会人头攒动。

每天刚刚买完菜的纺织厂女工会成群结队围在台阶上唠嗑，好多人习惯站在马路中央，完全不顾身后频频响起的汽车鸣笛。

"昨天，米店楼上有人半夜偷情，结果从五楼摔下来，跌死了。"

"上礼拜那个点着打火机查看家中煤气有没有泄漏的傻汉子现在还躺在医院里，他老婆拿着外界的捐款已经跑了。"

也不知道大家的谈资是哪里听来的，女人们聊起来能好几天不带重样的。

我的母亲就是这些女工中的一员，每天过着"上班—买菜—回家"三点一线的生活。母亲的性格和与她最亲近的小叔公完全不一样，她现在有一点洁癖。

绣着雄鹰展翅的被单，摆着水仙花的玻璃盆，摆满马克思、恩格斯全集的双开门书架……家中的摆放永远是这么一丝不苟。母亲就连进门后鞋跟的朝向都会对我有严格的要求，严格得让我不敢把任何非主流的创意海报带回家。

母亲她们的意识里是有一种责任的，一种要把家里打理得井井有条的责任。任凭灰尘四处飘散而不去打扫，在母亲看来是一种犯罪。这些年来，家里面的灰尘真的很少，可是母亲两鬓上的"灰尘"多了许多。

去年暑假，因为要参加一个志愿服务活动，所以我没有回家。一天夜里，母亲突然打电话问我：现在是不是有一种可以把人从一张照片抠出来，移到另外一张照片上的计算机技术。

我反复询问了好几遍，才明白过来，她问我的是照片的 PS 技术。我无法想象，从来没有接触过计算机的她是从哪里知道、听说这个的。不过她话语中的那丝慌张让我的心微微颤动。

那一晚，我详细向她解释了 Photoshop 图像处理软件的各种功能，尽可能用方言来表述，避免出现母亲听不懂的计算机术语。电话的那头很安静，只有一点沙沙的声响，她很像是在记笔记。

当时我以为这是母亲的工友托她来问我这方面的知识的。

直到我春节回家，那时母亲正在依照惯例掸尘。我无意间在她卧室的柜子里看到了许多她和我的合影。那些照片上，我的动作都是惊人的一致：单脚站立，双手张开。很明显是她在后期处理时把我加到照片上的。

仔细辨认细节，会发现照片里我身体的周围还有许多凸起的小色块。很明显，这是母亲在把我从老照片上"抠"下来时留下的痕迹。我不愿想象已经是老花眼的她，当时是怎么盯着计算机的液晶屏一点一点笨拙地拖动鼠标的。

雀大离巢，儿大离家。母亲费尽心机地剪光弄影，只为两人能在一张胶纸上共处，只是合影里的微笑相隔着时空。

她总是对我说：你先忙自己的，妈想你的时候会给你打电话。

可是印象中，电话铃就没怎么响过。

4

老镇说："我会等待游子回乡，古木也会逢春。"

山村说："呵！我已经等了很久了。"

住惯了老街，脑子里总会冒出很多奇怪的想法。灰黄色的建筑像是一面面电视幕墙，让人能更加清楚地观看世态炎凉。

每次从家里回到学校，我就不由得思考一个问题：人类能不能抛弃实体而存在，每个人都化作一串数据或者代码？这样就能解决生老病死，解决各种不可控的偶然。

我拿着这个问题，一脸认真地向我大学导师询问："未来这有没有可能实现？"他笑了，告诉我办公室门口的花已经好久没有浇水了，快去厕所接点水吧。

镇子比老人还老得快。住宅楼没过几天就会从墙上掉下几块墙皮，比头皮屑还要烦人。街上人力车车夫已经越来越少，不过这也带来一个好处，那就是书店旁的小树丛里很少能闻到过去那样腥臭的尿骚味了。

小镇上的住户大多是土生土长的本地人。如果操着一口标准的国语而不是方言去买东西，卖货的店家大多会偷偷在秤砣上做些缺斤少两的小文章。

小时候我一点儿也不喜欢小镇。不喜欢乱糟糟的气氛，不喜欢住在筒子楼里的大爷大妈。每当他们拿水果摊旁的水管来冲洗痰盂和便桶时，我就想着总有一天我要逃出这条街，去大城市买一套属于自己的房子：房子里卫生间的面积一定要和卧室一样大，天花板最好是天蓝色的。墙壁不能用粉刷，最好在墙面全部贴上黑板，这样乱涂乱画就可以随时擦掉了。

我把我的想法和母亲说过，也跟我上学时暗恋的女生讲过。

母亲瞪了瞪我说，还不快去写作业，学习成绩不好的话以后连纺织工人都干不了。

我点点头，攥着漫画书走回了房间。

暗恋的女生没有仔细听，她在折千纸鹤，打算存够一百只后送给我们班最高的男生。

我没有对她说第二遍，抹抹嘴，坐在她身边开始帮她一起折。

生活在镇子上、村子里的孩子大概每一个人都有想要离开的梦想，事实上十几年以后的今天大多数人也都做到了。

可是现在我想改主意了。

可是现在已经来不及了。我已经习惯了都市的生活，习惯了喝着咖啡熬夜，看着手机吃饭。现实中的钢筋水泥正在一点点剔去我血统里关于老街的最后痕迹。

十几年前一个又一个熟悉的名字，如今再一次传进我的耳朵时已经成为讣告。

上了年纪的老镇、村落没有港产剧里随处可见的社区工作者，这里的老人老了就是老了，病了大多时候只能依靠老伴。

前些日子，叔公那里竟然传来了一个喜讯，说是马上要结婚了。母亲喊我马上请假回家准备喜宴，说叔公打算拿出所有的积蓄，希望我能帮他设计一场精彩的婚礼。

我答应了。可是几天后当我回家时，却是满目冷清。

母亲的卧室里堆放着一沓厚厚的请柬，上面写满了敬语却没有寄出去。从市区买来的巧克力和喜糖堆满了厨房的拐角，蓝色的厚塑料袋叠在一起看起来很乱。我很少见母亲这么颓废。那时我才知道这几天以来发生的变故。

一方面，没有多少人愿意参加叔公的婚礼。大家一听说叔公是和有着坏名声的王贤春结婚，而且婚礼还是在村子里办的，就纷纷婉拒。有说来回不方便的，有推说事儿忙没时间的，大多数人连喜糖都没收下。

另一方面，王贤春那个许久许久没有联系的女儿不知道从哪里听到了消息，听说自己的母亲要结婚后，连忙赶回来了，在王贤春的杂货店里当着叔公的面砸东西，说什么也不同意王贤春和叔公的婚事。

母亲回忆说，那天叔公就像是唯唯诺诺的高中生，而王贤春的女儿倒更似长辈。故事的结局以叔公的婚约作废，王贤春被女儿接回城市而告一段落。

后来，我问叔公：为什么你放王贤春走？为什么没有拼死留下你的新娘？

我觉得叔公和王贤春应该都知道"自由婚姻"和"协助子孙传宗接代"哪一个更加重要。

叔公当时正在杀鱼，喉结颤抖着告诉我，贤春的女儿生了个孩子，需要她去城里带孩子。说话的过程中，他始终背对着我。他的神情让我想起了两年前的母亲，那时我不顾她的劝阻一意孤行要去外地上大学。

渐渐地，叔公去船上的次数变少了，至于杂货铺就再也不去了。他开始窝在自己的屋子里，窝着也不知道干些什么，有点像过去他漂在船上。不过屋子里的灰尘倒是由于他的蜗居变少了很多。

只是看到这样的变少，我和母亲都不会感到欣喜。

5

老镇求和："小村儿别争了，我们哥俩见个面吧。"

山村没有回答，大概是睡去了。

年纪大的人经常这样，迷迷糊糊中就开始做梦。做很多年轻时没做过的梦。

我一直相信叔公是一个擅长藏东西的人，他藏的东西除了他自己之外没有人能找到。小的时候我很崇拜他的这项技能，做梦都想快点学过来，可是叔公始终不教。

"我这屋子里可有几百年前的古董呢，要是拿出去卖，可以换一套和你大叔公一样三层楼的大房子。"我对叔公的话深信不疑。直到现在，他还会把那个藏在屋子深处的古董挂在嘴边。他藏着古董，藏着情绪，藏着卑微，藏着水灾故事里那些成群结队的鱼。

他藏得很好，藏得没有人愿意花费时间去寻找。喜欢不吃饭干喝二锅头的他，其实是不能把怒气藏在心里的。因为从医院的核磁共振图来看，他现在的肝脏已经比胖头鱼的鱼鳃还要千疮百孔。

我不知道衰老是不是一种原罪。

生活中我们会追问许多事情、质疑很多事情。只是没有人会去质询"年轻"，以及炎凉变迁中为什么我必须和时光同步衰老。越来越多的人不愿意承认衰老，坚持永远十八岁的背后原因是害怕、恐惧，担心衰老的生命布满灰尘。

还记得小时候有一次，母亲想叫我打扫卫生。

"老师没有教过你们每天要打扫房间里的灰尘吗？"

结果我回答："不扫不扫，爸爸说了灰尘都是老东西身上的白头发，怎么能随便擦呢？"

母亲笑着把喷香的青饼，蘸上糖塞进我嘴里。

"懒虫，那我和你一起给这些老东西梳梳白头发吧，一个东西老了也很可怜呐！"

我满口答应，从她的梳妆台上拿来两把牛角梳，吱嘎吱嘎划地板上的灰尘。后来她才告诉我，我用三个月的零花钱都不够赔一块地板上的漆。

我会一直记得：母亲不是生来就厌恶灰尘的。

我会一直记得：一定会有一天，所有人都开始意识到灰尘会发光。那一天，希望王贤春能告别女儿，从城市走向老镇，回到农村。

很多人都在等她。

（获香港中文大学第六届"新纪元"全球华文青年文学奖二等奖）

老东西

十八岁

1

高三的那个初夏，好像比以往过得都慢，很慢。

有一个喜欢睡午觉的男孩半仰着头，今天他没有睡。

他摇着一把印着广告的扇子，在给身边一个穿着绿短袖的女孩扇风。风簌簌地朝她的方向跑过去。

她睡得很香，就像教室里的其他人一样。脸颊上一片粉红，眉头淡淡地抖动着，像是在做梦。白皙的皮肤在我的日记里被比作雪。

那一刻困意全无，觉得自己离她很近，好近。

一本本留言册和同学录里写满了寄语，密密麻麻的全是字。

高考结束的第二天，学校就组织了毕业典礼。因为上一届的毕业典礼是在高考发榜后召开的，当时有很多学生因为考砸，没有参加。

最后落得场面冷冷清清的。

当真正脱离学校，看似恢复自由身的时候，我才真实地感觉到一种无所适从。

海边的沙子彼此摩擦着身体取暖。"嚓——嚓"的声音飘作音符搅拌着带有盐腥味的风。

我应约，和几个死党一起在港边的大排档里吃散伙饭。

桌上摆满了菜，但只有两盘海鲜。毕竟口袋都瘪瘪的，谁都不敢扯开钱包乱花。酒水是从外面偷偷带进排档里的，因为翔子说这样能便宜将近一半的酒水钱。顶着老板火烫愤愤的目光，散伙饭开始了……

"不管谁考几分，都不能忘记兄弟们啊！他妈的谁要是忘了，老子削了他！"

"废话——干杯。"

"翔子、峰峰……"我开始大声地喊着他们的名字，全然不顾分贝和场合，"干了。"

"都他妈别那么伤感，搞得跟上刑场似的。以后放假也要多聚聚，轮流请客。"几个人中平日里最稳重的老大哥向洋指着失了态的众人拍了拍桌子。

这一天是我第一次喝酒，也是我第一次尝到一种醉了的感觉。

"来——我们划拳怎么样？输的人，就找人表白。男的女的都可以……"不知道是谁最先喊了出来。事后我才意识到，这提议很有可能是高考前，被女生残酷拒绝了的翔子想出来的。

大家纷纷卷起了衣袖，灯光映得每一个人的脸都散着红光。

"铃铛对锤，一根筋，三星高照，四季发财，五魁首……"

看着周围的人一个个面红耳赤的样子，不会划拳的我只能坐在一边，倒酒起哄。

"顾舒城，我喜欢你！"这分贝很高、略带破音的声音是翔子喊的。只见他说完之后，就立马挂了电话。端起酒杯，咕咚咕咚地干了一杯啤酒。随后，又不甘心地划起拳来，任凭手机铃声响个不停。

他刚刚真的是在和我们班的女班长顾舒城打电话吗？我的大脑里出现了这个疑问，不由得笑了笑。

当然这也已经不重要了。

"喂——你看傻了吗？天华，我俩来一局。"峰峰拽过我的胳膊，满嘴酒气地说着。

"可是我不会啊！"我的推辞在火热的氛围里显得苍白无力。

不得不硬着头皮，站了起来，佯装上厕所，躲开他的酒杯。

这一晚的月亮很亮。月光如潮水般，将五色的贝壳冲上心岸。

我翻看着新买的那个手机。记得在离校前，自己好不容易硬着头皮问她要来了电话。

"嘀嘀嘀"，手机里跳出一条短信——同窗们，祝大家一路顺风。

正是她的号码。不过，从字面来看应该是群发的吧。

我开始纠结是否要回复。

今晚她应该也会和朋友们一起玩得很尽兴吧。

"啪啪啪"，翔子用力地拍打着厕所木质的门。大排档里的厕所很简陋，本来就不牢固的门被他拍得看起来更加弱不禁风。

"天华，你快出来啊！我快憋死了。你快点啊。"听到他焦急的声音我只能冲了冲水，无奈地走了出来。

翔子向来都有一个坏癖好，喜欢通过缝隙看鞋子来分辨蹲在厕所里的究竟是谁。

回到桌子上，发现已经有好几个人垂着头昏昏地靠在椅子上。只有向洋一个人在那里尝试做着单手俯卧撑，喉咙里还发出浑厚的呐喊声。

"天华，你来啦。你信不信，我能用三根手指做俯卧撑？我做给你看。"

我忙说"信"，可这似乎并不能阻止向洋。白炽灯下隆起的肌肉，因为酒精的麻醉而忘记了酸痛。

"天华，来陪我跳探戈。你每天在舞蹈社待这么久除了泡妞应该也会一点儿

十
八
岁

高雅的吧！"翔子从厕所里刚出来，就大声嚷嚷着。说完长长地打了一个响嗝。

看来，大家都醉了——心也醉了。

高考过去了。我反而不敢相信自己的眼睛，似乎还没经历过撕心裂肺，还没经历过大喜大悲。可事实上，这些都过去了。也许一张纸，翻过去之后，才会知道它有多薄。

吃完饭我们都无力再疯，本来说好还要去打台球的计划自然也无限期地搁浅。家里的灯似乎比以前亮了许多，也许是因为没有教科书堆在书桌上阻挡光线的缘故。

我翻看着她空间里的日志，逐字逐句地读。然后很小心很仔细地写了几句无关痛痒的评论。

她的五官和背影一遍一遍地浮在眼前。

2

不知道是谁做的计划。

一周后，我们几个男生又相约去四明山区摘杨梅。

一路上，大家只是低着头忙着摆弄着手机或者平板电脑，嬉笑打闹的声音少了很多。

"对了，天华。今天在目的地下车后，有人会来接应我们的呦！"翔子突然拉拉我的袖子，不怀好意地笑着。

"谁？"我的头皮一阵发麻。

"方敏敏啊，她外婆家不就在这里吗？你不知道？嘿嘿。"翔子说完后扭过头之前捶了我的肩一拳，"我什么都没说啊。你自己看着办。"

"我……"舌头像打上了结一样，僵硬得很。我只得装作没听懂，扭过身子，看着窗外飘过的风景。

连绵的植被将裸露的大地紧紧覆盖，白云像是被切过一样，一丝丝的，在天空中排出梯田的形状。

多弯漫长的山路转得人头晕脑涨。卑微的杜鹃将花香揉碎，灌进这一片慵懒的空气里。光线拖着长长的尾巴，星空巡礼般在老树新芽之间穿梭。

到达目的地时已经快十一点了。

刚下大巴车，就看见她靠在超市门口撑着一把遮阳伞。

"你们来了啊！"她看到我们后，连忙跑了上来。

一件鹅黄色的连衣裙配着淡绿色的边看起来与穿校服时的样子迥然不同，青春的气息无形地散发开来。

她的笑容和皮肤一样依旧是那样迷人，纯洁得像块璞玉。

我不自觉地看了一眼自己身上那件已经两天没洗的短袖，心中不禁开始抱怨自己的懒惰。胸口不知为什么开始有些不安。

"今天，我来做你们的导游吧，尽一下地主之谊！劳务费，你们凭良心给吧！"她俏皮地笑着，灵动的大眼睛把在场的男生都扫了一遍。

"没问题。我们有人买单。是不是啊，天华！"向洋不知从什么时候开始也学起了翔子，大声地说道。

我在心里咒骂着翔子，不知道这个大嘴巴到底向多少人散布了我在寝室里头脑发昏时说的梦话。

午餐是在一家偏僻的农家乐里吃的。

席间，由于有了方敏敏的加入，原本毫无餐桌礼仪而言的男生纷纷也装起了绅士。

没有了大声的嚷嚷和嬉笑，一时间气氛十分压抑。

我眼角的余光不由自主地朝她的方向扫去。

她好像并不受周围环境的影响，依旧保持着过去食堂里吃饭的姿势。

"对了，这三个月的假期，你们都打算干吗啊？"话匣子是靠她的问话打开的。

"打 dota，直到把电脑打爆为止。"

"没出息，我要去打工，起码把大学里第一个月的生活费赚够。哼——"翔子大义凛然地说着，说完灌了一大口饮料。

所有人都在叽叽喳喳地讨论着未来的打算，热闹的气氛这才又恢复了不少。我看着她的笑容和频频点头，佩服起她调节气氛的功力。

空调吹风的声音盖过了我们的心跳。

大家都附和着起着哄。

"对了，天华，你怎么没说？你的计划呢？"向洋冲我挤了挤眼。

"我——"感觉有一丝凉意从手心钻了进去。

"这有什么好婆婆妈妈的，天华，我看你现在的表现，该去泰国了。"翔子的激将法此时用得十分笨拙。

"我想学吹口琴……然后带着纸和笔，再加上北岛的诗集。最好坐绿皮火车去青海湖。"我是一口气说出来的。

感觉得到声音颤抖得厉害。

"嘿嘿——"男生们一个个似笑非笑地看着我。

"为什么要学口琴，行吟诗人不是一般都背吉他吗？"她刚刚开口问了一句就被人打断了。

"天华，你要做文艺青年？那一个人可不行，你见过一个人远游的吗？嘿嘿。方敏敏你说是不是啊。"在翔子的挑唆下，大家都开始起哄。

她的脸红红的像是未熟的晚霞，头也低了下去。

我觉得嗓子里辣辣的，端起了酒杯。

十八岁

回到家，已经是晚上九点了。幽黄色的路灯光映得水泥地面看起来仿佛是放大几百倍的马赛克。

躺在床上，我不由得摆弄起那把两天前新买的口琴。以前学乐器的经验此时并不怎么管用。看着说明书，费了好大的功夫，才勉强地学会吹《两只老虎》这个旋律。

书架上，书还是放在原地；水笔和笔记本依旧躺在书桌上。青海湖离我的距离应该有三千公里吧。我猜。

看到她的 QQ 头像好像也亮着，对她发了一句"晚安"。发完后，抢在她回复之前，我关了电脑。

"天华，你是真的想去青海湖？还只是随便说说？"

"是真的想去！"

是她打过来的电话。那天是从四明山回来的第三天。

这是她第一次主动打来，我很意外。

从她的话语里听得出来那份认真的语气。

"我是真的想去。而且，目前在做一些准备，可就是不知道有没有用。"我把自己的回答又重复了一遍，心里猜测着她打来电话的用意。

"我以前在网上认识一个沙发客。他去过新疆、青海……我把他的 QQ 号给你吧。到时候，也许他能帮到你的忙。"她打断了我的思绪。

挂了电话后，我盯着床头前挂的大比例中国地图，看了很久。从浙江到青海湖。

我没能乘到希望中的绿皮火车。

母亲说那太慢。

父母希望我能尽早回家。尽管我搬出了好几个他们听说过的同班同学，瞎编我们会一同出发，他们仍不放心让我出门。

"那好，你一个人先去，四天后，我也飞到西宁。我们在那边碰面。"父亲看着地上因为我要脾气而摔碎的玻璃杯碎片，眼睛瞥了我一下，不容商量地说。

我知道那已经是他们所能够做的最大让步了。

父亲帮我订了一张快车票，直达西宁。

火车上制作粗糙且昂贵的盒饭让我不得不靠淡面包来充饥，就着明知道不卫生的火腿肠。很犹豫要不要像别人那样买几包方便面，总觉得汤汤水水，吸溜面条，不适合要去青海湖的我。

躺在上铺，难以入睡的身体，更加清楚地感受到了火车轻微的晃动以及地形的起伏。

睡在中铺和下铺的是两个陕西口音的大汉。听着这以往只在电视剧里听过的方言，心里不由得产生了一种激动的心情。

我真的出来了吗？

隔壁的孩子玩闹了整整一个晚上，似乎是在争夺一个风车。噪音使得已经躺下的我也开始逐渐烦躁起来，最后索性起了身。

过道中的灯光很暗，却也足够照亮我手中的那张地图。

明天。对！就在明天一早。大脑是这么决定的。

"到哪里了呀？"临近十点的时候，她发来了一条短信。

"现在，在安徽和河南的交界吧。"我回复的速度很快，起码我这么觉得。

"你真的打算这么做吗？是不是太大胆一点了？"

"嘿嘿，不管了。我成年了不是吗？你在干吗呢？早点休息吧。"总觉得有说不完的话，但理智锁住了我的手指，只是慢慢地打着字。

"我在看动漫啊，你不是向我推荐了《灌篮高手》吗？挺好看的。等会儿洗澡去。加油吧！我相信你可以的，明天到了以后别忘了联系我。"

原来她真的去看了。她的短信字不多，却不知为什么让我觉得透过窗帘可以看到一亩晴空。

4

第二天早上六点，我在南阳站下了火车。

火车到西宁要两天左右，父亲会在四天后来。那么毫无疑问我还有两天自由的时间。

她给我介绍的那个沙发客网名叫作南国，在南阳办了一家生态农庄。

根据那个地址以及他提供的交通线路，我坐上了一辆蓝色的公交车——520路。我直到坐稳后才意识到这个数字谐音的特殊性。

"我下火车了，现在离目的地大概还有半个小时的路程。"

今天，她的回复很快。

"这么快！晚上你会上线吗？跟我说说那里是什么样的吧。对了，天华，今天我在蛋糕店里看到你上次送我的那种布丁。但为什么味道和以前吃的不一样啊。"

没想到，她还记得。

"那天我买的时候，你不是胃不舒服吗？再说上课的时候偷偷吃的味道会比较好，不是吗？"

"好怀念啊！"

看到她发的这四个字，我不知道为什么不由得想到了那部《那些年我们一起追过的女孩》，过去了的总是美好的。

"对了，敏敏。离填志愿还有十几天吧。到时候，你填完后，把你填的……第一时间告诉我好吗？"大脑仿佛失控般直白地打出了这几句话。

大巴车摇晃着，在通往乡间的小路上，行道树的树枝稀稀拉拉的。

手机沉默了，过了好久，她发过来一张笑脸以及一个"嗯"字。

她没有再说其他的话……

南国看起来三十几岁的样子，前额微秃，手里转着一顶鸭舌帽在公交车站等我。

"你是天华吧！快过来吧。昨天晚上，敏敏还特地跟我打过电话。"

她还特地打过电话？我吃惊地把背包往肩上一背，随着他走进了一辆别克商务车。

农庄坐落于山坡的阳面，走进大门可以看到一块块大棚和玻璃房的试验田。

溪水撩起水幕，水珠爬满狗尾巴草的顶端。

那一天，南国陪着我顶着烈日在田间逛着。

滴灌喷灌技术早已不稀奇，农作物的品种对我这农盲来说意义也不大，我最感兴趣的还是南国所说的自己当沙发客的经历和感受。

"记得那次去埃及的时候，在金字塔边上还被人讹了一百美金。"

"为什么啊。"

"我在拍照，突然有一个身着长袍的当地人走了过来，用英语说要帮我拍。我还以为人家是助人为乐，可拍完后就管我要钱，旁边几个人也都围了上来，一副黑社会要打架的样子。我还能怎么样，乖乖掏钱呗。"

"可是你……叔叔你人高马大的，反抗啊！他们明显是违法的。"

"你啊——年轻人太气盛了！打架反而解决不了问题，只会越来越麻烦。以后你会懂的。"南国微微地笑着。我们坐在葡萄藤下乘着凉，绿色的藤蔓像是盘在一起的长蛇，未熟的果实仿佛是恶毒的舌芯。

"你也别吃惊，沙发客中不是每个人都是好人。敏敏没跟你说过吗？她有一次在厦门被人骗去一块玉佩，那个房主根本就是借来的房子。而且沙发客也不是每次都有床有沙发睡的，睡地上也是很正常的事。"

"不就是打地铺吗？打地铺不是很舒服吗，地方这么大，满地打滚都可以。我不怕的。"

南国听到我无知狂妄的回答后，一脸理解地摇了摇头。

"客观物质的困难总是最容易克服的，真正困难的你根本无法想象……我也是像你这样过来的。唉——年轻到底是短板，还是资本呢？只有自己吃过苦，才会有体会吧。"南国递给我他的手机，给我展示着他以前拍过的照片。

那一天白天总觉得时间过得很快。晚间的菜是非常新鲜的农家菜，用的是金黄色的菜油。

十八个小时。

在农庄待了将近十八个小时之后，我再次踏上了行程。

曾经无数次梦想过，自己会在一场江南烟雨中与一座古老的小镇发生一次邂逅。在那里也许能收获从未有过的感动，领略生命真谛。

梦中，记得我坐在溪边的大石上吹着手中的口琴，吹出会舞动的旋律。而不远处会有一家书画店，一家装裱古画的老店。一个女孩会在那里停留，留着过肩的长发，打着一把花褶伞……雾气弥漫遮挡住了视线。

可南国的农庄却让我感受不到丝毫那样的意境。只有现代化的设施，没有小溪，只有一方没有灵性的池塘。

就连以前对沙发客美好的印象，也被戳得千疮百孔。

和他道完谢后，我麻利地背上了行囊。

可就在我准备出门前，南国意外地掏出了一张账单。

"尽管你是敏敏介绍来的，但我现在也是做生意，多多少少还是要付一点的。你说是不？"他的表情与昨天完全不同，笑容里有一丝凉意。

我使劲地后悔，为什么昨天会没问他要菜单，没问他住宿费是多少……

"我逃过六次火车票，打过乞丐，被偷被抢也有五六次……"

记得昨天南国是这么跟自己说的。

火车上我不由自主地回忆起他的话来，又联想到他账单上写的虚高的数字。心中一直有一种又气又恨的感觉，堵得慌。

"怎么样，玩得开心吗？"

我的大脑空白了片刻，但还是回答："挺好的。"

这次，她打来了电话，不再是短信了。

"天华，祝你青海行顺利。你可要及时把你拍的照片发到自己微博里啊。求观——"

好久没有听到她的声音了，这种语速很快却又字字清晰的语调。

"好的……"我的眉头绷得紧紧的，苦笑着。

"对了，我们小学要开同学会了。天华，大概十天之后。你来的吧！"

"你去吗？"

"当然了！老同学难得见一次。"

"那好，我也去，给我预订一个位子啊。"火车快要到站了，"敏敏，我快要下车了。晚上再联络吧。"

随着人流，我挤着，不知道为什么总觉得有人在身后撞着我。但视线却被遮挡住了。

到西宁了。湟水谷地尽管已经算是青藏高原内部了，但由于海拔低，想象中的高原反应感觉并不明显。

下了火车，已经是晚上六点了。明天父亲就会来吧。

好不容易找了一家看上去正好适中的宾馆。可就在我走进自动门的时候，却发现钱包不在身上了。觉得眼前一阵发黑，以防被偷，我还特地放在背包贴着背的一侧。

身份证、大部分钱……都没了。当然还有夹在钱包里的一张照片也丢了。这是毕业那天，好不容易壮着胆子和她一起合的影。

空荡荡，现在我才真正感觉到大街上霓虹灯下的空洞。酒店里明晃晃的瓷砖收集着空气里飘着的冷。

"小姐，请问，附近有没有不用身份证登记……然后便宜一点的旅馆？"

服务小姐的脸色一下子变了，冷冷地说着："不知道，你去别的地方问问看吧！"

灰溜溜的我快步走出了大厅，觉得四周投来的都是嘲讽的目光。

我无法在公园长椅上躺一晚。

因为，树荫下热恋中的情侣占领了大部分看起来比较干净的木质长椅。只留下一部分残破不堪的。突然手机QQ发出了熟悉的"嘀嘀"声。

她准时地上线了，头像换了，换成了一个憨态的大耳朵熊。

"住下了吗？"

"嗯，住下了。在市中心的一家酒店。"我不知道为什么对她撒了谎，就像刚刚和父母通的电话里说的一样。现在竟没有了过多的犹豫。

"那明天会去青海湖吗？"

"应该就这两天吧！"手指不知道为什么，打起字来突然笨拙得很。

"好羡慕你啊，早知道和你一起出来就好了。"脑海中浮现出敏敏灿烂的笑容和长长的睫毛，心里不禁疑惑着她现在是什么样的表情。

"没事，我回来后，把旅途见闻都跟你讲一遍好了！"

手机的流量快用完了，我只得匆匆和她道了别。

空气依旧停滞着，尽管风很大。

来来往往的人从我的眼前走过。忽然有了一种冲动，想像过去那样在没有人的房间里一个人大声地吼着自己喜欢的歌，哪怕嗓音再难听。

我觉得音乐不在于好听，就在于能嵌进心中，就像是发黄了的狗尾草。

最终在一对散步的老夫妻的指点下，我找到了一家位于住宅小区旁的私人旅馆。说是旅馆，其实更像是群租房。

七八个人的通铺，让睡惯单人床的我迟迟不能入眠。无法忽略的汗臭和鼾声

会发光的灰尘

在封闭的空间里弥漫开来，根本无法分辨是谁发出的。

这样的通铺在东部几乎早就绝迹了，可……

翻来覆去的我不得不去唯一的一间公共厕所里洗了一把冷水脸。可是陈年的污渍、扑面的粪臭味、下掉的墙灰使我感到胃中有东西在搅动。不敢多待，怕随时都会反胃吐出来。

那一晚我尽量不喝水，尽可能地避免上厕所。

南国的话一遍又一遍地回荡在我的耳畔。

"旅行，并不是享乐，也不是随心所欲。你永远也不知道下一秒会发生什么。"

困意全无的我还是决定再到街上去透透气。

到公园附近的时候，突然听到池塘里有人的呼救声。

神经瞬间紧张起来，我连忙跑到了池塘边。这时看到一头黑发在水中浮沉，无助的双手不停地拍打着水面。

北方人中会游泳的人少吧，潜意识驱动着我的四肢。

母亲曾再三告诫的话此时早就忘得一干二净。"管好自己，别人的事和你没有关系。"

这句话是我爬上岸后才重新记起来的。

落水的人离岸边只有三四米远，可是伸长手臂还够不到。

草草地除去外套和鞋子，我跳进了水里。那些随便救人而酿成的惨剧在狂妄的大脑里并没有留下过什么影子。

尽管已经是夏季，可是池水还是出人意料的冷。

四肢完全没有以前在游泳池里面的那份自如。头仰着天，一开始我只是用手在水里捞着，可一无所获。就在我打算把头扎到水里的时候，一双冰凉的手突然抓住了我的双脚，就像抓住一根救命稻草一样，指甲嵌进我的皮肉中。无论我怎么挣脱，双脚都死死被束缚，无法划水。身体直线往下沉。

胸口越来越闷，连续喝了好几口水。

我已忘了当时自己是什么样的感觉，只记得双手开始不自觉地撕扯着那名落水者的头发。脑海里仿佛映出两个完全不同的世界，由水面分裂开来的。

已经忘了，只记得求生的本能让我把他一下拽上水面，他也不再抓着我的双脚，摸索着手向我的肩头移过来……

用尽最后一点力气把他推上岸后，我自己只能靠在岸边大口喘气，感到从肌肉深处涌上一种无法控制的颤抖。可他却一下站了起来，像是没事人一样甩着长长的头发。

不知道岸上什么时候站满了人，刚刚我听到呼救声时记得周围还没有人。可如今看热闹的人却像马蜂一样围了上来。

他挽了挽滴着水的袖子，猛然用力从岸边把我拉了上来，我没办法像他那样轻松地站起来，还是躺在水泥地上。

也许我的水性真的没有自己想的那么好。

此时不知怎么的，人群里响起了稀稀拉拉的掌声。一个老伯竖着大拇指说："小伙子，好样的！"

可是，我却发现他是冲着那个被我救的黄发男孩说的。

"不会游泳就不要下水，挺大的人了还不知道这个道理。"人群里开始议论着。

我不知道该怎么解释。也许他们是因为看到，我被黄发男孩最后拉上岸，才认为我才是那个落水者。

我挣扎着站了起来，站着毕竟要比坐着有说服力。

就在我即将开口的时候，黄发男孩走到了我的跟前，我大脑一片空白，以为他要以某种郑重的方式道谢。可是，等来的却是他狠狠砸在我胸口的一拳。

身子失控再次踉踉跄跄地倒了下来。

我这才意识到自己的手中还握着从他头上拽下来的头发。他是在为这个泄愤吗？还是因为……

到底是谁救了谁？冷冷的风吹干了衣服。

后来我才知道。我没有做错。他们并没有说错。

的确是落水者救了施救者，一个人帮另一个人看清了过去看不到的东西。

好不容易挨过晚上。一大早我就起来，走出了旅馆。

用仅有的钱打的赶去了机场，在机场的门口等到了父亲。

眼眶不知道为什么，总是酸酸的。

帮父亲提过手提箱后，我如实地告诉了父亲自己钱包丢失的事情。但其他的经历只字未提。

终于来到了青海湖。来到了梦里的圣地。

我的手里此时却没有纸和笔。只有低低的嗓音在吟诵着熟悉的诗歌。

湖畔大片整齐如画的农田麦浪翻滚、菜花泛金，那碧波万顷、水天一色的青海湖，好似一泓玻璃琼浆在杯中轻轻荡漾。我在等飞过的候鸟，等待它们翅膀上粘着的星月的足迹。

它，就像是一盏巨大的翡翠玉盘平嵌在高山、草原之间。

感谢造物主无穷的想象力。也许与我想象中的那个有着很多不同之处，但眼前的的确确就是青海湖。

那一天我躺在地上望着天空，欣赏着一无所有的天空。

好美，好美。

花粉像是从云端撒落下来似的，鼻子闻到了最纯洁的香味，舒服地打了一个嗝。

真的无法用语言来描绘这份神奇和感情。在造物主面前，我的辞藻永远是匮乏的。

> "别告诉我星星很胖，别泄露太阳的年龄，
> 鸟语花香，这是自然，
> 我来喂鸟，你开花。
> 如果你是书签，我就把你夹在记忆最深处，
> 如果你是陀螺，我就带你跳着舞周游世界。
> 我会认清每一只信鸽脚上绑着的情书，
> 悄悄为你写一个童话，
> 希望它永远别长大。
> 我会教会最笨的鹦鹉，
> 呆呆唤你的名字；
> 告诉你，远方有一个故事，
> 一个能让人笑着流泪的故事。
> 每一颗星星都会繁育后代，
> 就像我们——未来的夜空会是万家灯火。"

返程的飞机上我写下了这几行字。

在不到一天的时间里，我有幸看到了暗与美的两面。也许生活正是这么两面体的共存。

6

回到家之后，我如约给她打了电话。

"怎么样？回来了吗？"敏敏问得很急，"顺利吗？"

嘴角不知道什么原因抖动了几下："很顺利。"

"这次，旅行有什么感悟吗？享受吗？"没等我回答，她就又发出了一连串的问题。我看着那张夹在笔记本里的毕业照，看着那个穿着校服的她。

"很享受。旅行真的很棒。"

我是这么回答的，没有一丝犹豫。哪怕一些画面不合时宜地在我的脑子里不停地跳来跳去。

"真的吗？我也好想去。下次叫上我啊。"

"求之不得。"

也许南国说的没错，我已经接触到了。

但是我觉得，刚刚我也没在撒谎，说的也没错。旅行很棒。

今年我十八岁。

十八岁

不褪色的家信

1

离开家乡，来到陌生的都市已经两年了。

奶奶依旧保持着每个月为我写信的习惯。每次打开绿皮信箱，取出胀鼓鼓的信，我觉得自己并不是游子。

奶奶喜欢把这称为家信，她说当年她插队落户时，阿太也是一封封这么给她寄的：告诉她家乡的河鲫鱼丰收了，告诉她台风过境，偏屋漏雨但被村里修好了。现在奶奶已经年迈，但想坚持把这一传统延续下去。

"你别以为那些只是电视里拍拍的，那时真是这样。你阿太不会写字，就连握毛笔都是两只手一起握的。一只不长毛的羊旁边画着一件衣服，意思就是她薅了羊毛，正在给我织毛衣……"

奶奶嗫嚅着干燥的嘴唇，说起旧事眼中总闪着一丝光。这种眼神在我小时候，她偷偷陪我看电影——旧版《地雷战》时也出现过。

我曾向母亲抱怨过，觉得奶奶的信封上贴的那种黄鹂独立枝头的旧邮票不够好看。

"奶奶是不是过去几年邮票买太多了，用来用去都是那张。"

"你懂什么？你奶奶可是有寓意的，希望你也能像那鸟一样，获得别人关注，出人头地。"离家那一会儿，我觉得奶奶太传统迷信了。俗话说"修身以寡欲为要，行己以恭俭为先"。我告诉奶奶，我不想出人头地，只想安安稳稳做好自己。

可奶奶不说话，只是一个劲地笑我。

2

城市像一条大江，裹着无数人的梦想与时间，头也不回地奔向前方，我也不能免俗。

看着周围的同学们开始尝试在大学中创业，我也学着他们开始奔波在忙碌的学业、校外兼职之间。生活很充实却又很苍白。半年前，为了减轻家里的负担，我与室友一起开了一家网店，专营校园零食、明信片等小玩意儿。每天，看着一个个大小各异的快递包裹不停在眼前飘过，鼠标滑过不断涌进屏幕的买家消息，我觉得内心总是空落落的。

但是面对繁重的学业压力、不断缩水的本金，我不得不关掉了网店。那段日子里，迷茫、恐惧像潮水般笼罩着自己。重读奶奶的家信，才明白了奶奶字里行间的用意，明白了母亲其实也理解错了那张旧邮票的含义。

鸟，独立枝头，不是为了傲视群雄，而是为了让自己能在复杂多变的物质世界中记住本心，不随波逐流，记住飞翔。

我也曾好奇地问母亲："为什么奶奶总是寄信？"

"你呀！寄快递她怕弄丢了不放心。你们年轻人做什么都是想求快，心浮气躁，最后都达不到目标。"

面对母亲的嗔责，我找不到反驳的理由。她说的没错，如今社会快节奏成为都市生活的潮流，看似一切都在朝高效的目标前行，但事实上我们却忘记了自己的初衷，忘记了质量、信任、梦想有时远比速度重要。

与熟悉的邮政信件相比，感觉盛行的快递包裹似乎缺少了一种情怀与责任。

记得小时候，父母的单位还没有分房子，一家人挤在狭小灰暗的筒子楼里。听父亲给我读报纸是每天必不可少的"娱乐"项目，所以我总是迫不及待想看到新的报纸。

每天早上七点不到，我总会拿着母亲刚刚蒸出来的糯米糕，叼着半根油条屁颠屁颠地跑到楼下，一边吃早饭一边等邮递员叔叔把今天的晨报投进信箱。

已经忘了那位每次给我家送报纸的邮递员姓什么，只记得他高高瘦瘦的背影，以及他身上背着的那个灰色的斜挎包，那个包里总插着几颗棒棒糖，好像永远也分不完。

那时我觉得邮递员比奥特曼还厉害。能在满是积水的小路上骑得飞快，而且自如地和熟识的居民打招呼；能在楼房林立的老住宅区间飞奔，好像记得住每一个门牌号，永远不会迷路。

长大后，听到了模范邮递员王顺友、艾再孜汗的故事，心中有震撼有感慨，但没有意外。因为我知道他们的伟大并不是偶然，而是中国邮政精神代代相传的结果。

"踏实进取、信任负责、奉献敬业、服务真诚……"我想了很多词语，希望准确概括出传承至今的中国邮政和一代代甘于奉献的邮政人，但后来发现，概括已经没有必要了。邮政精神已经伴随着一封封准确送达的信件、一张张被赋予责任的邮票一起传递到了九州各地。就像我那"迷信"的奶奶，一如既往地将情感倾诉在一封封厚厚的家信中。

今年暑假，我随学校暑期实践队前往贵州黔东南进行短期支教，一路上的风景让我对这块地形崎岖的高原有了重新的认识。夹在山谷间的县城、蜿蜒如肠道般的山路、施施而行的乌云，天空像是一个淘气的孩子没一会儿就变脸了。

我所来到的是一家山村小学。学校有一百零四个学生，但只有三名老师，其中两名已年近退休，剩下一个是研究生支教队的成员，半年后他就会结束支教回母校深造。

这是我第一次看到没有跑道的操场，学生们欢笑着在孤零零的篮球架下追着踢一个"毛发不全"的毽子。

支教的第一节课讲的是计算机与信息时代。本来，我们以为孩子们身处山区也许到现在还没见过计算机，所以这次课是从计算机最基本的功能和外观开始介绍的。可让我意外的是孩子们对计算机并不陌生，甚至还能从他们嘴里听到超极本之类的词汇。

"你们见过计算机吗？"课间我问了一个班的班长。

"见过呀。老师您等等，我现在给您拿过来。"

一会儿后，学生拿过来许多旧杂志报纸以及一沓沓信件，从中间翻出了许多科技资讯给我看，上面有着最新的电脑款式。

"老师，现在我们有对口扶助的志愿者，邮差叔叔每个月都会给我们送来外面哥哥姐姐们寄给我们的书本材料。"

那一刻，我的心中涌起一股说不清楚的热潮。这些孩子他们也许无法拥有最好的多媒体设备，他们无法获得与都市的孩子相同的教育资源，但是他们同样可以接触到属于他们的知识和资讯。山村小学的未来同样可以很精彩。

羊肠的山路、陡峭的悬崖会让游客们止步，会让志愿者们犹豫，让快递公司在这里毫无踪迹，但从不会阻挡邮政人的步伐。

灰蒙的细雨绵密地飘在空气中，瓦红色的砖平房像一个个聚居的小星座零星散落在这片美丽的高原上。一封封载着希望和牵挂的信件和包裹，悄悄地奔波在漫漫的山路上。

中国有着太多的山区，有着太多的游子，有着太多将邮递员视作送信天使的孩子。

从邮筒到信箱的距离有多远？我想这个答案只有邮递员能回答，用他们火热的心来测量。

4

　　我没有想到奶奶的八十大寿会和中国邮政一百二十周年庆在同一年。上个月，我选取了近年来的十几封家信，剪下来了信封上的旧邮票，将它们排列成心形。邮票上的邮戳记载着这些年来的风风雨雨，也记载着我们家与邮政间普通的故事却不普通的情感。我想将它作为送给奶奶的特殊礼物。

　　如今，我遵照奶奶在家信中的建议，放弃了继续创业的打算，重新将精力投入学习之中。

　　"学海无边，不求大悟，但应倾心专注。"

　　我在给支教地区孩子写信时引用了这句奶奶给我的诫语，庄重地将这封信塞进了邮筒。阳光静谧地洒在城市的角角落落，我想这个月的家信也快到了吧。

　　　　　　　　　　　　　　　（原载 2016 年 3 月 17 日《光明日报》）
　　　　　　　　　　　　　　　（获全国大学生网络文化节优秀网文作品）

不褪色的家信

冬天，有无法实现的豪言

1

　　每次来上海都是晴天。黛青色的行道树是我对街道最深的印象。

　　回想高中时，我们几个铁杆一直把"一起去上海"这句话挂在嘴边，把它当作共同的宣言。我们一起参赛，一起等待，一起翻墙进阅览室找小说，一起冲着老师竖中指。当时以为，五个人里总有人会入围，这样拿了成绩回来后，就可以尽情地和老师显摆了。

　　"喏，你看看。新概念都拿奖了——今天的语文抄写作业就给我免了吧。"

　　这种画面想想就叫人酣畅淋漓，不过始终未能实现。

　　《致青春》也好，《同桌的你》也罢，这些都和我的校园记忆没有太大关系。我们关心的不是在哪儿接吻，怎么处理三角恋的问题。"如何藏在书堆后保持思考姿势进入睡眠""探索村上小说轮廓与语文课本大小的契合度"才是我们苦思冥想的选题。

　　今年暑假我得幸回高中母校实习，再次看到熟悉的校服。恍惚间竟然真的有一种时光静止的错觉。校园里没变的是帅哥确实很少，至于靓女更是老师眼中的"危险品"。老师恨不得在旁边竖一个"此处有电，请勿触碰"的铁牌。

　　与电影、小说相比，我们的故事很单调。单调得在很长一段时间，新概念就是一帮文科生幻想的精神对象。除了男女之事，大概其他所有的可能性都已经在我们脑海中进行过一遍了。

　　真正收到贴吧里盛传的"那种样子"的入围通知书，是在"一起去上海"这个宣言发布后的第三年，其间我一共参加了三次新概念。有一年，在《萌芽》还有下半月刊的时候，上刊两篇小说，自信心爆棚，感觉终于可以入围了。可结果，信箱空空，又一次擦肩而过。

　　好在渐渐地，内心已经把每年11月比赛，1月份关心入围消息当成了一种"生物钟"。上大学后依旧保持一年两篇的频率，投向新概念。

　　2017年1月，我正在北京领取一个论文奖项，返回学校的途中接到了家里打来的电话，说是信箱里有一份入围通知书。父亲怕耽误事儿，赶忙用手机拍照，按顺序一张张慢慢发给我，唯恐乱了次序。

我平静地挂掉电话，也没有看那些照片。猜想信的内容，应该和往年的差不多。我都在别人的图片里见到过很多遍了。

那一刻，我戴上耳机，紧闭双眼，暗示自己可以流泪了。可眼泪怎么也流不出来，就好像自己站在自己的心湖旁，费力地搬着各种石头杂物，丢进湖里。可心脏和黑洞一样，波澜不惊。

回想起当年的宣言，感慨不已，便立刻发了一条说说。没有上下文，只有短短五个字——"一起去上海"，原以为点赞起码破百。

可事实上，没有几个能够读懂这句话的意思。

回复的人里，有以为我脱单的，轮番指责秀恩爱。有以为我要组队去旅行的，问我啥时候去，自助游还是要叫人陪。只有一个偶尔还在联系的铁杆问："你是去比赛吗？"

我想，他是对这个时间点敏感吧。

"是去新概念吗？"

"对。"我曾有过一刻的妄想。多希望他能告诉我，走！一起去呗。哪怕只有两个人，哪怕走一个过场，那也能给人一种圆梦的错觉。

最差最差，我以为也会说一些和当年有关的青春感言。

结果他很客气地回我："嗯。回来好好聚聚。"

我发送给他的内容里包含着好多笑脸。我知道这个聚聚，只是客套。果然，至今也没能实现。

那个晚上，我认真地开始思考文学对于我这么一个普通人来说有什么样的意义。

经过中外对比、纵向分析、反复论证之后，我得出了结论：大半夜为难自己的后果就是通宵失眠，生不如死。

2

在参加复赛之前，我刚刚结束连续五天的"熬夜—复习—备考"的期末生活。

大脑里除了七七八八的名词解释之外，就只剩下康德的三大批判还有柏拉图的理想国了。受后遗症的影响，望着车窗外被速度割碎的风景，我真怀疑自身的存在属性。也许现实就是一个黑客帝国吧，每个人只是一段数据流而已。

1月19号，我先坐七个小时的动车从武汉回宁波放行李，第二天又从宁波坐两个小时的高铁至虹桥站，也算得上马不停蹄。耳机里来回播放着 Big Daddy 的《嘲笑声》。嘟嘟嚷嚷的歌词我其实没太听清，大概还记得一句"一个人的世界不停奔跑不孤独"。

都说火车是故事的出生地，自己撞到的故事、别人口口相传的逸事一抓一大把，所以我一心想把这次旅途上的见闻作为比赛时的关键素材。可高铁不像绿皮火车，没有那么多敞开心扉和老乡掏心窝子的人，也没有给地下赌场把风、厕所里怒撕小三这样刺激的戏剧场面。每个人都很讲究矜持，把故事们都吓跑了。

好在我在地铁上，遇到了两个孩子。男孩大约十岁，女孩看起来比他大两年。他们戴着黄色的鸭舌帽，站在列车连接部分的角落里。男孩儿的手和女孩的手十指相扣，握在一起。

第一眼看到他们时，我和周围人的第一反应是一致的——摇头感叹，现在的孩子早熟得真早，这么小就开始谈恋爱了。三站以后，我就被挤到两个孩子旁了。机缘巧合地听到了他们的对话。

"姐姐，谢谢你！要不是有你陪着我一个人肯定不敢出来，上海人太多了。"

"我爸妈也还在上班。我已经第五次来上海了，当然要带着你了。"

不管周围的人如何推搡，他们都紧紧握着手站在最初的位置。男孩的黄帽子偶尔会被碰歪，不过很快就被女孩扶正。

我听得出，他俩的普通话里带有一些方言的味道。一个听起来像河南话，还有一个似湖北话。我不想用留守儿童、迁徙的小候鸟来形容他们，其实他们与我没有太多的不同。

在脑海里刻下这个画面后，我安慰自己说，其实我也对复赛做了准备。

可是坐进考场接到题目的那一刻，我才发现所有刻意的准备都是徒劳的。三个小时的时限中，最容易表达的、最需要刻画的其实不是什么传奇和感动，而是更为真实的自己。

3

比赛结束后的日子，仿佛一切又回归到了日常。写稿、投稿、被退稿、被催稿。我也参加过不少文学比赛，但各种奖杯看起来好像都没有新概念这三个字来得有归属感。

之前一起参赛的朋友笑我，说我这是中毒太深。

我问他们，今年第 20 届，投吗？

他们的回答很粗俗——废话，投！

上海、北京、开封、黄冈、赤峰、扎鲁特旗……每当看到朋友圈里各种记录足迹的 App 的推送，我总会不自觉地把自己这一年的行程做一个记录。可不管怎么列举，上海都会排在第一位。不是因为它的繁华，更没有任何和憧憬向往相关的情感因素。只是因为，这座城市曾经长时间活在我的宣言里。而今年我实现了它。

"一起去上海。"

作为 C 组的，我其实很理解高三学子。我曾经也希望这个比赛可以成为我扣响大学校门的敲门砖。但我同样理解，在纸质媒体不断被唱衰、网络文学抱团开发 IP 的当下，依旧把新概念当作恋爱对待的"文呆子"们。

很喜欢《不去会死》里的一句话："一边欣赏美丽的风景，一边听着音乐，我就会想哭，觉得能活着真是太好了。"今年下乡调研期间，我一直反复看石田裕辅的这本书。后来遇到被六条野狗包围的时候，大脑的第一反应不是逃跑，而是想拍照。幸好意识里还留有理智。我把书包里的空白问卷撕成碎片然后来了一个天女散花，趁狗儿们发愣的几秒，溜了出来。

紧接着，这六条野狗成为诗歌 *Walk with tree rings* 的主人公，我也侥幸在杜伊诺城堡国际诗歌节上获奖。对于诗歌节的举办地即意大利的里雅斯特，我没有"不去会死"的情绪。

或许命运早就对青春下了严苛的规定：一生中"你"会发出"一起去上海"这样的宣言一次，真正发自肺腑，却最终没法实现。但有且仅有一次这种珍贵的情绪。

身边一起写文的伙伴们换了一拨又一拨。有为了文学奋不顾身，抛弃本业的；有在高中时就写下血书，反抗父母的；还有努力学着追捧奉承，想要获得伯乐赏识的。在我看来这些都是自我的选择，不宜由他人评价。我只是遗憾，能够同我吹牛撒欢的越来越少。

4

我是一名公费师范生，写作虽不是我的职业，却是我生命中不可割掉的一块肉。它与回报无关，同抱负无关。想一想，今后在中学一边和同学们讲着政治课，一边谈一谈海子的诗、拉萨的藏戏、内蒙古的草场，起码没有人会听课打瞌睡吧。

新概念大赛已经二十岁了。

真心希望它可以永远是"进行时"。

每年相聚上海的几百人里，我们不可能——相识。用不了几年，我们会忘记彼此的脸庞，忘记 QQ、微信上面那个奇怪的备注究竟是什么时候加进来的。

但唯一不会忘掉的就是自己经历过的纠结和挣扎。

丘比特爱神、月老等各路主管姻缘、缘分、友情、爱情、兄弟情的大仙，烦请磨亮你们的箭头，编紧你们的红绳。相信还是有很多份缘、情自上海起，自冬季始。

（原载 2018 年第 1 期《萌芽》）

冬天，有无法实现的豪言

图书在版编目(CIP)数据

会发光的灰尘 / 王轲玮著 . —杭州：浙江工商大
学出版社，2022.6
　　（镇海作家文丛 . 第三辑）
　　ISBN 978-7-5178-4961-2

Ⅰ . ①会… Ⅱ . ①王… Ⅲ . ①短篇小说—小说集—中
国—当代 Ⅳ . ①I247.7

中国版本图书馆 CIP 数据核字（2022）第 088881 号

会发光的灰尘
HUI FAGUANG DE HUICHEN
王轲玮　著

责任编辑	沈明珠	
责任校对	韩新严	
封面设计	宇　声	
责任印制	包建辉	
出版发行	浙江工商大学出版社	
	（杭州市教工路 198 号　邮政编码 310012）	
	（E-mail:zjgsupress@163.com）	
	（网址:http://www.zjgsupress.com）	
	电话:0571-88904980,88831806（传真）	
排　　版	杭州宇声文化艺术有限公司	
印　　刷	杭州良诸印刷有限公司	
开　　本	710mm×1000mm　1/16	
印　　张	106.5	
字　　数	2145 千	
版 印 次	2022 年 6 月第 1 版　2022 年 6 月第 1 次印刷	
书　　号	ISBN 978-7-5178-4961-2	
定　　价	398.00 元（共 9 册）	

镇海作家文丛·第三辑

王 梁 著

穿解放鞋的青春

浙江工商大学出版社
ZHEJIANG GONGSHANG UNIVERSITY PRESS

总　序

　　适逢宁波市镇海区第四次文代会召开之际，"镇海作家文丛"（第三辑）带着清新的墨香，和大家见面了。

　　镇海底蕴深厚、人文渊薮，为文学艺术提供了丰厚的创作土壤，文学人才辈出。进入新时代，文学氛围更加浓厚，创作成果不断涌现，有一定影响的一批创作人才脱颖而出。自镇海区第三次文代会召开5年来，已出版各类文学作品70余部。其中，3部作品获宁波市"五个一工程"奖、1部作品获浙江省"五个一工程"奖、1部作品获冰心儿童文学新作奖、1部作品获"宁波文艺奖"。

　　为迎接镇海区第四次文代会召开，进一步展示近年来镇海作家的创作成果，鼓励和扶持文学新人，镇海区文联于2021年启动了"镇海作家文丛"（第三辑）组稿工作，从20部申报作品中选取9部形成本辑。丛书以小说、散文体裁为主，其中有对镇海山水的细腻描述，对日常生活细节的敏锐捕捉，充分展现了镇海作家着眼时代、扎根生活、锐意创新的精神风貌。丛书的面世，有力推动了镇海文学事业的繁荣发展，也为镇海高质量发展建设共同富裕先行区提供了精神动力，为满足人民对美好生活的追求提供了智力支持。

　　2022年下半年，党的二十大即将胜利召开，我们将朝着全面建成社会主义现代化强国的第二个百年奋斗目标迈进。伟大复兴呼唤伟大作品，我们期待和相信每一位镇海作家，都能牢记文艺使命担当，勇立时代潮头，自觉承担起启迪思想、传播理念、凝聚共识的重任，与人民同呼吸、共命运，通过文学作品描绘新时代、新图景，讴歌真善美，传递正能量，充分开掘深厚而独特的镇海文化底蕴，彰显艰苦奋斗、勇于进取的镇海精神，讲好精彩动人的镇海故事，让更多人看到壮阔美好的镇海新气象。

　　是为序。

本书编委会

2022年仲夏

目 录

第一辑 故乡·亲人

恋乡二题 ……………………………………… 002

村庄的变迁 …………………………………… 005

两爿小店 ……………………………………… 007

路过小镇 ……………………………………… 010

春风十里 ……………………………………… 012

烧 饭 ………………………………………… 014

乡村医院 ……………………………………… 016

父亲的愿望 …………………………………… 018

保重，父亲 …………………………………… 020

对您不够好 …………………………………… 022

关于母亲 ……………………………………… 024

母亲的蛋炒饭 ………………………………… 026

母亲的世界 …………………………………… 028

陪母亲过年 …………………………………… 030

陪母亲喝喜酒 ………………………………… 032

顶梁柱 ………………………………………… 034

我的父亲母亲 ………………………………… 036

给儿子取名字 ………………………………… 038

儿子四周岁记 ………………………………… 040

儿子的朋友圈 ………………………………… 042

童年慢走 ……………………………………… 044

大外甥女 ……………………………………… 047

小外甥女的高考 ……………………………… 049

二姐夫的进屋酒 ……………………………… 052

姨夫的活法 ……………………………………………………… 054

黑狗没了 ……………………………………………………… 056

新来的小狗 …………………………………………………… 058

疫情下的山村春节 …………………………………………… 060

第二辑　青春·往昔

三个小生命 …………………………………………………… 064

穿解放鞋的青春 ……………………………………………… 066

捡"娃哈哈"的日子 …………………………………………… 068

"西湖"伴我行 ………………………………………………… 070

小小心愿 ……………………………………………………… 072

农忙暑假 ……………………………………………………… 073

那年高考 ……………………………………………………… 076

垂钓琐忆 ……………………………………………………… 079

西湾野钓 ……………………………………………………… 081

一碗田螺 ……………………………………………………… 084

工作之初 ……………………………………………………… 086

关于过年 ……………………………………………………… 088

米酒与冻猪肉 ………………………………………………… 090

儿时冬天 ……………………………………………………… 092

冬　晒 ………………………………………………………… 094

那一碗红烧肉 ………………………………………………… 096

一份生命的滋养 ……………………………………………… 098

农忙假 ………………………………………………………… 100

人到中年 ……………………………………………………… 102

第三辑　世相·日常

那些温暖的人 ………………………………………………… 106

自在自得广场舞 ……………………………………………… 108

一面之缘 ……………………………………………………… 111

乡村琐事 ……………………………………………………… 113

年轻的保安 …………………………………………………… 116

玩手机的老人 ………………………………………………… 118

穿解放鞋的青春

微信好友·························· 120

疗　伤·························· 122

爱上办公室·························· 124

愉快的一天·························· 126

一次事故·························· 128

职评那些事·························· 130

28 幢·························· 132

一种好男人·························· 134

两个孩子·························· 136

萨克斯少年·························· 138

理　发·························· 140

"慢慢"理发店·························· 142

近年情更怯·························· 144

老王夫妇·························· 146

楼下小店·························· 148

小店变身记·························· 150

岁末二题·························· 152

茶叶女·························· 155

真爱了·························· 158

阿云伯·························· 160

大户人家·························· 162

第四辑　杂感·碎思

低碳生活观·························· 166

差　距·························· 168

难得平静·························· 170

心里装着他人·························· 172

"洁癖"·························· 174

讲究点礼数·························· 176

杂说"颜值"·························· 178

生活的"一"法·························· 180

"一"道·························· 182

穷与富·························· 184

两个好孩子·························· 186

人脉资源 ·· 188

别算计生活 ·· 190

整理办公室 ·· 192

认真最美 ·· 194

才　华 ·· 196

没人在看你 ·· 198

年轻的秘诀 ·· 200

我爱康老师 ·· 202

恍若美好至极 ······································ 204

悟　到 ·· 206

好性情 ·· 207

美妙的暑假 ·· 209

越美好，越幸福 ··································· 211

时间不够用 ·· 213

下课铃声 ·· 215

可以自由生长吗？ ······························· 217

好妈妈的育儿经 ··································· 220

也许不再见 ·· 222

第五辑　行走·风景

杭州十日 ·· 226

美国行散记 ·· 228

就这样走走 ·· 231

清丽建德 ·· 233

浪漫大连 ·· 235

黔江行 ·· 237

校园傍晚 ·· 242

乡村晚景 ·· 244

厦门游学记 ·· 246

普安送教行 ·· 248

民宿初体验 ·· 250

从成都到重庆 ······································ 252

第一辑　故乡·亲人

恋乡二题

春　归

　　我在假期回到故乡的时候，这个春天已经过去了将近大半。

　　记得春节放假结束回城里上班时，故乡寂寥枯瘦的山水间还只冒出了一丝丝若有若无的春色。而现在涌入我眼帘的是满山满野的嫩绿、青翠，夹杂着星星点点、团团簇簇的素白淡黄、姹紫嫣红或是其他颜色，春天全面覆盖了冬季，大地换上新一季的春装，即便偶有寒潮返流，也绝不会翻出冬衣了。

　　差不多快进入暮春时节了，很多花儿近于凋谢，莹洁的花瓣撒落遍地，或已化为泥土，老屋院门口的那一株上了年头的樱桃树，还有村子对面那一山坡的李树，那如梦如雪的堆堆洁白早已融化，枝叶间结出了一粒粒的果子。特别是樱桃，再过十天半月，树冠上便将缀满橙红或深红的珍珠样的圆润鲜果，待我下一个假期回来，怕是在树梢上只能找出几颗仅剩的樱桃解解馋了。

　　这么说来，漂游在外的我这些年其实一直错过故乡最美最盛的春光了。想想整个三月，春日暖阳、和煦春风唤醒了沉睡蛰伏一个严冬的所有生命，它们在自然母亲的怀抱里欣欣然地舒展筋骨，活动手脚。小草破土，树木出芽，花儿开放，鸟儿欢鸣，洋溢着生机、热烈和希望，而这一切的鲜嫩、明媚我却常常无缘得见。自然在城里，亦可观赏到春天的景致，某些景点甚至引得人们蜂拥而至，但我还是喜欢、想念故乡的春天，经过了剪辑修饰的城里或景区春景尽管艳丽精致如画，但哪及故乡的野趣横生，一切都是那么不受拘束地恣意生长，所有的生命都在自由尽情地表达新生的喜悦。

　　回故乡当日，天阴阴的，云层中偶尔还会露出半脸阳光，略微感觉闷热，我也懒得出去走，就在家里包清明饺子，剥雷笋，看儿子在院子里给猫搭窝。儿子花了好多心思，说万一下雨小猫就不怕被淋湿了。是夜，果然落起雨来，先是淅淅沥沥，夜越深雨越大，噼噼啪啪打在屋瓦和芭蕉叶上，睡梦中依稀听到几声天雷，窗户上还掠过几道闪电。黎明时分，在响亮的潺潺流水声中醒来，雨倒是暂停了，但天空中的灰黑云团依然浓重，看样子随时都会洒下来一阵雨。

　　经过一夜春雨濯洗，故乡的春色貌似又深了几分，愈发显得鲜嫩嫩、水淋淋、野生生。远山都被云雾笼罩了，一两百米开外的山谷间升腾起乳白的水汽，氤氲不散。雨水不断顺着山势、地形奔跑下来，在溪坑、水渠里急速湍流，田野里、低洼地到处漫流着四散溢出的水，上下田的缺口由于落差而形成数匹白练状的微型瀑布。雨后的故乡仿佛是一件刚从水里捞出来的衣服，连空气都吸饱了水分。竹林的泥土变得松软，探出了不少黄花头，让我这个外行也轻易挖到了一棵肉质如玉、鲜美异常的毛笋。欣喜之余我不禁赋诗一首："清明雨来骤，春水漫野流。雾锁翡翠谷，地绽嫩玉头。"

这一场雨帮我完全找回了记忆深处的故乡春天，就是这般的湿润、清新和丰沛。春雨贵如油，它深深地滋养了故乡的土地，蓄足了一年四季所需的生命源泉。雾气弥漫，田野里大片大片郁郁葱葱的紫云英草已经长成，朵朵小伞样的草籽花似密密麻麻的繁星，汇成壮阔的紫河，放在当下，不知会被多少次地摄入相机、手机。而那时的父母亲和我们都拿着镰刀毫不疼惜地一篮篮割走，挑回家，再用铡刀切碎，压在槽子里，慢慢留着喂猪，如今想想真是大煞风景。

清明的雨断断续续地下了一天，傍晚时分，雨势收歇。我牵着儿子的手漫步田间小路，走过水流湍急的沟渠边，儿子兴奋地将一些杂草、枯枝扔进水中，当作是小船儿随波逐流。放眼四顾，因为还没到播种插秧的时节，村前这番田地大多荒草萋萋，几小丘油菜地黄花带露，不远处还有一小片紫云英，几朵小花簌簌摇动，也应是往年遗落的草籽所成。再远处的村庄，有几户人家的烟囱里飘出袅袅炊烟，没入苍茫暮色中。除了流水淙淙和我们父子间的对话，山野幽暗而宁谧。

夏　居

每年暑假，我总要赶回乡下老家去住上一些日子，一来陪伴母亲，二则享受夏日山乡的清凉之美。

故乡地处山区，虽没有高山大川，但群山环绕，绵延不绝，我的老家就窝在某一细小的山脉褶皱里。记得小时候，每隔三五年附近各个村庄都要集中砍伐山上的柴木用来生火烧饭，平时也有一些村民上山偷树偷柴，因而不少山头像极了毛发稀疏的秃子、癞痢。但这一二十年来，随着煤气灶、电饭煲等的普及，山上的植被已经鲜有人问津，一年年自由生长，不断增粗长高，愈发繁盛浓密，给大地裹上了一件紧身厚实的绿衣裳。而村庄就像这连成一片的无边无尽的绿海上的座座岛屿，我老家所在的自然村仅有两户人家，简直就淹没在绿色波浪之中了。

而在城里，到处都是水泥森林、玻璃幕墙、车来人往，见缝插针的一点绿哪能锁住来自大地深处的阴凉地气，又哪能阻挡夏日炎阳直射而生生把土地也烤熟了呢？所以在夏天，日子中间的高温也许城乡差别并不大，但山区上午升温慢、傍晚降温快却是大自然赋予山民的一大福利。母亲常说她晚上根本用不了电扇，后半夜还得盖被子，这多少有些得意夸张的成分，但夏日山区格外凉爽却是事实。即便从观感上说，满目青绿也更能使人心生凉意，枝叶间仿佛还不断透析出丝丝清风似的。

老家的新房子是一幢三层楼房，一间一进，前后都开了门窗，加上三米多的层高，显得十分宽敞明亮，也利于空气流通，极易生成所谓的"穿堂风"。这是低矮、局促、封闭的城里套房结构所不能比拟的。楼房后面毗邻着四间高大的青砖黑瓦平房及围成一体的老式庭院，这就是我家的老房子，据说建于两百多年前，未经平整浇筑过的泥地面透着阵阵潮冷，一带院墙与新楼房之间隔出一条四五米长的弄堂，其间的"穿堂风"尤为爽烈，连家里的猫狗鸡鸭都喜欢聚在此休憩。在房前屋后，还栽着不少有些年头的桂花、芭蕉、玉兰、棕榈等树木，有些甚至是曾祖父辈留下的，枝繁叶茂，亭亭如盖，直指云霄，从各个角度遮挡住了阳光的炙烤和热浪的侵袭。

在老家的日子是闲适而自在的。家里仅有的一亩不到的水田前几年已被村集体统一回购改造成大棚蔬菜基地，山地也大多被辟成了经济竹林，故不必再像以往需要顶着烈日上山锄草、下田"双抢"。除了和母亲一起做些家务，带她去城里看病，游览一两个景点外，大多数时间就宅在家里休养生息，听听收音机，看看电视，读读书，钓钓鱼。每个早晨在雄鸡的啼鸣声以及一阵微寒的凉意中自然醒来。炎热的午后，躺在藤椅上就着从屋前巨大芭蕉树叶中挥拂过来，以及房顶吊扇旋转出来的凉风中沉沉睡去。黄昏时分，暑热渐渐消退，漫步在乡间小道上，看猩红的巨轮夕阳坠落西山，天地四围悄然升起的暮色使得满山遍野的墨绿色的草木更显洗练和沉静。在越来越浓重的黑暗中，苍穹上星光闪烁，田野林间萤火点点，知了兀自嘶鸣，山村夜晚转入一片静寂，这个时候拎一桶凉冽的井水冲洗掉满身的汗腻，清清爽爽仰卧在竹席上舒展四肢，看上几页书，悠然进入睡梦。

老家于我无论在肉身上还是精神上均是最佳的栖居之地。老屋新宅加起来有十多间房子，躺在卧室里满眼即是高山流云、翠竹秀木，走出家门即是池塘、田地、山坡、竹林。这一切自然风物，这一方天地空间熔刻着我数十年的生命印记，它们都是我的，能由我随心所欲。在这里，我远离工作压力、职场焦虑和人际纷扰；在这里，我进屋不用换鞋，吃饭时可以直接将骨头菜渣吐在地上，两条听话懂事的狗会将它们收拾得干干净净；在这里，我可以冲着山谷、迎着松涛尽情呐喊，可以掬一捧山泉洗脸，可以舞太极、练瑜伽、吹笛子，即便动作不甚标准甚至奇形怪状，也只有自然的生灵、家养的鸡狗以及蓝天白云看得见、听得见，它们不会嘲笑我、鄙视我、伤害我，它们只是静默地注视着我，给我纯净清冽的空气，予我充分的自由、宽容以及从天空汇聚拢、从土地升腾起的无限能量。事实上，也只有在这里，我习练多年的太极拳和竹笛才能找到那种最流畅的感觉，身心状态也最为安适。

这就是旖旎动人的故乡夏日景致，这种隐居式的生活更是我所向往和留恋的，虽无法长相厮守，唯祈愿岁月静好，人生长久，有更多与我深爱着的故乡和亲人相聚甚欢的美好时光。

（原载 2017 年第二期《镇海潮》及《中国教师报》）

村庄的变迁

　　这个假日，僻静的老家一派热火朝天的景象，不时响起刺耳的钻机轰鸣，一帮人忙着切割水泥路面，钻孔，挖地。原来是村里正在集中改造污水处理系统，今后每家每户的厨房、洗浴和卫生间的废水都要统一排放到化粪池里。由于这是政府拨款项目，大家的积极性都很高，一些赋闲的农民也有了在家门口挣外快的机会。

　　不由得感叹现在的新农村面貌真是越变越美，农民的日子越过越好。那些蹲坐在粪桶、茅坑如厕，露天粪缸蚊蝇乱飞、臭气熏天的场景仿佛还在眼前，抽水马桶、卫浴间等现代化家居设备不知何时早已装进了寻常百姓家，随着排污管道的全面铺设，连烧饭洗碗产生的泔水也将便捷地深流入地，这在以前可是喂猪饲鸡的好饲料，而现在连在家养猪的农户也已经极少了。

　　农村面貌的快速变化应该是从世纪之交开始的，在之前的一二十年里，尽管农民收入和生活条件有所改善，但大多尚停留在温饱线，除了少数几个头脑活络、门路宽广的"头面人物"圈地建起了漂亮洋气的别墅洋房之外，其他农户即便翻建或新建了楼房，也大多就盖了个壳子，外墙的黄砖一直裸露着任风化雨渗，有些甚至连窗窟窿也只是用塑料薄膜或木板填补。至于村容村貌，难得有新鲜的变化，倒是诸如祠堂、队屋等公共场所或设施日见破败，河岸、塘沿以及一些空地上堆满了花花白白的垃圾，涣散的村民组织似乎也懒得出面来清理，整个农村好似一个没精打采、无人过问的病秧子。

　　我的老家位于中心村三里开外的山湾里，是一个仅有三四户人家的自然村。这现在只需一脚油门的距离使得现代化抵达的步伐更加滞后。当中心村村民已经能够在电灯下吃夜饭甚至看上黑白电视的时候，我们几户人家还得依靠点煤油灯、蜡烛对抗浓浓黑暗，堂兄妹们还经常上山去劈松油枝用来取火照明。待到读小学，经过当大队干部的父亲的多方努力，一杆杆水泥电线柱沿路沿山支起来，橘黄色的灯光终于照亮了小山村的黑夜。不过，在很长时间里，由于电力有限，停电是经常的事，电压低且不稳导致电灯暗如萤火，电视屏幕"嘎吱嘎吱"闪成一条条栅栏状，索性关了，直接点上蜡烛油灯来得省心。

　　最不方便的还是路，蜿蜒狭窄，一下雨便泥泞坑洼，特别是进村那一段，一路都是上坡，山外的重物要进家，必须得靠肩挑，或用手拉车倒腾。1990年前后我家造房子，由于拖拉机开不进来，从砖厂买来的黄砖只能卸在大村路边。将黄砖装上手拉车，父亲在前面拉，母亲还有我们几个兄弟姐妹在后面推，一车车运到新屋地基旁。那上坡的路真是艰难啊，每次都得闭上眼睛、咬着牙齿使尽所有的气力，腰酸痛得无法直起，汗水有时混着泪水大颗大颗地落在路面上，心里一遍遍诅咒着这该死的路，幻想着一种神奇的力量来改变这一切。这条路对我父亲的血肉之躯造成了多大的损耗啊。而今村里村外宽阔平整的水泥路四通八达，我的轿车都能直接开到家门口，而父亲已经长眠在路对面的山冈上。这么好的路，他一步都没走过。

大约在21世纪头几年，村里造起了灯光球场。这原本只有城里才有的玩意的出现仿佛是一个标志，农村建设像上了发条一样开启了快进模式。政府加大了财政投入，农民的收入来源也越发多元，活跃的经济给农村的发展注入了鲜活的血液。政府承包了原本分散在各家的十里茶园，把它们经营成了远近闻名的有机茶生产基地和休闲观光去处。村里还组建了多个农业合作社，一片片荒山也被承包出去，种上了桃形李、黄花梨、香榧等经济作物。很多农户已经不用上山下田辛苦劳作，每年从村集体或承包户那里称稻谷、领取各种补助款或是分红。不少村民在附近的工厂上班或是外出打工、做生意，另一些村民就在村里给集体基建项目或是承包大户干活，像城里人一样上班领工资。

村容村貌也发生了很大变化。一幢幢小洋房拔地而起，里里外外都装修一新，一家比一家气派。原来的大队祠堂扩建成了村民活动中心，搭起了戏台子；原先的村小改建成古色古香的文化公园，一批有些功底的村民凑成一个戏班子，时常聚在一起唱念做打，居然搞出了名堂，引得中央电视台都下来采风。村子里村民办事处、警务室、社区医院、放心超市一应俱全，还设置了多个垃圾中转站，有专人定时来清运，河道两岸也固定了木质栅栏，种植了观赏植物，穿村而过的主干道两旁的房子外墙都进行了明清古建筑格调的粉刷处理，整个村庄看起来整洁有序，韵味悠长。双休日或小长假，不少早先跳出农门的城里人以及慕名而来的外地游客常常驾着车子来此呼吸新鲜空气，品尝农家土鲜，流连忘返时就夜宿农家乐旅舍里。

这样的生活在老辈人眼中一定是想都不敢想的"世外桃源"，我的父亲还有很多已经逝去的先人，他们在这片土地上历尽了动荡、贫穷、苦难和艰辛，当幸福大门次第打开的时候，他们甚至都来不及看上一眼，这是多么深重的遗憾和伤痛。

（原载2016年3月1日《宁波晚报》）

两爿小店

　　这两爿小店开在小镇老街的同一条侧巷里，斜向相对。一家是理发店，取名"一剪美"。另一家没有打出店名，但广告灯箱上罗列着修理服务范围，修的尽是煤气灶、电水壶、电风扇之类的小家电，店里还出售卫星接收器，我就是因此找上这家店，然后又与理发店结上关系的。

　　2015 年底，老家的卫星接收器频道持续减少，母亲在电话中随口抱怨电视没得看了。于是我趁元旦回家就带着母亲赶往镇上买正规的"户户通"接收器。走了好几条街都不见卖此类产品的店面，还好路过一家服装店时，碰巧店主与母亲相熟，她领我们去了开头所说的那家修理店。

　　修理店的主人是位矮个子男人，四十多岁，其貌不扬，但脑门和眼睛都晶亮，操一口外地口音普通话，话锋干脆有力。后来了解到他是广西人，来这里打工已近十年，一家三口都长居于此。店门不大，里面倒像很大的一间仓库，堆满了各种废旧电器，不过收拾得还算规整，这大概出自店主那位模样端正、整洁利索的夫人之手。他们在外地读书的女儿也放假在家，青春俏丽、身姿挺拔，让人不禁多看上几眼，再打量一番两夫妻，环顾一下破旧的仓库以及架在屋顶下的矮阁楼（应该是他们的卧室），难免心生感慨。

　　因为一些原因，那回没有买成接收器，但要了店家的名片，约了年底再去，请店家预留一台。半个多月后，腊月二十六，放了寒假的我又陪着母亲来到店里，没承想接收器都卖光了，而且最后一台就在几分钟前被人带走了。母亲和我都有些懊丧，埋怨店家没留好，当然也得怪自己没提前打电话确认。店主拍着胸口保证第二天去县城进货，那也只能这样了。临近年底，不时有人进店找他修这修那，生意热乎得很。

　　走出修理店的门，瞥见了那家叫"一剪美"的理发店，犹豫了一下，和母亲径直往前走。都已出了巷口，我突然让母亲站住等我片刻，自己又折回去，拉开移门小心翼翼地问理发店老板："能给我妈洗个头吗？她年纪大，头发也很长。"得到肯定的答复后，我跑上去告诉母亲要给她洗头，母亲起先不肯，经不起我劝说和拉扯，终于顺从了。

　　母亲估计是第一次进入这种看上去有些洋气的理发店，稍显手足无措。其实这家店在城镇算比较老式土气了，店面也局促，里里外外就店主一人操持，四五十岁的中年妇女，相貌和穿着一样普通，外地口音，语速慢柔，透着老实和善。我正是冲着这些才临时起意让母亲进来的，换作那些装修时尚新潮、由一帮打扮光鲜亮丽的年轻人流水作业的美容美发厅，估计他们会嫌母亲的老和土，鄙夷或厌烦的眼光会令我们母子俩浑身不自在。

正思量着，母亲和理发师已经用生硬的普通话在问长问短了，母亲那头蓬乱干枯的长发被解开、理顺。从我记事起，母亲从来就留着及腰的长发，每天都会梳一次辫子，但从来没去修剪过，据说动了这长发是要损折性命的。随着年岁增长，母亲的长辫由粗黑油亮慢慢变得稀疏干枯，也比原先短了好几公分，最糟糕的是，近年来她手脚不太灵活，梳个头都吃力得紧，自己洗头更是无从下手，可以想见该有多汗腻瘙痒。有些时候我实在看不下去了，就在家里烧了开水给母亲洗上一次，但洗起来相当费力，还感觉有些别扭。一直也想找个能洗头的地方，村子附近根本就没有理发店，即便有，多半也会嫌弃拒收。所以能找到这样各方面都相宜的店，我特别开心，刚才没买成接收器的不快一扫而空。

母亲躺上了洗头床，温热的水浸湿了她久未洗濯的头发，理发师上了洗发露，用手轻轻抓搓，母亲闭着眼睛，明显很享受这种洗头方式带来的舒服。我又请求理发师："给我妈多洗一道，头皮上抓重一点。"店主含笑答应。洗净后，店主打开吹风机吹干水分，最后索性给母亲编好了辫子，插进发夹，虽然用她的话说这不是她必须干的活。看着经过拾掇后容光焕发、神清气爽的母亲，我连声道谢，母亲也真诚地说："这位师傅很和气。"是啊，古稀之年的她难得有这样的小辈可以开心惬意地聊上一阵子。

第二天下午，我再次赶到镇上，修理店师傅果然在上午去城里进了两台新机。他当着我的面调试无误，然后手把手细心教授了安装方法，还多给我扯了一长段线缆。出门时见到对面的理发店有好几个人在坐着排队，店主也看见了我，我朝她挥挥手、笑笑。再过一天就是大年三十了，这两家店都还忙着做生意，对他们来说，辛苦赚钱比回老家过年团圆享受来得要紧实惠，也因为他们的坚守我们才增添了很多生活的便利。这不，当我回家安装好卫星接收器，好多消失已久的频道又回到了电视屏幕上，一家人都颇感欣喜，特别是母亲，看浙江卫视的天气预报可是她和父亲多年的习惯。

再次来到这两家店是在清明节。因为接收器出了故障，在外地上班的我委托姐姐去店里修理，店老板爽快地帮忙调换。我这次是专程陪着母亲去洗头的，理发师傅还是很热情、细心。她边洗发边和我母亲聊天，母亲少见的笑逐颜开，看得出来母亲真是很享受这样的过程，多么需要常常有人陪她说说话、解解闷。我还看到了理发师的老母亲，比我母亲大三岁，但身子骨明显要硬朗很多，还能帮着洗菜烧饭，照看孙辈，她跟我母亲也很谈得来。也许我们都是穷苦人家出身吧，向人示好、与人为善是我们的生存法则，我们不会看不起贫苦低贱，最怕别人对我们的不屑和冷漠。

　　看着她们正聊得起劲，我便出门到对面修理店去转转，似记挂着一位老朋友。突然想起车子后备厢里搁着一个坏了很久的电水壶，城里的修理师傅不知道怎么回事一直都没修好，今天正好可以让这位师傅修修看。师傅还有他妻子也记住了我，见了面竟然有分熟稔亲切了。电水壶在店主骨节粗大的手中简直就是一个玩具，那些我碰都不敢碰的电子元件和线路被他轻松玩转，他一会儿就找出了问题所在：得换一个配件。在讲明价格并征得我同意后他掏出一个没开封的原装配件换上，顺口对我说："这个配件要是出了问题你拿来我负责免费修理。"对他的手艺和服务态度我表示赞赏，他话头也上来了："我就是这样的人，一就是一，做人做生意都很靠硬。上回有个人拿来个电水壶找我修，还说以前就在我这里修过一次，我一看配件就知道他说假话，打死我也不给他修。"

　　店主的话溢出一股"傲骄"，她的妻子在旁笑吟吟地听他"吹牛"，还附和一句："他就是这样的，脾气倔得很。"其实经过几次接触，我对他也是打心眼里欣赏佩服。他这样一个男人，来自广西山区，老家想必贫苦，大约也没读过什么书，然而就是出于生存的本能和责任，加上不笨不傻，不知从哪里学会了一门手艺，又凭着自己的踏实、认真和诚信，居然撑起了一份稳稳的生意，给了妻子和女儿丰衣足食的生活，而且最关键的是一家人看起来拥有一份由衷的、简单的快乐。同为男人，我觉得他比我成功得多。

　　修好水壶付完钱，母亲那边也完事了。理发师又帮她梳好了辫子，母亲看上去又像年轻了十岁，付钱的时候店主少收了五元，说上次的价格是因为快过年了。"真是实诚人！"我和母亲心里想着，又向她道了谢，大家都客客气气地再见了。

　　出了巷子，回头望望这两爿不起眼的小店，想着下一个假期还要陪母亲来洗头，顺便把城里那台坏了快半年的脱水机也带来让师傅修修，不禁生出些许期待，同时还在心里祈愿他们生意兴隆，把小店长久地开办下去。

（原载 2016 年第三期《镇海潮》）

路过小镇

每次回老家，基本都会路过小镇，买药、买菜或买一些日用品，好似成了一个习惯。

小镇离老家不远，顶多十里出头的路程，现在看来几脚油门的距离在儿时亦是一个遥远的所在，很难得才去上一趟，眼红那红红绿绿、琳琅满目，嘴馋那零食小吃的美味飘香。初中去外地读书，周末来回骑自行车，须经过小镇，于是对它熟稔起来了。

小镇有一长溜的店铺，还有一爿书店，初中时在那买过好几本诗集。高中暗恋一名女同学，她家在沿街开有一间服装店，我还偷偷去附近转悠过，终究没能邂逅她。我中学时代最要好的朋友就住在镇上，其实也属于农村，记得地名叫赵三村，只是这些村拼合起来就成了一个集镇，而山林田地远远地往外退。不像我老家这样的农村，屋后靠山，出门见田，乡政府所在地也小小的、破破的。

上大学后就很少去小镇了，外面的世界好大，外面的城镇也比小镇更大、人更多、更繁华热闹，而且常常发生着日新月异的变化。而小镇呢，这么多年来整个格局几乎没变，只是新拓了一条亦街亦路的大道，原先的农田上造起了几排房子，房屋装修、店面招牌、街景布置在与时代保持同步的同时，也保留了乡村的简朴风味。总之，就是那么一座安安静静的小镇。

我现在常去的地方是农贸市场，这菜场可比我们村里、乡里的要阔大得多，光肉摊就有五六家。平常日子进去，人流量不大，顾客三三两两，各个摊位上摆满了菜蔬，基本能满足附近居民的需要，但高品高档的海鲜、肉类或者蔬菜是见不到的，起码得去十里开外的另一个更大的集镇上的菜场或大超市才能买着。我一般就买半片鸭、切一斤肉，或者是带上几样自家没种的青椒、西兰花、番茄之类的蔬菜。菜场过道上、门口门外还蹲踞着好几家无证摊贩，售卖的东西相对便宜一些，我常常会在那里淘些螺蛳、泥鳅、腌菜等。

这里的摊贩大多家居附近，不少摊主就是土味十足的老汉、大妈，操着方言或是半生不熟的普通话招徕客人，"老板""帅哥""美女"叫得自然顺溜。有一回，一中年妇女招呼我："小官人，来来来，带点啥东西回去。"都四十出头的人被唤作小官人，心头着实热乎了一阵子。在这些菜贩口中，他们的货物都被说成自家种、自家养，都是土菜家鸡，不打农药不喂添加剂。这些信誓旦旦的承诺，如果全信了，肯定是要吃亏的。我这次路过买的那只杂交鸭，表面看上去十分鲜润，剖开来，油脂肥厚，不管清蒸还是红烧，那个腥味、膻味令人作呕，明显是吃激素饲料长大的，心里将那个摊主骂了个狗血淋头，发誓再也不去她家买东西。

菜场周围还圈着好几层店铺，服装、日用品、水果，依然都是中低档次的货色，有钱的老板、时髦的年轻人是正眼都不会瞧一下的，都是节俭惯了或是手头紧的老乡来光顾。这些店其实也会给人带来惊喜，其中能找到城里几乎绝迹的商品，去年底以来阴雨绵绵数月，在工作地附近的商场、超市乃至小百货市场都没找到那种黑色低帮雨鞋，路过小镇，就在这一带杂货铺里一眼见到很多双我想要的那种款式，价格也不贵，让我欣喜不已。

小镇见不到高楼大厦，主干道两旁的房子大抵都是四五层楼，一楼开店，上面住家，大阳台，大房间，高层高，相比于城里逼仄的套房，住房舒适度让人艳羡，屋后还有水泥道地，非常接地气。有一回穿过一弄堂，我见两个妇女正在一个大水槽里给一只壮硕结实、已经煺去大羽的肥鸭挑剔细毛，心想要是在城里的居所，收拾起来该是如何拘手束脚、一塌糊涂。

出现在小镇街上的人群以中老年居多，他们的孩子多半在比小镇更大的地方读书、工作，混出个出息样子。所以小镇的日常有一种与居民年龄相称的慢悠悠的格调，捧着茶杯立在门口与人闲聊的，围着小方桌下象棋、搓麻将、打扑克的，到了饭点，妻子炒上几个菜，丈夫一口一口抿着酒，细嚼慢咽，优哉游哉。那盘里碗里的菜肴可真是野生土长的食材制成，鲜美得很，惹得人暗咽口水。

街上随处可见特产店：暮春，小镇氤氲着茶叶清香，那些店都在炒制新茶；深秋，一种叫作香榧的山珍又摆上各家的柜台。茶叶和香榧都价格不菲，却每季都能卖个精光，鲜有陈下的。走完了货，也鼓囊了钱包，店家的日子过得滋润，很多家庭开着好车，在县城购置了大房子，但是他们却习惯住在小镇上，因为这里几乎什么都不缺，还有城里没有的种种好处，更主要的，小镇的后方，那绵延的高山上，云雾缭绕间，茶树一季季生长，香榧结出金灿灿的果实，恰似他们取之不尽的宝藏。他们这些曾经贫苦的山村人，就愿意做个小镇居民守着这金山银山，走得太远，福分便也远了、薄了。

（原载 2019 年第十二期《文学港》）

春风十里

春风十里，多么美的字眼，像是给我故乡某轴美丽画卷落的一枚图章或是一行题诗。响亮，夺目，吸引了络绎不绝的远近游客。

小长假，我们邀请几家至亲在位于景区一隅的山庄一起吃个饭，庆贺儿子十岁生日。最重要的，要借此机会让母亲逛逛这个家门口的风景区。在山庄用餐，汽车可以直接上山，方便行动极其不便的母亲。

离开饭还有一段时间，我和儿子推着坐在轮椅上的母亲，沿着一侧镶嵌了蓝色塑胶步道的景区道路看风景。阳光明媚，轻风徐徐，游人如织。这是一处绵延数公里的丘陵地带，坡上地势平缓，起伏有致，碧绿无垠的草坪、五彩缤纷的花海、嫩芽簇簇的茶园，都大片大片地铺展开来。随处还可见精巧的棕色木屋、竹编凉亭、木头或竹子扎就的各种农事造型，更有依势而建的景观栈道、帐篷酒店、房车营地，田园风光与浪漫风情相融。空气中弥漫着茶叶的清香、泥土的芬芳，望远处，群山环绕，重峦叠嶂，村居隐隐，满目青翠葱茏。真没想到这片生我养我的土地可以出落得如此俏丽。

我以为这么难得出来一趟母亲一定很高兴，谁知没走多久她就嘀咕："这有什么好看的，早点回去吧！"我有些纳闷，但还是坚持推着她走完了几个主要的观赏点——下一次上来还不知什么时候。好在母亲也没提出强烈异议，安静地顺着我的引领把久违的家乡风光纳入浑浊的眼中。儿子为显示自己长大有劲了，使出吃奶力气独自推动轮椅，母亲满是褶皱的脸上也笑出了阳光般的明亮。

母亲的心思我其实能揣摩出来，不是她不想好好欣赏这风景，这半年多来，她基本就窝在家里，一下子能到如此开阔的地方透透气，整个人想必都神清气爽了吧。只是她也许很难接受自己以这样一副情状出现在这么多人面前，来来往往的人群，不乏附近村庄的人带着亲朋好友来休闲旅游的，好些景区工作人员就是本村村民，母亲与他们相识，打过交道，看着那些与她同龄或者年长于她的老人轻手快脚、兴高采烈的健旺样，却让人家撞见自己坐着轮椅、病弱不堪的样子，无论如何不能算一桩顺心美意的事情。再说，这山，这路，母亲用脚丈量过多少年，而今却连与它们进行实实在在的接触都显得那么艰难，她那份失落难过是可以理解的。

母亲的另一层难过应该是想到了父亲。这些年，她不管是高兴还是悲伤，都要想起去世的父亲。父亲是个爱走动的人，但生前到底也没去过什么像样的风景名胜。而今，家门口成了风景区，如果他还健在，按他的个性和大病前的强壮身体，也许天天都会上山走一圈，那些远道而来的城里人甚至外国人，以及景区推出的新奇活动一定能满足他内心对外面世界的渴望。然而，这样的日子，父亲一天都没能过上。这于父亲，也许已无所谓，但于母亲，却又是心里头一个解不开的结。

一路上，母亲说得最多的是茶叶，这春风十里景区，说起来，以前就是山脚下几个村庄的集体茶场，每户家庭都分得一块地，采茶卖茶是一项重要的经济收入。我家人口多，在丘陵之巅，估摸就是现在大草坪那一带，拥有一块面积颇大的、呈长条形的茶场，有上百株茶树。每年春夏，茶场里，一片绿海碧波间，露出很多人影，家家户户采茶忙。我们这些年幼的孩子一放学也直接上山，拎个小篮子，像模像样地也能采下一两斤青叶。临近天黑，跟着父母大担小担下到大队办的茶厂，排队过称，换来几张现钞。路过小店或菜摊，兴许还能割块肉、买点零食回去。这样的日子，就是非常的快乐和满足了。采完了四五月份的"头茶"，盛夏时节，父母亲还会顶着酷暑上山采"二茶""三茶"，虽然辛苦，虽然价格越来越贱，但这就是他们能够增加收入的为数不多的渠道。我们的学费书费、种田用的农药尿素基本上就是这茶叶变来的。

早在十多年前，茶山被村集体统一收回，每户象征性地发了一点补贴，经过一番改造，我们村里出产的茶叶变身为"绿色有机茶"，卖到了很远的地方，卖出了很高的价格。再后来，这万亩茶园全交由一房产企业开发成田园综合体，也就是现在所谓的春风十里小镇。村里很多人从中获益，那些村干部自不必说，开民宿办饭店的，进景区工作的，甚至那些在马路边卖矿泉水、茶叶蛋的都赚了不少钱，远比我父母亲那年代采茶换钱来得轻松来得多。倒是像我父母亲这样的，现在什么都得不到，而我这样因读大学迁出户口的人想上山走走还得掏钱买门票。

听说现在的景区只是一期工程，以后还要建酒店等。故乡已经不是我记忆中的故乡，故乡的亲人也终将一个个老去，这春风十里，与我渐行渐远，想想有些不平，有些惆怅，不过还是祝福它吧，更希望母亲的身体能好起来。她在，故乡就还在。

（原载 2019 年第十二期《文学港》）

烧 饭

暑假回乡下老家，一日三餐得自己动手。不似在城里，上班时吃单位食堂，家中基本是老婆进厨房，小区附近开着不少餐馆，还能叫外卖。

俗话说巧妇难为无米之炊，米是最基础的原料。米屯在缸里，从村里或镇上的商店超市买来的，一般是五十斤大袋装，价格较低，质地粗糙，主要考虑到还需喂狗喂鸡。特别怀念以前自家播种、插秧、收割、晾晒一条龙生产的稻谷，手拉车装几箩筐去村里的加工厂，新鲜出壳的稻米煮出来的米饭蕴着阳光的余温剩香。

不可或缺的还有菜。原先中心村摆着几爿肉、鱼、豆腐和蔬菜摊，后来不知何故都撤掉了。不过现在每个上午外村的菜贩子会驾驶装满各式菜蔬肉鱼的卡车绕着十里八乡各个村落转，在村子大道停上一二十分钟，算服务到家门口了。缺点是菜品少，还要掐时间，尤其是像我家偏居山里头的，得走上一两里路去最近的自然村等候。所以还不如一脚油门直接上镇里的农贸市场，新鲜、丰富。

去菜场主要是买荤菜和豆制品之类。一般的时令蔬菜在老宅后面的菜地里、围墙边角里、路边狭长的空地里都能采摘到。有些是三姐开地起畦种植的，有些是母亲随便挖破土埋粒种子生发出来的，四季豆、番茄、南瓜、丝瓜、冬瓜、苋菜等都挂着、躲着、躺着，鲜得汁液饱满。鸡蛋，家养的母鸡一只一天下一个，冰箱里都放不下了，正好用来煎荷包蛋、炒番茄或蒸咸肉。甚至，可以将那只不下蛋反而时常夜不归宿的老母鸡给杀了装满三四碗，汤色金黄。甚至，还能在屋边的浅塘里摸一碗螺蛳上来，或者去山间的水塘里钓一碗小鲫鱼或泥鳅上来，野生的，味鲜，补身子。

洗菜淘米必须用水。我家的水源有三处，一是那口自我记事起就存在的四户人家共用的深井，干净透亮还凉冽彻骨，盛夏时能冰镇西瓜。另一处是竹林边山冈上的一口浅井，大约二十年前父亲请工匠师傅专门砌出来的，管子接到了家里。还有一处就是一年前村子里统一安装的自来水，从近二十里开外的大水库哗哗流来，据说那边青山重重，想想都是好水。

开始烧菜做饭了。灶间设在三层楼旁边的一间矮平房，煤气灶、柴灶、碗橱、水缸都齐备。我喜欢烧柴灶，二尺二寸的大黑铁锅，蒸出来的饭菜有一种特别醇厚透熟的香气，还有一股童年和故乡的味道。烧柴灶，似乎在回味一种过往。

靠山吃山，只消稍微勤快点，烧饭的柴是不缺的，去一趟竹林或树林，把那些枯死或雪压的松树、毛竹拖几根下来，用钩刀砍去枝条，把主干锯成一段段，再用斧子劈成柴桦，就够烧上三五天了。秋冬时节，三姐还会去林间地上耙来几麻袋松丝，是最佳的引火柴，不过到了夏天也已经用光了。也没事，可以用我带去的废报纸，院子里那两棵十几米高的广玉兰长年累月地掉树叶，夏日骄阳把叶脉里的所有水分都榨干了，抓来一把遇着火苗就燃开来。

炉膛里的火不容易控制，有时太旺，有时火势渐熄不给力，所以烧菜时得两头兼顾，常常手忙脚乱，好在只我跟母亲两人吃饭，每顿炒上一两个菜就可以淘米下锅了。几碗菜搁在饭架上，盖好锅盖，接下来就只要管好炉火就行了。如果图方便，塞进去几块柴桦或竹桦，待到热力燃尽，饭香自然也飘逸出来。在这十分钟左右时间里，可以坐在炉膛前看看报纸和书，偶尔打开炉门把边角柴火拢拢紧。我还喜欢提着火钳四处搜罗房间里外的一些纸屑、塑料袋、废品、杂物等，塞进火中很快灰飞烟灭，家里也多了几分整洁。

当锅底发出轻微的刺刺响，意味着饭熟得差不多了，如果炉膛里有燃得正旺的大块柴火，得赶紧抽出来，否则很快就会闻到一阵焦味，至于那些红烬可以留着，仅剩的热力能炙出香脆的锅巴。

三五分钟后，待锅里锅外的蒸汽散尽落下，就可以掀开锅盖。将一碗碗菜端放到桌上，盛出两碗饭，打开电视机和吊扇，叫上老母亲，慢慢享用。

补充说明一下，夏日挨着炉膛烧火做饭，一会儿就汗流浃背，完全不同于冬天凑在跟前温暖扑面而至。加之没有装油烟机，一天下来常常通身汗腻油腻。不过没关系，拎来几桶井水把身子冲个透心凉，汗尽腻去，也是一种先苦后甜式酣畅淋漓的享受。

（原载 2017 年 10 月 13 日《宁波日报》）

乡村医院

  乡村医院以前叫乡卫生院，现在称为社区卫生服务中心。以前塞在弄堂边上的民居堆里，几间平房圈着一方小院子，窄小；现在迁建到了集镇的入口处，两幢四层楼房，分出了门诊部和住院部，还有停车场和小公园，背靠河溪以及青山，门口即是县道，阔气。

  这天，我开车带母亲早早来到社区卫生服务中心。母亲身体不太好，各种慢性病，不时的没力气。我想趁着放假回家，每天去给她挂上一瓶盐水。以前，大人们劳累过度、卧床不起，几瓶有营养的药水下去多半都能恢复元气，很灵光的。

  医院的装修和陈设布置跟城里的差不多，地面和墙面铺着大理石或抛光砖，标准字体字号字色的各种指示标识，彰显了现代化和规范化色彩。进进出出的人大多是附近村子的农民，中老年人居多：妇女们穿得花花绿绿的，挂项链，戴戒指，套手镯，衣服和饰物的质地都比较粗粝，显出一股健旺的土气；有顶着旧草帽，穿背心拖鞋，挽着裤腿，露出古铜色皮肤，散发汗臭味的老农；也有年轻一些的男女，握着大屏手机，打扮时髦，额上架着墨镜，包里藏着太阳伞。有名护士小姐不停穿梭于过道，挑染过的长发盘在头上，白大褂罩着窈窕高挑的身材，修长小腿连着高跟鞋在大理石上敲出悦耳的脆响，不由得让人多看几眼。

  先挂号，两个窗口其中一个挂出"暂停"牌。人确实不多，也不少，五六个人排在我前面，队伍移动异常缓慢，最前面的那位大爷与工作人员一直在计较什么，搞了十多分钟才完事。接下来一个妇女不想把百元整钱找开，搜刮遍身上口袋和手提包里的角角落落还问熟人借了一点，总算把那些元币角子给用出去了，特别解气舒心，仿佛赢了一把的样子，只是又耽误了好几分钟。

  除了我，其他排队的人倒也不着急，前后左右聊天打招呼，甚至任由一个缺了门牙的五十多岁的妇女无所顾忌地闯到窗口插队。我朝这位大妈盯着看，表达我的不满情绪，她视若无睹，我也不好发作。及至轮到我，我才发现慢腾腾的原因至少有部分源于那位男性工作人员。年轻轻的小伙子，手脚和反应都很迟缓，打个字还得在键盘和屏幕上一下一下摸索，还有那台旧式打印机，吱吱作响，得花上好几十秒才能很吃力地把小小的挂号单完全吐出来。

  医院里其实没设几个科室，病人最多的就是我们所挂的全科门诊。十多个人围笼着一名三十上下的男医生，叽叽喳喳，有些嘈杂。医生一个个细细慢慢地问诊，都是些简单的病，皮肤瘙痒出疹、腹泻胃炎、头痛头晕。有个八十多岁的老太太又是皮肤发红又是拉肚子，追问之下透露了可能跟喝了家里那箱过期两三个月的纯牛奶有关，陪她来的六十多岁的儿子禁不住抱怨几句，旁人也纷纷插嘴劝导起"过期食品不能用""贪小失大"之类。但很多也是嘴上说说，轮到他们自己，隔夜稍稍馊了的菜、发霉的腌肉、过期食品等，还是心存侥幸，舍不得扔掉的。

不时有人插进来问病情、看片子、开单子，没有半点秩序意识，我等在那边看着焦心还冒火。医生倒是不急不躁，方方正正的脸上始终挂着亲切和善的笑容，认真地量血压、听心脏，耐心地解释病理，耐心地做思想工作。这涵养在城里大医院都是难得一见的，这年轻人医科大学毕业后怕是适应了一段时间才练就了这身与农民朋友打交道的本领。

医生让母亲先做血常规和心电图检查。抽血的地方很空，一会儿就拿到了结果。但B超和心电图合在一起的科室前又排满了人，原来今天是健康体检的日子，都凑在一起了。等的节奏又是慢啊慢，我插在中间只能掏出手机看信息打发时间，其他人则起劲闲谈，都乡里乡亲，排起辈分来怕还沾亲带故的，话题很多，互相问长问短，听得出来日子过得都很不错的。一对携着八岁小孙子的老年夫妻是交流的中心主角，大妈嗓门很响，一开口几颗镶过的钢牙一览无余，她绘声绘色地讲述着城里生活，讲着儿子媳妇女儿女婿工作多少体面啊，收入多少高啊，大外孙、大孙子多少聪明会读书，考上了重点中学、重点大学云云。

我问母亲怎么不用体检，她说卫生院每年会带着设备下村里两次，主要就是量血压、测血糖及查B超、心电图等，上个月刚检查过，医生说她心脏问题比较大，其他还好。母亲还说村里木匠师傅的弟弟在体检中查出癌症，已经住进了人民医院。"要是你爸爸在的时候都去做体检，说不定现在还在呢。"母亲又想起了伤心事。

看了化验单和心电图，那位始终挂着微笑的医生说没有炎症，挂瓶没必要。心脏还是老样子，不太好，建议我们去大医院看专科，很多药社区医院开不出的。

在医院总共待了快两个小时吧，我们离开的时候，刚才排队挂号、体检的人都不见了，都回家干活或做中饭去了吧，乡村医院显得冷清清、空荡荡了。

父亲的愿望

　　五一回家，发觉父母比几个月前又苍老了几分，特别是父亲，动作很有些迟滞了。我心下凄然，娘儿俩在灶间做饭时，母亲酸酸地说："你爸爸苦了一辈子，年纪大了，做不动了，你工作的城里不知有没有管传达室、管门房的活儿，有的话，说说看，让你爸爸享几天清福吧。"

　　我无言，母亲也许认为她的想法是轻易可行的。事实上她过高地估计了她的儿子及城里的现实。在父母心中，我是大学生，是吃皇粮的公家人，是家庭的荣耀。但在这座离家几百里的人生地不熟的城市，我卑微得如同街头的落叶，飘摇在风雨中。况且，现在城里人下岗、失业的太多，外地民工又大量涌入，每一个岗位的空缺都会招来许多人的争抢。管门的活儿早已成为美差，没有一定的社会关系根本连边都沾不上。再说了，语言交流也是一道致命的障碍。总之，面对母亲的请求我只能感叹自己的无能，但又实在不忍心熄了她微弱的希望之火，只有含糊地应着"好的，我留心问问"。

　　我不知道父亲年轻时是否立过什么雄心壮志，但我确乎知道做一个传达室大伯或门房大爷几乎是他最后的人生理想了。我家孩子多，我出生时父亲将近不惑，记忆中的他身强力壮、精力充沛。几十里的山路他能挑着重担星夜赶完，七八亩的责任田他能轻松玩转，他有力地支撑起一家七口。然而十多年过去了，父亲的力气开始衰退，肌肉慢慢枯萎，寂静的夜里不时响起他力不从心的呻吟和辗转反侧的叹息。父亲老了，他曾经寄托过无限希望的五个儿女并没能给他带来安乐富足的晚年，身心俱在焦虑中无言地衰败。除此以外，土地似乎越来越贫瘠，同样的劳动能换来的钞票越来越少，有时还抵不上投入的各种税费、农药、化肥、耕田等的花费，而日常的开支却日见其长。父亲是个老式的农民，除了种粮他没有也不会去考虑别的经营之道，他以自己的理解忠诚地固守着土地，然而土地漠视了他朴实的感情，在攫取更多的汗水与心血的同时把失望甚至绝望种在了父亲的心头。

　　父亲的姨夫在县城替一家印刷厂看门，每月有七百块的工资，年终还能分到不少年货。父亲去拜望过几次，回来总是唠叨着他所见到的一切。"姨夫比我大二十岁，看起来比我年轻多了，姨妈也可靠他了，他活得舒畅啊。"言语间透着黯然，这样的失落会持续很长一段时间，只有在他想象自己也成了管门大伯时才闪现了少有的兴奋。

　　凭我的感觉，父亲肯定不具备成就大事业的素质。他很守旧，小农意识异常浓厚，也夹杂了些许小资情调。他年轻时读过书，了解不少可作为谈资的大事小事，现在与村人侃起来都头头是道，他喜欢种点花草，逗弄有颜色的鸟儿。他向往过平静、简单、稍稍小康的生活，他愿意尽力为社会做事，只求能够吃饱，每餐喝点黄酒，偶尔有机会出去走走——不管是什么地方，小病小痛无所谓，忍忍就过去，能治好的大病国家能资助一些，绝症就认命，死后有块地方安葬，如此而已。真的，他对于生活再不会萌生别的企求。

　　衰老的父亲撞击着我脆弱的心，我时常被一些冷冷的恐怖所笼罩。这个社会对一部分人来说为什么如此无情？他们用年轻、力量和赤诚肥沃了脚下的土地，而土地却满足不了他们朴素的愿望。父亲常说假如让他管门他会以二十四小时的专注去耕耘这个岗位，然而没有谁需要他这么卖力，更有不少人，他们蓬勃的生命力只能消散在对落后的乡村和富饶的城市的迷茫里。这是何等的无奈与遗憾啊！

（原载 2003 年 5 月 17 日《镇海报》）

保重，父亲

　　2010年父亲节，久未动笔的我第一次写了一篇关于父亲的文章，虽然我的父亲根本不知道有这么一个节日，他也不可能读到儿子的文字。只是一年多来，对于父亲的牵挂一直未曾松懈，日里梦里都会念着父亲的身体状况如何，饮食睡眠可好，担心父亲哪天突然病情恶化离开我们，不敢想的是也许明年的父亲节父亲已然不在……我想留下一些文字，表达对父亲深深的爱恋。

　　父亲是去年10月底被确诊为鼻咽癌晚期的，现在想来，他的病兆两年多前就已开始。由于父亲的隐忍不言，加上我们做子女的均在外地，没有引起足够的关注和重视。父亲的头一直钝痛着，也曾去了几家医院，看过专家门诊，做过CT、抽血之类的检查化验，均被告知多半是老年人动脉硬化引起的神经性头痛，属于一种正常无大碍但也无良治的老年病。抱着这种侥幸和乐观，我们听凭父亲每天靠一粒止痛片和一些不对症的药物对抗我们所不能切身体验的头痛。据母亲说，严重的时候父亲会捧着头撞床、撞墙，可以想见那种病痛是何等难以忍受。

　　父亲的日子一天天在痛苦中逝去，病情未见好转，反而连颈部、咽喉、耳朵乃至舌头都发生了一些病变。在我们不断的电话催促下，母亲带着父亲到乡卫生院找熟识的医生，医生直接表示应该马上去市里的人民医院。在这样的形势下，又恰逢我大姐夫那段日子赋闲在家，父亲终于住进了医院。一连串检查下来，鼻咽癌这一我们从没想到过的"绝症"确定无疑地摆在一家人面前。当大姐告诉我这一消息时，连日的担心终成事实，我只觉得我的世界被抽空了一部分，那么酸痛，泪水即刻涌满眼眶，在这个世界上，我也许会很快成为没有父亲的孩子。

　　漫长而痛苦的化疗和放疗开始了，医生说这是治疗鼻咽癌的最佳手段，如果是早期完全可以治愈，晚期的疗效不敢保证。这些话又深深地刺痛了我：如果早一年将父亲送进医院该有多好。父亲的放化疗反应十分强烈，不停地呕吐，除少量水之外，什么食物都不想吃也吃不进，身体迅速地衰败。放疗那阵子，每天帮父亲脱光上衣的时候，看到父亲曾经那样健硕的身躯只剩下皮包骨加一点点松散无力的肉，父亲瘦了、枯了、窄了，我闻到了衰老和死亡的气息，心头沉重得窒息。

　　做了三次化疗，三十五天放疗之后，父亲死活坚持要出院。一来是他实在难以忍受化疗对他身体的巨大摧残，二来倔强固执的他对医院、对医生有一种一贯的偏见，三来我想他是要回到家里，回到自由的土地，和他熟悉的山水草木、猪羊鸡鸭等在一起，当然可能很大程度上也是想给儿女省钱。在劝说无效的情况下，春花开、布谷啼的三月，我们把父亲接回了家。父亲看起来状况还不错，我们寄望他通过在家静养，慢慢地能够好一些起来。

但我们的心始终是沉重的。2009 年冬天，一个村里考上大学现在在大医院工作的医生检查了父亲的单子后告诉母亲和姐姐，现在无论我们怎么努力，他还是都处于生命的末端，这句咒语一般的诊断每天压在心头，让我噩梦连连。只是我们真的不甘心刚刚七十岁的父亲过早离去，父亲过去的大半辈子都埋没在穷苦辛劳中，这几年刚刚能够过上比较轻松宽适的日子却又病入膏肓，这无论对于他还是我们子女都太过残忍和悲情。但这也许就是命吧！记得去年春天父亲曾和我有过一次交流，他说他小的时候，他的父亲带他去算命，先生掐指算他六十八岁有一大难，现在看来真的应验了。父亲经常说起这件事，我告诉他迷信不可信，再说这一年毕竟挺过去了，大难不死必有后福吧。

这些日子父亲的胃口还好，头也不痛了，还在做一些轻便的生活。我不知道父亲还能生存多久，但我真的想尽最大努力挽留父亲，让他在生命的最后阶段能够感受到爱、快乐、幸福和尊严。我几乎每天都要打长途回去，询问他的情况，劝导他不要上山干活。年初的时候我下了很大决心翻修家里的房子，这房子是父母二十年前造的，由于是水泥平顶，这几年漏水很厉害，父亲一直担心保不准哪天房子会坍掉。我们兄弟姐妹合计在二楼再砌上一层，盖上钢瓦，外墙也全部用水泥粉刷。这项工程从三月底开始现在已接近尾声，我想父亲每天看着自己留给后代的房子终于能够免除漏水之患且更加气派坚固，内心一定是欣慰而快乐的，这也算我们给予父亲的一种积极的治疗吧。

父亲是三十六岁那年生下我的，在并不算长久的生命交流中，我的脑海深处有一些永不磨灭的画面：幼年时我骑着他的脖子翻过高高的山冈去走亲戚，我和他互相抓背止痒；少年时他给我做的大刀，给我从县城捎过来的小笼馒头、棒冰；青年时为我的工作曾经去求过他那高傲的亲戚……最近的一次是去年夏天回家时遇到他挑着羊草吃力地走在山路上，他居然那么顺从地让我接过他的担子而他像孩子一样跟随我，这放在以前是不可想象的，父亲真的老了。

再过几天，我的孩子即将出生，我也即将取得硕士学位。暑假里，无论如何要带父母去游览他们向往已久的普陀山，所有一切都是献给父亲的礼物。我想为父亲做很多的事情，只愿他和母亲能再相伴我们一些岁月，再享几年天伦之乐。

保重，父亲！

（原载 2010 年 6 月 22 日《今日镇海》）

对您不够好

我害怕这个节日的来临，因为对他满怀愧疚。

九九重阳的意涵颇为丰富，而我仅仅知晓老人与登高。如果让我描绘一幅关于重阳节的美好画面，那便是在秋高气爽、稻谷金黄、层林尽染的日子里，父母亲相携着，或是约上三五亲戚好友，来到某个向往已久的旅游景点，饶有兴致地走走、看看，眼睛发亮，欢声笑语，有一种对人生过往的感慨，还有对当下和未来的满足欣然，还带回"一箩筐"的所见所闻以及纪念品、土特产与儿女、邻居分享……

父亲生前是个喜欢走动的人，也许跟他年轻时念过书、在省城钢厂上过班、做过村会计的经历有关。儿时随父亲去镇上、县城，他也会牵着我进入几个仅有的公园之类的地方参观，有一回还花了一块钱门票同我游览了刚刚落成开放的"小天竺"景区。他不是那种走马观花式的匆匆走，往往是驻足良久，细细赏味，还能讲出一堆来龙去脉，虽然我听来似懂非懂。

然而由于家庭负担重、经济拮据，父亲究竟没能去到那些他在书上、电视上看到过的好地方。比如离老家并不遥远的永康方岩，据说庙里菩萨很灵光，每年都会有几个村民上山拜佛求签，他只有眼馋失落的分。有一年重阳节，村里一相好的老人组织了一个小团队包车去方岩，极力撺掇他一块走，想想得花费两三百块钱，父亲最后还是狠心放弃了。我得知情况后数落了几句："这点钱我们还是出得起的，何况这么好的机会，哎！"类似的遗憾他都积攒着，以为此生尚余，还有机会。没想到即将迈入古稀之年时，病魔突如其来并迅速击溃了他，遗憾终成永远。

父亲的遗憾也是我最深的愧疚，因为我总觉得自己对他不够好。虽然参加工作后，父亲有几次从老家来宁波看我，我都会陪着他辗转各路公交去看看宁波城里乡下的世相风光。他总是孩子似的感觉兴奋新鲜，并且回去后还能与老家人津津乐道上一阵子。然而我原本还可以或者说应该带他去更远更大、更美更好的地方，带他去坐飞机，带他去北京天安门。对于他们这代人来说，整个人生也许都会因此而大不同，也许会因此而获得对抗衰老和疾病的力量，他可能就不会患病，如今我们可以幸福地生活在一起。

那些年我总是忙于工作，忙于在这个陌生的城市打拼。做了一辈子农民的父母无法为我提供买房结婚的支持，相反我还得贴补些家用。也许潜意识里就有这样一种自我安慰，我这样做已经很好、很不容易了，等以后生活稳定可靠一些了再好好孝敬他们吧。然而，衰老总是来得太快，变故总是无法预料。就像我的一名同事暑假前打电话给东北老家独居的老父亲约假期一起去爬黄山，父亲一句"儿啊，你爹已经走不动了"让他潸然泪下，这也让我心有戚戚。

在我的生活圈子里，我见过不少农村老人的晚年生活多半无奈无力，那种父子反目成仇，儿女拒绝任何赡养或者儿女成群却无人问津、孤独终老的情况自不必说。在很多家庭里，老人们也只能满足基本的生活生存需要，儿女们的普遍心思就是年纪大了就应该在家好好待着，有口饭吃，有新衣穿，生病了打针吃药送医院，到时到节掏出几张百元大钞自个去花。你不领退休工资，没有银行存款，子女能做到这样已经孝尽义至了。老人们看看周遭，扪心自问，似乎也认为确实只能如此了。

前些日子在网上看张杨执导的《飞越老人院》，城里老人的晚年生活亦是一片凄凉。电影呈现真实的人的老相，可谓惨不忍睹：老年痴呆记忆全失的，瘫痪在床无法自理的，嘴巴瘪塌仅剩一颗门牙摇摇欲坠的，来不及起床大小便溺在裤子床单上的……儿女们将老迈父母送进养老院，图个省心省力又心安理得，养老院的工作人员则是如临大敌，公事公办，严格管理。老人们实际上被圈养、被禁锢在一方窄小的天地里，他们每天只能吃饭、睡觉、聊天、打牌、仰望天空，本质上即如老人们忍不住爆出口的"我们就是在等死"。

活着应该是美好、自由、丰富的，即便机能衰退，来日无多的老人一样有向往和追求的权利，只是他们比以往任何时候都需要别人的理解和支持，但亲人们往往有意无意地忽略甚至抹杀他们的实际需求。电影里的老人们终于鼓起勇气、团结一致、斗智斗勇地去实现了他们依然强烈渴求的生命意义，绽放出他们依然瑰丽耀眼的生命光华。而现实呢，也许并不能如此顺遂圆满。

电影里有一段祖孙对话，爷爷讲了一个段子，当一个孩子和一个老人一遍遍反复问"树上的鸟儿叫什么"，孩子的父亲和老人的儿子却是完全不同的回应。父母对幼嫩的孩子可以全心全意、不厌其烦、无微不至，但儿女对年迈的父母却常常不能做到十分之一。为什么？也许，这是人生缺位的轮回吧。

重阳一年一度，今年佳节到来之际，我将深深的愧疚和无尽的思念写成文字，乞求远在天国的父亲的原谅。如果那边有同样的节日，希望您不要再亏待自己。

（原载 2017 年 10 月 17 日《宁波日报》）

关于母亲

　　在我个人有限的文字记录中，关于母亲的内容少得可怜，不似我曾为父亲生前身后写过三五篇文章。这一定程度上反映了父母亲在我们儿女心中的地位差异。友人说过，父母与子女的关系其实也挺微妙而现实，子女会更倾向于对家庭中占主导地位的家长更在乎和更爱一些，我想，大抵如此吧。

　　母亲十二岁的时候，我的外公便去世了，她是家里的长女，只能和外婆共担抚养年幼的小姨和舅舅的重负。可以想见，在那样的年代，两个妇道人家要维持一个家庭是多么艰难。母亲说，她从十二岁开始就没有过过什么好日子，所有重活、累活都做过，但即便如此，外婆家还是沦落为村子里差不多最穷困弱势的人家。也因为如此，当她嫁给父亲后，我的祖父祖母及我的叔叔、婶婶、姑姑都不待见她，甚至联合欺凌她。我记得非常小的时候脾气暴躁的祖父有一次挥着锄头来砍母亲，祖母也经常尖酸刻薄地数落母亲。然而，当祖母老了瘫在床上的时候，是我的母亲付出最多的时间精力为她擦身端尿，她的妯娌们却是勉强为之，祖母临死前多次拉着母亲说些忏悔、感激之言，但又能如何。

　　母亲总共生产了六个儿女，第二个孩子一出生就夭折了，我是家里最小的。我出生不久就得了一种疑难重病，生命岌岌可危，母亲马上带着我来到镇上的医院，那边无力医治后又立即坐救护车赶到几十里外的绍兴人民医院，那边的医生也无能为力。母亲抱着我坐在医院的走廊上陷入绝望的时候，巧遇了一名从上海下派过来留过洋的医生，他一眼看出了病根，吃了些药，住了几天院后我便起死回生。所以真的是母亲的坚持给了我第二次生命。

　　父亲和母亲都是老实巴交的人，很勤劳，但家里的日子一直过得很拮据。他们也并不善于调教子女，我们兄妹五个到底也没什么特别的出息，有些烦心的事情也一直缠绕着他们。在逐渐长大的过程中，我慢慢发现了父母亲的一些局限，比如母亲，她有的时候过于敏感和自尊，易激惹、爱计较，也常与人吵架，还很固执，这应该是缺少安全感和尊重感的成长经历留给她的阴影，我能理解，还能感同身受她生命的悲凉之处。

　　这几年，随着我们做儿女的各自成家立业并逐渐稳定，家里的日子一天天好起来了。父母亲也老了，我们让他们歇着，不要养牲畜，种田地，享享清福，也让身在外地打拼的儿女放心，然而他们始终不听。他们的共同心愿是让我们回家能吃上自家种的菜、自家养的鸡鸭猪羊肉，这是他们价值的体现。

不幸的事情终于发生了，2009 年，父亲被查出患了癌症，尽管我们想尽办法挽救，但父亲还是在 2011 年 9 月的最后一天撒手人寰。父亲是山，他的离去给我们家庭带来一种天崩地裂、轰然倒塌的哀痛。母亲哭得死去活来、昏天黑地，父亲遗体送去火化时，腿脚不灵便的她抱着、跳着、追着，像一个孩子，失去了世界上最宝贵的东西，那样无助和绝望。

父亲过世后，母亲也病倒了，迅速衰老，不得不输液治疗。有一阵她像祥林嫂一样向人反复唠叨着父亲对她的好，以及她和父亲一辈子的不吵不闹、相濡以沫。有一次还谈到了她年轻时候有一位城里的在公安局工作的小伙子来向她提亲，她差点跟人家走了。那一刻，我从她的褶皱面容、花白头发中依稀看到了年轻时的母亲，她的青春时代，她的精神世界。

时间永在流逝，生活总要继续。如今，母亲一个人住在偏僻的山湾里，我最小的姐姐白天会去照看她。我曾带母亲来宁波住，但她明显不适应这里的生活，没几天就回去了，依然去过她一个人的生活，依然种地、养鸡，她说习惯了。我经常给她打电话，有一回，她说她干活的时候突然想到死去的父亲，顿觉肝肠寸断，痛不欲生，瘫倒在地。这样的创痛何止她有？

母亲今年六十九岁，父亲走后，她曾好几次跟我说，村里一个会看相的人断言她能活到八十多岁。我真的很高兴她能产生这份期待，我告诉她要照顾好自己，要好好活下去。有她的守望，我们的心灵才有归宿，生命才更有意义。

（原载 2012 年 12 月 3 日《今日镇海》）

母亲的蛋炒饭

　　人到中年，对于食物的欲望、敏感及消化吸收能力大不如前。倒是数十年来已经习以为常的母亲烹制的饭菜日益显出其醇香厚味，让身在外地的我时常于渴念中生津垂涎。于是时不时在忙碌的间隙，不顾路途劳顿、成本较高驱车赶回老家，看看母亲，尝尝母亲的美食。

　　在母亲烧的所有饭菜中，我最钟爱蛋炒饭，老家那边更习惯的叫法为"油炒饭"，而不管其有蛋没蛋。这也是一道带有鲜明家庭烙印的食物。打记事起，家里的早餐几乎都是固定的两种，一是父亲爱吃的面条，二是母亲和我们兄弟姐妹填肚子的蛋炒饭。当然在很多时候，仅是油炒饭而已，自家养的鸡生的蛋对于经济窘迫的家庭来说有更重要的用途，是不能轻易被我们每天吞吃掉的。这些年，母亲放养的家鸡生的蛋每只能换两元钱，但她却舍不得卖给慕名来买正宗"土鸡蛋"的乡邻，因为她首先要留给年幼的孙子，还有就是我每次回家给我做蛋炒饭。

　　不同于市面上白淡米粒中夹杂着些许细碎炒蛋块的各色蛋炒饭，母亲的蛋炒饭色香味都很重。她的制作过程大致分为两步。先是煎蛋，取三两个鸡蛋敲进碗里，放少许盐，用筷子打散并快速搅匀。倒进热好的油锅中，用锅铲背面摊开摊平至薄薄的圆饼状，片刻功夫贴锅一面就基本透熟，再小心地抄起一半覆在另一半上，成形为"鸡蛋糕"，然后将鸡蛋糕间隔均匀地上下翻转几次，让沸油充分地渗入，出锅后尚可见金黄色表面刺刺冒油，十分诱人。

　　第二步是炒饭，炒蛋后的锅不用洗，再上一勺油，充分地热开，倒入头天晚上剩下的干冷米饭，先用铲子碾碎结块的饭团，不停地翻炒，待饭粒都热上，洒一小圈酱油，快速翻动。挟着高热，酱油和米饭很快融为一体，整个呈现为红褐色，泛着亮光。有时候母亲还会掐来几根阳台上的天葱，切成小段，在将出锅的时候撒入锅中紧炒几下，葱的郁香便内蕴其中。最后就是把鸡蛋糕重新放进锅里翻炒几次，并借助锅铲边沿将其划成几块，大部分埋进我的碗里，并且一层饭一层蛋按压得十分紧实。余下的已然不多，浅浅地装在母亲的碗中。我对母亲还把我当小孩的做法非常不满，好言好语或者装作生气地硬分一些鸡蛋糕和饭给母亲。她总是推说够了，或者她会再煮点水泡饭，说她牙口不好，喜欢吃这个。

　　以上为母亲的常规做法，有时她还炒进去头天晚上吃剩的猪肉、鸡肉或咸肉等及汤料，那样一碗蛋炒饭就愈发料足味鲜，算得上花式炒饭了。有时她还会用沸水焖一碗芥菜干汤，嚼满口饭，就一匙汤，顿觉口舌生香，大快朵颐，回味无穷。小时候家里请工匠做手艺活，师傅对母亲做的早餐也是啧啧称道，胃口大开。

端着香喷喷、油亮亮、实沉沉的蛋炒饭，和母亲一起坐在桌边话话家常、看看电视，天冷的时候娘儿俩坐在走廊或院子里晒日头，一种难得的安宁与满足溢满身心。盛饭的是大碗而非饮食店中的平底盘，方便大口大口地扒饭，直至最后一粒米不剩。记得小时候我还会伸长舌头舔干净碗壁的油痕，大有再来一碗的意犹未尽。

我也曾在自己的小家庭里模仿着烧蛋炒饭，却总是不能得出母亲那股味道。母亲其他拿手的美食如番薯干粥、麦田鸡、红烧肉、腌猪肉等也是如此。一定要用老家的土灶头、大铁锅，最好还能用自家种的稻米、菜蔬以及自己养的禽畜，最后出炉的米饭、菜肴才有那份地道、熟悉的气息和口味。我想，这里面有太多故乡、亲情、童年等的沉淀吧，是难以复制和移植的。

母亲七十多岁了，每次看到她在灶前慢手慢脚却异常认真地做着我喜欢的饭菜，内心总是百感交集。多少年前，多少个平常的日子，母亲掌勺，我挨着父亲坐在小长条凳上往灶炉里添加柴火，母亲每烧好一碗菜，我总忍不住去"偷"夹几筷过过馋瘾，母亲也总是将最鲜美热乎的肉、鱼等塞进我的馋嘴。灶间热气腾腾、香味扑鼻、和乐融融，如斯欢愉美好的生活图景随着父亲的病逝永成过往。我不敢想象当有一天我再也吃不上母亲的蛋炒饭时将如何面对、如何承受，唯有祈愿母亲安康、长寿。

（原载 2015 年 1 月 30 日《宁波晚报》）

母亲的世界

假日回家，我开着车子带母亲去家乡周围看看风景。

老家所在的县级市有一百多万人口，东西南北撑开偌大一幅山水画卷。沿着蜿蜒起伏但路面平顺的乡道、村道或县道一路行驶，群山、河溪、村庄、集镇，旖旎风光掠过车窗，收入眼中。坐在副驾驶上的母亲兴致盎然，苍老面容增了不少明亮的颜色。她左顾右盼，不时跟我说这个村庄她年轻的时候走过亲戚，那道岭冈她与父亲一起挑着担子翻过。当然，更多的地方她都是第一次踏足，以前也许听说过地名，所以感觉特别新鲜和亲切。比如那个比村子里最大的水库还要广阔几十倍的陈蔡水库，令她目瞪口呆、啧啧称奇。在堤坝上我用手机给她照了几张相，又参观了附近一座寺庙。

这样的自驾游经历总是让母亲念念不忘，每次回来她总要跟很多人唠叨起她的所见所闻，喜悦、满足乃至稍许得意之色溢于言表。那些时候我总是特别难受，因为即便在农村里，母亲所到的地方也算不上"景点"，在附近随便走走也谈不上"旅游"，有些村民都已经去过北京、台湾，甚至出过国。而年逾七旬的母亲，她生命的绝大部分时间都蜷缩在娘家、夫家方圆几平方公里范围，去县城的次数都少得可怜。除了我现在所在的城市，走得最远的地方就是杭州了，还只是走亲戚的时候匆匆宿了一夜。

父母亲大半辈子生活窘迫，对旅游一事既无闲心也无闲钱，步入老年，他们其实都十分渴望有生之年能去远方走走看看，散散心，开开眼界。他们不在乎甚至严词拒绝儿女们给买吃买穿，觉得是乱花钱，但假如我们提出要带着他们去某地游玩，他们会欣然接受。然而毕竟我们兄弟姐妹也没多大出息，忙于生计，到底也没带他们坐飞机，去他们特别向往的北京、上海。当我有能力也有心想尽力弥补一下的时候，父亲已经不在了，而母亲的腿脚、身体状况也已不允许她走很远的地方。我经常酸楚地想，她的世界也许永远都那么狭小局促了，我能做的，也许就是这样载着她拓展一下周遭的疆域，同时回味旧日时光。

有的时候觉得人与人之间真是没法比的。我的很多年轻同事，一有假期就出去休闲旅游，满中国、满世界地跑，就算那些童稚小儿，他们掰着指头能数出来去过的地方也远非我、更遑论我父母所能比拟。两年前我带十几个高中生参加美国游学夏令营，遇到一队队的中国小学生在大洋彼岸的土地上欢呼雀跃，感慨这世界于他们而言简直就如同一个村落，整个就在他们的眼前、脚下，他们这辈子注定要把这个星球的角角落落转悠个遍。而像母亲这些人的世界又是何其小啊，且是那种真正的、卑微的小，恰如一粒尘埃，没入泥土，倏忽不见了印痕，徒留下无尽的遗憾伤悲。

将近三十年前，我还在读小学五年级，刚刚师范毕业的新潮班主任组织大家去绍兴东湖春游，每人收费六块钱。因为我作文写得不错，他动员我一定要参加以增加体验，但我几乎想都没想就决定不去了。春游那一天我帮着父亲在地里干活，仰头望见高山顶上瓦蓝天空中挂着一团孤独的白云，脑海中不时闯入小伙伴正在赏玩春日美景的情形，心头还是掠过一些难过，但想着能为家里省下六元钱也就抚平了伤心。由此可见，每个人体验到的世界大小及精彩程度还是跟经济条件密切相关的，父母不能随心所愿地四处走走，关键还是缺乏经济独立性，如果他们年轻时有一份稳定工作，年老了能领退休工资，那就可以像不少城里的老人一样经常出去走走，乐享晚年，而不必受制于儿女等种种外在因素。

这些年我很少出去旅游，一来假期大多要陪伴年迈的母亲和年幼的儿子，加之经济条件也一般。不过凭借工作便利，时不时可以出去培训、开会，便能去到不同的城市，在处理正事的间隙我爱在宾馆附近闲逛，领略当地的世相风物，这也像极了父亲的趣味。很多次，当我一个人住在豪华房间里，享受着丰盛的自助餐，眺望着满城灯火辉煌的时候，当我饱览名胜古迹、心怀大开的时候，我的热情会一下子冷寂下来，眼眶湿润甚至潸然泪下，内心深处特别强烈地想念父母，希望他们就在我的身旁，我能陪着他们一起感受世界的美好。

（原载 2014 年 10 月 21 日《今日镇海》）

陪母亲过年

　　蛇年腊月二十六到马年正月初十，在乡下老家，我陪伴母亲辞旧迎新过大年。

　　驱车回家的路上已经感受到扑面而来的浓浓年味，集市上人头攒动，村子店铺前高高地垒放着红色调为主的礼盒、水果、烟花爆竹等各色年货，道地、路边停满了在外工作返乡过年的游子的轿车，不少人家的阳台上挂晒着酱鸭腌肉鱼干，空气中飘过来正熬制的肉菜浓香，不时响起小儿玩耍或家庭祭祀的阵阵炮仗声，许多路人的脸上都洋溢着不可抑制的欢欣笑容。

　　与别家相比，家里显然没有多少过年的气息，但母亲也已宰好了一只鸭，买了些豆腐干、油豆腐，檐沟处挂着一条鲢鱼，是村前池塘承包人赠送的，桌子上居然还摊着一个居中劈开的猪头。我有些讶异，已经好几年没有用上这道年货了，但很快意识到这是母亲为我特意去买的。记得一个多月前，我在电话里曾与她聊起以前过年时，用干柴旺火在大锅里把祭祀后的整个猪头烧得烂熟，母亲分拆出猪头里的大骨头，上面残留着不少全精的嫩滑爽口的"葡萄肉"，啃咬吮吸起来，大快朵颐，用猪头肉加油豆腐混炖后冷却的冻猪肉也十分美味。

　　我的到来令母亲十分欣喜，苍老的面容在见到我的那一刻明亮了许多。父亲过世后，她看守着房子、山林、田地等家业，慢慢习惯了独居的生活，但逢年过节，老人孤寂脆弱的情感更需要慰藉和温暖，这也是我这几年一直坚持回老家与母亲过年的原因。因为这里是我的故乡，有我活着的母亲和长眠的父亲，母亲在，家就在，故乡就在。我们一起过年，祭拜先人，思念父亲，在五味杂陈中咀嚼人生命运的悲欢离合，度过一年又一年。

　　按我的想法，年可以过得很简单，繁文缛节能省则省，一切以能多休息、少操心为要。但母亲显然不同意我的说法和做法，她从早至晚拖着衰迈的躯体忙这忙那，一板一眼地重复着父亲在世时定型固化的一套程序和排场，如果她再年轻几岁，怕是豆腐也要自己磨制。对她的固执我只能苦笑着遵从，换上旧衣服，套上假袖，系上围裙，把七八间房子里外上下打扫一遍，把一大堆附着灰尘、油垢的碗盏洗刷干净，洗菜，拔毛，剁肉，烧菜。大年二十八请菩萨，除夕夜祭先人，正月初二迎来一大批客人，过年几个主要的节点就在紧张的忙碌中顺利完成。

　　毕竟今不如昔，母亲再有心坚持，一些过年的礼数和事务事实上是将就着省略了，加之正月里来客不多，不需要像以前一样得精心准备"十二碗"甚至"廿四碗"，所以在家的日子大部分还是比较闲适的。除了外出拜年，我几乎足不出户，每日的步调节奏也基本一致。早上六点多起床，开启收音机收听"浙江之声"，烧水，扫地，母亲做早饭。上午就做做家务，听听广播，看看书，中饭后钻进被窝睡觉，起来后打开电视机，边看边做些家务，然后就是吃晚饭，饭后六点多一定要将电视频道转到浙江台，因为母亲要关注天气预报，之后就是看新闻联播，完了之后挑一个频道看上几集连续剧，嗑嗑瓜子花生，与母亲聊聊天，9 点多到卧室，开一会手提电脑或看上几页书，不知不觉就进入梦乡。

十多天里，就在这安静的小山村里，我远离工作压力、职场焦虑和人际纷扰，与母亲、与故乡团聚，全身心扑进她们的怀抱，真挚质朴的情感愈发深厚。儿子来看奶奶的第二天凌晨，早起撒尿时我们一眼望见了晨曦未露时东方夜幕上那颗最亮的启明星，儿子不禁开心地欢呼，或许在他幼小的心中，这就是一颗故乡的种子深深地扎下了根。

正月初九，我带母亲去市里的大医院检查了身体，配足了一个多月的药物。正月初十早上，天空扬起了雪子，我得走了，我知道母亲会难过。我只能交代好我走后她要注意的种种，安慰她我会经常回家看她，因为我爱故乡、爱母亲，我真想永远都不失去她们。

（原载 2014 年 2 月 21 日《今日镇海》）

陪母亲喝喜酒

周末回老家，母亲说："你来得正巧，晚上和我一起去喝喜酒吧。"原来是我父亲的表弟嫁女儿，好日恰在当天，因为对方没有安排车子接送，母亲一个人原本不打算去了。

说实话，我不太情愿去赴宴，婚礼的热闹、饭菜的丰盛于我来说实在提不起多大兴致。况且这门亲戚甚少走动，记忆中也就遇到过这个表叔两三回，至于他女儿，更是照面都没打过。再则，这个场合肯定还聚拢一大帮我父亲家族所谓的至亲远戚，他们一直都不怎么待见我们家，我又何必曲意迎合呢。但在毫不犹豫地说出"不去"的瞬间，我觉察到了母亲的失望，原来她是极想去的，孤独的老人喜欢凑热闹、领市面，那就陪她去吧。

不到下午三点，母亲就催我出发了。我心里笑话母亲的幼稚，吃个喜酒值得如此激动吗？请柬上注的"五点正开始"，凭我的经验，不到五点半绝对开不了席。果不其然，我们驱车四点三刻抵达酒店，等了一个多小时，婚礼才姗姗来迟。

老家人素来讲排场，摆阔气，喜闹热。身着红色礼服的民间鼓乐队在酒店门口吹吹打打，极尽助兴庆喜之能事。如果说这还略显俗气，步入数百平方不见一根立柱的超大宴会厅，则顿时置身电视上才经常出现的场景，恢宏大气，富丽堂皇，中间一堤临时搭建的T台与舞台背景相连。就在这个T台上，婚礼的各个篇章环节次第上演，大屏幕投影、追光灯、同步摄像、各种节目和互动游戏以及中西混搭的婚礼元素一应俱全，更有杭州某电台DJ亲自担纲婚礼司仪，共同营造出了浪漫时尚、隆重祥和的氛围。这些新潮作派对于城里人来说可能不过如此，但像我母亲这样上了年纪、长居农村、看上去比较土气拘谨的宾客绝对大开眼界。他们张着嘴巴、睁大眼睛不放过精彩细节，在观感得到极大满足的同时双眸里也不时闪过丝丝静默的伤怀感慨。我猜测母亲心中一定回味着很多过往，不过最重要的是，她的人生见识因为这次婚礼而有了新的拓展，我庆幸自己当初没有太随自己的性子。

终于开宴了，一道道菜制作相当考究，与婚礼的奢华相配，更不是母亲平日桌上的粗茶淡饭所能相比。只可惜母亲血糖高，牙口不好，又很忌口，不少美味佳肴她只有看的分。有几道菜我想母亲肯定没吃到过，甜度也不高，就哄她没有放糖。但她的味觉很灵光，食物一进口就吐了出来，责怪我骗她。龙虾、扇贝、毛蟹、对虾、甲鱼这些菜她可以吃，我早早地把她那一份夹来放进她的碗盘里，可能她也知道这些菜名贵，非得颤巍巍立起身子去多夹一些堆在自己面前，好像为了弥补不能食用某些佳肴的损失，有些菜其实是按份的，我只好朝同桌亲朋浅笑致歉，好在他们都不在意。

我吃得不多，每个菜大致尝上一两口便作罢，大多数时间我照顾着母亲，给她夹菜盛汤，帮她去蟹壳、剥虾皮，提醒她擦掉嘴边的残渣、指上的油腻。在某一瞬间，我恍然觉得母亲和我对换了角色，多少年前，年幼的我总爱跟着父亲母亲去喝喜酒，他们总是把我爱吃的大鱼大肉压满我的饭碗，平时缺荤少油的我总是把小肚子填得滚圆。记得有一回白蟹没烧透，还害得我腹泻发热了好几天。时光流转，如今我老成了，父亲已经不在了，而母亲也老得像个孩子。

席间，主家逐桌分发喜烟喜糖，不管男女长幼一人一份，母亲喜滋滋地把咱家的两份收进袋子。在回去的车上，母亲问我用不用得着这几包软壳中华烟，我说不要，不过这烟她留着好像也没什么用。母亲说可以去村里小店换牛奶、大米呀，哦，这倒是个两全其美的法子，母亲还在动用她的生活智慧。

夜里九点多，我们回到家里。来回路上近两个小时，坐在副驾驶上的母亲唠唠叨叨跟我倾诉了一大堆村子里的家长里短以及自己的苦闷烦忧，我有意放缓车速，好让这安乐静好的时光慢慢地走。

（原载 2015 年 12 月 4 日《宁波晚报》）

顶梁柱

母亲七十多岁了，腿脚不便，没出过远门。我打算在寒假陪她去坐一趟高铁，住一次宾馆，走一个城市。

难得一次出行，应该去往一个母亲从没到过的大地方，于是我问母亲："您去过杭州吗？"

母亲说："去过，年轻的时候，跟你爸爸还在谈恋爱，他带我去西湖边，还登上了六和塔。"

我有些讶异，20世纪五六十年代，我的父亲母亲居然也能来到省会杭州，在西湖边见证他们的青春与爱情，那是多少农村人一辈子难以企及的"奢望"。不过我约略知道，我父亲年轻时在杭州半山钢铁厂工作过一段时间，还当过很多年的大队干部，算得上有能耐、有地位的人。

"那您去过上海吗？"在我心目中，母亲是绝对没到过上海的。

"也去过，很小很小的时候。那时你外公在上海做生意，我和你外婆跟着去住过一段时间，不过那是很多很多年之前的事情了，都记不起来了。"

母亲的回答完全出乎我意料，简直把我深深地震撼了。无法想象，穷苦一辈子的母亲，竟然会有一个这么优裕的童年。在我的印象中，长久以来外婆家和我家一直都被贫穷缠绕着，喘不过气来。

"你外公是很能干的人。"母亲感觉到了我的惊讶，她叹了口气，"可惜走得太早了。"

"那外公是怎么死的呢？"我很早就知道母亲十二岁的时候外公便过世了，但从未追问其间详情。

"吐血死的。"母亲平静地向我描述了一个甲子之前那个夜晚发生的惨烈一幕。她父亲（也就是我外公）毫无征兆地突然大口大口地吐血。山野僻村，没有医生，没有急救车，没有电话，没有电灯。我外婆、十二岁的母亲、七岁的小姨、尚在襁褓中的舅舅被吓哭了，不知所措。倒是外公强撑着走到屋后，借着满月夜的如水清辉，他望见了脸盆里自己吐出的黑色血块，跟外婆说："我估计不行了。"回屋趴在床上，在家人的慌乱、恐惧和哀泣中停止了呼吸，僵硬了身体。

我外公就这样英年早逝，把妻子、儿女扔在艰难的人世间。自那以后，外婆家的境况就急转直下，作为长女的母亲从十二岁开始就挑起了家庭重担，与外婆一起抚养年幼的小姨和舅舅，苦苦支撑着摇摇欲坠的家。但或许是一种运势吧，不管母亲她们付出多少努力，失去了主心骨的家庭还是日渐衰颓，沦落为村子里最弱势的少数几户。为此，母亲嫁给我父亲之后受了公婆、叔伯、妯娌等的欺凌，我舅舅至今也没成家。

我与外公未曾谋面，也不晓得他的名讳，不过舅舅家餐桌上方的墙上供挂着一幅他与外婆的合影。三十岁左右年纪，身材颀长，脸容清秀，身着长袍马褂，透着儒雅、端庄、沉稳、智慧，甚至还有些许华贵。我每次瞻仰，总心存敬慕。

第一次听到母亲对家世的"揭秘"，心下大为感慨。如果外公当年不遽然辞世，凭着他的能力，他们家一定是村里数一数二的上等人家，母亲殷实无虑的童年生活就不会戛然而止，肯定还有很多机会去上海或者其他更远的城市游玩。她、小姨、舅舅一定能得到更好的教养，有很大的出息。母亲也许会出落成大家闺秀，又岂是爷爷家能高攀得上的。即便她命中注定与父亲成婚，娘家的威势也会深刻地影响到父亲、母亲，以及我们兄弟姐妹的命运……

父亲也已病逝四年，留给我无尽的哀思，也带走了我原本可以享有的许多凭依、圆满和快乐。男人是天，父亲如山。对于很多普通中国家庭来说，不仅过去的历朝历代，即便当下社会，男人也是一家之主，是家中的顶梁柱，承担着最重的责任压力，承载着最大的幸福安宁，他若健旺，多半家道兴盛，妻儿安好，他若坍塌，也许就是家道中落，积贫积弱。

我是男人，是父亲，我的孩子还小，我要好好活着，庇佑他幸福成长。

（原载 2015 年 1 月 23 日《浙江教育报》）

我的父亲母亲

父亲离开人世已近整整八年，但一直被牵挂在母亲的心头，他们仿佛依然厮守携手在一起。

儿女们回家捎去的水果、零食、菜肴、补品，以及屋后田地里收摘的时令蔬果，还有晚稻新米煮出的第一锅饭，母亲一定要挑一些放进盘子、盛进碗里，供在堂屋的八仙桌上，让父亲先享用。她口中念念有词，告诉父亲这是谁谁带来的什么东西，以前家里条件差没得吃，现在多吃一点吧。父亲的遗像挂在墙壁上方正中，微笑着，很高兴满足的样子。至于逢年过节，饭桌上更会多一副碗筷，饭盛满，酒斟满。父亲像是坐在生前常坐的那个位置上，一口口抿着盏里的绍兴黄酒，一块块吞吃着红烧肉、豆腐干。而母亲跟我们唠叨的，多半还是以前家里太苦，一年到头嚼腌菜，父亲可怜……

母亲对父亲的心疼是随时随地的：我们给她买了新衣服，她会想起父亲，可怜他；我们带她出去城里、景点走走看看，她会想起父亲，可怜他；我儿子和外甥的女儿尚年幼，天真烂漫，淘气可爱，她会想起父亲，可怜他；老家的新农村建设如火如荼，景越造越美，路越修越宽，她会想起父亲，可怜他；等等。这些年，她所有的快乐因为父亲不能分享而都打了折扣，而所有的苦痛，因为父亲的不在，而更显沉重，孤独难支。

不止一次，母亲提出来要给父亲迁坟。父亲现在的长眠之地并不是他走之前看中的所在，这里面涉及家族博弈的因素，且不讲了。她的坚持和固执来自她经常梦见父亲睡在冷水里，打着寒战，据说二姐夫也做过类似的梦。参与过筑坟的舅舅说那地下是坚硬的岩石，积水不易下渗，从风水角度来讲显然是不宜的。自然，旁人也可以将之忽略，视为荒谬，但是在母亲的心中，父亲到了那个世界依然受苦受难，无论如何是一道过不去的坎。

跟不少老年农民一样，我的父母其实都有些迷信，对求神拜佛、祭祖祀宗一事颇为虔诚，近乎刻板。我儿时父亲请了工匠在老宅堂屋的整面墙上彩绘上如来、观音、唐僧、弥陀等一众佛像，算他一生中一项不小的工程。他走后，母亲依然保留着他的习惯。她这几年身子骨一年不如一年，动过手术，住过院，每天要服用好几种药物方能维持生命，去年更是连续摔了两跤，卧病在床数月，现在也只能勉强起床在三间祖屋里慢慢地来回走，属于她的世界越来越小。即便如此，腊月、正月以及平时的逢初一、十五，她也教导我净面洁手，替她去给菩萨点上香烛。我嫌烦，便半开玩笑半当真地揶揄她：您诚心诚意拜菩萨、祭先人，他们也没怎么保佑您啊。母亲对我的不敬有些愠怒，反驳说：要不是菩萨在管我，要不是你爸扶我一把，我摔得会更严重，兴许早就死了。

有一个例子足以印证父亲对母亲这种隐形的护佑。五六年前的某个秋日下午，母亲上山种地，拢一些干草烧灰化肥，不料燃及了田垄上的茅草又向柴山上蔓延。那是一处僻静之地，四周无人，靠我母亲的老迈之力是无法扑灭火势的，眼看着就要酿成大祸。母亲"叫天天不应、叫地地不灵"的当儿，那正要兴风作浪的火苗突然逃遁得无影无踪。母亲后来将此事说道给村民听，他们都啧啧称奇，认定是父亲及时赶来援助的。

我家境不好，家教也一般，但父母亲的夫妻感情算得上和美。除了扳扳指头数得过来的极有限的几次其中一方单独走亲戚、办事情外，他们日日月月都同在屋檐下，同睡一张床。每天早上母亲给父亲做一大碗面或油炒饭、"麦田鸡"，山上田里的重体力活基本都是父亲顶天立地做下来的。尽管他生命末期骨瘦干瘪，但之前的父亲确实身强力壮，肌肉发达。他不会做菜、杀鸡之类细活，家务事多由母亲操持。但最后几年，每餐饭后，他总是默默地把剩饭盛进饭篓，洗碗刷锅，喂好猫狗，也许他有一种预感吧，抓紧时间把这些原本母亲在做的活儿主动揽下，多做一点，帮帮她。

亲戚、村民中有夫妻关系冷淡疏远甚至家庭暴力的，母亲觉着不可思议并感叹：我跟你爸这么多年，吵架红脸都没有的。我总觉得她说得有些夸大了，但认真想来确也很难找出这方面的深刻记忆。照我看来，母亲其实比较琐碎，父亲也不是没脾气，但父亲在矛盾争执中往往选择了沉默隐忍，有时便将郁结的情绪发泄在家里的牲畜上，吼骂、追打，那形状也是可怕得很。

上个月回家看望母亲，我扶她起床走走。她让我取下挂在墙上的日历，一页页翻看，不知道在寻找什么，追问之下，她指着一个日期说：再过几天，就是你父亲的生日，要去买几个菜给他过一过。

我心里一动，难过，愧疚，我真不清楚父亲的生日，但母亲确乎烙印在心。她还说，她夜里听到地基缝洞里有蛇在轻轻地叫唤，已经三四天了，那是你父亲来讨要过生日了，他在那边也过得不富裕啊。

我想说天下没有这种事情的，是她瞎想。但话未说出口泪水已经充盈了眼眶，淹没了我的想法和话语，我知道父亲是肖蛇的，一条可怜巴巴的蛇，漂泊在茫茫宇宙。

他始终活着，在母亲的精神世界里，在我的心底。

（原载 2018 年 10 月 24 日《中国教师报》）

给儿子取名字

　　儿子十个多月了，一天比一天可爱。他的名字叫王土，小名唤作"土土"。很简单的名字，我却总要向每一个询问的人解释一番，告诉他们是哪个"Tu"。不少朋友就很奇怪我们这对知识分子父母怎么会给孩子取这么土气的名字，大约是五行缺土吧，但事实上妻子的小姨去给他排过八字，算命的说他什么都不缺。不管怎么说，我儿子的名字比较别致，很容易让人一次记住且不易忘记。

　　儿子是去年快放暑假的时候出生的，这一天我和妻子以及双方亲人都等待了很久。当妻子好不容易怀孕之后，给孩子取名字便成为那十月怀胎期间时不时思量的事情。当时我正在撰写教育硕士学位论文，想到的第一个名字便是"硕博"，我妻子是硕士，我在孩子出生之前也能成为硕士，孩子将来再不济，也得比爸爸妈妈厉害，硕博连读是基本的人生使命，而且硕博包含了健硕、博学、广博之意，是我对孩子将来美好人生的定位。再说了，2010年是世博年，姓名中有个"博"字才有纪念意义。

　　但这个名字妻子和我都不是那么坚定认可，因为明显给孩子压力太大了，万一孩子不够聪敏、不会读书甚至有点畸形，那不自留笑柄吗？我又拟了"轼勃"，原因是我最崇拜苏轼、王勃这两位古代文人，且与"世博"谐音。妻子也觉得可以，暂时就这么定下来了。

　　在孩子出生之前，我脑子里其实转过很多名字，大致围绕两个出发点。一是与世博会这一盛事相联系，表明世博宝宝的身份，所以拟了博雅、博轩、博文、微博等，不过都比较普通，而且担心大家都往"世博"靠会有很多重名。二是我自己从小在小山村里长大，骨子里钟情于自然山水，所以想孩子的名字要有山、水、泉、岩、松、竹等自然风字眼，这些名字中我自己最满意的是"峙博"，因为我家乡环山且有一寺庙。

　　孩子终于出生了，当护士把他抱给我的时候，他干净的脸上两粒乌黑的眸子微微转动盯着我，那一刻我产生了恍惚的感觉，仿佛有一种柔软轻轻抚弄着我的心田。母子平安，人生大幸。

　　医院给我们七天时间申报孩子的姓名，取名这件事情一下子变得重要、紧急并且十分神圣，名字将伴随孩子永远，冥冥中可能限制或是拓展他的人生。之前准备的到了紧要关头才发现都不是十分理想。我其实很想给儿子取一个比较有文化味、与众不同的名字，读书不多、底蕴不深的我和妻子显得力不从心。恰好学校语文组有位新来的古代汉语硕士刘老师，之前从未交往过，为了孩子，我大着胆子向她请教。她说取名字其实也没有那么多讲究，顺意、简洁、自然就好，不必跟风应时。她推荐的第一个名字是"王子"，我眼前一亮，但转念一想我们只是普通人家，她说博彦、俊彦之类的也可以，我也拿不定主意。

名字的最后出炉有点"神来之笔"的意味，那天中午我告诉刘老师还是决定取名"王一土"吧，因为我和妻子都姓王。她当时未置可否，下午上班的时候跟我说不如就叫"王土"吧，朴实低调中不失大气张扬，"普天之下，莫非王土"，我拍案而起，就是它了！

亲爱的王土，爸爸妈妈希望你一辈子壮实、踏实、朴实、丰实，就像那沃饶的泥土，就像那广袤的大地。

（原载 2013 年第二期《教师月刊》）

儿子四周岁记

　　这个月底，儿子就将迎来他的四周岁生日。时间过得真快，在产房门口从护士手中接过襁褓中 6 斤多重小生命的场景清晰如昨，而儿子不知不觉已经长成 1 米多高、40 斤重的帅小子了。

　　2010 年于我是一个刻骨铭心的年份。临近暑假，儿子降临到我们这个平凡的家庭，我从此多了一个可以全身心疼爱的亲人。然而，我的父亲其时却正在走向生命终点，那年国庆节前日，父亲最终抵抗不过病魔而溘然长逝，在这世上，我就成了没有父亲的孩子。人生的大喜大悲就在两三个月时间里那么深重地撞击了我，几乎将我摧毁。我的父亲与我的儿子只见过一面，他当时凝视孙子的眼神是那样的热烈、满足但依然掩饰不住深深的暗淡和悲凉，他怀抱儿子的照片被永远定格，我不知道儿子需要到什么年龄才会读懂其中蕴含的悲欢离合，才会体会到他祖父的欣慰、绝望，以及那份浓烈却无缘化开的爱。

　　儿子的大名叫王土，小名唤作"土土"。这个名字是在出生后第七天也就是规定上报户口的最后一天定下来的。那天，单位一位同事帮着斟酌了一餐饭的工夫，说还不如就叫王土吧，朴实低调中不失大气张扬，所谓"普天之下，莫非王土"，这太切合我所偏好的风格以及期冀他一辈子壮实、踏实、朴实、丰实的祝福了，不及多想就写进了儿子的户口本。

　　也许是先天不足，抑或是环境所致，这四年来儿子经常生病，不得安生。他自己受苦，家人主要是我妻子和岳母也跟着遭罪。在两周岁之前，儿子几乎天天闹夜，一个晚上不折腾四五次不罢休，很多时候是半小时一次，妻子长时间都没睡过一宿囫囵觉。自己当初没法子，在岳母的指示下打印了多张"天灵灵，地灵灵，我家有个夜哭郎……"的安睡符咒张贴在电线柱或墙上，但几无效验。然后就是各种发烧、咳嗽、腹泻、呕吐，不停地看医生，吃药，挂瓶以及住院，病历卡都已经写完了两本。医院去多了，儿子对医生那套也了然于胸，在家里经常扮演医生，非得给我们看病挂瓶，一招一式模仿得有板有眼。哎，可怜的孩子。

　　和别家小孩一样，儿子拥有很多玩具，这其中他最爱汽车。刚开始牙牙学语的时候，他学会的最初几个英语单词就跟车有关，而且串成了顺口溜：爸爸汽车 Car，妈妈汽车（公共汽车）Bus，屁屁汽车（备胎挂于车后）Jeep。马路上各种汽车车标教上一两遍他就牢记不忘。目前家里大大小小、各式各样的汽车玩具应该接近百辆了，即便如此，现在每次出差或是节日来临问他想要什么礼物，他还是毫不犹豫索要汽车玩具。每一辆车子带给他的新鲜劲都能维持很长时间，他可以翻来覆去、不厌其烦地把玩，给它们排队，把它们搬运到"车库"（茶几、电视柜或是沙发底下），还一个劲地拉我们给他画车子，今年开始则自己动手画。因为汽车，还有积木，他可以自得其乐地沉浸其中很久，倒省了我们不少心思，可以腾出时间做自己的事情。

儿子的眉目像他妈多一些，比较清秀，朋友都说长得比爸爸帅，我一点都不嫉妒。其实总的来说孩子还是更像我。比如我喜欢吃豆制品，他在饭桌上见了煎豆腐、油豆腐、豆干、千张之类的也总是急不可耐地手捞狼吞；我喜欢肉食，他也经常无肉不欢；我有的时候会无端发呆，他也是，他生气忧郁的气质模样我能照出活脱脱的自己。这种血缘之间的连接十分奇妙，最不可思议的是，他稍稍懂事后第一次回我老家，本来比较怯生内向的他与未曾谋面的姑姑、姑父，以及哥哥姐姐仿佛都极熟稔，很快与他们打成一片，老家简陋的生活条件他似乎也十分习惯。

儿子也有一点不太像我，就是口齿伶俐，能说会道，不像我笨嘴拙舌还偶尔口吃。这也是我最感高兴的一点。他开口说话要比迈脚走路早得多，又得益于点读笔、有声挂图的早教功能，现如今已经能说上比较长的句子，能陈述清楚较为复杂的事情，还时不时蹦出一些充满"童慧"的词句。例如去年夏天，高温干旱，前几天还能扔下小石子激起浪花的小区景观水道露出河床，儿子和他的小伙伴都有点困惑，小伙伴问他奶奶是怎么回事，他奶奶一时之间也想不出好的回答。儿子脱口而出："太阳公公把水喝干了，它渴死了。"有一回他还郑重其事劝告小伙伴："你不要跑太阳公公下面去，要变成外国人的。"家里养过一条热带彩鱼，我们平时租住在单位附近，周末回家，给鱼儿换水喂食，有一回，他问我："爸爸，鱼儿一个人在家里，是不是很寂寞、很可怜。"这顿时让我想起独居的母亲，不禁心有戚戚。

关于孩子可以叙说的点点滴滴还有很多很多：下班回家那声脆生生的"爸爸"，出差回来飞奔过来扑进怀抱的亲昵，生病期间无神乏力的蔫蔫样，因为终于答应他的某个要求而躲在大人身后掩口偷笑的单纯的欢愉……所有这些生活片段都沉积进记忆和影像中。四岁的儿子，柔弱、可爱、聪明、天真无邪、惹人怜爱，像极了天使、精灵，他开掘着我们身上源源不断的爱与被爱的美好体验，赋予我们完整幸福的人生。

（原载 2014 年 7 月 4 日《今日镇海》）

儿子的朋友圈

在单位值夜班，妻子手机来电，原来是儿子要跟我通话。"老爸，你知道吗？我跟 C 同学做同桌了！"喜悦、兴奋之情溢于言表。

常听儿子提及 C 同学，并亲眼见过，成绩好，长相美，乖巧大方，还是"二道杠"。儿子对她一直颇为倾慕，主动交往，关系亲近。这次能有幸成为同桌，心里肯定乐开了花。

我也挺高兴的，有个美好的对象驻在儿子眼中、心中，说明他的世界里有一片美丽的风景，有一股向上向美的明亮劲儿。看得出，儿子需要朋友。有朋友，会交朋友，这很重要。

我生性内向木讷，不善交际，朋友稀少。儿子呢，多多少少遗传了这一气质，作为父母还是有些担心的。倒不是说如我这般低调沉闷就一定不好，但还是希望孩子开朗大方一些，能很好地与人相处，不过分地自我自私、霸道独断或者敏感自卑，学会忍让、分享、友善、豁达。人生路上，多一些好朋友，总归会给生活带来更多温暖和顺畅。

刚进小学的时候，他跟班级同学相处得并不算好，集体活动常常游离在外，有时还挨小伙伴的欺侮作弄。寒假里妻子带他和另一对母子结伴去厦门旅游，据说表现也令人失望。好在这种状况慢慢得以改变，二年级以后他放学回家经常考我一些脑筋急转弯，炫耀一些胡编恶搞的歌词诗句和小魔术戏法之类，有的是他从书上看来的，大多是同学间互相传播的，好笑有趣之余，我更欣喜于他能跟很多同学融在一起了。

"你有几个好朋友？"面对我这个隔段时间就会抛出的问题，儿子不会脱口而出，要歪着脑袋想一下，最近的一次回答是"三个半"。分别是前同桌 Y 同学，还有一个 H 同学，C 同学则一直在他的好朋友名单中，至于那半个，是个很聪明的大头卷发男孩，常冒出很多新奇好玩的东西，不过个性上两人还是有点距离吧。

周五晚上，吃过晚饭，孩子吵着要去同小区 H 同学家玩。我教导他周末是每个家庭的私享时段，没有预约不便冒昧打扰。但拗不过儿子的执意，经过一番联系，两人约定在儿童娱乐场会聚。

两人一见面便粘缠在一起，追逐嬉戏，像两只翩飞的蝴蝶，时合时分，不知疲倦似的。H同学个小灵活,跑步飞快,个高微胖的儿子在后面跟得甚是辛苦,不过这也许是锻炼孩子体力的一种比较有趣生动的方式吧,如果经常这样一起"玩中跑",保证儿子减肥成功,体质棒棒。

不一会儿,两人均已满头大汗,脸涨通红,衣服湿透。我强制他们停下来休息。这时,H同学提议去我家玩,我跟儿子都顿了下,因为居所较小、较乱,家中难得有人作客。不过儿子立马高兴地应承了,热情地把好朋友牵进了家。

小孩子才不管家里乱不乱,好不好。一进屋便直奔儿子的"游戏天地",儿子给H同学介绍他的"乐高世界",把其他的玩具、宝贝也一股脑儿搬了出来。H同学眼馋一部小车子,儿子毫不犹豫地送给了他。这么大方!我不禁刮目相看,要知道儿子的"小气"可是由来已久的。当然,H同学也把带来的玩具怀表送给了他。

两人叽叽喳喳地玩个不休,H同学妈妈打来好几通催促电话,也不肯散去。不承想意外突现,好动的H动作过猛,把儿子花费了好几天心思搭建起来的高速铁路破坏了。根据以往经验,我心想这下坏了,要闹个震天动地、不欢而散了。

儿子埋下头,捂着脸,开始抽泣,我真怕他突然爆发,号啕大哭,大吵大闹,那样的话,友谊的小船估计说翻就翻了。但是他没有,并且努力压抑着不哭出声。H同学还有点懵,不知道发生了什么。我轻声提醒:"H,你把他辛辛苦苦搭起来的积木弄坏了,他很伤心。"

"对不起!我错了!"H的小手摇着儿子的胖手,恳求他的原谅,"我们一起再搭回去好不好?"我在旁帮腔:"别哭了,两人重新搭出一个比以前更好看的。"

儿子的手终于从脸上移下,哭得一把鼻涕一把泪的,眼眶发红。他用我递上的纸巾简单清理了一下,双手加入了H同学已经开始的铁轨修复工程,慢慢地,话语、笑声又开始生发出来,一切如初,风平浪静,仿佛什么也没有发生过。

但我觉得那个晚上儿子经历了一次洗礼、一次考验,收获了成长。一些人性中宝贵的东西穿越平日散漫不羁的顽劣表现第一次进入我的视野,还有一些成分在这一事件中得到促发新生,融进儿子的品性里。这一切都让我欣慰并满怀希望。

(原载 2018 年 7 月 11 日《宁波晚报》)

第一辑 故乡·亲人

童年慢走

儿子上三年级了，这可是道重要的分水岭。老师们之前都强调过，三年级起，学科多了，知识深了，如果没跟上，保不齐一步落后步步落后，听起来挺让人浑身一紧的。

稀里糊涂度过了二年级的暑假，一开学，语文、数学之类的社团一个都没考进，听说不少孩子假期里都在培训班里补奥数、奥语。没法子，"亡羊补牢，为时未晚"，他妈赶紧给孩子报了个奥数班，还是托关系才得以插班进去的，唯一完整的星期天也这样被切割了。

儿子自己倒没什么大的变化，就是个子和体重又上去了一些。放学回家，问他"学校里好吧""老师讲的听得懂吗""这次测试成绩怎么样""感觉自己有进步吗"，他通常的回答是"还可以"，鬼知道他什么时候掌握了这个含糊不清的词来应付我们的盘问。"还可以"，到底什么叫还可以？看着我们气不打一处来的追问，他的回答依然是"还可以"。

前些日子语文单元测考得很糟糕，一开始遮遮掩掩"反正就在后面"，闹不清落后到什么地步，最后终于招供"倒数第一名"，看上去还颇有些得意，"第一名哦"。他也只能尝尝这个"第一名"的滋味，上小学以来，任何一项，他都没拿过正数第一。

不过他嘴上不服气，给自己找理由："我的分都扣在粗心大意上，字写得潦草，标点忘了，不是我不会做。"其实我最受不了的就是这点，书写端正、认真仔细是最需要从小养成的学习习惯，但不管我如何软硬兼施逼其改正，他依然我行我素，有时干脆大叫大闹、撒泼打滚跟你顶，把人气得吐血，索性随他去吧。

他比较"奇葩"，这一点不仅我们和他自己如此说，连老师、同学也这么觉得。最"奇葩"的就是喜欢捡拾"垃圾"，树枝、松果、石块、铁丝、橡皮筋、广告纸……如果不是我们大声喝止，他捡来的各种物件估计已塞满我们这套小三居。在学校里也是，认识的老师跟我们反映看见他经常在翻垃圾桶，所以他的裤袋、衣袋乃至书包里都是各种稀奇古怪的物品，有次不注意没翻出差点把洗衣机给刮破了。

真是不明白他为什么要捡那些垃圾废品。那干枯的树枝有什么用？他说可以造房子、生火、做旗杆或钓鱼竿。那丑得没有特点的石头有什么用？他说可以钻木求火。那纸箱有什么用？他说可以放东西，做机器人的方脑袋，还能卖废品换钱。他特羡慕那些环卫工人，大街上的东西可以任意捡，为此他甚至立志长大了也要当清洁工，还说"多带劲"。还别说，他真的去体验职业了。暑假快结束时，我单位开学前各办公室打扫卫生，他刚好跟着我上班，可把他高兴坏了，奔上奔下，蹿东蹿西，不停地往我办公室搬物品。被我一顿训，就在办公室旁边的楼梯口用两只大纸箱成立了一个废品回收站，一个接一个办公室吆喝过去做广告，让他们有废品送到四楼来啊，说那里有个"××"收购站。"占道经营"，影响交通和美观，我命令他留下少数几件，其余统统限期清理。看他取舍的过程也真是痛苦万分，他啥都舍不得丢弃。不过最后剩下来的几件确实还能物尽其用，比如那架吉他，那个名牌皮夹，那个音乐盒，还能好好用很长时间呢。

　　只能说孩子的心思我们实在不懂，我们看不见他所看见的世界。某次周六中午补课结束，街边台阶一道缝隙处正上演"蚂蚁搬家"，他趴在地上，撅着屁股，目不转睛地看啊看，在我的反复催促之下方恋恋不舍地起身回家，还提了好多我要么不知道、要么懒得答的问题，真想不明白这蚂蚁搬家为何能津津有味看上这么长时间，不知有啥好看的。

　　"三年级了，也不小了，都快十岁了，不能一直像小时候一样""你看看谁谁谁的英语口语多地道，那个某叔叔的女儿又在省里比赛拿了第一名，那个谁谁谁多整洁，多有礼貌，多大方，哪像你一天到晚邋里邋遢……"我们的这些唠叨，估计他听得耳朵都生茧了，不太当回事了。有时还起点效果，被逼着在钢琴前坐下来，弹那首几个月都过不了关的曲子，约定的时间一到，马上溜下琴凳，一分钟都不多弹。显然他自己对此一点都不感兴趣，纯粹为满足大人愿望或取悦大人才勉强为之。

　　总之说起来他身上都是缺点，令人满怀焦虑。老师在班级微信群里反馈的各方面表现，提及好的部分很少见到他的名字，说起做得欠缺的部分他又常常在列。有时真是头痛，尤其是越训越火大的时候，真怀疑眼前这个人真是自己的儿子吗，怎么会变得这样不让人省心？

　　前几天我晚上得空，难得去接他下晚自习。原本想带他绕着学校围墙走上几圈锻炼一下身体，他一反常态地表示不想走了，想早点回家睡觉去，脸上似有些疲态。他告诉我今天语文考试前面扣了三分，作文没扣，总分九十七分，班级最高九十九分。"跟上单元测试了，进步很大啊！"我摸摸他脑袋表扬他，让他继续努力。

　　在红绿灯路口的人行道上，他突然像发现了新大陆，拉着我俯下身子去看，原来是两条蚯蚓不知怎的在道砖上蠕动。我看着有些恶心，但他很兴奋。这些天科学课上正在讲蚯蚓、蜗牛、金鱼这些小动物，他对此特别感兴趣。前些天我已经在渔具店里买了一小盒蚯蚓了。

　　看着看着，突然他伸出手去抓起一条蚯蚓，我都来不及阻止。蚯蚓这东西黏糊糊的，多脏啊，但他死活不肯放手，坚持要带回家去。那也没法子，想想让孩子的手触摸自然生灵也算有益，只是警告他回家必须马上用肥皂把手洗干净。

回到家，他就去玩他的蚯蚓，看他的蜗牛，找零食吃，我们催促他该洗澡了，睡觉了。他嘴上应着，行动却没跟上，催了几遍也懒得再叫了，反正时间还不算太晚。

"爸爸，快来看，蚯蚓宝宝！"他突然大叫起来，黑乎乎的泥，暗红的蚯蚓，哪里有蚯蚓宝宝？"你看，你看，那白色的。"他小心地拨弄着泥土，指点给我看，终于看到了比缝衣线还细的一截白色小虫在动，应该是小蚯蚓了，这个我可从来没注意过。

"蚯蚓是怎么生出来的？"我也来了兴趣，问儿子，他讲出了一些，都是他从老师那边听来的或是从课外书上看来的，但不完整。我给他布置了一个任务，明天跟科学老师报告一下他的发现，然后请教老师蚯蚓是怎么繁殖的，是不是像母鸡孵小鸡，大狗生小狗一样？他连声说好。

那个晚上，因为这一发现，室内的灯光都明亮了好多。睡觉前，他主动要求我帮助他一起做仰卧起坐，由于腹部力量太弱，按标准姿势一个都起不来，但借着床垫的弹力，他不标准地做了二十多个，筋疲力竭地瘫倒在床。我想，只要每天坚持，腹部力量上去了，应该能达标的。就像当初的跳绳，从十三个到一百多个，也发生在不经意间。

他乖乖地上床，香甜地入梦。我给他掖被子的时候，突然在他胖嘟嘟的脸上冲动地亲了一下。这小家伙，他居然发现了蚯蚓的宝宝。他生活在他的美妙的童年世界里啊，这世界，我们很多年前曾经待过，但如今再也回不去了，再过几年，也许他也会失却如今这份兴致，那也是一件让人难过的事情。

那就给他一些时间，让他好好享受为数不多的童年时光吧。

（原载 2018 年 11 月 27 日《宁波日报》）

大外甥女

傍晚六点，我准时来到梦想小镇入口那座太湖石旁。中午跟大外甥女约了在这碰头，不过她刚发来微信说让我再等一刻钟，活儿还没干完。我说不着急，慢慢来好了，工作要紧。

正是下班高峰，三三两两、团团簇簇的人群源源不断地涌出来，绝大多数都是二十多岁的年轻人，虽经一天劳作依然青春活力四射。他们刷着手机，说说笑笑，钻进等候的轿车，或跳上公交，更多的则是扫码骑走共享单车，汇入城市各个角落。

大外甥女终于出现，是她先招呼我，我一下子没认出来，她黑瘦、矮小，一身略微发旧的衣衫，跟我正月里所见化了淡妆面若桃花，穿着高跟鞋身材挺拔的形象差别不小。不过确实是我外甥女——二姐的女儿，只是纯素颜，加之夏日晒黑的缘故吧。比起刚刚看到的一些妆容和衣着同样精致的年轻女孩，她显得特别朴素。可能工作也不轻松吧，没有时间和心思打理，我有些心疼。

我这次找到大外甥女是因为碰巧在附近参加培训，头天晚上散步时路过她的大学，然后在微信上跟她打听周边有什么地方好玩，说一起培训的同学去过梦想小镇，不知怎么样。她回复说她就在小镇上班，还可以，夜景尤其漂亮，她可以做导游。

我已在宾馆用过自助晚餐，她刚下班肚子应该正饿着。我说先去找个像样的饭店，舅舅请你吃点好的，补补身子。我说的是真心话，并且有些迫切。上一次请她吃饭还是十五六年前，我参加工作不久，在绍兴城区一家特色小吃店里，我、二姐还有大外甥女一起吃中饭，那时的她还只有八九岁吧，胖乎乎的，齐耳短发，脸圆圆的，狠劲地吞了一笼肉包子还有一只鸡大腿，嘴边一抹油乎乎，肚子也撑得滚圆，好可爱。

梦想小镇边上倒是有一条美食街，灯火通明，熙熙攘攘的。不过只是一路之隔某所高校学生们消费的"垃圾街"，故而都是些面馆、小吃、大排档，连家像样的咖啡店都找不见。我提议换到别处去，外甥女说算了，就在这找家面馆吧，其实她不饿，单位同事过生日，公司订蛋糕庆生，下班前刚吃过一块奶油蛋糕，就在这随便吃点，饭后陪我逛逛梦想小镇，这才是主要的。

好多店铺都人满为患，天气太热，人们进店既填肚子更图个凉快。外甥女本想去的那家很对口味的面馆早无空位，我们只得进入一家相对空闲的韩国料理店。大外甥女点了一碗我叫不上完整名字的海鲜面还有一份炸鸡，我要了一罐饮料，慢慢地等，慢慢地吃喝，聊聊天。

大外甥女读书一直不错，初中毕业考上当地的一级重点中学。但高中三年里可能是因为父母有段时间关系不睦经常吵架导致心理不稳定，成绩下落一大截，最后只进入杭州一所三本院校。这样的结果她肯定是不甘心的，很长一段时间里她的QQ签名一直挂着"我要一个精彩的大学"。我常常替她遗憾，她一直都是懂事的好孩子，小外甥出生的时候，十多岁的她里里外外忙碌。我父亲生病住院那两年，她写过一篇情真意切的作文，是我在她的练习本上无意间发现的。这样乖巧的孩子原本应该有更精彩的大学生活、更美好的未来，可惜。

外甥女现在工作的公司是做旅游产品设计的。她大四下学期便进公司实习，上个月顺利转正，工资也从三千不到涨到了五千元。她说大学里学的是工业设计，现在偏重于图文，半年下来，跟着海南总部派下来的资深设计师，学到了大学里根本不教的东西，感觉进步不小。

我问她住在哪里，如何上下班。她给我看了手机上保存的寝室图片，由于不愿跟人合用厨卫，所以她住的小套间租金要贵一些，室内布置得很温馨，还带了阳台。"我都坐公交上下班的，四站路，挺方便，就是早高峰人太多了。"至于吃饭，"小区边上有菜场，我一般头天晚上做好，第二天带到单位，中午用公司的微波炉热一下就可以了。我不太喜欢叫外卖、吃快餐"。听起来，大外甥女的生活、工作都安排得井井有条的。我这个当舅舅的十分欣慰和放心了。

大外甥女把只动了一块的炸鸡打包带回，说是可做第二天午餐的一部分。走出餐馆，外面依然燥热，各种灯光勾勒出梦想小镇的瑰丽梦幻，大外甥女想好好地带我欣赏夜景。但我看时间已不早，还是让工作一天的她早点回家休息吧。

告别的时候，我叮嘱她上下班要注意安全，吃得健康卫生一些，特别是她工作时眼睛成天盯着电脑，一定要注意每隔一小时按摩放松一下，下班了尽量少玩手机少看电视。外甥女应着，也不知道有没有听进去。

望着她离去的背影，我心生感慨。岁月流转，那个爱哭爱闹又天真可爱的小女孩转眼间已能自食其力，去享受和创造生活的美好，去忍受和承担生活的沉重。时光沉淀了我们的长大或者老去，还有那份温暖的亲情，像一首低回的大提琴曲流淌在我们的血脉里。

（原载 2017 年 8 月 18 日《今日镇海》）

小外甥女的高考

　　从来没有像今年这样关注过高考，因为小外甥女挤在这一波人潮中，我希望她能顺利度过人生的重要关口。

　　当然比我更关注的还是她父母，即我三姐和三姐夫。他们家条件一般，就这么一个女儿，一路过来成绩还算不错，如果考得好，会顿时给整个家庭甚至家族带来荣光和希望。也许正因为如此，高三阶段，我姐几乎隔一天就骑着电瓶车赶三十里去学校给女儿送可口的晚饭，作为一家之主的三姐夫更显出了其虔诚讲究的一面，年初以来每天厂里下班先赶到我家，在老宅堂屋的佛像面前点上三炷香，祈求菩萨保佑。

　　高考结束后估分，语数两科小外甥女吃不太准，但总分大致在六百分上下，比照去年的分数，上一段线把握很大，事实上他们也一直冲着一本学校在努力。家里开始兴奋和忙碌起来，八十个志愿填报可谓浩大繁杂的工程，得提前打好基础。三姐夫特意去学校听专家报告，咨询内行人士，戴起老花眼镜，从字小间密的升学资料书中抠出八十六个认为比较合适的志愿，歪歪扭扭地记在练习本上。家里那台老旧的手提电脑被送到电脑店重装了系统，确保届时网速顺畅不卡顿。

　　成绩放榜那天晚上，手机上迟迟没显示电话和短信，我预感到情况可能不妙。果不其然，一小时后，姐夫发来微信："五百八十五分，赶紧想办法！"他以为有人有关系的话还能出现奇迹，把这个分数强行扳移三四格越过五百八十八这道无情的分界线。这个有点可笑的想法反映的是姐夫突如其来的急切、绝望以及恐惧。

　　那个夜晚，我相信这人间一定升腾起无数的绚烂璀璨，那是成功者的欣喜若狂，但也一定有无数的梦破心碎，所有悬在半空中的希望、热情、侥幸遽然坠落、熄灭、黯淡。除了小心翼翼地劝慰两句，我不知道还能说些什么、做些什么，一切的失落、难过、痛苦都要在辗转反侧、唉声叹气甚至冷眼恶语中慢慢消解。那一天，我真切体味到高考、分数的无情残酷，它还是那样强劲地主宰着多少普通老百姓的喜怒哀乐和他们的命运轨迹。

　　听三姐讲，小外甥女把自己关在房间里哭，不说话，也不吃饭，问我怎么办。我说我会尽力抚慰她的情绪，帮助他们一起把志愿填好，但希望他们两个大人即便失望遗憾沮丧也不要表露出来，更不能吵架、发脾气，或说一些丧气以及冷嘲热讽的话，这于事无补，只会伤害甚至冲破孩子的心理防线。这个分数，放在她所读的学校里，已经算不错，何况谁也不能保证高考一定发挥出色。

其实，我难受的程度并不亚于他们。小外甥女是我最为怜爱的晚辈亲人，我了解她，了解她的家庭，也比三姐他们多明了一些社会的真相，因而我更清楚没上一段线的分数对她意味着什么。她过去十八年的人生本就狭小、单调、平凡，高考是她冲破重重壁垒去领略更广大、新奇、精彩世界的绝佳机会，但这个分数已不足以敲开很多大门，她的一辈子也许就受制于这种局限。想想真是挺可怜的。

我是看着小外甥女长大的。我大学毕业那年她出生，我家和我姐夫家在村里都是偏弱势、贫困的家庭，她童年里便缺乏百般宠爱、锦衣玉食，最明显的例证就是幼儿园也只上了一年学前班。当城里的孩子以及很多农村的同龄人都被送去参加各种各样的学习培训，培养兴趣特长的时候，她大多数时间就窝在自己家或是外婆家，在一个偏僻的小山村里自然生长。她年幼清澈的眼眸和心灵里装下的是山村的宁静、生活的窘迫以及各种人世冷暖，这深刻地塑造了她内向、自卑、忧郁的个性，并且随着年龄的增长这一心灵的底色更显浓重。

小外甥女的成绩一向优异，小学、初中都是班级的佼佼者。这第一是因为遗传了父母不笨的脑子；第二得益于她能静下心来读书，勤勉学习几乎是所有出身寒门的小孩都会自觉采取的抗争命运、直面社会的方式；第三则是因为她所读的小学、初中皆为农村学校，生源流失严重，教学质量低下。总之，数一数二的成绩伴随她稳稳度过了童年期、少年期，为她自己和家庭不断注入希望，也使她初中毕业时赢得多所高中的青睐。不幸的是，事实证明她最终去的学校是最糟糕的选择，尽管被分入了所谓的小小班，尽管还有迟迟才兑现的几千块奖学金。

高中这三年，名义是进入了新高考，但在小外甥女所读的高中其实是变本加厉的压榨和应试，特别是对他们这些有可能给学校带来漂亮数据的优秀生来说，所有的时间精力都被没入漫无边际、深不可测的题海中。眼镜度数不断增加，除了书本和考试，几乎没有其他的生活内容。有时我回老家看见只顾埋头刷题的单薄身影，想想城里很多她的同龄人能歌善舞、能说会道、游历国内外，眼界开阔、知识广博、健美活泼，还有很好的家庭人脉资源，小外甥女这样的农村孩子其实一开始就落后了，高中也许还能紧咬着，大学之后各方面差距多半只会越拉越大。

跟母亲在电话里谈到小外甥女的分数，两人都深感惋惜。小外甥女是跟母亲离得最近的孙辈，与外婆格外亲近，虽然我母亲这几年用她自己的话来说是"老了，不中用了，没人要看了"，但小外甥女还是经常会去我老家，第一件事就是去看看躺在床上的外婆，亲热地叫上一声，握握她的手，陪她说说话，为她梳辫子，为她剪指甲。这些行为折射的是纯良的人性光芒，我默默地看在眼里，记在心上。

还好，一两天之内小外甥女便平复下来，接受了事实，还与同学一起去县城逛了逛，散散心。我和她在微信上一直保持联系，和她谈心，交流看法，还挺聊得来的。虽然，一段线的志愿没机会填报，但她最后尝试着填了提前批的浙江农林大学的几个专业，这是我多方咨询和查看资料之后给出的建议，也得到了他们全家的认可，小外甥女说"想想这些专业我也挺感兴趣的"，而之前，她只盯着医学专业。

高考结束后她和几个同学一起去乡里的五金厂打工，分数出来后停了几天，现在又重新开始。7月下旬二段志愿填报的时候，我将为她好好参谋，争取让她不留遗憾。

我叮嘱她上下班要注意安全，天太热，要做好防暑防晒。她的人生某种意义上才刚刚开始，我希望她今后好好活出自己，她表示非常认同。

祝福她平安、健康、快乐、幸福！

（原载 2018 年 7 月 17 日《宁波日报》）

二姐夫的进屋酒

二姐家乔迁新居，二姐夫打电话来邀请我们一家人周末去吃饭，叮嘱一定要去，高铁、自驾都方便的。

他们家的新房正月拜年时已经见识过了。虽是拆迁安置房，但小区内外环境和户型结构都很好，装修尤为考究，客厅里的整套雕刻红木沙发、茶几是二姐夫五年前就从家具厂看好买下来的，深藏几年后泛出油光和木香来，很显厚重质感。几处背景墙都是二姐夫自己选材施工的，他问我们做得怎样，手艺确实还不错，真不知道他是怎样做出来的。他会修车、会卖布，但没学过装修活啊。

中饭在新家里吃，我姐这头的亲眷都到了，二姐夫一早赶车百余公里把我妈妈和三姐她们接了过来。一大盆刚刚宰杀烧制好的白切肥鹅肉摆在圆桌中央，可口鲜美，连一直挑食的儿子也抢着吃下好几块。二姐夫不停地劝菜，让我们趁新鲜多吃点，晚上酒店的饭菜不定有家里的好呢。

进屋酒设在离小区不远临湖的一家新开业的酒店三楼，走廊上全是木质休闲桌椅，可以坐下喝茶聊天赏景。黄昏时分，夕阳渐渐沉落，湖畔建筑的霓虹、灯火次第亮起，水面上织染出一席斑斓的辉煌。陆陆续续来了不少客人，除了我姐这头的，其余都是姐夫的兄、姐、亲戚朋友，以及一些交好有走动的同村村民，八九桌人济济一堂，佳肴满席，谈天说地，兴高采烈。二姐夫和二姐他们一桌桌敬酒过来，接受众人道贺，喜气洋洋，红光满面。

酒过半巡，我走出大厅透透气、消消食，倚在栏杆上，湖面拂来舒爽的微风，特别令人心平气和、心满意足。我望望暖黄色灯光里的宾客，安静地说笑，安静地吃喝，有喜悦的光彩溢出脸庞。二姐夫还在敬酒，不时地仰头一饮而尽，尽管隔着厚厚的玻璃门，只见其形不闻其声，但那种发自心底的快乐声响和眉宇间的欢愉是可以触摸得到的。

他是真的高兴。饭前以及告别时，宾客们掏出准备好的红包奉上，一概遭到婉拒。他们两夫妻不停地说明就是请大家吃个便饭，高兴高兴，大家能过来即是赏光，饭菜简便，招待不周，还请多多包涵。

记不得是第几次在二姐夫这边喝这类喜宴了，二十多年里他家的房子变迁过好几回了。二姐刚嫁过去的时候住一间一进简易三层楼，后来买地造了幢小洋楼，没几年被拆迁分到四套房子，先暂住一套多层，这套高层是最后拿到钥匙的，用二姐夫的话说，他已年近半百，估计就在这里一直住下去了，儿子结婚成家时再给他去买一套高档商品房。每次搬新房他总要摆上几桌请我们这些亲戚朋友聚一下，吃个饭。这中间，我小外甥满月、十周岁生日以及我大外甥女二十岁生日时候也置了酒席，每次都不收红包，就是图个喜庆。

二姐夫估计初中都没正式毕业，早早出来挣钱过活，年纪轻轻在大街上日晒雨淋地摆过好多年的修车摊，一身脏汗，满手油污。后来与人合伙在轻纺城里租了个摊位卖布，生意做得扎实，又赶上城镇化拆迁改造，日子愈见康裕。膝下儿女双全，我大外甥女今年大学毕业，不出两三年我姐、姐夫连同我们这些亲戚多半要升级辈分了。除了感慨时光流逝不回头，也有一种岁月静好的丰实繁盛从心底生长开来。

我有点羡慕起二姐夫这般的生活状态了。其实之前我对他的做派并不欣赏，我生性疏懒散淡，不喜也不善待人接物、迎来送往，习惯安静独处，对于物质生活，也一直持够用就好的心态，身边的亲朋好友频繁地换车换房，我无动于衷之余还替他们焦心。然而慢慢地，我逐渐理解了二姐夫他们那份简单实在而酣畅淋漓的快乐，在悠长而凡庸的岁月里，一步步踏实走，一日日认真过，一点点积累物质财富，蓄积家庭兴旺发达的正能量，待攀到某个高度，一定要停下来大张旗鼓地庆祝一番，与亲戚好友分享成功、品尝喜悦，这既是对过往辛苦劳作的盘点与犒劳，也是对更美好未来的期许和加油。

突然想到李白的把酒高歌"人生得意须尽欢"，二姐夫肯定没有背诵过这首句式长短不一、有些拗口的唐诗，然而这并不妨碍他与诗人的心性在某种程度上的相近相通——他们身上皆有一种可贵的身心旺盛的能力。

（原载 2017 年 6 月 2 日《今日镇海》）

姨夫的活法

正月里拜年，终于见到了姨夫，上一次晤面还是在父亲的葬礼上。

除微胖了些以外，五年多的时光并没有给姨夫增添苍老，他依旧显得年轻有精神，双眼闪动着见过世面的活络。他与我母亲同龄，但外表和言行举止上的差异至少有十年之距。母亲不无落寞和嫉妒地说："你姨夫想得通，做人快活，越发后生了。哪像你爸爸，苦了一辈子，什么福也没享到，早早管山去了。"

姨夫这辈子的活法的确与我父母大相径庭。他是我母亲妹妹的老公，我对他的第一个深刻记忆可以溯回自己读小学二三年级的时候，也就是 20 世纪 80 年代中后期，绝大多数农民都还沉浸在分田到户的喜悦中，满足于通过极其辛苦的劳作收获填饱肚子、交足公粮的稻谷，姨夫却把稻田里的水沥干，种起了葡萄。夏秋之交，棚架上悬挂一串串绿莹莹的珠圆玉润，煞是好看，姨夫一家也赚到了花花绿绿的票子，手头比一般人家要宽裕。后来或许是惹人眼红，原本跟姨夫就有一些过节的某村民半夜偷毁姨夫的葡萄田，姨夫在奋力搏斗的过程中被砍成重伤，血流满地，住进了医院，记得那时母亲几乎每天都翻越陡峭的山岭去医院看望姨夫，帮着料理家事。这些年，母亲身体不好，时常卧病在床或住进医院，但姨夫从未来探望，所以母亲有时不免在背后数落他没良心，不通道理世故。

说姨夫没良心显然不尽准确，很多年里，他极为讲究礼数，孝老亲幼，也十分尊重与他同辈但年长于他的我的父母，"大哥大嫂"叫来声声亲热。小时候我们很喜欢去他家做客，因为他家有好吃的饭菜、零食，还有很多书看，能观姨夫和表哥下象棋。我外婆在世时，向来很少光顾女儿女婿家，有一年她终于熬不过姨夫的盛情，难得答应去姨夫家。姨夫在离村子很远的地方跪接岳母，还用八抬大轿将外婆接至家中，这样的举动如我父亲这般是绝对做不出来的，用他们的话说："虚头巴脑的事情顶什么用，装模作样罢了。"但姨夫就是把对长辈的敬重演绎得淋漓尽致，我想应该也能讨得外婆的欢心。大约四年前，姨夫的母亲病重瘫痪，在养护问题上儿女媳婿都推三阻四，姨夫一气之下把亲娘运到了自己在看管的工地棚屋里，端屎端尿，喂饭擦身，悉心伺候了一年多。

姨夫个子不高，但额宽面方，相貌算得上出挑。他也受过相对较多的教育，家里藏了不少图书，我儿时所读《岳飞传》等书籍均是从他家借过来的。或许因为文化和教育的浸染，姨夫的生活便多了些想法、情趣和作派，与拙朴保守的农村生活气息便不十分搭调，很容易引人侧目并被指责为"不务正业，不正经，出风头"。印象中，姨夫几乎从来不像父亲一般穿着补丁累累的破旧衣服，而经常身着白色的确良衬衫，踩黑色或棕色皮鞋，戴手表，拎公文包，骑自行车，比公家人还有派头。农村人往往鄙夷这种"作"，而姨夫则认为做人要体面些，特别是与城里人打交道更不能失了尊严。

我想，在姨夫心中，光宗耀祖、出人头地一定是深藏的夙愿，他也一直这么在努力，家庭也慢慢朝着这个方向发展。但后来儿子家里出了意外的变故，深深地打击了他的虚荣和自尊，他逐渐心灰意冷。十多年前，在机关上班的小儿子给姨夫联系了看管公路段工地的差事，他乐得离开村子，避开烦扰，长年逍遥在外，经常只在除夕夜回家吃一顿团圆饭，所以我们这些亲戚自然很难谋得他面了。

管工地的活对于没有工作的农民来说是肥差，也是闲差，没有一定关系是捞不着的，姨夫的不显老跟这段生活有密切关系。七十岁那年，由于年龄因素，公路局辞退了他们这帮关系户，不过临了还给他们颁发了烫金的荣誉奖状，组织他们游览了"新马泰"，姨夫将证书和放大的旅游照片挂在墙上。他内心必定觉得这段经历还是闪耀着荣光的。

"退休"回家的姨夫在村里依然百无聊赖，也许他早已不习惯农村的苦闷生活。终于有一天，他自己托关系，辗转觅得了某事业单位的门卫岗位，工资低了，责任重了，要求高了，他却打起了精气神。在城里领工资的生活对他而言不啻是一剂延年益寿的补药，那种自由自在、自给自足、闹中取静的状态他喜欢，他享受。对于很多老年农民来说，在城里做个管门老头何尝不是人生最奢侈的梦想。

这两年，姨夫的家庭出现了新的转机，他的表现也越来越开朗。去年，大孙女以高分被当地最好的重点高中录取，听姨娘讲，姨夫主动应承了数千元学杂费。我二表哥造小洋房，他也时常抽空回去管理一下建筑工地。我想，随着情况的好转，姨夫终会心情舒畅地回到老家安享晚年的。

我母亲和姨娘总将姨夫和我父亲相提并论，说姨夫不顾家、只顾己、花头多，而我父亲则老实本分、勤劳节俭。其实照我看来，姨夫的活法更值得欣赏和借鉴，我父亲这一辈子太刻板、太谨微，身上背负了太多，亏欠自己太多。我是多么希望时光可以重来，宁愿父亲少顾家一些，更任性一些，为自己活得更多一些，那么在这人世间，我们父子，他与我们这个家可以度过更多珍贵的时日。

（原载 2017 年 6 月 2 日《今日镇海》）

黑狗没了

"那条老黑狗没了。"与母亲通话时，她轻轻地、悠悠地提了一句。

我听到自己内心"咯噔"一声脆响，有些难过，不想说话。听母亲在话筒那头缓缓地补充说明：正月初十后她去大姐家住了一个多月，家里由三姐代为照看，有一天，三姐去镇上给上学的女儿送饭，狗儿还跟着她出了村口，回来后不见了踪影，千呼万唤也不出现，基本判断是被坏人给吃了。这个我是知道的，多年以来，附近村庄都有些恶人，专门干些偷鸡摸狗之类下三烂的勾当，狗肉价格高、味道鲜美，常常听闻有狗遭殃。

我腾起一股怒火，更增几分伤心，想想那可怜的黑狗，肯定挨了连续的重击或是暗中飞来的麻醉针，在嚎叫呻吟中挣扎着倒下，然后被人拔毛剥皮、破膛开肚，最后进了那些酒肉男女的嘴巴和肚肠……我无法想象下去，拳头在攥紧，牙齿在咬紧，眼泪却爬出了眼窝。

我调整了一下心绪，开始宽慰母亲，这些话并不是我真实的情感表达。但我不能再助长母亲的伤痛，这狗与她的关系、对她的意义远比与我的紧要，她的悲痛和失落以及愤恨应远甚于我，我希望这些坏情绪不要再去折磨、摧残她老迈的躯体。

放下电话，黑狗的音容满满地装进了我的脑海。我并不是一个喜欢饲养小动物的人，对小区里那些让宠物狗享受锦衣玉食待遇的居民觉得非常可笑。然而黑狗，在我家，十多年了，它实际上早已成了一个亲人般的存在，虽然我长年在外，与它接触的时间加起来也不上一年吧，但它的嗅觉里显然牢牢记住了我的气息，每次回家都摇头摆尾、蹿上跳下迎接我，爪子和脸一个劲地蹭我的身体，嘴里发出欢快的"嗬嗬"声，这份热情过度常惹得我作势要打它，它才消停一些。

我老家地处偏僻，两三户人家，藏在一个山湾里，记忆中家里一直都养着狗，往往是两条，而且往往是纯色黑狗。在深沉无际的漆黑夜晚，只要有狗在蹲守家门，即便突然狂吠上一阵子，窝在家里的我们都不会惊恐害怕，隐在黑夜里的黑狗以它的忠诚和无所畏惧为我们筑起了一道坚固的安全屏障。

六年前，父亲过世，母亲独守老宅，这条老黑狗及其生养的另一条黑狗便成了母亲的陪伴和守护。母亲每次到山下的村庄跟老伙伴打牌，或是去乡里、镇上赶集看病，老黑狗会一直送她到大路，另一条黑狗则自觉留守家门。它们仿佛还能掐算时间，差不多到点了就会提前去大路口迎候踽踽独行归来的母亲，母亲脚步蹒跚，它们颇有耐心，围着母亲来回蹦跳翻滚，嬉闹追逐，似在努力逗母亲开心一点。

母亲常说，这两条狗比自己的儿女还贴心，她还说，狗儿通人性，什么都懂，就差开口说话了。这些话在我们兄弟姐妹听来自然有些刺耳，但确实如此。狗儿能够做到全心全意、时时刻刻，而我们限于种种因素却做不到。由此我们也感激这对黑狗，让它们吃得饱、吃得好，吃得膘肥体壮。

它们受到的也不全是优待，正如它们也不全是表现可爱可亲的一面，它们会生事端、闯祸，比如侵犯家里的鸡鸭，偷吃放在低矮处的食物，为了一根肉骨头不顾血缘亲情撕咬在一起，还咬死过邻居家好几只鸭子进而引起纠纷，等等。为此母亲和我都恶声恶语训斥过，拿扫把掷打过，用脚踹过。还好，它们从来不记仇，一如既往地向我们表示死皮赖脸式的亲热，不折不扣地履行它们天生的使命。

或许跟主人心性相通，我家的黑狗也性格内向，生活圈子很小，一般只在村外那条大路界内活动，每天作息也挺有规律，随便"喔喔"呼上一声，它们迅疾赶至跟前，像是在随时待命。极少的几次，它们彻夜不归，我们也是各种忙乱寻找、忐忑不安，及至天亮后安然归来，我们免不了要斥骂几句，但悬着的心终于放下，并且有一种失而复得、喜极而泣的快感涌上。

去年，那条年轻的黑狗也就是老黑狗的孩子因病去世，母亲把它葬在山冈上。现在，老黑狗失踪一个多月，怕是再也不会现身这空荡荡的家中。唯一让人稍感欣慰的是，去年下半年它生下一窝狗崽，我们留了一只，也是通体纯黑，虎头虎脑的，已经能够冲陌生人和异样的响动大声吠叫了。

（原载 2017 年 7 月 28 日《宁波晚报》）

新来的小狗

过节回老家，发现家里多了一条小狗。

是条浑身乌黑的小狗，第一眼见到，它蜷缩在墙角一件破衣服上，一声不吭，瞄了我一眼，一点都不鲜活。旁边的小碗装满饭，显然没动过一口。

三姐说，小狗已经一天没吃东西了，就这样团窝着。也许是病了，至于病因，推测应是前一天打杀老狗的场面太过惨烈，幼小的它被震惊到了，虽然老狗不是它的母亲。

那条老狗其实不算老，正当壮年，而且忠心耿耿，把家管得水泄不进。杀了它实属无奈之举，因为自去年下半年以来，它隔三差五去偷袭咬杀前面一户人家养的鸡鸭，惹是生非。

竹篮里搁着两条去毛杀净后的新鲜狗腿，是姐夫他们留下给我的，狗肉乃老家的一道地方美味。我叹了口气，肯定不会去碰的。

老狗没了，小狗吓蒙了，不闻犬吠，头天夜里，老家格外冷寂。

次日，冬阳明亮和暖，融化了寒冷，似乎也融化了小狗的精神"创伤"，它终于起身活动了。

它在廊檐、屋里自由自在地走，时而欢蹦乐跳，短短小脚，圆圆脑袋，糯糯团团的，茸茸毛毛的，很萌很可爱。三姐说，从狗主人家抱来的时候它还在吃奶，这么算来，也就一两个月大。

它开始进食了，嘴巴还挺挑。如果是纯白米饭，闻闻、舔舔，不要吃。拌了菜汤、肉汁，它嘴巴拱拱，咻溜咻溜，一会儿就舔个精光。

我们吃饭，吃出不少骨头、残渣，以前经常直接吐在地上，老狗三下五下就消灭得干干净净。现在只能积在桌上，有时习惯性地扔一点下去，小狗也会敏捷地扑上去，但显然消化不了很多。有一回我想把一块骨头给它吃，三姐夫忙阻止，说不能喂小狗骨头，万一卡住气管喉咙可没得救了。

也许因为伙食还可以吧，它长得很快。两三天工夫，在三姐她们看来就大了一圈，我倒没怎么觉得，不过小狗的肚子确是圆滚滚的，它一天到晚都在几间屋子里、院子里四处摸索，也不知道吃进去什么了。

屋外一有响动，立马能听到它的激烈吠叫，"汪汪汪"，虽然稚嫩，却也铿锵有力，足以提醒屋内人注意屋外动静。"这小狗很会管闲事。"卧病在床的老母亲甚是欣慰，她对姐夫他们不听她劝执意杀掉老狗的行径耿耿于怀，按她的想法，最多"把它放生了"，但他们一句"它自己又跑回来了怎么办"又怼得她无语。

我们都很喜欢这条小狗，变着花样逗它玩。但它可能觉得没多大意思，还不如自娱自乐，塑料袋、餐巾纸，各种够得着的物件它都要用鼻嗅嗅，用嘴咬咬，用爪挠挠，或是各种摆弄，反正就是不消停。有一回，我老婆塞在鞋子里的红色袜子不见了，原来被它叼去堂屋角落里偷着耍呢。

总之，小狗在我家适应得很好，身子骨越来越强健，工作表现也越来越出色，而且它还很听话，一点不狡猾，家里随便哪个人"喔喔"呼几声，它便一路小跑寻声赶来，眼巴巴仰视着你。如果它能说人话，一定会问"有什么事吗"或是"请问有什么吩咐"，当然也有可能是"有什么好吃的"。

某个下午，我坐在圈椅里看书，突然传来小狗剧烈的惨叫，是那种痛彻入骨后的反应，又传来三姐的骂声"谁叫你闷声不响站在这里的"，大约是三姐开灶屋门时把挨着门的狗给夹了或踩了。然后就看到小狗一瘸三拐地跑进屋子，躲在抽屉桌底下，嘴里一直"哼哼唧唧"地表达痛苦和不满。右前脚抬悬着，落不了地，真担心被夹断了，不过经过它自己用嘴巴不时舔舔、揉揉，痛苦的呻吟慢慢地轻下去，看样子无甚大碍。

内心涌起一股异样的情感和想法。这小狗多可怜、多不容易啊，那么小的年纪离开妈妈的怀抱，来到一个完全陌生甚至没有一个同类的环境，自己管吃管睡，自己找乐子，自己扛着一切的病痛、厄运和灾难，几乎无师自通地认认真真做好看家护院工作，以讨得主人家的信任与欢心，换得一口饭吃，撑起至多十多岁的生命。它想爸爸妈妈吗？爸爸妈妈记得它吗？它知道自己是谁吗？……

我将它抱起来，轻揉它刚被夹痛的小腿，抚摸它绵软的小身子，它十分温顺地躺在我腿上，看看我，又低下头去，似乎在享受我的亲昵安慰。世间茫茫，它落进我家，托付此生，也属难得的缘分，应当珍惜善待，愿它身体健康、生活愉快、工作顺利。

（原载 2019 年 3 月 15 日《宁波晚报》）

疫情下的山村春节

这个寒假，我照旧回到老家过年，服侍卧病在床的母亲。忙完一日三餐的烧制、喂食、喂药，换纸尿裤、翻身、聊天，余下的时间睡觉、看书、看电视、吹箫，日子过得辛苦压抑，但也只能苦中作乐，也还过得去吧。

当然，今年的春节是非同寻常的，很多人也许一辈子都难得遇上，突如其来的疫情蔓延将全国人民的脚步定格在一个小范围内，原先的流动和喧嚣见不到、听不到。前面那户人家正月里原本门庭若市，烦人的嘈杂甚至波及我家，今年倒好，慑于政府的严格管控和病毒传播的威力，一概不再走动，地偏人少的老家静谧得仿佛融化消弭于冬日的安宁中。

大姐和三姐一家还是经常过来看母亲，都在相隔不远的村子里，似乎也不必如网上和电视上宣传的那么做避，完全地宅在家中，不相往来。毕竟这里是农村，方圆十几里也无确诊或疑似病例出现。即便如此，大家也备上了口罩，交流的话题焦点还是疫情，各种真真假假的信息都作为谈资来发酵，我想困在家中的大多数人都在如此这般。除夕前一天，村里的党员和网格长上门来登记各户人员信息，正月初三开始，几处村道口设置了关卡，这些操作进一步点燃了村民的新鲜感，他们其实是不太相信病毒会飘荡过来，会飘落在自己头上，他们能够以容忍和配合的态度顺从政府的安排，更多的可能是在体验一种不一样的生活，是以旁观者的身份看一场热闹。

正月初三下午开始，缠绵了几天阴雨的老天开始放晴，早晨薄霜莹白，彻骨寒冷，但随着太阳一点点升高，气温很快调整到一个让人异常舒服的高度，没有云遮雾挡，太阳以完整面目俯视大地山川、芸芸众生，全部的光和热被寒冷中和后调制出令人相当愉悦、乐意沉醉其中的舒适体感，在廊檐下，在院子里，坐进温暖的阳光之海，惬意地享受这冬日的馈赠。

通常于午后，小睡一会儿，我需要出去走上一阵，活络一下身子，尤其是得让冰冷的脚热乎起来，否则不出几日，讨厌的冻疮又会爬上双足，那种奇痒难忍混杂着隐痛进而破皮溃烂的滋味实在不好受，迈开腿，也可消耗一些过年饭菜过于丰盛而过量摄入的脂肪和热量。

天气出奇地晴好，假如在往年，道路上川流不息，景点里人头攒动，必是确凿无疑的闹猛景象。然而此刻午后的山村，安静得让人不由产生幻觉，所有的声音都被那高远的、湛蓝的天空吸附走了吗？也不尽然，稍微留意一下，会有一些声音传来，一下一下，伴着硬朗的节奏，还有说话的声响，但不见人影，原来是闲不住的农人在林子树丛内斫树、砍柴，用锯子或是斧子或是钩刀。树林里，竹山上，满是老死而倒伏的树木、断枝，它们在这个季节失却了所有的水分，现在正是收拾它们搬回家中最好的时候，截成段捆扎起来，或是劈成柴样堆成垛，好几个月甚至整年都能把炉膛烧得红旺。一锅锅香喷喷的大灶饭养了多少农人的胃，馋了多少游子的嘴。

一辆农用车斜斜地横在马路中央，挂着一块三夹板之类的广告牌，歪歪扭扭的毛笔字显得简单随意，却无可辩驳，不许讨价还价。它可能是这条笔直平整的水泥村道上唯一的汽车了，在我外出一个小时里，我只见到一辆从东北方向驶来的小轿车唰唰地压过路面，在它跟前停下，按了几声喇叭后悻悻地掉头离开，去绕行别的通道。在田里、山上干活的老年农民笑眯眯地注视着整个过程，直至车子越过山坡消失不见。

站在马路上，四野空旷，群山静卧，无论朝向哪个角度，映入眼帘的都是清新干爽的景致，天地间多余的水分已经蒸发沥干，通透而纯净，甚至还散发着一丝丝大地被冬阳曝晒后沁出的清香，如同那些被晒得舒爽松软的内衣和被褥发出的味道。蓝莹莹的天幕与层叠起伏的山际线之间拥有非常清晰但柔和的过渡，天地就这样缝合在一起，仿佛这就是整个世界、整个宇宙，温暖而安详。

深深地呼吸，空气里已然有了春天的气息，甜冽怡人，而小山、田野、竹林、水塘也开始泛出一芽芽的绿意，有些甚至从衰黄的枯草缝隙中顽强露头，春天的力量在大地深处涌动，并传递到了大地表面，树木、小草、花朵和泥土、流水以及鸟儿、虫儿都接收了目前还比较微弱的信息，以各自的姿态一点点展开属于它们的春之声、春之舞。

我出来的时间是有限的，不能在欣赏和遐想中驻留太久，于是沿着马路往一个方向疾走，鞋与地的摩擦很快生出了热量，以至于身体有微汗冒出。途中的风光也是可圈可点，尤其是几处山塘水库，澄澈、透亮、凝练，宝石碧玉一般。有几辆车停在路边，它们的主人正隐在堤岸树丛下静静垂钓。抵达另一个村庄，电线杆上的喇叭正在播送防疫注意事项，一个戴红袖章和口罩的五十多岁的妇女立在村口，有一搭没一搭地与旁边一位嗑着瓜子的男人闲聊。水库堤坝上，一位穿着时尚的年轻妈妈携孩子在拍照，妈妈不时做几个优美的伸展动作，小孩不时发出脆亮的声音。

折返的路上，路边的坎头上，我捡起一根手臂粗的干燥枯木，当作拐杖挂回家，大自然真是无比慷慨而富足，这木料斫成几段，足够烧熟今天的晚饭了。

第二辑　青春·往昔

三个小生命

对于生命的认识与理解，孩提时代的一只鸡、一棵树、一条狗对我影响深远。

我还没上学的时候，爸爸妈妈要上山干活，哥哥姐姐去学校上学。有时我就只能一个人在家里玩，也没什么玩具，只好跟泥巴、木棍、蚂蚁之类打交道。有一阵子，我迷上了玩手拉车的轮子，屁股和双手扶在轮轴上，从院子的地势稍高处顺势滑溜下去，那种能荡起风的飞快的感觉经常让我欲罢不能。即便在平地上，也可依靠双脚垫推产生的力量往前行，前进，转弯，后退，像村子里那些开手扶拖拉机的叔叔伯伯那般神气，特别有意思，特别有成就感。

有一天下午，我又一个人在院子里玩车轮，正玩得开心，不知怎的惊了附近觅食的母鸡和它孵出来不久的一窝毛茸茸的小鸡。它们惊叫着四处逃窜，但一个车轮子还是碾压了其中的一只小鸡，它都来不及叫上一声就彻底死了，球状的身子骨摊成一块染血的饼，肚肠被挤出体外。

我当时肯定吓得哭了、傻了，又伤心又恐惧，不知道该怎么办，因为我杀害了一个活生生的东西，而且我已经知道这些鸡仔对我们家的意义。哭到最后，看看四处没人，我哆哆嗦嗦把死鸡偷偷扔进茅坑里，它沉入了黑臭的粪水中，再不得见。

傍晚，父母亲干活回来，关鸡点数时发现少了一只，就屋里屋外角角落落找。呼鸡的声音一声声刺向我心头，我躲在灶屋里一声不吭，对他们的询问也面无表情地回答说不知道。最后，无望而心痛的父母合计着"也许被狗或野猫吃掉了"而停止了搜寻。

这是埋在我心底的第一个天知地知我知的秘密，很多年后，我依然能想起那只被我夺去了幼小生命的雏鸡那惨不忍睹的生命最后的样子，耳畔仿佛还此起彼伏地回响着父母焦急唤鸡的声音。这些年来，我好几次做同一个噩梦：自己成了杀人犯，四处躲藏，备受煎熬，生不如死。或许这就是该事件留下的弥久不散的阴影吧。

再来说那棵树。那时的我应该上小学了，某个春天的日子，天空潮潮湿湿，绿油油、水淋淋的田野里盛开着紫红色的草籽花，我跟着父亲干完活回家，见到一棵不知名的小树被连根拔起丢弃在路边。树叶已有些干蔫，有一截枝丫还断折了，只有树皮将就着连在主干上。

　　我不知怎的就把这棵受伤的小树抱回了家，在院子里挖了个坑，小心地种下、扶正，用棕榈叶和小树枝把将断未断的枝丫绑牢，这一做法来源于医生对我骨折过的左手臂的处理。之后每天放学回家的第一件事就是去看看它，给它浇泥水，培点沃土，或者锹来一些鸡粪埋进树的根部。

　　在我的精心照料下，树叶慢慢地舒展开来，又发了很多新芽，逐渐繁茂绿盛，树枝也粗壮了不少，断枝居然也愈合了，根系结结实实地扎牢了土地，那样焕然一新、生机勃勃地矗立在院子里。多么神奇的事情啊！我每天都喜悦着。

　　然而有一天，放学回家却不见了那株树。从爸爸处得知是被偷跑出来的猪拱掉了。我扔下书包撕心裂肺地哭号，发了疯似的拿竹条抽那头该死的猪。还冲着爸爸妈妈大骂，责怪他们没有看住猪、看好我的树，那份绝望伤痛至今想来依然生生作疼。

　　这是我数十年里唯一用心栽过的树，一直都郁郁葱葱地生长在我的心田里。后来我知道，它叫冬青树，是极易成活、极为普通的小树种。

　　最后说说那条狗吧。印象中我家从来都养着狗，而且大多数年份是两只。在偏僻的小山村，狗能看门守户，抓鼠追蛇，会奋不顾身地与一切陌生的来犯搏斗，而对熟悉的主人又表现出那种孩童般纯真无邪的亲昵缱绻，即便无端受了主人的打骂也毫不记仇。而它唯一的索求只是主人吃剩的骨头、残渣、冷饭而已。

　　有一年，家中一条活了十年的狗垂垂老矣，毛发干枯，行动迟缓，有一次不知道在什么地方莫名其妙地挨了人家一锄头。它挣扎着回到家，病倒在草窝里，偶尔发出几声呻吟，整个变得衰弱不堪，全家人都十分揪心难过。我们把一些好菜好饭放在它嘴边，它嗅嗅、舔舔，有气无力扒拉一两口，黯淡无神的眼睛望望我们，又哀怨地闭上，隐隐有些泪光。

　　这样挨了几天后，有一日早上起来，狗窝里不见了它的踪影，四处寻找，才发现它已死在屋后山冈上的某个空墓穴里，那一带，它生前经常逗留。

　　父亲用畚箕将它冰冷僵直的尸体挑到离屋不远一处向阳的山坡上，安放进原本用于藏番薯种的深坑里，我站在旁边看着一锹一锹的泥土覆盖上去，无情地埋没了这个陪伴我们多年的朋友，我顿时觉得心被吞噬了，世界一片空落落。父亲和我一样默然不语，喜欢荤食的他一辈子不曾碰过狗肉。

　　就是这三样生物，在我幼小的心灵里植入了关于生老病死，关于对生命的敬畏、疼惜，关于人与自然的关系等种种宇宙密码，给了我最深刻的教育，让我获得了最真切的体悟。

（原载 2016 年 12 月 9 日《宁波日报》）

穿解放鞋的青春

草绿色帆布鞋面、黑色橡胶底、窄窄平平的鞋身，多年不穿的解放鞋伴随伊朗影片《小鞋子》清晰地浮现脑海，勾起我对逝去青春岁月的强烈回忆。

如今的孩子可能对解放鞋毫无概念，他们有的是各式各样的皮鞋、旅游鞋、运动鞋、休闲鞋。但孩提时，解放鞋几乎一年四季都包裹着我们好动的脚。它便宜耐磨，陪伴我们走过田野山川、春夏秋冬，撒下了同样灿烂的欢笑。童稚的我们也从来没去追究过它在炎夏里的闷热汗腻和寒冬里的冰冷彻骨。因为那个年代周围差不多每个人都穿着解放鞋，即便正月里拜年，也只是换上新头足一点的。大家分享着贫穷却均衡的喜怒哀乐。

社会的平均态很快被改革的春风打破了。也就是在一两年的时间里，沉寂的故乡生活发生了参差不齐的分化，最明显的是有的人富了，头脑灵光的他们脱掉了土气的衣服包括解放鞋，开始摇曳出生活的多姿多彩。有的人依然如故，守旧的父亲没有抓住机遇而跌入了愈发贫穷的行列，这也许是我生活阴影的开始，而且随着年岁逐增这轮阴影也渐渐长大。我清楚地记得小学五年级我作为乡里的三好学生代表走上大礼堂时，脚上泛白的解放鞋和膝盖处两处大大的补丁惹来了一阵笑声，我涨红的脸渗出了丝丝苦味。

小学毕业后我考取了区里最好的初中，那个时候社会分化的程度越来越大。小学里一个班尚有一半左右的同学家境窘困。初中学校地处镇上，外乡的孩子零花钱多，穿着光鲜，他们到食堂里买香喷喷的菜肴，而我从家里带来的一大杯腌菜或甜酱要对付一个礼拜的每日每餐，常常是咀嚼着人家的菜香苦苦地吞咽，实在熬不住了就去买一毛钱一块的豆腐干，一块一餐，香甜无比。那时我已步入青春期，十分敏感，特别在意自己在别人眼中的形象，但我能做什么呢？常年营养不良的我像竹竿一样，蜡黄的脸刀削过般瘦峭，哥哥穿过的衣服加上光脚解放鞋乱糟糟地搭配在一起，毫无美感。我无力正视那些有漂亮的衣着、美观的鞋子衬着的身材匀称、充满朝气的同学。在很多场合，我恨不得把脚埋进地里，好有勇气面对别人的目光。我是孤独的，曾经有一位山里来的同学初一穿过一阵子解放鞋，但不久就换上了红白相间的回力球鞋。于是整整三年，我的解放鞋对抗着几百双回力鞋、皮鞋、旅游鞋以及众人的注意。我不爱运动，不爱说话，解放鞋如同一把巨锁锁住了青春本应饱含的活泼、欢笑与张扬。

　　高中阶段我的生活窘迫依旧，依然是每个礼拜一大杯的腌菜甜酱，依然是被人唤作"芦柴棒"的畸形发育，依然是青春的敏感与严酷的现实无尽的斗争，依然是拘谨、孤僻、木讷。唯一的变化是在外边我不再穿解放鞋了。初三暑假，工作了的姐姐给我买了一双回力牌球鞋，虽然当时大部分同学已经只在运动时穿它了，但它于我不啻是一个里程碑式的进步，当我的脚伸进簇新厚实的"回力"时眼前出现了幻觉，青春的天空顷刻间蔚蓝了许多。这双回力鞋，加上高二时哥哥买的另一牌子的运动鞋，载着我走完了高中三年。每当它脏了、臭了，我就用母亲做的布鞋或拖鞋替换一下。我万分小心地呵护着它们，因为它们缓解了我不少青春的压力。有一回上体育课，一同学要打篮球，拿他的皮鞋与我的回力鞋暂时调换，我一边感受着皮鞋的舒适，一边对我的球鞋心疼不已。还有一次帮亲戚家看门，我偷偷地穿上表哥的白色旅游鞋试着走了几圈，恍然觉得自己高大健美了许多。

　　我的穿解放鞋的青春就定格在这里了。不仅是大学四年，即便工作后，贫困的现实与感觉仍然如影随性，但解放鞋已离我远去，我能通过打工、努力工作来找到生活的坚实，一种更为理智豁达的人生态度取代了青春的彷徨。我写这篇小文丝毫没有责怪父辈的意思，我只是感叹青春岁月的苍白酸涩。贫困相对于一去不复返的宝贵人生来说绝对不是一件好事，小小的一双解放鞋给很多孩子附上了多么沉重的枷锁，让我们不得尽情享受青春的甘甜丰美，这是永久的遗憾。但愿经历苦难的我们能为后代营造舒适的空间，让他（她）们青春的原野不再荒芜，青春的天空不再阴郁，永远沐浴诗画般的晴朗、鲜亮。

（原载 2003 年 6 月 11 日《宁波晚报》）

捡"娃哈哈"的日子

那年，和不少穿街走巷拾废品的人相似，我也捡过一段时间的废瓶、废罐，为了生活。

那是大学最后一个学期，因为找工作，经济状况本就窘困的我几乎身无分文。除了系团总支书记帮我申请的三百元临时助困金外，我该怎样解决余下几月的吃饭问题和毕业前的各式开销呢？借钱似乎不太合宜。打工吧，一时半会也找不到合适的活儿。眼看着把抽屉角落里的硬币都快用光了，我心里又沉重又焦急，隐隐还有些恐惧。

有一回从教学楼上完课出来，看到管门大伯把一大筐饮料瓶卖给上门收购的小贩。"恭喜啊，又赚了这么多钱。"我上前和大伯打招呼。"还好，不过直接去收购站更赚，像这种瓶子，"他指着大的娃哈哈瓶说，"外边可卖两毛钱一个，小的一毛钱一个。"我稍稍有些惊讶，从没想过随便丢弃的东西还值这个价！寝室走廊废瓶四散的画面闪进脑海，我心头一热，加快脚步奔向寝室。

我们那幢公寓楼高七层，一层层上去，果然有很多的易拉罐、饮料瓶散落在走廊上。可是面对进进出出的同学我怎能下手又该如何下手呢？而且搞卫生的阿姨已经在五楼拾捡了，她那坦然的神情真让我羡慕。过不了多久，这么多瓶子就全归她了。刚刚激奋的心绪又低落下去。

好在多次打工的经历让我即刻理清了思路。看来白天的瓶子在搞卫生阿姨和传达室老伯的分割下我基本上占不到份额了，况且我也拉不下面子。但是晚上到第二天清晨这么长时间里同学们仍然会丢弃很多瓶子，我可以趁着黎明的寂静将它们收归囊中，努力做到神不知鬼不觉。主意一定，我着手准备了一个编织袋和一个比较大的塑料袋，深黑色的。

那个晚上我几乎没睡着，老是惦念着"早一点起床"。大约五点钟，天刚蒙蒙亮，我轻手轻脚下了床，带上黑色塑料袋和毛巾、牙具，后两者为出现意外时做掩饰之用。仔细倾听四周动静，人们还沉浸在梦乡中，整个大楼静悄悄的，远处隐约传来部队早练的口号声。黄澄澄的灯光下躺着不少的瓶子，我飞快地将它们抓进袋子，一个又一个，一层又一层。走到第四层楼，刚想弯腰下去，走廊另一头突然响起拖鞋的踢踏声，我急忙缩手，无声息地拐下楼梯，逃回寝室，心怦怦地跳。

第一天就这样半途收工了，还好，也有二十几个瓶子。

后来我慢慢明白，很多同学其实根本不会想到他们的同龄人会做这手活，我大可不必如此紧张兮兮。于是整个过程就从容多了，差不多黎明时分准时醒来，起床，带上工具，蹑手蹑脚，东走西看，一路"扫荡"过去。遇上上厕所或起床的同学，赶紧把袋子抱在胸前或假装到盥洗室梳洗。有时看到有些开着门的寝室地上、垃圾桶里有瓶子，我也会毫不手软地将它们掏过来，我甚至把势力范围扩展到对面的公寓楼。随着天气的日趋炎热，我的劳动果实也越来越丰硕，往往一个清晨能捡好几袋。

等编织袋被撑得一大半满了，我就得及时去卖掉。鼓鼓凸凸一大袋绑在自行车后坐上，专门挑学校上课校园内行人稀少的空当，从校园西侧边门出去，沿着围墙骑十五分钟左右，便有一废品回收站，先是观察周围有没有熟人。然后拎上袋子径直走进废品屋内，把老板叫进里面数个、算钱，大小"娃哈哈"瓶子每个分别是两毛、一毛，别的塑料瓶子价格与此相同，铝制的易拉罐每个可卖一毛六，而钢制的就很不值钱了。算下来一趟一般有二三十元进账，接过脏乎乎的钱，低着头离开废品屋，好一阵子才仰起脸深深地吸上一口气。

日子在捡捡拾拾中沉滞而平静地流过。我的最后一笔买卖完成于班里同学大多各奔东西后，我连编织袋都白给了已经熟识的废品店老板。洗洗手，过去几个月舍不得买任何饮料的我买了一瓶"娃哈哈"仰脸喝下，那一刻泪水涌出了眼眶。是的，我没有做伟大轰烈的事情，只是以自己的勇气，坚韧地度过了一段艰难的时光。我的工作是如此出色，以至于到目前为止，同寝室七个室友无人知晓我那一段难忘的经历。

（原载 2013 年 2 月 26 日《教育信息报》）

"西湖"伴我行

　　在我简陋的宿舍里，床斜对面的那台电视机无疑是最引人注目的，倒不是它有多新潮高贵，恰恰是因为它的落时。十八寸的黑白电视机，暗淡土气的机身，唯有那镂刻的"西湖"两字似乎还隐约闪烁着昔日的荣光。这样的机子，即使在农村也已鲜见，何况在繁华的都市。难怪朋友同事光临寒舍时总要对它大呼小叫一阵子，怀疑我是否染上了葛朗台式的疾恙。我笑笑，这电视机于我来说相当珍重，它承载着我逝去年华里许多情感，而且将长久地流淌在我生命的河里。

　　我的家乡卧在浙东会稽山脉末段的一个小山坳，村里只有我父亲他们四兄弟。六岁那年乡里才给装上电灯，记得银黄色的灯光闪亮的一刹那，习惯了在黑夜中倾听山鸟啼鸣的我眼前仿佛升腾起一轮太阳。再过了一年，又一件翻天覆地的喜事降临了，小叔娶媳妇，媳妇家陪嫁来一台电视机。迎亲时，我们几个堂兄弟迫不及待把它从轿子里抱到小叔的新房，插上电，雪花飘飘中依稀有汽车在动，有人在说话。"哇！"冲天的喜悦刺破了冬日灰蒙蒙的天空，大人小孩的脸上都漾着醉人的笑容。

　　小叔家的电视机只有十四寸，西湖牌，黑白的。以前浙江人对"西湖"电视机情有独钟，称它牌子老，质量好，价格公道。也是，小叔家的那台调试几次后，画面比村大队里的那台"牡丹"彩电还清晰。每天傍晚放学回家，顾不上做作业、吃饭，堂兄弟们就吵着让小婶放电视。新房狭小，小婶就提着电视机放到堂屋里，关上灯，几双黑溜溜的眼睛就一动不动地瞪着小小的屏幕。吃饭忘了，作业忘了，大人们见我们收不住心思，怕误了学习，就下了许多强制规定，有时还用细竹条打屁股，或者把我们锁进屋里，那真是撕心的痛。其实大人们自己对电视也上了瘾，放《红楼梦》时我妈就经常捧着饭碗看到深夜。

　　日子一天天过去，童年因为有了电视而少了些泥土的味道。《沙漠王子》《海灯法师》《自古英雄出少年》等，小叔家的电视屏幕留给我的记忆至今依然清晰而让人感动。许多无言的情愫在心底悄然萌发、生长，心灵幻化出一片无比宽广的世界，我想长上翅膀去飞翔。可惜这样的美好并不长久，三叔、二叔家相继买了电视，还是十八寸的黑白"西湖"。人少了，小婶再也不把电视机提到堂屋来了，我家的人去看，得敲他们新房的门，他们的脸上好像都多了些勉强。我们坐在沙发里，浑身上下都不得劲，有时看到兴头处小叔就说要睡觉了。再后来，在处理奶奶后事时妈妈与小叔闹了点争执，小婶突然冒出一句"有本事就不来看电视"。那晚比我大三岁的姐姐哭着对母亲说"我挣钱了一定要买台电视机"。

于是电视离开了我的生活。现在想来，这样的变故多半还是缘于一个"穷"字。我三个叔叔日见其富，而我家因孩子多还是老样子，穷与富是走不到一块的。夜晚恢复了寂静，叔叔家的电视比以往更响亮了，穿过门缝灌进我的耳朵，我多少有些惆怅。这时妈妈就说："争气点，好好念书，将来考大学做官挣大钱，也压压他们的得意劲。"母亲的话仿佛藏着什么魔力，竟然驱赶掉了我对电视的馋劲，我拼命地学习，成绩一直数一数二，村人常对母亲竖大拇指。

姐姐初中毕业后就离开了学校，先是种田，后又辗转了好几个地方，挣的钱始终很少。最后在绍兴一家丝厂找了个比较稳定的工作，慢慢有了些积蓄。她自己很节约，钱大多贴补家用，供我上学，但她执意买了一台款式较新的十八寸黑白"西湖"，说是给父母解解闷。至于我呢，不用她提醒，自觉地把学习放在了第一位，只有碰到像春节联欢晚会这样的节目才尽情地过上一把瘾——我知道自己应该做什么。

因为造房子加之我上学，家里窘况依旧。叔叔家的电视已经换成彩电了，还装了能收好几个频道的天线。父母年纪大了，心头的疙瘩还是没能解开，我知道他们一直活得不舒心。但在读书的我又能做些什么呢？好在我中学、大学、找工作一路过来没让他们多操心，也算给他们最大的慰藉了。

领到第一笔工资后我马上奔到商场，商场里的电视机琳琅满目，"西湖"电视早已风光不再，柜前冷冷落落。我却单单挑了"西湖"二十五寸的纯平款式，顺便买了多功能天线。雇车运到家里，当屏幕开启，母亲喜极而泣，我也泪光盈盈。而后我把姐姐买的那台十八寸的黑白"西湖"搬到城里的宿舍。我想，这于我不仅是一种摆设，更是一份激励。是的，父辈的恩怨可以忘却，童年的欢乐、温暖的亲情却永存记忆，"自强不息"的信念更应长留心间。

（原载 2002 年第十期《家用电器》）

小小心愿

"爸爸，我想有一个望远镜。""妈妈，我想学画画。""爸爸，能不能带我去看看北京天安门。"……儿子开始读小学了，这些年他可没少向我们提各种要求，而我们也尽量满足他的一个个心愿。

其实，每一个孩子心中都会生出许多愿望，好似排列着一个个按钮，对应着神秘的生命密码。如果实现了，撤下按钮，灯亮门开，这些心愿便成了他们认识世界、成就自我的一条路径，密码得以破译成功。反之便逐渐锈蚀，再也无法开启。

许是在小学二年级就磕磕绊绊地读完了八百多页的《三侠五义》的缘故，我打小就种下了一个武侠梦，幻想着能练成十八般武艺，不受人欺，还能行侠仗义，锄强扶弱。有一年暑假，我跟随父亲去镇上，电影院附近挂着一幅暑期武术培训班的广告，一个月时间教授拳、剑、刀、枪各一套路，多么美妙的事啊，我的心思瞬间活泛开来。但最终，十块钱学费还有遥远的路途让升腾起来的美梦重新潜回心底，我只能痴痴想象那些幸运儿在广场上舞刀弄枪的场景。后来，虽然自己对武术的兴趣不减，也曾照着拳谱（书）依样画葫芦瞎练一气，大学时还找了个民间武师较为正规地学练了陈式太极拳、剑，但终究错过了练童子功打基础的最佳时机，现在的架势也止于自娱自乐的水平，上不了台面。

有时想，如果当年家境不是那么窘迫，父母亲支持我去接受正规的训练，凭着自己的满腔热情，说不定真能在武术上有所作为，它也许能成为自己的谋生工作乃至终身事业，最起码能作为自己的一项才艺，一招一式像模像样，可在众人面前博个满堂彩，身体素质、自信心和整体气质也应与当下殊异。

看来人生就是布满这么多错过，很多心愿，像一粒粒种子，欣欣然萌发，却因为得不到适时的滋养和浇灌，一早就夭折，剩下来的也多半长得孱弱或走样。它们原本都是有机会长成参天大树，成为人生花园的一道道亮丽风景的呀。

由此，我不时提醒自己一定要睁大眼睛，蹲下身子去关注、去倾听儿子的心声，去认真分析这个心愿连着的根须以及可能延展开来的树冠，然后想方设法去帮助它的达成。我也期待，当我的孩子进入学校，他也能得到同样的爱与关注，能够在更加专业、更加系统的教育环境中去生长和实现一个个小小的心愿，然后获得一个大大的世界，成就一个精彩的人生。

（原载 2016 年 11 月 9 日《宁波晚报》及 2016 年 12 月 9 日《浙江教育报》）

农忙暑假

在上大学之前，我学生时代的暑假大多是在农忙中度过的。

故乡在偏僻的农村，父母都是老实巴交的农民，家里人口多，有七个人的田地，平时就把父母给忙坏了。七八月份算得上一年中最忙碌的季节，不知从什么时候开始，我便成了父母的小帮手，为他们分担些力所能及的事情。

放暑假后的第一项农活是分秧，也就是将已经成苗的纤细的种秧小心地拔起，然后描插在平整好的空秧板上，这些种苗会迅速发叶长粗，二十多天后待早稻收割完毕便能插播到田里。跟现在6月下旬就"出梅"不同，那时的梅雨季节会一直延续到7月上旬，分秧的那几天，往往细雨绵绵，父亲穿着蓑衣，我则戴一顶斗笠，披上一张塑料薄膜，在秧凳上一坐就是几个小时。

干完分秧，劳作的场所转移到了山地上，给豆地、番薯地、玉米地等除草松土。天时已经"出梅"入伏，一连几天都是大晴天，太阳明晃晃、火辣辣。每天一大早跟随父亲翻山越岭到自家的山地，趁着露水未干、日头还低多干点活。如果是豆地，基本用锄头削草，辅之以手拔，比较省力。如果是番薯地，则主要靠手，把已经蔓延开来附着在地面的番薯藤扯起理好，拔除隐藏其间的青草。现在想来，"翻番薯"的主要目的不在于除草，而是给番薯藤翻个面，让它们活动活动身子，匀摊阳关照射，规束一下方向，使其长势旺盛。

日子一天天过去，早稻稻穗似乎被炽热的阳光烤熟了，黄澄澄的，垂着头埋进青黄不一的稻叶中。傍晚时分，一阵风过，在夕阳的映照下，连片的稻田泛起温柔的波浪，铺展到远处的山脚，似乎还散发着一股稻谷的清香，格外青葱喜人，有一种丰收前的成熟雍容之美。突然有一天，不知谁家的水田里响起了第一声打稻机的轰鸣，平整得黄缎一般的田野被开了一个窟窿，于是，紧张忙碌的"双抢"正式开始了。

"双抢"最大的特点就是赶，在短短一二十天时间里，要把早稻收割完毕，随即种下晚稻，其间还有清除稻秆、翻耕田地、晒谷、耘田、施肥、喷洒农药等一大堆农事，而所有的活计基本上都靠农民的血肉之躯外加镰刀、脚踏脱粒机等简易农具，加之日头又是一年中最为毒辣的，其辛苦情状可想而知。对于经历过的人来说，至今一念及此还会心有余悸，那几乎就是一场炼狱般的煎熬，代表了传统农业模式下农民千辛万苦的极致，丝毫没有一些文人笔下的浪漫情怀，也没有多少丰收的喜悦可言。对于大多数农民特别是一家之主来说，不管多苦多累，都得提着一口气把该干的事情完成，免得误了农时，或者落后于其他人家而被指指点点。许多家中的顶梁柱一般是"双抢"完毕、劳作节奏放缓才觉出满身的疲惫伤痛，需要躺上一阵子甚至挂上几天盐水才能复原过来。

在农村，"双抢"也是家庭综合实力在田野、晒场上的展示，几乎每户都是全家总动员。四五岁的小屁孩就要箪饭送茶、撑谷袋或带个口信什么的；慢慢地，开始递送稻捧；再往后，就是割稻、打稻、拔秧、种田。有些小孩十岁左右就掌握了整套农活，这样的孩子在村民口中会成为茶余饭后的话题，他们交口称赞其听话、懂事、能干，他也就成为小孩效仿的榜样。很多小孩就暗暗下了决心也要做这样的好孩子，以获得大人的赞美。

我有两件事也曾在小范围内被传扬。一次是一天晚上快 8 点，夜色如漆，父母和哥哥姐姐已经洗脚回家，下午种的田里还差几个秧，我不知哪一根筋搭住了，非得把这块田种完，摸黑赶到上番秧田拔了秧，然后又偷着跑进田里估摸着把剩下的缺口种完，全然不顾山野里肆虐的蚊子及可能出现的危险，就是想证明自己的力量和担当。另一件事是有一年我实在太拼，夜里睡觉时流了很多鼻血。第二天父亲将这个情况告诉了邻田有两个俏丽女儿的赤脚医生，他摸摸我的脑袋说是小孩太累了、太懂事了，说得我和父亲眼中都潮潮的。

"双抢"既是对体力的榨取，于我们这些孩童而言也是一种身心的锤炼。诸如忍耐、吃苦、体谅等品性以及一些基本的劳作能力就是在这样一年一度的"双抢"过程中习得的。极辛苦后的极放松，割完最后一支稻、插完最后一株秧的成就感，满身污泥汗水被一桶清冽的井水冲刷后的清爽感，对蚂蝗、蚊虫甚至水蛇等的熟视无睹，以及割稻时为了不至于太过枯燥，我总是将草帽扔到前方某处来作为"够得着的目标"，或者不断割出变化的形状，等等。所有这些美好的感觉和体验只存在于那时那地，不复再来。

时节来到 8 月，喧闹了许久的田野慢慢平静下来，天气也不像此前那番酷热，那些刚种下时略显凌乱、枯萎的稻苗经过几天与田泥的磨合，越发结实、挺拔和郁郁葱葱，整个田野又连成了青绿色的一片。这些时候，我会跟着父母去耘田，用手将田捋一遍，把松了、歪了的秧苗扶正按实，拔除些杂草，松活下泥土。腰酸的时候直起身子，会看到一两只白鹭欢快地飞翔在青山绿田间，那些时刻无尽的诗意和惬意涌满心间，直想张开双臂冲着我可爱的故乡大声地呼喊。

与 7 月相比，8 月会显得清闲一些，主要是掰玉米、收豆子、打芝麻等，我比较喜欢挖玉米棒子，用竹棒凿开一道口子，然后用手或玉米芯子绞刮下玉米粒子，玉米芯子还可以搭积木，特别有意思。

8 月底，天气转凉，秋意渐显，一阵秋雨过后，父亲会带我去山地上种上几畦小白菜。番薯也可以掏了，但个头很小，要等到 9 月中下旬才能一挖一大堆。但那时候我已经在学校读书了。

1996 年，我考上大学，自此之后与农活渐行渐远，有些时候放假在家想帮父母一把，他们也不让，大约觉得我已跳出农门，吃上皇粮了，不用再重复他们的苦命，已经给了他们最大的慰藉和自豪。再后来，家乡兴起种单季稻，"双抢"农忙自然消亡，农村的小孩更不用在烈日下参与劳作，等待他们的，是作业补课、电视电脑或者旅游休闲。

　　（原载 2013 年 8 月 7 日《宁波晚报》及 2014 年 6 月 11 日《今日镇海》）

那年高考

1996 年 7 月，我经历了人生中第二次重要的考试——高考。

之所以说是第二次，是因为三年前的中考我没有如愿考上中专。家里孩子多，负担重，经济拮据，读高中要交不菲的学费而中专不用，还发生活补贴、迁城市户口，读完三年或四年就能工作挣钱，因而父母打心底希望我能顺利考取中专。村里有个 20 世纪 80 年代初的中专生，毕业以后分在一家待遇不错的单位，经常跟着领导开会、吃饭、住宾馆，吃的都是农民可能一辈子都吃不上的山珍海味、大鱼大肉，过年过节单位还发放各种物品。这样的生活于父亲而言实在是最大的理想，他常在我面前提起那个人、那些事。我也明白他的苦心并心向往之，初中三年刻苦勤勉，大部分时间成绩都名列班级甚至年段前茅。但很遗憾，中考成绩离公费录取线差了六七分，父亲失望之余甚至考虑借债送我去读自费的中专，但在多重权衡之下我最终进入镇上的高中。

高中三年是我求学生涯中最为灰暗的阶段。一向成绩数一数二的我遭遇了学业适应不良，成绩开始走下坡路，在与来自各个乡镇的佼佼者的比较中我逐渐显出在后劲、智力、能力等方面的不足，也不再是老师、同学关注关爱的焦点。刚进高中的时候我是班级中考试成绩第一名，但此后从未攀到过这个位置。学习起来明显感觉吃力，眼睛也开始近视，家里一些烦心事也让我无心学习，高一第二学期，我甚至向父母提出了退学去县城的缝纫培训学校学习一门技术以早点工作为家里减轻负担的想法，被父母喝止，只能继续往下读。

高一结束进行文理分科，我报了文科，但暑假回来却发现自己被分在理科班，且是那个班的第四名，学校大约认为我成绩不错擅自替我做了主。然而面对难度明显加大的理科学习，我更加无所适从，听课一片茫然，很多作业得抄别人答案才能按时上交，数理化生的单元测试经常不及格，整个身心状态愈发糟糕。熬了半学期，通过一些关系我转进了文科班，学习成绩慢慢稳定下来，但已然无法再进入超一流的行列中，只能在班级的五名开外徘徊。对于学习我已经失去了以往那种胸有成竹、高人一等的把控力。

终于迎来了高考，那个时候考试时间还是安排在 7 月的 7、8、9 日三天。记忆中并不酷热难耐，考场里也就开了吊扇，据说学校还准备了冰块，但未见使用。

面对一次那么重要的考试我其实没有多少感觉。作为二三流学校的一名并不出色的学生，对于能考多少、能进什么大学我没有什么清晰的概念，就是按照老师的要求不断地做题。生活上，家里也没有额外的安排，也就最后几周带去学校的一大杯干菜里的猪肉多了几块，还给我买过几次几元钱一大瓶的补脑汁，用褐色玻璃瓶装的，酸甜中带点涩，比较合我的口味。现在想来，保健作用肯定是没有的，至多能提神醒脑吧。同学中也有喝健力宝、太阳神、脑黄金什么的，那价格就十分昂贵了。

高考前夜我还是迷迷糊糊睡着了，那时独自住在亲戚家的旧厂房里，借了闹钟以防睡过头。洗漱完毕，时间还早，就在街边一家小吃店里要了一碗平时难得吃的肉丝鸡蛋面慢慢享用，颇有些好好吃一顿上战场、赴刑场的味道。我对整个考试过程没有什么印象深刻的记忆，就是每场考试之前会在太阳穴上涂风油精，还有数学考试混混沌沌，最后一两道大题没做出，走出考场十分沮丧，极度低落，想找个地方好好哭一场。最放松的是英语听力考试，因为是第一年试点，不用计入总分，除了填报外语专业可能会参考。我们一帮人在考场东张西望，互相会心地挤眉弄眼，凭感觉乱填一气，反正也听不懂，监考老师也不管我们。

高考结束后隔了一两天就是填报志愿，对照下发的参考答案估算分数，然后选择学校和专业。我自己估了五百多分，但并不十分确定。当初填了什么学校现在基本忘却，提前批好像报了军校，第一批填了浙江大学，这是父亲的愿望，但我内心很清楚几乎没有可能。第一批的第二志愿填了浙师大，首选教育学专业，并选择了服从调配。尽管自身条件不太适合当老师，此前也没有想过要从事这项工作，但因为师范是当年为数甚少的尚不用交学费且有生活补助的专业，所以抱着能进大学且少花钱的心思填上了，并且教育学专业听起来似毕业后会分到教育局之类的单位工作。比较有趣的是，班里几个成绩最差的同学把志愿表填得满满当当，第一批赫然是清华北大复旦，也算一种自嘲自乐了。

接下来就是漫长而不安的等待。从学校回家后，便与往年一样上山下田帮助父母干农活，家里很少谈及成绩分数之事，不过看得出大家心头都惦记着。那时也没电话网络之类，同学间也没什么联系，分数基本得等到报纸上公布以后才知晓，而且那年好像还是分批先后公布的，村里其他四名一起参考的伙伴陆续打听到了各自的分数，只有我的还无从得知，更增添了焦躁。我清楚地记得那天下午在田里拔秧，父亲的脸色很凝重，有几次自言自语，我隐约听到"不会一个都不出山吧（指考上大学，有出息）"。那一刻我心里很痛、很恐惧，我真的不敢想象万一落榜将带给父亲怎样深重的打击，他将承受怎样的压力。

不过还好，记不清楚是当天晚上还是第二天上午我终于获悉了自己的分数，五百二十四分，没有上第一批录取线，但进降分录取的浙师大应该没什么问题。这是一个不好不坏的分数，我其实并不甘心，也很羞愧，像我这样从小成绩优异的孩子最终只落了这么个分数、这么个大学和专业是要被别人轻视和数落的。也因为如此，我没有按照班主任的要求回校取成绩单，此后很多年也没踏进高中母校一步。

父母倒是变得神清气爽、笑逐颜开，于他们而言，在五个子女中培养出了一名正宗的大学生已经足够让人欣慰、值得庆幸了，能够在村中抬得起头来，尽管还得为我的住宿费、被服及书费等犯愁。8月底，父亲不顾我的竭力反对在家里置办了一桌丰盛的酒席，请来了我的村小老师和两个叔叔，像模像样地庆祝了下。

那年9月，在两个姐姐的帮助之下，我凑够了第一年需要上交的两三千块各种费用及几个月的生活费。父母执意和我一起从镇上的车站坐长途汽车来到位于金华北郊的浙江师范大学，我从此正式开始了大学生活，也圆了父母多年的大学梦。

（原载2014年6月11日《今日镇海》及2017年6月9日《宁波日报》）

垂钓琐忆

在超市里给儿子买了件钓鱼玩具，它依靠鱼嘴和鱼饵处的两点金属的相吸，模仿了钓鱼的基本过程。儿子实在太小，这么简单的动作也不能协调完成，倒是我，借着给他做示范，"钓"了一条又一条，有点不亦乐乎。这也勾起了我对孩提时代钓鱼生活的回忆和怀念。

我开始钓鱼的年龄应该在上小学后，而且多半是受了《小猫钓鱼》这篇童话的影响，当然那时浓厚的垂钓氛围也是个重要因素。村子里能够自由垂钓的地方很多，田野里，山坳中，分布着大大小小的池塘、水库、水潭，里面野生着各种各样的鱼，以小鲫鱼、叉鱼、草鱼、泥鳅、黄鳝居多。我家五十米开外的那个池塘位置地形好，水质肥活，水草丰美，适合鱼虾生长，算得上极佳的垂钓之地。一到夏天的傍晚或者梅雨季节那几天，村子里许多钓鱼爱好者都会赶来，水塘四周经常围满了人，大家人手一竿，煞是壮观。小孩子都喜欢凑热闹、学样子，而且钓鱼也切合我的脾性，我很快便也加入了这个行列。

现在钓鱼的装备很讲究，携带方便，在网上或渔具店里都能买到全套，价格从几十元到几千元不等。但我小时候钓鱼的工具起先是"抢"用哥哥的，很快就模仿着自己制作了。材料全部是就地取的，砍一根弹性好的细竹竿，梢头系上一根材质坚韧的尼龙丝，有的时候就干脆用一长截母亲缝补衣服的线。然后，把干大蒜头的茎切成几小段，套进鱼线作为浮标。鱼钩一般是买的，因为便宜，而且有倒钩，鱼不容易脱逃。但我大多也是用大头针或缝衣针在油灯火上烤一会，趁热将其弯曲，冷却后便将就成鱼钩。最后还得剪一块牙膏顶部的锡帽叠成一个坠子压在鱼钩上方，钓鱼的主体工具就完成了。这个过程现在看来很简单，那个岁数的我能独立完成却也是用上了所有的脑筋和动手能力了。

鱼饵自然用的是蚯蚓。挖蚯蚓也是有讲究的，一般挑那些比较细小、肤色红亮、活性比较好的，这样穿进鱼钩就比较贴服，且能扭动招引鱼儿。有一阵子，可能是因为钓的人多，塘里鱼儿少了或者是警惕性高了，好长时间都不见浮标动，特别烦心。后来有个爷爷告诉我一个窍门，在落竿的地方撒几把拌了菜油的米，就会吸引到大量的鱼，吃钩的概率会大增，我试了几次，还是有一定效果的。

说起来，钓鱼有点类似打牌，风头是很要紧的。同一个池塘，同一时段，有些角落，有些人一条接一条，水桶里装得满满当当，主人不禁喜笑颜开，另一些角落，另一些人则无鱼问津，颗粒无收，不免垂头丧气。最奇怪的是，将这两拨人换个位置，结果基本还是钓不到的依然钓不到。我钓鱼，每次总会有一些小鱼、泥鳅进账，谈不上丰收，却也不至于空手而归。特别手顺的一次是在一个傍晚，太阳慢慢下山，暑气开始消退，我的位置在靠山的一侧，鱼儿像着了魔似的不停地来咬我的钩子，平均三五分钟就钓上来一条小金鱼（这种鱼的叫法是我们那一带特有的，其形状像缩小版的鲫鱼，刺很多，但味道极鲜美），有几条还有我小手掌那么宽，十分难得。一直到天黑，父母来赶我了，我才收竿回家，那次总共钓了二十几条吧，装了满满两大碗，家里人都夸我，知道的小伙伴也把这件事宣扬了出去，使我很有面子，飘飘然了一阵子。不过后来我在那个位置再也没有钓到过这么多的鱼，一半都没有。

上初中以后我就很少钓鱼了，一则因为在外地上学，学业也紧张，没有了那份心境。二则能够钓鱼的水塘也越来越少了，不是被人承包养鱼了，就是被农药瓶、垃圾袋之类的侵占得面目全非，鱼儿也越来越稀少了，即便钓上来鱼，吃起来也有一股怪味。那个曾经人满为患的村前池塘也很难见到垂钓者的身影了。

拨弄着花色塑料做成的钓鱼玩具，我想，比起儿子，我还是幸运的，至少还有这么一段自由自在垂钓的童年时光，儿子呢，也许只能通过这副钓鱼玩具体味我那份纯粹的快乐了。

（原载 2013 年 6 月 14 日《浙江教育报》）

西湾野钓

假日回到老家，午饭后寻思着找个水塘试试新买的鱼竿，兴许还能给晚餐搭个碗，不过似乎没有什么太合适的垂钓之处。恰在此时，屋外响起一阵狗吠。探头望去，原来是另一个自然村的村民骑着电瓶车不知道来干吗。三姐和母亲说这个人是到西湾水库去钓鱼的，来过好几次了，每次都钓回两三碗，有的大如手掌。这一说将我的兴致迅速勾了起来，我马上到屋边地里挖蚯蚓，这一时节的蚯蚓大多还没有浮到泥土表层，得掘较深处才能觅到它们的身影。

西湾水库就在我家屋后两百米开外的山谷间，如果不是因为那个村民已经上去，我是绝没有勇气踏足此地的。多年的人迹罕至，屋后那片田地早已荒芜不堪，杂草没膝，几乎找不见窄窄的田埂路，一脚下去不知道会踩到沼泽、利石还是水坑什么的。也是在这条路上，七八岁的我就差点踩上盘在路中央的竹叶青蛇，自此蛇就成为我最感恐惧和厌憎的动物。一念及此，我全身发毛，但还是硬着头皮继续，使了一根木棍往草堆乱打一气。走至坝下，拾坝而上的那条小路完全被疯长的、锋利的茅草丛给吞噬了，东找西寻，我终于在另一边的竹林中依稀找到个缺口，从被雪压倒伏的毛竹下钻过去，好不容易抵达了目的地。而那位村民，已然钓上两条小鲫鱼了，其中一条足有四个手指那么宽，鱼鳞上泛着成熟的金黄色，显见有些年头了。

虽然名曰水库，西湾水域面积实际不足六十平方米，比一般的池塘还窄小。但记得是极深的，因为小时候干旱天水库露底的时候，比画过最深处有两个大人那么高。四周打量了下，几年不见，感觉整个水库似乎又小了一圈，原因是水库周遭山坡上的树木、竹子、柴草愈发浓密繁盛。不说那些本就亭亭如盖的大树，即便原先仅有拇指粗细、低矮丛生的柴木都长成又高又粗，直似一棵棵胳膊大的小树了。春夏之交正是生长旺季，枝繁叶茂，它们拥挤在一起，竞相往水面倾轧，拓展空间，也染绿了整潭水。那一段短短的堤坝先前极为平整，可以在上面打虎跳，可以望见老屋及更远处的马路，但现在密密匝匝的杂草已经窜至一人多高。只留下塘口两平方不到的缓坡可以下脚。两个人一起垂钓显得十分局促。

我常年在外，那位钓鱼的村民之前我并不认识，倒是他的哥哥前些年在我家做过工，眉目相像，乡里乡亲，乡音相通，搭了几句话，我们很快就熟稔起来。

他比我大十多岁，差不多算是我的叔辈，黝黑红润的皮肤下透出的是健硕、利落、紧致的年轻劲儿。这些年我发现家乡的农民到了三四十岁仿佛就停止了生长一样，很不容易见老。不像我这样的城里男女，四十不到就发福了，腆肚了，肉松了，不管怎么注重锻炼、养身，化妆都难得有那份自然健康的气韵。

说话间，放下去不久的鱼漂开始上下浮动。我们都噤了声。毕竟好多年没钓鱼，我竟然有些如临大敌般的紧张，紧紧地攥住竿柄，吃不准该在哪一下提上来，因为这个时机是有讲究的，但又全凭感觉和经验，有时还需一点点运气。我在心中不停默念"再吃一下，再吃一下"。待到鱼漂倏忽深深地下去了，我不及多想下意识地往右挥起竿子，鱼线尽头一条灰背白肚的小鱼不停地挣扎翻腾，落进杂草间。我将它摘下钩子放入水桶，它兀自搅出大大的水花。鱼儿其实不大，顶多两指半粗，而且应该是今年才孵生的，瘦小青涩，还没发育开，之所以提竿时觉得比较沉，大约是野生鱼儿活性大、对抗激烈的缘故。虽然小，但时隔二十多年再次钓上鱼，足以让我沾沾自喜了。

西湾是个冷水塘，山谷间顺势而下的泉水和漫渗上来的地下水是它的主要水源，故而水极清澈和甘冽，可以直接作为饮用水。这样的水质不太适合很多类型的鱼虾生长，但小鲫鱼是个例外。它就像植物中的小草，生命力顽强，不挑地、不挑食，只要有水就能繁衍生息，即便夏日干旱库底龟裂，来年它依然能"凭空"冒出很多，有点类似"野火烧不尽，春风吹又生"的小草。

那位村民的运气显然要比我好很多，他钓上来的小鲫鱼数量多，而且块头大。我只有吞咽口水眼红的分，不时送上几句羡慕恭维的话。他更来劲了，聊开了他的一些钓鱼故事和经验，大抵是每次出马都能钓上一两碗回家，家里都吃不完，买了个鱼缸养起来慢慢享用。据说他儿子也很喜欢钓鱼，且比他更厉害，会使抛竿，钓起过三四斤重的草鱼，看起来父子的爱好是会遗传的，至少是能影响的。

他儿子十五岁，在乡里的初中上学。问他儿子怎么不一起来，他说昨天钓了一天，今天在家里上网、打游戏，懒得动。于是我们共同感叹现在的小孩真是太有福气了，我们在那个年龄哪个不忙着帮父母上山下田干活，又哪个能奢望城里孩子才有的玩物。从他的口气中，我还能听出一份自豪和底气以及对我这个城里人的平视，这种感觉放在前几年是不存在的，那时他们对在城里从事"铁饭碗"工作的人有近乎本能的仰视和敬慕。但现下很多农民的日子过得比城里人还要滋润，我所知道的几户农家都住装修一新的漂亮楼房，家里都有电脑、网络、空调，冰箱彩电等传统家电早已一应俱全，好几家还买了代步的轿车。他们白天在镇上或县城做工，一天能挣上两三百块钱，早起出门前或傍晚下班后侍弄一下土地，种点稻麦果蔬，养上若干鸡鸭猪羊，日子过得自在富足、绿色生态。这样的生活让我心生向往和艳羡，我甚至有些隐隐的失落，但家乡父老能过上好日子终究是件让人高兴的事情。

不知不觉过去了一个下午，还没有完全找到感觉的我最终也收获了八条小鲫鱼，平摊在碗里足可做一道新鲜美味了。

西湾宛如仙人不慎失落的一颗朗润的碧玉，藏匿于这群山幽谷间，我与其久别重逢，撞见她愈发清丽脱俗的姿容。尘嚣远离，相见甚欢，满眼是浓翠欲滴的绿色，清新而略带甜味的纯净空气源源不断从青山绿水间沁出，引得我一次次大口大口地深深呼吸，仰头望天。岩上无心云相逐，我禁不住醉了。

（原载 2014 年 8 月 15 日《今日镇海》）

第二辑 青春·往昔

一碗田螺

　　小长假回老家，一进门就望见屋里地上阴凉处摆着一大碗田螺，用水养着，个头大小不一，黑黝黝的，聚拢在一起，也有几个不合群的四散吸附在碗壁上，它们中有些躲在壳里严严实实地将自个封闭起来，有些则撑开厣伸出脚丫缓慢活动，不时吐出些毛绒绒的微小杂物。这也是将它们浸在清水中养个一天半日的原因，可以去除掉大部分的泥砂以及排泄物。

　　做晚饭的时候，母亲把田螺剪去屁股，洗净，沥干水分，放进碗里，加点色拉油、酱油、大蒜和腌肉，搁在饭架上和其他饭菜一起蒸熟。餐桌上，在一阵"嗫、嗫、嗫"声中，这道菜你两颗我三粒地很快被分食完毕，大家咂着嘴巴回味着："真是太鲜了！"

　　这些田螺是老母亲节前从屋边池塘石板底下随手摸来的。看着儿孙们喜欢吃、抢着吃，她特别高兴，不禁有点自鸣得意："这碗田螺，在城里饭店要不少钱吧？而且不一定能吃到这样没污染的吧？"现在农村人都知道野生的、家养的东西要比大棚养殖的金贵，母亲养的母鸡下的蛋一只要卖两块五呢。

　　我跟前桌面上的田螺壳是最多的，其实我一直并不怎么喜欢嗫田螺、螺蛳之类的，嫌它们脏，吃起来麻烦。但这些年来不知怎的，凡是故乡土地上生长出来的食物都令我无比迷恋，嘴里嚼着特别有滋味、特别落胃，仿佛真有某种补养作用似的。

　　"这是田螺，比它个头小的叫螺蛳，妈妈小时候经常去摸螺蛳的，一脸盆一脸盆的。"年近五十的二姐边用牙签挑出螺肉喂给10岁出头的小儿子，边讲述着她的青少年时期，不过长成"小胖墩"的小外甥显然对此并无多大兴趣，而且觉得妈妈有些吹嘘了。

　　其实二姐一点都没夸大，我的头脑里能迅速浮现出一幅童年场景：在村前的寺塘，一到夏天我们这些小孩子还有不少大人就泡在水里，手在塘壁摸索，石缝里，塘泥中，一把把的满是螺蛳、河蚌，有时脚趾头都能抠上来一两个，遇到水深处，一个猛子扎下去，憋口气双手在塘底一阵搜罗，也能抓起一两把。用不了多少辰光，就能浅浅地装满一搪瓷盆。当然，那时候也没觉得如今被奉为佳肴的螺蛳如何好吃，也就在摸螺蛳过程中图个乐子。

现在想想，那时的寺塘真是"物产丰饶"啊，除了仿佛是从地底下源源不尽冒出来的螺蛳、河蚌外，一塘水中还穿梭游荡着各种鱼类。夏天的梅雨时节，塘边站满了从中心村里赶过来的垂钓者，小鲫鱼、泥鳅，甚至黄鳝、鲤鱼不断被提出水面，连我这样用最简陋的自制钓具的小屁孩也经常能钓上一两碗。

记忆中最蔚为壮观的一次是有一年大旱，生产队里打算泄放寺塘水来灌溉刚种上的晚稻田，消息一出，不少村民都手持浸网、畚箕、竹篮等各色工具赶来捛鱼。整个水塘像下了一锅饺子似的，沸腾开来，鱼儿被惊扰得东躲西藏，四下乱蹿，有些就直接进了人们布好的"机关"，有些撞得我身上隐隐作疼，我附近一位耕牛佬拿着一把钩刀，双眼紧盯水面，猛不丁往水里一砍，一条两三斤重的鲢鱼或是鲤鱼就昏晕过去浮上来，看得我目瞪口呆，煞是眼红。

抽光水的寺塘慢慢地被晒裂干硬了，只有塘心的淤泥还微微湿软着，底下依然蛰伏着不少活物，往深处挖，不时还能扒出泥鳅、河蚌和一些不知名的小鱼，沾着泥带回家，也能搭个碗。

大自然真是神奇啊。即便被翻个底朝天，再无可觅之食，当雨季来临，重新蓄满水的寺塘又开始孕育无数的生命。来年的夏天，依然能钓上很多鱼，摸到很多螺蛳。

不单寺塘，那个年代，分布在山野间的大大小小的水库、池塘、水潭甚至稻田、溪坑里都能寻到鱼、蟹、螺、蚌、虾、鳅、鳝、鳖等野生食材，引得许多村民特别是年轻好动有闲者乐此不疲地抓捕回家，这也是我们童年生活画卷中极其浓墨重彩的一笔。

我有时天真地想，索性把城里的工作辞了，像梭罗一样回老家隐居起来，在故乡的土地上刨食，应该不会饿死，而且生态绿色有机，说不定还能多活上几年呢。

我把这个想法说给大家听，母亲和姐姐们连同我的外甥、外甥女都笑我幼稚，心直口快的三姐说："现在还能找出几处可以洗浴游泳的河塘？都被弄脏了！"是啊，看看村前的寺塘，差不多有二十年没见人下水洗澡了，里面多的是农药瓶、塑料袋、鸭鹅粪便等杂物，水面上时常铺着一层红色的浮萍，看起来像是死水一潭。

晚饭后走出屋子去打量了番母亲捡螺蛳的小池塘。父亲去世后，因为无人打理，这曾经荷叶田田、游鱼戏水的池塘淤积了越来越厚的泥土，只剩不到半膝水，过不了几年，怕是它也要消失了。

我突然觉得很伤感，以后也许再也吃不上这样一碗田螺，那些童真的岁月，那些美好的景致，那些逝去的亲人，永远不会再回来。

（原载 2016 年 5 月 24 日《宁波晚报》）

工作之初

单位里这些年进了不少年轻人。同在屋檐下，校园中流动着他们的青春气息，晚会上能欣赏到他们的多才多艺，课堂里能捕捉到他们的创意设计，还不时听闻谁谁恋爱了，有人辞职跳槽了，有人入手了一套大房子，单位的豪车等级又被某某刷新了，有人假期将去国外自由行，等等。这些85后、90后的言行举止、精彩生活常常让年近不惑的我心生感慨，不由得想起自己工作之初的那段时光。

2000年7月底，我大学毕业只身来到镇海这座滨海小城，去单位和教育局报了到，领到了工资卡、饭卡和宿舍钥匙。于此我便有了一份稳定的工作，每月能领到薪水，在陌生的城市拥有一间独立的栖居之所，这对于一直彷徨在清贫境地的农家孩子而言，绝对标志着脱胎换骨式的全新生活的开始，满盈着诗意、新奇、力量和自由。

现在想来，那几年也应该是我一生中最为快乐无忧的日子。父母六十岁左右，看起来都还硬朗，上山下田，放羊养猪，样样都不落，不需要我分心照料。我走上工作岗位卸下了他们身上的不少重压，他们再也不必为我的学费、生活费等发愁操心，我还能匀出钱来贴补家用，回家时能拎上好酒好菜、保健品、日用品或者衣服鞋帽之类，这对父母和我来说都是盼望已久的生活场景。我甚至能听到他们呼出长长一口气，还有发自肺腑的爽朗松脆的笑声。工作半年后，父亲得知我已经积攒了近一万元钱，不可思议地张大了嘴巴。在那半年里，父亲还迫不及待地坐长途车带着母亲烹制的鸡肉以及土鸡蛋、番薯条等来看我，我在朝宗楼小饭馆里请他吃饭，还陪他去爬了招宝山，一同坐341路公交到宁波市区游览了中山公园与月湖景区。他十分满足惬意，我单位所在城市的种种成为他很长一段时间与别人交流的谈资。

手头上有了些自己可以支配的钱，往昔拮据的生活开始改善，但在不少同事眼中，我节俭得近乎寒酸悭吝，买衣服一般去"家世界"斜对面的小商品市场，鞋子一般在后大街一家皮鞋店里定制，价位基本都在五六十元。有一次逛宁波时瞧见"一百"商场搞活动，我花了三百元钱打包买了五双鞋，好几年才穿完，但周围同事都告诫我"便宜没好货"。我在特惠百货买的一双五元钱的拖鞋硬是穿了整整七年才让它告老退休。至于一日三餐，基本在食堂解决，每餐都只要一个荤菜和一个素菜，有时还与老板讨价还价，尽力控制在三元以内，到后来，那个戴眼镜的女老板干脆以"三块头"来称呼我。即便这样的吃法，长久以来营养不良的我也在短短两三个月时间里体重迅速增加了近三十斤，"芦柴棒"身架干瘪的部分开始被肉和脂肪填充，整个人显出了圆润壮实匀称的一面，加上新衣服的衬托，像变了个人似的。工作后第一个春节，不少亲朋好友对我刮目相看，连以前最不待见我的一位远房亲戚都不禁夸上一句："现在长得好看了。"

生活就是这样的界限分明，往往一份工作、一个单位、一份薪水就让人穿越坚固的壁垒得以走进另一个原本可望而不可即乃至想象不出的生活世界，见识到完全不同的社会世相。长期受困于窘迫生活的我对此感受尤为强烈。工作后头几年，我吃到了海鲜大餐，住过了五星级酒店，乘了飞机，去遥远的地方旅游，出席了国家级的会议，等等，这人生中的许多第一次被次第突破直至习以为常。当然，我知道这也许是我的职业、我的工作成就所能领略的全部，但已经远比父母和一些人来得丰富和阔大。我应该心怀感恩，虽然这或许不是最好的安排。

遥想那些时光，年少气盛，活力充沛，爱情甜蜜，友谊纯粹。进出校门我还常被值周学生拦下查校徽。一帮单身汉聚居在单位租来的小区房子，不时走门串户，聚在一起聊天、吃饭、看电视，打发大把大把无所寄寓的精力和时间。有一回我们几个爱吃肉的同事买来一只大猪蹄，扔进高压锅炖煮，那份扑鼻的肉香至今忆及依然撩拨起深深的食欲。为了让自己更强大健美一些，我与一位美术老师还每周骑车或坐公交赶到炼化体育馆与杠铃等器械较劲，被冠以"健美先生"称号。自行车是那个阶段最得力的交通工具，我陆续换了几辆，有一辆还是我从位于现在天一广场边的二手车市场骑回来的。那时妻子还在金华读书，有一次她坐的火车深夜抵达宁波站，公交已停开，出租车太贵，我骑了一个半小时的自行车才到南站，打算把她驮回来，如果不是她在火车上恰巧认识了一个在镇海开店的小伙子，顺路搭去接他的小货车回来，那天晚上的回程将是多么艰难而漫长。

清楚地记得入职之初当一位办公室同事告诉我他已经工作六年时，我心下寻思怎么可以在一个单位待这么久，那该多么遥远而无望。那时的我心怀梦想，很长一段时间里我都坚持使用轻轻松松背单词软件和读英语文章以保持英语水平，报了研究生考试的名最后又临阵退却，参加了某机关的招聘考试也不了了之。我想远走高飞，去过一种更为高远甚至有些虚无缥缈的充满浪漫色彩的生活，但我的翅膀不够有力，意志不够坚定，想要飞却飞不高。随着时间的推移，房子、结婚、年迈多病的父母、工作压力等一阵阵侵袭过来，沉重地扯住了我的远翔，把我生生地按回大地，让我老老实实地过一个普通人该过的平凡而庸常的生活。

就这样，一晃十五年过去了。

（原载 2015 年 3 月 6 日《今日镇海》）

关于过年

2012 年龙年春节来得特别早，媒体反复报道交通部门迎来了四十四年来最早的春运。预计三十多亿人次的蔚为壮观的大流动、大迁徙就是为了欢度这个中国人情有独钟的农历节日。可见，春节在绝大多数中国人的心目中还是一种最为浓烈和深刻的文化情结，无论早还是迟，远还是近，易还是难，穷还是富，年总是要回家好好过的。

在我的记忆中，过年是跟杀猪宰羊、新衣新帽、鸡鸭鱼肉、扫屋掸尘、汤圆年糕、香烛祭祀、瓜果糕点等诸多事与物联系在一起的，这些特写镜头式的事物与漫天飞舞的雪花、此起彼伏的鞭炮、滚滚腾腾的热气、悠闲敞亮的笑颜等背景组合成了一幅温暖祥和的立体画卷。这样的画面已深深地烙在如我这般生于 20 世纪 70 年代、长在山野农村的孩童的精神世界底处，尽管时事变迁，尽管年近不惑，尽管常年工作在城里，但我们对过年的理解和体验就是这个样子的，散发着永不褪色的乡土气息。

孩提时代特别盼望过年，在物资贫乏的年代，平日里都是粗茶淡饭，不会也不能讲究水果蔬菜、荤素搭配，过年则意味着一次奢侈的享用，瓜子花生、苹果橘子、硬糖糕点等如今大人小孩均不屑的食物昔日只有在过年时节父母才会去称买一些回来，而且得供奉过祖先菩萨后才能一点点分给我们食用。在所有的年货中，最不能缺的其实还是鸡鸭鱼肉。我记得有一年家里境况特别不好，大年二十九那天父亲还翻山越岭去赊来五六斤猪肉，因为没有猪肉哪能算得上过年呢。不过大多数年份，包括我家在内农村里鸡鸭一般都是自家养的，很多人家年猪一般也是早早准备好的，年关将近，猪、羊、鸡、鸭统统被引颈宰割，大家都忙得不可开交，煞是热闹。猪肉一般也是不外卖的，都留着腌起来，可以吃上半年，可谓年味悠长。

春节其实是一种慢生活，是一段漫长悠闲的时光。它是一个大节日的总称，包含了很多差不多性质和味道的小节日，布满了整个腊月和正月，腊八、小年夜、大年二十九、除夕、正月初一、正月初五、正月初六、正月初八、元宵等。很多日子都有其特别的说法和典故，都需要举行相应的烦琐的仪式，人们也怀着与这些密集分布的节日相协调的悠然而虔诚的心境，年复一年细嚼慢咽着荏苒时光。

当然，随着社会节奏的加快，春节已经浓缩成一个文化符号，一切都很匆匆，繁文缛节能省则省，七天的假期实在无法承载传统意义上过年、春节的丰富内涵。但那里其实深藏着我们的祖先千百年来对于生活、对于人生、对于自然和社会的思考，以及一种艺术化、情趣化的演绎方式。

关于过年可以回忆、回味的东西还有很多，于我而言，我实在不愿再往深处细细思量。临近过年，内心的痛楚愈发深重，我其实抗拒或者说逃避过年，因为两年前父亲的病逝至今让我无法释怀，他走后的每一个春节，在最闹腾欢乐的时刻挥之不去的是那份冷寂的隐痛。过年最重要的是团圆，是亲情，是天伦，而父亲的过早离世使幸福永不圆满。父亲生前总是一板一眼地带着我们拜菩萨、祭祖先，他总是在大年初一吃素，总是十分满足于品味一壶黄酒、一些肉菜，总是……来不及享福的父亲去了另一个世界，希望他在天堂幸福安康，希望整个春节他都和我们在一起。我们供奉着他喜爱的猪肉、黄酒、豆腐，还有无尽的爱和思念。

（原载 2012 年 1 月 30 日《今日镇海》）

米酒与冻猪肉

临近年关，年味氤氲，最让人怀恋的是那缸米酒和那盆冻猪肉。

米酒在我老家叫作"白酒"，大约是酒色略显乳白的缘故，而市面上酒精度很高的所谓白酒则被称为"烧酒"。烧酒我是一滴不沾的，记得儿时父母亲饭前都要来点小酒，父亲一满盏，母亲半小盏，慢慢地一小口一小口地抿，非常美味享受的样子。我好奇嘴馋，吵着也要尝尝，大人拗不过就用筷子蘸了酒液放进我嘴巴，瞬间被辣得哇哇大叫，此后就对其生了厌憎和抗拒。而米酒，特别是父亲酿就的米酒，我能大口大口喝上一两碗。其实米酒后劲也不小，我初中同学某年正月来家里做客，喝上小半碗就脸红头晕，见我似饮水一般，惊为天人，遂在同学间宣扬我的好酒量。其实我是不胜酒力的，除了米酒还喝差不多同质的绍兴黄酒，其他酒甚少入口。

我从没目睹过父亲制作米酒的全过程，只约略知道其原料为晚秋新收的糯米或粳米，还得拌进白药（酒曲）。往年放寒假，还未进家门就能闻到一股浓郁的酒香。在边屋墙角，一口中等大小的水缸，缸身捆扎着干稻草用以防冻保暖，揭开木盖子，浮着一层厚厚的醪糟，用碗口扒开一眼窟窿，就见到底下清澈的酒水，舀一碗上来，迫不及待地倒入嘴里，甘洌爽口。为了方便过滤掉醪糟，我们会按进一个格子细密的竹淘箩，渗出来的米酒就十分纯净透明了。

米酒虽是父亲一手酿的，但他基本不喝，他更钟爱烧酒和黄酒。而我家的男人们，比如我哥、姐夫、舅舅他们也不太爱饮用父亲做的米酒，嫌它寡淡，酒劲小。这点父亲也承认，因为他做酒时一斤糯米总要比人家兑多一倍的水，酒味自然就淡了，而这恰恰对了我的口感和酒力，一缸酒就差不多一半成了我的杯中之物。我喝米酒很急，一餐一大碗，一口一口很快见底，有时嘴巴干了也会随时去舀一些解渴，也从不像大人一样爱用锡壶烫酒，因为热过的白酒总是失了最原始的风味。

时间一长，许是频繁开盖导致起了化学反应，米酒会慢慢变味生涩，干脆弃之不喝。倒是浮在酒水表面的那层醪糟还可以用来烹制酒酿年糕或酒酿汤圆，打一两个鸡蛋，再加一调羹白糖，是另两道我百吃不厌的美食。

如果说米酒在过年时尚可不备，那猪肉是无论如何不能缺的，最难的年景都要借钱或赊账称来几斤猪肉，做祭祀，招待亲戚，没有猪肉哪像个家、哪像个年呢？父亲和我都喜好荤食，平日手头紧难得吃上几顿肉，过年时总要图个痛快。

　　大多数年份，年中忙完"双抢"，父母就会去邻村抲来一两头猪仔养下，到年脚跟能长到一两百斤毛重，刚好杀了作为年猪。除了至亲间分送掉几斤外，所有的猪肉、肚里货都是不外卖的，即便还欠着外债，父亲在这点上显得非常执拗和大方，他的理由是："还能吃上几年呢？"斩开的一刀刀猪肉铺在竹匾或晒箕上干晾几天后，大多被母亲腌进缸里，留待来年慢慢享用，只留出三五斤夹心肉和猪头过年时派用场。

　　在老家，做祭祀最讲究的还是要供奉上猪头、整鸡和活鱼。整鸡和猪头只烧两三分熟，拜完菩萨后，两者分别浸入沸水滚滚的锅里煮炖。那个时候我总爱挨在父亲身边烧锅，不停地往炉膛内塞柴桦，炉火明亮暖旺，不大的灶屋里弥漫着从锅盖边沿冒出来的腾腾热气和阵阵肉香，诱我馋涎欲滴。终于在某个点上母亲让我们停止加柴，她拎出已经煮得熟烂的猪头，开始剔骨切肉，猪耳朵、猪舌头，各是一碗上好的下酒菜，不过不是我的最爱。我眼巴巴盯着的是那一块块掰下来的大骨头，上面残留着不少糯软精瘦的肉块，趁着新鲜热乎劲，风卷残云地啃光、舔干净，还用筷子捣鼓出骨腔里的髓质吸进嘴里，手上脸上油腻光亮，小肚子填得饱满，绝对大快朵颐、心满意足。

　　剩下的猪头肉其实不算好吃，肉质粗，口感差，外相也难看，单独切一碗放桌上，很少有人伸筷，但是如果做成冻猪肉，却改头换面成众人青睐的香饽饽了。

　　母亲把猪头肉切成小块，倒入还在沸滚的浓稠肉汤中，再放入油豆腐、豆腐干之类配料和酱油、盐、茴香等调料，待滚熟了，连肉带汤全部盛进大搪瓷盆里，在冬日寒意中几个小时后就冷却成冻了。

　　开吃冻猪肉一般要正月初三四以后，因为新年头两天其他大鱼大肉都应接不暇，甚至有些厌油腻了，而冻猪肉可以调换一下口味。刮掉一层薄薄的油脂，但见一块块肉、一只只油豆腐密密麻麻嵌在凝固了的浅棕褐色肉冻中，泛着温润的色泽。挖出满满一碗放餐桌上，很快被分抢完毕，我尤其喜欢吃肉冻和同样被肉冻撑饱了的油豆腐，软酥酥、凉丝丝、糯滋滋，夹杂着丰富的肉屑，入嘴即化，溢满口腔，回味无穷。

　　这两道年味陪伴我迎来一年又一年，父亲过世后，家里再无人做米酒，祭祀用的猪头也草草地以一刀猪肋肉代替，做不成那原汁原味的冻猪肉了。和父母兄姐围坐一桌，喝一口米酒、就一口冻猪肉的场景，定格成永远不再的美好记忆。

（原载 2017 年 1 月 20 日《宁波日报》）

儿时冬天

　　我们小时候，一年四季分明，冬天就是冬天，很冷，冷得漫长而深刻。

　　落霜是从深秋开始的，冬天也就紧跟着赶来了。那薄薄的一层粉状物，摊不匀，盖不尽，形态似雪，却比雪要威厉得多。有霜的早晨必定冷入肌骨，山上田里的部分农作物，被霜一打，毫不挣扎地蔫了，黄了，黑了，死了，这霜打的力道，有着武侠小说里描写的那股子阴毒劲。

　　但有霜的日子一准是个大晴天，如果再加上北风未至或去了远方，这样的冬日便是无比可爱动人的。太阳将山川焐热，烘干，熨烫妥帖，使大地景致不至陷于萧瑟死沉而现出了明亮生气。大人小孩都喜欢浸在暖融融的光芒里，把桌椅摆到院中、檐廊，就着阳光吃饭，打扑克，做针线活，看书写作业，或是坐进圈椅里晒日头，不觉间便被熏得轻轻睡去，脚边可能还盘着家里的狗或猫，都安安静静漾在温暖里，眯着眼，惬意着。晾衣杆上垂着生硬的老棉絮被，夜里钻进被窝，格外松软，余温尚存，更有满鼻子清香，蒙在里面，不肯露头，被子外冷飕飕的。

　　下雪了。雪的前兆其实就藏在那连日晴朗的末梢，风起处，携来散漫的水汽，天变了脸色，越来越阴沉，雾气弥漫，彤云密布，寒风呼啸。先是一把把似盐粒、米粒的雪子撒落地面，窸窸窣窣，弹跳蹦跶，于某个节点，老天仿佛施了魔术，千万粒雪子突然就开出千万片、千万朵雪花，越来越大，越来越猛，漫天飞舞，声势浩大，绵绵不绝。你很难想象那触手即化的娇柔雪花会如此决绝而迅速地占领整个大地，不留任何余地。

　　在那个夜里，雪把一切都藏好掖好，也许在精心塑造一个惊喜。果然，清晨，我们眼前赫然出现浑然一体的银装素裹。于乡下孩子们而言，穷乡僻壤披上皑皑白雪，便化身为一件巨大的玩具，弥补了他们某些方面的匮乏，堆雪人，打雪仗，嬉闹追逐，尽情欢悦。这两样并非我的最爱，我更喜欢手握菜刀或泥刀，将墙头上、露天石板上平整的"雪立方"切成一块块"豆腐"做菜、"砖头"搭屋，我还喜欢学着鲁迅文章里描述的方法，用系了长绳的短木棍支起米筛来诱捕饥寒交加的麻雀，然而一次都没成功过。

　　我们是多么希望能留住这绵软细腻、温柔可爱的白雪啊。可惜太阳一出来，雪就开始从底部融化了，到处都是滴滴答答的雪水。再过一个寒夜，第二天起来则是另一番令我们欢呼雀跃的景象：屋檐下挂满了一根根粗壮的晶莹剔透的冰凌，一字排开，像倒列着一行整齐的士兵。求大人想办法敲下来几根，使作武器与小朋友对打，一交锋兴许就断了，脆弱得不行。这冰凌我们叫它"葱管糖"（米胖的一种），舌头舔舔，咯嘣咯嘣咬碎了吃，但味道远比不及用大米绞出来的真正的"葱管糖"。

那时的雪就是如此富足而慷慨，几乎年年如期而至，而且通常要落几场，甚至是一场接一场下，残雪未尽，新雪又至。我们单调贫瘠的童年因此而具有了童话色彩，那梦幻般的洁白一直覆盖在记忆深处。

但冬天就是冷啊，那刺骨的寒风，咆哮着作威作福，摧残着我们并不饱暖的躯体。一种叫作冻疮的恶魔每年都会缠上我的手、脚、耳朵。手是重灾区，肿成馒头，爬满了红斑，破皮，溃烂，散发淡淡的腥臭，结痂，有两三处甚至留下了难以复原的疤痕。脚上则主要是硬块，发痒，尤其是在气温升高时似被群蚁噬咬，奇痒难忍，非得不停跺脚或是泡进冷水里才舒服一些，严重的话袜子与溃烂部分粘在一起撕脱不下来。为了这该死的冻疮，哭过，闹过，咒过，看过赤脚医生，涂过一种蓝色的药膏，夏天时特意保留一些丝瓜干、辣椒树枝干煮了沸水泡脚擦手，据说是很灵光的偏方，却从未见效。一直到进入大学，总算与冻疮绝缘了。

为了驱寒，小时候最喜欢挨着父亲烧灶头，炉膛里的柴火映红了笑脸，也热乎了身子。待饭烧熟，父亲会用火铲将那些红通通的余烬盛进铺了柴灰的破旧铁锅，再撒一层木炭，就是农家冬日最重要的取暖用具了，称之为"火炉"，用四角木架撑着，吃饭时放在桌底，也可随意移至需要的地方，多人围炉而坐，聊天，喝茶，嗑瓜子，算得上舒坦了。另一种常见的取暖用具是手炉，一般为铜制，也有铁做的，有提柄和盖子，盖子布满细孔，手或脚贴在上面，吸收炉内火炭的热量。也有简易一些的，圆柱形小铁桶加一提柄即成。手炉在我们农村又被称作"火囱"，老年人在冬日几乎手不离"囱"，有人故去，后人都会将其生前用过的或新买一个"火囱"置于坟前，想必阴间也有冬天，也寒冷。

关于儿时冬天的回忆远不止这些，很多情境、人、事都似清晰，也朦胧，难于一一言表，如今常常想起，是对逝去生命的回味和留恋。很多珍贵已经被时光永远埋葬，唯有深沉的记忆依然鲜活。

（原载 2018 年 1 月 26 日《今日镇海》）

冬　晒

　　我站在正午的太阳底下，将整个身子浸泡在久违的阳光里。

　　这个冬天，太阳不知何故去了远方，留给大地漫长的凄风寒雨，在我数十年的记忆里，怕是最为潮湿阴冷的一个冬天了。于千呼万唤、望眼欲穿中，它终于回归岗位，驱散了阴云迷雾，挥发了潮气雨露。天穹经过它的擦拭，露出了本真面目，蓝莹莹、明朗朗的，一尘不染，看上一眼，内心也一下子敞亮了。

　　冬阳悬在我头顶靠后一些的天幕正中，似乎很近，正微笑着俯视我，脸上写着慈祥和怜爱，仿佛还带着一丝姗姗来迟的歉意。天地间充满了温暖的光亮，阳光缓缓涌动，慢慢地穿过衣服的纤维间隙，轻柔抚摸了我的皮肤，像婴儿的小手，停留一会，它又从皮肤毛孔细细渗入，一点点漫流至身体的各条河流、各个港湾，整个身子就这样被贯通、温热，有一种特别宜人舒悦的物质在微微荡漾，最远端的脚趾冻块也被这温和的热量软化。我忍不住闭上眼睛，让身体陶醉在这美妙的享受里。

　　这就是冬天的阳光，明亮而不刺眼，热烈却不灼人，与大地生灵亲密融合，温度上的恰到好处仿佛是有魔术师进行了精确的配比，中和了天寒地冻，让人们在最寒冷的季节体验到最真诚的暖意。我眼前是一大片干黄的草坪，再远处是一脉小山，小山上挺立着长青的松柏，也有裸露枝丫的落叶乔木，它们也和我一样，尽情沐浴在这冬日暖阳中，有独自眯缝着眼的，也有在相互交流攀谈的，都一副惬意舒展的姿态。

　　我深深地吸了口气，冬阳是有气味的，一股香甜的味道。你捧一把拢近鼻翼，它会轻悄悄地溜进你的腔腑，一路抚熨娇嫩的内壁。这种味道是那般的熟稔，把我拉进童年的被窝，我贪婪地呼吸着经过白天曝晒的被子甜洌干爽的芬芳，并紧紧地掖住被沿，防止这难得的太阳气味飘逸出去。那原本干冷的老棉花被也变得松软，真是舒服极了。

　　冬阳的味道不只停留在被子里、衣服上，它还藏进了腌肉里、腊肠里、酱鸭里、鱼鲞里，只有在冬天，配上这阳光，阳光与寒冷的反复交锋，才能制造出这诱人的年味，并且可以储藏起来留待别的季节慢慢食用。这些美味很大程度上是大自然的妙手在烹制，无须添加过多的化学物质，可能仅仅需要一点点同样是阳光晒成的盐分。当你在春天、夏天或者秋天某个日子，将这些冬天创制出来的食材做成一道菜，你一定还能品尝出冬日阳光的味道，浓浓的，暖暖的。

想到食物，想到冬阳，记忆中一种农作物及由其加工而成的若干食物的形象便凸显出来，对，是番薯。儿时家中山地里下半年收成最多的就是番薯，父亲一担担挑回家，堆满地。人烤着吃，切碎烧熟了喂猪吃，也根本消化不了这么多，只能晒番薯丝、番薯干，做番薯糖。

番薯丝是用来喂猪的，头天夜里或当天一早，母亲用萝卜丝刨刨出几笋筐番薯丝，待太阳出来，把番薯丝倒在篾垫上面，摊薄摊匀，一般晒上两三天，里面的水分便一干二净，然后收进柜子或麻袋里，来年慢慢添加进猪食中，这般喂养出来的猪肉味道自是格外鲜美纯正。刨番薯丝的过程十分有趣，一只椭圆的番薯，经与刨子的接触，化成了一根根薯丝纷纷落下。有时我会抢着干这活，有一个早上起劲刨了整整一笋筐，三婶直夸我"勤快能干"。

番薯干的做法比较简单，将上好的番薯洗净，去皮切块，蒸七八分熟，排列在篾筐上晾晒几天，待水分去尽，便可找一干燥处收藏起来，来年可熬番薯干粥，配一点糯米，不必放糖便甘饴可口。至于番薯糖，做法相对复杂一些，去皮的番薯要煮得烂熟，捣成泥，掺入一些芝麻（故又称芝麻糖），然后在一特制的模具里压成一张张薄饼状，用刀切出一条条再一截截，也摊在太阳底下晒至干硬。大年三十晚上，旺火混细沙爆炒，颜色逐渐转深，冷却后的番薯片又松又脆，纳入罐子或袋子里密封起来，正月来客人时可以搭个盘子。那时候农村家家户户都有，不觉稀奇，现在招待客人如果能捧出一盘来，必是极受欢迎的，都晓得这物乃"纯天然绿色产品"。确实，当番薯糖片在你齿间"咯嘣咯嘣"响的时候，你用心品味，一定能触摸到蕴藏其间的冬天的太阳，它的光亮，它的温煦，它的芳香。

（原载 2019 年 2 月 18 日《宁波晚报》）

那一碗红烧肉

　　这辈子吃过最好吃的红绕肉，大约非初中时校办工厂免费发放的那碗莫属了。

　　那家校办工厂造什么产品我真的想不起来了，只记得厂长是个高而胖的老头，其实他也算不上老，也许就比现在的我大上几岁，但在少年的眼中，上了一定年纪、比父母大的看上去都是很老很老的人。就像我们当时的校长，姓谢，干瘦，吊挂眉毛都被染白了，确乎是真的老了。给每一位学生提供一顿免费的好菜就是他们两个老头"合谋"的结果。

　　时间应该是在初二的第一学期，深秋抑或是初冬时节，不知谁正式宣布了学校将安排这么一个活动，迅速引发了一阵子骚动。很多同学高兴得不得了，也有不少同学无动于衷。高兴的人中自然包括我，我们兴奋是因为将享用一顿据说很好吃的美味，而我们好长时间都只嚼咽粗菜淡饭。

　　初中学校规模不大，三个年级拢共就六个班级，其中有一届停招，所以那一年实际上只有四个班级不到两百号人。学生来自附近七八个乡镇，因为学习拔尖而汇聚于此。大家的生活水平差距很大，有穿补丁衣服、光脚解放鞋的，也有衣着光鲜、蹬白旅游鞋黑皮鞋的；有营养不良、面露菜黄的，也有面色红润、发育良好的；有生在镇上开朗大方的，也有长在穷乡僻壤内向拘谨的。好在谢校长和老师们营造了崇学尚俭的校风，大家对这些不怎么讲究，也不会致人很敏感。

　　那时我们基本都住校，一日三餐需自己蒸饭蒸菜，用铝盒子、搪瓷杯，淘米洗菜，把饭菜放入蒸屉，饭点到了就取回寝室开吃。食堂是开了售菜窗口的，早中晚都有热腾腾、香喷喷的现炒菜肴供应，荤素皆备，需要的同学拿上个盆碗，用总务处统一制作的菜票去买来就是。大多数菜肴的价格我不清楚，因为我从没在中晚餐买过菜，只偶尔买过早餐的五香豆腐干，我记得很清楚，一块一角钱，豆腐干的肉隙里蕴了丰沛的五香汤汁，吃起来真是鲜美无比。

　　我平时的饭菜基本都一成不变，周日返校的时候，带上一布袋米，一个大搪瓷杯里塞满梅干菜和几块肥嘟嘟的猪肉，或是一个玻璃罐头里装满甜酱，里面也有肉。但这种肉我工作之后想想感觉很恶心，因为这肉长在猪身上的边角处，表面疙疙瘩瘩，就是所谓的淋巴了，虽然熬过了油，但口感依然不佳。这一大杯或一大罐的菜就是我一周的下饭菜了，那个梅干菜烧肉多蒸几次，肥肉与干菜相互浸润，味道还是不错的。

当然，我还是有些干货可以作为调剂的，最常见的就是黄豆汤。家里种的干黄豆颗粒饱满，黄澄澄的，取一把用搪瓷杯加水浸胀，洗净，再放适量的水，最重要的是要放一两小块腌猪油，经过食堂蒸笼的高温催化，腌猪油融化，渗入水，渗进黄豆，一道异香扑鼻的黄豆汤就出炉了，表面还漂着一薄层晶亮的油脂，用来拌汤、过饭，十分过瘾。我这道菜在同学中小有名气，有个家境富裕的好友经常来蹭吃，并冠之以"珍珠豆汤"之名号，有时还拿他买来的食堂菜跟我交换，也能让我改善一下伙食。

单调的、没有多少营养的饭菜对发育中的孩子来说很不利。因为遗传的关系，我个子高，却特别瘦，而且是属于"鸟手麻长"的难看的瘦，一点不匀称。有时很眼馋别人带来的或买来的新鲜香醇的好菜，但也只能装着看不见、闻不到，一口口咽下自己寡淡无味的饭菜。

那时是真的很想吃肉，不夸海口地说，我能一口气消灭干净一大碗肉，那些肥的瘦的一会儿就消散到身体的各个角落，绝不可能产生胀肚伤食之类问题，当然这种好事多半只能发生在幻想中。

想吃肉的欲望是如此的强烈且不可阻挡，乃至让我做出了一些糗事。有一次我去学校旁边的姑姑家做客。姑父是当地的村干部，家里条件上等，晚饭时有一碗红烧肉，碍于面子，我只夹了两块。他们上楼休息后，我独自在楼下做作业，心头有些烦躁不定，不知怎的就蹑手蹑脚悄悄打开橱柜，眼疾手快地捏了一块红烧肉塞进嘴巴，无声而快速地咀嚼吞咽，之后实在忍不住，又一连往嘴里塞了好几块，害怕被发现，又自欺欺人地把剩余的肉摊摊平匀，但亲戚家是肯定发现得了的，他们自然也不太可能跟我计较。

终于到了可以领取免费佳肴的日子了，是在晚饭时间。冬天的夜黑得早，校园里弥漫着温暖的灯光和欢乐的气氛，像是在欢度一个节日。校办厂的女工都到食堂帮忙，厂长和校长掌勺分发菜肴，他们笑呵呵的，像我后来才知道的圣诞老人模样。我们排着队，手里拿着盆子或杯子，说说笑笑，敲敲打打，翘首以盼。

一直没有公布菜名的这道菜原来是红烧肉，只是烹饪方法更为考究！每人一块肥瘦相间的五花肉，浇上浓稠的汤汁，杂伴一些黄花菜干、香菇干、豆腐干，色泽总体是偏深的，口味总体是偏重的，这些都是我之所好，唯一的遗憾就是肉块显得小气，不够咬几口的。

红烧肉盛进我的杯子，我的手竟然因为激动而略显颤抖，甚至都舍不得吃掉它，但终于还是一小口一小口就着米饭往嘴里送，往肚里咽，我吃得很慢，想让这美味维持得长久一些。我用饭粒蘸完了杯壁上的最后一滴汤汁，宣告享用完毕，有充实的满足，也泛起一丝怅然若失。

这真的是我吃过的最好吃的一碗红烧肉，此后再也没能幸会同样的惊喜。如同我青葱的少年时光，永远逝去，不复再来。

（原载 2020 年 7 月 13 日《今日镇海》）

一份生命的滋养

　　知道路遥，始于他的中篇小说《人生》。20世纪80年代末，我尚在念小学五六年级，喜欢读书的我已经将触角伸向诸如《百花洲》《小说界》《人民文学》等当时还分不清为纯文学期刊的读物，以我那时的文化、心智水平，居然也能读得有滋有味。也正是在这个时期的阅读中，我邂逅了刊登于某本略微发黄的《收获》杂志上的《人生》，记得是当期的首打篇目，此后还在家里那台"红灯"牌收音机中收听过"小说连播"的版本。这部小说对我影响颇深，高加林、刘巧珍、黄亚萍三个人物形象活跃在我幼小的心灵里，让我对于爱情、人生、奋斗等有了模糊朦胧的体验，给我的精神世界和个性气质铺上了一层独特的底色，从此挥之不去。

　　小学毕业后我考进了老家县域东北片区最好的初中，我们这些学生都是当年每个乡考试成绩的前三四位。可能刚好是路遥先生去世的那年，班主任兼语文老师向我们介绍了《平凡的世界》，说那是多么多么了不起的一部长篇小说，但好像也没有推荐我们去读的意思，也许只是在宣泄他的一种情绪吧。当时三十岁左右的他可能正处于人生的迷茫彷徨期，连村里农民都比不上的教师待遇促使他寻找各种关系调至政府机关。不光是他，在我们初中毕业那年，教过我们这一届的好几位很优秀的老师要么想方设法跨进土管局、乡镇、粮站等"油水"单位，要么就上调到县城城关的学校。后来我揣测，他们这一代来自农村的80年代大中专毕业生很多应该都读过路遥的《人生》或是《平凡的世界》，并且在人生最重要的转折时期从中汲取了慰藉、力量和憧憬，也在紧要处走了关键几步，改变了人生轨迹。

　　我其实是记不得到底何时开始读《平凡的世界》的，初中、高中抑或在大学？也许是初高中时读过一部分，然后在大学终于读完这皇皇百万字的鸿篇巨著吧。也因为如此，小说的前三分之一或二分之一部分留在记忆中的印象较为清晰，各种人物姓名、人际关系、场景转换乃至细节刻画至今都能说上个大概，而余下部分则幻成一团浓雾，影影绰绰，不知所云。但我确实能真切地忆起当年与主人公同悲欢、共命运以及迫不及待地想揭晓故事演变方向的那份阅读心绪。尽管时隔多年一下子不能梳理清楚整部小说错综复杂的关系和丰富深刻的内涵，然而我能体会到，这厚厚的三本书在我曾经的阅读、思考、践行的过程中仿佛大朵大朵素雅的白玉兰花瓣

穿解放鞋的青春

一季季飘落树下，慢慢地化作泥土，变成养料，深深地渗透进我生命的根部，助我矗立于大地上。这种滋养深入灵魂底部，流淌在我的血脉里，散发在我的言行举止中，是一种融为一体的精神气质、一种深厚而富有张力的生命感，它对我的影响正如小说本身所呈现出来的风格特征，是那样深广、宏阔和恒久。

由这部小说改编的新版电视剧正在热播，起用了几位"颜值"很高的人气演员。据说是为了吸引 80 后、90 后这些年轻观众。但就小说内容本身而言，我们这些 70 后无疑更能与之产生共鸣，因为我们几乎伴随小说所逐步推进的时代背景出生长大。小说落笔的时间节点是 1975 年，而 1977 年出生的我按理至少也得从 80 年代初开始才会有较为可靠的记忆，但小说所展现的西部城乡各色人物、生活状况、社会形态与我童年、少年的生活世界是何其相似，令我感到熟稔、亲切，也掺杂着酸涩。这种相似同时也说明 20 世纪 70 年代中后期至 80 年代中期这一阶段，整个中国社会其实都处于普遍贫穷落后、经济社会发展缓慢以及城乡严重二元对立的状态，中西部发展程度的巨大分化是从之后才被迅速拉大的，城乡差距的缩小可能近些年才刚刚开始。

我不是文学评论家，甚至都算不上文学爱好者，这部小说也仅翻阅过有限的次数。但我有一个基本的判断：这部史诗级的伟大作品最突出的价值所在是它成功塑造了极具典型意义和教育价值的人物形象，质朴的现实主义笔法使得很多人物是那样真实丰满、真诚可亲，其中又以孙少安和孙少平为甚。他们两人其实代表了相当一部分人的出身和人生道路。命运将他们安排在闭塞落后的农村、穷困潦倒的家庭，但他们顽强地与之抗争，无数次失落迷茫绝望又无数次怀揣希望坚定出发。少安坚守农村这片厚土，从赤贫走向富足，改变家庭窘况的同时还带领父老乡亲改变乡村面貌。少平则始终将人生的列车朝向远方，从农村走向城市，努力跨越城乡之间的鸿沟，追寻高远的理想。他们是平凡世界中那一小部分不平凡的人，是那样不甘于贫困苦痛、不甘于平凡平庸，他们相信未来，心中装着一个阔大的世界。他们勤劳、善良、正直、勇敢、坚强、担当，这些优秀品性帮助他们在历尽无边苦难的同时也收获了爱情、友情、机遇、阅历等无尽财富。田润叶、田晓霞多像上苍赐予他们的珍贵回馈，童话般的存在向更多人昭示：做一个美好的人吧，你会获赠刻骨铭心的美好。

路遥说：在孙少平无比艰辛的生活中，书籍是他始终紧抓不放的进行自我拯救的武器。少平认识到，只有一个人对世界了解得更广大、对人生看得更深刻，那么，他才有可能对自己所处的艰难和困苦有更高意义的理解，甚至会心平气和地对待欢乐与幸福。

对于依然奋斗在人生路上的我或我们来说，《平凡的世界》所赋予的，也许就是这样一种意义，这样一份精神的滋养和生命的关怀。

（原载 2015 年 3 月 31 日《今日镇海》）

第二辑 青春·往昔

农忙假

　　我念小学、初中的时候，学校里是放农忙假的。年代隔得太久，记不清楚是春假还是秋假，或是两次都放了，但假是肯定有的。

　　儿时的农村不像现在这般闲适，家家户户都忙着张罗自家的一亩三分地，田里，山上，角角落落都种满各种农作物，而且一年四季分好几茬，一茬接着一茬，努力从土地里面"掏出金子"来，好维持一家人的生计，好上马一些起屋造场、嫁女娶媳之类的大工程。所以，农民是百分百地道的农民，一天从早忙到晚，一年从春忙到冬，十分辛苦忙碌。

　　在这样的氛围中，农民的孩子也早早学会了干活，给父母亲搭把手、助把力，烧饭，拔草，放羊，推车……在最紧赶的"双抢"时节，更是一家人齐上阵，箪饭、割稻、打稻、拔秧、种田，基本所有的农事环节中都能见到儿童少年的身影，我就是在十一二岁时几乎上手了全部活计。这样勤快懂事的孩子是颇能得到大人们交口称赞的，这或许也是我们"早熟"的原因和动力吧。

　　一年之中，"双抢"是忙的巅峰，还好正值孩子们放暑假，总能帮上些忙。春种和秋收则是另外两个高峰，于是，或许是为了解决大人们忙不过来的实际问题，也可能是为了对孩子们进行劳动教育，农忙假这一现在小孩子无法想象的假期就应运而生了，而且我记得，一般都放整整一个星期，而且基本不布置学科作业。

　　上半年的假期在我印象中比较模糊，大致就在五六月份，采茶或是刘麦那一阵子。茶场漫山如海，娇嫩清香的叶芽被一片片或是一把把摘下，大人们傍晚收工挑下山，卖给村集体办的茶厂，换得几张钱币，顺便在村里小店里买几样日用品或割上斤把肉。麦子黄熟时，天气已经显露炎热之威了，割麦子的操作类似于割稻子，只是小麦都长在山地，不用赤了脚陷进淤泥里，割下来的麦子还得捆扎起来挑回家，然后用上宽下窄的木质稻桶脱粒，一捧捧使劲挥砸在稻桶边沿，发出沉闷的有节奏的声响，这个重体力活父亲一般不会让我搭手，往往是我图好玩非得去像模像样整上一会儿，无力无趣了才作罢。此外，挑出几根粗大的麦秆，剪出几段，塞进几只抓来的萤火虫，在漆黑的夜色里痴痴地一闪一闪，以及新麦晒干后加工成麦粉，早饭母亲给我们煮"麦田鸡"、摊"麦烤头"，乃意犹未尽的快乐享受了。

　　农忙假不仅仅是放假回家，学校里也会组织集体劳动。初中学校在离校不远的山坡上拥有一处面积不算小的茶山。春茶开摘那当儿，各班级轮流上山采茶，卖茶叶所得存作班费。于一年之中的某个时段各班还得组织一次集体劳动，上山拔草，松土，施肥，等等。肥料就地取材，捞取厕所里的大小粪便即成，我和几个个子高的男同学每次的任务都是抬尿桶上山，桶是向附近的村民借的。

相比之下，我更喜欢秋天的农忙假，天气干燥、晴朗并且凉爽，云淡天高，舒适宜人。农活不像春种和"双抢"时那么赶，可以放缓节奏来。有时，父母亲甚至就不让我们出力了，他们尽可以慢慢地一丘田、一块山地收拾，让我们有时间多看书、多写作业。而我们常常是坐不住的，非得跟了父母上山下田，秋天的田野，水稻收割完毕后，遗留了不少颗粒饱满的稻穗，东捡西拾，有时收获还不小，一小篮一小篮拎回家，可直接喂鸡，也可摘粒后混进谷堆里。

秋天真是个丰收的季节，不止人工种植的作物硕果累累，大自然中自生自灭的各种植物也献上了经历春夏酝酿生成的果实，等待人类或是动物的赏识。那些天柿子尚未熟透，栗子正当时，不过要吃到硬脆香甜的米黄色板栗肉常常得被其外壳上浓密尖锐的细针刺痛、刺出血来，自然这点苦痛是很容易消融于打下一球球毛栗、啃下一粒粒栗肉的欢乐中的。另一个我最喜欢的山果是"乌米饭"，在起伏绵延的柴山上很容易找到黑红或黑紫的圆形果实，比黄豆略小，甜津津或略酸酸，有点类似现在的蓝莓味，然其保留了异常天然的一面，有着蓝莓难以企及的纯净口感。

有一种果实，我一直想不起来叫什么，也许是山茶子还是桐油子，总之是形如核桃的一种山果，剥壳而现褐色果实。不能吃，但据说可榨油，所以有一年的秋假，老师让我们去山上寻这种野果，可以卖给乡里的加工点或是沿门收购的小贩，挣来几张钞票，算是一种勤工俭学吧。这果子很紧实，分量沉，但也卖不了什么好价格。

在农忙假里，我们还为敬爱的老师打过工呢！那是在初二，放假头天，之前就被数学老师相中的几个个高壮实的男生一早骑着自行车，奔赴他老家地里帮着收割晚稻。那天阳光和煦，稻穗金黄，我们几个同学铆足了劲割稻、打稻，"唰唰唰"，推进速度极快。慈祥的老师在旁不停啧啧称赞我们干活有样子、干得好、像个小大人，伙伴们更添了几分动力，你追我赶，热火朝天。

老师当然不会发工资给我们，但师母做的中餐应该是极丰盛的，不过现在还深深印在脑海里的是她傍晚时送到田头的点心——好多大馒头（我们老家称包子为"馒头"）。薄皮裹着扎实鲜美的肉馅，实在是太好吃了！大馒头落进胃里，立马让人又生出了无穷的力气。每念及此，口舌生津，那确实是难得一吃的美味了。

现如今，学校又开始强调劳动教育，想出一个个点子，还研究一项项课题来加以推动，不禁让人哑然失笑。我们年少时那种融于日常、融于天地、自然而然的劳动教育怕是只能成为过去式，成为一代人的回忆了。

（原载 2020 年 10 月 13 日《宁波晚报》）

人到中年

单位工作群接连发了两三个通知文件，皆是关于名优评比或是高层次人才申报的，嘴上说着不感兴趣，没啥意思，还是点开来瞧个究竟，看到一半也只能关闭，然后删除。因为我跟这些个事情已经沾不上边，以后更加不会有交集，每种申报都设定了年龄限制，而我恰在这个分界线的右端。

脑海里，一个声音说："无所谓，就这么回事，也不差这些。"另一个声音说："好难过，如果有机会评上，名利双收多好。"两个声音经过一番交锋后合成一声无奈的提醒："你，老了，已是中年人！"

确实如此啊，不知不觉已经人到中年，内心有些恍惚，也有些不服。自己的生活状态一直就是这样啊，跟周边年轻人的生活似乎也无二致，好像也还能跟他们打成一片，怎么就划出这道泾渭分明的隔离。可能，很多人内心的年龄感总是有意无意地往年轻的方向在提拉的，总觉得自己还年轻，总觉得慢慢变老只发生在别人身上。而实际上，在旁人眼中，我们可能已经很老了，比自己不得不承认的老的程度还要更老一分。

这不，吃中饭时，同事无意间瞄了我一眼，不经意地抛出一句："你最近怎么回事？有白头发了！"我呆了一下，讪笑："年纪大了嘛，身体不行了嘛。"回到办公室，照照镜子，原本就不属浓密乌黑的头发因为夹杂了根根白丝而愈显颓废荒凉，用手机自拍了头部照，放大了仔细瞧，更是触目惊心、惨不忍睹，赶紧删掉，但心下的沮丧是无论如何祛除不了了。

也知道白发突然增多的原因多半是这几年家里生活波折连连，上有老下有小，老人病弱，小孩幼稚，尤其是最近这几个月，不得已的各种思虑烦心、来回奔波，无形却巨大的压力始终笼罩心头，渗透肉身。所谓的心力交瘁极大地消耗了身体鲜活的养料，导致头发失去光泽，那些本就孱弱的发丝就直接干枯成白。也许待境遇改变，状态回转，发质亦会改善，但总的趋势无疑是白发越来越繁密，越来越明显，两鬓斑白、头发花白，伴之以皱纹增加，皮肤松弛，变形萎塌，这般曾经以为异常遥远的苍老面容就会不可阻挡地缓缓覆盖掉原有的光洁、紧致、挺括，也同时抹去了过往的岁月。

中年人对自己的身体其实是很敏感的，不光是外在表象的荣枯，更在于内在机能的衰退，精力、体力的大不如前，还有各种渐渐滋生开来的病痛疾患，有些就只能作为绝对的隐私埋藏心底，不可语于外人，甚至是自己的亲人，很多时候就只能压着、撑着，自欺欺人，因为这个年龄、处境不允许懈怠，不允许由于身体的原因放慢前进的步伐，因为在这个家里，中年人是最核心的关键部件，他一旦出了故障，极可能破坏整个家庭的正常运转。

有时想想这辈子活得够窝囊的，家庭、工作、事业都经营得勉勉强强。当下这个年龄，每个人的深浅高低基本都显山露水，人生的高度、分量差不多已经定型，多半已抵达巅峰，不能说今后就一定不会出现时来运转、大器晚成的全新趋势，但多半也就这个样子了。你尽管可以拿"比上不足比下有余""不求大富大贵但求平安顺遂""平平淡淡才是真"之类的话语寻求自我安慰。但放眼四周，你的不少亲朋好友、身边的很多人，他们在财富、地位以及幸福快乐指数上还是明显高于自己，住的是大房，开的是豪车，坐的是高位，成就显赫，也许这样的比较显得世俗和功利了些，但确实也代表了包括能力、努力、勇气、性格、为人处世等很多方面的差距，你不得不承认，自己在很多方面先天不足，而且后天也不够走运、不够勤奋。

由此看来，失落感也许是中年人必须常常咀嚼的一种人生况味，最美好灿烂、最旺盛蓬勃的韶华已逝，不复再来，那些鲜妍明媚的年轻人以及他们的生活世界与你之间筑起了宽广的鸿沟，你无法穿越、无法逾越，虽心存抵触却不得不无奈地朝着另外一个你并不想前往的方向靠近。很多事情、很多机会纷纷从你的身边掠过，你想抓住它们，却早已倏尔远逝，还略带奚落调侃的意味，这可能会让你黯然神伤，心有不甘，或者激起你的生气和怒火。然而，最好的回应方式也许是：耸耸肩，整理一下生活的担子，笑一笑，一步步踏实往前走。

第三辑　世相·日常

那些温暖的人

每次去游泳馆，都要在进门处登记自己的卡号并领取储物柜的钥匙。

工作人员是个五十岁上下的阿姨，短发，圆脸，衣着、长相都比较普通，表情平淡，是那种不太容易刻印在别人脑海里的形象。她用圆珠笔工整地记录每一个男泳客的卡号和进场时间，几乎同时递上一把钥匙并记下号码，整个过程没有多余的动作和话语。

看得出她是个偏向安静的人，大多数时间就坐在那边埋首看书，读的还是一些非消遣类的纯文学小说，有一次看到她正在翻阅单位同事新近出版的文集，居然颇有兴味的样子。有的时候她也玩玩平板电脑上的小游戏，或与同伴聊聊天，轻声细语，不似这个年龄的很多妇女喜欢大声聒噪、喋喋不休，这些细节让我对她有了一种很舒服的感觉，就像一阵和煦清风，不疾不徐，不冷不热。

有一次，她登记好我的卡号后迟迟不发我钥匙，而是不停在抽屉里翻寻。我顺口说了句："快点啊。"她找定一把钥匙递给我，半是解释半是歉意地说："今天上面一排柜子的钥匙都拿光了。"

原来如此，怪不得几乎每次我的储物柜都在最高的一排，这于高个子的我来说非常顺手和舒服。这名阿姨与我素不相识，却能根据我的身高尽可能为我提供方便，这多半出于待人接物的习惯反应吧。一百多个储物柜，她能够迅速而准确地找到不同位置的钥匙，怕是也下了一番心思的，可见她努力地把这份看起来简单平凡的工作做得有滋有味、有温度。意识到这些，我深深地为刚刚一闪而过的少许不耐烦并不自觉提高声调而愧疚，一股温暖的感觉瞬间也漫透了整个身心，我由衷地脱口而出："谢谢啊！"她的回应依然是淡淡的笑容和一声"没事"。

我喜欢这样温暖的人，喜欢这种淡淡的人际交流。在生命旅途中，我们会遇见很多的人，有擦肩而过的，有长相厮守的，有热情乃至炽热的，也有冷漠乃至凶残的，有日久见真心的，也有相见不如怀念的，不一而足。我们和这样形形色色的人相逢相识、交流交往或者爱恨交加，构筑起了一个纷繁纷扰的人际网络和生活空间，带给我们五味杂陈的缤纷感受。时移境迁，多少人早已失落在心灵的地平线外，多少人成为此生不能承受之重，而总有那么一些人，始终带给我们一份平淡的真切，一份朴素的美好，如同二十五摄氏度左右的环境温度，我们的身体已经没有冷热感，却有着说不出的舒适。

这样温暖的人总在记忆中泛起。记得刚开始驾车那阵子，某天早晨去上班，车子被紧紧夹在两辆不厚道停放的车子中间，我左摆右突还是无法开出车位，急得浑身冒汗，一位去赶班车的中年男子主动停下来指挥我打方向盘，我一点点借位置，终于顺利出位，他还传授了几点停车移位的诀窍，我连声道谢的时候他已摆摆手走远，后来在小区里、候车亭、小吃店又邂逅过几次，微笑、点头、打声招呼，仅此而已，已经足够。

去年临近年关，我去4S店想给车子做个检查。因为不是修理也不是保养，年轻俏丽的接待顾问生硬地告诉我免费检测活动时间已经过了，我说那就充个气吧，一名年纪很小个子也很小的小工帮我把四个轮胎的气充好。又打开我的后备厢，备胎因为前段时间刚用过，随意放着，他帮我检查胎压，充好气，又认真地把备胎放置妥当，并提醒我以后使用备胎后一定要扎好安全带，以防发生意外。看着他瘦小的身躯端放着沉重的轮胎，我莫名地感动以至眼眶湿润，我拍拍他的肩膀，由衷地说："谢谢你！"他腼腆地笑笑，露出一口好看的白牙，简单地回应："不客气！"

还有不少让我时常想起、时常感怀的人。他们的面容没有随着岁月的消逝而模糊，相反却愈发清晰，像岛屿一样凸显在记忆的洋面，在精神世界中占据着越来越重要的位置。当然，我只是想念他们，想念他们曾经带给我的挥之不去的感动，想念他们的言行中散发出的那份不耀眼、不刺眼却明亮、明净的人性光华。我们之间的交流只是两颗心灵的轻悄触碰，是情感的自然流露，是行为的自动反应，所有呈现出来的都是各自人性中最为简单、本真和美好的一面，不勉强、不刻意、不做作，没有贪欲、没有苛求，不是交易、不求回报，就这样平和地、善良地、安静地注视着对方，注视着世界，伴随一掬清浅的微笑，然后有一份舒爽的温暖长留彼此心间。

（原载 2014 年 4 月 16 日《宁波晚报》）

自在自得广场舞

　　不知从什么时候开始，广场舞在大街小巷甚至新农村的院落道地里遍地开花。随便找一块平整的空地，拉一根电线接上音箱或是放置一个便携式放音机，伴着音乐节奏，三五人、十数人随意地挥臂摆腿，扭腰转胯，俯仰摇摆，俨然就成了一个简易的百姓舞台，至于文化广场数百人共舞的场面自是蔚为壮观了。

　　广场舞给我的最大观感是随性，摇摇头，扭扭脖，耸耸肩，甩甩手，弯弯腰，踢踢腿，转个圈，走几步，这些简单随意的动作因为音乐的伴奏而有了些韵律，因为群体的齐整而有了些气势。舞者就是在这样看似不那么规整的动作组合中将浑身上下活动个遍，微微出汗，身心舒泰，健身怡情兼得，不亦乐乎。

　　笔者练了十多年太极拳，有时思量如果太极能有这样的受欢迎和参与程度，那就昭示着这一中华文化瑰宝真正发扬光大了。但一想太极特别是所谓正宗的太极罗列了那么多近乎苛刻的要求，如呼吸运气啊，含胸拔背啊，甚至连一根手指头的摆放都可能有这样那样的讲究，否则将劳而无功或者招致运动损伤，也就明白了太极终究不会为很多人所接纳，因为有太多复杂动作要领的规束，会让人觉得难以上手，太过压抑，难免就望而生畏、望而却步了。哪像广场舞，动作大多顺势而成，自由挥洒，极为简洁易学。

　　跳广场舞的人群以中老年女性居多，但越来越多的中老年男人及青年男女也加入了这个行列。他们中的不少人身材匀称，舞姿协调，体态柔美，令人赏心悦目。当然也有不少人的身材早已走样，垂胸腆肚，桶腰象腿，动作笨拙，洋相频现，不免显得滑稽可笑。但他们依然毫无顾忌地跟随众人比画着各种动作，悠然自在，完全无视路人异样的目光和指指点点。

　　他们这种勇气可嘉的忘我状态倒使我心生艳羡了。我生长在偏僻的农村，由于家庭环境的影响性格较为内向，从小到大言行拘谨，畏畏缩缩，一到公开场合，总觉得周围的人都在打量着我、审视着我，身上的各种不妥之处都会引来他们的嘲讽和鄙夷，常常不知道手脚往哪边搁，全然没有落落大方的仪态。这种心理障碍像极了席慕蓉写的《十字路口》中的那个十五六岁的少女，过马路时以为街上每一个人都在注视着她，故而努力做出一副目不斜视、无邪而又严肃的样子，但真实的情况是，在这些为了生活匆忙奔波的人群里，有谁有时间会站住了来细细端详一个青青涩涩的小女孩呢？这篇文章我做学生的时候就读过，也承认是女孩的想法做法多余并且可笑。可惜这篇精妙短文无法将自己解放出来，在很多的场合我依然会深深虑及自己的举手投足别人会怎样看、怎样想，依然没有勇气在大庭广众前施展打拳舞剑、吹笛弄箫等业余爱好，非得找个无人处、僻静处乃至黑暗处方能踏实定心，流畅自如。

我想这多半还是成长环境对人的秉性和气质的深刻影响吧，说得雅致一些，算是一种文化差异。我的青少年岁月恰逢 20 世纪八九十年代，虽然社会的各个领域包括人的观念已经次第开放，传统惯性却依然强劲。现在飘荡在广场上的《最炫民族风》之类的音乐在那个年代绝对属于靡靡之音，广场舞那些摇摆摇摆的肢体动作也会被视作异端邪状，恶心变态到不堪入目，小孩多半会被大人捂住眼睛或者迅速带离现场。记得 20 世纪 90 年代初我还在读初中，几个男同学在寝室里谈论女生，我小心翼翼地说出刚从小说里看到的"丰满"一词来形容班里某位漂亮女生，立马遭来小伙伴"黄色下流"的嘲哄。可见思想中的束缚之多、禁锢之深。

前几年我给学生上亲子沟通课，为了说明父母与子女之间成长时代的不同而造成的巨大文化差异，举了一个自认为十分形象典型的例子，就是让一辈子生活在偏僻农村的老实巴交的农民去跳热情奔放的拉丁、伦巴之类的舞蹈，他肯定是打死都不干的。有些学生会心认同，有些却眼露茫然，觉得不可思议。现在看到一些老年男人或是外地来城市打工的农民工也坦然混在一大堆女人中做出各种明显与他们气质不太协调的动作，意识到自己那个例子也未必那么贴切了。

改革开放不仅带来物质的极大富裕，更带来了民众思想观念的极大解放，更多的人甩脱了种种桎梏，活得更自由自在、更随心所欲。在中国达人秀之类的真人秀舞台上，不时看到六七十岁的老头老太浓妆艳抹，着潮服靓衣，装萌扮嫩，劲歌辣舞，在经过短暂的震撼和适应后，大多数观众也对这样的人和现象见怪不怪了，甚而开始认同、欣赏他们的心态与活法。我的那些农村父辈、祖父辈也许这辈子都不会去跳广场舞，更不会像那些"老来俏""老顽童"一样做那些惊人的出格之举，但据我观察，他们也能逐渐包容和理解包括他们的同龄人在内的很多人去蹦跳、去张扬，而不会如先前那般一味地嗤之以鼻、横加鞭笞，视之为洪水猛兽。

在城区一广场的露天舞台，一位退休人员模样的男子时常在那边独舞，他头上扎着黑布或假辫，身着紧身衣裤，有时还脚踩高跟露趾鞋，并自带移动音箱，十分的前卫另类。他在舞台上翻滚、扭曲、伸展着自己的躯体，动作较为凌乱无章法，不过约略还能看出一些拉丁、芭蕾、肚皮舞、街舞等的影子，但他显然演绎得不伦不类，几无美感。来来往往的路人大多也把他当成可怜可叹的疯癫之人。我却无法下这个结论，或许他真是个舞蹈爱好者，长久以来因为家境、工作，抑或性格等因素不得所愿，如今年岁已高，再无顾忌，再不等待，在人生日落西山时尽情随性、淋漓尽致享受兴之所至的快乐，外界的不理解、嘲讽乃至恶言相向皆如烟云。

　　时间消逝了人生的流金岁月，但也卸载了我们背负的很多不必要的压力羁绊，让我们变得越来越正视和珍视自己的本心，率性而为，但求一份自在自得。

　　这或许是广场舞风靡大江南北的一个原因吧，它也由此引发了我以上的人生感悟。

（原载 2014 年 5 月 22 日《宁波晚报》）

一面之缘

这是小区门口道边一家面馆的店名。

买早点的时候，发现这家店已经关门了，卷闸门上贴着一张打印有"店面转让"字样的A4纸。

这家餐馆在我印象里存在了不足一个月。记得三个礼拜前我一个人管小孩，懒得动手做饭，打算带他去中心城区吃午餐，因为小区附近的店都比较小，而且看起来不太卫生的样子。去开车的路上一眼看到原先一直闭着门的某间店面好像新开了一家小餐馆，牌匾上红底黄字，"一面之缘"这个店名让我觉得有些意思，不由得移步进去。

大约是新装修的缘故，店里面的摆设非常简洁大方，干净清爽，米黄色防滑地砖，红色漆面的西式餐桌，覆着蓝白相间的台布，上面还压了一块厚重的钢化玻璃。这样整洁的环境拖住了我的脚步，于是我坐下来给自己点了一大碗炒年糕，儿子要了蛋炒饭，我怕他吃不完浪费，跟店家商量了换成中碗，少算两元钱。

从相貌上看，这家小吃小炒店的老板是两兄弟，十八九岁，顶多二十出头吧，唇边一抹淡淡的绒毛，年轻得还有些稚嫩。哥哥在后厨掌勺，弟弟在前台招呼客人，接单，送餐，收钱加收拾残桌，紧张忙碌却又井井有条。除了面食点心，店里还经营家常炒菜，品类较丰富，看起来生意也不错。

那次中餐我和儿子都吃得有滋有味，口舌生香，已经很长时间没碰上如此对口味的年糕与炒饭，那种色香味仿佛是在母亲的土灶上烧制出来的。付钱离店的时候，我又回头看看餐馆招牌，心想以后可有了一个就近填肚子的好去处了。没承想这么快就歇业了。

这家店以及店主两兄弟留给我的印象颇好，我不禁有些难过，还有些感慨。惆怅的是刚刚找到一家可以解决临时就餐问题的小店转眼间就消失了，什么时候还能遇上一家对味的呢？那两个年轻人于我虽然非亲非故，却曾经给我带来方便和舒心，他们没入城市深处，什么时候还能见着他们呢？"一面之缘"，当真是一面之缘！

同时我也深切体会到现在不少年轻人活着太不容易。这两个小伙子，多半来自内陆地区，他们可能初中毕业就远道奔赴沿海城市打拼，也许干过很多活，学过不少手艺。与他们的父辈不同，他们不会满足于或者说不愿意干城市里最脏、最累、最苦的活。他们有自己的想法和追求，即便是打工，也不会放弃自己可以享有的轻松自由、个性尊严。看看这家店，不落俗套的店名，小清新的装修，以及后来我无意间在美团上看到他们发布的团购信息，都体现了他们曾经受过的教育底蕴，也看得出他们下了一番心思，动了许多脑筋。

我不知道这次停业有没有其他意外因素，但或许是因为现实没有按照他们的设想去展开，他们立马改弦易辙，这未免显得有些过于急躁了。一个月时间，生意哪能来得这么快，就像柴火刚点燃，哪能一下子旺成熊熊大火。小面馆，小生意，讲究的是精打细算，细水长流，积少成多，持之以恒，靠的是口味、口碑和回头客，靠的是坚守与耐心。在这点上他们真该学学旁边那家馄饨店的福建小夫妻，虽然每天生意清淡如水，他们的脸上经常布满愁郁，但他们依然日复一日地辛勤劳作，赚取一份养家糊口的利润。

我大致算了一下，一个月的房租及日常经营费用加上装修，两个年轻人这一次闪电开、关店肯定得亏上上万块钱，在我这样守旧求稳的人看来，这纯属瞎折腾。但他们也许都折腾过好几回了，这会儿，他们不知又在城市的哪个角落经营新的项目呢，好在他们年轻，身体健旺，甚少包袱，经得起折腾，说不定真的能折腾出一番美丽新天地呢。

我接触的这个年龄的大多数年轻人都圈养在高中、大学校园里，舒适、安逸，卖萌、撒娇、做梦。而这兄弟俩还有与他们一样的不少年轻人，他们早已挣脱了父母的庇护（抑或也谈不上有），闯荡在陌生的城市，历练人生，拼争未来，多像一株株野草野花，顽强地生长着、绽放着。

野百合也有春天，祝福他们！

（原载 2015 年 6 月 8 日《宁波晚报》）

乡村琐事

回到老家，母亲总爱跟我絮叨一些村子里的事情。

我所说的村子是指离老家两三里地的中心村和三个自然村，我们同属一个大村子。儿时读村小，以及跟着父母去劳作或走门串户，认得一些人，知道一些事。自从上了大学并在外地工作成家，跟村子便疏离得很。基本上都靠与家人闲聊获悉一些信息，并串连起记忆中的那些日益模糊的人和事。

"阿均家这次太惨苦了！"母亲说到的阿均我认识，比我大十来岁，母亲早亡，父亲是抗美援朝老兵，记得小时候整个村子就他家住的是茅草屋，后来家境慢慢转好，这些年凭着勤劳本分，男做家具女织布，女儿上了重点高中，日子过得安康，怎么会出事呢？

"阿均老丈人中风瘫痪，阿均老婆和大舅子两兄妹一天天轮流照料，已经好几个月了，前些天大舅子起早开车去市场卖地里的菜蔬，估计身体太虚、太累，出了车祸，送到医院没能救回来，还在烧骨灰呢。老丈人在家里也没了，父亲儿子丧事一起办，一下子去了两个最亲的人，真可怜啊！"

我默然，的确够悲惨的，但除了感喟两声，我终究体验不到他们一家子所承受的哪怕百分之一的苦痛。母亲也是吧，她述说着别人的悲苦，脸上也不见什么痛楚，字里行间仿佛消解掉、麻木着她自己这辈子的苦难，她的失去我父亲的凄凉晚景恍若也明亮了些。

村子里还有一个人据说也快不行了，肺癌晚期。这个村民我也认得，论辈分，我得叫他一声"阿江伯"，很不安生的人。儿时记忆中我见到过他抢板凳砸自己的老婆，不过他的四个儿女倒算是有出息，尤其是小儿子，年轻时做了有钱老板的女婿，之后一直在外经营一家厂子。阿江伯有四兄弟，但其他三个一直与他对着干，却始终吃不消他，因为他的小女婿是有名的"破脚骨"（指地痞），一有风吹草动，他立马就会拉来一帮地痞流氓，连打带砸把人家搞个稀巴烂，即使报警也往往不了了之，村里多次调解也无果。

母亲说，阿江伯前些年都跟着小儿子在城里享福，去年开始搬回老屋长住了，但看不出他有病啊，几个月前还见他在山冈上种地，力头很足的样子。"这种人死了就死了，做人很恶，再有钱还不是要去管山（指死亡）。"母亲面无表情中隐隐露出一丝幸灾乐祸，阿江伯因为田地界沿的问题也曾与我家闹过矛盾，他的死在母亲心中也算一种报应。

正聊着天。屋外突然传来一阵急促的狗吠，出门一看，原来是道地里开进来一辆SUV车，车上下来一个三十岁左右的壮汉，提着全套钓具到后山水库去钓鱼。这个小伙子我很面生，母亲告诉我是村里谁谁谁的儿子，算是有了一点印象。"现在村里人真有钱啊，生活也悠闲，开着车子来钓鱼。"我自愧不如地感慨。旁边的三姐不屑地纠正我："有什么钱啊，都是银行贷款的。"母亲进一步补充说像他这样游手好闲的小伙子有好几个，整天东打一枪，西放一炮，时常聚众赌钱，他父母在外打工，挣来的钱大多也被他稀里哗啦地浪掉了。"这样的儿子，生了还不如不生。"母亲有些气愤。

令我意外的是，我小学时的同学阿宽也在母亲所谴责的人之列。记忆中的阿宽体格好，头脑也灵光，尤其是口算和打算盘的能力，当年在班上也数得上。可惜他初中都没毕业就混社会了，早早娶妻生子，却迷上了赌博，赢钱了买车翻新屋，输惨了东躲西藏逃赌债，还跟老婆离婚了，儿子主要由爷爷奶奶带，他呢，有一日没一日地跟一帮赌友混着。听闻如此情状，我不禁心下唏嘘。

当然，小学同学也不乏大有出息的。比如高中毕业考上军校的小波，现在已升为部队里的团级干部，三姐说村里的文化大礼堂新辟了一处介绍本村名人的陈列橱窗，小波的照片和简介就挂在上面。他过年过节回村，乡干部、村支书都会登门造访。母亲也说小波父母现在家里吃吃坐坐，每天早晚像城里人一样在水泥路上散步锻炼，走起路来都昂首挺胸的，说话口气大，嗓门响。"有这样的儿子算是光宗耀祖了！"我又默然，母亲虽无责怪之意，我对所谓功名利禄一直也不放心上，但相比同学的功成名就、风光无限，人到中年的我终究还是对自己的碌碌无为感到了惭愧，感到了落寞，倘若能够混个一官半职或是在某方面取得叫得响的成就，至少家人在村里就有底气、有脸面了。从某种角度说，农村人很现实，甚至可以说势利得很。

"你知道吗？阿光又娶老婆了。"母亲说这话时的语气神情略显神秘兮兮，酷似那些爱打听、爱传播八卦新闻的小女生。我也觉得诧异，因为记得前年母亲跟我说过阿光娶了个小他十岁的外乡女子，卖相很好，而且里外都是一把干活好手，也不知道好吃懒做的阿光哪里修来的福。掐指算算，五十五岁的阿光已经跟五个女人结过婚了，他与第一个女人生的女儿的小孩都快上学了。阿光也没有正经职业，也不是那种能埋头苦干种田地的庄稼人，至多清明、谷雨时节挖笋卖，掘完自家的还顺带偷挖别家的，母亲那块竹山就被他糟蹋过，你找他他又嬉皮笑脸或是干脆矢口否认。不过他跟大队干部的关系不错，时常能揽点轻松有油水的活干。

母亲每次都会提及阿兆爷，一个九十多岁的可怜的老人。从某种意义上说，他能存活下来而且如此高寿是个奇迹。他早年丧妻，一个人住在一间破旧的平房里，两个儿子特别是儿媳都不待见他，每年只给他几百块钱的赡养费和几百斤稻谷，其余不管不问。老人太老，背驼得与地面平行，像被拗了个直角，要撑两根拐杖才能踽踽移步，一切烧洗家务都得靠自己摸索着张罗，所以他最怕久晴不雨，因为下雨了摆在门口的水缸、水桶、脸盆就集满了天落水，可以用来烧饭洗衣。"阿兆爷年轻的时候相貌多少出挑了，十里八乡都有名的美男子，还是生产队长，没想到老来落到这步田地。"母亲叹息道。

母亲跟我唠叨的事情还有很多，谁谁家儿女考上大学了、找到好工作了，谁谁谁生了重病，谁谁家跟谁谁家吵架斗殴了，谁谁家中进贼了，谁谁谁爱偷鸡摸狗，等等。很多人、很多事我已记不得、理不清，但我还是愿意静静地聆听，偶尔搭上一两句，更增了母亲讲述的兴致，使她脸上焕发出光彩。

母亲说道的那些人和事琐琐碎碎、边边角角，是那样鲜活生动。作为听众和过客的我从中真切地触摸到了故乡的现状面貌、运转节律。时代快速变迁，故乡也在变化，在进步，又固守着某些陈旧的风味，故乡的人在新生，在老去，悲欢离合、爱恨情仇、生老病死，演绎着各自的活法和传奇。

没有多少文化的母亲，口中、心中有一部乡村的历史，有一幅乡村的图景，而我一遍遍阅读着她，阅读着我的故乡。

（原载 2016 年 10 月 14 日《宁波日报》）

年轻的保安

新学期，幼儿园的保安队伍多了个新人。

他很年轻，看上去二十多岁吧，与其他被小孩子尊称爷爷、外公的五十上下的保安相比，十分显眼。更加令人瞩目的是他的帅气，身材挺拔，面目英俊，双眼炯炯有神，尤其是在戴上钢盔时，动作潇洒刚毅，不输于国庆阅兵方阵中那些仪仗队员。

于是，有人说他是刚退伍的军人，找不到别的工作只能来做保安。也有人说他没当过兵，是外地来这座沿海大城市打工的，据说老家那边挺苦的，在这里当个保安也是了不得了。总之，大家觉得他年纪轻轻外形条件又这么出色，就这么在一所幼儿园和几个老家伙一起当个保安有点可惜了。有人说他完全可以去找别的工作啊，收入会更高，环境会更好，但也许他文化程度低、贪图安逸、胸无大志甚至有些懒惰吧。

在众人复杂的目光及交头接耳的窃窃私语中，小伙子倒是安之若素。他甚少说话，脸上也没有多余的表情，对来自外界的关注置若罔闻。每天早来晚走，主要工作就在幼儿园大门前拉、收简易隔离栏，维持秩序。一举一动干脆有力，富有韵律，真美。

幼儿园的教师以女性居多，且有不少刚大学毕业尚未恋爱婚嫁的。好几个还娇艳胜花，身姿婀娜，想必出生于殷实的独生子女的家庭。有几次，看到她们在门口打卡时与年轻保安同框站立，俊男靓女，多般配啊。小伙子应该是招这些女孩子喜欢的，不然高傲得像公主的她们怎会红晕上脸，视线游离。如果有一个姑娘暗恋上了这"穷小子"，也许会上演一出孙少安田晓霞式或泰坦尼克号式的爱情故事，小伙子今后的人生可谓一步登天、顺风顺水了。不过生活毕竟不同于文学，现在的女孩子还有她们的家庭应该都现实得很，光好看又不能当饭吃。

日子一天天流逝，帅气保安出现溅起的浪花也终于回复平静，以至于大家都熟视无睹、习以为常。然而，临近儿童节，年轻保安再一次如巨石投江，只不过这一次他搅起了起伏更大的波浪。

原来，幼儿园举行了一次高规格的文艺演出，邀请了不少领导嘉宾和学生家长出席。其中一个节目是幼儿舞蹈，带着一群身着黄色裙子状如雏鸡的小女孩跳舞的居然是这位年轻的保安叔叔。更让人大跌眼镜的是，换上舞蹈装束的小伙子完全褪去了之前工作带来的气质，一招一式格外专业。被很多人在微信疯传的一张抓拍的照片中，小伙子腾跃而起的空中一字马动作几乎把所有见证者的嘴巴定格成大大的 O 形。

有人开玩笑说，如果适当炒作一下，这保安说不定就秒变"网红"了。是啊，保安、帅哥、舞林高手还有那几张炫目的照片，多大的反差，绝对吸人眼球。

因了这一波的关注，年轻保安的若干信息被扒了出来。原来，他的确是一名保安，只不过他来这所六星级幼儿园当保安是为了方便女儿读书。保安之外，他的另一个身份或者说工作是舞蹈老师，经常为大学生或其他培训机构授课。

哦，原来如此。想想曾经的种种臆测，大家不禁哑然失笑。多么的刻板陈旧，这个社会的人与事是那样的丰富、立体和生动，哪是凭我们有限的经验以及传统套路所能编排的。门卫保安、舞蹈老师、英俊小生，为什么就非得风马牛不相及而不能糅合在一起呢？这也是生活的一种，这位帅小伙就做到了，而且演绎得相当出彩。

（原载 2016 年 8 月 4 日《宁波晚报》）

玩手机的老人

某个冬日上午，阳光和暖，我停车在路边等候去超市购物的妻子。

刷完手机，百无聊赖，目光移向车窗外，远远地走来一对老年夫妻，相携紧赶着过了一个短促的红绿灯，然后又开始悠闲地缓行，一路说说笑笑。

他们的脚步被路边草坪上一辆自行车给停住了。我一眼识出了这就是现下新兴的哈罗单车，不过这两位老人显然不知就里，颇觉新鲜。特别是那老头子，前后左右仔细打量，非得要研究出些什么表明自己见多识广似的，后来干脆掏出手机拍下这辆式样有些奇怪的自行车，才禁不住老伴的催促拉扯，相互挽手进了广场。入口处，圆形充气门高拱，灯笼、中国结高挂，他们隐入了一片红火之中。对了，进门前，那位大爷又举着手机拍了好几张照片，挺来劲的。

他们从我车旁经过的时候，我看清两名老人都七十上下的年纪，气色朗润，身着中等质地的衣服，与那一股子朴实的乡土气息也还基本协调。我猜想他们是从外省或是乡下来到此地与儿女住在一起，帮着照料孙辈，抑或是儿女孝顺不放心他们独居在老家硬着拉来城里享福。他们应该在这里住了有一长段时间了，与当地人的生活节奏、方式和气质合上了拍子，总之给人一种蛮幸福温馨的感觉。

我特别感兴趣的是老人用的手机，好多老年人尤其是农村来的大爷大娘手持的往往是只能接听电话、发短信的功能机，一则便宜，二则操作简单，还有就是电池耐用。而这位老人显然在使用一款智能机，大屏幕，能拍照，看他的架势，兴许还会上网看新闻、查天气，能像模像样地在屏幕上点来划去。他刚刚拍的那几张照片，这会也许就出现在他的朋友圈里，等下回家时他可能还要拿它们询问儿女这到底是啥子自行车，不知不觉便长了见识，活跃了脑细胞，变得更加神清气爽，连睡觉也许都多了几分香甜呢。

这手机多半是儿女给买的。大多数老人节俭惯了，自个儿都觉得有个三五百块的按键手机方便联系就可以了，何必多费那数百上千的钞票去买个大屏的，何况会不会用还是个大问题。在儿女的坚持和指导下，他们哆哆嗦嗦、小心翼翼地用起了这个轻薄的家伙，慢慢地，他们发现事情没有想象中那么难，发觉这时尚手机挺好用，而且好玩，比如能用手机拍照，上网，看视频，听戏文，发微信，甚而打牌炒股。里面连着一个好精彩的世界，不禁兴致勃勃起来，原本暗淡沉静的老年生活仿佛亮堂活跃了许多，再让他去重拾以前那台黑不溜秋、冰棍状的旧手机，估计也是不愿回去了。

我有个要好的同事，饭后经常在走廊上对着手机屏幕叽里咕噜说着我听不懂的方言土话。起先我以为他只是开了扬声器与老家人通话，直至有一回走上前去瞄了眼他的屏幕，上面有一张微微抖动的苍老的面孔，万分慈爱地盯着我同事，哦，原来他们父子在视频通话。我知道同事的老家远在数千里外的大西北，他一年难得回去一趟，然而现在，他们通过并不宽大的一方屏幕实现了千里守望，每天能见到最亲的人的容颜，听到最亲的人的絮叨。这名老父亲，年近八旬的他艰难地学会了使用智能手机，玩起了视频聊天，多少人间真情在其中。

我得承认，那一瞬间，强劲的泪水蓦地冲入了眼眶，因为我想起了自己的父亲。同事手机屏幕上的老人形象多像我已经故去的老父亲，如果他还活着，我一定也像我同事一样在老家装上无线网，给老人家买台智能手机，教会他如何视频通话，如何上网，如何查他最关心的天气预报，等等，愿意竭尽所能为他做任何事。然而，父亲已早早去了天堂，我们永远失去了联系。

说点高兴的吧，我一个朋友过年时将她老母亲的手机进行了更新换代，还手把手教会了她一些微信功能。老人由起先的抵触很快转为着迷，三天两头在家庭圈里发红包、抢红包，玩得不亦乐乎。自己做了好菜好饭，拍下照片晒在朋友圈里或是转发给她女儿并语音留言，馋得我朋友恨不得立马赶回家去大快朵颐。

能玩手机的老人，真是有一种福气。

（原载 2017 年 3 月 10 日《宁波日报》）

微信好友

手机响起"叮咚"一声提示音，原来是有人要加我为微信好友。

头像、网名都很陌生，也不见什么招呼、说明之类的片言只语，第一反应——不加！稍一犹豫，出于礼貌，回复了一句："请问你是谁？"

对方没有回答我的问题，执拗地又一次申请加我好友。

难道是我失联的亲戚朋友？难道有急事？我查看了下账号来源，为某一教师读书群，混在这个群里的起码是个读书人，说不定在哪次会议、论坛上曾经见过面、打过招呼的，兴许有事相商相求吧。那就加吧。

我点了确定按钮，不过留了个心眼，设置了自己的朋友圈对方不可见的权限。

可以对话了，对方键入一串字"您好！谢谢！"还缀了两个握手的表情，有礼貌，有温度，只是这份热烈让我觉得有些过度。

来而不往非礼也，我也发出一个微笑的表情，并快速地查看了下他的朋友圈，都是些日常生活内容，有一长串阅读方面的信息，但也不是广告卖书的，我舒了口气。

对方又发过来两个抱拳的表情，不知道是什么意思。也许要正式说事了吧，我没吭声，静观其变。

果然，他介绍自己是某省某市某县教育局工作人员，前段时间做了个公众号，每天坚持写一篇文章，希望我能关注。

我内心闪过一丝不快，真不习惯这种自我推销的方式。点开他发来的公众号名片，粗粗浏览了几篇历史文章，说实话，思想见地、文字功底都比较一般，至少不是我的"菜"，没勾起我的阅读欲望。自己已关注的公众号都看不过来，有些未读信息都达四五百条了，算了，不给自己的微信空间添堵加塞了，不关注！

当然，出于善意，我口是心非地挤出三个字"好！学习！"并退出了对话框，捧起刚刚读到兴头被打断的书。我想，我跟这位偶遇的网友的短暂交流应该就此结束了吧。

过了两三分钟，手机提示音又响起，烦人！还是打开了，微信消息来自刚才新加的网友——"你还没关注呀"，后面拖了个感叹号，明显是质问的口气，隔着屏幕、隔着千万里我都能感觉出来他的失望和生气，好似我很对不起他。

真是让人又好气又好笑。这个网友，看照片和朋友圈，年纪应该与我相仿，都年届不惑之人，怎么说话行事如此幼稚。在我之前与之后，他肯定用同样的方式求关注，有些人加了他，有些人懒得理他，甚至还会有人出言不逊，其实都属正常。怎么能强求别人一定要关注他的公众号，是不是还一定得点击，一定得"点赞"，最好还能打赏几钱银子，他才高兴、才满意，才对我友好相待、笑脸相迎呢？

除了毫无来由地勉强别人，我其实觉得他还在勉强他自己。为什么非得要每天写一篇文章，他真的文思泉涌、才华横溢、灵感四溅吗？不是，我不敢妄断他每一篇都写得很吃力，但无论如何一天一篇是他自己给自己挖的一个坑、编的一个笼，为了这个自我设限，他得冥思苦想，闭门谢客，这多半是会影响工作、生活和家庭的，长此以往，一连串的负面问题就会浮现出来。这样的资质真能写一个作家、一个网红、一个知名教育学者出来？年少时做做梦或许还可以，现在还执念于此真是太不务实了。

我没再做任何回应，彼此萍水相逢，还是在虚拟的网络世界，没有必要浪费时间去迎合他的心理感受和需要。我只是想不明白，为什么一个人写了文章还要以这种孩子气的死皮赖脸的方式去勉强别人阅读，去博取关注以及之后可能出现的效应。你若有天赋，若有积累，好文章一篇篇出来，自然会引人瞩目。再说回来，文章到底是为了给别人看还是为了自己而写，如果真心热爱写作，在写作中能找到快乐、发现自己、体验成功，即便无人赏识、无人问津，又如何？

过几天，我将这个临时好友给删了吧，当然，也许因为我的不配合他早已将我拉黑，那也无妨，人人皆受一定制约，人与人之间有差异、有边界，大家本就不同，不必勉强。

（原载 2017 年 4 月 26 日《宁波晚报》）

疗　伤

朋友 A 君陷入了一场严重的人生危机。

他从去年 8 月份开始看房子，想着是给老人和小孩读书住，家里人也旁敲侧击地说钱放银行要缩水，房价要涨的。他跑了很多新楼盘，看了不少二手房，从去年的 9 月 30 日到今年的 3 月 30 日，一次次被政策和市场撩拨着敏感脆弱的神经，但他始终没有下手。然而就在 4 月底的某个晚上，他鬼使神差地在一份二手房购买协议上签上了自己的姓名。第二天他就后悔了，之前隐藏着的种种考虑不周的问题一个个浮现出来，他猛然发现自己做了一个也许是此生最糟糕的决定。上百万的钱款呀，整整一个 5 月，懊悔、痛心、愤懑、恐惧等情绪噬咬着他的心灵还有身体。他有气无力，魂不守舍，工作生活无精打采，浑浑噩噩，常常一念及此，顿觉痛彻心扉，万念俱灰。

他来找过我几次，在遮遮掩掩中把事情的来龙去脉向我透了底。他像祥林嫂一样反复自责：如果不是那天晚上头脑发热，或者退一步说，如果之后能够果断支付违约金中止合同，那现在的生活该是多么美好：风和日丽，神清气爽，身心旷怡，未来充满无限希望。然而，现在……我从他消瘦的脸、无神的眸中读到了深深的绝望，用他自己的话来说就是"一念之差，万劫不复"。

我了解 A 君，和我一样出身农家，一贯省吃节用，勤俭持家，做事也是小心谨慎，三思后行，甚至显得优柔寡断。他的一个缺点是比较单纯，缺乏主见，容易为他人所影响，为情绪所左右。这一次的轻率，说到底，还是应了那句老话"性格决定命运"。这错用的一百多万，较他的家庭收入其实也在可承受范围之内，但于他拘谨不洒脱的性格而言，确是无法释怀的沉重包袱，会一直压得他喘不过气来。

"我真是昏了头、蠢到家了，怎么会做这样一个选择。"他禁不住又开始捶打自己的身和心。

"人生无时无刻不在选择，某种意义上来说是一种赌博，总有输赢，而且往往在事后才能看清结果。那些因飞机失事、车祸身亡的，他们同样因为一个毫无征兆的选择而输掉全部。而你，虽没有得到上上之选，但并非糟糕透顶。"我打了个比方。

"我该怎么办？"他问我，也在问他自己。

"你那种痛不欲生的感觉我能体会到。但我觉得你还是整理一下自己的生活，振作起来，这样一直消沉下去总不是办法。"我劝说。

"我也不想这样啊，我有孩子，有老人，要工作，我不能垮下去，但我忍不住。"他也明白陷在情绪旋涡中一天，已经捅下的损失窟窿就会越撑越大。但只要一想到巨大的投入换来的却是这样的结果，他就心痛得无法呼吸。

"你不是爱看书、爱画画、爱运动吗，现在还在练吗？"我问道。

"已经中断很长时间了，根本没心思。"

"去慢慢地一样样恢复起来吧，每天尽量完成一项任务，摆脱目前的境况是需要一些意志的。"我建议。

"也只有这样了。"他木然地回答。半个月后，再次见到他，脸色好了些，也显得较为平静。他告诉我，他现在每天做十个俯卧撑，打一遍二十四式，画一幅小素描，感觉生活有了些条理，精气神也一点点充盈进身子骨。

这是我能预料到的，这些简单的事儿中深藏着他对生活最本真的态度、他与生命最深层的联结。当初的建议就是想促使他重拾兴趣爱好，一点点支撑起摇摇欲坠、几近倾颓的人生大厦，把晃荡的生活之舟稳定下来。

"但是，我还是无法完全走出来。"他的脸又开始阴郁，巨大的乌云又遮住照向心海的阳光。

"交给时间吧，唯有时间会彻底平复你的心灵创伤。"世间很多心结，真的只有岁月才能彻底解开。不幸的是，很多人等不到那个时间点就会放弃所有的希望。

"说说这次选择给你的收获吧。"我转换了话题。

"经过这次惨痛的教训，首先，我对钱的态度有了改变，要适时消费，不要等待，还有就是以后面临重大选择时，一定要听从自己内心最真实的声音。"他脱口而出。看得出他真的是深刻地领悟到了。这或许是他在人到中年时所能挖掘到的宝贵财富，足以惠及他以后的人生。

最后，我转发了一条短信给他："活着的力量不是来自于喊叫，也不是来自于进攻，而是忍受，去忍受生命赋予我们的责任，去忍受现实给予我们的幸福和苦难、无聊和平庸。"这段话摘自余华的小说《活着》。

"我们都要好好地活着、活下去。"我拍拍他的肩膀，把他推向了雨后初晴的阳光里。

（原载 2016 年 11 月 11 日《宁波日报》）

爱上办公室

　　这是一个周五下午，窗外的天色并不明朗，小雨欲来的阴晦。我坐在办公室里，周围一阵沉寂，突然有一股宁静的舒悦漫上心头，思维里出现了一个很清晰的声音：我爱上了办公室，爱上了这日子。我站起身来，用手机拍了几张照片，发至朋友圈，并简短地抒发了几句难以名状的感受。

　　很快有友人留言询问是不是升职加薪了，我不禁笑出声来。也许是我前些天发的一条微信误导了他们，当时我说正面临一大关卡，眼前一片黑暗。今天确实是熬过来了，但跟升迁毫无关联，我只是完成了一项一开始无从下手的工作任务，这几天，就在这间办公室里，我盯着电脑屏幕，由最开始的坐立不安、茫然无绪，慢慢地进入了一种思如泉涌、豁然开朗的创作状态，空白文档里敲进了越来越多的文字。经过将近一个礼拜的赶工加班，今天早上，我终于得以解脱，那份卸掉沉重后的美妙享受真是无与伦比。在备受煎熬的同时，我也获得不少成长，特别是那份还能抓得住的工作胜任感，对于我这样一个上有老、下有小、人到中年的工薪阶层来说是多么重要。

　　我在那条微信里配了四张图片，其中两张是前廊后窗处远眺俯瞰到的风景。我这办公室，位于整幢楼顶层最西边，相比于前几年待过的一楼那间，视野上开阔了好几个层次，而且少了人来人往更显清静。倚着廊檐，楼前那片竹林尽收眼底，风起处，碧浪荡漾，一群常年躲栖于此的麻雀被抖露出身形，腾起一团叽叽喳喳，恰似在随波飘荡，有几株峭拔挺立的竹梢头挨过来，仿佛伸出手就能握到它们轻盈的枝叶，近处街巷里的车辆、行人以及被牵着的小狗，远处高低错落的楼宇以及没有被遮挡住的对江的青黛山脉，一切都清晰可见。转到靠北的窗台，看到的是城市另一边的景致，特别是东北方向那座静卧着的小山，墨绿覆盖中挑出几幢法相庄严的庙宇，还有那高高矗立的古塔，目光连接处，仿佛与这城市当中的 4A 景区有了某种心领神会，能接收到来自天地自然的精华，如果每日能与其对视一次，想必内心也会日见清澈澄明。对了，正是来到这间办公室后，我好多次目睹那一轮硕大无比的橙红夕阳缓缓贴着这座城市遥远的边缘消逝不见，整个身心也恍若沉醉了。

　　另外一张照片是走廊上沿墙摆放的几盆吊兰以及从窗台上垂挂下来的一捧绿萝。这些花草，长相和长势还不算好看，但比起半个月前，它们起码年轻靓丽了十岁。它们原本东一盆西一盆地搁置在办公桌、窗台或地上，没有侍弄花草习惯与情调的我难得去打理，甚至都不正眼瞧它们，它们如同被打入了冷宫，每盆花都失了颜色，失了润泽饱满，枯黄的叶片夹杂其中好似白发挤生于黑发间，有一两盆还显出奄奄一息的垂死状。也不知是哪一天，我仿佛得了某种觉醒，目光和心思都重重地投注到了这几个与办公室同属一体的植物生灵上，我把它们都搬到出门口的墙根处排成一列，那盆绿萝因为藤条蔓延干脆搁上了窗台，给了它一个舒服的垂泄的姿势。某日饭后，我开展了一次像模像样的耕耘，轻轻拔除那些已经松动衰黄的枯叶，拿剪刀对整体形状略作修剪，浇了水，松了土，去操场角落里挖来一袋新鲜的沃土培上。

每个生命都需要爱，爱是最好的养料。才几天工夫，许是因为室外有空气流动，有阳光沐浴，更或许因为有我每日的触摸、凝视和祝福，这几盆花草，居然很快恢复了元气，渐渐褪去了原先那层落寞衰弱，展露出其清健动人的美好姿颜。我每天上班来到办公室，它们是我第一眼见到的鲜活的生命，我朝它们微笑，它们也打起十二分的精神迎接我的到来。有时内心烦扰，站起身去看看它们，理一下枝条叶子，身心也轻轻地平静下来。这几盆花草，我赋予它们新生，它们也在不断回馈我生命的能量，我们之间很平等、很和谐，我得感谢它们。

最后一张照片是我的办公室内景，看上去十分整洁。当然我得坦承实际情形并不如拍摄效果那般好，但确实比几个月前要清爽很多。一段时间以来，我养成了擦拭、规整办公室物品的习惯，而且这些行为都是作为工间休息来实施的，久坐一阵子后，立起身，伸展几下筋骨，整理一些报纸、书籍，不用的或是没有多少价值的东西毫不犹豫地丢弃，日积月累地收拾出一个整齐有序的办公环境，引发的是安宁的情绪、良好的效率，至少很难再发生为了寻找一份随意扔放的材料、发票而翻箱倒柜的事。前些天，我还把家里的水写布铺到了身后的空办公桌上，兴致上来时提起毛笔蘸了水练上几笔书法，虽然我的字写得很幼稚，却也无妨，不一会儿那些丑字便从布上淡去，而一份放松、清喜细细地渗透进我的身体里。

我的办公室其实不大，是一个大办公室西侧隔出来的窄窄的小间，打开一边的柜门就会顶着办公桌甚至都转不开身，这与电视上见到的可以透过巨幅落地窗纵览城市美景、躺坐在真皮软沙发上享用现煮咖啡、陈设豪华气派的成功人士的办公室相比，简直是天壤之别。我不知道自己怎会生出对它的强烈的喜爱之情，也许是因为心态的转换、生命的觉悟，也许是别的莫名的原因。想想看，我一个人，一间小办公室，不用跟别的同事一样挤在一间大房子里，我每天早出晚归，一天中、一年里甚至一辈子其实相当部分的时光都寄身于这方小天地里，我在这里劳作、阅读，偶尔写点文字，收获物质和精神的馈赠，它们撑起我自己的人生，撑起我的孩子、我的母亲、我的家庭。我觉得自己拥有一份珍贵的饱足感。

（原载 2017 年 5 月 12 日《宁波日报》）

愉快的一天

连续的阴雨天，周六起床后霏霏细雨一直懒洋洋飘洒，天色阴沉，空气闷热，这样的日子在孩子他妈看来显然是不适宜外出的，要淋雨啊，要着凉或者中暑啊，总之只能窝在家里。但好在，她得去参加培训。虽然她出门之前再三强调不要出门，中饭该怎么，午睡该怎样，我都有口无心地应下。待她离开，稍事收拾就带着儿子下楼发动车子奔向我们秘而不宣的目的地。

汽车穿过常洪隧道，我的第一站是六院。两天前，同事 D 老师在与学生打球赛时脚部受伤，住进了医院。初步诊断结果是需要手术，术后不会影响正常的生活，但是对于一个酷爱运动的人来说也许不得不放弃一些运动项目了，这份打击我能感同身受，这两天不时替他难过伤心。而我唯一能做的就是趁着双休日去医院看看他，陪他说说话，也许能给他一些慰藉。

我跟 D 老师并不属于交情特别深厚密切的那种，但他是我一直欣赏的类型，人好，宽厚，沉稳，给了我很多为人处世方面的感染与影响。一年前，医生建议受颈椎病折磨的我适当打打羽毛球。球场上，球技在学校里属于顶尖水平的 D 老师甘愿给我这样的菜鸟喂球，陪我拉高球，纠正我的握拍姿势。这份情谊殊为难得，我带上儿子，其中一个因素也是想让他感受人与人之间那份真诚的互动，感受爱与被爱。

病房里很安静，D 老师无聊地刷读手机，一向坚强刚毅的他脸上平静如水，但从话里话外还有他的眼眸深处，我还是读到了懊丧与无奈，他需要时间来平复这一次猝不及防的波折。我们聊叙着一些共同关心的话题，略显无聊的儿子突然提出要给伯伯唱几首歌。于是，小小的病房变成了他的舞台，他唱了一首又一首从我汽车音响中跟唱学会的老歌，大有没完没了之势。为了不影响 D 老师休息，我在他唱完最拿手的《忘情水》后强行刹车，孩子的童真表现给病房里的病人都带来了快乐和笑声。

告别 D 老师，本来想去 4S 店看看新车，不过医院门口的地铁站改变了我的主意：去逛天一广场。刚才 D 老师也说到他周末经常带女儿去逛商场，见识一些新鲜事物，我觉得在理。

地铁真快啊，用孩子的话说："屁股都还没坐热，'嗖'地就到了。"天空忽雨忽停，广场上照旧人来人往，熙熙攘攘，漂移着朵朵五彩伞花。广场中央临时搭建的舞台上正在举行一场关爱外来民工子弟学校学生的公益演出，一拨拨可爱的小孩登台表演舞蹈剧、诗朗诵、唱歌，以及亲子走步秀等节目，儿子目不转睛地盯着，他一定觉得这些哥哥姐姐好厉害，一定想着自己哪天也能当着这么多人大声歌唱。我把伞撑开一半为他挡住雨丝，陪他耐心地看至颁奖环节，这才恋恋不舍地去吃中饭。

广场周边饭馆价格都很贵，也不见得好吃。肯德基之类的我是断然不带他进去的，跟儿子商量好就去超市买两个包子再加一盒鲜奶对付一下算了。这时路经一家寿司店，里面不少食客围坐在迷宫一样的传送带边上品尝佳肴，颇感新奇，干脆就在这里用餐吧。果然是地道的日本寿司，制作很精细，可惜儿子不喜海鲜，他从缓缓循环输送过来的各色寿司中尽挑了些甜点、素味的，整整吃了五个盘子，还拍着肚子说没饱。但是我以为能够领略异域饮食风味以及匠心独具的用餐环境设计，足够他小脑袋消化一阵时间了。

已经过了正午十二点，可能是湿度比较大，我跟儿子都感到有些疲惫。原本还想带他去美术馆转转的，想想来日方长。还是就近进到乐购超市作为最后一站，小区旁边也有一家分店，但规模、品类、人气明显要弱很多。儿子对自己已经能用"琳琅满目"来形容的丰富商品兴味索然，倒是在一楼的生鲜区被鱼缸里的热带彩鱼还有那被捆住大脚钳依然张牙舞爪的巨型波士顿龙虾定住了脚步。趁他驻足研究的当儿，我抓紧时间挑了些新鲜又便宜的海鲜、肉类、蔬菜。

回程的地铁上，儿子对车厢两侧的门产生了兴趣，因为一路都是左侧门上下客，他认为右侧门浪费了。我没有立即给出答案，而是一步步加以引导启发，譬如有的站台会造在右侧，虽然 1 号线路过的站台都在左侧，但是列车到达终点以后还得从另外一条轨道上回来啊，那时就要开右侧门了，"那火车怎么掉头啊？""不用掉头啊，它有两个头呢，回来的时候司机叔叔就到另一头来驾驶了。"长长的列车在儿子尚未发育完整的空间思维中施展"乾坤大挪移"，也不知道他搞明白了没有。为了验证我的说法，下地铁后我特意带他走至列车尾部，果然车厢接着一间驾驶室，里面虽然空荡无人，但仪表盘的指示灯确在闪烁。

回六院取了车，父子俩打道回府。雨停了，阳光露出云层，儿子打开车窗，打量着各式车辆和路边风景，车内萦回着老歌的旋律。突然，他趴至我身边说："我今天快乐得快要发疯了。"

孩子他妈肯定不知道我们违反她的指令却收获满满，愉悦横溢。以爱的名义可以把孩子管束在房间里，但最好的爱也许是带着孩子走进广阔生动的世界，陪着他去观察、去聆听、去感受、去探索，让风景、智慧、情感源源不断地进入他的身体，他的心灵。

这真的是非常愉快的一天。

一次事故

周六一早，开车带着妻儿回老家看望和陪护骨折住院的母亲。

汽车在高速上飞驰，天空阴晴不定，不时还抖落一霎雨。快进入老家的县域，我提前下了高速，因为这样可以少付五元过路费。这阵子开销大，能省一点就省一点吧。

拐入省道，地面道路跟高速路面一样的平整，路好又省钱，我不禁为自己的选择暗自得意，但埋伏着的意外在不经意间突然蹿了出来。

前方不远处有一灰白色物件，体积不大，扁平状，估摸着应该能越过去，当然也想到打弯避开。但就在一转念间，车头已经覆盖了那块杂物，几乎同时，剧烈刺耳的摩擦声遽然大作。我的心瞬间提到嗓子眼，血涌到头顶，急急停车，拉手刹，下车查看。

一块不知为何物的硬质塑料物件卡在发动机护板上，我伸手试图掰下来，够不着。扯来一根支撑行道树的木棍，"咚咚"地用力捣。但那个塑料块仿佛生了根似的，紧紧咬住不放。倒是妻子提醒了我，"用千斤顶"，把车子往上抬高几公分，一把将那件物体拽了出来。我又趴下身去看看有没有损伤，另一个重大发现化作浓重的黑云迅速覆满心头——底盘中间某个部位正不停地垂流液体。

我得承认，就是这渗漏的液体以及可以想象到的之后一大堆乱麻一样的事务彻底击溃了我的理智，汽车、液体、油料，多么危险的一种关联，我觉得自己陷入了一个很严重的麻烦，马上打电话咨询经常去保养的修理厂的师傅，他估计是机油壳破裂了，车子已不能再发动行驶，得联系保险公司，得拖车，不过他安慰我，问题不严重，费用也就在千元上下。

我急惶惶地开始打保险公司的电话，保险公司又让我报警。我的声音里充斥着各种情绪，懊恼、着急、慌乱、担忧、自责，以致话语、声音以及表情都已经变形。"完了"，双休日本来就够忙了，一环紧扣一环，现在又添这大乱，真是倒霉透顶。

妻子在后座安慰儿子，我突然意识到自己不能失控，应该给他做个男人的榜样，遇事要镇定，于是我努力从乱糟糟的情绪中抽离出来，拍拍孩子的肩膀，故作微笑和轻松地说："没事的！"随后我联系了在附近镇上的初中同学，请他开车把老婆儿子接到宾馆安顿下，他爽快地答应了，半个小时之后出现在我们身边。

妻儿随他绝尘而去，留下的所有麻烦由我自己处理吧。

正值大中午，阳光穿过云层，天气愈发闷热。在接下去的三个小时里，我不停地接电话、打电话，已经顾不得长途漫游的不菲资费了。交警队、保险公司、当地 4S 店、某汽修公司的人员纷至沓来，后两者我没联系过，他们是因了与前两者的业务或者说利益关系闻风赶来的，在我这一单车辆维修服务的抢夺中，跟交警关系熟络的修理厂最终胜出。

那个时候我已经坚信自己的车子出了重大状况，一心想着如何又快又好地将它修复，以致忽略了一个重要细节，拖车司机掀开发动机盖抽出机油尺看了一眼后跟老板娘嘀咕："好像没漏油啊。"但车子还是在没有异议中被牵引上拖车，这是它的第一次。

整整跑了近一个小时才到达老板娘一开始说就在附近的修理店，一路上，我刻意用土话跟老板娘攀谈，为的是套套近乎，也在提醒他们不要欺生。

我原本打算确认车辆受损情况后坐大巴回老家，但最终的结果颠覆了我的计划。车子被升降机吊起来之后，几位技师把整个底盘角角落落检查个遍，也没有发现什么问题，至于我所描述的漏油情况，他们判断是空调水。

我在内心是认同他们的结论的，因为被淤塞的智商此时恢复了正常，但嘴上还是坚称自己当初的确从漏液中闻到了油味。我其实是不愿承认自己的幼稚、没有经验、方寸大乱，显得多么可笑甚至多么蠢笨。更何况，因为进不了保险，拖车的费用得我自己掏钱，老板娘的报价是五百元，最低四百元，经过软磨硬泡，最后以三百元成交。

一想到最初是为了省五元钱，却付出了如此大的代价，我真恨极了自己的某些个性以及基本经验的缺乏。在回程的路上，我努力平复自己的心绪：今天的波折应该能换回我下次面临事故的冷静和老练吧，而且这三百元也让我见识到了若干社会世相，不能说全无所获。

赶到母亲住的医院已接近下午三点，中饭索性就不吃了，可以抵消掉一点损失。

在难以平息的内心冲突中，我将这一次事故的经历和心路整理成文，想着如果能够在哪家报纸上发表，那么由此引发的心理失衡应该可以完全抚平。

怎么说呢，这有些琐碎，有些可笑，有些丢人，但确乎是我一个真实的生活片段。

（原载 2015 年 5 月 27 日《今日镇海》）

职评那些事

在我们这个城市，2012 年的高级职称评审姗姗来迟，直到 2013 年 1 月底才进行笔试和面试的考核，而以往一般当年 11 月底就公示通过评审的教师名单了。

一迟再迟的原因是职称评审制度发生了较大变革，其中一项内容便是评聘合一，各学校每年可推荐参加职评的名额须根据单位各级岗位空缺数的三分之一而定，再不复以往年限到了、条件符合了就可以去参加那般便利。这项政策一出台便遭来骂声一片，很多单位只有一个两个名额甚至干脆没有，而需要评高级的教师远多于这个数，这对很多人来说无疑是沉重的打击。在我们这些普通人看来，评聘分离无论从哪个角度都比评聘合一要科学一些、人性一些，更能激发教师发展积极性一些，不知道政策制定者是怎么考虑的。

不管怎样，我还是争取到了今年参加高级评审的资格，当然现在各个学校都与时俱进地出台了类似的规定：如果给你机会评不上，那么对不起，第二年甚至第三年、第四年你就没有被推荐的机会。这其实给参评者一个很大的压力，因为事实上每年的通过率一直控制在百分之五十以内，特别是像我所在的小学科，参加评审的全大市就三名老师，这就意味着，不管你各方面表现得再好，譬如三名教师笔试的分数都是八十五分甚至九十分以上，但是评委一定要给你分出 ABC 三等，根据综合排名淘汰一到两名。这种机制其实是不科学甚至不人道的，窃以为高级评审就是要制订一个统一的标准，教师达到了就算通过，而不是非得人为地画一条不分青红皂白的合格线或淘汰线。

获准参评后接下来便是痛苦的准备。且不说填写那些烦琐得一塌糊涂的表格，我们这批参评高级的人已经有了一定年龄，工作生活都非常的忙绿，记忆力也大不如前，所以备考的辛苦程度、痛苦指数丝毫不亚于高三学生。如我在备考的最后五天内小孩子生病，每天都得去医院挂瓶、做雾化，十分狼狈。而且，在整个备考期间你都能感觉到暗流涌动，不少头脑活络的人其实已经开始另辟蹊径，多方打听，四处奔走。我办公室一位特级教师被教育局邀去做评委，那两天，电话、短信不断，都是来打招呼请求照顾一下的，可见这台上台下的较量是多么的激烈。

终于迎来了笔试面试的日子，前一天晚上照例是睡不踏实的，我早上四点不到就醒过来了。6：30，天蒙蒙亮，学校的车子载着我们高中部的六名老师出发去赶考了，基本上每个人晚上都没怎么睡好。到了初中部，六个人只到了五个，听说另外一位老师的父亲在这个节骨眼上不幸去世了，也许他去不了了吧。但最后他还是匆匆赶了过来，有那么几分钟车上特别安静，我们心里总觉得有点不是滋味，如果换成我们，遇到这种事情我们会做何选择呢？也许只能无语问苍天。

真是一波未平一波又起，一位同事突然发现自己居然没带身份证，那一瞬间我能感觉到他整个人和心都跳了起来，他赶紧给妻子打电话，以一种混合着恐惧、焦虑、懊丧、怪罪、呵斥以及有一点哭腔的语气让她立马打的把身份证送到考点，这一程下来肯定得花去一百元本可避免的打的费，而且最关键的是毫无疑问地影响到了考试情绪。

一路上，有人在抓紧翻书，有人在闭目养神，更多的是相互之间调侃、取笑，大家还不约而同地提到了一种假设：如果可以用钱买的话，会非常爽快地拿出五万块钱给能搞定的人，因为比起承受的煎熬，这点钱又算得了什么。再说高级评上了每年一下子就能多上几千万把块钱。这种无聊的"白日梦"在内心无法平静的时候或许是放松的最佳方式了。

考点附近道路堵得水泄不通，好不容易下了车，考点学校里已经聚满了人，年轻灿烂的，两鬓斑白的，第一次来新鲜紧张的，来了好多次已经淡定麻木的，互相吹捧、相互试探、相互挤兑、互道祝福，人声鼎沸，一些老师原本打算抓紧最后一点时间突击一下，但在嘈杂的环境里根本不可能，索性不看了吧，狠狠心，闭上眼睛悲壮地走进考场。

上午的笔试依然是几家欢喜几家愁，从考场出来的人各种表情都有，无论是欣喜若狂的，还是悲痛欲绝的，大家都毫不掩饰自己那时那刻的心情和神情——这个年龄的人，除了跟命运休戚相关的重大事项，其他什么都顾不了了。我的一名同事因为自我感觉很差，吃饭时一大碗烤鸭面一根都没放进嘴巴，就在那边像祥林嫂一般絮叨着懊丧悔恨的话，后来又躲在一角落里默默垂泪，另一饭桌上的一位脸色灰暗的男教师在高声疾呼下午的面试应该首先让每一位应试教师陈述自己评高级的血泪史，引来一片呼应。

我下午第一个说课，感觉马马虎虎。一天的考试让我暂时卸下了复习准备的重负，但对考试结果、种种场内场外因素、通过比率等的毫无把握又把我推进了另一个在绝望和希望中挣扎的旋涡，这种日子何时结束，也许在下个周末，也许还得等待很多年。

28 幢

在儿子的精神世界里，28 幢一定是抹不去的记忆。

28 幢位于我所居住小区的中庭位置。东首一单元的一楼与架空层留出了一方公共活动区域，有两百多米见方，近五米挑高，疏疏朗朗地支撑着几根结实粗壮的承重柱，地面铺上了软质地垫，沿地基砌了一长溜贴有光滑大理石砖的矮墙墩可供坐下休息，东端伸出一截甬道连着一座亭子，亭下临着一弯浅浅的鹅卵石铺底的人工小溪，再往东北方向上溯，便是蓝底碧水的露天游泳池。可以说，这一带是整个小区景观绿化的点睛之笔，垂柳、棕榈、芭蕉、银杏、桂花以及各种叫不上名的花草树木郁郁葱葱，高低参差，错落有致，其间还布置了假山、盆景、鱼形小喷泉以及一株用钢筋水泥扎就的巨型树干。树干盘根错节，与那些自然生长的枝叶融为一体，栩栩如生，颇具童话色彩。

记不得儿子是什么时候第一次光临此地并在之后多年都嚷着吵着要我们带他去 28 幢。应该是某一年夏天吧，儿子还不会走路说话，在屋子里待着局促又闷热，我岳母抱着他下楼，小区里有不少带小孩的老人，不知谁早就发现了这么一个好去处，于是一帮人就一起汇集到了这个 28 幢，从此扎下了根。

在炎炎酷暑，除了旭日初升尚无多少热力的阳光斜斜地越过高挑的树梢照在暗红色的地垫或是干挂石材的墙壁上，28 幢避开了烈日的炙烤却十分透亮，仿佛是过滤掉了太阳热量而独独留住了光亮，凉丝丝的清风不知从哪个角落窜出来，在这四处通透的空间里逗留、盘旋或是冲撞一会儿，打个呼哨，倏忽又不见了踪影，隔一阵子又重新转悠回来，像个调皮的孩子。

通常是上午 8 点半以后，大人们忙完了家务事，就带上小孩的水杯、零食、水果、玩具等出门下楼往 28 幢慢慢悠悠地赶。陆陆续续地，人员逐渐多了起来，小孩嬉戏打闹，大人聊天说地，间或还夹杂小孩呜咽哭泣、大人训斥管教，这份热闹、热烈一直要持续到 10 点半，随着各家回去做饭、吃饭，在一片嘈杂的"跟××拜拜""××拜拜"声中，此地又恢复了幽静与空荡。

对于孩子来说，28 幢最大的吸引力在于能够找到同龄人，找到他们自己的世界。这里的植物品类算得上丰富，蝴蝶翩飞，蜻蜓点水，蜜蜂驻蕊，蚂蚁搬家，浅水里还有穿梭的细鱼小虾、吸壁的螺蛳、找妈妈的小蝌蚪，宛若浓缩了的自然界，孩子们的心灵、双手、感知觉、想象力在这里被唤醒、被打开，探索、发现着成人眼中司空见惯的奥秘。那份津津有味、不知疲倦的专注与投入每每让我羡慕不已。

人以群分，来这里憩玩的孩子一般在六岁以下，以二到四岁的居多。上了小学的大孩子已不屑与小屁孩为伍，一岁左右的毛毛头还只能坐在童车上盯着那些已经能奔跑、会骑车、爱捉迷藏、爱大喊大叫的哥哥姐姐在那边自由舒展。我不知道这些大部分是独生子女的孩子第一次面对各方面与自己相仿、可以平视的同类，心底会掠过怎样一种异样的感觉。他们仿佛从不同的星球无意间驾临此处，而 28 幢提供了相互融合的平台，他们观望，他们走近，他们选择，他们试探着小心翼翼地开始交流互动，他们可以为争抢一个玩具而动手动脚、你哭我喊，也能在大人的引导下将自己的水果、零食与小朋友们分享。更重要的是，他们可能就是在 28 幢找到人生中第一个好朋友，埋下了友谊的幼嫩种子以及电流般的情愫。儿子与东东的关系就是如此，很多时候他急着去 28 幢，只是为了见到东东，和他一起玩。

领孩子的大人多半为外婆或奶奶，而且多半是从外地或乡下来帮衬儿子女儿抚养孙子外孙的。在陌生的城市，在甚少串门走动的套房式居住小区，28 幢带给她们的其实也是类似给孩子们的那些东西。这里的自然清风让她们在城里也享受到农村老屋里略带潮冷的熟悉的穿堂风。她们努力说着口音浓重的生硬普通话，与来自天南地北的同龄人搭话、攀谈，交流着各自的个人经历、养孩子的心得以及各种家长里短。有时刚好受了媳妇的气、挨了女婿的白眼或心存其他郁结，也能靠一帮老伙伴推心置腹的倾诉和劝慰顺过气来。

因为放暑假的缘故，我经常陪着儿子来到 28 幢，刚开始，我得一步不离开他，怕他摔倒，怕他磕着碰着，还得一会儿一会儿地喂他水和零食。随着他慢慢长大，找到了自己的好伙伴并且能够自娱自乐，我就可以坐在矮墙墩上，背靠柱子，捧一本书或是仰望湛蓝的天空，偶尔过一眼正玩在兴头上的孩子，一个个清凉惬意的夏日上午就这样悠然而过。

（原载 2016 年 8 月 12 日《宁波日报》）

一种好男人

男人也是各花入各眼，没有统一的所谓谁好谁孬的标准。有一种好男人，我做不到，但我欣赏。

最初产生这种认识发端于我的小叔。我们两家住在贴隔壁，农村里每年腊月二十以后，家家户户都开始张罗过年，除尘擦窗，备年货，杀年猪，宰鸡鸭，洗碗盏，裹粽子，制菜肴，等等，一直要忙到吃年夜饭，然后家庭环境焕然一新，好菜好饭准备就绪迎候新春和各路亲戚好友的光临。

这些活儿大多是家里主妇操心出力的，像我家，除了掸尘扫地、烧灶火、摁猪脚，父亲就只能站在一边看母亲忙活了，他不会杀鸡鸭，也不会炒复杂一点的菜肴，所有一切都得经过母亲的手，母亲有时累了，烦了，躁了，免不了要埋怨几句，且常常朝小叔家方向努嘴，意思是让父亲学学他小弟的样。

小叔家交际广、来客多，需提前备好的菜肴数量大、质量高，要能摆得出十二碗头、廿四碗头。记忆中小叔系着围裙，从早到晚都在忙里忙外，煤炉和灶膛一直都旺着，各式各样的美食香味四处飘散，五香牛肉、茴香大肠、酥皮扣肉，好多菜在传统制法的基础上都加入了他的创意。据说菜味道都极好，为食客所称道。小婶因此倒只能干些杂活、打打下手，甚至晒晒太阳、嗑嗑瓜子了。面对妯娌们的夸赞她也乐得笑意盈盈地再一并送上几句好话给能干的老公。

由此看来，能上灶头并且做得一手好菜的男人绝对算得上好男人。男人很奇怪，只要他感兴趣，够勤快，下厨这一原本多属于女人的家庭事务领地他能表现得很出彩。我家亲戚中，小姑夫和二姐夫都属类似的典范，小姑夫是业余厨师自不必说了。二姐夫年轻时在街头摆摊修自行车的，后来转行至轻纺市场卖布，收入也还可观，他的好厨艺不知道是天生的还是自学成才的，总之，每年正月我们一大家子去二姐家里拜年，进厨房、拿锅铲的永远是我二姐夫，叮叮咚咚一两个小时，十多碗（盘）体面而且鲜美的佳肴次第上席，色香味俱佳，虽说现在人们吃得好了，胃口小了，嘴巴挑剔了，但是二姐夫的劳动成果基本上都在他热情的劝酒夹菜中落入客人的肚子。

我还能举出的类似的好男人的例子是我儿子幼时玩伴的爷爷，他年近六旬，是某事业单位工作人员。他和老伴跟儿子一家生活在一起。每天一大早起床，出门买菜，回家弄早饭，打扫卫生，待儿子媳妇睡到自然醒后用完现成的早餐各自开车去上班，然后他又送孙子到幼儿园，完了再自己骑个电瓶车去单位，下午早早下班又是接孙子，做晚饭，拖地，晚饭后牵着孙子的手在小区附近散步。所以他是一家之主，也是一家人的仆人，把家里人伺候得快活舒心。不说别的，他自己的老伴就有闲时闲心打扮得花枝招展，整天搓搓麻将、跳跳广场舞，愈发老来俏了。有一回，他难得远赴北方去参加战友聚会，一家人失魂落魄般手忙脚乱了好几天，他一回来，三下五除二就把家里的乱七八糟收拾妥当了。

　　妻子和岳母常常拿这些例子来数落我，叫我看样学着点，我一般也无言以对，因为平心而论，这样的男人确实能够给家庭带来最直接稳当的依凭，能荫庇出家里人的轻松自在、岁月静好。他们也许没有多少文化，也许没有多少追求，谈不上事业成功，不爱看书、不会浪漫，不沾阳春白雪的边，尽接下里巴人之气。他们身强体健、心灵手巧，他们全部的心思都放在这个家里，成天琢磨一家子的衣食住行、柴米油盐，竭尽全力让家人吃得好一些、住得更舒适一些、出去更体面一些，把寻常日子料理得越来越有滋有味、欢喜祥和。

　　这样的男人，真的挺不错的。

（原载 2017 年 2 月 10 日《宁波日报》）

两个孩子

有两个孩子，其实他们只是看起来像孩子，实际年龄恐怕有二十多甚至过了三十岁了吧。他们住在同一座小城，一个在东头，一个在西头。

他们显然是与众不同的，五官、神情、姿态，那份变异和扭曲一眼就能从人群中区分出来。东头的看上去更严重些，总傻呵呵地涎着脸笑，膝盖始终弯成一个角度，两脚外撇，像鸭子一样挪步。明白人一眼就看出他们是小儿麻痹症或脑瘫患者，可以说，他们的命是真不好，可能在娘胎里就已经种下了。"哎……"有人可能还会为他们叹声气，更多人在庆幸自己或自己的孩子没摊上这个歹命。

先说东头的孩子吧，年纪要大些，个子要高些，四方脸，皮肤白净，如果不是这个毛病，现在应该算挺俊朗的小伙子，人生会好过至少一半以上的人群，然而如今——真可惜！

每次见到他，基本只有他一个人，在公园的花坛边，大会场的旗杆旁，药房门口的路沿，就那么一圈不大的区域，他一屁股坐在那里，傻呵呵地冲着车来人往笑，嘴里还不时念念有词，发出奇怪的声响。如果引起了你的注意，望向他，你会发现他的手也是弯曲着的，手腕处像折断了似的。

他的衣服经常脏兮兮的，黑污污一塌一塌的，好几天都不见换，显见家里人没怎么给他打理，随便给他套了身，能遮蔽肉体就行。

我从来没见过他的父母，偶尔几次遇见一个老人傍着他，应该是他爷爷。爷爷老了，愁眉苦脸的，低头垂眼，仿佛顶着很大的压力，藏着莫大的苦楚，又仿佛是借此将外界所有异样的目光给屏蔽掉。孩子的父母在哪里呢？是不在了呢，还是不愿管孩子呢？

而西头的孩子，我从来没有见过他独自一人。他的身边如影随形地伴着一个大人，两人长得太像了，特别是那抹浓密黑亮的八字胡，简直是一个模子里刻出来的，所以不难判定就是父子俩。不过说实话，儿子没有父亲好看，矮小，嘴唇厚，鼻梁短，眼神漠然，父亲则至少是中等个，五官也颇有男人味。

孩子父亲不知道是做什么工作的，很难理解他为什么有那么多时间陪着自己的"大"孩子。他牵着孩子的手漫步在林荫蔽天的人行道上，不时与路过的熟人打声招呼，或者低下头、扭过脸与身高只到他胸部的孩子说些什么。他携着儿子坐在街边一个摊位上与一帮老伙计闲聊，儿子有时看看他们，有时东张西望不知道在干什么，有时干脆拿起摊位上一面镜子照自己的脸。这个时候，父亲的脸也会凑上去，好像在镜子里和儿子玩自拍。那一刻，孩子一本正经的脸上绽放出孩童般的笑容，很快乐，很明媚！

有时也会见到孩子的母亲，虽然次数不多，也是在街边的摊头。母亲手头忙着针线活，孩子在旁边玩，其实也不叫玩吧——总之跟一般正常的孩子玩得不一样。母亲眼睛的余光关注着孩子，偶尔提醒一声，说上几句，她的脸上，挂着很平实的淡淡笑容。

无论是父亲带着还是母亲带着抑或是两人一起带着，西头的孩子就像个真正的小孩（尽管在我看来差不多有二十岁了）。父母的眼光中有混杂着愧疚的慈爱流露出来，轻轻地洒落在孩子身上，惹得孩子欢欣喜悦。与父母相熟的那些街坊领居也会逗逗他，摸摸他的脑袋。

不同于东头孩子那么狭小的活动区域，西头孩子的生活半径要大得多，在超市，在其他街道、公园，我也见过他的身影。他的父亲牵着他，慢慢地走，似乎怕走快了落下孩子。

我不知道西头的孩子有没有跟着他父亲到达过东头，又是否与东头的孩子相遇过。如果碰面了，是否从对方身上看到自己，眼神交接的那一刹那，又是否会触碰到他们各自生命深处的密码按钮？

萨克斯少年

古城墙外，两条马路十字交叉划出的一角绿地上，一个身材瘦小的男孩胸前挂着硕大的萨克斯在鼓着腮帮使劲吹奏，并不优美的音响被来来往往车辆激起的嘈杂吞没，尚余些许钻入路人、车中人的耳朵。在等候红绿灯时，你一定能听到这个声音，看到这个男孩，而且都是在夜里。

我常常晚上9点左右下班，除了下雨天，我都能欣赏到这一幕，或者说，我下意识走这条路线、故意让红灯给暂停就是想遇见这声音还有人影。有时孩子的母亲会陪在身边，边刷手机边盯孩子。有时还见一个年轻人在一旁指指点点，大约是请来的辅导老师吧。有几次还见到一位略显黑瘦、戴黑框眼镜的中年男子，应该是孩子父亲，吹一管横笛，手指翻腾，紧腮撮嘴，身肩耸晃，十分用力，十分投入。虽然笛声算不上悠扬动人，但他显然沉浸其间不能自拔。

每一次邂逅这一场景，都会有一种安静美好的感觉缓缓流过内心。我能联想到这一家三口若干生活片断：吃过晚饭，孩子写完作业，一家子便开始张罗孩子的这一重大事项，他们选择这车流尘扬的所在，主要是怕扰了左邻右舍，也能纵情放声。他们家离此地不会太近，因为我注意到一辆电动车静静伫立，它载着他们来，过一会再载着他们回，一路欢声笑语洒落街巷，上楼，洗漱，入眠，或许还有美妙的乐声萦回在他们的梦乡。

父亲弄笛，儿子吹萨克斯，中西风格迥异却也存在某种联系和传承。我相信是父亲的嗜好影响了儿子的选择，父亲的笛史怕有数十载了，多半属于自学成才。谈不上技艺精湛却已融进生命血脉，那吹奏的架势淋漓尽致地喷溅着他的爱之切、瘾之重。孩子从小听着父亲的笛声长大，声音仿佛住进了孩子的心房，耳濡目染间便生出了对类似于笛子的乐器、乐声、演奏方式的熟稔和喜爱。当同龄孩子都在上各种培训班以习得一些才艺特长的时候，萨克斯走进了他们的家庭。这并不是一个偶然无端的选择，没有脱离父亲的启蒙熏陶，承载着他们共同的梦想。

看得出来，孩子是真的喜欢这管乐器，萨克斯明显要比老爸的竹笛帅气酷劲得多，他愿坚持，肯吃苦。他一个人专注地反复练习单调的曲子，无须父母在旁督促管教，也不挑剔这简陋的露天环境。我见过一些练琴的孩子，包括我儿子，学琴往往是大人的一厢情愿，如果不加威逼利诱，有些孩子一天当中绝不会去触碰一下琴键。那钢琴于他们就像一堵冷冰冰的墙，唤不起内心的好奇、热忱和共鸣，令人望而却步甚至厌憎有加。

汪峰在他的最新单曲里反复念叨："有一天爸爸让我拿起了小提琴，四根弦成了我童年的全部记忆，那年我五岁，爸爸对我说，学一点东西，否则你会一事无成……"当然，每一名父亲、每一个家庭让孩子接触某样乐器的时候，并非就是指望着他去收获汪峰如今这般的成功。更多家长跟我在报纸上读到的一则真实故事中的那名爸爸一样，面对没考过三级正哭鼻子不肯吃饭的女儿，语重心长地劝慰："爸爸给你报小提琴班，不是为了过级。而是希望你有一天长大了，爸爸不在你身边，你不开心了可以打开琴箱拉一曲，就好像爸爸还在你身边一样……"

多年以后，我今日所瞩目的这个萨克斯少年也许不一定成就非凡，但至少，萨克斯会成为他人生的忠实伴侣，对他不离不弃。他一定会幸福吧，我在心里默默祝福。

（原载 2018 年 3 月 9 日《联谊报》）

理 发

执行某项工作，有个时间空当，我就想着去理发，头发长了比较难受。

理发店在单位附近，沿街单人经营的小铺子，穿过一条马路便是。十多年了，我基本上都上这边剃头。也不是理发师手艺或者环境、服务有多好，反正还行吧，不好不坏的。我这人，比较容易形成定式，去的次数多了，习惯成自然了吧。再说，离单位近，方便，价格从最初的五元、七元涨到如今的十五元，算是便宜的，能省一点是一点吧。

由于是下午，店里客人不多，但也得等上二十分钟，犹豫了下，还是等去吧。谁叫自己的工作忙呢，理个发还要好不容易算计个时间出来。还好手头有份报纸，墙上的电视机正在播放一部还能看得下去的连续剧，慢慢等一下吧。

终于轮到我了，店里就剩下我跟理发师。她在我脖子上系上围布，开启电动剃刀，一切就按部就班开始了。

就在这个当口，进来两个妇女，手里拿着一叠 A4 纸材料，一开始还以为是搞推销的，叽哩哇啦一大堆话。稍后听明白原来是店主的两个小姐妹，她们要去北京旅游，特意来向她请教一些问题，因为店主前不久刚带孩子去过。

俗话说"三个女人一台戏"，何况是在围绕一个共同感兴趣的话题。你可以想象：我的耳畔响着嗡嗡嗡的剃须刀的电动声，现在它完全被三个女人叽叽喳喳的热烈讨论给盖下去了。那两个女人，问一些非常琐碎可笑无聊的问题，而理发师，边在我的头上搅弄，边说着同样非常琐碎可笑无聊的答案，而且为了要表现先去过的优越感似的，她还特别来劲地补充一些所谓的经验心得。虽然在我听来特别小儿科，一点没技术含量。

我生平最烦的就是聒噪，那种无所遁形的噪音会让我浑身难受，脑袋轰隆隆响，我的头皮几乎要炸裂了，我的脾气几乎要发作了。我从镜子里看到自己的脸色越来越难看，然而我终究还是忍住了，因为面对这三个有些庸俗的女人，我不知道自己的"恶言"出口该如何收场，即便只是送上一句"请你不要在工作时间说话"的提醒，估计也会招致她们的惊愕、不解和揶揄，视我为怪物。

差不多十分钟后，那两个女人终于起身走了，理发师还在叮嘱她们要注意这个注意那个。她的话语冲着她们离去的方向，目光也跟了过去，手中的剃刀却没停。就在那一瞬间，我感到耳朵根处被尖锐地刺了一下，弹跳了起来，憋在心中许久的指责也脱口爆出："你今天怎么回事！"

她似乎还不明白发生了什么，我大声告诉她我的皮肤被剃刀刺破了，她不信，我用手摸了下，确实没有血迹，但我相信自己的感觉绝对不是幻觉。我掏出面巾纸，擦了下耳根，果然沾上了淡淡细细的血痕，擦了好几次还是有，说明表皮是真破了，只是不严重而已。

但这已足够让我愤怒，足够让我担心，愤怒的是理发师的心不在焉导致意外发生，担心的是我会不会因此染上病毒，譬如艾滋，虽然我知道这种病毒在空气中的存活时间极短，活力很弱，但是谁也不能保证万无一失，何况还有其他病毒呢。总之，我只是来理个发，却摊上这等倒霉事，真令人懊丧。

然而除了铁青着脸表达自己的出离愤怒之外，我实在不知道该如何处理这突发意外。打110？去医院检查索要医药费？拍照存档立下字据以便日后追查？人家就是这样小得不能再小的一家店，店主就是只会重申"肯定没事，肯定没事的"。我说不出口，动不了手，甚至还在纠结要不要付钱。当然，最后我算是鼓起勇气剃了回"霸王头"，这样虐心的服务还要我掏钱买单，我实在心不甘情不愿。

回单位后，找医务室同志用酒精棉签消了毒，她说染上艾滋的可能性几乎为零，除非真撞上大运了。"不过你的头发理得真难看，像狗啃过一样。"一句话又勾起我对理发师的强烈不满和失望，她真不该那般粗糙、那般不用心，这是做人、做生意的底线啊。

以后应该再不会光顾这家理发店了，这也许是我唯一能做的。对了，还有写这篇含怨带怒的文章。

"慢慢"理发店

　　如果不是因为常常需要长长等待，每次理发我都想光顾这家店，那名中年女理发师做事特别认真，价格也比较实惠。

　　"慢慢"不是店名，是我给的一个定性，也有利于表达。但确实，理发师的动作真是慢啊，像我这种发型，别的店三下五除二十分钟不到就能搞定，她得拨弄二十多分钟。全部流程走完后，她还是不放心地前后左右上下细细端详检查，用剃刀剪刀做极其微小的修理，还会小心翼翼地剪掉而非拔掉我那零星几根白发。我甚至都怀疑她是不是有那么点"小强迫"。

　　"慢工出细活"这话一点不假。在她那边理的发型，能让我年轻十岁，"帅气"十分，这并非我的自恋感觉，周围的同事朋友都会这么评价。我照照镜子也情不自禁地想多看自己几眼，那几日的身心状态也会更美妙愉悦一些。这从另外一个角度也说明她除了活儿细致，也颇具审美眼光，能根据不同的对象打理出最佳造型。不似我曾有过的在另外一家店的"倒霉"经历，同样是名差不多年纪的女理发师，不仅因为边剃头边与同伴起劲闲聊而刺破了我耳边的表皮，那理出来的头发——用同事的话来谴责"怎么跟狗啃似的"，哎，人与人之间的差距就是这么大。

　　她当然不止在我头发上这般用心，否则也不会有那么多回头客甘心情愿来耐心等候——不大的店面常常坐着三五个顾客在排队。你千万不能心焦，更不能表现出不耐烦或责问，理发师丝毫不会为之所动，不会因为人多活赶就稍稍凑合毛糙点，依旧一板一眼、一丝不苟地照着她的节奏走。所以，如果你打定主意一定要在她那边理发，要么看运气找空当，要么你得做好"持久战"的准备。

　　当然，为了提高效率，她也找了帮手，大多数时候是在附近厂里上班的老公，回家了就帮忙洗头。丈夫显得比她年轻一些，而且是个好脾气，也勤快能干。看得出来她在家里是"主心骨"，老公低眉顺眼很听话。他们家还生养了两个孩子，都是女儿，大女儿读四年级，小女儿还不满两周岁。一家人的生活起居都在这间商铺，底下做生意加烧厨，阁楼用作卧房。

　　这个周日，我带孩子去理发，儿子前一次是在小区边上的潮流连锁店理的发，又贵又难看，这次他也强烈要求去"慢慢"理发店。可惜时机不对，已经有三名顾客在排队——又得经历一次漫长的等待了。好在我出门前在包里塞了本书，可以趁机把它啃完。儿子呢，倒是忘了带书，但他自有排遣的法子——跟店主的女儿玩。

店主的大女儿比我儿子大两岁，以前就混熟了，不过这当儿她正忙着操持中饭以及打扫卫生，儿子问她借了一本关于鸟类的绘本书，坐下没看几页，目光和心思就被店主的小女儿给吸引住了。

小女儿是我们看着她从妈妈肚子里一点点长大的，上次见到她还在怀抱里、摇篮里，白白胖胖的。可能是乏人照料，她一直就傍在妈妈身旁，饿了哭了理发师就放下手头活儿去料理，其余时间她就睁着大眼睛、舞动小手小脚，接触这个世界，打量进进出出的不同人。好多顾客也喜欢逗她，跟她互动，所以她一点都不怕生，理发店里不时响起她"嗨嗨咯咯"的欢声笑语。我们都觉得她将来性格应该很好。

如今她已长大不少，倒显得精瘦了些，估计跟好动爱玩有关，你看她迈着两条短腿跑东跑西，爬上爬下，摇摇晃晃，蹒蹒跚跚，不知疲累似的。好几次我看着她快摔倒跌下，心惊肉跳地奔去想扶她兜她，她回给你一个可爱无邪的笑容，仿佛在骄傲地宣称"没事""我厉害吧"。看看她妈妈，也是表情淡淡，这妈妈的心可真大啊！孩子在地上摸爬滚打也不管，不过不得不说，这般粗放养育出来的孩子身子骨可不是一般的强健灵活。

而且她的大女儿十分懂事，言行举止落落大方。做完饭，拖好地，她端着粥碗像模像样地喂妹妹吃饭，那场景，让人瞧着油然而生温馨欢喜。大概做饭时地上洒落了些水，遭到妈妈的一番数落，我忍不住劝说你要求不要太高了，她的同龄伙伴大多还在"衣来伸手，饭来张口"呢。她笑笑。

儿子一会儿跟小女儿躲猫猫，一会儿跟大女儿交头接耳，或者静静地观察这两个别人家小伙伴的生活，还帮她们一起捡拾撒落地上的小物件，原本难熬的等候时间不知不觉就溜走了。待他理完，我索性也坐上了理发椅，虽然我的头发算不上长，但我想让儿子再在理发店待上一会儿，再说，下周我要出差，理个发精神点好见人。

（原载 2018 年 5 月 11 日《今日镇海》）

近年情更怯

孩子们忙着复习备考，轻松快乐的寒假正在向他们招手；务工者提着大包小包，踏上千里返乡的列车。农历新年的脚步越来越近，而我那份"近年情更怯"的感觉也越来越强烈。

此语化自"近乡情更怯"，于我而言这两种情愫其实是混杂在一起的。老家离我现居城市不远，两百多公里，父亲已逝，母亲尚在，所以这些年我都回家过年，每年都会经受一番个中况味。

何时生怯？为何生怯？想来应该是九年前父亲走后，这种感觉便在心底滋生出来、弥漫开来。在讲究阖家团圆的逢年过节，家却不再完整圆满，多少年已经习惯了父母忙着张罗磨豆腐、杀年猪、备年货、吃年夜饭，已经习惯了父亲正月初一吃一天的素食，已经习惯了他领着我们熟练地举行各种祭祀活动，恭请各方菩萨、列祖列宗来享用我们备下的美食和心意。而今却只能给他放一副碗筷，盛满饭，斟满酒，只能笨拙地抑或偷工减料地完成一些必要的祭拜仪式，在心中默念，请他招呼爷爷奶奶、太公太婆一起来喝酒、吃饭、收金票，请他们保佑儿女子孙多财多福，平安康健，请父亲在那边吃穿不要熬省……有时念着念着，眼泪就出来了。

父亲是那样重要，是家里的顶梁柱、主心骨，因为他的离去，再也没有一种可以把我们这个大家庭内外捏合在一起的巨大力量，再也没有一种酣畅淋漓的快乐在屋子里荡漾。虽然我差不多每个月都要回去看望母亲，处理一些事情，但我怕回家，老家以一种无法遏制的颓势逐渐衰败，包括母亲的身体。这与周围邻居、整个村子蒸蒸日上的景象形成了鲜明对比，给我以无形的压迫感，让我懊悔、难过、自责。如果当初对父亲多关心留意一些，及早发现病情，该多好；如果父亲还健在，家里兴旺发达，该多好。

这种伤感在过年时尤盛，那短短的十来天其实是各家各户综合实力的集中展示，谁家鞭炮燃放得响亮持久，谁家客人络绎不绝，谁家饭菜丰盛考究。大家看在眼里，说在嘴上，琢磨在心头。几家欢乐几家愁，几家热闹几家冷清，恰似一出戏，每个人都是主角，又是观众，咀嚼着家长里短、兴衰起落，品味人生百态、世间炎凉。乡村不像城市，关起门来互不搭界，它还是一个熟人社会，有各种利益、情感、关系的瓜葛和发酵，置身其间，在春节的背景中，常常让我无法自拔、身心俱疲。

我们家是一个大家族，尤其是父亲这头，他的弟弟、妹妹很多，但多年来我家游离在叔叔、姑姑们所组成的亲密圈子之外，当然大场面上的走动还是维系着的。父亲走后，这层关系更加疏离，只有一个叔叔还有两个姑姑偶尔来看看我母亲，但看得出来他们踏进我家相当勉为其难，只是出于道义，完成一项任务罢了，情感纽带脆弱得一触即断。就在去年正月，小姑夫、小姑妈还有我表弟来给母亲拜年，说了一大堆失之偏颇的话，我给表弟发了个短信，请他转告他父母不要视基本的事实于不顾，我觉得跟我表弟一向来还算客客气气，他这人也斯文懂理，可以私下一说。没承想就因为这条短信翻了脸，这门亲戚从此也算断了。

断了就断了，不能说正中下怀，但至少无须再在正月里虚情假意地见个面，平日几乎从不走动，相互之间甚少有聊得开的话题，东拉西扯也累得慌。我只是对他们的过度反应甚为不解，也许他们正需要一个借口撤离这份已经名存实亡的亲戚关系。有时我又生气又鄙夷，几个叔叔婶婶且不说，两个姑姑、姑父多年前都受过我父亲恩惠，记得我小时候，父母正壮年，父亲还担任大队经济保管员，年过得算像模像样，我们塞进嘴里的一些小吃零食常常招来堂兄弟们眼馋。那些年正月里，父母常常需要拼拢两张八仙桌，摆出"十二碗头""廿四碗头"来招待亲戚朋友，大碗喝酒、大块吃肉，猜拳、聊天、打牌，煞是热闹。人情比纸薄，嫌贫爱富也是亘古常态，只是我不知道这些情景在这帮已经上了年纪的亲戚脑海里真的印迹全无了吗？

这两年，母亲的身体每况愈下，摔了两跤，大多数时间都卧病在床。她平时由三姐照料，过年放假，我必须去分担一些事务，也还要准备一些菜蔬，正月里总还有一些客人要上门，每天都得辛苦忙碌。我虽是父母最小的儿子，也厌烦此类俗套应酬，但现在这些责任都落在了我肩上，需要我出面。有时我深感疲惫，心生郁闷悲凉。

听说明年政府要对农村的住宅、田地山林重新登记确权。二十多年前考上大学迁出户口为"跳出农门"而庆幸，如今故乡成了远近闻名的美丽乡村和休闲旅游景点，从法律意义上来说，我与故乡渐行渐远，再也回不去了，这里的一切都不属于我。唯愿母亲能恢复健康，她在，故乡在，我还能一年年在这生于斯、长于斯的小山村过个年。

（原载 2019 年 1 月 29 日《宁波日报》）

老王夫妇

我其实不清楚他们的具体姓氏，姑且以此称呼吧。两人都五六十岁年纪，老王壮实憨厚，其妻瘦小和善。我们认得，路上遇见，他们招手示意，叫我一声"王老师"，我则笑脸相迎，道上一句"师傅好""上午好""晚上好"之类。

他们是我们单位教师公寓的管理员，主要管理大门的人员进出、楼道卫生及一些杂务。自然地，中间楼宇架空层临近围墙大门的一间屋子，便成了他们的栖身之所，隔成前厅后卧，还算宽敞，屋子旁边一隅置了一简易的煤气灶具，收拾规整。

我不住在公寓，按理说难得会碰见他们。但这两三年，我却经常在学校里看到他们的身影。原来他们除了做好宿舍管理的本职工作外，还在校园里收捡垃圾，我记得之前学校的垃圾都是统一集中到厕所边上与校外开窗相通的一个垃圾站，外面的清运车定时来运走。老王夫妇何时介入这项工作已无从知晓，但总归他们变成了这条线上的一部分，并且得到了学校的默许抑或本就是学校的安排。

学校各幢楼宇及公共场地是由聘用人员及班级学生在负责清扫的，散布校园内的众多垃圾桶也是由他们每日清空一次，扎进袋子里送至垃圾站，而那里也成了老王夫妇的主要工作场所。

我有几次去厕所，特意多走几步绕到屋后那呈三角形的角落，瞥一眼老王夫妇忙得不可开交的情景。他们把各个垃圾袋里的报纸、废纸、易拉罐等可回收的垃圾分拣出来，归入三轮车上的铁皮垃圾箱内，或是塞进尺寸硕大的编织袋里。两人都戴了一副手套，妻子还用上了口罩，那地方气味自是难闻得很，老王估计已经习惯了，或者说他不讲究，没见过他戴口罩，有时连手套也不用，他的手骨节粗大，皮肤粗糙，满是厚厚的茧子。他们一般坐在小板凳上，相对无言，只有双手不停忙活，不时响起易拉罐的金属撞击声以及饮料瓶子被踩瘪的爆裂声。

他们的劳作所及并非局限在那个角落，不少时候，他们，主要是老王，会将校园内的固定垃圾桶巡视一番，瞧瞧，伸进手，翻翻，一些可资回收的瓶罐碎纸就成了劳动果实。我的办公室在四楼，门口斜对着楼道垃圾桶，饭后，或是晚自习的时候，常常察觉到有人悄然上来，人影一晃，侧着身子，一阵窸窸窣窣响，显见垃圾桶被翻动了。有人手上攥着一些纸张、瓶罐，又悄然下去，原来是老王或是他妻子。我同他们打过几次照面，再见也就自然了。说起来，还有其余两位勤杂工会盯着这些可以换钱的废品，老王夫妇算最勤快了，所以收获也最多。

这就是老王夫妇的日常，在捡捡拾拾、分分拣拣中度过。还真别小看了他们的点滴劳动，隔三岔五的，几大袋鼓鼓囊囊、紧紧实实，看起来分量很重的废品便会扛上专职回收的小老板的电瓶三轮车，一袋袋垒成小山一样，得用绳子五花大绑拴个结实。

装好车，小老板将钱点给老王。老王黝黑皮肤的脸上淌着汗水，漾着笑容。他跟这个小老板关系良好，会主动帮助搬运他从别的办公室收来的书本试卷，要知道这些都很有分量，很沉。

常常觉得老王夫妇挺不容易，也十分了不起。那一大袋一大袋的废品，凝结了他们多少的辛劳汗水，虽然最后只换得极有限的几张花花绿绿的钞票，但于他们而言却是一笔实实在在的收入，可以改善生活，也许还能孝敬老人，贴补子女。他们日复一日地操持这份活计，让那些被我们随手废弃的物品中的一部分重新回归一条可资再生利用的通道上，可以想象，如果没有他们的劳动，这些物品也就混在各色凌乱脏污的垃圾中进了填埋场或是焚烧炉，那是对资源的一种浪费，也是对环境的一大伤害。

从这点上来说，他们平凡辛苦的劳动对整个社会都十分有益，能让我们的城市更加整洁美丽，他们应该配得上更高的回报以及尊敬。

（"垃圾分类 美丽镇海"征文活动二等奖）

楼下小店

鞭炮响起，花篮簇列，小区门口新开了一家生煎店。

闻声赶去凑热闹，醒目的招牌，不大的店面装修一新，明亮洁净，连大厨、帮工的衣服、帽子都洁白如新。有限的几张桌椅宾客满座，等候的队伍排出了门外。开业打八折，人气旺盛。

买了他们的主打产品——生煎。连锁经营的地方品牌，皮脆馅鲜，味道果然地道，配上热气腾腾的浓醇豆浆，好久没吃到这么落胃的早餐了，舒服。

自己吃完，还得去隔几个铺子的包子店买煎饺和炒米线，儿子每天早上都要吃这两样，好几个月了还没厌腻。本想给他带新开店的新产品，换换口味，他非认定了原先这家，只得随他。

包子店的生意似乎没有受到新开生煎店的影响，胖胖的女店主依然忙得不可开交，双手像上足了发条飞速地运转，脑子也是，分秒间得算出每一单的金额。当然，变化还是有一些的，我感觉女店主以及她的爸爸、妈妈更加殷勤、更加热情了，女店主的那声"您的，收好了"更加响亮了。

提了打包好的儿子的早餐回家，生煎店依然人头攒动。真希望这份热度能一直保持下去，好留个吃饭的所在。不要像差不多两年前开出的面食店，装修耗了四五个月，开业不到两月便关门歇业，店面转让给一家卖土特产和新鲜蔬果的，倒是坚持了快一年了，生意看上去还可以。

受影响最大的怕是小区出口右转的那家大饼店了，隔了马路望去，占道摆放的简易桌椅空无一人，屋内也寥寥数人，掌勺的店主不时朝这个方向张望，脸上凝着一份沉重。

刚搬来这小区的时候，这家大饼店是这带唯一的早点铺，经营大饼油条、豆浆豆腐脑、小笼包粢饭团，生意好得不得了。倒不是他家的东西有多好，实在是没有更多就近的选择。生意火爆，店家难免会随意一些，有时态度也不够热情。不过那家包子店开了之后，分流了不少客源，现在这生煎店一开，大饼店自然更加冷清了。

我现在租住的小区一两千户人家，规模尚可，只是地处城市边缘，人口流量小，绝大部分生意都依赖小区的住户。但现在人们的很多家常日用都会去附近的大超市一站采购，加上快递、外卖发达，留给小区一长溜铺面的商机实在有限。前些年，还有一家较大规模的超市、一个健身中心，现在早已不见踪影。有些店面一直都空置着，有些店面开了关、关了开，不停地换商家。始终没有改换门庭的就那几家洗车店、房产中介、药店、干洗店以及 M6 生鲜店，生意也不温不火，清清淡淡。

这样一来，居民的生活就不是太方便了，有时想要吃个饭、买个东西、打印复印几张纸都要跑上老远。所以至少在我心中是盼望这些店都能开着，一直开下去的，有个氛围，图个便利。记得那家超市甩卖清店的时候，我问老板娘："不能不关吗？"她苦笑说："没办法，亏不起。"

开店的大多为外地人。这里租个店面也算便宜，所以做个小本买卖讨个生活、度度日子，过年回老家，即便在外开牛肉面馆、快餐店也可以炫耀成"开着饭店"。实际的经营还是蛮艰难的。我一直以为那家包子店生意这么火，应该赚了不少钱，但有一次听他们一家人闲聊，充满各种压力困扰。原来成本高涨，尤其帮工难找，年轻人什么都干不像，老年人手脚慢，而且本地人都有社保、退休金，谁也不愿好好干这份帮工活，工钱倒提得高。一家三口只能咬紧牙、铆足劲支撑了。

这些年水果店在大街小巷四处开花，我们这边原先有两家，一家早早关了门，另外一家上个月刚换主人，是老乡盘给老乡的。我很少去买水果，每次路过，看看小小的店面，那些水果新新鲜鲜进来，无人问津，慢慢失了颜色，主人家的脸上也难见笑意，根本没有一些热销店店主那份兴高采烈的喜悦劲儿。

有次借水果店的刨刀削自家种的甘蔗，与老板娘聊了会。原来他们来自安徽，老公在外面打零工，她打理小店。她有两个女儿，一个读小学三年级，一个上幼儿园，读的都是民工子弟学校。姐妹俩正在店铺门前跳橡皮筋，穿着朴素，头发也蓬乱，缺少城里孩子那份干净鲜活。跟她们搭话，大女儿内向羞怯，不敢与陌生人直视，问一句答一句，倒是小女儿叽叽喳喳，天真烂漫。

后来听妻子说，她了解到这大女儿可懂事能干了，每天都自己上下学，转两路公交去十多公里外的学校，读书很用功，成绩也不错，这次期末考试语文数学"双100"，英语差点，也有 96 分。

对比一下同年级的我儿子，基本什么都不缺，却啥都不会干，成绩也马马虎虎，妻子每天陪着辅导作业，常常闹得鸡飞狗跳。看看这女店主，也不像是个会辅导小孩作业的主，对女儿放任自流。女儿却异常懂事、能干和独立。尽管生意难做，日子辛苦，一家四口的起居都挤在这小店面的阁楼上，稍显拮据局促，但欢声笑语却也时常溢出门外。知足常乐，和乐融融，也是难得的幸福。

我去借用了好几次刨刀，想付点钱表达谢意都被婉拒，所以每次会买点店里的水果或零食，尽管自己也并不需要，只是觉得这样也许能对他们的生意有所帮助。这些小店的存在为我们提供了方便，也撑起他们各自家庭的生活，真心祝愿他们都能生意兴隆，生活幸福。

（原载 2019 年 4 月 30 日《宁波日报》）

小店变身记

个把月工夫，小区门口那家小水果店重新装修后变身为一片早点铺，还算响亮的白字招牌已在墨绿色底板上夺目地打出，估摸着明后天就要正式开业了。

胖胖的老板娘、瘦瘦的老板正在忙活，清扫、摆放，两人脸色红润，欣欣然。两个读小学的女儿也在一旁欢喜雀跃着，笑盈盈美滋滋的。开心迎开业，是种好架势，是个好兆头。

记得二月中旬从老家回城，路上冷冷清清，沿街店铺大多关停。这家水果店倒是开着，但是门可罗雀，各式水果早已失却了新鲜的水劲儿，干蔫蔫的，连以往最畅销的青皮甘蔗也缩了水、皱巴了皮，无精打采地瘫在墙上。瘦小的店主一脸愁容，手上握着一节削了皮的甘蔗，机械地一下一下用嘴咀嚼，木然地望着门外空旷的马路。

突如其来的疫情打乱了很多人的生活，譬如这家水果店，虽然以往生意也很清淡，但多少总有几个熟客，来往路过的人也会偶尔光顾。再说从去年下半年开始，他们在门口支起一个架子，早餐时间卖上了杂粮卷饼，也能多些进账，一家四口的小日子稳稳地维持着。然而疫情之下，居民多宅家网购，人流也骤降，生生地断了他们本就脆弱的生意链。

几天后，下楼外出再次路过店铺，那些不再新鲜的水果已经不见了踪影，一些货架也移到了门外。店里正在敲敲打打，挖地埋管子。店主和一装修工人埋头干活，有时蹲坐下来歇息，抽着烟，默然无语，脸色憔悴黝黑。我心里想着他们会做何安排呢？是翻新装修继续开水果店，或是干别的营生？

那几天只见到男主人，老板娘和一对女儿没有现身，她们也许回老家了吧？以前听老板娘讲起过他们来自安徽农村，女儿都在这边就读外来务工人员子弟学校。这些天应该在上网课，孩子老家那边能上网课吗，还顺利吗？她家大女儿跟我儿子同岁，上同一年级，勤快懂事，成绩很好，不像我孩子，天天在家吵翻天。

他们的新店雏形终于出来了，跟水果毫无关联。卖的东西保留了原先已经在卖的早餐卷饼，还增加了粥、面条、年糕之类便捷小吃。店铺里侧设成厨房，中央隔了个吧台，前端还能放两张小餐桌可供顾客堂食，吧台和墙上做了些色彩和图案处理，看上去明快活泼，是挺像模像样的一家早点摊、小吃店。

我们小区门口最缺饮食店，仅有的那两三家每天早上人满为患，他们改行做饮食生意算是明智之举。早餐是刚需，而且大部分人赶着去上班，路口买一份打包走，在路上吃或到了单位再吃是很多人的模式。再说他们还会做中晚餐的简易小吃，应该也有一定的客流，赚钱自是要比水果店来得多和稳一些。

　　伴随新店的改装落成，老板娘和一对女儿也突然回归了，欢喜地笑着，胖妈还和女儿们在店外空地上打起了羽毛球。几个月不见，俩女孩都长高了不少，大女儿更是明显进入了发育期，多了份腼腆和羞涩。

　　我高兴着他们一家的高兴，感受着这份平凡的幸福和简单的快乐。面对疫情的冲击，他们在很短时间内完成了自我转型，让生活稳定下来并且持续下去。

　　疫情之下，很多人的生活不可避免地受到一定影响，遭遇一些困境。想起前几天回老家的时候，三姐夫赋闲在家与好友整天上竹山挖笋，三姐正在为姐夫的工作犯愁。他上班的工厂二月底才复工，因为受到国外疫情影响，外贸订单取消，厂里又开始了半停工的状态，他的工资是做一天算一天的，这样耗下去肯定不是回事。三姐说，他们打算过些日子先去别的厂里找找活干，或者先跟着别人去做水电工，现在人工费高，即便做小工，也能挣到将近两百元一天，反正只要踏实肯干，不愁找不到事做。

　　我对水果店老板、我姐和姐夫这样的平凡百姓心存敬意，他们的坚韧与乐观让我汲取到力量，看到希望。此刻，我坐在复学后的校园办公室里，对面的教学楼响起了久违的琅琅书声。窗外，草木青翠，阳光明媚，一派欣欣然，一个战胜了冬天的春天显得格外动人。

（原载 2020 年 4 月 22 日《宁波晚报》）

第三辑　世相·日常

岁末二题

2019年的最后一天,太阳在云层间出没,将温暖和明亮洒向人间,是个好日子。有很多的事情在这一天发生,聊记二题,当作别旧岁,亦在迎接新年。

上　学

妻子出差,今天由我送孩子上学。一早醒来,先下楼买早点,突然想到一个主意:就让孩子自己去上学吧。

这个想法自然不能透露给匆忙收拾着急赶车的妻子——百分之百得不到她的同意,而且会生出不少争端。待她出了门,我跟儿子说,等下我和你一起下去,你上学,爸爸上班,各走各路,如何?

儿子有些意外,但也未见多少惊喜,或许潜意识里他已经认定由大人伴着上学的日子会一直无限制地持续下去。虽然在不久前班级举行的十岁成长礼上,他在班主任拍摄的"我对爸妈有话说"视频中恳求妈妈:"不要太爱我,我已经长大了,很多事情我可以自己做了,比如上下学,你们不用担心我的安全的。"但说到底,大人又怎能轻易放手呢?他无力去改变,只能接受,只能习惯,最后甚至麻木了。

在小区门口,我们父子俩告别,我帮他理了下裤脚,简单叮嘱两句"走人行横道,看红绿灯,转弯时前后左右都顾一下"。我拍拍他的肩膀,好似推开了一艘开始远航的小船,推开了一匹即将驰骋的小马。

抛下一句"爸爸再见",儿子头也不回,融入车流人潮中。这当儿真拥挤啊,我看他跟在一对母子身后从堵成一块的车子间隙快步横穿过马路——真让人揪心,上了对面的人行道。我的目光始终追随着他,在一群都身着同款校服的孩子中间,一不小心就会漏了眼。还好,他有点胖,还好,他身边没有大人,而且一副似乎挺兴奋、挺警觉、挺自豪的样子,与别的孩子不太一样。

遇上一个长达六十九秒的红灯,他乖乖地停了下来,一秒秒等待,左顾右盼,有些焦灼,然后又混杂在人群中迅速穿过一道长长的斑马线。接下来的路,一直贴着他们的学校外围,我见他一路小跑直奔而去,基本可以放下心来。赶到单位上班后，还是忍不住给老师发了条微信，确认他已经平安到校。

很多年前，儿子一周岁刚刚出头，某一日，扶着墙、桌椅蹒跚学步了一阵子的他突然之间解放了双手，完全依靠双脚迈出了他人生中坚实稳定的第一步，那一瞬间的情景我清晰记得。那时，世界仿佛凝固了，儿子似乎呆住了，低下头打量着自己的手、自己的脚，又看看我们，我们也屏住了呼吸，然后，是他快步冲入我们张开的怀抱，撞击出一片纯真的欢乐。

家离学校不远，读小学以来一直由大人接送，相当于扶着他走。那么，某种意义上，儿子今天的独行也会给他带来这种近乎新生的感觉，他会发现并真切体验到自己身上生长的一股奇妙的力量。

明天就是新年，愿今天的短短一程成为儿子2020年以及更长远未来独立前行的起始。加油，少年！

退　休

中午去食堂用餐，转头望见X老师已坐在餐桌前，突然意识到这是他在学校的最后一餐，于是买好饭菜落座于他身旁，刚好还有这么个位置，旁边两三位是他办公室的同事。

其实这两三个月来，我们吃饭时经常挨在一起，名曰"陪X老师再吃几餐"，半开玩笑半认真地替他进行退休离校倒计时。时光真是梭子一般，一不留神就到了尽头。

X老师脸上一如既往挂着淡淡的微笑，只是话没有平日多，脸色略红，我觉察到他内心的颇不平静。算上中学时代，他在这个学校待了差不多有四十年，朝夕相处，年复一年，已与生命融为一体。而明年，不，明天，或者说今天吧，他需要以"新陈代谢"的名义与学校做一次分离。相聚有多长，离愁便有多深，我甚至隐隐瞥见他眼角亮闪闪的光。

我与X老师共事近二十年，此前很长年月里我们只是淡水之交，也就相互点个头，打个招呼，随便聊上几句。他是部门主任、特级教师，我非他手下，学科领域也相距甚远，无缘领略其德行才华。大约是去年还是前年，因为一次意外的同行，被他的丰富、明亮、温暖、风趣所打动和感染，自此亲近了不少。听他说道各种有意思的事情，深感老同志的智慧和阅历真值得细细品味。

让人羡慕的还有X老师的年轻态，六十岁的年纪依然身材颀长，头发乌黑，脸容光洁，牙齿不怎么打理却粒粒如贝，结实完好。这样的身体状况着实让人羡慕不已，随便拉来一人问，一定都张嘴惊叹："这么年轻就退休？！"

也许他自己都觉得还能再干下去，然而还是需要告别、需要离开，这是自然规律，也是社会法则。当然，他有一颗有趣的灵魂，一个健康的身体，加上数十年的学科造诣，也许很快就能开启另一种生活。我曾笑言他的人生才刚刚过半，能再活一个甲子，他说我开他玩笑，吃他"豆腐"，谁知道呢。

吃着说着，X老师的最后一顿工作餐就这样快结束了，相熟的同事也不时过来拍照留念，送上祝福，表达感慨。温馨弥漫，整合了很多情绪。

如果让我选择一个退休的日子，最好也像X老师一样，是在岁末的最后一天，把所有的过往顺势沉积进这一年轮，然后，迎来新年，踏上新的旅程。

（原载2020年1月6日《今日镇海》）

茶叶女

如果不是因为重复了近乎雷同的过程，人到中年的峰一定会遗憾错过了一段艳遇，会因可能伤害了一个美丽少女的心而懊悔不已。

先说一开始那段交往吧。某一日，有人申请加峰为微信好友，看头像为一年轻女孩，样貌清丽，不是那种浓妆艳抹赤裸裸直白暗示勾引的，峰稍作犹豫就验证通过了。

一对话，女孩说不好意思加错了，不过既然有缘相遇，那就尝试着做个朋友吧，让峰加她的另外一个微信号。自此他们就开始了微信交流，女孩比较主动，时不时地发来一个表情，或问问"在干吗呢""吃饭了吗"之类的，久违的初恋般的温暖感觉扑面而来。

她的朋友圈发布也比较频繁，几乎能使人近距离地触摸到她的日常生活。不久便了解到她大学刚毕业，现在长春某政府部门做行政管理。女孩可算得上年轻漂亮，身材高挑，五官俊秀，有一次她晒了一组身着制服的工作照，简直美得无可挑剔，惹人心动心痒。那些天峰觉得恍似坠入爱河，每天都甜丝丝、晕乎乎的。

过些日子，女孩在朋友圈宣告自己生日了，好像不断有人在给她发庆生红包，她将截图发出来，八十八、一百八十八、六百八十八不一，真大方。峰在评论里祝她生日快乐加赠三朵玫瑰花表情，真心地。当天晚上，女孩发来微信："哥哥不给妹妹生日发个红包吗？"撒娇状，峰略感不快，未做回应。

交往还继续着，一段时间后，女孩生活中又发生了一件大事——她失恋了，国外留学的男友正式向她摊牌分手，令她伤心欲绝。峰以及她的闺密等及时送上很多安慰，助她慢慢平复了心境。又过了几天，她请了年休假坐飞机去南方外公家散散心。

女孩的外公乃一茶农，家住武夷山麓，峰因儿时读过一本《武夷女侠》而对武夷山水有着特殊感情，因而又增了不少共同话语。某日，女孩跟着外公上山采茶，茶场碧绿青翠，一望无际，女孩花容月貌，纤指嫩白，天人合一，美到让人窒息。

新鲜茶叶采回家，憨厚的外公拗不过外孙女的执意恳求，把传男不传女的炒茶功夫教给了女孩。女孩学得像模像样，水嫩嫩的双足踩进茶芽堆里，笨笨拙拙地做出了一筥子红茶，她俏皮地宣告："这可是我的'处女茶'哟，需要的朋友们赶紧报上名来！"

　　以为她在免费赠送，想着不能白白要人家的，峰便没有凑上去，但女孩却主动找上门来，问："要不要来一点？"她随即附上友情价：六百八十八元一斤，很便宜的。峰吓了一跳，说不出话来，经过一番复杂情绪的酝酿发酵，峰发去一条正告："朋友之间还是尽量不要谈跟'钱'相关的东西为好。"

　　"你想太多了，谁跟你是朋友，可笑！有病！"女孩反馈的速度和力度远超预想，几乎就在一刹那间，她已将峰拉黑。那些笑靥如花的照片再也不复得见，发过去的信息都被一个红色惊叹号和"启动朋友验证"的提示冰冷地弹回。

　　有些怅然若失，也有些怀疑自己是否真的想太多了，出言不逊伤了女孩。峰反思：隔着几代几辈的，我怎会懂现今女孩的心思，说不定都这般矫作。自己不够爽气，还想赚点便宜，做梦去吧！

　　毕竟没怎么陷入，日子依旧一页页翻过，只是回归平淡少了色彩。不料几天后，又一个女孩请求加为好友，峰不知怎么想的就同意了。

　　刚开始的过程跟前面那段交往如出一辙，同样是不好意思加错了，做个朋友吧，换成另外一个微信。这个女孩还主动报了姓名，叫晓丽，福建人。与之前那位网名"小幸运"相比，晓丽同样美丽，更为圆润丰匀，梨涡浅浅，笑容甜美，皮肤白皙，扎着可爱的马尾辫，一件纯白 T 恤衬托出青春逼人。

　　那种微妙醉人的感觉又爬上了峰的心头，虽然隐隐觉得哪里有些不对劲，但还是任自己滑入那份酥软的体验中，反正也就看看对方的朋友圈，问候，聊天，偶尔开个玩笑，寻求一份亦真亦幻的情感寄托罢了，给平淡乏味的中年生活抹上些许新鲜亮色。

　　晓丽在一家私企工作，朝九晚五的，偶尔加班，休息时，喝奶茶，逛大街，买衣服。她身条匀，模样俊，肤色白，什么衣服到身上都好看。每次峰都要情不自禁地"点赞"评论，她试衣时也会要峰出出主意，问："好不好看？配不配？要不要买？"这真像是跟峰热恋着一样。

　　她也过生日，好在并未问峰索要红包。令峰好感陡增的另一件事是她带领几个同事去了某落后山区看望留守儿童，送上衣服食品以及玩具书籍，还开展了一整天的支教活动。她教孩子们简单的英语以及舞蹈，一板一眼，美极了。孩子们超喜欢她，峰也是，不过突然想起前面那个女孩也一样做过公益——去敬老院照顾老人。

　　晓丽终于也失恋了，同样是出国留学的男友有了新欢甩了她。这个过程峰处理得比较没有感情色彩，敷衍了一些劝慰之语，因为太过相似的桥段让峰内心疑云顿起。

　　她也去了外公家散心，好像也在武夷山附近。外公家也有一方茶园，山清水秀的，她也跟着外公去采茶、做茶。然后在微信圈广而告之要不要她亲手炒制的新茶，价格比前面一个六百八十八要便宜一点。但峰也没有购买的打算，一来真不需要，二来峰基本认定就是个套路。

这次峰忍住没说伤人的话，故交往得以继续，但峰的热情已明显下降，那份虚幻的情迷感已经触地破灭，之所以还舍不得断掉只是想看看接下来还会发生什么。

几天后，晓丽的生活终于起了波澜。外公在送茶叶途中被车撞了，肇事车主逃之夭夭，住院手术要好几万块钱。晓丽哭得泪水涟涟，梨花带雨，求峰给她一些支援。峰思忖良久也无动于衷。峰想，她应该不会再理他了。

然而她并未放弃，维持着不咸不淡的交往。又过了一段时间，她说她辞职了，因为现在的工作不能让家人，特别是外公过上好生活，她打算创业。她通过照片和语音领着峰一起去租店面，其实峰也不懂，也给不出什么建议，或者，她也并不需要吧。

她敲定了一个合适的铺面，准备开一家茶叶店。万事俱备，就差最后四万块钱做启动资金，这下可好，她连续发来两段视频，乞求峰哪怕给个五千一万都行。她的膝盖，手臂上覆着好几道鲜红的血痕，原来在四处筹钱辛苦奔波时不慎摔了一跤。她还提到之前就职的公司老板愿意帮她，但让她独自去某某宾馆某某房间去要钱，她不能去呀！峰表示了同情，但依然拿不出钱，不知道她做何想。

她的茶叶铺子终于开起来了，峰祝她开业大吉，生意红火，待经济宽裕点，有需要，或者以后去福建，会去店里看她，实地挑几罐茶叶聊表支持。对峰的表态她甚至都懒得回应了。

峰与她之间的交流就这样戛然而止。过了几个月，迎来妇女节，突然想起她，查看了她的微信，发现朋友圈照片一直停留在数月前的最后一张，峰发去"女神节日快乐"的祝福，倒没有显示需要朋友验证之类的提示，但石沉大海，杳无音信。

她应该是看透峰了，峰倒不能完全确信自己的判断。不管怎样，还是遥祝这两个卖茶叶的女孩生意兴隆，一生幸福吧。

（原载 2018 年第三期《镇海潮》）

真爱了

"你看好了，凯这小子以后肯定要对不起倩的，就像他以前甩了萍一样。他这种男人，不可靠！"

很多年前，我与伟在市区一家小餐馆聚会，听完我描述的凯和倩在省城辞职考研、扶携共进、恩爱亲密的生活情状后，他有些咬牙切齿地下了开头那句断语，听起来更像一个毒咒或赌誓。

"也许吧。"我附和着。这一方面是我对于爱情并不存有完全确定无疑的信念。另一方面是因为我理解伟的心情，大学四年，他整整迷恋了倩两年半时间，还曾鼓足百倍勇气给她送礼、向她表白，但都被倩温和却坚定还稍显愠怒地挡了回来。而凯却在短短一个半月时间里牢牢地攫取了倩的芳心。那份伤痛和失落看起来依然盘踞在伟心中的某个角落。

倩是我们大学班级里为数不多的来自大城市的女生，父母均为具有相当职位的公务员。优裕的家境滋养了她出众的外表与气质。她白皙秀美，温婉娇弱，娴静淡雅。对于我们这些大多出身农家的同班同学特别是男生来说，倩宛若高高在上的公主，仿佛一个遥远的梦，我们自觉地与她拉开距离、分清界限，眼光可以偶尔远远地停留在她的背影、侧面，但心甘情愿地从不存一丝非分之想。我们确信自己与她之间不会发生任何故事，如果有，那必是孙少安与田晓霞的现实版本，但那毕竟存在于文艺小说里。

凡事总有例外，对于倩的爱慕追求亦是如此。除了早早动了倾慕之心并有所行动的伟以外，不知什么时候，同样来自农村的凯的梦中也出现了倩的身影、她的一颦一笑。然而让凯陷入深深痛苦的是他已经有了一个深爱着他的女友萍，他们从高中开始恋爱，不知不觉过去了三五年时间。时光里有甜蜜的相融，但也慢慢裂开了难以弥合的缝隙。他对她的感觉越来越淡，淡到与她无话可说，淡到厌烦、害怕周末与她出去约会，很多时候，他宁愿找一帮朋友通宵看录像、上网吧，只有萍一如既往表达着她对他的爱，竭力拉住渐行渐远的他，维系摇摇欲坠的爱情。

在很长一段时间里，我们只观察到凯与萍之间的情感危机，从来也不曾预见倩会加入他们的生活旋涡中，因为除了一两个同寝室的闺密，她与班级里的大多数人都疏离着，似乎两不相干。再说，凯个子不高，家境一般，他和倩之间似乎也不能建立某种紧密的联结。

时间来到了大学最后一年，大四上学期，我们全班同学分成两拨奔赴不同地区的两所高中开展为期一个半月的教育实习。可能是随机，也可能是凯提前做了工作，他与萍分属两地，而可能同样的原因，他与倩却同在一个学校。

实习工作紧张忙碌，那个年代也缺少网络、手机等便捷的联系工具，我们两队人马好像被隔绝了，相互之间不闻不问。然而天下没有不透风的墙，一些消息断断续续、隐隐约约随风飘来，在窃窃私语中发酵，最终爆炸出一个事实：凯和倩相恋了，而且大多数时候凯都前所未有的开心。

可以想象，在那座山清水秀的小县城，与爱情相逢的凯和倩是何等的快乐幸福，自然距离的遥远有助于他们忘却萍的存在，他们一定希望实习的日子能一直延续下去。当然，分开的两队人必须得合拢，分裂的情感也必须直面。我不是当事人，无法深切体会那些尴尬无比、令人窒息的碰撞或沉默，只记得在大学最后的时光里，凯和倩被剥离出了班级的主流人际圈，成为异类。本来凯和萍在班级都颇有人缘，这件事情发生后，凯受到了来自多个方面的谴责与冷落。他只跟少数几个铁党保持着联系，从来不出现在稍具规模的同学会中，倩更是如此。同学们谈及他俩，总略感异样。

关于他们的消息多少还是会传来，并串联成他们的生活轨迹。毕业后，凯去了倩的家乡，两人在一所三流中学里工作了一年，双双辞职来到省城备考研究生。后来，凯一步步通过了法律硕士、司法考试等难关，一跃当上了律师。后来，他们结婚了，有了孩子。后来，就杳无音讯了。

前不久出差时巧遇几位老同学。晚上聚餐时，大家分享着各自所掌握的同学的生活状况，感觉大家都不好不坏地活着。一名在省城工作的女同学突然感慨地说：我们班里，没人比倩更幸福了。迎着我们期待和关注的眼神，她告诉我们凯与倩的近况：头脑灵光的凯律师事业做得顺风顺水，每年收入不菲，令我等单位职工望尘莫及。倩干脆做了全职太太，就在家里休养生息，管管孩子，无聊了去著名的美术学院拜师学艺。她婆婆从来不让她碰洗碗、洗衣等粗活……她的确过着我们班里其她女生这个年龄不可能享有的生活。

不知为什么，席间出现了短暂的沉默，然后有人岔开了话题。

我没有将这些信息转述给伟，怕引发他的隐痛。但我可以肯定的是，他的预言这辈子怕是无法实现了，凯是真的着了魔似的爱上了倩，他当初的决绝、他多年的奋斗、他及他整个家庭现在对倩不改初心的呵护足以证明他对她爱得有多深。她曾经像公主一样绽放在青春年少，而凯让她在人到中年时依旧像一个真正的公主。

倩是凯的女神，他愿意一辈子臣服。他真爱了！

阿云伯

　　阿云伯的死，我回老家前一天就从母亲的电话中获知了。回家后，更多的细节从三姐和母亲的口中展开来。

　　父亲生前与阿云伯是好友，尽管他比阿云伯小了十岁，但不妨碍他们成为相交一生的朋友，父亲最后的寿衣寿裤就是阿云伯帮忙穿上的。阿云伯是个屠夫，身高骨粗，一举一动虎虎生风。这些年回老家，常常见到他大步行走在村道上，背渐渐有些驼了，但身体还算硬朗，跟他打招呼，很和善亲切的样子。我心下想念父亲，也羡慕阿云伯的健旺，能活到八九十岁，没想到他也走了。

　　他走得特别快。据说因为生了一种"蛇头疮"，头天晚上痛了一夜，第二天二儿子陪着坐公交去医院，配了几盒止痛片回家，然后当天晚上大叫一声后即气绝身亡，如此迅速。这病真是要命，但显然，之前肯定有一个生发的过程，只是他一直熬着、忍着，而子女们和旁人也根本没关注到。

　　这样的生命结局对于子女来说似乎是好事、幸事，阿云伯唯一的女儿在某家小店门口跟人吐露心声："就要死得这么快，一天都不用困眠床。"她没明说的话其实我们都能听出来——她这个女儿不用服侍卧病在床的老父亲了，一天都不用。她说的敢情也没错，但在别人听来真不是滋味。

　　如此便可想见在阿云伯的葬礼上，悲痛的色调被淡化到可以忽略不计。他最亲的人，三个儿子、一个女儿对其的遽然离去简直可以说是无动于衷，只是在例行公事般地完成对于老父亲最后一项必须呈现出来的义务。其他来赶白事、吃"大饭"的亲戚、相好、同族人更难酝酿出一种真切的丧亲之痛，大家抽烟喝酒、嚼菜咽饭、说笑打趣，以死者的名义举行一场不期而至的聚会，如此而已。

　　这场葬礼的精彩之处也许倒是滋生和发酵了若干话题，经过层层口耳相传在某个特定范围和时段为很多人所津津乐道。据说，阿云伯留下了近十万元存款，很难想象他这样不领退休工资也不受儿女待见的鳏夫居然积蓄了如此大数目的一笔金钱。他却舍不得吃点好的，穿点好的，舍不得给自己简陋的屋子装一台电视，而是每天去村里的老年活动室蹭看——这也是我经常在村道上见到他的原因所在。人们自然更会慨叹既然不缺钱，为什么不早点上医院，而非得在生命的倒数第二天痛不欲生时才求着子女打120，难以理解的是住在独居父亲附近的三个子女经过商议居然不打这个电话，生生地掐灭了阿云伯压抑了很久的求生之火。当然，他留下的这些钱终究还是用在了自己身上，扣除各种丧葬费用应该还能余下一些供子女们平分，于他们而言这算是一个皆大欢喜的结局，可能会让他们在往后念叨父亲的好并生出一些愧疚。

一则更为轰动的新闻是当年为了躲债远走他乡的阿云伯的小儿子终于回到了阔别十九年的故乡，然而父亲已经化成一捧骨灰装进盒子埋在了屋后的青山，他什么都没见到，他与父亲的永别就定格在了十九年前。据说，阿云伯辛苦积赚的钱是为了等他回来留给他，可能是为了弥补些什么，具体情况不得而知。

很多人都对这三儿子的去向一无所知，这次终于有了一个较为明确的说法，他现在云南，与当地一女子结婚成家，生下两儿一女，其中有两个不太聪明，这次一起回来的大儿子是唯一正常的。之所以赶不上与老父亲告别，是因为他没有身份证，乘不了飞机和高铁，只能坐卧铺大巴，那自然是漫漫长途。

我记得自己刚懂事的时候，阿云伯的妻子就因病去世，近四十年里，阿云伯杀猪、种地、打工，子女们纷纷成家，重孙都已经上了小学。不过比起与他心存芥蒂、年届九秩的兄长一脉，他的子孙们算不上有多大出息，都过着辛苦平淡的日子，没出一名大学生。他与子女们的情感联结也十分淡薄。他一人蜗居，甚至踏不进近在咫尺的子女们的家看上一会电视。

让人略感欣慰的是阿云伯活了八十八岁，即便放在当下，这也是许多人可望而不可即的生命长度。现在他去了天国，也许还能找回他久别的妻子，重温家的温暖。又或许还能遇见我父亲，那么，请替我问个好，谢谢！

（原载 2019 年 12 月 3 日《宁波日报》）

大户人家

大户人家，在我老家，更习惯于叫"大人家"或"大家庭"，意即儿女子孙多，兄弟姐妹多，人丁兴旺，人多势众。尤其逢年过节，一大家子人聚拢来，济济一堂，热热闹闹。

我在家里排行最小，上头还有三个姐姐，一个哥哥，算是一户大人家。跟我同龄的同事朋友，不少已经是独生子女身份了，所以每当我说起自己有兄弟姐妹五个时，还是会引来一些惊诧。

如果算上我父亲这辈的八个叔姑以及与我同辈的堂（姑表）兄妹，我们这个家族算是十分庞大了。其实，这在过去也没什么了不得，在老家农村，一个村子可能就是由那几个大户人家分枝错桠逐渐蔓延生发而成的。

母亲其实总共生了六个孩子，我本来应该还有一个姐姐，母亲的第二胎，可惜一出生便夭折了。我奶奶更厉害，先后生了八个，四男四女。这些年回老家时有几次在村口见到阿炳婆婆，拄着拐杖，一张皱巴巴的皮包裹着瘦小的骨架，从外表看无论如何想象不出这样的身子骨能分裂出七个子女出来，老人家已经九十多了，是小山村里最年长的寿星，都快做太太婆了。

在旧社会或者是中华人民共和国刚成立时，生活条件自然是艰难困苦的，生养孩子却似乎是一件简单容易的事情，根本不可能有现在这般讲究。一个个怀上、生下来，偶有一两个没成活，埋进土里了事，接着生。多生孩子，几乎就是一种本能行为，也寄托了多子多福、养儿防老、传宗接代、人多力大的愿望和目的。至于养孩子，依着家庭条件匀着来，一起吃苦一起熬，孩子们穿的、玩的、坐的、躺的等用度器具，一样样击鼓传花似的顺着往下传，也算物尽其用。就那么一二十年时光，儿女们也一个个长大成人，活蹦乱跳的，皮实肉紧的，就不太容易死了，大家庭的框架就这么初步搭建完成。

奇怪的是，很多大户人家的纽带关系随着儿女们的长大独立反而逐渐松散甚至垮塌。同一屋檐下的儿女们在年幼年少时尽管也会打打闹闹，但想必不太可能剑拔弩张、势不两立，也就吵完了过一会跟没事一样，孩童的天真和血缘的亲情很容易将他们反复黏合在一起。然而到了孩子们成家立业、分家单过之时或之后，争吵乃至打架总是压制不住地爆发出来。妯娌间恶语相向、破口大骂有之，兄弟间拳脚相加，上钩刀、锄头短兵相接，闹得头破血流、肢残腿瘸的有之。我们村有四兄弟，跟我父亲是同辈，几乎年年要上演一场"厮杀"。有一年，三弟还由其二女婿拉来一帮地痞流氓助阵，以一敌三（大哥、二哥、小弟）大获全胜，此后倒是消停了一阵子。现如今，这四兄弟唯有小弟还在人世，其余三个都已病故，不知道在阴间是否还会纠缠不清。

从同胞骨肉到反目成仇，大家庭中兄弟姐妹矛盾冲突的产生多半还是源于利益，家产分割、老人赡养，甚至一些鸡皮蒜毛的小事都能成为导火索。尤其是随着无血缘关系的妻子或丈夫的加入，原先较为单纯的兄弟姐妹关系就复杂化为更加直白的利益之争、门户之见、一时意气，或者还可上升到一种文化之争。有些家庭表面上看来一团和气，但心存芥蒂、面和心不和的现象其实还是比较普遍的。人心隔肚皮，各人各心，各家各利，要完全融为一体、亲密无间确实也是难的。

当然，这一切很大程度上取决于父母的养育管教，大家庭的父母会生孩子，不见得能将孩子们养好、育好。譬如他们常常忽视大人与孩子以及兄弟姐妹间的亲密感的培养，最简单的例证便是有些家庭孩子间都是直呼其名，有些孩子成年后从不称呼"爸爸妈妈"，仿佛中间隔着一道跨不过去的坎，家人间缺少情感的润滑剂，显得十分生硬。其他诸如重男轻女、亲大疏小、苛长宠幼等不能一碗水端平的管教方式往往埋下了孩儿们此后各怀心思乃至爆发冲突的祸根，电视剧《都挺好》中苏父苏母即属此类，好在经历一系列生活变故后，三兄妹重归于好，亲情坚如磐石，苏明玉与父亲以及亡故的母亲也最终达成心灵和情感的和解。

人多并不一定就显现为力大、势众，尽管这是很多父母多生子女的一大出发点——在农村，大家庭相比那些小户家庭自有一种规模和力量上的优越感。然而，如果子女们都没怎么有出息，贫病愚弱，或者子女间相互倾轧，争吵不断，也会被人指点数落，大人自也颜面无光，由于缺乏管教或者管教不得法，这类人家占有相当比例。自然，也有不少大人家的儿女个个都成就一番事业，挣得一份家业，而且兄弟姐妹间团结协作，互相帮衬，呈现一派家和万事兴的繁盛景象，那这样的人家当得起真正的"大户人家"，是让人羡慕和尊敬的，会被交口称赞、口耳相传。

去年母亲生病住院时，同病房的老太太，九十五岁高龄，轻健而清爽，言谈和眉目间自带一份威仪。老太太丈夫早逝，她一手将七个子女带大，最大的儿子已年逾古稀，最小的也近花甲，他们一人一天陪护，刚好一周轮转。每个子女都对老母亲轻言细语，悉心照料，兄弟姐妹间也一团和气。医护人员及附近的病人都对这一家子刮目相看，赞赏有加，羡慕这位老太太是真正的有福之人。能把这一大家子凝聚得这么好实属不易，相比一些大人家子女众多却对老人的赡养、治病等摊手不管、你推我拒甚至因此而大动干戈的，乃天壤之别。

如今生育政策调整，家中有两三个小孩的家庭越来越多，经历一两代的断层，大人家的格局又会凸显出来，大多是独生子女出身的父母能否协调好多子女的关系，建立一种更加坚实稳固、亲密和谐的中大型家庭结构，我们拭目以待。

第四辑　杂感·碎思

低碳生活观

低碳生活当下是世界潮流，在中国也蔚然成为时尚，政府在倡导，媒体在宣教，公众在参与，效果已经初步显现。当然我们在看到低碳生活之风方兴未艾的同时，大量非低碳生活的现象、行为依然触目惊心，旧有的观念、习惯依然根深蒂固，我们的低碳生活才刚刚上路。

"低碳"应该是尽可能减少资源、能源的消耗，尽可能减少二氧化碳的排放，这与中国的发展阶段、发展模式以及民众的生活方式是存在矛盾的。中国当前处于经济快速增长期，增长率的压力迫使其必须扩大投资和消费，这就必须相应消耗更多的资源和能源，生产出更多的产品鼓励民众消费，最终获得国家财富和经济总量的增长。所以，无论我们怎么否认，消耗主义和消费主义都不可避免地成为我国当前国民生产、生活的两大主流，比如固定资产投资、汽车消费、房产消费、日用品消费、奢侈品消费等。社会产品的极大丰富也同时造成了极大浪费，我们目前为低碳生活所做的一切努力与此相比是如此的微不足道。梳理一下我们的日常生活，我们购买或接收了多少并无用处的产品，我们处理掉了多少过期的商品，我们倾倒掉了多少佳肴美食，又有多少被我们食用、使用的物品其实毫无必要，有多少剩余相当使用价值的物品被我们弃为废物，等等。而这些与低碳生活又是何等格格不入、背道而驰。

曾经有报纸介绍过德国人的"抠门"，在德国的家庭或酒店用餐，你必须精确估算好自己的食欲和食量，你要多少他们就准备多少。假如你要的食物吃不了，那在德国是件很让人不齿的事情。前几天还看到一篇文章，说的是美国年轻人结婚发的请柬当中会附上一张"新郎新娘所需物品单"，亲朋好友收到请柬时需要在相应的物品后打勾确认某种或几种物品，因为请柬是先后发的，所以新人最后收到的礼物都是他们需要的且不重样。这样的例子在国人看来几乎是不可理解的，更别说许多西方发达国家很少将 GDP 增长率视作生命线，而更关注环保、民生、幸福感等更具生态意义的发展指标。但就低碳生活的水平或者说境界而言，他们无疑是我们效仿的标杆，因为他们很好地诠释了低碳生活内含的"崇尚节俭、合理消费、尊重生态"的要义。

中国曾经是一个非常崇尚勤俭节约、非常注重自然生态的国家。有一句俗语

"新三年、旧三年、缝缝补补又三年"，抛开其物资匮乏、生活贫困的历史背景不说，此话足够体现"低碳"真义，体现国人的优良传统。适度开发，合理消费，让物尽其用、物尽所值正是我们在践行低碳生活过程中应孜孜以求的。

（原载 2010 年 9 月 30 日《今日镇海》，并在区主题征文中获二等奖）

差　距

　　人与人之间的差距，有的时候真的蛮大的。

　　一个单位的人，做着差不多的工作，领着差不多的工资，在同一个食堂吃饭，对同一个领导或某种现象发牢骚，教出来的学生分数也差不多，恍然间觉得大家都是一样的。因为这个职业本就不是精英人士会俯身屈就的，故而你看我，我看你，谈不上互相看不上眼，但也没有那种因为某种明显差距而引发的服气、尊敬或仰视。反正你也就这样，也没有好到什么地方去，这个职业，你再怎么折腾又能怎么样，还不是年复一年辛苦劳作，然后退休，然后老去。说不定我还能比你多活几年，这才是人生最大的赚头。

　　突然有一天，某某同事悄无声息地离职了，据说是被挖到了南方一所民办学校，开出的薪水是现在这个单位的好几倍。十万与几十万的差距大家还是掂量得出的，这个消息仿佛在平静的湖面上扔下了一块石头，激起了惊悚的浪花还有一波波的涟漪。大家都在打听，都在惊讶，都在感叹。有些人在质疑某某人怎么这么厉害，看不出来有多少水平啊。有些人在操心该同事到了那边压力太大，这巨额年薪不是那么好赚的。有些人在计算人家干一年自己得干N年，越想越沮丧。差不多的人啊，为什么一下子活生生地被拉开了这么大的距离，这个同事为什么非得要把这道本来被平凡生活覆盖着的鸿沟赤裸裸掀开。也有好多人在暗暗反问自己也可以吗，可以远走高飞、另谋高就吗？这种冲动在多重衡量比较的理智面前很快冷却下来，当然也有一些人在若有所思该同事之前的一些与众不同之处，比如勤奋，比如低调，比如孤独……慢慢地，随着时间的推移这种距离感又被日复一日的生活给模糊淡化，心灵之湖的波动重归平静。

　　类似差距感的凸显存在于很多情境和细节中，可能就发生在一刹那之间，但却是深深的震撼。一个可能你熟视无睹的人，突然有一天、有一次甚至有一秒你感受到了他（她）某种摄人的魅力、某种强大的优势、某种你永远无法弥散的味道你无法企及的高度，于是卑微、渺小、弱势、相形见绌等感觉油然滋生。正如穿着打扮，粗看之下，色彩、面料、款式及遮体保暖的功能都差不多，但事实上，价格的高低差、做工的精致度、面料的档次感特别是高档衣服那种低调的奢华、沉默的高贵以及与主人仪表气质的契合度均不可同日而语。想想东施效颦的典故，同样的举手投足，眉目传情，距离却是天上地下。可惜的是东施似乎没有能力觉察这种差距。

熟语云"世上没有两片相同的叶子"，这其实不是差距而是差异。差异无须抹杀，但差距却需要去缩小，无视差距不是因为心智愚笨无法体察，是因为运用了自我心理防御机制或者是达到了超凡脱俗的人生境界。差距本质上来源于比较，人世间总有一些美好是我们共同心向往之的，在追慕美好、完善自我、实现价值的过程中因为比较而有了差距感，差距感又迸发了期待感与焦虑感。所以直面差距，用心体察，积极修炼，终究会缩小乃至超越这种差距。而这，也许就是每个人人生的行走方式和生命的真正意义所在。

（原载 2014 年 10 月 16 日《宁波晚报》）

第四辑　杂感·碎思

难得平静

心不平静才是浪费时间。

这句话是笔者上半年参加一场专家报告会时所听到的，那位专家关于课程改革的诸多论述早已模糊，但这句箴言却深深刻在脑海里，成为自己调控身心状态的一种有效暗示。

其实，我相信绝大多数人接收到这句话所包含的信息的时候，一定是处于或转入这样一种"平静"的状态的，他能听到灵魂深处心灵顿悟的声音，他能觉察出哪些时刻是富有意义的，他能获得一种也许从未有过的混杂着丰盈、安适、愉悦等的美妙体验。这就是心灵平静的魔力。

假设在"十一"长假，你驾车驶上高速公路。由于免收过路费，一路上车子越来越多，速度根本上不去，终于在某一路段车流停滞不前。在这个时候，有人抱怨，有人谩骂，有人抓狂，有人乱按喇叭，而你在经历简短的不适之后，从包里拿出一本夹着书签的小说，静静地开始阅读，两个小时过去了，你差不多读完了整本书，颇感欣悦。而这个时候前方的交通事故已经处理完毕，车流又开始向前涌动。在这样一个场景中，很多人其实是浪费了两个小时甚至更长时间，而心平气和的你没有，宝贵的时间一直与你紧紧地贴在一起。

几乎每个人都在哀叹"人生苦短"，即便那么有限的生命中，相当数量的时间也被你的浮躁、焦虑、恐慌、悲伤、愤怒等所隔阻，而没有真正融入你的身心，转化成你紧致的生命质地。那些时光，其实只是了无意涵的生命空白。如同你买回一斤板栗，拣去那些空壳的、瘪烂的，最后剩下的也许只有半斤八两甚至更少。

内心平静体现了一个人的专注力。专注就是心无旁骛，摒弃各种杂念、思虑，只聚焦于某一点上，全身心地投入。笔者曾经有一段时间陷入人生迷茫，整日浑浑噩噩，那些日子唯一有精气神的事情就是开车，因为我必须打起精神，必须集中注意力。我接待过几个关于考场焦虑的个案咨询，发现他们最大的问题在于顾及太多考试之外的东西，无法保持一颗平常心，无法让自己安静下来。如果他们在考场上只见考试，享受考试的过程，而不去关注自己的考试成绩，他们就能进入一种目标明确、反馈及时、全神贯注、自我意识丧失、时间意识丧失的心理流畅状态。这样"人卷合一"的境界，想想都无语。

那些内心平静的人往往都拥有独立判断、独立选择、独立追求的能力，不会轻易受环境和他人的干扰。他们能够随遇而安，能够活在当下。他们不会沉湎于已经无法挽回的过去，为一杯打翻的牛奶而懊悔、哭泣，也不会寄望于虽然美好却尚未降临的未来。他们紧紧地攥住此时此刻，过好每一个"今天"，让每一个"今天"都过得充实而满足。所谓充实就是平淡无奇的工作他却能做得有滋有味、兴趣盎然，所谓满足就是众人都在享用饕餮大餐的时候，他依然能品尝出家常小菜中一片芹菜叶的清香。

心灵导师埃克哈特曾说：所有真正的艺术家，不管他们是否知道，都是在无念的、内在宁静的状态下进行创作。每个人都在创造自己的生命艺术，那么就让我们浸入一片深深的宁静吧。

（原载 2015 年 3 月 3 日《宁波晚报》）

心里装着他人

在别人眼中，我大概算不上成功或者说优秀。但我认为自己至少不是一个坏人，在很多方面，我做得其实还不错。

先说开车吧，六年多了，扣过一次分，出过一次险，许是过于小心谨慎，故而也谈不上有车技什么的。譬如停个车子，经常是反复前进后退、左挪右移，还一次次下车查看，绝对做不到有些高手一次到位、熄火甩门、边往前走边往后"咔嗒"按一下遥控钥匙那般一气呵成的潇洒。有几次实在太过磨蹭，惹得N年前考出驾照之后从没摸过方向盘的老婆抱怨连连，恨不得亲自出马。实际上，我的纠结虽然略显"强迫"倾向，但主要还在于想给停前后的车子以及行人、行车留好距离，免得给别人带去不便，也给自己招来麻烦。

除了"停车强迫症"，躁性子的我还是个不折不扣的路怒症患者，无数次在车内怒发冲冠，大爆粗口。真正恨极了那些恶意加塞的、随意变道的、开远光灯的、一手接打电话一手握方向盘在大马路上闲庭信步的主，时常幻想自己拥有一把神奇激光枪或是像绝情谷主裘千尺能口吐枣核，神不知鬼不觉地把那些刺眼的远光灯射灭，把那些乱拐的轮胎刺瘪，把那些喋喋不休的手机击落，让他们受到惩罚，也出出胸中一口恶气。我之所以说得如此理直气壮，义正词严，是因为自己在这四方面的表现几乎无懈可击。不仅如此，自己对行人按喇叭一般都用短促的低音，下雨天遇上积水的路面也会避开行人或是放慢速度，我希望自己的车子就像我这人一样内向沉默，可以被别人轻视、忽视，但尽可能不给别人造成干扰甚至惊扰。

外国人谴责中国人素质低，随地吐痰和大声喧哗估计是最典型的两大陋习，这两种行为也令我深恶痛绝。我真的很难想象一个人居然可以毫无顾忌地头一偏、口一张、呸一声，绝对不拖泥带水地将一坨又浓又稠又脏的黏液贴在行人道上、大理石地面上。是的，也许痰的产生和释放是难免的，我们不指望你像绅士一样用纸包好扔进垃圾桶，但你真的可以将之吐进比较易于遮蔽且能分解此物的角落，最最不济，你也可以用鞋底去碾散它，而不至于将这体内秽物原生态、赤裸裸、近乎霸道地去污染、去刺激、去恶心别人的眼睛和生理感觉，你凭啥这么心安理得？

说到喧哗，自己倒占了内倾性格的优势，不喜高谈阔论、夸夸其谈，甚至都

穿解放鞋的青春

不怎么愿意说话，感觉那样极易消耗自己的精气神，自然也对别人的聒噪难以理解、不胜其烦。所以在公共场合，自己大约也算得上保持安静的模范，但凡开会培训，早早将手机置于静音状态，夹带上一份书报以便开开小差、磨磨时间，相比于会议内容、形式或者头面人物的无趣无聊，我其实更憎厌那些不时响起的手机铃声、打电话声以及交头接耳、随意进出。偶尔有前后左右桌想跟自己搭话，我宁愿从笔记本上撕下一张纸头请其进行"纸笔交流"。我承认我不是一个会"假装认真、积极配合"的听众，但至少不会去破坏会场应有的氛围。

诸如此类的可以说道的细节还有很多，也许有人会讽我太作了，太爱自我标榜了，还真算"中国好公民"哪。摸着天地良心我发誓我不是，因为我以为做人做事本来就该是这样的，无须刻意做作，内心也没涌起什么道德优越感。我只是很困惑、很遗憾为什么这些低标准、低要求的行为居然还有那么多人做不到，会置一种基本的人与人、人与社会、人与自然的关系准则不管不顾，这世界原本可以更美好、有序、和谐一些的。

长假期间，因为高速硬路肩被大量车主挤占，救援车辆无法前行导致车祸中一名等待救援的小货车司机不治身亡。网络上响起义愤填膺的谴责声浪，国家有关部门也发布了紧急通知。说实话，除非加大监管和处罚力度，国人这类耍聪明、钻空子、贪便宜、我行我素的行为不要奢望会得到明显改观。说到底，他们缺乏一种小心翼翼、如履薄冰、瞻前顾后、同理共情的善念与敬畏，他们的世界里，满满填塞的只有他们自己。

也恰在前段时间，微信、微博上有一段转发率挺高的关于一个人有没有文化的文字："根植于内心的修养，无须提醒的自觉，以约束为前提的自由，为他人着想的善良。"让国人的心中植入这样一种理念并且真正成为他们呼吸一样自然的习惯行为，路还很长。幸好，我走得还比较靠前。

（原载 2015 年 11 月 14 日《宁波晚报》）

"洁癖"

同事某日不小心闯了红灯，驾照上的分数都不够扣了，心里十分懊丧。我们给他出主意："你老婆不是'本本族'吗，你让交警去扣她的分数好了，反正不用白不用，不扣也是浪费。"同事苦笑着说："你们说得轻巧，她才不会答应呢，前年我问她借本子，她严词拒绝，说要做个守法好司机，争取一辈子都不犯交规，不被扣分罚款。"在办公室同事们看来，他妻子的想法真是怪，有些不可理喻，不好说她有病，大约贴上个"洁癖"标签是不为过的。

我倒是能理解朋友妻子的做法。自己考出驾照开上车的前五年，最为骄傲的就是从来没有被扣过分，可以说"清清白白"，还显出自己的本事。单位的司机跟我比较熟，好几次求我借本子给他去代扣分数，甚至说到了愿意出钱收购、请客吃饭的份上。我始终不为所动，装傻充愣百般推脱，就是不想在自己的驾照上染上一个"污点"。当然，随着去年的两次不按道行驶，我已经被扣掉六分，虽然扣分是在电脑系统中操作的，光从本子上是看不出处罚记录的，但是心里是明白再也回不到"处子之身"了，不免有些难过。

说起来，实际上很多人都会患上那么几种近乎"怪癖"的"洁癖"。比如说微信，时下最为普及的社交工具，很多人三天两头或者一日几番地往上塞图片文字。有个要好的同事，却难得见她发上一两条的，询问个中缘由，回答说当初是因为某项工作需要申请了微信账号，加之工作联系、生活消费还能用得上，之后也就没有弃用，"但我就是不想晒自己的生活，秀自己的幸福，转发一些新闻、鸡汤之类的，我感觉很没意思、很别扭，而且我觉得那些整天发朋友圈的人比较无聊"。

这名同事的评判或许有些过了，适当发发微信也有助于加强了解、增进友谊、获取信息。就我而言，我倒不反感那些热衷于泡朋友圈的，只要不是特别频繁，再说大不了设置不去看就得了。但我使用微信也有一个"洁癖"，就是不转广告和鸡汤，不参与微信投票。现在很多线下评选活动非得拉上微信，而且非得要你先关注它们的公众号才能勾选，这类活动本就意义了了，拼朋友数、拼公关能力的功利色彩明显，且费时费心占空间，我简直有些深恶痛绝了。这不，前几天我亲姐让我给她的私房照投票，我当作没看到。

说完微信再来聊聊QQ群。不知何时起，不少群多了个活跃度排名设置，例如从白丁到鸿儒，从潜水到话唠之类的，有些人每天在群里呼朋引伴、谈笑风生，把私聊话题也摆到台面上来。有名群友说过几次话就再也不当众发言了，他发现多说几句等级就噌噌往上升，他害怕，他要恢复到一言不发的潜水身份。"那些人整天在那里扯东扯西的，纯粹闲聊，很水，浪费时间，不想跟他们一样。"现实中他就是一个低调内向的人。

写到这里，突然想到自己这辈子还一直保有几个"洁癖"，比如自己迄今从未去医院挂过瓶。虽然我也生病，也吃药，虽然有时医生或家人都劝我挂瓶葡萄糖吧，好得快，我还是觉得这玩意对身体不好，没必要。再有就是学生时代从来不请家教，不交额外的赞助费，只凭自己的努力能走到什么地步就什么地步。

前年在博客上认识一文友，文笔老练生动，篇篇文章锦绣，但他只写不发，留着自己看或者小范围圈子内互相欣赏。好几次我劝他："你去投投某某报刊，你看像谁谁谁的文章都能隔三岔五地发表，你的文字明显比他们好啊。"他笑笑："有这个必要跟他们一块凑热闹吗？在那上面发表几篇文章又能说明什么呢？"

他的反问让我想起很多年前另外一个同行，他在一所赫赫有名的重点高中兼做新闻报道工作，写了不少稿子投给某教育报。有一回他与该报编辑相遇，编辑对他们学校勤快投稿、热衷宣传有些不解："你看其他跟你们同档次的学校几乎从来不主动写稿让我们宣传的。"同行当时脸上就有些挂不住，后来干脆就不写了，倒是他的接棒者干得不亦乐乎。

细想开来，这样的例子古今中外比比皆是，不胜枚举。在这方面有些"洁癖"的人，不管是自命不凡、自作清高也好，或是个性使然也罢，他们内心总是有一种原则、标准在，总是在坚守或是抵制一些东西，努力确保自己不至于太腻、太浊、太烦、太俗。在这样一个信息爆炸、光怪陆离、浮躁功利的时代，这些"洁癖"让他们享受到内心的安宁平静，是值得我们尊重并加以效仿的。况且，现实中有些"洁癖"的有无还关系到身家性命，比方说那些贪腐官员，第一次面对贿赂的时候估计也是经过激烈思想斗争的，可惜还是没挡住诱惑，好好一张白纸落了个黑点，自此一发不可收拾，索性投进了染缸中，直至锒铛入狱、身败名裂，何苦呢？！

（原载 2016 年 5 月 13 日《今日镇海》）

讲究点礼数

在央视诗词大会上，点评嘉宾提到了"屠苏酒"，说这是古代合家欢聚饭桌上唯一由年少者饮起的酒，其间含有"少者得岁，老者失岁"的寓意，由此可见古人是极为讲"礼"的。

热闹完元宵，年才算真正过完了。话说春节是中国人最隆重、最漫长的节日，热热闹闹，红红火火，忙忙碌碌，蔚为壮观。在一系列繁文缛节、琳琅满目的背后，我看到了一个关键词——礼数。想想也是啊，年夜饭，做祭祀，发红包，走亲访友、迎来送往，都是为了表达一些人对另一些人（还包括先人和仙人）的礼数。

咱们中国是礼仪之邦，礼文化源远流长、博大精深，已成为民族心理结构和生活方式的重要部分。这些年，大家都感叹年味越来越淡，越来越没有小时候的那份浓酽。这里面除了经济社会快速发展给我们带来的生存样态的变迁外，人们对包括春节在内的各种传统礼数的淡漠、敷衍和无谓也是重要原因。记得儿时，祭拜菩萨一定要用上猪头、整鸡和活鱼，甚至朝向和生熟程度都颇有讲究。而如今，像我家中，除了年过七旬的老母亲还在一板一眼大体上坚持这一仪式的规格，我们这一代年届中年的人都在这些活动上草草了事，觉着太麻烦，没意思，更遑论那些 00 后、90 后的小辈了。

看起来，有些过年的礼数确实遭了淘汰，但植根于民族文化的相当部分还是得到了继承发扬，只不过表现形式上与时俱进罢了。诸如全家境内外旅游过年，在酒店吃年夜饭，微信发红包，短信送祝福，视频拜年，以及层出不穷、丰富精致、新潮鲜艳的年味年货，等等。其间流淌的依然是血缘亲情、人际联络，呈现的依然是欢乐祥和、喜庆热烈，讲究的也还是礼尚往来、尊老爱幼。

拜年送什么礼，红包放多少钱，七亲八眷该如何正确称呼，礼数其实还是门不小的学问，得靠世事洞明。人情练达，存乎于人的情意心念。某年正月我岳父第一次去我乡下老家，顺带还一起转了我几个姐姐家，都被尊为上宾，好酒好饭招待，岳父十分高兴，最后一站去我二姐家，告别的时候二姐夫奉上他特意去酒厂托关系买来的一坛上好绍兴黄酒作为礼物敬赠我岳父。给第一次到访的长辈以回礼，我这个做女婿的没想到，好在有二姐夫帮我打点好，我真是无比感激他的用心良苦，我忠厚老实的岳父也是备感有面子。

礼数是一种纽带，维系着人际关系。人与人交往，不管是有意还是无心，最怕的是失了礼数，这不仅可能导致关系渐行渐远，而且易授人以话柄，被长久数落，自己也往往于心不安。所以，无论是过年过节，抑或平常日子，还是要做个有心人，有些仪式感，不可太过自我与随意，凡事心诚情真，自然礼数周到了。

（原载 2017 年 2 月 19 日《宁波晚报》）

第四辑 杂感·碎思

杂说"颜值"

"颜值"一词如今在线上线下大行其道。它的较正式定义是衡量人物容貌英俊或靓丽水平的一个指数。数值极高者，引发群情激奋，吸睛无数，骤然"爆表"；反之则惨不忍睹，甚至令人作呕，唯恐避之不及。当然，大多数人的颜值中不溜秋，殊无别致，扔进人海里波澜不惊，乏人侧目。

这个词好像是年轻人，或者更缩小范围一些来说，是年轻貌美的男女明星的专利。大众所围观的、所讨论的、所迷恋的高颜值对象基本也存在于电影电视剧、综艺节目、商品广告、杂志封面上。的确，看看那身段，那肤色，那五官，那气质，你只能怨上天也是偏心的，工作状态也是起伏不定的，这些个帅哥靓女一定是他在心情极好、最富创作激情和灵感的时候精心塑造出来的，只可惜上天大部分时间都很懒散、随意且平庸。

我不知道"颜值"这两字是何时组合成词的，但它迅速蹿红说明其激发并贯通了蓄积已久的一种大众心理趣味，也折射了社会某些世相和特征。放眼望去，我们所处的时代是多么的浮躁和肤浅，泛滥着庸俗的美艳而稀缺真正动人心魄的美丽。很多人都在追逐其实他自己也不明白究竟为何物的东西，他很疲惫，很迷茫，很无趣，而这些高颜值男女的出现似调味剂、兴奋剂，至少在片段时间内振奋了他的情绪，舒缓了压力，满足了想象空间。

仔细想想，颜值也不仅仅是专用来描摹、鉴赏他人的，实际上每个人都十分在意自己的颜值，都会估算出一个属于自己的外表指数。据我的经验和观察，很多人的自我颜值往往是高于实际水平的，他们在衡量自己外表的时候往往下意识地以某个理想形象为参照而进行了美化处理：塌鼻子变高鼻梁，参差不齐的满口黄牙变得整齐洁白，身姿也悄然挺拔了……所以映现在他头脑中的形象恍惚是高大匀称的，端庄俊俏的，光彩照人且富有魅力。他们沉浸在这样的臆想中，同时还表现出与这个"虚幻自我"相衬的一举一动。但事实并非如此，在旁人看来更是显得不伦不类、滑稽可笑，东施效颦便是这种自我意象失真的典型代表。一旦从这种被拔高的颜值中走出来，照见镜子中真实的自己，他的心绪连同自我颜值指数多半于一声叹息中急转直下。

很多人都觉得你一个大老爷们，又都奔四奔五的人，尽扯些外表啊，颜值啊，是不是有病？也许吧，这兴许还是芸芸众生的通病呢。我知道两个教育圈小有名气的撰稿人，都上了年纪，都以思想深刻、言辞犀利著称，一向最讨厌教师浅薄无知、没有独立思想和人格、沉溺于小我世界等陋相并加以口诛笔伐，但我发现他们博客和QQ空间里的头像都是各自"颜值"最高的照片。有一个挂的还是三十出头、依稀能看出几分帅气的大头照，而当前的他已然发福臃肿，也到了知天命的年岁。从这小细节，我窥出了他俩的浅薄之处，在某种意义上，他们与那些喜欢自拍、擅用美图软件加工并在朋友圈里狂晒的小女子、小男人并无二致，关注外表都甚于内心。

春夏秋冬，四季更迭，最高的颜值也总会"无可奈何花落去"。记得读研究生的时候，有一个举止牛气、大言不惭的教授给我们发了一本他自己写的书，封折上印着他的照片，西装领带，宽额紧肤，意气风发，何等潇洒迷人。我们围着他索要签名，目光所及，却是他松弛灰暗的面容，有些瘪塌的嘴巴一张一翕，微微冒出些年老腐朽的气息，握笔的手不停颤抖。那一刻，我们心下不仅为他也为自己唏嘘不已。

最后，我想说，那些透着健康、单纯、自然、阳光、睿智、仁和气息的外表在我心中具有最高的颜值，那也许是无情岁月最难摧残的，历尽沧桑而不衰减，甚至更显醇韵。如果非要列出几个人名，那么去网上搜搜钱学森、季羡林、周有光、杨绛等大家的照片吧。

（原载 2015 年 4 月 17 日《今日镇海》）

生活的"一"法

每一天，我们赖以生存的工作以及杂碎的家务就可能把日子充塞得满满当当，使我们喘不过气来，时光就在这样的忙碌、繁重、单调和庸常中一天天流过。有人习惯了，有人倦怠了，有人怨怼着，有人将就着。

也许是学过心理学的缘故，笔者特别喜欢用"一"的积极暗示来规束和整理自己的生活。所谓"一"，主要是指花较短时间、较少精力完成微量任务，使自己每天都有小的收获，体验到充实和满足，进而撬动略显沉重乃至有些乏味的生活，涂抹出一些鲜亮的色彩。日复一日坚持做这个"一"，集腋成裘，从量变走向质变，久而久之，整个生活状态也焕发出意蕴和光彩。

第一个"一"体现在每天的出行上。我工作在小城东端，租住在四公里开外的城西。每天一般来回两趟，尽量不开车，骑用公共自行车穿行于城区两端，时不时变换行走路线，可以领略小城的街容巷貌以及平常人家的生活风情。而且其中一个单程必然完全依靠双脚丈量，从车来人往的大街上一头扎进城区北部绵延数里的狭长的绿化景观带，漫步或小跑于石板砌成的小道上，一年四季，一日晨昏，风景各异，最美数春天早晨或是夏日傍晚，但见树木葳蕤中掩映着亭台楼阁，鸟语花香，水塘镜面里倒映着天光云影，落霞满天，别有一番景致和情趣。

阅读是从小养成的志趣，但现实中，琐碎机械的工作挤压了读书的时间和精力。在这方面，加拿大人奥斯勒给我启发很大，他是个医生，工作很紧张，但不管怎样，每天睡前他都要读十五分钟的书，半个世纪过去了，这睡前十五分钟的习惯让他饱读了一千零九十八本书，他也因此成为著名学者。这个故事是那样的具有感染力，激发我也要求自己每天必须精读一篇以上的教育、人文方面的美文佳作，背诵一首古典诗词。这些目标其实很容易在工作生活的零碎时间中悄然达成。对于大部头的经典著作，我采取化整为零的策略，每天不多不少看上一个章节。用这个方法啃下的第一本书是《红楼梦》，从炎夏到初春，如同爬山，我一步一个脚印终于登上了第一百二十回的巅峰，合上书卷的那一刻，直觉此生的遗憾又少了一件。

每天午餐后，我常常沿着操场的跑道走上一圈，然后穿行过校园内一座小山山麓的步行道，进到学生公寓下的地下停车场，从车子后备厢取出笛子，开始吹奏。

吹笛是初中时自学的，造诣一般，但在无人空旷的停车场里，不用担心旁人的干扰与窥听，悠远的回响也能助我轻易找到演奏的最佳气息和心绪，安心沉浸于《姑苏行》《春江花月夜》等悠扬古曲的自我创造中。吹奏间隙，以笛当剑，习练大学里向民间武师学来的陈氏太极剑，或是走一遍陈氏太极拳、赵堡太极拳等，于行云流水间体会阴阳转换、虚实相间的精妙之处。大约 30 分钟的弄笛舞拳、文武兼修，身上仿佛又增了几分清新雅致的古典风味。

类似的"一"法还有很多，例如规定自己每天写上几百字以锻炼文笔和思维，每周写成一篇随笔或散文，每月观赏一部电影，甚至像福楼拜一样天天按时看日出，等等。这一个个的"一"散落于繁杂工作的间隙或边角，却开出了美丽芬芳的小花，让原本连成一片的沉重生活摇曳出明媚和缤纷，自己的每一天也享有了钱理群先生所说的"黎明的感觉"。

（原载 2014 年 7 月 7 日《宁波晚报》）

"一"道

一天又一天，一年又一年，雪花一片一片飘落。

饭是一口一口吃饱的，事是一件一件做完的。

有些时候觉得"一"真是个神奇的东西，微小如它，却组成了世界，串起了人生。

儿子独爱画画。每周五提早放学一般由我接到单位，我无暇陪伴，只能递上纸笔任其自娱自乐，他便一个人在我身后的办公桌上画啊画，画完一张再画一张，完了还用双面胶粘贴成册，欣欣然的样子。整整一两个小时，可以不发出一点声响，我因此能不受干扰地专注手头的工作，那时候我觉得孩子真乖，时光真美好。当然，孩子并不一直都很有定性，不少时候，他也很糙、很吵、很躁，乱七八糟。

其实我也很喜欢画画，小学时描摹过好多条鱼，有几张还被老师送到乡里去参加比赛。因为农村教育的落后，我在画画一事上没有得到及时的专业培训。然而即便到了现在，我还是无数次涌起学画画、画好画的冲动。我最想练成的是钢笔画或是连环画，一如中国诗词大会点评嘉宾康震教授，可以用最简单的工具，在随便一张纸头上，行云流水般泻出种种景致和心绪，那该多么惬意和满足，该多么兴味盎然。

有个同事，教美术的，课余经常钻入画室，研墨铺纸，落笔勾线。往往一炷香的工夫，花鸟、山水、静物，一挥而就，跃然纸上，怡然自得之际还拍照发至微信朋友圈，赢来"点赞"多多。我真是好生羡慕他的这一本领，不是鸿篇巨制，无须漫长煎熬，只是在一天中的某个片段，以自己的某种爱好、某项特长，那么轻轻悄悄、率性自由地创造出一脉浓淡皆宜的诗意，一捧大小不一的收获。我想，他一辈子的日子估计都似这泓清泉流淌，不单调，不呆板，不无趣。

人生自有诗意，生活不只苟且。生命的上品质地相当程度上并不取决于宏大的格局、繁重的奋进，而恰恰来源于那个或那些个"一"。譬如牧童短笛、林间高歌、挥毫泼墨、琴棋书画、闻鸡起舞，这"一"是你从大千世界采撷生成的珍贵精华，凝聚着你的天性志趣和生活热情，让你回归最本真的状态。那一幅幅、一首首、一遍遍……并非简单的重复，而是在对生命进行不断的修复、整合和精萃。特别是当我们陷入迷茫无绪、空虚颓废、焦虑无助中，能够拯救我们的也许就是这些个不起眼、不中用的"一"，它们的力量和韧性出乎意料的强大。甚而，它们的存在原本就能最大限度地预防这些困境的出现。

所以，热爱生命的人，别忘了多修炼几个"一"，多给孩子们埋下几粒"一"的种子。

（原载 2018 年 4 月 20 日《今日镇海》）

第四辑　杂感·碎思

183

穷与富

参加某培训，与一名多年前的老同事住在同一个房间。

饭后一起去林荫道上散步消食。晚饭其实吃得不多，丰盛的自助餐每样浅尝辄止，不敢多吃，也没有多少食欲。这样的饭菜如果放在年轻时，不知道会有多兴奋、多过瘾，可惜那时候无钱、无福消受。

于这点开始忆苦思甜。我是出了名的穷小子，求学年代自不必说，补丁裤子，解放球鞋，一大搪瓷杯干菜烤肉要对付一个礼拜，以致发育不良，"鸟手麻长"。即便参加了工作，还是穷得叮当响，穿地摊衣服，吃食堂饭菜，而且每餐限定一荤一素控制在三块五左右，有时就只买一碗荤菜了事。那个戴眼镜的食堂女老板经常一见我就调侃"三块五来了"。工资攒起来部分贴补家用，部分存购房首付款，没有家庭做后盾的日子就过得如此拮据窘迫，不过好在都过来了，但年纪也爬上了四十门槛，人到中年，上有老下有小，生活依然不轻松。

待我诉苦完毕，老同事捻灭烟头，笑笑说："你那点穷不算什么，我比你更穷。"

我颇感意外并不以为然。我晚他两年工作，在我印象中，他面方肤白，身材匀称，穿着光鲜，出手大方，工作第三年便被提拔为中层干部，在单位食堂请我们喝饮料，见者有份。听说他既喝酒，还抽烟，抽屉里藏着的基本是硬中华。他在业务和仕途上都发展得又快又好，现在是某局副处级干部。浑身上下真的是找不见一点穷困的影子。

但他描述的情形又不由得我不信。他老家在山上，交通不便，冰雪天进去就出不来，兄弟姐妹多，住的是泥墙土坯房，中学读书住校也是铝盒子蒸饭、搪瓷杯蒸菜这样熬过来的。上大学第一年的费用靠出嫁的姐姐接济，读完大学还欠了别人两三千元债。

听上去某些方面确实还不如我家。"你怎么从来没给人穷的印象啊？"我又一次发出自己的疑问。

他在这一点上真的与我大不相同。在单位里，或许因为我的俭省朴素，"穷"成了我的标签，好多同事想当然地一次次错误地把我的老家认定是省内某两个欠发达地区，虽然我不止一次地纠正过他们。教务室的老头子一有双休日的监考活，首先与我联系要不要赚这几个辛苦铜钿。

"你有些方面是想不通的！"看来老同事对我的穷酸作派也是有所耳闻目睹的。"我与你不同，该花的钱从来不省，也不等。我工作第三年把积下来的十万块钱拿去给老爸盖房子，因为那泥坯房快要坍塌了。后来又向银行贷款买了婚房，自己督工装修。我不能让老婆跟我与同事挤在单位的宿舍房里。"我见过他夫人，是他大学同学，本地镇上的，家境算得上殷实。他的大方洒脱还有一个例证，每年寒暑假总有些毕业学生回校看望老师，遇上饭点，有些老师要么婉言送客，要么拉到食堂吃个便餐，或者由学生请客。而他呢，自掏腰包去酒店包厢请学生吃海鲜大餐，因为那里的环境方便聊天叙旧。

这么说来，多年前老同事给我们的"富裕"表象很大程度上是"装"出来的，但装着装着慢慢地以假乱真了，不露声色地实现了从穷人到小康、中产的蜕变。这既是一种生活态度，也是一种生存策略，甚或说，更是一种人生智慧和风度。如我一般念念不忘一个"穷"字，事事处处以穷人的思维和行为去与他人和环境打交道，由穷转富的过程更为漫长，力度也不够强劲。

聊完这个，话题自然转到了房子上。这两年房价噌噌上蹿，周围许多人都在炒房保值增值，不少还赚得盆满钵满。我以为像老同学有一定地位，消息灵通的人，应该辗转腾挪了好几套房子，家财千万了吧。

然而老同事的回答又一次出乎我意料，"我地球上就一套房子，一家三口，住住绰绰有余了。孩子还小，还不用给他考虑婚房什么的，再说儿孙自有儿孙命"。

"您和您夫人收入都不错，不买房子，钱放银行不是眼睁睁任它缩水吗？"我小心翼翼地追问。

"我们也没多少钱，都花得差不多了。我想得很通的，都快奔五的人了，要善待自己，有钱就做自己喜欢的事情，吃好穿好，有空去看看外面的大世界，小孩想学什么也尽量满足，还有就是对老人好一点，多给点钱让他们花花。钱花掉了才有价值、有意义。"老同事这样回答我，更像一个人生小结。

突然觉得，在不同人生阶段，老同事其实都是心灵富裕的人，活得像一个富人。

（原载 2018 年 1 月 19 日《宁波日报》）

两个好孩子

  论年纪，阿山和阿水都比我大上两三岁，应该都过了不惑之年。只不过，我长年读书、工作在外，他们在我脑海中的形象更多地停留在年少时经常见到、接触过的样子。

  最关键的是，每次回家与母亲聊起村子里的事情，她总会提及他们，说这两个孩子真不错，如何如何的好。于是在我的思维空间里就串连、合成出两个好孩子的生动画面，行走在我的心路上。

  这两个孩子都不属于那种聪明乖巧、外表精神，第一眼就讨人喜欢的型。相反，两人都长得敦实，粗手大脚，唇厚口讷，一举一动慢腾腾的，不灵活、不利落，有些木头木脑的样子。如果拿复杂的智力量表去测一下他们的智商，多半在中下水平。这是有旁证的。两个人读书成绩都很糟糕，勉强读完小学，初中读了一阵子就再也读不下去了。此外，阿山的姐姐脑子就不太好使，年纪很大了才找了个条件差的男人嫁了出去。

  但就是这样两个孩子，现在却成了家里的顶梁柱，把家里家外经营得红红火火，是家人的骄傲，也为村人称道。阿水现在是一家织布厂的技术工，一年收入十多万。前年把旧房子翻建成小别墅，我母亲去吃进屋酒，回来后多次念叨酒席十分体面，阿水的母亲领着客人们上下参观，新房子装修得异常考究，很气派，难得的是阿水给父母亲的卧室布置得和他们夫妻同样标准，众人连赞"有孝心，有福气"。

  阿山呢，现在做了驾校教练，时下学车人络绎不绝，他每年能挣上二三十万，在城里买了套房，村里的房子也装饰一新。他十分孝顺长辈，奶奶九十多岁了，这些年卧病在床，他母亲曾经生了嫌弃之心，阿山就正告母亲："你现在怎么对奶奶，我们以后也怎么对待你。"倒让母亲受了教诲。他每次从城里回村里，总不忘给奶奶换洗衣服被子、端菜送饭、扫地倒尿。他奶奶经常与我母亲这帮老伙伴说起孙子对她的好，一传十，十传百，很多人看阿山的目光便多了份慈爱的善意。

  之所以要将这两个孩子用心素描一番，是因为他们恰如一面镜子，照出了我身上的许多不足。我可能比他们要聪明一些，读了大学，在城里安家立业，但我带给父母的照顾、慰藉，对老家的投入、支持算来是比不上他们的，也许当年考了好成绩、成了大学生、找了份还算过得去的工作也曾让父母荣光了一阵子。但毕竟是暂时的、外在的，于他们没有太多实质意义。

同样，这个世上，肯定有很多聪慧、乖巧、漂亮或帅气、会读书、善钻营的孩子，学至硕博，出国留洋，他们可能取得了很大的成就，有显赫的名声，生活精彩绝伦，甚或大富大贵，但是他们给父母、给家庭营造的那份幸福、温馨、安全感也许还不如阿山和阿水这两个普通孩子做到的那般紧实。

我尝试着用一个词来形容这两个孩子，在脑海中搜索良久，突然于"憨厚"处停住了，那一刻眼前也浮现了小学里阿水被小伙伴作弄却憨笑以对的模样。这真的是能涵盖他们内外形象的绝佳之词，因为憨厚，所以他们质朴、善良、孝顺、踏实、勤奋、沉稳，当这些绝不花哨的品性汇聚在一起的时候，闪耀出的是金子般的人性光芒。

值得思索的是，在传统教育思维中，他们无疑属于失败者。如果他们今天的美好很大程度上植根于那有限几年的乡村教育，那应是学校教育之幸、之骄傲；如果不是，则需要引起我们对于"教育成人"这一命题的深刻反思。

（原载 2015 年 3 月 20 日《浙江教育报》）

人脉资源

人到中年，日子过得不咸不淡、平庸平凡，灰头土脸奔向生命下半场。落寞的时候也不禁思量，除了天赋才干、家庭出身、自身努力等限制，到底还有什么因素导致自己的碌碌无为、黯淡无光呢？

有一回，一名外校的年轻同行来我校办事，顺道在我办公室里闲聊了一个多小时。不知在哪个话头上，他有些惊讶并且惋惜地对我说："你这人有点傻，堂堂一个主任，掌握很多资源啊，你居然都没利用起来，哎！"然后他又透露了他们学校与我同一职位的老师是如何充分利用各种资源，将自己的事业和工作经营得如鱼得水的一大堆事例。

这名同行所例举的种种其实于我并非一无所知，比如：多跑跑所负责工作的这条线上的各级"实权人物"，逢年过节送点礼联络感情；经费自然可以向单位争取，自己也要舍得"出血"，反正有舍必定有得、小投入大回报嘛。更加高级或者含蓄的方式是经常邀请有关人员来校做做报告、指导指导工作等，既让对方得到实实在在的真金白银，更满足了他们的自尊感、表现欲。他们手上有的是各种机会，随便找几个对你投桃报李，就够你在发表文章、评比获奖、开设讲座等方面获得诸多便利；或者得以在一些重要场合露露脸、发发声，那你在这线上、这圈内就有了名气、有了绩效，自然就能算得上有所作为、年轻有为甚至大有作为呢。

说实话，自己也不能说完全与这些道道泾渭分明。节日来临，总记着给相关的领导、专家发送祝福短信，且从来都会自己编辑而不偷懒转发网编的；也曾请过有关专家给老师做培训，可惜效果不好，让自己对同事们愧疚难受了很多天。至于送礼请吃，自己倒是真做不出来。一则自己向来节俭甚至吝啬，让自己掏腰包几同于割肉；二则自己一贯脸薄口讷，即便委婉地问领导、问那些关键人物要钱要利益也是横竖说不出口的；三则自己生性疏懒，迎来送往、陪笑陪吃陪侃这些事做起来浑身难受，别扭得很。干脆还是不做了，你不做，人家也就对你没印象、没感觉。

这几年教师培训火爆，各路专家东奔西跑，粉墨登场，赚得盆满钵满。曾有一名师训部门工作人员不止一次暗示我请他来做讲座或是合作科研项目，他可以安排我在他们开办的多个培训班上讲讲课，赚点外快。但我对其讲课水平实在不敢恭维，有了前车之鉴只能装聋作哑。这些年我倒是请过不少专家教授，大多数人与我无半点瓜葛，因为我唯一的取舍标准是要求讲座内容实在，讲课生动。当然其中也包藏了自己的一点私心，那就是能够借此请到我慕名的专家，听到精彩的报告。

因为北大钱理群教授的首提，这些年"精致的利己主义者"这一称呼迅速流行开来，而且我发现身边真有不少人可以与之对上号。他们在利用人脉资源方面所表现出来的热情、智慧、心思手段常常令我自叹不如。记得很多年前，我的一名同行总是随身装着满满一盒名片，估计得有五六百张吧，各色人等应有尽有，但凡有人想找某些人办事又不得门道，找他准没错。这些年，另外一名同行借助QQ、微信联络着全国各地多路专家学者、编辑记者、草根名师，这些资源被他"玩转"得游刃有余、风生水起，也助推他的事业高潮迭起、驶上快车道。当他的新书上市，书评往往第一时间跟上，这些作者有些是他私下授意的，也有一些是来还礼的，因为他也经常给别人特别是一些重要人物出的书写评论，互相呼应，抱团共进，十分和谐。

去年暑假，我去浙中某县参加一个由某省级学会举办的社会培训，没想到当地承办方负责人恰巧是我读教育硕士时的同学。朋友相见，免不得要寒暄一番，而且之前他刚刚评上省级名师，我便开玩笑地非要他请客吃饭，他满口应承。然而整整三天培训我几乎与他搭不上话，更别说聚餐了。他的注意力全放在那些领导和专家身上，点头哈腰，鞍前马后，或包厢或农庄，把这些大人物伺候得舒舒服服，哪里顾得上拿着十五元饭票排队吃快餐的老同学。我其实能理解他的这种寡情薄意，他能评上省级名师一定程度上正是仰仗着这些圈内大佬的提携，这也是他这类人多年用心钻营积累起来的所谓"综合实力"。

然而我还是觉得有些遗憾失望，遗憾不少纯朴、真诚、温暖的东西被功利、私欲的浪潮所"荡涤"，失望的是那些璀璨夺目的所谓成功、成果也许并不那么纯粹、那么晶莹剔透。

别算计生活

在网上搜索某一楼盘，翻到了几年前该小区的业主论坛。

别看现在寂无人声，这个论坛在三四年前还是热闹非凡的，有不少业主与打算购房的人时常发帖跟帖热烈讨论关于价格、装修、物业等种种话题。那会儿房价正处于上升通道，大家纷纷看好这一片区的发展前景，不时爆出周边未来将开建新楼盘、引进超市、拓宽道路、建造公园、进驻某政府机构等所谓的利好消息，引得群情激奋，心向往之。一个来自中心城区的市民也来发帖晒自己的购房经历，他刚刚以一万二的价格购置了这个小区的一套二手房，对于自己购房的种种考虑他进行了长篇累牍的系统分析。许多人深以为然，对他这套房子的性价比和投资回报率表示羡慕。有人断言再过两三年，这个房价肯定要涨到一万五甚至更高，说得这位新业主心花怒放。老业主们也备感振奋，大家共同祝福明天会更好。

几年时光转眼过去，该小区的周边环境确有改善，但经历几轮政策调控加之新楼盘遍地开花，当初被普遍看涨的房价却直线下滑，那位业主的房子当前估计也就值一平方米八千不到的白坯价，且基本上有价无市。我不知道当初那些满怀希望的业主这两年经历了怎样跌宕的心路历程。在遭受财产缩水的同时还必须承受精神煎熬，他们有无失望甚至绝望？世事难料啊，人算不如天算。

生活就是这样的变幻莫测，当我们穷尽自己的心智去计算出一个美好的结果并且以为能够赢得生活的时候，它却偏偏打乱你的如意算盘，让你再也不能在计算与结果之间画上等号。即便如此，大多数人还是习惯性乐此不疲地去对生活进行加减乘除以及更为复杂的符号规则的运算，借此取得一个最优化或者说最大化的结果。于是，我们的生活就常常为这计算的过程与结果所控制、所负累。

梳理一下，我们在计算的生活其实绝大部分属于物质层面，房子、车子、票子、位子等，诸如此类的身外之物都是可以计算、可以衡量、可以比较的。我们拼命地在得到，却也无法阻止其流失，当所得与所失相抵之后，我们也许得到一个正数，也可能是一个负数。不管怎样，纠结或者沉溺于得失的起落转化总将吞噬掉生命中更为重要的东西。

哲人说"人是一种奔向死亡的存在"，人生的意义不在于人人都逃脱不了的死亡结局，而在于生命绵延漫长的过程，每个人都有一个远比物质追求广袤深邃得多的精神宇宙，不断开拓其疆域方是人生最本质的使命。而这个过程不需要周密计算，更不需要暗中算计，去不择手段地侵占掠夺。我们要做的，只是澄净我们的心灵，去思考、去感悟、去积淀、去升华，这一过程与结果深深地浸润入我们的生命，成为我们最可靠的人生财富，它不会缩水，只会历久弥珍。

杨绛先生与钱锺书先生在北京的寓所极其简朴，按时下的财富计算方法，他们无疑得归入贫穷行列。然而他们在学识上、智慧上、人格道德上所臻至的境界又有几人能媲美呢？杨先生说："我从不与人争，也不屑与人争。"正是这一份豁达与通透，让她活出了自己。

并不是说生活应该完全排除计算或算计，但即便在谋求物质财富时我们也应有所节制，不为内心的虚荣和外在的浮躁所左右，追随自己的本心加上一点点直觉和理智去满足适度的物质需求。越是处处算计、事事计较，我们的生活就不可避免地越来越窄小、庸俗、沉重和肤浅。当然，我们也希望整个社会生态能更趋健康良性，不助长过度的投资与投机，不泛滥拜金主义和物质至上，让民众享有更加自由、灵动、舒展的精神空间，在人生道路上，"慢慢走，欣赏啊"。

整理办公室

单位里开展办公室卫生检查，我花了足足两个下午，翻箱倒柜，横七竖八，灰头土脸，手指触黑，清理出整整五大袋纸质垃圾，重约三百斤，换得不到七十块钱。

这还远不能说清理彻底。跟前几次一样，对于一些书籍资料，我还是无比纠结，放着，基本不会再用，丢了，万一哪天需要，权衡再三，最后只能暂时先留着，这些物品保守估计也可装满一编织袋。

收废品的师傅将五袋垃圾拖出办公室，室内一下子敞亮、宽适、轻盈了许多。我想起几年前，刚搬进这装修一新的房间，除了办公桌椅、储物柜以及随身带来的一些书籍、办公用品外，什么都没有，十分的简洁明了，规整有序。然而不知不觉间，到处塞得满满当当，桌面上东摊西放，还不包括已经每年几次被送往废品站的那些了，真不知怎么会生出如此多的垃圾废物。

看看被我扔掉的东西，有公家或个人订阅的报纸、杂志，有外出培训或开会带回来的书籍、学习资料，有自己编辑的学校内刊、校园读物，有教师上交的一些校本教材、培训手册，有各种文件、通知，还有一些印刷精美的宣传图册、广告页面等。诸如此类的物品，总是因为一个理由抑或一种机缘经由我手进入了我的办公室，我收留了它们，觉着变成自己的了，想着有一天会用到它们，最后竟然成为不能承受之繁、之重、之烦。

仔细想想，这次被扔掉的几袋子物品大多本身就价值了了，那些报纸一分钟就能扫描完数十个版面，那些杂志每期难得有几篇意味隽永的好文章，那些培训时发的书籍大多是搭车发放，如果进入流通渠道也许根本没有市场需求，那些自编的校刊、读物很多也是应景、应时之作，隔上几年再回头看其质量水平令自己汗颜不已，那些教师上交的材料大多也纯粹是为了应付而粗制滥造的。很多人都在制造即便看起来很美却没有多少营养的快餐式作品，然后通过各种各样的渠道、网络派送到很多人手上，而我却傻乎乎地当宝贝一样留下、守着，让它们肆意占据我的生活空间，压迫我的心灵世界。其实最好的处置方式就是像吃方便面或快餐，可以看一看、尝一尝、充充饥，然后用一张报纸或一个塑料袋把吃剩的连同一次性用具一卷、一包，毫不惋惜地扔进垃圾桶了事。

当然，并非所有的物品都是废物。有些书、有些报刊杂志上的文章、有些材料中的经验介绍，对自己的学习、工作还是很有参考意义的。于是剪下来或撕下来，装进大信封或文件盒，等待有时间好好阅读消化。这样的剪报越来越多，但之后也很少会认真去精读。我们的生活真是很忙碌，而生命真是很有限，我们总是习惯于将一些任务先搁一搁，留待以后某个空闲时间去细细品尝。但生活就像大海，波浪连绵不绝、涌动不息，难得会有这样旧梦重温的间隙。所以，如果你觉得一些资料有用，最好的方式是尽快将它研读，消化吸收为自己知识或思想的一部分，不要预支未来，提前安排太多的任务，因为你不知道明天会发生什么。再者，这世界有意义、有意思的东西太多，你不可能全部采撷过来为你所有，如果这些东西没有进入你的有机生命，即便你名义上拥有它们，也只不过是你的附着物甚至是生命的绊索或累赘。

　　曾经读过关于李嘉诚的长篇报道，印象最深刻的是那幅题头照。李先生坐在办公桌前，身后通透的落地窗外可见高楼林立、繁华气派的维多利亚港，而他的办公室除了一张桌子、一组矮柜、一台电脑、两个电话、一个记事本、一套茶具及墙上的字画作品外，再无他物。照片上的李嘉诚孩童般地开怀大笑，商界的波诡云谲、宇宙的千峰万壑，只在他的谈笑间，浓缩在他的胸襟里，他看透了整个世界，牢牢地掌控了一个庞大的商业帝国，而居于顶端的他是如此简单纯粹、随性随意、无所依附。而如我这般的凡夫俗子，大多数的生命都被杂乱无章的事物、事务所埋没、所烦扰。想想自己曾多少次为了找一张不知搁在哪边的发票而将办公室翻个底朝天，你就会哀叹自己命该如此：疲于奔命，碌碌无为。

　　也许我们该经常整理自己的办公室、居所，让一切变得井井有条、干净整洁。生活空间的改观，带来的不仅是感官上的赏心悦目，更能让我们的工作生活以及身心状态更加自由、轻松、自在和有效率。

（原载 2015 年 7 月 10 日《鄞州日报》）

认真最美

　　第一季《中国新歌声》落幕，汪峰战队的蒋敦豪荣膺冠军，这一结果得到相当数量观众的认可，观众认为他实至名归，且这也至少还了汪峰一个迟到的冠军。

　　加上前四届的《中国好声音》，如果要评出一位中国好导师的话，估计汪峰的得票数将会最高，甚至是遥遥领先。当然观众并不是一开始就对他情有独钟，青睐有加。

　　不知从什么时候开始，关于汪峰的新闻后的网络评论慢慢地变"干净"、正面了。特别是随着这一季新歌声渐入佳境，汪峰和他的学员受到了最多的关注和肯定，很多人都在预测或者一厢情愿地以为本季冠军必须出在汪峰战队，否则，天理难容，将果断换台，老死不再看浙江卫视云云。虽然有些幼稚可笑，但足见其心之诚、意之切。

　　这一百八十度的大逆转真是让人感叹河东河西，世事变幻。这里面有时间的因素，尘埃终将落定，浑水终会澄清，但更主要的还是汪峰的自我正名。当然也许他并没有刻意去改变什么，只是坚持做好自己，他的才华、他的认真还有那份真性情便越来越"显山露水"，无法阻挡地涌入观众的眼睛，重塑了一个较为客观、真实的形象——并非十全十美，但更不是一无是处、十恶不赦。

　　汪峰号称"汪半壁"，凭一己之力撑起了华语摇滚乐坛的半壁江山。这评价或许有些言过其实，但足见其学院派出身的真才实学和源源不尽的创作才力。然而这不是他能成为冠军导师的最重要因素，而是他浑身上下流露的对音乐的满腔认真：认真听歌、认真抢学员、认真点评、认真选歌、认真调教学员、认真地纠结，甚至还包括意见相左时与其他导师认真地争执，或是遭受专业评审不公正票选时认真地表露自己的不满。我们最为感动、最难以抗拒的一个事实是经过他调教的学员往往有突飞猛进、脱胎换骨式的进步，学员对歌曲的演绎也往往最入耳走心，造就了一个个堪称经典的版本。

　　新歌声以及之前好声音的导师，论歌唱实力、音乐才华，汪峰也许排不上第一。但总结来看，他对学员的爱护、指导、帮助和今后职业发展的影响无疑是做得最好的，最投入、最卖力、最得当、最见成效，对于一档发掘成就音乐新人的综艺节目来说，这是核心关键。冠军导师于汪峰，当之无愧，这个华丽炫目的舞台，他最亮、最美。

认真是发自内心深处的力量凝聚成的一种专注、投入、沉静的身心姿态，这种姿态无论从那个角度来看都是美的，都让人折服、钦慕以至于景仰。

生活中，多少让我们欣赏、心动和难忘的人，多半是因为那股子认真劲啊，其中迸发出耀眼夺目的光华。

（原载 2016 年 10 月 14 日《今日镇海》）

第四辑　杂感·碎思

才 华

太阳会发光，星星会发光，小小的萤火虫也会发光，我们人会发光吗？人到中年，头脑里突然冒出这么个天真的问题，还尝试着去寻找答案。

前阵子去党校参加一个培训，学员来自各县市区，彼此之前互不相识，完全是一个临时组合而成的新团队。不过一眼之下，有个男同学迅速闯进了很多人的眼帘。

三十五六上下的年纪，中等个子，偏瘦，长脸，肤黑，戴一副褐色眼镜，有点小龅牙，最显眼的是一头挑染过并扎成马尾状的长发，这作派，明显搞艺术的范儿啊。当然，现在徒有其表、华而不实的人多得是，况且真正有本事的也不会如此装酷。

团队破冰活动时，班主任补充介绍说这位学员是拍照高手，应邀给许多大型活动做过专业摄影，这么一说不少眼光又齐刷刷地砸了过去。此后两三天里，他俨然是这个团队的焦点，学校里各种培训班很多，同一班上的同学相互之间大多模糊得很，但所有人都清楚他是自己的同学。

真正惊艳我们的是在最后两天的班级联欢与培训展示活动，他操着长长的相机，不停地"咔嚓咔嚓"，偶尔也会拿起手机随手拍上几张，那架势，那神情，那姿态，完全不似此前叼着烟有些慵懒和痞气的模样，特别和谐统一。当他把相片发在班级微信群里，惊叹、赞叹此起彼伏，平平常常的人和事，居然可以拍得这么美，这么有味道。那种恰到好处的角度和时机就像河海里穿梭的鱼、天空中飞翔的鸟，一般人竭尽全力也追不上、抓不住，而他却轻盈地将它们握在了手中。

这些照片又一次聚拢了众人对他的关注，点赞的，要联系方式的，请教交流的，他自然而然地被围在人群中间，所谓的群星捧月，大致就是这样一种情状。我突然觉得他通体恍若环绕着一圈光芒，好似汗血宝马的血汗丝丝缕缕地渗透出来，金灿灿的，那么耀眼。

在那一刻，类似的许许多多发光体在脑海里涌现出来：学校里那名工作没几年便在各个方面都成为骨干翘楚的青年教师，那名每天都能在公众号推出一篇美文并且都能收获数百个打赏和点赞的江苏语文特级教师，那些讲台上侃侃而谈增长我见识和智慧的专家教授，那个在路边偶遇的能用棕榈叶飞快编出各种栩栩如生小动物造型的中年汉子……这些人，进入我的世界，留在我的记忆中，现在想来，其实都是因为他们夺目的光亮啊。

终于明白，人真的是会发光的，因为每个人都拥有一个光源。人的一生其实就是在蓄积光能，不断提升自己的亮度，不断地炫出自己的光彩。在人类的银河里，有流星，有恒星，有的如日月般辉煌，有的如萤火般微弱，无数人则隐于茫茫寂黑。

有人说，所谓人的光芒只是你个人的臆想。的确，这种光的存在不仅仅是视觉观感，更是心灵感应和精神共鸣。当我们能够知觉到他人的亮光，首先是因为我们拥有那份基于追慕美好、积极进取、自我完善的敏锐的光感。

每个人的光源千差万别，概而言之，才、德、财、权、貌等均能赋予不同人以光华，而我最为欣赏，也是文章记录的，正是"才"。这一光源，既有天赋的成分，更可以在后天的磨砺中尽显光耀。它也许是最能为人所掌控，也最能体现人的独特性、创造性和坚持性，也最为恒久的一种光亮。

很佩服汉语的造词，那个叫"才华"的词语，真的是一个熠熠闪光的高度概括，那么透彻地折射了人的某种特性以及与生命的某种关系。

（原载 2016 年 9 月 14 日《宁波晚报》）

没人在看你

儿子读小学一年级了，跳绳成了他跨不过去的坎。因手脚协调性差，他只能勉强跳一个，眼看着学校要测试，我晚上有空的时候就带他下楼去练。灯光球场里他死活不肯跳，便找了个僻静昏暗的地，他又眼观六路耳听八方似的，一有人影、人声立马收住动作，装着与我聊天玩耍，待确认安全无扰后方又笨拙地一下一下蹦过绳子。这孩子，不仅运动能力方面像我，脸皮也跟我一般薄，哎。

儿子以为路过的人都会看他、笑他、贬他，其实真是人小心细，想多了。路人大多只是瞥一眼，不留下一丝印记，即便有人多看两眼，目光里、笑意间、话语中盈出的也是一汪慈爱。这么嫩芽儿般的孩子他们除了觉着可爱呆萌之外应该不会再有其他的想法，更别说恶意了。

然而孩子就是不自在，还是坚持自己的感觉。别人的目光仿佛全朝着他压过来，像他手中的绳子一样缚住了他的手脚并且一圈圈缠绕着，他感受到了很大的压力。这倒让我想起席慕蓉笔下的那个小女生，上学路上站在街道的十字路口等红绿灯，抿着嘴，红着脸，不时理一下稍显散乱的发丝，以为来来往往的路人都在盯着她看，细密的汗珠仿佛都被这种压力给逼出来了。其实啊，正如席慕蓉轻声的劝慰：这些一早为生计奔波的人怎会有闲情去细细打量她。

大多数人的累，多半也似小孩这般，或者说就是从这个年龄开始的。别人成了一个魔鬼，悄无声息地钻进了原本纯净坦荡的心界，藏匿着，时不时出来兴风作浪、作威作福、颐指气使一番。原本的主人倒只能卑躬屈膝、唉声叹气，被这个魔鬼牵着鼻子走，不得安生，平添很多痛苦和愁怨。

我们害怕被别人看到的往往是自己的孱弱低下之处：我做得不够好，我不如人家，我倒霉，我不顺……还有一种情况是当你的对手、仇敌收获进步、摊上好事的时候，你会觉得很多人都在看你，看你的相形见绌，所有的目光貌似都不怀好意、揶揄嘲讽、幸灾乐祸。

别人真的在看你吗？大多数情形下，不管你是辉煌还是黯淡，成功还是失败，幸福还是不幸，我以为别人都没有这个兴趣、时间、精力。就算他真的在注视你，也是看过算数，他的目光里本身并没有蕴含可以压抑你、摧毁你的力量。力量的根源在于你的内心，在于你那强大又脆弱的自我，是你赋予其牵涉于你的意义和关系。就如你时时被刺到的别人目光中射出的敌意，恰是因为你在臆想中给自己树立了不少的对手、敌人，他们与你的过不去本质上是你自己跟自己的较劲。

对于别人的目光，最洒脱的姿态莫过于那些跳广场舞的大妈大婶、大叔大爷所展现出来的。好多舞者既无颜值亦无身段，更谈不上舞姿翩翩，有些看起来还十分可笑滑稽，然而他们就在那边旁若无人地挪动笨拙的身躯，每天定点定时雷打不动。他们享受着伴随音乐律动身体被舒服打开的快乐和健康，他们欣赏着自己的变化和进步。久而久之，围观的人都被他们这份单纯的热烈所感染，目光里也变得再无一丁点异样的杂质。

哦，原来当一个人可以自我欣赏和悦纳的时候，别人的目光便也充满温柔和悦，这也许就是他能与外界平和相处的关系状态。如果非得要说有很多的目光在看你，那么天地宇宙、日月星辰、花草牲畜都在看你，然而你不会觉察到。因为你把自己置于一个非常合适的位置：一方面，世界很大，你很小，几近于无；另一方面，世界很小，你很大，全世界都装在你的胸怀里。

没人在看你，真的，做好你自己，好好享受自己吧。

（原载 2016 年 12 月 20 日《宁波晚报》）

年轻的秘诀

　　参加会议或培训，经常会遇到类似的场景，也就是某个专家自我介绍或被人介绍时，他（她）报出的年龄岁数往往令台下的与会者难以置信，引发一阵小骚动，因为他们看上去比实际年龄要年轻许多，整个状态明显好于同龄人，他们是怎么做到的？

　　这些专家的讲座往往比较好听，内容实在而新颖，表达生动而幽默，不是那种人云亦云、浅表苍白、枯燥乏味的陈词滥调，更不至于对着稿子埋头念那般呆板，可见是下了功夫并且功力深厚的，富有自己的积累和特色。人们也因此会被他们牵引、感染，产生共鸣，收获新知，全神贯注。这就是好的演讲的魅力所在，他们的显年轻很大程度上是由自身思想、智慧、学识、能力素养、个性特质熔铸而成的一道耀眼的金属光芒，由内而外地焕发出奕奕神采。

　　讲台上的专家气定神闲，从容优雅，散发着迷人的光彩。有人会说，可能这些专家的生活特别惬意、滋润、悠闲吧。因为他们都上了一定的年纪，资历、职位和经济条件都高于一般人，有更大的自我调控和支配的余地，不必困于琐碎繁杂之中。这当然是一个因素，但其实我所知道的几位专家都特别忙碌，又特别勤奋。一位过了五十五岁的特级教师，担任副校长，不仅要处理千头万绪的学校教学业务，还要上课、辅导竞赛。就是在这般密度和强度的工作之余，他每年还要发表几篇高质量的论文，应邀在全国做两位数场次的学术报告，每一两年出版一本书，真不知道他哪来的时间、精力。他，或者类似于他的这些专家的日常生活可能就是这样充实，唯其如此，所以他们的整个身心始终保持着一种兴奋、鲜活、紧张的状态，每个细胞都在高效运转，表现于外的便是身材、容颜的紧实精干和活力四射。

　　作为教师，笔者与很多同行都担心随着年岁渐长会越来越不招学生喜欢，更别说延长退休到六十五岁了，哪比得上那些青春靓丽的年轻教师呢？这里面有自然规律和生理特性的因素，然而从一些专家身上我又看到了这并不是一种必然。别人对你是否年轻的感觉是一种综合感觉，你的状态、谈吐、思维、心态如果是年轻的，那别人眼中的你多半还是一个年轻人的样子，甚而有些东西是生理年龄年轻所无法臻至的，尤其令人仰慕。譬如对某个问题的另辟蹊径、深刻思考、深入钻研，加上精准凝练的表达，真的会让学生、听讲者涌起豁然开朗、叹为观止之感。年龄在那一刻被彻底粉碎，只有个人魅力的光芒熠熠。

可以做一个并不全面的总结，年轻的秘诀就在于一个人永不懈怠、永不松弛、永在进取，有一种完美主义的自律倾向，有一种对身体和精神的审美追求，始终对外界保持好奇、敏感、开放并且与时俱进。在庸常凡碌的日子里，他们通过阅读、思考、创造、运动等不断挖掘拓展、修炼调整自己的身心姿态，寻找并沉浸于最感舒悦自由的存在状态，而这可能具有滋容养颜的持久功效，汇聚成为一股强大的力量来共同对抗衰老的侵蚀。

（原载 2017 年 11 月 24 日《今日镇海》）

第四辑 杂感·碎思

我爱康老师

我跟康老师不熟，准确地说是未曾谋面，从未双向交流过，他肯定不知道这世上还有我这号人物。但我确乎经常放眼于荧屏上他的音容笑貌并为之倾倒，甘愿尊其为师，亲之，信之，爱之。

很多人大概跟我一样是因为一档电视节目而初识康老师的，这档节目一炮走红，很有名，收视率和点赞数都很高，被誉为电视界的一泓清流、一座标杆。现在已经办到第三季了，不显"三而竭"的颓势，观众也没有产生审美疲劳反而忠心耿耿一路追来，欲罢不能。这中间当然各有各因，比如节目风格雅致、选手出彩、嘉宾有才、主持人清新隽永等，这些要素我也欣赏，但我最大的观看动力还是来自康老师，就是想看看、听听他摆酷、耍帅、玩转诗词以及发呆卖萌的样子。

不消说，大家都猜得出我所说的康老师就是北京师范大学文学院教授、博士生导师康震，不知道他还有没有字、号什么的，单这本名就足以印证人如其名以及他父母的先见之明。他这两年风头正劲，名头震天响，《向上吧，诗词》《经典咏流传》等文化综艺节目里，他都是主角一样的存在，他还做过好多期的《百家讲坛》，我都喜欢看，追着看，读小学一二年级的儿子也迷上了。

康老师长得不赖，他今年多少年纪我懒得百度，但两鬓的零星白发以及眼角的浅浅鱼尾纹暗示他应该活了有些年岁了，然而给人的印象是非常"年轻态、健康品"，印堂发亮，面色润泽，顾盼生辉，可见五脏六腑运转强健，经络畅通。我这支拙笔实在很难传神形容他的外表，不妨借用《红楼梦》中描写贾雨村的"生得腰圆背厚，面阔口方，更兼剑眉星眼，直鼻权腮"一句，应该有那么些味道，尤其康老师的双眼皮，绝对可以作为美容店的广告模板。

除了长相好看，康老师的声音也颇为好听。声音事虽小，但对一个老师而言其实特别重要，如我这般普通话不准、音质沉闷的老师是很难受到学生欢迎的。但康老师的普通话已经基本滤尽了陕北口音，吐字清晰，抑扬顿挫，中气十足，响亮浑厚，非常有感染力，与他的外形也很配，很潇洒。诗词大会的四位点评嘉宾中，学术上的道行深浅我不方便评论，单就声音而言，康老师排第一是妥妥的。

大家喜欢听康老师点评，当然不仅仅是冲着声音好听。如是"绣花枕头稻草包"，内容干瘪枯燥，即便如"中国之声"播音员那般字正腔圆又能如何。康老

穿解放鞋的青春

师说诗词，总是娓娓道来、绵绵不绝、出口成章、字字珠玑，再妇孺皆知的一联诗、一阕词，他都能往深了挖、广了拓，连王维买了宋之问的一处"小别业"（茅棚）这类犄角旮旯的琐事他都能阐发得头头是道、谈笑风生，让人顿觉自己所知实在太过有限，一点皮毛而已。他那方正不失圆润的头脑里，仿佛装进了上下五千年的诗词歌赋、文化典故、名人逸事，并且始终处于高速腾挪闪转状态，时刻准备从他那非常端正的牙齿、嘴唇里冲出，简直没有他不知道的。他对这些都信手拈来，讲得生动可感，直听得一众选手、主持人乃至同台嘉宾聚精会神、如痴如醉。经常出现的一个情形是：除了康老师的侃侃而谈，全场寂然无声，突然间掌声雷动，原来是康老师见好就收，戛然而止，略带得意、歉意（讲太"嗨"了）的微笑旋出了两粒好看的酒窝，嘴角略微上翘，还有些害羞的样子，真是可爱。

康老师的魅力不限于此，他最具杀伤力的独门武器可能只是他的一项业余爱好——画画。一张纸，几支笔，寥寥数下，便勾勒出逼真的山水、人物、花草形象，而且他得把控好呈现节奏，有时故意掖着藏着，慢慢地放出来，方便选手不早不晚地触发灵感，抢答出相关诗词。当然，他一定会完成创作，交出一幅精美画卷，收笔处即是所考查诗句的题写，看得出他的书法也颇见功力，俊逸而劲健。这等功夫，难怪董卿赞其多才多艺，真不知他还身怀多少才艺绝活。我见过他在《向上吧，诗词》节目中的主持水平也是一级棒。聪明能干的人就是这样，学什么像什么精什么，那份才华横溢让人不禁联想到苏东坡。巧合的是，康老师对苏东坡也是热爱崇敬有加，有着深入的研究。

有好事的网友曾经剪辑了数段董卿与康老师互动的镜头，说他俩特有感觉，看上去真有那么点眉目传情的意味。我更倾向于将之理解为是他们之间的惺惺相惜。是啊，似康老师这等一表人才、博学多识、幽默风趣、阳光开朗的教授、学者，男女老少油然而生欣赏景仰之情也是再正常不过了。往深了想，这其实更是我们对中国诗词、中华文化的近似于血脉相连的一片深情，而康老师恰好是一个理想化身。

我爱康老师，还有董老师、蒙老师、王老师、郦老师，希望遇见更多像他们这样有才学、有情趣、有品位的好老师。

（原载 2018 年 5 月 8 日《宁波日报》）

恍若美好至极

因为电影《归来》，我第一次知道了严歌苓还有《陆犯焉识》，但并没有走进她的小说世界。数月前，因了一位年轻同事的推荐，我对严歌苓的小说产生了较浓厚的兴趣，花两个礼拜读完了《娘要嫁人》。前阵子又用更短的时间啃完她的最新力作《床畔》，它讲述了护士万红长期照料处于植物人状态的英雄连长张谷雨并与之产生爱恋的故事。书的腰封上宣示这是作者"'休克'二十年，颠覆三次终于写就的一部爱与信仰的启蒙小说"，颇能煽动起"严粉"的阅读欲望。

我之前读过的《娘要嫁人》虽不能列入严歌苓的代表作方阵，却也大体"显山露水"了其写作风格，在创作《床畔》时作者试图有所突破，然而业已形成的语言气质和文学品性并不是那么容易改头换面的。总的来说，严歌苓的文字非常有质感，优雅、流畅、明亮、干净，她擅长叙事和细节刻画，丰富而不烦琐，极少有那种自说自话、有时纯粹是故弄玄虚、拉长篇幅的大段大段的心理描写或旁白评论，因而她的作品总是那样充满画面感和可读性，常常让人欲罢不能。恰到好处、精准凝练的抒情和说理更属点睛之笔，为作品更添一段自然风流。

可以肯定的一点是，严歌苓的每一部小说都在用心塑造一个美好的女性形象。给我留下深刻印象的齐之芳，我未曾见识的扶桑、多鹤、田苏菲以及此次遇见的万红，每一个女主人公都近乎完美，仿佛高高凌驾于现实之上，超凡脱俗。但仔细想想，生活中其实不乏这样的"美人"，或者说，不少女性身上多多少少存有这种美的特质，而严歌苓将之集中贯注到了某一个人身上，并且通过叙写和剖析她们的跌宕命运使这种美展现得那样生动自然，在接近淋漓尽致时又不经意地悄悄踩了下刹车，收放自如间做到含而不发、意犹未尽，似乎要将这种美无限无尽地辐射绵延在广袤永恒的时空中，这份随着小说情节的铺展而逐渐绽放的美好也因而产生了强劲的感染力与穿透力，在读者的心中激荡出深沉的回响。

严歌苓作品所呈现的美好女性在形象特征上的一个共同点不妨归结为内外兼修、丰满立体，富有生命热情和张力，而远离了因为单一化、平面化和标签化而导致的苍白空洞。她并不刻意回避外形美，每一个主人公在容貌、身段、穿着乃至举手投足间简直都是天生的美人坯子，是天生的审美艺术家，是一种能够让嘈杂的人群迅速安静下来的美，是一种能在岁月沧桑中历久弥醇的美。因为这样的美实在太过炫目，让芸芸众生都自惭形秽，不敢直视，连生性狂野不羁的张谷雨的儿子花生，在很长一段时间内都在这位万红阿姨面前低下倔强桀骜的头颅，藏起指甲缝里嵌满黑泥的脏手，犯了错似的手足无措。至于吴医生、陈记者这两个在小说中鹤立鸡群、表现卓异的优质男人，他们对万红怦然心动、念念不忘，甘愿为她赴汤蹈火也符合人情人性。还记得在《娘要嫁人》里，寡妇齐之芳在丈夫离世后的后半生就是在与几个男人之间聚散离合、纠缠不清的一世情缘间度过的。每个男人都沉溺于她的美好而不能自拔，他们以他们不同的好，不声不响地陪她度过了人生的最好与最坏的时光。这是怎样一种美啊，散发着一种难以言表的特殊的气质或者说风情，撩拨着多少男人的心弦情丝。在《床畔》中，许多年后，华发如雪、已成功转型为电视剧策划人的陈记者向一名年轻狂妄的导演描述他心目中女主角形象时要求："她应该有种宁静的热情，有种痴狂的专注，有种随和却是独来独往的局外感……"这就是他曾经动了私心并创作了报告文学《普通天使》的那个护士万红，那个可爱的小万啊。

很多人包括严歌苓本人都将万红对植物人张谷雨连长的坚守归为她的爱与信仰。的确，读初一的时候，万红的心中就深藏了长大以后要嫁给一个小连长的少女梦想，也许正是这一份英雄情结让她在冥冥中与张谷雨相遇。所以我宁愿相信支撑万红十数年如一日精心照料她亲爱的"谷米哥"的力量是爱情。当胡护士揭开覆盖在英雄连长身上的雪白被单，进入万红眼帘的是"黝黑细腻的皮肤，匀称得当的身材比例，浑身长形、棱形、三角形的肌肉卧在一层皮肤下，各就各位，随时出击……"我想这应该就是万红憧憬中的军人形象，"在外勇猛粗鲁，在家多情如诗人"，何况他还笼罩着耀眼的英雄光辉。在第一次见面的时候，万红为张连长细心地疏通了导尿管，"就在她直起身时，她看见张谷雨跟她有个刹那间的目光相遇，她心跳得咚咚响"。爱的火花其实在那一刻已经电光石火般擦出。所以在之后的许多年，她不识时务的坚持、坚守、疯狂都是在表达她对谷米哥无怨无悔的爱恋，她仿佛深深沉浸在一段恋爱中。谷米哥对万红的种种应和一部分也许是他在特殊的植物人状态下与她的一种生理反应和心灵感应，更大程度上我以为或许真的是万红的一种幻觉——基于爱情。

万红与谷米哥的生离死别尤其让人动容。万般无奈之下，张谷雨被他的弟弟、弟媳带回老家，她向前趔趄地追着火车，"突然看见一颗很大的泪珠从谷米哥的眼角流出，滑落到他的鬓角……"也许口不能言的张谷雨内心无比明了：离开万红的"庇护"，他的生命会很快终止，永别了，爱人。果不其然，两三个礼拜之后，当万红从贵州火急火燎地赶回张的老家时，他们真正阴阳相隔了。她握着已经被蚊子叮咬得体无完肤的谷米哥的手，泪如雨下，无语凝咽，肝肠寸断。

在泪光中，我耳畔响起轻轻的歌语"就是因为在人群中多看了你一眼……"我记得这首歌的名字叫《传奇》。

床畔的护士万红，演绎了一段壮烈的传奇。

第四辑　杂感·碎思

悟　到

　　给一个新班级上第一课，谈了几点学习建议，其中有一条就是请他们用心去参与、去体验、去领悟。悟到了，也许收获满满，受益终身，否则，学习我这门自我成长类选修课程基本上等于是在浪费时间。

　　很多的成长其实是悟出来的，悟到的同时，一些原本附着在、束缚住心灵的陈旧、落后、错误、愚昧、僵化的东西像鳞片、碎皮一样纷纷掉落，新的外肤和内质开始生成。每个人，就在这样局部乃至全身性的蜕变中不断进步发展，臻至完善。

　　悟到需要智慧，需要灵性，需要真诚，可并称为"悟性"，有悟性方能悟到。换种角度说，这是一种体察能力，体察自己，体察他人，体察世界。既能体察广袤宏大，也能体察细致入微，在反复体察中持续有机整合，有力把握自我。"吾日三省吾身"的曾子就是在不断地体察并常常悟到的智者、贤人。

　　悟到并不容易发生，有些人，在针孔中也能窥见世界的奇妙，而有些人，即便走遍了全世界，他心灵的眼睛还是像针孔一般窄小。我认识一个人，姑且不说是男是女，反正现实中这样的男女并不少见，他已届不惑的年龄，家境殷实，这些年差不多每年出国长游一趟，北欧、西欧、澳洲、美国均已走遍。这样的人，依我想，其视野、格局、见识、胸怀当非同一般，因为他走过了那么大的世界，见识了那么美的风景，他的精神世界无论如何多多少少已经被拓展、被重塑、被提升，不能说超凡脱俗，相比于我这样没去过什么地方的自是要高明不少。前些年不是流行一个段子吗，说是北京的有识之士干脆放弃买房，拿购房款去周游世界，在游历中获得全新的世界观，再回来看待房子这些事，发现它们都成浮云，已不算事。

　　然而，最近发生的一件事让我对之前的推理产生了强烈怀疑，也颠覆了他一贯给我或者说我们的印象。他表现出来的偏狭固执、斤斤计较、盛气凌人、不可理喻、胡搅蛮缠，以及在事情中所折射出的他知识、能力、态度方面的欠缺，让我无法理解他活的那么长岁月、走过的那么多地方居然没能帮助他活得更明白一些，他在时间和空间的穿行中到底没有悟到更多的东西，只能说悟性孱弱、缺少慧根吧。

　　所以，人生得悟，悟如同呼吸、饮食，是一个吐故纳新的过程，悟到了，整个身心便获得更高水平的自由，会变得更加纯粹和通透。

好性情

我喜欢跟性情好的人交往相处，喜欢性情好的孩子。

说不清楚好性情到底是什么样子，常言的温和也好，豁达也罢，是其中之义，但又不是全部。可以罗列几点的是：他（她）应该是平和的、从容的、积极的、安静的、自由的、率真的、有趣的……甚至还可能是空灵通透的。如果再形象生动一些，我觉得好性情就是能够自得其乐又能给人带来舒服快乐感觉的人的一种个性风格。

曾在一次单位疗休养活动中与一名同事合住一室，之前两人并无多少交情，几日相处下来顿感如沐春风，并且受了教益。两人在一起，可以畅聊长叙，颇多共同话题，谈兴甚浓，也可以各自安静地读书、看电视抑或沉思默想，互不纠结干扰。他是个旅行达人，对各地的地理风俗知之甚多，我们那次去的景区他就能说出不少道道，引人入胜。用罢晚饭，他外出一趟，拎回来几袋子地道正宗的地产西瓜、特色小吃，热情邀请附近的同事们聚到院子里品尝美味，纳凉赏月，谈天说地，尽兴而归。这可能是那次短途游令人最为难忘的片段之一了。

同事的好性情在单位里算得上有口皆碑。大家都觉得这人不错，跟他在一起很舒服、很快乐，而且这种快乐舒服是简单纯粹的，不附带任何压力和条件，就是觉得很好、很舒泰、很明净，犹如春花秋月，热而不烈，甜而不腻，清新怡人，安宁祥和。顺带着，我们还会给出一个猜测性的判断："这样的男人在家，家里也必定是温馨和美的吧？"

其实都不用猜，他们一家三口的幸福指数是直白地标在脸上的，琴瑟和鸣，相亲相爱。据说，受其影响，原先并不喜爱旅游和阅读的妻子现在对这两样东西的痴迷程度不亚于他。所以他读完某本书觉得好看就推荐给妻子；每到寒暑假，妻子就请了年休假，一家三口背上行囊去远行，去异国他乡，他们的女儿才读小学二年级，却已领略过国内外多处名山大川、名城佳地，而且不少路程都是用脚丈量的。我见过小女孩几次，她落落大方，眼神明亮，健康阳光，无论是身体还是智慧、精神的生长发育都明显优于那些假期里窝在家里、窝在各个培训班的同龄人，而且最重要的是，我以为她现在和将来都拥有一个好性情，诚如她父亲一般。

好性情的孩子在人群中往往一眼就能识别出来。前段时间儿子住院，病房里三个孩子都做同一个手术，然术后的反应及各种言行举止大相径庭。最抗痛、最乖巧的恰恰是年纪最小、还没上小学的男孩，不叫一声疼，不流一滴泪，说话平心静气，笑意盈盈，不断鼓励自己也鼓励身边的小朋友"要勇敢"，小大人似的。最吵闹、最娇气的反而要数那位快读初中的"胖墩"哥哥，不仅忍受不了麻醉过后身体的疼痛感，哭哭啼啼，有时还对爷爷奶奶和爸爸妈妈横加指责、大声呵斥，别人休息时也会自顾自地发出恼人的声响，叫人直摇头，又不便说什么。我儿子的表现差强人意，中规中矩。

孩子的一举一动实质上是他所在家庭的"镜映"，所有的好与不好其实都是家庭种下的因果。你看那"胖墩"家，爸爸对妈妈挑三拣四，恶语相向，妈妈则有些忍气吞声，委曲求全，爷爷沉默寡言，但奶奶言行的琐碎、对孙子的娇惯已经到了滑稽可笑的病态程度。而那小男孩的家庭呢，爸爸高大帅气，温文尔雅，勤快尽责，妈妈苗条靓丽，气质高雅，夫妻交流轻声细语，恩爱甜蜜，对孩子的管教宽严得宜，情理交融。慢慢地还了解到爸爸经营一家厂子，可能是个富二代，妈妈是舞蹈教练，开办一家培训机构，他们有亲戚定居美国，所以也经常往返两国。

两相比较之下，他们两家或者加上我家的差距其实不在贫富，而在于家庭的整体氛围、沟通模式和管教方式，这才是造就孩子们性情不一的根源。试想一下，一个家庭，整天阴晴不定，吵吵闹闹或者冷冷清清，各自习惯于通过大吼大叫、威逼利诱去控制别人，施加影响。而另一个家庭，四季如春，阳光明媚，和风细雨。孩子在这两种家庭气候中耳濡目染、潜移默化，最终会长成什么样子还是可以预测的。

回到我同事身上，他的好性情很大程度上应得益于他酷爱阅读和行走，两者的共同效用就是打开视野，开放心灵，让他见识、体验到这个世界的广阔与丰富，进而接纳差异，尊重多样，不偏激，不偏颇，远离孤僻、狷介、狂傲、桀骜、冷漠……同时，他也更能找到自己的定位，更清楚想要什么、该干什么，形成自己清晰、稳定的坚持和信念，而不至于人云亦云、随波逐流、焦虑迷茫、无所适从。

两年前，他女儿幼升小，面临读家门口的公办小学或去别人花大钱都进不去的民办小学的选择，没有多少犹豫，他们三人一致给前者打了勾。如今，他们有更多的时间和金钱去经营共同的爱好，不拼成绩，不挤培训班，就这样快乐地生活，慢慢地成长。

这真是一个好性情的选择。

（原载 2018 年 10 月 9 日《宁波日报》）

穿解放鞋的青春

美妙的暑假

　　一个同行在朋友圈里晒了一组图片，她和儿子在南半球的某个国家，挤牛奶，喂羊羔，泡温泉，开派对，起伏无垠的碧绿大草原，星星点点的白色牛羊、棕色木屋，充满异国风情和童话色彩，令人神往。她儿子穿着厚衣服，身姿矫健，笑容灿烂，眼神明净，显得特别健康活泼。

　　同行说，接下来儿子就将在当地小学随班就读两周，学语言，交朋友，增进国际理解。而她呢，会和朋友们一起好好把这个美丽小国深度旅游一番。母子各行其是，各享精彩，那份洒脱和利落劲让人十分羡慕。

　　同行真是位智慧的母亲。漫长的暑假，没有蜗居在家里，拘泥于平凡日常、琐琐碎碎；没有带孩子赶各种培训班，把暑假过成"第三学期"，以此缓解所谓的学习焦虑；甚至也不小打小闹地陪孩子随便外出旅行走走。她从长长的暑假里切出了很大一块，来了一个大手笔的设计烹制，母子共同创造出一道鲜美可口的暑假大餐，极富想象力和诗情画意。

　　可以想见，这二十多天时间，从北半球飞跃至南半球，从炎夏穿越到冬日，时空的巨大反差本就足以带给孩子奇妙震撼的体验。在异国他乡，与当地人同吃同住，一起上课学习，一起休闲游玩，有多少新鲜美妙的东西会汹涌进年幼孩子的眼睛和心灵，在他的身心里埋下种子、扎下根须，在生命的某个时刻突然绽放出绮丽的花朵，喷薄出巨大的能量。

　　而这些也许是普通的暑假生活无法企及的。孩子像小树，在不停地长高长大，不同的浇灌方式和环境养料，会在很大程度上决定他最终长成的模样。长达两个月的暑假，检验和考验着家庭教育的水平，更依赖于"拼爹拼妈"。自然，每个家庭情况不一样，每个孩子的暑假过法也是千姿百态、千差万别，没有确定统一的标准。但我以为，我同行对儿子暑假生活的安排算得上一种理想的做法。

　　不是说非得要以此种出国自由行加游学的方式，因为这需要建立在一定的物质和闲暇基础之上的，并非家家都能轻易做到。我更欣赏的是她的理念和态度，也就是以一种开放的姿态去打开而不是束缚孩子的身心，让孩子在假期里能够从教材、知识中解放出来，走进更广大的世界，去融入自然和社会，去调动身体的各种感官，去拓展心灵的边界。而且，我们应该能够预见到，经历这样一个过程，孩子的各种能力素质、知识见识都会得到自然而然、水到渠成的增长，这不是待在家里或是培训班的教学训练所能达成的。

　　我想，秉持这样的思路，家长们其实都可以结合各自实际，与孩子一起精心打造一个丰富、快乐、充实而富有意义的暑假，让孩子们得以尽情放飞，收获满满。

（原载 2018 年 8 月 21 日《宁波晚报》）

越美好，越幸福

"越努力，越幸运"，辞旧迎新之际，微信朋友圈里好几个朋友在转这六个字。

这句话也打动了我。回顾过去一年乃至前半生，自己过得实在不怎么样。追根究底，不得不承认主要还是因为自己很多时间都处于松松垮垮、混混沌沌的状态。

倒是我的一名前同事的经历恰到好处地诠释了这句话的精髓。两年前，他被派往新疆支教，一年半时间里，他每天早出晚归，全身心地投入教学、班级管理、教师培训等工作中去，连节假日都无暇去领略新疆的大美风光。他说："我一定要让抱有偏见的人们看清楚支教老师不是来公费旅游、来镀金的。"慢慢地，显著的工作业绩像被破了岩壳的温泉一样不可遏制地喷涌出来，结出了累累硕果，得到了各方面的高度认可，多家媒体大幅报道了他的先进事迹。去年暑假，当他从新疆载誉归来的时候，迎接他的是鲜花、掌声，还有能提供更舒适的工作环境，有着更大发展空间的新单位、新岗位。对他的跃升，不同的人也许会持各自的想法和情绪，但"天道酬勤"一定是其中最主流的声音。

同事无疑是幸运的，其实他大学毕业参加工作以来也遭遇了多次成长的困惑与波折。然而可贵的一点是，他始终积极主动，尽心尽力，新疆支教的完满经历只是他原有秉性的延续和近乎极致的释放。生活中，我们很多人都习惯于等待机会的怜悯与赏赐，也往往会因为机会常常远离自己亲近他人而对一些人和事产生种种负面情绪，怨艾命运的不公。事实上，在大多数情形下，机会异常公平地潜伏在某个我们甚至都能看见或者预见的地方，但是它只会垂青于那个离它最近的人，所以我们要做的就是凭借"努力"靠它更近一些，成为那个能够第一时间被机会拥抱的幸运儿。

我也转发了这条励志短语，不过在后面加上了句式相同的另外六个字"越美好，越幸福"，我觉得这样更能完整表述人世或是人生的一种流动方向。

我在学校的其中一项工作是从事心理健康教育，接待过一些学生的咨询，人数虽然不是很多，但各自倾诉的问题也多种多样。我、亲朋好友以及很多陌生人也都会遭遇各种各样的难如意、不能够、徒遗憾，很多时候都会陷入迷茫、忧郁、焦虑、痛苦并且不能自拔，觉得生活没有希望，生命没有意义。我想，对于人生来说，也许这一切都是本来的安排，是一种"常态"。

面对来访者的不堪情状，我会向他们表达自己深切的感同身受，并使他们意识到自己并非孤例，而我试图传递给他们最重要的一点是：当我们深深觉得自己不幸福、不快乐、很多事不如意的时候，首先一定是我们自己出了问题，是因为我们还不够美好，导致我们无法与外界环境、周围人事建立一种和谐顺遂的关系，无法自由完整地去融入我们置身的世界并且被它友善地接纳。因而我们与外界产生了对立、阻抗和冲突，失去了让我们内心安详的那种平衡。

美好不是一个单一空洞的抽象概念，它是一个丰富紧致的综合实体，包含了很多积极、正面的要素，诸如善良、豁达、宽容、进取、自律、勤奋、智慧、健康、情趣等，概而言之即是一切真善美的品性。我们并不是生来就拥有它们，而是需要家庭和学校的培植浇灌，更需要我们用一生的心性去汲取、塑造和充实。解决各种心理问题和人生问题的关键在于我们能够变得足够美好，不断地去整理、修补、完善我们的内心世界，当我们建构出一片阳光、明朗、纯净的精神风景的时候，当我们能够由内而外地向外辐射我们的温暖美好时，当我们的美好品性能够集聚成一种伟大的力量的时候，我们一定能更加畅快地游弋于人世间，一定能常常沉浸在浓烈怡人的幸福感中。这就像《疯狂动物城》中的朱迪和尼克，一起用它们的美好去为它们的城市坚守和创造美好。

请记住，努力和美好是我们走向成功与幸福的最有效的通行证。

越努力，越幸运；越美好，越幸福。

（原载 2016 年第十六期《中小学心理健康教育》）

时间不够用

讲时间管理时，问学生：如果给你三万六千五百元钱，你觉得够不够用？

不少学生都觉得太少，他们一个月的生活费大多上千，一年的培训费说不定也几千上万的，这点钱哪里够用啊？确实，前天携儿子逛街，他眼馋桃子，便称了三个，十九元两毛算十九元，六块多钱一个，这钱，真是越来越不值钱了。

"其实，我想说的是你们如果活一百岁，那么总共是三万六千五百天……"接下来的话不用我说，孩子们都明白我想告诉他们什么，不少同学显然被震惊到了。

是啊，人生并非那么漫长，终点亦非遥不可及，屈指数来，已经逝去永不复来的日子以及往后并不确定的时光都可以量化成让你不得不相信、黯然神伤的数字。

这样的时间感和生命意识并不经常处于警醒状态，很多时候，它们淹没在无边无际、无始无终、无知无觉的时间流逝中，让人总觉得来日方长，生命仿佛在无限延伸。

相较古人，相比父辈，当代人的寿命得到很大延长，为何却更加觉得不够用呢？是不是我们的时间也像金钱一样在不断贬值，所以虽然总额增加了，购买力或者说生命的实际价值却缩水了呢？

也许是吧，这个世界快速变化，纷繁芜杂。在社会发展脚步快镜头式移动置起的背景中，很多东西来不及慢慢适应，来不及细细品味，就匆匆消逝了，恍若昨天却已经隔了一个时代，幸甚亦或不幸？

我只知道，时间或者说生命是需要咀嚼和回味的，方能感受其绵厚的悠长。还记得《西游记》中的人参果吗？如此珍贵的天地精华，被猪八戒囫囵吞下，从口腔直接坠落腹腔，其质感、香味连一秒钟的绽放机会都没有。

在极丰富又节奏极快的社会里，我们关于时间和生命原本丰富而细腻的感觉可能无形中已被钝化、异化。生活被海量信息、欲望、焦虑、压力、事务所充斥，但那不是充实而是虚胖、肿胀，不是深刻而是肤浅、空泛，如果抽取掉那些多余的成分，我们的时间其实是那般干瘪和粗粝。

这些年，受一些高品质综艺节目影响，很多人都在重温诗经汉赋、唐诗宋词，掀起了一波返璞归真的文化热潮。古人的诗词那么短，但其间蕴含的日月却那么长，我们喜欢看这些节目，喜欢诵念那些长短句，是在向往古人的那份闲适、恬淡、散漫，是在羡慕诗人的那份自由、纯粹、空灵。不是吗？

　　随着社会的发展和科技的进步，我们的生命长度应该还会继续增加，然而，那些完全可以用心去遨游、浸泡的时光也许只能如木心的《从前慢》,遗留在从前，怀念在从前。

（原载 2018 年 12 月 5 日《宁波晚报》）

下课铃声

每次去教室上课，几乎都要将铃声控制按钮从"OFF"位置拨回到"ON"，否则，同学们很可能听不到上课的铃声响起，学生依然嘈杂喧闹。

可以想见，之前那堂课，当下课音乐和铃声响起的时候，老师还在滔滔不绝地讲解，他的教学任务还未完结，于是，他，或者前排的同学便习惯性地上前旋转按钮，把脆亮的铃声屏蔽掉，好继续处理课堂的未竟事宜。

学校规定以及教学规律都要求能按时上下课，但为什么总是有很多老师拖堂呢？教学设计的不尽合理、教学实施的拖沓枝蔓，诸如此类，应该都是其中的原因。讲不完，总得利用课间休息时间强行完成，不留"尾巴"，师生都已经习惯，见怪不怪。只要不是拖得太过分，倒也能够理解接受，不至于非得计较谴责。

那一天，我给学生上时间管理课，在转动按钮的一瞬间突然冒出一个想法：在我们的生活中或者说在我们的思维里，是不是也经常人为设置了这样的按钮，让我们在原定时间截止的时候，可以改变一个挡位，获得计划外的时间继续做完原定的事情，这是一种变通，但更像一种妥协、一种失守。久而久之，这便也成了一种习惯。只是这种习惯算是好的呢还是不良的，是有益于我们的生活还是相反呢？为什么我们会产生如此多的"未能完成""留下遗憾"，这些"未完成""遗憾"累积起来、叠加起来，会对我们整个生活、整个人生制造怎样的困扰？而且，类似的"拖堂行为"能被一次次接受、允许吗？

再往深了、远了想，当我们的人生抵达终点，应该已经没有一个按钮可以供我们调节，保障我们继续完成未竟使命，弥补各种遗憾。那么在之前，我们应该怎么做，才能使这样的"未完成"和"终生遗憾"少些、更少些呢？

那堂课上，我首先跟学生们分享了这一发现，他们发亮的眼神告诉我这触动了他们的心灵，也许他们现实生活里就在不自觉地启用这样的按钮，只是没有意识到这可能是一个值得深思的问题。

人生由很多篇章组成，就像那一堂堂课，只是我们自己就是执教者、谱写者。每个篇章、每堂课，都有她的篇幅、她的始终，在那起止两端，尽可能用心去谱写、去创造。当某一篇章的终点来临，尽快画上句号，及时翻篇可能是最恰当的方式。

那堂课，因为一开始的这个分享，最后一个环节没有来得及完成，但当下课铃声响起，我戛然而止，按时下课。这是我的习惯。我做过学生，讨厌拖堂。

学生们自发地鼓掌致意，或许是因为我是能够按时下课的少数几位老师，或许是因为我开始的分享留给他们富有回味的启发。

（原载 2020 年第十七期《中小学心理健康教育》）

可以自由生长吗?

楼上又传来连续的训斥声，间杂着孩子的哭闹声、单调重复的钢琴声以及杂物摔落地板的撞击声，我知道那对母子又在为学钢琴而歇斯底里了。

我在电梯里遇见过她们几回，还约略知道孩子母亲在事业单位上班，父亲做生意，小孩子今年读小学三年级，就读的学校是本地最好的民办小学，光学费每年就要六万元。这所学校教学抓得紧，开设的课程也比一般小学多，据说每天的作业也不少，然而让我想不到的是，这小孩子的多个晚上和双休日还都安排了各种培训，英语、奥数、钢琴、画画、跆拳道等。我常看到的情景是孩子闷闷不乐地被母亲牵着钻进那辆凯迪拉克，不停地赶赴各个培训班。

我总觉得这小孩挺累、怪可怜的，别的不说，几乎每天晚上上完培训班回来就得练琴。可能他实在不感兴趣，或者说他压根就没有这方面的天赋，琴弹得支离破碎，然后就是一场母亲威逼和孩子抗争的拉锯战，淹没在孩子伤心委屈和愤怒的哭泣声里。有时我真想冲上楼去正告那位母亲："这世上不是非得每个小孩都要学钢琴的，你这样会把孩子给毁掉的。"

有一回跟朋友说起此事，他笑我的幼稚，他说学钢琴哪有不苦不哭的，都是这样压逼着过来的，网上不是有篇"鸡汤文"嘛，说是一个孩子成年后流着泪怨恐他父母："你们为什么在我小时候不逼着我坚持学琴，我年纪小不懂事，难道你们也不懂事吗? 你们看看我现在什么特长、什么出息也没有!"

从朋友处还了解到不少当下孩子受教育的真实情状:好多城里的小孩都过着跟我邻居孩子一样的生活，家庭条件越好的越讲究，都是父母亲精心规划设计，步步为营实施，重金投入，环环相扣，尽量不留疏忽和遗憾。外面的培训市场和私教机构多火爆啊，高端培训一小时的收费都是以数百数千开价的，这数目惊得我嘴巴张成了 O 形。

我儿子现在读一年级，从期末的成绩单和期末休学式上连上台领奖的机会都没有的状况来看，他各方面显然处于落后位置，我这当爸的再怎么不在意心中还是多了块疙瘩。"这是你自找的，谁叫你不听我劝在幼儿园给孩子报些培训班，学学拼音，学点英语数学，练练钢琴或是其他才艺，一步落后，步步落后，以后有你着急后悔的。"朋友的话语中略带一份揶揄。

　　这番话让我怀疑起自己的育儿观念，从孩子出生到现在，我一直崇尚自然生长，任儿子自由自在地度过他的快乐童年，妻子唠叨、朋友提醒过的送儿子去培训班一律拒之耳外，连识字、数数都没有刻意教他。我以为在这种毫无压力的环境中孩子也在自我探索和成长，是在顺应他的天性。但从他进入小学后的一系列不适应看来，我真不知道自己是对还是错。也许我是对的，因为这符合我所了解的教育学、心理学的观点与规律，而且我自己就是这么过来的。但现实是，孩子离那些"全优生""四星五星学生"差距太大，更别说那些频频获奖或是在各种媒体上闪亮登场的小学霸、小明星。而我自己呢，也就混成普通的工薪阶层，即便我走过的路没错，那儿子今后也差不多就我这点出息，而在我之上有多少成功人士、精英分子呢，难道他们的人生"套路"和教育选择会不及我？我真的没错吗？

　　想起很多年前，当我还如儿子这么点大的时候，没上过幼儿园的我的时间在哪里呢？在院子里捉蚂蚁，用木棍、泥巴还有棕榈叶造房建桥；在山野里挖野菜摘野果，放牛钓鱼，爬山攀岩，聆听阵阵松涛；在家里与兄弟姐妹跳橡皮筋、翻纸牌、捉迷藏，缠着哥哥姐姐讲故事，求他们教认字数数……后来上学了，进的村小大概在全中国也算条件差的了，学校里最昂贵的教学设备就是那台有些漏风的脚踏风琴，往往是一个代课老师全包所有的课程。记得那时的体育课和自由活动课特别多，说穿了就是一帮小孩子在烂泥操场上玩耍，最享受的是放学时间，学校到家约有三里路，几个小伙伴一路叽叽喳喳地玩过去，跑啊，跳啊，吵架啊，不时还会蹿至山坡上、田野里采摘花草，追逐昆虫或是小动物，老师留的作业也不多，我清楚地记得语文老师每天的作业就是抄写生字（词）四遍，一会儿就做完了……

　　在我的童年时光里，没有电视，没有手机，没有旅游，当然也没得上培训班。父母亲不识几个字，把我们全部托付给了学校和老师，而老师们也只能照着课本与教参给我们简单朴素的教育，由此我们就有了大把大把的自由挥霍的时间。也许是别无寄托，我的注意力早早地被书给吸引过去了，从翻连环画开始，慢慢地居然认得了越来越多的字，也能看越来越多的少图多字的书。我现在依然念念不忘、颇有成就感的辉煌里程碑是在读小学二年级的时候就把父亲收藏的一本八百多页的《三侠五义》给啃下来了。尽管应该还有不少字词、句子的意思稀里糊涂，但我确习得了这样在看书中发现新奇、寻找自我、享受快乐的本领，这种本领越来越强大，什么样的书籍我都可以拿来翻开，接收到全新的、有意思的东西，这是多么奇妙的事情啊！我简直是被书给吸进去了，以至于父母亲不得不用强力措施让我远离"闲书"而去一心一意读课本、做作业。当然，他们是堵不住我的眼睛和心灵的。

　　现在想来，在那个自由散漫的童年教育环境里，尽管由于经济的窘迫、教育的落后而没有出落得如城里孩子那样聪慧、优秀，综合素质好，甚至连普通话都不会说，但留给我们这些小孩子的最重要的一样东西也许是一种自我学习、自我生长的能力。我们自由地、自然地生长，不断探索和开拓人生的风景。而反观我的儿子、现在的小孩子们，他们拥有了太为丰裕的资源和条件，家长和教师更多地走进他们的世界，参与他们的成长，但他们的天空是狭小了呢还是广阔了呢？他们的快乐是多了呢还是少了呢？他们的未来会辉煌还是黯淡呢？这些答案，也许只有孩子心中才能有回响，也许很多年之后才能浮现出来。

春风又绿江南岸，好不容易抓住某个双休日的空当带孩子去踏春。春光明媚，姹紫嫣红，引来游人无数。于人潮车流中，我陡然升起一种乏味感。这些城里或景区的春天景致多像孩子的生活，虽然有专人培植养育，经过了剪辑修饰，艳丽精致如画，人们纷至沓来驻足观赏。然而这一切也许不是花草树木本真的状态，那一时的万众瞩目、风光无限也非它们所愿。

我突然特别怀念故乡的春天，经过一个严冬所有生命的沉睡蛰伏，在自然母亲的怀抱里欣欣然地舒展筋骨，活动手脚。小草破土，树木出芽，花儿开放，鸟儿欢鸣，洋溢着生机、热烈和希望，一切都是那么不受拘束地恣意生长，一派野趣横生。

我问儿子："你喜欢城里的春天还是奶奶家的春天？"孩子不假思索地响亮回答："奶奶家的！"是啊，每次回到奶奶家，他的双手和双脚就能那般真实地触摸到湿润的泥土，雀跃的身姿和纵情的欢声笑语甚至都感染了故乡的万物精灵，而所有的作业、题目和种种管束、压力都在山野间随风飘散。

我打算下个礼拜就带他回故乡拥抱自然的春天，我也希望他拥有他最喜欢的老家那条小河那样自然流淌、澄澈鲜活的生命。

好妈妈的育儿经

儿子学校举行家长开放日活动，小雨妈妈的育儿经验分享让我获益匪浅。

我认得小雨妈妈，记得孩子一年级的时候班里做教室美化布置，小雨的爸爸妈妈利用周末时间主动承担了大部分工作。那天下午，住在学校附近的我带着儿子给他们送双面胶，看见他们一家三口认真细致地裁剪、粘贴，第一印象是他们好和睦、好有爱、好有担当。

小雨在班里是公认的"学霸""男神"，学习、体育、活动各方面样样出挑，儿子有一段时间跟我交流时满口都是"小雨怎么说""小雨怎么做"。所以我们这些家长都很好奇小雨父母是怎么把孩子培养得如此优秀的，今天有这个机会，都得瞪大眼睛、竖起耳朵好好听讲了。

小雨妈妈身着质地考究的浅色羊毛大衣，气色红润，笑意盈盈。她做了精美的PPT，首页上打出的标题是"走进×××之家"，将他们三人姓名中的各一字串成一个意境悠远的组合名称。她说，她们家是一个整体，是一个"Team"。这三字分别代表三种自然现象，你中有我，我中有你，形成一个良性循环。我想，很少有家庭会做如此别具匠心的设计，这个创意也许跟他们的教育、工作背景有关。

PPT正文的第一页首先出现的赫然是一张小雨爸爸背着小雨妈妈的大幅照片。小雨妈妈红着脸说"不好意思秀恩爱、撒狗粮了"，不过她接下来亮出的观点"父母恩爱就是对孩子最好的教育"对这张图做了很好的注脚。他们家实施的是"爱养"，爸爸疼爱妈妈，妈妈推崇爸爸，孩子就能获得一份最安全、温暖、完整的感觉。我想起去年小雨跟儿子在操场上追逐嬉闹时的笑容，天真阳光，一如照片上他爸爸妈妈的明亮笑容，爱意浓浓，相互印证、映衬。

小雨妈妈还倾囊相授了他们的治家、育儿"秘诀"，每一招都颇具新意。比如他们会让孩子一起参与家庭的各项重大决议。比如他们致力于建设学习型家庭，三个人一起学吉他，一家三口以一个组合的形式出现在幼儿园联欢晚会上。并且，几个月前他们夫妻还双双报读了MBA课程，周末儿子跟着他们去大学听课，一个人安静地看书、写作业。"我们的上进无形中带动了孩子的上进。"小雨妈妈有些骄傲地说。看着照片上她丈夫和儿子在书房里背靠背俯首学习的场景，我真羡慕孩子能够那样安静、自觉地读书写字。在不少家庭，家长威逼利诱、大吼大叫都不会出这样的效果。

　　让我们感到惊奇的是，小雨爸妈很少给孩子买玩具。小雨实在想了，就得跟父母签订一个协议，比方说在某段时间内各方面表现达到预期目标方能获得一个心仪的玩具。这听上去多少有些残忍，不过想想现在大多数家里孩子的玩具不是匮乏，而是过剩、泛滥，也许小雨家的做法也是有道理的，可能他们还考虑到"玩物丧志"的因素吧。

　　听完介绍，台下的爸爸妈妈都意犹未尽，感慨不已。小雨之所以如此优秀，根本上也因为小雨爸爸妈妈会做家长，会经营家庭。家长想让孩子变好的最有力量、最具共赢价值的方式也许就是首先让自己变得更好，用自己的好去影响、感染、激发孩子的向善向美向上之心。

　　母亲在孩子成长和家庭运行中扮演着重要角色。小雨妈妈有自己的事业，有视野、有格局、有见识，身心和谐，所以不庸俗、不专制、不琐碎，不会以爱的名义把自己的意愿强加给孩子，试图去控制孩子，而是给予孩子自由呼吸、自主发展的充分空间。她爱孩子，但不会全身心地扑在孩子身上，而是在工作、生活等方面不断自我超越，寻找自己的最佳状态，由此生成的幸福快乐和成就感会充溢整个家庭，传递给孩子很多无声胜有声的教育影响。

　　　　　　　　　　　　　　（原载 2018 年 3 月 16 日《今日镇海》）

也许不再见

晚饭到晚班之间有一段空暇，趁着天气晴朗，秋凉渐起，去街上走走。

在书店给儿子买了本指定课外书，翻了翻，是写给孩子的诗，不知道他能否读进去。到修鞋配锁拷边补衣一条街给一个还能用的钱包换了个拉链头，小小的一截金属扣外加三下五下就完事的工艺，居然要价十元钱。我觉得是贵了，想理论几句，看着三十多岁的女摊主因风吹日晒而显得黑红粗糙的脸庞，忍住没吭声，人家也不容易，算了，明天中饭少吃个菜吧。

傍晚的小城镀了一层浅浅的金黄，心情也染上一抹淡淡的欢喜。时候尚早，我的脚步迈向了另一条街，我想去一家店看看有没有衣服在搞活动打折，顺便，也去看看那个女店员。她的笑容、她的声音，我存在了心上，能想得起来。

那是在春天的某个黄昏，与今天类似的气温和心情，我路过这家服装专卖店，门口玻璃橱窗张贴着"换季大甩卖"的标语，对这个品牌我早有耳闻并且喜欢它的名称及意涵，于是拉开门进去。

一个女店员，也许是老板娘吧，正在吃饭，并没有特别热情迎上来，只是微笑致意。我在里面转了一圈，比画了几件，谈不上有多好，价格确实还算便宜，尤其是裤子。我挑了几条试穿了下，留下一条。这时，店员吃完饭，站起身来招呼我。

女店员三十上下的年纪，身材匀称，不高不矮，不胖不瘦。我望望桌子上几乎都已见底的四个菜碗，心想这女人这么能吃还不会胖，真让人羡慕。跟一般的服装店女人妆容精致、穿着时尚不同，她上身一件白色Ｔ袖，下身一条黑色牛仔裤，休闲干练，脸上不施脂粉，皮肤却难得的白净光洁，五官也很俏丽。

询问我的意向后，女店员向我推荐了几款衣服，有全毛羊绒大衣，还有春秋薄款休闲西服。她不属于那种粘缠型的销售，与顾客保持着至少让我感觉很舒服的距离。她爱笑，有时还大笑，笑得弯下腰去，说话也很有趣，不死板，不做作，带有一点似曾耳熟的口音，后来得知是衢州人，果不其然，跟我待过几年的金华的方言腔调有些相近。曾听一个衢州同事说过，他老家人爱吃辣，所以姑娘家也像那成都妹子、重庆妹子一样，皮肤好、身材好、相貌好，这一说在她身上得到了印证。

跟她聊天很开心，欢声笑语充满了店铺，那次我最后还只是买了一条裤子，大衣和西服总价有些高。我说太贵了，得回去考虑考虑，又被她笑着数落了几句。过了两天，我再次来到这家店，经过一番谈笑风生，最终还是把两件我其实一开始就对眼的衣服收入衣袋。付款时，女店员很认真地告诉我，那件羊绒大衣很合算的，我望着她的含水眼眸，打心底相信了她。

之后一直没有再去，一则没有时间，二则无事不便登门。但偶尔还是会想起那家店，想起那个店员，她说过在这座小城已经待了快十年，老板就雇了她一人，每天都上班，很辛苦的，但也习惯了。那么，她也不会轻易离开，下次要买衣服的时候可以去这家店，去看看她，跟她随便聊聊，听闻她爽朗的笑容，顺便照顾一下她的生意，这种感觉，已足够好。

想着这些的时候，我已走近了那家店。熟悉的招牌还高悬着，两扇店门却被一把大锁闩了起来，透过玻璃，发现里面一片狼藉，货柜、衣架杂乱堆放，使劲朝里张望，店铺深处曾经灯光明亮、女店员笑靥如花的所在黑乎乎一片。

心仿佛往下沉了沉，我想到的是，这个品牌在本地知名度和接受度都比较低，估计是生意再也撑不下去而关门歇业了吧。那个女店员也随之另谋出路了，茫茫人海，这辈子恐怕再不得见。

回去的路上，发现另一家我去过几次的店铺也已停业，新店的装修正在进行中，我在那边也买过几件称心合身的衣服，也跟几个店员有过愉快温暖的交流，心生好感，但一切似乎被抹得干干净净，恍若从来没发生过，不由得更增了一分难过。人生中，有多少人和事，我们以为还能再重逢、再相见、再幸会，很可能就像此时此境，人去楼空，杳无音信。

"去年今日此门中，人面桃花相映红。人面不知何处去，桃花依旧笑春风。"千年前的诗人，写尽了个中人生况味和惆怅心绪，而我，也在这个傍晚，感到了此诗此人的真意，内心泛起一阵难以名状的波澜。

（原载 2020 年 10 月 13 日《宁波日报》）

第五辑　行走·风景

杭州十日

　　2012 年 5 月，暮春时节，因为参加集中培训的机缘，我在杭州度过了生命中美好的十天。

　　杭州一直是我所向往的地方，但在很长一段时间里我对她的感知基本上停留在大人的讲解和文艺作品的描绘中，这样一座被冠以"天堂"的城市在我头脑中已经非常具象化，却始终无缘得见。大学毕业那年第一次去杭州，住在朋友临时租住的武林巷附近的一处平房，晚上随朋友爬上宝石山，俯瞰夜幕下的西湖和杭城，一湖的灯火辉煌便是杭州留给我的第一印象。工作之后，因为开会、培训等机会到过几次杭州，但基本的印象就是杭州很大，人很多，车很挤。对于西湖，因为只走过北山路湖滨一小段地方，倒也不觉得西湖有多美，也就一个比较大的湖而已。

　　这次集中培训我们学员住宿在文三路上教育学院内的芳草苑宾馆。教育学院作为一所高等院校规模不大，运动场仅为三百米跑道，但就是这样一个相对窄小简陋的学校却是浙江省名副其实的"教师之家"，铁打的营盘流动的教师，不知道有多少教师曾经来来往往在此培训、进修、生活过，孕育了多少的智慧、情愫和故事，它也成为很多教师生命中的一处宁静港湾，一方精神家园。

　　培训的日子相比繁杂的学校工作和家庭事务总是显得惬意而新鲜，生活的节奏突然间放缓了，可以以一种十分放松的姿态去做每一件事情。每天睡到自然醒，每天都能接触到或精彩或平淡或无聊的讲座以及有趣无趣的教授学者，与来自各地的教师相见、相识、相熟直至相知，交流关于工作、关于社会、关于人生的诸多话题，感受并欣赏他们身上许多闪光的特长和特点。饭后可以在田径场与一帮也许是白发鸿儒的老者漫步夕阳，或者在教育学院附近居民区、书店、高校转悠，沉浸于省会古都浓郁的文化氛围。有两个晚上我还赶往紫金港附近一老乡兼朋友处，看望他即将分娩的妻子，畅叙乡情友谊。一切都是那么闲适，一切都是那么纯粹，所谓慢生活，大概就是这样一种状态吧。

　　在杭州十天里，我做了一件很多人难以置信于我却是出乎本心的事情，那就是每天早上去西湖，因为这份坚持，我还有幸饱览了唯一一次雨西湖的胜景。我通常是将近 6 点的时候睁眼起床，换好轻便鞋服，从文三路拐进保俶路，然后一直向前，一路上快走、慢跑。清早的杭城睡眼惺忪，路上的行人车辆不多，基本都是一些早练族和早班族，街道两边的商铺大多还大门紧闭，空气中弥漫着湿润和翠绿，可以大口呼吸。抵达湖滨，西湖景区已是行人攘攘，有赶早的旅行团队，有与我一样出差在杭贪恋美景的外地过客，更多的是坚持早锻炼的本地人。晨光沐浴下的西湖格外清新淡雅，如一幅绝美的风景画恣意地舒展着，穿行其间，满眼是湖光山色，葳蕤蓊郁，人文荟萃。耳畔则是清脆的鸟鸣、半导体广播或是锻炼人一声声"喊山式"的高亢嘶吼。这是充满活力与生机的清晨，吮吸着天地精华，感受着人世美好，回味着古今沧桑，在那么一些瞬间，我感觉仿佛与宇宙、与自然、与社会、与历史，还有生命内部有了一种难以言表的贯通与融合。

因为8：30要开始上课，所以一般8：15分之前我必须赶回宾馆，从教育学院到湖滨往返便占去了将近50分钟，故每天真正能够探访西湖的时间也就一个多小时，西湖之大、西湖之美、西湖之丰富远远超过我之前的窄浅印象。即便最为熟悉的宝石山，我花了两个早上还是没有走遍所有景点。环西湖的文史遗迹、人文景点就像上网点击超链接，星罗棋布，一个接一个，似无穷尽。幸好我有比较奢侈的九个早上，可以较为从容而细致地一一走过白堤、平湖秋月、中山公园、孤山、苏小小墓、西泠印社、岳王庙、苏堤、花港、柳浪闻莺等众多如画美景，深入到各个角落，比起那些团队旅游的走马观花、浮光掠影，我多了份闲庭信步的雅兴，可惜的是由于古文字功底浅薄，许多亭联、碑文、典故似懂非懂，不甚了了。

培训中间有一天休息时间，我独自一人先后游览了吴山景区和灵隐景区，在吴山找了个僻静处，做了几个瑜伽动作，练了几式太极拳。景区树木繁茂，不见蓝天，我深深地呼吸，感觉仿佛有源源不断的正能量注入体内，舒泰自然，似乎第一次触及身心修炼、天人合一的上乘境界。到达灵隐景区已经中午12点，我先是在景区入口一木亭子坐凳上小眯了会，然后越飞来峰，过永福寺、韬光寺，登上北高峰，最后折回来去灵隐寺烧了三炷香。相比灵隐寺的拥挤浮躁，我更享受永福、韬光两寺的幽静安详，这才是原汁原味的佛门禅境。

美好的日子总是匆匆，略显悠长的培训终于迎来了互道珍重的时刻，收拾好行囊踏上回乡的旅程，仿佛从天堂回归了人间，油然而生一丝淡淡的伤感。有人说旅行的真谛是"把心里的渣滓倒出来，把山水的灵气装进去"，诚哉斯言。这次杭州之行不是旅游却胜似旅游，美不胜收，美不言喻，我整个身心完成了一次吐故纳新的置换，与杭州、与西湖实现了一次亲密的交融。这是多么美妙的人生经历和生命体验。

（原载2013年1月8日《教育信息报》）

美国行散记

    2012 年暑假，作为游学夏令营的带队老师，我有幸在美国生活了将近两周。虽然只是浮光掠影地转了六个城市，但太多新鲜的美好体验至今历历在目，长留心间。

    我应该是在北京时间 7 月 8 日抵达洛杉矶国际机场的，比原定时间晚了整整一天，原因是 7 月 6 日傍晚的航班因雷电延迟，7 月 7 日凌晨当我们好不容易登上 AA 航空的波音大客机，却被告知机组人员因为一天的工作时间已超规定标准而拒绝飞行。我们只能被辗转到离浦东机场不远也不近的酒店休息等候起飞通知，其间上下飞机、进出海关、寄取行李诸多麻烦夹杂着怨怒，让我们一开始就染上了不良情绪。好在 7 月 7 日傍晚时分，经过依然令人心焦、心烦的航空排队，飞机终于冲进了阳光泛金的云层，飞向遥远的大洋彼岸。

    办完通关手续，我们有一段时间在机场出口逗留，等候来接我们的旅行车。洛杉矶机场据说也是全美最繁忙的航空港之一，但在机场出口丝毫感觉不到它的气派与庞大，低矮狭小的门厅，一如国内某小镇汽车站。走出航站楼，迎面拂来沁人的自然清凉，抬眼望去，视线能毫无遮拦地延伸到无垠的远方，应该说美国给我的第一眼感觉果然非同凡响。还有一点令我印象深刻的是上洗手间的时候，我差点被小便射湿了裤子，低头一看原来马桶盖坐圈顶部豁着一个口子，这大概是我在美国感受到的第一个很大的不同吧。

    在洛杉矶的两天多时间是美国行期间最为新鲜和兴奋的阶段，我的眼睛、心灵、身体如饥似渴地张望着、体验着美国的一切，一切都是第一次，都是不同的、全新的，但同时仿佛又是熟稔的、亲切的。因为太多的新闻报道、文艺作品早已在我们的头脑中建构了一个美国"图式"，当想象美国与现实美国相遇的时候，是会荡漾出不一样的奇妙感觉的。

    连续两天坐车来回于宾馆与迪士尼及环球影城之间，透过车窗，我看到无数幢别致的带烟囱的小楼以某种规则排列组合成这座天使之城，铺展在美国西海岸辽阔而略有起伏的土地上，只有一个据说是市中心的地方落寞地矗立着十几幢二三十层的楼宇。这样的大城市风貌虽然早有耳闻，但亲眼所见还是出乎意料地震撼。

    我人生中最后的疯狂也许是终结于迪士尼乐园和环球影城。大概是不想浪费这大好机会，对惊险刺激游乐活动一直提不起兴趣乃至心怀恐惧的我彻底背叛了自己。当然更重要的应该是这两个主题乐园独具匠心的先进设计和创设的热烈氛围，可以把每一个人骨子里的那份顽劣天性给激发出来。在蠢蠢欲动中我不自觉地冲破诸多障碍，投入一个个充满新奇体验的活动中。由于时间有限，有几个项目排队等候时间又很长，我只领略了这两大游乐园的冰山小小一角，在冒险乐园、西部边疆、明日城堡、侏罗纪公园激流勇进、鬼屋、变形金刚3D过山车等，身体和心灵一次次被扭曲、颠覆、翻腾、撕裂，各种感官功能从沉睡中被狠狠地揪了出来，露出了它们最原始的面目。

还未从洛杉矶站的意犹未尽中回过神来，我们便乘机六小时横跨美国大陆抵达华盛顿机场，然后又驱车差不多同样的时间直奔游学活动的大本营驻地——弗吉尼亚州林奇堡市（Lynchburg）自由学校。据领队介绍，弗吉尼亚是全美的农业大州，区域内没有现代工业，环境非常好。一路上，天色渐暗，窗外掠过大片大片的草地、丛林，每隔几十米到几百米便零星分布着一两幢乡村别墅，房间里透出的黄色灯光温馨而宁静，驱散了无边的黑暗与了无人烟的孤寂。偶尔有几处房屋密集、霓虹闪烁、人来人往，大概就是某个集镇或小镇中心了。

深夜时分，我们终于到达自由大学并在学生宿舍里安顿下来，迷迷糊糊睡了下去，半夜两三点钟被人吵醒。原来是到了另一拨游学团队，而且居然是初中部的老师和学生，本就关系不差，异国相遇更觉分外亲切，道不尽的旅途见闻和感受，直到黎明时才小睡了会儿，但很快又在遏制不住的兴奋中醒了过来。洗漱完毕后走出宿舍，惊喜地发现自由学校及周边风景秀丽，环境优雅，不远处的山顶上凿刻着两个巨型字母"LU"，猛一看还以为是"LV"，后来知道这是自由大学的缩写，这从一个侧面显示了该校的气势和在当地的显赫地位。

接下来就是结队去餐厅用早餐，由于是教会学校，只提供一些水果、鸡蛋、麦片和牛奶，非常的素淡，也让我们有机会转换一下全是甜食和肉食的酒店早餐。食堂里的学生志愿者都是白人女孩，她们大多身材高挑、长相清俊、仪态优雅，浑身上下仿佛还笼着一层淡淡的修女般圣洁的光辉，浅浅的微笑与外面这些远方来客保持了恰到好处的距离，当然我们也能觉察出她们的一点矜持和傲慢。

早餐过后是学生集体的英语课程学习，之后他们会被各自对应的美国家庭接走去体验"住家"生活，而带队老师则依然住宿在学校。国内中介的蔡经理、游导游及自由学校董事长弗兰克专门陪同我们在各处走走看看。参观学校各个学院，他们的飞行学院据说在全美名列前茅，给我们做介绍的六十多岁的飞行学院院长，高大威猛，形象气质酷似好莱坞大片中该类型的演员。在学校的溜冰场和滑草场学旱冰和滑草，去一个体育中心观摩一场棒球比赛，可惜半点弄不明白其中的规则门道。去当地的商场、商店、超市购物，李维斯、耐克、新秀丽等大牌商品的折扣低得让人欲罢不能，蓝莓樱桃之类的水果卖相和价格一样充满诱惑。出于信赖所谓的美国品质，我在一家"样样都是一（美）元"杂货店买了好几件小东西，不过后来证明在美国依然也是便宜没好货。当地的用餐价格也很实惠，在一家大型的中西自助餐厅，环境一流，菜肴丰富，我们五个人总共才花了不到六十美金，这点钱在国内同档餐厅估计只够一个半人的消费。

自由学校的弗兰克先生是个可爱的老头，小个子，大肚子，讲话绘声绘色，搞笑夸张，肢体语言尤其丰富。第二天晚上，他邀请我们参加家庭派对。他的家是一幢单体别墅，坐落于道路边，外观和内饰与国内相比都谈不上奢华，但自有一种沉稳典雅的格调。在一张长条形实木桌子边，我们这些来客一点不受拘束地享用了弗兰克夫人亲手制作的烤肉、黑麦面包、甜点等地道美食，弗兰克的夫人还有他的岳父母或是父母都非常和善慈祥，一如好客的中国老人，但他们的热情更让人自在舒服。用完晚餐，从休闲阳台的楼梯下到屋后，如同走进了一幅绝美的风景画，起落有致的缓坡、修剪平整的大片草地、枝叶繁茂的大树、葳蕤幽柔的小树林，一切似乎都望不到边。远处，两个身材臃肿的白发老人开着敞篷车在打高尔夫。不远处，青春早熟却又玩心未泯的弗兰克侄女与一条大型黄犬在小山坡上追逐嬉戏，客人们在用相机定格的同时也不约而同地取好了名字"美女与野兽"。弗兰克的几个朋友组建的乡村乐队在屋子旁边的草地上自得其乐地演绎着一首首美国歌曲，虽然听不懂，但能感受到一份沉静和辽远。此等美丽风景，此等美好风情，任国内最高档的楼盘宣传广告都无法完全渲染出来。

结束了在自由学校的驻地生活，我们开始了美国名城、名校游，先后途经华盛顿、费城、普林斯顿、纽约、波士顿，参观了普林斯顿大学、耶鲁大学、哈佛大学、麻省理工学院，这部分行程占据了美国行的一半左右时间，但一路上只是走马观花，拍照留念，浅尝辄止，加上导游又比较无趣，故没有留下较为深刻的印象。倒是城市与城市之间的车途上窗外的景色十分旖旎，不时会冒出一个碧蓝醉人的湖泊，大约是在波士顿的某个小城市的穿城河上，江面湛蓝如镜，有点点白帆，还有不少单人、双人皮划艇在穿梭，勾起我的无限遐思和神往。

现在回想起来，由于时间和旅游性质所限，我的第一次美国之行所感知到的美国实在是相当有限和肤浅的。总体来说，美国的整洁、清新和有质感是我最为欣赏和难忘的。有的时候我百思不得其解，为什么地广人稀的美国时时处处都那样的洁净、整齐、考究，每一幢建筑、每一条马路、每一座公园、每一个车厢几乎都完美得无可挑剔。

当然美国也有令我不爽的地方，他们似乎是毫无顾忌地消耗着地球的资源和能源，大街上随处可见两三百斤的大胖子。尽管气温不算高，但很多公共场所的空调温度都调得很低，刚从室外进去不禁让人打冷战。在自由中学，空无一人的偌大体育馆、学生寝室冷气大开大放，无人过问，我们几个同声谴责"美国不是人"。但同时，某些方面美国人又力求低碳环保，例如公路上设有两名乘客以上小轿车的专用道。

（原载 2013 年 1 月 8 日《今日镇海》）

就这样走走

外出培训到上海，下榻于五角场商圈的一家高档宾馆，四天三晚。

白天是集中培训，紧张而充实。用过晚餐，学员们头脑中另一类神经兴奋起来，查百度，打电话，纷纷走出酒店，购物，会友，赶热闹场，总之不能辜负这良辰美景。

跟我同住一室的同行看起来交际能力不错，一连三个晚上都约了现居上海的不同老友相聚。其实在这个城市里，也有我大学甚至初中时的同学，但不知怎的，并没有告知他们我的到来及想见上一面的强烈愿望。我是闲着也是闲着，人家说不定正在忙碌的节奏上，何苦非得扰了人家呢。再说，真的见面了又怎样呢？吃早餐时一个同行还在说他前几年来上海，这边的朋友请他在家吃卤肉面条，朋友来宁波时他可是买来一堆海鲜盛情款待过的，没意思。确实，有时相见还不如怀念着吧！

对于如何消磨这三个晚上我其实早有打算，除了两本书之外，行囊里还放了双运动鞋，必须出去走走，最好还能到大学田径场里跑上几圈，这是我之前异常清晰的一个规划。于是第一个晚上就直奔复旦大学。大概是双休日的缘故，夜幕下的校园显得格外静谧，自习室和道路上都只有三三两两的年轻人。复旦的校园并不大也算不上美，但众多简朴低矮的西洋格调的老建筑自有一份庄重典雅，高耸的光华楼直插夜空，双塔状楼体上稀疏地布着些荧白的光块，隐隐映亮了楼前的大草坪，有数对恋人正在亲昵细语。一切都是那样的安宁，可以看到不远处高楼上流泻变幻的五彩光影，然而城市的喧嚣远远地就被这所体量庞大、气质高贵的百年名校给消解掉了。

我在校园里漫无目的地走，复旦大学不是我的母校，在我年少时甚至是连想都不敢想的一处高远所在。然而每次来上海，我都会念及她，因为十一年前复旦百年华诞的时候，我有幸代表学校出席了校庆盛典，那一幕幕欢腾和辉煌至今记忆犹新，那会我大开眼界的场面和规格也被自己珍藏为荣耀时刻。物是人非，如今的我年近不惑，青春不再，平凡庸碌，好在还能有机会故地重游，就这样安静地走走，仿佛在走回旧日时光。

正是春寒料峭的时节，我的耳朵特别受不了冻。第二天晚上，内心还在犹豫是否要出去，运动鞋却已套上脚，身子不由自主地往外移。穿过五角场，坐上

10 号线，在南京东路站下车，出了地铁口便再次被高楼、灯光、人潮淹没，这就是大上海最繁华之地，凝聚了现代化、国际化的精华。永远有那么多人在此熙熙攘攘，流连忘返，不知道为了什么，也许是在体验一种存在的极致吧，感受那份世界与人生的交相辉映。

沿着南京路步行街到人民公园然后又折回至外滩。我独自一人步履匆匆，身上微微出汗，这正是我要达到的健身游览的双重目的。这处城市的前台依然妆容精致，美艳胜昔，引来无数人争相围观，许多人新奇讶异的神情在我看来仿佛是遥远的记忆，我早已无动于衷，波澜不兴。当然，在快速移动中，有些面孔，有些身姿，有些景物，无法阻挡地引发惊鸿一瞥，然而很快地也就雪落无痕。我就这么走走，看看，拍几张照。此时此地，我是自己唯一的熟人，面对陌生的人潮汹涌、人声鼎沸，我能无比清晰地触摸到自己的生命节律，不快不慢，不好不坏。

第三个晚上，想着第二天就要离开，竟然生出了些许不舍和惆怅。尽管一天外出考察下来略感疲惫，还是不想就窝在宾馆里。在网上查看了一番，发现附近有一座小有名气的黄兴公园，来回距离约四公里，恰好是一个比较适当的运动量。于是换上球鞋，按照百度地图所示路线摸索着来到目的地，不料公园大门紧闭，难免有些败兴，好在告示牌上显示开放时间为早六点至晚六点，转念一想可以次日一早来晨练，新的期待随之而生。回来路上，还拐进了对面的体育公园，进到一家规模不小的健身中心，里面人头攒动，很多人挤在一起跑步、练瑜伽、跳操、练器械，这在小城市也是难得一见的壮观场面。

最后一天起了个大早，迎着初升的朝阳快步赶到了黄兴公园。公园里树木丛生，百花吐艳，宽阔的湖面泛着粼粼金光，岸边清风拂柳，人面桃花，一派明艳春色。环园绕湖的多条步道平整洁净，一些醒目的标牌昭示人们走步的好处以及各段行程的距离，特别能推着人走起来、跑起来。一路上，还可以看到不少花草树木都挂着吊牌，上面录着这些植物的简况，能将那些美丽可人的花儿、树儿对上芳名，不禁欣欣然地又多了些快乐。

一个多小时的夹走夹跑下来，周身汗津津的，通畅舒泰。稍事休息，大口大口地呼吸混合着花香的清新空气，看老老少少的上海人健步如飞，生气勃勃，听上海话中的国事家常，似懂非懂，我一个远道而来的外地人也着实体验了一把地道的"上海的早晨"，生活就是如此美妙。

在大上海，在小镇海，在全世界许多地方，能够就这样走走、看看，走过人生的春夏秋冬，多幸福，多美好！

（原载 2016 年 4 月 29 日《宁波日报》）

清丽建德

经过四个小时的中巴车程，我们抵达此次暑期疗休养的目的地——建德。受台风外围影响，早上出门时宁波云系厚重，阵阵骤雨倾洒下来，朋友圈里传来的消息显示之后雨越下越大。而此时此地，风和日丽，体感凉爽，阳光在云层中时隐时现，台风的踪影纤毫未见，我们不禁庆幸。据导游介绍，建德地处浙西，别称"浙江西藏"。哦，原来如此，我头脑中有了这座第一次踏足的山城在地理位置上的大致定位，怪不得几乎很少台风有足够的脚力支撑到这内陆山川的。

下高速后的第一餐饭让我再次见识到了山城的浙西风味，很多菜都深藏辣味，有些干脆就直白地撒着火红的辣椒碎末。看见有旅客被辣得龇牙咧嘴，无碗下筷，导游不好意思地解释这边的居民属于无辣不欢，吃惯了，烧惯了。这份重口味倒是像极了印象中的金衢、赣皖一带的饮食取向，只可惜对于滴辣不沾的人来说无疑是一大折磨。还好，在导游的协调下，之后每餐放辣的菜数大幅减少，倒惹得个别会吃辣的团友提出了"抗议"。

先说一下导游小陈吧，她是目前为止我所认识的唯一的建德人，给我（应该说给大家）留下了良好印象。她个子不高，偏瘦略黑，身段苗条，一口整齐洁白的牙齿，扎着辫子，还留着刘海，自然朴实的笑容像一朵荷花在脸上摇曳。她的声音如银铃般，悦耳动听，讲解不紧不慢，不枝不蔓，准确生动，有一种特别的磁力能抓住人的耳朵。别看她年纪小，做事却十分老练从容，跟酒店、景点等各方人员都关系熟络，各个环节安排得稳妥有序，能提前为我们留好包间、打好空调，饭菜也尽量做到每餐不重样，有了这么一个得力导游的陪伴，四天行程便利舒心不少。难怪最后离别的时候，司机大哥都由衷地表扬她："你这小姑娘挺能干的，希望下次还是你接团。"

我们去的第一个景点是灵栖洞，真的无法想象一座不起眼的铁帽山下别有洞天，竟包藏着如此深广幽邃、神秘奇幻的地下宫殿。从最低处坐小船迂回进入的灵泉洞，再上到洞口喷涌无限沁凉的清风洞，最后在古木参天的山林间拾阶徒步一刻钟，攀至地势最高的霭云洞。三大洞区各具特色，引人入胜，最难忘的是倒影而成的地下龙宫和定海神针，看过电视剧《西游记》的人保准叹为观止，事实上好多剧集都在此取景，难怪给人似曾相识之感。大自然真乃鬼斧神工，大笔一挥便撂下处人间仙境，但若没有人类的想象、演绎以及声光电技术的运用，这喀斯特溶洞景观也只能顾影自怜千万年，是人类的智慧赋予其灵动的生命。

游览完洞天福地，我们住进了寿昌镇上的皇爵宫廷大酒店。十三层高的酒店依山而建，矗立在寿昌江畔。站在十二楼的宽大落地窗前望去，印入眼帘的是一个极佳的俯瞰视角：近处，幢幢红瓦白墙的民居房鳞次栉比，宽阔的寿昌江清流缓淌，江桥上人来车往；远处，青山如黛，绵延起伏。下榻此处的三天里，我很多次伫立窗前，或捧一卷书斜躺于沙发上，远眺，遐想，沉醉于群山环抱间的这一处安宁祥和的小镇风情，多像一幅油画，一首山水诗，一曲乡村音乐。

皇爵宫廷酒店为四星级酒店，豪华气派，不仅在寿昌镇首屈一指，在整个建德也能排进前三。来这里的宾客络绎不绝，房间经常爆满。它的声名远播很大程度上是因为曾作为《爸爸去哪儿了》那帮明星父子（女）的指定宾馆。眼下酒店大厅依然悬挂着多幅当年的活动照片，顶层还开辟了多间明星亲子房。我对这些明星并不感冒，甚至比较反感这种商业炒作方式。但不得不承认，世界那么大，美景如此多，很多外地游客第一次知道建德、知道新叶古村、知道皇爵宫廷酒店并且纷至沓来，可能还真的是仰仗于明星效应和电视节目的热播。这种现代化的吆喝方式掀开了原先养在深闺的建德山水古村美景那一层红头盖，引得四海宾朋倾慕而至，给当地百姓带来实实在在的经济利益，但愿山城风光和建德人在与世界的互动中依然能够保持那份淳朴本色。

说起来，我们这个团算是小得不能再小的袖珍团了，组团时十三人，最后成行的也就九人，行程安排宽松悠闲，早上可以睡到八九点，下午四五点钟即可返回宾馆。日子中间部分由中巴车载着我们去到一两个并不太远的景点慢慢走，细细品。就是踏着这样的舒缓节奏，我们先后游玩了千岛湖月桂岛（猴岛）、新安江水电站、七里扬帆景区、新叶古村景区、大慈岩景区，中间还体验了浙江生态第一漂葫芦峡漂流的惊险刺激，近距离目睹了农夫山泉的生产基地，惊叹于自动化生产线的先进高效。

旅途中映入眼帘的满满都是覆盖着厚厚植被的层峦叠嶂。山占据了建德十之八九地盘，或巍然或险峻或秀美或幽深，奇峰异石，姿态各异。碧蓝的新安江源出徽境，在建德被伟大的人力拦截起一座千岛峥嵘、气象万千的旖旎湖泊，充沛澄净的水源又缓缓往东涌流，步向江海。透过车窗，我直觉这江水是静止不动的，像是仙人将锻造翡翠玉器的熔液倾倒在这青山间的沟壑并凝结成晶，给身着一袭绿萝衫裙的山城束了一条玉带，更增几分清丽风致。

几天里，陈导讲的两则故事让我触摸到了建德人的品性。一是当年为建造新安江水库，数十万当地居民响应国家号召，舍小家为大家，背井离乡，每户所得补偿仅为百元左右；二是"文化大革命"期间，叶氏先人想方设法与造反派周旋，最大限度保护了叶氏宗族珍贵的文化遗存。建德人是有胸怀、远见和韧性的。

也许是地如其名，一方水土养一方人吧。建德，一个与建业同出一源的地名，后者已成为历史过往，而建德依然初心不改，越发硬朗响亮了。

（原载 2016 年 4 月 29 日《镇海潮》）

浪漫大连

　　大连是我向往已久的城市，这颗镶嵌在渤海湾的北方明珠总能撩拨起人们对旖旎风光、浪漫风情的无限遐想。今年暑假，当宁波正处于烧烤模式、热不可耐之时，我因为参加某杂志社在大连举办的全国教师读书论坛而享受了几天难得的清凉怡人。

　　读书、旅行，再没有比身体与灵魂共同上路更为完美的事情了。作为一名曾经的文学少年，能够近距离地见到著名作家刘心武、叶兆言以及北大学者郑也夫等，聆听他们在台上叙说人生阅历或是纵论文学创作，内心的那份幸福甜蜜、激动不已亦如少年时一样按捺不住。多少名人逸事、文坛掌故、社会世相以及阅读写作之功在他们的锦心绣口中或轻描淡写，或浓墨重彩，是那般的如数家珍，在我这边则是闻所未闻，不禁大开眼界、叹为观止。

　　读书论坛的三天活动从早到晚安排得十分紧凑，我一场未落投入学习。另一方面，自还未下到这片土地开始我就抓紧时间欣赏、感受大连的风土人情。一下飞机，沁气拂面，暑热顿消。这边日间最高气温都不超三十度，大中午也能漫步大街小巷。当地的哥特别能侃，只要你跟他搭上话，他就开始滔滔不绝，一股脑儿地将你想听的、不想听的全倒给你，也就是在机场到宾馆的出租车上，我了解到这座城市的概况、现状以及若干市井逸闻，并听取司机的热心建议确定了有限时间内的行走计划。

　　我们下榻于中国煤矿工人疗养院，一路之隔便是付家庄海水浴场，大海、沙滩近在咫尺。第二天凌晨四点多，我早早醒来穿好运动鞋外出走走。登上付家庄公园的制高点，海天茫茫，一望无际，海岸线蜿蜒无尽。近处海域，有几艘船艇粘在海面上静止不动，山脚下的海滨浴场已集聚了不少身着花绿泳衣的男女老少。很多人都是开着私家车过来，在车上或当众用一块围布遮挡换好泳衣便直接下到海里。看车牌，听口音，基本是附近的居民，看起来海游也可成为一种晨练方式，当然得靠海而居。公园里也有跳广场舞、练武术、快走慢跑的，但人数明显少得多。

　　付家庄海滩与市中心有些距离，人流量适中，不像青岛第一海水浴场那样下饺子似的济济一滩。海水清澈洁净，极易让人产生融入碧海的冲动并迅速付诸行动。我就临时买了条泳裤，于当天夜间以及两个清晨泡在海水里，尽情地舒展肢体，追逐海浪，算是在大连最感尽兴难忘的时刻。

　　包括付家庄海水浴场在内的多个大连海水浴场都是二十四小时免费开放，无遮无拦，随意进出，也不见有人管理警戒，爱什么时候游、爱游多远随你便。不像我前阵子刚去过的朱家尖南沙浴场，高额收费、限定时段不说，稍微往外出去一点便哨声大作，纯粹就是让你浅浅地泡泡海水，跟小孩子玩似的。这一对比也反映出北方人大大咧咧的性格，都是大老爷们，别给我磨叽那么多讲究，我行我素、开心自在最重要。

很多人到大连是为了看海，置身其间我倒没有觉得这边的海有多美。海水蓝浅浅的，不惊艳。为了能目睹想象中的海景，我还多逗留一天坐一小时的快轨赶到远郊的金石滩景区。那边的地质公园巨石嶙峋，刻录着几亿年的沧桑，值得驻足以思接万载。可惜天公不作美，头天夜里就开始起雾，虽然太阳一整天都在使劲拨散云雾，但始终挥不去那层灰蒙蒙，极目远眺，海天一碧的愿望终究未能实现。还好，此前一天独自坐环线旅游巴士时，依照司机的推荐细细品味了小巧玲珑的棒棰岛，那儿的海水是浓得化不开的宝石蓝，美得目眩心醉。

坐环线旅游巴士对于外地过来的散客是最为合宜的方式，起止点都设在火车站，班次密度大，二十元通票可以全程随意上下，行车路线覆盖了滨海观光带的所有景点，这些旅游产品都开发得较为成熟精致，管理也十分到位，至少物价控制得比较好。每辆观光巴士都配有专职导游。坐在车上，透过车窗欣赏城市风光或是眺望蓝天碧海，耳畔伴着导游的清晰讲解，就算不下车进到各个景点，也能大致领略到这座城市的迷人风貌。

相比而言，大连的城市建设远逊预期，虽然路边绿化带、街心公园设置着许多海洋生物的雕塑造型，栩栩如生，彰显鲜明的海滨特色。但密密麻麻、缺乏设计感的高楼大厦，与其他城市并无二致，名目繁多的所谓各大广场，大多就是些购物场所、城市综合体。而且必须吐槽一下的是大连的交通，经常堵得死死的。不过大连的公交比较发达，不仅线多车密，票价也很亲民，一般都为一元。

星海广场应该是大连旅游的必至之地，这处城市地标恢宏华丽又清新曼妙的姿容经由媒体的传播早已深入人心，令人神往。可惜正值国际啤酒节，广场上布满了啤酒大棚，无法得窥亚洲最大城市广场的全貌，而且据的士司机讲，这些年广场周边突破原先的规划竖起幢幢高楼，早已失却以往那种雍容大气、中西合璧的观感。

幸运的是，我进入了门卡重重、安检严密的啤酒广场。那真是时尚欢乐的海洋，人潮汹涌，摩肩接踵，各啤酒品牌大棚都是人头攒动，人声鼎沸，劲歌辣舞、鲸饮比拼、游戏互动、二人转之类轮番上演，夺人眼球的还有青春靓丽的啤酒小姐，北方姑娘的个高貌美肤白在清凉短衣的衬托下显露无遗，美酒美女、海鲜烧烤、欢声笑语共同营造出醉醺醺的氛围。周遭流光溢彩，天上钩月静悬，与一帮来自天南海北的文人墨客一起喝酒畅聊，得意尽欢，酒不醉人人自醉，醉在这份机缘巧合的人生际遇中。

（原载 2016 年 4 月 29 日《镇海潮》）

黔江行

一

我追记这段行程的时候，真实的经历已经过去将近半年。这中间也多次尝试将其浓缩成一篇文章，均未成功，但头脑里的记忆持续鲜活而深刻，所以趁着寒假这几天稍有闲暇，决意做个了断。

若非一种机缘巧合，我想这辈子都不可能来到黔江，这座位于重庆东南角，接壤鄂、贵、湘的小山城，这个少数民族聚居区、国家扶贫开发县（区）。

说起来几乎没有人相信，我去黔江主要是为了给当地学校的副校长、教务主任讲一天课，我这人既不是什么专家，甚至说话都不怎么利索。但未曾谋面的北京高等教育出版社彭老师就让我这个所谓的"浙江专家"去完成他们在当地这个培训项目的重要部分，难道她在与我电话联系时没觉得我讲话有问题吗？

于我而言，这确是前所未有的挑战。然而我决心把握这殊为难得的机会来磨砺提升自己，丰富自己的人生经历。网络上的黔江美丽神秘，深深地唤起我对远方和诗意的向往。我当然知道自己的障碍在哪里，但回忆过去仅有的几次公开讲座经历，大多都是经受一番紧张焦虑煎熬之后最终还能收获一个不错的结果。我想只要好好准备，这次的过程和结果也会如出一辙。于是我用了差不多半个月的时间去构思、找素材、做课件，好几个晚上在办公室里忙到近十一点。我确实感受到了一种无形的巨大压力，因为我对那边的情况眼前一抹黑，我必须保证至少能够平稳地讲下来，决不能出大的乱子。在出发前的第二天，两个课件加工完毕，所有的链接和支撑材料都打包到位，心中基本有底了。

8月15日一早，公交、地铁赶到宁波南站，高铁一小时抵达杭州东站，再坐机场大巴至之前从未涉足的萧山机场。比较幸运的是，飞往重庆的航班准点出发了，而我就在中间的黔江武陵山机场下了飞机，从黔江到重庆尚有半小时多的航程，可见它离主城区有多远。

这是我第二次置身如此小巧的机场，前一次是在云南的腾冲。看上去两个操场大小的机场跑道就暂停了一架客机，边上还放着一架两三个座位的微型飞机。所谓的航站楼就像一幢二层民居，很多见惯了恢弘大气机场的乘客不禁哑然失笑，纷纷拍照留念。这个机场应该建立在一定的海拔之上，四处望去，皆是青山叠嶂，高可触云。

接机的是高教社重庆分社负责人林科，一个非常壮实挺拔的小伙子。钻进他的车子奔赴宾馆，穿过一长段隧道，还瞥见一处深深的峡谷，驶经一些街道，便抵达克莱斯顿酒店，住在五楼，看上去还比较干净。窗外不远处山峦青青，一派安静宁谧。

二

在房间稍事休息，5点半，我随林科去吃饭。太阳还悬在很高处，天色依然明亮晃眼，记得宁波此刻应已暮色渐起，想想应该是经度导致的差异吧。在黔江电大两幢气派的教学楼中间的空地上，我见到了进修学校的王书记、梁副校长、聂主任、梁科长等，其实这些人我是一起吃第二或是第三餐饭的时候才完全对上号的。当然，还有这些天一直在联系的高教社具体负责该培训项目的毛老师。她是典型的重庆妹子，个子娇小，脸蛋和身条都很精致，我们微笑握手，像是熟识多年的老朋友。她还带着快读五年级的女儿一起来黔江，她女儿文文静静的，大眼睛、双眼皮，看长个的趋势应该高于她妈妈。

我们分头坐车和步行来到一家土家菜馆，负责后勤的梁科长已经提前点好饭菜。餐桌中央放置一口火锅，热气腾腾，这好像是此地外出聚餐的标配，即便在这样的三伏暑日。由于我跟另一位山东过来的专家梁教授都不会吃辣，上的几道菜倒还都能入口。先品尝一小碗土家油茶，坐在我旁边的王书记说这相当于藏民的酥油茶，有贵客才奉上的。也许是为了表达对我们两位贵客的欢迎，王书记跟梁科长用方言土语几句，旋即来了三个身着蓝布白点民族服饰的服务员，拉开嗓子为我们唱了一段土家山歌，声音高亢，欢快不失粗放，虽然听不懂，但大致的旋律在电视上也看到听过的。我这个"土专家"简直有些受宠若惊了。

除了我、梁教授、毛老师还有她闺女，其余人杯中都斟满了白酒，早就听闻四川、重庆一带的人都是海量，白酒当水喝，果不其然。第二天晚上，在众人的"劝逼"之下，娇弱的毛老师的杯中之物也换成了白酒，并且跟领导们一饮而尽干掉了一杯，面不改色，谈笑自若，她还透露了在家里夫妻两人常常对酌的信息，惹得男人们又一次起哄逼酒。不喝酒的我们只能喝点饮料，因为上火，想要罐王老吉凉茶，他们推荐了当地的一个凉茶品牌——三清方，一口下去，酸酸甜甜，比起甜腻的王老吉口味要清爽很多。

几位领导都很客气，不停地劝菜，不停地为我介绍菜品和当地的风情。酸鲊肉、蜂蜜荞粑、米豆腐都特别合我的口味，不由多吃了几口，还有一种据说堪比虫草、灵芝的"武陵山珍"，细滑而有筋道。主食是当地的特色洋芋饭，亮黄带焦的洋芋细块与糯软的米粒混杂在一起，色香味俱全。除了怕辣外，我这人其实在吃这方面适应性挺强的，很容易入乡随俗且享受之，现在回想起以上几种食物，禁不住口舌生津。

我在黔江的好几餐饭都是如此这般：专家一两个，单位头头五六个一起作陪，刚好凑成一桌，吃吃喝喝，谈天说地。估计这也算是当地的一种风气，与前些年我们这边的官场做派类似。其实我不太喜欢这种场合，敬酒、场面话等应酬皆非我长，别扭得很，远不如最后一顿晚餐我独自在江边一家小餐馆慢慢享用一碗洋芋饭来得自在。当然，这也许是当地人或是少数民族特有的一种好客之道吧，至少在黔江这几天，我感觉这些单位领导都很朴实、真诚，不似我们这边接触过的一些头面人物圆滑世故、莫测高深。

三

饭后，王书记、聂主任陪同我们沿江边散步。从酒馆出来，外面已是华灯熠熠，凉风习习。黔江老城区呈带状布局，黔江河穿城而过，河岸两边鳞次栉比地分布着高低参差的房屋建筑，从檐角、廊柱等屋面造型可以窥见鲜明的少数民族特色。走在长达数公里的亲水栈道上，人群如织，大多为饭后健身休闲的当地市民。聂主任兴致勃勃地带着我们转悠，喝高了的王书记歪歪扭扭地独自行走，嘴里念念有词，我怕他出事欲扶着送他回家，聂主任说不妨事，他经常就这副行状。刚才饭桌上几位领导都在夸赞王书记的文才，大约他经常陷于此等醉醺醺之状，酝酿一些文字和灵感。

黔江的夜景不输于任何我到过的城市，尽管没有什么高楼大厦，但灯火辉煌，两岸与水中倒映的流光溢彩连成一片，缤纷璀璨。聂主任领我们至三岔河区域，眉飞色舞地告诉我们这是黔江的"城市客厅"。但见一方大型的亲水木质广场浮架江面，人影幢幢，载歌载舞。伴着时而激荡时而轻柔的乐曲，伴着七彩斑斓的激光投射，江中的音乐喷泉华丽盛放、变幻多姿、如梦如诗。晚八时，远处的长生桥万灯齐放，桥上土家族风格的风雨长廊以及连贯着的三座塔楼被勾勒得精美绝伦，琼楼玉宇，疑是天上人间。

该说说我来黔江的正事了，在没有完成讲座之前，我的神经始终是紧绷着的，品尝美食、欣赏美景时也多少有些心不在焉。头天晚上回到宾馆及第二天早晨醒来，又把课件内容过了两遍。吃过早餐随毛老师步行至电大，爬上六楼，报告厅里已经坐满了人，济济一堂暗藏着无形的压力。学员们用各种目光打量着我，我索性强作镇静，视若无睹，从重庆新任市委书记和前任市长皆为我诸暨老乡这一机缘切入，较快进入自己讲课的节奏和内容。上下午各两个半小时，午后喝了一罐"红牛"，大脑一直处于高度兴奋状态，倒也不觉得累。从自我体察和观察学员的反应来看，我讲得基本还过得去。课间，毛老师发微信让我讲课时不要刻意自谦，因为学员QQ群中不少留言对我还是很肯定的。

那天晚上新来了一位重庆的名校长，我们相邻而坐。校长颇具领导气场和专家风范，但随和亲切，与我交流了不少学校、教育问题，言谈甚欢。由于已经卸下千斤重担，用餐、饭后闲步均异常放松。黔江的美丽夜景再一次深深刻进脑海。这座群山环抱中的小城恍若世外桃源，虽然街容的布置，商店的陈设，居民的衣着穿戴、生活方式与一般的城市也相差无几，但这里显然还没有完全被现代化侵蚀，街上不要说共享单车，连公共自行车也未设置，百度地图上也搜索不出从此地到彼地的不同出行方式，支付宝、"扫一扫"似乎也难得一见。行在街头，从来来往往的当地居民身上我能感受到一份简单的快乐、满足和恬淡。我仿佛沿着时光隧道往回走了二三十年，重温了年少时的社会世相风貌。

四

我留了一天时间去领略黔江的风土人情，网上查询到的信息显示有很多地方都值得去走走看看，权衡之下，选了小南海和芭拉胡两个景点。早上出发时间晚了点，坐公交至汽车东站，购票坐上半小时一班的中巴车，车内简陋陈旧的设施和招手即停的行车方式是我熟悉的十多年前老家那种城乡交通工具。车子走走停停，不时上下一些身着少数民族服装、挑担背篓的老乡，他们的身材都比较矮小，特别是一些老年女性，很多都不到一米五。老乡的竹篓里装满了紫红色的脆红李，荔枝大小，我在小南海景区买了两斤，酸甜可口。越往里，人烟稀少，村庄破落，山势越发高峭险峻，汽车仿佛变得越来越渺小，直至融入深山绿海中。

小南海实际上是距今不远的清代一次强地震遗留下的高山淡水堰塞湖。景区周边堆砌着巨型庞然的断崖残壁，交错散乱，可以想见那场震灾引发了何等剧烈的地动山摇，一片狼藉。当一切重归安宁，许是上天悲怆的泪水滑落，盈满了山川扭曲裂变后形成的深谷，这颗少女般清新莹润的深山明珠便横空出世，泊贮近两百年，出落得越发明净秀美。站在岸边任何一个位置，你都会被其优雅姿容牵走眼神、摄掉魂魄。湖水幽蓝，秀峰环列，天清云淡，阳光纯净而明亮，几处巨石刺破如镜水面，湖心、牛背、朝阳三座墨绿岛屿恰到好处地安放其间，让原本一览无余的湖景生出了曲径通幽、欲遮还羞的动人韵味。

经过一番犹豫，我放弃了乘坐仿古木船花上两个小时漫游细品整个湖光山色，现在想来算得上是一次错过、一大遗憾，那被岛屿掩藏了的湖心最深邃迷人处怕是只能永远停留在想象中了。其实我买的门票还包含了十多公里外呈现原汁原味土家风貌的十三寨景区，然而两地之间居然没有接驳车或公共交通，只得作罢。这倒也为我游玩芭拉胡景区留出了充足时间。

搭坐大了一号的中巴车沿原路返回，在接近老城区时下车，即达芭拉胡景区，横跨峡谷的渡水桥高高在上，夺人眼球。"芭拉胡"在土家语中意为峡谷。这道大地机体上微不足道的细小裂缝在游客眼中被无限放大，气势磅礴，突兀幽深，蔚为壮观。沿着峡谷两侧险峰峭壁上盘绕的栈道攀登，整条峡谷、黔江新城还有无尽绵延的群山尽收眼底，令人震撼、惊叹。"亚洲第一峡谷城美誉"安在黔江头上，确实名不虚传，独具特色。

最后一天，用过早餐，林科送我至黔江火车站。依然是那种因陋就简的陈旧落后，却也为我延伸了时光的张力。我的回程设计是坐火车至重庆，再乘机返回宁波。我希望在火车上饱览沿途风光，领略巴渝风情。然而意想不到的是四个多小时的绿皮火车旅程基本都在隧道中度过。在隧道与隧道交接的间隙，我使尽目力贪婪地狂揽风景，那峭拔入云的群山，那山间孤独颓败的民居，那跨越天堑的高架桥梁，那缓缓涌动的碧玉般的江水，那正在传统与现代间慢慢变迁的城市、村落……进出隧道的一明一暗间，一帧帧、一幅幅摄入眼底，连同此行所有见闻感受，沉入记忆深处。

（原载 2018 年第一期《镇海潮》）

校园傍晚

这些日子可算是一年中最美最好的时光，天基本都晴着，碧空白云，而阳光正好，气温正好，湿气不重但又不乏丝丝润泽。体感最舒适，穿一件衬衫、短袖或是一件薄衣都刚刚好，在户外散散步也不会热出汗。

学校的晚饭早，五点多辰光我便能在校园里饭后漫步。也许是处于人体最适宜温度的缘故，感觉路上的行人都洋溢着欢欣愉悦，缓缓地走步，轻轻地说话，悠然自得。有几名同学手里攥着一卷书，将看未看，光顾着深呼吸清新的空气，目光流连于被高楼挡住身形但依然洒落在草地、楼墙以及树梢上的温柔夕晖，那里面恍若奏鸣着歌声和诗吟。

那片银杏林不知何时换上了青绿色的盛装礼服，前阵子还只见一些细碎的嫩芽稀疏地爬上裸露的枝干，而转眼间，密密麻麻、层层叠叠的扇形绿叶填满了树冠部分的间隙，连成了一片森森然的绿，收掩了枝条也遮住了阳光和天空。走在石板小径上，林间仿佛荡漾着绿波，人被浸润得竟然有些凉意了。

和银杏林一样，校园里各种树啊，草啊，都一下子长得郁郁葱葱、高高大大了，编织出一丛丛拥挤稠密的繁盛。绿叶肥肥厚厚的，含了一薄层轻盈的脂肪和水分，显得饱实丰满，恰似那些发育良好的高中学子，骨肉丰匀健美，青春风采俏然张扬。

花在这个月份显然不是主角。然而在小河岸边却盛开着一席纯色的金鸡菊、月见草、红花酢浆草，红的、黄的、粉的。不同于春日百花的娇嫩柔弱，这些初夏的花儿不仅明艳绚烂胜过春芳，更显出一份自信满满的老练，在这个季节，它们扛起了花界的旗帜，去抗衡那肆意蔓延的气势健旺的绿。

过一拱小桥，过一垒小山，过一曲小径，从某个缺口处折进田径场。眼前一下子开阔明亮了，大幅的绿色草坪，红色跑道，铺展成一毯动感热烈的青春大舞台。人群一簇一簇散布在操场上，有沿着跑道快走、慢跑以及冲刺的，有在绿茵场上追逐着白色球儿、白色球门的。最热闹处当数西北角的篮球场，密密匝匝围满了人，正在举行班际篮球比赛，无数双眼睛盯着那十个少年围绕着一个篮球的拼搏厮杀，少数几个体格强壮、肌肉健硕、皮肤黝黑的体育特长生一次次引爆全场的尖叫欢呼，另一些身板略显单薄、球艺一般的男生也不甘示弱，拼尽全力，撞击出一圈圈晶亮的汗珠和青春的荷尔蒙。他们的力量或许来自那些起劲跳着喊着加油助威的女生吧，在心仪女孩的眼眸中、心灵间，他们努力塑造着自己的男性形象。

从球场的喧嚣中出来，我开始绕行操场，当下这个年龄和身体状况也许最适宜这项谈不上多少运动强度的项目。不过在那些奔跑的、跳跃的年轻的身姿所设置的背景里，自己已经懈怠迟钝的细胞也被激发唤醒，脚步不禁轻盈有力起来了。操场边上的肋木架上，一个上过我选修课的女生正在下腰、压腿，她朝我挥手微笑，细密的汗珠沁满红通通的、吹弹欲破的脸，那个样子，真好看。

掩藏在树丛中的音箱流泻出舒缓的声浪，校园广播开始了，音乐飘荡开来，像是乡村那袅袅的炊烟。我知道，此时此刻有不少孩子在广播室外排队等候，一个接一个地去唱上一首最拿手的歌。民谣、美声、流行、嘻哈、R&B，各种风格层出不穷，有几曲真是演绎得太动人了，整个校园为之安静，连空中冲飞的云雀、草间翩舞的白蝶都凝滞了身姿，红花绿叶也竖起了耳朵。

少男少女的歌声里有欣喜，有希望，有忧伤，有迷茫，有我们想象不出的曲折迷离的心路和故事，千转百回，他们唱给谁听呢？是天上悠游的白云，是渐渐沉落的夕阳还是即将款款升起的月亮或者星星？也许，这位知音在某个教室里，正在会心微笑抑或热泪盈眶，也许这位听众在远方、在未来，是那个可以遇见的更好的自己。

他们肯定不是唱给我听的，然而我却被歌声淹没，我听出了青春绽放的旋律，听到了岁月深处的回声，在很久很久以前，曾经响起，那么浓烈，那么醉人。

（原载 2017 年第十二期《教师博览》文摘版）

第五辑　行走·风景

乡村晚景

当熊熊燃烧了一天的太阳一点点收敛起炙热的光芒并缓慢向西方天际滑落的时候,夏日乡村便开启了一天中最舒爽美好的时段。

一切都变得柔和起来,那充斥在天地间刺得人睁不开眼的光线,那无形却似有"嗡嗡"轰鸣声且极具压迫力的火辣的热浪,在某一个时间点开始被伫立在空中的太阳神收回。它或是累了,或是心软了,那张亮晃晃、白炽球一般的严酷的脸不知何时抹上了橙红色的光晕,仿佛还盈出一丝笑意,展露出温柔可爱的一面。众多美丽的云霞仙子也趁机聚拢在它的周围,相依相偎,追逐嬉戏,一派祥和生动。霞光也涂抹到了远近的山峦,为它们勾勒出了彩金色的边痕,特别是那些光秃的山崖,熠熠生辉,恍若天国灿烂的佛光。

被烈日凝固住的风也张开了翅膀,从不远处的某个山谷或树林出发,掠过大片大片的土地,那些被暴晒得无精打采的草木将蔫卷着的叶子重新舒展开来,与风儿击掌相庆。这份清凉的信息像涟漪一样波荡至无尽的远方,弹奏出一曲美妙的轻音乐。白鹭、麻雀以及许多不知名的鸟儿、昆虫都离巢而出,在空中尽情腾展蜷缩了一天的身骨,同时寻觅晚间的食物。有些时候,它们一起朝着太阳落山的地方飞去,在霞光的映衬下,它们仿佛点点黑影欲追逐和熔入那片绚烂的夕辉。天空中的云团也多起来了,想必刚才它们也躲在某个角落乘凉吧。

在记忆中,这个时候的乡村田野是最忙碌的,每家每户都抓紧这酷热稍退而天还未黑的时段"抢种抢收"。打稻机的隆隆声,驱赶耕牛的吆喝声,上下畈间的喊话声,汇响在一起,热闹非凡。而在此前不久,湛蓝的天幕上只挂着几丝流云,炎日毫无遮挡地直射大地,整个田野除了满耳蝉语便寂无人声,浓荫匝地而不见人影,唯有滚滚热浪不停肆虐。人们都窝在家里,砖瓦房和院子里的大树把汹涌的热气拦在屋外,在电扇下,在竹榻上,他们恢复着上午消耗的体力,等待着下午动工的良机。当热力稍有松动,他们都不约而同地赶至各自的田块。那浅浅的田水连同淤滑的田泥仿佛被煮沸过的,一脚下去烫得立马抽回,但很快也就适应了。经过几个小时的休整,体内又蓄满了力量,那就在天黑之前把它全部释放出来吧。这些活儿,总是要靠一家子的辛苦努力去及早完成的。

这些年,故乡的农民大多种了单季稻,播种和收割都避开了盛夏,而且很多农户都不种地了，村里不少水田都承包给了农业合作社，或是改造成了大棚种植基地。全村上下热火朝天的"双抢"场景已很难再现，取而代之的另一种热闹是这个时间在城里、镇上工厂做工的人们开始下班回家。他们骑着电瓶车、摩托车乃至开着小汽车飞驶在平整的水泥村道上，车子的踏板或后座上放着从超市、集市上买回的水果、菜蔬及日用品之类，那是他们对自己一天工作的犒劳以及与家人的喜悦分享。他们相互之间大声打着招呼，调皮的年轻人还吹着口哨、唱着小曲、按着喇叭，风一样地驰过，激起一路笑语和阵阵清风。橘红色的夕照追着他们的笑脸，映出了那份亮堂堂的简单的快乐和幸福。他们中的一些人回家就能吃上家人烹制好的晚餐，有些则需要自己动手做饭，有些还得带上农具去侍弄一下田地。无论是谁，比起几年前或是十多年前围着几亩田地转的辛苦拮据，如今日子明显富足惬意多了。

那一轮巨大的猩红色的夕阳越来越暗淡，终于在坠落远山的一瞬间完全熄灭，空气中的暑热也仿佛随之飘散至高空上方或是沉落到地底下。天还明亮着，但暮气已从大地四围悄然升起，给绵延的群山、高低相连的田野和淙淙流淌的河溪蒙上了一层青白色的光影。在夏天，漫山遍野的繁盛草木呈现出浓郁的青绿或青黑的色泽，暮色的侵染让它们整个显出洗练和静默，除了越发声嘶力竭的满山满树的蝉鸣，黄昏中的大地回归了一份繁闹热烈过后的沉静、凝重和凉爽。

暮色渐浓，天地间开始模糊起来，山野里已经基本不见人影，最勤劳的农人也抓紧干完最后一点活，然后挑上担子、提着锄头匆匆回家，黑夜赶着他们的脚，但前方村庄里，各家各户的门窗都透出黄色的或洁白的灯光，有彩电的图像和声音，有小孩的戏闹，还有馋人的饭菜香味。穿村而过的溪流里还有人在戏水、洗澡，村子中心的露天球场上，大功率的灯光将那一块区域照得如同白昼，小伙子们在奔跑打球，看热闹的村民摇着蒲扇坐在球场边休憩纳凉。这一村庄的灯火在无边的黑夜中是那样微小却显眼，如果仔细看，与灯光接壤的浓重的漆黑中似乎闪烁着无数双眼睛，那应该是隐于其间的万物生灵在羡慕地欣赏人类的光明夜生活。

（原载 2016 年 7 月 29 日《宁波日报》）

厦门游学记

　　5月的某个下午，我坐在厦门大学南安楼三楼一间小教室里，聆听一位外文专家兼诗人的女性学者的讲座，沉醉在她留学国外名校的见闻经历里。偶一扭头，突然发现那朱红色木质窗棂的玻璃上探出了蓝色大海、白色桥索、红色屋顶、绿色岛屿以及恍若纹丝不动的舰船，映着下午明黄的阳光，牵走了我的目光，轻拂我的心海。那一刻我突然意识到，我这是在厦门，在厦大，这样的午后，静谧而美好。

　　这次厦门之行的大部分时光就是在这间铺着仿古地砖的房间里度过的，如果加上前面所说的老式木窗以及幽深的长廊、石砌的楼阶，我们这些远道而来的学员仿佛穿越回民国的课堂。事实上，这幢楼连同其他四幢连成一片的建南楼群也是修旧如旧的国家级文保单位，由厦大校主陈嘉庚女婿李光前先生捐资兴建。楼群沿山势张开如双臂，怀抱着形似弦月的运动场，再往外，隔着浓密的绿化带，紧接着沙滩、大海和远方。

　　此次来厦门是因参加一个培训活动。从宁波南至厦门北，六个小时的动车车程，我一口气读完了一本教育小说，为这趟旅程定下充实愉悦的基调。下了火车，接站大巴并未如期而至，原来厦门正处梅雨季，刚刚豪雨如注，多地积水成灾，听闻厦大一些教室也进水似河，大巴因此在路上拥堵耽搁了一段时间。还好老天只在当天夜里将剩余部分雨量倾倒完毕，之后几日以阴和多云为主，偶有阵雨，第一天的潮湿闷热也缓解许多。这样的天气，在即将逼近的高温暑天算是对我们格外开恩了。

　　我被美丽厦门惊艳到的第一眼是在从高铁站坐大巴去酒店的路上，车子行驶在跨海连岛大桥上，那仿佛是一条起伏飘荡的绸带，壮观而柔美，海是浅蓝的、碧蓝的、与天一色的，那才是真正的大海的样子，浮载着郁郁葱葱的岛屿城市，白色水雾在上空缥缈，颇有海上仙国之境界。另一眼是每天从酒店到厦大的二三十分钟的行车途中，穿过一条长长的隧道，一片更为灿烂明媚的海豁然眼前，依山错落的房屋楼宇，夹杂其间的一丛一丛繁茂的绿植，层层叠叠，面朝大海，浅笑嫣然，尤其是那红瓦屋顶，在树绿海蓝中显得特别亮眼醒目，近在咫尺的鼓浪屿就着海水轻轻摇晃，恰似在向对岸驻足欣赏她的人们挥手致意，发出邀请。

青白色的多层立交桥在海岸线上打了个漂亮的花式领结，端庄不失俏皮。这一片区域，看上去是如此清新明净，通体沐浴着一层更接近于太阳、天国的光泽，感觉似乎登上了天堂，迈进了童话王国。

厦门的城市风貌是热情旖旎的，散发着浓郁的亚热带风情。树木高大，绿叶肥厚，色泽鲜艳。挺拔的棕榈，无数根桠盘错裸露的庞大榕树，树冠中燃烧着橘红色火苗的火焰木，不少树种在江南一带难得瞧见。市树凤凰木散布于大街小巷，在厦大校园更是成片成林，枝秀叶美，飘逸潇洒，极符合心目中凤凰的形象气质。班主任黄老师说，待到六月凤凰花开，便迎来厦大的毕业季，红花簇簇，郁结了多少离愁别绪，又蕴含多少憧憬希望，还有林志炫的乐曲萦回。整座城市，都浸透出一派浪漫。

都说厦大是中国最美大学，厦大人更是必须加上"没有之一"以做强调。有两个傍晚，我分别跟随同学和独自一人逛了逛校园。地势最低处的芙蓉湖水平如镜，倒映着"一主四从"的最具标志性的嘉庚教学楼群，三五只黑天鹅巡游湖上，红嘴黑羽，气势凛凛，引来游人争相观赏留影。制高点是给人无限遐思的"情人谷"，其实只是一座人工开凿的水库，然青山环拥，绿树葳蕤，水碧如玉，漫行湖边的木质栈道，鸟鸣空谷，草亭里一对恋人甜蜜私语，树荫下二三闲人悠然垂钓，远处水尽头，丛林里掩映民房数间，升起炊烟袅袅，山民担桶汲水，顿发探幽思古之情。

厦大的美，美在精致。校园内芳草如茵，佳木葱茏，移步皆景，处处收拾得整洁妥帖。教室、宿舍等建筑连片成群，大屋顶、红瓦、拱门、圆柱、连廊、大台阶，为典型的闽南特色，又融合了西洋元素，一砖一瓦均质地上乘，做工考究，历久弥新，沉淀出厚重韵味。想那陈嘉庚及后继者对建校一事当极为重视，设计、施工无不精益求精，自有上等人家的做派和格调。这份"自强不息　止于至善"的品性已然成为校训，融入学校文化血脉和日常生活点滴里。

也正是这份校风教风使然，本次培训的几个讲座场场精彩。除了一位讲者出生东北，其余六人均是地道的福建人，闽南风格的腔调和外表在经过短暂的适应之后，居然给人悠远绵长、音韵铿锵的无尽回味。这些专家教授高瞻远瞩、见多识广、博古通今、鞭辟入里且各具个性，大国外交、名校教育、阳明心学、危机公关、互联社会、两岸形势、一带一路，无不阐发得既大开大合又精细幽微，令学员们脑洞大开，获益匪浅，赞不绝口。这也是本次厦门行殊为宝贵的经历和收获。

（原载 2016 年 4 月 29 日《镇海潮》）

普安送教行

　　普安县城的很多道路正在大修施工，坑坑洼洼，高低不平，尘土飞扬。从酒店至普安一中大约十分钟车程，一路颠簸过去，最后还需爬上几处几近六十度角的陡坡，方能抵达我们讲课送教的地点。"这道路一练车技，二磨轮胎，你真厉害！"我给专程接送我的小 Y 老师点赞，她笑笑，说习惯了。

　　小 Y 老师三十出头，高挑丰满，穿着打扮也时尚洋气。她告诉我坐着的这辆轿车是日常上下班代步开的，家里还有一辆大的（我想应该是 SUV 或是七座商务车之类的好车），外出旅游远行时启用。我心里顿了下，也是位富豪啊，跟她的哥哥一样，这里的人不穷啊。

　　她哥哥是普安一中的某部门主任，看上去还是妹妹个高一些。他第一天送我们回酒店的时候，不知怎的就把家底给透露出来了：他在兴义低价置买了一套大别墅，自带六七十平方米的私家花园，地上地下共五层，将来装修时准备装家用电梯，现在房子空着；在普安城里也有三套房子。他还特意开车绕了段路为我们指点某块土地也为他所有，将来一拆迁，又是源源不尽的财富啊。他越讲越来劲，有一些娇傲，有一些炫耀，在我们这些来自发达地区的名校教师面前不自觉地流露出了优越感。也是！我们这几人也就住住高价小户型的套房，住别墅估计是此生不可能的奢望了。另一方面，我们也觉察到了这位 Y 主任相当自信乐观，精明活络，称得上人生赢家，我们切不可以相貌或以固有偏见来看待这里的人和事，否则他们看我们会看出笑话来的。

　　然而，整体而言，普安毕竟还是落后贫穷的，从车窗望出去，高楼与土屋间杂拼凑，城市面貌杂乱无章，了无生气，殊无特色，也许等专门为迎接下半年全省旅游大会召开而加紧赶工的道路整修完毕后才会显得整洁顺眼一些。普安一中矗立在县城高处，外表看起来还算光鲜，各种设施设备应有尽有，譬如大礼堂的背景屏幕就比我们学校的要阔气得多。

　　我向普安的同行们分享了自己对教书育人的一些心得体会，字字出自本心，句句发自肺腑。老师们报以热烈掌声，主持人给予高度赞誉，散场后行在路上，也有老师主动跟我打招呼，吃饭时两位领导也不停与我探讨对教育的理解。我想，此行的使命，我应该还完成得不错。

跟同行的老师们交流，大家有一个共同的印象是这儿的老师听课好认真，好守纪律。坐在讲台上望过去，台下的老师聚精会神、专心致志，几乎没人闲聊、睡觉、早退，这于演讲者而言自是难得的场景。我在想，老师们之所以如此投入当然跟我们几个讲得都还不错有关，但更重要的原因或许是学校的管理模式、文化规矩，以及他们的单纯朴实。

与一两名普通老师接触，更加真切地感受到他们的这份憨厚淳朴。他们的工作很辛苦，工资并不高。之前所述的Y氏兄妹及一起吃饭的几位学校头面人物这样的"富豪"只是个例，大多数老师的家庭经济条件一般。而且他们胆小本分，假期也不敢带几个学生做做家教赚点外快。"因为一旦发现，工作就没了！"一名老师说。听得出来这条处罚规定对老师们具有强烈的震慑作用。

另一个原因可能是这里的家教市场欠发达。这所学校七成左右的学生都是留守儿童，父母亲在外打工。暑假时不少学生会远赴千里与父母团聚，家庭也很难划出一大笔钱来给孩子补课，家境好、门路宽的孩子早早通过各种关系被送到兴义、贵阳等大城市就读，其他孩子就只能靠自己的造化了。学校的高考一本上线人数一二十个，有些年份甚至是个位数。

我们的送教团共六人，四天行程中间两天安排了满满当当的六场讲座。第一天从宁波至普安因为天气原因航班延误，一直折腾到第二天凌晨才下榻宾馆，最后一天用完早餐就出发冒着瓢泼大雨赶赴兴义机场回甬。日程紧，吃的是工作餐，最大的"享受"大约就是因为我们住的是森林温泉酒店，住店客人每天可以免费泡一次温泉，我们几个都没有浪费这一资源，第二天晚上摸黑去体验了一番。特别是我，第三天上午得空独自进去一个一个池子泡下来，游客稀少，森林幽静，阳光斑驳，身子浸于温热的水中，天人合一，惬意无比。其他几人原本打算晚上再去的，但一次略显冗长的"普安红"购物以及一场突如其来的大雨让他们的计划泡了汤。

"我们进行了一次真正意义上的支教活动。"一个同行者事后发了这条朋友圈，我觉得她说得没错，但好像带点情绪。她连忙否定，但很快删除此条信息，代之以另一条，图文并茂，正能量满满。

民宿初体验

　　活动组织者解释说考虑到大家酒店宾馆住多了，这次特意安排在民宿下榻，换换口味。我反正没有到过民宿、客栈之类，正好体验一把。

　　这家民宿并非如想象中那般藏于绿水青山深处，而是俏立在人来车往的集镇中心，然位置极好，一面沿着马路，出行交通便捷，一面临着大湖，满目湖光山色。民宿为四层楼房，体量不算大，其前身看起来应该是厂房或民居，经过一番改造之后变成四方游客纷至沓来之地，房间几乎天天爆满，湖景房更是一房难求，想那主人在起这屋子时也料不到自己的家业有一天会以这种方式变身"生财机器"。

　　内外装修大体走的是明清风，青砖黑瓦马头墙，檐角缀着小巧的红灯笼，白底黑字的招牌淡雅却醒目。每个房间的大阳台显然是后加的，用粗壮的铁条牢牢固定在墙上，阳台上放置两把靠椅，一方茶几，均为黑藤编制而成。想象一下，拉开阳台移门，坐进藤椅，近观如镜湖面，远眺一环青山，茶几上放杯茶，或一本书，甚或一把瓜子，慢慢地品味，该是多么闲适惬意的一幅画面，一种享受，诱惑人不顾一切地掏出腰包非得住上一宿。

　　我对这家民宿好感顿生的第一刻是在一楼办理入住手续时。靠湖的一面全幅落地玻璃，厅内明亮通透，粼粼波光毫无遮挡地映入眼帘。柜台、吧台以及餐厅、茶室的桌椅全部用考究的实木材质打造，彰显厚重的年代感，也十分简洁清爽。最让我心生激动的是一眼看到了数个造型别致的书架，一摞摞书摆放其间，书品还不低，大多为文学、艺术类，我比较讨厌的鸡汤类书籍只有寥寥几本。我的手首先伸向了已被翻旧泛黄的严歌苓的《小姨多鹤》，但旁边麦家的《暗算》让我权衡之下又放弃了前者，因为严的作品我已经读过几本，但麦的书却还未接触过，听说其风格独特、文字老到，那就在人生旅程的这一驿站与它来次不期而遇的邂逅吧。

　　可惜我们没能订到湖景房，几个房间都朝北。电梯轻盈快捷，悄无声息地送我们至三楼，走廊光线幽暗，房间号是用投影灯打在门框上方的，圆叶状的暖亮色光块，纤巧袅娜的数字，也给人别具一格的观感。开门进去，房间分隔成两个区域，卧室倒不大，连着阳台，另一半相当于客厅，靠窗一边铺着榻榻米，炕几上放置全套茶具、一碟水果、几小包饼干零食，这明摆着是邀请人坐下来煮茶品茗，好好享受一番的。最激动人心的是，也有一排小书柜嵌在墙壁上，与一楼大厅相同格调的数十本书籍冲着新来的客人微笑致意，我迅速捕捉到了朱自清和张晓风的散文，恨不能分出几对眼睛，把这几本书都啃上一番。

晚饭由旅行社在一家特色餐厅预订了包厢，离民宿并不远，步行过去用不了五分钟。一帮朋友一年难得聚首，自是要畅聊畅饮，差不多吃喝了两个小时方兴尽而散，沿湖堤快步十多分钟出身微汗，消化积食酒气。附近其实没有太多适合晚间休闲游乐的地方，不如回到民宿，从大厅出去便是防腐木铺就的亲水平台，几处休闲桌椅可供宾客坐下休憩。凉风吹散了暑热，天空和湖面一样的黝黑，黑黢黢的远山静默，散漫的灯光和星光慵懒闪烁，明明暗暗，甚至还有人发现了萤火虫的踪影，掠起一波欣喜。在这样的夜晚，可以高谈阔论，可以细声柔语，也可以什么都不说、什么都不想、什么都不做，就这样静静地坐一会儿，任整个身心自由流淌，天地是我的，我是天地的，我是我的。

我在湖边并没有待很久，偌大的厅内有两三桌客人在聊天、喝茶、嗑瓜子，我找了个角落坐下，打开电脑，续写一篇还未完成的文章。坐在这木椅上远比坐房间里榻榻米上来得舒服。如果说这家民宿有什么明显的缺点，那房间里不设写字台应算一项，但这干净整洁舒适的大厅兼早餐厅显然又在相当程度上弥补了这一我眼中的缺憾。英俊的前台小哥送上来一杯红茶，色醇香清，给这一段时光又调制进了芬芳舒悦的味道。

我们第二天用过早餐就离开了民宿。早餐不像星级酒店那样丰盛，但中西搭配的该有的几样都不少，味道也新鲜纯正，让人吃得十分落胃，而且天光大亮，那湖、那山似也刚从一夜沉睡中醒过来，神采奕奕，笑意盈盈。

就着这赏心悦目的美景，咀嚼精致可口的美味，真想在这民宿多待一会，多住几天。

（原载 2018 年 9 月 20 日《宁波晚报》）

从成都到重庆

7月下旬，我带着妻儿游历了两座西南大城市——成都和重庆。之所以选择这两处并不比宁波凉爽的城市作为暑期出游目的地，主要是因为我恰巧要参加在成都举行的《教师博览》全国教师阅读论坛。

机票于6月底就预订好了，并且通过航空公司的服务热线预留了处于机舱前部的位置。这项工作耗费了我半天时间，但我以为是值得的。儿子是第一次坐飞机，我们一家三口是第一次一起去这么远的远方，我们必须坐在一起，必须有一个位置靠窗。

盼望着，盼望着，在儿子的欢呼声中，终于到了出发的那一天，7月23日，我想这个日子应该会印在儿子的记忆中。一切都是新鲜的，托运行李，过安检，尽管屏幕上习惯性地打出了"起飞时间待定"的字样，但最终仅仅四十分钟的延误简直可以忽略不计。飞机滑行，起飞，升空，经停南昌，再起飞，历经近五个小时，终于抵达成都。一路上，透过小小的机窗，儿子与曾经那么遥不可及的蓝天白云那么近，同时又与平日踩在脚下的山川大地那么远，这之间的反差大概会令他震惊。很多奇异的风景如同那漫无边际、变幻无穷的云海，源源不断地涌入他的眼睛和脑海。这样的体验我是在二十五岁的时候才拥有的，儿子比我整整提前了十五年，当然，世间尚有很多人，一辈子都无法坐上飞机俯瞰大地，这中间有我最亲的人，想到这，一阵难过涌上心头。

办理报到手续，入住宾馆，房间豪奢得出乎意料。儿子跳起来扑上软弹的席梦思床，埋进洁白柔软的床单，大叫"太舒服了"，那份喜悦不禁让我们莞尔。稍事休息，我们沿着美团网指引的路线出去觅食，找了一家位于居民小区出口的"人民食堂"解决了在成都的第一顿饭。在回宾馆的路上，我们慢慢地走，由于前一天成都下过暴雨，当日体感清凉，街头巷尾的空地上，不时见到有男男女女载歌载舞，舞种多样，依稀能辨出伦巴、恰恰和民族舞，成都人还真是名不虚传地爱玩、会玩。

接下来两天半时间，我一场不落地开会听讲座，见识张夫也、方笑一、李西闽等名家的风采，体验知识、思维和精神激荡带来的快感，给自己的头脑输入更多的文化因子。此次还有幸作为《教师博览》重点作者受邀参会，能够和一帮编辑、作者、名师共聚一堂用餐交流，殊为难得。这些于我而言自是这次成渝之行最为满足的部分。儿子也被我拉进来聆听了"恐怖大王"李西闽，《中国诗词大会》播主、出题人夏昆与方笑一的讲座。儿子安静投入的样子被摄影师捕捉进镜头并放在官微推文中，我想，这三场富有人文力量的报告会在他生命中埋下一些种子。

我在会场的时段，妻子带着儿子去了一趟熊猫基地，一早打的过去，需要五六十元钱路费，距离不远不近，听他们回来津津有味地描述各种有趣的场景，想见这处成都旅游必打卡之地还是有其独特魅力的，幸好没有听信前一天某特级教师置予的"没什么意思"的个人偏见。其实很多事情都是这样，不要先入为主，不要轻易为他人所左右，唯有自己品尝才能得出个中滋味。

第二天晚上，本打算先游武侯祠再逛锦里街，但出发时间太晚故而放弃了前者，直接拐进了锦里古街。黄昏时分，天气闷热，但这丝毫挡不住全国各地游客的脚步。窄窄的巷弄人潮汹涌，行人摩肩接踵，只能一小步一小步缓缓往前挪移。目光所及，两边建筑大多为明清风格，"诸葛孔明""桃园结义"等古蜀汉文化标记散布其间，更有各色小吃的色香味拽人止步。走得累了，挑了一处店铺坐下，不会吃辣的我和儿子只能对"担担面"情有独钟，其风味类似于武汉的热干面和北京的炸酱面，简单地道，三餐不厌。吃饭休息的当儿，旁边一家特色店的小伙子服务员身着汉服，手挥折扇，扭腰摆臀，极尽妩媚姿态来吸引围观人潮，颇有趣味。随着夜幕降临，华灯齐上，整个街区更显富丽堂皇，让人有一种时光穿越、梦回盛唐强汉的幻觉。在中心广场，我们还碰巧近距离目睹了一场川剧变脸表演。有一阵子，坐在桥边的青石板上，看舞台上一名忧郁的歌手边弹吉他边吟唱一首首熟悉的歌曲，深沉低回，飘荡在空中，萦绕在心间，久久不愿离去。

成都市区的另一处著名景点宽窄巷子我们是会议结束后的下午去逛的，印象一般，草草走一圈了事。之后顶着烈日步行至人民公园，妻子说这里面的茶楼颇具老成都特色，网友推荐度很高。在入口不远处很快找到了绿阴深处的鸣鹤茶楼，那上百桌密密麻麻排开的喝茶场面蔚为壮观。转了两圈终于找到一张空闲的茶桌，三人分别要了绿茶、红茶和柠檬茶，后又买了一包瓜子，靠在竹椅上，读报纸，看世相，想心事，刷手机，嗑瓜子，阳光透过树荫和凉棚的间隙斑驳地洒落下来，一个炎热下午就这样悠然而过，生命中难得有这样一份带有成都烙印的闲适惬意。现在想来最大的遗憾就是没找一名穿梭于茶桌间的、不时敲击两根铁棒的采耳师把耳朵掏掏清爽。

我们留了一天时间游览都江堰这一举世闻名的水利工程，从成都郊区的犀浦站坐半个小时城际列车抵达离堆公园站。这是一个地下车站，乘电动扶梯上到地面。但见眼前青山绵延，楼阁掩映，自然与人文的气息混合着扑面而来。辗转进入景区，一处喷泉，两道水渠，数十历代治水英雄雕像，给景区贴上了独特鲜明的标签。瞻仰完纪念李冰丰功伟绩的伏龙观，我们先后经过人字堤、飞沙堰、金刚堤、鱼嘴，又晃晃悠悠跨过高悬江面的安澜索桥到达玉垒山，此山不算巍峨，但名胜古迹星罗棋布。我和儿子爬至二神庙，在一观景平台俯瞰万山尽翠，如玉碧水奔流不息，滚滚涛声清晰可闻，遥想古人竹笼装石沉入江心筑成坚固大堤，终将湍急肆虐的江水一分为二加以驯服并世世代代造福百姓，内心感佩不已。

成都及其周边的旅游资源实在太过丰富，原先有所考虑的青城、峨眉、乐山、海螺沟、松坪沟乃至更为遥远的稻城亚丁都因为身不由己的关系而只能留待来日。享用完友豪锦江酒店最后一顿丰盛早餐，我们坐高铁来到了重庆，一路上车窗外的景色并不如友人推荐的那般美不胜收，只是在接近重庆主城的时候，那在山顶、山腰、平地、江边随处矗立的高楼让人无法不眼前一亮。

我们在重庆停留的时间也就一天半，旅途劳顿加之高温酷暑，我们也只能够浮光掠影、蜻蜓点水般地匆匆浏览了一下重庆这份彩色报纸的几个醒目标题。头天晚上逛了解放碑、洪崖洞，第二天"打卡"了穿楼轻轨、皇冠大扶梯、人民大会堂。站在洪崖洞顶楼欣赏城市夜景，高楼林立，灯光璀璨，气势非凡，恍若天上街市，早就听闻重庆夜景不输上海外滩、香港维多利亚港，亲眼所见，确实足够惊艳。重庆是难得一见的山城大都市，城在山上，城依山建，山的高低起伏带动了城市的高低起伏，更得有清澈嘉陵江和褐黄色的长江交汇于此，加上规划和施工的匠心独运，城市面貌自是与众不同、卓尔不群。一楼更比一楼高，此楼顶部或许才是彼楼底层，如此错综复杂，纵横交错，使得重庆这座城市更具多维立体感和魔幻感。

说一下成都和重庆的区别吧，首先重庆明显比成都炎热，简直热不可耐。其次成都人明显比重庆人温和友好，这从出租车司机的态度言行可以很快感觉出来，成都的几个司机侃侃而谈，热情主动，重庆的那位摆着个脸一声不吭。这也许是重庆的温度、地势落差更容易让人着急上火吧。也就是我们离开重庆的当天下午，在我们路过的渝北某地发生了轰动全国的"保时捷霸气帽子姐"事件。当然，重庆的美食好于成都，我在这里吃到了可口地道的北京烤鸭和梅干菜扣肉饭，让晕乎乎几天的胃顿时兴致勃发。

稳妥起见，我们回程选择了坐十三个小时动车这一较为辛苦的方式，我们在重庆下榻的宾馆也就近安排在北站附近。这是一家家庭式的快捷酒店，自然没有商务酒店的豪华大气，但也清新雅致、干净整洁。大厅处有一墙书柜、一处茶桌可供休憩阅读，房间套型多样。我们先后住了带榻榻米式和带阁楼式的房间，所有房间都装有蓝牙设备，将手机上的音乐通过床头的蓝牙设备与房间内置的音箱连接，音乐流淌开来，充满了整个房间，我们仿佛成了这片音乐海洋中的鱼儿，而透明的落地玻璃窗外，是美丽的山城风景线。

（原载 2021 年第一期《镇海潮》）

图书在版编目(CIP)数据

穿解放鞋的青春 / 王梁著. —杭州：浙江工商大
学出版社，2022.6
（镇海作家文丛. 第三辑）
ISBN 978-7-5178-4961-2

Ⅰ. ①穿… Ⅱ. ①王… Ⅲ. ①散文集－中国－当代
Ⅳ. ①I267

中国版本图书馆 CIP 数据核字（2022）第 088887 号

穿解放鞋的青春
CHUAN JIEFANGXIE DE QINGCHUN

王梁 著

责任编辑	沈明珠
责任校对	夏湘娣
封面设计	宇 声
责任印制	包建辉
出版发行	浙江工商大学出版社
	（杭州市教工路 198 号　邮政编码 310012）
	（E-mail:zjgsupress@163.com）
	（网址:http://www.zjgsupress.com）
	电话:0571-88904980,88831806（传真）
排　版	杭州宇声文化艺术有限公司
印　刷	杭州良诸印刷有限公司
开　本	710mm×1000mm　1/16
印　张	106.5
字　数	2145 千
版 印 次	2022 年 6 月第 1 版　2022 年 6 月第 1 次印刷
书　号	ISBN 978-7-5178-4961-2
定　价	398.00 元（共 9 册）

镇海作家文丛·第三辑

张纯瑜 著

朝花集

浙江工商大学出版社
ZHEJIANG GONGSHANG UNIVERSITY PRESS

总　序

　　适逢宁波市镇海区第四次文代会召开之际，"镇海作家文丛"（第三辑）带着清新的墨香，和大家见面了。

　　镇海底蕴深厚、人文渊薮，为文学艺术提供了丰厚的创作土壤，文学人才辈出。进入新时代，文学氛围更加浓厚，创作成果不断涌现，有一定影响的一批创作人才脱颖而出。自镇海区第三次文代会召开5年来，已出版各类文学作品70余部。其中，3部作品获宁波市"五个一工程"奖、1部作品获浙江省"五个一工程"奖、1部作品获冰心儿童文学新作奖、1部作品获"宁波文艺奖"。

　　为迎接镇海区第四次文代会召开，进一步展示近年来镇海作家的创作成果，鼓励和扶持文学新人，镇海区文联于2021年启动了"镇海作家文丛"（第三辑）组稿工作，从20部申报作品中选取9部形成本辑。丛书以小说、散文体裁为主，其中有对镇海山水的细腻描述，对日常生活细节的敏锐捕捉，充分展现了镇海作家着眼时代、扎根生活、锐意创新的精神风貌。丛书的面世，有力推动了镇海文学事业的繁荣发展，也为镇海高质量发展建设共同富裕先行区提供了精神动力，为满足人民对美好生活的追求提供了智力支持。

　　2022年下半年，党的二十大即将胜利召开，我们将朝着全面建成社会主义现代化强国的第二个百年奋斗目标迈进。伟大复兴呼唤伟大作品，我们期待和相信每一位镇海作家，都能牢记文艺使命担当，勇立时代潮头，自觉承担起启迪思想、传播理念、凝聚共识的重任，与人民同呼吸、共命运，通过文学作品描绘新时代、新图景，讴歌真善美，传递正能量，充分开掘深厚而独特的镇海文化底蕴，彰显艰苦奋斗、勇于进取的镇海精神，讲好精彩动人的镇海故事，让更多人看到壮阔美好的镇海新气象。

　　是为序。

本书编委会
2022年仲夏

目　录

人　物

老照片里的爱情故事 …………………………………………… 002

回忆我的外公 …………………………………………………… 005

跟陆天波先生学书法 …………………………………………… 007

曲瑾老师二三事 ………………………………………………… 010

记我的老师周泉胜先生 ………………………………………… 013

得意忘象：我所认识的胡建君 ………………………………… 017

周海宁印象记 …………………………………………………… 020

叶良骏老师二三事 ……………………………………………… 023

一意登攀求真求是，半生执着树德树人：记陈恕行院士 …… 026

小巷里走出的数学家：记周毓麟院士 ………………………… 036

我所知道的吴福辉先生及其学术书写 ………………………… 046

怀念吴福辉先生 ………………………………………………… 059

烟　火

家乡的早点 ……………………………………………………… 062

鼓楼檐的糍饭团 ………………………………………………… 066

舅舅的糍饭糕 …………………………………………………… 068

年糕的故事 ……………………………………………………… 070

与番薯有关的记忆 ……………………………………………… 073

一碗蛋炒饭 ……………………………………………………… 076

"压饭榔头"咸炝蟹 …………………………………………… 078

春日鲜馔话香椿 ………………………………………………… 080

青团漫话 ………………………………………………………… 082

端午话粽 ·· 084

重阳行与食 ·· 087

饺　子 ·· 089

说浆水 ·· 091

凉拌菜 ·· 093

人间至味是家常 ·· 095

梨　园

"永远不老的林妹妹"：越剧王派艺术漫谈 ·············· 100

关于越剧《梁祝》的一点感想 ························· 105

爱在国仇家恨里：越剧《吴王悲歌》观后感 ·········· 110

我看《马龙将军》 ································· 114

一部别致的"文人越剧"：越剧电影《柳毅传书》新论 ·· 118

名角、好故事与青年演员的成长 ····················· 122

在"学"与"似"之间：略谈流派传承与越剧艺术发展 ····· 126

致谢（代后记） ···································· 130

朝花集

人物

老照片里的爱情故事

外婆家的旧相册里，一直珍藏着一张外公与外婆放大了的合影。照片是 1956 年初在家名叫"好运道"的镇海老照相馆拍摄的。照片上的外公身着藏青色中山装，头戴便军帽，目秀眉清，温厚隽雅。外婆则穿一件紫色丝绸短衫，烫卷的短发堆在耳后，端正细巧的眉眼里漾着笑意。尽管时间剥蚀了老照片的色彩，但青春正好与燕尔新婚交织的喜悦，即便在淡淡的微笑中依然清晰可辨。外婆说，结婚时家里艰难，这张唯一的新婚合影，算是他们补拍的"结婚照"。

我一直在想，20 世纪 50 年代的中国到底有没有爱情。很长一段时间里，我都以为中国的爱情是从"日日思君不见君，共饮长江水"的纸上时代直接过渡到玫瑰表白光鲜浪漫的彩色电视时代的。单一的蓝绿色调、中山装和列宁装仿佛只属于信仰与责任，肃穆庄严。直到听说了外公与外婆的故事，我才明白爱情从未在任何一个时代缺席，我们看不见爱情，只是因为我们对它的定义太过简单。

为了不让更多相似的爱情故事被忽略，我决定分享他们的故事。

1954 年，外公与外婆在组织的介绍下相识。那一年，外公三十四岁，是镇海县公安局侦保一股股长；外婆二十一岁，是镇海久丰纱厂线纱工。外婆说那时自己年轻单纯，原本没考虑过终身大事，只把努力工作、积极上进当作生活里最重要的事。"后来组织上反复告诉我，他是老同志，又是老地下党。"尽管"恋爱经过"被描述得颇有政治任务的味道，但年迈的外婆说得平淡又认真，"他也看重我家是贫下中农，我又是偌大的久丰纱厂里头一批入党的。"外婆的脸上浮现出些许自豪的神色。这样谈论相识相恋的理由或许很难被许多现在的年轻人接受，但我清楚这些话里没有任何政治口号的意味，外婆和我聊起这些，就像当下的年轻人聊起爱人的容貌、性格、家世或者聊起爱情本身那样自然。

不同的时代里，人们对不同的东西抱有真诚的信仰，又将不同的东西作为判断和衡量一切的极致标准，其中的是非也许会随着时间的推移、理性的成长而改变，但对于绝大多数人而言，他们拥有的那一份真诚本身，无论何时都是可贵的。

外公外婆的"恋爱"鲜有浪漫可言，外婆总是笑称个性温厚的外公"不会找对象"（不懂谈恋爱）："找对象还要打电话请教别人，除了请我去街上吃面，再也想不出其他约我的办法了！"貌似嗔怪的话语，外婆却讲得一脸幸福，"我总说我不要吃面，我才不上当，嘿嘿……"印象里，"不爱上当"的外婆却最喜欢把这件小事反复回忆给我听。

1954年6月1日，外公与外婆在县公安局的宿舍举行了婚礼。外公的单位当时仍实行供给制，每月仅有几元余钱，外婆的收入要用来奉养老母、抚养幼弟，一样所剩无几。没有酒宴，甚至没有一顿像样的饭，只是请了几个亲朋好友来坐一坐，聊聊天，外婆把这称为"革命风尚"。但即便是为了应付烟、糖、茶叶这些婚礼上必不可少的简单开销，外婆也不得不向同事支借了半个月的工资。婚礼定在这天晚上进行，然而直到夜里七点多，新房里仍不见新娘的踪影。朋友们陪着外公一路寻到纱厂，才从纺纱车间里把一脸羞涩的外婆带了回来。外婆说，一直到不久前与当年的老姐妹们重逢，大家还在拿她这个当年"工作到洞房花烛前一刻"的新娘子开玩笑。至于外婆自己，说起此事却很坦然："那时候大家工作都积极，所以结婚当天还上班也正常得很嘛！"

外公外婆的婚礼只进行了一个多小时，朋友们笑笑闹闹，海阔天空地聊了一通，不久就各自散去了。夜里九点多，已经睡下了的外婆忽然听见刺耳的防空警报声，回头想找外公，却发现他早已出门组织疏散和安抚群众去了。情急之下，外婆只好一个人跑回了纱厂。等外公再到纱厂找回外婆，早已是半夜。几小时以后，他们又各自回到了工作岗位，他们的记忆里，没有婚假。

在物资极度匮乏的20世纪50年代，很少有人讲究得起嫁资聘礼，外公与外婆也不例外。外婆说，十几平方米的"新房"里几乎什么也没有，只有一张俗称"馄饨担"的床（两头围有护栏的窄木床，一头装有一个可拆卸的木支架，夏季用来悬挂蚊帐，因其窄长形似馄饨担得名），还是属于公家的财产。新婚之夜铺在床上的被褥是这对新人唯一添置的东西，然而等过了一些时日拆洗的时候，外婆才发现这床被子只有一半用新棉花絮就，另一半不得不用陈棉破絮充塞出厚实的假象。

听着外婆的回忆，我忽然想起了从前她曾告诉过我自己年轻时起便有攒钱的习惯，即使再艰难，每月也要匀出一两块钱存入银行。结婚前曾经一连存了两年，足足攒下四十八元。这在20世纪50年代初可是一笔不小的数目。于是我冲着外婆眨眨眼睛，玩笑着提醒她："不对啊，您怎么可能没有钱呢？您忘记您的'小金库'了吧？"外婆笑了笑，淡淡地说了句："后来抗美援朝，号召捐助前线，我把钱都捐出去了。"

经历了"银婚"与"金婚"，外公外婆的婚姻走过了五十七个年头。尽管个性的差异使得他们之间不时出现摩擦磕碰，然而潜藏在岁月波澜里的那些苦难、美好、困厄与幸运却将两位老人联系得更加紧密。

从年轻时起，外公的身体就一直不好，婚后几十年间，更是经历了胃大部切除、胆囊摘除等几次大的手术。工作与照顾家庭的重担本就使外婆忙得分身乏术，可每一次照顾外公身体的时候，她都竭尽全力做到最好。一次大雪，外公乘车出差。沿途积雪甚厚，外公乘坐的吉普车不慎从公路侧翻，跌入路边的稻田。剧烈的冲撞使得外公的脊骨骨折。住院的四个月里，外公必须一动不动地仰躺。外婆白天上班，夜晚便到医院陪护外公。医院没有陪护床，夜里，外婆就把铺盖直接铺在病房的水泥地上。事后每每玩笑，外婆总喜欢对外公说："老头子啊，当初我为你睡了四个月的水泥地啊。"

步入高龄的外公罹患了青光眼，双眼视力的急遽下降，严重影响了他的日常生活质量。他接触外界的最重要渠道被切断，随之而来的便是各项身体机能的退化。不过数年，读书成了奢望，下楼成了奢望，行走也成了奢望。他的生活不能自理，一切行动都需要有人照应；他的记忆开始减退，不认得家人，不记得自己是否吃过饭。起初他总是一整天都坐在客厅桌前的椅子上，前言不搭后语地回忆过去的时光，想起来一句便说一句，不管有没有听众，再到后来，便长久地沉默。

父母与舅父母都是侍亲至孝的人，但许多事情外婆还是不愿让人去做。她每日都给外公测量血压，细心地在小本子上记下数据；为照顾外公，她每天夜里都只睡几个小时，自己的睡眠质量只能靠第二日的午睡来补充。外公病榻缠绵时，她每日都为外公擦身翻身、洗衣换衣、按摩捶打。外公的咀嚼和吞咽功能衰退，喂一顿稀饭有时甚至需要两三个小时，也从没有听见外婆有一句怨言。外婆只说："人是累，但心里不觉得辛苦，更没有什么埋怨，他是和我过日子最久的人哪，他到最后都记得我呢。"

忘记身边所有人，甚至忘记自己是谁的时候，外公还记得外婆。

外公从年轻时就喜欢读书，尤其喜欢唐宋诗词，从懂事之后隔三岔五地读诗背诗坐而论诗就是我与外公的保留节目。有时候因为一个细节我们还会争得不可开交。外婆听见了，总会大不以为然地撂下一句："天天讲这些无聊东西，又不能当饭吃，真是闲得没事！"便又忙自己的去了。外公有时笑笑，有时仿佛没听见。外公过世后，我有一次无意走进外婆的卧室，却发现她枕边放着一本包了毛边纸的《唐诗三百首》，反扣的纸页上犹有折痕。

那正是外公的旧书。

回忆我的外公

　　我的外公王槐祥先生,生于 1921 年农历正月初七,卒于 2011 年公历 8 月 9 日。2021 年已经是他离开我们的第十个年头。

　　外公出生在镇海的石塘下王家,曾就读于位于县城的听涛小学。这是一所"新式"高级小学,开设音乐、体操与公民(教政治与修身)课;可是毕竟去旧时代不远,对国文尤其是古文程度的要求,还是远胜于当下。外公的国文老师姓陈,也是听涛小学当时的校长。据外公回忆,陈先生曾在课堂上出过一道作文题,名"踏雪寻梅赋",所谓赋者,作答自然要用文言。外公的作文得了全班第一名,他颇受校长赏识,还得到一套文房四宝作为奖励。时隔七十余年,外公提及往事,尚能流利背诵此赋,得意之情,可见一斑。高级小学毕业后不久,曾外祖父突然去世,小康之家,骤失依傍。外公身为长子,被迫中断学业,只身前往上海"学生意"。不过红梅、白雪,还有伴着风琴声演唱的诸多诗篇,在他心里栽种了永远的文学梦想,也使读书成为他终生不离的习惯。

　　外公好读书,颇有例证。他的藏书不少。我的书架上,至今放着上海古籍出版社所出《诗韵》、天津人民出版社所出《诗词曲格律纲要》(作者为涂宗涛先生)各一部,都是外公在 20 世纪 80 年代初购买的,两书皆用牛皮纸仔细包了封面(其中一张还能看出是将大牛皮纸信封拆开"重组"的),内页朱、墨、蓝、灰各色圈点密布,眉批、夹批、脚注都是极娟秀的小字。另有小纸片夹在书中,隔三岔五可见,写的都是旧体诗,一字数刊者屡见不鲜,不消说是外公学诗时的遗痕。

　　外公爱读书、善读书,记性也极佳。记得小时候,每逢周末去外公外婆家,一吃完饭,我与表弟便都盼望着"阿公又来说故事"。外公肚里的故事不但好像永远说不完,并且特能引人入胜。论古典文学名著,他大约是很推崇《红楼梦》的,可是说故事却偏爱跌宕起伏的小品,例如《世说新语》与唐传奇,不过说得最多、最令人难忘的还是《聊斋志异》。《考城隍》《偷桃》《画壁》诸篇,复述皆用白话,敷演得当、细节添减恰到好处,无不能绘声绘色,加上张弛有度的"宁波闲话",惹得我们小孩子害怕又入迷,一面想捂耳朵、一面心痒难忍。多年后我重读聊斋,字里行间见崂山道士之剪明月而下神仙,闻婴宁笑声之烂漫,仍有会心一笑。

　　外公以为唐诗与古文最能培养语文功底。他一直保持着诵读诗文的习惯,即使到人生的最后几年，因患青光眼而目不能视，仍可将《长恨歌》《琵琶行》背得一字不错。我十二岁那年，外公开始教我《长恨歌》，分全诗为四段，每周末学一段。学时他用宁波话背诵一句，我便照着念一句，念完一段再从头反复，直到完全背熟。我那时记性尚好，第四周学完最后一段，便能背诵全诗，接着又以此法学习《琵琶行》。后来每周末对坐餐桌前，一人一句背诵这两首长诗，成为我与外公的固定功课。与说故事不同，外公始终没有给我讲过这两首诗的诗意，但这并不妨碍我背着背着就理解了它们。除了白氏叙事诗通俗晓畅，也多少印证了书读百遍其义自见的道理。

外公教我读古文则是随手取材。记得他有一把折扇，黑纸扇面，一面印着《岳阳楼记》，一面印着《桃花源记》，他就用这把折扇给我讲古文。讲古文比背诗细致得多，每字每词，人名、地名、职衔都求落实。后来扇子的折痕都发了白、扇骨也松了，我总算把文章都念通背熟，对古文的兴趣与敏感，也多少有所滋生。琅琅书声犹在，倏忽二十载，如今扇子不在了，外公也不在了，每思及此，岂不痛哉！

外公外婆的收入不低，可是生活一向俭省。经历过物质极度匮乏时代的人们，似乎总对物质享受抱有相当的警惕心和负疚感。记得某年夏天，外公尚能扶杖而行，我同他在小区里散步。忽有一行脚商贩携大批白衬衫至，声称"减价处理，每件七元"。外公一听如获至宝，命我搀他速行，一面叫住商贩，一口气买下七件衬衣，不但分送亲友，还将此事当作"奇遇"，讲了多次。外公为人极爱干净体面，做事又细心，七元钱买的白衬衫，竟然经年不坏。

外公在物质生活方面十分"马列主义"，却对自己和别人的精神需求异常慷慨。他从年轻时起，就好收藏书画。曾辛苦觅得明人精品数件，惜以毕生谨慎多思，在动乱中亲手付之一炬。外公老来最鼓励子孙读书。记得自上学起，外公每年都会给我好几笔额外的零花钱，数额从五十元至数百元不等，名曰"购书经费"，每遇我钟情于某"大部头"而囊中羞涩，也总有外公兴高采烈来资助。多年后我在故友处见到一方印章，印文曰"白饭充肠聊当肉，好书到手不论钱"，委实是外公的写照。

外公是性情极为温和的人，漫说争吵，即因生活琐事与人拌嘴，亦不愿为之。唯在读书事上，却爱锱铢必较。例如有一次我们同读李商隐《夜雨寄北》，念到"巴山夜雨涨秋池"，他定说是"湫池"（可惜时隔已久，当时他所给的证据，我已记不得了），二人各自翻书，争得面红耳赤，谁也不能说服对方，只好一拊掌说"保留意见"。父母每见我与外公争执，必责以不敬尊长，外公听了大不以为然："就事论事讲道理，谁都有发言权！"一面连连摆手，"你们不要瞎掺和！"天长日久，大家终于习以为常，见我二人每说到"保留意见"便和平初，只好摇摇头笑着走开去。

呜呼！十年一弹指，音容笑貌犹在，而世上再无能够与我"就事论事讲道理"的外公了。

跟陆天波先生学书法

陆天波先生是我的书法老师，我在许多场合都称他为先生。"先生"也者，虽然在五四之后，一度成为新文化和现代文明的语言标志，却总让人觉得是连着礼乐时代的旧词，也是接近传统文化秩序的门径。称呼某人为先生，不仅因为其品德学问令人敬重，也包含着对庄重守礼、温和而富人情味的师生关系的期待。

我从2020年夏天开始跟随陆先生学习书法。先生门下弟子遍及甬、沪、京、杭，仅我每周在课堂上所见者，便有十数人。我们这个班里，有尚在小学的蒙童，也有将及知天命之年的上班族，有姐弟、父女同门学书者，有从一笔一画开始入门的"零基础"学生，还有自孩提起追随先生二十余年仍孜孜以求者。这一点颇有孔子遗风，不但有教无类，而且近乎终身教学，可见先生的人格魅力和书道学问的宽博。

陆先生教学一丝不苟，每次上课前都要做细致入微的万全准备。他要求所有学生课前上交作业——他老人家便有一种不怒自威的气场，使人不敢空着双手进门——等作业再回到我们手里，已然密密麻麻布满红色笔痕。先生会在写得较好的字旁画上红圈，对于那些有欠缺的字，则用朱笔一点一画细细订正，卷末还会写上评语。每周所收作业，总有三四十张，批改需要花上大半天。改完作业，还需以正、草、篆、隶四体，各写十几张难易相间的"字样"，供学生在下一次课上临摹，如此，又要花去大半天。这些工作，先生都是在一间斗室之中伏案完成的。

陆先生教书法严格近乎严厉，这在本地书画江湖上是个由来已久的传说，连他老人家自己，也常以"凶残"自嘲。亲炙于先生之后，我才觉得这个传说最多只算说对一半。他的严格，常常以一种充满机趣的欢乐方式表现出来。在我们上课的两个小时里，陆先生逡巡于桌椅之间，几乎没有停歇的时候，连常常困扰他的腿疼也像忘记了。他观察督促我们的频率如此密集，有时前脚刚走，没等我写完一个字，他又转了回来。从结字到用笔，我们的任何一点失误都逃不过他的法眼，教室里常常听见他中气十足又不容置疑的"骆驼话"："呐呐呐，你自家倒是看一看，这还会对伐？你说写得还会对伐？""你说你写得和帖子一样吗？别以为你偷懒'还原性'（这是镇海方言，意为草草应付）我看不出来！"还有一句说得最多的，则是："你就是没有一颗宁静的心，没有把聪明的脑子用在书法上！"

我们对先生的批评多半只有唯唯，而先生深知批评是为了催人进步，于是话锋一转，立即以生动又贴切的比喻，指出我们的具体问题，教给我们改正的办法。比如，"口字就像热水瓶塞，要是两边不对称就成了残次品。你看你写的残次品，放到商店里两角钱卖给你，你会要吗？"；又比如，"拟之者似，临帖就要把结构写得分毫不差，你看你写的，都差出两根自来火嘞，重写！"。他的比喻从书本和生活中信手拈来，大概又加上了自己幽默的联想，好像无穷无尽。例如讲回锋的逆藏，就说该写成"圆圆的三角形"，讲立刀旁的写法，就说"弩不得直，直则失力"；既形象又有趣味，不但令人印象深刻，而且使人的心情一下子放松下来，紧张和压力也消散了。

陆先生的书法教学，遵循着一种充满传统意味的系统性。他对学生的要求是"三年五载，四体皆能，上达金石，下及丹青"，即在数年时间中，熟练掌握篆书、隶书、楷书、行（草）书四种主要书体的技法，再尝试由篆、隶书而入治印，由行、草书而及绘画。在度过练习基本笔画和摹写"字样"的最初阶段后，他即要求学生尽快转入对经典碑（书）帖的临摹。

先生评点和讲解书帖，很能见其要害并博采众长，但也毫不掩饰其个人好恶（例如他谈及颜鲁公的多宝塔、勤礼碑，固然觉得有端庄厚重的盛唐气象，却总要加一句"反正我一点也不喜欢"），这大概是先生爱憎分明的性情，在书法艺术上的投射。先生以为，书法尚"格"（格调）、"意"（气韵）、"形"（法度），其中又以格调为先。他常说"抱朴承上，思绮则下"，其审美趣味大约是"质胜于文"的。以楷书为例，先生为我们选定的入门字帖是著名的魏碑《张黑女墓志》，该帖虽属正书，行笔却方圆兼施、多参隶意，结字扁方疏朗、峻宕朴茂，气格浑朴高雅。我初见"张黑女"便爱不释手，虽然忧心自己的楷书基础不够，还是急吼吼地弃"字样"而就碑帖。先生对我的莽撞行为倒很宽容，只笑着说了句"心气倒高"。后来我临习过程中遇到障碍时，他不仅鼓励指点，还专门以"张黑女"笔意写了一张课徒稿，方便我仔细揣摩。

不过先生对学生的书法审美，基本只引导、不干涉。他教隶书尚《张迁碑》、教楷书尚"张黑女"、教行书尚"集字圣教序"、教草书尚《十七帖》与王铎。但我的同门学长中，有学楷书爱欧、颜、褚、赵者，或学行、草而近苏、米、黄者，也有学隶书而入"史晨""曹全"者，只要有心向学，陆先生都愿为其提供帮助。我以为，这大概与先生自己学书时的经历有关。先生自十七岁起，拜入书法名家包六科门下。太先生楷书称"活褚字"，隶书则以学《礼器碑》为主。故先生楷书初学《雁塔圣教序》，虽爱其"笔意明晰，使初学者受益匪浅"，却不喜其飘摇纤细，后来便转学《张黑女墓志》；至于《礼器碑》虽瘦劲清超、一时无二，但先生却更爱《张迁碑》的古厚典雅。先生遇到太先生时还是青年后辈，在书写风格的选择上这样彰显个性，太先生也不反对，仍然悉心指点。先生又同样对待他的学生，这种传承，也可看作是"因材施教""学术自由"精神的一个注脚。

太先生在时，师从龚心钊、高振霄、吴眉苏诸大家，与邓散木、白蕉、唐云等前辈相善，除了在书画上造诣精深，还熟读经典、擅为诗词，根本上是个传统文人。陆先生追随包六科先生多年，充分继承了太先生身上的文人精神与习性。文人眼中，书法虽包蕴天地阴阳之道、渊博精微，比之修德、读书、为文，终是作为载体的末技。陆先生常说，书法技艺再精湛，如无文化作为支撑，仍为工匠之流。先生本人也以行动回应这句话——他的斗室之中积书满架，有不少来自无人问津的古旧书肆，还有部分是多年前用近乎材料费的低廉价格收来的，但都拾掇得干干净净。无论什么时候进门，总能看见木桌上亮着简易台灯，灯下是一本摊开的书，书上有密密排布的繁体字或佶屈聱牙的甲骨、钟鼎文，先生戴着眼镜、有时还举着放大镜，旁若无人地凑在桌前。他给自己或同侪、后辈的作品集写序皆用文言，行文修辞骈整、气象宏博，格调内涵则尚朴尚真，无不在数夕之间挥就。他也坚持传统文人的操守与体面，说到这一点，我联想起两个故事。一是先生总将物质生活维持在很低的标准，每日正餐所食，亦不过一蔬一饭再加二三肉片，陆师母曾开玩笑，说先生每月伙食费"只消三百元足够"，可是先生穿衣戴帽，必须端庄整洁、纹丝不乱。二是先生为眼科医生多年，曾因病患家属质疑其专业素养而不惜与人高声争执，但在遇到经济困窘的外来务工人员求医时，永远在确保疗效的前提下，提出最便宜的治疗方案。我以为这两个故事，都很能见出先生的品格性情。

在此文即将结束的时候，忽然想到今年仲夏，我曾为书斋戏作过一副对联："天涯旧雨壶中酒，衣上明月枕畔书。"那时不知天高地厚，将它发给了结识未久的陆先生，不料先生非但费心修改，变成更灵动而富色彩的"朱楼旧梦壶中酒，绿窗新月枕畔书"，还答应为我写下来。我一面惊喜不已，一面却连需敬备纸墨的道理都忘了。后来才知道，先生笔墨，向不轻易赠人，但他不仅不以我之唐突为过，还冒着暑热，将这十四字着意练习了五六遍，才正式落纸。两行行书劲健遒美、气韵酣畅。先生并在落款中特地写上"蕴华学友撰联"，完全隐没自己的功劳。除了展现出谦逊温厚的长者之风，或许更暗含着他对一个碰巧与传统文化有一丁点"缘法"的青年人的提携与期许吧。

但愿未来的日子里，我能尽力不使先生太过失望。

曲瑾老师二三事

母校镇海中学里有许多难忘的老师，我的语文老师曲瑾，就是其中一位。

曲瑾老师是甘肃庆阳人，20世纪80年代毕业于西北师范大学中文系，做过李健吾、高尔泰、李鼎文等学界前辈的学生。大学毕业后，在甘肃省属重点中学西北师大附中任教，三十七岁时便获得兰州市教学骨干荣誉，晋升为高级教师。却在三十九岁的事业黄金期放弃了故乡舒适的一切，举家迁往镇海。曲老师说，因为她喜欢"离海近一点儿的城市"。

曲老师常用"旁门左道"来形容自己的教学风格。

她看文本的眼光挑剔又有个性，不喜欢一味刻板规整的教学。遇到一些简单或不够精彩的文本就从略或不讲，有时干脆选更好的来替代。记得我们的课本里有一个单元将四大名著各抽一篇，集中学习。曲老师用了六节课带我们学习《林黛玉进贾府》，从曹雪芹的家世讲起，说到《红楼梦》的成书与版本，又说到荣宁二府人物关系和十二钗的命运。她分析黛玉初到贾府的言行与出场人物的性格，将脂批信手引来，加上自己的见解，例如认为林黛玉在面对长辈时，是"第一谨慎守礼之人"，细致入微，合情合理。她给我们回忆自己大学时学《红楼梦》的情形，坦言很腻烦拿宝玉黛玉写人物分析论文的同学，又说自己最欣赏探春与妙玉，我以为老师阔大、敏捷、独立不倚的个性，由此可见一斑。她的课把班上一大半学生迷住，六堂课里有三四回没听到下课铃，课后学生纷纷去找《红楼梦》读。等到了《草船借箭》，六节课就缩成了三节课，至于《水浒传》与《西游记》选文是怎样学的，我已经忘记了。

曲老师教我们的头两年里，课后作业留得很少。每周作业的"重头戏"就是周末的一篇小作文。这篇文章有时会以半命题形式出现，所谓半命题，就是她贴出二十来个题目，让我们自由勾选，这些题目无所不包、富有哲理。例如我曾写过一个题目，叫作"真水无香"。她给我们改作文很认真，教作文则信奉实践主义，每每拿布置给学生的文题亲自下场写作，写完了再来讲评。她很重视写作的当堂训练，时不时把全班学生拉到多媒体机房，在她自己做版主的校园论坛"文科教学"板块上新开一个帖子，抛出题目来，让我们跟帖写片段，再一一点评。

到了寒暑假，曲老师则开出书单让我们读书。记得有一年，她布置我们读《巴黎圣母院》与《悲惨世界》，开学回来头一次正式上课就宣布开读书会，由她随手翻书，点人起来考问对两部作品人物情节的记忆和理解，弄得大家着实兴奋又惴惴了一堂课。她尊重学生个性、鼓励经典阅读，为此不拘常法。我的数学成绩到高三已经滑落得一发不可收拾，除了摒弃一切杂念苦学外，别无他途。那时我每天花在数学上的时间就有三小时甚至更多，其余作业与复习背诵都放到晚自习之后的深夜，只有在语文课上"看闲书"来缓解这铺天盖地的浓黑压力。高三一整年，我都坐在第一桌，居然断断续续读完了庚辰本《石头记》、巴金的"激流三部曲"与《随想录》、雨果的《九三年》，真要感谢我的老师！

多年前流行一句话："心灵或双脚，总有一个在路上。"用它可以概括曲老师的生命态度。曲老师看过许多书，从诗词曲赋到中外小说、历史政治、哲学宗教、各种艺术史，甚至还看过医学书、养马的书，随便哪一样，都有新见。她又是著名的"独行侠"，极爱"奇伟瑰怪非常之观"。有一次，她曾经独自去山西沂州旅行，包了一辆破车直奔险峻的芦芽山，意外遇见当地人苦等数年都未见到的"佛光"；又一回，我们得知她要沿青藏公路穿越唐古拉山口，都担心她身体吃不消，只有她自己若无其事，还兴冲冲拍下"海拔5231米"的界碑照片发给我们，不无得意地说："放心啦，我属高原，越高越没事。"

曲老师对远方与未知永远怀着强烈的好奇和敬畏，并且相信越是贫瘠的土地上，往往越能盛开灿烂的精神花朵。她曾经拉着儿子一道跑到西藏山南地区的桑耶寺，住在停电停水的简陋旅馆，还扎进藏族群众堆里，大口喝掺了可乐的酥油茶，看得周围人大跌眼镜。她在桑耶寺香烟缭绕的深阔大殿里听袅袅梵音，相信这声音来自遥远的唐代。她眷恋于"绝对寂寞"的扎溪卡和甘南草原上梦幻的扎尕那，穿着冲锋衣躺在高原一望无际的野花野草上，享受芒刺在背的感觉，然后感慨："人死了躺在假花上面，是不会有这种感觉的。"

上学的时候，我一直觉得曲老师是个不惯俗务的人。她对饭食的要求好像不高，工作一忙，用肯德基、路边店解决温饱也是常事。直到有一次，她邀请我去家里吃饭，用一桌纯正的西北饭菜让我大开眼界。从此以后，她做的白菜猪肉饺子、浆水面、凉拌菜、尕面片都成了我念念不忘的美食。她总笑我"上辈子一定是个兰州人"，一面不厌其烦地做各色家常菜让我多吃。

高中毕业十余年，我工作、搬家，她退休、搬家，见面的机会不如从前那样频繁，可是我们的距离反而越发近了。她每次回到宁波，都会包了饺子、做好酿皮子喊我"回家来吃"；她的先生每次去兰州，回来时都会从塞得鼓鼓囊囊的大书包里，变戏法似的掏出甜百合、苤梨、甜坯子、油锅盔、糖锅盔等兰州名小吃，有几回因为"怕这里的调料不地道"，竟把辣椒面、香油、醋、芝麻酱等提前烹炒拌匀，制成三四种调料，分别用饮料瓶装了，层层包裹，乘飞机连夜背回给我，几乎使我落泪。

曲老师会选择教师作为她终身的事业，一定有她中学班主任闫老师的影响。

她念念不忘的闫老师，曾在寒冬的清晨、在昏黑一片的校门口，一个一个等学生们来上学，殷切关注每一个孩子的内心需求。在耄耋之年，闫老师亲手做了一桌丰盛的家宴，叮嘱远来的年已半百的学生："你要多吃，吃了就可以记得老师和家乡。"我想，曲老师可以说是闫老师的后继者，在闫老师走过的道路上，继续发扬他的爱、责任与梦想。而我，尽管在教师岗位上只有短暂的三年，终于不能再唱《长大后我就成了你》，但又何其幸运，得到了这样一位永远的家人和引领者。

记我的老师周泉胜先生

在 2006 年的 9 月，我在家乡那所著名而充满斑驳古意的高中升入二年级的第一个星期，在我们准备念第三本历史教科书"从中国走向世界"（就是终于结束中国近代史的学习，预备学习世界历史）的时候，一位新的历史老师夹着课本走进教室来了。他大约有一点点腿疾，步履很有特点，总像深一脚、浅一脚，走起路来身子也微微向一边倾斜。可是他的神色非常平静从容，仿佛老早习惯了自己的不紧不慢似的。在促迫的上课铃声刚响起的时候，他已经走到离教室门几步的地方，等到铃声完全止住，他刚好走到讲台前面站定。

新老师身量不高，白净的圆脸上架着一副金丝边眼镜。他穿着一件半旧夹克，配上常见的灰色裤子。后来许多年里，冬天则套一件黑羊绒夹衣，或者灰绿的羽绒服；炎夏就换短袖白衬衫，可是都没有夹克衫与灰裤子的装扮令人印象深刻。只要有人一提到他，我的脑海里就能勾勒出这一形象——朴素到底，唯洁净与体面必不可少，一望而知是个读书人的样子。

他自我介绍说："我的名字，叫作周泉胜。"一面用白粉笔在黑板上写下这三个字。后来我们知道，他的字很有点白谦慎所谓"娟娟发屋"的意思，虽然毫无书法基础和技巧可言，但松散随性中不乏我行我素的特点和偶然闪现的意趣，让人过目难忘。周老师本人倒不这样认为，他总嫌自己写的字"丑得有碍观瞻"（然而并不见他有勤加练习的打算），又反对学生生吞活剥埋头抄笔记，所以上课很少板书，往往一整节课下来，只在非写不可的情况下，才在黑板上画下一两个极为精当的字——我所以用"画"，是因他为了"更加精当"起见，有时甚至会生造一些只可意会的字符，例如他曾在黑板上写过一个上次下义的符号，然后用粉笔敲着黑板说："这个就可以用来指代'资本主义'，又快又方便。"

周老师是安徽芜湖人，他的带一点安徽口音的质朴温和的普通话可以作证。他讲课的时候、向学生提问或谈话的时候，也是操着这样的普通话，声量不高，慢条斯理的。只有当遇到重要的知识点，或容易答错的题时，他才会稍稍举起书或者试卷，提高一点音量特地说："这里，同学们要注意啦——"他读硕士研究生时的母校，是湖南师范大学。可是除了爱吃辣，湘地泼辣强悍的气质在他身上似乎没有多少体现。他对学生好像永远宽容。即便我们有时重复犯错，或者犯了非

人物

常低级的错误，例如记不清天津是因为哪个不平等条约增为商埠，外国公使进北京又是在哪一年，老师最多在耐心讲解之前加上一句："这可有点不应该！"但据他自己说，他也有许多发脾气的时候，例如给他的公子辅导功课时，重复到第三遍，就难免脸红耳赤。在至亲和旁人身上情感态度"双标"是很容易引起异议的，若被双标者涉及孩子，恐怕异议更大，尽管异议往往不能帮助异议者独善其身。然而周公子颖悟又自律，并且至少在学业上很愿意寻求和尊重乃父的意见，小至英语应试文的写法，大至硕士研究生专业方向的选择，都是如此。

对于教书这件事，周老师常常自我调侃"是个水平很差的'万精油'"。他讲课确乎没有一般意义上的生动（例如抑扬顿挫的语音语调），与学生互动的手段也称不上高明。我们同学至今记得他在课堂上有一句口头禅："这说起来呢也是很好笑的。"然而每当大家提起精神，预备顺着这句话听笑话时，等来的往往是三言两语，冰冷无味。只有一回，在讲到元史的时候，他忽然用教学电脑给全班播放了腾格尔的《成吉思汗》，当"风从草原走过"，苍凉又彪悍地走到我们面前，大家立刻牢牢记住了这罕见的浪漫。

有人在周老师的课上昏昏欲睡，也有人对周老师的课念念不忘。属于后者阵营的学生，以为他不但有普通中学历史教师身上少见的渊博与严谨，更有一种特别的冷幽默，这幽默的核心，在语言上的表现，是不动声色的精准，背后则有对丰富知识储备的调动力（可是因为老师性情谦逊，使这精准少了些一鸣惊人的犀利锋芒，所以不易被察觉）。他讲课只带课本，没有讲义，所用的课件投影出来，只有必要的地图、关键词或条目式的知识点，再凭借逻辑严密、细节丰富的讲述，把相对独立的历史事件、历史场景串联起来。他援引的史料涉及面宽阔，若以中国古代史为例，由二十四史、"通鉴"算起，到某某遗址考古报告、简牍；在充分承认和展示史实复杂性前提下，他也重视史论的深度、完整性和多元性。他从课本出发而不完全拘于课本。我们中有不少人，是从他的课上第一次听说钱穆、周一良、田余庆、邓广铭、陈旭麓诸先生，第一次知道"唐宋变革论"、《中国近三百年学术史》的。

我们的学校重视学生自主学习，敏而好学、一下课便追着老师提问的学生大有人在。普通程度的同学完全问不倒周老师，却也有少数见识较广、钻研较深的历史优等生，一问连着一问，终于问到他的盲区。每到此时，周老师便先很真诚地望着对面的年轻人，坦然回答："这问题我倒真没有研究，不大了解。"转而露出欣慰赞赏的神色来，想一想又说，"不过或许你可以看看某某先生的某某书，现在应该能找到某某出版社出的。"若这对话正好发生在他的办公桌前，他多半会顺势打开书柜检出这本书，或者点开存在电脑里的电子书文件夹，调出这书的电子版，大方又和蔼地说"拿去吧"或者"拿优盘来复制一份就行"。他很乐意借书给学生们看，可是绝不以此为借口，刻意给人压力、催人读书。我在中学时代就读到的茅海建先生《天朝的崩溃：鸦片战争再研究》、杨奎松先生《毛泽东与莫斯科的恩恩怨怨》，都是周老师的藏书。

周老师做我们老师时，年纪将近四十，可是藏书、读书的劲头，比二十出头的小年轻强得多，记忆力更是惊人。他的许多藏书都是电子版，据说有近万册。这并不是因为他要俭省——他一向是俭省了别事来付书账的——也不全是为了检索方便，而据说是因为他的寓所里已经几乎再没有空间放得下书了。他读书非常勤奋，随便什么时间走进教师办公室，差不多都可以看见他的案头放着一本或几本学术书，翻开着或反扣着，又或能从合拢的书页中间，隐隐看见折角。在读书上，周老师很崇敬吕思勉先生，一直将"通读一遍二十四史"作为理想之一。在我的印象中，周老师似乎较少谈及他的理想，像这样宏阔的理想，更是仅此一遭，并且后面立即跟了一句"可惜完不成"。这样自我否定的话我听过多次，老师对他的学生总是温和鼓励，对自己却常常不满意。他非常淡定又真诚地把自己放在低位，具有深切而宝贵的自省精神。我有一回看到《中国历史研究院集刊》的征稿启事，半开玩笑地对老师说，要是能在集刊上读到他的文章就好了，想不到老师忽然正色道："你太高估我的能力，或太低估投稿的难度了。"事后回想，我的从玩笑里折射出的浮躁毛病，多亏有老师时时点醒。

读书、藏书之外，周老师并无多少嗜好，但对喝酒，却是从青年时代起就喜欢的。记得他有一次对我们回忆过，学生时代，大家手头都拮据，于是凑钱去买几毛钱一袋的散装啤酒，用脸盆装满了分着喝。后来他拿到第一个月薪水，一口气全花了，就是请同门师兄弟们痛饮了一回。老师的酒量想来该是很不错的，可是有一次来上课时竟然满面红晕，在大家遮遮掩掩的诧异和窃笑中，往讲台旁的椅子上颓然又坦然地一坐，笑着说："请先上十分钟自习吧。"这话当然阻止不了同学们继续饶有兴致地研究他究竟喝了多少酒。不一会儿，老师忽然"噌"地站起来，将两边衣袖一卷，举起右手从半空中劈下来，大声说："来，上课！"那节课的内容我已经不记得了，只知道等下课铃响过，周老师还在滔滔不绝，而他脸上所笼罩着的飞扬的神采，现在仍清晰地浮现在我脑海中。

周老师的第一学历是大学专科，所学专业是中文。后来他曾说起，别的历史老师讲文学史，未必都能如他细致，言语间透出浅淡而令人诚服的得意。老师以不知名学校的专科学历，一举考取湖南师范大学中国近现代史方向的硕士研究生，成为近代条约制度研究专家李育民先生的高足，可是考虑到彼时的家境，在毕业后仍然放弃深造和去偏远的内陆高校执教的机会，选了薪水较高的中学就职。及至不惑之年，忽然下了重大决心，非要再得一个博士学位不可。读博对周老师意味着可能失去教职，在很长时间内难以过上一般意义上的正常生活。那时我仍在老师门下，听说他为此忧心家人，可是谈到自己，却说"我只要一年有两万块钱，就能保证把研究做下去了"。

为了准备考试，老师苦读英文，但在其他科目上却未见刻意用功，他对学生的要求和敦促，也未比任何一位同事松懈。后来得知，周老师连续两次考博，专业课成绩都是第一，尽管碍于英文，没能成为王建朗先生的弟子，终于也到了人文学科实力同样不俗的上海大学，进入"一辈子研究钱穆"又精通隋唐区域经济史的陈勇老师门下（现在陈老师已经转至上海师范大学任教了）。

　　周老师在我们高中毕业那一年如愿重返校园。他的单位和同事都很帮忙，分担教学任务、调整他的课时，使他每周可以三天当先生、三天当学生，加上周师母温柔干练、长于持家，他的家庭经济状况，当然也不至出现"一年只有两万块钱"的情形。数年后周老师顺利毕业回到原单位，除了教学生，又开始带年轻的同事。教学之余，他坚持关于地方基层自治问题的研究，发表过几篇论文，可是一直自嘲"水平太差，掌握的史料也不够"。再后来，他参加支教，在风俗迥异的遥远的别省也有了学生。他的学生们说起他的历史课时，一如当初的我们。

　　毕业多年，周老师一直关心我作为业余爱好的历史阅读，鼓励我做些力所能及的小研究。我其实是老师比较差的学生，记忆归纳的能力和发现问题的能力都很不够，几次试图写些小文章，终于都是虎头蛇尾，甚至有头无尾。而这丝毫没有影响到周老师作为师者的责任与热心。在我向他求助时，老师仍不遗余力为我列书单、提供查找史料的线索，对我不时冒出来的浅陋的提问永远耐心提点。我书架上有一本江西人民出版社 2005 年出版的《毛泽东与莫斯科的恩恩怨怨》，是多年前向老师借的，当时忘记归还。后来提起，周老师说："不必还了，将它留在愿意读的人那里，就算彰显了价值。"此书多次重版，我也收了数种，可是都不及周老师由借而送的那一本，是师长对于青年后辈永久有效的鞭策。

得意忘象：我所认识的胡建君

　　我和胡建君认识多久了呢？似乎是两年，似乎是二十年。这世上就有这样的妙人，与之交如沐春风暖阳，念念难忘；这世上就有这样的奇缘，你明明与她初见，电光火石之间，竟觉得"这般眼熟"，仿佛心底旧友，不仅可以对之敞开心扉，甚至还愿意把生命里最重要的秘密、最深切的信任，都交托给她。

　　熟悉胡建君的朋友给她起了个微信名叫作"懒懒君"，我们平时都叫她作"懒君"，她的斋名也称作"懒懒斋"，她对自己的懒不仅怡然自得，而且津津乐道。她果然是很懒的，例如不喜欢一切形式的锻炼，偶有一天步数超过五千，一定早早嚷着"我得赶紧躺下"，又如她很喜欢睡觉，一天睡眠时间总有九小时甚至更多。我刚认识她时，好几次大清早去打扰她，她也不恼，看见了信息就很快回复，要是没看见，隔了许久才回，总要先解释原委。直到有一次我们在懒懒斋吃茶聊天，她才无意间说起，自己的作息规律是上午十点前一般不招待客人的。

　　除了"懒动""懒床"，我们的"懒懒君"还有一懒，便是"懒得计较"。这一点相较于前两点，我以为更得懒之精髓，即一种剥离一切我执之后的浑朴憨直。《世说新语》所谓萧散简远、清贵简率者，盖类于此。她曾带着学生去看艺术展览，回来错过饭点，找不到吃饭的地方，只能到便利店买加热便当吃。便利店里没有座位，学生担心一个大学老师在路边店里站着吃便当不成体统，她却一面笑说"没关系呀"，一面端着盒子无视进进出出的人群，坦然吃将起来。她从来不清楚自己的收入，做大学老师的薪水加上稿费，总是随意请学生们聚餐，余者悉数投入对老银、古玉诸般美丽旧物的雅好和收藏中去，以至于了解她的同事、朋友都感慨她能自给乃是奇迹。然而她似乎从未因此学会算金钱账，也不知讨价还价为何事。我有一次问起她，她无比诚恳地反问我："遇见心仪的东西已是大有缘分，我若一味砍价，别人有了好东西再不留给我了可怎么办？"

　　懒懒君有时候很懒，有时候却异常勤奋。

　　有一回我到懒懒斋去，懒君的学生正在帮她整理这一年来发表的文章。小小客厅里，有两三摞报纸、杂志堆在椅子上，旁边地下、桌上，还有不少样刊样报散落着。我坐下来粗看看，只见有《文汇报》《美术报》等，不一而足。她笑着对我说："不知不觉，一年竟也写了四五十篇文章，看来我还算用功。"许多出版

人
物

单位找她约稿，她虽不主动揽事，包括写文章，但答应了的文稿从不含糊。当然，常常要等到 deadline 才肯动笔。某次她从上海回来，我们一起吃饭。只见她心神不定，酒未三巡便要起身告辞，一问才知道，有一篇关于雷诺阿的艺术评论"明天必须交账了"。后来我在《文汇报》上读到这篇连夜赶出来的整版文字，洋洋洒洒数千言，知识储备丰厚，论述抽丝剥茧、从从容容，文笔灵动又深邃，一点不像急就章，可见她是有捷才的。

懒君白天休息或忙于待客应酬，深夜工作，她要做的事情很多，每一样都不愿草草。她在任教的上海大学美术学院，为外专业的本科学生开设通识课，又指导本专业的硕士和博士学生。备课之外，坚持用红笔一份一份给学生改作业，临近毕业季，则要在电脑上一一审看和修改门下学生的论文。她对她朋友们所需要的帮助永远古道热肠。比如为众多书画家好友的作品策展，包揽绝大部分评论文字；又如著名的梅派青衣史依弘姐姐，她的新戏《新龙门客栈》，部分唱词修改亦出自懒君手笔，至于那篇一气呵成的剧评《衣上征尘杂酒痕》，从人物说到情节，说到唱腔与表演，乃至服化道灯光舞美，穿梭诗文里、游刃性情间，令人目不暇给，连连叫绝。懒君总把对朋友的情谊放在首位，即使是答应过的小事。有一回，她帮忙给我的一件玉佩穿绳子，刚巧手头事情很多。她在微信上问我"急不急"，我先回说"不着急，慢慢来"，转而又想和她开句玩笑，接着说"你是我的好朋友，我不能催你，当然只会假惺惺地说不着急啦"。想不到不过三刻钟，她就发来了照片，玉佩已经穿上柳绿的丝线，还特地编上了一颗暖红的良渚小梅林玉顶珠，温润可爱，真令我又喜又愧。我暗暗告诫自己，以后切不可开这样的玩笑。我从前读到贾宝玉丢了金麒麟被湘云拾得，湘云笑话他日后把官印也丢了可怎么好，宝玉说"倒是丢了印平常，若丢了这个就该死了"，总是心有戚戚，我想懒君一定能理解我的感受。

懒君属兔，长我不到十五岁，但她可爱至情、具有魏晋之风的生命态度，活化了我通过书本构建起的、关于古人的诸般风雅想象。

懒君常常自嘲"无能天下第一"，这话也不全是谦辞。比如她大约是我见过为数不多的比我更加"路痴"的人，不论进了哪里，再出来的总是晕头转向，从东边走来，一定要回到南边去。她又不会开车，这一点也是我的同道，离了公共交通和好心亲友，只好动辄打车。

可是她明明又干得使人惊叹。她写诗、填词，画疏朗离俗的白描，把书中故事信手拈来，又把眼前新景描绘得生动活现。有一回，她与朋友在修缮后的太湖会老堂饮宴，别出机杼，以行香子、西江月等各色词牌，给席间诸看馔命名，录于宣纸册页上，制成独特的菜谱，令贤主嘉宾眼前一亮。后来大家公推她填词一首以志今朝之乐，她"只大约看了看韵"，便在觥筹交错之间吟成《宴瑶池》一阕，道是：

谢东山慷慨复多情，天籁作龙吟。更绮罗如画，琴歌递响，渐入吴音。素手枇杷三酿，清气满衣襟。宴饮红尘外，旨酒先斟。也拟相逢长醉，伴太湖水秀，碧螺春深。纵别多会少，无意计浮沉，共人间，行踪流水，若等闲，朝市与山林。常携手，洞庭花好，绿到遥岑。

眼前风景被她写尽，绮丽又深情，可转眼间又不动声色地跳脱，显出白云松风般的闲逸通透。后来我重读潇湘子夺魁菊花诗、琉璃世界白雪红梅等文字，常常联想起懒君这段故事。

我曾听许多人和我一样，由衷叹服于懒君的才情，唯独她自己倒是对此一派天真。她对我回忆学生时代，常说："这一路都没有好好读过书，直到今天，所有的心思，仿佛都花在精致的淘气上。"依我看，这话某种意义上也不无道理。懒君是把对一切美好事物的珍视和追求，当成了生命中至关重要的事业。小到一草一纸，大到世道人情，全无功利的分别心。少年时，她曾每日在教室里盼望挚友的来信，"有信了就在上课时旁若无人地回复，没有信就失魂落魄想逃课"。等到自己成为人师，常常设法把课堂搬到林泉花木之间，带着学生"辨认诗经里的草木"。遇见学生上课缺席，一问是因为贪看那快要被风雨打落的桃花，竟然喜得连声说"要加分"。不上课的时候，她最快乐的事是染衣、玩古玉、打香篆，或者坐在洒满阳光的窗前，和朋友们喝一下午茶，有时做上半天手工。她深通爱物之道，看见美丽又适合旁人的东西，总愿意毫无保留地分享，绝不贪恋，有时甚至带着可爱的执着。例如因为遇到特别漂亮的材料，就不顾我没有耳洞的事实，一连送了我十来对形色各异的玲珑耳坠，直到我终于也同祝英台一样有了"耳环痕"，她更喜笑颜开——"我可以终身给你提供好看的耳坠！"

懒君作过一联诗，"剑气吹弹天上月，街言惊破影中身"。引来师长们叮咛，说是女儿家要少作此怪力乱神之语。我倒很喜欢这两句，觉得萧森诡谲之中，透出令人见之忘俗的侠气豪情来。懒君永远怀着赤子之心看待世事，爱憎分明，言行也颇有这种侠气。她曾为敏而好学、家境艰困的学生无偿提供工作机会和住处，为毕业创业的年轻人做诚恳的宣传，甚至为弟子介绍男朋友。春节里疫情最凶猛的时候，她帮助在武汉做志愿者的好友和前同事，数夕之间筹来几万善款，全部换成医疗防护物资，送到前线的医院里。她从不掩饰自己对黑暗与丑恶的厌憎鞭挞，也作激越之辞，也有两肋插刀之举。她曾为民工打抱不平而和城管冲突，差点被治安拘留。我前几日在《唐代传奇》中读到手持羊角匕、白日刺人于都市的聂隐娘，马上联想起懒君多次对我说过，自己欣赏李白的《侠客行》："十步杀一人，千里不留行。事了拂衣去，深藏功与名。"还请海上名士王鸿定老师帮忙刻了"十步杀一人"与"事了拂衣去"两方印，印如其人。

胡建君的生动与多面，自然不是我一支拙笔可以写出的。行文即将结束，回过头来看看，发现我虽有草草数千言，却完全无法像许多同类的写人文章，对传主的教育背景、履历和学问成就给出确切介绍，即便懒君因为邀请讲座等原因，已经不止一次给过我她的简历，也不能起到帮助作用。我俩似乎都面临这种困扰，明明是好友至交，到头来却往往说不清对方是做什么的。也罢也罢，这或许就近乎古人所说的得意忘象了吧。

周海宁印象记

前不久，周海宁提议我写写她。我虽然犹豫不能下笔，但知道不写是不行的。她生于常德、长于长沙，完美继承了湘人的辣椒性格与火爆脾气，一着急可能骂人（当然至今没有骂我）。我脸皮本来薄，加之隔三差五上门蹭饭，有时劳她亲自下厨，实在畏于交白卷。

然而我对能写好海宁完全没有把握。这不仅由于她的多面饱满，更因为她身上有一种独立不倚的萧散气质。记得有次我开玩笑，说她肯把车马轻裘与朋友共、虽敝之而无憾，很有子路遗风，她颇不以为然。我说子路忠诚勇决又明智坚毅，是《论语》里第一鲜明可爱的人，有什么不好。她发来一个翻白眼的表情，强调"我就是我，是颜色不一样的烟火"。被人拿大贤类比却毫不稀罕，很能见出她的性情。她评价自己"本质上是个疏离的人"，我总觉得她的疏离，多少源于清晰的自我认知，和由此建立的笃定自信。这样的自明与自信，尽管能催生敢作敢当的果毅，但旁人给她画像，大概就很难令她满意。后来我劝说自己，写得不好就只拿给传主一个人看，这才放手一试。

海宁是极其聪敏的。聪敏也者，首在博闻强识。海宁的父母都是大学老师。据她说，母亲从学生时代起，就给她定下每月须读完十本书的计划，遇上寒暑假，还得增长到每月二十本。她的阅读习惯一直保持到工作之后，涉猎既泛且杂。有一回我在她书架上，看见陈徒手的《人有病，天知否》，是多年前想读而未读的书，大为惊喜。辛丑新正，大家谈起本年计划，她说"要读完一百本书"。我因听惯她说自己"一日两卷"的豪言壮语，总觉得这目标水分颇大，不以为意。但后来渐渐发现她的阅读量和阅读速度都远超我的想象。闲谈之间，凡我提及的作者作品，无论哪一领域，很少有她不知道的。她读过许多严肃的政治、社会史和文学史类学术著作，无论沈志华的冷战五书、余敏玲的《形塑新人》，还是吴福辉先生的《都市旋流中的海派小说》，甚至黄道炫藏身于《近代史研究》的《蒋介石第一次下野的几个问题》《太虚及其佛教改革》这样的论文也都读过。有一回我约她共读杨奎松的《毛泽东与莫斯科的恩恩怨怨》，她对着广西师大出版的大部头叫苦："学术书也太难啃了"，可是不但仅花了两天就把书读完，还把全书脉络梳理得井井有条。她也读文学作品，虽然因为个人喜好和一些别的缘故，宣称不愿读鲁迅，可是有一回我随便提到《在酒楼上》与《孤独者》，她即应声说"吕纬甫有作者影子的投射，魏连殳则像阮籍"，又说这两篇作品是鲁迅笔下氛围最独异的小说。可见她是连钱理群的鲁迅研究都看过了。我总认为以海宁的资质，再沉着些完全能做个学者，可惜她好读书不求甚解，只以野狐禅自居。我的天赋与基础远不如她，她却很愿意小心维护我的书痴气。

海宁在诗词上也颇用过功。她崇尚阔大激越的风格，极爱李白的诗，以为直抒胸臆如黄河之水天上来者，最能引发共鸣。此外她也爱李贺，惊叹于这英年早逝的诗人出入神鬼仙佛的瑰丽想象，觉得有一种病弱的放浪，秉承了魏晋的名士精神。她能背诵许多诗词，我跟她玩类似飞花令的游戏，必须打起十二分精神，还只敢躲在手机或电脑屏幕背后。她在提及某篇某句诗词时展现出的反应力，使我相信了一目十行与过目成诵，殆非虚言。她学诗有捷才，是能出口成章的，可惜亦无耐心，只肯将一时一地的心境，作银河倒挂、飞流直下的宣泄，在声律的规范、造境的圆融与措辞的凝练上，总不愿着意。我们有时谈诗，我常拿这一点批评她，笑她虽能倚马万言，终不脱"闲人打油"的弊病。她倒认同我的观点，然而永远任性不改。也许越聪明的人，反而不大吝惜自己的才气。作为交换，我也把自己胡诌的句子拿给她看，她永远只肯说"工整"。有一次我跟她说起刘禹锡的"势分三足鼎，业复五铢钱"，是斧凿取巧不足取法，不想她一脸坏笑："你再多用功几年，说不定就到他的境界了"，把我噎得只有"哈哈哈哈哈"。

聪敏也者，还在于拥有近乎天赋的学习能力。海宁在许多方面的学习能力，都令人惊奇，有时竟可以突破和超越天赋。例如她永远辨不清左右，遑论东南西北。我常常使坏，搞突然袭击问她"右是哪边"，她必须在虚空中假装抓住一支笔才能回答正确。可这并不妨碍她把摩托车骑得很潇洒。她的平衡感与协调性也都不好，听见爬山就逡巡不前，可是不但能轻松驾驭看起来就充满危险的滑板，还能从宁波的城南一路滑到城东，再回到起点（当然必须集体行动，因为她一个人恐怕是不认得路的）。

海宁也能打桥牌和画画。她打桥牌，据说是经常去各地参加专业比赛的，我虽是完全外行、无法求证其水平，不过觉得她对数字和逻辑的极度敏锐，可以作为一种旁证。至于画画，大约是唯一能使她静下心来慢慢做的事情。她在高中时立志投考中央美院，却在集训的最后关头，猛然发现自己的体质与北京八字不合，被迫重回普通高考的轨道。那时已经进入高考倒计时，她那位任教于湖南大学的老父亲生怕她发挥不好"没有地方去"，鼓起勇气给校领导送了两条"芙蓉王"。不想她的考试成绩一举超过了北大当年在湖南省的招生分数线，最终选择了去复旦念经济。她爸爸得到消息，连连怪她"考得上为什么不早讲"，又记起送出去的芙蓉王，深为不能设法拿回而遗憾，这些当然是后话了。

海宁喜欢一切富有冒险精神的活动。她忆起自己在著名的雅礼中学度过的时光，最引以为豪的是冒着被处分的危险，和同学们一起去偷甘蔗。可惜匆忙中没有发现老师就站在背后，还大模大样问她的"同伙"："好吃吗"。她也是打游戏的高手，高考前夕还靠着卖掉游戏账号挣了三万块钱，于是背着家长成了网瘾少年。等她爸爸终于发现时，使出了以毒攻毒的奇招：将她关在空屋里，只配一桌、一椅、一床，置一电脑，令其吃住在此，除打游戏外不许做别事、除上厕所外不能出房门。如此坚持一周，终于使她"再也不愿碰电脑"。后来她回忆此事，连叹"魔高一尺，道高一丈"。

海宁从大学时代就习惯了独自旅行，称之为"到处流浪"。在我认识她时，她已几乎走遍了大半个中国。我曾看见一张照片，蓝紫的天幕低垂，数百点璀璨的星光，汇成壮阔的星海。其下是群山黑而沉默的轮廓。这张照片是海宁在珠峰大本营拍摄。她曾在珠峰大本营，经历过生死一线的惊险时刻：她携带的氧气瓶，在夜间的极度低温下结冰失效，幸亏当地的向导兼司机及时发现，把自己的氧气瓶给了她替换。不过这样危险的事情，并没有阻止她继续放浪形骸。她常对我念叨"西藏一定要多去"，勾出我对诗与远方的馋虫了，又幽幽地来一句"你这身体，也只能去拉萨和林芝"。我只好一面在心里翻白眼，一面看她北京、上海、杭州、昆明、大理满世界乱飞。后来又得知，她因为喜欢听评弹，时常忽然乘车去苏州，然后在唱弹词的茶馆里泡一下午。真幸亏她一直考不出汽车驾照，否则这种千里命驾、兴尽而返的浪漫，其活动半径不知还要扩大几何。

叶良骏老师二三事

2018 年 11 月，我在镇海初见叶良骏老师。她作为镇海籍文化艺术名家代表，返乡参加座谈会。与其他四十余位在文艺领域各领风骚的游子一道，叙谈故土之思，也为镇海的未来建言献策。那时已是深秋，叶老师穿了一件深紫色的格纹旗袍，配着简洁的白色短西装和白皮鞋，齐耳短发梳得纹丝不乱，左手腕上还戴了一只黑皮表带的手表。会议结束后，她嘱我替她与同来的上海作家和资深记者潘真、朱惜珍、张志萍等几位老师拍合影。几位女士无论老少，清一色是高跟鞋加旗袍，一问才知道，是叶老师与她们事先约好的，因为"这样重大又令人高兴的场合，应该穿旗袍"。

后来我又在许多不同场合见到叶老师。无论站在报告席后面演讲，还是在午后的阳光里闲聊，还是共进晚餐，她好像永远穿着旗袍，旗袍仿佛是她生活习惯的重要部分，或者说，是她与习惯生活的重要关联物。她很懂得审美，她的旗袍，无论是明亮的淡蓝，或是清浅的粉紫，都很简洁且富书卷气，与她白皙的肤色、鼻梁上的金丝边眼镜，还有一口轻柔温和的上海普通话相得益彰，流露出自然而然的老派的优雅。

叶老师是名闻沪上的资深作家、编剧和陶行知研究者。数十年间，她曾出版《我的窠娘》《霜露》《爱满天下》等散文集、剧本、学术著作三十余部。从 1994 年起，她坚持给《新民晚报》"夜光杯"写专栏稿，每月一篇，坚持至今。我曾见过叶老师的剧本《天下之利》手稿，数十页钉成一本，钢笔字迹清丽疏朗、很少涂改。写作加上读书，需要日日伏案，叶老师曾因此得了严重的颈椎病。六十岁那年，医生警告她说，再不减少案头工作，不出几年就有瘫痪之虞。叶老师又惊又急，一面觉得"不让我看书写作不如要我性命"，一面又担心"我还有多少事未了、多少梦未实现，要是真瘫痪了如何是好"。后来遇到一位老中医，告诫她只有游泳一法可以治疗。做了六十年"旱鸭子"的叶老师，竟然凭绝地求生般的毅力与勇气学会游泳，并将一周三泳甚至一日一泳的习惯坚持了二十年，而曾被医生下过最后通牒的颈椎病也痊愈了。

叶良骏老师的故乡，叫作老鹰湾叶家，属于今天镇海的庄市街道。这也是"五金大王"、宁波商帮先驱叶澄衷的故家，叶老师正是叶澄衷先生后人。她的外祖父陈兰荪先生，亦是惠泽故里的实业家与慈善家。作为镇海第一家完全民办医院同义医院的董事，陈兰荪先生曾于1926年8月向院董监常会提出免收十里以内急救赤贫难产医金，住院难产只收膳金、不收医药费等举措，经医院张贴广告，对贫病乡人尤其是贫病妇人功德无量。兰荪先生主持并重修了宁波钱业会馆、半路凉亭，更有为家乡兴教办学、修桥铺路的诸般善举。

以上种种，均是我在与叶老师交谈中听来的。叶老师年已耄耋，仍以寻找、整理、书写祖辈生命故事、丰富宁波商帮历史为重要使命。多年前，她将精心撰写的反映叶澄衷立商兴学的剧本《天下之利》交给梦陶艺术剧社创排，启用上海澄衷高级中学学生出演。年复一年，她坚持利用暑假帮助学生排练，为了排演场地、道具服装、人员与经费的问题多方筹措。2018年9月，《天下之利》在沪首演，后来又几次公演，都取得热烈反响。叶老师最近一次回到宁波，则是为了给外祖父兰荪先生的传记找资料。外祖父的故事，她曾从父母长辈口中得知一些，可惜他们俱已远行，无法进一步求证。近代宁波商帮史、宁波的商业和城市发展史资料，散落在宁波市图书馆、宁波市档案馆、宁波帮博物馆、宁波大学、镇海区图书馆、镇海区档案馆等不同地方，直接与兰荪先生相关者常是只言片语。叶老师曾经跑到宁波钱业会馆旧址想要寻找线索，可是那座房子已经借给了听来相近、实际毫不相干的钱币博物馆。馆长虽然热心，却不知道陈兰荪，更不知道叶良骏，实在爱莫能助。叶老师又在天一阁的阅档电脑前坐了一天，"两眼又酸又涩，实在吃不消"，可是最终一无所获。她向我形容夜里回到酒店的心情——"哎呀呀，真的是想哭了。"但是话锋一转，又说，"只要一直找，我想总归能找到一些，一年不行就两年，两年不行么就三年，只要跑得动，总归要把这个事情做下去。我想做的事，一定要设法做成。"停了一停，又补充说："我反正已经做好了最后的打算，实在不行就按小说的路子去写。外公为他的家乡、为别人做了许多善事，他不该被忘记。"叶老师写作研究一向严谨，听她说这番话时，我脑中不知为何，闪出杨绛自况的"一个倔强的普通老百姓"这几个字来。

作为一个学者的叶良骏老师，她的专长是研究陶行知教育思想。2011年是陶行知先生诞生120周年，叶老师以上海市陶行知研究会副会长身份参与策划了纪念大会、论坛、书画展览、纪念雕塑发行等一系列活动，还在此后的五年内连续创编了《永远的陶行知》《少年中国梦》等与陶行知先生有关的戏剧。每一部戏，从剧本撰写、排练到演出，都有她亲身参与。其中《少年中国梦》是她专为青年学生写的陶行知戏，经浙江京剧团改编后，以原创少儿京剧的形式于2013年11月在宛平剧场首演。该剧首先在上海的中学生中演出，可是因为学生们没有看京剧的习惯，反应冷淡。叶老师就天天去剧场，陪孩子们一起看戏。每场演出前，她先站在舞台上介绍剧情、设置悬念，她鼓励学生们同邻座小声讨论剧情、释放情绪，甚至给学生们演示如何为演员的表演喝彩。《少年中国梦》最终在江、浙、沪演出六百余场。

曾有媒体将叶良骏老师称为"种陶花的人"。除了研究与传播陶行知思想，她更是陶行知教育精神的继承者和实践者。叶老师曾花费数年时间，教导和帮助了一批遭遇家庭问题和心理健康困扰的孩子，却在情况刚见起色时遭遇了"新冠"疫情。她练习书法、听音乐、限时读书，借此使自己迅速平静下来，为学生们提供帮助。她请擅长电脑打字的学生帮她整理和输入手稿，于是学生改变了睡懒觉和没日没夜打游戏的状态，回归了正常作息。她找出许多诗词，请爱好唱歌和音乐制作的学生帮忙配器，尽管"配得很稚嫩，有些难以卒听"，可她还是给每一首曲子支付薪酬，并一再表扬那个孩子无师自通、"将来一定能圆心中的梦"，这个原本温饱不济的学生不仅解决了生计问题，性情也更加开朗了。她找来剧本，组织学生在线上分角色扮演，自己演一个凶神恶煞的狱警，一改素日温文端庄的模样，歪戴警帽、贴上小胡子，举着擀面杖做成的警棍，滑稽地挑眉睁目，惹得学生哈哈大笑。叶老师记下这些故事，把它们命名为"我和孩子们守望相助"，她说，"看起来是我帮助了学生，其实孩子们教会了我如何微信转账、如何开线上会议、如何在手机上修改文章，我也应当感谢他们"。

　　叶老师似乎很少有彻底空闲的时候。前几天，我为一些新找到的宁波帮资料联系叶老师，她回信说自己刚刚下课，资料要稍后看。明年是她的先父、诗词家和古代文学学者叶元章先生的百岁诞辰，她又开始操持出版纪念集和举办纪念会的事。叶老师真如她父亲给她取的名字一般，老骥伏枥，其志在"无穷无尽的下一步"。

一意登攀求真求是，半生执着树德树人：
记陈恕行院士

2015年10月30日上午，我和镇海区科技局、科协的老师们一起来到宁波大学招待所，等候中国科学院院士、复旦大学数学教授陈恕行。因为他在偏微分方程理论研究领域做出的突出贡献，陈教授于2013年10月获评中国科学院学士。这次受邀回乡，陈院士刚刚为宁波大学师生作了一场主题为"气体动力学中的混合型方程"的学术报告。

8时40分，陈院士夫妇走下电梯。这是两位年逾七旬的老人，一人背了一个半旧的旅行书包，夫人擎着随处可见的折叠式拐杖。他们有着相似的清癯的身形，相似的略显凌乱的灰白短发，和几乎相同的穿衣风格：脚下踏着陈旧得显出沧桑的运动鞋，一式的黑色长裤上面，罩着款式最为寻常的加长夹克式风衣，风衣略大的尖角翻领里，露出层层叠叠的衬衣翻领。假如被置入人群中，他们一定普通到谁也认不出来。

与站上讲台时的从容不迫相反，生活里的陈院士和夫人似乎都不习惯闪光灯和摄像镜头，但他们仍带着略显羞涩又极为温和真诚的微笑与接待人员一一握手。

从陈先生身上，很容易看见一个数学家对于学问之外的一切表现出的天真、谦退和疏淡。

一

这次回乡，陈院士带回两张摄于1997年的旧照片，那一年，他第一次重回故乡。今天，他要凭借一株盛开的桃花、一座寻常的石砌院门和一条不起眼的蜿蜒小河找到自己记忆中的老家。

"不像，不像。陈院士，这儿的确叫作陈家大屋，却不是您的老家。"闻讯赶来的骆驼街道尚志村书记和大学生村干部端详着照片说。

事先踏看过的地方竟然不是目的地，陈院士和大家都不免有些失落。

"这门墙和桃树看着有点像寺后胡，可以去那儿看看。"

"有可能是西大河的河东……"

"也有可能是河西……"

"不过这么多年过去了，那边的房子如今肯定都拆了……"

乡亲们得知眼前是回乡寻根的上海院士，围着照片你一言我一语地出起了主意。最后，还是村书记说了一句："这条河是西大河总不会错的，你们就带陈院士过去看看嘛！"

陈院士和我们重新上了车，来时星星点点飘荡在湿冷空气里的秋雨忽然不识时务地大了许多，裹着强劲的冷风，粗暴地打在挡风玻璃上。

"就是这条河啊，我从那儿坐小船去的上海。也不知能不能找到。"陈院士一面这样念叨着，一面捏着装旧照片的信封，犹豫着该不该放进书包里。

"这就是照片里的那条河嘛！你家老房子陈家大屋，就在河对过嘛！我是你家的邻舍啦，就住在你们大屋旁边的三间小房子里。"在骆驼街道团桥村，90岁的王宝玲（音）阿婆手指西大河对岸一座堆成小山的残砖断瓦，确定无疑地说，"你这么多年没回来，现在房子早就拆光啦，桃树也不知道哪里去喽……"

陈院士脸上露出了安心的笑容。他拉着夫人的手，在已经看不出任何形制的故居对岸照了一张合影。陈师母说："挺好挺好，回家一定记得要把照片给你哥哥看看。"

废墟之上杂草离离，它身后是开阔的吾悦广场和镇海新城，崭新气派的行政、商务中心楼群在深秋弥漫的雨雾里拔地而起。

"还好还好，那条河还在。"在新城规划展示中心的巨大沙盘前，陈院士不停地问讲解员："那条河，哦，就是西大河，还能通到宁波、通到上海吗？"

1950年，九岁的陈恕行跟随母亲离开镇海老屋，沿着西大河向南20里，到宁波江北码头换船。再用一日一夜，一路向北，前往父亲多年打拼赚生活的城市——上海，自此结束了与母亲长期两地奔波、未能与父亲和兄姐全家团聚的局面。

"我们家的孩子都在乡下老家长大，到了该上学的年纪就被送到上海去。我父亲'学生意'，在钱庄找了工作。中华人民共和国成立之后失了业，家境渐渐不支。可是宁波人都重视教育，父亲的理念是必须勉力供养我们读到高中毕业，至于大学，就得看各人能力了，不做强求。"

陈家共有六个孩子，陈恕行最年幼，上有一兄四姐。顶小的姐姐只大他一岁，姐弟俩感情最为亲厚。由于家境困窘，姐姐们大多在初中毕业后选择了技校或职业高中，以便尽早就业贴补家庭。谈起这些，陈恕行不无遗憾。但生活重担造成父母对儿女教育的适度"放手"也给予了孩子们更大的个性化发展空间。谈到自己爱上数学的始末，陈院士说："我念中学的时候渐渐迷上了数学。那时候就觉得，数学有一个由未知到已知的过程。一开始一切仿佛都是不确定的，可经过一番运算准确、逻辑严密的推演，就能得出一个确定完美的结果。这种从无到有的成就感和精准完美、环环相扣的思维方式都非常吸引我。"

陈恕行就读的上海市立育才中学是当时有名的公立中学，教学条件和教学质量在当时的上海都名列前茅。然而这仍然不能满足他因为兴趣而产生的旺盛求知欲。"那时候的中学生课业负担并不重，课外时间甚至可以说过得比较轻松。我们都是在学校吃午饭，然后午休，这是一天中除上课之外比较完整的一段时间，我总是利用这段时间自己找题目来做。我不完全跟着老师的节奏，常常试着走快一步，推导演算看似枯燥，于我却是乐在其中。"

　　陈恕行的整个中学时期是在 20 世纪 50 年代度过的。彼时，他每学期的学费是十二元（初中）和十六元（高中）人民币，而普通上海人每月的生活费也不过十元。如此推想，于一个生活拮据的学子而言，一本额外的参考书或习题集，大约都该是数日省吃俭用的成果。

二

　　1957 年，中国正是山雨欲来风满楼。十七岁的陈恕行通过了高等学校招生考试，怀着对以数学为代表的一切精妙自然科学的单纯梦想，踏进了复旦大学的校门。

　　自 20 世纪 50 年代中后期开始，先是大炼钢铁，又是"交心""反右倾"等，名目各异的运动一拨接着一拨。"一周六天时间里，四天半上专业课，一天半专务政治学习。"开会、读报、宣讲，形形色色的"政治挂帅"活动不断挤占着陈恕行等学生们的学习时间。"我们刚进大学校门的时候，就面对关于'红'与'专'的辩论。那时我们这些年轻学生的普遍想法是，能学习专业的时候就学习专业，政治任务来了就必须全身心投入政治任务，绝大多数人都不敢让身边的人以为你落后、思想有问题。"尽管冲击力更为强劲、造成更严重混乱的"文化大革命"尚未开始，但随着政治空气的日渐紧张，四天半的专业学习时间很快也无法得到保证。回忆起自己的这段经历，陈恕行叹息道："所以那时候打下的数学基础，其实并不扎实。"

　　在大学本科时代的非常岁月中，假如要说有什么值得庆幸的事，那应该是遇见了一批秉持学人的专注坚韧精神，又富于责任感的老师们。虽然"抽象的数学理论无用""学生应该走出课堂"等思想在学校里普遍存在，但老师们总是抓紧他们能发挥作用的时间传授专业知识，还会想方设法通过补课和课外辅导的方式关心和敦促学生学习。"对后进或是学习动力不足的同学，老师们也总是以鼓励为主。"

　　陈恕行用一句话总结了自己本科阶段的求学生活："政治运动多，但只要你真有求知之心，读书的机会也还是不少的。"

　　1962 年，陈恕行顺利完成本科学业，他决定报考研究生，留在复旦大学继续深造。尽管依然迷恋偏微方程变化多端的求解过程，但大学四年所累积的学术素养与学术视野已经使他明白，并不是所有命题都会有一个完美的确定解。然而未知就代表着多元和开放，代表着值得探索的更多可能。"这将激起我更大的兴趣"，陈恕行说。

和绝大多数人对数学的惯常理解不同，陈恕行从不觉得数学只是单纯枯燥的数值计算、公式推导或命题推演。"我上中学时就很关注数学里的应用题。我觉得数学应该是贴近生活、服务生活的，作为用以解决许多现实问题、技术问题的基础，它应当有很强的实用性。比如战争中的密码设置与破译、医学中的影像技术、高效网络搜索的实现等，都要用到数学。"而偏微分方程理论在诸如航空航天、远程导弹设计、核技术等科技领域所显示出的巨大作用，以及它与空气动力学等物理学分支产生学科交叉而展现出的更为广阔的研究视野，都成为陈恕行选择以此作为未来事业的重要理由。

正因如此，二十一岁的陈恕行投入数学家谷超豪先生门下，收获了一段持续半个世纪，并深刻影响他一生的师生情谊。

谷超豪，浙江温州人。1943年进入浙江大学理学院数学系，师从微分几何学派领军人物苏步青、函数论大家陈建功两位先生。1957年赴苏联，在当时的世界数学中心之一莫斯科大学数学力学系进修并获得物理—数学博士学位，成为该系当时唯一获得博士学位的中国留学生。学成归国后，谷超豪先生响应国家需要，着意拓展了自己的研究领域。围绕偏微分方程、微分几何、数学物理三大核心命题，在一般空间微分几何学、齐性黎曼空间、无限维变换拟群、双曲型和混合偏微方程、规范场理论、调和映照和孤立子理论等方面取得了系统而重要的、富有开创性的研究成果。

1974年，诺贝尔奖获得者、著名物理学家杨振宁到访复旦大学。之后，曾就数学物理尤其是杨·米尔斯规范场理论的相关问题与谷超豪开展合作研究。对于谷超豪的学术能力和学术视野，杨振宁给出了"站在高山上往下看"的评价。作为谷先生的高足，当被问到"恩师对您产生的最重要影响"时，陈恕行先生也首先注意到了这一点。他一再强调："谷先生目光高远，善于用整体性思维应对学术问题，并着力培养学生独立思考与解决问题的能力，这些都令我受益匪浅。"

"谷先生认为，做科研必须要有强大的前沿意识，要时刻关注你所从事学科领域的研究发展动态，唯有如此才能不断掌握新的研究资料、获得新的研究抓手和研究落点。"陈恕行回忆说，谷超豪先生一直将引导学生打开眼界、及时掌握国际国内最新学术动态作为自己的重要使命。20世纪六七十年代，由于通信媒介落后等种种客观原因，国外核心期刊上刊登的最新数学学术论文辗转进入中国高校、呈现在师生面前，一般都需要两年时间。"国外的原版期刊价格昂贵，即使像复旦大学这样的重点高校也没有财力订阅。所以我们那时候能读到的论文，多半是把原刊影印后得到的。拿到手的时候，其中体现的学术观点和成果可能已经落后于实际动态，但对我们来说，仍然弥足珍贵。"

在大学本科期间，谷超豪先生就选修了物理系的量子力学、相对论等课程，这在当时的数学系学生中非常少见。而这些物理学知识在他20世纪70年代研究规范场问题时起到了很大作用。"学科交叉意识有助于形成整体的学术研究眼光，站得高、看得远，并且找到新颖有效的研究方法，让研究变得更为深入。"陈恕行认为，恩师的这一理念对自己的研究工作影响很大。他说："我所理解的数学研究不应该带有太多功利色彩。事实上，一切的科学研究都没有康庄大道可走，只能沿着崎岖的小道不懈攀登。不能将发表论文功利化，通过获得一些肤浅的学术成果去追求个人利益。学术上要建立宏观的学术视野，针对一些重要的问题，试着通过自己的努力，找到明确的方向，在这些大问题的某一个或某几个方面实现突破；或者通过自己的研究，真正解决一些实际问题，给后人一些有益的启发。"

20世纪60年代，谷超豪先生在超音速绕流研究领域做了开路先锋的工作，吸引陈恕行从数学角度研究和阐释三维尖前缘机翼和尖头锥体超音速绕流问题，并最终证明了含附体激波解的局部存在性与稳定性。这一涉及非线性、多自变数、自由边界与强奇性的高难度数学问题所取得的突破性进展，为相关实验与计算提供了严密的数学基础，并引起了国际同行的高度关注。由他独立完成的"高维非线性守恒律方程组与激波理论"项目于2005年荣获国家自然科学奖二等奖。

投身数学五十余年，这些亲身经历使得陈恕行越来越明白，单个的人在某个科学领域所能做出的贡献，若比照这一领域的整个发展历史来看，都是微小的。"所有的研究都是站在巨人的肩膀上开始的。"恩师的言行向他传递着这样的事实：开创一个研究方向很难，但开创最终是为了获得更大、更全面的发展。这就需要科学家持有高远的战略眼光和无私大度的学术气概，把挖出的金矿交给学生继续摸爬滚打，自己再掉头寻找新的学科生长点。

为学必须勤奋严谨，耐得住寂寞。这是恩师教会陈恕行的另一种重要品质。

"说来你也许不信，我们读研究生时，谷先生天天都在学校里，几乎看不到上班和下班的区别，就连春节的时候也是每日必到办公室。而且他一去，就把我们这些学生都叫去。他看他的书，做他的研究；我们看我们的书，做我们的研究。有不明白的地方就来个现场辅导。哈，用那时候的流行语来形容，就叫作'过革命化的春节'。"发现和解决数学问题是其味无穷的，但攻坚克难啃书本的过程往往又伴随着客观上的枯燥和寂寞。"要耐得住寂寞，要勤奋专注，无论在什么样的条件下，都要能为一件事情沉下心来，花更多时间。"

在2013年接受复旦大学新闻文化网专访时，陈先生还回忆过两件关于谷超豪先生的小事。其一是1988年1月，谷先生赴美做学术访问。刚下飞机，他只是略做安顿并与学生稍事寒暄，便立即开始工作，将旅途中的思考和所形成的想法详加梳理。其二是2009年，他去上海华东医院探望谷先生，发现老师卧病在床仍坚持做研究，还与他讨论问题、请他帮忙找资料。"谷先生很忙，他的时间非常紧。所以他不仅仅是抓紧时间，他是随时随地都在高速高效地思考，他这种对科学热切追求的精神，对我有着非常深刻的教育意义。"

三

与曾经担任复旦大学副校长、中国科技大学校长的恩师相比，陈恕行似乎过着更为单纯的日子。他的业余时间少而又少，而且几乎都贡献给了围棋这一与数学同样需要敏锐头脑和精密推理能力的兴趣爱好。

陈先生酷爱围棋有年，忙里偷闲与同校的舒五昌、潘养廉、杨劲根等几位先生不时杀上几盘是他莫大的乐趣。一次在复旦接受学生专访时，他曾兴致勃勃地说起："我们几个水平都差不多，但有时候他们下棋'劲道比我粗'，他们可以通宵下，但我不行。有人送过我一本李昌镐学棋时所用的教材，太难了，我现在也没有时间看。"（易超、张恒怡：《励精治学为师表，忠恕行道桃李芳——记数学科学学院陈恕行先生》）陈先生慨叹，自己常常想着，等哪天不那么忙了就可以有时间多下下围棋。然而话锋一转，他又不知不觉将围棋联系到了数学上："围棋和数学其实很像，它的规则就这么简单，轮流下子，围起来就可以吃掉，尽管有打劫的规则，也不是很难。但是它后面发展起来所导出的棋局与理论就非常的深奥，这里面的学问很深很深，就跟数学差不多，在数学的平面几何中，最基本的公理就那么几条，但是后面演变出来的理论就很复杂。"

陈先生离不开数学，关于数学的科研与教学几乎是他生活的全部。

陈恕行先生的研究工作集中在非线性双曲型偏微分方程组、激波理论、微局部分析等领域，其科研成果主要集中在三个方面，除了上文曾经提到过的超音速绕流问题，还包括对激波反射中马赫结构的研究，以及关于对称双曲型方程组理论的研究。2014年10月29日，陈先生荣获"何梁何利科学与技术进步奖"，一篇稍后发表的新闻报道这样罗列和描述他的成就：

"对激波反射中马赫结构的研究。……陈恕行首次应用偏微分方程理论证明了 Mach 结构的局部稳定性，被称为是对马赫反射分析研究的第一次庄重的努力。研究成果发表在国际顶尖数学杂志 JAMS 与 CPAM 上。

"关于对称双曲型方程组理论的研究，证明了具特征边界边值问题解的存在性，并应用于流体力学方程组。特别提出了这类问题的解应在法向与切向有相异正则性，法向一次正则性增长需在切向减少两次正则性作为补偿。这一原创性思想得到国外学者重视与多次引用。

"陈恕行在20世纪70—80年代为我国远程导弹型号设计与计算做出了重要贡献。他为发展我国的学科建设系统撰写了微局部分析的专著多本……"

这些在常人眼中极为遥远又艰深繁难的名词，在身处其间的科学家眼中，在亲历其中的陈恕行先生那里，化为多少个交织着彷徨和兴奋的、冥思苦想又走笔疾书的日日夜夜。

"科研工作的过程就是遇到困难与克服困难的过程。大部分时间是挫折与失败，少数时间有突破或进展。"陈先生说。能够解决问题固然是最好的，可更多的时候，更多的问题总是被留在了稿纸上。"我在2005年获得国家自然科学奖二等奖的项目就是花费将近二十年时间才最终完成的。这么多年来，我的论文投稿也不知碰壁了多少次，投给这家杂志社被拒，按意见修改了再投给另一家，结果又被拒……"对此，他常常自勉：挫折是必然的，可以搁置，但不能遗忘。实在走投无路时，可以先放一放，去思考别的问题。"但头脑中仍然保留着这个问题，哪怕过上几十年，一旦有了想法，就要回过头来冲一冲。"

与其他自然科学相比，数学几乎是唯一完全由人类的理性思考和智慧所形成的学科，但它又以能够精准丈量世界的完美、透彻和严酷著称，它的最终容错率是零。数学家陈恕行告诉我们："研究数学一般而言是比较清苦、比较寂寞的。如果耐不住这份寂寞，最好别走这条路。"

四

1966年，陈恕行硕士毕业留校，在"大家都不读书"的动乱岁月里第一次走上三尺讲台。此后半生执教，年逾花甲时仍坚守本科教坛一线，至今已培养出博士十八名，硕士三十余名。与谈论自己的成就相比，陈先生更愿意说说自己和学生的故事，与我们分享他作为一个老师的经验与幸福。

"我对每一个学生的要求都很严格，希望能将自己所学都传授给他们。"陈先生自1984年起担任复旦大学教授，至今仍是名副其实的博士生导师。"我每期带的学生不多，教育部有一项规定，一个导师每年只能带不超过两个博士生，我认为这是合适的。带过多的学生，自己事实上又没有时间和精力细心指导，到了学生做毕业论文时，就只好全权托管，让师兄带师弟，这样就大大降低了硕士或博士研究生的教育质量，对学生和学科发展都是不负责任的，我并不赞同。"

复旦数学学院的传统理念是让每一个学生都能有效接受导师的指导、打下扎实的学养基础并在自己的专业领域内获得个性化的长足发展。"研究讨论班"正是在这一背景下形成的独特教育模式。恕行先生告诉我，讨论班早在苏步青与陈建功两位先生执掌浙大数学系时就被提倡与实行。如今，复旦大学数学科学学院每学期都会开设几十个讨论班，讨论内容涵盖了本学院所有研究方向，全院所有研究生和多数本科高年级学生都参与其中。

"教学原无定法，教学规划的制订和教学方式的探索，需要一切从学生实际出发。讨论班是其中一种非常有益的形式。导师给学生规定一个命题，大家定期集中，一起实验、研究、撰写报告，然后讨论交流。你听学生的报告，一方面是给他指导，更重要的也是借此和他们共同学习。因为你会从学生的研究中发现很多新的东西，或许是他所引用的一种你从来没有接触过的全新的资料，或许是一种新的思维方法。及时发现、鼓励年轻人的这种独创精神非常重要，还要设法培养他们沿着新问题、新方向继续钻研的能力与毅力，让他们在脱离老师之后，也能凭借自己的力量继续探索新的领域。与跟在别人后面，在已有的研究成果上做小修小补相比，这种独创对于导师和学生而言都是不小的挑战，但它恰恰是发展科学所要倚靠的真正动力。"

2010 年 8 月，陈恕行先生受邀在国际数学家大会（ICM2010）上做关于"高维非线性守恒律方程组"的四十五分钟专题报告。国际数学家大会的现场报告按时长分为一小时和四十五分钟两种，其报告人是由国际数学联盟指定若干世界著名数学家组成的程序委员会，根据研究者在数学学科国际前沿工作中做出的重大成果及促成的进展来确定的。包括陈恕行，共有七名中国学者在这次大会上做了报告，其中一人做了一小时报告，六人做了四十五分钟报告，分别占这两类报告的总人数的百分之五左右。"与过去相比，这个数据说明中国数学的学术研究水平在不断进步，但也足以显示出我们与国际先进水平之间存在的差距。"

谈到这样的差距，很容易让人联想起当下中国的教育模式。恕行先生认为，中国从来不缺聪明的孩子，这些年来，他们在国际中学生奥林匹克数学竞赛中取得优异的成绩令人鼓舞。但仅凭这一现象就断定中国人比其他国家的人聪明显然是不科学的。"做题和科研是两回事，考试能力不能全面界定一个人的学习水平，更代表不了一个人的科研能力。"近年来，从事基础数学研究的人员队伍不断扩大。"这是好事，但如何做到或培养更多的人做到在进入专业前沿领域后，仍能拥有敏锐高远的创造性思维与独到眼光，在漫长的科研过程中拥有源源不竭的创新能力，是每一个数学科研工作者和教育者都应该思考的问题。"

五

与恕行先生强调"严师"的自我定位不同，在他的学生们眼里，他更像一个慈父，在他们的求学生涯中留下温馨难忘的种种"爱举"。

陈恕行的弟子们都记得：2008 年秋天，先生刚做完甲状腺手术，还不太能说话，却仍然牵挂着学生的研究进展。他与前来探望的学生交谈，问着问着，便"习惯性"地拿起纸笔，一个公式一个公式地对学生推演讲解起来，将"讨论班"搬进了病房。一个学生在博士期间完成的第一篇论文，前后历经十余次修改，每一次都是亲炙先生教诲，每一遍都倾注了先生大量的心血，然而文章发表时，先生却坚持认为文章主体的许多研究工作都由学生完成，自己不过是尽到导师职责，因此论文只能署学生一个人的名字。2008 年初，一名毕业多年留校任教的学生嗓子发炎疼痛到近乎失声，百忙之中的先生坚持为他代课。每逢教师节临近，先生总会提前"警告"弟子们不要给自己买礼物；可是到了期初期末，先生又总不忘将自己的购书卡分给每一个学生，嘱咐他们"想买什么书，就买什么书"。

大至学术品格，小至日常言语，陈恕行的弟子们通过平朴真挚的文字幸福又自豪地讲述先生毫不张扬又无微不至的关爱，慨叹着得遇先生是一份多么值得珍重的机缘。我却在同样的慨叹和感动之余，不断回想起陈先生谈起谷超豪先生时同样幸福自豪的神情言语和眼中闪烁的光芒，以及在采访过程中一向温柔沉默的陈师母，忽然迫不及待地对我说"这里我要加一句，他（指丈夫）出国的时候，谷先生一直关照我们家，谷先生那么忙，还总来看我们，我真的很感动"时的样子。"经师易遇，人师难求。"然而谷超豪先生、陈恕行先生们既是传道授业一丝不苟的经师，更是以身立教春风化雨的人师。一代又一代的学人，以一种多么相似的姿态，传承着对学术与人生应有的敬畏之心，又将情谊深深地嵌入彼此的生命里。这个群体在这样的传承中不断扩大绵延，构成了我们这个民族最值得铭记和景仰的那个部分。

六

最后，我还是想写一写陈先生与夫人的深情。

要不要写这一部分，我犹豫良久。因为老先生夫妇半个世纪前相识，于今近五十年相守相伴，其间恩爱与世事变幻所遭遇的风雨坎坷，远不是我通过一次匆促的采访就可以真正走近和理解的。何况刻意的提问与渲染，本不是他们那代人所习惯的描述爱情的方式。

然而这份时光浸染雕琢的深情，我依然可以明显感知得到。

在她走过泥泞湿滑的小路时低声说着"小心"、伸手搀扶丈夫的下意识的动作里，从她默默付出照管一切家庭生活却自然又淡然地连说"应该"里，从他不时侧头望向她的温柔目光和会心微笑里，从她谈起他的聪明睿智时仍然微微发红的脸颊和少女般娇羞得意的神态里，从他们说到学计算机的儿子和学医的女儿时一同显现出的自豪和喜悦里，这种情感无时无刻不在流淌。

这种感情的酝酿与表达，烙着显而易见的时代印记，可它带来的感动却足以超越一切时代。

写在后面的话

第一次面访结束的时候，窗外已是华灯初上，深秋的风打在身上，凉意十足。在镇海逗留的两天，陈先生夫妇行程满满，这时候他们还未吃晚饭，要乘着夜色前往宁波，第二日即启程回沪。

我正为这额外的采访加重他们的负担而充满歉意，他们却先向每一个陪同人员道辛苦，直到挥别上车时，仍不忘连连说："真是给你们添麻烦了，给你们添麻烦了，谢谢，谢谢。"

采访结束第二日下午，我的写作开始。尽管可以借助采访录音、笔记和不少预先收集的文字材料，但在尝试深度拓展和细化描述时，我仍发现不少问题，因为专业隔阂和咨询不周而变得模糊，难以把握。抱着试一试的心态，我把问题清单以电子邮件形式发给了陈先生。没想到，只半天之后便收到了他的回件，不仅对清单中的每一个问题都做出了详尽的回答，还附上了一篇自己当选复旦大学"我心目中的好导师"时学生撰写的专访长文，其中充满了非亲历者不能见、不能为、不能写的诸多细节和真挚情感。初稿完成之后，陈先生又通过前后十余封邮件，以对待数学科学的求真、求确、求简态度，将我写作中的表达偏差一一校准，教会我借助一次次的重读和修改，扯去字里行间似是而非的修饰，重新思考每一个词句的意涵，并努力进行明晰准确的表述。于我而言，这些都是无上宝贵的收获。

　　所以以上这篇文章，是我凭借有限的能力和不成熟的文笔，向陈恕行先生与夫人交出的一张答卷。

人
物

小巷里走出的数学家：记周毓麟院士

一

上海市大沽路，尽管穿越了黄浦与静安这两个"魔都"最为繁华热闹的核心区域，但从地图上看，它只是一条略显狭窄的不起眼的小马路。在今天的互联网上，大沽路频繁出现在以"大众点评"为代表的商业网站中，凭借各类价格亲民而富有特色的美食著名。

设若谈到对上海这座城市的功能、特质与面貌的助益作用，则大沽路在这方面似乎并无太大建树。但"大沽"这个名字本身，足以在许多熟知中国近代史的读者中间引发诸般联想。而像上海或台北这样，以一座遥远的北方城市为一条南方道路命名，进而用这样的命名思路将这条道路所在的整个城市变成一张立体的中国版图，其中却可能折射出更为重要和贴切的事实：在过去或者今天，有这样那样的原因促使它们将"移民城市"的记号深深地烙在自己的底色里。天南海北的人，被各不相同的时代大潮席卷推搡着聚集起来，带着永不磨灭的乡土眷恋，又从这里艰难出发，闯出一片改变自己命运，甚至改变历史进程的新天地。

大沽路上的周家，就是铸成上海移民底色的千千万万户此类人家之一。周家位于大沽路的一条普通弄堂里，是个看上去并不显眼的小康之家。多年前，周家由杭州湾另一边的宁波镇海迁来。周家人的故乡是个名叫庄市的小镇，处于甬江东北岸。

庄市先民，最早以渔盐为业，至汉代筑塘围堤，开垦种植，人踪日增。唐时置永安乡，隶属贸县。宋室南渡之后，人口骤增，庄市地界渐有八姓百户人家。元代称清泉乡，明清称西管乡。到了1930年，才改称庄市镇。

庄市镇名的变更，最直接的原因虽然是得名于乡镇驻地所在的庄市村，庄姓是庄市人口最众的姓氏。据说其最老的祖先，乃是数百年前由福建北迁的庄姓两兄弟，在此筑房而居，逐渐繁衍。

在过去到现在的很长一段时间里，河道一直是庄市集镇格局的核心。整个镇子最繁华有生机的地方，就是沿河而建的商街。两三百米的街道上，各色店面彼此挨着，偶尔被几条青石板铺就的弄堂分割。店铺门前都支着木头柱子，上面用瓦片盖顶，组成古老的雨棚，躲避风雨和烈日。

庄市距离宁波仅七公里，每天有航船通往那里。过去将近一百年里，人们习惯乘坐一种木质航船，它还是商人们最为倚重的运货工具。这种小小的航船带有厚厚的篷布，人在篷内，货在篷外。木航船在海螺低沉悠远的"呜呜"声中解缆起航，行船的时候，需要一个人在前面拉纤，另一个人在后面摇橹。木航船一天开一班，有时候人多货多，才会再加开一路。桨声欸乃中的船来船往，就是庄市与宁波及宁波之外更广远世界发生联系的最重要途径。

多年之后，人们回望历史，历数从庄市走出的叶澄衷、邵逸夫、包玉刚等灿若群星的"重量级人物"，将这里誉为"商帮故里"。人们试图发掘和总结蕴藏在他们身上的"宁波帮精神"，将"筚路蓝缕，白手闯荡"视为从这个小镇走出而获得成功的宁波商人身上最重要的品质。有许多庄市人，只在故乡念完了小学，便带着"包袱雨伞我"到上海等地学生意了。"学生意"先要经历学徒三年，学徒期间，东家只管食宿，不给工钱。学徒出师之后，还要熬过四年"半装"，待遇只比学徒稍有提高。如此诚心竭力七年，如讨得老板满意，方可在店里获得店员、工匠、伙计、师傅的地位。不少日后成为商界巨擘的"宁波帮"人士，无不是经过了这样艰苦备至的历练，方能进入各行各业的辉煌殿堂。

周家的男主人周世铭——我们这个故事里的重要关系人——是一位钱庄职员。在最早只身前往上海的时候，他很可能也夹着包袱和雨伞，乘坐过前文提到的小小木航船；假如再考虑到20世纪初宁波到上海的交通情况，那么他还极有可能在带着凉意的朦胧夜色间、在宛转江流的伴奏里，发出过一个年轻人思乡的轻叹。

周先生是一个极其勤勉简朴的人，有着极为严肃正直的个性。他的妻子则温厚贤良，并且拥有很强的打理家务的能力。在故事正式开始的1923年，他们已经养育了好几个子女。这对父母以言传身教赋予了孩子们真诚和严于律己的重要品质。

1923年2月12日，农历腊月二十七，正是年关将近。尽管十一年前刚刚经历鼎革改元的中国已在官方层面力推与世界接轨的新历，但"旧历的年底毕竟最像年底"，辞旧迎新的热烈氛围，已在此起彼伏的鞭炮声、用于祭祀的缭绕香烟和各种加紧预备的饭食糕点的混杂香味所组成的交响曲中笼罩了大沽路的窄巷，也笼罩了整个上海。

然而对钱庄职员周先生和他的家人来说，这天里令他们迫切等待和盼望的，远比一个新年更重要。

几声脆亮的啼哭之后，周家又添了一个可爱的儿子。兴奋而满怀希望的父母为他取名"毓麟"。毓的字义如同"育"，是孕育、培育之意。而麟则很容易使人联想到中国上古神话传说中的瑞兽麒麟，麒麟性情温和，又长寿，而且常被用来比喻那些德才兼备的出众人物。从这样的名字就足以窥见这个孩子在父母心中的分量。

不过即便如此，周世铭和他的妻子王梅荣大概也不会在这个时候就意识到，这个孩子会把自己的半生事业，与中国科学技术发展史，乃至整个国家的命运紧密而直接地联系在一起。在遥远将来的某一天，当人们谈论起"院士之乡"这个镇海城的新标识时，也会怀着敬意谈起这个孩子。

二

和传统中国家庭里的许多男主人一样，周世铭在绝大多数时候扮演着说一不二的家长角色，相比于母亲，周家的孩子们对忙于生计而又寡言的父亲多少存有畏惧。但年幼的孩子总能引起更多的关注和怜爱。在小毓麟只有两岁多的时候，他那终日与算盘和数字打交道的父亲，忽然想用自己的"老本行"来考一考儿子。在一个晚饭之后的团聚时刻，周世铭给儿子出了一道两个个位数相加的算术题。稍懂人事的周毓麟用了一种许多初识数目的孩子都会用的办法来应付这场"考试"：伸出稚嫩的手指，摇摇晃晃地一个个数了起来。不巧的是，这道题的答案是个需要进位的十以上的两位数，小毓麟把两只手掌都伸开，交替着点了又点，总觉得手指头不够用。焦急又不服输的他，只好抬起头奶声奶气地求助："谁借我几个指头？"

这场以众人善意的哄笑结束的考试可以视作数学向周毓麟提出的最初挑战，数学科学的无穷魅力，还将在之后漫长的岁月里，通过一个接一个各不相同的挑战逐渐展现，并将这位从小巷里走出的数学家牢牢吸引。

五岁半时，周毓麟和他最小的姐姐一起进入私塾，接受系统的识字和开蒙教育。一年后，转入巷子口的青华中学附小。在这所适应民国潮流开办新式教育的学堂里，周毓麟对世界的认知开始逐渐跳脱枯燥乏味的"人之初性本善"和"上大人孔乙己"，算术的面孔也从简单刻板的加减乘除演变成比较生动可爱的鸡兔同笼问题，这甚至比前所未见的由脚踏风琴伴奏的音乐课更加令小毓麟着迷。

尽管与数学学科间的原始共鸣已经形成，但从客观事实上来说，一直到进入高中之前，周毓麟的学习成绩都算不上十分出众，这使得他的父亲在儿子完成初中学业后萌生了让他退学去当学徒的想法。正如俗语"良田千顷不如薄技在身"所说的那样，对于千千万万个像大沽路周家这样的普通人家而言，认真刻苦学成一门过硬又实用的技艺，是年轻子弟的立身之本，也是父母能为儿女规划的最平顺光明的前程。

然而十五六岁时的周毓麟有着更为远大的梦想，虽然这梦想还不十分明朗，但已经足够令他强大到有勇气反对父亲的决定。他苦苦哀求父亲给他继续读书的机会。儿子的执着最终打动了周世铭，他同意毓麟进入大同大学附属中学高中部就读。

在高中里，周毓麟迷上了平面几何。除了数学的推演、证明，计算过程本身所展现出的看似变化无定、实则严密精准的逻辑规律外，钻研平面几何还展露出他绝不轻易服输的求索精神和坚定毅力。多年之后，周毓麟还记得班上一位姓朱的同学。有一天，朱同学找到他说："我制造了一个新的定理，并且证明了它！"从措辞上来说，"制造"一种定理似乎不如"发现"来得谦逊和准确，以至于当我们今天去咀嚼这句话时，还能多少体会到一个年轻人热烈而得意的心情。但对原本就不能满足于一道几何题只限一种证明方法的周毓麟而言，无疑是正中下怀的提示。他开始凭借已有的基础知识自学。他聪敏沉静的个性和善于观察总结的能力起到了极大的帮助作用，激发出数理化方面的潜力：他发现了一系列圆几何的新定理，还就其中的简单情形写成论文，发表在《数学通报》上。周毓麟在数学方面初步展露的才华得到了他中学时代师友的公认，他的同学们借那位在十六岁时即发现了著名的"六边形定理"、十七岁时即写成《圆锥曲线论》的伟大法国数学家来称赞他，称他为"中国的布莱仕·帕斯卡"。

三

临近高中毕业，周毓麟开始第一次真正独立地规划未来。在数学方面继续深造并有所建树的坚定志愿，使得这个年轻人的前程变得清晰可控。他的一位好友听说了他的决定，曾经站在现实主义的立场对他进行善意的规劝：研究数学作为业余爱好可以，作为职业则是不可取的，将来只有坐冷板凳、当穷教师。朋友试图说服他顺从就业需求，改学工科。周毓麟自然不为所动。除了兴趣使然，他还有着更为敏锐和长远的目光，他意识到，数学作为基础性学科，几乎是深入每一个自然科学领域的必备工具，即使从实用角度出发，它仍拥有广阔的发展前景。

1941年夏，周毓麟如愿考入大同大学数学系。在这里，他结识了徐亦庄、郑振华两位同学。个性与志趣相投使他们很快变得亲密无间。他们一同学习和生活，同进同出，在同窗之中得到了"刘关张"的雅号。多年之后，当周毓麟的女儿被问及父亲学生时代的同窗好友时，她不假思索地回答道："父亲提起最多的，自然要数徐亦庄了。"

得益于专业课程的设置形式，周毓麟在大学期间修习了数学与物理两种专业的全部课程。除了数学得以精进，还亲炙朱公瑾、高扬芝、叶蕴理等一批物理名师。学科知识的交叉令周毓麟的视野大为开阔，也为他后来的科研事业打下了坚实基础。日后，他将在国家需要的感召下几次变换研究方向，来回穿梭在纯理论研究与应用研究的领域之间，获得许多不同的成就。可以说，是大学时代学到的宏富的知识内容与思维方式，为此提供了源源不竭的助力。

1945年夏，周毓麟以优异的成绩毕业。然而，二十二岁的他和许多刚刚走出象牙塔的年轻人一样，不得不面对胜利之后的新一轮社会动荡。他四处寻找就业机会，却连连碰壁，在"毕业即失业"的困境中进退维谷。幸运的是，这年年底，在叶蕴理教授的引荐下，他和好友徐亦庄一同获得了南京临时大学（初名南京临时大学补习班）助教的职位。

同它的字面意思一样，南京临时大学可以说是从日本投降、汪伪政府垮台至重庆国民政府完成敌占区校产接收之间的一个过渡产物。

1945年9月下旬，重庆国民政府教育部下令解散由汪伪政府"复建"的"南京中央大学"，同时颁布《伪专科以上学校学生、毕业生甄审办法》。该办法规定："在收复区（即原敌占区）专科以上学校包括已经毕业及尚在校学习之学生，必须通过甄审，始承认其学籍。10月中旬，在北平、天津、上海、南京四地设立临时大学补习班，令在校学生通过补习，进行甄别考试；已毕业学生须补交学科论文及蒋介石《中国之命运》阅读心得报告各一篇，经审查合格，由教育部颁发《审查合格证书》。"

这一办法的公布使得敌占区的学生们感到深受歧视，为此，他们进行了包括游行和请愿等形式在内的反甄审斗争，并提出"学校无伪""学术无伪""学生无伪"的口号。学生们认为，学校不同于政府，不能因为所在城市的曾经沦陷而将学校称作"伪学校"，更不能将提出"复建"动议的政府属性任意转嫁到学生头上。由于师生们表现出的强烈意愿和激烈态度，当局最终与之达成了某种妥协，取消了甄别考试，改由学生自己按原来的年级秩序，选择相应的院系到临时大学就读，并去掉了原有校名上的"补习班"三字，改称南京临时大学。

伴随着国内各高校陆续"复员"，南京等四地临时大学的过渡使命逐渐完成。1946年6月，位于原金陵大学校址的南京临时大学正式停办，校产接收由国立中央大学、金陵大学等单位协商进行。临时大学的应届毕业生修业期满者，发给毕业证书，授予学士学位；未毕业的学生则按其所属院系与地区，分配到国立中央大学、安徽大学、上海交大、江苏医学院等学校继续学习。

"捧上了饭碗"只有半年的周毓麟与徐亦庄，不得不再次面临失业的命运。

四

唯有行动是抵抗失落的武器。短暂彷徨后的周毓麟和徐亦庄决定前往国立中央研究院上海分院试试运气。他们首先得到的消息是：物理研究所与数学研究所在这一年均不招收新生。眼看深造之路被截断，徐亦庄失意而归，不甘心的周毓麟选择留下来继续等待。

他在做出决定的瞬间或许还不曾意识到，命运以打击和挫败的方式所做的铺垫已经足够，那个在他学术生命中充当最重要引领者的人，即将借由一个十分偶然的机缘出现。

他打听到中央研究院数学研究所有旁听制度，而且讲课的教授里，有陈省身先生。

与辛亥革命同龄的陈省身，是一位极其早慧的数学奇才。在故乡嘉兴入读中学预科时，他才不过是个九岁的孩子，可是已经能解出相当复杂的数学题，并且已经凭借着自己的聪敏与兴趣顺利读完了《封神榜》和《说岳全传》。他在之后花了六年时间，从江南一路辗转北上，在不到十五岁时便成为声闻整个南开大学的少年才子。1934年夏，文理兼备而善于独立思考的陈省身作为中国自主培养的第一位数学研究生从清华大学研究院毕业，负笈德国汉堡大学，仅用不到两年的时间便取得了博士学位。他用手边剩余的奖学金和来自中华文化基金会的资金做川资，开启了前往法国巴黎的旅程。在那里，他出众的才华很快获得了几何学大师E.嘉当（Cartan）的青睐。嘉当每周约陈省身去一次自己家里，围绕他们共同的研究对谈一小时。晚年的陈省身仍然对那些紧张又令人愉快的交锋念念不忘，他因此教导包括周毓麟在内的学生们说："年轻人做学问应该去找这方面最好的人。"

　　周毓麟在极短的时间内毫不犹豫做出的旁听决定，显然是陈先生上述这句话的最好注脚。对立志以数学为终身志业的周毓麟来说，还有什么能够比同"微分几何之父"面对面、亲身接受一位撰写出《闭黎曼流形的高斯-博内公式的一个简单内蕴证明》和《Hermitian流形的示性类》这样具有划时代意义论文的老师的指引更具有吸引力呢？

　　周毓麟认真勤奋的态度和不同寻常的领悟力很快引起了陈省身的注意。陈省身受恩师姜立夫先生所托筹办数学研究所，希望以拓扑学为起点，将数学主流作为研究项目的内容，并计划将中央研究院数学研究所创建为国内拓扑学研究的基地，因此十分关注并着力培养新人。一次，陈省身与周毓麟在楼道上偶遇，他问周毓麟："我讲的课你能听懂吗？"周毓麟一面点头回答"能听懂"，一面在陈先生的追问下详细地叙述了自己在大学的学习情况。这次交谈之后，陈省身不仅决定破格让周毓麟正式进入数学研究所工作，还特地将他留在身边，亲自指导。

　　"判断多维空间的双曲面可定向问题"是陈省身交给周毓麟的第一个研究课题，1948年初，基于这个问题写成的论文《关于可微流形的可定向性》在清华大学《科学报告》第五卷上发表。这枚最初结成的小小果实与后来的诸多成果相比或许显得微不足道，却给了周毓麟难以磨灭的鼓舞。谈起往事，他说："陈省身先生指导我，我好像突然就开了窍似的，对工作对学习都好像很有信心，很有办法了。心里总觉得无论什么新的学习或新的工作，只要自己肯努力，有一年的时间，总能掌握要领，总是可以入门的。"

　　1948年秋，中研院决定迁台。一种强烈的迷惘感笼罩着肇始未几的数学研究所。陈省身决定前往美国。动身前，他专程找到自己的高足周毓麟，表示要带他赴美攻读学位。他告诉周毓麟，可以先去台湾等候消息。就如当初决意追随陈省身先生一样，尽管对恩师有诸般不舍，这一次，周毓麟选择留下。

　　最终，陈省身亲自给时任清华大学代理数学系主任段学复先生去信，向他及清华数学系推荐了包括周毓麟在内的五名学生。

五

　　1949年9月30日，周毓麟偕夫人徐明月乘火车抵达清华园。第二天，就是那个被中国现代史叙述和民众记忆反复洗濯照耀到熠熠生辉的日子，无数后来者将通过一部在彩色电视和网络时代看来略显老旧的纪录片重温红旗翻卷、人潮奔涌，以及山呼海啸般的真挚热情。浓重的湖南口音由于扩音设备的关系稍稍发颤，却仍然坚定沉雄。人们奋力挥舞手臂，将灰黑蓝绿的各色帽子扔向半空，天安门前不断凝聚和扩散的、强烈的欲落泪的冲动很容易隔着屏幕传导给每一位观影者。

周毓麟夫妇是这历史性时刻的广义亲历者。不同寻常的是，令他们最为印象深刻的，恰恰是万人空巷的那个"空"——本该闹热而充满生机的校园显得非常安静，从朱自清徘徊驻足过的荷塘，到绿茵之上远远仁立的红砖穹顶的古典廊柱式大礼堂，一切地方都人迹难寻。

清华园里井然有序的日子很快令周毓麟的生活安定了下来，在华罗庚和段学复等前辈的鼓励和支持下，他继续投身于拓扑学研究。1951 年，由他撰写的长达四十余页的论文《假流形同伦群与流形同伦群》在《数学学报》上发表。

忆及这段往事，周毓麟仍能感到自己精神的愉悦与内心的充实。他逐渐意识到，抽象的完美是数学的一种非常重要的本质属性，但远非全部。当数学与生活结合，当艰深复杂的理论透过人们习以为常的自然或社会现象简明优美又无比准确地投射出来，反而更能展现它的魅力。一次，周毓麟通过研究领会到，偶数维单位球上的连续而又处处不为零的切向量场是不存在的。他由此联想到一个存在于自然界中的事实：地球上不可能处处有风，假定地球上的每一个点都有风，则一定会有地方刮旋风。这样的联想令他惊喜，拓扑学不再是简单扁平的topology，它可以与人类的生活空间发生紧密的关联，能够化作对造化之美、生命之美的具象感受。

诸如此类的经历对周毓麟的未来产生了更为深远的影响。他一直没有忘记高中毕业时同学抱持的实用主义观点，时间为他创造了更多反思的可能，令他更加理性地看待这个问题。鼎革之后百废待兴的社会环境将他的反思推往更为明朗的方向，他逐渐萌生了"数学要有用"的念头，树立起"学一点计算"和"以拓扑学搞一点应用"的新目标。

六

1952 年 6 月，以"培养工业建设人才和师资为重点，发展专门学院、北京'八大学院'等，整顿和加强综合大学"为主要方针的全国高校院系调整开始。私立大学被悉数裁撤，旧有的仿欧美高教体系被仿苏联体系取代，新政权对高校的实际领导地位逐渐确立。为了适应中华人民共和国成立之初大规模的工业化建设需求，钢铁、地质、航空、矿业、水利等专业及具有独立建制的工科类专门学院迅速发展，全国理、工科教授有四分之三被调离本校，全国高校格局几乎重新洗牌。在这股大潮的推动下，周毓麟离开清华园，转往北京大学数学力学系高等数学教研室任教。一年后的夏天，在北京大学数学力系的推荐下，他参加了留苏生选拔考试，又在俄语专科学校学习准备并接受了一年的考察后，踏上了负笈莫斯科的漫长道路。

1954年夏秋之际，周毓麟抵达莫斯科大学。同行的还有他的宁波乡党张芷芬。张芷芬比周毓麟小四岁，来自慈溪一个靠近东海的偏僻乡村。她在战争造成的满目疮痍中辗转求学，最终于1951年从北京大学数学系毕业并留校任教。她是获得莫斯科大学这一当时公认的国际数学研究中心通行证的另一个幸运儿。

负责接待他们的是早四年来到莫斯科大学的研究生黄敦，他接过周、张二人的志愿书，发现他们的志愿栏里都只写着"偏微分方程"。直率的黄敦用半开玩笑的语气为他们"代拿主意"道："周的数学基础好，就学偏微分方程，张就学常微分方程吧。"

黄敦的一句话，就这样决定了贯穿二人终生的学术方向。而与旁人相比，这个"决定"从一开始便向周毓麟昭示了更大的挑战和更艰巨的任务。原因很简单：正如偏微分方程对于当时的中国数学界是个空白那样，对于周毓麟而言，这也是个全然陌生的领域。而他之所以甘愿放弃自己已经小有成就的拓扑学，完全从头开始，是因为他和当时许多青年学者一样，把"用学术研究服务于社会主义建设需要"视为指引自己披荆斩棘的最高理想。

周毓麟在莫斯科大学的导师是苏联著名的女数学家O. A. 奥列伊尼克。起初，她对这位比自己还大一岁的中国留学生充满顾虑。她与周毓麟一起制订了详尽的学习和考试计划。从计划安排上看，每一门课程的学习周期都只有短短两到三个月，强度非常大。第一次考试前一周，放心不下的奥列伊尼克专门询问了周毓麟的备考情况，结果放榜时他的成绩很好；另一次考试中，被一道证明题难住了的周毓麟忽然想起了自己的"本行"，改用拓扑学原理完成了证明，新颖独特的证法大大出乎主考的意料。渐渐地，奥列伊尼克对他的看法有了很大改观，而擅长使用先验估算方法的优势，更使得周毓麟成为同侪口中的"估算大王"。

在莫斯科大学的第二学年，周毓麟开始在奥列伊尼克老师的指导下研究非线性抛物型方程的第二边值问题，尝试运用拓扑学不动点定理研究整体解的存在性。他与导师合作研究的成果公开发表，这便是著名的渗流方程论文。这篇直至今日仍被不断引用的论文揭示了如下重要事实：渗流方程的解关于扰动的传播速度是有限的，渗流方程是非线性退化抛物型方程，而一般非退化抛物型方程的解关于扰动的传播速度是无穷大。

这一兼具开创性与应用性理论的价值，很快得到了学界公认。

七

1960年7月16日，苏联驻华大使馆向中国外交部递交了关于撤走苏联专家的照会，这一令广大干部群众甚至专家本人都备感突兀的决定，其真正原因和目的被认为是"在中苏领导人之间的政治分歧越来越严重的情况下，赫鲁晓夫对中共'顽固不化'恼羞成怒，试图以此迫使中共承认错误，放弃自己的立场和观点，向莫斯科屈服"。之后的不到两个月时间里，1390名专家离华北返，依照《中苏友好互助同盟条约》有关原则签订的六百个合同被迫终止执行。

同副外长章汉夫接受照书时"完全出乎意外"甚至焦急不安的心情形成鲜明对比的，是毛泽东在一天后的北戴河中央工作会议上沉着从容的态度。在肯定苏联曾经给予的帮助之后，毛泽东说："要下决心，搞尖端技术。赫鲁晓夫不给我们尖端技术，极好！如果给了，这个账是很难还的。"与之呼应的，是主管国防科技的副总理聂荣臻在1960年7月3日向中央递交的报告。聂荣臻的报告敏锐地意识到，在若干科学技术问题，尤其是关键性的国防科技问题上，从苏联获得外援的可能性将在今后一个时期变得越来越小，甚至完全断绝。基于这样的事实，他提出了在"充分利用他的长处，尽可能取得一点东西"的同时"独立自主、自力更生、立足国内"的方针。

事实上，对这一方针的实践与贯彻，甚至在更早的时候就已经开始了。

1960年5月的某个上午，刚上完课，正像往常一样走出教室的周毓麟接到了调动通知。彼时，这位莫斯科大学的物理数学副博士正主持着北京大学非线性微分方程专门化学习班，刚刚编写了一本足以体现非线性偏微分方程世界一流研究水准的、名为《非线性椭圆型方程与非线性抛物型方程理论选讲》的讲义。姜礼尚、叶其孝、应隆安、韩厚德等这一领域中的高水平教学与科研人才，正在他的提点与指引下逐渐成长。夹着讲义、还未来得及完全拍掉粘在指尖的粉笔灰，周毓麟不会意识到，又一个即将深刻影响他学术道路与未来人生的，并且需要他为之投入二十载时光的巨大转变，正在悄悄酝酿。

当天下午，周毓麟走进位于北京海淀区的一个未挂任何门牌的大院里。尽管邓稼先充满热情的接待让他隐约意识到了什么，但之后的一段时间里，除了日复一日的学习和调研外，"事关重大的国防工作"是他所得到的关于职业性质的唯一提示。

他在更晚的时候才弄清了自己单位的名称——"二机部九所"和自己的真正身份——研制"中国人自己的核武器"的科学家。他的姓名开始淡出公众以及数学同行的视野，甚至家人也对他的事业和行踪知之甚少。周先生的女儿用一个极为生动的例子印证了这一点：直到上中学时，她一直以为父亲与母亲一样，只单纯是个大学里的数学老师。她的同学对她说，你父亲是搞原子弹的。这令她非常惊讶，回家向父亲求证后，才确信了这个事实。而那时离周毓麟参与我国第一颗原子弹的理论研究，已经过去了许多年。

在二机部九所，周毓麟与邓稼先、周光召、于敏、黄祖洽、秦元勋、江泽培、何桂莲并称"理论部八大主任"。作为数学工作的指导者和组织者之一，周毓麟亲历了著名的"九次运算"：原子弹研制组在探索原子弹理论时，发现一个关键性数据与苏联专家讲的不同。为了确定数据的准确性，全组人员花了近一年时间计算了九次，发现每次结果都与最初的数据相同，才最终确认了我方研究的正确性。在这一过程中，周毓麟和他的团队选用了冯·诺依曼方法，即在流体力学方程组中增加一个人为的黏性项，将冲击波的间断面变成有限宽度的连续区，促使该区域内的方程变为抛物型，从而解决了原子弹爆轰过程的一维精确计算问题。

之后长达二十年的时间里，周毓麟一直主管核武器数值模拟和流体力学方面的研究工作。1982 年，作为"原子弹、氢弹设计原理中的物理力学数学理论问题"项目的主要完成者之一，周毓麟获得了国家自然科学奖一等奖。

八

1978 年，陈省身先生回到中国讲学。他令五十五岁的周毓麟了解到这样一个严峻的事实：中国的偏微分方程理论研究发展水平与西方差距甚大。现在，我们已经很难准确地知道这位新中国留学生中的偏微分方程第一人受到了他的恩师怎样的激励，但很快，他再次做出改弦易辙的决定，重新回到阔别二十年的基础研究领域，开始了对非线性发展方程及其差分方法的研究。

周毓麟发现，前人对这一问题的研究往往比较多地重视离散化后得到的代数方程组的"代数"性质，却忽略了它所具有的偏微分方程属性。针对这一情形，他选择由非线性偏微分方程（组）有限差分格式的基本性质和对非线性偏微分方程（组）的近似问题入手，最终建立了离散泛函分析的方法和理论，并将之成功运用于非线性发展方程差分方法。根据所获得的一系列"完整而深刻的结果"，他撰写并于 1990 年出版了英文专著 *Applications of Discrete Functional Analysis to the Finite Difference Method*（《离散泛函分析在有限差分方法中的应用》）。

1991 年，六十八岁的周毓麟当选中国科学院院士；1996 年 10 月，何梁何利科技进步奖被授予这位自如穿行于由拓扑学、偏微分方程、计算数学、计算流体力学等组成的广阔数理领域的杰出科学家；之后的 1997 年和 2006 年，他再次荣获第三届华罗庚数学奖与苏步青应用数学奖特别奖。

2015 年，九十三岁的周毓麟先生已经步入高龄。他的同侪、后辈，以及从各个不同的渠道听说他故事的媒体或陌生人，常常以极具牺牲勇气的忘我精神和大局观念评价他所经历的曲折学术道路，以及他站在每一个十字路口作出的果决选择。对此，周毓麟的回应显然更为真诚、谦逊而睿智：

"国家需要我，是我的荣幸。实际上，我也总是想从更广阔的视野上，不断提高自己对数学的认识。这一点是推动我勇于去改变、去做研究的动力。"

我所知道的吴福辉先生及其学术书写

2018 年初冬的一个浓夜，我在永远灯火通明、人声鼎沸的宁波火车站，一眼认出了吴福辉先生。这不仅因为他在抵达前，细心地发来白描小品式的短信，告知："我身高一米八一，头发全白，着风衣，很易认。"更是因为眼前步履沉稳劲捷（一点不像八十岁的老人）、由远及近的吴先生，同我在整十年前，于同样明亮且听众爆满的母校大教室中所仰见的风采殊无二致。他的身姿挺拔、前额方阔，鼻梁高而鼻翼广，面庞轮廓明朗。这样的外貌加上一口洪阔宽厚的普通话，正如他自己所说，"无论从外看到里，都是标准的北方汉子"。

然而他明明又是属于南方、属于东南沿海和都市的。例如他常穿挺括精致的浅卡其色的长风衣；例如他所写的短札，会将"轧闹猛"这样地道的沪语，用得准确又自然；例如他曾从"286"开始学习电脑，能够熟练地给全世界发电子邮件、熟练地在手机上操作微信，毫无疑问是对"趋新"精神的践行；又例如他的笑，在同先生短暂相处的三天里，这笑容给我留下了深刻的印象。温厚的笑意里，常常闪出洞悉一切的黠慧（原谅我未找到更合适的词）的光芒；那样慈蔼坦诚，可是偶尔又流露些委婉善意的讽刺。所有这些都具备显著的海派气质。

在中国现当代文学史的学术园地内，吴福辉先生最重要的身份是海派文学（都市文学、市民文学）乃至海派文化的资深研究者，但事实上，正如先生本人在《春润集》序言中概括的那样，从硕士学位论文涉及张天翼，到研究沙汀讽刺小说的诗意与喜剧性，再到选编和研究沈从文、汪曾祺、萧乾、废名等人的作品，他的学术目光的起点，乃是生长于中国内陆、生长于广阔乡土的左翼讽刺文学和京派文学。在海派文学终于"进入全视界"之后，他发表了《大陆文学的京海冲突构造》，在中国城乡大环境下俯视都市文学，至市民文学，提出"京—海两难"到"京—海冲突"的文化结构——近代以来"从沿海强制登陆的世界文明"不断冲击，使原本高度烂熟的大陆本土文化（宗法制的农业文化）遭受震荡、逐渐崩坏，并在这一过程中显现不平衡与对峙——此后数十年里，吴先生不断把学术眼光聚焦于内陆—沿海文学（文化）的差异性，用他自己的话说，他是从这时候起，终于找到了"一块自己的园地"。

《大陆文学的京海冲突构造》最初发表于 1989 年第 10 期《上海文学》，并获得了这一年的上海文学奖。同去领奖的文化史学者吴方曾问吴福辉，何以提出"京海冲突构造"这样的命题。先生回答说，繁华沪地与严寒的东北市镇之间经济文化发展的不平衡，是他在十几岁时便"环绕着灵魂的实际生活体验"。换言之，吴福辉先生的个性气质、生活态度和学术姿态，都具有南北交织、京海互融的双重性。而这双重性，根本上都同他原初的生命经验息息相关。我们今天想要更加深刻地了解他，自然也需试着接近他原初的生命经验。

一

大约是在 20 世纪 90 年代，吴福辉先生从一位堂兄那里，得到一部抄录于 1956 年的家谱。家谱卷首书"延陵望族，会于会稽之吾乡也"。

延陵，在今日的江苏丹阳与常熟之间，是周文王伯父吴太伯后人吴季札（就是曾被孔子赞扬懂礼守礼的那一位）的封地，也是先生这一支吴氏公认最初的故乡。后来，不知什么缘故，吴氏的祖先迁居更南边的绍兴，并在这里诞下五个儿子，分别以五种美好的品质（有偏向德行的，也有指向智慧的）来为他们和他们将要各自延续的家族分支命名。其中的第二房，是以形容心性仁厚、胸怀开阔的"宽"字为名（由于传统中国的大家族崇尚群居，而以拥有相对独立的屋宇作为新的家族支脉确立的重要标志，所以人们习惯将这些支脉称为"房"），先生的曾祖"成鹤公汉山"，便属于这一"房"。

然而在 21 世纪之初，当年近古稀的吴福辉先生回望生命的最初时分，寻找与他的记忆和情感最为亲近的那个"故乡"时，他温柔迫切的目光，既不是落在"属于《史记》时代"的延陵，也不是落在"已是鲁迅故乡，无需我再忝列"的绍兴。他的视线，延展到了比会稽山更东的地方——宁波，镇海。

一切缘起，皆在吴福辉曾祖父汉山先生"弃文从商"，在宁波城内开了一家名叫"古霞室"的笺纸装裱铺。这家铺子经营了四十余年，汉山先生和家人的生活赖此改善——在 1912 年，已经拥有了两家铺面的装裱店主人（其中一家分号由汉山的长子掌管），终于在宁波城郊的"镇海东管乡即张家堰河里头地方"建起了相对宽敞的新房，而在附近的"田野张"选定了家族墓地——结合中国的文化传统，我愿将这一行为的动机理解为久居扎根的决心。

"东管乡"的名称，在明嘉靖时便已存在，到了清末的宣统三年（1911），东管乡因居民总户数涨到五万以上，遂改称东管镇。在民国《镇海县志》中，东管镇下辖两个"都"、八个"图"（"都"与"图"是乡镇之下的两级行政区划单位，在元祐年间开始应用于镇海），"河里头"所在的张家堰，及吴氏家族墓地所在的"田野张"（在县志中，它被记作方言发音极为相近的"田洋张"），皆属于"三都三图"。

2003 年 6 月，吴福辉先生曾回宁波寻根。彼时"东管乡、张家堰"的地名都已不存，只有"河里头"与"田野张"（即田洋张）保存下来。令先生魂牵梦萦的老屋，经历近百年风雨，尽管"山墙白灰剥落"、屋顶下"露出黑漆的木棱"，依然静立在一大片碧绿的菜畦中，充当着令乡土与游子密切相连的"文化脐带"。我以为清晰的记忆足以使人避免成为失根的浮萍，而先生的经历告诉我，以一个明确的地理标志，以及其他切身可感的物质文明去印证这记忆，其意义几乎与记忆本身同样重要，它使得个体生命同乡土、同过往的联结，变得更加具体和牢固，在暌违良久之后，也能帮助游子迅速重建这种联结。

吴福辉先生将自己关于海派文学的研究视作"回乡"的过程。1939年，先生出生在"孤岛"时期的上海，他十二岁之前的时光，都在这座"色彩斑斓，万象共生"的现代都会中度过。他成长于典型的都市中产者家庭：曾经住在"望得见张爱玲的爱丁顿公寓"的静安寺"上只角"的石库门三层楼房里，逢年过节有体面的皮鞋穿（虽然尺码常常已经偏小），时不时可以合家乘坐出租车进戏院看戏。先生在上海的母校，一是新闻路小学（先生称之为"爱文义路小学"，即现在的静安区第一中心小学），他在这里学习音乐和手工，观看《爱丽丝梦幻奇游记》的木偶剧，在课间排队喝学校提供的可可牛奶；一是虹口的新陆师范附小（后来并入过华东师范大学，今天是虹口中学），他在这里遇见了一位用普通话教学的语文老师，学会了写漂亮的周记——他从这时起养成了细致观察和记录生活的习惯，也有意识地学习锤炼语言——和用窗口放吊篮的方式向楼下街边的书摊租书。他还第一次给自己买了书——一本鬼故事书。

当我试图通过这些片段式的文字去窥测先生十一年的上海生活，我发现这座城市在他的生命里烙下了繁盛、开放、包容，既具现代性又有明显世俗化色彩的印迹。尽管先生后来半开玩笑地说自己"可不敢说上过有牛奶喝的小学"，却大大方方承认自己在文学上的审美趣味是市民化而充满生活气息的。这种偏好一直延续，到他终于遇见穆时英、东方蝃蝀、令狐彗、施蛰存、张爱玲等的小说时，便在一拍即合的惊喜中激发出一朵连着一朵的美妙学术浪花。

1952年，吴福辉先生随父母迁到辽宁鞍山，他的最后一个小学母校是鞍山市实验小学。这所学校被"五层楼高的白杨树"——听起来很像茅盾《白杨礼赞》里提过的那种不屈不挠的、质朴而严肃的、可以用来象征中国北方农民品格的树，而不是上海爱文义路小学校舍边，那种在落叶时会引起浪漫联想的小白杨树——包围。仿佛带着某种隐喻，先生在能够代表内陆和传统文化的中国北方的环境中，读完了除《三国演义》之外的所有重要古典小说。也是在这个"每天清晨7时响过电笛之后街上就很少行人"、冬天一派荒芜肃杀、使人的脚趾冻得如同猫咬的钢铁之都，先生首次体会到中国南北地域文化的差异，体会到沿海与内陆发展的截然不同的面容。

13岁那年，吴福辉来到了坐落于鞍山铁东区长甸铺的初级师范学校。这时正值 20 世纪 50 年代初，举国上下沉浸在昂扬、热烈、纯粹的政治文化氛围中。先生的学校"聚集了全市最好的文科教师与文科学生"，有专门的文学小组，学校所在的城区还设有藏书量丰富的区图书馆。明亮进取的社会氛围，也投射到学校、投射到先生的阅读趣味中。他迷上苏联小说，从《钢铁是怎样炼成的》《卓娅和舒拉的故事》，到法捷耶夫、安东诺夫、马雅可夫斯基和高尔基。他也读更早先的俄国作家的作品，例如托尔斯泰、契诃夫、果戈理和普希金——革命现实主义与批判现实主义代替前一阶段的市民化和古典主义，成为吴福辉最主要的阅读取向。也是在这一时期，先生通读了鲁迅的小说与杂文。这些经历，同他日后将最初的学术眼光，聚焦于左翼小说家的讽刺小说上，可以算作一定程度的呼应。

吴福辉关于文学的专注志趣和嗜书如命的性情也更加显露无疑。为了阻止不知情的班主任将他"借书小组长"的头衔另易他人，保住区图书馆文学类图书的优先阅读权，这个一向温和谨慎的少年，竟在教室里当场站起来与老师大吵了一架。那时的先生恐怕还料不到，十余年后的浩劫里，他尽力搜购的诸多民国石印本书籍，会被一群斗志昂扬的少年剥夺毁灭。又过了许多年，我们才透过他克制豁达的笔调感受到那切肤的痛楚，怎不令人感慨！

二十岁那年，吴福辉正式结束了他第一阶段的学业，开始了长达二十年的中学教师生涯。记得有一回同先生谈话，他特地说到自己从教经历的一个"神奇"之处：假如算上实习阶段，他是把小学、初中、高中每一阶段的语文都教了一遍。教书这件事，给予了先生最初的学术训练机会。它迫使教师独立分析文学作品："有时候你没有任何依傍，上级的参考书印不出来，学生在等待你的理解和分析。"唯有独到和深刻的见解才能吸引他们有滋有味地听课。也是在这个时候，先生开始不仅仅满足于对文学作品本身的阅读分析。他一方面开始陆续阅读各种文学史，以寻求不同或相同时期、不同或相同类型文学作品之间的关联脉络；另一方面开始写一些带有思辨和理论色彩的教育随笔，向地方报刊投稿。这一时期的写作，或可称为"不自由的自由写作"。说自由，是指这种写作可以根据自己的阶段性阅读、思考和经验总结，自由地寻找和确定题目；说不自由，是说这样的写作必须受限于时间和篇幅，在有限的时空里筹谋问题、思想、材料、逻辑与文字，更重要的是，必须将报刊性质、编辑、读者时刻置于心中。这与先生后来从事的学术研究和书写，实在有颇多相通之处，无怪乎先生会认为"写论文的学者，假若有过为报纸写短文的实践，应该是个很好的准备"。

三

1978 年 9 月 16 日，正是课间操时间。站在鞍山市第十中学操场上，刚准备指挥学生整理队伍的吴福辉，望见一群从大孤山邮电所而来的女教师，为首的那位，还高举手臂，挥动着一个像旗帜一样的大信封。

　　吴福辉在同事们的催促下当场打开了那个信封，里面是一份寄自北京大学中文系的硕士研究生录取通知书。

　　此时，距离他下定考研决心的那个瞬间，过去了五个半月。

　　1978年，是中国当代史上被长久铭记和反复提及的一年。此前一年的年末，中国的大学终于再次以一种相对公平、公开的姿态，向大多数年轻人敞开大门，重新构建起相对恒定的知识标准，试图"将积压多年的人才破格选拔出来"。尽管还带着一定的试探性质（例如考生的个人经历、政治成分和家庭出身，仍然是能够影响最终录取的一个重要参考变量），但新的招考政策足以成为一块"搅乱一池春水"的石头。对知识的渴望和对知识人的天然敬意被重新激发出来。大大小小的城市里，多年不读书或"读书也只读毛选"的人们，重新聚到新华书店门口，为新出的某一种书排起长龙。许多原本已经离开校园多年，而对升学再无奢望的人，忽然望见了一条"光荣荆棘路"，可以通过拼搏，挣脱过往岁月加在身上的符咒与枷锁。

　　1978年3月30日，《光明日报》头版忽然刊出将硕士研究生招考年龄由35周岁放宽到四十周岁的消息。这张报纸从报社的编辑室经过照排室奔到印刷厂，又几经辗转，被远在辽宁海城的一位中学教师见到，终于在一次关于自学经验的报告会后，传递到主讲人吴福辉手中。

　　这年吴先生已经三十九周岁，刚刚被批准成为学校的教导主任。可是，在接到报纸的这一刻，他像是被命运之石击中了。他的行动从未如此迅速——立即向单位打报告并履行报名手续，要以"一天大学都未上过的同等学力"，通过仅一个多月的复习，报考中国最顶尖大学的中文系。

　　即便到了耄耋之年，先生仍然清楚记得当年备考的情形。北京大学虽然给考生列出了参考书目（林志浩、王瑶、刘绶松、丁易主编的四种现代文学史，游国恩等学者主编的几种古代文学史），但找齐这些书不容易，"从头细读"作品就更没有可能。先生在这时能够倚赖的，就是他从童年时期一直保持下来的文学书籍阅读习惯，以及书架上因为平装的外观、较新的成色和简体字逃过大劫难的各种文学史书籍。他往返于家、单位和图书馆之间，用制作资料卡片的办法梳理重点作家和作品，再重读文学史，将长久以来的阅读积累条理化，虽然对考试前景并无许多把握，但他自信现有的现代文学史书"足够复习"，而加试的古代文学"反而增加优势"，又因为投考的王瑶、严家炎两位导师在这一年恰好决定不必考英文，使得只有解放前小学英文基础的先生，刚好避开了短处。

　　即便如此，当吴福辉在这一年的5月15日至17日，端坐在辽宁省鞍山市郊区教育局大院的考场里，以及7月14日坐在北京大学新图书馆的某阅览室中，看到初试与复试题目时，仍"倒抽一口冷气"。这些题目里，既有要求结合创作实践，对鲁迅"五四时期散文小品的成功，几乎在小说戏曲和诗歌之上"这一观点提出己见，这样考查现代文学史知识积累、整体脉络把握能力，又考查独立研究潜力的题目；又藏着引导学生体察晚清文学与五四文学、左翼文学与非左翼文学、中国文学与外国文学关联嬗递的企图。先生与他后来的同学们，几乎个个都在走出考场后扪心自问"这还有希望吗？"最初竞争的六百多名考生中，最终只有七人被录取。同场有"未来著名的诗人"，可是专业成绩还不到十分。北大的渊阔、精深和学术思想的独立，几乎无视漫长而深重的知识断裂，到了不留情面的地步。而恰又是这种精神态度，造就了吴先生这一代学人。

四

这是 1978 年的秋天。在一座"窗户大体朝南开"的古老而充满历史沧桑感的三合院里，一个带着山西方言标志性鼻音的男声从窗口不断飘出，音量和声调都不高，却像是一下一下砸在挂着枯疏爬山虎的斑驳石墙上——

"你说鲁迅的思想可分为五个时期，那是不是凡属这一阶段的思想，别的阶段就没有了？例如厦门时期有'世界由愚人组成'的思想，北京时期就没有了吗？"

小小的教室和整个小院都陷入短暂的沉默。那个刚刚走下发言席的微胖而圆脸、眉眼敦厚的大龄青年，他以"文科状元"的成绩来到这里，在来之前已经写出了关于鲁迅思想研究的专著，然而在今天这场题为"鲁迅前期思想"的报告中，他还是被这个问题轻易激发了迟疑和挫败感。

在此后的三年时间里，坐在听众席的其余六位北京大学 1978 级中文系现当代文学硕士研究生，都将不止一次轮流走上报告席，在同样严格而坚定的山西口音的包围中，体验沮丧与惊喜并存的"主讲时刻"。

这就是为北大中文系研究生所熟悉和不断提起的"讲座与自由讨论"，对吴福辉和他的同学们而言，这是自学之外最重要的学习方法。除了操山西口音的王瑶先生，还有会一次开列几百本书作为阅读书单的严家炎先生，中文系前辈和比较文学专家乐黛云先生，以及所有参会的同学参与进来，充当积极的驳难者。这种定期讨论的根本宗旨，就是对学生"从思想方法上进行狠狠针砭"，鼓励他们"大胆思考，最好有创见"，从而训练他们具备优秀的提问和研究能力。

这一学习模式，最尊重学术层面的个性与自由，它其实是以尖锐的质疑和驳难，欢迎一切更加尖锐的（当然同时是能站稳脚跟的）质疑和驳难。但要顺利通过这样的考验绝非易事（更何况，这不过是北大学研荆棘路上的某一丛荆棘）。为了披荆斩棘抵达光明彼岸，并且又受到"将一切失去的时间补回来"这样豪迈又诚挚的心愿的推动，所有"燕园五院"（正是北大中文系所在地）的年轻人，都给自己的学习生活制订了近乎魔鬼式的计划。"并不是最用功"的吴福辉，每天清晨五点半起床，跑步和学英文，上午七点半、下午两点半、晚上六点半三进图书馆，夜里十二点才睡觉，这样的时间表，真令今日许多青年学生沉默汗颜。

窄窄的红色长方形，上书白色"北京大学"，这是先生在北大读研时所戴校徽的模样。于北大人而言，它简直是一个带有魔法的符号，使人"一戴上便感受到北大强大的传统"。这传统透过吴组缃先生的古代文学课首次展现出它的独特魅力。因为外系乃至校外（北大旁听生不仅有校内跨系生，还有从事各种职业的"社会生"，后者更多，此为北大特有景象）想旁听吴组缃课的学生太多，且都早早赶来占座，以至按时到来的本系学生没了座位。系办公室的工作人员提出给选课的学生发放听课证，凭证进教室，却被吴组缃先生严肃拒绝："谁愿意进来听就进来听，只要教室装得下。"因为，"在北大，从来没有拒绝旁听生的历史，我们今天也不能，这是北大校风，北大的传统。"吴组缃先生在讲坛上的风采，与王瑶先生所出的考研题目在某种意义上彼此呼应，构成"北大传统"的核心，即：欢迎活跃的思想，坚持独立不倚的审视与批判精神，追求"有国而不忘有我"的群己态度。

北大的传统，从吴福辉入校之日起，就开始对他的思想精神展开重塑。这种重塑，经历了最初的令人印象深刻的阵痛（在 1979 年，五四运动六十周年之际，吴福辉曾以"五四小说批评"为题作论文，可是写出来后，却因缺少观点上的创新而被王瑶先生视为《小说月报》翻得较细的资料汇报"）之后，终于逐渐融入吴先生的骨血之中，促使他开始了一种更具创造价值的学术生产。

五

在反思和盘点自己的学术写作时，吴福辉曾多次提到《都市旋流中的海派小说》，视此书为"总共写出的十几本书里，或许稍可留存几年"的两部作品之一。从先生 1982 年写出关于施蛰存研究心得的文章，发表在《十月》上算起，这部书在诞生之前经历了长达十年的沉淀与准备，在 1993 年正式动笔，到 1995 年，经历了"一章一章拿出去发表"之后，终于由湖南教育出版社率先出版。甫一问世，便引发了学界与普通读书界的热烈反响。不仅被诸多文学青年、待考的研究生视之为海派文学的入门书，而且使彼时尚健在的李君维（东方蝃蝀）、董鼎山（令狐彗）等几位被写入书中的"著名海派作家"频频传阅，引出许多话题。更有老作家冯亦代先生，不但公开自认是个"海派"，而且专门写了一篇书评。此书后来又由复旦大学出版社、科学出版社等两次再版，不少读者由此将吴福辉与"海派"联系起来。

在写作这篇文章的过程中，我反复回忆自己的文学史接受经历，发现我的中国文学史老师几乎未在课堂上专门提过海派文学（我上大学是 12 年前的事了。那时，只有极富个性的专讲当代文学史的老师，蜻蜓点水式地提过几句张爱玲）。正如先生反复体认和强调的那样，海派文学，相较于五四以来的主流文学（生长于古老中国广阔乡土，又勇敢借鉴西方现代文学的技巧手法，而着眼于体现"现实精神"，着力于"讽刺黑暗"、暴露问题，"寄语沉痛于精微的写实，寓热情于阴郁的嘲笑"），曾长期处于被遮蔽、被轻忽的状态，"名声从来没有好过"，而先生长久以来孜孜以求者，即是"为海派文学正名"。

一反将海派文学单纯等同于洋场文学、鸳鸯蝴蝶派文学，并注重其功利化、商业化气质的传统观点，吴先生指出，海派尽管游荡在中国大陆文化的边缘，不甚健康乃至畸形，但因其身上所具有的浓厚的现代性，以及强烈的开放、骛新的精神，而获得了现代文学史，乃至社会文化史层面，无论正面、负面都不容忽视的价值。这种骛新，首先是创作观念和技巧层面上，对外来文化的感知和转运。在《都市旋流中的海派小说》导言里，先生即着意说明了海派小说的创作，在技巧上怎样借鉴了外国现代派的感觉和笔法，在创作观念上又"能站在现代都市工业文明的立场上来看待中国的现实生活与文化"。先生注意到，这种观念与立场的转换，使得海派文学（非常特别地）重视和拥抱物质文明。在叶灵凤、穆时英等作者笔下，都市开始具有独特的诗情——街市、车流、霓虹灯、商铺、红男绿女和纸醉金迷的生活，本身成为独立的审美对象。在这一基础上，海派文学读者第一次感受到都市充满动感的文化魅力。

吴先生试图从海派文学的作品中把握住以上海为代表的中国都市的灵魂。带着此种目的，他将都市概括为"流线型"，他看到"快节奏造成流动自如的线条，从汽车车身流向飘逸女装，流向简洁潇洒的现代建筑物"，他看出以上海为代表的海派都市文化，最本质和独异化的特征是速度：趋时也就浮躁，不过总透着新鲜。在宏大的都市里，物质消费的正负效应同时体现，海派一面使都会的奢侈性审美情感精细而复杂，一面毫不讳饰地将审美者的爱恋和诅咒纠葛在一起。在海派文学研究的重要篇章《老中国土地上的新兴神话》中，先生并且将他发现的海派文学所表现的都市文化的"双重性"延展到"人与都市"的关系上，这就是，人一方面在都市文明中获得了天性的释放和创造的动力，获得了都市形塑的崭新的积极人格，另一方面又因为同样的高速运转和发展的物质文明而笼罩在高压之下，遭受人性的变异与自我身份、精神价值的失落。

在海派文学乃至海派文化研究经历过几次"冷热交替"之后，当我们行走在上海的街头，甚至当我们单纯只是面对"魔都"这个指称上海的广为流传的名词时，我们仍可以切身体会和感叹先生对海派文学价值，以及海派文化性格的捕捉何其精准。

吴先生还通过对张爱玲等20世纪40年代以后海派小说家的观察，做出了对海派文学"曲扭性、畸形性"的更为广阔的精彩回应，亦即，先生敏锐地意识到孕育于大陆（内地）的传统文化与孕育于沿海边缘的海派文化的冲突，而这冲突的双方显然是不对等的。海派文学虽然"急速而大规模地破坏了传统"，并对儒家文化观念、家族伦理道德的虚伪进行嘲弄，然而最终却"仍被笼罩在乡土文化、家族文化的大投影之下"。换言之，在体察到海派文学建筑于外滩、南京路之上的美学价值之后，先生又将海派文学，乃至以上海为代表的都市文化的面相，延伸到弯曲嘈杂的"里弄"中，并循着里弄中的一扇一扇窗户，和窗户背后的一张一张餐桌，将这种趋利避害、固化尊卑、"只讲亲疏，不讲道理"的里弄文化的源头，又一次"内溯"到中国的文化传统与广阔的大陆乡土。

假如说，吴福辉先生借由以《都市旋流中的海派小说》为代表的一系列海派文学研究成果，厘清了海派文学的定义，及其在中国现代文学史上的发展脉络与地位，并借海派文学的诸多文本，把握了中国都市文化的脉搏与灵魂，尤其是窥见了都市内部的复杂文化生态和不同文化特质间的诸般不平衡与冲突，那么当我们再回过头来审视他营建的"大陆文学的京—海冲突构造"这一重要命题时，尤其是当我们再次联系他的生命经历，联想起他在辽宁、北京这两处典型的中国北方城市所度过的漫长岁月，我们有理由相信，先生的研究，天然会带有比较文学的视野与雄心。他在海派文学（文化）内部所观察到的冲突与不平衡（例如中心与边缘，相对传统与完全摩登，进步与保守，关于物质文明的赞美、批判与反思，等等），也会延展到一个更加广阔的时空里，以更为复杂剧烈的形式存在。

1987年，吴福辉先生编辑了《京派小说选》。沈从文、凌叔华、废名、芦焚、林徽因、汪曾祺等作家的作品均被收录。

事实上，"京派"进入吴先生的学术视野是此前大约五六年的事了。在1982年，先生完成研究生学业不久，便在北京大学学报上发表了《中国现代讽刺小说的初步成熟——试论"左联"青年作家和京派作家的讽刺艺术》，这同他开展关于海派小说的研究，几乎是在同一时间。因此我们可以说，对"京派"文学的关注，是先生学术生涯中的另一重要支脉。

仿佛作为一种阶段性的总结，在《京派小说选》终于出版时，先生写下了长长的序言。他注意到，这群"导源于文学研究会"而游离于"左联"之外的、活跃于20世纪三四十年代中国北方的作家，经过《大公报》文艺副刊、《文学杂志》等阵地的锤炼，以相似的文学精神特征、文化心理结构和文化性格，奇迹般地将高层知识者与"乡下人"合为一体。在远离政治斗争两极的"广阔的中间地带"，从普通人的命运和日复一日的平凡生活的诸多细节中，努力认识中国社会和传统文化的特质，以圆熟、静美、通达而充满纯情诗意的姿态，来展现他们观察到的或理想中的中国"山水、人情与保守的文化道德、生活秩序"；同时，透过强调"底层民众身上的健全的民族性格和旺盛生命力"，来寄托他们"重造民族"的希望。同海派立足于东南沿海发达地区，而对传统文化价值、社会秩序进行主动且急速的破坏不同，先生指出，京派的笔触长久停留在对古老民族文化的回忆、思念和重新发现中，就像眷恋着壮丽恢宏的落日。先生认为，京派对古老中国的审视与反思，根本上是为了探寻一个古老民族在原有生活方式和文化价值逐渐被冲击而崩离的情形下，由其内部"艰难酝酿新生"的可能性。当这篇序言将刊载于《中国现代文学研究丛刊》时，吴先生借用了费孝通先生提出的经典概念，将京派文学称为"乡土中国的文学形态"。这一题目同5年后发表的关于海派小说都市主题研究专文所用的题目——"老中国土地上的新兴神话"——可以被视作一种呼

朝花集

应，海派与京派，彼此遥遥相对又密切相关，构成丰盈有趣的张力。

从 1987 年对京派研究进行"小结"，到 1993 年开始撰写学术生涯中分量极重的海派研究专著，其五年里，先生一直在探寻"京海合流"的门径。这探究的成果，就是提出了"京—海冲突"的构造，发现关于这一构造的"既定程式"："由海派引进的西方文明，在沿海形成冲击波，渐次传入内地，毁坏它所能毁坏的大陆落后文明；而京派在这个基地上构筑他的文学王国。"在趋新、世俗、现代性都市审美心态背后，先生察觉到海派着力表现人性在物质文明重压下的破碎和沉沦，也关注到京派在坚持城市文明批判者的姿态、而又被迫"现代化"时，采取了一种充满尊严而缓慢的态度。京派明明看到"旧的时代"已被无可挽回地送走，却仍然通过对传统文化土壤中蕴含的美好因子的重掘重现，来充作对"现代性"反思和批判的最好武器。在先生看来，京派甚至比海派更清醒，更积极地参与"民族文化的重造"，亦即在"文化（文明）现代化"的中国道路上，京派努力扮演着更为主动的角色。与此同时，先生还断言了"京海冲突"将在诸多大同小异的社会文化领域纷纷出现的情形，并强调所谓中国文化（文学）的"重造"，正须倚赖这种冲突的激荡。

六

吴福辉将 1987 年称为他学术生涯中"有些四面出击"的一年。除了京、海派研究的逐渐深入，和"京海合流"企图的萌生和实践，除了对左翼讽刺小说和作家的研究，终于开始凝结《沙汀》这枚硕果（《沙汀》是国内首部关于沙汀的评传。在经历了整整两年的紧张资料收集、二十余次同沙汀本人的访谈、遍访沙汀亲友、追随沙汀足迹等种种苦心孤诣之后，先生终于达到了"读过他所有作品，而能说出他每一时期的穿着样貌"的成竹在胸的境地。又经过三年写作，《沙汀》终于在 1990 年瓜熟蒂落。除此而外，还发生了一件在此后中国现代文学学术史上，被"越来越放大"的事件。

这就是吴先生与他的同学钱理群、温儒敏，以及他们的师妹王超冰（系王瑶先生长女）共同撰写的《中国现代文学三十年》，由上海文艺出版社正式出版了。

之所以说它被越来越放大，是因为该书自 1987 年问世以来，先后经历了1998、2016 年两轮大规模修订，共计印刷五十余次。它不仅是普通高等教育"九五"教育部重点教材和"十一五"国家级规划教材，也是迄今为止使用范围最广、引用率最高、最为广大中文专业师生熟知的文学史教材之一。

《中国现代文学三十年》写作的缘起，是《陕西教育》杂志向王瑶先生约稿，希望他以专栏文章的形式，系统介绍中国现代文学的知识，作为函授大学的教材。为了给年轻人创造机会，也因为相信青年研究者有能力通过学术书写"反映现阶段的研究水平，并且彰显比较鲜明的研究特色"，王瑶先生最终将任务交给了由钱、吴、温、王四位组成的、"在研究中能够彼此互补"的写作团队。

在《陕西教育》上的连载从 1983 年 10 月持续到 1984 年底，每月刊出一至二讲，一共刊出二十四讲，总计二十五万字。在 1987 年成书时，扩展至三编三十二章，四十六万字。这部书以 1917 年 1 月《新青年》第二卷第五号发表胡适《文学改良刍议》，至 1949 年 7 月第一次全国文学艺术工作者代表大会召开间三十年的时间为经，以每一个十年中，文学思潮与运动的发生、重要文体的演变发展、重点作家与作品的涌现为纬，来"为现代文学史提供基本的事实与发展线索"。此书也是"拨乱反正"的总体社会背景，在人文学科学术上的一种投射。这四位年轻的作者，以他们的行动开展"重写文学史"的实验。这包括强调"三十年"文学的现代性，强调其与中国古代文学、外国文学的关联性；尤其是他们希望通过自己努力，"把此前部分现代作家身上的污水给洗掉"，让他们在文学史中"恢复名誉"。在体例、写法和一些基本观点上，《中国现代文学三十年》都与王瑶先生的《中国新文学史稿》形成了对话。例如给每一个十年出现的重要作家撰写专章时，"力求用精练的语言，概括其文学风格与艺术特征，并给予相对准确的文学史地位"；又如在文学评论的价值观上，一面批评以政治代替艺术的"庸俗社会学"，一面又警惕"刻意淡化政治的倾向"。

1997 年，《中国现代文学三十年》在学界普遍开展"重写文学史"行动，并产生一系列成果的背景下开始第一次修订。这次修订一个重要的改进，就是由研究小说，尤其是海派小说的吴福辉先生，将"通俗小说"作为专章，分别写入三个十年中。以文学流派和体裁而言，"鸳鸯蝴蝶"、"礼拜六"、言情、武侠渐次登场；以作家而言，"平江不肖生"、张恨水，到由新文学实践者直接"下海"从事通俗文学创作的张资平、叶灵凤纷纷出现。旧有章回小说怎样在已经迈入民国的普通市民中继续获得市场，后五四时期的新文学怎样为赢取知识者之外的读书市场而尝试"俗化"，言情小说怎样写出完整而恢宏的结构、写出情节的典型性、努力开掘对社会和个人心理的认知、突破"为言情而言情"的窠臼而终于"雅化"……通过先生梳理出的脉络，我们看到，以现实主义文学为代表的新文学主流与通俗文学间的界线，在不断互动中逐渐消融。

吴福辉先生并且首次将张爱玲写入了文学史（据陈子善先生考证，这是中国大陆学界首次将张爱玲"入史"）。先生指出，张爱玲从"沪港两地男女间千疮百孔的经历"，看到了中国都市人生中新旧交替的一面，即"处于现代环境下依旧顽固留存的中国式封建心灵"的文化错位。从整个文学史发展的角度说，张爱玲的小说"使现代小说有了贴近新市民的文本"，是"中国文化调教出来足以面对世界的"。

在出版后的三十余年里，《中国现代文学三十年》被不断重提、讨论、引领后学，终于成为经典，而吴福辉关于"重写文学史"的探索和开掘，并没有在《中国现代文学三十年》之后停下。

先生在他完成研究生学业不久的 1983 年，就开始提倡个人编写文学史。相比"个性日少、经院气愈重"的集体著作，他更为心向往之的文学史，乃是如鲁迅《中国小说史略》与《汉文学史纲要》那样富有独特神韵的作品：观点深刻犀利，叙述要言不烦，体例精彩新颖，文字新鲜活泼。先生的这一呼吁，在此后漫长的三十年中回音寂寥，而终于等到的回音里，十分瞩目的一种，就是他自己在古稀之年出版的《中国现代文学发展史（插图本）》。

这真是一部独特的学术著作。它是文学史，可是又像中国近代政治史和社会文化发展史。吴先生将中国现代出版业的发源地——上海福州路望平街——作为全书的起点，诸多中国近代史上重要的文化景观、政治活动与著名人物（远不仅仅是文学领域中的），组成一轴鲜活而广阔的长卷。作为孕育"现代文学"的土壤，或说"文学现代性"产生的背景，它们此前从未显得这样清晰而具体。正如先生在自序中提到的那样，他不仅给予了对文学作品发表、出版、传播、接受、演变的特别关注，更使"文学中心的变迁，作家的生存条件，他们的迁徙、流动、物质生活方式和写作生活方式"，乃至出版业、印刷业的发展，语体的变革对文学流派、风格的形塑，都一一呈现在读者面前。"文学"仿佛伸出了许多触角，交缠在变动不居的历史洪流中。吴先生这部文学史，将中国现代文学的源头，从五四上溯至晚清的最后数十年，而将文学的现代化追求，融延为近代中国的国家机器、社会、民众在工业化、城市化、全球化的西式文明潮流刺激下，所做出的关于"现代"的全方位构想与实践。反过来，无论是书写白话文刚兴起时的前现代文学时代，或是具有标志性意义的五四时代，或是提及五四至抗战前的现代文学蓬勃期，及至高扬斗争与革命旗帜的"风云骤变"的时代，先生都在努力突破囿于文学本身的单线叙述模式，营造一种复杂流动的"生态场域"。在这一场域中，不仅有此前提及的诸多物质文化、社会文化、政治文化的因子与文学的互动，亦有文学内部不同群体、形态（其中一部分，曾经被遮蔽）的冲突互渗。而后一种冲突互渗，又因为与前一种互动的交叠，而显出更为强烈的张力。更进一步说，所有产生于中国的现代文学形态，其产生于发展过程中，由其他国家民族的异质文化，通过输入、传播、接受、融合来参与影响和形塑的事实，也应当得到关注。事实上，先生的文学史亦从社会文化和物质文明的层面给予了充分展开。正如王德威教授指出的那样，为了印证中国现代文学"是现代性话语与实践在全国和全球范围中流播的一部分"，吴福辉先生特别说明了旅行和翻译对于重塑文学观念和文学话语的重要作用——从五四到抗战，数以十万计的知识者在中国乃至世界的土地上辗转流徙，他们获得截然不同的文化经验，而翻译这一媒介，扩展了这种经验的多元性，更加速了不同文化特质间的碰撞与融合。

在《中国现代文学发展史（插图本）》出版后不久，吴福辉即与他的老同学钱理群一道，再次"扎进集体的文学史写作中"。他们为文学史书写选择了一个更加独特的切口——文学广告。在吴先生负责主编的1928—1937年卷中，他将"散落于报刊书籍上的书面文学广告，从作品、期刊，到重要的文学思潮、活动、宣言、组织章程、发刊词、编后记、新闻及其他杂类，尽量多地收集起来"，再选出"特别具有启发性的，格式图样特别富有创意"者，以编年而非其他更有预设性的方式进行排列，构成文学史基本的叙述框架，再对蕴含其中的丰富信息进行开掘和勾连。吴先生透过对文学广告的解读，将文学与教育、文学与出版业、文学与读者、文学与现代学术之间的关联清晰而细致地呈露出来。在交缠的网络的间隙里，我们终于看见了一个个生动的个体化的、血肉俱全的文学生命故事，它们不仅仅再局限于特定的作家和作品以及书面化的方法论，更多普通人活跃的身影终于被看到了。正如钱理群先生评价这部文学史，既有"大文学史"（即吴先生自己所说的"多元化的文学史"）眼光，又有"生命史学"的观照。

七

以文学广告为中心的《中国现代文学编年史》完成于2012年底，在2013年5月正式出版，凡78.1万言。这年，作为分卷主编的吴福辉先生七十四岁。五年之后的冬天，吴先生一面感叹着学术写作的高峰期已经过去，一面将新出版的《石斋语痕二集》签上名字，郑重地送给我。这位满头银丝的老人，一直敏锐地"在传统的历史体系和新锐材料之间发现缝隙"，他重写文学史的实践从来不曾停歇，这摆在我面前的四十余篇鲜活灵动、纵横捭阖又充满启发意义的文字就是明证。

这四十篇文字，每篇三四千言，多则五六千言，行文风格再次证明了知识分子的聪明、精警、俏皮，充满趣味性和知识性的书面语言所具有的生命力（这本是先生评价钱锺书的话）。除了关于文学史的思考，更有对学界及社会现象的评说，对身边诸般人事的回忆记述以及对青年后学的评价。这些都是很见性情的文字，展露先生更加完整亲切的面影。我们看见，他对师长和朋友（王瑶先生、吴组缃先生、王富仁先生、孙中田先生等，不一而足）怀着怎样深挚长久的情感，我们也看见，他一面永远以宽容温厚的笑容面对青年后辈（这种宽容温厚、提携后学的精神是非常具有实质性的。例如他为许多门下博士生的书写过序，通过文字真诚肯定他们在学术上的进步；又例如他愿意为青年人的研究提供资料和学术方法上的帮助，哪怕有些人同他只有几面之缘），一面又在遇见学术界以及社会现实中的种种不良乃至腐败现象时（例如学术研究的经费需要"跑"，而拼论文、争职称挤压了张扬学术质量的"一本书主义"的生存空间，使片面追求论文数量的浮躁学术空气大行其道；又如王府井、霞飞路这些原本各具特色并深染时光痕迹的物质文化地标，经历无度的同质化的改造），扮演一个绝不撤步的敢言者。

我以为，这同他永不枯竭的学术创造力一样，多少都根源于北大及几代北大学人给予的精神养料。诚如吴先生自己所说，北大使他免于思想精神上的干枯无依，使他成为一个能够挺起脊梁走路的人，数十年的影响磨砺，使他终于成为北大和北大学人精神的继承者和延续者。

怀念吴福辉先生

2021年1月15日晨，接宁波大学毛婉莹老师信息，告吴福辉师在加拿大家中去世的消息，久久无法相信。据说，福辉师故去是因为突发性的心脏疾病，前一日尚在与学生微信聊天。不由感慨，"无常"方是人生唯一的常态。

我与福辉师初见，应在2009年。那时我尚在大学一年级，仅知先生系著名的北京大学中文系1978级研究生之一，为王瑶先生高足，是现代文学学术大家，在海派小说研究上成就尤著。此外，其与同门温儒敏、钱理群二先生合著之《中国现代文学三十年》（后来知道，该书初版合著者，还有先生的师妹王超冰女士），因为列入全国各大学中文系学生教材和研究生考试重要参考书，多次再版重印，为青年学生所熟知。那次先生在我校人文学院报告厅讲座，提及自己的籍贯是宁波镇海，并说至今不但保留着好吃咸蟹泥螺的"海边人的食性"，还能说一两句宁波话。我那时乍离故土，从老先生口中听见乡音，惊喜之外，顿生许多亲切感。

2018年，镇海广泛联络和邀请海内外镇海籍文化艺术名家返乡，叙谈故土之思，也为镇海未来建言献策，我因在文联工作，得与福辉师重逢。先生患肠梗阻，做完手术不久的短短三日中，不仅遍访招宝山、镇海中学、宁波帮博物馆等家乡名胜，并怀抱鲜花，在招宝山古城墙上怅然远望良久。后知此为先生父母海葬之地。先生白发临风、茕茕孑立的背影，至纯至孝之性情，令人难忘。

福辉先生的祖居，位于"镇海东管乡河里头"，因为行政区划调整，该地目前已划入江北。先生作为严谨笃实的学者，一面不厌其详地探访和考证其中的演变，一面毫不保留地表达他对"镇海"的眷恋与认同。2003年，他为自己几经波折终于认定的、"一百岁仍健在的老屋"撰写长文，命名为《镇海老屋》。他虽出生在黄浦江畔，并在成年之后被时代洪流裹着，辗转东北、北京，可是始终在回望和牵挂镇海。他曾说自己治文学史，"看到唐弢、刘以鬯等为镇海人就觉得亲切"，仿佛自己与他们多了一重联结。回乡参加座谈，他呼吁建立"镇海现代文学发展资料馆"，并说自己可以多年经营中国现代文学馆之经验，全力相助，其情殷殷，令人动容。又，福辉师公子声雷先生，生于辽宁、长于北京，然每逢要写籍贯，总是"不假思索填上宁波"，可见血脉乡情，传承有序。

福辉师是改革开放以来，中国现代文学研究界的领军人物之一，在海派文学、中国现代文学史书写等领域，有开创、拓展的卓越贡献。然其以耄耋高龄面对青年后辈，不仅毫无架子，是谦和的君子、温厚的长者，更是教导提携、循循善诱的良师。记得我陪先生同游镇海，闲聊中谈起当年未能坚持继续深造，深以为憾。先生说："有机会还是应当继续读书。"又说，"可惜我老了，不能带博士了。"返京前，先生特带我与宁波大学文学院诸前辈老师见面，并将携来之《石斋语痕二集》（为刚出版新书）、《都市旋流中的海派小说》等著作数种，郑重题上某某存念、签字见赠。临别之际，又抚余肩恳告："当再读书，争取做些研究工作。"先生至今不知，因余怠懒，连硕研考试都未参加，思之怎不愧恨交加！

自与先生别后，常借微信联络。2019年，先生两赴加拿大探亲，本拟于次年开春回国，无奈受阻于疫情。我鲁莽浮躁，读书间隙，常以一鳞半爪、互不相关的问题烦扰先生，加拿大与中国有十六个小时时差，福辉师每信必回、回则必详，谆谆教诲，一如耳提面命，且每信末后常嘱"多联系吧""要多联系呀""再来信"等，亲切如一寻常长辈。后来我试以一万字篇幅，介绍福辉先生的故乡情缘、生命经历与学术成果，先生不但认真审读我的文章，还将其中的资料性误笔一一摘出、订正。我又对先生提出，想"像您研究沙汀先生一样（先生亦是沙汀研究专家，曾用了两年时间收集考订资料、二十余次同沙汀本人的访谈，遍访沙汀亲友、追随沙汀足迹，达到了'读过他所有作品，而能说出他每一时期的穿着样貌'的成竹在胸的境地。他所撰写的《沙汀传》，是国内首部关于沙汀的详细评传），来研究您"，先生不但不以我冒昧，还鼓励说"你的文笔和理解分析力都不错"；见我罗列的资料不全，主动提出其他资料凡他有者，"将来都可以赠你"。

吴福辉先生是情感丰富、敏锐又乐观的人，读其文字，还能体会到其兼有北人的温良敦朴与南人的机趣黠慧。他也是一个天生的学者，在事业上永远保持着好奇心与探索力。2010年，他在七十岁时出版了《中国现代文学发展史（插图本）》，实践了一种全新的文学史书写方法，有学者评价其"无论在宏观把握还是微观研究上都可谓独树一帜，自成一家"，先生所想的却是"这会是我的最后一部作品吗？"三年后，他以从文学广告角度切入的《中国现代文学编年史（1928—1937）》交出答卷；又五年，《石斋语痕二集》付梓，在"语痕"序文中，他又提出了同样的自问。

呜呼！我本相信一切艰困总为暂时，北京之约终可兑现；我本希望能借文字，得见先生更明亮的思想光芒；我本期待在先生指点引领下，走近先生的学术研究与生命故事、走近中国现代文学史的一个或几个角落，孰知一夕之间，天人永隔，什么也来不及了！

斯人其萎，悲哉痛哉。愿先生安息！

烟　火

家乡的早点

　　我的家乡是地处浙东海滨的小城镇海。在这座城里，年轻人清晨匆匆上班上学、老年人晨起悠闲散步，"出门吃早饭"是许多镇海人的选择。如今物质丰盈，说起镇海市面上的早点，洋者如蛋糕面包牛奶至于汉堡薯条，本帮者如大饼油条糍饭、包子馒头豆浆豆腐脑，大概每个镇海人都能不假思索地派出一大堆来。然而真要问及"老底子"风味与"独一份儿"特色兼备的老镇海早点，恐怕有不少人会望着满街林立的吉祥馄饨、沙县小吃、绿姿西饼、放心早餐挠头兴叹了。

　　其实远的不说，在全民国营的 20 世纪 70 年代，镇海城关里就有好几家点心店售卖这样令人难忘的点心，只是经不住物换星移，到如今几乎全已在行走中消逝，就连记得它们的人，也已年齿渐增、陆续凋零。这使笔者觉得有必要将这些点心择其要者写点出来，以飨后来读者。

糖耳朵与油墩

　　据说从前镇海的点心主要分成三类：糕团、油炸货与蒸点。老字号的国营或集体所有点心店，除了开在如今招宝广场对面的西街糕团店专售糯米糕团、带卖少量包子蒸点，余者诸如隔壁的西街饮食店、如今新华书店对面的南街糕团店等皆终日大开油锅。凡开油锅处，几乎都有糖耳朵出售。

　　糖耳朵又叫糯米饺，据从前南街糕团店的经理叶百芳老先生讲，老底子的糯米饺系用面粉与糯米粉以二八比例拌和、加水做成，因为捏出的形状屈曲扭转如同耳朵，又得了"糖耳朵"的诨名。做糖耳朵的面团极绵软，需要"养炸"：下锅时必须用极幽的火，油只热到二三成，边下边推使其不至沉底，然后等油温不断升高，令面团鼓出浮起，再加大火炸透，出锅后趁热"擂"上糖。一只上品糖耳朵，热时中空鼓胀，外柔内软、形状分明，冷后韧而不挺、黏糯更加，外形虽因糯米绵软而塌缩倒伏如同手掌，内里却极饱满绝不留下空隙，入口腴而不腻，咬住一头，糯米面可以往另一头扯出老长。并且糖耳朵表面所擂的，乃是一种质地更为细腻的绵白糖，晶莹透亮、润滑香甜，口感亦非粗粝的白砂糖可以企及。

　　糖耳朵在如今的早点铺子里依然可见，然而或许是为了成本的节省与外形的美观，如今的糖耳朵不但大举提高了面坯中的面粉比例，而且十之八九开大火用滚油炸制，所擂的糖衣也只肯用普通白糖。其形倒是无论冷热久久不懈，其味却是既硬而散，自然难与"老镇海"们曾经吃过的同日而语。

油墩这种吃食，在四十年前全不是什么稀罕物，可是今天不仅镇海街头难得一见，就是许多上了年纪的人也不容易说出个究竟来。

应满娣女士曾是西街饮食店的老白案师傅。据她说，油墩是一种腰圆形的糯米糕点，糕皮里稍掺面粉，厚而有馅，馅心多是猪油芝麻拌糖制成。炸法有几分近乎生煎包，须将墩子置于放了油的扁平"熬盘"中，开小火煎制，轮流翻面，直到两面金黄、内里熟透。炸油墩极考验师傅的耐心与经验，油量既要恰到好处，火候也是过一分则老则焦，欠一分则夹生疲软。要做到外皮韧而不滞、内馅一咬而流心、丰腴蜜甜又充肠适口、毫不起腻，殊非易事。

麻　球

油炸货里，麻球算是江浙一带的名小吃。如今所见的麻球有实心与中空两种。一般街头食肆以及带卖熟食糕点的超市商场，所售者多为以猪油芝麻或赤豆沙作馅的实心麻球。这麻球尽管看起来浑圆饱满、淡金可爱，并且半日一日仍挺拔如初，可是吃到嘴里就发觉皮稠而黏齿、馅腻而难化，还有那当了夹层的糯米粉与面粉，既厚而滞、索然无味。可是假如想吃更松脆香甜、丰腴适口的空心麻球呢，就得去酒家饭馆了。例如宁波专以正宗粤菜粤点为号召的利苑酒家，据说就有很不错的麻球，只是量少价高，还换了"金银尖堆"这样更显资质的名称。

笔者求学金华时，也曾在一家忘记名字的小馆里吃到空心麻球，一咬鼓而脆薄，二嚼既柔且糯、甘腴紫齿，滚热有油香。最难忘者其形巨如足球，上桌后须以餐刀割而啖之。

老底子的镇海麻球虽然没有这样大，然而色香味比之毫不逊色。据老师傅们讲，炸出这样的麻球，油温与火候是秘诀。将麻球捏好后养在冷油中，不能点火，而是要从炸油条的滚油锅里舀来热油，隔段时间浇上一瓢。等到麻球渐渐变色鼓胀、熟至七八成时，再捞至大火滚油中，一过一沥至颜色金黄即成。这样的麻球趁热吃最好，放凉不久便会塌缩，早上炸出来，放不到中午就塌成了芝麻烧饼。这一点也许无法为现在追求造型的商家所接受吧，所以老师傅口中与笔者记忆里的麻球，已经很久没有重现了。

糖年糕和雪团

专营各色糕团的镇海西街糕团店，最拿手者是花样百变的年糕。除了绵韧弹牙的年糕团，还售卖一种更柔软香甜的糖年糕。因为用黄糖上色，色沉若金，切成规整的正方形，一面加盖红印，热腾腾蒸出来，油亮亮的煞是招人喜欢。糖年糕制作时在粳米粉里加入了糯米粉，故而放凉之后甜味与糯香益愈彰显，口感仍然极富弹性，全不似寻常的白年糕，冷透之后不回炉就硬到无从下口。可惜这种年糕如今已经绝迹了。

雪团可以说是青团的一种变体，大小只比北方的元宵稍胜。糯米与粳米粉作皮，包上赤豆或黄豆沙的馅，蒸熟放凉了吃，其味也不过是软韧清甜，唯其外形丰泽腴润，莹洁如雪，加上每只都在表面上滚过一层浸饱了水的长粒糯米，蒸熟之后谷香芳醇、色泽通透如脂玉，实在姗姗可爱，可惜现在也不多见矣。

大众食堂的光面与港口饭店的生煎

老镇海口中的大众食堂是一座二层小楼，开在城关南大街如今的新华书店旁边，正经名字是"镇海国营饭店"。店面固然陈旧不起眼，可是所售者将各色包点饭汤粥面一举囊括。店内堂食不设雅座，无论谁来都是以四面长凳套一张八仙桌相迎。"大众食堂"的得名，或许与这种平易的待客方式有关。

大众食堂最出名的早点当数光面。老镇海口中的"光面"，其实是酱油红汤做底的葱油面。光面本来最寻常，可是被递到食客手里之前，大师傅都会先给面淋上一小勺浓而白的高汤汁，再挖一小勺稠如凝脂的冷猪油磕在碗中。猪油借着面汤的滚热翻浮融化，酱红并葱绿的面碗里，立即漫开漂亮的油花，清汤细面吸饱了猪油和高汤的精髓，顿时变得肥狞鲜美、活色生香。酱油光面要价只有九分，可是凭借最后关头的秘密武器成为店里的金字招牌，在万物凭票、缺油少盐的年月里，抚慰了多少人的心。

港口饭店即今天镇海花园酒店之半。近四十年前尚无花园之名，今之"花园"，南面开门为"港口旅社"、北面开门为"港口饭店"，二者皆为国营。港口饭店的招牌便是生煎包。

生煎包是极大众化的南方点心，然而一样吃食百样做，平淡之中最能见出高下。"港口生煎"其形圆润、收口皱褶分明，皮如凝脂、薄而细韧，底色浅金、脆而不焦，馅心是肥瘦相间的上好"条肉"，以料酒、生抽、老抽、葱姜等预先腌过，出炉时趁热咬上一口，肉咸鲜膏腴，饱满的汤汁油润甘美、滑不腻口。当年在附近上班的壮小伙子们，总在早饭口儿或夜宵点三五成群奔进店里，豪爽地点上十几二十个滚热出笼的生煎，配上香醋半碗，一面红光满面地大嚼大咽，一面天南海北山吹海侃。这些馋人之中有多少如今已年近半百，可是一说起港口生煎，仿佛又回到了拥有无限未来的当年啦。

盛暑特卖"田力糕"

严格来说，南街糕团店售卖的田力糕不算正经意义上的老镇海早点，而是一种夏季特有的甜品。

"田力"似乎是江南人对于荸荠的别称，然而老底子的镇海田力糕里并无田力，只是将滚开的水冲入番薯粉，一面快快地搅拌，被烫熟了的白色番薯粉逐渐变为透明的膏状，在大方盘里摊开晾凉、切块即成。不知为何，大众食堂的田力糕在透明的同时据说是微微发黑的——依照"外貌协会者"的标准恐怕很难登大雅之堂——巨大的一块块，豁喇喇躺在盘子里，白衣白帽的师傅一手持刀，在糕上一划再一划，另一手拿铲子顺势一铲，那铲子一翘一斜，一块形状周正的田力糕已经颤巍巍落进食客碗里。田力糕的标配是蜜糖汁。蜜糖汁放足了白糖与黄糖，熬得浓稠绵密，事先冰镇妥当，这时从师傅举得高高的汤勺中细细流出，很快便将田力糕完全浸润。热得焦躁的食客迫不及待地将糕送进嘴里，顺滑清爽、冰凉蜜甜，浑身的毛孔仿佛皆为之一张，汗意消尽，通泰之感沁入心脾。

这田力糕的要价，据说也是十分亲民的，然而现在的镇海街头也难觅其踪影了，读了此文的馋人们如想尝试，大约也只有江浙古镇旧街、故村窄巷里不时出现的木莲冻可以仿之一二啦。

烟火

鼓楼檐的糍饭团

上高中的三年，我很少在家吃早饭。尽管学校离家只有十分钟的自行车程，但我的学校有着与所有中国高中一致的规矩：上午的到校时间早。与其受用一顿住家早餐，不如将它变为一种"速战速决"的快餐，好让自己和家长都多睡几分钟，这成了许多本地学生的共同想法。

由学校大门延展开去，南大街、"鼓楼檐"前的鼓楼西路一直到西街商圈，"上学路上的早餐店"也因此成为镇海小小老城关的一道风景。许多人（也有不少是学生）在这些地方驻足，花两三元钱要上一副大饼油条或者几大块炝饼（所谓炝饼，是一种比大饼稍厚的三角状油酥千层饼，趁热吃其味比大饼更加咸鲜。在我上中学的时候，两三元钱买到的炝饼已经勉强可以填饱一个小伙子的胃肠了），边吃边有些不好意思地偷望几眼旁边只买五角钱炝饼的苗条姑娘。一番狼吞虎咽之后，又匆匆上路。

说是早餐店，其实却不是每一家都够得上"店"的规模。但同"明清早点""永和豆浆""天天早点"这样有固定门面、有或多或少的桌椅板凳（在有些生意兴隆的店铺，店家还会不时将桌椅篷布支到门口的马路牙子上以应付聚集的人流），还有几个围着脏乎乎的围裙的惯会吆喝的男女伙计，端着包子、馄饨和豆浆穿梭在汤锅蒸屉的热气与老旧电扇的冷气之间的颇有"排场"的店铺相比，那些俗称"路边摊"的流动摊点似乎更受学生的青睐。

靠近"鼓楼檐"的地方，总有一个四十几岁、略胖的短发女人在卖糍饭团。她的全部"家当"都装在一辆小小的平板三轮车上。车子停在路边，车上放着一口小小的油锅、一只大的粗木桶和一只小些的木桶。油锅里的油总在翻滚，大桶里装的是无论几时看上去都冒着热气的糯米饭，小木桶里是滚热的年糕块。木桶边上又搭出一块小小的案板来，案板上随时备着木饭铲、保鲜膜和一方小小的细竹卷帘。案板有一大半被一架竖起的玻璃罩遮住，案板前头各样碗碟一字排开，盛着火腿肠（总是我们这些学生喜爱的双汇王中王）、榨菜丁（总是咸鲜得恰到好处）、萝卜丁、肉松、煮好的里脊肉片（这个我不大吃，尽管它们看上去可以被信任）、芝麻和黄糖混合的粉，最后在一个架着锅形铁丝网的小小的铅皮桶上，放着刚刚炸出来的金黄的油条。

女人白皮肤、好穿蓝大褂，做生意的身手麻利，又极爱干净。一年之中，除了清晨也必须穿短袖的酷暑，她都戴着一副袖套。在捏糍饭团或年糕团的时候，她坚持戴上手套，在收钱和找钱的时候再摘下来，每一个早上的生意，都要费去好几副一次性手套。她捏一个糍饭团，似乎只要十几秒的时间，即便隆冬时穿着笨重的棉衣也不会影响这种速度：一手飞快舀出一勺热饭摊在铺好保鲜膜的细竹帘上，一手已经抓好油条，迅速在饭上叠成了两三叠，一面在口里重复着顾客点选的馅料，一面腾出手来轮番抓起馅料碗里的不锈钢勺，催动榨菜、肉松、萝卜丁上下翻飞。至于那些包装齐整的"王中王"，则她的小刀似乎有一种神奇功力，从塑料纸的一侧划开，仿佛只要一秒钟，就可以剥出一根完整的肉肠，叫它乖乖躺在米饭中间。她看似粗胖的手指异常灵巧，只消将那竹帘轻轻一推、一卷，再轻轻一压，一个被晶莹米粒包裹的糍饭团就做成了。她裹出的糍饭团很紧致，即使被丢在自行车篮里经受上下颠簸，那种还没张嘴就满手粘饭的情形也极少出现。

在女人的推车前，无论是咸的糍饭团还是甜的年糕团都卖得挺公道。两元钱就能买上一团只夹油条的糍饭团（年糕团好像也是差不多的价格，或许更便宜一点），如果遇上比较熟的客人，或者是总去光顾而闲钱不多的学生，那么多加些糯米饭，或再稍稍撒些榨菜丁、萝卜干的，也可以不要钱。另搭一袋五角或一元不等的豆浆（淡的五角，加了糖或冲了酱油点了葱花的一元），就很可以饱吃一顿。要是手上宽裕些，或者嘴馋想要"改善伙食"的，尽可以将火腿肠、肉松等馅料点个遍，总不会超过五元钱（不过这对当时的学生来说，也算得上是一种小小的奢侈了）。

女人卖的早点在学生们中间小有声名。高三那年，鼓楼檐的糍饭团更是成了不少人面对学习高压时的重要心理缓冲。尤其在冬天，还有什么是比畏手缩脚小跑一路或者骑了一路自行车之后，可以安安稳稳坐下来喝上一口热豆浆、吃上一个尚冒热气而鲜美果腹的饭团更美好的事呢？所以同学之间，多有发扬团结协作精神者，几人或十几人"组团"轮流买早点，则某一人的车篮、车把手塞满和挂满豆浆饭团年糕团，在值周学生的"逼视"下推着自行车低下头一溜烟跑进校门的情形也不时发生。

一个离高考不远的残冬的清晨，鼓楼前面通往学校的大街还未到热闹的时候。我照例到那辆流动的推车前买早点。那位胖胖的阿姨一面像往常那样飞快地裹着糍饭，一面笑着问我："等你们以后毕业了，还会记得有这样一个半老太婆，天天在这儿卖糍饭吗？"我忽然有了一丝伤感，可是很轻松地笑着说："当然会记得啦。"

此后许多年，我求学、工作、搬家，再没有见过那辆小推车，也再没有吃过那样叫人记忆深刻的糍饭团了。

舅舅的糍饭糕

我从小就知道舅舅是个美食家。

尽管相比父辈而言，我生长在一个衣丰食足的年代，但"吃"这件事情于我而言，仍然是生活里仅次于阅读的重大事件。在这样的前提下，舅舅对美食的热衷与钻研，当然在我波澜不惊的小小日子里引起了一次又一次充满惊喜的大大期盼。

舅舅从年轻时起就在轮渡公司工作，似乎从来没有正经学过厨艺。然而我们家的人却时常笑称他的手艺是"超乎学院派之上的创新派或概念派"。因为他首先擅长在不断的尝试中赋予那些极其家常的食材以新意。十几年前，南方家庭的观念里，米饭的做法还不过是蒸煮炒以及做成猪油或开水的泡饭，而舅舅已经将综合了海鲜、猪肉与水果的菠萝米饭端上了自家饭桌。同样是十几年前，当自制西点还和烤箱一样，于大多数中国普通家庭而言还十分稀罕而遥远时，当大多数人仍拿鸡蛋与面粉做成面条或者卷饼时，我却已经尝到过舅舅用微波炉烘焙的蛋糕。

这些对于年少贪嘴的我来说，所引发的自豪感和崇拜之心要远胜于单纯的口腹愉悦。然而每当我向舅舅探问他所拥有的厨房奥秘时，他却都是轻描淡写地来一句："哪里会有什么奥秘啊，菜的做法，不过是因为我觉得下厨好玩，摸索着自己想出来的而已。"

将独幅心思注入寻常的食材，使之呈现出异乎寻常的面貌，美则美矣，然而做出的菜肴好比画框里的西洋画，或浓或淡，充满了艺术的风情，却可能减少了家常的质朴。"复原记忆里的美味，有时候比发现新的美味更需要功夫和创意。"如他所说，相比单纯的创新，舅舅更愿意把心思用在那些正宗的镇海家常菜和坊间老味道上。

在老镇海人的早餐食谱上，油炸糍饭糕可算是一道广受青睐而经久不衰的名点。将浸泡过的糯米蒸熟，拌以食盐味精等调料，再将糯米饭倒入大方盒（一般以铝、木或不锈钢制成）中完全压实，将用刀切成长宽各五厘米，厚二至三厘米的糯米块放入热油中炸至表面略硬、通体金黄即可。糍饭糕大概是舅舅最爱的几种早餐之一，可是尽管如今镇海老城关清晨的街头巷尾之间仍有不少叫卖糍饭糕的饭铺食肆，其味却常常失之冷硬黏牙。因此，舅舅坚持自己下厨来做。舅舅做的糍饭糕，一如他经手而出的每一道美食，总能给人近乎艺术的享受：一大盘糍饭糕端上来，氤氲的热气里混杂着热油那种引人垂涎的独特浓香。金色的油脂，缝隙中仍带着滚油锅里的余响，凝固成一件外衣，裹夹起饱满又隐隐可辨的糯米粒。迫不及待地趁热夹起一块，一口咬下去，酥脆、软糯与咸鲜交织着回荡在口齿之间，曼妙得教人欲罢不能。

　　说到美食，舅舅总是显得神采奕奕。"想做一块好吃的糍饭糕，油是第一等要紧的东西。"舍去地沟油不说，早餐店的油往往反复使用，不仅失了本身的油香，暗沉的颜色还有可能影响米糕的外观。"足够高的油温和足够快的速度也很关键。"舅舅一面熟练地用筷子翻炸滚油里沉沉浮浮的糯米块，一面这样告诉我，"等油升温的时候一定要耐心，到了七八十摄氏度时才可以放糯米块。糍饭糕最忌久炸变硬，所以糯米块下锅的速度一定要快。听见米糕在油里刺啦作响，颜色变黄就迅速翻面，等到两面都呈金黄色时就可以捞起装盘了，前后不过几十秒。"

　　最近一次在外婆家聚餐，舅舅又一次用他的糍饭糕成功勾起了我的馋虫。无意中踅进厨房，我忽然看见舅舅从柜子里找出一瓶白色粉末，用小勺舀了放进舅妈撒了盐与味精正在搅拌的糯米饭里。

　　"咦——这是小苏打？"

　　"是啊。"

　　我回想着自己听说过的糍饭糕制作工序，并没有这一道。"哦哦，原来你每次做这个都会放小苏打啊。难怪你的糍饭糕松脆异常又不黏牙呢！"我笑称发现了舅舅的不传之秘。可他却笑着来了一句："发馒头做面包，为了让面更松软，不是常用小苏打吗？面粉上能用的东西，为什么不能用在糯米上呢？"

　　望着舅舅一脸不觉新鲜的神气，我只好佩服："这样的灵感是从哪里来的呀？"

　　"哈哈，是我自己想出来的呀。"

烟火

年糕的故事

　　年糕算是江南的一种名物，对宁波来说尤其如此。慈溪、余姚、慈城还有北仑虾蜡，这些地方的人都把"手工水磨年糕"当成走遍天下皆不如故乡的骄傲。在老底子宁波人眼里，年糕与岁时更迭相连，所以无论做年糕或是吃年糕都具有隆重的仪式感：亲帮亲、邻帮邻，合村举族的男人都会在旧历年底围拢在巨大的石臼边，你一捣臼、他一捣臼，一面汗流浃背，一面谈笑喧天。水乡粳米做出的年糕雪白软糯，趁热压成简单的脚板形状，然后被各家主妇一根一根仔细地浸在凉水里。任由害了馋痨的孩子们挨着水缸望眼欲穿，这半缸年糕也得在敬奉过神明祖先之后，从正月一直吃到春暖。

　　有别于长辈们的口口相传，我记忆中的年糕要家常得多。一碗桂花糖炒年糕，仿佛就是年糕最该有的样子。

　　自我记事起，家里的厨房一直是母亲的天下。可是父亲兴之所至，也常有几个拿手菜令人盼念。比如这桂花糖炒年糕，就与父亲在厨房的身影相连。

　　市售的年糕，以年冬时又多又好。冬夜漫长，遇到不用上班上学的悠闲日子，一家人常围坐在客厅里，边看电视边谈闲天。聊着聊着，父亲便会站起来，以不多见的兴奋而略带炫耀的口气问："要不要来点夜点心？糖炒年糕要吃伐？"还没等人回答，就一面径往厨房走，一面自言自语："年糕得用红糖炒，还要再加点你外婆家酿的糖桂花，这才够香嘞。"父亲嗜甜，炒年糕下糖"出手阔绰"，炉灶前一顿急火猛炒，浓而甜的桂花香很快从厨房一路飘至前厅。一大盘糖年糕上桌，父亲盼着我们趁热动筷子，自己则坐在一旁，一面看着我们吃，一面不紧不慢地笑说："这碗糖炒年糕啊，总还是我炒得好。"许多年后我自己学着下厨，看着手机软件里的菜谱，觉得糖炒年糕实在简单易行，特地调侃似的跟母亲说，以后想吃糖炒年糕再也不必父亲出马了。然而当我企图以一口平底锅依样画葫芦时，却发现尺寸之间学问甚大，靠着指尖得来的笼统而瘠薄的理论知识，在短期内无论如何复制不出父亲那碗年糕软韧而不粘连、挂糖调匀而晶亮、口感甜蜜又不起腻的糖年糕。父亲一直是我眼中的权威家长，在与我成长有关的许多事情上他都追求完美且不善表达，可这一次面对坐在饭桌旁颇显懊丧又装着不以为意的我，他只是非常温和地说："其实炒得挺不错的，下次记得用铁锅，小心让热油溅到身上，再翻炒得勤些、快些、匀些就行啦。"

那一次，父亲好像特别饿，他埋头把剩下的半盘年糕都吃完了。

尽管糖炒年糕是父亲的招牌，可家里最爱吃年糕的人其实是母亲。找一根白年糕切片，拿水一冲，丢进微微煮开的牛奶里一滚，片刻之间就可以起锅装碗。许多年里，父亲忙于工作，我也在或近或远的地方求学和上班，我们各自吃着食堂，一碗牛奶年糕加一双筷子，就是母亲最常做的"一个人的午餐"。我曾跟母亲聊起此事，她打趣说："有时候我只需要一根筷子——把蒸熟的年糕扎起来吃就行了！"她边说边比画，脸上的表情仿佛掌握了什么能够制胜于人的法宝，满是秘而不宣的得意。母亲操持家务、料理一家人饮食，一桌子菜从菜场到餐桌，快得如同变戏法。她熟知父亲好鱼、我杂食而爱蔬菜这种种习性，她做的花菜蘑菇羹、灯椒烤肉、酱烧茄子、胡萝卜冬笋西兰花这些菜，更是我隔三岔五便会想念的家常美味。然而当我走笔至此，努力回想母亲自己爱吃的食物时，所有能想到的，不过就是这碗最简单的白年糕。

叫我时时惦记的，除了父亲的桂花糖炒年糕，还有鼓楼檐的年糕团。

镇海老城的鼓楼檐，是我上学日日经过的地方，胖阿姨的早餐摊就摆在那里，她守着一辆小小的推车，向早起的学生出售糍饭团、热豆浆和年糕团。

年糕团这种东西，在江浙沪一带似乎都很流行。糕团皮应该是粳米里掺了糯米，一磨一捣一蒸，比寻常的年糕更加柔软，要捏要摊都极容易。上海和宁波，大约都以自己的年糕团为正宗。以上海为例，年糕团可甜可咸，但裹上一根油条是必须的。咸的年糕团加榨菜、甜的年糕团加猪油芝麻炒成的"黑洋酥"，才算是正经吃法。在胖阿姨摊上吃年糕团却没那么多讲究：半块玻璃支在打了横的推车前头，就算是一只食品柜了，可柜子里瓶瓶罐罐的调料丝毫没有因陋就简的意思。喷香的现炸油条自然是有的，此外，甜的黄豆粉、芝麻粉、花生碎，还有为"重口"的顾客备下额外的红糖与白糖。咸的榨菜碎、酱瓜碎、酱油与花生酱、芝麻酱，以至于里脊肉、火腿肠、肉松，只要你愿意，都可以当作馅料。胖女人手脚极为麻利：食客往摊前一站，她便揭开木桶盖，一手抓出一团滚热的糕团皮在面前的竹帘上用力一摁，一手拿小刀就势划开火腿肠，捏起里脊肉，再先后操起调料瓶罐里的十来只不锈钢小勺一通上下翻飞，那红黄白黑各样色彩顷刻已在糕团里铺满。糕团底下早已预先铺好了保鲜膜，这时只要将竹帘顺势一滚，再用手一捏，一只年糕团就做成了。胖女人把它装进袋子，仔细地递到食客手里，再脱掉一次性手套，这才笑吟吟地接过钱来。

胖阿姨的早餐摊几乎伴我走过整个高中时代。那时我们尚未自食其力，早点费、零花钱都极有限，而胖阿姨的早餐摊简直专为穷学生而设——只花三元钱就能吃饱，若肯"阔气"地再加三元，简直就能把那些调料罐里的美味都尝遍了。偶尔有学生翻遍口袋发现少带了三角两角，她都会哈哈一笑说"不用不用啦"，至于多买了几个糕团就送一袋豆浆或多放半根油条的事也时有发生。更难得的是，日日经过的诸多食客只要在她的摊前吃上几回早点，那么豆浆喝甜喝咸，年糕团放黄豆粉还是肉松榨菜，她全记得一清二楚，在冬天里还会贴心地多加两个塑料袋，人一来便快快递上。常来常往如我者，从鼓楼檐跨上自行车，一路赶到教室，还能在早读开始前吃上一顿热乎乎的粢饭团或年糕团加豆浆，实在觉得熨帖至于感动。

我在另一篇文字里专门写过这个胖胖的阿姨和她的早餐摊，那时我并没有为此重访鼓楼檐，只是问起我的家人以及不少旧日同窗，都说记得她，并且听说她的小本生意多年未涨价。直到又写完了这篇文章，我仍不能知道那个早餐摊以及和蔼可亲的胖阿姨，她的令我记挂的热气腾腾的年糕团和粢饭团，现在究竟还有没有了。

与番薯有关的记忆

"番薯"是江南部分地方人习惯的叫法，此外，尚有西北、东北人谓之地瓜，华北人谓之山药蛋，以武汉为代表的华中人谓之红苕。就是同属华东，也有上海、苏南一带的人别出心裁，呼之为山芋。百里千里不同名，恰正是番薯生命力强劲的表现，番薯之"番"，原本在一定程度上标识了它外来者的身份，可是数百年之内，它却几乎遍布了中国土地的角角落落。

番薯生来刚强而谦卑。在潮湿、寒冷、地势崎岖破碎的山区，水稻或小麦不能成长，但番薯照样硕大甘甜。它对地力、人工的要求也不很高，尽管品质不是最上乘，但在瘠薄的土壤里也能有维持温饱的产量。

所以番薯这种东西，在关于物质匮乏的共同记忆里，占据着重要地位。

我母亲生于 20 世纪 60 年代初，困难时期刚走不远，饿与穷仍是笼罩在人们头上的两块巨大阴影。计划经济体制下，"凡事皆要凭票"。外公外婆都是公职人员，每人每月领到二十八斤粮票。母亲提着洋粉袋，攥着窄窄的粮票去粮站换粮。那时候大米是稀罕物，"免淘精米"闻所未闻，细石碎糠敷壳常见。可是母亲说，比起"三搭一"的规矩来，这些远不算什么。

所谓"三搭一"，就是一袋粮食里，白米这样的"细粮"只能占三分之二，还必须搭配三分之一的粗粮。所谓粗粮，最多的还是番薯。粮站的人验过粮票，先往洋粉袋里倒上三分之二白米，过了磅，母亲赶快捏住口袋的空余部分打上一个结，再敞开袋口子，把搭配来的番薯放进去，小心翼翼地背上，走回家。

白米永远不够吃，所以母亲的童年到少年，每一顿饭的炉灶上都蒸着一碗番薯，每一日的厨房里都弥散着番薯的糯香。

或许母亲和舅舅从不觉得那是一种"糯香"。"天天吃番薯，吃到胃反酸。那时日日幻想，总有一天，粮站的人心情大好，过磅时松一松手，多抓上两把三把白米，该有多幸福。"母亲一边说，一边下意识地摸了摸左手。她的左手食指上有一个半月形伤疤，从指腹连到指尖。小时候削番薯走神，刀一滑，切了手，"差点削掉了半块肉"。那时候，孩子都兴"散养"，跌打损伤在家长眼中是小事。外公外婆工作忙，母亲又刚强，没有去医院，只是自己设法用纱布将血淋淋的伤口捏紧，任其慢慢愈合。

四十年后，以这道伤疤为界，母亲指尖上那一小块肉仍时时感到麻木。

"可是饿了、馋了的时候，最先想到的还是番薯。"做孩子的时候，母亲和舅舅都偷吃过生番薯：白心番薯比黄心的更脆更水，洗净去皮，"咔嚓"一口咬下去，简直可以媲美冬萝卜或者秋梨，嚼得沙沙作响，满嘴甜香。母亲老早就知道吃生番薯不利于消化，而且极易胀气。可是她回忆起这些，仍像尚小云回忆吃鲜嫩的大水萝卜一样，满脸沉醉。

烤番薯是冬天最具代表性的食物之一。对于好吃者而言，它远比立冬、冬至这些抽象名词更具有节令上的说服力。我没有具体考证过烤番薯兴起和兴盛的时间，但在母亲的少年时代，它大概也算是一种奢侈品吧。

常见的烤番薯总被放在一个脏乎乎不能辨清颜色的老旧柴油桶里，桶口盖着脏乎乎不能辨清颜色的棉被，棉被掀开，桶口的边缘搁着几团烤熟了的番薯。从圆圆的桶口望进去，另有大大小小的番薯团裹在滚烫的炭火余烬里，桶里桶外一齐散发出浓烈的焦糖香。摊主常是汉子或大婶，戴一只脏乎乎不能辨清颜色的厚棉手套，一面收钱，一面勇敢地火中取薯、熟练过秤，一会儿工夫，尚冒热气的番薯就被食客捧在了手里。

烤番薯常用黄心番薯来做，相比白心番薯，一掰两段之后，它露出的金黄绵软的肉质可以说是非常有诱惑力了。可是资深的街头食客都知道，同接近薯心的薯肉相比，紧贴薯皮的部分，才是一团烤番薯的精华。番薯经炭火洗礼，薯皮变得脆薄，轻轻揭去，薯肉显出纤维分明的浅黄，干如老人的手背。撕下一块来一嚼，韧而不硬，满口蜜甜喷香。

今人推崇绿色健康的饮食理念，柴油桶烤番薯虽时不时顶着"肮脏致病"的骂名，却依然在烤箱蒸汽箱微波炉组成的现代厨具大军中淡定穿行，对自己的不登大雅之堂安之若素。冬日街头，倒是无数绅士淑女愿意为了口腹之欲自我降格、不顾形象。或将体面西装、周整领带之上的半个脸埋进巨大的番薯，或以艳丽动人的红唇配合翻转的舌头奋力哈气，纾解着一大口番薯带来的贯穿全身的灼烫感。细心的店家为买主预备了塑料小勺，可面对那些每个重量以斤论的烤番薯，多少人选择目不斜视地当一回高唱"大河向东流"的侠士好汉。

番薯干也是番薯常见的副产品。最好吃的番薯干，藏在偏僻贫苦的深山之中。

外子的故乡是温州泰顺。泰顺峰壑连绵，番薯是这片贫瘠土地上最值得让人骄傲的作物。番薯在每年农历八九月份收获，一直藏到霜降之后才足够甜。从这时起，大山里家家户户日夜升起袅袅炊烟，每个农家院里都有老人和孩子的脸膛被灶火映得通红，每口大铁锅里都挤满了跃跃欲试的番薯团子，每个女人粗壮的手指都被烫得通红，可是愈加灵巧地翻飞，剥掉薯皮，切出一摞摞丰腴调匀的薯片。

晒番薯是山里孩子的盛大节日。劈竹为篾，编成巨大的竹垫，一片片金黄在窗台、场院、屋顶肆意蔓延。阳光为每一片金黄凝聚灵魂，金黄化为深深浅浅的褐色，风则赋予它们韧性。"晒不很久的番薯干最好，柔韧不粘牙，糖析出，至为香甜。"外子说，几乎每家孩子都学会上房的本领，为了偷吃自家的番薯干"飞檐走壁"。这种柔韧香甜穿过童年的大鱼大肉的渴盼，顽强地留在每个泰顺孩子的心头。

写作此文的时候，正是秋末冬初，又一回番薯当道的时节。烤番薯、蒸番薯、番薯干从四面八方赶来，向食客发出憨厚的招引。我听见自己在悄悄又凶猛地咽口水，就像许多好吃者那样。所以，赶紧搁笔出门，去买一团热番薯吧！

烟火

一碗蛋炒饭

冬天的夜晚，大抵是一年中最容易饿的时候。夜色浓密又萧条，寒风吹响的低音号里，夹杂着一两声南方的蝉所特有的不甘死亡的短鸣，或者一小段寂寞的狗吠，总惹得人辗转反侧：或为了一个忽然闪现的灵感兴奋，或为了一项进退维谷的抉择焦虑，或为了一张险些要交白卷的试题懊丧——什么也可以想，什么也可以不想，想着想着就饿了。

这饥饿殊难排遣。冬夜漫长得仿佛永无尽头，黑色的潮水一浪高过一浪，跟清醒的大脑一起揉捏敏感的肠胃，把这饥饿层层浇筑，变成无坚不摧的堡垒。

这样的时候，就会特别想念一碗蛋炒饭。

说起来，人无论顺逆贫富，总也逃不过"珍珠翡翠白玉汤"定律。日光之下、寻常时节，总忙着艳羡追求那异乎寻常的珍馐异馔玉液琼浆，要到了极饿极渴极穷的窘迫境地，才领悟寻常粗淡之食更胜珍馐异馔玉液琼浆，却往往求之不得、嗟叹不已。

"嚓"的一声点着燃气灶，看铁锅里气泡渐渐集聚，升腾成怀有异香的袅袅油烟。知道是时候了，无非就是放打散的蛋液和饭下去，抓上一把盐，颠倒一炒，临起锅时再撒上一撮葱花，一碗蛋炒饭便可以端上桌了。除了在将鸡蛋列为第一营养品的艰难岁月，大约无人不以之为最家常、最快手。

然而葱烧海参有葱烧海参的功力，炒青菜有炒青菜的技巧，炉灶之间有天下，从来不以表象论英雄。看似普通的蛋炒饭，其实根本经不住"要用什么饭""蛋要几时放""饭要怎样炒"这简单的三问（或许还可以再继续细问），内里乾坤便逐渐显露了。

一碗蛋炒饭的命运早在打开油锅前许久就已决定。炒出的饭要晶亮饱满、粒粒分明，松散而不失柔韧，又要稻香持久。所以长粒米要好过圆粒米，冷饭要好过热饭，干饭要好过又湿又软的饭。有经验的掌勺人，都知道"隔夜饭"往往是点化蛋炒饭的杨枝水。及至下锅，必须记得先把鸡蛋液炒到八九分熟再放下饭去。若顺序颠倒，则必然使蛋液将米饭"挂烟"到面目全非。炒饭时须用文火，锅铲的翻推划拨既不能停也不能急，一下一下，直到饭粒全部散开、鸡蛋均匀包裹、细盐全部融入、米香蛋香四溢、黄白之间"只见光亮不见油"，便可细细地抓些葱末投入，然后起锅了。

有如许讲究，无怪乎老饕唐鲁孙多年之后回忆他家对新进家厨的考试时，蛋炒饭是每次都会有的必考题。

蛋炒饭从家庭厨房走向餐厅饭馆久矣，可惜鲜有真能悟透"少即是多"妙谛者。路边摊与小饭铺知道一味重油重盐、狂倒味精，仿佛只有这样才能给蛋炒饭增色提气。"酱油蛋炒饭"也早不是什么新鲜事。老店名店如鼎泰丰者，当然以为已经登堂入室。妆容甜美的服务员在明净辉煌的餐厅里先柔声问过忌口，再袅袅端出一碗售价六十几元的蛋炒饭，倒是不油不腻，然而虾仁肉丝堆满，似乎也非蛋炒饭的本色。

传闻金圣叹曾说"花生米与豆干同嚼，有火腿滋味"，似乎还奉之为朝闻道夕死可矣的秘方。乍听上去像是在夸赞花生米与豆干的价廉味美，一转念便觉得金先生仍有一种遥望火腿而不得的穷食客姿态，就好比和尚总琢磨怎样使素烧鹅的滋味近于鹅或胜于鹅，说到根子上仍是贬荤尚素，既有破戒危险，又非老饕境界。窃以为此理移之于蛋炒饭同样适用：一碗蛋炒饭就是一碗蛋炒饭，所有烛照发微的厨艺手段，都是为了将它简朴素淡的本真滋味不加修改地释放出来。一碗用心做成的家常蛋炒饭，足以使人对火腿烧鹅山珍海味视而不见。

烟
火

"压饭榔头"咸炝蟹

　　泡饭是宁波人最典型的家常早饭，相形之下，油条大饼尽管多见，终究是街头点心摊里的风味，不像泡饭虽然简单至极，却有浓浓的更厨灶台气息。隔夜的冷饭拿开水一滚，米粒吸饱了水，变得晶莹柔软，半乳白的米汤里很快香气四溢。

　　泡饭是很"随味"的，拿什么东西当佐菜，就是什么样的风味。宁波人喜欢咸鲜的腌菜，称为"压饭榔头"。好像那咸鲜有种惊人的魅力，只要筷子头上一点点，就能叫饭望风而逃。酒拌泥螺、香油腐乳、腌小黄瓜（宁波人称为"脆瓜"）、切丝榨菜以至于很咸的"龙头烤"（晒干了的豆腐鱼）都属"压饭榔头"之列。不过最出名的还要数炝蟹。曾有老先生撰文，说炝蟹唯与泡饭最相得益彰，干饭失之于硬、粥又失之于稀软，真饕客言也！

　　炝蟹之"炝"是方言，正确的写法究竟是哪个字，似无定论，只有用炝锅的"炝"勉强替代。事实上，炝蟹既不动火，也不动油，制作全靠食盐，所以炝蟹也被叫作咸炝蟹或咸蟹。我曾听一位出租车司机传授一种炝蟹的腌制密法：取大洋瓷缸一个，以盐与凉水一比三的比例制成咸卤，买鲜活的梭子蟹洗净整只丢下，上午腌制，到傍晚便可捞出切了装盘。这样"天下武功唯快不破"的做法，只有舟山人推崇的"十八斩"能与之匹敌。舟山人终日与海为伍，视生猛海鲜如常物，为求鲜美练就了几乎来者不拒的强悍肠胃功能。我大学时，曾亲见一位舟山同学，把许多"鲜龙活跳"的大对虾扔进以食盐、白醋、料酒、砂糖与姜丝调成的卤水里，不到四个小时便招呼大家去吃。那虾肉脆嫩鲜甜无比，莫可名状，只是将来自云南、安徽的一群内地同学吓得连连摆手倒退。

　　一切腌制食品的起源，似乎都与物质匮乏和贮存条件落后有关。关于这一点，我的祖父曾经讲过一个令人印象深刻的故事：他家从前的邻居十分贫苦，大约是为过年讨个吉利，特买了一尾带鱼，却又舍不得吃，就抹了极厚重的盐，一直挂在房梁上，预备存上一年。这家人有一儿一女，四口人日日围坐吃饭，咸带鱼就悬在眼前。白饭无可以佐者，难以下咽，做父亲的就教孩子抬头望一望那带鱼，好像白而厚的盐花能使嘴里生出咸味似的。有一天，刚往嘴里送了一口饭的女儿照例看了一眼带鱼，"心理疗法"却没有起作用，只好又看一眼。不巧弟弟看见了，向父亲告状说："凭什么姐姐可以看两眼呢？"那位严厉的农民父亲立即瞪起了眼睛："叫她咸煞，叫她咸煞！"

这样滑稽又辛酸的故事，正是农村曾经极度艰困的写照，当然也使我们看到在没有冰箱的日子里，劳动人民朴素的智慧。

然而炝蟹并不是越咸越好。

我母亲曾用我告诉她的办法自己来腌炝蟹，可是万万不敢只腌十个小时就捞起来，总把杀灭寄生虫的希望寄托在浸泡咸卤的时长上，等够一天一夜才能放心，使蟹肉过咸外，更有发烊之虞。

"红膏炝蟹"是炝蟹里的极品。宁波人信奉无蟹不成席，一盘上好的红膏炝蟹是可以宴大宾的。镇海的澥浦有一家兴业饭店，就以红膏炝蟹出名。那蟹块摆盘齐整，蟹肉饱满、肉色雪白，蟹膏红艳丰腴，蟹黄凝结不散，叫人一望而食指大动。入口更是鲜香透骨、更兼甜嫩，且妙在并不很咸，用来下酒或白嘴吃都可以。

炝蟹生冷，并不是人人都能消受的美味。"暴时吃"（指头一回吃）的非海边人往往会闹肚子，可对于浙东沿海的"土著"来说，它又是无法复制的家乡味道。我曾有一位小同事是台州临海人，她弟弟在江西念书时，深以吃不着炝蟹为苦。姐姐于是买了一大堆各色零食给他，特地加上数只真空保鲜的"陆龙"炝蟹，用心包好后以快递寄出。

有一位这样的姐姐，实在是非常令人羡慕的事。

烟
火

春日鲜馔话香椿

知堂先生曾在他的散文名篇《故乡的野菜》中提到两句童谣："荠菜马兰头，姊姊嫁在后门头。"这是清明时节比较会唱起的童谣，因为在知堂先生的故乡绍兴，荠菜与马兰头都是清明前后的时蔬。

知堂归于道山久矣，不能料到农技与保鲜存储技术日新月异的今天，荠菜马兰头非但"有人拿进城里来卖"了，而且早已不拘清明，几乎一年四季都可以吃到——当然，大棚里种出的荠菜马兰头，滋味与野生者一定相形见绌。相形之下，另一种菜不仅气味别致、时令性更强，叫众多馋人涎口交盼，并且无论自吃或售卖，均须自家去采，倒更算得上是真正的野菜。

这种菜就是香椿。

香椿以香为名，自然还有臭者与之相对。椿分香臭，自古而然。只不过老祖宗们的字典里，以椿特指香椿，臭椿则被称为樗。椿是高大的落叶乔木，《逍遥游》里又说："上古有大椿者，以八千岁为春、八千岁为秋。"这自然是瑰伟浪漫的想象，可是或许也印证了椿树的长寿。

以上种种，都叫人觉得香椿确乎是庞然巨物了。可是作为食物的香椿是春天里生发不久的椿芽，有些地方又称"香铃子"或"春苗"，实在是柔嫩细小得很。

椿芽嫩叶绛紫曼柔，或有浅翠斑驳其间，叶形貌若新羽、枝丫状如修竹，可是比无骨的新羽更见风致，比单是青绿的修竹更显纤瘦隽逸。

中国人以香椿入馔由来已久。《本草纲目》说香椿性平味苦，然而据笔者看，它独有一种微辛微涩的奇香，最能勾人。每年清明将至，大大小小的菜场集市便陆续摆出香椿来了。那椿菜盈盈一握，用细皮筋捆扎，长不过五六寸，萧萧飒飒、含晶带露，已经鲜嫩非常。可是买回家呢，还需将泰半枝丫择去，只取带叶的嫩尖洗净，可见"尝鲜"之事，往往须精致到挑剔。

香椿不同于普通蔬菜，芽叶里的亚硝酸盐含量挺高，需要先以开水焯过，否则便带毒性。椿芽一遇着滚沸的水，立即褪去绛紫，显出仿若春茶的鹅黄新绿，质地也如茶叶般绵柔舒展。这时就可捞起沥干了。

香椿的做法有不少，细细切碎了与豆腐香干同拌，当然是鲜爽适口的凉菜，可是毕竟不及香椿炒蛋那样令人过口难忘。

笔者曾跟母亲学过这道菜的做法。将香椿切末拌入打散了的鸡蛋中，其味已颇鲜浓，再将绍酒、生抽、蚝油先后加入调匀，热油、小火、快炒、出锅。鸡蛋色沉若金，椿芽碎裹在其间，其色仿佛天街小雨里的春草，若有若无，可是香味却被衬托提炼得芳醇馥郁、热烈非常。夹一块来尝，鸡蛋滑嫩适口，椿菜脆爽鲜甜，委实比鸡鸭鱼肉之类的腴腻厚味更能令人引厄大嚼、生朵颐多福之叹。

香椿在明前上市，不待春尽便老而无味，是当之无愧的"一时之鲜"。这鲜贵在本味，一切辅料调剂，不过是为了尽配合彰显的"臣道"。惜有不谙此理之人，竟会接着撒上一把味精。呜呼，以"懂经"之名，行画蛇添足、喧宾夺主之实者，又岂独一碗香椿炒蛋呢？

烟
火

青团漫话

天地清明的四月，春天到了最像春天的时候。这时读到知堂先生《故乡的野菜》是很有亲切感的，因为知堂是绍兴人，绍兴与我的故乡宁波同属宁绍平原，自然环境与乡里风俗实在是大同小异。

比如以新生的野草嫩叶和粉做各色果子糕点，这也是宁波人最具标志性的清明活动之一。据知堂先生说，绍兴人所用多是开出小小黄花的鼠曲草。江浙一带熟识它的人很多，有些地方称绵菜，我家的老辈人则呼之"黄花囡囡"（鼠曲草又名黄花楠，或许这黄花囡囡的叫法由此讹来）。然而说到做糕点，如今宁波人所用更多的似乎还是"青"。

"青"是艾草，色嫩绿，叶片比鼠曲草宽而复杂，叶边生着细软错落的锯齿，长者伸展如雀舌。艾草叶背发白，初如盐花散落，艾叶渐老，这白色的一层也愈加浓密，等它凝结如霜，艾香也到极致。

艾草去根茎取叶，洗净、煮熟、捣碎，加入糯米与大米的混合物里，做出碧绿的点心，再在浅黄的松花粉里滚过，有馅者或团成球、或以木刻的模子压成饼，呼为青团青饼，无馅者则切作长方形或菱形，称为青麻糍。猪油芝麻、黄豆、赤豆沙以至于马兰香干笋丁皆可以用来入馅，然而我私心却以为无馅的青麻糍有最浓烈而不受干扰的艾香。《红楼梦》里，晴雯受风生病，宝玉将药吊子并药炉移至房中为她煎药，还发了一通"药香胜于一切花果之香，乃是天下第一等配与隐者高士为伍气味"的议论。起居室煎药，在宝玉固有为防人知的无奈，然而可以入药的艾草，其香味倒实在配得上这议论里的风雅。

无论麻糍或者青饼，最传统的做法都要先将糯米与大米一同蒸煮成饭，再以巨大的石杵在捣臼中反复揉捣，直到饭粒全部消失、粘连成块。这种极需要力气的活，往往成为古老中国宗法社会形态的一个剪影，因为它往往演变为一种盛大的仪式，要举村合族的壮劳力一齐投入、轮番上阵方能完成。现在是只在风景区、慈城这样的年糕名村及纪录片里才能看到，至于寻常人家自做或批量生产，用的都是现成的糯米粉与大米粉了。所幸只要比例精当，口感仍不失色。

除了艾香，青饼与麻糍入口时软、糯、黏、韧的四色并蓄也是叫人欲罢不能的一大缘由。可惜两者保鲜期极短，第一等是现做出来、稍晾至微热时即吃，再过几小时，便从糕饼的边角开始发干发硬，遇上天气和暖，一两天吃不完，只好放进冰箱速冻，之后再吃时，就要用油煎或笼蒸的办法"还魂"。油烟之腻、水汽之潮、回炉灶火之焦的侵夺，使本色本味大打折扣。这是丝毫没有办法的事情，即便如今有了微波炉短时加热的选项，可以将面饼的软韧还原至七八成，然而艾的香气依然散失殆尽。所以每年清明季，笔者都会买现做的青团青饼，或者干脆自己动手，然后一口气吃到饱，绝不留待第二日回锅，"消化不良"四个字，有时也顾不得了。

近年来新风渐起，江南地方的许多青团青饼也成了网红：抹茶粉或蔬菜汁的皮、抹茶酱与咸蛋黄肉松的馅，不仅省去了原本制作过程中诸如采青、择青、煮青、搡米的种种麻烦，还造成了线上线下门庭若市的风景，据说还有甘愿排队几小时或拿数百大洋向"黄牛"慷慨解囊以求一盒青团的故事。老字号奋笔疾书新文章，实在是将创收压力化作动力，来瞻望前沿求变求通努力顺应潮流的大好事，然而我的故乡地方不大，古早味的青团青饼青麻糍还蛮有"市场"，于我倒是十分相宜的。

端午话粽

又是一年端午近，到了端午，便要吃粽子、说粽子，而粽子这种食物身上，历来有着关乎家国天下的浓重悲剧感。

三闾大夫于汨罗江畔怀石一沉，美政的理想和楚国的命运，仿佛都已在史官笔下走到了尽头。后世子孙年复一年往江水里扔粽子、举办热热闹闹的龙舟竞渡，与其说是抵抗黑蛟保护屈原，更不如说是为了守护士大夫心之所善九死未悔的信仰，和举世皆浊而不能同流合污的人格底线。

其实粽子始见于记载，是在远还没有出现屈原的春秋。最早的粽子是一样用于祭祀神灵先祖的供品，大致有两种形状，其中一种以菰叶包黍米，做成牛角的样子，称为"角黍"。菰叶就是茭白叶。茭白是一种比较容易使人联想到南方的水生植物，事实上只要光照充足、气候温和，它几乎可以在由南到北的整个中国广泛分布。而俗称黄糜子的黍米，才真正是极为古老的北方特产。

《诗经·王风》里的"彼黍离离"大约是关于黍米最经典的描写了。一个形销骨立神色恍惚的周朝士大夫，跌跌撞撞走到王宫宗庙跟前，结果只看见荒败的断垣残壁和自顾自迎风茂盛的黄糜子米，抚今追昔，故国之悲填塞胸臆，却又"拔剑四顾心茫然"，只好一面走一面喊着"知我者谓我心忧，不知我者谓我何求"。

听说今天中国北方的不少地方，尤其是农村，仍然保留着用"大黄米"包粽子的习惯，不知道这个大黄米是否就是彼黍离离的"黍"，也不知道吃粽子的人，是不是记得起两千五百年前充满悲剧意味的故事。

中国的百姓，对饮食向来倾注了极大的热情与智慧，这种热情与智慧，足以将任何各不相同的情绪，重塑成温暖绵长的模样。

用柔软温厚的糯米作为粽子的主料，是丰饶多水的江南才有的事。江南的粽子，似乎又应以嘉兴粽最具代表性。不过对我而言，倒是对它的近邻杭州的"塘栖粽"印象更为深刻。

塘栖粽又名"汇昌粽"，乃由塘栖老店"百年汇昌"得名。区别于北京的小枣粽，江南的粽子虽花样百出，但口味往往以咸为主。汇昌粽的馅料虽然兼及蜜枣、豆沙、蜜豆、板栗等，但最经典的还要数肉粽。汇昌肉粽须选用上好五花肉，配以糯米、绍兴酒，包上香气清幽的青竹叶。烹煮塘栖粽则讲究"土灶头、铁锅子、老汤煮"和"千滚不如一焖"。用柴火土灶烧开老汤，还要再用文火焖煮两三个小时，使糯米充分吸收五花肉里的油脂和水分。买上几只，或是尖尖的三角粽，或是长长窄窄的枕头粽、斧头粽，皆精巧可人；剥了壳，则稻香、竹香、油香合而为一，袅袅蒸腾，肉馅肥而不腻、鲜美满颊。无怪乎布衣一世的陈国明会说"解得人间真味道，米家书画汇昌粽"，这样亲民又风雅的食物，实在是那些穿着长衫又站着喝酒、日写青山换柴米的落拓书生的最爱吧。

宋人开始有了将果脯蜜饯当作粽馅的癖好。苏东坡诗中的"时于粽里见杨梅"在我实在不是什么值得期待的创意。不过甜粽子的出现，早于北宋是一定的。比如风行于陕西的蜂蜜凉粽，据说就是都于长安的唐人的杰作。白如脂玉的糯米粽蒸熟切片，放凉之后淋上蜂蜜或以玫瑰、桂花等酿成的糖汁，清甜香糯，炎夏的暑气和一身烦躁，全被这唇齿间的至味享受赶走了。

粽子有许多种馅，可是在我看来，恰恰是无馅的碱水粽，最是清淡味永，叫人印象深刻。

碱水粽的"碱水"，最早是滚煮过草木灰的汁子。把用来包粽子的糯米浸在这汤汁中以取其清和幽微的香气，乃是东汉就有的妙法（所以宁波人的碱水粽比起前述许多别的粽子来，其实古朴许多），然而浸渍时间稍久便有苦味，分寸殊难掌握。

常见的宁波碱水粽是个头比较大的三角锥形（也有人家包成枕形或斧头形），裹粽的叶子，以黑黄交错、仿佛生着虎斑的阔大毛笋壳为上品，因为只有这毛笋壳的气味清凉悠远，与草木之香最能调和。宁波人谓之"箬壳"，其实与一般意义上颜色青青的箬竹叶完全是两回事。碱水粽不放任何馅料，惯例是隔水蒸或直接放进滚水里煮。碱水将糯米染成暗黄，煮熟了剥开来，变成晶莹剔透的赤砂糖色，翘起尖尖的四角，一只一只堆在盘里，望去玲珑可爱。

碱水粽一定要吃凉的才好。笋壳的香、糯米的香、碱水的草木之香，只有凉下来，才能香远益清。三角锥形的碱水粽，数四个尖角味道顶好。一口咬下去，软而不疲、既弹且韧，黏糯得恰到好处——这当然也须在粽子凉的时候，假如热过，便会失之湿软——越往中央，糯米越厚，煮时稍稍不慎，便会有夹生凝滞之虞。端午逢夏，暑气渐长，若吃冰粽，当然更觉鲜香齿冷、沁人心脾，然而冰粽的粽心比寻常凉时更易发干发硬，裹粽煮粽的分寸必须毫发不爽，那粽子才可能在冰箱里多放两三日而不改其味。今年端午，吃到了母舅同事自家包来的碱水粽，粽心的糯与韧，竟然直到最后一口都与粽角殊无二致，实在难得。

宁波人吃碱水粽大多是要蘸糖的，这糖可也是大有讲究的。赤砂糖是公认的上品。因为它绵密细腻、入口即溶，且有天然的蔗香，不但分外清爽，与粽子的气味也极般配。据我看，可以居其次者是蜂蜜。蜂蜜回味略涩口，可是香甜都算恰到好处。尤其是拿冰镇过的碱水粽在蜜碟子里轻轻一滚，裹上薄而透明的一层琥珀色，本来便已使人垂涎，吃到嘴里更是冰凉蜜甜，有生津却热之功，非它者所能及也。至于寻常的白糖，非但甜得无味，而且粗粝如砂，加之不易融化、常有硌牙之虞，较之前两者，实在是等而下之了。

　　然而不少精于饮食的"老宁波"连这唯一的佐料也放弃，只恋恋于由碱水和箬壳混成的浅香，还有微微泛黄又粒粒晶莹饱满的糯米那柔韧且极富弹性的口感，咬上一口，细细咀嚼，粮食那种不易察觉又教人浑身舒坦的本来的甜从从容容流向舌尖，停留许久。

　　爱吃碱水粽的人坚信，任何一种调味，都会打扰或破坏这样的体验。不过另一方面，他们对待美食的态度往往既执着又宽容。例如我母亲，她经常会先煮好一大堆肉粽豆沙粽火腿蛋黄粽分给家人朋友，然后再"笃悠悠"地解开一只碱水粽，一面咂嘴一面笑着慢慢说："这才真算是粽子的味道呢。"

重阳行与食

或许是因为没有形成法定假日的缘故，在仍能延续到现代社会的中国传统节日中，重阳节在事实上受到的社会普遍重视程度不如清明或端午，当然更不能与春节、中秋相提并论。

然而，历史之中的重阳从来都是一个意蕴丰富又极其风雅的节日。

关于重阳节的起源，有一种说法是，它同先民对于时节更替的强烈感知和反应有关。《诗经》曾云："七月流火，九月授衣。"这流火之火又称"大火"，属东方苍龙七宿中的心宿，是古人用来确定季节和安排农事生产的著名亮星。夏历九月，大火星落下，昭示万物收藏与漫长冬季的开始，这自然引起先民们的敬畏，人们以五谷牺牲举办祭祀，像送别神明一样为大火星送行。《西京杂记》所说"三月上巳，九月重阳，使女游戏，就此祓禊登高"，其中上巳与重阳的时节，就与大火星的出没规律一致，长江以南一些地方仍保留重阳祭灶的风俗，这灶神与灶火密切关联，是否也可以与大火星有所联系？

王维曾在十七岁的少年时期写下《九月九日忆山东兄弟》，这大约可以看作古往今来有关重阳的最脍炙人口的诗篇。那一联"遥知兄弟登高处，遍插茱萸少一人"，除了道出异乡异客对乡土亲人的深切眷恋，更展现了有关重阳的重要风俗：登高。

登高赏秋几乎可以说是今天所知关于重阳的标志性活动。唐代诗人之中，除了王维，写下"与客携壶上翠微"的杜甫曾以诗题点明"九日齐山登高"，李白的《九月十日即事》曾说"昨日登高罢，今朝再举觞"，王勃与李益也都作过"九月九日望乡台，他席他乡送客杯""登高今夕事，九九是天长"这样的句子。夏历九月，天高气爽，的确是登临怀远的绝好时机。然而事实上，将重阳与登高明确联系在一起的情形，本就是从重阳被官方正式定为节日的唐代才开始出现的。在此之前，重阳的仪式感主要由祈寿与宴饮构成。

民间过重阳的习俗早在西汉便已存在。据《西京杂记》记载，这似乎与戚夫人的侍女贾佩兰有关。戚夫人原是高祖刘邦的宠妾，为吕后迫害成了"人彘"。侍女贾佩兰也被遣出嫁于平民，遂将往昔宫禁之中"九月九日，佩茱萸，食蓬饵，饮菊花酒，云令人长寿"的做法带入了寻常百姓家。菊花是古人眼中的长寿花，汉以后的人们相信，菊花与茱萸皆有延年益寿、趋吉避凶的作用。葛洪所著的《抱朴子》曾说南阳山民因常取饮遍生菊花的甘谷之水而得长寿，闲居中的陶渊明也曾在"秋菊盈园"的重九时节"持醪靡由"，明高濂《遵生八笺》则将菊花酒视作重要的养生饮品。至于香味浓郁、色彩艳丽的茱萸，则是驱虫除湿、逐风邪的上选，在重九相逢、极阳互克的"厄日"里自然备受青睐。今天的重阳节以"老人节"或"敬老节"为人们熟知，事实上重阳与敬老爱亲的联系是在20世纪80年代建立的，而这一联系本身恐怕也与"祈求长寿"的传统不无联系。

《荆楚岁时记》云："九月九日，四民并籍野饮宴。"重阳宴饮的源头或许与先民庆贺秋季的丰收有关，后来的演变丰富无疑为重阳节增添了更多风雅意趣。比如《晋书》里讲到孟嘉的故事：孟嘉少年即有才名，原先在太尉、江州刺史庾亮手下做幕僚，深得器重。后来庾亮病故，权臣桓温继任，仍把孟嘉留在身边做参军。一次适逢重九，桓温带领群僚登龙山、赏秋色，而后宴饮高会。席间，文武官员皆着戎装，偏偏一阵山风吹来，打落了孟嘉的帽子。这当然是非常失礼的行为，可是孟嘉照样吃饭喝酒，与旁人谈笑风生。桓温对此暗暗称奇，忍不住想戏弄他一番。就趁着孟嘉离席如厕的工夫，叫谘议参军孙盛写了一张纸条，压在捡回来的帽子底下嘲讽孟嘉。孟嘉回来一看，非但神色自若，而且很快写了一张答辞。结果"其文甚美"，惹得满座嗟叹。

这个故事衍生出一个叫作"龙山落帽"的成语，把魏晋名士的潇洒捷才和不拘俗礼刻入历史。其实联系故事里那满座戎装和桓温战功卓著的权臣身份来看，后世之人所以传唱孟嘉事迹，最重要的心理动机，应该是对这种秀才遇到兵、名士面对权贵而取得漂亮胜利的向往吧。

《红楼梦》第三十八回的螃蟹宴没有点出明确日期，但薛宝钗那首著名的螃蟹咏中曾经写有"长安涎口盼重阳"的句子，加上湖蟹肥美，秋菊正盛，说明正是重阳前后。和孟嘉的名士风流不同，这个故事因为有了闹热的家宴而在风雅之外更添了亲切可爱的世俗烟火气：平儿把满堆蟹黄一下抹在凤姐腮上，鸳鸯与一众丫鬟跟二奶奶高声说笑，贾母就像大观园这个女儿王国里所有人的祖母一样慈蔼而饶有兴趣地看着这一切，怂恿女孩子们把那螃蟹小腿肉"挤一点子"给"可怜"的凤姐吃。宝二爷与姑娘们看花的看花、喂鱼的喂鱼，写完了菊花诗又写螃蟹诗，连一贯崇尚性灵的黛玉都一面自斟自饮，一面写出"螯封嫩玉双双满，壳凸红脂块块香"这样令吃货食指大动的句子来。至于那些平日劳苦的不知姓名的小丫鬟老婆子，此刻也都得以围坐在风景怡人的山坡下，吃上一点蟹，喝上一点酒。实在是一片平等和谐的乐土模样。

大学时，我曾遇见一位雅而好古的女同学，有一年重阳，执意拉我到校园里的一处歇脚凉亭里过节。秋风正凉，我们细数古人的重阳诗文，你来我往地接诵，对亭前熙来攘往的人群全不在意。末了，还以一小杯葡萄酒聊作菊花酒，"因陋就简"地体验了一回古人的雅趣。走出书本，这可以说是多年来最令人印象深刻的一个重阳节了。

饺　子

在一个完全由南方人组成的家庭里，培养出爱吃饺子这种典型的北方饮食习惯，不可能是一件没有任何渊源的事。在我们家，据说这渊源最早来自曾在航道局工作的父亲。上海航道局的工程船，经常驶往中国的天南海北参加航道清淤工作；船上载着一群来自天南海北的年轻人，其中就有来自山东的转业军人。当时还没有结婚的父亲，好像就是从他们那里学会了做饺子的全套本领，也包括对江南人而言比较困难的擀饺子皮的手艺。

然而在我的童年记忆里，一直主导着"吃饺子"这场家庭味觉盛宴的人似乎不是父亲，而是外婆。

外婆家的饺子只有一种馅，就是韭菜猪肉馅。将应季的宽叶韭细细切碎，搭配肥瘦相间的肉泥，再掺上盐、料酒和一点点香油，搅拌均匀，春韭浓郁的鲜香被完全激发出来，弥散在厨房的空气里。

作为饺子馅的肉泥一定要以有力气又有巧劲的上乘刀工手制，才能干净调匀，既不留任何粘连残渣，又能使各色配料佐味的精髓渗入其中，市面上那种依靠绞肉机批量生产的做法是不足为训的。但另一方面，菜市出售的成品饺子皮，因为在面粉中揉进了一定量的生粉（即用于勾芡的淀粉）而变得更为柔滑细腻，这一点却很符合我们一家人的口味。

外婆的饺子在滚汤中煮熟，盛出装盘的时候却不带汤汁。胖胖的饺子冒着白汽，浸润在山西陈醋里，看得人两颊生津；咬上一口，醋香和韭香扑鼻而来，把猪肉映衬得腴而不腻，鲜美异常，往往一连吃上十几个还不愿投箸。每次大快朵颐时我便想，杜诗里的"夜雨剪春韭，新炊间黄粱"虽然于挚友间契阔深情之外，见出干戈乱离之世、隐士之困厄与待客之匆促，但带着雨露的鲜绿的嫩韭菜，其本身真是一个极为风雅可爱的意象。

恩师家中颇具西北风味的饺子完全是另一番景象。

据长在甘肃的老师说，西北人常把制作面食的本领，当成衡量一个女人做媳妇水平的重要指标，所以做饺子买面皮对她们属于殊不可取的偷懒行为，擀得一手柔韧劲道的好面皮才算是最基础的工作。把一堆苍黄黄的"标准粉"变成一张张熨帖的饺子皮需要经过和、柔、醒、擀等一系列工序，其中的讲究和窍门不少，

烟

火

比如水的凉热、水与面的比例、面里该在什么时候放多少盐、揉面的方向及用力的方法，要熟练掌握俱非朝夕之功。老师夫妇都是能够一杖擀出两张面皮的高手，揉面醒面的事，则常常由他们年轻的儿子来完成。

老师喜欢用白菜猪肉作为饺子馅。将硕大的白菜叶用水焯透，剁得极细，挤干水分，掺进肉泥，再放一点点盐拌匀。以这样少荤多素清淡随和的馅料，来凸显一种口感层次极为丰富的"秘制酱料"，简直再合适不过了。

身为饺子的佐味，老师的秘制酱料仍须以正宗的山西陈醋打底，再将研碎捣烂的蒜蓉姜末用热油炝过，配以细腻如泥的松仁，伴着海鲜酱与芝麻酱一起放入。香浓醇厚的南乳汁是必不可少的，几滴香油也足够提炼色味，这样做出的酱料，仿佛万花筒般，方寸之内幻化乾坤，杯盏之间包蕴盛宴，很容易就勾出馋虫千百条。

白菜的好处，就在你为酱料拍案叫绝的时候显现了出来：谦谦卑卑以本色示人，不带任何成见，愿意沾染和吸收任何一种美好的味道，任其绚丽发挥到极致。有此，则比那绚丽的姿态本身更为难得。另一方面呢，一旦狼吞虎咽蘸完了酱料三大碗，再迫切的肠胃也觉得饱了大半时，就会同畅饮天下美酒之后一样，怀念起清汤寡水的味道。素淡的白菜饺子此时正中下怀，褪尽一切修饰的朴实质地，带来更持久悠远的回味，叫人非常直观地尝出了一种"大道至简"的境界。蕴含在这里边的智慧，大概和孔子所说的"绘事后素"差不多。

酷爱美食又极具钻研精神的舅舅与表弟善用平底锅做出油香四溢的煎饺，越来越习惯于被智能手机和搜索引擎改变生活的父亲将香菇三鲜饺和胡萝卜牛肉饺看成自己得意的创新，素来不会做饭的我，能够把饺子皮上的每一个褶捏得纹丝不乱。对"别人家的饭"抱有强烈的好奇心或许是每个人的天性吧，不过饺子这种象征团圆相守的传统北方食物，因为包裹了许多美好的记忆与情感，最终成功地融进我们的生活，成了"我们的味道"。

说浆水

初尝浆水，是在我的兰州老妈妈家里。冰凉凉的液体，注在硕大而浑圆的细瓷碗中。一眼望去，浮面是若有若无的乳白，仿佛勾过一层极薄的芡，可是水色又极澄明透亮。我的老妈妈是我学生时代最敬重的老师，我与她相识十数年，缘分深重，早已成了这个家自自然然的一分子，我的胃肠，也早被酿皮子、油锅盔、揪面片、甜坯子、热冬果这些兰州美食涂满了丰满热烈的西北颜色。然而这一回，老妈妈一面将碗端给我，一面却说："稍微先尝一点吧，喝不惯也不必勉强。"

每一方水土养出的人，心里大抵都藏着一份自己一日不见如隔三秋却又不足为外人道的私密菜单。譬如北京人眷恋豆汁、绍兴人想念霉苋菜梗、安徽人盼望臭鳜鱼。兰州人对于浆水的看法，大抵也近于此。可惜老妈妈没有读过，或者读过而忘了汪曾祺豪饮豆汁的故事，一时也未想到言慧珠为了宽慰馋豆汁的梅兰芳先生，怎样设法把一玻璃缸的豆汁带上了北京到上海的飞机。她只看见我端起碗喝了一口，连连点头咂嘴，旋又喝了一大口和更大的一口，然后几乎连话语和表情都来不及出现，只管埋头咕嘟咕嘟，眨眼之间，一大碗下了肚，只管拊掌一迭连声嚷着："好喝极了——还有没有——我要再来一碗呀——"那正是盛暑的晚饭时分，当我心陶意醉地端起第二碗满满的浆水，便听见我的老妈妈再度感慨道："噫呀——你上辈子必定是个兰州人了！"

浆水的味道是非常别致的，若一定要找一种大众熟悉的味道来比附，那或许只有柠檬味的苏打水能够比上三四分——它有近乎新鲜柠檬的香气，却香得更加含蓄悠远，其间若即若离，甚至还能辨出几缕蜜桃的甜香。喝到口中，是沁人心脾、毫不滞涩的酸和凉，非常清新圆润，又非常柔和，叫人热汗落尽浑身舒爽，却全无冰汽水那种刺鼻冲脑的危险。许多兰州人喜欢在浆水里撒白糖，制成酸甜适口的天然饮料；但更地道的做法是往浆水里加一点点盐，那种圆润温和的酸，遇上浅浅的咸时，一下子就彰显出来了。

除了喝，浆水还可以拿来做浆水面——用蒜泥花椒辣子将热油炝香，浇在冰冷的浆水里，再下入过了冰水的凉面，吸溜溜吃上一大碗，登时燥热尽消、脾胃充和。据说顶着毒日头在黄土里"挣了一天命"的农人荷锄而归时，心里最盼念的，就是这样一碗浆水面。

兰州人民无法想象没有浆水的夏天，就像宁波人民无法想象没有红膏炝蟹的春节。所以"卧浆水"（这个动词究竟为什么用"卧"，我也说不清楚，不过看制作的工序，卧倒像是"渥"的讹写）是兰州人夏天里的一件大事。

　　卧浆水的过程其实就是一个发酵的过程。有许多蔬菜都可以用来卧浆水，但最上乘的浆水，必须用芹菜来卧，那鲜香清爽才能纯正。将洗净的芹菜切成段，用开水烫过，加入滚熟的面糊，贮在广口的大玻璃瓶或者瓷坛子里晾到略温热，再加旧浆水作引子，最后加开水满到坛子口，盖上盖子，等上三四天，等闻到一股鲜美清新的酸香弥漫，浆水就卧成了。之后边取边往里加清面汤或者开水，反复三四次后，须以新鲜芹菜和面糊重新发酵，否则浆水就会失去清香。

　　浆水大概是吃食里当之无愧的君子了——它忌讳一切不洁净的东西，尤其是人的体液、动物的油渍之类，甚至一点点异样的气味落进去，都足以使整缸浆水腐败泛黑、顷刻毁于一旦。因此兰州人民都知道，舀浆水须有专用的勺子，浆水缸的盖子须随取随关。至清无徒，使浆水成为老少咸宜的放心饮料——冰凉澄澈，怎么喝也不会坏了肚子——尽管这词放在人身上，倒不见得是一种纯粹的褒扬。

　　老妈妈向我回忆起她的婆婆。当年，奶奶卧浆水的手艺声闻邻里。每年一到盛夏，她便卧上许多浆水，用袋子装了拿到楼下，一块钱一大袋，半卖半送，不几时便被邻居们一抢而空。奶奶是中华人民共和国成立前的县长千金、共和国培养的首批小学老师之一。后来嫁给爷爷，辞职回家照管孩子、操持贫苦大家庭的生活。她性情疏朗，并没有特别爱好家务，可是常常不得不为了吃饭问题着急上火。爷爷家在兰州乡下有许多亲戚，每进城来，奶奶总会拿出最好的饭菜，再卧上一大坛子浆水，热情招待他们落脚。卧浆水的水平自然也因为"手熟"而日渐精进。

　　奶奶过世多年，老妈妈常常一面卧着浆水一面念叨她："浆水好做，可是并不是谁都能做好。这东西很'随人'嘛，爱干净而品性好的人，这种人大概就能弄出好浆水啦。"

凉拌菜

凉拌菜绝对是我这个吃货命中的天魔星，三日不见，如隔九秋。

凉拌菜是典型的甘肃菜，它的名字基本标明了它的做法。凉拌菜的诞生，与"50后"、"60后"西北人对于生产落后、物质匮乏的记忆密切相关。对于这群"80年代的新一辈"，20世纪80年代正是他们五湖四海闯天南地北聊的大好时光。一群毛头小伙聚到一起，最向往的就是大口喝酒大块吃肉的潇洒境界。然而西北地处内陆，可以利用的食材本就受到一定限制，再加上经济困顿、物资紧张几乎是当时社会一种相当普遍的状态，猪牛羊肉都是须到重大节日或人生重要时刻才能见面的奢侈品。除此之外的日子里，要想把酒喝出滋味来，就得自己开动脑筋找到价廉物美的下酒菜。

深谙饮食之道的甘肃人发现了三种极为寻常质朴的食材，就是菠菜、绿豆芽和粉丝，把它们丢进滚水锅里焯得熟而不软，脆而不黏，放凉之后，就构成了最古早正统的"凉拌菜"的底色。之后不同的人家再根据自己的不同口味加进胡萝卜、千张、香菜等不同的蔬菜。胡萝卜和千张都要切成细丝，胡萝卜尤其需要先撒上盐捏过，挤出水分，使它发软，既去腥气，又令口感不致生涩辛辣。

老饕们都知道，兰州是西北美食最负名声的"圣地"之一。最地道的兰州美食，永远藏在街头巷尾的路边摊里，而路边美食的秘密，十有八九藏在调料罐里。要上一碗不起眼的攘皮子，对着两大排调料罐每样加一点，平常立即化为神奇。再往马路牙子上一坐，埋头呼噜呼噜吃完，酸辣劲爽的感觉直冲头顶，落下一身汗，仿佛浑身的筋骨都舒坦了。于是拍拍肚子站起来，接着挪到下一家，又豪爽地喊上一句："再来一碗甜坯子——"

作为甘肃人的家常菜，调料也是凉拌菜的灵魂。将蒜头剥瓣，细细地捣成泥，加姜末，用一勺滚烫的热油迎头浇下，只听一溜"刺啦"声响，浓郁的蒜香姜香从满碗此起彼伏的油泡沫中弥漫开来。再放陈醋、生抽、白糖拌匀，加入芝麻酱、芥末，淋上香油、花椒油，调成浓稠丰厚的一整碗，一股脑儿倒进堆得冒尖儿的菜盆里，最后再撒上一把切碎的香菜，点缀上红艳艳的辣椒圈。确保所有的菜都被调料均匀浸透并不是一件容易的事，两根筷子艰难搅动着五彩缤纷的一大碗，香气直闹得人神魂不安，食客必须要有十分定力忍住口水，才能避免还没拌匀便已吃完的尴尬境地。

拌成了的凉菜放在脸盆大小的菜碗里，配着辣辣的烧刀子端上了桌。一杯酒仰脖喝下，嗓子眼儿里像是滚过了一阵火；赶忙夹起一大筷凉菜迫不及待放进口里，脆、爽、清、酸、咸、辣、鲜一时涌入，次第舒展，霎时间叫人生津百倍，胃口大开。越是在燥热难耐的盛暑天，这凉拌菜在吃货们关于美食的诸多念想中就变得越是迫切。要是一面大快朵颐，一面再来一段咏叹"尕妹妹"爱情的民谣配饭，就更合情境了。

凉拌菜很好地体现了宁波人与西北人关于美食的不同理解。宁波紧临东海，在食材的取用上得天独厚。"鲜龙活跳"的基围虾、江白虾、梭子蟹和各色海鱼，下了渔船便丢进锅里，香甜鲜嫩的味道本已得到最大程度的保留，所要做的全部不过是谦逊地保护好这种状态。宁波人民最知道怎样利用好这一点：将虾蟹和贝类洗净之后，滚水煮熟或隔水蒸熟，少则几分钟，多则十几分钟即可上桌；新鲜海鱼收拾干净上锅清蒸，也不过点一勺黄酒、半勺酱油、三两片生姜去腥提鲜而已。再不谙家务的主妇，也可以很快变出一桌海鲜大餐。另一方面，以这样毫不修饰的"素颜"来体现做饭的诚意，在甘肃人那里是不可想象的。为了许多诸如"凉拌菜"的西北菜肴，他们常常需要清早起床，忙活了大半天，用尽切煮焓炒炸烤焖的十八般武艺，最后却只端出一碗菜。

我的语文老师也是我的兰州妈妈，她总能风轻云淡地做出这道工序和配料都极其麻烦的"凉拌菜"，并且笑话我偏把这"穷人家的饭"看成个复杂无比的宝贝。她常常替我写下食材、配料和烹饪步骤，鼓励我自己尝试实践，可每每得知我想念这道菜时，她永远会说："最容易了，回家来吃吧。"

这使我想起上大学的四年，父母每隔几周就会专程送螃蟹和虾来给我吃。大学所在的金华与宁波相距四小时车程，躺在饭盒里的美味尚有余温：梭子蟹满斗蟹黄鲜香四溢，红彤彤的海虾既嫩又甜。起了大早赶着下厨的父母最喜欢看我举着蟹斗蟹钳时的一脸满足。

复杂的西北菜和简约的宁波菜，仿佛泾渭分明，可是它们承载的深沉浓郁的爱，却又显出惊人的一致性。

人间至味是家常

据说相比于美景，鲜食美馔更能给予人走向远方的动力与勇气。我曾对此话深以为然。但年齿渐长之后，又觉得美食纵能引人义无反顾地漂泊，可是漂泊日久，在某一时刻能叫你思乡念家到不能自已，至于落泪，至于抛下一切命驾即返的，恰恰也是饮馔之事。且这饮馔，绝非鲍参翅肚之类用来宴大宾的"硬菜"，而恰是最粗淡易得的家常菜。一千个人心里藏着一千份家常菜单，每一份都写满了人间至味。馋人如我，只是借着此文将自己那份菜单择其要者写几样出来，以飨读者。

红烧夜开花

母亲是极能干的人，持家日久，厨房几乎全是她的天下。所以说到拿手菜，能够一口气说上十几个不重样。红烧夜开花可以算是其中的佼佼者，所以在这里把它详细写一写。

夜开花是宁波人餐桌上的常客。然而许多人家都拿它烹羹做汤，似乎视之与丝瓜同，虽然清淡味永，却略嫌单调，唯我家自外祖母起，皆爱红烧夜开花的丰腴鲜美，而我母亲红烧夜开花的手法，又与众不同。

将新鲜夜开花洗净，连皮切成三寸长的段子，丢入热油锅中一翻，淋上绍酒与酱油，以极幽极幽的火烤上半个小时，起锅前用砂糖出色提鲜。这样烧出的夜开花色泽油亮丰润，皮酥而不焦、松脆甘美，肉既鲜且爽、腴不腻人，无论凉热，都是下饭佐粥的隽品。

红烧夜开花比寻常蔬菜更"吃油"，算是典型的素菜荤烧。据母亲讲，做此菜最忌放水。为免烧焦，除了细心观察色态、不时翻炒，只在汤汁收缩至几乎粘锅时稍稍喷上些凉水，如此反复几次至瓜肉熟软入味即可。若仿烧鱼烧肉例用宽汤慢炖以求入味，即便最终用武火加糖的办法收汁，端上桌的夜开花不仅瓜皮失色泰半，而且瓜肉入口疲软寡淡，大有泡糊化水之嫌了。这菜我在亲戚家吃过数次，风味皆不及我家，足见母亲所言非虚。

烟火

四喜烤麸

四喜烤麸是江南名馔，用料都属平常，只是做法繁难殊胜，所以在从前是只有过年才可以盼到的美食。

自母亲记事起，家里的四喜烤麸都由外婆来做。没有冰箱的日子里，"瓿"是重要的保鲜工具。瓿像是缩小版的水缸，黑黢黢的粗陶宽口广腹，在通风的天井里排成一溜，专装油豆腐烧肉、"龙头烤"（乃是经过油炸的虾潺干）、腌雪里蕻这类经日不坏的下饭菜。做好了的烤麸盛在瓿里，一眼望去颜色浓赤、油光水滑，吃到嘴里却只觉腴润、毫不腻人。所谓"四喜"，应指烤麸的"帮头"（配菜）而言，总以各色干菜干果为主，还要看各家主厨的妙手慧心，数类并无定规。外婆的烤麸爱配木耳、黄花、花生米，木耳之滑脆、黄花之鲜爽、花生之酥香、烤麸之油韧既能相融又毫不相犯，被生抽老抽、冰糖料酒调和出咸而适口、甜不夺鲜的隽味。四喜烤麸宜凉宜热，放凉后尤其好吃，只小小一碟子，佐酒下饭的滋味，远在鱼肉之上。

市面上的麸大致分两种：一种是将洗出的面筋发酵蒸制，面上布满气孔；另一种是实心而质地近于素鸡的，想来应该是豆制品。外婆以为面筋做的麸口感酸而且渣，远不及豆制的紧致又柔韧。将买回的麸撕开后用清水稍发，入热油炸至六七成，将泡发好的黄花、木耳以及炒熟的花生米次第加入，再以加入各种调料的宽汤慢煨，及至入味八九成，淋上"门油"（即在已接近成品的肴馔上直接倒油），加冰糖收汁。一道四喜烤麸需用两遍油，吃来却甚解腻，不仅是精巧的年菜，也是拯救苦夏的良方，实在令人难忘。

外婆知道我爱吃烤麸，隔三岔五就会做一回，用硕大的洋瓷碗装着让我带回家。可是我每欲向她取经，她却总是笑说："这么麻烦的东西，学个什么，你要吃时外婆给你做就是了。"因此多少年过去，我仍然可以只动口不动手就吃到最好吃的四喜烤麸，实在是个幸福的馋人。

糖醋包心菜

舅舅是合家公认的饕客，不仅深谙饮馔之道，灶上功夫更是京昆乱不挡。多少见诸酒家食肆的招牌特色，在他这里都成了家常。然而回想起来，最叫人百吃不厌又念念不忘的，却是一碗简单的糖醋包心菜。馋人如我，常觉得"少即是多""最简单的也最困难"这样的句子并不是在表述玄奥的哲理或者描摹复杂的美学体验，它们只是在说舅舅炒的那碗糖醋包心菜。

据舅舅说，糖醋包心菜讲究现炒现吃，最要紧是猛火急炒。将菜叶撕成刚刚好的大小，下到滚热的油锅里，一断生就起锅，才有脆而不干、爽而不滞的滋味，火候时机上稍有不慎，炒得略过头一点儿，菜叶里的水分流出，整盘菜便又软又烂，失了滋味啦。

好吃的糖醋包心菜还有一个秘诀，就是下油须较一般蔬菜更重。这既是为防菜叶烧焦，更是为了增润提香。然脂膏过厚，总有肥腻之虞，而解腻之要，全在淋面的汤汁。这汤汁以生抽上色、细盐提味，但最关键者还是糖醋。糖醋与热油对冲，则甘鲜脆爽、腴润香醇一应俱全，这道菜看来颇有素菜荤烧的架势，入口一尝，才发现味厚而能隽永，实在难得。

每逢大家庭相聚，只要席上有舅舅做的糖醋包心菜，我的胃口总能好上三五分。后来我迷上下厨房，几次想要复制此菜，这才发现油温火候、糖醋比例、时间长短一点一滴俱是学问，手上与眼下的准头俱非一朝一夕之功，即便将要点全部记下，理论转化为实践也完全是另一回事。感谢舅舅宽容，每逢我练手，总以嘉许鼓励为主，兼以耐心点拨，想来凭借我这馋人的执着，离"像不像三分样"的境界应该不远了吧。

菜油红薯干

知友丁小我是衢州人，丁家所在的村落有个极富诗意的名字：小湖南晚田后。同全中国乡村一样，晚田后也富产红薯。常听丁小我夸赞自家的红薯如何香甜粉糯，我却不以为意。毕竟外子的故乡是温州泰顺，那是浙南有名的高山红薯产区。每年冬天，婆婆都会将收贮得恰到好处的红薯及她亲手晾晒的红薯干给我们寄上几大箱子。那红薯皮色绛紫、薄如蝉翼、肉质饱满，重者一个能到一斤有余。蒸熟之后一掰两半，肉色赤金、艳如暮霞，趁热咬上一口，不仅绵软蜜甜，且口感不渣不滞，竟有几分近乎西瓜的"沙瓤"，殊为难得。以我吃过的红薯来说，还难有能与之匹敌者。

有一年春节刚过，丁小我探亲回来，带回好几袋她妈妈晒的红薯干给我尝鲜。我那时正苦于胃口不开，不想甫一打开袋子，便有一股清朗辛甜的异香扑鼻而来，再一细看，袋中的红薯干皆切成厚条，长者不过两三寸，其色赤褐，表面全蒙着一层漂亮的油光，叫人一见便勾起馋虫无限。我一面啧啧称奇，一面迫不及待抓起一块丢入口中，恰到好处的软韧之外，那萦绕于唇齿之间的咸、甜、鲜、润的交响，还有后味里那点子若有似无的辛和麻，实在叫人难忘。论味道层次的丰富，竟比外子家的红薯干更胜一筹。

寻常红薯干的制法，无非洗、切、蒸、晒，丁妈妈的红薯干，是在上笼蒸之前先拌入了菜籽油（即菜油）。菜油味既厚且烈，然而与红薯的本味仿佛意外相投，再加上水火阳光几番催化，鲜醇馥郁侵入肌理，经久不散。据丁小我说，这种特别的味道，似乎并非人人都能接受，但馋人如我，于豆汁、霉麸、酸浆水尚且来者不拒大快朵颐，这时更两手并用、埋头大嚼，很快便以空空如也的食品袋宣告了菜油红薯干正是"我之蜜糖"的事实。

　　丁小我少小离家，在宁波工作和定居之后，借着节假日的机会返乡，一年多不过四五次。红薯的风味以冬天最佳，所以此后每年过完春节，丁小我都不忘给我带回几大袋菜油红薯干，每一袋都用保鲜膜细细包好，可以存放数日而色味如初。

　　小满刚过，芒种未及，我却又开始深深想念丁妈妈的红薯干啦。

梨 园

"永远不老的林妹妹"：越剧王派艺术漫谈

　　我从五六岁时开始接触越剧，所听的第一部戏，就是徐进编剧、岑范导演的《红楼梦》。这部电影在 1962 年摄制完成，后来尘封十余年，再次公映时，据说整个上海万人空巷，电影院里场场爆满。在我懂事之后，只有祖母家里印着"读西厢"剧照的"伙油箱"，能够大致印证当日盛况。

　　我从小就知道，"伙油箱"上印着宝玉和黛玉，宝玉是徐玉兰，黛玉是王文娟。这部年代久远的彩色越剧电影，给我的人生带来了两个影响至今的改变：一是迷恋《红楼梦》，二是迷恋越剧和王文娟老师的王派艺术。

　　在成为戏迷的二十余年里，我看过一些戏。许多是王文娟老师的戏，也有她的学生们演的戏，新编戏、旧戏都看。总想把自己对王派艺术的一点点观后感记下来，可是迟迟不能动笔。王派艺术的特点看似很显豁，很容易捕捉，例如人们一听到那略带鼻音的、独特的咬字，或者几个标志性的尾腔，就能立即辨认出这是王派；然而真要做些提炼概括，又很难精准全面。

　　提到王派的唱腔，通行的说法是"质朴、平实、婉转、清丽"，也有不少评论者使用"刚柔并济"的说法，这都是极中肯的评价。我以为，王派的唱腔，听来能使人联想到天青色的汝窑瓷器。器型与釉色都极简净，乍一看不动声色，可那种深刻的优美和雅致，都藏在莹洁温润的触感里，藏在若隐若现的宝光里，藏在细致幽微的色泽变化里，非久视熟晒不能领略其曼妙。

　　据王文娟老师自己说，她的唱腔，受前辈名伶支兰芳的影响很大。支兰芳最有特点的，是她所唱的四工调，被称为"支兰芳调"。支兰芳曾与女小生马樟花一道，被称为"闪电红星"。王老师形容她"温柔内向"又"十分好强"，"气质清丽，嗓音甜美"，"四工腔清新别致"。又说，支兰芳因为身体不好，"常常咳嗽"，"眼神中也带忧郁"。这样的演员的演唱，很难使人将它与华丽明亮、繁复花哨联系起来。王老师本人不赞同唱腔设计上的刻意堆砌与炫技，认为那种将某一流派的特征性乐句"一个个挑出来再组装"的做法，会使唱腔的整体感和表现力大打折扣。她有一段关于唱腔设计的论述，曾在采访中说过，我每次读到，都引为至论：

　　"唱腔设计……应该以准确传递人物情感为最高目的。在实践中，我们常常发现，有些旋律看似平淡无奇，却是经过反复斟酌后找到的表达情感最有效最准确的方式。往往也是这样的唱段，能够长久地流传下来。"

这论述令我想到王维的山水诗。王维的山水诗最尚天然、悠然、宛然，用的都是最平常浅近的字，毫无雕琢痕迹，不仅"写去天然玄古"，而且细细回味，又深感字字精当，非此不能形容得尽，"正像嘴里衔着一个千斤重的橄榄"。

王派的唱腔中，此类例子有很多。比如在电影版《红楼梦》里，因为篇幅限制被删剪的"劝黛"中，林黛玉的唱段（又称"好紫鹃"）。这段唱听来清清淡淡、袅袅婷婷，一句接着一句，节奏舒缓。尤其是从"老太太虽然怜惜我"开始，中间大段唱只用鼓板和幽幽的笛声托着，唱到"知心人只有宝哥哥"之后，换成更幽弱的拨弦，其中还有几句，干脆是清板，把一切修饰都去掉了。王老师的演唱，也没有音调上的大起伏，或者华丽的炫技，可是听得人心里雨雪霏霏。林黛玉她以一个孤女的敏感细腻，窥破了繁花似锦的大观园"杨柳带愁，桃花含恨""风刀霜剑严相逼"的实质，也窥见了她与宝玉爱情里，横亘着的那座高山与那堵高墙。那种对爱情的向往、对知心人的感念、对现实的强烈不安，交织得千回百转，又掩藏得波澜不惊，让人觉得只能背着人听，听着听着，仿佛心头扎着一些看不见的芒刺，却一句话也说不出来。尤其是唱出"只有宝哥哥"五个字之前，王老师像是特地停了一两秒，而这五个字，与其说是唱，不如说是从方寸之间，又到柔肠之中，再到咽喉唇齿，一寸一寸、一点一点，和着眼泪心血，凝结起来又倾吐出来，唱得那样幽咽婉转、小心翼翼，又如同泉流冰下，但其中蕴蓄的深情，更如银瓶欲裂、飞泉欲涌，于无声处汇成滔滔江河。

王派的唱腔，看似特点鲜明，然而真要学得精髓，比烧成一件上好的汝窑瓷器更难。行腔全靠情绪推动，唱腔又要能反过来表现和丰富情感，就和在汝窑瓷里必须加入玛瑙，又要拿捏好分寸比例一般。王老师习惯唱升F调，过分提升音调，或依靠多加装饰性的小腔来博取注意力，弄不好，就如同灯光下亮得晃眼的仿品瓷一样了。

王文娟老师素有"性格演员"之誉，这是说，她有准确塑造多样类型人物的能力，戏路宽广，演什么像什么。据她自己说，这与她学戏时的经历有关。比如她的蒙师竺素娥，不但是小生，还是有过硬武功底子的"越剧盖叫天"。老师专门请来京剧出身的师傅教她练功，打下了扎实的身段功底。又比如，在确定旦角行当后，对她影响甚深的姚水娟老师，是擅长演男装戏的，而王杏花、支兰芳等各位老师前辈，又各有戏路，她不仅向她们学习，也向京剧、话剧、电影学习，自然博采众长。

戏曲演员要表现出多样人物的多样特点，将人物演"活"，非得真正走进人物内心、将人物言行的内在逻辑吃透不可。王老师专门举过一个例子，说她演古代朝鲜故事《春香传》时，有一场戏是男主角李梦龙来向春香之母月梅提亲，求娶春香。月梅因为自己有过被"两班"（古代朝鲜贵族）抛弃的经历，担心女儿重蹈覆辙，一开始不肯答应，直到被梦龙的诚心打动，才终于成全二人。这从头至尾，扮演春香的王文娟被要求只能坐在"母亲"身边，低着头，没有一句台词。王老师说，自己"不想把她演呆"，所以就试着揣摩人物的内心戏，在导演提示下写人物的"潜台词"。一开始写得简单，后来越深入人物，就越写得多、写得丰富。

我看过王老师《春香传》的录像，上面所提这场戏，从一开始见到梦龙时的惊讶羞怯，到听见梦龙说对她"无限敬爱"求订百年之约时的惊喜娇羞，到听见母亲诉说身世、婉拒婚约时的失落与忧虑，到梦龙剖白心迹、誓不负心时的感动与放心，到母亲询问意愿时那千回百转的甜蜜与娇憨，真的只通过微表情和几个幅度极小的肢体动作，都精准地传达出来。王老师曾说，"越剧皇后"姚水娟，她从细节处抓住人心的表演风格，很大程度上影响了自己，事实的确如此。

王文娟老师塑造的舞台形象众多，假如要选出三个我心目中最具代表性的形象，应该是林黛玉、鲤鱼精、孟丽君。

关于林黛玉的塑造，在前文谈王派唱腔的时候，我已写过一些。林黛玉是曹公笔下最光彩照人的形象之一，也正因其复杂，是很容易使人误读误解的形象。而要在一部舞台剧或一部电影这样有限的时空里去呈现林黛玉，其分寸尤难把握，一不小心便可能出现偏差。1987版电视剧《红楼梦》拍摄期间，陈晓旭曾为此专程拜访过王文娟老师。王老师对陈晓旭说，林黛玉这个人，"爱情是她的全部，宝玉没有了，她就死了"，她渴望自由平等的爱情和理想的生活，但"从不用什么手段，也绝不去求靠别人"。这是极为朴实又精当的评论。后来，王老师又不止一次地谈过她对黛玉的理解。她说，黛玉是十分清醒的，她"清醒地看到她的理想生活与现实的差距"，而且认识到这种差距的不可逾越、不可改变。"她所受的教养，与她内心对自由的追求，形成强烈的矛盾。"王老师认识到，正是这种种矛盾冲突，造成黛玉性格中强烈的悲剧色彩。

在舞台和银幕上，我们看见王老师呈现的林黛玉形象，就明白她在将自己全身心投入人物之前，已经抱着对人物的全然理解和强烈的同理心、同情心，她曾说自己"深深地爱上林黛玉"，也就是对人物的行为逻辑产生了深切的认同感。所以林黛玉的许多时常不被人理解，甚至为人诟病的"缺点"——例如爱使小性儿、"行动爱恼"，经过王老师的处理，都被赋予了合理性。曹公若能与文娟老师隔空对话，想必会铭感于她能将这样一个可爱至情的黛玉从原著中请出来，留在观众心中。

相比于反复排演流传的《红楼梦》，越剧《追鱼》可算是一出新编戏。1956年，田汉夫人安娥应上海越剧院之邀，创作了《追鱼》。这个剧本是根据湘剧《鱼篮记》改编，写碧波潭鲤鱼精爱上了潭畔日日苦读的书生张珍，为他上演"真假牡丹公堂双审"，最终甘愿被拔去鱼鳞、打入凡间的故事。王老师说，想演这个戏的初衷，是鲤鱼精"侠骨柔肠、执着追求自由与爱情"这一点很打动她。事实上，王老师塑造的许多特别出彩的人物形象，身上都多少有这种特质，无论黛玉、鲤鱼精、《沉香扇》里的蔡兰英、《西园记》里的王玉真、《春香传》里的春香，或是我们下文还要提及的孟丽君。她们既有这样的渴望与执着，而且又是依靠自己的勇敢、聪慧去追求，一旦下定决心，就百死不悔。

这大约也多少折射出王老师自己的价值观与爱情观，使得她很容易将这类女孩子引为知己，以至于在看到《追鱼》原剧本里，张珍得知鲤鱼精为"异类"时，表现得"如同许仙一般犹疑害怕"，就立即向黄沙导演提出"是否可以让张珍不要害怕"，而是在本能吃惊后，立即想到鲤鱼精往日的可爱深情，又同相府千金金牡丹的冷面势利一对比，就很快找回对鲤鱼精的欣赏和爱。

鲤鱼精与黛玉虽有相似之处，但本质又是具有迥异身份背景的两个角色，其经历、性格也有差异。鲤鱼精是明朗俏皮的精灵，更要体现出鱼的形象特征。我曾看过一个关于王老师的艺术纪录片，讲到王老师为了演好鲤鱼精，就真的买了几尾红鲤鱼养在家中，常常围着鱼缸"以鱼为师"设计身段动作。无怪能将那种灵动活跃演得逼肖。而《追鱼》里最吃功夫的一场动作戏，无疑是接近尾声时的"拔鳞"。王老师拍电影版《追鱼》时，已经年过而立，但像"戳柴""卧鱼""乌龙绞柱"这样的高难度动作，无不做得行云流水，轻盈又细腻。这武功底子自然了得，可是能把鲤鱼精那种肉体的强烈苦痛，与内心的无比坚定决绝，乃至向死而生的勇气，通过表情与形体准确传达出来，才是最可贵和值得称道的地方。

《孟丽君》的戏路与人物定位又完全是另一样。

这个故事的缘起和推进，固然是因为孟丽君对爱情的执着追求，可是当观众审视和回味这个人物时，发现她最动人、最光彩熠熠的地方，乃是她的生命体验，突破了大部分越剧女性角色自我定位与自我成长的边界，而为女性的自我实现和自我塑造，提供了更加广阔的可能。在这部戏的大半篇幅中，孟丽君以"郦君玉"的男性身份示人，她"先中状元后拜相"，平定边患、复查父亲冤案，还妙手回春治好了太后的病。在皇帝对她的身份产生怀疑，而进行危险试探的时候，"郦丞相"又以四两拨千斤的急智——一些充满隐喻的话语和一个事先已与仆人商量好了的关于马厩失火的谎言——得体地暂时化解了危机。她最终也是凭借这样的智慧，赢得太后与太师的帮助，顺利摆脱了"欺君"的可怕罪名。

孟丽君这样的才干，是多少男性都无法企及的。而王文娟塑造的这个孟丽君，好像时时刻刻要提醒观众，记得"我"是一个女性。这不仅仅因为角色本身徘徊在家国天下和儿女情长之间，常常会显出内心的矛盾与焦虑，也因为王文娟老师似乎想通过自己的努力，去赋予一个"女丞相"而非"女扮男装的丞相"以充分合理性。换言之，她要告诉观众，孟丽君所展现出的生命光彩，尽管是借助了一个男性身份，但决不依赖于这个身份。这一点，比之孟丽君最终赢得自己与皇甫少华的爱情，比之她对皇甫少华的忠贞不渝，都更令人感动，也使这个人物形象拥有了独特而宝贵的价值。

王文娟老师和许多老艺术家一样，注重提携后辈、培养年轻演员。我看过她给学生"说戏"的视频，一字、一句、一个动作，甚至一个表情，她都反复指导，"抠"得极细。她常常提示学生，如何揣摩人物在规定情境中的内心活动，不仅解说得透彻翔实，还不时亲身示范。她看学生联排或者彩排，总拿一个小本子或纸片，随时记下问题，事后再跟学生一一"复盘"。后来我读她的自传，得知她的老师竺素娥，当初就是这样给她"说戏"的。而她能在排练场把戏和人物说得这样"透"，有时甚至还能参与舞台调度，想是与她初演戏时，惯演"路头戏"，练就了在没有剧本的情况下，只听"老戏师傅"说一说大致表演情境，就得自己上台编词，还能与搭档相互"掼路头"（编词对唱，对方"掼"什么韵的词过来，你就得"掼"什么韵的词过去，词意、辙口都不能错）的本领有很大关系。

在写下这篇文章前不久，我在网上看到王文娟老师乘公交车前往上海越剧院，指导青年演员排练的视频。镜头里的王老师优雅可亲。我把这个视频分享到朋友圈，配发文字中，称王老师为"老奶奶"。后来，采写过王老师的上海作家惜珍老师见到，特地发来私信，嘱我切不可用"老"字，因为"一生只做一件事"的王文娟老师，对人优雅温厚、对戏严谨执着，是永远不老的"林妹妹"、永远可爱慧智的"孟丽君"。

这话，我深以为然。

关于越剧《梁祝》的一点感想

　　《梁山伯与祝英台》是越剧当之无愧的"骨子老戏"之一。它在越剧舞台上的生命，几乎可以说与越剧本身一样长。在越剧幼嫩的幕表戏时代，甚至在它还未踏入五光十色的大上海之前，而是由一群十几岁的小女孩，在绍兴一带的乡村与市镇走街串巷、在简陋的草台上演唱的时候，这出戏大约就已经为观众熟知了。我们现在所常见的越剧《梁祝》，它在故事情节上的基本定型，最早应当可以追溯到 1946 年由袁雪芬领衔的雪声剧团编演的《新梁祝哀史》。略有不同的是，《新梁祝哀史》的故事在祝英台前往胡桥镇祭拜梁山伯坟台，表达对死去爱人的愧悔哀痛后便终止了。在稍后的 1949 年，范瑞娟与傅全香领衔的东山剧团重新排演的梁祝故事，才第一次加上了"化蝶"一折，让身着缟素的祝英台在惊雷闪电、风雨交加之中跃向忽然裂开的梁山伯坟墓，来迎娶英台的马文才试图抓住新娘，却只捏住了一瓣裙角。接着倏然雨过天晴，裙角幻化成两只翩然齐飞的蝴蝶。故事以神话的方式扭转了梁祝爱情在现实中的悲剧发展，延续和强化了这爱情的生命。1954 年，袁雪芬与范瑞娟领衔主演的《梁祝》作为中华人民共和国第一部彩色影片被搬上大银幕，那时，《梁祝》无论在故事结构、情节发展、唱词表演上，都已与现在相差无几。

　　经历多次修改完善而日臻成熟的《梁祝》在越剧舞台上又活跃了将近 70 年，到今天早已完成了经典化。它能对越剧艺术与一代一代的越剧观众都具有重要又别致的意义，首先因为它从情节内容上来说，是属于越剧最为擅长的爱情剧。越剧的配器主要是二胡（越胡）、琵琶、阮、笛子（一般不会是声音脆亮的短笛）、"鼓板"（是由一种音色轻巧的小鼓和竹子做成的响板组成，越剧早期的名字"的笃板"就是来源于它们的声音）等组成，它唱腔的主要特点是清丽、流畅、幽静和委婉，与京剧、"绍兴大班"（绍剧）的宏阔激越很不相同，这些特点很能满足抒情，尤其是抒发爱情的需要。再者，越剧自 20 世纪 30 年代以后，就逐渐发展出"全女班"（所谓"女子越剧"）的演员组织特色，舞台上的所有角色都由女性扮演。特别是担任主演且要演"对手戏"的小生和旦角，她们的年龄一般也不会差得太多，而且经常是由固定的两个人长期合作，以现在被观众熟知的老一辈越剧表演艺术家为例，生旦合作数十年而成为令人称道的"舞台伉俪"者不在少数，比如：当戏迷们谈起徐玉兰与王文娟，甚至开玩笑说她们的"五六十年的深厚感情"会使其中一方的丈夫也"吃醋"；而演小生的徐玉兰某次来到王文娟阔别多年的故乡嵊县（现嵊州市），也对人开玩笑说自己是"嵊县的老女婿"。这使得越剧演员在表现爱情时，能够更加自然和专注，也能展现出更多细腻、准确而默契的互动。

然而只停留在"表现爱情"上显然不够，越剧舞台上最不缺少的就是爱情故事。梁祝故事在呈现爱情与伦理冲突这一基本主题时，还顺带探讨了性别变换跨越的多种可能（如姜进教授指出的，这种探讨也是越剧的优长，因为越剧中常由女性扮演男性，本来就是一种变装）。这出戏中有一折"十八相送"非常著名，是说梁山伯送祝英台回家，在从书房门前直到长亭的十八里路上，祝英台不断用充满谐趣的暗示试图告诉梁山伯自己的真实性别，以求表明爱意。这些所谓暗示在观众看来大多非常直白（比如：在走进一个村庄时突然遇到黄狗，祝英台就躲在山伯身后唱"不咬前面男子汉，偏咬后面女红妆"；途中遇到一口井，祝英台就拉着梁山伯到井前照影，看着井底的人影唱"一男一女笑盈盈"），可梁山伯偏偏都不能理会，这种台上与台下形成的张力不仅产生了令人印象深刻的幽默效果，更加强了性别的流动性：梁山伯本是男性，而由女性演员扮演；祝英台本是女性，而由女性演员根据故事情节的设定变装成男性；被男性身份包裹的祝英台，向不知情的男性暗示情愫，却引发了对方充满错愕的同性联想（例如英台拉着山伯要在送子观音面前拜堂，梁山伯忙不迭站起来指责她"贤弟越说越荒唐，两个男子怎拜堂"）。在不到二十分钟的时间里，性别翻转流动的游戏不断进行，两性边界以戏剧化的形式不断突破，祝英台的爱情表白也显得更加婉曲动人。

除了表达方式，爱情内质本身也是梁祝得以经典化的重要因素。成熟了的《梁祝》剧本，其中男女主人公的爱情，可以说是为一代又一代观众（即便是"摩登青年"）都心生向往的理想爱情。梁祝二人在草桥亭初见，祝英台伪托家有九妹，一心想外出求学，奈何老父顽固不允，使人恨恨，并说自己以为男儿固需读书，而女子也应具有与男子同等的受教育权利（"女孩儿读书也应该"），梁山伯即回应"仁兄宏论令人敬，志同道合称我心。男女同是父母生，女孩儿读书明理也该应"，不但对女性抛头露面离家远行没有任何指摘，更对女孩儿读书明理的诉求表示明确赞赏。这"志同道合"四字才是梁祝感情基础的关窍，点明二人的感情基础，乃是彼此不仅在性别观、价值观上有高度一致之处，而且这一致之处，恰又是超越时代的少数，契合自然更加紧密。后来梁祝三年同窗，对彼此的品格才情更加深了了解，知交之谊，愈加深切坚牢，则一转而为爱情，自然水到渠成。正如前面提到的，现在所见的越剧《梁祝》，它的剧本在20世纪40年代后期逐渐定型，到50年代之后逐渐经典化，可以想见，左翼精英会将更多社会改革话语加诸其上。于是梁山伯忠厚、诚信、憨朴的道德优势被强化了，他与祝英台原生家庭的经济和阶层差异也被强化了，梁祝的爱情被描画得与七仙女与董永、牛郎与织女类似，梁祝二人（尤其是祝英台）成为向这种固化了的差异以及陈规的挑战者，与他们悲壮的勇气相比，精神上的对等在一定程度上被"欺贫爱富图赖婚姻"的控诉遮掩了。

爱情与婚姻之间的巨大冲突使梁祝的爱情最终破灭，美好的理想一转而为悲剧。现实婚姻对梁祝爱情的毁灭性打击，在越剧舞台上是通过"楼台会"一折完成的。梁山伯听说英台改配马家，立即以蝴蝶扇坠和杭城师母为聘为媒，试图为自己与英台的姻缘寻求合法性；祝英台却立即意识到这合法性是怎样摇摇欲坠——"岂知你我自做主，无人当它是聘媒"，无法同"有媒有聘有父命"的马家婚姻匹敌。梁山伯激于悲愤，要把他们行将毁灭的爱情当作冤案进行控告，祝英台立即以"官官相护""马家势大"警之，使之意识到权力对公序民俗的维护和干预，是怎样一种不可逾越的客观存在。在喝完了数盅悲伤的淡酒之后，梁山伯大梦初醒，又念及白发双亲赋予他的伦理责任，终于接受了此生无法迎娶英台的事实。之后的剧情走向，是山伯忧思成疾终于不起，英台在木已成舟的鼓乐声中拜别父亲，走上马文才接亲的花轿。

梁祝向以浪漫主义爱情悲剧著称，但其悲剧的核心分明是现实主义的。在这个故事里，我们很难看到民间文学叙事中或戏剧舞台上常见的浪漫主义手法：既没有宗教或神性的力量借用因果巧合惩恶扬善，也没有主人公天赋异禀一举实现阶层跨越（穷苦书生忽然蟾宫折桂、封侯拜相、驷马高车抱得美人归的大团圆故事毕竟太多了），甚至没有逃婚、出走、与家庭决裂这些一般意义上对传统观念和传统秩序的挑战。观众很容易发现，身处悲剧之中的男女主人公，非常清醒地认识到割裂婚姻与爱情的诸般破坏因素，是怎样与错综复杂的人情伦理、社会秩序交缠在一起，这种交缠又是怎样难解难分，使他们根本失去了招架反抗的可能的。面对一桩失意的婚事，梁祝的选择一如他们所处的历史现场中许多普通人的选择，因循于礼法、羁绊于人情、脱胎于有限视角的价值观。从这个意义上讲，"时代"与"传统"是完胜了，这种压倒性胜利真实可信，反而容易使观众产生同情的理解。

作为整部爱情悲剧的高潮，楼台会的魅力当然不止于此。这场令人绝望的重逢，虽然宣告了梁祝爱情在世俗意义上的一败涂地，但也正以其惨酷映衬出二人感情的纯粹坚贞，而这种纯粹坚贞，其基础仍是梁祝彼此牢不可破的理解与信任。越剧舞台上的楼台会，经历诸多探索和调整，最终精准地把握住了这一点。例如楼台会早期的唱词里，梁山伯甫一听说变故，立即满怀怨愤地指责英台出尔反尔，其演唱急切激烈，听说祝父不能退亲，又说"马家要抬我要抬，两顶花轿一齐来"，竟有使气胁迫之意。更有甚者，要将赖婚夺妻的冤屈写成"三张状纸"控告，其中一张是控告祝英台先在长亭许婚，后又改嫁，系"言而无信"。将英台与其父、马文才等视为一体，虽则戏剧冲突强烈，却多少牺牲了梁祝之间的信任，梁山伯的性格也被肤浅化了。

自 20 世纪 50 年代起，楼台会的唱词与表演几经完善，终于成为一个极其考验演员的高潮。梁祝二人的互动，虽只在一桌三椅一花架的极简陈设之间，但彼此情感之深炽婉曲、坚韧幽微，竟如由崇岭峻石、蔽日风沙的罅隙中奋力生出的一株娇兰，虽抱着必死的决心，恰使全部的生命魅力得以迸发。例如初知英台已为马家新妇，山伯虽也唱了一句悲愤交加的"你好啊……"，并有四句快板指责，但咄咄逼人之气在听见英台表明"岂愿嫁与马文才"又"千方百计把亲退"的心迹之后很快消退了。之后的唱词虽然仍提到去官府控诉冤情，论其情绪，却分明是对英台的心痴意深，多过对婚娶不成的不甘愤怒。尤其是听到英台说自己"寸心已粉碎"，又担心他"于事无补要先吃亏"，山伯先将两面水袖交替着卷到胸前，一边含泪直视英台疾步上前，等到四目相对垂泪处，又泄气一般缓缓退下，连水袖也慢慢松垂，这一来一回之间，山伯分明已经全然了解英台的苦衷，再不忍添其悲愁矣！英台为山伯的未来与父母家庭计，忍痛劝其"另娶淑女"，只见梁山伯从凳子上霍然站起，一把握住英台之手，大声表白"我哪怕九天仙女都不爱"，这剖白带给观众的震撼，不亚于听到宝玉对黛玉所说的"你放心"，仿佛惊雷劈破压城的乌云。作为一种回应，既知二人难成连理，英台仍强抑悲痛，回忆了自己与山伯同窗时的美好旧事，着重复述了十八相送途中暗示性别的诸般比喻，目的是强调"我此心早许你梁山伯"。二人之间的信任、山伯的赤诚与英台的至情，到此不但完全恢复，而且更加深沉。山伯遭此巨变，五内焚摧，已经流露出关于死亡的预感，却向爱人强调"愚兄绝不怨你"，并与其款款对诉相思。英台虽然一面极力劝梁兄珍重，一面却不惜自我诅咒，向山伯许下生不同衾死同穴的重誓。后来英台祷墓哭兄，终于在惊雷闪电中跃向裂开的坟台，我以为，这一跃乃是对楼台会上那番疾风骤雨、惊雷闪电的呼应，夹杂在理想与现实、婚姻与爱情的剧烈撕扯，和对爱人的坚贞不渝、对"知己之情"的深切信念与眷恋之间，终于完成的一次飞蛾扑火。梁祝化蝶重生固然因"圆满"而使观众获得心理补偿，但以绝望又决绝的"向死"引发触动，才是造就梁祝经典性的关键。

自梁祝被搬上越剧舞台，诸多不同流派都曾根据自己的理解和艺术特质演绎过楼台会。私以为，范傅流派的楼台会最令人印象深刻。而就当下"中生代"越剧表演者而言，又以绍兴小百花越剧团吴凤花、陈飞二位搭档的楼台会最能出彩。越剧旦行中，傅、王、吕、戚诸派俱能抒情，唯吕派尚昂扬明艳、戚派擅悲苦哀凄，特点鲜明，论变化多端则稍逊风骚。王派因声调略低、行腔较傅派为绵远平朴，若发闺阁情思、抒内心独白（如《西园记》之王玉真遥对红楼唱"自从与张君见一面"，或《书房会》之蔡兰英重逢徐文秀唱"你我鸿雁两分开"）则灵秀深挚有余，若作伤恸离歌则哀婉不足，常一变而为悲愤。陈唱傅派，其发声初听虽然婉转俏丽，却最能秉承老先生以花腔抒悲情的声音特质，既不失其凛冽刚决之骨相，且在俏丽之上更加浑圆饱满，又懂得以情送声，将祝英台爱而不得又矢志不渝的离悲唱得如杜鹃啼血，使人闻之堕泪。范派行腔以苍劲质朴见长，塑造的舞台形象多是忠厚而具阳刚之气的小生。吴唱范派，音域更加宽广，发声清越如山泉，而能以峥嵘溪石砥砺其间；明澈如朗月，而能以薄雾轻云笼罩其上。她的身段文武兼备、扮相俊朗，所饰演的梁山伯，把憨痴粗粝去尽，在老先生的忠厚诚朴之外，更添了几分少年气与书卷气。在楼台会的互动中，除了惊变之后的满腔悲愤，更将山伯面对惨酷事实的隐忍涵养，以及对英台的温厚、体贴、眷爱演绎得淋漓尽致。加之楼台会本是"人少戏多"的一折抒情对手戏，表演时可凭借的外物殊少，要能出彩，就要求演员不仅要在一举手、一投足、一顾盼之间拿捏得细致精微，更要在互动中彼此含情、高度默契。吴、陈是数十年朝夕相对的搭档，即回身背手处配合亦丝丝入扣，自然较旁人更能将这悲剧演得入木三分。

爱在国仇家恨里：越剧《吴王悲歌》观后感

  1994 年，绍兴小百花越剧团（下文简称"绍百"）创排了新编历史戏《吴王悲歌》。同年 7 月首演，9 月，"绍百"携该剧赴杭州参加中国小百花越剧艺术节，主演吴凤花（饰演吴王夫差）、陈飞（饰演越女郑旦）捧回金奖，饰演越王勾践的陈琴湘获得银奖，饰演越大夫文种的杨丽芳获得铜奖。

  笔者在 2020 年第一次看到该剧，距首演已经过去二十六年。二十六年中，该剧可以查到的公演记录非常少，除前文提及的两次外，比较具有影响力并且留下完整录像资料的，只有上海、台北各一次。然而，一个比较有意思的现象是，这两次公演的视频资料，都被上传至集聚了不少年轻人的"b 站"。不时飘过的弹幕中，除了表达对演员的喜爱、对其演唱功力的欣赏，还对剧本本身给予了许多关注和赞美，不少弹幕直言"求复排"（这也是笔者反复观看此剧后的感受）。在豆瓣关于该剧为数不多的评论中，有人称之为"绍百最好的历史新编剧"。与绍百出品的许多其他剧目，尤其是吴凤花、陈飞主演的剧目相比，《吴王悲歌》获得的关注度并不算高，但举凡关注了它的人，几乎都留下了深刻的印象。可见，这是一部具有独特气质的作品。

血肉饱满的吴王夫差为"他者"提供了充分的言说空间

  纵观先秦史故事，吴越争霸、勾践复仇的题材，在古今文学、戏剧戏曲领域从来不乏表现，卧薪尝胆，"十年生聚、十年教训"的事迹，也为许多观众耳熟能详，因此，要翻出新意是不易为之的挑战。身处越国故地的绍百重演这段史事，却出其不意地把吴王夫差作为全剧的主角，将所有目光聚焦在"他者"身上，这本身就可说是饶富意趣的选择。

  《吴王悲歌》努力塑造了一个称不上完美，但血肉饱满、真实而丰富的吴王夫差。

  该剧把故事的起点放在勾践兵败夫椒、率五千残兵俯首称臣，可是略去了越人的惨淡经营和吴人的志得意满，直接来到十年之后的姑苏吴宫。忠于职守的卫兵隔着千篇一律的铁面具，反复喝令："夫差，你忘了檇李之耻、杀父之仇吗？！"

须发皆白的老臣伍子胥紧接着上来，表达了他对少年君主陷入声色诱惑、意志消沉的担忧。以国仇家恨唤起主要人物尤其是权力者的责任感与使命感，使他在顺境中清醒进取、在逆境中百折不挠，是民族主义叙事折射到戏曲舞台时惯用的表现手法。只要看多年后"绍百"创编的另一部同题材历史剧《越王勾践》所塑造的时时手握苦胆的勾践形象，就很能说明这一点。而《吴王悲歌》里的夫差，则扮演了一个"无聊的胜利者"，他在一片森严冰冷的面具的包围中和美丽的宫娥追逐嬉戏，对着向他耳提面命的忠臣良将赌气说"滚"，自言自语感叹"往事如烟休提当年"，又把承载他最高权柄的吴宫比作一座死气沉沉的坟墓。看似荒唐的言行活化出一个厌倦征战杀伐、厌倦权力斗争的人物形象，他身上散发的幻灭感稀释了包蕴在家国天下、王权富贵中的宏大与崇高，却给看戏的普通人提供了更多代入与反思的空间。当我们听见夫差演唱"黄池会盟就在眼前，立盟主也不过弹指之间"时，很难分清这究竟是为了渲染胜利者的傲慢，还是在强调权力本身的虚无。

《吴王悲歌》的高潮与核心，依然是越剧最擅长的爱情戏。所不同的是，它让主角夫差爱上了郑旦——美丽聪慧，可是与吴国有难解深仇的越女。于是在该剧中，我们看到了从古老的莎翁悲剧中延展出的张力与魅力。然而郑旦是处于危急存亡之秋的越国派遣入吴的刺客，她的父母兄妹，全部在吴人的铁蹄下殒命。在来到姑苏之前，她曾面对勾践许下"不杀夫差誓不回还"的重诺，她所背负的包袱比朱丽叶更加沉重，这也注定了夫差面对的爱情更像一场悬崖边缘的舞蹈。

值得一提的是，夫差在这场危险的爱情中，再次表现得像个真诚又软弱的普通人。他在初见郑旦时，就立即被她的美貌深深吸引，在发觉郑旦的行刺企图后，夫差的反应并不像许多熟谙政治险恶的老辣君王，而像一个天真自负，又多少被爱情冲昏头脑的普通青年贵族：他不仅选择原谅郑旦，还相信郑旦心中的仇恨滋生出狞厉野性的别样魅力，反而具有更大的吸引力；而自己凭借缠绵悱恻的深情，便可赢得佳人芳心。不得不说，吴凤花的表演为表现夫差性情中人的形象增色不少。她所演唱的范（瑞娟）派原本以质朴沉浑著称且最具特色的"弦下腔"，自然烘托出人物的纯良忠厚。而吴凤花的音色较传统范派更为明亮清越，该剧的唱腔设计吴梦桥，也充分考虑了她的声音特点，谱写了不少明快亮丽的唱腔，再加上她俊朗潇洒的扮相，将一个既不失阳刚之气，又永怀鲜活少年意气的形象完全立住了。这样的夫差，不仅为原本充满刀光剑影的仇杀与战争涂抹上温暖的色调，更使得越王故事中"他者"的面目变得清晰而容易接近。

《吴王悲歌》的第三场"吴山狩猎"，是全剧戏剧张力的第一个重要爆发点。夫差带着郑旦躲过众人耳目，像年轻的情侣一般趁着春光来到吴越交界的春山之上，几座越女墓在游兴正浓时意外闯入郑旦的视线，仇恨重新被唤醒，她的被夫差情意软化的内心又冷硬起来，她终于举剑刺向了夫差的手臂。

夫差向郑旦逼问行刺的理由，于是引出二人关于战争的互文般的记忆：吴兵的铁蹄践踏在夫椒，使郑旦失去父母兄妹成为孤女；越国的大军侵入了槜李，夫差的父亲被砍断双腿惨死、母亲绝望跳崖。观众观看到这一幕，可以联想起《西线无战事》中保罗对着死去的法国士兵杜凡尔所说的话："从前你对我来说不过是一个概念，现在，我才看到你是一个和我一样的人。"吴人与越人交叠在一起，生民涂炭的画面交叠在一起，施害与受害的边界模糊了。尤其是当夫差带着孤寂与茫然的神色，半是质问、半是自问地说出"你恨我，我当恨谁"时，民族大义与伦理道义站在某一方的立场上，赋予战争的崇高感和神圣感，消融在他者的言说中。战争的本质——郑旦所谓的"双双残杀血同流"裸露了出来，而全剧的主旨也因此呼之欲出。

错位的爱情构成国家（集体）与个人之间的张力

越女郑旦在吴宫的首次亮相，给人留下了深刻的印象。她穿着能够衬托出妖娆身姿的、单薄的衣衫，画着浓艳的妆容，由四个武士分别抓住手脚高高抬起，跟在进献宝剑、织绣和稻谷的越国使臣后面，缓慢又隆重地登上舞台，这样的情节设计很像是为了提醒观众：郑旦是一件珍贵的贡品。

美丽又珍贵的贡品同时充满了阴谋与危险，她也是越国漫长又坎坷的复仇计划中，最有杀伤力的一件武器。无论武器或是贡品、危险或是愉悦，郑旦都是工具性的。然而这种工具性在角色初登场时显得毫无违和感。因为剧作者调动了国家、民族、家庭伦理等集体话语，将这工具性合理化了。郑旦被塑造为一个女儿，是成百上千因为战乱失去父母的女儿中的一个；郑旦被塑造为一个妹妹（姐姐），是成百上千因战乱失去手足的姐妹中的一个；郑旦是越王勾践的臣民之一，是苎萝山下的浣纱女之一。剧作者将郑旦作为有名有姓的女主角，可是又叫她背负上沉重的国仇家恨，在自觉与不自觉的使命感推动下，甘心隐没了自己。

从宏大的视角赞美郑旦勇敢无畏的牺牲精神显然不是剧作者的最终意图。剧作者冒着被质疑"艺术真实性"的风险，也要将一个春秋霸主刻画为"冤家、情种"，多半是想找到一个突破口，以爱情重新唤起女主角的个体意识，又以这爱情包含的复杂、纠结、苦痛来构成"个人—国家（集体）"的戏剧张力。

从这点上来说，该剧是非常成功的。当它选择了让陈飞以华丽细腻，又富含悲剧性风骨的傅派唱腔来演绎郑旦，尤其是当它选择让陈飞饰演的郑旦，颤抖着举起利剑，抵住她多年的"舞台情侣"吴凤花饰演的夫差的咽喉时，只要是稍稍熟悉越剧的观众，调动一些关于以往所见艺术形象的联想与想象，几乎立即能体会到那幽暗舞台的短暂的静默中，所蕴含的爱与仇，及其背后的个人情感与家国使命的复杂而剧烈的冲突。

郑旦寻回自我的过程伴随着挣扎、犹疑与反复。她一面深深感动于夫差"山样的胸怀、海样的情意"，一面又不敢忘却"父母冤仇深无底"。陈飞调动她话剧式的细腻演技，将人物徘徊于"小我"与"无我"间的复杂感受拿捏得非常精准。郑旦内心悲苦无奈的煎熬，被融化在缠绵又郁烈的声腔、飘舞翻飞的水袖和不动声色又包蕴万象的神态中。当复仇的越国军队离吴宫不足三里时，郑旦听见宫门外杀声震天，听见准备赴死的夫差将数十年间争霸的各诸侯国比喻为"争穴的蝼蚁"，将喋血而成的霸业权柄说得脆薄虚无如纸，她终于意识到"世代仇杀"的战争是怎样荒诞的灾难。一直束缚她的源于责任与道德的羞耻感消退了，她终于释放出压抑已久的个人情感，并以之为武器，试图与曾经将她当作武器的所有人勇敢对抗，于是我们在激越的快板中听到了这样能够震击心灵的唱词："管什么父辈仇大王旨意，我不怕王权威仪，我不怕鬼惑神迷，我不怕世人唾弃，仇山万重挡不住深情爱——"

无法挽回的悲剧与"艺术的真实"

　　一部优秀的戏剧剧本，既需要有可以引人反复咀嚼回味的深刻复杂的主题，又需要实现情节的逻辑自洽、展现"艺术的真实"。《吴王悲歌》在实现前者的前提下，也通过"悲歌"之"悲"的剧情走向的总定位，顺利抵近了后者。

　　剧作者以郑旦之死将整部剧推向了无可挽回的悲剧的深渊。在第一次也是最后一次向深爱的夫差表白之后，郑旦将一直悬在吴王头顶的利剑刺向了自己。在凄婉的"芳魂一缕归故里"的伴唱声中缓缓倒下的郑旦，仿佛将跳脱故事之外沉思顿悟的观众，再次拉回到剧本所建构的历史时空中，我们紧接着看到了被俘的夫差饮下带血的女儿红酒，终于也举剑自刎。越女郑旦也好、吴王夫差也罢，在欲望、权术、政治、战争、伦理等种种因素的裹挟下，终究逃不过"爱恨生死不由己"的魔咒，这种个体在面对世事变迁、命运浮沉时的渺小和不确定感永远可以催生悲剧故事，但也因为如此，《吴王悲歌》这个故事里的夫差与郑旦，他们在国仇家恨之中的、带有抵抗和消解意味的爱情，他们作为"个人"所闪现出的光芒，才更加具有令人难以忘怀的魅力。

我看《马龙将军》

　　越剧《马龙将军》是绍兴小百花越剧团在 2001 年排演的剧目,迄今二十余年,而现在看来仍使人耳目一新,以为这是以越剧搬演莎士比亚悲剧、以传统戏曲舞台移植西方名著、以勇于探索的精神拓展中国戏曲表演边界的一个成功案例。

　　《马龙将军》即是中国化了的《麦克白》的故事:老皇的侄儿,以勇略著称的马龙将军(麦克白),在一次平叛回朝途中,遇见三位巫仙。巫仙向马龙预言了他的前途——先是封侯拜相,后是夺取皇位,三是皇位遭篡、名裂身死。预言使马龙与夫人姜氏贪欲焚身,先后弑老皇、刺太子、杀功臣,终于登上皇位,不料却被老皇义子、旧臣叔班之子少康逃脱,数年后举事复仇,兵临城下,于是姜氏惊疯而死,马龙自刎。

　　《麦克白》是具有典型莎剧特质的一部悲剧。它塑造亦正亦邪、充满生命张力和诗性气质的枭雄主角,尽情展现他奇异的才智与惊人的雄强勇武,它构建刀光闪烁、剑影腾跃、血火交织的冷峻惨酷的场景,将人性中的恶欲、恐惧、疯狂,以及令人战栗的宿命感不可逆转地激发出来,在人物的精神世界和观众面前催生一场可怖至极又充满狞厉之美的暴风雨,并任由这暴风雨最终吞噬一切。

　　这样的故事情节设置与叙事美学风格,同习惯了"泛喜剧"定位的中国传统戏曲显然存在差异,对一向以柔美爱情、家庭伦理为叙事主调的越剧来说,搬演更是充满挑战。《马龙将军》的改编者颇为高明地将故事背景放置于略作虚化的漫长的先秦:他称马龙的妻子为姜氏(这是华夏民族最古老的姓氏之一),将最后复仇的叔班之子叫作少康(这很容易使人联想到以离间、行刺等手段战胜韩浞而报了父仇的著名遗腹子少康),加上舞台背景中不断闪现的粗粝神秘的巨大饕餮纹假面,和不时挑起的画有简单纹饰的红黑的旗帜,观众不得不感叹这可能是演绎《麦克白》的最好的舞台:充盈着带有远古气息的蛮荒神秘的诗意,在不同部族关于土地、人口、食物的纷争中浴着血火箭矢,望见铁蹄扬起的滚滚尘土;在袅袅升起的祭祀的香烟中,人们盲目礼敬未知,又轻易相信自己的野性刚健的勇力源于造物主的格外垂青,而英雄的个人意志,总能在天人交感之中,很快获得上苍眷顾。于是有了轻生死、重事功,有了尔虞我诈的阴谋,也顺理成章诞生了既为英雄又为恶棍、兼具睿智与贪婪、勇武与残暴、血性与狂傲的马龙(麦克白）式人物。于是莎翁名剧与中国土壤找到了第一个契合点，传统戏曲离突破"泛喜剧"也近了一步。

《马龙将军》（以下简称《马》）将《麦克白》以一种十分写意而充满象征性的方式呈现在舞台上。这在艺术形式上继承了中国戏曲的传统，从内涵表现与受众体验上来说，也与莎剧充满想象空间的诗意精神相符。

《马》剧的写意性从舞台装置及灯光运用上就能明显体验到。全剧几乎所有情节，都在一个简洁的长方形斜坡上完成。而且它摒弃了越剧舞台上常见的全台暖色光的使用，也一定程度弱化了舞台布景、小道具等外在因素与剧情和人物的互动。在大多数时候，该剧选择以冷色追光打在一个或两个正在演唱的演员身上，演员的背后是一片深邃的漆黑。前文所提的饕餮纹假面，时常在黑暗中若隐若现。而在人物做出某一可怖的决定（例如马龙下定决心刺杀老皇，或终于趁其熟睡将老皇刺死）时，则通常会有一束冷光凸显这假面双目圆睁的表情，成功渲染出沉重恐怖的气氛。

除了冷光，《马》剧舞台上贯穿的红黑、黑白对比色的运用也十分精彩。如马龙在未刺王前着红色斗篷，等下决心弑君之后，便将斗篷的红色一面翻过去，露出黑色一面来。在马龙与姜氏联手刺杀老皇的全剧高潮部分，所有臣僚、侍卫、随从皆在一片黑暗中沉沉睡去，只有白光一束，打在身着红色斗篷的马龙身上，落在交缠红黑纹路的长长的斜坡上。白光引着马龙一步一步"扣响地狱门"——斜坡尽头正是一面门框，顶上雕着怒目圆睁獠牙显露的饕餮，这门框于是便成了啮噬多人性命的恶魔之口。当马龙终于举起利剑，这门下方腾起一道强烈的白光，当马龙手起剑落，这白光瞬时染成血色，又如地狱烈火，马龙与同谋的姜氏迅速跃入和隐没在红光背后，仿佛为权欲的残暴烈焰彻底吞灭一般。最后一场马龙自刎，亦贯彻了这样的舞台美学叙事：马龙举剑置于颈上，灯光忽然一暗，转而在暗黑中腾出血红，顺着演员所站立的斜坡顶端一泻而下，整个舞台很快充盈了流动的血色。

通过简化集中的布景、充满碰撞张力的色彩化用光，《马》剧不仅凸显了人物内心正与邪、忠诚与背叛、权欲与人性、英武与暴虐的此起彼伏的激烈交锋，更使莎剧惯有的使强悍者被命运不断驱使嘲弄，从而形成的大雷雨般的戏剧冲突更加具有爆发力。

在《马》剧中饰演姜氏的陈飞曾在一次采访中将该剧概括为"心理剧"，该剧的主创们普遍认同这一看法。以越剧的艺术形式尝试演出心理剧，这对剧本的撰写安排和演员的表演来说颇有难度。因为越剧所擅长的是在你来我往的"对手戏"（尤其是生旦对手戏）即演员互动中抒发情感、表现人物，再辅以带有技巧性的优美流畅的程式化身段动作（例如翻飞的水袖、灵动的折扇）来增强表现力。《马》剧则一定程度弱化了这种互动与外向性，而在很多时候要求演员以相对静止的姿态，独自表演出其错综复杂、波澜汹涌的精神世界。表演者所能倚赖的，除了丰富多变的唱腔、恰到好处的身段动作，更在于准确把握人物之后那些精致幽微的神情，以及念白时微妙的语气语调。对越剧演员来说，这就要求他们在自己所熟知的"唱功、做功、扮相"等评价标准外，也寻求话剧般的人物塑造模式，强调表演者的沉浸式体验，即通过反复接近揣摩人物，最终建立起与人物合而为一的坚强信念感，再透过表演将这种信念感和沉浸式体验传导给观众，使观众在不需过多关注艺术形式与表演技巧的前提下，自然而然窥见人物的内心，甚至与之同呼吸、共悲喜。

例如，剧中的姜氏在帮助马龙刺杀老皇，终于当上皇后之后，因为强烈的罪恶感的折磨，患上了不断夜游和洗手的癔症。在表现这一情节时，幕后先传来四句幽灵般的伴唱："一双血手泄露了天机，百姓大臣都注视着这里，欲借沧海水将手洗净，血染的大海啊暴露了秘密。"这四句唱词一改越剧唱词对韵文的追求，变为能够引发战栗想象的、贴近莎翁精神的诗化语言。在这哥特式的诗意氛围中，扮演姜氏的陈飞发饰散乱、一身黑红衣衫从幕侧走出，眼神空洞、体态僵直，待走到舞台中心的长斜坡上，忽然扑下身子，在虚拟的海水中反复洗手，眼神中满是疯狂、错乱与恐惧，直到筋疲力尽，她放弃似的跌坐在斜坡边，如同失魂的雕像般凝视观众席。这整个过程中并无一句唱词，也没有繁复的动作，可是观众无疑已经听到了姜氏的心声。

莎剧以外化人物细腻丰富而具有诗意的内心独白为重要标志，越剧长于抒情的歌唱形式使这外化的过程更加顺利，也使诗意更加凸显，从而构成了东西方戏剧艺术某种意义上的互文；而其节奏舒缓、音色悠扬的旋律特点，也对《麦克白》及莎翁悲剧中弥漫的冷峻、幽暗、可怖的氛围起了恰到好处的冲淡中和作用，使中国观众，尤其是越剧观众更容易接受。如马龙在刺杀老皇时，曾有一次去而复返，因为见老皇沉睡如同婴儿而不忍下手。姜氏痛责其优柔怯懦，马龙于是唱道："他深睡龙床毫无防备，全不知大祸已临身。纱罗帐里安详恬静，无数好梦伴着细细的鼾声。我情愿他手持利刃与我拼，大将军怎能杀……杀……杀一个梦中人。"这几句的唱腔设计展现出十分鲜明的范派特色，唱得沉郁绵长，悠远又不失犹疑顿挫，使深夜行刺千钧一发的紧张感稍稍缓释，而人物内心善与恶、凶暴与恻隐、人性与欲望的较量在这"中国式咏叹调"中清晰可见。

最后，再说一说马龙这个人物在越剧艺术发展史上的意义。马龙（麦克白）是一位战功赫赫的将军，也是喋血的君王与枭雄，是跨马披坚腾跃于剑影刀光之中的男儿，与越剧舞台上常见的俊美多情、温文尔雅的女小生形象迥异。绍百能够成功创造出越剧史乃至中国传统戏曲史上第一位女性麦克白形象，形成对越剧舞台男性形象的可贵补充，是与其"文戏武唱，武戏文唱"的演员培养特色有关，也与马龙的饰演者吴凤花的个人艺术天赋与舞台表演风格有关。

吴凤花是越剧范派艺术的优秀传人，她对《梁祝》《孔雀东南飞》等翻拍经典剧目都做了极好的继承，所塑造的梁山伯、焦仲卿等形象，深得范派小生忠厚、纯良、深情之精髓。而她在越剧舞台上的"不可多得"（范瑞娟先生语），更在于她能准确塑造另一类男性：刚毅雄健、英气勃勃，野心与智谋并存，暴戾与勇力交融，才气与傲气相映，深情与绝情兼得。这类人物如此复杂饱满，散发出夺目的光芒，产生一种摄人心魄又令人战栗不已的生命之美。例如《摄政王之恋》中的多尔衮、《虞美人》中的项羽（吴凤花的项羽，亦是越剧舞台上第一个西楚霸王的形象）等，马龙将军无疑也在此列。吴凤花的武戏功底深厚，又说自己在舞台上表演，是"尽量往最接近男性的方向靠拢"的。于是有了聚光灯下的马龙，头戴金盔，手持利刃，剑眉连鬓，油彩勾出星目闪烁，女小生的文弱丝毫不见，倒使枭雄更添英挺俊朗。她的唱腔音色明亮，吐字沉稳宽厚，润腔细腻，用嗓如半天朗月、略施薄云，调停顿挫抑扬的微妙处，都在不经意间，而能使清越、苍阔、沉郁、炽烈俱备。她懂得将天赋技巧藏在人物背后，成为能真正深入人物的性格演员。她以跌宕多变的演唱，将马龙坚韧、固执、贪婪、欲望，以及"失去理性的狂傲多疑"有层次地表现出来，又力图还原马龙在不可阻挡地滑向人性深渊时，所经历的灵魂的煎熬。这使得观众在看到马龙的充满宿命感的蜕变、看到通过演员沉浸式表演展现出的英雄成为恶棍的过程时，首先怀着同情低头审视自己的道德价值，而非一味向着舞台投去愤怒目光。因此，我们也可以说，传统戏曲中的二元对立叙事，在这一次东西方的互动中被突破了。

梨园

117

一部别致的"文人越剧"：越剧电影
《柳毅传书》新论

二十余年前，在笔者第一次观看越剧电影《柳毅传书》（南京越剧团参演，长春电影制片厂 1962 年摄制）时，便被其极富独异性的气质吸引。此后漫长的 20 年中，笔者常常自问，作为越剧最不缺少的爱情故事，电影《柳毅传书》的异质性究竟在何处？当"文人越剧"四个字终于浮现在脑海中时，笔者相信，有一些问题迎刃而解了。

"文人越剧"的概念移植于众所周知的"文人画"。文人画是中国传统绘画的重要一类。一般认为，"文人画"的概念起源于北宋时苏轼提出的"士人画"。近代文人画的重要研究者陈师曾认为，文人画应"带有文人之性质，含有文人之趣味"，有论者则透过苏轼提出的"诗画一律""以书入画""达心适意"等各种角度下的文人画思想，指出其主体精神的三个维度，即"重神轻形的创作方式，达心适意的绘画功用，自然天真的艺术境界"。换言之，文人画在对物象进行艺术表达时，更关注气韵意趣，在笔墨色彩上，则追求减省、冲淡和凝练。至于审美的精神和取向，文人画较之工稳繁复的宫廷画、重实用与装饰性的民间绘画，则由"悦人"转为"悦己"，追求一种意蕴丰富、微妙婉曲却又只可意会的"内向"的境界。这两者共同塑成文人画不事雕琢、质胜于文、自然浑朴的整体品格。

一切传统艺术的精神皆有相通之处。当文人画之"文人"，由创作主体上升为一种特定的美学风格时，它同样适用于传统戏曲领域。具体到越剧，电影《柳毅传书》很有典型性。

冲突内转与叙事变奏：爱情主题在审美上的纯粹化

越剧舞台上从来不缺爱情故事，但越剧故事里的爱情少有一帆风顺的。这固然与戏剧需要不断制造冲突来推动情节、彰显人物的本质属性有关，但值得注意的是，越剧剧本中，围绕爱情这一主题和终极目标所设置的种种障碍与波澜，往往来自外部力量。其中最常见者，是两性关系中古老的门第观念激发的代际冲突：

在经典的越剧剧目中，《梁祝》《孔雀东南飞》《珍珠塔》等都着意强化了这种冲突及其对两性爱情造成的阻碍。除此而外，一系列阴差阳错的巧合，无论好与坏，都足以令男女主人公的爱情之路道阻且长，也吊足了观众胃口。越剧《追鱼》《血手印》《孟丽君》《王老虎抢亲》等，都是深谙这种"无巧不成戏"道理的。最后，安插一个道德败坏的恶棍，也能给本来平淡的爱情涂上强烈的传奇色彩。例如《何文秀》里的张堂就充当了这样一个重要角色。

以上枚举的诸多越剧故事，都通过设置明确的第三方力量（或称"第三者"）来制造爱情的波澜，这种带有显明传奇性质的外向型戏剧冲突，对应了越剧在漫长发展史中，始终面向普通观众、面向乡土与市井社会的世俗化倾向。

相比而言，越剧电影《柳毅传书》，虽脱胎于真正的唐传奇，但在表现主角柳毅与龙女三娘的爱情时，设置冲突与波澜的方式，有了明显"内转"。

和前文提及的诸多剧本不同，观众很难从《柳毅传书》里找到一种足够明确又强劲的"第三方力量"，能够以直接而迅速的手段给男女主人公的爱情制造麻烦。龙女三娘的恶毒丈夫，不过作为全剧情节的引子，短暂闪现后即为钱塘君吞灭。三娘的所有长辈亲属（在许多越剧故事里，他们正是制造冲突的重要角色），悉数自愿成为这段爱情的促成者（身为叔父的钱塘君、身为父亲的洞庭君还分别亲自为媒）。可能冲击爱情的全部力量，几乎都来自男女主人公的内心。在柳毅，他认为贸然陷入情网既是对"施恩不图报"的君子之义的背叛，更容易背负"杀人之夫、纳人之妻"的道德压力（而事实上，此种道德压力起码在这个故事中显得很缥缈，就连三娘的侍女紫绡，也认为柳毅"慧剑斩情丝"的做法，是故意错过良缘的"呆秀才"行径）。在龙女三娘，则因为无法确认柳毅对自己的真实情感，而生出诸多踟蹰徘徊。

冲突的内转，要求故事的编导者在表现这种冲突时天然戴上"放大镜"甚至"显微镜"，为主人公的"内心戏"留出足够的展开空间。《柳毅传书》的编导，通过调整影片叙事节奏做到了这一点。

"湖滨惜别"一折是《柳毅传书》公认的高潮，也是其流传最广的片段。该片段涉及的空间，不过是从龙宫凌虚宝殿到洞庭湖滨。然而正如三娘所唱的"情长但恨路途短"，这场送别，比之此前和此后许多速写式的情节（例如钱塘君前往泾阳搭救三娘、柳毅千里送书、三娘化身三姑与柳毅重逢直至相认等，进展得都很快），显得格外漫长且丰富。由于人物身份性格、规定情境和审美精神的差异，"湖滨惜别"较之异曲同工的《梁祝》"十八相送"更为含蓄婉转、幽微悱恻。如果说"十八相送"因为梁祝二人的性别认知的差异造成一系列误会，将小儿女之间的美好纯情，点染上诙谐色彩，那么"湖滨惜别"则紧紧抓住三娘与柳毅互动时的不确定性，在心意微明又各具怀抱之间，通过一系列欲说还休的试探、意在言外的隐喻、举棋不定的真情流露，故意造成一种势均力敌的摇摆。当三娘在织绡池畔唱出"东边日出西边雨，他有情无情难捉摸"时，观众的心情也为这种微妙的摇摆牵动。从忧心女儿薄命、花开难再的"女儿珠",到欲采又止的相思草,再到男女主人公终于相互剖白,蕴藏在人物内心的情感如阳关三叠般,被反复渲染又层层展开。最终,龙女三娘欣然接过柳毅递上的酒盅,吟出"肝胆同相照,何事更忧虞",观众的心情亦如拨云见日,豁然开朗。

值得一提的是,"湖滨惜别"开始的时间是早上,因为洞庭君曾对柳毅说过"且待明日清晨,寡人与君送行";而正如唱词中提到的"夕阳西下晚霞红",柳毅与三娘最终分别则至少是在傍晚。对比柳毅初到时"霎时来在水晶宫",留给送别的叙事时间显然被刻意拉长了。这样的叙事变奏,不消说也是为了迎合一唱三叹的情感表达。冲突内转与叙事变奏,促使观众将目光聚焦到龙女三娘与柳毅情感互动的内部与细部,完成了爱情主题在审美上的纯粹化。

"少即是多":疏朗写意的视听效果

无论从视觉或听觉的角度,越剧电影《柳毅传书》都是极富诗意的。所谓诗意,本质与核心乃是删繁摄要,呈现出凝练的美,《柳毅传书》很懂得这种"少即是多"的道理。

《柳毅传书》拍摄于1962年,或许受限于当时并不成熟的彩色影像技术,或许是出于一种刻意的设计,无论是柳毅灰蓝的衣衫,还是明月下烟紫的夜幕,影片整体上呈现出低饱和度的色彩感,显得含蓄温雅。许多作为背景的幕布或道具,例如龙女牧羊时背后的嶙峋的乱石、柳毅"越秦岭"时为云气缭绕的层峦叠嶂,均是造型疏峻,与水墨画的写意精神息息相通。

影片的镜头语言也充满简括的诗意。全片(除了庆贺三娘回宫时的群舞这样典型的"群体戏"外)少有超过三人同框的镜头,将中国书画"留白"的技巧,成功贯彻到电影中。在电影的许多场景里,一些传统诗词中凝练的经典意象得到恰如其分的运用。例如柳毅带着三娘的书信与信物出现在洞庭湖边,唱起"红日初吐波光摇"时,呈现在观众眼前的是洞庭湖的万顷烟波,与广阔的苍冥浑然相接,在天水一色中,有半轮红日依依悬停。这很像是唐诗里的意境,"半壁见海日"或者"海日生残夜",粼粼波光与微风中摆动的社橘树叶构成生动的呼应。另一个使人印象深刻的意象是月亮。如前所述,在影片中,柳毅千里送书是个"速写式"的情节。除了险峻的群山,拍摄者富有创意地把镜头对准夜空,将缓缓移动的半面巨大船帆与皎洁的满月并置,也是将浪漫的诗意与危崖险道、骇浪惊涛构成的充满未知风险的压迫感并置,使人联想起"危樯独夜舟"所蕴含的复杂微妙的张力。随着情节的发展,明月也成为男女主人公爱情的见证者与象征者。柳毅在分别时以"天涯长忆月明中"向三娘告白,该句本就脱胎于"望月相思"的诗词传统而深具文人精神,最终二人的重逢并顺利结合,也因为鼓乐花烛之外那轮高悬的明月,而在世俗的"大团圆"之上得到写意的升华。

《柳毅传书》的唱腔也体现出意胜于形的风格。大量清板去掉一切修饰，使演员的演唱变得像白话文一样干净雅致。唱词以十字句为主，多用节奏舒缓的慢、中板表现。伴奏乐器在越胡外，则以更加柔和悦耳的弹拨类民乐、提琴、笛子等，取代明亮激越的笙簧和打击类乐器。

"不着痕迹，尽得风流"：天真自然的竺派表演艺术

作为一种动态视觉艺术，演员是关乎越剧作品最终呈现效果的核心因素。电影《柳毅传书》是竺水招先生的代表作和唯一存世的影像资料，无疑打上了浓重的竺派烙印。这就是以不着痕迹的质朴，展现出天真自然的艺术风格。

竺水招演小生，素有"冷面"之称。这主要是因为她在塑造人物时，神态稳重，在展露不同情绪时，表情并无太多显著而夸张的变化。曾有观众因此误解其为木讷。事实上，她的神情虽含而不露，却往往如暗流涌动的平静水面，能够克制又细腻地传达人物的丰富内心。例如"湖滨惜别"中，柳毅听闻三娘终于袒露心迹"你立身坦荡志不移，我爱慕更深情难改"，先是缓缓回过头来，再从眼神中折射出惊讶、歉疚、怜爱等不同情绪，层次丰富、细致入微。

竺派唱腔音域不宽、起伏不大，看似并无多少引人注目的技巧性，但字字清晰、平朴真挚，最能以情入声。在原本已显舒缓的唱腔节奏基础上，竺水招有时会刻意延长某几个字的时值，并在有限的范围内营造出婉转荡漾、摇曳生姿的美感来。例如"我愿将珠永佩戴"的"戴"字，就唱了将近 5 拍，将柳毅纯良的君子品性和对三娘欲说还休的含蓄而复杂情愫完全表现出来。

竺水招的身段也是极为别致的。她的水袖功夫，将退、甩、抖、翻等一系列动作做得行云流水，全无繁复累赘之感，而是在从容自在的举手投足间，强化了隽逸潇洒的书生气质。

综上所述，越剧电影《柳毅传书》以其"内转"的戏剧冲突，凝练而富有写意精神的视听效果，以及表演者克制、细腻又自然天真的表演风格，成就了独特的"文人性"。在影片诞生近 60 年后，这种独特性依然闪烁着新鲜的吸引力。

梨园

名角、好故事与青年演员的成长

多年前,《伶人往事》中表达过一个观点:"京剧就是要看角儿。"这句话虽然有失偏颇,但其中透露出京剧作为一种传统戏曲,它通过舞台表演呈现出的美学风范,(起码在过去的许多年中)是以演员为核心和最重要的终极载体的,这应该是为传统戏曲研究者和观众所公认的。演员之所以能成为传统戏曲舞台的核心,是因为戏曲艺术是一种技艺性很强的艺术形式。有论者甚至因此提出,"以歌舞演故事"的说法已经不足以形容传统戏曲审美中所包含的技艺性,而应改说"以故事演歌舞"。因为歌唱水平、手眼身法步等程式动作的运用,甚至演员在舞台上的服饰与妆容,常常会越过或部分独立于某一剧目所讲述的故事本身,成为观众直接凝视的对象。

以笔者作为一个越剧迷的经验来说,我们经常能接受一些主题世俗化(因为越剧剧种柔美且长于抒情的特点,越剧剧本的主题经常是爱情、家庭伦理等),内涵相对浅显情节模式相对固定化同质化的越剧剧本,只要这一剧目中有富于变化、动人心弦的唱腔,或者复杂精湛、流畅优美的身段技巧,就不妨碍我们反复观赏此剧,并乐此不疲。这样的例子从整个越剧发展史来看不胜枚举,不仅《梁祝》《盘夫索夫》《盘妻索妻》《何文秀》等"骨子老戏"如此,直到 20 世纪 80 年代的越剧"复苏期",也出现了颇有声名的《五女拜寿》。该剧由著名的越剧编剧顾锡东先生编写。故事讲述的是明嘉靖时,户部侍郎杨继康的五个女儿来为其拜寿,四个亲生女儿所嫁之人非富即贵,带来丰厚寿礼,唯养女杨三春嫁给穷书生邹应龙,两手空空造府。杨夫人嫌贫爱富,寻机赶走三春夫妇。旋即,杨继康因堂弟杨继盛欲扳倒严嵩不成,遭受牵连,被削职为民、抄没家产。杨氏夫妇欲投靠亲女,四个女儿(女婿)却因势利或胆怯,无一收留父母。走投无路之际,养女三春不计前嫌,赶来与父母相认。三年后,三女婿邹应龙金榜题名,出任"七省巡按",迁至刑部尚书,终于收集罪证,扳倒严嵩。杨继康也官复原职、发还家产。适逢杨夫人六十大寿,五女重上门,杨氏夫妇赶走了落井下石的大女婿、势利薄情的二女儿夫妇,而将同他们患难与共的丫鬟翠云收为义女。这是一部非常典型的家庭伦理剧,其中包含的诸如惩恶扬善、立忠斥奸、宣扬孝道的教化意义都显而易见,也合乎中国人的传统价值观。故事情节的发展虽有起伏巧合,却无多少出人意料之处，人物性格也基本继承了传统戏曲人物的扁平化特征。

不过以上种种都没有妨碍该剧自问世以来的久演不衰。最先排演它的浙江小百花越剧团，已经将它作为本团的重要保留剧目，鼓励一代又一代的"小班小花"重演；江浙一带的兄弟越剧团甚至民营越剧团，也时常搬演该剧。最有意思的是，在聚集了大批年轻人（"80后"、"90后"乃至"00后"）的重要的视频网站和网络舆论场域"b站"，经过修复的越剧电影《五女拜寿》拥有29.4万播放量和1万余条"弹幕"。

有观众在《五女拜寿》的"弹幕"中说，自己和家人喜欢"在过年的时候看这部剧"，可见该剧的世俗化情节、大团圆结局帮它赢得了一部分观众，但这不足以揭示"五女热"的全貌。在b站的"满屏弹幕"里，观众把许多注意力放在那些经典的唱段上，赞美唱腔设计丰富跌宕、演员嗓音的甜美清越、演唱技巧的流畅纯熟、吐字归韵的清晰婉转，以及她们彰显出的不同流派的神韵。在"奉汤"（尹派唱段，由茅威涛饰演的邹士龙演唱）、"花树同园不同根"（傅派唱段，由何英饰演的杨三春演唱）、"哭别"（老生张派唱段，由董柯娣饰演的杨继康演唱）等唱段次第上演时，弹幕里便应声出现"某某唱得真好""起立鼓掌"或"正在跟唱""在认真听，没空发弹幕"等字样。作为缺少热烈打斗场面的"文戏"，演员们在"五女"中的程式动作运用水平也会被关注，比如不少弹幕都夸奖饰演次女杨双桃的吴海丽"身段太美了"，又赞美饰演长女杨元芳的周美姣走台步轻盈灵动："看大姐飘过来了。"此外，演员的身体本身，也成为观众的重要凝视对象。由于越剧以女性演员为主，妆容较京剧等北方剧种更趋于生活化，审美趣味也更趋清丽柔美。单是欣赏女小生英武、潇洒、俊朗的气质，花旦或闺门旦的或妩媚或端庄或俏丽的个个不同的美丽，都足够引起观众欣赏越剧的兴趣。同样在b站，还有观者专门剪辑出"五女"中的"小生群像"和"花旦群像"，播放量和讨论热度同样不俗，可见公众对越剧演员的审美凝视。

欣赏唱腔的韵味、欣赏程式动作的美感、欣赏角色在舞台上呈现出的形象气质，所有这些都指引观众将目光聚焦到表演者身上。正如俗语"生书熟戏"所强调的那样，为了更加心无旁骛地欣赏演员的综合技艺水平，体会他们在举手投足间流露出的个人魅力，许多"资深戏迷"甚至会刻意选择一些烂熟于心的"骨子老戏"来重温。更以能够详细比较不同流派或同一流派的不同演员演绎同一剧目时的长短优劣，作为鉴别自己或他人戏曲艺术欣赏水平的重要标准。

戏曲院团和从业者、管理者对以上市场规律并不陌生，他们非常清楚拥有一个或几个名角对本团甚至本地戏曲事业发展的重要意义。戏曲院团会把本团本地有限的资源向名角做明显的倾斜，这种倾斜有时是为名角"量身定制"一个或几个新剧目。以越剧为例，一直走在创新前沿、不断尝试在传统越剧中融入现代性元素的浙江小百花越剧团，就曾依照名角茅威涛的表演风格，新编过《藏书之家》《陆游与唐婉》《孔乙己》等，移植改编过《西厢记》。不过，相比于实验性新编戏所需投入的人力物力，加之"文人式越剧""话剧式演技"可能引发的众声喧哗，对另一些处境和面向在更基层、规模相对更小的戏曲院团来说，侧重于不断重演名角擅长的经典剧目，不失为一种风险与成本都更低的务实选择。例如地处绍兴市柯桥区的绍百，尽管会以"平均每年一至两部的速度"推出新编剧，但也把反复重演《梁祝》《孔雀东南飞》《三看御妹》等经典剧目作为业务重点，这三部剧分别是范（瑞娟）、傅（全香）、吕（瑞英）三流派的代表作，而"绍百"最负盛名的三位"中生代"名角吴凤花、陈飞与吴素英，正是这三个流派继承人中的佼佼者。

名角在城市和乡村具有同样强大的号召力。在笔者撰写这篇文章前不久，"绍百"发布了即将在宁波逸夫剧院演出《情探》的消息。该剧虽然经过一定更动，但总体遵循 20 世纪 50 年代田汉、安娥编写的剧本，是越剧的经典剧目之一，更是傅派代表作。该剧的主演正是陈飞和吴凤花，在她们为戏迷熟知的名字后面，醒目地用括号标出"梅花奖得主""二度梅得主"。作为"浙江省传统戏曲演出季"在宁波展演的诸多剧目之一，该剧的平均票价轻松超越浙江越剧院、杭州越剧院等省、地市级院团，最高票价（第一排正中间）高达六百八十元，较其他剧目（包括同样有梅花奖得主张琳参演的《何文秀》、张小君参演的《红楼梦》，也可部分见出，同为名角，号召力亦存在差异性）高出近两倍，而售票速度则比其他剧目快得多：开票不到十五分钟，前六排中间的座位（票价均在四百八十元以上）全部售罄，开票十天后，已售票八成以上，票房成绩非其他剧团及剧目可望项背。首先，作为基层越剧院团，"绍百"每年都需要面对广阔的乡村市场，那些生长在越剧故乡的、搬着自家板凳、摇着蒲扇、就着农村文化礼堂的灯火看戏的观众（有许多是老人和中年女性），也更习惯从技艺的层面欣赏越剧（以笔者的经验而言，在同处宁绍平原的家乡，我就曾在看戏时，听到身边来自乡村的观众不止一次讨论过某人"喉咙滴滴脆"、某人"扮相真好看"、某人"王派唱得一点也没"之类的话），对名角同样怀有比剧本本身高出许多的期待。最后，名角通过漫长的舞台实践积累起的声望多多少少具有延迟性。仍以越剧为例，"中生代"名角几乎人人都有一批追随时间较长的固定观众。这一方面与观众的审美习惯有关（例如不少戏迷包括笔者在内都有过类似"某派就习惯听某人唱法"的经验），一方面也因为观众容易将对越剧技艺的欣赏，转换为对名角个人魅力的眷恋，即便某位名角因为种种缘故艺术状态不如从前，仍不妨碍有观众愿意为他们的表演买单。

尽管当下越剧等传统戏曲的发展，并不全然依赖于市场，但名角对于一个戏曲院团，甚至（那些最为顶尖的名角）对于一个流派、一个行当的影响，一旦投射到公众之中，又折返到戏曲从业者之间，仍会使演员的易代充满焦虑。

即使成名成家的前辈师长，主观上大多愿意并希望能跟青年后辈分享舞台实践的机会，受多元文化挤压而相对有限的受众所做出的选择，有时也令名角们感到事与愿违。以注重培育新人的绍百为例，身在"小花"之列的裘再萍、陈雯婷等均得到老师的悉心指点，也通过参加各类展赛、举办个人专场等途径获得了一定知名度。但从最近一次与前辈名角同时公演的票房来看，市场对其认可度尚有较大提升空间。在《情探》售票八成有余时，裘、陈二人主演的《新龙凤锁》票房仅不到三成。青年演员与前辈名家在演唱与舞台风格上的趋同性也是一个问题。学习本院团或本流派内最顶级名家的风格特点，的确是新生代演员自我提升并获得市场认可的一条捷径，但最具天赋造诣、舞台实力最出众的名角，其风格的个人化烙印往往也极深重，青年演员在学习过程中，很容易习得并囿于前辈的风格，使自己的艺术可塑性弱化、艺术道路被窄化。在拥有顶尖级名角的院团中，有时会出现一批青年演员人人身上皆有名角影子的情形。

　　舞台是最能锻炼戏曲演员的地方。对青年越剧演员的成长来说，重演本流派的经典剧目并获得观众的鼓励与认可只是一方面，在保持越剧的技艺性特质前提下，在传承流派艺术的基础上，找到更多独立塑造人物的机会，使广阔又有限的市场也能够看见、接受并认可"相对独立"的新生代，是摆在青年演员和越剧创作人员面前的共同课题。谈及此，三十余年前的《五女拜寿》依然具有标杆和借鉴意义。除了前文已经提到的适合越剧表现力特质的剧情，它在分配人物"戏份"和撰写唱词时，做到了一种自然而然（非但不损害剧情连贯性和人物合理性）的相对公平，并通过巧妙精彩的唱腔设计，在花团锦簇的你方唱罢我登场中，充分体现了徐、范、毕、陆、尹等小生流派，戚、吕、傅、张（云霞）等花旦流派，张（桂凤）等老生流派的唱腔特点，并使这些流派的艺术特点，不仅与人物的性格气质高度契合，而且使这些人物的特点被聚焦夸张，变得更加鲜活可爱（这与二元化、扁平化并无冲突）。并且这部剧集中了 20 世纪 80 年代初江浙一带最具潜力的一批青年越剧演员，她们的平均年龄不到二十岁，但每个人在舞台上和镜头前的表现，都彰显出其扎实的基本功和对人物的独到理解。化上妆、把"行头"穿戴整齐之后，她们的眉梢眼角各各不同，但同人物那样贴近。所有这些，都让年复一年初遇或重温该剧的观众，在谈起它时反复感叹"是真的经典，每个人都太可爱了"。

　　未来，还会再有一部《五女拜寿》出现吗？

在"学"与"似"之间：略谈流派传承
与越剧艺术发展

流派是越剧艺术的重要组成部分，也是越剧艺术发展成熟、内涵丰富、内部审美风格多样的重要体现。现在得到公认的十三个越剧流派，覆盖小生、花旦、老生等多种行当，又以小生、花旦最为主要。不同的越剧流派，在唱腔、表演风格上各不相同，所塑造的典型舞台形象也极具区分度。但比较来说，由于越剧是歌舞并重的艺术，舞台上表情达意最重要的手段是歌唱。因此，唱腔的差异，也就成了各流派差异性的核心。若在此基础上加以细分，则越剧唱腔应当包括曲调的组织方式和演员演唱方法（诸如发声位置与发声习惯、吐字归音的方法与风格等）。以上种种，也是观众在区分不同越剧流派时，最重要的依据。

部分前辈艺术家认为，"越剧流派"说法的正式出现，是在 20 世纪 70 年代中期以后。笔者则认为，现存常见流派中，有不少至迟在 20 世纪 50 年代中期，已经大致定型并彰显出特色。关于这一点，拍摄于 1954 年的彩色越剧影片《梁山伯与祝英台》、拍摄于 1962 年的越剧影片《追鱼》《红楼梦》《碧玉簪》等俱可为证。在这些作品的唱腔设计中，我们已经能够较为清晰地辨别出王（文娟）派、徐（玉兰）派、范（瑞娟）派、袁（雪芬）派、金（采风）派等越剧流派的特点，与当下比较，并无太大差异。

若再向前追溯，则越剧流派的形成，是一个兼容并蓄的渐进过程，更是前辈艺术家在繁密的舞台实践中，不断自我审视、自我总结、自我调适的过程。他们时而站在前人的肩膀之上，时而得益于同时代人的启示，时而向兄弟剧种、乃至其他艺术门类汲取养分。例如王派唱腔中有支兰芳调的影子，吕派、金派最初从袁派化出，徐（玉兰）派则加入了"绍兴大班"（绍剧）的唱腔元素。这些流派的发展与越剧调式的创新、唱腔与编曲的不断丰富成熟相伴相生，以创造者的天赋资质为基础，融进了他们各不相同的性情气质，又通过各不相同的舞台形象和经典唱段，塑造和巩固了各不相同的美学风格。例如：王派不事雕琢却质朴细腻、以情动人；徐派以高而明亮的"金嗓子"著称，唱腔激越华美；范派首用"弦下腔"，重质直刚健；傅派则有"越剧花腔女高音"之称，行腔清丽婉转。不同流派的唱腔旋律、吐字归音方法乃至发声位置等，以其一望而知的独特性，给观众留下深刻的印象。

流派艺术的多元性，由唱腔生发延展，最终表现在整体舞台表演和人物塑造上。不同流派的创始者，不但都有自己擅长塑造的人物类型，并且即便是同一人物，由不同流派塑造时，也会表现出明显的个性化倾向。例如，《梁山伯与祝英台》历来是各剧团、各流派频频搬演的经典剧目。除影响较广的范、傅、袁派外，徐（玉兰）、王、毕、戚等流派均塑造过梁祝形象。相比而言，傅派的祝英台机敏、俏丽、聪慧、柔中带刚；袁派显得端庄隐忍，具有显著的青衣气质；戚派历来擅演"悲旦"，塑造祝英台也突出凝重的悲情。这种种人物气质上的区别，就是流派艺术特质在唱腔组织、唱法、身段表演乃至服、化、道各个方面的体现。

尽管流派之说在形成和发展过程中也面临过争议，如越剧老艺人邢月芳曾回忆，在"大家都唱流派"的"文化大革命"之后，她所在的振奋越剧团就有负责配器的夏雪庆写信建议她"不要学流派"，而要把演过的戏"按你演出的唱腔保留下去"。邢月芳也接受了这一建议，"没有学范派，也没有学尹派"①。但一个毋庸置疑的事实是，在今天为观众所熟悉的越剧流派形成并相对稳定之后，从第一代学习者（他们基本是处于流派创造者和"中生代"演员之间的一批越剧演员）开始，直至当下的大多数越剧传承者，同时也是流派艺术的传承者。无论在专业领域内或是面对受众，流派上的师承更是彰明其艺术身份的直观而重要的因素。不少观众，尤其是对流派创始者非常熟悉的老观众，会将"学得像不像"作为评判传承者艺术水平的重要标准。但另一方面，每一代传承者，其个人的天赋条件也是无法回避的客观存在。因此，"学"与"似"之间的倾向选择，一直是摆在他们面前的课题。

全方位模仿老师以求形神兼备的情况，在第一代学习者（这批出生于20世纪三四十年代的越剧演员也被今天的观众称为"前中生代"）身上甚是常见。这一点，从观众赠予她们的称号上便可窥见一二。例如：范派传人陈琦因为扮相、发声、咬字、表演风格与范瑞娟老师的高度相似而被称为"小范瑞娟"；傅全香老师的大弟子薛莺则曾以"筱傅全香"作为艺名。这种对高度相似性的追求，大约同这一批学习者所处的时代有关：她们的年龄大多与老师相去不远，他们的学艺和舞台实践黄金期与老师有许多重叠，又正处于各流派成熟和兴盛期，所面对的观众，有许多也是熟悉并喜爱流派创始者的老观众。

与第一代学习者们基本倾向于"由学而似"的路径不尽相同，"中生代"越剧名角在传承流派时呈现出更为开放、多元的姿态。"中生代"演员大致出生于20世纪60—70年代，在她们开始从事越剧事业时，流派艺术已经发展得十分成熟，各流派创始人则多处于舞台艺术生涯的暮年，热切盼望更多、更年轻的传承者出

① 田虹：《我的越剧生涯》，上海大学出版社2020年版。

梨园

现。百废待兴的社会大环境，一方面深切体察到续接传统文脉、振兴传统文化的重要性和紧迫性，另一方面则将新时代的蓬勃朝气、革新与突破的锐气，以及过去与当下如何重建连接、传统与未来怎样融会和谐的命题，透过各地逐渐兴起的"小百花剧团"投射到越剧艺术领域。在这样的时代背景下，"中生代"在艺术成长道路上，一面亲炙于各流派创始者，一面在保留师承流派根本特点（如特定唱腔风格等）前提下，获得更多观察、自省、实验、探索的自由。他们凭借长期舞台实践中磨炼出的优秀综合实力和一批涌现于新时代的优秀原创剧目，将越来越多的个性化因子融入自己的演唱。

流派艺术的核心是唱腔艺术，在"中生代"中发生的渐进式变革，根本上也是围绕唱腔开展的。举例来说，在阳刚质朴的范派唱腔中，加入明丽清越的音乐元素，或结合嗓音条件，适当提升其常用音域，引入类似徐派高亢华美的演唱风格（这两种情形，以范派传人吴凤花、方雪雯较为典型）；又如，在保留傅派"越剧花腔女高音"诸般特点的同时，融入了类似声乐的发声方法，使演唱更加柔和、流畅、婉转，又不失深刻的悲剧气质（傅派传人陈飞较为典型）；再如，王派在传承中分别强化了该流派诗意的抒情及活泼甜美的两方面特点，形成了同源异质的两种风格（分别以单仰萍、王志萍为代表）。

造成这一趋势的根本原因是传承者的自身条件（主要是嗓音条件），与此同时，一些由"中生代"原创的舞台人物形象则帮助推动了这一趋势。借助塑造人物的过程，演员由最初对师门舞台风格的全盘承袭，逐渐过渡到对个性化戏路的探索。举例来说，范派唱腔在组织曲调时，原本以中低音区为主，擅长塑造纯良、深情、憨厚敦朴的书生形象，梁山伯（《梁山伯与祝英台》）、郑元和（《李娃传》）、焦仲卿（《孔雀东南飞》）等具有代表性的人物均属此列。但范派的传承者不但突破了音域的局限，为唱腔加入明亮激昂的色彩，还凭借文武兼备的技艺、充满张力的表演风格，塑造了马龙将军（麦克白）、项羽、屈原等融合不同行当、更具阳刚之美和丰富层次感的人物。又如尹派唱腔，曲调原本以中音区为主，行腔委婉蕴藉、重视润腔，塑造的舞台形象则大多为扮相温雅俊美、举止潇洒的少年形象。但其传承者，则结合自身实际，在唱腔中加入了夸张跳跃的因素，在表演风格上则深度借鉴话剧，更加注重对人物复杂内心世界的体验与外化、对瞬间情绪的捕捉与表达，不但使张生（《西厢记》）等经典戏曲形象增添了生动诙谐的新的性格特征，更塑造了阿炳（《二泉映月》）、孔乙己（《孔乙己》）这样越剧舞台上少见、尹派剧目中独异的人物，给观众耳目一新之感。随着这些原创人物逐渐经典化，中生代演员的个性化表演风格也慢慢显现，而原本直接体现在唱腔上的流派特点的变革，也因为能够更加贴合新兴的人物塑造需求，而被完善、巩固，并获得更为持久的生命力。

此外，需要指出的是，由于受众群体的迭代，越剧市场的审美口味也更具多样性，给予流派艺术变革发展更多空间。对于那些能在唱腔组织时，将个性优势

朝花集

与经典特质和谐融会，推动流派艺术内涵更加丰富、更具表现力的变革，不少新时期的观众（尤其是相对年轻的观众）不仅经常给出积极评价，并且通过走进现场观看演出（有观众为了追捧自己欣赏的越剧名角，经常不辞辛苦奔波在全国各地）、制造网络话题（例如微博"超话"）、剪辑制作音像资料（例如"b站"是其重要阵地）等途径，推动其有效传播和经典化。

当然，正如本文标题所指出的那样，当观众谈论起流派传承中的"学"与"似"，并不总是众口一词。在赞美变革的同时，质疑乃至反对的声音从未消失。一部分演员尽管技艺精湛，也在学习前辈和发展个性之间尽力寻找着平衡点，但仍有可能被认为走得太远了。这样的声音，即便在年轻人相对聚集的微博、b站等视频网站上也不算新鲜。与越剧刚刚经历全方位改革并借此实现美学品位跃升的20世纪四五十年代（那正是经典流派逐渐酝酿成型的时期）不同，今天的越剧在许多观众眼中，各方面均已非常成熟，流派艺术更是前人艰辛探索的重要艺术成果，也是越剧剧种及其代表性剧目经典化的重要载体。结合流派创始人逐渐凋零而传统戏曲艺术整体式微的时代背景，一方面流派传承的象征意味与受众在审视流派传承时所融入的情感因素也在强化，变革仿佛更加容易和必要，另一方面却也面临着艺术身份认同等此前较少出现的新问题。

当下的越剧演员，尤其是"80后"、"90后"甚至"00后"的青年演员应当怎样传承流派？"相似"是学习的尽头，还是一个新的、更高的起点？继承与发展的平衡点究竟在哪里？今天的观众，应当以何种姿态面对流派发展中出现的新变革、新面貌？写到这里，笔者忆起傅全香老师在一次汇聚了诸多范傅流派传人的纪念性演出活动中的发言："希望他们赶快有新的流派出现，新人新戏，戒骄戒躁。"这固然是前辈艺术家殷切期望和谦和风度，但同时也指出，流派艺术是一种鲜活的艺术，变革、创新、丰富是保持这种活力的要诀。现有流派的诸多美学内涵与艺术特征，本就是不断发展、丰富、筛选、沉淀的结果，有许多优点值得后人学习、保存和发扬。同时，这也是后人获得启示的宝库，流派需要经典化，但不可标本化，在保留前辈艺术神韵的基础上前行，一个重要的指向标就是同越剧特有审美内涵、美学品格的契合度。凡能彰显越剧载歌载舞、委婉抒情的诗意美，温柔清丽的音韵美，又能丰富越剧艺术表现力、切实为塑活舞台形象所用的，就可以而且应当得到认可。这也不失为当下观众在欣赏越剧流派艺术时，值得参考的一种观念。

梨园

致谢（代后记）

　　小书《朝花集》要出版了。这是我真正意义上的第一部独立作品，也是对我以往十年写作过程的一次回望。

　　前行和成长是人类的必然，无论写作或其他，回望都需要勇气。也许每位写作者都经历过悔其少作的时刻，那些曾经小心珍护的文字，在时间的反复淘漉下，逐渐显露幼嫩的原形。这部集子选入的绝大部分文章，来自我近两三年的创作，少数是多年前的习作。我说服自己留下他们，尽管这种认同是短暂的，而对于不尽人意之处的遗憾和惭愧，会因为纸寿千年被不断放大。但幼嫩、遗憾、不足，以及艰难的徘徊和缓慢的进步，本就是成长的面貌，尽管别扭，也因其真实而具有被记录的价值。更重要的，还有那些由文字勾勒的生命故事，和深藏于文字背后的生命体验，尽管显得私人化，但作为旧日世界和旧日之我存在的印证，具有无可替代的独异性。

　　以上也是我将小书命名为《朝花集》的缘由。

　　此书的完成和出版，要感谢许多人。感谢曲瑾老师，作为我的高中语文老师，她用她的专业素养和人格魅力，不断浇灌埋藏在我心中的文学种子，直到阅读与写作成为构成我生命的最重要的意义之一。如果没有她的教导，这部小书将无从谈起。感谢成桂平老师，她主持《今日镇海》副刊多年，是我许多散文的第一读者，以资深编辑的敏锐眼光，为拙作的修改提供许多宝贵建议。感谢吴福辉先生，他亲自审订了书中《我所知道的吴福辉先生及其学术书写》一文。我将永远铭记他老人家对一个青年后辈的帮助和勉励。感谢叶志良教授，他是省内戏剧评论界的名家，小书"梨园"部分的每一篇文章他都读过。由他作为执行主编的《大舞台》《戏文》两种刊物，给予我这个年轻的剧评爱好者许多温暖的鼓励。感谢胡建君教授，她精于艺术评论和人物散文写作，我时常拿着自己不成器的文字打断她繁忙的工作。许多个中午或深夜，微信对话框里一次次跳出她具体而微的修改建议。当我不自信的时候，她让我相信自己可以一直写下去。感谢我的挚友周海宁，她不仅展现了一种令我神往的别样人生，并且让我在年过而立之后，仍能幸运地收获一段纯粹且珍贵的友谊。她的文字中永远荡漾着少年气，是我学习的榜样。感谢我的挚友陈艺，作为共同走过少年时代的旧相识，她见证着我的进步与挫折，支持并激励我去追逐许多看似遥不可及的梦想；无论表扬或是批评，她在面对我的作品时都极为坦诚。小书中有不少故事涉及我们共同的回忆，所以这部书也是献给她的。

感谢我的历史老师周泉胜博士。他不但是个严谨笃实的学者，并且保留着这个时代难得的理想主义和书生本色。他为此书的写作提供了许多切实的帮助。每当我懈怠的时候，老师总能用他的言行鞭策我重新振作。

最后，感谢我的老同学原野。我常被认为是个不合时宜的人，感谢他的出现，使许多"不合时宜"变得合情合理。

张纯瑜
2022 年 2 月于镇海

致谢（代后记）

图书在版编目(CIP)数据

朝花集 / 张纯瑜著 . —杭州:浙江工商大学出版
社,2022.6

(镇海作家文丛.第三辑)

ISBN 978-7-5178-4961-2

Ⅰ. ①朝… Ⅱ. ①张… Ⅲ. ①散文集—中国—当代

Ⅳ. ①I267

中国版本图书馆 CIP 数据核字(2022)第 088874 号

朝花集

ZHAOHUA JI

张纯瑜 著

责任编辑	沈明珠
责任校对	李远东
封面设计	宇 声
责任印制	包建辉
出版发行	浙江工商大学出版社
	(杭州市教工路 198 号　邮政编码 310012)
	(E-mail:zjgsupress@163.com)
	(网址:http://www.zjgsupress.com)
	电话:0571-88904980,88831806(传真)
排　　版	杭州宇声文化艺术有限公司
印　　刷	杭州良诸印刷有限公司
开　　本	710mm×1000mm　1/16
印　　张	106.5
字　　数	2145 千
版 印 次	2022 年 6 月第 1 版　2022 年 6 月第 1 次印刷
书　　号	ISBN 978-7-5178-4961-2
定　　价	398.00 元(共 9 册)